本書爲國家社科基金後期資助項目《夢窗詞集校注箋證》結項成果

中國古典文學基本叢書

# 夢窗詞集校箋

第一册

〔宋〕吴文英 撰

孫虹 譚學純 校箋

中華書局

圖書在版編目(CIP)數據

夢窗詞集校箋/(宋)吴文英撰;孫虹,譚學純校箋.
—北京:中華書局,2014.5(2024.3重印)
(中國古典文學基本叢書)
ISBN 978-7-101-09953-9

Ⅰ.夢… Ⅱ.①吴…②孫…③譚… Ⅲ.宋詞-注釋-南宋 Ⅳ.I222.844.2

中國版本圖書館CIP數據核字(2014)第014375號

責任編輯:李天飛
責任印製:陳麗娜

中國古典文學基本叢書
夢窗詞集校箋
(全六册)
〔宋〕吴文英 撰
孫 虹 譚學純 校箋
*
中華書局出版發行
(北京市豐臺區太平橋西里38號 100073)
http://www.zhbc.com.cn
E-mail:zhbc@zhbc.com.cn
人廠回族自治縣彩虹印刷有限公司印刷
*
850×1168毫米 1/32 · 70印張 · 12插頁 · 1400千字
2014年5月第1版 2024年3月第4次印刷
印數:4301-5100册 定價:250.00元

ISBN 978-7-101-09953-9

# 國家社科基金後期資助項目出版説明

後期資助項目是國家社科基金設立的一類重要項目，旨在鼓勵廣大社科研究者潛心治學，支持基礎研究多出優秀成果。它是經過嚴格評審，從接近完成的科研成果中遴選立項的。爲擴大後期資助項目的影響，更好地推動學術發展，促進成果轉化，全國哲學社會科學規劃辦公室按照「統一設計、統一標識、統一版式、形成系列」的總體要求，組織出版國家社科基金後期資助項目成果。

全國哲學社會科學規劃辦公室

# 目録

## 夢窗詞集補

# 序

孫虹女史早以其鴻著《清真集校注》享譽學林，今又撰成《夢窗詞集校箋》凡百五十餘萬言，煌煌乎炫彩奪目，其嘉惠詞壇者可想而知也。予觀是編，知其以四彙（彙校、彙注、彙考、彙評）爲矩矱，以求是爲準繩，無自下之謙與自必之信者，豈肯爲之，豈能爲之？試析要如次。

校勘爲古籍整理之礎石，校勘精則正誤真僞自見。校勘之難，不在於辨異同，而在於定是非。而彙校又無異於難上加難，自增負重。作者以十六種夢窗詞集與十五種選集彙校（以下各版本沿用書中簡稱），其繁難可知。然而是編卻能正本清源，於傳真中求是。如《齊天樂·毗陵陪兩別駕宴丁園》「背月移舟，亂鴉溪樹杪」。溪樹杪，諸家或作「溪樹曉」、或作「溪樹晚」。作者引杜本校曰：「『晚』字應上聲，應叶。疑是『杪』字之誤。」又引四明本張壽鏞按家藏《鐵網珊瑚》語：「原鈔作『少』，缺『木』旁。鄭（文焯）氏所見本似僅寫『堯』字，應從杜本作『杪』。」又引劉永濟《微睇室説詞》：「《鐵網珊瑚》作『少』乃『杪』之殘文，今據改。此字之所以多異文，因『背月』不當曰『曉』。雖每月下旬月落時，天方曉，然果如此，則丁園之宴，必通宵達旦，亦不近情理。觀首句言『斜陽』，歇拍言『背月』，本無不可，但『曉』必誤，作『杪』則順暢矣。」《宴清都》（柳色春陰重）「唯潮獻奇吴鳳」句，有作「唯潮」或「淮潮」者，粗看似以「淮潮」爲勝，作者援朱二校所引《燼餘録》，復引鄭文焯《校議補録》按語，再引底本借鄭校所作裁斷。如此彙校，幾於竭澤而漁，不惟將前賢高見網羅殆盡，而正本清源之功亦自在其中。文繁而意精，理校、考校均在移録前賢校語中自見。正先哲所謂「他人之作，唯恐不出於己；予之是編，唯恐不出於人」者是也。

注書之難，前人早發乎感歎。容齋曰：「注書至難。雖孔安國、馬融、鄭康成、王弼之解經，杜元凱之解《左傳》，顔師古之注《漢書》，亦不能無失。」若將文、詩、詞相較，則注詩難於注文，注詞難於注詩，而注夢窗詞又難於注他人詞。是編在楊鐵夫、吴蓓校注箋證基礎上，新涉三千多種圖書中萬餘條書證，針對夢窗詞旨「沕穆幽渺」（錢仲聯語）、「隱辭幽思」（夏承燾語）之特點，將字詞之注釋與詞意之整體觀照結合起來，誤箋正之，失注補之，多能剔抉語言表象，直探意義本源。

生僻典之注釋，是對注家基本功之考驗，是編頗能發掘隱微。如《婆羅門引·爲懷寧趙仇香賦》，詞題中的「仇香」原爲東漢仇覽的别名，因其曾任主簿，宋人始用作代稱主簿。見王楙《野客叢書》卷六。故「趙仇香」云云，實雅稱懷寧縣的趙姓主簿。錢仲聯序楊箋曰：「非熟諳天水舊事者，不足以箋夢窗。」夢窗詞中多化用宋朝「今典」，例屬僻典。僅就蘇軾而言，如《絳都春·餞李太博赴括蒼别駕》：「流水翠微，明月清風平分半。」化用蘇軾《點絳唇》：「閑倚胡床，庾公樓外峰千朵。與誰同坐。明月清風我。」「别乘一來，有唱應須和。還知麽。自從添個。風月平分破。」據樓鑰《攻媿集》，知此詞是蘇軾守杭時，贈郡佐袁轂之作。用此典寫别駕（通判）李氏前往括蒼（台州），守倅俱能唱和風月，甚風流相得也。另如《水龍吟·賦張斗墅家古松五粒》「待淩霄謝了，山深歲晚，素心纔表」，亦爲化用蘇軾詞的題證。蘇軾《減字木蘭花》序曰：「（詩僧清順）門前有二古松，各有淩霄花絡其上。順常晝卧其下。子瞻爲郡，一日屏騎從過之。松風騷然，順指落花覓句，子瞻爲賦此詞。」詞有句曰：「翠飈紅傾。時下淩霄百尺英。」

注夢窗之難，生僻典尚在其次，尤難在其「倒、揉、碎」（夏承燾語）的語體風格，即張炎所謂「吴夢窗詞如七寶樓臺，眩人眼目，碎拆下來，不成片段」。遂使讀者如霧裏看花，難於自表而究裏。然而，如作者拈出《雙雙燕》整體化用唐代鄭谷《燕》詩；《法曲獻仙音・放琴客》、《高山流水・丁基仲側室善絲桐賦詠》、《點絳唇》（香泛羅屏）、《好事近・僧房聽琴》皆揉碎化用張先詞作《碧牡丹・晏同叔出姬》。因「碎語」得以「歸位」而來歷自明，詞旨亦光焰自炫矣。

注釋之是否到位，是讀者、注家共懸之高標。高標之是否中的，則在於注家之眼光是否獨到；以及在已爲書證確注的情況，不僅注出「其然」，進而探究其「所以然」。如《聲聲慢・宏庵宴席》：「甚時見，露十香、釵燕墜金。」作者指出化用李群玉《戲贈姬人》：「骰子巡拋裏手拈，無因得見玉纖纖。但知謔道金釵落，圖向人前露指尖。」再引蘇軾《滿庭芳》語典：「報道金釵墜也，十指露、春筍纖長。」豐沛飽滿地注釋出古代女子不肯輕露肌膚，故謔稱其金釵滑落，誑誘其露出親剥桐子的纖纖十指，從而關合題中客姬親剥桐子之義。《宴清都・送馬林屋赴南宫》有「名箋澹墨」句，作者先引《唐摭言》、李昴英《送梁上舍必得大學解試》熟典，復録《類説》卷一五「貢院榜」條：「右諭及貢院，字用淡墨氈筆書。李紳侍郎將放舉人，命吏書榜，未及填『右諭貢院』字，吏暴卒。令史王昶善書，被酒染筆，不能加墨，一榜之內，濃淡相間，反致其妍，遂成故事。」要言不煩，詞作精義赫然洞明矣。

是編注釋之特色，一是借助宋人文字訓詁發覆字義。如《聲聲慢·宏庵宴席》：「緑窗細剥檀皺，料水晶、微損春簪。」借助周密《浩然齋雅談》對「皺」字的辨析，指出：是「特指桐子堅殼內的櫜鄂」。再如《滿江紅》（翠幕深庭）：「倩雙成、一曲紫雲回，紅蓮折。」援引相關語典事典之後，作出裁斷「折，用同『拆』、『坼』」，進而引用《樂府指迷》「誤讀柳詞」條：「如柳詞《木蘭花慢》云『拆桐花爛熳』，此正是第一句不用空頭字在上，故用『拆』字，言開了桐花爛熳也。」指出此「折」字意同，謂席上歌姬笛聲清越，催開了池中蓮苞。

二是以宋代名物制度入注，使詞之內蘊挹之愈出。如《浪淘沙慢·賦李尚書山園》，對於詞題中的「李尚書」，朱彊村、夏承燾共箋出與夢窗生活於同時的七位李姓六部尚書（李鳴復、李知孝、李曾伯、李伯玉、李心傳、李性傳、李韶），楊鐵夫則認爲「尚書已故，似不必限於同時求之」。治絲愈棼，莫衷一是。作者針對詞中所用「漢履」典，引前賢考語後再引宋人戴埴《鼠璞》「星履曳履」條，略作駁疑之後，指出：「據知用『曳履』、『星履』皆尚書僕射典。詞中用『王謝堂前燕』典，王導、謝安皆曾任丞相之職，可以互證。據《元豐官志》，六部長官雖亦稱尚書，然尚書僕射，官從一品；六部尚書，官從二品。兩者之間，不僅僅是官品有差異，更爲重要的是六部尚書不能用專稱尚書僕射的『漢履』典。前賢所舉七位李姓尚書除李鳴復、李性傳外，皆爲六部尚書；據《宋史·宰輔表》及本傳，李鳴復、李性傳官至副宰相參知政事（李曾伯僅同「執政恩例」），副宰相亦不能用『漢履』典實。並且，詞意顯示夢窗與此尚書有交遊，曾躬與其園中海棠花下盛宴，故理應以同時求之。與夢窗同時期的『李尚書』僅有李宗勉。《宋史·李宗勉傳》：『及拜左丞相兼樞密使……趙汝騰嘗以宗勉爲公清之相。』其中左丞相，就是尚書左僕射一職。」再如《瑞鶴仙·贈道女陳華山内夫人》，對於詞題中的「内夫人」，作者援引《建炎雜記乙集》卷一二、《國老談苑》卷上、《輟耕録》卷一九等資料，推定内夫人是宫中女官而非失寵之宫女嬪妃，更非宫廷藝妓，亦屬其例。

孟子嘗論詩曰：「頌其詩，讀其書，不知其人，可乎？是以論其世也，是尚友也。」詞何獨不然？自宋以降，蓋因詞被視爲「小道」，不知其人而論其詞者所在多有，故往往言不中的，甚至南轅北轍。清代詞學中興，然乾嘉考據之學，似尚未沾溉詞學領域，故言不中腠理者亦在所難免。所幸少數專家不廢考據，多所創獲。尤其近數十年來，考據之學沛然而興，始使詞學研究進入一新境界。予觀是編，對夢窗詞研究之最大貢獻，將在是焉。作者不廢前哲今賢考據之功，又不囿於前賢今哲考據之失，對夢窗仕履行實及其交遊進行考證。就地點而言，新考出「華山」即常州府無錫縣惠山，「南徐」是揚州及淮安一帶。推考夢窗年青時曾在臨安府尹幕中爲客，推考「楊公小蓬萊」在湖州烏程縣境内。就時間而言，書中《夢窗編年詞一覽表》共得編年詞一百五十餘首，新得編年詞百餘首。就其交遊而言，新考得李宗勉、虞兟、沈皞、孫德之等，共得八十八人（楊鐵夫《事蹟考》羅列交遊六十六人，删誤删重，實得六十一人）。基本勾勒出夢窗之生卒年，以及三客杭京、三客蘇州、二客紹興之生平事蹟。即此一端，謂爲夢窗功臣當不虚美。

僅以《瑶華・分韻得作字戲虞宜興》爲例。「虞宜興」謂誰？夏承燾謂「必允文曾孫也」。作者對此進行縷析。首先指出詞中「有秀蓀、來染吴香」，表明此詞寫於吴地蘇州；而與夢窗在蘇幕時間相符的宜興虞姓知縣，唯虞兟一人。《咸淳毗陵志》卷十「秩官門」：「宜興。虞兟，淳祐三年十二月。」再據以下史料進行求證。《宋史・虞允文傳》：「（虞允文）子三人：公亮、公著、杭孫。孫八人，皆好修，唯剛簡最知名。」元代鄭元祐《蜀虞處士墓碣銘》，記載虞允文子孫中的一支因虞允文在孝宗朝爲相而僑居蘇州，虞兟正隸屬僑吴支族。「然（虞雍）族之宗有居吴者。至正十五年秋七月庚子，公六世孫處士君卒。……處士諱炫，字明之，蜀隆州長（仁）壽縣人。雍公既相孝廟，故其家有在吴者。於是處士生於吴。其諱兟、累官至朝請大夫户部郎中知岳州者，處士之曾大父也。」墓主虞炫是虞允文六世孫，虞兟又是虞炫的曾祖父，則可確定虞兟是虞允文的曾孫。高斯得《淳安縣修獄記》又爲確證：「虞君名兟，乾道宰相忠肅雍公之曾孫，予季父鶴山先生之婿。」虞兟與虞珏是兄弟行，是允文孫輩虞夷簡之子，逝後皆葬於蘇州。見《正德姑蘇志》卷三四：「知榮州虞夷簡並妻恭人鄧氏二墓，在燕山。子知岳州兟及妻令人魏氏祔。自後數世從葬，教、諭、堪皆在焉。知連州虞珏墓在遮山。」虞珏字成夫；虞兟先字義夫，改字退夫（魏了翁《虞退夫字説》）。若此，則虞兟爲虞允文之曾孫，淳祐三年十二月曾知宜興，遂成不移之斷。

如此考據者不少，均據史料加以實證，且不論夢窗生平行實與若干贈主之考是否會成爲定論，然其治學之嚴謹可知。

是編於集評亦獅子搏兔，用盡全力。僅過録海内孤本的批校語就有以下九種：一卷本系列《夢窗詞集》有明張本（藏國家圖書館），清張本（藏臺北「國家圖書館」），夏敬觀《評彊村定本夢窗詞》（藏上海圖書館）；四卷本系列有毛扆本（藏國家圖書館）、戈載批校本（藏臺北「國家圖書館」）、杜鈔本（藏北京大學圖書館），另有藏臺北「國家圖書館」的《鐵網珊瑚》三種鈔本也是海内孤本。這些版本不惟校勘價值珍如拱璧，孤存海内的批校語也有數萬言之多，其中批語無疑可以闌入集評之列。

綜觀是編，校以鑒真，箋以逆志，考以論世，至如評騭是非，量長度短，見仁見智，不惟關乎時運，亦關乎人文，不能一是亦不必一是也。

奉先薛瑞生壬辰禊春序於西北大學蝸居軒

# 前言

## 一、夢窗生平事蹟述略

吴文英，字君特，號夢窗，晚號覺翁，宋季著名詞人。考證夢窗行誼並爲其詞作編年，自劉毓崧始，朱祖謀《夢窗詞集小箋》、夏承燾《吴夢窗繫年》、楊鐵夫《吴夢窗事蹟考》（簡稱朱箋、《繫年》、《事蹟考》）功莫大焉。之後，吴熊和、鍾振振、張如安、田玉琪、吴蓓等人繼有創獲。今在前賢時彦考證基礎上，結合夢窗詞作並特别注重對其交遊群體的循環考索，夢窗生卒年及生平事蹟的輪廓已經大略可以勾勒。夢窗是慶元府鄞縣（今浙江寧波。古稱明州，又取境内四明山爲名。見《太平寰宇記》卷九八）人。一生雖曾至臨安府（新城、仁和），湖州府（德清、烏程），揚州府（楚州，南宋中後期稱淮安），平江府（吴縣、昆山、長洲、常熟），常州府（無錫、宜興），紹興府（蕭山），鎮江府（京口）等地，但客居地僅在今杭州、蘇州、紹興三地，而以客居蘇州的時間最長，並最終以此地爲老去菟裘之邦。

### （一）杭京及蘇州遊幕時期

關於吴夢窗的生年，權威的説法主要有三種：夏承燾《繫年》提出的寧宗慶元六年（一二〇〇），楊鐵夫《事蹟考》提出的寧宗開禧前後（一二〇五至一二〇七），張鳳子致夏承燾第一書和第二書所定的寧宗嘉定十年（一二一七）和嘉定五年（一二一二）。筆者基本確定夢窗生於寧宗嘉泰二年（一二〇二）。

由於夢窗詞中多有十載西湖、十年吴苑的描述和回憶，研究者都認同其行誼中有客杭、客蘇的經歷。而對於客杭客蘇孰爲前後的問題，夏、楊二家傾向於客蘇在前；但當代研究者的考證，推翻了前賢客蘇在客杭之前的結論，如錢錫生《關於吴文英生平中的兩個問題》、朱德慈《吴夢窗早年客杭考》皆指出，夢窗客杭時間實在入蘇州倉幕之前，時間約爲十年。張如安《吴夢窗生平考證二題》同意此觀點，並通過夢窗集中《西平樂慢·過西湖先賢堂》一詞，進一步考證出夢窗這十年是在臨安府尹袁韶門下爲客。結合張如安諸人的考證，筆者認爲約在嘉定十三年（一二二〇）或稍後，夢窗入袁韶幕中，開始了近十年的杭京遊冶及遊幕生涯〔一〕。

幕主袁韶，亦鄞縣人。累官至參知政事、兼同知樞密院事。袁氏爲顯宦，夢窗因同鄉之誼入其幕中，其中有傳統觀念中非常看重的地緣前提。《西平樂慢·過西湖先賢堂》屬於夢窗手寫「新詞稿」十六首之一，據鄭文焯、夏承燾考定，「新詞稿」皆寫於淳祐三年（一二四三）〔二〕，當時夢窗已在蘇州倉幕（全稱「常平廣惠倉兼管勾農田水利差役事」）〔三〕。袁韶嘉熙元年（一二三七）逝世，夢窗在其謝世六年後，暫至杭京時以《西平樂慢·過西湖先賢堂》和《三姝媚·過都城舊居有感》憑弔恩主故居和所創先賢堂。

在杭京袁韶幕中的十年，夢窗足跡曾至湖州（德清、烏程）、蘇州（昆山）、常州（無錫、宜興）、揚州

（楚州）等地。集中《三部樂·賦姜石帚漁隱》、《齊天樂·贈姜石帚》、《賀新郎·爲德清趙令君賦小垂虹》、《念奴嬌·賦德清縣圃明秀亭》、《滿江紅·澱山湖》、《齊天樂·齊雲樓》、《瑞鶴仙·贈道女陳華山内夫人》、《蝶戀花·題華山道女扇》、《木蘭花慢·餞韓似齋赴江東鹾幕》、《水龍吟·賦張斗墅家古松五粒》，屬於少年游幕上述各地的詞作。而《宴清都》（萬里關河眼）、《玉蝴蝶》（角斷籤鳴疏點）、《荔枝香近·送人游南徐》、《水龍吟·惠山酌泉》則是憶及年青時此段經歷的詞作。集中除與遊幕地相關的詞作，另外還有一些詞作回憶了在杭京度過的青春歲月。如《聲聲慢·和沈時齋八日登高韻》：「暗省長安年少，幾傳杯吊甫，把菊招潛。」《永遇樂·探梅，次時齋韻》：「西湖舊日，留連清夜，愛酒幾將花誤。」歲華如昔的「洛陽年少」（《瑞鶴仙·餞郎糾曹之嚴陵》）時光在夢窗情詞中也留下了深深的烙印。如《澡蘭香·淮安重午》：「銀瓶露井，彩箑雲窗，往事少年依約。」《隔浦蓮近·泊長橋過重午》：「年少驚送遠。吴蠶老、恨緒縈抽繭。」二詞皆是在蘇幕回憶杭京游幕時與揚州歌妓的情緣。《齊天樂·白酒自酌有感》一首，别題「飲白醪感少年事」，則是回憶當年與杭州亡妓的情事。

袁韶紹定三年（一二三〇）請求辭免臨安府尹之後，夢窗至遲在紹定四年（一二三一）入蘇州倉幕〔四〕。此時夢窗三十歲，尚未及潘鬢二毛之年。故《水龍吟·癸卯元夕》曰：「猶記初來吴苑。未清霜、飛驚雙鬢。」〔五〕夢窗在蘇幕任上曾多次行役至杭京。《西平樂慢》「追念吟風賞月，十載事，夢惹緑楊絲」，《鶯啼序》「十載西湖，傍柳繫馬，趁嬌塵軟霧」，「十載」云云，化用杜牧《遣懷》詩句：「十年一覺揚州夢，贏得青樓薄幸名。」緑楊，用錢塘名妓蘇小小及西湖典。見白居易《楊柳枝》：「若解多情尋小小，綠楊深處是蘇家。」「嬌塵軟霧」，語出蘇軾《次韻蔣穎叔錢穆父從駕景靈宫二首》（之一）：「半白不羞垂領髮，軟紅猶戀屬車塵。」後用以形容京城的繁華熱鬧。顯然也是蘇幕暫至杭京時追憶少年遊冶生活。倉幕期間亦行役至杭京畿縣，《江神子·賦洛北碧沼小庵》、《金琖子·吴城連日賞桂》、《聲聲慢·贈藕花洲尼》、《醉落魄·題藕花洲尼扇》、《夜行船·寓化度寺》、《鳳棲梧·化度寺池蓮一花最晚有感》諸詞皆寫於行役新城、仁和等畿縣時。《鶯啼序》中的「歎鬢侵半苧」之句，表明此詞寫於紹定五年（一二三二）或稍後，夢窗已經或剛過三十二歲。此後的蘇幕詞中屢屢出現鬢點吴霜的典實，如《鶯啼序·荷》：「如今鬢點淒霜，半篋秋詞，恨盈蠹紙。」《浪淘沙·九日從吴見山覓酒》：「烏帽壓吴霜。風力偏狂。」

夢窗至淳祐四年（一二四四）離開蘇幕寓越，前後歷時十四載。集中《聲聲慢·陪幕中餞孫無懷於郭希道池亭》、《八聲甘州·靈岩陪庾幕諸公遊》、《祝英臺近·餞陳少逸被倉臺檄行部》，陪倉幕遊虎丘、重遊虎丘之二首《木蘭花慢》，皆爲入幕顯證。另如《瑣窗寒·玉蘭》、《瑞鶴仙·餞郎糾曹之嚴陵》、《夜飛鵲·蔡司户席上南花》、《宴清都·送馬林屋赴南宫》、《掃花遊·送春古江村》、《霜花腴·重陽前一日泛石湖》、《探芳新·吴中元日承天寺遊人》、《惜秋華·七夕前一日送人歸鹽官》、《十二郎·垂虹橋》、《木蘭花慢·重泊垂虹》、《喜遷鶯·吴江與閑堂王臞庵家》、《江城梅花引·贈倪梅村》、《漢宫春·壽王虔州》、《瑶華·戲虞宜興》以及次韻時齋（沈義父）三首等等，皆寫於蘇州。加之上引行役類詞作，蘇州詞共百餘首，幾近《夢窗詞集》三分之一。

## （二）入紹興幕及杭京再遊幕時期

據集中《喜遷鶯·甲辰冬至寓越，兒輩尚留瓜涇蕭寺》，結合夢窗交遊的另一位顯宦史宅之的行誼，知夢窗甲辰即淳祐四年（一二四四）離開蘇州入史宅之幕中，詞中有「冬分人別。渡倦客晚潮，傷頭俱雪。雁影秋空，蝶情春蕩，幾處路窮車絶」，此年夢窗四十三歲，不僅未老而有蒲柳之衰，更有辛苦營營的窮途之哭。夢窗與史宅之的交往，詞集中有跡可尋。據《寶慶續會稽志》卷二「安撫題名」，史宅之知紹興府是淳祐四年（一二四四）十月十九日到任，六年（一二四六）三月離任赴闕，除工部尚書，不久改吏部尚書。七年（一二四七），提領「田事所」。八年（一二四八）同知樞密院事。九年（一二四九）十一月薨於位（《宋史全文》卷三四記載卒於十二月）。夢窗贈史氏的詞作皆寫於紹興、杭京兩地。集中注明贈主史宅之的詞作多達十一首。其中有六首寫於史宅之任紹興知府時：《瑞鶴仙·壽史雲麓》、《垂絲釣近·雲麓先生以畫舫載洛花宴客》、《江神子·喜雨，上麓翁》、《醜奴兒慢·麓翁飛翼樓觀雪》、《燕歸梁·對雪醒坐上雲麓先生》、《探芳信·賀麓翁秘閣滿月》。夢窗在史氏紹興幕中可辨之事略有三點。

其一，與史宅之交遊始末。夢窗集中有未署名贈詞《齊天樂·齊雲樓》，涉及平江府治後的著名建築齊雲樓。據盧熊《蘇州府志》卷八，齊雲樓分別於嘉定六年、嘉定十六年、嘉熙二年，由陳芾、沈皞、史宅之重修。另據《吴郡志》卷一一，史宅之曾兩知平江府。前爲嘉熙二年（一二三八）閏四月二十四日到任，三年正月一日召赴行在。後爲淳祐元年（一二四一）三月初九到任，二年二月離任。期間夢窗皆在蘇幕，故劉永濟、吴熊和等前賢認爲，夢窗與史氏的交往應始於嘉熙二年，《齊天樂·齊雲樓》是夢窗爲史氏重修齊雲樓而作。然據十一首署名贈詞考之，夢窗蘇幕時尚未與史氏交往，唯有《瑞鶴仙·壽史雲麓》涉及史氏平江府任上之事，然皆用回憶之筆，顯因未能躬與任上盛事；並且詞作顯示史氏貼職已爲「學士」，也與史氏任平江府時貼職分别爲待制和直學士不符。故知《齊天樂·齊雲樓》實寫於嘉定十六年（一二二四）沈皞知平江府重修齊雲樓時，是夢窗在袁韶幕中初遊蘇州的詞作。

其二，紹興府治依卧龍山（又稱種山）而建，當地除蓬萊閣、飛翼樓、文種墓等爲人熟知的著名建築、古跡之外，尚有「望湖樓」、「西園」等名勝。故知《水調歌頭·賦魏方泉望湖樓》、《燭影摇紅·餞馮深居》、《齊天樂·與馮深居登禹陵》等詞皆寫於入幕紹興時。

其三，前賢還推測夢窗淳祐九年至淳祐十年或繼入紹興知府吴潛幕中，然據《寶慶續會稽志》卷二「安撫題名」：「吴潛淳祐九年八月以資政殿學士太中大夫知，十一月八日到任。十二月八日，除同知樞密院事兼參知政事。」在紹興僅一月時間。夢窗雖有《浣溪沙·仲冬望後，出迓履翁，舟中即興》、《絳都春·題蓬萊閣燈屏，履翁帥越》兩首贈詞寫於此時〔六〕，但按常理推測，二詞應屬即時交遊，非必入其幕中〔七〕。

夢窗贈史氏詞作中另有五首寫於隨史氏入幕杭京之後，屬「新葺北墅園池」系列贈詞：《水龍吟·雲麓新葺北墅園池》、《探芳信·麓翁小園早飲，客供棋事、琴事》、《燭影摇紅·麓翁夜宴園堂》、《風入松・麓翁園堂宴客》、《秋霽・賦雲麓水園長橋》。時在史氏淳祐六年（一二四六）三月卸紹興任之後，淳祐九年（一二四九）年底之前。

諸詞中「小園」、「園堂」、「水園」乃至「長橋」，皆是「北墅園池」不同視角、不同季節的呈現。《水龍吟》中有「好山都在西湖，斗城轉北多流水」，知「北墅園池」在杭京。《探芳信》詞題中的「小園」，實用李格非《洛陽名園記・獨樂園》贊司馬光園小德馨事：「司馬温公在洛陽，自號迂叟。其園曰獨樂園，園卑小，不可與他園班。其曰讀書堂者，數十椽屋；澆花亭者益小；弄水、種竹軒者尤小；曰見山臺者，高不過尋丈；曰釣魚庵，曰采藥圃者，又特結竹杪落蕃蔓草爲之爾。温公自爲之序。諸亭臺詩頗行於世，所以爲人欣慕者，不在於園耳。」此詞又有「藻池不通宮溝水」之句，表明此「小園」即是「北墅園池」。以《探芳信》「獨樂園」典，與《水龍吟》「獨樂當時高致」合參，足見史氏位居樞要的事實。《燭影搖紅》有「銀臺雙引繞花行，紅墜香沾袖」二句，燭臺雙引在唐宋時也是身份及恩寵的象徵。《愛日齋叢抄》卷一：「唐令狐綯爲翰林承旨，夜對禁中，燭盡，宣宗命以金蓮花炬送還，此蓮炬故事之始。」宋代鄭獬、王珪、蘇軾、周必大等人皆得到此種優寵。詞中又有「笑流鶯、啼春漫瘦。曉風惡盡，妒雪寒銷，青梅如豆」，實寓淳祐七年（一二四七），史氏任都司、提領田事所，倡括田，導致時議沸騰之事。明年七月，史宅之即除副樞。

（三）再客蘇州時期

夢窗雖然淳祐六年（一二四六）至淳祐九年（一二四九）隨幕紹興或杭京，但因家眷在吴，故其間多往來於三地之間。這從夢窗與摯友尹焕（字惟曉，號梅津）的交遊即可看出。夢窗贈尹氏的十一首詞，時間與此犬牙交錯：淳祐六年，尹氏爲兩浙轉運判官；淳祐七年（一二四七），除右司員外郎；淳祐八年（一二四八），任太府少卿兼尚書左司郎中兼敕令所删修官；淳祐十年（一二五〇），尹氏出爲江西運判。夢窗贈詞《瑞龍吟·送梅津》、《惜黄花慢·次吴江小泊》分别是淳祐六年和淳祐十年的蘇州餞别之作。《漢宫春·追和尹梅津賦俞園牡丹》、《八聲甘州·和梅津》、《夢芙蓉·趙昌芙容圖，梅津所藏》也寫於蘇州。

史氏謝世後，夢窗再次回到蘇州，開始了再度客居蘇州時期。淳祐十年（一二五〇）至開慶元年（一二五九），夢窗漸入頽唐晚境。集中餞别老友翁孟寅入賈似道幕中詞作《沁園春·送翁賓暘游鄂渚》，前賢皆考此詞寫於開慶元年（一二五九），但未詳述緣由。今據《宋史·理宗本紀》，開慶元年正月「賈似道以樞密使爲京西湖南北四川宣撫大使、都大提舉兩淮兵甲、湖廣總領、知江陵府」。江陵府治所在江陵（今湖北沙市），而翁氏前往赴幕地爲鄂州（今湖北武昌）。這是因爲賈氏守防時曾經有過閫幕的遷移。《宋史·地理四》：「未幾，復爲江陵府制置使。景定元年，移治於鄂」。但賈似道駐防地似乎開慶元年就已經移至鄂州。《宋史·理宗本紀》詳細記載了賈似道這個時期在鄂州的戰事。開慶元年十二月己亥朔，「賈似道言鄂州圍解，詔論功行賞」。景定元年春正月，「賈似道言：『高達守鄂州城凡三月，大元師北還。』」景定元年三月，「賈似道言，自鄂趨黄，與北朝回軍相遇，諸將用命捍禦」。賈似道開閫置幕府，與鄂州相關亦僅在開慶元年（一二五九）正月至景定元年（一二六〇）三月，同年四月似道赴闕。詞作顯示寫於夏末近秋時，所以可以確定寫於開慶元年。結合詞中「松江上，念故人老矣，甘臥閑雲」數句，證明夢窗雖可能已入榮幕，但仍自認是蘇州松江（即吳淞江）的江湖閑人。

## （四）入幕榮邸及宋亡後歸客蘇州時期

據陳著《趙節使稽山門外花園》，知夢窗《西河・陪鶴林先生登花園》是陪吳泳遊賞嗣榮王趙與芮私家園林。限於吳泳卒年，夢窗可能於寶祐年間（一二五二至一二五八）就已入嗣榮王幕中。趙與芮是理宗母弟，度宗生父。夢窗晚年再以韋布之身曳裾宗親侯王之門。

夢窗贈嗣榮王趙與芮的詞作共有七首，多寫於景定元年（一二六〇）前後：《水龍吟・壽嗣榮王》、《燭影摇紅・壽嗣榮王》、《宴清都・壽榮王夫人》、《齊天樂・壽榮王夫人》、《掃花遊・賦瑶圃萬象皆春堂》、《西江月・賦瑶圃青梅枝上晚花》、《宴清都・餞嗣榮王仲亨還京》。其中前六首皆寫於理宗朝，吳熊和《夢窗詞補箋》（簡稱《補箋》）考證出《宴清都・餞嗣榮王仲亨還京》一首寫於度宗朝咸淳元年（一二六五），「送趙與芮自越入杭慶賀度宗乾會節」。吳先生還考證出夢窗詞題中「榮王夫人」皆指嗣榮王之母全夫人；《唐宋詞彙評・吳文英》又考證出紹興與杭京皆有榮邸。

今進而考之，雖然紹興與杭京皆有榮邸，然僅紹興榮邸有瑶圃。見山陰史鑄《百菊集譜》卷二：「今榮王府皇弟大王居邸之側有園曰瓊圃，池曰瑶沼，皆賜御書爲匾。」〔八〕因爲《燭影摇紅・壽嗣榮王》、《宴清都・壽榮王夫人》、《掃花遊・賦瑶圃萬象皆春堂》、《西江月・賦瑶圃青梅枝上晚花》、《宴清都・餞嗣榮王仲亨還京》五首涉及瑶圃，故知寫於紹興，其餘二首寫於杭京。

德祐二年（一二七六）元兵攻破臨安後，夢窗再次歸客蘇州，鄭文焯手批夢窗詞箋《鷓鴣天・化度寺作》「吴鴻好爲傳歸信，楊柳閶門屋數間」二句曰：「觀於此詞結句，是夢窗亦有老屋在閶門，而兩寓化度寺所作皆有懷歸之意，豈老去菟裘，復以此邦爲可樂耶？」〔九〕夢窗最終雖然實現了歸老蘇州的願望，但淪陷之蘇州已非前朝遺民之樂邦矣。

前此入幕榮邸的特殊經歷，烙進了夢窗憑弔宋亡的詞作中。顯證是《應天長・吴門元夕》。此詞雖然寫於蘇州，但「竟路障空雲幕，冰壺浸霞色」二句，與《齊天樂・壽榮王夫人》「清澈冰壺人世」句皆以「冰壺」形容榮邸涼堂，「霞色」寫涼堂懸掛的絳紅蓮燈。「芙蓉鏡，詞賦客。競繡筆、醉嫌天窄」四句，用宗親梁園典。見謝惠連《雪賦》。「芙蓉鏡」，「鏡」字寫鏡湖清澈之渌水，夢窗造辭慣用「倒、揉、碎三法」〔一〇〕，前句的「幕」字意屬「芙蓉」，實用蓮幕典。事見《南史・庾杲之傳》。庾杲之的幕主王儉當時官衛將軍，衛將軍在南朝是三公級別，故此典未可泛泛言之。宋人戴埴《鼠璞》卷上「王儉紅蓮」條有詳述〔一一〕。夢窗入於位居三公（太傅）的嗣榮王幕中，可用此典。「前事頓非昔，故苑年光，渾與世相隔」——恍兮惚兮的隔世之感，實寓如夢如電、如昨夢前塵的故國之思。

《訴衷情》則抒寫帝后北狩之悲，詞曰：「陰陰緑潤暗啼鴉。陌上斷香車。紅雲深處春在，飛出建章花。　春此去，那天涯。幾煙沙。忍教芳草，狼藉斜陽，人未歸家。」詞寫春暮寒食清明時景象。香車，用吴越王妃典，寓寫南宋宮人清明攢宮朝陵的景象。見《夢粱録》卷二。建章宮，夢窗詞如《宴清都・錢嗣榮王仲亨還京》、《瑞鶴仙・贈道女陳華山内夫人》、《江神子・送桂花》屢以代指南宋宫殿。《宋史紀事本末》卷一〇七「元伯顔入臨安」條詳載帝后及趙與芮及庶妻即度宗生母黄氏德祐二年三月北行之事，此詞寫在三月暮春，實爲舊客吴夢窗的椎心泣血之作。集中《浣溪沙・題史菊屏扇》與《踏莎行・敬賦草窗絶妙詞》，可與《訴衷情》互爲印證夢窗及見宋亡。以其生年計之，夢窗得年應在七十五歲以上。

## 二、夢窗詞的思想傾向

夢窗詞作是否深寓亡國之悲與關切朝政存在很大爭議〔一二〕，但以持肯定意見者居多。如況周頤《歷代兩浙詞人小傳序》曰：「夢翁懷抱清夐，於詞境爲最宜。設令躬際承平，其出象筆鸞箋，以鳴和聲之盛，雖平揖蘇、辛，指麾姜、史，何難矣。乃丁世劇變，戢影滄洲，黍離麥秀之傷，以視南渡群公，殆又甚焉。」〔一三〕楊鐵夫《吴夢窗詞箋釋》（簡稱楊箋）推定《繞佛閣・贈郭季隱》、《西平樂慢・過西湖先賢堂》、《瑞龍吟・賦蓬萊閣》、《三姝媚・過都城舊居有感》、《古香慢・賦滄浪看桂》五詞寫於宋亡之後。吴熊和先生對夢窗詞的思想傾向别有會心，指出《高陽臺・豐樂樓》及《水龍吟・送萬信州》「反映了南宋末年的時代氣氛和作者正視現實所産生的憂患意識」〔一四〕，「吴文英晚年，於朝政時局顯然更爲關切」〔一五〕。錢仲聯、葉嘉瑩、陳邦炎、吴戰壘等人持論基本相同。然諸家皆未言其詳，此特作申述。

## （一）黍離麥秀之悲

儘管楊鐵夫列舉的夢窗五首及見宋亡的詞作，只有《繞佛閣・贈郭季隱》寫於宋亡之後〔一六〕，但楊氏斷定夢窗曾目擊「杭京破後景象」〔一七〕，無疑是基於準確的藝術直覺。

不妨對前引《訴衷情》（陰陰緑潤暗啼鴉）略加分析。詞中「陌上」句，用吴越王妃典。《蘇軾詩集》卷十《陌上花三首》引云：「游九仙山，聞里中兒歌《陌上花》。父老云：吴越王妃，每歲春必歸臨安，王以書遺妃曰：『陌上花開，可緩緩歸矣。』」這在攢宫朝陵之外兼寫香車杳杳，蒙塵難歸。「紅雲」句，化用雍陶《天津橋望春》：「津橋春水浸紅霞，煙柳風絲拂岸斜。翠輦不來金殿閉，宫鶯銜出上陽花。」紅雲，此指帝王所居之地，亦即雍陶詩中「紅霞」意。「春此去，那天涯。幾煙沙。忍教芳草，狼藉斜陽，人未歸家」中「幾」與「那」互文。張相《詩詞曲語辭匯釋》：「幾，猶何也，那也；怎也。」此謂「何處」之義。宋徽宗有《眼兒媚》及《燕山亭》：「玉京曾憶昔繁華。萬里帝王家。……花城人去今蕭索，春夢繞胡沙。家山何處，忍聽羌笛，吹徹梅花。」「天遥地遠，萬水千山，知他故宫何處。」兩相對參，哀憫帝后再罹亂離的徹骨之痛溢於言外。

另如《點絳唇・試燈夜初晴》：「捲盡愁雲，素娥臨夜新梳洗。暗塵不起。酥潤淩波地。　輦路重來，仿佛燈前事。情如水。小樓熏被。春夢笙歌裏。」與遺民詞人周密《月邊嬌・元夕懷舊》同含悲慨，充滿盛衰今昔之感。而《浣溪沙・題史菊屏扇》與《踏莎行・敬賦草窗絕妙詞》，雖作寒蛩之苦吟，但卻表現出不入朝元新譜的耿介自守。

## （二）關切朝政時局

集中《瑶華·戲虞宜興》、《水龍吟·送萬信州》、《金縷歌·陪履齋先生滄浪看梅》三詞反映出夢窗對時政一以貫之的關注。《瑶華》上闋曰：

秋風采石，羽扇揮兵，認紫騮飛躍。江蘺塞草，應笑看、空鎖淩煙高閣。凱歌秦隴，問鐃鼓、新詞誰作。有秀蓀、來染吴香，瘦馬青芻南陌。

此詞寫於蘇州，與夢窗在蘇幕時間相符的宜興虞姓知縣，唯虞兟一人。《咸淳重修毗陵志》卷十「秩官門」：「宜興。虞兟，淳祐三年十二月。」據《宋史·虞允文傳》，知虞允文有子三人，孫八人。虞兟是虞允文曾孫，高斯得《淳安縣修獄記》可爲確證：「虞君名兟，乾道宰相忠肅雍公之曾孫，予季父鶴山先生之婿。」〔一八〕另據元代鄭元祐《蜀虞處士墓碣銘》，知虞氏子孫中的一支因虞允文在孝宗朝爲相而僑居蘇州，虞兟正隸屬僑吴支族。「來染吴香」云云，不僅寫虞兟前往宜興任知縣時途經蘇州，也實指其族僑居吴地之事。蓀，香草名，與「孫」諧音，隱寓虞兟是能承君子香澤的虞允文後代。

此詞首三句描寫的是史料中明確記載的虞允文紹興三十一年（一一六一）指揮的著名戰役采石磯大戰。《四川通志》卷四四《虞懷忠虞允文神道碑銘》：「樞臣葉義問督江淮軍，一戰而奔，兩淮盡失。金軍大臨采石，公受命犒師。時敵騎充斥，我兵星散。公以忠義激勉諸將，或謂公宜灼幾自固，公正色叱之曰：『危及社稷，吾將安避！』乃收散卒布陣，列戈船爲五，部分甫畢，敵大呼噪，絶江而下，直薄采石。公帥將士殊死戰，遂大破之。亮趨瓜洲，爲其下所刺。捷聞，上大喜曰：『允文忠義出天性，朕之裴度也。』」[一九]《宋史·虞允文傳》還詳載了從九月到十一月的采石大戰始末。此戰取得「僵屍凡四千餘，殺萬户二人，俘千户五人及生女真五百餘人」的驕人戰績。丁丑，宋兵與伺機報復的金兵再次展開大戰而獲全勝。庚寅，虞允文與楊存中按臨京口瓜洲，顯示出雄厚的應戰實力。完顔亮輕之，被部將所殺。夢窗渲染這場以弱勝强的著名戰役，不僅僅是一般意義上頌揚贈主祖烈，更是身際末世時，對捨身爲社稷、力挽狂瀾的時代英雄的呼唤。其中淩煙閣，指封建王朝爲表彰功臣而建築的繪有功臣圖像的高閣。典出《大唐新語·褒錫》。「江蘺」六句則把虞允文的英雄事蹟與唐朝畫像淩煙閣的功勳相媲美，剴諷當下守疆大臣以長江爲邊塞以及雄風不再的現實。這首詞淳祐三年（一二四三）寫於蘇州，表明夢窗中年時期就對政治有所關注。

《水龍吟》詞題中的萬信州，即萬益之。萬氏咸淳元年至三年（一二六五至一二六七）知信州（今江西上饒）。夢窗在紹興爲其餞行，座中賓主慷慨激昂，重論時事。詞曰：「問千牙過闕，一封入奏，忠孝事、都應寫。」「聞道蘭臺清暇。載鴟夷、煙江一舸。貞元舊曲，如今誰聽，惟公和寡。」「千牙」，語出柳永《望海潮》「千騎擁高牙」。宋人筆記均以柳永此詞贈杭州知府孫何，故「千牙」亦可代指太守。此指知信州的萬益之。詞句還隱括韓愈《左遷至藍關示侄孫湘》詩意：「一封朝奏九重天，夕貶潮州路八千。欲爲聖明除弊事，肯將衰朽惜殘年。」蘭臺，本是漢宫内藏書處，以御史中丞掌管，後因稱御史臺爲蘭臺。御史職責專司糾彈，是朝廷的言事官。御史臺本應糾彈不正，但當時的情形是言事官們卻像范蠡晚年乘扁舟浮於江湖，不問時事。鑒於這種情形，夢窗以爲萬益之應該在以太守身份經過杭京時，把座中談論時事的忠孝激憤寫成奏章呈給皇帝。由於宋朝制度非常忌諱越職言事，太守不是京朝官，更非言事官，上奏章談論時事，需要承當一定的風險，所以要有以國是爲己任的擔當。宋代邵伯温《聞見録》所記蘇軾請求罷相退居金陵時的王安石越職言事，安石激於義憤欲言而終不願言的故事可爲此數句注腳。「貞元」三句是對上文的補充説明。化用劉禹錫《聽舊宮中樂人穆氏唱歌》詩意：「休唱貞元供奉曲，當時朝士已無多。」貞元（七八五至八〇五），唐德宗的年號。劉禹錫貞元中任郎官御史，後坐王叔文黨貶逐，歷二十餘年，始以太子賓客再入朝，感念今昔，故有是語。後用以代指志在改革弊政的正直老成之士。萬益之是紹定二年（一二二九）的進士，赴任信州太守則在咸淳元年（一二六五），已是老而有成德之人。這三句的意思是現在朝中像萬信州這樣憂念國事的舊臣已經凋零寥落，其議論亦曲高和寡——這是鼓勵萬信州越職言事的理由。此時夢窗已經是六十四歲的垂垂老者，卻不見老人衰憊之氣，非常難能可貴。

嘉熙二年（一二三八）作於蘇州的《金縷歌·陪履齋先生滄浪看梅》，贈主爲夢窗交遊中的另一位顯宦吴潛。吴潛時在知平江府任上。滄浪亭主人韓世忠在僞齊亡後主張北伐；吴潛任宰執時，在南宋聯元滅金後主張和守，其政治立場據此可以推知。韓吴兩心所同者，或在於收復失地，或在於留存國脈。夢窗並不是僅以戰和辨忠奸，而以時勢論英雄。詞中「後不如今今非昔」之語，反映出夢窗審時度勢的歷史眼光。

（三）借古抒今

夢窗懷古詞主要有《齊天樂·與馮深居登禹陵》、《高陽臺·過種山（即越文種墓）》、《瑞龍吟·賦蓬萊閣》、《惜秋華·八日登高，飛翼樓》、《八聲甘州·姑蘇臺》、《八聲甘州·靈巖》、《木蘭花慢·遊虎丘》、《木蘭花慢·重遊虎丘》等。在詞集中所占比例並不高，但無不承載著豐富的歷史文化内涵，表達出詞人在現實與歷史對比中的深沈感慨。

《齊天樂·與馮深居登禹陵》通過對華夏民族治水英雄大禹的憑弔，傳達出世易時移、陵遷谷變、盛時不再的文化鄉愁。陳廷焯《雲韶集》卷八評曰：「憑弔中純是一片感歎，我知先生胸中應有多少憂時眼淚。」〔二〇〕《高陽臺》詞題中的「種山」，原名卧龍山，越大夫文種葬所。《會稽志》卷六：「大夫文種墓，在種山。越既霸，范蠡去之。種未能去，或讒於王。乃賜種劍以死，葬於是山，故名。」《瑞龍吟·賦蓬萊閣》中的「文丘廢隧」，也指越大夫文種墳墓。文、廢，皆有名無實之謂。文種屍柩宋代早已不存。孔延之《會稽掇英總集》卷一注元稹《望海亭》詩「嵌空古墓失文種」曰：「墓在州城山上。《圖經》云：潮水到山，望棺柩入海，今所存古穴耳。」又，「州宅」條：「《圖經》云：上有大夫種墓，今失其處。《輿地志》曰：潮水穴山，失其屍。蓋子胥乘潮水取以去之，今山西缺處是也。」二詞通過越王勾踐殺戮忠臣文種的歷史事實，隱然表達出對當下政治的看法。陶爾夫指出：「文種協助越王勾踐滅吴，有大功於國，但最後被勾踐害死。南宋小朝廷枉殺抗金有功之臣岳飛等正是這一歷史悲劇的重演。現實針對性分外醒目。」〔二二〕而《惜秋華·八日登高，飛翼樓》的用意顯然與擻新飛翼樓的南宋帥守汪綱《飛翼樓記》登高之慨聲氣相同：「萬壑千巖，四顧無際，雲濤煙浪，渺渺愁予。使登斯樓者撫霸業之餘基，思卧薪之雄概，感憤激烈，以毋忘昔人復仇之義。庶幾乎鴟夷子之風尚有嗣餘響於千百世者。」

其餘四首都是蘇州懷古詞。《八聲甘州·姑蘇臺》：「別是青紅闌檻，對女牆山色，碧瀞宮眉。問當時游鹿，應笑古臺非。」不僅寫麋鹿游姑蘇臺的亡國之悲，更以一種深邃的歷史眼光，表達出汴京風流消歇之後的今非昔比。寫虎丘題材的兩首《木蘭花慢》都雙吊吴主闔閭與吴妓真娘之魂。並用《晉書·張華傳》龍泉、太阿寶劍鋒芒直沖牛斗的原典，寫游者無人探看埋葬於劍池中扁諸、魚腸等寶劍沖上星宿的精光，寫青萍寶劍與劍匣在時間的長河中共化爲異物，空留盤空排奡之試劍石，深寓對冷兵器時代劍刃喋血、豪氣磊落的追慕。《八聲甘州·靈巖》亦寓興亡之慨，正如劉永濟《微睇室説詞》所總結的：「夢窗寫吴越興亡，不但懷古，實寓傷今。蓋南宋君臣，晏安江左，忘國大仇，亦如夫差當日也。」〔二三〕

（四）體物寫志

夢窗作爲一介布衣，在位卑未敢忘憂國的同時，當然也會關注生於末世運偏消的自身境遇。這一點在他的詠物詞中表現得尤爲明顯。夢窗詠物詞中最多詠花之什。如詠梅花（臘梅）、蘭花、水仙、牡丹(芍藥)、梔子、蓮荷、木芙蓉、菊花、桂花、瑞香等等。不妨以詠木芙蓉的詞作爲例。木芙蓉也稱芙蓉、木蓮、拒霜。《本草綱目》卷三六：「花豔如荷花，故有芙蓉、木蓮之名，八九月始開，故名拒霜。」木芙蓉與水芙蓉(荷花)稱名相同，顔色相似，時間相繼，可堪比並媲美，而木芙蓉更見風骨。唐代李嘉祐《秋朝木芙蓉》、韓愈《木芙蓉》已有稱譽。夢窗詠木芙蓉的詞作有四首：《惜秋華・木芙蓉》、《龍山會・芙蓉》、《醉桃源・芙蓉》、《夢芙蓉・趙昌芙蓉圖，梅津所藏》。夢窗的詠花詞不同程度地被泛本事化闡釋所曲解，詠木芙蓉詞也不例外。以《夢芙蓉・趙昌芙蓉圖，梅津所藏》上闋爲例：

西風摇步綺。記長堤驟過，紫騮十里。斷橋南岸，人在晚霞外。錦温花共醉。當時曾共秋被。自别霓裳，應紅消翠冷，霜枕正慵起。

楊箋：「此爲見《芙蓉圖》憶姬之作。」「『共』者，共姬也。『被』亦有芙蓉之名，此言游夜湖曾共宿湖心也。」鍾振振《讀夢窗詞札記(續)》駁疑曰：「爲友人題圖之作而言自己『憶姬』，似與此類應酬文字之體例不合，未必然也。」楊箋確實是有違木芙蓉之物理的深文羅織。據戴復古《題尹惟曉芙蓉翠羽圖》及周密《西江月・延祥觀拒霜擬稼軒》，知趙昌所畫爲木芙蓉及枝上翠鳥。引詞首三句寫十里蘇堤芙蓉如錦繡。典源見《全芳備祖前集》卷二四引《成都記》：「孟後主於成都四十里羅城上種此花，每至秋，四十里皆如錦繡，高下相照，因名曰『錦城』。」衍生的宋代今典見《咸淳臨安志》卷五八：「東坡倅杭日，有和述古中和堂木芙蓉詩。今蘇堤及岸湖多種，秋日如霞錦云。」「花共醉」云云，寫木芙蓉的「醉客」之名。見白居易《木芙蓉下招客飲》詩。王安石《木芙蓉》、宋祁《江南木芙蓉》也寫其醉態，此詞引中擬爲卯酒未消、慵懶不起的楊妃。石延年《木芙蓉》有「群芳坐衰歇，聊自舞秋風」。范成大《窗前木芙蓉》又有「更憑青女留連得，未作愁紅怨緑看」。此承楊妃之比擬，以木芙蓉爲霓裳舞者，並形容木芙蓉不作水芙蓉愁紅怨緑，更見風骨。

由分析可知，宋代詠物詞通例爲「所詠了然在目，且不留滯於物」〔二三〕——既有外盡其象的準確描摹，也有內盡其理的比興寄託。夢窗詠木芙蓉詞也不例外。這類詞作承載的是感士不遇的自許與悲慨。在詠花詩詞中，春花被寓許嫁東風，荷花則寓意恨嫁，木芙蓉時節晚於水芙蓉，所寓不遇之悲自然有過於荷花。況且木芙蓉有春花之豐容華彩，秋花之豔質冰骨，但卻因未能植根陶謝名門，無以自托良媒。恰如格調迥異世俗的未嫁貧女，自有一種才高人微，傲心不能稍屈之心志。夢窗雖然數入權貴幕中，但一生漂泊，困躓以終。劉毓崧《校刊夢窗甲乙丙丁稿序》曰：「夢窗曳裾王門，而老於韋布，足見襟懷恬澹，不肯藉藩邸以攀緣，其品概之高，固已超乎流俗。」故知詞中花品實與人品對應同構。

## 三、夢窗詞的藝術風格

對夢窗詞藝術成就的評價，可謂説者紛紜；其中以清代周濟的觀點最具理論總結色彩：「夢窗奇思壯采，騰天潛淵，返南宋之清泚，爲北宋之穠摯。」「問途碧山，歷夢窗、稼軒，以還清真之渾化。」〔二四〕指出了吴夢窗作爲宋季詞人，卻能由南溯北，雖然具有極其鮮明的南宋特徵卻能回歸北宋情感之穠摯，意境之渾化。

## （一）密麗與沈鬱

夢窗遣辭造境之密麗，稱爲「夢窗家法」也不過分。其密麗程度即使在文學創作普遍「研味前作，挹其芳潤」，具有濃厚書卷氣息的宋代也不能得到完全的認同。與夢窗同時或稍後的詞論家沈義父和張炎對夢窗因研煉形成的密麗甚至晦澀的風格皆有訾議。《樂府指迷》曰：「其失在用事下語太晦處，人不可曉。」《詞源》卷下曰：「詞要清空，不要質實。清空則古雅峭拔，質實則凝澀晦昧。……吴夢窗詞如七寶樓臺，眩人眼目，碎拆下來，不成片段。」文學創作中的研煉雕飾，是各朝特别是時代末季作家致力藝術創新並走向極端的藝術實踐。夢窗密麗亦即其例，其主要特徵可從四個方面闡述。

其一，從下語用事方面言之，夢窗酷愛用代字。以張炎《詞源》指出的過於晦澀的「檀欒金碧，婀娜蓬萊」（《聲聲慢》）八字爲例，可以看到夢窗用代字的三個層面。

代指密集，目難暇接。劉永濟《微睇室説詞》指出此以「檀欒」代竹，「婀娜」代柳，「金碧」代樓臺，「蓬萊」代池沼，八字全用代詞。

出處淵雅，言不輕下。劉氏分别指出了八個字的出處：

「檀欒」，修竹之形容詞，字出枚乘《菟園賦》：「修竹檀欒。」「婀娜」，楊柳之形容詞，字出李商隱《贈柳》詩：「見説風流極，來當婀娜時。」又，魏曹丕《柳賦》：「柔條婀娜而蛇伸。」「金碧」指樓臺之髹漆，因以代樓臺。「蓬萊」，本海上仙山，今以代園中池沼。如質言之，則爲修竹樓臺，楊柳池塘也〔二五〕。

煉字煉句，指向多歧。劉熙載《藝概·詞曲概》曰：「煉字，數字爲煉，一字亦爲煉。……多者三四層，少亦不下兩層。詞家或遂謂字易而句難，不知煉句固取相足相形，煉字亦須遥管遥應也。」錢鍾書指出了上引代指的重重糾葛及歧義：

「檀欒」、「碧」三字之撏扯《吴都賦》，易見也；「金」字何來，久思未得。偶讀劉攽《彭城集》卷十《野竹亭》有聯云「開門金瑣碎，繞徑碧檀欒」，恍悟文英忽以「金」與「碧檀欒」儷屬，或本於此。劉詩詠竹，上句用孟郊《城南聯句》「竹影金瑣碎」，以與下句用左思賦竹語相對，來歷皆貼合題目，語不泛設。黄庭堅《乙卯宿清泉寺》「佛廟檀欒碧」，遂移施於屋宇。文英詞中僅道蓮柳，無隻字及竹；苟以「金碧」指宫闕，即下句之「蓬萊」，如《彭城集》卷一八《題館壁》「壁門金闕倚天開，五見宫花落古槐。明日扁舟滄海去，卻從雲氣望蓬萊」，或孔武仲《宗泊集》卷七《曉過州橋》「曉日蒼涼宿霧東，蓬萊金碧起浮空」，則「檀欒」只許形容「碧」，未堪形容「金碧」〔二六〕。

其二，夢窗用典極其冷僻。如《婆羅門引·爲懷寧趙仇香賦》中的「仇香」原爲東漢仇覽的别名。因其曾任主簿，後人常用以代稱主簿。《野客叢書》卷六「古語稚拙」條：「宋子京曰：古人語有稚拙不可掩者。……又近時稱主簿爲仇香，似此之類甚多。」故「趙仇香」云云，雅稱懷寧縣（宋屬安慶府）趙姓主簿。《一寸金·贈筆工劉衍》：「念醉魂悠颺，折釵錦字，黠髯掀舞，流觴春帖。」「醉魂」，用裴炎《猩猩銘・序》典，謂猩猩愛酒與屐，爲人設計所擒。黄庭堅有《和答錢穆父猩猩毛筆》「愛酒醉魂在，能言機事疏」，即用此典，此處引申言之，謂猩猩貪酒被擒後，毳毛爲人所得，製成了毛筆。

其三，夢窗造辭鏗麗生新。如《瑣窗寒・玉蘭》「梅谷一懷淒惋」中的「梅谷」，《滿江紅・澱山湖》中「浪摇晴楝欲飛空」中的「晴楝」，《天香・蠟梅》「蟬葉黏霜，蠅苞綴凍」中的「蟬葉」，《珍珠簾》「蜜沈燼暖萸煙裊」中的「萸煙」，《水龍吟・壽嗣榮王》「蟠桃秀、螽蓮綻」中的「螽蓮」，《一寸金》「醉擘青露菊」中的「擘」字，《風入松・鄰舟妙香》「慰溪橋流水昏黄」中的「慰」字，都曾因爲被疑生造屢遭校讎者篡改，其實皆不誤。如「螽蓮」，吴蓓女史《夢窗詞彙校箋釋集評》（簡稱吴箋）以爲可能是「蠡蓮」之形誤，並舉曹植《七啟》「搴芳蓮之巢」爲例證。《七啟》全句實爲「搴芳蓮之巢龜」。李善注曰：「《史記》曰：有神龜在江南嘉林中，常巢於芳蓮之上。」無與吴箋所謂蓮蓬狀如蠡巢之義。螽，螽斯。蟲名。緑褐色。出自《詩・周南・螽斯》。喻后妃子孫衆多。嗣榮王趙與芮的生日在農曆八月初十，此時蓮蓬子實累累，但蓬體尚有緑意。嗣榮王是理宗母弟，度宗生父。這首詞寫宫中爲其祝壽的情景，「螽蓮」一詞在色彩上是自然景象，但也隱寓著對皇室后妃多子的祝願，並與上句「蟠桃」是極爲工整的借對。

其四，夢窗造辭常用「倒、揉、碎」三法，辭語典故碎拆揉倒或疊加用之。最明顯的例證如唐代鄭谷《燕詩》被整體揉碎於《雙雙燕》詞中：

小桃謝後，雙雙燕，飛來幾家庭户。輕煙曉暝，湘水暮雲遥度。簾外餘寒未捲，共斜入、紅樓深處。相將占得雕梁，似約韶光留住。堪舉。翩翩翠羽。楊柳岸，泥香半和梅雨。落花風軟，戲促亂紅飛舞。多少呢喃意緒。盡日向、流鶯分訴。還過短牆，誰會萬千言語。

——吴文英《雙雙燕》

年去年來來去忙，春寒煙暝渡瀟湘。低飛綠岸和梅雨，亂入紅樓揀杏梁。閑几硯中窺水淺，落花徑裏得泥香。千言萬語無人會，又逐流鶯過短牆。

——鄭谷《燕詩》

詞作首二句還化用鄭谷《杏花》詩：「小桃新謝後，雙燕卻來時。」詞集中散見的揉碎疊加例證更是不勝枚舉。揉碎例證如《倦尋芳·餞周糾定夫》：「寒食相思堤上路，行雲應在孤山畔。」化用馮延巳《蝶戀花》詞意：「幾日行雲何處去，忘了歸來，不道春將暮。百草千花寒食路，香車繫在誰家樹。」《醉落魄·院姬□主出爲戍婦》：「主家衣在羞重著。獨掩營門，春盡柳花落。」化用陳師道《妾薄命二首》（之一）：「忍著主衣裳，爲人作春妍。」《倦尋芳·花翁遇舊歡吴門老妓李憐》：「漸老芙蓉，猶自帶霜宜看。」化用蘇軾《和陳述古拒霜花》詩意：「喚作拒霜知未稱，細思卻是最宜霜。」《絳都春·餞李太博赴括蒼別駕》：「流水翠微，明月清風平分半。」化用蘇軾《點絳脣》：「閑倚胡床，庾公樓外峰千朵。與誰同坐。明月清風我。　別乘一來，有唱應須和。還知麽。自從添個。風月平分破。」〔二七〕

疊加例證如《聲聲慢·宏庵宴席》：「甚時見，露十香、釵燕墜金。」化用李群玉《戲贈姬人》：「骰子巡拋裹手拈，無因得見玉纖纖。但知謔道金釵落，圖向人前露指尖。」蘇軾《滿庭芳》：「報道金釵墜也，十指露、春筍纖長。」《瑞鶴仙·餞郎糾曹之嚴陵》：「掩庭扉，蛛網黏花，細草靜搖春碧。」化用書帶草及相關詩詞典故。見《佩文齋廣群芳譜》卷八八：「書帶草，叢生，葉如韭而更細，性柔紉。色翠緑鮮妍，出山東淄川縣城北黌山鄭康成讀書處，名康成書帶。」並化用李群玉《經費拾遺所居呈封員外》：「空餘書帶草，日日上階長。」蘇軾《書軒》：「庭下已生書帶草，使君疑是鄭康成。」《繞佛閣・贈郭季隱》：「紅翠萬縷。送幽夢與、人間繡芳句。」承前文錦緞典喻，疊加採用張協、郭璞典。見《建康實録》卷一八：「（江）淹嘗爲宣城守。罷歸，泊禪靈寺渚。夜夢一人稱張景陽，謂曰：『前以一匹錦相寄，今可見還。』淹探懷中，得數尺與之，此人大恚曰：『那得割截都盡。』顧見邱遲謂曰：『餘此數尺，既無用，乞君。』淹自此文章躓矣。又嘗宿冶亭，夢一人自稱郭璞，曰：『吾有筆在卿處，可相還。』淹探懷得五色筆以授之，爾後爲文不復麗美矣。」郭季隱與郭璞同姓，此二典被虛實相間地加以引用，不即不離地稱讚了郭季隱的文采。

另外，夢窗詞即使不化用詩詞典故，其措辭用語因主觀思致的刻意安排，也顯示出密麗隱細的特徵。略可分爲四類：一如「紅朝翠暮」（《宴清都》），這種看似是借代，又非借代所能囊括的句子。它置既定的形容詞性搭配規範於不顧，把表示色彩的形容詞與時間名詞「鏈結」起來。二如「春寬夢窄」（《鶯啼序》），這類句子，其特點是憑主觀之意把無時空概念的詞與有時空概念的詞「强扭」在一起，似乎意在把前者的模糊轉化爲清晰，其實詞人是有意識讓兩個原本無關涉的詞根彼含互攝，從而使讀者陷入更大的「情感混沌場」。三如「彩扇咽寒蟬」（《霜葉飛》）一類的句子，其特點是詞人主觀安排兩個名詞受一個動詞制約；而且，其中一個名詞還有與動詞搭配不當之嫌，必須通過某種辭格「還原」才能完成搭配。四如「怨娥墜柳，離佩摇葓」（《古香慢》）一類比喻倒裝句，它在文人故伎之外，把表達主觀感情的字面放在了最突出的句首，有意讓客觀景物蒙上濃重的主觀色彩。

唯其如此，傾畢生精力三箋夢窗詞集的楊鐵夫也不免奥博之憚，嘗謂集中「陶洲」、「殷雲殿」、「宜男舞」、「胭脂嶺」、「錦雁峰」數處，仍屬所未詳者。究其實，楊箋是爲倒、揉、碎三法所障目。如「陶洲」，見《拜星月慢·姜石帚以盆蓮數十置中庭》：「眼眩魂迷，古陶洲十里。」這是寫古陶瓦盆中攢簇的蓮花在庭院裏組成的景象讓人目眩神迷，産生了似乎徜徉於西湖十里荷花洲的錯覺和想像。與前文「昨夢西湖，老扁舟身世」相呼應，非真有所謂古陶洲也。「殷雲殿」，見《水龍吟·壽尹梅津》：「記殷雲殿鎖，裁花剪露，曲江畔、春風勁。」「殷雲殿鎖」實爲「殷雲鎖殿」之倒文，是回憶好友尹梅津嘉定十年（一二一七）殿試時的才華嶄露以及賜宴時的春風得意。非有所謂「殷雲殿」也〔二八〕。這類「疑似」典故被夢窗雕潤之後，皆有「急索解人不得」之虞，宜受「映夢窗，淩亂碧」之譏也。

不能否認，遺辭造語糾葛難解之密麗是夢窗詞的顯性存在，但與此同時，夢窗詞中並存著足以彌補這一缺憾的行氣存神，旨趣永長的特徵，也是不爭的事實。宋季以來對夢窗詞的正面評價也可以證明這一點。沈義父説夢窗「深得清真之妙」，張炎也説夢窗與晚宋諸名家「能特立清新之意，删削靡曼之詞，自成一家，各名於世」。晚清時期，詞壇經過推崇清空到主張寄託的蜕變，末季心態與夢窗所處時代的某種相似，特别是詞集校勘的興起，詞學家們對夢窗的評價在對夢窗詞精研的同時得到了升華。當時操選政者與校讎家的評價最具代表性。戈載《宋七家詞選·夢窗詞選》跋曰：「（夢窗）以綿麗爲尚。運意深遠，用筆幽邃，煉字煉句，迥不猶人。貌觀之，雕繢滿眼，而實有靈氣行乎其間。細心吟繹，覺味美於回，引人入勝。既不病其晦澀，亦不見其堆垛，此與清真、梅溪、白石，並爲詞學之正宗，一派真傳，特稍變其面目耳。猶之玉谿生之詩，藻采組織，而神韻流轉，旨趣永長，未可妄譏其獺祭也。」鄭文焯《手批夢窗詞》亦曰：「夢窗詞自玉田有『七寶樓臺』之喻，世眼恒以恢奇宏麗，目爲驚采絶豔，學之者遂致晦澀，多用代字雕潤，甚失夢窗精微之旨。……俾知其行氣存神之妙，不得徒以跡象求之。」

夢窗詞作辭境密麗，因而寫景、敘事在盡去渣滓而清泚其體的同時，也不可避免地給人以凝澀晦昧的質實之感。但夢窗化質實爲清空的抒情方式，又能使其詞作表達情感及主旨時内蘊著一種阻礙過度飛揚的深摯灝瀚，與北宋特别是豪放詞人相比，顯示出一種密麗其外，沈鬱其中的特色。況周頤《蕙風詞話》對此最能體認入微：「重者，沈著之謂。在氣格，不在字句，於夢窗詞庶幾見之。即其芬菲鏗麗之作，中間雋句豔字，莫不有深摯之思，灝瀚之氣，挾之以流轉。令人玩索而不能盡，則其中之所存者厚。沈著者，厚之發見乎外者也。……夢窗與蘇、辛二公，實殊流而同源。其所爲不同，則夢窗緻密其外耳。」

## （二）朦朧與渾化

研究者對夢窗詞最直觀的印象，就是與晚唐李商隱詩的驚人相似。四庫館臣《夢窗詞提要》曰：「詞家之有文英，亦如詩家之有李商隱也。」嚴復《與朱彊村書》亦曰：「竊謂夢窗詞旨，實用玉谿生詩法，咽抑凝回，辭不盡意，而使人自遇於深至。」〔二九〕故而錢仲聯題序《吴夢窗詞箋釋》，即以楊箋擬諸馮浩箋義山之功。其實，因李詩吴詞殫精竭慮的「博奥」，雖經箋釋，仍有「解人難」之歎；對於此類極難達詁的詩詞，箋釋家一旦膠柱鼓瑟，試圖把多義渾成的指向進行某種不夠準確的定位，在破譯朦朧的同時也顛覆了文本的深旨。這可以説是夢窗、義山詩詞箋釋中最爲獨特的現象。試看夢窗《瑣窗寒·玉蘭》：

紺縷堆雲，清腮潤玉，記人初見。蠻腥未洗，梅谷一懷淒惋。渺征槎、去乘閬風，占香上國幽心展。□遺芳掩色，真姿凝澹，返魂騷畹。一盼。千金换。又笑伴鴟夷，共歸吴苑。離煙恨水，夢杳南天秋晚。比來時、瘦肌更銷，冷薰沁骨悲鄉遠。最傷情、送客咸陽，佩結西風怨。

引詞所用詩文典實錯綜複雜，按順序撮其要者有，蘇舜元《淮上喜雨聯句》「媚若隱紺縷」，張華《博物志》濱海人八月泛槎銀河典，《左傳·宣公三年》鄭文公賤妾燕姞服媚國香蘭花典，《十洲記》返魂香典，屈原《楚辭·離騷》「予既滋蘭之九畹兮，又樹蕙之百畝」，杜牧《杜秋娘詩》「西子下姑蘇，一舸逐鴟夷」，李賀《金銅仙人辭漢歌》「衰蘭送客咸陽道」，史達祖《萬年歡》「定應愁沁花骨」等等。令人目眩神迷的是，詞題是詠玉蘭，即玉白色蕙蘭，蘭花從時節看，可分爲春蘭與秋蘭，此寫秋蘭。雖然宋詞詠花體例可以兼及閨房情意。但賓主都能各得其位，而夢窗詞中屬於賓從地位的閨房情意，顯然喧賓甚至欲奪被詠之物的主位，所以連國學大師胡適也不勝困惑：「只見他時而説人，時而説花，一會兒説『蠻腥』和『吴苑』，一會兒又在『咸陽』『送客』了。原來他説的是『玉蘭花』。」〔三〇〕其實，結合夢窗生平事蹟披文入情，這首寫於蘇州倉幕的詞作意脈可以尋按：「紺縷」三句，用逆入法寫年青時杭京初見玉蘭，並以鬟雲喻蘭葉，以玉腮喻花瓣。「渺仙槎」三句，承上意寫玉蘭從原產楚地沅湘深谷移至杭京，直如泛槎仙境身價驟升，但蘭花雖占國香卻不改幽怨之性。「□遺芳」三句，展開「幽怨」二字，寫蘭花如從騷畹返魂歸來，保持了要眇宜修的品質。「一盼」五句，寫在蘇幕時再見玉蘭，故以吴宫美女西施喻蘭花。「離恨」五句，時節至深秋，玉蘭似因思湘鄉而肌銷骨瘦。「最傷情」三句，寫作爲佩飾的秋蘭，已然衰敗，更見幽怨。這首詠花之作，因隱辭幽思而顯得含思婉轉、怨抑低回，校箋家們因之進行了强勢「再創造」。先是王鵬運、朱祖謀從杜文瀾校本之疑徑改「記人」爲「汜人」，因而沈亞之《湘中怨歌》中龍宫鮫仙與太學鄭生淒婉的愛情故事被無端滲透到詞中。接著，夏承燾、楊鐵夫又在「汜人」基礎上衍爲蘇姬杭妾之説。楊箋更説此詞：「夢窗憶姬之作，居全集四分之一。此詞更於姬之來蹤去跡，詳載無遺，可作一篇琴客小傳讀。」楊箋中的「姬」，是蘇州遺姬的簡稱。在楊氏的箋考中，這是一位納娶於蘇州後挈至杭州，復又遣歸蘇州的女子。至此，這首詠花詞被泛本事化成卒難尋其端倪的「愛情之作」。

然而，箋釋與背景的相對明晰並不能完全改變夢窗詞朦朧的本質。關於這一點，馮煦《六十一家詞選·例言》闡述最爲確切：「夢窗之詞，麗而則，幽邃而綿密，脈絡井井，而卒焉不能得其端倪。」夢窗詞因黼黻藻會之盛，脈絡綿密卻條縷紛然，雖可瞥見端緒，然斐然麗錦，碎拆即不成片段，夢窗的朦朧亦由此臻於渾化之境。渾化無跡是北宋詞的最高境界，周邦彦集其大成。以章法結構言之，就是不像柳永、秦觀以回憶——眼前——回憶爲主線那樣有刻露之痕，而是如草蛇灰線，形跡隱約在可尋與不可尋之間，並能把結構在最大程度上還原成能彙入生活之流而非刻意藝術的「原生態」，即交談式的回憶——眼前的結構方式。在周邦彦的筆下，這種方法恰恰又是最爲理性和最爲藝術的回憶中有眼前、眼前中有回憶，盤空而行，渾化無跡的章法形式；並且寫出了感情實際存在的如煙似霧、融而未明，以及有波瀾，有回流，有轉折的渾沌狀態。夢窗詞中與「奇思壯采，騰天潛淵」的奇特想像相濟相成的潛氣内轉、空際轉身的章法結構，正是由南追北、對清真章法在更高層次上的回波溯流。

夢窗潛氣内轉、空際轉身的章法特點，是晚清以來詞學家們的共同看法，周濟和夏敬觀的説法比較具有代表性。周濟曰：「夢窗每於空際轉身，非具大神力不能。」〔三一〕夏敬觀曰：「予嘗謂夢窗詞，如漢魏文，潛氣内轉，不恃虚字銜接。」〔三二〕不妨以夢窗詞集中最長的詞調《鶯啼序》爲例。

這是一首贈杭州歌妓的詞作，夢窗與杭妓的交往始於少年客杭時，從「鬢侵半苧」，知此詞是由蘇幕短暫行役杭京時所寫。詞作在時空方面可謂大開大闔，並且儘量不用虚字，以陡接虚接即空際轉身的方式結構篇章。首闋前五句，懸想杭妓曾在情人離開之後，每至暮春，因觸景生情而借酒消愁的情狀。後五句，寫詞人數年清明寒食皆在吴地度過。第二闋陡接當年客杭時暮春初遇，即在西湖蘇堤彼美香巢幽會的整個過程。第三闋是不借助任何過渡甚至没有鋪墊的多層連接。前三句寫自己寄旅水鄉蘇州數年，不見彼美驛寄梅萼傳情達意。接六句，寫蘇幕時多次短暫回杭，也曾舊地重訪，但都音信杳然。面對暮春風雨葬落花，不免油然而生不祥之預感。「長波」以下，前五句回憶曾經送别彼美至西陵渡口，而以「記當時」後置，句式夭矯，尤見轉身之力。以下三句則寫回到送别地重尋蒙上時間塵埃的舊跡。最後一闋容納的内容也非常豐富。前三句承上文意脈，抒寫在當年送别的長亭眺望，歲月老去，佳人未歸。「暗點檢」五句，空際虚接，寫彼美離開後，自己無數次檢點愛情信物，彼美留下的鮫帕上還殘存記載悲歡的唾痕淚漬，而兩人卻像巾帕上鸞鳳圖案一樣形單影隻，各爲對方迷失歸來之路，而無從再生歌舞之歡情。結處八句，虚接了兩層假設。一層是如果彼美還在人間，因不知她所在何方，即便空勞過雁也無從傳遞書中長恨；如果彼美已經殞謝，就只能空憑相思箏曲爲之招魂，但未知能否招得香魂飄蕩至這片愛情遺夢的發生地。

這篇詞作不僅承載了銘心刻骨的愛情記憶，還有這份愛情記憶所附麗的青春祭奠，以及命運多舛的人生況味，更有時代末季頹廢世相的投射。由於空際轉身和潛氣内轉，詞中時空被有意顛之倒之，多重情感在錯綜的時空中横空而來，又飄然而去。其佳者，如「天光雲影，摇蕩緑波，撫玩無斁，追尋已遠」〔三三〕。我們從夢窗詞中獲得的永遠只能是摇漾於緑波中天空光影反射出的迷離、飄忽甚至虚幻的粼波，變幻無窮卻映射著天水相接的渾茫氣象。

在南宋特别是宋季詞人中，夢窗詞作似乎具有最明顯的「去北宋化」特徵，但又與北宋集大成者周邦彦最呈合流之勢：「清真格調天成，離合順逆，自然中度。夢窗神力獨運，飛沈起伏，實處皆空。夢窗可謂大，清真則幾於化矣。由大而幾化，故當由吴以希周。」〔三四〕「夢窗詞極得清真神似，但清真用典渾成，不如夢窗之破碎；清真用意明顯，不如夢窗之晦澀；清真用筆鉤勒清楚，不如夢窗縱横穿插，在若斷若續或隱或見之間。至於起伏頓挫，開合照應，格局神氣，無不酷肖而吻合。所以分者，一則峭

健，一則雍容。」〔三五〕

## 四、夢窗詞集版本評述

夢窗詞集今無宋元舊槧傳世，目前所能見到的最早詞集版本都是明鈔本或明刻本。一是張廷璋萬曆二十六年（一五九八）的鈔本，一是毛晉崇禎三年（一六三〇）的刻本。並且在相當長的一段時間內，版本源頭只有毛晉本，在張元濟未發篋相示朱祖謀明鈔本之前，毛本孤本行世，各名家孜孜矻矻，務從選本中求得佳證。其中以杜文瀾、王鵬運、朱祖謀、鄭文焯最爲四明功臣。明鈔本後出，因爲與毛本同出其時，極有校勘價值。下面以明鈔本爲參照，以版本行世先後爲序，對本書涉及的重要版本之校勘情況略作評述。

下文涉及的夢窗詞版本有：四卷本《夢窗甲乙丙丁稿》系列七種：毛晉汲古閣刻本（簡稱毛本），陸貽典、毛扆等校本（簡稱毛扆本），戈載批校夢窗稿鈔本（簡稱戈校本），杜文瀾校本（簡稱杜本），王鵬運、朱祖謀合校本（簡稱王朱本），朱祖謀二校本（簡稱朱二校本），鄭文焯校批夢窗詞諸本（簡稱鄭本）。一卷本《夢窗詞集》系列四種，明張廷璋鈔本（簡稱明張本）、朱祖謀三校本（簡稱朱三校本）、朱祖謀四校本（簡稱朱四校本）。略及一卷本中的清康熙六年張夫人學象手鈔本（簡稱清張本）。

## （一）毛晉汲古閣本及毛扆校本

毛晉汲古閣本（或稱毛刻、《夢窗甲乙丙丁稿》、《夢窗詞稿》、《夢窗四稿》等）。雖然毛本是夢窗四卷本的唯一祖本，但向來倍受譏評。戈載、杜文瀾首發其難，王鵬運《校刊夢窗甲乙丙丁稿・述例》（簡稱《述例》）曰：「毛刻失在不校，舛謬不可勝已。」衆口所鑠，幾成毛本定讞。但與明張本對參，可以發現，毛本所謂「不校」，在很多時候，恰恰保存了夢窗詞的「原生態」；後之出於己意的「校讎」，動輒成爲違背詞人作意的誤改。下面以毛本爲正例（若與明張本有異，則特别拈出）加以申説。

《瑣窗寒・玉蘭》：蠻腥未洗，梅谷一懷淒惋。渺征槎、去乘閬風，占香上國幽心展。

梅谷：朱三校本從明張本作「海谷」，朱四校本再徑改一字作「海客」。夢窗造辭慣用「倒、揉、碎」之法，此處「梅」或「海」實與後句中的「槎」粘合成新語。夢窗雖然酷愛張華《博物志》濱海之人八月泛槎至銀河典實，但集中絶對不用「海槎」之陳言。而是推陳自鑄「梅槎」（美稱香木製成的筏子）新辭。如「梅槎淩海横鼇背」（《絳都春・題蓬萊閣燈屏》）、「人駕梅槎未渡」（《醉蓬萊・賦越上霖雨應禱》），《醉蓬萊・賦德清縣圃古紅梅》中「客老秋槎變」，因詞題中的古梅樹，也暗用了「梅槎」新語。這裏夢窗顯然也是採用離合技法，故而「梅谷」遠勝「海谷」，「海客」則突兀難通。

《江神子・送桂花》：夜涼沈水繡簾櫳。酒香濃。霧濛濛。叙列吴娃，腰裊帶金蟲。

腰裊：這是一個不經見連綿詞。朱二校本徑改爲另一相對常見的連綿詞「騕褭」。此詞題叙是

「送桂花。吴憲時已有檢詳之命，未赴闕」。據鍾振振《讀夢窗詞札記》，知「吴憲」爲吴潛兄長吴淵。當時擔任平江知府、提點浙西刑獄等職的吴淵將調京任樞密院檢詳諸房文字。引例前三句用李賀《秦宫詩》詩意：「樓頭曲宴仙人語，帳底吹笙香霧濃。」寫同官酒樓餞别的熱鬧景象；最後一句直接隱括李賀《惱公》詩：「陂陀梳碧鳳，腰裊帶金蟲。」「腰裊」，宛轉摇動貌。形容侑觴吴伎髻鬟上的頭飾。騕褭，則爲古駿馬名。語見《文選·張衡〈思玄賦〉》，與餞别場景鑿枘難合。

另外，還有諸本皆疑毛本，實未必誤者。如：

[一]、《法曲獻仙音·放琴客》：紫簫遠。記桃枝、向隨春渡。

[二]、《探芳新·吴中元日承天寺遊人》：椒杯香乾醉醒，怕西窗、人散後。

[三]、《天香·蠟梅》：蟬葉黏霜，蠅苞綴凍，生香遠帶風峭。

[一]桃枝：朱三校本、朱四校本、鄭本改作「桃根」。謂用桃根、桃葉及桃葉渡典。事見《樂府詩集》卷四五所引《古今樂録》。典麗派詞人用「桃根」，即有桃葉之妹的特殊含義。如周邦彦《點絳唇》：「憑仗桃根，説與相思意。」桃根就是指舊愛營妓岳楚雲之妹，事見王灼《碧雞漫志》卷二。夢窗此處實因平仄需要，加上與姊妹雙雙意不相及，所以用「桃枝」代指桃葉，故不誤。[二]香乾，《詞律》、杜本疑爲「香朝」。其實，「椒杯香乾」意思是喝乾了元日用花椒浸制的節令藥酒，餘香殘留杯中。亦不誤。[三]蟬葉：朱三校從明張本作「蟫葉」。毛本實不誤。蠟梅含苞欲花時，枝上舊年宿葉如蟬蜕之枯殼，因稱「蟬葉」。夢窗慣伎中有「仿辭」手法，即相對下句「蠅苞」鑄煉而成新辭。周密《齊天樂·

蟬》「前夢蜕痕枯葉」，亦以蟬蜕喻枯葉，可以互證。

另如《拜星月慢·姜石帚以盆蓮數十置中庭》中的「意迷」，《齊天樂·壽榮王夫人》中的「芳茀」，《聲聲慢·魏壽方泉》中的「棖徑」。《夜飛鵲·蔡司户席上南花》中的「梭懸」，《一寸金·贈筆工劉衍》中的「雕礱」，《水龍吟·壽嗣榮王》中的「訊查」等等，都是同類例證。

毛本還有可存異文者，未可云必誤。如《點絳唇》：「推枕南窗，練花寒入單紗淺。」練花，諸家皆改「楝花」。其實，因楝樹果實可以「練」，即用以煮熟生絲或生絲織品，故「楝花」與「練花」實同物異名。《格致鏡原》卷六五曰：「《彙苑詳注》：楝花開，芬香滿庭，其實可以練，故名。」詩詞中常常互通，如陸游《梅雨》作楝花，楊萬里《淺夏獨行奉新縣圃》則作練花。故知毛本實不誤。

毛扆校本，指《宋名家詞·夢窗甲乙丙丁稿》，明崇禎毛氏汲古閣刻，陸貽典、黄儀、毛扆、季錫疇、瞿錫邦校並跋，何煌、何元錫校本。毛扆是毛晉之子。毛扆等校夢窗四稿時，明張本尚未行世，毛扆本校語雖然不多，但因其所見當屬自宋至明的善本；對於無宋元舊槧留傳的夢窗詞集來説，校勘史上的意義未可小視。

其一，整理出脱字、奪字、衍字、錯字。如：

［一］、《風入松·麓翁園堂宴客》：轆轤聽帶秋聲轉，早涼生、傍井梧桐。

［二］、《瑞鶴仙·贈道女陳華山内夫人》：□華峰□□。低屏横幅，春色長供午睡。

［三］、《沁園春·冰漕鑿方泉》：一泓地，解新波不涸，獨障狂瀾。

〔四〕、《夢行雲·和趙修全韻》：嬌笙微韻，晚蟬理秋曲。

〔五〕、《瑞龍吟·德清清明競渡》：簪柳門歸嫩。猶自有、玉龍黄昏吹怨。

〔一〕傍井梧桐，毛本作「傍井桐」。毛扆校曰：「『桐』上應脱『梧』字。」〔二〕「□華峰」句，毛本無空格。毛扆校曰：「『華峰』上下應脱三字。」〔三〕一泓地，毛本作「春一泓地」。毛扆本：「『春』字應衍。」〔四〕理秋曲，毛本作「亂秋曲」。毛扆本改「亂」作「理」。〔五〕毛本首句作「簪柳嬌桃嫩」。毛扆本改作「簪柳門猶嫩」。雖然「猶」字以下衍訛，但「柳嫩」符合宋代寒食清明習俗。見《武林舊事》卷三：「清明前三日爲寒食節。都城人家皆插柳滿簷。雖小坊幽居，亦青青可愛。」而宋代絶無清明時同簪柳桃的風俗，故知毛本確誤。

其二，從韻律的角度校改。

〔一〕、《絳都春·餞李太博赴括蒼别駕》：萬玉舞、罘罳東畔。

〔二〕、《暗香·送魏句濱宰吴縣解組》：花隊簇、輕軒銀蠟。

〔三〕、《隔浦蓮近·泊長橋過重午》：人散。紅衣香在南岸。

〔四〕、《惜紅衣·余從姜石帚遊苕霅間三十五年矣》：當時醉近繡箔，夜吟寂。

〔一〕東畔，毛本作「東苑」。毛扆校曰：「『苑』字押重。」〔二〕銀蠟，毛本作「銀燭」。毛扆校曰：「『燭』應『蠟』方叶。」〔三〕人散，毛本作「人教」。毛扆校曰：「『教』字應用韻，疑『散』字。」〔四〕夜吟寂，毛本奪「寂」字。毛扆校曰：「『夜吟』下脱一字。應用韻。失一『寂』字。」

其三，校句。

［一］、《渡江雲·西湖清明》：還始覺、留情緣眼，寬帶因春。

［二］、《繞佛閣·贈郭季隱》：□□□□。賦情縹緲、東風颺花絮。

［一］後二句毛本作「留情緣寬，帶眼因春」。毛扆本改，明張本正同。［二］毛本作「賦情縹緲，東風搖颺、花絮□□□」。毛扆校曰：「脱四字，應在『東風』上。」明張本亦自注：「脱四字。」

以上三類多爲諸本所從，毛扆本還有一些改動爲諸家所忽略，更值得珍視。如《宴清都·送馬林屋赴南宫》：「東風力，任將雲雁高送。」《齊天樂·贈姜石帚》：「籤聲亂葉，蘄竹簟紗如水。」《珍珠簾·春日客龜溪》：「蜜沈燼暖萸煙裊。」其中「任將」、「簟紗」、「萸煙」都應從毛扆本。

校讎家如朱祖謀、鄭文焯等人對毛本的認知，多停留在《述例》「有虞山之刻，然後霜腴遺稿不致無傳」的層面，並且因爲未見毛扆本，不知經過校正的毛本，與後行世之明張本已經非常接近。

## （二）戈載批校本與杜文瀾校本

對於杜文瀾曼陀羅華閣叢書《夢窗甲乙丙丁稿》，王鵬運《述例》「杜刻失在妄校，每並毛刻之不誤者而亦改之」一語，成爲杜本不易之評。實際上，杜本與毛本各存千秋。杜本之所以在夢窗四稿的校勘史上有重要價值，與戈載批校夢窗稿鈔本甚有關聯。

戈校本録詞二九七首（删去僞詞，存夢窗詞二八九首），雖未稱足本，但卻是較早夢窗詞集的單行版本。戈校本注明「朱選」者十首（與朱存理《鐵網珊瑚》本部分重合，可知非一種選本），「范選」者二十八首，皆爲後人未見之選本。杜氏之後，諸校家多未曾寓目戈校本，故不知戈校本、杜本都是夢窗詞校勘過程中的不可或缺的重要環節。先看戈校本。

其一，戈本校出或指出訛字誤句，指迷方來。如：

［一］、《水龍吟·壽嗣榮王》：新棟晴翬淩漢。半涼生、蘭槳書卷。

［二］、《探芳信·麓翁小園早飲》：小闌干、笑拍東風醉醒。

［三］、《尾犯·甲辰中秋》：對日暮、數盡煙碧。

［四］、《醉落魄》詞題：題藕花洲尼扇。

［一］蘭槳，毛本作「蘭繁」。戈校本：「『蘭繁』字誤。」［二］醉醒：毛本作「醇醒」。戈校本：「『醇』字訛，或『醉』字。」［三］戈校：「『對日』句有訛字。」［四］毛本詞題作「贈藕花洲」。戈校本：「此是贈尼之作。」此類校語成爲後來校者抉正及申說的基礎。

其二，戈本以韻律校詞。如：

［一］、《木蘭花慢·餞趙山臺》：清奇。好借秋光，臨水色、寫瑶卮。

［二］、《木蘭花慢·餞韓似齋赴江東鹺幕》：悠颺。霽月清風，凝望久、鄮山蒼。

戈氏是《詞林正韻》的作者，精通詞律，校批夢窗詞，是以輕車就熟路。［一］秋光，戈校本：「『光』字宜韻。」夢窗同調詞中「開尊。重吊吴魂」，「年年。葉外花前」，皆叶短韻。故戈氏有此校語。［二］

毛本引句作「霽月。清風凝望久，悠颺。鄮山蒼」。戈校本：「應作：『悠颺。霽月清風，凝望久、鄮山蒼。』」這是根據毛扆本的移删，改爲韻句。另如《法曲獻仙音·秋晚紅白蓮》，上闋結句爲「啼綃粉痕泠」，下闋起句爲「宛相向。指汀洲」。戈校本曰：「末句應作『啼痕宛相向』。後闋起句應作『綃粉泠、指汀洲』。」這是因爲上結「泠」字以吴音（棱浪切）叶韻，以方音土語押韻爲格律派所禁忌。《詞林正韻·發凡》曰：「宋人詞有以方音爲叶者，如：……吴文英《法曲獻仙音》，『泠』、『向』同押；陳允平《水龍吟》，『草』、『驟』同押。此皆以土音叶韻，究屬不可爲法。」

其三，戈本創擬疑删補之法。如：

〔一〕、《水龍吟·雲麓新葺北墅園池》：浮碧亭□，泛紅波迴，桃源人世。

〔二〕、《夜行船》：紅葉中庭，緑塵斜曳，應是寶箏慵理。

〔三〕、《三姝媚·姜石帚館水磨方氏會飲》：付與金衣清曉，花深未起。

〔一〕浮碧亭□：毛本作「浮碧亭」三字。戈校本：「失一字。疑『寬』字。」〔二〕緑塵斜曳：毛本作「緑塵斜□」。戈校本：「闕一字，擬『柱』。」楊箋亦曰：「『斜』下空格，擬補『柱』字。何以『塵』？以『慵理』故，以下句足上句意。『箏』、『柱』二字，拆分兩句，又一法門。」〔三〕金衣，毛本作「嬌鶯金衣」。《三姝媚》詞調各家俱九十九字，唯夢窗此調多二字，故戈校：「應去『金衣』二字。」後二例句可作爲異證以備一説。

其四，戈本還嘗試從詞作風格辨别詞作真僞。如謂《東風第一枝》「非夢窗詞」，後來楊箋、朱箋皆有此疑，與戈氏不謀而合。

杜文瀾博極群書，深究詞律，杜本以「校正之精，删移之善，輯補之密，評論之公」（劉毓崧語），提升了校勘品質。

其一，杜本校改皆得自詞選甚至詞選所據之本，並自加裁斷。如：

［一］、《鶯啼序》：殷勤待寫，書中長恨，藍霞遼海沈過雁。

［二］、《惜秋華・七夕》：宫漏未央，當時鈿釵遺恨。

［三］、《倦尋芳・花翁遇舊歡吴門老妓李憐》：墜瓶恨井，分鏡迷樓，空閉孤燕。

［四］、《醉蓬萊・七夕》：月韗瓊梳，冰銷粉汗，南花熏透。

［五］、《瑞鶴仙・贈道女陳華山内夫人》：□華峰□□，低屏横幅，春色長供午睡。

［六］、《金縷歌・陪履齋先生滄浪看梅》：遨頭小簇行春隊。

［一］殷勤，毛本作「殷動」。杜本從《詞緯》改。［二］鈿釵遺恨：毛本作「鈿釵送遺恨」。杜本從《詞譜》删「送」字。［三］空閉孤燕，毛本作「空閈孤燕」。杜本從戈選改。［四］月韗，毛本作「月蟬」。戈校本眉注「韗」字。杜校：「『蟬』字應仄。疑『韗』字或『蝕』字之誤。」［五］「□華峰」句，毛本無空格。《詞綜》作「少華峰頭有」。杜本將《詞綜》的補字改爲方空。［六］行春，毛本作「行香」。杜本從《中興以來絶妙詞選》改。此寫太守勸農之行，語出杜甫《嚴中丞枉駕見過》：「元戎小隊出郊坰，問柳尋花到野亭。」

特别值得提出的是，杜氏親見後之校家未見的毛扆本，杜本據以厘句改字，後人從改，因之而有版本依據。

〔一〕、《渡江雲・西湖清明》：還始覺、留情緣眼，寬帶因春。

〔二〕、《尾犯・甲辰中秋》：竹房苔徑小，對日暮、數盡煙碧。

〔三〕、《珍珠簾・春日客龜溪》：蜜沈燼暖萸煙裊。層簾捲、佇立行人官道。

〔一〕「留情」二句，毛本作「留情緣寬，帶眼因春」。〔二〕「對日暮」二句，毛本作「對日暮教煙碧」。〔三〕層簾捲，毛本脱此三字。杜本皆據毛扆本校改或增補。

其二，杜本疑誤或增補，能裨助一字之碻立。如：

〔一〕、《點絳唇・試燈夜初晴》：暗塵不起。酥潤淩波地。

〔二〕、《蕙蘭芳引・賦藏一家吴郡王畫蘭》：素女情多，阿真嬌重，喚起空谷。

〔三〕、《花犯・郭希道送水仙索賦》：湘娥化作此幽芳，淩波路，古岸雲沙遺恨。

〔一〕暗塵，杜本從毛本作「晴塵」。然校曰：「『晴』字宜去聲，疑『暗』字之誤。」〔二〕喚起，杜本從毛本作「喚□」。然校曰：「『喚』字下原闕一字。宜上聲，擬補『起』字。」〔三〕化作，《詞律》校曰：「『作』字宜平，疑『爲』字之誤。」杜本從《詞譜》改，校曰：「『爲』字不及『作』字健，蓋以入聲作平者。」

其三，杜本的徑改，常得到諸本認同，亦非妄改所能擬議。如：

〔一〕、《永遇樂・乙巳中秋風雨》：香吹輕燼，倚窗小瓶疏桂。

[二]、《聲聲慢・宏庵宴席》：緑窗細剥檀皺，料水晶、微損春簪。

[三]、《水龍吟・雲麓新葺北墅園池》：舉頭見日，葵心傾□，□□歸計。

[一]輕燼，毛本作「輕爐」。[二]檀皺，毛本作「擅皺」。[三]舉頭見日，毛本作「舉見日」。以上杜本徑改，諸本皆從同。

其四，杜本中的闡釋，爲校語之精金碎玉，甚或有糾正毛本箋語之誤或加以申述者。如：

[一]、《惜秋華・木芙蓉》：愁邊暮合碧雲，倩唱入、六幺聲裏。

[二]、《蕙蘭芳引・賦藏一家吴郡王畫蘭》：奉車舊畹，料未許、千金輕債。

[一]毛本注《惜秋華》曰：「大曲六幺，王子喬芙蓉城事。有樓名『碧雲』。」杜校：「案，芙蓉城乃王子高之事，與王子喬無涉。子高名迥，與東坡同時，詳見蘇集原注。作『喬』，蓋因形似而訛。」[二]輕債，杜校：「『輕債』，『債』字音『育』，《説文》：賣也。《周禮》以量度成賈而征價。」明張本正自注曰：「（債）音『鬻』。」杜本之後，朱箋、鄭氏手批往往是在杜校基礎上進行精彩闡發。

其五，杜氏以毛氏夢窗四稿爲底本，校讎極合規範，甚至具有創新體例的作用。如因當時各家選集尚夥，就各家選集逐闋核對，是清代校勘夢窗詞通例。杜氏《凡例》又曰：「選本所遺、無從校訂而訛脱顯然尚可推測者，謹就管見所及，將擬改何字、擬補何字附注，而正文則仍其舊。其原空出者，作『原闕』，未空出者，作『原脱』以别之。」存疑而不改舊文，區别「闕」、「脱」一字之差等體例，皆爲後世校讎家所遵奉。

杜氏校夢窗四稿時，明張本尚未行世，杜氏目見版本中以毛扆本、戈校本、姚子箴本最爲上乘，此三種校本皆爲後來夢窗詞的重要校讎家王鵬運、朱祖謀、鄭文焯所未見，杜本因而成爲引用之源〔三六〕。

杜本還有一大貢獻，就是作爲夢窗詞完整版的單行本，進一步厘清毛本體例：删去毛本重收和誤收十二首詞作，又從各選本中檢出十一闋，作爲《續補遺》別録於後，夢窗四稿漸近完足。《述例》「有秀水之校，然後汲古誤書，始有條理」，實未能道盡杜本在詞籍校勘學領域中的示範作用。

（三）王朱合校初刻本、王朱合校復刻本、朱二校本及札記

王朱合校初刻本，指王鵬運、朱祖謀光緒己亥（一八九九）初刻本，王朱合校復刻本指光緒甲辰（一九〇四）重刻本，朱二校本指光緒戊申（一九〇八）無著庵刻本。王朱本雖然有朱氏參與，但執牛耳者爲王氏，校語凡例也是王氏所撰寫。《述例》謂「擬五目以爲的。寫本確定，遂述之以爲例」。所謂校詞五例，曰正誤，曰校異，曰補脱，曰存疑，曰删復，詞籍校勘學始自於此。王朱本在戈氏杜氏校書之後，明張本仍尚未行世之時，對於校勘夢窗四稿，具有承前啟後的意義。略述之如下。

其一，王朱本有據宋代論著中引詞提正補闕者。如《塞翁吟·贈宏庵》「黄簾緑幕蕭蕭夢，燈外换幾秋風」二句，毛本、戈校本、杜本等原闕四字，王氏從《詞旨》補入「緑幕蕭蕭」；又從《詞旨》中録得夢窗殘句「霜杵敲寒，風燈摇夢」。此因出自宋人詞論，版本價值極高。

其二，王朱本徑改了毛杜諸刻不少顯誤之處。地名方面如：《念奴嬌·賦德清縣圃明秀亭》詞題

中的「德清」，毛本、戈校本、杜本等作「德明」。王氏徑改，校曰：「按卷中《瑞龍吟》、《賀新郎》均賦德清事，乙稿《燭影摇紅》賦德清縣圃古紅梅。宋無德明縣，『明』應『清』誤。」《木蘭花慢·餞韓似齋赴江東鹾幕》：「霽月清風，凝望久、鄮山蒼。」鄮山，毛本、戈校本、杜本等作「鄖山」。王氏徑改，校曰：「按《太平寰宇記·江南東道十》：明州，理鄮縣。《宋史·食貨志·鹽法中》：其在浙江曰明州、昌國東西兩監。毛刻『鄮』誤『鄖』，鄖鄉，宋屬均州，不惟平側不叶，亦與鹾幕無涉。」人名方面如：《祝英臺近》詞題爲「悼得趣，贈宏庵」。杜氏校曰：「是題有脱誤。」王校：「按得趣居士，周氏，爲丁宏庵妾。《陽春白雪》有得趣和基仲《瑞鶴仙》一調，即宏庵也。杜校謂題有脱誤，非。」《齊天樂·會江湖諸友泛湖》：「南花清鬭素靨，畫船應不載，坡靜詩卷。」王校：「『靜』應作『靖』，蓋指林和靖也。卷中《木蘭花慢》『靜梅香底』句同。按宋人説部，如《苕溪漁隱叢話》、《癸辛雜志》等書，於林和靖皆書『靖』作『靜』。」詞中字句之徑改，也往往能得一字之精勝。如《雙雙燕》（小桃謝後）：「落花風軟，戲促亂紅飛舞。」戲促，毛本、戈校本、杜本等作「戲從」。王朱本依據杜甫《城西陂泛舟》「燕蹴飛花落舞筵」、秦觀《滿庭芳》「飛燕蹴紅英」等句意改正。促，用同「蹴」。「從」顯然是形近而訛。

其三，王氏疑而未改者，因爲采自夢窗詞集及相關詞作，所以雖無版本依據，實爲不易之碻論。如《江南好·友人還中吴》：「□暗豆花紅。」毛本、戈校本、杜本作「暗豆花紅」，未空格。毛扆校曰：「『暗豆』下脱一字。」王朱本增空格於「暗豆」上，校曰：「按丁稿《慶春宫》有『豆花寒落愁燈』句，前段末句疑脱『燈』字。」《祝英臺近·悼得趣》：「□□□□，從今醉何處。」毛本、戈校本、杜本空四格。此詞夢窗爲友人丁基仲（字宏庵）悼亡姬周得趣，王朱重刻本據丁氏詞作校曰：「按《絶妙好詞》録丁基仲《水龍吟》一調，即悼得趣之作。其換頭云：『醉鄉醒，温柔鄉冷。』此詞脱文疑即『鄉冷温柔』四字。」皆可謂言出有據，可以從改。

其四，王氏注爲「句疑」者，往往存前人之疑，結論或有所推進者。如《塞翁吟·餞梅津除郎赴闕》中的「夭勁秋濃」，戈校：「『夭勁』不解。」杜校：「疑『香勁』之誤。」王校：「句疑。」《荔枝香近·送人游南徐》中的「因詰、駐馬新堤步秋綺」，王校：「（詰）疑作『話』。」後來面世的明張本印證王校不誣。

其五，王氏在杜氏厘清體例之後再删除四首僞詞。

朱二校本在王朱二刻的基礎上進行，間有出藍之勝。此本最堪重視者爲《重校夢窗詞札記》中的箋語。略可縷分如下。

其一，删除標目，還原詞集。朱氏校曰：「鄭文焯按：『宋人詞不盡標題，《草堂詩餘》輒增春景、秋情諸目，取便依時附景，當筵嘌唱而已。甲乙二稿無一詞無題者，其中秋感、春情、春晴、夏景及有感、感懷諸題凡二十餘見，且依調編次，與丙丁稿體例迥別，顯出後人重定，以意摽目，猶踵《草堂》陋習，應一律删去。』今從其説。又如玉蘭、梅花、上元、七夕諸題恐皆有本事，亦經删節，觀《蘋洲漁笛譜》與《草窗詞》繁簡異同可證，惜舊本久佚，莫能詳考矣。」〔三七〕

其二，斠正音律，考詳出典。如：

［一］、《東風第一枝》（傾國傾城）：信下蔡、陽城俱迷，看取宋玉詞賦。

〔二〕、《宴清都・送馬林屋赴南宫》：應茂苑、斗轉蒼龍，唯潮獻奇吴鳳。

〔一〕下蔡、陽城，《詞律》校曰：「（末二句）亦拗，不可從。」朱校：「疑當作『陽城、下蔡』。」〔二〕唯潮，朱二校雖從毛本等作「淮潮」，然眉批曰：「《燼餘録》：吴郡自景祐中范文正公建學後，文教漸盛，然狀頭之選終宋之世得三人，可謂難已。故老相傳，潮到唯亭出狀元，亦有驗有不驗。」此爲鄭本最終改定爲「唯潮」提供了資料依據。

其三，質疑誤改，略復舊觀。如：

〔一〕、《拜星月慢・姜石帚以盆蓮數十置中庭》：蕩蘭煙、麝馥濃侵醉，吹不散、繡屋重門閉。

〔二〕、《江南春・賦張藥翁杜衡山莊》：風響牙籤，雲寒古硯，芳銘猶在棠笏。

〔一〕侵醉，毛本、戈校本等作「侵酒」。《詞律》、杜本皆以失韻，徑改爲「侵醉」。朱校：「陳蒙按：乙稿《金琖子》『臨酒論深意』，『酒』亦叶『紙』。……按酒、久，同在古韻四十四，有『久』可叶『紙』，似『酒』亦在可叶之列。」據知「侵酒」或不誤。〔二〕棠笏，王鵬運以爲《鐵網珊瑚》中的「棠」字誤，故據毛本、戈本、杜本作「堂笏」。朱二校從《鐵網珊瑚》。並校曰：「按《唐書・魏謩傳》（謩）爲起居舍人。帝問：『卿家書詔頗有存者乎？』謩對：『惟故笏在。』詔令上送。鄭覃曰：『在人不在笏。』帝曰：『覃不識朕意。此笏乃今甘棠。』」

其四，再汰僞詞，甄明定本。朱二校汰盡夢窗四稿中最後一首僞詞——劉涇《聲聲慢》（梅黄金重）。並甄定《好事近》「秋飲」爲夢窗所作。至此，《夢窗詞稿》遂以詞三百四十首、兩條殘句的「廬山真面」行世。

（四）明張本與朱三校本、朱四校本及小箋

明代張廷璋萬曆二十六年（一五九八）鈔本《夢窗詞集》，録詞二百七十四首，其中僞詞十八首，實録夢窗詞二百五十六首。與夢窗四稿四卷本系列不同的是，此爲一卷本。朱祖謀在二校本行世後，獲得此本。《彊村叢書》融合一卷本與四卷本，而成三校本。而《彊村遺書》所刊朱氏四校本，號稱彊村定本。此定本删去明張本僞詞，僅録二百五十六首，實爲明張本校本。朱三校本、朱四校本成於張元濟發篋相示明張本之後，朱氏録副以歸，逐闋核對，最稱精審。

明張本數量未稱足本，但與毛本對勘，驚豔生新，最近夢窗本色。校勘中諸多疑而未決的問題，如冰遇春風，涣然而釋。可從以下三方面略述之。

其一，明張本諟正疑誤，争價一字之奇。如：

［一］、《高山流水·丁基仲側室善絲桐賦詠》：空傳有西子，應不解、换徵移宫。蘭蕙滿襟懷，唾碧總噴花茸。

［二］、《尾犯·甲辰中秋》：竹房苔徑小，對日暮、數盡煙碧。

諸家對毛本《高山流水》中的「唾碧」句，疑難紛起。其實，引例二句所用典故見《紺珠集》卷一：「后（趙飛燕）與婕妤（趙合德）坐，誤唾婕妤袖。曰：『姊唾之染紺袖，正如石上華。假令尚方爲之，未必能若此衣之華。』以爲石華廣袖。」華，同「花」。並化用蘇軾《夢回文二首》（之二）及李煜《一斛珠》詩詞句意：「酡顔玉碗捧纖纖，亂點餘花唾碧衫。」「繡床斜憑嬌無那。爛嚼紅茸，笑向檀郎唾。」「碧」字形容衣襟。總，縱然，雖然的意思。意屬前文「空傳」三句。集中《玉蝴蝶》「舊衫染、唾凝花碧」，用典相同，可以對參。

對日暮二句：毛本等作「對日暮、教煙碧」。毛扆本改「教」爲「數」，並增「盡」字。杜本從。但王鵬運、朱祖謀皆疑誤。明張本正例同毛扆所校，校勘者之所以疑誤，是因爲對引例三句的意思不甚了了。三句化用江淹《休上人怨别》「日暮碧雲合，佳人殊未來」詩境，但翻過一層，謂日暮碧雲將合時，立於竹房苔徑，不唯不見佳人，且數盡漸行漸遠的征鴻，亦不見傳遞書信者。意頗同集中《新雁過妝樓》「小黄昏，紺雲暮合，不見征鴻」（爲「黄昏紺雲暮合，不見征鴻小」之倒文）。

其二，明張本的自注也頗有價值。《倦尋芳·花翁遇舊歡吴門老妓李憐》：「聽細語、琵琶寫怨。」寫怨，諸本皆作「幽怨」。明張本作「寫怨」。自注曰：「『寫』，當作『幽』讀。」《探芳信·麓翁小園早飲》「藻池不通宫溝水」，明張本於「通」字下自注：「去聲。」鄭氏手批：「『透』字，鈔本徑作『通，去聲』。蓋北音即『透』字。《韻會》：『透，通也。』」《塞垣春·丙午歲旦》：「迎路柳絲裙，看爭拜東風，盈灞橋岸。」明張本校曰：「多二字，腔譜過處第二句合九字住。夢窗得之。」《暗香疏影·賦墨梅》，明張本詞調下自注：「前用《暗香》腔，後用《疏影》腔。」

其三，明張本有六十四首詞旁注宫調，有雅調、俗調並注者，也有僅注雅調或俗調者，《夢窗詞集》

成爲晚宋詞集中較多篇目兼注宫調的版本。

朱三校以明張本爲參校本，其校勘價值正如朱氏所説：「今遘是編，覆審曩刻，都凡訂補毛刊二百餘事。並調名亦有舉正者。」朱三校本小箋與朱二校札記相比，後出轉精，多有足以推進夢窗詞研究的箋釋。如朱箋《瑞龍吟·德清清明競渡》及《垂絲釣近·雲麓先生以畫舫載洛花宴客》二詞題中清明競渡習俗與「洛花」典源：

《歲時廣記》引《越地傳》云，競渡起於越王勾踐，殆習之以爲水戰者。《荆楚歲時記》亦云，南方競渡者，治其舟使輕利，謂之飛鳧。蓋競渡之俗，在荆楚以五月五日爲吊屈原，在越俗則以春水方生，便於水事，流傳爲清明水嬉故實。《吴郡志》競渡亦用清明寒食是其證也。

《續博物志》：牡丹，初不載文，惟以藥見《本草》。唐則天以後，洛花始盛，沈、宋、元、白亦不及此。按宋人稱牡丹曰「大花」，或曰「洛花」。歐陽修《牡丹記》：「洛花以穀雨爲開候。」周密《蘋洲漁笛譜·楚宫春》「爲洛花度無射宫」是也。

箋語還涉及詞中時間地點、典章制度、以及交遊者生平事蹟等等。僅以夢窗晚年幕主嗣榮王趙與芮的相關資料爲例：

[一]、《水龍吟·壽嗣榮王》：《宋史·理宗紀》，父希壚追封榮王，家於紹興山陰縣。又《度宗紀》，嗣榮王與芮，理宗母弟也。又《世系表》，希壚子與芮。

[二]、《宴清都·餞嗣榮王仲亨還京》：仲亨，當是與芮之字。

〔三〕、《掃花遊・賦瑶圃萬象皆春堂》：按榮邸瑶圃在紹興，見《癸辛雜識》。

朱三校本雖然拌合一卷本與四卷本，但相較四卷本，繼起者易爲功。詞集整理與小箋相得益彰，所箋内容爲深入研究夢窗詞導夫先路，亦爲校勘提供了重要佐證。

朱四校本更加精嚴詳慎。如朱三校對宫調僅作校批而不改動，朱四校本則取用校批中改正後的宫調，或雅俗兼存，或僅存雅調，體例統一，故爲《全宋詞》所本。若校批有誤，則不苟循。如《淒涼犯》，明張本宫調作「仙吕調犯雙調」。朱三校曰：「《白石道人歌曲》『雙調』作『商調』。」顯以姜夔爲是。朱四校本仍取「雙調」。夏承燾《題〈夢窗詞集後箋〉之後》云：「《白石道人歌曲》，此調注『仙吕調，犯商調』，誤；當依吴詞改『商』作『雙』。仙吕調與雙調皆『上』字住，可相犯。商調『下凡』住，不可犯仙吕也。元曲亦有仙吕犯雙調。」〔三八〕正可與朱四校所取互證。此本對朱三校用字亦有糾正者。如《祝英臺近・上元》中的「素蛾」，朱三校本作「素娥」。朱四校本則依王鵬運所校：「按《武林舊事》『元夕節物』：婦人皆戴珠翠鬧蛾，遊手浮浪輩則以白紙爲大蟬，謂之『夜蛾』。作『娥』非是。」而且此句若用「素娥」，與詞中「玉練」二句寫明月犯復。朱四校於分片也有糾繆者。如《浪淘沙慢・賦李尚書山園》朱三校本作上下二疊，朱四校從《歷代詩餘》，以「花下蒼苔盛羅襪」句爲三疊之始。楊箋亦云：「《詞綜》於清真詞『憑斷雲留取，西樓殘月』句分段，然則此句當作第三段另起。玩詞意，鄙見亦以爲然。」

朱三校本、朱四校本删除明張本中的十八首僞詞，朱三校並從毛刻《夢窗詞稿》中增入六十八首，《夢窗補遺》中增入五首，從各選本增入十一首（與杜本《續補遺》同），輯入《夢窗詞集補》，得詞與四卷本同，遂使一卷本《夢窗詞集》亦成完璧。詞集稱名扼要明晰，不似四卷本易滋甲乙丙丁四卷是否關乎編年之疑竇。

需要一提的是，清初張夫人學象手書《夢窗詞集》，收藏家、校勘家多未寓目。張元濟《涵芬樓燼餘書録》云：「鄧君正闇《新刊寒瘦山房書目》中有是詞，注康熙六年太原張女古圖校録，跋言此爲張夫人學象手書。張爲太原名族，清初從父拱端僑居吴門，其姊名學典，以能畫名。又言詞不分卷，與毛刻四稿不同，有標宫調者六十餘闋，與涵芬樓明鈔本同出一源。」[三九]今以此本與明張本相校，知爲影鈔本，僅有極個别筆誤字。

（五）鄭文焯校議本與手批本

鄭文焯《夢窗詞校議》及《手批夢窗詞》向爲世所重（以下簡稱鄭校、鄭批），鄭氏一生數校夢窗詞，並與王鵬運、朱祖謀相與析疑，精芒炳焕。鄭氏批校後期也曾目閱明張本副本，持論尤爲鑿鑿。略可分爲三點述之。

其一，鄭氏校議及手批以在前人校勘基礎上校字審韻的申説最爲深湛。如：

[一]、《大酺·荷塘小隱》：峭石帆收，歸期差，林沼半消紅碧。

[二]、《宴清都·送馬林屋赴南宫》：應茂苑、斗轉蒼龍，唯潮獻奇吴鳳。

[三]、《風入松·鄰舟妙香》：梅花偏惱多情月，慰溪橋、流水昏黄。

〔一〕歸期差，杜校：「第二句『差』字應仄，疑『左』字之誤。」鄭批：「『差』字音『釵』。去聲者一訓『病除』，一訓『較衩』。去聲者見韓愈《瀧吏》詩：『颶風有時作，掀簸真差事。』此與『詫』意同，訓『異』也，此從『差異』義。」〔二〕唯潮，毛本等皆作「淮潮」。鄭校：「『唯潮』，用《中吴紀聞·夷亭潮汛》引諺：『潮過夷亭出狀元。』案：『夷』，《吴志》亦作『唯』，《圖經》只作『唯』。夢窗正用此吴諺以頌馬南宫之捷。馬號林屋，蓋洞庭山人。今毛本則訛作『淮潮』，失考並失作意已。」〔三〕慰溪橋，諸本同。王校以爲不辭，改作「熨溪橋」。鄭批：「汲古本作『慰』，半塘刻疑其誤而臆改之，夢窗雖好煉字，絕無滯跡。此句自以作『慰』爲佳，且與上句『惱』字相關，蓋意謂梅花卻戀明月，來伴慰此流水昏黄之寂寞耳。正以喻妙香之在鄰舟，漏泄春光也。丁稿《三姝媚》『還把清尊，慰春憔悴』，正與此同用『慰』字之義。『熨』、『慰』二字，一虚一實，有仙凡之判。」

其二，多與周清真、間與姜夔相較而言，以見夢窗中節合律，窮極造詣。此僅以清真所重的入聲字爲例。如，

〔一〕、《三部樂·賦姜石帚漁隱》：風定浪息。蒼茫外、天浸寒緑。

〔二〕、《還京樂·友人泛湖》：桂楫輕如翼，歸霞時點清鏡。

〔三〕、《惜紅衣·余從姜石帚遊苕霅間三十五年矣》：鷺老秋絲，蘋愁暮雪。

〔一〕風定浪息，鄭批：「『息』字亦協，清真是句亦用『息』字，與《還京樂》結處『翼』字，夢窗作亦用『翼』，此例正同。可徵夢窗墨守清真入聲字律，一字不苟。」〔二〕如翼，鄭批：「『翼』字必須用入聲。

清真詞同律亦用『翼』字。夢窗亦步亦趨，苦心孤詣。」「〔三〕蘋愁暮雪，鄭批：「漚尹翁疑是詞對起，次句非協均（孫按：均，韻的古字。漚尹指朱祖謀），不過宜用入聲字例耳。試以夢窗此解證之，『雪』字亦協。若只用入，何不以它聲爲例？《詞律》無同部不叶者。至《月下笛》、《踏莎行》，亦以對起與下句均，此其碻證也。」「考夢窗丁稿《滿江紅》『日』字與『色』同押，正與白石《惜紅衣》起結『日』、『色』二均同例，然則是調次句必協無疑。」

另如手批《解連環》（暮簷涼薄）曰：「考清真是調與此詞用入聲字律，無少出入。若白石則不足徵已。」手批《慶春宮·越中題錢得閑園池》：「入聲字律悉依清真，惟過片句第四字異耳。」其手批夢窗四稿總批曰：「考夢窗集中《暗香》、《疏影》、《惜紅衣》、《淒涼犯》及平調《滿江紅》，皆白石自製曲見之詞敘中者，而夢窗填此數闋，其音呂悉合姜譜。」

其三，略爲點評，最爲精義。朱祖謀四種校本勉力校箋，點評則惜墨如金。僅見《瑞鶴仙》（晴絲牽緒亂）「力破餘地」、《宴清都·連理海棠》「濡染大筆何淋漓」數條而已。前文引述中已多見鄭氏批校勝義，再如：「毛刻疑夢窗工於煉字，故文之以艱澀。其實夢窗清空在骨氣，非雕琢藻辭，徒以文掩意也。」「今之學夢窗者，但知於字面雕潤，而儉腹羌無故實，絶無藴藉之功，故藻繢皆俗。雖有妙義，而辭不足以達之，此覺翁所爲卓絶千古。自宋以來，鮮能仿佛其一二，知之者蓋亦寡矣。」

綜合觀之，夢窗研究從宋代就已經開始，晚清以來達到高潮；至本世紀，這一研究仍然保持著相當的熱度，研究成果滔滔汩汩，名作如林。楊箋、吴箋可謂集成之作。兹書試圖通過彙校、彙注、彙考、彙評之間的融會貫通，力求在版本源流、文字疏證、掌故發覆、人名地名推按、疑難辨析、生平事蹟等方面有所推進，進而爲研究夢窗詞的思想傾向、藝術風格以及在詞學史上定位奠定資料基礎。本人從二〇〇七年全國高校古籍整理委員會《夢窗詞校注》立項之後，數載沉潛其中，對吴夢窗其人其詞的認知也從雙目如漆到螢爝微明，但鄙陋才性與夢窗相隔不啻宵壤。對筆者而言，夢窗美人如花，可望難即。以餖飣雜學整理如此富有才情的詞集，難免小言詹詹。對於夢窗詞精髓，僅能浮其光而掠其影；錯謬也盡在預料之中。然而情勢所成，惟能不揣淺陋，惶懼以就正於大方之家。

## 【注　釋】

〔一〕袁韶的仕歷亦與此説相符。《宋史·袁韶傳》：「（嘉定）十三年爲臨安府尹，幾十年，理訟精簡，道不拾遺，里巷爭呼爲『佛子』，平反冤獄甚多。紹定元年，拜參知政事。」《宋史全文》：「（紹定三年）袁韶爲資政殿學士、浙西安撫制置使兼知臨安府。尋控辭。」見脱脱《宋史》第三六册，中華書局一九八五年版，第一二四五一頁；《宋史全文》（下），黑龍江人民出版社二〇〇四年版，第二一七〇頁。

〔二〕鄭文焯《夢窗詞校議》（卷上）：「明朱存理《鐵網珊瑚》載夢窗手寫詞稿十六闋。……按卷首標『新詞稿』，下署『文英皇恩百拜』，其第一闋三字《瑞鶴仙》，題曰『癸卯歲爲先生壽』，證以汲古閣本，是詞作『壽方蕙巖寺簿』。是其所録詞稿，即寫似方蕙巖者可知。然則此十六闋又皆一時之作，故曰『新詞』。」見《夢窗詞集》，廣文書局一九七一年版，第四〇一頁。夏先生《繫年》同意鄭説。

〔三〕常言指出，宋代有非常嚴格的幕府辟舉制度，一般白衣不可辟，有出身而未歷仕者不可辟。常氏認爲夢窗入倉幕是因出嗣吴氏而得到的恩補機會，已是身歷仕版。見《吴文英蘇州倉臺幕僚考》，《西北師範大學學報》二〇〇三年第二期。

〔四〕參見鍾振振《讀夢窗詞札記》對《江神子》「送桂花。吴憲時已有檢詳之命，未赴闕」一詞的箋釋。《文學遺産》一九九九年第四期。此考與夏承燾、楊鐵夫所考入蘇幕時間相比，提前一年。

〔五〕歐陽修《和應之同年兄秋日雨中登廣愛寺閣寄梅聖俞》：「縱使河陽花滿縣，亦應留滯感潘毛。」據洪本健考證：「是年，堯臣恰爲三十二歲。」見洪本健《歐陽修詩文集校箋》，上海古籍出版社二〇〇八年版，第一八八頁。可見宋人採用此典的準確性。

〔六〕吴熊和先生《唐宋詞彙評》編此詞於淳祐十年（一二五〇）正月，實誤。這是以詞中燈屏景物爲寫實，故有寫於次年之誤。見吴熊和《唐宋詞彙評・吴文英》，浙江教育出版社二〇〇五年版，第三四二七頁。詞中燈屏中事若爲寫實，則與詞寫京城燈節、吴潛時在紹興「帥越」鑿枘不合。故知詞中所寫爲紹興蓬萊閣中燈屏幻景，不能坐實而論。此詞寫於「履翁帥越」期間，即淳祐九年十一月、十二月之間，抑或當時已有赴闕任命，故詞中預設了明春赴闕之事。

〔七〕夢窗嘉熙二年（一二三八）在蘇州寫《金縷歌》，記載陪游平江知府吴潛滄浪亭看梅，當時亦未入其幕。

〔八〕史鑄《百菊集譜》，景印文淵閣四庫全書，臺北商務印書館一九八六年版，第八四五册，第六六頁。

〔九〕吴文英原著，鄭文焯批校《鄭文焯手批夢窗詞》，「中央研究院」中國文哲研究所籌備處編印，一九九六年版，第二三七頁。

〔一〇〕夏承燾《天風閣學詞日記》，《夏承燾集》第六册，浙江古籍出版社、浙江教育出版社一九九七年版，第三八六頁。

〔一一〕戴埴《鼠璞》，中華書局一九八五年版，第二一頁。

〔一二〕夏承燾、鍾振振持否定意見。如夏氏《答張鳳子先生》：「集中無一滄桑語。」見《夏承燾集》第一册，第三八六頁。鍾氏《讀夢窗詞札記》釋《三姝媚·過都城舊居有感》曰：「夢窗卒年，尚無定論。其及見宋亡與否，尤所難必。」見《文學遺産》一九九九年第四期。

〔一三〕况周頤原著，孫克强輯考《蕙風詞話·廣蕙風詞話》，中州古籍出版社二〇〇三年版，第四四六、四四七頁。

〔一四〕吴熊和主編《十大詞人·隱辭幽思、詞風密麗的吴文英》，上海古籍出版社一九八九年版，第一六七頁。另外，葉嘉瑩先生《迦陵論詞叢稿·拆碎七寶樓臺》中亦認爲《金縷歌·陪履齋先生滄浪看梅》等詞爲有寄託之作。河北教育出版社一九九七年版，第一〇八頁。

〔一五〕吴熊和《夢窗詞補箋》，《文學遺産》二〇〇七年第一期。

〔一六〕王水照《况周頤與王國維：不同的審美範式》：「（楊鐵夫）認爲吴氏有可能卒於德祐二年（公元一二七六）元兵攻佔臨安之後，但所舉五首詞尚不足以爲確證。」《第五届宋代文學國際研討會論文集》，暨南大學出版社二〇〇九年版，第五二五頁（注釋二）。

〔一七〕楊鐵夫箋釋、陳邦炎等校點《吴夢窗詞箋釋》，廣東人民出版社一九九二年版，第三〇頁。

〔一八〕高斯得《淳安縣修獄記》，見《全宋文》第三四四册，上海辭書出版社、安徽教育出版社二〇〇六年版，第二三六頁。

〔一九〕黄廷桂、憲德、張晉生《四川通志》，中國國家圖書館數字方志，清乾隆元年（一七三六）刻本，卷四四第五三至五四頁。

〔二〇〕陳廷焯《雲韶集》，見葛渭君《詞話叢編補編》，中華書局二〇一三年版，第三册第一五七九頁。

〔二一〕陶爾夫《吴夢窗詞傳·詞選》，吉林人民出版社一九九八年版，第四八九頁。

〔二二〕劉永濟《微睇室説詞》，中華書局二〇〇七年版，第一六〇頁。

〔二三〕張炎著，夏承燾校注《〈詞源〉注》，人民文學出版社一九九八年版，第二一頁。

〔二四〕周濟《宋四家詞選》，古典文學出版社一九五八年版，第二頁。

〔二五〕《微睇室説詞》，第一七四頁。

〔二六〕錢鍾書《管錐編》第三册，中華書局一九八六年版，第一一五三頁。「撏扯」云云，指左思《吴都賦》中有「檀欒嬋娟，玉潤碧鮮」之句。

〔二七〕據樓鑰《攻媿集》卷七七，此詞是蘇軾守杭時贈郡佐袁轂之作。謂郡守通判俱能唱和風月，甚風流相得也。見《四部叢刊初編・集部》，上海商務印書館，第七一三頁。

〔二八〕吴蓓亦云非殿名，見《夢窗詞彙校箋釋集評》，浙江古籍出版社二〇〇七年版，第一〇六頁。

〔二九〕嚴復《與朱彊村書》，見《詞學季刊》創刊號。

〔三〇〕胡適《詞選》，中華書局二〇〇七年版，第三〇五頁。

〔三一〕周濟《介存齋論詞雜著》，人民文學出版社一九九八年版，第七頁。

〔三二〕夏敬觀《忍古樓詞話》，見《詞話叢編》第五册，第四八二七頁。

〔三三〕《介存齋論詞雜著》，第七頁。

〔三四〕陳洵撰《海綃説詞・通論》，見《詞話叢編》第五册，第四八四一頁。

〔三五〕楊鐵夫《清真詞選箋釋序》，見吴則虞校《清真集》，中華書局一九八一年版，第一三四、一三五頁。

〔三六〕鄭氏手批《木蘭花慢・重泊垂虹》曰：「杜刻嘗據姚子箴校宋本，雖未詳所自，而創獲實多。如此『重泊』下增『垂虹』二字，及《蕙蘭芳引》舊空處，皆字句歷歷可數，今證以明鈔本，果若符合，豈姚鈔誠得舊本之善者而校定之，抑别有宋槧孤行，爲人間未見邪？」見《鄭文焯手批夢窗詞》，第一二二四至一二二五頁。

〔三七〕朱祖謀《重校夢窗詞札記》，見朱祖謀校訂《夢窗詞》，《札記》第一頁。

〔三八〕《夢窗詞集後箋》，見《夏承燾集》第二册，第一六七頁。

〔三九〕張元濟《涵芬樓燼餘書録》第五册，商務印書館一九五一年版，集部第一一三頁。

# 凡例

一、除《中興以來絶妙詞選》、《陽春白雪》、《絶妙好詞》等少數詞選外，夢窗詞集絶無宋元舊槧傳世。目前所能見到最早的詞集版本都是明代刻本或鈔本，最早傳世的是毛晉崇禎三年（一六三〇）刻本《夢窗詞稿》甲乙丙丁四卷本附補遺一卷，録夢窗詞三百二十九首。毛刻四卷本因行世較早，在很長時間内都是夢窗詞集的唯一祖本。四卷本重要校本有陸貽典、毛扆等校毛晉汲古閣刻本，戈載批校夢窗稿鈔本，曼陀羅華閣叢書杜文瀾本，四印齋王鵬運、朱祖謀合校本，無著庵朱祖謀二校本，鄭文焯校批夢窗詞諸本，張壽鏞校刊《四明叢書》本。朱二校本行世後，朱氏獲得涵芬樓藏明萬曆二十六年（一五九八）太原張廷璋鈔本《夢窗詞集》，此爲一卷本，録夢窗詞二百五十六首。朱祖謀《彊村叢書》融合一卷本與四卷本，而成三校本。而《彊村遺書》所刊朱祖謀四校本則又只收張廷璋鈔本《夢窗詞集》的二百五十六首，故未稱足本。從以上溯源可以看出，朱彊村一生四校夢窗詞，其中三校本是融合明代張廷璋鈔本、毛晉刻本，並且是彙聚所有校勘成果加以改定的足本。可以説，當時最早最精的版本及校本，除毛扆等校本、戈載批校本外，已盡入朱氏彀中，故能淵源有自，傳真求是，最稱善本。兹書選爲底本。

二、兹書主要校本共三十一種。詞集十六種：一卷本《夢窗詞集》系列四種，有明張廷璋鈔本（明張本）、清康熙六年張學象女士手鈔本（清張本，明張本的影鈔本，有重要異文方出校）、朱祖謀四校本

（朱四校本）、《全宋詞》本；四卷本《夢窗甲乙丙丁稿》系列十二種：有毛晉汲古閣刻本（毛本），陸貽典、毛扆等校本（毛扆本），四庫本，戈載批校夢窗稿鈔本（戈校本），杜文瀾校本（包括鈔本和刻本，無異文則僅稱杜本），王鵬運、朱祖謀合校本（包括己亥初刻和甲辰復刻，無異文則僅稱王朱本；王朱本中校語爲王鵬運所撰，徑稱王校），朱祖謀二校本（朱二校本），鄭文焯校批夢窗詞稿（鄭校本、鄭批本，無異文僅稱鄭本），張壽鏞校刊《四明叢書》本（四明本）。主要選本有十五種：《中興以來絶妙詞選》、《陽春白雪》、《絶妙好詞》、《鐵網珊瑚》（目前所見《鐵網珊瑚》共五種：臺北「國家圖書館」藏三種即朱祖謀所見《鐵網珊瑚·書品》本、東大鈔本、清乾隆間仁和黄易小蓬萊閣鈔本，另有四庫本趙琦美編《鐵網珊瑚》與張壽鏞家藏鈔本）、《古今詞統》、《吴興藝文補》、《詞律》、《詞綜》、《歷代詩餘》、《欽定詞譜》、戈載《宋七家詞選》（簡稱戈選）等。諸本又例有校語，然紛紜雜陳，左袒右袒，甚至不乏自我否定之語。雖然據之可見各家議論之精芒及治學之謹嚴，然限於體例，兹書主要採録與底本正例及異文相關的校語，旨在展現版本流變之軌跡。引録的主要校語有明張本自注、毛本自注、毛扆批校語、《詞律》批校語、《詞譜》批校語、戈校本批校語、戈選杜文瀾批註、杜文瀾鈔本與刻本中的批校語、王鵬運批校語、朱彊村諸本批校語、鄭文焯批校語等。參用的批校語有：日本静嘉堂本毛扆等批校語（鄧子勉先生過録）、鄭文焯手批杜文瀾刻本（録自孫克强輯《大鶴山人詞話》）、夏敬觀《評彊村定本夢窗詞》、龍榆生朱二校本批語、吴梅《彙校夢窗詞札記》、林鶤翔批校《夢窗詞》。楊鐵夫《吴夢窗詞箋釋》、劉永濟《微睇室説詞》以及朱德慈手稿（未發表）中的部分批校也予以録入。以上批校皆有選擇地通過轉述或直接引證闌入校議中，其中鄭校與鄭氏手批前後齟齬者，録入與本書正例及異文相關的意見。可借現有校本取得相同校勘效果者，自出校議，不徵引前人無説之校語。各種校讎文字，有詞首詞末總述者，由於體例不同，分而述之，文字略有增删，但不擅改原意。各校本中通假字、異體字，觸目皆有，不勝校理。取捨之間，避生僻就通行。底本與前此版本所用通假字、異體字有異同者，一般存宋明版本之舊文；若前此版本所用通假字屬不經見或影響釋義者，則從底本。不經見異體字一般徑改作通行字，鈔本手寫體訛字同此體例。另因版本系列不同，詞序排列有異，校語略有移易，不一一注明。

三、夢窗詞集是校讎史上的特例。在相當長的時間内，毛本孤本行世，校讎家孜孜矻矻，務從選本中求得佳證。其中以杜文瀾、王鵬運、朱祖謀、鄭文焯最爲四明功臣。明張本雖然僅録二百五十六首，但與毛本對勘，驚豔生新，堪稱夢窗本色。融合二本，觸處逢源，又以朱祖謀、鄭文焯遐而高舉，功勳卓著。然大抵校勘之例，莫善於存舊文，廣異證，而究其旨要，或在闕疑，或在求適。夢窗研煉，於兹爲甚。對於舊文異證，凡底本誤，據校本訂正，寫入校議；底本不誤，校本異文有參考價值，出校不改字；校本有疑義亦儘量存異。特别是四卷本中的毛扆本（藏國家圖書館）、戈校本（藏臺北「國家圖書館」）、杜鈔本（藏北京大學圖書館），一卷本中的明張本（藏國家圖書館）、清張本（藏臺北「國家圖書館」）、夏敬觀《評彊村定本夢窗詞》（藏上海圖書館），詞選中三種《鐵網珊瑚》（皆藏臺北「國家圖書館」），都是海内孤本。而毛扆所據又爲宋元善本，戈校本自注所據「朱選」、「范選」今亦已不傳。對於以上九種極有校勘價值、海内孤存的詞集或選本，因所見爲難，故秉持「存舊文，廣異證」之例，以期留爲高明析疑時的一字之助。但如果校本明顯訛誤，特別是晚清及之後經見校本（如朱二校本、四明本、《全宋詞》）無淵源卻再衍訛，且毫無價值之異文不校，以免治絲愈棼，徒亂視聽。

四、校勘夢窗詞集，因毛本先行世，毛扆本、戈校本、杜本、《詞律》、《詞譜》、《歷代詩餘》、王朱合校本、朱二校本、鄭校本、四明本皆以毛本爲底本。明張本後出，底本、朱四校、鄭文焯手批、吴梅彙校札記方得以參證。在兹書校例中，明張本最早，因列於各校本之前，但諸家取捨往往皆與明張本無涉，然而各家特别是毛扆所校多與明張本相合，杜文瀾所校也偶有從姚子箴或其他選本而與明張本相合者，兹書校語或特加「明張本正同」之語。又因明張本是朱三校的底本，可存異文而朱氏失校處，録出以便參證。

五、兹書從底本收詞三百四十首，並據王朱本補入殘句一條，另一條爲誤收，雖删去但作出説明。各詞下列校議、注釋、集評、考辨四目。

六、兹書對夢窗詞作（包括詞調、詞題、宫調）的校勘，以及過録前人校語，皆寫入「校議」一目。前人校語凡涉及宫調律吕音韻者，亦類歸「校議」相關條目中。夢窗詞集有宫調者僅涉及一卷系列的四個版本：明張本、底本，朱四校本、《全宋詞》。其他校本皆無涉宫調，故校語中不作無謂之羅列。兹書校碼皆用㈠、㈡、㈢……。《詞譜》中關涉夢窗詞聲律的部分，田玉琪《徘徊於七寶樓臺——吴文英詞研究》、吴蓓《夢窗詞彙校箋釋集評》俱已羅列，臺灣學者黄兆漢《夢窗詞選注釋》對音律問題也多有論及。兹書主要在校勘層面涉及夢窗詞音律，與時彦各有側重。

七、楊鐵夫《吴夢窗詞箋釋》可稱後世箋釋者的巨人之肩，兹書也莫能例外。但爲省文計，不於逐條注下寫明。楊注未明出處或引用未詳者，查明出處或引足全文，徑云某籍（典籍有誤者，徑改不出校，所引現當代書籍、論文亦同此例）。楊注未洽或失注、誤注處，則爲補出或删去另注。夢窗詞風格密麗，並慣於揉合典故，典重甚或有過於杜詩韓文，爲明其原而徵其自，注釋不避繁重。注釋體例先總注，後分注，整句解釋在前，詞語解釋在後。由於夢窗詞倒、揉、碎的特徵，也有對詞語略加重整再注者，注序亦隨之改動。語典、事典重復者，首見出注，重見或謂用某典，表明前已出注，或徑謂「見某詞某條注」，以裨檢閲。但所用詞語不同、典故字面有異而同用一詩一典者，再見仍然出注。前文已經注釋，但因過於生僻，不出注不足以明其義者，偶亦不避繁複，再次出注，然而儘量節簡爲事典語典的「零璣碎珠」，並不再贅説「見某條」。詞語有數義者，僅點明後見者採用某種義項，亦不贅「見某條」。對於時彦的相關闡釋箋注，亦擇善而爲壤流之助。注釋中引用詩詞有異文，徑取與所注合榫者，一般不於括弧内注出異文；義有兩歧影響釋義者例外。

八、集評一目，集有關吴詞分調評論於各闋之後，集總評綴於全書正文之後（一條詞評涉及二首詞以上者，亦歸此類）。集評、總評，主要從吴熊和先生《唐宋詞彙評·吴文英》及馬志嘉《吴文英資料彙編》中録入；但也有不少補充。如杜文瀾批戈選、陳廷焯《雲韶集》手批（原稿藏國家圖書館，張若蘭女史鈔録），況周頤撰、孫克强輯《廣蕙風詞話》，夏敬觀《評彊村定本夢窗詞》、《蕙風詞話詮評》，鄭文焯手批杜文瀾刻本、楊鐵夫《吴夢窗詞箋釋》中部分校勘闡釋、蔡嵩雲《樂府指迷箋釋》，吴熊和《隱辭幽思、詞風密麗的吴文英》等。另外，鄭氏手批四印齋本也較吴蓓《夢窗詞彙校箋釋集評》所録更爲全面準確。集評還增入了詞史、文學史、詞學論著論文中的精金碎錦。對於轉相傳録的評價，取初評而棄其餘；間出新意者，簡者存録，繁者僅録出溢出部分。内容涉及所謂蘇姬杭妾者，有時略難分開。評多於考，且水乳難解者，亦歸入「集評」。

九、考證夢窗行誼及爲其詞作編年，自劉毓崧、梁啟超始，夏承燾《吴夢窗繫年》、楊鐵夫《吴夢窗事蹟考》功莫大焉。之後，吴熊和、鍾振振、張如安、田玉琪、吴蓓繼之各有創獲。「考辨」一目先按序排列前賢時彦的箋考，儼然可謂夢窗考證小史，筆者補辨的内容則以按語的形式附驥於後。輯集條目，以論文論著行世先後爲序。如夏承燾、吴梅列於楊鐵夫後，田玉琪列於吴熊和之前，吴梅列於楊鐵夫、夏承燾、劉永濟之後，皆以此例。對於各家箋考評釋中已成定論的錯誤，除用以作爲考辨的對象，不再録入。如夏氏釋「乘肩小女」、諸家以姜石帚爲姜白石等。時彦事蹟考中過於離奇不經之説，則略去不辨，以免再生枝疣。夢窗詞考證雖夥，然亦不少臆測，筆者按語部分，擇其可從者從之，不可從者或辨之，或補之。並另擇有端緒可尋者，以夢窗行誼爲本，結合地、時、景而考之，在前人編年之外，新得編年詞百餘首。按語部分還對前賢撮要成文的資料進行必要的全文引録。

十、書後有附録八種：存目詞；傳記資料及交遊酬酢詞；題識序跋及校録凡例（較前此彙評校箋本亦有補入，如杜刻本凡例、倪承茂跋語等）；考證；夢窗事蹟簡表及編年詞一覽表；版本考略；四卷本系列、一卷本系列版本流變簡圖及對照表；引用書目。前賢對傳記資料及交遊酬酢詞多有考訂，附録中一併録入。

十一、夢窗詞正文標點悉從《全宋詞》，韻（叶歸入韻）用句號，句用逗號，逗用頓號，偶有不合處，參照《欽定詞譜》厘定。

十二、主要簡稱書籍有：上海古籍出版社據博古齋景印明汲古閣刊本，簡稱今見毛本。戈載批校夢窗稿鈔本，簡稱戈校本。杜文瀾批註戈選，簡稱戈選杜批。朱彊村《重校夢窗詞札記》，簡稱朱二校。朱彊村《夢窗詞集小箋》，簡稱朱箋。朱彊村三校本尾註及眉批，簡稱底本尾註、底本眉批。鄭文焯《手批夢窗詞》，簡稱鄭氏手批。鄭文焯《夢窗詞校議》，簡稱鄭校。鄭文焯手批杜文瀾刻本，簡稱杜本鄭批。楊鐵夫《吴夢窗詞箋釋》，簡稱楊箋。楊鐵夫《吴夢窗事蹟考》，簡稱《事蹟考》。夏承燾《吴夢窗繫年》，簡稱《繫年》。夏承燾《夢窗詞集後箋》，簡稱夏箋。夏敬觀《評彊村定本夢窗詞》，簡稱夏敬觀評語。吴梅《彙校夢窗詞札記》，簡稱吴校。陶爾夫《吴夢窗詞傳·詞選》，簡稱陶選。田玉琪《徘徊於七寶樓臺》中的相關考證，簡稱田考。吴蓓《夢窗詞彙校箋釋集評》，簡稱吴箋。林鵾翔批校《夢窗詞》，簡稱林校。張相《詩詞曲語辭匯釋》，簡稱《匯釋》。王鍈《詩詞曲語辭例釋》，簡稱《例釋》。所引現代研究論著與論文，皆出全稱。所有引文中的標注、標點，特別是紀年爲阿拉伯數字、卷數出現「千」、「百」、「十」、紀年中有短破折號等與兹書體例不合者，統一改過；引著中相關部分無法改動者，如記録版本採用厘米單位、並出現小數點，則仍其舊。

# 夢窗詞集

## 瑣窗寒㊀ 無射商，俗名越調，犯中呂宮，又犯正宮㊁

玉　蘭〔一〕

紺縷堆雲〔二〕，清腮潤玉〔三〕，記人初見㊂。蠻腥未洗〔四〕，梅谷一懷淒惋㊃〔五〕。渺征槎、去乘閬風〔六〕，占香上國幽心展〔七〕。□遺芳掩色㊄〔八〕，真姿凝澹〔九〕，返魂騷畹〔一〇〕。　一盼㊅。千金換〔一一〕。又笑伴鴟夷，共歸吴苑〔一二〕。離煙恨水〔一三〕，夢杳南天秋晚〔一四〕。比來時、瘦肌更銷㊆，冷薰沁骨悲鄉遠〔一五〕。最傷情、送客咸陽〔一六〕，佩結西風怨〔一七〕。

【校　議】

㊀ 瑣窗寒：明張本、毛本、戈校本、王朱本詞調作《鎖寒窗》。《詞律》：「汲古刻夢窗甲集，題作《瑣

寒窗》，元蕭允之亦作《瑣寒窗》。然查各家俱作《瑣窗寒》，是《瑣寒窗》乃誤倒也。」杜本據改，諸本從之。朱二校：「此調前人無異名。」鎖，同「瑣」。

㊁明張本宫調作：「俗名越調，犯中吕宫，又犯正宫，無射商。」孫按：底本僅移「無射商」於前，即宫調雅俗稱呼前後互倒。以下僅作互倒者不出校。犯曲，即犯調。《樂書》卷一六四：「犯調，樂府諸曲自古不用犯聲，以爲不順也。唐自天后末年，劍氣（器）入渾脱，始爲犯聲之始。劍氣（器）宫調，渾脱角調，以臣犯君，故有犯聲。明皇時，樂人孫處秀善吹笛，好作犯聲。時人以爲新意而效之，因有犯調，亦鄭聲之變。削而去之，則聲細者不抑，大者不陵，而中正之雅，庶幾乎在矣。五行之聲，所司爲正，所欹爲旁，所斜爲偏，所下爲側，故正宫之調正犯黄鐘宫，旁犯越調，偏犯中吕宫，側犯越角之類。」張炎《詞源》卷上：「無射商，俗名越調。」夏敬觀評語：「按越調、正宫皆『合』字煞，可犯。若中吕宫，則『一』字煞，不容相犯。此注恐有誤。」夏箋：「案《詞源》越調與正宫皆『合』字住。中吕宫則下『一』住，據《白石歌曲》十二宫住字不同，不容相犯，中吕宫當是中吕調之誤。中吕調，夾鐘羽，亦『合』字住，可與越調正宫相犯也。」劉永濟《詞論》卷上：「張玉田謂『雅、俗只行七宫十二調』，實則『雅』是指詞人所作之詞亦用此七宫十二調，非指調名。夢窗詞雅俗名兼載。」

㊂記人：杜本校曰：「『記人』疑『氾人』之誤。」王朱本、朱二校本、底本、朱四校本、鄭校、四明本、

《全宋詞》皆從杜疑改作「汜人」。朱二校：「汜人事見《異聞録》及沈亞之《湘中怨歌》。」孫按：諸本從杜本之疑改作「汜人」已誤。「汜人」印刷體形似「氾人」。楊箋再誤作「氾人」。校曰：「高潛子毓澎曰：『汜』是《詩》『江有汜』之『汜』，紀文達詩『無復江中見汜人』，正用此事。」古籍中並無「氾人」典（僅《太平廣記》中一處「汜人」爲形誤），今之箋説者多從其再誤，並失舊文。茲從明張本、毛本、《歷代詩餘》、戈校本、杜本。

㊃ 梅谷：明張本、底本、四明本作「海谷」。底本校曰：「『海谷』，毛本『海』作『梅』，按『谷』疑『客』誤。」鄭氏手批：「明鈔作『海谷』。王半山《送鄆州知府宋諫議》詩：『海谷移文省，溪堂燕豆添。』」朱四校本徑改爲「海客」。夏敬觀評本、《全宋詞》從朱四校本。茲從毛本、戈校本、杜本、王朱本、朱二校本。

㊄ □遺芳掩色：明張本、毛本、《歷代詩餘》、戈校本、杜本、王朱本作「遺芳揜色」。朱二校本作「遺芳掩色」。揜，用同「掩」。然諸家多疑此爲五字句。杜校：「據周清真詞應作五字，疑句首落一字。」朱二校：「宋詞是句皆作五字。張仲炘按『遺』上有脱字。」底本據此補入空格，茲從之。

㊅ 一盼：《歷代詩餘》作「一眄」。《歷代詩餘》稱四字句爲「又一體」。

㊆ 更銷：《歷代詩餘》、底本作「更消」。消，同「銷」。

【注　釋】

〔一〕玉蘭：此指秋季色如温玉的瑩白色蕙蘭。宋人詩詞中有賦「玉蘭」者。如盧祖皋《鵲橋仙》：「階庭一笑玉蘭新，把酒更、重逢初度。」陳輔《玉蘭》：「藍橋西路青青處，拾得璚兒似虎牙。」李彌遜《邵文伯得玉蘭於昭亭持以見遺因求詩爲作長句》：「凝冰作膚露作臉，蕙花蘭幹香蘅茎。」樓鑰《以玉蘭贈王習父二首》（之一）亦爲顯例：「一種香蘭玉色新，仙家分得蘂宫春。」

〔二〕紺縷：蘇舜元《淮上喜雨聯句》：「昏如籠纖紗，媚若隱紺縷。」紺，劉熙《釋名·釋采帛》：「紺，含也，青而含赤色也。」「紺」亦可喻女子烏髮。蘇軾《南歌子》：「紺綰雙蟠髻，雲欹小偃巾。」此處「紺縷」即以蘭花光潤緑葉喻女子黑亮的烏髮。集中《花犯·郭希道送水仙索賦》「薰爐畔、旋移傍枕，還又見、玉人垂紺鬢」也以水仙緑葉喻女子烏髮，可以互證。　堆雲：李山甫《代崇徽公主意》：「金釵墜地鬢堆雲，自别朝陽帝豈聞。」　以「紺縷」喻鬢雲，實寓杜牧《阿房宫賦》「緑雲擾擾，梳曉鬟也」之意。

〔三〕清腮潤玉：四字錯綜含攝。《文選·宋玉〈神女賦〉》：「貌豐盈以莊姝兮，苞温潤之玉顔。」吕向注曰：「言豐盈敬美，顔色温潤如玉。」楊巨源《崔娘詩》：「清潤潘郎玉不如，中庭蕙草雪消初。」王麗真《與曾季衡冥會詩》：「莎草青青雁欲歸，玉腮珠淚灑臨岐。」此以瑩白色花瓣喻女子清潤玉腮。

〔四〕蠻腥未洗：范成大《送郭季勇同年歸衡山》：「一望五千里，共洗蠻煙悲。」張九成《辛未閏四月即事》：「須臾倒江湖，一掃蠻瘴腥。」蠻，《禮記·王制》：「南方曰蠻，雕題交趾，有不火食者矣。」《楚辭》中《離騷》、《招魂》等多寫及蘭花，夢窗因之以南蠻楚湘爲蘭花的原生地。

〔五〕梅谷：夢窗慣用夏承燾所總結的「倒、揉、碎」三法鑄辭造語。「梅」字意屬下文中的「槎」字。夢窗雖然酷愛張華《博物志》濱海之人八月泛槎至銀河典實，但集中絶無「海槎」之陳言，而是推陳自鑄「梅槎（查）」新辭。如「人駕梅槎未渡」（《燭影揺紅·越上霖雨應禱》）、「梅查淩海横鼇背」（《絳都春·題蓬萊閣燈屏》）。《燭影揺紅·賦德清縣圃古紅梅》中「客老秋查變」，因賦詞題中的古梅樹，也暗用了「梅槎」新語。此處夢窗顯然也是採用離合技法，「梅」與鄰近「谷」字了不相干，而與後文「槎」字虚合成「梅槎」新語。梅樹不爲材木，但夢窗特愛此字。不僅用「梅槎」，還有「梅梁」一詞。楊鐵夫箋《齊天樂·與馮深居登禹陵》曰：「《四明圖經》：大梅山在鄞縣東七十里，舊梅子真隱處。山頂有大梅木，上則伐爲會稽禹廟之梁，下則爲它山堰之梁。……山以梅子真得名，非以産梅得名。山之所産，爲梅楠（枏）之梅，非梅杏之梅。《爾雅·釋木·梅枏》樊注：荆州曰梅，揚州曰枏。枏既作梅，遂誤爲梅杏之梅。不思梅樹不直不堅，絶非楝梁材。《圖經》誤之於先，《府志》相沿於後，而未之是正耳。至詞章家用字，例用奇豔，不必以考據責之矣。」劉永濟《微睇室説詞》按楊箋曰：「今按《金陵志》載：『謝安道造新宫，適有梅木浮至石頭城下，取爲梁，畫梅花於上，以表瑞。陰鏗詩「梁花畫早梅」，此事與禹廟事同。……然則「梅」字非誤。大抵皆係相傳神話，不必究其是非。』」谷，蘭性喜陰濕，多生於幽谷。《孔子家語》：「且芝蘭生於深谷，不以無人而不芳。」

〔六〕渺征槎二句：張華《博物志》：「舊説云，天河與海通。近世有人居海渚者，年年八月，有浮槎去來不失期。人有奇志，立飛閣於槎上，多齎糧，乘槎而去。十餘日中猶觀星月日辰，自後芒芒忽忽，亦不覺晝夜。去十餘日，奄至一處，有城郭狀，屋舍甚嚴。遥望宫中多織婦，見一丈夫牽牛，渚次飲之。牽牛人乃驚問曰：『何由至此？』此人見説來意，並問此是何處。答曰：『君還至蜀都，訪嚴君平，則知之。』竟不上岸，因還如期。後至蜀問君平。曰：『某年月日，有客星犯牽牛宿。』計年月，正是此人到天河時也。」此典以不同字面或意象在夢窗詞中高頻度出現。羅隱《鄭州獻盧舍人》：「海槎閒暇閬風輕，不是安流不肯行。」閬風，仙風。

〔七〕占香句：占香上國，用蘭花爲國香典。見《左傳·宣公三年》：「初，鄭文公有賤妾曰燕姞，夢天使與己蘭，曰：『余爲伯鯈。余，而祖也。以是爲而子，以蘭有國香，人服媚之如是。』」上國，京師。江淹《四時賦》：「憶上國之綺樹，想金陵之蕙枝。」幽心，幽蘭花心。《楚辭·離騷》：「户服艾以盈要兮，謂幽蘭其不可佩。」《爾雅翼》：「又曰『株穢除兮蘭芷睹』，以其生深林之下，似慎獨也，故稱幽蘭。」張正見《賦新題得蘭生野徑詩》：「披襟出蘭畹，命酌動幽心。」

〔八〕遺芳：阮籍《詠懷詩十三首》（之十二）：「藻采綺靡，從風遺芳。」

〔九〕真姿凝澹：蘇軾《題楊次公春蘭》：「丹青寫真色，欲補離騷傳。」

〔一〇〕返魂騷畹：傳説古有返魂香，聞之可復活。文人多以花發來年枝上喻美人返魂歸來。如蘇軾《次韻楊公濟奉議梅花十首》（之四）：「臨春結綺荒荆棘，誰信幽香是返魂。」施元之注引《十洲記》：「聚窟洲有返魂香，死屍在地，聞香即活。」騷畹，蘭圃。語出屈原《楚辭·離騷》：「予既滋蘭之九畹兮，又樹蕙之百畝。」畹，有十二畝、三十畝兩種説法。

〔一一〕一盼二句：王僧孺《詠寵姬詩》：「再顧傾城易，一笑千金買。」盼，顧盼。取意李延年《歌》：「北方有佳人，絶世而獨立。一顧傾人城，再顧傾人國。」並與下句「笑」字，連綴爲「千金一笑」，典出《史記·周本紀》。周幽王爲博褒姒一笑，曾烽火戲諸侯。崔駰《七依》：「回顧百萬，一笑千金。」

〔一二〕又笑二句：鴟夷，鴟夷子皮，越國范蠡之號。《史記·貨殖列傳》：「（范蠡）乃乘扁舟浮於江湖，變名易姓，適齊爲鴟夷子皮，之陶爲朱公。」吴苑，長洲苑。《漢書·枚乘傳》：「（漢）修治上林，雜以離宫，積聚玩好，圈守禽獸，不如長洲之苑。」服虔注：「吴苑（也）。」韋昭注：「長洲在吴東。」陸廣微《吴地記》：「《越絶書》曰：西施亡吴國後，復歸范蠡，同泛五湖而去。」杜牧《杜秋娘詩》：「西子下姑蘇，一舸逐鴟夷。」此以隨范蠡泛舟五湖的西施比喻在吴地再見之蘭花。

〔一三〕離煙恨水：此指與湘楚地遠水相隔，故有離别之恨。李涉《鷓鴣詞》：「湘江煙水深，沙岸隔楓林。」

〔一四〕秋晚：此特指深秋。秋蘭仲秋開放，至深秋漸趨衰萎。

〔一五〕比來時三句：楊適《句》：「冰肌銷瘦爲誰愁。」史達祖《萬年歡·春思》：「采緑人歸，定應愁沁花骨。」三句亦揉碎「瘦骨」二字，形容漸萎之蘭花。李商隱《偶成轉韻七十二句贈四同舍》：「天官補吏府中趨，玉骨瘦來無一把。」周邦彦《塞垣春》：「玉骨爲多感，瘦來無一把。」

〔一六〕最傷情二句：李賀《金銅仙人辭漢歌》：「衰蘭送客咸陽道，天若有情天亦老。」

〔一七〕佩結句：《楚辭·離騷》：「扈江離與薜芷兮，紉秋蘭以爲佩。」秋蘭爲佩飾，是外修内美的象徵物。

劉方平《婕妤怨》有「露浥紅蘭死」之句，則深秋蘭花有衰殞之怨也。然而能爲佩者，實爲蘭草。因「其葉似菊，女子、小兒喜佩之」，故又稱女蘭、孩兒菊等。《六書故》卷二四：「《本草》曰：蘭與澤蘭相似，生水旁，紫莖赤節，高四五尺。緑葉光潤，纖長有岐。葉陰小紫，五六月華，華紅白色而香。」《本草綱目》卷一四：「蘭草與澤蘭同類。故陸機言蘭似澤蘭，但廣而長節。《離騷》言其緑葉紫莖素枝，可紉、可佩、可藉、可膏、可浴。《鄭詩》言士女秉蕳。應劭《風俗通》言尚書奏事懷香握蘭。《禮記》言諸侯贄薰，大夫贄蘭。《漢書》言蘭以香自燒也。若夫蘭花有葉無枝，可玩而不可紉佩、藉浴、秉握、膏焚，故朱子《離騷辨證》言：古之香草，必花葉俱香，而燥濕不變，故可刈佩。今之蘭蕙但花香，而葉乃無氣，質弱易萎，不可刈佩，必非古人所指甚明。」但詩詞往往渾言之，夢窗集中所有詠蘭或與蘭相關的詞作亦然。

【集　評】

陳鋭《褒碧齋詞話》：「冷薰沁骨」，平上去入四聲。

夏敬觀評語：「冷薰」七字拙不成句。

蔡嵩雲《柯亭詞論》：詠物詞，貴有寓意，方合比興之義。寄託最宜含蓄，運典尤忌呆詮，須具「手揮五弦，目送飛鴻」之妙方合。如東坡《水龍吟》，詠楊花而寫離情。夢窗《瑣窗寒》，詠玉蘭而懷去姬。……大都雙管齊下，手寫此而目注彼，信爲當行名作。此雖意別有在，然莫不抱定題目立言。

胡適《詞選》：這一大串的套語與古典，堆砌起來，中間又没有什麽「詩的情緒」或「詩的意境」作個綱領；我們只見他時而説人，時而説花，一會兒説蠻腥和吴苑，一會兒又在咸陽送客了！原來他説的是「玉蘭花」！

【考辨】

鄭氏手批：按《平泉山居草木記》有海嶠之木蘭。今吴人又呼玉蘭爲木筆，實即辛夷，而木蘭則别是一種。吴郡治舊有木蘭堂是也。今吴下有一種玉蘭，花大如盌，與木筆異種，俗呼爲西洋玉蘭，蓋來自嶺海者，其香正烈，價亦不貲，疑夢窗所詠者此也。

楊鐵夫《事蹟考》：夢窗一生豔跡，一去姬，一故妾，一楚伎。

楊箋：此純爲憶去姬之詞。上片比體，下片興體。曰「離」、曰「恨」、曰「杳」，皆姬去後語。夢窗憶姬之作，居全集四分之一，此詞更於姬之來蹤去跡，詳載無遺，可作一篇「琴客小傳」讀。

夏承燾《天風閣學詞日記》：癸叔（孫按：即周岸登，字道援，號癸叔，别號二窗詞客）以在吴、在越、在杭總其大綱，考得夢窗有二妾，一名燕，湘産，而娶於吴，曾一至西湖，卒於吴。一爲杭人，不久遣去，見於乙稿《三姝媚》、《晝錦堂》。又少年戀一杭女，死於水，見於《定風波》及《飲白醪感少年事》二詞。

又，《繫年》：集中懷人諸作，其時夏秋，其地蘇州者，殆皆憶蘇州遺妾；其時春，其地杭者，則悼杭州亡妾。

夏箋：卷中凡七夕、中秋、悲秋詞，皆懷蘇州遺妾之作，其時在淳祐四年。凡清明、西湖、傷春詞，皆悼杭州亡妾之作，其時在遣蘇妾之後。

吴校：夢窗賦物諸題，皆有寄興，非泛泛作也。詞中「汜人」、「上國」、「鴟夷」、「吴苑」必有影事。

劉大傑《中國文學發展史》：前人説此詞爲追念愛人而作，既題爲玉蘭，又有誰知道。

孫按：諸説可辨者有二。一是所賦詠爲何種花卉。鄭氏認爲此詞所詠玉蘭，也稱木筆、辛夷，或者即爲西洋玉蘭，似欠妥當。辛夷屬木蘭科，落葉喬木，花初出枝頭，苞長半寸，而尖鋭儼如筆頭，因而俗稱木筆。因花之形色，又稱玉蘭（詳見陳元龍《格致鏡原》卷七〇）。所謂「西洋玉蘭」者，即今所謂廣玉蘭（又稱荷花玉蘭），原産北美東南部，很晚才引入中國，唐宋時尚未見諸題詠。玉蘭和廣玉蘭皆木本植物，玉蘭先花後葉，花期在春；廣玉蘭是常緑喬木，花期在夏。二樹枝幹筆立，絶無柔條如紺縷，與詞中所詠殊爲不倫，且與詞中秋節也不相涉。夢窗此詞所詠玉蘭，如陶爾夫先生所説，是「被稱之爲『國香』、『王者香』或『四君子』之一的『蘭草』」。即是蘭蕙之蘭，屬草本植物。蘭花從時節言，可分春蘭秋蘭二種，張淏《雲谷雜紀》卷一：「（蘭）葉不香，惟花香。今江陵澧州山谷間頗有，多生於陰地幽谷。葉如麥門冬而闊且韌，長及一二尺，四時常青。花黄，中間有細紫點。有春芳者，爲春蘭，色深。秋芳者，爲秋蘭，色淡。秋蘭稍難得。二蘭移植小檻中，置座右，花開時滿室盡香，與他香別。……以秋爲言者，蓋秋花芳烈，勝於春花，且極難得，所以爲貴，古人多稱之。」《陸氏詩疏廣要》卷上之上：「以爲沅澧所生花，在春則黄，在秋則紫。春黄不若秋紫之芳馥。」此詞正詠秋蘭。之所以稱玉蘭者，因蘭花中有奇品白蘭，白蘭例非純白，而是略雜他色，有瑩白、淡碧、微黄、輕緑諸色，皆色如温玉（詳見趙時庚《金漳蘭譜》卷上）。故夢窗及宋代詩詞皆徑稱「玉蘭」。

其二，此詞是否爲憶蘇州遺姬之作。自周癸叔首創夢窗二妾説以後，楊鐵夫、夏承燾、吴梅、蔡嵩雲諸前賢推衍爲一姬一妾説。其中楊鐵夫至有「泛本事化」闡釋傾向，此篇解讀爲「琴客小傳」即顯例。琴客，典出唐代詩人顧況《宜城放琴客歌・序》：「柳渾，封宜城縣伯。琴客，宜城愛妾也。宜城請老，愛妾出嫁。」後因以「琴客」代指主人年老或其他原因放歸、允其再嫁的侍妾。楊氏《事蹟考》考定蘇姬行蹤：納於入蘇州倉幕時，後挈姬還杭，不久，姬去歸蘇州（這一結論與夏承燾《繫年》中「蘇妾遣後或流落杭州爲妓」的觀點相左），楊氏緣此稱蘇州遺姬爲夢窗放歸之「琴客」。此詞是《夢窗詞集》的開卷之作，所以也是楊氏箋釋本建立「蘇州去姬」詞群的邏輯起點。楊箋夢窗全集有一一三首詞涉及所謂蘇姬，高居全集三分之一。而楊箋此説的前提卻是基於没有版本依據的「氾人」（包括

「汜人」）之疑改以及「海谷」之徑改，從而使太學進士鄭生與鮫宮仙女汜人的愛情傳説羼入了這首賦詠蘭花詞的闡釋中。

此詞亦能自證與汜人傳説無關。唐沈亞之《湘中怨解》載：汜人與鄭生邂逅，並攜歸。汜人謫滿後回至龍宫。鄭生苦思不能置懷，後登岳陽樓，再次望見鄂渚中「形類汜人」的哀婉身影。由此可知，汜人是湘中鮫宫仙女，常含楚怨，並且與鄭生有再面之緣；所以詠花用「汜人」典，必須同時滿足三個前提：一是有「重見」之義，二是出自楚湘，三是水中花卉，方可兩相比擬。此詞中的「初見」，已經隱然含有「重見」之義，並且在杭京上國初見玉蘭，吴苑再見玉蘭，是「重見」的顯化。其次，因《楚辭》語典，後人多以沅湘爲蘭花原産地。玉蘭也滿足「汜人」典的第二個條件。然而玉蘭生於幽谷而非水中，所以不能滿足第三個條件，而這恰恰又是「汜人」作爲詠花典的必要條件。詞中用「汜人」典極爲罕見，夢窗屬於屢及此典者，他有另外三首詞作涉及「汜人」典——《淒涼犯·重臺水仙》、《鳳棲梧·化度寺池蓮一花最晚有感》、《齊天樂·會江湖諸友泛湖》。前一首詠水仙，後兩首吟詠或者詠及蓮花。另外，宋代周密《國香慢》、元代張翥《感皇恩》也用「汜人」典詠水仙。吴夢窗屬於周邦彦精工典麗一派，用典極爲謹嚴，不可能詠谷中蘭花卻濫誤及此。當然，宋詞特别是宋季詠花詞大多兼及情意：「作詞與詩不同，縱是花卉之類，亦須略用情意，或要入閨房之意。」（沈義父《樂府指迷》）也就是説，此詞有可能寓入了詞人的愛情體驗，但不能以莫須有的「汜人」爲影事把《瑣窗寒》闡釋成愛情實録。

筆者《吴夢窗年譜》（以下自出論斷者皆出此譜，簡稱《年譜》），已考證出夢窗生於嘉泰二年（一二〇二），紹定四年（一二三一）至淳祐四年（一二四四）在蘇州，至遲紹定五年（一二三二）入倉幕，此詞寫於蘇州倉幕時。

## 尉遲杯　夾鐘商，俗名雙調㊀

賦楊公小蓬萊〔一〕

垂楊徑〔二〕。洞鑰啟〔三〕，時遣流鶯迎㊁〔四〕。涓涓暗谷流紅，應有緗桃千頃〔五〕。臨池笑靨，春色滿〔六〕、銅華弄妝影〔七〕。記年時〔八〕、試酒湖陰㊂〔九〕，褪花曾采新杏〔一〇〕。　珠窗繡網玄經㊃〔一一〕，纔石硯開奩，雨潤雲凝〔一二〕。小小蓬萊香一掬〔一三〕，愁不到、朱嬌翠靚〔一四〕。清尊伴、人間永日㊄〔一五〕，斷琴和、棋聲竹露泠㊅〔一六〕。笑從前、醉卧紅塵，不知仙在人境〔一七〕。

【校　議】

㈠底本校曰：「《清真集》作大石。」

㈡時遣：底本、朱四校作「時見」。未知所據。兹從明張本、毛本、《詞律》、《詞綜》、《歷代詩餘》、杜本、王朱本、朱二校本、四明本。

㈢湖陰：明張本、毛本作「新陰」。《詞綜》改。諸本從之。朱校：「『新』與下句『新杏』字複。」鄭氏手批：「此『新』字因下句『新』字而訛，宜據《詞綜》改正。」

㈣珠窗：諸本皆作「蛛窗」。兹據《詞綜》改。

㈤永日：《詞綜》、杜本作「日永」。吴校：「誤協。梅案：此調全依清真，『人間永日』，即清真『漁村水驛』也。」

㈥竹露冷：諸本皆作「竹露泠」。兹從明張本。

【注　釋】

〔一〕楊公：應爲湖州烏程溽溪隱者楊氏。　小蓬萊：楊氏私家園林。

〔二〕垂楊：即垂柳。梁元帝《折楊柳》：「巫山巫峽長，垂柳復垂楊。」《本草綱目》卷三五（下）：「楊枝硬而揚起，故謂之楊；柳枝弱而垂流，故謂之柳，蓋一類二種也。」

〔三〕鑰啟：李商隱《南潭上亭宴集以疾後至因而抒情》：「鷁舟縈遠岸，魚鑰啟重關。」鑰，《方言·第五》：「户鑰，自關之東，陳楚之間謂之鍵；自關之西，謂之鑰。」《太平御覽》卷一八〇引漢應劭《風俗通》：「鑰施懸魚，翳伏淵源，欲令楗閉如此。」

〔四〕流鶯：黄鶯（又稱黄鳥）自訓栗流、栗留、鸝留等，故稱。《爾雅翼》卷一四：「倉庚，黄鳥而黑章，齊人謂之摶黍，秦人謂之黄栗流，幽冀謂之黄鳥，一名黄鸝留，或謂之黄栗留，一名黄鶯。而《爾雅》有皇黄鳥、倉庚、商庚、鵹黄、楚雀之名，二月而鳴。」《陸氏詩疏廣要》卷下之上：「黄鳥，黄鸝留也。或謂之黄栗留，幽州人謂之黄鶯。」並引張注：「今謂之黄鶯，黄鸝是也。野民曰：黄栗留，語聲轉耳。」

〔五〕涓涓二句：合用桃溪、武陵源二典。《幽明録》載東漢劉晨、阮肇共入天台山，迷不得返，饑餒殆死。後攀桃取水裹腹，溪上一杯流出，有胡麻糝。度山出溪，「溪邊有二女子，資質妙絶。見二人持杯出，便笑曰：『劉、阮二郎，捉向所失流杯來。』」，因邀回家，「食畢，行酒，有一群女來，各持五三桃子，笑而言：『賀汝婿來。』劉、阮欣怖交並。至暮，令各就一帳宿，女往就之，言聲輕婉，令人忘憂」。遂居半年。草木春時，百鳥啼鳴，二人更懷悲思，求歸甚苦，「女曰：『罪牽君，當可如何！』遂呼前來女子，有三四十人，集會奏樂，共送劉、阮，指示還路。……至晉太元八年，忽復去，不知何所」。陶淵明《桃花源記》：「晉太元中，武陵人捕魚爲業，緣溪行，忘路之遠近。忽逢桃花林，夾岸數百步，中無雜樹，芳草鮮美，落英繽紛。」以上二典夢窗詞中常合用之，使仙境與桃花繽紛生成新的美麗意境。暗谷流紅，杜甫《夜宴左氏莊》：「暗水流花徑，春星帶草堂。」「小蓬萊」之傍山地勢由「谷」字見出。由劉斧《青瑣高議・流紅記》研煉出「流紅」字面，而此中水流紅葉之意，已被北宋詞人周邦彦翻用，宋人龐元英《談藪》：「本朝詞人罕用此事，惟周清真樂府兩用之。《掃花遊》云：『隨流去，想一葉怨題，今到何處。』《六醜》『詠落花』：『飄流處，莫趁潮汐，恐斷紅，上有相思字，何由見得。』脱胎换骨之妙極矣。」周邦彦之後，用「流紅」爲花瓣飄流的文人漸多。夢窗詞集亦然。緗桃，即緗核桃、千葉桃。《西京雜記》卷一：「桃十：秦桃、榹桃、緗核桃、金城桃、綺葉桃、紫文桃、霜桃、胡桃、櫻桃、含桃。」《佩文韻府》：「緗桃，《花譜》：千葉桃爲緗桃。」花朵紅色。元稹《連昌宮詞》：「又有牆頭千葉桃，風動落花紅蔌蔌。」頃，百畝爲頃。

〔六〕臨池二句：文人多以花朵喻美女臉頰與玉靨。温庭筠《碌碌古詞》：「春風破紅意，女頰如桃花。」靨，面頰上的酒窩。《淮南子・説林訓》：「靨酺，在頰則好，在顙則醜。」高誘《淮南鴻烈解》：「靨酺者，頰上窐也。」靨以欲笑或笑時明顯。蕭統《擬古詩》：「眼語笑靨近來情，心懷心想甚分明。」張先《長相思》：「柳樣纖柔花樣輕，笑前雙靨生。」後以笑靨喻綻放的花朵。周邦彦《鎖窗寒・寒食》：「想東園，桃李自春，小唇秀靨今在否。」此用後義。

〔七〕銅華：銅制菱花鏡。陳亮《最高樓・詠梅》：「銅華不御淩波處，蛾眉淡掃至尊前。」此喻園林中如鏡的池水。　弄妝影：梁簡文帝《照流看落釵》：「流摇妝影壞，釵落鬢花空。」温庭筠《菩薩蠻》：「懶起畫蛾眉，弄妝梳洗遲。」　以上三句謂水邊照影桃花如美人梳妝。皮日休《桃花賦》：「滿池春色，階前砌側。」蘇軾《送別》：「鴨頭春水濃如染，水面桃花弄春臉。」

〔八〕年時：《匯釋》：「猶云當年或那時也。」薛瑞生師《周邦彦别傳·周邦彦生平事蹟新證》指出：「其實『年時』即『去年』，陝西方言至今仍作『去年』解。《匯釋》所舉各例均解作『去年』更確切。如盧摯《清平樂》詞：『年時寒食，直到清明節。草草杯盤聊自適，不管家徒四壁。　今年寒食無家，東風恨滿天涯。早是海棠睡去，莫教醉了梨花。』『年時』顯然即『去年』。」所見極是，這一時間定位説明夢窗最近兩年都曾光顧此園並曾參與上年青杏煮酒之雅集。

〔九〕試酒：品嘗新釀成的酒，時在春末夏初。《武林舊事》卷三載，夏曆四月初，酒庫呈樣嘗酒。張鎡《賞心樂事》：「三月季春……花院煮嘗酒。」

〔一〇〕褪花新杏：朱敦儒《浣溪沙》：「脱籜修篁初散緑，褪花新杏未成酸。」鄭獬《昔遊》：「小旗短棹西池上，青杏煮酒寒食頭。」

〔一一〕珠窗句：黄庭堅《聖柬將寓於衛行乞食於齊有可憐之色再次韻感春五首贈之》(之二)：「誰能書窗下，草玄抱幽獨。」珠窗繡網，爲「繡窗珠網」之倒文。梁簡文帝《紹古歌》：「網户珠綴曲瓊鉤，芳茵翠被香氣流。」蘇軾《劉乙新作射亭》：「寂寂小窗珠網遍，陰陰垂柳雁行斜。」珠網，綴珠之網狀帳幃。《文選·王簡棲〈頭陀寺碑文〉》：「夕露爲珠網，朝霞爲丹艧。」吕延濟注曰：「珠網，以珠爲網，施於殿屋者。」　玄經，指漢揚雄解釋儒家經典的專著《太玄經》。《漢書·揚雄傳》：「以爲《經》莫大於《易》，故作《太玄》；《傳》莫大於《論語》，作《法言》；史篇莫善於倉頡，作《訓纂》；箴莫善於《虞箴》，作《州箴》。……自雄之没，至今四十餘年，其《法言》大行，而《玄》終不顯，然篇籍具存。」以揚雄典切小蓬萊主人「楊」姓。楊，通「揚」。此寫主人珍視手所撰寫、不爲流俗所認同的解經著作。

〔二〕纔石硯二句：纔，《匯釋》：「猶一也。……字亦作才作財。」祖詠《泊揚子津》：『纔入維揚郡，鄉關此路遥。』纔入，猶云一入也，言一入揚郡，離鄉從此遠也。」此「纔」字，意屬上句之首。與此二句寫乍入書房所見。石硯雨雲，形容石硯自然形成的雲雨圖案。杜甫《石硯》：「奉使三峽中，長嘯得石硯。巨璞禹鑿餘，異狀君獨見。其滑乃波濤，其光或雷電。」劉禹錫《謝柳子厚寄疊石硯》：「清越敲寒玉，參差疊碧雲。煙嵐餘斐亹，水墨兩氛氲。」蘇軾《書軒》：「雨昏石硯寒雲色，風動牙籤亂葉聲。」

〔三〕小小句：與上闋寫桃花流水數句及下二句化用白居易《和夢遊春詩一百韻》詩意：「因尋菖蒲水，漸入桃花谷。……秀色似堪餐，穠華如可掬。」蓬萊，《山海經·海内北經》：「蓬萊山在海中。」《史記·封禪書》：「自威、宣、燕昭使人入海求蓬萊、方丈、瀛洲，此三神山者，其傅在勃海中，去人不遠；患且至，則船風引而去。蓋嘗有至者，諸仙人及不死之藥皆在焉。其物禽獸盡白，而黄金銀爲宫闕。未至，望之如雲；及到，三神山反居水下。臨之，風輒引去，終莫能至云。」因蓬萊仙境在山水中，故後人往往美稱環山縈水之居地爲「小蓬萊」。如元稹《州宅》：「我是玉皇香案吏，謫居猶得小蓬萊。」

〔一四〕朱嬌：李商隱《偶成轉韻七十二句贈四同舍》：「鷓鴣聲苦曉驚眠，朱槿花嬌晚相伴。」靚妝：鮑照《代朗月行》：「靚妝坐帷裏，當户弄清絃。」此喻小蓬萊園林中紅花緑葉。因其在山環水繞之中，不染塵埃，顯得格外嬌嫩美豔。

〔一五〕清尊二句：李遠《殘句》：「青山不厭三杯酒，長日惟消一局棋。」清尊，亦作「清樽」。代指美酒。《古詩紀·古歌》：「清樽發朱顔，四坐樂且康。」

〔一六〕斷琴二句：斷琴，字面取《吕氏春秋·本味》，伯牙善鼓琴，鍾子期爲其知音。鍾子期亡故，伯牙爲之破琴絶弦，終身不復鼓琴。此謂琴之餘音。並暗化用白居易《題楊穎士西亭》詩意：「竹露冷煩襟，杉風清病容。」以詩題再切「楊」姓。

〔一七〕笑從前三句：略反用白居易、蘇軾詩意。《題楊穎士西亭》：「即此可遺世，何必蓬壺峰。」《書王定國所藏煙江疊嶂圖》：「桃花流水在人世，武陵豈必皆神仙。」紅塵，繁華之地。班固《西都賦》：「紅塵四合，煙雲相連。」

【集　評】

夏敬觀評語：換片處拙句可學，然從此必用活筆乃佳。

【考　辨】

朱箋：《雲煙過眼録》：楊彦瞻伯喦，號泳齋。《〈絶妙好詞〉箋》：彦瞻，楊和王諸孫，淳祐間除工部郎，出官衢州，錢塘薛尚功之外孫，弁陽周公謹之外舅也。有《六帖補》二十卷、《九經補韻》一卷行於世。周密《蘋洲漁笛譜·長亭怨慢》題云：歲丙午、丁未，先君子監州太末。時刺史楊泳齋員外、別駕牟存齋、西安令翁浩堂、郡博士洪恕齋，一時名流星聚，見爲奇事。倅居據龜阜，下瞰萬室，外環四山，先子作堂曰嘯詠。撮登覽要，蜿蜒入後圃。梅清竹臞，虧蔽風月，後俯官河，相望一水，則小蓬萊在焉。老柳高荷，吹涼竟日。諸公載酒論文，清彈豪吹，筆研琴尊之樂，蓋無虛日也。

夏承燾《繫年》：夢窗有《尉遲杯·賦楊公小蓬萊》，朱箋謂即指楊伯嵒，夢窗集中別無衢州行跡，疑未嘗躬與其會。

楊箋：《漢書·地理志》補注「會稽郡西太末」下，王先謙注：「穀水西出太末縣，是越之鄙，姑蔑之地也。」姑蔑故城在今龍遊縣北。

吴熊和《唐宋詞彙評·吴文英》：楊彦瞻於淳祐四年至六年（一二四四至一二四六）守衢州，詞或作於此數年間。

孫按：張如安《吴夢窗生平考證二題》一文，駁正了朱箋、夏箋以楊公爲楊彦瞻，以及夏箋謂夢窗「未嘗躬與其會」諸説。認爲此「楊公小蓬萊」，應是所有權屬於某楊姓人的私家園林，而非朱箋中的公共設施。張氏並據詞「記年時、試酒湖陰，褪花曾采新杏」，證説夢窗曾不止一次「躬與其會」。張考引《光緒烏程縣志》卷三〇《金石·端平（石）棋枰刻字》，考出此詞中的「小蓬萊」應歸屬雲溪隱楊氏。由於此棋枰刻石在浙江的苕霅間被人發現，張氏推論此詞是夢窗紹定五年（一二三二）入蘇州倉幕前，寫於與苕霅間姜石帚定交時。

今引《光緒烏程縣志》卷三十《金石·端石棋枰刻字》對參清代汪曰禎《南潯鎮志·三編》（清同治二年刻本），知楊氏小蓬萊就在湖州南潯一帶，此可證成張考不誤，亦可補張考之不足。《光緒烏程縣志》「端石棋枰刻字」條：「紹定四年石，藏南潯鎮紀南枝家。文云：『有宋紹定辛卯六月既望刻石。』又云：『雲溪隱楊氏小蓬萊棋局，並正書。』又云：『明嘉靖癸亥紀泉石改制。篆書。』（紀官《重得石枰記》）稼庵董子之庭有石，承簷溜久矣，傍忽露文曰『紀泉石』。余驚喜曰：『此余五世祖也。』董子曰：『必先世所假也。異哉！當歸子矣。』辛未春，余晚自苕來，此石已置齋中，燭而視其文，石背爲宋紹定四年，而改制爲嘉靖癸亥也，名曰小蓬萊棋局，石質細潤，刻畫亦工（施國祁《小蓬萊石棋局説》）。小蓬萊之名，見楊誠齋《江湖集》，爲伊族彦通所居。吴文英有賦楊公小蓬萊《尉遲杯》詞。（按）此刻『楊』字已捶損，細審確是『楊』字。施説歷引『小蓬萊』不一其處，唯此一條與楊氏合。」《南潯鎮志》：「端石棋枰刻字。紹定四年石。藏西柵紀南枝家。高一尺九寸七分，廣二尺二寸。據拓本載文。有『宋紹定辛卯六月既望刻石』。此行正書。在背面，字徑七八分。雲溪隱□氏小蓬萊棋局。二行。行五字。正書。字徑八九分。泐文似是『楊』字。明嘉靖癸亥紀泉石改制。二行。行五字。篆書。字徑寸許。已上四行在正面。四圍花邊外。」《南潯鎮志》並引紀官《重得石枰記》曰：「稼庵董子之庭有石，承簷溜久矣，傍忽露文曰『紀泉石』。

董子偶詣余，語及。余驚喜曰：『此余五世祖也。』余祖泉石公生成、宏以後，海内晏安，士大夫敦尚恬退，或講學名山，或園亭棋酒，而我公得交一時之望。至今出所藏筆墨，想見古人。董子曰：『必先世所假也。異哉。當歸子矣！』既以事未果。辛未春，余晚自苕來，此石已置齋中，燭而視其文，石背爲宋紹定四年，而改制爲嘉靖癸亥也，名曰『小蓬萊棋局』，石質細潤，刻畫亦工。追憶我公訓子餘閑，構樓三楹，蓄琴書。北窺洞庭，西見溪塘，帆葉庭下，富卉木奇石。諸名士觴詠自適，錚然落子處也。余童子時尚覩遺址。未幾，而滄桑不可復問。當時同遊諸公雲舒霞散，而片石巋然獨存。感而爲之記。」據此，詞中「湖陰」之於洞庭太湖，雲溪之於「溪塘」，皆可一一落實。小蓬萊主人楊氏或是紀氏母系遠祖，或楊氏小蓬萊並石刻後歸紀氏。宋無南潯之名，明清所説的南潯在烏程縣東七十二里，以其南有潯溪，故名。「潯溪，在歸安縣東六十里，餘不溪之支流也。自德清縣分流入縣境，又東北經烏程縣之南潯鎮，入運河」。見《清一統志》卷二八九。

另外，張如安《吴夢窗生平考證二題》肯定朱德慈《吴夢窗早年客杭考》中夢窗自紹定五年（一二三二）泛遊苕霅説：「應該説朱德慈先生的這一推斷具有相當的説服力，美中不足的是他還未能爲夢窗早年泛遊苕霅作出準確的繫年。然而這一繫年雖很重要卻又最不容易解決，因爲夢窗遊歷某地，往往都留下一組詞作；唯有泛遊苕霅，僅在晚年所作的《惜紅衣》詞中提及之，如果找不到其他旁證材料，繫年也就只能是空談了。」張考夢窗詞集中除此首《尉遲杯》寫於苕霅外，不再有年青時期苕霅組詞，實誤。夢窗集中贈姜石帚有六首詞作，除《三姝媚·姜石帚館水磨方氏》一首寫於杭州之外，其餘皆寫於湖州的苕霅間；五首湖州贈姜詞，除《拜星月慢·姜石帚以盆蓮數十置中庭》與《惜紅衣·余從姜石帚遊苕霅間三十五年矣》二首之外，其餘三首都是年青時的苕霅詞。夏承燾《繫年》考得夢窗在嘉定十七年（一二二四）以及之前曾至湖州德清，時年約二十五歲（楊鐵夫《事蹟考》認爲「當在二十左右」）。《年譜》考證出夢窗嘉定十三年（一二二〇）至紹定四年（一二三一）十年，是杭京遊幕期，幕主爲袁韶。其與姜氏定交即在這個區間，地點在湖州烏程；並且考證出夢窗這段時間還曾至無錫、蘇州、淮安等地（詳後考）。本首寫於烏程的詞作，也正是杭京遊幕時的作品，更具體地説，應該類歸於與姜石帚交往，泛遊苕霅時期系列詞。與集中湖州德清詞對參，知寫於嘉定十七年（一二二四）至寶慶二年（一二二六）之間，其時夢窗二十三歲至二十五歲。毛晉《夢窗詞稿·跋》：「四明吴君特從吴履齋諸公遊，晚年好填詞。」觀此，知夢窗作詞始於青年時。

## 渡江雲　三犯　中吕商㈠

西湖清明㈡

羞紅顰淺恨㈢，晚風未落㈣，片繡點重茵㈤。舊堤分燕尾㈥，桂棹輕鷗㈦，寶勒倚殘雲㈧。

千絲怨碧〔八〕，漸路入、仙塢迷津〔九〕。腸漫回㊁〔一〇〕，隔花時見，背面楚腰身〔一一〕。逡巡。題門惆悵〔一二〕，墮履牽縈〔一三〕，數幽期難准〔一四〕。還始覺〔一五〕、留情緣眼〔一六〕，寬帶因春㊂〔一七〕。明朝事與孤煙冷〔一八〕，做滿湖、風雨愁人〔一九〕。山黛暝㊃〔二〇〕，塵波澹緑無痕㊄〔二一〕。

**【校議】**

㊀明張本詞調作《渡江雲》。宮調作「三犯，仲呂商」。底本、朱四校本、《全宋詞》詞調作《渡江雲三犯》。底本宮調作「中呂商」。底本眉批：「俗名小石。」朱四校本、《全宋詞》宮調作「中呂商，俗名小石調」。中，「仲」的古字。吴校：「《渡江雲》，各本同。惟彊作《渡江雲三犯》，未知其理。」孫按：明張本「三犯」與詞調同列，字體縮小偏寫。底本誤連作詞調，後各家遂沿其誤，宜吴梅有疑眩也。宋詞此調或作《渡江雲》，或作《三犯渡江雲》。兹從明張本。

㊁漫回：明張本、毛本作「謾回」。唐宋時「謾」、「慢」作領字時，均用同「漫」字。

㊂留情二句：毛本、戈校本作「留情緣寬，帶眼因春」。毛扆本改「寬」、「眼」二字倒誤。杜本從改，諸本從之。唯《歷代詩餘》作「留情轉眼，帶減因春」。

㊃山黛暝：毛本作「山黛瞑」。《歷代詩餘》、戈選作「山黛映」。

㊄塵波：毛本、戈校本、戈選、杜本、王朱本、朱二校本作「澄波」。

【注釋】

〔一〕西湖：《西湖志纂》卷一：「西湖古稱明聖湖，在浙江會城之西方，廣三十里，受武林諸山之水，下有淵泉百道，瀦而爲湖，蓄潔渟深，圓瑩若鏡。中有孤山傑峙水心，山之前爲外湖，山後曰後湖。西亘蘇堤，堤以内爲裏湖。……樓臺錯峙，亭館銜接，金碧輝映於水光山色間，唐人擬爲十洲三島。迨宋蘇軾則有臨安眉目之喻，至比之西子，遂稱西子湖。」　清明：《逸周書·周月》：「春三月中氣，驚蟄，春分，清明。」宋代清明習俗爲踏青狂歡。《東京夢華録》卷七「清明節」條：「四野如市，往往就芳樹之下，或園囿之間，羅列杯盤，互相勸酬。都城之歌兒舞女，遍滿園亭，抵暮而歸。各攜棗錮、炊餅、黄胖、掉刀、名花異果、山亭戲具、鴨卵雞雛，謂之門外土儀。轎子即以楊柳雜花裝簇頂上，四垂遮映。」南宋尤重此節。《夢粱録》卷二：「（清明）車馬往來繁盛，填塞都門，宴於郊者，則就名園芳圃、奇花異木之處；宴於湖者，則彩舟畫舫，款款撑駕，隨處行樂。……殢酒貪歡，不覺日晚，紅霞映水，月掛柳梢，歌韻清圓，樂聲嘹喨，此時尚猶未絶。男跨雕鞍，女乘花轎，次第入城。又使童僕挑著木魚、龍船、花籃、鬧竿等物歸家，以饋親朋鄰里。」

〔二〕羞紅：岑參《敷水歌送竇漸入京》：「岸花仍自羞紅臉，堤柳猶能學翠眉。」　顰淺恨：眉蹙淡淡哀愁。陳三聘《南柯子·七夕》：「應是星娥顰恨、入雙眉。」

〔三〕落：止息。李子卿《府試授衣賦》：「山静風落，天高氣涼。」

〔四〕片繡句：《南史·范縝傳》：「縝答曰：『人生如樹花同發，隨風而墮，自有拂簾幌墜於茵席之上，自有關籬牆落於糞溷之中。墜茵席者，殿下是也；落糞溷者，下官是也。」片繡，指大面積紛紛揚揚的落花如繡鋪地。杜甫《曲江二首》（之一）：「一片花飛減卻春，風飄萬點正愁人。」重茵，原指雙層墊褥。《韓詩外傳》卷六：「又與子從君而東至阿，遭齊君重鞇而坐，吾君單鞇而坐。」鞇，同「茵」。此指草地。　以上三句以落花疊現彼美容色。

〔五〕舊堤：指西湖中的蘇公堤和白沙堤。蘇公堤，《夢粱録》卷一二：「元祐年東坡守杭，奏開浚湖水，所積葑草，築爲長堤，故命此名，以表其德云耳。自西迤北，横截湖面，綿亘數里，夾道雜植花柳，置六橋，建九亭，以爲遊人玩賞駐足之地。咸淳間，朝家給錢，命守臣增築堤路，沿堤亭榭再一新，補植花木。」白沙堤，即孤山寺路。《咸淳臨安志》卷三二：「在孤山之下，北有斷橋，南有西林橋。其西爲裏湖，樂天詩：『誰開湖寺西南路，草緑裙腰一道斜。』自註云：『孤山寺路，在湖洲中。草緑時望如裙腰。舊志云不知所從始。』」　分燕尾：《詩・邶風・燕燕》：「燕燕于飛，差池其羽。」鄭箋：「差池其羽，謂張舒其尾翼。」夏竦《野步》：「山勢蜂腰斷，溪流燕尾分。」蘇堤南北綿延，白堤東西走向，形似燕尾舒張。

〔六〕桂棹輕鷗：杜甫《船下夔州郭宿雨濕不得上岸别王十二判官》：「柔櫓輕鷗外，含淒覺汝賢。」《九家集注杜詩》引趙彦材注曰：「船櫓在輕鷗之外，匆匆遂行，不得如鷗之遊漾，所以含情而覺鷗之勝我也。」桂棹，《楚辭・九歌・湘君》：「桂棹兮蘭枻，斫冰兮積雪。」

〔七〕寶勒句：杜甫《重題鄭氏東亭》：「向晚尋征路，殘雲傍馬飛。」寶勒，陳琳《馬瑙勒賦》：「爾乃他山爲錯，荆和爲理，制爲寶勒，以御君子。」勒，馬絡頭。代指馬。以上二句寫桂棹逐輕鷗，寶勒隨殘雲，喻船篙、坐騎輕快，渲染年青愉悦的心情。

〔八〕千絲怨碧：李商隱《蟬》：「五更疏欲斷，一樹碧無情。」劉禹錫《省試風光草際浮》：「柳長千絲宛，田塍一線絣。」白堤、蘇堤皆植楊柳。白居易《錢唐湖春行》：「最愛湖東行不足，緑楊陰裏白沙堤。」鄭清之《乙巳三月出湖口占三首》（之三）：「十年重訪蘇堤柳，總付春光入畫船。」

〔九〕漸路入二句：實録蘇堤多植桃柳。董嗣杲《蘇公堤》可爲互證：「三月桃花無浪起，六橋柳色有鶯啼。」暗用劉義慶《幽明録》所載劉晨、阮肇入天台山沿桃溪而上遇儷仙事。詳見《尉遲杯·賦楊公小蓬萊》注〔五〕。塢，四面如屏的花木深處。迷津，陶淵明《桃花源記》：「太守即遣人隨其往，尋向所志，遂迷，不復得路。南陽劉子驥，高尚士也。聞之，欣然親往。未果，尋病終。後遂無問津者。」孟浩然《南還舟中寄袁太祝》詩：「桃源何處是，遊子正迷津。」西湖亦有仙溪。見《萬曆杭州府志》卷二〇：「棲霞嶺。在葛嶺西嶺上。桃開時爛燦如霞，有水一道，名桃溪。」但此處用典寫遇仙女。文人所謂遇仙往往隱喻冶遊，如唐張鷟傳奇《遊仙窟》，此處亦然。

〔一〇〕腸漫回：回腸，《文選·宋玉〈高唐賦〉》：「感心動耳，回腸傷氣。」李善注曰：「回轉人腸，傷斷人氣。」漫，《匯釋》：「本爲漫不經心之漫，爲聊且義或胡亂義；轉變而爲徒義或空義。字亦作謾，又作慢。……其作徒字、空字解者最多。」

〔一一〕隔花二句：楚腰，語出《韓非子·二柄》：「楚靈王好細腰，而國中多餓人。」後因以「楚腰」泛稱女子細腰。此處實用蘇軾《續麗人行》詩意，暗寫美人傷春。蘇詩題注曰：「李仲謀家有周昉畫背面欠伸内人，極精。」詩有句曰：「畫工欲畫無窮意，背立東風初破睡。若教回首卻嫣然，陽城下蔡俱風靡。」「隔花臨水時一見，只許腰肢背後看。」

〔一二〕題門惆悵：《紺珠集》卷九：「崔護風姿甚美，清明日遊城外，叩一莊門求飲。有一女以杯漿遺護。意屬甚厚。明年思其人，復往叩門，久無人應。因書一絶於門云：『去年今日此門中，人面桃花相映紅。人面不知何處去，桃花依舊笑東風。』」

〔一三〕墮履：賈誼《新書·諭誠》：「昔楚昭王與吴人戰，楚軍敗，昭王走，履決北而行失之，行三十步，復旋取履。及至於隋，左右問曰：『王何曾惜一踦履乎？』昭王曰：『楚國雖貧，豈愛一踦履哉？思與偕反也。』自是之後，楚國之俗無相棄者。」《北史·韋夐傳》：「昔人不棄遺簪墜履者，惡與之同出，不與同歸。吾之操行雖不逮前烈，然舍舊録新亦非吾志也。」實運化《舊唐書·楊貴妃傳》：「玄宗每年十月幸華清宫，國忠姊妹五家扈從，每家爲一隊，著一色衣，五家合隊，照映如百花之焕發，而遺鈿墜舃，瑟瑟珠翠，燦爛芳馥於路。」寫當年歌舞奢華時的愛情遺物。

〔一四〕幽期：盧綸《七夕詩》：「涼風吹玉露，河漢有幽期。」

〔一五〕始覺：《匯釋》：「（始）猶正也。……『還始覺留情緣眼，寬帶因春。明朝事與孤煙冷，做滿湖風雨愁人。』始覺，正覺也。還者，幸之之辭，一至明朝，便愁人矣。」潘岳《悼亡詩三首》（之一）：「凜凜涼風升，始覺夏衾單。」

〔一六〕留情緣眼：意同周邦彦《慶春宫》：「眼波傳意，恨密約，匆匆未成。許多煩惱，只爲當時，一晌留情。」緣眼，因被其眼波流轉所打動。韓偓《偶見背面是夕兼夢》：「眼波向我無端豔，心火因君特地然。」

〔一七〕寬帶因春：寬帶，典出《梁書・沈約傳》：「初，約久處端揆，有志臺司，論者咸謂爲宜，而帝終不用，乃求外出，又不見許。與徐勉素善，遂以書陳情於勉曰：『百日數旬，革帶常應移孔；以手握臂，率計月小半分。以此推算，豈能支久？』」梁簡文帝《當壚曲》：「欲知心恨急，翻令衣帶寬。」柳永《蝶戀花》：「衣帶漸寬終不悔。爲伊消得人憔悴。」

〔一八〕明朝句：杜牧《題安州浮雲寺樓寄湖州張郎中》：「恨如春草多，事與孤鴻去。」煙冷，寒食節避熟食，不舉火，故云。寒食節有三月清明節前與五月五日兩説。宗懔《荆楚歲時記》：「去冬節一百五日，即有疾風甚雨，謂之寒食，禁火三日，造餳大麥粥。按曆合在清明節前二日，亦有去冬至一百六日者。《琴操》曰：『晉文公與介子綏俱亡，子綏割股以啖文公。文公復國，子綏獨無所得。子綏作《龍蛇歌》而隱，文公求之不肯出，乃燔左右木，子綏抱木而死。文公哀之，令人五月五日不得舉火。』又，周舉《移書》、及魏武《明法令》、陸翽《鄴中記》，並云『寒食斷火，起於子推』。《琴操》所云子綏，即推也。又云五月五日，與今有異，皆因流俗所傳。」宋人葛立方《韻語陽秋》卷一九考訂實在三月，差別源於周曆夏正之異：「予觀《琴操》云介子推五月五日焚林而死，故是日不得發火；而《異苑》以謂寒食始禁煙。蓋當時五月五日，以周官正言之爾。今用夏正，乃三月也。」唐宋寒食皆在三月。元稹《連昌宫詞》：「初過寒食一百六，店舍無煙宫樹緑。」周邦彦《鎖窗寒・寒食》：「嬉遊處。正店舍無煙，禁城百五。」「明朝」云云，謂寒食過後即清明節也，用以切題義。

〔一九〕風雨愁人：杜牧《清明》：「清明時節雨紛紛，路上行人欲斷魂。」

〔二〇〕山黛：黛，畫眉顏料。徐陵《玉臺新詠序》：「南都石黛，最發雙蛾。」李商隱《代贈二首》（之二）：「總把春山掃眉黛，不知供得幾多愁。」常用以形容山色。此特指西湖周圍暮色中的山峰，同時隱寫黛眉，寓憶人之思。

〔二一〕塵波：白居易《春江閒步贈張山人》：「晴沙金屑色，春水麴塵波。」塵，麴塵。指初春時嫩柳倒映水中而呈鵝黄色的春水。　無痕：蘇軾《正月二十日與潘郭二生出郊尋春忽記去年是日同至女王城作詩乃和前韻》：「人似秋鴻來有信，事如春夢了無痕。」　並拍合杜牧「事與孤鴻去」句意，與上文「冷」字共寫情事過眼如煙不留痕跡。

【集評】

王鵬運《半塘定稿》卷二：《清真集》中諸調，夢窗多擬作，俊茂處能似之，言外絶不相襲。

夏敬觀評語：首句拙而不佳。次三亦不貫，五六二句一指舟一指騎，在西湖誠有此景，然未能使人知，爲分寫此景，實不易道也。

楊箋：（「腸漫回」三句）上言已入迷津，若於此接寫迷津内事，勢便直瀉。看他用「腸漫回」三字輕輕一蕩，從平日可見而不可親，止見腰而未見面，因而不能忘情者，作頂上盤旋。此夢窗絶技，用諸歇拍最宜，所謂「留」字訣也。（「明朝」三句）兜頭一轉，力重千鈞，所謂空際轉身法。夢窗神力，非他人可及。此等筆法，隨處遇之。心先知此，始許讀夢窗詞。「無痕」二字，妙甚。上文層層布境，至此化爲煙去，故曰「無痕」。詞境亦似之。

【考辨】

陳洵《海綃説詞》：此詞與《鶯啼序》第二段參看。「漸路入、仙塢迷津」，即「遡紅漸、招入仙溪」。「題門」、「墮履」，與「錦兒偷寄幽素」是一時事，蓋相遇之始矣。「明朝」以下，天地變色，於詞爲奇幻，於事爲不祥，宜其不終也。

夏承燾《繫年》：夢窗似不止一妾。其另一人殆娶於杭州。《渡江雲三犯》「西湖清明」詞云：「千絲怨碧，漸路入、仙塢迷津。腸漫回，隔花時見，背面楚腰身。」「逡巡。題門惆悵，墮履牽縈。」蓋記初遇。

夏箋：此紀初遇杭妾，與《鶯啼序》、《畫錦堂》諸詞參看。夢窗蘇、杭二妾，一遣一死，詳予作《吴夢窗繫年》「淳祐四年」下。

楊箋：此詞海綃翁釋爲初遇吴姬，夏箋釋爲初遇杭妾，鐵夫則釋爲泛作遊治之詞。（「還始覺」三句）「留情」八字，在冶遊上已屬過於描寫，若後經量珠聘歸者，則不應留此褻語，所以不敢定其爲妾也。

孫按：對於夢窗情詞，箋釋者大多坐實爲蘇姬杭妾之「本事化」闡釋，參見《瑣窗寒》【考辨】。然而姬妾是古人納娶爲側室的女子，與夢窗感情生活較爲密切的數位女子是否已成納娶，其實大有可疑。筆者以夢窗所有詞作爲内證進行考察，知此詞非寫初遇姬妾，楊氏「不敢定其爲妾」一語，良有以也。謝桃坊《論夢窗詞的社會意義》也指出：「吴文英戀情詞的抒情對象是蘇州的一位歌妓和杭州的一位貴家歌姬。」檢夢窗情詞，知其遇於杭州者甚至不是「貴家歌姬」，而是隸屬樂籍的官妓（《宋詞辨》指出宋代歌妓分爲官妓、私妓、市井妓三種，夢窗交往的歌妓多爲官妓，或稱營妓者）。夢窗與這位西湖歌妓曾有一段情事，後來此歌妓離杭，此寫訪之未遇。因詞人也將離開杭京，故爲過去的情事將作風流雲散而傷感不已。此杭妓後來亡故，可稱杭州亡妓。

此詞應寫於夢窗離開杭京袁韶幕中將之蘇州倉幕之前，時間在紹定三年（一二三〇）或稍後（參見鍾振振《讀夢窗詞札記》、錢錫生《關於吴文英生平中的兩個問題》、朱德慈《吴夢窗早年客杭考》、張如安《吴夢窗生平考證二題》）。與杭妓交往的詞作，除此詞外，尚有《鶯啼序》（殘寒正欺病酒）、《齊天樂》（煙波桃葉西陵渡）、《定風波》（密約偷香□踏青）、《霜天曉角》（香莓幽徑滑）、《桃源憶故人》（越山青斷西陵浦）等等。這些詞作記録了夢窗與彼美西湖相識，送別至西興渡口，屢訪不遇及悼亡的全過程。夏承燾《繫年》謂「其時春，其地杭者，則悼杭州亡妾」，然此系列詞中《齊天樂》是寫杭妓但時節在秋的詞作。

## 三部樂　黄鐘商　俗名大石調㊀

賦姜石帚漁隱〔一〕

江鶂初飛〔二〕，蕩萬里素雲〔三〕，際空如沐㊁〔四〕。詠情吟思，不在秦箏金屋〔五〕。夜潮上、明月蘆花，傍釣蓑夢遠，句清敲玉㊂〔六〕。翠罌汲曉，欸乃一聲秋曲〔七〕。越裝片篷障雨㊃〔八〕，瘦半竿渭水〔九〕，鷺汀幽宿㊄〔一〇〕。那知暖袍挾錦〔一一〕，低簾籠燭〔一二〕。鼓春波〔一三〕、載花萬斛〔一四〕。飄鬣搏㊅〔一五〕、銀河可掬〔一六〕。風定浪息㊆。蒼茫外㊇、天浸寒緑〔一七〕。

**【校　議】**

㊀明張本、底本宮調作「大石，黄鐘調」。底本校曰：「『調』，當作『商』。黄鐘調爲無射羽之俗呼。」周清真詞作「商調」，故兹從朱四校本、《全宋詞》。戈校本詞題下注「范選」。

㈡際空如沐：明張本作「際雲如沐」。毛本、戈校本、四明本作「際空如沫」。戈校本眉注「沐」字。《詞譜》、杜本作「霽空如沐」。王朱本融合所見諸本徑改。餘本從之。

㈢夜潮四句：明張本無「傍」字。然下文「瘦半竿」句多一字。

㈣越裝句：毛本、《詞律》、《歷代詩餘》、《詞譜》、戈校本作「片篷障雨乘風」。毛扆本改作「越裝片篷障雨」。杜本從改，餘本從杜改。惟王朱本仍從毛本，但過録杜本中毛斧季校改存異。鄭氏手批：「據清真過片，當從斧季校本改訂。」

㈤瘦半竿二句：明張本作「瘦半竿渭水，伴汀鷺幽宿」。毛本、《詞律》、《歷代詩餘》、《詞譜》、戈校本、王朱本、朱二校本、四明本作「半竿渭水，伴鷺汀幽宿」。《詞律》作爲「又一體」。校曰：「『夜潮上』句、『伴鷺汀』句各多一字，後起句用平，與前異。」鄭氏手批：「(過片)次句清真是五字，此移之下句疑仍有小誤。」「此過片第三句當衍一『伴』字，應云『鷺汀幽宿』。」夏敬觀評語：「他本『半竿』上無『瘦』字，『鷺汀』上有泮(伴)。則上四下五，與周詞句調不合。明鈔有『瘦』字，無『伴』字，上五下四，合則合矣，『瘦』究太奇。」孫按：夏氏所説「明鈔」實爲朱氏過録的副本，有誤。

㈥颿鬣摶：毛本作「帆鬣轉」。帆，同「颿」。下同不出校。諸本皆從毛本。兹從明張本、四明本。

㈦鄭氏手批：「『息』字亦協，清真是句亦用『息』字，與《還京樂》結處『翼』字，夢窗作亦用『翼』，此例正同。可徵夢窗墨守清真入聲字律，一字不苟。」

⑧ 蒼茫：《野客叢書》卷八：「東坡詩曰『蒼茫瞰奔流』，又曰『愁度奔河蒼茫間』，趙注謂『蒼茫』兩字，古人用之，皆是平聲，而先生所用，乃是仄聲。蒼字，《廣韻》音粗朗反，而茫字上聲之『莽』，去聲之『漭』皆不收，不知先生所用出處，以俟博聞。僕觀揚雄《校獵賦》『鴻濛沆茫』，字音莽；白樂天《雪詩》『寒銷春蒼茫』，又曰『野道何茫蒼』，注並音上聲。近時蘇子美詩亦曰：『淮天蒼茫背殘臘，江上委蛇逢舊春。』自注蒼茫仄聲。茫作仄用，似此甚多。」《詞譜》此調四體此二字俱作仄聲，此處亦應作仄用。

【注釋】

〔一〕姜石帚：湖州烏程人。早年隱於烏程苕霅溪畔，中年曾坐館杭州水磨頭方氏。姜氏與夢窗相交幾四十年，是交契的好友。　漁隱：既是船舫嘉名，也寫以垂釣爲生涯的隱居狀況。此爲湖州本地風光及雅隱傳統。《野客叢書》：「天下有兩西塞，一在霅川，一在武昌。按《唐書·張志和》『願浮家泛宅，往來苕霅間』；又，志和詞中有『霅溪灣裏釣魚翁』之句，知志和之西塞正在霅川。」《經鉏堂雜志》卷一：「吳興人指南門外二十餘里下菰、菁山之間一帶遠山爲西塞山也。山水明秀，真是絶境。家有小舫，時時載酒，浮游其上。當八九月秋氣澄爽，尤可愛玩，特恨無志和詩筆胸次耳。」

〔二〕江鴅：陳造《次韻高機宜送别》：「亟催江鷁休停棹，已信溪禽不亂行。」鴅，亦作「鷁」。水鳥名。古人以之作爲船頭造型，認爲可禳水神。《方言·第九》：「（船）首謂合閭，或謂之鷁艏。」郭璞注曰：「鷁，鳥名也，今江東貴人船前作青雀似其象也。」《文選·張衡〈西京賦〉》：「浮鷁首，翳雲芝。」李善注曰：「船頭象鷁鳥，厭水神。」

〔三〕蕩萬里句：此寫蕩舟情形。杜甫《送段功曹歸廣州》：「峽雲籠樹小，湖日蕩船明。」《野客叢書》卷二八：「此一字不但施於湖日爲精明，其他亦工，如謝混詩『惠風蕩繁圃』，姚合詩『春風蕩城郭』，陸龜蒙詩『微雨蕩春醉』，用此一字，景象迥别。」「萬里素雲」爲水中倒影。

〔四〕際空：與「際天」意同。楊發《與諸公池上待月》：「樹密雲縈岸，池遥水際空。」際，《例釋》：「接連，挨近，動詞。」席豫《奉和聖制送張説巡邊》：『亭障東緣海，沙場北際天。』」如沐：周邦彦《六幺令·重陽》：「池光静横秋影，岸柳如新沐。」楊箋以上數句曰：「雲蕩空淨，如經雨沐而渣滓盡去也。」

〔五〕秦箏金屋：周邦彦《滿江紅》：「想秦箏依舊，尚鳴金屋。」秦箏，《格致鏡原》卷四六：「《風俗通》：箏，秦聲也。或曰蒙恬所造。五弦，筑身，今并、涼二州箏形如瑟，不知誰改也。《因話録》：黄帝破古瑟五十弦爲二十五弦，秦人鼓瑟，兄弟爭之，又破爲兩，箏之名，自此始。」金屋，《漢武故事》：「後長主還宫，膠東王數歲，公主抱置膝上問曰：『兒欲得婦否？』長主指左右長御百餘人，皆云不用。指其女：『阿嬌好否？』笑對曰：『好。若得阿嬌作婦，當作金屋貯之。』長主大悦，乃苦要上，遂成婚焉。」

〔六〕夜潮四句：化用姜夔遥寫湖州苕溪景色之《過湘陰寄千岩》詩意：「眇眇臨風思美人，荻花楓葉帶離聲。夜深吹笛移船去，三十六灣秋月明。」荻花，即蘆花。黄庭堅《薄薄酒二章》（之一）：「何如一身無四壁，滿船明月卧蘆花。」張志和《漁父》：「霅溪灣裏釣魚翁，舴艋爲家西復東。」白居易《酬微之》：「聲聲麗曲敲寒玉，句句妍辭綴色絲。」謂姜氏詩思樂句不得自華屋麗榭，而得自漁隱舟中。

〔七〕翠罌二句：柳宗元《漁翁》：「漁翁夜傍西巖宿，曉汲清湘燃楚竹。煙銷日出不見人，欸乃一聲山水緑。」罌，盛器。《墨子·備城門》：「用瓦木罌容十升以上者，五十步而十，盛水且用之。」欸乃秋曲，即《欸乃曲》。元結有《欸乃曲五首》，其序曰：「大曆丁未中，漫叟結爲道州刺史，以軍事詣都使。還州，逢春水，舟行不進，作《欸乃五首》，令舟子唱之，蓋以取適於道路云。」欸乃，櫓聲。元結《欸乃曲》：「誰能聽欸乃，欸乃感人情。」題注：「棹舡之聲。」《海録碎事》卷五：「（欸乃）音『襖靄』，棹船相應聲。」

〔八〕越裝：《梁書·王僧孺傳》：「僧孺乃歎曰：『昔人爲蜀部長史，終身無蜀物；吾欲遺子孫者，不在越裝。』」烏程屬越地，此處及之。　片篷：捕魚人用來遮雨分爲上下兩片的蓑衣。皮日休《添漁具詩序》：「江漢間時候率多雨，唯以簑笠自庇，每伺魚必多俯，簑笠不能庇其上。繇是織篷以障之，上抱而下仰，字之曰『背篷』。」

〔九〕瘦半竿句：半竿渭水，用姜太公吕望釣魚典。《史記·齊太公世家》：「太公望吕尚者，東海上人。

其先祖嘗爲四岳，佐禹平水土甚有功。虞夏之際封於吕，或封於申，姓姜氏。」《説苑》：「吕望年七十，釣於渭渚。三日三夜，魚無食者。……望如其言，初得鮒，次得鯉，刺魚腹得書。書文曰：『吕望封於齊。』」以垂釣渭水的姜子牙切石帚「姜」姓。另，烏程苕霅一帶有釣魚灣。《吴興備志》卷一五：「釣魚灣，在烏程縣西三里。古稱張志和釣魚處。」與前注張志和詩合榫。沈與求《泛舟村落阻風不能少進而菱梢芡觜繚舷上下篙人病之》：「艇子掠岸行，水瘦不濡尾。」

〔一〇〕鷺汀幽宿：梁時吴興太守柳惲有「汀洲採白蘋」警句，霅川又多水禽。程公許《施明可自湘潭還霅川……》：「寄聲鷗鷺舊同社，可奈鷺鳬紛著行。」

〔一一〕暖袍挾錦：《説郛》卷一二下：「著綿衣謂之挾纊。《史記》：楚與齊戰，楚既衆，時值切寒，楚王撫慰將士，甘言勉之，三軍皆如挾纊，不覺寒也。」纊，絲綿。《天工開物·乃服第二》：「凡雙繭並繅絲鍋底零餘，並出種繭殼，皆緒斷亂不可爲絲，用以取綿。用稻灰水煮過（不宜石灰），傾入清水盆内。……其治絲餘者，名鍋底綿，裝綿衣衾内以禦重寒，謂之挾纊。」錦亦蠶絲織成。《事物紀原》卷一〇：「《拾遺》曰：員嶠山環丘有冰蠶，霜雪覆之，然後成繭，其色五采。唐堯之時，海人織錦以獻。後代效之，染五色絲織，以爲錦。」此作爲絲綿的美稱。

〔一二〕籠燭：白居易《新昌新居書事四十韻因寄元郎中張博士》：「爐香穿蓋散，籠燭隔紗然。」

〔一三〕鼓春波：白居易《題海圖屏風（元和己丑年作）》：「噴風激飛廉，鼓波怒陽侯。」

〔一四〕載花萬斛：陳文蔚《廬陵趙令君宅後有蓮濠月夕相拉觀蓮戲廬陵》：「朱橋緑水夜深遊，滿載荷花萬斛舟。」庾信《愁賦》殘文：「誰知一寸心，乃有萬斛愁。」斛，計量單位。有十斗、五斗之異。此亦本地風光。《吴興備志》卷一五：「百花洲，宋熙寧中郡守孫覺創開於峴山之麓，外植芰荷，内栽花柳，亭榭參差，竹木森修。水陸通道，往來鱗集。」

〔一五〕飄鬣搏：飄，船帆。《文選·左思〈吴都賦〉》：「樓船舉颿而過肆，果布輻湊而常然。」劉逵注：「颿者，船帳也。」鬣，魚鰭。此喻楫櫓。王周《誌峽船具詩·櫓》：「用之大曰櫓，冠乎小者楫。通津既能濟，巨浸即横涉。身之使者頰，虎之拏者爪。魚之撥者鬣，弩之進者筴。此實爲相須，相須航一葉。」搏，《文選·賈誼〈鵩鳥賦〉》：「忽然爲人兮，何足控搏？」李善注引孟康曰：「控，引也；搏，持也。」

〔一六〕銀河可掬：盧肇《天河賦》：「誤一葦於天際，遥思濯手。」《白孔六帖》卷二：「天河謂之天漢、銀漢、銀河、河漢、天津、絳河、明河。」南宋陳元龍注周邦彦《片玉詞·菩薩蠻》「銀河宛轉三千曲」曰：「銀河，天河也，出昆侖虚，其色白也。」並暗用浮槎入天河故事。以上四句設想春季汛波翻騰，載花而遊；水天相接，似可溯天河。

〔一七〕風定三句：處默《聖果寺》：「古木叢青靄，遥天浸白波。」李綱《題棲真館三十六韻》：「溪邊列巖岫，倒影浸寒緑。」前文「萬里」意貫於此。語出杜甫《憶鄭南玭》：「萬里蒼茫外，龍蛇只自深。」蒼茫，寬廣浩渺的煙波水色。沈約《夕行聞夜鶴》：「海上多雲霧，蒼茫失洲嶼。」亦形容銀河之水。韋應物《答崔主簿倬》：「窈窕雲雁没，蒼茫河漢横。」

【集評】

夏敬觀評語：此極似白石作法。

夏箋：《隨隱漫録》三：林可山自稱和靖七世孫，不知和靖不娶，已見梅聖俞序中矣。姜石帚嘲之云云。前人以夢窗《惜紅衣》懷石帚詞，即用白石自度曲，且有「苕霅從遊」之語，遂以石帚當白石。輓近易（孫按：字中實）順鼎、王國維始以爲疑，顧未詳其説。梁啟超考夢窗與白石年代不相及，定石帚非白石，其説是，而徵據多不可盡信（予別有詳説）。今案：白石無石帚之號；白石紹熙間客苕霅，猶在夢窗生前，白石集中，與夢窗無酬贈；《隨隱漫録》此條外，別出姜白石數條，皆足證石帚非即白石。又夢窗贈石帚《三姝媚》詞，明著在西湖作。考夢窗杭州行跡，以《柳梢青》淳祐三年癸卯爲最早，時白石已前卒矣（白石約卒嘉定十餘年，詳於予作《白石遺事考》），亦二姜非一人之佐證也。

【考辨】

楊箋：「漁隱」，蓋石帚遊艇名：觀下片换頭「越裝片篷障雨，瘦半竿渭水」句知之。況標題曰「賦」，固詠物體也。周煇《清波雜志》：「頃年西湖上好事者，所置船舫，隨大小皆立嘉名，如泛星槎、淩風舸、雪篷、煙艇，扁額不一，夷猶閑曠，可想一時風致云。」漁隱，想亦其一也。《四庫全書總目提要》謂，文英及與姜夔、辛棄疾遊，倡和具在集中，殆誤石帚即白石。所謂倡和，此亦其一。但石帚之非白石，凡所考證具詳下《惜紅衣》題箋，此不贅。

田考：姜石帚，宋末隱士。曾寓居湖州、杭州。元初尚健在。

吴熊和《夢窗詞補箋》：夏承燾先生引陳世崇《隨隱漫録》卷三姜石帚嘲林可山詩，認爲姜石帚是「宋末元初杭州士子」，則與吴文英《惜紅衣》詞序所云「予從姜石帚遊苕霅間三十五年矣」於時間上似有出入。因爲姜石帚看來比吴文英年長，他不可能如此長壽，活到元初。近年發現的明鈔本《詩淵》，内有陳郁《姜石帚貽書寄詩謝》一詩：「貪卧蘇臺一片雲，嘉招虚辱遠移文。吟人多半來投刺，倦客深慚自閉門。路隔江潮兼夕到，居連地勢兩州分。酬恩别有男兒事，它日逢君仔細論。」詩意是答謝姜石帚邀請他自蘇游杭，可爲考訂姜石帚其人添一佐證。陳郁是陳世崇之父，《隨隱漫録》所記，亦當是陳世崇聞於陳郁者。陳郁卒於德祐元年（一二七五），年已九十二。吴文英有詞投贈的黄復庵、毛荷塘諸人，也都是陳郁的友人，互有酬答。

孫按：姜石帚非白石道人姜夔，前賢已作詳考。詳見後文《惜紅衣·余從姜石帚遊苕霅間三十五年矣》【考辨】及《附録四·考證》。然姜石帚亦非杭州士子，楊箋《惜紅衣》曰：「白石固家吴興非杭州者。」所言極是（湖州治吴興郡）。田考亦云曾居湖州。具體而言，姜氏居所應在苕霅溪畔的烏程一帶。夢窗《惜紅衣》詞題曰：「余從姜石帚遊苕霅間三十五年矣，重來傷今感昔，聊以詠懷。」苕霅二溪流經的主要區域在湖州烏程。《太平寰宇記》卷九四：「（烏程縣）苕溪，在縣南五十步，大溪是也。西從浮玉山，東至興國寺，以其兩岸多生蘆葦，故曰苕溪。……霅溪，在縣東南一里，凡四水合爲一溪，自浮玉山曰苕溪，自銅峴山曰前溪，自天目山曰餘不溪，自德清縣前北流至州南興國寺前曰霅溪，東北流四十里合太湖。顧長生《三吴土地記》云『有霅溪，水至深者』，徐陵《孝義寺碑》云：『清霅瀰瀰，深窮地根。』按字書云：『霅者，四水激射之聲也。』」烏程，宋代是湖州府的屬縣。見《宋史·地理四》。苕溪因兩岸多生蘆葦，秋後花絮飄揚如飛雪，故名。詞中「明月蘆花」與所及釣魚灣，皆可證姜石帚的漁隱地正在苕霅一帶。姜氏在杭州曾有客居坐館經歷，然非家於杭州者。參見後文《三姝媚·姜石帚館水磨方氏》【考辨】。

另，上引吴熊和先生《補箋》謂陳郁《姜石帚貽書寄詩謝》「詩意是答謝姜石帚邀請他自蘇游杭」，然細究詩意，自蘇之杭，宋時非「兼夕」（連夜）能至，並且蘇州至杭州水程爲運河，無「江潮」可乘，而至苕霅間的湖州，則需經吴江，且路程較杭州爲近，朝發夕至可也。如此，詩中「兼夕」、「江潮」皆可落實。陳郁詩也可與姜石帚的漁隱地互爲佐證。

張如安《吴夢窗生平考證二題》認爲除《尉遲杯·賦楊公小蓬萊》之外，再無早年泛遊苕霅之作，其實此詞就是夢窗早年與姜石帚交往，共泛苕霅的例證之一。詞作寫於嘉定十七年（一二二四）至寶慶二年（一二二六）之間。

《全宋詩》「詩人小傳」考得陳郁生卒年爲一一八四年至一二七五年，陳郁《自贊》有「年主九秩開」之句，或據爲年九十之證，故吴先生有享年九十二之説。然其子陳世崇《隨隱漫録》卷三載吴松壑大有壬申秋餞行陳氏父子自西湖再歸家鄉江西撫州詩，謂「乃翁八十齒髮落，倚門待兒斜日薄」。壬申，咸淳八年（一二七二），據此推算，陳郁德祐元年（一二七五）八十三歲。開秩，指每個十年的第一年，不能作爲年已九十之證。陸游《自賀》有「已開九秩是陳人」，陸遊得年八十五。故陳郁應生於紹熙四年（一一九三）前後，年長夢窗十歲。

## 霜葉飛㈠　黄鐘商㈡

重九〔一〕

斷煙離緒〔二〕。關心事〔三〕，斜陽紅隱霜樹㈢〔四〕。半壺秋水薦黄花，香噀西風雨〔五〕。縱玉勒〔六〕、輕飛迅羽〔七〕。淒涼誰吊荒臺古〔八〕。記醉踏南屏〔九〕，彩扇咽寒蟬，倦夢不知蠻素㈣〔一〇〕。

聊對舊節傳杯〔一一〕，塵箋蠹管，斷闋經歲慵賦㈤〔一二〕。小蟾斜影轉東籬〔一三〕，夜冷殘蛩語〔一四〕。早白髮、緣愁萬縷〔一五〕。驚飆從卷烏紗去〔一六〕。漫細將、茱萸看，但約明年，翠微高處〔一七〕。

【校　議】

㊀《歷代詩餘》注：「又一體，雙調，一百十一字。又名《鬪嬋娟》。」

㊁明張本、底本宮調作「大石」。底本眉批：「正名黄鐘商。」茲據朱四校本、《全宋詞》。

㊂斷煙三句：《詞律》：「周詞起句『霧迷衰草、疎星掛』，遂謂『草』字起韻，注作四字句起，而以下句爲九字，誤甚。」朱二校本龍榆生批語：「《詞律》於『事』字斷句，彊師於『緒』字斷句，可爲起韻。清真『霧迷衰草』亦然。」斷煙：《歷代詩餘》作「斷弦」。紅隱：《歷代詩餘》作「紅映」。

㊃記醉踏四句：《詞律》後二句斷周美成此調爲三、四、四句式：「『彩扇』下或云一五一六，周云『又透入、清輝半晌，特地留照』。余謂若於『輝』字住，與上句句法連疊相同矣。自宜『入』字豆，『晌』字句也。」朱二校本龍榆生批語：「《詞律》『屏』句，『咽』逗，『夢』句，彊師於『蟬』字爲句。」吴校：「《詞律》以『咽』字豆，『寒蟬』屬下句。愚意『彩扇』重九不御，亦如『寒蟬』之咽澀也，不當從前式。」巎素：《歷代詩餘》、戈選作「樊素」。

㊄斷闋：朱二校本龍榆生批語：「『闋』字以入作平。」

【注　釋】

〔一〕重九：重陽節。亦作九日。《野客叢書·重三》：「今言五月五日曰重五，九月九日曰重九，僕謂三月三日亦宜曰重三。」魏文帝《九日與鍾繇書》：「歲往月來，忽復九月九日。九爲陽數，而日月並應，俗嘉其名，以爲宜於長久，故以享宴高會。」古代有重九登高禳辟不祥的習俗。

〔二〕斷煙句：此以斷煙喻離緒。徐堅《餞許州宋司馬赴任》：「斷煙傷別望，零雨送離杯。」何遜《離夜聽琴詩》：「別離既有緒，琴瑟反成悲。」劉孝孫《詠笛》：「征客懷離緒，鄰人思舊情。」

〔三〕關心事：李群玉《火爐前坐》：「多少關心事，書灰到夜深。」

〔四〕斜陽句：暗用杜牧《九日齊安登高》詩意：「但將酩酊酬佳節，不用登臨恨落暉。」此翻過杜詩一層，謂遺恨落暉並且未能登高。

〔五〕半壺二句：蘇軾《書林逋詩後》：「不然配食水仙王，一盞寒泉薦秋菊。」史鑄集句詩《黃菊二十首》（之十四）：「香霧霏霏欲噀人，黃花又是一番新。」薦，供養。黃花，《禮記·月令》：「（季秋之月）鞠有黃華。」陸德明釋文：「鞠，本又作『菊』。」華，亦作「花」。杜甫《奉酬薛十二丈判官見贈》：「自云帝季女，噀雨鳳凰翎。」《杜詩詳注》：「噀雨，指暮爲行雨。」此二句並暗用潘大臨「滿城風雨近重陽」名句（見《冷齋夜話》卷四）。謂重陽應景之物，唯有瓶中菊花香氣在雨中濕潤的空氣裏散發。

〔六〕縱：猶言「從」，《匯釋》：「任也；聽也。」　玉勒：庾信《三月三日華林園馬射賦》：「控玉勒而搖星，跨金鞍而動月。」

〔七〕輕飛：《文選·揚雄〈羽獵賦〉》：「蹶松柏，掌蒺藜，獵蒙蘢，轔輕飛。」李善注曰：「輕飛，謂禽之善飛也。」　迅羽：飛鳥。張衡《西京賦》：「乃有迅羽輕足，尋影追括。」　此皆喻馬步輕快。

〔八〕淒涼句：沈約《爲臨川王九日侍太子宴詩》：「涼風北起，高雁南翻。葉浮楚水，草折梁園。淒涼霜野，惆悵晨鵾。」荒臺古，即項羽戲馬臺，曾是重九日騎馬登高的勝跡。《南齊書·禮志上》：「宋武爲宋公，在彭城。九日出項羽戲馬臺，至今相承以爲舊準。」《大清一統志·徐州府》：「晉義熙中劉裕至彭城，九日大會賓僚，賦詩於此。」當時著名詩人謝瞻、謝靈運都有《九日從宋公戲馬臺集送孔令詩》。

〔九〕南屏：南屏山。《咸淳臨安志》卷二三：「南屏山，在興教寺後，怪石聳秀，中穿一洞，上有石壁若屏障。」《西湖志纂》卷一：「南屏山當西湖之南，正對孤山。層巒聳列，翠嶺横披，宛若屏障。」

〔一〇〕彩扇二句：古代重九之宴常有歌舞。梁簡文帝《九日賦韻詩》：「遠燭承歌黛，斜橋聞履聲。梁塵下未息，共愛賞心並。」寒蟬，《禮記·月令》：「（孟秋之月）涼風至，白露降，寒蟬鳴。」蟬聲如樂。陳後主《七夕宴玄圃各賦五韻詩》：「絲調聽魚出，吹響間蟬聲。」蠻素，《舊唐書·白居易傳》：「家妓樊素、蠻子者，能歌善舞。」孟棨《本事詩·事感第二》：「白尚書姬人樊素，善歌；妓人小蠻，善舞。嘗爲詩曰：『櫻桃樊素口，楊柳小蠻腰。』」後亦泛指能歌善舞的歌妓。陳師道《西江月·詠丁香菊》：「正須蠻素作伊涼，與插釵傍鬢上。」　以上三句回憶十年客杭重九時登高南屏山，有歌舞俱佳的歌妓侑觴狂歡；而眼下唯有蟬唱嗚咽如歌，助我悲涼而已。夢窗集中《齊天樂》（新煙初試花如夢）亦同此意：「聽歌看舞。駐不得當時，柳蠻櫻素。」

〔一一〕舊節傳杯：語出杜甫《九日五首》（之二）：「舊日重陽日，傳杯不放杯。」《杜詩詳注》注引王嗣奭《杜臆》曰：「『傳杯不放杯』，見古人只用一杯，諸客傳飲。」薛道衡《宴喜賦》：「拭珠瀝於羅袂，傳金杯於素手。」

〔一二〕斷闋：此指之前没有寫完的重九詞。　經歲：猶言經歲歷月。庾信《和侃法師三絶詩》（之二）：「客遊經歲月，羈旅故情多。」

〔一三〕小蟾句：蟾，蟾蜍，代指月。《後漢書·天文志》劉昭注引張衡《靈憲》：「其後有馮焉者，羿請不死之藥於西王母，姮娥竊之以奔月。將往，枚筮之於有黄，有黄占之曰：『吉。翩翩歸妹，獨將西行，逢於晦芒，毋驚毋恐，後其大昌。』姮娥遂托身於月，是爲蟾蜍。」初九月如弦鉤，故稱小蟾。　東籬，陶潛《飲酒詩二十首》（之五）：「采菊東籬下，悠然見南山。」

〔一四〕殘蛩語：周賀《送石協律歸吴》：「夜隨淨渚離蛩語，早過寒潮背井行。」蛩，蟋蟀的别名，亦作蛬。《爾雅·釋蟲》：「蟋蟀，蛬。」郭璞注：「今促織也，亦名青蛚。蛬，音拱。」《詩·豳風·七月》：「七月在野，八月在宇。九月在户，十月蟋蟀入我床下。」《詩傳名物集覽》卷五：「七月建申，律爲夷則，蟋蟀鳴。《雅翼》：蟋蟀以夏生，秋始鳴。」九月晚秋，蟋蟀入户，並漸趨衰殘。

〔一五〕早白髮二句：李白《秋浦歌十七首》（之十六）：「白髮三千丈，緣愁似個長。」韋應物《歎白髮》：「絲縷乍難分，楊花復相繞。」

〔一六〕驚飆句：《晉書·孟嘉傳》：「（孟嘉）後爲征西桓温參軍，温甚重之。九月九日温燕龍山，寮佐畢集。時佐吏並著戎服。有風至，吹嘉帽墮落。嘉不之覺，温使左右勿言，欲觀其舉止。嘉良久如廁，温令取還之。命孫盛作文嘲嘉，著嘉坐處。嘉還見，即答之。其文甚美，四坐嗟歎。」鷩飆，曹植《吁嗟篇》：「鷩飆接我出，故歸彼中田。」烏紗，東晉時宫官著烏紗帢，即烏紗帽。本爲官服，其後貴賤於宴私皆著之。《中華古今注》卷中「烏紗帽」條：「武德九年十一月，太宗詔曰：自今已後，天子服烏紗帽，百官士庶皆同服之。」至唐始爲官服。《新唐書・輿服志》：「烏紗冒者，視事燕見賓客之服也。」「弁服者，文官九品公事之服也。以鹿皮爲之，通用烏紗，牙簪導。」《宋史・輿服志》：「帽衫。帽以烏紗、衫以皂羅爲之，角帶，繫鞵。東都時，士大夫交際常服之。」此用作帽子的泛稱。　以上三句及下文皆想像明年之事，翻用孟嘉落帽典，使名士風雅灑脱中寓入了感歎歲月的深意。

〔一七〕漫細將四句：古俗謂重陽節佩茱萸能祛邪辟惡。《續齊諧記》：「汝南桓景隨費長房遊學累年。長房謂曰：『九月九日，汝家中當有災，宜急去。令家人各作絳囊，盛茱萸以繫臂，登高飲菊花酒，此禍可除。』景如言，齊家登山，夕還，見雞犬牛羊一時暴死。長房聞之曰：『此可代也。』」後世重九登高插茱萸由此演變而來。並化用杜甫《九日藍田崔氏莊》、杜牧《九日齊安登高》詩意：「明年此會知誰健，醉把茱萸仔細看。」「江涵秋影雁初飛，與客攜壺上翠微。」茱萸，《授時通考》卷六八：「茱萸有二種。吴茱萸處處有之，江淮蜀漢尤多，以吴地者爲好，所以有吴之名。樹高丈餘，皮青緑色，葉似椿而闊厚，紫色。三月開紅紫細花。七八月結實，似椒子。嫩時微黄，熟則深紫。」翠微，《爾雅·釋山》：「未及上，翠微。」郭璞注：「近上旁陂。」郝懿行義疏：「（翠微者）蓋未及山頂孱顔之間，葱鬱葐蒕，望之谸谸青翠，氣如微也。」宋人不肯沈溺於感傷，常自作强爲寬懷之辭，此處亦然。

【集評】

陳廷焯《雲韶集》卷八：情詞兼勝。有筆力有感慨。「凄涼」處只一二語，已覺秋聲四起。

俞陛雲《唐五代兩宋詞選釋》：起筆「離緒」句，與下之「彩扇」、「鸞素」相應，因重九而懷人也。下闋自述，結處興復不淺。論其詞句之工，則「半壺秋水」及「蟾影東籬」不過言采菊耳，而辭句秀逸，且有韻致。「白髮」、「烏紗」二句不過用落帽事耳，而寄慨無盡。上闋「玉勒」二句，更作動盪之筆，此篇洵經意大作。

陳洵《海綃説詞》：起七字已將「縱玉勒」以下攝起在句前。「斜陽」六字，依稀風景。「半壺」至「風雨」十四字，情隨事遷。以下五句，上二句突出悲涼，下三句平放和婉。「彩扇」屬「鸞素」，「倦夢」屬「寒蟬」。徒聞寒蟬，不見鸞素，但仿佛其歌扇耳，今則更成倦夢，故曰「不知」。兩句神理，結成一片，所謂「關心事」者如此。换頭於無聊中尋出消遣，「斷闋慵賦」，則仍是消遣不得。「殘蛩」對上

「寒蟬」，又換一境。蓋蠻素既去，則事事都嫌矣。收句與「聊對舊節」一樣意思，現在如此，未來可知。極感愴，卻極閑冷，想見覺翁胸次。

夏敬觀評語：前結三句甚難索解。

陳匪石《宋詞舉》：「斷煙」是景，「離緒」是情，首句雙入，是此日感想，亦全篇之骨。「關心事」三字，爲由情入景之過脈。「霜樹」紅殷，「斜陽」似隱。昔人怕看斜陽，我欲見斜陽而不得，但見秋水半壺，嚥黄花作雨，西風淒苦，我何以堪？當此之時，縱有金鞍玉勒，驟馬荒郊，而淒涼氣味中吊古登高，實有四顧茫茫之感。回憶前時，南屏山下，乘醉聞歌，哀蟬之曲，彩扇之影，而遊情既倦，都如夢幻中事，不復知有小蠻之腰、樊素之口矣。如此則雖對「舊節」，不當「傳杯」，亦不必「傳杯」，而猶復「傳杯」者，無聊之極思也。顧杯雖傳矣，而箋生塵、管生蠹，檢舊時「斷闋」，忽忽「經歲」，未能成篇，今仍「慵賦」。惟對此淒涼景物，荏苒終朝，不覺日之將夕，東籬斜月，轉影依人，殘蛩夜語，哀音和我，此愁誰解？「萬縷」之髮，早莖莖白矣，況「涼飆」倏起，卷烏紗以去，又如落帽之孟嘉乎！杜詩曰：「明年此會誰知健？醉把茱萸子細看。」如我今日，何必細看茱萸？惟有留待明年，重温舊約，看登高之興會耳。全篇一氣呵成。前遍用加倍寫法，極沈痛。過變三句，一轉再轉，極頓挫。結拍以轉爲收，如雲散雨收，餘霞成綺。而「霜樹」、「黄花」，就「傳杯」前所遇言之；「蟾影」、「蛩語」，就「傳杯」後所遇言之；皆用實寫，而各是一境。「斜陽」、「雨」、「蠻素」、「翠微」，則均遊刃於虚，極虚實相間之妙。「斷闋」與前之咽涼蟬、後之「殘蛩語」，「舊節」與前之「記醉踏」、後之「明年」，線索分明，尤見細針密縷。即「隱」字、「噀」字、「輕飛」字、「咽」字、「轉」字、「冷」字、「緣」字、「從卷」字，亦各有意義。其千錘百煉，是煉意，非僅琢句，非沈晦，亦不質實。夢窗真味者，當不河漢斯言。

劉永濟《微睇室説詞》：《詩話總龜》載潘大臨重九得句曰「滿城風雨近重陽」。此詞起處的「斷煙」、「斜陽紅隱」，正是重九天氣；而以「離緒」、「關心事」，夾在其中，則是作者此時的情緒。作者此時有此情緒，故有此詞。從「縱玉勒」句看，那日作者並未登高。「荒臺」用劉裕重九登彭城項羽戲馬臺事。「半壺」句用蘇軾《書林逋詩後》「一盞寒泉薦秋菊」意，古人重九日以菊花泛酒中。「薦」訓「藉」，藉者，借也。「薦秋菊」，借其香也。《神仙傳》稱欒巴噀酒滅成都火災。「噀」，同「噴」，此但用其字面以切重陽風雨。「記醉踏」二句言昔日重九情事。「彩扇」二句，即昔日事而今日憶之，亦即「關心事」也。……按，此二句原甚分明，蓋上言歌聲已如蟬之寒咽，「彩扇」，歌扇也。下言昔猶夢見蠻素，今則此夢已倦，故曰「不知蠻素」。……陳氏於此二句分析欠明，自生糾葛，反以爲「兩句神理，融成一片」，其説不可從。換頭經今日重九另起。曰「聊對」，曰「慵賦」，皆從上「倦」字來。「小蟾」二句言後夜晴也。「早白髮」句暗用李白「白髮三千丈，緣愁似個長」詩意，言已年老多愁也。「從卷烏紗」用晉桓温率賓僚九日登龍山，孟嘉落帽不覺事。蓋孟嘉有高情勝概，不屑屑於小節，雖風吹帽落，頗失威儀，而毫不在意，有脱略形骸之趣，故詩人於九日詩多喜用之。結句預爲明年登高之約，用杜甫「明年此會知誰健，醉把茱萸子細看」詩意，推開作結，使用意有餘，且有愛惜光景之意。插茱萸亦古人登高故事，取其可以辟除惡氣也。事見《風土記》及《續齊諧》。

朱二校本龍榆生批語：（「早白髮」三句）先見髮，後落帽，倒裝句法。

唐圭璋《唐宋詞簡釋》：此首詠重九詞。起點題前之景，因斷煙而觸起離緒，融景於情。「關心事」三字，隱攝下文。「斜陽」句，寫秋林如畫。「半壺」兩句，點重九景物。秋水作雨，黄花噀香，殊覺景物感人，無以爲歡，而西風驟起，更覺淒苦。「縱玉勒」兩句，言無心登高吊古，突出悲涼，大筆挺勁。「記醉踏」三句，逆入，述當年重九登高之樂。當時醉踏南屏，歌咽寒蟬。迨倦極入夢，竟不知蠻素之在側也。換頭，欲圖消遣，終難消遣。「聊對」句，只是無聊應景，哀不可抑。以下層層推闡，愈轉愈深，純是清真法乳。人去經歲，塵已封箋，蠹已生管。故雖斷闋亦慵賦也。「小蟾」兩句，點出夜境，「東籬」反映「南屏」，「殘蛩」反映「蠻素」，淒寂已極。「早白髮」兩句，倒裝句法，蓋因帽落而見白髮也。「漫細將」兩句，翻用杜詩「明年此會知誰健，醉把茱萸仔細看」之意。言今年無心登高，或者明年有興登高，實則今年如此，明年可知。語似寬解，意實沈痛。「但約」二字，與「聊對」兩字同意，皆足見强樂無味之情。

【考　辨】

劉永濟《微睇室説詞》：「鸞素」，白居易侍妾小蠻、樊素也，今以指其去妾。陳氏既以「倦夢」屬「寒蟬」，又曰「今則更成倦夢」，則復以「倦夢」屬夢窗，然則此「寒蟬」者，夢窗以自比也。且「彩扇」句本言歌聲已寂如「寒蟬」，實以比去妾，安可以爲夢窗自比。

吴校：此詞疑在蘇州作，「淒涼」句可證也。

孫按：詞中小蠻、樊素，回憶杭京南屏登高時，友朋歡聚，有歌舞俱佳的歌妓如小蠻、樊素者侑觴，劉氏以小蠻、樊素指夢窗去妾，其説實不可從。吴梅以爲「淒涼」句中的「荒臺」代指姑蘇臺，或可從。若此，則詞寫於蘇幕時。詞中有「早白髮、緣愁萬縷」，夢窗淳祐四年甲辰（一二四四）作《滿江紅·甲辰歲盤門外寓居過重午》，有「榴花不見簪秋雪」之句，同年卸幕職入紹興知府史宅之幕中，作《喜遷鶯·甲辰冬至寓越，兒輩尚留瓜涇蕭寺》，又有「渡倦客晚潮，傷頭俱雪」之句，知此詞寫於同年或稍前。

## 瑞鶴仙㊀　林鐘羽，俗名高平調

淚荷拋碎璧〔一〕。正漏雲篩雨〔二〕，斜捎窗隙㊁〔三〕。林聲怨秋色。對小山不迭㊂，寸眉愁碧〔四〕。涼欺岸幘〔五〕。暮砧催、銀屏剪尺〔六〕。最無聊、燕去堂空，舊幕暗塵羅額〔七〕。

行客〔八〕。西園有分〔九〕，斷柳淒花，似曾相識〔一〇〕。西風破屐〔一一〕。林下路，水邊石。念寒蛩殘夢，歸鴻心事，那聽江村夜笛㊃〔一二〕。看雪飛、蘋底蘆梢㊄，未如鬢白〔一三〕。

【校議】

㊀《詞譜》：「與《淒涼犯》別名《瑞鶴仙影》。」明張本、毛本、杜本、王朱本詞題作「秋感」。朱二校：「鄭文焯按：『宋人詞不盡標題，《草堂詩餘》輒增「春景」、「秋情」諸目，取便依時附景，當筵嘌唱而已。甲乙二稿無一詞無題者，其中「秋感」、「春情」、「春晴」、「夏景」及「有感」、「感懷」諸題凡二十餘見，且依調編次，與丙丁稿體例迥別，顯出後人重定。以意摽目，猶踵草堂陋習，應一律刪去。』今從其說。又如『玉蘭』、『梅花』、『上元』、『七夕』諸題恐皆有本事，亦經刪節，觀《蘋洲漁笛譜》與《草窗詞》繁簡異同可證（孫按：指周密《蘋洲漁笛譜》詞題繁，後編《草窗詞》經刪題簡之事），惜舊本久佚，莫能詳考矣。」鄭氏於此亦有詳說，見本書《附録三·題識序跋及校録凡例》。

㊁斜捎：明張本、毛本作「斜梢」。《詞綜》改。諸本從之。

㊂不迭：諸本同。惟王朱本徑改作「不送」。王校：「毛誤『迭』。」鄭氏手批：「『迭』與『疊』通用。疑原本是『迭』，毛從。或書作『疊』，不得逕斥其誤也。詞意自以『迭』爲佳，言山眉不皺碧，正見作意。『送』字亡謂。」朱二校本龍榆生批語：「《詞律》史詞『指鴛鴦沙上，暗藏春色』，既注於

「上」字爲句，又云可用上三下六句，然則此正應於『山』字逗。」

㊃ 江村：《歷代詩餘》作「江樓」。

㊄ 蘆梢：毛本作「蘆稍」。稍，禾末。意同「梢」。

【注釋】

〔一〕淚荷句：庾信《對燭賦》：「銅荷承蠟淚，鐵鋏染浮煙。」石延年《燈》：「燼垂金藕細，影透玉荷清。」碎璧，喻蠟淚。謝惠連《雪賦》：「既因方而爲珪，亦遇圓而成璧。」楊箋、劉永濟以爲「淚荷碎璧」喻荷葉上的雨珠。吴梅則以爲是燈蠟：「（首句）昔人以爲難解，實則『淚荷』爲蠟淚銀荷。『碎璧』即蠟淚成堆，遇圓爲璧也。觀下文『斜捎窗隙』可悟。」此句寫室内情景，故吴説勝。

〔二〕漏雲篩雨：雲頭雨滴像是從篩子中漏出。形容雨點稀疏。陳造《苦雨次前韻四首》（之一）：「墨雲篩雨密還疏，欲出途泥恐濺裾。」

〔三〕斜捎：張道古《詠雨》：「一點不斜去，極多時下成。」捎，《文選·揚雄〈羽獵賦〉》：「立歷天之旗，曳捎星之旃。」李善注引韋昭曰：「捎，拂也。」此指掠過。窗隙：郭印《曉》：「窗隙簷光入，更籌漏水乾。」後文《夜遊宫·竹窗聽雨》：「窗外捎溪雨響。映窗裏、嚼花燈冷。」亦寫風中雨絲斜掠過窗櫺。

〔四〕對小山二句：此以黛眉喻山色。《西京雜記》卷二：「文君姣好，眉如望遠山，臉際常若芙蓉，肌膚柔滑如脂，十七而寡，爲人放誕風流，故悦長卿之才而越禮焉。」《趙飛燕外傳》：「（趙合德）爲薄眉，號遠山黛。」毛滂《惜分飛》：「淚濕闌干花著露。愁到眉峰碧聚。」《匯釋》解此二句曰：「（不迭）來不及也，言新愁接舊愁，一寸之眉，愁得來不及也，蓋不勝之意。」

〔五〕岸幘：孔融《與韋端書》：「閑僻疾動，不得復與足下岸幘廣坐，舉杯相於，以爲邑邑。」《世説新語·簡傲》：「（謝）奕既上，猶推布衣交。在（桓）温坐，岸幘嘯詠，無異常日。」岸，此指推起頭巾，露出前額。這是不拘形跡的表現。

〔六〕暮砧二句：杜甫《秋興八首》（之一）：「寒衣處處催刀尺，白帝城高急暮砧。」銀屏，鑲銀的屏風。

〔七〕燕去二句：周邦彦《解連環》：「燕子樓空，暗塵鎖、一床弦索。」羅額，羅幕簾子上端用於裝飾的横布如額然。李賀《宫娃歌》：「寒入罘罳殿影昏，彩鸞簾額著霜痕。」

〔八〕行客：劉向《列女傳·阿谷處女》：「行客之人，嗟然永久，分其資財，棄於野鄙。」

〔九〕西園：曹植《公燕詩》：「清夜遊西園，飛蓋相追隨。」常用以泛指雅集的園林。宋李公麟有《西園雅集圖》。此與下文「江村」可能實指。盧熊《蘇州府志》卷七：「西園在閶門西，洛人趙思別業。張孝祥大書其扁曰『古江村』，中有『足娱堂』。」有分：《左傳·昭公十二年》：「四國皆有分，我獨無。」此謂能夠參與。

〔一〇〕斷柳二句：李商隱《燕臺詩四首》（之一）：「蜜房羽客類芳心，冶葉倡條遍相識。」晏殊《浣溪沙》：「無可奈何花落去，似曾相識燕歸來。」斷柳，杜甫《遺懷》：「天風隨斷柳，客淚墮清笳。」淒花，仿

「斷柳」研成新辭。

〔一二〕破屐：古代也以木屐行泥地。韓琦《次韻和都運崔諫議寄示立春前一日宿嵐谷山程》：「破屐好山連日上，費詩嬌雪着人飛。」

〔一三〕那聽句：暗用馬融聞笛的典故。馬融《長笛賦序》：「融既博覽典雅，精核數術，又性好音，能鼓琴吹笛，而爲督郵，無留事，獨卧郿平陽鄔中。有雒客舍逆旅，吹笛，爲《氣出》、《精列》、《相和》。融去京師踰年，暫聞，甚悲而樂之。」那，「奈何」的合音。《左傳·宣公二年》：「牛則有皮，犀兕尚多，棄甲則那？」杜預注：「那，猶何也。」楊伯峻注：「那，『奈何』之合音。顧炎武《日知録》三十二云：『直言之曰「那」，長言之曰「奈何」，一也。』」

〔一三〕看雪飛三句：李商隱《自桂林奉使江陵途中感懷寄獻尚書》：「蘆白疑粘鬢，楓丹欲照心。」杜甫《人日兩篇》(之一)：「蓬鬢稀疏久，無勞比素絲。」蘋，蒿草。《詩·小雅·鹿鳴》：「呦呦鹿鳴，食野之苹。」陸璣疏：「藾蒿，葉青白色。」苹，通「蘋」。蒿草背面白色，喻白髮。

## 【集評】

陳廷焯《詞則·大雅集》卷三：筆致幽冷。

又，《雲韶集》卷八：字字秀煉。　淒涼。　(下闋眉批)觸目皆愁，情深如許。

陳洵《海綃説詞》：此詞最驚心動魄，是「暮砧催、銀屏剪尺」一句。蓋因聞砧而思裁剪之人也。

堂空塵暗，則人去已久，是其最無聊處，風雨不過佐人愁耳。上文寫風雨，層聯而下，字字淒咽，誰知卻只爲此。「行客」，點出客即燕，《三姝媚》之「孤鴻」言客，此之「燕去」亦言客，皆言在此而意在彼也。「似曾相識」言其不歸來，語含吞吐，此曲斷腸，惟此聲矣。「林下」二句，西園陳跡，今則惟有「寒蛩殘夢，歸鴻心事」耳。二「念」字有無可告訴意。「夜笛」比「暮砧」又换一境。「暮砧」提起，「夜笛」益悲，人生如此，安得不老。結句情景雙融，神完氣足。

夏敬觀評語：「額」韻新。

劉永濟《微睇室説詞》：此因風雨愁人而作。起句寫雨中荷葉。雨水落於荷葉中，如碎璧之晶瑩，可謂善於形容。下二句點明雨。「林聲」，雨聲也。曰「怨秋色」，則帶出人情。「對小山」二句，形雨中山色也。曰「寸眉愁碧」，亦帶寫人情。「不迭」，不及也。……「愁碧」與毛滂《惜分飛》詞「愁到眉峰碧聚」意同。「涼欺」句寫雨中人。人不耐風雨之涼，如被所欺，故曰「涼欺」。「暮砧」二句，因聞人家擣衣聲，而思昔日裁剪衣服之人。「砧」，擣衣石也。古代人家當秋末時，將故衣重擣重縫，似砧聲在催人裁剪。詞意到此，由所聞而生感，故有「最無聊」二句。上文所謂愁，步步寫來，到此始將愁之原因逼出，印「燕去堂空」也。……「舊幕」句，接寫空堂淒涼景色，以補足上句之意。「額」，幕上有横布如額也。……「斷柳」二句，言西園之花柳亦曾相識者。「西風」三句，謂當日西園中人今日之情況也。「念寒蛩」二句，補明西園中人今日之情緒。「那聽」，那堪聽也。「看雪飛」二句，以蘆花之白尚不及白髮之白作結，言外有不堪禁受此種淒涼境地之意。

**【考　辨】**

楊鐵夫《事蹟考》：定壬辰，年約三十餘歲，入蘇州倉幕供職。……幕中納姬，同居於閶門西之西園。

楊箋：此爲夢窗於姬去後再到蘇州西園，坐雨憶姬之作。

劉永濟《微睇室説詞》：「燕」，乃吴詞常用來暗指去妾者。「西園」，在蘇州閶門之西，夢窗攜妾曾居之處。「有分」言去妾曾同住此處也。

吴校《瑞鶴仙》（晴絲牽緒亂）曰：夢窗詞中所用「燕」字泰半指人。如此《瑞鶴仙》詞云「最無聊，燕去堂空」及此詞「總難留燕」，皆是也。《絳都春》詞題「燕亡久矣，京口適見似人」則質言之矣。

孫按：楊鐵夫之所以對夢窗詞進行「泛本事化」闡釋，一個重要原因就是夢窗詞中「燕」字的出現頻率極高。我國古代文學中，「燕」確實可以作爲姬妾的代名詞。典源出自《左傳・宣公三年》、《詩經・邶風・燕燕》之《毛詩序》等，所以蘇軾《張子野年八十五尚聞買妾述古令作詩》連類而及，以「燕燕」、「鶯鶯」代指侍妾。鑒於一般意義上「燕」爲侍妾的理解，楊鐵夫對夢窗詞中出現的「燕」（包括「鶯」）字，幾乎無一例外地解作了「去姬」（偶及亡妾）。

其實，夢窗詞中大部分「燕」意象不能作這種截然劃分，它所蘊含的意義，至少有下列數種情況與所謂姬妾愛情無涉。一是詞中多處用杜甫《發潭州》「檣燕語留人」詩意，表現惜别情懷。二是用王謝堂前燕、舊巢新燕意象表現盛衰今昔之感。三是借寫身如社燕、天涯爲客之羈思；甚至人不如燕的況味。四是以「鶯燕」泛稱遊女、歌妓或稱貴人家姬妾。遍檢夢窗詞，出現「燕」（包括「鶯」）意象並且顯寓愛情「本事」的詞作，其愛情對象也並不是所謂「蘇州去姬」，而是與歌妓之間的情感糾葛。謝桃坊已有此説，見前引《宋詞辨》。檢夢窗所有蘇州情詞，知夢窗在杭幕時曾與杭州亡妓之外的另一歌妓相識於杭州西湖。後此妓流徙至蘇州，夢窗至蘇州倉幕後，與之屢有西園之遊，不久此妓離開蘇州歸杭，即夏承燾《繫年》「或流落杭州爲妓」者，居所流動是隸屬樂籍官妓的特點之一。此歌妓不久亦亡故，兹書稱此歌妓爲蘇州營妓。

此詞寫於中晚年再客蘇州時，時在秋季。

## 又㊀

晴絲牽緒亂㊁〔一〕。對滄江斜日〔二〕，花飛人遠〔三〕。垂楊暗吴苑㊂〔四〕。正旗亭煙冷〔五〕，河橋風暖〔六〕。蘭情蕙盼㊃〔七〕。惹相思〔八〕、春根酒畔〔九〕。又爭知㊄〔一〇〕、吟骨縈銷，漸把舊衫重剪〔一一〕。淒斷㈥〔一二〕。流紅千浪〔一三〕，缺月孤樓，總難留燕〔一四〕。歌塵凝扇〔一五〕。待憑信〔一六〕，拌分鈿㈦〔一七〕。試挑燈欲寫，還依不忍㈧，箋幅偷和淚卷〔一八〕。寄殘雲、剩雨蓬萊㈨，也應夢見〔一九〕。

**【校議】**

㈠明張本、毛本、戈校本、杜本、王朱本詞題作「春感」。吳校：「題可刪。」

㈡晴絲：杜本作「情絲」。鄭氏手批：「起句首字用平例。」

㈢吳苑：毛本、戈校本、杜本作「芙苑」。

㈣蕙盼：《陽春白雪》、王朱本作「蕙眄」。

㈤爭知：明張本、毛本、戈校本、杜本作「爭如」。杜本「疑『爭知』之誤」。諸本從杜疑改。

㈥淒斷：明張本、毛本、戈校本作「漢斷」。杜本改。諸本從之。鄭校：「以形近訛。」

㈦拌：《陽春白雪》作「拚」。明張本、毛本、戈校本、杜本、王朱本作「拵」。拵、拚、判，在「甘願」的義項上皆用同「拌」。

㈧還依：《陽春白雪》作「依還」。

㈨剩雨：《陽春白雪》、杜本、王朱本、朱二校本、底本、朱四校本、四明本作「賸雨」。賸，通「剩」。下同不出校。

【注釋】

〔一〕晴絲句：劉希夷《春女行》：「愁心伴楊柳，春盡亂如絲。」孫萬壽《遠戍江南寄京邑親友》：「心緒亂如絲，空懷疇昔時。」晴絲，諧音「情思」。

〔二〕滄江：任昉《贈郭桐廬詩》：「滄江路窮此，湍險方自兹。」此特指吴江。

〔三〕花飛人遠：暗用杜甫《發潭州》句意：「岸花飛送客，檣燕語留人。」韓翃《寒食》：「春城無處不飛花，寒食東風御柳斜。」《詩·鄭風·東門之墠》：「其室則邇，其人甚遠。」朱熹集傳：「室邇人遠者，思之而未得見之辭也。」

〔四〕垂楊句：周紫芝《白苧歌》：「吴山依舊吴江清，離宫故苑難爲情。不知誰遣南山鹿，還向姑蘇臺下行。」參見《瑣窗寒·玉蘭》注〔一三〕。

〔五〕旗亭煙冷：周邦彦《鎖寒窗·寒食》：「正店舍無煙，禁城百五。旗亭喚酒，付與高陽儔侣。」旗亭，《文選·張衡〈西京賦〉》：「旗亭五重，俯察百隧。」李善注曰：「旗亭，市樓也。」李賀《開愁歌》：「旗亭下馬解秋衣，請貰宜陽一壺酒。」後因特指酒樓。煙冷，點寒食節。詳見《渡江雲·西湖清明》注〔一八〕。

〔六〕河橋：本指杜預所造之橋。《晉書・杜預傳》：「預又以孟津渡險，有覆沒之患，請建河橋於富平津。」後泛指水上之橋，並寓送別之意。梁簡文帝《和蕭侍中子顯春別詩四首》（之三）：「可憐淮水去來潮，春堤楊柳覆河橋。」庾信《李陵蘇武別贊》：「河橋兩岸，臨路淒然。」此應特指吴江上的橋梁。宋代吴江有三座橋梁。《吴郡圖經續記》卷中：「吴江三橋。南曰安民，在新涇。中曰利民，在七里涇。北曰濟民，在吴涇。」

〔七〕蘭情蕙盼：採用通感修辭手法，謂感情、眼波香美如蘭蕙。韓琮《春愁》：「吴魚嶺雁無消息，水盼蘭情別來久。」蔡伸《鷓鴣天》：「流蕙盼，捧瑶卮。借君歌扇寫新詩。」

〔八〕惹相思：歐陽炯《三字令》：「月分明，花澹薄，惹相思。」

〔九〕春根：本指春天的樹根。夢窗常活用「根」字，此與「畔」字互文見義，即春邊、暮春的意思。

〔一〇〕爭：《匯釋》：「猶怎也。自來謂宋人用怎字，唐人只用爭字。」

〔一一〕舊衫重剪：李商隱《擬沈下賢》：「千二百輕鸞，春衫瘦著寬。」劉禹錫《武陵書懷五十韻》：「帶賒衣改制，塵澀劍成痕。」兼暗用沈約寬帶典，見《渡江雲・西湖清明》注〔一七〕。

〔一二〕淒斷：形容聲音哀婉怨慕。下文「歌塵凝扇」意入此句。吴均《閨怨詩》：「胡笳屢淒斷，征蓬未肯還。」

〔一三〕流紅千浪：典出劉斧《青瑣高議・流紅記》：唐僖宗時，有儒士于祐晚步京衢間，在御溝拾得一題詩紅葉：「流水何太急，深宮盡日閑。殷勤謝紅葉，好去到人間。」于祐後與題詩葉上的宮人韓氏成婚。周邦彦詞中衍爲水流落花義，並成爲戀人傳書之典。見《六醜・詠落花》：「漂流處、莫趁潮汐。恐斷紅、尚有相思字，何由見得。」夢窗再加以推衍，採用唐人崔信明著名殘句「楓落吴江冷」，以及杜牧《山行》詩：「停車坐愛楓林晚，霜葉紅於二月花。」整合成吴江傳書、吴江楓落等新典，並在蘇州吴江詞中屢及之。千浪，水流迢迢貌。周邦彦《點絳唇》：「寸書不寄，魚浪空千里。」

〔一四〕缺月二句：用關盼盼典，白居易《燕子樓三首并序》：「徐州故張尚書有愛妓曰盼盼，善歌舞，雅多風態。……尚書既殁，歸葬東洛，而彭城有張氏舊第，第中有小樓名燕子。盼盼念舊愛而不嫁，居是樓十餘年，幽獨塊然，於今尚在。」

〔一五〕歌塵凝扇：庾肩吾《和徐主簿望月詩》：「願以重光曲，承君歌扇塵。」歌塵，本形容歌聲動聽，餘音裊裊。典出《藝文類聚》卷四三所引漢劉向《别録》：「漢興以來，善《雅歌》者魯人虞公，發聲清哀，蓋動梁塵。」此處用「塵」字面，實寫因人離去，歌扇長期閒置而佈滿灰塵。蘇軾《答陳述古二首》（之二）：「聞道使君歸去後，舞衫歌扇總成塵。」以扇自障而歌謂之歌扇。

〔一六〕待：《匯釋》：「擬辭，猶將也；打算也。」　憑信：憑藉書信告知決絶的心思。

〔一七〕拌：《匯釋》：「判，割捨之辭，甘願之辭。自宋以後多用拚字或拼字，而唐人則多用判字。……然其本字實作拌。」　分鈿：語本白居易《長恨歌》：「釵分一股合一扇，釵擘黄金合分鈿。」

〔一八〕試挑燈三句：取意周邦彦《華胥引》：「點檢從前恩愛，但鳳箋盈篋。愁剪燈花，夜來和淚雙疊。」盧詢祖《中婦織流黄》：「下簾還憶月，挑燈更惜花。」箋幅，李處權《次韻元章黄岡春雪督二侄詩課》：「詩成出連璧，墨妙粲箋幅。」

〔一九〕寄殘雲三句：雲雨，宋玉《高唐賦并序》：「昔者楚襄王與宋玉遊於雲夢之臺，望高唐之觀。其上獨有雲氣，崒兮直上，忽兮改容，須臾之間，變化無窮。王問玉曰：『此何氣也？』玉對曰：『所謂朝雲者也。』王曰：『何謂朝雲？』玉曰：『昔者先王嘗游高唐，怠而晝寢，夢見一婦人曰：「妾巫山之女也，爲高唐之客。聞君游高唐，願薦枕席。」王因幸之。去而辭曰：「妾在巫山之陽，高丘之阻。旦爲朝雲，暮爲行雨，朝朝暮暮，陽臺之下。」』」後因用「雲雨」、「行雲」、「行雨」等指男女歡會。蘇軾《雪後便欲與同僚尋春一病彌月雜花都盡獨牡丹在爾劉景文左藏和順闍黎詩見贈次韻答之》：「殘花怨久病，剩雨泣餘妍。」此「殘雲剩雨」喻殘存的情意。蓬萊，雲霧繚繞的仙境。見《尉遲杯·賦楊公小蓬萊》注〔一三〕。此寫對方至少還有關於兩人之間愛情的零星記憶，所以此類情景應該常入對方夢境。這是加倍出力，實寫自己纏綿其中不能去懷。

【集評】

朱二校眉批：力破餘地。

陳洵《海綃説詞》：「旗亭」二句，當年邂逅正是此時。「蘭情」二句，對面反擊，跌落下二句，思力沈透極矣。舊衫是其人所裁，「流紅千浪」，復上闋之「花飛」；「缺月孤樓，總難留燕」，復上闋之「人遠」，爲「淒斷」二字鉤勒。「歌塵凝扇」，對上「蘭情蕙盼」；人一處，物一處。「待憑信，拌分鈿」，縱開；「還依不忍」，仍轉故步。「箋幅偷和淚卷」復「挑燈欲寫」；疑往而復，欲斷還連，是深得清真之妙者。「應夢見」，尚不曾夢見也。含思淒婉，低回不盡。

夏敬觀評語：意新。

楊箋：（「寄殘雲」三句）決絶之語，既不忍書相思，餘情例應可寄，無奈人遠如在蓬萊，非夢又何能見乎？鐵夫謂此詞的是迴腸盪氣，千回百折，令人不忍卒讀者。玉田不取此而取《唐多令》，何歟？

劉永濟《微睇室説詞》：此詞起句情景雙關。「緒」者，情緒也。「絲」者，柳絲也。用一「牽」字聯合之。「花飛」句言妾去也。「垂楊」句指妾去之地。「正旗亭」二句言當時會合的時地景色。「蘭情」句指去妾之情態。「惹相思」即起句之「牽緒亂」也。「又爭知」二句謂相思之苦。「爭知」，怎知也。「舊衫重剪」者，因「吟骨縈消」，舊日衣衫已嫌不稱身也。用一「舊」字，便有念往之情在。換頭用「淒斷」二字領起。其下「流紅」即前「花飛」也。「孤樓」即「人遠」也。「燕」指去妾，集中屢見。「歌塵」句物是人非也。「分鈿」暗用白居易《長恨歌》「釵擘黄金合分鈿」詩意，言别離也。「拌」者言既離難合，只得拌棄此心願也。「挑燈」三句言本想寫别後相思之苦，又不忍寫，結果是「箋幅偷和淚卷」，則心傷極了，正換頭所謂「淒斷」二字之具體情況也。「寄殘雲」二句，所謂「雲」、「雨」，暗用宋玉《高唐賦》、「行雲」、「行雨」，言歡會也。「殘雲剩雨」，質言之，則是已墜之零歡也。「蓬萊」本仙境，此以指去妾所在。「也應夢見」，乃並未夢見，但應該夢見也。此二句因情太激，故詞不免晦。通觀此詞，上半闋寫「牽緒」，下半闋寫「緒亂」。换頭以下情緒宛轉，愈轉愈深，紅流矣，燕難留矣，已無可奈何矣，想訴此情，又不忍訴，於是幻想再續墜歡於夢中。一路說來，無非將起處所謂「緒亂」之亂，加倍描寫出之。

【考　辨】

陳洵《海綃說詞》：吴苑是其人所在地，此時覺翁不在吴也，故曰「花飛人遠」。《鶯啼序》云：「晴煙冉冉吴宫樹。」《玉蝴蝶》云：「羡故人、還買吴航。」《尾犯》贈浪翁重客吴門曰：「長亭曾送客。」《新雁過妝樓》曰：「江寒夜楓怨落。」又是吴中事。是其人既去，由越入吴也。

楊箋：此爲寒食節憶姬之作。（「花飛」句）此言花飛人遠，謂當寒食時，其人已遠也。姬去時節見卷首《事蹟考》。本集《祝英臺近》「一片花飛，人駕彩雲去」，彼悼丁姬之逝世，此傷己姬之下堂。（「漸把」句）「舊衫」是姬手所裁，尺寸或所素知。今日消瘦情形，彼怎能得悉？

孫按：陳洵「其人既去，由越入吴」之説，是楊鐵夫所謂蘇州遺姬納於吴，曾挈至杭，復又歸於蘇州觀點的源頭。陳、楊此説似不可從。蘇州相關情詞表明，此歌妓先在杭，後入吴，復歸於杭；因此可稱蘇州營妓。夢窗與此營妓相遇於西湖寒食清明時，故此詞謂「煙冷」時節「惹相思」也。「流紅」是夢窗詞中合成數典形成的蘇州吴江傳書的標志性衍生新典，詞人顯然並未離開蘇州。詞中用燕子樓關盼盼典，關盼盼雖然是張氏主人的「家妓」，但在夢窗詞中，皆作爲歌妓典。「歌塵凝扇」，更可證明離去者的歌妓身份，夢窗集中未見分毫納娶蛛跡，稱姬稱妾皆未能相宜。參見《瑞鶴仙》（淚荷拋碎璧）【考辨】。

## 又

贈絲鞋莊生〔一〕

藕心抽瑩繭〔二〕。引翠針行處，冰花成片〔三〕。金門從迴輦〔四〕。兩玉鳧飛上〔五〕，繡絨塵軟〔六〕。絲絇侍宴〔七〕。曳天香、春風宛轉〔八〕。傍星辰、直上無聲〔九〕，緩躡素雲歸晚〔一〇〕。

奇踐㊀〔一一〕。平康得意〔一二〕，醉踏香泥，潤紅沾線〔一三〕。良工詫見〔一四〕。吳蠶唾〔一五〕，海沈楦㊁〔一六〕。任真珠裝綴㊂，春申客屨㊃〔一七〕，今日風流霧散〔一八〕。待宣供〔一九〕、禹步宸遊㊄〔二〇〕，退朝燕殿〔二一〕。

【校議】

㊀奇踐：毛本、戈校本、杜鈔本、王朱本、朱二校本作「寄跡」。杜鈔本校曰：「『寄跡』，『跡』字應叶，

疑『寄遠』之誤。」杜刻本改作「奇踐」。校曰：「原誤作『寄跡』，失韻。」明張本正同。鄭氏手批：「《樂章集・引駕行》過片有『秦樓永晝，謝閣連宵奇遇』。此『奇踐』正與柳詞煉字相似。毛本以形近訛。」「『奇踐』，句意頗新，大似文英之筆。」「此過片宜叶。」朱二校本龍榆生批語：「『寄跡』字非韻，《叢書》（孫按：指《彊村叢書》）作『奇踐』，但『奇』字終似未妥，不如作『行踐』之妥。」

㊁ 海沈楦：毛本、戈校本作「海沈檀」。杜本作「海沈揎」。王朱本作「海沈擅」。鄭氏手批：「『海沈擅』句，杜氏『擅』作『楦』，亦宜據訂。蓋用『麒麟楦』故實。『擅』字則亡謂也。」「《廣韻》：楦，履模也。」「楦，以形音俱近訛。」孫按：杜本未作「楦」字，鄭氏誤認。然鄭氏「楦」字爲確義，明張本正作「楦」字。楦，即楦頭。亦稱「楥頭」。《別雅》卷四：「楥頭，楦頭也。《說文》：楥，履法也，所券切。徐鍇《說文繫傳》曰：『織履中模範也。今俗以鞋工木胎爲楥頭，改作楦，俗書也。』」

㊂ 裝綴：明張本、毛本作「粧綴」。杜本作「妝綴」。粧，「妝」字的手抄訛體，明鈔中常見。裝、妝，在裝飾的義項上可通用。

㊃ 春申：毛本、戈校本、杜本作「春巾」。王朱本據《南宋雜事詩注》改。諸本從之。明張本正同。

㊄ 待宣供二句：待宣供：明張本、毛本、戈校本、杜本作「侍宣供」。吳校以爲「義並通」。宸遊：明張本、毛本、戈校本、杜本作「晨遊」。朱氏所見毛本作「辰遊」。王朱本並據《南宋雜事詩注》改。諸本從之。

【注　釋】

〔一〕絲鞋莊生：宫中絲鞋局製作御絲鞋的莊姓工匠。

〔二〕藕心句：以「藕心」喻形狀如藕節的白色線團，以藕中抽絲比喻從線團内抽引出潔白的絲線縫納鞋底。

〔三〕冰花：喻鞋底上納成的白色花紋。葉適《白紵詞》：「挑燈細緝抽苦心，冰花織成雪爲縷。」以下用典或明或暗，或隱或顯皆與屐履相關。

〔四〕金門：漢代宫門，學士待詔之處。《史記·滑稽列傳》：「金馬門者，宦署門也，門傍有銅馬，故謂之曰『金馬門』。」亦省稱「金門」。揚雄《解嘲》：「與群賢同行，歷金門上玉堂有日矣。」

〔五〕兩玉鳧句：《後漢書·方術列傳》：「王喬者，河東人也。顯宗世，爲葉令。喬有神術，每月朔望，常自縣詣臺朝。帝怪其來數，而不見車騎，密令太史伺望之。言其臨至，輒有雙鳧從東南飛來。於是候鳧至，舉羅張之，但得一隻舄焉。乃詔上方診視，則四年中所賜尚書官屬履也。」兩，又作量、緉。《世説新語》：「或有詣阮，見自吹火蠟屐。因歎曰：『未知一生當著幾量屐。』」《别雅》（卷三）按曰：「《説文》：緉，履兩枚也。《廣韻》緉字，上去二聲皆收，去聲《漾韻》緉註：履屐雙也。幾量，即幾緉，因同聲借用耳。」蘇軾《岐亭五首》（之四）：「人生幾兩屐，莫厭頻來集。」

〔六〕塵軟：猶言軟紅香土。蘇軾《次韻蔣穎叔錢穆父從駕景靈宫二首》（之一）：「半白不羞垂領髮，軟紅猶戀屬車塵。」自注曰：「前輩戲語，有西湖風月，不如東華軟紅香土。」藏隱「東華」二字，指北宋汴京東華門，爲翰林學士典。《夢溪筆談·故事一》：「今學士初拜，自東華門入，至左承天門下馬。」並融入蘇頲應制詩「飛埃結紅霧，遊蓋飄青雲」句意。夢窗因屢以「東華」、「軟紅塵」、「軟塵」、「嬌塵軟霧」等代指杭京或文學侍從官。

〔七〕絲絢：代指上朝時的官履。黄庭堅《子瞻去歲春侍立邇英子由秋冬間相繼入侍作詩各述所懷予亦次韻四首》（之二）：「江沙踏破青鞋底，卻結絲絢侍禁庭。」《山谷内集詩注》：「《周禮·屨人》注曰：屨有絢、有繶、有純者，飾也。絢謂之拘著舄屨之頭，以爲行戒。按：經筵中皆係絲鞋，故云。」絢，古時鞋頭上可穿繫鞋帶的孔眼。《儀禮·士喪禮》：「乃屨，綦結於跗，連絢。」鄭玄注：「絢，屨飾如刀衣鼻，在屨頭上，以餘組連之，止足坼也。」

〔八〕曳天香二句：杜甫《紫宸殿退朝口號》：「香飄合殿春風轉，花覆千官淑景移。」皮日休《送令狐補闕歸朝》：「朝衣正在天香裏，諫草應焚禁漏中。」曳，暗用《漢書·鄭崇傳》：「哀帝擢（鄭崇）爲尚書僕射。數求見諫爭，上初納用之。每見，曳革履，上笑曰：『我識鄭尚書履聲。』」意貫入下文「傍星辰」三句。天香，御香。春風，意入「平康得意」句。

〔九〕傍星辰二句：化用「星履」典。語出杜甫《上韋左相二十韻》：「持衡留藻鑒，聽履上星辰。」《九家集注杜詩》趙彦材注云：「『上星辰』以言其親帝之旁，猶言上雲霄也。」

〔一〇〕緩躡句：張華《輕薄篇》：「足躡承雲履，豐趺縞春綿。」杜甫《宣政殿退朝晚出左掖》：「侍臣緩步歸青瑣，退食從容出每遲。」

〔一一〕奇踐：謂足跡所至皆非尋常之地。

〔一二〕平康得意：平康，唐長安妓女聚居之地。孫棨《北里志·海論三曲中事》：「平康里入北門東回三曲，即諸妓所居之聚也。妓中有錚錚者，多在南曲、中曲，其循牆一曲，卑屑妓所居也，頗爲二曲輕斥之。其南曲、中曲前通十字街。初登館閣者，多於此竊遊焉。」也是新進士所狎遊之地。《開元天寶遺事》卷二：「長安有平康坊，妓女所居之地。京都俠少，萃集於此；兼每年新進士以紅箋名紙遊謁其中，時人謂此坊爲風流藪澤。」兼用孟郊《登科後》詩意：「春風得意馬蹄疾，一日看盡長安花。」

〔一三〕醉踏二句：承「長安花」意，並暗用韓愈《早春呈水部張十八員外二首》（之一）詩意：「天街小雨潤如酥，草色遥看近卻無。」謂雨後京城道上夾帶濕潤花瓣芬芳的泥土沾惹了絲鞋。

〔一四〕詫見：驚詫於製作的精工。

〔一五〕吴蠶唾：司空曙《長林令衛象餳絲結歌》：「吴蠶絡繭抽尚絶，細縷纖毫看欲滅。」李白《寄東魯二稚子》：「吴地桑葉緑，吴蠶已三眠。」

〔一六〕海沈：海南出産的沈香木。通稱沈香、沈水、沈水香等。《南方草木狀·蜜香沈香》：「交趾有蜜香，樹幹似欅柳，其花白而繁，其葉如橘。欲取香，伐之，經年，其根幹枝節，各有别色也。木心與節堅黑，沈水者爲沈香。」此泛指香木質地。　楦：鞋楦。《夢粱録·諸色雜貨》：「家生動事如桌、凳、涼床、交椅……油杆杖、榾轆、鞋楦、棒槌。」

〔一七〕任真珠二句：《史記·春申君列傳》：「春申君客三千餘人，其上客皆躡珠履以見趙使，趙使大慚。」春申君，戰國楚人黄歇，戰國四公子之一。屨，單底鞋。《周禮·天官·屨人》：「掌王及后之服屨。」鄭玄注：「複下曰舄，禪下曰屨。」後用作泛指。

〔一八〕風流霧散：王粲《贈蔡子篤詩》：「風流雲散，一别如雨。」

〔一九〕宣供：楊箋：「内廷有所命令謂之宣，如宣詔是。」

〔二〇〕禹步：本指跛行。《尸子》：「禹於是疏河決江，十年未闚其家，手不爪，脛不毛，生偏枯之疾，步不相過，人曰禹步。」此代指皇帝莊重的步伐。宸遊：帝王巡遊。宋之問《奉和春初幸太平公主南莊應制》：「青門路接鳳凰臺，素滻宸遊龍騎來。」

〔二一〕燕殿：便殿。朱彧《萍洲可談》卷一：「宣和殿，燕殿也，中貴人官高者皆直宣和殿。」

【集評】

夏敬觀評語：「兩玉凫」避去虛字不用。夢窗往往如此。「絲絇侍宴」句過拙。

【考辨】

朱箋：《咸淳臨安志》：内諸司御絲鞋局。《老學庵筆記》：禁中專有絲鞋局，供御絲鞋，不知其數。壽皇即位，惟臨朝服絲鞋，退即以羅鞋易之。《南宋雜事詩》注：「莊生蓋當時供奉者。」

吴熊和《唐宋詞彙評》：沈嘉轍《南宋雜事詩》：「絲鞋供御唤莊生，雪藕抽針瑩緝成。一尺繡茵塵不動，退朝禹步寂無聲。」注：「莊生蓋當時供奉者。」

孫按：《咸淳臨安志》卷一〇「御服所」下有「御絲鞋所」。《老學庵筆記》卷二：「禁中舊有絲鞋局，專挑供御絲鞋，不知其數。嘗見蜀將吴珙被賜數百緉，皆經奉御者。壽皇即位，惟臨朝服絲鞋，退即以羅鞋易之，遂廢此局。」

此爲與杭京供奉莊生交遊的詞作，顯存炫才耀學之少年習氣，寫於袁韶幕中，時間在嘉定十三年（一二二〇）至紹定四年（一二三一）之間。

## 又

丙午重九㊀〔一〕

亂雲生古嶠㊁〔二〕。記舊遊惟怕，秋光不早。人生斷腸草〔三〕。歎如今摇落，暗驚懷抱〔四〕。誰臨晚眺〔五〕。吹臺高〔六〕、霜歌縹緲〔七〕。想西風、此處留情，肯著故人衰帽㊂〔八〕。聞道。萸香西市，酒熟東鄰〔九〕，浣花人老〔一〇〕。金鞭驟裊〔一一〕。追吟賦，倩年少〔一二〕。想重來新雁〔一三〕，傷心湖上，銷減紅深翠窈〔一四〕。小樓寒、睡起無聊，半簾晚照㊃〔一五〕。

【校議】

㈠明張本詞題作「秋感」。《歷代詩餘》無詞題。

㈡亂雲：明張本、底本作「亂紅」。茲從毛本、《歷代詩餘》、戈校本、戈選、杜本、王朱本、朱二校本、朱四校本、四明本。

㈢故人：毛本、《歷代詩餘》、戈校本、戈選、杜本、王朱本、朱二校本、朱四校本、四明本作「故山」。鄭氏手批：「『人』字自較『山』字穩，然龍山落帽，作『故山』亦非亡謂。」

㈣晚照：戈選作「夕照」。

【注釋】

〔一〕丙午：朱箋：「丙午爲理宗淳祐六年。」即一二四六年。

〔二〕亂雲句：韓愈《人日城南登高》：「戀池群鴨回，釋嶠孤雲縱。」《爾雅・釋山》：「鋭而高，嶠。」邢昺疏：「言山形鐵峻而高者名嶠。」

〔三〕人生句：《冷齋夜話・詩出本處》：「李太白詩曰：『昔作芙蓉花，今爲斷腸草。以色事他人，能得幾時好。』陶弘景《仙方注》曰：『斷腸草不可食，其花美好，名芙蓉花。』」斷腸草，其花美似芙蓉，葉大如手掌，見人則獵獵鼓搖若招之者。一説，即相思草。《類説》卷八：「今秦趙間有相思草，狀似石竹，一名斷腸草。」謂人生美好的階段轉瞬即逝。

〔四〕歎如今二句：此寫因悲秋而發的人生感慨。宋玉擅寫羈旅悲秋之懷，號稱文士悲秋之祖。《九辯》：「悲哉秋之爲氣也！蕭瑟兮草木摇落而變衰。」杜甫《詠懷古跡五首》（之二）：「摇落深知宋玉悲，風流儒雅亦吾師。」王儉《侍太子九日宴玄圃詩》：「寥寥清景，靄靄微霜。草木摇落，幽蘭獨芳。」

〔五〕臨眺：《梁書·徐勉傳》：「華樓迥榭，頗有臨眺之美。」杜甫《登兖州城樓》：「從來多古意，臨眺獨躊躇。」

〔六〕吹臺：《舊五代史·梁書·太祖紀四》：「甲午，以高明門外繁臺爲講武臺，是臺西漢梁孝王之時，嘗按歌閲樂於此，當時因名曰吹臺。其後有繁氏居於其側，里人乃以姓呼之，時代綿寢，雖官吏亦從俗焉。」楊慎《丹鉛餘録》卷一〇：「吹臺即繁臺，本師曠吹臺，梁孝王增築，班史稱平臺，唐稱吹臺，又因謝惠連嘗爲《雪賦》，又名雪臺。」此泛指可以登臨並按歌閲舞的高臺。

〔七〕霜歌：鮑照《代陳思王京洛篇》：「春吹回白日，霜歌落塞鴻。」縹緲：此形容歌聲清越悠揚。司空圖《注愍征賦述》：「其雅調之清越也，有若縹緲鸞鴻，翩翻媚空。」

〔八〕想西風三句：用龍山落帽典。衰帽，衰翁所戴之帽。古人認爲五十爲「衰」。宋祁《入壬辰新歲》：「五十爲衰始，仍餘五歲衰。」《瀛奎律髓》卷六注曰：「壬辰，乃仁宗皇祐四年也，景文是年五十五。」夢窗是年四十五，未老先歎衰也。並含「破帽」意。《晉書·王蒙傳》：「居貧，帽敗，自入市買之，嫗悦其貌，遺以新帽，時人以爲達。」並翻用蘇軾《南鄉子·重九涵輝樓呈徐君猷》：「酒力漸消風力軟，颼颼，破帽多情卻戀頭。」肯，《匯釋》：「猶恰也。王安石《寄子思以代別》：『全家欲出嶺雲外，匹馬肯尋山雨中。』」

〔九〕萸香二句：二句互文見義。謂重九登高的應景之物皆已具備。李頎《九月九日劉十八東堂集》：「菊花辟惡酒，湯餅茱萸香。」蘇軾《別歲》：「東鄰酒初熟，西舍彘亦肥。」餘詳見《霜葉飛·重九》注〔一七〕。

〔一〇〕浣花人：杜甫曾居成都浣花里，前有浣花溪。《舊唐書·杜甫傳》：「甫於成都浣花里種竹植樹，結廬枕江，縱酒嘯詠，與田夫野老相狎蕩，無拘檢。」杜甫《將赴成都草堂途中有作五首》（之三）：「竹寒沙碧浣花溪，橘刺藤梢咫尺迷。」《杜詩詳注》引《梁益記》：「溪水出湔江，居人多造彩箋，故號浣花溪。」杜甫有很多著名的重九詩，此亦因屢寫重九詞而用以自指。

〔一一〕騕褭：《文選·張衡〈思玄賦〉》：「斥西施而弗御兮，縶騕褭以服箱。」李善注曰：「《漢書音義》，應劭曰：『騕褭，古之駿馬也，赤喙玄身，日行五千里。』」

〔一二〕追吟賦二句：暗用重九登戲馬臺典。詳見《霜葉飛·重九》注〔八〕。意謂因年華老去，已經沒有登高吟賦的興致。

〔一三〕重來新雁：杜牧《九日齊安登高》：「江涵秋影雁初飛，與客攜壺上翠微。」

〔一四〕紅深翠窈：温庭筠《寒食日作》：「紅深綠暗徑相交，抱暖含芳披紫袍。」翠窈，猶言綠暗。

〔一五〕睡起二句：暗用杜牧《九日齊安登高》詩意：「但將酩酊酬佳節，不用登臨恨落暉。」晚照時表明重九日月並應的時辰將至，此時不僅未能登高，僅以睡枕酬佳節，其晚景可以思過半矣。

【集　評】

俞陛雲《唐五代兩宋詞選釋》：自上闋至「年少」句，筆意清老。其動目處，在後半「新雁」以下五句，神態夷猶，音殊惻愴，與「帶黄花、人在小樓」之結句，同深感歎。

【考　辨】

楊箋：丙午爲姬去後第三年，此因登高節憶姬作。夏承燾《繫年》：重九詞云：「傷心湖上，消減紅深翠窈。」冬至詞云：「小簾沽酒看梅花，夢到林逋山下。」皆在杭作。

孫按：此詞爲重九感今懷昔，是隨幕史宅之再度客杭歎留滯之作，無一語涉及所謂憶姬。據張淏《寶慶會稽續志》（以下簡稱《會稽續志》）卷二「安撫題名」，史宅之淳祐四年（一二四四）至淳祐六年（一二四六）知紹興府，夢窗曾爲其門客。但妻兒仍在吴地，這從《喜遷鶯·甲辰冬至寓越，兒輩尚留瓜涇蕭寺》和同寫於甲辰之《祝英臺近·除夜立春》（詳後考）兩詞中可以得到證明。史宅之六年三月離紹興任，赴京任朝官，夢窗仍在其幕中，但其間常往來蘇杭之間；這從後文餞别魏峻及好友尹梅津諸詞皆寫在蘇州之事中可以得到佐證。

## 又

壽史雲麓㈠〔一〕

記年時茂苑㈡〔二〕。正畫堂凝香㈢〔三〕，璇奎初煥〔四〕。天邊歲華轉〔五〕。向九重春近，仙桃傳宴〔六〕。銀罌翠管〔七〕。寶香飛〔八〕、蓬萊小殿㈣〔九〕。荷玉皇㈤〔一〇〕、恩重千秋〔一一〕，翠麓峻齊雲漢㈥〔一二〕。須看〔一三〕。鴻飛高處，地闊天寬㈦，弋人空羨〔一四〕。梅清水暖㈧〔一五〕。若溪上㈨〔一六〕，幾吟卷。算金門聽漏〔一七〕，玉墀班早〔一八〕，贏得風霜滿面㈩〔一九〕。總不如、緑野身安〔二〇〕，鏡中未晚〔二一〕。

【校　議】

㈠ 毛本、戈校本、王朱本、朱二校本詞題作「壽雲麓先生」。《歷代詩餘》作「壽雲麓」。

㈡ 茂苑：毛本、《歷代詩餘》、戈校本、杜本、王朱本、朱二校本、四明本作「秋半」。

㈢ 正畫堂：毛本、《歷代詩餘》、戈校本、杜本、王朱本、朱二校本、四明本作「看畫堂」。

㈣小殿：毛本、《歷代詩餘》、戈校本、杜本、王朱本、朱二校本、四明本作「小苑」。鄭氏手批：「鈔本作『殿』，是。首句作『茂苑』，可證。」

㈤荷玉皇：毛本、《歷代詩餘》、戈校本、杜本、王朱本、朱二校本、四明本作「感玉皇」。

㈥峻齊：毛本、戈校本作「崚齊」。毛扆本「崚」旁注作「峻」。杜本據改。諸本從之。明張本正同。

㈦地闊：毛本、《歷代詩餘》、戈校本、杜本、王朱本、朱二校本、四明本作「野闊」。

㈧梅清：明張本作「梅香」。

㈨若溪上：毛本、《歷代詩餘》、戈校本、杜本、王朱本、朱二校本、四明本作「苕溪畔」。餘本作「苕溪上」。史宅之無湖州仕歷，「苕溪」應爲「若溪」，即「若耶溪」的省稱。「苕」，以形近訛。此句首字可平可仄，故徑改。

㈩滿面：毛本、戈校本、杜本、王朱本、朱二校本、四明本作「滿臉」。

【注　釋】

〔一〕史雲麓：即史宅之，字子釋，號雲麓。

〔二〕年時：此應指「當年」。茂苑：即長洲苑。左思《吴都賦》：「帶朝夕之浚池，佩長洲之茂苑。」後用作蘇州的代稱。參見《瑣窗寒·玉蘭》中的「吴苑」。

〔三〕畫堂：本指太守公署正廳。《吴郡志》卷六：「黄堂，《郡國志》：在雞陂之側，春申君子假君之殿也。後太守居之，以數失火，塗以雌黄，遂名黄堂，即今太守正廳是也。今天下郡治皆名黄堂昉此。」此泛指郡治中辦公休宴之府庭。凝香：唐朝詩人韋應物貞元初年爲蘇州刺史，曾作《郡齋雨中與諸文士燕集》詩，其中「兵衛森畫戟，燕寢凝清香」一聯的字面成爲蘇州文章郡守的熟典。《吴郡圖經續記》卷上：「蓋古之諸侯有三門，外曰皋門，中曰應門，内曰路門。因其門以爲三朝，朝之後有三寢，曰路寢一，曰燕寢二。自罷侯置守，其名既殊，其制稍削，然猶存其概。今之子城門，古之所謂皋門也；今之戟門，古之所謂應門也；今之便廳門，古之所謂路門也；今之大廳，古之外朝也；今之宅堂，古之路寢也。蘇爲東南大州，地望優重，府庭宜有以稱。」此用以回憶史氏知平江府（今江蘇蘇州）之任。

〔四〕璇奎：璇，美玉。《集韻·平僊》：「璿，《説文》：美玉也。引《春秋傳》：璿弁玉纓……或作琁、璇。」奎，星名。《山堂肆考》卷一三三：「《孝經援神契》：奎主文章，蒼頡效象。宋均注：奎星屈曲象鉤，有似文字之畫。」古人因稱御筆爲「宸奎」。此用「璇奎」美稱理宗御筆「春雨」二字。

〔五〕歲華：猶言歲時。謝朓《休沐重還道中詩》：「歲華春有酒，初服偃郊扉。」

〔六〕向九重二句：杜甫《奉和賈至舍人早朝大明宫》：「五夜漏聲催曉箭，九重春色醉仙桃。」《九家集注杜詩》趙彦材注曰：「春色著桃，如酣醉然。」《漢武故事》：「（王母）又命侍女更索桃果。……母以四顆與帝，三顆自食，桃味甘美，口有盈味，帝食輒收其核，王母問帝，帝曰：『欲種之。』母曰：『此桃三千年一生實，中夏地薄，種之不生。』」楊箋：「史稱彌遠與楊后勾結弄權，意宅之做壽，後宫應有賞賜。」

〔七〕銀罌翠管：此用學士典。《酉陽雜俎》卷一：「臘日賜北門學士口脂蠟脂，盛以碧縷牙筩。」杜甫《臘日》：「口脂面藥隨恩澤，翠管銀罌下九霄。」《補注杜詩》卷一九引趙次公曰：「唐制，臘日賜脂面藥。翠管銀罌，所以盛之也。」

〔八〕寶香：猶言「寶墨」。尊稱皇帝的書法。歐陽修《明堂慶成》：「寶墨飛雲動，金文耀日晶。」楊箋：「『寶香』，墨寶之香。」

〔九〕蓬萊殿：長安便殿名。《長安志》卷六：「北曰紫宸門，内有紫宸殿，後有蓬萊殿。」此代指南宋臨安便殿。上句「飛」字入此句，暗指鳳凰銜下祝長生的寶墨。陸翽《鄴中記》：「石季龍與皇后在觀上，爲詔書五色紙，著鳳口中，鳳既銜詔，侍人放數百丈緋繩，轆轤回轉，鳳凰飛下，謂之鳳詔。鳳凰以木作之，五色漆畫，腳皆用金。」辛棄疾《滿江紅·送鄭舜舉郎中赴召》：「便鳳凰、飛詔下天來，催歸急。」與集中《水龍吟·壽嗣榮王》同意：「賜長生玉字，鸞回鳳舞，下蓬萊殿。」

〔一〇〕玉皇：代指皇帝。温庭筠《贈彈箏人》：「天寶年中事玉皇，曾將新曲教寧王。」

〔一一〕千秋：稱人壽辰的敬辭。《戰國策·齊策二》：「犀首跪行，爲(張)儀千秋之祝。」

〔一二〕翠麓句：化用《詩·大雅·崧高》：「崧高維嶽，駿極於天。」駿，用同「峻」。陸機《太山吟》：「峻極周已遠，曾雲鬱冥冥。」雲漢，《詩·大雅·棫樸》：「倬彼雲漢，爲章於天。」毛傳：「雲漢，天河也。」楊箋：「此拆用雲麓字，集中慣用。」

〔一三〕須：《匯釋》：「猶終也。語氣較應字爲强。」

〔一四〕鴻飛三句：《野客叢書》卷六：「三山老人云：揚子雲《法言》：『鴻飛冥冥，弋人何慕焉。』一本作『篡』，故退之詩云『肯效屠門嚼，久嫌弋者篡』。僕觀《後漢・逸民傳》序云：揚子曰：『鴻飛冥冥，弋者何篡焉？』注：篡本作慕。……張曲江詩曰『今我遊冥冥，弋者何所慕』，則用元字。」鴻飛高處，《博物志》：「鴻雁三同三異。……雁飛不過高山，而鴻薄雲漢，三異也。」羨，《文選・張衡〈思玄賦〉》：「羨上都之赫戲兮，何迷故而不忘。」吕向注：「羨，慕也。」

〔一五〕梅清水暖：涉及紹興府（宋時與會稽、山陰二縣同城而治）郡治中的勝跡桃蹊梅塢。《會稽志》卷一：「由蓬萊閣而西，曰崇善王廟，直使宅之北曰望仙亭，使宅之東北曰觀風堂。由觀風堂而北少東焉，曰觀德亭。由觀德亭而西，歷桃蹊梅塢，出使宅之北，南走城隍廟下，爲西園便門。」梅清，曾幾《嶺梅》：「蠻煙無處説，梅蕊不勝清。」

〔一六〕若溪：會稽若耶溪的簡稱。梁元帝《藩難未静述懷詩》：「箭擁淇園竹，劍聚若溪銅。」李紳《若耶溪》題下注：「西施採蓮、歐冶鑄劍所。」

〔一七〕金門：學士待詔之所。詳見《瑞鶴仙・贈絲鞋莊生》注〔四〕。聽漏：此指待漏等候上朝。《雍録》卷八「待漏院」條：「故事，建福門（在大明宫丹鳳門東），望仙門（在丹鳳門西）。昏而閉，五更五點而啟。至德中，有吐蕃自金吾仗亡命，因敕晚開。宰相待漏太僕寺車坊，元和元年初置。百官待漏院各據班品爲次，在建福門外候。禁門啟，入朝。」《萍洲可談》卷一：「朝，辨色始入，前此集禁門外。宰執以下，皆用白紙糊燭燈一枚，長柄揭之馬前，書官位於其上，欲識馬所在也。朝時自四鼓，舊城諸門啟關放入，都下人謂『四更時，朝馬動，朝士至』者，以燭籠相圍繞聚首，謂之火城。」

〔一八〕玉墀：漢武帝《落葉哀蟬曲》：「羅袂兮無聲，玉墀兮塵生。」借指朝廷。　班：古代群臣朝見帝王時按官品分班排列的位次。

〔一九〕風霜滿面：韓愈《鎮州路上謹酬裴司空相公重見寄》：「風霜滿面無人識，何處如今更有詩。」以上三句以宋人最爲企羨的文學侍從及宰執官早朝時受到的拘束，與外任情形加以比較，襯起下文。

〔二〇〕緑野：緑野堂。唐憲宗時宰相裴度的别墅。《舊唐書·裴度傳》：「東都立第於集賢里，築山穿池，竹木叢萃，有風亭水榭，梯橋架閣，島嶼回環，極都城之勝概。又於午橋創别墅，花木萬株，中起涼臺、暑館，名曰『緑野堂』。引甘水貫其中，釃引脈分，映帶左右。度視事之隙，與詩人白居易、劉禹錫酣晏終日，高歌放言，以詩酒琴書自樂，當時名士皆從之遊。」此代指史氏家族在京城的宰相府第。《宋史》記載了理宗賜史彌遠府第之事。《宋史·禮十二》：「嘉定十四年八月，詔右丞相史彌遠賜第，遵淳熙故事賜家廟，命臨安守臣營之。禮官討論祭器，並如侂胄之制。彌遠請並生母齊國夫人周氏及祔妻魯國夫人潘氏於生母别廟，皆下有司賜器。」史彌遠逝世後府第仍歸史家。見《宋史·理宗本紀》：「（紹定六年）十二月戊寅，史宅之繳納賜第，詔給賜本家，仍奉家廟。」

〔二一〕鏡中未晚：反用杜甫《江上》詩意：「勳業頻看鏡，行藏獨倚樓。」杜詩頻看鏡，生怕年老功業未成，史宅之此年四十，無此憂也。

【考辨】

朱箋：《癸辛雜識》：史宅之，字子仁，號雲麓，彌遠之子也。按：《寧波府志》，史子仁心非叔父彌遠所爲，著《昇聞録》以寓規諫，避勢遠嫌，退處月湖，寧宗御書「碧沚」賜之，不云彌遠子。

夏箋：俞文豹《吹劍録外集》載，史宅之淳祐八年以簽書樞密院事領財計，建議括浙西圍田。一路騷動，怨嗟沸騰。《癸辛雜志別集》亦載其括田事，怨嗟滿道，死於非命者甚衆。其不孚時議若此，與《寧波府志》所稱如出兩人，並於此詞「鴻飛高處」，《水龍吟》之「獨樂當時高致」語不合。據《吹劍録外集》，宅之領財計，在其卒前之一年，夢窗酬贈各詞當在括圍田之前耶？

田考：史宅之（一二〇五至一二四九），號雲麓，父史彌遠。理宗紹定六年（一二三三）賜同進士出身。嘉熙二年（一二三八）知平江府兼浙西提舉。淳祐元年（一二四一）知平江府。淳祐三年（一二四三）除太府卿。淳祐四年（一二四四）以華文閣學士、通奉大夫知紹興府。爲浙東安撫使知紹興府。淳祐六年（一二四六）除工部尚書。七年（一二四七）行「括田」。八年（一二四八）除樞密院副使。九年（一二四九）終於位（《宋史》、《延祐四明志》、《吴郡志》、《會稽續志》、《癸辛雜識》）。

又，史宅之非字「子仁」。「子仁」爲史宅之從弟史守之。近人多將二人混淆。……其中所謂「寓規彌遠退處月湖」是史守之事，與史宅之並無關係。朱祖謀在《夢窗詞集小箋》中説：……其中明言史彌遠是史子仁叔父，子仁非即宅之。又據全祖望《宋元學案》卷七四「慈湖學案，朝奉史先生守之」

條：「史守之，字子仁，忠定之孫，忠宣之從子也。先生未嘗見陸子，而從楊敬仲、袁和叔游，得於私淑所聞。仲父彌遠當國，先生心弗善也，作《昇聞録》以寓規諫。退居月湖之陽，遂以朝奉大夫致仕，寧宗御書『碧沚』二字賜之。彌遠甚畏之，每有所作，輒戒其家：『勿使十一郎知之。』」又：「祖望謹案：史子仁居碧沚，不與時諧，以道自任。所著書曰《世學》，以闢異端爲第一義，别署『九六子』。」又據陳著《本堂集》卷四九《允齋》條：「史氏以相業望四明……余聞昔九六子居碧址，不與時諧，以道自任。」可見史宅之與史子仁並非一人。周密《癸辛雜識》言「史宅之，字子仁」當屬誤記（孫按：吴企明點校《癸辛雜識》已按云：「丁傳靖輯《宋人軼事彙編》卷一八引《寧波志》：『史子仁，名守之，心非叔父彌遠所爲。』則史宅之非子仁，恐是周氏誤記。」）。吴文英十首贈史宅之詞地點多在蘇州、越州、杭州等地，均與四明「碧沚」、「月湖」無關。

吴熊和《唐宋詞彙評·編年》：「記年時茂苑」，指史宅之知平江府，淳祐元年（一二四一）三月初九日到任，三年正月一日召赴行在。見《吴郡志》卷一一。淳祐四年七月至六年三月，知紹興府，見《寶慶會稽續志》卷二。入朝爲工部尚書，改吏部尚書。淳祐八年（一二四八），除端明殿學士同簽書樞密院事。九年十二月卒。此詞疑淳祐三年離平江任在朝任職時作。「金門聽漏，玉墀班早」，尚惜其未能退居也。

吴箋：史宅之（一二〇五至一二四九），號雲麓，宰相史彌遠之子。理宗紹定六年（一二三三）賜同進士出身，權户部侍郎兼崇政殿説書。曾兩知平江府（蘇州）。淳祐六年（一二四六）除工部尚書，改吏部尚書。八年（一二四八），端明殿學士同簽書樞密院事，領財計行括田。九年（一二四九）同知樞密院事，卒，贈少師。……據《吴郡志》卷一一，史宅之兩度知平江府，前爲嘉熙二年（一二三八）閏四月二十四日到任，三年正月一日召赴行在。後爲淳祐元年（一二四一）三月初九到任，三年二月離任。淳祐四年七月至六年一月知紹興府，見《寶慶會稽續志》卷二。夢窗十一首酬贈之作，當作於一二三八至一二四九年（卒年）之間。審此詞「金門聽漏，玉墀班早」，疑作於淳祐三年（一二四三）離平江府入朝任職時。

又，（「璇奎初焕」）此指理宗賜史宅之御筆「家有膏雨，户有陽春」八字及「春雨堂」扁額。明王鏊《姑蘇志》卷二二：「御書堂在春雨堂西，淳祐中，史宅之以『思賢』故址奉理宗書『家有膏雨，户有陽春』八字（唐張説撰《宋璟遺愛碑》語）及『春雨堂』額、獎諭敕書。」「春雨堂在後池北。初，池光亭圮，淳祐二年重建，堂成，史宅之乃以理宗書額揭之，以侈君賜。」應繇《春雨堂記》：「淳祐二年春，平江府治作新堂於池上。秋，工役告備。顯謨閣直學士通奉大夫知軍府事兼浙西兩淮發運使史宅之拜疏聞於上曰：『臣蒙恩再領蘇郡，賴天子仁聖，格於上下，物不疵癘，而年穀熟獲，與民相安。郡治北池舊有亭曰「池光」，郡太守澡心雪神思政慮善之地，陋且圮焉。深惟一日必葺之義，捐餐錢，節冗費，更建爲堂。堂成，顧名弗稱，竊伏惟念，昔者幸備推擇，守藩於兹。粗知究心牧養，叨被聖獎，遣使賜御書「家有膏雨，户有陽春」八大字，昭回下飾，吴人以爲榮。臣不佞，敢敬奉「春雨」二字冠斯堂，以揚寵光，以撢德意，以丕迪聖訓，惟陛下裁幸。』上覽疏，可其奏，錫以宸奎，使得揭扁，於戲祉哉！」（明錢穀《吴都文粹續集》卷八）按：楊鐵夫《吴夢窗詞箋釋》：「『璇奎』，指賜御書『碧沚』字言。」誤。歷來説夢窗此詞者皆相沿而誤。

吴蓓《吴夢窗與史宅之關係考論》：此詞當作於淳祐三年（一二四三）一、二月間，史宅之離任平江府之前。

孫按：比勘夢窗履跡，結合以上箋釋考證，此詞的寫作時地可以從三個方面加以辨析。其一，詞中「銀罌翠管」用學士典，表明詞不寫於平江府任上。史氏未有翰林學士、承旨、知制誥等文學侍從官即學士的仕歷，所以「學士」是指史氏所帶貼職。宋代帶職序列從低到高是從直秘閣到學士。《宋代官制辭典·總論》：「凡帶學士、直學士、待制職名，爲侍從官；自直龍圖閣至直顯文閣、直秘閣，爲庶官所帶職名，即貼職。」史宅之二任平江府的帶職情況見《吴郡志》卷一一：「史宅之，朝議大夫依舊徽猷閣待制，改知平江府，兼浙西提舉。嘉熙二年閏四月初三日，升寶文閣待制，二十四日到任。六月八日，節制許浦都統司水軍，十八日節制在府軍馬，仍舊節制許浦水軍。三年正月一日召赴行在。」「史宅之，焕章閣直學士、太中大夫知平江府，節制許浦水軍兼浙西兩淮發運副使，提領措置和糴。淳祐元年三月初九日到任。」任紹興知府的帶職情況見《會稽續志》：「史宅之，淳祐四年七月以華文閣學士、通奉大夫知。十月十九日到任，十二月磨勘轉正議大夫。五年十一月，以職事修舉除敷文閣學士，依舊知。六年三月十六日除工部尚書。」據知史氏任平江府時貼職分别爲待制和直學士而非學士。故知詞寫於平江知府任後。這與開篇三句對平江府任上之事採用「記年時」的回憶之筆也相合榫。壽詞例當形容當事人的勳業。沈義父《樂府指迷》曰：「壽曲最難作……須打破舊曲規模，只形容當人事業才能，隱然有祝頌之意方好。」史宅之再任平江府時，撤新府治北池畔圮敗的池光亭，建爲「春雨堂」；並以理宗所賜御書「家有膏雨，户有陽春」中的「春雨」二字冠名新堂，並得到理宗皇帝的恩准（應繇《春雨堂記》），是其生平最值得誇耀的事業。此時史氏若尚在平江府任上，則與「記」字特别是學士帶職相舛互。

其二，壽筵地點是京城中離「九重」（皇宫）不遠處，也就是賜第丞相府——御街武志坊李博士橋附近。因爲史宅之的特殊身份，不僅傳來鳳詔飛下的御墨，也在皇帝的干預下，驚動皇宫御厨送來宴珍，這些無一不顯示出壽筵的雍肅隆重。壽筵雖在京城舉辦，但是詞中以蕭散外任，與京朝官冒風霜、聽宫漏、待早朝相比較，而以外任爲優，並指外任更符合贈主秉性作爲寬慰語，顯然史氏此時不在京朝官任上。但因爲其父史彌遠在理宗繼統事件上有「定策之功」（《宋史全文》卷三四），史宅之又實與其事，見《延祐四明志》卷五：「（史彌遠）子宅之幼習明國家典制，理宗入繼大統，宅之甫弱冠，預其議。」理宗優渥史宅之，「思以政地處之」（《癸辛雜識·别集》）。詞中「須看。鴻飛高處，地闊天寬，弋人空羨」。也指出了史氏雖在外任，但「鴻冥得路高難慕」的政治前程完全可以預期。

其三，夢窗紹定四年（一二三一）三十歲時始居蘇州，至遲在紹定五年（一二三二）三十一歲時入蘇州倉幕，淳祐四年（一二四四）四十三歲時卸蘇州幕職。夢窗在蘇州倉幕的時間雖然與史宅之兩任平江府的時間部分重合，但夢窗集中未有任何詞作顯示二人之間在蘇州的交往。據集中《喜遷鶯·甲辰冬至寓越，兒輩尚留瓜涇蕭寺》「冬分人别。渡倦客晚潮，傷頭俱雪」三句，知夢窗甲辰即淳祐四年春天尚在蘇州倉幕，至冬至時，方渡錢塘江寓居紹興，正式成爲史氏門客。所以此詞最早也是寫在淳祐五年（一二四五）史氏知紹興府任上。此年史氏四十歲，正當壯年，故詞曰「鏡中未晚」。進而論之，夢窗與史氏交往六年，贈史氏十一首詞，僅此一首壽詞，應與古人多從四十歲開始在整生日時作壽相關。退而言之，此次若爲散生日，就意味著史宅之每有生辰之慶，就會驚動皇室，顯然與其官聲位望不符。還應指出的是，詞中並未顯示夢窗在京城丞相府壽筵現場。夢窗作爲入幕一月有餘的幕僚，文學才華尚未得到足夠認同，也未能獲得叨陪盛宴末座之榮荷。故這首壽詞應是在紹興寓地寄贈幕主的詞作。夢窗集中《宴清都·壽秋壑》、《木蘭花慢·壽秋壑》也是寄贈京西湖南北四川宣撫大使、江陵知府賈似道，可以印證寫壽詞者未必「在場」。

另外，田考「淳祐三年（一二四三）除太府卿」，吴箋「淳祐二年（一二四二）除太府卿」，史料無載。史氏任平江知府之前，曾於嘉熙元年（一二三七）知嘉興府，時爲「朝議大夫煥章閣待制鄞縣開國男食邑三百户」。見《浙江通志》卷一一五「職官門」及史宅之《修涣堂記》。此前，還曾知寧國府。許應龍有《史宅之除待制知寧國府制》。

## 又

癸卯歲壽方蕙巖寺簿㈠〔一〕

轆轤秋又轉㈡〔二〕。記旋草新詞〔三〕，江頭憑雁〔四〕。乘槎上銀漢〔五〕。想車塵纔踏，東華紅軟㈢〔六〕。何時賜見〔七〕。漏聲移、深宮夜半㈣〔八〕。問蓴鱸、今幾西風〔九〕，未覺歲華遲晚。　一片。丹心白髮〔一〇〕，露滴研朱㈤〔一一〕，雅陪清宴〔一二〕。班回柳院〔一三〕。蒲團底，小禪觀。望罘罳明月㈥，初圓此夕㈦，應共嬋娟茂苑〔一四〕。願年年、玉兔長生〔一五〕，聳從井幹㈧〔一六〕。

【校議】

㈠明張本、毛本、《歷代詩餘》、戈校本、杜本、王朱本詞題作「壽方蕙巖寺簿」。朱存理《鐵網珊瑚》載

「文英新詞稿」，下署「文英惶恖百拜」，此詞居首。詞題作「癸卯歲爲先生壽」。恖，同「懼」。鄭氏手批：「按朱存理刻手稿第一首即此調，前寫新詞稿，下書『文英皇恖百拜』，蓋即寫頌方蕙巖者，故云『爲先生壽』也。」

㈡秋又轉：明張本、底本、朱四校本作「春又轉」。鄭氏手批：「明鈔作『春』，誤。」兹從毛本、《歷代詩餘》、杜本、王朱本、朱二校本、鄭校本、四明本。

㈢東華：毛本、戈校本、杜本作「東葉」。毛扆本：「『葉，應『華』。」戈校本眉注「華」字。杜校：「『東葉』疑『楓葉』之誤。」王朱本改作「東華」。餘本從之。明張本正同。紅軟：明張本作「塵軟」。《歷代詩餘》作「紅暖」。

㈣漏聲二句：《鐵網珊瑚》、朱二校本、鄭校、四明本作「漏聲移、涼宮夜半」。明張本作「漏夜移、深宮夜半」。毛本、《歷代詩餘》、戈校本、杜本、王朱本作「漏聲涼、移宮夜半」。鄭氏手批力證《鐵網珊瑚》爲是：「『夜』字當是『聲』之誤，此字宜平，從手稿校正。」「柳宗元詩：『路遠清涼宮。』『涼宮』即避暑宮之謂，蓋猶涼殿、涼臺諸名，以上文『賜見』句意證之，益信『涼宮』或有典據，未可遽謂之到。『移宮』雖習見，然切『漏聲』則無是解，且獨用『移宮』二字，尤非佳證。」底本融《鐵網珊瑚》前句、明張本後句而成。餘本從之。

㈤露滴：毛本、《歷代詩餘》、戈校本、杜本、王朱本、朱二校本、四明本作「滴露」。

⑥ 明月：朱氏所見毛本、朱二校本作「朗月」。

⑦ 此夕：《鐵網珊瑚》、鄭校、四明本作「午夜」。

⑧ 聳從：諸本皆作「聳秋」。兹從明張本。

**【注釋】**

〔一〕癸卯：淳祐三年（一二四三）。　方蕙巖：名萬里，字子萬。寺簿，此爲太常寺簿的簡稱。

〔二〕轆轤句：賈思勰《齊民要術·種葵》：「井別作桔槔、轆轤。」原注：「井深用轆轤，井淺用桔槔。」後文《風入松·麓翁園堂宴客》詞中有「轆轤聽帶秋聲轉，早涼生、傍井梧桐」，與此意同。古人常以井上轆轤晨轉寫離別驚心。如陸龜蒙《井上桐》：「愁因轆轤轉，驚起雙棲鳥。」周邦彥《蝶戀花》：「月皎驚烏棲不定。更漏將闌，轆轤牽金井。」

〔三〕旋：《匯釋》：「猶云已而也；還又也。」　草新詞：爲留別而創作新詞。方蕙巖今僅存詩《登雲巖塔二絕》，詞皆不傳。

〔四〕江頭：特指吴江岸畔。　憑雁：用雁足傳書典。見《漢書·蘇武傳》：「（常惠）教使者謂單于，言天子射上林中，得雁，足有繫帛書，言武等在某澤中。」後因以雁爲書信使者。

〔五〕乘槎句：用《博物志》濱海人八月浮槎入天河故事。

〔六〕想車塵二句：東華紅軟，詳見《瑞鶴仙·贈絲鞋莊生》注〔六〕。東華，北宋汴京城門。《宋史·地理一》：「宫城周回五里，南三門，中曰乾元，東曰左掖，西曰右掖，東西面門曰東華、西華。」以上三句寫方氏赴杭京事。

〔七〕賜見：此與下二句寫輪對之事。宋制，下等官員也須輪值上殿策對時政利弊。趙升《朝野類要》卷一：「自侍從以下，五日輪一員上殿，謂之『輪當面對』，則必入時政或利便劄子。」

〔八〕漏聲二句：宫中設漏計時。《宋史·律曆三》：「國朝復挈壺之職，專司辰刻，署置於文德殿門内之東偏，設鼓樓、鐘樓於殿庭之左右。其制有銅壺、水稱、渴烏、漏箭、時牌、契之屬：壺以貯水，烏以引注，稱以平其漏，箭以識其刻，牌以告時於晝，牌有七，自卯至酉用之，制以牙，刻字填金。契以發鼓於夜，契有二：一曰放鼓，二曰止鼓。」《史記·屈原賈生列傳》：「上因感鬼神事，而問鬼神之本。賈生因具道所以然之狀。至夜半，文帝前席。既罷，曰：『吾久不見賈生，自以爲過之，今不及也。』」

〔九〕問蓴鱸二句：《晉書·文苑列傳》：「（張）翰因見秋風起，乃思吴中菰菜、蓴羹、鱸魚膾，曰：『人生貴得適志，何能羈宦數千里以要名爵乎！』遂命駕而歸。」蓴，蓴羹。賈思勰《齊民要術·羹臛法》：「食膾魚蓴羹：芼羹之菜，蓴爲第一。」此寫方氏有歸歟之志。

〔一〇〕一片二句：杜甫《鄭駙馬池臺喜遇鄭廣文同飲》：「白髮千莖雪，丹心一寸灰。」寸，一作「片」。

〔一一〕露滴研朱：高駢《步虚詞》：「洞門深鎖碧窗寒，滴露研朱寫周易。」此處研墨所寫者爲剴切時弊的劄子。

〔一二〕清宴：《漢書・蕭望之傳》：「地節三年夏，京師雨雹，望之因是上疏，願賜清閒之宴，口陳災異之意。」《初學記》卷一四引晉成公綏《延賓賦》：「高談清宴，講道研精。」

〔一三〕班回柳院：杜甫《晚出左掖》：「退朝花底散，歸院柳邊迷。」

〔一四〕望罘罳三句：蘇軾《水調歌頭》：「但願人長久，千里共嬋娟。」此意貫通至篇末。罘罳，古代設在門外或城角上的網狀建築，用以守望和防禦。《漢書・文帝紀》：「未央宮東闕罘罳災。」顔師古注：「罘罳，謂連闕曲閣也，以覆重刻垣墉之處，其形罘罳然，一曰屏也。」此代指京城。初圓此夕，一般指農曆十五。范成大《元夕》：「不夜城中陸地蓮，小梅初破月初圓。」嬋娟，美麗。孟郊《嬋娟篇》：「花嬋娟，泛春泉。竹嬋娟，籠曉煙。妓嬋娟，不長妍。月嬋娟，真可憐。」後用以代指明月。詞用八月浮槎事典及蘇軾中秋懷子由詞作語典，據知方氏生日應正在中秋節前後。

〔一五〕玉兔：傅玄《擬天問》：「月中何有？玉兔搗藥。」兔爲月中陰氣凝成的獸形。《後漢書・天文志》劉昭注引張衡《靈憲》：「月者，陰精之宗。積而成獸，象兔。陰之類，其數耦。」此以「玉兔」代指月亮，並借用爲長生吉言。

〔一六〕聳從井幹：猶言明月照高樓也。井幹，亦作「井韓」。本指井欄，後泛指樓臺。《玉海》卷一六四「漢井幹樓」條：「《郊祀志》注：在建章宮中，高五十丈，積木而高爲樓，若井幹（音寒）之形也。井幹，井上木欄也。其形或四角，或八角。張衡《兩京賦》云：井幹疊而百層，即此樓也。《西都賦》：攀井幹而未半，目眴轉而意迷。《史記》正義：幹，司馬彪云：井欄也。《關中記》云：宮北有井幹臺

（太初二年起），高五十丈，積木爲樓。言築累方木轉於交架如幹。」《文選·謝脁〈同謝諮議詠銅雀臺詩〉》：「繐帷飄井幹，罇酒若平生。」李善注：「井幹，臺之通稱。」從，向著。

【考 辨】

朱箋：《詩品衆芳》：方萬里，字鵬飛，號蕙巖。按武衍《適安稿》有《聞角呈宗諭方蕙巖》詩。

鄭校：明朱存理《鐵網珊瑚》載夢窗手寫詞稿十六闋，文句碩異。雖零疊不完，而出之手稿，信而有證。按卷首標「新詞稿」，下署「文英皇恖百拜」。其第一闋三字《瑞鶴仙》題曰「癸卯歲爲先生壽」，證以汲古閣本，是詞作「壽方蕙巖寺簿」。是其所録詞稿，即寫似方蕙巖者可知。然則此十六闋又皆一時之作，故曰「新詞」。

任銘善《〈鄭大鶴校夢窗詞手稿〉箋記》：朱氏所鈔十六首，凡四具名更端，知寫非一時。題爲「新詞稿」，蓋指前六首呈方蕙巖者，爲淳祐癸卯秋日蘇州之作。自《蘇武慢》以下更署，則是别卷。而《西平樂》西湖先賢堂，乃晚年重遊杭州時作。其句「十載事，夢惹緑楊絲」，與《鶯啼序》云「十載西湖，傍柳繫馬」，皆一時感興。詞旨詞境，與《三姝媚·過都城舊居》一首尤近。即其他諸題，曰元日，曰小春，曰盆蓮，曰水仙，節物令候必非月日間事，與前六首景亦不類。鄭大鶴《夢窗詞校議》謂此十六闋爲一時之作者，將失之未考已。

楊箋：《宋史·職官志》：京曹之以寺稱者九：太常、宗正、光禄、衛尉、太僕、大理、鴻臚、司農、大府。大理惟大府設主簿二，餘各一。此云「寺簿」，未審何屬。玩詞「雅陪清宴」句，似屬光禄。

田考：方萬里，字子萬，一字鵬飛，號蕙巖。嚴州（今浙江建德東北）人，家於吴。寧宗嘉定四年（一二一一）進士。十一年，爲江陰軍教授。紹定五年（一二三二）知江陰軍。明正德《姑蘇志》卷五一有傳（《詩品衆芳》、《淳熙嚴州圖經》、明嘉靖《江陰縣志》、明正德《姑蘇志》、《全宋詩》）。

孫按：盧熊《蘇州府志》卷三五：「方萬里，字子萬，其先自泉州徙嚴州。元符以來，世登儒科。萬里四歲失父，與伯兄永嘉簿賜復侍母來吴，因家焉。登嘉定四年進士第四，教授江陰軍，儲義廩，置小學，謹歲時會拜之禮。紹定五年，以朝奉郎知江陰軍，累躋朝著，再秉州麾，問學履行爲海内所敬。趙汝述守平江，聞萬里，遇甚至。未幾，汝述卒於官，一時賓客皆散去，萬里獨護喪數程，時人義之。萬里官至國（朝）請郎太常寺簿。贈正奉大夫。」方萬里是嘉定四年進士，據此推算，應年長於夢窗。太常寺主簿一職掌稽考、點檢本寺簿書，出納文書，並與聞禮樂之事。見《容齋四筆》卷一一「寺監主簿」條及《古今合璧事類備要後集》卷三三「太常寺簿」條。雖然是從八品官，但太常寺冠九寺之首，其職位略尊，與宗正寺高於其餘七寺一等，且門蔭不能補此官（參見龔延明《宋代官制辭典》）。《古今合璧事類備要後集》載其職事類有「深禮樂」條：「紹興十二年，太常少卿王賞言：本寺主簿劉嶸强記洽聞，又深禮樂，所有討論文字欲令同共討論，從之（《中興會要》）。」「與聞禮樂」條：「龍溪除蘇良治制簿，領雖卑，然隸於太常，與聞禮樂之事，非它官比。」「爲五賢詩」條：「李浩除太常寺簿，輪對陳無逸之戒，且論宿衛大將恩寵太過。高宗感其言，宿將旋就第。自檜扼塞言路，士風寢衰，至是，公與王十朋、馮方、查籥、胡憲始相繼有所開陳，時號五賢。聞者興起，太學之士至爲五賢詩以述其事（《言行録》）。」《古今事文類聚新集》卷一二「除太常簿」條：「宋林正惠公大中，字和叔。幹辦諸司糧料院，求外補。同擬者四人，孝宗指公與計衡姓名曰：『此二人佳，可除職事官。』遂除太常寺簿。」詞中所寫文采風流及行爲楷範皆與太常寺的今典相關，故知詞題中的「寺簿」爲太常寺簿的簡稱。方氏從兄賜復，據《吴郡志》卷二八嘉泰二年傅行簡榜進士題名：「方賜復（弟萬里）。」

方蕙巖在蘇州的寓居地《蘇州府志》也有記載：「方使君宅在帶城橋，使君名萬里，字子萬。」又，卷四六：「帶城橋，今訛爲戴城橋。按橋迤邐近本府南城，故曰帶城也。」《大清一統志》卷五五：「帶城橋在烏鵲橋東，嘉泰元年重建。」戴復古《訪方子萬使君宅有園林之勝》也描寫了這一地理特徵：「使君居處好，在郭卻如村。屋帶園林勝，門無市井喧。」方氏在蘇州時周圍形成了交遊圈。其子方洪《郢莊吟稿序》：「洪幼侍先君子側，一時儁秀多相與遊。郢人万俟子紹，相家子也。力學好修，先君子敬愛之。寓居琴川，嘗登抑齋先生節（忠）惠王公門。」万俟《郢莊詞》中有《江神子·贈妓寄夢窗》，足見夢窗亦屬此交遊群體。夢窗長兄翁逢龍（吴夢窗與翁元龍、翁逢龍以異姓爲親伯仲，詳後考）嘉熙中爲平江府通判，期間亦與方蕙巖遊。戴復古《石屏詩鈔》有詩題云：「諸詩人會於吴門翁際可通判席上，高菊磵有詩。僕有『客星聚吴會，詩派落松江』之句，方子萬使君喜之，遂足成篇。」

關於吴文英新詞稿的作年，筆者以鄭説爲是，詳後相關詞作考辨。此詞淳祐三年（一二四三）寫於蘇州。

# 又

餞郎糾曹之嚴陵　分韻得直字㊀〔一〕

夜寒吴館窄〔二〕。漸酒闌燭暗，猶分香澤〔三〕。輕飄展爲翮㊁〔四〕。送高鴻飛過〔五〕，長安南陌〔六〕。漁磯舊跡〔七〕。有陳蕃、虚床掛壁〔八〕。掩庭扉，蛛網黏花，細草靜摇春碧〔九〕。

還憶。洛陽年少〔一〇〕，風露秋檠〔一一〕，歲華如昔〔一二〕。長吟墮幘〔一三〕。暮潮送，富春客〔一四〕。算玉堂不染，梅花清夢，宫漏聲中夜直〔一五〕。正逋仙、清瘦黄昏，幾時覓得㊂〔一六〕。

【校　議】

㊀ 朱四校本、《全宋詞》詞題節「分韻得直字」五字。《歷代詩餘》無詞題。吴校：「『糾曹』當是『法

曹』。」

㈡輕颿句：毛本、戈校本、鄭校作「輕颺展爲翮」。《歷代詩餘》作「輕颺展鳥翮」。杜本作「輕颿展雲翮」。王朱本徑改作「輕颷展雲翮」。王校：「杜刻覆校（孫按：王稱杜鈔本爲初校，杜刻本爲覆校）作『輕帆展雲翮』。按陶淵明詩『微雨洗高林，清颷矯雲翮』，似爲夢窗所本，故『雲』字從杜校，而以『颷』易『颺』。即論形似，亦視『颿』爲近也。」朱二校本、底本、朱四校本作「輕帆展爲翮」。朱二校：「帆，毛作『颺』，蓋涉『帆』作『颿』而誤，從杜校。丙稿《三部樂》『帆鬣』與此句語意正同。」鄭校：「是句毛本不誤。淵明《歸去來辭》『舟搖搖以輕颺』，切舟之義。本集《還京樂》結處有『桂楫輕如翼』句，正與此作『展爲翮』義合。杜校改『颺』作『颿』，改『爲』作『雲』，王校又以『颷』易『颺』，意爲形近訛，再刊再誤，並失舊文。」鄭氏手批：「案：第三均，『翮』字均。五字無一訛誤，元作『輕颺』，所本《歸去來辭》『舟搖搖以輕颺』，是此二字所謂『舟』可證，至『展爲翮』與《還京樂》『桂楫輕如翼』同一義耳。」「『翮』字均，當有所本，未可以淺闇解之，不當妄改二字，此絶無形聲義相近而訛，上文下字亦無可衍入，是以從毛本原文爲要旨。」孫按：颿，同「帆」。毛本「颺」字實誤。「爲」是句中比喻詞，「翮」是喻體，「輕颿」是本體。「颿」字確。「颺」字爲形容性動詞，無作爲實體的功能。明張本作「輕颿展爲翮」。颿，「颿」的異體字，正可解半塘老人「颷」視「帆」爲形近之疑。均，詞中韻脚。《樂府指迷》：「詞腔之謂均。均，即韻也。」

㈢ 覓得：杜本疑之，校曰：「『覓』字應去聲，疑『見』字之誤。」

**【注 釋】**

〔一〕糾曹：州郡屬官録事參軍的别稱。職掌糾舉六曹，勾稽失謬。劉寬夫《汴州糾曹廳壁記》：「郡府之有録事參軍，猶文昌之有左右轄，南臺之有大夫中丞也。糾正邪慝，提條舉目，俾六聯承式，屬邑知方。」南宋時官從八品。　嚴陵：以嚴陵瀨代指嚴州。《宋史·地理四》：「建德府，本嚴州，新定郡，遂安軍節度。本睦州，軍事。宣和元年，升建德軍節度；三年，改州名、軍額。咸淳元年，升府。」屬縣六：建德、淳安、桐廬、分水、遂安、壽昌。

〔二〕夜寒句：吴館，本指春秋吴王夫差所築的館娃宫。李商隱《子直晉昌李花》：「吴館何時熨，秦臺幾夜熏。」此泛指蘇州送别的驛館。夢窗餞别或停泊地爲「館」爲「驛」者，皆爲送行僚友或自己於幕中行役時。依宋制，凡「驛館」非常人所能宿者，必具驛券之過往官員或入京應試之舉子始能宿。《宋會要輯稿·方域十》之十四：「嘉祐三年四月十一日，詔居州縣驛舍亭館者毋得過一月，有違，所在官吏以違制論，仍令轉運、提點刑獄司每半年以舉行。四年正月十三日，三司使張方平上所編驛券則例，賜名曰《嘉祐驛令》。初，内外文武官下至吏卒，所給驛券皆未有定例，又或多少不同，遂降樞密院舊例，下三司掌券司會倅名數而纂次之，並取宣敕令文專爲驛券立文者，附益删改爲七十四條，總上中下三卷，以頒行天下。」夢窗行跡只有蘇幕十數年可有此待遇。窄，因送別的朋友及歌妓很多，場地顯得擁擠。

〔三〕漸洒闌二句：《史記·滑稽列傳》載淳于髡語：「日暮酒闌，合尊促坐，男女同席，舃履交錯，杯盤狼藉，堂上燭滅，主人留髡而送客，羅襦襟解，時聞薌澤，當此之時，髡心最歡，能飲一石。」薌，同「香」。

〔四〕輕颿句：以下二句化用范仲淹《送鄞江竇尉》：「片帆飛去若輕鴻，一霎春潮過浙東。」翮，飛鳥翅膀。

〔五〕高鴻飛過：用《博物志》鴻飛高薄雲漢典。寓祝願之意。

〔六〕長安：《文選·班固〈西都賦〉》：「漢之西都，在於雍州，寔曰長安。」注：「《漢書》曰：秦地於禹貢時，跨雍、梁二州，漢興，立都長安。」此代指南宋首都臨安。　南陌：郎姓糾曹此行水程自蘇州途經杭京南面赴嚴州。意貫入「夜直」句，王維《同崔員外秋宵寓直》：「更慚衰朽質，南陌共鳴珂。」預設郎糾曹履新之後，再升爲京朝官的情形。

〔七〕漁磯舊跡：特指途中所經過的富春江嚴子陵釣臺。《後漢書·逸民列傳》：「嚴光字子陵，一名遵，會稽餘姚人也。少有高名，與光武同遊學。及光武即位，乃變名姓，隱身不見。帝思其賢，乃令以物色訪之。後齊國上言：『有一男子，披羊裘釣澤中。』……乃耕於富春山，後人名其釣處爲嚴陵瀨焉。」注引顧野王《輿地志》曰：「七里瀨在東陽江下，與嚴陵瀨相接，有嚴山。桐廬縣南有嚴子陵漁釣處，今山邊有石，上平，可坐十人，臨水，名爲嚴陵釣壇。」

〔八〕有陳蕃二句：《後漢書·徐稺傳》：「時陳蕃爲太守，以禮請署功曹，稺不免之，既謁而退。蕃在郡不接賓客，惟穉來特設一榻，去則懸之。」李賢注引謝承書曰：「穉少爲諸生，學嚴氏《春秋》、京氏《易》、歐陽《尚書》，兼綜風角、星官、算曆、河圖、七緯、推步、變易，異行矯時俗，閭里服其德化。有失物者，懸以相還，道無拾遺，四察孝廉，五辟宰府，三舉茂才也。」此以郎糾曹比徐穉學識風尚，以前往地點的嚴州太守比豫章太守陳蕃。

〔九〕掩庭扉三句：暗用書帶草典故。《類説》卷四〇：「《三齊記》曰：鄭康成山下，生草如大韭，一葉尺餘，士人名爲康成書帶草。」《佩文齋廣群芳譜》卷八八：「書帶草，叢生，葉如韭而更細，性柔紉。色翠緑鮮妍，出山東淄川縣城北黌山鄭康成讀書處。名康成書帶。」李群玉《經費拾遺所居呈封員外》：「空餘書帶草，日日上階長。」蘇軾《書軒》：「庭下已生書帶草，使君疑是鄭康成。」蛛網，實諧音「珠網」，寫郎氏對著述的珍視。參見《尉遲杯·賦楊公小蓬萊》注〔一〕。花，特指柳花。《本草綱目》卷三五（下）：「（楊柳）春初生柔荑，即開黄蕊花。至春晚葉長成後，花中結細黑子，蕊落而絮出，如白絨，因風而飛。」

〔一〇〕洛陽年少：《漢書·賈誼傳》：「賈誼，雒陽人也，年十八，以能誦詩書屬文稱於郡中。……廷尉乃言誼年少，頗通諸家之書。文帝召以爲博士。是時，誼年二十餘，最爲少。」雒，用同「洛」。蘇軾《沁園春》：「當時共客長安。似二陸、初來俱少年。」

〔一一〕風露秋檠：語出韓愈《短燈檠歌》：「長檠八尺空自長，短檠二尺便且光。黄簾緑幕朱户閉，風露氣入秋堂涼。」檠，燭臺。庾信《對燭賦》：「刺取燈花持桂燭，還卻燈檠下燭盤。」以上三句回憶與郎糾曹年青時共客杭京、寒窗苦讀的情形。

〔一二〕歲華如昔：沈約《卻東西門行》：「歲華委徂貌，年霜移暮髮。」

〔一三〕長吟：杜甫《長吟》：「賦詩歌句穩，不免自長吟。」　墮幘：《晉書·庾敳傳》：「時劉輿見任於越，人士多爲所構，惟敳縱心事外，無跡可間。後以其性儉家富，説越令就换錢千萬，冀其有吝，因此可乘。越於衆坐中問於敳，而敳乃頹然已醉，幘墮几上，以頭就穿取，徐答云：『下官家有二千萬，隨公所取矣。』輿於是乃服。」

〔一四〕暮潮二句：韓翃《送王少府歸杭州》：「歸舟一路轉青蘋，更欲隨潮向富春。」富春客，指郎糾曹宦遊嚴陵之事。

〔一五〕算玉堂三句：玉堂夜直，寫翰林學士當直制度。《永樂大典》殘卷引蘇易簡《續翰林志》：「凡直之數，上自諸行尚書，三十五直；下至白身，一百四十直。必須圓融。其直先五直，舊學士一點；次三直一點；又次二直一點。此三等，隨日多少，令其均匀，永爲定式。……至皇朝，令揆相李公獨直禁林，奉旨令每雙日夜直，只日下直，可以永爲通式也。四禁之中，漏泄爲最。故草制之夕，遲明必闔門之雙扉。當制學士，坐於玉堂上，止吏人之出入者，俟宣制訖，方啟户焉。」玉堂，官署名。漢侍中有玉堂署，宋以後翰林院亦稱玉堂。《石林燕語》卷七：「學士院正廳曰『玉堂』。蓋道家之名。初，李肇《翰林志》言：『居翰苑者皆謂淩玉清、遡紫霄，豈止於登瀛洲哉。亦曰登玉堂焉。』自是遂以『玉堂』爲學士院之稱而不爲榜。太宗時，蘇易簡爲學士，上嘗語曰：『玉堂之設，但虚傳其説，終未有正名。』乃以紅羅飛白『玉堂之署』四字賜之。易簡即扃鐍置堂上，每學士上事，始得一開視，最爲翰林盛事。紹聖間，蔡魯公爲承旨，始奏乞摹就杭州，刻榜揭之，以避英廟諱，去下二字，止曰『玉堂』云。」陳元晉《梅》：「吾敬林隱君，終老梅花鄉。孤山足佳處，不願白玉堂。」高似孫《梅》：「一夜冷香清入夢，野梅千樹月明村。」「梅花清夢」意貫於結處三句。宮漏，參見《瑞鶴仙·癸卯歲壽方蕙巖寺簿》注〔八〕。

〔一六〕正逋仙三句：此寫西湖孤山梅花。《夢粱録》卷一二：「西泠橋外孤山路有琳宫者二，曰四聖延祥觀，曰西太乙宫，御圃在觀側，乃林和靖隱居之地，内有六一泉、金沙井、閑泉、僕夫泉、香月亭。亭側山椒環植梅花，亭中大書於照屏之上云『疏影横斜水清淺，暗香浮動月黄昏』之句。」《咸淳臨安志》卷五八：「梅花。白文公去郡後，有《憶杭州梅花》詩。孤山之梅自唐以來已著稱，和靖居此山，詩於梅花最多。……今此花有數品，緑萼、千葉香梅尤清絶。」逋仙，宋林逋隱於西湖孤山。《咸淳臨安志》卷二三：「孤山，在西湖中稍西，一嶼聳立，旁無聯附，爲湖山勝絶處。」傳説林逋不娶，種梅養鶴以自娱，後世輒以「逋仙」稱之。李濤《題盱江王章甫梅境》：「吟詩些起逋仙魂，索笑醉銜工部杯。」清瘦黄昏，化用林逋《山園小梅》詩句：「疏影横斜水清淺，暗香浮動月黄昏。」這是宋初最著名的詠梅詩句，常作爲宋人詠梅句的今典，並决定了梅花以疏瘦爲美的取向。《范村梅譜後序》：「梅以韻勝，以格高，故以横斜疏瘦與老枝怪奇者爲貴。」參寥《梅花寄汝陰蘇太守》：「一樹輕明侵曉岸，數枝清瘦耿疏籬。」《貴耳集》卷上引朱敦儒殘句：「横枝銷瘦一如無，但空裏疏花數點。」幾時覓得，姜夔《暗香》：「又片片、吹盡也，幾時見得。」

【考　辨】

楊箋：此詞疑在吴門作，「飛過長安」者，蓋先過杭京，乃沿江上廬桐也。

孫按：此詞寫於蘇州，郎氏途經路程意脈井然。

## 又

贈道女陳華山内夫人〔一〕

彩雲棲翡翠〔二〕。聽鳳笙吹下〔三〕，飛軿天際〔四〕。晴霞剪輕袂〔五〕。澹春姿雪態〔六〕，寒梅清泚〔七〕。東皇有意〔八〕。旋安排、闌干十二〔九〕。早不知、爲雨爲雲〔一〇〕，盡日建章門閉〔一一〕。

堪比。紅綃纖素㊀〔一二〕，紫燕輕盈〔一三〕，内家標緻〔一四〕。遊仙舊事〔一五〕。星斗下，夜香裏〔一六〕。□華峰□□㊁〔一七〕，低屏横幅㊂〔一八〕，春色長供午睡〔一九〕。更醉乘、玉井秋風，采花弄水〔二〇〕。

【校　議】

㊀纖素：林校：「『素』疑『瘦』。」

〔二〕□華峰句：明張本、毛本無空格。毛扆校：「『華峰』上下應脱三字。」《詞綜》作「少華峰頭有」。杜本從《詞綜》補出的位置空格，校曰：「擬補『自華峰歸後』。」諸本從空格。楊箋：「上一擬補『寫』，下二擬補『黛色』。」

〔三〕低屏：諸本皆作「紙屏」。底本校曰：「按前七闋是句首字皆平聲，『紙』疑『低』誤。」吴校同意朱説。兹從之。

## 【注釋】

〔一〕華山：慧山（唐以後多稱惠山）的古名。在今江蘇無錫，此也作爲題中陳姓女子的道號。内夫人：宫中女官。

〔二〕彩雲：此指簇擁仙人的祥雲。李白《廬山謡寄盧侍御虚舟》：「遥見仙人彩雲裏，手把芙蓉朝玉京。」翡翠：《楚辭·招魂》：「翡翠珠被，爛齊光些。」王逸章句：「雄曰翡，雌曰翠。」《禽經》：「背有采羽曰翡翠：狀如鵁鶄而色正碧，鮮縟可愛，飲啄於澄瀾洄淵之側，尤惜其羽，日濯於水中。」此指翡翠鳥的羽毛。用以裝飾車服，編織簾帷。代指仙車。

〔三〕鳳笙吹：笙，樂器。《廣博物志》：「《世本》：『隨作笙。』長四寸、十二簧，像鳳之身，正月之音也。」後因稱笙爲「鳳笙」。酈道元《水經注·洛水》：「昔王子晉好吹鳳笙，招延道士與浮丘同游伊洛之浦。」亦暗用蕭史夫婦典。劉向《列仙傳・蕭史》：「蕭史者，秦穆公時人也。善吹簫，能致孔雀、白鶴於庭。穆公有女字弄玉，好之。公以女妻焉。日教弄玉作鳳鳴。居數年，吹似鳳聲。鳳凰來止其屋，公爲作鳳臺。夫婦止其上，不下數年，一旦皆隨鳳凰飛去。」

〔四〕飛輧：陶弘景《真誥》卷四：「朝啟東晨暉，飛輧越滄淵。」輧，《後漢書・袁紹傳》：「士無貴賤，與之抗禮，輜輧紫轂，填接街陌。」李賢注：「《説文》曰：『輧車，衣車也。』鄭玄注《周禮》曰：『輧猶屏也，取其自蔽隱。』」此寫陳華山從仙境降臨人間，這是宫中内夫人入觀爲道女的委婉説法。

〔五〕晴霞句：形容其衣裳的色彩質地如晴霞剪成。曹植《五遊詠》：「披我丹霞衣，襲我素霓裳。」夏侯湛《雀釵賦》：「流盼閒步，輕袂翼翼。」

〔六〕澹春姿：周邦彦《少年游》：「朝雲漠漠散輕絲。樓閣澹春姿。」杜甫《乾元中寓居同谷縣作歌七首》（之六）：「嗚呼六歌兮歌思遲，溪壑爲我回春姿。」雪態：猶言回雪態。身姿象雪花飄摇那樣輕逸。曹植《洛神賦》：「髣髴兮若輕雲之蔽月，飄颻兮若流風之回雪。」許渾《陪王尚書泛舟蓮池》：「舞疑回雪態，歌轉遏雲聲。」

〔七〕寒梅清泚：洪邁《答林康民見和梅花詩》：「寒崦人家碧谿尾，一樹江梅卧清泚。」清泚，清澈。謝朓《始出尚書省詩》：「邑里向疎蕪，寒流自清泚。」以上二句謂陳華山姿態飄逸，神情寒凜。

〔八〕東皇：本指司春之神。《尚書緯》：「春爲東皇，又爲青帝。」此喻皇帝。

〔九〕闌干十二：喻仙境。桓驎《西王母傳》：「所居宫闕，在龜山、春山，西那之都，昆侖之圃，閬風之苑。

有城千里，玉樓十二，瓊華之闕，光碧之堂，九層玄室，紫翠丹房，左帶瑶池，右環翠水。」李商隱《碧城三首》（之一）：「碧城十二曲闌干，犀辟塵埃玉辟寒。」入道居所亦如仙境，頗合宫中女官身份。

〔一〇〕爲雨爲雲：喻男女情愛之事。詳見《瑞鶴仙》（晴絲牽緒亂）注〔一九〕。

〔一一〕建章：建章宫。漢代宫名。《三輔黄圖》卷二：「武帝太初元年，柏梁殿災。粤巫勇之曰：『粤俗，有火災即復大起屋，以厭勝之。』帝於是作建章宫，度爲千門萬户。宫在未央宫西，長安城外。」此泛指南宋宫殿。

〔一二〕紅綃纖素：謂苗條纖弱，衣裳華麗。《説郛》卷一一二（下）引裴鉶傳奇《昆侖奴》：「三妓人豔皆絶代，居前以金甌貯緋桃而擘之，沃以甘酪而進。一品遂命衣紅綃妓者擎一甌與生食，生少年，赧妓輩，終不食，一品命紅綃妓以匙而進之，生不得已而食。妓哂之，遂告辭而去。」素，猶言素肌。

〔一三〕紫燕輕盈：《白孔六帖》卷六一：「趙飛燕體輕，能爲掌上舞。」紫燕，《爾雅翼·釋鳥三》：「越燕小而多聲，頷下紫，巢於門楣上，謂之紫燕，亦謂之漢燕。」照應回風舞雪體態句。

〔一四〕内家標緻：薛能《吴姬十首》（之十）：「身是三千第一名，内家叢裏獨分明。」秦觀《滿江紅·姝麗》：「須通道、絶塵標緻，傾城顔色。」

〔一五〕遊仙：遊心仙境，脱離塵俗。何遜《七召·神仙》：「洗精服食，慕道遊仙。」此指道觀中的游仙法曲。夢窗集中又有《蝶戀花·題華山道女扇》可以參看：「一曲遊仙聞玉磬。月華深院人初定。」

〔一六〕星斗二句：陸龜蒙《四明山詩·雲北》：「壇當星斗下，樓拶翠微邊。」蘇軾《西江月》：「夜香知與阿誰燒。悵望水沈煙裊。」

〔一七〕華峰：即古華山惠山。切陳華山的道號。

〔一八〕低屏橫幅：謂遠峰映入窗中如橫幅山水畫，又如低矮的屏風。劉禹錫《歷陽書事七十韻》：「遠岫低屏列，支流曲帶縈。」陸游《夜飲即事》：「更作茶甌清絶夢，小窗橫幅畫江南。」

〔一九〕春色句：《苕溪漁隱叢話前集》卷五〇：「《桐江詩話》云：……時有女冠暢道姑，姿色妍麗，神仙中人也。少遊挑之不得，作詩云：『瞳人剪水腰如束，一幅烏紗裹寒玉。超然自有姑射姿，回看粉黛皆塵俗。霧合雲窗人莫窺，門前車馬任東西。禮罷曉壇春日靜，落紅滿地乳鴉啼。』」可與集中《蝶戀花·題華山道女扇》「睡重不知殘酒醒。紅簾幾度啼鴉暝」參看。

〔二〇〕更醉乘三句：用華山生蓮典。《太平寰宇記》卷二九：「《華山記》云，頂有池，生千葉蓮花。服之羽化。因名華山。」韓愈《古意》：「太華峰頭玉井蓮，開花十丈藕如船。」此處借意西嶽華山寫古華山惠山，惠山亦有千葉蓮花池。

【考辨】

朱二校：按丁稿有《蝶戀花·題華山道女扇》詞。内夫人恐是宫人入道者。

楊箋《蝶戀花·題華山道女扇》曰：「唐宋公主多不下降，入道爲女冠。内人之失寵者亦然。」《教坊録》：伎女入宜春苑者，稱「内人」。（「□華峰」三句）既非入道華山，何以此用「華峰」，下又有屏幅等字，蓋寫一華山圖，以供卧遊。（「更醉乘」三句）陳氏既非入道華山，欲點綴名字，不能不托之於夢，又不能不先之以「醉」。「乘秋風」，即飛到華山意。「采花弄水」，因陳氏亦住藕花洲，切其住處。

吴校：自唐以來，女冠皆應客侑尊。此夫人爲内庭供御者，觀詞意可知。

吴箋：吴熊和師謂此華山非西嶽華山。宋范成大《吴郡志》卷一五：「華山，在吴縣西六十三里。父老云山頂北有池，上生千葉蓮華，服之羽化，因曰華山。」

孫按：此詞可辨者有四。其一，内夫人是宫中女官而非宫女嬪妃，故應無失寵之事；更非楊氏、吴氏所謂宫廷藝妓。以下幾則資料可證。《建炎雜記乙集》卷一二「親筆與御筆内批不同」條：「本朝御筆御制皆非必人主親御翰墨也。祖宗時禁中處分事付外者，謂之内批，崇觀後，謂之御筆，其後或以内夫人代之。近世所謂御寶批者，或上批，或内省夫人代批，皆用御寶。又有所謂親筆者，則上親書押字，不必用寶。」王君玉《國老談苑》卷上：「太祖以范質寢疾，數幸其家。其後，慮煩在朝大臣，止令内夫人問訊。質家迎奉器皿不具，内夫人奏知，太祖即令翰林司送果子床、酒器凡十副以賜之。」《輟耕録》卷一九載宋朝家法之嚴，亦曰：「其室氏乃宋内夫人，余年十四五，尚猶識之，但兩鬢俱秃。問知在宫中任此職者，例裹巾，巾帶之末，各綴一金錢，每晨，用以掠髮入巾，故久而致然也。因曰：『吾爲内夫人日，每日輪流六人侍帝左右，以紙一番，從後端起筆，書帝起居，旋書旋卷，至暮，封付史館。』内夫人别居一宫，宫門金字大牌曰：『官家無故至此，罰金一鎰。』」

其二，詞題中的「華山」是惠（慧）山的古稱，吴熊和先生未暇深考。惠山頂上有千葉蓮花池。陸羽《游慧山寺記》：「慧山，古華山也。顧歡《吴地記》云『華山在吴城西北一百里』。釋寶唱《名僧傳》云：『沙門僧顯，宋元徽中過江，住京師彌陀寺，後入吴，憩華山精舍。』華山上有方池，池中生千葉蓮花，服之羽化。老子《枕中記》所謂吴西神山是也。……梁大同中，有青蓮花育於此山，因以古華山精舍爲慧山寺，寺在無錫縣西七里。（望湖）閣西有黄公澗，昔楚考烈王之時封春申君黄歇於吴之故墟，即此也。其祠宇享以醪酒，樂以鼓舞，禪流道伴，不勝淬噪，遷於山東南林墅之中。」上引范成大《吴郡志》所指與此實爲一處。《無錫縣志》卷三（下）亦記惠山金蓮池：「金蓮花池者，池中有金蓮花，蔓生如荇，開花黄色。似蓮蕊半開而不實，朵小如水仙，甚香，舊稱千葉云。……傳説者有僧不知來自何方，攜植於此。是花天下凡有三種：其一在華山方池中，其一在廬山池内，其一在此池，皆是僧手植池上。」夢窗身際南宋，無緣西嶽華山，履跡未至廬山，而古華山惠山又是禪流道伴的樂土，故知惠山爲内夫人陳氏親臨的修道地，華山也是因山名所起的道號。

其三，此時寫作的時間也應在青少年杭京游幕時。夏承燾《繫年》：「重遊無錫在淳祐三年以前，《水龍吟》『惠山酌泉』一首在《鐵網珊瑚》手寫新詞稿中可證；詞有『二十年舊夢，輕鷗素約，霜絲亂，朱顔變』句，則初遊在二十餘歲也。」夏箋所引夢窗《水龍吟·惠山酌泉》是夢窗足跡再至無錫的明證。《水龍吟》寫於淳祐三年（一二四三），詞中「二十年舊夢」以及「鴻漸重來」云云，表明此前二十年即嘉定十五年（一二二二）至嘉定十六年（一二二三）前後，詞人確實曾至無錫。此時夢窗正在臨安府尹袁韶幕中，詳後文《西平樂慢·過西湖先賢堂》【考辨】。

其四，楊箋以爲陳華山亦住藕花洲，根據是詞集中另有《聲聲慢·贈藕花洲尼》一詞，其説顯誤。首先，二人一爲道女，一爲僧尼，信仰殊異。其次，據《浙江通志》卷九，知藕花洲在臨安府城東北六十里臨平縣安隱寺前，臨平屬京城畿縣。參見《聲聲慢·贈藕花洲尼》【考辨】。二人修行之地亦「我居北海君南海」也。

## 滿江紅㊀ 夷則宮 俗名仙呂宮

澱山湖〔一〕

雲氣樓臺，分一派、滄浪翠蓬㊁〔二〕。開小景、玉盆寒浸，巧石盤松〔三〕。風送流花時過岸〔四〕，浪摇晴棟欲飛空㊂〔五〕。算鮫宮、祇隔一紅塵，無路通〔六〕。　神女駕㊃，淩曉風㊄〔七〕。明月佩㊅，響丁東〔八〕。對兩蛾猶鎖，怨緑煙中〔九〕。秋色未教飛盡雁，夕陽長是墜疏鐘〔一〇〕。

又一聲、欸乃過前巖，移釣篷(七)〔一二〕。

【校議】

(一) 楊箋：「戈順卿曰：《滿江紅》用平韻者，南吕宫；用仄韻者，仙吕宫。此應作林鐘宫，俗名南吕宫。然夢窗此詞注夷則宫，陳元龍選白石詞，平韻亦注仙吕宫，戈説未知何據。」

(二) 滄浪：鄭氏所見毛本、杜本、鄭校作「蒼浪」。鄭校：「『蒼』字不誤。王校作『滄』，非是。案，此曲平調，始於白石，次句入韻作『千頃翠瀾』，夢窗此句『蒼浪』二字用平上聲，正合。」鄭氏手批：「汲古作『蒼浪』不誤，杜校『蒼浪未詳』，萬氏引作『滄浪』。」又：「顧亭林《赴東》詩：『上有蒼浪天。』是『蒼浪』謂天色可知。考漢樂府『上用倉浪天』。『浪』，平聲。『蒼浪』即蒼波之謂。」鄭説詳《附録三·題識序跋及校録凡例》。

(三) 晴棟：《詞綜》、戈選、杜本、朱二校本、底本、朱四校本、鄭校、四明本作「晴練」。然杜文瀾批戈載宋七家詞選（以下簡稱戈選杜批）曰：「『晴練』，原作『晴棟』，蓋謂風浪摇動，棟宇欲飛。此『棟』字爲詞眼，戈氏率改『棟』爲『練』，全失意趣矣。」劉永濟《微睇室説詞》：「『晴棟』，朱校從《詞綜》作『晴練』，非也。此寫湖中樓臺倒影，爲浪所摇，如欲飛去。朱彝尊《詞綜》每喜改字，不可信。」兹從明張本、毛本。

㈣神女駕：《詞綜》作「神女鶩」。

㈤淩曉風：《歷代詩餘》作「臨曉風」。

㈥明月佩：《詞綜》作「明月低」。

㈦釣篷：《歷代詩餘》作「釣筒」。毛本、王朱重刻本、吴校作「釣蓬」。此詞前後結句爲「無路通」、「移釣篷」，戈選杜批：「此與前白石詞及後玉田詞均同，前後結三字句中一字宜用上聲方叶律。」姜白石《滿江紅》前後結句分别爲「聞佩環」、「簾影間」，姜詞序曰：「《滿江紅》舊調用仄韻，多不協律。如末句云『無心撲』三字，歌者將『心』字融入去聲，方諧音律。……末句云『聞佩環』，則協律矣。」吴梅《彙校夢窗詞札記》謂白石後結作「簾影間」，而夢窗作「移釣篷」，句中一字用上用去，疑莫能明。孫按：這是因爲古時上聲、去聲，土音讀法間有不同。《重修常昭合志》（卷五）：「釣渚渡，在宛山東，其西南、東南皆界金匱縣境。地勢鋭出如鳥嘴，故名鳥嘴渡。土音呼鳥如釣，上聲。」

## 【注釋】

〔一〕澱山湖：在蘇州昆山縣一帶。山上有澱山寺（普光王寺）、明極亭等建築。

〔二〕雲氣三句：杜甫《傷春五首》（之一）：「蓬萊足雲氣，應合總從龍。」《史記·天官書第五》：「海旁蜃氣象樓臺，廣野氣成宫闕然，雲氣各象其山川人民所聚積。」滄浪，古水名。有漢水别流、夏水諸說。《尚書·禹貢》：「嶓冢導漾，東流爲漢。又東爲滄浪之水。」酈道元《水經注·夏水》：「劉澄之著《永初山川記》云：『夏水，古文以爲滄浪，漁父所歌也。』」此特指太湖。翠蓬，白玉蟾《玉真瑞世頌》：「青鳥不至，翠蓬忘歸。」餘見《尉遲杯·賦楊公小蓬萊》注〔一三〕。瀫山因在湖心，故能雲氣繚繞，樓臺綽約，可比蓬萊仙境。

〔三〕開小景三句：王珪《宮詞》：「盆山高疊小蓬萊，檜柏屏風鳳尾開。」此以「小景」、「玉盆」、「盤松」比瀫山湖如具體而微的蓬萊仙境。

〔四〕風送句：暗用杜甫《發潭州》「岸花飛送客」詩意，據杜詩知此爲夢窗途經瀫山湖紀行詞。

〔五〕浪摇句：牛希濟《臨江仙》：「洞庭波浪颭晴天，君山一點凝煙。」董嗣杲《豐樂樓》亦可參看：「水摇層棟青紅濕，雲鎖危梯粉黛空。」意爲湖波摇曳瀫山寺亭榭倒影，翼然簷角，似欲飛向倒映在水中的天空。

〔六〕算鮫宮三句：任昉《述異記》卷上：「南海有龍綃宮，泉先織綃之處，綃有白如霜者。」《博物志》卷九：「南海外有鮫人，水居如魚，不廢織績。……從水出，寓人家，積日賣絹。將去，從主人索一器，泣而成珠滿盤，以與主人。」楊箋：「鮫宮，當指龍洞言。」《至元嘉禾志》卷四謂瀫山下有龍洞，詳【考辨】。

〔七〕神女二句：《閑窗括異志》：「華亭縣北七十里有瀫湖，山上有三姑廟。每歲湖中群蛟競鬬，水爲沸騰，獨不入廟中，神極靈異。寺僧藉其力以給齋粥，水陸尤感應。向年有漁舟艤湖口，忽見一婦人附舟，云欲到瀫山寺。及抵岸，婦人直入寺去，舟中止遺一屨。漁人執此屨以往，索渡錢，寺僧甚訝之，曰：『此必三姑顯靈。』因相隨至殿中，果見左足無履，坐傍百錢在焉。遂授漁人而去。」淩風，《楚辭·九章·悲回風》：「淩大波而流風兮，托彭咸之所居。」洪興祖補注：「（淩）言乘風波而流行也。」

〔八〕明月二句：屈原《九章·涉江》：「被明月兮珮寶璐，世溷濁而莫余知兮。」杜甫《詠懷古跡五首》（之二）：「畫圖省識春風面，環佩空歸月夜魂。」李商隱《今月二日不自量度輒以詩一首四十韻……》：「鮑壺冰皎潔，王佩玉丁東。」《李義山詩集注》：「《韻府》丁當，佩聲。或謂丁東。」

〔九〕對兩蛾二句：李賀《蘭香神女廟》：「幽篁畫新粉，蛾綠横曉門。」蛾，如蠶蛾觸鬚細長彎曲的眉式。《詩·衛風·碩人》：「螓首蛾眉，巧笑倩兮。」《類説》卷二五：「一畫連心細長，曰仙蛾妝。」鄭氏手批：「『兩蛾』，謂洞庭兩山。」

〔一〇〕夕陽句：此寫澱山寺鐘樓。「墜」者爲夕陽。情景頗同張經《瀟湘八景詩·煙寺晚鐘》：「鯨音送殘照，敲落楚天霜。」

〔一一〕又一聲三句：釣篷，漁夫爲方便垂釣特製的簑衣。鄭損《星精亭》：「釣篷和雨看，樵斧帶霜聞。」詳見《三部樂·賦姜石帚漁隱》注〔七〕、注〔八〕。

【集評】

陳廷焯《雲韶集》卷八：平調《滿江紅》仍有如許魄力，是何神勇。（下闋眉批）既精煉又清虚騷雅，真是絶唱。

俞陛雲《唐五代兩宋詞選釋》：前半鋪序遊湖景色。下闋「兩蛾」二句，謂洞庭東西二山。通首惟「怨緑」二字景中有情，句亦深秀。「疏鐘」二句，極有疏雋之味，是詞句，非七律中句，且係宋人佳詠，非唐人風格。

夏敬觀評語：擬白石極似。「盡雁」對「疏鐘」，「盡」字未工。

劉永濟《微睇室説詞》：此亦寫景之詞也。起句總寫湖山。「雲氣」四字即蜃樓海市之意。《南越志》：「海邊蜃氣如雲，結成樓臺。」此三句，將湖山説成海上蓬萊一派，亦化實爲虚之法。「開小景」三句又以「玉盆」、「巧石」比擬湖山，言其結構玲瓏，如人造盆景。前以蓬萊相比，則從大者言之；此又以盆景相擬，則小言之，總之不著一實筆。「風送」二句正寫湖景。上句湖風，下句湖水。……「算鮫宫」二句設想更奇，言如此湖山，定通鮫宫，但「隔紅塵，無路通」耳。「鮫宫」猶言龍宫。……换頭從湖上神女廟另起。「明月」二句形容神女衣飾。「對兩蛾」二句，寫其容態。「秋色」一聯，又從時序物色寫湖景。其與上半「風送」一聯不犯復者，彼寫湖水湖風，此言秋聲秋色也。欸拍寫遊湖，「一聲欸乃」，用元結「欸乃一聲山水緑」句意（孫按：元次山曾作爲集句，非元結原詩）。

【考　辨】

朱箋：《蘇州府志》：澱山湖在昆山縣東南八十里。《元史·河渠志》：太湖爲浙西巨浸，上受杭湖諸山水，瀦蓄之餘，分匯爲澱山湖，東流入海。《名勝志》：薛澱湖，亦名澱山湖，以其中有澱山也。王鏊《姑蘇志》：澱山湖界長洲、昆山、吴江三縣之間，吐納東南諸水，比諸湖特大。《玉峰續志》云：湖屬華亭，惟此岸屬昆山耳。

楊箋：《一統志》：澱湖周回幾二百里。宋時，澱山在湖心並湖以北，中爲一溜，曰山門溜。後湖沙淤澱，漸成圍田。元初，湖去西北已五里餘。

吴熊和《唐宋詞彙評》：澱山湖上神女廟，即三姑祠。《至元嘉禾志》卷一二：三姑祠，一在府南七十里柘湖，一在府西七十二里澱山湖。……其澱山湖中普光王寺、三姑祠靈甚。

孫按：《同治蘇州府志》卷八：「澱山湖在縣東南八十里，接松江府界，亦曰薛澱湖，東西三十六里，南北十八里，周回幾二百里，下流注入吴淞江。今惟北岸屬昆山，餘俱屬華亭。《方輿紀要》謂松江自甪直浦流經澱山湖，乃吴淞江之正脈也。……宋衛涇《過澱山湖》：『疏星殘月尚朦朧，閑入煙波一棹風。始覺舟移楊柳岸，直疑身到水晶宫。烏鴉天際墨千點，白鷺灘頭玉一叢。欸乃一聲回首處，青山渾在有無中。』」

《江南通志》卷四五：「澱山寺，在薛澱湖中山頂。宋建炎初建，紹興八年賜額普光王寺。」《至元嘉禾志》卷四：「澱山在府北六十里薛澱湖中。周回三百五十步，高三十丈。考證：山形四出如鼇，上建浮圖，下有龍洞，屹立湖中。亦落星、浮玉之類。傍有小山，初年僅兩席許，久之，寖長。寺僧築亭其上，榜曰『明極』。」

宋代澱山湖岸接嘉禾、昆山等地。觀詞意，似爲夢窗青少年杭京游幕時的作品，與後文《齊天樂·齊雲樓》相參，知嘉定十六年（一二二三）寫於蘇州。

## 又

甲辰歲盤門外寓居過重午〔一〕

絡束蕭仙㊀〔二〕，嘯梁鬼、依還未滅〔三〕。荒城外、無聊閑看，野煙一抹〔四〕。梅子未黄愁夜雨〔五〕，榴花不見簪秋雪〔六〕。又重羅㊁、紅字寫香詞〔七〕，年時節〔八〕。　簾底事，憑燕説〔九〕。合歡縷，雙條脱〔一〇〕。自香消紅臂，舊情都別〔一一〕。湘水離魂菰葉怨〔一二〕，揚州無夢銅華闕㊂〔一三〕。倩卧簫、吹裂晚天雲，看新月〔一四〕。

【校　議】

㊀ 絡束：毛本作「結束」。諸本同。鄭氏手批認爲歧義並存：「劉後村《賀新郎·詠重午》：『兒女

紛紛新結束，時樣釵符艾虎。』是知此『結束蕭仙』亦當時節物。『絡』字訛已。《荆楚歲時記》：楚人端午采艾結爲人，懸門户以禳毒氣。王沂公《端午帖子》云：『仙艾垂門緑，靈絲繞户長。』」「『蕭仙』，疑與艾人同爲節物，則『絡束』謂佩帶之意是已。」孫按：絡，捆綁。所絡束者爲懸於門額上艾與百草縛成的天師（蕭仙），而非兒女之輩的裝束。故從明張本。

㈡重羅：毛本、戈校本、杜本、王朱本、朱二校本、四明本作「金羅」。

㈢揚州句：鄭氏手批：「『揚州』句，用江心鑄鏡事。可知『銅華』爲鏡典，集中屢見。《容齋五筆》云：唐世五月五日揚州於江心鑄鏡以進。國朝翰苑撰端午帖子詞，多用其事。《異聞集》：唐玄宗天寶中，揚州進水心鏡一面。進鏡官爲揚州參軍李守泰。趙彦若帖子詞云：『揚子江中百煉金，寶奩疑是月華沈。』此夢窗『銅華闕』之出典也。其詞中所云『銅華』，蓋皆切月，即天鏡之義也。」

【注釋】

〔一〕甲辰句：朱箋：「甲辰爲淳祐四年。《吴郡志》：盤門。《吴地記》云：吴門，嘗名蟠門，刻木作蟠龍以鎮此。又云，水陸縈回，徘徊屈曲，故謂之『盤』。」楊箋：「《吴越春秋》云作木蛇，不云龍。今俗呼爲冷水盤門，以其冷僻也。」重午，端午節。《陽羨風土記》：「仲夏端午烹鶩、角黍。注曰：『端，始也，謂五月初五日也。俗重此日，與夏至同。先節一日以菰葉裹黏米，以栗棗灰汁（《齊民要術》

引作「浮濃灰汁」）煮令熱，節日啖。……黏米一名糉，一名角黍。」餘見《霜葉飛·重九》注〔一〕。

〔二〕絡束蕭仙：《荆楚歲時記》：「五月五日，謂之浴蘭節，四民並踏百草之戲。采艾以爲人，懸門户上，以禳毒氣。」《武林舊事》卷三：「（端午）又以青羅作赤口白舌帖子，與艾人並懸門楣，以爲禳禬。」《夢粱録》卷三：「五日重午節，又曰『浴蘭令節』。以艾與百草縛成天師，懸於門額上，或懸虎頭白澤。或士宦等家，以生朱於午時書『五月五日天中節，赤口白舌盡消滅』之句。」章得象《端午帖子》：「艾葉成人後，榴花結子初。」楊箋：「艾蕭同類。不曰艾人，而曰『蕭仙』，字新。」

〔三〕嘯梁二句：語出韓愈《原鬼》：「有嘯於梁，從而燭之，無見也，斯鬼乎？」此寫以艾人及咒語青羅禳鬼之俗。

〔四〕荒城三句：荒城外，此指盤門外的景象。寫晚間郊野欲雨，是「愁夜雨」伏線。

〔五〕梅子句：《埤雅》卷一三：「今江湘二浙四五月之間，梅欲黄落，則水潤土溽，礎壁皆汗，蒸鬱成雨，其霏如霧，謂之梅雨。」賀鑄《青玉案》：「試問閒愁都幾許。一川煙草，滿城風絮，梅子黄時雨。」

〔六〕榴花句：韓愈《題張十一旅舍三詠·榴花》：「五月榴花照眼明，枝間時見子初成。」簪榴花是宋代端午習俗。《武林舊事》卷三：「（端午）又分賜后妃諸大璫近侍翠葉五色葵榴、金絲翠扇、真珠百索、釵符、經筒、香囊、軟香龍涎佩帶及紫練、白葛、紅蕉之類，大臣貴邸均被細葛、香羅、蒲絲、艾朵、彩團、巧粽之賜。」《夢粱録》卷三：「杭都風俗，自初一日至端午日，家家買桃、柳、葵、榴、蒲葉，伏道又并市茭粽、五色水團、時果、五色瘟紙當門供養，自隔宿及五更，沿門歌賣聲滿街不絶。」陳棣《端午洪積仁召客口占戲柬薛仲藏》：「想簪榴艾泛菖蒲，應召鄒枚雜郊賀。」秋雪，喻頭髮花白。

〔七〕又重羅二句：重羅，雙層絲綢。紅字香詞，書寫詩詞於裙帶也是宋代端午習俗。蘇軾《殢人嬌》：「明朝端午，學紉蘭爲佩，尋一首好詩，要書裙帶。」據薛瑞生師《東坡詞編年箋證》，蘇軾的《浣溪沙・端午》即是書於裙帶的「好詩」：「輕汗微微透碧紈。明朝端午浴芳蘭。流香漲膩滿晴川。

彩線輕纏紅玉臂，小符斜掛緑雲鬟。佳人相見一千年。」

〔八〕時節：《吕氏春秋・尊師》：「敬祭之術，時節爲務。」高誘注：「四時之節。」

〔九〕簾底二句：袁去華《浣溪沙》：「庭下叢萱翠欲流。梁間雙燕語相酬。日長簾底篆煙留。」

〔一〇〕合歡二句：《荆楚歲時記》：「（五月五日）以五彩絲繫臂，名曰辟兵，令人不病瘟。又有條達等織組雜物以相贈遺。……按《孝經援神契》曰：仲夏繭始出，婦人染練，咸有作務。日月星辰鳥獸之狀，文繡金縷，貢獻所尊。一名長命縷，一名續命縷，一名辟兵繒，一名五色絲，一名朱索。名擬甚多，赤青白黑以爲四方，黄居中央，名曰襞方，綴於胸前，以示婦人蠶功也。詩云『繞臂雙條達』是也。」合歡，言雙縷糾纏，喻愛情好合。條脱，亦作跳脱、條達。《能改齋漫録》卷二：「唐《盧氏雜説》：文宗問宰臣條脱是何物，宰臣未對。上曰：『條脱爲臂飾，即今釧也。』又《真誥》，萼緑華贈羊權金玉條脱各一枚。余按周處《風土記》曰：仲夏造百索繫臂，又有條達等織組雜物以相贈遺。唐徐堅撰《初學記》引古詩云『繞臂雙條達』，然則『條達』之爲釧必矣。第以『達』爲『脱』不知又何謂也。徐堅所引古詩乃後漢繁欽《定情篇》云『何以致契闊，繞腕雙跳脱』。但『跳脱』兩字不同。」以上七句回憶當時情事。

〔二〕自香消二句：香，香瘢，即守宫朱。張華《博物志》卷四：「蜥蜴或名蝘蜓。以器養之，食以朱砂，體盡赤，所食滿七斤，治擣萬杵，點女人支體，終身不滅。唯房室事則滅，故號守宫。」香消紅臂，正寫舊情漸逝的感覺。可與集中《踏莎行》「香瘢新褪紅絲腕」句參看。

〔三〕湘水句：《爾雅翼》：「及屈原死，楚人以菰葉裹黍祠之，謂之角黍。」《續齊諧記》：「屈原五月五日投汨羅水，楚人哀之，至此日以竹筒子貯米投水以祭之。漢建武中，長沙區曲忽見一士人自云三閭大夫，謂曲曰：『聞君當見祭，甚善。常年爲蛟龍所竊，今若有惠，當以楝葉塞其上，以彩絲纏之。此二物，蛟龍所憚。』曲依其言，今五月五日作粽，並帶楝葉、五花絲，遺風也。」

〔四〕揚州句：合用重午鏡及分鏡典。《唐國史補》卷下：「揚州舊貢江心鏡，五月五日揚子江中所鑄也。或言中無有百煉者，或至六七十煉則已易破難成，往往有自鳴者。」孟棨《本事詩·情感》：「陳太子舍人徐德言之妻，後主叔寶之妹，封樂昌公主。才色冠絶。時陳政方亂，德言知不相保。謂其妻曰：『以君之才容，國亡必入權豪之家，斯永絶矣。儻情緣未斷，猶冀相見，宜有以信之。』乃破一鏡，人執其半，約曰：『他日，必以正月望日，賣於都市。我當在，即以是日訪之。』及陳亡，其妻果入越公楊素之家，寵嬖殊厚。德言流離辛苦，僅能至京。遂以正月望日訪於都市，有蒼頭賣半鏡者，大高其價，人皆笑之。德言直引至其居，設餐，具言其故。出半鏡以合之，仍題詩曰：『鏡與人俱去，鏡歸人不歸。無復嫦娥影，空留明月輝。』陳氏得詩，涕泣不食。素知之，愴然改容。即召德言，還其妻。……遂與德言歸江南，竟以終老。」杜牧《遣懷》：「十年一覺揚州夢，贏得青樓薄幸名。」闕，同「缺」。《古詩十九首》：「三五明月滿，四五蟾兔缺。」

〔一四〕倩卧簫三句：范成大《和僧長吉湖居五題其四·風笛》：「一聲裂雲去，明月生精神。」《唐國史補》卷下：「李舟好事，嘗得村舍煙竹，截以爲笛，堅如鐵石，以遺李牟。牟吹笛天下第一，月夜泛江，維舟吹之，寥亮逸發，上徹雲表。俄有客獨立於岸，呼船請載。既至，請笛而吹，甚爲精壯，山河可裂；牟平生未嘗見。及入破，呼吸盤擗，其笛應聲粉碎，客散不知所之。舟著《記》，疑其蛟龍也。」卧簫，引申「卧笛」典而成。《新唐書》：「（漢中王）瑀亦知音，嘗早朝過永興里，聞笛音，顧左右曰：『是太常工乎？』曰：『然。』它日識之，曰：『何故卧吹？』笛工驚謝。」並暗合杜牧《寄揚州韓綽判官》「二十四橋明月夜，玉人何處教吹簫」之意，點醒揚州情事。《藝文類聚》卷四四：「釋名曰：簫，肅也，其聲肅肅而清也。」　當年相聚時，重五之夜有新月臨空，故願重現當時景象以慰相思。

## 【集　評】

夏敬觀評語：「嘯梁鬼」句萬不可學。

劉永濟《微睇室説詞》：起二句以重午起。「蕭仙」，荆楚風俗，端午日結艾爲人懸門以辟邪惡。「蕭仙」，即艾人也。「嘯梁鬼」，用韓愈《原鬼》「有嘯於梁，從而燭之，無見也」語。「荒城」二句，盤門外景色。「梅子」二句，上點明時物，五月梅黄時，有雨曰黄梅雨。下句結合己年説。言不見榴花簪髮也。「秋雪」指白髮。「又重羅」二句，從今日記起往日此際之情味也。「簾底」二句，即「年時事」而申説之，言但有燕知耳。下文「合歡縷，雙條脱」，亦即「年時事」。「合歡縷」，即《荆楚歲時記》之長命縷。「條脱」，釧也。「自香消」二句即承上説。「合歡縷」、「雙條脱」，皆臂飾。今日一切都非，故有「香消」、「情别」之句。「湘水」三句，上用招屈事點題。「菰葉」，《風土記》謂以菰葉裹黍投江中，不致爲蛟龍所食。今日端午食粽，即其遺俗。下句以揚州舊鑄江心鏡，結合己與妾分離説。「銅華」，鏡也。「闕」者，暗用樂昌公主與徐德言分鏡事，言鏡破不能重合也。歇拍以景作結。

【考　辨】

楊箋：考姬去在甲辰寒食前後，而重午夢窗即寓蘇盤門，蓋爲追亡而淹留也。　夢窗納姬，約十年。詳具《事蹟考》。集中亦常見「十年」字，恰好用牧之句。

夏箋：夢窗淳祐四年甲辰夏遣蘇州妾，説在《遺事考》。此與《鳳棲梧》、《尾犯》、《喜遷鶯》、《應天長》諸闋參看。

劉永濟《微睇室説詞》：此詞記爲甲辰歲作，是年夏秋即遣妾去之時。此時猶未赴杭，蓋已去與妾同居之西園而暫寓盤門外也。

吴箋：楊鐵夫以此詞爲追亡。其《事蹟考》謂夢窗納姬十年，然以此詞觀，姬「亡」之説實難認定。「香銷」二字楊釋爲「人去」，然則「香銷」爲「紅臂香銷」，爲往事信物褪色之解也。「湘水」句乃切時節用典，詩詞用典固可取其正事，亦可僅取字面乃至場氛，後兩種情況，夢窗詞集尤其多見。固「湘水」句大可不必實指悼亡，而是借景以渲染内心之悽楚孤怨。以銅鏡分缺而夢斷揚州，則女子身份，亦難言納妾也。

孫按：此詞甲辰即淳祐四年（一二四四）寫於蘇州，然非所謂憶蘇州遺姬之詞。夢窗集中共有五首與重午相關的詞作，除此首外，還有《隔浦蓮近·泊長橋過重午》、《澡蘭香·淮安重午》、《杏花天·重午》、《踏莎行》（潤玉籠綃）四首。所有重午詞作，都與揚州糾結不解。考夢窗於杭京遊幕期間曾游楚州（後稱淮安，詳見後文《荔枝香近·送人游南徐》【考辨】），必經之途爲淮南東路大都督府所在地揚州。年輕時的淮安之行曾在揚州逗留，結識一位歌妓，並與之共度重午。夢窗五首重午詞，没有一首寫於淮安或揚州，都是事後追念之作。所以夢窗重午節令詞或明或暗，都寫及揚州，並因當時有題寫榴紅裙帶之舉，故重午詞中又多與榴裙相關的荷花記憶。夢窗一生豔跡，除蘇州營妓、杭州亡妓之外，尚有此揚州歌妓。

吴箋言此詞「難言納妾」，固是。然楊氏「追亡」，謂追蹤遺離之人，非悼亡之謂也。

## 解連環㈠　夷則商㈡

暮簷涼薄〔一〕。疑清風動竹，故人來邈㈢〔二〕。漸夜久、閑引流螢，弄微照素懷，暗呈纖白㈣〔三〕。夢遠雙成，鳳笙杳〔四〕、玉繩西落〔五〕。掩練帷倦入㈤〔六〕，又惹舊愁，汗香闌角〔七〕。　銀瓶恨沈斷索〔八〕。歎梧桐未秋，露井先覺〔九〕。抱素影、明月空閒〔一〇〕，早塵損丹青，楚山依約〔一一〕。翠冷紅衰〔一二〕，怕驚起、西池魚躍〔一三〕。記湘娥㈥〔一四〕、絳綃暗解，褪花墜萼〔一五〕。

**【校　議】**

㈠明張本、毛本、戈校本、杜本、王朱本有詞題「秋情」。鄭氏手批：「考清真是調與此詞用入聲字律無少出入。若白石則不足徵已。」

㈡底本眉批：「俗呼林鐘商。」朱四校本、《全宋詞》宮調作「夷則商，俗名商調」。

㈢鄭氏手批：「按『邈』字無音『緲』者，『邈』叶『滅』，清真亦用此字於此調。」孫按：清真此調韻腳分别爲「邈」、「薄」、「索」、「藥」、「若」、「角」、「卻」、「萼」、「落」。

㊃ 鄭氏手批：「『白』字韻，可證『沃』與『屋』、『質』、『藥』諸部同用之例。」夏敬觀評語：「『白』、『質』韻與『覺』、『藥』韻同押。」

㊄ 綀帷：毛本、戈校本、杜本作「練帷」。朱二校：「綀，毛作『練』。按《玉篇》：綀，紡粗絲。練，煮漚也。《廣韻》：綀，所葅切。練，郎甸切。音義俱別，刻本往往相溷。徐弦詩：『好風輕透白練衣。』趙以夫詞：『正蕭然、竹枕綀衾。』皆作『綀』。是謂此字無用仄聲者，其爲沿誤無疑。」鄭校：「以形近訛。案，《説文·新附》：綀，訓布屬，從糸，束聲，所菹切。《集韻》：音蔬，並作平讀。……張奕樞景宋本姜白石《湘月》詞叙『坐客皆小冠綀服』，並從『綀』作平之證。又，是句第二字無用側聲例，杜、王校本並失考。」鄭氏手批：「《類篇》：『禰衡著綀巾。』《後漢書》衡傳則作『疏巾』。案『疏』，或體作『疎』，此『綀』字從『束』得聲之證。」「所有今本經籍中作『練』者疑多蔽所常見耳。」孫按：王朱初刻、重刻皆已作「綀帷」。鄭氏誤記。

㊅ 湘娥：杜本作「湘蛾」。

## 【注　釋】

〔一〕涼薄：涼意逼近。

〔二〕疑清風二句：語出李益《竹窗聞風寄苗發司空曙》：「開簾風動竹，疑是故人來。」蘇軾《賀新郎》：

「簾外誰來推繡户，枉教人、夢斷瑶臺曲。又卻是，風敲竹。」

〔三〕漸夜久四句：杜牧《秋夕》：「銀燭秋光冷畫屏，輕羅小扇撲流螢。」周邦彦《過秦樓》：「閑依露井，笑撲流螢，惹破畫羅輕扇。」謝朓《玉階怨》：「夕殿下珠簾，流螢飛復息。」纖白，喻女性手指。羅隱《粉》：「每持纖白助君時，霜自無憀雪自疑。」

〔四〕夢遠二句：雙成，董雙成，擅長吹笙的仙女。《漢武帝内傳》：「（王母）又命侍女董雙成吹雲和之笙。」李白《桂殿秋》：「仙女下，董雙成，漢殿夜涼吹玉笙。」另參見《瑞鶴仙·贈道女陳華山内夫人》注〔三〕。

〔五〕玉繩句：秋季夜半後，玉繩星自西北斜沉，故古人多以玉繩沈落來形容夜深或拂曉。謝朓《暫使下都夜發新林至京邑贈西府同僚詩》：「秋河曙耿耿，寒渚夜蒼蒼。……金波麗鳷鵲，玉繩低建章。」殷堯《藩夜酌溪樓》：「玉繩低轉宵初迴，銀燭高燒月近斜。」玉繩，天乙、太乙兩星之共名，在北斗第五星玉衡的北面。《文選·張衡〈西京賦〉》：「上飛闥而仰眺，正睹瑶光與玉繩。」李善注引《春秋元命苞》曰：「玉衡北兩星爲玉繩。」　詞上闋全從對方著筆，並在夢中呈現當時共處時的情景。唯「夢遠」三句頓斷寫自己夢覺時的失落。

〔六〕掩綀帷句：牛嶠《望江怨》：「羅幃愁獨入。馬嘶殘雨春蕪濕。」綀帷，此特指稀夏布簾帷。《晉書·元帝紀》：「遂令冬施青布，夏施青綀帷帳。」

〔七〕又惹二句：闌角，猶言「闌干角」。與上句取意《古詩十九首·明月何皎皎》：「出户獨彷徨，愁思當告誰。引領還入房，淚下沾裳衣。」」。仍從對方著筆，設想對方慵於卷起掩垂的疏簾，進入留下美好記憶的閨中；但是殘留汗香的欄干一角，同樣也會因爲曾經的共憑，惹起她綿綿的相思。並因陳述時間前後顛倒，增加了踟躕彷徨之無助。

〔八〕銀瓶句：《估客樂二曲》（之二）：「莫作瓶落井，一去無消息。」白居易《井底引銀瓶》：「井底引銀瓶，銀瓶欲上絲繩絶。石上磨玉簪，玉簪欲成中央折。瓶沉簪折知奈何，似妾今朝與君別。……爲君一日恩，誤妾百年身。寄言癡小人家女，慎勿將身輕許人。」文人亦常以此典比喻没有結果的愛情。

〔九〕歎梧桐二句：庾肩吾《九日侍宴樂游苑應令詩》：「玉醴吹巖菊，銀床落井桐。」《樂府古辭·相和歌辭·雞鳴》：「桃生露井上，李樹生桃旁。」露井，無覆蓋之井。古代井欄旁多植梧桐，詩詞中常作爲最早感受葉落知秋的地方。

〔一〇〕抱素影二句：取意班婕妤《怨詩》：「新裂齊紈素，鮮潔如霜雪。裁爲合歡扇，團團似明月。出入君懷袖，動摇微風發。常恐秋節至，涼飆奪炎熱。捐棄箱篋中，恩情中道絶。」素影明月，喻扇。

〔一一〕早塵損二句：周邦彦《丁香結》：「唯丹青相伴，那更塵昏蠹損。」丹青，丹砂青雘等繪畫顔料。代指圖畫。杜甫《過郭代公故宅》：「迴出名臣上，丹青照臺閣。」楊倫箋注：「丹青，謂畫像也。」此特指扇面畫圖。楚山，據下文「湘娥」，知特指洞庭湖君山。郎士元《琴曲歌辭·湘夫人》：「至今楚山上，猶有淚痕斑。」

〔一二〕翠冷紅衰：李商隱《贈荷花》：「此花此葉常相映，翠減紅衰愁殺人。」

〔一三〕怕驚起二句：皮日休《苦雨中又作四聲詩寄魯望》：「荷傾還驚魚，竹滴復觸鶴。」朱超《詠同心芙蓉詩》：「魚驚畏蓮折，龜上礙荷長。」《詩經·大雅·旱麓》：「鳶飛戾天，魚躍於淵。」

〔一四〕湘娥：湘夫人。《楚辭·湘君》「帝子降兮北渚，目眇眇兮愁予」王逸章句：「帝子謂堯女也。降，下也。言堯二女娥皇、女英隨舜不反，墮於湘水之渚，因爲湘夫人。」《文選·張衡〈西京賦〉》：「感河馮，懷湘娥。」因屈原《楚辭·離騷》中有「制芰荷以爲衣兮，集芙蓉以爲裳」，夢窗即以荷花爲湘楚之花，故喻爲湘娥。

〔一五〕絳綃二句：絳綃，本指仙人之衣。此喻荷花瓣。花萼，語出束晳《補亡詩六首·白華》：「白華朱萼，被於幽薄。」華，同「花」。宋人常以解衣喻落花。如姜夔《側犯·詠芍藥》：「紅橋二十四，總是行雲處。無語。漸半脱宫衣笑相顧。」

【集評】

陳洵《海綃説詞》：「暮涼」，起賦。「故人」，點出。「來邈」一斷，卻以「夜久」承「暮涼」。「纖白」一斷，卻以「夢遠」承「來邈」。「掩練帷倦入」，跌進一步，復以「欄」承「簷」。筆筆斷，筆筆續，須看其往復脱换處。换頭六字，一篇命意所注。未秋先覺，加一倍寫，鉤勒渾厚。「抱素影」三句，謂舊意猶在，未忍棄捐。「翠冷」二句，謂其人已去。「絳綃暗解」，追憶相逢；「褪花墜萼」，則而今憔悴；人事風景，一氣熔鑄，覺翁長技。

劉永濟《微睇室説詞》：起三句以時序景物引動人情。「故人」，似指去妾。言聞「清風動竹」，疑其遠來也。「漸夜久」三句，爲待其來時之情事。夜久所見只「流螢」於暗中呈現點點白光而已。蓋待久之人終杳然也。「夢遠」二句，又由夜寫至晨。「雙成」、「鳳笙」，用《漢武内傳》「西王母命侍女董雙成吹雲和之笙」事。「夢遠」者，言故人遠去，如吹笙仙女之杳然難遇也。「掩練帷」三句，則晨起後事。「惹舊愁」句，言忽似汗香猶在闌角，思之心切也。以上從暮至夜，從夜至晨，輾轉不寐之事，而「掩練帷倦入」則既出又入，其情事與李清照《聲聲慢》詞起句「尋尋覓覓」四字相同。古詩有「出户獨彷徨，愁思當告誰。引領還入房，淚下沾裳衣」，又即此四字之注釋。蓋人當愁極，心中如有所失，其情事正如此也。换頭六字，直捷提出事已無可爲也。「瓶沉」句言故人斷絶，如索斷瓶沉，空有恨而已。白居易《井底引銀瓶》詩曰：「井底引銀瓶，銀瓶欲上絲繩絶。……瓶沉簪折知奈何，似妾今朝與君别。」此句用此。「歎梧桐」二句，言梧葉未落而露井已先有秋意，以喻己怨懷易感，有如此也。「抱素影」三句，睹物思人也。「明月」指扇；「楚山」，扇上所畫。此言故人遺物，雖已塵損，尚抱持之，不忍拋棄也。「翠冷紅衰」，復及時序景物，以見物色全非，不但人愁，即西池之魚，亦當「驚起」。歇拍雙關今昔，以「絳綃暗解」記舊情，「褪花墜萼」比今事。

【考　辨】

陳洵《海綃説詞》：起三句，與《新雁過妝樓》「風簷近、渾疑佩玉丁東」同意，蓋亦思去妾而作也。明月，謂扇；楚山，扇中之畫；卻暗藏高唐神女事，疑其人此時已由吴入楚也。

楊箋：此是秋夜憶姬之作。上片曰「引流螢」，下片曰「抱素影」，俱指扇言。意者，此詞殆見姬遺扇而作乎？（「銀瓶斷索」）詩意「止淫奔」，此言姬去。「斷索」，渺無信息意。全詞命脈在此四字。「湘蛾」指姬，應「故人」。「褪花墜蕚」，承「翠冷紅衰」來。見此情景，猶憶姬之絳綃暗解時，此以縮爲收法。

孫按：前賢對於此詞多從彼美著筆並爲事後回憶的脈絡尚不甚了然，故多誤説。此詞確爲憶人之作，然所憶之人仍非爲前人認爲已成納娶的所謂蘇州遺姬，更非如陳洵所説，此姬妾曾「由越入吴」，而此詞又寫其「由吴入楚」，參見《瑞鶴仙》（晴絲牽緒亂）【考辨】。觀詞中「雙成」，知彼美身份爲歌者；而團扇正爲其歌扇也。詞中所寫當年共處之地爲美人香閨，並用紅蓮意象，所憶之人正是前文《滿江紅·甲辰歲盤門外寓居過重午》中所考的揚州歌妓。

## 又

留别姜石帚〔一〕

思和雲結㊀〔二〕。斷江樓望睫㊁，雁飛無極〔三〕。正岸柳、衰不堪攀，忍持贈故人，送秋行色〔四〕。歲晚來時〔五〕，暗香亂、石橋南北〔六〕。又長亭暮雪㊂，點點淚痕，總成相憶〔七〕。杯前寸陰似擲〔八〕。幾酬花唱月㊃〔九〕，連夜浮白㊄〔一〇〕。省聽風、聽雨笙簫〔一一〕，向別枕倦醒〔一二〕，絮颺空碧〔一三〕。片葉愁紅，趁一舸、西風潮汐〔一四〕。歎滄波〔一五〕、路長夢短，甚時到得〔一六〕。

**【校議】**

㊀雲結：戈選、杜本作「雲積」。杜校謂「結」字「出韻」。杜本鄭批：「何謂『出均』？詞均實作於夢窗後，戈氏乃臆改，洵巨謬也。」

㊁鄭氏手批：「『睫』字亦韻，清真詞同。」杜本鄭批：「是解嘗較諸名家詞微得其細趣，美成詞以首句『結』字與次句『絶』叶。此以『結』與『睫』叶，前一首『薄』與『竹』叶。此律之暗合處，知者蓋寡，不然次句曷皆用入聲字邪？」

㊂鄭氏手批：「『雪』字亦夾協，與清真『藥』字例同。前一首『入』字亦均，此可證『雪』字與『陌』、『錫』、『職』諸部同用之例。」

㊃鄭氏手批：「『月』字亦夾叶，周詞作『曲』例同，斷非偶合。」

㊄鄭氏手批：「是句可平，然則無韻。」

【注釋】

〔一〕留别：劉永濟《微睇室説詞》：「此乃夢窗將行與石帚作别之詞，故曰『留别』，非送别石帚也。」

〔二〕思和雲結：相思與浮雲相糾結。李白《送友人》：「浮雲遊子意，落日故人情。」

〔三〕斷江樓二句：歐陽修《漁家傲》：「人不見。樓頭望斷相思眼。」望睫，指目力所及。方千里《三部樂》：「想家山、路窮望睫。空倚仗、魂親夢切。」夢窗劈空破題，開篇三句即寫到達此行目的地蘇州後，懷思如雲飛無極，將在臨江樓憑雁傳書。

〔四〕正岸柳四句：古人有折柳送别的習俗。《三輔黄圖》卷六：「灞橋在長安東，跨水作橋。漢人送客至此橋，折柳贈别。」並暗用桓温經舊地攀柳泫涕，感歎「樹猶如此，人何以堪」事，見《建康實録》卷九。周邦彦《蘭陵王·柳》：「隋堤上、曾見幾番，拂水飄綿送行色。」梁簡文帝《送别詩》：「水苔隨纜聚，岸柳拂舟垂。」庾信《上益州上柱國趙王詩二首》（之二）：「穿荷低晚蓋，衰柳掛殘絲。」行色，行旅出發前後的情狀。《莊子·盜跖》：「今者闕然數日不見，車馬有行色，得微往見跖邪？」

〔五〕歲晚：此指年末。陸機《爲周夫人贈車騎詩》：「湛露何冉冉，思君隨歲晚。」

〔六〕暗香二句：化用姜夔《除夜自石湖歸苕溪》詩意：「梅花竹裏無人見，一夜吹香過石橋。」暗香，林逋《山園小梅》：「疏影横斜水清淺，暗香浮動月黄昏。」以上三句表明夢窗於某年年底曾過訪姜氏居所，當時正值野梅盛開。此亦寫本地風光。《嘉泰吴興志》（卷二十）：「梅生江南，湖郡尤盛。《吴興記》云：烏程有梅墟、梅林、梅亭。德清有梅埭。《舊編》云：今武康、德清綿亘山谷，其種以堂頭梅爲上，横枝梅、消梅次之，又有紅梅、重梅、鴛鴦梅、千葉緗梅、蠟梅，惟紅梅、鴛鴦梅有實，菁山等處亦多。」菁山即在烏程縣。

〔七〕又長亭三句：長亭，庾信《哀江南賦》：「十里五里，長亭短亭。」《白氏六帖·館驛》卷三引庾賦並云：「十里一長亭，五里一短亭。」暮雪，以暮春楊花喻雪。范雲《别詩》：「昔去雪如花，今來花似雪。」白居易《楊柳枝》：「白雪花繁空撲地，緑絲條弱不勝鶯。」蘇軾《水龍吟·次韻章質夫楊花詞》：「細看來，不是楊花點點，是離人淚。」　回憶曾經的暮春分離。此詞有意淩亂過往的暮春分離與此次秋節分離，在糾結不解中加倍寫兩人厚誼。

〔八〕杯前句：劉禹錫《河南白尹有喜崔賓客歸洛兼見懷長句因而繼和》：「遥羨光陰不虚擲，肯令絲竹暫生塵。」寸陰，《淮南子·原道訓》：「聖人不貴尺之璧，而重寸之陰，時難得而易失也。」向秀《思舊賦》：「托運遇於領會兮，寄餘命於寸陰。」

〔九〕幾：《例釋》：「猶言『屢』，副詞。」　酬唱：《宋史·宋湜傳》：「（宋）澥有清節，居長安，不仕。與种放、魏野遊，多篇什酬唱。」

〔一〇〕連夜：徹夜。宋之問《廣州朱長史座觀妓》：「歌舞須連夜，神仙莫放歸。」　浮白：即浮大白。劉向《説苑·善説》：「魏文侯與大夫飲酒，使公乘不仁爲觴政，曰：『飲不釂者，浮以大白。』」沈約《郊居賦》：「或升降有序，或浮白無算。」浮，《淮南鴻烈解》卷一二：「蹇重舉白而進之，曰：請浮君。」高誘注曰：「浮，猶罰也。」白，《文選·左思〈吴都賦〉》：「里燕巷飲，飛觴舉白。」劉良注：「大白，杯名。」

〔一一〕省聽風二句：歐陽修《六一詩話》：「王建《霓裳詞》云『弟子部中留一色，聽風聽水作霓裳』。《霓裳》曲，今教坊尚能作其聲，其舞則廢而不傳矣。人間又有《望瀛洲》、《獻仙音》二曲，云此其遺聲也。《霓裳》曲前世傳記論説頗詳，不知『聽風聽水』爲何事也。白樂天有《霓裳歌》甚詳，亦無『風水』之説。第記之，或有遺亡者爾。」《苕溪漁隱叢話前集》卷二四：「余嘗觀唐人《西域記》云：『龜茲國王與臣庶知樂者，於大山間聽風水之聲，均節成音，後翻入中國，如《伊州》、《涼州》、《甘州》，皆龜茲至也。』此説近之，但不及《霓裳》耳。」鄭嵎《津陽門詩注》：『葉法善引明皇入月宫，聞樂歸，笛寫其半，會西涼府楊敬遠進《婆羅門曲》，聲調脗合，按之便韻，乃合二者制《霓裳羽衣曲》。』則知《霓裳》亦來自西域云。」周密亦有相關論述。《癸辛雜識别集》卷下：「風之吹萬不同，天籟也。禽鳥啁哳，亦天地自然之聲。作樂者，當於此取則焉。所謂『聽風聽水作霓裳』近之矣。以簫韶九成，鳳凰來儀，擊石拊石，百獸率舞，蓋以我自然之聲，感彼自然之應，所謂同聲相應者也。」省，《匯釋》：「猶曾也。」

〔一二〕别枕：羅隱《宿荆州江陵驛》：「閑欹别枕千般夢，醉送征帆萬里心。」

〔一三〕絮颺空碧：《晉書·列女列傳》：「王凝之妻謝氏，字道韞，安西將軍奕之女也。……又嘗内集，俄而雪驟下，安曰：『何所似也？』安兄子朗曰：『散鹽空中差可擬。』道韞曰：『未若柳絮因風起。』安大悦。」劉禹錫《柳花詞》：「故取花落時，悠揚占春晚。」「撩亂舞晴空，發人無限思。」「岸柳」、「别枕」意入此句，化用杜牧《題安州浮雲寺樓寄湖州張郎中》詩意：「楚岸柳何窮，別愁紛若絮。」空碧，齊己《自遣》：「雲無空碧在，天靜月華流。」　以上四句回憶相聚時的快樂時光，並再度照應曾經的暮春之別，直貫入篇末。

〔一四〕片葉三句：用吴江紅葉傳書典，詳見《瑞鶴仙》（晴絲牽緒亂）注〔一三〕。趁，《例釋》：「有『趕』、『逐』、『隨』、『尋』等義，動詞。」舸，《方言·第九》：「南楚江、湘，凡船大者謂之舸，小舸謂之艖。」潮汐，《太平御覽》卷六八引《抱朴子》曰：「糜氏云：潮汐，潮，朝來也；汐，夕至也。」此處回至當下秋別，並明確點醒行者此次目的地爲吴江所在地蘇州。

〔一五〕滄波：謝朓《和劉西曹望海臺詩》：「滄波不可望，望極與天平。」此特指霅川及太湖水域。皇甫曾《烏程水樓留別》：「共説前期易，滄波處處同。」

〔一六〕路長二句：《古詩十九首》：「道路阻且長，會面安可知。」陸龜蒙《贈遠》：「心期夢中見，路永魂夢短。」范成大《惜分飛》：「休夢江南路。路長夢短無尋處。」

## 【集評】

俞陛雲《唐五代兩宋詞選釋》：夢窗與石帚交誼甚摯，故賦詞贈別。下闋「聽風聽雨」二句，語固錘煉；而寄情深厚，尤在「片葉」四句，一片離心，逐秋潮共去。且路長夢短，有沈休文「夢中不識路，何以慰相思」之意。

陳洵《海綃説詞》：雲起夢結，遊思縹緲，空際傳神。中間「來時」，逆挽。「相憶」，倒提。全章機杼，定此數處。其餘設情佈景，皆隨手點綴，不甚著力。

夏敬觀評語：此句（省聽風聽雨）接「笙簫」二字亦未安。

楊箋：海綃翁曰：起十三字，千回百折而出之，以下層層脱换，極離合順逆之致。「歎滄波」十一字，鉤轉作結，筆力直破餘地。

劉永濟《微睇室説詞》：起四字情景融合。陳洵謂「千回百折而出之」是也。陶潛《停雲》詩序曰：「停雲，思親友也。」此詞起句用之。「斷江樓」二句以「雁飛」興起人去。「望睫」，思而不見也。「正岸柳」句言石帚不忍折柳送别。「歲晚」句言已來時景色，今日「長亭」作别，暮雪點點，皆我相憶之淚痕也。换頭即接寫今日惜别情事。「寸陰似擲」，别時之速也。「酬花唱月」，别前之樂也。……「省聽風」三句乃别後追憶之詞。「别枕倦醒」，省記前事，乃如「絮颺空碧」之中矣。「片葉」二句寫去舟。「歎滄波」二句又遥想所去之地。「路長夢短」，仍從别情不盡作結。夢窗别有《惜紅衣》詞序言：「余從姜石帚遊苕霅間三十五年。」知姜、吴交誼甚深，此詞寫將别之情如此宛轉，亦其證矣。

吴校：此詞極空靈之致，玉田「七寶樓臺」之喻，益不足憑矣。

【考　辨】

夢窗贈姜石帚的六首詞作，除《三姝媚·姜石帚館水磨方氏》一首外，皆屬湖州烏程詞，參見《三部樂·賦姜石帚漁隱》【考辨】。此詞用「江樓」、用「片葉愁紅」，後者爲夢窗蘇州吴江詞的標志性意象之一，故知寫於留别姜石帚初往蘇州倉幕時，時間在紹定四年（一二三一），也是夢窗早年與姜石帚苕霅交遊的例證詞之一。此留别詞之所以抒發糾結不解之離情，是因爲入職倉幕仕版後，不能够再像以前一樣，在友人寓居地的名山勝水中徜徉不返。

## 夜飛鵲　黄鐘商㊀

蔡司户席上南花㊁〔一〕

金規印遥漢〔二〕，庭浪無紋〔三〕。清雪泠沁花薰㊂〔四〕。天街曾醉美人畔〔五〕，涼枝移插烏巾〔六〕。西風驟驚散㊃〔七〕，念梭懸愁結㊄〔八〕，蒂剪離痕〔九〕。中郎舊恨，寄横竹、吹裂哀雲〔一〇〕。　空剩露華煙彩〔一一〕，人影斷幽坊㊅〔一二〕，深閉千門。渾似飛仙入夢，羅襪微步㊆，流水青蘋〔一三〕。輕冰潤玉㊇〔一四〕，悵今朝㊈、不共清尊〔一五〕。怕雲槎來晚㊉，流紅信杳〔一六〕，縈斷秋魂〔一七〕。

【校議】

㊀底本校曰：「《清真集》作『道宫』。」底本眉批：「黄鐘商，俗呼大石；道宫，正名中吕宫。」戈選杜批：「《詞律》收周清真詞第六句誤多一字，應以此爲正格。」

㊁《歷代詩餘》詞題作「蔡司户席上」。吴校：「『南花』未解。」

㊂泠沁：諸本皆作「冷沁」。兹從明張本、毛本。

㊃驚散：戈選作「驚栨」。栨，同「散」。

㊄梭懸：毛本、《歷代詩餘》、戈校本、戈選、杜本、王朱本、朱二校本作「枝懸」。夏敬觀評語：「『梭』字究不可解。明鈔如此，蓋臆改上文重字也。」

㊅幽坊：毛本、戈校本、杜本、王朱本、朱二校本作「幽芬」。戈選本作「幽芳」。陳鋭《褏碧齋詞話》：「半唐（孫按：指半塘老人王鵬運）五例第二條有云：『若「幽芬」之作「幽芳」，「繡被」之作「翠被」，浪費楮墨，何關校讎。』今按《夜飛鵲》詞『人影斷幽芬，深閉千門』。鈔本『芬』作『坊』，與『芬』、『芳』字義有尺咫之别，此必一本有『幽芳』作『幽芬』，而『芳』又『坊』之訛，讀書顧可恃乎哉！使半唐得此，必躍然以喜矣。」

〔七〕羅襪：明張本、毛本、《歷代詩餘》、戈校本、戈選、杜本、王朱本皆作「羅襪」。底本謂「從王鵬運校本」作「襪羅」。鄭氏手批亦云：「羅襪，疑倒置。清真詞是句云『遺鈿不見』，『鈿』雖平仄雙收字，然詞中多作平聲字用。」然檢王朱己亥初刻本和甲辰復刻本及札記，未見改動及相關校語，故仍舊文。

〔八〕輕冰潤玉：明張本、毛本、戈校本作「輕冰潤」。無空格。毛扆本：「『潤』字下脱一字。」《四庫全書總目提要》：「『輕冰潤』句『輕』字上當脱一字。」王朱本、朱二校本、底本、朱四校本、四明本作「輕冰潤□」。《歷代詩餘》作「輕冰軟玉」。兹從戈選、杜本。楊箋：「戈校補『玉』字，似可從。」

〔九〕悵今朝：王朱本作「恨今朝」。

〔一〇〕雲槎：明張本作「雲楂」，戈校本、杜本、朱二校本、底本、朱四校本作「雲查」。楂、查，同「槎」。

## 【注釋】

〔一〕司户：司户參軍事的簡稱。掌户籍賦税、倉庫受納。南宋乾道六年後，專主倉庫。官階很低。元祐後，上州從八品，中下州從九品。楊箋：「《通典》：漢魏以下有户曹掾，主民（户），爲郡佐吏。北齊稱户曹參軍。唐制：在府曰户曹參軍，在州曰司户參軍，在縣曰司户。」宋代因之。但有時在府也稱司户參軍。如《宋史·汪綱傳》：「淳熙十四年，中銓試。調鎮江府司户參軍。」《宋史·秦檜傳》：「韓絿，臨安府司户參軍。」細味詞意，此蔡姓司户參軍應在任平江府。　南花：楊箋：「南花，南妓也。《白帖》：『大庾嶺上梅，南枝落，北枝開。』」然此詞時在秋節（「秋魂」二字可證），南國花開者唯有茉莉。也稱柰花。《本草綱目》卷一四：「（茉莉）原出波斯，移植南海。……弱莖繁枝，緑葉圓尖。初夏開小白花，重瓣無蕊，秋盡乃止。……其花皆夜開，芬香可愛。」《佩文齋廣群芳譜》卷四三：「《晉書》『都人簪柰花』是也。則此花入中國久矣，弱莖繁枝，葉如茶而大，緑色團尖。夏秋開小白花，花皆暮開。其香清婉柔淑，風味殊勝。」宋代也有直接稱茉莉爲南花者。如《乾淳歲時記》：「禁中避暑多御復古、選德等殿，及翠寒堂納涼，置茉莉、素馨等南花數百盆於廣庭，鼓以風輪，清芬滿殿。」茉莉與後文所描述的南花形色亦相合。　此因曾有杭州鬟插茉莉侑觴歌妓與蔡司户互生情愫，夢窗借席上茉莉花調笑蔡姓司户。

〔二〕金規句：周邦彦《倒犯·詠月》：「駐馬望素魄，印遥碧、金樞小。」金規，傳説月亮没於金樞，月形如規，故稱。黄庭堅《次韻奉送公定》：「屯雲搴六幕，新月吐半規。」《文選·木華〈海賦〉》：「若乃大明攄轡於金樞之穴，翔陽逸駭於扶桑之津。」李善注：「金，西方也。《河圖帝覽嬉》曰：月者金之精，月有窟，故言穴。」吕延濟注：「金樞，西方月没之處。」

〔三〕庭浪無紋：謂月光流動如水，此鑿空坐實之語。蘇軾《記承天夜遊》：「元豐六年十月二日夜，解衣欲睡，月色入户，欣然起行。……庭中如積水空明，水中藻荇，蓋竹柏影也。」意貫入「渾似」三句。

〔四〕清雪句：韓元吉《南柯子》詠茉莉：「只疑標韻是江梅。不道薰風庭院、雪成堆。」陳淳《茉莉花》：「薰風如有情，吹簾散香雪。」許棐《茉莉》：「荔枝鄉裏玲瓏雪，來助長安一夏涼。」

〔五〕天街：韓愈《早春呈水部張十八員外二首》（之一）：「天街小雨潤如酥，草色遥看近卻無。」耐得翁《都城紀勝》卷六記載南宋京城的主要街道曰：「都城天街舊自清河坊，南則呼南瓦，北謂之界北，中瓦前謂之五花兒，中心自五間樓北至官巷。」　曾醉美人畔：《世説新語・任誕》：「阮公（籍）鄰家婦有美色，當壚酤酒。阮與王安豐常從婦飲酒，阮醉便眠其婦側。夫始殊疑之，伺察終無他意。」

〔六〕涼枝句：《山堂肆考》卷一九九：「東坡謫儋耳，見黎女競簪茉莉，含檳榔。戲書几間曰：『暗麝著人簪茉莉，紅潮登頰醉檳榔。』」董嗣杲《棖花》：「院落彩妝人最巧，攙先茉莉簇涼枝。」插巾：《唐詩紀事》卷一〇：「長安盛春遊，（蘇）頲制詩云：『飛埃結紅霧，游蓋飄青雲。』明皇嘉賞，以御花親插其巾上，時榮之。」此指歌妓把鬢上茉莉移簪於蔡司户頭巾之上。烏巾，黑色角巾。羊欣《采古來能書人名》：「吴時張弘好學不仕，常著烏巾，時人號爲張烏巾。」

〔七〕西風句：周邦彦《玲瓏四犯》：「又片時一陣，風雨惡，吹分散。」寫花落，也寫分離。

〔八〕念：《匯釋》：「猶憐也；愛也。」　梭懸：暗反用蘇若蘭典。《晉書・列女傳》：「竇滔妻蘇氏，始平人也。名蕙，字若蘭。善屬文。滔，苻堅時爲秦州刺史，被徙流沙。蘇氏思之，織錦爲回文旋圖詩以贈滔。宛轉迴環以讀之，詞甚淒惋。」杜牧《代人作》：「錦字梭懸壁，琴心月滿臺。」　愁結：皮日休《三羞詩三首》（之一）：「而於方寸内，未有是愁結。」馮延巳《鵲踏枝》：「繞砌蛩聲芳草歇。愁腸學盡丁香結。」

〔九〕蒂剪離痕：剪下茉莉花枝作爲瓶供，花瓣上尚帶如淚露珠。點化蘇軾《天仙子》：「白髮盧郎情未已，一夜剪刀收玉蕊。」

〔一〇〕中郎三句：用東漢蔡邕典。《後漢書·蔡邕傳》：「邕慮卒不免，乃亡命江海，遠跡吴會。往來依太山羊氏，積十二年，在吴。」注引張騭《文士傳》：「邕告吴人曰：『吾昔嘗經會稽高遷亭，風屋椽竹，東間第十六可以爲笛。取用，果有異聲。』」伏滔《長笛賦·序》：「余同僚桓子野有故長笛，傳之耆老，云蔡邕之所作也。初邕避難江南，宿於柯亭，柯亭之觀，以竹爲椽，邕仰而眄之曰：『良竹也。』取以爲笛，奇聲獨絶。歷代傳之，以至於今。」中郎，秦漢官名。擔任宫中護衛、侍從。屬郎中令。分五官、左、右三中郎署。各署長官稱中郎將，省稱中郎。蔡邕曾任左中郎將。李賀《龍夜吟》：「鬈髮胡兒眼睛緑，高樓夜静吹横竹。」笛曲中有梅花落。《樂府詩集》卷二四《梅花落·解題》：「梅花落，本笛中曲也。」笛聲裂雲，見《滿江紅·甲辰歲盤門外寓居過重午》注〔一四〕。中郎切「蔡」姓，茉莉無飄落文典，故以「舊」字牽合《梅花落》；而文人又多以茉莉、梅花相比並，如本詞注中所引韓元吉《南柯子》及王庭珪《茉莉花三絶句》。

〔一一〕空剩句：王維《七言絶句》詠茉莉：「歃煙裛露暗香濃，曾記瑶臺月下逢。」葉廷珪《茉莉花》：「露華洗出通身白，沈水薰成换骨香。」《趙飛燕外傳》：「婕妤浴豆蔻湯，傅露華百英粉。」齊己《新秋》：「露彩朝還冷，雲峰晚更奇。」

〔一二〕人影：意亦貫入「渾似」三句。　幽坊：周邦彦《拜星月慢》：「夜色催更，清塵收露，小曲幽坊月暗。」坊、曲皆爲歌妓居處。鄭文焯校周邦彦《瑞龍吟》：「蓋即平康里舊所聚處也，當時長安諸倡家謂之『曲』，其選入教坊者，居處則曰『坊』。」

〔一三〕渾似三句：化用蘇軾《月夜與客飲杏花下》詩意：「杏花飛簾散餘春，明月入户尋幽人。褰衣步月踏花影，炯如流水涵青蘋。」渾，《匯釋》：「猶全也，直也。」飛仙，《十洲記·方丈洲》：「蓬丘，蓬萊山是也。對東海之東北岸，周回五千里。外别有圓海繞山，圓海水正黑，而謂之冥海也。無風而洪波百丈，不可得往來。……惟飛仙有能到其處耳。」王庭珪《茉莉花三絶句》（之二）：「疑是群仙來下降，夜深時聽佩珊珊。」羅襪微步，語出《文選·曹植〈洛神賦〉》：「淩波微步，羅襪生塵。」吕向注曰：「步於水波之上，如塵生也。」此八字被夢窗碎拆成片段以極高的頻率出現在詞中，皆用以美稱女子行走。青蘋，語出《文選·宋玉〈風賦〉》：「夫風生於地，起於青蘋之末。」李善注：「《爾雅》曰：『萍，其大者曰蘋。』郭璞曰：『水萍也。』」因茉莉夜開，故以上六句以入夢仙女擬之。

〔一四〕輕冰潤玉：朱熹《茉莉》：「密葉低層幄，冰蕤亂玉英。」

〔一五〕悵今朝二句：惋惜曾簪茉莉的歌女如今不在席上侑觴。

〔一六〕怕雲槎二句：雲槎，參見《瑣窗寒·玉蘭》注〔六〕中《博物志》。此謂對方恐蔡司户不能信守期約，於八月前往杭京也。流紅信杳，合用蘇州吴江紅葉題字傳書典。

〔一七〕縈斷秋魂：斷魂，銷魂神往。形容一往情深或哀傷。詩詞常以花開爲美人返魂，茉莉秋亦然。王庭珪《茉莉花三絶句》（之三）：「嶺頭未負春消息，恐是梅花欲返魂。」

【考辨】

楊箋：（「天街」二句）主人蓋嘗納妓又下堂者，此處應入南花，乃忽將筆揚開，坐南花入往事中，何等飄忽。插巾，即量珠意，切題面南花。

鍾振振《讀夢窗詞札記》：「涼枝移插烏巾」，但言美人將其所簪之南花移插至蔡司户烏巾之側耳，非「量珠」亦即「明珠十斛買娉婷」之意。又此詞實借「南花」以詠蔡司户與所戀一妓之悲歡離合，並無一字可證其「納妓」，更何有於「下堂」耶？

孫按：此詞所回憶者，爲蔡司户與美人在杭京之情事。觀司户參軍可指在府任職，知與倉幕極有聯繫；又用流紅典，詞應寫於蘇州倉幕時。

## 一寸金　中吕商　俗名小石㊀

贈筆工劉衍

秋入中山，臂隼牽盧縱長獵〔一〕。見駭毛飛雪，章臺獻穎〔二〕，臞腰束縞〔三〕，湯沐疏邑〔四〕。筤管刊瓊牒〔五〕。蒼梧恨、帝娥暗泣〔六〕。陶郎老、憔悴玄香㊁，禁苑猶催夜俱入〔七〕。

自歎江湖〔八〕，雕鶚心盡㊂〔九〕，相攜蠹魚篋〔一〇〕。念醉魂悠颺〔一一〕，折釵錦字〔一二〕，黠髯掀舞〔一三〕，流觴春帖〔一四〕。還倚荊溪楫㊃〔一五〕。金刀氏、尚傳舊業〔一六〕。勞君爲、脱帽篷窗㊄〔一七〕，寫情題水葉㊅〔一八〕。

**【校　議】**

㊀ 朱四校本、《全宋詞》宮調無「俗名小石」四字。鄭氏手批：「清真此詞上闋第七句叶均，下闋則否。夢窗兩解，惟《秋感》一首下闋不協，與清真同，可證是句均律不必盡諧也。」

㊁ 玄香：戈校本、戈選本（包括《詞譜》、杜本等清代版本）所有「玄」字，皆避諱作「元」，或避諱敬缺末筆作「玄」。「弦」字亦同其例。

㊂ 雕鶚：諸本皆徑改作「雕龍」。茲從明張本、毛本、戈校本。

㊃ 夏敬觀評語：「『邑』、『入』，依戈順卿分爲『質』、『術』韻；『業』，爲『合』、『盍』韻，此與『勿』、『迄』韻同押。『楫』字依美成詞及本集第二首，可不以韻論。」

㊄ 篷窗：明張本、毛本作「蓬窗」。鄭校：「以形聲近訛。」

㊅ 寫情：明張本、底本、朱四校本、四明本作「寓情」。茲從毛本、戈校本、杜本、王朱本、朱二校本。

## 【注釋】

〔一〕秋入二句：韓愈有寓言散文《毛穎傳》，制筆獸毛被人格化爲「毛穎」。此詞揉碎韓文而用之。《毛穎傳》：「毛穎者，中山人也。……秦始皇時，蒙將軍恬南伐楚，次中山，將大獵以懼楚。召左右庶長與軍尉，以《連山》筮之，得天與人文之兆。」中山，《苕溪漁隱叢話後集》卷一〇：「《藝苑雌黄》云：《寰宇記》言溧水縣中山，又名獨山，在縣東南十里，不與群山連接。古老相傳中山有白兔，世稱爲筆最精。」韓愈《畫記》：「騎而下倚馬臂隼而立者一人。」隼，鷙鳥。牽盧，《史記·李斯列傳》：「斯出獄，與其中子俱執，顧謂其中子曰：『吾欲與若復牽黄犬俱出上蔡東門逐狡兔，豈可得乎！』」盧。《詩·齊風·盧令》：「盧令令，其人美且仁。」毛傳：「盧，田犬。」長獵，大規模狩獵。

〔二〕見駭毛二句：韓愈《毛穎傳》：「遂獵，圍毛氏之族，拔其豪，載穎而歸，獻俘於章臺宮，聚其族而加束縛焉。秦皇帝使恬賜之湯沐，而封諸管城，號曰管城子，日見親寵任事。穎爲人强記而便敏，自結繩之代以及秦事，無不纂録。」駭毛飛雪，韓愈《詠雪贈張籍》：「定非燖鵠鷺，真是屑瓊瑰。」章臺，戰國時秦宮中高臺。《戰國策·楚策一》：「今乃欲西面而事秦，則諸侯莫不南面而朝於章臺之下矣。」鮑彪注：「秦臺，在咸陽。」

〔三〕臞腰束縞：語出宋玉《登徒子好色賦序》中「腰如束素」。此謂捆束野獸的穎毛制筆。

〔四〕湯沐疏邑：指毛穎分封管城之事。《禮記·王制》：「方伯爲朝天子，皆有湯沐之邑於天子之縣内。」鄭玄注：「湯沐之邑，給齋戒自絜清之用。浴用湯，沐用潘。」疏，分賜。

〔五〕篔管：筆管。篔，《易·説卦》：「爲蒼篔竹。」孔穎達疏：「竹初生之時，色蒼篔，取其春生之美也。」瓊牒：書簡的美稱。

〔六〕蒼梧二句：傳説斑竹産於舜崩殂地蒼梧山，娥皇、女英眼淚染竹成斑。《博物志·史補》：「堯之二女，舜之二妃曰湘夫人。舜崩，二妃啼，以涕揮竹，竹盡斑。」斑竹可爲筆管。《唐詩紀事》卷七一：「韓（定辭）曰：昔梁元帝爲湘東王時，好學著書，常紀忠臣義士及文章之美者。筆有三品，或以金銀雕飾，或用斑竹爲管。忠孝全者，用金管書之。德行清粹者，用銀管書之。文章贍麗者，以斑竹書之。」梅堯臣《斑竹管筆》：「翠管江潭竹，斑斑紅淚滋。」

〔七〕陶郎三句：韓愈《毛穎傳》以寓言人物陶泓、陳玄、褚先生，戲稱硯墨紙張：「穎與絳人陳玄、弘農陶泓及會稽褚先生友善，相推致，其出處必偕。上召穎，三人者不待詔輒俱往，上未嘗怪焉。後因進見，上將有任使，拂拭之，因免冠謝，上見其髮禿，又所摹畫不能稱上意，上嘻笑曰：『中書君老而禿，不任吾用，吾嘗謂君中書，君今不中書耶？』對曰：『臣所謂盡心者也。』因不復召，歸封邑，終於管城。」陶郎，弘農陶氏。玄，代指墨。墨以蓄久爲香，「玄香」即「陳玄」。禁苑，此特指宫廷文學侍從官署。陳鵠《耆舊續聞》卷五：「自此禁苑闕人，上謂少年輕薄，不足爲館閣重，時宰探上意，乃引藍乘備數。」

〔八〕江湖：《莊子·大宗師》：「泉涸，魚相與處於陸，相呴以濕，相濡以沫，不如相忘於江湖。」後用以指隱居流落不願或不能入仕之人。《南史·隱逸傳序》：「或遁跡江湖之上，或藏名巖石之下。」

〔九〕雕礱：歐陽詹《陶器銘》：「磨礱雕琢，鑄煉丹雘。」韓愈、軒轅彌明等《石鼎聯句》：「磨礱去圭角，浸潤著光精。」此指打磨石硯。心盡：承上引《毛穎傳》意，謂雖然筆頭磨損凋落，不能書寫，但已竭盡心力。

〔一〇〕相攜句：白居易《傷唐衢二首》（之二）：「今日開篋看，蠹魚損文字。」杜甫《客居》：「篋中有舊筆，情至時復援。」蠹魚，即蟫。蛀蝕書籍。

〔一一〕醉魂悠颺：黄庭堅《和答錢穆父猩猩毛筆》：「愛酒醉魂在，能言機事疏。」裴炎《猩猩銘并序》：「阮汧云：『會使封溪，見邑人云：猩猩在山谷行，常有數百爲群。里人以酒并糟，設於路側。又愛著屐，里人織草爲屐，更相連結。猩猩見酒及屐，……復自再三相謂曰：「試共嘗酒。」』及飲其味，逮乎醉，因取屐而著之，乃爲人之所擒，皆獲，輒無遺者。」西國胡人取其血染毳，罽色鮮豔不黯。並用王羲之酒酣興樂，書法如有神助典。

〔一二〕折釵錦字：折釵字，即折釵股，書法術語。顔真卿《祭侄文》得兼此體。董逌《廣川書跋》卷八「魯公祭姪文」條：「嘗問懷素折釵股何如屋漏水，曰：『老賊盡之矣。前人於其隱處亦自矜持，不以告人。其造微者，然後得之。』此二體又在八法六體外，乃知書一技，而其法之衆至此。公祭猶子文殆兼存此體者也。」姜夔《續書譜·用筆》：「折釵股者，欲其屈折圓而有力。」錦字：字面出自《晉書·列女傳》竇滔妻蘇氏織回文錦字寄相思事，見《夜飛鵲·蔡司户席上南花》注〔八〕。

〔一三〕黠髯：蘇軾有《黠鼠賦》。鼠鬚可以制筆。王羲之《筆經》：「世傳鍾繇、張芝皆用鼠須，筆鋒端勁，强有鋒鋩。」宋代鼠鬚制筆往往與兔毫相雜而用。蘇軾《鼠鬚筆》：「磔肉飼饑貓，分髯雜霜兔。插架刀槊健，落紙龍蛇騖。」 掀舞：「髯」字意亦入此句。蘇軾《次韻劉景文見寄》：「細看落墨皆松瘦，想見掀髯正鶴孤。」

〔一四〕流觴春帖：王羲之《蘭亭集序》：「永和九年，歲在癸丑。暮春之初，會於會稽山陰之蘭亭，修禊事也。群賢畢至，少長咸集。此地有崇山峻嶺，茂林修竹，又有清流激湍，映帶左右，引以爲流觴曲水，列坐其次。」此序爲書法名帖。《書法正傳·名法源流》：「晉穆帝永和九年三月三日，四十一人同遊於山陰蘭亭，逸少制序。酒酣興樂，而書用鼠鬚筆、蠶繭紙，遒媚勁健，絶代更無。凡二十八行，三百二十四字。字有重者，皆構別體，就中『之』字最多，乃有二十許個。變轉悉異，其時似有神助。醒後，他日更書數十百本，皆不如。右軍亦自惜之。」《蘭亭集序》因爲上巳祓禊事而作，故又稱禊序、禊帖。李商隱《擬意》：「書成祓禊帖，唱殺畔牢愁。」流觴，古代三月三日上巳日，在環曲的水邊相聚宴飲，祓除不祥的儀式。桑世昌《蘭亭考》：「《續齊諧記》：晉武帝問三月曲水何義，摯虞曰：漢徐肇以三月初生三女不育以爲怪，攜之水濱盥洗，因水以泛觴，曲水起此。束皙曰：摯虞不足知此。周公成洛邑，因流水泛酒，故逸《詩》云『羽觴隨波』。秦昭王三日置酒河曲，有金人奉水心劍曰：『令君制有西夏，秦霸。』因其處立曲水祠。二漢相沿，皆爲盛集，帝曰：『善。』」

〔一五〕還倚句：借用倚馬典。《世説新語·文學》：「桓宣武北征，袁虎時從，被責免官。會須露布文，喚袁倚馬前令作。手不輟筆，俄得七紙，絶可觀。」此寫倚楫作文。荆溪，《咸淳毗陵志》卷一五：「荆溪，在縣南二十步，廣二十二丈，深二十五丈。周孝侯斬蛟橋下即此溪也。……《風土記》云：陽羡溪九，僅有六，不知其餘。楚子隱時已如此，則川原之湮塞可知。今波澄可鑒，峰巒如畫。」

〔一六〕金刀氏二句：切筆工劉衍之姓。《漢書·王莽傳》：「夫『劉』之爲字，『卯、金、刀』也。」　舊業：父祖制筆的手藝。《毛穎傳》：「惟居中山者，能繼父祖業。」

〔一七〕勞君二句：承前引《毛穎傳》以「君」稱毛穎先生以及「因免冠謝」諸種意思，雅稱脱去筆套。黄庭堅《戲詠猩猩毛筆二首》（之二）：「明窗脱帽見蒙茸，醉著青鞋在眼中。」陳師道《古墨行》：「徑須脱帽管城公，小試玉堂揮翰手。」任淵注：「脱帽謂去其管弢也。」

〔一八〕水葉：何遜《贈王左丞》：「游魚亂水葉，輕燕逐風花。」此指可以題字的水中紅葉。

【集　評】

鄭氏手批：（劉）衍爲宋筆工之擅場者。唐時有茹筆工，天隨子有哀文，與此同爲文人遊藝之作。

夏敬觀評語：運用典實自饒古芬。　二詞皆類稼軒，無其才氣，乃才不之及也。澀則夢窗專長，擬以美成相去遠矣。

楊箋：夢窗此詞全用《毛穎傳》，與《宴清部》「詠連理海棠」下片全用《長恨歌》同法。

吴校：此詞全用昌黎《毛穎傳》。觀「玄香禁苑」，則劉衍亦内庭供奉，與絲鞋莊生同也。下半方說到自身，故用陶泓、陳玄事，皆韓文也。後疊「折釵股」見《續書譜》，「黚髯」見《筆經》（「折釵股」、「屋漏痕」皆謂草書用筆，羲之《筆經》：「世傳張芝、鍾繇用鼠鬚筆。」又云：「人鬚作筆甚佳。」黚髯即黚鼠鬚也）。荆溪、吴興皆善制筆，故有「荆溪楫」句，見《拾遺記》。

【考辨】

宜興古稱荆溪縣，宋屬常州府，筆工劉衍所居宜興與無錫鄰近，今已考得夢窗曾兩至無錫，詳見《水龍吟·惠山酌泉》【考辨】。夢窗年青杭京遊幕時期足跡曾至無錫，或亦至宜興。觀其筆致，大似年青時遊藝之作。則此詞寫於嘉定十五年（一二二二）至嘉定十六年（一二二三）。

## 又㊀

秋壓更長，看見姮娥瘦如束〔一〕。正古花搖落〔二〕，寒蛩滿地，參梅吹老，玉龍橫竹㊁〔三〕。霜被芙蓉宿〔四〕。紅綿透㊂〔五〕，尚欺暗燭〔六〕。年年記、一種凄涼〔七〕，繡幌金圓掛香玉〔八〕。　頑老情懷〔九〕，都無歡事〔一〇〕，良宵愛幽獨㊃〔一一〕。歎畫圖難倣，橘村砧思〔一二〕，笠蓑有約〔一三〕，蓴洲漁屋㊄〔一四〕。心景憑誰語㊅〔一五〕，商弦重、袖寒轉軸〔一六〕。疏籬下、試覓重陽，醉擘青露菊㊆〔一七〕。

【校　議】

㈠明張本、毛本、《歷代詩餘》、戈校本、杜本、王朱本詞題作「秋感」。

㈡横竹：明張本、毛本、《歷代詩餘》、杜本、王朱本作「横笛」。《詞律》：「『玉龍横笛』，與通篇不叶。此乃『竹』字訛『笛』字，非不叶韻也。」杜校：「『笛』字應叶。」鄭校：「以意近訛。」朱二校從《詞律》改，餘本從之。

㈢紅綿：毛本、《歷代詩餘》、戈校本、杜本、王朱本、朱二校本作「紅錦」。鄭校：「以偏旁形近訛。案譜是字宜平聲，『紅綿』切被，與上句『霜被芙蓉宿』意正合。清真《蝶戀花》：『淚花落枕紅綿冷。』蓋皆本崔國輔詩『紅綿粉絮裛啼妝』之句。明鈔本『紅綿』不誤，亦可據訂。」吴校：「按下疊『商弦』，應平。」

㈣幽獨：明張本、毛本、戈校本作「幽燭」。毛扆本：「『燭』字重押，疑『獨』字之誤。」鄧子勉先生過録日本靜嘉堂本毛扆等校語同（以下簡稱鄧録毛扆校語）。杜校：「重韻。」鄭校：「以形聲近訛。」諸本從杜本改。

㈤漁屋：毛本、《歷代詩餘》、戈校本、杜本、王朱本、朱二校本作「魚屋」。魚，「漁」的古字。

㈥ 誰語：吴校：「按上疊應叶。」

㈦ 醉擘句：王校：「句疑。」鄭氏手批：「『擘』字疑誤，此字當平聲，入作平，從閏音例。」孫按：閏音指方言中有字而注音字母所缺的聲和韻。《詞律》：「周邦彦《一寸金》一百八字。自首至尾……去聲字，妙絶。此皆跌宕處，要緊，必如此，然後起調。周郎之樹幟詞壇，有以哉。夢窗之心，如鏤塵剔髪者，故亦用『看』、『瘦』、『正』、『地』、『透』、『尚』、『暗』、『記』、『繡』、『掛』、『事』、『愛』、『歎』、『思』、『重』、『袖』、『下』、『醉』、『露』等字。又一首亦同。」

【注　釋】

〔一〕秋壓二句：姮娥，嫦娥。《後漢書·天文志》劉昭注引張衡《靈憲》：「……羿請不死之藥於西王母，姮娥竊之以奔月。」楊箋：「姮娥，即嫦娥。姮、嫦，一聲之轉，如常山之作恒山矣。或曰避漢文帝諱，始改『恒』爲『常』。」瘦如束，形容細腰。宋玉《登徒子好色賦序》：「腰如束素，齒如含貝。」既以嫦娥喻月，故可以腰瘦如束素的美女代指重九前後的上弦月。看見，「看即」的意思。《匯釋》：「看即，猶云隨即也。」

〔二〕古花摇落：古花，菱花。《埤雅》卷一五：「菱，其花紫色，晝合宵炕，隨月轉移；猶葵之隨日也。」據《本草綱目》卷三三，菱花有黄、白二色，尤以黄色爲多。故曰「古花」。林逋《菱塘》：

「含機緑錦翻新葉，滿匣青銅瑩古花。」菱花五六月開始綻放，延至秋天零落。此寫九月深秋景象以寓文人深悲。

〔三〕參梅二句：典出柳宗元《龍城録》卷上：「隋開皇中，趙師雄遷羅浮。一日天寒日暮，在醉醒間，因憩僕車於松林間酒肆傍舍。見一女子，淡妝素服，出迓師雄。時已昏黑，殘雪未銷，月色微明。師雄喜之，與之語，但覺芳香襲人，語言極清麗。因與之扣酒家門，得數杯，相與飲。少頃，有一緑衣童來，笑歌戲舞亦自可觀。頃醉寢，師雄亦懵然，但覺風寒相襲。久之，時東方已白，師雄起視，乃在大梅花樹下，上有翠羽啾嘈相顧，月落參横，但惆悵而爾。」「參梅」研煉此典而成。參，星宿名。並用笛曲《梅花落》典。林逋《霜天曉月・題梅》：「甚處玉龍三弄，聲摇動，枝頭月。」玉龍，喻笛。馬融《長笛賦》：「龍鳴水中不見已，截竹吹之聲相似。」李白《金陵聽韓侍御吹笛》：「韓公吹玉笛，倜儻流英音。風吹繞鍾山，萬壑皆龍吟。」宋代有重陽節開放的早梅花。《范村梅譜》：「早梅花勝直脚梅（孫按：即江邊野梅），吴中春晚，二月始爛漫，獨此品於冬至前已開，故得早名。錢塘湖上亦有一種尤開早，余嘗重陽日親折之，有『横枝對菊開』之句。」梁克家、張鎡、武衍亦有賦九月梅花詩。

〔四〕霜被芙蓉：繡有芙蓉花的被褥。王僧孺《爲人述夢詩》：「以親芙蓉褥，方開合歡被。」李商隱《無題四首》（之一）：「蠟照半籠金翡翠，麝熏微度繡芙蓉。」

〔五〕紅綿：衾枕中絲綿因染胭脂淚而紅。周邦彦《蝶戀花・早行》：「喚起兩眸清炯炯。淚花落枕紅綿冷。」透：《例釋》：「猶云到，動詞。」

〔六〕暗燭：權德輿《雜言和常州李員外副使春日戲題十首》（之八）：「緑窗銷暗燭，蘭徑掃清塵。」以上三句謂秋霜落時，燭暗夜深，寒意透過繡被，侵襲到肌膚。意略同於李清照重陽詞《醉花陰》：「佳節又重陽，玉枕紗廚，半夜涼初透。」

〔七〕一種：《匯釋》：「猶云一樣或同是也。」

〔八〕繡幌句：蘇舜欽《蘇州洞庭山水月禪院記》：「其中山之名見圖志者七十有二，唯洞庭稱雄其間。……至於縣吏之庭下皆樹桑梔，柑柚爲常産，每秋高霜餘，丹苞朱實，與長松茂樹相差於巖壑間，望之若圖繪金翠之可愛。」韋應物《洞庭獻新橘賦》：「然後浮香外散，美味中成。照斜暉而金色，滴曉潤而霜清。圓甚垂珠，琪樹方而向熟；味能適口，玉果比而全輕。」實取意蘇軾《贈劉景文》：「一年好景君須記，最是橙黄橘緑時。」謂繡幌撩起後，所見橘林果實累累的情景，蘇州洞庭橙橘皆霜後方黄熟。

〔九〕頑老：猶言「癡頑老子」。愚蠢遲鈍的老頭。《新五代史·馮道傳》：「（德光）又問曰：『何以來朝？』對曰：『無城無兵，安敢不來。』德光誚之曰：『爾是何等老子？』對曰：『無才無德癡頑老子。』德光喜，以道爲太傅。」陸游《寓歎四首》（之三）：「事外癡頑老，人中剩長身。」

〔一〇〕都：《匯釋》：「都來，猶云統統也；不過也；算來也。……亦有衹用一都字者，義亦同。」

〔一一〕幽獨：屈原《楚辭·九章·涉江》：「哀吾身之無樂兮，幽獨處乎山中。」王逸章句：「遠離親戚而斥逐也。」

〔一二〕橘村砧思：李商隱《宿晉昌亭聞驚禽》：「胡馬嘶和榆塞笛，楚猿吟雜橘村砧。」

〔一三〕笠蓑：語出《詩·小雅·無羊》：「爾牧來思，何蓑何笠。」柳宗元《江雪》：「孤舟蓑笠翁，獨釣寒江雪。」有約：羊士諤《小園春至偶呈吏部竇郎中》：「心期自有約，去掃蒼苔斑。」

〔一四〕蓴洲漁屋：暗用張翰回鄉歸隱吴中的典故，詳見《瑞鶴仙·癸卯歲壽方蕙巖寺簿》注〔九〕。杜甫《過南嶽入洞庭湖》：「壤童犁雨雪，漁屋架泥塗。」

〔一五〕心景：指内心與外景相合的情形。趙師俠《水調歌頭》：「心景兩無著，情物豈能移。」

〔一六〕商弦二句：白居易《琵琶引》：「轉軸撥弦三兩聲，未成曲調先有情。弦弦掩抑聲聲思，似訴平生不得意。低眉信手續續彈，説盡心中無限事。」杜甫《佳人》：「天寒翠袖薄，日暮倚修竹。」商弦，七弦琴的第二弦彈奏商調。《初學記》卷一六引《三禮圖》曰：「琴第一弦爲宫，次弦爲商，次爲角，次爲羽，次爲徵，次爲少宫，次爲少商。」商弦多奏悲苦之音。蘇若蘭《璇璣圖詩·外經》：「藏摧悲聲發曲秦，商弦激楚流清琴。」此謂只能憑藉佳人手中樂器彈奏出哀怨之音傳達心思。

〔一七〕疏籬三句：謂菊花本應重陽節景，然而花蕾尚青未黄，明日即便開放，亦無人欣賞。杜甫《歎庭前甘菊花》：「簷前甘菊移時晚，青蕊重陽不堪摘。明日蕭條醉盡醒，殘花爛熳開何益。」蘇軾《浣溪沙·九月九日二首》（之一）：「共挽朱轓留半日，强揉青蕊作重陽。不知明日爲誰黄。」青露，青蕾所沾露水。

【考辨】

楊箋：（「年年記」三句）此以逆作歇，不止一年，故曰「年年」。與他作之楚江旅宿、醉踏南屏專言一年者不同。然「年」雖不同，而「淒涼」仍是「一種」，但繡幌掛鈎，何以淒涼？因幌掛而不垂，顯是獨宿情景，其亦有憶姬之意歟？

孫按：此詞無一語涉及所謂蘇州遣姬，且是夢窗節令詞中少見的不入閨房意的重九抒懷詞。詞中以蘇州爲歸老勝地，應是離開蘇州之後，思以蘇州爲歸老之地的作品。鄭文焯「老去菟裘，復以此邦爲可樂」一語，此詞似亦可當之。詞或寫於晚客榮邸時。

## 繞佛閣㊀ 黃鐘商㊁

與沈野逸東皋天街盧樓追涼小飲㊂〔一〕

夜空似水，橫漢靜立，銀浪聲杳〔二〕。瑤鏡奩小〔三〕。素娥乍起〔四〕、樓心弄孤照〔五〕。絮雲未巧㊃〔六〕。梧韻露井㊄〔七〕，偏惜秋早㊅〔八〕。晴暗多少㊆〔九〕。怕教徹膽，寒光見懷抱㊇〔一〇〕。　浪跡尚爲客〔一一〕，恨滿長安千古道㊈〔一二〕。還記暗螢、穿簾街語悄〔一三〕。歎步影歸來，人鬢花老〔一四〕。紫簫天渺〔一五〕。又露飲風前〔一六〕，涼墮輕帽〔一七〕。酒杯空、數星橫曉〔一八〕。

【校　議】

㈠明張本此調下有周邦彦《繞佛閣》（暗塵四斂）一闋。底本删。杜批戈選中周邦彦此調：「此調與後夢窗詞平仄相同，戈順（卿）謂應是三疊，以『桂花又滿』爲二段起句。蓋字數相等，合雙曳頭之體。又夢窗詞首句不叶，而陳西麓和詞首句亦用『斂』字，似亦叶也。」夏敬觀評語：「此雙拽頭也。美成詞首句『斂』字是韻，夢窗兩詞皆失之，陳西麓和韻用『斂』字是。」孫按：此詞雙調，非三疊雙曳（拽）頭。

㈡明張本、底本宫調作「夾鐘商」。底本校曰：「按，『夾』當作『黄』。《清真集》作『大石』。」底本眉批：「俗呼雙調。」楊箋：「《詞源》：黄鐘俗名大石調。」兹據朱四校本、《全宋詞》。

㈢明張本詞題作「天街追涼盧長笛樓」。《歷代詩餘》詞題作「天街盧樓追涼小飲」。

㈣絮雲未巧：朱四校本作「□絮雲未巧」。孫按：夢窗下闋同調詞中此句爲五字，是爲四校本依據。然此調聲律俱依周邦彦《繞佛閣》（暗塵四斂）。清真詞此句爲「桂華又滿」，格律正爲「仄平仄仄」。應未誤。

㈤梧韻：《歷代詩餘》、戈選、杜本作「梧隕」。追涼以及絮雲皆可證時節在六月底七月初，梧葉尚未墜落。梧韻者，梧葉風中摇曳之聲。

⑥偏借：毛本、《歷代詩餘》、王朱本、朱二校本作「偏借」。鄭氏手批：「『惜』字妙。『借』，以形近訛。」

⑦晴暗：毛本、《歷代詩餘》、戈校本、戈選、杜本、王朱初刻本、王朱重刻本、朱二校本作「暗情」。

⑧寒光：明張本、朱四校本作「蟾光」。鄭氏手批：「此『蟾光』當作『寒』，以上既有『素娥』，不應更用『蟾光』切月，且不若『寒光』之警策。」

⑨長安：《歷代詩餘》作「紅塵」。

【注釋】

〔一〕沈野逸東皋：即沈平，字中行，號東皋叟。　盧樓：盧樓主人是夢窗友人盧長笛，明張本詞題中有「盧長笛樓」可證。　追涼：庾肩吾《和晉安王薄晚逐涼北樓回望應教詩》：「向夕紛喧屏，追涼飛觀中。」杜甫《羌村三首》（之二）：「憶昔好追涼，故繞池邊樹。」

〔二〕夜空三句：全詞對杜牧《秋夕》有所取意：「天街夜色涼如水，坐看牽牛織女星。」詩詞中既以天河爲「河」，故而自可鑿空爲實，而寫天河之水聲。如李賀《天上謡》：「天河夜轉漂回星，銀浦流雲學水聲。」杜甫《同諸公登慈恩寺塔》：「七星在北户，河漢聲西流。」夢窗亦慣用此法，並再作翻案，擬爲河而無浪影或水聲。前文《夜飛鵲》「庭浪無紋」，此詞「銀浪聲杳」即其例。

〔三〕瑤鏡：猶言瑤臺鏡。李白《古朗月行》：「又疑瑤臺鏡，飛在青雲端。」　奩小：因時間在月初，月如弦鉤，故曰。《急就篇》卷三：「鏡奩疏比各異工。」顔師古注：「鏡奩，盛鏡之器，若今鏡匣也。」

〔四〕素娥：嫦娥。《文選·謝莊〈月賦〉》：「引玄兔於帝臺，集素娥於後庭。」李周翰注：「常娥竊藥奔月，因以爲名，月色白，故云素娥。」　乍：《匯釋》：「猶初也，才也。」

〔五〕樓心：晏幾道《鷓鴣天》：「舞低楊柳樓心月，歌盡桃花扇影風。」　孤照：杜範《丁卯九月十夜觀月》：「毫髮不迷孤照處，膽肝盡露廣寒宫。」

〔六〕絮雲未巧：秦觀《鵲橋仙》：「纖雲弄巧，飛星傳恨，銀漢迢迢暗度。」未巧，言尚未至七月。《昌黎縣志》卷五：「五月六月看老雲，七月八月看巧雲。」注曰：「五六月油然作雲，故曰老。七八月秋雲似羅，故曰巧。」絮雲，杜牧《長安雜題長句六首》（之二）：「晴雲似絮惹低空，紫陌微微弄袖風。」

〔七〕梧韻露井：謂井梧葉聲蕭蕭。參見《解連環》（暮簷涼薄）注〔九〕。

〔八〕偏惜秋早：點明尚未至早秋七月。

〔九〕晴暗多少：蘇軾《水調歌頭》：「人有悲歡離合，月有陰晴圓缺，此事古難全。」

〔一〇〕怕教二句：傳説秦宫有照膽鏡。《西京雜記》卷三：「昭華之宫有方鏡，廣四尺，高五尺九寸。表裏有明，人直來照之，影則倒見。以手捫心而來，則見腸胃五臟，歷然無礙。人有疾病，在内則掩心而照之，則知病之所在。又女子有邪心，則膽張心動。」周邦彦《倒犯·詠月》：「玉䍐邀雲表。共寒光、飲清醥。」

〔一一〕浪跡句：此爲在京師無官無家的婉辭。李白《竄夜郎於烏江留別宗十六璟》：「浪跡未出世，空名動京師。」杜甫《曲江陪鄭八丈南史飲》：「近侍即今難浪跡，此身那得更無家。」

〔一二〕長安道：代指行役奔競之途。晁補之《潼關道中》：「塵土長安古道深，潼關依舊接桃林。」

〔一三〕還記二句：張籍《夜懷》：「幽蕙零落色，暗螢參差飛。」何遜《和蕭諮議岑離閨怨詩》：「窗中度落葉，簾外隔飛螢。」

〔一四〕歎步影二句：步影，猶言「步月」。杜甫《恨別》：「思家步月清宵立，憶弟看雲白日眠。」陳師道《寒夜有懷晁無斁》：「燈花頻作喜，月色正可步。」人鬢花老，與結處四句，化用白居易《感櫻桃花因招飲客》詩意：「櫻桃昨夜開如雪，鬢髮今年白似霜。漸覺花前成老醜，何曾酒後更顛狂。」以上四句寫記憶中的追涼經歷，並言當年簪花行樂之人今已衰老。

〔一五〕紫簫天渺：杜牧《寄揚州韓綽判官》：「二十四橋明月夜，玉人何處教吹簫。」紫簫，杜牧《杜秋娘詩》：「金階露新重，閑撚紫簫吹。」原注：「《晉書》：『盜開涼州張駿塚，得紫玉簫。』」

〔一六〕露飲：飲酒時把帽子和束髮紗巾脱去，形容不拘禮節的狂放姿態。李頎《別梁鍠》：「朝朝飲酒黄公壚，脱帽露頂爭叫呼。」《夢溪筆談》卷九載石曼卿「每與客痛飲，露髮跣足，著械而坐，謂之『囚飲』；……其狂縱大率如此」。

〔一七〕涼墮輕帽：暗用「墮幘」典，見《瑞鶴仙・餞郎糾曹之嚴陵》注〔一三〕。輕帽，薛師石《橫參樓和老杜韻》：「暖日低輕帽，良朋接短襟。」

〔一八〕酒杯二句：李白《把酒問月》：「唯願當歌對酒時，月光長照金樽裏。」杜甫《酬孟雲卿》：「但恐天河落，寧辭酒盞空？」蘇軾《月夜與客飲杏花下》：「洞簫聲斷月明中，惟憂月落酒杯空。」數星，特指參星。參橫斗轉，夏季天色將曉。蘇軾《次韻江晦叔二首》（之二）：「小樓看月上，劇飲到參橫。」

【集　評】

俞陛雲《唐五代兩宋詞選釋》：上闋「晴暗」三句筆意深透。下闋「街語」以下六句，戈順卿謂夢窗「煉字煉句……而實有靈氣行乎其間」，此詞下半闋頗有此境，結句尤有遠神。

楊箋：推後一層意，此詞上片止寫天街夜涼，下片方寫到小飲。未到「飲」字前，又以昔日冶遊作波瀾。吴詞斷不平直，舉此可例其餘。

【考　辨】

朱箋：《洞霄詩集》：野逸名中行。按集中有《醉桃源·贈盧長笛》詞，疑即樓之主人。

楊箋：此詞作於杭京。

孫按：據夢窗此詞知沈氏應號東皋，據朱箋及以下資料，知此人即沈平，字中行，號野逸，又自號東皋叟或東皋子。《同治湖州府志》卷四九載沈氏《烏青鎮酒正題名記》，署曰：「嘉熙己亥中元日東臯叟沈平記。」《吴興備志》卷一二引《烏青志》:「沈平,字東臯,烏程人。雅好文,鄭清之、吴潛皆與之游,薦於朝,欲官之,皆以疾辭不赴。人稱爲沈處士云。當時里中碑刻多出其手,所著《東臯遺稿》若干卷,《烏青記》四卷行於世。」吴泳《東臯唱和集序》:「吴興沈平,澹然浙民之秀焉者也。當嘉熙初,從烏戍呼棹舡郎,載筆床,提酒罍,袖破古錦囊,訪我於百寮山下,曰:『吾,東臯子也。』形貌古怪,頎然鶴骨,談詞綺辯,粲其象齒。自言騎竹馬年已習歌詠,少長便能背誦後山、簡齋諸詩,每嘯傲湖山,鎮日忘返。」

宋代釋文珦《送立上人偕沈東臯謁吴退庵》:「闔閭城裏去,瘦沈是同舟。不用悲游鹿,唯須問狎鷗。夕陽空茂苑,殘雪遍長洲。太守相逢日,言詩定點頭。」《宋詩紀事》中存其《遊九鎖》詩一首。吴退庵,即吴淵。據《吴郡志》卷一一,吴淵紹定三年(一二三〇)十二月至紹定四年(一二三一)七月初知平江府;同卷載吴淵淳祐七年(一二四七)再知平江府。據此詞,二人有年少共客杭京的經歷,故知沈氏與夢窗年齡相仿。據文珦詩,前往拜謁蘇州太守:「瘦沈」未老,知詩作於吴淵初任平江府時。詞中「浪跡尚爲客,恨滿長安千古道」,則寫夢窗再次羈客杭京景況,與夢窗淳祐六年(一二四六)至淳祐九年(一二四九)隨幕史宅之再客杭京行跡相符。由此可知此詞淳祐六年至淳祐九年寫於杭州,二人已入「人鬢花老」之境矣。

# 又

贈郭季隱㊀〔一〕

蒨霞豔錦，星媛夜織，河漢鳴杼〔二〕。紅翠萬縷㊁。送幽夢與、人間繡芳句㊂〔三〕。怨宫恨羽〔四〕。孤劍漫倚，無限悽楚〔五〕。□□□□。賦情縹緲〔六〕、東風颺花絮㊃〔七〕。鏡裏半鬢雪〔八〕，向老春深鶯曉處㊄〔九〕。長閉翠陰㊅、幽坊楊柳户〔一〇〕。看故苑離離，城外禾黍㊆〔一一〕。短藜青屨〔一二〕。笑寄隱閑追〔一三〕，雞社歌舞〔一四〕。最風流、墊巾沾雨〔一五〕。

**【校議】**

㊀郭季隱：毛本、戈校本、杜本作「郭李隱」。

㊁萬縷：朱二校眉批：「『萬』，疑當作平聲字。」

㊂繡芳句：毛本、戈校本、杜本、王朱本、朱二校本作「秀芳句」。毛扆本「秀」旁注「繡」字。朱四校本作「繡芳句□」。空格未知何據。

㊃□□三句：明張本空格，自注：「脱四字。」毛本、戈校本作「賦情縹緲，東風摇颺花絮□□□」。毛扆本：「脱四字一句應在『東風』上。」《詞律》：「然其通首用『杼』、『縷』等韻，『花絮』二字，正其煞尾二字，應作『東風摇颺□□□花絮』方是。」《四庫》本作「賦情縹緲、東風摇颺、陣陣沾花絮」。戈校本：「『賦情』上闕四字，有韻句。『摇』字衍。」杜校：「原闕三字，在『花絮』之下。按『絮』字乃尾句押韻。據《提要》此三字當空於『花絮』之上。宜用平平去。擬補『殘寒亂』三字。」王朱本、朱二校本從《四庫全書總目提要》改。鄭氏手批：「明鈔『楚』字均下空闕，依清真詞校，缺四字，一均。」又：「鈔本無『摇』字，『颺』下不缺，蓋本從『賦情』至『花絮』爲句，正與譜合。劍丞説。」孫按：劍丞，夏敬觀字，夏氏晚號吷庵。

㊄向老：明張本作「句老」。毛本、戈校本、王朱本、朱二校本作「詞老」。戈校本：「『詞』字訛。」《詞譜》作「人老」。底本「從夏敬觀校」作「向老」。朱四校本、鄭校、四明本從之。鄭氏手批：「過片次句首字，明鈔作『句』，誤。疑是『向』字之形近訛。」

㊅翠陰：明張本作「醉陰」。

㊆城外：毛本、戈校本、杜本、王朱本、朱二校本作「遍生」。

【注釋】

〔一〕郭季隱：作者友人。生平不詳。

〔二〕蒨霞三句：《古詩十九首》：「迢迢牽牛星，皎皎河漢女。纖纖擢素手，札札弄機杼。」七八月秋雲似羅，侯喜《秋雲似羅賦》有句曰：「餘霞成綺，須臾則改。」「染絳日而成蒨，映青空而似藍。」以織女織成的似羅秋雲喻郭季隱的文辭。並暗用李白典。李白《冬日於龍門送從弟京兆參軍令問之淮南覲省序》：「（紫雲仙季）常醉目吾曰：『兄心肝五藏，皆錦繡耶？不然，何開口成文，揮翰霧散？』」星媛，織女。宋之問《七夕》：「傳道仙星媛，年年會水隅。」

〔三〕紅翠三句：合用張協、郭璞二典。《南史・江淹傳》：「淹少以文章顯，晚節才思微退。云爲宣城太守時罷歸，始泊禪靈寺渚，夜夢一人自稱張景陽，謂曰：『前以一匹錦相寄，今可見還。』淹探懷中得數尺與之，此人大恚曰：『那得割截都盡。』顧見丘遲謂曰：『餘此數尺既無所用，以遺君。』自爾淹文章躓矣。又嘗宿於冶亭，夢一丈夫自稱郭璞，謂淹曰：『吾有筆在卿處多年，可以見還。』淹乃探懷中得五色筆一以授之。爾後爲詩絶無美句，時人謂之才盡。」紅翠萬縷，承錦緞之喻。郭季隱與郭璞同姓，與張景陽（協）虛實疊加用之。

〔四〕怨宮恨羽：形容郭氏詞調有哀婉之音聲。宮羽，古代樂曲五音中音調名。參見《一寸金》（秋壓更長）注〔一六〕。

〔五〕孤劍二句：寫郭氏書劍飄零。

〔六〕賦情：吴融《雜曲歌辭・古別離》：「賦情更有深繾綣，碧甃千尋尚爲淺。」縹緲：意入「紅翠」三句。侯喜《秋雲似羅賦》：「雲之可觀，時惟佩蘭。映婺女而扇薄，透姮娥而幔寒。縹緲如畫，霏微似殘。」

〔七〕東風句：用柳絮如雪典，詳見《解連環·留別姜石帚》注〔一三〕。歐陽炯《春光好》：「飛絮悠颺遍虛空，惹輕風。」以上三句以春風中飛颺的花絮形容郭氏隨物賦形，抒情婉轉。

〔八〕半髯雪：劉滄《題四皓廟》：「雪髯仙侶何深隱，千古寂寥雲水重。」吴融《送于員外歸隱藍田》：「若遇秦時雪髯客，紫芝兼可備朝餐。」

〔九〕向老：《匯釋》：「猶云臨老也。」春深鶯曉處：暗寓「柳」，詩詞往往柳鶯連綴，爲下文張本。

〔一〇〕長閉二句：姜夔《霓裳中序第一》：「沈思年少浪跡，笛裏關山，柳下坊陌。」馬戴《春思》：「初日照楊柳，玉樓含翠陰。」

〔一一〕看故苑二句：《詩·王風·黍離》凡三闋，起句均爲「彼黍離離」。毛詩序曰：「『黍離』，閔宗周也。周大夫行役，至於宗周，過故廟宮室，盡爲禾黍，閔周室之顛覆，彷徨不忍去，而作是詩也。」

〔一二〕短藜青屨：化用蘇軾《寄題刁景純藏春塢》：「年抛造物陶甄外，春在先生杖屨中。」阮閱《郴江百詠并序·題春波亭》：「數葉荷衣一短藜，春波亭上倚餘暉。」杜甫《發劉郎浦》：「白頭厭伴漁人宿，黄帽青鞋歸去來。」

〔一三〕寄隱：諧音「季隱」。

〔一四〕雞社歌舞：古以二十五家爲一社。此指以雞豚祭祀土地神的社日活動。韓愈《南溪始泛三首》（之二）：「願爲同社人，雞豚燕春秋。」《禮記·王制》：「庶人春薦韭，夏薦麥，秋薦黍，冬薦稻。韭以卵，麥以魚，黍以豚，稻以雁。」鄭氏注：「庶人無常牲，取與新物相宜而已。」此類活動往往有自娱自樂的歌舞。戴復古《題申季山所藏李伯時畫村田樂圖》：「雞豚社酒賽豐年，醉唱村歌舞村樂。鼓笛有聲無曲譜，布衫顛倒傞傞舞。」

〔一五〕最風流二句：東漢郭太，字林宗，品學高雅，爲時所重，曾途行遇雨。《後漢書·郭太傳》：「身長八尺，容貌魁偉，褒衣博帶，周遊郡國。嘗於陳梁間行遇雨，巾一角墊，時人乃故折巾一角，以爲『林宗巾』。其見慕皆如此。」此處也以同姓引典。

【集　評】

鄭氏手批：末句用郭有道别傳「墊雨巾折一角」故事，與石帚「綸巾欹雨」同（孫按：「綸巾欹雨」是姜白石《石湖仙》詞中句子，鄭氏誤石帚爲白石）。

夏敬觀評語：此詞未免過澀。凡滑調須使稍澀，澀調則須使稍順。此詞不若前詞，對看即明。

【考　辨】

楊箋：季隱所見當是杭京破後景象，若汴京，則非季隱所得見矣。舍汴杭又何？所謂離離禾黍乎？因此斷定夢窗卒於宋亡之後。

孫按：楊氏斷定夢窗卒於宋亡之後數詞，此詞最爲確證。夢窗親見宋亡，尚有詞可證，詳後考。

## 拜星月慢㈠ 林鍾羽 俗名高平㈡

姜石帚以盆蓮數十置中庭，宴客其中㈢

絳雪生涼〔一〕，碧霞籠夜〔二〕，小立中庭蕪地〔三〕。昨夢西湖〔四〕，老扁舟身世〔五〕。歎遊蕩㈣〔六〕，暫賞、吟花酌露尊俎〔七〕，冷玉紅香罍洗㈤〔八〕。眼眩魂迷㈥，古陶洲十里㈦〔九〕。翠參差〔一〇〕、澹月平芳砌〔一一〕。磚花滉〔一二〕、小浪魚鱗起㈧〔一三〕。霧盎淺障青羅〔一四〕，洗湘娥春膩〔一五〕。蕩蘭煙〔一六〕、麝馥濃侵醉㈨〔一七〕。吹不散、繡屋重門閉〔一八〕。又怕便㈩、綠減西風，泣秋檠燭外⑪〔一九〕。

**【校　議】**

㈠《詞譜》此調下注曰：「或無『慢』字，星，或作『新』。」故雖多異名，其實一也。《鐵網珊瑚》詞調作《拜星月》。鄭氏所見《鐵網珊瑚》詞調作《拜新月》。毛本、杜本、王朱本、朱二校本詞調作《拜新月慢》。毛扆本改「新」作「星」。底本、朱四校本從明張本。與毛扆本、戈校本正同。四明本雖亦作《拜星月慢》，然張壽鏞在《補校夢窗新詞稿》中案曰：「考周雪（草）窗寄夢窗有《拜新月慢》。

仍應從原鈔。」孫按：張壽鏞家藏明鈔《鐵網珊瑚》（以下簡稱張藏《鐵網珊瑚》），即張壽鏞案語中稱爲「原鈔」者）。

㈡朱四校本、《全宋詞》無「俗名高平」四字。

㈢《鐵網珊瑚》、朱二校本、四明本、鄭校詞題作「姜石帚以盆蓮百餘本移置中庭，宴客同賞」。鄭校：「案此題叙，原文簡雅可誦。……（毛本）則字省而句累。改『百餘本』作『數十』，又兩『中』字，繆甚。杜、王二刻並從之，非是。」朱二校：「按《鐵網珊瑚》録夢窗諸詞，云出手稿最可據依。惟古人手稿往往與刻本異同，或由後來更定，且其本屢經明人寫刻，非真跡之比，故就題語較詳及毛本顯誤者易之，其可兩存者附著於此，不悉改也。」孫按：以所見五種《鐵網珊瑚》，比照朱鄭二氏所見，洵如朱氏所言。

㈣遊蕩：《鐵網珊瑚》、四明本作「飄蕩」。

㈤暫賞三句：毛扆本：「『尊俎』下疑有誤。」鄧録毛扆校語同。鄭氏手批：「『洗』字均例用對仗。觀此可徵清真詞『似覺、瓊枝玉樹相倚，暖日明霞光爛』二語同爲偶句也。」

㈥魂迷：明張本、毛本、《詞律》、戈校本、杜本、王朱本作「意迷」。朱二校本從《鐵網珊瑚》改。餘本從。鄭校：「案，是字律宜平，清真詞可證。」鄭氏手批：「意，無作平例，清真詞是字作平，故知手稿作『魂』可信從也。」

〔七〕陶洲：《鐵網珊瑚》、《詞律》、戈校本、四明本作「陶州」。十里：《鐵網珊瑚》、鄭校、四明本作「千里」。鄭氏手批：「『十』稿爲『千』之訛也。此字宜平，『十』雖有平叶，而夢窗手寫本足徵。」

〔八〕小浪：《鐵網珊瑚》、四明本作「細浪」。

〔九〕侵醉：《鐵網珊瑚》、明張本、毛本、戈校本、王朱本、朱二校本、四明本作「侵酒」。《詞律》：「『醉』字，本集作『酒』。此字該叶韻，今改正。」杜本從，校曰：「失韻。」朱二校：「酒，《詞律》作『醉』。陳蒙按：乙稿《金錢子》『臨酒論深意』，『酒』亦叶『紙』。《楚辭·招魂》：『增冰峨峨，飛雪千里些。歸來歸來，不可以久些。』顧亭林引詩『何其久也，必有以也』。吉甫燕喜，既多受祉。來歸自鎬，我行永久』爲證。按酒、久同在古韻四十四，有『久』可叶『紙』；似『酒』亦在可叶之列。」鄭校：「下闋第四韻『酒』字，爲『醉』之以意訛，以清真詞是句有韻可證。集中《金錢子》過片亦是『醉』字協，並訛作『酒』，同一舛也。」鄭氏手批：「夢窗詞有因同意字類相訛者，如《荔支香近》『車』、『馬』是也。此當舉爲同意互訛之例。」吴校：「應從《詞律》。陳蒙引《楚詞》、《詩經》，謂同在古韻四十四，『酒』亦可協。此經生見解，不必從。」

〔一〇〕又怕便：《鐵網珊瑚》無「又」字。

〔一一〕泣秋句：《鐵網珊瑚》作「泫秋檠燭外」，並「外」下自注：「一作『淚』。」朱二校本、鄭校作「泫秋檠燭淚」。鄭校：「『泣』字形近『泫』，當兩存之。」鄭氏手批：「『泣』字蓋鈔省之誤會，行書與『泫』

字同一筆致，非原作『泣』也。至『淚』字『一作「外」』乃君特自注，宜據以附注於句下。」四明本作「泣秋檠燭淚」。張壽鏞案：「原鈔『燭外』，與鄭氏所見本異。應作『燭淚』。」孫按：當依鄭校兩存之，隋薛道衡有「荷心宜露泫」之句可以爲證。鄭氏手批：「草窗是調第三均字數從同而句極迥異。可徵舊譜零佚，南宋後知之者寡已。」

## 【注釋】

〔一〕絳雪：比喻白裏泛紅的花朵。劉克莊《漢宮春》詠紅梅：「拚醉倒，花間一霎，莫教絳雪離披。」此喻蓮花。

〔二〕碧霞：此喻荷葉。

〔三〕中庭蕪地：李煜《虞美人》：「風回小院庭蕪緑，柳眼春相續。」司空曙《雜言》：「燕拂青蕪地，蟬鳴紅葉枝。」

〔四〕昨夢：猶言往事悠悠。晏幾道《樂府補亡自序》：「考其篇中所紀悲歡合離之事，如幻如電，如昨夢前塵，但能掩卷憮然，感光陰之易遷，歎境緣之無實也。」 西湖：杭京西湖多荷花，下文「十里」意入此句。陳少章《詩》：「十里荷開菡萏初，我公初至有西湖。」柳永《望海潮》：「重湖疊巘清嘉。有三秋桂子，十里荷花。」

〔五〕老扁舟句：謂歸隱西湖的願望。《史記·貨殖列傳》：「范蠡既雪會稽之恥，乃喟然而歎曰：『計然之策七，越用其五而得意。既已施於國，吾欲用之家。』乃乘扁舟浮於江湖。」杜甫《秋日荆南述懷三十韻》：「伏枕因超忽，扁舟任往來。」

〔六〕遊蕩：羈旅行役。《樂府詩集·相和歌辭二·東光》：「諸軍遊蕩子，早行多悲傷。」以上三句以西湖歸夢無法實現爲襯托。

〔七〕吟花：孟郊《題陸鴻漸上饒新開山舍》：「嘯竹引清吹，吟花成新篇。」酌露：集中《齊天樂·白酒自酌有感》中有「芙蓉心上三更露」之句，以芙蓉露爲美酒。尊俎：《禮記·樂記》：「鋪筵席，陳尊俎。」

〔八〕冷玉紅香：四字錯綜成文。紅玉，以美人肌膚喻芙蓉花瓣。《西京雜記》卷一：「趙后體輕腰弱，善行步進退，女弟昭儀，不能及也。但昭儀弱骨豐肌，尤工笑語。二人並色如紅玉，爲當時第一，皆擅寵後宮。」姜夔《念奴嬌》：「嫣然搖動，冷香飛上詩句。」罍洗：古代祭祀或進食前用以潔手的器皿。《晉書·潘尼傳》：「設樽篚於兩楹之間，陳罍洗於阼階之左。」此指花盆。黄庭堅《次韻秦觀過陳無己書院觀鄙句之作》：「碌碌盆盎中，見此古罍洗。」

〔九〕眼眩二句：班固《西都賦》：「攀井幹而未半，目眩轉而意迷。」暗承「十里荷花」句意，故有「十里陶洲」之喻。楊鐵夫《吴夢窗詞箋釋·自序》以「陶洲」爲「所未詳者」。此陶洲，謂古陶瓦盆在庭院中組成的景象讓人目眩意迷，産生了往昔徜徉於西湖十里荷花洲的錯覺和想像。正劉永濟所謂「形蓮之多，使人迷惘，如在十里古陶洲中也」。

〔一〇〕翠參差：杜衍《詠蓮》：「鑿破蒼苔漲作池，芰荷分得緑參差。」參差，不齊貌。《詩·周南·關雎》：「參差荇菜，左右流之。」

〔一一〕平芳砌：此謂盆蓮出水舉風，與臺階相平。晏殊《紫竹花》：「長夏幽居景不窮，花開芳砌翠成叢。」以上二句並化用白居易《階下蓮》：「葉展影翻當砌月，花開香散入簾風。」

〔一二〕磚花：地上砌成或畫成的飾紋。宋祁《玉堂感舊》：「磚花仍可記，厦雀稍驚飛。」　滉：蕩漾。

〔一三〕小浪句：温庭筠《東郊行》：「緑渚幽香生白蘋，差差小浪吹魚鱗。」魚鱗，猶言鱗浪。

〔一四〕盎：洋溢充沛。《孟子·盡心上》：「其生色也睟然，見於面，盎於背。」趙岐注：「盎，視其背而可知，其背盎盎然盛，流於四體。」　淺障青羅，以青色絲織物作遮護盆蓮的屏障。青羅，青色絲織物。《隋書·禮儀志七》：「青衣，青羅爲之，制與鞠衣同。」

〔一五〕湘娥：喻荷花。見《解連環》（暮簷涼薄）注〔一四〕。　春膩：魏了翁《曾少卿約飲即席賦》：「日烘花影漲春膩，風撼柳絲明醉痕。」此喻蓮瓣。

〔一六〕蘭煙：沈約《郊居賦》：「浮蘭煙於桂棟，召巫陽於南楚。」此特指荷霧。

〔一七〕麝馥句：荷香與麝香相似，詩人常用以互指。如梁簡文帝《南湖》：「荷香亂衣麝，橈聲隨急流。」王安石《自白土村入北寺二首》（之一）：「薄槿煙脂染，深荷水麝焚。」麝，《本草綱目》卷五一（上）載其似獐而小，雄麝臍部有香腺，可以作香料：「麝之香氣遠射，故謂之麝，或云射父之香來射，故名。」侵醉，荷香能醒酒。劉敞《荷華》：「亂香清宿醉，濃豔破征愁。」

〔一八〕重門閉：梁簡文帝《采桑》：「重門皆已閉，方知留客袂。」　此句就散入簾中的蓮香而言。

〔一九〕又怕三句：化用李璟《山花子》詞意：「菡萏香銷翠葉殘，西風愁起緑波間。」便，《例釋》：「又相當於『卻』，表轉折語氣的副詞。」此以屋内燭淚襯院中盆内泫露如爲紅翠衰減而悲怨也。

【集評】

鄭氏手批：詞中切「盆」字，用意遣詞，不見雕琢。

陳洵《海綃説詞》：「昨夢」九字，脱開以取遠神。以下即事感歎。「身世」、「遊蕩」四字是骨。後闋復起。三句作層層跌宕，回視昨夢，真如海上三仙山矣。

夏敬觀評語：起二句對，甚不生情。美成絶不如此而已。「歎遊蕩」三字殊不佳。

楊箋：（「昨夢」二句）忽從夢境一宕，局活，以西湖映蓮，不黏不脱。

劉永濟《微睇室説詞》：起三句切題。「絳雪」八字，寫蓮花蓮葉。雪而曰絳，霞而曰碧，皆加工設色之筆。「昨夢」二句，從中庭蓮花聯想到西湖蓮花，而「昨夢」、「扁舟」，以見舊遊如夢，身世如一扁舟，故有「歎遊蕩」三句接下。陳洵謂「『昨夢』九字，脱開以取遠神。以下即事感歎，『身世』、『遊蕩』四字是骨」，是也。「暫賞」二句，正寫宴客於盆蓮中。「罍洗」，古酒器。……换頭三句切中庭盆蓮。「芳砌」、「磚花」即中庭。「小浪」用温庭筠「參差小浪動魚鱗」詩句，此指磚上花紋滉漾如鱗鱗小浪也。「霧盎」二句渲染盆蓮，增加詞語之色澤也。「蕩蘭煙」二句寫花香。「侵醉」，花氣熏人也。「吹不散」句承上「麝馥」、「繡屋」，花穠如繡也。歇拍想到秋深花謝，故有「又怕」句。「泣秋檠」句

《鐵網珊瑚》作「泫秋檠燭淚」，不如「泣秋檠燭外」。「檠」，燭臺也。言秋深緑減，花泣於燭外，非謂燭因緑減紅衰而泫淚也。

【考辨】

此詞爲《鐵網珊瑚》所收夢窗新詞稿十六首之第十二首，寫於癸卯即淳祐三年（一二四三）。楊鐵夫箋《惜紅衣·余從姜石帚遊苕霅間三十五年矣》曰：「《拜星月慢》題云『姜石帚以盆蓮數十置中庭宴客』，詞云『霧盎淺障青羅冷』，『冷玉紅香罍洗』，知蓮盆外復有精瓷之套盤。『澹月平芳砌，磚花漾、小浪魚鱗起』，『繡屋重門閉』，足見庭宇幽潔，門廊邃深。若爲寄寓景況者，租賃蝸居，此數十盆蓮不愁塞破屋子耶？」今觀此詞，知姜石帚年青時除漁隱之畫舫外，確實尚有高屋華軒，所在地也應在湖州烏程。當時夢窗正在蘇幕，詞中回憶十年杭京遊幕也與夢窗客杭客蘇的經歷相符。

## 水龍吟　無射商　俗名越調㊀

惠山酌泉㊁〔一〕

豔陽不到青山〔二〕，古陰冷翠成秋苑㊂〔三〕。吴娃點黛〔四〕，江妃擁髻〔五〕，空濛遮斷〔六〕。樹密藏溪〔七〕，草深迷市〔八〕，峭雲一片〔九〕。二十年舊夢，輕鷗素約〔一〇〕，霜絲亂〔一一〕、朱顔變〔一二〕。

龍吻春霏玉濺〔一三〕。煮銀瓶、羊腸車轉〔一四〕。臨泉照影，清寒沁骨〔一五〕，客塵都浣㊃〔一六〕。鴻漸重來〔一七〕，夜深華表〔一八〕，露零鶴怨〔一九〕。把閒愁換與，樓前晚色，棹滄波遠㊄〔二〇〕。

【校　議】

㊀朱四校本、《全宋詞》無「俗名越調」四字。

㊁《陽春白雪》詞題作「登惠山酌泉」。《鐵網珊瑚》作「賦惠山泉」。《詞綜》、《歷代詩餘》、戈選作「惠山泉」。鄭氏手批：「《隋志》：惠山本名慧山，《吴地記》亦謂『慧山』，蓋以泉名。唐以後始改『慧』爲『惠』。今無復知有慧山也。」「今山泉井前一池，有龍首以白石琢成，甚古黯。泉自龍吻出，珠噴玉濺，極清寒之致，蓋宋以前名跡也。山頂有『雲起樓』。」孫按：雲起樓建於清康熙年間，見《光緒金匱縣志》卷一二：「康熙間，知縣吴興祚即泉上建雲起樓，乃遷祠於泉右若冰洞之東。」楊箋：「慧、惠，古通。」戈校本詞題下注「朱選」。

㊂古陰：《鐵網珊瑚》作「淡煙」。鄭校、四明本作「澹煙」。鄭氏手批：「宜據朱刻（孫按：此指朱存理《鐵網珊瑚》）改『淡煙』。」澹，在雲煙稀薄的義項上同「淡」。

㊃都涴：諸本作「都浣」。鄭氏手批：「浣，均。」兹從明張本、毛本、戈校本。

㊄滄波：《鐵網珊瑚》、鄭校、四明本作「滄浪」。鄭氏手批：「『滄浪』義勝，當據改。」

【注釋】

〔一〕惠山：古稱華山。參見《瑞鶴仙·贈道女陳華山内夫人》【考辨】。以惠山泉著稱，茶聖陸羽品列爲天下第二泉。《新唐書·隱逸傳》：「陸羽，字鴻漸，一名疾，字季疵，復州竟陵人。……羽嗜茶，著經三篇，言茶之原、之法、之具尤備，天下益知飲茶矣。」《無錫縣志》卷三上：「鬻茶者至陶（陸）羽形，祀爲茶神。上元初，隱居苕溪，自稱桑苧翁，又號竟陵子。在隴西公幕府。自號東園先生，又號東岡子。嘗品水味，列無錫惠山泉第二，至今稱爲陸子泉。」酌泉：庾信《同顔大夫初晴》：「香泉酌冷澗，小艇釣蓮溪。」

〔二〕青山：惠山俗又稱「青山」，無錫至今仍此舊名。

〔三〕古陰句：此指惠山古木參天，樹蔭鬱鬱葱葱。陸羽《遊慧山寺記》：「凡聯峰沓嶂之中，有柯山、華陂、古洞陽觀、秦始皇塢。……此山又當太湖之西北隅，縈竦四十餘里，惟中峰有叢篁灌木，餘盡古石嵌崒而已。凡煙嵐所集，發於蘿薜，今石山横亘，濃翠可掬，昔周柱史伯陽謂之西神山，豈虚言哉！」《吴郡志》卷一五：「（華山）長林森天，荒楚蔽日。」李賀《雜曲歌辭·十二月樂辭·三月》：「曲水飄香去不歸，梨花落盡成秋苑。」

〔四〕吴娃：《文選・枚乘〈七發〉》：「使先施、徵舒、陽文、段干、吴娃、閭娵、傅予之徒，雜裾垂髾，目窕心與。揄流波，雜杜若，蒙清塵，被蘭澤，嬿服而御。」李善注曰：「皆美女也。」《方言・第二》：「娃、嫷、窕、豔，美也。吴楚衡淮之間曰『娃』，南楚之外曰『嫷』，宋衛晉鄭之間曰『豔』。自關而西秦晉之間，凡美色或謂之『好』，或謂之『窕』。」點黛：本指用黑青色顔色畫眉。用以喻山色。酈道元《水經注・濟水二》：「青崖翠髮，望同點黛。」

〔五〕江妃：《列仙傳》卷上：「江妃二女者，不知何所人也。出遊於江漢之湄。逢鄭交甫，見而悦之，不知其神人也。……遂手解佩與交甫，交甫悦，受而懷之中當心，趨去數十步，視佩，空懷無佩，顧二女忽然不見。」擁髻：本指謂捧持髮髻，話舊生哀。伶玄《趙飛燕外傳・自叙》：「通德占袖，顧視燭影，以手擁髻，淒然泣下。」此處爲山峰攢簇之意。古人常以髮髻喻山之形色。《山海經・中山經》：「又東南一百二十里，曰洞庭之山。……帝之二女居之，是常游於江淵。」任淵注曰：「君山狀如十二螺髻。」

〔六〕空濛：謝朓《觀朝雨詩》：「空濛如薄霧，散漫似輕埃。」蘇軾《飲湖上初晴後雨》：「水光瀲灧晴方好，山色空濛雨亦奇。」此句意謂秋霧迷茫，遮斷了南望太湖、北望江畔山峰的視線。

〔七〕樹密藏溪：宋庠《寄題滑臺龍圖梅君新作西溪》：「樹密藏川雨，堤長截路塵。」蘇軾《次韻子瞻題仙遊潭中興寺》：「繚繞飛橋能試客，蒙茸翠蔓巧藏溪。」

〔八〕草深迷市：語出杜甫《田舍》：「草深迷市井，地僻懶衣裳。」《九家集注杜詩》趙彦材注曰：「有禪師儼云：法堂前草深一丈。迷市井，則其傍有市矣。」楊箋：「惠山麓制泥嬰者成市。」

〔九〕峭雲：此指挾帶寒氣形狀峭拔的秋雲。秦觀《好事近》：「飛雲當面化龍蛇，夭矯轉空碧。」

〔一〇〕輕鷗素約：猶言「鷗約」，喻指歸隱於此的願望。《藝文類聚》卷九二引《列子》：「海上之人好鷗者，每旦之海上，從鷗鳥遊，鷗鳥之至者，百數而不止。其父曰：『吾聞鷗鳥皆從汝好，取來吾玩之。』明日之海，鷗鳥舞而不下。」素約，早先的約定。《史記·韓世家》：「且楚韓非兄弟之國也，又非素約而謀伐秦也。」

〔一一〕霜絲亂：沈約《卻東西門行》：「歲華委徂貌，年霜移暮髮。」王周《贈怤師》：「晨爐煙裊裊，病髮霜絲絲。」李咸用《和友人喜相遇十首》（之二）：「愁成旅鬢千絲亂，吟得寒缸短焰終。」霜絲，比喻白髮。

〔一二〕朱顏變：謝靈運《彭城宫中直感歲暮詩》：「修帶緩舊裳，素鬢改朱顏。」

〔一三〕龍吻句：惠山噴泉處形似龍吻。《無錫縣志》卷三（下）：「第二泉，即陸子泉也。在惠山之麓若冰洞。……泉源自洞中浸出，洞前有石池，池中蓄泉嘗滿。號冰泉。是泉及洞，唐僧若冰訪求得之，故皆指僧而名。……其方池甃以陶甓，繚以朱欄云。宋高宗南渡時嘗在此池酌泉，故其後設欄衛護，謂之上池。去上池尺許，即圓池，鑿石爲底，窳若銼釜。池之四旁及欄楯皆琢石爲之，是謂中池。池口有暗管道，泉從龍吻出，注下池。……亭基下即通龍吻石渠，渠中泉自龍吻中噴出，洋溢下池。」春霏玉濺，喻泉水從龍吻噴瀑的霧珠。泉水因出自地下，故而挾帶著如春的暖意。

〔一四〕煮銀瓶二句：此寫煮茶及美妙的聲響。黄庭堅《以小團龍及半挺贈無咎並詩用前韻爲戲》：「曲几團蒲聽煮湯，煎成車聲繞羊腸。」車轉羊腸，本喻車行於險隘的小路。庾信《咏畫屏風詩二十五首》

（之二十五）：「直上山頭路，羊腸能幾回。」杜甫《喜聞官軍已臨賊境》：「路失羊腸險，雲橫雉尾高。」羊腸，語出《尉繚子・兵談》：「兵之所及，羊腸亦勝，鋸齒亦勝，緣山亦勝，入谷亦勝。」吴校謂此句：「謂各地就山泉取水，故云『羊腸車轉』。」誤。

〔一五〕臨泉二句：潘正夫《題惠山》：「秋風蕭瑟淨巖扃，寂寂澄泉可鑒形。」

〔一六〕客塵都涴：秦觀《念奴嬌》：「自念塵滿征衫，無人爲浣，灑淚今成血。」范成大《題如夢堂壁》：「片雲不載歸夢，兩鬢全供客塵。」涴，污染。

〔一七〕鴻漸重來：見前注〔一〕夢窗因年青時曾來此酌泉而藉以自指。

〔一八〕夜深華表：陶潛《搜神後記》卷一：「丁令威，本遼東人，學道於靈虚山，後化鶴歸遼，集城門華表柱。時有少年舉弓欲射之，鶴乃飛，徘徊空中而言曰：『有鳥有鳥丁令威，去家千歲今始歸。城廓如故人民非，何不學仙塚壘壘。』遂高上沖天。」後用遼鶴歸來典，謂久别後重遊故地。華表，楊衒之《洛陽伽藍記・龍華寺》：「（洛水）南北兩岸有華表，舉高二十丈，華表上作鳳凰，似欲沖天勢。」周祖謨注：「華表，所以表識道路者也。……古代建築前、路邊每有石華表。」

〔一九〕露零鶴怨：語出孔稚圭《北山移文》：「至於還飆入幕，寫霧出楹，蕙帳空兮夜鶴怨，山人去兮曉猿驚。」以上三句寫二十年後重游惠山，並想像因没有實現心諾的隱居此地的願望，遂引起惠山山神的不滿。

〔二〇〕把閒愁三句：樓，此應指望湖閣。陸羽《遊慧山寺記》：「從大同殿直上至望湖閣。東北九里有上湖，一名射貴湖。一名芙蓉湖，南控長洲，東泊江陰，北淹晉陵，周圍一萬五千三百頃，蒼蒼渺渺，迫於軒户。」滄波，此指望湖閣前望見的萬頃太湖水，想像能夠歸棹五湖。

## 【集評】

陳廷焯《雲韶集》卷八：（上闋眉批）字字精煉，其秀在骨。（下闋眉批）點染處不滯於物，純是一片客感。　結得鎮紙。

俞陛雲《唐五代兩宋詞選釋》：發端二句筆妍而意邃。「吴娃」至「峭雲」句，質言之，不過山被雲遮耳。而先以吴娃、江妃爲喻，更寫以草樹風景，「峭雲」便有深厚之味。轉頭處詠烹茶。「龍吻」二句研煉而生峭。「華表」二句寫重來之感。旋换開拓之筆，以閑淡作結，通首無一懈句。

楊箋：（「把閒愁」三句）收説到歸，是後路。閒愁，即上所謂鷗約、鶴怨也。意本甚淺，一經夢窗鍛煉，説閒愁换晚色，遂覺深邃纏綿。

劉永濟《微睇室説詞》：起從遊山説，曰「黯陽不到」，曰「古陰冷翠」，則是日天陰也。「吴娃」三句寫陰霾中遠景，「吴娃點黛」、「江妃擁髻」，皆以形容山色。「樹密」三句寫陰霾中近景。「藏溪」、「迷市」，寫得迷離。「峭雲」即惠山於空蒙迷漫中突出一山，如「峭雲一片」也。「二十年」四句言舊遊如夢，今則髮白顔衰，重踐鷗盟，再遊此地也。陸游有「平湖煙水已盟鷗」句，辛棄疾有「凡我同盟鷗鷺」句，皆以遠離塵囂，與鷗鳥爲群，見其清致也。換頭從酌泉另起。「龍吻」，惠山泉出口處石刻成龍吻狀也。「羊腸車轉」，煮茶聲也。「臨泉」三句以泉之清澈，形己之塵勞，故曰「客塵都浣」。「鴻漸」三句以陸羽自比。陸羽字鴻漸，善品泉，著有《茶經》。「華表」用遼陽東門華表上丁令威化鶴歸來故事，言追念舊遊，已如華表之鶴。「把閒愁」三句寫遊畢而去，有一片蒼茫景色。

【考辨】

朱箋：陸羽《遊慧山寺記》，慧山，古華山也。山有九隴，俗云九隴山，或云九龍山，或云鬭龍山。梁大同中，有青蓮花育於此山，因以古華山精舍爲慧山寺。寺在無錫縣西七里，寺前有曲水亭，其水九曲。寺中有方池，一名千葉蓮花池，一名纑塘，一名浣沼。《慧山記》：慧山於錫諸山最大，其脈宛轉，歷天目而來，至是峰，九起，故又曰九龍。泉出龍首，爲第一峰。慧之爲山，以泉名，唐人陸羽品爲天下第二，故名第二泉，又名陸子泉，源出石中。

夏承燾《繫年》：重遊無錫在淳祐三年以前，《水龍吟》「惠山酌泉」一首在《鐵網珊瑚》手寫新詞稿中可證；詞有「二十年舊夢，輕鷗素約，霜絲亂，朱顏變」句，則初遊在二十餘歲也。

吴校：「龍吻」句，蓋指惠山泉。今尚存龍頭吐水。

孫按：此詞爲《鐵網珊瑚》所收夢窗新詞稿十六首之第十一首，寫於癸卯即淳祐三年（一二四三）。據此詞中「二十年舊夢」，可確知夢窗約於二十年前，即嘉定十六年（一二二三）前後曾至無錫，並有歸隱此地的願望。與此詞相比，夢窗另外二首也寫於惠山（古稱華山）的無錫詞《瑞鶴仙·贈道女陳華山内夫人》、《蝶戀花・題華山道女扇》，有年青之風華，而無老病之慨歎，是少年杭京游幕時的詞作，亦可爲此詞寫於淳祐三年之佐證也。其時夢窗尚在蘇幕，應爲行役之作。

## 又

用見山韻餞別㈠〔一〕

夜分溪館漁燈〔二〕，巷聲乍寂西風定。河橋送遠㈡〔三〕，玉簫吹斷，霜絲舞影〔四〕。薄絮秋雲，澹蛾山色，宦情歸興〔五〕。怕煙江渡後〔六〕，桃花又泛㈢〔七〕，宮溝上、春流緊〔八〕。新句欲題還省〔九〕。透香煤、重箋誤隱〔一〇〕。西園已負〔一一〕，林亭移酒〔一二〕，松泉薦茗〔一三〕。攜手同歸處，玉奴喚〔一四〕、緑窗春近㈣〔一五〕。想驕驄〔一六〕、又踏西湖，二十四番花信㈤〔一七〕。

**【校　議】**

㈠ 明張本詞題作「春晴」。鄭氏手批：「此又一體。夢窗詞中有兩闋結句並作六字。」夏敬觀評語：「『攜手』句五字一句，七字一句。尾七字句六字一句。」

㈡送遠：明張本、底本、四明本作「迢遠」。茲從毛本、《歷代詩餘》、《詞譜》、杜本、王朱本、朱二校本、朱四校本、四明本。

㈢泛：杜本作「汎」。

㈣攜手三句：戈校本：「『處』字衍，（『玉奴』下）疑『低』字。」孫按：據《詞譜》此韻四、四、四句爲正體，五、四、三句爲「又一體」。

㈤花信：毛本、《詞譜》、王朱本、朱二校本作「花訊」。

## 【注釋】

〔一〕見山：楊箋：「見山吴氏未詳其名。集中《蝶戀花》、《秋蕊香》、《玉樓春》、《浪濤沙》各詞俱爲倡酬之作，必其人精於詞者。」

〔二〕夜分句：張喬《江上送友人南游》：「買酒過漁舍，分燈與釣舟。」溪館，靠近江邊的驛館。是持驛券往還官員或入京應試之舉子居宿地。詳見《瑞鶴仙·餞郎糾曹之嚴陵》注〔二〕。

〔三〕河橋送遠：周邦彦《夜飛鵲》：「河橋送人處，良夜何其。」此「河橋」應指吴江上的長橋（垂虹橋）。詳見《瑞鶴仙》（晴絲牽緒亂）注〔六〕。兼用宋玉《九辯》悲秋送遠典：「憭慄兮若在遠行，登山臨水兮送將歸。」

〔四〕霜絲舞影：《韻語陽秋》卷一九：「柳比婦人尚矣。條以比腰，葉以比眉，大垂手、小垂手以比舞態。」元稹《曹十九舞緑鈿》：「驟裹柳牽絲，炫轉風迴雪。」霜絲，此指秋霜中的柳絲。庾信《上益州上柱國趙王詩二首》（之一）：「穿荷低晚蓋，衰柳掛殘絲。」舞影，梁元帝《和林下作妓應令詩》：「歌清隨澗響，舞影向池生。」温庭筠《題柳》：「香隨靜婉歌塵起，影伴嬌饒舞袖垂。」此寓折柳贈別之意。

〔五〕薄絮三句：蘇軾《送路都曹並引》：「乖崖公在蜀，有録曹參軍老病廢事，公責之曰：『胡不歸？』明日參軍求去且以詩留別，其略曰：『秋光都似宦情薄，山色不如歸意濃。』公驚謝之曰：『吾過矣。同僚有詩人，而我不知。』因留而慰薦之。」絮雲，宋祁《夏日池上》：「曳絮雲更塢，摇金日弄波。」澹蛾，張祜《集靈臺二首》（之二）：「卻嫌脂粉涴顔色，澹掃蛾眉朝至尊。」宦情，《晉書·劉元海載記》：「吾本無宦情，惟足下明之。」此謂吴見山雖然宦情淡薄，但是歸意濃烈。觀詞意知吴見山此行前往杭京，從歸意濃烈又可推知其家眷在杭京。

〔六〕煙江：鮑照《遊思賦》：「秋水兮駕浦，涼煙兮冒江。」此特指吴江。

〔七〕桃花又泛：謂桃花開放時節的春汛。《漢書·溝洫志》：「來春桃華水盛，必羨溢，有填淤反壤之害。」顔師古注：「《月令》：『仲春之月，始雨水，桃始華。』蓋桃方華時，既有雨水，川谷冰泮，衆流猥集，波瀾盛長，故謂之桃華水耳。《韓詩》傳云『三月桃花水』。」華，「花」的古字。

〔八〕春流緊：趙抃《次韻前人見贈》：「巨艦解維桃浪緊，高樓夾岸柳絲纖。」緊，流水湍急。　以上四句用御溝流紅典故，句意從周邦彦《六醜·詠落花》脱化。

〔九〕新句：張籍《使回留別襄陽李司空》：「回首吟新句，霜雲滿楚城。」省：此謂思考改定。

〔一〇〕透香煤二句：香煤，墨的美稱。《輟耕録・墨》：「至魏晉時，始有墨丸，乃漆煙松煤夾和爲之。」謂透過吴見山重新加以箋寫的字句，塗乙墨痕仍隱約可見。

〔一一〕西園：蘇州的園林。參見《瑞鶴仙》（淚荷拋碎璧）注〔九〕。負：爽約。

〔一二〕林亭移酒：張謂《早春陪崔中丞浣花溪宴得暄字》：「紅亭移酒席，畫鷁逗江村。」

〔一三〕松泉薦茗：楊旻《題惠山泉》：「薦茗能全味，援琴欲絶弦。」

〔一四〕玉奴：南朝齊東昏侯妃潘氏，小名玉兒，《南史・王茂傳》：「時東昏妃潘玉兒有國色，武帝將留之，以問茂，茂曰：『亡齊者此物，留之恐貽外議。』帝乃出之。軍主田安啟求爲婦，玉兒泣曰：『昔者見遇時主，今豈下匹非類。死而後已，義不受辱。』及見縊，潔美如生。」詩詞中多稱潘玉兒爲「玉奴」。蘇軾《次韻楊公濟奉議梅花十首》（之四）：「月地雲階漫一樽，玉奴終不負東昏。」此特稱吴氏杭京白皙美麗的内眷。

〔一五〕緑窗：沈佺期《雜詩三首》（之二）：「燕來紅壁語，鶯向緑窗啼。」韋莊《菩薩蠻》：「勸我早歸家，緑窗人似花。」

〔一六〕驕驄：泛指駿馬。雍陶《少年行》：「戴鈴健鶻隨聲下，撼佩驕驄弄影行。」

〔一七〕二十四番句：周煇《清波雜志》卷九：「江南自初春至首夏，有二十四番風信，梅花風最先，楝花風居後。」《天中記》卷二：「《東皋雜録》：江南自初春至初夏，五日一番風候，謂之花信風。梅花風最先，楝花風最後。凡二十四番，以爲寒絶也。」

【考辨】

楊箋：此蓋餞别見山由蘇入杭。

孫按：此詞應寫於蘇州倉幕送别同僚時。

## 又

賦張斗墅家古松五粒〔一〕

有人獨立空山〔二〕，翠髯未覺霜顔老〔三〕。新香秀粒，濃光緑浸〔四〕，千年春小〔五〕。布影參旗〔六〕，障空雲蓋〔七〕，沈沈秋曉。駟蒼虬萬里〔八〕，笙吹鳳女㊀，驂飛乘、天風裊〔九〕。般巧㊁〔一〇〕。霜斤不到〔一一〕。漢遊仙、相從最早〔一二〕。皴鱗細雨㊂〔一三〕，層陰藏月，朱弦古調〔一四〕。問訊東橋〔一五〕，故人南嶺〔一六〕，倚天長嘯㊃〔一七〕。待淩霄謝了，山深歲晚，素心纔表㊄〔一八〕。

**【校　議】**

㊀笙吹：明張本、毛本、戈校本作「笙飛」。諸本從《詞譜》改。鄭氏手批：「因下『飛』字衍入。」

㊁夏敬觀評語：「換頭二字用韻。」

㊂皴鱗：毛本、戈校本、杜本、朱二校本、四明本作「皺鱗」。

㊃倚天長嘯：明張本、毛本、戈校本奪「長」字，並無空格。王朱本、朱二校本作「倚天□嘯」。餘本從《詞譜》增補。鄭氏手批：「『長』字宜據《詞譜》補，不須闕疑。」

㊄纔表：明張本、毛本、戈校本、王朱本作「財表」。鄭氏手批：「『財成天地之道』，易『財』與『才』，古同用字。」楊箋：「按，《水龍吟》調收句第二三字相連，是定律。本集『棹滄波遠』、『下蓬萊殿』、『占年光永』、『正春寒夜』、『傍西湖路』皆然。惟此『素心』二字相連，於律未合，不宜學，特標出之。」

**【注　釋】**

〔一〕張斗墅：疑即張蘊。　古松五粒：即五鬣松。

〔二〕有人句：屈原《山鬼》：「若有人兮山之阿，被薜荔兮帶女蘿。」「表獨立兮山之上，雲容容兮而在下。」王昌齡《聽彈〈風入松〉闋贈楊補闕》：「空山多雨雪，獨立君始悟。」

〔三〕翠髯：此喻古松如鬣毛形狀的針葉。姜夔《洞仙歌》：「自種古松根，待看黄龍，亂飛上、蒼髯五鬣。」　霜顔：江總《入龍丘岩精舍詩》：「風窗穿石竇，月牖拂霜松。」

〔四〕新香二句：化用李賀《五粒小松歌》詩意：「蛇子蛇孫鱗蜿蜿，新香幾粒洪崖飯。緑波浸葉滿濃光，細束龍髯鉸刀剪。」《箋注評點李長吉歌詩》：「《本草圖經》云：五粒松。『粒』當讀爲『鬣』，音之訛也。言每五鬣爲一葉，或有五鬣、七鬣者。」《酉陽雜俎》卷一八：「松，今言兩粒、五粒。『粒』當言『鬣』。成式修竹里私第大堂前有五鬣松兩株，大財如椀。甲子年，結實。」《癸辛雜識前集》「松五粒」條：「凡松葉皆雙股，故世以爲松釵。獨栝松每穗三鬚，而高麗所産每穗乃五鬣焉。今所謂華山松是也。李賀有《五粒小松歌》，陸龜蒙詩云：『松齋一夜懷貞白，霜外空聞五粒風。』李義山詩：『松暄翠粒新。』劉夢得詩：『翠粒點晴露。』」

〔五〕千年春小：《會稽志》卷一七：「松其爲木也最壽。郭氏《玄中記》曰：松脂淪入地中，千歲爲茯苓。《抱朴子》曰：松樹三千歲，皮中聚脂如龍形，名曰飛節、芝玉。」並暗用《莊子·逍遥遊》典：「楚之南有冥靈者，以五百歲爲春，五百歲爲秋；上古有大椿者，以八千歲爲春，八千歲爲秋。」此借寫松樹壽齡。

〔六〕布影：杜牧《題元處士高亭》：「水接西江天外聲，小齋松影拂雲平。」　參旗：《晉書·天文志》：「參旗九星在參西，一曰天旗，一曰天弓，主司弓弩之張，候變禦難。」

〔七〕障空：梁元帝《緑柳詩》：「露沾疑染緑，葉小未障空。」　雲蓋：以上二句形容樹冠如偃蓋。《太平御覽》卷九五三：「《玉策記》稱千歲松樹，四邊披起，上杪不長，望而視之，有如偃蓋。」

〔八〕駟蒼虬：《楚辭·離騷》：「駟玉虬以乘鷖兮，溘埃風余上征。」王逸章句：「有角曰龍，無角曰虬。」曹植《九詠》：「駟蒼虬兮翼轂，駕陵魚兮驂鯨。」　以上四句還化用石延年《古松》：「影摇千尺龍蛇支，聲撼半天風雨寒。」

〔九〕笙吹三句：用蕭史弄玉典，見《瑞鶴仙·贈道女陳華山内夫人》注〔三〕。略點張氏夫婦。

〔一〇〕般巧：古代巧匠公輸般。《文選·班固〈答賓戲〉》：「逢蒙絶技於弧矢，般輸搉巧於斧斤。」李周翰注：「般輸，工巧者也。」

〔一一〕霜斤不到：松樹多節，工匠往往不能知其所用。李紳《寒松賦》：「松之生也，於巖之側。流俗不顧，匠人未識，無地勢以衒容，有天機而作色。」

〔一二〕漢遊仙二句：《史記·留侯世家》：「留侯乃稱曰：『……原棄人間事，欲從赤松子遊耳。』乃學辟谷，道引輕身。」留侯，以張良切斗墅之姓。

〔一三〕皴鱗細雨：劉禹錫《碧澗寺見元九侍御和展上人詩有三生之句因以和》：「廊下題詩滿壁塵，塔前松樹已皴鱗。」杜甫《古柏行》：「霜皮溜雨四十圍，黛色参天二千尺。」

〔一四〕朱弦古調：古琴曲有《風入松》。《樂府詩集·琴曲歌辭四·〈風入松〉歌題解》：「《琴集》曰：『《風入松》，晉嵇康所作也。』」一説師曠所作。《類説·論琴》謂師曠「其曲不過《廣陵散》、《風入松》、《别鶴怨》十餘弄耳」。《梁書·陶弘景傳》：「永元初，更築三層樓，弘景處其上，弟子居其中，賓客至其下，與物遂絶，唯一家僮得侍其旁。特愛松風，每聞其響，欣然爲樂。」朱弦，用熟絲制的琴弦，其聲遲濁。《荀子·禮論》：「《清廟》之歌，一唱而三歎也。縣一鐘，尚拊之膈，朱弦而通越也。」楊倞注：「鄭玄云：朱弦，練朱弦也，練則聲濁。」

〔一五〕問訊東橋：杜甫《重過何氏五首》（之一）：「問訊東橋竹，將軍有報書。」

〔一六〕故人：松與竹梅爲歲寒三友，故擬爲殷殷問訊的故人。　南嶺：特指大庾嶺。因嶺上多梅，又稱梅嶺。李白《禪房懷友人岑倫》：「目極何悠悠，梅花南嶺頭。」

〔一七〕倚天長嘯：《晉書·阮籍傳》：「籍嘗於蘇門山遇孫登，與商略終古及棲神導氣之術，登皆不應，籍因長嘯而退。至半嶺，聞有聲若鸞鳳之音，響乎巖谷，乃登之嘯也。」歐陽澈《捫松長嘯》：「我來感激對殘霞，獨倚虬枝發長嘯。」

〔一八〕待淩霄三句：《山堂肆考》卷二一〇：「《格物叢話》：淩霄花，蔓生，纏古木而上，每一莖著數葉，七八月開花，赤色，有斑點，開時向下。」淩霄喜纏繞於松柏、冬青樹上，然歲晚則花凋。蘇軾《減字木蘭花》序本事曰：「錢塘西湖有詩僧清順居其上，自名藏春塢。門前有二古松，各有淩霄花絡其上。順常晝卧其下。子瞻爲郡，一日屏騎從過之。松風騷然，順指落花覓句，子瞻爲賦此詞。」蘇軾詞中有句曰：「翠颭紅傾。時下淩霄百尺英。」並暗用《論語·子罕》：「子曰：『歲寒，然後知松柏之後凋也。』」素心，貞潔的本心。顔延之《陶徵士誄》：「弱不好弄，長實素心。」

【集　評】

夏敬觀評語：此用「漢」字，卻因避去虛字，然「漢遊仙」三字雖用漢赤松遊故事，琢句稍欠。

【考　辨】

朱箋：《南宋群賢小集》：邗州張藴，字仁溥，著有《斗野支稿》。按，尤袤詩注，斗野亭在江都邵伯鎮梵行院之側。仁溥，邗人，或取以爲號。徐斗溥《自號録》作「斗墅」。墅字疑兼涉「野」、「埜」而訛。

吴校：《南宋群賢小集》：邗州張藴，字仁溥，有《斗野支稿》。此作斗墅，疑誤。

吴熊和《唐宋詞彙評》按朱箋曰：張藴，字仁溥，號斗野，揚州人。嘉熙間爲沿江制置使屬官（《景定建康志》卷二五）。寶祐四年（一二五七），以幹辦行在諸司糧料院爲御試封彌官（《寶祐四年登科録》）。有《斗野稿》一卷。

孫按：《宋百家詩存》卷三五稱張氏「理宗時爲禮部郎官，與浮玉施樞往還相善。《斗野支稿》詩不滿百，清言娓娓，辭意相副。雖微欠矯拔，然其舒徐容與之致，差有元和、長慶間風格」。蘇軾有《次韻孫莘老斗野亭（在邵伯堰）寄子由》詩，《東坡詩集注》趙次公曰：「邵伯堰在揚州廣陵縣。本朝樂史《寰宇記》云謝安所築。按安傳，及至新城，築埭於城北，人追思之名爲『召伯埭』。然則所謂新城，豈乃廣陵耶？」《江南通志》卷三三：「斗野亭在江都縣邵伯埭，宋熙寧二年建。《輿地志》云：揚州於天文屬斗野，故名。」張藴《西窗雜言八首》之四：「床頭緑綺琴，長抱風濤聲。庭下老松桂，苑苑霜中青。」正可與夢窗此詞參看。

前文已考夢窗杭京遊幕時期曾至揚州，則此詞寫於嘉定十五年（一二二二）至寶慶二年（一二二六）之間。

## 又

壽嗣榮王㈠〔一〕

望中璇海波新〔二〕，訊查又匝銀河轉㈡〔三〕。金風細裊〔四〕，龍枝聲奏〔五〕，鈞簫秋遠〔六〕。南極飛仙，夜來催駕，祥光重見〔七〕。紫霄承露掌㈢〔八〕，瑶池蔭密〔九〕，蟠桃秀〔一〇〕、螽蓮綻㈣〔一一〕。　新棟晴翬凌漢㈤。半涼生㈥、蘭檠書卷㈦〔一二〕。繡裳五色〔一三〕，昆臺十二〔一四〕，香深簾卷。花萼樓高處㈧〔一五〕，連清曉、千秋傳宴〔一六〕。賜長生玉字㈨〔一七〕，鸞回鳳舞，下蓬萊殿〔一八〕。

【校議】

㈠明張本詞題作「壽榮王」。

㈡訊查：朱見毛本、杜本作「汎查」。王朱本、朱二校本、朱四校本從之。底本、四明本作「訊槎」。鄭氏手批：「毛本不誤。此用海上八月查信故事。榮王八月壽辰，是以『查訊』謂八月可證。若『汎查』則張騫奉使，與八月無涉。而此一字，舊本足徵。」《歷代詩餘》作「信槎」。兹從明張本、毛本、戈校本、鄭校。匝：杜本、王朱本、朱二校本、底本、朱四校本作「帀」。帀，古時讀音、意義皆同「匝」。

㈢紫霄：戈校本作「紫簫」。

㈣螽蓮：吴箋以爲「蠭蓮」之形誤，形容蓮蓬狀如蜂巢，並舉曹植《七啟》「搴芳蓮之巢」爲證。《七啟》全句爲「搴芳蓮之巢龜」。李善注曰：「《史記》曰：有神龜在江南嘉林中，常巢於芳蓮之上。」然以「蜂巢」喻蓮者有楊萬里《詠荷花中小蓮蓬》：「山蜂愁雨損蜂兒，葉底安巢更倒垂。只有荷蜂不愁雨，蠟房仰卧萬花枝。」吴箋若能籍此方可備一説。

㈤新楝：戈校本：「『楝』字誤。」

㈥半涼：《歷代詩餘》、杜校所引《詞繫》作「早涼」。

㈦蘭檠：毛本、《歷代詩餘》、戈校本、杜本作「蘭繁」。戈校本：「『蘭繁』字誤。」鄭校：「以形近訛。」

⑧高處：戈校本：「『處』字誤。」

⑨玉字：杜校及所引《詞繫》作「玉宇」。

【注釋】

〔一〕嗣榮王：榮王趙希瓐之子趙與芮。理宗母弟，度宗生父。《宋史·理宗紀》：淳祐元年夏四月丁丑：「詔以與芮爲開府儀同三司、萬壽觀使、嗣榮王。」

〔二〕璇海波新：此應寫度宗册立之事。楊箋：「（璇海）即壽榮王夫人之『璇源』。」璇源，産珠的水流。詳後文注。

〔三〕訊查：《博物志》載居海渚之人每年八月浮槎入天河。因嗣榮王八月初十生日，故壽詞用此典。

〔四〕金風細裊：《文選·張協〈雜詩〉》：「金風扇素節，丹霞啓陰期。」李善注：「西方爲秋而主金，故秋風曰金風也。」《白孔六帖·秋》卷三：「（秋）風曰商風、金風、素風、淒風、高風、涼風、激風、悲風。」嗣榮王生日時秋風未烈，故云「細」。

〔五〕龍枝聲奏：楊箋：「『龍枝』，竹也。指笛言。」竹枝龍形，朱翌《西園月夜竹影滿堂》：「調和水墨勻，幻出虯龍枝。」笛以竹爲材，笛聲又如龍吟。「龍枝」兼合趙與芮宗室身份。

〔六〕鈞籥：元絳《小兒致語》：「壽斝九行，歡聲動而六鼇抃；鈞籥八闋，和氣浹而丹鳳翔。」鈞，《國語·周語下》：「細鈞有鐘無鎛，昭其大也。」韋昭注：「鈞，調也。」 以上二句寫壽席上音樂。

〔七〕南極三句：《史記·天官書》：「（狼）下有四星曰弧，直狼。狼比地有大星，曰南極老人。老人見，治安；不見，兵起。常以秋分時候之於南郊。」張守節正義：「老人一星，在弧南，一曰南極，爲人主占壽命延長之應。常以秋分之曙見於景，春分之夕見於丁。見，國長命，故謂之壽昌，天下安寧；不見，人主憂也。」《宋史·禮六》：「景德三年，詔定壽星之祀。太常禮院言：『按《月令》：「八月，命有司享壽星于南郊。」《注》云：「秋分日，祭壽星于南郊。壽星，南極老人星也。」《爾雅》云：「壽星，角、亢也。」《注》云：「數起角、亢，列宿之長，故云壽星。」唐開元中，特置壽星壇，常以千秋節日祭老人星及角、亢七宿。請用祀靈星小祠禮，其壇亦如靈星壇制，築於南郊，以秋分日祭之。』」《宋史》南宋老人星現的天文記録僅高宗時一條，其餘闕載，這是因爲老人星現是臨安常見的天象。老人星現時間多在二月或八月，而祭祀都在八月進行，亦與嗣榮王生辰時間相合。

〔八〕紫霄句：《漢書·郊祀志上》：「其後又作柏梁、銅柱、承露仙人掌之屬矣。」裴駰集解：「仙人以手掌擎盤承甘露也。」顔師古注：「《三輔故事》云：建章宮承露盤高二十丈，大七圍，以銅爲之，上有仙人掌承露，和玉屑飲之。蓋張衡《西京賦》所云『立修莖之仙掌，承雲表之清露。屑瓊蕊以朝餐，必性命之可度』也。」紫霄，雲表。曹毗《馬射賦》：「狀若騰虯而登紫霄，目似晨景之駭扶木。」

〔九〕瑤池：本指西王母仙居。詳見《瑞鶴仙·贈道女陳華山内夫人》注〔九〕。也是古代傳説中昆侖山池名。《史記·大宛列傳論》：「昆侖其高二千五百餘里，日月所相避隱爲光明也。其上有醴泉、瑶池。」又是天子賜宴處。見《穆天子傳》卷三：「乙丑，天子觴西王母於瑶池之上。」張如安《夢窗詞箋釋補正》：「今按山陰史鑄《百菊集譜》卷二云：『今榮王府皇弟大王居邸之側有園曰瓊圃，池曰瑶沼，皆賜御書爲匾。』因知夢窗詞中的『瑶池』，切合榮邸御書池名，不特用典而已。」

〔一〇〕蟠桃：《論衡·訂鬼》引《山海經》：「滄海之中，有度朔之山。上有大桃木，其蟠屈三千里。」餘見《瑞鶴仙·壽史雲麓》注〔六〕。

〔一一〕螽蓮綻：螽，即螽斯，又名蚣蝑。緑褐色。《詩·周南·螽斯》序曰：「螽斯，后妃子孫衆多也，言若螽斯不妬忌，則子孫衆多也。」鄭玄箋：「凡物有陰陽情欲者，無不妬忌，維蚣蝑不耳。各得受氣而生子，故能詵詵然衆多。后妃之德能如是，則宜然。」蓮亦多子實。八月初十正仲秋時，蓮房雖熟綻卻尚有緑意，故夢窗仿「蟠桃」自鑄「螽蓮」新辭。以上四句錯綜寫榮邸與宫中壽筵。

〔一二〕新棟三句：寫榮邸新建築涼堂。翬，猶言「翬飛」。《詩·小雅·斯干》：「如鳥斯革，如翬斯飛。」朱熹集傳：「其簷阿華采而軒翔，如翬之飛而矯其翼也。」後因以「翬飛」形容建築物的高峻壯麗。蘭檠，燈燭臺的美稱。宋玉《楚辭·招魂》：「蘭膏明燭，華容備些。」洪興祖補注：「蘭膏，以蘭香煉膏也。」

〔一三〕繡裳五色：《詩·秦風·終南》：「君子至止，黻衣繡裳。」毛傳：「黑與青謂之黻，五色備謂之繡。」

繡裳，彩色下衣。

〔一四〕昆臺：宮殿名。《漢書·百官公卿表上》：「武帝太初元年更名考工室爲考工，左弋爲佽飛，居室爲保宮，甘泉居室爲昆臺，永巷爲掖廷。」此泛指南宋宮室。　十二：班固《西都賦》：「披三條之廣路，立十二之通門。」李善注曰：「《周禮》曰：匠人營國方九里，旁三門。鄭玄曰：天子十二門，通十二子也。」

〔一五〕花萼樓：《舊唐書·讓皇帝憲傳》：「玄宗於興慶宮西南置樓，西面題曰花萼相輝之樓，南面題曰勤政務本之樓。玄宗時登樓，聞諸王音樂之聲，咸召登樓同榻宴謔，或便幸其第，賜金分帛，厚其歡賞。諸王每日於側門朝見，歸宅之後，即奏樂縱飲，擊毬鬬雞，或近郊從禽，或別墅追賞，不絶於歲月矣。遊踐之所，中使相望，以爲天子友悌，近古無比，故人無間然。」花萼，語本《詩·小雅·常棣》：「常棣之華，鄂不韡韡。凡今之人，莫如兄弟。」鄭玄箋：「鄂足得華之光明，則韡韡然盛興者，喻弟以敬事兄，兄以榮覆弟，恩義之顯亦韡韡然。」趙與芮爲理宗之弟，用此典寫皇帝友悌，恰合身份。

〔一六〕連清曉二句：寫理宗設宴徹夜爲嗣榮王慶壽。

〔一七〕玉字：李白《洞庭醉後送呂使君杲流澧州》：「贈劍刻玉字，延平兩蛟龍。」此特指理宗的御書。

〔一八〕鸞回二句：以上三句形容木制鳳凰銜下皇帝祝長生的寶墨，詳見《瑞鶴仙·壽史雲麓》注〔九〕。

【集　評】

楊箋：（「賜長生」三句）此等詞頗同應制，不能不極錦簇花團之致。

【考　辨】

朱箋：《宋史·理宗紀》，父希瓐追封榮王，家於紹興山陰縣。又《度宗紀》，嗣榮王與芮，理宗母弟也。又《世系表》，希瓐子與芮。

楊箋：夢窗應酬榮王府諸作，皆作於紹興。蓋吴潛淳祐九年帥紹興，已在夢窗卸蘇幕之後，夢窗又入吴幕。惟吴十一年即去任，而諸壽詞又非一年之作。前人謂夢窗曾客榮府，殆必有據。殆先入吴幕，隨客榮府。吴去而夢窗隨離紹興。此嗣榮王疑即《宴清都》餞之還京之仲亨，觀「花萼樓」句可證。

吴熊和《唐宋詞彙評·編年》：劉毓崧謂夢窗詞中有壽榮王及榮王夫人之作，雖未注明年月，然必在景定元年（一二六〇）六月之後。榮王生辰當在八月初旬。《水龍吟》詞言「璇海波新」，《齊天樂》詞言「少海波新」，必在甫經册立之際，則兩闋即作於庚申秋間。庚申，即景定元年。

又，《唐宋詞彙評·考證》引《宋史新編》卷六一：榮王希瓐居山陰。寧宗選子，與莒入宫，立爲沂靖惠王嗣。及寧宗崩，史彌遠矯詔立之。語在《理宗本紀》。時希瓐已卒，贈太師、中書令，追封榮王。配金（全）氏，封夫人。王之父師雅以上三代，各贈太師，封國公。次子與芮，嘉熙初授武康軍節度使、萬壽觀使，仍奉朝請，封開國子。配錢氏，封夫人。淳祐初，加封開府儀同三司，封嗣榮王。理宗晚無子，頗屬意與芮之子孟啟，累加與芮至太傅，判大宗正事。度宗既即位，詔榮王族姻與萊等三十四人，各轉官有差。累進與芮武康寧江軍節度使，封福王，主榮王祀事，加食邑一千户。德祐元年，恭帝降元，伯顔挾帝及母后宗室北去，元主忽必烈封帝爲瀛國公，封與芮爲平原郡公。

又，《夢窗詞補箋》：《燭影摇紅》壽嗣榮王，《水龍吟》壽嗣榮王，劉毓崧謂此兩詞作於景定元年秋間。按《宋史·度宗紀》，咸淳三年（一二六七）八月乙丑，嗣榮王與芮晉封福王。八月乙丑爲八月初十，是趙與芮生日。吴萊《淵穎集》有《宋度宗御書福王慶壽宫扇》詩，内云：「歲周甲子壽筵開，賓客滿堂宫扇來。」可見這一年趙與芮「歲周甲子」，正好六十壽辰，故特由嗣榮王晉封爲福王，度宗親書宫扇慶壽。由此上推，趙與芮當生於嘉定元年（一二〇八）。宋亡後，趙與芮作爲宋宗室隨恭帝北行，降封爲平原郡公，卒於至元二十四年（一二八七），年八十。汪元量《湖山類稿》卷三《平原郡公趙福王挽章》：「大王無起日，草木盡傷悲。生在太平世，死當離亂時。南冠流遠路，北面幸全屍。舊客行霜霰，呼天淚濕麾。」汪元量亦嘗以琴事趙與芮，故以「舊客」自稱。《水龍吟》壽嗣榮王詞下片：「新棟晴翬淩漢。半涼生、蘭檠書卷。」乃實有其事。《齊東野語》卷一六「謝太后」條：「咸淳間，福邸（嗣榮王於咸淳三年晉封福王）涼堂初成，有鵲巢於前廡，賓客交慶，至有形之歌詩者。」詞中「新棟淩漢」，「涼生」，就是趙與芮在杭州府邸新建的這個「涼堂」。《水龍吟》此詞，就決非劉毓崧所説的作於景定元年，而是作於趙與芮晉封福王前的咸淳二年（一二六六）。趙與芮本年五十九歲，距景定元年已歷六年。趙與芮在紹興、杭州二處都有宏麗的府邸，吴文英亦有詞紀其園林花木之勝。夏承燾先生《吴夢窗繫年》謂吴文英景定元年「在越，客嗣榮王趙與芮邸」，然爲時不過一年左右。吴文英有關榮邸的詞凡七首，内壽詞四首，當非一二年内所作，他客榮邸的時間跨度似有數年之久，在景定至咸淳初，都有詞可以證實。兹再舉一例。據《宋史・度宗紀》，度宗生於嘉熙四年（一二四〇）四月初九，景定五年（一二六四）十月繼位，十二月詔以生日爲乾會節。翌年咸淳元年，乾會節慶壽。吴文英有一首《宴清都》餞嗣榮王仲亨還京（朱孝臧謂仲亨當是與芮之字），詞有「暮檣留話江燕」、「歸來笑折仙桃」諸句，即是送趙與芮自越入杭慶賀度宗乾會節，詞中時令情事一一皆合，《宴清都》此詞即作於咸淳元年。吴文英的年歲大於趙與芮，他的晚年生涯，大致是在杭越兩地的榮邸度過的。咸淳二年趙與芮五十九歲生日，吴文英有《水龍吟》詞爲壽，咸淳三年趙與芮六十歲生日晉封福王，吴文英卻無詞投贈；也許他此前已離開榮邸，也可能他這時已不在人世。

孫按：前賢皆以爲榮邸在紹興，故楊箋以爲「夢窗應酬榮王府諸作，皆作於紹興」。然《唐宋詞彙評》按《宴清都・餞榮王仲亨還京》一詞曰：「臨安亦有榮王府。《湖海新聞》：槍劍營者，舊榮王府即其地也。度宗即位，榮王進封福王。又《宋季三朝綱要》：『景定三年，臨安饑，詔賑恤災民。

時知臨安府馬光祖，知榮王與芮府有積粟，三往見之。』」臨安榮邸位置見《夢粱録》卷一〇：「榮文恭王府在佑聖觀橋東。」榮王爲榮文恭王的簡稱。京城榮邸中也確有「涼堂」。此詞所寫事件皆發生於京城宫廷，並明確點出「涼堂」，故此詞應寫於杭京榮邸。吴熊和先生據《齊東野語》，謂此建築作成於咸淳二年（一二六六）；然而，同樣寫於京邸的《齊天樂·壽榮王夫人》亦有「少海波新，芳茅露滴，涼入堂階彩戲」，顯用涼堂典，也顯用景定元年（一二六〇）理宗初立度宗爲皇太子事，與此詞恰相映合。二詞既用皇太子新册立典，又涉及「涼堂」建築，又都能確定寫於理宗朝，表明涼堂建成於景定元年或稍前而非度宗已經即位的咸淳二年。《補箋》持論依據是周密《齊東野語》，據夏承燾《周草窗年譜》，周密生於紹定五年（一二三二），比夢窗年幼三十歲左右，而夢窗與嗣榮王有直接交往，其贈詞應比周密事後追記更堪憑據，故此詞以寫在理宗景定初年爲確。

## 又〔一〕

壽尹梅津〔二〕

望春樓外滄波〔二〕，舊年照眼青銅鏡〔三〕。煉成寶月，飛來天上〔四〕，銀河流影〔五〕。紺玉鉤簾處〔六〕，橫犀麈〔七〕、天香分鼎〔八〕。記殷雲殿鎖㊁〔九〕，裁花剪露〔一〇〕，曲江畔、春風勁㊂〔一一〕。　槐省。紅塵晝靜〔一二〕。午朝回、吟生晚興〔一三〕。春霖繡筆〔一四〕，鶯邊清曉㊃，金狨旋整〔一五〕。閬苑芝仙貌〔一六〕，生綃對〔一七〕、緑窗深景㊄。弄瓊英數點〔一八〕，宮梅信早〔一九〕，占年光永〔二〇〕。

**【校　議】**

㊀《詞譜》：「此亦秦詞（孫按：指秦觀）體，惟前後段第六、七、八句俱攤破四字三句，作五字一句，七字一句，換頭句藏一短韻異。」鄭氏手批：「此又一格，乃句中之變調，非別體也。」夏敬觀評語：「『紺玉』句爲五字句，七字句。」吴校：「『紺玉鉤簾處』二句，破作五七二語，爲《水龍吟》所僅見，當作又一體。此詞換頭作『槐省』，與前詞換頭『般巧』，皆二字暗叶，亦夢窗所獨。」

㊁殿鎖：毛本、《詞譜》、戈校本、王朱本作「殿瑣」。

㊂鄭氏手批：「（勁）去聲，『敬』、『徑』與上部『梗』均通，姜詞《湘月》亦同。」

㊃清曉：《詞譜》作「清晝」。

㊄閬苑三句：夏敬觀評語：「『閬苑』句四字一句，八字一句。」孫按：夏氏斷句爲：「閬苑芝仙，貌生綃對緑窗深景。」

## 【注釋】

〔一〕尹梅津：即尹焕。與夢窗交契的好友。曾爲夢窗詞集作序。其略曰：「求詞於吾宋者，前有清真，後有夢窗，此非焕之言，四海之公言也。」見黄昇《中興以來絶妙詞選》卷一〇。

〔二〕望春樓：《新唐書·韋堅傳》：「堅爲使，乃占咸陽，壅渭爲堰，絶灞、滻而東，注永豐倉下，復與渭合。初，滻水銜苑左，有望春樓，堅於下鑿爲潭以通漕，二年而成。帝爲升樓，詔群臣臨觀。」此泛指京城下通漕河道的高樓。

〔三〕青銅鏡：辛延年《羽林郎詩》：「貽我青銅鏡，結我紅羅裾。」此喻圓月。

〔四〕煉成二句：《酉陽雜俎》卷一：鄭仁本遊嵩山，見一人枕襆而眠，問其所自，其人笑曰：「君知月乃七寶合成乎？月勢如丸。其影，日爍其凸處也。常有八萬二千户修之，予即一數。」吴均《碎珠賦》：「寶月生焉，越浦隋川。標魏之美，擅楚之賢。」王安石《題扇》：「玉斧修成寶月團，月邊仍有女乘鸞。」餘見《滿江紅·甲辰歲盤門外寓居過重午》注〔三〕。

〔五〕銀河流影：周邦彦《瑣陽臺》：「白玉樓高，廣寒宫闕，暮雲如幛褰開。銀河一派，流出碧天來。」梁元帝《關山月》：「月中含桂樹，流影自徘徊。」 以上五句中的滄波、銀河，並映合「梅津」之「津」字。

〔六〕紺玉：紅玉。梅堯臣《合流曹光道惠鉅李知其炎酷中有此味亦可樂也輒以詩寄》：「穎傍成蹊李，其實小於拳。誰知皴枝瘦，生此紺玉鮮。」鉅李，即檇（音醉，與「鉅」一聲之轉）李，果皮紅紫色。

〔七〕横犀麈：魏晉時清談必執麈尾，清談間隙或横於膝上。《世説新語·容止》：「王夷甫容貌整麗，妙於談玄，恒捉白玉柄麈尾，與手都無分別。」李復《送章發運粢》：「宴坐接烏丸，妙譚奉犀麈。」

〔八〕天香分鼎：何遜《九日侍宴樂游苑詩》：「晴軒連瑞氣，同惹御香芬。」賈至《早朝大明宫呈兩省僚友》：「劍佩聲隨玉墀步，衣冠身惹御爐香。」

〔九〕殷雲殿鎖：楊鐵夫《吴夢窗詞箋釋·自序》以「殷雲殿」爲「所未詳者」。田玉琪《讀夢窗詞》謂是「殿鎖殷雲」之倒裝。吴箋亦云「喻待試人材之多，恐非殿名」。此確爲「殷雲鎖殿」之倒文。鎖殿，謂殿試，亦稱「鎖試」。宋開寶八年，太祖於講武殿策試貢院合格舉人，並頒定名次，自此定爲常制。《朝野類要》卷二：「殿試，本朝例就崇政殿鎖試，考試策一道，畢日唱名。」殷雲，此言祥雲。任華《明堂賦》：「遠而望之，若扶桑吐日生高岡；近而察之，若叢雲轉蓋陵昊蒼。」

〔一〇〕裁花剪露：歐陽炯《花間集序》：「鏤玉雕瓊，擬化工而迥巧；裁花剪葉，奪春豔以爭鮮。」以上二句寫梅津參加殿試時情景。

〔一一〕曲江二句：用進士登第典。康駢《劇談録·曲江》：「曲江池，本秦世隑洲。開元中，疏鑿遂爲勝境。其南有紫雲樓、芙蓉苑，其西有杏園、慈恩寺，花卉環周，煙水明媚，都人遊玩，盛於中和。」唐代曲江是賜宴新進士的場所。《唐國史補》卷下：「既捷，列書其姓名於慈恩寺塔，謂之題名會；大燕於曲江亭子，謂之曲江會。」並用孟郊《登科後》詩意。　寫梅津嘉定十年及第後的春風得意。《宋會要輯稿·選舉八》之二四至二五記載了梅津所中吴潛榜殿試唱名的盛況：「（嘉定）十年四月二十二日，上御集英殿，引見禮部奏名、特奏名進士，得正奏名吴潛以下五百二十三人，第爲五等。賜進士及第、出身、同出身。特奏名陳玨以下六百六十三人賜同進士出身、同學究出身、登仕郎、將仕郎、上下州文學、諸州助教。」

〔一二〕槐省二句：槐省，本指三公的官署。唐代特指尚書省。黄滔《浙幕李端公泛建溪》：「自顧幽沈槐省跡，得陪清顯諫垣臣。」宋朝因之。趙璘《因話録》卷五：「尚書省東南隅，通衢有小橋，相承目爲拗項橋。言侍御史及殿中諸郎，久次者至此，必拗項而望南宫也。都堂南門東道，有古槐垂陰至廣。」梅津此時在尚書省下屬的右司員外郎任上，故云。

〔一三〕午朝二句：鄭谷《九日偶懷寄左省張起居》：「羨君官重多吟興，醉帶南陂落照還。」

〔一四〕春霖繡筆：李昉《御書飛白玉堂之署四字頒賜禁苑今懸掛已畢輒述惡詩一章用歌盛事》：「衣惹御香拖瑞錦，筆宣皇澤灑春霖。」

〔一五〕鶯邊二句：黄庭堅《次韻宋楙宗三月十四日到西池都人盛觀翰林公出遊》：「金狨繫馬曉鶯邊，不比春江上水船。」任淵注：「金狨謂狨毛金色，國朝禁從皆跨狨鞍。」《萍洲可談》卷一：「狨座，文臣兩制、武臣節度使以上許用。每歲九月乘，至三月徹，無定日，視宰相乘，則皆乘，徹亦如之。狨似大猴，生川中，其脊毛最長，色如黄金，取而縫之，數十片成一座，價直錢百千。背用紫綺，緣以簇四金鵰法錦。其制度無殊別。」《宋史·輿服二》：「舊制，諸王視宰相，用繡鞍韉。政和三年，始賜金花鞍韉，諸王不施狨坐。宣和末始賜，中興因之。乾道九年，重修儀制。權侍郎、大中大夫以上及學士、待制，經恩賜，許乘狨坐。」狨，金絲猴。　夢窗贈梅津詞中屢用文學侍從、翰林學士典作爲祝語，此處亦然，這反映了宋人對這一位置的心態。龔延明《宋代官制辭典》：「宋代的翰林學士，被視爲清貴顯宦之職。『寧登瀛，不爲卿』之時諺，最足以反映宋代士大夫對翰林學士一職的企羡。翰林學士多由科舉出身，『極天下文章之選，非深厚爾雅不足以代王言，非直諒多聞不足以備顧問』。其入選也難，入選後任也重，位也崇。翰林親近皇帝，易得人主賞識擢拔，成爲宰執官儲材之地。」

〔一六〕閬苑句：爲「貌閬苑芝仙」之倒，謂生日時畫出顯得年青的容貌作爲紀念。閬苑，閬風之苑。王勃《梓州郪縣靈瑞寺浮圖碑》：「玉樓星峙，稽閬苑之全模；金闕霞飛，得瀛洲之故事。」另參見《瑞鶴仙·贈道女陳華山内夫人》注〔九〕。芝仙，孟郊《游華山雲臺觀》：「仙酒不醉人，仙芝皆延年。」

〔一七〕生綃：古時多用以作畫的絲織品。韓愈《桃源圖》：「流水盤回山百轉，生綃數幅垂中堂。」

〔一八〕瓊英數點：錢時《睡起即事》：「一聲谷鳥穿林出，數點梅花滿院香。」瓊英，《詩·齊風·著》：「尚之以瓊英乎而。」毛傳：「瓊英，美石似玉者。」此喻白梅。

〔一九〕宮梅信早：二十四番風信風，梅花風最早。夏文彦《圖繪寶鑒》卷四：「丁野堂，名未詳。住廬山清虚觀。善畫梅竹。理宗因召見，問曰：『卿所畫者，恐非宮梅。』對曰：『臣所見者，江路野梅耳。』遂號野堂。」崔日用《奉和立春遊苑迎春應制》：「剪綺裁紅妙春色，宮梅殿柳識天情。」

〔二〇〕占年光永：爲「永占年光」之倒文。王安石《與微之同賦梅花得香字三首》（之一）：「不爲調羹應結子，直須留此占年芳。」又（之二）：「結子非貪鼎鼐嘗，偶先紅杏占年芳。」何遜《渡連圻詩二首》（之二）：「客子行行倦，年光處處華。」

【考辨】

朱箋：《〈絶妙好詞〉箋》：尹焕，字惟曉，山陰人。嘉定十年進士。自畿漕除右司郎官，有《梅津集》。

況周頤《歷代詞人考略》：吴夢窗與梅津文字交情最爲切至。其詞四稿中，壽梅津之作三，和梅津、餞梅津各二，慶梅津、送梅津各一，又《畿漕新樓上梅津》，又《題梅津所藏趙昌芙蓉圖》，共得十一闋，皆慢調。

楊箋：宋官制，尚書省左右司郎、員外郎各一人。詳見下《鳳池吟》題箋。（「望春樓」五句）此又以鏡爲月矣，此知梅津生日在八月。

王兆鵬《兩宋詞人叢考》：尹焕，一作「涣」，字惟曉，號梅津。生卒年不詳。有《梅津集》，不傳。本爲福州長溪（今福建霞浦）人，寓居山陰（今浙江紹興）。見《淳熙三山志》卷三一。嘉定十年（一二一七）吴潛榜進士。曾任湖北潛江縣縣尉（宋葛紹體有《送尹惟曉縣尉》詩）。嘉熙三年（一二三九)、嘉熙四年(一二四〇)五月前,以奉議郎出任寧國府通判。期間與朝散郎添差通判翁逢龍,協助郡官杜範平定流民張世顯之亂。獲杜範贊許與舉薦。杜範《清獻集》卷九有《薦通判尹煥翁逢龍札》:卷一七有《跋梅都官真跡後》,稱讚尹煥訪求梅堯臣真跡的功勞。嘉熙四年(一二四〇)六月,以承議郎知江陰軍。見《嘉靖江陰縣志》卷一二「官師表」宋「知軍」條。淳祐元年(一二四一)仍在知江陰軍任上,因濟糴有勞進一秩。淳祐六年(一二四六),爲兩浙轉運判官。建福星樓。淳祐七年(一二四七),除左司郎中。淳祐八年(一二四八),以朝奉大夫任太府少卿兼尚書左司郎中兼敕令所删修官。淳祐十年(一二五〇),爲江西運判。

孫按:楊箋「梅津生日在八月」,誤;楊箋《水龍吟·壽梅津》「仙桃宴早,江梅春近,還催客句」三句曰:「梅津生日必在冬春之交,故曰『春近』。」則庶幾近之。詞中用「寶月」典,舊年,是去年的意思。此謂去年缺月修補成滿月後,首次飛來天空,而「煉成寶月,飛來天上,銀河流影」則是十五圓月時光景。所以尹梅津生辰時間可以確知在正月十五前後。結處用梅花信風典,也可證成此説。

詞中用「望春樓」漕運典。漕運,是轉運司的職掌。梅津漕運仕歷僅有淳祐六年(一二四六)兩浙轉運判官一任。見《咸淳臨安志》卷五〇「秩官門」:「尹煥,淳祐六年運判,七年除左司。」詞中又用槐省即尚書省典,並明確轉運司是「舊年」之任,故確知此詞寫於淳祐七年(一二四七)正月,其時梅津已在右司員外郎任上。前賢謂其時任左司郎中爲誤説，詳後文《塞翁吟·餞梅津除郎赴闕》【考辨】。此詞中多杭京遊勝的懸想之辭，故以寫於蘇州爲宜。

## 又

送萬信州〔一〕

幾番時事重論〔二〕，座中共惜斜陽下〔三〕。今朝剪柳，東風送客〔四〕，功名近也〔五〕。約住飛花，暫聽留燕〔六〕，更攀情話〔七〕。問千牙過闕〔八〕，一封入奏，忠孝事、都應寫〔九〕。聞道蘭臺清暇〔一〇〕。載鴟夷㊀、煙江一舸㊁〔一一〕。貞元舊曲，如今誰聽〔一二〕，惟公和寡〔一三〕。兒騎空迎〔一四〕，舜瞳回盼〔一五〕，玉階前借〔一六〕。便急回暖律，天邊海上，正春寒夜〔一七〕。

【校　議】

㊀ 載鴟夷：明張本、毛本、戈校本、杜本作「幾鴟夷」。鄭校：「以形近訛。」

㊁ 夏敬觀評語：「『舸』爲『歌』、『哿』韻，與『佳』、『馬』韻同押。」

【注釋】

〔一〕萬信州：即萬益之。信州：今江西上饒。

〔二〕幾番句：歐陽修《鎮陽讀書》：「開口攬時事，論議爭煌煌。」《後漢書·竇武傳》：「（竇武）常教授於大澤中，不交時事，名顯關西。」

〔三〕座中句：與辛棄疾《摸魚兒》「休去倚危樓，斜陽正在，煙柳斷腸處」同一感慨。以上二句寫萬氏議論風發，並涉及當時政事。

〔四〕今朝二句：剪柳送客，及下三句中的「攀」字，用「攀柳」字面，寫折柳贈别。

〔五〕功名近也：晁公遡《送湯子才》：「未論魏闕功名近，不與巴山氣象同。」意謂不要説任地接近京城才是功成名就，所幸信州還不是貧瘠荒遠的惡郡。

〔六〕約住二句：化用杜甫《發潭州》詩意：「岸花飛送客，檣燕語留人。」約，《匯釋》：「猶掠也，攔也，束也，籠也。……程垓《鳳棲梧》：『門外飛花風約住。消息江南，已作黃梅雨。』言攔住飛花也。」

〔七〕情話：此指深有同感的知心話。陶潛《歸去來兮辭》：「悦親戚之情話，樂琴書以消憂。」

〔八〕千牙：語出柳永《望海潮》：「千騎擁高牙。乘醉聽簫鼓，吟賞煙霞。」宋人筆記均以柳永此詞贈杭州知府孫何，宋代州府郡守或兼管軍事，故「千牙」亦可代指太守。此指知信州的萬益之。牙，《文選·潘岳〈關中詩〉》：「桓桓梁征，高牙乃建。」李善注：「《兵書》曰：牙旗，將軍之旗。」《齊東野語》卷七：「按《真人水鏡經》云：『凡出軍立牙，必令堅完，若折，則將軍不利。』蓋牙，即旗也。」過闕：

履新赴任時途經京城。闕，門觀。古代京城大道上常有雙觀臺，中央闕而爲道。曹植《登臺賦》：「建高門之嵯峨兮，浮雙闕乎太清。」左思《吴都賦》：「朱闕雙立，馳道如砥。」後用以代指京城。

〔九〕一封三句：韓愈《左遷至藍關示侄孫湘》：「一封朝奏九重天，夕貶潮州路八千。欲爲聖朝除弊事，肯將衰朽惜殘年。」以上四句以問句的形式奉勸萬益之在以太守身份經過杭京時，把座中談論時事的忠孝激憤寫成奏章呈給皇帝。

〔一〇〕蘭臺：本是漢宫内藏書處，由御史中丞掌管，後因此稱御史臺爲蘭臺。御史職責專司糾彈。是朝廷的言事官。御史臺名稱多有變化。《通典》卷二四：「至秦漢爲糾察之任，所居之署，漢謂之御史府，亦謂之御史大夫寺，亦謂之憲臺。……後漢以來謂之御史臺，亦謂之蘭臺寺。……隋及大唐皆曰御史臺。龍朔二年，改爲憲臺，咸亨元年復舊。門北辟，主陰殺也。故御史爲風霜之任，彈糾不法，百僚震恐，官之雄峻，莫之比焉。」

〔一一〕載鴟夷二句：鴟夷一舸典，詳見《瑣窗寒·玉蘭》注〔三〕。御史臺本應糾彈不正，但當時的情形是言事官們卻像范蠡晚年乘扁舟浮於江湖，清閒多暇，不問時事。夢窗有鑒於此，以爲萬信州只能越職言事。宋朝制度非常忌諱越職言事，太守在外，非言事官，上奏章談論時事，需要承當一定的風險，並且要有以國事爲己任的擔當。宋代邵伯温《聞見録》卷一二記載被貶黄州、移汝州的蘇軾與罷相退居金陵時的王安石會面，請其言事的故事可爲此數句注腳：「子瞻曰：『大兵大獄，漢唐滅亡之兆。祖宗以仁厚治天下，正欲革此。今西方用兵，連年不解；東南數起大獄，公獨無一言以救之乎？』介甫舉手兩指示子瞻曰：『二事皆惠卿啟之，某在外，安敢言？』子瞻曰：『固也，然在朝則言，在外則不言，事君之常禮耳。上所以待公者非常禮，公所以事上者豈可以常禮乎？』介甫厲聲曰：『某須說。』又曰：『出在安石口，入在子瞻耳。』」

〔一二〕貞元二句：劉禹錫《聽舊宮中樂人穆氏唱歌》：「休唱貞元供奉曲，當時朝士已無多。」貞元，唐德宗的年號。劉禹錫貞元中任郎官御史，後坐王叔文党貶逐，歷二十餘年，始以太子賓客再入朝，感念今昔，故有是語。承前「蘭臺」三句意，用以代指直言敢諫、正直老成之言事官。萬益之是紹定二年（一二二九）進士，赴任信州太守在咸淳元年（一二六五），已歷時三十餘年，可稱老而有成德之士。

〔一三〕惟公和寡：宋玉《對楚王問》：「客有歌於郢中者，其始曰《下里》、《巴人》，國中屬而和者數千人。其爲《陽阿》、《薤露》，國中屬而和者數百人。其爲《陽春》、《白雪》，國中屬而和者不過數十人。引商刻羽，雜以流徵，國中屬而和者不過數人而已。是其曲彌高，其和彌寡。」

〔一四〕兒騎空迎：《後漢書·郭伋傳》：「始至行部，到西河美稷，有童兒數百，各騎竹馬，道次迎拜。伋問：『兒曹何自遠來？』對曰：『聞使君到，喜，故來奉迎。』」李群玉《洞庭驛樓雪夜宴集奉贈前湘州張員外》：「童兒待郭伋，竹馬空遲留。」

〔一五〕舜瞳回盼：舜瞳，《史記·項羽本紀論》：「吾聞之周生曰『舜目蓋重瞳子』，又聞項羽亦重瞳子。」裴駰集解引《尸子》：「舜兩眸子，是謂重瞳。」　楊箋以上二句曰：「『空迎』，言不必到州任即召回京任職也。『回盼』，言再邀帝眷也。」

〔一六〕玉階前借：李白《與韓荊州書》：「而君侯何惜階前盈尺之地，不使白揚眉吐氣、激昂青雲耶？」此以階墀代指宮殿。《文選·班固〈西都賦〉》：「玄墀扣砌，玉階彤庭。」張銑注曰：「玉階，以玉飾階。」

〔一七〕便急回三句：《太平御覽》卷八四二引漢劉向《別録》：「傳言鄒衍在燕，有谷地美而寒，不生五穀。鄒子居之，吹律而温至生黍，到今名黍谷焉。」暖律，蔡琰《胡笳十八拍》：「東風應律兮暖氣多，知是漢家天子兮布陽和。」意思是此時天下急需裨助皇帝散布陽和的大臣，言下之意萬信州正是可當此使命者。

【集評】

夏敬觀評語：此學稼軒極似之。

【考辨】

吴熊和《夢窗詞補箋》：吴梅《彙校夢窗詞札記》：「萬信州無考。」按萬信州，即萬益之。信州，今江西上饒。《江西通志》卷四九：「萬益之，南昌人，紹定二年（一二二九）黄朴榜。信州太守。」萬益之知信州，時在咸淳元年至三年（一二六五至一二六七），見李之亮《宋代郡守通考·宋兩江郡守易替考·信州》。萬信州仕歷亦大體可考。《弘治撫州府志》卷九《縣令題名》：「崇仁縣，萬益之。淳祐二年（一二四二）。」至淳祐六年（一二四六），由劉元剛接任，見《同治崇仁縣志》卷六之一《職官志》。《康熙撫州府志》卷九《官師考》，《光緒撫州府志》卷三五《職官志》，皆載萬益之爲崇仁令。崇仁，今屬江西。《光緒道州志》卷四：「萬益之，寶祐元年（一二五三）任。」道州，今湖南道縣。萬益之乃先官崇仁、道州，後知信州。《水龍吟》詞下片云：「聞説蘭臺清暇。載鴟夷、煙江一舸。」則萬益之這次出知信州，是由朝官又轉外任。吴文英在杭州以詞送其履新。夏承燾《吴夢窗繫年》，疑吴文英卒於景定元年（一二六〇），此後便無詞可紀。吴文英這首《水龍吟》送萬信州，可以確信作於咸淳元年，上距景定元年又過了五年。此詞首句云：「幾番時事重論，座中共惜斜陽下。」吴文英晚年，於朝政時局顯然更爲關切。

孫按：楊箋《絳都春·餞李太博赴括蒼別駕》曰：「凡送謫臣文字，最易觸當道所忌，如胡瑗之送東坡是也。夢窗鑒於時事不可以口舌爭，遂緘口不言，即此詞亦不過以『共賞文園詞翰』而止，其餘如與吴履齋遊滄浪亭，止有感喟語，亦無憤激語，所謂明哲保身者，非歟？」觀此詞，吴熊和先生「吴文英晚年，於朝政時局顯然更爲關切」可爲夢窗辨雪心跡。然吴先生認爲「萬益之這次出知信州，是由朝官又轉外任。吴文英在杭州以詞送其履新」，略誤。詞中有「千牙過闕，一封入奏」，知詞不寫於杭州。吴先生《補箋》還考證吴文英《宴清都·餞嗣榮王仲亭還京》作於咸淳元年嗣榮王幕中時。而前考已知杭州、紹興兩地皆有嗣榮王府邸，此詞不寫於杭州，基本可以肯定是咸淳元年（一二六五）寫於紹興。

## 又

過秋壑湖上舊居寄贈〔一〕

外湖北嶺雲多㊀〔二〕，小園暗碧鶯啼處〔三〕。朝回勝賞〔四〕，墨池香潤㊁〔五〕，吟船繫雨〔六〕。霓節千妃〔七〕，錦帆一箭〔八〕，攜將春去〔九〕。算歸期未卜，青煙散後，春城詠、飛花句〔一〇〕。

黃鶴樓頭月午〔一一〕。奏玉龍、江梅解舞〔一二〕。薰風紫禁〔一三〕，嚴更清夢〔一四〕，思懷幾許〔一五〕。秋水生時〔一六〕，賦情還在，南屏別墅〔一七〕。看章臺走馬〔一八〕，長堤種取，柔絲千樹㊂〔一九〕。

【校議】

㊀ 外湖：明張本、《古今詞統》、毛本、戈校本、杜本作「小湖」。戈校本眉注「西」字。杜校：「『小湖』，疑『西湖』之誤。」朱二校：「按夢窗此調首字無作平聲者，秋壑居葛嶺，故云『外湖北嶺』也。」鄭校：「以形近訛。又以下句『小』字衍上誤。」夏箋：「若指葛嶺，亦當曰『裏湖』。應仍作

『小湖』。」楊箋：「『外』，疑『南』誤。」「兩『小』字複。」孫按：下考賈似道舊居在蘇堤之東，在外湖邊緣。

㈡ 香潤：明張本作「香酒」。鄭氏手批：「疑『酒』爲『洒』之訛。」

㈢ 柔絲千樹：鄭氏手批：「此調煞句例作一仄聲字領三字句，諸家皆然。惟夢窗是解『柔絲千樹』，作三平一仄，謂非創格乎？」

【注　釋】

〔一〕秋壑：賈似道號秋壑。　湖上舊居：據《咸淳臨安志》卷一〇，理宗景定年間賜第葛嶺集芳園，是因爲「公舊有别墅在園之南，故以賜焉」。此「别墅」應該就是賈似道的湖上舊居。理宗賜集芳園後，二園合爲一處，别墅舊園應是「水竹院落」的前身。詳【考辨】。賈似道《庚子歸葛嶺舊居》也證明確有舊居在葛嶺湖畔：「罷官歸舊宅，山水得頻過。息影堤邊樹，清心湖面波。」疑爲理宗賜園之前西湖邊的居所。

〔二〕外湖：西湖以孤山爲界，山前爲外湖，山後曰後湖。西亘蘇堤，堤以内爲裏湖。　北嶺雲多：就隱逸而言。陶弘景《詔問山中何所有賦詩以答》：「山中何所有，嶺上多白雲。只可自怡悦，不堪持寄君。」孟浩然《秋登蘭山寄張五》：「北山白雲裏，隱者自怡悦。」北嶺，此又指葛嶺至北高峰一帶，即北山部分。《西湖志纂》卷一：「出湧金門，而南合清波門，經南屏山至南高峰，復自方家峪，經鳳凰山、越龍山，達錢塘江爲一路，曰南山路。由湧金門之北合錢塘門，渡石函橋，循葛嶺入靈竺至北高峰爲一路，曰北山路。」

〔三〕小園：楊箋：「豈賈未得賜園時，園地尚不廣乎？庾信有《小園賦》。」暗碧鶯啼：李白《對酒二首》（之二）：「流鶯啼碧樹，明月窺金罍。」

〔四〕朝回：崔顥《霍將軍》：「日晚朝回擁賓從，路傍揖拜何紛紛。」勝賞：《陳書·孫瑒傳》：「及出鎮郢州，乃合十餘船爲大舫，於中立亭池，植荷芰，每良辰美景，賓僚並集，泛長江而置酒，亦一時之勝賞焉。」

〔五〕墨池香潤：《太平寰宇記》卷九六：「墨池，王右軍洗硯池，並舊宅在蕺山下，去縣二里餘。」一說，制筆時，以羊青毛爲最内層，以兔毫爲次層，承墨的筆柱稱「墨池」，詳見《齊民要術》卷九所引韋仲將《筆方》。古代制墨時間在九月後二月前，配料中加入麝香，故有墨香。《齊民要術》卷九「合墨法」條：「麝香一兩，別治，細篩，都合調。下鐵臼中，寧剛不宜澤，擣三萬杵，杵多益善。」借寫賈似道人物風雅。《癸辛雜識後集》「賈廖碑帖」條載其事曰：「賈師憲以所藏定武五字不損肥本《禊帖》，命婺州王用和翻開，凡三歲而後成，絲髮無遺，以北紙古墨摹搨。與世之定武本相亂。賈大喜，賞用和以勇爵，金帛稱是。又縮爲小字，刻之靈璧石，號玉板蘭亭。」賈似道又刻王獻之所書《洛神賦十三行》於石上，稱「碧玉十三行」。可以推知似道對書法的酷愛。

〔六〕吟船繫雨：水竹院落有「舫亭」。

〔七〕霓節：猶言「旄節」，鎮守一方長官所擁有。李嘉祐《送從弟歸河朔》：「諸將矜旄節，何人重布衣。」《新唐書・楊汝士傳》：「開成初，繇兵部侍郎爲東川節度使。時嗣復鎮西川，乃族昆弟，對擁旄節，世榮其門。」妃：兩兩相對。《說文》：「匹也。」

〔八〕錦帆一箭：謂帆船得獲順風，疾行迅如飛箭。李賢注《後漢書・鄭弘傳》「鄭公風」：「孔靈符《會稽記》曰：射的山南有白鶴山，此鶴爲仙人取箭，漢太尉鄭弘嘗采薪，得一遺箭。頃有人覓，弘還之。問何所欲，弘識其神人也。曰：『常患若邪溪載薪爲難，願旦南風，暮北風。』後果然。故若邪溪風至今猶然呼爲鄭公風也。」錦帆，陰鏗《渡青草湖詩》：「洞庭春溜滿，平湖錦帆張。」

〔九〕攜將春去：夏箋：「『攜將春去』句，謂秋壑三月赴鄂也，與史傳合。」

〔一〇〕青煙三句：語出韓翃《寒食》：「春城無處不飛花，寒食東風御柳斜。日暮漢宫傳蠟燭，青煙散入五侯家。」青煙，青楓之煙。語本杜甫《清明二首》（之二）：「旅雁上雲歸紫塞，家人鑽火用青楓。」

〔一一〕黄鶴樓句：《太平寰宇記》卷一一二：「（鄂州）黄鶴樓在縣西二百八十步，昔費禕登仙每乘黄鶴於此樓憩駕，故號爲黄鶴樓。」《武昌府志・古跡》：「黄鶴樓在黄鶴磯上，世傳仙人王子安乘鶴過此。又云費文禕登仙，駕黄鶴憩此。」月午，竇群《東山月下懷友人》：「東山多喬木，月午始蒼蒼。」

〔一二〕奏玉龍二句：《樂府詩集・梅花落》題解：「梅花落，本笛中曲也。按唐大角曲亦有大單于、小單于、大梅花、小梅花等曲，今其聲猶有存者。」李白《與史郎中欽聽黄鶴樓上吹笛》：「黄鶴樓中吹玉笛，江城五月落梅花。」

〔一三〕薰風紫禁：《舊唐書·柳公綽傳》：「文宗夏日與學士聯句，帝曰：『人皆苦炎熱，我愛夏日長。』公權續曰：『薰風自南來，殿閣生微涼。』時丁、袁五學士皆屬繼，帝獨諷公權兩句，曰：『辭清意足，不可多得。』」薰風，《呂氏春秋·有始》：「東南曰薰風。」高誘注：「巽氣所生，一曰清明風。」紫禁，古以紫微垣比喻帝星。《宋史·天文志二》：「紫微垣東蕃八星，西蕃七星，在北斗北，左右環列，翊衛之象也。一曰大帝之坐，天子之常居也，主命、主度也。」因稱宫禁爲「紫禁」。《文選·謝莊〈宋孝武宣貴妃誄〉》：「掩彩瑶光，收華紫禁。」李善注：「王者之宫，以象紫微，故謂宫中爲紫禁。」

〔一四〕嚴更：《文選·班固〈西都賦〉》：「周以鉤陳之位，衛以嚴更之署。」李善引薛綜《西京賦》注曰：「嚴更，督行夜鼓。」戴埴《鼠璞》卷下：「《西都賦》『衛以嚴更之署』。注：嚴更，督更行鼓也。此鹵部中所謂嚴更警長也。嚴與戒嚴及三嚴外辦同唐制。日未明七刻槌一鼓，爲一嚴。侍中啟開宫門。城門五刻槌二鼓，爲再嚴，侍中版奏『請中嚴』，群臣五品以上俱集朝堂。未明一刻槌三鼓，爲三嚴。侍中、中書令以下俱詣西閣奉迎。『嚴』即『嚴肅』之義。」

〔一五〕幾許：《匯釋》：「猶云多少也。」「許，估計數量之辭。」

〔一六〕秋水生時：水竹院落有「秋水觀」，賈似道八月初八生日，詳見《齊東野語》卷一二「賈相壽詞」條。

〔一七〕南屏別墅：此指南屏、鳳凰諸山遠列於別墅之前。　以上六句以賈似道身在邊防心繫宫廷及家山，諛頌其有忠愛之情悃。

〔一八〕看：猶言「看看」。《匯釋》：「估量時間之辭。有轉眼義，有當前義，又由當前義轉而爲剛剛義。」

此用轉眼義。　章臺走馬：《漢書·張敞傳》：「然敞素無威儀，時罷朝會，過走馬章臺街，使御吏驅，自以便面拊馬。」孟康曰：「（章臺）在長安中。」薛瓚曰：「在章臺下街也。」並合用章臺柳典。孟棨《本事詩·情感》載韓翃得豔妓柳氏，「來歲，成名。後數年，淄青節度使侯希逸奏爲從事。以世方擾，不敢以柳自隨，置之都下，期至而迓之。連三歲，不果迓，因以良金買練囊中寄之，題詩曰：『章臺柳，章臺柳，往日依依今在否？縱使長條似舊垂，亦應攀折他人手。』」後「章臺」多稱妓女所居之地。賈似道自少年即游冶不羈，《宋史》本傳：「益恃寵不檢，日縱游諸妓家，至夜即燕遊湖上不反。理宗嘗夜憑高，望西湖中燈火異常時，語左右曰：『此必似道也。』」

〔一九〕長堤二句：種柳典見《煬帝開河記》：「（開河）功既畢，虞世基獻計，請用垂柳栽於汴堤兩岸。……上大喜，詔民間有柳一株，賞一縑，百姓競獻之，又令親種。帝自種一株，群臣次第種。」長堤，此指多植楊柳的蘇堤和白堤。參見《渡江雲·西湖清明》注〔八〕。唐彦謙《無題十首》（之八）：「柔絲漫折長亭柳，綰得同心欲寄將。」此代指攜妓而遊，暗寓謝安風流，祝其回朝執鈞當軸。

【集評】

卓人月、徐士俊《古今詞統》卷一四：「秋水」至「千樹」一句讀。

【考辨】

卓人月、徐士俊《古今詞統》卷一四：此當是平章出師以後語，木棉庵一段淒涼，在眼前矣。

朱箋：《齊東野語》：景定三年正月，詔以魏國公賈似道有再造功，命有司建第宅家廟。賈固辭，遂以集芳園及緡錢百萬賜之。前揖孤山，後據葛嶺，兩山映帶，一水橫陳，各隨地勢，以構架焉，通名之曰「後樂園」。又以爲未足，則於第之左數百步，瞰湖作別墅，通謂之「水竹院落」焉。

夏箋：據《齊東野語》，秋壑造後樂園，在景定三年。蓋在此後十三年。集中贈秋壑各詞，皆淳祐間作。此與《金琖子》賦秋壑西湖小築，皆非謂後樂園，朱箋偶誤。案此詞明云「秋水生時，賦情還在，南屏別墅」，知墅在西湖南山之南屏。此「舊居」與《金琖子》之「小築」蓋非一地。此淳祐九年，秋壑出爲京湖制置大使時作，「黄鶴樓頭」句可證。

吴熊和《夢窗詞補箋》：景定三年（一二六二），宋理宗以賈似道有再造之功，於杭州葛嶺建後樂園賜之。按建後樂園之前，賈似道原有舊居在葛嶺集芳園南。《咸淳臨安志》卷一〇謂賈似道「舊有別墅在（集芳）園之南」。又賈似道有《庚子歸葛嶺舊居》詩：「罷官歸舊宅，山水得頻過。息影堤邊樹，清心湖面波。勞無功可紀，頑有命相磨。見説連朝雨，田家正剪禾。」庚子爲嘉熙四年（一二四〇），賈似道二十七歲。其「罷官歸舊宅」事，史書闕載，當在本年知澧州之前。翌年四月，賈似道自澧州除湖廣總領財賦，自此權位日隆，不復再有「罷官」之事了。吴文英《水龍吟》過秋壑湖上舊居，也就是賈似道早年的這個葛嶺舊居。

又，《唐宋詞彙評·編年》：詞有「黄鶴樓頭月午」語，時賈似道爲荆湖制置使知江陵。似道官荆湖制置使在淳祐六年（一二四六）九月，其進京湖制置大使在淳祐九年（一二四九）一月。迨十年三月，李曾伯自桂易荆，似道改兩淮制置大使，始去京湖，至揚州。此詞當作於淳祐九年。

吴箋：詞中賈似道事確在淳祐九年春，然此詞非作於當年。否則，詞題當爲贈别，而非「過舊居」「寄贈」，此必作於似道移任兩淮之後。

孫按：賈氏事蹟可補辨者有三。一、賈似道生平。賈似道（一二一三至一二七五），字師憲，號秋壑。台州（今浙江臨海）人。以父賈涉蔭補嘉興司倉。擢太常丞、軍器監，升知澧州。淳祐元年（一二四一），改湖廣總領。三年，加户部侍郎。五年，以寶章閣直學士爲沿江制置副使、知江州兼江西路安撫使，再遷京湖制置使兼知江陵府。九年，加寶文閣學士、京湖安撫制置大使。十年，以端明殿學士移鎮兩淮。寶祐二年（一二五四）加同知樞密院事、臨海郡開國公。四年，加參知政事。五年，加知樞密院事。六年，改兩淮宣撫大使。開慶元年（一二五九），蒙古兵分三路大舉攻宋，以右丞相領兵救鄂州，私向忽必烈乞和，後詐稱大勝。史稱「再造之功」者即此。度宗時封太師、平章軍國重事。德祐元年（一二七五）元軍東下，督師，全軍潰敗於蕪湖魯港（宋屬江南東路太平州），事聞，似道罷官貶謫。八月，爲嗣榮王所雇監送官鄭虎臣擅殺於漳州木棉庵。

二、理宗景定三年（一二六二）賜賈似道集芳園，似道擴建此園的過程中與湖上舊有别墅連成一片，而舊園是水竹院落的原址，其中的建築與集芳園、湖上舊居相沿關係已不能明晰，並且集中贈賈似道各詞與宋代相關資料還有一些出入，但據之可知大概。《咸淳臨安志》卷八六：「水竹院落，在西林橋南，太傅平章賈魏公别墅。先是，理宗皇帝御書二閣扁賜公，其一曰『奎文之閣』。公遂擇勝地，敞層宇以荷上。賜閣之下爲堂，曰秋水觀。則今上皇帝宸畫也。圃於湖西者大率多幽窈之趣，若俯浩蕩，眇空碧，非穿林越磴，意不得騁而快也。兹堂枕湖滸，左挾孤山，右帶蘇堤，皆若卻立屏侍，不敢迫近。波光萬頃，與闌檻相直，無少障礙。鳳凰諸山舉頭參前。又有道院、舫亭等，傑然爲登覽最。其一曰『懋德大勳之閣』，則揭於山陰里第云。」《齊東野語》卷一九「賈氏園池」條：「景定三年正月，詔以魏國公賈似道有再造功，命有司建第宅家廟。賈固辭，遂以集芳園及緡錢百萬賜之。園故思陵舊物，古木壽藤，多南渡以前所植者。積翠回抱，仰不見日，架廊疊磴，幽眇逶迤，極其營度之巧。猶以爲未也，則隧地通道，抗以石梁。旁透湖濱，架百餘楹。飛樓層臺，涼亭燠館，華邃精妙。前揖孤山，後據葛嶺，兩橋映帶，一水横穿，各隨地勢以構築焉。堂榭有名者曰蟠翠（古松）、雪香（古梅）、翠岩（奇石）、倚繡（雜花）、挹露（海棠）、玉蕊（瓊花、荼蘼）、清勝（假山），已上集芳舊物。高宗御扁『西湖一曲』、『奇勳』。理宗御書『秋壑』、『遂初』、『容堂』。度宗御書『初陽精舍』、『熙然臺』、『砌臺』。山之椒曰『無邊風月』、『見天地心』。水之濱曰『琳琅步』、『歸舟』、『早船』。通名之曰『後樂園』。……又以爲未足，則於第之左數百步瞰湖作别墅，曰光漾閣、春雨觀、養樂堂、嘉生堂。千頭木奴，生意瀟然，生物之府，通名之曰『養樂園』。其旁則廖群玉之『香月鄰』在焉。又於西陵之外，樹竹千挺，架樓臨之，曰秋水觀、第一春、梅塢、剡船亭，側通謂之『水竹院落』焉。」

三、前賢多持此詞寫於淳祐九年（一二四九）的觀點，「攜將春去」寫三月赴江陵府任爲確論。然其中尚有語焉不詳之處。首先，江陵府治所在江陵（今湖北沙市），而此詞所記賈氏顯然在安撫使帥府所在地鄂州（今湖北武昌）。荆湖路治所宋代屢有變易。《宋史·地理四》：「荆湖南北路。紹興元年，以鄂、岳、潭、衡、永、郴、道州、桂陽軍爲東路，鄂州置安撫司；鼎、澧、辰、沅、靖、邵、全州、武岡軍爲西路，鼎州置安撫司。二年，罷東、西路，仍分南、北路安撫司，南路治潭州；北路治鄂，尋治江陵。」「鄂州，緊，江夏郡，武昌軍節度。初爲武清軍，至道二年，始改。建炎二年，兼鄂、岳制置使。四年，兼江南鄂州路安撫，尋改鄂州路安撫。紹興二年，改兼荆湖北路安撫。六年，管内安撫；十一年，罷。嘉定十一年，置沿江制置副使。淳祐五年，兼荆湖北路安撫使。九年，罷。景定元年，改荆湖制置使。」《宋史·賈似道傳》詳盡記載了賈似道相關仕歷：「淳祐元年，改湖廣總領。三年，加户部侍郎。五年，以寶章閣直學士爲沿江制置副使、知江州兼江西路安撫使。一歲中，再遷京湖制置使兼知江陵府，調度賞罰，得以便宜施行。九年，加寶文閣學士、京湖安撫制置大使。十年，以端明殿學士移鎮兩淮，年始三十餘。寶祐二年，加同知樞密院事、臨海郡開國公……四年，加參知政事。五年，加知樞密院事。六年，改兩淮宣撫大使。」制置大使一職，是賈似道「權位日隆」的轉捩點。《宋史·職官七》：「中興以後置使，掌本路諸州軍馬屯防扞禦，多以安撫大使兼之，亦以統兵馬官充；地重秩高者加制置大使，位宣撫副使上。」據詞中「黄鶴樓頭月午。奏玉龍、江梅解舞」、「熏風紫禁，嚴更清夢」及「看章臺走馬，長堤種取，柔絲千樹」，知似道此時鄂州置司，帶職爲學士，權位未上宰執；勘比之下，知淳祐九年最相合榫。而此詞寫在春三月離京後不久，詞中五月笛曲、秋水賦情、明春種柳皆懸想之事。

## 又

癸卯元夕

澹雲籠月微黄〔一〕，柳絲淺色東風緊㊀〔二〕。夜寒舊事，春期新恨，眉山碧遠〔三〕。塵陌飄香〔四〕，繡簾垂户，趁時妝面〔五〕。鈿車催去急〔六〕，珠囊袖冷〔七〕，愁如海〔八〕、情一線〔九〕。　猶記初來吴苑〔一〇〕。未清霜、飛驚雙鬢㊁〔一一〕。嬉遊是處〔一二〕，風光無際〔一三〕，舞葱歌蒨㊂〔一四〕。陳跡征衫〔一五〕，老容華鏡㊃〔一六〕，歡悰都盡㊄〔一七〕。向殘燈夢短〔一八〕，梅花曉角，爲誰吟怨〔一九〕。

【校　議】

㊀東風緊：諸本同。杜校：「『緊』字失韻，疑『軟』字之誤。」杜本鄭批：「是詞『緊』、『盡』二均並古

通，「『鬢』字亦然，唐詩宋詞同一義例。南宋後始有詞均，未足據以訂吴詞也。」鄭氏手批説法基本相同，不贅録。夏敬觀評語：「『盡』、『緊』、『鬢』，皆『震』韻，與『元』、『霰』韻同押。」吴校：「『緊』、『盡』二韻，以『真』、『文』假『先』、『田』用，古人有之，不足爲病。」

㈡雙鬢：毛本、王朱本作「霜鬢」。杜鈔本：「『霜鬢』，『霜』字重復，『鬢』字失韻。疑『鬢畔』之誤。」杜刻本：「『鬢』字失韻。姚子箴鈔本作『鬋』，疑爲『鬌』字，宜從。」

㈢歌蒨：毛本作「歌舊」。毛扆本改「舊」爲「蒨」。杜本從，諸本從杜本改。鄭校：「以聲形近訛。」明張本正同。

㈣華鏡：王氏、朱氏、鄭氏所見毛本、王朱初刻本作「華境」。鄭校：「以聲形近訛。」鄭氏手批：「『鏡』與上句對。此誤從『土』，沿汲古訛。偏旁宜改正，不必别有依據也。」「作『華境』則費解，言對鏡而見老容，否則『容』字無根。」「此『境』字亦以音近訛。」張壽鏞所見毛本及今見毛本未誤。

㈤都盡：杜校：「『盡』字失韻，疑『换』字之誤。」

## 【注　釋】

〔一〕澹雲句：蘇軾《寒食夜》：「沈麝不燒金鴨冷，淡雲籠月照梨花。」又，《四十年前元夕與故人夜遊得此句》：「午夜朧朧淡月黄，夢回猶有暗塵香。」「微黄」意亦綴「柳絲淺色」。

〔二〕柳絲句：張季略《小苑春望宮池柳色》：「積翠煙初合，微黄葉未生。」白居易《臘後歲前遇景詠意》：「海梅半白柳微黄，凍水初融日欲長。」緊，《例釋》：「很，甚，程度副詞。」

〔三〕眉山碧遠：毛滂《惜分飛》：「淚濕闌干花著露。愁到眉峰碧聚。」並用遠山黛典。以上三句用錯綜句法，謂元夕夜寒，舊事新恨，遥山正如承載彼時情事此時悲怨之蹙黛。

〔四〕塵陌飄香：蘇味道《正月十五夜》：「暗塵隨馬去，明月逐人來。」周邦彦《解語花・上元》：「簫鼓喧，人影參差，滿路飄香麝。」

〔五〕趁時妝面：時妝，白居易《時世妝》：「時世妝，時世妝，出自城中傳四方。」趁，此處是「隨」的意思。承上引蘇味道詩中信馬隨車之意。

〔六〕鈿車句：元稹《痁卧聞幕中諸公徵樂會飲因有戲呈三十韻》：「鈿車迎妓樂，銀翰屈朋儕。」周邦彦《解語花・上元》：「鈿車羅帕。相逢處，自有暗塵隨馬。」

〔七〕珠囊袖冷：取秦觀《滿庭芳》詞意：「銷魂。當此際，香囊暗解，羅帶輕分。謾贏得、青樓薄幸名存。此去何時見也，襟袖上、空惹啼痕。」珠囊，《舊唐書・玄宗紀上》：「上御花萼樓，以千秋節百官獻賀，賜四品已上金鏡、珠囊、縑彩。」也作爲定情信物。陳睦《沁園春》：「想玉篦偷付，珠囊暗解，兩心長在，須合金鈿。」袖冷，韓翃《送故人歸魯》：「雨餘衫袖冷，風急馬蹄輕。」實謂袖上淚冷。謝微《濟黄河應教詩》：「淚甚聲難發，悲多袖未舉。」

〔八〕愁如海：秦觀《千秋歲》：「日邊清夢斷，鏡裏朱顔改。春去也，飛紅萬點愁如海。」

〔九〕情一線：李商隱《柳》：「如線如絲正牽恨，王孫歸路一何遥。」

〔一〇〕猶記句：與下二句點明初寓蘇州尚不及潘鬢二毛之年。

〔一一〕未清霜二句：李煜《九月十日偶書》：「自從雙鬢斑斑白，不學安仁卻自驚。」曹松《贈胡處士》：「莫問榮華事，清霜點髮根。」李賀《還自會稽歌》：「吴霜點歸鬢，身與塘蒲晚。」

〔一二〕是處：《南齊書·虞玩之傳》：「填街溢巷，是處皆然。」柳永《八聲甘州》：「是處紅衰翠減，苒苒物華休。」

〔一三〕風光無際：駱賓王《疇昔篇》：「風光無限極，歸楫礙池荷。」

〔一四〕舞葱歌蒨：謂歌兒舞女皆正當華年，如浮花浪蕊，如冶葉倡條。葱蒨，草木葱郁茂盛。王廙《春可樂》：「野暉赫以揮緑，山葱蒨以發蒼。」

〔一五〕陳跡征衫：意頗同周邦彦《點絳唇》：「舊時衣袂，猶有東風淚。」謂衣上尚殘存年少嬉遊時留下的酒痕淚痕。

〔一六〕老容華鏡：韓琮《秋晚信州推院親友或責無書即事寄答》：「商吹移砧調，春華改鏡容。」劉長卿《戲題贈二小男》：「欲並老容羞白髮，每看兒戲憶青春。」華鏡，猶言銅華鏡。見《尉遲杯·賦楊公小蓬萊》注〔七〕。

〔一七〕歡悰：何遜《與崔録事别兼叙攜手詩》：「道術既爲務，歡悰苦未並。」

〔一八〕殘燈夢短：崔湜《酬杜麟臺春思》：「憶夢殘燈落，離魂暗馬驚。」孟郊《再下第》：「一夕九起嗟，夢短不到家。」

〔一九〕梅花二句：梅花盛開於冬春之交。《范村梅譜》：「杜子美詩云『梅蕊臘前破，梅花年後多』，惟冬春之交正是花時耳。」梅花曉角，鄭樵《通志·樂略第一》：「梅花之辭，本於胡笳。今人謂角鳴爲邊聲，初由邊徼所傳也。」司馬光《塞上》：「不堪聞曉角，吹盡落梅花。」角，《通典·樂一》：「蚩尤氏帥魑魅與黄帝戰於涿鹿，帝乃命吹角爲龍吟以禦之。」此亦用上元典。《能改齋漫録》卷七：「蘇味道《上元》詩『遊妓皆穠李，行歌盡落梅』。上句取梁蕭子顯《美人篇》曰：『繁穠既爲李，照水亦成蓮。』下句取樂府《落梅花曲》。」

【考辨】

楊箋：癸卯，爲理宗淳祐三年。沈伯時《樂府指迷》云：「壬寅，始識静翁於澤濱，癸卯，識夢窗。」即是年。時夢窗尚在蘇幕。（「猶記」三句）夢窗入蘇州倉幕在紹定壬辰年，距癸卯爲十年，來時三十餘歲，此則四十餘歲矣。（「向殘燈」三句）此詞意雖歎老而語未嗟孤，以此時琴客尚在也。有疑拙解多作憶姬爲附會者，請觀此詞。

孫按：此詞淳祐三年（一二四三）寫於蘇幕。夢窗紹定四年（一二三一）入蘇幕，至此年已十三年，其間三十歲至四十三歲的年齡跨度，也逐漸具備了「回憶」的資格。此詞回憶杭京十年及初來蘇州元夕冶遊，寓入了淡淡的人生哀感。

## 又

壽梅津

杜陵折柳狂吟㊀〔一〕，研波尚濕紅衣露㊁〔二〕。仙桃宴早〔三〕，江梅春近㊂，還催客句〔四〕。宮漏傳雞〔五〕，禁門嘶騎㊃〔六〕，宦情熟處〔七〕。正黃編夜展，天香字暖〔八〕，春葱剪、紅蜜炬〔九〕。宮帽鸞枝醉舞㊄〔一〇〕。思飄颺、臞仙風舉〔一一〕。星羅萬卷，雲驅千陣〔一二〕，飛毫海雨㊅〔一三〕。長壽杯深〔一四〕，探春腔穩〔一五〕，江湖同賦〔一六〕。又看看〔一七〕、便繫金狨鶯曉，傍西湖路〔一八〕。

【校　議】

㊀ 折柳：《歷代詩餘》作「新柳」。

㈡研波：底本作此，諸本皆作「硯波」。

㈢江梅：明張本作「紅梅」。

㈣嘶騎：《歷代詩餘》作「嘶馬」。

㈤醉舞：《歷代詩餘》作「碎舞」。

㈥飛毫：明張本、毛本、《歷代詩餘》、戈校本作「飛豪」。杜本改。諸本從之。

## 【注釋】

〔一〕杜陵：在今陝西西安市東南。此作爲杭京畿郊的代稱。折柳：贈別典。狂吟：白居易《洪州逢熊孺登》：「靖安院裏辛夷下，醉笑狂吟氣最粗。」

〔二〕研波句：《佩文齋廣群芳譜》卷三一引《成都記》：「唐玄宗以芙蓉花汁調香粉，作御墨，曰『龍香劑』。」並暗用「滴露研朱」典，詳見《瑞鶴仙·癸卯歲壽方蕙巖寺簿》注〔二〕。研波，趙汝績《墨歌》：「薰風拂拂吹硯波，呼兒教作病手磨。」紅衣，荷花瓣的別稱。庾信《入彭城館詩》：「槐庭垂緑穗，蓮浦落紅衣。」王維《皇甫岳雲溪雜題五首·蓮花塢》：「弄篙莫濺水，畏濕紅蓮衣。」

〔三〕仙桃宴：詳見《瑞鶴仙·壽史雲麓》注〔六〕。

〔四〕江梅二句：《范村梅譜》：「江梅遺核野生，不經栽接者，又名直腳梅，或謂之野梅。凡山間水濱荒寒清絶之趣，皆此本也。花稍小而疎瘦有韻，香最清，實小而硬。」梅津生日在正月十五前後。見《水龍吟·壽尹梅津》【考辨】。

〔五〕宮漏傳雞：宮漏，參見《瑞鶴仙·癸卯歲壽方蕙巖寺簿》注〔八〕。雞，雞人。周官名。《周禮·春官·雞人》：「雞人掌共雞牲，辨其物。大祭祀，夜嘑旦以叫百官。凡國之大賓客、會同、軍旅、喪紀，亦如之。凡國事爲期，則告之時。凡祭祀，面禳釁，共其雞牲。」後指宮廷中專管報時之人。陸倕《新刻漏銘》：「坐朝晏罷，每旦晨興，屬傳漏之音，聽雞人之響。」王維《和賈舍人早朝大明宮之作》：「絳幘雞人報曉籌，尚衣方進翠雲裘。」王安石《和吴沖卿雪霽紫宸朝》：「虎士開閶闔，雞人唱九霄。」《王荆公詩注》：「《漢官儀》：宮中不畜雞，汝南出長鳴雞衛士，於朱雀門外專傳雞鳴。又，應劭曰：楚歌，今《雞鳴歌》也。」《宋史·律曆三》：「殿前報時雞唱，唐朝舊有詞，朱梁以來，因而廢棄，止唱和音。景德四年，司天監請復用舊詞，遂詔兩制詳定，付之習唱。每大禮、御殿、登樓、入閣、内宴、晝改時、夜改更則用之，常時改刻、改點則不用。」宮漏，參見《瑞鶴仙·癸卯歲壽方蕙巖寺簿》注〔八〕。

〔六〕禁門嘶騎：《宋史·律曆三》：「常以卯正後一刻爲禁門開鑰之節，盈八刻後以爲辰時，每時皆然，以至於酉。每一時，直官進牌奏時正，雞人引唱，擊鼓一十五聲，惟午正擊鼓一百五十聲。」楊箋：「蔡邕曰，漢制，天子所居，門閣有禁嘶騎者，朝臣至禁門外，應下馬也。」禁門，蔡邕《獨斷》：「禁中者，門户有禁，非侍御者不得入，故曰『禁中』。」

〔七〕宦情熟處：詳見《水龍吟·用見山韻餞別》注〔五〕。

〔八〕正黄編二句：梅津此時任尚書省左司郎中兼敕令所删修官。後者職掌删修歷朝敕令、條法，編出適用本朝的敕、令、格、式與條法。黄編，猶言「黄卷」。葛洪《抱朴子·疾謬》：「雜碎故事，蓋是窮巷諸生，章句之士，吟詠而向枯簡，匍匐以守黄卷者所宜識。」楊明照校箋：「古人寫書用紙，以黄蘗汁染之防蠹，故稱書爲黄卷。」「夜」、「天香」貫入下二句中。

〔九〕春葱二句：此寫梅津任尚書省左司郎中時夜直情形。《漢官舊儀》卷上：「尚書郎宿留臺，中官給青縑白綾被或錦被、帷帳、氈褥、通中枕。……尚書郎伯二人，女侍史二人，皆選端正者。從直伯送至止車門還，女侍史執香爐燒薰，從入臺護衣。」春葱，《古詩爲焦仲卿妻作》：「耳著明月璫，指如削葱根。」蜜炬，蠟燭。李賀《河陽歌》：「甒船飫口紅，蜜炬千枝爛。」

〔一〇〕宫帽句：寫宫中宴會賜花。鸞枝，猶言「欒枝」。陶選「鸞（通欒）枝」。御宴所賜宫花。周必大《次韻楊廷秀待制瑞香花》：「禁庭侍史令同宿，宫帽花枝故自欒。」賜花規格詳見【考辨】。

〔一一〕思飄颻二句：謂梅津在宫中宴會上按禮節戴花蹈舞拜謝而退，有飄飄欲仙之感。《宋史·禮十六》：「或上壽朝會，止令滿酌，不勸。中飲更衣，賜花有差。宴訖，蹈舞拜謝而退。」臞仙，司馬相如《大人賦序》：「以爲列仙之儒，居山澤間，形容甚臞，此非帝王之仙意也。乃作《大人賦》。」《史記·司馬相如列傳》：「相如既奏大人之頌，天子大説，飄飄有淩雲之氣，似遊天地之間意。」

〔一二〕星羅二句：李賀《高軒過》：「二十八宿羅心胸，九精照耀貫當中。殿前作賦聲摩空，筆補造化天無功。」杜甫《奉贈韋左丞丈二十二韻》：「讀書破萬卷，下筆如有神。」杜甫《醉歌行》：「詞源倒流三峽水，筆陣獨掃千人軍。」劉克莊《沁園春》：「萬卷星羅，千篇雹掃，肯學窮兒事楚騷。」

〔一三〕飛毫：指書法。岑文本《奉述飛白書勢》：「飛毫列錦繡，拂素起龍魚。」海雨：蘇軾《和蔡景繁海州石室》：「江風海雨入牙頰，似聽石室胡琴語。」陸游《跋東坡七夕詞後》：「惟東坡此篇，居然是星漢上語，歌之曲終，覺天風海雨逼人。」

〔一四〕長壽杯深：晁端禮《蘇幕遮》：「帝城賒，鳳樓遠。長壽杯深，此際誰人勸。」

〔一五〕探春：《武林舊事》卷三：「都城自過收燈，貴遊巨室，皆爭先出郊，謂之『探春』。」孟郊《長安早春》：「探春不爲桑，探春不爲麥。日日出西園，只望花柳色。」腔穩：施宜生《無題》：「唱得新翻穩貼腔，阿誰能得肯雙雙。」杜甫《長吟》有「賦詩歌句穩」，蘇軾《和致仕張郎中春晝》亦謂張先「細琢歌詞穩稱聲」。

〔一六〕江湖：喻流落或不仕的朋友，詳見《一寸金·贈筆工劉衍》注〔八〕。

〔一七〕看看：此用轉眼義。劉禹錫《酬楊侍郎憑見寄》：「看看瓜時欲到，故侯也好歸來。」

〔一八〕便繫二句：金狨鶩曉，詳見《水龍吟·壽尹梅津》注〔一五〕中黃庭堅詩。設想梅津不久升爲文學侍從後遊西湖的情景。

【考辨】

陶選：宮帽鸞枝：即襆頭上插有宮花。「宮花」與「生花」相對而言。王鞏《聞見近録》：「春季上池，賜生花，而自上至從臣皆簪花而歸。紹聖二年，上元幸集禧觀，始出宮花賜從駕臣僚，各數十枝，時人榮之。」「生花」，指鮮花。「宮花」，指以羅、絹、通草等爲原料製成的假花。

孫按：《宋史·輿服五》：「簪戴。襆頭簪花，謂之簪戴。中興，郊祀、明堂禮畢回鑾，臣僚及扈從並簪花，恭謝日亦如之。大羅花以紅、黄、銀紅三色，欒枝以雜色羅，大絹花以紅、銀紅二色。羅花以賜百官，欒枝，卿監以上有之；絹花以賜將校以下。太上兩宫上壽畢，及聖節、及錫宴、及賜新進士聞喜宴，並如之。」

詞用尚書郎當直典，確指梅津尚書省左司郎中之職。《咸淳臨安志·秩官》，兩浙轉運名氏尹焕下注，淳祐六年，運判；七年，除左司。《宋史·律曆十五》：「（淳祐）八年，朝奉大夫太府少卿兼尚書左司郎中兼敕令所删修官尹涣曰……」。其中太府少卿是九寺三監的長官，位列「卿監」，正屬可頒欒枝花的對象。左司郎中，職掌見《宋史·職官一》、《宋會要輯稿·職官》四之二六。因之可以確定詞寫於淳祐八年（一二四八）或稍後。此詞寫作地點在杭州，夢窗再次爲「客」杭京的時間下限爲淳祐九年（一二四九）十一月（《宋史全文》作「十二月」）幕主史宅之薨於位時。

## 玉燭新㈠　夾鐘商㈡

花穿簾隙透〔一〕。向夢裏消春，酒中延晝〔二〕。嫩篁細掐，相思字〔三〕、墮粉輕黏練袖㈢〔四〕。章臺別後〔五〕，展繡絡〔六〕、紅蔫香舊㈣〔七〕。□□□㈤，應數歸舟〔八〕，愁凝畫闌眉柳〔九〕。

移燈夜語西窗〔一〇〕，逗曉帳迷香㈥〔一一〕，問何時又。素紈乍試〔一二〕，還憶是、繡懶思酸時候〔一三〕。□蘭清蕙㈦〔一四〕。總未比、蛾眉螓首㈧〔一五〕。誰恕與㈨〔一六〕，惟有金籠，春簧細奏㈩〔一七〕。

【校議】

㈠《詞譜》：「調始清真樂府。《爾雅》云：四時和，謂之玉燭，取以爲名。」明張本、毛本、戈校本、杜本、王朱本有詞題作「春情」，王朱本等刪。此調上下闋第四句、第七句押韻情況有三種。一是周清真詞下闋韻，上闋否；二是楊無咎《逃禪詞》上下俱押韻；三是吴夢窗上闋韻，下闋否。諸家對於孰爲正體見解各異。《詞譜》評清真詞：「此調以此詞爲正體，若楊詞之多押兩韻，乃變格也。」戈選杜批清真詞：「第二句至第七句前後段相同，惟前之『砌玉』、『昨夜』不叶韻；後之『慢鬪』、『雨秀』叶韻爲異，《詞律》謂《逃禪詞》前後並叶爲正體。按：詞之韻即曲之拍，往往後多於前，不足爲定。」鄭氏手批：「清真下闋第四字叶，夢窗移於上闋，蓋類《一寸金》之上下可通用也。」楊箋：「此調上片第六句（孫按：此以「相思字」三字爲讀不爲句，故有「第六句」之説）有叶有不叶。下片第四句亦然，上叶而下不叶者，此詞是。上不叶而下叶者，清真詞之『前村昨夜』、『壽陽漫鬪』是，史達祖詞亦同。但未見上下俱不叶者，亦未見上下俱叶者，蓋因俱不叶則韻太疏，俱叶則韻太密，故用一叶一不叶，以調劑之耳。」孫按：「未見上下俱叶者」，是未考《逃禪詞》也。

㈡ 明張本、底本宫調作「黄鐘商」。底本校曰：「按『黄』當作『夾』。《清真集》作雙調。」底本眉批：「黄鐘商俗呼大石。」茲據朱四校本、《全宋詞》。

㈢ 黏：明張本、毛本俱於「黏」下注「沾」字。毛扆本改「黏」作「沾」。王朱本作「霑」。並誤以爲毛本「黏」爲衍字。霑，用同「沾」。綀袖：毛本、戈校本、杜本、王朱本作「綀袖」。鄭氏手批：「夢窗詞，凡清真所用字律，並墨守無少出入。如是解，『袖』字均，上一字屬平，則『綀』爲『綀』訛無疑。」

㈣ 蔫：鄭氏手批：「『蔫』，言花色不鮮也。今北語猶有此『蔫』字。」

㈤ □□□：杜校：「原闕三字，宜用平去上，擬補『勞望眼』。」

㈥ 逗曉帳：明張本、毛本作「逗曉悵」。戈校本、杜本改。諸本從之。

⑺□蘭清蕙：明張本、朱見毛本無空格。杜本、鄭校作「蘭清蕙秀」。鄭氏手批：「宜據杜校補於『蕙』下。」朱四校本、《全宋詞》從之。

⑻蛾眉：杜本作「娥眉」。

⑼愬與：戈校本、底本作「訴與」。茲從明張本、毛本、王朱本。愬，用同「訴」。

⑽春篢：明張本、毛本作「春篁」。戈校本、杜本改作「春篢」。諸本從之。鄭氏手批：「『鶯籠』，本集中數見之。此用『春篢』，亦是黄鶯，非鸚鵡也。」「此詞清真入聲字律，夢窗悉依之。特以墨圍點示後學（作、隙、掐、别、絡、憶）。」

【注釋】

〔一〕花穿句：與下二句並暗用李賀《秦宫詞》詩意：「人間酒暖春茫茫，花枝入簾白日長。」簾隙，吴均《詠雪詩》：「微風摇庭樹，細雪下簾隙。」

〔二〕向夢裹二句：白居易《想歸田園》：「千首惡詩吟過日，一壺好酒醉消春。」韋莊《題袁州謝秀才所居》：「但將竹葉消春恨，莫遣楊花上客衣。」

〔三〕嫩篁二句：周邦彦《迎春樂》：「牆裹修篁森似束。記名字、曾刊新緑。」李白《冬日歸舊山》：「嫩篁侵舍密，古樹倒江横。」篁，《文選·謝莊〈月賦〉》：「若乃涼夜自淒，風篁成韻。」李善注：「篁，竹叢生也。」掐，此指用指甲刻寫。

〔四〕墮粉句：周邦彦《漁家傲》：「日照釵梁光欲溜，循階竹粉沾衣袖。」以上三句並化用貫休殘句「粘粉爲題棲鳳竹」詩意。

〔五〕章臺：冶遊地。詳見《水龍吟·過秋壑湖上舊居寄贈》注〔一八〕章臺柳典，並爲下文張本。

〔六〕繡絡：刺繡作成的掛件。

〔七〕紅蔫：杜牧《春晚題韋家亭子》：「蔫紅半落平池晚，曲渚飄成錦一張。」此「蔫」字特指刺繡物顔色不鮮豔。　香舊：晏幾道《虞美人》：「羅衣著破前香在。舊意誰教改。」周邦彦《浪淘沙慢》：「羅帶光銷紋衾疊。連環解、舊香頓歇。」

〔八〕應數歸舟：謝朓《之宣城郡出新林浦向板橋》：「天際識歸舟，雲中辨江樹。」温庭筠《憶江南》：「梳洗罷，獨倚望江樓。過盡千帆皆不是，斜暉脈脈水悠悠。」

〔九〕愁凝：杜甫《寄劉峽州伯華使君四十韻》：「會期吟諷數，益破旅愁凝。」凝，《匯釋》：「爲一往情深專注不已之義，猶今所云『發癡』、『發怔』、『出神』、『失神』也。」　畫闌眉柳：徐仲雅《宫詞》：「一把柳絲收不得，和風搭在玉欄杆。」白居易《雜曲歌辭·楊柳枝》：「人言柳葉似愁眉，更有愁腸似柳絲。」

〔一〇〕移燈：王涯《宫詞三十首（存二十七首）》（之十八）：「向晚移燈上銀簟，叢叢緑鬢坐彈棋。」此二字透入下句，謂移燈向帳。　夜語西窗：李商隱《夜雨寄北》：「何當共剪西窗燭，卻話巴山夜雨時。」

周邦彦《荔枝香近》：「何日迎門，小檻朱籠報鸚鵡。共剪西窗蜜炬。」李商隱《夜雨寄北》詩，在詞中碎拆的字面中頻繁出現。

〔一一〕逗曉句：周邦彦《鳳來朝·佳人》：「逗曉看嬌面，小窗深、弄明未遍。愛殘朱宿粉雲鬟亂。最好是、帳中見。」《匯釋》：「逗，猶臨也，到也。……逗曉，臨曉也。」梁武帝《藉田詩》：「嚴駕佇霞昕，浥露曉光逗。」迷香，此指鳳帳中使人銷魂的香氣。可與翁元龍《水龍吟》參看：「昵枕迷香，占簾看夜，舊遊經醉。」

〔一二〕素紈：紈扇。詳見《解連環》（暮簷涼薄）注〔一〇〕。　乍：《匯釋》：「猶初也，才也。」

〔一三〕繡懶思酸：楊箋：「是婦人妊子徵候。」孫思邈《備急千金要方·婦人方》載妊子時，「舉體沈重，惟欲眠卧，多思酸」。歌妓也能有懷妊之事，杜牧《贈別二首》爲贈妓之作，前人曾記此詩微諷雛妓有妊。宋人祝穆《古今事文類聚後集》卷一二引《姚令威叢話》：「杜牧之詩『娉娉裊裊十三餘，荳蔻梢頭二月初』，不解荳蔻之旨。閱《本草》，荳蔻花作穗，嫩葉卷上，一向生，初如芙蓉。穗頭深紅色，葉漸展花漸出，而色微淡，亦有黄白色，似山薑花。花生葉間，南人取其大開者，謂之含胎花，言年尚少而娠身也。」似可備一説。

〔一四〕□蘭清蕙：王勃《七夕賦》：「金聲玉韻，蕙心蘭質。」

〔一五〕蛾眉螓首：《詩·衛風·碩人》：「螓首蛾眉，巧笑倩兮，美目盼兮。」毛傳：「螓首，顙廣而方。」鄭玄箋：「此章説莊姜容貌之美。」

〔一六〕誰愬與：曹植《行女哀辭》：「天蓋高而無階，懷此恨其誰訴。」《詩·邶風·柏舟》：「薄言往愬，逢彼之怒。」朱熹集傳：「愬，告也。」

〔一七〕惟有二句：金籠春簧，鶯語巧如轉簧。王安石《至開元僧舍上方次韻舍弟二月一日之作》：「和風滿樹笙簧雜，霽雪兼山粉黛重。」陳舜俞《奉酬長文舍人出城見示之句》：「清浮蟻酒醅初撥，暖入鶯簧舌漸調。」鶯聲又似琵琶語，故言可奏。張先《西江月》：「嬌春鶯舌巧如簧。飛在四條弦上。」韋莊《菩薩蠻》：「琵琶金翠羽，弦上黄鶯語。」上文「相思」意入此。陶穀《春光好》：「琵琶撥盡相思調，知音少。」

【集　評】

夏敬觀評語：意新。句新。

【考　辨】

楊箋：此亦憶姬之作。（「素紈」三句）繡懶思酸，是婦人妊子徵候。姬有二子，詳見卷首《事蹟考》。

孫按：此詞用「章臺」、「紈素」、「金籠」、「春簧」等語，而歌妓亦能有妊娠之事，故定爲贈妓詞爲宜。

# 解語花　林鍾羽㊀

梅花

門横皺碧〔一〕，路入蒼煙，春近江南岸〔二〕。暮寒如剪〔三〕。臨溪影、一一半斜清淺〔四〕。飛霙弄晚〔五〕。蕩千里、暗香平遠〔六〕。端正看〔七〕，瓊樹三枝，總似蘭昌見〔八〕。　酥瑩雲容夜暖。伴蘭翹清瘦，蕭鳳柔婉㊁〔九〕。冷雲荒翠㊂〔一〇〕，幽棲久、無語暗申春怨㊃〔一一〕。東風半面〔一二〕。料准擬〔一三〕、何郎詞卷㊄〔一四〕。歡未闌〔一五〕，煙雨青黄〔一六〕，宜晝陰庭館〔一七〕。

【校議】

㊀明張本、底本宮調作「高平調」。底本眉批：「正名林鍾羽。」兹據朱四校本、《全宋詞》。

㊁蕭鳳：明張本、《詞律》、戈選、王朱本、朱二校本、底本、朱四校本、四明本作「簫鳳」。楊箋：「改『蕭』爲『簫』，同音假借。」劉永濟《微睇室説詞》：「但『簫』字乃吴氏所改，原係蕭姓。」兹從毛本、《詞綜》、杜本。

㊂冷雲荒翠：《詞律》：「『翠』字，或『苑』字、『院』字之訛耳。觀其別作俱叶可知。」《四庫全書總目提要》：「『冷雲荒翠』句，『翠』字與全首之韻不叶。」丁紹儀《聽秋聲館詞話》卷一三：「《詞綜》所采各詞，中有未經訂正，《詞律》復沿其誤者。……『冷雲荒苑』『苑』字叶韻，訛作『翠』。」夏敬觀評語：「『翠』字失叶。」周濟《宋四家詞選》注：「『荒苑』本作『荒翠』，誤失一韻。」鄭氏手批：「『翠』字非叶。此句亦有不用夾協例者。」楊箋：「草窗詞此句末字用平聲，鄭説是也。」戈選、杜本作「翠荒深院」。杜本鄭批：「『冷雲荒翠』句非當均，《詞律》以意改作『院』字，戈氏從而改句，杜氏悉引爲佐證，謬甚。按：草窗此調此句作平，非又一體。如《一寸金》第三均上下闋有叶有不叶，清真、夢窗皆然，詞律至微，非可率爾操觚也。」底本謂「杜校引毛斧季校作『翠深荒院』。」孫按：朱氏誤記。杜本實從戈選改正，亦未言據毛斧季校語，今查毛扆本亦無此改動。吴梅校語可以旁證：「茲按斧季校本，未改一字也。」

㊃暗申：明張本作「暗伸」。

㊄詞卷：《詞綜》作「詩卷」。

【注　釋】

〔一〕皺碧：喻水面。馮延巳《謁金門》：「風乍起，吹皺一池春水。」朱長文《秋月乘興遊松江至垂虹亭登長橋夜泊南岸旦遊寧境院因成十絶呈君勉且寄子通》（之五）：「兩山映日磨蒼玉，萬頃涵虚皺碧羅。」

〔二〕春近句：陰鏗《雪裏梅花詩》：「春近寒雖轉，梅舒雪尚飄。」　江南岸，此詠江南水濱野梅。參見《水龍吟・壽梅津》注〔四〕中《范村梅譜》、《掃花遊・西湖寒食》注〔二〕中《荆州記》。

〔三〕暮寒如剪：韓偓《寒食夜》：「惻惻輕寒剪剪風，小梅飄雪杏方紅。」祖詠《終南望餘雪》：「林表明霽色，城中增暮寒。」　賀知章《詠柳》：「不知細葉誰裁出，二月春風似剪刀。」

〔四〕臨溪二句：與下文「暗香」，俱化用林逋梅詩：「雪後園林才半樹，水邊籬落已横枝。」以及《山園小梅》詩意。

〔五〕飛霙：晁説之《至日早雪時郊祀畢》（之二）：「冬來無雪待佳辰，至日飛霙喜更新。」霙，雪花。《埤雅》卷一九：「今雪寒甚則爲粒，淺則成華，華謂之霙。《韓詩外傳》云『雪華曰霙。凡草木華，多五出，雪華獨六出』是也。」

〔六〕蕩千里二句：朱熹《和李伯玉用東坡韻賦梅花》：「遥知雲臺溪上路，玉樹千里藏山門。」

〔七〕端正：《例釋》：「特指月圓，形容詞。韓愈《和崔舍人詠月二十韻》：『三秋端正月，今夜出東溟。』」以下寫月色中所起的幻覺。

〔八〕瓊樹二句：曾慥《類説・傳奇》引《薛昭》：薛昭被謫海康，在蘭昌宫豔遇三美女，「詢其姓氏，長曰張雲容，次曰蕭鳳臺，次曰劉蘭翹。蘭翹曰：『擲骰子，采强者薦枕。』雲容數勝。昭曰：『夫人何許人？』雲容曰：『某楊貴妃侍兒，嘗獨舞霓裳。妃贈詩曰：「羅袖動香香不已，紅蕖裊裊秋煙裏。輕雲嶺上乍摇風，嫩柳堤邊初拂水。」』……又詰蘭、鳳二子。曰：『當時宫人。爲九仙媛所忌，毒殺之，葬吾墳側。』……昭曰：『誤入宫牆漏網人，月華清洗玉階塵。自疑飛到蓬山頂，瓊樹三枝半夜春。』蘭、鳳辭去，昭與容寢處數夕，不知昏晝」。此以蘭昌宫三仙女爲梅花精靈。「三枝」拍合「半樹」。蘭昌，蘭昌宫。顧炎武《歷代帝王宅京記·洛陽四·後周》：「福昌縣西十七里，有蘭昌宫。有故隋福昌宫，顯慶三年復置。」瓊樹，屈原《離騷》：「折瓊枝以爲羞兮，精瓊靡以爲粻。」洪興祖補注：「張揖云：瓊樹生昆侖西流沙濱，大三百圍，高萬仞，其華食之長生。」後以瓊枝玉樹喻美麗的女子。江淹《古離别》：「願一見顔色，不異瓊樹枝。」柳永《尉遲杯》：「深深處，瓊枝玉樹相倚。」此處「瓊樹」還有雪月素裹梅樹之意。

〔九〕酥瑩三句：「伴」字總領三句。張雲容因薦枕席復蘇，故云「夜暖」。《周書·皇后傳·宣帝楊皇后》：「后性柔婉，不妬忌。」此各以瑩白、清瘦、柔婉，互文見義，用以形容傳説中仙女張雲容、蕭鳳臺、劉蘭翹的體態、容貌、神情，也切合梅花典實。

〔一〇〕冷雲：高觀國《菩薩蠻》：「夢冷不成雲，楚峰峰外情。」荒翠：仿「冷雲」新鑄自對辭。

〔一一〕幽棲二句：楊萬里《洮湖和梅詩序》：「或謂物耋則妖興，梅亦有妖。希顔此詩，非希顔語也。梅之妖，憑希顔而語也。」並暗用姜夔《疏影》：「昭君不慣胡沙遠，但暗憶、江南江北。想佩環、月夜歸來，化作此花幽獨。」幽棲，特指山間水濱野梅的荒寒清絶之趣。

〔一二〕東風半面：半面，半面妝。典見《南史·后妃傳下》：「元帝徐妃諱昭佩，東海郯人也。……妃無容質，不見禮。帝二三年一入房。妃以帝眇一目，每知帝將至，必爲半面妝以俟，帝見則大怒而出。」蔡敏《梅詩》：「徐妃半面粉包萼，荀令一爐香裊枝。」史達祖《夜合花》：「向銷凝裏，梅開半面，情滿徐妝。」

〔一三〕准擬：安排。元稹《董逃行》：「縫綴難成裁破易，何況曲針不能伸巧指，欲學裁縫須准擬。」

〔一四〕何郎詞卷：何郎，何晏。《世説新語・容止》：「何平叔美姿儀，面至白，魏明帝疑其傅粉，正夏月與熱湯餅，既噉，大汗出，以朱衣自拭，色轉皎然。」李端《贈郭駙馬》：「薰香荀令偏憐少，傅粉何郎不解愁。」宋璟《梅花賦》：「儼如傅粉，是謂何郎。」此處亦指何遜。《山堂肆考》卷一九八：「梁何遜爲揚州法曹，廨舍有梅花一株，遜吟詠其下。後居洛，思梅花，請再任，從之。抵揚州，花方盛，對花彷徨終日。」何遜有著名的《詠早梅詩》。杜甫《和裴迪登蜀州東亭送客逢早梅相憶見寄》：「東閣官梅動詩興，還如何遜在揚州。」

〔一五〕歡未闌：反用《南史・僧昭傳》：「梁武陵王紀爲會稽太守，宴坐池亭，蛙鳴聒耳。王曰：『殊廢絲竹之聽。』僧昭咒厭十許口便息。及日晚，王又曰：『欲其復鳴。』僧昭曰：『王歡已闌，今恣汝鳴。』即便喧聒。」

〔一六〕煙雨青黄：曹組《驀山溪》：「結子欲黄時，又須著、廉纖細雨。」蘇軾《贈嶺上梅》：「不趁青梅嘗煮酒，要看煙雨熟黄梅。」餘見《滿江紅・甲辰歲盤門外寓居過重午》注〔五〕。

〔一七〕宜晝陰：賈似道《梅花》（之三）：「塵外冰姿世外心，宜晴宜雨更宜陰。」司馬相如《長門賦》：「浮雲鬱而四塞兮，天窈窕而晝陰。」

【集評】

陳廷焯《雲韶集》卷八：清俊有神味，與梅溪一闋並驅中原。 鍊字鍊骨。 俊絶秀絶。

夏敬觀評語：首二句對，似美成。

楊箋：此詞爲冶遊之作。（「酥瑩」三句）曰酥瑩，曰清瘦，曰柔婉，或言體態，或言容貌，或言性情。三人各别，則姊妹花三人明矣。

劉永濟《微睇室説詞》：首三句，寫梅花之地與時。「皺碧」，水也。「暮寒」二句承上，「半斜清淺」四字，暗含林逋「疏影横斜水清淺」句意。「飛霙」句又承「暮寒」來。《埤雅》：「雪寒甚爲粒，淺則成華，華謂之霙。」「蕩千里」句，亦用林詩「暗香浮動月黄昏」句意。過拍二句及换頭三句，皆暗用薛昭於蘭昌宫見張雲容、蕭鳳臺、劉蘭翹三美女事。事出唐裴鉶《傳奇》，見《太平廣記》卷六九及羅燁《醉翁談録》。昭詩有「自疑飛到蓬山上，瓊樹三枝半夜春」之句，爲吴詞所本。……揣吴氏意，既似以三美女爲渲染梅花之用，復將雲、蘭、簫作爲三種物態加以形容，而有「酥瑩」、「清瘦」、「柔婉」之詞。此種作法，雖若靈活，然靈活太甚，使人無從捉摸，轉成晦澀矣（予初亦不解所謂，曾以元積《連昌宫詞》寫楊氏二姨從游，爲瓊樹三枝之所本，遂以爲蘭昌乃連昌之誤。今承研究生劉慶雲示我

《醉翁談録》，始悟前説之非。於此可見解説古詞之不易，且以知吴氏之詞晦澀之故與此等作法之非）。自此以下，又寫梅花殘時，故有「冷雲荒翠」句。「東風」二句中之「何郎」，何遜也。何遜有《早梅》詩。「半面」字出《南史・徐妃傳》，此以比半殘之梅。「歡未闌」三句，又從殘梅説到梅子作結。全首只一篇《梅花賦》，寫其由盛極而衰殘。誦「無語暗申春怨」句，似托意於才人落拓，豈夢窗自寫照邪？楊鐵夫謂爲妓女作，並謂「門」是「倡家之門」。「臨溪影」之「臨」字，有倚門賣笑意。於是以「三株」爲倡家「姊妹花」。如此論詞，真孟子所譏「固哉高叟」矣。如此論詞，且固而近於陋矣。

## 又

立春風雨中餞處靜㈠〔一〕

簷花舊滴〔二〕，帳燭新啼〔三〕，香潤殘冬被〔四〕。澹煙疏綺㈡〔五〕。淩波步〔六〕、暗阻傍牆挑薺〔七〕。梅痕似洗〔八〕。空點點、年華別淚㈢〔九〕。花鬢愁㈣，釵股籠寒，彩燕沾雲膩〔一〇〕。

還鬬辛盤葱翠㈤。念青絲牽恨，曾試纖指〔一一〕。雁回潮尾〔一二〕。征帆去、似與東風相避㈥〔一三〕。泥雲萬里〔一四〕。應剪斷、紅情緑意〔一五〕。年少時、偏愛輕憐〔一六〕，和酒香宜睡〔一七〕。

【校議】

㈠《古今詞統》、毛本、戈校本、杜本、王朱本、朱二校本詞題作「立春風雨並餞翁處靜江上之役」。戈選同此，唯奪一「並」字。《歷代詩餘》作「立春風雨餞翁處靜江上」。四明本作「立春風雨並餞處靜」。

㈡疏綺：《歷代詩餘》作「流綺」。

㈢別淚：戈選、杜本作「清淚」。

㈣花鬢：明張本作「花髩」。髩，「鬢」的俗字。

㈤葱翠：戈選、杜本作「濕翠」。

㈥征帆二句：戈選、杜本作「東風到、似與去帆相避」。杜本鄭批：「『避』字均。寫別情極幽曲之致，言去颿之速，反若爲辟東風。戈氏不解，妄以意竄易，可恨也。戈選並臆改均，宜從原作。『避』字均改尤繆妄，杜氏必處處墨守，不究詞旨，不亦傎哉？」

【注釋】

〔一〕處靜：翁元龍，號處靜。

〔二〕簷花舊滴：杜甫《醉時歌》：「清夜沈沈動春酌，燈前細雨簷花落。」簷花，《九家集注杜詩》趙彦材注曰：「劉邈《雜詩》曰『簷花初照月，洞户未垂帷』。又沈如筠《雜怨詩》云：『簷花生蒙幕，孤帳日愁寂。』李暇《擬古歌》曰：『簷花照月鶯對棲，空留可憐暗中啼。』徐侍中《爲人贈婦詩》云：『但看依井蝶，共取落簷花。』簷花，近乎簷邊之花也，學者不知所出，或以簷雨之細如花，或遂以簷花爲簷雨之名，故特爲詳之。」楊箋：「余謂丘遲詩曰『共取落簷花』，何遜詩曰『燕子戲還飛，簷花落枕前』，當在劉邈之先乎？」張耒《臘日四首》（之一）：「冰留簷舊滴，紅到杏新梢。」潘岳《悼亡詩三首》（之一）：「春風緣隙來，晨留承簷滴。」

〔三〕帳燭：清江《七夕》：「月爲開帳燭，雲作渡河橋。」

〔四〕香潤句：白居易《代書詩一百韻寄微之》：「潤銷衣上霧，香散室中芝。」此年除夜立春，古人有守歲之俗，故昨夜宿雨爲舊年雨滴，淩晨消蠟爲新年啼淚，衾褥由殘臘入春，故曰「殘冬被」。又因此日「風雨」，被褥上熏香感覺有些潮潤。

〔五〕疏綺：語出《古詩十九首》：「交疏結綺窗，阿閣三重階。」李善注曰：「薛綜《西京賦》注曰：疏，刻穿之也。《説文》曰：綺，文繒也，此刻鏤以象之。」也作「綺疏」。《海録碎事》卷四（下）引陸士衡曰：「綺疏、碧疏，皆窗也。」

〔六〕淩波步：語出曹植《洛神賦》。周邦彦《瑞鶴仙》：「淩波步弱。過短亭、何用素約。」下句「暗阻」者，正爲女子挑菜的步履。

〔七〕暗阻句：黄庭堅《次韻秦觀過陳無已書院觀鄙句之作》：「薄飯不能羹，牆陰老春薺。」挑薺，前人多釋爲挑菜節。節日在二月二日。詳見《佩文齋廣群芳譜》卷二引《乾淳歲時記》，然不僅與立春時令不合，並且「挑菜節」中的「挑」，是以金篾挑之，相當於今人宴席上以牙籤挑瓜菜。夢窗此取「挑挖」一義。所挑之「薺」爲下文「辛盤」中的菜品。春盤中有薺菜，宋代詩詞中有記載。曹勳《立春》：「初信東風入彩幡，自挑雪薺飣春盤。」洪咨夔《丁亥歲朝把筆》：「脱雪薺芽盤飣緑，晞陽椒蕾酒行紅。」立春日既要挑挖薺菜，女子當然會弱步前往，但因立春風雨，因而妨礙了牆陰下挑菜的腳步。用意頗同史達祖《夜行船・正月十八聞賣杏花有感》：「草色拖裙，煙光惹鬢，常記故園挑菜。」

〔八〕梅痕似洗：周邦彦《花犯・詠梅》：「露痕輕綴。疑淨洗鉛華，無限佳麗。」

〔九〕空點點二句：點點別淚，以落梅喻淚，夢窗慣用之喻。且古代梅花多白色，略同詩詞中以玉箸喻淚。《佩文齋廣群芳譜》卷二二：「賈思勰曰：梅花早而白，杏花晚而紅，乃知天下之美有不得兼者。梅花優於香，桃花優於色。」別淚，庾信《擬詠懷詩二十七首》（之七）：「纖腰減束素，別淚損橫波。」梅花冬春之間最盛。詳見《水龍吟・癸卯元夕》注〔一九〕。

〔一〇〕花鬢三句：古代立春、人日例行活動如戴勝多有錯綜。《荊楚歲時記》：「立春之日，悉剪綵爲燕以戴之，貼『宜春』二字。按：彩燕即合歡羅勝。鄭毅夫云：『漢殿鬬簪雙彩燕，並知春色上釵頭。』……（人日）剪綵爲人，或鏤金箔爲人，以貼屏風，亦戴之頭鬢，又造華勝以相遺。」釵股、雲膩，李賀《美人梳頭歌》：「一編香絲雲撒地，玉釵落處無聲膩。」韓偓《惆悵》：「被頭不暖空沾淚，釵股欲分猶半疑。」《太平廣記》卷一五二《定數七・鄭德璘》：「韋氏美而豔，瓊英膩雲，蓮蕊瑩波，露濯蕣姿，月鮮珠彩。」顧夐《酒泉子》：「黛薄紅深，約掠緑鬟雲膩。」

〔一一〕還鬭三句：杜甫《立春》：「春日春盤細生菜，忽憶兩京梅發時。盤出高門行白玉，菜傳纖手送青絲。」《九家集注杜詩》趙彦材曰：「古詩云：『蘆菔白玉縷，生菜青絲盤。』」辛盤，猶言五辛盤。《陽羨風土記》：「元日造五辛盤，正元日五薰煉形。」《文昌雜録》卷三：「唐歲時節物，元日則有屠蘇酒、五辛盤、咬牙餳。」

〔一二〕雁回潮尾：此特指正月下旬潮水漸退，大雁由南北飛。《禮記·月令》：「（孟春之月）東風解凍，蟄蟲始振，魚上冰。獺祭魚，鴻雁來。」孔穎達疏：「案下『季冬雁北鄉』，據其從南始北，正月來至中國。故此云『鴻雁來』。」《海塘録·雜志》引《錢塘候潮圖》曰：「潮至每月二十四五漸減，二十六七漸生，至初三漸大，不差頃刻。」故有潮頭潮尾之説。

〔一三〕征帆二句：與上句反用何遜《贈諸遊舊詩》詩意：「無由下征帆，獨與暮潮歸。」與東風相避者爲前文所寫的梅花。韓偓《梅花》：「梅花不肯傍春光，自向深冬著豔陽。」蘇軾《再和楊公濟梅花十絶》（之九）：「寒梅似與春相避，未解無私造物情。」

〔一四〕泥雲萬里：李賀《謝秀才有妾縞練改從於人秀才引留之不得後生感憶座人制詩嘲誚賀復繼四首》：「誰知泥憶雲，望斷梨花春。」荀濟《贈陰梁州詩》：「雲泥已殊路，暄涼詎同節。」

〔一五〕紅情緑意：趙彦昭《奉和聖制立春日侍宴内殿出剪綵花應制》：「花隨紅意發，葉就緑情新。」文同《約春》：「紅情緑意知多少，盡入涇川萬樹花。」

〔一六〕年少二句：温庭筠《和王秀才傷歌姬》：「王孫莫學多情客，自古多情損少年。」李端《贈郭駙馬》：「薰香荀令偏憐少，傅粉何郎不解愁。」曾覿《念奴嬌·余年十八寓符離臨行作此詞》：「呢枕低幃銷受得，□□輕憐深惜。」偏，副詞，表程度深。

〔一七〕和酒香句：白居易《題元八溪居》：「更愧殷勤留客意，魚鮮飯細酒香濃。」辛棄疾《西江月·以家事付兒曹示之》：「而今何事最相宜。宜醉宜遊宜睡。」

【集評】

卓人月、徐士俊《古今詞統》卷一三：控引之深，自踵達頂，不僅以喉也。

陳廷焯《雲韶集》卷八：「上」字婉細。　夢窗詞不以綺麗見長，然其一二綺麗處正是他人道不出。（結句眉批）筆致淒斷。

陳洵《海綃説詞》：「舊滴」，逆入。「新啼」，平出。復以「殘冬」鉤轉。三句極伸縮之妙。「澹煙」二句脱開，寫春人如畫。「梅痕」二句復「舊滴」。「新啼」，歇拍，復寫春人，續「淩波」、「挑薺」。「辛盤葱翠」，節物依然。「青絲牽恨」，舊情猶在。「還鬭」，平入。「曾試」，逆出。「帆去」，復由雁回轉落。「泥雲萬里」，重將「風雨」一提，然後跌落。「剪斷紅情緑意」、「輕憐」、「宜睡」，復拗轉作收。筆力之大，無堅不破。

夏敬觀評語：首二句似梅溪。然是南宋派無不大。

【考　辨】

朱箋：《〈絶妙好詞〉箋》：翁元龍，字時可，號處静，句章人。《浩然齋雅談》：時可與吴君特爲親伯仲，作詞各有所長。世多知君特，而知時可者甚少。按沈義父《樂府指迷》「壬寅秋識静翁，癸卯識夢窗」，亦連舉之，静翁疑即處静。

劉毓盤《輯〈處静詞〉跋》：（結四語）纏綿愷悌，似兄之戒其弟者然。

楊箋：鐵夫初讀此詞，見所用「帳」、「被」、「淩波」、「挑薺」、「花鬟」、「釵股」、「纖指」等兒女字，疑與送弟無關，但不得其説。迨得趙氏萬里《校輯宋金元人詞》讀之，見曹擇可《松泉詞·齊天樂》，題爲「和翁時可悼故姬」，又尋處静詞《齊天樂》，題云「游胡園書感」，中有「梅謝蘭銷，舞沈歌斷」句，即悼故姬原唱也。因此，知夢窗此詞即和處静兼送其行者。又疑處静行期與姬死時相距不遠，故云爾。本此以觀，則見此詞句句皆有真意，否則，真是七寶樓臺拆下之零件耳。劉氏「纏綿愷悌」語，尚未得其真情也。（「年少時」三句）此教其遣愁之法。玩「年少時」三字，劉説爲弟之説，確矣。且下《探春慢·憶兄翁石龜》，有「兄」字，此無之，是弟明矣。

楊鐵夫《吴夢窗詞箋釋·補箋》：《陽春白雪》集載翁時可（即處静）《齊天樂·游胡園書感》

云：「曲廊連苑吹笙道，重來暗塵都滿。種石生雲，移花帶月，猶欠藏春庭院。年年過眼。便梅謝蘭銷，舞沈歌斷。露井寒蛩，爲誰清夜訴幽怨。　人生樂事最少，有時得意處，光陰偏短。樹色凝紅，山眉弄碧，不與朱顔相戀。臨風念遠。歎蝶夢難追，鷺盟重換。一片斜陽，送人歸騎晚。」趙萬里校輯《宋金元人詞》載曹擇可《齊天樂・和翁時可悼故姬》詞云：「翠簫聲斷青鸞翼，心期破釵誰表。夜燭銀屏，春風粉袖，猶記琵琶斜抱。瑶池路杳。恨巫女回雲，月娥沈照。謾説蓬萊，玉環花貌夢難到。　巖花亭院乍冷，更蛩吟風碎、鴻飛煙渺。緑玉彈棋，紅牙按拍，樂事歡情終少。劉郎未老。要鬢翼堆玄，腕酥凝皓。莫忘香薦，緑羅裙帶草。」此詞原見《陽春白雪》，「破」作「被」。鐵夫按，揚子《方言》：江淮人家居於篺中謂之「薦」。注：音符（孫按：此引録有誤，《方言》引文爲「江淮家居篺中謂之「薦」，音「荐」。《方言》「篺」雖然音「荐」，但意爲筏子，與此「薦」字指「祭品」無涉）。曹詞末五句叮囑年紀尚輕的處靜，若再續娶玄鬢皓腕之姬妾，別忘致奠墳頭長滿荒草的故姬）。

夏箋：處靜與夢窗爲親伯仲，行次無考。劉毓盤《輯〈處靜詞〉跋》引此詞結拍四句謂「纏綿愷悌，似兄戒其弟者」。處靜或夢窗之弟也。按，《絶妙好詞》次處靜詞於夢窗下，亦劉説之一證。

孫按：翁處靜事蹟可辨者有四。其一，夢窗與翁氏兄弟是否爲親伯仲及元龍、逢龍孰爲長幼。據《光緒慈溪縣志》卷二五，元龍爲翁氏長兄，且與夢窗無血緣關係：「翁元龍，字時可，一字處靜（《台州府志》）。工長短句，與同里吴文英齊名。……弟逢龍，字際可，號石龜，嘉定十年進士，嘉熙中平江通判(《宋詩紀事》)。」對於夢窗與翁氏兄弟是否爲親伯仲，鄭文焯疑之，近人謝桃坊、錢鴻瑛也提出異議。錢先生在《夢窗詞研究》「朦朧的生平・姓氏之跡」一節中考訂，《浩然齋雅談》原本已佚，後人輯本錯訛處在所難免，錢先生的結論是：「筆者認爲吴文英本姓吴。在没有確證夢窗與翁氏爲『親伯仲』之前，説夢窗『其以異姓爲親伯仲，或者出爲他人後也』(《吴夢窗繫年》)等種種説法只能是臆測而已，不能作爲定論。」元龍工爲長短句，杜範《跋翁處静詞》評爲「如絮浮水，如荷濕露，縈旋流轉，似沾非著」。

其二，據袁桷《延祐四明志》卷一，知句章亦古鄞地：「句章、鄞，爲越舊名，秦平越，始皇二十五年以吴越地爲會稽郡，治吴。《漢地志》：會稽所部郡縣二十六，上應牽牛之宿，下當少陽之位，今屬明者曰句章，曰鄞，曰鄮，則鄮立縣，繇秦來久矣。……甬東浹口，即定海縣之浹港。《輿地廣記》：定海有大浹江，今以城東爲甬東，誤矣。浹口外洲即翁洲也，郡志有甬東爲昌國。蓋本於《元和郡縣志》。昌國乃唐之翁山縣，乃熙寧六年析鄞縣置，豈亦句章地歟？」故知翁元龍亦爲鄞人。

其三，此詞立春日餞别，詞中主要内容寫立春風俗，兼寫處静與閨中人兩難離别，無一語涉及悼亡。且此詞調非《齊天樂》，故楊箋所謂「知夢窗此詞即和處静兼送其行者」，甚爲無據。翁處静雖與友人有悼亡姬的酬唱之作，這只能表明處静曾有愛姬並亡故，但並不能表示此詞定有悼亡意。細究詞中「偏愛輕憐」之人，或正爲未亡之愛姬。

其四，此詞寫除夜立春，然實寫於明年元日。查張培瑜《三千五百年曆日天象》（簡稱《曆日天象》），與夢窗生活年代相合者，唯有寶慶元年（一二二五）及淳祐四年（一二四四）除夜立春。參以詞意，夢窗與處靜此時俱尚「年少」者，應以寶慶元年爲宜。集中寫於淳祐四年的《祝英臺近·除夜立春》（見後文《祝英臺近》【考辨】）詞中有：「剪紅情，裁緑意，花信上釵股。殘日東風，不放歲華去。」此詞有「簪花舊滴，帳燭新啼，香潤殘冬被」，「花鬢愁，釵股籠寒，彩燕沾雲膩」，「應剪斷、紅情緑意」。兩相對參，知此詞寫於寶慶二年（一二二六）元日，夢窗時在臨安府尹袁韶幕中。

## 慶宮春㊀　無射商　俗名越調㊁

越中題錢得閑園池㊂〔一〕

春屋圍花〔二〕，秋池沿草〔三〕，舊家錦藉川原〔四〕。蓮尾分津〔五〕，桃邊迷路〔六〕，片紅不到人間〔七〕。亂篁蒼暗〔八〕，料惜把、行題共删〔九〕。小晴簾卷，獨佔西牆㊃，一鏡清寒〔一〇〕。

風光未老吟潘㊄〔一一〕。嘶騎征塵〔一二〕，祇付凭闌〔一三〕。鳴瑟傳杯㊅〔一四〕，辟邪翻燼〔一五〕，繫船香斗春寬〔一六〕。晚林青外，亂鴉著、斜陽幾山〔一七〕。粉消莫染，猶是秦宮，緑擾雲鬟〔一八〕。

【校　議】

㈠明張本是調附周邦彦《慶宫春》「雲接平岡」一闋之後。底本删周詞。諸本詞調皆據毛本作《慶春宫》。兹據明張本、毛扆本。

㈡朱四校本、《全宋詞》無「俗名越調」四字。

㈢明張本、四明本詞題作「越中錢得閑園」。毛本、戈校本、杜本、王朱本、朱二校本作「題錢得閑園池」。底本、朱四校本融合明張本、毛本作今題。

㈣西牆：毛本、戈校本、杜本、王朱本、四明本作「西嬙」。毛扆本改「嬙」作「牆」。並校曰：「『嬙』，疑『牆』。」明張本正同。

㈤鄭氏手批：「入聲字律悉依清真，惟過片句第四字異耳。」

㈥鳴瑟：明張本作「鳴琴」。

【注　釋】

〔一〕越中：此特指臨安縣。　錢得閑：作者友人。號得閑。吴越王錢鏐的後裔。生平未詳。

〔二〕春屋圍花：陳造《復次韻寄程帥二首》（之一）：「行春倏喜花圍屋，借景何殊月在池。」

〔三〕沿草：虞儔《初夏凹沼獨坐》：「芳草沿堤長，圓荷出水遲。」殷堯《藩贈龍陽尉馬戴》：「細草沿階長，高蘿出石懸。」

〔四〕舊家句：此寫錢氏作爲吴越王後裔的家世。《新五代史·吴越世家》：「光化元年，移鎮海軍於杭州，加（錢）鏐檢校太師，改鏐鄉里曰廣義鄉勳貴里，鏐素所居營曰衣錦營。……昭宗詔鏐圖形淩煙閣，升衣錦營爲衣錦城，石鑒山曰衣錦山，大官山曰功臣山。鏐遊衣錦城，宴故老，山林皆覆以錦，號其幼所嘗戲大木曰『衣錦將軍』。」蘇軾《臨安三絶·錦溪》：「五百年間異人出，盡將錦繡裹山川。」舊家，《匯釋》：「猶云從前，家爲估量之辭。與作世家解之舊家異。……以見於詞中者爲多。」

〔五〕蓮尾：蓮塘外。並以「蓮」寫夏。

〔六〕桃邊迷路：合用劉義慶《幽明録》所載東漢劉晨、阮肇入天台山沿桃溪而上遇儷仙，及陶淵明《桃花源記》故事。

〔七〕片紅：王建《宫詞》：「樹頭樹底覓殘紅，一片西飛一片東。」

〔八〕亂篁蒼暗：宋之問《泛鏡湖南溪》：「沓嶂開天小，叢篁夾路迷。」餘見《玉燭新》（花穿簾隙透）注〔三〕。

〔九〕料惜把二句：行題，唐宋多有題竹詩。李商隱《閒遊》：「危亭題竹粉，曲沼嗅荷花。」陳造《步西湖次韻徐南卿》：「山寺曾題竹，尋詩記所臨。」蔡襄《題僧希元禪隱堂》：「删竹減庭翠，煮茶生野香。」

〔一〇〕小晴三句：小晴，毛滂《滿庭芳》：「馬絡青絲，障開紅錦，小晴初斷香塵。」「小」字又兼寫池塘面積。杜甫《過南鄰朱山人水亭》：「幽花歌滿樹，小水細通池。」

〔一一〕未老吟潘：反用晉朝著名詩人潘岳《秋興賦序》句意：「余春秋三十有二，始見二毛。」又有《閑居賦》：「既仕宦不達，乃作《閑居賦》。」此扣「得閑」字號。另，潘，亦可理解爲甘願之辭「拌」（拚、拚、判）。啟功先生《季布駡陣之「潘」字》引馮沅君語：「潘疑是拌之借字。以語氣論，馮説『拌』之借字者是。」若此，則「吟潘」爲「潘吟」之倒文。《梅苑》録無名氏《蠟梅香》：「待拚吟賞，休聽畫樓，横管悲傷。」

〔一二〕嘶騎征塵：張先《一叢花令》：「嘶騎漸遥，征塵不斷，何處認郎蹤。」

〔一三〕祇付凭闌：杜牧《八月十二日得替後移居霅溪館因題長句四韻》：「景物登臨閑始見，願爲閑客此閑行。」意謂錢得閑把宦途奔競，换取凭欄欣賞美景。强調「得閑」之意。

〔一四〕鳴瑟：《史記·貨殖列傳》：「女子則鼓鳴瑟，跕屣，游媚貴富，入後宮，遍諸侯。」此代指妓席。瑟，形似古琴，但無徽位。

〔一五〕辟邪翻爐：蘇軾《翻香令》：「金爐猶暖麝煤殘。惜香更把寶釵翻。」辟邪，一爲獸名。《漢書·西域傳上》：「有桃拔、師子、犀牛。」顔師古注引三國魏孟康曰：「桃拔一名符拔，似鹿，長尾，一角者或爲天鹿，兩角者或爲辟邪。」一説辟邪爐爲薰香爐。張掄《紹興内府古器評》：「（漢辟邪爐）此熏爐也。通體爲辟邪形，折其半爲蓋，反復開闔之，口鼻目皆通氣，香之所從出也。規模甚小，可以置諸懷袖。漢人製作之妙，有足稱焉。」陸游《喜事》：「鸚鵡螺深翻細浪，辟邪爐暖起微煙。」一説香名。《酉陽雜俎》卷一八：「安息香樹，出波斯國。波斯呼爲辟邪樹，長三丈，皮色黄黑，葉有四角，經寒不凋。二月開花，黄色花，心微碧，不結實。刻其樹皮，其膠如飴，名安息香。六七月堅凝，乃取之燒。通神明，辟衆惡。」

〔一六〕香斗：喻荷塘。范成大《驂鸞録》：「路傍有鈷鉧潭，鈷鉧，熨斗也，潭狀似之。」

〔一七〕晚林三句：周邦彦《玉樓春》：「煙中列岫青無數。雁背夕陽紅欲暮。」温庭筠《春日野行》：「蝶翎朝粉盡，鴉背夕陽多。」李密《淮陽感秋》：「金風蕩初節，玉露凋晚林。」

〔一八〕粉消三句：劉禹錫《終南秋雪》：「霧散瓊枝出，日斜鉛粉殘。」王安石《至開元僧舍上方次韻舍弟二月一日之作》：「和風滿樹笙簧雜，霽雪兼山粉黛重。」秦宫，指阿房宫，兼及錢氏世家背景。《新五代史·吴越世家》：「鏐因以鎮海等軍節度授其子元瓘，自稱吴越國王，更名所居曰宫殿，府曰朝，官屬皆稱臣，起玉册、金券、詔書三樓於衣錦軍，遣使册新羅、渤海王，海中諸國，皆封拜其君長。……（元瓘）性尤奢僭，好治宫室。」秦宫雲鬟，此喻臨安秦望山。參見《水龍吟·惠山酌泉》注〔五〕。緑擾，語出杜牧《阿房宫賦》：「緑雲擾擾，梳曉鬟也。」

【集　評】

夏敬觀評語：首二句此等對句甚呆相，不可學。「亂篁」二句即前《玉燭新》之「嫩篁」二句之意，而措辭不若前詞之美。

【考　辨】

詞作末韻中的「秦鬟」特指臨安錢唐縣域中的秦望山。《咸淳臨安志》卷二三：「秦望山，《兩朝國史志》：錢塘有秦望山。《舊志》云在錢塘縣舊治之南一十二里一百步，高一百六十丈，周回一百步，晏元獻公《輿地志》：秦始皇東游登此山，欲度會稽。」這裏曾是錢得閑祖先吴越王錢鏐的領地。《吴越備史》卷一：「（唐昭宗景福二年）王率十三都兵洎役徒二十餘萬衆，新築羅城，自秦望山，由夾城東亘江干，洎錢塘湖（即西湖）、霍山、范浦，凡七十里。」宋時成爲杭京畿縣臨安。《宋史·地理四》：「臨安，望。錢鏐奏改衣錦軍。太平興國四年改順化軍，縣復舊名，五年軍廢。」《輿地廣記》卷二二載其沿革曰：「望，臨安縣。本漢餘杭縣地，吴孫權分置臨水縣。晉武改曰臨安，屬吴郡。後廢。唐武德七年，復置臨水縣，屬潛州。八年省入於潛。垂拱四年，析餘杭、於潛，以故臨水城復置臨安縣，屬杭州。吴越王錢鏐其縣人也。鏐既貴，以素所居營爲安國衣錦軍。……梁改臨安縣曰安國縣以尊之。皇朝太平興國三年復曰臨安。」蘇軾有《臨安三絶》詩載其事，即《將軍樹》、《錦溪》、《石照（一作「石鏡」）》。據宋人施元之、趙彦材等人所注，將軍樹在臨安里中。錦溪，即石鏡溪，在縣東南一里。見晏殊《輿地志》。石照，因衣錦山本名石鏡山，在縣南一里；見《臨安縣圖經》。一説衣錦山有石「徑二尺七寸，光照如鏡」。見《太平寰宇記》卷九三。

陳起《三遊錢園並題四時畫圖》：「只因閑未得，又慕得閑名。一幅無盡態，四時有餘情。吟清招鶴伴，機熟付鷗盟。坐久不知晚，前汀煙水横。」夢窗集中還有《柳梢青·題錢得閑四時圖畫》詞，與陳詩對參，可知「四時圖畫」是錢園中的題扁。此詞以花寫春，以蓮寫夏秋，以雪寫冬，兼及四時。

《柳梢青》詞中也寫及春秋朝夕，與此詞所題應是同一所園林。

此詞寫於杭京近畿，是少年游幕時的作品。時間在嘉定十三年（一二二〇）至紹定四年（一二三一）之間。

## 又㈠

殘葉翻濃，餘香棲苦[一]，障風怨動秋聲[二]。雲影搖寒[三]，波塵銷膩[四]，翠房人去深扃[五]。書成淒黯㈡，雁飛過、垂楊轉青[六]。闌干橫暮，酥印痕香[七]，玉腕誰憑㈢[八]。

菱花乍失娉婷[九]。別岸圍紅[一〇]，千豔傾城[一一]。重洗清杯[一二]，同追深夜，豆花寒落愁燈[一三]。近歡成夢，斷雲隔、巫山幾層[一四]。偷相憐處，薰盡金篝㈣，銷瘦雲英[一五]。

**【校　議】**

㈠ 明張本有詞題作「秋感」。底本刪。鄭氏手批：「此與丙卷所見凡入聲字律並墨守清真，茲以墨圍點駐，以示准的：葉、寒、膩、扃、黯、青、暮、香（入作平）、憑、失、婷（入作平）、城、杯、夜、夢、層、篝、英。」

㊁書成：明張本作「畫成」。今見毛本、戈校本作「晝成」。王朱所見毛本作「盡成」。王朱本從改，諸本從之。朱二校眉批：「晝，原作『盡』。」然「畫」、「盡」、「晝」皆爲形近而訛。兹徑改。

㊂誰憑：明張本、底本、四明本作「難憑」。兹從毛本、戈校本、杜本、《歷代詩餘》、王朱本、朱二校本、朱四校本。

㊃薰盡：毛本、戈校本、杜本作「重盡」。戈校本眉注「熏」字，杜本亦疑爲「熏盡」之誤。王朱本改，諸本從之。明張本正同。鄭校：「以形近訛。」

【注釋】

〔一〕殘葉二句：李商隱《過伊僕射舊宅》：「幽淚欲乾殘菊露，餘香猶入敗荷風。」並取意李璟《山花子》：「菡萏香銷翠葉殘，西風愁起緑波間。」

〔二〕障風句：劉筠《荷花》（再賦）：「濺裙無限水，障袂幾多風。」又，《荷花》（再賦七言）：「已有萬絲能結怨，不須千蓋强障羞。」

〔三〕雲影：祖孫登《詠水詩》：「岸闊蓮香遠，流清雲影深。」仲殊《念奴嬌》詠荷：「金波影裏，爲誰長佇凝竚。」

〔四〕波塵銷膩：杜甫《寄岳州賈司馬六丈巴州嚴八使君兩閣老五十韻》：「翠乾危棧竹，紅膩小湖蓮。」

温庭筠《蓮花》：「應爲洛神波上襪，至今蓮蘂有香塵。」劉筠《荷花》：「淩波宓妃至，蕩槳莫愁歸。」波塵，化用曹植《洛神賦》句意。

〔五〕翠房句：李群玉《傷思》：「不見棹歌人，空垂緑房子。」杜甫《秋興八首》（之七）：「波漂菰米沈雲黑，露冷蓮房墜粉紅。」歐陽修《漁家傲》：「雨擺風摇金蕊碎。合歡枝上香房翠。蓮子與人長廝類。無好意。年年共在中心裏。」人，與「仁」諧音雙關。

〔六〕書成三句：蓮塘是魚戲之所，故文人常聯想傳書之事。劉筠《荷花》（再賦）：「氣清防麝損，信密待魚通。」又往往由魚而聯想至鴻雁。楊億《荷花》（再賦）：「怨淚連疎竹，私書托過鴻。」雙魚應共戲，休問葉西東。」但大雁仲秋歸去，即使寫成傾訴心聲的書信，須待來年春天柳色泛青鴻雁飛回時才能傳遞。宋之問《渡吴江别王長史》：「劍别龍初没，書成雁不傳。」杜甫《贈王二十四侍御契四十韻》：「書成無過雁，衣故有懸鶉。」

〔七〕酥印痕香：形容女子敷粉肌膚在欄干上留下的香澤。閻選《謁金門》：「水濺青絲珠斷續，酥融香透肉。」柳永《定風波》：「暖酥消，膩雲嚲，終日厭厭倦梳裹。」

〔八〕玉腕：劉鑠《白紵曲》：「仙仙徐動何盈盈，玉腕俱凝若雲行。」以上三句實取意李璟《攤破浣溪沙》「還與韶光共憔悴，不堪看」、「多少淚珠何限恨，倚闌干」。

〔九〕菱花句：李白《别儲邕之剡中》：「竹色溪下緑，荷花鏡裏香。」菱花，《爾雅翼》卷六：「昔人取菱花六觚之象以爲鏡。」乍，《匯釋》：「猶恰也；正也。」娉婷，《韻會》：「美貌。」鄭清之《荷花》：「一樣娉婷絕代無，水宮魚貫出瓊鋪。緣何買得淩波女，爲有荷盤萬斛珠。」

〔一〇〕別岸：高適《酬龐十兵曹》：「別岸迴無垠，海鶴鳴不息。」別，（水域）有口別通之謂。　圍紅：暗用歌妓密圍典，《類說》卷二一：「申王每苦寒之際，使宮妓密圍於坐側，以禦寒氣，呼爲『妓圍』。」此以席上歌妓密圍喻荷塘內層層紅蓮盛開。

〔一一〕千豔傾城：杜甫《奉送魏六丈佑少府之交廣》：「侍婢豔傾城，綃綺輕霧霏。」孟郊《溧陽唐興寺觀薔薇花同諸公餞陳明府》：「忽驚紅琉璃，千豔萬豔開。」實取意劉筠《荷花》（再賦七言）：「欲選浣紗傾敵國，越王更起近江樓。」　以上三句時間上倒裝，「別岸」二句在前，「菱花乍失娉婷」在後。

〔一二〕重洗清杯：清杯，沈炯《十二屬詩》：「猴栗羞芳果，雞跖引清杯。」韓愈《感春五首》（之一）：「已呼孺人戛鳴瑟，更遣稚子傳清杯。」洗杯，飲酒。也可理解爲蓮葉如酒杯。庾信《奉和趙王喜雨詩》：「白沙如濕粉，蓮花類洗杯。」倪璠注曰：「《荊州記》曰：白沙如霜雪，赤岸若朝霞。言雨落沙中，有如漬粉垂於荷上，又類洗杯也。」殷英童《採蓮曲》：「藕絲牽作縷，荷葉捧成杯。」

〔一三〕同追二句：楊億《荷花》（又贈一絕）：「誰然百炬金花燭，渡襪歌梁暗落塵。」並暗用蘇軾《海棠》詩意：「只恐夜深花睡去，故燒高燭照紅妝。」豆花，周邦彥《驀山溪》：「香破豆，燭頻花，減字歌聲穩。」

〔一四〕近歡三句：楊億《荷花》（再賦七言）：「雲氣乍回巫峽夢，水嬉猶記曲池圖。」錢惟演《荷花》（又贈一絶）：「不知誰有高唐夢，翠被華燈徹曙香。」李璟《攤破浣溪沙》：「回首渌波三峽暮，接天流。」

巫山幾層，《天中記》：「（巫）峽中有十二峰，曰望霞、翠屏、朝雲、松巒、集仙、聚鶴、淨壇、上昇、起雲、飛鳳、登龍、聖泉。其下即神女廟。」巫山雲雨，詳見《瑞鶴仙》（晴絲牽緒亂）注〔一九〕。

〔一五〕偷相憐三句：《唐才子傳》卷七：「羅隱，字昭諫，錢塘人也。少英敏，善屬文，詩筆尤俊拔，養浩然之氣。乾符初，舉進士累不第。……隱初貧，來赴舉，過鍾陵，見營妓雲英有才思。後一紀，下第過之。英曰：『羅秀才尚未脱白？』隱贈詩云：『鍾陵醉別十餘春，重見雲英掌上身。我未成名英未嫁，可能俱是不如人。』」並翻用張先《一叢花令》詠荷名句：「沈恨細思，不如桃杏，猶解嫁東風。」篝，《格致鏡原》卷五八：「《説文》云：薰衣竹籠也，一曰薰籠。方言謂之焙籠。」

## 【集評】

夏敬觀評語：辭意俱新。「追」字、「近」字極生而能煉之使熟，意乃更深一層。

## 【考辨】

楊箋：此爲在伎席憶姬之作。

孫按：此爲詠荷之作。詞人透過吟詠蓮荷及雲英未嫁之典，抒寫雖未遇於時，卻未肯俯仰俗流之心志。

## 塞垣春

丙午歲旦㊀〔一〕

漏瑟侵瓊管〔二〕。潤鼓借、烘爐暖㊁〔三〕。藏鉤怯冷〔四〕，畫雞臨曉㊂〔五〕，鄰語鶯囀㊃〔六〕。殢緑窗〔七〕、細呪浮梅琖㊄〔八〕。換蜜炬、花心短〔九〕。夢驚回，林鴉起〔一〇〕，曲屏春事天遠〔一一〕。迎路柳絲裙〔一二〕，看爭拜東風〔一三〕，盈灞橋岸㊅〔一四〕。髻落寶釵寒，恨花勝遲燕〔一五〕。漸街簾影轉〔一六〕。還似新年，過郵亭、一相見〔一七〕。南陌又燈火〔一八〕，繡囊塵香淺〔一九〕。

【校議】

㊀明張本、《歷代詩餘》詞題作「歲旦」。戈校本詞題下注「范選」。

㊁漏瑟三句：戈校本謂「漏」、「瑟」、「侵」、「借」四字可疑，又曰：「『鼓借』未解。」

㊂畫雞：毛本、《歷代詩餘》、《詞律》、戈校本作「畫難」。鄭校：「以形近訛。」戈校本則謂：「『畫』

字訛。」

㈣鶯囀：毛本、王朱本作「鶯轉」。《文選·謝朓〈和伏武昌登孫權故城〉》：「舞館識餘基，歌梁想遺轉。」李善注引高誘曰：「轉，音聲也。」一本作「囀」。轉、通「囀」。

㈤浮梅箋：明張本作「梅花箋」。下注：「浮梅箋。」

㈥「看爭拜」二句：明張本尾校曰：「多二字，腔譜過處第二句合九字住。夢窗得之。」毛扆本、杜本校曰：「『看爭拜』下較清真詞多二字。」戈校本：「『東風』二字衍。」又曰：「(東風)在『漸街簾』句裏。」鄭氏手批：「『看爭拜東風，盈灞橋岸』，清真作『天然自、風韻嫻雅』，考君特此闋惟此過片第二句與清真微異，餘並同。『東風』二字疑衍。」鄭批明張本校語曰：「此校者語，惜未詳所據。」鄭校以此作爲存疑例證，並謂明張本校語「是述夢窗獨異譔也」。劉永濟《微睇室說詞》：「擬改此句爲『看爭拜、東風灞岸』，則與清真詞句法一致矣。」

【注釋】

〔一〕丙午：淳祐六年(一二四六)。

〔二〕漏瑟句：温庭筠《織錦詞》：「丁東細漏侵瓊瑟，影轉高梧月初出。」

〔三〕潤鼓二句：鼓，設置在城市街道的警夜鼓。宵禁開始和終止時擊鼓通報。始於唐，宋以後亦泛指

「更鼓」。《唐新語》卷一〇：「舊制，京城内金吾曉暝傳呼，以戒行者。馬周獻封章，始置街鼓，俗號『冬冬』。公私便焉。」劉辰翁《摸魚兒·守歲》可與此詞寫年夜過鼓聲參看：「冬冬鼓。但畫角聲殘，已是新人故。」烘爐，節前多雨，鼓聲發澀，須借烘烤之力，方能解其聲澀也。　以上三句頗取意白居易《和望曉》：「丁丁漏向盡，冬冬鼓過半。」

〔四〕藏鉤：《荆楚歲時記》：「歲前，又爲藏彄之戲。始於鉤弋夫人。……《辛氏三秦記》曰：『漢昭帝母鉤弋夫人，手拳，有國色。世人藏鉤起於此。』周處《風土記》曰：『進清醇以告蜡，竭恭敬以明祀，乃有藏鉤，俗呼爲「行彄」。蓋婦人所作金環以錔指而纏者。臘日祭後，叟嫗各隨其儕爲藏鉤之戲。分二曹以較勝負，得一籌者爲勝，其負者起拜謝勝者。』周處、成公綏並作『彄』字。《藝經》、庾闡則作『鉤』字，其事同也。」

〔五〕畫雞臨曉：《事物紀原》卷八：「董勳問禮曰：正月一日爲雞，二日狗，三日羊，四日豬，五日牛，六日馬，七日人。正旦畫雞於門，七日帖人於帳，爲此也。《拾遺記》曰：堯在位七年。祇及國獻重明鳥，狀如雞。或一歲數來，或數歲一來，國人莫不掃灑門户以望其來，或刻金寶爲其狀置户牖間，則鬼類自伏云。今人每歲元日刻畫爲雞於户上，蓋其遺像也。」

〔六〕鄰語鶯囀：杜甫《傷春五首》（之二）：「鶯入新年語，花開滿故枝。」劉長卿《賦得》：「鶯啼燕語報新年，馬邑龍堆路幾千。」

〔七〕殢：糾纏不清。此略有沈湎其中之意。《匯釋》：「至晚唐詩人用殢字，其義漸異。……而韓偓《有憶》詩：『愁腸泥酒人千里。』泥一作殢，則殢酒之殢直與泥同用矣。」

〔八〕細呪句：謂切碎梅花浮於酒琖，並許下心願。《月令輯要》卷五：「原《四民月令》：梅花酒，元日服之卻老。」司空圖《丙午歲旦》：「梅花浮壽酒，莫笑又移巡。」呪，亦作「咒」或「祝」。李商隱《詠懷寄秘閣舊僚二十六韻》：「自哂成書簏，終當咒酒巵。」《李義山詩集注》：「《晉書》劉伶求酒於妻。妻諫曰：『非養生之道，宜斷之。』伶曰：『善。當祝鬼神，自誓耳。卿可致酒五斗，吾當斷之。』妻如其言。伶祝曰：『天生劉伶，以酒爲名；一飲一石，五斗解酲；婦人之言，慎不可聽。』於是飲酒御肉，塊然復醉。《韻會》：祝，或作呪。」

〔九〕換蜜炬二句：《風土記》：「蜀之風俗，晚歲相與饋問，謂之饋歲；酒食相邀爲别歲；至除夕達旦不眠，謂之守歲。」《東京夢華録》卷一〇：「是夜禁中爆竹山呼，聲聞於外，士庶之家圍爐團坐，達旦不寐，謂之守歲。」白居易《除夜》：「火銷燈盡天明後，便是平頭六十人。」范祖禹《守歲》：「坐對燈花結，歡吹酒蟻開。」

〔一〇〕夢驚回二句：杜甫《杜位宅守歲》：「守歲阿咸家，椒盤已頌花。盍簪喧櫪馬，列炬散林鴉。」《集千家注杜工部詩集》注曰：「東坡與子由詩云『頭上銀幡笑阿咸』，又云『欲喚阿咸來守歲，林鴉櫪馬鬭諠譁』。正用公此詩也。」又引夢弼曰：「《易》：『勿疑，朋盍簪。』此言朋友宴會也。『列炬散林鴉』，言燭炬之明鴉，鴉驚飛也。」此處反用，因無朋友前來相聚，故林鴉非被燈炬驚起，而是天明時自然離巢。

〔一一〕曲屏：深閨中的枕屏。圍床而置，有單屏與多扇之爭，此屬後者。王琚《美女篇》：「屈曲屏風繞象床，萎蕤翠帳綴香囊。」李賀《屏風曲》：「蝶棲石竹銀交關，水凝綠鴨琉璃錢。團回六曲抱膏蘭，將鬟鏡上擲金蟬。」《箋注評點李長吉歌詩》：「屏風，障風也。蝶棲石竹，屏之刻飾也。宋韋朗作銀塗漆屏風。《三輔黃圖》云：董偃設紫瑠琉屏風。團回六曲，此梳頭屏風也。晉《東宮舊事》云：太子納妃有梳頭屏風，二合四疊。」以上七句都是夢中所見或記憶中的除夕及新年往事；現實是從團聚美夢中醒來，天色微曦，驚動林中棲鴉飛向遠方。與夢中情景天壤迥別。

〔一二〕迎路句：戴叔倫《江干》：「楊柳牽愁思，和春上翠裙。」牛嶠《楊柳枝》：「裊翠籠煙拂暖波，舞裙新染麴塵羅。」

〔一三〕爭拜東風：柳既絲如裙帶，則可以有穿裙女子「拜」之行爲。李端《拜新月》：「開簾見新月，便即下階拜。細語人不聞，北風吹裙帶。」牛嶠《楊柳枝五首》（之一）：「解凍風來未上青，解垂羅袖拜卿卿。無端裊娜臨官路，舞送行人過一生。」

〔一四〕盈灞橋岸：多柳之地。灞橋，詳見《解連環·留別姜石帚》注〔四〕。以上柳色柳姿是從閨中人到景物的自然過渡。

〔一五〕鬢落二句：古代元日亦簪戴花勝。周祈《名義考》卷八：「元日剪綵爲燕戴之。曹松詩『彩燕表年春』。王沂公帖子『彩燕迎春入鬢飛』。」傅咸《燕賦》：「四時代至，敬逆其始。彼應運於東方，乃設燕以迎至。翬輕翼之歧歧，若將飛而未起。何夫人之功巧，式儀形之有似。御青書以贊時，著宜春之嘉祉。」花勝，古代婦女剪綵爲之的首飾。《文選·曹植〈七啟〉》：「戴金揺之熠耀，揚翠羽之雙翹。」李善注引晉司馬彪《續漢書》：「皇太后入廟先爲花勝，上爲鳳凰，以翡翠爲毛羽。」遲，等待。《荀子·修身》：「故學曰遲，彼止而待我，我行而就之。」楊倞注：「遲，待也。」餘詳見《解語花·立春風雨中餞處靜》「花鬟愁，釵股籠寒，彩燕沾雲膩」數句注釋。

〔一六〕簾影轉：李商隱《燈》：「影隨簾押轉，光信簟文流。」以上三句透過閨中元日節令行事寫閨怨，是從對方著筆。

〔一七〕還似三句：郵亭、驛館：遞送文書者投止之處。《漢書·薛宣傳》：「過其縣，橋梁郵亭不修。」顏師古注：「郵，行書之舍，亦如今之驛及行道館舍也。」依宋制，凡「驛館」，持驛券之過往官員或入京應試之舉子始能宿之。參見《瑞鶴仙·餞郎糾曹之嚴陵》注〔二〕。此爲夢窗有意淩亂眩人眼目之處，語序應爲「新年還似，過郵亭、一相見」，意思爲雖然是理應禮節隆重的新年，卻似當年蘇幕行役在驛館中草草度過。

〔一八〕南陌句：寫一入正月，又開始新的一輪預賞花燈。《武林舊事》卷二：「禁中自去歲九月賞菊燈之後，迤邐試燈，謂之『預賞』。一入新正，燈火日盛，皆修内司諸璫分主之，競出新意，年異而歲不同。」王維《同比部楊員外十五夜遊有懷靜者季》：「夜出曙翻歸，傾城滿南陌。」

〔一九〕繡囊句：南宋賞燈盛時是從正月十三四至正月二十，届時仕女夜夜佩結香囊觀賞花燈。周邦彦《解語花·上元》載其盛況：「簫鼓喧，人影參差，滿路飄香麝。」而元日是在燈火未盛時，觀者稀少，故曰陌上塵香尚淺。塵香，王嘉《拾遺記》卷九：「（石崇）又屑沈水之香如塵末，布象床上，使所愛者踐之。」馮贄《南部煙花記·塵香》：「陳宫人卧履，皆以薄玉花爲飾，内散以龍腦諸香屑，謂之塵香。」此寫路塵留香。

【集評】

陳洵《海綃説詞》：題是元旦，自起句至「花心短」，卻全寫除夕。至「夢回」、「春遠」，乃點出春字。下闋寫春事如許，回憶曲屏。向所謂遠者，今乃歷歷在目矣。章法入神，勿徒賞其研煉。「柳絲裙」，言柳絲如春人之裙也。「爭拜東風盈灞橋岸」，是柳絲，是春人，寫得絢爛。「髻落」二句，言元旦則簪花勝矣。而燕子遲來，故釵落成恨，用事入化。

夏敬觀評語：雕琢太過。　看「爭拜」句，清真作七字，必有訛誤。恐非另一體。即無訛句亦欠佳。

劉永濟《微睇室説詞》：從起句至「花心短」皆説除夕事。「漏瑟」，用温庭筠《織錦詞》「丁東細漏侵瓊瑟」句，言夜漏也。「潤鼓」句，除夕人家擊鼓，謂之年鼓。鼓潤則聲啞，必借爐火烘之也。「藏鉤」，婦女之戲。除夕寒甚，不便此戲，故曰「怯冷」。「畫雞」，古時元旦，貼畫雞於户上，故曰「臨曉」。「鄰語」四字，用杜甫「鶯入新年語」句，此以形容鄰女除夕守歲之笑聲如鶯囀也。集中《祝英臺近·除夜立春》詞，亦有「笑聲轉、新年鶯語」之句可證。「殢緑窗」二句「殢」，困頓也，言除夕爲酒所困也。「細呪」，李商隱詩有「終當呪酒卮」語，此言以吉語呪除夕之酒也。「浮梅盞」，古時以梅花泛酒飲之，取其香也。《四民月令》「梅花酒，元日服之卻老」，亦其習也。「夢驚回」三句入題，切元旦，故曰「春事」。……換頭以下，皆「春事」。「迎路」句，言柳絲如裙也。集中《訴衷情》詞，亦有「柳腰空舞翠裙煙」句可證。……「鬌落」二句言元旦婦女剪彩爲花勝事。唐、宋時，立春日婦女剪彩戴之以迎春，曰花勝，花勝有剪作燕子者。「遲燕」之遲，非延遲意，乃待候也。言燕雖未來，剪燕戴之，候其來也。以上皆從婦女元日春事著筆。……「南陌」句言元宵燈火也。「繡囊」，香囊也。此或當時習俗有佩香囊事也。

【考　辨】

楊箋：丙午，爲理宗淳祐六年，夢窗姬去在四年，此爲姬去後第三年歲旦也。斷爲憶姬作。

劉永濟《微睇室説詞》：丙午爲理宗趙昀淳祐六年，夢窗四十七歲，居杭州時。「漸街簾」三句疑有本事，今不可考。集中《六醜·壬寅歲吴門元夕風雨》詞亦有「記向留連處，看街臨晚，放小簾低揭」句，或即其事。

孫按：此詞寫於淳祐六年（一二四六）獨處過新年時。據《會稽續志》卷二「安撫題名」，史宅之淳祐四年七月至淳祐六年三月十六日知紹興，夢窗淳祐四年甲辰冬去吴寓越，入史氏幕。史氏本年三月除工部尚書離開紹興之前，夢窗皆在幕中。這與詞中懷念與家眷共度元日時的融融之樂桴鼓相應。故詞寫於紹興，屬寄内之作，與所謂蘇姬無涉。此年夢窗四十五歲。

## 宴清都　夾鐘羽　俗名中呂調

餞嗣榮王仲亨還京㈠〔一〕

翠羽飛梁苑〔二〕。連催發〔三〕，暮檣留話江燕〔四〕。塵街墮珥㈡〔五〕，瑶扉乍鑰〔六〕，彩繩雙罥〔七〕。新煙暗葉成陰〔八〕，效顰嫵㈢〔九〕、西陵送遠〔一〇〕。又趁得〔一一〕、蕊露天香〔一二〕，春留建章花晚〔一三〕。

歸來笑折仙桃〔一四〕，瓊樓宴萼〔一五〕，金漏催箭〔一六〕。蘭亭秀語〔一七〕，烏絲潤墨〔一八〕，漢宮傳玩〔一九〕。紅欹醉玉天上㈣〔二〇〕，倩鳳尾、時題畫扇〔二一〕。問幾時、重駕巫雲〔二二〕，蓬萊路淺〔二三〕。

**【校　議】**

㈠《古今詞統》、毛本、戈校本詞題作「餞嗣榮仲亨還京」。杜本補「王」字。王朱本、朱二校本從之。

明張本、朱四校本作「餞榮王仲亨還京」。底本融合而成今題。餘本從之。《歷代詩餘》正同。

㊁ 塵街：《古今詞統》、《歷代詩餘》、戈校本、王朱本、朱二校本、底本、四明本作「塵階」。兹從明張本、朱四校本。墮珥：《古今詞統》作「墜珥」。

㊂ 翠嫵：諸本皆作「翠嫵」。「翠」字與首句復，且寒食時柳葉尚未轉成深碧，故從明張本。

㊃ 紅歈：《古今詞統》、毛本、戈校本、杜本、王朱本、朱二校本作「紅歌」。然戈校本圈出「歌」字。

## 【注釋】

〔一〕嗣榮王仲亨：朱箋：「仲亨，當是與芮之字。」

〔二〕翠羽句：梁苑，西漢梁孝王所建。又稱兔園、菟園。《玉海》卷一七一：「《史記》：梁孝王築東苑，方三百里。是曰兔園。枚乘有《梁王菟園賦》：『修竹檀欒，夾池水，旋菟園，並馳道。』《文選·雪賦》：『梁王不悦，遊於兔園。』注：《西京雜記》曰：梁孝王好宫室苑囿之樂，築兔園。《史年表》秦二世元年十一月，爲兔園。」此借指嗣榮王的紹興府邸。翠羽，翡翠鳥的羽毛。用以裝飾車服，編織簾帷。此借指宫廷使者的車駕。參見《瑞鶴仙·贈道女陳華山内夫人》注〔二〕。

〔三〕連催發：耿南仲《和鄧慎思秋日同文館詩三首》（之二）：「詔命連催發，英髦一日齊。」

〔四〕暮檣句：見《水龍吟·送萬信州》注〔六〕中杜甫詩，謂日暮潮落時將有水程，檣燕嬌語爲留人。此爲惜别婉語。

〔五〕塵街墮珥：此寫嗣榮王盍府出行還京，沿途珠翠可掃。墮珥，猶言「遺簪墮珥」。《史記·滑稽列傳》：「若乃州閭之會，男女雜坐，行酒稽留，六博投壺，相引爲曹，握手無罰，目眙不禁，前有墮珥，後有遺簪，髡竊樂此，飲可八斗而醉二參。」暗用《新唐書·楊貴妃傳》典故，寫國戚出門的排場：「國忠既遥領劍南，每十月，帝幸華清宫，五宅車騎皆從，家别爲隊，隊一色，俄五家隊合，爛若萬花，川谷成錦繡，國忠道以劍南旗節。遺鈿墮舄，瑟瑟璣琲，狼籍於道，香聞數十里。」塵街，白居易《三月三日祓禊洛濱》：「塵街從鼓動，煙樹任鴉棲。」

〔六〕瑶扉乍鑰：黄庭堅《次韻和臺源諸篇九首·仙橋洞》：「横閣晴虹渡石溪，幾年鑰鎖鎮瑶扉。」

〔七〕彩繩雙罥：《古今事文類聚前集》卷八：「北方戎狄至寒食爲鞦韆戲，以習輕趫。後中國女子學之，乃以彩繩懸木立架，士女坐立其上，推引之，謂之鞦韆。」《事物紀原》卷八：「《古今藝術圖》曰：北方戎狄愛習輕趫之能，每至寒食爲之。後中國女子學之，乃以彩繩懸樹立架，謂之鞦韆。」罥，懸置。鞦韆是三月暮春寒食期間的遊戲，度宗生日在四月初九，王府前往慶賀，須提前啟程，時間亦相合。鞦韆典在夢窗詞中出現的頻率也很高，因爲婦女户外蕩鞦韆僅在寒食清明前後，所以夢窗或藉以點明時間，或回憶當時情境。

〔八〕新煙：指清明日新火所生之煙。《春明退朝録》卷中：「周禮，四時變國火，謂春取榆柳之火，夏取棗杏之火，季夏取桑柘之火，秋取柞楢之火，冬取槐檀之火。而唐時，惟清明取榆柳火以賜近臣戚里。本朝因之，惟賜輔臣戚里，帥臣、節察、三司使、知開封府、樞密直學士、中使，皆得厚賜，非常賜例也。」《夢粱録》卷二：「寒食第三日，即清明節，每歲禁中命小内侍於閤門用榆木鑽火，先進者賜金碗、絹三匹。宣賜臣僚巨燭，正所謂『鑽燧改火』者，即此時也。」榮邸也在賜新火之列。劉長卿《清明後登城眺望》：「百花如舊日，萬井出新煙。」杜甫《清明二首》（之一）：「朝來新火起新煙，湖色春光淨客船。」寒食不舉火典，參見《渡江雲·西湖清明》注〔一八〕。　暗葉成陰：柳樹三春時經嫩黄、淺緑再轉爲深緑。梁元帝《將軍名詩》：「細柳浮新暗，大樹繞棲烏。」

〔九〕效顰嫵：謂水濱尚未完全舒展的柳葉似亦惜別，故效眉黛顰蹙。馮取洽《西江月》：「煙柳效顰翠斂，露桃獻笑紅妖。」衛元卿《齊天樂》：「歸來憔悴錦帳，久塵金犢幰，連娟黛眉顰嫵。」嫵，眉式秀麗。《漢書·張敞傳》：「敞爲京兆，……又爲婦畫眉，長安中傳張京兆眉憮。」憮，通「嫵」。

〔一〇〕西陵：西興渡。《浙江通志》卷三六：「西興渡，《方輿勝覽》：在縣西十二里，本名西陵。《水經注》：昔范蠡築城於浙江之濱，言可以固守，謂之固陵，今之西陵也。吴越王以非吉語，改西興。《紹興府志》：爲吴越通津，有官舟水工二十四人，其私舟姓名亦各隸於官，有罹傾覆之患者，官以法治之。

〔一一〕趁得：唐宋人語。猶言「趕上」。白居易《游城南留元九李二十晚歸》：「更勸殘杯看日影，猶應趁得鼓聲歸。」

〔一二〕蕊露：楊億《荷花》（再賦）：「灑從瓊蕊露，吹任石尤風。」

〔一三〕建章：即建章宫。此代指杭京宫殿。詳見《瑞鶴仙·贈道女陳華山内夫人》注〔一一〕。

〔一四〕歸來：夢窗有意淩亂處，語序屬最後三句，應爲「問幾時歸來、重駕巫雲，蓬萊路淺」。笑折仙桃：點明此爲慶壽之行。

〔一五〕瓊樓宴蕚：瓊樓，形容華美的建築物。陸倕《天光寺碑》：「璿陛淩虛，瓊樓鬱起，可使龍城愧飾，雁塔慚珍。」蕚，花蕚樓。參見《水龍吟·壽嗣榮王》注〔一五〕。代指賜宴地點。

〔一六〕金漏催箭：《周禮·夏官·挈壺氏》賈公彦疏挈壺氏漏水法：「大史立成法，有四十八箭者，此據漢法而言。則以器盛四十八箭，箭各百刻，以壺盛水，懸於箭上，節而下之水，水淹一刻則爲一刻。四十八箭者，蓋取倍二十四氣也。」金箭，指宮漏設置中的箭牌。《宋史·律曆三》：「其制有銅壺、水稱、渴烏、漏箭、時牌、契之屬：壺以貯水，烏以引注，稱以平其漏，箭以識其刻，牌以告時於晝，牌有七，自卯至酉用之，制以牙，刻字填金。」餘參見《瑞鶴仙·癸卯歲壽方蕙巖寺簿》注〔八〕。以上三句化用杜甫《奉和賈至舍人早朝大明宮》詩意：「五夜漏聲催曉箭，九重春色醉仙桃。」

〔一七〕蘭亭秀語：指《蘭亭集序》。東晉穆帝永和九年暮春之初，王羲之與謝安、孫綽等四十一人，在山陰蘭亭宴集「修禊」。《晉書·王羲之傳》：「嘗與同志宴集於會稽山陰之蘭亭，羲之自爲之序。」王序後成書法名帖，又稱禊序，禊帖。《太平寰宇記》卷九六：「（蘭亭）在縣西南二十七里。《輿地志》云：山陰郭西有蘭渚，渚有蘭亭。王羲之所謂曲水之勝境，制序於此。」宋人認爲此序有很高的文學價值，如樓鑰《跋汪季路所藏修禊序》詩：「幼軍草《禊序》，文采粲日星。選文乃見遺，至今恨昭明。」蘇軾《次韻仲殊雪中游西湖二首》（之一）：「秀語出寒餓，身窮詩乃亨。」餘參見《一寸金·贈筆工劉衍》注〔一四〕。

〔一八〕烏絲潤墨：烏絲，即烏絲欄。《通雅》卷三二：「烏絲，箋之畫欄者也。自六朝即用欄墨，後或以花爲欄。《霍小玉傳》：越州姫烏絲欄素段三尺授李生，生授筆成章。李肇曰：宋、亳間有織成界道絹素謂之烏絲欄、朱絲欄。許渾有《烏絲欄手書詩》見《海岳書史》。廣川跋云：翟湛嘗以烏絲欄求魯直書蘇子瞻淵明詩。」《甕牖閑評》卷六：「黄素細密，上下烏絲織成欄，其間用朱墨界行，此正所謂烏絲欄也。」

〔一九〕漢宫傳玩：王安石《游土山示蔡天啟秘校》：「好事所傳玩，空殘法書帖。」《晉書·明帝紀》：「嫗曰：『去已遠矣。』因以鞭示之。五騎傳玩，稽留遂久。」以上三句贊諛度宗賞賜給貴戚嗣榮王書法珍本。

〔二〇〕紅欹醉玉：美稱嗣榮王醉後倚扶美人的風姿。醉玉，《世説新語·容止》：「嵇康身長七尺八寸，風姿特秀。見者歎曰：蕭蕭肅肅，爽朗清舉。或云肅肅如松下風，高而徐引。山公曰：『嵇叔夜之爲人也，巖巖若孤松之獨立；其醉也，傀俄若玉山之將崩。』」

〔二一〕倩鳳尾二句：元稹《獻滎陽公詩五十韻》：「鳳攢題字扇，魚落講經筵。」鳳尾，特指鳳尾諾。古代帝王批示箋奏則署「諾」字，字尾形如鳳尾。《南史·齊江夏王鋒傳》：「（江夏王鋒）五歲，高帝使學鳳尾諾，一學即工。」用以代指皇帝的書法。吴萊《宋度宗御書福王慶壽宫扇》曾記度宗賜題御扇之事，詳見【考辨】。

〔二〕重駕巫雲：巫雲，巫山之雲，代指仙境騰生的從龍雲氣，此由古時海上蓬萊仙山正偶會稽郡而生的衍義。杜甫《傷春五首》（之一）有「蓬萊足雲氣，應合總從龍」之句。並美稱嗣榮王的車駕，謂其駕雲歸來。

〔三〕蓬萊路淺：葛洪《神仙傳》卷三：「麻姑自説：『接侍以來，已見東海三爲桑田。向到蓬萊，水又淺於往昔會時略半也，豈將復還爲陵陸乎！』」紹興卧龍山有蓬萊閣，得名與海上蓬萊仙山相關。《會稽續志》（卷一）載蓬萊閣得名之由：「蓋《舊志》云蓬萊山正偶會稽。」注曰：「《舊志》今已不傳。沈少卿紳《和孔司封登蓬萊閣詩》云『三山對峙海中央』。自注於下云：《舊志》：『蓬萊山正偶會稽。』」故用以代指。餘見《尉遲杯·賦楊公小蓬萊》注〔三〕。

【考辨】

楊箋：（餞嗣榮王仲亨還京）「還」是由紹興往朝杭京耳，非遷居也。此行蓋爲祝理宗生日入朝，故有「歸來笑折仙桃」一語。

吴熊和《夢窗詞補箋》：據《宋史·度宗紀》，度宗生於嘉熙四年（一二四〇）四月初九，景定五年（一二六四）十月繼位，十二月詔以生日爲乾會節。翌年咸淳元年，乾會節慶壽。吴文英有一首《宴清都》餞嗣榮王仲亨還京（朱孝臧謂仲亨當是與芮之字），詞有「暮檣留話江燕」、「歸來笑折仙桃」諸句，即是送趙與芮自越入杭慶賀度宗乾會節。詞中時令情事一一皆合，《宴清都》此詞即作於咸淳元年。

孫按：吴説極是，此詞所記前往杭京宫中爲慶壽者是度宗而非理宗，理宗冬春時節正月五日生日，與詞中春暮寒食時節不合。故此詞確是咸淳元年（一二六五）寫於紹興。另，吴萊《宋度宗御書福王慶壽宫扇》有句曰：「漢家諸侯奉大統，會稽故邸王封重。歲周甲子壽筵開，賓客滿堂宫扇來。掖庭嬪御侍圖史，聖筆逡巡鸞鳳似。清風外撲龍阜花，明月中涵鏡湖水。南國爲家日已微，禮官考禮是邪非。前殿君臣朝玉笏，後宫父子曳珠衣。」福王即趙與芮，此詩所記在咸淳三年（一二六七）八月乙丑嗣榮王與芮晉封福王時。據此詞中「紅欹醉玉天上，倩鳳尾、時題畫扇」，知度宗咸淳元年即有題扇寵渥生父嗣榮王之事。

## 又

### 連理海棠〔一〕

繡幄鴛鴦柱〔二〕。紅情密〔三〕，膩雲低護秦樹〔四〕。芳根鶼倚㊀〔五〕，花梢鈿合㊁〔六〕，錦屏人妒〔七〕。東風睡足交枝〔八〕，正夢枕㊂、瑤釵燕股㊃〔九〕。障灩蠟、滿照歡叢〔一〇〕，嫠蟾冷落羞度㊄〔一一〕。人間萬感幽單〔一二〕，華清慣浴，春盎風露〔一三〕。連鬟並暖㊅〔一四〕，同心共結〔一五〕，向承恩處。憑誰爲歌長恨〔一六〕，暗殿鎖、秋燈夜語。叙舊期〔七〕、不負春盟〔一七〕，紅朝翠暮〔一八〕。

【校　議】

〔一〕鶼倚：諸本皆作「兼倚」。然王校：「疑作『鶼』。」底本亦校曰：「按，『兼』字疑誤，集中是處無用平聲者。」鄭氏手批則以爲不誤：「『兼』字切連理。『鶼』字更不可解，仍當從舊。此與下《風入松》『慰』作『熨』，皆以意訂。毛刻疑夢窗工於煉字，故文之以艱澀。其實夢窗清空在骨氣，非雕琢藻辭，徒以文掩意也。」孫按：夢窗此調六闋，四首此處工對，此句應同。若此，則上下句皆應以名詞作狀語，故從王、朱之疑。劉永濟《微睇室説詞》亦云：「『鶼』，本作『兼』。今校改『鶼』，比翼鳥也。用來與下『鈿合』作對。」

〔二〕鈿合：四庫本作「細合」。

〔三〕夢枕：《歷代詩餘》、戈選作「夢繞」。

〔四〕燕股：明張本、毛本、四庫本作「蕪股」。鄭校：「以形近訛。」戈校本作「□股」。

〔五〕嫠蟾：諸本作「嫠蟾」。兹從明張本、毛本、《歷代詩餘》、戈選、杜本。羞度：《歷代詩餘》、戈選、杜本作「虚度」。鄭氏皆校曰：「以形近訛。」

⑥連鬢：杜鈔本作「連環」。

⑦叙舊期：《歷代詩餘》、戈選作「願舊期」。

**【注釋】**

〔一〕海棠：陳思《海棠譜》引沈立《海棠記》：「其紅花五出。初極紅，如臙脂點點然。及開，則漸成纈暈，至落，則若宿妝淡粉矣。其蒂長寸餘，淡紫色。於葉間或三萼至五萼爲叢而生，其蕊如金粟，蕊中有鬚三，如紫絲。其香清酷，不蘭不麝。」海棠春天二三月開花。《本草綱目》卷三〇：「二月開花，五出。」《佩文齋廣群芳譜》卷三：「《花曆》：三月木筆書空，棣萼韡韡，海棠睡，繡毬落。」因唐明皇曾喻楊貴妃爲海棠猶睡，且白居易《長恨歌》謂二人七夕在長生殿有「在地願爲連理枝」之愛情盟誓，故此詞以李楊愛情爲主線，並在其中揉碎化用了白詩。

〔二〕繡幄：宋祁《海棠》：「長衾繡作地，密帳錦爲天。」幄，篷帳。此喻花葉成陰。陸機《招隱詩》：「輕條象雲構，密葉成翠幄。」鴛鴦柱：形容海棠連理雙株。徐積《雙樹海棠》序曰：「雙株海棠者，余秦中時見也。其高皆數十尺，翛然在衆花之上，與夫江淮所産絶不類矣。」其詩之一曰：「獨樹已難有，雙株豈易培。東風三月後，濃豔一時開。種是鴛鴦骨，根非玳瑁胎。」鴛鴦，《詩・小雅・鴛鴦》：「鴛鴦于飛，畢之羅之。」毛傳：「鴛鴦，匹鳥也。」崔豹《古今注・鳥獸第四》：「鴛鴦，水鳥，鳧類也。雌雄未嘗相離，人得其一，則一思而死，故曰疋鳥。」疋，用同「匹」。鴛鴦毛色極爲絢爛。《玉臺新詠·古樂府六首·相逢狹路間》：「鴛鴦七十二，羅列忽成行。」注引《謝氏詩源》：「霍光國中鑿大池，植五色睡蓮，養鴛鴦三十六對，望之爛若披錦。」借寫連理海棠花葉茂盛時色彩斑斕。

〔三〕紅情密：花開葉盛似有濃厚的情意，實藏「緑意」二字於其中。典例詳見《解語花·立春風雨中餞處静》注〔一五〕。

〔四〕膩雲：雲層厚重。司空圖《春山》：「花明催曙早，雲膩惹空低。」秦樹：因秦地連理海棠著名而用以代稱。此句取意陸游《花時遍游諸家園十首》（之二）：「緑章夜奏通明殿，乞借春陰護海棠。」

〔五〕芳根鶼倚：實化用白居易《長恨歌》詩意：「在天願作比翼鳥，在地願爲連理枝。」徐積《雙樹海棠》（之二）：「不知誰是栽花翁，花根屈曲蟠雙虹。」鶼，《爾雅·釋地》：「南方有比翼鳥焉，不比不飛，其名謂之鶼鶼。」郭璞注：「似鳧，青赤色，一目一翼，相得乃飛。」張華《博物志》卷一〇：「崇吾之山有鳥，一足一翼一目，相得而飛，名曰鶼鶼。」

〔六〕花梢鈿合：白居易《長恨歌》：「唯將舊物表深情，鈿合金釵寄將去。釵留一股合一扇，釵擘黄金合分鈿。但教心似金鈿堅，天上人間會相見。」

〔七〕錦屏人妒：謂連理雙株相依相偎，頗讓獨守空閨者心生嫉妒。沈滿願《彩毫怨》：「露濃香被冷，月落錦屏虚。」實暗用李商隱《嫦娥》詩意：「雲母屏風燭影深，長河漸落曉星沈。嫦娥應悔偷靈藥，碧海青天夜夜心。」爲下文「婺蟾」句張本。

〔八〕東風句：《苕溪漁隱叢話前集》卷三八引《楊妃外傳》：「明皇登沈香亭，詔妃子。妃子時卯酒未醒，命力士從侍兒扶掖而至，妃子醉畝殘妝，釵横鬢亂，不能再拜。明皇笑曰：『是豈妃子醉耶？海棠睡未足耳。』」蘇軾《海棠》：「東風裊裊泛崇光，香霧空蒙月轉廊。」白居易海棠詩：「日高春睡足，露冷曉妝遲。」蘇軾《寓居定惠院之東雜花滿山有海棠一株土人不知貴也》：「林深霧暗曉光遲，日暖風輕春睡足。」

〔九〕正夢枕二句：李商隱《偶題二首》（之一）：「水文簟上琥珀枕，傍有墮釵雙翠翹。」牛嶠《更漏子》：「收淚語，背燈眠，玉釵横枕邊。」瑶釵燕股，即玉燕釵。郭憲《洞冥記》：「元鼎元年，起招仙閣於甘泉宫西。……以迎神女，神女留玉釵以贈帝，帝以賜趙婕妤。至昭帝元鳳中，宫人猶見此釵。黄詠欲之，明日示之，既發匣，有白燕飛昇天。後宫人學作此釵，因名玉燕釵，言吉祥也。」

〔一〇〕障灩蠟二句：化用蘇軾《海棠》詩意：「只恐夜深花睡去，故燒高燭照紅妝。」灩，此以水波流動喻照在花樹上的燭光。李賀《宫娃歌》：「蠟光高懸照紗空，花房夜擣紅守宫。」歡叢，猶言合歡叢。元稹《生春二十首》：「獨眠傍妒物，偷鏟合歡叢。」

〔一一〕婺蟾：代指婺星與嫦娥。爲下文七夕之誓中出現牽牛星織女星張本。婺，婺星，也稱須星。《史記・天官書》：「婺女，其北織女。織女，天女孫也。」司馬貞《索隱》：「《爾雅》云：須女，謂之『務女』，或作『婺』字。」張守節《正義》：「須女四星，亦婺女，天少府也。南斗、牽牛、須女皆爲星紀。……須女，賤妾之稱，婦職之卑者。主布帛、裁制、嫁娶。」李商隱《七夕偶題》：「寶婺搖珠佩，常娥照玉輪。」《李義山詩集注》：「寶婺，婺女星也。《左傳》注：『婺女，爲已嫁之女，織女爲處女。』」薛稷《奉和送金城公主適西蕃應制》即指公主出嫁和親之事：「月下瓊娥去，星分寶婺行。」蟾，以月亮代指嫦娥。詳見《霜葉飛・重九》注〔一三〕。以上三句寫惜花人恐夜深花睡，因此手遮蠟燭，焰光灩灩高照合歡之紅妝；並想像此夜的濃雲遮星月，是由於已嫁之須女與失婚之嫦娥，都因羞於見到連理花樹的繾綣纏綿而隱身雲叢。

〔二〕人間句：下文「暗殿」二句意入於此。白居易《長恨歌》：「歸來池苑皆依舊，太液芙蓉未央柳。芙蓉如面柳如眉，對此如何不淚垂。春風桃李花開夜，秋雨梧桐葉落時。西宮南苑多秋草，宮葉滿階紅不掃。梨園弟子白髮新，椒房阿監青娥老。夕殿螢飛思悄然，孤燈挑盡未成眠。遲遲鐘鼓初長夜，耿耿星河欲曙天。鴛鴦瓦冷霜華重，翡翠衾寒誰與共。」陳鴻《長恨歌傳》：「尊玄宗爲太上皇，就養南宮，遷於西內。時移事去，樂盡悲來。每至春之日，冬之夜，池蓮夏開，宮槐秋落，梨園弟子，玉管發音，聞霓裳羽衣一聲，則天顔不怡，左右歔欷。三載一意，其念不衰。求之夢魂，杳不能得。」幽單，李賀《仁和里雜叙皇甫湜》：「那知堅都相草草，客枕幽單看春老。」

〔三〕華清二句：下文「承恩」意入於此。白居易《長恨歌》：「春寒賜浴華清池，温泉水滑洗凝脂。侍兒扶起嬌無力，始是新承恩澤時。雲鬢花顔金步摇，芙蓉帳暖度春宵。春宵苦短日高起，從此君王不早朝。承歡侍宴無閒暇，春從春遊夜專夜。後宮佳麗三千人，三千寵愛在一身。金屋妝成嬌侍夜，玉樓宴罷醉和春。」喻寫夜露中海棠。趙汝騰《答高耻堂計使招賞海棠》：「雨餘妃帶華清沐，雲幕仙從絳闕來。」

〔一四〕連鬟：猶言雙鬟。白居易《續古詩十首》（之五）：「窈窕雙鬟女，容德俱如玉。」此處並諧音「連環」。連環結象徵愛情。歐陽修《别後》：「連環結連帶，贈君情不忘。」與下文「同心結」皆照應連理花枝。

〔一五〕同心共結：梁武帝《有所思》：「腰中雙綺帶，夢爲同心結。」《隋書·后妃列傳》：「宣華夫人陳氏，陳宣帝之女也。性聰慧，姿貌無雙。……見合中有同心結數枚。」

〔一六〕憑誰句：白居易《長恨歌》：「天長地久有時盡，此恨綿綿無絕期。」陳鴻《長恨歌傳》：「元和元年冬十二月，太原白樂天自校書郎，尉於盩厔。鴻與琅邪王質夫家於是邑。暇日相攜遊仙遊寺，話及此事，相與感歎。質夫舉酒於樂天前曰：『夫希代之事，非遇出世之才潤色之，則與時消没，不聞於世。樂天深於詩、多於情者也，試爲歌之，如何？』樂天因爲《長恨歌》。意者不但感其事，亦欲懲尤物，窒亂階，垂於將來者也。歌既成，使鴻傳焉。」

〔一七〕叙舊期二句：白居易《長恨歌》：「七月七日長生殿，夜半無人私語時。在天願作比翼鳥，在地願爲連理枝。」陳鴻《長恨歌傳》：「玉妃茫然退立，若有所思。徐而言：『昔天寶十載，侍輦避暑於驪山宫。秋七月，牽牛織女相見之夕。秦人風俗，是夜張錦繡，陳飲食，樹瓜華，焚香於庭，號爲「乞巧」，宫掖間尤尚之。時夜始半，休侍衛於東西廂。獨侍上，上憑肩而立，因仰天感牛女事，密相誓心「願世世爲夫婦」。言畢，執手各嗚咽。此獨君王知之耳。』因自悲曰：『由此一念，又不得居此。復墮下界。且結後緣，或爲天，或爲人，決再相見，好合如舊。』」

〔一八〕紅朝翠暮：回應開篇海棠之「紅情綠意」。以上三句的意思是惟有這雙株連理海棠，以朝朝暮暮舒放盛開的紅花綠葉，展示出明皇貴妃没有辜負當年七月七日長生殿裏「在地願爲連理枝」的愛情盟誓。

【集　評】

朱孝臧《朱評夢窗詞》：濡染大筆何淋漓。

陳洵《海綃説詞》：只運化一篇《長恨歌》，乃放出如許異采，見事多，識理透故也。得力尤在换頭一句「人間萬感」。天上嫠蟾，横風忽斷，夾敘夾議，將全篇精神振起。「華清」以下五句，對上「幽單」，有好色不與民同樂意，天寶之不爲靖康者，幸耳。故曰「憑誰爲歌長恨」。

俞陛雲《唐五代兩宋詞選釋》：自「繡幄」至「燕股」數語賦連理，思密而藻麗。「錦屏」、「夢枕」二句尤摇漾生情。下闋别開一徑，寫宫怨而以美滿作結，爲連理海棠生色。夢窗晚年好填詞，以穠麗爲妍，此作字煉句，迥不猶人，可稱雅制。

楊箋：换頭處忽然颺開，擲筆天外，以古文提筆、縱筆融入詞中，真神來之筆。以斷續零碎視夢窗，真不知夢窗者。下片以貴妃爲骨子，以海棠爲面目，植義於太白《清平調》，取材於樂天《長恨歌》。又原有玄宗語爲佐證，非强牽合者比。自樂其樂，不與民同樂，是玄宗罪案。白居易詩「萬感醉中來」。又「春寒賜浴華清池」，今以海棠之在風露中者擬之，映合巧妙。　海綃翁曰：此詞寄託高遠，其用事運意，奇幻空靈。其運筆鑄詞，精力彌滿，得力尤在「人間萬感幽單」一句，將全篇精神振起。「華清慣浴，春盎風露」，有好色而不與民同樂意。「憑誰爲歌長恨」，言民之夫婦不保，即己之夫婦亦不保。天寶之不爲靖康者，幸耳。此段意理，全類辛稼軒。

劉永濟《微睇室説詞》：此詠物詞之工整者，因詠物亦托物言情，故换頭以下全以《長恨歌》中之楊妃比言，亦因明皇有妃子海棠春睡之語也。起句「繡幄」，寫海棠之繁茂。「鴛鴦柱」以下，即形容連理樹。「秦樹」，秦中有雙株海棠，高達十丈最有名，故以比之。……「雲低護」用陸游「乞借春陰護海棠」詩意。下用「錦屏人妒」以關合人情，言海棠如此繁豔，美人見之亦不免生妒嫉之情也。「東風」二句以花與人合寫。「瑶釵燕股」亦以燕釵爲兩股之物來形容連理。「障灩蠟」二句暗用蘇軾《海棠詩》「只恐夜深花睡去，高燒銀燭照紅妝」詩意。下句「嫠蟾」反襯連理。「嫠」者，婦人無夫之稱。「蟾」乃月之標志。月中嫦娥無夫，故曰「嫠蟾」。此仍是加倍渲染海棠之繁豔語。换頭六字，先用反襯之筆領起。以後皆以明皇與楊妃愛情敷寫。「人間」句言人間夫婦離多會少，故曰「萬感幽單」。陳洵氏謂吴氏此句「將全篇精神振起」，説下二句「有好色不與民同樂意，天寶之不爲靖康，幸耳」。我意讀者雖可如此想，作者未必有此意，如切吴氏本人之事説較爲妥貼，不必用如此大的題目講。「春盎」四字將楊妃華清出浴情態與海棠臨風承露的鮮豔一齊寫出，可謂興到之筆。「同心」、「連鬟」皆以花與人並寫。「憑誰」二句則明用白居易《長恨歌》，下文仍歸到長生殿夜語事，又以「叙舊期、不負春盟」作結，語意仍是雙關。……南宋詞人極喜作詠物詞，大都托物言情之筆，情在言外。後來之王沂孫尤稱能手。至其所托之情，不出作者所遇之世與其個人遭際之事交相組織，古人所謂身世之感也。

唐圭璋《宋詞三百首箋注》：陳洵云：此詞寄託高遠，其用運意，奇幻空靈；離合反正，精力彌滿。若賞其煉，則失之矣。……稼軒豪雄，夢窗沈摯，可以證周氏由南追北之説。詠物最稱碧山，然如此等作，足使碧山有望回之歎。

【考　辨】

劉永濟《微睇室説詞》：此詞既以楊妃比花，以明皇與楊妃離合之事貫穿其中，實則又以楊妃比去妾以抒寫自己離情，作者心細如髮，而用筆靈活，絶不粘滯，是卷中詠物最工之作。

孫按：詠花詞中略入情意是夢窗及南宋詞人慣技，「好色而不與民同樂」及「去妾離情」云云，皆讀者何必不然之臆測。

## 又

壽榮王夫人〔一〕

萬壑蓬萊路〔二〕。非煙霽〔三〕，五雲城闕深處〔四〕。璇源媲鳳〔五〕，瑶池種玉〔六〕，煉顔金姥〔七〕。長虹夢入仙懷〔八〕，便洗日〔九〕、銅華翠渚㊀〔一〇〕。向瑞世、獨佔長春，蟠桃正飽風露〔一一〕。　殷勤漢殿傳卮〔一二〕，隔江雲起，暗飛青羽〔一三〕。南山壽石〔一四〕，東周寶鼎〔一五〕，千秋鞏固〔一六〕。何時地拂龍衣〔一七〕，待迎入、玉京閶闔〔一八〕。看□□㊁、臢擁湖船，三千彩御〔一九〕。

【校　議】

㊀銅華：底本作「桐華」。未知所據。兹從明張本、毛本、戈校本、杜本、王朱本、朱二校本、朱四校本、四明本。

㊁看□□：明張本、毛本、戈校本、杜本未空格。毛扆本：「『湖船』上應失二字。」鄧録毛扆校語同。

杜本校曰：「『看』字下脱二字，擬補『繡旗』。」餘本皆從空格。楊箋：「空格擬補『蓮媛』。」孫按：《齊天樂·壽榮王夫人》中有「香霖乍洗。擁蓮媛三千，羽裳風佩」。與此同一景情，杜補恐誤，宜從楊箋。吴校謂毛扆校語「未確」。

【注釋】

〔一〕榮王夫人：此指榮王趙希瓐夫人全氏，嗣榮王趙與芮及理宗生母。

〔二〕萬壑句：寫榮府的本地風光。《晉書·顧愷之傳》：「（愷之）還至荆州，人問以會稽山川之狀，愷之云：『千巖競秀，萬壑爭流，草木蒙蘢，若雲興霞蔚。』」《世説新語·言語》：「王子敬云：『從山陰道上行，山川自相映發，使人應接不暇。』」蓬萊，蓬萊仙境正對紹興卧龍山的蓬萊閣。詳見《宴清都·餞嗣榮王仲亨還京》注〔三〕。

〔三〕非煙：猶言非煙非雲，形容五色祥雲。《史記·天官書》：「若煙非煙，若雲非雲，鬱鬱紛紛，蕭索輪囷，是謂卿雲。卿雲，喜氣也。」《晉書·志第二·天文中》：「瑞氣。一曰慶雲，若煙非煙，若雲非雲，鬱鬱紛紛，蕭索輪囷，是謂慶雲，亦曰景雲。此喜氣也，太平之應。」

〔四〕五雲城闕：《會稽續志》卷一載會稽城東爲五雲門：「即古雷門，晉王獻之所居，有五色祥雲見，故取以名門。」《南齊書·樂志》：「聖祖降，五雲集。」城闕，城門兩邊的望樓。《詩·鄭風·子衿》：「佻兮達兮，在城闕兮。」孔穎達疏：「謂城上之别有高闕，非宫闕也。」以上三句中「萬壑」、「蓬萊」、「五雲」皆代稱紹興。寫紹興榮府的王氣與喜氣。

〔五〕璇源：産珠的水流。《文選・顔延之〈贈王太常〉》：「玉水記方流，琁源載圓折。」李善注引《尸子》：「凡水，其方折者有玉，其圓折者有珠也。」 媲：匹配。韓愈《魏博節度觀察使沂國公先廟碑銘》：「帝曰：『俞哉！ 維汝忠孝。予思乃父，追秩夏卿；媲德娠賢，梁國是榮。』」 鳳：《荀子・解蔽》：「《詩》曰：『鳳凰秋秋，其翼若干，其聲若簫。有鳳有凰，樂帝之心。』」楊倞注：「《爾雅》：『鶠，鳳；其雌，凰。』」

〔六〕瑶池：紹興榮邸園曰瓊圃，池曰瑶沼；亦兼指西王母所居。參見《水龍吟・壽嗣榮王》注〔九〕。種玉：干寶《搜神記》卷一一載楊伯雍得仙人所授石子，使種於無終山，仙人言：『玉當生其中。』並預言『汝後當得好婦』。「（伯雍）乃種其石。數歲，時時往視，見玉子生石上，人莫知也。有徐氏者，右北平著姓，女甚有行，時人求多不許。公乃試求徐氏。徐氏笑以爲狂，因戲云：『得白璧一雙來，當聽爲婚。』公至所種玉田中，得白璧五雙以聘。徐氏大驚，遂以女妻公。」夢窗常以種玉喻貴人得子嗣。如《探芳信・賀麓翁祕閣滿月》：「問霧暖藍田，玉長多少。」此頌諛榮王夫人産貴子理宗。

〔七〕煉顔：李衛公《步虚引》：「河漢玉女能煉顔，雲駢往往在人間。」 金姥：《記纂淵海》卷八六：「西王母者，金王母也。厥姓緱氏，女子之登仙得道者咸隸焉。」楊箋：「金旺西方，『金姥』蓋謂西王母也。」

〔八〕長虹句：女子因感應某種神兆懷孕後生貴子。《宋書・志第十七・符瑞上》：「帝摯少昊氏，母曰女節，見星如虹，下流華渚，既而夢接意感，生少昊。登帝位，有鳳皇之瑞。帝顓頊高陽氏，母曰女樞，見瑤光之星，貫月如虹，感己於幽房之宫，生顓頊於若水。首戴干戈，有聖德。」《宋史・理宗本紀》：「理宗建道備德大功復興烈文仁武聖明安孝皇帝，諱昀，太祖十世孫。父希瓐，追封榮王，家於紹興府山陰縣，母全氏。以開禧元年正月癸亥生於邑中虹橋里第。前一夕，榮王夢一紫衣金帽人來謁，比寤，夜漏未盡十刻，室中五采爛然，赤光屬天，如日正中。既誕三日，家人聞户外車馬聲，亟出，無所睹。幼嘗晝寢，人忽見身隱隱如龍鱗。」

〔九〕洗日：神話傳説咸池是洗日處。《楚辭・離騷》：「飲余馬於咸池兮，總余轡乎扶桑。」王逸注：「咸池，日浴處也。」

〔一〇〕翠渚：即前注「華渚」的美稱。　以上三句以女節、女樞比全夫人，以少昊、顓頊比理宗。又因理宗生時有「如日正中」之兆，故以「洗日」移易「星流華渚」之事。

〔一一〕獨佔二句：《石渠寶笈》卷三二：「宋楊婕好百花圖一卷……詩云：『玉容不老春長在，歲歲花前醉壽巵。』……又詩云：『丹砂經九轉，芳蕊占長春。』」又：「宋僧温日觀畫葡萄一卷……又劉蒙題識云……『中原飽風露，詰曲猶一枝』。」餘見《瑞鶴仙・壽史雲麓》注〔六〕。

〔一二〕殷勤：《例釋》：「等於説煩請、多承，表敬意或謝意的動詞。」　巵：《漢書・高帝紀上》：「上奉玉巵爲太上皇壽。」顔師古注：「巵，飲酒圓器也。」

〔一三〕青羽：此指青鳥。神話傳説中爲西王母取食傳信的神鳥。《山海經·西山經》：「又西二百二十里，曰三危之山，三青鳥居之。」郭璞注：「三青鳥主爲西王母取食者，别自棲息於此山也。」《藝文類聚·歲時部中·七月七日》：「《漢武故事》曰：七月七日，上於承華殿齋，正中，忽有一青鳥從西方來，集殿前。上問東方朔，朔曰：『此西王母欲來也。』有頃，王母至。」李商隱《無題》：「蓬山此去無多路，青鳥殷勤爲探看。」以上三句喻宫中使者傳食過錢塘江將至紹興。

〔一四〕南山壽石：語出《詩經·小雅·天保》：「如月之恒，如日之昇。如南山之壽，不騫不崩。如松柏之茂，無不爾或承。」

〔一五〕東周寶鼎：寶鼎，《史記·五帝本紀》：「（黄帝）獲寶鼎。」相傳夏禹鑄九鼎，象徵九州，夏、商、周三代奉爲象徵國家政權的傳國之寶。《史記·封禪書》：「禹收九牧之金，鑄九鼎。皆嘗亨鬺上帝鬼神。遭聖則興，鼎遷於夏商。周德衰，宋之社亡，鼎乃淪没，伏而不見。」宋徽宗也曾鑄九鼎。《宋史·徽宗本紀》：「甲辰鑄九鼎。」楊箋：「周之東遷，與宋之南渡同，故曰『東周寶鼎』。」

〔一六〕千秋鞏固：盧照鄰《登封大酺歌四首》：「明君封禪日重光，天子垂衣曆數長。九州四海常無事，萬歲千秋樂未央。」蘇頌《南郊大禮慶成詩五首·右賜赦宣德門》：「萬民以懷，邦基鞏固。」以上三句祝榮王夫人壽比南山，其子孫傳國綿長，國基堅如磐石。

〔一七〕何時句：釋文瑩《玉壺野史》卷三：「杜審琦，昭憲皇太后之兄也。建寧州節。一旦請覲，審琦視太祖、太宗皆甥也。一日陳内宴於福寧宮，憲后臨之，祖宗以渭陽之重，終侍宴焉。及爲壽之際，二帝皆捧觴列拜。樂人史金著者粗能屬文，致詞於簾陛之外，其略曰：『前殿展君臣之禮，虎節朝天；後宮伸骨肉之情，龍衣拂地。』祖宗特愛之。」

〔一八〕玉京：代指帝都。孟郊《長安旅情》詩：「玉京十二樓，峨峨倚青翠。」閬圃：即玄圃、閬風。傳說中昆侖山頂神仙居處第二層。《水經注·河水一》：「昆侖之山三級：下曰樊桐，一名板松；二曰玄圃，一名閬風；三曰層城，一名天庭。是爲太帝之居。」以上三句謂理宗不久就要迎接榮王夫人到杭京宫殿，親爲拜壽。

〔一九〕看□□三句：徐應秋《玉芝堂談薈》卷三：「上（煬帝）御龍舟，蕭后鳳舸錦帆彩纜，窮極侈靡。舟架舞臺，臺上垂蔽日珠簾。簾即蒲澤國所貢，以負山蚊睫紉蓮根絲貫小珠編成，雖曉日激射而光不能透。每舟擇妙麗女子千人，執雕板鏤金楫，號『殿腳女』。」《匯釋》：「賸，甚辭，猶真也；盡也；頗也；多也。字亦作『剩』。」三千，宮女成數。白居易《長恨歌》：「後宮佳麗三千人，三千寵愛在一身。」楊萬里《紅白蓮》：「恰如漢殿三千女，半是濃妝半淡妝。」彩御，美麗並且穿著華絢的宮女。姜特立《平原郡王南園詩二十一首·藏春》：「恰似隋宮千彩女，錦帆一夜下揚州。」此謂屆時能看到理宗率衆宮女侍奉榮王夫人游湖的隆重排場。

**【考辨】**

朱箋：《宋史·度宗紀》，帝嘉熙四年四月九日，生於紹興府榮邸。初嗣榮王夫人錢氏夢日光照東室，是夕，齊國夫人黃氏亦夢神人采衣擁一龍納懷中。已而有娠。及生，室有赤光。理宗在位歲久無子，乃屬意托神器焉。詞云「長虹夢入仙懷」，又《齊天樂·壽榮王夫人》「鶴胎曾夢電繞」，皆當時實事也。

吴熊和《夢窗詞補箋》：咸豐十年（一八六〇），劉毓崧《重刊吴文英詞集序》，以榮王夫人爲嗣榮王趙與芮之妻，宋度宗之本生母，並定此兩詞作於景定元年秋間。朱孝臧亦采其説，自來無異議。按吴文英對於榮王、嗣榮王這兩個封號區别殊嚴，絶不輕忽。依照宋代禮制，理宗封其生父趙希瓐爲榮王，其後代承襲者則稱嗣榮王。當時還有嗣秀王、嗣濮王、嗣沂王等，皆出於承襲。據《宋史》之《理宗紀》與《度宗紀》，自寶慶元年（一二二五）至咸淳三年（一二六七）這四十二年間，趙與芮一直封爲嗣榮王，主榮王祀事。自然，吴文英也不可能在這兩首詞中將嗣榮王夫人稱爲榮王夫人。宋寧宗無子，取太祖十世孫閩縣尉趙希瓐之子入繼大統。是爲理宗（本名與莒，行六。與芮，行八）。理宗即位時，趙希瓐已死，追封爲榮王，以理宗同母弟趙與芮爲嗣榮王。但趙希瓐妻全氏依然健在，就是榮王夫人，謚慈憲。全夫人爲紹興東浦人，全大節女，年壽頗高，經常來往於紹興榮府與杭州宫禁，事蹟散見周密《齊東野語》與《癸辛雜識》。吴文英《宴清都》、《齊天樂》二詞壽榮王夫人，就是慶賀榮王全夫人的壽辰。全夫人的侄孫女，後爲度宗皇后，見《宋史》卷二四三《后妃傳》。《宋史·度宗紀》載趙與芮妻有錢氏、黄氏，並稱錢氏爲嗣榮王夫人。但度宗的本生母並非錢氏，而是黄氏。黄氏，德清人，名定喜，原是夫人陪嫁，在榮府地位不高，但她生了度宗，封齊國夫人，又封隆國夫人，宋亡後隨趙與芮北行至大都，見《宋季三朝政要》卷五。劉毓崧、朱孝臧以榮王夫人指趙與芮妻，那麽《宴清都》、《齊天樂》這兩首詞到底是壽錢氏，還是壽黄氏，卻莫能指明，實際上也無法指明。無論是壽錢氏還是壽黄氏，揆之詞意，皆有不合，更不用説錢、黄二氏都不能稱爲榮王夫人了。

孫按：厲鶚《南宋雜事詩》：「畫扇宸書進壽筵，珠衣玉笏禮難全。須從福邸投虹處，記取銅華洗日年。」注引吴萊《淵潁集·宋度宗御書福王慶壽宫扇》（詩略）。

另，史料也有稱嗣榮王錢氏爲榮王夫人者。《武林舊事》卷二：「南渡以來，公主無及嫁者，獨理宗朝周漢國公主出降慈明太后侄孫楊鎮，禮文頗盛。……皇后親送乘九龍檐子，皇太子乘馬圍子，左右兩重。其後太師判宗正寺，榮王、榮王夫人及諸命婦至第，賜御筵九盞。筵畢，皇后、太子先還，公主歸位，行同牢禮。」其事在景定二年（一二六一），見《宋史·公主列傳》：「景定二年四月，帝以楊太后擁立功，乃選太后侄孫鎮尚主。擢鎮右領軍衛將軍、駙馬都統，進封公主爲周國公主。」景定年間的榮王、榮王夫人當然是指趙與芮夫婦，故知至少錢氏能稱榮王夫人。然此詞所壽確實如吴先生所證是趙希瓐妻全氏。從詞中所用典故看，應寫於理宗朝，即咸淳元年（一二六五）之前，在夢窗晚客榮邸時。詞作於紹興。

## 又

壽秋壑〔一〕

翠匝西門柳〔二〕。荆州昔〔三〕、未來時正春瘦㊀〔四〕。如今賸舞〔五〕，西風舊色〔六〕，勝東風秀〔七〕。黄粱露濕秋江㊁〔八〕，轉萬里、雲檣蔽晝〔九〕。正虎落〔一〇〕、馬靜晨嘶〔一一〕，連營夜沉刁斗㊂〔一二〕。

含章換幾桐陰〔一三〕，千官邃幄〔一四〕，韶鳳還奏〔一五〕。席前夜久〔一六〕，天低宴密〔一七〕，御香盈袖〔一八〕。星查信約長在㊃，醉興渺、銀河賦就〔一九〕。對小弦〔二〇〕、月掛南樓〔二一〕，涼浮桂酒〔二二〕。

**【校議】**

㊀荆州二句：《詞律》：「『風日』（孫按：見盧祖皋《宴清都》）以下九字，夢窗一首云『荆州昔未來時，正春暖（瘦）』。是於『昔』字下借豆，非另有此體。」杜校：「《詞律》云第二句與諸調異。」楊箋：「按本調諸詞，此句俱於第三字逗，今異，似不宜學。」孫按：萬氏《詞律》及杜楊二家認爲夢

窗此九字句讀爲上六下三。

㊁露濕：杜本作「夜濕」。

㊂刁斗：明張本作「刀斗」。

㊃星查：毛扆所見毛本作「星杳」。毛扆改正。今見毛本作「星楂」。

## 【注釋】

〔一〕壽秋壑：賈似道八月初八生日。

〔二〕匝：遍佈。　西門柳：代指武昌柳。《晉書·陶侃傳》：「侃性纖密好問，頗類趙廣漢。嘗課諸營種柳，都尉夏施盜官柳植之於己門。侃後見，駐車問曰：『此是武昌西門前柳，何因盜來此種？』施惶怖謝罪。」以武昌鎮守典暗頌賈氏爲良將。

〔三〕荆州：《尚書·禹貢》：「荆及衡陽惟荆州。」孔氏傳曰：「北據荆山，南及衡山之陽。」孔穎達疏曰：「《正義》曰此州北界至荆山之北，故言『據』，南及衡山之陽，其境過衡山也。」古荆州宋屬荆湖南、北路。《宋史·地理四》：「荆湖南、北路，蓋《禹貢》荆州之域。當張、翼、軫之分。東界鄂渚，西接溪洞，南抵五嶺，北連襄漢。唐末藩臣分據，宋初下之。鄂、岳本屬河南，安、復中土舊地，今以壤制而分隸焉。江陵國南巨鎮，當荆江上游，西控巴蜀。澧、鼎、辰三州，皆旁通溪洞，置兵戍守。潭州爲湘、嶺要劇，鄂、岳處江、湖之都會，全、邵屯兵，以扼蠻獠。」

〔四〕未來句：毛滂《浣溪沙》：「灩灩金波暖做春。疏疏煙柳瘦於人。」此句「瘦」字與下文「秀」字錯綜見義，謂八月瘦柳飛舞有勝於三月柳色青青時。與上句回憶淳祐九年（一二四九）三月，賈似道任京湖安撫制置大使之事，詳【考辨】。

〔五〕賸：此處是「盡」的意思。

〔六〕舊色：此指秋天柳色尚存春夏之翠緑。

〔七〕勝東風秀：楊箋：「言『舞賸西風尚比東風秀也』。『舞』字貫下兩句。」祝頌中寓入壽辰時間。

〔八〕黄粱：爲江漢特産。《楚辭·招魂》：「稻粢穱麥，挐黄粱些。」洪興祖補注引《本草》：「黄粱出蜀、漢，商、浙間亦種之，香美逾於諸粱，號爲竹根黄。」

〔九〕轉萬里二句：意思是荆湖糧食豐收，將漕運至各地。楊箋：「《宋史·職官志》：發運使漕淮、浙、江、湖六路儲廩以輸中者。又，建炎初，詔令安撫使、發運、監司、州軍官，並聽制置司節度。發運雖非似道職掌，然似道爲制置大使，自得節度之。且粱熟正八月，切生日。」雲檣，唐彦謙《送許户曹》：「將軍樓船發浩歌，雲檣高插天嵯峨。」此代指運糧的大船。

〔一〇〕虎落：古代用以遮護城邑或營寨的竹籬。《漢書·晁錯傳》：「要害之處，通川之道，調立城邑，毋下千家，爲中周虎落。」顔師古注：「虎落者，以竹篾相連遮落之也。」

〔一一〕馬靜晨嘶：白晝安靜，没有戰馬嘶鳴。

〔一二〕連營：《三國志·魏志·文帝紀》：「帝聞備兵東下，與權交戰，樹栅連營七百餘里。」 夜沉刁斗：用古代良將李廣典。《史記·李將軍列傳》：「及出擊胡，而廣行無部伍行陳，就善水草屯，舍止，人人自便，不擊刁斗以自衛。」裴駰《集解》引孟康曰：「（刁斗）以銅作鐎器，受一斗，晝炊飯食，夜擊持行，名曰刁斗。」周必大《次韻芮漕國器憶去年上元二首》（之一）：「喜沉刁斗夜，遠布玉墀春。」此與「晨靜」合寫前線安然，無戰事騷擾。

〔一三〕含章：漢宫殿名。《水經注》卷一九：「未央殿東有宣室、玉堂、麒麟、含章、白虎、鳳皇、朱雀、鵷鸞、昭陽諸殿。」含章殿屬於便殿。《新唐書·裴寂傳》：「遷左僕射。帝置酒含章殿，歡甚。」 換幾桐陰：杜甫《送賈閣老出汝州》：「西掖梧桐樹，空留一院陰。」《九家集注杜詩》：「喻賈之德猶足庇覆一院。」此以賈姓諛頌。

〔一四〕千官：《吕氏春秋·君守》：「大聖無事，而千官盡能。」 邃幄：喻宫中問計密地。黄裳《問擇將》：「宴居邃幄之中，凱旋幽障之外，豈足怪哉。」暗用張良典。《史記·留侯世家》：「上曰：『夫運籌筴帷帳之中，決勝千里之外，吾不如子房。』」

〔一五〕韶鳳：語出《尚書·益稷》：「簫《韶》九成，鳳皇來儀。」孔氏傳：「《韶》，舜樂名。言簫，見細器之備。雄曰鳳，雌曰皇，靈鳥也。儀，有容儀。備樂九奏而致鳳皇，則餘鳥獸不待九而率舞。」此指宫中宴會時的奏樂。

〔一六〕席前夜久：皇帝向賈似道問計，並以賈誼切似道姓。

〔一七〕天低宴密：楊箋：「言似道以賈妃故，屢得預筵宴。」

〔一八〕御香盈袖：《古詩十九首・庭中有奇樹》：「馨香盈懷袖，路遠莫致之。」何遜《九日侍宴樂游苑詩》：「晴軒連瑞氣，同惹御香芬。」賈至《早朝大明宮呈兩省僚友》：「劍佩聲隨玉墀步，衣冠身惹御爐香。」

〔一九〕星查三句：用《博物志》浮槎入天河故事。句中「銀河」意綴於「星查」，並以天河代指京城杭州。信約，《史記・張儀列傳》：「凡天下而以信約從親相堅者蘇秦，封武安君，相燕，即陰與燕王謀伐破齊而分其地。」浮槎事在八月，切生日時間。

〔二〇〕小弦：農曆初七、初八時的初弦月。劉緩《在縣中庭看月詩》：「移榻坐庭陰，初弦時復臨。」

〔二一〕月掛南樓：南樓，再用武昌典。見《世說新語・容止》：「庾太尉在武昌，秋夜氣佳景清，使吏殷浩、王胡之之徒登南樓，理詠音調。始遒聞函道中有屐聲甚厲，定是庾公。俄而率左右十許人步來，諸賢欲起避之。公徐云：『諸君少住，老子於此處興復不淺。』便據胡床，與諸人詠謔，竟坐甚得任樂。後王逸少下與丞相言及此事，丞相曰：『元規樂時風範，不得不小頹。』右軍答曰：『惟丘壑獨存。』」劉孝標注引孫綽《庾亮碑文》曰：「公雅好所托，常在塵垢之外。雖柔心應世，蠖屈其跡，而方寸湛然，固以玄對山水。」楊箋：「似道制置荆湖，故以庾亮擬之。」

〔二二〕涼浮桂酒：梁元帝《和劉尚書兼明堂齋宮詩》：「香浮郁金酒，煙繞鳳凰樽。」薛道衡《宴喜賦》：「圖雲刻雷之樽，漬桂釀花之酒。」《漢書・禮樂志》：「牲繭栗，粢盛香。尊桂酒，賓八鄉。」

【集　評】

卓人月、徐士俊《古今詞統》卷一四：喜無諛詞，非廖瑩中、郭居安可比。

【考　辨】

夏箋：《癸辛雜識》：似道生八月八日，故有「黄粱露濕」句。又云「荆州昔未來時」，必似道淳祐九年京湖制置大使。

楊箋：《宋史》淳祐六年九月，以賈似道爲京湖制置使，兼知江陵府。九年，晉大使。十年春，移鎮兩淮。此詞有「荆州」字，必作於知江陵府時。

孫按：夏箋、楊箋皆以此詞寫於淳祐九年（一二四九），與詞意、史實似有未合，此詞應寫於開慶元年（一二五九）。理由如下：

詞中「荆州昔、未來時正春瘦」，比照賈似道荆湖仕歷，春至荆州（江陵），確實只有淳祐九年。《宋史全文》卷三四：「（淳祐九年三月）癸未，以賈似道爲寶文閣學士、京湖安撫制置大使。」但「昔」字表明此爲回憶之筆。而詞中所用前線軍營及南樓諸事，皆爲武昌典。武昌宋屬鄂州，當時正屬江南軍事要塞，據《宋史·理宗本紀》：「（寶祐二年七月）己酉，詔賈似道開閫，以樞密行府爲名。」鄂州應賈似道開閫置司所在地。據《理宗本紀》記載，賈氏開慶元年、景定元年駐防地皆在鄂州：「（開慶元年）十二月己亥朔，賈似道言鄂州圍解，詔論功行賞。」「丙戌，賈似道言，自鄂趨黄，與北朝回軍相遇，諸將用命捍禦。」詞中另有問計、運籌之説，也非空泛言之。從寶祐二年至開慶元年，賈似道的職務經歷了同知樞密院事、知樞密院事、樞密使、右丞相兼樞密使的快速提升。集行政與軍事大權於一身，方可當皇帝問計、運籌帷幄之譽。

詞中「正虎落」三句表現出賈氏備戰形勢下的從容，亦與正史記載相符合。《宋史·理宗本紀》：「（開慶元年）九月壬子，賈似道表言，大元兵自黄州沙武口渡江，中外震動。」「（十一月丙申）賈似道表：大戰數合，皆有功。」「（十二月己亥）賈似道言鄂州圍解，詔論功行賞。」楊箋、夏箋以爲詞中「黄粱」三句寫賈似道京湖制置大使的職掌。然據《宋會要·職官》四十之二，安撫制置大使除刑獄、財計不預外，其餘機密、兵馬、邊防軍事、官員陞改等軍政事，都在制置之列。錢糧是由湖廣總領掌。《宋史·職官志》：「鄂州、荆南、江州諸軍錢糧，湖廣總領掌之。」據《宋史·理宗本紀》：「（開慶元年春正月）丁卯，賈似道以樞密使爲京西湖南北四川宣撫大使、都大提舉兩淮兵甲、湖廣總領、知江陵府。」錢糧正屬賈似道兼職的職掌範圍。景定元年（一二六〇）四月己亥，賈似道被詔赴闕，所以此詞應定於開慶元年爲宜。前賢考定集中《沁園春·送翁賓暘游鄂渚》寫於開慶元年，詞中有「賈傅才高，岳家軍在，好勒燕然石上文」，既可佐證賈氏開閫地在鄂州，也可據知當時夢窗正客寓蘇州。

周密《齊東野語》卷一二「賈相壽詞」條：「賈師憲當國日……每歲八月八日生辰，四方善頌者以數千計。悉俾翹館謄考，以第甲乙，一時傳誦，爲之紙貴，然皆諂詞囈語耳。」周密録有陳惟善、廖瑩中、陸景思、傒倬然、徐槖、郭居安等人祝壽詞。夢窗此詞雖爲祝壽，尚不在賈氏當國之時。

## 又

送馬林屋赴南宮，分韻得動字〔一〕

柳色春陰重〔二〕。東風力，任將雲雁高送㊀〔三〕。書檠細雨〔四〕，吟窗亂雪，井寒筆凍㊁〔五〕。家林秀橘霜老〔六〕，笑分得、蟾邊桂種〔七〕。應茂苑、斗轉蒼龍〔八〕，唯潮獻奇吴鳳㊂〔九〕。

玉眉暗隱華年㊃〔一〇〕，淩雲氣壓，千載雲夢〔一一〕。名箋澹墨〔一二〕，恩袍翠草〔一三〕，紫騮青鞚〔一四〕。飛香杏園新句，眩醉眼、春遊乍縱〔一五〕。弄喜音、鵲繞庭花〔一六〕，紅簾影動〔一七〕。

【校　議】

㊀任將：明張本、毛本、戈校本作「快將」。毛扆本快旁注「任」字。諸本皆從毛本或明張本。兹從毛扆本。

㊁井寒：毛本、戈校本、杜本、王朱本、朱二校本作「天寒」。

㊂唯潮：毛本、戈校本、杜本、王朱本、朱二校本作「淮潮」。朱二校眉批：「《燼餘録》：吴郡自景祐中范文正公建學後，文教漸盛，然狀頭之選終宋之世得三人，可謂難已。故老相傳，潮到唯亭出狀元，亦有驗有不驗。」「『唯』不作『夷』。」鄭文焯《校議補録》：「『唯潮』，用《中吴紀聞·夷亭潮汛》引諺：『潮過夷亭出狀元。』案：『夷』，《吴志》亦作『唯』，《圖經》只作『唯』。夢窗正用此吴諺以頌馬南宫之捷。馬號林屋，蓋洞庭山人。今毛本則訛作『淮潮』，失考並失作意已。」底本尾註：「鄭文焯曰：『唯潮』用『潮過唯亭』故實。《中吴紀聞》：夷亭舊無潮汐，李樂庵嘗見一道人云：『潮到夷亭出狀元。』《吴志》『唯』、『夷』通用，今吴人猶有此諺。」

㊃華年：明張本、底本、四明本作「年華」。兹從毛本、戈校本、杜本、王朱本、朱二校本、朱四校本。

【注　釋】

〔一〕送馬林屋句：楊箋：「《洞天福地記》：第九林屋洞周回四百里，名『佐神幽墟之天』，在蘇州洞庭湖中。馬以爲名。《天中記》：韋永貽《舉人試日》詩：『南宫風月畫難得。』南宫，試禮部之稱。」南宫，尚書省的别稱。尚書省象列宿之南宫。唐及以後，尚書省六部統稱南宫。又因進士考試多在禮部舉行，故又專指六部中的禮部爲南宫。

〔二〕柳色句：寫春天柳陰漸趨濃重。楊箋：「『柳』字切送行。『春』字切南宫試。」唐宋禮部試士，均在春季舉行，故又稱春闈。

〔三〕東風二句：李頻《送友人游太原》：「秋風高送雁，寒雨入停蟬。」

〔四〕書檠：范成大《次韻子永見贈建除體》：「滿炷寒釭油，共此書檠光。」

〔五〕吟窗：岑參《送楊録事充使》：「使乎仍未醉，斜月隱吟窗。」亂雪井寒，謝朓《詠竹火籠》：「庭雪亂如花，井冰粲成玉。」宋代傅幹注蘇軾《臨江仙》「冬夜夜寒冰合井」句曰：「井泉温，非盛寒則不冰，漢《五行志》：『光和間，琅琊井冰厚丈餘。』所以記異。」筆凍：《開元天寶遺事》卷四：「李白於便殿，對明皇撰詔誥，時十月大寒，凍筆莫能書字。帝敕宫嬪十人侍於李白左右，令執牙筆呵之，遂取而書其詔，其受聖眷如此。」　以上三句寫馬林屋寒窗苦讀情形。

〔六〕家林句：蘇州太湖洞庭東西山盛産橘，多待霜降方可食用。《吴郡志》卷三〇：「緑橘出洞庭東西山，比常橘特大。未霜，深緑色，臍間一點先黄，味已全，可噉，故名緑橘。……《芝田録》云：韋蘇州《寄橘詩》云：『書後欲題三百顆，洞庭須待滿林霜。』蓋《南史》有人題書尾曰『洞庭霜橘三百顆』，韋正用此事。余按王右軍帖亦云：『奉橘三百枚，霜未降不可多得。』同出於此。」橘林又用作兄弟俱用功讀書典。黄罃《山谷年譜》卷二六：「黄庭堅魯直記又有彭澤讀書巖題字，云尉石興宗諸子讀書巖中，號『橘林三少』，故予爲立巖名。興宗名振，三少謂悉、憑、悠。」下闋用馬良典，也與兄弟典義合。且切字號中的「林」字。

〔七〕蟾邊桂穉：《晉書·郤詵傳》：「武帝於東堂會送，問詵曰：『卿自以爲何如？』詵對曰：『臣舉賢良對策，爲天下第一，猶桂林之一枝，昆山之片玉。』」相傳月宫中有大桂樹，《龍城録》：「開元六年，上皇與申天師、道士鴻都客，八月望日夜，因天師作術，三人同在雲上，遊月中。過一大門，在玉光中飛浮，宫殿往來無定，寒氣逼人，露濡衣袖皆濕，頃見一大宫府，榜曰『廣寒清虚之府』。……少焉，步向前，覺翠色冷光，相射目炫，極寒不可進。下見有素娥十餘人，皆皓衣，乘白鸞，往來舞笑於廣寒大桂樹之下。」唐以來牽合兩事，遂以「蟾宫折桂」謂科舉高中。葉夢得《避暑録話》卷下：「世以登科爲折桂。此謂郤詵對策東堂，自云『桂林一枝也』。自唐以來用之，温庭筠詩云『猶喜故人新折桂，自憐羈客尚飄蓬』。其後以月中有桂，故又謂之月桂。而月中又言有蟾，故又改桂爲蟾，以登科爲登蟾宫。」

〔八〕斗轉蒼龍：蒼龍，古代二十八宿中東方七宿的總稱。《國語·周語中》：「夫辰角見而雨畢，天根見而水涸。」韋昭注：「辰角，大辰蒼龍之角。角，星名也。」《史記·天官書》：「東宫蒼龍，房、心。」兼寫時節在春。《説文解字》釋「龍」字：「春分而登天，秋分而潛淵。」

〔九〕唯潮：宋人郭象《睽車志》卷一：「平江里俗舊傳讖記云『潮過唯亭出狀元』。又云『西山石移，狀元南歸』。淳熙庚子三月二十二日，吴縣穹隆山大石自麓移立山半，石所經，草木皆壓藉，宛然行跡可驗。其秋八月十八日，夜海潮大至，過唯亭，環城而西。穹隆在城西，唯亭距城東北四十五里。明年省試，平江歲貢者盡下，唯黄由以國學解中選，未廷試皆傳黄由魁天下。已而唱名果然，由字子由，平江人。而用國學發薦，南歸之驗也。」《吴郡志》卷四四所載其事較此略詳，僅「唯亭」皆作「夷亭」，文獻中「唯」、「夷」二字皆互見。楊箋：「馬爲吴人，故有唯潮之語。」唐時新進士，宋時廷試列一甲者，稱狀元。袁枚《隨園詩話》卷二：「古稱狀元，不必殿試第一名。唐鄭谷登第後，《宿平康里》詩曰：『好是五更殘酒醒，耳邊聞喚狀元聲。』按，谷登趙昌翰榜，名次第八，非第一也。周必大有《回姚狀元穎啟》、《回第二人葉狀元適啟》。當時新進士，皆得稱狀元。」葉適登淳熙進士，爲第二名。見朱弁《曲洧舊聞》卷三。此詞中兼及專稱與泛稱。　吴鳳：用杜甫《北征》「天吴及紫鳳」字面，頌馬氏爲吴地俊傑。

〔一〇〕玉眉暗隱：《三國志·蜀志·馬良傳》：「馬良，字季常，襄陽宜城人也。兄弟五人，並有才名，鄉里爲之諺曰：『馬氏五常，白眉最良。』良眉中有白毛，故以稱之。」後因以喻兄弟或儕輩中的傑出者。以馬良典切「馬」姓。　華年：青春年華。《魏書·王叡傳》：「漸風訓於華年，服道教於弱冠。」嵇紹《贈虞顯度詩》：「疇昔協蘭芳，繾綣在華年。」

〔一一〕凌雲二句：孟浩然《望洞庭湖贈張丞相》：「氣蒸雲夢澤，波撼岳陽城。」並合用司馬相如典。《史記·司馬相如列傳》：「相如既奏《大人》之頌，天子大説，飄飄有淩雲之氣，似遊天地之間意。」雲夢，《周禮·夏官·職方氏》：「正南曰荆州，其山鎮曰衡山，其澤藪曰雲夢。」鄭玄注：「衡山在湘南，雲夢在華容。」實寓頌馬林屋的文章千載之下可與司馬相如《子虛》、《上林賦》文采氣勢相比並之意。

〔一二〕名箋澹墨：謂金榜題名。曾慥《類説》卷一五「貢院榜」條：「右諭及貢院，字用淡墨氈筆書。李紳侍郎將放舉人，命吏書榜，未及填『右諭貢院』字，吏暴卒，令史王昶善書，被酒染筆，不能加墨，一榜之内，濃淡相間，反致其妍，遂成故事。」《唐摭言》卷一五：「進士榜頭豎黏黄紙四張，以氈筆淡墨袞轉，書曰『禮部貢院』四字。」李昴英《送梁上舍必得大學解試》：「澹墨題金榜，英聲起璧流。」

〔一三〕恩袍翠草：宋制，新進士及第皇帝皆賜緑袍。《太平治跡統類》卷二七：「得河南吕蒙正、王相、李至、張宏、張齊賢、王化基、王沔、温仲舒一百九十人，並賜及第，餘並賜出身凡五百人，皆先賜緑袍靴笏，賜宴開寶寺，上自爲詩一章賜之。」《能改齋漫録》卷一四：「仁宗賜進士及第詩云：『恩袍草色動，仙籍桂香浮。』」《夢粱録》卷三：「伺候上御文德殿臨軒唱名，進呈三魁試卷，天顔親睹三魁，排定姓名資次，然後宣唤三魁姓名，其三魁聽快行宣唤數次，方敢應名而出，扣問三代鄉貫年甲同，方請入狀元侍班處，更换所賜緑靴簡。」

〔一四〕紫騮青鞚：暗用孟郊《登科後》詩，謂春風得意，縱馬看花。紫騮，古駿馬名。《南史・羊侃傳》：「帝因賜侃河南國紫騮，令試之。侃執稍上馬，左右擊刺，特盡其妙。」青鞚，猶言青絲鞚。梁元帝《紫騮馬》：「宛轉青絲鞚，照耀珊瑚鞭。」

〔一五〕飛香三句：此寫新進士賜宴事。《佩文齋廣群芳譜》卷二五引《摭言》曰：「唐進士杏花園初會，謂之探花宴。擇少俊二人爲探花使，遍遊名園，若他人先折得花，二人皆受罰。」探花後成爲廷試一甲中第三名的專稱。《夢粱録》卷三：「第一名狀元及第，第二名榜眼，第三名探花。其狀元官授承事郎，職除上郡簽判；榜眼授承奉郎，探花授承務郎，職注中郡或下郡簽判。或無見闕，則節推察推之職。三魁進詩謝恩，上賜御筵，賜詩與狀元。」戴埴《鼠璞》卷上「探花郎」條記載了宋代探花使從少俊到鼎魁的變遷：「《摭言》載唐進士賜燕曲江，置團司，年最少爲探花郎。本朝胡旦榜馮拯爲探花，太宗賜詩曰：『二三千客裏成事，七十四人中少年。』《蔡寬夫詩話》亦言期集擇少年爲探花，是杏園賞花之會。使少年者探之，本非貴重之稱，今以稱鼎魁，不知何義。《東軒筆録》謂期集選年少三人爲探花，使賦詩。熙寧余中爲狀元，乞罷宴席探花，以厚風俗，從之。恐因此訛爲第三人。」醉眼，庾信《夜聽擣衣詩》：「花鬟醉眼纈，龍子細文紅。」此處祝馬氏高中一甲並兼及尚在少俊之意。

〔一六〕弄喜音二句：《開元天寶遺事》卷四：「時人之家，聞鵲聲者，皆爲喜兆。故謂『靈鵲報喜』。」

〔一七〕紅簾影動：《夢粱録》卷三：「兩狀元差委同年進士充本局職事官，措置題名登科録。帥司差撥六局人員，安撫司關借銀器等物，差撥妓樂，就豐豫樓開『鹿鳴宴』，同拜人俱赴，團拜於樓下，文武狀元注授畢，各歸鄉里。本州則立狀元坊額牌，所居之側，以爲榮耀。州縣亦皆迎迓，設宴慶賀。」周密《齊東野語》卷一六「省、狀元同郡」條亦可互證：「掄魁、省元同郡，自昔以爲盛事。……淳祐甲辰，省元徐霖、狀元留夢炎，皆三衢人。一時士林歆羡，以爲希闊之事。時外舅楊彦瞻以工部郎守衢，遂大書『狀元坊』以表其閭，既以爲未足，則又揭『雙元坊』以誇大之，鄉曲以爲至榮。二公不欲其成，各以書爲謝，且辭焉。彥瞻答之，略云：『嘗聞前輩之言曰：吾鄉昔有及第奉常而歸，旗者、鼓者、饋者、迓者、往來而觀者，闐路駢陌如堵牆。既而閭門賀焉，宗族賀焉，姻者、友者、客者交駕焉。……』」以上三句預想馬氏南宮奏捷，鄉里同慶。以及內眷早知喜兆，州縣迎迓時，掀簾而望的情形。後文《絳都春·爲郭清華內子壽》中「仙郎驕馬瓊林宴。待卷上、珠簾教看」，情景與此相仿佛。

**【考辨】**

楊箋：此詞在蘇作。

## 又㊀

萬里關河眼〔一〕。愁凝處，渺渺殘照紅斂㊁〔二〕。天低遠樹〔三〕，潮分斷港㊂〔四〕，路回淮甸〔五〕。吟鞭又指孤店〔六〕。對玉露金風送晚〔七〕。恨自古、才子佳人㊃，此景此情多感㊄〔八〕。

吳王故苑〔九〕。別來良朋雅集〔一〇〕，空歎蓬轉〔一一〕。揮毫記燭㊅〔一二〕，飛觴趕月㊆〔一三〕，夢消香斷〔一四〕。區區去程何限㊇〔一五〕。倩片紙、丁寧過雁〔一六〕。寄相思〔一七〕，寒雨燈窗〔一八〕，芙蓉舊院〔一九〕。

【校議】

㈠明張本、毛本、《歷代詩餘》、戈校本、杜本、王朱本有詞題「秋感」。底本等删。《詞譜》：「又一體。雙調一百二字，前後段各十句，六仄韻。」杜校：「較前二闋（孫按：指詠連理海棠和壽榮王夫人二詞）多叶三韻，《詞譜》列爲又一體。」

㈡夏敬觀評語：「『歛』、『店』、『感』係『覃』、『感』韻，與『元』、『阮』韻同押。」

㈢斷港：毛本作「斷巷」。鄭校：「以形近訛。」

㈣才子佳人：《詞譜》作「佳人才子」。

㈤此景此情：朱二校：「陳蒙按是句第四字夢窗間用平，第二字諸家無作仄者。疑是『此情此景』。」

㈥記燭：《詞譜》、《歷代詩餘》、杜本作「刻燭」。

㈦趕月：明張本、毛本作「趕月」。《歷代詩餘》、《詞譜》、杜本、朱二校本作「趁月」。王校徑改作「趕」。餘本從之。孫按：「趕」，應是「趕」的手寫異體。

㈧去程：毛本、《歷代詩餘》、《詞譜》、戈校本、杜本、王朱本、朱二校本作「去情」。何限：明張本作「何恨」。

## 【注釋】

〔一〕萬里句：陶淵明《擬古詩九首》（之一）：「出門萬里客，中道逢嘉友。」杜甫《春日江村五首》（之一）：「乾坤萬里眼，時序百年心。」關河，《史記·蘇秦列傳》：「（蘇秦）説惠王曰：『秦四塞之國，被山帶渭，東有關河，西有漢中。南有巴蜀，北有代馬，此天府也。以秦士民之衆，兵法之教，可以吞天下，稱帝而治。』」《正義》：「東有黄河，有函谷、蒲津、龍門、合河等關。」此代指南宋已經接近邊關的淮河一帶。

〔二〕渺渺句：寓李白《送友人》詩意：「浮雲遊子意，落日故人情。」以上三句兼用柳永《八聲甘州》詞意：「漸霜風凄慘，關河冷落，殘照當樓。」

〔三〕天低遠樹：孟浩然《宿建德江》：「野曠天低樹，江清月近人。」謝朓《游東田》：「遠樹曖阡阡，生煙紛漠漠。」

〔四〕斷港：與其他水流不相通的港汊。韓愈《送王秀才序》：「道於楊、墨、老、莊、佛之學，而欲之聖人之道，猶航斷港絶潢以望至於海也。」

〔五〕淮甸：淮河流域。鮑照《潯陽還都道中詩》：「登艫眺淮甸，掩泣望荆流。」

〔六〕吟鞭：牟融《春遊》：「笑拂吟鞭邀好興，醉欹烏帽逞雄談。」

〔七〕玉露金風：謝朓《泛水曲》：「玉露沾翠葉，金風鳴素枝。」李商隱《辛未七夕》：「由來碧落銀河畔，可要金風玉露時。」

〔八〕恨自古三句：《太平廣記》卷三四四引唐李隱《瀟湘録·呼延冀》：「妾既與君匹偶，諸鄰皆謂之才子佳人。」以上四句兼用柳永《雨霖鈴》詞意：「多情自古傷離別。更那堪、冷落清秋節。」

〔九〕吴王故苑：代指蘇州。

〔一〇〕良朋：《詩·小雅·常棣》：「每有良朋，況也永歎。」也特指名聲相當的文友。李商隱《漫成五章》（之一）：「沈宋裁辭矜變律，王楊落筆得良朋。」雅集：孔武仲《次韻李至之席上作》：「雁回燕塞鄉書少，雪滿梁園雅集多。」

〔一一〕蓬轉：語出曹植《雜詩七首》（之二）：「轉蓬離本根，飄颻隨長風。何意回飆舉，吹我入雲中。」潘岳《西征賦》：「陋吾人之拘攣，飄萍浮而蓬轉。」

〔一二〕揮毫：杜甫《飲中八仙歌》：「張旭三杯草聖傳，脱帽露頂王公前，揮毫落紙如雲煙。」記燭：《南史·王僧孺傳》：「竟陵王子良嘗夜集學士，刻燭爲詩，四韻者則刻一寸，以此爲率。文琰曰：『頓燒一寸燭，而成四韻詩，何難之有。』」

〔一三〕飛觴：《文選·左思〈吴都賦〉》：「里燕巷飲，飛觴舉白。」劉良注：「行觴疾如飛也。」趕月：語出宋太祖《日詩》：「須臾走向天上來，逐卻殘星趕卻月。」此謂夜晚行樂，時光飛逝。

〔一四〕夢消香斷：暗用淳于髡典，詳見《瑞鶴仙·餞郎糾曹之嚴陵》注〔三〕。

〔一五〕區區：真情摯意。爲下句「倩片紙」的修飾語。《古詩十九首》：「一心抱區區，懼君不識察。」去程何限：張祜《玉環琵琶》：「宫樓一曲琵琶聲，滿眼雲山是去程。」

〔一六〕倩片紙二句：李流謙《予客三池王正卿以四絶見寄次其韻》：「若向紫巖樓上過，爲傳片紙報平安。」干寶《進〈搜神記〉表》：「片紙殘行，事事各異。」丁寧，《詩・小雅・采薇》：「曰歸曰歸，歲亦莫止。」鄭玄箋：「丁寧歸期，定其心也。」杜甫《贈王二十四侍御契四十韻》：「書成無過雁，衣故有懸鶉。」

〔一七〕寄相思：梁簡文帝《金閨思二首》（之二）：「南風送歸雁，聊以寄相思。」

〔一八〕寒雨燈窗：化用李商隱《夜雨寄北》詩意：「君問歸期未有期，巴山夜雨漲秋池。何當共剪西窗燭，卻話巴山夜雨時。」

〔一九〕芙蓉舊院：芙蓉，也稱蓮花。暗用「蓮幕」典。《南史・庾杲之傳》：「（王儉）用杲之爲衛將軍長史。安陸侯蕭緬與儉書曰：『盛府元僚，實難其選。庾景行泛渌水，依芙蓉，何其麗也。』時人以入儉府爲蓮花池，故緬書美之。」衛將軍是南朝三公級別的官職，故此典未可泛泛言之。戴埴《鼠璞》卷上：「按齊衛將軍實預朝政，猶漢三公開府，豈泛常僚屬可比用之。樞宰掾則其類也，不然則用於諸戎之幹官卻無害。」　以上五句回憶在杭京袁韶幕中的淮域之行，袁韶曾任參知政事、同知樞密院事，入其幕中，正可稱「樞宰椽」，用此典爲切合。夢窗約於嘉定十三年（一二二〇）至紹定四年（一二三一）在杭幕，紹定四年（一二三一）至淳祐四年（一二四四）則在蘇州倉幕，此爲蘇幕行役，故稱袁氏幕爲「芙蓉舊院」。與此次途中抒發朋侶之情不同，當時途中寄書表達的是愛情相思。

【集　評】

夏敬觀評語：《宴清都》六闋，只此差可誦。其列五闋，真所謂不成片段者。「趕」字雖新，未免觸眼，蓋未經煉熟也，以比前《慶春宫》之「追」字生熟不同。

楊箋（「恨自古」三句）：彊師曰：「此二句漂滑，不類夢窗手筆。」鐵夫按，夢窗原意因欲將筆揚開，從旁歇拍，遂不覺語帶率直。

【考　辨】

楊箋：此詞殆由蘇州出差到淮安，在客途中，寄幕中同僚之作，與《澡蘭香·重午》詞同時。「吴王故苑」、「别來」句，足證自蘇州出發也。

孫按：此詞確實是夢窗由蘇州倉幕行役至淮安途中的作品。然詞謂「天低遠樹，潮分斷港，路回淮甸。吟鞭又指孤店」，可知爲重游淮安之作，詞寫於行役途中。《澡蘭香》詞題雖爲「淮安重午」，其實是詞人身在蘇州回憶年青時淮安端午之情事，並非寫於行役淮安途中。故兩詞非寫於一時。但此詞與《澡蘭香》皆表明夢窗此前即年青時曾游淮域，此詞指向淮地而未稱「淮安」，可知寫於紹定四年（一二三一）入蘇幕後，端平元年（一二三四）未置淮安州前。詳後《荔枝香近·送人游南徐》【考辨】。

中國古典文學基本叢書

# 夢窗詞集校箋

第二册

〔宋〕吴文英 撰
孫 虹
譚學純 校箋

中華書局

# 齊天樂　黃鐘宮　俗名正宮

與馮深居登禹陵㊀〔一〕

三千年事殘鴉外〔二〕，無言倦憑秋樹。逝水移川〔三〕，高陵變谷〔四〕，那識當時神禹㊁〔五〕。幽雲怪雨。翠萍濕空梁㊂，夜深飛去〔六〕。雁起青天，數行書似舊藏處〔七〕。寂寥西窗久坐㊃，故人慳會遇，同剪燈語〔八〕。積蘚殘碑㊄〔九〕，零圭斷璧㊅〔一〇〕，重拂人間塵土。霜紅罷舞。漫山色青青〔一一〕，霧朝煙暮。岸鎖春船，畫旗喧賽鼓㊆〔一二〕。

【校議】

㊀ 明張本詞題作「禹陵」。《歷代詩餘》詞題作「登禹陵」。

㊁ 那識：毛本作「郍識」。「郍」，同「那」。當時：《歷代詩餘》作「當年」。

㊂ 翠萍：《詞綜》作「恨萍」。

㊃ 久坐：毛本、《詞綜》、《歷代詩餘》、戈校本、杜本、王朱本、朱二校本、四明本作「坐久」。

㈤ 積蘚：毛本、《詞綜》、《歷代詩餘》、戈校本、杜本、王朱本、朱二校本、四明本作「敗蘚」。

㈥ 斷壁：明張本作「斷壁」。

㈦ 畫旗句：毛本作「畫旗賽鼓」，未空格。毛扆本：「『賽鼓』上脱一字。」王朱本、朱二校本作「畫旗□賽鼓」。《詞綜》作「畫旗翻賽鼓」。戈校本：「失一『翻』字。」《歷代詩餘》作「畫旗飄賽鼓」。杜本據《詞彙》補「喧」字。明張本正同。

## 【注釋】

〔一〕馮深居：即馮去非，字可遷，號深居。　禹陵：《會稽志》卷六：「大禹陵。禹巡守江南，上苗山。會計諸侯，死而葬焉，猶舜陟方而死，遂葬蒼梧。聖人所以送終事最簡易，非若漢世人主豫自起陵也。劉向書云：禹葬會稽，不改其列。謂不改林木百物之列也。苗山自禹葬後更名會稽。是山之東有隴，隱若劍脊，西向而下，下有窆石。或云此正葬處。疑未敢信，然《檀弓》注：天子六綍四碑所以下棺。則窆石者，固碑之制度。至其數不同，或由繁簡異宜，或世代悠遠，所存止此，皆不可知也。窆石之左，是爲禹廟，背湖而南向。然則古之宮廟固有依丘隴而立者。按《皇覽》：禹塚在會稽山，自先秦古書，帝王墓皆不稱陵，而陵之名實自漢始。舊經云，禹陵在會稽縣南一十二里。」「禹廟在縣東南一十二里，《越絶書》云：少康立祠於禹陵所。梁時修廟，唯欠一梁。俄風雨大至，湖中得一木，取以爲梁，即梅梁也。夜或大雷雨，梁輒失去，比復歸，水草被其上。人以爲神，縻以大鐵繩，然猶時一失之。政和四年，敕即廟爲道士觀，賜額曰『告成』。禹陵舊在廟旁，今不知所在。獨有當時窆石，尚存高丈許，狀如稱權。……又有明遠閣、懷勤亭。懷勤，取建炎御制詩『登臺望稽嶺，懷哉夏禹勤』之句。」

〔二〕三千年事：楊箋：「由禹至南宋，約三千四百年。」　殘鴉外：寫昏鴉歸巢，背帶夕陽。王十朋《會稽風俗賦》：「鷗浮鵜浴，鴉寒鳦瘦。」周世則注：「越多寒鴉。秦少游詞『寒鴉萬點』。黄岩叟詞『寒鴉如豆』。」

〔三〕逝水移川：古代文獻中對夏禹治水的功績多有記載。《詩·大雅·文王有聲》：「豐水東注，維禹之績。」鄭玄箋：「禹治之，使入渭東注於河，禹之功也。」《書·夏書·禹貢》：「（冀州）大陸既作，島夷皮服，夾右碣石入於河。」「濟、河惟兗州：九河既道，雷夏既澤……浮於濟、漯，達於河。」「導岍及岐……太行、恒山至於碣石入於海。」「導河、積石……東過洛汭，至於大伾；北過降水，至於大陸；又北，播爲九河，同爲逆河，入於海。」

〔四〕高陵變谷：語出《詩·小雅·十月之交》：「高岸爲谷，深谷爲陵。」

〔五〕神禹：《書·虞書·大禹謨》：「帝德廣運，乃聖乃神。」　以上三句謂大自然的變化模糊了大禹治水時的山川水道。

〔六〕幽雲三句：關於禹廟梅梁傳説，除前引《會稽志》外，《四明它山水利備覽》卷上也有相關記載：「《鄞志》謂梅子真舊隱大梅山。梅木其上爲會稽禹祠之梁，其下在它山堰，亦謂之梅梁。禹祠之梁，張僧繇圖龍於其上，風雨夜或飛入鑑湖與龍鬭，人見梁上水淋漓而萍藻滿焉，始駭異之。」楊箋以爲「梅梁」之「梅」字乃「枏」之誤，用「梅」字是詞章家「例用奇豔」。詳見《瑣窗寒·玉蘭》注〔五〕。幽雲，《楚辭·九懷·危俊》：「顧列孛兮縹縹，觀幽雲兮陳浮。」怪雨，韓愈《南海神廟碑》：「盲風怪雨，發作無節，人蒙其害。」

〔七〕雁起二句：大禹得書或藏書之處，宋代有兩説，一爲會稽宛委山，一爲會稽山麓禹穴。《會稽志》卷九：「宛委山在縣東南一十五里。舊經云：山上有石簣，壁立干雲。升者累梯而至。《十道志》：石匱山，一名宛委，一名玉笥。有懸崖之險，亦名天柱山。昔禹治水，歌功未成，乃齋於此，得金簡玉字，因知山河體勢。……《太平御覽》云：會稽石匱山上有金簡玉字之書，夏禹發之，得百川之理。……舊經引《遁甲開山圖》云：禹治水，至會稽宿衡嶺，宛委之神奏玉匱書十二卷。禹開宛委山，得赤珪如日，碧珪如月，各長一尺二寸。《吴越春秋》引《黄帝中經》云：東南天柱曰宛委，赤帝在闕，其巖之巔，承以文玉，覆以磐石。其書金簡玉字，編以白銀，皆瑑其文。及禹巡衡岳，血白馬而祭之，夢見赤繡衣男子，自稱玄夷使者，聞帝使命於斯，故來候之，倚歌覆釜之山。顧謂禹曰：欲得我神書者，齋於黄帝皇岳之下。三月庚子，登宛委山，發金簡之書。案金簡玉字，得通治水之理。上説不經，姑録之。」《耆舊續聞》卷四：「（禹穴）其一去禹廟十餘里，名曰陽明洞天，即稽山之麓，有石徑丈餘，中裂爲一罅，闊不盈尺，相傳指此爲禹穴。《圖經》云：禹治水，投玉簡於此穴中。未知孰是。公云：『禹穴』二字，出司馬遷書，雖其事不經，必是秦漢以來相傳如此。」

〔八〕寂寥三句：周邦彦《瑣窗寒》：「灑空階、夜闌未休，故人剪燭西窗語。」並化用李商隱《夜雨寄北》詩意。寂寥，是對禹跡渺茫的感歎。

〔九〕殘碑：指禹陵上的窆石。《會稽志》卷一一：「窆石在禹祠，舊經云：禹葬於會稽山，取此石爲窆，後人覆以亭屋，有古隸不可讀。宣和中楊時有題名。秦少游《禹廟》詩云：一代衣冠埋窆石，千年風雨鎖梅梁。」又，卷一六：「禹廟窆石遺字，直寶文閣王順伯復齋《金石録》定爲漢刻。」朱彝尊《會稽山禹廟窆石題字跋》：「古之葬者下棺用窆，蓋在用碑之前，碑有銘而窆無銘，驗其文乃東漢遺字，趙氏《金石録》目曰窆石銘，誤也。」楊箋：「《金石萃編》：《圖經》云，禹葬會稽，取石爲窆石，石本無字，高五尺，形如稱錘，蓋禹葬時下棺之豐碑。」　意入「重拂」句，陳起《游禹廟》：「拂石尋遺字，苔荒大業碑。」亦可與林景熙《禹廟》參看：「年年送春事，來拂蘚碑看。」

〔一〇〕零圭斷璧：《會稽續志》卷三：「（禹廟）有古珪璧、佩環藏於廟。初，紹興二十七年，祠之前一日忽光焰閃爍，人即其處斸之得焉。」又，卷七：「越州禹廟有元圭匱藏之，色黑如黳，徑五寸，厚寸餘，肉好相倍，上下有邸，州將常封鑰。」《史記·夏本紀》：「或言禹會諸侯江南，計功而崩，因葬焉。命曰會稽。會稽者，會計也。」會稽是大禹朝會萬國所在地，應以圭璧行盛禮。

〔一一〕霜紅二句：霜紅，特指木芙蓉。《本草綱目》卷三六：「（木芙蓉）花豔如荷花，故有芙蓉、木蓮之名，八九月始開，故名拒霜。」黄庭堅《南安試院無酒飲周道輔自贛上攜一榼時時對酌惟恐盡試畢僕夫言尚有餘樽木芙蓉盛開戲呈道輔》：「霜花留得紅妝面，酌盡齋中竹葉瓶。」石延年《木芙蓉》：「群芳坐衰歇，聊自舞秋風。」宋守汪綱在鑑湖十里長堤遍植此花。見《會稽志》卷三。

〔三〕岸鎖二句：宋代屢次修繕大禹陵廟。《萬曆紹興府志》卷二〇：「乾德四年，詔吴越立禹廟於會稽，置守陵五户，長吏春秋奉祀。紹興元年，詔祀禹於越州。紹熙二年十月，修大禹陵廟。」喧，謂坎坎鼓聲喧天。賽鼓，楊箋：「『賽』，《説文》：報也。《周禮》注：祭謂報塞。『塞』即『賽』。陸游詩：『到家更約西鄰女，明日河橋看賽神。』賽鼓，賽神時打鼓聲。清真詞：『卧聽江頭，畫船喧疊鼓。』（孫按：此爲楊無咎《齊天樂》詞）」劉永濟《微睇室説詞》：「按此詞上言『秋樹』，言『霜紅』，結言『春船』，似與時令不合，疑『春』字誤。『春』或『遊』字，言遊船皆棲於岸邊以觀賽會也。」劉氏偶誤。此設想明年春季祭祀夏禹時的民間紀念活動，可與陸游寫紹興風俗詩參看。《次韻范參政書懷十首》（之五）：「春寒還似暮冬天，敗絮重披有虱緣。……年少從渠笑衰懶，相呼禹廟看龍船。」又，《稽山行》：「禹廟争奉牲，蘭亭共流觴。空巷看競渡，倒社觀戲場。」

## 【集評】

陳廷焯《大雅集》卷三：憑弔蒼茫，感慨無限。　結點禹陵。

《雲韶集》卷八：憑弔中純是一片感歎，我知先生胸中應有多少憂時眼淚。

鄭氏手批：萬古精靈，空蕩幽默，懷古之作，至此乃神。

劉永濟《微睇室説詞》：此詞起二句非常壯闊而又蒼涼，與題相稱。「三千年事」中有神禹神功在；而以「殘鴉外」三字接之，「三千年事」便有茫茫杳杳之想。下句説登陵而用「無言倦憑」四字，則懷古之情，含蓄已深。至「逝水」三句，言世易時移，陵遷谷變，當時神禹，更無從認識，則感慨古今之意尤爲蒼涼，神禹既不可識，則惟有憑弔神禹之遺跡而已。於是下文即寫禹廟、禹穴、禹碑，皆遺跡也。寫梅梁而先用「幽雲怪雨」四字領引，可見飛梁之事不出神怪傳説。「雁起」二句寫禹穴。古傳大禹治水時投玉簡於會稽山穴中，世號禹穴。寫禹穴玉簡而用「雁起」引起，言玉簡不可見，但仰觀雁字數行，仿佛禹書也。詞意皆空靈，不作死語，而憑弔蒼茫之意愈顯。換頭從與馮同登另起。「積蘚」三句寫禹碑。「同剪燈語」暗用李商隱「何時共剪西窗燭」詩意，言與馮摩挲禹碑，兼叙别情也。「霜紅」三句寫登時景物，亦詞中應有之義。「岸鎖」二句寫歸途所見。「畫旗賽鼓」當係那日恰遇賽會，故以作結。

楊箋：（「霜紅」三句）挺接一景句，最有精神，全局爲之振起。禹陵風景不寫在上片，而寫在下片臨收處，亦是倒裝法。

吴熊和《隱辭幽思、詞風密麗的吴文英》：這首詞不談大禹的功績，也不涉及大禹的評價。全篇貫穿著憑弔禹陵所産生的荒遠深沈的歷史悵觸。首句以景寓史，自具神理。它用「三千年事」極爲簡略卻又包舉無窮的四個字，帶過了「逝水移川，高陵變谷」的人世滄桑巨變，並以秋日殘鴉點綴禹陵的古老歷史背景和今日荒蕪景象。「當時神禹」遍歷九州、風雨胼胝、疏鑿山川的豐功偉績，竟然一無可見，透露出「千秋萬歲，終歸寂寞」的歷史内涵。吴文英的這種感喟，令人想起陳子昂《登幽州臺歌》中發出的「前不見古人」的唱歎，同樣帶有從歷史長河中所體察到的悲涼意味。「無言倦憑秋樹」。也並非真無可言。從禹陵、殘鴉和倦憑秋樹這三者構成的畫面和色調上，包含著今昔、盛衰及物我的諸多對比，涵義深廣，「盡在不言中」。在山色常青和朝暮煙靄之餘，偶然打破禹陵之終古寂寞的，就是每年民間習俗的春秋社祭。詞末以「岸鎖春船，畫旗喧賽鼓」作結，爲全篇的淒清荒寒氣氛補充些聲色，這或許是上古神禹從後世的人們那裏得到的唯一紀念與安慰了。

【考　辨】

朱箋：《宋史》列傳：馮去非，字可遷，南康都昌人。淳祐元年進士。幹辦淮東轉運司。寶祐年，召爲宗學諭。《〈絶妙好詞〉箋》：馮去非，號深居。按，長沙釋道璨有《哭馮深居常簿》詩，是深居又官太常也。

吴熊和《夢窗詞補箋》：《齊天樂》與馮深居登禹陵。馮去非，號深居，《宋史》卷四二五有傳。釋文珦《潛山集》卷七《馮深居宰會稽》詩：「詔辟稽山縣，清風在一琴。那知致君術，不是字民心。官舍桐陰合，圜扉草色深。退衙人吏散，應共野僧吟。」吴文英與馮去非同登禹陵，當爲馮去非宰會稽時，其辛會稽年月待考。又《潛山集》卷三有詩題「馮深居長余二十三歲趙東閣長余二十二歲周汶陽長余一十七歲皆折行輩與余交淳祐辛丑（元年，一二四一）同訪余於竺山有會宿詩距咸淳乙丑（元年，一二六五）已二十五年矣痛先覺之凋零感吾生之既老因成十韻以寄死生之情」。考文珦生於嘉定四年（一二一一），上推二十三年，馮去非當生於淳熙十六年（一一八九），比吳文英年長，其卒則在咸淳元年之前。《潛山集》卷一二有《馮深居挽詞》：「親傳厚齋業，優得考亭宗。」蓋馮去非受業於王應麟而論學以朱熹爲宗。

孫按：《〈絶妙好詞〉箋》：馮去非，字可遷，號深居。都昌人。淳祐元年進士。幹辦淮東轉運司，寶祐四年召爲宗學諭。

方回《桐江集》卷四《跋馮深居詩》：馮去非，字可遷。南康軍人。號深居。父子兄弟一時知名，皆登科。去非嘗爲宗學諭，斥高巾大袖，而身肥短，詩峭健。晚頗深晦。入金陵幕，日事詩酒，費用不計算。乏則又求於士大夫，人不敢不餽。餽至，凡縑帛物玩，立令諸妾分之；錢以贖典，既而又乏又典，俗士或笑侮之不恤也。馬裕齋光祖，清溪祠先賢，去非爲贊，皆可觀。年八十餘，卒。今亦無復斯人矣。

《江西通志》卷九一引《人物志》：「（馮）椅，字奇之，都昌人。受業朱子。紹熙進士，仕至江西運幹。家居授徒。所著《易》、《詩》、《書》、《語》、《孟》、《太極圖》、《西銘輯説》、《孝經章句》、《喪禮》、《小學》、《孔門弟子傳》、《讀史記》及《詩文志録》合二百餘卷，配饗於學。子四人。去非，仕至諫議大夫。去辨，仕至侍郎。去弱，知寧國府。去疾，直徽猷閣。」《四庫全書〈厚齋易學〉提要》曰：「宋馮椅撰。椅字儀之，一作奇之，號厚齋。」則釋文珦詩中「厚齋」指其父馮椅，謂馮去非深得家傳朱熹解經之學。據上引吴考，知馮氏生於淳熙十六年（一一八九），而王應麟生於嘉定十六年（一二二三），少於馮氏三十四歲，不可能作爲師從對象。馮氏有《易象通義》、《洪範補傳》諸書，確承家學。《桐江集》謂其享年八十餘，則馮氏卒於一二七〇年即咸淳六年之後；若據釋文珦詩，馮氏卒於咸淳元年（一二六五）之前，則得年七十七。釋道璨《哭馮深居常簿》：「只知衣可典，不厭客來多。文富家安有，名高實若何。」與前引《桐江集》所載之事皆相合。常簿，太常寺主簿的簡稱，從八品。職掌見《瑞鶴仙・癸卯歲壽方蕙巖寺簿》【考辨】。應爲馮氏考取進士之後的初官。又，諫議大夫，門下省左諫議大夫、中書省右諫議大夫的通稱。官從四品。

此詞與後文《燭影摇紅・餞馮深居》寫於夢窗入紹興知府史宅之幕中時。其間夢窗與馮氏共登禹陵，並共遊府治西園。二詞皆寫於深秋，限於史氏任年，僅能寫於淳祐五年（一二四五）。詳見《燭影摇紅》【考辨】。

# 又

白酒自酌有感㊀〔一〕

芙蓉心上三更露㊁〔二〕，茸香漱泉玉井㊂〔三〕。自洗銀舟〔四〕，徐開素酌〔五〕，月落空杯無影㊃〔六〕。庭陰未暝。度一曲新蟬，韻秋堪聽〔七〕。瘦骨侵冰，怕驚紋簟夜深冷〔八〕。

當時湖上載酒〔九〕，翠雲開處共〔一〇〕，雪面波鏡〔一一〕。萬感瓊漿㊄，千莖鬢雪，煙鎖藍橋花徑〔一二〕。留連暮景〔一三〕。但偷覓孤歡㊅，强寬秋興〔一四〕。醉倚修篁〔一五〕，晚風吹半醒〔一六〕。

【校　議】

㊀毛本、《歷代詩餘》、戈校本、戈選、杜本、王朱本、朱二校本、四明本詞題作「飲白醪感少年事」。

㊁芙蓉：毛本、戈校本作「芙容」。芙容，夫蓉，夫容，皆同「芙蓉」。下同不出校。

㊂漱泉玉井：明張本作「嫩泉玉井」。

㊃空杯：明張本、鄭校作「空林」。《詞旨》作「杯空」。

㈤萬感：《歷代詩餘》、《詞譜》作「百感」。
㈥偷覓：毛本、戈校本、王朱本、朱二校本、作「□覓」。《歷代詩餘》、《詞譜》、戈選、杜本作「閑覓」。戈校本：「擬『愁』字。」

【注釋】

〔一〕白酒：此指白醪。家釀濁酒，入糯飯爲泛。白居易《代書詩一百韻寄微之》：「白醪充夜酌，紅粟備晨炊。」制法見《齊民要術》卷七。
〔二〕芙蓉句：芙蓉，既實指荷花，也指花狀酒杯。庾信《詠畫屏風詩二十五首》（之二十五）：「竟日会春臺，芙蓉承酒杯。」又，《和宇文京兆游田詩》：「美酒餘杭醉，芙蓉即奉杯。」王維《茱萸沜》：「山中儻留客，置此芙蓉杯。」芙蓉露，荷露。李流謙《書事》：「晚杯荷露重，午枕竹風涼。」蔡槃《次倪梅村見寄韻》：「共斟荷露吟終日，坐挹松風喜近秋。」
〔三〕茸：細碎。《東京夢華録》卷八：「紫蘇、菖蒲、木瓜，並皆茸切，以香藥相和，用梅紅匣子盛裹。」此指發酵後酒面上作爲「泛」的糯米飯粒。梅堯臣《依韻和希深雨後見過小池》：「白醪聊泛蟻，黄菊未開花。」漱泉：爲「漱酒」，即飲酒之意。　玉井：太華山玉井爲千葉蓮花的生長之處，拍合首句。
〔四〕銀舟：猶言「玉舟」、「瓊舟」。代指酒杯。蘇軾《次韻趙景貺督兩歐陽詩破陳酒戒》：「明當罰二子，已洗兩玉舟。」又，《玉盤盂》（之二）：「但持白酒勸佳客，直待瓊舟覆玉彝。」《説郛》卷九四（下）：「酒船以金銀爲之，内藏風帆十副。酒滿一分，則一帆舉，飲乾一分，則一帆落。真鬼工也。」杜甫《雜曲歌辭·少年行三首》（之二）：「傾銀注玉驚人眼，共醉終同卧竹根。」《九家集注杜詩》趙彦材注曰：「銀、玉皆盛酒之器。……銀、玉，貴富家之物，所以指言。」

〔五〕素酌：犹言「素飲」。韓琦《九月四日會安正堂》：「且誦好詩成素飲，更先諸客對黄花。」

〔六〕月落句：李白《把酒問月》：「唯願當歌對酒時，月光長照金樽裏。」蘇軾《月夜與客飲杏花下》：「洞簫聲斷月明中，惟憂月落酒杯空。」周邦彦《鎖陽臺》：「坐看人間如掌，山河影、倒入瓊杯。」此寫未飲酒時，擔心將要出現的月落杯空、情懷轉爲深愁的情形。

〔七〕度一曲二句：與集中《鶯啼序·荷》數句意同：「殘蟬度曲，唱徹西園，也感紅怨翠。」度，按譜（歌唱）。新蟬一曲，白居易《立秋日曲江憶元九》：「故人千萬里，新蟬三兩聲。」李珣《酒泉子》：「翠疊畫屏山隱隱，冷鋪文簟水潾潾，斷魂何處一蟬新。」韻秋，猶言「秋韻」。庾信《詠畫屏風詩二十五首》（之十一）：「急節迎秋韻，新聲入手調。」

〔八〕瘦骨二句：李商隱《李夫人歌》：「不知瘦骨類冰井，更許夜簾通曉霜。」梁簡文帝《詠内人晝眠詩》：「簟文生玉腕，香汗浸紅紗。」文，同「紋」。李商隱《石城》：「簟冰將飄枕，簾烘不隱鉤。」史達祖《玲瓏四犯·京口寄所思》：「簟紋獨浸芙蓉影，想凄凄、欠郎偎抱。」謂瘦骨畏寒，涼簟冷澈，預爲酌酒温暖身體。

〔九〕當時句：杜牧《遣懷》：「落魄江湖載酒行，楚腰腸斷掌中輕。」

〔一〇〕翠雲：本喻仙雲，此喻荷葉。取意楊萬里《曉出淨慈送林子方二首》（之二）：「接天蓮葉無窮碧，映日荷花別樣紅。」

〔一一〕雪面句：杜公瞻《詠同心芙蓉詩》：「色奪歌人臉，香亂舞衣風。」楊炎《贈元載歌妓》：「雪面淡眉天上女，鳳簫鸞翅欲飛去。」與《惜紅衣·余從姜石帚遊苕霅間三十五年矣》中「雪面波光，汀蓮沁顏色」意思相同。

〔一二〕萬感三句：此用藍橋驛典。《太平廣記》卷五〇引裴硎《裴航》所載裴航從鄂渚回京途中，與樊夫人同舟，裴航贈詩致情意，樊夫人答詩云：「一飲瓊漿百感生，玄霜擣盡見雲英。藍橋便是神仙窟，何必崎嶇上玉京。」後於藍橋驛求水漿，得見雲英，裴航向其母求娶雲英，其母曰：「君約取此女者，得玉杵臼，吾當與之也。」裴航最終尋得玉杵臼，與之成婚，俱得成仙。千莖鬢雪，杜甫《鄭駙馬池臺喜遇鄭廣文同飲》：「白髮千莖雪，丹心一寸灰。」張正見《白頭吟》：「顏如花落槿，鬢似雪飄蓬。」

〔一三〕暮景：意貫入下文「醉倚」句。

〔一四〕强寬秋興：陸游《新晴》：「猶有强寬懷抱處，午窗睡起聽鳴禽。」秋興，指本有某種感慨，遇秋感發。潘岳有《秋興賦》，序曰：「僕野人也，偃息不過茅屋茂林之下，談話不過農夫田父之客，攝官承乏，猥厠朝列，夙興晏寢，匪遑底寧，譬猶池魚籠鳥有江湖山藪之思。於是染翰操紙，慨然而賦。於時秋也，以《秋興》命篇。」

〔一五〕醉倚修篁：用杜甫《佳人》「日暮倚修竹」詩意。

〔一六〕晚風句：晏幾道《玉樓春》：「瓊酥酒面風吹醒。一縷斜紅臨晚鏡。」白居易《卯時酒》：「半醒思往來，往來吁可怪。」

【集評】

陸輔之《詞旨·警句》：月落杯空無影。

【考辨】

夏承燾《天風閣學詞日記》：（周癸叔以爲夢窗）少年戀一杭女，死於水，見於《定風波》及《飲白醪感少年事》二詞。

又，《繫年》：周岸登氏又據《定風波》「離骨漸塵橋下水」句及《齊天樂·飲白醪感少年事》「湖上載酒」云云，謂夢窗少年又曾戀一杭女，而死於水。蘇妾遣後或流落杭州爲妓耶？

楊箋：是憶姬之詞。（「煙鎖藍橋」）明言姬去，是題中「有感」二字正根。「孤歡」即「自酌」，姬去則影孤，酒無人勸，故曰「强寬」。

孫按：此詞是淳祐六年（一二四六）至淳祐九年（一二四九）再客杭州時，懷念蘇州營妓的詞作。夢窗與此妓杭幕時相識，倉幕時在蘇州交往，因其再歸杭州後音信杳然，夢窗於其地思過往也。參見

《瑞鶴仙》（淚荷拋碎璧）【考辨】。

## 又㊀

齊雲樓〔一〕

淩朝一片陽臺影〔二〕，飛來太空不去〔三〕。棟宇參橫〔四〕，簾鉤斗曲㊁〔五〕，西北城高幾許〔六〕。天聲似語〔七〕。便閶闔輕排〔八〕，虹河平遡〔九〕。問幾陰晴〔一〇〕，霸吳平地漫今古㊂〔一一〕。　西山橫黛瞰碧，眼明應不到，煙際沈鷺〔一二〕。卧笛長吟，層霾乍裂〔一三〕，寒月溟濛千里㊃〔一四〕。憑虛醉舞〔一五〕。夢凝白闌干〔一六〕，化爲飛霧〔一七〕。淨洗青紅〔一八〕，驟飛滄海雨〔一九〕。

【校　議】

㊀ 鄭氏手批：「是曲凡入聲字律綦嚴，今審諸作，並以墨圍識之，以導後學（曲、北、闔、笛、裂、月、白）。」

㈡棟宇二句：棟宇：諸本皆作「棟與」。然杜本疑誤：「『棟與』疑『棟角』之誤。」僅四庫本作「棟宇」。鄭氏從，校曰：「以聲近訛。案，此二字與『簾鉤』對。校者以其字可解，遂不復訂正。」楊箋：「『與』，鄭文焯校作『宇』，以對『簾鉤』。鐵夫按：『鉤』字可作動詞看，『與』字亦可作動詞，似不誤。」孫按：此二句前二字與後二字之間是比喻句中的本體與喻體的關係，故「宇」應爲名詞，鄭校是。兹從四庫本及鄭校。

㈢霸吴平地：《歷代詩餘》作「霸吴平越」。楊箋認爲「未是」。孫按：《歷代詩餘》雖孤證，似可從。吴國公元前四七三年爲越國所滅。劉永濟《微睇室説詞》謂「平地」之「平」是「『平白地』之省；猶言無端的，輕易的」，可備一説。

㈣千里：《歷代詩餘》作「千縷」。戈校「里」字上標錯號然未作改動。杜本作「千樹」，校曰：「『千樹』，原作『千里』。失韻。」朱二校：「按『紙』、『語』通叶，宋詞屢見，『里』字未可云誤。」鄭氏手批：「『里』與『舞』、『霧』均協，古『紙』、『語』同用之例。」夏敬觀評語：「『里』係『支』、『紙』韻，與『魚』、『語』韻同押。」

## 【注　釋】

〔一〕齊雲樓：宋時平江府郡治後子城上的建築。

〔二〕淩朝句：用宋玉《高唐賦并序》「旦爲朝雲，暮爲行雨，朝朝暮暮，陽臺之下」句意。駱賓王《憶蜀地佳人》：「莫怪常有千行淚，只爲陽臺一片雲。」李商隱《代元城吴令暗爲答》：「荆王枕上原無夢，莫枉陽臺一片雲。」淩，意屬下句，即「淩空」之意。楊箋：「用一『影』字，便將『雲』、『臺』二字打成一片。」因建築物名稱中有「雲」字，夢窗活用雲雨典並貫通至篇末。

〔三〕飛來太空：下闋「平地」意入於此。謝朓《奉和隨王殿下詩十六首》（之十二）：「浮雲西北起，飛來下高堂。……遥階收委羽，平地如夜光。」《關尹子・二柱》：「一運之象，周乎太空。」不去：由於樓閣高聳，夢窗奇想阻隔於樓閣邊的白雲凝顇不度，化霧化雨皆由此生發。

〔四〕參横：將天明時，參星轉向横斜。

〔五〕斗曲：特指北斗七星。《史記・天官書》：「北斗七星，所謂『旋、璣、玉衡，以齊七政』。杓攜龍角，衡殷南斗，魁枕參首。」《索隱》引《春秋運斗樞》：「斗，第一天樞，第二旋，第三璣，第四權，第五衡，第六開陽，第七摇光。第一至第四爲魁，第五至第七爲標，合而爲斗。」《後漢書・輿服志》：「聖人觀於天，視斗周旋，魁方杓曲。」以上二句並化用何晏《景福殿賦》句意：「烈若鉤星在漢，涣若雲梁承天。」寫仰視齊雲樓棟宇、簾鉤時的觀感。

〔六〕西北城高：《古詩十九首》：「西北有高樓，上與浮雲齊。」

〔七〕天聲似語：天聲，語出揚雄《甘泉賦》：「登長平兮雷鼓磕，天聲起兮勇士厲。」李善注曰：「天聲，如天之聲，言其大也。」實謂因樓聳入雲，似能聽見天上仙人語聲。李白《飛龍引二首》（之二）：「造天關，聞天語，長雲河車載玉女。」

〔八〕閶闔：傳説中的天門。《楚辭·離騷》：「吾令帝閽開關兮，倚閶闔而望予。」王逸注：「閶闔，天門也。」排：《禮記·少儀》：「排闔説屨於户内者，一人而已矣。」孔穎達疏：「謂排推門扇。」

〔九〕虹河：銀河。徐積《答崔伯易白雪之句》：「秋風吹明河，銀浪翻長虹。河漢與海通，安知聲所終。」因樓高齊雲，入天門後即可輕易地沿天河溯流而上。

〔一〇〕問幾陰晴：蘇軾《中秋月寄子由三首》（之三）：「嘗聞此宵月，萬里同陰晴。」此以月亮盈虚形容歲月變遷之速，而「問」字顯化用李白《把酒問月》及蘇軾《水調歌頭》詩詞意，自然過渡到齊雲樓的古稱「月華樓」之「月華」意。

〔一一〕霸吴：吴國始祖爲周太王之子太伯，至十九世孫壽夢稱王，建都於吴（蘇州）。傳至夫差，成爲春秋五霸之一，故稱霸吴。顔粲《吴宫教美人戰》：「有客陳兵畫，功成欲霸吴。」李綱《投金瀨有感》：「霸吴何止服句踐，破楚遂以鞭荆平。」

〔一二〕西山三句：此寫登樓遠眺。明代錢穀《吴都文粹續集》卷八收録元成宗大德年間佚名作者《重修齊雲樓記》亦曰：「遠則西山諸祠，層巒深壑，白雲孤飛，清晝如畫。」吴郡多羽族。《吴郡圖經續記》卷上：「其羽族則水有賓鴻，陸有巢翠。鶤雞鵠鷺、鴒鶄鷗鶇之類，巨細參差，無不咸備。」此並化用杜甫《春水生二絶》（之一）詩意：「鸕鷀鸂鶒莫漫喜，吾與汝曹俱眼明。」《九家集注杜詩》趙彦材注曰：「二禽皆水鳥，見水生而喜。公語之以與汝曹俱眼明，則公可謂與物委蛇，而同其波矣。」意思是大自然中的水鳥雖然能見太湖水波而喜，但與凭欄齊雲樓能同時遠眺洞庭水波山色還是不能相提並論。西山，此指太湖洞庭山。《吴郡志》卷一五：「洞庭包山，即洞庭山也。……《吴地記》云：在縣西一百三十里，中有洞庭，深遠世莫能測。」横黛，王維《崔濮陽兄季重前山興》：「千里横黛色，數峰出雲間。」楊備寫蘇州子城上另一著名建築《觀風樓》亦曰：「鼓角聲沈絲管沸，卷簾晴黛遠山低。」

〔一三〕卧笛二句：笛聲如龍吟，典見《一寸金》（秋壓更長）注〔三〕。卧笛及吹裂行雲，詳見《滿江紅・甲辰歲盤門外寓居過重午》注〔一四〕。層霾，庾肩吾《賦得山詩》：「層雲霾峻嶺，絶澗倒危峰。」「溟濛」二字意入於此。

〔一四〕寒月句：劉斧《青瑣高議》後集卷六載唐莊宗樂工鬼魂言帝有自製笛曲《清秋月》：「帝多愛遇夜有月，必自横笛數曲。秋氣清，月更明，方動笛，其韻倍高，與秋月相感也，故爲曲名。」謝莊《月賦》：「美人邁兮音塵闕，隔千里兮共明月。」 極言樓高齊雲，故卧吹横笛即能吹開溟蒙陰霾，使千里共見明月。正面渲染「月華樓」。

〔一五〕憑虚：蘇軾《前赤壁賦》：「浩浩乎如憑虚御風，而不知其所止。」 醉舞：李白《月下獨酌四首》（之一）：「我歌月徘徊，我舞影零亂。」蘇軾《水調歌頭》：「起舞弄清影，何似在人間。」

〔一六〕凝白：盧仝《月蝕詩》：「天色紺滑凝不流，冰光交貫寒曈曨。」李賀《李憑箜篌引》：「吴絲蜀桐張高秋，空白凝雲頽不流。」

〔一七〕化爲飛霧：杜甫《雨》：「山雨不作泥，江雲薄爲霧。」

〔一八〕青紅：青紅色的油漆。語出韓愈《謁衡嶽廟遂宿嶽寺題門樓》：「粉牆丹柱動光彩，鬼物圖畫填青紅。」蘇軾《水調歌頭·快哉亭作》：「知君爲我，新作窗户濕青紅。」後多用青紅猶濕寫建築物剛剛建成或修繕撤新時。

〔一九〕驟飛句：蘇州郡宅唐宋時尚近海。韋應物《郡齋雨中與諸文士燕集》：「海上風雨至，逍遥池閣涼。」驟雨，《老子》（二十三章）：「飄風不終朝，驟雨不終日。」滄海，《初學記》卷六：「東海之别有渤澥，故東海共稱渤海，又通謂之滄海。」

【集　評】

陳廷焯《大雅集》卷二：狀難狀之景，極煙雲變幻之奇。

楊箋：（「淨洗」二句）雲以化雨，爲後路。起用「陽臺」，已經雲雨雙含，此以雨收，亦是回應首句，以化雨坐入夢中，另換奇境，將上文西山、瞰碧、寒月、溟濛、飛霧、凝白諸境，一掃而空，故曰「淨洗青紅」。夢窗造境，較諸尋常移步換影法更深。

劉永濟《微睇室説詞》：起二句看似奇幻，細按之，蓋取宋玉《神女賦》中「朝雲」二字以切齊雲之「雲」。如此用古，既甚切貼，又非常靈變。「陽臺影」者，陽臺雲影也，下二句「參横」、「斗曲」則以切齊雲之「齊」。……「西北」句正用古詩，點明名樓之義。因樓在吴郡子城上，故曰「城高幾許」。「天聲」，猶莊子之「天籟」。「天聲似語」四字是加倍鉤勒樓之高聳。此等語皆由極奇、極幻之想像而來，用筆靈變莫測如此。「便閶闔」二句再從登樓者着想。「閶闔」，天門也。「虹河」，天河也。此言登樓者由此便可「輕排」天門，「平溯」天河也。「幾陰晴」，猶言幾時也，幾許變遷也。因樓在吴，遂以吴事點綴之。……「漫」，猶便也。此言經過幾番變遷，吴之霸業輕易便成了歷史事蹟了。「今古」猶言歷史的過程。上文「陰晴」則言過程中幾番盛衰，與滄桑同意。此二句略帶吊古之意。換頭三句言所見之遥遠。「煙際」四字寫景之極遠者，蓋樓雖高，見雖遠，尚有所不及。「卧笛」三句又换筆寫樓中人事，而「層霾」二字言笛聲激越，可吹裂陰霾，湧現千里寒月，仍是形容樓之高聳。「憑虚」四句正寫登樓。「夢凝白」二句又入幻想。「凝白」字出李長吉詩「空白凝雲頽不流」。「闌干」而曰「凝白」，亦齊雲也。下又接以「化爲飛霧」，則幻而又幻矣。「浮洗」二句又從霧重化雨，雨洗淨人世青紅，再出一幻境，收束全首。言「青紅」，猶曰浮華，紛華也。此詞首尾皆奇幻空靈，富於想像，總因樓聳入雲，使人生淩空縹緲之幻想，筆姿極其矯健。張炎病夢窗不能清空，觀此與《靈巖》、《禹陵》等作，知張氏之説不足盡夢窗。後人以張一言而輕議夢窗，更屬矮人觀場，隨人啼笑。學古人者當擷取其長，古人非無短處，但長處不可不知。

【考　辨】

朱箋：盧熊《蘇州府志》：齊雲樓在郡治後子城上，相傳即古月華樓，蓋取「西北有高樓，上與浮雲齊」之義。又，據此則自樂天始也。治平中，裴煜建爲飛雲閣。政和、紹興、嘉定、嘉熙，屢有修改。

鄭氏手批：此爲吴小城之西北樓。

楊箋：此詞在蘇幕作。

劉永濟《微睇室説詞》：疑史宅之重建時作。

吴熊和《唐宋詞彙評·編年》：嘉熙二年（一二三八）閏二月，史宅之知平江，重修齊雲樓。明年正月赴行在。此詞當是此一二年間作。

孫按：盧熊《蘇州府志》卷八：「齊雲樓在郡治後子城上，相傳即古月華樓也。《吴地記》云：唐曹恭王所造。白公詩亦云『改號齊雲樓』，蓋取『西北有高樓，上與浮雲齊』之義。據此則自樂天始也。故其詩云：『欲辭南國去，再上北城看。』治平中，裴煜建爲『飛雲閣』。政和五年秋，重作齊雲樓成。紹興十四年，王喚重建，兩挾循城爲屋數間，有二小樓翼之。輪奐雄峙，不惟甲於兩浙，雖蜀之西樓，鄂之南樓、岳陽樓、庾樓皆在下風。父老謂兵火之後，官寺草創，惟此樓勝承平時。又於樓前建文武二亭。淳熙十二年丘崈又於文武亭前建二井亭。嘉定六年陳芾、十六年沈皞、嘉熙二年史宅之並重修有記。」前賢多據以推論此詞爲嘉熙二年贈史宅之的作品。

但此中不能無疑焉：夢窗贈史氏詞作有十一首注明贈主，並在詞中點出夢窗極爲欣賞的史氏行爲風範，此詞則皆含糊不明。更值得注意是，夢窗其他贈詞皆寫於史氏知紹興府即淳祐四年

（一二四四）之後，之前未見交遊之跡，所以此詞可能寫於嘉定十六年（一二二三）沈皡任上。前已考定，這段時間正是夢窗杭京遊幕期，當時足跡曾至無錫、蘇州一帶；而沈皡曾兩任平江府。《正德姑蘇志》（卷四十）：「沈皡，嘉定七年以奉直大夫守平江，磨勘轉朝議大夫，旋除浙東提刑。十六年再任，尋以職事修舉除寶謨閣待制，仍賜金帶。寶慶元年試《登極賦》，轉通議大夫，除煥章閣待制。」沈皡嘉定十六年知平江府重修齊雲樓，與夢窗少年游幕期間正相契合。然而當時夢窗雖然躬逢其會，卻因與沈皡年齡資望的不對等（通議大夫寄禄官已爲正四品），僅因文學之才叨陪末座；所以這首贈作僅就齊雲樓泛泛言之反在情理之中。

## 又㊀

新煙初試花如夢〔一〕，疑收楚峰殘雨〔二〕。茂苑人歸，秦樓燕宿㊁〔三〕，同惜天涯爲旅〔四〕。遊情最苦〔五〕。早柔緑迷津〔六〕，亂莎荒圃〔七〕。數樹梨花，晚風吹墮半汀鷺〔八〕。流紅江上去遠〔九〕，翠尊曾共醉〔一〇〕，雲外別墅〔一一〕。澹月鞦韆〔一二〕，幽香巷陌〔一三〕，愁結傷春深處㊂〔一四〕。聽歌看舞〔一五〕。駐不得當時，柳蠻櫻素〔一六〕。睡起懨懨〔一七〕，洞簫誰院宇〔一八〕。

【校議】

㊀明張本、毛本、杜本、王朱本有詞題「春暮」。朱二校本等刪。

㊁燕宿：《歷代詩餘》作「燕息」。

㊂愁結：《歷代詩餘》作「愁緒」。

【注釋】

〔一〕新煙：寫寒食節。見《宴清都·餞嗣榮王仲亨還京》注〔八〕。

〔二〕疑收句：用巫山雲雨典。楚峰，即巫山十二峰。見《慶宮春》（殘葉翻濃）注〔一四〕。　寒食在清明節前二日，此時節風雨紛紛，花瓣凋落，絢若雲霞的盛花期已如昨夢前塵，正如襄王夢醒之後，夢中的一切俱已不存。

〔三〕秦樓：秦穆公爲其女弄玉所建之樓，即鳳臺。是弄玉與丈夫蕭史共居之地。詳見《瑞鶴仙·贈道女陳華山内夫人》注〔三〕。　燕宿：吴融《和韓致光侍郎無題三首十四韻》：「掩燈容燕宿，開鏡待雞晨。」

〔四〕同惜句：白居易《琵琶引》：「同是天涯淪落人，相逢何必曾相識。」歐陽澥《詠燕上主司鄭愚》：「長向春秋社前後，爲誰歸去爲誰來。」　以上三句謂與春社後回到南方的燕子同棲居於曾有美好愛情記憶的處所，卻不禁產生天涯同淪落的憾恨。

〔五〕遊情：范曄《樂遊應詔詩》：「睇目有極覽，遊情無近尋。」

〔六〕早：《匯釋》：「猶本也，已也。」

〔七〕亂莎句：韋莊《李氏小池亭十二韻》：「積石亂巉巉，庭莎綠不芟。」莎，晏殊《庭莎記》：「是草耐水旱，樂蔓延，雖拔心隕葉，弗之絶也。」與上句錯綜互文。謂庭院荒圃中已經是莎草没徑，柔綠披紛。

〔八〕數樹二句：周邦彦《蘭陵王·柳》有「梨花榆火催寒食」之句，《格致鏡原》卷七〇：「《格物叢話》：春二三月，百花開盡，始見梨花，靚豔寒香，自甘寂寞。」此以鷺落沙汀喻梨花滿地，自有情人觀之，梨花落盡即成秋苑。

〔九〕流紅句：合用蘇州吴江紅葉題字傳書典。

〔一〇〕翠尊句：杜甫《雜曲歌辭·少年行三首》(之一)：「傾銀注玉驚人眼，共醉終同卧竹根。」《文選·曹植〈七啟〉》：「於是盛以翠樽，酌以雕觴，浮蟻鼎沸，酷烈馨香。」吕延濟注：「翠樽，以翠飾樽也。」樽，同「尊」。

〔一一〕雲外別墅：劉長卿《碧澗别墅喜皇甫侍御相訪》：「不爲憐同病，何人到白雲。」《晉書·謝安傳》：「安遂命駕出山墅，親朋畢集，方與玄圍棋賭别墅。」

〔一二〕澹月鞦韆：蕩鞦韆是寒食節前後婦女户外遊戲，並承開篇「新煙」意。

〔一三〕幽香巷陌：指冶遊之地。猶言花巷柳陌。周邦彦《蕃山溪》：「平康巷陌，往事如花雨。」又《浪淘沙慢》：「藍橋約、悵恨路隔。馬蹄過、猶嘶舊巷陌。」

〔一四〕深處：意綴「巷陌」句。此謂熟悉的景、地、事，皆凝聚成濃重的傷春愁怨。

〔一五〕聽歌：《楚辭·大招》：「魂乎歸來，聽歌譔只。朱唇皓齒，嫭以姱只。」　看舞：庾信有《看舞詩》。

〔一六〕柳蠻櫻素：以柳腰櫻口代指歌女。典例見《霜葉飛·重九》注〔一〇〕。以上三句寫不能定格當時聽歌看舞的幸福情景，深寓物是人非的感慨。

〔一七〕懨懨：精神委靡貌。韋莊《冬日長安感志寄獻虢州崔郎中二十韻》：「客舍正甘愁寂寂，郡樓遥想醉懨懨。」

〔一八〕洞簫：《漢書·元帝紀贊》：「元帝多材藝，善史書，鼓琴瑟，吹洞簫。」顔師古注引如淳曰：「簫之無底者。」王褒有《洞簫賦》。《樂律全書》卷八：「陳暘《樂書》曰：宋朝太常簫皆蜜底。十六管，從右手爲頭，次第吹之，至左成曲。又曰：以律管通底造成。洞簫十二律皆清聲，與頌塤同律，協和亦依。」此寫别處之洞簫，彼處之歌舞，恐亦將來他人傷心之回憶。映帶出此時懨懨的緣由。

## 【集評】

俞陛雲《唐五代兩宋詞選釋》：起二句寫春暮風景，秀麗若奇花初胎。以燕喻客，尋常詞意，用

「茂苑」、「秦樓」對偶語出之，頓不薄弱。「遊情」句以下，「亂莎」、「柔緑」，極狀荒涼，正寫出遊情之苦。下闋皆言情。「鞦韆」、「巷陌」，即當日共醉翠樽之地，而「淡月」、「幽香」，徒留想像，眼底之舞衫歌扇，已非昔之樊口蠻腰，況别院簫聲，如怨如慕，益棖觸傷春情緒矣。「愁結」句回應上文春暮之景，章法周密。

楊箋：（「澹月」三句）陡然兜轉，潛力内運，用筆真如生龍活虎。鞦韆，是姬消遣之具。巷陌，是姬經行之地，加入淡月幽香，便覺境是人非，不從去時轉，乃從去後轉，透過一層寫法。（「睡起」二句）另出一境作收。此間歡事已寂，簫聲尚飄然而來，煞是可怪，煞是無聊，與唐人詩叙宫怨之别院笙歌，同一景象。

【考　辨】

楊箋：此是憶姬之作。（「茂苑」三句）人歸，指姬去歸吴。姬去則樓空，止有海燕棲宿其中。

孫按：楊鐵夫《事蹟考》謂蘇州遣姬是納娶於吴地，後曾挈至杭州，後又復蘇州。根據正是此詞中「茂苑人歸」，楊氏箋爲姬人歸茂苑，故有蘇姬歸吴之説。其實此爲詞人暫别蘇州重歸故地的詞作。「人」者，詞人自謂也。寒食鞦韆是回憶蘇州營妓詞中一以貫之的意象。此蘇州營妓正如夏承燾所説，離開蘇州後又流落至杭州，此詞是蘇州營妓離開之後，詞人在蘇州的憶念之作。

# 又㈠

毗陵陪兩別駕宴丁園㈡〔一〕

竹深不放斜陽度㈢，橫披澹墨林沼㈣〔二〕。斷莽平煙〔三〕，殘莎剩水㈤〔四〕，宜得秋深纔好〔五〕。荒亭旋掃㈥〔六〕。正著酒寒輕〔七〕，弄花春小〔八〕。障錦西風〔九〕，半圍歌袖半吟草〔一〇〕。

獨游清興易懶㈦，景饒人未勝，樂事長少〔一一〕。柳下交車㈧〔一二〕，尊前岸幘〔一三〕，同撫雲根一笑〔一四〕。秋香未老〔一五〕。漸風雨西城〔一六〕，暗欺客帽㈨〔一七〕。背月移舟〔一八〕，亂鴉溪樹杪㈩〔一九〕。

【校 議】

㈠《鐵網珊瑚》詞調作《齊天樂慢》。

㈡《鐵網珊瑚》、鄭校詞題作「毗陵兩別駕招飲丁園索賦」。《歷代詩餘》作「宴丁園」。明張本作「秋遊」。朱四校本無題。戈校本詞題下注「朱選」。

㈢斜陽度：毛本、《鐵網珊瑚》、《詞綜》、《歷代詩餘》、戈校本、杜本、王朱本、朱二校本、四明本作「斜陽入」。

㈣横披：明張本、毛本、《歷代詩餘》、戈校本、杜本作「横波」。

㈤殘莎：毛本、《鐵網珊瑚》、《歷代詩餘》、戈校本、杜本、王朱本、朱二校本、四明本作「殘荷」。

㈥荒亭：張藏《鐵網珊瑚》作「荒草」。

㈦獨遊句：毛本、戈校本作「游清興易懶」。毛扆本：「『遊』上應脱一字。」《歷代詩餘》補「倦」字。戈校本旁注「獨」字，校曰：「失一字，擬『孤』字。」杜本作「□游清興易懶」。校曰：「下半闋起句應作六字，首脱一字，擬補『孤』字。」餘本據《詞綜》增「獨」字，明張本正同。

㈧交車：毛本、《鐵網珊瑚》、《歷代詩餘》、戈校本、杜本、王朱本、朱二校本、四明本作「停車」。

㈨暗欺客帽：諸本皆作「暗欹客帽」。劉永濟《微睇室説詞》：「此詞有復處，上言『岸幘』，下又言『欹帽』，不免犯復。」茲據《鐵網珊瑚》、四明本。

㈩背月二句：背月：《鐵網珊瑚》作「背川」。毛本、張藏《鐵網珊瑚》、《歷代詩餘》、戈校本、杜本、王朱本、朱二校本、四明本作「背日」。王校：「疑『月』誤。」明張本正作「背月」。鄭氏多有反復，但終以「背月」爲是。鄭氏手批：「手稿本蓋出於夢窗行書，故寫『月』作『⺝』，刻本遂訛作『川』。『月』非誤，蓋朱存理摹刻『月』之草體，致此訛耳。」溪樹杪：明張本、《鐵網珊瑚》、王朱本、朱二校本、底本、朱四校本作「溪樹晚」。毛本、戈校本、杜本作「溪樹晚」。杜本旁注「曉」字。杜校：「『晚』字應上聲，應叶。疑是『杪』字之誤。」張藏《鐵網珊瑚》鈔本作「溪樹少」。張壽鏞案曰：「原鈔作『少』，缺『木』旁。鄭氏所見本似僅寫『堯』字，應從杜本作『杪』。」《歷代詩餘》、鄭校作「溪樹繞」。鄭校：「案是句『曉』字韻當作『繞』，以形聲近而訛。朱刻手稿（孫按：指朱存理《鐵網珊瑚》刻本）僅一偏旁小誤，遂生無限疑義。……且審此字作意，承『亂鴉溪樹』，其爲『繞』字之偏訛，亦足徵信。杜校擬改作『杪』，王校又以附會『曉』字。……所謂書三寫而成訛，未若僅校定一偏旁之爲得也。」戈校亦眉注「繞」字。楊箋：「玩『曉』字意，則宴爲竟夕矣。然遊園之宴，甚少竟夕者。戈校『曉』作『繞』，未爲無理，或者亂鴉啼月，疑爲『曉』歟？」劉永濟《微睇室説詞》：「又『背月』，毛本作『背日』，『溪樹曉』，毛本作『溪樹晚』，並非。鄭叔問校議謂當作『繞』，亦未當。『曉』字，《鐵網珊瑚》作『少』，乃『杪』之殘文，今據改。此字之所以多異文，因『背月』不當曰『曉』。雖每月下旬月落時，天方曉，然果如此，則丁園之宴，必通宵達旦，亦不近情理。觀首句言『斜陽』，歇拍言『背月』，本無不可，但『曉』必誤，作『杪』則順暢矣。」茲從張壽鏞、劉永濟之説。

【注釋】

〔一〕毗陵：本爲春秋時吴季札封地延陵邑。西漢置縣。歷代廢置無常，宋代稱常州爲毗陵。陸游《老學庵筆記》卷一〇：「今人謂貝州爲甘陵，吉州爲廬陵，常州爲毗陵。」朱箋：「《漢書・地理志》：『會稽郡。縣，毗陵』。注：『季札所居，舊延陵，漢改之。』《宋史・地理志》：『兩浙路。常州，望。毗陵郡。』」　別駕：鄭樵《通志》卷五六：「別駕從事史，一人，從刺史行部，別乘一乘傳車，故謂之別駕，漢制也。歷代皆有之，隋唐並爲郡佐。臣謹按：庾亮《答郭豫書》云：別駕與舊刺史、別乘同流，宣王化於萬里，其任居刺史之半。」宋代一般借稱通判。　丁園：陳傅良《和朱宰遊丁園韻》：「榆火逢佳節，棠陰接勝遊。移尊忻及暇，乘屐共尋幽。日靜竹光合，風暄花氣浮。主情殊未倦，衰暮爲遲留。」陳傅良（一一三七至一二〇三），乾道五年（一一六九）冬，隨薛季宣寄寓江蘇常州問學，奠定了成爲永嘉學派承先啟後學者的基礎。陳詩「丁園」與詞中情景仿佛，地點也應在毗陵。然杳《咸淳毗陵志》未見朱姓知州，姑録以待考。

〔二〕橫披：米芾《畫史・唐畫附五代國朝》：「荆浩畫，畢仲愈將叔處有一軸，段緘家有橫披。」下句「煙」字亦入此句「澹墨」中，宋代畫竹有「深墨」、「澹墨」之分。張舜民《題薛判官秋溪煙竹》：「深墨畫竹竹明白，澹墨畫竹竹帶煙。」鄭獬《記畫》：「又有水鴨、紫莧三數軸，皆徐熙畫也，純澹墨。畫竹樹黄雀者，雖墨爲之，如具五彩云。」寫茂密的竹林因不入斜陽返照，景象如橫幅澹墨畫。

〔三〕斷莽平煙：與下句化用温庭筠《齊宮》詩意：「遠水斜如剪，青莎緑似裁。」又，《蓮浦謡》：「鳴橈軋軋溪溶溶，廢緑平煙吴苑東。」

〔四〕剩水：杜甫《陪鄭廣文游何將軍山林十首》（之五）：「剩水滄江破，殘山碣石開。」《九家集注杜詩》師尹注曰：「謝琨詩『小江流剩水』。」趙彦材注云：「蓋取此滄江破而爲剩水，碣石開而爲殘山。剩水、殘山，杜公之新語。」後因用剩水、殘山形容人造園林，此指丁園。

〔五〕宜得句：暗用蘇軾《和陳述古拒霜花》：「唤作拒霜知未稱，細思卻是最宜霜。」據下文知詞寫於深秋園中木芙蓉盛開時。木芙蓉八九月開，此時正當季節。詳見《齊天樂·與馮深居登禹陵》注〔二〕。

〔六〕旋，此處是立即的意思。

〔七〕著酒寒輕：庾信《詠畫屏風詩二十五首》（之二十三）：「面紅新著酒，風晚細吹衣。」張説《東都酺宴》：「樂來嫌景遽，酒著訝寒輕。」著，《匯釋》：「猶中也；襲也；惹或迷也。」木芙蓉有「醉客」之名。白居易《木芙蓉下招客飲》：「晚涼思飲兩三杯，召得江頭醉客來。」王安石《木芙蓉》：「正是美人初醉著，强抬清鏡晚妝慵。」宋祁《木芙蓉》：「向晚誰爭豔，酡顔淺作紅。」

〔八〕弄花春小：陳經國《木芙蓉》：「紫茸排萼露微紅，不比春花對日烘。」春小，本指小春。時在夏曆十月。《歲時廣記》卷三七引《初學記》：「冬月之陽，萬物歸之。以其温暖如春，故謂之小春，亦云小陽春。」此指花色不如春天絢爛。

〔九〕障錦西風：范成大《題羔羊齋外木芙蓉》：「緑地團花紅錦障，不知庭院有西風。」障錦，錦步障。《世説新語·汰侈》：「（王）君夫作紫絲布步障碧綾裹四十里，石崇作錦步障五十里以敵之。」此喻園中成行木芙蓉花。《全芳備祖前集》卷二四引《成都記》：「孟後主於成都四十里羅城上種此花，每至秋，四十里皆如錦繡，高下相照，因名曰『錦城』。」

〔一〇〕半園句：歌袖，杜甫《數陪李梓州泛江有女樂在諸舫戲爲豔曲二首贈李》（之二）：「白日移歌袖，清霄近笛床。」並暗用歌妓密圍典，見《慶宮春》（殘葉翻濃）注〔一〇〕。此喻木芙蓉花林。崔泰之《同光禄弟冬日述懷》：「吟草遍簪紱，逸韻合宫商。」美妙的詩文也號稱「錦繡文章」。楊箋：「『錦』字雙關『歌袖』、『吟草』，因詩詞亦錦繡也。」

〔一一〕獨游三句：謂人生難逢良辰、美景、賞心、樂事四美具，賢主嘉賓二難并的時候。謝靈運《擬魏太子鄴中集詩序》：「天下良辰、美景、賞心、樂事，四者難并。」王勃《滕王閣詩序》：「四美具，二難并。窮睇眄於中天，極娱遊於暇日。」隱謂此遊是四美二難同時并得：二別駕人物傑出，使良辰美景成爲賞心樂事；並且三人之遊又變獨游成衆樂。這是陪同宴遊的委婉説法。

〔一二〕柳下：《晉書·嵇康傳》：「（康）性絶巧而好鍛。宅中有一柳樹甚茂，乃激水圜之，每夏月，居其下以鍛。……初，康居貧，嘗與向秀共鍛於大樹之下，以自贍給。潁川鍾會，貴公子也，精練有才辯，故往造焉。康不爲之禮，而鍛不輟。」韓維《夏日覽物思古人三首·嵇康》：「翛然柳下鍛，豈不遺世喧。」交車：《舊唐書·王璠傳》：「時李逢吉爲宰相，與璠親厚，故自郎官掌誥，便拜中丞。恃逢吉之勢，稍橫。嘗與左僕射李絳相遇於街，交車而不避。」

〔一三〕岸幘：推起頭巾，露出額頭。謝奕嘗以布衣預權貴桓温坐，岸幘嘯詠，不爲權勢所屈。詳見《瑞鶴仙》（淚荷拋碎璧）注〔五〕。

〔一四〕雲根：此指山石。白居易《太湖石》：「削成青玉片，截斷碧雲根。」賈島《題李凝幽居》：「過橋分野色，移石動雲根。」以上三句謂賓主地位雖有差異，但同爲不拘禮之士，故與兩別駕之間能夠平揖相交。

〔一五〕秋香未老：鄭谷《十日菊》：「自緣今日人心別，未必秋香一夜衰。」

〔一六〕漸風雨句：化用潘大臨佳句「滿城風雨近重陽」。　西城：應爲丁園所在位置。

〔一七〕欺客帽：宋祁《九日至衛南》：「酒駐衰顔淺，風欺客帽寒。」暗用龍山落帽典。孟嘉重九登高帽落不覺，也在桓温座，與「岸幘」同義，皆寫灑脱不拘細節。　以上三句兼寫時節已近重陽。

〔一八〕背月移舟：王昌齡《太湖秋夕》：「月明移舟去，夜靜魂夢歸。」

〔一九〕亂鴉句：劉長卿《恩敕重推使牒追赴蘇州次前溪館作》：「亂鴉投落日，疲馬向空山。」杜甫《遣懷》：「夜來歸鳥盡，啼殺後棲鴉。」《補注杜詩》趙彦材注曰：「以其無枝可棲，故啼之多爾。」　以上二句寫歸途中。

【集　評】

陳廷焯《雲韶集》卷八：通首遣詞秀絶，脱盡塵埃，清虚騷雅，不減白石。　（下闋眉批）秀鍊極矣，卻極清虚。　結寫景妙。

劉永濟《微睇室説詞》：「竹深」二句從丁園景色寫起。竹深翳日，故曰「濬墨林沼」。「横披濬墨」，蓋以畫爲喻也。「斷莽」三句接寫丁園外秋景。「荒亭」四字，謂開宴之前灑掃也。「正著酒」二句，承上寫開宴之時。「障錦」二句，則酒筵之人物也。曰「歌袖」則有妓樂，曰「吟草」，則客皆詩人也。換頭三句以「獨游清興易懶」，反托出陪遊之樂。「柳下」二句，正寫陪遊樂事。「交車」，同遊者聚也。「岸幘」字出《晉書·謝奕傳》，謂奕在桓温幕中爲安西司馬，每當温座中岸幘談笑，無異平日，不爲温權勢所屈。此用以自擬。「雲根」，石也。賈島詩有「移石動雲根」之句。「秋香」四字點明時序。曰「未老」，菊花猶盛開也。鄭谷《十日菊》詩：「自緣今日人心別，未必秋香一夜衰。」「漸風雨」二句言重陽將近也。重陽前後多有風雨，故潘大臨有「滿城風雨近重陽」之句。「欹帽」二字，本出《北史·獨孤信傳》，稱信因獵，日暮馳馬入城，其帽微側，人多效之。又王安石有「風行欹帽檐」之句，實則暗用孟嘉九日龍山落帽事，因此上「漸風雨西城」句，已言時近重陽也。「背月」二句寫宴罷歸途景物作結。

【考　辨】

鄭氏手批：「春小」，即謂十月爲小春之意，以詞中寫景皆末秋時也。

吴熊和《夢窗詞補箋》：《齊天樂·毗陵陪兩别駕宴丁園》。此詞見於《鐵網珊瑚》，鄭文焯《夢窗詞校議》以爲作於淳祐三年（一二四三）。據《咸淳毗陵志》卷九，淳祐三年毗陵通判爲「譙習，淳祐元年，朝奉郎。三年八月滿」，添差通判爲「王龍榮，淳祐二年九月至三年十一月。十二月離任，尋除太學博士」。別駕爲秦漢郡守佐官，宋時藉以指通判。毗陵，今江蘇常州，時史解之知毗陵。

孫按：此詞爲《鐵網珊瑚》所收夢窗新詞稿十六首之第五首，寫於癸卯即淳祐三年（一二四三）。夢窗時在蘇幕，據詞題知詞寫於常州。《漢書·地理志》：「（會稽郡）縣二十六。……毗陵。季札所居，江在北，東入海，揚州川。」顔師古注曰：「舊延陵，漢改之。」

吴熊和先生《補箋》中的「史解之」應爲「史能之」。史能之咸淳二年知毗陵，四年組織編修《咸淳毗陵志》。淳祐三年知毗陵者爲章琰。《咸淳毗陵志》卷八：「章琰，淳祐三年四月，朝奉郎直秘閣，四年九月罷。」別駕之一王龍榮，紹定二年（一二二九）黄樸榜進士，四明奉化人，與夢窗有同鄉之誼。《咸淳毗陵志》卷九：「（添差通判王龍榮）淳祐二年九月至淳祐三年十一月。通理前，任通判泰州日月成兩考。十二月離任。尋除太學博士。」詞中用重陽節典，並寫時節近之，知此詞具體寫於九月初，譙習八月秩滿離任，且此年閏八月，故絶不能有九月丁園之遊。接任譙習爲毗陵通判者是孫德之。《咸淳毗陵志》：「（通判）孫德之，淳祐三年閏八月，奉議郎。四年六月滿，兩易通判廣德軍。」《南宋館閣續録》卷八：「孫德之，字自明。貫婺州，習《春秋》，戊戌（孫按：嘉熙二年一二三八）進士，（淳祐）五年八月以太府寺丞除秘書郎。」知與夢窗同遊的兩別駕分別是王龍榮與孫德之。

## 又

會江湖諸友泛湖㊀〔一〕

麴塵猶沁傷心水〔二〕，歌蟬暗驚春换〔三〕。露藻清啼㊁，煙蘿澹碧〔四〕，先結湖山秋怨〔五〕。波簾翠卷〔六〕。歎霞薄輕綃〔七〕，汜人重見〔八〕。傍柳追涼〔九〕，暫疏懷袖負紈扇〔一〇〕。南花清鬭素靨〔一一〕，畫船應不載，坡靜詩卷㊂〔一二〕。泛酒芳筩〔一三〕，題名蠹壁〔一四〕，重集湘鴻江燕〔一五〕。平蕪未剪〔一六〕。怕一夕西風，鏡心紅變〔一七〕。望極愁生㊃〔一八〕，暮天菱唱遠〔一九〕。

【校　議】

㊀《古今詞統》、毛本、《歷代詩餘》、戈校本、戈選、杜本、王朱本、朱二校本詞題作「與江湖諸友泛湖」。

㊁ 清啼：戈校本：「『啼』字可疑。」

㊂ 坡靜：《詞譜》作「坡靖」。戈校本：「『坡靜』未詳。」王校：「『靜』應作『靖』，蓋指林和靖也。卷

中《木蘭花慢》『靜梅香底』句同。按宋人説部，如《苕溪漁隱叢話》、《癸辛雜志》等書，於林和靖皆書『靖』作『靜』。此稿亦然，不知何據，姑仍之。」朱二校：「按梅堯臣詩『靜節歸來自結廬』，和靖作『靜』，亦其例也。」況周頤《蕙風詞話續編》卷一：「林君復謚和靖。宋人説部如《苕溪漁隱叢話》、《癸辛雜識》等書，皆寫『靖』作『靜』。夢窗《齊天樂》云：『畫船應不載，坡靜詩卷。』《木蘭花慢》云：『爭似湖山歲晚，靜梅花底同斟。』亦皆指『和靖』，不知何據。」楊箋：「『靜』，即和靖。《癸辛雜識》作『靜』。《玉函山房》引《藝文類聚》、《太平御覽》並《韓詩》：東門之栗，有靖家室。今經文作『靜』。蓋『靖』、『靜』通用。」

㊃望極：《古今詞統》、毛本、《詞譜》、《歷代詩餘》、戈校本、戈選、杜本、王朱本、朱二校本、四明本作「望眼」。

【注釋】

〔一〕泛湖：此特指遊覽西湖。

〔二〕麴塵句：牛嶠《楊柳枝》：「裊翠籠煙拂暖波，舞裙新染麴塵羅。」傷心之主體雙關「柳」、「蟬」二字。麴塵，亦作鞠塵。色淡黄如塵。《周禮·天官·内司服》鄭玄注「鞠衣」曰：「黄桑服也，色如鞠塵，象桑葉始生。」賈公彦疏曰：「鞠衣，黄桑服也者。謂季春將蠶，后服之。……『鞠塵』不爲『麴』字者，古通用。」劉永濟《微睇室説詞》：「『麴塵』，字出《禮記》『鞠衣』注：『如鞠塵色。』鞠、麴通用字，淺黄嫩緑色也。」此喻柳下水色。

〔三〕歌蟬句：陸機《擬明月何皎皎》：「涼風繞曲房，寒蟬鳴高柳。」歌，此指蟬的叫聲。耿湋有《聽早蟬歌》詩。以上二句寫柳枝雖猶長條浸水，蟬聲已知季節推移。

〔四〕露藻二句：二句錯綜見義。「柳」字亦貫入其中。白居易《楊柳枝》：「葉含濃露如啼眼，枝裊輕風似舞腰。」劉禹錫《楊柳枝》：「花萼樓前初種時，美人樓上鬬腰支。如今抛擲上街裏，露葉如啼欲恨誰。」

〔五〕先結句：《小女郎贈警金合歡結歌》：「結怨無窮極，結心終不開。」以上三句謂在秋季欲來之際，湖山中的草樹就以如清淚的露珠，煙霧聚纏的溟濛，提前凝結了秋日的悲怨情緒。

〔六〕波簾翠卷：風過水面，波浪與荷葉皆如簾幕翻動。

〔七〕霞薄輕綃：喻紅蓮花瓣顔色如薄霞，質地如輕綃。温庭筠《錦城曲》：「江風吹巧剪霞綃，花上千枝杜鵑血。」杜甫《奉送魏六丈佑少府之交廣》：「侍婢豔傾城，綃綺輕霧霏。」

〔八〕汜人重見：沈亞之《湘中怨解》：「垂拱年中，駕在上陽宫，太學進士鄭生晨發銅駝里，乘曉月，度洛橋，聞橋下有哭甚哀，生即下馬察之，見豔女，翳然蒙袂曰：『我孤，養於兄，嫂惡，常苦我。今欲赴水，故留哀須臾。』生曰：『能遂我歸之乎？』應曰：『婢御無悔。』遂載與居，號曰汜人。所誦楚人《九歌》、《招魂》、《九辨》之書，亦常擬其調，賦爲怨詞，其詞麗絶，世莫有屬者。因撰

《光風詞》。……居數歲，生游長安。是夕，謂生曰：『我湘中蛟宮之娣也，謫而從君，今歲滿，無以久留君所，欲爲訣耳。』相倚啼泣。生留之不能，竟去。後十餘年，生之兄爲岳州刺史，會上巳日與家徒登岳陽樓。望鄂渚，張宴樂酣。生愁思吟之曰：『情無垠兮蕩洋洋，懷佳期兮屬三湘。』聲未終，有畫艫浮漾而來，中爲彩樓，高百餘尺，其上施緯帳欄籠，盡飾帷褰。有彈弦鼓吹者，皆神仙娥眉，被服煙電，裙袖皆廣長。其中一人起舞，含嚬淒怨，形類汜人，舞而歌曰：『泝青風兮江之隅，拖湘波兮裊緑裾。荷拳拳兮情未舒，匪同歸兮將焉如？』舞畢，斂袖翔然，凝望樓中。縱觀方悟眙。須臾，風濤崩怒，遂迷所往。」此以蛟娣汜人喻紅蓮。

〔九〕傍柳追涼：周邦彦《側犯》：「攜豔質、追涼就槐影。」

〔一〇〕暫疏句：謂水邊柳旁清涼，可以暫時疏離團扇而置於懷袖之中。翻用班婕妤《怨詩》典，見《解連環》（暮簷涼薄）注〔一〇〕。

〔一一〕南花：茉莉花。參見《夜飛鵲·蔡司户席上南花》注〔一〕。　清鬪素靨：歌妓素面不御鉛華，與茉莉爭相以素爲絢。參見《尉遲杯·賦楊公小蓬萊》注〔六〕。

〔一二〕畫船二句：反用韓愈《醉贈張秘書》詩意：「長安衆富兒，盤饌羅羶葷。不解文字飲，惟能醉紅裙。」坡靜，蘇軾與林逋。蘇軾自號東坡居士。林逋，謚和靖。宋亦有作「和静」者，此處亦然。　謂江湖諸友雖解作文字飲，然此次惟作攜妓之豪遊。

〔一三〕泛酒：猶言「泛卮」。把酒杯翻過來乾杯。　芳筩：以蓮葉蓮莖爲飲酒器。《酉陽雜俎》卷七：「歷城北有使君林。魏正始中，鄭公慤三伏之際，每率賓僚避暑於此。取大蓮葉置硯格上，盛酒二升，以簪刺葉，令與柄通，屈莖上輪菌如象鼻，傳噏之。名爲『碧筩杯』。歷下學之，言酒味雜蓮氣，香冷勝於水。」

〔一四〕題名蠹壁：史達祖《金錢子》：「空遺恨，當時留秀句，蒼苔蠹壁。」張籍《送遠曲》：「願君到處自題名，他日知君從此去。」

〔一五〕湘鴻江燕：燕辭歸鴻南翔，相聚匆匆。取意蘇軾《送陳睦知潭州》：「有如社燕與秋鴻，相逢未穩還相送。」

〔一六〕平蕪未剪：顧敻《河傳》：「露華鮮，杏枝繁。鶯轉，野蕪平似剪。」江淹《去故鄉賦》：「窮陰匝海，平蕪帶天。」以下句中「西風」喻剪刀。

〔一七〕怕一夕二句：晏幾道詠荷《蝶戀花》：「照影弄妝嬌欲語，西風豈是繁華主。」鏡心紅變，喻蓮花凋萎。劉兼《夢歸故園》：「白鷺獨飄山面雪，紅蕖全謝鏡心香。」

〔一八〕望極愁生：寫眺望荷舞如鄭生遠觀汜人而生愁怨。

〔一九〕暮天句：歐陽修《蝶戀花》：「隱隱歌聲歸棹遠。離愁引著江南岸。」菱唱，即采菱曲。《楚辭·招魂》：「《涉江》、《采菱》，發《揚荷》些。」王逸注：「楚人歌曲也。」《七命》：「榜人奏采菱之歌。」此調急促高亢。謝靈運《道路憶山中詩》：「《采菱》調易急，《江南》歌不緩。」《樂府詩集》卷五〇《江南弄七曲》解題曰：「《古今樂録》曰：梁天監十一年冬，武帝改西曲制《江南上雲樂》十四曲，《江南弄》七曲。一曰《江南弄》，二曰《龍笛曲》，三曰《採蓮曲》，四曰《鳳笛曲》，五曰《采菱曲》，六曰《游女曲》。七曰《朝雲曲》。」

【集　評】

卓人月、徐士俊《古今詞統》卷一四：「麴塵」，指柳。

陳洵《海綃説詞》：此夏日泛湖作也。「春换」，逆入。「秋怨」，倒提。「平蕪未剪」，鉤勒。「一夕西風」，空際轉身，極離合脱换之妙。

劉永濟《微睇室説詞》：起句明點湖水。湖水而曰「傷心水」，從人情言之也。下文「驚春换」等句，即傷心之故。……下句「驚春换」，「春换」而曰「驚」，見光陰易逝也。「露藻」、「煙蘿」八字，皆情中之景物，故有「先結湖山秋怨」之句，未秋而曰「秋怨」，人情多感，見「露藻」、「煙蘿」，便生秋意也。「波簾」下各句寫湖遊。「波簾」，船上簾紋如波也。「歎霞薄」二句寫湖荷也。「氾人」本之沈亞之《湘中怨》。……此以仙女比荷花。「傍柳」寫時，曰「負紈扇」，秋氣漸涼也。換頭三句記攜妓同遊也。「南花」，茉麗也。「素靨」，粉面也。茉麗花白色，故曰「清鬭素靨」。載妓與清遊不同，故曰「不載坡靜詩卷」。「坡」，東坡；「靜」，和靜也。和靖亦作和靜。「泛酒」三句寫會諸友。「芳筩」，《酉陽雜俎》載鄭公慤摘荷葉連莖，簪穿蒂爲孔，注酒吸之，名碧筩杯。此藉以説酒杯。「題名」四字，題名於湖上諸寺壁也。「湘鴻江燕」即江湖諸友。「平蕪」四字寫時景。「怕一夕」二句，雖未秋而先怕秋至，荷花便紅衰也。「望極」二句從上句生出，亦以見人事難常，聚遊不易。「暮天菱唱」句以景結情也。

【考辨】

夢窗詞中「湖」字往往特指西湖，加之兼有「坡靜詩卷」，故知此詞應寫於杭州。

## 又㊀

煙波桃葉西陵渡㊁〔一〕，十年斷魂潮尾〔二〕。古柳重攀〔三〕，輕鷗聚別㊂〔四〕，陳跡危亭獨倚〔五〕。涼颸乍起〔六〕。渺煙磧飛帆〔七〕，暮山橫翠〔八〕。但有江花，共臨秋鏡照憔悴〔九〕。華堂燭暗送客〔一〇〕，眼波回盼處，芳豔流水〔一一〕。素骨凝冰〔一二〕，柔葱蘸雪〔一三〕，猶憶分瓜深意〔一四〕。清尊未洗〔一五〕。夢不濕行雲，漫沾殘淚〔一六〕。可惜秋宵〔一七〕，亂蛩疏雨裏㊃〔一八〕。

【校議】

㊀ 明張本、毛本、杜本、王朱本有詞題「別情」。

㈡ 西陵渡：諸本皆作「西陵路」。兹從《陽春白雪》。

㈢ 輕鷗：明張本、毛本、王朱本作「輕漚」。漚，通「鷗」。聚別：《陽春白雪》作「叙別」。《詞綜》、《歷代詩餘》、《詞譜》、杜本作「驟別」。王校：「按《花外集》有『執手聚別』語，與此正合，似非譌字。」劉永濟《微睇室説詞》疑「聚」乃「驟」之殘文。孫按：聚，通「驟」。

㈣ 楊箋：「周稚圭評此詞云：『雨裏』二字俱上聲，不合。蓋拘守萬紅友兩上不連用之説。彊師曰：《齊雲樓》之『海雨』、《垂絲釣》之『幾點』，皆兩上連用者也。周説不足據。」

【注釋】

〔一〕桃葉：王獻之愛妾名。典見《樂府詩集》卷四五引《古今樂録》曰：「《桃葉歌》者，晉王子敬之所作也。桃葉，子敬妾名，緣於篤愛，所以歌之。《隋書・五行志》曰：『陳時江南盛歌王獻之桃葉詩，云：『桃葉復桃葉，渡江不用楫。但渡無所苦，我自迎接汝。』……子敬，獻之字也。」後因稱桃葉渡。阮閲《詩話總龜》卷七引《樂府集》：「桃葉，王獻之愛妾名也，其妹曰桃根。詞云：『桃葉復桃葉，桃葉連桃根。』今秦淮口有桃葉渡，即其事也。」一説在長江邊，稱南浦渡。宋人曾極《金陵百詠・桃葉渡》序曰：「一名南浦渡。……不用檝者，謂横波急也，獻之歌此送之。」詩曰：「裙腰芳草抱長堤，南浦年年怨別離。水送横波山斂翠，一如桃葉渡江時。」西陵渡：即西興渡。見《宴清都・餞嗣榮王仲亭還京》注〔一〇〕。

〔二〕十年：舉在杭相處時間的成數。斷魂潮尾：謂退潮時的送別讓人神傷。

〔三〕古柳重攀：典見《建康實録》卷九：「（桓温）累遷至琅琊内史。咸康七年，出鎮江乘之金城。……又北伐經金城，見少爲琅琊時所種柳，皆已十圍，慨然歎曰：『樹猶如此，人何以堪。』因攀枝涕泣。」

〔四〕聚別：猶言「驟別」。韓琦《再題狎鷗亭》：「一日鄉園傷驟別，四年宫闕動歸心。」

〔五〕危亭：宋鼎《酬故人還山》：「危亭暗松石，幽澗落雲霞。」以上煙江、古柳、輕鷗、危亭俱是當年送別時曾歷景物。

〔六〕涼颸：謝脁《在郡卧病呈沈尚書詩》：「珍簟清夏室，輕扇動涼颸。」颸，涼風。

〔七〕渺煙磧句：暗用李白《黄鶴樓送孟浩然之廣陵》詩意：「孤帆遠影碧空盡，唯見長江天際流。」孔寧子《棹歌行》：「高檣抗飛帆，羽蓋翳華枝。」

〔八〕暮山横翠：李白《下終南山過斛斯山人宿置酒》：「暮從碧山下，山月隨人歸。卻顧所來徑，蒼蒼横翠微。」

〔九〕但有二句：梁簡文帝《採蓮曲》：「桂楫蘭橈浮碧水，江花玉面兩相似。」杜甫《哀江頭》：「人生有情淚沾臆，江水江花豈終極。」《九家集注杜詩》趙彦材注曰：「杜公陷賊，身在長安，不知蜀道消息，見江草江花，睹景傷情，猶《唐風》『隰有萇楚』篇，歎其不如草木無知之意。」此翻用之，謂無知之江草江花似亦有戀舊之情意，透過一層寫己情之不能堪。憔悴，此特指不得志。《楚辭·漁父辭》：

「屈原既放，游於江潭，行吟澤畔，顔色憔悴，形容枯槁。」

〔一〇〕華堂句：《本事詩·高逸》：「杜（牧）爲御史，分務洛陽。時李司徒罷鎮閒居，聲伎豪華，爲當時第一，洛中名士咸謁見之。李乃大開筵席，當時朝客高流，無不臻赴，以杜持憲，不敢邀置。杜遣座客達意，願與斯會。李不得已，馳書。方對花獨酌，亦已酣暢，聞命遽來。時會中已飲酒，女奴百餘人，皆絶藝殊色。杜獨坐南行，瞪目注視，引滿三卮，問李云：『聞有紫雲者，孰是？』李指示之。杜凝睇良久，曰：『名不虛得，宜以見惠。』李俯而笑，諸妓亦皆回首破顔。杜又自飲三爵，朗吟而起，曰：『華堂今日綺筵開，誰唤分司御史來。偶發狂言驚滿座，兩行紅粉一時回。』意氣閑逸，傍若無人。」燭暗送客：詳見《瑞鶴仙·餞郎糾曹之嚴陵》注〔三〕。

〔一一〕眼波二句：眼波流豔，取意韓偓《偶見背面是夕兼夢》詩意：「眼波向我無端豔，心火因君特地然。」謂其鍾情處，眼波如水，回眸而視，閃動多情的豔澤。

〔一二〕素骨凝冰：蘇軾《再用前韻》：「羅浮山下梅花村，玉雪爲骨冰爲魂。」

〔一三〕柔葱蘸雪：與上句互文見義。《詩·衛風·碩人》：「手如柔荑，膚如凝脂。」《莊子·逍遥遊》：「藐姑射之山，有神人居焉。肌膚若冰雪，綽約若處子。」《古詩爲焦仲卿妻作》：「指如削葱根，口如含朱丹。」韋莊《閨怨》：「啼妝曉不乾，素面凝香雪。」

〔一四〕分瓜深意：據明代張泰《憶昨酬李賓之》「翠盤醒酒曉分瓜」，以及沈經《十五夜郡齋小集》「微風坐醒酒，明月共分瓜」，知切瓜分食爲醒酒之舉。詞中冰雪爲肌玉爲骨的白皙女子纖手擘瓜時，也表現出一種特别的關照。另外，分瓜，亦猶言二八破瓜。隱謂彼美正當妙齡。《説郛》卷八四（下）：「孫綽《情人詩》云『碧玉破瓜時』。……楊文公謂俗以破瓜爲二八。」《通俗編·婦女》：「宋謝幼盤詩：『破瓜年紀小腰身。』按俗以女子破身爲破瓜，非也。瓜字破爲二八字，言其二八十六歲耳。」以上六句回憶初見時情景。

〔一五〕清尊未洗：詹迥《吏隱山》：「洗尊挹醽醁，落日猶忘還。」

〔一六〕夢不濕二句：從高觀國《菩薩蠻》「夢冷不成雲」化出，用巫山雲雨典。裴虔餘《詠篙水濺妓衣》：「從教水濺羅裙濕，知道巫山行雨歸。」此謂不能夢見歡會情景，反而總是被夢中重現的别離所驚醒。

〔一七〕可惜：值得珍視。顏之推《顏氏家訓·勉學》：「光陰可惜，譬諸逝水。」

〔一八〕亂蛩句：蛩即蟋蟀。蟋蟀七月在野。詳見《霜葉飛·重九》注〔一四〕。魚玄機《寄飛卿》：「階砌亂蛩鳴，庭柯煙露清。」

## 【集評】

譚獻《譚評詞辨》：起平而結響，頗遒。「涼颸乍起」是領句，亦是提肘書法。「但有」二句沈著。換頭是追叙。

陳廷焯《大雅集》卷二：遣詞大雅，一片綺羅香澤之態。

又，《雲韶集》卷八：傷今感昔，憑眺流連，此種詞真入白石之室矣。　（下闋眉批）一片感喟，情深語至。

俞陛雲《唐五代兩宋詞選釋》：人當舊地重過，每生惆悵。況十年往事，潮上心頭，古柳危亭，處處皆懷陳跡。以下若即詠懷人，便少回旋之地。「涼颸」五句，從空際著筆，寫臨江風景，所謂情景兩得也。下闋追憶別時，臨歧千萬語，只贏得青眸回盼。偶憶分瓜往事，細細寫來，見餘情之猶戀。後幅夢魂不到，清醑慵斟，但聞夜雨蛩聲，灑一襟殘淚耳。哀而不傷，自成雅調。

陳洵《海綃說詞》：西陵，邂逅之地，提起；「斷魂潮尾」，跌落；中間送客一事，留作換頭點睛；三句相爲起伏，最是局勢精奇處。譚復堂乃謂平起，不知此中曲折也。「古柳重攀」，今日；「輕漚聚別」，當時；平入逆出。「陳跡危亭獨倚」，歇步；「涼颸乍起」，轉身；「渺煙磧飛帆，暮山橫翠」，空際出力；「但有江花，共臨秋鏡照憔悴」，收合。……「猶憶分瓜深意」，別後始覺不祥，極幽抑怨斷之致，豈其人於此時已有去志乎？「清尊未洗」，此愁酒不能消，「涼颸」句是領下，此句是煞上。「行雲」句著一「濕」字，藏行雨在内，言朝來相思，至暮無夢也。夢窗運典隱僻，如詩家之玉溪，「亂蛩疏雨」，所謂「漫沾殘淚」。

楊箋：凡夢窗之短句有韻者，有五法。一連接，如「一盼，千金换」、「籬角，夢依約」是；一搖曳，如「恨春太妒」、「遊情最苦」是；一兜轉，如「長吟墮幘」、「章臺別後」是；一緊接，如「歌塵凝扇」、「金鞭驟裏」是；一豎起，如「暮寒似剪」及此之「涼颸乍起」是也。譚復堂云：「此句是提肘書法。」

劉永濟《微睇室説詞》：首句「桃葉」、「西陵」，皆指舊歡之人之地。「桃葉」本王獻之妾，王爲作《桃葉歌》「桃葉復桃葉，渡江不用楫」。「西陵」則用《蘇小小歌》：「妾乘油壁車，郎躍青驄馬。何處結同心，西陵松柏下。」……「古柳」三句言再逢又别。……觀下文知此言乍逢又别也。「涼颸乍起」正寫倚亭。「渺煙磧」二句乃倚亭所見。「但有江花」，言無人與共也。换頭補出舊遊情事另起。「燭暗送客」，用《史記·淳于髡傳》：「堂上燭滅，主人留髡而送客。」夢窗以淳于髡自比，客則同游宴之友也。送客而留髡者，美人於髡情獨厚也。……「眼波」二句正寫留髡之人之美。「素骨」三句，又即此人剖瓜同吃之事。與周邦彦《少年游》詞「纖手破新橙」同是寫小小情節以點染一時情趣之語。陳洵謂「分瓜」乃「别後始覺不祥」，亦設想太過。「清尊未洗」、「夢不濕行雲」，言别之速，夢不成也。「可惜」二字則惜别之詞，此亦以景結情而融情入景之結尾法。

【考　辨】

陳洵《海綃説詞》：此與《鶯啼序》蓋同一年作，彼云「十載」，此云「十年」也。倚亭送客者，送妾也；柳渾侍兒名琴客，故以客稱妾。《新雁過妝樓》之「宜城當時放客」，《風入松》之「舊曾送客」，《尾犯》之「長亭曾送客」，皆此「客」字。「眼波回盼」，是將去時之「客」；「素骨凝冰，柔葱蘸雪」，是未去時之「客」。

楊箋：此爲重游得姬故地，感舊之作。　下片「水」、「意」兩韻，作去姬故伎解，俱與「洗」、「淚」兩韻意背，如作泛泛遊冶説，又與上片意無關，經幾番改竄，始定此解，然與世之説夢窗者異矣。

劉永濟《微睇室説詞》：此詞亦追念舊歡而作。……「十年」句總提十年前事。夢窗追念舊遊之詞，多提到十年前事。《夜合花》既有「十年一夢淒涼」之句，《思佳客·癸卯除夜》詞又有「十年舊夢」之語。據夏承燾考《吴夢窗繫年》，夢窗於紹定五年壬辰爲蘇州倉臺幕僚，至淳祐四年甲辰冬始去吴寓越，在吴共十年左右。夢窗在蘇州與其妾同居即在此十年内，此其詞中所以屢提十年之故。「魂斷潮尾」指遣妾後情事。

孫按：此屬杭州亡妓詞系列。這組詞作，記載了夢窗在杭京袁韶幕中時曾結識一位歌妓，此妓被艇子從錢塘渡口送至對岸，離開杭州後不久亡故。詳見《渡江雲·西湖清明》【考辨】。寫此詞時，此妓尚在世，然已久不通音訊。夢窗重尋別地，憶念而有此作。此詞寫於杭州，時在蘇州倉幕時。

## 又

壽榮王夫人

玉皇重賜瑤池宴〔一〕，瓊筵第二十四㊀〔二〕。萬象澄秋〔三〕，群裾曳玉〔四〕，清澈冰壺人世〔五〕。

巃峰對起〔六〕。許分得鈞天〔七〕，鳳絲龍吹〔八〕。翠羽飛來〔九〕，舞鸞曾賦曼桃字〔一〇〕。鶴胎曾夢電繞〔一一〕，桂根看驟長〔一二〕，玉幹金蕊〔一三〕。少海波新〔一四〕，芳茅露滴㊁〔一五〕，涼入堂階彩戲〔一六〕。香霖乍洗〔一七〕。擁蓮媛三千，羽裳風佩〔一八〕。聖姥朝元〔一九〕，煉顏銀漢水〔二〇〕。

【校議】

㊀ 楊箋：「『二十』兩字，應用平聲，『十』字以入作平，惟『二』去聲，礙於作平。待詳。」

㊁ 芳茅：明張本、毛本、杜本作「芳苐」。鄭氏曰：「以形近訛。」孫按：苐，通「荑」字。夢窗煉字，此未必訛。存異可也。

【注釋】

〔一〕玉皇：此特指穆天子，並用以代指宋理宗。　瑶池：紹興榮邸園曰瓊圃，池曰瑶沼，亦兼指西王母所居，以及穆天子宴觴西王母之事。參見《水龍吟・壽嗣榮王》注〔九〕。此以西王母喻榮王夫人。下句「瓊」字亦意綴此句，暗及瓊圃。

〔二〕瓊筵：謝朓《始出尚書省詩》：「既通金閨籍，復酌瓊筵醴。」　第二十四：意綴下闋「曾夢電繞」

句，用聖人二十四月育誕之典實。

〔三〕萬象句：兼指紹興榮邸萬象皆春堂。杜甫《宿白沙驛》：「萬象皆春氣，孤槎自客星。」謝靈運《從遊京口北固應詔詩》：「皇心美陽澤，萬象咸光昭。」

〔四〕群裾曳玉：寫諸貴戚拜壽時的盛服及佩飾。鄒陽《酒賦》：「曳長裾，飛廣袖，奮長纓，英偉之士，莞爾而即之。」裾，《爾雅·釋器》：「衱謂之裾。」郭璞注曰：「衣後襟也。」古代諸侯禮聘及祭天祀神所穿禮服都佩玉。《周禮·天官·玉府》：「共王之服玉、佩玉、珠玉。」鄭玄注引鄭司農（衆）曰：「服玉，冠飾十二玉。」孫詒讓正義：「《弁師》又有玉笄、玉瑱，當亦在服玉之内。先鄭不言者，文不具。又《月令》春服蒼玉。……後鄭注彼云：『凡所服玉，謂冠飾及所佩之衡璜也。』」

〔五〕清澈句：此形容臨安榮邸涼堂。參見《水龍吟·壽嗣榮王》【考辨】。冰壺，語出鮑照《白頭吟》：「直如朱絲繩，清如玉壺冰。」

〔六〕鼇峰：蓬萊仙山。《楚辭·天問》：「鼇戴山抃，何以安之？」王逸注：「《列仙傳》曰：有巨靈之鼇，背負蓬萊之山而抃舞。」後因以鼇戴山抃舞略爲「鼇抃」形容歡欣鼓舞，作爲壽祺之祝語。此亦兼指紹興卧龍山蓬萊閣所對的海上仙山。沈紳《和孔司封登蓬萊閣詩》「三山對峙海中央」自注：「舊志：蓬萊山正偶會稽。」

〔七〕許分得句：鈞天，「鈞天廣樂」的略語。《太平廣記》卷二二六：「穆天子奏鈞天廣樂於玄池，獵於澡津，獲玄貉白狐，觴西王母於瑤池之上。」《史記·趙世家》：「趙簡子疾，五日不知人。……居二日半，簡子寤。語大夫曰：『我之帝所甚樂，與百神遊於鈞天，廣樂九奏萬舞，不類三代之樂，其聲動人心。』」後因以「鈞天廣樂」指天上的仙樂。此代指皇家儀式所用的音樂，全氏雖爲理宗生母，但理宗入嗣宮中，所以全氏並非皇太后，必須經過皇帝的特許後才能動用皇家儀禮，故曰「許分得」。

〔八〕鳳絲：《太平御覽·樂部十七·琴下》：「綠綺，司馬相如琴；焦尾，蔡邕琴；鳳凰，趙飛燕琴。」後因稱琴弦爲鳳絲。温庭筠《和沈參軍招友生觀芙蓉池》：「桂棟坐清曉，瑤琴商鳳絲。」龍吹：古人以龍吟喻笛聲。故龍吹可泛指簫笛類管樂器。孔稚珪《爲王敬則讓司空表》：「摐金龍吹鬱其前，鳴笳鳳管疊其後。」

〔九〕翠羽：青鳥。借指宮廷使者的車駕。詳見《宴清都·餞嗣榮王仲亨還京》注〔二〕。

〔一〇〕舞鸞句：《山海經·大荒西經》：「西有王母之山、壑山、海山。……鸞鳥自歌，鳳鳥自舞。爰有百獸，相群是處，是謂沃之野。」《太平御覽》卷九一六引《抱朴子》：「《昆侖圖》曰：『鸞鳥似鳳而白纓，聞樂則蹈節而舞，至則國安樂。決疑注曰：『……太史令蔡衡對曰：凡象鳳者有五，多赤色者鳳，多黄色者鵷鶵，多青色者鸞，多紫者鸑鷟，多白者鵠。今此鳥多青乃鸞，非鳳也。』」後鳳、鸞混用，稱讚瑞世景象。此寫繫詔書的飾有鳳凰的高竿，參見前文《瑞鶴仙·壽史雲麓》「寶香飛、蓬萊小殿」二句注釋。曼桃：漢武帝時滑稽之臣東方朔字曼倩，曾因偷西王母蟠桃被謫。《漢武故事》：「東郡送一短人，長五寸，衣冠具足。上疑其精，召東方朔至，朔呼短人曰：『巨靈，阿母還來否？』

短人不對，因指謂上：『王母種桃，三千年一結子，此兒不良，已三過偷之。失王母意，故被謫來此。』上大驚，始知朔非世中人也。」蟠桃用於西王母祝壽，詳見《瑞鶴仙·壽史雲麓》注〔六〕。此寫皇帝所賜墨寶是祝壽的内容。

〔一一〕鶴胎：《本草綱目》卷四七引八公《相鶴經》云：「鶴乃羽族之宗，仙人之驥，千六百年乃胎産，則胎仙之稱以此。」古代鶴稱玄鳥。《文選·張衡〈思玄賦〉》：「子有故於玄鳥兮，歸母氏而後寧。」李善注曰：「玄鳥，謂鶴也。」故吴校夢窗此句曰：「即玄鳥生商之意也。」宋人王質《詩總聞》卷二〇釋《詩·魯頌·玄鳥》曰：「《禮》：仲春玄鳥至，以是日祠高禖，當是此年玄鳥至而有孕，次年玄鳥至而生契。是十三月而始誕也，故知其有天命。」　曾夢電繞：聖人有二十四月育誕者，《史記·五帝本紀》：「黄帝者，少典之子。姓公孫，名曰軒轅。」唐張守節正義：「母曰附寶，之祁野，見大電繞北斗樞星，感而懷孕，二十四月而生黄帝於壽丘。」後因以「電繞樞光」作爲因誕育聖人孕期延長的典故。　此皆擬諸理宗，參見《宴清都·壽榮王夫人》注〔八〕。

〔一二〕桂根：以月中桂樹之根喻龍種。楊萬里《送趙文有知府謁告省親》：「今侯個是隆準孫，蚤排月脅斫桂根。」

〔一三〕玉幹：本爲竹的美稱。此代指桂樹枝幹。　金蕊：美稱桂花。巖桂花黄者名金桂，見《佩文齋廣群芳譜》卷四〇。以上二句祝頌龍子龍孫健壯興旺。

〔一四〕少海波新：少海，渤海。也稱幼海。《山海經·東山經》：「南望幼海。」郭璞注曰：「即少海也。」後用以喻太子。杜甫《壯遊》：「崆峒殺氣黑，少海旌旗黄。」葉廷珪《海録碎事・帝王》：「天子比大海，太子比少海。」宋理宗無子，景定元年（一二六〇）六月立度宗爲皇太子。太子初立，故曰「波新」。

〔一五〕芳茅露滴：《文選・李陵〈答蘇武書〉》：「陵謂足下當享茅土之薦，受千乘之賞。」李善注：「《尚書緯》曰：『天子社，東方青，南方赤，西方白，北方黑，上冒以黄土，將封諸侯，各取方土，苴以白茅，以爲社。』」太子富有春秋，故採用富含生命力的「芳」、「露」字面。

〔一六〕涼入句：涼堂，榮邸中的建築。彩戲，《古今事文類聚後集》卷三：「老萊子孝養二親，行年七十，嬰兒自娱，著五色采衣。嘗取漿上堂，跌仆，因卧地爲小兒啼，或弄烏鳥於親側。」

〔一七〕香霖：美稱時雨。孟郊《夜憂》：「何當再霖雨，洗濯生華鮮。」

〔一八〕擁蓮媛二句：蓮媛，此特指美麗的宫中侍女。羽裳，裝飾翠鳥羽毛的衣裙。岳珂《唐許渾烏絲欄詩真跡贊》：「羽裳雲錦朝帝垣，天鳳戛佩披琅玕。」風佩，指在風中摇動的玉佩。駱賓王《在江南贈宋五之問》：「露金薰菊岸，風佩摇蘭阪。」餘參見《宴清都・壽榮王夫人》注〔一九〕。此寫宫女簇擁皇帝侍奉榮王夫人游湖的情景。

〔一九〕聖姥：西王母。代指榮王夫人。　朝元：道家養生法。謂五臟之氣彙聚於天元（臍）。吕巖《別詩二首》（之一）：「朝朝煉液歸瓊壟，夜夜朝元養玉英。」

〔二〇〕煉顔句：謂榮王夫人如河漢女駐顔不老。詳見《宴清都・壽榮王夫人》注〔七〕。

【考　辨】

劉毓崧《夢窗詞叙》：夢窗詞中有壽榮王及其夫人之作，雖未注明年月，然必在景定元年六月以後，蓋理宗命度宗爲皇子，係寶祐元年正月之事；立度宗爲皇太子，係景定元年六月之事。……所用詞藻，皆係皇太子故實，不但未命度宗爲皇子時萬不敢用，即已命爲皇子之後未立皇太子之前亦不宜用。

孫按：前文已考得僅紹興榮邸有瑶圃（瓊圃、瑶沼），涼堂建成於度宗立爲皇太子的景定元年或稍前，所壽榮王夫人爲理宗及嗣榮王趙與芮之母慈憲全夫人。這些結論可以在此詞中得到進一步證實。其一，此詞也是既寫涼堂，又用「少海波新」皇太子典，表明詞寫於景定元年或稍後。其二，周密《癸辛雜識後集》：「魏峻，字叔高，號方泉，娶趙氏，乃穆陵親姐四郡主也（理宗第六，福王第八）。庚午歲得男，小字關孫，自幼育於紹興之甥館，實慈憲全夫人之愛甥也。……關孫後溺死於榮邸瑶圃池中。」吴箋曰：「榮王夫人往來紹興榮邸與臨安榮邸間，關孫亦當隨徙，榮邸瑶圃未必定於紹興也。」然引文中所謂「甥館」，特指尚四郡主的贅婿魏峻在紹興榮邸的居所。魏峻與四郡主的孩子關孫，得到外祖母榮王夫人寵愛，長期寄養於此，故關孫溺死之地實在紹興榮邸瓊圃瑶沼中。吴箋又定萬象皆春堂亦在臨安：「檢周密《武林舊事》列『萬象皆春堂』，注『附榮邸』，可證瑶圃在杭。」實爲引録成誤。《武林舊事》列「萬象皆春」於「諸色名酒」條下，此與周密所輯《南宋市肆紀》「諸色酒名」中榮邸有「眉壽堂、萬象皆春」正相吻合。此詞寫在紹興榮邸，又虚及萬象皆春堂，表明此堂亦在紹興榮邸。其三，詞用西王母及老萊子娛親典，西王母是長生不老的象徵，老萊子彩衣娛親，行年七十。嗣榮王生於嘉定元年（一二〇八），景定年間已經五十餘歲，據上引《癸辛雜識後集》，嗣榮王行八，胞兄妹中尚有行六之理宗，行四之四郡主，典事略能相合。若爲嗣榮王之妻錢氏或黄氏則完全不能相合。嗣榮王僅有二子，《癸辛雜識續集》卷下：「福王長子小字祐孫（庚子生，即不育）。次日黄氏所生小字德，即紹陵也。」庚子，嘉熙四年（一二四〇），嫡妻錢氏誕下長子的第二天，庶妻黄氏生下次子即度宗；至景定元年，二子皆弱冠之年。用老萊子典則不能相宜，錢氏、黄氏也未能稱長壽之王母。故此詞基本可以確定景定元年或稍後寫於紹興。

## 又

贈姜石帚

餘香纔潤鸞綃汗㊀〔一〕，秋風夜來先起〔二〕。霧鎖林深，藍浮野闊〔三〕，一笛漁蓑鷗外〔四〕。紅塵萬里〔五〕。就中決銀河〔六〕，冷涵空翠〔七〕。岸嘴沙平㊁〔八〕，水楊陰下晚初艤〔九〕。

桃溪人住最久〔一〇〕，浪吟誰得到〔一一〕，蘭蕙疏綺〔一二〕。硯色寒雲，籤聲亂葉〔一三〕，蘄竹簟紗如水㊂〔一四〕。笙歌醉裏〔一五〕。步明月丁東〔一六〕，靜傳環佩〔一七〕。更展芳塘〔一八〕，種花招燕子〔一九〕。

【校　議】

㊀綃汗：明張本作「綃汚」。下注：「作『汗』。」

㊁岸嘴：戈選作「步觜」。

㊂簟紗：明張本作「紗紗」。毛本、《歷代詩餘》、戈校本、杜本、王朱本、朱二校本、四明本作「簟紋」。毛扆本改「紋」作「紗」。底本校曰：「原鈔作『紗紗』，疑次『紗』字訛。毛本作『簟紋』。今各從其一。」底本、朱四校本作「紗紋」，未若「簟紗」義長，兹據毛扆本。

【注　釋】

〔一〕餘香句：下闋「簟紗」意綴於此。梁簡文帝《詠内人晝眠詩》：「簟文生雙腕，香汗浸紅紗。」蘇軾《四時詞四首》（之三）：「新愁舊恨眉生緑，粉汗餘香在蘄竹。」鸞綃，繪有鸞形圖案的綃帳。路德延《小兒詩》：「弄帳鸞綃映，藏衾鳳綺纏。」尉遲偓《中朝故事》：「路巖即貶儋州百姓，至江陵。籍没家産，不知紀極，有蚊幬一領，輕密如碧煙，人疑其鮫綃也。」兼用男子愛熏香典，寓姜石帚修美容止。

〔二〕秋風句：與下文「一笛」、「初艤」、「明月」諸句化用姜夔遥寫湖州苕溪景色之《過湘陰寄千岩》詩意：「眇眇臨風思美人，荻花楓葉帶離聲。夜深吹笛移船去，三十六灣秋月明。」

〔三〕霧鎖二句：爲「藍霧浮、鎖林深野闊」之倒文。藍霧，猶言「青霧」。蘇味道《詠霧》：「拂林隨雨密，度徑帶煙浮。」杜甫《旅夜書懷》：「星垂平野闊，月湧大江流。」

〔四〕鷗外：杜甫《船下夔州郭宿雨濕不得上岸别王十二判官》：「柔櫓輕鷗外，含淒覺汝賢。」以上三句謂漁隱地苕霅一帶水霧籠罩；姜石帚披蓑垂釣，吹笛於水面的灑脱身姿明滅可見。

〔五〕紅塵萬里：謂漁隱地遠離繁華喧囂之地。

〔六〕就中句：古人認爲地面廣泛的水域與銀河相通。

〔七〕冷涵空翠：吴融《秋池》：「冷涵秋水碧溶溶，一片澄明見底空。」白居易《大水》：「蒼茫生海色，渺漫連空翠。」

〔八〕岸嘴：唐彦謙《遊南明山》：「白雲鎖峰腰，紅葉暗溪嘴。」嘴，此指水岸突出的部分。

〔九〕水楊：柳樹的一種。崔豹《古今注·草木第六》：「白楊葉圓，青楊葉長，柳葉長而細。……蒲柳生水邊，葉似青楊，一曰蒲楊。……水楊，蒲楊也。」艤：《集韻》：「南方人謂整舟向岸曰艤。」左思《蜀都賦》：「試水客，艤輕舟。」

〔一〇〕桃溪：仙境或隱居地。此或特指西塞山桃花塢一帶。《大清一統志》卷二二二：「西塞山，在烏程縣西南二十五里，有桃花塢，下有凡常湖。唐張志和游釣於此，作《漁父詞》。」袁説友《再至左顧亭用前韻二首》（之二）：「春入桃花水漲溪，薔薇隔屋粲成籬。」

〔一一〕浪吟：李商隱《自桂林奉使江陵途中感懷寄獻尚書》：「逸翰應藏法，高辭肯浪吟。」

〔一二〕蘭蕙疏綺：雕有蘭蕙圖案的花窗。

〔一三〕硯色二句：謂其水邊隱居處書齋中古硯石面呈現雨昏寒雲色，書架上的牙骨書籤發出象風吹亂葉一樣的聲音。詳見《尉遲杯·賦楊公小蓬萊》注〔一三〕中蘇軾《書軒》詩。鄭氏手批：「此詞之所本，蘇句。」籤，繫於書卷上作爲標識、便於翻檢的籤牌，以牙骨等製成。《舊唐書·經籍志·下》：「其集賢院御書：經庫皆鈿白牙軸，黄縹帶，紅牙籤；史書庫鈿青牙軸，縹帶，緑牙籤；子庫皆雕紫檀軸，紫帶，碧牙籤；集庫皆緑牙軸，朱帶，白牙籤，以分别之。」韓愈《送諸葛覺往隨州讀書》：「鄴侯家多書，插架三萬軸。一一懸牙籤，新若手未觸。」

〔一四〕蘄竹：蘄州竹簟。韓愈《鄭群贈簟》：「蘄州笛竹天下知，鄭君所寶尤瑰奇。攜來當晝不得臥，一府傳看黄琉璃。」宋代爲貢品。《元豐九域志》卷六：「（淮南西路）蘄州。蘄春郡，防禦。治蘄春縣。……土貢白紵布一十匹，簟一十領。」另參見《齊天樂·白酒自酌有感》注〔八〕。簟紗如水：蘇軾《南堂五首》（之五）：「掃地焚香閉閤眠，簟紋如水帳如煙。」

〔一五〕笙歌醉裏：李石《南鄉子·醉飲》：「弱水渺江湖。醉裏笙歌醉裏扶。」笙歌，合笙之歌。《禮記·檀弓上》：「孔子既祥，五日彈琴而不成聲，十日而成笙歌。」

〔一六〕步月：見《繞佛閣·與沈野逸東皋天街盧樓追涼小飲》注〔一四〕。丁東：佩玉聲。詳見《滿江紅·澱山湖》注〔八〕。

〔一七〕環佩：《禮記·經解》：「行步則有環佩之聲，升車則有鸞和之音。」鄭玄注：「環佩，佩環，佩玉也。」《文選·潘岳〈西征賦〉》：「飛翠緌，施鳴玉，以出入禁門者衆矣。」李善注：「《禮記》曰：『君子行則鳴佩玉。』」以上三句刻畫姜石帚醉後不失儀態的容止。可與林景熙《老松舊隱爲曹許山賦》參看：「夜深清籟發，歸佩玉丁東。」

〔一八〕芳塘：謝朓《閑坐》：「雨洗花葉鮮，泉漫芳塘溢。」

〔一九〕招燕子：陶令君《烏石山》：「整巢歸燕子，刺水長蒲芽。」二句謂姜氏將擴展隱居地房屋和水塘的面積，使雅舍更有山情水趣。

【考辨】

夏箋：《萬曆杭州志》：「棲霞嶺有水一道，名桃溪。」《西湖志》：「今入湖山神廟内。」案此用美成句（孫按：此指周美成《玉樓春》：「桃溪不作從容住。秋藕絶來無續處。」），然夢窗交石帚在西湖，見《三姝媚》詞。「桃溪」當非虛辭也。

孫按：前文《三部樂·賦姜石帚漁隱》已考定姜石帚是湖州苕霅烏程人，非杭州士子。故「桃溪」泛稱，並非如夏箋所謂專指杭州棲霞嶺，而指烏程西塞山桃花塢。此與《三部樂》皆寫姜石帚苕雪間水濱漁隱生涯，也應是夢窗早期寫於湖州。《三部樂》寫其隱於畫舫，此寫其水濱小隱之地。從水濱小隱的陳設潤屋，聯繫集中另一首贈姜氏詞作《拜星月慢·姜石帚以盆蓮數十置中庭》中的高屋華軒，可以見出石帚年輕時酷愛奢華的豪縱之習。詞寫於嘉定十七年（一二二四）至寶慶二年（一二二六）之間。

## 丹鳳吟　無射商　俗名越調㊀

賦陳宗之芸居樓㊁〔一〕

麗景長安人海㊂〔二〕，避影繁華〔三〕，結廬深寂〔四〕。燈窗雪户，光映夜寒東壁〔五〕。心雕鬢改〔六〕，鏤冰刻水〔七〕，縹簡離離〔八〕，風籤索索〔九〕。怕遺花蟲蠹粉〔一〇〕，自采秋芸熏架，香泛纖碧㊃〔一一〕。　更上新梯窈窕〔一二〕，暮山澹著城外色。舊雨江湖遠〔一三〕，問桐陰門巷㊄，燕曾相識〔一四〕。吟壺天小〔一五〕，不覺翠蓬雲隔㊅〔一六〕。桂斧月宫三萬手㊆〔一七〕，計元和通籍㊇〔一八〕。軟紅滿路〔一九〕，誰聘幽素客〔二〇〕。

【校　議】

㈠朱四校本、《全宋詞》無「俗名越調」四字。

㈡明張本詞題作「芸居」。

㈢麗景：毛本、《歷代詩餘》、《詞譜》、戈校本、杜本、王朱本、朱二校本作「麗錦」。

㈣香泛：杜校：「或作『香沈』。此字應仄。」

㈤桐陰：《歷代詩餘》、《詞譜》作「梧陰」。

㈥翠蓬：《歷代詩餘》、《詞譜》作「翠連」。連，通「蓮」。《敦煌變文集·佛説阿彌陀經講經文》：「願生正見除邪見，來生早坐紫金連。」下同不出校。

㈦桂斧：杜校：「『桂斧』一作『桂府』。」三萬手：《歷代詩餘》作「三萬年」。

㈧計：《歷代詩餘》、《詞譜》作「記」。

【注　釋】

〔一〕陳宗之：陳起，字宗之。　芸居樓：陳起書坊的新樓。

〔二〕麗景句：蘇軾《病中聞子由得告不赴商州三首》（之一）：「惟有王城最堪隱，萬人如海一身藏。」謝朓《入朝曲》：「江南佳麗地，金陵帝王州。」又，《三日侍宴曲水代人應詔》（九章之四）：「麗景則春，儀方在震。」

〔三〕避影：《莊子・天道》：「士成綺雁行避影，履行遂進，而問修身若何。」繁華：此寫繁榮美盛。鮑照《擬古詩八首》（之四）：「繁華悉何在，宮闕久崩填。」

〔四〕結廬：語出陶淵明《飲酒詩二十首》（之五）：「結廬在人境，而無車馬喧。問君何能爾，心遠地自偏。」以上極寫陳氏在京城繁華熱鬧中的寂寞孤懷。劉克莊《贈陳起》：「陳侯生長紛華地，卻以芸香自沐薰。」鄭斯立《贈陳宗之》：「羨君家闕下，不踏九衢塵。」

〔五〕燈窗二句：用孫康映雪讀書典。《南史・沈約范雲傳》：「孫伯翳，太原人，晉秘書監盛之玄孫。……父康，起部郎，貧，常映雪讀書，清介，交遊不雜。」夏箋：「芸居樓在睦親坊。《夢粱録》七『禁城九廂巷陌』條：睦親坊俗名宗學巷，在御街西首。明沈朝宣《仁和縣志》『睦親坊』下注云：今立弼教坊，宋時有宗學。故詞云『光映夜寒東壁』。」參見後文《滿江紅・餞方蕙巖赴闕》【考辨】中《咸淳臨安志》卷一一「學校（諸王宮大小學）」條。

〔六〕心雕鬢改：謂因盡心而毛髮凋殘。參見《一寸金・贈筆工劉衍》注〔七〕、注〔九〕。

〔七〕鏤冰：語見桓寬《鹽鐵論・殊路》：「故内無其質而外學其文，雖有賢師良友，若畫脂鏤冰，費日損功。」刻水：仿「鏤冰」研煉成新辭。以上二句可與鄭斯立《贈陳宗之》參看：「誦其所爲詩，刻苦雕肺肝。陶韋淡不俗，郊島深以艱。君勇欲兼之，日夜吟辛酸。」

〔八〕縹簡：代指書卷。縹，縹帶。典見《齊天樂・贈姜石帚》注〔一三〕。離離：井然有序貌。《尚書大傳》卷三：「《書》之論事也，昭昭若日月之明，離離若參辰之錯行。」

〔九〕風籤索索：詳見《尉遲杯·賦楊公小蓬萊》注〔二〕、《齊天樂·贈姜石帚》注〔一三〕。索索，象風聲。《漢書·天文志》：「永始二年二月癸未夜，東方有赤色，大三四圍，長二三丈，索索如樹。」王先謙補注：「索索猶瑟瑟也……此云索索如樹，蓋不獨以狀言，且兼聲言矣。」

〔一〇〕怕遺句：翻用李賀《秋來》詩意：「誰看青簡一編書，不遣花蟲粉空蠹。」

〔一一〕自采二句：秋芸，芸草冬生秋采，故云。《爾雅翼》卷三：「仲冬之月，芸始生。芸，香草也。謂之芸蒿，似邪蒿而香，可食。其莖幹婀娜可愛，世人種之中庭。」《夢溪筆談》卷三：「古人藏書，辟蠹用芸。芸，香草也。今人謂之『七里香』者是也。葉類豌豆，作小叢生，其葉極芬香，秋間葉間微白如粉污，辟蠹殊驗。」《陳氏香譜》卷一：「魚豢《典略》：『芸香辟紙魚蠹。』」纖碧，形容芸草叢生細葉。切「芸居樓」之「芸」字。

〔一二〕新梯：芸居樓是新落成建築，故云。　窈窕：亦作「窈窱」。深遠貌。盧照鄰《雙槿樹賦》：「紛廣庭之靃靡，隱重廊之窈窱。」

〔一三〕舊雨：語出杜甫《秋述》：「秋，杜子卧病長安旅次，多雨生魚，青苔及榻。常時車馬之客，舊，雨來；今，雨不來。昔襄陽龐德公，至老不入州府，而揚子雲草《玄》寂寞，多爲後輩所褻，近似之矣。」後因以「舊雨」稱故交。　江湖：主要指隱居而言，也指主人陳起所編宋代詩集《江湖》前後諸集而言。

〔一四〕問桐陰二句：朱箋：「許棐《贈陳宗之》詩：『六月長安熱似焚，鄽中清趣總輸君。買書人散桐陰晚，卧看風行水上文。』葉紹翁《贈宗之》詩：『官河深水緑悠悠，門外梧桐數葉秋。中有武林陳學士，吟詩消遣一生愁。』」夏箋：「許棐《梅屋稿·贈陳宗之》云：『買書人散桐陰晚。』又，葉紹翁《靖逸小集贈宗之》云：『官河深水緑悠悠，門外梧桐數葉秋。』《前賢小集拾遺》鄭立之《贈宗之》云：『桐陰覆月色，静夜獨往還。』又黄佑甫《贈宗之》云：『昨日相思處，桐花爛漫無。』杜子野《贈宗之》云：『對門欲見桐陰合。』皆吴詞『桐陰門巷』之證也。《書林清話·二》考宗之交遊甚詳，此條據之。」燕曾相識，語出晏殊《浣溪沙》：「無可奈何花落去，似曾相識燕歸來。」此謂唯有舊燕壘巢於芸居樓新址，卻不見故交蹤跡。

〔一五〕吟壺天小：《後漢書·方術列傳》：「費長房者，汝南人也。曾爲市掾。都中有老翁賣藥，懸一壺於肆頭，及市罷，輒跳入壺中。市人莫之見，唯長房於樓上睹之，異焉。因往再拜奉酒脯。翁知長房之意其神也，謂之曰：『子明日可更來。』長房旦日復詣翁，翁乃與俱入壺中。唯見玉堂嚴麗，旨酒甘肴盈衍其中，共飲畢而出。」《雲笈七籤》：「施存學大丹之道，遇張申爲雲臺治官，常懸一壺如五升器大，化爲天地，中有日月，夜宿其内，自號壺天。」韋莊《贈峨嵋山彈琴李處士》：「壺中醉卧日月明，世上長遊天地窄。」

〔一六〕翠蓬：指充滿生意的蓬萊仙境。詳見《滿江紅·澱山湖》注〔二〕、《尉遲杯·賦楊公小蓬萊》注〔三〕。

〔一七〕桂斧句：用修月典，詳見《水龍吟·壽尹梅津》注〔四〕，後亦以「修月手」形容文采燦然者。韓元吉

《毛文仲惠文編》：「應如摩天刃，要是修月手。」

〔一八〕元和通籍：應指寒族科舉暢途。《類説》卷三四：「元和中，李涼公（逢吉）下三十三人皆取寒素。時有詩曰：『元和天子丙申年，三十三人同得仙。袍似爛銀文似錦，相將白日上青天。』」通籍，《漢書・元帝紀》：「令從官給事宫司馬中者，得爲大父母、父母、兄弟通籍。」顔師古注引應劭曰：「籍者，爲二尺竹牒，記其年紀名字物色，縣之宫門，案省相應，乃得入也。」

〔一九〕軟紅滿路：代指繁華的京城。

〔二〇〕誰聘句：聘客，辟爲門客。符載《鍾陵東湖亭記》：「城控百越，地侔千乘。艘艦萬舳，王臣聘客。」幽素，楊箋：「『幽素客』，即處士意，唐設有幽素科。」《舊唐書・文苑傳上》：「（王）勃年未及冠，應幽素舉及第。」《雲麓漫鈔》卷六：「唐科目至繁，唐書志多不載。……幽素，詞贍文華，直言極諫，抱儒素……」　以上三句可與鄭斯立《贈陳宗之》參看：「京華聲利窟，車馬如浪翻。淡妝誰爲容，古曲誰爲彈。」

【考　辨】

張宗橚《詞林紀事・吴文英》：陳宗之名起，即睦親坊開書肆陳道人也。睦親坊，即今杭城弼教坊。又按《南宋六十家小集》：錢塘陳思彙集本朝人之詩集，尾書刊於臨安府棚北大街陳氏書籍鋪者是也，題曰《群賢小集》。又陳起宗之編《前賢拾遺》五卷，此編較《群賢小集》流傳尤少。

朱箋：按《瀛奎律髓》趙師秀《贈賣書陳秀才》詩注云：陳起，字宗之，睦親坊賣書開肆。又劉後村《贈陳起》詩云：「陳侯生長繁華地，卻似芸香自沐薰。」注：「此所謂賣書陳彦才，亦曰陳道人。」則宗之即書棚陳道人也。又按《江湖》前後諸集，皆陳起所編。宋季高逸之士詩篇，刻以傳世，詞中所云「舊雨江湖遠」，蓋指此。

夏箋：按《瀛奎律髓》四十二載趙師秀《贈賣書陳秀才》詩，方回注云「陳起，字宗之，睦親坊賣書開肆。予丁未至行在所，至辛亥凡五年，猶識其人」云云。是陳起淳祐十一年辛亥尚無恙。此詞當淳祐間客杭州作。陳宗之有《芸居乙稿》，在《江湖集》中。

田考：陳起，字宗之，號芸居，人稱陳道人。錢塘（今杭州）人。於臨安府北大街睦親坊開書肆，與江湖詩人交密，寶慶元年（一二二五）以刊刻《江湖集》坐罪。卒於寶祐四五年間（一二五六至一二五七）。編刊有《江湖集》、《江湖後集》、《中興江湖集》等（方回《瀛奎律髓》卷二〇、《後村大全集》、《南宋八家集》、今人張宏生《江湖詩派研究》）。

吴熊和《唐宋詞彙評·考證》：《南宋古跡考》卷下：陳宗之，居在睦親坊，今弼教坊。考趙師秀詩有「門對官河水」句，其書肆當在今弼教坊棚橋河邊。

孫按：《兩宋名賢小集》卷三四八：「陳起，字宗之。錢唐人。寧宗時鄉貢第一，時稱陳解元。事母至孝，開書肆於臨安，鬻書以奉母。」

《瀛奎律髓》卷二〇：「當寶慶初，史彌遠廢立之際，錢塘書肆陳起宗之能詩，凡江湖詩人皆與之善。宗之刊《江湖集》以售，《南岳稿》與焉。宗之賦詩有云『秋雨梧桐皇子府，春風楊柳相公橋』。哀濟邸而誚彌遠，本改劉屏山句也。敖臞庵器之爲太學生時，以詩痛趙忠定丞相之死，韓侂胄下吏，逮捕亡命。韓敗乃始登第，致仕而老矣。或嫁『秋雨』、『春風』之句爲器之所作。言者並潛夫梅詩論列，劈《江湖集》板，二人皆坐罪。初彌遠議下大理逮治，鄭丞相清之在瑣闥，白彌遠，中輟。而宗之坐流配。於是詔禁士大夫作詩。如孫花翁惟信（季蕃）之徒寓在所，改業爲長短句。紹定癸巳，彌遠死，詩禁解。」史彌遠卒於紹定六年（一二三三）。此詞似詩禍之後寫於杭州，故曰「舊雨江湖遠」。

## 掃花游　夾鐘商　俗名雙調㊀

西湖寒食㊁〔一〕

冷空澹碧〔二〕，帶翳柳輕雲〔三〕，護花深霧〔四〕。豔晨易午〔五〕。正笙簫競波㊂，綺羅爭路〔六〕。驟卷風埃〔七〕，半掩長娥翠嫵㊃〔八〕。散絲縷㊄〔九〕。漸紅濕杏泥〔一〇〕，愁燕無語〔一一〕。乘蓋爭避處〔一二〕。就解佩旗亭㊅，故人相遇〔一三〕。恨春太妒〔一四〕。濺行裙更惜㊆〔一五〕，鳳鉤塵污〔一六〕。酹入梅根〔一七〕，萬點啼痕暗樹㊇〔一八〕。峭寒暮〔一九〕。更蕭蕭〔二〇〕、隴頭人去〔二一〕。

【校　議】

㊀朱四校本、《全宋詞》無「俗名雙調」四字。

㊁《歷代詩餘》詞題作「春遊遇雨」。

㊂競波：王朱本、鄭校作「競沸」。戈校本、杜本、底本、朱四校本、鄭批、四明本作「競渡」。鄭氏手批：「此詞作『競渡』，固宜從杜校，不以混均爲疑也。」「『沸』，以形近訛，但與下不對。杜校作『渡』當有本。」楊箋謂「『渡』字犯韻」，是仍以「混均」爲疑。兹從明張本、毛本、《歷代詩餘》、朱二校本。

㊃長娥：《歷代詩餘》、戈校本、杜本、王朱本、朱二校本、鄭校、四明本作「長蛾」。鄭校：「以形近訛。」孫按：蛾、娥，義同。皆指秀眉。可並存異文。

㊄絲縷：諸本皆作「紅縷」。底本尾註：「按『紅』字與下句『紅濕』復，疑誤。」楊箋：「上『紅』字疑是『纖』字之壞字，『纖』與『漸』義貫。」吳校亦疑「紅」字誤。此應爲「絲」字形近而訛，寫遇雨情形。兹從《歷代詩餘》。

㊅解佩：《歷代詩餘》作「佩解」。

㈦行裙：《歷代詩餘》作「仙裙」。

㈧暗樹：諸本同。杜校：「疑『黯樹』之誤。」

【注釋】

〔一〕寒食：時在暮春三月初，清明節前。

〔二〕冷空澹碧：爲「碧空冷澹」之倒文。「冷」字點出冷煙寒食的節令特徵，「澹」字寫煙霧濛濛，並爲春寒釀雨張本。

〔三〕翳柳：蕭穎士《菊榮一篇五章》：「陰槐翳柳，邇楹近宇。」　輕云：曹植《洛神賦》：「髣髴兮若輕雲之蔽月，飄飄兮若流風之回雪。」

〔四〕護花深霧：暮春輕雲重霧的濕度和温度於花最爲相宜，古稱「養花天」。僧仲殊《越中牡丹花品序》：「越之所好尚惟牡丹。其絶麗者三十二種，始乎郡齋豪家名族。梵宇、道宫、池臺、水榭植之無間，來賞花者不問親疏，謂之看花局。澤國此月多有輕雲微雨，謂之養花天。」寒食節前後則於衆花皆然。

〔五〕豔晨：李德裕《述夢詩四十韻》：「花光晨豔豔，松韻晚騷騷。」

〔六〕正笙簫二句：寫杭京寒食期間的遊湖活動。《武林舊事》卷三：「都城自過收燈，貴遊巨室，皆爭先出郊，謂之『探春』，至禁煙爲最盛。龍舟十餘，彩旗疊鼓，交舞曼衍，粲如織錦。内有曾經宣唤者，則錦衣花帽，以自别於衆。京尹爲立賞格，競渡爭標。内璫貴客，賞犒無算。都人士女，兩堤駢集，幾於無置足地。水面畫楫，櫛比如魚鱗，亦無行舟之路，歌歡簫鼓之聲，振動遠近，其盛可以想見。」綺羅，多爲貴婦、美女之代稱。

〔七〕風埃：楊師道《中書寓直詠雨簡褚起居上官學士》：「電影入飛閣，風威凌吹臺。長簷響奔溜，清簫浮埃。」謝朓《觀朝雨詩》：「空濛如薄霧，散漫似輕埃。」

〔八〕長娥：猶言「長眉」。娥，《楚辭·大招》：「嫭目宜笑，娥眉曼只。」翠嫵：高觀國《鳳棲梧》：「西子湖邊眉翠嫵。魂冷孤山，誰是風煙主。」餘見《宴清都·餞嗣榮王仲亨還京》注〔九〕。喻西湖周邊如眉黛的翠峰，並以「掩」字描寫雨欲來時雲霧遮山的情形。

〔九〕散絲：張協《雜詩十首》（之三）：「騰雲似湧煙，密雨如散絲。」楊憑《春情》：「暮雨朝雲幾日歸，如絲如霧濕人衣。」　縷：寫雨兼帶柳字。唐太宗《詠雨》：「濛柳添絲密，含吹織空羅。」

〔一〇〕紅濕：寒食時初入暮春，花朵未曾完全開敗，卻被風送雨催，故尚存紅豔時即入泥中。　杏泥：文杏木所制的屋梁上的燕巢泥。韋應物《燕銜泥》：「銜泥雖賤意有營，杏梁朝日巢欲成。」司馬相如《長門賦》：「刻木蘭以爲榱兮，飾文杏以爲梁。」

〔一一〕愁燕無語：與上句並化用以下詩意，李商隱《細雨成詠獻尚書河東公》：「稍稍落蝶粉，班班融燕泥。」歐陽修《下直》：「輕寒漠漠侵駝褐，小雨班班落燕泥。」楊凝《詠雨》：「塵浥多人路，泥歸足燕家。可憐繚亂點，濕盡滿宮花。」雍陶《和劉補闕秋園寓興六首》（之一）：「愁燕窺燈語，情人見月過。」

〔一二〕乘蓋爭避：車輛爭相避雨。張彦振《指南車賦》：「候薰風而進止，仰卿雲而乘蓋。」蓋，指車篷或傘蓋。《周禮·考工記·輪人》：「輪人爲蓋。」鄭玄注：「蓋者主爲雨設也。」

〔一三〕就解佩二句：解佩，暗用《本事詩·高逸三》賀知章典故：「李太白初自蜀至京師，舍於逆旅。賀監知章聞其名，首訪之。既奇其姿，復請所爲文。出《蜀道難》以示之，讀未竟，稱歎者數四，號爲『謫仙』。解金龜换酒，與傾盡醉。期不間日，由是稱譽。」旗亭：酒樓。《文選·張衡〈西京賦〉》：「旗亭五重，俯察百隧。」李善注曰：「旗亭，市樓也。」李賀《開愁歌》：「旗亭下馬解秋衣，請貰宜陽一壺酒。」二句倒裝。謂因雨妨行程卻偶然幸會曾經的相知好友，故不免典佩换酒。

〔一四〕恨春太妒：此雙寫春雨嫉妒鮮花與美女。杜甫《漫興九首》（之二）：「恰似春風相欺得，夜來吹折數枝花。」周邦彦《水龍吟·梨花》：「傳火樓臺，妒花風雨，長門深閉。」

〔一五〕濺行裙：裴虔餘《詠篙水濺妓衣》：「從教水濺羅裙濕，知道巫山行雨歸。」

〔一六〕鳳鉤塵污：劉過《沁園春·美人指甲》：「見鳳鞋泥污，偎人强剔，龍涎香斷，撥火輕翻。」鳳鉤，描畫金鳳的彎彎繡鞋。無名氏《感皇恩令》：「鳳鞋宫樣小，彎彎露。」明代張元凱「金鳳鉤鞋踏斗罡」之句亦可佐證。

〔一七〕酹：《廣韻》：「以酒沃地。」梅根：齊己《早梅》：「萬木凍欲折，孤根暖獨回。」此句喻春雨浸透梅樹根。

〔一八〕萬點啼痕：杜甫《曲江二首》之一：「一片花飛減卻春，風飄萬點正愁人。」參見《解連環·留別姜石帚》注〔七〕。　暗樹：杜甫《夜二首》(之二)：「暗樹依巖落，明河繞塞微。」反用范浚《春雪晚晴出西村》詩意：「墮梅殘白猶明樹，著柳暗黄初映堤。」寫雨中梅花殘白落盡，梅樹失卻明豔。

〔一九〕峭寒暮：周邦彦《紅林檎近》：「暮雪助清峭，玉塵散林塘。」韓偓《清興》：「陰沈天氣連翩醉，摘索花枝料峭寒。」

〔二〇〕蕭蕭：象馬嘶聲。《詩·小雅·車攻》：「蕭蕭馬鳴，悠悠旆旌。」「去」字意亦入此。李白《送友人》：「揮手自兹去，蕭蕭班馬鳴。」

〔二一〕隴頭人：《太平御覽》卷九七〇：「《荆州記》曰：陸凱與范曄相善，自江南寄梅一枝詣長安與曄，並贈詩曰：『折花逢驛使，寄與隴頭人。江南無所有，聊贈一枝春。』」隴頭，即隴首。在今甘肅、陝西交界處。

【集　評】

陳洵《海綃説詞》：不過寫春陰變雨耳。「驟卷風埃」，從「輕雲」、「深霧」一變。「紅濕杏泥」，從「冷空澹碧」一變。卻用「笙簫」一句横空一斷，從遊人眼中看出，帶起下闋。「豔晨易午」，「恨春太妒」，是通篇眼目。天氣既變，人情亦乖，奈此良辰美景何，極穠厚深摯。

夏敬觀評語：夢窗詞虚字不苟用，能用實字必用實字，頗得美成之訣。此詞「帶」字、「就」字、「濺」字皆是。如此類者甚多，不能盡注，讀者注意可也。「萬點啼暗樹」不成句。

楊箋：陳鋭《裦碧齋詞話》曰：「起句是平上去入四聲。」鐵夫按：連五闋皆然。陳説是也。

**【考辨】**

鄭氏手批：按《歲時廣記》引《越地傳》云：「競渡起於越王勾踐，蓋斷髮文身之俗，習水而好戰者也。」《荆楚歲時記》亦云：「南方競渡者，治其舟使輕利，謂之飛鳧，又曰水車水馬，州將及土人悉臨水而視之。」夢窗兩詞記事，皆在越中，無一語及沅湘可證。其詞中所寫節物光景，皆與越俗相合。蓋競渡之俗，在荆楚則以五月五日爲吊屈；在越俗則當春水方生，治舟輕利，便於水事。遂傳爲清明寒食水嬉故實，此在昔人詩詞備見，亦足補競渡一典要焉。

楊箋：此爲寒食日重遇去姬西湖之詞。　此詞爲姬去後第一個寒食作。

孫按：楊鐵夫考此詞寫於淳祐五年（一二四五）。其箋《塞垣春·丙午歲旦》「漸街簾、還似新年，過郵亭、一相見」數句曰：「此即《掃花遊》之『就解佩旗亭、故人相遇』事，因此知《掃花遊》必作於丙午前一年。」其實，此詞寒食日寫於杭州西湖。詞用賦筆，全詞寫游湖時春陰變雨，以及雨中的各類情形，有如江淹《恨賦》、《别賦》。而「恨春太妒。濺行裙更惜，鳳鉤塵污」三句寫寒食遊女西湖雨中之事；既不能確知寫作時間，亦無與姬妾。

## 又

春雪

水雲共色〔一〕，漸斷岸飛花〔二〕，雨聲初峭〔三〕。步帷素裊〔四〕。想玉人誤惜，章臺春老〔五〕。岫斂愁蛾〔六〕，半洗鉛華未曉〔七〕。艤輕棹。似山陰夜晴，乘興初到〔八〕。心事春縹緲〔九〕。記遍地梨花〔一〇〕，弄月斜照〔一一〕。舊時鬭草〔一二〕。恨淩波路鑰㊀，小庭深窈〔一三〕。凍澀瓊簫㊁〔一四〕，漸入東風郢調〔一五〕。暖回早〔一六〕。醉西園、亂紅休掃〔一七〕。

【校　議】

㊀路鑰：底本、鄭校、四明本作「路鎖」。底本校曰：「鄭文焯曰『宜從王校作「鎖」』。」鄭氏手批：「集中如車馬、酒醉、晴暗等類，皆以義近訛。此則形、義並近，故『鎖』、『鑰』而互舛也。」劉永濟《微睇室説詞》：「按王、鄭校非也。此字周邦彥、吴文英皆用入聲。前有《宴清都》詞，亦有『瑤

扉乍鑰』句。皆以『鑰』代『鎖』。」孫按：檢己亥初刻和甲辰復刻，未見王氏校語及改動，朱、劉皆信鄭氏訛記而然。《歷代詩餘》、戈選、杜本作「路狹」。茲從明張本、毛本、王朱本、朱二校本、朱四校本。

㊁ 凍澀：《歷代詩餘》、戈校本作「凍蕊」。

【注　釋】

〔一〕水雲共色：《六家詩名物疏》卷一三：「《韓詩外傳》云：……雪雲曰『同雲』。」《詩·小雅·信南山》：「上天同雲，雨雪雰雰。」朱熹集傳：「同雲，雲一色也。將雪之候如此。」

〔二〕飛花：陸暢《雪詩》：「詩人寧底巧，剪水作花飛。」《六家詩名物疏》卷一三：「《韓詩外傳》云：凡草木花皆五出，雪花獨六出。」庾信《郊行值雪詩》：「雪花開六出，冰珠映九光。」

〔三〕雨峭：謂雨滴遇空氣對流凝成雪粒，落在瓦上聲音變得有些尖鋭。《埤雅》卷一九：「今雪寒甚，則爲粒。」

〔四〕步帷素裊：雪花穿簾度幕。吴均《詠雪詩》：「微風摇庭樹，細雪下簾隙。縈空如霧轉，凝階似花積。」周邦彦《紅林檎近》詠雪：「那堪飄風遞冷，故遣度幕穿窗。」步帷，猶言步障。《晉書·列婦傳》：「（王）凝之弟獻之嘗與賓客談議，詞理將屈，道韞遣婢白獻之曰：『欲爲小郎解圍。』乃施青綾步障自蔽，申獻之前議，客不能屈。」此並爲玉人張本。

〔五〕想玉人二句：玉人，《晉書·衛玠傳》：「（玠）年五歲，風神秀異……總角乘羊車入市，見者皆以爲玉人，觀之者傾都。驃騎將軍王濟，玠之舅也，儁爽有風姿。每見玠，輒歎曰：『珠玉在側，覺我形穢。』」後多用以稱美麗的女子。此指冰雪聰明的謝道韞。章臺春老，合用章臺柳及柳絮如雪典。詳見《水龍吟·過秋壑湖上舊居寄贈》注〔一八〕、《解連環·留別姜石帚》注〔一三〕。誤惜，此處詠春雪始落，雪粒如鹽，是以道韞擬柳絮爲誤。梁簡文帝《詠雪詩》：「鹽飛亂蝶舞，花落飄粉奩。」孟浩然《和張丞相春朝對雪》：「迎氣當春至，承恩喜雪來。……撒鹽如可擬，願糝和羹梅。」黄庭堅《春雪呈張仲謀》：「暮雪霏霏若撒鹽，須知千隴麥纖纖。夢闌半枕聽飄瓦，曉起高堂看入簾。」

〔六〕岫斂愁蛾：暗用遠山黛典，詳見《瑞鶴仙》（淚荷抛碎璧）注〔四〕。

〔七〕半洗句：劉禹錫《終南秋雪》：「霧散瓊枝出，日斜鉛粉殘。」還化用王安石《至開元僧舍上方次韻舍弟二月一日之作》「霽雪兼山粉黛重」句意。李壁《王荆公詩注》：「粉喻雪，黛喻山，故云『兼』。雪霽山明，始見青色，故云『重』。」洗，猶言「洗妝」。鉛華，《文選·曹植〈洛神賦〉》：「芳澤無加，鉛華弗御。」李善注：「《楚辭》曰：『粉白黛黑施芳澤。』鉛華，粉也。《博物志》曰：『燒鉛成胡粉。』」張平子《定情賦》：『思在面爲鉛華兮，患離塵而無光。』」

〔八〕艤輕棹三句：《世説新語·任誕》：「王子猷居山陰，夜大雪。眠覺，開室命酌酒，四望皎然。因起彷徨，詠左思《招隱詩》。忽憶戴安道，時戴在剡。即便夜乘小船就之，經宿方至。造門不前而返，人問其故。王曰：『吾本乘興而行，興盡而返。何必見戴。』」輕棹，《藝文類聚》卷七一引晉王叔之《舟贊》：「弱楫輕棹，利涉濟求。」

〔九〕春縹緲：「春」字爲時間狀語。張耒《探春有感二首》（之一）：「煙樹遠浮春縹緲，風光不動日陰沈。」

〔一〇〕遍地梨花：以梨花與雪花互喻。岑參《白雪歌送武判官歸京》：「忽如一夜春風來，千樹萬樹梨花開。」王安石《染雲》：「染雲爲柳葉，剪水作梨花。」

〔一一〕弄月斜照：以梨花映照著將要西沈的斜月喻夜中雪景。周邦彦《浪淘沙慢》：「恨春去、不與人期，弄夜色，空餘滿地梨花雪。」

〔一二〕舊時鬭草：宗懔《荆楚歲時記》：「五月五日，四民並踏百草，又有鬭百草之戲。」葛立方《韻語陽秋》卷一九謂《荆楚歲時記》五月五日競渡「蓋當時五月五日，以周官正言之爾。今用夏正，乃三月也」。此亦因周曆夏正之異，故宋代春三月鬭百草，宋詞可證。如柳永《鬭百花》：「春困厭厭，抛擲鬭草工夫，冷落踏青心緒。」晏殊《破陣子・暮春》：「燕子來時新社，梨花落後清明。……疑怪昨宵春夢好，元是今朝鬭草贏。笑從雙臉生。」

〔一三〕恨淩波二句，爲「恨淩波路窈，小庭深鑰」之倒文。窈，猶言「窈窕」，幽深貌。

〔一四〕凍澀：葛立方《玉樓春》：「笙簧凍澀閑纖指，香霧暖薰羅帳底。」澀，《説文》：「不滑也。以音言。」瓊簫：玉簫。王翰《飛燕篇》：「朝弄瓊簫下彩雲，夜踏金梯上明月。」

〔一五〕漸入句：姚合《詠雪》：「飛隨郢客歌聲遠，散逐宫娥舞袖回。」郢楚調中有詠雪之歌。《文選·謝惠連·雪賦》：「曹風以《麻衣》比色，楚謡以《幽蘭》儷曲。」李善注曰：「宋玉《諷賦》曰：『臣嘗行至，主人獨有一女，置臣蘭房之中。臣援琴而鼓之，爲《幽蘭》、《白雪》之曲。』」另，楚調中有《陽春白雪》。見《水龍吟·送萬信州》注〔一三〕。

〔一六〕暖回早：王初《早春詠雪》：「散作上林今夜雪，送教春色一時來。」楊箋：「雪後必有回暖時。」

〔一七〕醉西園二句：西園，此泛稱。反用杜牧《惜春》詩意：「悵望送春杯，殷勤掃花帚。」以上三句想像雪後賞春情景，爲「春雪」後路。

【集評】

陳洵《海綃説詞》：「水雲共色」，正從空處起步。「章臺春老」，側面實處轉步。「山陰夜晴」，對面寬處歇步。「遍地梨花」，復側面空處回步。以下步步轉，步步歇，往復盤旋，一步一境。换頭五字，貫徹上下，通體渾融矣。

劉永濟《微睇室説詞》：起四字寫雪天景象。「漸斷岸」二句，「飛花」，雪花也。「峭」，本巖峻、急切義，此言雨雪交下之聲。「步帷」四字，雪飛入遊人帷幕也。古時貴婦女外游，必施步障。《晉書》稱謝道藴施青綾步障自蔽。「步帷」，即步障。「想玉人」二句暗用謝安冬日集子女，命各擬句詠雪。謝道藴曰「未若柳絮因風起」事。「章臺」多種柳。此言「誤惜」者，謝女誤以雪爲柳絮也。此等處，雖係以古人雪事來點染春雪，必須融化，不然便成事類賦矣。「岫斂」二句又寫山上之雪。「艤輕棹」三句則水中之雪。寫山雪但言雪改换了山色，寫水雪，用王子猷在山陰，大雪中乘興訪戴安道事。一虚寫，一實事，以見用筆變化。换頭五字，承作詞本意。陳洵謂「换頭五字，貫徹上下，通體渾融」是也。此以春雪之縹緲形容「心事」亦如之也。「記遍地」以下，即縹緲之「心事」。「梨花」和「月」，用以點染雪之白。但以一「記」字領起，則「心事」也。「舊時」四字，承上皆昔日之事。「恨淩波」二句，言昔時「鬭草」游春，常恨凍結不能行舟，故曰「路鑰」。「凍澀」二句，寫雪之寒，因簫聲「凍澀」，遂聯想及曲調郢人有《陽春》、《白雪》之歌，故曰「東風郢調」。歇拍以「暖回」作結，亦從題之後路著筆也。

【考　辨】

楊箋：此爲重到西園憶姬之作。

孫按：此爲詠春雪詞。「鬭草」云云，是詠物詞中略入閨房意的常法；並且詞亦不寫於西園。若謂必涉愛情記憶，集中《祝英臺近・春日客龜溪遊廢園》有「鬭草溪根，沙印小蓮步。自憐兩鬢清霜，一年寒食，又身在、雲山深處」。時間情事相契，略可牽合也。

## 又

贈芸隱〔一〕

草生夢碧〔二〕，正燕子簾幃〔三〕，影遲春午〔四〕。倦茶薦乳〔五〕。看風籤亂葉，老沙昏雨㈠〔六〕。古簡蟫篇，種得雲根療蠹㈡〔七〕。最清楚〔八〕。帶明月自鋤，花外幽圃〔九〕。

醒眼看醉舞〔一〇〕。到應事無心〔一一〕，與閑同趣〔一二〕。小山有語〔一三〕。恨逋仙占卻，暗香吟賦〔一四〕。暖通書床㈢，帶草春摇翠露〔一五〕。未歸去。正長安、軟紅如霧〔一六〕。

【校　議】

㈠老沙：諸本同。楊箋疑之：「『沙』疑『莎』誤。『葉』字、『莎』字，俱『芸』字旁襯。」「《詩》：七月莎雞振羽。《釋文》：莎，今作沙。莎、沙，古通用。」劉永濟《微睇室説詞》：「楊鐵夫校疑『沙』乃『莎』誤。作『莎』，與上文『茶』、『草』、『葉』皆爲『芸』作襯，似太泥。」

㈡雲根：戈校本作「芸根」。王朱本、朱二校本皆校曰：「疑作『芸』。」鄭氏手批：「『雲根』即謂

『芸』也，無可疑。」

㊂暖通：底本校曰：「按集中《探芳信》、《江神子》詞，兩用『通』字，並注『去聲』，此特未注耳。」夏敬觀評語：「『通』讀去聲，古音『東』、『侯』對轉，實即『透』字。」毛本、《歷代詩餘》、戈校本、杜本、王朱本、朱二校本作「暖逼」。吴校：「『暖逼』二字至適，不必曲爲牽埘。」況周頤《蕙風詞話》卷四：「夢窗詞《掃花遊》：『暖逼書床，帶草春搖翠露。』《江神子》（賦洛北碧沼小庵）：『不放啼紅，流水透宫溝。』『逼』字、『透』字，宋本並作『通』。注『去聲』。作『逼』、作『透』皆後人臆改，不知古音故也。明楊鐵崖《東維子集·五月八日紀遊三十六天洞靈洞詩》云：『牛車望氣待著書，螺女行廚時進供。胡麻留飯阮郎來，林屋刺船毛父通。王生石髓墮手堅，吴客求珠空耳縫。』此詩凡十六韻，皆『送』、『宋』韻。『通』字兩作去聲，此亦一證。」

## 【注　釋】

〔一〕芸隱：即施樞，字知言，號芸隱。字號語出李商隱《别薛嵒賓》：「桂樹乖真隱，芸香是小徵。」

〔二〕草生夢碧：《歲時廣記》卷一：「《南史》：謝惠連年十歲能屬文，族兄靈運嘉賞之。每有篇章，對惠連輒得佳句。嘗於永嘉西堂思詩，竟日不就。忽夢見惠連，而得『池塘生春草』之句，大以爲工。嘗云：『此語有神助，非吾語也。』」草、碧，並皆隱寫芸草。

〔三〕燕子簾幃：梁簡文帝《詠新燕詩》：「入簾驚釧響，來窗礙舞衣。」

〔四〕遲：等待。詳見《塞垣春・丙午歲旦》注〔一五〕。燕子亦入此句。讀若去聲。清代劉獻廷《廣陽雜記》卷三：「（茹）紫庭吟其舊句云：『燕妥階泥溼，花遲檻露温。』余謂此遲字當作去聲讀，音稚。若平聲即遲速之遲，不如此解。」夢窗此調五首，此處皆作仄聲亦可佐證。芸香「仲冬始生」，故曰待燕歸來。

〔五〕倦茶薦乳：「午」字意入此句。楊萬里《新暑追涼》：「朝慵午倦誰相伴，貓枕桃笙苦竹床。」薦茶，蘇籀《園人餉果》：「春風媚世葩華過，夏日薦茶冰蜜嘗。」乳，即乳花。曹鄴《故人寄茶》：「碧流霞腳碎，香泛乳花輕。」蘇軾《西江月》：「湯發雲腴釅白，盞浮花乳輕圓。」

〔六〕看風籤二句：寫書房中的插書架及硯臺等擺設。「老沙」亦形容石硯。《端溪硯坑志》卷三載引王世貞《宛委餘編》曰：「柳公權蓄硯，以青州爲第一，絳州次之後，始重端、歙、臨洮。」絳硯泥陶而成。張洎《賈氏談録》：「絳縣人善制澄泥硯，縫絹囊置汾水中，踰年而後取，沙泥之細者已實囊矣。陶爲硯，水不涸焉。」《西清硯譜》卷二稱其「土質細潤，堅如玉石」。

〔七〕古簡二句：李賀《秋來》：「誰看青簡一編書，不遣花蟲粉空蠹。」古簡，米芾《書史》：「河間古簡，爲法書祖。」蟫，《爾雅・釋蟲》：「蟫，白魚。」郭璞注：「衣書中蟲，一名蛃魚。」雲根，諧音「芸根」。療蠹，諧音「療妒」。梁武帝郗后頗妒，楊夔引《山海經》以鶬鶊爲膳可以療妒，郗后茹之，妒減殆半。此見朋友之間戲謔之意。

〔八〕清楚：芸香下部爲木質，故又稱芸香樹。與下二句取意高觀國《生查子・梅次韻》：「香驚楚驛寒，瘦倚湘筠暮。一笛已黄昏，片月尤清楚。」借寫施氏月色中瓔藝芸香樹。梅欲花時，芸葉初生，故互擬之。

〔九〕帶明月二句：成公綏《芸香賦》：「美芸香之修潔，稟陰陽之淑精。去原野之蕪穢，植廣廈之前庭，莖類秋竹，葉象春檉。」因無自種芸草文典，故化用同樣爲高雅之舉的種梅花典實，劉翰《種梅》：「惆悵後庭風味薄，自鋤明月種梅花。」方岳《寄題趙德成東巖》：「空山誰可閑來往，自種梅花伴明月。」以上三句寫庭院中種芸之僻地及宛然隱者的灑脱身姿。

〔一〇〕醒眼句：《楚辭・漁父》：「屈原曰：『舉世皆濁我獨清，衆人皆醉我獨醒，是以見放。』」齊己《對菊》：「莫嫌醒眼相看過，卻是真心愛澹黄。」此寫芸隱雖然入仕，卻能以獨醒的眼光旁觀舉世皆醉之狂態。

〔一一〕應事無心：猶言「應事無方」。達到了以本心與外物周旋的精神境界。《列子・説符》：「投隙抵時，應事無方，屬乎智。」

〔一二〕與閑同趣：謂雖然身居官職卻有閒居之樂趣。參見《慶宫春・越中題錢得閑園池》注〔一〕。

〔一三〕小山有語：小山，淮南小山。有辭賦《招隱士》，其中警句曰「王孫遊兮不歸，春草生兮萋萋」，「王孫兮歸來，山中兮不可以久留」。

〔一四〕恨逋仙二句：寫孤山隱者林逋及詠梅名句。卻，《匯釋》：「語助辭。用於動辭之後。」

〔一五〕暖通二句：用書帶草典。詳見《瑞鶴仙·餞郎糾曹之嚴陵》注〔九〕。帶草春翠，承上小山之語，有草色碧緑茂盛之意。

〔一六〕未歸去三句：軟紅如霧，指繁華的京城。詳見《瑞鶴仙·贈絲鞋莊生》注〔六〕。李頻《投京兆府試官任文學先輩》：「長安未歸去，爲倚鑒妍媸。」三句語意曲折。謂淮南小山已云山中不可隱，而杭州孤山早已被林逋獨擅，贈主身處杭京鬧市似與名號中的「隱」字扞格舛互；然而能如芸草隱於書齋，並洞鑒世態之妍媸，所以雖未歸去，但這種真名士作派，已儼然隱者矣；言下之意是施氏字號還是名至實歸。

【集　評】

劉永濟《微睇室説詞》：此乃投贈友好之作。必其人之性情、學問、言論、風采，皆知之甚悉，然後言之親切有味。此詞一起四字，以謝靈運「池塘生春草」詩寫春時，寫芸隱乃詩人。芸隱姓施，名樞，芸隱其别號也。「燕子」二句寫其居處與時候。「倦茶」三句寫其風雅。「薦乳」者，楊文公《談苑》：「茶之精者，北苑名曰白乳頭。」唐曹鄴《故人寄茶》詩，有「香泛乳花輕」之句。蓋古人謂煎茶時水面泛出白沫如乳，故曰乳。「薦」者，進飲也。「風籤」句暗用東坡「雨昏石硯寒雲色，風動牙籤亂葉聲」詩句。「籤」，書籤也。《唐書·經籍志》：「甲乙丙丁四部書，各爲一庫，經庫紅牙籤，史庫緑牙籤，子庫碧牙籤，集庫白牙籤。」蘇詩言風動書籤，聲如亂葉，吴詞則言「亂葉」如風動之書籤也。合下句「老沙」看，寫風寫雨，仍是以景物點染施氏所居。……「古簡」二句又從施之號渲染其博學，富於藏書。「芸」爲可避書蠹之草。「蟫」即書中蠹魚。「雲根」即「芸」也。「帶月」二句從「隱」字生出，暗用林逋「自鋤明月種梅花」詩意，但言施種芸草與林種梅花不同，故曰「花外幽圃」。但林隱居孤山，故以比施名。換頭更從施之平生著筆。「醒眼」句與「應事無心」八字，非至高潔出塵之人不能，非至熟至密之友不知。「小山」，本淮南王劉安一群賓客之稱。《楚辭》有《招隱士》篇，即小山之徒所作。原意乃招隱士出仕，後人誤認爲招其歸隱。夢窗用此，亦作招其歸隱之意。曰「有語」者，言小山之徒有招隱之言也。下文「恨逋仙」者，言千古惟林逋能高隱孤山，種梅吟詩，而他人不能。「恨」者，恨如林之人少，獨讓林占卻此等清福也。吴與施交誼最深，此詞贈施，似以施之學問、人品而猶溷跡人間，不即歸去爲可惜。吴蓋認爲世已亂，作宦其間，甚無意味。於此可以見吴本人之品格，又可以見其待友之忠實，但措辭極爲婉約，必合結尾各句觀之，此意方顯。「暖通」二句仍歸到施之品學。「帶草」，漢鄭玄宅有草，葉長尺餘，人號爲書帶草。「未歸去」三句，因芸隱此時尚以微官留滯京城軟紅塵土中未去，故而微諷之，正其愛重朋友之意。「長安」以指臨安。

【考　辨】

朱箋：《南宋群賢小集》，施樞，字知言，有芸隱《横舟》、《倦遊》二稿。按，集中有《木蘭花慢》

「施芸隱留別用其韻踐別」詞。

夏箋：施樞《芸隱橫舟稿》自序，爲浙漕幕屬在丙申冬，蓋理宗端平三年。此詞結云：「未歸去。正長安、軟紅如霧。」或丙申、丁酉間在杭州。

楊箋：丙申年，夢窗尚在蘇幕，未經遷杭。此言「贈」，當言寄贈，仍斷在蘇作。

田考：施樞，字知言，號芸隱，又號浮玉，丹徒人，寓湖州。紹定五年（一二三二）舉進士未第。端平二年（一二三五）入吴，攝庾臺幕。三年（一二三六）爲浙東轉運司幕屬。嘉熙二年（一二三八）爲越州府僚。淳祐三年（一二四三）以從事郎任溧陽知縣，六年離任。有《芸隱橫舟稿》、《芸隱倦遊稿》（《四庫提要》、《芸隱橫舟稿自序》、《芸隱倦遊稿》、《景定建康志》卷二七《官守志》）。

孫按：施樞《芸隱橫舟稿·序》：「樞丙申冬趨浙漕舟官，戍小廨，泊崇新門外。傍河依柳，仿佛家居。刓剡之餘，時作一二解，殊自適。丁酉，鬱攸挻孌，場地焦土，轉徙不常；修繕御前諸營，投身竹木瓦礫中，奔走不暇。及涉筆冰幕，塵埃益甚。經年僅得十餘篇，非曰忘之，勢也。戊戌秋，捧檄東越，鑿石障江，因登蓬萊，挹秦望，探禹穴，訪蘭亭，上會稽中峰，謁陽明洞天。山川之秀，陶鎔胸次，間吟一聯，自謂可意。故所得最多。己亥春旋幕，董築江堤，清事始盡廢矣。嘗觀銀濤萬疊，瞬息去來，翠山數點，空遠呈露，非不以是發雅思而動雄心，而無一語及之者，亦勢也。歲晚壩岸成，樞秩適滿，裒集舊作，共百二十題。先正（寇準）詩云：『野水無人渡，孤舟盡日橫。』與樞官業偶同，遂命曰《橫舟稿》。嘉熙庚子元日樞書。」據此自序，知施樞丙申（端平三年，一二三六）冬直至己亥（嘉熙三年，一二三九）年皆任浙漕舟官。夢窗此詞寫於春天，所寫是官居仿佛家居的悠閒生活狀態。施樞丙申年爲浙漕舟官時作《廨宇傍河仿佛家居》詩：「合是清溪近處居，在官卻與在家如。柳風拂岸時鳴櫓，梅月横窗夜讀書。休問舟間無唤渡，須知水底自成渠。俸薪已足供珠粒，比著簞瓢盡有餘。」另有《月夜憶梅花》詩：「夜深寒月照窗紗，忽憶林逋處士家。鷗鷺正眠煙樹冷，不知誰可伴梅花。」皆可與夢窗此詞參看。但這種悠閒的生活開始於丙申（端平三年）冬，結束於丁酉（嘉熙元年，一二三七）年的鬱攸火災。此詞應以寫於丁酉春季爲宜。當年的火災應發生在春季之後。時夢窗尚在蘇幕，詞寫於蘇州。

## 又

送春古江村㊀〔一〕

水園沁碧〔二〕，驟夜雨飄紅，竟空林島〔三〕。豔春過了〔四〕。有塵香墜鈿，尚遺芳草〔五〕。步繞新陰〔六〕，漸覺交枝徑小〔七〕。醉深窈〔八〕。愛緑葉翠圓，勝看花好〔九〕。　芳架雪未掃〔一〇〕。怪翠被佳人㊁〔一一〕，困迷清曉〔一二〕。柳絲繫棹〔一三〕。問閶門自古，送春多少〔一四〕。倦蝶慵飛〔一五〕，故撲簪花破帽〔一六〕。酹殘照。掩重城、暮鐘不到〔一七〕。

【校　議】

㊀《歷代詩餘》詞題作「送春」。

㊁ 翠被：戈選作「繡被」。

【注　釋】

〔一〕古江村：朱箋：「馮桂芬《蘇州府志》：西園在閶門西，洛人趙思別業。張孝祥大書其扁曰『古江村』，中有『足娱堂』。」鄭氏手批：「是知其地以于湖得名，故詞客流連以詠，播傳爲勝跡。」吴校：「即今西園寺旁放生池。」

〔二〕沁碧：水面因倒映而有緑意。

〔三〕驟夜雨二句：韓偓《哭花》：「若是有情爭不哭，夜來風雨葬西施。」李煜《相見歡》：「林花謝了春紅，太匆匆。無奈朝來寒雨，晚來風。」

〔四〕豔春：温庭筠《詠嚬》：「羽薄斂愁翠，黛嬌攢豔春。」

〔五〕有塵香二句：塵香，陸龜蒙《惜花》：「其間風雨至，旦夕旋爲塵。」李清照《武陵春·春晚》：「風住塵香花已盡，日晚倦梳頭。」墜鈿：喻落花。毛熙震《浣溪沙》：「弱柳萬條垂翠帶。殘紅滿地碎香鈿。蕙風飄蕩散輕煙。」韓愈《榴花》：「可憐此地無車馬，顛倒青苔落絳英。」以上六句並化用周邦彦《六醜·薔薇謝後作》：「爲問花何在，夜來風雨，葬楚宫傾國。釵鈿墮處遺香澤。」

〔六〕新陰：下文「愛」字入此句。崔護《郡齋三月下旬作》：「偃仰卷芳褥，顧步愛新陰。」

〔七〕交枝徑小：蕭綜《悲落葉》：「長枝交蔭昔何密，黄鳥關關動相失。」

〔八〕深窈：李棲筠《張公洞》：「一徑深窈窕，上升翠微中。」周邦彦《隔浦蓮近拍》：「新篁摇動翠葆。曲徑通深窈。」

〔九〕愛緑葉二句：張鎡《殘梅》：「雨絲吹冷透窗紗，忽忽東風管鬢華。豈爲梅殘便無恨，草生時節勝看花。」翠圓，猶言「青圓」。曹勳《送楊子寬還臨安寄錢處和》：「壟上麥芒猶緑嫩，枝間梅子漸青圓。」

〔一〇〕芳架句：芳架雪，喻酴醿。《山堂肆考》卷二〇〇：「《格物總論》：（酴醿）及開時，花變白帶淺碧。其香微而清，種者用大高架引之，盤曲而上，二三月間爛熳可觀也。」曹勳《朝中措》：「酴醿芳架引繁英。香遠透簾清。」古人常以雪喻滿架的酴醿白花。如盧祖皋《水龍吟·賦酴醿》：「緑霧迷牆，翠虬騰架，雪明香暖。」曹遵《玲瓏四犯·荼蘼應制》：「一架幽芳，自過了梅花，獨佔清絶。露葉檀心，香滿萬條晴雪。」雪未掃，鑿空爲實而用袁安典。《後漢書·袁安傳》：「袁安，字邵公，汝南汝陽人也。」注引《汝南先賢傳》曰：「時大雪積地丈餘，洛陽令身出案行，見人家皆除雪出，有乞食者。至袁安門，無有行路，謂安已死。令人除雪入户，見安僵卧。問何以不出，安曰：『大雪，人皆餓，不宜干人。』令以爲賢，舉爲孝廉。」

〔二〕翠被：沈約《詠帳詩》：「隋珠既吐曜，翠被復含風。」

〔三〕困迷：春困朦朧。毛熙震《浣溪沙》：「羞斂細蛾魂暗斷，困迷無語思猶濃，小屏香靄碧山重。」春天二十四番花信風，酴醾居二十三，是殿春花朵。故王淇《暮春遊小園》有「開到荼蘼花事了」之句，酴醾花色如雪，惺忪佳人竟疑香雪未掃。酴醾花開，亦漸入「送春」之義。

〔三〕柳絲繫棹：春暮時柳絲長可繫舟。秦觀《江城子》：「西城楊柳弄春柔。動離憂。淚難收。猶記多情，曾爲繫歸舟。」强至《送施野夫赴舉》：「吴河繫棹開深凍，汴日迎鞭弄短暉。」

〔四〕閶闔門二句：閶門，《太平寰宇記·江南東道·蘇州》：「閶門，吴城西門也，以天門通閶闔，故名之。」《吴郡志》卷三：「閶門，《文選》注：吴王闔閭立閶門，象天閶闔門。《吴越春秋》曰：城立昌門者，象天通閶闔風也。……陸機《吴趨行》云：吴趨自有始，請從閶門起。《文選》注引《吴地記》：昌門者，闔閭所作，名曰『閶闔門』，高樓閣道。按陸機所賦，此門在晉時樓閣之盛如此。本朝承平時門上亦有樓三間，甚宏敞。蘇舜欽嘗題詩於上，今廢。」上文「柳」字意亦入此。張籍《寄蘇州白二十二使君》：「閶門柳色煙中遠，茂苑鶯聲雨後新。」又，《送從弟戴玄往蘇州》：「楊柳閶門路，悠悠水岸斜。」頗取意周邦彦《蘭陵王》：「長亭路，年去歲來，應折柔條過千尺。」

〔一五〕倦蝶慵飛：盧祖皋《水龍吟·賦酴醿》：「低回倦蝶，往來忙燕，芳期頓懶。」

〔一六〕故：《匯釋》：「猶仍也；還也；尚也。」簪花破帽：周邦彦《玉樓春》：「裁金簇翠天機巧。不稱野人簪破帽。」餘見《瑞鶴仙·丙午重九》注〔八〕。　取意周邦彦《六醜》詞意：「多情爲誰追惜。但蜂媒蝶使，時叩窗隔。」以倦蝶多情猶撲破帽上所簪花朵，從蜂蝶惜春透過一層寫詞人送春情懷。

〔一七〕酹殘照三句：重城，古代城市在外城中又建内城，故稱。《文選·左思〈吴都賦〉》：「郛郭周匝，重城結隅。」劉逵注：「大城中有小城，周十二里。」據《太平寰宇記》伍子胥所建之吴城，有大城小城之分，大城有陸門八，水門八，小城只有三門，閶門爲其中之一。翻用周邦彦《掃花遊》：「黯凝竚。掩重關、遍城鐘鼓。」謂重重城門緊閉，縱使城外寺院暮鐘聲傳不進城内的西園，但殘陽也同樣預示著春天的最後時光也將過去，故爲澆酒入地，祭奠春天的流逝。

## 【集評】

陳廷焯《雲韶集》卷八：（上闋眉批）亦風流，亦豪放，亦闊達。　（下闋眉批）好句，如讀唐詩。

俞陛雲《唐五代兩宋詞選釋》：送春之句，稿中屢見。前六句寫殘春情景，工而不滯。「小」字韻詠新陰入細，「好」字韻有「緑陰幽草勝花時」之意。下闋意境開展，分三段寫送春。曉窗困起，言佳人之春倦；垂柳繫棹，言春江之行客。而已則當此暮春，破帽簪花，孤蹤寥落，惟有倦蝶相隨，潦倒中有閑放之致。酹酒斜陽，乃結束全首，兼回應「醉深窈」句也。

【考辨】楊箋：此在蘇幕時作，故絶不及姬，勿誤認。

孫按：楊箋意謂此時姬尚在蘇州，同居西園，因不及姬。遍檢夢窗情詞，共居西園之所謂蘇姬其實未曾有也。

## 又

賦瑶圃萬象皆春堂〔一〕

暖波印日㊀〔二〕，倒秀影秦山，曉鬟梳洗〔三〕。步帷豔綺㊁〔四〕。正梁園未雪〔五〕，海棠猶睡〔六〕。藉緑盛紅〔七〕，怕委天香到地〔八〕。畫船繫。舞西湖暗黄〔九〕，虹卧新霽〔一〇〕。天夢春枕被㊂〔一一〕。和鳳筑東風〔一二〕，宴歌曲水〔一三〕。海宫對起〔一四〕。燦驪光乍濕，杏梁雲氣〔一五〕。夜色瑶臺〔一六〕，禁蠟初傳翡翠〔一七〕。喚春醉〔一八〕。問人間、幾番桃李〔一九〕。

【校議】

㊀印日：《歷代詩餘》、戈校本作「映日」。

㊁步帷：杜本作「步幃」。

㊂天夢：杜校：「『天』字疑『香』之誤。」

【注釋】

〔一〕瑤圃：指嗣榮王趙與芮紹興府邸的瑤池、瓊圃，參見《水龍吟·壽嗣榮王》注〔九〕。萬象皆春堂：堂名取意杜甫《宿白沙驛》「萬象皆春氣」詩句，堂在紹興榮邸中。參見《齊天樂·壽榮王夫人》注〔三〕。

〔二〕暖波印日：毛滂《浣溪沙》：「灩灩金波暖做春。疏疏煙柳瘦於人。」從鏡湖水波沐浴於陽光中，寫出氣象之「春」。

〔三〕倒秀影二句：秦山曉鬟，此指紹興府會稽郡的秦望山。詳見【考辨】。並用杜牧《阿房宮賦》典。

〔四〕步帷豔綺：絲錦作成的步障。詳見《齊天樂·毗陵陪兩別駕宴丁園》注〔九〕。此作爲海棠花的遮護。護花本爲皇家或宗室雅舉，如《開元天寶遺事》卷一載唐朝寧王惜花之舉：「（寧王）至春時，於後園中紉紅絲爲繩，密綴金鈴繫於花梢之上，每有鳥鵲翔集，則令園吏掣鈴索以驚之，蓋惜花之故也。諸宮皆效之。」《武林舊事》卷七記淳熙六年皇家賞花：「遂至錦壁賞大花，三面漫坡，牡丹約千餘叢，各有牙牌金字，上張碧油絹幕。」

〔五〕梁園未雪：謝惠連《雪賦》：「梁王不悦，遊於兔園，召乃置旨酒，命賓友。召鄒生，延枚叟。相如末至，居賓之右。俄爾微霰零，密雪下。王乃歌《北風》於《衛詩》，詠《南山》於《周雅》。授簡於司馬大夫，曰：『抽子秘思，騁子妍辭，侔色揣稱，爲寡人賦之。』」梁園，詳見《宴清都·餞嗣榮王仲亨還京》注〔二〕。「未雪」，形容海棠尚未褪紅泛白如雪飄落。榮邸所在地海棠向負盛名。《會稽續志》卷四：「李德裕《平泉草木記》曰：木之奇者，會稽之海棠。」沈立《海棠記》謂其落時「若宿妝淡粉」，或以「雪」擬之。《天中記》卷五三：「《寰宇記》曰：益州海棠尤多繁豔，未開時如朱砂爛熳，半落如雪，天下所無也。」蘇軾《寒食雨二首》（之一）：「臥聞海棠花，泥污胭脂雪。」

〔六〕海棠猶睡：形容海棠正酣放。用楊貴妃典，詳見《宴清都·連理海棠》注〔八〕。

〔七〕藉：古時祭祀朝聘時陳列禮品的草墊。與下二句寫以緑色的草坪爲鋪墊，承接海棠落花，不使其委芳質於泥土之中。與上文「步障」，皆寫宗親護花之用心，並襯托出花團錦簇之「春」。

〔八〕天香：本指牡丹。李正封《賞牡丹》殘句：「天香夜染衣，國色朝酣酒。」此因海棠與牡丹同被喻爲楊貴妃，借稱海棠。

〔九〕畫船繫二句：西湖，此特指鏡湖，鏡湖跨會稽山陰兩縣，分爲東湖和西湖。《會稽志》卷一三：「永和五年，太守馬公臻始作大堤，瀦三十六源之水，名曰鏡湖。堤之在會稽者，自五雲門東至於曹娥江，凡七十二里。在山陰者，自常喜門西至於西小江（一名錢清），凡四十五里。故湖之形勢，亦分爲二而隸兩縣，隸會稽曰東湖，隸山陰曰西湖。東西二湖，由稽山門驛路爲界，出稽山門一百步，有橋曰三橋。橋下有水門，以限兩湖，湖雖分爲二，其實相通。凡三百五十有八里。」刁約《望海亭記》亦云「（卧龍）山之南亘東西鑑湖」。宋代其他詞作亦可以互證。如張炎《聲聲慢・西湖》别本詞題作：「與王碧山泛舟鑑曲，王蕺隱吹簫，余倚歌而和。天闊秋高，光景奇絶，與姜白石垂虹夜遊，同一清致也。」鑑曲，代指鏡湖，因賜賀知章得名。張炎宋亡後曾隱居山陰，而王碧山（沂孫）、王蕺隱（迪簡）皆會稽人，居所或隱居地玉笥山、蕺山皆在山陰，皆可證山陰確有「西湖」。紹興榮邸正在山陰縣，見《宋史・理宗本紀》。暗黄，比喻由黄轉緑時的楊柳。李賀《河南府試十二月樂詞・正月》：「上樓迎春新春歸，暗黄著柳宫漏遲。」西湖鑑曲岸堤正多楊柳。《會稽志》卷三：「又築一園於（千秋）觀之前，曰『賜榮園』。有亭曰『幽襟』，曰『逸興』，曰『醒心』，曰『迎棹』，皆（汪）綱所建。又築長堤十里，夾道皆種垂楊、芙蓉。有橋曰『春波』，跨截湖面。春和秋半，花光林影，左右映帶。風景尤勝，真越中清絶處也。」

〔一〇〕虹卧新霽：杜牧《阿房宫賦》：「長橋卧波，未雲何龍。複道行空，不霽何虹。」此應指西跨湖橋，《會稽志》卷一一：「（山陰縣）西跨湖橋，在縣西六里，上有亭，傍有浮圖。」地處常喜門（也稱「常禧門」、「常西門」）外。

〔一一〕天夢句：此句方點醒「春」字。天夢，猶言「鈞天夢」。謂夢聞鈞天廣樂。詳見《齊天樂・壽榮王夫人》注〔七〕。鄭畋《五月一日紫宸候對時屬禁直穿内而行因書六韻》：「紫府遊應似，鈞天夢不如。」

〔一二〕鳳筑：筑，《荆軻歌·序》：「高漸離擊筑，荆軻和而歌。」李善注曰：「鄧展《漢書》注曰：筑，音竹。應劭曰：狀似琴而大，頭安絃，以竹擊之，故名曰筑也。」琴稱「鳳絲」，夢窗此連類而及。東風：意綴下句，並補足「春」字。

〔一三〕宴歌曲水：此翻用山陰本地典故。《會稽志》卷一〇：「蘭渚在縣西南二十五里，舊經云：山陰縣西蘭渚有亭，王右軍所置，曲水賦詩作序於此。《水經注》云：蘭亭，一曰蘭上里，太守王羲之、謝安兄弟數往造焉。王廙之移亭在水中，晉司空何無忌臨郡起亭於山椒，極高盡眺，亭宇雖壞，基陛尚存。……渚旁有曲水，清流激湍，映帶左右，訖今猶然。」餘見《一寸金·贈筆工劉衍》注〔一四〕。

〔一四〕海宫對起：會稽卧龍山有望海亭，亭址因與海上仙山相對而建有蓬萊閣，故夢窗以海宫美稱榮邸新建築。下句中的「雲氣」意綴於此，以能致雲霧之氣的潛龍在淵諛稱榮邸屢有真龍誕生。《管子·水地》：「龍生於水，……欲尚則淩於雲氣，欲下則入於深泉。」

〔一五〕燦驪光二句：暗用梅梁化龍典，見《齊天樂·與馮深居登禹陵》注〔六〕。驪光，龍宫驪珠之光。《莊子·列禦寇》：「河上有家貧恃緯蕭而食者，其子没於淵，得千金之珠。其父謂其子曰：『取石來鍛之。夫千金之珠，必在九重之淵，而驪龍頷下，子能得珠者，必遭其睡也。使驪龍而寤，子尚奚微之有哉。』」鮑溶《采珠行》：「海宫正當龍睡重，昨夜孤光今得弄。」杏梁，《文選·司馬相如〈長門賦〉》：「刻木蘭以爲榱兮，飾文杏以爲梁。」李善注曰：「文杏亦木名。」

〔一六〕夜色瑶臺：李白《清平調》：「若非群玉山頭見，會向瑶臺月下逢。」王嘉《拾遺記·昆侖山》：「（昆侖山）第九層，山形漸小狹。下有芝田蕙圃，皆數百頃，群仙種耨焉。旁有瑶臺十二，各個千步，皆五色玉爲臺基。」兼寫榮邸瑶池瓊圃。

〔一七〕禁蠟初傳：用寒食節「日暮漢宫傳蠟燭」典，詳見《水龍吟·過秋壑湖上舊居寄贈》注〔一〇〕。翡翠，指翠羽。此代指宫使所乘之車。參見《宴清都·餞嗣榮王仲亨還京》注〔二〕。張孝祥《鷓鴣天·上元設醮》詞：「何人曾侍傳柑宴，翡翠簾開識聖顔。」

〔一八〕唤春醉：巧妙牽用榮邸自製的「萬象皆春」美酒。《説郛》卷六〇（下）引泗水潛夫（周密）輯《南宋市肆紀》「諸色酒名」榮邸有「眉壽堂、萬象皆春」。

〔一九〕問人間二句：李彌遜《次韻陳君實先生二首》（之二）：「騎馬長安漫踽涼，幾番桃李豔晨妝。」

【集　評】

夏敬觀評語：换頭句太奇，殊難索解。

楊箋：（「舞西湖」二句）「暗黄」，是柳色，在凡手必出「柳」字，夢窗往往不爾。此非西湖。言「西湖」者，欲「暗黄」句厚耳。

【考　辨】

朱箋：按榮邸瑶圃在紹興，見《癸辛雜識》。

夏箋：《水經注》：「秦望山在越州城正南，爲群峰之傑，秦始皇登此以望南海。」此云「秦山」，簡稱也。白石《漢宫春》蓬萊閣詞，亦云「秦山對樓自緑」。此詞詠榮邸瑶圃，過變云「天夢春枕被」，必景定元年六月度宗立爲皇太子以後作。

吴箋：今檢周密《癸辛雜識後集》……榮王夫人往來紹興榮邸與臨安榮邸間，關孫亦當隨從，榮邸瑶圃未必定於紹興也。又檢周密《武林舊事》列「萬象皆春堂」，注「附榮邸」，可證瑶圃在杭。彊村先生連屬誤會也。夏承燾、楊鐵夫皆因襲而誤。謂詞中「西湖」非指杭州西湖，言「西湖」者，欲「暗黄」句厚耳。瑶圃在杭，此「西湖」者，亦爲一證。萬象皆春堂，在臨安榮邸瑶圃之内。夏先生誤以瑶圃在越，故以秦山屬秦望。萬象皆春堂既在臨安，則此秦山當詩詞中「秦山」、「越山」，以爲「山」之泛言也。

孫按：《會稽志》卷九：「秦望山在縣東南四十里。舊經云衆嶺最高者。《輿地廣記》云：秦望在州城南，爲衆峰之傑。秦始皇登之以望東海。……《太平御覽》云：山在州城正南，陟境便見，秦始皇帝登山以望南海。」前已考得嗣榮王唯紹興府邸中有瑶池、瓊圃，並考得吴箋録《武林舊事》實誤以酒色爲堂名，所録《癸辛雜識後集》，則昧於「甥館」之義，而不知關孫實溺於紹興府邸瓊圃瑶池中。參見《齊天樂·壽榮王夫人》【考辨】。另，據此詞還可進而論之。首先，北方之「秦山」、南方之「越山」固可作爲泛稱，然南方「秦山」均特指秦望山，限定爲「秦鬢」之後，更是概無例外（夢窗前文《慶宮春・越中題錢得閑園池》喻臨安錢唐縣域中的秦望山爲「秦鬢」，是因山名相同偶用之耳）。宋詞中「秦鬢」，往往與鑑湖（因曾賜賀知章，故又稱賀湖。因水平如鏡，又稱鏡湖）連類相及而言會稽秦望山。如李彭老《摸魚子》：「但望裏江南，秦鬢賀鏡，渺渺隔煙翠。」周密《甘州》：「羨風流魚鳥，來往賀家湖。認秦鬢、越妝窺鏡，倚斜陽、人在會稽圖。」王沂孫《淡黃柳》：「翠鏡秦鬢釵別，同折幽芳怨搖落。」故知此秦望山在紹興境内。其次，鑑湖分爲東西湖，在山陰者爲「西湖」，曲水流觴也是山陰本地風光。再次，「梁園」，在今河南商丘縣東，並不在當時京城長安；「梁園」與榮邸的比附，也是此萬象皆春堂不在杭京的佐證。

此詞用潛龍典，當作於寶祐元年（一二五三）理宗立度宗爲皇子以後，景定元年（一二六〇）六月立爲皇太子之前。

## 應天長　夷則商　俗名林鐘商㈠

吴門元夕〔一〕

麗花鬬靨㈡〔二〕，清麝濺塵〔三〕，春聲徧滿芳陌㈢〔四〕。竟路障空雲幕〔五〕，冰壺浸霞色〔六〕。

芙蓉鏡〔一七〕，詞賦客㊃〔一八〕。競繡筆〔一九〕、醉嫌天窄㊄〔二〇〕。素娥下〔二一〕，小駐輕鑣〔二二〕，眼亂紅碧〔二三〕。　前事頓非昔〔二四〕，故苑年光〔二五〕，渾與世相隔〔二六〕。向暮巷空人絶㊅〔二七〕，殘燈耿塵壁〔二八〕。淩波恨〔二九〕，簾户寂〔三〇〕。聽怨寫、墮梅哀笛〔三一〕。竚立久〔三二〕，雨暗河橋〔三三〕，譙漏疏滴〔三四〕。

【校議】

㊀ 朱四校本、《全宋詞》無「俗名林鐘商」五字。底本校曰：「『林鐘商』，當作『商調』。」

㊁ 闘靨：鄭氏手批：「『靨』字，暗叶例。此對句起處協均，與白石《惜紅衣》對起，次句暗協之律同一義例。」

㊂ 偏滿：毛本、《詞譜》、《歷代詩餘》、杜本作「偏漏」。戈校本作「偏滿」。王朱本徑改作「偏滿」。餘本從。明張本正同。偏，同「徧」。芳陌：明張本、毛扆本作「坊陌」。

㊃ 芙容二句：明張本、毛本作「芙蓉詞賦客」五字。毛扆本：「『芙蓉』下脱一字。」王朱本作「芙蓉□，詞賦客」。杜校：「脱『鏡』字，從《花草粹編》補。」諸本從之。《歷代詩餘》作「芙蓉詞，賦仙客」。

㊄ 天窄：明張本、毛本、王朱本作「天色」，皆注曰：「作『窄』。」鄭氏手批：「『色』字大誤。毛注作

『窄』，宜校訂，且第五句已有『色』字均，安得重押？亟宜修改。」

㈥鄭氏手批：「此調第四句及下闋四句『幕』與『絶』二字是夾協，清真『月』、『燭』正同例。」

【注釋】

〔一〕吴門：指春秋吴都閶門。《類説》卷一五引《韓詩外傳》曰：「顔回望吴門馬，見一疋練。孔子曰『馬也』。」李白《殷十一贈栗岡硯》：「灑染中山毫，光映吴門練。」此應代指蘇州。

〔二〕麗花鬭靨：笑靨如花的麗人爭奇鬭豔。

〔三〕清麝濺塵：此寫清塵濺上麝香之衣裾。左思《魏都賦》：「增構峩峩，清塵彯彯。」麝，此指元夕夜遊賞仕女衣裳的薰香。詳見《水龍吟·癸卯元夕》注〔四〕。

〔四〕春聲：下句中的「竟路」意屬此上三句。寫京城元夕之夜，遊女如雲，滿路飄香的熱鬧情景。

〔五〕障空雲幕：《海録碎事》卷四（下）：「《西京雜記》：漢成帝設雲帳、雲幄、雲幕於甘泉紫殿，謂之三雲殿。」此「雲幕」指遮擋路上灰塵和視線的帷幕，猶言步幛。

〔六〕冰壺：本指玉質花燈。《武林舊事》卷二：「其後福州所進，則純用白玉，晃耀奪目，如清冰玉壺，爽徹心目。」觀下四句所用典故，此亦兼指臨安榮邸中的「涼堂」，參見《齊天樂·壽榮王夫人》注〔五〕。浸霞色：形容絳紅色花燈燦若霞光。如歐陽修《驀山溪》：「新正初破，三五銀蟾滿。

纖手染香羅，剪紅蓮、滿城開遍。」

〔七〕芙蓉鏡：諸家皆注此爲背面鑄有芙蓉花飾的銅鏡，代指新進士。見段成式《酉陽雜俎·續集》卷二：「相國李公固言，元和六年下第遊蜀，遇一老姥，言：『郎君明年芙蓉鏡下及第，後二紀拜相，當鎮蜀土，某此時不復見郎君出將之榮也。』明年，果然狀頭及第，詩賦題有《人鏡芙蓉》之目。後二十年，李公登庸。」然此新進士典與全詞意不相貫。此中「鏡」字實形容鑑湖清澈之渌水，前文「幕」字意亦屬「芙蓉」，實用蓮幕典。嗣榮王趙與芮官至太傅，正是「三公開府」，用此典至爲剴切。詳見《宴清都》（萬里關河眼）注〔一九〕。

〔八〕詞賦客：暗用梁王典。周邦彦《紅林檎近·詠雪》：「冷落詞賦客，蕭索水雲鄉。援毫授簡，風流猶憶東梁。」餘見《掃花遊·賦瑶圃萬象皆春堂》注〔五〕。

〔九〕繡筆：猶言五色彩筆，寫出錦繡詞賦。參見《繞佛閣·贈郭季隱》注〔三〕。

〔一〇〕醉嫌天窄：杜甫《送李校書二十六韻》：「每愁悔吝作，如覺天地窄。」陸游《縱筆》：「醉嫌天地窄，老覺歲時公。」榮邸有萬象皆春酒，醉後濃睡不醒，見《掃花遊·賦瑶圃萬象皆春堂》注〔一八〕。並用「壺天」典，顧況《雜歌謡辭·步虛詞》：「壺中無窄處，願得一容身。」餘見《丹鳳吟·賦陳宗之芸居樓》注〔一五〕。

〔一一〕素娥下：形容元夕夜天清月近人。周邦彦《解語花·上元》：「桂華流瓦。纖雲散，耿耿素娥欲下。」

〔一二〕小駐輕鑣：《文選・木華〈海賦〉》：「若乃大明摭轡於金樞之穴，翔陽逸駭於扶桑之津。」李善注曰：「言月將夕也。大明，月也。《周易》曰：懸象著明，莫大乎日月。摭，猶攬也。月有御，故言轡。」摭，一作「鑣」。

〔一三〕眼亂紅碧，猶言「看朱成碧」。本形容眼花不辨五色。王僧孺《夜愁詩》：「誰知心眼亂，看朱忽成碧。」此形容元夕醉遊。《浩然齋雅談》卷中引鄭如幾詩：「看朱成碧醉中眼，施粉太白尊前人。」以上皆爲回憶之筆。

〔一四〕前事非昔：耿湋《宋中》：「空思前事往，向曉淚沾巾。」周邦彦《蘭陵王・柳》：「沈思前事，似夢裹，淚暗滴。」

〔一五〕故苑：以故吴苑代蘇州或故梁苑代榮邸都能説通，但後者於詞意更爲連貫。

〔一六〕與世相隔：蘇軾《與謝民師推官書》：「自還海北，見平生親舊，惘然如隔世人。」以上三句思昔時繁華與今日淒涼，不禁有恍如隔世之感。

〔一七〕向暮：猶言「向晚」，《匯釋》：「猶云臨晚或傍晚也。」

〔一八〕殘燈句：江總《和張記室源傷往詩》：「空帳臨窗掩，孤燈向壁燃。」白居易《上陽白髮人》：「耿耿殘燈背壁影，蕭蕭暗雨打窗聲。」二句漸入元夕風雨。

〔一九〕淩波：語出曹植《洛神賦》。

〔二〇〕簾户寂：與下二句從姜夔《鷓鴣天·元夕不出》化出：「簾寂寂，月低低。舊情惟有絳都詞。」

〔二一〕聽怨寫二句：梅花冬春之間開放，元夕正爲盛時；而笛曲中有《梅花落》。范浚《春雪晚晴出西村》：「墮梅殘白猶明樹，著柳暗黄初映堤。」

〔二二〕竚立久：陸機《擬西北有高樓詩》：「不怨佇立久，但願歌者歡。」

〔二三〕河橋：此指吴江上的橋梁。

〔二四〕譙漏疏滴：《吴郡志》卷六：「譙樓，紹興二年郡守席益鳩工。三年，郡守李擢成之。二十年，郡守徐兢篆平江府額，然止能立正門之樓，兩傍挾樓至今未復，遺基巋然。」疏滴，兼寫雨滴。以上三句謂雨聲夾雜譙樓滴漏聲，增益吴門元夕之落寞及回憶之淒涼。

【集評】

陳洵《海綃説詞》：上闋全寫盛時節物，極力爲换頭三句追逼。至「巷空人絶，殘燈塵壁」，則幾不知爲元夕矣。此與《六醜》「吴門元夕風雨」立意自異。此見盛極必衰，彼則今昔之感。

夏敬觀評語：首四字句對太著力。第四句亦太著力。

楊箋：(「竚立」三句)「立久」映「小駐」，「雨暗河橋」映「素娥下」。下片全寫雨中，而「雨」字至此方點出，亦是倒裝。「漏疏」，是耳聞；「紅碧」是眼亂，亦遥相映帶，無非完足「與世相隔」意，真是細針密縷之作。題中「吳門」二字，除「故苑」外不再見，意在感時，不在懷古故也。

劉永濟《微睇室説詞》：此詞上下兩半闋作對比，以寫昔盛今衰之感。其轉捩點在換頭處。夢窗老壽，當其少年時，南宋國事尚未全非，雖苟安江左，表面尚有承平氣象。故周密《玉漏遲·題吳夢窗詞集》有「閑自笑。與君共是，承平年少」之句，又《玲瓏四犯·戲調夢窗》詞亦有「年少忍負韶華，盡占斷豔歌芳酒」之句，皆追述往日之詞。及夢窗暮年，外患日深而朝廷闒茸，一味欺矇粉飾，勢已岌岌而不知懼。故夢窗每撫今追昔，感慨甚深。此等情況，詞中多有，雖或但切己身言，而世事即在言外，亦詞人憂衰憫亂之情之發於文字者。此詞從起句至過拍，全述昔日元夕景象，非常絢爛。真有萬花爲春之概。「麗花」三句寫元夕遊事，花則與人屭鬬麗，塵土亦帶春人衣麝香氣，已極豔矣，而「春聲」六字再總説一句，更見繁華。「竟路」二句，古代貴婦女出遊或在外飲宴，皆以幕幛之。晉書謝道藴施青綾步障自蔽。又王愷與石崇競富，愷以紫絲步障四十里，崇以錦步障五十里敵之，即此句之意。「冰壺」形容月色。「芙蓉」句寫文士春遊歌酒之樂也。《酉陽雜俎》載李固遇一老姥言，郎君明年芙蓉鏡下及第。李應試詩賦有「人鏡芙蓉」之語，後人遂以此爲狀元及第故事。「醉嫌天窄」極言其豪情勝概也。「素娥下」總寫遊人駐賞作過拍。換頭五字由前盛轉入今衰，故下有「與世相隔」之語，言前事如隔世也。以下皆寫今日之衰，與昔日之盛成對比。「巷空人絶」與「春聲遍滿芳陌」成對比，「殘燈耿塵壁」

與「冰壺浸霞色」迥然不同。「淩波恨」六字與「聽怨寫、墮梅哀笛」句、又與「繡筆醉嫌天窄」有天壤之異。歇拍與過拍亦兩兩相形，以見今昔之不同。「譙漏」，古代設漏壺於城樓上以測時也。

**【考辨】**

楊箋：此在蘇幕時作，亦絶不及姬。

孫按：此詞回憶榮邸元夕的熱閙繁華，承載的卻是故國之思。與《點絳唇·試燈夜初晴》、《訴衷情》（陰陰緑潤暗啼鴉）諸詞皆含思婉轉，深寓繁華今昔的亡國之悲。此詞應寫於德祐二年（一二七六）元兵攻破臨安後再客蘇州時。宋亡後，趙與芮作爲宋宗室隨恭帝北行，降平原郡公。詞中應寓其事，參見後文《訴衷情》（陰陰緑潤暗啼鴉）【考辨】。

## 風流子　黄鐘商　俗名大石調㈠

芍藥〔一〕

金谷已空塵〔二〕。薰風轉〔三〕、國色返春魂〔四〕。半鼓雪醉霜〔五〕，舞低鸞翅〔六〕，絳籠蜜炬，綠映龍盆〔七〕。窈窕繡窗人睡起㊁，臨砌脈無言㊂〔八〕。慵整墮鬟〔九〕，怨時遲暮〔一〇〕，可憐憔悴〔一一〕，啼雨黄昏㊃〔一二〕。　輕橈移花市〔一三〕，秋娘渡〔一四〕、飛浪濺濕行裙㊄〔一五〕。二十四橋南北〔一六〕，羅薦香分〔一七〕。念碎擘芳心㊅〔一八〕，縈思千縷〔一九〕，贈將幽素，偷剪重雲〔二〇〕。終待鳳池歸去，催詠紅翻〔二一〕。

【校　議】

㊀朱四校本、《全宋詞》無「俗名大石調」五字。吴校：「此首用韻，直從平水劉淵十三元格。」

㊁窈窕：《歷代詩餘》作「正窈窕」。

㊂脈無言：《歷代詩餘》作「嘿無言」。《詞譜》、戈校本作「默無言」。嘿，用同「默」。

㊃慵整四句：楊箋：「四句本是一聯。『墮鬟』不對『憔悴』。『墮』當爲『鬌』。《墨子閒詁·修身篇》：華髮隳顛。畢校云：『隳』當爲『墮』。孫詒讓云：《説文·髟部》云：鬌，髮墮也。『墮』與『鬌』通。按：『墮鬟』即『鬌鬟』，對以『憔悴』，是以兩形容字對兩實字法。」孫按：參以下首同調詞，知楊説是，惜無版本依據，故仍其舊。

㊄濺濕：底本作「濕濺」。未知所據。

㊅碎擘：諸本作「碎劈」。茲從明張本。

## 【注　釋】

〔一〕芍藥：我國古代無牡丹之名，統稱芍藥，也稱離草、藥草。《陸氏詩疏廣要》卷上之上引《古今注》曰：「芍藥有二種，有草芍藥、木芍藥。」《全芳備祖前集》卷二：「牡丹，前史無説。自謝康樂集中始言水間竹際多牡丹，而北齊楊子華有畫牡丹極佳，則知此花有之久矣。但自隋以來，文士集中無歌詩，則知隋朝花藥中所無也。隋種植法七十卷，亦無牡丹名。開元末裴士淹得之汾州，天寶中爲都城奇賞。元和初猶少。至貞元中，已多與戎葵同矣（《西陽雜俎》）。自貞元始於汾州衆會寺宣取牡丹（薛能詩序）。開元間，禁中初重木芍藥，即今之牡丹也。」但宋代詩詞中仍有沿襲古代芍藥、牡丹錯綜而稱的習慣。夢窗芍藥牡丹詞皆有渾言之麗句。

〔二〕金谷句：金谷在今河南洛陽市西北，石崇築園於此。酈道元《水經注·谷水》：「谷水又東，左會金谷水，水出太白原，東南流歷金谷，謂之金谷水。東南流徑晉衛尉卿石崇之故居。」石崇《金谷詩序》：「（余）有別廬在河南縣界金谷澗中，或高或下，有清泉、茂林、衆果、竹柏、藥草之屬，莫不畢備。又有水碓、魚池、土窟，其爲娱目歡心之物備矣。」

〔三〕薰風：指暮春初夏的東南風。

〔四〕國色句：《公羊傳·僖公十年》：「驪姬者，國色也。」何休注：「其顔色一國之選。」後用以形容花中牡丹。《南部新書》卷一：「天寶中，程修己以書進見，嘗舉孝廉。故明皇待之彌厚。會春暮，内殿賞牡丹花，上頗好詩，因問修己曰：今京邑人傳牡丹詩誰爲首出？對曰：『中書舍人李正封詩：「天香夜染衣，國色朝酣酒。」』時楊妃侍，上曰：『妝臺前宜飲以一紫金盞酒，則正封之詩見矣。』」劉禹錫《賞牡丹》：「唯有牡丹真國色，花開時節動京城。」此代指芍藥。返春魂，盧祖皋《水龍吟·賦芍藥》：「念洛陽人去，香魂又返，依然是，風流在。」

〔五〕半攲雪句：白居易《草詞畢遇芍藥初開因詠小謝紅藥當階翻詩以爲一句未盡其狀偶成十六韻》：「動盪情無限，低斜力不支。」楊長孺芍藥殘句：「不濃不淡勻脂粉，半醉半醒媚雨風。」陳師道《謝趙生惠芍藥三首》（之二）：「獨舞東風醉西子，正緣無語卻宜人。」韓琦《北第再賞芍藥》：「嬌紅鬧密輕多葉，醉粉欹斜奈軟條。」王觀《揚州芍藥譜》載芍藥有欹𩋎之態者數品，如：「曉妝新，白纈子也。如小旋心狀，頂上四向。葉端點小殷紅色，每一朵上或三點，或四點，或五點，象衣中之點纈也。緑葉甚柔而厚，條硬而絶低。」「醉西施，大軟條冠子也。色淡紅，惟大葉有類大旋心狀，枝條軟細，漸以物扶助之。緑葉色深厚，疏而長以柔。」雪、霜，此喻芍藥之色。邵雍《白芍藥》：「阿姨天上舞霓裳，姊妹庭前剪雪霜。」

〔六〕舞低鸞翅：鸞舞，詳見《齊天樂·壽榮王夫人》注〔一〇〕。此喻芍藥的風中舞姿。謝堯仁《詠芍藥》：「紫者棲紫鸞，黄者浴黄鵠。」楊炎《贈元載歌妓》：「雪面淡眉天上女，鳳簫鸞翅欲飛去。」

〔七〕絳籠二句：語出韓愈《芍藥元和十年知制誥寓直禁中作》：「浩態狂香昔未逢，紅燈爍爍緑盤龍。」《五百家注昌黎文集》：「紅燈爍爍，以喻其花，緑盤龍，以喻其葉。」白居易《牡丹芳》：「千片赤英霞爛爛，百枝絳點燈煌煌。」

〔八〕窈窕二句：前人詩文多形容芍藥窈窕、芍藥臨階、芍藥脈脈不語。如韓愈《戲題牡丹》：「淩晨並作新妝面，對客偏含不語情。」王十朋《芍藥》：「無言誚君子，窈窕有温香。」謝朓《直中書省詩》：「紅藥當階翻，蒼苔依砌上。」白居易《草詞畢遇芍藥初開因詠小謝紅藥當階翻詩以爲一句未盡其狀偶成十六韻》：「背日房微斂，當階朵旋欹。」舒元輿《牡丹賦》：「如貯深閨，似隔窗紗。仿佛息嫣，依稀館娃。我來觀之，如乘仙槎。脈脈不語，遲遲日斜。」窈窕，嫻靜美好貌。《詩·周南·關雎》：「窈窕淑女，君子好逑。」毛傳：「窈窕，幽閑也。」脈，猶言「脈脈」。《文選·古詩十九首》：「盈盈一水間，脈脈不得語。」劉良注曰：「脈脈，自矜持貌。」

〔九〕慵整墮鬟：《後漢書·梁統傳》：「（孫）壽色美而善爲妖態，作愁眉、啼妝、墮馬髻、折腰步、齲齒笑，以爲媚惑。」墮髻，即墮馬髻。《後漢書·五行志一》：「墮馬髻者，作一邊。……始自大將軍梁冀家所爲，京都歙然，諸夏皆放效。」韓琦《和袁陟節推龍興寺芍藥》：「旋心體弱不勝枝，寶髻欹斜猶墮馬。」又，《北第同賞芍藥》：「露裛更深雲髻重，蝶棲長苦玉樓寒。」

〔一〇〕怨時遲暮：《楚辭·離騷》：「惟草木之零落兮，恐美人之遲暮。」王逸章句：「遲，晚也。……而君不建立道德，舉賢用能，則年老耄晚暮，而功不成事不遂也。」謝混《游西池詩》：「美人愆歲月，遲暮獨如何。」

〔一一〕可憐憔悴：劉克莊《賀新郎·客贈芍藥》：「料得花憐儂消瘦，儂亦憐花憔悴。」可憐，《匯釋》：「猶云可惜也。……（韓愈）《榴花》詩：可憐此地無車馬，顛倒青苔落絳英。』言可惜無遊人來賞，任其花落也。」

〔一二〕啼雨黄昏：白居易《草詞畢遇芍藥初開因詠小謝紅藥當階翻詩以爲一句未盡其狀偶成十六韻》：「況有晴風度，仍兼宿露垂。疑香薰罨畫，似淚著胭脂。」洪駒父《芍藥》：「牽風孫壽愁眉破，帶雨驪姬淚眼横。」蔡襄《華嚴院西軒見芍藥兩枝追想吉祥賞花慨然有感寄呈才翁》：「的的名花對酒樽，欄邊沈醉月黄昏。」白居易《長恨歌》：「玉容寂寞淚闌干，梨花一枝春帶雨。」李重元《憶王孫》：「杜宇聲聲不忍聞。欲黄昏。雨打梨花深閉門。」 以上六句因芍藥花季不與百花同在盛春時，故以感傷遲暮的美人喻之；而常被喻爲牡丹的楊妃又被喻爲帶雨梨花，故以梨花虚相及之。

〔一三〕輕橈：借指小船。《楚辭·九歌·湘君》：「薜荔柏兮蕙綢，蓀橈兮蘭旌。」王逸注：「橈，船小楫也。」 花市：王觀《揚州芍藥譜》：「揚之人與西洛不異，無貴賤，皆喜戴花。故開明橋之間，方春之月，拂旦有花市焉。」《揚州府志》卷一一：「揚州昔以芍藥擅名，宋有圃在龍興寺，又有芍藥廳，芍藥壇。開明橋有芍藥花市。」

〔一四〕秋娘渡：此處可泛指渡口，因芍藥行經而綴以香豔之名；也可理解爲以秋娘喻芍藥，謂其經水程前往花市，而以後者義勝。秋娘，唐代歌妓的通稱。白居易《琵琶引》：「曲罷曾教善才伏，妝成每被秋娘妒。」夢窗喜用秋娘、瓊娘、蕭娘等字面，取其清瘦寂寥之義。

〔一五〕飛浪句：姜夔《側犯·詠芍藥》：「紅橋二十四，總是行雲處。」並以行雨者之裙裾喻經渡沾水之芍藥花瓣。

〔一六〕二十四橋句：姜夔《揚州慢》：「二十四橋仍在，波心蕩、冷月無聲。念橋邊紅藥，年年知爲誰生。」李斗《揚州畫舫録》卷一五《崗西録》：「二十四橋即吴家磚橋。一名紅藥橋。」

〔一七〕羅薦香分：精美的墊席因放置芍藥花枝而沾惹了香氣。羅薦，絲織墊褥。梁元帝《採蓮賦》：「故以水濺蘭橈，蘆侵羅薦。」周邦彦《玲瓏四犯》：「夜深偷展香羅薦。暗窗前、醉眠葱蒨。」

〔一八〕碎擘芳心：以芍藥的細碎花蕊喻女性柔懷。下文「幽素」意綴於此。李商隱《房中曲》：「薔薇泣幽素，翠帶花錢小。」

〔一九〕縈思千縷：芍藥有不少品種葉上都有金絲。《揚州芍藥譜》：「寶妝成：髻子也。色微紫，於上十二大葉中密生曲葉，回環裹抱團圓。其高八九寸，廣半尺餘。每一小葉上絡以金線，綴以玉珠，香欺蘭麝，奇不可紀。」「縷金囊：金線冠子也。稍似細條深紅者，於大葉中細葉下抽金線，細細相雜，條葉並同深紅冠子者。」「蘸金香：蘸金蕊，紫單葉也。是髻子開不成者，於大葉中生小葉，小葉尖蘸一線金色是也。」另，前注名爲「醉嬌紅」的芍藥也是「葉下亦有一重金線」。

〔二〇〕贈將二句：表層用《詩・鄭風・溱洧》：「維士與女，伊其相謔，贈之以勺藥。」勺，同「芍」。《埤雅》卷一八：「《韓詩》曰：『芍藥，離草也。』《詩》曰：『伊其相謔，贈之以勺藥。』牛亨問曰：『將離，相贈以芍藥者。何也？』董子答曰：『芍藥，一名可離。將別，故贈之。』」實與上二句皆暗用楊貴妃剪髮誓心典故，劉斧《青瑣高議・驪山記》：「（貴妃）唇非膏而自丹，鬢非煙而自黑。真香嬌態，非由梳掠。」《説郛》卷一〇一（下）所引《楊太真外傳》卷上：「初令中使張韜光送妃至宅。妃泣謂韜光曰：『請奏妾罪合萬死。衣服之外，皆聖恩所賜，唯髮膚是父母所生，今當即死，無以謝上。』乃引刀剪其髮一繚，附韜光以獻。妃既出，上憮然。至是韜光以髮搭於肩上以奏，上大驚惋，遽使力士就召以歸，自後益嬖焉。」上文「縈思千縷」中「思」諧音「絲」，千絲，意同此處「重雲」，芍藥既有「髻子」之名，故可鑿空而坐實爲烏髮。

〔三〕終待二句：謝朓《直中書省詩》詠芍藥：「兹言翔鳳池，鳴佩多清響。」前引韓愈《芍藥》詩也寫於禁中。故謂芍藥名貴不可能長期流落民間，終將會移植宫中。鳳池，魏晉時稱中書省爲「鳳凰池」。《晉書・荀勖傳》：「勖久在中書，專管機事。及失之，甚罔罔悵悵。或有賀之者，勖曰：『奪我鳳凰池，諸君賀我邪！』」此代指皇宫。

【集　評】

夏敬觀評語：四排三處句調變化不能如美成之詞，故亦不及遠甚。

【考　辨】

楊箋：此借題憶姬之作。　（「輕橈」三句）此譬姬之由杭歸蘇，否則，何美人不可比喻，必比之歸故鄉之杜秋娘耶？以花之移市，譬姬之歸吴。吴越行程，宜以舟行。　（「終待」二句）此「歸去」，乃歸來之意；「鳳池」，乃西湖、西園之譬，望其早日歸來，相與盡賞花樂事也。若徒作吉語看，則無味。此詞從芍藥故實中想出許多曲折，達其心之所欲言，熨帖無針線痕。《瑣窗寒》下片直說人；此下片則正、喻夾寫，更難兼顧。兩詞合勘自見。

吴箋：此詠白芍藥。

孫按：此詞純詠各色芍藥，因時時與牡丹渾言之，故採用楊妃典故，與所謂蘇州遣姬了無相涉。若必謂承載愛情記憶，則因芍藥以揚州最盛，或可兼及揚州歌妓。參見《滿江紅·甲辰歲盤門外寓居過重午》【考辨】。

## 又

前題〔一〕

温柔酣紫曲〔二〕，揚州路〔三〕、夢繞翠盤龍〔四〕。似日長傍枕㊀，墮妝偏髻〔五〕，露濃如酒，微醉敧紅〔六〕。自別楚嬌天正遠㊁〔七〕，傾國見吴宮〔八〕。銀燭夜闌，暗聞香澤〔九〕，翠陰秋寂〔一〇〕，重返春風〔一一〕。　芳期嗟輕誤，詑君去㊂〔一二〕、腸斷妾若爲容〔一三〕。惆悵舞衣疊損〔一四〕，露綺千重〔一五〕。料繡窗曲理，紅牙拍碎〔一六〕，禁階敲徧，白玉盂空〔一七〕。猶記弄花相謔，十二闌東〔一八〕。

【校　議】

㈠似日：毛本作「佀日」。毛扆本：「『佀』疑『似』。」孫按：古代「似」同「佀」，與「侣」字以形近而訛。下同不出校。

㈡自别句：夢窗同調二首此句皆七字，周邦彦《清真集》二首則作八字句：「酒醒後、淚花銷鳳蠟」，「繡閣裏、鳳幃深幾許」。鄭氏手批：「清真兩解起句平側互見與此同，惟第七句，周作以三字領句，此少一字，未知舊譜有是體否。」孫案：《三英集》中方千里、楊澤民和周詞作八字句，陳允平和周詞作七字句，張炎《詞源》引後首此句爲「鳳閣繡幃深幾許」，亦七字。

㈢詫君去：明張本、底本、朱四校、四明本作「花君去」。鄭氏手批：「『詫』字宜平。」夏敬觀評語：「『花君去』，不解。此比《繞佛閣》之『人鬢花老』更爲不妥。毛本作『詫』，亦不佳，且此字宜平。」吴校亦以爲「花君」二字「未安」。另，毛扆亦在「詫」字上加朱圈未改字。兹據毛本、杜本、王朱本、朱二校本。

【注　釋】

〔一〕前題：詞題同前首亦爲「芍藥」。

〔二〕温柔句：温柔，猶言「温柔鄉」，本喻美色迷人之境。《趙飛燕外傳》：「是夜進合德，帝大悦，以輔屬體，無所不靡，謂爲温柔鄉。語嫕曰：『吾老是鄉矣，不能效武皇帝求白雲鄉也。』」後亦用以喻花叢。孟郊《看花五首》（之一）：「家家有芍藥，不妨至温柔。温柔一同女，紅笑笑不休。」范成大《樂先生辟新堂以待芍藥酴醿作詩奉贈》：「多情開此花，豔絶温柔鄉。」紫曲，猶言「紫陌」。京師郊野的道路。劉孝綽《春日從駕新亭應制詩》：「紆餘出紫陌，迤邐度青樓。」黄庭堅《次韻王荆公題西太乙宫壁二首》（之二）：「白下長干夢到，青門紫曲塵迷。」揚州漢時曾爲廣陵國，屬吴景帝，故以京城道路喻之。

〔三〕揚州路：杜牧《贈别二首》（之一）：「春風十里揚州路，卷上珠簾總不如。」揚州芍藥天下聞名。劉貢父《芍藥花譜序》：「天下名花，洛陽牡丹，廣陵芍藥爲相侔埒。《禹貢記》：揚州，草夭木喬。聖人之言然，未有效其夭喬也。廣陵芍藥，有自他方移來種之者，經歲則盛，至有十倍其初而勝廣陵所出遠甚。」與上句化用秦觀《望揚州》（調名據唐圭璋《宋詞四考》）句意：「開尊待月，掩箔披風，依然燈火揚州。綺陌南頭。記歌名宛轉，鄉號温柔。」下句「夢」字意屬此。杜牧《遣懷》：「十年一覺揚州夢，赢得青樓薄幸名。」盧祖皋《水龍吟·賦芍藥》：「十年一覺，揚州春夢，離愁似海。」

〔四〕翠盤龍：猶言「緑盤龍」，喻牡丹緑葉。詳見《風流子·芍藥》注〔七〕。

〔五〕墮妝偏髻：用「墮馬髻」典，詳見《風流子·芍藥》注〔九〕。

〔六〕露濃二句：李白《清平調三首》（之一）：「雲想衣裳花想容，春風拂檻露華濃。」柳宗元《戲題階前芍藥》：「猷紅醉濃露，窈窕留餘春。」蔡襄《華嚴院西軒見芍藥兩枝追想吉祥賞花慨然有感寄呈才翁》（之二）：「誰把金刀收絶豔，醉紅深淺上釵梁。」

〔七〕楚嬌：揚州古屬楚地，故以「楚嬌」喻揚州芍藥。李商隱《燒香曲》：「漳宫舊樣博山爐，楚嬌捧笑開芙蕖。」

〔八〕吴宫傾國：傳説越國美女西施導致吴國滅亡，此喻蘇州芍藥美豔絶倫。《中吴紀聞》卷四：「吴俗好花，與洛中不異。其地土亦宜花，古稱長洲茂苑。以苑目之，蓋有由矣。吴中花木不可殫述，而獨牡丹、芍藥爲好尚之最，而牡丹尤貴得焉。」黄庭堅《延壽寺見紅藥小魏揚州號爲醉西施》：「政爾無言笑，未應吴國亡。」劉敞《園人獻芍藥》：「始知隋苑多佳麗，未覺吴宫久寂寥。」芍藥有「醉西施」一品，見前首注釋。

〔九〕銀燭二句：表層用《史記·滑稽列傳》所載淳于髡事。實寫夜間燭下賞花，芍藥香氣浮動。借用蘇軾《海棠》詩意：「只恐夜深花睡去，故燒銀燭照紅妝。」

〔一〇〕翠陰秋寂：姜夔《側犯·詠芍藥》：「後日西園，緑陰無數。寂寞劉郎，自修花譜。」

〔一一〕重返春風：寫花朵返魂。白居易《草詞畢遇芍藥初開因詠小謝紅藥當階翻詩以爲一句未盡其狀偶成十六韻》：「應愁明日落，如恨來年期。」餘參見《風流子·芍藥》注〔四〕。

〔一二〕芳期：「詫」字意屬「芳期」，寫芍藥盛時作會，誇詫名品養眼。晁補之《望海潮·揚州芍藥會作》：「年年高會維揚。看家誇絶豔，人詫奇芳。」

〔一三〕腸斷：《世説新語·黜免》：「桓公入蜀，至三峽中，部伍中有得猿子者，其母緣岸哀號，行百餘里不去。遂跳上船，至便即絶。破視其腹中，腸皆寸斷。怒，命黜其人。」張祜《孟才人歎并序》：「武宗皇帝疾篤，遷便殿。孟才人以歌笙獲寵者，密侍其右。上目之曰：『我當不諱，爾何爲哉？』指笙囊泣曰：『請以此就縊。』上憫然。復曰：『妾嘗藝歌，請對上歌一曲，以泄其憤。』上以懇，許之。乃歌『一聲河滿子』，氣亟立殞，上令醫候之，曰：『脈尚温而腸已絶。』」江淹《别賦》：「是以行子腸斷，百感淒惻。」妾若爲容：語出杜荀鶴《春宫怨》：「承恩不在貌，教妾若爲容。」實因情人離去，而無心裝飾。《詩·衛風·伯兮》：「自伯之東，首如飛蓬。豈無膏沐？誰適爲容！」

〔一四〕舞衣疊損：形容花瓣如彩纈。《揚州芍藥譜》：「曉妝新，白纈子也。」「點妝紅，紅纈子也。」喻美人因不見所歡，不肯嬌舞，舞衣長期折疊，再展開時色澤深淺不一，故有此喻。薛昭藴《謁金門》：「春滿院，疊損羅衣金線。」

〔一五〕露綺：劉佽《句》：「露綺煙絺無限態，冰清玉潤自成葩。」曾鞏《芍藥廳》：「小碧闌干四月天，露紅煙紫不勝妍。」千重：花瓣重疊繁多謂之千葉。《杜陽雜編》卷中：「穆宗皇帝殿前種千葉牡丹，花始開，香氣襲人。一朵千葉，大而且紅。上每覩芳盛，歎曰：『人間未有。』」

〔一六〕料繡窗二句：蘇軾《玉盤盂二首》（之一）詠牡丹：「佳名會作新翻曲，絶品難尋舊畫圖。」曲理，「理曲」之倒。徐陵《〈玉臺新詠〉序》：「五日猶賒，誰能理曲。」杜牧《自宣州赴官入京路逢裴坦判官歸宣州因題贈》：「畫堂檀板秋拍碎，一引有時聯十觥。」紅牙，《研北雜志》卷下：「趙子固清放不羈，好飲酒，醉則以酒濡髮，歌古樂府。自執紅牙以節曲，其風流如此。」楊箋：「《宋史・錢俶傳》，太平興國三年，俶貢紅牙樂器二十二事。按，象牙以現紅色爲貴，俗名血牙，謂象曾經食人，乃有此色。」

〔一七〕禁階二句，禁階，典出謝朓《直中書省詩》及韓愈《芍藥》詩。白玉盂，猶言玉盤盂。蘇軾命名的芍藥。其有《玉盤盂》詩二首。序曰：「東武舊俗，每歲四月大會於南禪、資福兩寺，芍藥供佛，而今歲最盛。凡七千餘朵，皆重跗累萼，繁麗豐碩。中有白花，正圓如覆盂，其下十餘葉稍大，承之如盤，姿格絶異，獨出於七千朵之上。云得之於城北蘇氏園中，周宰相莒公之別業也。而其名俚甚，乃爲易之。」盂，《方言・第五》：「宋、楚、魏之間或謂之碗。」唐宋往往以盤碗喻白牡丹。裴璘《白牡丹》：「別有玉盤乘露冷，無人起就月中看。」並引申暗用敲擊唾壺典。《晉書・王敦傳》：「（敦）每酒後輒詠魏武帝樂府歌曰：『老驥伏櫪，志在千里。烈士暮年，壯心不已。』以如意打唾壺爲節，壺邊盡缺。」

〔一八〕猶記二句：弄花相謔，典見《風流子・芍藥》注〔二〇〕。十二闌，李銓《點絳唇・牡丹》：「十二紅闌，帝城穀雨初晴後。」此喻禁中階砌。韓愈《芍藥元和十年知制誥寓直禁中作》：「覺來獨對情驚恐，身在仙宮第幾重。」

【考辨】

楊箋：此亦憶姬之詞。

吴校：此亦贈人詞。末句「弄花相謔」可證。

孫按：此詞同前題，亦詠芍藥之作。若必云詠花寓情，則應以揚州歌妓爲宜。夢窗楚妓系列詞中的《踏莎行》有「榴心空疊舞裙紅」，與此詞可相發明。

## 過秦樓㈠ 黄鐘商㈡

芙蓉㈢〔一〕

藻國淒迷〔二〕，麹瀾澄映㈣〔三〕，怨入粉煙藍霧〔四〕。香籠麝水〔五〕，膩漲紅波〔六〕，一鏡萬妝爭妒〔七〕。湘女歸魂，佩環玉冷無聲〔八〕，凝情誰愬㈤〔九〕。又江空月墮㈥〔一〇〕，淩波塵起〔一一〕，彩鸞愁舞㈦〔一二〕。

還暗憶、鈿合蘭橈㈧，絲牽瓊腕〔一三〕，見的更憐心苦㈨〔一四〕。玲瓏翠屋㈩〔一五〕，輕薄冰綃〔一六〕，穩稱錦雲留住〔一七〕。生怕哀蟬〔一八〕，暗驚秋被紅衰⑪〔一九〕，啼珠零露〔二〇〕。能西風老盡⑫，羞趁東風嫁與⑬〔二一〕。

【校議】

㈠ 明張本調名下注：「小名《選官子》。」《詞律》：「按此調因又名《惜餘春慢》，又名《蘇武慢》，又名

《選冠子》，故紛紜最甚，難以訂正。」《詞譜》：「《片玉集》以周邦彥《選官子》詞刻作《過秦樓》，各譜遂名周詞爲仄韻《過秦樓》。不知《選官子》調，其體不一，應以周詞編入《選官子》調內。不得以仄韻《過秦樓》另分一體。」《鐵網珊瑚》、鄭校、四明本詞調作《蘇武慢》。鄭校：「案《放翁詞·蘇武慢》起調、過片，與此相類，結處則多二字。惟蔡伸詞一百一十一字之《蘇武慢》，同此一體，舊譜並注『即《過秦樓》』。蓋同調而異名者，猶之《過秦樓》亦名《選冠子》、《惜餘春》之類。其句法、字數之微異，則一調之變體也。萬紅友《詞律》但知排比，未之深考，正可據夢窗手稿定名，亦足以理群紛、解繆誤矣。」《歷代詩餘》、《詞譜》、戈選列於《選冠子》下。戈選杜批：「此調《詞律》列爲《過秦樓》，與未選録之周清真詞句法叶韻俱同。又魯逸仲之《惜餘春慢》、蔡友古之《蘇武慢》均與此相似，惟後段多二字，此遵《詞譜》名爲《選官子》。」

㈡ 底本眉批：「俗呼大石。」

㈢ 《鐵網珊瑚》詞題作「賦芙蓉」。

㈣ 麴瀾：明張本、毛本、《歷代詩餘》、戈校本、戈選、杜本、底本作「麴塵」。兹從《鐵網珊瑚》、王朱本、朱二校本、朱四校本、鄭校、四明本。澄映：《鐵網珊瑚》鈔本作「澄碧」。

㈤ 誰愬：明張本、毛本作「誰想」。毛扆本：「『想』字應用韻。疑『訴』。」鄧録毛扆校語「訴」作「愬」。《歷代詩餘》、戈選、杜本作「誰語」。杜校：「失韻。」

⑥月墮：《詞譜》作「月墜」。

⑦彩鴛：《鐵網珊瑚》、四明本作「繡鵷」。鵷，同「鴛」。戈選作「彩鳳」。

⑧蘭橈：明張本、毛本作「藍橈」。

⑨見的：《歷代詩餘》、《詞譜》、戈選、杜本作「見菂」。菂，通「的」。

⑩翠屋：《歷代詩餘》、《詞譜》、戈選、杜本、王朱本、朱二校本、四明本作「翠幄」。幄，「屋」的今字。趙氏《鐵網珊瑚》作「翠縠」。

⑪秋被：《歷代詩餘》、《詞譜》、戈選、杜本作「秋破」。鄭氏手批：「玉溪生詩：『西亭翠被餘香薄，一夜將愁入敗荷。』夢窗『秋被紅衰』，正隱括此詩之義。」鄭文焯《絶妙好詞校録》：「『暗驚秋被紅衰』，戈選改『被』作『破』，漫無依據。按玉溪詩：『西亭翠被餘香薄，一夜將愁入敗荷。』夢窗舉典本此。『被』字非『破』之訛可證。玉田《詞源》云：『如方回、夢窗，皆善於煉字面，多於温庭筠、李長吉詩中來。』沈伯時云『要求字面，當於飛卿、長吉、商隱及唐人諸家詩句好而不俗者，採摘用之』，『所謂讀唐詩多，故語雅淡也』。」

⑫能：明張本、毛本、《鐵網珊瑚》皆自注「去聲」。《歷代詩餘》、戈選、杜本作「奈」。《詞譜》、朱二校本作「耐」。朱二校：「按古『能』、『耐』通用。」鄭校：「案《漢書·高帝紀》宋祁注：古『能』字皆作『耐』；《廣韻》『奴代切』；《集韻》音『奈』。諸本並失考。杜刻竟易作『奈』，則自注轉不可

解。」孫按：字因聲調不同讀音發生改變。李匡乂《資暇集》卷上：「書之難，不唯句度義理，兼在知字之正音、借音。若某字，以朱發平聲，即爲其字，發上聲變爲某字，去、入又改爲某字。轉平、上、去、入易耳，知合發不發爲難……至如『亡』字、『無』字、『毋』字，並是正『無』，非借音也。」不僅此「能」字讀若「奈」，集中凡「通」讀若「透」，「寫」讀若「幽」，「釣」讀若「鳥」等皆同。

㈢羞趁句：朱見《鐵網珊瑚》爲五字句，無「羞」字。

【注釋】

〔一〕芙蓉：《詩·陳風·澤陂》：「彼澤之陂，有蒲與荷。」孔穎達疏引郭璞曰：「今江東人呼荷華爲芙蓉。」《楚辭·離騷》：「制芰荷以爲衣兮，集芙蓉以爲裳。」洪興祖補注：「《本草》云：其葉名荷，其華未發爲菡萏，已發爲芙蓉。」《全芳備祖前集》卷一一引《古今注》：「芙蓉，一名荷花。一名水芝，一名水華，有赤白、紅紫、青黄。紅白二色差多，花大者至百葉。」《佩文齋廣群芳譜》卷二九謂「五六月開花」。

〔二〕藻國：水澤之國。劉筠《荷花》：「水國開良宴，霞天湛晚暉。」藻，此指浮萍。《全芳備祖後集》卷一二引《本草》：「此（萍）有三種。大者曰蘋，中者曰荇菜，即鳧葵也。小者曰浮萍，江東謂之藻。」詩文中，藻（浮萍）與芙蓉往往連類而及。張衡《南都賦》：「藻茆菱芡，芙蓉含華。」賈謩《芙蓉出水》：「緑蘋揺風開，細浪出沼媚。」

〔三〕麴瀾澄映：猶言曲麴波瀾，詳見《齊天樂・會江湖諸友泛湖》注〔二〕。許綸《池蓮》：「一灣清碧繞中阿，萬柄香紅映麴波。」韓愈《和李相公攝事南郊覽物興懷呈一二知舊》：「川原共澄映，雲日遠浮飄。」

〔四〕粉煙藍霧：形容受到花葉薰染的水霧籠罩。白居易《憶江南》：「日出江花紅勝火，春來江水緑如藍。」楊箋：「不曰白煙，而曰『粉煙』；不曰青霧，而曰『藍霧』，是煉字法。四字是夢窗創造。」

〔五〕香籠麝水：「香麝籠水」之倒。以麝香形容荷氣，詳見《拜星月慢・姜石帚以盆蓮數十置中庭》注〔一七〕。

〔六〕膩漲紅波：梁元帝《採蓮賦》：「紫莖兮文波，紅蓮兮芰荷。」杜甫《寄岳州賈司馬六丈巴州嚴八使君兩閣老五十韻》：「翠乾危棧竹，紅膩小湖蓮。」

〔七〕一鏡句：以照水蓮花喻弄妝美人。周邦彦《側犯》：「暮霞霽雨，小蓮出水紅妝靚。風定。看步韤江妃照明鏡。」李白《别儲邕之剡中》：「竹色溪下緑，荷花鏡裏香。」韓愈《奉酬盧給事雲夫四兄曲江荷花行見寄並呈上錢七兄閣老張十八助教》：「曲江千頃秋波淨，平鋪紅雲蓋明鏡。」秦觀《秋日三首》（之三）：「安得萬妝相向舞，酒酣聊把作纏頭。」錢惟演《荷花》：「徐娘羞半面，楚女妒纖腰。」

〔八〕湘女二句：杜甫《詠懷古跡五首》（之二）：「畫圖省識春風面，環佩空歸月夜魂。」李紳《重臺蓮花》：「雙女漢皋爭笑臉，二妃湘浦並愁容。」錢惟演《荷花》：「淚有鮫人見，魂須宋玉招。」宋庠《落花》：「漢皋佩冷臨江失，金谷樓危到地香。」餘見《滿江紅・澱山湖》注〔八〕。

〔九〕凝情誰愬：李白《渌水曲》：「荷花嬌欲語，愁殺蕩舟人。」晏幾道《蝶戀花》：「照影弄妝嬌欲語，西風豈是繁華主。」何遜《詠舞妓》：「凝情眄墮珥，微睇托含辭。」

〔一〇〕又江空句：皮日休《白蓮》：「還應有恨無人覺，月曉風清欲墮時。」晏幾道《蝶戀花》：「朝落暮開空自許，竟無人解知心苦。」

〔一一〕凌波塵起：温庭筠《蓮花》：「應爲洛神波上襪，至今蓮蕊有芳塵。」

〔一二〕彩鴛愁舞：梁簡文帝《歌》：「鴛鴦七十二，亂舞未成行。」餘見《宴清都·連理海棠》注〔三〕中鴛鴦色彩斑斕典。　以上三句謂江中芙蓉花多已在月下墜落，如凌波美女身影杳杳；尚未凋落的花朵如爛錦鴛鴦在風中摇曳對舞。

〔一三〕還暗憶三句：錢惟演《荷花》：「別恨拋深浦，遺香逐畫橈。華燈連霧夕，鈿合映霞朝。」楊億《荷花》（再賦）：「思逐鮫絲亂，香愁翠被空。」梁簡文帝《採蓮曲》：「荷絲傍繞腕，菱角遠牽衣。」王勃《採蓮賦》：「絲著手而偏繞，刺牽衣而屢襞。」蘭橈，梁簡文帝《採蓮曲》：「桂楫蘭橈浮碧水，江花玉面兩相似。」

〔一四〕見的句：《吴聲歌曲·讀曲歌》：「必得蓮子時，流離經辛苦。」李群玉《寄人》：「寄語雙蓮子，須知用意深。莫嫌一點苦，便擬棄蓮心。」的，蓮子。《爾雅·釋草》：「荷，芙蕖，其莖茄，其葉蕸，其本蔤，其華菡萏，其實蓮，其根藕，其中的，的中薏。」　以上二句回憶荷花滿放時與採蓮女相得益彰的盛況。

〔一五〕玲瓏翠屋：下文「啼珠零露」意亦入此。楊億《荷花》（再賦七言）：「翠幄飄香映綺襦，鈿盤清曉露成珠。」玲瓏，《文選·揚雄〈甘泉賦〉》：「前殿崔巍兮，和氏玲瓏。」李善注引晉灼曰：「玲瓏，明見貌也。」此形容荷上水珠。翠屋，猶言翠幄。形容荷葉。

〔一六〕輕薄冰綃：冰綃，薄而潔白的絲綢。王勃《七夕賦》：「停翠梭兮卷霜縠，引鴛杼兮割冰綃。」此喻白蓮花瓣質地。

〔一七〕穩稱：適合。唐宋人用語。杜甫《麗人行》：「背後何所見，珠壓腰衱穩稱身。」錦雲留住：反用蘇軾《和文與可洋川園池三十首·横湖》詩意：「貪看翠蓋擁紅妝，不覺湖邊一夜霜。卷卻天機雲錦段，從教匹練寫秋光。」《吴興園林記》：「蓮花莊，在月河之西，四面咸水。荷花盛開時，錦雲百頃，亦城中之所無也。」

〔一八〕生怕：《匯釋》：「猶云只怕或最怕。」哀蟬：《拾遺記》卷五：「漢武帝思懷往者，李夫人不可復得。時始穿昆靈之池，泛翔禽之舟，帝自造歌曲，使女伶歌之。時日已西傾，涼風激水，女伶歌聲甚遒。因賦《落葉哀蟬》之曲。」蟬與荷同出其時，劉禹錫《樂天池館夏景方妍白蓮初開彩舟空泊唯邀緇侶因以戲之》：「白蓮方出水，碧柳未鳴蟬。」元稹《遣興十首》（之五）：「晚荷猶展卷，早蟬遽蕭嘹。」晚蟬哀鳴即是荷花將落之時也。

〔一九〕暗驚句：李商隱《夜冷》：「西亭翠被餘香薄，一夜將愁向敗荷。」秋被，即翠被。喻蓮葉。

〔二〇〕啼珠零露：崔櫓《殘蓮花》：「倚風無力減香時，涵露如啼卧翠池。」丁謂《荷花》：「力弱煙披素，心危露泣珠。」張耒《對蓮花戲寄晁應之》：「半開微斂竟無言，裛露微微灑秋淚。」《詩·鄭風·野有蔓草》：「野有蔓草，零露溥兮。」鄭玄箋：「零，落也。」

〔三〕能西風二句：張先《一叢花令》：「沈恨細思，不如桃杏，猶解嫁東風。」賀鑄《芳心苦》：「當年不肯嫁春風，無端卻被秋風誤。」東風嫁與，李賀《南園十三首》（之一）：「可憐日暮嫣香落，嫁與春風不用媒。」能，《匯釋》：「猶寧可之寧。……吳文英《過秦樓》……言寧可老死西風，羞趁東風如桃李之嫁與也。」

## 【集評】

陳洵《海綃説詞》：因妒故怨，怨字倒提。「凝情誰訴」，怨妒都有。下闋人情物理，雙管齊下。「哀蟬」三句，見盛衰不常，隨時變易，而道則終古不變也。「能西風老盡，羞趁東風嫁與」，是在守道君子。此不肯攀援藩邸，而老於韋布之大本領，勿以齊梁小賦讀之。

俞陛雲《唐五代兩宋詞選釋》：夢窗與清真、白石、梅溪，並爲一代詞宗，而稍變其面目。此作上闋自「香籠」句以下，後闋自「翠幄」句以下，詠芙蓉正喻夾寫，陸離彌目，而有性情寓乎其中。「萬妝爭妒」句及結處尤爲生色。

劉永濟《微睇室説詞》：此詞首三句爲總括之詞。「藻國」、「麴瀾」皆芙蓉所生之處，

「淒迷」言香氣絪緼，「澄映」言水色清朗，而「粉煙藍霧」則以形容芙蓉花葉之多，如煙如霧也。「香籠」三句，再加鉤勒，水爲荷香所籠，則成「麝水」；波爲荷色所染，則如紅波。「一鏡萬妝」又總贊其多，如彼此爭妍角豔，故曰「爭妒」。「湘女」三句，又换筆寫芙蓉之神態，如「湘女歸魂」、「佩環玉冷無聲」，雖滿懷幽情，無可與「訴」者，此既以芙蓉人格化，又暗用杜甫「環佩空歸月下魂」句而點化之。過拍三句又换一境，寫芙蓉兼鴛鴦。「凌波」字出曹植《洛神賦》：「凌波微步，羅襪生塵。」亦寫芙蓉態度，如洛妃凌波也。「彩鴛」句言芙蓉凌波而步，使彩鴛亦羞舞也。换頭又换筆换意，寫采芙蓉之人事。「鈿合」、「絲牽」，菱藻之形容詞也。「蘭橈」，采芙蓉之舟；「瓊腕」，采芙蓉之人；「見的更憐心苦」則采芙蓉之人之情思也。「的」，《爾雅》作「菂」，同。蓮子也。「玲瓏」三句又换一意。「玲瓏翠屋」寫葉，「輕薄冰綃」寫花瓣，言如此「玲瓏」之葉，與如此「輕薄」之花，似應被「錦雲」好好維護，故曰：「穩稱錦雲留住。」此句反激起下「生怕」三句。上言應「留住」，此言「生怕哀蟬」一鳴，便使花葉飄零。「秋被」，葉也；「紅衰」，花也；「啼珠」，葉上露珠也。歇拍二句，作此詞之托意。「能」，自注「去聲」，乃「寧可」之意，此言芙蓉寧可老盡西風之中，而「羞趁東風嫁與」也。賀鑄《芳心苦》詠荷有「當年不肯嫁春風」之語，「不肯」即「羞趁」也。蓋芙蓉開於秋日，與桃李之爛縵於春風者，品格自高也。誦此二句，夢窗蓋自道己志，自占身分語，且可知夢窗雖多貴盛之交而不被薦引之故，非交友不思薦引，實夢窗「羞趁東風」也。再證以集中「賦姜石帚漁隱」詞極寫隱逸之人不知繁華之可樂，「贈芸隱」詞暗喻梅津（孫按：應爲「施樞」或「知言」之誤）留連長安塵土之非計，此詞歇拍之托意愈明矣。

【考辨】

楊箋：此爲重到西園憶姬之作。

孫按：此詞爲《鐵網珊瑚》所收夢窗新詞稿十六首之第七首。寫於癸卯即淳祐三年（一二四三）。詞與《慶宮春》（殘葉翻濃）同爲詠荷兼寫雖未遇於時，卻未肯俯仰俗流之心志。

## 法曲獻仙音　黄鐘商　俗名大石㊀

秋晚紅白蓮㊁〔一〕

風拍波驚，露零秋覺㊂，斷紅衰白江上㊃〔二〕。豔拂朝妝㊄〔三〕，澹凝冰靨〔四〕，别翻翠池花浪〔五〕。過數點斜陽雨〔六〕，啼綃粉痕冷〔七〕。　宛相向〔八〕。指汀洲㊅、素雲飛過〔九〕，清麝洗、玉井曉霞佩響〔一〇〕。寸藕折長絲〔一一〕，笑何郎、心似春蕩㊆〔一二〕。半掬微涼〔一三〕，聽嬌蟬、聲度菱唱㊇〔一四〕。伴鴛鴦秋夢，酒醒月斜輕帳〔一五〕。

【校　議】

㊀大石：明張本誤作「大江」。底本徑改。朱四校本、《全宋詞》刪「俗名大石」四字。沈括謂此調爲「小石調」，《夢溪筆談》卷五：「或謂今燕部有《獻仙音》曲乃其（霓裳羽衣曲）遺聲，然《霓裳》本謂之道調法曲，今《獻仙音》乃小石調耳。」然姜夔《法曲獻仙音》序曰：「俗名大石，黃鐘商。」正可與吳詞互證。

㊁毛本、戈校本、杜本、王朱本、朱二校本詞題作「賦秋晚紅白蓮」。

㊂風拍二句：《詞旨》作「風泊波驚，露零秋冷」。

㊃斷紅衰白：毛本、戈校本、杜本、王朱本、朱二校本、朱四校本作「斷緑衰紅」。

㊄朝妝：諸本皆作「潮妝」。兹據明張本。

㊅啼綃三句：毛本、毛扆本、戈校本、杜本「宛相向」三字屬上闋，作歇拍。戈校本謂上結下起爲：「末句應作『啼痕宛相向』。後闋起句應作『綃粉冷、指汀洲』。」《詞林正韻・發凡》曰：「宋人詞

有以方音爲叶者……吴文英《法曲獻仙音》『冷』、『向』同押，陳允平《水龍吟》『草』、『驟』同押。此皆以土音叶韻，究屬不可爲法。」杜校：「『宛相向』三字諸家均作前結。此詞上句『冷』字未叶，則亦屬上無疑，而夢窗另作『和丁宏庵韻』則又屬下，想可不拘也。《詞繫》云『冷』字定誤。」鄭氏手批：「『冷』作『打浪切』，吴音。」杜本鄭批：「三句第二字下屬對，亦與起例同。是曲首句第二字，次句第四字，白石、片玉及夢窗諸名家並作入聲字，此律之微妙，知者蓋寡，或以爲適然相合，非也。三字句諸家並屬换頭，此調亦然。杜氏不解吴音『冷』字卻作棱浪切，文英乃以借叶，豈忽焉？屬上漫無定譜，況以之作前結，則過片不成句調，詞意且不可通。杜説信杜誤也。兩宋詞是調決無三字句屬上闋之例，而杜云諸家均作前結，僭妄如此，洵巨謬也。」「考唐均以次及者皆古音之通用，如冬、江、歌、麻之類，安知養、梗二韻古不可通。今人淺黔，未之博證經籍有均之文，如《詩》、《易》中諧音最古，漢魏歌謡胥出於諧聲之例。詞爲樂府之遺，五代兩宋作者聲文相會，並弗沾沾於韻本之出入，而於律譜無少乖離。自《菉斐軒詞均》行世，後學始以爲詞有專均，至戈氏順卿引比諸家詞中慣用之均，意爲條析，從而增益，蔽所不見，動以出均相繩。至僭易昔賢名句而不自悟，其寡合甚矣，專輒之敝奚足與論學？吾故謂《詞林正韻》之書出不數十年，學者已滋薄古之病，拉雜摧燒之可也。杜氏小舫校《夢窗詞》幾欲奉爲金科玉律，拈一字一韻之小異，或已不得其解，輒以意妄議其非，而敢於擬補，此校勘家未之前聞也。苟非戈氏臆改於前，杜氏亦曷至擬補於後，踵是弊而增之，由不信而不好。斯文將不墜於天而墜於人矣。光緒祝犁之歲大梁月既望，叔問復校過題記。」夏敬觀評語：「『冷』係『庚』、『梗』韻，與『江』、『講』韻同押。」

㈦ 笑何郎二句：毛本、戈校本、杜本、王朱本、朱二校本作「何郎心似春風蕩」。鄭校作爲存疑例證：「是句例作上三下四，清真詞『想依然、京兆眉嫵』，夢窗集中補遺《和丁宏庵》一闋，是句作『忍重拈、燈夜裁剪』，字律正合。此疑有誤。」

㈧ 聽嬌蟬二句：毛本、戈校本、杜本、王朱本、朱二校本作「嬌蟬聲遠度菱唱」。

【注釋】

〔一〕秋晚：此指暮秋。紅白蓮：宋代有紅白同株的特殊品種。杜衍《紅白蓮》：「芙蓉照水弄嬌斜，白白紅紅各一家。近日新花出新巧，一枝能著兩般花。」但大部分詠紅白蓮者則寫池塘中兩種蓮花。楊萬里《紅白蓮》：「紅白蓮花開共塘，兩般顏色一般香。恰如漢殿三千女，半是濃妝半淡妝。」此應屬後者。

〔二〕風拍三句：李璟《山花子》：「菡萏香銷翠葉殘，西風愁起綠波間。」李商隱《贈荷花》：「此花此葉長相映，翠減紅衰愁殺人。」因晚秋紅白蓮俱在凋零，故曰「斷紅衰白」。

〔三〕豔拂朝妝：何遜《看伏郎新婚詩》：「霧夕蓮出水，霞朝日照梁。何如花燭夜，輕扇掩紅妝。」陳陶

《獨摇手》：「漢宫新燕矜蛾眉，春臺豔妝蓮一枝。」

〔四〕澹凝：猶言「真姿凝澹」。參見《瑣窗寒・玉蘭》注〔九〕。冰靨：張鎡《九月梅花》：「寂歷疏條葉未空，忽驚冰靨照霜風。」此喻白蓮。

〔五〕别翻句：緑水中翻卷别樣紅白相間的花浪。崔櫓《殘蓮花》：「倚風無力減香時，涵露如啼卧翠池。」

〔六〕過數點句：晏幾道《蝶戀花》詠蓮詞：「可恨良辰天不與。才過斜陽，又是黄昏雨。」

〔七〕啼綃句：杜甫《秋興八首》（之七）：「波漂菰米沈雲黑，露冷蓮房墜粉紅。」温庭筠《張静婉採蓮曲》：「一夜西風送雨來，粉痕零落愁紅淺。」啼綃，用鮫人織綃流淚如珠典，見《滿江紅・澱山湖》注〔六〕。「粉」、「綃」分别扣紅白蓮花。

〔八〕宛相向：温庭筠《蓮浦謡》：「水清蓮媚兩相向，鏡裏見愁愁更紅。」宛，《詩・魏風・葛屨》：「好人提提，宛然左辟。」毛傳：「宛，辟貌。」陳奂傳疏：「宛有委曲順從之義，故云『辟貌』。」此寫紅白蓮的弱德之美。

〔九〕指汀洲二句：首三句中「江上」意入此句，與木芙蓉渾言之。實用《古詩十九首》詩意：「涉江采芙蓉，蘭澤多芳草。采之欲遺誰，所思在遠道。」高蟾《下第後上永崇高侍郎》：「芙蓉生在秋江上，不向東風怨未開。」

〔一〇〕清麝二句：清麝，麝香與荷香相類似。詳見《拜星月慢・姜石帚以盆蓮數十置中庭》注〔一七〕。但宋人亦認爲荷香清於麝香。劉筠《荷花》：「氣清防麝損，信密待魚通。」夢窗此處亦然。王曄《芙蓉》：「華井分流潤，天池引派遥。」「綽約霞初映，披敷煙正銷。」詩詞常以湘妃喻荷花。詳見《過秦樓・芙蓉》注〔八〕。

〔一一〕寸藕句：温庭筠《達摩支》：「擣麝成塵香不滅，拗蓮作寸絲難絶。」殷英童《採蓮曲》：「藕絲牽作縷，荷葉捧成杯。」謝朓殘句：「秋藕折絲輕。」

〔一二〕笑何郎二句：李商隱《漫成三首》（之二）：「霧夕詠芙蕖，何郎得意初。」何郎，何遜。春心蕩，語本《楚辭・招魂》：「目極千里兮傷春心，魂兮歸來哀江南。」王逸章句：「（傷春心）或曰『蕩春心』。蕩，滌也。言春時澤平望遠可以滌蕩愁思之心也。」後引申有「蕩漾」意。白居易《三月三日祓禊洛濱》：「水引春心蕩，花牽醉眼迷。」前引何遜《看伏郎新婚詩》，描繪了新郎初見如蓮美人時的春心蕩漾。

〔一三〕半掬：《詩・小雅・采緑》：「終朝采緑，不盈一匊。」匊，「掬」的古字。《詩補傳》卷二一：「采易得之菜，終朝不能盈匊。心不在焉，思其夫故也。」此承前引「涉江采芙蓉」句意，不能盈掬，亦有所懷思也。

〔一四〕聽嬌蟬二句：荷花盛期之後始有蟬鳴。詳見《過秦樓・芙蓉》注〔一八〕。嬌蟬，字面用女子蟬鬢髮式，晏幾道《于飛樂》：「嬌蟬鬢畔，插一枝、淡蕊疏梅。」此「嬌」字兼形容新蟬的薄翼及叫聲。菱唱，兼寫採蓮典。詳見《齊天樂・會江湖諸友泛湖》注〔一九〕。

〔一五〕伴鴛鴦二句：《開元天寶遺事》卷三：「五月五日，明皇避暑遊興慶池。與妃子晝寢於水殿中，宮嬪輩憑欄倚檻，爭看雌雄二鸂鶒戲於水中。帝時擁貴妃於綃帳内，謂宮嬪曰：『爾等愛水中鸂鶒，爭如我被底鴛鴦。』」

【集評】

陸輔之《詞旨·屬對》：風泊波驚，露零秋冷。

劉永濟《微睇室説詞》：首八字寫秋晚，下六字則紅白蓮，此三句先泛泛地將題義交代了，以後再仔細描繪。「豔拂」八字，以女美形容花。「潮妝」，紅蓮也。「冰靨」，白蓮也。女子面紅稱紅潮。「靨」者，女頰上窪，見《淮南子·説林》注。過拍合寫雨後蓮花。換頭三字紅白對寫。「指汀洲」以下又分別描繪。「素雲」以比白蓮，「曉霞」以比紅蓮。「玉井」則用太華峰玉井蓮作渲染色澤之用。而「清麝」寫花香，「寸藕」寫藕絲。復以「何郎」形容蓮瓣之粉。「何郎」兼用何晏、何遜事。史稱何晏美姿容，粉白不去手。何遜有《看伏郎新婚詩》曰：「霧夕蓮出水，霞朝日照梁。何如花燭夜，輕扇掩紅妝。」李商隱因之有「霧夕詠芙蕖，何郎得意初」之詩，此詞又用李詩。「心似春蕩」，即得意也。以上已將有關蓮花者一一描繪，下文又回顧起處「秋晚」作結。「半掬」二句先寫「蟬」，秋晚也；後寫「菱唱」，亦秋晚事。歇拍之「鴛鴦秋夢」而以「酒醒月斜輕帳」六字連寫，是人與鴛鴦同夢，故曰

「伴」。全首刻畫紅白蓮花，惟結句關合到人事；「酒醒」六字，景中有情，此詞家結尾之一法也。

## 又

放琴客，和宏庵韻㊀〔一〕

落葉霞翻㊁〔二〕，敗窗風咽〔三〕，暮色淒涼深院㊂〔四〕。瘦不關秋〔五〕，淚緣輕別㊃〔六〕，情消鬢霜千點〔七〕。悵翠冷搔頭燕〔八〕，那能語恩怨〔九〕。紫簫遠㊄〔一〇〕。記桃枝㊅、向隨春渡〔一一〕，愁未洗〔一二〕、鉛水又將恨染㊆〔一三〕。粉縞澀離箱，忍重拈、燈夜裁剪〔一四〕。望極藍橋〔一五〕，彩雲飛、羅扇歌斷〔一六〕。料鸚籠玉鎖㊇，夢裏隔花時見㊈〔一七〕。

【校議】

㊀《中興以來絶妙詞選》、毛本、《詞綜》、《歷代詩餘》、杜本、王朱本、朱一校本作「和丁宏庵韻」。沈際飛《草堂詩餘別集》卷三作「秋怨，和丁宏庵韻」。鄭氏手批：「有此（放琴客）三字，始見詞中語義之妙。」孫按：毛本兩首《法曲獻仙音》各在丙稿、丁稿。毛扆移並於此（鄧録毛扆本同），序

列與明張本同。

㈡ 霞翻：《詞旨》作「霞飄」。

㈢ 暮色：《詞律》作「草色」。

㈣ 輕别：《中興以來絶妙詞選》、毛本、《詞綜》、《歷代詩餘》、《詞律》、杜本、王朱本、朱二校本作「生别」。

㈤ 紫簫遠：毛本、毛扆本、杜本屬上闋。杜校：「『紫簫遠』三字諸家多屬前結。《丙稿》賦『秋晚紅白蓮』一闋亦屬上。」杜本鄭批：「過片三字句南宋諸詞家並無異，杜氏因丙稿一闋『冷』字均不解古音之叶，轉謂諸家多屬前結，意在文飾前説。試取兩宋詞讀之，是曲可有以三字句屬上者乎？於此益徵杜撰，欺己欺人，徒見笑於大方之家爾。白石是曲『冷楓紅舞』之句，數百餘年膾炙人口，詞中『屢回顧』三字若以屬上則扞格難通，杜氏言未之然邪！」

㈥ 桃枝：《中興以來絶妙詞選》、明張本、毛本、杜本、王朱本、朱二校本、四明本俱作「桃枝」。底本、朱四校本、鄭校徑改爲「桃根」。底本校曰：「『枝』疑『根』訛。」鄭氏手批：「『桃枝』當爲『桃根』之誤。『渡』字韻可證。」孫按：頗疑夢窗此處因平仄需要而以「桃枝」代「桃葉」，而「桃根」則有桃葉之妹的特殊含義。王灼《碧雞漫志》卷二：「周美成初在姑蘇，與營妓岳七楚雲者遊甚久，後歸自京師，首訪之，則已從人矣。明日，飲於太守蔡巒（峦）子高坐上，見其妹，作《點絳唇》曲寄之。」周邦彦《點絳唇》中「憑仗桃根，説與相思意」，「桃根」指岳楚雲之妹，可知典麗派詞人往往在準確的意義上運用此典。夢窗此處因與姊妹意不相及故不用「桃根」而用「桃枝」，故仍舊文。

㈦夏敬觀評語：「『點』、『染』係『覃』、『感』韻，與『元』、『阮』韻同押。」

㈧鸚籠：諸本作「鶯籠」。兹從《詞綜》、杜本。劉永濟《微睇室説詞》亦謂應取「鸚籠」：「蓋此用關中賈放鸚事，見邵氏《聞見録》，言放鸚後，其儕輩過隴，鸚鵡於林間致聲問故主。又，蘇軾記周韶爲營妓落籍事作詩曰：『隴上巢空歲月驚，忍看回首自梳翎。開籠若放雪衣女，應念觀音般若經。』皆放鸚事實，此用以比友人放妾，與妾未忘舊情也。作『鶯』非。」玉鎖：鄭氏手批：「『玉』作平，清真『月』字從同，姜詞用平聲字可證。」

㈨鄭氏手批：「凡點黈處並作入聲字（葉、咽、色、不、别）。此詞律之細者。清真、石帚俱守是律。」

【注　釋】

〔一〕琴客：顧況《宜城放琴客歌》序曰：「柳渾，封宜城縣伯。琴客，宜城愛妾也。宜城請老，愛妾出嫁。不禁人之欲而私耳目之娱，達者也。」後因以「琴客」代指主人因年老或其他原因放歸或允許再嫁的侍妾。宏庵：丁宥，字基仲，號宏庵。夢窗好友。

〔二〕落葉霞翻：王勃《採蓮賦》：「鬱萋萋而霧合，燦曄曄而霞翻。」此處「霞」字形容秋霜染紅的樹葉在風中翻落。蘇軾《書王定國所藏煙江疊嶂圖》：「丹楓翻鴉伴水宿，長松落雪驚晝眠。」

〔三〕敗窗風咽：白居易《天竺寺七葉堂避暑》：「簷雨稍霏微，窗風正蕭瑟。」

〔四〕暮色句：此寫正當日暮雲合時，佳人已杳杳。

〔五〕瘦不關秋：李清照《鳳凰臺上憶吹簫》：「今年瘦，非干病酒，不是悲秋。」並暗用宋玉《九辯》悲秋典。

〔六〕淚緣輕別：《能改齋漫録》卷一六：「《顏氏家訓》曰：别易會難，古人所重。江南餞送，下泣言離。……李後主長短句蓋用此耳，故云『别時容易見時難』，又云『别易會難無可奈』。然顏説又本《文選》陸士衡《答賈謐詩》，云『分索則易，攜手實難』。」江淹《恨賦》：「造分手而銜涕，感寂漠而傷神。」

〔七〕情消句：消，「未肯消解」之意。白居易《病中早春》：「唯有愁人鬢間雪，不隨春盡逐春生。」曹勳《和黄虚中韻二首》（之一）：「歌傳楚些聊供醉，鬢點吴霜未肯銷。」范雲《送别詩》：「不愁書難寄，但恐鬢將霜。」實寓酒能暫時消愁，卻未能消解鬢角因别情而生長的千莖白髮。

〔八〕悵翠冷句：張先《碧牡丹·晏同叔出姬》：「思量去時容易。鈿盒瑶釵，至今冷落輕棄。」白居易《長恨歌》：「花鈿委地無人收，翠翹金雀玉搔頭。」搔頭，玉簪。《西京雜記》卷二：「武帝過李夫人，就取玉簪搔頭。自此后宫人搔頭皆用玉，玉價倍貴焉。」燕，玉燕釵。

〔九〕語恩怨：出自韓愈《聽穎師彈琴》：「昵昵兒女語，恩怨相爾汝。」黄庭堅《聽宋宗儒摘阮歌》：「深閨洞房語恩怨，紫燕黄鸝韻桃李。」

〔一〇〕紫簫遠：杜牧《寄揚州韓綽判官》：「二十四橋明月夜，玉人何處教吹簫。」又，《杜秋娘詩》「金階露新重，閑撚紫簫吹」。

〔一一〕記桃枝二句：用桃葉桃根事。姜夔《少年游·戲平甫》：「别母情懷，隨郎滋味，桃葉渡江時。」向，《匯釋》：「指示時間之辭；有指從前者，有指近來者，有指即時者。」此用第一義。

〔一二〕愁未洗：張先《碧牡丹·晏同叔出姬》：「怨入眉頭，斂黛峰横翠。」

〔一三〕鉛水句：語出李賀《金銅仙人辭漢歌》：「空將漢月出宫門，憶君清淚如鉛水。」此「鉛水」兼寫沾惹鉛粉之淚。

〔一四〕粉縞三句：江伯瑶《和定襄侯楚越衫》：「裁縫在篋笥，薰鬢帶餘香。開著不忍看，一見落千行。」緑珠《懊儂歌十四首》（之一）：「絲布澀難縫，令儂十指穿。」澀，針線活計會因放置過長而泛潮難縫。

〔一五〕望極藍橋：張先《碧牡丹·晏同叔出姬》：「望極藍橋，但暮雲千里。幾重山，幾重水。」藍橋，藍橋驛。

〔一六〕彩雲二句：李白《宫中行樂詞》：「只愁歌舞散，化作彩雲飛。」白居易《簡簡吟》：「大都好物不堅牢，彩雲易散琉璃脆。」

〔一七〕料鸚籠二句：《侯鯖録》卷七：「濠守侯德裕侍郎藏東坡一帖云：杭州營籍周韶，多蓄奇茗，嘗與君謨(蔡襄)鬪，勝之。韶又知作詩。子容(蘇頌)過杭，述古飲之。韶泣求落籍，子容曰：『可作一絶。』韶援筆立成。曰：『隴上巢空歲月驚，忍看回首自梳翎。開籠若放雪衣女，長念觀音般若經。』韶時有服，衣白。一座嗟歎。遂落籍。」隔花時見，典例見《渡江雲·西湖清明》注〔一〕。此反用鸚籠典，似謂所放琴客又入樂籍。

【集　評】

陸輔之《詞旨·屬對》：落葉霞飄，敗窗風咽。

沈際飛《草堂詩餘別集》卷三：瑣屑多端，復一氣行止，如見扼腕涕歎。

陳廷焯《雲韶集》卷八：(上闋眉批)無一句不精粹。　情深語豔。

劉永濟《微睇室説詞》：起三句寫院落淒涼景色，爲放妾佈置一淒涼環境。「瘦不關秋」二句寫放妾之容態。「情消」句則指宏庵。「帳翠冷」二句，借敘燕説放妾無可告訴之情。换頭「紫簫」字，用杜牧《杜秋娘》詩「閑撚紫簫吹」。秋娘初得寵於唐憲宗，及穆宗即位，命爲皇子漳王傅姆。漳王得罪，秋娘亦遣歸故鄉。故用以比放妾。「記桃根」用王獻之《桃葉歌》，記放妾初來時事。……「愁未洗」句言歡期未久而被放也。「鉛水」，粉水也。「粉縞」二句言臨放時不忍見舊時衣飾，不忍拈舊時刀剪也。「澀」，羞澀也。「望極」二句，「藍橋」用裴航乞漿遇雲英事，見裴硎《傳奇》。……此用以指妾念舊情，已如「彩雲」飛散。「彩雲」用李白「只愁歌舞散，化作彩雲飛」詩意，故曰「羅扇歌斷」。蓋以寫放後妾之心情，猶言覆水不能重收也。……末句言妾去後，惟有夢中可見也。

吴世昌《詞林新話》：結句「夢裏隔花時見」，《西廂》「隔花人遠天涯近」，翻其意而用之，神乎技矣。

【考辨】

朱箋：琴客爲柳渾侍兒。唐顧況有《宜城放琴客歌》，此則假以稱人妾也。《絶妙好詞箋》：丁宥字基仲，號宏庵。

楊箋：《塞翁吟》贈宏庵詞有「雕櫳、人去後」一語，知宏庵實有是事，與夢窗同。

劉永濟《微睇室説詞》：按放者，遣去也。此詞乃因和丁作，遂爲丁妾抒情。

孫按：楊箋引《塞翁吟》全句爲「雕櫳。行人去、秦腰褪玉」，離開之行人實指丁宏庵。意思是宏庵離家赴考，閨中人爲之玉銷帶緩，與所謂丁放琴客事無涉。放琴客者别有其人，宏庵與夢窗皆席上賦此事者。另，此詞入黄昇《中興以來絶妙詞選》，《詞選》結集於「淳祐己酉」即淳祐九年（一二四九）。而《塞翁吟》稱宏庵内眷「吴妝暈穠」，排比夢窗行跡，知應寫於蘇州倉幕期間。

## 還京樂　黃鐘商　俗名大石㊀

友人泛湖，命樂工以箏、笙、琵琶、方響迭奏㊁〔一〕

宴蘭溆〔二〕，促奏、絲縈筦裂飛繁響㊂〔三〕。似漢宮人去，夜深獨語，胡沙淒哽㊃〔四〕。對雁斜玫柱，瓊瓊弄月臨秋影㊄〔五〕。鳳吹遠㊅，河漢去杳㊆，天風飄冷㊇〔六〕。泛清商竟〔七〕。轉銅壺敲漏〔八〕，瑶床二八青娥，環佩再整〔九〕。菱歌四碧無聲〔一〇〕，變須臾〔一一〕、翠翳紅暝㊈〔一二〕。歎梨園〔一三〕、今調絕音希〔一四〕，愁深未醒〔一五〕。桂檝輕如翼〔一六〕，歸霞時點清鏡㊉〔一七〕。

【校　議】

㊀朱四校本、《全宋詞》無「俗名大石」四字。

㊁明張本、毛本、戈校本、杜本詞題作「箏、笙、琵琶、方響迭奏」。

㊂繁響：毛扆本：「『響』字應用韻，豈用古韻『陽』、『庚』通押耶？後第三十葉《夜遊宮》可見。」

（孫按：《夜遊宫》在三十頁之後爲毛扆本編排序列）鄧録毛扆校語同。杜校：「次句『響』字應韻，疑借叶者。」夏敬觀評語：「『響』、『江』、『講』韻與『庚』、『梗』韻同押。」

㊃ 淒哽：《詞譜》作「淒咽」。

㊄ 瓊瓊：杜校：「疑『飛瓊』之誤。」弄月：毛本、《詞譜》、王朱本、朱二校本作「弄玉」。鄭校：「毛本『月』作『玉』，訛此一字，全失是句上下字意。」

㊅ 鳳吹：明張本、毛本、朱校《鐵網珊瑚》、戈校本作「風吹」。《詞譜》改，餘本從之。

㊆ 去裊：明張本、毛本作「去楂」。《詞譜》、戈校本、杜本作「去槎」。因「槎」或作「查」，王鵬運疑爲「杳」之形誤。王朱本徑改作「去杳」。底本、朱四校本、四明本從之。朱二校：「蓋它本或作『杳』，涉『查』而誤。」兹從《鐵網珊瑚》、朱二校本。

㊇ 飄泠：明張本、毛本、《詞譜》、戈校本、杜本作「吹泠」。張壽鏞案曰：「上句有『吹』字，此句『飄』字最勝，原鈔洵可貴也。」

㊈ 翠翳：《詞譜》作「翠繁」。

㊉ 清鏡：張藏《鐵網珊瑚》、四明本作「青鏡」。清，古通「青」。鄭氏手批：「此解於清真入聲字律，無不步趨悉合，良工心苦矣（裂、月、八、翼）。夢窗步趨清真，苦心孤詣。」「『翼』字必須用入聲。清真詞同律亦用『翼』字。夢窗亦步亦趨，苦心孤詣。」「『裂』字必以入聲爲合律。」「『哽』均，下一

句非協可證，清真是句『際』字不爲均也。」「『翳』字是去聲，清真『看』字從同。近有和此詞作平者，須據此字以斠之。」杜本鄭批：「周詞『翼』字亦非均，但此字宜入聲。」

## 【注釋】

〔一〕命樂工句：耐得翁《都城紀勝》：「舊教坊有篳篥部、大鼓部、杖鼓部，拍板色、笛色、琵琶色、箏色、方響色、笙色、舞旋色、歌板色、雜劇色、參軍色。色有色長，部有部頭。上有教坊使、副鈐轄、都管、掌儀範者，皆是雜流命官。……紹興三十一年，省廢教坊之後，每遇大宴，則撥差臨安府衙前樂等人充應，屬修内司教樂所掌管。」據後文「梨園」句意知詞中所記是一次有相當規模和檔次的宴會。方響，古代磬類打擊樂器。由十六枚大小相同、厚薄不一的長方鐵片組成，聲音清濁不等。楊箋：「《太平御覽》五百八十四《三禮圖》：『方響，梁有銅磬，蓋今方響也。以鐵爲之，修九寸，廣二寸，圓上方下，架如磬而不設業，倚於架上，以代鐘磬。人間使用者才三四寸。』《新唐書·禮樂志》：『木有拍板、方響，以體金應石而備八音。』《明皇雜録》：『胡部無拍板，以直板聲不應諸調，惟太宗内庫片鐵方響應二十八調。』《樂府雜録》：『樂吏廉郊嘗宿平泉，攜琵琶於池上，彈蕤賓調，忽聞一物鏘然躍出池岸之上，視乃方響一片，蓋蕤賓鐵也。以指撥精妙，律吕相應也。』白居易詩：『千聲方響敲相續，一曲雲和戛未終。』」

〔二〕蘭溆：丁默《齊天樂·重遊番陽》：「流光暗度。悵蘭溆春移，葦汀秋聚。」蘭草多傍水生，故曰。

〔三〕促奏二句：《説郛·琴曲譜録·歌》：「（永新）既美且慧，善歌，能變新聲。韓娥、延年殁後千餘載，曠無其人。至永新，始繼其能。遇高秋朗月，臺殿清虚，喉囀一聲，響聲傳九陌。明皇嘗獨召李謨吹曲逐其歌，曲終管裂。」筦，《説文·竹部》：「筦，筝也。」段玉裁注：「筵、筦、筝，三名一物也。」朱駿聲《通訓》：「一名筵。蘇俗謂之篗頭。列梃加栅而圓，所以綰絲於其上者。」丘遲《九日侍宴樂游苑詩》：「絲桐激舞，楚雅閑慧。參差繁響，殷勤流詣。」促奏繁響，猶言「繁音促節」。繁密的音調，急促的節奏。　楊箋：「『促奏』，促節也。絲促則縈，管促則裂。虞世南《琵琶賦》：『或絲縈而緒結。』《甘澤謡》：許雲封善笛，自云學於外祖李牟。韋應物示以古笛，云天寶中得於李供奉家。雲封熟視曰：『非也。』舉笛吹《六州遍》，一疊未盡，笛忽中裂。」

〔四〕似漢宫三句：傅玄《琵琶賦序》：「《世本》不載，作者聞之故老，云漢遣烏孫公主嫁昆彌，念其行道思慕，故使工人知音者載琴、筝、筑、箜篌之屬，作馬上之樂。」石崇《王明君辭序》：「王明君者，本是王昭君，以觸文帝諱，故改之。匈奴盛，請婚於漢。元帝以後宫良家子明君配焉。昔公主嫁烏孫，令琵琶馬上作樂，以慰其道路之思。其送明君，亦必爾也。其造新曲，多哀怨之聲。」杜甫《詠懷古跡五首》（之二）：「一去紫臺連朔漠，獨留青塚向黄昏。」「千載琵琶作胡語，分明怨恨曲中論。」

〔五〕對雁斜二句：《紺珠集》卷一一：「（薛瓊瓊）開元中第一筝手。中官楊羔潛待崔懷寶，飲以薰肌酒，曰『此常春草所造』。羔令崔作詞，方得見瓊瓊。崔曰：『平生無所願，願作樂中筝。近得佳人纖手子，砑羅裙上放嬌聲，便死也爲榮。』」雁斜玫柱，古筝弦柱如雁行斜列，故云。陳後主《七夕宴樂修殿各賦六韻》：「釵光摇玳瑁，柱色輕玫瑰。」劉禹錫《傷秦姝行》：「青牛文梓赤金簧，玫瑰寶柱秋雁行。」玫柱，猶言「玫瑰寶柱」。玫瑰，美玉的一種。李商隱《昨日》：「二八月輪蟾影破，十三弦柱雁行斜。」

〔六〕鳳吹三句：《文選·孔稚珪〈北山移文〉》：「聞鳳吹於洛浦，值薪歌於延瀨。」李善注引《列仙傳》：「王子喬，周宣王太子晉也。好吹笙，作鳳鳴，游伊雒之間。」餘參見《瑞鶴仙·贈道女陳華山内夫人》注〔三〕。此言笙聲引人恍入仙境。

〔七〕泛清商竟：清商，《韓非子·十過》：「平公問師曠曰：『此所謂何聲也？』師曠曰：『此所謂清商也。』公曰：『清商固最悲乎？』師曠曰：『不如清徵。』」《古詩十九首》：「清商隨風發，中曲正徘徊。一彈再三歎，慷慨有餘哀。」泛，彈奏。《文選·江淹〈雜體詩·效王微養疾〉》：「煉藥矚虚幌，泛瑟卧遥帷。」張銑注：「泛瑟，謂撫瑟也。」竟，《周禮·春官·樂師》：「凡樂成，則告備。」鄭玄注：「成，謂所奏一竟。」楊箋：「上三韻分詮琵琶、箏、笙三事，尚未及方響，何也？豈方響用以止樂，换頭『泛清商竟』即屬方響歟？」

〔八〕轉銅壺三句：顧況《雜曲歌辭·樂府》：「玉醴隨觴至，銅壺逐漏行。」餘見《瑞鶴仙·癸卯歲壽方蕙巖寺簿》注〔八〕。銅壺敲漏，語本温庭筠《織錦詞》：「丁東細漏侵瓊瑟，影轉高梧月初出。」

〔九〕瑶床二句：古代歌舞分爲兩列，每列八人。《左傳·襄公十一年》：「凡兵車百乘，歌鐘二肆，及其鎛磬，女樂二八。」杜預注：「十六人。」寓方響數。環佩再整，陸龜蒙《方響》：「王母閑看漢天子，滿猗蘭殿佩環聲。」

〔一〇〕菱歌：鮑照《采菱歌七首》（之一）：「簫弄澄湘北，菱歌清漢南。」餘見《齊天樂·會江湖諸友泛湖》注〔一九〕。　四碧無聲：魏夫人《阮郎歸》：「夕陽樓處落花飛，晴空碧四垂。」

〔一一〕須臾：洪邁《容齋三筆》卷一四：「瞬息、須臾、頃刻，皆不久之辭，與釋氏『一彈指間』、『一刹那頃』之義同，而釋書分別甚備。……《毗曇論》云：『一刹那者翻爲一念，一怛刹那翻爲一瞬，六十怛刹那爲一息，一息爲一羅婆，三十羅婆爲一摩睺羅，翻爲一須臾。』」

〔一二〕翠翳紅暝：猶言緑昏紅暗。　以上三句表現音樂所達到的奇妙效果，在這個音樂瞬間，菱歌噤聲，唯見碧水，湖中及沿岸紅翠亦爲之失色。

〔一三〕梨園：《新唐書·志第十二·禮樂十二》：「玄宗既知音律，又酷愛法曲，選坐部伎子弟三百教於梨園，聲有誤者，帝必覺而正之，號『皇帝梨園弟子』。宫女數百，亦爲梨園弟子，居宜春北院。梨園法部，更置小部音聲三十餘人。」鄭處誨《明皇雜録·逸文》：「天寶中，上命宫女數百人爲梨園弟子，皆居宜春北院。上素曉音律，時有馬仙期、賀懷智，洞知音律。」

〔一四〕調絶：《世説新語·雅量》：「嵇中散臨刑東市，神氣不變，索琴彈之，奏《廣陵散》。曲終曰：『袁孝尼嘗請學此散，吾靳固不與，廣陵散於今絶矣。』」音希：《老子》：「大音希聲，大象無形。」王弼注：「聽之不聞名曰希，不可得聞之音也。有聲則有分，有分則不宫而商矣。分則不能統衆，故有聲者非大音也。」

〔一五〕愁深未醒：趙嘏《花園即事呈韋中丞》：「燒衣焰席三千樹，破鼻醒愁一萬杯。」謂沈迷於醉酒與音樂的境界中。

〔一六〕桂檝句：鄭獬《題關彥長孤山四照閣》：「時陪金壺宴親舊，船飛兩檝如歸鴻。」《三輔黄圖》卷四：「帝時命水嬉游燕永日。士人進一豆槽。帝曰：『桂檝松舟，其猶重樸。況乎此槽，可得而乘耶？』」

〔一七〕歸霞句：周邦彦《蕙蘭芳引》：「寒瑩晚空，點清鏡、斷霞孤鶩。」王勃《滕王閣序》：「落霞與孤鶩齊飛，秋水共長天一色。」何遜《贈王左丞詩》：「長墟上寒靄，曉樹没歸霞。」清鏡，亦作「青鏡」。湛方生《天晴詩》：「青天瑩如鏡，凝津平如研。」

## 【集評】

劉永濟《微睇室説詞》：起二句總説題意。「似漢宮」三句用王昭君入胡故事，點明琵琶。「對雁斜玫柱」二句，上寫箏之形制，箏有十二弦、十二柱也，下用唐薛瓊瓊事，點明箏。《麗情集》：「薛瓊瓊理箏，開元宮中第一手也。」「鳳吹」三句點明笙。笙有十六管，左右各八，形如鳳翼，故曰「鳳吹」。此數句連寫題中各樂器，而以「胡沙淒哽」、「弄月臨秋影」、「天風飄冷」等句描寫其聲調，故不嫌平板。换頭既以「銅壺敲漏」，復以「青娥環佩」形容方響之音節鏗鏘。「方響」以鐵片爲之，與拍板相似。「銅壺」以銅爲器，實以清水，下各開孔，以玉虯吐漏水入兩壺，右爲夜，左爲晝。水滴入壺，聲如瑟，故詩人以瓊瑟形容之。温庭筠《織錦詞》有「丁東細漏侵瓊瑟」是也。「菱歌」二句切泛湖。「翠翳紅暝」則指荷葉荷花。曰「變須臾」者，總贊衆樂迭奏，使花亦爲之變色也。「歎梨園」二句歎梨園今已「調絶音希」而「愁深未醒」，不如此之衆樂也。「桂楫」二句寫泛湖歸路所見，晚霞反映湖水中，景色絢麗也。

**【考辨】**

此詞爲《鐵網珊瑚》所收夢窗新詞稿第十六首。癸卯即淳祐三年（一二四三）寫於杭州。

## 塞翁吟 黄鐘商 俗名大石㊀

贈宏庵

草色新宮綬〔一〕，還跨紫陌驕驄〔二〕。好花是，晚開紅〔三〕。冷菊最香濃〔四〕。黄簾緑幕蕭蕭夢㊁〔五〕，燈外換幾秋風㊂〔六〕。敘往約，桂花宮。爲別剪珍叢〔七〕。雕櫳〔八〕。行人去〔九〕、秦腰褪玉〔一〇〕，心事稱〔一一〕、吳妝暈濃㊃〔一二〕。向春夜、閨情賦就，想初寄、上國書時，唱入眉峰〔一三〕。歸來共酒，窈窕紋窗〔一四〕，蓮卸新蓬〔一五〕。

【校　議】

㊀朱四校本、《全宋詞》無「俗名大石」四字。

㊁黃簾句：明張本、毛本、戈校本、杜本作黃簾□□□□夢。杜校：「原闕四字，擬補『踠地遮塵』。」王鵬運據《詞旨》補。餘本從之。

㊂燈外換幾：《詞旨》作「燈前幾換」。

㊃吳妝：明張本、毛本、戈校本、杜本作「吳女」。《四庫全書總目提要》：「『女』字據譜當作平聲。」《詞律》：「必『娥』字之誤。」王鵬運徑改作「吳妝」。餘本從之。鄭校：「以形近訛。」暈濃：諸本皆作「暈濃」，但各有異説。毛扆本：「『濃』字重押，有誤。」鄧録毛扆校語同。杜校：「『濃』字重韻，疑『穠』之誤。」杜本鄭批：「宋名家詞復均不忌，如吳詞《采桑子》『時』字均，周明叔《點絳唇》『去』字均，清真《花心動》兩押『就』字，《西河》重『水』字均同此例，不得以重均爲疑，但分上下闋耳。」楊鐵夫則擬改「暈醲」：「鐵夫以爲《葩經》（孫按：代指《詩經》）確不忌重韻，至唐宋人詩詞之重韻者，皆由先後改竄以至重韻不覺。有刻集時不及改，有後人刻者又不敢改耳。究不足爲

法。『穠』字與『玉』字，亦虚實、輕重不稱，此二句固偶句也。按《説文》：醲，厚酒也。『醲』是實字，正好與『玉』對。酒潮生臉，故曰『暈醲』。如此似較勝。」

【注釋】

〔一〕草色句：草色綬帶，即緑綬。漢代官秩二千石以上者用之。《海録碎事》卷五：「張奐曰：吾前後仕進，十腰銀艾。注：銀印緑綬也。以艾草染之，故曰艾綬。」並用宋仁宗賜進士及第詩意「恩袍草色動，仙籍桂香浮」。詳見《宴清都·送馬林屋赴南宫》注〔一三〕。

〔二〕還跨句：及第後在京城的春風得意。《儒林公議》：「狀元登第者……每殿庭臚傳第一，則公卿以下無不聳觀，雖至尊亦注視焉。自崇政殿出東華門，傳呼甚寵。觀者擁塞通衢，人摩肩不可過。錦韉繡轂，角逐爭先，至有登屋而下瞰者。士庶傾羨，讙動都邑。」餘見《瑞鶴仙·贈絲鞋莊生》注〔一三〕中孟郊詩。

〔三〕好花二句：翻用元稹《看花》詩意：「努力少年求好官，好花須是少年看。」

〔四〕冷菊句：釋智圓《湖居秋日病起》：「簷幽蟲織網，砌冷菊含香。」李嶠《九月奉教作》：「葉徑蘭芳盡，花潭菊氣濃。」以上五句預祝宏庵獲得功名。

〔五〕黃簾句：韓愈《短燈檠歌》：「黃簾緑幕朱户閉，風露氣入秋堂涼。」蕭蕭，意入「秋風」句。陶潛《詠荆軻》：「蕭蕭哀風逝，淡淡寒波生。」

〔六〕燈外句：蘇軾《侄安節遠來夜坐三首》（之一）：「免使韓公悲世事，白頭還對短燈檠。」蘇詩寫在侄兒安節下第時。　以上二句婉寫備考及屢試情形。

〔七〕敘往約三句：用蟾宮折桂典。詳見《宴清都・送馬林屋赴南宮》注〔七〕。韓偓《大慶堂賜宴元瑫而有詩呈吳越王》：「笙歌風緊人酣醉，卻繞珍叢爛熳看。」此特指桂枝。

〔八〕雕櫳：唐太宗《置酒坐飛閣》：「餘花攢鏤檻，殘柳散雕櫳。」代指閨房。

〔九〕行人去：指宏庵前往赴考。

〔一〇〕秦腰：語本《史記・春申君列傳》：「王又割濮磨之北，注齊秦之要，絶楚趙之脊，天下五合六聚而不敢救，王之威亦單矣。」要，「腰」的古字。　並暗用「楚腰」典。詳見《渡江雲・西湖清明》注〔一一〕。　褪玉：王之道《含山驛中》：「日暖風輕晝睡餘，海棠嬌褪玉肌膚。」

〔一一〕心事稱：猶言「稱心事」，此爲「向春夜」五句中上國寄書的内容。

〔一二〕吳妝暈濃：謂吳地流行濃妝。《説郛》卷七七（下）：「美人妝，面既傅粉，復以胭脂調勻掌中，施之兩頰。濃者爲酒暈妝，淺者爲桃花妝，薄薄施朱，以粉罩之，爲飛霞妝。」温庭筠《題磁嶺海棠花》：「蜀彩淡摇曳，吳妝低怨思。」　古時妝唇、畫眉、梳掠皆有暈妝。陶穀《清異録・二》：「（唐）僖、昭時，都市娼家競事妝唇，婦女以此分妍否。其點注之工，名字差繁，其略有臙脂暈品，石榴嬌、大紅春、小紅春、嫩吳香、半邊嬌、萬金紅、聖檀心、露珠兒、内家圓、天宮巧、洛兒殷、淡紅心、腥腥暈、小珠龍、暈唐媚、花奴樣子。」張泌《妝樓記》：「婦人畫眉有倒暈妝，古樂府有『暈眉攏鬢』之句。」宇文氏

《妝臺記》：「陳宫中梳隨雲髻，即暈妝。」韓偓《閨怨》：「時光潛去暗淒涼，懶對菱花暈曉妝。」以上秦腰、吴妝皆代稱閨中人，並互文見義。謂宏庵赴考，閨中人爲之瘦損；宏庵考中歸來，則又讓居於吴地的閨中人再施紅妝。

〔一三〕向春夜五句：設想宏庵在京城禮部考試高中之後，寫就寄内詩並報喜訊的情形。宋代諸路州軍科場並限八月引試，這是地方的選拔考試，稱秋貢。禮部試士，則在次年的春二月，殿試在四月。從秋貢到禮部考試，其間還有嚴格的考試程式。《宋史·選舉一》：「初，禮部貢舉，設進士、《九經》、《五經》、《開元禮》、《三史》、《三禮》、《三傳》、學究、明經、明法等科，皆秋取解，冬集禮部，春考試。」「凡命士應舉，謂之鎖廳試。所屬先以名聞，得旨而後解。既集，什伍相保，不許有大逆人緦麻以上親，及諸不孝、不悌、隱匿工商異類、僧道歸俗之徒。家狀並試卷之首，署年及舉數、場第、鄉貫，不得增損移易，以仲冬收納，月終而畢。將臨試期，知舉官先引問聯保，與狀僉同而定焉。」閨情，曹植有《閨情詩》。此泛指寄内之作。唱，用同「暢」。

〔一四〕歸來二句：黄庭堅《滿庭芳·茶》：「歸來晚，文君未寐，相對小窗前。」元稹《連昌宫詞》：「舞榭欹傾基尚在，文窗窈窕紗猶緑。」窈窕，幽深貌。《文選·王延壽〈魯靈光殿賦〉》：「旋室㛹娟以窈窕，洞房叫窱而幽邃。」餘見《丹鳳吟·賦陳宗之芸居樓》注〔一二〕。紋窗，猶言「文窗」。刻鏤文彩之意。

〔一五〕蓮卸新蓬：晏殊《采桑子》：「荷花欲綻金蓮子，半落紅衣。」黄庭堅《情人怨戲效徐庾慢體三首》

（之一）：「莫藏春筍手，且爲剥蓮蓬。」此預寫歸來並預祝其得子。楊箋：「亦取『連子』吉語之意。」吴校：「末三句，蓋指其姬人得趣言。」

【集　評】

陸輔之《詞旨·警句》：黄簾緑幕蕭蕭夢，燈前幾换秋風。

況周頤《蕙風詞話》卷二：「心事稱、吴妝暈紅。」七字兼情意、妝束、容色。夢窗密處如此等句，或者後人尚能勉强學到。

【考　辨】

楊箋：疑此爲宏庵新量珠作。（「向春夜」五句）宏庵仍置新姬於蘇門，自行入京，故有「初寄上國書時」語。（「歸來」三句）意此時宏庵又復自京來吴，然贈詞正夢窗在蘇幕時矣。

吴箋：此詞當爲夢窗送宏庵參加科舉考試而作。宋諸路州軍科場限八月引試，稱爲秋貢。《宋史·選舉志》：「舊制，秋貢春試，皆置别頭場，以待舉人之避親者。」宏庵當爲秋貢。

孫按：秋貢是指地方的選拔考試，偶有秋試則非常例。《宋史·選舉一》：「（太平興國）三年九月，廷試舉人。故事，惟春放榜，至是秋試，非常例也。」此詞與前文《宴清都·送馬林屋赴南宫》相同，贈主皆赴禮部試，時在春天。

## 又㈠

餞梅津除郎赴闕〔一〕

有約西湖去，移棹曉折芙蓉㈡〔二〕。算纔是㈢，稱心紅〔三〕。染不盡薰風〔四〕。千桃過眼春如夢〔五〕，還認錦疊雲重〔六〕。弄晚色，舊香中〔七〕。旋撑入深叢〔八〕。從容〔九〕。情猶賦、冰車健筆〔一〇〕，人未老、南屏翠峰〔一一〕。轉河影、浮查信早〔一二〕，素妃叫㈣、海月歸來㈤〔一三〕，太液池東〔一四〕。紅衣卸了，結子成蓮〔一五〕，天勁秋濃㈥〔一六〕。

【校　議】

㈠《詞律》：「按此調應分三疊。自起至『薰風』爲第一段，『千桃』至『深叢』爲第二段。蓋『千桃』句七字，换頭『還認』句即同『移棹』句，『弄曉色』兩句即同『算終是』兩句，『旋撑入』句即同『染不盡』句。平仄一字無異，即如《瑞龍吟》所謂雙拽頭也。其第三疊則另爲長短句，與前絶不相類矣。」孫按：周邦彦有《塞翁吟》（暗葉啼風雨），《詞譜》解題：「雙調。九十二字。前段十句，六平韻；後段九句，四平韻。」故底本等不從《詞律》。戈校本詞題下注「范選」。

㈡曉折：底本、四明本作「晚折」。鄭氏手批：「『晚』，當據明鈔作『曉』。朱說與下『晚』字複。詞中不忌重字，但視如何運用。」兹從毛本、戈校本、杜本、《歷代詩餘》、《詞律》、王朱本、朱二校本、朱四校本。

㈢算纔是：毛本、杜本、《歷代詩餘》、《詞律》、戈校本、王朱本、朱二校本作「算終是」。《詞律》：「『終』字宜仄聲，恐是『縱』字之訛。」杜校：「『算終是』之『終』字宜仄，《詞律》謂『總』字之誤。」杜氏恐誤記。

㈣素妃叫：王朱重刻本徑改作「素妃喚」。諸本不從。

㈤海月：毛本、《歷代詩餘》、《詞律》、戈校本作「海目」。鄭校所見毛本、杜本作「海日」。鄭校：「以形近訛。」王鵬運徑改作「海月」，諸本從之。明張本正同。

㈥天勁：毛本、《歷代詩餘》、《詞律》、戈校本、杜本、王朱本作「夭勁」。戈校本：「『夭勁』不解。」杜校：「『夭勁』疑『香勁』之誤。」王校：「句疑。」朱二校本從杜疑改作「香勁」。楊箋：「『夭』，杜校作『香』。鐵夫按：即『香』之壞字，杜説義長。」鄭氏手批：「結句亡可疑。『夭勁』亦不誤。杜校不明二字之解，臆改作『香勁』，反晦。」

【注釋】

〔一〕除郎：此應指右司員外郎之職。

〔二〕有約二句：楊萬里《曉出淨慈送林子方二首》（之二）：「畢竟西湖六月中，風光不與四時同。接天蓮葉無窮碧，映日荷花別樣紅。」曉折芙蓉，荷花清晨開放。餘見《拜星月慢·姜石帚以盆蓮數十置中庭》注〔四〕。折，用同「拆」。王灣《晚夏馬嵬卿叔池亭即事寄京都一二知己》：「盛香蓮近折，新味瓜初剖。」陳後主《七夕宴宣猷堂各賦一韻詠五物·帳》：「帶日芙蓉照，因吹芳芬拆。」《樂府指迷》：「近時詞人，多不詳看古曲下句命意處，但隨俗念過便了。如柳詞《木蘭花慢》云『拆桐花爛熳』，此正是第一句不用空頭字在上，故用『拆』字，言開了桐花爛熳也。」

〔三〕算纔是二句：黄庭堅《情人怨戲效徐庾慢體三首》（之一）：「秋水無言度，荷花稱意紅。」實寓稱心如意的履新官職。白居易《送考功崔郎中赴闕》：「稱意新官又少年，秋涼身健好朝天。」

〔四〕薰風：此特指夏季東南風中的荷香。

〔五〕千桃過眼：暗用晉朝潘岳爲河陽縣令的典故。庾信《枯樹賦》：「河陽一縣並是花，金谷從來滿園樹。」《海録碎事》卷一二：「潘岳爲河陽令，種桃李花，人號曰『河陽一縣花』。」後用作縣令典實。《正德永康縣志》卷四《歷宦》：「知縣：尹焕，字惟曉，號梅津山人。」雖然梅津仕歷中真正能符合桃李一縣花典故的僅有永康知縣一職，但因詞中以「千桃過眼」泛言之，其如寧國府通判、知江陰軍等外任官職似可屬之。通判更用宋朝今典。《古今事文類聚後集》卷三一引《談圃》：「石曼卿謫通判海州，以山嶺高峻，人路不通，了無花卉點綴開映。使人以泥裹桃核爲彈，拋擲於嶺上。一二歲間，花發滿山，爛如錦繡。」

〔六〕錦疊雲重：喻西湖重重疊疊如錦繡的蓮荷。參見《過秦樓·芙蓉》注〔一七〕。

〔七〕弄晚色二句：此寫傍晚荷香。蘇軾《同景文詠蓮塘》：「堂上鉤簾對晚香，不知斜日已侵床。」

〔八〕旋撑入句：劉綬《江南可採蓮》：「楫小宜回逕，船輕好入叢。」

〔九〕從容：此就構思行文而言。《文心雕龍·通變第二十九》：「長轡遠馭，從容按節。憑情以會通，負氣以適變。」

〔一〇〕冰車健筆：指詩筆縱横雅健。用劉乂（亦作劉義、劉叉）典。《新唐書·劉乂傳》：「折節讀書，能爲歌詩，然恃故時所負，不能俛仰貴人，常穿屐破衣，聞愈接天下士，步歸之，作《冰柱》、《雪車》二詩，出盧仝孟郊右。」杜甫《戲爲六絶句》（之一）：「庾信文章老更成，淩雲健筆意縱横。」徐陵《讓五兵尚書表》：「雖復陳琳健筆，未盡愚懷。」

〔一一〕人未老二句：南屏翠峰，以翠髮朱顔比擬梅津正當壯年時。

〔一二〕轉河影二句：《拾遺記》卷一：「堯登位三十年，有巨查浮於西海。查上有光，夜明晝滅。海人望其光，乍大乍小，若星月之出入矣。查常浮繞四海，十二年一周天，周而復始。名曰『貫月查』，亦謂『掛星查』。」查，同「槎」。

〔一三〕素妃二句：温庭筠《曉仙謡》：「玉妃唤月歸海宫，月色澹白涵春空。」素妃，玉妃。《靈寶赤書》：

「元始命太真按筆，玉妃拂筵。」楊太真隸海上仙山之籍，仙境中「其物禽獸盡白」，故云「素妃」。

〔一四〕太液句：《三輔黃圖》卷四：「太液池，在長安故城西，建章宮北，未央宮西南。太液者，言其津潤所及廣也。《關輔記》云：建章宮北有池，以象北海，刻石爲鯨魚，長三丈。《漢書》曰：建章宮北治大池，名曰『太液』。池中起三山，以象瀛洲、蓬萊、方丈。刻金石爲魚龍奇禽異獸之屬。」此代指杭京城池。白居易《長恨歌》：「歸來池苑皆依舊，太液芙蓉未央柳。」

〔一五〕紅衣二句：晏殊《采桑子》：「荷花欲綻金蓮子，半落紅衣。」

〔一六〕天勁秋濃：再謂其正當壯年。楊箋：「祝其得子。」《癸辛雜識·別集》卷上：「尹梅津煥無子，螟蛉羅、石二姓名。一越人爲之語曰：梅津一生辛勤，只辦得食籮一擔。」

【考辨】

夏箋：此與《鳳池吟》（慶梅津除左司郎官）皆淳祐七年（一二四七）作。

楊箋：「冰車」，走車於冰上，喻其升轉之速。與《鳳池吟·慶梅津》詞「長安父老相語，幾百年見此，獨駕冰輪」同意。

孫按：據《咸淳臨安志》「秩官門」兩浙轉運名氏尹煥下注：淳祐六年，運判；七年，除左司。集中另有《鳳池吟·慶梅津自畿漕除右司郎官》，明寫其除右司郎官是由畿漕（運判）之職升遷（詞題中「右司郎官」不誤，詳《鳳池吟》【考辨】）。此詞題中的「郎」與《鳳池吟》中「郎官」既可稱左右司郎中，也可稱郎中的佐官員外郎。《通志二十略》職官略第三：「今尚書省有左、右司郎中各一人，員外郎各一人，分管尚書六曹事。其諸曹諸司郎中，總三十人，通謂之郎官。尤重其選，其職任名數，各列在六曹之後。凡郎中章服，皆玄冕五旒，衣無章，裳刺黻一章，兩梁冠。凡員外郎章服，並爵弁玄纓簪，尊者衣纁裳，一梁冠。」從宋朝職官制度的角度看，這兩首詞題中的「郎」與「郎官」，應指右司員外郎。

参照宋代官制，尹梅津主要仕歷的官品可作如下梳理：潛江縣尉，從九品。永康縣令，從八品。以奉議郎出任寧國府通判，寄禄官奉議郎正八品。以承議郎知江陰軍，寄禄官承議郎從七品。運判以朝官，曾任知州、通判有政績者充。右司員外郎，從六品。左右司郎中，正六品（梅津爲左司郎中時寄禄官「朝奉大夫」仍在從六品，此以職事官品言之）。宋代官員升遷受到磨勘法的限制。《宋史·選舉四》：「凡開府儀同三司（從一品）至通議大夫（正四品），無磨勘法；太中大夫（從四品）至承務郎（從九品），皆應磨勘。待制以上六年遷兩官（不久即改爲三年遷一官），至太中大夫止；承務郎以上四年遷一官，至朝請大夫（從六品）止。」元豐新制後，職事官分爲正從九品十八級，寄禄官淳熙後分爲三十階，所謂「遷一官」，指官階而非官品，官階的提升稱爲進「秩」。如梅津在江陰軍任上「因濟糴有勞進一秩」即是。梅津嘉熙四年（一二四〇），以承議郎知江陰軍，明年進一秩升爲朝奉郎，朝奉郎至朝奉大夫，尚有朝散郎、朝請郎兩階。雖然宋朝每有超擢的情形，然梅津嘉熙四年六月承議郎，至淳祐七年（一二四七）朝奉大夫，七年間連升四階，而職事官從知軍到左司郎中的跨度更大。另外，按照《宋史·官制八》中的常轉，梅津從畿漕先升爲右司員外郎，更符合宋代職官制度。詳《鳳池吟》【考辨】。而且，七年間寄禄官自從七品到從六品（職事官已爲正六品），已屬超擢，故楊鐵夫認爲「冰車」、「獨駕冰輪」，皆喻其升轉之速。雖然「冰車」之義未必如楊氏所説，但梅津升遷確非常轉。夢窗贈梅津詞中屢稱「郎」、「郎官」，而不稱郎中，定爲右司員外郎似更爲合理。若是考成立，則此詞應寫於淳祐七年或稍前的右司員外郎任上。

## 丁香結　夷則商　俗名商調㈠

賦小春海棠㈡〔一〕

香裊紅霏，影高銀燭，曾縱夜遊濃醉〔二〕。正錦温瓊膩〔三〕。被燕踏、暖雪驚翻庭砌〔四〕。馬嘶人散後，秋風換、故園夢裏㈢〔五〕。吴霜融曉〔六〕，陡覺暗動偷春花意㈣〔七〕。還似。海霧泠仙山㈤，唤覺環兒半睡〔八〕。淺薄朱唇〔九〕，嬌羞豔色〔一〇〕，自傷時背〔一一〕。簾外寒掛澹月，向立鞦韆地㈥〔一二〕。懷春情不斷〔一三〕，猶帶相思舊子㈦〔一四〕。

【校議】

㈠朱四校本、《全宋詞》無「俗名商調」四字。

㈡明張本、毛本、王朱本、戈校本、杜本、底本、朱四校本詞題作「秋日海棠」。兹從《鐵網珊瑚》、朱二校本、鄭校、四明本。

㈢故園：《詞律》：「『故園』句，美成云『棄擲未忍』，千里云『淚眼暗忍』。『擲』、『眼』用仄。此『園』字或是『國』字，或曰『擲』、『眼』乃作平者。」

㈣吴霜二句：周邦彦此調作四、八句式，楊澤民、陳允平和詞同；方千里和詞作六、六二句。故杜文瀾批戈選清真詞：「前結四字一句，八字一句，和詞有作六字兩句者，可不拘。」陡覺，《鐵網珊瑚》、鄭校、四明本作「陡頓」。鄭校：「此字不宜入聲律。『陡頓』二字，兩宋詞中習見，如柳耆卿《鬬百花》、《浪淘沙慢》，陳允平《丹鳳吟》，正與此同。」鄭氏手批：「『陡頓』，柳詞習用，當時語助詞。此字不宜入聲律。夢窗於字律至嚴，證以清真詞，可信。」暗動，《鐵網珊瑚》作「闇動」。毛本、戈校本作「晴動」。《詞律》：「『晴』字照周、方不宜用平，況『晴動』欠妥，必是『暗』字無疑。」諸本從之。明張本正同。

㈤海霧句：毛本、《詞律》、戈校本作「海霧似仙山」。然萬氏校曰：「『海霧』句應一字領句，起必係『似海霧仙山』之訛。」杜本據改。餘本從《鐵網珊瑚》。明張本正同。孫按：周詞此句作「記試酒歸時」，方、楊、陳和詞皆爲一字領起，夢窗慳用虚字，然位字節頓數往往從同，據其平仄，此句應作「冷海霧仙山」。

㈥ 向立：明張本、毛本、《詞律》、戈校本、王朱本、底本、朱四校本作「向日」。鄭校：「毛本『立』作『日』。案上句云『淡月』，此又云『向日』，繆甚。諸本並失校。」玆從《鐵網珊瑚》、朱二校本、鄭校、四明本。

㈦ 舊子：毛本、《鐵網珊瑚》、《詞律》、戈校本、杜本、王朱本、朱二校本、鄭校、四明本作「舊字」。

【注　釋】

〔一〕小春海棠：海棠春天二三月開花。詳見《宴清都·連理海棠》注〔一〕。小春，即小陽春。《歲時廣記》卷三七引《初學記》：「冬月之陽，萬物歸之。以其温暖如春，故謂之小春，亦云小陽春。」《五雜俎·天部二》：「十月有陽月之稱，即天地之氣四月多寒而十月多暖，有桃李生華者，俗謂之小陽春。」

〔二〕香裊三句：蘇軾《海棠》：「東風裊裊泛崇光，香霧空蒙月轉廊。只恐夜深花睡去，故燒銀燭照紅妝。」據《淵鑒類函》卷四〇五，貼梗海棠、垂絲海棠、西府海棠、木瓜海棠四品「俱有色無香」，而海棠以有香爲貴。《冷齋夜話》卷九：「（彭）淵材曰：『天下海棠無香，昌州海棠獨香，非佳郡乎？』」《蜀中廣記》卷六二：「故昌號海棠香國，土人云地宜此花，易植易蕃。郡治『香霏堂』，一老樹重趺疊萼，每花或二十餘朵，花氣醲鬱，餘不能及也。」楊萬里《萬花川谷海棠盛開進退格》：「爲花一醉非難事，且道花醲復酒醲。」

〔三〕錦温：海棠衆株花開，有如温暖的錦步帳。俞海洞海棠詩：「疑是當年錦步障，至今留得罩春風。」陸游《張園海棠》：「此園低樹猶三丈，錦繡卻在青天上。不須更著刀尺裁，乞與齊奴開步障。」瓊膩：以美女容色喻花瓣。張泌《柳枝》：「膩粉瓊妝透碧紗，雪休誇。」蘇軾《寓居定惠院之東雜花滿山有海棠一株土人不知貴也》：「朱脣得酒暈生臉，翠袖卷紗紅映肉。」

〔四〕被燕踏二句：杜甫《城西陂泛舟》：「魚吹細浪摇歌扇，燕蹴飛花落舞筵。」暖雪，海棠開時如朱砂爛熳，半落如雪。蘇軾《寓居定惠院之東雜花滿山有海棠一株土人不知貴也》：「明朝酒醒還獨來，雪落紛紛那忍觸。」　以上回憶年輕時春遊狂醉於海棠花下。

〔五〕馬嘶三句：翁元龍《絳都春·秋晚海棠與黄菊盛開》雖寫秋日海棠，但可爲此三句注腳：「玉顔不趁秋容换。但换卻、春遊同伴。」

〔六〕吴霜融曉：孟冬十月霜凍在清晨的陽光中即能融化，正寫小陽春時。吴霜，語出李賀《還自會稽歌》：「吴霜點歸鬢，身與塘蒲晚。」

〔七〕偷春：寫冬月返季借得春力催放海棠花。司空圖《南至四首》（之一）：「卻恨早梅添旅思，强偷春力報年華。」

〔八〕還似三句：《會稽續志》卷四引沈立《海棠記》：「花中帶海字者，從海外來。」取意白居易《長恨歌》：「忽聞海上有仙山，山在虛無縹緲間。樓閣玲瓏五雲起，其中綽約多仙子。中有一人字太真，雪膚花貌參差是。金闕西廂叩玉扃，轉教小玉報雙成。聞道漢家天子使，九華帳裏夢魂驚。攬衣推枕起裴回，珠箔銀屏邐迤開。雲鬢半偏新睡覺，花冠不整下堂來。」兼暗用唐明皇以貴妃喻海棠春睡未足的典故。詳見《宴清都·連理海棠》注〔八〕。環兒，《説郛》卷二一（上）：「楊太真，小字玉環，故古今詩人多以『阿環』稱之。按李義山云：『十八年來墮世間，瑶池歸夢碧桃間。如何漢殿穿針夜，又向窗中覷阿環。』」後人又稱「環兒」。蘇軾《南鄉子》：「願作龍香雙鳳撥，輕攏。長在環兒白雪胸。」

〔九〕淺薄朱唇：以下二句承前引蘇軾「朱唇得酒暈生臉」詩意，實與春海棠相較，謂小春海棠花瓣不能有燦若胭脂的盛麗。石延年《海棠》可以參看：「盛若霞藏日，鮮於血灑空。高低千點赤，深淺半開紅。妝指朱纔布，膏唇檀更融。」

〔一〇〕嬌羞豔色：湛道山海棠詩：「海棠嬌甚成羞澀，憑仗東風催曉妝。」楊萬里《薌林五十詠·海棠洞》：「豔翠春鋪骨，妖紅醉入肌。」

〔一一〕自傷時背：夏秋之花即有秋風不爲繁華主的自傷背時，初冬小春之花應更有甚於此，故有此感歎。時背，猶言「背時」。不按時節開放，喻不入時流。白居易《雪夜小飲贈夢得》：「久將時背成遺老，多被人呼作散仙。」

〔一二〕簾外二句：馬子嚴《水龍吟》詠海棠：「風度鞦韆，日移簾幕，翠紅交映。正太真浴罷，西施濃抹，都沉醉、嬌相稱。」范成大《寄題石湖海棠二首》(之一):「不把萬枝銀燭照,澹雲微月替人愁。」

〔一三〕懷春句:重開海棠面對曾立鞦韆的空地,懷想彩繩上翩翩若仙的麗人,其實是緬懷春季盛時的花若燦錦。懷春,出自《詩·召南·野有死麕》:「有女懷春,吉士誘之。」

〔一四〕相思舊子,陳思《海棠譜》引沈立《海棠記》:「其實狀如梨,大若櫻桃,至秋熟可食,其味甘而微酸。」《海棠譜》卷上引《瑣碎録》:「海棠,候花謝結子,剪去,來年花盛而無葉。」《畫繼》卷六:「孟應之,不知何許人。入圖畫院,精於翎毛。嘗見其畫扇,作秋老海棠,子著枝已乾而不枯,猶帶生意,坐一白頭翁生動。」夢窗擬此爲相思紅豆。王維《相思》:「紅豆生南國,春來發幾枝。勸君多採擷,此物最相思。」《王右丞集箋注》:「《資暇録》:豆有圓而紅,其首烏者,舉世呼爲相思子。……李善云:其實赤如珊瑚是也。」楊箋:「子爲春海棠結,故曰『舊子』。」

## 【集評】

陳洵《海綃説詞》:詠物題卻似紀遊,又似懷舊,俯仰陳跡,無限低徊。置身空際,大起大落,獨往獨來。穠摯中有雄傑意態,讀吴詞者所當辨也。「自傷時背」,賢者退而窮處意。「秋風换故園夢裏」,朝局變遷也,言外之旨,善讀者當自得之。

劉永濟《微睇室説詞》:此詞起四字寫海棠香色,非常精工。「影高」四字,用蘇軾「只恐夜深花睡去,高燒銀燭照紅妝」句意,因有「曾縱夜遊濃醉」之句,亦點化古人之句作法也。此三句又皆從春日海棠著筆。「正錦温」以下三句則寫春日海棠謝也。曰「燕踏暖雪」，即春日海棠爲春燕蹴落也。「暖雪」者，海棠花也。「馬嘶人散」二句從容轉入小春海棠。「馬嘶人散」，遊觀之人因花謝而去也。……「吴霜」二句，曰「陡頓」，曰「暗動」，皆不期然而然之辭。曰「偷春」，則非真是春時而是偷來之春也。換頭二字换意另起，小春海棠無故實，故用楊貴妃「海棠春睡」故事渲染之。「海霧泠仙山」，暗用白居易《長恨歌》「忽聞海上有仙山，山在虚無縹緲間」及「雲髻半偏新睡覺，花冠不整下堂來」等句，寫小春海棠。「環兒」，貴妃名玉環也。白詩寫臨邛道士所覓得之玉環，非長生殿中之貴妃，故以比小春海棠、亦以見非春日之海棠也。其用心之細，運典之活如此。「淺薄」與「香褭紅霏」不同，且亦白詩「玉容寂寞」之意。「自傷時背」亦是想像楊妃此時自傷之情。誦此句似暗露夢窗自傷生不逢時之意，故陳洵謂「『自傷時背』，賢者退而窮處意」，似矣，但又云：「『秋風换、故園夢裏』，朝局變遷也。」則推闡太遠。蓋此「自傷時背」原是寫小春海棠，非真春日海棠，但此等語，與作者平時心中所感，恰好契合，故言雖在此，而意可在彼，讀者自可從此言而得彼意。且此等作法，只可認爲作者無形流露，而非有意比附，是興而非比。因此亦只一二語帶自己感情，不可據此句句比附。如陳氏所謂「朝局變遷」，似非作者本意。「簾外」二句，加重鉤勒非春日。曰「澹月」，曰「寒掛」，秋月與春月不同也。曰「向立鞦韆地」，則春日婦女嬉春之鞦韆已拆除，但有鞦韆之地耳。歇拍二句，以雖非春時而人睹海棠再花，自引「春情不斷」，一筆鉤轉，力量甚大。下句更進一步言，小春之海棠非可結子」;但人情猶作此想,故曰「猶帶相思舊子」。

【考辨】

鄭文焯《夢窗詞校議》:案《初學記》:「十月爲小春。」《山堂肆考》謂:「南方冬温,草木常茂。今江南十月,春卉再華,俗呼爲迎小春。」柳耆卿有《望梅》一解,題詠「小春」,見明顧汝所《類編草堂詩餘》。毛本改「小春」爲「秋日」,以爲即今之秋海棠,淺妄已甚。諦審詞義,云「秋風换、故園夢裏」,又云「暗動偷春花意」,皆原作「小春」佳證。杜、王二刻並沿毛誤,未據手稿改正。

又,《校議補録》:「蓋傳鈔者不知小春真有海棠開也。《初學記》:十月爲小春,江南冬燠,春卉再華,而海棠尤凄麗可玩。范石湖詩有《小春海棠來禽》之作,云:『東君好事惜年華,偏愛荒園野老家。一任西風管摇落,小春自管數枝花。』是知當時詠小春海棠,亦一佳題,足當花中故實耳。

鄭氏手批:《石湖詩集》有「小春海棠」絶句,是知題例有由來已。江南春卉,至十月再華,謂之「迎小春」,此「小春海棠」似以命題也。毛氏臆改「秋日」,大繆。宜據君特手寫本更訂之。

楊箋:《鐵網珊瑚》「秋日」作「小春」。鄭文焯極主之。其言曰:「江左寒孟,好花再發,謂之『迎小春』。比年寓齋,西府海棠每值十月,風日温麗,輒爛若野(舒)錦,始知君特所詠『秋風换,故園夢裏』句,乃吴中眼前景也。毛本但知有秋海棠,遂有意改『小春』爲『秋日』,不知吴詞顯用春日海棠故實，絶非今之『斷腸花』也。」鐵夫按：詞中春日海棠故實者，以春陪秋，作開筆耳。「秋風换」句，轉到秋上；「故園夢裏」，則回顧春字。必如鄭氏説，好好一篇局勢靈活之佳詞，被渠考據，看成死局。且寒孟已十月，詞尚説秋，又何也？（「吴霜」二句）詞在蘇幕作，故曰「吴霜」。此韻方是正拍題面，曰「偷春」，非小春矣。（「簾外」二句）恐「秋」字仍不顯，特以鞦韆嬉春故實烘托之。時鞦韆已拆，不可見，止見「鞦韆地」耳。

劉永濟《微睇室説詞》：「馬嘶人散」二句從容轉入小春海棠。「馬嘶人散」，遊觀之人因花謝而去也。「秋風换」句落到小春海棠。看其由春日海棠轉到小春海棠，何等靈活，楊氏何以反説爲死局？

吴箋：此詞寫海棠正盛時經秋凋零，又於秋日氣候還暖時半斂欲開之勢。

孫按：鄭氏謂詞題應是「賦小春海棠」，可謂語出有據。然而，鄭氏未曾顧及的是，有時氣候反常，還會出現比小春海棠更爲特殊的現象，就是秋日也偶有海棠開放，宋代詩詞中皆有記載。如楊萬里《張子儀太社折送秋日海棠二首》：「新樣西風較劣些，重陽還放海棠花。春紅更把秋霜洗，且道精神佳不佳。」「木蕖籬菊總無光，秋色今年付海棠。爲底夜深花不睡，翠紗袖上月如霜。」戴表元、郭印分别有《馬浩秀才攜秋日海棠詩見過》、《和龐次甫秋日海棠二首》詩。翁元龍《絳都春》上闋亦寫晚秋時海棠與黄菊同時盛開之事：「花嬌半面。記蜜燭夜闌，同醉深院。衣袖粉香，猶未經年如年遠。玉顔不趁秋容換。但換卻、春遊同伴。夢回前度，郵亭倦客，又拈箋管。」劉仙倫亦有《木蘭花慢·秋日海棠》詞。但此詞用「寒」、「冷」、「霜融」，仍以賦小春海棠爲宜。

另外，秋日海棠也絶非如鄭氏所説是斷腸花。斷腸花，是草本秋海棠的異名。《竹嶼山房雜部》卷一〇：「秋海棠，葉大，俗名斷腸草。花狀海棠，惟四瓣，亦嬌美，二三月取子，種於背日巖谷之間，喜陰，有毒。」《廣群芳譜·花譜·秋海棠》卷三六：「一名八月草，草本，花色粉紅，甚嬌豔。葉緑如翠羽。」《采蘭雜志》記其出處曰：「昔有婦人懷人不見，恒灑淚於北牆之下，後灑處生草，其花甚媚，色如婦面，其葉正緑反紅，秋開。名曰『斷腸花』，即今秋海棠也。」草本秋海棠，與木本秋日海棠迥不相倫。

另，此詞爲《鐵網珊瑚》所收夢窗新詞稿十六首之第十四首，故知寫於癸卯即淳祐三年（一二四三）；此時夢窗在蘇州，詞中又用「吴霜」字面，可以互證寫於蘇州。

## 六幺令　夷則羽　俗名仙吕調㊀

### 七夕

露蛩初響，機杼還催織〔一〕。婺星爲情慵懶㊁〔二〕，佇立明河側〔三〕。不見津頭艇子〔四〕，望絶南飛翼〔五〕。雲梁千尺〔六〕。塵緣一點〔七〕，回首西風又陳跡〔八〕。那知天上計拙，乞巧樓南北〔九〕。瓜果幾度淒涼，寂寞羅池客〔一〇〕。人事回廊縹緲㊂，誰見金釵擘〔一一〕。今夕何夕〔一二〕。杯殘月墮〔一三〕，但耿銀河漫天碧㊃〔一四〕。

【校　議】

㊀ 明張本、底本宮調作「夷則商　俗名仙吕宫」，朱校曰：「按『商』，當作『宫』。」朱四校本、《全宋詞》宮調作「夷則宫」，無俗名。王灼《碧雞漫志》：「《六幺》，一名《緑腰》，一名《樂世》，一名《録要》。……今《六幺》行於世者曰黄鐘羽，即俗呼般涉調；曰夾鐘羽，即俗呼中吕調；曰林鐘羽，即俗呼高平調；曰夷則羽，即俗呼仙吕調。皆羽調也。」《齊東野語》卷八「六幺羽調」條：「《演繁露》云：『唐有新翻羽調《緑腰》，白樂天詩自集注云：「即六幺也。」今世亦有六幺，而其曲有高平、仙吕調。又不與羽調相協，不知是唐遺聲否？』按今六幺中吕調亦有之，非特高平、仙吕也。唐《禮樂志》俗樂二十八調中吕、高平、仙吕在七羽之數，蓋中吕，夾鐘羽也；高平，林鐘羽也。仙吕，夷則羽也。安得謂之不與羽調相協？蓋未之考爾。」故知《六幺令》爲夷則羽，俗名仙吕調。柳永《樂章集》中《六幺令》類歸仙吕調亦可證明。兹據改。

㊁ 婺星：楊箋：「按《星經》：須女四星，一名婺女，主布帛，爲珍寶藏；織女三星，主瓜果絲帛。婺

與織女星數不同，所主不同，顯分兩星，今以婺爲織女，疑誤。」劉永濟《微睇室説詞》：「此詞但曰『婺星』，是夢窗未嘗以婺女爲織女。疑『婺』乃『嫠』誤。嫠，無夫之稱，夢窗《宴清都·連理海棠》詞有『嫠蟾冷落羞度』句。『嫠蟾』，指月，與此『嫠』指織女星同，其誤無疑。」

㊂ 人事：《歷代詩餘》作「人自」。

㊃ 漫天碧：《歷代詩餘》作「横天碧」。杜本、王朱本、朱二校本、鄭校、四明本作「浸天碧」。鄭校：「以形近訛。」

【注釋】

〔一〕露蛩二句：蛩，蟋蟀。《詩經·唐風·蟋蟀》：「蟋蟀在堂，歲聿其莫。」陸璣疏：「蟋蟀似蝗而小，正黑，有光澤如漆，有角翅。一名蛬，一名蜻蛚，楚人謂之王孫，幽州人謂之趣織。督促之言也。里語曰：『趨織鳴，懶婦驚。』是也。」蟋蟀七月在野，扣「七夕」；又以「促織」自然過渡至天上織女之事。

〔二〕婺星句：織女沈湎愛情而廢機杼之事。《天中記》卷二：「小説云：天河之東，有織女，天帝之子也。年年機杼勞役，織成雲錦天衣，容貌不暇整理。天帝憐其獨處，許嫁河西牽牛郎。嫁後遂廢織紝，天帝怒焉。責令歸河東，但使其一年一度相會。」《詩·小雅·大東》：「跂彼織女，終日七襄。雖則七襄，不成報章。」《古詩十九首》：「纖纖擢素手，札札弄機杼。終日不成章，泣涕零如雨。」「慵懶」意亦貫入「望斷」句，晏殊《七夕》：「雲幕無波斗柄移，鵲慵烏慢得橋遲。」婺星，《左傳·昭公十年》：「春，王正月，有星出於婺女。」杜預注：「星占：婺女爲既嫁之女，織女爲處女。」此代指已嫁之織女。餘參見《宴清都・連理海棠》注〔一二〕。

〔三〕佇立句：織女星與牽牛星各在天河東西。《史記・天官書》：「婺女，其北織女。織女，天女孫也。」張守節《正義》：「織女三星，在河北天紀東，天女也，主果蓏絲帛珍寶。」《癸辛雜識前集》引《焦林大斗記》：「天河之西，有星煌煌，與參俱出，謂之牽牛。天河之東，有星微微，在氐之下，謂之織女。」明河，宋之問《明河篇》：「明河可望不可親，願得乘槎一問津。」

〔四〕不見句：吴均《續齊諧記》：「桂陽城武丁有仙道，常在人間。忽謂其弟曰：『七月七日織女當渡河，諸仙悉還宫。吾向已被召，不得停，與爾别矣。』弟問曰：『織女何事渡河去，當何還？』答曰：『織女暫詣牽牛。吾復三年當還。』明日失武丁。至今云織女嫁牽牛。」傅玄《擬天問》：「七月七日，牽牛織女，特會天河。」艇子，小船。

〔五〕望斷句：《古今事文類聚前集》卷一〇引《淮南子》：「烏鵲填河而渡織女。」《爾雅翼》卷一三：「相傳以爲是日河鼓（孫按：即牽牛星）與織女會於漢東，役烏鵲爲梁以渡，故毛皆脱去。」南飛翼，語出曹操《短歌行》：「月明星稀，烏鵲南飛。」

〔六〕雲梁：《文選・何晏〈景福殿賦〉》：「烈若鉤星在漢，涣若雲梁承天。」李善注：「雲梁，以雲爲梁也。」張銑注：「雲梁承天，言梁高如雲虹之狀，以承於天。」此喻雲中鵲橋。

〔七〕塵緣一點：秦觀《鵲橋仙》：「柔情似水，佳期如夢，忍顧鵲橋歸路。」並漸入與七夕盟誓相關的唐明皇楊貴妃的愛情故事。陳鴻《長恨歌傳》：「（玉妃）因自悲曰：『由此一念，又不得居此。復墮下界，且結後緣。或爲天，或爲人。決再相見，好合如舊。』」

〔八〕回首句：秦觀《鵲橋仙》：「金風玉露一相逢，便勝卻、人間無數。」又，《漁家傲·七夕立秋》：「玄蟾烏鵲高樓上，回首西風猶未忘。追得喪。人間萬事成惆悵。」

〔九〕那知二句：「瓜果」意入此句。《荆楚歲時記》：「七月七日爲牽牛織女聚會之夜。是夕，人家婦女結彩縷，穿七孔針，或以金銀鍮石爲針，陳瓜果於庭中以乞巧，有喜子網於瓜上則以爲符應。」此習俗唐宋時仍盛行。《開元天寶遺事·乞巧樓》：「宫中以錦結成樓殿，高百尺，上可以勝數十人，陳以瓜果酒炙，設坐具，以祀牛女二星，嬪妃各以九孔針、五色線向月穿之，過者爲得巧之候。」《夢粱録》卷四：「七月七日，謂之『七夕節』。其日晚晡時，傾城兒童女子，不論貧富，皆著新衣。富貴之家，於高樓危榭，安排筵會，以賞節序，又於廣庭中設香案及酒果。遂令女郎望月，瞻斗列拜，次乞巧於女、牛。或取小蜘蛛，以金銀小盒兒盛之，次早觀其網絲圓正，名曰『得巧』。」《武林舊事》卷三也有相關記載。羅隱《七夕》：「時人不用穿針待，没得心情送巧來。」歐陽修《漁家傲》：「別恨長長歡計短。疏鐘促漏真堪怨。」那，讀如去聲。

〔一〇〕瓜果二句：「露」字意入此。化用温庭筠《七夕》詩意：「平明花木有愁意，露濕彩盤蛛網多。」羅池客，指柳宗元。其有《乞巧文》，然「乞巧」的意願不爲天孫織女所接受，織女鼓勵柳宗元不肯隨巧的操行，柳宗元懌然從命：「嗚呼！天之所命，不可中革。泣拜欣受，初悲後懌。抱拙終身，以死誰惕！」寂寥，此指抱道守德。揚雄《解嘲》：「是故知玄知默，守道之極；爰清爰靜，遊神之庭；惟寂惟寞，守德之宅。」盧照鄰《長安古意》：「寂寂寥寥揚子居，年年歲歲一床書。」羅池，顧祖禹《讀史方輿紀要·廣西四》：「（柳州府）在府城東，水可溉田，有羅池廟，即柳宗元祠也。」

〔一二〕人事二句：入李楊驪宫愛情盟誓。詳見《宴清都·連理海棠》注〔一七〕。

〔一三〕今夕何夕：語出《詩·唐風·綢繆》：「綢繆束薪，三星在天。今夕何夕，見此良人。」孔穎達疏：「三星在天，可以嫁娶矣。」鄭玄箋：「（三星）又爲二月之合宿，故嫁娶者以爲候焉。」

〔一三〕杯殘月墮：蘇軾《月夜與客飲杏花下》：「洞簫聲斷月明中，惟憂月落酒杯空。」

〔一四〕但耿句：白居易《長恨歌》：「遲遲鐘鼓初長夜，耿耿星河欲曙天。」杜牧《秋夕》：「天階夜色涼如水，卧看牽牛織女星。」

【集評】

陳洵《海綃説詞》：此事偏要實叙，不怕驚死談清空一流，卻全是世間癡兒女幻境。極力逼出换頭二句。「哪知」二字，劈空提出。「乞巧樓南北」，倒鉤。以下分作兩層感歎。「誰見金釵擘」，則不獨「不見津頭艇子」，人天今古，一切皆空。惟有眼前景物，聊與周旋耳。前段運思奇幻，後段寄情閒散，點化處在數虚字。

劉永濟《微睇室説詞》：陳説是此詞乃虛事實寫，與化實爲虛之法又自不同。《爾雅翼》：「七日河鼓與織女會於漢東，役烏鵲爲梁以渡。」……首句從秋來景物引起。「露蛩」，促織也，故曰「催織」。「婺星」二句與下「不見」二句同指織女，意在去妾，豈猶望其歸來邪？「雲梁」，烏鵲橋也。「塵緣」二句，言雖有鵲橋，奈「塵緣」太短，蓋古傳牛女一年一度相會，且「回首西風」，又成「陳跡」矣。换頭别出一意，言牛女「塵緣」如此短，亦拙於計矣，而人猶於此時「乞巧」，故曰「那知」。「瓜果」二句，乞巧故事。「羅池客」，柳宗元也。宗元貶柳州居羅池，曾撰乞巧文。曰「淒涼」，曰「寂寞」，實以己之情加之古人，即以古人代己也。「人事」二句，暗用明皇與楊妃七夕私語事。「回廊縹緲」，懸想長生殿二人私語之處也。「金釵擘」用白居易《長恨歌》「釵留一股合一扇」句意，皆暗切己之心情之語，非泛泛引用七夕故事也。歇拍言己今夕酒餘月墮之時，不見牛女渡河，但見銀河耿耿於碧天之上耳。

【考　辨】

夏箋：卷中凡七夕、中秋、悲秋詞，皆懷蘇州遣妾之作，其時在淳祐四年。

楊箋：此是七夕憶姬之作。姬有七夕歸來之約，故云然。

劉永濟《微睇室説詞》：此詞作於何年，不可考，但就詞意觀之，似在妾去以後，蓋有感於牛女會合而作。

孫按：此爲節序詞。上乘節序詞「不獨措辭精粹，又且見時序風物之盛，人家宴樂之同」（張炎《詞源》）。此詞還借七夕之事泛寫天上塵緣、人間愛情皆未可久恃，不干所謂去妾遣姬之事。

## 蕙蘭芳引　林鐘商　俗名歇指調㊀

賦藏一家吴郡王畫蘭㊁〔一〕

空翠染雲㊂〔二〕，楚山迥、故人南北〔三〕。秀骨冷盈盈〔四〕，清洗九秋澗緑〔五〕。奉車舊畹㊃〔六〕，料未許、千金輕儥㊄〔七〕。淺笑還不語㊅〔八〕，蔓草羅裙一幅〔九〕。素女情多㊆〔一〇〕，阿真嬌重〔一一〕，喚起空谷㊇。弄野色煙姿〔一二〕，宜掃怨蛾澹墨㊈〔一三〕。光風入户〔一四〕，媚香傾國〔一五〕。湘佩寒、幽夢小窗春足㊉〔一六〕。

**【校　議】**

㊀ 底本校曰：「按《清真集》作『仙吕』。」眉批：「仙吕正名『夷則羽』。」

㊁ 毛本、戈校本、杜本、王朱本、朱二校本詞題作「賦陳藏一家吴郡王畫圖墨蘭」。

㊂空翠染云：毛本、戈校本、王朱本、朱二校本作「空翠□雲」。杜本補「染」字。餘本從之。明張本正同。

㊃清洗二句：毛本、戈校本、杜鈔本、王朱本、朱二校本作「□□□□□，清洗九晼」。毛扆本作「清洗九□□□，□□舊晼」。杜刻本已同明張本。校曰：「從姚子箴鈔本補。」王氏初刻尾註：「此詞訛脱，杜刻覆校據姚子箴鈔本悉爲改補，因不知姚鈔所自，未敢從。」鄭氏手批：「姚鈔悉與明鈔本合，不得謂其無據。『晼』字均，蓋謂吴郡王戚晼之意，傳鈔不解，遂以『晼』屬上『九』字下，以爲其用楚詞『九晼』切蘭，致有訛脱。空闕六字，得明鈔可以據訂。」又批集中《木蘭花慢・重泊垂虹》曰：「杜刻嘗據姚子箴校宋本，雖未詳所自，而創獲實多。如此『重泊』下增『垂虹』二字，及《蕙蘭芳引》舊空處，皆字句歷歷可數，今證以明鈔本，果若符合，豈姚鈔誠得舊本之善者而校定之，抑别有宋槧孤行，爲人間未見邪？」楊箋：「按『緑』疑應作『淥』。吴融詩：『瓶添新澗淥。』」

㊄輕儥：儥，明張本自注「音『鬻』」。杜校：「輕儥：『儥』字音『育』，《説文》：賣也。《周禮》以量度成賈而徵儥。按此字《詞韻》未收，仍疑『贖』字之誤。」鄭氏手批：「儥，疑即『贖』之異體，似可改寫。」「案『儥』，唯見《周禮・地官書》：『以量度成賈而徵儥。』疏謂『物價定則召買者來』，故云徵、儥是二『贖』字之義。」孫按：賈公彦疏此句曰：「量，以量穀粱之等；度，以度布絹之等。成，定也。以量度二物以定物賈。徵，召也。儥，買之。物賈定則召買者來，故云徵儥也。」贖爲買

義；儥，兼買賣二義。故不必改「賣」字。

⑥不語：毛本、戈校本、杜本、王朱本、朱二校本、鄭校作「輕語」。鄭氏手批：「『不語』仍誤，雖『不』字可叶平，用不言自芳之義，然五字生硬，可疑。」

⑦情多：明張本、鄭校作「多情」。

⑧喚起：毛本、戈校本、杜本、王朱本、朱二校本作「喚□」。杜校：「『喚』字下原闕一字。宜上聲，擬補『起』字。」明張本正同。

⑨怨蛾：明張本、杜本作「怨娥」。

⑩春足：明張本作「幽足」。夏敬觀評語：「膩部，『北』、『國』與『屋』均同押之例。」「『北』、『墨』、『國』同係『質』、『術』韻，與『屋』、『沃』韻同押。」

## 【注　釋】

〔一〕藏一：即陳郁。　吴郡王：吴益、吴蓋兄弟；或曰吴益子吴琚。皆宋代貴戚畫家。據毛本詞題，知所賦爲墨蘭。與蘭花相關的典實，皆可參見《瑣窗寒·玉蘭》【注釋】。

〔二〕空翠：王維《山中》：「山路元無雨，空翠濕人衣。」　染雲：王安石《染雲》：「染雲爲柳葉，剪水作梨花。」

〔三〕楚山二句：《楚辭》中屢有詠蘭篇章，夢窗因坐實蘭生楚地。對似乎染上楚山空谷雲氣的墨蘭而言，故山遥遠，如同與故人分居在南北兩地。化用黄庭堅《寄黄幾復》詩意：「我居北海君南海，寄雁傳書謝不能。」

〔四〕秀骨：杜甫《八哀詩·贈左僕射鄭國公嚴公武》：「嶷然大賢後，復見秀骨清。」此貫入「蔓草羅裙」句。　盈盈：下文中的「不語」亦與此處相貫。《文選·〈古詩十九首〉》：「盈盈一水間，脈脈不得語。」劉良注曰：「盈盈，端麗貌。脈脈，自矜持貌。喻端麗之女在一水之間，而自矜持不得交語，亦猶才明之臣與君阻隔不得啟沃也。」蘭生於深谷，故有是喻。

〔五〕九秋：此指秋天。《月令輯要》卷一三：「原，《纂要》：秋曰九秋。增，曹植《七啟》：動朱唇，發清商。揚羅袂，振華裳。九秋之夕，爲歡未央。原，《陰陽五行曆》：一月爲三秋，故三月有九秋之名。」張協《七命》：「晞三春之溢露，遡九秋之鳴飆。」

〔六〕奉車：奉車都尉的簡稱。《歷代職官表》卷四二：「漢初，以奉車、駙馬二都尉供奉乘輿。最稱親近故，霍光任此者幾二十年。至三國時，乃多以戚畹勳舊爲之，迨東晉而後，惟尚主者始授此職，他人皆不得與。」此代指貴戚吴郡王。　畹：猶言「戚畹」。《齊東野語》卷一〇：「莊簡吴秦王益……（德壽）笑謂曰：『夜來冷泉之遊樂乎？』王怳然頓首謝，光堯曰：『朕宫中亦有此景，卿欲見之否？』蓋壘石疏泉，像飛來香林之勝，架堂其上曰『冷泉』。中揭一畫，乃圖莊簡野服濯足於石上。且御制一贊云：『富貴不驕，戚畹稱賢。掃除膏粱，放曠林泉。滄浪濯足，風度蕭然。國之元舅，人中神仙。』於是盡醉而罷，因以賜之，亦可謂戚畹之至榮矣。」

〔七〕料未許二句：《太平御覽》卷八〇八引《尹文子》：「魏田父有於野得玉徑尺，弗知其玉也，以告鄰人。鄰人詐之曰：『此怪石也，畜之弗利。』田父雖疑，猶録置於廡下。其夜，玉明照一室。其家大怖，遽而棄之於野。鄰人盜之，以獻魏王。魏王召玉工相之。玉工望王再拜卻立曰：『敢賀大王。得天下之寶，臣所未嘗見。』王問價，玉工曰：『此無價以當之，五城之都，僅可一觀。』王立賜獻者千金，長食上大夫禄也。」陳師道《題明發高軒過圖》：「滕王蛺蝶江都馬，一紙千金不當價。」詩題「明發」、詩中「滕王」、「江都」皆爲皇裔或宗室。《後山詩注》卷一二：「王建《宮詞》曰：『內中數日無呼喚，傳得滕王蛺蝶圖。』按《畫斷》云：『嗣滕王湛然畫蛺蝶、雀兒，曲盡精理。』……老杜詩：『國朝以來畫鞍馬，神妙獨數江都王。』按《名畫記》：江都王緒，霍王元軌之子，善書，畫鞍馬擅名。」明發即趙士暕，漢王元佐玄孫。以三人拍合吴郡王戚畹畫家的身份。

〔八〕淺笑句：以美女喻蘭花。李賀《李憑箜篌引》：「昆山玉碎鳳凰叫，芙蓉泣露香蘭笑。」劉禹錫《傷秦姝行》：「芳筵銀燭一相見，淺笑低鬟初目成。」

〔九〕蔓草羅裙：以美人羅裙喻蘭葉。杜甫《琴臺》：「野花留寶靨，蔓草見羅裙。」牛希濟《生查子》：「記得緑羅裙，處處憐芳草。」並上承「秀骨」意，周邦彦《鎖陽臺》：「蘇小當年秀骨，縈蔓草、空想羅裙。」

〔一〇〕素女情多：《史記・孝武本紀》：「泰帝使素女鼓五十弦瑟，悲，帝禁不止，故破其瑟爲二十五弦。」

〔一一〕阿真嬌重：用楊妃嬌多無力典，典例詳見《宴清都・連理海棠》注〔一三〕。阿真，仿「阿環」自鑄「阿真」一辭。參見《丁香結・賦小春海棠》注〔八〕。　借典故人名中有「素」字、「真」字的美女爲喻，寓墨蘭之天姿真態。

〔一二〕唤起二句：唐彦謙《蘭二首》（之一）：「美人胡不紉，幽香藹空谷。」杜甫《佳人》：「絶代有佳人，幽居在空谷。」李白《鸚鵡洲》：「煙開蘭葉香風暖，岸夾桃花錦浪生。」謝朓《奉和隨王殿下詩十六首》（之三）：「月陰洞野色，日華麗池光。」

〔一三〕宜掃句：杜甫《虢國夫人》：「卻嫌脂粉涴顔色，淡掃蛾眉朝至尊。」梁簡文帝《箏賦》：「黛眉如掃，曼睇成波。」李商隱《代贈二首》（之二）：「總把春山掃眉黛，不知供得幾多愁。」掃，描畫。《事文類聚》：「漢宫人掃青黛蛾眉。」　以上二句正筆寫墨蘭之「墨」字。

〔一四〕光風：《楚辭・招魂》：「光風轉蕙，泛崇蘭些。」王逸章句：「光風，謂雨已日出而風，草木有光也。轉，摇也。五臣云：日光風氣轉泛，薄於蘭蕙之叢。」　入户：《孔子家語》卷四：「與善人居，如入芝蘭之室，久而不聞其香，即與之化矣。」此處暗用之。

〔一五〕媚香傾國：語出《左傳・宣公三年》：「以蘭有國香，人服媚之如是。」杜預注曰：「媚，愛也；欲令人愛之如蘭。」。

〔一六〕湘佩二句：此寫得蘭爲佩的燕姞之夢。仲殊《浣溪沙》詠蘭花：「楚客才華爲發揚。深林著意不相忘。夢成燕國正芬芳。」湘佩，合用江妃解佩及湘妃典，見《水龍吟・惠山酌泉》注〔五〕、《解連環》（暮簷涼薄）注〔一四〕。此所佩爲秋蘭，故曰「寒」。

【集　評】

夏敬觀評語：「淺笑」五字不成句。

【考　辨】

朱二校引《武林舊事》「諸色伎藝人」條：御前應制：姜梅山特立、周葵窗端臣、曹松山邍、陳藏一郁、徐良、陳愛山、程奎、耿待聘。

朱箋：《四庫題要》：《藏一話腴》四卷，宋陳郁撰。郁字仲文，號藏一，臨川人。理宗時充緝熙殿應制，又充東宮講堂掌書。始末略見其子世崇《隨隱漫録》中。《宋史·外戚傳》：吴益字叔謙，蓋字叔平，俱憲聖皇后弟也，以恩補官。帝與后皆喜翰墨，故益、蓋兄弟師法，亦有書名。益封太寧郡王，蓋封新興郡王。《書法會要》：吴居父，太寧郡王益之子，世稱吴七郡王。性寡嗜好，日臨古帖以自娱。字畫類米芾，以詞翰被遇孝宗。按：居父名琚，號雲壑，歷尚書郎、部使者、直學士，以少保卒。有《雲壑集》。

孫按：《佩文齋書畫譜》卷三五「吴益、吴蓋」條：「吴益，字叔謙；蓋，字叔平，俱憲聖皇后弟。帝與后皆喜翰墨，故益、蓋兄弟師法，亦有書名。益歷官至敷文閣待制，進太師，謚莊簡。追封衛王。蓋官至武寧軍節度使，贈太傅，追封鄭王（《宋史》本傳）。」「吴琚」條：「吴琚，字居父，號雲壑，益子。

位少師，判建康府兼留守（《宋史》本傳）。琚留守建康，近城與東樓平樓下設維摩榻，酷愛古梅，日臨鍾王帖（《江寧府志》）。琚字畫類米芾，以詞翰被遇孝宗，大字極工（《書史會要》）。吴琚書似米元章而峻峭過之，今京口北固『天下第一江山』六大字額乃琚書也（董其昌《容臺集》）。」

考夢窗與陳郁之交遊，知詞應寫於寶祐四年（一二五七）前後，詳見後文《玉京謠・陳仲文白號藏一》【考辨】。

## 隔浦蓮近㊀　黄鐘商

泊長橋過重午〔一〕

榴花依舊照眼〔二〕。愁褪紅絲腕〔三〕。夢繞煙江路〔四〕，汀菰緑薰風晚㊁〔五〕。年少驚送遠〔六〕。吴蠶老、恨緒縈抽繭〔七〕。旅情懶㊂〔八〕。扁舟繫處〔九〕，青簾濁酒須換㊃〔一〇〕。一番重午〔一一〕，旋買香蒲浮琖〔一二〕。新月湖光蕩素練㊄〔一三〕。人散㊅。紅衣香在南岸㊆〔一四〕。

【校議】

㊀ 杜氏所見毛本詞調作《隔浦簾近》。杜校：「是題『蓮』原作『簾』。按白樂天有《隔浦蓮》曲調名，

本此。」今見毛本不誤。《歷代詩餘》詞調作《隔浦蓮》。

㈡汀菰句：鄭氏手批：「清真第三均『金丸落驚飛鳥』與此平側同。」「按第四、五句爲三字逗。」「一本《西泠詞萃》清真詞作『金丸驚落飛鳥』，與放翁兩闋正合。」

㈢旅情懶：《歷代詩餘》以此三字歸上片，作歇拍。《詞譜》作换頭。杜校：「下半闋起句三字諸家均屬前結，似以屬下爲是。」

㈣須换：王朱本作「須唤」。未知所據。

㈤素練：朱氏、鄭氏所見毛本作「素煉」。鄭校：「以形近訛。」張壽鏞案曰：「朱校亦云毛本作『煉』。但查家藏本及嘉業堂藏本均作『練』。或初印作『煉』，後乃改正歟？」今見毛本亦不誤。

㈥人散：毛本、戈校本作「人教」。毛扆本：「『教』字應用韻，疑『散』字。」鄧録毛扆校語同。杜校：「『散』字短韻，原誤作『教』。」諸本從改。明張本正同。鄭校：「以形近訛。」

㈦南岸：《歷代詩餘》作「兩岸」。杜校：「『南岸』，一作『雨岸』。此字宜平。」

## 【注釋】

〔一〕長橋：又叫利往橋、垂虹橋。在蘇州吴江上。詳【考辨】。

〔二〕榴花句：韓愈《題張十一旅舍三詠·榴花》：「五月榴花照眼明，枝間時見子初成。」簪榴花是宋代端午習俗。詳見《滿江紅·甲辰歲盤門外寓居過重午》注〔六〕。

〔三〕愁褪句：舊俗端午以五色絲繫於手腕。典見《滿江紅·甲辰歲盤門外寓居過重午》注〔一〇〕。此爲懸想之辭。

〔四〕煙江：此特指揚子江。

〔五〕汀菰句：此寫端午菰葉裹粽風俗。元稹《酬樂天東南行詩一百韻》：「雜蓴多剖鱔，和黍半蒸菰。」蘇軾《六月二十七日望湖樓醉書五絶》（之三）：「烏菱白芡不論錢，亂繫青菰裹緑盤。」餘見《滿江紅·甲辰歲盤門外寓居過重午》注〔一〕。

〔六〕年少句：暗用宋玉《九辯》「憭慄兮若在遠行，登山臨水兮送將歸」句意。以上三句回憶年輕時揚州的愛情記憶以及揚子江重午後的傍晚送别。

〔七〕吴蠶二句：李白《寄東魯二稚子》：「吴地桑葉緑，吴蠶已三眠。」司空曙《長林令衛象餳絲結歌》：「吴蠶絡繭抽尚絶，細縷纖毫看欲滅。」餘參見《瑞鶴仙·贈絲鞋莊生》注〔一五〕。此處字面續上文五色絲意，諧音「思」字，並寓李商隱《無題》詩中的愛情名句：「春蠶到死絲方盡，蠟炬成灰淚始乾。」

〔八〕旅情：鮑泉《秋日詩》：「旅情恒自苦，秋夜漸應長。」

〔九〕扁舟繫處：此就泊長橋言之。

〔一〇〕青簾句：劉禹錫《魚復江中》：「風檣好住貪程去，斜日青簾背酒家。」鄭谷《旅寓洛南村舍》：「白鳥窺魚網，青簾認酒家。」嵇康《與山巨源絶交書》：「時與親舊叙闊，陳説平生，濁酒一杯，彈琴一曲，志願畢矣。」換酒，《晉書・阮孚傳》：「嘗以金貂換酒，復爲所司彈劾，帝宥之。」

〔一一〕一番重午：楊無咎《南歌子・次東坡端午韻》：「又是一番重午，身寄南州。」

〔一二〕旋：《匯釋》：「猶漫也，猶云漫然爲之或隨意爲之也。……張耒《上元都下》詩：『管弦樓上爭酤酒，巧笑車頭旋買花。』」 香蒲浮琖：《荆楚歲時記》：「（五月五日）以菖蒲或鏤或屑，以泛酒。」晁補之《消息・同前自過腔即越調永遇樂端午》：「趣蠟酒深斟，菖菹細糝，圍坐從兒女。」

〔一三〕新月：重午是初五，月魄始生，故云。 陰鏗《五洲夜發詩》：「夜江霧裏闊，新月迥中明。」 素練：本色絹帛。多用以喻水。謝朓《晚登三山還望京邑》：「餘霞散成綺，澄江靜如練。」亦兼指月色。杜甫《冬末以事之東都湖城東遇孟雲卿復歸劉顥宅宿宴飲散因爲醉歌》：「照室紅爐促曙光，縈窗素月垂文練。」

〔一四〕人散二句：寫船楫向南，不見送行佳人，唯有可亂衣麝的水中荷香，撩起綿綿無盡的思緒。餘見《過秦樓・芙蓉》注〔一〕。蘇軾《少年游・端午贈黃守徐君猷》有「圓緑卷新荷」之句。可知重午時尚無荷花開放，此寫送別時蓮花欲落情景。集中《踏莎行》「香瘢新褪紅絲腕。隔江人在雨聲中，晚風菰葉生秋怨」三句，直可爲此詞注腳。

## 【集評】

陳洵《海綃説詞》：「依舊」，逆入。「夢繞」，平出。「年少」，逆入。「恨緒」，平出。筆筆斷，筆筆續。「旅情懶」三字，縮入上段看。以下言長橋重午，只如此過，無復他情。詞極蕭散，意極含蓄。

【考　辨】

朱箋：《吴郡志》：利往橋，即吴江長橋也。慶曆八年，縣尉王廷堅所建，有亭曰「垂虹」，而因以名橋。《續圖經》云：東西千餘尺，前臨太湖、洞庭三山，横跨松江，海内絶景也。

楊箋：此是在吴江憶姬之作。

孫按：《吴郡圖經續記》卷中：「吴江利往橋，慶曆八年縣尉王廷堅所建也。東西千餘尺，用木萬計。縈以修闌，甃以浄甓，前臨具區，横截松陵，湖光海氣，蕩漾一色，乃三吴之絶景也。橋成而舟楫免於風波，徒行者晨往莫歸，皆爲坦道矣。橋有亭曰『垂虹』。蘇子美嘗有詩云『長橋跨空古未有，大亭壓浪勢亦豪』，非虚語也。」《吴郡志》卷一七：「利往橋，即吴江長橋也。慶曆八年縣尉王廷堅所建。有亭曰『垂虹』，而世並以名橋。《續圖經》云：東西千餘尺，前臨太湖、洞庭三山，横跨松江。行者晃漾天光水色中，爲海内絶景。……鄭獬《吴江橋》詩云：『三百欄干鎖畫橋，行人波上踏靈鼇。插天螮蝀玉腰闊，跨海鯨鯢金背高。路直鑿開元氣白，影寒壓破大江豪。此中自與銀河接，不必仙槎八月潮。』蔣堂：『雁翅橋横五湖北，翬飛亭屹大江心。魚龍淵藪風月窟，若比廣寒宫更深。』」

此爲蘇州倉幕行役途中憶揚州歌妓之作。參見《滿江紅·甲辰歲盤門外寓居過重午》【考辨】。

## 垂絲釣近㈠　夷則商　俗名商調㈡

雲麓先生以畫舫載洛花宴客㈢〔一〕

聽風聽雨，春殘花落門掩㈣〔二〕。乍倚玉闌〔三〕，旋剪夭豔㈤〔四〕。攜醉靨〔五〕。放溯溪遊纜㈥〔六〕。波光撼㈦。映燭花黯澹〔七〕。碎霞澄水〔八〕，吴宫初試菱鑒㈧〔九〕。舊情頓減。孤負深杯灩〔一〇〕。衣露天香染〔一一〕。通夜飲㈨〔一二〕。問漏移幾點〔一三〕。

【校　議】

㈠毛本、《歷代詩餘》、《詞律》、《詞譜》、杜本、王朱本、朱二校本詞調作《垂絲釣》。明張本作《垂絲釣近》，底本及餘本從之。然宋人無《垂絲釣近》之調名，而《垂絲釣》平仄分段與此篇往往相異。《詞律》：「按此調本宜如此分段，而各家集中俱是訛刻。如《龍川詞》、《千里詞》則於『遊纜』處分段，

《逃禪詞》則於『光掩』處分段；尤可笑者，《片玉詞》於『澄水』分段，則竟不是叶韻矣。於是《圖譜》以『波光掩』三字爲前結，且平仄亂注，而作此調者遂遵而弗改矣。」楊箋從「遊纜」處分段：「原本以此兩韻屬上片，從『澮』字歇拍。愚意謂如此則全題於上片已全做完，吴法似不如此，故劃入下片。」鄭氏手批：「案是調句句爲均。清真首句『羽』字與過片『水』字皆叶，此則小異耳。」

㈡朱四校本、《全宋詞》無「俗名商調」四字。

㈢明張本詞題作「牡丹」。《歷代詩餘》無題。戈校本詞題下注「范選」。

㈣花落句：花落，明張本、毛本、王朱初刻本作「落花」。《歷代詩餘》改，《詞律》、戈校本同。《詞律》校曰：「查各家前後六字句，俱平平平仄平仄，此必係『花落』，故爲正之。」鄭氏手批：「清真次句作『妝成才見眉嫵』，此『落花』亦疑倒。」

㈤夭豔：明張本、毛本、王朱本、朱二校本、朱四校本、四明本作「天豔」。《歷代詩餘》、《詞譜》、戈校本改。杜本、底本從。夏敬觀評語：「『夭』，誤刻作『天』。」

㈥溯溪：戈校本：「『溯』作『素』。」

㈦波光撼：毛本、《詞律》、戈校本、王朱本、朱二校本作「波光掩」。然《詞律》校曰：「『掩』字不宜重出。」《歷代詩餘》、《詞譜》、杜刻本作「波光閃」。杜鈔本已作「波光撼」。杜校曰：「(掩)重韻。」「『撼』字叶。作『掩』既與上復，又似連下，大誤。」明張本正同。

〔八〕菱鑑：戈校本：「『菱』作『奩』。」

〔九〕通夜飲：諸本同。然諸家持論不一。《詞律》：「『飲』字不是韻，此亦誤刻也。」《詞譜》：「按鄭庠《古音辨》，侵、覃、鹽、咸四韻，均爲羽音，通用。故此調『飲』字仄聲韻，亦可與『掩』、『黶』、『纜』諸韻通也。」杜校：「『飲』字應叶，或『宴』字之誤。」夏敬觀評語：「『飲』，依清真詞應叶。」林校：「『飲』字不是韻，是『宴』字之誤。」

【注釋】

〔一〕洛花：即牡丹。朱箋：「《續博物志》：牡丹，初不載文，惟以藥見《本草》。唐則天以後，洛花始盛，沈、宋、元、白亦不及此。按宋人稱牡丹曰『大花』，或曰『洛花』。歐陽修《牡丹記》：『洛花以穀雨爲開候。』周密《蘋洲漁笛譜·楚宫春》『爲洛花度無射宫』是也。」歐陽修《洛陽牡丹記·花品叙》：「牡丹出丹州、延州，東出青州，南亦出越州。而出洛陽者，今爲天下第一。洛陽所謂丹州花、延州紅、青州紅者，皆彼土之尤傑者。然來洛陽，才得備衆花之一種，列第不出三已下，不能獨立與洛花敵。而越之花以遠罕識，不見齒。然雖越人亦不敢自譽，以與洛陽争高下。是洛陽者是天下之第一也。……至牡丹則不名，直曰『花』。其意謂天下真花獨牡丹，其名之著，不假曰牡丹而可知也。」南方牡丹以會稽爲尚，略可與洛花媲美，越守又向有率客賞牡丹的傳統。《會稽志》卷一七：「歐陽公花品序云：牡丹出丹州，延州，東出青州，南出越州。……吴越時錢傳瓘爲會稽，喜栽植牡丹，其盛若菜畦，其成叢列樹者，顏色葩房，率皆絶異。時人號爲『花精』。會稽光孝觀有牡丹亦甚美，其尤者名『醉西施』。熙寧間，程給事公辟鎮越，嘗領客賞焉。」王十朋《會稽風俗賦》：「甲第名園，異香奇葩。牡丹如洛，芍藥如揚。」紹興府治中也栽種牡丹。越守張伯玉有《送花趙提刑》：「蓬萊閣下牡丹開，盡日凭欄望外臺。不敢登門謁樽酒，且教山僕送花來。」

〔二〕聽風二句：杜荀鶴《中山臨上人院觀牡丹寄諸從事》：「閑來吟繞牡丹叢，花豔人生事略同。半雨半風三月内，多愁多病百年中。」皮日休《牡丹》：「落盡殘紅始吐芳，佳名喚作百花王。」

〔三〕乍倚玉闌：樂史《李翰林別集序》：「開元中，禁中初重木芍藥，即今牡丹也（《開元天寶花木記》云：禁中呼木芍藥爲牡丹）。得四本，紅、紫、淺紅、通白者，上因移植於興慶池東沈香亭前。」《清平調三首》（之三）：「名花傾國兩相歡，長得君王帶笑看。解釋春風無限恨，沈香亭北倚闌干。」

〔四〕夭豔：白居易《惜花》：「可憐夭豔正當時，剛被狂風一夜吹。」《書・禹貢》：「厥草惟夭，厥木惟喬。」夭，草木茂盛貌。餘見《風流子・前題》注〔三〕。

〔五〕攜醉靨：擬人寫法。暗用謝安隱居東山時攜妓從遊典故，見《會稽志》卷九。《全芳備祖前集》卷二：「延州紅，丹州紅，醉妃紅（亦名醉西施）。」「醉西施」又名「醉妃紅」、「醉楊妃」。餘詳見《風流子・芍藥》注〔四〕。《格致鏡原》卷七一引曹明仲《牡丹譜》：「醉春容，千葉，淡紅，樓子，梗柔弱。古名『醉楊妃』。」王禹偁《朱紅牡丹》：「應是吴宮歌舞罷，西施因醉誤施朱。」温庭筠《牡丹二首》（之二）：「欲綻似含雙靨笑，正繁疑有一聲歌。」

〔六〕放溯溪句：「溯溪放纜遊」之倒文。所溯之「溪」應爲若耶溪。詳見《瑞鶴仙・壽史雲麓》注〔一六〕。儲光羲《酬綦毋校書夢耶溪見贈之作》：「況以北窗下，夢游清溪陰。春看湖水漫，夜入回塘深。往往纜垂葛，出舟望前林。」

〔七〕波光二句：「花」字意綴二句之首。謂牡丹花光如波揺漾，相形之下，燭光反而顯得暗淡無光。舒元輿《牡丹賦》：「玉欄滿風，流霞成波；歷階重臺，萬朵千窠。」並暗用蘇軾《海棠》「只恐夜深花睡去，故燒高燭照紅妝」詩意。

〔八〕碎霞澄水：莊南傑《紅薔薇》：「九天碎霞明澤國，造化工夫潛剪刻。」王十朋《次韻濮十太尉詠知宗牡丹七絶》（之六）：「香苞初拆曉霞凝，甲第名園冠紹興。」

〔九〕吴宫句：承「攜醉靨」二句，就越州名品牡丹「醉西施」而言。意思是畫舫中的牡丹倒映於清冽溪水中，溪水漣漪泛成縷縷紅霞，宛如越女西施在吴國宫殿乍試菱鏡，光彩熠熠。寫朱紅牡丹如西施醉顔。

〔一〇〕舊情二句：此謂不辭深杯酒，以慰舊情。杜甫《樂遊園歌》：「數莖白髮那拋得，百罰深杯亦不辭。」《九家集注杜詩》趙彦材注曰：「百罰，一作百刻，是。蓋飲酒雖有罰，而方觀舞聽歌，何至罰酒之百也。百刻者，漏中之刻畫也。《説文》曰：漏以銅盛水，刻節，晝夜百刻。或云：杯中像漏中立箭爲刻，以記淺深之度。斟酒，則浮出而可見。雖傳記無所載，而今世固爲有浮花。浮花之狀，十而分之以斟酒者。則百刻之狀，乃細分之者矣。如此，而義方可講。蓋盡百刻舉深泛之杯，無所辭拒，正以白髮之不可拋，而飲酒以遣其悲也。」杯灩，杜牧《羊欄浦夜陪宴會》：「毬來香袖依稀暖，酒凸觥心汎灩光。」范仲淹《酬李光化見寄二首》（之二）：「石鼎鬭茶浮乳白，海螺行酒灩波紅。」

〔一一〕衣露句：李白《清平調三首》（之一）：「雲想衣裳花想容，春風拂檻露華濃。」並用李正封《賞牡丹》詩：「天香夜染衣，國色朝酣酒。」

〔一二〕通夜飲：爲賞牡丹而作徹夜狂歡。曹植《與吴質書》：「時有所慮，至通夜不瞑。」

〔一三〕漏移幾點：點，更點。《宋史·律曆三》：「至昏夜雞唱，放鼓契出，發鼓、擊鐘一百聲，然後下漏。每夜分爲五更，更分爲五點，更以擊鼓爲節，點以擊鐘爲節。」

【考　辨】

吴熊和《唐宋詞彙評·編年》：據《吴郡志》，史宅之兩度知平江。前爲嘉熙二年（一二三八）閏四月二十四日到任，三年正月一日召赴行在。後爲淳祐元年（一二四一）三月初九到任。「載洛花宴客」，當爲淳祐初事。

孫按：據前文所考，知此詞寫於史宅之紹興任上。牡丹是三月殿春之花朵。權德輿《和李中丞慈恩寺清上人院牡丹花歌》：「澹蕩韶光三月中，牡丹偏自占春風。」秦韜玉《牡丹》：「圖把一春皆占斷，固留三月始教開。」前引《會稽續志》史宅之淳祐四年十月十九到任，淳祐六年三月十六除京朝官，能於牡丹花時從容作通夜之飲者，唯有淳祐五年（一二四五）暮春時候。集中另有《燭影摇紅·

麓翁夜宴園堂》「去年溪上牡丹時，還試長安酒」，回憶的正是此次畫舫載花宴客之事。

## 荔枝香近㊀ 黄鐘商 俗名大石㊁

送人游南徐〔一〕

錦帶吴鉤〔二〕，征思横雁水㊂〔三〕。夜吟敲落霜紅，船傍楓橋繫〔四〕。相思不管年華〔五〕，唤酒吴娃市〔六〕。因話〔七〕、駐馬新堤步秋綺㊃〔八〕。淮楚尾〔九〕。暮雲送、人千里〔一〇〕。細雨南樓〔一一〕，香密錦温曾醉〔一二〕。花谷依然，秀靨偷春小桃李〔一三〕。爲語夢窗憔悴〔一四〕。

### 【校 議】

㊀《歷代詩餘》詞題作《荔支香》。戈校本作《荔支香近》。

㊁朱四校本、《全宋詞》無「俗名大石」四字，底本注曰：「《清真集》作『歇指』。」眉批：「歇指，正名林鐘商。」

㊂雁水：毛本、《歷代詩餘》、戈校本、杜本、王朱本、朱二校本作「淮水」。鄭氏手批：「丁卷《暗香》有『雁水夜清，卧虹平貼』，蓋用長吉『涼風雁啼天在水』之句。」

㊃因話二句：因話：毛本、戈校本、杜本、王朱本作「因詰」。《歷代詩餘》作「因語」。駐馬，明張本、毛本、《歷代詩餘》、戈校本、王朱本作「駐車」。《詞律》：「『詰』字，必訛。『車』字，必是『馬』字。」王朱初刻本謂「句疑」。王朱重刻本校曰：「（詰）疑作『話』。」鄭氏手批：「『詰』爲『話』之訛，只一横上下倒置。夢窗詞出於鈔者之訛誤甚多，或以音近，或以形似，或以義同，或以慣用之字類及，其羼脱顛倒，不一而足。如此闋『車』字，即以類誤寫，下有『步』字，顯爲『馬』無疑義矣。」

## 【注　釋】

〔一〕南徐：古地名，指揚州、淮安一帶。

〔二〕錦帶吴鉤：李賀《南園十三首》（之五）：「男兒何不帶吴鉤，收取關山五十州。」鮑照《代結客少年場行》：「驄馬金絡頭，錦帶佩吴鉤。」吴鉤，形似劍而曲。左思《吴都賦》：「軍容蓄用，器械兼儲；吴鉤越棘，純鈞湛盧。」後泛指寶劍。

〔三〕征思句：沈約《豫章行》：「一見塵波阻，臨途引征思。」下文「淮」字意入此句。方干《送晉陵王少府赴舉》：「越山直下分吴苑，淮水横流入楚鄉。」雁水，李賀《帝子歌》：「洞庭帝子一千里，涼風雁啼天在水。」

〔四〕夜吟二句：《吴郡志》卷一七：「楓橋，在閶門外九里道傍。自古有名，南北客經由，未有不憩此橋。」張繼《楓橋夜泊》：「月落烏啼霜滿天，江楓漁火對愁眠。姑蘇城外寒山寺，夜半鐘聲到客船。」崔信明殘句「楓落吴江冷」。敲字雙寫鐘聲及推敲苦吟。楓，意亦屬「霜紅」二字。

〔五〕相思句：韓偓《夕陽》：「不管相思人老盡，朝朝容易下西牆。」年華，庾信《歲晚出横門詩》：「年華改歲陰，遊客喜登臨。」

〔六〕唤酒：周邦彦《鎖窗寒》：「旗亭唤酒，付與高陽儔侣。」

〔七〕因話：觸景生情的談話。劉滄《與僧話舊》：「巾舄同時下翠微，舊遊因話事多違。」

〔八〕駐馬句：爲「駐馬步堤新秋綺」之倒文。韓愈《此日足可惜贈張籍》：「下馬步堤岸，上船拜吾兄。」新秋綺，寫堤上新開的木芙蓉。楊萬里《看劉寺芙蓉》：「三步綺爲障，十步霞作壁。」餘詳見《齊天樂·毗陵陪兩别駕宴丁園》注〔九〕。

〔九〕淮楚尾：此特指淮安。淮安在淮水下游南岸，春秋時屬楚地。黄庭堅《謁金門》：「山又水。行盡吴頭楚尾。」

〔一〇〕暮雲二句：柳永《雨霖鈴》：「念去去、千里煙波，暮靄沈沈楚天闊。」江淹《悦曲池》：「暮雲兮十里，朝霞兮千尺。」

〔一一〕南樓：應指楚州宴花樓。《明一統志》卷一三：「宴花樓，在府治南，唐建。」李陽冰題額，見《光緒淮安府志》卷三七。趙嘏有《楚州宴花樓》詩：「門外煙横載酒船，謝公擕客醉華筵。尋花偶坐將軍樹，飲酒方重刺史天。幾曲豔歌春色裏，數行高雁暮雲邊。分明聽得輿人語，願及行春更一年。」宴花樓名，及趙詩中「煙横」、「尋花」、「豔歌」、「高雁」、「暮雲」與詞意皆相契合。

〔一二〕香密句：用歌妓密圍典，詳見《慶宫春》（殘葉翻濃）注〔一〇〕。李賀《秦宫詩》：「樓頭曲宴仙人語，帳底吹笙香霧濃。」周邦彦《少年游》：「錦幄初温，獸香不斷，相對坐吹笙。」黄庭堅《次韻張仲謀過酺池寺齋》：「十年醉錦幄，酴醿照金沙。」以上六句皆回憶當年淮安歸南送别時花朵香噀及歌妓紅圍的情形。

〔一三〕花谷二句：花谷，此亦兼指宴花樓花園及歌妓。趙嘏《楚州宴花樓》别題《陪韋中丞宴扈都頭花園》，趙嘏又有《花園即事呈韋中丞》，從中可以看出花園與樓臺的關係：「煙暖池塘柳覆臺，百花園裏看花來。燒衣焰席三千樹，破鼻醒愁一萬杯。不肯爲歌隨拍落，卻因令舞帶香回。山公仰爾延賓客，好傍春風次第開。」周邦彦《鎖窗寒·寒食》：「想東園、桃李自春，小唇秀靨今在否。」李賀《惱公》：「曉奩妝秀靨，夜帳減香筒。」

〔一四〕爲語句：此讓前往彼地的友人傳語百花及歌妓：當年倜儻風流的美少年，已經斯人憔悴。

【考　辨】

朱箋：《宋書·地理志》：元嘉八年，立南徐，以東海爲治下郡，以丹徒屬焉。

楊箋：（南徐）今徐州，古徐國也；惟南徐爲僑立，今鎮江是。（「相思」二句）送人之地。知此詞在蘇作。

孫按：此詞可辨證者有以下幾點：其一，前賢時彦多認爲此詞送人之京口（今江蘇鎮江），然朱箋所引史書非指京口爲南徐，而是指晉陵（今江蘇常州一帶），其中涉及此區域的治所變遷。晉陵當時隸屬揚州，揚州南朝宋時立爲南徐。《宋書·志第二十五·州郡一》：「晉陵太守，吴時分吴郡無錫以西爲毗陵典農校尉。晉武帝太康二年，省校尉，立以爲毗陵郡，治丹徒，後復還毗陵。東海王越世子名毗，而東海國故食毗陵。永嘉五年，帝改爲晉陵。始自毗陵徙治丹徒。太興初，郡及丹徒縣悉治京口，郗鑒復徙還丹徒。安帝義熙九年，復還晉陵。本屬揚州，文帝元嘉八年，度屬南徐。」《宋書》同卷也明載揚州爲南徐：「及至宋世，分揚州爲南徐，徐州爲南兖，揚州之江西悉屬豫州。」從詞作看，詞中明言南徐在「淮楚尾」，鎮江顯然與淮水無涉，而揚州在淮南。《尚書·夏書·禹貢》：「淮海惟揚州。」

其二，揚州南宋時爲前線望郡大都督府所在地，淮域皆爲屬地。《宋史·地理四》：「揚州，大都督府，廣陵郡，淮南節度。熙寧五年，廢高郵軍，並以縣隸州。元祐元年，復高郵軍。舊領淮南東路兵馬鈐轄。建炎元年，升帥府。二年，高宗駐蹕。四年，爲真、揚鎮撫使，尋罷。嘉定中，淮東制置開幕府於楚州，仍兼安撫。」《年譜》已考證出嘉定十三年（一二二〇）至紹定四年（一二三一）十年，是夢窗杭京遊幕期，其間足跡曾至淮域。集中《澡蘭香·淮安重午》、《宴清都》（萬里關河眼）、《玉蝴蝶》（角斷籤鳴疏點）諸詞，或用地名「淮安」，或有「淮甸」、「淮月」諸語涉及淮水。《澡蘭香·淮安重午》雖憶淮安豔遇，但並非寫於淮安；與《滿江紅·甲辰歲盤門外寓居過重午》相較，知皆爲在蘇幕回憶少年時與揚州歌妓的交往。證之夢窗揚州情詞，知其蘇幕前曾至淮地。據詞中「南樓」、「花谷」，知夢窗淮域遊地當時稱楚州。

其三，夢窗詞題中的「淮安」，據《宋史·地理四》，知是南渡後拆分原楚州郡治山陽縣所置：「（淮南）東路，州十：揚、亳、宿、楚、海、泰、泗、滁、真、通。軍二：高郵、漣水。縣三十八。南渡後，州九：揚、楚、海、泰、泗、滁、淮安、真、通。軍四：高郵、招信、淮安、清河，爲淮東路。……紹定元年，升山陽縣爲淮安軍，端平元年，改軍爲淮安州。……楚州，緊。山陽郡。」簡言之，南渡後紹定元年，升原楚州山陽縣爲淮安軍，端平元年由軍升爲淮安州。

其四，南宋與金以淮河爲界，楚州是東部的重要防線。上引《宋史·地理四》表明夢窗嘉定年間初遊之楚州是淮東制置使開閫地。詞作開篇二句即是從軍行的内容，化用李賀《南園十三首》（之五）詩意：「男兒何不帶吴鉤，收取關山五十州。請君暫上淩煙閣，若個書生萬户侯。」知友人前往之地，必爲邊塞無疑。也就是説，所之「南徐」是前線大都督府所在地，其最終目的地應在楚州（後部分地區稱淮安）。夢窗未稱「淮安」或「楚州」，而是泛稱「南徐」，據此又可推證詞寫在紹定元年（一二二八）山陽爲淮安軍之後、端平元年（一二三四）升淮安州之前。詞中有「吴鉤」、「楓橋」、「吴娃」，知詞寫在蘇幕，限於入幕時間紹定四年（一二三一）。可以確知詞寫於紹定四年至端平元年之間。友人前往楚州（淮安）一帶，詞人回想早年楚州之游及歸南之事，感歎歲華不再，皆是題中應有之義。

其五，前考夢窗嘉定十六年（一二二三）前後曾遊無錫、蘇州。當時足跡亦至楚州，此時夢窗二十歲左右，稱「少年」可也。這段時間，賈似道之父賈涉知楚州兼任淮東制置使。《宋史紀事本末》卷二三：「（嘉定十二年）時賈涉以淮東提刑知楚州、節制京東忠義。」賈涉在山東忠義軍的協同下，屢挫金兵南犯氣焰。由於賈涉籌畫、指揮、策援有功，遷爲權吏部侍郎。嘉定十四年七月，被任命爲淮東制置使兼京東、河北路節制使。賈涉嘉定間也有太守勸農之行。《宋史·叛臣中·李全上》：「十六年二月，涉勸農出郊，暮歸入門，忠義軍遮道，涉使人語楊氏，楊氏馳出門，佯怒忠義而揮之，道開，涉乃入城。」據引典趙嘏詩中「謝公」、「將軍樹」、「刺史天」、「行春」，夢窗所入應爲封疆大臣之席。集中又有四首贈賈似道的詞作，其與賈氏交往的淵源抑或始自年青時的楚州之遊。

## 又

### 七夕

睡輕時聞㊀，晚鵲噪庭樹〔一〕。又説今夕天津㊁〔二〕，西畔重歡遇〔三〕。蛛絲暗鎖紅樓〔四〕，燕子穿簾處〔五〕。天上、未比人間更情苦〔六〕。　秋鬢改〔七〕，妒月姊〔八〕、長眉嫵〔九〕。過雨西風〔一〇〕，數葉井梧愁舞〔一一〕。夢入藍橋〔一二〕，幾點疏星映朱户〔一三〕。淚濕沙邊凝竚㊂〔一四〕。

【校　議】

㊀睡輕二句：夏敬觀評語：「第二句真是一氣，難於強斷。」睡輕，《詞綜》、杜本作「輕睡」。《歷代詩餘》作「睡起」。

㊁今夕：《歷代詩餘》作「今日」。

㊂沙邊：《歷代詩餘》、《詞譜》作「河邊」。楊箋：「《詞譜》作『河邊』，非是。上已説『天津』，此何必再説『河邊』。用字有不必太切者，此類是也。」凝竚：《歷代詩餘》、杜本作「凝佇」。竚，同

「佇」。

**【注釋】**

〔一〕睡輕二句：用鵲橋典。鵲噪，《陸氏詩疏廣要》卷下之下：「『蠨蛸在户』……陸賈曰：目瞤得酒食，燈花得錢財。乾鵲噪，行人至；蜘蛛集，百事喜。」隱含人間亦有盼行人歸來之意。

〔二〕又說句：歐陽修《鵲橋仙》：「鵲迎橋路接天津，映夾岸、星榆點綴。」今夕，猶言「今夕何夕」。天津，《楚辭·離騷》：「朝發軔於天津兮，夕余至乎西極。」王逸章句：「天津，東極箕斗之間。漢津也。」《晉書·天文志》：「天津九星，横河中。一曰天漢，一曰天江，主四瀆津梁。所以度神通四方也。一星不備，津闗道不通。」

〔三〕西畔句：織女在河東，牛郎在河西，故云。詳見《六幺令·七夕》注〔三〕。

〔四〕蛛絲句：用七夕乞巧及蛛絲符應事。見《六幺令·七夕》注〔九〕。暗用晏幾道《臨江仙》：「夢後樓臺高鎖，酒醒簾幕低垂。」謂七夕節序行事相同，但已不見當年乞巧之人。

〔五〕燕子句：承上引晏幾道《臨江仙》，並入「落花人獨立，微雨燕雙飛」之意。

〔六〕天上二句：嚴蕊《鵲橋仙》：「人間剛道來年期，指天上、方才隔夜。」《七日夜女郎歌九首》（之四）：「春離隔寒暑，明秋暫一會。兩歎别日長，雙情苦。」

〔七〕秋鬢改：尹式《別宋常侍詩》：「秋鬢含霜白，衰顏依酒紅。」李煜《虞美人》：「雕闌玉砌應猶在，只是朱顏改。」

〔八〕月姊：嫦娥。《宋書·志第四·禮一》：「《白虎通》『王者父天、母地，兄日、姊月』，此其義也。」蔡邕《獨斷》：「王者兄事日，姊事月。」李商隱《水天閒話舊事》：「月姊曾逢下彩蟾，傾城消息隔重簾。」

〔九〕眉嫵：此喻七夕之上弦月。

〔一〇〕過雨西風：《古今事文類聚前集》卷一〇引《歲時雜記》：「七月六日有雨，謂之洗車雨。七日雨則曰灑淚雨。」

〔一一〕數葉句：庾肩吾《賦得有所思》：「井梧生未合，宮槐卷復稀。」李咸用《秋日與友生言別》：「數花籬菊晚，片葉井梧秋。」七夕已入初秋，故惹悲秋之思。

〔一二〕夢入藍橋：典例詳見《齊天樂·白酒自酌有感》注〔一三〕。

〔一三〕幾點句：合用織女三星典。《詩·唐風·綢繆》：「綢繆束楚，三星在户。」餘見《六幺令·七夕》注〔三〕。

〔一四〕淚濕句：以上三句取意秦觀《南歌子》：「臂上妝猶在，襟間淚尚盈。水邊燈火漸人行。天外一鉤殘月，帶三星。」凝竚，《匯釋》：「亦作凝佇……與凝字合成一辭，仍爲發怔或出神之義。……凡憑高有所企望者屬之。」

【考辨】

夏箋：卷中凡七夕、中秋、悲秋詞，皆懷蘇州遣妾之作，其時在淳祐四年。

楊箋：此亦七夕憶姬之作。

孫按：此詞應是就七夕詞中固有的愛情承載，對比人間情愛泛泛言之。

## 西河　中呂商　俗名小石㈠

陪鶴林先生登花園㈡〔一〕

春乍霽〔二〕。清漣畫舫融洩㈢〔三〕。螺雲萬疊暗凝愁㈣〔四〕，黛蛾照水〔五〕。漫將西子比西湖〔六〕，溪邊人更多麗〔七〕。步危徑〔八〕、攀豔蕊〔九〕。掬霞到手紅碎〔一〇〕。青蛇細折小回廊㈤〔一一〕，去天半咫㈥〔一二〕。畫闌日暮起東風㈦〔一三〕，棋聲吹下人世〔一四〕。海棠藉雨半繡地〔一五〕。正殘寒㈧、初御羅綺㈨〔一六〕。除酒銷春何計〔一七〕。向沙頭更續㈩，殘陽一醉⑪〔一八〕。雙玉杯和流花洗⑫〔一九〕。

【校議】

㈠朱四校本、《全宋詞》無「俗名小石」四字。杜批戈選周邦彦《西河·金陵懷古》曰：「清真另一首起句三字不叶韻，後結九字分作三字三句爲又一體，後之夢窗詞小異。」孫按：另一首指《西河》（長安道）。杜氏末韻斷句：「儘是作、往來人、淒涼事。」毛本「金陵懷古」分上下二闋。毛晉校曰：「《花庵詞選》作三疊。『風檣遥望天際』作一截，『賞心東望淮水』又作一截。」鄭文焯校曰：「（汲古）又云：『《清真集》在「空餘舊跡」句分段。』此調方、陳和作及夢窗詞並三疊，與《花庵》同，元本（孫按：指元巾箱本）亦以『斷崖樹』句爲换頭。」

㈡明張本、底本、朱四校本、鄭校、四明本作「陪鶴林登袁園」。兹從毛本、《吴興藝文補》、戈校本、戈選、杜本、王朱本、朱二校本。《歷代詩餘》節作「登花園」。

㈢融洩：明張本作「融曳」。曳，用同「洩」。

㈣萬疊：《詞律》作「萬點」。暗：《詞律》、《歷代詩餘》、戈校本、戈選、杜本、王朱本、朱二校本作「黯」。凝愁：明張本、毛本、《吴興藝文補》、《歷代詩餘》、《詞律》、戈校本、戈選、杜本、王朱本、朱二校本作「凝秋」。底本從夏敬觀校徑改作「凝愁」，鄭校從。鄭氏手批：「『秋』當作『愁』，以形訛。詞中並詠春景，此句不當云『秋』字，蓋脱去『愁』字之半也。夏吷庵校，庚戌十月四日。」底本尾註：「原鈔『愁』作『秋』，毛本同，從夏敬觀校。」

㊄ 毛本、戈校本誤分作雙調。以此句中「青蛇細折」屬上闋。「小回廊」屬下闋。杜校：「此調應作三疊。」

㊅ 半咫：毛本作「半尺」，毛扆本改「尺」作「咫」。戈選、杜校：「『半尺』，失韻。」

㊆ 日暮：毛本、《吴興藝文補》、《歷代詩餘》、《詞律》、戈校本、戈選、杜本、王朱本、朱二校本作「入暮」。

㊇ 正殘寒：毛本、《吴興藝文補》、《歷代詩餘》、戈校本、王朱本、朱二校本作「殘寒退」。《詞律》、戈選、杜本作「殘寒褪」。

㊈ 初御：《吴興藝文補》、《詞律》、《歷代詩餘》、戈校本、戈選、杜本、王朱本、朱二校本作「初卸」。

㊉ 向沙頭：毛本、《吴興藝文補》、戈校本作「高沙頭」。戈校本眉注「向」字。鄭校：「『向』字下半似『高』，以形近訛，因衍一『高』字。」

⑪ 殘陽句：殘陽，毛本、《吴興藝文補》、《歷代詩餘》、《詞律》、戈校本、戈選、杜本、王朱本、朱二校本、四明本作「斜陽」。戈校本：「『一』字衍。」

⑫ 雙玉句：戈校本：「擬『流玉雙杯和花洗』。」流花，《詞律》作「流光」。

## 【注　釋】

〔一〕陪鶴林句：鶴林，疑爲吴泳。花園，在紹興稽山門外。

〔二〕春乍霽：羅鄴《洛陽春望》：「洛陽春霽絶塵埃，嵩少煙嵐畫障開。」

〔三〕清漣：語本《詩·魏風·伐檀》：「河水清且漣猗。」後多連文。 融洩：《左傳·隱公元年》：「公入而賦：『大隧之中，其樂也融融。』姜出而賦：『大隧之外，其樂也洩洩。』遂爲母子如初。」孔穎達疏：「融融，和樂；洩洩，舒散，皆是樂之狀。」

〔四〕螺雲句：唐太宗《秋日二首》（之一）：「雲凝愁半嶺，霞碎纈高天。」螺雲，喻山。詳見《水龍吟·惠山酌泉》注〔五〕。

〔五〕黛蛾：徐陵《玉臺新詠序》：「南都石黛，最發雙蛾。」温庭筠《晚歸曲》：「湖西山淺似相笑，菱刺惹衣攢黛蛾。」並暗用遠山黛典。

〔六〕漫將句：蘇軾《飲湖上初晴後雨二首》（之二）：「若把西湖比西子，淡妝濃抹總相宜。」西子，《孟子·離婁下》：「西子蒙不潔，則人皆掩鼻而過之。」

〔七〕溪邊句：多麗，語出杜甫《麗人行》：「三月三日天氣新，長安水邊多麗人。」杜甫《壯遊》：「越女天下白，鑑湖五月涼。」 以上二句形容傳説爲西子採蓮的若耶溪。詳見【考辨】。

〔八〕危徑：王維《至黄牛嶺見黄花川》：「危徑幾萬轉，數里將三休。」

〔九〕豔蕊：杜甫《陪諸公上白帝城宴越公堂之作》：「坐接春杯氣，心傷豔蕊梢。」

〔一〇〕擲霞句：莊南傑《紅薔薇》：「九天碎霞明澤國，造化工夫潛剪刻。」 以上三句寫巖壁綺花，望如彩霞，攀登採擷，則挼紅易碎。」

〔一一〕青蛇細折：白居易《湖亭晚望殘水》：「泓澄白龍卧，宛轉青蛇屈。」周邦彦《醉桃源》：「畫闌曲徑宛秋蛇。金英垂露華。」青蛇，本以秋蛇喻書法婉曲無狀。《晉書·王羲之傳》：「(蕭)子雲近世擅名江表，然僅得成書，無丈夫之氣，行行若縈春蚓，字字如綰秋蛇。」此喻通往山亭長滿青草的曲折山路。

〔一二〕去天半咫：半咫，爲「咫半」之倒文。古人常以「去天尺五」喻與宫廷相近。《類説》卷二九：「韋曲杜鄠近長安。諺曰：『韋曲杜鄠，去天尺五。』」南宋時特指會稽。《會稽續志》卷一：「言其形勢，元帝以爲今之關中。言其豐腴，則江左諸公比之鄠杜之間，是擬之長安矣。……中興以來，地拱行都，去天尺五，非但爲扶風馮翊而已。」咫，周制八寸爲咫，十寸爲尺。可知「半咫」比「尺五」更具誇飾性。

〔一三〕畫闌：意綴「棋聲」句。　日暮東風：意綴「海棠」句。張籍《惜花》：「日暮東風起，飄揚玉階側。」

〔一四〕棋聲句：吕祖謙《城樓》：「棋聲傳下界，雁影没長空。」古代常有仙境著棋的傳説。如任昉《述異記》卷上：「信安郡石室山，晉時王質伐木，至，見童子數人，棋而歌，質因聽之。童子以一物與質，如棗核，質含之，不覺饑。俄頃，童子謂曰：『何不去？』質起，視斧柯爛盡，既歸，無復時人。」

〔一五〕海棠句：蔡伸《柳梢青》：「滿院東風，海棠鋪繡，梨花飄雪。」宋祁《海棠》：「長衾繡作地，密帳錦爲天。」

〔一六〕正殘寒二句：化用周邦彦《少年游》詞意：「南都石黛掃晴山。衣薄奈朝寒。一夕東風，海棠花謝，樓上捲簾看。」

〔一七〕除酒句：白居易《想歸田園》：「千首惡詩吟過日，一壺好酒醉消春。」韋莊《題袁州謝秀才所居》：「但將竹葉消春恨，莫遣楊花上客衣。」消，同「銷」。

〔一八〕向沙頭二句：秦觀《沁園春》：「對麗景，且莫思往事，一醉斜陽。」庾信《春賦》：「樹下流杯客，沙頭渡水人。」此指若耶溪畔。

〔一九〕雙玉杯句：謝朓《玉階怨》：「渠碗送佳人，玉杯邀上客。」雙玉杯，「雙」字扣「陪鶴林」。玉杯，《韓非子·喻老》：「象箸玉杯，必不羹菽藿，必旄象豹胎。」和，《匯釋》：「猶連也。秦觀《阮郎歸》：『衡陽猶有雁傳書，郴州和雁無。』言連傳書之雁亦無有也。」洗杯，飲酒。詳見《慶宫春》（殘葉翻濃）注〔一三〕。

【集　評】

俞陛雲《唐五代兩宋詞選釋》：佳處在第三段，寫尋常春遊，花前一醉，入作者之手，其詞華而峭，絶無甜熟之筆。

劉永濟《微睇室説詞》：此紀遊之詞也。調亦雙拽頭，但第二段换頭多三字。起三字記時。「清漣」句乘舟往遊也。「螺雲」二句寫水中山影，蓋袁園築於山上，影入水中如萬疊螺雲也。「漫將」二句用蘇軾「若把西湖比西子」及杜甫「長安水邊多麗人」詩句，寫遊人之佳麗，以與湖山比美。第二段起二句寫到園。「掬霞」句之「霞」即「豔蕊」。「青蛇」指園中上山曲徑，覆以回廊也。「去天」句形容其高也。「畫闌」二句亦寫其高。此數句皆寫題中「登」字。第三段起處寫園中花木。「正殘寒」以下寫飲宴。「除酒」句寫遊情。末句則映帶遊歸之情景，寫足遊宴之趣，以結全闋。

【考辨】

朱箋：《宋詩紀事》：吴泳，字叔永，號鶴林，潼川人，嘉定元年進士。理宗朝仕至起居舍人，兼直學士院，權刑部尚書，終寶章閣學士，知泉州，有《鶴林集》。按，劉光祖號鶴林，紹熙間名臣，先於夢窗。丁南亦號鶴林，居烏墩，見《烏青文獻》。

楊箋：《絜齋集》：袁正獻公有「是亦樓」，樓側有水，有山，有花竹，與詞中所言，恍惚略同，疑即此詞之袁園。　又：吴履齋有《水調歌頭·小憩袁氏園》詞。

張如安《吴夢窗生平考證二題》：袁正獻即袁韶之父袁燮，所築「是亦樓」在甬上（今浙江寧波）。

孫按：吴泳爲理宗朝直臣。《四庫全書〈鶴林集〉提要》：「泳當南宋末造，正權奸在位，國勢日蹙之時，獨能正色昌言，力折史彌遠之鋒，無所回屈，可謂古之遺直。……泳又蜀人，深知地利，故所言切中窾會，非揣摩臆斷者比，實可以補史所未備。其他章疏表奏，明辨駿發，亦頗有眉山蘇氏之風。在西蜀文士中，繼魏了翁《鶴山集》後，固無多讓也。」王兆鵬《兩宋詞人叢考》考出吴泳生於一一八一年，卒於一二五二年後，享年七十二歲以上。

張考中的袁韶，是夢窗年輕時的幕主。詳見下文《西平樂慢·過西湖先賢堂》【考辨】。然袁韶非袁燮之子，而是袁升之子。《萬姓統譜》卷二二：「袁韶，字彦淳，升子。」袁韶曾從學於袁燮。袁韶曾孫袁桷《延祐四明志》卷五：「袁韶，字彦淳。幼從正獻公燮學於城南。」又稱袁燮爲「先高叔祖少傅正獻公燮」。知兩家實爲宗親，袁燮是袁韶的叔叔。據淩金祚《袁甫狀元的籍貫與世系之考説》，袁韶世系爲袁轂—袁謂—袁臯—袁升—袁韶—袁似道—袁洪—袁桷。

朱、楊、張等前賢時彦皆以爲袁園即四明袁氏園。《乾隆鄞縣志》卷二四：「袁氏園，袁正獻（燮）之父名文，字質甫。榜所居小齋曰卧雪，自號爲逸叟。有園數畝，日涉成趣（《絜齋集》）。袁正獻公宅與學宫爲鄰，有清亭、是亦樓，又作頤豐樓。樓之左右前後有山、有水、有竹、有花，其地二畝有奇，名之曰『是亦園』。又稍廣之曰『秀野園』。見《絜齋集》。」

袁燮《是亦樓記》：「余築小樓於敝廬之東，而以『是亦』名之，或疑焉。余告之曰：直不高大爾，是亦樓也。……樓之深廣尋有五尺，崇近廣而微殺，材甚眇，體頗具，故曰：直不高大爾，是亦樓也。

其前累石爲山，高不過丈餘，雖無怪奇偉特之觀，是亦山爾。依山植丹桂六，樓之右復一桂，架酴醿以相接，及雜花木數本，品雖不多，是亦花木爾。」又，《是亦園記》：「開禧間，余作小樓於舊廬之東，而以『是亦』名之。其説曰，直不高大爾，是亦樓也。嘉定中，余又作樓於新居之旁，既崇以宏。不可以言『是亦』矣。乃取杜子美『憂國願年豐』之句，而名之曰『願豐樓』。樓之左右前後有山，有水，有竹，有花，稍稍成趣，而其地纔二畝有奇，强名曰『園』而仍以『是亦』名之，曰：直不深闊爾，是亦園也。」另，《秀野園記》：「又思先君無恙時，空乏甚矣，而舍旁猶有三畝之園，植花及竹，日與其子若孫周旋其間。考德問業，忘其爲貧。後以爲予舍，兹事遂廢。此吾家不可闕者，與其增膏腴數十畝而傳之後裔，孰若復三畝之園，而不墜其素風乎？於是乎決意爲之。曰怡顔、曰蒙養、曰觀妙、曰含清，皆所以爲進德之地也。平生酷好泉石，爲山而水環之。雖秀而野，不事華飾，達於西塾，厥廣倍之而圃不復加辟矣。」

對照袁燮所記其園始末規模，其中不能無疑焉：袁燮，四明人。袁氏園在夢窗家鄉，夢窗魂繫故園，此詞卻無歸來之喜悦，此可疑者一。袁氏園「累石爲山，高不過丈餘」，其中亭觀皆在平地，與詞中「青蛇細折小回廊，去天半咫」相去不啻天壤，且袁氏園中顯爲堆壘之假山。此可疑者二。「二畝有奇」而稍廣之的秀野園中之水，也無法容納「清漣畫舫」、水邊多麗者之遊覽。此可疑者三。

故兹以毛本詞題「陪鶴林先生登花園」爲是。申説如下：「去天半咫」的地理特點，是與京城爲近。夢窗《惜秋華·七夕前一日送人歸鹽官》也以「此去杜曲，已近紫霄尺五」，指鹺縣鹽官；許應龍《劉震孫改知安吉州制》則用以指湖州：「霅川去天尺五，湖山清秀。人物阜蕃，爲浙右佳郡。」據注釋中所引《會稽續志》卷一，會稽也在其列。而四明地勢略遠，不可以「去天尺五」稱之。而且，會稽正有名爲「花園」的園林，其依稽山傍鏡湖的建制與詞中所寫相仿佛。陳著《趙節使稽山門外花園》：「前賢眼力到，占得此名區。荒徑百年樹，虛堂三面湖。簷陰來釣艇，花外起晴鳧。借問園中叟，主人曾到無。」節使，節度使的簡稱。花園主人趙節使，即趙與芮。許應龍《東澗集》卷一：「皇弟武康軍承宣使，提舉佑神觀，與芮辭免。特授武康軍節度使，提舉萬壽觀，進封天水郡開國子，加食邑食實封。」時在嘉熙初年（一二三七），見《宋史新編》卷六一：「次子與芮，嘉熙初授武康軍節度使、萬壽觀使，仍奉朝請，封開國子。」稽山，即會稽山。《會稽志》卷九：「會稽山在縣東南一十二里。」陳著詩題中「稽山門」，是會稽外城的東南城門，見《會稽續志》卷一。詞中「溪邊」爲若耶溪，亦在會稽縣東南一帶。見《方輿勝覽》卷六，詳見《垂絲釣近·雲麓先生以畫舫載洛花宴客》【考辨】引文。正因爲若耶溪與西子的關係最爲直接，故詞中有「漫將西子比西湖」之説。若此考不誤，則此詞寫於紹興。至於寫作時間，應是史宅之故世後，夢窗晚年入嗣榮王趙與芮幕中爲門客時。

## 浪淘沙慢　夷則商　俗名商調㊀

賦李尚書山園㊁〔一〕

夢仙到、吹笙路杳〔二〕，度巘雲滑〔三〕。溪谷冰綃未裂〔四〕。金鋪晝鎖乍掣〔五〕。見竹靜、梅深春海闊〔六〕。有新燕、簾底低説㊂〔七〕。念漢履無聲跨鯨遠〔八〕，年年謝橋月〔九〕。曲折。畫闌盡日憑熱〔一〇〕。半蜃起玲瓏樓閣畔〔一一〕，縹緲鴻去絶〔一二〕。飛絮颺東風〔一三〕，天外歌闋。睡紅醉纈〔一四〕。還是催、寒食看花時節〔一五〕。花下蒼苔盛羅襪㊃〔一六〕。銀燭短、漏壺易竭〔一七〕。料池柳、不攀春送別〔一八〕。倩玉兔、別擣秋香〔一九〕，更醉踏㊄、千山冷翠飛晴雪〔二〇〕。

**【校　議】**

㊀朱四校本、《全宋詞》無「俗名商調」四字。

㊁《歷代詩餘》詞題作「李尚書山園」。

㊂有新燕二句：明張本、毛本、戈校本作「有新燕、簾底説」。毛扆本：「『説』字上少一字。」並補「低」字。《歷代詩餘》、杜刻本作「有新燕、畫簾低説」。杜刻本校曰：「原脱『畫』字，『低』誤作『底』。從姚子箴鈔本改補。」王朱初刻本同毛本，然校曰：「王夢湘（孫按：即王以慜）曰：『此（「底」）下脱一字，杜校非是。』」杜鈔本、王朱復刻本、朱二校本作「有新燕、簾底□説」。杜鈔本校曰：「據譜應作七字，上脱一字，擬補『偷』字。」鄭校：「毛本當有闕文一字於『底』下。蓋鈔者不諳詞譜，以『底』、『低』二字形聲相近，疑『低』爲衍文，因删之未空，然按譜猶可尋繹補之。杜校乃從姚鈔本臆改，……既失音吕，又以意穿鑿，疏繆已甚。」

㊃諸本皆作上下二闋，此處不分段。《歷代詩餘》分爲三段。楊箋：「《詞綜》於清真詞『憑斷雲留取，西樓殘月』句分段，然則此句當作第三段另起。玩詞意，鄙見亦以爲然。」兹從《歷代詩餘》、朱四校本、楊箋。

㊄更醉踏：鄭氏手批：「『踏』字亦叶。」

【注　釋】

〔一〕李尚書：即李宗勉，與夢窗曾有交遊的顯宦。　山園：本指帝王的陵墓。《漢書·地理志·第八下》：「後世世徙吏二千石、高訾富人及豪桀並兼之家於諸陵。蓋亦以强幹弱支，非獨爲奉山園也。」顔師古注引如淳曰：「《黄圖》謂陵塚爲山。」此特指李宗勉的陵園。然此詞雖身處山園憑弔，但時時回憶尚書生前蘇州宅園，故詞中常有騰天潛淵的雙寫之筆。

〔二〕夢仙二句：《列仙傳》卷上：「王子喬者，周靈王太子晉也。好吹笙，作鳳凰鳴，游伊洛之間。道士浮丘公接以上嵩山，三十餘年後，求之於山上。見柏良曰：『告我家，七月七日待我於緱氏山巔。』至時，果乘白鶴駐山頭，望之不得到。舉手謝時人，數日而去。」下句「雲」字入此二句，寫仙雲。張仲素《夜聞洛濱吹笙》：「逶迤繞清洛，斷續下仙雲。」首句「夢」字意屬下文「謝橋月」。

〔三〕巘：《詩・大雅・公劉》：「陟則在巘，復降在原。」毛傳：「巘，小山，别於大山也。」

〔四〕冰綃：此喻仲春時溪中薄冰尚未泮解。參見《過秦樓・芙蓉》注〔一六〕。

〔五〕金鋪句：化用白居易《醉别程秀才》「愁鎖鄉心掣不開」字面。金鋪，《文選・司馬相如〈長門賦〉》：「擠玉户以撼金鋪兮，聲噌吰而似鐘音。」吕延濟注：「金鋪，扉上有金花，花中作鈕鐶以貫鎖。」

〔六〕見竹靜二句：秦觀《千秋歲》：「春去也，飛紅萬點愁如海。」寫初入陵園時所見景象，句例參見【考辨】。

〔七〕有新燕二句：下二句中的「謝」字透入此「新燕」句，實寫燕子仍入王謝堂前舊巢中。並反用以下詩句，劉禹錫《金陵五題・烏衣巷》：「舊時王謝堂前燕，飛入尋常百姓家。」朱慶餘《題王侯廢宅》：「更無新燕來巢屋，唯有閒人去看花。」餘參見《掃花遊・西湖寒食》注〔一一〕。新燕，燕子春社（立春後第五個戊日，約在孟春與仲春之間）歸來。

〔八〕漢履無聲：杜甫《八哀詩・贈左僕射鄭國公嚴公武》：「京兆空柳色，尚書無履聲。」漢履，用漢丞相鄭崇典，詳見《瑞鶴仙・贈絲鞋莊生》注〔八〕。　跨鯨：杜甫《送孔巢父謝病歸游江東兼呈李白》：「幾歲寄我空中書，南尋禹穴見李白。」《杜詩詳注》：「『南尋』句，一作『若逢李白騎鯨魚』。按：騎鯨魚，出《羽獵賦》。俗傳太白醉騎鯨魚，溺死潯陽，皆緣此句而附會之耳。」鯨魚，也作「京魚」。《文選・揚雄〈羽獵賦〉》：「乘巨鱗，騎京魚。」李善注：「京魚，大魚也，字或爲『鯨』。鯨亦大魚也。」　此處「漢履無聲」及「跨鯨」都是逝世的婉辭。

〔九〕年年句：晏幾道《鷓鴣天》：「夢魂慣得無拘檢，又踏楊花過謝橋。」　此「謝橋」特指宅園中的小橋。

〔一〇〕曲折二句：承上化用張泌《寄人》詩意：「別夢依依到謝家，小廊回合曲闌斜。」憑熱，宅園長期鑰鎖，園中闌干非長時間相憑不能焐熱。

〔一一〕半蜃二句：白居易《長恨歌》：「忽聞海上有仙山，山在虛無縹緲間。樓閣玲瓏五雲起，其中綽約多仙子。」《史記・天官書第五》：「海旁蜃氣象樓臺，廣野氣成宮闕然。雲氣各象其山川人民所聚積。」蜃，《本草綱目》卷四三：「蛟之屬有蜃，其狀亦是蛇而大，有角如龍狀。……能吁氣成樓臺城郭之狀，將雨即見，名蜃樓，亦曰海市。」「半」字意入「天外」句。

〔一二〕縹緲：雙關歌聲清揚及樓臺隱約可見。司空圖《注愍征賦述》：「其雅調之清越也，有若縹緲鸞虹，翾翾昊空。」　鴻去絶：曹植《洛神賦》：「其形也，翩若驚鴻，婉若遊龍，榮曜秋菊，華茂春松。」邊讓《章華賦》形容舞姿：「爾乃妍媚遞進，巧弄相和。俯仰異容，忽兮神化。體迅輕鴻，榮曜春華。進如浮雲，退如激波。」以「鴻」喻李尚書謝世後，無以知其蹤跡的善舞之衆侍妾。

〔一三〕飛絮句：意綴「曲折」二句，照應謝橋楊花。與下句懸想宅園中唯見滿天飛絮如回雪妙曼之舞態，當時縹緲飛揚向天外的歌樂戛然而止。

〔一四〕睡紅醉纈：以美人睡時及酒後紅暈喻盛開時海棠的顔色。陳思《海棠譜》引沈立《海棠記》：「其紅花五出。初極紅，如臙脂點點然。及開，則漸成纈暈。」兼用唐明皇以楊貴妃卯酒未醒喻海棠春睡未足典故。詳見《宴清都·連理海棠》注〔八〕。醉纈，庾信《夜聽擣衣詩》：「花鬢醉眼纈，龍子細文紅。」李賀《惱公》：「醉纈拋紅網，單羅掛緑蒙。」王琦匯解：「醉纈即醉眼纈。」

〔一五〕還是二句：周邦彦《蘭陵王·柳》：「又酒趁哀弦，燈照離席。梨花榆火催寒食。」寒食已近祭墳時間，《東京夢華録》卷七：「寒食第三日，即清明日矣。凡新墳皆用此日拜掃，都城人出郊。」

〔一六〕花下句：徐陵《春日詩》：「落花承步履，流澗寫行衣。」韓偓《太平谷中玩水上花》：「應有妖魂隨暮雨，豈無香跡在蒼苔。」韓愈《榴花》：「可憐此地無車馬，顛倒青苔落絳英。」李群玉《贈回雪》：「安得金蓮花，步步承羅襪。」回憶盛時尚書侍妾賞花行樂情景。

〔一七〕銀燭二句：壺漏，以挈壺氏漏水法代指時間，詳見《宴清都·餞嗣榮王仲亨還京》注〔一六〕。以短燭、壺漏喻行樂時間短暫易盡。故楊箋以此數句爲「憑弔語」。

〔一八〕料池柳二句：與「有新燕」二句還化用杜甫《過故斛斯校書莊二首》（之二）詩意：「燕入非傍舍，鷗歸祇故池。斷橋無復板，卧柳自生枝。」亦與前引杜詩「京兆空柳色」意思相貫。攀柳，暗用「攀柳泫涕」字面。詳見《解連環·留別姜石帚》注〔四〕。楊箋以此爲「感慨語」。

〔一九〕倩玉兔二句：《南部煙花記》：「陳主爲張麗華造桂宫於光昭殿後，作圓門如月，障以水晶。後庭設素粉罘罳。庭中空洞無他物，惟植一株桂樹，樹下置藥杵臼，使麗華恒馴一白兔，時獨步於中，謂之月宫。」玉兔搗藥典見《瑞鶴仙·癸卯歲壽方蕙巖寺簿》注〔一五〕。秋香，李賀《金銅仙人辭漢歌》：「畫欄桂樹懸秋香，三十六宫土花碧。」與下二句中的「晴雪」聯繫，知所寫爲銀桂。《佩文齋廣群芳譜》卷四〇：「（巖桂）俗呼爲木犀（紋理如犀，故名木犀）。其花有白者名銀桂，黄者名金桂，紅者名丹桂。」李商隱《殘句》：「兔寒蟾涼桂香白。」杜牧《池州送孟遲先輩》：「手把一枝物，桂花香帶雪。」

〔二〇〕更醉踏二句：僧棲白《哭劉得仁》：「爲愛詩名吟到此，風魂雪魄去難招。直教桂子落墳上，生得一枝魂始消。」王庭珪《哀挽詩》亦云：「廣寒宫裏叢生桂，何日飄來壟上芳。」

## 【集評】

夏敬觀評語：「『飛絮』句一領四，則起調作五字詩句，則音節不振。夢窗蓋以『飛』字領『絮揚東風」四字，但嫌「飛絮」二字連，使人易讀爲二領三耳。夢窗换虚字用實字往往如此，亦往往有合不合。「料池柳」應三字豆，下接二領三句，造句亦稍軟，使人可讀成一領四句。「更醉踏」三字亦易連下讀。

【考辨】

朱箋：南宋李姓官尚書，與夢窗同時者，據《宋史》，凡三人：李鳴復，字成叔，瀘州人。嘉定二年進士。拜侍御史，兼侍講，權工部尚書，兼吏部，端平三年拜參知政事。李知孝，字孝章，光之孫。嘉定四年進士。拜殿中侍御史，紹定五年遷工部尚書。李曾伯，字長孺，覃懷人，居嘉興。官淮東制置使，進權工部尚書。夢窗所賦「山園」，當是曾伯。曾伯居嘉興，宜有園在浙西也。又，李伯玉亦權禮部尚書，在度宗即位數年之後，時代不甚相合矣。

楊箋：詞一曰「吹笙路杳」，二曰「漢履無聲跨鯨遠」，尚書已故，似不必限於同時求之矣。

夏箋：朱箋謂南宋李姓官尚書與夢窗同時者，有李鳴復、李知孝、李曾伯三人。定山園屬工部尚書李曾伯。據《續通鑑》：淳祐六年四月，權兵部尚書李曾伯應詔上疏。《宋史》曾伯傳亦不云官工部。朱箋似誤。又據《續通鑑》：淳祐四年，李心傳權刑部尚書，五年，李性傳以禮部尚書給事中，簽樞密院事；李韶權禮部尚書。是夢窗同時官尚書者，不止三人也。

孫按：以上箋語尚存可以辨析之處：首先，宋人戴埴《鼠璞》卷上「星履曳履」條：「六曹尚書用星履、曳履，熟事也。二出處皆不可用。漢鄭崇爲尚書僕射，曳革履。上曰：『我識鄭尚書履聲。』乃僕射事。唐韋見素爲吏部侍郎，杜甫詩曰：『持衡留藻鑒，聽履上星辰。』乃吏部侍郎事。」戴氏以爲吏部侍郎可用「星履」典，略有小誤。杜甫贈韋見素詩題爲《上韋左相二十韻》。左相，亦即尚書左僕射。據知用「曳履」、「星履」皆尚書僕射典。文中所引杜甫《贈左僕射鄭國公嚴公武》「尚書無履聲」也亦可佐證。詞中用「王謝堂前燕」典，王導、謝安皆曾任丞相之職，可以互證。據《元豐官志》，宋代尚書省職官建制有：尚書令，尚書左、右僕射，尚書左、右丞，尚書左、右司郎中，尚書左、右司員外郎。而吏、户、禮、兵、刑、工六曹則是尚書省的下屬機構，六部長官雖亦稱尚書，然尚書僕射，官從一品；六部尚書，官從二品。兩者之間，不僅僅是官品有差異，更爲重要的是六部尚書不能用專稱尚書僕射的「漢履」典。朱、夏二氏所舉七位李姓尚書，皆爲六部尚書：據《宋史・宰輔表》，其中李鳴復、李性傳二人累官至副宰相參知政事（另有李曾伯僅「與執政恩例」，見《宋史》本傳）。然參知政事與六部尚書皆不能用「漢履」典實。並且，詞意顯示夢窗與此尚書有交遊，曾參與其花下盛宴，故理應以同時求之。與夢窗同時期的「李尚書」應是李宗勉。《宋史・李宗勉傳》：「及拜左丞相兼樞密使，守法度，抑僥倖，不私親黨，召用老成，尤樂聞讜言。趙汝騰嘗以宗勉爲公清之相。以光禄大夫、觀文殿大學士致仕，卒，贈少師，謚文清。」其中左丞相，就是尚書左僕射一職。夢窗與李宗勉在蘇州的交往，詳後文《絳都春・餞李太博赴括蒼別駕》【考辨】。

其次，詞題中的「山園」，非指山中園林，而是尚書陵墓所在地。地點亦不在浙西嘉興，而在李宗勉故鄉富陽。李宗勉嘉熙四年（一二四〇）閏十二月初五卒於位，見《宋史・理宗本紀》：「（嘉熙四年）閏十二月丙寅，李宗勉薨，贈少師，賜謚文清。」據《咸淳臨安志》卷二七，知第二年奉理宗之命歸葬故鄉：「小隱山，在縣之北一里三十步，爲縣治主山。……歷年久，山屬於官云。淳祐元年，宣葬丞相李文清公宗勉。」此山嵐雲繚繞，溪泉決決；松竹染翠，巖花灼灼。《光緒富陽縣志》卷九引《一統志》：「（小隱山）爲縣治鎮山，故不甚峻奧，而地脈隱隆，孕奇胎秀，青厓翠發，遥同黛抹云。」謝絳《小隱園詩》：「因尋小園隱，忽見群芳發。」范仲淹《留題小隱山書室》：「小徑小桃深，紅光隱翠陰。……筍迸饒當户，雲歸半在林。何須聽絲竹，山水有清音。」與詞中巘雲溪冰、竹靜梅深的景色相仿佛。袁桷拜祭曾祖越國公袁韶陵墓（在杜湖山雙峰之麓）詩《髫齡侍諸父拜雙峰祠堂未嘗敢有題詠……遂述舊懷爲六詩且申歎仰》，也有「沉沉大士閣，千嶂萬夫降」「午窗鉤竹影，凍筆點梅魂」之句，可與夢窗山園奠掃之義參看。

詞作寫於薄冰未坼的早春，故而至早也應寫於宣葬儀式完成後之明年，即淳祐二年（一二四二）。其時夢窗尚在蘇幕，應是行役至杭京，或專程前往富陽陵墓泫然憑弔。

# 西平樂慢㊀　中吕商　俗名小石㊁

過西湖先賢堂，傷今感昔，泫然出涕㊂〔一〕

岸壓郵亭〔二〕，路欹華表〔三〕，堤樹舊色依依〔四〕。紅索新晴，翠陰寒食〔五〕，天涯倦客重歸㊃〔六〕。歎廢緑平煙帶苑〔七〕，幽渚塵香蕩晚㊄〔八〕，當時燕子，無言對立斜暉㊅〔九〕。追念吟風賞月〔一〇〕，十載事，夢惹緑楊絲〔一一〕。畫船爲市，夭妝豔水㊆〔一二〕，日落雲沈，人换春移〔一三〕。誰更與、苔根澆石㊇〔一四〕，菊井招魂㊈〔一五〕，漫省連車載酒㊉〔一六〕，立馬臨花〔一七〕，猶認蔫紅傍路枝⑪〔一八〕。歌斷宴闌〔一九〕，榮華露草〔二〇〕，零落山丘⑫〔二一〕，到此徘徊〔二二〕，細雨西城，羊曇醉後花飛⑬〔二三〕。

【校　議】

㊀《鐵網珊瑚》、《詞綜》、《歷代詩餘》、戈校本、戈選詞調作《西平樂》。萬樹校周邦彦《西平樂》曰：「或加『慢』字。」鄭氏手批：「手稿無『慢』字，清真同。」

〔二〕朱四校本、《全宋詞》無「俗名小石」四字。

〔三〕明張本、毛本、杜本、王朱本詞題作「春感，重過西湖先賢堂」。《歷代詩餘》、戈校本、戈選作「重過西湖先賢堂」。《詞綜》作「過西湖先賢堂」。鄭氏手批：「題宜從朱存理録《霜花腴》卷手寫本。『春感』二字必更失真，何不據《鐵網珊瑚》改正。此毛刻之節録，亟宜更訂。」戈校詞題下注「朱選」。

〔四〕倦客：《鐵網珊瑚》、《詞綜》、鄭校、四明本作「客又」。鄭校：「『客』字宜上聲，手稿『倦客』作『客又』，聲調正合。」「是句第四字不宜入聲，有清真詞可證。」

〔五〕歎廢緑二句：廢緑平煙：明張本、毛本作「緑平煙」。毛扆本：「『緑』字下脱一字。」《歷代詩餘》、戈選、杜本作「緑草平煙」。鄭氏手批：「清真此二句亦夾協，蓋『畫』與『晚』皆古同用均也。」陳鋭《襃碧齋詞話》：「詞中側協，如夢窗《西平樂》：『歎廢緑平煙帶苑。幽渚塵香蕩晚。』『苑』、『晚』爲韻。」

〔六〕明張本、毛本、戈校本於「斜暉」下分闋。杜校：「原刻誤以『斜暉』分段，從《詞律》更正。」萬樹校周邦彦《西平樂》「爭知向此、征途區區，竚立塵沙」句曰：「查夢窗所作亦字字相同，可知古人細心，不若今人自以爲是也。但方詞（孫按：指方千里和周詞）及吴稿俱於『爭知』句下無『區區』二字，方云『流年迅景，霜風敗葦驚沙』，吴云『當時燕子，無言對立斜暉』，似不宜更贅兩字，恐此篇『區區』二字或『征途』二字是誤多耳。吴稿於『塵沙』下分斷，誤。」戈選杜批：「此長調只用七韻，歷考未選録之周清真詞及各和作均同，惟周詞於『當時燕子』二句作六字，兩句計多二字，疑有衍文。」諸本從《詞律》分闋。與清真此調同。

㈦畫船二句：夭妝：朱二校本作「妖妝」。未知所據。鄭氏手批：「『市』、『水』與本詞均同叶，此以側叶平之例，與《渡江雲》下闋同。」孫按：鄭氏校清真同調詞曰：「過片『楚』、『野』二字亦古音相諧。吴詞『市』、『水』固爲韻也。」陳鋭《褭碧齋詞話》：「美成《西平樂》一首，和者方千里、楊澤民、陳西麓，三家句法長短互異，萬紅友、杜筱舫諸家，亦不能考定。嘗疑此調下段十五句，只三用韻，未免失拍。及讀夢窗『畫船爲市，夭妝照水』，始悟美成之過换處『道連三楚，天低四野』，『楚』、『野』固互協也。持語漚尹（孫按：漚公、漚尹皆指朱彊村）、叔問，皆亟以余爲知言。」楊箋：「楊、方和周詞，此兩句仍無韻。況韻之疏處，不在『移』韻四句，而在『枝』韻五句、『飛』韻六句，縱算『市』、『水』爲韻，仍未能調匀疏密處也。」劉永濟《微睇室説詞》：「此調甚長而止七韻，聲調非常緊迫。蓋四字句讀之必快。此調多四字句，愈到後闋，韻愈少，調愈緊迫，極不易填。陳伯弢謂换頭『市』、『水』二字互協，舉美成此調此處用『楚』、『野』二字爲證。但『野』必讀古方協，宋詞人不用古音協韻，且陳允平和周詞此處不協，知陳説非也。」

㈧澆石：明張本、底本、朱四校本、四明本作「洗石」。《詞綜》作「掃石」。兹從毛本、《歷代詩餘》、戈選、杜本、王朱本。

〔九〕菊井：戈選作「鞠井」。鞠，通「菊」。

〔一〇〕連車：《鐵網珊瑚》、《詞綜》、鄭校、四明本作「隨車」。

〔一一〕蔫紅：《鐵網珊瑚》、《詞綜》、鄭校、四明本作「嫣紅」。

〔一二〕零落：明張本、毛本、《歷代詩餘》、戈校本、戈選、杜本、王朱本、底本、朱四校本、四明本作「泠落」。兹從《鐵網珊瑚》、《詞綜》、朱二校本、鄭校。鄭校：「原作正用曹子建詩句以喻西州之慟，爲結句張本，毛誤『零』作『泠』，諸本並未一一校改。」

〔一三〕到此三句：《鐵網珊瑚》、《詞綜》、鄭校作：「過此西湖，恨擬西州，羊曇淚落沾衣。」四明本同，僅誤「擬」作「比」。鄭校：「原作正合題旨，點出『西湖』，以西州喻重過感傷之意。且末句第四字宜入聲字律，原作『淚落』亦合。毛本末三句作『到此徘徊，細雨西城，羊曇醉後花飛』，不知所據何本，杜、王近刻並從之。或以爲詞義較爲清空，是可以意去取，自羼其例耳。」鄭氏手批：「毛本不知從何處羼改，即以詞論，當從手寫本爲佳。」「以字律校定，凡朱存理刻本無不與清真合，即此足訂毛本之疏弊妄自移易多已。」劉永濟《微睇室説詞》則以明張本、毛本三句爲勝義：「此詞結尾數句，《鐵網珊瑚》作：『到此西湖，恨擬西州，羊曇淚落沾衣。』初以爲勝。後讀温庭筠《經故翰林袁學士居》詩曰：『西州城外花千樹，儘是羊曇醉後春。』此詞結尾正用温詩，且如《鐵網珊瑚》本，亦嫌率直，不如此本。」鄭氏手批：「此曲入聲字律，惟四見清真詞，爲夢窗所本。」「夢窗於入聲字往往步趨清真，無少出入，其苦心可知，所謂善學者也。此皆以點標識之（色、索、食、緑、立、月、落、石、落）。」

【注釋】

〔一〕西湖先賢堂：由袁韶創建，紀念先賢的建築，在蘇堤六橋之一映波橋偏西處。泫然：《禮記·檀弓上》：「孔子泫然流涕曰：『吾聞之，古不修墓。』」李光坡《禮記述注》：「孔子流涕者，自傷其不能謹之於封築之時，以致崩圮；且言古人所以不修墓者，敬謹之至，無事於修也。」此詞憑弔的對象是客杭十年期間的幕主袁韶。夢窗特用此語，或有微言大義。

〔二〕郵亭：驛館。依宋制，凡「驛館」非常人所能宿者，必具驛券之過往官員或入京應試之舉子始能宿。見《瑞鶴仙·餞郎糾曹之嚴陵》注〔二〕。

〔三〕路欹華表：許渾《經故丁補闕郊居》：「鵬上承塵纔一日，鶴歸華表已千年。」

〔四〕堤樹句：堤樹，特指西湖十里蘇堤的裊裊楊柳。依依，《詩·小雅·采薇》：「昔我往矣，楊柳依依；今我來思，雨雪霏霏。」上二句中壓岸欹路者皆指柳樹。鄭清之《乙巳三月出湖口占》：「十年重訪蘇堤柳，總付春光入畫船。」參見《渡江雲·西湖清明》注〔八〕。與下文「立馬」二句頗取意周邦彥《西平樂》：「道連三楚，天低四野，喬木依前，臨路欹斜。」

〔五〕紅索二句：蕩鞦韆是寒食節前後婦女户外遊戲項目。王建《寒食》：「白衫眠古巷，紅索搭高枝。」

「新」字意入「煙」字，「晴」字意入「柳」字，點明寒食的節序特點。寒食已近祭墳時間。詳見《浪淘沙慢·賦李尚書山園》注〔一五〕。

〔六〕天涯句：陸游《早行至江原》：「居人猶復多愁思，何況天涯倦客情。」倦客，猶言「倦遊客」。《史記·司馬相如列傳》：「昆弟諸公更謂（卓）王孫曰：『有一男兩女，所不足者非財也。今文君已失身於司馬長卿，長卿故倦遊，雖貧，其人材足依也，且又令客，獨奈何相辱如此！』」裴駰集解引郭璞曰：「（倦遊）厭遊宦也。」陸機《長安有狹邪行》：「余本倦遊客，豪彥多舊親。」

〔七〕歎廢緑句：温庭筠《蓮浦謡》：「鳴橈軋軋溪溶溶，廢緑平煙吴苑東。」

〔八〕幽渚：陸機《塘上行》：「江蘺生幽渚，微芳不足宣。」

〔九〕當時二句：劉禹錫《金陵五題·烏衣巷》：「朱雀橋邊野草花，烏衣巷口夕陽斜。舊時王謝堂前燕，飛入尋常百姓家。」餘參見《掃花遊·西湖寒食》注〔一一〕。袁韶曾位居執政，故可以六朝望族王謝爲喻。其曾孫袁桷《書懷寄從子瑛二首》（之一）題曾祖鄞江舊宅亦曰：「金張螭綬本欺世，王謝烏衣亦可人。」

〔一〇〕吟風：代指詩酒風流的生活。虞世基《衡陽王齋閣奏妓詩》：「金溝低御道，玉管正吟風。」賞月：杜甫《夔府書懷四十韻》：「賞月延秋桂，傾陽逐露葵。」

〔一一〕十載二句：杜牧《遣懷》：「十年一覺揚州夢，赢得青樓薄幸名。」秦觀《夢揚州》：「殢酒困花，十載因誰淹留。」白居易《楊柳枝》：「若解多情尋小小，緑楊深處是蘇家。」温庭筠《郭處士擊甌歌》：

「莫沾香夢緑楊絲，千里春風正無力。」

〔一二〕畫船二句：《武林舊事》卷三：「淳熙間，壽皇以天下養，每奉德壽三殿遊幸湖山，御大龍舟，宰執從官以至大璫、應奉諸司，及京府彈壓等各乘大舫，無慮數百。時承平日久，樂與民同，凡遊觀買賣皆無所禁，畫楫輕舫，旁午如織。……如先賢堂、三賢堂、四聖觀等處最盛。或有以輕橈趁逐求售者，歌妓舞鬟，嚴妝自炫，以待招呼者，謂之水仙子。」

〔一三〕日落二句：暗用江淹《休上人怨别》：「日暮碧雲合，佳人殊未來。」

〔一四〕苔根澆石：張藴《溪上》：「頻更燭對棋，仍把酒澆石。」李覯《獨居》：「苔根跨階發，白雨滿四簾。」寓意石上因長期無足跡來至祭奠，故遍生緑苔。

〔一五〕菊井：即西湖「薦菊井」。在水仙王廟旁，與袁韶也頗有淵源。《咸淳臨安志》（卷七十一）：「水仙王廟，在西湖第三橋北，寶慶乙西，袁安撫韶建。自爲記，今在崇真道院。」袁韶《水仙王廟記》記載了糾正舊志訛傳，重創水仙廟的淵源：「自承乏内史，雨暘禬禱，數詣所謂水仙王廟。廟有壇壝門，於是斬牲瀝酒，以起龍蟄穹碑植宇下，龜趺隆然。摩挲刻文，則吴越錢武肅所著。其額曰『錢唐廣潤龍王廟』，東偏有堂，列三賢像。乾道中，郡太守周君淙建。退而質諸《臨安志》，成周君手，且言廣潤龍君祠，即水仙王廟。按錢塘水仙王事，始見蘇文忠公詩。公詩石本今存。自書其左方曰：『今西湖有水仙王廟。』仙之廟於湖公出守時蓋無恙，後莫知廟所在。六龍南渡，杭爲帝所，絡孤山築殊庭。得不廢者惟和靖墓，他皆一埽刮絶去。荒基老屋，漫不見蹤跡。廟之廢未必不於此故。……彼龍君祠與普安佛廬鄰，距葛嶺，占北岩之阿，視湖邈焉。牽連就因附祀三賢而祝號以訛，好事者又從而井其旁，名薦菊，以即蘇公句，贅矣。予既更三賢祠，而水仙廟未有以釐正。於是廢酒壚創焉，地據湖堤右，湖光拍堤，平挹千頃。仙峨冠佩，玉乘風載。雲方羊於水月倒景之中，仙有靈，宜不宜邪？……嗟乎！自蘇公去杭，今百三十有七年，水仙有廟名存實亡。予何人，乃適有感，是孰使之然也？或曰事廢興存乎數，其又信然耶？廟經始於寶慶乙酉冬，明年春落成，因記其所以。」《西湖百詠》卷上：「寒泉與水仙廟相對。東坡詩云：『不然配食水仙王，一盞寒泉薦秋菊。』謂和靖也。舊名『薦菊井』，上有亭。咸淳中增建，重揭『寒泉』二字。」薦菊井在水仙廟故址，此處「菊井」云云，由坡詩相連而及。　招魂：王逸章句：「《招魂》者，宋玉之所作也。招者，召也。以手曰招，以言曰召。魂者，身之精也。宋玉憐哀屈原忠而斥棄，愁懣山澤，魂魄放佚，厥命將落。故作《招魂》，欲以復其精神，延其年壽。外陳四方之惡，內崇楚國之美，以諷諫懷王，冀其覺悟而還之也。」袁韶墓在慶元府慈溪縣。《光緒慈溪縣志》卷四五：「樞密使越國公袁韶墓，縣西北四十五里（原作五十七里），杜湖山雙峰之麓（《嘉靖府志》）。袁韶，鄞人……累贈太師越國公。入《防護録》）。」袁韶曾孫袁桷《清容居士集》卷九有詩題「髫齡侍諸父拜雙峰祠堂」云云，可與縣志互證。

以上三句意思沈痛。謂當年深沾恩澤的幕僚們不僅無人酒酹，甚至無人用菊井寒泉薄奠，遥爲主人招魂。

〔一六〕省：記得。　連車載酒：蘇軾《答王鞏》：「連車載酒來，不飲外酒嫌其村。」

〔一七〕臨花：范雲《貽何秀才詩》：「臨花空相望，對酒不能歌。」

〔一八〕蔫紅：深紅色。蔫，用同「嫣」。杜牧《春晚題韋家亭子》：「蔫紅半落平池晚，曲渚飄成錦一張。」上文「幽渚塵香」意入此處。

〔一九〕宴闌：昭明太子蕭統有《宴闌思舊詩》。此喻行樂之事稍縱即逝。

〔二〇〕榮華露草：榮華，猶言「富貴榮華」。王符《潛夫論·論榮》：「所謂賢人君子者，非必高位厚禄、富貴榮華之謂也。」《薤露歌》：「薤上朝露何易晞，露晞明朝更復落。人死一去何時歸。」杜甫《送孔巢父謝病歸游江東兼呈李白》：「惜君只欲苦死留，富貴何如草頭露。」

〔二一〕零落山丘：語出曹植《箜篌引》：「生存華屋處，零落歸山丘。」零落，《文選·孔融〈論盛孝章書〉》：「海内知識，零落殆盡。」張銑注：「零落，死也。」

〔二二〕徘徊：《荀子·禮論》：「今夫大鳥獸則失亡其群匹，越月踰時，則必反鉛。過故鄉，則必徘徊焉，鳴號焉，躑躅焉，踟躕焉，然後能去之也。」楊倞注：「徘徊，回旋飛翔之貌。」

〔二三〕細雨二句：《晉書·謝安傳》：「羊曇者，太山人，知名士也，爲安所愛重。安薨後，輟樂彌年，行不由西州路。嘗因石頭大醉，扶路唱樂，不覺至州門。左右白曰：『此西州門。』曇悲感不已，以馬策扣扉，誦曹子建詩曰：『生存華屋處，零落歸山丘。』慟哭而去。」温庭筠《經故翰林袁學士居》：「西州城外花千樹，儘是羊曇醉後春。」花飛，杜甫《曲江二首》（之一）：「一片花飛減卻春，風飄萬點正愁人。」此以温詩題中「袁學士」切「袁」姓，並以羊曇自比。

【集評】

劉永濟《微睇室説詞》：此詞當是夢窗晚年所作。考夢窗老壽，理宗趙昀景定中尚存，其時宋室江山已岌岌可危。詞起處三句，即將今昔之感，和盤托出。曰「岸壓」，曰「路欹」，曰「舊色」，皆一片荒涼景象。「依依」三字則見此景象之人之情。「紅索」三句自記過此堂時之時令物色，而「倦客重歸」四字中具有無限身世之感。其下「歎廢緑」四句更從堂内外景物渲染以表重歸之情。曰「燕子無言對立斜暉」，則人情可知矣。此句暗用劉禹錫《烏衣巷》詩意。劉詩有「烏衣巷口夕陽斜」、「當時王謝堂前燕」句，亦以見今昔盛衰之感也。故此詞用之，所謂「傷今」也。換頭「畫船」八字又提昔盛，「日落」八字則爲今衰；而「更誰與」以下十一字，今衰也，「漫省」以下十七字，又昔盛也。從換頭以下，皆以昔盛今衰，回環往復寫之，無非表達其一段「傷今感昔」之情而已，所謂言之不足則重言之也。歇拍數句以慨歎之聲，發傷感之情，而以羊曇懷念謝安、過西州門痛哭而去以自比，正題中所謂「泫然出涕」也。西湖爲南宋建都之地，夢窗在杭，初依吴潛，後入王府，其中游從宴樂，多在此間，固一時之盛也。今日重來，迥非昔比，是以追念往情，不能自已。其托意羊曇，懷念謝安，蓋有同似也。

【考辨】

朱箋：《武林舊事》：先賢堂，名「仰高」。祠許由以下共四十人。刻石作贊，具載事蹟。中有振衣、古香、清風堂。山亭流芳，花竹縈紆，小山曲徑。今歸旌德觀。

楊箋：詞以羊曇之於謝太傅自比，知所謂「感昔」者，必感恩知己之人。考夢窗生平交際，賈秋壑不值如此傾倒，且非感恩；杜範官丞相，卒於淳祐間；處静爲杜門賓客。夢窗以兄弟故，或有往來，去知己感恩亦遠；與此四字最近者，惟一吴潛。潛帥紹興，夢窗在幕中，況兩人集中互有唱和，如《金縷曲》記滄浪亭之遊，《浣溪紗》記舟中之迓，後又入吴紹興幕，蹤跡狎近，與詞中所言看花載酒相類。然潛以景定二年貶循州，三年暴卒，後未必歸葬西湖，除吴外竟無人足以當之。或者詞中「華表」，非必本人墓中物，所謂感傷者，乃見物思人歟？此亦夢窗長壽之證已。

夏承燾《繫年》：夢窗早年或曾客杭州。

吴熊和《夢窗詞補箋》：鄭文焯此説（孫按：指新詞稿十六首皆作於癸卯年之説），頗受信奉，但不是全部事實。癸卯爲淳祐三年（一二四三），距吴潛之卒尚有二十二年，依照鄭文焯皆淳祐三年作的説法，以《西平樂慢》爲吊吴潛，自然絶無可能，然而《鐵網珊瑚》所載十六首詞，實非作於一時。……任銘善先生《鄭大鶴校夢窗詞手稿箋記》：「朱（存理）氏所抄十六首，凡四具名更端，知寫非一時。題爲『新詞稿』，蓋指前六首呈方蕙巖者，爲淳祐癸卯秋日蘇州之作。自《蘇武慢》以下更署，則是別卷。而《西平樂》西湖先賢堂，乃晚年重遊杭州時作。」有事實，有分析，足以糾正鄭文焯以部分當全體的過度誤判。景定元年，吴潛爲賈似道所陷，罷相，遠貶潮州；三年，被毒死於循州貶所。

夏承燾先生《吴夢窗繫年》疑吴文英已前卒，不及見吴潛之亡。今據《水龍吟》送萬信州詞作於咸淳元年。吴潛貶死時，吴文英仍健在，且吴潛之卒爲朝野皆知，吴文英自然哀傷無已。楊鐵夫以《西平樂慢》乃吊吴潛之作，就不是絶無可能，而倒是很有可能了。

張如安《吴夢窗生平考證二題》：其實這首詞正是吊袁韶之作，作這樣判斷的理由很多：（一）這首詞的結尾隱藏了一個很大的秘密，幾乎瞞過了所有的研究者。僅有劉永濟在《微睇室説詞》中指出，吴氏此詞結尾用温庭筠《經故翰林袁學士居》詩：「西州城外花千樹，儘是羊曇醉後春。」但他没有想到吴夢窗慣用藏姓名筆法。吴夢窗正是通過化用典故點出了憑弔的對象爲袁學士——袁韶。（二）袁韶卒於嘉熙元年（一二三七），而吴氏此詞見於《文英新詞稿》中。這本新詞稿中，像《八聲甘州·和施知言姑蘇韻》、《古香慢·賦滄浪看桂》等，大約作於嘉熙間、淳祐初（一二三七至一二四二）。《西平樂慢》與這些詞編在一處，同爲「新詞」，作年自然相近，這恰在袁韶卒後之不久，時間上並無矛盾。（三）袁韶任臨安尹，政績卓著，除了平反冤獄被百姓贊爲「活佛」之外，還十分注意表彰地方先賢，所撰有《錢塘先賢傳贊》（有《知不足齋叢書》本和《武林掌故叢書》本），又於寶慶二年（一二二六）在蘇堤創建先賢堂，祠許由以下四十人。袁韶卒後，吴文英過先賢堂而吊創堂之主人，緬懷客游袁幕的情景，也是順理成章的。（四）從詞作本身看，詞題已隱然透露出其早年與先賢堂的某種特殊緣份。詞中又寫道：「追念吟風賞月，十載事，夢惹緑楊絲。」其所追念的，正是籍爲袁韶門客後的風雅樂事。所謂「十載事」，一筆雙寫，既指袁韶尹臨安十載，又指自己籍爲門客的所謂「十載西湖」。至於「歌斷宴闌，榮華露草」，也極符合袁韶的顯貴身份。基於上述理由，我認爲《西平樂慢》乃吴夢窗吊袁韶之作是無庸置疑的，也只有作如此解，全詞才能豁然貫通，無有滯礙。

吴箋：蓓意夢窗交深者，姜石帚不在吴潛之下。而若於交深之上再知己感恩之情者，則吴潛之外，更有一史宅之。夢窗集中明贈史宅之之作已有十一首，更有多首亦隱與史有關。詞中「吟風賞月」、「連車載酒，立馬臨花」之事，在與宅之之贈詞中多有反映，如《垂絲釣近·雲麓先生以畫舫載洛花宴客》。史不孚物議固然，但研究夢窗者不當因此避而不視他們之間的關係。要之，此詞所懷之人，不必非吴潛而莫屬。

孫按：吴自牧《夢粱録》卷一二：「（西湖）舊有東坡庵、四照閣、西閣、鑒堂、辟支塔，年深廢久，則名不可廢也。曰蘇公堤，元祐年東坡守杭，奏開浚湖水，所積葑草築爲長堤，故命此名。以表其德云耳。自南迄北，横截湖面，綿亘數里，夾道雜植花柳，置六橋，建九亭，以爲遊人玩賞駐足之地。咸淳間，朝家給錢命守臣增築堤路，沿堤亭再治一新，補植花木。向東坡嘗賦詩云：『六橋横接天漢上，北山始與南屏通。忽驚二十五萬丈，老葑席捲蒼煙空。』曰南山第一橋，名映波橋，西偏建堂，扁之『先賢』。寶曆年，大資袁京尹韶請於朝，以杭居吴會爲列城冠，湖山清麗，瑞氣扶輿，人傑代生，踵武相望，祠祀未建，實爲闕文。以公帑求售居民園屋，建堂，奉忠臣孝子，善士名流，德行節義，學問功業。自陶唐至宋，本郡人物許箕公以下三十四人，及孝節婦孫夫人等五氏，各立牌刻表，世旌哲而祀之。堂之外堤邊有橋，名袁公橋，以表而出之。其地前挹平湖，四山環合，景象窈深，雖堂濱湖入其門，一徑縈紆，花木藪翳，亭館相望。」

據此可知先賢堂的具體位置以及此堂確爲袁韶所建，引文中的「大資」爲資政殿大學士的簡稱，張説雖無直接證明，但分析有理有據，證之以本詞箋釋，知張説可從。但其中仍有疑竇，這就是夢窗詞作一般都不忌諱寫出贈主，此詞卻閃爍其辭，其中的原因可能與史家所稱理宗「端平—淳祐更化」（端平元年到淳祐十二年的近二十年，理宗採取了一系列改革舉措，史或稱「端平更化」）有直接關聯。紹定六年（一二三三）權相史彌遠卒，理宗親政，其更化的重要措施之一就是罷黜清除史彌遠黨羽，理宗親擢的臺諫如洪咨夔、李韶、謝方叔、李昴英配合完成了這一任務。袁韶雖然在歷届任上皆稱能臣，政績斐然。但隸屬史彌遠黨。是臺諫攻擊的對象。《宋史·理宗一》：「（紹定六年）戊申，洪咨夔言：資政殿學士提舉洞霄宫袁韶，仇視善類，諂附彌遠，險忮傾危。詔袁韶奪職，罷祠禄。」《歷代名臣奏議》卷一八五載吴昌裔端平二年（一二三五）論劾袁韶之子袁似道，更反映出政治株連的殘酷性。

袁韶卒於端平、淳祐之間的嘉熙元年（一二三七），此詞屬於夢窗手稿「新詞稿」第十三首，新詞稿皆作於癸卯歲淳祐三年（一二四三）。時在袁韶逝世六七年後，尚在理宗更化的區間，政治氣候於袁韶頗爲不利。但重情重義的吴夢窗重至恩主故地，還是不禁傷今感昔，因而曲隱其意，沈痛地表達出感念之情；而袁韶身後寥落無人致奠的情況正與此時的政治風氣相關連。吴潛則先葬惠州歸善縣嘉祐寺南嶺，後歸葬寧國府旌德縣北石壁山，遠魂難招，且與西湖先賢堂、水仙王廟無涉，故知此詞定非夢窗晚年重經杭州時吊吴潛之作。

通過這首詞作，還可定位夢窗入倉幕之前，已有近「十年」客杭幕僚生涯。據《宋史・袁韶傳》及《宋史全文》卷三一，知袁氏自嘉定十三年（一二二〇）至紹定三年（一二三〇）中的大部分時間皆任臨安府尹，並在紹定三年十二月請求辭免府尹一職：「（嘉定）十三年爲臨安府尹，幾十年，理訟精簡，道不拾遺。里巷爭呼爲『佛子』。平反冤獄甚多，紹定元年拜參知政事。」「袁韶爲資政殿學士、浙西安撫制置使兼知臨安府。尋控辭。」前引夏承燾「夢窗早年或曾客杭州」之推測於此也能得到證實。

## 瑞龍吟　黄鐘商　俗名大石調　犯正平調㊀

賦蓬萊閣㊁〔一〕

墮虹際㊂〔二〕。層觀翠冷玲瓏㊃，五雲飛起〔三〕。玉虬縈結城根㊄〔四〕，澹煙半野，斜陽半市〔五〕。　瞰危睇⑥〔六〕。門巷去來車馬，夢遊宮蟻〔七〕。秦鬟古色凝愁〔八〕，鏡中暗換〔九〕，明眸皓齒〔一〇〕。　東海青桑生處，勁風吹淺，瀛洲清沚〔一一〕。山影泛出瓊壺⑦，碧樹人世〔一二〕。槍芽焙緑⑧〔一三〕，曾試雲根味〔一四〕。巖流濺、涎香慣攬⑨，嬌龍春睡⑩〔一五〕。露草啼清淚〔一六〕。酒香斷到⑪，文丘廢隧〔一七〕。今古秋聲裏〔一八〕。情漫黯、寒鴉孤村流水〔一九〕。半空畫角，落梅花地⑫〔二〇〕。

【校議】

㈠ 明張本誤作雙調。在「碧樹人世」處分片。毛扆所見毛本同，校曰：「舊刻雙調，非。」今見毛本已分三片。毛本注周邦彥此調曰：「按此調自『章臺路』至『歸來舊處』是第一段。自『黯凝佇』至『盈盈笑語』是第二段。此謂之雙拽頭，屬正平調。自『前度劉郎』以下即犯大石，係第三段，至『歸騎晚』以下四句再歸正平。坊刻皆於『聲價如故』分段者，非。」杜批戈選周詞亦曰：「雙曳頭，字數句法相同，此爲正格，宋人皆宗之。後之夢窗詞亦合。」萬樹認爲應分四段，《詞律》校張翥此調曰：「花庵云：『前兩段屬正平調，謂之雙拽頭。後屬大石，尾十七字再歸正平。』故近刻周詞皆分三段。愚謂既以尾爲再歸正平，則該分四疊；而清真及此詞應在『縷』字再分一段。」

㈡ 明張本、朱四校本詞題作「蓬萊閣」。

〔三〕墮虹：毛本、戈校本、杜本、王朱本、朱二校本、四明本作「墮紅」。

〔四〕翠冷：毛本、戈校本、杜本、王朱本、朱二校本、四明本作「冷翠」。

〔五〕城根：毛本、戈校本、王朱本、朱二校本、鄭校、四明本作「城痕」。

〔六〕危睇：毛本、戈校本、杜本、王朱本、朱二校本、四明本作「危梯」。《詞律》校張翥此調涉及夢窗此詞：「『竚』字，吴用『梯』字，平叶，恐誤。」杜校：「第二疊起句『梯』字應韻。」鄭校：「此字律宜側叶，温庭筠《登李羽士東樓》：『高樓本危睇。』玉田謂夢窗詞字面多取之長吉、飛卿詩中，此其義例也。」鄭氏手批：「『梯』字當作『睇』，律作側協，此以形近譌。……夢窗取字多從温李句來。鈔本正作『睇』。」

〔七〕泛出瓊壺：毛本、戈校本脱「瓊壺」二字。無空格。杜本補出。校曰：「『泛出』下『瓊壺』二字原脱。」明張本正同。王朱本、朱二校本作「泛出□□」。

〔八〕槍芽：毛本、戈校本、杜本作「旗槍芽」。戈校本點出「芽」爲衍字。杜本：「『旗槍』句，據周清真詞多一字。」杜刻本又曰：「疑『芽』字衍。」王朱本、朱二校本作「旗芽」。王校謂「毛刻『旗』下誤衍『槍』字」。鄭氏手批：「毛刻乃校者誤書『旗』字未删，故而又寫明『槍』字以正之，非衍。」四明本作「旗槍」。焙緑：明張本作「暗緑」。

〔九〕慣攬：毛本、戈校本、杜本、王朱本、朱二校本作「怕攬」。

〔一〇〕嬌龍：戈校本、杜本、王朱本、朱二校本作「驕龍」。

〔一一〕酒香斷到：毛本、戈校本脱「到」字。毛扆本補出。明張本正同。杜本作「酒□香斷」。杜校：「『酒』下脱一字，擬補『霧』字。」王朱本、朱二校本作「酒香斷□」。朱二校：「杜校謂『酒』下脱一字應仄，非是。」

〔一二〕半空二句：毛本、戈校本、杜本、王朱本、朱二校本作「半空裏，畫角落月地」。鄭校：「案是句，清真詞：『斷腸院落，一簾飛絮。』夢窗卷甲兩闋從同。此則句法全非，必有訛舛。明鈔本作『半空畫角，落梅花地』，足訂諸本之訛誤。」然鄭氏於夢窗四條存疑例證後按曰：「凡此四者，字句疏遺，惜無善本據以斠訂。例從闕如。」

【注釋】

〔一〕蓬萊閣：在會稽卧龍山。因越大夫文種葬於此，又名種山、重山等。唐宋時紹興府治所皆依卧龍山東南而建。詞中涉及治所周圍的著名建築有蓬萊閣、望海亭、晚對亭、雲根、清白堂、越王臺等。《會稽續志》卷一：「府廨。唐元微之云：州宅居山之陽，凡所謂臺榭之勝皆因高爲之，以極登覽。」「蓬萊閣在設廳之後，卧龍之下。章楶作《蓬萊閣》詩，序云不知誰氏創始。按，閣乃吴越錢鏐所建，楶偶不知爾。淳熙元年，其八世孫端禮重修，乃特揭於梁間云：定亂安國功臣鎮東鎮海兩軍節度使、檢校太師侍中兼中書令、食邑一萬户實封六百户越王鏐建。其名以『蓬萊』者，蓋《舊志》云蓬萊山正偶會稽（《舊志》今已不傳。沈少卿紳《和孔司封登蓬萊閣》詩云：『三山對峙海中央。』自注於下云：《舊志》：『蓬萊山正偶會稽。』）。元微之詩云『謫居猶得住蓬萊』。錢公輔詩云：『後人慷慨慕前修，高閣雄名由此起。』故云自元祐戊辰，章楶修之。又八十七年，錢端禮再修。又四十八年，汪綱復修。』」《會稽志》卷九：「卧龍山，府治據其東麓，隸山陰。舊經云種山，一名重山。越大夫種所葬處。《太平御覽》：種山之名，因大夫種以語訛成『重』也。《寰宇記》：隋開皇十一年，越國公楊素於種山築城。自隋迄唐，即山爲州宅。《吴越備史》云：遜王倧於卧龍山西寢後置園亭，栽植花竹，周遍高下。旦暮登臨，訖於四時。倧能爲歌詩，亭榭間紀録皆滿。卧龍山名始見於此。國朝康定初，范文正公撰《清白堂記》云：會稽府署據卧龍山之南足，北上有蓬萊閣。嘉祐末，刁景純撰《望海亭記》云：『越冠浙江東，號都督府，府據卧龍山爲形勝。山之南亘東西鑑湖也，山之北連屬江與海也，周連數里，盤屈於江湖上，狀卧龍也。龍之腹，府宅也。龍之口，府東門也。龍之尾，西園也。龍之脊，望海亭也。』」元稹曾謫知紹興府，其《宅州》詩曰：「州城縈繞拂雲堆，鑒水稽山滿目來。四面無時不屏障，一家終日在樓臺。星河影向簷前落，鼓角聲從地底回。我是玉皇香案吏，謫居猶得小蓬萊。」

〔二〕墮虹際：即《州宅》「星河」二句之意。星河，亦稱「虹河」，故云。

〔三〕層觀二句：《會稽續志》卷一載唐人建成望海亭之後：「亭閣崢嶸，踵起相望，與其山川映帶，號稱仙居。」也含《州宅》四面屏障之意。另：「『雲近』在招山閣之右，宅堂之廊廡也。趙彦倓建。蓋取杜子美『雲近蓬萊常五色』之句以名。」會稽東城門爲五雲門。詳見《宴清都・壽榮王夫人》注〔四〕。《後漢書・梁冀傳》：「繕修層觀，數年乃成。」

〔四〕玉虬句：特指子城城牆與卧龍山相互糾結。《會稽志》卷一：「《舊經》云：子城周十里……西北二面皆因重山以爲城，不爲壕塹。嘉祐中，刁約守越，奏修子城，記云：城成，高二十尺，北因卧龍山，環屬於南，西抵於堙尾。……（《吴越春秋》）又云：城南近湖，去湖百餘步。會稽治山陰以來，此城即爲郡城。」張伯玉《贈范吏部》：「海天東下越王州，碧城繚繞環山丘。」亦即《州宅》「州城縈繞拂雲堆」之意。玉虬，《楚辭・離騷》：「駟玉虬以乘鷖兮，溘埃風余上征。」

〔五〕澹煙二句：首闋六句應爲晚對亭中所見傍晚景象。《會稽續志》卷一：「『晚對』在州宅之後，洪邁所建。取杜甫『翠屏宜晚對』之句以名，覆之以茅，已頹毁不存。守汪綱即舊址再建。」斜陽半市，王邁《蓬萊閣》：「秦望數尖銜夕照，鏡湖一線暗煙莎。」蘇洞《次韻望海亭》：「州宅樓臺近，居民市井遥。」並取意白居易《暮江吟》：「一道殘陽鋪水中，半江瑟瑟半江紅。」寫原野濛濛，山下市井還處於夕陽掩映之中。「斜陽」並透入「門巷」二句。

〔六〕瞰危睇：立足點應在越王臺。《會稽續志》卷一：「今臺乃在卧龍之西。……於此氣象開豁，目極千里，爲一郡登臨之勝。」温庭筠《登李羽士東樓》：「高樓本危睇，涼月更傷心。」

〔七〕門巷二句：誇飾高處俯望城廓車馬及市井中芸芸衆生，如同淳于棼夢醒後所見槐安國衆蟻及城臺。李公佐《南柯太守傳》：「淳于棼家廣陵。宅南有古槐。生豪飲其下。因醉致疾。二友扶生歸卧東廡。夢二紫衣使者曰：『槐安國王奉邀。』生隨二使上車。指古槐入一穴中大城。朱門題曰『大槐安國』。……遂寤。見家童擁篲於庭，二客濯足於榻。斜日未隱西垣，餘照尚湛東牖。因與二客尋古槐下穴，洞然明朗，可容一榻。上有土，環爲城廓臺殿之狀。有蟻數斛，二大蟻素翼朱首，乃槐安國王。又窮一穴，直上南枝，群蟻聚處其中，即南柯郡也。」蘇泂《次韻望海亭》：「州宅樓臺近，居民市井遥。」

〔八〕秦鬟古色：喻秦望山。詳見《慶宫春・越中題錢得閑園池》注〔一八〕。陳與義《雨中》：「山川含萬古，鬱鬱在樽前。」　此與下二句亦取意張伯玉《答王越州蓬萊閣》：「書報蓬萊高閣成，越山增翠越波明。」

〔九〕鏡中：鏡湖，亦稱鑑湖。《會稽志》卷一〇：「鏡湖，在縣東二里，故南湖也。一名長湖，又名大湖。《通典》云：東漢永和五年，太守馬臻始築塘立湖，週三百十里，溉田九千餘頃，人獲其利。王逸少有云：『山陰路上行，如在鏡中游。』鏡湖之得名以此。《輿地志》：『山陰南湖，縈帶郊郭，白水翠巖，互相映發，若鏡若圖。』任昉《述異記》云：軒轅氏鑄鏡湖邊，因得名。或又云：黄帝獲寶鏡於此也。」王十朋《會稽風俗賦》：「境絶利博，莫如鑑湖。有八百里之回環，灌九千頃之膏腴。浮賀監之家，浸允常之都。人在鑒中，舟行畫圖。」

〔一〇〕明眸皓齒：代指美女。杜甫《哀江頭》：「明眸皓齒今何在，血污遊魂歸不得。」傅玄《豔歌行・有女篇》：「蛾眉分翠羽，明眸發清揚。」《漢書・司馬相如傳上》：「皓齒粲爛，宜笑的皪。」集中《三姝媚》亦以西湖山水比帶愁之鬟髻、善睞之明眸：「酣春青鏡裏。照晴波明眸，暮雲愁髻。」懷古之作一般皆以山光水色依舊對比人物風流的不可久恃，此進一層以自然山水的銷蝕襯起下文的滄海桑田之感。

〔一一〕東海三句：用蓬萊仙境及滄海桑田典。青桑，即扶桑。《山海經·海外東經》：「湯谷上有扶桑，十日所浴，在黑齒北。」郭璞注：「扶桑，木也。」傳説日出於扶桑之下。清泚，此寫蓬萊仙山所在的東海清澈，爲登「望海亭」所見。《會稽續志》卷一：「望海亭。在卧龍之西，不知始於何時。元微之、李紳嘗賦詩，則自唐已有之矣。昔范蠡作飛翼樓以壓强吴，此亭即其址也。」《會稽志》卷九：「先是，越勾踐創飛翼樓，取象天門，東南伏漏石竇以象地户，陵門四達以象八風。因山勢畚築爲城一千一百二十步，至唐人，以樓址爲望海亭。」

〔一二〕山影二句：暗用《後漢書·方術列傳》及《雲笈七籤》中壺中仙境典。瓊壺，許綸《南省簾外唱和五首》（之四）：「唤回雪苑陽春脚，幻出瓊壺小有天。」碧樹，《淮南子·墬形訓》：「（昆侖墟）上有木禾，其修五尋。珠樹、玉樹、琁樹，不死樹在其西，沙棠、琅玕在其東，絳樹在其南，碧樹、瑶樹在其北。」高誘注：「碧，青玉也。」以上五句寫海上遠景。

〔一三〕槍芽焙緑：歐陽修《蝦蟇碚》：「共約試春芽，槍旗幾時緑。」槍芽，宋徽宗《大觀茶論》：「凡芽如雀舌穀粒者，爲鬭品。一槍一旗爲揀芽，一槍二旗爲次之。」葉夢得《避暑録話》：「蓋茶味雖均，其精者在嫩芽。取其初萌如雀舌者，謂之槍，稍敷而爲葉者謂之旗。」焙緑。釋永頤《久雨》：「罌紅留夕火，焙緑薦春芽。」茶葉是會稽卧龍山的土物。《會稽志》卷九：「地出佳茗，以山泉烹瀹爲宜。」張伯玉《蓬萊閣閑望寫懷》：「茶先春入焙，筍帶雪黏盆。」自注：「卧龍茶冠吴越。」

〔一四〕曾試句：雲根，杜甫《題忠州龍興寺所居院壁》：「忠州三峽内，井邑聚雲根。」《九家集注杜詩》趙彦材注云：「根，言石也。張協詩『雲根臨八極』。蓋取五嶽之雲，觸石而出，則石者，雲之根也。唐人詩多指雲根爲石用之。」蓬萊閣周圍有名爲「雲根」的建築。《會稽續志》卷一：「『雲根』在州宅後。守汪綱創建。摘張伯玉『州宅近雲根』之句，故名。」「雲根」又指巖石中的泉水。方干《贈瑪瑙山禪者》：「井味兼松粉，雲根著淨瓶。」此特指蓬萊閣西的甘泉水。范仲淹曾以此泉試茗，其《清白堂記》曰：「（蓬萊）閣之西有涼堂，堂之西有巖焉。巖之下有地，方數丈，密蔓深叢，莽然就荒。一日，徒芟而辟之，中獲廢井。即呼工出其泥滓，觀其好惡。曰『嘉泉也』。擇高年吏問廢之由，曰『不知也』。乃扃而澄之。三日而後，汲視其泉，清而白色，味之甚甘。淵然丈餘，引之不竭。當大暑時，飲之若餌白雪、咀輕冰，凛如也；當嚴冬時，若遇愛日，得陽春，温如也。其或雨作雲蒸，醇醇而渾，蓋山澤通氣，應於名源矣。又召嘉賓，以建溪、日鑄、卧龍、雲門之茗試之，則甘液華滋，悦人襟靈。」《會稽續志》卷一：「（清白）堂廢不存久矣，嘉定十五年汪綱命訪其所，雲都廳即其處也。乃別創都廳，重加整葺，而復范之舊匾。」

〔一五〕巖流三句：「嬌龍」的「龍」字貫入「涎香」。龍涎香，《陳氏香譜》卷一：「葉庭珪云：龍涎出大食國。其龍多蟠伏於洋中之大石，卧而吐涎，涎浮水面。人見烏林上異禽翔集，衆魚游泳爭唼之，則殳取焉。然龍涎本無香，其氣近於臊白者，如百藥煎而膩理黑者亞之，如五靈脂而光澤，能發衆香，故多用之以和香焉。」嬌龍春睡，合用驪龍典。嬌龍，李廌《題廟》：「誰言一丘壑，卧此夭嬌龍。」此處鑿空爲實，以龍涎喻卧龍山沁出的清白泉水。　以上五句皆寫范仲淹曾於早春以建溪等名茶試水之事。

〔一六〕露草句：李賀《蘇小小墓》：「幽蘭露，如啼眼。」李賀《金銅仙人辭漢歌》：「空將漢月出宫門，憶君清淚如鉛水。」

〔一七〕酒香二句：文丘廢隧，指越大夫文種墓。文種墓中屍身唐宋時即已不存。《會稽志》卷九：「（卧龍）山西北，幽徑蔽虧，傍皆叢篁灌木。其地缺齾不整。傳云：大夫種墓，曩因潮水穴山，后失其屍也。」孔延之《會稽掇英總集》卷一注元稹《望海亭》詩「欹空古墓失文種」曰：「墓在州城山上。《圖經》云潮水到山，望棺柩入海，今所存古穴耳。」又，「州宅」條：「《圖經》云：上有大夫種墓，今失其處。《輿地志》曰：潮水穴山，失其屍。蓋子胥乘潮水取以去之，今山西缺處是也。」文、廢，皆有名無實之謂。丘、隧，指丘墳與墓道。《周禮·春官·塚人》：「請度甫竁，遂爲之屍；及竁，以度爲丘隧，共喪之窆器。」鄭玄注：「隧，羨道也。度丘與羨道廣袤所至。」因文種屍身不存，故無法以酒酹冤魂。

〔一八〕今古句：此指秋聽銀河水聲。張伯玉《答王越州蓬萊閣》：「會須長揖浮丘伯，醉聽銀河秋浪聲。」

〔一九〕情漫黯二句：越地多寒鴉。詳見《齊天樂·與馮深居登禹陵》注〔二〕。首闋中「斜陽」亦入此處。隋煬帝《詩》：「寒鴉飛數點，流水繞孤村。斜陽欲落處，一望黯消魂。」並化用秦觀寫於蓬萊閣的《滿庭芳》名句：「多少蓬萊舊事，空回首、煙靄紛紛。斜陽外，寒鴉萬點，流水繞孤村。」情黯，李群玉《請告南歸留别同館》：「書閣乍離情黯黯，彤庭回望肅沈沈。」

〔二〇〕半空二句：承上意化用秦觀《滿庭芳》首三句：「山抹微雲，天連衰草，畫角聲斷譙門。」畫角，表面有彩繪的古管樂器。梁簡文帝《折楊柳》：「城高短簫發，林空畫角悲。」此特指角曲《梅花落》。

## 【集　評】

夏敬觀評語：「酒香」句未安。

## 【考　辨】

朱箋：《輿地紀勝》：紹興郡治在卧龍山上，蓬萊閣在郡設廳後，取元微之「謫居猶得近蓬萊」句也。《會稽志》：張伯玉《州齋》詩序云：「越守王工部，至和中，新葺蓬萊閣成，畫圖來乞詩。」工部，乃王逵也。

楊箋：《一統志》：在府城内卧龍山上，與前説同。五代時錢鏐建，宋王十朋有賦，元改建蓬萊堂，與前説異。又此詞與《絳都春》之賦蓬萊閣燈屏不同，彼盛而此衰。疑此詞作於宋亡之後，故中多吊古感慨語。　（「露草」三句）蓋因履庵曾帥越，蓬萊閣正在署中；夢窗亦有《登蓬萊閣看桂》之作。爲相後，爲似道所排，暴卒於循州。此時，國難朋情，一時並湧胸次，故次第及之。（「東海」三句）此疑指宋亡而言，可爲夢窗卒於臨安破後之證。夏氏云：下片起七句，皆流泉。「東海」、「瀛洲」云云，極言源流之遠，似無滄桑之感。　（「酒香」二句）「斷到」者，斷然可到也。詞人之墓曰「文丘」，亡國之社曰「廢隧」。酒香，指宴會言。

孫按：張伯玉《州宅》詩序曰：「余嘗愛越中山水，然未之遊。慶曆初，從事蘇臺時，范吏部自丹陽徙會稽。余贈以越州詩云：『何當獨把釣竿手，笑擁一艘東去遊。』其時但欲放曠於漁樵間耳。至和中，出倅新定，越守王工部新葺蓬萊閣成，畫圖來乞詩。余答之云：『會須長揖浮丘伯，醉聽銀河秋浪聲。』又欲爲蓬萊客耳。去年春，久病省中，因乞此郡，聖恩得請。懷二千石來，遂爲主人矣。昔元微之在越，有《州宅》詩，樂天和之。余雖非其流，然所居、所得一也。因暇日登覽，輒賦一章書於屋壁，仍以寄王范二詩追次焉。聊且導主人之所適，兼得以寫吾疇昔之好云。」詩曰：「萬疊湖山煙水濱，朱門畫戟間松筠。登臨不踏紅塵路，燕寢長居紫府春。晝靜欲驂風外駕，夜寒疑是月中身。我慚白首方懷紱，猶得蓬萊作主人。」

夢窗另有《西江月·登蓬萊閣看桂》一詞，所賦爲紹興署府之側、亦屬蓬萊閣建築群的延桂閣。延桂閣樓下是館士之居所。夢窗曾入紹興幕，幕主爲史宅之。據《會稽續志》卷二「安撫題名」，史宅之淳祐四年（一二四四）十月十九日到任，六年（一二四六）三月離任。楊箋所謂「履庵曾帥越」，指吴潛（號履齋）守越一事。然吴潛淳祐九年十一月八日到任，同年十二月離任；在任僅一月，夢窗未必入其幕中。此詞與《西江月》季節皆在秋，相合者亦唯有史氏淳祐五年（一二四五）之任。故知二詞皆是淳祐五年寫於紹興。

吴潛景定三年（一二六二）卒於貶所，距寫此詞尚有十六年。另外，楊氏所謂「彼盛而此衰」者，根據是「詞人之墓曰『文丘』，亡國之社曰『廢隧』」，實爲誤箋。而寫於吴潛帥越任上的《絳都春·題蓬萊閣燈屏》，所賦爲蓬萊閣中放置的燈屏。這種屏風中有燈蠟光亮，並且可以旋轉，詳後《絳都春》【考辨】。故蓬萊閣諸詞皆無與盛衰之感、朋情之悲。此詞爲懷古之作，雖寓忠臣之悲，但當下指向並不明顯。

## 又㈠

送梅津

黯分袖〔一〕。腸斷去水流萍〔二〕，住船繫柳〔三〕。吴宮嬌月嬈花㈡〔四〕，醉題恨倚，蠻江豆蔻㈢〔五〕。吐春繡〔六〕。筆底麗情多少〔七〕，眼波眉岫〔八〕。新園鎖卻愁陰，露黄漫委㈣，寒香半畝〔九〕。還背垂虹秋去㈤〔一〇〕，四橋煙雨〔一一〕，一宵歌酒〔一二〕。猶憶翠微攜壺，烏帽風驟㈥〔一三〕。西湖到日，重見梅鈿皺〔一四〕。誰家聽、琵琶未了，朝驄嘶漏〔一五〕。印剖黄金籀㈦〔一六〕。待來共憑〔一七〕，齊雲話舊〔一八〕。莫唱朱櫻口〔一九〕。生怕遺、樓前行雲知後〔二〇〕。淚鴻怨角㈧〔二一〕，空教人瘦〔二二〕。

【校　議】

㈠明張本、毛本誤作雙調。杜校：「此調爲雙拽頭，應作三疊。原刻誤以『烏帽風驟』分段。」杜本鄭批：「今所謂三疊者，古並云雙曳頭。蓋詞分上下闋，本只於過片處一换頭爾，此長調三段亦只得謂之雙曳頭者，猶云兩過片也。」《歷代詩餘》、戈校本始分三疊。諸本從《歷代詩餘》、戈校本、杜本。吴校：「此詞爲雙拽頭，自『黯分袖』至『豆蔻』爲一疊，『吐春繡』至『半畝』爲一疊，是爲雙頭，以下爲一長疊。不當在『風驟』分段。」

㈡嬌月：明張本、毛本、王朱本作「曉月」。然各本皆注曰：「『曉』作『嬌』。」鄭氏手批：「當依毛注作『嬌』，與下『嬈』字爲對。此以音近而訛。又從下文『嬈』字形音近而誤。」

㈢巒江：楊箋引朱氏曰：「巒江，疑『巒薑』聲誤。」然朱箋後文《杏花天・詠湯》「巒薑豆蔻相思味」曰：「按集中《瑞龍吟》詞有『巒江豆蔻』句，用韓偓『巒江豆蔻連生』語也。『薑』爲『江』之訛。」前後説法不一。楊鐵夫以「巒薑」爲是而以「巒江」爲非：「潘尼賦：南夷之薑。『醉題』與『恨倚』對，『巒薑』與『豆蔻』對，朱師説確。」又箋《杏花天》曰：「《本草》：豆蔻，苗似山薑。日華子：豆蔻，花熱無毒。下氣，止嘔逆，除霍亂，調中，補胃氣，消酒毒。山薑，花暖無毒。洞中，下氣，消食，破酒毒。兩物性質相近，俱破酒毒。此以巒薑豆蔻並舉，理亦可通。『巒薑』，即山薑。若作『巒江』，反與下『江清』復。」

㈣漫委：明張本「漫」上衍「半」字。毛本、戈校本、杜本「漫」上衍「迷」字。杜校：「前結較周清真及他作多一字。」戈選删「迷」字。《歷代詩餘》删「委」字。餘本從戈選。

㈤還背：鄭氏手批：「按譜三换頭處並有短均，疑清真作『前度』，是『度』字叶。」鄭校《清真集》：「即吴夢窗詞亦不叶，或未精審耶。」

㈥猶憶二句：鄭氏手批：「清真是句作『惟有舊家秋娘，聲價如故』。蓋句中之折字律，合兩句連屬而成聲者。」此謂周詞二句連屬方有完整句意。

㈦印剖：杜見毛本無「剖」字。杜鈔本校曰：「少一『剖』字。」明張本正作「印剖」。《歷代詩餘》、戈選、杜本作「印刻」。

㈧淚鴻：《歷代詩餘》、戈選、杜本、王朱本、朱二校本、鄭校、四明本作「唳鴻」。鄭校：「以形聲近訛。」夏敬觀評語：「『淚』字應依他本作『唳』。」怨角：杜校：「（《詞繫》）作『悲角』。此字宜去聲。」

## 【注釋】

〔一〕黯：猶言黯然消魂。　分袖：徐陵《梁貞陽侯重與王太尉書》：「分袖南浦，揚鞭北風。」

〔二〕腸斷句：《隴頭歌辭》（三曲之三）：「隴頭流水，鳴聲幽咽。遥望秦川，肝腸斷絶。」白居易《和思歸樂》：「峽猿亦何意，隴水復何情。爲入愁人耳，皆爲腸斷聲。」　去水：何遜《下方山》：「鱗鱗逆去水，彌彌急還舟。」流萍：曹植《浮萍篇》：「浮萍寄清水，隨風東西流。」

〔三〕住船繫柳：杜甫《陪諸貴公子丈八溝攜妓納涼晚際遇雨二首》（之二）：「纜侵堤柳繫，幔宛浪花浮。」秦觀《江城子》：「西城楊柳弄春柔。動離憂。淚難收。猶記多情，曾爲繫歸舟。」

〔四〕吴宫句：黄庭堅《再和元禮春懷十首》（之二）：「吴中風物最嬌嬈，百里春風酒旆摇。」吴宫，代指蘇州。參見《風流子·前題》注〔八〕。嬌嬈，《匯釋》：「（嬈）猶嬌也」；妖也。爲佳美之義。嬌嬈之嬈字本作饒，《玉臺新詠》及《樂府詩集》均載宋子侯《董嬌饒》詩，字作饒，唐人亦多作饒。……杜甫《春日戲題惱郝使君兄》詩：『細馬時鳴金騕褭，佳人屢出董嬌饒。』元稹《哭女樊》詩：『爲占嬌饒分，良多眷戀誠。』温庭筠《柳》：『香隨靜婉歌塵起，影伴嬌饒舞袖垂。』李商隱《無題》詩：『露花終裛濕，風蝶强嬌饒。』此四詩均作律體對仗，玩其所對嬌嬈之字，或爲人名，或爲疊韻字，則嬌嬈二字必平用無疑，二字同爲美義，非嬌多之義也。饒猶嬌也。」

〔五〕醉題二句：蠻江，此泛指南方少數民族聚居地帶的江水。豆蔻，有醒酒之用。産於南方者，品質上乘。據此及後文《杏花天·詠湯》，知宋人也用醃制的豆蔻草果煎湯，其醒酒功用與茶相類。此寫與梅津在蘇州狂飲醉題美景，常須倚仗豆蔻湯以醒濃酒。

〔六〕吐春繡：用李白腹藏錦繡，文采斐然典。劉禹錫《酬樂天見貽賀金紫之什》：「珍重和詩呈錦繡，願言歸計並園廬。」

〔七〕麗情：張君房有《麗情集》。

〔八〕眼波眉岫：王觀《卜算子·送鮑浩然之浙東》：「水是眼波横，山是眉峰聚。」《能改齋漫録》卷一六載黄庭堅取張志和、顧況二辭合爲《浣溪沙》詞曰：「新婦磯邊眉黛愁，女兒浦口眼波秋。驚魚錯認月沉鉤。青箬笠前無限事，緑蓑衣底一時休。斜風細雨轉船頭。」東坡贊曰：「魯直此辭，清新婉麗。問其最得意處，以山光水色替卻玉肌花貌，真得漁父家風也。」傅毅《舞賦》：「眉連娟以增繞兮，目流睇而横波。」周容《小重山》：「東風冷，眉岫翠寒生。」　夢窗此處謂梅津詞風也是以眼波眉岫的麗情之筆抒寫蘇州的山光水色。

〔九〕新園三句：用三徑松菊典故，趙岐《三輔決録·逃名》：「蔣詡歸鄉里，荆棘塞門，舍中有三徑，不出，唯求仲、羊仲從之遊。」陶潛《歸去來辭》：「歸去來兮，田園將蕪胡不歸。……三徑就荒，松菊猶存。」露黄，陳叔達《詠菊》：「霜間開紫蒂，露下發金英。」寒香，亦特指菊花。謂梅津在蘇州與二三知己共游的新園已經鎖鑰，並因離别而似籠罩於愁霧之中；園中帶露犯寒的菊花漫然委地，因無人觀賞而倍感寂寞。

〔一〇〕垂虹：蘇州吴江上的垂虹橋。

〔一一〕四橋煙雨：姜夔《點絳脣·丁未冬過吴松作》：「數峰清苦。商略黄昏雨。第四橋邊，擬共天隨住。」四橋，第四橋，又名甘泉橋。《吴郡志》卷二九：「松江水，在水品第六，世傳第四，橋下水是也。橋今名甘泉橋，好事者往往以小舟汲之。」

〔一二〕一宵歌酒：謂此夜歌酒餞别後，梅津即離蘇州。

〔一三〕猶憶二句：合用重陽龍山落帽及攜壺登高典，詳見《霜葉飛·重九》注〔一六〕。烏帽，《宋書·明帝紀》：「於時，事起倉卒，上失履，跣至西堂，猶著烏帽。」此代指休閒穿戴。

〔一四〕西湖二句：梅鈿皺，謂梅花苞朵尚未怒放。姜夔《月下笛》：「與客攜壺，梅花過了，夜來風雨。……悵玉鈿似掃，朱門深閉，再見無路。」餘參見《掃花遊·送春古江村》注〔五〕。此次秋別應是外任，故此祝願梅津明年生日（時在正月十五）之前的早春，就能回京任職。

〔一五〕誰家三句：《苕溪漁隱叢話前集》卷五九：「《夷堅志》云：孫洙字巨源。元豐間爲翰苑，名重一時。李端願太尉，世戚里，折節交搢紳間，而孫往來尤數。會一日鎖院，宣召者至其家，則已出。數十輩蹤跡之，得於李氏。時李新納妾，能琵琶，孫飲不肯去，而迫於宣命，李不敢留，遂入院。已二鼓矣。草三制罷，復作長短句，寄恨恨之意，遲明，遺示李。其詞曰：『樓頭尚有三通鼓，何須抵死催人去。上馬苦匆匆，琵琶曲未終。回頭凝望處，那更廉纖雨。漫道玉爲堂，玉堂今夜長。』」並用聽漏待早朝典。誰家，《匯釋》：「估量辭，含有『怎樣』、『怎能』、『爲甚麽』、『甚麽』各意義。古人語簡，籠統使用，家即價也。惟從『誰家』二字之字面解釋，與某一家之義相同，此則當審語氣而分別之。……誰家聽琵琶未了，猶云怎能聽琵琶未了也。吴文英此詞，與李商隱《鏡檻》詩『豈能抛夢斷，聽鼓事朝珂』之機軸同，李云『豈能』，吴云『誰家』，義相同也。」此處翻用此典，設想梅津外任回京後再任文學侍從，雖欲徹夜狂歡，但拘於草制與早朝，不得不有所收斂。

〔一六〕印剖黄金：《宋史·輿服六》：「別有三印：一曰『天下合同之印』，中書奏覆狀、流内銓歷任三代狀用之；二曰『御前之印』，樞密院宣命及諸司奏狀内用之；三曰『書詔之印』，翰林詔敕用之。皆鑄以金，又以鍮石各鑄其一。」此應指翰林詔敕所用之印。並虛用黄金印典，見《史記·蔡澤列傳》：「蔡澤笑謝而去，謂其御者曰：『吾持粱刺齒肥，躍馬疾驅，懷黄金之印，結紫綬於要，揖讓人主之前，食肉富貴四十三年，足矣。』」　籀：籀文。古代雕刻印章所用的字體。

〔一七〕待來：將會再來。參見《瑞鶴仙》（晴絲牽緒亂）注〔一六〕。

〔一八〕齊云：齊雲樓，蘇州子城上的建築。詳見《齊天樂·齊雲樓》【考辨】。　以上二句接續懸想，預祝梅津升爲清貴顯要的翰林學士後，再來蘇州齊雲樓，凭欄共話此次離别及别後生活。　巧妙點出此次餞别地正在齊雲樓。

〔一九〕莫唱句：叮囑侑觴歌妓莫唱離别曲。　朱櫻口，櫻桃檀口，參見《霜葉飛·重九》注〔一〇〕。

〔二〇〕生怕二句：《列子·湯問》：「薛譚學謳於秦青，未窮青之技，自謂盡之，遂辭歸。秦青弗止，餞於郊衢。撫節悲歌，聲振林木，響遏行雲。薛譚乃謝求反，終身不敢言歸。」並合用宋玉《高唐賦並序》「旦爲朝雲，暮爲行雨。朝朝暮暮，陽臺之下」典。

〔二一〕淚鴻怨角：淚怨，主體爲「朱櫻口」。蘇軾《南鄉子·贈行》：「帕首腰刀是丈夫。粉淚怨離居。」鴻，承「齊雲」意，《博物志》有「鴻薄雲漢」之説。「怨」兼及角聲。

〔二二〕空教人瘦：楊炎正《點絳唇·送别洪才之》：「莫唱陽關，免濕盈盈袖。君行後。那人消瘦。不惱詩腸否。」趙以夫《玉燭新》：「休品入、三疊琴心，教人瘦卻。」　以上五句從餞别地齊雲樓著筆，叮囑侑觴歌妓莫唱陽關愁怨離曲，以免淚水濕遏齊雲樓前行雲，阻礙飛鴻度雲傳書，空使行者居人皆驀地瘦損也。

【集評】

陳洵《海綃説詞》：一詞有一詞命意所在，不得其意，則詞不可讀也。題是夢窗送梅津，詞則惟説梅津傷别。所傷又是他人，置身題外，作旁觀感歎，用意透過數層。「黯分袖」，謂梅津在吴，所眷者此時不在别筵也。第一二段設景設情，皆是空際存想。後闋始叙别筵，「一宵歌酒」，陡住。「翠微」是西湖上山，故下云「西湖到日」。「猶憶」是逆溯，「到日」是倒提。「誰家聽、琵琶未了，朝驄嘶漏」，乃用孫巨源在李太尉家聞召事。梅津此時蓋由吴赴闕也。「待來共憑，齊雲話舊」，一筆鉤轉。然後以「莫唱朱櫻口」一句歸到别筵。「空教人瘦」，則黯分袖之人也。吴詞之奇幻，真是急索解人不得。

楊箋：「黯分袖」三句，從「送」字正起。「吴宫」三句，追溯其在吴時流連花月情形。「吐春繡」三句，述其春時歡樂情景。「新園」三句，説到秋來則須作别矣。「還背」三句，一行一送。「猶憶」二句，回想，作開。「西湖」二句，預計，作合。「誰家」二句，是虚擬在京歡樂。「印剖」二句，盼其歸來。「莫唱」以下，回應「吴宫」一段而已，如此解釋，路徑較平易可尋。

劉永濟《微睇室説詞》：陳洵説「題是夢窗送梅津，詞則説梅津傷别。所傷又是他人，置身題外作旁觀感歎，用意透過數層」，亦是。但此詞感歎不多，除起處點明傷别外，餘皆形容梅津風流文采，祝賀其入京任職。首三字暗用江淹《别賦》「黯然銷魂者，惟别而已矣」，點明别情。「腸斷」二句即寫分别時，句中著「去」、「住」兩字，以見雖船尚暫繫柳下，而去者已如水之流萍，更無還意，故使人腸斷。「吴宫」三句記梅津留蘇往日情事。「豆蔻」用杜牧「娉娉裊裊十三餘，豆蔻梢頭二月初」詩意，形容與梅津分袖之人之美。「嬌月嬈花」四字寫得其人有閉月羞花之態。「醉題恨倚」四字則正寫梅津之文采風流，與上四字相映。第二段承上「醉題恨倚」，故有「吐春繡」與「筆底麗情」之句。「新園」三句點時，梅津之行在秋日，故有「露黄」、「寒香」之語。……以上兩段皆著重寫梅津之文采風流，至第三段方寫其與梅津叙别之情。「還背」三句言由蘇赴杭也。「垂虹」、「四橋」皆蘇州橋名。「一宵歌酒」别筵也。「猶憶」二句回想往時與梅津登高事。「烏帽」暗用龍山落帽故事。「西湖」二句從别後説。「梅鈿」，梅花如婦人花鈿也。「誰家」二句用孫巨源在李太尉家宴飲，聽琵琶未終，有旨催入直草詔事，爲梅津祝頌。「印剖」句補足上句祝頌意。「待來」二句又望其回蘇叙舊也。「莫唱」句仍歸到别筵。「生怕」句之「行雲」，即上文之「豆蔻」。從歇拍幾句看，梅津所眷之人，不在别筵，故曰生怕使之知後，聞「唳鴻怨角」而生别愁，消減形容也。故陳洵謂吴所眷者，此時不在别筵也。

吴箋：此亦夢窗「騷體造境」酬贈法。夢窗「騷體」，自非表屈子九死未悔勞苦衷腸，實多取其表述之便宜耳。前《解語花·立春風雨中餞處静》，男女之情不失兄弟身份。此則語帶笑謔，時或抽身旁白，筆致極靈活，令人想見其與被贈之人熟稔程度，平素深情厚意亦於此可見。

【考　辨】

夏箋：《蘇州府志》：「甘泉橋，一名第四橋，以泉品居第四也。」白石《點絳脣》：「第四橋邊，擬共天隨住。」劉仙倫作《金縷曲》過吴江：「依舊四橋風景在。」李廣翁《摸魚兒》賦太湖：「又是西風，四橋疏柳。」皆謂此也。詞及垂虹橋、齊雲樓並有「西湖到日」句，蓋在蘇送梅津赴杭。

楊箋：觀《水龍吟》壽梅津兩詞，知梅津無眷在杭。觀《塞翁吟》與此詞，知梅津有戀人在吴。梅津常往來於蘇杭間者，此送乃尋常話别，故止以其戀人惜别情況調之。「樓前行雲」即指戀人言。「齊雲話舊」，計其不久又回吴矣。此詞如果依夏氏説作於淳祐七年者，此時夢窗卸蘇幕再至吴耳。

劉永濟《微睇室説詞》：此因尹焕由運判除左司郎官入京，夢窗餞别而作。夏承燾考繫淳祐七年，是也。

孫按：朱箋對「蠻江豆蔻」和「蠻薑豆蔻」猶豫難決，表明朱氏未能確定孰是孰非。楊箋則認爲「蠻薑」是而「蠻江」非，並以「蠻薑」爲「山薑」。其實，「蠻江豆蔻」、「蠻薑豆蔻」與「山薑」是相似而有别，但醒酒功效相同的三種植物。縷析如下。

一、「蠻江豆蔻」。詩詞只有「蠻江豆蔻」的典例，如韓偓《六言三首》（之一）：「華山梧桐相覆，蠻江豆蔻連生。」張良臣《芳草復芳草》：「日暮天寒吹屬玉，蠻江豆蔻重重緑。」又，《西江月》：「蠻江豆蔻影連梢。不道參横易曉。」都是以「蠻江」作爲豆蔻的産地。豆蔻，即草豆蔻。《本草綱目》卷一四「豆蔻」條：「釋名：草豆蔻，漏蔻，草果。」「花性熱，淹至京師，味微苦，不甚美。乾則色淡紫，爲能消酒毒，故爲果爾。」「《别録》曰：豆蔻生南海。恭曰：苗似山薑，花黄白色，苗根及子亦似杜若。……或云即山薑，實也不可不辨。」《桂海虞衡志》：「紅鹽草果，取生草荳蔻入梅汁、鹽漬，令色紅，暴乾，以薦酒。鸚哥舌，即紅鹽草果之珍者。實始結，即擷取，紅鹽乾之，才如小舌。」

二、「蠻薑豆蔻」。夢窗前後皆無文典。據《本草綱目》，知「蠻薑」、「豆蔻」，實爲一物，即高良薑。《本草綱目》卷一四「高良薑」條：「釋名：蠻薑。子名紅豆蔻。」「出高良郡，二月三月采根，形氣與杜若相似，而葉如山薑。……紅豆蔻生南海諸谷，高良薑子也。其苗如蘆，其葉如薑花，作穗，嫩葉卷之而生，微帶紅色，嫩者入鹽，累累作朵，不散落，須以朱槿花染令色深，善醒醉，解酒毒，無他要使也。」《桂海虞衡志》：「紅豆蔻花，叢生，葉瘦如碧蘆，春末發。初開花，先抽一幹，有大籜包之。籜解花見，一穗數十蕊，淡紅鮮妍，如桃杏花色，過重則下垂如葡萄，又如火齊、纓絡及剪綵鸞鳳之狀。此花無實，不與草豆蔻同種，每蕊心有兩瓣相並，詩人托興曰『比目』、『連理』云。」資料表明，「蠻江豆蔻」是草豆蔻，「蠻薑豆蔻」則是高良薑，子名紅豆蔻。二者醒酒功用相同，但一用果實，一用花朵。儘管草豆蔻用花還是用果，李時珍與范成大存在不同看法，但二人都認爲兩者並非一種植物。

三、楊箋所説的「山薑」，雖然也能「殺酒毒」（《本草綱目》卷一四），但前引《本草綱目》中，李時珍就已經説明是與「蠻薑」是兩種植物。另據宋人《南窗紀談》：「客至則設茶，欲去則設湯，不知起於何時；然上自官府，下至閭里，莫之或廢。」並提及武臣楊應誠家以蜜漬橙果、木瓜之類爲湯飲客，爲時人所效。據此知宋人或以鹽汁草豆蔻或紅豆蔻用如蜜餞入湯，作爲醒酒之物。故知此詞中「豆蔻」非寫年少美人，而「吐春繡」三句是謂梅津以眼波眉岫的麗情之筆抒寫蘇州山光水色的文風；「行雲」、「怨鴻」則明寫餞别之地蘇州齊雲樓及席上侑觴歌，或者隱然關涉吴地所戀之人。

此詞於夢窗、梅津二人行跡可辨之處尚有數端：其一，詞中有「新園鎖卻愁陰，露黄漫委，寒香半畝」、「待來共憑，齊雲話舊」數句，再證之以夢窗贈梅津詞屢在蘇州餞别，又記梅津在蘇遊園、遊冶之舉，可知梅津在蘇有久居之室園。其二，夏箋此詞曰：「詞及垂虹橋、齊雲樓並有『西湖到日』句，蓋在蘇送梅津赴杭。」並確定寫於淳祐七年（一二四七），楊鐵夫、劉永濟亦倡和此説；實誤。此詞秋日餞别，而西湖重到日則爲早春；自蘇至杭，不過一二日水程，據知「西湖到日」云云，是預爲祝語。此詞實爲餞送梅津外任的詞作。前已考得梅津淳祐六年任兩浙轉運判官之前，皆爲外任官；淳祐六年至淳祐八年皆爲京朝官。此詞中「西湖到日，重見梅鈿皺」，謂梅津再任京朝官時可「重見梅鈿皺」，此「重見」預祝其返京之後的履新。梅津京朝官之後可考的外任只有淳祐十年（一二五〇）的江西運判。檢夢窗所有餞别梅津的詞作，以此首離情最苦，與遠别之事相符。另外，詞中「誰家聽」四句，用翰林學士典，夢窗贈梅津詞用文學侍從典皆在淳祐六年任京朝官之後。據此基本可以確定此詞是淳祐十年秋天寫於蘇州，梅津赴任地則爲江南西路轉運司所在地，即洪州隆興府（今江西南昌)。其三,《年譜》考定夢窗紹定四年(一二三一)至淳祐四年(一二四四)在蘇幕供職。楊、夏二氏皆繫此詞淳祐七年(一二四七)寫於蘇州,但以爲是「計其不久又回吴」、「卸蘇幕再至吴」的詞作,然此詞實叙夢窗與家居蘇州的梅津四季常共遊歷,並不是短期客居。「齊雲話舊」三句則表明尹氏離開後,夢窗仍居吴城,冀梅津升爲侍從官後回到蘇州居地時,再到今日餞别地齊雲樓,與己凭欄共話舊誼。另外,《年譜》通過夢窗與史宅之的交遊,知其淳祐四年冬天至淳祐九年(一二四九)皆在史氏紹興、杭京兩地幕中。但因其時有家眷在吴,夢窗常往來於紹興與蘇州、或杭州與蘇州之間,故能多次在吴地餞别梅津。史氏謝世後,夢窗再次回到蘇州,開始了又一輪長期客居的生活。寫於開慶元年(一二五九)的《沁園春·送翁賓暘游鄂渚》仍有「松江上,念故人老矣,甘卧閑雲」,表明此次旅居差不多又是十年。這首餞别詞寫於淳祐十年,正在夢窗再客蘇州時期。

## 又㈠

德清清明競渡㈡〔一〕

大溪面〔二〕。遥望繡羽衝煙〔三〕,錦梭飛練〔四〕。桃花三十六陂〔五〕,鮫宫睡起〔六〕,嬌雷乍轉㊂〔七〕。　去如箭〔八〕。催趁戲旗遊鼓〔九〕，素瀾雪濺〔一〇〕。東風冷濕蛟腥〔一一〕，澹陰送晝。輕霏弄晚〔一二〕。　洲上青蘋生處㊃〔一三〕，鬭春不管，懷沙人遠〔一四〕。殘日半開一川，花影零亂〔一五〕。山屏醉纈〔一六〕，連棹東西岸〔一七〕。闌干倒㊄〔一八〕、千紅妝靨〔一九〕，鉛香不斷〔二〇〕。傍瞑疏簾卷〔二一〕。翠漣皺淨〔二二〕，笙歌未散〔二三〕。簪柳門歸嫩㊅〔二四〕。猶自有〔二五〕、玉龍黃昏吹怨〔二六〕。重雲暗閣〔二七〕，春霖一片㊆〔二八〕。

【校　議】

㊀《陽春白雪》、明張本、毛本作雙調。以「花影零亂」分段。杜本「遵《詞選》改正」。諸本從之。

㊁《陽春白雪》詞題作「清明日觀競渡」。《歷代詩餘》作「清明競渡」。

㊂嬌雷：《陽春白雪》作「驕雷」。

㊃洲上：杜鈔本作「舟上」。

㊄闌干倒：王朱重刻本作「闌干側」，未知所據。

㊅簪柳句：毛本、《歷代詩餘》、《詞譜》、王朱本作「簪柳嬌桃嫩」。毛扆本改作「簪柳門猶嫩」。明張本正同。《陽春白雪》、朱二校本、底本、朱四校本、四明本、鄭本作「簪柳門歸懶」。鄭校：「案『嫩』字爲『懶』字形近訛。是句律宜協。從《陽春白雪》改正。」鄭氏手批：「岑嘉州『數枝門柳低

衣桁』，此『簪柳門歸懶』句意所本，亦寒食清明之故實也。」「按此句清真及君特前一句並有均，然則《陽春白雪》所載爲『簪柳門歸懶』，是原作無疑。毛氏不解音吕，又於其所不知者以意改羼，校者不審，竟依據爲初本，其亦不思而已矣。蓋校詞非研經可比，詞以聲律爲主，必知律而後可與言詞，但索之諸本之異同，折中音譜之一是，即可毅然斷之，不須沿漢經生師説存古之例也。」《詞譜》謂此與周邦彦同調詞「當另列一體」，並此句亦非押韻處。《詞綜》作「算柳嬌桃懶」。杜本作「算柳嬌桃嫩」。孫按：此句實爲「歸簪嫩柳門」之倒文，鄭氏未解其意，故力主其非。兹從《陽春白雪》、明張本各一字。

㈦ 春霖：《詞譜》、杜本作「春霏」。

【注釋】

〔一〕德清：朱箋：「周學浚《湖州府志》：唐天授二年，分武康東境十七鄉置武源縣。景雲二年，改名臨溪。天寶元年，改名德清。」德清宋屬湖州。據《宋史·地理四》，湖州府，郡治吴興，有屬縣六：烏程、歸安、安吉、長興、德清、武康。德清因臨餘不溪，曾名臨溪縣。清明競渡：可與劉禹錫《觀競渡》參看：「三月三日天清明，楊花繞江啼曉鶯。……兩岸羅衣破鼻香，銀釵照日如霜刃。鼓聲三下紅旗開，兩龍躍出浮水來。櫂影斡波飛萬劍，鼓聲劈浪鳴千雷。雷聲漸急標將近，兩龍望標目如瞬。江上人呼霹靂驚，竿頭彩掛虹霓暈。前船搶水已得標，後船失勢空揮橈。」宋代清明觀渡盛況，參見《掃花遊・西湖寒食》注〔六〕中《武林舊事》。

〔二〕大溪：苕溪、霅溪二水的泛稱。《元和郡縣志》卷二六：「（烏程縣）霅溪水，一名大溪水，一名苕溪水。西南自長城（孫按：唐代縣名。即宋代長興縣）、安吉兩縣東北流至州南，與餘不溪水、苧溪水合，又流入於太湖。在州北三十五里。」餘見《三部樂・賦姜石帚漁隱》【考辨】。此指德清的餘不溪流域。

〔三〕繡羽：形容油漆的鳥形船頭鷁首。參見《三部樂・賦姜石帚漁隱》注〔二〕。衝煙：貫休《送杜使君朝覲》：「花舸衝煙濕，朱衣照浪紅。」

〔四〕錦梭飛練：謂競渡龍舟像織錦梭在宛若白練的水中穿行。

〔五〕桃花句：三十六陂，語出王安石《題西太一宫壁二首》（之一）：「三十六陂流水，白頭想見江南。」實寫苕霅西塞山前桃花塢及星羅棋佈水灣中釣磯。張志和《漁父歌》：「西塞山前白鷺飛，桃花流水鱖魚肥。」「釣臺漁父褐爲裘，兩兩三三舴艋舟。」

〔六〕鮫宫睡起：合用鮫宫、驪龍典，見《滿江紅・澱山湖》注〔六〕、《掃花遊・賦瑶圃萬象皆春堂》注〔五〕。

〔七〕嬌雷乍轉：用雷神阿香推車典。陶潛《搜神後記》卷五：「永和中，義興人姓周，出都，乘馬，從兩人行。未至村，日暮。道邊有一新草小屋，一女子出門，年可十六七，姿容端正，衣服鮮潔。……周便求寄宿，此女爲燃火作食，向一更中，聞外有小兒喚阿香聲，女應諾。尋云：『官喚汝推雷車。』女乃辭行，云：『今有事，當去。』夜遂大雷雨。」因阿香爲女性雷神，故夢窗研煉爲「嬌雷」二字。嬌雷，語出《海録碎事》卷一引段成式「百嬌雷」：「雷已百嬌，雨猶四匝。」此形容競渡時的擂鼓聲。劉禹錫《競渡曲》：「揚枹擊節雷闐闐，亂流齊進聲轟然。」

〔八〕去如箭：形容舟行速度。《諸子集成·慎到〈慎子逸文〉》：「河之下龍門，其流，駛如竹箭，駟馬追，弗能及。」

〔九〕趁：追逐。　戲旗遊鼓：競渡所用的紅旗和桴鼓。黄裳《減字木蘭花·競渡》：「紅旗高舉。飛出深深楊柳渚。鼓擊春雷。直破煙波遠遠回。」劉禹錫《競渡曲》：「彩旗夾岸照蛟室，羅襪淩波呈水嬉。」

〔一〇〕素瀾雪濺：競渡船楫沖拍起的白浪。並取意枚乘《七發》：「其始起也，洪淋淋焉若白鷺之下翔；其少進也，浩浩溰溰如素車白馬帷蓋之張；其波湧而雲亂，擾擾焉如三軍之騰裝。」

〔一一〕蛟腥：殷堯藩《李舍人席上感遇》：「窗户長含碧蘿色，溪流時帶蛟龍腥。」劉禹錫《競渡曲》：「蛟龍得雨鬐鬣動，螮蝀飲河形影聯。」「彩旗夾岸照蛟室，羅襪淩波呈水嬉。」

〔一二〕澹陰二句：澹陰、輕霏，爲下文「春霖」張本。　以上三句的意思是競渡似乎攪動了深淵龍窟，以至傍晚競渡結束時，空氣中還夾雜著蛟龍騰躍時的腥氣。

〔一三〕青蘋生處：《文選·宋玉〈風賦〉》：「夫風生於地，起於青蘋之末。」柳惲爲吴興太守時，所作《江南曲》有名句「汀洲采白蘋，日落江南春」。

〔一四〕鬭春二句。《荆楚歲時記》：「五月五日競渡。俗爲屈原投汨羅日，傷其死所，故並命舟檝以拯之。」鬭春，此指春日競渡。懷沙人，代指屈原。《史記·屈原列傳》：「乃作《懷沙》之賦。」此謂清明競渡之俗失卻了五月五日用以拯救投江屈原之原意。

〔一五〕殘日二句：秦觀《千秋歲》：「水邊沙外。城郭春寒退。花影亂，鶯聲碎。」半開，意綴「花影」。白居易《玩半開花贈皇甫郎中》：「人憐全盛日，我愛半開時。」一川，意亦屬「花影」。《匯釋》：「估量情形之辭，猶云滿地或一片也。」綦毋潛《送鄭務拜伯父》：「一川花送客，二月柳宜春。」

〔一六〕山屏醉纈：如翠屏的山坡上開滿了花朵，是對一片花影的補充描寫。醉纈，此喻尚未盛開的紅色花朵。

〔一七〕連棹：劉崇遠《金華子雜編》卷下：「見者大驚悸，遂連棹出江口，以鏡投於大江中。」此寫觀者船隻如堵。

〔一八〕闌干倒：白居易《和李相公留守題漕上新橋六韻》：「影定闌干倒，標高華表齊。」

〔一九〕千紅妝靨：喻觀渡遊女。白居易《江南喜逢蕭九徹因話長安是遊戲贈五十韻》：「暗嬌妝靨笑，私語口脂香。」妝靨，古代婦女在頰上點染的一種金黄色妝飾。《酉陽雜俎》卷八：「近代妝尚靨，如射月，曰黄星靨。」

〔二〇〕鉛香不斷：游女如雲，滿路飄香。鉛香，婦女化妝用的鉛粉香味。

〔二一〕傍暝：猶言「向暝」，臨近黄昏時。與上文「殘日」，寓上引《江南曲》「日暮」之意。　疏簾：此爲遊船薄簾。

〔二二〕翠漣皺淨：馮延巳《謁金門》：「風乍起，吹皺一池春水。」徐鉉《柳枝詞十首》（之九）：「凝碧池頭蘸翠漣，鳳凰樓畔簇晴煙。」

〔二三〕笙歌未散：李煜《虞美人》：「笙歌未散尊罍在，池面冰初解。」

〔二四〕簪柳句：《武林舊事》卷三：「清明前三日爲寒食節。都城人家皆插柳滿簷。雖小坊幽居，亦青青可愛。」《夢粱録》卷二：「清明交三月節前兩日，謂之寒食。京師人從冬至後數起至一百五日便是此日。家家以柳條插於門，名曰『明眼』。」李萊老《小重山》：「畫簷簪柳碧如城。一簾風雨裏，近清明。」清明時節，柳色青青，故曰「嫩」。史延《清明日賜百僚新火》亦可證：「翠煙和柳嫩，紅焰出花新。」

〔二五〕猶自：《例釋》：「李煜《蝶戀花》：『梅落繁枝千萬朵，猶自多情，學雪隨風舞。』猶自，亦自。梅本爲品格高潔孤傲之象徵，現隨風而舞，故云『亦自多情』。」

〔二六〕玉龍句：承上文寫折柳怨思。王之涣《涼州詞二首》（之一）：「羌笛何須怨楊柳，春風不度玉門關。」笛曲有《折楊柳》。《演繁露》卷一二：「有雙横吹，即胡樂也。（吴）兢所列古横吹曲有名《梅花落》者。又，許雲封説笛，亦有《落梅》、《折柳》二曲，今其辭亡不可考矣。」《漁隱叢話後集》卷四：「苕溪漁隱曰：《樂府雜録》云：笛者，羌樂也。古曲有《折楊柳》、《落梅花》。故謫仙《春夜洛城聞笛》云：『誰家玉笛暗飛聲，散入春風滿洛城。此夜曲中聞折柳，何人不起故園情。』」

〔二七〕重雲：束皙《補亡詩·華黍》：「䨴䨴重雲，輯輯和風。」韓愈《重雲李觀疾贈之》：「重雲閉白日，炎煥成寒涼。」　暗閣：謂雨意被雲阻閣而天氣昏暗。楊箋：「『閣』乃『閣置』之『閣』，言雨爲雲閣而不下也。」韓淲《浣溪沙》：「雨閣雲流小院秋。半醺涼意不關愁。」

〔二八〕春霖：薛能《雨後早發永寧》：「春霖朝罷客西東，雨足泥聲路未通。」此句設想重雲閣雨之後將要出現的情景；亦關合笛曲，補寫雨中柳色。王維《送元二使安西》：「渭城朝雨浥輕塵，客舍青青柳色新。」

【集評】

夏敬觀評語：「簪柳」句未安。

【考辨】

朱箋：《歲時廣記》引越地傳云，競渡起於越王勾踐，殆習之以爲水戰者。《荆楚歲時記》亦云，南方競渡者，治其舟使輕利，謂之飛鳧。蓋競渡之俗，在荆楚以五月五日爲吊屈原，在越俗則以春水方生，便於水事，流傳爲清明水嬉故實。《吴郡志》競渡亦用清明寒食是其證也。

鄭氏手批：此詞所謂「鬬春不管，懷沙人遠」，可證競渡不盡在端五。《荆楚歲時記》以五月五日競渡爲吊屈。越地傳云：競渡起於越王勾踐，蓋斷髮文身之俗，習水而好戰者也。夢窗《西湖寒食》亦云「笙簫競渡」。此清明競渡，亦在德清，必非吊屈可知。

夏箋：《韻語陽秋》謂今江浙間競渡，多用春月，引沈佺期《三月三日驩州詩》，王績《三月三日賦》，皆以上巳爲招屈之時。又云《琴操》以五月五日吊介子推禁煙。《異苑》則以爲寒食始禁煙，由當時五月五日，以周正言；今用夏正，乃三月也。以上巳爲招屈之節，豈亦是耶？

楊箋：（夏）與朱箋説異。張先《木蘭花》云「龍頭舴艋吴兒競」，亦吴興寒食詞也。

孫按：葛立方《韻語陽秋》卷一九：「《荆楚記》云：屈原以五月五日投汨羅而死，人傷之，以舟楫拯焉。故武陵競渡用五月五日，蓋本諸此。劉夢得云：今舉楫相和之音，皆曰『何在』，蓋所以招屈原也。詩曰：『沈江五月平堤流，邑人相將浮彩舟。靈均何年歌已矣，哀謡振楫從此起。』又有《招屈亭》詩所謂『曲終人散空愁暮，招屈亭前水東注』是也。今江浙間競渡多用春月，疑非招屈之義。及考沈佺期《三月三日獨坐驩州》詩云：『誰念招魂節，翻爲禦魅囚。』王績《三月三日賦》亦云：『新開避忌之席，更作招魂之所。』則以元巳爲招屈之時，其必有所據也。予觀《琴操》云介子推五月五日焚林而死，故是日不得發火；而《異苑》以謂寒食始禁煙。蓋當時五月五日，以周官正言之爾。今用夏正，乃三月也。屈原以五月五日死，而佺期、王績以元巳爲招魂之節者，亦豈是耶？」據知由於周曆、夏曆之别，後人五月競渡反失古意。另，此詞應是夢窗早年在杭京袁韶幕中游湖州德清時的作品，與《賀新郎·爲德清趙令君賦小垂虹》、《念奴嬌·賦德清縣圃明秀亭》諸詞寫於同時，時在寶慶二年（一二二六）或稍後。

## 大酺㈠ 無射商 俗名越調㈡

荷塘小隱〔一〕

峭石帆收㈢〔二〕，歸期差㈣〔三〕，林沼半消紅碧㈤〔四〕。漁蓑樵笠畔㈥〔五〕，買佳鄰翻蓋〔六〕，浣花新宅㈦〔七〕。地鑿桃陰〔八〕，天澄藻鏡㈧〔九〕，聊與漁郎分席〔一〇〕。滄波耕不碎，似藍田初種，翠煙生璧㈨〔一一〕。料情屬新蓮㈩〔一二〕，夢驚春草〔一三〕，斷橋相識〔一四〕。　平生江海客〔一五〕。秀懷抱、雲錦當秋織〔一六〕。任歲晚、陶籬菊暗〔一七〕，逋塚梅荒⑾〔一八〕，總輸玉井嘗甘液〔一九〕。忍棄紅香葉〔二〇〕。集楚裳、西風催著⑿〔二一〕。正明月、秋無極。歸隱何處，門外垂楊天窄〔二二〕。放船五湖夜色〔二三〕。

【校　議】

㈠ 明張本、毛本是調下有周邦彥《大酺》（對宿煙收）一闋。王朱本等删。

〔二〕明張本「俗名越調」作「俗呼越調」。朱四校本、《全宋詞》無此四字。

〔三〕峭：杜校：「此詞應單字領調。『峭』疑『悄』字之誤。」

〔四〕差：杜校：「第二句『差』字應仄，疑『左』字之誤。」鄭氏手批：「『差』字音『釵』。去聲者一訓『病除』，一訓『較杈』。去聲者見韓愈《瀧吏》詩：『颶風有時作，掀簸(簸)真差事。』此仄聲調者，訓『異』也，此從『差異』之『差』。此與『詫』意同，故訓『異』。」楊箋：「『差』，讀去聲。」

〔五〕半消：明張本、底本、四明本作「年消」。兹據毛本、《歷代詩餘》、杜本、王朱本、朱二校本、朱四校本。

〔六〕陳鋭《袌碧齋詞話》：「清真詞《大酺》云：『牆頭青玉旆。』『玉』字以入代平。下文云：『郵亭無人處。』皆四平一仄。夢窗此句第四字，亦用入聲，守律之嚴如此。」

〔七〕浣花：明張本、毛本作「涴花」。

〔八〕天澄：《歷代詩餘》作「天開」。

〔九〕生壁：杜本作「生璧」。杜本鄭批：「『璧』字均，用『藍田玉暖日生煙』之意，『璧』當是『璧』之譌。」

〔一〇〕新蓮：《歷代詩餘》作「新蓬」。

〔一一〕陶籬二句：杜本鄭批：「『陶籬』二句與石帚『柳老悲桓，松高對阮』同一雕琢。」

㊂ 集楚裳二句：《詞譜》：「第四句，吴文英詞『逋塚梅荒』，『逋』字平聲。第七句，吴詞『集楚裳、西風催著』，『裳』字『西』字俱平聲。」杜校：「下半闋第七句『著』字應叶。疑應作『著楚裳、西風催集』，原刻以『著』、『集』二字倒誤耳。」夏敬觀評語：「『著』係『覺』、『藥』韻，與『質』、『術』韻同押。」

【注釋】

〔一〕荷塘小隱：隱居地嘉名。荷塘，即毛荷塘，作者好友。小隱，王康琚《反招隱詩》：「小隱隱陵藪，大隱隱朝市。」陸游《寓歎》：「小隱終非隱，休官尚是官。」

〔二〕峭石帆收：陸游《步至湖上寓小舟還舍》：「湖平天鏡曉，山峭石帆秋。」

〔三〕歸期：梁簡文帝《傷美人詩》：「昔聞倡女別，蕩子無歸期。」差：錯失（機會），與「參差」同意。詳見後文《滿江紅·劉朔齋賦菊和韻》注〔四〕。

〔四〕林沼句：以上三句化用顧況《初秋蓮塘歸》詩意：「秋光淨無跡，蓮消錦雲紅。只有溪上山，還識揚舲翁。」庾信《邛竹杖賦》：「摛芳林沼，行樂軒除。」紅碧，李璟《遊後湖賞蓮花》：「滿目荷花千萬頃，紅碧相雜敷清流。」

〔五〕樵笠：釋慧暉《頌十六首》（之四）：「偏正回互没分曉，樵子笠穿戴月歸。」

〔六〕買佳鄰：《南史·吕僧珍傳》：「初，宋季雅罷南康郡，市宅居僧珍宅側。僧珍問宅價，曰『一千一百萬』。怪其貴，季雅曰：『一百萬買宅，千萬買鄰。』」

〔七〕浣花宅：以成都浣花里杜甫的居宅代指荷塘隱居地。參見《瑞鶴仙·丙午重九》注〔一〇〕。

〔八〕地鑿桃陰：杜衍《詠蓮》：「鑿破蒼苔漲作池，芰荷分得緑參差。」杜甫《奉贈太常張卿二十韻》：「萍泛無休日，桃陰想舊蹊。」

〔九〕藻鏡：杜甫《送孟十二倉曹赴東京選》：「藻鏡留連客，江山憔悴人。」

〔一〇〕分席：語出《世説新語·德行》：「（管寧、華歆）又嘗同席讀書，有乘軒冕過門者，寧讀如故，歆廢書出看。寧割席分坐曰：『子非吾友也。』」此指相鄰而坐。

〔一一〕滄波三句：李商隱《錦瑟》：「滄海月明珠有淚，藍田日暖玉生煙。」藍田，班固《西都賦》：「陸海珍藏，藍田美玉。」《後漢書·郡國一》：「新豐有驪山，東有鴻門亭及戲亭，有嚴城、藍田出美玉。」種玉典見《宴清都·壽榮王夫人》注〔六〕。

〔一二〕新蓮：温庭筠《織錦詞》：「象尺薰爐未覺秋，碧池已有新蓮子。」《温飛卿詩集箋注》引庾信《見遊春人詩》：「深紅蓮子豔，細錦鳳皇花。」

〔一三〕夢驚春草：用謝靈運夢見謝惠連，寫出「池塘生春草」佳句的故實。　以上二句可與陳郁《壽毛荷塘》「種蓮知性靜，吟草見天真」參看，也寫其種蓮、吟草二事，吟草關乎「塘」，蓮花關乎「荷」。

〔一四〕斷橋相識：斷橋，在西湖白堤上。周密《武林舊事》卷五：「斷橋，又名段家橋。萬柳如雲，望如裙帶。白樂天詩云：『誰開湖寺西南路，草緑裙腰一道斜。』」此寫蓮荷、池草之外，暗寫池柳，謂隱居處的情趣與杭州西湖斷橋一帶相仿佛，故有似曾相識之感。

〔一五〕平生句：杜甫《破船》：「平生江海心，宿昔具扁舟。」又，《洗兵馬》：「張公一生江海客，身長九尺鬚眉蒼。」《補注杜詩》注曰：「張鎬也。蕭嵩薦之曰：用則帝王師，不用則窮谷一叟耳。」

〔一六〕秀懷抱二句：懷抱雲錦，用李白典，詳見《繞佛閣・贈郭季隱》注〔二〕。另參見《晉書・列女傳》竇滔妻蘇氏織回文錦字典故，見《夜飛鵲・蔡司户席上南花》注〔八〕。以上三句謂毛荷塘行藏或爲帝王師或爲窮途隱士，但無論窮通皆不妨其文采風流如李白。

〔一七〕陶籬：李商隱《菊》：「陶令籬邊色，羅含宅裏香。」餘見《霜葉飛・重九》注〔一三〕。

〔一八〕逋塚：趙汝回《吊盧玉堂》：「吟魂夜訪林逋塚，破屋寒拋謝客巖。」吴自牧《夢粱録》卷一五：「和靖先生林處士墓在孤山。」

〔一九〕玉井甘液：用藏詞法寫「玉井蓮」。韓愈《古意》：「太華峰頭玉井蓮，開花十丈藕如船。」謂因毛氏不隱於菊籬與梅畔，故花色爲之暗荒無光；其小隱於荷塘，是爲蓮花生輝增彩。

〔二〇〕紅香葉：劉兼《酬勾評事》：「鷺翹皓雪臨汀岸，蓮裊紅香匝郡樓。」此「香」字兼及荷花荷葉。

〔二一〕集楚裳二句：《楚辭・離騷》：「制芰荷以爲衣兮，集芙蓉以爲裳。」李璟《山花子》：「菡萏香銷翠葉殘，西風愁起緑波間。」

〔二二〕歸隱二句：晏幾道《歸田樂》：「記得、舊曾遊處。門外垂楊未飄絮。」

〔二三〕放船：《世説新語·尤悔》：「小人引船，或遲或速，或停或待，又放船縱横，撞人觸岸。」杜甫《陪諸貴公子丈八溝攜妓納涼晚際遇雨二首》（之一）：「落日放船好，輕風生浪遲。」五湖：即太湖。《太平寰宇記》卷九四引孔安國云：「震澤，吴南太湖名。太湖者，以其廣大名之。又名五湖。韋昭《三吴郡國志》云：太湖邊有遊湖、莫湖、胥湖、貢湖，就太湖爲五湖。又云胥湖、蠡湖、洮湖、滆湖，就太湖爲五也。又云天下如此者五，虞仲翔《川瀆記》云：太湖東通長州淞江水，南通烏程霅溪水，西通義興荆溪水，北通晉陵滆湖，東連嘉興韭溪水，凡五通謂之五湖。」並暗用范蠡泛舟五湖典。

【考辨】

楊箋：（「料情屬」三句）上韻言藍田玉，此言「新蓮」，又曰「斷橋相識」，疑荷塘新有量珠事。

吴熊和《夢窗詞補箋》：夢窗有詞投贈的黄復庵、毛荷塘諸人，也與陳郁互有酬答。

孫按：陳郁《壽毛荷塘》：「嘗於勸耕日，杯酒祝騷人。年與我俱老，友惟君最仁。種蓮知性靜，吟草見天真。處世安如此，鬢毛應耐春。」陳郁卒於德祐元年（一二七五），得年八十三。毛荷塘的年齡可由此大致推定，應年長夢窗十歲左右。另據《江神子·十日荷塘小隱賞桂》中的「吴水吴煙」，知荷塘小隱地在蘇州，故知此詞寫於蘇州倉幕時。另，此詞似無涉毛荷塘量珠買妾之事，楊箋恐誤。

## 解蹀躞㊀　夷則商　俗名越調㊁

醉雲又兼醒雨㊂，楚夢時來往〔一〕。倦蜂剛著梨花、惹遊蕩〔二〕。還做一段相思㊃〔三〕，冷波葉舞愁紅㊄〔四〕，送人雙槳〔五〕。　暗凝想〔六〕。情共天涯秋黯，朱橋鎖深巷〔七〕。會稀投得輕分、頓惆悵〔八〕。此去幽曲誰來〔九〕，可憐殘照西風，半妝樓上〔一〇〕。

【校　議】

㊀明張本、毛本、《歷代詩餘》、戈校本、杜本、王朱本有詞題「別情」。

㊁明張本「俗名越調」作「俗呼越調」。朱四校本、《全宋詞》無此四字。

㊂醉雲句：明張本作「醉雲□□醒雨」。《詞旨》「雨」作「月」。鄭氏手批：「此調起句與清真異，實同律也。」「『著』字與下闋『得』字並當用入聲字，爲此調之定律，考清真詞用『月』、『作』二字，律從同，可徵審律之難，學者於此則易忽之。」

㊃還做：朱四校本作「還作」，未知所據。

㊄愁紅：《歷代詩餘》作「愁見」。

【注釋】

〔一〕醉雲二句：雲雨，借指男女歡會的短暫美夢。此寫醉時醒時皆纏綿如夢的情感狀態。

〔二〕倦蜂二句：「雲」字意亦入此句。王昌齡《梅詩》：「落落寞寞路不分，夢中喚作梨花雲。」李商隱《二月二日》：「花鬚柳眼各無賴，紫蝶遊蜂俱有情。」剛，《匯釋》：「猶偏也；硬也，亦猶云只也。」著，《匯釋》：「猶向也；趁也。『倦蜂剛著梨花』意言蜂趁梨花而飛也。」此爲上二句的喻體，非寫時節在春。

〔三〕還做句：承上雲雨意，化用李邕《詠雲》：「彩雲驚歲晚，繚繞孤山頭。散作五般色，凝爲一段愁。」還做，猶云「便做」。《匯釋》：「凡云便做，皆猶云便使或就使也。」以上三句從史達祖《蝶戀花》「蝴蝶識人遊冶地，舊曾來處花開未」脱胎。

〔四〕冷波句：屈原《湘夫人》：「帝子降兮北渚，目眇眇兮愁予。嫋嫋兮秋風，洞庭波兮木葉下。」並暗用楓落吴江典，詳見《荔枝香近·送人游南徐》注〔四〕。姜夔《法曲獻仙音》：「誰念我、重見冷楓紅舞。」

〔五〕送人雙槳：《莫愁樂二曲》（之二）：「艇子打兩槳，催送莫愁來。」

〔六〕凝想：劉禹錫《和河南裴尹侍郎宿齋天平寺詣九龍祠祈雨二十韻》：「緬懷斷鼇足，凝想乘鸞姿。」與下二句化用姜夔《慶宫春》詞意：「酒醒波遠，政凝想、明璫素襪。如今安在，唯有闌干，伴人一霎。」

〔七〕深巷：劉長卿《少年行》：「曲房珠翠合，深巷管弦調。」與下文「幽曲」意貫，指平康巷陌歌舞之地。　鎖：實寓「夢後樓臺高鎖，酒醒簾幕低垂」之深意。

〔八〕會稀二句：劉兼《送從弟舍人入蜀》：「立馬舉鞭無限意，會稀别遠擬何如。」投得，《匯釋》：「李之儀《江城子》詞：『投得花開，還報夜來風。惆悵春光留不住，又何似，莫相逢。』言到得花開時風又起也。」又釋夢窗此二句曰：「會稀者，難晤也；輕分者，遽别也。言本來會晤爲難，又臨到匆匆遽别時，不禁頓起惆悵也。」楊箋：「投，音逗，假借爲逗合之逗也。即俗言湊合意。今之會稀，由於昔之輕於分别湊成也。謝榆孫掄元曰：投得，贏得也。北曲中常見之，但未得所據。」參見《法曲獻仙音・放琴客》注〔六〕。

〔九〕幽曲：方千里《大酺》：「老去疏狂減，思墮策、小坊幽曲。」餘參見《夜飛鵲・蔡司户席上南花》注〔一三〕。

〔一〇〕可憐句：李白《憶秦娥》：「音塵絶，西風殘照，漢家陵闕。」陳洵《海綃説詞》：「『半妝』亦謂殘照西風。」可憐，《匯釋》：「猶云可喜也；可愛也；可羨也；可貴可重也。」此用「可羨」義。　以上三句豔羨斜陽猶常能半照舊時情地，可與周邦彦《風流子》參看：「羨金屋去來，舊時巢燕，土花繚繞，前度莓牆。」

【集　評】

陸輔之《詞旨・詞眼》：「醉雲醒月。」（孫按：《詞話叢編》「月」作「雨」）。明張本所據應與陸氏所見版本同，中闕二字）。

陳洵《海綃説詞》：從題前起，言前此未來，魂夢固已時到矣。且疑醉疑醒，如倦蜂之迷著矣。「梨花」乃用梨花雲事，亦夢也。三句一氣非景語。「還做一段相思」，從下二句見。「還做」句，倒提，下二句，逆挽。「朱橋深巷」，「殘照西風」，夢境依稀，通體渾化，欲學清真，當先識此種。

楊箋：（「醉雲」二句）不過最習見之巫山神女事，加入「醉」、「醒」、「來往」等，又再加「又」、「時」二字，遂似不知有多少心事，在蜆殼坎子裏打疊出來，作一總詮者，此夢窗絶技也。凡寫離别語，易工至；寫歡聚語，無論如何豔麗熨貼，止是説得眼前事。看此兩語，覺十年來，温柔旖旎，歌泣纏綿，種種情事，一切都包括在内，大筆淋漓，此境真不易到。

劉永濟《微睇室説詞》：起二句言魂夢時往來其間。「楚夢」暗用宋玉《高唐賦》，但以「醒」、「醉」换卻「朝」、「暮」二字，則夢境更迷離矣。下文又以「倦蜂」迷戀「梨花」比説。「梨花」暗用梨花雲，亦夢也，王建《夢梨花》詩：「落落漠漠路不分，夢中唤作梨花雲。」夢窗最工寫夢，此詞其一也。「還做」三句補明所以迷戀之故。蓋其人已由雙槳送去，故有此「一段相思」之情。「冷波」六字乃爲下句設色，蓋送人時之景色也。换頭句之「凝想」，凝情想望也。周美成《尉遲杯》詞之「夢魂凝想鴛侣」，即此之注釋。蓋因想成夢，夢復生想，情思顛倒有如此也。「情共」二句即「黯然銷魂者，惟别而已矣」八字演化。「情共」之「情」即别情，「秋黯」之「黯」即「黯然」之黯，而冠以「秋」字，更覺淒然矣。「朱橋深巷」即「楚夢來往」之處。「會稀」句乃别後追憶之詞。言「會稀」則歡時本少。曰「輕分」，則别去又易也。「投得」，猶言臨到、到得。蓋言歡會已難，臨到分别又太易，安得不「頓惆悵」。「此去」二句，又從人去後之舊居説。「幽曲」即「深巷」，不曰自己不來，而曰「誰來」，見無人來往也。下句「半妝樓上」，「半妝」，殘妝也，即夢想中之人，而以「殘照西風」渲染樓前景色，故曰「可憐」。陳洵説「『朱橋深巷』、『殘照西風』、『夢境依稀』」實乃意中想像之境，與上半闋之夢境又不同，此乃化實爲虚法也。

【考　辨】

陳洵《海綃説詞》：此蓋其人去後，過其舊居而作也。

夏承燾《繫年》：夢窗有《夜合花》「西湖燕去」，《憶舊遊》「别黄澹翁」詞云「西湖斷橋路」，「問離巢孤燕，飛向誰家」，似亦指此；蘇妾遣後或流落杭州爲妓耶？

楊箋：此爲憶姬之作。

劉永濟《微睇室説詞》：然從「幽曲」看，「曲」乃平康妓所聚處，楊慎校周邦彦《瑞龍吟》「愔愔坊陌人家」句，謂當作「坊曲」，指當時長安諸倡家謂之「曲」是也。然則其人殆即夢窗新眷之妓，未成娶而没者，作此詞時則猶未没，但已分别矣。

孫按：此詞用楓落吴江典，寫於蘇州。又用平康巷陌典實，知寫蘇州營妓。蘇妓此時已經離開，流落至杭矣。觀此詞，知蘇妓秋季離去而成永訣。參見《瑞鶴仙》（淚荷拋碎璧）【考辨】。前文臆斷蘇州營妓系列詞，至此首解説已與夏承燾、劉永濟諸名家居然合榫矣。

## 倒犯㊀　夾鐘商　俗名雙調㊁

贈黄復庵〔一〕

茂苑、共鶯花醉吟〔二〕，歲華如許㊂〔三〕。江湖夜雨。傳書問、雁多幽阻〔四〕。清溪上，慣來往扁舟〔五〕、輕如羽〔六〕。到興懶歸來〔七〕，玉冷耕雲圃〔八〕。按瓊簫，賦金縷〔九〕。回首詞場㊃〔一〇〕，動地聲名〔一一〕，春雷初啟户〔一二〕。枕水卧漱石〔一三〕，數間屋，梅一塢〔一四〕。待共結、良朋侣〔一五〕。載清尊㊄、隨花追野步㊅〔一六〕。要未若城南〔一七〕，分取溪隈住〔一八〕。晝長看柳舞㊆〔一九〕。

【校　議】

㊀ 毛本《清真集》注調名爲《吉了犯》。鄭氏手批：「『吉了』蓋『倒』之切音。」

㊁底本校曰：「《清真集》作仙吕。」底本眉批：「仙吕正名夷則羽。」朱四校本、《全宋詞》無「俗名雙調」四字。

㊂歲華：《歷代詩餘》、《詞譜》作「歲寒」。

㊃鄭氏手批：「過片句清真拗一字作『淮左舊遊』。」

㊄清尊：《歷代詩餘》、《詞譜》作「酒尊」。

㊅追野步：《歷代詩餘》、《詞譜》作「迎野步」。

㊆鄭氏手批：「此作於美成入聲字律，一一吻合，今並墨識（玉、石、屋、結、若）。」

【注釋】

〔一〕黄復庵：作者友人。黄庭堅的後代。

〔二〕茂苑二句：許棐《寄趙倉》可以參看：「吴苑鶯花新管領，秦溪桃李舊生成。」鶯花，鶯啼花開。泛指春日景色。杜甫《陪李梓州等四使君登惠義寺》：「鶯花隨世界，樓閣倚山巔。」李商隱《早起》：「鶯花啼又笑，畢竟是誰春。」醉吟，形容才子風度神采。元稹《爲樂天自勘詩集因思頃年城南醉歸馬上遞唱豔曲……》：「春野醉吟十里程，齋宮潛詠萬人驚。」

〔三〕如許：《匯釋》：「許，猶云這樣或如此也。……其習見者則如許。」

〔四〕江湖三句：用大雁傳書典並運化黄庭堅《寄黄幾復》詩意：「我居北海君南海，寄雁傳書謝不能。桃李春風一杯酒，江湖夜雨十年燈。」用黄庭堅詩，明切「黄」字，實暗伏其家世與黄庭堅的聯繫。幽阻，傅毅《雅琴賦》：「歷嵩岑而將降，睹鴻梧於幽阻。」

〔五〕清溪上二句：杜甫《秋日荆南述懷三十韻》：「伏枕因超忽，扁舟任往來。」

〔六〕輕如羽：《廣博物志》卷七：「始接登舟，其輕如羽。」

〔七〕到興懶句：用王徽之剡溪雪夜訪戴逵興盡而返的典故。並合用《南史·陶潛傳》典：「郡遣督郵至縣，吏白應束帶見之。潛歎曰：『我不能爲五斗米折腰向鄉里小人。』即日解印綬去職，賦《歸去來》，以遂其志。」

〔八〕玉冷句：用水上種玉典，見《宴清都·壽榮王夫人》注〔六〕及《大酺·荷塘小隱》注〔一一〕。

〔九〕按瓊簫二句：謂度曲填詞。金縷，詞牌名。晏幾道《點絳唇》：「妝席相逢，旋勻紅淚歌金縷。」蘇軾《臺頭寺送宋希元》：「入夜更歌《金縷曲》，他時莫忘《角弓篇》。」

〔一〇〕詞場：蕭統《十二月啟·姑洗三月》：「持郭璞之毫鸞，詞場月白；吞羅含之彩鳳，辯囿日新。」

〔一一〕聲名：《禮記·祭統》：「銘者，論譔其先祖之有德善、功烈、勳勞、慶賞、聲名，列於天下，而酌之祭器。」此言黄氏家聲令名。

〔一二〕春雷啟户：《禮記·月令第六》：「（仲春之月）雷乃發聲，始電。蟄蟲咸動，啟户始出。」此比喻其詞壇聲望。

〔一三〕枕水句：《世説新語・排調》：「孫子荆年少時，欲隱。語王武子『當枕石漱流』，誤曰『漱石枕流』。王曰：『流可枕，石可漱乎？』孫曰：『所以枕流，欲洗其耳；所以漱石，欲礪其齒。』」後以「漱石枕流」形容隱居生活。

〔一四〕數間二句：韓愈《寄盧仝》：「玉川先生洛城裏，破屋數間而已矣。」盧仝《有所思》有寫梅名句：「相思一夜梅花發，忽到窗前疑是君。」梅塢，陸希聲《陽羨雜詠十九首・梅花塢》：「凍蕊凝香色豔新，小山深塢伴幽人。」

〔一五〕朋侶：白居易《東南行一百韻寄通州元九侍御澧州李十一舍人……》：「萬里抛朋侶，三年隔友于。」

〔一六〕載清尊二句：庾信《野步詩》：「值泉仍飲馬，逢花即舉杯。」孫逖《和崔司馬登稱心山寺》：「覺花迎步履，香草藉行車。」

〔一七〕要：《例釋》：「表示轉折語氣的副詞，相當於『卻』、『可是』，與先秦兩漢之際作爲『總舉之詞』的用法不同。韋應物《有所思詩》：『繚繞萬家井，往來車馬塵。莫道無相識，要非心所親。』此言雖有相識，卻非知己。」　城南：宜興山水荆溪頤山皆在縣南，詳見【考辨】。

〔一八〕溪隈：釋道舉《臞庵》：「小溪短艇能容我，先向溪隈築釣磯。」隈，此指水流曲岸隱蔽處。

〔一九〕柳舞：姜夔《點絳唇》：「第四橋邊，擬共天隨住。今何許。凭闌懷古。殘柳參差舞。」　以上七句寫黄復庵當下的隱居生活。後三句提示一種在夢窗看來更爲理想的心無掛礙、悠然自得，有若「采菊東籬下，悠然見南山」的真隱生涯。

【集評】

鄭氏手批：是詞下闋瘦硬，如誦少陵《東川》詩，有偃蹇空山之概。

【考辨】

陳郁《壽黄復庵》：「移家載雪河橋住，吟過餘寒不出門。人遺奚奴傳吉語，天教詞客壽清樽。上林開到梨花了，次第牡丹紅欲笑。眉端聞説點微黄，應捧金箋承密詔。名隨人色滿乾坤，涪水之翁有耳孫。」陳郁曾居蘇州，作爲詩詞泛稱的「河橋」，此應特指蘇州河橋，此詞又有「茂苑、共鶯花醉吟，歲華如許」數句，知黄復庵年青時確實曾移家蘇州。並知黄復庵生活境況頗風流瀟灑，然嘔心苦吟卻爲李賀一流人物。陳郁詩中梨花、牡丹之時，寓黄氏生日在三月底四月初，詩中還預祝他應舉能夠高中，並預期考試的結果將使他聲譽鵲起，天下因此皆知黄復庵不愧爲黄庭堅的遠裔，即「耳孫」（《漢書·惠帝紀》：「上造以上及内外公孫、耳孫有罪當刑及當爲城旦舂者，皆耐爲鬼薪、白粲。」顔師古注引應劭曰：「耳孫者，玄孫之子也。言去其曾高益遠，但耳聞之也。」）。據陳星《蘭溪發現明寫本黄庭堅族譜》，黄庭堅後代的一支遷徙至婺州蘭溪縣。庭堅生子名相，又傳五代至黄鏡，鏡字耀元，生於南宋嘉熙二年（一二三八），卒於元朝元貞二年（一二九八）。黄鏡由分寧雙井遷入蘭溪鶴山（今名黄村塢）。時在南宋咸淳庚午（一二七〇）。其後人丁繁衍，居然大族。黄復庵與陳郁、吴夢窗交遊，生卒年應與黄鏡相仿佛，爲黄氏第六代。據此詞又知黄復庵晚歲絶意仕進，成爲隱者。

臆測黄復庵的隱居地很可能在宜興。夢窗此詞所及「清溪」，應指宜興荆溪。《咸淳毗陵志》卷一五：「荆溪，在縣南二十步，廣二十二丈，深二十五丈。……今波澄可鑒，峰巒如畫。」詞中提及「梅塢」，用唐代陸希聲《陽羡雜詠十九首·梅花塢》詩意，正爲宜興典實。《咸淳毗陵志》卷一五：「（宜興）梅花塢在頤山。」「頤山在縣東南三十五里，陸希聲退隱於此。」另《花犯·謝黄復庵除夜寄古梅枝》，黄氏所贈爲苔梅，宋代苔梅産地極少。《武林舊事》卷七：「苔梅有二種，宜興張公洞者，苔蘚甚厚，花極香；一種出越上，苔如緑絲，長尺餘。」又《癸辛雜識續集》卷下：「宜興縣之西，地名石庭，其地十餘里皆古梅。苔蘚蒼翠，宛如虬龍，皆數百年物也。有小梅僅半寸許，叢生苔間，然著花極晚。詢之土人，云梅之早者皆嫩樹，故得春最早；樹老則得春漸遲，亦猶人之氣血衰旺老少之異也。此説前所未聞。梅間有小溪流水，横貫交午橋。」《咸淳毗陵志》卷一三：「梅：多種石亭，蘚梅最奇古。」「石亭」，與「石庭」音異而同指一處。李郢《陽羡春歌》：「石亭梅花落如積，玉蘚斕斑竹姑赤。……樓下遊人顔色喜，溪南黄帽應羞死。」詞中最佳隱居地爲「城南溪隈」，正可指荆溪。《花犯》詞中「殘醉醒，屏山外、翠禽聲小」中的「屏山」又可印證溪邊「峰巒如畫」。

## 花犯　中呂商㊀

謝黄復庵除夜寄古梅枝〔一〕

剪横枝，清溪分影〔二〕，翛然鏡空曉〔三〕。小窗春到〔四〕。憐夜冷孀娥㊁〔五〕，相伴孤照〔六〕。古苔淚鎖霜千點㊂〔七〕，蒼華人共老〔八〕。料淺雪、黄昏驛路，飛香遺凍草㊃〔九〕。行雲夢中認瓊娘，冰肌瘦㊄，窈窕風前纖縞〔一〇〕。殘醉醒，屏山外、翠禽聲小〔一一〕。寒泉貯、紺壺漸暖〔一二〕，年事對、青燈驚换了〔一三〕。但恐舞、一簾蝴蝶〔一四〕，玉龍吹又杳㊅〔一五〕。

【校　議】

㊀底本眉批：「俗呼小石。」杜批戈選周邦彦此調曰：「此調用去上聲十二處，爲定格。方千里、楊澤民、陳西麓和詞皆同；後之草窗、夢窗、碧山詞亦合。」

㊁孀娥：明張本、毛本、《歷代詩餘》、《詞譜》作「霜娥」。朱二校：「從周之琦《心日齋詞録》。」

㊂霜千點：《詞譜》：「此與周詞同。惟前段第七句不押韻，後段第二句三字，第三句六字異。譚宣

子詞前段第七句『象床試錦新翻樣』不押韻，正與此同。」戈選、杜本作「霜痕飽」。戈校：「失韻。」戈選杜批：「汲古誤以此詞『霜痕飽』作『霜千點』，疑爲不叶韻，實則一體也。」鄭氏手批：「清真第七句『倚』字當叶。夢窗次首例同，此異。」吴校：「不必從（戈選）。」

㊃凍草：明張本、毛本、《歷代詩餘》、《詞譜》、戈校本、王朱本作「冷草」。杜校：「此字應去聲。從《詞鵠》改正。」王校：「《詞録》作『暗』，《詞鵠》作『凍』。」鄭氏手批：「去上兩音。宜作『凍』。此以形意近訛。本集《木蘭花曼》『紫騮嘶凍草』可證。」孫按：鄭氏批校詞調所用「慢」字一律寫作通假字「曼」，以下不一一標明。

㊄冰肌瘦：鄭氏手批：「下闋次句似三字逗，微與清真異。」

㊅玉龍：鄭氏手批：「『玉』字叶平。」

## 【注釋】

〔一〕古梅：特指苔梅。范成大《范村梅譜》：「古梅會稽最多，四明、吴興亦間有之。其枝樛曲萬狀，蒼蘚鱗皴，封滿花身。又有苔鬚垂於枝間，或長數寸，風至，緑絲飄飄可玩。……凡古梅多苔者，封固花葉之眼，惟罅隙間，始能發花，花雖稀而氣之所鍾，豐腴妙絶。」《會稽續志》卷四：「古梅，會稽、餘姚皆有之。老幹奇怪，而緑蘚封枝，苔絲四垂，疏花點綴，極爲可愛，他處所未見也。俞亨宗詩云：

『疏疏瘦蘂含清馥，矯矯虬枝綴碧苔。疑是髯龍離雪殿，蒼鱗遥駕玉妃來。』」南宋後期宜興亦多苔梅。見《倒犯·贈黄復庵》【考辨】。

〔二〕剪横枝二句：化用林逋梅詩：「雪後園林才半樹，水邊籬落已横枝。」以及《山園小梅》中「疏影横斜水清淺」詩意。分影，曾幾《覓梅》：「聞道南坡開似雪，略分疏影到茶山。」

〔三〕翛然：《莊子·大宗師》：「翛然而往，翛然而來而已矣。」成玄英疏：「翛然，無繫貌也。」

〔四〕小窗春到：姜夔《疏影》：「等恁時、重覓幽香，已入小窗横幅。」

〔五〕孀娥：王初《青帝》：「青帝邀春隔歲還，月娥孀獨夜漫漫。」

〔六〕相伴孤照：孤照，此指初四初五時月亮的微弱光照。　以上三句暗翻用蘇軾《十一月二十六日松風亭下梅花盛開》、陸游《十二月初一日得梅一枝絶奇戲作長句今年於是四賦此花矣》詩意：「豈惟幽光留夜色，直恐冷豔排冬温。」「盡意端相終有恨，夜寒皴玉倩誰温。」夢窗寫此詞時新蟾已生，故奇想可與梅花相互温暖。下文「暖」字意亦入此句。

〔七〕古苔句：淚、霜千點，皆喻蒼苔中的白梅。張沄《苔梅》：「爪頭撥動陽春信，香在霜痕雪點中。」並取意蘇軾《水龍吟》：「細看來，不是楊花點點，是離人淚。」以及姜夔《疏影》中的「苔枝綴玉」。

〔八〕蒼華句：竇群《晨遊昌師院》：「壁蘚凝蒼華，竹陰滿晴日。」謂苔梅鬚絲飄垂，似與賞梅人皆有滄桑之感。

〔九〕料淺雪三句：陸游《十二月初一日得梅一枝絶奇戲作長句今年於是四賦此花矣》：「孤城小驛初飛雪，斷角殘鐘半掩門。」「凍」與「香」連綴成文。羅鄴《早梅》：「凍香飄處宜春早，素豔開時混月明。」黄昏，謂「月黄昏」，即夜深時。蔣津《葦航紀談》：「孔天瑞《西資詩話》云：『疏影横斜水清淺，暗香浮動月黄昏。』不知和靖意偶到，爲復愛其句中有『黄昏』二字。議詩者謂『日斜』爲黄昏，非也。此二字蓋亦兩字耳，若謂『日斜』而詩不曰『日昏黄』而曰『月黄昏』亦有源矣。余嘗宿於月湖外家，而其家有堂，植梅竹，因曰『雙清』。余至，每宿於此，而花盛開，其香發於四鼓。後起視，月已西下，而月色比當午時，黄而更昏，正此時已五更矣。非獨此花爲然，凡有香之花皆然。薝蔔古有賦：『惱人惟是夜深時，梔子香濃。』非云『夜淺』而云『夜深』，亦此意也。蓋謂晝午後陰氣用事，而花斂豔藏香。夜午後，陽氣用事，而花敷蕊散香耳。以此知『黄昏』乃夜深也。」驛遺飛香，用陸凱寄梅枝典。驛，此處可能特指。《咸淳毗陵志》：「荆溪館，舊名毗陵驛，在天禧橋東，枕漕渠以通荆溪，故名。南唐徐鉉嘗有『驛橋風月』之句。」

〔一〇〕行雲三句：用趙師雄醉夢中遇素服梅花仙子典。行雲夢中，合用宋玉《高唐賦并序》典。瓊娘，特指雪神。楊萬里《晴後再雪四首》(之二)：「滕家仙子六瓊娘，煮露爲酥不剩漿。」此喻白梅。冰肌瘦，參見《瑣窗寒·玉蘭》注〔一五〕。窈窕，此指嫺静美好貌。纖縞，《書·禹貢》：「厥篚，玄纖縞。」《六家詩名物疏》：「《傳》云：縞，衣白色。」雙寫梅仙素服及白梅花瓣。「風前」二字貫入結處三句中。

〔一二〕殘醉醒三句：承上引典故，趙師雄醉酒醒後惟見大梅花樹上有翠羽啾嘈相顧。兼用姜夔《疏影》句意：「苔枝綴玉。有翠禽小小，枝上同宿。」屏山，特指荆溪山水相映如畫。

〔一三〕寒泉二句：張樞失調名詠茶花殘句：「金谷移春，玉壺貯暖。」以泉水珍重供養梅枝。

〔一三〕年事二句：此指除夜對燈守歲習俗，拍合題面。

〔一四〕但恐二句：蘇軾《再和楊公濟梅花十絶》（之四）：「夜寒那得穿花蝶，知是風流楚客魂。」庾信《梅花落二首》（之二）：「偏疑粉蝶散，乍似雪花開。」《莊子·齊物論》：「昔者莊周夢爲蝴蝶，栩栩然蝴蝶也。自喻適志與，不知周也。俄然覺，則蘧蘧然周也。不知周之夢爲蝴蝶與？蝴蝶之夢爲周與？」

〔一五〕玉龍吹：指落梅笛曲。

【集評】

俞陛雲《唐五代兩宋詞選釋》：「蒼華」及「青燈」句當除夕詠梅，雅切而有情致。「凍草」句兼及送梅。通首麗而有則，是其長處。

楊箋：寫梅枝沿途經過，是「寄」字正面，但「寄」字不置在剪枝之後、春到之先，偏補叙於歇拍處。「料」字總挈下十一字，皆意想之詞，不使一平筆。開人無數法門。

劉永濟《微睇室説詞》：起處從黄復庵剪梅枝説起。「分影」即剪枝也。「小窗」三句，夜寄梅枝也。「夜冷孀娥」，月也。「古苔」二句，一面寫梅，一面即結合人。「料淺雪」二句正寫寄梅枝，暗用陸凱寄梅枝與范曄事。陸詩有「折梅逢驛使，寄與隴頭人」之句，故曰「驛路」。换頭三句從得見梅枝，加以渲染。「瓊娘」、「冰肌」、「纖縞」，皆形容梅花之辭，而以從「行雲夢中」認識，何等空靈。「殘醉」二句切除夜，又暗用趙師雄在羅浮山夢見縞衣女郎，醒後見梅枝上翠鳥事，以足成上「夢中認瓊娘」之意。「寒泉」二句言以梅枝插瓶，作歲除清供也。歇拍又想到梅枝凋落。「玉龍」，笛也。笛有《落梅花》曲，詞家詠梅多喜用之。「恐舞」二句以見愛惜之意，且以表鄭重感謝之情。

# 又

郭希道送水仙索賦㊀〔一〕

小娉婷〔二〕，清鉛素靨〔三〕，蜂黄暗偷暈〔四〕。翠翹欹鬢㊁〔五〕。昨夜冷中庭，月下相認〔六〕。睡濃更苦淒風緊〔七〕。驚回心未穩〔八〕。送曉色〔九〕、一壺葱蒨〔一〇〕，纔知花夢准。湘娥化作此幽芳㊂〔一一〕，淩波路，古岸雲沙遺恨〔一二〕。臨砌影，寒香亂、凍梅藏韻〔一三〕。薰爐畔〔一四〕、旋移傍枕㊃，還又見㊄、玉人垂紺鬟㊅〔一五〕。料喚賞、清華池晼㊆，臺杯須滿引〔一六〕。

【校　議】

㊀明張本、毛本、戈校本、杜本詞題作「水仙」。

㊁欹鬟：張藏《鐵網珊瑚》、四明本作「歌髩」。髩，同「鬢」。

㊂湘娥：《鐵網珊瑚》作「湘妃」。化作：《詞律》：「『作』字宜平，疑『爲』字之誤。」杜校：「『爲』字不及『作』字健，蓋以入聲作平者。」鄭氏手批：「『昨』字作平。『月』字作平。『作』叶平。」杜本鄭批：「過片處暗襲白石《疏景》詞意。」

㊃《詞譜》：「此亦與周詞同。惟後段第六句多押一韻異。」

㊄還又：明張本、毛本、《詞譜》、戈校本、杜本作「又還」。

㊅紺鬟：張藏《鐵網珊瑚》、明張本、毛本皆作「紺鬟」。然詞尾皆附注：「重押『髩』字。」《詞律》：「蓋前用『翠翹欹鬟』，後用『又還見玉人垂紺鬟』，而傳訛作『鬟』字也。夢窗豈有複韻之事乎？況此句必以平去上爲煞，如美成之『煙浪裹』、千里之『香步裹』、草窗之『薰翠被』、夢窗別作之『驚換了』，無非平去上者，豈獨此誤作平去去耶？」諸本從《詞律》、《詞譜》、杜本改。《鐵網珊瑚》正同。

㈦池畹：明張本、毛本、《詞譜》、戈校本、杜本、王朱本、底本、朱四校本作「池館」。鄭校：「案左思《魏都賦》『疏圃曲池，下畹高堂』，『池畹』正自有本。」鄭氏手批：「左思《魏都賦》『曲池』、『下畹』，『池畹』有本，不得臆改。」兹從《鐵網珊瑚》、朱二校本、鄭校、四明本。

## 【注釋】

〔一〕郭希道：疑即郭清華。夢窗好友。　水仙：《淵鑒類函》卷四〇七引《群芳譜》曰：「（水仙）冬生。葉如萱草，色緑而厚。冬間於葉中抽一莖，莖頭開花數朵，大如簪頭。」黄庭堅《劉邦直送早梅水仙花四首》（之三）：「得水能仙天與奇，寒香寂寞動冰肌。」

〔二〕小娉婷：與集中《淒涼犯·重臺水仙》「樊姊玉奴恨，小鈿疏唇，洗妝輕怯」意同。黄庭堅《王充道送水仙花五十枝欣然會心爲之作詠》有「山礬是弟梅是兄」句，其《戲詠高節亭邊山礬花詩·序》謂山礬是「江湖南野中有一種小白花」，朱敦儒失題賦梅詞有「但空裏疏花數點」之句，水仙如山礬，梅朵形小瓣疏，故特冠「小」字。

〔三〕清鉛：李彌遜《郭君建挽詩》：「生平不對論文酒，空使清鉛比淚痕。」詳見《法曲獻仙音·放琴客》注〔一三〕中李賀詩。此喻花上露滴。　素靨：吕同老《水龍吟·浮翠山房擬賦白蓮》：「亭亭翠蓋，盈盈素靨，時妝淨洗。」

〔四〕蜂黄句：高觀國《金人捧露盤·水仙花》：「娉娉裊裊，暈嬌黄、玉色輕明。」蜂黄，點額時妝。梁簡文帝《戲贈麗人詩》：「同安鬟裹撥，異作額間黄。」李商隱《酬崔八早梅有贈兼示之作》：「何處拂胸資蝶粉，幾時塗額藉蜂黄。」暈，暈妝。

〔五〕翠翹欹鬢：黄庭堅《劉邦直送早梅水仙花四首》（之三）：「仙風道骨今誰有，淡掃蛾眉簪一枝。」

〔六〕中庭月下：語出黄庭堅《王充道送水仙花五十枝欣然會心爲之作詠》：「凌波仙子生塵襪，水上輕盈步微月。」下闋「淩波路」意入此句。

〔七〕睡濃句：楊萬里《三花斛・水仙》：「生來體弱不禁風，匹似蘋花較小豐。」淒風，《左傳・昭公四年》：「春無淒風，秋無苦雨。」杜預注：「淒，寒也。」《淵鑒類函》卷一五：「梁元帝《纂要》曰：秋曰白藏，亦曰妝成。……風曰商風、素風、淒風、高風、涼風、激風、悲風。」

〔八〕驚回句：陳師道《示三子》：「了知不是夢，忽忽心未穩。」

〔九〕曉色：虞世南《和鑾輿頓戲下》：「銀書含曉色，金輅轉晨飆。」

〔一〇〕葱蒨：此指水仙緑葉葱郁。　上句「送」字，意綴於此。

〔一一〕湘娥句：文人多以水濱解佩湘妃喻水仙花。如高似孫《水仙花前賦・序》：「水仙花非花也，幽楚窈眇，脱去埃滓，全如近湘君、湘夫人。」韋驤《減字木蘭花》：「誰謂花神情有限。綽約仙姿。仿佛江皋解佩時。」高觀國《金人捧露盤》：「夢湘雲，吟湘月，吊湘靈。有誰見、羅襪塵生。淩波步弱，背人羞整六銖輕。香心靜，波心冷，琴心怨，客心驚。怕佩解、卻返瑶京。」餘見《過秦樓・芙蓉》注〔八〕。

〔一二〕雲沙：猶雲泥。指相距遥遠。杜甫《祠南夕望》：「興來猶杖屨，目斷更雲沙。」仇兆鰲注：「目斷湘祠，渺隔雲沙矣。」以上三句謂遠水湘靈遺恨，故幽怨香魂化作此花歸來。

〔一三〕臨砌三句：劉貢父《水仙花》：「早於桃李晚於梅，冰雪肌膚姑射來。」黄庭堅《次韻中玉水仙花二首》（之一）：「暗香已壓酴醿倒，只比寒梅無好枝。」陳後主《梅花落二首》（之一）：「春砌落芳梅，飄零上鳳臺。拂妝疑粉散，逐溜似萍開。」羅鄴《冬夕江上言事五首》（之四）：「風柳欲生陽面葉，凍梅先綻嶺頭枝。」崔道融《梅花》：「香中别有韻，清極不知寒。」

〔一四〕薰爐：温庭筠《織錦詞》：「象尺薰爐未覺秋，碧池已有新蓮子。」《温飛卿詩集箋注》：「謝惠連《雪賦》：燎薰爐兮炳明燭。江淹《别賦》：共金爐之夕香。」

〔一五〕玉人：本指衛玠，後多用以稱美麗的女子。此喻水仙花朵。垂紺鬟：少年女性的髮式。羅虬《比紅兒詩》：「薄羅輕剪越溪紋，鴉翅低垂兩鬢分。」喻水仙緑葉。

〔一六〕料喚賞三句：暗寓水仙花朵如酒杯。《佩文齋廣群芳譜》卷五二引《洛陽花木記》：「（水仙）色白，圓如酒杯，上有五尖，中承黄心。宛然盞樣，故有金盞銀臺之名。」池畹，左思《魏都賦》：「右則疏圃曲池，下畹高堂。」臺杯，有托的酒杯。《演繁露·托子》：「古者彝有舟，爵有坫，即今俗稱臺琖之類也。然臺琖亦始於琖托，托始於唐，前世無有也。」滿引，斟滿飲盡。王讜《唐語林·補遺三》：「（李）蠙知之，挈酒一壺，謂（王）鐸曰：『公將登庸矣，吾恐不可及也！願先事少接左右。』鐸妻疑置酖，使婢言之。蠙驚曰：『吾豈酖者！』即命大白，滿引而去。」此兼及郭氏清華池畹喚酒賞花，是送花遠漾之餘波。

【集評】

陳洵《海綃說詞》：自起句至「相認」，全是夢境。「昨夜」逆入，「驚回」反跌，極力爲「送曉色」一句追逼；復以「花夢准」三字鉤轉作結。後片是夢非夢，純是寫神。「還又見」應上「相認」，「料喚賞」應上「送曉色」。眉目清醒，度人金針。全從趙師雄夢梅花化出，須看其離合順逆處。

陳匪石《宋詞舉》：沈伯時《樂府指迷》曰：「作詞用花卉之類，須略用情意，或要入閨房之意。然多流淫豔，應自斟酌。如直說花卉，而不著些豔語，又不似詞家體例。」此夢窗家法，可據以觀此詞矣。首句寫花瓣，次句寫花蕊，第三句寫花吐，而以「娉婷」、「欹鬟」傳其豐神，皆正面也。然實從「中庭月下」認而知之，故第四句承上起下，因文生情。「睡濃」二句，以十二字具四層轉折，皆由昨夜之冷體會出來。翠袖天寒之感，蛾眉見嫉之防，兼而有之。「曉色」既放，「花夢」重回，又是一轉，則疑雲盡掃，驚魂甫定也。過變因「花夢」之「准」，想到身分之高。「湘娥」、「淩波」，水仙正面。「雲沙」從「湘」字想出，而「雲沙遺恨」，又是一轉，隱寓折戟沈沙之痛。「臨砌影」十字，在旁面一襯。曰「凍梅藏韻」，則「遺恨」本自未消，「淒風」依然告緊。既移爐畔，又移枕側，更使近玉人之髮，一片愛護深情，比諸金鈴之繫、高燭之燒，更爲真摯。從「昨夜冷」至此，愈轉愈深，亦鬱亦厚，不必依常州派論詞法；別求寄託以實之，亦覺其必有所感而言。而意既層出不窮，筆亦回環宛轉，學者苟深味之，當識夢窗之真面矣。末二句渡到郭希道作結。「清華池館」，希道所居，見朱氏箋釋。夢窗集中，有郭清華席上《婆羅門引》、爲郭清華内子壽《絳都春》、往來清華池館六年《絳都春》、過希道家看牡丹《喜遷鶯》、郭清華新軒《花心動》、飲郭園《聲聲慢》諸作，可見其往來之跡，而人與地不可考，厲鶚早慨之矣。朱孝臧極稱此詞潛氣内轉之妙，爰引申其説以述之。

楊箋：（「送曉色」三句）忽然説到「送」字，此等句最易枯淡。用「曉色」貼水仙，大方。「曉」承「夜」來，「色」承「葱蒨」來，妙在上文叙夢境時絶不説出夢字，至此方點出，夢窗詞之説夢者往往如此。「准」字反繳「未穩」，就此歇拍，餘地尚寬。（「湘娥」三句）此韻疑有寄託。王碧山水仙詞云：「國香到此誰憐，煙冷沙昏，頓成愁絶。」解者謂指太后妃嬪等流離沙漠言。此曰「淩波」、「遺恨」，毋乃類是？按，《南渡録》：二帝在北，流離轉徙。朱后崩於燕京，鄭太后病不能行，二帝或扶之，或肩承之，崩於距五國城兩日程之林下，後許同葬於五國城。上皇詞曰：「花城人去今蕭索，春夢繞胡沙。」

劉永濟《微睇室説詞》：陳洵説此詞：「自起句至『相認』，全是夢境。」又曰：「後片是夢非夢，純是寫神。」按夢窗最工寫夢，是化實爲虚法。此詞一起，句句皆將水仙人格化。水仙花瓣爲白色，故曰「清鉛素靨」，花蕊爲黄色，故曰「蜂黄暗偷暈」。「翠翹」，《群芳譜》：「（水仙）冬間於葉中抽一莖，莖頭開花數朵，大如簪頭。」故曰「翠翹欹鬟」。凡翹起之物皆曰翹，如鳥尾、花枝、冠飾及釵簪皆然。「昨夜」二句本郭送來水仙，卻説爲水仙忽降於「中庭月下」，境界便空靈。驟讀此數句，尚未知是寫夢境。至「睡濃」二句，有「驚回」之詞，乃知上文是夢。過拍更明説「花夢」。「一壺葱蒨」即實寫水仙。水仙花葉皆從一壺狀體内抽出，故曰「一壺葱蒨」。「花夢准」者，初夢水仙降於「中庭月下」，「驚回」果見郭送水仙，故曰「花夢准」。換頭忽又幻想此花乃「湘娥」化身，因有「古岸雲沙」句，此句暗用《湘君》篇。湘君，舊説爲舜妃。舜南巡不返，湘君望之久，死爲水神。故有「遺恨」之句。「臨砌影」三句用梅作陪襯，因黄庭堅《水仙》詩，有「山礬是弟梅是兄」之句也。「薰爐」句則醒眼所見之水仙。曰「還又見」，回顧上半闋「月下相認」句，故曰「又見」。「玉人垂紺鬢」仍以人狀花。歇拍之「清華池畹」，乃郭希道之園圃；此言花在郭園，供主人賞玩也。「臺杯」句雙關花之形狀與賞花之酒盞。《山堂肆考》：「世以水仙爲金盞銀臺，蓋單葉者，其中似一酒盞，深黄而金色。」陳洵謂「後半闋寫神，蓋以湘君之幻化，亂凍梅之寒香，及見玉人之紺鬢，皆攝取水仙之神韻爲詞也」。至謂「是夢非夢」，不如説是想像之詞，方與前半闋寫夢不犯復。

【考　辨】

查爲仁、厲鶚《〈絶妙好詞〉箋》：（《聲聲慢・閏重九飲郭園》）郭園當即是郭清華池館，惜人與地俱不可考矣。

朱箋《婆羅門引》曰：按集中《花犯》「郭希道送水仙」詞，有「清華池畹」語，「清華」，疑即希道。

夏承燾《聲聲慢・陪幕中餞孫無懷於郭希道池亭》詞後箋曰：朱箋《婆羅門引》，疑郭清華即郭希道。今案集中有《聲聲慢》「陪幕中餞孫無懷於郭希道池亭」(《絶妙好詞》作「郭園」),又有《喜遷鶯》「同丁基仲過希道家看牡丹」,《花心動》「郭清華新軒」,清華即郭希道無疑。又按《絳都春》「爲郭清華内子壽」云:「舊日漢宮,分得紅蘭滋吴苑。」《喜遷鶯》「故苑浣花沈恨」句,亦用西子事,是清華吴人,池館或即在蘇州也。

楊箋:「清華」或是郭氏園名。

孫按:此詞爲《鐵網珊瑚》所收夢窗新詞稿十六首之第十五首。寫於癸卯即淳祐三年(一二四三)。據夏箋,知郭氏園池在蘇州,則此詞寫於蘇州。此詞時地皆可確定,距宋亡尚有三十五年,故知不能與王沂孫《慶宮春·水仙花》所表達的亡國之恨同日而語。

## 蝶戀花

題華山道女扇㊀〔一〕

北斗秋横雲髻影〔二〕。鶯羽衣輕〔三〕,腰減青絲剩〔四〕。一曲遊仙聞玉磬㊁〔五〕。月華深院人初定㊂〔六〕。十二闌干和笑凴〔七〕。風露生寒,人在蓮花頂〔八〕。睡重不知殘酒醒。

紅簾幾度啼鴉暝㊃〔九〕。

【校　議】

㊀戈校本詞題下注「朱選」。

㊁一曲遊仙：明張本作「一曲迷仙」。底本校曰：「原鈔作『一一迷仙』。」恐爲過録之誤。

㊂深院：《詞綜》作「深處」。

㊃紅簾幾度：毛本、戈校本「幾度」上二字脱並無空格。《歷代詩餘》、戈選、杜本作「覺來幾度」。葉申薌《本事詞》、王朱本作「緑窗幾度」。《詞綜》作「層城幾度」。《古今詞統》、朱二校本作「□□幾度」。

【注　釋】

〔一〕華山道女：即由宫中女官入道的陳華山。此首可與《瑞鶴仙·贈道女陳華山内夫人》【注釋】、【考辨】參看。

〔二〕北斗句：沈約《夜夜曲》：「河漢縱且横，北斗横復直。」雲髻，《文選·曹植〈洛神賦〉》：「雲髻峩峩，修眉聯娟。」李善注：「峩峩，高如雲也。」「雲髻」意屬「青絲」。

〔三〕鶯羽衣輕：温庭筠《舞衣曲》：「蟬衫麟帶壓愁香，偷得黄鶯鎖金縷。」鶯，《詩·小雅·裳裳者華》：「交交桑扈，有鶯其領。」羽衣，常稱道士或神仙所著衣裳。後借指質地輕盈的衣衫。鮑照《代白紵舞歌詞四首》（之一）：「吴刀楚制爲佩褘，纖羅霧縠垂羽衣。」

〔四〕腰減：庾信《擬詠懷詩二十七首》（之七）：「纖腰減束素，别淚損横波。」　青絲：薛昭藴《女冠子》：「降真函，髻綰青絲髮，冠抽碧玉篸。」　剩：《匯釋》：「李商隱《鏡檻》詩：『月中供花剩，海上得綃多。』……與多字互義。」　此寫其弱腰豐髮的容態。

〔五〕一曲句：玉磬，此爲道觀中所用法器的美稱。鮑溶《會仙歌》：「願言小仙藝，姓名許飛瓊，洞陰玉磬敲天聲。」游仙曲，此指道觀中所奏法曲。

〔六〕人初定：《後漢書·來歙傳》：「臣夜人定後，爲何人所賊傷，中臣要害。」王先謙集解：「《通鑑》胡注：『日入而群動息，故中夜謂之人定。』惠棟曰：『杜預云，人定者，亥也。』」《古詩爲焦仲卿妻作》：「淹淹黄昏後，寂寂人定初。」　上闋並取意賈島《元日女道士受籙》詩：「數星連斗出，萬里斷雲飛。霜下磬聲在，月高壇影微。」

〔七〕十二闌干：以仙境喻指道觀的曲欄。詳見《瑞鶴仙·贈道女陳華山内夫人》注〔九〕。

〔八〕蓮花頂：指惠山頂金蓮池。

〔九〕睡重二句：蘇軾《浣溪沙》：「彩索身輕長趁燕，紅窗睡重不聞鶯。」楊箋：「釋家嚴酒戒，道家則否，故《真誥》有玉醴金漿之語。」謂陳華山酒後睡重，竟不聞暝鴉之啼。寫雜念不存於心，是爲其占身份語。可與《瑞鶴仙·贈道女陳華山内夫人》「春色長供午睡」及注釋參看。

【集　評】

卓人月、徐士俊《古今詞統》卷九：（「鶯羽」二句）本於《詩》之「有鶯其領」。

陳廷焯《雲韶集》卷八：起七字仙乎仙乎，我莫名其妙。（結句眉批）寫情夾寫景，最妙。

又，《閒情集》卷一：語帶仙氣，吐棄一切凡豔，惟「腰減」五字病俗，在全篇中不稱。

又，《白雨齋詞話》卷三：（「北斗」三句）俗字俗句。

葉申薌《本事詞》卷下：「《女冠子》小令，唐人多詠本意。南渡後，女冠尤以風流自賞，而題贈者亦復不少。如吴夢窗丁稿中《醉落魄·題藕花洲女道士扇》、《蝶戀花·題華山道女扇》、《朝中措·題蘭室道女扇》，諸闋皆豔詞也。

楊箋：（「十二」三句）此言「笑憑」、「在蓮花頂」，乃虚擬之詞，托之夢境。上言入定，下言酒醒，則其中所言皆夢境可知，當活看，勿泥。

【考　辨】

楊箋：唐宋公主多不下降，入道爲女冠。内人之失寵者亦然。上《瑞鶴仙》之陳華山内夫人是也。此道女疑即其人。此等女冠多有穢行，文人對之多作輕褻語。昌黎《華山女》詩亦不免此。此尚算莊言。（「十二」三句）華山在金元人手，南宋婦女所不能到。

孫按：此詞實寫於無錫，贈宫中女官入道者陳華山，道觀的地點在古華山即今無錫惠山。寫於嘉定十五年（一二二二）至嘉定十六年（一二二三）。前賢之誤見《瑞鶴仙·贈道女陳華山内夫人》【考辨】。

## 又

九日和吴見山韻㈠

明月枝頭香滿路〔一〕。幾日西風〔二〕，落盡花如雨〔三〕。倒照秦眉天鏡古〔四〕。秋明白鷺雙飛處㈡〔五〕。　自摘霜葱宜薦俎〔六〕。可惜重陽，不把黄花與〔七〕。帽墮笑憑纖手取〔八〕。清歌莫送秋聲去〔九〕。

【校　議】

㈠毛本、戈校本、杜本、王朱本、朱二校本詞題作「和吴見山韻」。鄭氏手批從明張本增「九日」二字，並批曰：「詩詞無和均無題之例。下卷『和丁宏庵』同有脱誤。」《歷代詩餘》無詞題。

㈡飛處：《歷代詩餘》作「飛舞」。

【注　釋】

〔一〕明月枝頭：傳説月中有桂。

〔二〕幾日西風：華岳《巖桂落英》：「淨掃庭階襯落英，西風吹恨入蓬瀛。」

〔三〕落盡句：古代有月中落桂子的傳説。《萬曆杭州府志》卷九九：靈隱寺望舒之日，天降桂子，「其繁如雨，其大如豆，其圓如珠」。餘見《秋蕊香·和吴見山賦落桂》注〔一〕。

〔四〕秦眉：指秦望山。古人常以眉黛喻山色。　天鏡：《會稽志》卷九：「謝惠連《泛南湖至石帆詩》云：『漣漪繁波漾，參差層峰峙。』南湖，即今鏡湖也。宋之問詩云：『石帆來海上，天鏡出湖中。』」

〔五〕秋明句：韓元吉《南劍道中》：「野遠孤煙出，江深白鷺明。」蘇軾《次韻秦少章和錢蒙仲》：「二子有如雙白鷺，隔江相照雪衣明。」查慎行《蘇詩補注》「二子如鷺」曰：「《詩·振鷺》箋：杞宋之君，有潔白之德，其至止，亦有此容。言威儀之善，如鷺然。」

〔六〕自摘句：《古今合璧事類備要前集》卷一七引《風土記》：「世俗以重九泛菊、登山、飲菊花酒，謂之登高會，又云泛菊會。」杜甫《課伐木》：「秋光近青岑，季月當泛菊。」《杜詩詳注》：「泛菊謂酒中泛花。張正見詩：『菊泛金枝下。』」崔善爲《答王無功九日》：「露葉疑涵玉，風花似散金。摘來還泛酒，獨坐即徐斟。」霜葱，霜中青葱的菊花。　薦俎，特指泛酒。

〔七〕可惜二句：《宋書·陶潛傳》：「嘗九月九日無酒，出宅邊菊叢中坐久，值弘送酒至，即便就酌，醉而後歸。」把，摘菊滿捧之意。與，《匯釋》：「語助詞，用於句中，不爲義。」此處「宜」、「可惜」、「與」語氣相貫，表反詰。以上三句意思從韓愈《晚菊》詩中化出：「少年飲酒時，踴躍見菊花。今來不復飲，每見恒咨嗟。佇立摘滿手，行行把歸家。此時無與語，棄置奈悲何。」婉寫九日有菊無酒亦爲憾事。

〔八〕帽墮句：用龍山落帽典。登高會有歌妓侑觴，故合用杜甫《九日藍田崔氏莊》詩意：「羞將短髮還吹帽，笑倩旁人爲正冠。」

〔九〕清歌句：重九多歌宴，詳見《霜葉飛·重九》注〔一〇〕。清歌，不用樂器伴奏的歌唱。張衡《思玄賦》：「雙材悲於不納兮，並詠詩而清歌。」《世説新語·任誕》：「桓子野每聞清歌，輒喚『奈何』。謝公聞之，曰：『子野可謂一往有深情。』」以上二句設想吴見山處有酒有歌之登高雅集。

【集　評】

劉永濟《微睇室説詞》：起從月桂説。「西風」二句寫桂花落也。「倒照」二句，上句言山色如眉黛倒影入湖中。「天鏡」，湖水平如鏡面也。李白有「開帆入天鏡，直向澎湖東」，是也。下句切秋時説。「白鷺雙飛處」，秋光最鮮明也。换頭從九日宴飲説。「自摘」句實寫宴飲。「可惜」二句言菊尚未花。「帽墮」句用孟嘉龍山落帽事。而曰「纖手取」，知宴席間有歌妓，故下有「清歌莫送秋聲去」之句。

【考辨】

楊箋：「秦眉」，指秦望山。用秦望山，則此詞疑作於紹興。

孫按：此詞雖寫秦望山並鑑湖，但詞作雙筆，自己如陶潛寂寞無酒，見山則如孟嘉集宴落帽。實與《浪淘沙・九日從吴見山覓酒》「菊花清瘦杜秋娘。淨洗緑杯牽露井，聊薦幽香」三句同，寫有菊無酒。雖然此詞筆調更爲輕鬆，但亦顯有覓酒之意。另，注釋中所引蘇軾《次韻秦少章和錢蒙仲》全詩曰：「碧畦黄隴稻如京，歲美人和易得情。鑒裏移舟天外思，地中鳴角古來聲。山圍故國城空在，潮打西陵意未平。二子有如雙白鷺，隔江相照雪衣明。」蘇詩用鑑湖及西陵渡典，而蘇軾此時在杭州，詞用蘇詩意，似夢窗此時在杭與吴見山隔江相望，所以不能共有登高之雅集，僅能望其送酒也。前文考得夢窗與見山在蘇幕時交往，此時在杭京覓酒，應寫於淳祐六年（一二四六）至淳祐九年（一二四九）在史宅之幕中時。

## 浣溪沙

仲冬望後，出迓履翁，舟中即興㊀〔一〕

新夢遊仙駕紫鴻〔二〕。數家燈火灞橋東㊁〔三〕。吹簫樓外凍雲重〔四〕。石瘦溪根船宿處，月斜梅影曉寒中〔五〕。玉人無力倚東風〔六〕。

【校　議】

㈠出迓：《古今詞統》、《吴興藝文補》、杜本作「出訝」。訝，同「迓」。

㈡灞橋：《古今詞統》、毛本、《吴興藝文補》、戈校本、杜本、王朱本、朱二校本、四明本作「灞陵」。

【注　釋】

〔一〕望：《初學記》卷一引《釋名》：「望，月滿之名也，日月遥相望也。」　履翁：即吴潛。

〔二〕新夢句：《詩林廣記後集》卷九載魏野《謝寇萊公見訪》詩：「晝睡方濃向竹齋，柴門日午尚慵開。驚回一覺遊仙夢，村巷傳呼宰相來。」並引《古今詩話》：「萊公鎮洛，凡三邀野，不至。萊公暇日，寫刺訪之。野服葛巾布袍，長揖萊公，禮甚平簡。頃之，議論騷雅，相得甚歡。」

〔三〕灞橋：《北夢瑣言》卷七「鄭綮相詩」條：「或曰：『相國近有新詩否？』對曰：『詩思在灞橋風雪中驢背上，此處何以得之？』蓋言平生苦心也。」

〔四〕吹簫：用蕭史典。　以上三句以寇準擬吴潛，以處士魏野自占平交權貴的身份。

〔五〕石瘦二句：此寫宿船小窗所映梅影。《華光梅譜》：「墨梅，始自華光仁老之所酷愛，其方丈植梅數本。每花放時輒移床其下，吟詠終日，莫知其意。偶月夜未寢，見窗間疏影橫斜，蕭然可愛。遂以筆規其狀，淩晨視之，殊有月下之思。因此好寫得其三昧，標名於世。山谷見而美之曰：『嫩寒清曉行孤山籬落間，但欠香耳。』」陳與義《次韻何文縝題顔持約畫水墨梅花二首》（之一）：「窗間光影晚來新，半幅溪藤萬里春。」並化用林逋《山園小梅》意境。

〔六〕玉人句：用賀鑄《減字浣溪沙》及姜夔《暗香》意境：「玉人和月摘梅花」、「舊時月色。算幾番照我，梅邊吹笛。喚起玉人，不管清寒與攀摘」。字面化用曾鞏《錢塘上元夜祥符寺陪咨臣郎中文燕席》詠牡丹「玉人春困倚東風」之句。

【考　辨】

朱箋：《絶妙好詞》，吴潛，字毅夫，號履齋。寧國人，嘉定十年進士第一。淳祐中，觀文殿大學士，封慶國公，改封許國公。景定初，安置循州，卒贈少師。有《履齋詩餘》二卷。

夏承燾《繫年》繫於淳祐九年（一二四九）：或本年作。

楊箋：玩詞，爲履齋下訪作。《宋史·理宗紀》：履齋淳祐九年八月知紹興府。題云「仲冬」，時初到任。嘗親邀夢窗入幕，故有「倚東風」之語。未入幕，故仍稱「履翁」，已爲資政殿學士，故比以寇準。

田考：吴潛（一一九六至一二六二），字毅夫，號履齋，宣州寧國（今屬安徽）人，一説德清（今屬浙江)人。嘉定十年(一二一七)進士第一。嘉熙元年(一二三七)知平江府。淳祐九年(一二四九)以資政殿學士、太中大夫知紹興府。淳祐十一年(一二五一),任參知政事,拜右丞相、兼樞密院、封崇國公,判寧國府。改封慶國公、許國公。以沈炎論劾,謫化州團練使、循州安置,卒於循州貶所。贈少師。有《履齋詩餘》(《宋史》、《吴郡志》、《會稽續志》、今人宛敏灝編《吴潛年譜》)。

吴熊和《唐宋詞彙評·吴文英》:《寶慶會稽續志》卷二安撫題名:「吴潛淳祐九年八月以資政殿學士太中大夫知,十一月八日到任。十二月八日,除同知樞密院事兼參知政事。」十一月即題云「仲冬」。吴潛十一月八日到任,題云「望後」,到任七日後矣。十二月八日除閣揆,在紹興僅一月耳。

孫按:據《宋史·理宗本紀》:淳祐七年四月,吴潛同簽書樞密院事。五月,吴潛兼權參知政事。六月,吴潛爲端明殿學士、知福州、福建安撫使。淳祐九年八月,以吴潛爲資政殿學士,知紹興府,浙東安撫使。十二月以吴潛同知樞密院事兼參知政事。《宋代官制辭典》:「殿學士,無職事,資望極峻,有出入侍從,備顧問之名義,實爲宰執官離任或外任所帶職名。」淳祐九年仲冬十一月吴潛雖不在宰執任,但因曾權任參知政事等執政官,殿學士的帶職正見此殊榮。詞中所用寇準事,也在寇準判知陝州(今河南三門峽市)時。灞橋踏雪尋詩的鄭綮也曾任同中書門下平章事(見《新唐書》卷一八三),夢窗另有《絳都春》「履翁帥越」一詞,亦稱吴潛爲「履翁」,或可旁證此詞寫在吴潛帥越時。詞中有「灞橋東」,以寫在杭州爲宜。此年十一月,夢窗仍在史宅之杭京幕中。

# 又

題李中齋舟中梅屏㊀〔一〕

冰骨清寒瘦一枝〔二〕。玉人初上木蘭時〔三〕。懶妝斜立澹春姿〔四〕。月落溪窮清影在〔五〕，日長春去畫簾垂〔六〕。五湖水色掩西施〔七〕。

【校議】

㊀中齋：毛本、戈校本、杜本、王朱本、朱二校本作「中笙」。

【注釋】

〔一〕李中齋：夢窗友人，生平不詳。梅屏：陳與義《題顔持約畫水墨梅花》：「大庾嶺頭梅萼，管城呼上屏來。」

〔二〕冰骨句：宋璟《梅花賦》：「曷若茲卉，歲寒特妍。冰凝沍涸，擅美專權。」「萬木僵仆，梅英載吐。玉立冰姿，不易厥素。」喻良能《乙未詠梅》：「疏枝倚竹更臨池，一餉清寒瘦雪肌。」周邦彥《玉燭新·早梅》：「壽陽漫鬬。終不似，照水一枝清瘦。」

〔三〕木蘭：舟名。任昉《述異記》卷下：「木蘭洲在潯陽江中，多木蘭樹。昔吳王闔閭植木蘭於此，用構宮殿也。七里洲中，有魯般刻木蘭爲舟，舟至今在洲中。詩家云木蘭舟，出於此。」以上二句以舟中梅屏上所畫梅枝喻美人初上木蘭舟。

〔四〕懶妝：《詩·衛風·伯兮》：「自伯之東，首如飛蓬。豈無膏沐？誰適爲容！」徐照《自君之出矣》：「自君之出矣，懶妝眉黛濃。」斜立：徙倚而立。韓偓《宮詞》：「繡裙斜立正銷魂，侍女移燈掩殿門。」文人多以梅花凝淡擬美人不御鉛華，如王安石《與微之同賦梅花得香字三首》（之二）：「不御鉛華知國色，只裁雲縷想仙裝。」周邦彥《花犯·詠梅》：「露痕輕綴。疑淨洗鉛華，無限佳麗。」

〔五〕月落句：反用林逋《山園小梅》的意境，屏上之梅無須溪月作爲陪襯，但清淺溪水中梅枝疏花倒影已成墨梅定格其上。

〔六〕日長句：化用李賀《秦宮詞》詩意：「人間酒暖春茫茫，花枝入簾白日長。」秦觀《輦下春晴》：「亂絮迷春闊，嫣花困日長。」日長春去，《宋史·律曆三》：「（立春）晝刻，四十三刻；夜刻，五十六刻。」立春之後，晝漏日長，至春分晝夜平分，之後白晝漸長。

〔七〕五湖句：用范蠡載西施遊五湖事。此亦用作比喻。

【考辨】此詞應寫於蘇州太湖。

## 又㊀

觀吴人歲旦遊承天㊁〔一〕

千蓋籠花鬭勝春〔二〕。東風無力掃香塵〔三〕。盡沿高閣步紅雲〔四〕。　閑裏暗牽經歲恨〔五〕，街頭多認舊年人〔六〕。晚鐘催散又黄昏〔七〕。

【校議】

㊀戈校本詞調作《浣溪紗》。《浣溪紗》，同《浣溪沙》。

㊁鄭氏手批：「『承天』下當有『寺』字。今寺在都亭橋堍。」

【注釋】

〔一〕歲旦遊承天：宋人有新年遊道觀佛寺的習俗。《夢粱録》卷一：「正月朔日謂之元旦，俗呼爲新年。……不論貧富，遊玩琳宫梵宇，竟日不絶。」吴中亦重此俗。《吴郡志》卷二：「吴中自昔號繁盛，四郊無曠土。隨高下悉爲田，人無貴賤，往往皆有常産，以故俗多奢少儉，競節物好遊遨。歲首即會於佛寺，謂歲懺。士女闐咽，殆無行路，親友有經歲不相面者，多於此時相見，或慶或吊。」此遊承天寺，也稱能仁寺。

〔二〕千蓋籠花：實録「士女闐咽」的情景。鬪勝春，衆人奢遊似與春花鬪奇爭勝。

〔三〕東風句：李商隱《無題》：「相見時難別亦難，東風無力百花殘。」暗用貴戚路途珠翠可掃，塵土染香事。

〔四〕盡沿句：承天寺曾有瑞雲縈繚，詳見【考辨】。紅雲，祥瑞之氣。

〔五〕經歲：經過一年。

〔六〕街頭句：爲「多認街頭舊年人」之倒文，與上句皆寫去年街頭曾遇，如今偶會佛寺的情景。

〔七〕晚鐘句：李嘉祐《同皇甫冉登重玄閣》可以參看：「高閣朱闌不厭遊，蒹葭白水繞長洲。」「清梵林中人轉靜，夕陽城上角偏愁。」謂寺院的暮鐘聲雖然被風吹散，但斜陽還是讓人感覺到新年第一天的黄昏已經來臨。顯有「夕陽西下幾時回」之感歎。

【考　辨】

朱二校箋：《中吴紀聞》：宣和中，給事中趙野奏，凡世俗以「君」、「王」、「聖」三字爲名字，悉令革而正之。然尚有以「天」爲稱者，切慮亦當禁約。其後又有以「龍」、「皇」、「主」、「玉」字不當，言者亦請遏絶，遂易「承天」爲「能仁」。　朱箋：《吴郡志》：能仁禪寺，在長州縣西北二里，即梁重玄寺，入國朝爲承天寺。按，蘇州府盧志載元黄溍《平江承天能仁寺記》云：平江承天能仁寺，在府署北之甘節坊。梁天監初，衛尉卿陸公僧瓚舍齋以建也。大中祥符，賜額曰「承天」。宣和改「能仁」，故集中《探芳新》題「承天寺」，而《鐵網珊瑚》載夢窗墨蹟作「能仁寺」（孫按：指《鐵網珊瑚》新詞稿所載《探芳新・賦元日能仁寺薄遊》）。　朱二校箋：《中吴紀聞》：宣和中，給事中趙野奏，凡世俗以「君」、「王」、「聖」三字爲名字，悉令革而正之。然尚有以「天」爲稱者，切慮亦當禁約。其後又有以「龍」、「皇」、「主」、「玉」字不當，言者亦請遏絶，遂易「承天」爲「能仁」。

夏箋：《吴郡圖經續記》「承天寺」條，韋蘇州《登寺閣》詩云：「時暇陟雲構，晨霽澄景光。始見吴郡大，千里鬱蒼蒼。山川表明麗，江海吞大荒。」即此寺也。錢氏時，又加繕葺，殿宇崇麗云云。是承天寺唐時已有高閣，集中《探芳新》遊承天詞亦有「層梯峭空」句。

楊箋：《一統志》，承天寺在報恩寺西，初名廣德重元寺，宣和中，改今額。《府志》：張士誠據以爲宫，明洪武初，復爲寺。本朝康熙中，賜「金葉祥光」扁額。

孫按：《吴郡圖經續記》卷中：「承天寺在長洲縣西北二里，故傳是梁時陸僧瓚故宅。因覩祥雲重重所覆，請舍宅爲重雲寺，中誤書爲『重玄』，遂名之。韋蘇州《登寺閣詩》云……錢氏時又加繕葺，殿閣崇麗，前列怪石，寺中有别院五。」《中吴紀聞》卷五：「宣和中，户部幹當公事李寬奏：凡以『聖』爲名者，並行禁止。又給事中趙野奏：凡世俗以『君』、『王』、『聖』三字爲名字，悉合革而正之，然尚有以『天』爲稱者，切慮亦當禁約。其後又有以『龍』、『皇』、『主』、『玉』字不當言者，亦請遏絶。前後共禁八字。遂易『承天』爲『能仁』。」《吴郡志》卷三一：「宣和中，禁寺觀、橋梁名字以天、聖、皇、王等爲名，改今額。」元代黄溍《平江承天能仁寺記》載此寺沿革，並謂名「通玄」：「初賜名通玄。陳隋之際毁。至唐而復。廣德初，加號廣德通玄。遭廢於會昌末，重興。未幾而又毁，至後唐而復。宋咸平間，更一新之。大中祥符初，始賜額曰承天。宣和中乃改其額曰能仁。南渡後毁。至建炎末，而復於紹興間，淳熙初始定爲禪居。」

# 又

琴川慧日寺蠟梅〔一〕

蝶粉蜂黄大小喬〔二〕。中庭寒盡雪微消〔三〕。一般清瘦各無聊〔四〕。窗下和香封遠訊〔五〕，牆頭飛玉怨鄰簫〔六〕。夜來風雨洗春嬌〔七〕。

【注釋】

〔一〕琴川句：琴川是常熟的别稱。慧日寺在常熟縣治附近。　蠟梅亦稱「臘花」。

〔二〕蝶粉蜂黄：徐安國《次韻南澗先生蠟梅》：「試將蝶粉較蜂黄，未易差殊定出房。」李商隱《酬崔八早梅有贈兼示之作》：「何處拂胸資蝶粉，幾時塗額藉蜂黄。」此以蝶粉蜂黄代稱白梅與蠟梅。　大小喬：《三國志·吴志·周瑜傳》：「時得橋公兩女，皆國色也。策自納大橋，瑜納小橋。」橋，也寫作「喬」。王邁《二月朔日得詩二十六韻》：「爛醉東西玉，爭妍大小喬。」白梅蠟梅雖不同科但都以「梅」命名，並開花時節相近，故擬爲喬氏姊妹。

〔三〕中庭句：楊巨源《崔娘詩》：「清潤潘郎玉不如，中庭蕙草雪消初。」

〔四〕一般清瘦：許棐《蠟梅江梅同瓶》可以參看：「苗裔元從庾嶺分，兩般標致一般春。」參寥《梅花寄汝陰蘇太守》：「一樹輕明侵曉岸，數枝清瘦耿疏籬。」吴師孟《蠟梅香》：「國豔天葩，真澹佇、雪肌清瘦。」　無聊：此猶言寂寥，恬静淡泊。與下句化用姜夔《浣溪沙》詠臘花意境：「書寄嶺頭封不到，影浮杯面誤人吹，寂寥惟有夜寒知。」

〔五〕窗下句：楊萬里《蠟梅》：「殷勤滴蠟緘封卻，偷被霜風折一枝。」尤袤《次韻渭叟蠟梅》：「蠟丸暗拆東君信，梔貎寧欺我輩人。」

〔六〕牆頭句：曾肇《臘梅》：「紫蒂黄苞破臘寒，清香旋逐角聲殘。」唐無名氏《雜詩》：「洛陽才子鄰簫恨，湘水佳人錦瑟愁。」《樂律全書》卷八：「陳暘所載簫圖，長短一般而非參差。蓋蠟塞爲清濁，或開竅於背後。」《格致鏡原》卷四七：「蔡邕《月令章句》：簫長則濁，短則清，以蠟蜜實其底，而增減之，則和管而成音。」飛玉，此指白梅飄落。笛曲中有《梅花落》，簫底用蠟，並怨過笛聲，故詞中亦有簫聲易笛聲。如晏幾道《清平樂》：「醉弄影娥池水，短簫吹落殘梅。」

〔七〕夜來句：孟浩然《春曉》：「夜來風雨聲，花落知多少。」韓偓《哭花》：「若是有情爭不哭，夜來風雨葬西施。」春嬌，本以形容女子嬌豔之態。梁鍠《狷氏子》：「憶事臨妝笑，春嬌滿鏡臺。」此喻蠟梅。蠟梅花朵枝頭枯萎而不落，故曰「洗」。與何應龍《蠟梅》詩可以參看：「一冬不被風吹落，卻訝江梅易斷腸。」此詞以白梅襯寫臘梅，雙起雙結，紋絲不亂。

【集　評】

劉永濟《微睇室説詞》：起句以白梅陪襯蠟梅，故曰「蝶粉蜂黄」。「大小喬」本三國時喬公二女，今以比黄白梅花。「中庭」句點時。「一般」句言黄白梅花當此「寒盡雪微消」時「一般清瘦」，故曰「無聊」，蓋梅已漸落也。換頭上句，古用蠟封信，因蠟梅之名而思及「遠信」。下句見落梅而思及玉簫，皆有人在。如此，則非泛詠物而爲觸物思人。但此意深微，不著痕跡耳。末言殘梅亦爲風雨洗盡矣，語帶感慨。

【考　辨】

朱箋：馮桂芬《蘇州府志》：常熟，琴川横港七派，如琴弦然。嘉熙初，王淪增辟，榜曰琴川。盧熊《蘇州府志》：慧日禪寺，在常熟縣治北九十步，梁僧慧嚮建。按馮《志》又云，寺梁天監間建，宋舊名「壽聖」，又名「安(晏)安」。大中祥符元年，敕爲慧日禪院。

楊箋：《一統志》：琴川在昭文縣治。《琴川志》：縣治前後横港凡七，若琴弦然，皆西受山水，東注運河。或曰縣有五浦注海，若五弦也。今横港水僅有一二通流，餘皆堙塞。范成大《梅譜》云：臘梅本非梅類，以其與梅同時，而香又近之，故名梅。張翊《花經》云：爲色正似黄蠟，非以臘時開也。王敬美曰：原名黄梅，王安國熙寧間尚詠黄梅，至元祐間，蘇、黄命爲臘梅。

吴熊和《唐宋詞彙評·考證》引《重修琴川志》卷一〇：慧日禪院在縣治西稍北九十步。梁吴興僧慧嚮造大寺三，在淮南曰慧照，昆山曰慧聚，常熟曰慧日。……常熟叢林之盛，此居其首。居闤闠之中而有山林瀟灑之趣。紹興十五年，一夕煨燼。自乾道、淳熙、歷慶元、嘉泰以至嘉定，增葺始備，歲入亦增益，僧徒常數百人，遂爲一方名刹矣。

孫按：《姑蘇志》卷三十：「(常熟縣)慧日禪寺，在縣治西稍北。梁天監間，吴興僧慧嚮開山。舊名壽聖，又名晏安，又名慧日禪院。紹興十五年毁，乾道九年僧宜意、嘉定間僧子幸先後重建。縣令張珽記。按《記》云：寺經鬱攸，碑碣無存。相傳三錫額，曰壽聖、曰晏安、曰慧日，亦口傳耳。又按《吴郡志》云：始於禎明元年，皇朝治平四年敕額壽聖、晏安、禪院。」

范成大《范村梅譜》：「蠟梅本非梅類，以其與梅同時，香又相近，色酷似蜜脾，故名蠟梅。凡三種。以子種出不經接，花小香淡，其品最下，俗謂之狗蠅梅。經接花疏，雖盛開，花常半含，名磬口梅，言似僧磬之口也。最先開，色深黄如紫檀，花密香穠，名檀香梅，此品最佳。蠟梅香極清芳。殆過梅香，初不以形狀貴也，故難題詠，山谷、簡齋但作五言小詩而已。此花多宿葉，結實如垂鈴，尖長寸餘，又如大桃奴，子在其中。」

《淵鑒類函》卷四〇六引張翊《花經》曰：「人言臘時開，故以蠟名，非也。爲色正似黄蠟耳。出自河南者名磬口，色香形皆第一；松江名荷花者次之，本地狗纓下矣。得磬口，即荷花可廢，何況狗纓。」又引王敬美曰：「蠟梅原名黄梅，故王安國熙寧間，尚詠黄梅。至元祐間，蘇、黄命爲蠟梅。」

任淵《山谷内集詩注》卷五注黄庭堅《戲詠蠟梅二首》曰：「山谷書此詩後云：京洛間有一種花，香氣似梅花，亦五出而不能晶明，類女功撚蠟所成。京洛人因謂蠟梅。木身與葉乃類蒴藋。竇高州家有灌叢，能香一園也。《王立之詩話》云：蠟梅，山谷初見之，戲作二絶，緣此盛於京師。」

## 又㈠

門隔花深夢舊遊，夕陽無語燕歸愁〔一〕。玉纖香動小簾鉤〔二〕。落絮無聲春墮淚〔三〕，行雲有影月含羞〔四〕。東風臨夜冷於秋〔五〕。

【校　議】

㊀ 明張本、毛本、戈校本、杜本、王朱本有詞題作「春情」。

【注　釋】

〔一〕夕陽句：此句語序錯綜，謂歸燕無呢喃之聲，與即將西下之斜陽似乎都染愁情。

〔二〕玉纖句：謂微風吹動小小簾鉤，激蕩起玉手掛簾時殘留的香氣。韓偓《詠柳》：「玉纖折得遥相贈，便似觀音手裏時。」陸龜蒙《新秋雜題六首·眠》：「一簟臨窗薤葉秋，小簾風蕩半離鉤。」並承夕陽意。杜甫《落日》：「落日在簾鉤，溪邊春事幽。」

〔三〕落絮句：暗用蘇軾《水龍吟》楊花點點如淚之意。庾肩吾《春日詩》：「桃紅柳絮白，照日復隨風。」劉長卿《别嚴士元》：「細雨濕衣看不見，閑花落地聽無聲。」《晉書·羊祜傳》：「襄陽百姓於峴山（羊）祜平生遊憩之所建碑立廟，歲時饗祭焉。望其碑者，莫不流涕。杜預因名爲『墮淚碑』。」

〔四〕行雲句：劉孝綽《夜不得眠詩》：「風音觸樹起，月色度雲來。」張先《天仙子》：「沙上並禽池上暝。雲破月來花弄影。」《子夜歌四十二首》（之四十一）：「恃愛如欲進，含羞未肯前。」以上二句比喻中自有所懷彼美之情態容色。

〔五〕東風句：柳宗元《柳州二月榕葉落盡偶題》：「宦情羈思共凄凄，春半如秋意轉迷。」賀鑄《浣溪沙》：「笑撚粉香歸洞户，更垂簾幕護窗紗。東風寒似夜來些。」

【集評】

陳廷焯《閒情集》卷二：字字淒警。

又，《白雨齋詞話》：《浣溪沙》結句貴情餘言外，含蓄不盡。如吴夢窗之「東風臨夜冷於秋」，賀方回之「行雲可是渡江難」，皆耐人玩味。

又《閒情集》卷二：字字淒警。

俞陛雲《唐五代兩宋詞選釋》：句法將縱遠收，似沾非著，以藴釀之思，運妍秀之筆，可平睨方回，攬裾小晏矣。結句尤淒韻悠然。

陳洵《海綃説詞》：「夢」字點出所見，惟夕陽歸燕；玉纖香動，則可聞而不可見矣。是真是幻，傳神阿堵，門隔花深故也。「春墮淚」爲懷人，「月含羞」因隔面，義兼比興。東風回睇夕陽，俯仰之間，已爲陳跡，即一夢亦有變遷矣。「秋」字不是虚擬，有事實在，即起句之舊遊也。秋去春來，又换一番世界，一「冷」字可思。此篇全從張子澄「别夢依依到謝家」一詩化出，須看其遊思飄渺、纏綿往復處。

楊箋：此是以冶遊托諸夢境之詞。

劉永濟《微睇室説詞》：此憶舊之詞，所憶不願實説而托之夢。「門隔花深」，不得親近，故但有夢也。「夕陽」句爲門外所見之景。「玉纖」句乃花中所聞之聲。换頭上句所憶之情，「落絮無聲」乃「春墜淚」，以比人之情；下句所憶之人，「行雲有影」使月含羞，以比所憶之人。「東風」句憶舊之情懷如此，覺春夜東風亦如秋氣之涼矣。觀此詞，知詞家所説之夢，不必是真夢，而寫來似真，亦寫虚爲實之法也。

唐圭璋《唐宋詞簡釋》：此首感夢之作。起句，夢舊遊之處。「夕陽」兩句，夢人歸搴簾之態。换頭，抒懷人之情，因落絮以興起人之墜淚，因行雲以比人之含羞。「東風」句，言夜境之淒涼，與賀方回《浣溪沙》結句「東風寒似夜來些」相同。

## 又㈠

波面銅花冷不收〔一〕。玉人垂釣理纖鈎〔二〕。月明池閣夜來秋。　江燕話歸成曉别〔三〕，水花紅減似春休〔四〕。西風梧井葉先愁〔五〕。

【校　議】

㈠明張本有詞題作「秋情」。底本删。

【注　釋】

〔一〕波面句：林逋《菱塘》：「含機緑錦翻新葉，滿匣青銅瑩古花。」銅花，菱角花。據《埤雅》卷一五，菱花有「晝合宵炕，隨月轉移」，猶葵之隨日」的特點。炕，張開。冷不收，謂菱花月下綻放。

〔二〕玉人句：下句「月明」屬此。黄庭堅《浣溪沙》：「新婦灘頭眉黛愁。女兒浦口眼波秋。驚魚錯認月沈鉤。」鮑照《玩月城西門廨中詩》：「始見西南樓，纖纖如玉鉤。」尹程《觀秋水賦》：「晴霞晚鋪，如漢江之濯錦；夜月初上，若纖鉤之映泉。」纖鉤，喻弦月。

〔三〕江燕句：《齊天樂·會江湖諸友泛湖》中以「重集湘鴻江燕」寫漂泊不定的江湖諸友重新相聚，與此義同。話歸，用李商隱《夜雨寄北》詩意。

〔四〕水花句：謂秋花摇落，如春花飄零。白居易《雜曲歌辭·竹枝》：「水蓼冷花紅簇簇，江蘺濕葉碧萋萋。」水花，紅蓼。

〔五〕西風句：李白《贈别舍人弟臺卿之江南》：「梧桐落金井，一葉飛銀床。」《苕溪漁隱叢話前集》卷三：「《唐子西語録》云唐人有詩云：『山僧不解數甲子，一葉落知天下秋。』」梧井，古代井旁多植梧桐。

【集評】

陳洵《海綃説詞》：「玉人垂釣理纖鉤」，是下句倒影，非謂真有一玉人垂釣也。「纖鉤」是月，「玉人」言風景之佳耳。「月明池閣」下句醒出，甲稿《解蹀躞》「可憐殘照西風，半妝樓上」，「半妝」亦謂殘照西風。西子西湖，比興常例，淺人不察，則謂覺翁晦耳。

【考　辨】

楊箋：此爲重到西園憶姬作。

孫按：此亦懷蘇州營妓詞，蘇妓别時在秋，可與《解蹀躞》（醉雲又兼醒雨）合參。

## 又

題史菊屏扇〔一〕

門巷深深小畫樓。闌干曾識憑春愁〔二〕。新蓬遮卻繡鴛遊〔三〕。　桃觀日斜香掩户〔四〕，蘋溪風起水東流〔五〕。紫萸玉腕又逢秋〔六〕。

【注　釋】

〔一〕史菊屏：即史世卿。晚號菊屏。

〔二〕憑春愁：春日凭欄之愁。顧敻《虞美人》：「凭闌愁立雙蛾細，柳影斜摇砌。」

〔三〕新蓬句：南宋遺民王鎡《敗荷》詩可以參看：「葉無圓影柄無香，收盡蓮歌冷碧塘。一片傷心雲錦地，也曾遮月宿鴛鴦。」楊萬里《感興》：「荷花正鬧蓮蓬嫩，月下松醪且滿斟。」鱐鴛，鴛鴦毛色燦然，故云。

〔四〕桃觀句：桃觀，代指玄都觀。劉禹錫《元和十一年自朗州召至京戲贈看花諸君子》：「玄都觀裏桃千樹，儘是劉郎去後栽。」與下句「溪」字用劉義慶《幽明録》所載東漢劉晨、阮肇入天台山沿桃溪而上遇儷仙及陶淵明《桃花源記》故事。意謂桃源避秦之地。

〔五〕蘋溪句：宋玉《風賦》：「夫風生於地，起於青蘋之末，侵淫溪谷，盛怒於土囊之口。」《長歌行》：「百川東到海，何時復西歸。」温庭筠《題西平王舊賜屏風》：「世間剛有東流水，一送恩波更不回。」

〔六〕紫萸句：古代風俗重陽節囊中盛茱萸繫臂上以避邪。紫萸，吴地茱萸葉花皆紫色。

【考辨】

張如安《夢窗詞箋釋補正》：史菊屏爲誰，朱祖謀、夏承燾均未有箋，楊鐵夫想當然地推測：「玩詞與題，疑菊屏是女流。」此説大誤。史菊屏即史世卿。據鄭真《滎陽外史集》卷四三《故宋文林郎史公墓表》，史世卿字景瞻，世居於鄞，其世系爲史詒（贈太師、越國公）——史淵（朝奉郎知江陰軍）——史彌高（贈奉直大夫）——史損之（國子監發解進士）——史世卿。史世卿生於宋嘉定六年（一二一三），卒於元至元二十三年（一二八六）。端平二年，世卿試入等。嘉熙四年（一二四〇）請國子監文解稱進士。淳祐九年（一二四九）始補將仕郎，十一年授迪功郎、黄州麻城縣主簿。寶祐二年（一二五四）改授平江府司户參軍，升朝奉郎，直敷文閣兩浙轉運使。度宗即位後，歷修職郎、從政郎、從事郎，終文林郎。宋亡不仕。《滎陽外史集》卷三八有《跋史觀文與從侄菊屏君帖》、《跋史忠清公貽其兄判部尚書墨蹟》兩文，可參證史世卿入仕經過。與夢窗交遊的下層文官不少，只有史世卿有較詳細的生卒仕歷可資查考，可爲夢窗的生卒年代提供一參照系。又據鄭真所作墓表，稱史世卿「宋社既墟，絶口不言仕進，自號菊屏，扁一室曰『勤有』。讀書耕田，優遊自適」。似乎菊屏爲史世卿宋亡後的别號。吴夢窗既有題史菊屏扇之作，此或可爲夢窗卒於宋亡後添一佐證。

孫按：此扇面所畫爲道家女冠，夢窗題寫扇面人物若有似無的傷春悲秋之情，故楊箋有「疑菊屏是女流」之誤。另，史菊屏宋亡時拜命文林郎，鄭真《跋文林郎史世卿誥》：「按《宋史》德祐二年三月丁丑日，三宫出降。此文林郎誥在其旬日間所授者，其無印署，豈事勢倉皇而有所不暇也耶？是足以發黍離之一慨矣。」此後菊屏退居故鄉鄞州清河里宅第，宋亡後不仕。詳見鄭真《故宋文林郎史公墓表》。此詞或以道家女冠擬其隱居的生活狀態、人格操守。

## 又〔一〕

桂〔二〕〔一〕

曲角深簾隱洞房〔二〕。正嫌玉骨易愁黄〔三〕。好花偏占一秋香〔四〕。　夜氣清時初傍枕〔五〕，曉光分處未開窗。可憐人似月中孀㊂〔六〕。

【校　議】

㊀明張本是調下有秦觀同調詞(青杏園林)、南唐後主同調詞(手卷珠簾)、晏殊同調詞(一曲新詞)、蘇軾同調詞(簌簌衣巾)、李清照同調詞(小院閑窗)五闋,底本並删。毛本是調下有殘句「梨花欲謝恐難禁」,正爲李清照詞結句,顯爲删除未盡者。杜校:「原刻於此闋尾另作『梨花欲謝恐難禁』七字,必有脱簡,删之。」

㊁《歷代詩餘》無詞題。

㊂月中孀:《歷代詩餘》作「月中霜」。

【注　釋】

〔一〕桂:又稱巖桂花。《佩文齋廣群芳譜》卷四〇:「(巖桂)俗呼爲木犀(紋理如犀,故名木犀)。其花有白者名銀桂,黄者名金桂,紅者名丹桂。有秋花者,春花者,四季花者,逐月花者。」

〔二〕曲角句:謂内室相連深邃,並隱於繡簾之中。枚乘《七發》:「往來游燕,縱恣於曲房隱間之中。」洞房,《後漢書·梁冀傳》:「冀乃大起第舍,而壽亦對街爲宅,殫極土木,互相誇競。堂寢皆有陰陽奥室，連房洞户。」李賢注曰：「洞，通也。」

〔三〕正嫌句：杜甫《徐卿二子歌》：「大兒九齡色清澈，秋水爲神玉爲骨。」李商隱《偶成轉韻七十二句贈四同舍》：「天官補吏府中趨，玉骨瘦來無一把。」此詠秋天金桂，故曰「愁黄」。

〔四〕好花句：李清照《鷓鴣天》詠桂：「何須淺碧深紅色，自是花中第一流。梅定妒，菊應羞。畫闌開處冠中秋。」朱淑真《木犀》：「彈壓西風擅衆芳，十分秋色爲伊忙。」

〔五〕夜氣句：此寫深夜桂花敷蕊散香，花氣更爲清馥。參見《花犯·謝黄復庵除夜寄古梅枝》注〔九〕。

〔六〕月中孀：王初《青帝》：「青帝邀春隔歲還，月娥孀獨夜漫漫。」

## 玉樓春

京市舞女㊀〔一〕

茸茸狸帽遮梅額〔二〕。金蟬羅剪胡衫窄〔三〕。乘肩爭看小腰身㊁〔四〕，倦態强隨閒鼓笛〔五〕。　問稱家在城東陌㊂。欲買千金應不惜〔六〕。歸來困頓殢春眠〔七〕，猶夢婆娑斜趁拍〔八〕。

【校議】

㊀《絶妙好詞續鈔》詞題作「元夕」。《歷代詩餘》無詞題。

㊁乘肩：楊慎《詞品》、《古今詞統》作「乘輿」。鄭氏手批：「此詞見《武林舊事》引之。明楊升庵以爲『乘肩』有誤，繆已。乘肩小女亦舞戲之一類，今遨頭之有背閣，皆以小女郎妝飾戲齣，對立肩上，或多至三人，亦能跳舞，搬演《水滸》傳奇中人。汴梁春秋會恒有之，蓋昉於北宋舞樂也。此詞所謂『小腰身』，正以見其輕眇之技耳。」《歷代詩餘》作「垂肩」。

㊂問稱：《古今詞統》作「聞稱」。家在：諸本作「家住」。兹從《武林舊事》引詞、鄭校。鄭校：「以形意近訛。」

【注釋】

〔一〕京市舞女：《武林舊事》卷二：「都城自舊歲冬孟駕回，則已有乘肩小女鼓吹舞綰者數十隊，以供貴邸豪家幕次之玩。而天街茶肆，漸已羅列燈毬等求售，謂之燈市。自此以後，每夕皆然。三橋等處客邸最盛，舞者往來最多。每夕樓燈初上，則簫鼓已紛然自獻於下，酒邊一笑，所費殊不多。往往至四鼓乃還。自此日盛一日，姜白石有詩云：『燈已闌珊月色寒，舞兒往往夜深還。只應不盡婆娑意，更向街心弄影看。』又云：『南陌東城盡舞兒，畫金刺繡滿羅衣。也知愛惜春遊夜，舞落銀蟾不肯歸。』吴夢窗《玉樓春》（略）深得其意態也。」吴自牧《夢粱録》卷二：「街市有樂人三五爲隊，擎一二女童舞旋，唱小詞，專沿街趕趁。」

〔二〕茸茸：因困倦而雙眼朦朧。意綴「倦態」句。韓偓《厭花落》：「忽然事到心中來，四肢嬌入茸茸眼。」狸帽：《中華古今注》卷中：「昔秦始皇東巡狩，有猛獸突於帝前。有武士戴狸皮白首，獸畏而遁。遂軍仗義服皆戴作狸皮白首，以威不虞也。」又，卷上：「（搭耳帽）本胡服，以韋爲之，以羔毛絡縫。趙武靈王更以綾絹皂色爲之。始並立其名爪牙帽子。」梅額：《太平御覽》卷三〇引《雜五行書》：「宋武帝女壽陽公主，人日卧於含章殿簷下。梅花落公主額上，成五出之花，拂之不去。皇后留之，看得幾時。經三日，洗之乃落。宫女奇其異，競效爲之，今梅花妝是也。」

〔三〕金蟬句：金羅，即上引姜詞「畫金刺繡滿羅衣」之義。蟬，《類説》卷六：「泉女所織綃，細薄如蟬翼，名蟬紗。」胡衫窄，劉言史《王中丞宅夜觀舞胡騰》：「織成蕃帽虚頂尖，細氎胡衫雙袖小。」

〔四〕小腰身：元稹《和樂天示楊瓊》：「汝今無復小腰身，不似江陵時好女。」

〔五〕倦態句：身體困倦，但勉强趁隨鼓點笛聲而舞。閒，《尚書·益稷》：「笙鏞以閒，鳥獸蹌蹌。」孔氏傳：「閒，迭也。」謂吹笙擊鐘，更迭而作。末句「斜」字入此句。王珪《端午内中帖子詞·夫人閣》：「一樣紅裙試舞斜，階前妒盡石榴花。」

〔六〕問稱二句：化用柳永《玉樓春》詞意：「王孫若擬贈千金，只在畫樓東畔住。」城東陌，即前引姜詩「南陌東城」之意。城東，勾欄聚集處。清代厲鶚《東城雜記》卷下：「瓦子鉤闌：南宋在臨安有二十三處。其在城東者，新開門外新門瓦，亦名四通館。薦橋門瓦，在崇新門外，章家橋南菜市瓦，在東青門外。』菜市橋南艮山門瓦，艮山門外。」吴錫麒《有正味齋詞·鳳凰臺上憶吹簫》序云：「城東瓦子巷，本南宋時勾闌。夢窗《玉樓春》詞有云『問稱家住城東陌』，蓋指此也。今則委巷蕭然，知者殆鮮耳。」

〔七〕殢：此指處於惺忪朦朧欲醒猶睡的狀態。

〔八〕婆娑：《詩·陳風·東門之枌》序曰：「男女棄其舊業，亟會於道路，歌舞於市井爾。」首章曰：「東門之枌，宛丘之栩。子仲之子，婆娑其下。」　趁拍：仲並《浪淘沙》：「趁拍舞初筵。柳裊春煙。」

【集　評】

卓人月、徐士俊《古今詞統》卷七：（末二句）身歸魂未歸。

俞陛雲《唐五代兩宋詞選釋》：詞紀京師燈市舞女之情狀。……詞中云「狸帽」、「胡衫」、「乘肩」、「趁拍」，皆當時舞女妝態，想見南都繁盛之一斑。後幅寫舞女之堪憐，當鼓笛娱賓時，已雖難支倦困，歸後夢猶趁拍，貧女之飄零身世，夢窗蓋深憫之也。

劉永濟《微睇室説詞》：首二句寫舞女妝飾。「乘肩」二名寫其姿態。宋時稚子出遊，皆坐人肩上。姜夔《鷓鴣天·元月十一日觀燈》詞有「白頭居士無呵殿，只有乘肩小女隨」。又《武林舊事·元夕》條：「都城自舊歲孟冬駕回，已有乘肩小女鼓吹舞綰者數十家，以供貴邸豪家幕次之玩。」可見當時人家小女與舞隊小女皆有乘肩之習。換頭二句寫舞女心情。「歸來」二句體貼更細而深。在困頓春眠之中，猶夢「婆娑趁拍」，舞女之可憐如此。「拍」者，樂句也，所以節舞者。舞者隨樂高速之節拍爲動作之容，故曰「趁拍」。「殢」，依戀也。猶言貪睡。此詞但見一種憐惜之心而無絲毫輕蔑之感，作者之情緒雖未明言，而躍躍紙上矣。

【考　辨】

夏箋：《武林舊事》：「元夕」條：「都市自舊歲孟冬駕回，已有乘肩小女，鼓吹舞綰者數十隊，以供貴邸豪家幕次之玩。」白石《鷓鴣天》：「白頭居士無呵殿，只有乘肩小女隨。」劉廷璣《在園雜志》謂：「小曲有《節節高》一種，《節節高》本曲牌名，取接接高之意，自宋時有之。《武林舊事》所載元宵節乘肩小女是也。今則小童立大人肩上，唱各種小曲，做連像。所馱之人，以下應上，當旋則旋，當轉則轉，時其緩急而節奏之。」《東城雜記》（略）。今遺跡皆不可考，獨菜市橋瓦子巷其名猶存。劉廷璣説乘肩小女未是。予頃箋白石詞，用黄庭堅詠鑷工詩，按之夢窗此詞，亦復不妥，待再考。

孫按：夏承燾、劉永濟所引姜夔詞中「乘肩小女」，是坐於肩頭的人家嬌女，與擎立於肩頭按舞之「乘肩小女」兩不相涉。此詞寫於杭州。

## 又

爲故人母壽㈠

華堂夜宴連清曉㈡〔一〕。醉裏笙歌雲窈裊〔二〕。釀來千日酒初嘗㈢〔三〕，過卻重陽秋更好〔四〕。　阿兒早晚成名了〔五〕。玉樹階前春滿抱〔六〕。天邊金鏡不須磨，長與妝樓懸晚照㈣〔七〕。

【校　議】

㈠ 毛本、戈校本、杜本、王朱本、朱二校本詞題作「爲故人壽母」。明張本是調下有晏殊同調詞（緑楊草草）一闋。底本删。

㈡ 夜宴：毛本、戈校本、杜本、王朱本、朱二校本作「宿宴」。

㈢ 釀來：毛本、戈校本、杜本、王朱本、朱二校本作「釀成」。初嘗：毛本、戈校本、杜本、王朱本、朱二校本作「初香」。

㊃懸晚照：毛本、戈校本、杜本作「塹晚照」。戈校本眉注「懸」字。鄭校：「以形近訛。」

【注釋】

〔一〕華堂夜宴：陸雲《大將軍宴會被命作詩六章》（之五）：「王在華堂，式宴嘉會。」杜牧《兵部尚書席上作》：「華堂今日綺筵開，誰唤分司御史來。」

〔二〕窈裊：舞姿美好貌。杜牧《杜秋娘詩》：「低鬟認新寵，窈裊復融怡。」

〔三〕千日酒：張華《博物志》卷五：「昔劉玄石於中山酒家酤酒，酒家與千日酒，忘言其節度。歸至家當醉，而家人不知，以爲死也，權葬之。酒家計千日滿，乃憶玄石前來酤酒，醉當醒耳。往視之，云『玄石亡來三年，已葬』。於是開棺，醉始醒。俗云：『玄石飲酒，一醉千日。』」此泛指烈性好酒。

〔四〕過卻句：點明故人母生日時間在重陽節之後，「秋更好」兼有祝頌故人母晚年更幸福之意。以上二句分嵌用於祝壽的「千秋」二字。

〔五〕阿兒：猶言「阿孩兒」，昵稱早得功名的少年。《唐摭言·慈恩寺題名游賞賦咏雜記》：「苗台符六歲能屬文，聰悟無比。十餘歲博覽群籍，著《皇心》三十卷。年十六及第。張讀亦幼擅詞賦，年十八及第。同年進士，同佐鄭薫少師宣州幕。二人嘗列題於西明寺之東廡。或竊注之曰：『一雙前進士，兩箇阿孩兒。』」阿，名詞前綴。用於晚輩及婦人前。趙彦衛《雲麓漫鈔》卷一〇：「古人多言阿字，如……漢武阿嬌金屋。晉尤甚，阿戎、阿連等語極多。」早晚：《匯釋》：「猶云隨時也；日日也。杜甫《江雨有懷鄭典設》詩：『春雨暗暗塞峽中，早晚來自楚王宫。』此隨時與日日均可解。」此處爲「隨時」義。

〔六〕玉樹階前：《晉書·謝安傳》：「（謝玄）少穎悟，與從兄朗俱爲叔父安所器重。安嘗戒約子侄，因曰：『子弟亦何豫人事，而正欲使其佳？』諸人莫有言者。玄答曰：『譬如芝蘭玉樹，欲使其生於庭階耳。』」滿抱：猶言「連抱」。連臂合抱。

〔七〕天邊二句：古用銅鏡，須常打磨方能照影。劉向《列仙傳·負局先生》：「負局先生者，不知何許人也，語似燕代間人，常負磨鏡局，循吴市中，衒磨鏡一錢。」金鏡，比喻月亮。元稹《泛江翫月》：「遠樹懸金鏡，深潭倒玉幢。」楊箋：「意其人生辰在九月十五月圓左右，婦人壽詞，羌無故實，此爲標準。」

## 點絳唇㈠

推枕南窗〔一〕，楝花寒入單紗淺㈡〔二〕。雨簾不卷。空礙調雛燕〔三〕。一握柔葱〔四〕，香染榴巾汗〔五〕。音塵斷〔六〕。畫羅閑扇〔七〕。山色天涯遠〔八〕。

【校　議】

㈠明張本有詞題「初夏感情」。底本删。

㈡楝花：毛本、王朱本作「練花」。諸家皆以爲誤而不從。鄭氏手批《浪淘沙·有得越中故人贈楊梅者》曰：「『練』當作『楝』。案《爾雅翼》：楝，三四月開花，紅紫色，實如小鈴，名金鈴子。詞中所用楝花既紀楊梅熟時，又取其一色。作『練』之誤偏旁可知已，不須以它類牽引，失之穿鑿附會也。」孫按：《爾雅翼》卷九：「楝木高丈餘，葉密如槐而尖，三四月開花，紅紫色，芬香滿庭。實如小鈴，名金鈴子，俗謂之苦楝。」亦名「練花」。《格致鏡原》卷六五：「（楝）其實可以練，故名。」古詩詞中楝花與練花，同物而異名，常可互代。故毛本亦不誤，可存異文。單紗：劉永濟《微睇室説詞》徑作「單衫」。實可從。單衫是古代春末夏初時的著裝，或外加背心（古稱「裲襠」）禦寒。《琅琊王歌辭》：「陽春二三月，單衫繡裲襠。」《西洲曲》：「單衫杏子紅，雙鬢鴉雛色。」皆可證。

【注　釋】

〔一〕推枕：白居易《長恨歌》：「攬衣推枕起裴回，珠箔銀屏邐迤開。」

〔二〕楝花句：楝花，也作「練花」。陸游《梅雨》：「絲絲梅子熟時雨，漠漠楝花開後寒。」楊萬里《淺夏獨行奉新縣圃》：「我來官下未多時，梅已黄深李緑肥。只怪南風吹紫雪，不知屋角楝花飛。」餘見《水龍吟·用見山韻餞别》注〔一七〕。

〔三〕雨簾二句：反用王之道《菩薩蠻》詞意：「緑楊低映深深院。春風不動珠簾卷。乳燕引雛飛。流蘇盡日垂。」歐陽修《簾》：「枉將玳瑁雕爲押，遮掩春堂礙燕歸。」李商隱《燕臺四首·夏》：「前閣雨簾愁不卷，後堂芳樹陰陰見。」

〔四〕一握：形容下句中「榴巾」。劉辰翁《如夢令》可以參看：「花影爲誰重，一握鮫人絲淚。」

〔五〕香染句：爲「香汗染榴巾」之倒。梁簡文帝《詠内人晝眠詩》：「簟文生雙腕，香汗浸紅紗。」白居易《題孤山寺山石榴花示諸僧衆》：「山榴花似結紅巾，容豔新妍占斷春。」

〔六〕音塵斷：謝莊《月賦》：「美人邁兮音塵闕，隔千里兮共明月。」梁元帝《燕歌行》：「翻嗟漢使音塵斷，空傷賤妾燕南陲。」「天涯」意入此句。

〔七〕畫羅閑扇：暗用秋扇捐棄典。

〔八〕山色句：暗用遠山黛典。

## 【集評】

陳廷焯《雲韶集》卷八：聲情俱妙絶古今。

劉永濟《微睇室説詞》：按此雨中懷人之詞也。「推枕」，不能寐也。「楝花」句首先出一「寒」字，因雨而寒也，故下即寫「雨簾」。楝，三四月開花，二十四番花訊風，楝花風最後。「寒入單衫」，衾寒也。風雨淒然，不能入寐，故爾生感，爲作詞之因。……换頭遂及所懷之人，「柔葱」，手指也。「榴巾」，妾之遺物，當時手汗尚染在巾，睹物思人也。故即接「音塵斷」三字。歇拍更從扇上「山色」，念及人去便成天涯之遠也。曰「閑扇」，則擱置已久可知。巾也，扇也，皆去妾之遺物，睹之皆有「物是人非」之感。「山色」五字與温庭筠《菩薩蠻》詞見枕屏上「小山重疊」而思及人去之遠同意，正可互證。

【考辨】

楊箋：此亦爲憶姬之詞。（「雨簾」二句）觀知姬已有子，燕自不歸，以簾礙爲咎，語妙。（「山色」句）「山色」，扇上所畫，吴越雖水程可通，然已如隔天涯矣。

劉永濟《微睇室説詞》：「雨簾」二句乃言燕爲雨簾所礙，不能調其雛燕。意則念去妾因故不能撫其子。楊鐵夫謂夢窗去妾已生子，似可信。

孫按：周密《西江月》詞曰：「波影暖浮玉甃，柳陰深鎖金鋪。湘桃花褪燕調雛。又是一番春暮。　碧柱情深鳳怨，雲屏夢淺鶯呼。繡窗人倦冷熏壚。簾影摇花亭午。」兩詞參看，知有燕調雛可泛寫閨怨，而不能爲「有子」之依據。然此詞寫榴巾、柔葱意象與《齊天樂》（煙波桃葉西陵渡）等詞多有瓜葛，疑屬憶杭妓系列作品。詳見《渡江雲・西湖清明》【考辨】。

## 又㊀

時霎清明〔一〕，載花不過西湖路㊁〔二〕。嫩陰緑樹。正是春留處㊂〔三〕。　燕子重來〔四〕，往事東流去〔五〕。征衫貯。舊寒一縷。淚濕風簾絮〔六〕。

【校　議】

㊀明張本、毛本、杜本有詞題「春暮」。朱二校本等刪。

㊁西湖：諸本作「西園」。「西湖」與「征衫淚」典意最相融貫，作「西園」則舛互難通。故從《陽春白雪》。

㊂正是：明張本、毛本、杜本、王朱本作「政是」。政，通「正」。

【注　釋】

〔一〕時霎：秦觀《蝶戀花》：「屈指豔陽都幾許。可無時霎閑風雨。」徐培均箋注：「即霎時，依詞律倒裝。」清明：古代有清明節踏青的習俗。

〔二〕載花句：盧祖皋《烏夜啼》：「輕衫短帽西湖路，花氣撲春驄。」

〔三〕嫩陰二句：李覯《御溝新柳》：「嫩陰初覆水，高影漸離塵。」杜牧《歎花》：「如今風擺花狼藉，綠葉成陰子滿枝。」

〔四〕燕子句：張良臣《玉臺體》：「傷心燕子重來地，無復人吹紫玉簫。」以上四句取意周邦彦《瑞龍吟》：「愔愔坊曲人家，定巢燕子，歸來舊處。」「事與孤鴻去。探春儘是，傷離意緒。」

〔五〕往事句：岑參《敷水歌送竇漸入京》：「昔時流水至今流，萬事皆逐東流去。」餘見《浣溪沙·題史菊屏扇》注〔五〕。

〔六〕征衫三句：化用周邦彦《瑞龍吟》意境：「歸騎晚、纖纖池塘飛雨。斷腸院落，一簾風絮。」「西湖意入此句。蘇軾《青玉案》：「春衫猶是，小蠻針綫，曾濕西湖雨。」杜牧《村行》：「半濕解征衫，主人饋雞黍。」

【集評】

陳廷焯《雲韶集》卷八：婉約。情景雙絕。

又，《大雅集》卷三：筆意逼近美成。

俞陛雲《唐五代兩宋詞選釋》：舊感猶存而托諸舊寒猶貯，見詞心之靈妙。結句與清真詞之《瑞龍吟》結句「一簾風絮」情同而風韻亦同。

陳洵《海綃説詞》：「西園」，故居。「清明」，邂逅之始。「春留」，正見人去。卻只言「往事」，只言「舊寒」，既云「不過」，則緑陰燕子，皆是想像之詞，當前惟有征衫之淚耳。

劉永濟《微睇室説詞》：此亦春暮懷舊之詞。「清明」爲夢窗最傷心之時，「西園」則其最傷心之地。曰「時霎」者，言一霎時又是清明了也。曰「不過」，與前詞「莫過」同，皆不忍重過也。「嫩陰緑樹」之中，春色猶在，詞乃寫景，意卻懷人，言春留而人不在也。但人不在之意，留於下半闋中説。……「往事東流」，人去不能再回之喻。「征衫貯」，猶言旅懷滿貯。「舊寒」，舊日傷心之情也，故歇拍有「淚濕」之語。

【考辨】

陳洵《海綃説詞》：此亦思去姬而作。

楊箋：此爲西園清明憶姬之作。（「時霎」二句）西園乃舊居，清明爲姬去時節，不過者，春已暮也。

劉永濟《微睇室説詞》：換頭之「燕子」，夢窗之去妾。

孫按：疑此亦屬憶杭妓系列作品。詳見《渡江雲·西湖清明》【考辨】。

# 又

試燈夜初晴〔一〕

捲盡愁雲㊀，素娥臨夜新梳洗〔二〕。暗塵不起㊁。酥潤淩波地〔三〕。　輦路重來，仿佛燈前事〔四〕。情如水。小樓薰被㊂〔五〕。春夢笙歌裏〔六〕。

【校　議】

㊀愁雲：《詞辨》作「浮雲」。

㊁暗塵：毛本、杜本作「晴塵」。杜校：「第三句『晴』字宜去聲，疑『暗』字之誤。」諸本從之。鄭校：「以形近訛。」

㊂小樓：戈選作「畫樓」。

【注　釋】

〔一〕試燈夜：宋代試燈日有在正月十四。朱敦儒《鷓鴣天·正月十四夜》：「鳳燭星毬初試燈。冰輪碾破碧棱層。」然多在元宵試燈。如王鎡《元宵》：「柳院春歸雪未乾，試燈歌巷月痕寒。」趙長卿《柳梢青》：「晴雪樓臺，試燈簾幕，適是元宵。」吴禮之《喜遷鶯·閏元宵》：「樂事難並，佳時罕遇，依舊試燈何礙。」

〔二〕捲盡二句：喻月色明亮。白玉蟾《中秋月》（之二）：「烏鵲一聲星斗落，姮娥梳洗去誰家。」班婕妤《擣素賦》：「佇風軒而結睇，對愁雲之浮沈。」

〔三〕暗塵二句：蘇味道《正月十五夜》：「暗塵隨馬去，明月逐人來。」韓愈《早春呈水部張十八員外二首》（之一）：「天街小雨潤如酥，草色遥看近卻無。」淩波，此寫遊女夜行賞燈。參見《夜飛鵲·蔡司户席上南花》注〔三〕。

〔四〕輦路二句：南宋宫廷燈夜熱鬧非凡。《武林舊事》卷二「元夕」條：「禁中自去歲九月賞菊燈之後，迤邐試燈，謂之『預賞』。一入新正，燈火日盛，皆修内司諸璫分主之，競出新意，年異而歲不同。往往於復古、膺福、清燕、明華等殿張掛，及宣德門、梅堂、三閑臺等處臨時取旨，起立鼇山。……禁中嘗令作琉璃燈山，其高五丈，人物皆用機關活動，結大彩樓貯之。又於殿堂梁棟窗户間爲涌壁，作諸色故事，龍鳳噀水，蜿蜒如生，遂爲諸燈之冠。前後設玉栅簾，寶光花影，不可正視。仙韶内人，迭奏新曲，聲聞人間。殿上鋪連五色琉璃閣，皆毬文戲龍百花。小窗間垂小水晶簾，流蘇寶帶，交映璀璨。中設御座，恍然如在廣寒清虚府中也。至二鼓，上乘小輦，幸宣德門，觀鼇山。擎輦者皆倒行，以便觀賞。金爐腦麝如祥雲，五色熒煌炫轉，照耀天地。山燈凡數千百種，極其新巧，怪怪奇奇，無所不有，中以五色玉栅簇成『皇帝萬歲』四大字。……宮漏既深，始宣放煙火百餘架，於是樂聲四起，燭影縱横，而駕始還矣。」《文選·班固〈西都賦〉》：「輦路經營，修除飛閣。」李善注：「輦路，輦道也。」《宋史·張昭傳》：「洛都舊制，宮城與禁苑相連，人君宴游，不離苑囿，御馬來往，輦路坦夷，不涉荒郊，何憂蹶失。」

〔五〕薰被：賀鑄《南歌子》：「怯冷重薰被，羞明半捲簾。」《西京雜記》卷上：「（長安巧工丁緩者）又爲卧褥香爐，一名被中香爐。本出房風，其法後絶。至緩始更爲之。爲機環轉運四周，而爐體常平，可置之被褥，故以爲名。」宋代稱爲「衮毬」。

〔六〕春夢笙歌：李煜《阮郎歸》：「落花狼藉酒闌珊，笙歌醉夢間。」

## 【集評】

譚獻《譚評詞辨》：起稍平，换頭見拗怒。「情如水」三句，足當「咳唾珠玉」四字。

陳廷焯《雲韶集》卷八：起便精神。　綺語，亦是他人道不到。

又，《詞則·别調集》卷二：豔語不落俗套。

俞陛雲《唐五代兩宋詞選釋》：此詞亦紀燈市之遊。雨後月出，以素娥梳洗狀之，語殊妍妙。下闋回首前游，輦路笙歌，猶聞夢裏。今昔繁華之境，皆在梨雲漠漠中，詞境在空際描寫。

劉永濟《微睇室説詞》：此詞上半闋專寫題中五字，下半闋則抒寫情思之語。「卷盡」二句指初晴也。「素娥」，月也。「暗塵」句用蘇味道《元夜》詩「暗塵隨馬去，明月逐人來」，周美成《解語花·上元》詞亦有「鈿車羅帕相逢處，自有暗塵隨馬」語，皆紀士女嬉遊也。今曰「不起」，則初晴之時，遊人尚少。「酥潤」句寫月色著地如水，而以「酥潤」二字形容之，極能道出雨晴月地景色。換頭言重來京市。「燈前事」而以「彷佛」二字形容之，舊事往情已淡然忘之矣。「情如水」，即淡忘之意。「小樓」二句中「小樓薰被」，寂境也。「笙歌」，喧境也。小樓之人「春夢」於「笙歌」聲裏，將喧寂不同之境地連綴之，而歡戚相異之感自在言外。譚獻評此詞二句爲「咳唾珠玉」，蓋贊其用意深微而吐詞温麗也。

張伯駒《叢碧詞話》：（後闋）何其風華婉約。除夢窗外，能作是語者，其惟二晏、淮海乎？

唐圭璋《唐宋詞簡釋》：此首賞燈之感。起言雲散月明，次言天街無塵，皆雨後景色，換頭，陡入舊情，想到當年燈市之景。「情如」三句，撫今思昔，無限感傷，而琢句之俊麗，似齊梁樂府。

【考　辨】

楊箋：（輦路）指杭京。説燈前事者，姬尚在時也。

孫按：劉辰翁寫於德祐二年（一二七六）的《蘭陵王·丙子送春》也有「亂鴉過，斗轉城荒，不見來時試燈處」。此詞應同寫憫周之悲，是亡國後寫於杭州。

## 秋蕊香

和吴見山賦落桂㈠

寶月驚塵墮曉〔一〕。愁鎖空枝斜照㈡〔二〕。古苔幾點露螢小〔三〕。消減秋光旋少〔四〕。

佩丸尚憶春酥裊〔五〕。故人老〔六〕。斷香忍和淚痕掃〔七〕。魂近東籬夢窅㈢〔八〕。

【校　議】

㈠底本、朱四校本、四明本詞題作「和吴見山落桂」。《歷代詩餘》作「落桂」。兹據明張本、毛本、杜本、王朱本、朱二校本。

㈡空枝：明張本作「空樹」。斜照：毛本、《歷代詩餘》、杜本、王朱本、朱二校本、四明本作「殘照」。

㈢魂近：諸本作「魂返」。鄭氏手批：「此用返魂香意，『近』字則亡謂，蓋以形近訛。」然企望桂魂入菊歸來，似近無稽。兹據朱、鄭所見毛本、王朱本、朱二校本。夢窅：毛本、《歷代詩餘》、杜本、王朱本、朱二校本作「夢杳」。

【注　釋】

〔一〕寶月句：集中《江神子·十日荷塘小隱賞桂》亦有「西風來晚桂開遲。月宫移。到東籬。簌簌驚塵，吹下半冰規」。借用月宫落桂花的傳説。白居易《留題天竺靈隱兩寺》：「宿因月桂落，醉爲海榴開。」《南部新書》卷七：「杭州靈隱山多桂，寺僧云：此月中種也。至今中秋望夜，往往子墜，寺僧亦嘗拾得。」楊箋：「以月墮陪桂落，因月中有桂，以桂落爲月中塵也。」

〔二〕愁鎖句：毛滂《對巖桂一首寄曹使君》：「嬋娟醉眠水晶殿，老蟾不守餘花落。」楊箋：「花落則枝空，月墮則照斜。」

〔三〕古苔句：此寫桂花樹老爲苔蘚所封。杜去輕《香入雲亭爲高子章賦》：「山麓有庭存古意，不種凡花惟種桂。苔葑蘚剥迸鱗皴，雪勁霜頑聳蒼翠。」江淹《燈賦》：「露冷帷幔，風結羅紈。螢已引桂，蛾欲辭蘭。」露螢，代指落桂。

〔四〕消減句：楊萬里《木犀二絶句》(之二)：「輕薄西風未辨霜，夜揉黄雪作秋光。」

〔五〕佩丸：吕聲之《詠桂花》：「高枝已斷郤生手，萬斛奇芬貯錦囊。」華岳《巖桂落英》：「眠醉不須鋪錦褥，研香還解作珠纓。」楊箋：「古人拾桂蕊曝乾，搓之成丸而佩之。」　春酥：女子雪胸肌膚之瑩潔細膩。元稹《贈雙文》：「曉月行看墮，春酥見欲消。」

〔六〕故人老：謂肌膚不實若强佩桂囊，終不如佩戴於彼美雪膚相得益彰。

〔七〕斷香句：《彦周詩話》記夢詩：「桂叢日以滿，清香何時斷。」李商隱《落花》：「腸斷未忍掃，眼穿仍欲歸。」

〔八〕魂近句：魂窅，陶淵明《自祭文》：「葬之中野，以安其魂。窅窅我行，蕭蕭墓門。」

【考辨】

楊箋：（「佩丸」二句）「故人」，指姬去久則老，故以落桂比之。（「斷香」二句）花落則香斷，思姬則淚落。忍者，豈忍也。東籬，指菊言。菊在桂落後，桂之不能返魂爲菊，猶姬去之不能再見於東籬，故曰夢杳也。

孫按：此應爲詠物之作，略入情意，則是宋詞慣例。

## 又

七夕

懶浴新涼睡早〔一〕。雪靨酒紅侵笑㊀〔二〕。倚樓起把繡針小〔三〕。月冷波光夢覺㊁〔四〕。

怕聞井葉西風到〔五〕。恨多少。粉河不語墮秋曉〔六〕。雲雨人間未了㊂〔七〕。

【校議】

㈠侵笑：明張本、底本、朱四校作「微笑」。兹從毛本、《歷代詩餘》、戈校本、杜本、王朱本、朱二校本、四明本。

㈡波光：毛本、《歷代詩餘》、戈校本、杜本、王朱本、朱二校本、四明本作「秋波」。

㈢雲雨：《歷代詩餘》作「行雨」。

【注釋】

〔一〕新涼：庾肩吾《和衛尉新渝侯巡城口號詩》：「露槐落金氣，風寮上新涼。」

〔二〕雪靨句：謂酒紅暈染了彼美睡夢中白皙的笑渦。梁簡文帝《詠内人晝眠》：「夢笑開嬌靨，眠鬟壓落花。」尹式《別宋常侍詩》：「秋鬢含霜白，衰顔倚酒紅。」

〔三〕倚樓句：爲「起把繡針倚小樓」之倒文，寫乞巧風俗「小」字兼及弦月、針眼。陳後主《七夕宴玄圃各賦五韻詩》：「月小看針暗，雲開見縷明。」「起」字，寫彼美因不勝酒力，小睡後再起身乞巧。

〔四〕波光：形容銀河光芒。崔寔《四民月令》：「（七月七日）或云見天漢中有奕奕正白氣，如地河之波，輝輝有光曜五色。」　以上寫夢見當年七夕情景及夢醒後的失落。

〔五〕井葉西風：句例見《浣溪沙》（波面銅花冷不收）注〔五〕。

〔六〕粉河句：陳後主《同管記陸瑔七夕五韻詩》以「粉外白雲生」形容天河。楊箋：「前人皆言天河、明河、星河，未有言『粉河』者。蓋天河本無數小星積成，其中小小白點如粉然，故曰『粉河』。盧肇《天河賦》：『流合璧之輝，幾疑沈玉；映散金之氣，或類披沙。』『散金』、『披沙』即撒粉之謂，正合西歐天文學説。墮秋曉，河墮則天曉，『不語』妙。」

〔七〕雲雨：喻男歡女愛的情意。以上二句於温庭筠《曉仙謡》亦有取意：「霧蓋狂塵億兆家，世人猶作牽情夢。」謂天色將曉時，銀河一如既往地沈没，無情地漠視人間對天河愛情悲喜劇的想像。

【集評】

楊箋：（「粉河」二句）仍繳到夢境，但不免有妒意，人間正雲雨，其如天上已分離何。此詞極難理會。初如文解去，覺得既説睡早，而靨紅微笑何以見得？倚樓把針，又非睡中事。雲雨人間，更不相涉。經轉輾思維，而後始悟。二三句爲夢中所見其去姬，如此下片則覺後語也，如此則穿成一串，除此殆難覓解法矣。

孫按：此爲七夕懷人之作，所懷之人未可强爲實指。

## 訴衷情㊀

陰陰緑潤暗啼鴉〔一〕。陌上斷香車〔二〕。紅雲深處春在，飛出建章花〔三〕。　春此去，那天涯。幾煙沙〔四〕。忍教芳草，狼藉斜陽〔五〕，人未歸家〔六〕。

**【校　議】**

㊀明張本、毛本、戈校本、杜本、王朱本有詞題「春曉」。朱二校本等删。

**【注　釋】**

〔一〕陰陰句：白居易《西行》：「官道柳陰陰，行宮花漠漠。」梁簡文帝《金樂歌》：「槐香欲覆井，楊柳可藏鴉。」梁元帝《將軍名詩》：「細柳浮新暗，大樹繞棲烏。」李賀《答贈》：「沈香熏小像，楊柳伴啼鴉。」柳暗藏鴉是清明寒食時景象。

〔二〕陌上香車：馮延巳《蝶戀花》：「百草千花寒食路，香車繫在誰家樹。」「淚眼倚樓頻獨語，雙燕飛來，陌上相逢否。」實用吴越王妃典。《蘇軾詩集》卷一〇《陌上花三首》引云：「遊九仙山，聞里中兒歌

《陌上花》。父老云：吴越王妃每歲春必歸臨安，王以書遺妃曰：『陌上花開，可緩緩歸矣。』吴人用其語爲歌，含思宛轉，聽之淒然，而其詞鄙野，爲易之云。」

〔三〕紅雲二句：承首句楊柳意。雍陶《天津橋望春》：「津橋春水浸紅霞，煙柳風絲拂岸斜。翠輦不來金殿閉，宫鶯銜出上陽花。」貫休《送楊秀才》：「有時朝玉京，紅雲擁金虎。」亦即雍陶詩中「紅霞」意。建章，建章宫。此代指杭京的宫殿。

〔四〕春此去三句：《匯釋》：「幾，猶何也，那也，怎也。……吴文英《訴衷情》『春此去，那天涯。幾煙沙』。『幾』與『那』爲互文。」

〔五〕忍教二句：李煜《阮郎歸》：「落花狼藉酒闌珊，笙歌醉夢間。」狼藉，翟灝《通俗編·獸畜》：「（蘇鶚）《演義》：狼藉草而卧，去則滅亂。故凡物之縱横散亂者，謂之狼藉。」

〔六〕人未歸家：宋徽宗《眼兒媚》及《燕山亭》寫故國之思：「玉京曾憶昔繁華。萬里帝王家。……花城人去今蕭索，春夢繞胡沙。家山何處，忍聽羌笛，吹徹梅花。」「天遥地遠，萬水千山，知他故宫何處。」顯可對參見意。

**【考　辨】**

楊箋：此亦是憶姬之詞。

孫按：此詞應寫於宋亡之後。理由有三。其一，詞中有「紅雲深處春在，飛出建章花」二句，集中涉及「建章宫」者尚有《江神子・送桂花》：「天街如水翠塵空。建章宫。月明中。」《瑞鶴仙・贈道女陳華山内夫人》：「早不知、爲雨爲雲，盡日建章門閉。」《宴清都・餞嗣榮王仲亨還京》：「又趁得、蕊露天香，春留建章花晚。」皆代指南宋宫殿，惟此詞憑弔之意甚顯。其二，詞寫春暮清明寒食時景象。《夢粱録》卷二載：「（清明）禁中前五日，發宫人車馬往紹興攢宫朝陵。宗室南班，亦分遣諸陵，行朝享禮。向者從人官給紫衫、白絹、三角兒青行纏，今亦遵例支給。至日，亦有車馬詣赤山諸攢，並諸宫妃王子墳堂，行享祀禮。」香車，並用吴越王妃典。「斷香車」實寓今昔隔世之感。其三，《宋史紀事本末》卷一〇七「元伯顔入臨安」載帝后及福王（嗣榮王）趙與芮北行之事：「（德祐二年三月）帝與太后肩輿出宫，太皇太后謝氏以疾留内，與芮及沂王乃猷、度宗母隆國夫人黄氏，並楊鎮、謝堂、高應松、庶僚劉褎然三學生等皆行。」「（閏月）帝及太后隨元兵北行，至瓜洲。」「（五月）元主呼必烈廢帝爲瀛國公。」「帝及太后至燕……帝遂赴上都，見元主於大安殿。元主尋命帝爲僧，全太后亦爲尼於正智寺。時太皇太后謝氏以病獨留臨安，後元人忽自宫中舁其床以出，侍衛七十餘人，同赴燕，降封壽春郡夫人，留燕七年而終。福王與芮亦降封爲平原郡公。」此詞或第二年即景炎二年（一二七七）春天寫於杭州。曾以琴事趙與芮，並隨帝后北行的汪元量在與芮逝時，有《平原郡公趙福王挽章》，自稱「舊客」。此詞或亦正是曾爲趙氏門客吴夢窗的泣血灑淚之作。

## 又（一）

吴社

柳腰空舞翠裙煙〔一〕。盡日不成眠〔二〕。花塵浪卷清晝〔三〕，漸變晚陰天〔四〕。吴社水〔五〕，繫遊船。又經年〔六〕。東風不管，燕子初來，一夜春寒〔七〕。

【校　議】

（一）毛本詞題作「春清」。戈校本作「春陰」。杜本、王朱本改作「春情」。明張本同。朱二校本等删。

【注　釋】

〔一〕柳腰句：牛嶠《楊柳枝》：「裊翠籠煙拂暖波，舞裙新染麴塵羅。」劉禹錫《有所嗟二首》（之一）：「庾令樓中初見時，武昌春柳似腰肢。」戴叔倫《江干》：「楊柳牽愁思，和春上翠裙。」

〔二〕盡日句：用柳樹三眠典。韓鄂《歲華紀麗·春》：「日夜分，草木動，柳三眠而盤地，花五出以照人。」《漫叟詩話》：「嘗見曲中使柳三眠事，不知所出。後讀玉溪生《江之嫣賦》云：『豈如河畔牛星，隔歲止聞一過。不比苑中人柳，終朝剩得三眠。』注云：『漢苑中有柳，狀如人形，一日三起三倒。』」楊箋：「此言柳當舞時，欲三眠而未暇。」

〔三〕花塵句：李廓《落第》：「暖風張樂席，晴日看花塵。」

〔四〕漸變句：謝朓《還塗臨渚》：「落景皎晚陰，殘花綺餘日。」

〔五〕吴社：此指吴地春社（立春後第五個戊日）。此日祭祀土神，以祈豐收。《禮記・明堂位》：「是故，夏礿、秋嘗、冬烝、春社、秋省，而遂大蜡，天子之祭也。」鄭玄注：「春田祭社。」孫應時《長洲縣社壇記》曾記吴地祭社風俗之盛：「民於社日，或各從其俚俗，鼓舞迎享，醉飽相樂。」

〔六〕經年：經過一年或經過多年。《例釋》：「（經年）不是只過一年而是多年的意思。白居易《長恨歌》：『悠悠生死別經年，魂魄不曾來入夢。』陳鴻《長恨歌傳》：『三載一意，其念不衰，求之夢魂，杳不能得。』」此指經過一年。范雲《范廣州宅聯句》：「洛陽城東西，卻作經年別。」

〔七〕東風三句：翻用晁沖之《漢宮春・梅》：「無情燕子，怕春寒、輕失花期。」

## 【考辨】

楊箋：此因姬去經已一年而憶之之作。

孫按：此詞有題曰「春情」，雖是後人所加，但卻準確地揭示出了此詞傷春之題旨，未可坐實爲「姬去一年」之事。詞寫於蘇州。

## 又㈠

片雲載雨過江鷗〔一〕。水色澹汀洲〔二〕。小蓮玉慘紅怨〔三〕，翠被又驚秋㈡〔四〕。涼意思〔五〕，到南樓。小簾鉤〔六〕。半窗燈暈〔七〕，幾葉芭蕉，客夢床頭〔八〕。

【校　議】

㈠ 明張本、毛本、杜本有詞題「秋情」。王朱本等删。

㈡ 驚秋：諸本皆作「經秋」。兹從明張本。

【注　釋】

〔一〕片雲載雨：范成大《次韻漢卿舅即事》：「晚來礎汗南風壯，會有溪雲載雨過。」杜甫《旅夜書懷》：「飄飄何所似，天地一沙鷗。」

〔二〕水色句：張嵲《舟中獨夜》：「泊舟依聚落，水色澹餘輝。」

〔三〕小蓮句：周邦彦《側犯》：「暮霞霽雨，小蓮出水紅妝靚。」玉慘紅怨，喻紅白蓮皆欲枯萎凋落。

〔四〕翠被句：喻荷葉。

〔五〕涼意思：上闋末二句意亦入此。李流謙《信口十絶》（之二）：「園林换葉日初長，竹閣蓮塘意思涼。」

〔六〕小簾鉤：此謂放下簾幕，小鉤摇曳。

〔七〕燈暈：燈焰周邊的光圈，雨夜寒濕中的現象。賀鑄《思越人》：「侵窗冷雨燈生暈，淚濕羅箋楚調吟。」韓愈《宿龍宫灘》：「夢覺燈生暈，宵殘雨送涼。」

〔八〕幾葉二句：「半窗」意入此句，謂窗外雨中芭蕉。《詩話總龜》卷一四：「戎昱詩有：『一夜不眠孤客耳，主人門外有芭蕉。』（蔣）鈞代答云：『芭蕉葉上無愁雨，自是多情聽斷腸。』」

## 又

### 七夕

西風吹鶴到人間。涼月滿緱山〔一〕。銀河萬里秋浪，重載客查還〔二〕。　河漢女〔三〕，巧雲鬟〔四〕。夜闌干〔五〕。釵頭新約〔六〕，針眼嬌顰〔七〕，樓上秋寒〔八〕。

【注釋】

〔一〕西風二句：用仙人王子喬七月七日乘鶴至緱氏山典。涼月，謝朓《移病還園示親屬詩》：「停琴佇涼月，滅燭聽歸鴻。」

〔二〕銀河二句：用泛海槎入銀河遥見織婦、牽牛事。

〔三〕河漢女：《古詩十九首》：「迢迢牽牛星，皎皎河漢女。」

〔四〕巧雲鬟：民間有七月看巧雲之説，見《繞佛閣·與沈野逸東皋天街盧樓追涼小飲》注〔六〕。又以高鬟喻雲。李白《久别離》：「至此腸斷彼心絶，雲鬟緑鬢罷梳結。」

〔五〕夜闌干：李商隱《無題四首》（之三）：「含情春晼晚，暫見夜闌干。」晏殊《初秋宿直》：「絳河星斗夜闌干，禁署沈沈閉九關。」闌干，此指北斗轉向横斜時，即後半夜。《樂府古辭·善哉行》：「月没參横，北斗闌干。」

〔六〕釵頭新約：釵頭約，本指楊貴妃與唐明皇七月七日長生殿定情之事。此泛指七夕的愛情盟約。

〔七〕針眼：施肩吾《乞巧詞》：「不嫌針眼小，只道月明多。」嬌顰：梁簡文帝《長安有狹斜行》：「小婦最容冶，映鏡學嬌顰。」温庭筠《湘東宴曲》：「湘東夜宴金貂人，楚女含情嬌翠顰。」

〔八〕樓上秋寒：用乞巧樓典。

【考辨】

楊箋：按此逢七夕憶姬之調。（「河漢」三句）上片引王子喬事屬男子，與姬尚隔一層，故下片急以河漢女拍合姬邊，下句連下讀。（釵頭三句）姬有七夕歸來之約，而卒不歸，是寒盟也。秋寒即此意。

孫按：此爲七夕節令詞，或隱有情事，然未可實指。

## 夜遊宮

竹窗聽雨，坐久，隱几就睡，既覺，見水仙娟娟於燈影中〔一〕

窗外捎溪雨響㊀〔二〕。映窗裏、嚼花燈冷〔三〕。渾似瀟湘繫孤艇〔四〕。見幽仙，步凌波，月邊影〔五〕。　香苦欺寒勁。牽夢繞、滄濤千頃。夢覺新愁舊風景。紺雲欹〔六〕，玉搔斜〔七〕，酒初醒〔八〕。

【校　議】

㊀ 捎溪：明張本、毛本作「梢溪」。戈校本、杜本改。諸本從之。雨響：《詞林正韻》：「『響』與『冷』不同部，以蓋用古『陽』、『庚』合均耳。」杜校：「首韻『響』字借叶。前《還京樂》一闋同。」鄭

氏手批：「『響』與『冷』叶。『冷』，吴音棱浪切。此『養』、『梗』韻通用之證，丙稿《獻仙音》，『冷』均亦同。」夏敬觀評語：「『響』係『江』、『講』韻，與『庚』、『梗』韻同押。」

【注釋】

〔一〕隱几就睡：《孟子·公孫丑下》：「有欲爲王留行者，坐而言，不應，隱几而卧。」　娟娟：本以「連娟」形容眉式，後代指美人。《文選·鮑照〈玩月城西門廨中詩〉》：「末映東北墀，娟娟似蛾眉。」吕向注曰：「娟娟，明媚貌。」杜甫《寄韓諫議注》：「美人娟娟隔秋水，濯足洞庭望八荒。」可與《花犯·郭希道送水仙索賦》【注釋】參看。

〔二〕窗外句：梅堯臣《宿邵埭聞雨因買藕芡人回呈永叔》：「寒屋猛添響，濕窗愁打穿。」王維《謁璿上人》：「高柳早鶯啼，長廊春雨響。」杜甫《絶句六首》（之四）：「急雨捎溪足，斜暉轉樹腰。」捎，斜掠。

〔三〕嚼花燈冷：與上二句化用李商隱《微雨》句意：「窗過侵燈冷，庭虚近水聞。」《佩文齋廣群芳譜》卷二二：「（鐵腳道人）嚼梅花滿口，和雪咽之，曰：『吾欲寒香沁入肺腑。』」　古代燈盞有燈頭如鴨嘴形狀而小者，因寒雨所侵，燈芯餘燼結成的燈花如含嘴中，故以「嚼花」喻之。劉永濟所謂「燈唇有花如嚼」也。

〔四〕渾：《匯釋》：「猶還也。」　瀟湘仙女：即湘君或稱湘夫人。《山海經》卷五：「又東南一百二十里，曰洞庭之山。……帝之二女居之，是常游於江淵。澧沅之風，交瀟湘之淵，是在九江之間，出入必以飄風暴雨。」郭璞注曰：「天帝之二女，而處江爲神。即《列仙傳》江妃二女也。《離騷》、《九歌》所謂湘夫人，稱帝子者是也。而《河圖玉版》曰湘夫人者，帝堯女也。秦始皇浮江至湘山，逢大風而問博士：『湘君何神？』博士曰：『聞之，堯二女舜妃也，死而葬此。』《列女傳》曰二女死於江湘之間，俗謂爲湘君。鄭司農亦以舜妃爲湘君。説者皆以舜陟方而死，二妃從之，俱溺死於湘江，遂號爲湘夫人。」

〔五〕見幽仙三句：謂水仙花開如湘妃步月環佩歸來。幽仙，指幽怨仙女湘夫人。

〔六〕紺雲欹：韋莊《酒泉子》：「緑雲欹，金枕膩，畫屏深。」紺雲，詳見《瑣窗寒·玉蘭》注〔二〕。此以鬟雲喻水仙緑葉。

〔七〕玉搔斜：喻水仙花形如簪頭。劉禹錫《浙西李大夫示述夢四十韻並浙東元相公酬和》：「宛轉傾羅扇，回旋墮玉搔。」詳見《法曲獻仙音·放琴客》注〔八〕。

〔八〕酒初醒：辛棄疾《賀新郎》詠水仙：「但金杯、的皪銀臺潤。愁殢酒、又還醒。」

【集評】

況周頤《蕙風詞話》補編卷一：此詞境絶清妙。宋詞句云：「睡起兩眸清炯炯。」此「娟娟」從「炯炯」中來。

陳洵《海綃説詞》：通章只做「夢覺新愁舊風景」一句。「見幽仙，步淩波，月邊影」，是覺。「紺雲欹，玉搔斜，酒初醒」，又復入夢矣。

劉永濟《微睇室説詞》：起句點題，聽雨也。「映窗裹」句記雨映窗燈，入睡時也。「嚼花」之「花」，即燈花也。燈唇有花如嚼。「渾似」下乃夢中聽雨聲，幻化成泛舟湘江，於是見「幽仙」者，水仙花之幻影也。「月」者，燈光之幻影也。此二句蓋夢境從實境幻出，寫夢境儼如實境，用筆用思皆奇幻，吴詞之特色也。换頭五字，又將花香與雨氣融成一片，香被寒氣所欺，故曰「苦」。「欺」者，寒氣襲花，如被欺也。「牽夢」句，乃覺後回味夢中夢境也。「夢覺」句含兩意：一、「新愁」，二、「舊風景」。「新愁」屬今，「舊風景」屬昔，即夢境後所生今昔之感。此句爲作詞之由。「紺雲」三句又由水仙而思及人。「紺雲」，髮髻也，亦花葉也。「玉搔」，髮飾也，亦花朵也。花朵未開者如玉搔頭也。「酒初醒」，則花之狀，人之態也。此三句即題中所謂「既覺，見水仙娟娟於燈影中」也。陳洵説此爲又復入夢，恐非。蓋皆想像之景而非夢中之境也。此詞夢、想與實境，三者每每不分，故使人迷惘，然非不可理解者。

## 又㈠

春語鶯迷翠柳〔一〕。煙隔斷、晴波遠岫〔二〕。寒壓重簾幔拖繡〔三〕。袖爐香〔四〕，倩東風，與吹透。　花訊催時候㊁〔五〕。舊相思、偏供閑晝〔六〕。春澹情濃半中酒〔七〕。玉痕消〔八〕，似梅花，更清瘦〔九〕。

【校　議】

㊀明張本、杜本有詞題「春情」。毛本、戈校本、王朱本作「春晴」。朱二校本等删。

㊁花訊：《歷代詩餘》作「花信」。

【注　釋】

〔一〕春語句：爲「春鶯語翠柳」之倒文，「煙」字意亦綴此句。詩詞中往往鶯柳並寫。如蕭子顯《春別詩四首》（之一）：「翻鶯度燕雙比翼，楊柳千條共一色。」張説《三月二十日詔宴樂遊園賦得風字》：「魚戲芙蓉水，鶯啼楊柳風。」李中《題柳》：「夾岸籠溪月，兼風撼野鶯。」清代張潮《花鳥春秋》至有「金衣公子歷聘於柳」之謔語。

〔二〕煙隔斷二句：此寫水生柳煙，望中景象朦朧。

〔三〕幔拖繡：繡帽低垂。歐陽炯《春光好》：「垂繡幔，掩雲屏，思盈盈。」拖，垂曳。

〔四〕袖爐香：秦觀《木蘭花》：「玉纖慵整銀箏雁。紅袖時籠金鴨暖。」袖爐，參見《慶宫春·越中題錢得閑園池》注〔一五〕。

〔五〕花訊句：此指首個花信風催梅開放。邵叔齊《連理枝》詠梅：「看年年、時候不逾期，報陽和消息。」花訊，猶言花信。程大昌《演繁露》卷一：「三月花開時風名花信風。初而泛觀，則似謂此風來報花之消息耳。按《吕氏春秋》曰：『春之得風，風不信則其花不成。』乃知花信風者，風應花期，其來有信也。」盧祖皋《西江月》：「晚風簾幕悄無人。二十四番花訊。」江南自初春至初夏，五日一番花訊風候。

〔六〕閑晝：程垓《瑶階草》：「自從别後，粉銷香膩，一春成病。那堪晝閑日永。」

〔七〕春澹句：秦觀《如夢令》：「門外鴉啼楊柳。春色著人如酒。」李群玉《感春》：「春情不可狀，豔豔令人醉。」中酒，醉酒。李廓《落第》：「氣味如中酒，情懷似别人。」

〔八〕玉痕消：肌膚瘦損。秦觀《浣溪沙》：「遥想酒醒來，無奈玉銷花瘦。」

〔九〕似梅花二句：康與之《江城梅花引》：「一夜爲花憔悴損，人瘦也，比梅花，瘦幾分。」餘參見《瑞鶴仙·餞郎糾曹之嚴陵》注〔一六〕中梅瘦句例。

【考辨】

楊箋：此亦憶姬之詞。

孫按：此詞泛寫閨怨，是宋詞的基本題材；似未能坐實爲憶蘇姬之作。

## 醉桃源㈠

荷塘小隱賦燭影〔一〕

金丸一樹帶霜華〔二〕。銀臺摇豔霞㈡〔三〕。燭陰樹影兩交加〔四〕。秋紗機上花〔五〕。　飛醉筆〔六〕，駐吟車〔七〕。香深小隱家㈢〔八〕。明朝新夢付啼鴉㈣。歌闌月未斜〔九〕。

【校　議】

㈠《歷代詩餘》列於《阮郎歸》詞調下，同調異名。

㈡豔霞：明張本作「絳霞」。自注：「豔霞。」

㈢香深：毛本、《歷代詩餘》、戈校本、杜本、王朱本、朱二校本作「香浮」。

㈣新夢：毛本、《歷代詩餘》、戈校本、杜本、王朱本、朱二校本作「客夢」。

【注　釋】

〔一〕賦燭影：南朝如庾肩吾、梁元帝等人皆有詠燭影詩。

〔二〕金丸句：金丸，本指金彈。《西京雜記》卷四：「韓嫣好彈，常以金爲丸，所失者日有十餘。長安爲之語曰：『苦饑寒，逐金丸。』京師兒童，每聞嫣出彈，輒隨之，望丸之所落，輒拾焉。」後以喻黄色小果實。庾肩吾《謝櫻桃啟》：「同秦人之逐彈，似得金丸。」霜華時的果實應爲金橘。元稹《酬樂天東南行詩一百韻》：「緑粽新菱實，金丸小木奴。」袁燮《詠橘》：「風勁霜清木落時，金丸粲粲壓枝重。」

〔三〕銀臺句：李白《清平樂》：「更被銀臺紅蠟燭，學妾淚珠相續。」褚亮《詠燭花》：「蘭徑香風滿，梅梁暖日斜。」褚詩語出曹植《洛神賦》「遠而望之，皎若太陽升朝霞」，隱含「霞」字。

〔四〕燭陰句：庾肩吾《燭影詩》：「垂焰垂花比芳樹，隨風隨水俱難駐。」交加：《文選·宋玉〈高唐賦〉》：「交加累積，重疊增益。」李善注：「交加者，言石相交加，累其上，別有交加。」

〔五〕秋紗句：庾肩吾《燭影詩》：「秦娥軟舞隙中來，李吾夜績光中度。」褚亮《詠燭花》：「莫言春稍晚，自有鎮開花。」

〔六〕飛醉筆：皮日休、陸龜蒙有《獨在開元寺避暑頗懷魯望因飛筆聯句》詩。趙嘏《舒州獻李相公》：「醉筆倚風飄澗雪，靜襟披月坐樓天。」

〔七〕駐吟車：此寫殷勤留客，暗用投轄典。《漢書·陳遵傳》：「遵耆酒，每大飲，賓客滿堂，輒關門，取客車轄投井中，雖有急，終不得去。」

〔八〕香深句：據前引「蘭徑香風滿」，知唐代已有香燭，宋代亦沿此習。《齊東野語》卷八：「秦檜之當國，四方饋遺日至。方滋德帥廣東，爲蠟炬，以衆香實其中。遣駛卒持詣相府，厚遺主藏吏，期必達，吏使俟命。一日，宴客，吏曰：『燭盡，適廣東方經略送燭一罨，未敢啟。』乃取而用之，俄而異香滿坐，察之，則自燭中出也。」

〔九〕明朝二句：取意庾肩吾《燭影詩》句意：「燭龍潛曜城烏啼，陰陰疊鼓朝天去。」歌闌，温庭筠《春江花月夜詞》：「玉樹歌闌海雲黑，花庭忽作青蕪國。」謂月未西斜，還將重按歌舞，因秉燭徹夜歡飲吟唱，對昨夜而言，不能有明朝新夢。

**【考辨】** 此詞寫於荷塘小隱所在地蘇州，詳《大酺・荷塘小隱》【考辨】。

## 又㊀

贈盧長笛〔一〕

沙河塘上舊遊嬉〔二〕。盧郎年少時〔三〕。一聲長笛月中吹〔四〕。和雲和雁飛〔五〕。　驚物換，歎星移〔六〕。相看兩鬢絲〔七〕。斷腸吴苑草淒淒㊁〔八〕。倚樓人未歸〔九〕。

【校議】

㊀《歷代詩餘》列於《阮郎歸》下。

㊁淒淒：《歷代詩餘》作「萋萋」。

【注釋】

〔一〕盧長笛：厲鶚《南宋雜事詩注》：「籜冠長笛最矜奇，一曲惟將項下吹。比似盧郎倚樓處，沙河塘下少年時。」朱箋：「疑即《繞佛閣》沈野逸盧樓追涼之主人。」

〔二〕沙河句：沙河在杭京畿縣錢唐，是宋代繁華嬉樂之所。《西湖遊覽志餘》卷二一：「沙河，宋時居民甚盛，碧瓦紅簷，歌管不絕。官長往往遊焉。故蘇子瞻詩云：『雲煙湖寺家家境，燈火沙河夜夜春。』又其佐郡時意有所屬，比來守郡，則其人已去矣。故其詩云：『惆悵沙河十里春，一番花老一番新。小樓依舊斜陽裏，不見樓中垂手人。』蓋亦杜樊川尋春較遲之慨也。」《咸淳臨安志》卷三八：「沙河塘，《唐書·地理志》：在錢塘縣舊治之南五里。潮水衝擊錢塘江岸，奔逸入城，勢莫能禦。咸通三年，刺史崔彦曾開三沙河以決之，曰外沙、中沙、裏沙。政和元年。郡守張閣標識其處，近南有壩頭。」

〔三〕盧郎年少：《南部新書》卷四：「盧家有子弟，年已暮而猶爲校書郎。晚娶崔氏子，崔有詞翰。結褵之後，微有嫌色。盧因請詩以述懷爲戲，崔立成曰：『不怨盧郎年紀大，不怨盧郎官職卑。自恨爲妻生較晚，不見盧郎年少時。』」

〔四〕一聲句：趙嘏《長安晚秋》：「殘星幾點雁橫塞，長笛一聲人倚樓。」餘見《齊天樂·齊雲樓》注〔一四〕。

〔五〕和雲句：崔櫓《聞笛》：「橫玉叫雲天似水，滿空霜逐一聲飛。」馬融《長笛賦》：「爾乃聽聲類形，狀似流水，又象飛鴻。」李善注引《琴道》曰：「伯夷操以鴻雁之音。」

〔六〕驚物换二句：王勃《滕王閣》：「閑雲潭影日悠悠，物换星移幾度秋。」

〔七〕相看句：白居易《和微之道保生三日》：「相看鬢似絲，始作弄璋詩。」李白《上三峽》：「三朝又三暮，不覺鬢成絲。」

〔八〕斷腸：《爾雅翼》：「猿善啼。啼數聲，則衆猿叫嘯騰擲，如相和也。其音凄入肝脾，韻含宫商。故巴峽諺曰：『巴東三峽巫峽長，哀猿三聲斷人腸。』」　草凄凄：化用《招隱士》詩：「王孫遊兮不歸，春草生兮萋萋。」凄凄，同「萋萋」，草木茂盛。

〔九〕倚樓句：承上引趙嘏詩意。並牽合閨中倚樓望歸。温庭筠《憶江南》：「梳洗罷，獨倚望江樓。過盡千帆皆不是，斜暉脈脈水悠悠。」

【考　辨】

朱箋：沙河塘在錢塘縣南五里。

楊箋：（「斷腸」二句）：盧是杭人，何以説到吴苑？因去姬家所在也。「人未歸」，明指去姬，用「倚樓」字，既因趙詩而切長笛，又可抒寫己意，的是妙語。

吴校：彊村箋云：「沙河塘在錢塘縣南五里。」其言當有據。惟本詞明云「斷腸吴苑」，是決非居杭日作。今蘇州婁門外有沙河，中有堤，俗名沙河塘。見石、馮二志。夢窗此詞，當在蘇作。長笛亦蘇人也。

孫按：此詞可辨者有四。其一，楊箋引蘇軾詩「沙河燈火照山紅」、「沙河十里春」、「沙河塘上戴花回」，以及姜夔「沙河塘上春寒淺」，以見杭京沙河爲嬉遊之地，而蘇州沙河塘並非供遊賞之勝地。故吴説非。其二，盧長笛吴人，沙河塘若在蘇州，則不必説吹笛盧郎未歸吴苑。其三，盧郎此時客居杭州，夢窗亦暫至杭，卻皆憔悴京華，故而在少年共游之杭京，驚看兩鬢如絲也。而二人年少時的經歷，正與夢窗在杭京袁韶幕中的行事相合。其四，詞結二句是爲盧長笛姬妾代言，也爲長笛代寫歸歟之心願，與所謂蘇姬一無相涉。

## 又㊀

芙蓉〔一〕

青春花姊不同時㊁〔二〕。淒涼生較遲〔三〕。豔妝臨水最相宜〔四〕。風來吹繡漪〔五〕。　驚舊事，問長眉。月明仙夢回〔六〕。凭闌人但覺秋肥〔七〕。花愁人不知〔八〕。

【校　議】

㊀《歷代詩餘》、戈選列於《阮郎歸》下。

㊁青春花姊：《歷代詩餘》、戈選、杜刻本作「青春花柳」。杜鈔本作「青青花柳」。

【注　釋】

〔一〕芙蓉：此賦木芙蓉。又名芙蓉、拒霜等。

〔二〕青春句：鄭域《木芙蓉》：「若遇春時占春榜，牡丹未必作花魁。」劉珵《芙蓉洲》：「誰憐冷落清秋後，能把華姿獨拒霜。」青春，《楚辭·大招》：「青春受謝，白日昭只。」王逸章句：「青，東方春位，其色青也。」《後漢書·祭祀志第八》：「立春之日，迎春於東郊。祭青帝，句芒車旗，服飾皆青。歌《青陽》，八佾舞《雲翹》之舞。」花姊，木芙蓉秋開，故稱春花爲姊。《爾雅》卷三：「男子謂女子先生爲姊，後生爲妹。」

〔三〕淒涼句：蘇軾《王伯敭所藏趙昌芙蓉》：「淒涼似貧女，嫁晚驚衰早。」

〔四〕豔妝句：韓愈《木芙蓉》：「豔色寧相妬，嘉名偶自同。」陳與義《拒霜》：「道人晏坐處，侍女古時妝。露濃濕丹臉，西風吹緑裳。」歐陽修《芙蓉》：「溪邊野芙蓉，花水相媚好。」楊萬里《詠陳氏女剪綵花二絕句·拒霜》：「染露金風裏，宜霜玉水濱。」

〔五〕風來句：陸龜蒙《奉和襲美太湖詩二十首·明月灣》：「周回二十里，一片澄風漪。」縐漪，有文縐（紅花緑葉所映照）的漣漪。

〔六〕驚舊事三句：用芙蓉城傳説。蘇軾《芙蓉城》詩序略曰：「世傳王迥字子高，與仙人周瑶英遊芙蓉城。」《芙蓉城》詩有句曰：「芙蓉城中花冥冥，誰其主者石與丁。珠簾玉案翡翠屏，霞舒雲卷千娉婷。中有一人長眉青，炯如微雲淡疏星。」《唐宋詩醇》卷三五引胡微之《芙蓉城傳》注蘇軾詩：「王迥，字子高。初遇一女，自言周太尉女。語王曰：『我於人間嗜欲未盡，緣以冥契，當侍巾幘。』自是朝去夕至，凡百餘日。周云：『即預朝列。』王曰：『朝帝耶？』不言其詳。由此倏去不來者數日。忽一夕，夢周道服而至，謂王曰：『我居幽僻，君能一往否？』喜而從之。但覺其身飄然與周同舉，須臾，過一嶺，及一門，珍禽佳木，清流怪石，殿閣金碧相照。遂與王自東廂門入，循廊至一殿亭，甚雄壯。下有三樓，相視而聳。廊間半開，周忽入，王少留。須臾，周與一女郎至，周曰：『三山之事息乎？』曰：『雖已息，奈情何？』於是拊掌而去。逡巡東廊之門。門啟，有女流道裝而出者百餘人，立於庭下。俄聞殿上捲簾，有美丈夫一人朝服憑几，而庭下之女循次而上。少頃，憑几者起，簾復下，諸女流亦復不見。周遂命王登東廂之樓上，有酒具。凭欄縱觀，山川清秀，梁上有碑，題曰『碧雲』。其字則真誥八龍雲篆。王未及下，一女郎復登是樓，年可十五，容色嬌媚，亦周之比。周曰：『此芳卿也。與我最相愛，芳卿蓋其字耳。』夢之明日，周來，王語以夢。周笑曰：『芳卿之意甚勤也。』王問何地，周曰：『芙蓉城也。』」《彥周詩話》：「東坡作《芙蓉城》詩，亦用『長眉青』三字……便有神仙風度。」

〔七〕凭闌句：楊萬里《看劉寺芙蓉》：「秋英例朧淡，此花獨腴澤。」劉仙倫詠木芙蓉：「碧條蒼葉生春妍，買斷秋光作容態。」

〔八〕花愁句：唐宋人寫芙蓉之怨恨者，如李嘉祐《秋朝木芙蓉》：「平生露滴乘紅臉，似有朝開暮落悲。」陳經國《木芙蓉》：「冷落半秋誰是侶，可憐妖豔嫁西風。」

【集評】

楊箋：（「驚舊事」三句）：仙夢，遊仙之夢也。（「凭闌」二句）說秋肥而人瘦已見。但覺秋肥，疑花本無愁矣；然花自有愁，人特不知耳。比較人愁花不知，意深。

【考　辨】

楊箋：芙蓉以夏開，故稱春花爲姊。

孫按：此寫秋花木芙蓉，而非夏花水芙蓉。楊氏偶誤。另，文人寫遇仙往往隱喻冶遊，典型的如唐張鷟傳奇《遊仙窟》。此處也應有所懷人在。夢窗採用芙蓉城傳説的詞作，皆寫於杭州。

## 又㊀

會飲豐樂樓〔一〕

翠陰濃合曉鶯堤〔二〕。春如日墜西〔三〕。畫圖新展遠山齊。花深十二梯〔四〕。　風絮晚，醉魂迷。隔城聞馬嘶〔五〕。落紅微沁繡鴛泥〔六〕。鞦韆教放低〔七〕。

【校　議】

㊀《歷代詩餘》、戈選列於《阮郎歸》詞調下。

【注釋】

〔一〕豐樂樓：西湖邊的著名建築。詳見【考辨】。詞寫於撤新豐樂樓時，可參看下列詩詞。陳允平《豐樂樓初成》：「紅塵飛不到闌干，十二朱簾卷暮寒。上苑鶯啼花木暗，六橋人散水雲寬。春風玉佩驂黄鶴，夜月瓊簫駐紫鸞。簷外青青楊柳色，幾回曾向畫船看。」董嗣杲《豐樂樓》：「鶯花簫鼓綺羅叢，人在熙和境界中。海宇三登歌化日，湖山一覽醉春風。水摇層棟青紅濕，雲鎖危梯粉黛空。十里掌平都掩盡，有誰曾紀建樓功。」

〔二〕翠陰句：杭州西湖邊多植楊柳，春日楊柳陰濃鶯囀。楊箋：「樓臨蘇堤，故開口即説是堤。」孟浩然《過故人莊》：「緑樹村邊合，青山郭外斜。」白居易《錢唐湖春行》：「幾處早鶯爭暖樹，誰家新燕啄春泥。」餘見《渡江雲·西湖清明》注〔八〕。

〔三〕春如句：「春」字爲全篇之眼，非僅此句喻體與本體之關係，謂當及時行樂。

〔四〕畫圖二句：韓瞟《浪淘沙·豐樂樓》：「三十六梯人不到，獨喚瑶箏。」「新展」，點出樓已撤新。

〔五〕風絮晚三句：蘇堤多柳，亦入豐樂樓景觀。南宋筆記、詩詞中多記載寒食清明時西湖節令遊賞及日晚入城情景。《夢粱録》卷二：「殢酒貪歡，不覺日晚，紅霞映水，月掛柳梢，歌韻清圓，樂聲嘹喨，此時尚猶未絶。男跨雕鞍，女乘花轎，次第入城。」《武林舊事》卷三：「至花影暗而月華生始漸散去。絳紗籠燭，車馬爭門，日以爲常。張武子詩云：『……都城半掩人爭路，猶有胡琴落後船。』最能狀此景。」張鎡《四月上澣日同寮約遊西湖十絶》（之一）更載豐樂樓遊人入城情景：「豐樂樓前未夕暉，可堪魚鑰限城扉。」

〔六〕繡鴛：繡有鴛鴦圖案的鞋子。張先《減字木蘭花·贈伎》：「文鴛繡履，去似楊花塵不起。」

〔七〕鞦韆句：鞦韆之戲是寒食節前後婦女郊遊時的活動。楊箋：「湖堤中，公設鞦韆。今所見如是，想宋時亦如是。」上二句寫雨後初晴，落紅花泥似乎要沾惹低擦地面而過的鞦韆架上遊女的繡鞋。

【考辨】

朱箋：《咸淳臨安志》：豐樂樓在豐豫門外，舊名聳翠樓。據西湖之會，千峰連環，一碧萬頃，爲遊覽最。顧以官酤喧雜，樓亦卑小，弗與景稱。咸淳九年，趙安撫與𥲅始撤新之。瓌麗宏特，高切雲漢，遂爲西湖之壯，搢紳多聚拜於此。《武林舊事》：豐樂樓，舊爲衆樂亭，又改聳翠樓，政和中改今名。淳祐間，趙京尹與𥲅重建，宏麗爲湖山冠。吴夢窗嘗大書所作《鶯啼序》於壁，一時爲人傳誦。

夏箋：朱箋引《咸淳臨安志》：「咸淳九年，趙安撫與𥲅始撤新之。」案《宋史·理宗紀》：與𥲅，九年，浙西安撫使。「咸淳」當依《武林舊事》作「淳祐」。《宋史·趙與𥲅傳》趙卒於景定元年，不及見咸淳。

楊箋：《一統志》：樓在府城湧金門外。又，《東京夢華録》：白礬樓，後改爲豐樂樓。宣和間更修，三層相高，五樓相向，各有飛橋欄楯，明暗相通，珠簾繡額，燈燭晃耀。

孫按：《咸淳臨安志》卷三二：「（豐樂樓）在豐豫門外，舊名聳翠樓。樓據西湖之會。千峰連環，一碧萬頃；柳汀花塢，歷歷檻欄間。而遊橈畫艦，棹歌堤唱，往往會合於樓下，爲遊覽最。顧以官酤喧雜，樓亦卑小，弗與景稱。淳祐九年，趙安撫與𥲅始撤新之。瑰麗宏特，高切雲漢，遂爲西湖之壯。其旁花徑曲折，亭榭參差，與兹樓映帶，搢紳多聚拜於此。」豐豫門，爲臨安西城門。《咸淳臨安志》卷一八：「隋楊素創，周回三十六里九十步（《九域志》）。唐昭宗景福二年，錢鏐發民夫二十萬及十三都軍士，築羅城周七十里（《資治通鑑》）。……城西：錢湖門，清波門（俗呼暗門），豐豫門（舊名湧金門），錢塘門。」

周密《武林舊事》卷五「湖山勝概」：「（豐樂樓）又甃月池，立鞦韆梭門，植花木，構數亭，春時遊人繁盛。舊爲酒肆，後以學館致爭，但爲朝紳同年會、拜鄉會之地。林暉、施北山皆有賦。趙忠定《柳梢青》云：『水月光中，煙霞影裏，湧出樓臺。空外笙簫，雲間笑語，人在蓬萊。天香暗逐風回。正十里，荷花盛開。買個小舟，山南遊遍，山北歸來。』」

楊箋所説更名白礬樓的豐樂樓，是汴京酒樓名。見《能改齋漫録》卷九。另，趙與𥲅於理宗淳祐元年（一二四一）兼知臨安府，九年撤新豐樂樓；據明張本、毛本《鶯啼序》題下注，知豐樂樓淳祐十一年（一二五一）二月始建成，計有三年之功役。此詞與《鶯啼序》皆寫春三月景色，並以「畫圖新展」點出是撤新後之會飲，故知與《鶯啼序》皆寫於淳祐十一年。

## 如夢令㈠

春在緑窗楊柳。人與流鶯俱瘦〔一〕。眉底暮寒生〔二〕，簾額時翻波皺〔三〕。風驟。風驟〔四〕。花徑啼紅滿袖〔五〕。

【校　議】

㈠戈選杜批：「此調始於唐莊宗，因疊『如夢』句，遂以名調。此爲正格。夢窗别作有叶平韻者。」明張本有詞題「春暮」。並且此調下有曹組同調詞（門外緑陰）一闋。底本删。毛扆本增入曹詞。鄧録毛扆本同。杜本未從。

【注　釋】

〔一〕春在二句：高觀國《御街行·詠簾》：「鶯聲似隔，篆煙微度，愛横影、參差滿。」此詞於無名氏《如夢令》多有取意：「依舊。依舊。人與緑楊俱瘦。」

〔二〕眉底句：盧絳《夢白衣婦人歌詞》：「眉黛小山攢，芭蕉生暮寒。」

〔三〕簾額句：高觀國《御街行·詠簾》：「香波半窣深深院。正日上、花陰淺。青絲不動玉鉤閑，看翠額、輕籠葱茜。」范成大《曉起》：「簾額繡波蕩漾，燭盤紅淚闌干。」李商隱《燒香曲》：「玉佩呵光銅照昏，簾波日暮沖斜門。」李賀《宮娃歌》：「寒入罘罳殿影昏，彩鸞簾額著霜痕。」

〔四〕風驟二句：李清照《如夢令》：「昨夜雨疏風驟，濃睡不消殘酒。」

〔五〕花徑句：張先《天仙子》：「重重簾幕密遮燈，風不定。人初靜。明日落紅應滿徑。」陳後主《有所思三首》（之一）：「落花同淚臉，初月似愁眉。」啼紅，梁元帝《代舊姬有怨》：「怨黛舒還斂，啼紅拭復垂。」此喻落花上的雨珠露滴。

## 又〔一〕

鞦韆爭鬧粉牆〔一〕。閑看燕紫鶯黄〔二〕。啼到緑陰處〔三〕，喚回浪子閑忙〔四〕。春光。春光〔五〕。正是拾翠尋芳〔六〕。

**【校　議】**

〔一〕明張本、毛本、戈校本、杜本、王朱本有詞題「春景」。朱二校本等删。杜校：「《詞繫》云，用平韻僅見此闋。」楊箋：「《如夢令》之用平聲者，止此一闋，蓋夢窗創作也。」

【注釋】

〔一〕鞦韆句：孫應時《和李季章校書西湖即事三首》（之二）：「舴艋填芳渚，鞦韆鬧粉牆。」蕩鞦韆是婦女寒食郊遊時的户外活動。

〔二〕閑看句：朱淑真《謁金門》：「好是風和日暖。輸與鶯鶯燕燕。」黄庭堅《聽宋宗儒摘阮歌》：「深閨洞房語恩怨，紫燕黄鸝韻桃李。」楊箋：「『啼』字，字面指鶯燕，骨裏指婦女笑語。看人打鞦韆，是閑忙也。」

〔三〕啼到句：周邦彦《望江南》：「牆外見花尋路轉，柳陰行馬過鶯啼。」

〔四〕唤回句：釋如淨《頌古八首》（之六）：「游春浪子風流甚，賣弄三文黑老婆。」楊箋：「《宋史》：李邦彦每綴街市俚語爲詞曲，人争傳之，自號李浪子。後爲相時，稱浪子宰相。浪子，自指。」

〔五〕春光：吴孜《春閨怨》：「春光太無意，窺窗來見參。」

〔六〕拾翠尋芳：張先《木蘭花・乙卯吴興寒食》：「芳洲拾翠暮忘歸，秀野踏青來不定。」曹植《洛神賦》：「或采明珠，或拾翠羽。」庾信《郊廟歌辭・角調曲二首》（之二）：「尋芳者追深徑之蘭，識韻者探窮山之竹。」

中國古典文學基本叢書

# 夢窗詞集校箋

第三册

〔宋〕吴文英 撰
孫虹 譚學純 校箋

中華書局

# 望江南

## 賦畫靈照女㊀

衣白苧〔一〕，雪面墮愁鬟〔二〕。不識朝雲行雨處〔三〕，空隨春夢到人間〔四〕。留向畫圖看〔五〕。慵臨鏡〔六〕，流水洗花顏〔七〕。自織蒼煙湘淚冷㊁，誰撈明月海波寒〔八〕。天澹霧漫漫〔九〕。

【校　議】

㊀靈照：毛本、《歷代詩餘》、杜本、王朱本、朱二校本作「臨照」。

㊁湘淚冷：諸本作「湘淚冷」。兹從明張本、毛本。

【注　釋】

〔一〕衣白苧：賈島《再投李益常侍》：「新衣裁白苧，思從曲江行。」

〔二〕墮愁鬟：髻鬟斜欹即有哀愁之態。詳見《風流子·前題》注〔五〕。

〔三〕朝雲行雨：用宋玉《高唐賦并序》中楚王夢見高唐神女事。

〔四〕春夢：承高唐夢境，晏殊《蝶戀花》：「醉到西樓醒不記，春夢秋雲，聚散真容易。」

〔五〕畫圖：薛媛《寫真寄夫》：「恐君渾忘卻，時展畫圖看。」

〔六〕臨鏡：左思《嬌女詩》：「輕妝喜樓邊，臨鏡忘紡績。」

〔七〕流水句：取意崔氏《靧面辭》：「取白雪，取紅花，與兒洗面作妍華。」花顔，李白《相和歌辭·怨歌行》：「十五入漢宮，花顔笑春紅。」

〔八〕自織二句：化用李商隱《錦瑟》「滄海月明珠有淚」詩意及鮫宫織綃典。又合用掌上明珠典，語出傅玄《短歌行》：「昔君視我，如掌中珠。」並翻用宋之問《奉和晦日幸昆明池應制》：「不愁明月盡，自有夜珠來。」《瀛奎律髓》卷一六：「『不愁明月盡』，謂晦日則無月也，池中自有大蚌。明月之珠，如近世甓社湖珠現是也。」甓社湖珠現事見《夢溪筆談》卷二一。此處還暗用合浦還珠典，見《後漢書·循吏傳》：「（孟嘗）遷合浦太守。郡不産穀實，而海出珠寶，與交址比境，常通商販，留糴糧食。先時宰守並多貪穢，詭人采求，不知紀極，珠遂漸徙於交址郡界。於是行旅不至，人物無資，貧者餓死於道。嘗到官，革易前敝，求民病利。曾未逾歲，去珠復還。」此謂不能再有還珠照明晦日夜色，婉言其殞世。

〔九〕天澹句：此以海天之景寫悵然之情。

【考辨】

朱箋：《傳燈録》：襄州居士龐藴一女，名靈照。居士將入滅，令女靈照出視日早晚，及午以報。女遽報曰：「日已中矣，而有蝕也。」居士出户觀次，靈照即登父座，合掌坐亡。居士笑曰：「我女鋒捷矣。」

鄭校：此借古人名義之例類。本集有「放琴客」題，客爲顧沉侍兒（孫按：鄭氏此處誤記柳渾侍兒爲顧況侍兒）。以「琴客」稱人妾，猶之以「靈照」稱人女也。

鄭氏手批：考《傳燈録》載，昔龐居士將入滅，女靈照視日中坐化故實。東坡詩「但有靈照女」，張建詩亦以「靈照女」對孟光妻，可徵宋人慣用之典。夢窗是詞或詠人家之淑女好道者。「明月」句，蓋寓掌上明珠之意也。《山海經注》：舜次妃癸比氏生二女，曰宵明，曰燭光。處河大澤，靈照百里，是爲湘之神。此云靈照，蓋畫湘神，如畫雒神女者。夏劍丞説。

楊箋：《冷齋夜話》：「（謝無逸）所居溪堂，生涯如龐藴。余嘗過之，小君方炊，稚子宗野汲井。無逸誦書掃除，顧余，放帚大笑曰：聊復而耳。余作偈曰：老妻營炊，稚子汲水。龐公掃除，丹霞適至。棄掃迎門，一笑相親。不必靈照，多通道理。」此可爲靈照稱人女之證。（「自織」二句）此二句語似此女殉未婚夫投水死者，因湘淚二字知之。

孫按：此詞詠賦人家未嫁而亡女兒臨水遺像。《錦繡萬花谷前集》卷二八「有女靈照不嫁亦悟」

條或可佐證：「居士名蘊，字道玄，與石頭希遷爲友。偈曰：有男不婚，有女不嫁。大家團欒頭，共説無生話。女靈照常制竹灑籬，賣以供朝夕。居士將入滅，使靈照視日及午以報，靈照遽報曰：『日蝕。』居士出户觀次，靈照登父座合掌坐云（亡）。居士笑，更延七日而化。」《路史》卷二一載舜次妃癸比氏生二女宵明、燭光，靈照百里，爲湘之神，此事或爲詞中多用湘神典故所本。清代史夢蘭《全史宮詞》亦有「秋風鼓出湘靈瑟，共憶宵明與燭光」之句。

## 又

茶

松風遠〔一〕，鶯燕靜幽坊㊀〔二〕。妝褪宮梅人倦繡㊁〔三〕，夢回春草日初長〔四〕。瓷碗試新湯〔五〕。　笙歌斷〔六〕，情與絮悠颺〔七〕。石乳飛時離鳳怨〔八〕，玉纖分處露花香㊂〔九〕。人去月侵廊〔一〇〕。

【校　議】

㊀幽坊：毛本作「幽芳」。毛扆本改「芳」作「坊」。《歷代詩餘》、戈校本、杜本、王朱本、朱二校本仍

從毛本。明張本同毛扆本。

㊁宮梅：毛本、《歷代詩餘》、戈校本、王朱本作「官梅」。

㊂分處：明張本作「分時」。

【注釋】

〔一〕松風：形容煎茶聲。蘇軾《試院煎茶》：「蟹眼已過魚眼生，颼颼欲作松風鳴。」

〔二〕鶯燕：此代指歌妓。

〔三〕妝褪宫梅：用梅花妝典。　人倦繡：《説郛》卷四七（上）：「白樂天詩云：『倦倚繡床愁不動，緩垂緑帶髻鬟低。遼陽春盡無消息，夜合花開日又西。』好事者畫爲《倦繡圖》。」宋伯仁《梅花喜神譜·欲謝一十六枝》：「求有不須鳴，緑窗人倦繡。」

〔四〕夢回春草：用謝靈運夢見謝惠連，寫出佳制典。亦寓新茶時節。《宋史·食貨下·六》：「建寧臘茶，北苑爲第一。其最佳者曰社前，次曰火前，又曰雨前。」　日初長：立春之後，白晝漸長。

〔五〕瓷碗句：黄庭堅《西江月》：「兔褐金絲寶碗，松風蟹眼新湯。」蘇軾《望江南》：「休對故人思故國，且將新火試新茶。」「玉纖」意入此句。孟郊《會合聯句》：「雪弦寂寂聽，茗碗纖纖捧。」蘇軾《夢回文二首》序曰：「十二月二十五日，大雪始晴，夢人以雪水烹小團茶，使美人歌，以飲余。」詩中有句曰：「酡顔玉碗捧纖纖，亂點餘花唾碧衫。」

〔六〕笙歌：此亦指煮水響沸之聲。蘇軾《瓶笙詩並引》：「庚辰八月二十八日，劉幾仲餞飲東坡，中觴，聞笙簫聲，杳杳若在雲霄間。抑揚往返，粗中音節，徐而察之，則出於雙瓶，水火相得，自然吟嘯。」

〔七〕情絮悠揚：兼寫分茶時茶面景象，詳下引楊萬里詩。餘見《解連環·留別姜石帚》注〔三〕。

〔八〕石乳句：石乳，産於福建的名茶。熊蕃《宣和北苑貢茶録》：「又一種茶，叢生石崖，枝葉尤茂。至道初，有詔造之，別號石乳。」《宋史·地理五》：「建寧府貢火前、石乳、龍茶。」又，《食貨下五》：「（片茶）有龍、鳳、石乳、白乳之類十二等，以充歲貢及邦國之用。」鳳，指龍鳳團茶。歐陽修《歸田録》：「茶之品，莫貴於龍鳳團，凡八餅重一斤。」宋徽宗《大觀茶論》：「歲修建溪之貢，龍團鳳餅，名冠天下。」離鳳，此指繪有雙鳳的團茶被掰開而言。蘇軾《阮郎歸》：「獸煙噴盡玉壺乾。香分小鳳團。」

〔九〕分：分茶，注湯後用箸攪茶乳，使湯水波紋幻變成種種形狀。陸游《臨安春雨初霽》：「矮紙斜行閑作草，晴窗細乳戲分茶。」楊萬里《澹庵座上觀顯上人分茶》：「分茶何似煎茶好，煎茶不似分茶巧。蒸水老禪弄泉手，隆興元春新玉爪。二者相遭兔甌面，怪怪奇奇真善幻。紛如擘絮行太空，影落寒江能萬變。銀瓶首下仍尻高，注湯作字勢嫖姚。不須更師屋漏法，只問此瓶當響答。」露花香：茶葉上似乎尚帶露水，散發著自然的香氣。秦韜玉《採茶歌》：「天柱香芽露香發，爛研瑟瑟穿荻篋。」

〔一〇〕人去句：蘇軾《南歌子·別潤守許仲塗》：「欲執河梁手，還升月旦堂。酒闌人散月侵廊。」

【考辨】

楊箋：按此因夏日烹茶憶姬之作。下片换頭，即轉到姬去，則「笙歌斷」矣。「笙」字仍切茶。人雖去，而情猶在，故曰「悠揚」。（「人去」句）「人去」，是一詞之主，「月」映「茶」字。

孫按：詞寫春天試新茶時，非夏日。詞中所憶之人，應爲幽坊歌妓。

## 定風波㊀

密約偷香□踏青㊁〔一〕。小車隨馬過南屏〔二〕。回首東風消鬢影〔三〕。重省。十年心事夜船燈〔四〕。　離骨漸塵橋下水㊂〔五〕，到頭難滅景中情㊃〔六〕。兩岸落花殘酒醒㊄〔七〕。煙冷〔八〕。人家垂柳未清明〔九〕。

【校　議】

㊀明張本、毛本、戈校本、杜本、王朱本有詞題「春情」。朱二校本等删。

㊁□踏青：諸本俱空格。杜校：「首句原闕一字，擬補『藉』字。」楊箋：「『香』下擬補『趁』字。」朱德慈疑爲「醉」字：「《霜葉飛·重九》曰『記醉踏南屏』，與此及下句『小車隨馬過南屏』，正可互爲印證。」

㊂漸塵：諸本同。杜校：「『漸塵』，疑『漸沈』之誤。」杜本並於本句下空兩格，曰：「下半闋第二句應夾短韻，脱二字，擬補『何計』二字。」

㊃難滅：杜鈔本作「難減」。

㊄酒醒：毛本作「酒醉」。毛扆本：「『醉』，疑『醒』。」杜本從戈校本改，校曰：「原誤作『酒醉』。此亦應换仄韻者。」鄭校：「以形近訛。案『醒』字，協下『冷』韻。」明張本正同。

【注　釋】

〔一〕密約偷香：密約，韓偓《幽窗》：「密約臨行怯，私書報欲難。」偷香，《世説新語·惑溺》：「韓壽，美姿容。賈充辟以爲掾。充每聚會，賈女於青瑣中看。見壽，説之，恒懷存想，發於吟詠。後婢往壽家，具述如此，並言女光麗，壽聞之心動，遂請婢潛修音問，及期往宿。壽蹻捷絶人，踰牆而入，家中莫知。自是充覺女盛自拂拭，説暢有異於常。後會諸吏，聞壽有奇香之氣，是外國所貢，一著人，則歷月不歇。充計武帝唯賜己及陳騫，餘家無此香。疑壽與女通，而垣牆重密，門閤急峻，何由得爾。乃托言有盜，令人修牆。使反曰：『其餘無異，唯東北角如有人跡，而牆高非人所踰。』充乃取女左右婢考問，即以狀對，充秘之，以女妻壽。」後以「密約偷香」謂私定情好。《能改齋漫録》卷一六：「開封富民楊氏子，館客頗豪俊。有女未行，私竊慕之。遂有偷香之説，密約登第結姻。客既過省，乃棄所好。屢約相會，杳不可得。」踏青：蜀中踏青節在二月二日。《歲時廣記》卷一：「杜氏《壺中贅録》：蜀中風俗舊以二月二日爲踏青節，都人士女絡繹遊賞，緹幕歌酒，散在四郊。」也泛指清明節前後較長時間的郊野遊覽習俗。孟浩然《大堤行》：「歲歲春草生，踏青二三月。」

〔二〕小車隨馬：謂信馬隨車。韓愈《游城南十六首・嘲少年》：「只知閑信馬，不覺誤隨車。」

〔三〕回首句：李賀《詠懷二首》（之一）：「彈琴看文君，春風吹鬢影。」周邦彦《蝶戀花・早行》：「執手霜風吹鬢影。去意徘徊，別語愁難聽。」

〔四〕十年心事：此寫年青時客杭的情事。集中《西平樂慢・過西湖先賢堂》亦有「十載事，夢惹緑楊絲」之句。

〔五〕離骨句：韓愈《題杜工部墳》：「怨聲千古寄西風，寒骨一夜沈秋水。」反用高觀國《永遇樂・次韻吊青樓》句意：「銜芳恨、千年怨結，玉骨未應成土。」

〔六〕景中情：以上二句謂離人玉骨或已漸漸塵化爲六橋下的流水，但自己還是刻骨銘心，非常執著於那段美麗邂逅——似乎有些虚幻不實的情緣。

〔七〕兩岸句：合用杜甫《發潭州》「岸花飛送客」詩意及柳永《雨霖鈴》詞意「今宵酒醒何處，楊柳岸、曉風殘月」。

〔八〕煙冷：指寒食節。

〔九〕人家句：寫寒食門上簪柳之俗。未清明，《東京夢華録》卷七：「寒食第三日，即清明日矣。凡新墳皆用此日拜掃，都城人出郊。」此謂欲前往祭掃，然時節尚未清明，何況還是船在旅途，身不由己。

【考　辨】

楊箋：此爲夢窗憶故妓之作。（「離骨」句）「橋下水」承「夜船」，「景中情」承「心事」。近人因上句，有謂夢窗另有一妾死於水者，然昌黎題老杜墓詩：「寒骨一夜沈秋水。」老杜固醉死，未如太白之死於水者，乃有沈水之言，未可泥也。

孫按：此應爲悼亡詞，寫於途經杭州時，所悼者爲杭州亡妓。詳見《渡江雲·西湖清明》【考辨】。

## 月中行㊀

和黃復庵

疏桐翠井早驚秋㊁〔一〕。葉葉雨聲愁〔二〕。燈前倦客老貂裘〔三〕。燕去柳邊樓〔四〕。　吳宮寂寞空煙水〔五〕，渾不認、舊采菱洲〔六〕。秋花旋結小盤虬〔七〕。蝶怨夜香留〔八〕。

【校　議】

㊀ 又名《月宮春》。《詞譜》：「（《月宮春》）調見《花間集》毛文錫詞。周邦彥更名《月中行》。《宋史·樂志》屬小石角。」戈選杜批：「此與周詞同。較《月宮春》添一字。」孫按：此詞毛本、戈校本甲稿、丙稿重出。戈校本：「重見甲稿。」底本尾注誤丙稿爲丁稿。

㊁ 翠井：毛本甲稿、戈校本、杜本、王朱本、朱二校本作「翠竹」。毛本、戈校本重出此詞時皆作「翠井」。

【注　釋】

〔一〕疏桐句：「柳邊樓」意亦綴此句，寫雨中情形。梁元帝《藩難未靜述懷詩》：「樓前飄密柳，井上落疏桐。」毛文錫《贊成功》：「昨夜微雨，飄灑庭中，忽聞聲滴井邊桐。」井壁常濕，多生緑苔。故云「翠井」。

〔二〕葉葉句：温庭筠《更漏子》：「梧桐樹。三更雨。不道離情正苦，一葉葉，一聲聲。空階滴到明。」

〔三〕老貂裘：貂裘弊舊。《戰國策》卷三：「（蘇秦）説秦王，書十上而説不行。黑貂之裘弊，黄金百斤盡，資用乏絶，去秦而歸。」杜甫《暮秋將歸秦留别湖南幕府親友》：「北歸沖雨雪，誰憫敝貂裘。」

〔四〕燕去句：燕歸人留，寫漂泊之感。

〔五〕吴宫寂寞：華鎮《詠西施》：「吴宫寂寞無桃李，芙蓉一笑君意傾。」

〔六〕采菱洲：《楚辭·招魂》：「涉江采菱，發揚荷些。」《詩》：「有女殊代生，涉江采菱花。」

〔七〕秋花句：上闋中的「燈前」意綴於此。蟠虯，孫惠《楠榴枕賦》：「蜿若蟠虯，翩似交鶴。」此謂深秋雨夜寒濕中燈花屢結不落，糾成盤龍形狀。

〔八〕蝶怨句：「秋」字亦意綴此句中「香」字。鄭谷《十日菊》：「節去蜂愁蝶不知，曉庭還繞折殘枝。自緣今日人心别，未必秋香一夜衰。」蘇軾《九日次韻王鞏》：「相逢不用忙歸去，明日黄花蝶也愁。」黄庭堅《南鄉子·重九日涪陵作示知命弟》：「明日餘樽還共倒，重來、未必秋香一夜衰。」掌燈時即過重九日月並應的正點，至夜間，菊花雖香留卻非再能應景，故而蝶蜂替人愁怨。此詞寫於重陽節夜，實暗用潘大臨「滿城風雨近重陽」名句，上下闋所寫風雨寒濕，皆作蓄勢。

【考　辨】

楊箋：此亦憶姬之詞。（「燈前」二句）倦客，自指。燕，喻姬。（「吴宫」二句）采菱洲，譬與姬初認識之地。觀此，知疑得姬於西湖者，誤。或曰采菱洲指采香涇言。（「秋花」二句）秋花，指菊，喻新歡。

孫按：此詞寫於蘇州重九夜。與友人感懷今昔，非憶姬之作。

## 虞美人㈠

背庭緣恐花羞墜〔一〕。心事遥山裏〔二〕。小簾愁卷月籠明〔三〕。一寸秋懷禁得、幾蛩聲〔四〕。　井梧不放西風起。供與離人睡〔五〕。夢和新月未圓時〔六〕。起看簷蛛結網、又尋思〔七〕。

【校　議】

㈠　明張本、毛本、戈校本、杜本、王朱本有詞題「秋感」。朱二校本等删。

【注釋】

〔一〕背庭句：張籍《惜花》：「庭樹花蒙蒙，墜地無顏色。」《冷齋夜話》卷一：「東坡嘗對歐公誦文與可詩曰：『美人卻扇坐，羞落庭下花。』」

〔二〕心事句：温庭筠《夢江南》：「山月不知心裏事，水風空落眼前花。」並用遠山黛典。

〔三〕小簾句：韋莊《訴衷情》：「燭燼香殘簾半卷，夢初驚。花欲謝，深夜，月籠明。」

〔四〕一寸二句：庾信《愁賦》殘文：「誰知一寸心，乃有萬斛愁。」范仲淹《鄱陽酬泉州曹使君見寄》：「寸懷如春風，思與天下芳。」禁，《匯釋》：「猶當也；受也，耐也。」

〔五〕井梧二句：井梧西風，典例詳見《月中行·和黄復庵》注〔一〕。《匯釋》：「放，猶教也，使也。……吴文英《滿江紅》詞：『人境不教車馬近，醉鄉莫放笙歌歇。』放與教互文，皆使也。」

〔六〕夢和句：《類説》卷五六載石曼卿對李長吉「天若有情天亦老」爲「月如無恨月長圓」。盧綸《夢白衣婦人歌詞》：「欹枕悄無言，月和殘夢圓。」

〔七〕起看二句：張祜《讀曲歌五首》（之一）：「窗中獨自起，簾外獨自行。愁見蜘蛛織，尋思直到明。」民間謂蜘蛛（特指一種長腳蜘蛛，稱喜子或嬉子）結網即有親人歸來。《詩·豳風·東山》：「伊威在室，蠨蛸在户。」孔穎達疏：「蠨蛸，長踦，一名長腳。荆州河内人謂之喜母，此蟲來著人衣，當有親客至，有喜也。幽州人謂之親客，亦如蜘蛛爲羅網居之，是也。」

【集評】

楊箋：（「背庭」二句）此兩韻，寫愁人凝望時光景，坐適背庭，如恐花羞。面既向外，心似在山，何等心事，妙不明説。癡句即是妙句。（「小簾」句）情語中忽插景語，筆極跳蕩。（「一寸」二句）秋懷是情，蛩聲是景，此韻融景於情，不曰蛩聲擾亂秋懷，偏曰秋懷禁得蛩聲。「幾」字又作疑惑，語更靈動。（「井梧」二句）「離人」，即與人離別之人，疑即自指，「睡」字反逼。

孫按：此爲閨怨詞，「離人」指怨婦。

## 菩薩蠻㈠

落花夜雨辭寒食〔一〕。塵香明日城南陌〔二〕。玉靨濕斜紅〔三〕。淚痕千萬重〔四〕。　傷春頭竟白〔五〕。來去春如客〔六〕。人瘦緑陰濃〔七〕。日長簾影中〔八〕。

【校議】

㈠明張本有詞題「春寒」。底本删。此調又名重疊金、子夜歌、巫山一片雲、花間意、梅花句、花溪碧、晚雲烘日。

【注釋】

〔一〕落花句：孟浩然《春曉》：「夜來風雨聲，花落知多少。」陰鏗《和樊晉陵傷妾詩》：「畫梁朝日盡，芳樹落花辭。」孟郊《春愁》：「故花辭新枝，新淚落故衣。」

〔二〕塵香：此喻落花染香之塵。

〔三〕玉靨：以白皙的笑靨喻花瓣。白玉蟾《攜友生詣桐柏》：「金前錯落楓猶葉，玉靨飄零菊更花。」斜紅：臉部妝飾樣式。梁簡文帝《豔歌篇十八韻》：「分妝間淺靨，繞臉傅斜紅。」張泌《妝樓記》：「斜紅繞臉，蓋古妝也。」白居易《時世妝》：「圓鬟無鬢堆髻樣，斜紅不暈赭面狀。」

〔四〕淚痕句：劉媛《長門怨二首》（之一）：「淚痕不學君恩斷，拭卻千行更萬行。」與上句皆喻南陌落花。

〔五〕傷春句：李商隱《與同年李定言曲水閒話戲作》：「莫驚五勝埋香骨，地下傷春亦白頭。」

〔六〕來去句：王禹偁《清明日獨酌》：「春來春去何時盡，閒恨閒愁觸處生。」游次公《滿江紅》：「江燕飄飄身似夢，江花草草春如客。」

〔七〕人瘦句：李清照《如夢令》：「知否。知否。應是綠肥紅瘦。」又，《醉花陰》：「莫道不消魂，簾卷西風，人比黃花瘦。」

〔八〕日長句：李賀《秦宮詞》：「人間酒暖春茫茫，花枝入簾白日長。」

【集　評】

楊箋：（「落花」二句）花爲雨落，正寒食時，故曰「辭」。今夜因雨所落之花，明日變爲南陌之塵。（「傷春」二句）未應白而曰白，故曰「竟」。此非傷春，實惜人去。（「人瘦」二句）「濃」與肥同。緑肥，則人愈瘦矣。不言愁而愁自見。

又㊀

緑波碧草長堤色〔一〕。東風不管春狼藉〔二〕。魚沫細痕圓〔三〕。燕泥花唾乾〔四〕。無情牽怨抑㊁。畫舸紅樓側〔五〕。斜日起凭闌。垂楊舞曉寒㊂〔六〕。

【校　議】

㊀王朱本詞調作《菩薩鬘》。同調異名。戈選杜批：「此調與《憶秦娥》爲李太白所作，千古詞祖。前後結第三字原作平聲，從之爲是。」明張本、毛本、戈校本、杜本、王朱本有詞題「春情」。朱一校本等删。

㊁怨抑：毛本作「怨柳」。杜本從戈選改，校曰：「失韻。」餘本從。鄭校：「以形近訛。案『抑』字，

協下『側』韻。」明張本正同。

㊂ 舞曉寒：戈選作「舞暮寒」。

【注　釋】

〔一〕緑波句：江淹《别賦》：「春草碧色，春水緑波。送君南浦，傷如之何。」白居易《杭州春望》：「誰開湖寺西南路，草緑裙腰一道斜。」水波堤草中暗寓柳色，與下闋結處合榫。

〔二〕東風句：杜牧《歎花》：「如今風擺花狼藉，緑葉成陰子滿枝。」汪晫《念奴嬌・清明》：「試問春光今幾許，猶有三分之一。枝上花稀，柳間鶯老，是處春狼藉。」

〔三〕魚沫句：李賀《古悠悠行》：「海沙變成石，魚沫吹秦橋。」杜甫《城西陂泛舟》：「魚吹細浪摇歌扇，燕蹴飛花落舞筵。」悟清殘句：「鳥歸花影動，魚没浪痕圓。」

〔四〕燕泥句：梁簡文帝《和湘東王首夏詩》：「燕泥銜復落，鶗吟斂更揚。」李建勳《落花》：「暖豔動隨鶯翅落，冷香愁雜燕泥乾。」花唾，此指燕唾及雨後濕氣沾於和花之泥。

〔五〕無情二句：上闋「不管」意入此處。化用鄭文寶《柳枝詞》：「亭亭畫舸繫春潭，直待行人酒半酣。不管煙波與風雨，載將離恨過江南。」而從怨婦立場言之。怨抑，江總《横吹曲》：「鏜鎝漁陽摻，怨抑胡笳斷。」

〔六〕斜日二句：「紅樓」意亦入此句。蘇軾《一斛珠》：「洛城春晚。垂楊亂掩紅樓半。」晏殊《踏莎行》：「一場春夢酒醒時，斜陽卻照深深院。」

## 賀新郎

湖上有所贈㊀

湖上芙蓉早。向北山、山深霧冷㊁，更看花好。流水茫茫城下夢，空指游仙路杳〔一〕。笑蘿障㊂、雲屏親到〔二〕。雪玉肌膚春溫夜㊃〔三〕，飲湖光、山淥成花貌㊄〔四〕。臨澗水，弄清照〔五〕。　著愁不盡宮眉小〔六〕。聽一聲、相思曲裏〔七〕，賦情多少〔八〕。紅日闌干鴛鴦枕〔九〕，那枉裙腰褪了㊅〔一〇〕。算誰識、垂楊秋裊〔一一〕。不是秦樓無緣分〔一二〕，點吴霜〔一三〕、羞帶簪花帽〔一四〕。但殢酒，任天曉〔一五〕。

【校　議】

㊀ 此詞毛本甲稿、丁稿及戈校本甲稿、丁稿重出。二本丁稿詞題作「湖山有所贈」。《歷代詩餘》無

詞題。

㊁山深：毛本丁稿、戈校本丁稿、杜本、朱二校本、四明本作「煙深」。

㊂蘿障：毛本丁稿、戈校本丁稿作「蘿嶂」。

㊃雪玉：毛本丁稿、戈校本丁稿作「玉雪」。四庫本同。

㊄山淥：明張本、毛本甲稿及丁稿、戈校本丁稿、《歷代詩餘》、杜本皆作「山緑」。王朱本或據當時所見毛本。諸本從之。

㊅紅日二句：毛本丁稿、戈校本丁稿作「紅日闌干鴛鴦枕畔，枉裙腰褪了」。戈校：「『畔』字衍。『枉』下失一字，擬作『伴』。」

**【注釋】**

〔一〕湖上六句：此處及全詞皆關涉芙蓉城傳説，寫書生王子高與仙女周瑶英同遊芙蓉城仙境及情緣。楊湜《古今詞話》引《芙蓉堂》詩：「暗想舊遊渾似夢，芙蓉城下水茫茫。」詞借寫西湖豔遇中的杭州情事。北山，西湖北面有北高峰、仙姑山、棲霞嶺、寶石山等，總稱北山。

〔二〕雲屏：蘇軾《芙蓉城》：「珠簾玉案翡翠屏，霞舒雲卷千娉婷。」以上二句借芙蓉仙境中的陳設寫彼美居處以緑蘿爲步障，以雲霞爲屏風的美景。

〔三〕雪玉肌膚：下文「花貌」意屬此。白居易《長恨歌》：「中有一人字太真，雪膚花貌參差是。」春温：「笑」字意屬此處。蘇軾《送魯元翰少卿知衛州》：「時於冰雪中，笑語作春温。」《史記·田敬仲完世家》：「夫大弦濁以春温者，君也；小弦廉折以清者，相也。」

〔四〕飲湖光二句：蘇軾《書林逋詩後》：「吴儂生長湖山曲，呼吸湖光飲山渌。」渌，水清澈。

〔五〕臨澗水二句：此寫芙蓉城的水中倒影。胡微之《芙蓉城傳》中有「清流怪石，殿閣金碧相照」。

〔六〕著愁句：李商隱《代贈二首》（之二）：「總把春山掃眉黛，不知供得幾多愁。」和凝《薄命女》：「夢斷錦幃空悄悄，强起愁眉小。」宫眉，《説略》卷二一：「《實録》：漢武帝令宫人掃八字眉。」李商隱《蝶三首》（之三）：「壽陽公主嫁時妝，八字宫眉捧額黄。」《李義山詩集注》：「《海録》：唐明皇令畫工畫十眉圖，一曰鴛鴦眉，又名八字眉。」

〔七〕相思曲：《樂府詩集》卷四六：「《古今樂録》曰：《懊儂歌》者，晉石崇緑珠所作。唯『絲布澀難縫』一曲而已，後皆隆安初民間訛謡之曲。宋少帝更制新歌三十六曲，齊太祖常謂之《中朝曲》。梁天監十一年武帝敕法雲改爲《相思曲》。」

〔八〕賦情多少：胡微之《芙蓉城傳》載王子高夢游芙蓉城並見芳卿後，曾詢仙境中事，「（王）曰：『憑几者誰？三山之事何謂？』周皆不對。問芳卿何姓，曰：『與我同。』王感其事，作詩遺周。周臨别留詩云：『久事屏幃不暫閑，今朝離意尚闌珊。臨行惟有相思淚，滴在羅衣一半斑。』」

〔九〕紅日句：周邦彦《風來朝》：「待起又如何拌。任日炙、畫樓暖。」

〔一〇〕那枉句：高觀國《柳梢青·柳》：「爲憐張緒風流，正瘦損、宫腰褪碧。」那，《匯釋》：「那，猶奈也。」韓偓《浣溪沙》：「攏鬟新收玉步摇，背燈初解繡裙腰，枕寒衾冷異香焦。」謂奈何繫裙之腰徒然地爲思念而瘦損消褪。

〔一一〕算誰識二句：鄧肅《蝶戀花》：「垂楊裊裊腰肢軟。寒溪練練琉璃淺。」陳允平《惜分飛》可以參看：「錦藉芙蓉皺。翠腰羞對垂楊瘦。」

〔一二〕秦樓：秦穆公爲其女弄玉所建之樓。亦稱鳳樓。後多代指妓院。秦觀《品令》：「每每秦樓相見，見了無限憐惜。」

〔一三〕點吴霜：猶言「鬢點吴霜」。參見《水龍吟·癸卯元夕》注〔一一〕。

〔一四〕羞帶句：蘇軾《吉祥寺賞牡丹》：「人老簪花不自羞，花應羞上老人頭。」陸游《贈道流》：「醉帽簪花舞，漁舟聽雨眠。」

〔一五〕但殢酒二句：高觀國《滿堂紅》：「任天河、落盡玉杯空，東方白。」杜牧《送别》：「莫殢酒杯閑過日，碧雲深處是佳期。」

**【考　辨】**

楊箋：贈妓也。（「湖上」三句）：所贈者必名「芙蓉」，看首句出「芙蓉」，次句出「花」字，四句又用芙蓉故實。可知「空」字、「杳」字爲下文作反挑勢。

孫按：詞用芙蓉城傳説，非如楊箋所謂妓名「芙蓉」。此詞寫於杭州，屬杭妓系列詞。回憶與杭州亡妓的初遇。

## 又㈠

爲德清趙令君賦小垂虹㈡〔一〕

浪影龜紋皺〔二〕。蘸平煙、青紅半濕〔三〕，枕溪窗牖〔四〕。千尺晴虹碧漪映㈢〔五〕，萬疊羅屏擁繡㈣〔六〕。漫幾度、吴船回首〔七〕。歸興五湖應不到㈤〔八〕，問蒼茫㈥、釣雪人知否〔九〕。樵唱杳，度深秀〔一〇〕。

重來趁得花時候〔一一〕。記留連〔一二〕、空山夜雨〔一三〕，短亭春酒〔一四〕。桃李新栽成蹊處，儘是行人去後〔一五〕。但東閣、官梅清瘦〔一六〕。欸乃一聲山水緑，燕無言、風定垂簾晝㈦。寒正悄㈧，彈吟袖〔一七〕。

【校議】

㈠ 此詞毛本甲稿、丁稿及戈校本甲稿、丁稿重出。二本丁稿詞調作《金縷歌》。《金縷歌》、《金縷曲》，皆與《賀新郎》同調異名。戈選杜批：「此爲正格，宋元人皆從之。」

㊁趙令君：明張本、毛本甲稿、戈校本甲稿、杜本作「趙令居」。餘本皆從毛本丁稿。《古今詞統》、《吴興藝文補》同。

㊂千尺句：明張本、毛本甲稿、戈校本甲稿作「千尺晴霞慵卧冰」。《古今詞統》、毛本丁稿、毛扆本、《吴興藝文補》作「千尺晴虹映碧漪」。吴校謂「與平仄不合」。戈校本丁稿作「千尺晴霓慵卧水」。然校曰：「應作『碧漪映』。」《歷代詩餘》、戈選、杜本作「千尺晴虹慵卧水」。王朱本融合後徑改爲「千尺晴霞碧漪映」，餘本從之。茲亦斟酌諸本及校語後徑改。

㊃羅屏：《古今詞統》、毛本丁稿、戈校本丁稿、《吴興藝文補》作「蘿屏」。

㊄歸興：諸本皆作「歸雁」。茲從《古今詞統》、毛本丁稿、《吴興藝文補》、戈校本改。

㊅問蒼茫：明張本作「問滄茫」。《古今詞統》、毛本丁稿、戈校本丁稿作「向滄茫」。《吴興藝文補》作「向蒼茫」。

㊆垂簾：《古今詞統》、毛本丁稿、戈校本丁稿、戈選、杜本作「紅簾」。

㊇正悄：戈校本甲稿、朱二校本作「正峭」。

**【注釋】**

〔一〕趙令君：即趙善春。令君，尊稱縣令。 小垂虹：朱箋：「小虹橋在縣東，疑即小垂虹。」此詞所賦實爲左顧亭與大虹橋。《康熙德清縣志》卷二：「大虹橋，在龜溪東岸，當行春門之首。小虹橋，在大虹橋之東。」行春門，又稱迎春門。是德清縣城東城門之一。《萬曆湖州府志》卷三：「大虹橋，在龜溪東，相傳建此以鎮蜃尾。」

〔二〕浪影句：龜，龜溪，即餘不溪。《大清一統志》卷二二二：「餘不溪在府治北。自杭州府錢塘縣流經德清縣城中，又北入府城，與苕水合，即東苕溪之下流也。一名孔愉澤，一名龜溪，一名清溪，一名苧溪。《晉書》：孔愉嘗行經餘不亭，見籠龜於路者，愉買而放之溪中，龜中流左顧者數四。及愉以討華軼封餘不亭侯，鑄侯印，而印龜左顧，三鑄如初。印工以告，愉乃悟，遂佩焉。」餘不溪水東北過德清縣城東迎春門，與苕溪合流爲霅溪入太湖。又有北流水，自德清縣城中分餘不溪之水北流而去。

〔三〕青紅半濕：形容建築物剛剛修繕完畢，油漆尚未乾透。姜夔《喜遷鶯慢·功父新第落成》：「窗户新成，青紅猶潤，雙燕爲君胥宇。」據知趙縣令任上曾修繕左顧亭。

〔四〕枕溪窗牖：此「窗牖」寫溪上左顧亭。淳祐年間，葛應龍曾復左顧亭之舊。《吴興備志》卷六：「葛應龍，天台人。淳祐戊申受辟江西帥監德清左庫，嘗於餘不溪上建左顧亭。」葛應龍《左顧亭記》：「晉車騎將軍孔敬康愉……嘗遊餘不亭，路遇籠龜者，買而放之溪，龜于中流左顧數四。暨以功受餘不亭侯之封。工鑄侯印，印龜左顧，三鑄皆然，乃佩之。自是人名溪爲龜溪，而溪增美矣。……蓋是亭之址，南則面吴羌山而山光接，北則枕餘不溪而溪光遠，中創三間，高敞得宜。扁復『左顧亭』之舊。左顧之東三間，扁曰『濟川』……左顧之西三間，扁曰『際清』……其濟可博，其清可全。則重新斯亭之意不没矣。」左顧亭「重新」（再次撤新使面貌改觀）於淳祐戊申（一二四八），但從中可見舊有建制。夢窗之前賀鑄、袁説友、張鎡都有題寫左顧亭的詩作。周必大《歸廬陵日記·起隆興癸未三月甲辰止是年六月壬午》是左顧亭南渡之後尚存的明證：「戊子，早過湖州。望城中樓觀縹緲，環以溪山。宜晉唐以爲名郡也。申時，過德清縣溪橋，頗壯麗。有左顧亭，謂放龜也。」葛氏僅增創復其古制。

〔五〕千尺句：謂長橋在霞光緑水中倒映出如虹身姿。化用杜牧《阿房宫賦》名句：「長橋卧波，未雲何龍。複道行空，不霽何虹。」李白《秋登宣城謝脁北樓》：「兩水夾明鏡，雙橋落彩虹。」

〔六〕萬疊句：據宋代德清縣地圖，餘不溪穿城而過，並匯衆水網布城域，溪旁山巒起伏連綿，如重重疊疊的翠屏，簇擁山峰秀色。葛記所説南面吴羌山，也稱吴差山、乾元山。《大清一統志》卷二二二：「吴羌山在德清縣東南一里，《南史》：沈麟士隱居吴差山，教授從學者數十百人，各營屋宇，依止其側。時爲之語曰：『吴差山中有賢士，開門教授居成市。』舊志引吴均《入東記》云：漢高士吴羌避王莽之亂隱居此山，後人因以爲名。今名乾元山，以山北有乾元寺也。按羌、差二字相類，未知孰是。」《浙江通志》卷二二：「虞徽《吴羌山高士庵碑記》：縣治前有山聳然而峙者，乾元也；升椒而望，萬象軒露，其西北金鵝、市亭諸峰或虎蹲而拱，或鳥企而張。又南迓天目，餘杭諸水蜿蜒襟帶於其前，山川之勝，於焉爲冠。許孚遠《德清山館記》：德清四山崢嶸，列峙若四維。金鵝、乾元、百寮支脈盤旋横於襟帶之間。遠近峰巒，森羅如畫。」

〔七〕漫幾度二句：司空圖《渡江》：「一夜吴船夢，家書立馬開。」楊箋：「此以吴江垂虹爲襯托，故曰漫吴船回首。」

〔八〕歸興：意貫入「樵唱」二句。

〔九〕釣雪句：嘉泰三年（一二〇三）縣尉彭法（字傳師）於吴江邊建釣雪亭，取意柳宗元詩。《吴郡志》卷一三、及林至《釣雪亭記》皆有詳載。盧祖皋《賀新郎》序曰：「彭傳師於吴江三高堂之前，作釣雪亭。蓋擅漁人之窟宅，以供詩境也。」釣雪亭是隱居勝地的象徵。

〔一〇〕樵唱二句：祖詠《汝墳别業》：「山中無外事，樵唱有時聞。」歐陽修《醉翁亭記》：「望之蔚然而深秀者，琅琊也。」此謂與吴中垂虹僅有水域相比，小垂虹所在的德清水網密集，山深鍾秀，更堪隱居。故隱於吴江大垂虹者，不免回首而生隱於此不如隱於彼之歸興。

〔一一〕花時候：此指首個花信風即梅花盛放時。

〔一二〕留連：此指留戀不肯離開。曹丕《燕歌行二首》（之二）：「飛鳥晨鳴聲可憐，留連顧懷不自存。」

〔一三〕空山夜雨：王維《山居秋暝》：「空山新雨後，天氣晚來秋。」

〔一四〕短亭：餞别地。典例見《解連環·留别姜石帚》注〔七〕。春酒：《詩·豳風·七月》：「十月獲稻，爲此春酒，以介眉壽。」以上二句回憶前次在德清自秋至春的樂遊。

〔一五〕桃李二句：化用劉禹錫《元和十一年自朗州召至京戲贈看花諸君子》詩意：「玄都觀裏桃千樹，儘是劉郎去後栽。」合用李廣及潘岳典。《史記·李將軍列傳》：「諺曰：『桃李不言，下自成蹊。』」《索隱》：「姚氏云：『桃李本不能言，但以華實感物，故人不期而往，其下自成蹊徑也。』」潘岳爲河陽縣令，種植一縣花。此並爲德清縣圃寫實，《德清縣志》卷一〇：「明秀亭，周植桃與海棠，前立牌門，榜曰『紅雲塢』。」

〔一六〕但東閣二句：東閣官梅，用何遜爲愛梅再至揚州典以自喻。參見《解語花·梅花》注〔一四〕及《瑞鶴仙·餞郎糾曹之嚴陵》注〔一六〕。德清縣圃又有植梅之浮疎堂。《德清縣志》卷一〇：「浮疎堂，知縣趙㠓建，植梅堂前，名曰『浮疎』。」又，卷五：「趙㠓，宣順（和）元年任。」

〔一七〕燕無言四句：燕，猶言賀燕。《淮南子·説林訓》：「湯沐具，而蟣虱相吊；大廈成，而燕雀相賀，憂樂別也。」後以「賀燕」用作祝賀新居落成的套語。劉禹錫《奉和裴令公新成緑野堂即書》：「無因隨賀燕，翔集畫梁間。」姜夔《月下笛》：「多情須倩梁間燕，問吟袖、弓腰在否？」此寫橋畔勝景令賀落成之慶的文字難以形容。

【考辨】

朱箋：《德清縣志》，南宋知縣趙伯摶，嘉定六年任；趙善春，嘉定十七年任，令君未知孰是。又，小虹橋在縣東，疑即小垂虹。

夏箋：今按，嘉定六年，夢窗尚幼，而此詞過變已有「重來」之語，令君當是善春。嘉定十七年作也。

楊鐵夫《事蹟考》：甲申，二十餘歲，遊德清，以《賀新郎》爲縣令趙善春賦小垂虹，然此詞换頭云「重來趁得花時候」，知已爲再到劉郎，疑德清爲其慣遊地。

楊箋：夢窗是時年齡當在二十左右，德清爲其少遊之地，見卷首《事蹟考》。夢窗此時詞之功力尚未深純，以此詞較晚年作，造詣自見。

孫按：此詞是夢窗少年時在杭京袁韶幕中遊歷德清的詞作，還有兩點需要考辨。首先，前賢考定此詞寫於嘉定十七年甲申（一二二四），略誤。《德清縣志》卷五「職官表」：「章拱，嘉定十四年任。趙善春，嘉定十七年任。黄鍾，紹定元年任。」據知趙善春自嘉定十七年（一二二四）至紹定元年（一二二八）四年皆任德清。夢窗爲重來之劉郎，初次來時是秋，别時在春，再來又是初春。此爲重來之作，所以至早也應寫於寶慶二年（一二二六）。另據《福建通志》卷三三知趙氏籍貫：「趙善春，福建人，進士。」其次，朱箋夢窗此詞所賦爲德清小虹橋，實爲左顧亭及大虹橋。「小垂虹」的比較對象是蘇州吴江的垂虹亭與利往橋（又稱長橋，垂虹橋）。宋代錢公輔《利往橋記》：「出姑蘇城南，走五十里，民屋數百間，蕞然沙渚之上者，今吴江縣也。東湖之流，寔貫城之中，隔限南北，横可以渡者，今吴淞江也。隱然長虹，截湖跨江，便來濟往，安若履道者，初作利往橋也。……即橋之心，侈而廣之，構宇其上。登以四望，萬景在目，曰『垂虹亭』。並橋之兩涯各翼以亭，而表橋之名於其下，使往而來者可指以稱曰：『此某橋也。』」「垂虹」命橋則是亭名連類而及，已見前引《吴郡志》（卷一七）。據《德清縣志》宋代縣治地圖，所可比擬者，僅有位於龜溪並有左顧亭的大虹橋，已見【注釋】所引《德清縣志》（卷之二）。大虹橋橫跨龜溪，而小虹橋是龜溪東面叉溪上的小橋，並且没有亭軒建制，與詞中「龜浪」、「窗牖」明顯不合。「千尺晴虹」云云，也是不寫「小虹橋」的明證。龜溪屬河渠類水道，水域寬度無法與吴江相比。但賦體可爲誇飾之辭，詞人認爲被趙縣令修繕一新的左顧亭與大虹橋氣勢格局可與吴江垂虹亭橋相仿佛，但因爲兩者在長度上實無法抗衡，故詞人姑命名爲「小垂虹」。若是賦寫偪仄的叉溪小虹橋，跬步之間擬以千尺，則不免誇張失度。

## 江城梅花引㈠

贈倪梅村㈡〔一〕

江頭何處帶春歸〔二〕。玉川迷。路東西〔三〕。一雁不飛、雪壓凍雲低〔四〕。十里黄昏成曉色，竹根籬。分流水、過翠微〔五〕。帶書傍月自鋤畦〔六〕。苦吟詩〔七〕。生鬢絲〔八〕。半黄煙雨㈢〔九〕，翠禽語、似説相思〔一〇〕。惆悵孤山〔一一〕、花盡草離離〔一二〕。半幅寒香家住遠〔一三〕，小簾垂。玉人誤、聽馬嘶㈣〔一四〕。

【校　議】

㈠此調頗多異名。《詞律》：「又名《江梅引》。」《詞譜》：「《江城梅花引》，按：万俟詠《梅花引》句讀與《江城子》相近，故可合爲一調。程垓詞换頭句藏短韻者，名《攤破江城子》。洪皓詞三聲叶韻者，四首每首有一『笑』字名《四笑江梅引》。周密詞三聲叶韻者，名《梅花引》。全押平韻者名《明月引》，陳允平詞名《西湖明月引》。」

㈡毛本題下注：「舊刻題誤。」

㈢半黄：戈校本：「『黄』字誤。」煙雨：毛本、《歷代詩餘》、杜本、王朱本、朱二校本作「細雨」。杜校：「《詞繫》據葉譜作『梅子』。」

㈣玉人二句：《詞律》上下闋結處皆作六字句。《詞律》：「此又與康（與之）、蔣（捷）所作各異。『籬』字、『垂』字叶韻，一異也。『水』字、『誤』字仄聲，二異也。後段起句與前起平仄同，三異也。『玉人誤聽馬嘶』似是六字一句，故並前『分流水』處未敢注斷。」楊箋：「『籬』字，古人多用仄聲，不叶韻。白石用『徊』字，亦非韻。知此字無論平仄俱可。今『籬』字與下『垂』字爲韻。夏氏曰：此增韻例也。白石詞末句『飄零客淚沾衣』分兩句可，合一句亦可，此詞似之。」孫按：楊箋以姜夔《江梅引》爲參照。

【注釋】

〔一〕倪梅村：作者友人，即倪龍輔。梅村實有其地，陳郁《題林可山爲倪龍輔所作梅村圖後》：「當年一句月黄昏，香到梅邊七世孫。應愛君詩似和靖，爲君依樣畫西村。」

〔二〕江頭句：此寫江邊早梅。杜甫《和裴迪登蜀州東亭送客逢早梅相憶見寄》：「江邊一樹垂垂發，朝夕催人自白頭。」

〔三〕玉川二句：玉川，唐代盧仝自號「玉川子」。韓愈《寄盧仝》：「玉川先生洛城裏，破屋數間而已矣。」盧仝《有所思》：「相思一夜梅花發，忽到窗前疑是君。」後因以玉川代指梅。宋末張炎《踏莎行·盧仝啜茶手卷》亦可參看：「頭上烏巾，鬢邊白髮，數間破屋從蕪没。山中有此玉川人，相思一夜梅花發。」路迷，王昌齡《梅詩》：「落落寞寞路不分，夢中唤作梨花雲。」

〔四〕雪壓句：暗用齊己《早梅》詩意：「前村深雪裏，昨夜一枝開。」

〔五〕十里四句：洪适《憶梅呈曾宏父》：「重憶東城路，盈盈十里梅。」此亦化用林逋《山園小梅》意境。楊箋：「梅、雪色俱白，故能令黄昏成曉色也。」

〔六〕帶書句：《漢書·倪寬傳》：「倪寬，千乘人也。治《尚書》，事歐陽生。以郡國選詣博士，受業孔安國。貧無資用，嘗爲弟子都養。時行賃作，帶經而鋤，休息輒讀誦，其精如此。」用此典切贈主「倪」

姓。荷月種梅，句例見《掃花遊·贈芸隱》注〔九〕。

〔七〕苦吟詩：朱慶餘《望蕭關》：「暫來戎馬地，不敢苦吟詩。」馮贄《雲仙雜記》引《詩源指訣》：「孟浩然眉毫盡落；裴祐袖手，衣袖至穿；王維至走入醋甕，皆苦吟者也。」

〔八〕生鬢絲：盧仝《歎昨日三首》（之一）：「如此如此復如此，壯心死盡生鬢絲。」

〔九〕半黄煙雨：寫梅子半黄時的梅雨。

〔一〇〕翠禽二句：用隋趙師雄在羅浮山下夢遇梅花精靈翠鳥所化仙女事。姜夔《點絳唇》：「數聲啼鳥。也學相思調。」翠禽，語出姜夔《疏影》「翠禽小小」。下句中的「惆悵」、「花盡」意皆屬此，用趙師雄酒醒起視，唯見「月落參横，但惆悵耳」。

〔一一〕孤山：此就倪氏梅隱而言。袁韶《錢塘先賢傳贊》：「（林）先生有隱操，居西湖二十年，足跡不至城市。善行草，爲詩孤峭澄淡。」《夢溪筆談·人事二》：「林逋隱居杭州孤山，常畜兩鶴，縱之則飛入雲霄，盤旋久之，復入籠中。」《宋詩鈔》卷一三：「（林）逋不娶，無子，所居多植梅畜鶴。泛舟湖中，客至則放鶴致之。因謂梅妻鶴子云。」餘參見《瑞鶴仙·餞郎糾曹之嚴陵》注〔一五〕、〔一六〕。

〔一二〕花盡句：謂以謝靈運詠春草之佳制詠梅。倪龍輔有《錢謙齋新居》可以參看：「草將春色歸新句，梅著寒香暖舊盟。」離離，茂盛貌。白居易《賦得古原草送别》：「離離原上草，一歲一枯榮。」

〔一三〕半幅句：陳與義《次韻何文縝題顔持約畫水墨梅花二首》（之一）：「窗間光影晚來新，半幅溪藤萬里春。」與竹籬、流水、孤山諸句意，用《華光梅譜》小窗梅影之事。

〔一四〕玉人二句：王之道《謁金門》：「門外馬嘶郎且至。失驚心暗喜。」

【考辨】

張如安《夢窗詞箋釋補正》：按書目文獻出版社影印《詩淵》第五册第三一六二頁有宋倪梅村《錢謙齋新居》詩云：「攜琴載鶴又如京，隱處如村卻近城。」另許棐亦有同題之作云：「住破吴松江上屋，杭州城外結新廬。」則知錢謙齋原居在吴松江畔，後遷杭州新居，倪梅村既有送别之作，至少其家一度在吴松一帶。據此推測，夢窗之識倪梅村，恐在客蘇十年間。《詩淵》又收録倪梅村《酬答詩》及《登樓有感》，前者云：「吾道何嘗拘出處，丈夫例不怕饑寒。一天明月隨詩笠，萬古清風在釣竿。」後者云：「好趁西風理釣舟，半生書劍兩悠悠。憑高有恨無人識，空負關河萬里秋。」由詩意可知倪梅村實爲江湖落魄文士。倪氏又作《藏一山房》詩，知其與夢窗友人陳郁（藏一）相識，劉卓英主編《詩淵索引》云：「倪龍輔，字魯玉，號梅村。」不知何據。

孫按：《宋詩紀事》卷七四：「倪龍輔，龍輔字魯玉，號梅村。」並據《詩林萬選》録其《宫怨》詩一首：「翠袖無香鏡有塵，一枝梅瘦不藏春。十年不識君王面，始信嬋娟解誤人。」

梅村是羅源縣（宋屬福建路）人，名門之後，宋末隱逸詩人。《（康熙）羅源縣志》卷七：「倪龍輔，字魯玉，唐尚書梁國公振十四代孫。宋淳祐間，爲留耕文忠公上客。」倪振，淮西人。官吏部尚書，賜封梁國公，唐貞元五年（七八九）遷入閩。《（道光）新修羅源縣志》卷二〇：「（倪龍輔）以詩名，有《梅村摘稿》並文集行世。淳祐中，帝欲幸龍翔。張磻諫止。及磻外補，卒舉行幸之典。群臣無敢諫者。龍輔有詩曰：『原朝晨鐘侯駕回，五龍宫殿别頭開。榻前明日呈恩例，應記誰持諫疏來。』宋末隱居不仕。其《登樓有感》云（略）。及卒，承事郎趙崇爲之銘曰：『生而有文，死而有聞。孤山並潔，萬梅之村。力學趾美，勉哉子孫。』河東轉運使某題其基曰：『詩人梅村倪公真宅。』」留耕文忠公，王伯大，字幼學，號留耕，福州人，謚文忠。

梅村嘗居蘇州，也能從胡仲弓《送梅村歸三山》詩中得到證明：「此别重逢知幾秋，梅花雖老更風流。東君未漏春消息，罰與人間作蹇修。」「獨笑坐鞍自課詩，江雲雨樹兩依依。客情生怕西風惡，才入秋來便賦歸。」詩末句用《晉書·文苑列傳》中張翰歸吴典。三山指蘇州太湖區域。《太平寰宇記》卷九四：「具區藪，太湖也。……次有三山，曰石公山、大雷山、小雷山。古所謂登姑蘇，望具區。言登高矚遠，封疆庶物，無不具也。」

另外，梅村與宗室也頗有交往。趙汝騰《跋倪龍輔詩》曰：「近得梅村倪君遺予詩一編，深巨高迴，不肯爲近世里巷歌謡語，蓋知惡夫沾滯者也。惜也不及見南塘親炙，其流波玉合之講貫益精，含咀益深，見諸賦詠，必能運翡翠鯨魚於一致，何苟鶴之足云哉。」趙汝騰，字茂實，號庸齋，太宗七世孫。趙汝談，字履常，號南塘。太祖八世孫。

宋人與倪梅村唱和者除夢窗此詞及上引諸篇外，尚有不少篇目。如蔡盤《次倪梅村見寄韻》、胡仲弓《柬倪梅村》、蒲壽宬《和倪梅村》。劉克莊、毛直方等人與倪梅村也有唱和。蒲壽宬有《和倪梅村梅花賦》，據知倪梅村酷愛梅花和《離騷》，品格高潔，是江湖飄零的苦吟詩人。

倪梅村題陳郁《藏一山房》詩曰：「屋小書千古，身閒心五湖。從人笑迂闊，於道轉清孤。涯涘觀詩硯，陽春借酒壺。江邊折黄菊，共感老頭顱。」陳郁曾居蘇州，詩中「五湖」、「江邊」亦可印證。又，陳郁卒於德祐元年（一二七五），年已八十三，由「共感老頭顱」，可大致推定梅村年齡相仿佛，應年長夢窗十歲左右。同時可以證明張如安做出的推測：倪梅村曾居蘇州，詞寫於蘇幕十年期間。

## 婆羅門引㊀　無射商，俗名羽調㊁

爲懷寧趙仇香賦㊂〔一〕

香霏泛酒〔二〕，瘴花初洗玉壺冰〔三〕。西風乍入吴城〔四〕。吹徹玉笙何處，曾説董雙成〔五〕。

奈司空經慣〔六〕，未暢高情〔七〕。　瑶臺幾層〔八〕。但夢繞、曲闌行〔九〕。空憶雙蟬□翠㊃〔一〇〕，寂寂秋聲。堂空露涼㊄〔一一〕，倩誰喚、行雲來洞庭〔一二〕。團扇月〔一三〕、只隔煙屏〔一四〕。

【校　議】

㊀《詞譜》：「《梅苑》詞名《婆羅門》。段克己詞名《望月婆羅門引》。按唐《教坊記》有《婆羅門》小曲，《宋史·樂志》有婆羅門舞隊。《樂苑》曰：婆羅門，商調曲也。開元中西涼節度楊敬述《進理道要訣》云：天寶十三載改《婆羅門》爲《霓裳羽衣》，屬黄鐘商。宋詞調名疑出於此。」

㊁明張本、底本作「羽調」。兹據朱四校本、《全宋詞》。

㊂《歷代詩餘》無詞題。

㊃雙蟬□翠：《歷代詩餘》作「雙蟬疊翠」。杜本：「『雙蟬』下原闕一字，擬補『揜』字。」楊箋：「『蟬』下擬補『彈』字。」孫按：應補「染」字。因無版本依據，故仍其舊。

㊄露涼：《歷代詩餘》作「露冷」。杜本作「露零」，校曰：「原作『露涼』，失韻。」夏敬觀評語：「『涼』係『江』、『陽』韻，與『庚』同押。依次韻『涼』是叶韻。曹元寵詞此句作平平平仄，不叶韻。」楊箋：「《詞律》收曹組詞作仄聲。」

【注釋】

〔一〕懷寧：朱箋：「《宋史·地理志》：淮南西路，安慶府，縣五，懷寧，上。」仇香：東漢仇覽的别名。因其曾任主簿，唐宋用以代稱主簿。《野客叢書》卷六：「宋子京曰：古人語有稚拙不可掩者……又近時稱主簿爲仇香，似此之類甚多。」此懷寧趙主簿，夢窗友人，生平不詳。

〔二〕香霏泛酒：此指以桂花泛於酒面。唐中宗《九月九日幸臨渭亭登高得秋字》：「泛桂迎尊滿，吹花向酒浮。」泛酒，《周禮·天官·塚宰下》：「凡爲公酒者，亦如之。辨五齊之名：一曰泛齊，二曰醴齊，三曰盎齊，四曰緹齊，五曰沈齊。」鄭氏注曰：「泛者，成而滓浮泛泛然，如今宜成醪矣。」吴均《同柳吴興烏亭集送柳舍人詩》：「雲山離晻曖，花霧共依霏。」

〔三〕瘴花：開放或茂盛時能致病的花草氣味。《廣西通志》卷二：「春三月有青草瘴，四五月有黄梅瘴，六七月有新禾瘴，八九月有黄茅瘴。又有桂花瘴、菊花瘴之名，大抵皆乘虚而入，故元氣盛則邪氣不能侵，此養生第一義也。」時節「西風乍入」，應是桂花瘴。《佩文齋廣群芳譜》卷四〇：「《閩部疏》：延平多桂，亦能多瘴。」因「仇香」字面，引申而有以花爲瘴之謔。

〔四〕吴城：代指蘇州。錢起《早下江寧》：「霜蘋留楚水，寒雁别吴城。」

〔五〕吹徹二句：杜牧《寄揚州韓綽判官》：「二十四橋明月夜，玉人何處教吹簫。」李璟《山花子》：「細雨夢回雞塞遠，小樓吹徹玉笙寒。」

〔六〕奈司空句：《古今事文類聚後集》卷一七「司空見慣」條：「劉禹錫罷蘇州，過揚州帥杜鴻漸。飲大醉，歸宿傳舍。既醒，見二妓在側，因問之。乃曰：『郎中席上與司空詩，因遣某來。』問何詩，曰：『高髻雲鬟宮樣妝，春風一曲杜韋娘。司空見慣渾閒事，惱亂蘇州刺史腸。』一云韋應物過杜鴻漸。」

〔七〕未暢高情：白居易《食飽》：「既可暢情性，亦足傲光陰。」謝靈運《述祖德詩二首》（之一）：「達人貴自我，高情屬天雲。」

〔八〕瑤臺幾層：張道洽《梅花二十首》（之一二）：「雪天枝上三更月，人在瑤臺第幾層。」李白《清平調》：「若非群玉山頭見，會向瑤臺月下逢。」

〔九〕但夢繞二句：張泌《寄人》：「別夢依依到謝家，小廊回合曲闌斜。」

〔一〇〕雙蟬□翠：姚合《詠雲》：「憐君翠染雙蟬鬢，鏡裏朝朝近玉容。」蟬，猶言「蟬鬢」，髮式。崔豹《古今注·雜注第七》：「（莫）瓊樹乃制蟬鬢，縹緲如蟬翼，故曰蟬鬢。」

〔一一〕寂寂二句：「寂寂」與「堂空」連綴成文。《古詩爲焦仲卿妻作》：「淹淹黄昏後，寂寂人定初。」

〔一二〕倩誰喚二句：行雲，用巫山雲雨典。洞庭，代湘妃所在地。湘妃在詩詞中常被形容爲善鼓瑟歌舞者。錢起《省試湘靈鼓瑟》：「善鼓雲和瑟，常聞帝子靈。」曾覿《浣溪沙》：「元是昭陽宮裏人。驚鴻宛轉掌中身。只疑飛過洞庭雲。」此借代蘇州洞庭。《吴郡志》卷一五：「洞庭山在太湖湖中，有東西二山。」

〔一三〕團扇月：李義府《堂堂詞二首》（之一）：「鏤月成歌扇，裁雲作舞衣。」《樂府詩集·團扇郎·解題》引《古今樂録》：「《團扇郎》歌者，晉中書令王珉，捉白團扇。與嫂婢謝芳姿有愛，情好甚篤。嫂捶撻婢過苦，王東亭聞而止之。芳姿素善歌，嫂令歌一曲，當赦之。應聲歌曰：『白團扇，辛苦五流連。是郎眼所見。』瑨聞，更問之：『汝歌何遺？』芳姿即改云：『白團扇，憔悴非昔容，羞與郎相見。』」

〔一四〕煙屏：秦觀《浣溪沙》：「漠漠輕寒上小樓。曉陰無賴似窮秋。淡煙流水畫屏幽。」

【考辨】

楊箋：（「西風」句）觀此，知此詞作於蘇州倉幕時。（「堂空」三句）太湖，一名震澤，一名笠澤，一名洞庭。又岳州亦有洞庭，此詞在吴作，當指太湖之洞庭山言也。（「團扇月」二句）「團扇月」，蓋指歌扇圓如月。言「煙屏」，山也，如阻隔而不能到何？蓋調之也。

## 又

郭清華席上，爲放琴客而新有所盼，賦以見喜㊀〔一〕

風漣亂翠〔二〕，酒霏飄汗洗新妝〔三〕。幽情暗寄蓮房〔四〕。弄雪調冰重會，臨水暮追涼〔五〕。

正碧雲不破，素月微行〔六〕。　雙成夜笙㊁〔七〕，斷舊曲〔八〕、解明璫〔九〕。別有紅嬌粉潤〔一〇〕，初試霓裳〔一一〕。分蓬調郎㊂〔一二〕。又拈惹㊃、花茸碧唾香〔一三〕。波暈切、一盼秋光〔一四〕。

【校議】

㊀杜本校詞題曰：「是題『放』疑『訪』字之誤。」鄭氏手批：「詞題用顧況詩中故實。況有《宜城放琴客詩》曰：琴客，宜城之愛妾也。宜城請老，愛妾出嫁。此既放其舊而盼其新。《詩》不云乎：『其新孔嘉，其舊如之何？』」

㊁夜笙：杜本作「夜深」。杜校：「別本作『夜笙』，此字應叶。疑仍有誤。」夏敬觀評語：「『笙』係『庚』韻，與『江』、『陽』韻同押。」《詞譜》列此爲又一體：「此與曹（組）詞同。惟換頭句不押韻，第五句又多押一韻異。」

㊂分蓬：戈校本作「分朋」。朋，在此義項上用同「蓬」。《詞譜》、杜本作「分蓮」。

㊃拈惹：杜本、王朱本、朱二校本、四明本作「黏惹」。孫按：此處「拈」、「黏」同義。《釋名·釋姿容》：「拈，黏也，兩指翕之，黏著不放也。」

【注釋】

〔一〕郭清華：即郭希道。　見喜：猶言志喜。　此詞亦頗取意張先《碧牡丹·晏同叔出姬》，詳見《法曲獻仙音·放琴客》【注釋】。

〔二〕風漣亂翠：馮延巳《謁金門》：「風乍起，吹皺一池春水。」黄庭堅《次韻曾子開舍人游藉田載荷花歸》：「紫微樂暇日，披襟詠風漣。」陳後主《採蓮曲》：「抵荷亂翠影，采袖新蓮香。」

〔三〕酒霏飄汗：此寫朋友追涼雅集的情形。《戰國策·齊策一》：「臨淄之途，車轂擊，人肩摩，連衽成帷，舉袂成幕，揮汗成雨。」洗新妝：何遜《看伏郎新婚詩》：「霧夕蓮出水，霞朝日照梁。何如花燭夜，輕扇掩紅妝。」洗妝，梳洗打扮。韓愈《華山女》：「洗妝拭面著冠帔，白咽紅頰長眉青。」陸瑜《東飛伯勞歌》：「新妝年幾才三五，隱幔藏羞臨網户。」此寫琴客當年盛妝如出水蓮花侍宴情景。

〔四〕幽情：江淹《悼室人詩十首》（之二）：「幽情一不弭，守歎誰能慰。」蓮房：陶淵明《雜詩十二首》（之三）：「昔爲三春蕖，今作秋蓮房。」杜甫《秋興八首》（之七）：「波漂菰米沈雲黑，露冷蓮房墜粉紅。」

〔五〕弄雪二句：杜甫《陪諸貴公子丈八溝攜妓納涼晚際遇雨二首》（之一）：「公子調冰水，佳人雪藕絲。」以上五句並從周邦彦《側犯》詞中取意：「暮霞霽雨，小蓮出水紅妝靚。……攜豔質、追涼就槐影。金環皓腕，雪藕清泉瑩。」回憶當初追涼時，琴客侍宴的情景。

〔六〕正碧雲二句：上句「暮」字意亦綴於此。江淹《休上人怨别詩》：「日暮碧雲合，佳人殊未來。」張先《天仙子》：「沙上並禽池上暝。雲破月來花弄影。」素月，謝莊《月賦》：「白露暖空，素月流天。」

〔七〕雙成夜笙：雙成，善吹笙的仙女董雙成。此代指被放琴客。

〔八〕斷舊曲：指琴客被放後不會再唱舊主人愛聽的曲子。徐陵《折楊柳》：「江陵有舊曲，洛下作新聲。」

〔九〕解明璫：張窈窕《贈裴思謙》：「銀釭斜背解明璫，小語偷聲賀玉郎。」曹植《洛神賦》：「無微情以效愛兮，獻江南之明璫。」此處謂下堂後素服裝束。

〔一〇〕紅嬌粉潤：喻「新有所盼」之鮮潤歌者。王建《題所賃宅牡丹花》：「粉光深紫膩，肉色退紅嬌。」李子正《減蘭十梅·總題》：「梅萼香嫩。雪裏開時春粉潤。」

〔一一〕初試霓裳：蘇軾《水龍吟·詠笛材》：「聞道嶺南太守，後堂深、緑珠嬌小。綺窗學弄，梁州初試，霓裳未了。」霓裳，《霓裳羽衣曲》。《格致鏡原》卷五八：「《逸史》：玄宗玩月，羅公遠曰：『陛下莫要至月中否？』取拄杖擲之，化爲大橋，色如銀。行數十里，精光奪目，至大城闕，公遠曰：『此月宫也。』仙女數百，素練寬衣，舞於廣庭。遠曰：『此《霓裳羽衣曲》也。』帝密記其調遂回。」初試霓裳，謂歌調尚未熟諳，可知是「嬌小」時，下文「分蓮」、「唾茸」也見其癡憨。另，《霓裳羽衣曲》與此調《婆羅門引》異名同調，見前調〔校議〕。

〔一二〕分蓮：韓淲《繞池遊慢》：「寸折柏枝，蓮分蓮實，徒繫柔腸。」

〔一三〕又拈惹二句：《紺珠集》卷一：「后（趙飛燕）與婕妤（趙合德）坐，誤唾婕妤袖。曰：『姊唾之染紺袖，正如石上華。假令尚方爲之，未必能若此衣之華。』以爲石華廣袖。」華，同「花」。蘇軾《夢回文二首》序曰：「十二月二十五日，大雪始晴。夢人以雪水烹小團茶，使美人歌，以飲余。夢中爲作回文詩，覺而記其一句云『亂點餘花唾碧衫』，意用飛燕唾花故事也。」李煜《一斛珠》：「繡床斜憑嬌無那。爛嚼紅茸，笑向檀郎唾。」

〔一四〕波暈二句：白居易《箏》：「雙眸剪秋水，十指剥春葱。」韋莊《秦婦吟》：「西鄰有女真仙子，一寸橫波剪秋水。」波暈，此喻眼波蕩漾。毛滂《虞美人·官妓有名小者坐中乞詞》：「春風吹緑上眉峰。秀色欲流不斷、眼波融。」切，義同「剪」字。

【考辨】

孫按：《花犯·郭希道送水仙索賦》【考辨】所引朱箋、夏箋已考郭清華即郭希道，郭氏池館或即在蘇州。夢窗與郭希道交往十六年（詳後考），此詞寫於蘇州倉幕時。

## 祝英臺近

悼得趣，贈宏庵㊀〔一〕

黯春陰〔二〕，收燈後〔三〕，寂寞幾簾户〔四〕。一片花飛〔五〕，人駕彩雲去〔六〕。應是蛛網金徽㊁〔七〕，拍天寒水㊂，恨聲斷、孤鴻洛浦〔八〕。　對君訴。團扇輕委桃花〔九〕，流紅爲誰賦〔一〇〕。□□□□㊃，從今醉何處。可憐憔悴文園〔一一〕，曲屏春到〔一二〕，斷腸句、落梅愁雨〔一三〕。

【校　議】

㊀杜校：「是題有脱誤。」王校：「按得趣居士，周氏，爲丁宏庵妾。《陽春白雪》有得趣和基仲《瑞鶴仙》一調，即宏庵也。杜校謂題有脱誤，非。」

㊁蛛網：明張本、底本、四明本作「蜘網」。兹從毛本、杜本、王朱本、朱二校本、朱四校本。

㊂寒水：明張本作「春水」。

㊃□□□□：明張本奪四字並無空格。諸本皆空四格。王朱重刻本校曰：「按《絶妙好詞》録丁基仲《水龍吟》一調，即悼得趣之作。其換頭云：『醉鄉醒，温柔鄉冷。』此詞脱文疑即『鄉冷温柔』四字。」朱二校：「此詞闕文，疑即『鄉冷温柔』四字，惜無可據以補入耳。」

【注　釋】

〔一〕得趣：即宏庵丁基仲侍妾周氏，號得趣居士。夢窗《高山流水·丁基仲側室善絲桐賦詠，曉達音呂，備歌舞之妙》中的「側室」即是周氏，《陽春白雪》輯其《瑞鶴仙》詞，韻和丁基仲，丁基仲有《水龍吟》悼亡周氏。此詞内容與丁、周二詞及夢窗《高山流水》一闋多有相合處。

〔二〕黯：黯然銷魂之意。

〔三〕收燈：楊箋：「《玉燭寶典》：《史記》漢家以望日祀太一，從昏到明。今人正月望日夜遊觀燈，是其遺制。按，放燈止是十五十六兩夜，十六即收燈。《舊唐書·嚴挺之傳》：先天二年，正月望，胡僧婆陁請夜開門，燃千百燈，連十五十六十七三夜。此事見於《通鑑》開元元年，《唐書》云先天二年者，是年至十二月始改開元也。又，《宋史》，錢氏納土，進金錢買十七十八兩夜燈是例外。」其實宋代亦有十九日甚至更向後延展收燈時間的記載。《東京夢華録·十六日》：「别有深坊小巷，繡額珠簾，巧制新妝；競誇華麗，春情蕩颺；酒興融怡，雅會幽歡；寸陰可惜，景色浩鬧，不覺更闌。寶騎駸駸，香輪轆轆；五陵年少，滿路行歌；萬户千門，笙簧未徹。……至十九日收燈，五夜城不禁。嘗有旨展日。」

〔四〕寂寞句：金盈之《醉翁談録》卷三「正月」條：「十八日謂之收燈，是日輦聲歸内，亦稍稍解去。車馬漸已稀少。晏丞相《正月十九日詩》云：『樓臺寂寞收燈夜，里巷蕭條掃雪天。』又《十八日收燈詩》云：『星逐綺羅沈晚色，月隨歌舞下層臺。千蹄萬轂無尋處，衹是華胥一夢回。』是詩尾兩句蓋狀其車馬稀少，如華胥夢覺也。」

〔五〕一片花飛：杜甫《曲江二首》（之一）：「一片花飛減卻春，風飄萬點正愁人。」周氏《瑞鶴仙》詞中有「最堪憐，錦繡香中，早有片紅飄砌」。實用梁簡文帝《傷美人詩》：「香燒日有歇，花落無還時。」

〔六〕人駕句：周氏謝世如彩雲易逝。

〔七〕應是句：張仲素《燕子樓詩三首》（之三）：「瑶瑟玉簫無意緒，任從蛛網任從灰。」黄庭堅《清人怨戲效徐庾慢體三首》：「胡琴抱明月，寶瑟陣歸鴻。倚壁生蛛網，年光如轉蓬。」任淵《山谷内集詩注》：「言琴瑟久不御也。」金徽，名琴。《錦繡萬花谷前集》卷三四引《國史補》：「蜀中雷氏琴，最佳上者玉徽，次瑟瑟徽，次金徽，次螺蚌徽。」周氏善絲竹。夢窗《高山流水》中有「素弦一一起秋風。寫柔情、多在春葱」。

〔八〕恨聲斷二句：洛浦，張衡《思玄賦》：「載太華之玉女兮，召洛浦之宓妃。」夢窗《高山流水》又有「徽外斷腸聲，霜霄暗落驚鴻」之句。

〔九〕團扇輕委：歌扇棄置不用。此爲謝世的婉辭。

〔一〇〕流紅句：上句「桃花」意綴於此。桃花流紅，用劉義慶《幽明録》所載東漢劉晨、阮肇入天台山沿桃溪而上遇儷仙故事，並用流紅題詩典。　以上三句化用周得趣《瑞鶴仙》：「緗桃雨才洗。似妝臨寶鏡。脂凝鉛水。」

〔一一〕憔悴文園：《史記·司馬相如列傳》：「相如口吃而善著書，常有消渴疾。」本傳並載其曾拜文園令，以病免，家居茂陵等事。周邦彦《宴清都》：「淒涼病損文園，徽弦乍拂，音韻先苦。」文園，漢文帝陵園。

〔一二〕曲屏：深閨中圍床而置的多扇枕屏。

〔一三〕斷腸二句：賀鑄《青玉案》：「飛雲冉冉蘅臯暮。彩筆新題斷腸句。若問閒情都幾許。一川煙草，滿城風絮。梅子黄時雨。」以上三句寫早春雨中落梅，讓人腸斷。暗用周得趣《瑞鶴仙》：「琴彈古調，曲按清商，舊年時事。屏山畫裏。江南信，夢中寄。」宏庵《水龍吟》：「葱指冰弦，蕙懷春錦，楚梅風韻。」哀其如花飛不返故枝也。

【考辨】

朱箋：按得趣居士周氏，見《陽春白雪》。集中《高山流水》題云：「丁基仲側室，善絲桐賦詠，曉達音吕，備歌舞之妙。」《陽春白雪》有得趣和基仲《瑞鶴仙》詞；基仲有《水龍吟》，見《絶妙好詞》，即悼得趣之作。

孫按：查爲仁、厲鶚箋《絶妙好詞》中夢窗《高山流水》曰：「按基仲《水龍吟》『葱指冰弦，蕙懷春錦』，又云『悵芙蓉城杳』，當是悼其側室而作，觀夢窗詞可證也。」《古今詞話·詞品》卷下録「雁風吹裂雲痕，小樓一縷（線）斜陽影」，誤爲「吴文英句」。

## 又

餞陳少逸被倉臺檄行部（一）〔一〕

問流花〔二〕，尋夢草〔三〕，雲暖翠微路〔四〕。錦雁峰前〔五〕，淺約晝行處〔六〕。不教嘶馬飛春〔七〕，一奩越鏡〔八〕，那消盡、紅吟緑賦〔九〕。　送人去。長絲初染柔黃，晴和曉煙舞〔一〇〕。心事偷占〔一一〕，鶯漏漢宮語〔一二〕。趁得羅蓋天香〔一三〕，歸來時候，共留取、玉闌春住〔一四〕。

【校　議】

㊀《歷代詩餘》詞題作「餞陳少逸被檄行部」。

【注　釋】

〔一〕陳少逸：作者友人。　被……檄：奉持……公文。　倉臺：「提舉常平廣惠倉兼管勾農田水利差役事」的簡稱。　行部：即巡行管内部域，考核政績。

〔二〕流花：典出《幽冥録》，爲台州天台山典故。

〔三〕夢草：謝靈運在永嘉夢謝惠連寫出佳句典。

〔四〕雲暖句：杜甫《入宅三首》（之二）：「水生魚復浦，雲暖麝香山。」　以上三句寫行經春山春水春花春草，也謂陳氏紀行將多佳制。

〔五〕錦雁峰：字面用湖南衡山有「回雁峰」典實，回雁峰命名有二説。《方輿勝覽》卷二四：「回雁峰在衡陽之南，雁至此不過，遇春而回，故名。」《明一統志》卷六四：「或曰峰勢如雁之回，故名。」鍾振振《讀夢窗詞札記（續）》結合下文「越鏡」箋曰：「天台山在台州，謝詩則作於永嘉，即宋之温州。陳氏被檄行部，豈即赴此二州歟？……鄙意『錦雁峰』當指温州之雁蕩山，『越鏡』當指紹興之鏡湖，而陳氏則與夢窗同供職於紹興焉。何以知之？蓋越中名山之稱『雁』者，實惟雁蕩山而已；越中名川之稱『鏡』者，亦惟鏡湖而已。」

〔六〕淺約句：集中《水龍吟·送萬信州》有「約住飛花，暫聽留燕」之句，謂攔截送客之飛花，使贈主放緩行程。晝行，融入上句「錦」字，用衣錦晝行典。《漢書·項籍傳》：「（項）羽見秦宮室皆已燒殘，又懷思東歸，曰：『富貴不歸故鄉，如衣錦夜行。』」顔師古注：「言無人見之，不榮顯矣。」後人多反用爲衣錦晝行典，如《三國志·魏志·張既傳》：「魏國既建，爲尚書，出爲雍州刺史。太祖謂既曰：『還君本州，可謂衣繡晝行矣。』」由此觀之，知陳少逸籍貫應在温州。

〔七〕嘶馬飛春：暗用孟郊《登科後》詩意：「春風得意馬蹄疾，一日看盡長安花。」牛嶠《菩薩蠻》：「門前行樂客，白馬嘶春色。」

〔八〕越鏡：喻鏡湖。孟郊《送淡公》：「鄉在越鏡中，分明見歸心。」

〔九〕紅吟緑賦：猶言吟紅賦緑。鍾振振《讀夢窗詞札記（續）》箋以上四句曰：「殆謂陳氏倘不走馬山行，履此公務，哪得更有新詩？小小一汪鏡湖，早已爲其吟爛矣！由是觀之，非居官紹興而行部於鄰郡台、温二州而何？」

〔一〇〕長絲二句：崔護《五月水邊柳》：「絲長魚誤恐，枝弱禽驚踐。」洪咨夔《柳》：「天機日與物華新，嫵緑柔黄觸撥人。」司空圖《柳二首》（之一）：「誰家按舞傍池塘，已見繁枝嫩眼黄。」以上二句寫離別時節尚在柳舞柔黄的早春。

〔一一〕心事偷占：舊俗，閨中人以花朵等物奇偶數或擲銅錢看正反占卜遠人歸期。劉一止《西河》：「歡細酌任欹醉。撲流螢、應卜心事。」劉過《賀新郎·春思》：「試把花心輕輕數，暗卜歸期近遠。奈數了、依然重怨。」

〔一二〕鶯漏句：漢宫語，本指宫廷機密。《漢書·孔光傳》：「沐日歸休，兄弟妻子燕語，終不及朝省政事。或問光：『温室、省中樹皆何木也？』光默不應，更答以它語，其不泄如是。」楊箋：「心事，即少逸與所眷者預定之歸期也。鶯，即所眷者。漏者，洩漏於人，所謂『洩漏春光有柳條』也。」

〔一三〕羅蓋天香：此特指羅幄護衛下的牡丹。司空圖《牡丹》：「得地牡丹盛，曉添龍麝香。主人猶自惜，錦幕護春霜。」李格非《洛陽名園記》：「天王院花園，無他池亭，獨有牡丹數十萬本。凡城中賴花以生者畢家於此。花時張幕幄，列市肆，筦弦其中。城中士女絶煙火游之。」《武林舊事》卷七：「遂至錦壁賞大花，三面漫坡，牡丹約千餘叢，各有牙牌金字，上張碧油絹幕。」

〔一四〕歸來三句：李白《清平調三首》（之三）：「解釋春風無限恨，沈香亭北倚闌干。」以上四句代所眷者作推測之辭，謂陳少逸歸來時應該尚及春末，可與所眷者共憑玉欄欣賞殿春之牡丹。

【集評】

卓人月、徐士俊《古今詞統》卷一一：（「心事」兩句）所以説「鸚鵡前頭不敢言」。

【考辨】

楊箋：（「問流花」三句）問花尋草，指冶遊言。（「錦雁峰前」二句）錦雁，必杭州山名，但未見出典。此陳少逸亦杭人，以「淺約」詮行部。濃處淡寫，閒雅之至。（「趁得」四句）羅蓋，指行部儀仗。

孫按：鍾振振《讀夢窗詞札記（續）》駁斥楊箋，認爲此詞乃送友人出差公務者，不當以「冶遊」爲言。又因陳氏並非顯宦，故行部時亦未必有「羅蓋」爲儀仗。所謂「羅蓋天香」，乃代陳氏之閨人立言，囑咐陳氏當牡丹開時務必歸來與伊倚闌共賞之耳。

集中另有《浣溪沙·陳少逸席上用聯句韻有贈》，悼陳氏亡姬。詞曰：「秦黛橫愁送暮雲。越波秋淺暗啼昏。空庭春草綠如裙。　彩扇不歌原上酒，青門頻返月中魂。花開空憶倚闌人。」「秦黛」、「越波」云云，知陳氏所眷倚欄賞花者確在紹興。會稽多牡丹，詳見《垂絲釣近·雲麓先生以畫舫載洛花宴客》注〔一〕。陳氏被倉臺檄文行部，所巡爲温州等地，知其應供職於浙東常平司。夢窗行誼中爲紹興知府史宅之的門客時，可與供職於常平司的陳少逸有同僚之誼。限於幕主史宅之的任職時間，知此詞應寫在淳祐五年（一二四五）至淳祐六年（一二四六）之間。提舉司與紹興府治相隔僅一里。《會稽志》卷三：「司治舊在府衙東一里。紹興末，嘗以賜皇侄恩平郡王璩，而遷提舉司於鎮東門外，頗宏壯。已而復以新提舉司賜恩平，而司復還其舊，今治所是也。」

## 又

春日客龜溪遊廢園㈠〔一〕

采幽香〔二〕，巡古苑㈡〔三〕，竹冷翠微路。鬬草溪根〔四〕，沙印小蓮步㈢〔五〕。自憐兩鬢清霜〔六〕，一年寒食，又身在、雲山深處〔七〕。　晝閑度㈣〔八〕。因甚天也慳春〔九〕，輕陰便成雨〔一〇〕。綠暗長亭〔一一〕，歸夢趁風絮〔一二〕。有情花影闌干，鶯聲門徑，解留我、霎時凝佇〔一三〕。

【校　議】

㈠ 毛本、《吳興藝文補》、杜本、王朱本、朱二校本、四明本詞題作「春日客龜溪遊廢圃」。《歷代詩餘》、戈選作「春日遊龜溪廢圃」。

㈡ 巡古苑：《歷代詩餘》作「尋古苑」。

㈢ 小蓮：戈選、杜本作「瓣蓮」。杜校：「此字宜去聲。」

㈣ 晝閑度：《歷代詩餘》作「盡閑度」。

【注　釋】

〔一〕龜溪：即德清餘不溪，爲夢窗慣遊之地。詳見《賀新郎・爲德清趙令君賦小垂虹》注〔二〕。

〔二〕幽香：幽谷中的花朵。孟遲《懷鄭洎》：「風蘭舞幽香，雨葉墮寒滴。」據集中《青玉案・重到龜溪廢園》，知此特指梅花。

〔三〕古苑：此指廢置的園圃。張籍《古苑杏花》：「廢苑杏花在，行人愁到時。」

〔四〕鬭草：回憶曾經的閨中之樂。

〔五〕蓮步：語本《南史・廢帝東昏侯》：「又鑿金爲蓮華以帖地，令潘妃行其上，曰：此步步生蓮華也。」孔平仲《觀舞》：「雲鬟應節低，蓮步隨歌舞。」

〔六〕兩鬢清霜：陶潛《責子詩》：「白髮被兩鬢，肌膚不復實。」餘見《水龍吟・癸卯元夕》注〔一〕。

〔七〕一年三句：化用蘇軾《南柯子》詞意：「亂山深處過清明，不見彩繩花板、細腰輕。」楊箋：「無名氏《青玉案》詞云：『今日江城春已半，一身猶在，亂山深處。』詞意極似蘇詞『亂山深處過清明』。」

〔八〕晝閑度：元稹《開元觀閒居酬吴士矩侍御三十韻》：「工琴閑度晝，耽酒醉銷炎。」

〔九〕因甚：宋人口語。柳永《離别難》：「便因甚、翠弱紅衰，纏綿香體，都不勝任。」　天也慳春：此爲值遇風雨的隱語。蘇軾《次韻曹子方龍山真覺院瑞香花》：「及此陰晴間，恐致慳嗇霖。」《東坡詩集注》師尹注曰：「俗諺有『慳值風，嗇值雨』之語。」

〔一〇〕輕陰句：張旭《山中留客》：「山光物態弄春暉，莫爲輕陰便擬歸。」張旭詩意謂輕陰未必成雨，此翻用之。

〔一一〕緑暗：梁元帝《將軍名詩》：「細柳浮新暗，大樹繞棲烏。」

〔一二〕歸夢句：化用張先《一叢花令》：「離愁正引千絲亂，更東陌、飛絮濛濛。」　以上二句寫柳色轉暗、飛絮濛濛的暮春景色，也寓叙事、抒情，回憶當時黯然離别，歸來的願望卻只在夢中曾經實現，醒來時相思之情如絮揚碧空。

〔一三〕有情四句：用孟棨《本事詩·情感》典：「韓晉公（滉）鎮浙西，戎昱爲部内刺史（失州名）。郡有酒妓，善歌，色亦爛妙。昱情屬甚厚。浙西樂將聞其能，白晉公，召置籍中。昱不敢留，餞於湖上，爲歌詞以贈之。且曰：『至彼令歌，必首唱是詞。』既至，韓爲開筵，自持杯，命歌送之。遂唱戎詞，曲既終，韓問曰：『戎使君於汝寄情耶？』悚然起立，曰：『然。』淚下隨言，韓令更衣待命。席上爲之憂危。韓召樂將責曰：『戎使君名士，留情郡妓，何故不知，而召置之，成余之過。』乃十笞之。命妓與百縑，即時歸之。其詞曰：『好去春風湖上亭，柳條藤蔓繫離情。黄鶯久住渾相識，欲别頻啼四五聲。』」花影闌干，王安石《夜直》：「春色惱人眠不得，月移花影上闌干。」解，《匯釋》：「猶會也；得也；能也。……解留我，猶言能留我或會留我也。」凝佇，凝望企待之意。

## 【集評】

陳廷焯《雲韶集》卷八：（上闋眉批）婉轉中自有筆力。（下闋眉批）奇想，然亦只是常意，不過善於傳寫。

俞陛雲《唐五代兩宋詞選釋》：以霜鬢詞人，當禁煙芳序，在冷香荒圃間獨自行吟，況蓮步沙痕，曾是麗人遊處，自有一種淒清之思。時值春陰釀雨，花影絮香，作片時留戀，於無情處生情，詞客每有此遐想。「緑暗長亭」二句，風度翛然。「花影」三句，爲廢圃頓添情致，到底不懈。

楊箋：（「有情」四句）收合「遊」字。「霎時」，與「一年」反照，夢窗詞收場多推到後一層，或另換一境。今就題恝然而止，非止也。「凝佇」二字，有無窮之情思。身官雖止，而神已行也。「闌干」、「門徑」，本極無情，添一「花影」、「鶯聲」，便覺深情款款。彼一往而不返者，比之又何如？尤妙在一「解」字，以不解爲解，癡情如繪。

唐圭璋《唐宋詞簡釋》：此首遊園之感，文字極疏雋，而沈痛異常。起記遊園中所見。「自憐」三句，抒遊園之感。三句三層：人老一層，時速一層，處境一層，打並一起，百端交集矣。换頭，閑度長晝，無聊之甚。因當時遇雨，故有天不做美之歎。「緑暗」兩句，言歸期無定，絮輕夢輕，故曰「歸夢趁風絮」，「趁」字幽夢縹渺。予謂此句與晏同叔之「爐香靜逐遊絲轉」，皆可會詞中消息。「有情」三句，收合「遊」字，化無情爲有情，語摯情濃。

【考　辨】

楊箋：此詞斷非與《賀新郎》小垂虹詞同時作，玩詞意及胎息自知。蓋彼爲少年作，此爲晚年作，且爲因遊園而憶姬之詞。

孫按：錢鴻瑛《夢窗詞研究》解釋此詞與《青玉案·重遊龜溪廢園》、及《珍珠簾·春日客龜溪》曰：「晚年重遊所作的這三首詞，都是抒發少年時發生於龜溪的情事。」「這三首晚年重遊德清之詞，實包含了夢窗少年時期留在德清的一段使他終生無法忘懷的情事。夢窗以一能歌善舞的歌妓爲抒發對象的德清詞，很可能是其早年在杭州的愛情生活的一個側影。换言之，夢窗早年曾客杭州，與一歌妓相戀；德清龜溪是他曾攜她遊覽之地。」

此爲中年客遊德清、感歎歲月之作。詞用戎昱詩典，此典後人多用於作別歌妓之典，如蘇軾《贈别》：「青鳥銜巾久欲飛，黄鶯别主更悲啼。」而夢窗友人周密《玉漏遲·題吴夢窗詞集》「回首四橋煙草，載酒倦遊處，已换卻、花間啼鳥」數句更顯用此典。周密雖寫蘇州歌妓事，但可旁證夢窗此詞中確實有所憶者。然此女子未必就是所謂杭妓，結合後文《珍珠簾·春日客龜溪》，知彼美應爲德清貴人席上之歌姬，是夢窗曾所留情者。此詞應寫於嘉熙年間（一二三七至一二四〇）。參見後文《燭影摇紅·賦德清縣圃古紅梅》【考辨】。

## 又

上元〔一〕

晚雲開，朝雪霽，時節又燈市〔二〕。夜約遺香〔三〕，南陌少年事〔四〕。笙簫一片紅雲，飛來海上〔五〕，繡簾卷、緗桃春起㈠〔六〕。　舊遊地。素蛾城闕年年㈡〔七〕，新妝趁羅綺〔八〕。玉練冰輪〔九〕，無塵涴流水〔一〇〕。曉霞紅處啼鴉〔一一〕，良宵一夢，畫堂正、日長人睡㈢。

**【校　議】**

㈠ 緗桃：明張本、毛本、《詞綜》作「湘桃」。湘，在此義項上用同「緗」。

㈡ 素蛾：《詞綜》、《歷代詩餘》、杜本、朱二校本、底本、四明本作「素娥」。茲從明張本、毛本、王朱本、朱四校本。王校：「按《武林舊事》『元夕節物』：婦人皆戴珠翠鬧蛾，遊手浮浪輩則以白紙爲大蟬，謂之『夜蛾』。作『娥』非是。」孫按：鬧蛾是古代一種頭飾。劉若愚《酌中志·飲食好尚紀略》：「自歲莫正旦，咸頭戴鬧蛾，乃烏金紙裁成，畫顏色裝就者；亦有用草蟲、蝴蝶者。」因以白紙爲之，故曰「素」。此句若用「素娥」，則與「玉練」二句寫明月犯復。因知王説是，兹從之。城闕：明張本作「城閙」。

㊂楊箋：「末句『正』字逗，與王碧山詞『藍衣正、護春憔悴』同，勿誤作上二下五字句。」

【注釋】

〔一〕上元：元宵節。《春明退朝録》卷中：「上元然燈，或云沿漢祠太一自昏至晝故事。梁簡文帝有《列燈賦》。陳後主有《光壁殿遥詠山燈詩》。唐明皇先天中，東都設燈；文宗開成中，建燈迎三宫太后。是則唐以前歲不常設。本朝太宗時，三元不禁夜。上元御乾元門，中元、下元御東華門。後罷中元、下元二節，而初元游觀之盛，冠於前代。」此夜扎製成山形的彩燈，宋時亦稱鼇山，觀之如霞如花。江總《三善殿夜望山燈詩》：「百花疑吐夜，四照似含春。」段成式《觀山燈獻徐尚書》：「如霞散仙掌，似燒上峨嵋。道樹千花發，扶桑九日移。」宋時亦稱鼇山。

〔二〕時節：《吕氏春秋·尊師》：「敬祭之術，時節爲務。」高誘注：「四時之節。」燈市：《武林舊事》卷二：「都城自舊歲冬孟駕回……天街茶肆，漸已羅列燈毬等求售，謂之『燈市』。自此以後，每夕皆然。」范成大《上元紀吴下節物》：「酒壚先疊鼓，燈市蚤投瓊。」自注：「臘月即有燈市。珍奇者，數人醵買之，相與呼盧，采勝者得燈。」

〔三〕夜約遺香：寫元宵之夜男女約會及衣裳飄香。歐陽修《生查子》：「去年元夜時，花市燈如晝。月到柳梢頭，人約黄昏後。」周邦彦《解語花·上元》：「簫鼓喧，人影參差，滿路飄香麝。」

〔四〕南陌句：王維《同比部楊員外十五夜遊有懷静者季》：「夜出曙翻歸，傾城滿南陌。」蘇味道《正月十五夜》：「暗塵隨馬去，明月逐人來。」周邦彦《解語花·上元》：「鈿車羅帕。相逢處，自有暗塵隨馬。」合用韓愈《嘲少年》詩意：「只知閑信馬，不覺誤隨車。」

〔五〕笙簫二句：毛滂《清平樂·元夕》：「一片笙簫何處，花陰定有遺簪。」「繡簾」意入此句。《夢粱録》卷一：「（正月十五元夕節）府第中有家樂兒童，亦各動笙簧琴瑟，清音嘹喨最可人聽。攔街嬉耍，竟夕不眠。更兼家家燈火，處處管弦。如清河坊蔣檢閲家，奇茶異湯，隨索隨應。點月色大泡燈，光輝滿屋，過者莫不駐足而觀。及新開門裏牛羊司前，有内侍蔣苑使家，雖曰小小宅院，然妝點亭臺，懸掛玉栅，異巧華燈，珠簾低下，笙歌並作，遊人玩賞，不忍捨去。」《武林舊事》卷二「元夕」條：「至五夜，則京尹乘小提轎，諸舞隊次第簇擁前後，連亘十餘里。錦繡填委，簫鼓振作，耳目不暇。」傳説海上蓬萊山多仙雲，而宋代元宵時山燈又制成海上巨鼇形狀，故有「飛來海上」之形容。

〔六〕緗桃春起：元夕多爲絳蠟或紅絹花燈。如歐陽修《驀山溪》：「新正初破，三五銀蟾滿。纖手染香羅，剪紅蓮、滿城開遍。」周邦彦《解語花·上元》：「風銷絳蠟，露浥紅蓮，燈市光相射。」以上四句回憶當年京城燈夕懸滿絳蠟花燈，似緗桃開放，又似紅色祥雲的熱鬧繁盛。

〔七〕城闕：張衡《東京賦》：「肅肅習習，隱隱轔轔，殿未出乎城闕，旆已返乎郊畛。」

〔八〕新妝句：《武林舊事》卷二：「元夕節物，婦人皆帶珠翠、鬧蛾、玉梅、雪柳、菩提葉燈毬、銷金合蟬貂袖項帕，而衣多尚白，蓋月下所宜也。」羅綺，對前文「素蛾」的補充，謂遊女裝飾時尚趁月色而遊。

〔九〕玉練：沈約《登臺望秋月》：「望秋月。秋月光如練。」 冰輪：王初《銀河》：「歷歷素榆飄玉葉，涓涓清月濕冰輪。」

〔一〇〕無塵句：魏了翁《卜算子》：「洗出湖光鏡似明，不受纖塵涴。」蘇軾《永遇樂》：「長憶別時，景疏樓上，明月如水。」 照應雲開雪霽，故月色耿耿，了無纖雲。

〔一一〕曉霞四句：殷堯藩《金陵懷古》：「鳳闕曉霞紅散綺，龍池春水緑生波。」李賀《過華清宮》：「春月夜啼鴉，宮簾隔御花。」 深寓憫王室顛覆，彷徨不忍去的黍離之悲。

【集評】

夏敬觀評語：「笙簫」句無理。

楊箋：（「曉霞」四句）昔則「笙簫一片」，今則「曉霞」、「啼鴉」。昔則「緗桃」、「簾卷」，今則「畫堂」、「人睡」。昔則「夜約遺香」，今則「良宵一夢」。兩境比較，戚欣自見。不再著歎老嗟孤等語，詞境更高。

【考辨】

此詞應寫於杭州。與《點絳唇·試燈夜初晴》、《訴衷情》（陰陰緑潤暗啼鴉）諸詞皆含思婉轉，深寓繁華今昔的亡國之悲。

## 又

除夜立春㊀〔一〕

剪紅情，裁緑意，花信上釵股〔二〕。殘日東風，不放歲華去〔三〕。有人添燭西窗，不眠侵曉〔四〕，笑聲轉、新年鶯語〔五〕。舊尊俎。玉纖曾擘黄柑，柔香繫幽素〔六〕。歸夢湖邊，還迷鏡中路〔七〕。可憐千點吴霜〔八〕，寒消不盡〔九〕，又相對、落梅如雨㊁〔一〇〕。

【校　議】

㊀ 戈選詞題作「除夕立春」。

㊁ 落梅：《詞律》作「落花」。

【注　釋】

〔一〕除夜立春：除夕夜與立春節氣重合。

〔二〕剪紅情三句：紅情緑意，喻立春日所戴花勝。花信，一年二十四番花信風，自立春首見。

〔三〕殘日二句：殘日，點傍晚；東風，點立春。不放歲華，點除夕之夜。楊箋：「將『除夕立春』四字，打成一片。『不放』妙。」

〔四〕有人二句：此寫除夜守歲習俗，詳見《塞垣春·丙午歲旦》注〔九〕。西窗，翻用李商隱《夜雨寄北》詩意。侵曉，接近天明時。

〔五〕笑聲二句：寫守歲至元旦。典例見《塞垣春·丙午歲旦》注〔六〕中杜甫詩。以上四句寫當下鄰家守歲情景。

〔六〕舊尊俎三句：韓偓《幽窗》：「手香江橘嫩，齒軟越梅酸。」蘇軾《浣溪沙·詠橘》：「香霧噀人驚半破，清泉流齒怯初嘗。吴姬三日手猶香。」黄柑，亦作「黄甘」。《文選·司馬相如〈上林賦〉》：「黄甘橙榛。」李善注：「郭璞曰：黄甘，橘屬而味精。」除夕黄柑侑觴是吴地習俗，蘇州籍詩人葉茵《除夜立春》詩中也有「黄柑凝臘釀，爆竹帶春聲」之句。

〔七〕歸夢二句：李覯《戲贈月》：「夢中識路亦何爲，恰要逢人已自迷。」李白《夢遊天姥吟留别》：「我欲因之夢吴越，一夜飛度鏡湖月。」沈約《别范安成詩》：「夢中不識路，何以慰相思。」此二句的「湖」字，就夢窗履歷而言，可指西湖、太湖、鏡湖等，甚至可指詞人四明家鄉的月湖。但從詞意及後文考證可知，此爲「鏡湖」。意思是身在鏡湖畔，欲夢吴城，卻因水程遥遥，迷失了回到親人身邊的歸路。

〔八〕可憐：《匯釋》：「猶言可惜也。」

〔九〕寒消不盡：謂春風消寒，卻未能消融鬢上霜白。參見《法曲獻仙音·放琴客》注〔七〕。

〔一〇〕又相對二句：梅花冬春之間開放。沈亞之《夢游秦宮》：「春景似傷秦喪主，落花如雨淚燕脂。」

【集　評】

卓人月、徐士俊《古今詞統》卷一一：愁心什一，豔心什九。

彭孫遹《金粟詞話》：余獨愛其《除夕立春》一闋，兼有天人之巧。

許昂霄《詞綜偶評》：换頭數語，指春盤彩縷也。「歸夢」二句從「春歸在客先」想出。

陳廷焯《大雅集》卷三：夢窗詞不必以綺麗見長，然其一二綺麗處，正不可及。

又，《白雨齋詞話》：(「花信」句)「上」字婉細。

陳洵《海綃説詞》：前闋極寫人家守歲之樂，全爲换頭三句追攝遠神，與「新腔一唱雙金斗」一首同一機杼。彼之「何時」，此之「舊」字，皆一篇精神所在。

劉永濟《微睇室説詞》：凡詞寫節序，多係抒今昔盛衰之情。惟當節日易觸起舊情，故歷來詞人，此時此際，動生感慨。夢窗此類作品甚多。此詞首三句寫立春。「剪紅」、「裁緑」皆立春剪彩故事。古人於立春日剪彩爲燕，戴之頭上，以表春回也。故曰春訊「上釵股」。「殘日」二句寫除夜。

「有人」三句言别人家除夜守歲之樂。姜夔《鷓鴣天·元夕不出》詞有「芙蓉影暗三更後，卧聽鄰娃笑語歸」句，則别人元夕之事，意亦與此同。「新年」句用杜甫「鶯入新年語」句意。换頭三字點明由今憶昔之情，即自家舊日立春之事。「尊俎」，立春之辛盤也。古人立春以生菜爲供，謂之五辛盤（崔寔《月令》：「立春日簇葱、韭、姜絲、芥辣、蒜椒爲五辛盤。」或用於元月初一日，謂可以助發五臟之氣也。又見《風土記》）。「玉纖」、「柔香」指舊時此日與家人擘黄柑同食也。「繫幽素」者，「幽素」即幽情，言此事今日猶繫幽情，未能忘也。「歸夢」二句言今日夢亦無由得到。「鏡中路」即湖上歸路，湖水如鏡也。歇拍從眼前光景，寫出垂老逢春之人，意緒難堪，故曰「可憐」。「千點吴霜」指白髮，「寒消不盡」應除夜，「落梅」應春訊，字字皆非空設。

張伯駒《叢碧詞話》：句句扣緊，是除夜立春。

唐圭璋《唐宋詞簡釋》：此首除夜立春感懷。「剪紅情」三句，點立春。「殘日」兩句，點除夜。「有人」三句，極寫他人除夜立春之歡樂。下片，折到己身一邊説，淒傷已極，與上片歡情對照，倍加警動。「舊尊俎」三句逆入，回憶舊日立春情事，因玉纖曾擘黄柑，故謂柔香曾繫幽素，設想癡絶。「歸夢」兩句，轉身言欲歸不得。「可憐」三句，言人、時、境三層，略同前首歇拍，而筆力之重大，亦俱足以媲美清真。即此兩首《祝英臺近》，已可見夢窗詞迴腸盪氣，一往情深。玉田輕詆，殊非公論。

吴世昌《詞林新話》：首句紅情緑意，開後世俗濫惡風，最爲可厭。下片「柔香繫幽素」，「幽素」

指素絹上畫像，謂玉指柔香，猶如繫於幽素也。李賀《傷心行》「病骨傷幽素」正指畫像，謂從畫像亦可見令人傷感之病骨也。「吴霜」句或以爲應「歸夢」，非。吴霜即白髮，與「歸夢」無涉。

【考　辨】

楊箋：此是除夕憶姬之作。

孫按：金元詞人段克己《江城子·甲辰晦日立春》：「四十九年，强半在天涯。任使東風吹不去，頭上雪、眼中花。」「明日新年，聞早健還家。報答春光猶有酒，傾白蟻，岸烏紗。」段克己（一一九六至一二五四），金代文學家。字復之，號遁庵，别號菊莊。甲辰，一二四四年（張培瑜等《三千五百年曆日天象》可以印證），此年段克己正好四十九歲。據夢窗《喜遷鶯·甲辰冬至寓越，兒輩尚留瓜涇蕭寺》及與史宅之交遊諸詞，知其此年冬至離開蘇州入史宅之幕。據此詞，知其當年春節也在紹興獨自恓惶度過。而冬至、春節是傳統節日中闔家團聚的日子，《喜遷鶯》詞中有「把酒共温寒夜，倚繡添慵時節。又底事，對愁雲江國，離心還折」。「吴越。重會面，點檢舊吟，同看燈花結。兒女相思，年華輕送，鄰户斷簫聲噎」。顯爲寄内之作。此詞除夕懷人，所懷者亦應爲留在蘇州的妻子，詞中回憶吴中除夜風俗，也可佐證。作此解，詞意方能貫通無礙。

## 西子妝慢㊀

湖上清明薄遊㊁〔一〕

流水麴塵〔二〕，豔陽醅酒㊂〔三〕，畫舸遊情如霧〔四〕。笑拈芳草不知名〔五〕，□淩波㊃、斷橋西堍㊄〔六〕。垂楊漫舞。總不解、將春繫住〔七〕。燕歸來，問彩繩纖手，如今何許〔八〕。歡盟誤。一箭流光，又趁寒食去〔九〕。不堪衰鬢著飛花，傍緑陰、冷煙深樹〔一〇〕。玄都秀句。記前度、劉郎曾賦〔一一〕。最傷心、一片孤山細雨㊅〔一二〕。

**【校議】**

㊀《詞綜》、《詞譜》、戈選詞調作《西子妝》。明張本、毛本詞調下有「夢窗自度腔」五字。王校謂「此注當統下九調而言」。底本、吴校皆謂「此注當統下八調」。孫按：「統下」云云，或計或不計此調在內，故有調數之異。戈選杜批：「此亦夢窗自度曲，玉田和之，聲韻相同。後結用去上聲是定格。」張炎《山中白雲詞》卷二《西子妝慢・並序》：「吴夢窗自製此曲。余喜其聲調妍雅，久欲述

之而未能。甲午春，寓羅江，與羅景良野游江上。緑陰芳草，景況離離，因填此解，惜舊譜零落，不能倚聲而歌也。」吴梅《詞學通論》：「據此，則宋詞之能歌者，皆非舊譜零落之詞。夢窗此調，雖嫻雅可觀，而譜法已佚，無從按拍，苟可不拘舊譜，則玉田盡可補苴罅漏，別訂新聲，寧使闕疑，不敢妄作者，正足見宋人歌詞之法，概守舊腔，非如南北曲之隨字音清濁而爲之挪移音節也。是以吴詞自製腔九支，以不自作譜。元、明以來，賡和者絶少。」

㈡《歷代詩餘》無詞題。

㈢豔陽：戈選作「豔情」。酤酒：此條衆説紛起，莫衷一是。集矢於明張本、毛本、《詞綜》、《詞譜》、戈選、杜校、底本所作「酤酒」。王朱本、朱二校本、朱四校本作「醅酒」。朱二校：「醅，毛作『酤』。戈選云：《説文》：酤，酒厚味。不誤。宋翔鳳《詞話》：白香山《詠家醖》云：甕揭開時香酤烈，此『酤』字所本。張仲炘按：當從《詞潔》作『醅』。」底本校語同而略簡。《歷代詩餘》作「酤酒」。《詞律》校語同此説：「『酤』字無理。汲古刻本集及《圖譜》、《詞綜》等書，皆相沿誤刻。余謂是『酤』字之訛耳。」杜本以爲萬氏所説「宜遵改」。許昂霄《詞綜偶評》亦曰：「疑當作『酤』。」鄭校據改。鄭校：「以形近訛。案『酤』，《説文》『一宿酒也』；《詩·小雅》『無酒酤我』，傳與許訓同；《唐韻》『古乎切』；《集韻》『音孤』。案，此謂速成之酒，其味清薄，與《商頌》『既載清酤』義合，非訓榷酤之『酤』也。王校以意改作『醅』，非是。」鄭氏手批：「杜氏校《詞律》云：

『酷酒』之『酷』字當依《詞譜》校訂作『酟』。今玉田卻作側聲字，亦未之能信也。」宋翔鳳《樂府餘論》：「酷酒，謂酒味酷烈也。白香山詠家醞云：『甕揭開時香酷烈。』此『酷』字所本。太白詩：『風吹柳花滿店香，吴姬壓酒勸客嘗。』當風吹柳花之時，先聞香味之酷烈，而後知店中有酒。故先言香，後言酒也。『豔陽酷酒』，正同此意。萬氏《詞律》疑『酟』字之訛，然但言『酟酒』，便索然無味。」孫按：最早以「酷」形容酒香是曹子建《七啟》：「浮蟻鼎沸，酷烈馨香。」此處應爲「起酷」意，謂陽光烘暖，湖水如拌麯，似欲發酵成酒。李斗《揚州畫舫録·橋西録》：「立冬後，煮瓜米和麯，謂之起酷，酒成謂之酷酒。」張炎和詞也作側聲，或可反證此字不誤也。

㊃□淩波：明張本、毛本無空格。毛扆本：「『淩波』上應脱一字。」《詞綜》、《歷代詩餘》、《詞譜》、戈選、杜本作「乍淩波」。王朱本加空格，餘本從之。楊箋：「『淩』上空格，擬補『步』字，但《浙江通志·藝文門》收此詞，作『乍』字，不知有據否。」

㊄堍：俞樾《右臺仙館筆記》卷一五：「堍，俗字。然吴文英詞云『乍淩波、斷橋西堍』，則宋時已有此語矣。」孫按：《咸淳臨安志》卷一九用「堍」字共四次。陳鋭《褒碧齋詞話》：「夢窗自度腔《西子妝慢》云：『淩波、斷橋西堍。』堍字慣用，而今字書、韻書皆未收。」楊箋：「堍字，字書不收，惟商務印書館出版之《辭源》有之，云俗字，讀如『兔』，橋畔也，並引此詞。書雖出於近人，而語則確源於宋代，今江浙人亦沿此稱。」

⑥細雨：《歷代詩餘》作「煙雨」。《詞律》：「此處應用去上，仍當作『細』，或作『夜』。」杜校：「此字宜去聲。」《詞譜》：「此調始自此詞，有張炎詞一首可校。」「謾字、秀字，俱要去聲。張叔夏作於『謾舞』用『寸碧』二字，其詞是『意』字起韻，『碧』字乃以入聲爲叶者，故知入聲不但可作平，兼可作上聲而叶韻矣。中州音韻原以『碧』叶『比』也。『細雨』去上煞，妙甚；張亦用『萬里』。若作平仄、或上上、或去去，便落調矣。凡詞結尾字，皆不宜草草亂填，可於此類推。换頭起句，叔夏用『外』字，或謂可以不叶。余云詞中多以『外』字叶『支』、『微』韻，作者自當用韻爲是，況叔夏原注效夢窗自度而作，無不同之理也。」鄭氏手批：「此曲惟玉田有和作。……今就玉田所作校此，凡夢窗詞中入作平之字，如『麴』、『食』之屬，玉田並直用平聲字，少欠精細。而萬氏《詞律》不悉其所以，即注云『可平』，於『食』字卻又漏注。昔人於審律未暇深考可知。」

【注釋】

〔一〕薄遊：漫遊。李嘉祐《送王牧往吉州謁王使君叔》：「細草緑汀洲，王孫耐薄遊。」

〔二〕麴塵：此指春天嫩柳倒映水中而呈鵝黄色的春水。

〔三〕艷陽酤酒：翻用李白《襄陽歌》詩意：「遥看漢水鴨頭緑，恰似葡萄初醱醅。」

〔四〕遊情如霧：范曄《樂遊應詔詩》：「睇目有極覽，遊情無近尋。」楊箋：「霧者，記憶不清之意。此言昔遊，是逆入。」

〔五〕笑拈句：《山堂肆考》卷二〇二：「杜詩：『春草不知名，蒙茸被遠汀。』又，劉原父詩：『春草綿綿不可名，水邊原上亂抽榮。……』楊誠齋詩：『山無人跡草長青，異彩奇香不識名。』」

〔六〕斷橋：在西湖白堤上。楊箋：「所記者，行至橋西時，拈草問名一事。事愈小，而趣愈永。」

〔七〕垂楊三句：下闋「飛花」即柳絮，與此三句意相貫連。何希堯《柳枝詞》：「大堤楊柳雨沈沈，萬縷千條惹恨深。飛絮滿天人去遠，東風無力繫春心。」晏幾道《梁州令》：「南樓楊柳多情緒。不繫行人住。人情卻似飛絮。悠揚便逐春風去。」

〔八〕燕歸來三句：彩繩纖手，寫寒食節期間的遊女鞦韆之戲。寒食一般在清明前二日，觸景自然能聯想及當年西湖上寒食郊遊。何許，《匯釋》：「又有何許一語，與作何處解者不同。蓋猶云如何或怎樣也。」新燕歸來，透過一層寫人遊舊地；燕問舊事，則透過一層寫物是人非。

〔九〕一箭二句：韋莊《關河道中》：「但見時光流似箭，豈知天道曲如弓。」李白《古風五十九首》（之一一）：「逝川與流光，飄忽不相待。」趁，此處是「隨著」的意思。

〔一〇〕不堪三句：飛花、冷煙，韓翃著名寒食詩中的字面。衰鬢，孫萬壽《遠戍江南》：「壯志後風雲，衰鬢先蒲柳。」

〔一一〕玄都三句：玄都、前度劉郎，語出劉禹錫《再游玄都觀》：「種桃道士歸何處，前度劉郎今又來。」秀句，鍾嶸《詩品》卷二：「（謝朓）一章之中，自有玉石。奇章秀句，往往警遒。」杜甫《送韋十六評事充同谷郡防禦判官》：「題詩得秀句，札翰時相投。」

〔三〕最傷心二句：林逋《西湖》：「往往鳴榔與横笛，斜風細雨不堪聽。」蘇軾《再和楊公濟梅花十絶》（之四）：「人去殘英滿酒樽，不堪細雨濕黄昏。」夢窗集中又有《畫錦堂》「楚夢秦樓相遇，共歎相違。淚香沾濕孤山雨，瘦腰折損六橋絲」，是寫夢見秦樓楚館中的彼美香臉零淚如孤山梅花沾雨，弱腰瘦減像六橋柳絲攀損。在情事方面可爲二句注腳。

【集　評】

陳廷焯《雲韶集》卷八：人謂夢窗詞多晦語，殊不知夢窗詞於沈静中筆態猶自飛舞，如此篇是也。

又，卷九：（張炎《西子妝慢》）景物蒼茫，情深語至，固自不減夢窗。

【考　辨】

楊箋：此爲游湖憶姬之詞。　疑此詞作於姬去之第二年第一個清明。明知在吴，偏問「何許」，更妙。

孫按：此詞回憶杭州西湖初遇、後徙於蘇州的營妓，寒食鞦韆及纖纖玉手是這組詞作的核心意象。詳見《瑞鶴仙》（淚荷抛碎璧）【考辨】。

# 江南春㊀　中呂商㊁

賦張藥翁杜衡山莊㊂〔一〕

風響牙籤，雲寒古硯㊃〔二〕，芳銘猶在棠笏㊄〔三〕。秋床聽雨〔四〕，妙謝庭、春草吟筆㊅〔五〕。城市喧鳴轍〔六〕。清溪上、小山秀潔〔七〕。便向此㊆、搜松訪石，葺屋營花㊇〔八〕，紅塵遠避風月〔九〕。　瞿塘路〔一〇〕，隨漢節〔一一〕。記羽扇綸巾，氣淩諸葛〔一二〕。青天萬里〔一三〕，料漫憶、蓴絲鱸雪〔一四〕。車馬從休歇㊈〔一五〕。榮華事㊉、醉歌耳熱〔一六〕。天與此翁⑪，芳芷嘉名〔一七〕，紉蘭佩兮瓊玦〔一八〕。

【校　議】

㊀《詞譜》、杜本詞調作《江南春慢》。杜校：「按《江南春》只寇萊公自度小令，無慢詞，疑夢窗自度曲也。」《鐵網珊瑚》、王朱本、朱二校本注明爲自度腔。

㊁《鐵網珊瑚》、王朱本、朱二校本宮調作「小石」。明張本、底本宮調作「中呂宮」。底本注曰：

「按，『小石』爲中吕商之俗名，『宫』疑『商』誤。」眉批：「『中吕宫』俗呼『道宫』，其俗呼『中吕宫』者正名爲『夾鐘宫』。」兹據朱四校本、《全宋詞》。

㈢明張本詞題作「杜衛山莊」。毛本、戈校本詞題作「杜衡山莊」。《歷代詩餘》作「杜蘅山莊」。杜蘅，亦作「杜衡」。《鐵網珊瑚》詞題作「賦張藥翁杜衛山莊」。張藏《鐵網珊瑚》、王朱本、鄭校、四明本作「賦張藥翁杜蘅山莊」。杜本詞題作「張筠莊杜衡山莊」。王校：「題首（孫按：指「自度腔小石賦張藥翁」），據《鐵網珊瑚》補。」鄭校：「毛刻脱上九字，亦删節之誤。杜刻據《提要》引作『張筠莊杜衡山莊』，王刻已補正。疑『筠』字以『藥』形近而訛，『莊』字則因下文衍入。」

㈣雲寒：《鐵網珊瑚》、四明本作「雲昏」。古硯：《歷代詩餘》作「石硯」。

㈤芳銘：明張本、毛本、《歷代詩餘》、戈校本、杜本作「芳名」。杜校：「《詞繫》作『芳銘』。」王朱本據《鐵網珊瑚》改，餘本從。鄭氏手批：「朱存理刻作『銘』。『銘』有名可證。」棠笏：毛本、《歷代詩餘》、杜本、王朱初刻本作「堂笏」。王朱初刻校曰：「按『堂笏』，《鐵網珊瑚》作『棠笏』，係訛字，未從。」然王朱復刻本王校：「『棠』字，甲辰重刻改，蓋用魏鄭公甘棠笏事。」餘本從。朱二校引《唐書·魏謩傳》曰：「（謩）爲起居舍人。帝問：『卿家書詔頗有存者乎？』謩對：『惟故笏在。』詔令上送。鄭覃曰：『在人不在笏。』帝曰：『覃不識朕意。此笏乃今甘棠。』」鄭氏手批：「『棠笏』不訛，乃用《唐書·魏徵傳》中『此笏乃今之甘棠』也，語有故實，若『堂』字則吾不知至何出。《鐵網珊瑚》爲覺翁手書，如何不從。」鄭校：「夢窗詞舉典淵雅類此，匪後學黯淺所可擬議。即此已徵足朱刻一字千金。」

㊅夏敬觀評語：「『筆』係『質』韻，與『勿』、『迄』韻同押。」

㊆向此：毛本、《詞繫》作「從此」。

㊇營花：朱氏所見毛本作「縈花」。

㊈從休歇：《鐵網珊瑚》、鄭校、四明本作「没休歇」。

㊉榮華事：毛本、《詞繫》作「榮華夢」。《鐵網珊瑚》、鄭校、四明本作「榮辱事」。鄭校：「『没』、『辱』，並入作平協。」鄭氏手批：「『辱』作平叶，下有『事』，不當作『榮華』。」

⑪天與此：《詞譜》、《詞繫》「天」字上有「真個是」三字。

【注　釋】

〔一〕張藥翁：應即張筠莊。生平不詳。　杜衡山莊：張藥翁隱居地别墅名。杜衡，即杜若。香草名。詳見《本草綱目》卷一四。

〔二〕風響二句：風籤、雲硯，寫書房陳設。

〔三〕芳銘：父子相傳的家聲。《北史·陸俟傳》：「陸俟以智識見稱，玥乃不替風範，雅杖名節，自立功名；其傳芳銘典，豈徒然也？」余靖《自爲鼎銘以稱揚其先祖之善或譏其蓋失數美辭云孝也》：「考父之芳銘，家聲不墜。」　猶在棠笏：詳見校議所引《新唐書·魏徵傳》附魏徵五世孫魏謩傳。棠，甘棠。《詩·召南·甘棠》：「蔽芾甘棠，勿剪勿伐，召伯所茇。」陸璣疏：「甘棠，今棠梨，一名杜梨。」《史記·燕召公世家》：「周武王之滅紂，封召公於北燕。……召公巡行鄉邑，有棠樹，決獄政事其下，自侯伯至庶人各得其所，無失職者。召公卒，而民人思召公之政，懷棠樹不敢伐，哥詠之，作《甘棠》之詩。」後遂以「甘棠」稱頌循吏的美政和遺愛。另，棠，還有棠棣之意。《詩·小雅·常棣》篇，即是寫兄弟友愛的詩。《舊唐書·良吏傳上·賈敦實》：「初敦頤爲洛州刺史，百姓共樹碑於大市通衢。及敦實去職，復刻石頌美，立於兄之碑側。時人號爲『棠棣碑』。」此典亦爲張氏兄弟偕隱伏筆。笏，《禮記·玉藻》：「凡有指畫於君前，用笏；造受命於君前，則書於笏。」

〔四〕秋床聽雨：本指友人感情深厚，聯床話舊。韋應物《示全真元常》：「寧知風雨夜，復此對床眠。」白居易《雨中招張司業宿》：「能來同宿否，聽雨對床眠。」後因蘇軾與蘇轍的酬唱，成爲兄弟典故。蘇轍《會子瞻兄宿逍遥堂二絶》序曰：「轍幼從子瞻兄讀書，未嘗一日相舍。既壯，將游宦四方。讀韋蘇州詩有云：『寧知風雨夜，復此對床眠。』惻然感之，乃相約早退爲閒居之樂。故子瞻始爲鳳翔幕官，留詩與轍曰：『夜雨何時聽蕭瑟。』其後子瞻通守餘杭，復移守膠西，而轍滯留於淮陽、濟南，不見者七年。熙寧十年二月始復會於澶濮之間，相從彭城留百餘日，時宿於逍遥堂。追感前約，作二小詩：『逍遥堂後千尋木，長送中宵風雨聲。誤喜對床尋舊約，不知漂泊在彭城。』『秋來東閣涼如水，客至山公醉似泥。困卧北窗呼不醒，風吹松竹雨淒淒。』」《苕溪漁隱叢話前集》卷三八：「《王直方詩話》云……子由使遼，在神水館賦詩云『夜雨從來對榻眠，茲行萬里隔湖天』，坡在御史獄有云『他年夜雨獨傷神』，在東府有云『對床定悠悠，夜雨今蕭瑟』，其同轉對有云『對床貪聽連宵雨』，又曰『對床欲作連夜雨』，又云『對床老兄弟，夜雨鳴竹屋』，此其兄弟所賦也，相約退休可謂無日忘之，然竟不能成其約。」

〔五〕妙謝庭二句：妙，形容「筆」。《開元天寶遺事》：「李太白少時，夢所用之筆頭上生花，後天才贍逸，名聞天下。」後因以「生花妙筆」喻超群的寫作才能。洪咨夔《挽孫謙伯二首》（之二）：「文妙生花筆，名成喚雪書。」謝庭，代指東晉望族謝家。駱賓王《寓居洛濱對雪憶謝二》：「謝庭賞方逸，袁扉掩未開。」並用謝靈運對族弟謝惠連輒有佳句典故。楊箋以上三句曰：「詞中用聽雨、春草等事，知藥翁必兄弟偕隱者。」吟筆，劉昭禹《贈惠律大師》：「風月資吟筆，杉篁籠靜居。」

〔六〕城市句：劉峻《始居山營室詩》：「嘯歌棄城市，歸來事耕織。」喧鳴，下句「清溪」意入此處。陳師道《和張次道再遊翠巖之作》：「回巒俯仰如迎客，流水喧鳴擬索詩。」轍，車轍。《史記·陳丞相世家》：「（張）負隨平至其家，家乃負郭窮巷，以弊席爲門，然門外多有長者車轍。」「喧」字與此句意思錯綜，指車馬喧鬧。

〔七〕秀潔：張耒《種菊》：「色正而麗兮，氣芬以清。純靜秀潔兮，族茂群榮。」

〔八〕葺屋：《周禮·考工記·匠人》：「葺屋參分，瓦屋四分。」賈公彦疏：「葺屋，謂草屋也。」此處「葺」

用作動詞。葉適《送馮傳之》：「念子獨奈何，葺屋補牆藩。」

〔九〕紅塵句：意思是遠避紅塵就風月。風月，《宋書·始平孝敬王子鸞傳》：「上痛愛不已，擬漢武《李夫人賦》，其詞曰：『……徙倚雲日，裴回風月。』」也有只談風月之意。《南史·徐勉傳》：「（徐勉）嘗與門人夜集，客有虞暠求詹事五官。勉正色答云：『今夕止可談風月，不宜及公事。』」

〔一〇〕瞿塘：施元之注蘇軾詩引《寰宇記》：「瞿塘峽在夔州府城東，舊名西陵峽，兩崖對峙，中貫一江，灩澦堆當其口，乃三峽之門。」

〔一一〕漢節：《史記·吴王濞列傳》：「臣非敢求有所將，願得王一漢節，必有以報王。」此代指宋代皇帝所授符節。楊箋以上二句曰：「『隨節』者，必藥翁曾入川幕也。」

〔一二〕記羽扇二句：《藝文類聚》卷六七：「《語林》曰：諸葛武侯與宣皇（司馬懿）在渭濱將戰，宣皇戎衣莅事。使人視武侯，乘素輿，葛巾毛扇，指麾三軍，各隨其進止。宣皇聞而歎曰：『可謂名士矣。』」蘇軾《念奴嬌·赤壁懷古》：「雄姿英發，羽扇綸巾，談笑間强虜、灰飛煙滅。」羽扇綸巾，因諸葛亮所執所服，成爲儒將風範。綸巾，冠名，讚頌張氏曾入蜀幕，裝束瀟灑，氣度豪邁；可以壓倒當年蜀相諸葛亮。

〔一三〕青天萬里：王十朋《哭何子應》：「青天萬里蜀，無復話歸期。」魏了翁《蝶戀花·趙運判師岊生日》：「萬里蜀山險，難似上青天。」李白《蜀道難》：「噫吁戲危乎高哉，蜀道之難難於上青天。」

〔一四〕料漫憶二句：用張翰思鱸魚蓴菜棄官歸吴的典故。鱸雪，鱸魚絲。杜甫《觀打魚歌》：「饔子左右揮雙刀，膾飛金盤白雪高。」切山莊主人張姓，兼指明山莊所在地。

〔一五〕車馬休歇：《詩·唐風·蟋蟀》：「蟋蟀在堂，役車其休。」

〔一六〕榮華二句：楊惲《與孫會宗書》：「家本秦也，能爲秦聲；婦趙女也，雅善鼓琴。奴婢歌者數人。酒後耳熱，仰天而歌嗚嗚曰……人生行樂耳，須富貴何時！」曹丕《與吴質書》：「每至觴酌流行，絲竹並奏，酒酣耳熱，仰而賦詩，當此之時，忽然不自知樂也。」意思是歸隱之後，榮華富貴之事，都付與一醉。

〔一七〕天與二句：《楚辭·離騷》：「皇覽揆余於初度兮，肇錫余以嘉名。」芷，香草名。《史記·司馬相如列傳》：「其東則有蕙圃衡蘭，芷若射干。」裴駰集解引《漢書音義》：「芷，白芷。」《本草綱目》卷一四：「頌曰：所在有之，吴地尤多。」並呼應詞題中的香草杜衡。《楚辭·離騷》：「畦留夷與揭車兮，雜杜蘅與芳芷。」王逸章句：「杜蘅、芳芷，皆香草也。」嘉名，指張氏「藥翁」之號以及「杜衡」莊名。

〔一八〕紉蘭句：《楚辭·離騷》：「扈江蘺於辟芷兮，紉秋蘭以爲佩。」王逸章句：「紉，索也。蘭，香草也，秋而芳。佩，飾也，所以象德。故行清潔者佩芳，德光明者佩玉。……言己修身清潔，乃取江離辟芷以爲衣被，紉索秋蘭以爲佩飾，博采衆善以自約束也。」瓊玦，屈原《九歌·湘君》：「捐余玦兮江中，遺余佩兮醴浦。」結合《離騷》頌揚張氏兄弟有三閭大夫詞芳行潔的風采。

【考　辨】

此爲《鐵網珊瑚》所收夢窗新詞稿十六首之第十首。寫於癸卯即淳祐三年（一二四三），並且詞中有「漫憶蓴絲鱸雪」，可證杜衡山莊在蘇州，詞寫於蘇州。

## 夢芙蓉㈠

趙昌芙蓉圖，梅津所藏㈡〔一〕

西風摇步綺〔二〕。記長堤驟過，紫騮十里〔三〕。斷橋南岸，人在晚霞外㈢〔四〕。錦温花共醉〔五〕。當時曾共秋被㈣〔六〕。自别霓裳〔七〕，應紅消翠冷㈤〔八〕，霜枕正慵起〔九〕。慘澹西湖柳底〔一〇〕。摇蕩秋魂㈥，夜月歸環佩〔一一〕。畫圖重展〔一二〕，驚認舊梳洗〔一三〕。去來雙翡翠。難傳眼恨眉意㈦〔一四〕。夢斷瓊娘，仙雲深路杳㈧，城影蘸流水㈨〔一五〕。

【校　議】

㈠《詞譜》：「吴文英自度曲，題趙昌所畫芙蓉作也。因詞有『夢斷瓊仙』句，故名《夢芙蓉》。」「此調只此一詞，無別首可校。」《全清詞鈔》卷一六江藩《夢芙蓉》詞序曰：「此吴夢窗自度曲也，詞者絶無繼聲者。夏日泛舟湖上，獨酌荷花中，不覺大醉，醒時已四更矣，遂填是詞。」戈選杜批：「此亦夢窗自度。《詞律》所無，今已補刻《拾遺》本中。此調極諧婉可學。」

㈡《歷代詩餘》詞題作「趙昌芙蓉圖」。戈選作「題趙昌芙蓉圖」。

㈢人在：《歷代詩餘》、戈選作「人去」。晚霞外：戈選杜批：「『外』字是借叶之韻。」鄭氏手批：「『外』字，杜氏謂借叶，非也。詞均例通。白石《翠樓吟》收處『西山外』正與『霽』爲韻。」

㈣錦温二句：鄭氏手批：「兩『共』字連用，可疑。」底本亦引鄭氏校語存疑。

㈤應：《詞譜》、杜本、鄭校作「想」。

㈥摇蕩：《歷代詩餘》、戈選作「摇落」。

㈦眼恨：《歷代詩餘》作「臉恨」。

㈧夢斷二句：《詞譜》作「夢斷瓊仙，悵雲深路杳」。戈選作「夢斷瓊娘，但雲深路杳」。杜本作「夢斷瓊仙，但雲深路杳」。校曰：「遵《詞譜》删『娘』字，從戈選補『但』字。」鄭校後句同杜本。鄭氏手批：「杜氏《詞律拾遺》此詞結處作『但仙雲路杳』。證以上闋『應紅銷翠冷』句，當從三平兩仄，第此句句法與收句五字調復，不能無疑，然無他作可校訂也。」「『仙』字疑即『但』之形近訛。」楊箋：「鄭文焯曰：此曲上下闋收處並同字句。上闋第八句『應』字是平聲，下闋第九句『仙』字亦平聲，《詞譜》改『悵』字，恐未盡善。戈氏補『但』字，尤未協。自以從原作爲佳。鐵夫按，此曲無他闋可校，『仙』字應否作平，殊屬疑問。與其拘聲，毋寧拘律。『應』字是一字領下四字句。『仙雲』句，是上三下二句，迥不相同。『但』字雖云形誤，似不必多一曲折，然『悵』字勝矣。」

⑨蘸流水：《詞譜》作「照流水」。

【注　釋】

〔一〕趙昌：宋代著名花鳥畫家。李廌《德隅齋畫品》評趙昌《菡萏圖》：「昌善畫花，設色明潤，筆跡柔美。國朝以來有名於蜀，士大夫舊云徐熙畫花傳花神，趙昌畫花寫花形。然比之徐熙則差劣。」芙蓉圖：據詞意，應即趙昌《芙蓉翠羽圖》。其中芙蓉爲木芙蓉，宋徽宗《芙蓉錦雞圖》亦爲木芙蓉可以互證，集中《醉桃源·芙蓉》亦可與此詞參看。

〔二〕西風句：此寫木芙蓉如錦繡及綺步障。

〔三〕記長堤二句：《咸淳臨安志》卷五八：「東坡倅杭日，有《和陳述古中和堂木芙蓉》詩，今蘇堤及岸湖多種，秋日如霞錦云。」高觀國有《菩薩蠻》詠蘇堤芙蓉：「紅雲半壓秋波碧。豔妝泣露嬌啼色。佳夢入仙城。風流石曼卿。」此涉及芙蓉城傳説，宋人以石曼卿與丁度爲芙蓉城主人。《能改齋漫録》卷一八：「王子高遇仙人周瑶英，與之遊芙蓉城。世有其傳。予按歐陽文忠公詩話，記石曼卿死後，人有恍惚見之者，云『我今爲仙，主芙蓉城』，騎一青騾，去如飛。又按太常博士張師正所纂《括異志》，記慶曆中，有朝士將曉赴朝，見美女三十餘人，靚裝麗服，兩兩並行，丁度觀文按轡其後，朝士問後行者：『觀文將宅眷何往？』曰：『非也，諸女御迎芙蓉城主。』俄聞丁死。故東坡詩云：『芙蓉城中花冥冥，誰其主者石與丁。』」長堤十里，即蘇堤。北宋元祐年間，蘇軾知杭州，疏浚西湖，堆泥築堤，南起南屏山，北接岳王廟，分西湖爲内外兩湖，有「十里長堤」之稱。驟，此指馬疾走奔馳。

〔四〕斷橋二句：霞，有一種木芙蓉花瓣傍晚時分外豔紅。《佩文齋廣群芳譜》卷三八：「醉芙蓉，朝白、午桃紅，晚大紅者佳甚。」劉圻父《木芙蓉》：「曉妝如玉暮如霞，濃淡分秋染此花。」

〔五〕錦温句：承十里芙蓉如錦繡意。花共醉，木芙蓉又有「醉客」之名。

〔六〕曾共秋被：杜甫《與李十二白同尋范十隱居》：「醉眠秋共被，攜手日同行。」

〔七〕自别霓裳：霓裳，猶言《霓裳羽衣舞》。《韻語陽秋》卷一五：「《霓裳羽衣舞》，始於開元，盛於天寶，今寂不傳矣。白樂天作歌答元微之云：『蘇州七縣十萬户，無人知有《霓裳舞》。惟寄長歌與我來，題作《霓裳羽衣》譜。』想其千姿萬狀，綴兆音聲，具載於長歌，按歌而譜可傳也。今元集不載此，惜哉！賴有白詩，可見一二爾。『虹裳霞帔步摇冠，鈿瓔累累珮珊珊』者，言所飾之服也。又曰：『散序六奏未動衣，中序擘騞初入拍。繁音急節十二遍，唳鶴曲終長引聲。』言所奏之曲也。……又曰：『由來此舞難得人，須是傾城可憐女。』言所用之人也。然所用之人，未詳其數。若曰『玉鉤欄下香案前，案前舞者顏如玉』，則疑用一人。若曰『張態李娟君莫嫌，亦擬隨宜且教取』，則又疑用二人。然明皇每用楊太真舞，故《長恨詞》云：『風吹仙袂飄飄舉，猶似《霓裳羽衣舞》。』則當以一人爲正。……樂天《嵩陽觀夜奏霓裳》云：『開元遺曲自淒涼，況近秋天調是商。』則《霓裳》用商調，非道調明矣。」此以秋天的芙蓉花爲舞者。石延年《木芙蓉》：「群芳坐衰歇，聊自舞秋風。」

〔八〕紅消翠冷：范成大《窗前木芙蓉》：「更憑青女留連得，未作愁紅怨緑看。」

〔九〕霜枕句：芙蓉既爲醉客，又愁紅怨緑，故可擬爲卯酒未消、慵懶不起的美人。

〔一〇〕慘澹：秋節的殺伐之氣。董仲舒《春秋繁露·治水五行》：「金用事，其氣慘澹而白。」西湖：意綴上闋西湖木芙蓉。

〔一一〕摇蕩二句：化用杜甫《詠懷古跡五首》（之二）：「畫圖省識春風面，環佩空歸月夜魂。」餘參見《過秦樓·芙蓉》注〔八〕。

〔一二〕畫圖重展：既承上引杜詩意，也坐實詞題中的芙蓉圖。

〔一三〕舊梳洗：范成大《菩薩蠻》詠芙蓉：「緑窗梳洗晚。笑把玻璃盞。」也可指翠羽梳理翎毛。元吴師道《芙蓉翠羽圖》可以參看：「一幅宣和舊畫圖，芙蓉紅擁翠禽梳。」

〔一四〕去來二句：《類説》卷一三引《樹萱録》：「張確嘗游霅上白蘋溪，見二碧衣女子攜手吟詠一篇云：『碧水色堪染，白蓮香正濃。分飛俱有恨，此别幾時逢。藕隱玲瓏玉，花藏縹緲容。何當假雙翼，聲影暫相從。』確逐之，化爲翡翠飛去。」此移用於木芙蓉。與戴復古《題尹惟曉芙蓉翠羽圖》意同：「翠羽飛來又飛去，一心只在蓼花叢。」

〔一五〕夢斷三句：回應開篇芙蓉城傳説。瓊娘，此代指仙女瑶英、芳卿。城影蘸水，胡微之《芙蓉城傳》中有「清流怪石，殿閣金碧相照」。

【集　評】

陳洵《海綃説詞》：前闋全寫真花。「記長堤」，逆入。「當時」，平出。「自別」轉，「慵起」結。然後以「秋魂」起，「環佩」落，千回百折以出。「畫圖重展」四字，真有「玉花卻在御榻上」之意。「驚認舊梳洗」，真有「圉人太僕皆惆悵」之意。「夢斷瓊娘」，復回顧前闋，又真有「榻上御前屹相向」之意。寫神固不待言，難得如此筆力。

楊箋：（「記長堤」三句）「記」字回溯。不曰「紫騮驟過長堤十里」，卻曰「長堤驟過紫騮十里」，此雅俗滑澀之分，與唐人詩不曰「雲從山外起」，偏曰「山從雲外起」同一意匠。「記」字貫至「被」韻，止是逆承。（「慘澹」句）「慘澹」，承「消減」來。湖上芙蓉，正在堤柳下，故曰「柳底」。換頭如輒説到「圖」，便是庸手，看他用此六字，再昂頭頂起，是何等氣象。（「畫圖」二句）入「圖」字，飄忽如天外飛來。「認」字下止有三字，仍可貼得芙蓉住，便脱了人，看他用「舊梳洗」雙管齊下，何等精細。

【考　辨】

朱二校箋語：《聖朝名畫評》：趙昌，劍南人，性傲易，雖遇强勢，亦不肯下之。善畫花果。初師滕昌祐，後過其藝。《宣和畫譜》：趙昌，字昌之，工畫花果，作折枝，大有生意。按東坡題王伯敭所藏趙昌花詩其三爲芙蓉。

楊箋：此爲見《芙蓉圖》憶姬之作。（「錦温」二句）「共」者，共姬也。「被」亦有芙蓉之名，此言游夜湖曾共宿湖心也。

鍾振振《讀夢窗詞札記（續）》：爲友人題圖之作而言自己「憶姬」，以與此類應酬文字之體例不合，未必然也。

孫按：蘇軾《王伯敭所藏趙昌芙蓉》：「清飆已拂林，積水漸收潦。溪邊野芙蓉，花水相媚好。坐看池蓮盡，獨伴霜菊槁。幽姿强一笑，暮景迫摧倒。淒涼似貧女，嫁晚驚衰早。誰寫少年容，樵人劍南老。」戴復古《題尹惟曉芙蓉翠羽圖》：「何人妙筆起秋風，吹破枝頭爛漫紅。翠羽飛來又飛去，一心只在蓼花叢。」據此二詩，知趙昌芙蓉爲是池蓮落盡之後，與菊花同時開放的枝頭木芙蓉。尹焕，字惟曉，知此詞所賦與戴氏所題爲同一幅《芙蓉翠羽圖》。木芙蓉也稱拒霜花。周密《西江月·延祥觀拒霜擬稼軒》：「眼纈醉迷朱碧，筆花俊賞丹青。斜陽展盡趙昌屏。羞死舞鸞妝鏡。」亦可作爲趙昌所畫爲木芙蓉的佐證。另，木芙蓉用芙蓉城典，是題中應有之義，夢窗《醉桃源·芙蓉》亦然，其事與所謂蘇姬無涉。以夢窗與梅津交遊行跡考之，詞應寫於淳祐六年（一二四六）至淳祐九年（一二四九）之間。

# 高山流水㊀　黄鐘商㊁

丁基仲側室善絲桐賦詠，曉達音呂，備歌舞之妙㊂〔一〕

素弦一一起秋風〔二〕。寫柔情、都在春葱㊃〔三〕。徽外斷腸聲〔四〕，霜霄暗落驚鴻〔五〕。低顰處〔六〕、剪緑裁紅〔七〕。仙郎伴〔八〕、新制還賡舊曲〔九〕，映月簾櫳〔一〇〕。似名花並蒂，日日醉春濃〔一一〕。　吴中。空傳有西子〔一二〕，應不解、換徵移宮㊄〔一三〕。蘭蕙滿襟懷，唾碧總噴花茸㊅〔一四〕。後堂深、想費春工〔一五〕。客愁重〔一六〕、時聽蕉寒雨碎〔一七〕，淚濕瓊鍾〔一八〕。恁風流也稱，金屋貯嬌慵〔一九〕。

**【校　議】**

㊀《詞譜》：「調見《夢窗詞》。吴文英自度曲，贈丁基仲妾作也。妾善琴，故以《高山流水》爲調名。」

㊁底本眉批：「俗名大石。」

㊂《歷代詩餘》詞題作「丁基仲妾善琴題贈」。戈校本詞題下注「范選」。

㊃都在：毛本、《歷代詩餘》、《詞律》、《詞譜》、戈校本、杜本、王朱本、朱二校本作「多在」。

㊄換徵：戈校謂范選作「換羽」。

㊅唾碧句：四庫所見毛本作「唾碧窗噴花茸」，校曰：「音律不叶，文義亦不可解。」《詞律》疑爲「碧窗唾噴花茸」。校曰：「《圖譜》注此詞謂『蘭蕙滿』三字句，『襟懷唾碧』四字句，『總噴花茸』四字句，『客愁重』三字叶韻，『恁風流』三字句，『也稱金屋貯嬌慵』七字句。愚謂非也。『蘭蕙』以下與前段俱同。『蘭蕙滿襟懷』五字對前『徼外斷腸聲』句。『總』字必係『窗』字之訛，而又誤倒刻。乃是『碧窗唾噴花茸』六字，對前『霜霄暗落驚鴻』也。否則『碧』字作平，必無『襟懷唾碧』之理。『後堂深』句七字，對前『低顰處』句；『客愁重』，『重』字去聲，非平聲叶韻者。此三字對前『仙郎伴』句，『時聽』二句十字，對前『新制』二句。『恁風流也稱』五字，『稱』字去聲，對前『似名花並蒂』句，若『稱』字作平，文義欠通矣。『金屋貯嬌慵』五字對前『日日醉春風』句，豈非字字相合乎？」杜校：「姚子箴鈔本作『碧窗唾噴花茸』。」

## 【注釋】

〔一〕丁基仲：即丁宏庵。　側室：代指侍妾。楊箋：「《漢書·文帝紀》『朕高皇帝側室之子也』師古曰：『非正嫡所生也。』後人遂謂妾爲側室。《南史》陸展染白髮以媚側室是也。」此指丁宏庵侍妾周氏，號得趣居士者。　絲桐：代琴。王粲《七哀詩》：「絲桐感人情，爲我發悲音。」　吕：我國古代音樂十二律中的陰律，有六種，總稱六吕。

〔二〕素弦句：劉禹錫《許給事見示哭工部劉尚書詩因命同作》：「素弦哀已絶，青簡歎猶新。」《列子》卷五：「師襄曰：『子之琴何如？』師文曰：『得之矣。請嘗試之。』於是當春而叩商弦，以召南吕，涼風忽至，草木成實。」張湛注曰：「商，金音，屬秋。南吕，八月律。」合用「素風」意。

〔三〕寫柔情二句：蘇軾《戲贈田辯之琴姬》：「流水隨弦滑，清風入指寒。」陸游《齊天樂》：「倚瑟妍詞，調鉛妙筆，那寫柔情芳豔。」

〔四〕徽外：蘇軾《醉翁操》：「此意在人間，試聽徽外三兩弦。」徽，琴名。　斷腸聲：張正見《度關山》：「還聽嗚咽水，並切斷腸聲。」李商隱《贈歌妓二首》（之一）：「紅綻櫻桃含白雪，斷腸聲裏唱陽關。」

〔五〕霜霄：《説郛》卷一〇〇：「沈玩（晉車騎將軍）琴曰『霜霄鐵馬』。」　暗落驚鴻：用驚弓鴻雁典故。語本《戰國策·楚策四》：「更嬴與魏王處京臺之下，仰見飛鳥。更嬴謂魏王曰：『臣爲王引弓虚發而下鳥。』魏王曰：『然則射可至此乎？』更嬴曰：『可。』有間，雁從東方來，更嬴以虚發而下之。魏王曰：『然則射可至此乎？』更嬴曰：『此孽也。』王曰：『先生何以知之？』對曰：『其飛徐而鳴悲。飛徐者，故瘡痛也；鳴悲者，久失群也，故瘡未息，而驚心未至也。聞弦音，引而高飛，故瘡隕也。』」

〔六〕低顰：晏幾道《虞美人》：「賺得小鴻眉黛、也低顰。」

〔七〕剪緑裁紅：歐陽炯《花間集序》：「鏤玉雕瓊，擬化工而迥巧；裁花剪葉，奪春豔以爭鮮。」

〔八〕仙郎：和凝《楊柳枝》：「醉來咬損新花子，拽住仙郎盡放嬌。」

〔九〕新制：張先《碧牡丹・晏同叔出姬》：「緩板香檀，唱徹伊家新制。」

〔一〇〕映月簾櫳：江淹《張司空華離情》：「秋月映簾櫳，懸光入丹墀。」周邦彦《丁香結》：「牽引。記試酒歸時，映月同看雁陣。」

〔一一〕似名花二句：暗用李正封《賞牡丹》詩：「天香夜染衣，國色朝酣酒。」李白《清平調》（三首之三）：「名花傾國兩相歡，常得君王帶笑看。」黄庭堅《王立之以小詩送並蒂牡丹戲答》：「不如王謝堂前燕，曾見新妝並倚欄。」餘詳見《風流子・芍藥》注〔四〕。

〔一二〕吴中二句：《史記・項羽本紀》：「項梁殺人，與籍避仇於吴中。」西施曾隨范蠡至吴國。

〔一三〕換徵移宫：猶言移宫換羽。寫其精於樂理。《宋史・樂志》：「審乎此道，以之製作，器定聲應，自不奪倫。移宫換羽，特餘事耳。」周邦彦《意難忘》：「知音見説無雙。解移宫換羽，未怕周郎。」

〔一四〕蘭蕙二句：用趙飛燕花唾典。總，《匯釋》：「猶縱也，雖也。」杜甫《郭十五判官》詩：『藥裹關心詩總廢，花枝照眼句還成。』總字與還字相應，言雖因病廢詩，然見花還是作詩也。」此字意屬「空傳」二句。

〔一五〕後堂深二句：蘇軾《水龍吟·詠笛材》：「聞道嶺南太守，後堂深、緑珠嬌小。」《漢書·張禹傳》：「禹性習知音聲，内奢淫，身居大第，後堂理絲竹筦弦。……禹心親愛（戴）崇，敬（彭）宣而疏之。崇每候禹，常責師宜置酒設樂與弟子相娱。禹將崇入後堂飲食，婦女相對，優人管弦鏗鏘極樂，昏夜乃罷。」

〔一六〕客愁重：反用劉孺《至大雷聯句》：「若非今日宴，詎使客愁輕。」

〔一七〕蕉寒雨碎：形容淒惻的樂聲。張先《碧牡丹·晏同叔出姬》：「怨入眉頭，斂黛峰横翠。芭蕉寒，雨聲碎。」寫其音樂效果讓聽者恍然有聽芭蕉雨聲之客思。

〔一八〕淚濕瓊鍾：韓愈《聽穎師彈琴》：「推手遽止之，濕衣淚滂滂。」瓊鍾，玉杯。

〔一九〕恁風流二句：用金屋藏嬌典。恁，猶言「恁地」。《雞肋編》卷下：「前世謂『阿堵』，猶今諺云『兀底』；『寧馨』，猶『恁地』也，皆不指一物一事之詞。」風流，謂風韻美好。劉泓《詠繁華詩》：「秀眉開雙眼，風流著語聲。」花蕊夫人《宫詞》：「年初十五最風流，新賜雲鬟使上頭。」嬌慵，李賀《美人梳頭歌》：「春風爛熳惱嬌慵，十八鬟多無氣力。」

## 【考　辨】

楊箋：當與《祝英臺近·悼得趣，贈宏庵》詞合看。

孫按：《祝英臺近》所悼者爲丁宏庵侍妾周得趣，此詞寫於周得趣生前。

## 霜花腴㈠ 無射商㈡

重陽前一日泛石湖〔一〕

翠微路窄〔二〕，醉晚風、憑誰爲整敧冠〔三〕。霜飽花腴〔四〕，燭消人瘦〔五〕，秋光做也都難㈢。病懷强寬〔六〕。恨雁聲、偏落歌前㈣〔七〕。記年時〔八〕、舊宿淒涼，暮煙秋雨野橋寒〔九〕。妝靨鬢英爭豔〔一〇〕，度清商一曲〔一一〕，暗墜金蟬〔一二〕。芳節多陰〔一三〕，蘭情稀會〔一四〕，晴暉稱拂吟箋〔一五〕。更移畫船。引佩環〔一六〕、邀下嬋娟〔一七〕。算明朝、未了重陽，紫萸應耐看㈤〔一八〕。

【校　議】

㈠《詞譜》：「吴文英自度腔。因詞有『霜飽花腴』句，取以爲名。」「雙調，一百四字。前後段各十句，五平韻。」戈選杜批：「《詞譜》云句法多平聲字，當是律吕所寓。」朱箋：「《蘋洲漁笛譜》有《玉漏遲》，題吴夢窗《霜花腴詞集》。《山中白雲》有《聲聲慢》，題夢窗自度曲《霜花腴》卷後。意當時此曲盛傳，遂以標其詞卷也。」楊箋：「前則以《霜花腴》名集，後止寫《霜花腴》詞卷耳。」夏承燾《夢窗詞集後箋》：「夢窗手書自度曲，名《霜花腴》，見《蘋洲漁笛譜·玉漏遲》、《山中白雲·聲聲慢》。《山中白雲》又有《醉落魄·題霞谷所藏吴夢窗親書詞卷》一首，當即《霜花腴》。《詞源》（下）記舊刊本《六十家詞》中列夢窗，吴詞刊本可考者，此爲首舉矣。」孫按：周密及張炎詞詳見本書《附録三·題識序跋及校録凡例》。

㈡ 底本眉批：「俗名越調。」

㈢ 秋光做：杜本、朱四校本作「秋光作」。楊箋：「『做』與『作』同。《容齋隨筆》：『東坡有「菊花開時即重陽」語，故記其在海南藝菊九畹，以十一月望日與客泛酒作重陽。韓愈詩「方橋如此作」，以叶「過」。今方音讀作「佐」，俗用「做」。皮日休《桃花賦》曰：「伊祁氏之作春也。」「作」與「做」同。彼言「作春」，此言「做秋」，同意。此言重陽非人做得來的。」

㈣ 歌前：杜校：「葉譜作『尊前』。」

㈤ 耐看：明張本、毛本作「奈看」。奈，同「耐」。《詞律》：「『霜飽』至『淒涼』，與後『芳節』至『重陽』同。『病懷』句，『更移』句，用仄平仄平。《圖》以『懷』字可仄，誤也。至認『煙』字爲叶，而以『記年時舊宿』爲五字句，『淒涼暮煙』爲四字句，尤誤。『晚風憑』，《圖》謂可平仄仄，猶可。若『雁』字、『佩』字改平，而『偏』字改仄，則此二句失調矣。此腔是夢窗自製，惟有此曲，何所見爲可改乎？」

【注釋】

〔一〕石湖：《直齋書録解題》卷一八：「石湖在太湖之濱，姑蘇臺之下。去城十餘里，面湖爲堂，號『鏡天閣』，又一堂，扁『石湖』二字，阜陵宸翰也。」楊箋：「《輿地紀勝》：石湖，在平江盤門西南十里，范成大歸江東，陛辭之日，孝宗御書『石湖』二字賜之。」

〔二〕翠微句：切題用重九典。杜牧《九日齊安登高》：「江涵秋影雁初飛，與客攜壺上翠微。」

〔三〕醉晚風二句：杜牧《九日齊安登高》：「但將酩酊酬佳節，不用登臨歎落暉。」杜甫《九日藍田崔氏莊》：「羞將短髮還吹帽，笑倩旁人爲正冠。」並用孟嘉龍山落帽典。楊箋：「此翻用孟嘉事，以登高陪泛湖。」　以上三句以泛湖路寬墊起此遊有可爲整冠之佳人侑觴。

〔四〕霜飽花腴：「秋光」句意入此。謂雖是九月八日，但菊花已因秋霜飽滋而肥腴，亦可我作秋日重陽。正如蘇東坡因菊而作重陽，而不論時在十月或十一月也。《百菊集譜》卷三：「東坡《記菊帖》云：『嶺南地暖，而菊獨後開。考其理，菊性介烈，須霜降乃發。而嶺海常以冬至微霜故也。吾以十一月望，與客泛菊作重九。書此爲記。』」「陳欽甫《提要》録東坡云：嶺南氣候不常，菊花開時即重陽，涼天佳月即中秋，不須以日月爲斷也。十月初吉，菊始開，乃與客作重九。因次韻淵明《九月九日》詩云：『今日我重九，誰謂秋冬交。黄花與我期，草中實後凋。香餘白露乾，色映青松高。』苕溪漁隱曰：『江浙間，每歲重陽，往往菊亦未開，不獨嶺南爲然。蓋菊性耿介，須待草木黃落，方於霜中獨秀。」

〔五〕燭消人瘦：梁簡文帝《九日賦韻詩》：「遠燭承歌黛，斜橋聞履聲。梁塵下未息，共愛賞心並。」李清照《醉花陰》：「莫道不消魂，簾卷西風，人比黃花瘦。」反用杜甫重陽節《歎庭前甘菊花》句意：「明日蕭條醉盡醒，殘花爛熳開何益。」預設重九燭消歌散，黃花亦如人瘦。

〔六〕病懷强寬：杜甫《九日藍田崔氏莊》：「老去悲秋强自寬，興來今日盡君歡。」白居易有《歲暮病懷贈夢得》詩。

〔七〕恨雁聲二句：承前引杜牧登高詩意，謂重陽節後秋雁初飛，雁聲飄落於歌席，使人頓生佳節思歸之情。陳後主《梅花落二首》（之二）：「雁聲不見書，蠶絲欲斷弦。」

〔八〕年時：《匯釋》：「猶云當年或那時也。」此指那時。

〔九〕舊宿二句：杜牧《懷吴中馮秀才》：「唯有別時今不忘，暮煙秋雨過楓橋。」楊箋：「此正用牧之詩，想所謂野橋即楓橋也。於將到時，忽然用逆筆煞住，從前重陽日亦有泛湖之舉，是旁襯。」以上六句回憶當年曾有重陽前一天在楓橋度過，但卻無此游之樂。按之夢窗履跡，應是少年游幕由蘇州北行，前往楚州（後稱淮安）曾停泊楓橋之事。

〔一〇〕妝靨：此特指婦女腮上黃星靨裝飾。　鬢英：此指頭上插戴的菊花。屈原《楚辭·離騷》：「朝飲木蘭之墜露兮，夕餐秋菊之落英。」王逸章句：「英，華也。」

〔一一〕度清商句：度曲，《文選·張衡〈西京賦〉》：「度曲未終，雲起雪飛。」李善注曰：「班固《漢書》曰：元帝自度曲。」應指即席特製的《霜花腴》樂曲。

〔一二〕暗墜金蟬：李賀《屏風曲》：「團回六曲抱膏蘭，將鬟鏡上擲金蟬。」《箋注評點李長吉歌詩》：「金蟬，鬢也。《古今注》云：魏文帝宫人制爲蟬鬢，挈之縹緲，如蟬翼。」韓偓《春悶偶成十二韻》：「醉後金蟬重，歡餘玉燕欹。」　楊箋以上三句曰：「此游當設伎席，『妝靨』謂妓，『鬢英』謂菊。《離騷》『餐秋菊之落英』，故知『英』爲菊。此言墜金蟬，當是低鬟之意。蟬指鬢言。」

〔一三〕芳節多陰：白居易《清調吟》：「芳節變窮陰，朝光成夕照。」宋人潘大臨有佳句「滿城風雨近重陽」。

〔一四〕蘭情：韓琮《春愁》：「吴魚嶺雁無消息，水盼蘭情別來久。」　稀會：「會稀」之倒。盧照鄰《還赴蜀中貽示京邑遊好》：「悵別風期阻，將乖雲會稀。」

〔一五〕吟箋：范成大《新作景亭程詠之提刑賦詩次其韻》：「燦爛吟箋煩索句，淋漓醉墨自成行。」　以上三句謂重陽節本多陰雨，難得斜暉晴好，暗寓四美俱二難并之意，因此值得譜寫詞曲作爲紀念。

〔一六〕佩環：楊箋：「『佩環』，應『妝靨』。」即前説整冠女子。

〔一七〕邀下嬋娟：謂將遊覽至弦月近人時。李白《月下獨酌》：「舉杯邀明月，對影成三人。」此承「晴暉」，寫月下之遊。

〔一八〕算明朝三句：化用杜甫《九日藍田崔氏莊》詩意：「明年此會知誰健，醉把茱萸仔細看。」　楊箋：

「欲切題中『前一日』，不曰正是重陽，而曰『未了重陽』，有深淺之别。『耐』字有味。」寓明日將繼此日遊興，更有登高醉遊之舉。

【集評】

俞陛雲《唐五代兩宋詞選釋》：此自度曲也。起三句有英俊氣。「霜飽」句凡詠菊者無人道及。「燭消」句善寫秋懷，此八字爲篇中驪珠，「花腴」而「人瘦」，故以「秋光難做」承之。「野橋秋雨」乃追憶舊遊。下闋賦舟中歌妓。「芳節」數語謂九日每多陰雨，喜值新晴，小舫聽歌，更饒逸興。篇終述及明朝，爲紀重陽前一日也。張玉田「題霜花腴卷後」謂「獨憐水樓賦筆」、「潤墨空題」，殊有「曲終人遠」之思。《夢窗四稿》首録此二詞者，爲公謹、玉田所推重也。

又，《夢窗四稿》人謂其多有所指。而《錦瑟》之詩，未加箋注。《霜花腴》調中如「燭消人瘦」、「蘭情稀會」等句，不勝幽抑之懷。……（張炎《霜花腴》）「斜陽」、「柳陰」句謂玉田懷友固可，而其辭悲而麗，殆爲夢窗空中傳恨耶？夏閏庵云：「玉田與諸名流酬唱，皆不苟作。」此詞頗有夢窗之意，結語尤勝。

陳洵《海綃説詞》：此泛石湖作，非身在翠微也。次句乃翻杜子美《宴藍田莊》詩意，言若翠微路窄，則誰爲整冠乎？翻騰而起，擲筆空際，使人驚絶。三四五，座中景，如此一落，非具絶大神力不能。起句如神龍夭矯，奇采盤空。至此則雲收霧斂，曠然開朗矣。「病懷强寬」領起，「恨雁聲偏落歌前」轉身，才「寬」又「恨」，才「恨」便「記」，以提爲煞，漢魏六朝文往往遇之，今復得之吴詞。换頭三句，遥接「歌前」，與「年時」相顧，正見哀樂無端。「芳節」二句，用反筆作脱，則「晴暉」句加倍有力。「多陰」，映「暮煙秋雨」。「稀會」，映「舊宿淒涼」。夾叙夾議，潛氣内轉。移船就月，再跌進一步，筆力酣暢極矣。收合有不盡之意。上文奇峰疊起，去路卻極坦夷，豈非神境。《霜花腴》名集，想見覺翁得意。於空際作奇重之筆，此詣讓覺翁獨步。

楊箋：（「芳節」三句）上二句翻，下句轉正。一句拗轉兩句，疑有神力。本集《齊天樂·毗陵陪兩别駕宴丁園》，换頭云「獨游清興易懶，景饒人未勝，樂事常少」，亦以兩層翻下，但此對彼不對耳。至「柳下交車，尊前岸幘，同撫雲根一笑」方轉正，是三句。此「晴暉稱拂吟箋」，止用一句，彼反正分爲兩韻，此則合爲一韻，雖同一機杼，而此更見打疊之難。「晴暉」，由「多陰」轉，「吟箋」由「稀會」轉。

劉永濟《微睇室説詞》：石湖在蘇州西南，與太湖近。詞家起句，有以掃爲生之法。如歐陽修《采桑子》「群芳過後西湖好」，周邦彦《齊天樂》「緑蕪凋盡臺城路，殊鄉又逢秋晚」，譚獻《詞評》皆以爲以掃爲生法。蓋先掃去一層意思，然後入本題也。如此詞先設言登高則山路崎嶇，「憑誰爲整欹冠」邪？因重陽宜登高，今乃遊湖，故先言不登高，然後入游湖本意。「欹冠」暗用龍山落帽事。「霜飽」四字，菊花盛開也。「燭消」四字，人瘦如菊也。李清照有「人比黄花瘦」句。菊待霜而腴，人因秋而瘦，故曰「秋光做也都難」。「病懷强寬」四字以下，轉折極多，陳洵謂「『病懷强寬』領起，『恨雁聲、偏落歌前』，轉身，才『寬』又『恨』，才『恨』便『記』，以提爲煞」是也。蓋「病懷强寬」者，有及時行樂意，而「雁聲」驟報秋期，使人生歲暮之感，則妨人行樂，故「恨」之。「記年時」三句則因驚秋而記起往日此時情景，而「暮煙秋雨」亦非登臨之事。此數句於一頃刻間，情緒屢變，正詞人善感善覺處。換頭三句正寫今時行樂之事，與上文相映成趣。「芳節」三句先言佳時難得，暗用「滿城風雨近重陽」詩意。「蘭情」句言人事無常，會少離多，雖有芳懷而不易常聚。因以見今日之會之可樂，故有「晴暉」六字。「更移」二句言遊湖至月上也。「引佩環」句以歌女關合月裏嫦娥。此等無情關合，詞家往往有之，蓋興會所至，不覺其不合情理也。「算明朝」二句點明「重陽前一日」。「紫萸」句暗用杜甫「醉把茱萸仔細看」詩意。此詞佈局精密，情事豐富，而興會軒舉。夢窗以此調名其詞集，足見此詞乃其得意之作。

【考　辨】

此詞遥襟甫暢，逸興遄飛，是夢窗詞中不多見的以回憶中的哀景襯現實中樂情的作品。詞寫於蘇州游石湖時。而詞有衆游之樂，且未見老人衰憊之氣，應寫於蘇州倉幕時。

## 澡蘭香㈠　林鐘羽㈡

淮安重午〔一〕

盤絲繫腕〔二〕，巧篆垂簪〔三〕，玉隱紺紗睡覺〔四〕。銀瓶露井〔五〕，彩箑雲窗，往事少年依約〔六〕。爲當時、曾寫榴裙〔七〕，傷心紅綃褪萼〔八〕。黍夢光陰漸老㈢〔九〕，汀洲煙蒻〔一〇〕。莫唱江南古調，怨抑難招，楚江沈魄㈣〔一一〕。薰風燕乳〔一二〕，暗雨梅黄〔一三〕，午鏡澡蘭簾幕〔一四〕。念秦樓〔一五〕、也擬人歸，應剪菖蒲自酌〔一六〕。但悵望、一縷新蟾〔一七〕，隨人天角〔一八〕。

【校　議】

㈠《詞譜》：「調見吴文英《夢窗甲稿》。因詞有『午鏡澡蘭簾幕』句，取以爲名。」

㈡底本眉批：「俗呼高平，又呼南吕。」

㈢黍夢：毛扆本：「『黍』字上脱一字。」《詞譜》作「炊黍夢」。杜校：「《詞譜》『黍』字上有『炊』字，以『夢』字爲讀。」

〔四〕沈䰟：《詞律》：「『䰟』字非韻，惟落䰟之『䰟』，可作『托』音，未便取叶此韻。然夢窗或必有所據耳。」杜校：「下半闋第三句『䰟』字應韻，按落䰟之『䰟』作『托』音，疑借叶者。」杜本鄭批：「杜氏校詞全依戈氏《詞林正韻》，致多疑塵。不知兩宋詞家無專韻之譜，多以唐均同用之例爲之，不得以後人詞均苛求古人，轉多支閡。」

## 【注　釋】

〔一〕淮安：朱箋：「《宋史·地理志》：淮南東路，南渡後州九，揚、楚、海、泰、泗、滁、淮安、真、通。紹定元年，升山陽縣爲淮安軍，端平元年，改軍爲淮安州。」此詞可與《滿江紅·甲辰歲盤門外寓居過重午》【注釋】參看。

〔二〕盤絲繫腕：古代婦女端午以五色絲繫於腕上。盤絲，也可指端午應景的盤中五色蒲絲。歐陽修《端午帖子·夫人合五首》（之五）：「巧女金盤絲五色，皇家玉曆壽千春。」若以下句「巧篆」言，則「盤絲」理解爲以五色絲盤結出漂亮的樣式爲勝。

〔三〕巧篆垂簪：古代婦女端午在頭髮上插戴辟邪。《白孔六帖》卷四引《金門歲節》：「洛陽人家端午术羹艾酒，以花彩樓閣插鬢，贈辟瘟扇梳。」《荆楚歲時記》：「或問辟五兵之道，《抱朴子》曰：以五月五日作赤靈符著心前，今釵頭符是也。」《夢粱録》卷三：「所謂經筒、符袋者，蓋因《抱朴子》問辟五兵之道，以五月五日佩赤靈符掛心前，今以釵符佩帶即此意也。」

〔四〕玉隱句：梁簡文帝《詠内人晝眠詩》寫美人夢境：「夢笑開嬌靨，眠鬟壓落花。簟文生玉腕，香汗浸紅紗。」此寫美人隱於紺紗橱帳中午睡醒來雙眼惺忪之嬌慵。玉，《佩文韻府》載司馬相如《好色賦》：「花容自獻，玉體横陳。」紺紗，特指青中含赤的紗帳。睡覺，白居易《長恨歌》：「雲鬢半偏新睡覺，花冠不整下堂來。」

〔五〕銀瓶露井：此典常比喻没有結果的愛情。見《解連環》（暮簷涼薄）注〔八〕、注〔九〕。另，唐宋時五月有汲井華水健身的風俗。李賀《十二月樂詞・五月》：「井汲鉛華水，扇織鴛鴦紋。」

〔六〕彩箑二句：韓愈《華山女》：「雲窗霧閣事恍惚，重得翠幕深金屏。」箑，揚雄《方言・第五》：「自關以東謂之箑，自關以西謂之扇。」郭璞注曰：「今江東亦通名扇爲箑，音篓。」

〔七〕爲當時二句：《宋書・羊欣傳》：「欣少靖默，無競於人，美言笑，善容止。泛覽經籍，尤長隸書。不疑（羊欣父）初爲烏程令，欣時年十二，時王獻之爲吴興太守，甚知愛之。獻之嘗夏月入縣，欣著新絹裙晝寢，獻之書裙數幅而去。」此回憶端午寫裙之舉。榴裙，猶言「石榴裙」。何思澄《南苑逢美人詩》：「風卷蒲桃帶，日照石榴裙。」萬楚《五日觀妓》：「眉黛奪將萱草色，紅裙妒殺石榴花。」

〔八〕紅綃褪萼：喻紅蓮墜落。略同於前文《解連環》（暮簷涼薄）「記湘娥、絳綃暗解，褪花墜萼」之意。謂因當時曾題詩榴裙、以及紅蓮欲落時節有送遠之事，故曰「傷心」。

〔九〕黍夢句：融合黄粱美夢與端午黍粽兩典。《太平廣記》卷八二引《異聞集》：盧生在邯鄲客店遇道士吕翁，生自歎窮困，翁探囊中枕授之曰：枕此當令子榮適如意。時主人正蒸黄粱，生夢入枕中，亭盡富貴榮華。及醒，黄粱尚未熟，「盧生欠伸而寤，見方偃於邸中，顧呂翁在傍，主人蒸黄粱尚未熟。觸類如故，蹶然而興。曰：『豈其夢寐邪？』翁笑謂曰：『人世之事亦猶是矣。』生然之，良久謝曰：『夫寵辱之數，得喪之理，生死之情，盡知之矣。』」並用重午菰葉黏米裹角黍事。詳見《滿江紅・甲辰歲盤門外寓居過重午》注〔一〕。黍，崔豹《古今注・草木第六》：「稻之黏者爲黍，亦謂稌爲黍。」

〔一〇〕汀洲煙蒻：姜夔《琵琶仙》：「春漸遠、汀洲自緑，更添了幾聲啼鴂。」蒻，《詩・大雅・蕩之什・韓奕》：「其蔌維何，維筍及蒲。」《陸氏詩疏廣要》卷上之上：「蒲始生，取其中心入地者名蒻。大如匕柄，正白。生噉之，甘脆。煮而以苦酒浸之，如食筍法。」

〔一一〕莫唱三句：江南古調，指競渡時舉棹所唱的古老歌謡。劉禹錫《競渡曲》：「靈均何年歌已矣，哀謡振楫從此起。……曲終人散空愁莫，招屈亭前水東注。」引《圖經》序曰：「競渡始於武陵，至今舉楫而相和之，其音咸呼云『何在』？斯招屈之義。」兼及《楚辭・招魂》中警句：「目極千里兮傷春心，魂兮歸來哀江南。」並用端午投粽於水救屈原事。

〔一二〕燕乳：韋應物《長安遇馮著》：「冥冥花正開，颺颺燕新乳。」周邦彦《荔枝香近》：「細響當窗雨。□看兩兩相依燕新乳。」

〔一三〕暗雨梅黄：端午時景物。

〔一四〕午鏡：五月初五日午時江心鑄成的鏡子。白居易《百煉鏡》：「江心波上舟中鑄，五月五日日午時。

瓊粉金膏磨瑩已，化爲一片秋潭水。」餘見《滿江紅·甲辰歲盤門外寓居過重午》注〔三〕。　澡蘭簾幕：《荆楚歲時記》：「按大戴《禮》曰：五月五日，蓄蘭爲沐浴。楚辭曰：浴蘭湯兮沐芳華。今謂之浴蘭節。」唐宋仍沿此習。李商隱《缺題》：「重午雲陰日正長，佳辰早至浴蘭湯。」晏殊《端午詞·内廷》：「由來佳節載南荆，一浴蘭湯萬慮清。」《夢粱録》卷三：「（五月）初五日重午節，又曰浴蘭令節。」入浴之蘭爲蘭草，因功用而多異名。《本草綱目》卷一四：「蘭即蘭澤香草也。圓莖紫萼，八月花白，俗名蘭香。煮以洗浴。」

〔一五〕秦樓：此特指邂逅愛情的妓院。參見《賀新郎·湖上有所贈》注〔二〕。

〔一六〕應剪句：汪應辰《太上皇帝合端午帖子詞》：「君王自進長生縷，細剪菖蒲泛玉巵。」

〔一七〕一縷新蟾：此形容端午時狹細的初生月魄。温庭筠《夜宴謡》：「高樓客散杏花多，脈脈新蟾如瞪目。」餘見《霜葉飛·重九》注〔三〕。

〔一八〕隨人天角：周邦彦《解連環》：「汀洲漸生杜若。料舟依岸曲，人在天角。」以上三句化用張先《南鄉子·中秋不見月》意境：「今夜相思應看月，無人。露冷依前獨掩門。」

【集　評】

陸輔之《詞旨·屬對》：盤絲繫腕，巧篆垂簪。

先著、程洪《詞潔》卷五：亦是午日應有情事。便筆端幽豔，如古錦爛然。

張德瀛《詞徵》卷一：詞有與風詩意義相近者，自唐迄宋，前人鉅制，多寓微旨。如李太白「漢家陵闕」，《兔爰》傷時也。……吴夢窗「盤絲繫縷」，《桃夭》感候也。

俞陛雲《唐五代兩宋詞選釋》：夢窗喜藻飾字句，本意易晦。此詞與前首皆佳節有懷，而此則兼有人在，故上闋「榴裙」四句，下闋「秦樓」四句，情思尤爲宛轉。讀夢窗詞者，當在其縟麗而流利處求之。

陳洵《海綃説詞》：起五句全叙往事，至第六句點出「寫裙」是睡中事。「榴」字融人事入風景，「褪萼」見人事都非，卻以風景不殊作結。後片純是空中設景，主意在「秦樓也擬人歸」一句，「歸」字緊與「招」字相應，言家人望己歸，如宋玉之招屈原也。既欲歸不得，故曰「難招」、曰「莫唱」、曰「但悵望」，則「也擬」亦徒然耳。擊首則尾應，擊尾則首應，擊中間則首尾皆應，陣勢奇變極矣。金針度人，全在數虚字，屈原事不過借古以陳今。「薰風」三句，是家中節物；「秦樓」倒影，秦樓用弄玉事，謂家所在。

劉永濟《微睇室説詞》：首三句以重午風俗引起往事。「盤絲」，《荆楚歲時記》：「五月五日以五彩絲繫臂名辟兵，一名長命縷。」「巧篆」，《抱朴子》：「午日朱書赤靈符著心前以辟兵疫百病。」今曰「垂簪」，則是戴之頭上也。「玉隱」句言玉肌之人睡於紺色紗帳中也。此三句皆指當年舊事。「銀瓶」二句言唐宋時風俗。李賀《五月樂詞》有「井汲鉛華水，扇織鴛鴦紋」即其事。「爲當時」二句今昔之感，上句昔日之事，下句今日之情。「榴裙」，切午日，蘇軾有「石榴半吐紅巾蹙」句，以榴花比紅巾，此則以比紅裙。「寫榴裙」暗用王獻之書羊欣裙事，是古人有書裙之習。「紅綃褪萼」即就榴花說。曰「傷心」者，傷其「褪萼」也。過拍又從己亦老去，覺往事如一夢也。《枕中記》謂吕翁予盧生枕，夢中歷盡一生榮辱而醒，翁方炊黄粱未熟也。「黍夢」用此。換頭用招屈故事切重午。「江南古調」，《楚辭·招魂》有「魂兮歸來哀江南」句也。「薰風」二句爲今日重午景物。「澡蘭」用《大戴禮》「五月五日，蓄蘭沐浴」事。「念秦樓」二句不言己之懷歸，而以家人望己歸説，己懷歸之情自見。「剪菖蒲」酌酒，亦重午故事。《荆楚歲時記》謂端午以菖蒲一寸九節者泛酒飲之，辟瘟氣。歇拍三句，己未能歸，「但悵望、一縷新蟾，隨人天角」而已。此以景結而情在其中也。

唐圭璋《唐宋詞簡釋》：此首重午懷歸之賦。「盤絲」三句，寫當年重午玉人之裝束及睡態。「銀瓶」三句，寫當年重午飲宴歌舞之盛。「往事」一句，束上五句，用先叙後點法，點明以上皆少年舊事也。「爲當時」句，用《宋書》王獻之書羊欣白練裙事，而改「練」爲「榴」，既切睡中事，又切重午景。「傷心」句平出，歎人物都非。「黍夢」兩句承上，歎光陰迅速，風景漸變。此與白石《琵琶仙》之「春漸遠、汀洲自緑，更添了幾聲啼鴂」詞境相同。換頭提唱，從家中設想。家人望歸，如宋玉之招屈原，蓋借重午古事，以言今情也。「薰風」二句，設想家中重午景物。「念秦樓」兩句，設想家人重午之獨酌。「但悵望」兩句，轉到自身之望月懷人，重午月初生，故云「一縷新蟾」。下片「莫唱」、「難招」、「念」、「也擬」、「應」、「自」、「但」等虚字，皆能呼應傳神，而收筆清峭，亦類白石。

【考　辨】

陳洵《海綃説詞》：此懷歸之賦也。

楊箋：此爲在淮安逢端午憶伎之作。（「爲當時」三句）至重午，何以憶伎？蓋亦相逢之紀念日也。

劉永濟《微睇室説詞》：陳洵説「此懷歸之賦也」，但懷吴寓或懷越寓，不可知。

孫按：此詞題爲「淮安重午」，實爲回憶彼時彼地端午之事，夢窗年青時的淮安（當時稱楚州）之游，曾遇一歌妓，兩相情好。此後夢窗端午詞，往往觸及「斷無消息石榴紅」之隱痛，每每憶及此女子。然此詞雖憶淮安豔遇，但並非如楊説寫於淮安，與《滿江紅·甲辰歲盤門外寓居過重午》相較，知皆爲在蘇州憶揚州歌妓之作。參見《滿江紅》【考辨】。

## 玉京謡

陳仲文自號藏一，蓋取坡詩中萬人如海一身藏語。爲度夷則商犯無射宫腔，制此贈之㊀〔一〕

蝶夢迷清曉，萬里無家〔二〕，歲晚貂裘敝㊁〔三〕。載取琴書〔四〕，長安閑看桃李〔五〕。爛繡錦㊂、人海花場〔六〕，任客燕㊃、飄零誰計〔七〕。春風裏〔八〕。香泥九陌〔九〕，文梁孤壘〔一〇〕。微吟怕有詩聲〔一一〕。翳鏡慵看、但小樓獨倚㊄〔一二〕。金屋千嬌，從他鴛暖秋被〔一三〕。蕙帳移〔一四〕、煙雨孤山〔一五〕，待對影、落梅清泚〔一六〕。終不似、江上翠微流水〔一七〕。

【校議】

㊀玉京謠：《詞譜》：「文英自度曲。……按《枕中書》：『玉京，在大羅天之上。』李白詩有『手把芙蓉朝玉京』句。此文英贈陳藏一詞，見《隨隱漫録》。蓋賦京華羈旅之況，故借『玉京』以爲調名。」《詞律》：「按，此詞結句亦似《玉京秋》，或謂即是一調，但他句不合。且陳隨隱《漫録》云：『先君號藏一，夢窗吴先生爲度夷則商犯無射宫制《玉京謠》一篇相贈。』則此調創於夢窗，與《玉京秋》無涉。」《歷代詩餘》無詞題。戈選詞題中無「制此」二字。

㊁貂裘敝：明張本、毛本、戈校本作「貂裘弊」。諸本從《隨隱漫録》。杜校：「『敝』字原誤作『弊』，按此詞載入藏一之子世崇《隨隱漫録》中，從之。」鄭校：「『弊』與『敝』古同用。」

㊂繡錦：毛本、《歷代詩餘》、《詞譜》、戈校本、戈選、杜本、王朱本、朱二校本作「錦繡」。鄭氏手批：「此不須引《隨隱》證此二字，以『錦繡』恒見字也。」

㊃任客燕：明張本、毛本、戈校本作「住客燕」。諸本皆從《隨隱漫録》。

㈤微吟三句：《詞律》、《全宋詞》作七、三、五句式。《詞譜》作六、四、五句式。校曰：「雙調。九十七字，前段十句，五仄韻，後段九句，五仄韻。」朱、鄭諸名家皆從《詞譜》。鄭氏手批：「漚公校訂過片六字，萬氏以『翳』爲均，非是。……至『翳鏡』二字，余特據吴集乙稿《探芳信》第二解煞句『怕惹飛梅翳鏡』，得此碻證，而句投分明矣。」（孫按：句投即「句讀」。投，與『逗』古字通）楊箋：「萬紅友《詞律》收此詞，於『翳』字絶句，且注叶。疑誤。實於『聲』字絶，此句不用韻。」林校：「彊村先生云：『换頭三句，係六字一句，四字一句，五字一句，方入韻。有將『翳』字屬上句讀者，誤也。』細思之，誠然。此足糾正《詞律》，亟志於此。」孫按：夢窗尚有《木蘭花慢·重泊垂虹》：「陰晴。最無定處，被浮雲、多翳鏡華明。」《惜秋華·重九》：「西湖鏡掩塵沙，翳曉影、秦鬟雲擾。」亦可旁證「翳」字屬下句。

## 【注　釋】

〔一〕陳仲文：即陳郁。詳見《蕙蘭芳引·賦藏一家吴郡王畫蘭》【考辨】。贈主「藏一」之號取自蘇軾《病中聞子由得告不赴商州三首》（之一）：「惟有王城最堪隱，萬人如海一身藏。」其子陳世崇步武乃翁，亦爲隱者。宋人多有贈詩，載於《隨隱漫録》卷二，下文所引多出此卷。

〔二〕蝶夢二句：蝶夢，用莊子夢中化蝶典。崔塗《春夕》：「蝴蝶夢中家萬里，子規枝上月三更。」杜甫

《秋盡》：「不辭萬里長爲客，懷抱何時得好開。」陳郁籍貫臨川（今江西撫州），故云。

〔三〕歲晚句：盧照鄰《早度分水嶺》：「馬蹄穿欲盡，貂裘敝轉寒。」杜甫：《暮秋將歸秦留别湖南幕府親友》：「北歸衝南雪，誰憫弊貂裘。」餘詳見《月中行・和黄復庵》注〔三〕。

〔四〕載取琴書：《高士傳・陳仲子》：「楚王聞其賢，欲以爲相，遣使持金百鎰至於陵聘仲子。仲子入謂妻曰：『楚王欲以我爲相，今日爲相，明日結駟連騎，食方丈於前，意可乎？』妻曰：『夫子左琴右書，樂在其中矣。結駟連騎，所安不過容膝；食方丈於前，所甘不過一肉。今以容膝之安、一肉之味，而懷楚國之憂，亂世之害，恐先生不保命也。』於是出謝使者，遂相與逃去，爲人澆園。」

〔五〕長安句：江淹《詠美人春遊詩》：「不知誰家子，看花桃李津。」《唐摭言・矛楯》載長安僧所吟古人詩句有：「見他桃李發，思憶後園春。」下文「花場」、「春風裏」意亦相綴，寫隱者置身熱鬧喧囂之外的態度。此爲大隱朝市的境界。施樞《寄陳藏一》：「羡君朝市情俱薄，笑我山林趣未真。」

〔六〕爛繡錦二句：繡錦，爲「錦繡」之倒文。雙寫詩文與春花。陳造《題解禹玉文卷後》：「新文爛錦繡，夫我何足赴。」司馬光《看花四絶句》（之三）：「誰道群花如錦繡，人將錦繡學群花。」爛，《例釋》：「又『爛熳』，此義亦可單用一『爛』……亦均爲『盡情地』、『酣暢地』之義。」花場，兼及陳郁會盟詩壇之舉。陳世崇《隨隱漫録》卷三：「先君會天下詩盟於通都。」

〔七〕任客燕二句：客燕，燕子是候鳥，遷徙如行客。杜甫《立秋後題》：「玄蟬無停號，秋燕已如客。」孟浩然《送莫㘚兼諸昆弟從韓司馬入西軍》：「平生早偏露，萬里更飄零。」

〔八〕春風裏：與上二句頗取意石延年《平陽代意一篇寄尹師魯》：「雁聲北去燕南飛，高樓日日春風裏。」杜汝能《贈陳隨隱》亦云：「放鶴春風遠，横琴夜月遲。」

〔九〕香泥：皮光業殘句：「行人折柳和輕絮，飛燕銜泥帶落花。」　九陌：《三輔黄圖》卷一：「《漢舊儀》曰：長安城中經緯各長三十二里十八步，地九百七十三頃。九陌，三宫，九府，三廟，十二門，九市，十六橋。」代指京城臨安大道。

〔一〇〕文梁：司馬相如《長門賦》：「刻木蘭以爲榱兮，飾文杏以爲梁。」　孤壘：本指殘餘的建築物遺跡。此特指孤燕所壘之巢。　陸游《明日復欲出遊而雨再用前韻》：「新泥添燕壘，細雨濕鶯衣。」　陳氏父子杭京確有幽居。　吴大有《餞陳隨隱歸臨川》：「今日重來發長吁，忍看清平破草廬。」劉彦朝《贈陳隨隱》：「坎止流行只任天，吟廬新傍紫薇邊。　夜窗低過宫花月，曉巷深横御柳煙。」俞菊窗《賀陳隨隱以布衣除東宫掌書》：「萬人海裏辟幽扉，欲學深居只布衣。」

〔一一〕微吟句：林逋《山園小梅二首》（之一）：「幸有微吟可相狎，不須檀板共金樽。」林逋此詩中「疏影横斜水清淺，暗香浮動月黄昏」一聯最爲著名。《瀛奎律髓》卷二〇：「影暗香之聯，初以歐陽文忠公極賞之，天下無異辭。　王晉卿嘗謂此兩句杏與桃李皆可用也，蘇東坡云：可則可，但恐杏桃李不敢承當耳。　予謂彼杏桃李者，影能疏乎？　香能暗乎？　繁穠之花，又與月黄昏、水清淺有何交涉。且『横斜』、『浮動』四字，牢不可移。」通過宋人贈詩，可知陳郁家聲詩名多與林逋相關。　施樞《寄陳藏一》：「題葉恨深波影遠，嚼花吟苦月痕新。」吴大有《餞陳隨隱歸臨川》：「孤山梅花帶不歸，卻喚扁舟載童鶴。」呂三餘《賀陳隨隱以布衣除東宮掌書》：「馬歸禁苑行邊柳，鶴伴平山隱處梅。」

〔一二〕翳鏡二句：化用杜甫《江上》詩意：「勳業頻看鏡，行藏獨倚樓。」翳，塵掩。

〔一三〕金屋二句：用金屋藏嬌典。白居易《長恨歌》：「後宮佳麗三千人，三千寵愛在一身。金屋妝成嬌侍夜，玉樓宴罷醉和春。」從，《匯釋》：「猶任也；聽也。」鴛，猶言「鴛行」、「鴛鷺行」。比喻朝官的行列。陳郁父子皆受皇帝青睞，度宗賜陳郁有「文窺先漢，詩到盛唐。侍余左右，知汝忠良」。吴大有《餞陳隨隱歸臨川》對理宗寵渥父子及二人隱居臨川的生活進行了比較：「春雨騎牛對煙草，何如振衣隨龍五雲表。秋霜黄獨煨地爐，何如駝峰犀箸食天厨。林間食葉抄詩句，何如宫妃捧硯揮毫處。溪邊照影著荷衣，何如龍門應制奪錦時。」對於「入宫畫蛾眉，胡爲衆女妬」（黄力叙《送陳隨隱江西》）的政治生態，陳郁能淡然處之。

〔一四〕移：雙用文體和移動兩層意思。蕙帳：孔稚圭《北山移文》：「蕙帳空兮夜鶴怨，山人去兮曉猿驚。」

〔一五〕煙雨孤山：林逋隱居地。

〔一六〕待對影二句：猶言對窗外梅影，詳見《浣溪沙·仲冬望後》注〔五〕。「待」字領起「蕙帳移」以下四句，寫其身在朝市，卻能似林逋以詠梅爲生涯。

〔一七〕終不似二句：此寫其歸隱故鄉的心願。陳氏父子果於丙寅即咸淳二年（一二六六）歸隱江西。吴大有《餞陳隨隱歸臨川》：「翩然歸去大江西，二疏父子還相隨。故鄉分得雲水地，卻喜不爽漁樵期。」

【集　評】

俞陛雲《唐五代兩宋詞選釋》：題旨重在藏身，若以「斯人獨憔悴」之意實賦其事，便落恒蹊。觀其「錦繡」三句以「客燕」爲喻，遂句意並列而有「飄零誰計」句，則其棲棲不得已之懷，自在言外。結句有高遠之致。

【考　辨】

陳世崇《隨隱漫録》卷二：「先君號藏一，蓋取坡詩『惟有王城最堪隱，萬人如海一身藏』之句。夢窗吴先生文英爲度夷則商犯無射宫，制《玉京謡》云（詞略）。」

岳珂《藏一話腴·序》：「陳藏一，以詩文名世。真西山、劉漫塘、陳習庵交稱之。余始過，其語：今觀所述《話腴》，博聞强記，出入經史，研考本末，則可法度。而風月夢怪，嘲謔詼諧，淫麗氣習净洗無遺，豈非自『思無邪』三字中踐履純熟致是耶？乃知三君子可謂具眼矣。嘗謂近時江湖詩人多，然不誇而誕，則空而迂，流干謁者皆是。惟藏一閉户終日，窮討編籍，足不蹈毁譽之域，身不登權勢之門，及叩其中，則詞源學海，浩乎莫之涯涘。若藏一豈多得哉？詩史曰：讀書破萬卷，下筆如有神。因爲藏一誦而並書之編首云。」

《四庫全書〈藏一話腴〉提要》：「宋陳郁撰。郁字仲文，號藏一，臨川人。理宗朝充緝熙殿應制，又充東宮講堂掌書，始末略見其子世崇《隨隱漫録》中。世崇載度宗嘗贊郁像有『文窺西漢，詩到盛唐』之語，寵奬甚至，岳珂序稱其『閉户終日，窮討編籍，足不蹈毀譽之域，身不登權勢之門』。然劉塤《隱居通議》有度宗御札跋，惜其下訪陳郁父子之卑陋。又周密《武林舊事》載諸色伎藝人姓名，所列御前應制者八人，姜特立爲首而郁居第四，則郁亦特立之流。惟特立名列《宋史·佞幸傳》而郁不與焉，似乎未可同日語耳。語詳《隱居通議》條下。」

據《四庫提要辨證》卷一八《隨隱漫録》引《臨川陳氏族譜》附周端禮《故宫講陳公隨隱先生行狀》。陳世崇（一二四五至一三〇九），字伯仁，號隨隱。其《隨隱漫録》卷三：「先君會天下詩盟於通都，隨隱才十二三。諸先生以孺子學詩可教，而教以詩。」此詞寫於杭州，與詞中所記會盟詩壇的情形仿佛，略知詞寫於寶祐四年（一二五七）前後，這時夢窗再客蘇州，或者已入嗣榮王趙與芮幕中，夢窗共贈陳郁三首詞作，應寫於同時。

## 探芳新㊀　林鐘羽㊁

吴中元日承天寺遊人㊂〔一〕

九街頭㊃〔二〕，正軟塵潤酥㊄〔三〕，雪消殘溜〔四〕。禊賞祇園〔五〕，花豔雲陰籠晝〔六〕。層梯峭空麝散㊅〔一七〕，擁淩波〔一八〕、縈翠袖〔一九〕。歎年端、連環轉㊆〔二〇〕，爛漫遊人如繡㊇〔二一〕。腸斷迴廊佇久〔二二〕。便寫意濺波，傳愁蹙岫〔二三〕。漸没飄鴻㊈，空惹閒情春瘦〔二四〕。椒杯香乾醉醒㊉〔二五〕，怕西窗、人散後〔二六〕。暮寒深⑪，遲回處、自攀庭柳⑫〔二七〕。

【校議】

㊀《詞譜》詞調作《采芳新》。校曰：「此調淵源似出《探芳訊》，但攤破句法，移换宮調，自成新聲，即與《探芳訊》不同，故另編一體。此詞可平可仄，亦無别首可校。」《詞律》：「按此調余向疑即是《探芳信》。以『新』、『信』二字音相近也。」孫按：《探芳訊》與《探芳信》確爲同調異名。周密《探芳信·西泠春感》，詞調或作《探芳訊》，别題作「西湖春感」，仇遠《探芳信·和草窗西湖春感詞》、張炎《探芳信·西湖春感寄草窗》、李彭老《探芳訊·湖上春遊繼草窗韻》皆爲同調和韻之作。《詞律》又疑此與集中憶兄翁石龜之《探春慢》一調極有淵源：「（《探春慢》）因句法有别，故不敢收入《探芳信》後。今查與前夢窗『苔徑曲』一首頗爲相合，故附於此。首句三字雖異，而以下多同。至『縈翠袖』、『人散後』之平仄仄，與前詞之『愁蝶舞』、『乘興去』平仄尤合。『濺』字去聲亦與前詞『並』字同，至後段起處、尾處，一字無殊，益信前結誤多『轉』字矣。是則《探芳新》之即是《探春慢》無疑，況俱以『探』字爲題乎？但雖附此於末，而仍《探芳新》之名，以質諸高明

者。」鄭氏手批觀點相同：「此夢窗自度，與《探春曼》音調字律悉同，只上結多一『轉』字，何以别爲兩調，義不可解。明鈔以《探春曼》附末，蓋以無它作可校也。」

㈡明張本無宫調。《鐵網珊瑚》、朱二校本、四明本作「（自度腔）高平」。底本略「自度腔」三字。鄭氏手批：「『高平』爲調名，此題當依據《鐵網珊瑚》改定。」底本眉批：「正名林鐘羽。」兹據朱四校本、《全宋詞》。

㈢《鐵網珊瑚》、朱二校本、四明本詞題作「賦元日能仁寺薄遊」。王校：「承天寺，又名能仁寺。在蘇州府治西北隅。見《明一統志》。」鄭校：「毛刻作『吴中元日承天寺遊人』，脱自度宫調名。案『承天寺』，以宣和中禁用『天』字，易名『能仁』，見《中吴見聞》。杜、王二刻並從毛本，非是。」戈校本詞題下注「范選」。

㈣九街頭：《詞譜》「頭」字下注「叶」。杜校：「首句『頭』字，《詞譜》注韻爲平仄通叶。」

㈤潤酥：《詞譜》、杜本作「酥潤」。

㈥峭空：明張本、毛本、《歷代詩餘》、戈校本奪「峭」字。毛扆本：「『空』下脱一字。」《詞律》：「『層梯』句照後『椒杯』句，宜亦六字，乃落一字也。」杜校：「《詞律》訂作『漫』字。今遵《詞譜》改正。」諸本從之。鄭校：「毛刻脱『峭』字，杜校云：『遵《詞譜》補。』王校亦未從《鐵網珊瑚》本訂正（孫按：王朱重刻本已據《鐵網珊瑚》訂正）。是知《詞譜》雖官書，非無徵據也。」

⑦連環轉：《詞律》：「『連環』句有誤，想『轉』字誤多耳。」

⑧爛漫：《鐵網珊瑚》、明張本、毛本、戈校本作「爛熳」。《例釋》：「又『漫』字或改水旁從火……沈德潛亦有説云：『考《説文》、《玉篇》等書，從無「熳」字；而王文考《魯靈光殿賦》有「流離爛漫」句，韓昌黎《南山詩》有「爛漫堆衆皺」句，皆「爛」旁從火，「漫」旁從水。改「漫」爲「熳」，不知起於何時。……杜詩「衆雛爛熳睡」俱從火旁，然是後代鐫本所訛，不可引以爲據。』一個字受前面一個字形體的影響而改變偏旁，是文字發展中屢見不鮮的現象，沈氏的説法是可信的。」據知「爛熳」同「爛漫」。

⑨飄鴻：《詞譜》、杜本作「飄紅」。戈校：「范本作『飄紅』。」

⑩椒杯句：《詞律》疑「香乾」爲「香朝」。《詞律》：「『椒杯』下『香乾』亦必誤。文理難解。『香』字該仄聲字，『乾』字或是『朝』字之訛。」戈校：范本無「乾」字。杜本從《詞律》之疑作「香朝」。孫按：椒杯香乾，謂喝乾了用花椒浸制的酒，餘香殘留杯中。不誤。

⑪暮寒：戈校：「范本作『春雲』。」

⑫庭柳：《詞律》作「花柳」。戈校范選同。

**【注釋】**

〔一〕承天寺：即蘇州能仁寺，原名重玄寺。宋代有春節遊佛寺道觀的習俗。

〔二〕九街：即九衢，九交道也。《三輔黄圖》卷一：「《三輔決録》曰：長安城面三門，四面十二門。皆通達九衢，以相經緯，衢路平正，可並列車軌。」薛能《送浙東王大夫》：「九街鳴玉勒，一宅照紅旌。」

〔三〕軟塵潤酥：形容京城雨後景象，亦喻京城繁華。

〔四〕雪消殘溜：雪後屋簷懸結的冰溜正在融化。魏收《棹歌行》：「雪溜添春浦，花水足新流。」范成大《次韻子永雪後見贈》：「雪瓴待伴半陰晴，竟日簷冰溜雨聲。」

〔五〕禊賞：爲禊除不潔及厄運的節日例行活動。《續編珠》卷一：「《玉燭寶典》曰：元日至月晦，人並爲酺食度水，士女悉湔裳，酹酒於水湄，以爲度厄。」萬齊融《三日緑潭篇》：「佳人祓禊賞韶年，傾國傾城並可憐。」　祇園：「祇樹給孤獨園」的簡稱。《淵鑒類函》卷三一六：「釋典云：佛在祇（一作祇）樹給孤獨園。《經律異相》云：須達多長者白佛言：『弟子欲營精舍，請佛住。惟有祇陀太子園，廣八十頃，林木郁茂可居。』白太子。太子戲曰：『滿以金布，便當相與。』長者出金布八十頃，精舍告成。凡千三百區，故曰祇樹給孤獨園。」後用爲佛寺的代稱。王勃《益州德陽縣善寂寺碑》：「祇園興板蕩之悲，沙界積淪胥之痛。」

〔六〕花豔：《清商曲·襄陽樂》：「大堤諸女兒，花豔驚郎目。」　此句亦《浣溪沙·觀吴人歲旦遊承天》「千蓋籠花鬭勝春。東風無力掃香塵」之意。

〔七〕層梯峭空：參見《浣溪沙·觀吴人歲旦遊承天》【考辨】中韋應物詩。李建中《開垣曲山路成》：「峭空崖背落，鬭截嶺西横。」　麝散：劉遵《繁華應令詩》：「腕動飄香麝，衣輕好任風。」此特指元日遊覽時仕女衣裳麝香飄散。周邦彦《解語花·上元》：「簫鼓喧，人影參差，滿路飄香麝。」

〔八〕擁淩波：美女簇擁。

〔九〕縈翠袖：如謂「連衽成帷，舉袂成幕」，詳見《婆羅門引·郭清華席上》注〔三〕中《戰國策·齊策一》。

〔一〇〕歎年端二句：謂年復一年若兩環相貫。連環，《莊子·天下》：「今日適越，而昔來連環可解也。」郭象注曰：「夫物盡於形，形盡之外，則非物也。連環所貫，貫於無環，非貫於環也。若兩環不相貫，則雖連環故可解也。」也可指遊人在層梯上盤旋而上。

〔一一〕爛漫遊：白居易《病中詩十五首·枕上作》：「甘從此後支離卧，賴是從前爛漫遊。」爛漫，沈德潛《說詩晬語》卷下：「詩人每用『爛熳』字，玩詩意用淋漓酣足之狀。」《例釋》：「表程度高，有『多』、『深』之義。……由『多』、『深』義稍作引申，『爛漫』又可表『盡情地』、『酣暢地』之義。」與下文「醉醒」化用元稹《懼醉》詩意：「殷勤懼醉有深意，愁到醒時燈火闌。」

〔一二〕腸斷：李白《游秋浦白笴陂二首》（之二）：「故鄉不可見，腸斷正西看。」詳見《風流子·前題》注〔一三〕。　迴廊竚久：賀鑄《更漏子》：「曲闌干，凝佇久。薄暮更堪搔首。」竚，凝竚。

〔一三〕便寫意二句：韋應物《登重玄寺閣》「山川表明麗，湖海吞大荒」，可證登寺可眺山水。寫意，《戰國策·趙策二》：「忠可以寫意，信可以遠期。」

〔一四〕閒情：指男女之情。唐昭宗《巫山一段雲》：「春風一等少年心，閒情恨不禁。」春瘦：李商隱《贈歌妓二首》（之二）：「只知解道春來瘦，不道春來獨自多。」以上二句寫閨中人數盡鴻雁，卻不見傳書，故牽惹相思春瘦。

〔一五〕椒杯香乾：《太平御覽》卷二九：「崔寔《四民月令》曰：元日進椒柏酒，椒是玉衡星精，服之令人身輕能（原注：音「奈」）老，柏是仙藥。又云：進酒次第當從小起，以年少者爲先。」《類説》卷四四：「崔寔《月令》曰：正旦，各上椒酒於其家長，稱觴舉壽，欣如也。」椒杯，范成大《占星者謂命宫月孛獨行無害但去年復照作災今年正月一日已出而歲星作福戲書二絶》（之一）：「久住靈遊今日過，曆翁歡喜勸椒杯。」下句「西窗」意入於此，寫回憶中的温馨景象。

〔一六〕怕西窗二句：杜甫《送重表侄王砅評事使南海》：「俄頃羞頗珍，寂寥人散後。」

〔一七〕自攀庭柳：《古詩十九首》：「庭中有奇樹，緑葉發華滋。攀條折其榮，將以遺所思。」蕭子雲《春思詩》：「池荷正卷葉，庭柳復垂簷。」

【集　評】

陳鋭《褎碧齋詞話》：詞中偶句有雙聲字，必用疊韻字對者，近人均未講求及此。夢窗甲稿《探芳新》上闋收二句云：「歎年端、連環轉，爛漫遊人如繡。」「歎」至「漫」八字連疊，則創見也。

夏敬觀評語：「椒杯」句未安。

【考辨】

此詞爲《鐵網珊瑚》所收夢窗新詞稿十六首之第九首。癸卯即淳祐三年（一二四三）寫於蘇州。此年春節夢窗尚獨客蘇州異鄉，詞屬寄内之作。

## 鳳池吟㊀

慶梅津自畿漕除右司郎官㊁〔一〕

萬丈巍臺，碧罘罳外〔二〕，衮衮野馬遊塵〔三〕。舊文書几閣〔四〕，昏朝醉暮，覆雨翻雲〔五〕。忽變清明〔六〕，紫垣敕使下星辰〔七〕。經年事靜〔八〕，公門如水〔九〕，帝甸陽春〔一〇〕。長安父老相語㊂，幾百年見此，獨駕冰輪〔一一〕。又鳳鳴黄幕〔一二〕，玉霄平遡〔一三〕，鵲錦新恩㊃〔一四〕。畫省中書㊄〔一五〕，半紅梅子薦鹽新㊅〔一六〕。歸來晚，待賡吟㊆、殿閣南薰㊇〔一七〕。

【校議】

㊀《詞譜》：「此調只此一詞，無別首可校。」

㊁《歷代詩餘》詞題作「慶梅津除右司郎官」。戈校本詞題下注「范選」。

㊂長安：明張本作「長老」。毛本、《歷代詩餘》、《詞律》、《詞譜》、戈校本、杜本、王朱本、朱二校本作「長年」。底本、朱四校本、四明本作「長□」。然底本校曰：「疑當作『長安』。」《全宋詞》據改。茲從之。

㊃新恩：明張本、毛本、《歷代詩餘》、《詞律》、戈校本、王朱本作「輕恩」。杜本、朱二校本據《詞譜》改。

㊄晝省：明張本、毛本、《歷代詩餘》、《詞律》、戈校本、王朱本作「事省」。杜本、朱二校本據《詞譜》改。

㊅半紅：杜本作「半黄」。校曰：「從戈選改正。」戈校本作「半紅」，戈選無此首，杜氏應爲誤記。

㊆賡吟：明張本、毛本、《歷代詩餘》、《詞律》、王朱本作「慶吟」。杜本、朱二校本據《詞譜》改。鄭氏手批：「今校吴詞，多以《欽定詞譜》爲官書，不盡足徵。即顯見其是處，卻以爲當時無據，寧從汲古相承之譌舛。不知毛本寔未述及所據何刻，其紕繆踳駁，動出於校者臆改，未若求是心安也。當據《詞譜》訂汲古，『輕』以音訛，『事』、『慶』並以形訛，此誤顯爲傳寫之繆，仍沿其舊何居？」

㊇閣南：戈校本：「范本作『角南』。」

## 【注　釋】

〔一〕右司：尚書省右司的簡稱。郎官：可指尚書省右司郎中和員外郎兩職。此應指後者。幾漕：

南宋時地處京畿的兩浙轉運司。《宋史·賈似道傳》：「似道雖深居，凡臺諫彈劾、諸司薦辟，及京尹、畿漕一切事，不關白不敢行。」此亦代指尹焕所任兩浙轉運司判官之職。

〔二〕萬丈二句：庾肩吾《洛陽道》：「日起罘罳外，車回雙闕前。」巍臺，京城中的雙觀臺。典例見《水龍吟·送萬信州》注〔八〕。因畿漕官署在畿郊，故曰在京城門觀與罘罳之外。

〔三〕衮衮句：衮衮，相繼不絶貌。杜甫《醉時歌·贈廣文館博士鄭虔》：「諸公衮衮登臺省，廣文先生官獨冷。」秦觀《秋興擬杜子美》：「車馬憧憧諸道路，市朝衮衮共埃塵。」野馬遊塵，語出《莊子·逍遥遊》：「野馬也，塵埃也。生物之以息相吹也。」郭象注曰：「野馬者，遊氣也。」成玄英疏：「此言青春之時，陽氣發動，遥望藪澤之中，猶如奔馬，故謂之野馬也。」畿漕掌管財賦運輸，故云。

〔四〕舊文書句：《漢書·刑法志》：「文書盈於几閣，典者不能遍睹。」

〔五〕覆雨翻雲：杜甫《貧交行》：「翻手作雲覆手雨，紛紛輕薄何須數。」《九家集注杜詩》趙彦材注云：「前漢陸賈謂尉佗曰：越殺王降漢，如反復手耳。又，晉劉牢之曰：豈不知今日取豆元，如反復手耳。」晁補之《示弟》：「譙都司馬拙依然，翻手爲雲絶可憐。」鍾振振《讀夢窗詞札記》箋以上三句曰：「蓋言梅津（尹焕）未任畿漕判官（即兩浙轉運使司判官）之前，漕署内官吏『昏朝醉暮』，職事荒弛；更有甚者，徇私舞弊，翻手爲雲，覆手爲雨。」可備一説。

〔六〕忽變清明：清明，此指漕署職掌相對明確。宋代始於轉運使下設判官，職位略低於副使，稱轉運判官，簡稱「運判」。《事物紀原》卷六「節鉞帥漕·運判」條：「開寶五年八月九日，以潘美、尹崇珂並兼領嶺南轉運使，以轉運使王明爲副使，許允言爲判官，則轉運之有判，自此其始也。太平興國三年四月十日，置諸道轉運判官。」宋代轉運司職掌總一路利權以歸上，兼糾察官吏以臨郡。經度本路租税、軍儲，供邦國之用，郡縣之費；分巡所部，檢察儲積，審核帳册，刺舉官吏臧否，薦舉賢能，條陳民瘼，興利除害，勸課農業，並許直達。運判與正使、副使同負「臨按道」之責，同僉書本司公事。

〔七〕紫垣：以星座借指皇宫。楊億《梁舍人奉使巴中》：「紫垣遣使非常例，應有星文動九霄。」令狐楚《發潭州日寄李寧常侍》：「君今侍紫垣，我已墮青天。」

〔八〕經年：此指經過一年。尹焕淳祐六年任轉運司判官，七年即除右司。

〔九〕公門如水：《漢書·鄭崇傳》：「上責（鄭）崇曰：『君門如市人，何以欲禁切主上。』崇對曰：『臣門如市，臣心如水。願得考覆。』」顔師古注「言請求者多交通賓客」、「言至清也」。

〔一〇〕甸：《周禮·天官》：「三曰邦甸之賦。」賈公彦疏：「郊外曰甸，百里之外，二百里之内。」陽春：雙指京畿自然及政治春色。沈約《梁鼓吹曲·昏主恣淫慝》：「悠悠億萬姓，於此覩陽春。」

〔一一〕長安三句：長安父老，《漢書·文帝紀》：「魏帝留止閿鄉，遣太祖討之。長安父老見太祖至，悲且喜曰：『不意今日復得見公！』」冰輪，王初《銀河》：「歷歷素榆飄玉葉，涓涓清月濕冰輪。」楊箋謂此喻其升轉之速。

〔一二〕鳳鳴黄幕：《世説新語·賞譽》：「張華見褚陶。語陸平原曰：『君兄弟龍躍雲津，顧彦先鳳鳴朝陽，謂東南之寶已盡，不意復見褚生。』」黄幕，皇家簾幕。王同祖《端門觀習肆赦儀二首》（之二）：

「兩邊黃幕護朱簷，中貴當頭候捲簾。」

〔一三〕玉霄：借指天子居所。常建《古意三首》（之二）：「玉霄九重閉，金鎖夜不開。」

〔一四〕鵲錦新恩：鵲錦，四品、五品官服的佩綬。《宋史・輿服四》：「兩梁冠：犀角簪導，銅劍、佩，練鵲錦綬，銅環，餘同三梁冠。四品、五品侍祠朝會則服之。」就職事官而言，尹煥此時尚在從六品。預爲祝語，故曰「新」。

〔一五〕畫省中書：畫省，尚書省別稱。沈佺期《送韋商州弼》：「累年同畫省，四海接文場。」中書，宰相總辦公處。唐初設在門下省，後遷到中書省。北宋就中書内省設政事堂，簡稱中書。元豐改制後，以尚書省都堂爲宰相辦公所在地。宋代左右司是尚書省的重要機構，左右司號稱宰掾，左右司長官更是宰相的儲備人選。《宋會要輯稿・職官》四之二三：「三省進擬右司郎中，上謂輔臣曰：『《神宗聖訓》云：左右司便是學爲宰相，豈不可謹擇？』」

〔一六〕半紅句：此處與《漢宫春・壽梅津》意同：「春未了，紅鹽薦鼎，江南煙雨黃時。」也可與《暗香疏影・賦墨梅》參看：「相將初試紅鹽味，到煙雨、青黃時節。」意思是以紅鹽漬梅，以薦鼎鼐之用。《尚書・説命下》：「若作和羹，爾惟鹽梅。」孔氏傳：「鹽咸梅醋，羹須咸醋以和之。」往往喻指治理國家的才能。半，指半青半黃的梅子。紅，與「鹽」字爲詞組。《新五代史・四夷傳》謂回鶻産紅鹽，南海亦産色赤之鹽。蘇軾《橄欖》：「紛紛青子落紅鹽，正味森森苦且嚴。」陳鵠《耆舊續聞》卷二：「徐師川云：『……世只疑「紅鹽」二字，以爲別有故事，不知此即《本草》論鹽有數種：北海青，南海赤。橄欖生於南海，故用紅鹽也。』」宋代漬梅也用紅鹽。陳克《浣溪沙》：「何物與儂供醉眼，半黄梅子帶紅鹽。」新，初試調鼐之用。暗嵌尹焕字號中的「梅」字，並喻其在尚書省機構中小試鋒芒。

〔一七〕歸來晚三句：暗用《舊唐書·柳公綽傳》中學士柳公權以「薰風自南來，殿閣生微涼」賡和唐文宗詩句，獨受讚賞事。預祝梅津能榮升爲學士院中的文學侍從官，這是宋代文人最爲豔羡的位置。

【考　辨】

朱箋：《咸淳臨安志》秩官門，兩浙轉運名氏尹焕下注，淳祐六年，運判；七年，除左司。則此詞淳祐七年也。特左司異耳。

夏箋：《癸辛雜志·別集下》：徐霖伏闕詆史崇（嵩）之條，「帝令左司尹焕面留」云云。依《臨安志》作「左司」是也（孫按：夏氏亦以此詞繫於淳祐七年）。

孫按：前賢據《咸淳臨安志》、《癸辛雜志》，以爲夢窗詞題中的「右司」誤。然據《宋史·職官九》叙遷之制，可旁證尹梅津實應轉右司即「常調轉員外郎者轉右曹」，「任發運、轉運使副，三司、開封府判官，左曹轉左名曹。內無出身只轉祠部、度支、司封，有出身合轉右名曹。准此，任三司副使，知雜，修撰，修起居注，直舍人院，轉左名曹。」尹梅津仕歷中未任轉運副使等職，然曾中進士，屬於有出身者的常轉，應轉右曹而非左曹。宋代史料以及正史也可以輔證「運判」可轉右司，再轉左司的仕歷。如《會稽志》（卷十五）：「陳槖出爲江西轉運判官，徙知台州……除司勳郎，轉右司郎官，明年遷左司。」《宋史》（卷三百四十四）：「（孫覺）提舉利州、湖南常平，改京西轉運判官，入爲右司員外郎。」夢窗詞作與官制的兩相夾證，證明夢窗詞題中的「右司郎官」或不誤。如前《塞翁吟・餞梅津除郎赴闕》所考，尹煥此時應除右司員外郎之任，時在淳祐七年，詞寫於杭州。

## 暗香㊀ 夷則宮㊁

送魏句濱宰吴縣解組，分韻得闔字㊂〔一〕

縣花誰葺〔二〕。記滿庭燕麥〔三〕，朱扉斜闔〔四〕。妙手作新〔五〕，公館青紅曉雲濕〔六〕。天際疏星趁馬〔七〕，簾畫隙㊃〔八〕、冰弦三疊〔九〕。盡换卻、吴水吴煙，桃李靚春靨〔一〇〕。風急。送帆葉〔一一〕。正雁水夜清〔一二〕，卧虹平帖〔一三〕。軟紅路接〔一四〕。塗粉闈深早催入〔一五〕。懷暖天香宴果〔一六〕，花隊簇〔一七〕、輕軒銀蠟㊄〔一八〕。便問訊㊅、湖上柳，兩堤翠匝㊆〔一九〕。

**【校議】**

㊀ 明張本詞調作《暗香疏影》，與下闋《賦墨梅》詞同調。並在後闋詞調下注曰：「前用《暗香》腔，

後用《疏影》腔。」朱二校眉批：「原本亦作《暗香疏影》，誤。」底本據毛本改。諸本似皆不以《暗香疏影》爲一調。多以《暗香》、《疏影》二調准衡之。江藩《全清詞鈔》卷一六：「白石老仙制《暗香》、《疎影》二曲，本仙吕宫。……蓋二曲本用去聲，以入代去，多纏聲而流美矣。此夢窗、蘋洲、玉田所以謹守成法而不變。」鄭氏手批：「（葺）入作平。白石『玉』字亦然，此律之微妙。玉田《賦荷》亦用此譜，然多逕改作平，以意爲簡易，不可從也。」「白石《暗香》、《疏景》，曲中凡三字逗，皆確用夾協例。今以夢窗是詞審之，信然。爰以墨圈點出，以示學者（隙、卻、急、簇）。」杜本鄭批：「曾校白石《暗香》、《疏影》二曲，皆仙吕宫，其旁譜字並同。曲中凡三字句逗並用入聲字夾協，今讀文英詞亦如是，乃信前説非孤證也。二曲本石帚自製，後之作者每於詞忽之，獨夢窗陳其細趣，蓋能得詞律之精微者，南宋亦不數覯耳。」《暗香》、《疏影》二調又名《紅情》、《緑意》。《詞律》：「『公館』至『換卻』與後『塗粉』至『問訊』同。此調惟堯章創之，君特填之耳。觀其步趨原曲，如此謹嚴，所謂斷髭踏醋，令人有擊缽揮毫之懼。姜詞首句第三字是『月』字，譜俱作仄。觀此『誰』字則知可用平。『吴水』，姜作『竹外』，可知『竹』字可平。『送帆葉』，姜作『正寂寂』，可知第二個『寂』字作平。『卧虹』，姜作『夜雪』，可知『雪』字作平。有此一闋，姜遂不孤矣。至《圖譜》所注於『作』字、『靚』字、『送』字、『夜』字、『軟』字、『問』字、『兩』字，俱作可平，而『花隊簇輊（輕）軒』五字謂可用仄平平仄仄，則其見太廣，其説太玄，非愚之淺鄙所識矣。按詞調有《紅情》、《綠意》二體，向原疑爲巧立名色，近校之，即《暗香》、《疎影》二詞也。」《詞譜·發凡》亦曰：「又如《紅情》、《綠意》，其名甚佳，而再四玩味，即《暗香》、《疎影》也。」

㊁明張本、底本作「仙吕宮」。底本眉批：「正名夷則宮。」兹據朱四校本、《全宋詞》。

㊂《歷代詩餘》無詞題。戈校本詞題下注「范選」。

㊃簾晝：毛本、《歷代詩餘》、《詞律》、戈校本、杜本、王朱本、朱二校本作「晝簾」。

㊄銀蠟：毛本、杜本作「銀燭」。毛扆本：「『燭』應『蠟』方叶。」戈校本旁注「蠟」字。王朱本據《詞律》改，諸本從。明張本正同。鄭校：「以意近訛。」

㊅便問訊：底本、朱四校本作「更問訊」，未知所據。兹從明張本、毛本、《歷代詩餘》、《詞律》、戈校本、杜本、王朱本、朱二校本、四明本。

㊆兩堤：明張本作「雨堤」。

【注釋】

〔一〕魏句濱：即魏庭玉。又作魏廷玉。吴縣：宋屬平江府。《宋史·地理四》：「平江府，望，吴郡。太平興國三年，改平江軍節度。本蘇州，政和三年，升爲府。紹興初，節制許浦軍。」有屬縣六：吴縣、長洲、昆山、常熟、吴江、嘉定。解組：此指秩滿入朝改官。

〔二〕縣花：猶言桃李花。用潘岳爲縣令典。岑參《送宇文舍人出宰元城》：「縣花迎墨綬，關柳拂銅章。」

〔三〕滿庭燕麥：謂庭院荒蕪。劉禹錫《再游玄都觀絶句》詩序：「人人皆言，有道士手植仙桃，滿觀如紅霞……重游玄都觀，蕩然無復一樹，唯兔葵燕麥動摇於春風耳。」燕麥，野生於廢墟荒地間，燕雀所食。《爾雅·釋草》：「蘥，雀麥。」郭璞注：「即燕麥也。」

〔四〕朱扉斜闔：朱漆大門關不嚴實。　以上三句爲「葺」字張本，寫縣衙廳堂院落修葺前的破敗荒廢。

〔五〕妙手：技藝高超的人。蔡洪《圍棋賦》：「命班爾之妙手，制朝陽之柔木。」　作新：《書·康誥》：「汝惟小子，乃服惟弘王，應保殷民。亦惟助王，宅天命，作新民。」孔傳：「弘王道，安殷民，亦所以惟助王者居順天命，爲民日新之教。」本意謂教導殷民，服從周的統治。後因以「作新」比喻教化百姓，移風易俗。這裏兼用字面義，含「葺新」之意。

〔六〕公館：《禮記·曾子問》：「《禮》曰：公館復，私館不復。」鄭玄注：「公館，若今縣官舍也。公所爲君所命使舍己者。」孔穎達疏：「公館，謂公家所造之館，與公命所使停舍之處。」此處應特指貢院南面的縣學等建築。　青紅濕：建築物剛剛修繕完畢。「雲」字兼謂建築聳入雲霄。

〔七〕馬：此謂簷馬，亦稱鐵馬、風鈴。掛在屋簷下，風起則丁東作聲，聲如佩玉相擊。許玠《漢宫春夜》：「渴龍滴水續銅壺，簷馬呼風摇玉佩。」韓偓《雨後月中玉堂閑坐》：「夜久忽聞鈴索動，玉堂西畔響丁東。」秦觀《睡足軒二首》（之二）：「最是人間佳絶處，夢殘風鐵響丁東。」

〔八〕簾晝隙：吴均《詠雪詩》：「微風摇庭樹，細雪下簾隙。」

〔九〕冰弦三疊：冰弦，傳説中用冰蠶絲作的琴弦。蘇軾《減字木蘭花·琴》：「神閑意定。萬籟收聲天地靜。玉指冰弦。」三疊，音樂的段落。李白《廬山謡寄盧侍御虚舟》：「早服還丹無世情，琴心三疊道初成。」簷馬相擊與琴聲相類。《通雅》卷三〇：「鐵馬名曰『丁當』，玉佩亦曰『丁當』，或作『叮噹』。……丁東，聲也。佩聲、弦聲皆稱之。又作『丁當』者，蓋『東』、『當』二音古通用也。」李石《聽水琴》：「本自無弦奏凱風，水流空洞作丁東。」以上三句形容修葺後縣宇建築壯麗，夜晚仰視，簷馬似欲與星星相觸；白晝静聆，簷馬聲隨風傳入簾中，似琴樂鼓動。夢窗《燭影摇紅·越上霖雨應禱》中「秋入燈花，夜深簷影琵琶語」，亦以樂聲形容簷馬之聲。

〔一〇〕盡换三句：承開篇用潘岳桃李一縣花典，稱頌魏庭玉使吴縣縣衙面貌及當地風俗焕然一新。並化用周邦彦《鎖窗寒》中「桃李自春，小唇秀靨」句意。吴水吴煙，杜牧《題桐葉》：「三吴煙水平生念，寧向閒人道所之。」江淹《秋至懷歸詩》：「楚關帶秦隴，荆雲冠吴煙。」據蘇州府志，知魏庭玉從嘉熙四年（一二四〇）至淳祐三年（一二四三）整個任期皆在吴縣。既寫魏氏任上重視文教，引導風俗向化，也爲縣治美錦堂、河陽圖亭實録。《姑蘇志》卷二三：「（知縣廳）廳東有勤清堂，淳祐初魏廷玉建，劉震孫命名，王遂記。開禧間，吴機創明恕堂，饒虎臣改美錦堂。山上有琅然亭，東南有亭名河陽圖（趙汝祉取桃李雜植因名）。」

〔一一〕風急二句：梁元帝《燕歌行》：「那堪春日上春臺，乍見遠舟如落葉。」皎然《送簡棲上人之建州覲使君舅》：「氍花新雨淨，帆葉好風輕。」

〔一二〕雁水夜清：形容夜宴餞席離別的音樂。姜夔《解連環》：「爲大喬、能撥春風，小喬妙移箏，雁啼秋水。」

〔一三〕卧虹：喻垂虹橋。　平帖：高蟾《偶作二首》（之一）：「丁當玉佩三更雨，平帖金閨一覺雲。」

〔一四〕軟紅路接：代指京城大道。

〔一五〕塗粉闈：猶言「粉省」。尚書省的别稱。《太平御覽》卷二一五引漢應劭《漢官儀》：「尚書郎主作文書起草，夜更直五日於建禮門内。……奏事明光殿，省皆胡粉塗畫古賢人烈女，郎握蘭含香，趨走丹墀奏事。」

〔一六〕懷暖句：天香暖，何遜《九日侍宴樂游苑詩》：「晴軒連瑞氣，同惹御香芬。」賈至《早朝大明宫呈兩省僚友》：「劍佩聲隨玉墀步，衣冠身惹御爐香。」懷宴果，合用《左傳·隱公元年》及《三國志·吴志·陸績傳》典：「潁考叔爲潁谷封人，聞之。有獻於公，公賜之食。食舍肉，公問之。對曰：『小人有母，皆嘗小人之食矣。未嘗君之羹，請以遺之。』」「績年六歲，於九江見袁術。術出橘，績懷三枚，去，拜辭墮地，術謂曰：『陸郎作賓客而懷橘乎？』績跪答曰：『欲歸遺母。』術大奇之。」據此知其家眷在杭京。

〔一七〕花隊簇：宫中宴會皆賜花，並有等差。詳見【考辨】。

〔一八〕輕軒：古代田獵之車。張衡《東京賦》：「乃御小戎，撫輕軒。」左思《吴都賦》：「飛輕軒而酌緑酃，方雙轡而賦珍羞。」此泛指天子車駕。　銀蠟：宫殿中的蓮燈巨燭。

〔一九〕便問訊三句：兩堤，白堤和蘇堤。預想其與同僚共游西湖的盛況。

【集評】

夏敬觀評語：「天際」句、「簾晝隙」句均未安。

【考辨】

朱箋：按，《陽春白雪》：魏句濱，名庭玉。蘇州府馮《志》：吴令魏廷玉，宛陵人，嘉熙四年任。又《寧國志》：句溪，在府城東，源出歙之叢山。魏爲宛陵人，故取以爲號。又按，蘇州府盧《志》《官宇門》：吴縣縣門，淳祐三年，魏廷玉修飾尤爲壯麗。又知縣廳東有勤德堂，魏廷玉建，故詞有「妙手作新」、「公館青紅」語。又「學校門」云：吴縣學，嘉熙四年知縣魏廷玉、主學孔曄始爲修葺。知廷玉任吴縣，在嘉熙四年前，其解組在淳祐三年後矣。

楊箋：淳祐三年秋冬之交，夢窗即去職遷杭，詳見卷首《事蹟考》。其送句濱所作詞，玩「柳堤翠匝」、「雁水夜清」句，其在夏秋之際乎？

又，《吴夢窗詞箋釋·補箋》：《陽春白雪》載魏句濱《賀新涼·贈送行諸客》詞云：「暮雨初收霽。凭闌干，一江新緑，遠山凝翠。漠漠春陰添客思，悵望天涯無際。又猛省、平生行止。楚尾吴頭，多少恨，付吟邊、醉裏消磨矣。浮世事，只如此。　陽關三疊徒勞耳。也何須，琵琶江上，掩青衫淚。一斗百篇，乘逸興，要借青天爲紙。兒輩詫，龍蛇飛起。今夜月明呼酒處，待明朝、酒醒帆千里。且爲我唱新制。」按，此詞雖以「贈送行諸客」爲題，未必爲宰吴縣解組時作，因無一語切宰縣事也。姑録於此，以見句濱亦詞人可矣。句濱又有《水調歌頭・飲蕪湖雄觀亭》詞，不具録。

孫按：此詞可考辨者有四。其一，《姑蘇志》卷二三載吴縣縣治「淳熙十二年趙善重建縣門並書額。寶慶三年趙善瀚創門樓，淳祐三年魏廷玉重修」。又，卷二四：「（縣學）嘉熙四年知縣魏廷玉、主學孔煜重修。」施清臣《吴縣學記》亦言「校官孔君煜璧海前郎今主教席。」《蘇州府志》卷五四「儒學門」：「孔煜，明仲。長洲人，進士。嘉熙四年任。」故知朱箋「孔曄」誤。施氏學記又曰：「嘉熙庚子，宛陵魏侯屬意學事，支傾風雨之飄摇，提綱歲月之湮墜。鳩田畝於鐫刻，汰浮冗於竄名，有養必有教。先是，隸之佐廳，吏借影私，長屬不相誰何。遂更鄉官舍選爲之，範模里彦，文行爲之領袖。潤色縝密，士皆德之。」學記題寫於「淳祐三年立夏節日」。亦可旁證此詞淳祐三年秋間寫於蘇州。

其二，楊箋所引魏氏《賀新涼・贈送行諸客》應寫於其赴任臨江軍時。《明一統志》卷五五：「近江樓。在府東南，瀕江。宋守魏廷玉建，以朱文公詩有『征驂聊駐近江樓，南市津頭問買舟』之句，故名。内祀文公及黄幹、張洽。」又，卷四六載魏庭玉曾知臨江軍事。《宋史・地理四》：「臨江軍，同下州。淳化三年，以筠州之清江建軍。」屬縣三：清江、新淦、新喻。

其三，楊箋「懷暖」三句曰：「『輕軒』，指出遊，叫起下句。」鍾振振《讀夢窗詞札記》認爲是預想魏氏回京後猶及參加孟冬朝饗等盛大典禮：「夢窗詞中固有『雁』字，可知句濱吴縣解組之時正值晚秋，至其回京，轉眼間即是孟冬節令矣。宋吴自牧《夢粱録》卷六載：『每歲孟冬，例於上旬行孟冬禮。遇明禋，行恭謝禮。係先一日朝饗，次日方行恭謝。』朝饗，於宫中賜百官宴；恭謝，則御駕詣景靈宫，百官隨行，並賜花簪戴。夢窗詞中所謂『天香宴』、『花隊簇』云云，即指此而言。『輕軒』實非句濱個人之『出遊』也。試想，句濱乃一小小縣令，即便入朝改任京官，品級亦不至於甚高，如何能有『花隊簇、輕軒銀蠟』之排場乎？」宋詩多有類似記載。如潘昉《恭謝駕自景靈宫回丞相以下皆簪花》：「輦路安排看駕回，千官花壓帽檐垂。」阮秀實《景靈宫恭謝駕回丞相以下皆簪花》：「宫花密映帽檐新，誤蝶疑蜂逐去塵。」關於參與孟冬朝饗的官員級别倫次，宋代史料中有記載。《夢粱録》卷六：「每歲孟冬，例於上旬行孟冬禮。遇明禋，行恭謝禮。係先一日朝饗，次日方行恭謝。百官與宰相起居，在學士院伺候駕出景靈宫。『待旦催班入帝廷，殿中椽燭徹空明。衛軍拱立聽宣輦，華炬金蓮引駕行』。駕前教樂所伶工導行，作樂逍遥，輦後鈞容直動鼓吹從後，詣景靈宫行恭謝禮。禮成，就西齋殿賜平章、執政、親王、百官宴，盞次食品，並如朝會、聖節同，凡群臣飲量，内侍先奏定，酒斟淺深，每盞用平尺量，分數各有定數，不得留殘。前筵畢，上降輦轉御屏，百官小歇，傳宣賜群臣以下簪花，從駕、衛士、起居官、把路軍士人等並賜花。」《宋史・禮十六》：「於殿下幕屋設宰相、使相、樞密使、知樞密院、參知政事、樞密副使、同知樞密院、宣徽使、三師、三公、僕射、尚書丞郎、學士、直學士、御史大夫、中丞、三司使、給諫、舍人、節度使、兩使留後、觀察、團練使、待制、宗室、遥郡團練使、刺史、上將軍、統軍、軍廂指揮使坐於殿上，文武四品以上、知雜御史、郎中、郎將、禁軍都虞候坐於朵殿，自餘升朝官、諸軍副都頭以上、諸蕃進奉使、諸道進奉軍將以上分於兩廡。」然魏氏爲吴縣縣令，吴縣級别爲「緊」，品級最高也不過正八品，尚不具備參加孟冬朝饗的資格。據詞意，知魏氏此行入尚書省任職，縣官品階低微，比勘其職守，魏氏最多僅能任主管尚書省六部架閣文字之類的京官官職。此職由選人充任，架閣文字官品視帶何種寄禄官而定。主管架閣文字官，非科舉出身不授，或以曾任縣令政績顯著者爲之。魏句濱無出身，應是以縣令政績顯著者入選。而架閣文字是一個比較特殊的職位，提升的可能很大。《咸淳臨安志》卷五載户部架閣陳晦續記：「今尚書六曹有文書几閣之官，其漢掌故之遺乎？漢掌故主故事，今所掌直吏牘，若不相似然，是殆類强名者。雖然，列屬文昌臺而顓設其局，凡圖籍文案之藏咸在。其事嚴，旦朝入所治，同僚相與言，不過論文字，抵掌劇談，卒食數刻而退。其職清，職事官有闕員，間於此焉取之。日又有詔，非科目及人材卓異與縣令之著績弗授。其選重，事之嚴，職之清，選又益重。」據知詞中所謂與宴懷果，僅爲餞其履新的預祝語。

其四，楊箋認爲「淳祐三年秋冬之交，夢窗即去職遷杭」，實誤。據集中《喜遷鶯·甲辰冬至寓越，兒輩尚留瓜涇蕭寺》，及與史宅之交遊諸詞，知夢窗是在甲辰，即淳祐四年（一二四四）冬至時離開蘇州前往紹興入史氏幕中。

## 暗香疏影㊀

賦墨梅㊁〔一〕

占春壓一〔二〕。捲峭寒萬里〔三〕，平沙飛雪〔四〕。數點酥鈿〔五〕，淩曉東風□吹裂㊂〔六〕。獨曳橫梢瘦影㊃〔七〕，入廣平、裁冰詞筆㊄〔八〕。記五湖、清夜推篷，臨水一痕月㊅〔九〕。何遜揚州舊事〔一〇〕，五更夢半醒，胡調吹徹〔一一〕。若把南枝〔一二〕，圖入淩煙〔一三〕，香滿玉樓瓊闕〔一四〕。相將初試紅鹽味，到煙雨、青黃時節〔一五〕。想雁空、北落冬深，澹墨晚天雲闊〔一六〕。

【校　議】

㊀ 明張本因詞調同前闋《暗香疏影》，故未標宫調，注曰：「前用《暗香》腔，後用《疏影》腔。」朱四校

本、《全宋詞》據張肎自注宮調作「夾鐘宮」。毛本、杜本、王朱本、朱二校本、四明本詞調作《疏影》。毛本、毛扆本注曰：「舊刻《暗香》，非。」《詞譜》卷三四：「《暗香疎影》，張肎自度曲。以《暗香》調前段，《疎影》調後段，合而爲一，自注『夾鐘宮』。或仿夢窗而作。」倪承茂注清張本曰：「若宗《疎影》，『數點』句中脱四字，『獨曳』句中亦脱一字，末句脱一字。若前段用《暗香》腔，則『淩曉』句應七字，亦有脱誤也。前用《暗香》腔，不當有『微月』『微』字。」底本尾註：「原鈔調下有『前用《暗香》腔，後用《疏影》腔』十字，疑出校者。毛本《暗香》二字脱。按是調《詞譜》未載，《拾遺》收張肯（肎）一闋。見《夢庵聯芳詞序》，標『夾鐘宮』，或仿夢窗。」

㈡ 明張本詞題作「墨梅」。

㈢ 淩曉句：明張本作「淩曉東風吹裂」。毛本、杜本、王朱本、朱二校本作「□□□□淩曉東風吹裂」。皆多三空格。底本徑删三空格，並移一空格於「吹裂」上。朱四校本、四明本等從之。楊箋：「空格擬補『乍』字。」劉永濟《微睇室説詞》：「『東風』下空格，或補『爲』字，疑或係『與』字。」

㈣ 獨曳句：獨曳，毛本、戈校本、杜本、王朱本、朱二校本作「獨自曳」。横梢瘦影，毛扆本：「『瘦』上應脱一字。此句亦與調拗。」戈校本：「『自』字『瘦』字衍，而遺失句首一字。」

㈤ 鄭氏手批：「此『雪』與『筆』同押。白石『筆』與『色』、『笛』、『席』同押，均例以聲合，不以部限可知。」夏敬觀評語：「『筆』係『質』、『術』韻，與『勿』、『迄』韻同押。」

㈥ 一痕月：毛本、戈校本、王朱本、朱二校本作「一痕微月」。

【注釋】

〔一〕墨梅：周密《志雅堂雜抄》：「衡州有花光山，長老仲仁能作墨梅，所謂花光梅是也。」元代王惲《玉堂嘉話》卷一《跋僧花光梅後語》：「蜀僧超然，字仲仁，居衡陽花光山。避靖康亂，居江南之柯山，與參政陳簡齋並舍而居。山谷所謂『研墨作梅，超凡入聖，法當冠四海而名後世』。嘗有『移船來近花光住』、『寫盡南枝與北枝』之句。其豐度可想見矣。雲夢趙復題云：『如王謝子弟，倒冠落佩，舉止欹傾，自有一種風味。』此蓋前金高丞相家藏。舊四幅：暗香、疎影、溪雪、春風，今失其溪雪，見爲宋子玉所收。」又，《題花光墨梅二絶》：「滿溪明月影扶疎，只枉緇塵照雪膚。展放畫圖還記得，孤山籬落漲西湖。」「破墨能開雪裏芳，道人花供老猶香。移船要近花光住，笑殺涪公有底忙。」又，《跋楊補之墨梅後》：「花光梅在前宋爲第一，賞之者至有『買舟來住』之語。及補之一出，變枯硬爲秀潤。」據此可以想見宋代墨梅法度。

〔二〕壓一：《匯釋》：「壓倒一切之意，猶云第一也。秦觀《品令二首》（之二）：『掉又懼，天然個品格，於中壓一。』」鄭氏手批：「宋語有『惟一』字，此『壓一』殆亦其類，猶第一也。」

〔三〕捲峭寒句：此爲下文淩煙閣張本。楊巨源《盧龍塞行送韋掌記二首》（之一）：「雨雪紛紛黑水外，行人共指盧龍塞。」

〔四〕平沙飛雪：宋璟《梅花賦》：「又如通德掩袖擁髻，狂飆卷沙，飄素摧柔。」以上二句化用裴子野《詠雪詩》：「飄飄千里雪，倏忽度龍沙。」楊箋：「夏氏曰：此言梅開似雪耳。」

〔五〕數點酥鈿：蘇軾《蠟梅一首贈趙景貺》：「天公點酥作梅花，此有蠟梅禪老家。」朱敦儒失題《賦梅詞》：「横枝銷瘦一如無，但空裏疏花數點。」餘見《瑞龍吟·送梅津》注〔一四〕。

〔六〕淩曉：劉孝威《帆渡吉陽洲詩》：「江風淩曉急，鉦鼓候晨催。」東風吹裂：賀鑄《游靈壁蘭皋園》：「薄景未晞雪，東風新破梅。」

〔七〕獨曳句：「獨」字意屬下二句。曳，此處有旁斜逸出之意。

〔八〕入廣平二句：《古今事文類聚後集》卷二八引皮日休《桃花賦序》：「宋廣平爲相，貞姿勁質，剛態毅狀，疑其鐵腸石心，不解吐婉媚辭。然觀其文，而有《梅花賦》，清便富豔，得南朝徐庾體，殊不類其爲人。」廣平，唐代宋璟累封至廣平郡公。其《梅花賦》被後人稱爲比德之作。裁冰詞筆，宋璟《梅花賦》有句云：「曷若兹卉，歲寒特妍；冰凝沍涸，擅美專權；相彼百花，孰敢爭先。」「萬木僵仆，梅英載吐。玉立冰姿，不易厥素。子善體物，永保貞固。」

〔九〕記五湖三句：此以湖邊朦朧月夜梅影傳墨梅之神。朱熹《青玉案》：「一灣流水，半痕新月，畫作梅花影。」趙崇鉘《東溪夜泊》：「推篷恰受梅花月，自噴横簫調楚吟。」與「數點」二句可參看吕本中《宣州竹·墨梅》：「小溪篷底湖風重。吹破凝酥動。一枝斜映庾門深。冷淡無言香泛、月華清。」

〔一〇〕何遜舊事：詳見《解語花·梅花》注〔一四〕。

〔一一〕五更二句：用林逋《霜天曉角》意境：「冰清霜潔。昨夜梅花發。甚處玉龍三弄，聲搖動、枝頭月。」胡調，林逋《梅花三首》（之二）：「堪笑胡雛也風味，解將聲調角中吹。」笛曲中有《梅花落》，而笛出胡羌。馬融《長笛賦》：「近世雙笛從羌出，羌人伐竹未及已。龍鳴水中不見已，截竹吹之聲相似。」

〔一二〕南枝：代指梅花。意貫入「北落冬深」句。用大庾嶺梅花典。《古今事文類聚後集》卷二八：「《群書要語》：大庾嶺上梅花，南枝已落，北枝方開，寒暖之候異也。」

〔一三〕圖入淩煙：淩煙，封建王朝爲表彰功臣而建的繪有功臣圖像的高閣。庾信《周柱國大將軍紇干弘神道碑》：「天子畫淩煙之閣，言念舊臣；出平樂之宮，實思賢傅。」《大唐新語·褒錫》：「貞觀十七年，太宗圖畫太原倡義及秦府功臣趙公、長孫無忌……等二十四人於淩煙閣，太宗親爲之贊，褚遂良題閣，閻立本畫。」

〔一四〕香滿句：玉樓瓊闕，參見《瑞鶴仙·贈道女陳華山内夫人》注〔九〕。此處指皇家淩煙閣。以上三句以梅花沖寒綻放的高潔芬芳與忠義之臣鐵肩擔道義的凜然難犯相比附，故曰可入淩煙高閣。

〔一五〕相將三句：由梅鹽典聯想到國家需要的鼎鼐將相之才。所謂「念舊臣」、「思賢傅」也。相將，《匯釋》：「猶云行將也，侵尋也。」

〔一六〕想雁空三句：回應篇首雪中綻梅。李商隱詠雪殘句：「郊野鵝毛滿，江湖雁影空。」楊箋：「冬時天色暗澹，如紙著澹墨然，前煞是縮法，後煞是推開法。然全詞皆詮『梅』字，止於此處出『墨』

字。……疑意有所指，蓋譏二帝北狩後，君臣無恢復之志歟？亦一説也。」宋徽宗《眼兒媚》：「花城人去今蕭索，春夢繞胡沙。家山何處，忍聽羌笛，吹徹梅花。」張炎《解連環・孤雁》則以雁不傳北狩二帝的書信：「寫不成書，只寄得、相思一點。料因循誤了，殘氈擁雪，故人心眼。」深求宋季詠物詞中寄託，往往有此聯想也。

【集評】

劉永濟《微睇室説詞》：墨梅，墨畫梅也。首四字泛寫春梅。「壓一」，宋人常語。吴潛詞有：「看恰好園地，隨宜亭榭，人道瀛洲壓一。」秦觀《品令》亦有：「天然個標格，於中壓一。」猶言第一也。質言之，則壓倒一切也。廿四番花訊，梅居第一，故曰「壓一」。「卷峭寒」二句寫其時。「數點」二句正寫初開之梅。「酥鈿」，形容梅花之辭。「酥」，本乳酪；「鈿」，婦女首飾，用翡翠、丹粉爲之。合之以狀梅花之香潤與花瓣之形色。……「獨曳」二句寫賦中之梅。宋璟有《梅花賦》，璟封廣平郡公，故曰「入廣平、裁冰詞筆」。「泛五湖」二句則水邊梅也。「臨水」五字得水邊梅花之神，將林逋《梅》詩兩句融成五字，益見精彩。换頭又從何遜《詠早梅詩》與笛中《落梅》調二事，用一「夢」字聯繫之，便非呆用故實。「若把南枝」三句始入畫梅，而「玉樓瓊闕」句復結合雪景言。此句寫畫梅而有「圖入淩煙，香滿玉樓瓊闕」之語，雖意在推尊畫梅，但淩煙乃唐太宗圖畫功臣像之閣，今乃曰「若把南枝圖入」，且「香滿玉樓瓊闕」，似擬於不倫，豈故爲此狡獪以嘲笑時無人邪？下文寫梅子復有「試紅鹽味」之語，而文家用鹽梅，皆有調和鼎鼐之意，本出《書·説命篇》：「若作和羹，爾惟鹽梅。」乃高宗命傅説佐己之辭。然則夢窗用此等字面，豈見時無賢能如傅説之佐商，不如畫梅於閣，反能「香滿玉樓瓊闕」也。「玉樓瓊闕」與蘇軾之「瓊樓玉宇」亦正相同，皆以指朝廷也。此雖推測之言，然詠畫梅而忽想及「入淩煙」，豈不耐人尋味。歇拍聯想及「冬深」而以「澹墨晚雲」渲染墨梅作結。

## 念奴嬌

賦德清縣圃明秀亭㊀〔一〕

思生晚眺〔二〕，岸烏紗平步〔三〕，春雲層綠〔四〕。罨畫屏風開四面〔五〕，各樣鶯花結束〔六〕。寒欲殘時，香無著處，千樹風前玉〔七〕。遊蜂飛過〔八〕，隔牆疑是金谷〔九〕。偏稱晚色横煙㊁〔一〇〕，愁凝峨髻〔一一〕，澹生綃裙幅〔一二〕。縹緲孤山南畔路〔一三〕，相對花房竹屋〔一四〕。溪足沙明〔一五〕，巖陰石秀〔一六〕，夢冷吟亭宿〔一七〕。松風古澗，高調月夜清曲〔一八〕。

【校　議】

㈠德清：毛本、戈校本、杜本作「德明」。王校：「按卷中《瑞龍吟》、《賀新郎》均賦德清事，乙稿《燭影搖紅》賦德清縣圃古紅梅。宋無德明縣，『明』應『清』誤。」王朱本徑改，諸本從之。明張本正同。《歷代詩餘》詞題作「賦縣圃明秀亭」。鄭氏手批：「此調與《滿江紅》均宜入聲煞曲。近世詞人多忽之，調中有數入聲字律亦宜研究，今以墨點之（欲、著、色、足、石），獨前後兩結第一字俱用平叶，亦異揆也。」「此（高）字用平，與前結『隔』字叶平同例。」

㈡晚色：《歷代詩餘》作「曉色」。

【注　釋】

〔一〕德清縣圃明秀亭：《德清縣志》卷一〇載縣圃古跡曰：「松竹堂，取昌黎『出宰山水縣，讀書松竹林』之句，故云。醉苑堂，芍藥甚盛。浮疎堂，知縣趙嵎建；植梅堂前，名曰『浮疎』。山堂，舊名透遠。四照亭，四邊皆山。香雪亭，酴醾甚繁。清意亭，知縣章鑒建，其前古梅甚奇。古香亭，大桂上蔭；取李賀『老桂吹古香』之意。明秀亭，周植桃與海棠，前立牌門，榜曰『紅雲塢』。飛綃亭，在明秀亭之左。醉雪亭，取王荊公『醉紅撩亂雪爭開』之意。縱雲臺，取退之『遠（釋）嶠孤雲縱』之句，故名。山房。竹舍。寓庵。蘧廬。以上凡一十六所，皆在縣治之後圃内。按：鄭如幾《重修縣宇記》：『圃之亭館，用以會僚集客，散滯破鬱，遊目舒心，今俱廢矣。頽基故壤，凸者爲臺，窪者爲池，猶仿佛焉。』」鄭如幾，字維心，是北宋宣和年間湖州霅溪人。至南宋時，宣和年間俱已頹圮的亭榭似皆修復。據其按語，知德清縣治苑圃亭館是會僚集客的場所，夢窗正是以「客」的身份躬與盛景，並以文學鳴驚四座。可與《賀新郎・爲德清趙令君賦小垂虹》相關【注釋】參看。

〔二〕晚眺：岑參《西亭送蔣侍御還京》：「山河宜晚眺，雲霧待君開。」

〔三〕岸烏紗：唐彦謙《夏日訪友》：「清風岸烏紗，長揖謝君去。」餘見《瑞鶴仙》（淚荷拋碎璧）注〔五〕及《霜葉飛・重九》注〔一六〕。

〔四〕春雲層緑：李新《西齋睡起》：「緑雲山麥層層緑，紅雨溪桃處處殘。」仲長統《詩》：「春雲爲馬，秋風爲駟。」以上三句寫舊名「透遠」的山堂和縱雲臺。

〔五〕罨畫：秦韜玉《送友人罷舉除南陵令》：「花明驛路胭脂暖，山入江亭罨畫開。」楊慎《丹鉛餘録・摘録》卷一二：「畫家有罨畫，雜彩色畫也。」屏風四面：德清縣周圍屏山如畫。郭思《林泉高致集》：「於是命宋用臣傳旨令先子作四面屏風，蓋繞殿之屏皆是。聞其景皆松石平遠、山水秀麗之景，見之令人森竦。」此寫四照亭。

〔六〕鶯花：代指春盛時節。盧仝《樓上女兒曲》：「鶯花爛熳君不來，及至君來花已老。」結束：裝束。《説郛》卷一一〇（上）引《雜事秘辛》：「姁告瑩曰：『官家重禮，借是朽落。緩此結束，當加鞠翟耳。』」劉邈《折楊柳》：「倡妾不勝愁，結束下青樓。」此處爲「點綴」意。

〔七〕寒欲三句：香無著處，形容梅香濃烈。曹組《驀山溪》：「黄昏小院，無處著清香，風細細，雪垂垂，何況江頭路。」舞玉，以雪舞喻落梅。李商隱《酬崔八早梅有贈兼示之作》：「謝郎衣袖初翻雪，荀令薰爐更換香。」

〔八〕遊蜂飛過：與下句化用韓愈《戲題牡丹》：「雙燕無機還拂掠，遊蜂多思正經營。」王僧孺《至牛渚憶魏少英詩》：「緑草間遊蜂，青葭集輕鴇。」

〔九〕隔牆句：金谷，特代指芍藥園。詳見《風流子・芍藥》注〔二〕。以上二句以醉苑堂、飛綃亭等襯寫明秀亭。

〔一〇〕偏：《例釋》：「相當於文言的『甚』、『頗』，白話的『最』、『很』，表程度的副詞。」晚色橫煙：王績《遊北山賦》：「步擁石而邅回，視橫煙而斷續。」暗化用杜甫《白帝城樓》「翠屏宜晚對」句意。

〔一一〕愁凝峨髻：李賀《十二月樂辭・二月》：「薇帳逗煙生緑塵，金翅峨髻愁暮雲。」曹植《閨情詩》：「紅顏韡曄，雲髻嵯峨。」喻德清縣乾元、金鵝、市亭、天目諸山。參見《賀新郎・爲德清趙令君賦小垂虹》注〔六〕、《水龍吟・惠山酌泉》注〔五〕。

〔一二〕生綃裙幅：與上句化用李群玉《同鄭相並歌姬小飲戲贈》詩意：「裙拖六幅湘江水，鬢聳巫山一段雲。」生綃，未漂煮過的絲織品。韓愈《桃源圖》：「流水盤回山百轉，生綃數幅垂中堂。」此喻從德清縣治前流過的諸水流。《浙江通志》卷二二：「王禕《德清縣治記》：德清隸湖爲壯縣。縣治臨餘不溪，後枕金鼇諸山，山明水秀。」據知下文溪沙、巖石亦爲德清縣圃景致實録。

〔一三〕縹緲：楊箋：「言恍惚似之也。」孤山南畔：意入「花房竹屋」句。

〔一四〕花房竹屋：竹屋，指孤山竹閣。袁韶知臨安府時重建。《咸淳臨安志》卷七九載鄭清之所撰《白公竹閣記》：「竹閣，白公樂天之遺跡也。按《唐史》及《長慶集》，樂天以中書舍人出守杭，暇日有《宿竹閣》詩。此竹閣之始見也。又按《東坡集》：白公竹閣，在孤山廣化寺，與柏臺鄰。此竹閣之所在也。東坡至杭，嘗爲賦詩。有『古寺無人竹滿軒』之句，此閣至我朝而猶存也。六飛南渡，紹聖間，以孤山爲四聖觀。有旨令守臣遷竹閣與寺於北山，此竹閣遷徙之大略也。天府雄劇，曩以能政稱者，猶百適是懼。閣廢不具，漫弗訾省。今京尹户部尚書袁公韶填拊清暇，援其舊，以請廟朝，悦從之。畀以成材，亟就規度，秖視倍蓰。此竹閣之既圮而復建也。」花房，應指袁韶所建三賢堂一帶。《咸淳臨安志》（卷三十二）載袁韶表文：「竊惟三賢，道德名節，震耀今古。而祠宇未嚴，何以崇教化而厲風俗？又其勝踐陳蹤咸在西湖孤山大堤之間。今乃僻處巖阿，與湖光夐不相接，榛莽蔽翳，棟宇傾頹，位置尤爲弗稱。韶假守以來，即欲更建，未得爽塏，搜訪久之。近踏逐到廢花塢一所，正當蘇堤之中。前挹平湖，氣象清曠，背負長岡，林樾深窈。南北諸峰，嵐翠環合。遂於此地築疊基址，且辟大逵與蘇堤貫連，鳩材命工，建立堂宇，奉安三賢。庶幾妥魂得地，復還古跡，都邑人士，知所尊敬。其祠堂之外，參錯亭館，周植花竹，以顯清概，續竢工役了畢，制畫圖本，繳申從之。又有堂三，曰『水西雲北』，曰『月香水影』，曰『晴光雨色』。」以孤山花房、竹屋襯寫園圃中的「山房」、「竹舍」。

〔一五〕溪足：杜甫《絶句六首》（之四）：「急雨捎溪足，斜暉轉樹腰。」

〔一六〕石秀：李紳《山出雲》：「縈峰開石秀，吐葉間松春。」

〔一七〕夢冷句：寫寓庵，因山水近逼，故使夢「冷」。

〔一八〕松風二句：古琴曲有《風入松》。郭茂倩《樂府詩集》解此題曰：「《琴集》曰：『《風入松》，晉嵇康所作也。』」此曲調高聲悲，唐代有皎然《風入松歌》、王昌齡《聽彈風入松闋贈楊補闕》可證。此以琴曲襯寫松竹堂。

【考辨】

朱箋：《德清縣志》：明秀亭周植桃與海棠，榜曰「紅雲塢」，在縣治後圃。

楊箋：夢窗少遊德清，此殆少年作。

孫按：夢窗《賀新郎》爲德清縣令趙善春賦大虹橋，此詞則賦德清縣治園圃。德清縣治亭苑，殆及詠遍，與縣令在其處會僚集客題詠嘉美的場景相合。另外《賀新郎》描繪縣治梅花「但東閣、官梅清瘦。欸乃一聲山水緑，燕無言、風定垂簾晝。寒正悄，彈吟袖」。此詞「寒欲殘時，香無著處，千樹風前玉」則寫縣圃梅落，時間正相銜接，基本可以斷定也是寶慶二年（一二二六）寫於德清。楊鐵夫《事蹟考》以爲此詞寫在夢窗少遊德清時，今考此時夢窗在杭京袁韶幕中，年方二十五歲，尚可稱「少年」。而「孤山南畔路」云云，正以幕主袁韶所修竹閣等爲參照。

# 惜紅衣

余從姜石帚遊苕霅間三十五年矣，重來傷今感昔，聊以詠懷㊀〔一〕

鷺老秋絲〔二〕，蘋愁暮雪㊁〔三〕，鬢那不白〔四〕。倒柳移栽〔五〕，如今暗溪碧〔六〕。烏衣細語〔七〕，傷絆惹〔八〕、茸紅曾約㊂。南陌〔九〕。前度劉郎㊃，尋流花蹤跡〔一〇〕。朱樓水側〔一一〕。雪面波光，汀蓮沁顏色〔一二〕。當時醉近繡箔，夜吟寂㊄〔一三〕。三十六磯重到〔一四〕，清夢冷雲南北〔一五〕。買釣舟溪上〔一六〕，應有煙蓑相識〔一七〕。

【校　議】

㊀《歷代詩餘》詞題作「遊苕霅間志感」。

㊁鄭氏手批：「漚尹嘗疑是詞對起，次句非協均，不過宜用入聲字例耳。試以夢窗此解證之，『雪』字亦協。若只用入，何不以它聲爲例？《詞律》無同部不叶者。至《月下笛》、《踏莎行》，亦以對起與下句均，此其碻證也。」「考夢窗丁稿《滿江紅》『日』字與『色』同押，正與白石《惜紅衣》起結

「日」、「色」二均同例，然則是調次句必協無疑。」「或又云『雪』與『陌』均，中『碧』字音不可協，則夢窗《江南春》『雪』與『筆』諧，白石《暗香》『筆』亦與『陌』、『錫』、『職』部皆同用，此又一證也。」「詞中『尋』字與結句『煙』字均作平聲字，與石帚入作平例同。」

㊂傷絆惹二句：絆惹：毛本、《詞綜》、《詞律》、《詞譜》、《歷代詩餘》、杜本、王朱本、朱二校本作「伴惹」。《詞律》：「『傷伴惹』，難解；『約』字非韻。玩其語意，似以『傷伴』二字屬上句，而『曾約南陌』四字相連。」「『傷伴惹』謂燕子心傷同伴，去惹紅花耳。此解有理。」

㊃劉郎：底本尾註：「按白石、玉田、李萊老詞是句第三字皆用仄聲。『劉』疑『阮』誤。」鄭氏從。

㊄夜吟寂：明張本、毛本、《歷代詩餘》奪「寂」字。毛扆本：「『夜吟』下脱一字。應用韻。失『寂』字。」鄧録毛扆本同。《詞律》：「『或』『吟』字乃『吹』字之訛，而其下尚有一『笛』字耳。」《四庫全書總目提要》：「《惜紅衣》一闋仿白石調而作，後闋『當時醉近繡箔夜吟』句止八字，考姜夔原詞作『維舟試望故國渺天北』句，實九字，不惟少一字，且脱一韻。」先著、程洪《詞潔輯評》卷三：「此詞誤，本落一『寂』字，遂有疑其不合者。尋常讀姜詞，謂『客』字是韻，『寂』字是韻。今夢窗不爾。『維舟』九字，以語意論之，當是一氣。而姜詞用『故國』，吴詞用『繡箔』，『國』字、『箔』字又似是句中韻，無弗同者。去宋人已遠，欲一一皆通其説，自不能不失之鑿也。」杜校：「脱『寂』字，失韻。遵《詞譜》補入。」王朱本、朱二校本作「夜吟□」。底本從《詞綜》。餘本從之。鄭氏手

批：「句中均即夾協例，下闋『箔』、『寂』二均則爲短協，以『夜吟寂』三字别爲句也，與白石句律同。李萊老賦是詞，則句調有出入矣，學者當據此以考姜譜。」

【注釋】

〔一〕余從句：據此詞及前文箋釋夢窗贈姜石帚詞的相關史料，知詞中所及，皆是湖州苕霅流域烏程一帶的風光，如有「外植芰荷，内栽花柳」的百花洲（《吴興備志》卷一五），有桃花塢（《大清一統志》卷二二二），有白鷺横飛的西塞山，有張志和釣魚灣，兼及柳惲白蘋洲及三十六陂荷花。

〔二〕鷺老秋絲：張志和《漁父》：「西塞山前白鷺飛，桃花流水鱖魚肥。」鷺，又稱鷺鷥，諧音「絲」。張侃《示韋中實六首》（之二）：「兩鬢吹秋絲，吟詩紀經歷。」

〔三〕蘋愁暮雪：「蘋」與下文「白」、「汀」三字出自柳惲《江南曲》，白蘋洲在霅溪邊。白居易《白蘋洲五亭記》：「湖州城東南二百步，抵霅溪，連汀洲，一名白蘋。梁吴興守柳惲於此賦詩云『汀洲采白蘋』，因以爲名也。」與下句化用杜甫《清明二首》（之二）：「風水春來洞庭闊，白蘋愁殺白頭翁。」

〔四〕鬢那不白：盧綸《秋中野望寄舍弟綬兼令呈上西川尚書舅》：「塵容不在照，雪鬢那堪鑷。」

〔五〕倒柳移栽：楊柳有枝條下垂或上揚的兩種。《戰國策·魏二》：「今夫楊，横樹之則生，倒樹之則生，折而樹之又生。」《本草綱目》卷三五（下）：「楊柳，縱横倒順插之皆生。」

〔六〕如今句：此「碧」字雙指，既形容溪水，也形容楊柳成蔭，暗用桓温經舊地攀柳泫涕，感歎「樹猶如此，人何以堪」事，見《建康實録》卷九。

〔七〕烏衣細語：烏衣國是神話中的燕子國。《六朝事蹟編類》卷下：「王榭，金陵人。世以航海爲業。一日海中失船，泛一木登岸，見一翁一媪皆衣皂，引榭至所居，乃烏衣國也。以女妻之，既久，榭思歸，復乘雲軒泛海至其家，有二燕棲於梁上。榭以手招之，即飛來臂上，取片紙書小詩繫於燕尾曰：『誤到華胥國裏來，玉人終日苦憐才。雲軒飄出無消息，灑淚臨風幾百回。』來春，燕又飛來榭身上，有詩云：『昔日相逢冥數合，如今睽遠是生離。來春縱有相思字，三月天南無雁飛。』至今歲，竟不至，因目榭所居爲烏衣巷。」後因以「烏衣」代指燕子。《齊天樂・贈姜石帚》中有「更展芳塘，種花招燕子」之句，可知確爲故地重遊。

〔八〕絆惹：白居易《柳絮》：「憑鶯爲向楊花道，絆惹春風莫放歸。」　上下二句寫當年曾指盛開桃花有歸隱之約定。

〔九〕南陌：據《三部樂・賦姜石帚漁隱》【考辨】中所引《太平寰宇記》卷九四，知苕霅二溪在烏程縣南，而桃花塢所處也在縣西南五十里。見《成化湖州府治》卷六。

〔一〇〕前度二句：用劉義慶《幽明録》所載東漢劉晨、阮肇入天台山沿桃溪而上遇儷仙，以及桃花源故事，兼用劉禹錫《再游玄都觀》「前度劉郎今又來」字面，兼及前引桃花塢「桃花流水」之意。

〔一一〕朱樓水側：謝朓《入朝曲》：「逶迤帶緑水，迢遞起朱樓。」

〔一二〕雪面：江淹《詠美人春遊詩》：「白雪凝瓊貌，明珠點絳唇。」楊炎《贈元載歌妓》：「雪面淡眉天上女，鳳簫鸞翅欲飛去。」　汀蓮：齊己《荆州新秋病起雜題一十五首·病起見秋扇》：「沙鷺如摇影，汀蓮似綻香。」　顔色：謝朓《贈王主簿詩二首》（之一）：「日落窗中坐，紅妝好顔色。」

〔一三〕當時二句：張先《吴興元夕》：「朱屋雕屏展，紅筵繡箔遮。」　以上三句回憶三十五年前與姜石帚游苕霅時在華樓水邊的暢遊狂飲，碧波映照著佐觴歌女們如雪的面容，汀洲紅紅白白的蓮花與飲者歌者的青春容貌互相映射。

〔一四〕三十六磯：承上意寫苕霅廣闊水域中的荷花。姜夔遥寫湖州苕溪景色有「三十六灣秋月明」之句，《念奴嬌》又詠吴興荷花：「三十六陂人未到，水佩風裳無數。」磯，與下文「釣」字兼寫烏程縣張志和釣魚灣。

〔一五〕清夢句：高觀國《菩薩蠻》：「夢冷不成雲，楚峰峰外情。」謂重來苕霅二溪時，歸隱的清夢已如寒雲不知飄逝何方。

〔一六〕釣舟：劉孝綽《釣竿篇》：「釣舟畫彩鷁，漁子服冰紈。」

〔一七〕煙蓑：鄭谷《郊園》：「煙蓑春釣静，雪屋夜棋深。」　以上二句爲假設語，有憮然今昔的感傷。

## 【集評】

先著、程洪《詞潔輯評》卷三：看他用鬢白、溪碧、烏衣、茸紅，雖小小設色字，亦必成章法，詞其可輕言乎？……若「伴惹茸紅」句，夢窗措語之常，無難著解耳。

張德瀛《詞徵》卷一：前人詞多喜用「三十六」字。……吴夢窗《惜紅衣》「三十六磯重到」、周公謹《木蘭花慢》「三十六鱗過卻」。……用算博士語皆有致。

陳廷焯《雲韶集》卷八：（上闋眉批）筆路高絶。（下闋眉批）清虚似白石，沈静似清真，幾欲合而一之矣。

李佳《左庵詞話》：此等詞，撫今傷昔，以之寫情，哀豔易工。

劉永濟《微睇室説詞》：苕霅二水在吴興烏程縣。此詞起八字，皆以襯托「鬢那不白」也。「倒柳」二句有桓温「樹猶如此，人何以堪」之慨。柳倒植亦活，故曰「倒柳」。「烏衣」二句，「烏衣」指燕，劉斧《摭遺集》記王榭航海遇風，飄至一地。其王妻以女。榭問：「此國何名？」女答曰：「此烏衣國也。」後思歸，王命取飛雲車送之。至家，見梁上雙燕呢喃，乃悟至燕子國也。「絆惹茸紅」，亦燕事，《南史》載王整姊以絲縷繫孤燕足，明歲燕歸，猶帶前縷。此用以形容重來也。過拍方點明重來之人，故有「前度阮郎」兩句。……此用劉、阮入天台故事，故曰「尋流花蹤跡」。换頭數句，即所謂「流花蹤跡」。「朱樓」，昔來之地，「雪面」二句形昔遊之人，「當時醉近」寫昔日之宴，「夜吟」爲昔宴之事，皆「蹤跡」也。「三十六磯」二句寫重來之情味。「三十六磯」即姜夔詠吴興荷花詞之「三十六陂」。「清夢冷雲」六字寫重來感昔之情。此六字將「朱樓」以下所寫之「蹤跡」，皆歸之「清夢」。「冷雲南北」則夢境也。歇拍見昔時之人，已無存識者，有之，其漁翁乎！三十五年之時間，不爲不久，其間人事之變，定不爲少。此詞一起，便感喟甚深，中間寫今情昔感，回環往復，縈繞筆端，使人讀之，猶見此老當日懷抱。

【考辨】

鄭氏手批：感懷石帚，即用姜所自度曲，是石帚爲白石道人之確證也。

杜本鄭批：白石歌曲中無一與覺翁贈答之詞，豈三十五年之游舊文情猶未洽邪？易中實（孫按：即易順鼎）嘗謂石帚當别是一人，非白石也。然考夢窗此詞詠懷石帚即用白石自製曲，且詞中悉依其律，謂非白石而誰與？

朱箋：按《蘋洲漁笛譜·拜星月慢·叙》，稱作於景定癸亥，《草窗詞》别題爲「寄夢窗」。劉毓崧據爲夢窗此年尚在。而《白石詞》刻在嘉泰壬戌，下距景定癸亥，已逾六十年。其寓吴興，又在壬戌前十二三年，則景定癸亥年已八九十，其從遊時代，惜無可徵實矣。

孫按：前文《三部樂·賦姜石帚漁隱》已考得姜石帚非姜白石，亦非杭州士子，而是湖州烏程縣苕霅間的隱者。烏程與德清爲鄰縣，夢窗年青時可考的德清詞《賀新郎·德清趙令君賦小垂虹》寫於寶慶二年（一二二六）趙善春任上；並且，寫《賀新郎》時，夢窗已爲重來劉郎，據詞意知其初遊時間也在趙善春任，趙氏嘉定十七年（一二二四）至紹定元年（一二二八）皆任德清縣，故而基本可以確定夢窗最早的德清詞寫於嘉定十七年前後。夢窗紹定四年(一二三一)入蘇幕時有《解連環》詞留别姜石帚，叙及屢相過往，並有跨年度之淹留，交誼已非一般朋友可相侔及。就此可以推斷夢窗嘉定十七年遊德清，即與烏程姜石帚定交。三十五年後即寶祐五年(一二五八)，再寫此贈詞。前文已考得姜石帚與陳郁交遊，年齡應相仿，約年長夢窗十歲左右，此年夢窗已五十七歲，石帚則年近七十。詞中皤然老者的形象雖然是與三十五年前的青春歲月相較而言，但其中不乏實録的成份。

前賢雖多誤姜石帚爲姜白石，但梁啟超、楊鐵夫、夏承燾已辨其非(三人辨文，詳見本書《附録四·考證》。陳思《白石年譜》，考定姜白石約於紹定四年謝世，楊箋《惜紅衣》認爲「大致可信」。兹詞則證明寶祐五年姜石帚尚在人世，亦爲姜石帚非姜白石添一佐證。

## 江南好㈠

友人還中吴，密圍坐客，杯深情浹，不覺沾醉。越翼日，吾儕載酒問奇字，時齋示《江南好》詞，紀前夕之事。輒次韻㈡〔一〕

行錦歸來〔二〕，畫眉添嫵〔三〕，暗塵重拂雕籠㈢〔四〕。穩瓶泉暖〔五〕，花隘鬬春容㈣〔六〕。圍密籠香晻靄〔七〕，煩纖手〔八〕、新點團龍㈤〔九〕。温柔處〔一〇〕，垂楊嚲髻〔一一〕，燈暗豆花紅⑥〔一二〕。　行藏，多是客〔一三〕，鶯邊話別，橋下相逢〔一四〕。算江湖幽夢，頻繞殘鐘〔一五〕。好結梅兄礬弟⑦〔一六〕，莫輕似⑧、西燕南鴻〔一七〕。偏宜醉〔一八〕，寒欺酒力〔一九〕，簾外凍雲重〔二〇〕。

【校　議】

① 此調名稱繁多。毛扆本謂「即《滿庭芳》」。《詞譜》：「此調有平韻仄韻兩體。平韻者周邦彥詞名《鎖陽臺》，葛立方詞有『要看黃昏庭院，橫斜映、霜月朦朧』句，名《滿庭霜》。晁補之詞有『堪與瀟湘暮雨，圖上畫扁舟』句，名《瀟湘夜雨》。韓淲詞有『甘棠遺愛，留與話桐鄉』句，名《話桐鄉》。吴文英詞因蘇軾詞有『江南好，千鍾美酒，一曲滿庭芳』句，名《江南好》。張埜詞名《滿庭花》。《太平樂府》注『中呂宫』，高拭詞注『中吕調』。仄韻者，《樂府雅詞》名《轉調滿庭芳》。」《詞律》：「（《水調歌頭》）夢窗名《江南好》，白石名《花犯念奴》。」《詞律拾遺》補調：「《江南好》九十四字，與別名《江南好》之《憶江南》不同。『圍密』至『鞞鼙』與後『好結』至『酒力』同。萬氏謂即《水調歌頭》。按此詞句法與《水調歌頭》全異，與《鳳凰臺上憶吹簫》頗相似。惟前第四句少一字，後起少二字，結多一字。《歷代詩餘》另列一體，今遵之。」戈選杜批：「實則自度曲也。」王校：「此調即《滿庭芳》，殆以坡詞有『江南好』句易名。《詞律》於《水調歌頭》注云：『夢窗名《江南好》。』《詞律拾遺》謂『與《鳳凰臺上憶吹簫》相近』，均誤。」

〔二〕《歷代詩餘》無詞題。毛本、戈校本、杜本、王朱本、朱二校本詞題中的「輒」作「聊」。戈校本「翼」作「翌」。戈選詞題作「友人還中吴，密圍坐客，杯深情浹，不覺霑醉。翌日，示紀事之詞。聊次韻」。

〔三〕雕籠：戈校本、朱二校本作「雕櫳」，底本同。然底本尾注「從王校」。朱四校本、四明本等從之。孫按：檢王朱初刻及重刻本皆作「雕籠」。兹從明張本、毛本、戈選、杜本、王朱本。

〔四〕花隘：王朱本徑改作「花溢」。王校：「毛誤『隘』。」朱二校本、四明本從。隘，通「溢」。不誤。

〔五〕新點：王朱本徑改作「親點」。王校：「毛誤『新』。」朱二校本、朱四校本、四明本皆從王朱本。鄭校：「杜校疑『新』爲『親』之形近訛，實則毛刻不誤，『新』字義較長。」鄭氏手批：「曰『纖手』已寓『新』意，故以『新點』爲佳。明鈔正作『新』。」孫按：杜氏未疑，恐鄭氏誤記。

〔六〕燈暗句：明張本、毛本、戈校本作「暗豆花紅」，未空格。毛扆本：「『暗豆』下脱一字。」《歷代詩餘》、戈選、杜本作「映立花紅」。王朱本作「□暗豆花紅」，並於尾註曰：「按丁稿《慶春宫》有『豆花寒落愁燈』句，前段末句疑脱『燈』字。」朱二校本、底本、朱四校本、四明本皆從王朱本。兹從王校。

〔七〕梅兄礬弟：毛本、《歷代詩餘》、戈選作「礬兄梅弟」。戈選杜批：「應作『梅兄礬弟』。」杜本改，諸本從之。明張本正同。

⑧莫輕似：明張本、底本、朱四校本、四明本作「莫輕侣」。古代「似」亦作「侣」，以形近訛。兹從毛本、《歷代詩餘》、《詞律》、戈校本、戈選、杜本、王朱本、朱二校本。

【注釋】

〔一〕中吴：舊蘇州府的别稱。始見於宋龔明之《中吴紀聞》。　圍密：歌姬圍繞暖如屏風。　沾醉：即霑醉。大醉。《漢書·遊俠傳·陳遵》：「嘗有部刺史奏事，過遵，值其方飲，刺史大窮，候遵霑醉時，突入見遵母。」顔師古注：「霑，濕。言其大醉也。」　翼：通「翌」。　載酒問奇字：用揚雄典。《漢書·揚雄傳》：「（揚）雄以病免，復召爲大夫。家素貧，耆酒，人希至其門。時有好事者載酒肴從遊學，而巨鹿侯芭常從雄居，受其《太玄》、《法言》焉。」又：「劉棻嘗從雄學作奇字。」　時齋：即沈義父。父，又作「甫」。

〔二〕行錦歸來：用衣錦晝行典。

〔三〕畫眉添嫵：用張敞畫眉典。

〔四〕暗塵重拂：吴融《和韓致光侍郎無題三首十四韻》（之三）：「綺閣臨初日，銅臺拂暗塵。」何遜《贈族人秣陵兄弟詩》：「霏霏入窗雨，漠漠暗床塵。」　雕籠：薰衣被的籠篝。李白《怨歌行》：「鷫鸘換美酒，舞衣罷雕籠。」許景先《陽春怨》：「雕籠薰繡被，珠履踏金堤。」

〔五〕穩瓶泉暖：張樞失調名詠茶花殘句：「金谷移春，玉壺貯暖。」韓淲《入城晁尹二家少留我》：「霜雲忽暗疑雪天，坐穩瓶梅蠟香撲。」

〔六〕隘：意入「穩瓶」句，因花朵重密而使花瓶中泉水盈滿。　春容：《子夜歌》：「郎懷幽閨性，儂亦恃春容。」《歡好曲三首》（之一）：「容豔初春花，人見誰不愛。」

〔七〕圍密籠香：承詞題中圍紅典，指歌姬密坐。並暗用愛妾圍香典，王嘉《拾遺記》：「孫亮作緑琉璃屏風，甚薄而瑩徹，每於月下清夜舒之。常與愛姬四人，皆振古絶色。一名朝姝，二名麗居，三名洛珍，四名潔華。使四人坐屏風内，而外望之，了如無隔，惟香氣不通於外。爲四人合四氣香，殊方異國所出。」故上下文關涉屏中之愛妾與席上之歌姬。　晻靄：彌漫。楊箋：「『靄』，疑當作『藹』」。曹植文：芳風晻藹。猶『披拂』也。」孫按：晻靄，連綿詞。藹，通「靄」。《文選·陸機〈挽歌〉之三》：「悲風徽行軌，傾雲結流藹。」李善注：「『藹』與『靄』古字同。」

〔八〕煩纖手：賀鑄《更漏子》：「上東門，門外柳。贈別每煩纖手。」

〔九〕新點團龍：團龍，小龍團茶餅。《山堂肆考》卷一九三引《歸田録》：「茶之品，莫貴於龍鳳團。凡八餅重一斤。小龍團，凡二十餘餅重一斤，其價直金二兩。仁宗尤所珍惜，雖輔相之臣，未嘗輒賜。惟南郊大禮致齋之夕，中書、樞密院，各四人共賜一餅。宫人剪金爲龍鳳花草綴其上。兩府八家分割以歸，不敢碾試。宰相家藏以爲寶。嘉祐七年，親享明堂，始人賜一餅。余亦恭與，至今藏之。」此泛指宫中賞賜的名貴貢茶，於此可知主人的達宦身份。點，猶云點茶。蔡襄《茶録·熁盞》：「凡欲點茶，先須熁盞令熱，冷則茶不浮。」《匯釋》：「點茶，與點湯同，即泡茶也。」　以上二句謂友人侍妾親手點泡新茶待客。

〔一〇〕温柔處：用温柔鄉典。此就有花有歌女言。韓淲《鷓鴣天·看瑞香》：「閑蝶夢，褪蜂黄。盡温柔處盡端相。」

〔一一〕垂楊嚲髻：喻雙髻偏嚲歌姬之倦舞。《韻語陽秋》卷一九：「柳比婦人尚矣。條以比腰，葉以比眉，大垂手、小垂手以比舞態。故自古命侍兒多喜以柳爲名。……韓退之侍兒亦名柳枝，所謂『别來楊柳街頭樹，擺撼春風只欲飛』是也。」《觀林詩話》載温庭筠詞形容歌姬荷葉雙髻：「裙拖安石榴，髻嚲偏荷葉。」《探芳信·飲時貴家》亦以垂楊喻舞姿：「秋桐泛商絲雨，恨未回、飄雪垂楊。」

〔一二〕燈暗句：周邦彦《青玉案》：「良夜燈光簇如豆。占好事、今宵有。」又，《蘦山溪》：「香破豆，燭頻花，減字歌聲穩。」兼用燭暗留客典。

〔一三〕行藏二句：行藏，指出處或行止。《論語·述而》：「用之則行，舍之則藏。」客，兼有坐上賓與客居蘇州的意思。

〔一四〕鶯邊二句：白居易《三月二十八日贈周判官》：「一春惆悵殘三日，醉問周郎憶得無。柳絮送人鶯勸酒，去年今日别東都。」橘下相逢，蘇州太湖洞庭西山、東山俱産名橘，一般深秋時果實黄熟。詳見《宴清都·送馬林屋赴南宫》注〔六〕。此互文見義，謂友人們一年四季或别或聚，來去匆匆。

〔一五〕算江湖二句：江湖幽夢，此指隱居的夢想。二句是上文的補充。料想身在仕途的友人們雖然皆有歸隱蘇州的夢想，並且各在行役地的殘鐘聲裏不能去懷，但現實卻仍然是不免奔競塵世。

〔一六〕好結句：黄庭堅《王充道送水仙花五十枝欣然會心爲之作詠》：「含香體素欲傾城，山礬是弟梅是兄。」好，《例釋》：「真。用以加强肯定的語氣副詞。」礬，山礬。黄庭堅《戲詠高節亭邊山礬花詩·序》：「江湖南野中有一種小白花，木高數尺，春開極香，野人號爲鄭花。王荆公嘗欲求此花栽，欲作詩而陋其名，予請名曰山礬。野人采鄭花葉以染黄，不借礬而成色，故名山礬。」

〔一七〕莫輕似二句：梁武帝《東飛伯勞歌》：「東飛伯勞西飛燕，黄姑織女時相見。」劉繪《送别詩》：「相思將安寄，悵望南飛鴻。」

〔一八〕偏宜醉：白居易《送客南遷》：「大都從此去，宜醉不宜醒。」

〔一九〕寒欺酒力：晁端禮《喜遷鶯》：「潤拂爐煙，寒欺酒力，低壓管弦聲沸。」歐陽修《送京西提刑趙學士》：「春寒酒力風中醒，日暖梅香雪後清。」可止《雪十二韻》：「入樓消酒力，當檻寫詩題。」

〔二〇〕凍云：嚴冬陰雲凝止不流，故云。唐太宗《望雪》：「凍雲宵遍嶺，素雪曉凝華。」

**【集　評】**

夏敬觀評語：「圍密」句太澀。

**【考　辨】**

朱箋：集中有《聲聲慢·和沈時齋八日登高》詞。《四庫提要》：《樂府指迷》一卷，沈義父撰，字伯時。翁大年刊本跋曰：時齋，震澤人，嘉熙元年以賦領鄉薦，爲南康軍白鹿洞書院山長。致仕講學，學者稱時齋先生。著《時齋集》、《遺世頌》、《樂府指迷》。

楊箋：時齋與夢窗聚首吴中，據《樂府指迷》所稱，及夢窗去吴歲月，不過壬寅、癸卯兩冬，疑此詞當作於淳祐二、三年間。

蔡嵩雲《樂府指迷箋釋·沈義父小傳》：遭宋亡國，隱居不仕，以遺民終。

吴熊和《唐宋詞彙評·編年》：淳祐三年（一二四三）。沈義父原唱已佚。

孫按：《震澤縣志》卷一七：「沈義甫，字伯時，少以文名，嘉定十六年領鄉薦第五，爲南康軍白鹿洞書院山長，舉行朱子學規，時稱良師，久之致仕，歸震澤鎮。寶祐元年建義塾，立明教堂講學，以淑後進。又以堂東爲祠，以祀王蘋，配以門人陳長方、楊邦弼，號曰三賢祠，隱然自任後傳之意。學者稱爲時齋先生，卒年七十八。著《遺世頌》、《時齋集》行世。元初陞義塾爲儒學，後教諭陳祐又繪義甫像於學云。」沈氏《曹昭靈侯廟神應記》署爲至元十七年（一二八〇）五月既望。《蘇州府志》卷一〇四與《震澤鎮志》卷九亦載其卒年七十八，則義父至早生於嘉泰二年（一二〇二），與夢窗年齡相仿。三種方志皆載義父嘉定而非嘉熙中領鄉薦。前賢沿翁跋而誤。沈義父《樂府指迷》曰：「余自幼好吟詩。壬寅秋，始識靜翁於澤濱。癸卯，識夢窗。暇日相與倡酬，率多填詞。」也就是説，沈氏與夢窗交往自淳祐三年（一二四三）始。但據夢窗《喜遷鶯·甲辰冬至寓越，兒輩尚留瓜涇蕭寺》詞，知其甲辰，即淳祐四年（一二四四）冬至離開蘇州，入史宅之幕中長達五年之久，其間因妻兒在蘇州，也有短期往還，但時齋卻有長期任南康軍白鹿洞山長的仕歷（孫鋭《上元夜送沈伯時赴南康山長》詩可佐證）。兩人如南鴻北燕，勢難相聚。故而這首寫於早春的詞作，還以定於淳祐三年至淳祐四年爲宜。

## 雙雙燕㈠〔一〕

小桃謝後，雙雙燕，飛來幾家庭户〔二〕。輕煙曉暝，湘水暮雲遥度㈡，簾外餘寒未捲㈢，共斜入、紅樓深處〔三〕。相將占得雕梁，似約韶光留住〔四〕。堪舉。翩翩翠羽〔五〕。楊柳岸，泥香半和梅雨〔六〕。落花風軟，戲促亂紅飛舞㈣〔七〕。多少呢喃意緒。盡日向、流鶯分訴〔八〕。還過短牆，誰會萬千言語㈤〔九〕。

【校　議】

㈠《詞譜》：「《雙雙燕》，調見梅溪集，詞詠雙燕，即以爲名。《雙雙燕》，雙調，九十八字，前段九句，五仄韻，後段十句，七仄韻。」另，《詞譜》以夢窗此詞爲「又一體」，謂與史詞相比，「惟前段第二句三字、第三句六字，後段第三句三字、第四句六字異」。《歷代詩餘》：「此詞少二字。又，後人所損也。」明張本、毛本、杜本、王朱本詞調下有詞題作「賦題」。杜本鄭批：「賦題者即詠雙燕，唐五代詞多以曲名爲題。至兩宋始，則聲文諧會者蓋寡。」《歷代詩餘》詞題作「本意」。戈校本詞調下注「范選」。

㊁ 暮雲：明張本、毛本、戈校本作「暮雨」。鄭校：「以意近訛。」

㊂ 餘寒：《詞律》、《詞譜》、戈校范選、杜本作「餘香」。

㊃ 戲促：明張本、毛本、《歷代詩餘》、戈校本作「戲從」。《詞律》、《詞譜》、戈校范選、杜本作「戲逐」。王校徑改作「戲促」。促，用同「蹴」，踢踏之意。餘本從之。鄭校謂諸家「以形近訛」。

㊄ 還過二句：《詞譜》、杜刻本作「還憐又過短牆，誰會萬千言語」。《歷代詩餘》、戈校謂范選後句作「誰會千言萬語」。杜鈔本作「誰會萬言千語」。餘本皆作四六句。鄭氏手批：「結處梅溪作『愁損玉人，日日畫闌獨凭』，與此正合。《詞譜》未宜從。」《詞譜》史梅溪是句爲「愁損翠黛雙蛾，日日畫闌獨凭」，爲六、六句式。劉永濟《微睇室説詞》：「此處史詞作『愁損翠黛雙蛾』，係六字句。此二句聲律與過拍二句同。歇拍與過拍有時可不同，但此調似不然；細按史詞自明。且如《詞譜》添二字，語氣似較足，故從之。」楊箋據《詞律》以吴作爲又一體：「《詞律》此調收夢窗此詞作

九十六字體，以『還過短牆』作四字句。另收史達祖詞作九十八字體，以『愁損翠黛雙蛾』作六字句，杜文瀾校以爲吴體脱二字，實則一體，是也。」孫按：鄭氏所據爲《絶妙好詞》所選史梅溪詞。《詞源》、《詞旨》皆作四、六句。宋元本如此，未可據《詞譜》遽改也。

【注　釋】

〔一〕此爲詠燕詞。不僅化用史達祖（字邦卿，號梅溪）《雙雙燕》，還對唐人鄭谷《燕》詩有更爲直接的化用。夢窗碎揉於詞中，未便一一指證，兹録詩詞於後。鄭谷《燕》：「年去年來來去忙，春寒煙暝渡瀟湘。低飛緑岸和梅雨，散入紅樓揀杏梁。閑几硯中窺水淺，落花徑裏得泥香。千言萬語無人會，又逐流鶯過短牆。」周密《絶妙好詞》史氏《雙雙燕·詠燕》：「過春社了，度簾幕中間，去年塵冷。差池欲往，試入舊巢相並。還相雕梁藻井。又軟語、商量不定。飄然快拂花梢，翠尾分開紅影。芳徑。芹泥雨潤。愛貼地争飛，競誇輕俊。紅樓歸晚，看足柳昏花暝。應自棲香正穩。便忘了、天涯芳信。愁損玉人，日日畫欄獨凭。」

〔二〕小桃三句：鄭谷《杏花》：「小桃新謝後，雙燕卻來時。」陶潛《擬古詩九首》（之三）：「翩翩新來燕，雙雙入我廬。」《歷代詩話》卷六〇：「驚蟄之一候桃花，二候棣棠，三候薔薇。」《緯略》卷六：「王履道詩：『桃花春有信，結子遍昭陽。』則言桃信也。」燕子則於春社前北歸，正在桃花謝後。幾家，猶云何處。《匯釋》：「幾，猶何也。」「家，與價同，估量辭。」

〔三〕簾外三句：謝朓《和王主簿季哲怨情詩》：「花叢亂數蝶，風簾入雙燕。」薛昭藴《謁金門》：「睡覺水精簾未卷，簾前雙語燕。」陸游《燕》：「爭梁誶語驚幽夢，掠地斜飛避晝簾。」餘寒，暗寫春雨。杜甫《雨》：「淒淒生餘寒，殷殷兼出雷。」

〔四〕相將二句：杜甫《徐步》：「芹泥隨燕觜，花蕊上蜂須。」《補注杜詩》引蘇注曰：「梁王覺爲佞人奪權，故人慰問。指庭下泥笑謂客曰：『非久，當隨燕觜汙君子雕梁。』蓋譏執政非特達賢者，大抵晉唐人率多以燕雀指人王。」相將，《匯釋》：「猶云相與或相共也。」陶潛《擬古詩九首》(之三)：「先巢故尚在，相將還舊居。」韶光，意綴首句，謂是小桃新謝時的媚春時節。梁簡文帝《與慧琰法師書》：「五翳消空，韶光表節。」

〔五〕堪舉二句：白居易《燕詩示劉叟》：「梁上有雙燕，翩翩雄與雌。」《易·泰》：「六四，翩翩，不富以其鄰，不戒以孚。」程頤傳：「翩翩，疾飛之貌。」堪舉，猶史達祖詞中「輕俊」之意。翠羽，尾翼。典例見《渡江雲·西湖清明》注〔五〕。

〔六〕楊柳岸二句：此特燕子在楊柳岸邊銜起和著落梅花瓣的香泥準備築起巢壘。

〔七〕落花二句：承上香泥句意。杜甫《城西陂泛舟》：「魚吹細浪摇歌扇，燕蹴飛花落舞筵。」秦觀《滿庭芳》：「古臺芳榭，飛燕蹴紅英。」風軟亦即李商隱《無題》詩中「東風無力」之意。

〔八〕多少三句：「簾外」三句意亦入此。劉兼《春燕》：「多時窗外語呢喃，只要佳人卷繡簾。」

〔九〕還過二句：反用秦觀《夜遊宫》句意：「巧燕呢喃向人語。何曾解、説伊家、些子苦。」短牆，杜甫《王十七侍御掄許攜酒至草堂奉寄此詩便請邀高三十五使君同到》：「江鸛巧當幽徑浴，鄰雞還過短牆來。」

【集 評】

劉永濟《微睇室説詞》：此調本史邦卿自製，夢窗用之。燕子春社始來，「小桃謝後」寫社後之時序。「輕煙」二句寫其來處。「簾外」二句因社後猶有「餘寒」，故「未卷」簾，因樓簾未卷，故雙燕欲入紅樓，只得「斜入」。用心甚細，足與史詞並美。過拍二句寫其穩住雕梁之意。换頭三句寫其營巢、銜泥之事。「落花」一句寫其穿花。「多少」二句寫其呢喃，「向流鶯分訴」，以鶯作陪襯也。……此詞「亂紅飛舞」以上，從各方面描寫燕子，「多少」以下四句，則關合人情。誦「誰會萬千言語」之句，似有知音難遇之感。「過短牆」者，依人之意。燕子巢於人家庭户，與人之入幕爲賓，正相類似，此或夢窗詠燕之本意。考夢窗一生，皆以遊幕爲事，詞中可考者，四十二歲以前，在蘇州倉臺幕中，其後又從吴潛、史宅之、尹焕諸人游，與吴交誼尤厚。六十歲後又客嗣榮王趙與芮邸。所與遊者雖多貴盛，然未被薦引。其一生或尚曾在他人幕中，但詞中無考。「短牆」之語，或指此類人物。此詞作法，與史達祖所作，亦約略相似。……（史達祖）全詞筆調極其靈活，可以「輕俊」二字評之。吴詞亦不少遜，但托意不同，人品遂别。

# 無悶

催雪㊀

霓節飛瓊〔一〕，鸞駕弄玉〔二〕，杳隔平雲弱水〔三〕。倩皓鶴傳書〔四〕，衛姨呼起〔五〕。莫待粉河凝曉〔六〕，趁夜月、瑶笙飛環佩〔七〕。正蹇驢吟影〔八〕，茶煙竈冷，酒亭門閉〔九〕。　歌麗〔一〇〕。泛碧蟻〔一一〕。放繡簾半鉤㊁〔一二〕，寶臺臨砌〔一三〕。要須借東君，灞陵春意〔一四〕。曉夢先迷楚蝶㊂〔一五〕，早風戾〔一六〕、重寒侵羅被㊃〔一七〕。還怕掩、深院梨花，又作故人清淚〔一八〕。

【校　議】

㊀ 明張本、《古今詞統》、毛本、《詞譜》、王朱本詞調作《催雪》，明張本詞題作「賦題」。《古今詞統》作「本意」。毛本無詞題。詞家對詞調是《催雪》還是《無悶》，衆説紛紜，並無定論。《詞律》列於《無悶》調後，校曰：「此或夢窗以前調賦催雪之詞，後傳其題而逸其名耳。」《歷代詩餘》詞調亦作《無悶》。詞題作「催雪」。校曰：「雙調。九十九字。或作《閨怨無悶》者，按之

大約以《無悶》調填閨怨題，遂以傳訛，非別有一調也。」然《詞譜》校曰：「此調始自姜夔，本催雪詞也，即以爲名。吳文英、王沂孫俱有此調，詞與《無悶》調不同，《詞律》類列者，誤。」杜校從其說。戈選杜批：「《無悶》調名見程書舟詞，句法與此不同。《催雪》之調始於白石，因催雪而作，此詞及後之碧山詞皆可以《催雪》名調。」王校亦從之。朱二校本、底本從《詞律》。底本校曰：「按丁注、王沂孫《無悶》詞並與此合，據改。」鄭文焯同意朱説。鄭氏手批：「案《斷腸詞》以《念奴嬌》賦『催雪』二解，足知明鈔於調下注賦題者，或詞人當時賦『催雪』者多，夢窗因自度爲曲，即以之命題邪？當據《斷腸詞》訂正，題爲『催雪』，調爲《無悶》，無疑義也。」「《花外集》《無悶》詞與此句逗、字律無少異，均部亦同。何《詞譜》獨謂迥別，半唐校刻亦未之深考。且《花外集》乃四印齋叢刻之一種，豈未取《無悶》舊譜而一斠之，轉不從杜刻改正耶？今朱漚尹再版已訂爲《無悶》賦催雪，是也。」另，鄭氏《校議補録》辨之甚詳：「歸安朱漚尹輯刻《湖州詞徵》卷二，有丁注作《無悶》解，無題。審其詞意，全章確爲賦雪。」詳見本書《附録三・題識序跋及校録凡例》。朱德慈按曰：「檢《陽春白雪》卷一，丁注《無悶》確爲催雪作，鄭説不謬。《詞譜》列其調名《催雪》，並注：『此調始自姜夔，本催雪詞也，即以爲名。』乃據洪正治本《白石詩詞集》，實一誤作者，二誤調名也。吳藕汀《詞名索引》於《催雪》下注『即《無悶》』，甚是。然其列《無悶》時謂『調見宋程垓《書舟詞》』，卻又甚非，應曰『調始自宋人丁注作』。另，汲古閣本《書舟詞》列此調作《閨怨無悶》，不知『閨怨』二字實乃題名。《全宋詞》未察其誤，一仍其舊；《增訂注釋全宋詞》襲之。均當訂正。」

㈡繡簾：《古今詞統》、毛本、《歷代詩餘》、《詞律》、戈選、杜本、王朱本、朱二校本、鄭校作「繡箔」。鄭氏手批：「『簾』訛。據碧山詞當作側。」

㈢楚蝶：戈選、杜本作「胡蜨」。

㈣羅被：戈選、杜本作「羅袂」。

【注釋】

〔一〕飛瓊：許飛瓊。《漢武帝内傳》：「王母乃命諸侍女……許飛瓊鼓震靈之簧。」也用以喻指飄飛的雪片等。劉義恭《夜雪詩》：「屯雲閉星月，飛瓊集庭樹。」此雙用之。這首雪詞運化了吴均《詠雪詩》：「微風摇庭樹，細雪下簾隙。縈空如霧轉，凝階似花積。不見楊柳春，徒看桂枝白。零淚無人道，相思空何益。」

〔二〕鸞駕：《文選·陳琳〈爲袁紹檄豫州〉》：「後會鸞駕反旆，群虜寇攻。」劉良注：「鸞駕，天子車也。」後亦爲車駕之美稱。弄玉：仙女。玉色如白雪。亦雙用之。以上二句頗化用韓愈《辛卯年雪》：「白帝盛羽衛，鬖髿振裳衣。白霓先啟塗，從以萬玉妃。」

〔三〕弱水：《十洲記·鳳麟洲》：「鳳麟洲，在西海之中央，地方一千五百里，洲四面有弱水繞之，鴻毛不浮，不可越也。」以上三句以飛瓊、弄玉代指雪神，以霓節、鸞駕形容其車騎。「杳」字寫雪神的身影雖然杳遠但已經可以感受，用以渲染釀雪天氣。

〔四〕皓鶴傳書：杜甫《昔遊》：「王喬下天壇，微月映皓鶴。」白鶴是仙人的坐騎，可代爲傳書。孔稚珪《北山移文》：「及其鳴騶入谷，鶴書赴隴。」且鶴以其毛色「皓白」，故堪爲催雪使者。

〔五〕衛姨：本指衛夫人，名鑠，字茂漪，王羲之曾從其學書，據傳衛夫人是其姨母，羲之有《姨母帖》傳世。此合用玉人衛玠典故。虚中坐實衛夫人與玉人衛玠有親緣關係，面色白皙是理之自然，故亦不辱爲雪神使者。

〔六〕粉河：銀河。凝曉：駱賓王《秋晨同淄川毛司馬秋九詠·秋露》：「變霜凝曉液，承月委圓輝。」此句可與王沂孫《無悶·雪意》參看：「欲喚飛瓊起舞，怕攪碎、紛紛銀河水。凍雲一片，藏花護玉，未教輕墜。」

〔七〕趁夜月二句：謂雪神趁銀河水未凝成冰雪之前吹笙佩環準備起程。

〔八〕蹇驢吟影：李商隱《李長吉小傳》：「（李賀）恒從小奚奴，騎蹇驢，背一古破錦囊，遇有所得，即書投囊中。及暮歸，太夫人使婢探囊出之，見所書多，輒曰：『是兒要當嘔出心乃已爾。』上燈，與食。長吉從婢取書，研墨，疊紙，足成之。投他囊中。」《楚辭·東方朔〈七諫·謬諫〉》：「駕蹇驢而無策兮，又何路之能極。」王逸章句：「蹇，跛也。」下闋「灞陵」意入此句，合用鄭綮「詩思在灞橋風雪中驢背上」典故。

〔九〕茶煙二句：雪水可用於烹茶。《古今事文類聚前集》卷四：「陶穀學士買得党太尉家妓，遇雪。陶取雪水烹團茶，謂妓曰：『党家應不識此。』妓曰：『彼粗人，安有此。但能於銷金暖帳中，淺斟低唱，吃羊羔兒酒。』陶默然慚其言。」《遵生八箋》卷六：「茶以雪烹，味更清冽，所爲半天河水是也。不受塵垢，幽人啜此，足以破寒時乎？」　楊箋以上二句曰：「『茶灶』、『酒亭』，賞雪之地。『冷』、『閉』則待之切也。」鍾振振《讀夢窗詞札記》駁曰：「謂無雪則不得烹茶，故曰『茶煙灶冷』也。又，雪天寒冷，酒家生意自然興隆；今則未雪，酒家生意不免清淡：故曰『酒亭門閉』也。二句皆敷陳其所以『催雪』之故，是屬題外盤旋之筆。」孫按：楊箋所謂「待」與鍾説所謂「題外盤旋」，其義一也，所欠者皆「雪」也。

〔一〇〕歌麗：以歌聲宛轉舞姿徘徊形容空中雪花欲落未落之狀。宋祁《馬上逢雪》：「宛轉呈歌麗，裴回逼舞真。」

〔一一〕泛碧蟻：碧蟻，猶言「緑蟻」。張衡《南都賦》：「醪敷徑寸，浮蟻若萍。」蟻，酒面糟滓上泛。《文選・謝靈運〈在郡卧病呈沈尚書詩〉》：「嘉魴聊可薦，緑蟻方獨持。」李善注：「《釋名》曰：酒有泛齊，浮蟻在上，洸洸然。」　以上二句是天晚將雪，作好持酒聽歌賞雪的準備。

〔一二〕放繡簾句：周邦彦《紅林檎近・詠雪》：「那堪飄風遞冷，故遣度幕穿窗。」張祜《和杜使君九華樓見寄》：「孤城高柳曉鳴鴉，風簾半鉤清露華。」

〔一三〕寶臺臨砌：此寫置放几案於積雪臺階。 以上二句寫預賞，待看穿越簾幕的飛雪與屯於臺階的積雪。

〔一四〕要須二句：採用柳絮喻雪典故。灞陵，亦作霸陵。詳參見《解連環·留別姜石帚》注〔四〕。要須，此二字唐宋人皆用作轉折詞。要，《例釋》：「表示轉折語氣的副詞，相當於『卻』、『可是』，與先秦兩漢之際作爲『總舉之詞』的用法不同。」須，《匯釋》：「猶卻也。於語氣轉折時或語氣加緊時用之。」東君，司春之神。王仲聞注李清照《小重山》：「蓋東君原爲日神，後演變而爲春神也。」意思要看到雪花宛如柳絮漫天飛舞，卻須憑藉東風之力。此與結處寫雪片迅速化爲雨水，都約略點出所詠爲春雪。

〔一五〕曉夢句：梁簡文帝《詠雪詩》：「鹽飛亂蝶舞，花落飄粉奩。」裴子野《詠雪詩》：「拂草如連蝶，落樹似飛花。」楚蝶，莊生夢中化爲蝴蝶，莊子楚人，故云。

〔一六〕早：《匯釋》：「猶本也，已也。」 風戾：《文選·潘岳〈秋興賦〉》：「庭樹槭以灑落兮，勁風戾而吹帷。」李善注：「戾，勁疾之貌。」

〔一七〕重寒：邵雍《安樂窩中好打乖吟》：「重寒盛暑多閉户，輕暖初涼時出街。」 以上三句預想第二天清晨的情景，從夢中醒來，見雪片如蝶，雖迷茫不辨真幻，但沁入羅被的寒意，已可感知雪意沈沈。

〔一八〕還怕掩三句：李重元《憶王孫·春詞》：「欲黄昏。雨打梨花深閉門。」梨花淚，合用雪如梨花及梨花枝上雨如淚典故。預寫春雪化雨。

【考辨】

卓人月、徐士俊《古今詞統》卷一三：「燈花寒不結」、「肅肅風簾舉」，是此時景。

孫按：《酉陽雜俎》卷一二：「梁遣黄門侍郎明少遐、秣陵令謝藻、信威長史王纘沖、宣城王文學蕭愷、兼散騎常侍袁狎、兼通直散騎常侍賀文發宴魏使李騫、崔劼。温涼畢，少遐詠騫贈其詩曰：『「蕭蕭（一曰肅肅）風簾舉」，依依然可想。』騫曰：『未若「燈花寒不結」，最附時事。』少遐報詩中有此語。」此爲南朝官員與北朝使節各以天氣隱喻朝政，卓氏以爲夢窗亦以賦雪題旨抒發憂時之感。

## 水調歌頭

賦魏方泉望湖樓㊀〔一〕

屋下半流水，屋上幾青山〔二〕。當心千頃明鏡㊁〔三〕，入座玉光寒〔四〕。雲起南峰未雨，雲斂北峰初霽〔五〕，健筆寫青天㊂〔六〕。俯瞰古城堞〔七〕，不礙小闌干〔八〕。繡鞍馬〔九〕，軟紅路〔一〇〕，乍回班〔一一〕。層梯影轉亭午㊃〔一二〕，信手展緗編㊄〔一三〕。殘照遊船收盡〔一四〕，新月書簾纔捲㊅〔一五〕，人在翠壺間〔一六〕。天際笛聲起，塵世夜漫漫〔一七〕。

【校議】

㈠毛本、《歷代詩餘》、戈校本、杜本、王朱本、朱二校本詞題作「賦方泉望湖樓」。

㈡當心：毛本、《歷代詩餘》、戈校本、杜本、王朱本、朱二校本作「賞心」。千頃：《歷代詩餘》作「千里」。

㈢青天：戈校本作「天青」。

㈣亭午：毛本、戈校本、杜本、王朱本作「停午」。停，通「亭」。

㈤緗編：明張本作「湘編」。

㈥書簾：《歷代詩餘》、王朱本、四明本作「畫簾」。鄭氏手批：「『書簾』不誤。見《蟻術詞選》。」

【注釋】

〔一〕魏方泉：即魏峻。　望湖樓：在紹興府治城牆上，統屬西園建築群。《會稽志》卷一：「西園。……後六年，而向公傳式來，是時有淥波亭（此亭前所未見，始見於向公詩）；又於城上起望湖樓（案向公《淥波亭》詩云：城上興崇構，林端露半梯。注云：園枕郡城，予因建樓其上以望湖山也）。……鵝池里，東清真軒，西崇峻庵，南騁懷亭，北曲水。曲水之東，欄楯相接，若閣道者，曰惠風閣。繇惠風歷清真西南登城，亭曰列翠。列翠以北，曰華星，亦城上亭。多無扁，不具載。蓋今園，燕休則飛蓋堂最勝，觴詠曲水最勝，登覽之勝則列翠矣。」蔣堂《寄題望湖樓》、楊時《望湖樓晚眺》亦寫紹興望湖樓。這裏正如蔣堂《諸官詩成因書二韻於後》所云，是「一派西園曲水聲，水邊終日會冠纓」的風流淵藪，下文所引向傳式、張伯玉、林槩等人的詩作，也是西園題詩。

〔二〕屋下二句：蘇軾《司馬君實獨樂園》：「青山在屋上，流水在屋下。」

〔三〕千頃明鏡：此喻指鏡湖。「千」字意亦入「青山」、「南峰」、「北峰」句中。

〔四〕入座句：王隨《鄭州浮波亭》：「瀲灩波光入座寒，翠翎雪羽下雲端。」以「玉光」喻山光水色，蔣堂《寄題望湖樓》：「城上危樓勢孤峙，樓頭盡見湖中水。水色澄明遊者多，古來雅以鑒爲比。」

〔五〕雲起二句：白居易《寄韜光禪師》：「南峰雲起北峰雲，前臺花發後臺見。」《御選唐詩》注曰：「《淮南子》：山致其高而雲起焉。……《一統志》：南高峰在杭州府城西十二里。《名勝志》：南高峰由煙霞洞循磴而上，凡高一千六百丈，徑路盤旋，松篁葱蒨，非芒鞋竹杖不能攀陟。《一統志》：北高峰在府城西北二十三里。《名勝志》：北高峰乃靈隱最高一峰。石磴數百級，曲折三十六灣。唐天寶中建浮屠七層於頂，群山屏列，湖水鏡浮，雲光倒垂，萬象在下，望浙江如匹練之新濯。」借西湖南北高峰及水光山色渲染紹興望湖樓，借景亦夢窗慣技。秦觀《次韻公辟會蓬萊閣》：「路隔西陵三兩水，門臨南鎮一千峰。」曾幾《紹興帥相湯公會五客蓬萊閣登望海亭屬某賦詩》：「秦望極高秀，千峰散江湖。」

〔六〕健筆句：以雄健的書法和矯健的文筆喻寫雲朵山峰的奇異形狀。參見《塞翁吟·餞梅津除郎赴闕》注〔一〇〕。

〔七〕俯瞰句：蔣堂《寄題望湖樓》：「頻登雉堞追古往，盛集賓朋爲宴喜。」城堞，泛指城牆。賈誼《新書・春秋》：「及翟伐衛，寇挾城堞矣。」

〔八〕小闌干：元稹《春遊》：「鏡水波猶冷，稽峰雪尚殘。……無人知此意，閑憑小闌干。」

〔九〕繡鞍馬：馬背繡鞍在宋朝是級別的象徵。《宋史・輿服・二》：「舊制諸王視宰相用繡鞍韉。政和三年，始賜金花鞍韉，諸王不施狨坐。」《宋史・郭浩傳》：「拜檢校少保，還鎮。賜以御府金器、繡鞍。」魏氏以郡主駙馬的身份可享此殊榮。

〔一〇〕軟紅路：指京城繁華的道路。

〔一一〕回班：上朝歸來。王質《臨江仙》：「雙瞻御座立昭容。回班趨複道，環佩響丁東。」楊箋以上三句曰：「『鞍馬』、『回班』，見郡王身分。」

〔一二〕層梯句：向傳式《淥波亭》：「城上興崇構，林端露半梯。」亭午，孫綽《游天台山賦》：「爾乃羲和亭午，游氣高褰。」

〔一三〕信手句：韓愈《進學解》：「先生口不絕吟於六藝之文，手不停披於百家之編。」緗編，代指書籍。

〔一四〕殘照句：即蔣堂《寄題望湖樓》詩中「家家畫舫日斜歸，處處菱歌煙際起」之意。

〔一五〕新月句：杜甫《月》：「塵匣元開鏡，風簾自上鉤。」亦即楊時《望湖樓晚眺》詩中「斜日侵簾上玉鉤，簷花飛動錦文浮」、「留連更待東窗月，注目晴空獨倚樓」之意。

〔一六〕翠壺：此喻仙人以酒壺營造的自得其樂的境界，也兼指青山綠水中的建築。猶言翠蓬仙境。林槩《題曲水閣》：「石泉寒繞澗，山木翠和春。秀入壺中望，幽凝物外身。」范成大《浙東參政寄示會稽蓬萊閣詩軸次韻寄題》：「塵埃不隔壺中境，功業猶關物外身。」劉述《題曲水閣》：「東山如未起，好住小蓬萊。」餘參見《滿江紅·澱山湖》注〔二〕、《尉遲杯·賦楊公小蓬萊》注〔一三〕。與舊志所云蓬萊仙山正對會稽相合。

〔一七〕天際二句：程師孟《秦少游題郡中蓬萊閣次其韻》：「湖暖水香春載酒，月寒雲白夜聞笙。」

**【集評】**

夏敬觀評語：夢窗自有學蘇辛一派之詞，故漚尹晚頗入此路。

**【考辨】**

田考：魏峻，名叔高，字方泉，其妻趙氏爲理宗之姊。淳祐四年（一二四四）知平江府，六年（一二四六）除刑部侍郎，同年卒（《吴郡志》、《癸辛雜識》、《適庵餘稿》）。孫按：應爲《藏拙餘稿》）。

吴熊和《唐宋詞彙編·編年》：《吴郡志》卷一一：「魏峻，朝散大夫、集英殿修撰。淳祐四年四月二十六日到任。六年三月十三日，御筆除刑部侍郎。」望湖樓在杭州西湖邊。此詞當淳祐六年（一二四六）魏峻官刑部後作。

孫按：《癸辛雜識後集》：「魏峻，字叔高，號方泉。娶趙氏，乃穆陵親姊四郡主也（理宗第六，福王第八）。庚午歲得男，小字關孫，自幼育於紹興之甥館，實慈憲全夫人之愛甥也。慈憲每於禁中言其可喜，且爲求官。穆陵以慈憲之故，欲一見而官之。遂俾召至皇城。法，凡異姓入宫門，必縣牌於腰乃可，惟宗子則免此。一時權宜，遂令假名孟關以入見焉。時度宗亦與之同入宫，故其後遂倡爲魏太子之説。」此條記載顯見魏氏得寵於理宗之母榮王夫人全氏。

另據《寶慶四明志》卷一〇，知魏峻爲四明（今浙江寧波）人，嘉熙二年（一二三八）周坦榜進士。據《咸淳臨安志》卷五〇：「淳祐元年，運判。二年升副。三年除右司、兵部侍郎。」後文《沁園春·冰漕鑿方泉》一詞列於新詞稿，可以確定寫於淳祐三年（一二四三）尚在轉運副使任上時，並且題叙「賓客請以名齋」，臆測魏氏淳祐三年以「方泉」名齋後即以之爲號，故知《沁園春》應寫於此詞之前。

據集中《喜遷鶯·甲辰冬至寓越，兒輩尚留瓜涇蕭寺》，知夢窗甲辰即淳祐四年（一二四四）冬至入紹興知府史宅之幕中，淳祐六年（一二四六）三月即隨幕杭京，而魏峻淳祐四年四月至淳祐六年三月皆在蘇州知府任上，事見《吴郡志》（卷一一）。但魏峻尚理宗親姊四郡主，山陰榮王府邸中有贅婿所居「甥館」。魏氏旬假探親於紹興，應有陪遊郡守、登城望湖之遊賞也。

# 洞仙歌㊀

方庵春日花勝宴客，爲得雛慶。花翁賦詞，俾屬韻末㊁〔一〕

芳辰良宴〔二〕，人日春朝並〔三〕。細縷青絲裹銀餅〔四〕。更玉犀金彩，沾座分簪〔五〕，歌圍暖〔六〕，梅靨桃唇鬭勝〔七〕。　露房花曲折〔八〕，鶯入新年〔九〕，添個宜男小山枕〔一〇〕。待枝上，飽東風，結子成陰〔一一〕，藍橋去、還覓瓊漿一飲〔一二〕。料別館〔一三〕、西湖最情濃〔一四〕，爛畫舫月明，醉宮袍錦㊂〔一五〕。

【校議】

㊀ 明張本、毛本是調後有姜夔《洞仙歌·賦黄木香贈辛稼軒》。杜本等删。鄧録毛扆本：「(勞)權案，又見《白石道人歌曲》別集。」

㊁ 《歷代詩餘》無詞題。戈校本詞題下注「范選」。

㊂ 宮袍：《詞律》、《詞譜》作「袍宮」。

【注釋】

〔一〕方庵：李方庵。　春日：此特指立春日，觀詞意知此年立春正好是正月初七。古代立春、人日風俗大致相同。　花翁：即孫惟信。夢窗友人。生平詳後文《倦尋芳·花翁遇舊歡吴門老妓李憐》。

〔二〕芳辰：《初學記》卷三：「梁元帝《纂要》曰：春曰青陽，亦曰發生、芳春、青春、陽春、三春、九春。」「辰曰良辰、嘉辰、芳辰。」　良宴：《古詩十九首》：「今日良宴會，歡樂難具陳。」此兼指節日與生子的宴席。

〔三〕人日：《事物紀原》卷八：「董勳問禮曰：正月一日爲雞，二日狗，三日羊，四日豬，五日牛，六日馬，七日人。」　春朝並：此特指立春、人日、慶生相並的日子。　以上二句暗用良辰、美景、賞心、樂事之「四美」以及賢主、嘉賓之「二難」典故。

〔四〕細縷句：范成大《朝中措·丙午立春大雪是歲十二月九日丑時立春》：「青絲菜甲，銀泥餅餌，隨分杯盤。」《編珠》卷三：「吴筠《餅説》：細似華山之玉屑，白如梁甫之銀泥。」餘參見《解語花·立春風雨中餞處静》注〔一二〕。

〔五〕更玉犀二句：玉犀，《宋史·輿服·三》：「通天冠。二十四梁，加金博山，附蟬十二，高廣各一尺。青表朱裏，首施珠翠，黑介幘，組纓翠緌，玉犀簪導。」此泛指玉簪。　金彩，代指花勝。　李商隱《人日即事》：「鏤金作勝傳荆俗，剪綵爲人起晉風。」餘參見《解語花·立春風雨中餞處静》注〔一〇〕。

〔六〕歌圍暖：《錦繡萬花谷前集》卷二四：「唐宰相楊國忠家富……冬月則令妓女圍之，號肉屏風。」並用「密圍」典。

〔七〕梅靨桃脣：以花朵形容席上歌妓，此爲宋代慶生習俗。王禹偁《張屯田弄璋三日略不會客戲題短什共以滿月開筵》：「至時擔酒移厨去，請辦笙歌與管弦。」

〔八〕露房：周邦彦《玲瓏四犯》：「穠李夭桃，是舊日潘郎，親試春豔。自別河陽，長負露房煙臉。」

〔九〕鶯入新年：見《塞垣春·丙午歲旦》注〔六〕中杜甫詩。

〔一〇〕宜男山枕：《舊唐書·五行志》：「韋庶人妹七姨，嫁將軍馮太和，權侵人主，嘗爲豹頭枕以避邪，白澤枕以避鬼，伏熊枕以宜男。」山枕，中凹，兩端突起的枕頭。温庭筠《更漏子》：「山枕膩，錦衾寒，覺來更漏殘。」

〔一一〕待枝上三句：杜牧《歎花》：「如今風擺花狼藉，緑葉成陰子滿枝。」

〔一二〕藍橋二句：用藍橋驛典。瓊漿，喻美酒。《楚辭·招魂》：「華酌既陳，有瓊漿些。」鍾振振《讀夢窗詞札記》箋以上五句曰：「實謂兒母蓐草之初，當避枕席，須待夏日果木『結子成陰』之時，方可重温雲雨也。洗兒宴上竟爲此戲謔之語，足見夢窗與方庵交情甚洽。然其語意近於褻，亦不得爲之諱也。」

〔一三〕別館：本指行宮、別業等正室之外的居室。《述異記》卷上：「梧桐宫，在句容縣。傳云：吴別館，有楸梧成林焉，梧子可食。古樂府云『梧宫秋，吴王愁』是也。」此處是外室的委婉説法。

〔一四〕西湖句：謂諸外室中，李方庵對這位藏嬌西湖的兒母用情最深。

〔一五〕爛畫舫二句：用李白著宫錦袍事，《舊唐書·李白傳》：「乃浪跡江湖，終日沉飲。時侍御史崔宗之謫官金陵，與白詩酒唱和。嘗月夜乘舟，自采石達金陵。白衣宫錦袍，於舟中顧瞻笑傲，傍若無人。」李方庵與李白同姓，用此頌揚其才華性情。爛，酣暢地。

【集評】

鄭氏手批：「鶯入新年語」，杜少陵句。

【考辨】

朱箋：集中《木蘭花慢》游虎邱詞題云「李方庵將滿秩」。蓋亦官吴中者。

孫按：許棐《梅屋集》卷一載《李方庵款梅》：「梅花惆悵三年别，香鎖空庭幾風月。今年花發主人歸，依舊主人貧徹骨。小枝分立硯屏邊，無酒酬春燭焰寒。數葉殘書翻未了，唤起山童敲鳳團。」許棐，字忱夫，海鹽人。嘉熙中，隱於秦溪，植梅於屋之四簷，號曰梅屋。淳祐九年（一二四九）卒。秦溪，在嘉興。《浙江通志》卷一一：「秦溪。《至元嘉禾志》：在縣西南三十六里，通豐水港，接運河。旁有法喜寺，鐫『秦溪』二字於石。」《宋史·地理四》：「（兩浙路）嘉興府，本秀州軍事。政和七年賜郡名曰嘉禾。慶元元年以孝宗所生之地，升府。嘉定元年升嘉興軍節度。」有嘉興、華亭、海鹽、崇德四屬縣。夢窗另有《探芳信·與李方庵聯舟入杭》詞，據知李方庵時方庵至嘉興，索舊燕同載與許棐同寓嘉興。另，沈義父《樂府指迷》：「孫花翁有好詞，亦善運意。但雅正中忽有一兩句市井句，可惜。」可知孫花翁在當時就是知名詞人。據劉克莊《孫花翁墓志銘》，孫花翁卒於淳祐三年（一二四三），詞當於淳祐三年前寫在杭州。

## 秋思㊀　夾鐘商

荷塘爲括蒼名姝求賦其聽雨小閣㊁〔一〕

堆枕香鬟側〔二〕。驟夜聲〔三〕、偏稱畫屏秋色〔四〕。風碎串珠〔五〕，潤侵歌板〔六〕，愁壓眉窄〔七〕。動羅箑清商〔八〕，寸心低訴叙怨抑〔九〕。映夢窗，零亂碧〔一〇〕。待漲緑春深〔一一〕，落花香泛〔一二〕，料有斷紅流處，暗題相憶〔一三〕。歡酌㊂。簷花細滴〔一四〕。送故人、粉黛重飾〔一五〕。漏侵瓊瑟。丁東敲斷，弄晴月白㊃〔一六〕。怕一曲㊄、霓裳未終〔一七〕，催去驂鳳翼〔一八〕。歎謝客〔一九〕、猶未識。漫瘦卻東陽〔二〇〕，燈前無夢到得。路隔重雲雁北㊅〔二一〕。

【校　議】

㊀《古今詞統》、毛本、《歷代詩餘》、《詞律》、《詞譜》、戈校本、戈選、杜本、王朱本、朱二校本、四明本

詞調作《秋思耗》。此調又名《畫屏秋色》。《詞律拾遺》斷句並有異同：「一百二十三字，又名《畫屏秋色》。或云自『潤侵』至『春深』與後『丁東』至『東陽』相同，『動羅箑』以下十二字於『商』字分豆，『怕一曲』以下十二字於『終』字分豆，然總之十二字一氣，平仄不差，分豆語句不拘也。或謂『客』字亦是叶韻，『燈前無夢』四字句與前『落花香泛』同，『到得』二字句叶韻，『路隔』亦二字句叶韻。『重雲雁北』四字句叶韻，俱用去入二聲。正此調促拍淒緊之處。此説甚新，然不敢從，姑采其説於此。」《詞譜》：「調見《夢窗詞》，吴文英自度腔。因詞有『偏稱畫屏秋色』句，更名《畫屏秋色》。」「此調只有此詞，無別首宋詞可校。」底本校曰：「按《秋思》爲琴曲名，見白居易《池上篇序》，當即詞調所本。或別本題首有『毛』字，傳寫誤衍作『耗』，俟考。」鄭文焯同意朱説。鄭氏手批：「此『耗』字疑即次行『毛』字半形之訛變。」鄭氏《校議補録》於此亦有詳辨。詳見本書《附録三·題識序跋及校録凡例》。陳鋭《褎碧齋詞話·鈔本夢窗詞》：「至『耗』之衍，則題下『荷塘』上應有『毛』字，而隔行第三字爲『香』字，以『香』字之『禾』配以『毛』字，遂成大錯。」

㈡《古今詞統》、毛本、戈校本、杜本、王朱本、朱二校本、四明本詞題「賦」下少一「其」字。《歷代詩餘》、戈選詞題作「爲括蒼名姝賦聽雨小閣」。

㈢歡酌：《古今詞統》、毛本、《歷代詩餘》、《詞律》、《詞譜》、戈校本、戈選、杜本、王朱本、朱二校本作「歡夕」。鄭氏手批：「『酌』字叶。二語全用杜詩。」又，《校議補録》：「過片短均。」夏敬觀評語：「毛本『酌』作『夕』。兩字句换頭較妥。」楊箋：「『酌』字是韻，但與今韻不同，毛本改『夕』，非是。」

㈣弄晴：《歷代詩餘》作「弄情」。

㈤怕：《詞譜》作「悄」。

㈥雁北：杜校：「『雁』字，葉譜作『南』。」

## 【注　釋】

〔一〕括蒼：台州山名。　名姝：李希濟《妖妄傳·張和》：「蜀郡豪家，富擬卓鄭。蜀之名姝，無不畢致。」楊箋：「《廣韻》：女之美者曰『姝』。」

〔二〕堆枕句：李賀《美人梳頭歌》：「西施曉夢綃帳寒，香鬟墮髻半沈檀。」顧敻《木蘭花》：「小金鸂鶒沈煙細，膩枕堆雲髻。」馮延巳《菩薩蠻》：「嬌鬟堆枕釵横鳳，溶溶春水楊花夢。」楊箋：「『側』字得『聽』字之神。」

〔三〕夜聲：猶言「夜來風雨聲」。

〔四〕偏：《例釋》：「正，恰，表時間的副詞。」　畫屏秋色：意貫入「映夢窗」句。江淹《空青賦》：「亦有曲帳畫屏，素女彩扇。」

〔五〕風碎：周朴《春宮怨》：「風暖鳥聲碎，日高花影重。」　串珠：白居易《寄明州于駙馬使君三絶句》（之三）：「何郎小妓歌喉好，嚴老呼爲一串珠。」自注：「嚴尚書《與于駙馬詩》云：『莫損歌喉一串珠。』」蘇軾《菩薩蠻·歌妓》：「遺響下清虚。累累一串珠。」

〔六〕歌板：擊節的拍板。李賀《酬答二首》（之二）：「試問酒旗歌板地，今朝誰是拗花人。」

〔七〕愁壓眉窄：眉色中有寬眉稱「廣」。《後漢書·馬廖傳》：「長安語曰：『城中好高髻，四方高一尺。城中好廣眉，四方且半額。城中好大袖，四方全匹帛。』」夢窗由此煉辭，曰連娟細眉愁蹙爲「窄」。以上所寫雨聲潮氣皆與歌舞場中事相關，故楊箋曰：「是名姝聽雨。」

〔八〕羅箑：歌扇。

〔九〕寸心：謂愁怨之心。庾信《愁賦》殘文：「誰知一寸心，乃有萬斛愁。」

〔一〇〕映夢窗二句：張泌《南歌子》：「數聲蜀魄入簾櫳。驚斷碧窗殘夢，畫屏空。」此處補足「畫屏秋色」句意。　淩亂碧，王僧孺《夜愁示諸賓詩》：「誰知心眼亂，看朱忽成碧。」武則天《如意娘》：「看朱成碧思紛紛，憔悴支離爲憶君。」楊箋：「按詞有《碧窗夢》調名，即《南歌子》，取『驚破碧窗殘夢』句意，順將己名裝入，爲過渡妙法。不然以素未謀面之夢窗，何以能撮合耶？」此處的意思顯然是寫名姝淺睡被雨聲驚醒，看到緑窗外一片氤氳迷蒙，與詞人字號是不期然而然的巧合。

〔一一〕漲緑春深：鮑泉《奉和湘東王春日詩》：「新水新緑浮，新禽新聽好。」蘇軾《會客有美堂周邠長官與數僧同泛湖往北山湖中……》：「憑君遍繞湖邊寺，漲緑晴來已十分。」陸游《春雨》：「枝重殘紅濕，堤平漲緑深。」

〔一二〕落花香泛：劉滄《贈天台隱者》：「天開宿霧海生日，水泛落花山有風。」

〔一三〕料有二句：用流紅典故以及周邦彦詠落花詞意。以上四句因眼前秋雨而設想明春桃花訊江河漲溢而可能會有題寫相思之句的流花，爲題中應有之義。

〔一四〕歡酌二句：陶潛《讀山海經詩十三首》（之一）：「歡然酌春酒，摘我園中蔬。」杜甫《醉時歌》：「清夜沈沈動春酌，燈前細雨簷花落。」餘參見《解語花·立春風雨中餞處靜》注〔二〕。

〔一五〕粉黛：《韓非子·顯學》：「故善毛嬙、西施之美，無益吾面；用脂澤粉黛，則倍其初。」以上四句倒叙與毛荷塘離别前，名姝爲餞送故人細加修飾，面對簷前花上宿雨之滴瀝而有餞别小酌。

〔一六〕漏侵三句：温庭筠《織錦詞》：「丁東細漏侵瓊瑟，影轉高梧月初出。」此以細漏瓊瑟之側筆寫雨聲引起離别時的回憶。

〔一七〕怕一曲二句：霓裳，本指霓裳羽衣曲。後也彈作送别的曲目。徐鉉《又聽霓裳羽衣曲送陳君》：「清商一曲遠人行，桃葉津頭月正明。此是開元太平曲，莫教偏作别離聲。」

〔一八〕鳳翼：阮籍《答伏義書》：「鸞鳳淩雲漢以舞翼，鳩鷃悦蓬林以翺翔。」李商隱《無題二首》（之一）：「身無彩鳳雙飛翼，心有靈犀一點通。」

〔一九〕謝客：指謝靈運。靈運，小字「客兒」。鍾嶸《詩品》卷一：「初，錢塘杜明師夜夢東南有人來入其館，是夕，即靈運生於會稽。旬日而謝玄亡。其家以子孫難得，送靈運於杜治養之。十五方還都，故名『客兒』。」文人多稱其「謝客」。鍾嶸《詩品序》：「謝客爲元嘉之雄，顔延年爲輔，此皆五言之冠冕，文辭之命世也。」梁簡文帝《與湘東王書》：「謝客出言天拔，出於自然。」

〔二〇〕瘦卻東陽：用沈約瘦腰典。沈約曾爲東陽太守。李商隱《韓冬郎即席爲詩相送一座盡驚他日余方追吟連宵侍坐裴回久之句有老成之風……》：「爲憑何遜休聯句，瘦盡東陽姓沈人。」餘參見《渡江雲・西湖清明》注〔一七〕。

〔二一〕路隔句：李群玉《送處士自番禺東游便歸蘇臺别業》：「宛陵三千里，路指吴雲深。」周邦彦《關河令》：「佇聽寒聲，雲深無雁影。」以上五句宕開從自身的感受著筆，寫燈前不能有夢，而蘇州（前已考得毛荷塘爲蘇州人）與括蒼之間，路途遥遠雲層重疊，從而曲折表達出聽荷塘轉述之後對名姝的傾慕竟至於憔悴的情景。

【集　評】

王國維《人間詞話》：夢窗之詞，吾取其詞中之一語以評之，曰「映夢窗，零亂碧」。

楊箋：題是應荷塘之求而賦素未親到之括蒼聽雨閣者。彼姝既未謀面，閣外風景亦不便虚擬，如《瑞鶴仙》之嚴陵然，但止可就「聽雨」二字發揮。韓昌黎應王仲舒之請而作《新修滕王閣記》，亦是未經到過者，篇中以屢次可到而卒不能到爲線索，一語不及風景。此詞頗得其意。詞中换頭，從彼姝送荷塘行時作開，以取活局，是虚構，亦是紀實也。

【考辨】

朱箋：《方輿記》，括蒼山，在台州府城西南，迴三百里。

孫按：《方輿勝覽》卷九：「《寰宇記》云：括蒼山在台州，今之蒼嶺是也。」唐宋時名真隱山，見《嘉定赤城志》卷一九：「真隱山在縣（按：臨海縣）西南四十里。按《寰宇記》：高一萬六千丈，周回三百里。與仙居韋羌山相接，本名括蒼，又名天鼻，唐天寶中改今名。……《神仙傳》云：王方平居昆侖，往來羅浮、括蒼山，石壁上有科斗字，高不可識。宋元嘉中遣名畫圖於團扇焉。」夢窗沿用山名古稱。此詞寫於蘇州，應在倉幕時。

## 江神子

賦洛北碧沼小庵㊀〔一〕

長安門外小林丘〔二〕。碧壺秋㊁〔三〕。浴輕鷗〔四〕。不放啼紅㊂，流水通宮溝㊃〔五〕。時有晴空雲過影，華鏡裏，翳魚遊〔六〕。　綺羅塵滿九衢頭㊄〔七〕。晚香樓。夕陽收〔八〕。波面琴高，仙子駕黃虯〔九〕。清磬數聲人定了〔一〇〕，池上月，照虛舟〔一一〕。

【校　議】

㈠明張本、朱四校本、鄭校詞題作「賦碧沼小庵」。《歷代詩餘》作「洛北碧沼小庵」。

㈡碧壺：《歷代詩餘》作「碧湖」。

㈢啼紅：諸本同。底本校曰：「『啼』疑『題』誤。」

㈣通宫溝：明張本「通」字下自注「去聲」。戈校本眉注「遶」字。底本校曰：「按字書『通』無仄聲，或當時方音也。」《古今詞統》、毛本、《歷代詩餘》、杜本、王朱本、朱二校本作「透宫溝」。鄭氏手批：「『透』，明鈔『通』，去聲。即『透』字，北音。」孫按：《廣韻》：「通，他紅切，平東，透。」

㈤九衢：《古今詞統》、毛本、《歷代詩餘》、戈校本、杜本、王朱本、朱二校本作「九街」。

【注　釋】

〔一〕碧沼小庵：即碧沼庵，又稱寧國寺（院）、碧流等。在杭京郊外。唐宋時人多有題詠。楊箋：「嶺南僧寺曰寺，尼寺曰庵。江浙不獨尼寺曰庵，即僧寺亦曰庵。然詞有『宫溝』句，蓋亦尼寺也。」此實指僧寺，《咸淳臨安志》記載了不少唐宋名人碧沼寺的題詠，從下文注釋引例亦知是僧寺。

〔二〕長安門外：代指臨安京郊。　林丘：謝惠連《西陵遇風獻康樂詩》：「零雨潤墳澤，落雪灑林丘。」

〔三〕碧壺：以碧沼庵所在地青巒山喻仙境。

〔四〕浴輕鷗：劉學箕《烏夜啼·夜泊陽子江》：「紅蓼岸。白蘋散。浴輕鷗。」許渾《重游郁林寺道玄上人院》：「雨晴巢燕急，波暖浴鷗閑。」

〔五〕不放二句：啼紅，喻帶露珠的花瓣。並用流紅典故。反用杜甫《過南鄰朱山人水亭》詩意：「幽花歌滿樹，小水細通池。」此地池沼與京城宮廷雖近，但因碧沼是池塘，不能與外水相通，故云；亦暗寓寺院清淨，與紅塵相隔，王圻題詠寧國寺有句曰：「客來尚喜紅塵隔，僧住應知與世殊。」釋智圓亦云：「一到無塵境，相留靜話長。」

〔六〕時有三句：《水經注》卷二二：「淥水平潭，清潔澄深，俯視遊魚，類若乘空。」沈佺期《釣竿篇》：「人疑天上坐，魚似鏡中懸。」寫空明之景。

〔七〕綺羅句：九衢，《楚辭·天問》：「靡蓱九衢，枲華安居。」王逸章句：「九交道曰衢。」餘見《探芳新·吳中元日承天寺遊人》注〔一〕「九街」條。暗用陸機《爲顧彥先贈婦二首》（之一）詩意：「京洛多風塵，素衣化爲緇。」

〔八〕晚香二句：此寫白蓮堂、碧沼軒。晚香寫蓮花散發的香氣。裴極《碧流院》：「一沼光涵四座寒，夕陽回首更凭欄。憑師早把香蓮種，他日期來結社看。」潘閬題詩：「碧樹葉陰山骨潤，白蓮花馥水池香。」「閑玩不知西日落，馬蹄歸去帶斜陽。」王圻題詩：「鬱密青巒垂薜荔，渟湛碧沼映芙蕖。」

〔九〕波面二句：《列仙傳》卷上：「琴高者，趙人也。以鼓琴爲宋康王舍人，行涓、彭之術，浮游冀州涿郡之間，二百餘年後，辭入涿水中取龍子，與諸弟子期曰：『皆潔齋，待於水傍，設祠。』果乘赤鯉來，出坐祠中，且有萬人觀之。留一月餘，復入水去。」黄虬，黄龍。實寫碧沼有金魚躍出水面，《咸淳臨安志》卷三八：「碧沼，在寧國院。……有金魚可愛。」劉大綱《碧沼寺》：「螢飛時度竹，魚躍乍翻萍。」

〔一〇〕清磬句：林杜娘《游碧沼勝居》：「幽谷泉聲冷，鳥啼僧定深。……遊客陸鴻漸，居人支道林。」梁簡文帝《上之回》：「笳聲駭胡騎，清磬讋山戎。」

〔一一〕池上虚舟：本指月照空舟之景，内含義理，庾藴《蘭亭詩》：「仰想虚舟説，俯歎世上賓。」唐宋人題詠也頗以此爲處劇談得趣、相對忘機之地。如王圻題詩：「猶感支郎碧雲句，使人緊慮頓然除。」劉大綱《碧沼寺》：「劇談渾得趣，相對兩忘形。」以上三句寫妙樂堂、定軒。

【考　辨】

楊箋：洛北，杭州小地名。

吴箋：檢輿地史料未聞有「洛北」之地。疑「洛」字乃「京洛」之意，以洛都代杭京。「洛北」猶言「京都之北」。

孫按：碧沼寺地處新城縣。《咸淳臨安志》卷二七：「新城縣。青巒山，在太平鄉。有碧沼寺。」碧沼寺又稱寧國寺、寧國院、碧流等。《咸淳臨安志》卷八五：「寧國院，在縣南七里青巒山。晉郭文舉嘗隱於此，邑人祠之，有禱必應。又相與建佛宇於祠之旁。隆安五年賜額曰『碧流』。咸通中重建，門枕小池，吴越王更爲『碧沼』。大中祥符元年改今額，有白蓮堂、妙樂堂、定軒、碧沼軒。」《武林梵志》卷六：「（寧國寺）晉天福八年，吴越王因碧沼清澈，遂命額曰『碧沼寺』。」新城爲臨安畿縣。見《宋史・地理四》：「臨安府，大都督府，本杭州，餘杭郡。」屬縣有錢塘、仁和、餘杭、臨安、富陽、於潛、新城、鹽官、昌化九縣。紹興中，錢塘、仁和升赤，後七縣升畿。新城位於京城西南而非北部。《咸淳臨安志》卷一七：「新城縣，在府治西南一百三十三里，水路一百七十里。」

此詞寫於臨安新城縣。據後文寫於蘇州的《金琖子》詞題中的「新邑之役」，知夢窗曾在淳祐三年（一二四三）蘇州倉幕期間行役至杭州新城。詳見後文《金琖子・吴城連日賞桂》【考辨】。

## 又

喜雨上麓翁〔一〕

一聲玉磬下星壇。步虛闌〔二〕。露華寒〔三〕。平曉阿香，油壁碾青鸞〔四〕。應是老鱗眠不得〔五〕，雲砲落〔六〕，雨瓢翻㊀〔七〕。　身閑猶耿寸心丹〔八〕。炷爐煙。暗祈年〔九〕。隨處蛙聲，鼓吹稻花田〔一〇〕。秋水一池蓮葉晚㊁，吟喜雨〔一一〕，拍闌干〔一二〕。

【校議】

㈠ 雨瓢：毛本、《歷代詩餘》、戈校本、杜本、王朱本、朱二校本作「海潮」。鄭氏手批：「明鈔以『雨瓢』對『雲砲』，奇妙。」

㈡ 蓮葉晚：明張本作「蓮葉曉」。

【注釋】

〔一〕喜雨：因祈禱得雨，寫詞志喜。　麓翁：史宅之號雲麓，此尊稱。

〔二〕一聲二句：葉適《和汪提刑祈雨》：「感格誰知汪仲舉，步虛未了龍來語。」星壇，道士施法之壇。牟融《寄羽士》：「樂道無時忘鶴伴，談玄何日到星壇。」步虛，《樂府解題》：「步虛詞，道家曲也。備言衆仙縹緲輕舉之美。」楊箋：「許渾詩『天風吹下步虛聲』。步虛聲者，道士誦經之聲，下壇則經聲歇也。」

〔三〕露華寒：薛昭蘊《離別難》：「半妝珠翠落，露華寒。」

〔四〕平曉二句：用雷電女神阿香典。油壁，油壁車。《南齊書·鄱陽王鏘傳》：「制局監謝粲説鏘及隨王子隆曰：『殿下但乘油壁車入宮，出天子置朝堂。』」一般爲女子乘坐。《雜歌謡辭·蘇小小歌》：「妾乘油壁車，郎騎青驄馬。」青鸞，此青鸞爲雨神駕車者。

〔五〕應是句：用驪龍典。老鱗，乾康《經方干舊居》：「荻筍抽高節，鱸魚躍老鱗。」此代指老龍。

〔六〕雲砲：欲起暴風的前兆雲層。《類説》卷五七引《王直方詩話》：「砲車雲，舟人占云：若砲車雲起，輒急避之，大風倏至也。」蘇軾《六月七日泊金陵阻風得鍾山泉公書寄詩爲謝》：「今日江頭天色惡，砲車雲起風欲作。」

〔七〕雨瓢翻：蘇軾《二十六日五更起行至磻溪天未明》：「安得夢隨霹靂駕，馬上傾倒天瓢翻。」

〔八〕身閑句：貫休《賀雨上王使君二首》（之一）：「一片丹心合萬靈，應時甘雨帶龍腥。」耿，光明磊落。

〔九〕祈年：《詩·大雅·雲漢》：「祈年孔夙，方社不莫。」鄭玄箋：「我祈豐年甚早。」

〔一〇〕隨處二句：爲紹興本地典故。蛙聲鼓吹，《南史·孔珪傳》：「孔珪，字德璋，會稽山陰人也。……門庭之内，草萊不剪。中有蛙鳴，或問之曰：『欲爲陳蕃乎？』珪笑答曰：『我以此當兩部鼓吹，何必效蕃。』王晏嘗鳴鼓吹候之，聞群蛙鳴，曰：『此殊聒人耳。』珪曰：『我聽鼓吹，殆不及此。』晏甚有慚色。」此爲雨後景象。范成大《喜雨》：「昨遣長鬚借踏車，小池須水引鳴蛙。」

〔一一〕秋水二句：與上二句合用張籍《送朱慶餘及第歸越》：「湖聲蓮葉雨，野氣稻花風。」薛嵎《己亥大旱官催秋苗甚急》：「已悟征苗意，曾吟喜雨篇。」此亦紹興本地風光之實録。《會稽志》卷一七：「山陰荷最盛，其别曰大紅荷、小紅荷、緋荷、白蓮、青蓮、黄蓮、千葉紅蓮、千葉白蓮。大紅荷多藕，小紅荷多實，白蓮藕最甘脆多液，千葉蓮皆不實。但以爲玩耳。出偏門至三山多白蓮，出三江門至梅山多紅蓮。夏夜香風率一二十里不絶，非塵境也。」

〔一二〕拍闌干：《澠水燕談録》卷四：「劉孟節先生概，青州壽光人。少師種放，篤古好學，酷嗜山水，而天姿絶俗，與世相齟齬，故久不仕。……先生少時，多寓居龍興僧舍之西軒，往往凭欄静立，懷想世事，吁唏獨語，或以手拍欄干，嘗有詩曰：『讀書誤我四十年，幾回醉把欄干拍。』」此寫應禱得雨後吟詩志喜時的不羈之態。

【考　辨】

吴箋：當作於史宅之知平江期間。

孫按：此詞可與集中寫於越地、詞作内容能夠相互補充的《燭影摇紅·越上霖雨應禱》對參，彼詞中「試梧桐」二句正寫郡守大擺宴席、分韻寫詩以志慶賀的情景。唐朝越帥薛苹禹廟祈雨有詩《禹廟神座頃服金紫苹自到鎮申牒禮司重加衮冕今因祈雨偶成八韻》者，崔述等十七人和之，共有十八詩，與此情景正相類似。

因詞中顯示時節在秋，加上夢窗入史氏幕中及史宅之赴紹興時間所限，這兩首詞作僅能寫於淳祐五年（一二四五）秋天。據《宋史·理宗本紀》：「（淳祐五年）秋七月癸巳朔，日有食之。旱。辛丑，鎮江、常州亢旱，詔監司、守臣及沿江諸郡安集流民。甲辰，祈雨。」知此年初秋江南一帶亢旱。此詞有「秋水一池蓮葉晚」，蓮花立秋時即衰謝，《燭影摇紅》詞中有「人駕梅槎未渡」，也與寫在秋八月之前的時節相合，兩詞可以雙證皆寫於淳祐五年史宅之任紹興時。此年史宅之年届四十，方可稱「麓翁」也。

# 又㊀

李别駕招飲海棠花下㊁〔一〕

翠紗籠袖映紅霏〔二〕。冷香飛㊂〔三〕。洗凝脂〔四〕。睡足嬌多，還是夜深宜〔五〕。翻怕迴廊花有影，移燭暗，放簾垂〔六〕。　尊前不按駐雲詞〔七〕。料花枝。妒蛾眉㊃〔八〕。丁屬東風㊄，莫送片紅飛㊅〔九〕。春重錦堂人盡醉〔一〇〕，和曉月，帶花歸〔一一〕。

【校議】

㊀《歷代詩餘》、戈選詞調作《江城子》。戈選杜批：「唐詞《江城子》，單調。宋人始作雙調，晁無咎改名《江神子》。」

㊁《歷代詩餘》無題。

㊂朱二校本、底本皆謂「飛」與下片「紅飛」韻複。鄭氏手批：「宋人詞不忌複均。本集《采桑子》『時』字均亦重，可知非訛舛已。」「清真《西河》亦複『水』字韻。」

㈣ 蛾眉：毛本、《歷代詩餘》、王朱本作「娥眉」。

㈤ 丁屬：明張本、毛本、杜本、王朱本作「丁祝」。《歷代詩餘》、戈校本、朱二校本作「丁囑」。底本謂「從王校」。然王朱初刻、復刻皆作「丁祝」。鄭氏手批：「《詩餘》『祝』改『屬』，不宜從。」孫按：「丁祝」是宋人用語，與「丁屬」、「丁囑」、「叮囑」並屬連綿詞而詞義皆同。

㈥ 莫送句：毛扆本：「『飛』字押重。」戈選徑改作「莫把片紅吹」。杜本從改，校曰：「『飛』字重韻。」餘本不從。

【注　釋】

〔一〕李别駕：據《絳都春·餞李太博赴括蒼别駕》詞，知爲李宗勉。别駕，本代指通判之職。詳見《齊天樂·毗陵陪兩别駕宴丁園》注〔一〕。此特指差遣之任。

〔二〕翠紗句：蘇軾《寓居定惠院之東雜花滿山有海棠一株土人不知貴也》：「朱唇得酒暈生臉，翠袖卷紗紅映肉。」句中「霏」字直貫入「回廊」句，謂夾雜著香氣的冷霧洗出展示海棠本色的紅豔。意亦略同柳永《木蘭花·海棠》：「霏微雨罷殘陽院。洗出都城新錦段。」

〔三〕冷香飛：姜夔《念奴嬌》：「嫣然摇動，冷香飛上詩句。」海棠多無香，而以有香爲貴，詳見《丁香結·賦小春海棠》注〔二〕。

〔四〕洗凝脂：字面採用白居易《長恨歌》：「春寒賜浴華清池，温泉水滑洗凝脂。」凝脂，《詩·衛風·碩人》：「手如柔荑，膚如凝脂。」毛傳：「如脂之凝。」因楊貴妃曾被明皇喻爲春睡未醒的海棠花，故此詞多用與貴妃相關典實。詳見《宴清都·連理海棠》注〔八〕。

〔五〕睡足二句：反用蘇軾《海棠》詩意：「只恐夜深花睡去，故燒高燭照紅妝。」白居易海棠詩：「日高春睡足，露冷曉妝遲。」

〔六〕翻怕三句：蘇軾《海棠》：「東風裊裊泛崇光，香霧空蒙月轉廊。」此並承上引蘇詩意，寫移照紅妝之高燭入垂簾，以免驚擾其暗夜中的沈睡。翻，《例釋》：「反，卻，表示轉折語氣的副詞；語氣轉折較重時相當於『反』，較輕時相當於『卻』。」此用後一義。

〔七〕駐雲詞：用歌聲響遏行雲典。

〔八〕料花枝二句：白居易《奉和裴令公新成午橋莊緑野堂即事》：「花妒謝家妓，蘭偷荀令香。」周邦彦《夜遊宫》：「莫是栽花被花妒。甚春來，病懨懨，無會處。」

〔九〕丁屬二句：杜甫《曲江二首》（之二）：「傳語風光共流轉，暫時相賞莫相違。」歐陽修《鶴沖天》：「戴花持酒祝東風，千萬莫匆匆。」丁屬，猶言叮囑。

〔一〇〕春重句：韓琦知相州時，有晝錦堂。此泛指李别駕的華堂。文人多以錦繡喻海棠。如范純仁《和吴仲庶龍圖西園海棠》：「濯雨正疑宫錦爛，媚晴先奪曉霞紅。」春重，張先《天仙子·觀舞》：「春重日濃花覺困。斜雁軋弦隨步趁。」

〔一二〕和曉月二句：承上意寫醉歸。舒亶《一落索·蔣園和李朝奉》：「醉來卻不帶花歸，誚不解、看花意。」陸游《花時遍游諸家園》：「花陰掃地置清樽，爛醉歸時已夜分。」帶花，同「戴花」。

【考辨】

楊箋：李別駕，疑即《絳都春》之李伯玉。此作於赴括蒼餞別之前。

孫按：對參後文《絳都春·餞李太博赴括蒼別駕》，知李太博與李別駕爲同一人，括蒼是台州的別稱。夢窗在蘇州倉幕所交遊的李姓太博、且赴台州者，唯有李宗勉一人。李氏台州任上寫有《重修台州通判廳記》，日期署「紹定五年壬辰八月既望」，與《宋史》本傳所載相合：「（紹定）四年差知台州，明年直秘閣、知婺州。」別駕，又稱別乘，宋代一般借稱通判。《重修台州通判廳記》謂當時台州通判爲鄭宻，似乎李宗勉没有成爲台州別駕的可能。然據葉棠《台州壽台樓記》，知葉棠紹定元年初守台州；二年，即台州任上除提舉浙東常平司，治所在越（會稽）；數月之後，再次兼佩故印；三年，建壽台樓；四年，壽台樓成，邑人王象祖有落成之賦頌；五年，葉氏仍在台州任上。葉棠前後共五年時間，皆佩（或兼佩）台州印，與李宗勉「差知台州」之任看似鑿枘參差，實際卻與宋代職官制度相關。宋制，凡授正官，皆作計給禄俸的虛銜，實不任事。內外政務是於正官外另立他官主管，稱「差遣」。故知正史中李宗勉「差知台州」，實爲「差遣」之任。因爲當時既有葉棠爲掌印之守、又有鄭寀居通判之位，李宗勉雖爲郡政長官，但禄俸級别畢竟异於正官而略同於倅貳之職，故夢窗以「别駕」稱之。

據現有資料的時間限定，李宗勉惟紹定四年（一二三一）、紹定五年（一二三一）有可能任台州「别駕」。據《絳都春》「傍鄰垂柳，清霜萬縷，送將人遠」數句，知其深秋赴任台州别駕，秋前未能稱「别駕」，而海棠仲春開放，所以此詞不可能「作於赴括蒼餞别之前」。正常的推論應該是，李宗勉紹定四年深秋赴任台州，紹定五年仲春因公務或探親回到蘇州，與故人有「春重錦堂人盡醉」的海棠花下之宴。故知此詞僅能寫於紹定五年。李宗勉可能寓居蘇州，詳後文《絳都春·餞李太博赴括蒼别駕》考辨。前文《浪淘沙慢·賦李尚書山園》「睡紅醉纈」，表明李宗勉宅園林中確實盛有海棠花樹。

## 又

送桂花。吴憲時已有檢詳之命，未赴闕㊀〔一〕

天街如水翠塵空〔二〕。建章宫〔三〕。月明中〔四〕。人未歸來，玉樹起秋風〔五〕。寶粟萬釘花露重，催賜帶，過垂虹〔六〕。　夜涼沈水繡簾櫳㈡。酒香濃。霧濛濛〔七〕。釵列吳娃，腰褭帶金蟲㈢〔八〕。三十六宮蟾觀冷〔九〕，留不住，佩丁東〔一〇〕。

【校議】

㈠《歷代詩餘》詞題作「送桂花。吳憲時將赴闕」。

㈡簾櫳：毛扆本作「簾籠」。

㈢腰褭：朱二校本、底本、朱四校本、四明本徑改作「騕褭」。誤。「腰褭」，連綿詞。全句隱括李賀《惱公》詩。形容飾物金蟲在釵梁上的狀態。「騕褭」則爲古駿馬名。《文選·張衡〈思玄賦〉》：「斥西施而弗御兮，縶騕褭以服箱。」李善注：「《漢書音義》應劭曰：『騕褭，古之駿馬也，赤喙玄身，日行五千里。』」於詞意扞格難通。兹從明張本、毛本、《歷代詩餘》、杜本、王朱本。

【注釋】

〔一〕吳憲：吳淵。　憲：路提點刑獄公事之俗稱。　檢詳：樞密院檢詳諸房文字之簡稱。

〔二〕天街句：詳見《瑞鶴仙·贈絲鞋莊生》注〔一三〕中韓愈詩。　翠塵，雨後天街草色上所起之塵。

〔三〕建章宮：代指南宋臨安的宮殿。

〔四〕月明中：合用「月中桂樹」典故以切題。

〔五〕人未二句：李賀《金銅仙人辭漢歌》：「茂陵劉郎秋風客，夜聞馬嘶曉無跡。畫欄桂樹懸秋香，三十六宮土花碧。」玉樹，此特指桂樹。

〔六〕寶粟三句：此錯綜鑲嵌「萬釘寶帶」四字。《舊唐書·突厥下》：「貞觀元年，遣真珠統俟斤與高平王道立來獻萬釘寶鈿金帶。」宋代服帶制度見《宋史·輿服五》：「太宗太平興國七年正月，翰林學士承旨李昉等奏曰：『奉詔詳定車服制度。請從三品以上服玉帶，四品以上服金帶。……恩賜者不用此制。荔支帶本是内出以賜將相，在於庶僚，豈合僭服？望非恩賜者，官至三品乃得服之。』景德三年，詔通犀、金、玉帶，除官品合服及恩賜外，餘人不得服用。」皇帝賜帶往往是示恩寵，是臣下引以自豪的事。《苕溪漁隱叢話前集》卷三〇：「《王直方詩話》云：《寄江十學士》詩云：『白髮垂兩鬢，黄金腰七環。』又有《當宿直詩》：『萬釘寶帶爛腰環。』劉貢父云：『永叔這條腰帶，幾次道著也。』」宋代又多以「粟」形容桂花。如范成大《中秋後兩日自上沙回聞千巖觀下巖桂盛開復檥石湖留賞一日賦兩絶》（之二）：「金粟枝頭一夜開，故應全得小詩催。」樞密院檢詳諸房文字，南宋時爲從六品官職，除恩賜外，不能服嵌有金玉的寶帶。此處是以時令所開的桂花作爲比喻。垂虹，垂虹橋。

〔七〕夜涼三句：杜甫《江陵節度陽城郡王新樓成王請嚴侍御判官賦七字句同作》：「碧窗宿霧濛濛濕，朱栱浮雲細細輕。」李賀《秦宮詩》：「樓頭曲宴仙人語，帳底吹笙香霧濃。」沈水，沈香。酒香濃，庾信《同會河陽公新造山池聊得寓目詩》：「菊寒花正合，杯香酒絶濃。」

〔八〕釵列二句：李賀《惱公》：「陂陀梳碧鳳，腰裊帶金蟲。」金蟲，首飾。吴均《和蕭洗馬子顯古意》（之一）：「蓮花銜青雀，寶粟鈿金蟲。」一説，昆蟲製成的首飾。宋祁《益部方物略記》：「蟲質甚微，翠體金光，取而橋之，參飾釵梁。」並注曰：「金蟲，出利州山中，蜂體緑色，光若金，里人取以佐婦釵環之飾云。」此金蟲亦喻佳人鬟上桂花。腰裊，宛轉摇動貌。以上五句設想夜飲餞别場面。

〔九〕三十六宫句：承上引李賀《金銅仙人辭漢歌》詩意。三十六宫，極言宫殿之多。《後漢書》卷四〇引班固《西都賦》：「離宫别館，三十六所。」章懷太子注曰：「《三輔黄圖》曰：上林有建章、承光等一十一宫，平樂、繭觀等二十五，凡三十六所。」李白《上之回》：「三十六離宫，樓臺與天通。」蟾觀，代指月宫。詳見《霜葉飛·重九》注〔一三〕。

〔一〇〕佩丁東：此設想群臣上朝情景。和凝《宫詞》：「鏘金佩玉趨丹陛，總是和羹作礪才。」

【考辨】

楊箋：按《宋史》，檢詳，宋神宗置，檢詳樞密院諸房文字，禮遇視中書檢正官。乾道二年，詔樞密院檢詳，係掌朝廷機密文字，不許出謁及接見賓客。蓋重之也。考《宋史》，淳祐九年八月，以吴潛知紹興，同年十二月，同知樞密院事，兼參知政事。所謂「已有檢詳之命」，即已奉同知樞密院兼參知政事之命。所謂「未赴闕」，尚在紹興任内也。然則此詞必作十二月之後，十一年離任赴闕之前。稱曰「憲」，與《浣溪紗》之稱「履翁」不同，知正在吴幕中也。

鍾振振《讀夢窗詞札記》：楊説實不能成立，其誤有三。其一，宋人之謂「憲」，爲路提點刑獄公事之俗稱，而非知府，故「吴憲」必不得爲知紹興府之吴潛。其二，「檢詳」乃樞密院檢詳諸房文字之簡稱，其地位較同知樞密院事爲低。故「檢詳之命」實非「同知樞密院事兼參知政事之命」。其三，詞中之「垂虹」即蘇州吴江縣之垂虹橋，詞中復有「吴娃」字樣，可知「吴憲」之任所在蘇州而非紹興。要之，此「吴憲」之新舊差遣均與吴潛不合，當另有其人。據筆者考證，其人應是吴潛之兄吴淵。《宋史》卷四一六《吴淵傳》載其「嘗以直焕章閣知平江府（即蘇州），兼節制許浦水軍，提點浙西刑獄。會衢、嚴盜起，警報至，調遣將士招捕之，殲其渠魁，散其支黨，以功爲樞密院檢詳諸房文字兼國史院編修官、實録院檢討官兼左司」。又卷四一九《陳韡傳》載，所謂「衢盜」之平，事在理宗紹定四年（一二三一）。而明代王鏊《正德姑蘇志》卷三《古今守令表》中「知府」欄載，吴淵於紹定三年十二月初三日以宣義郎、直焕章閣除任，四年七月十六日除浙西提刑。據上述資料及夢窗詞以綜合排比，可知吴淵即於紹定四年八月桂花開時自浙西提刑調京任樞密院檢詳，夢窗此詞則作於吴淵離蘇赴杭之前也。

吴熊和《唐宋詞彙評·編年》：吴憲，指吴淵。……此詞即紹定四年（一二三一）吴淵自浙西提刑調京任樞密院檢詳時送行之作。時吴淵離蘇赴杭也。

孫按：吴淵（一一九〇至一二五七），字道父，號退庵，寧國（今屬安徽）人。吴潛兄長。寧宗嘉定七年（一二一四）進士。歷知州縣，曾三知平江府（見《蘇州府志》），累官至參知政事，卒年六十八。樞密院檢詳諸房文字的職掌是檢閱、審核樞密院諸房條例與行遣文字，及起草機要文書，並按月將諸房所管外路兵官賞罰事送進奏院等。宛敏灝先生最先提出「吴憲」即吴淵的觀點（見《吴潛年譜》（《合肥師範學院學報》一九六三年第一期），雖有田玉琪等學者持不同觀點（見《徘徊於七寶樓臺——吴文英詞研究》），然對照詞作，知鍾考爲不易之碻論。《吴郡志》卷一一「牧守」：「吴淵，宣教郎，直焕章閣。紹定三年十二月初三日到任，四年四月二十一日，該遇慶典，轉奉議郎。七月十六日改除浙西提刑。鄒應博，朝奉大夫，新除直秘閣。紹定四年九月十四日到任，六年十一月召赴行在。」另外，《南宋館閣續録》卷九載吴淵紹定五年七月以檢詳兼國史院編修官、實録院修撰；平江府繼任者紹定四年九月到任及吴淵紹定五年在樞密院檢詳任上，亦可夾證吴淵在紹定四年桂花開時離開蘇州。

## 又

十日荷塘小隱賞桂，呈朔翁㈠〔一〕

西風來晚桂開遲〔二〕。月宮移〔三〕。到東籬。蔌蔌驚塵㈡，吹下半冰規〔四〕。擬喚阿嬌來小隱，金屋底，亂香飛〔五〕。　重陽還是隔年期〔六〕。蝶相思〔七〕。客情知〔八〕。吴水吴煙〔九〕，愁裏更多詩〔一〇〕。一夜看承應未別〔一一〕，秋好處〔一二〕，雁來時〔一三〕。

【校　議】

㈠《歷代詩餘》詞題作「荷塘小隱賞桂」。

㈡ 蔌蔌：《歷代詩餘》徑改作「簌簌」，朱二校本、底本、朱四校本、四明本從。茲仍從明張本、毛本、杜本、王朱本。

【注　釋】

〔一〕十日：楊箋：「『十日』是九月十日。看換頭『重陽』句可知。」朔翁：即劉震孫。夢窗友人。

〔二〕西風句：戴復古《寄項宜甫兼簡韓右司》：「千里江山客行遠，三秋風雨桂開遲。」

〔三〕月宮移：用月宮中有大桂樹典。范成大《淳熙甲午桂林鹿鳴燕輒賦小詩少見勸駕之意》：「月宮移種新栽桂，江水朝宗舊鑿渠。」

〔四〕蔌蔌二句：古代有月中落桂花的傳説。詳見《秋蕊香·和吴見山賦落桂》注〔一〕。半冰規，形容初十晚的月亮。黄庭堅《次韻奉送公定》：「屯雲寨六幕，新月吐半規。」周邦彦《風流子》：「望一川暝靄，雁聲哀怨；半規涼月，人影參差。」

〔五〕擬喚三句：翻用石崇貯香及金屋藏嬌典。《格致鏡原》卷七〇引王禹偁詩話：「石崇見海棠，歎曰：『汝若能香，當以金屋貯汝。』」張鎡《桂隱花正開得誠齋木樨七言次韻奉酬》：「衣青萼緑不見佩，屋貯阿嬌純用金。」桂花黄者名金桂，見《佩文齋廣群芳譜》卷四〇。

〔六〕重陽句：白居易《草詞畢遇芍藥初開因詠小謝紅藥當階翻詩以爲一句未盡其狀偶成十六韻》：「應愁明日落，如恨來年期。」此「來年期」是就重九佳節言之。

〔七〕蝶相思：劉孝綽《詠素蝶詩》：「芳華幸勿謝，嘉謝欲相依。」此就初十日蝶戀菊花言之，典例見《月中行·和黄復庵》注〔八〕。

〔八〕客情：羈留異鄉的情懷。湛方生《還都帆詩》：「寤言賦新詩，忽忘羈客情。」

〔九〕吴水吴煙：詳見《暗香·送魏句濱宰吴縣解組》注〔一〇〕。

〔一〇〕愁裏句：雍陶《秋居病中》：「新句有時愁裏得，古方無效病來拋。」韋莊《江上村居》：「顛倒夢魂愁裏得，撅奇詩句望中生。」

〔一一〕一夜句：反用鄭谷《十日菊》詩意：「自緣今日人心别，未必秋香一夜衰。」看承，護持。

〔一二〕秋好處：孫應時《見巖桂有感》：「年年秋好處，故故月明時。」

〔一三〕雁來時：暗用杜牧《九日齊安登高》「江涵秋影雁初飛」詩意，以切題中「十日」。《〈禮記〉注疏》卷一七：「（季秋之月）鴻雁來賓。」

【考辨】

朱箋：《齊東野語》，劉震孫，字長卿，號朔齋。嘗爲宛陵令，與吴毅夫唱酬。按，汲古閣本《夢窗丁稿》，有《滿江紅》和劉朔齋，朔翁疑即朔齋。

夏箋：李公昴（孫按：即李昴英）《文溪詞》，有《水調歌頭》「題斗南樓和劉朔齋韻」，《滿江紅》「和劉朔漢節亭韻」，《菩薩蠻》「送劉朔齋」。朔齋疑即朔翁，見朱箋。

楊箋：《齊東野語》：朔齋知宛陵日。吴毅夫潛丞相方閒居，劉□陪午橋之游，常攜具開宴，撰樂語云：「入則孔明，出則元亮，副平生自許之心。兄爲東坡，弟爲欒城，無晚歲相違之恨。」毅夫爲擊節。劉後以召還，吴餞之郊外。劉賦《摸魚兒》爲别，末云：「怕緑野堂邊，劉郎去後，誰伴老裴度。」毅夫爲之揮淚。繼遣一介追和此詞，並以小奩侑之，送數十里外。啟之，精金百星也。

吴熊和《唐宋詞彙評》按曰：劉震孫生於慶元三年（一一九七），年長於夢窗。又據周密《癸辛雜識别集》卷上「劉朔齋再娶」條：劉震孫戊辰、己巳之間卒於吴中，即咸淳四年、五年之間（一二六八至一二六九）。

孫按：鄧建《〈全宋詞〉劉震孫小傳輯補》考劉震孫字長卿（或稱長翁），號朔齋。生於寧宗慶元三年（一一九七），又據林希逸《諸任約至黄蘗因思前歲劉朔齋同宿約後村不至慨然有感》詩自注：「朔齋戊辰仙去，後村以目眚不可出。」確考卒於度宗咸淳四年（一二六八）。劉氏郡望渤海，祖籍東平，寓居於蜀。亦稱「朔翁」。林希逸《賀劉朔齋除鄉漕兼建寧》：「帝眷耆英，詔兼臺府；持兩使之節，孰如朔翁之賢。」劉黻《餞李叔飛赴劉朔齋招》：「五侯之鯖紫駝峰，鹿鹿鬭飣難爭雄。世多果腹鮮知味，北斗以南推朔翁。」題中「劉朔齋」，詩文中稱「朔翁」可夾證劉朔齋即劉朔翁。爲北宋名臣劉摯（謚忠肅）之後，魏了翁之婿。袁桷《清容居士集》卷三三：「劉震孫，東平人。忠肅公元孫，文清公之子，魏文靖公之壻。嘗爲喬丞相行簡樞屬，喬相與劉嘗言：『越公尹京，政治。』晚歲爲宗正少卿兼中書舍人。」

劉震孫有居室在蘇州。《南華真經義海纂微序》：「咸淳元年夏四月，東北人劉震孫書於姑蘇寓舍木雞窠。」周密《奉寄朔翁》自寓地吴興贈寄蘇州劉氏：「苕風蘋月隔吴波，尚想追隨寤寐歌。花外小車遊甚處，春風三十六行窩。」《癸辛雜識別集》卷上：「嘉熙丁酉（孫按：即一二三七年），朔齋守湖，趙母墮（原按：母墮名希坴，宋宗室）爲鼎倅，既得湖守，爲朔齋交代。劉頗不樂。會劉得史督之辟，是時，其父端友適自蜀來，正所由也，不容不就。……朔齋在吴日，有小妓善舞撲蝴蝶者，朔齋喜而納之矣。鄭潤父霖來守蘇，蓋舊遊也。因燕集，扣其人，知在劉處，亟命逮之。隸輩承風，徑入堂奥，竄取以去。劉大不能堪。未幾，鄭殂，劉復取之以歸。時淳祐己酉（孫按：即一二四九年）也。」

南宋史姓知平江府者，僅有史宅之兩度出知，故知其中「史督」爲牧守史宅之無疑。據《吴郡志》卷一一，史氏初任平江府在嘉熙二年（一二三八）至嘉熙三年（一二三九），再任時間是淳祐元年（一二四一）至淳祐三年（一二四三）。比勘史、劉二人資料，劉氏嘉熙元年（一二三七）守湖州，嘉熙二年除兵部郎官，史氏嘉熙三年正月即有赴闕之命，而此詞應寫於九月，劉氏得宅又在湖州任之後，故不可能寫於初任時。史宅之二任平江府是淳祐元年三月到任，淳祐三年二月離任，九月在蘇州僅能在淳祐元年與淳祐二年兩年。而劉氏在吴時已購置居所並納娶歌姬，頗疑詞中「阿嬌」，或指擅撲蝶舞之小姬。夢窗爲毛荷塘招飲二人，故此詞應寫於淳祐元年或淳祐二年。此時夢窗在蘇幕，詞寫於蘇州。

## 又

送翁五峰自鶴江還都〔一〕

西風一葉送行舟〔二〕。淺遲留。艤汀洲。新浴紅衣，緑水帶香流〔三〕。應是離宫城外晚〔四〕，人竚立，小簾鉤。新歸重省别來愁。黛眉頭。半痕秋〔五〕。天上人間，斜月繡針樓〔六〕。湘浪莫迷花蝶夢〔七〕，江上約，負輕鷗〔八〕。

【注釋】

〔一〕翁五峰：翁孟寅。　鶴江：松江。

〔二〕西風句：楊萬里《送周元吉顯謨左司將漕湖北三首》（之一）：「君詩日日説歸休，忽解西風一葉舟。」

〔三〕新浴二句：杜牧《齊安郡後池絶句》：「盡日無人看微雨，鴛鴦相對浴紅衣。」貫休殘句：「粘粉爲題棲鳳竹，帶香因洗落花泉。」

〔四〕離宫：《漢書·賈山傳》：「秦非徒如此也，起咸陽而西至雍，離宫三百，鐘鼓帷帳，不移而具。」顔師古注：「凡言離宫者，皆謂於别處置之，非常所居也。」　與下二句從翁氏蘇州所眷者著筆。

〔五〕黛眉二句：姜夔《慶宫春》：「傷心重見，依約眉山，黛痕低壓。」駱賓王《詠美人在天津橋》：「水下看妝影，眉頭畫月新。」半痕，朱熹《青玉案》：「一灣流水，半痕新月，畫作梅花影。」此寫杭州家眷的别離餘怨。

〔六〕天上二句：用乞巧事及唐明皇與楊貴妃七夕盟誓事。天上人間，崔顥《七夕》：「仙裙玉佩空自知，天上人間不相見。」李賀《七夕》：「天上分金鏡，人間望玉鉤。」據知翁氏七夕夜到達杭京，正可相伴閨中人倚樓乞巧，與牛郎織女的相會恰成天上人間的對照。

〔七〕湘浪句：湘浪，用娥皇女英典，温庭筠《南湖》：「蘆葉有聲疑霧雨，浪花無際似瀟湘。」花蝶夢，清江《春遊司直城西鸕鷀溪别業》：「春深花蝶夢，曉隔柳煙鞞。」劉孝綽《詠素蝶詩》：「芳華幸勿謝，嘉謝欲相依。」

〔八〕江上二句：鷗約，典例見《水龍吟·惠山酌泉》注〔一〇〕。

【考辨】

朱箋：《絶妙好詞》：翁孟寅，字賓暘，號五峰。錢唐人。《四朝見聞録》：翁中丞彦國，建之崇安人。子謙之，進士。孫孟寅，嘗首臨安鄉薦。盧熊《蘇州府志》，白鶴江，本松江之别名，在嘉定界，與今上海縣合界。疑即鶴江。

孫按：《〈絶妙好詞〉箋》：「翁孟寅，字賓暘，號五峰。錢唐人。首登臨安鄉書。」據《四朝聞見録》、《名賢氏族言行類稿》、《八閩通志》等文獻記載，祖父翁彦國，字端朝。紹聖年間進士，歷官御史中丞、江淮荆浙制置轉運使、江南西路經制使、以徽猷閣直學士知杭州。父字謙之。因世居五峰之下，與叔父翁挺（字士特）俱號五峰。鄉書，代稱鄉試中式。

鶴江即今之吴淞江，又名松江，淞江。也稱蘇州河。《姑蘇志》卷一〇：「松江東口亦名吴松江，古之東江也，其南爲白鶴江。白鶴江亦吴松之上流，西與青龍江合，蓋一水也。青龍江之北爲大盈浦，爲渡頭浦。大盈渡頭之中爲馮浦，又南接黄浦。與松江府上海縣分界。」此詞寫在蘇州。鶴江應指白鶴江。據朱箋所引資料，知翁氏祖籍崇安（今屬福建），寓居杭京。據此詞則知翁氏確有家眷居於京城，此詞餞其還家，然尚有歸來之約。另據《武林舊事》卷五，知其墓在杭州。鄭起《招魂酹翁賓暘》：「君來歸來，帝城絢爛可徘徊。……玉泉其清可鑒，西湖其甘可杯。孤山暖梅香可嗅，花翁葬薦菊之隈。君其歸來，可伴逋仙之梅。去此又奚之哉。」從翁氏歸葬地亦可旁證其家在杭州。

## 沁園春

冰漕鑿方泉，賓客請以名齋，邀賦此解㊀〔一〕

澄碧西湖〔二〕，軟紅南陌〔三〕，銀河地穿〔四〕。見華星影裏㊁，仙棋局靜〔五〕，清風行處，瑞玉圭寒〔六〕。斜谷山深〔七〕，望春樓遠〔八〕，無此崢嶸小渭川㊂〔九〕。一泓地㊃，解新波不涸㊄〔一〇〕，獨障狂瀾〔一一〕。

老蘇而後坡仙㊅。繼菊井嘉名相與傳㊆〔一二〕。試摩挲勁石，無令角折㊇〔一三〕，丁寧明月，莫涴規圓〔一四〕。漫結鷗盟〔一五〕，那知魚樂〔一六〕，心止中流別有天〔一七〕。無塵夜，聽吾伊正在，秋水闌干〔一八〕。

【校　議】

㊀明張本詞題作「方泉」。毛本、戈校本、杜本作「賦方泉」。王朱本謂從《鐵網珊瑚》作「冰漕鑿方泉，賓客請以名齋，邀賦」。諸本從之。今查《鐵網珊瑚》，實少録「此解」二字。兹從補。鄭校：「毛刻節録作『賦方泉』。」

㊁影裏：《鐵網珊瑚》、四明本作「浮影」。

㊂崢嶸：毛本、戈校本作「峭嶸」。戈校本眉注「崢」字。

㊃一泓地：毛本、戈校本、杜本作「春一泓地」。毛扆本：「『春』字應衍。」戈校注同。杜校：「『一泓地』，應作三字句。」鄭校：「毛衍『春』字在『一』上。」

㊄新波：毛本、《鐵網珊瑚》、戈校本、杜本、王朱本、朱二校本、四明本作「不波」。

㊅老蘇句：毛本、戈校本、杜本作「老蘇雨後坡仙」。戈校本：「『雨』字訛。」杜校：「『老蘇』句疑有誤。」鄭校：「毛訛『而』作『雨』。」

㊆嘉名：明張本、毛本、戈校本、杜本作「佳名」。佳，用同「嘉」。

㊇角折：毛本、戈校本、杜本作「折角」。王朱本從《鐵網珊瑚》改，餘本從。明張本正同。

【注　釋】

〔一〕冰漕：語出《漢書·趙充國傳》：「冰解漕下，繕鄉亭，浚溝渠，治湟狹以西道橋七十所，令可至鮮水左右。」後用以美稱漕運官職。馬廷鸞《陳宗禮除直龍圖閣淮西轉運使制》：「特峻淵圖之直，俾華冰漕之行。」楊箋：「按此是運署事，故有『斜谷』、『望春樓』語。」

〔二〕澄碧：陰鏗《渡青草湖》：「帶天澄迥碧，映日動浮光。」

〔三〕軟紅：此指杭京的道路。　楊箋：「漕在畿輔，故有『西湖』、『南陌』語。」

〔四〕銀河地穿：《史記·秦始皇本紀》：「始皇初即位，穿治酈山；及並天下，天下徒送詣七十餘萬人，穿三泉，下銅而致槨……以水銀爲百川江河大海，機相灌輸，上具天文，下具地理。」王維《過秦皇墓》：「星辰七曜隔，河漢九泉開。」此寫鑿泉。

〔五〕見華星二句：《墨客揮犀》卷一〇：「西頭供奉官錢昭度，粗有詩名，曾作《詠方池》詩云：『東道主人心匠巧，鑿開方石貯漣漪。夜深卻被寒星照，恰似仙翁一局棋。』」方干《于秀才小池》：「占地未過四五尺，浸天唯入兩三星。」華星，《文選·曹丕〈芙蓉池作〉》：「丹霞夾明月，華星出雲間。」李善注：「《法言》曰：『明星皓皓，華藻之力也。』」

〔六〕清風二句：蘇軾《赤壁賦》：「清風徐來，水波不興。」瑞玉圭寒，《周禮·春官·大宗伯》：「以玉作六瑞，以等邦國：王執鎮圭，公執桓圭，侯執信圭，伯執躬圭，子執穀璧，男執蒲璧。」圭長有二寸、九寸、七寸之别。　以上棋局、玉圭喻池泉形狀及水質。

〔七〕斜谷：亦稱褒斜谷。《漢書·溝洫志第九》：「其後人有上書，欲通褒斜道及漕，事下御史大夫張湯。湯問之，言：『抵蜀從故道，故道多阪，回遠。今穿褒斜道，少阪，近四百里；而褒水通沔，斜水通渭，皆可以行船漕。漕從南陽上沔入褒，褒絶水至斜，間百餘里，以車轉，從斜下渭。如此，漢中谷可致，而山東從沔無限，便於底柱之漕。且褒斜材木竹箭之饒，儗於巴、蜀。』上以爲然。拜湯子卬爲漢中守，發數萬人作褒斜道五百餘里。道果便近，而水多湍石，不可漕。」

〔八〕望春樓：長安下通漕運河道的高樓。詳見《水龍吟·壽尹梅津》注〔二〕。

〔九〕崢嶸：此指深邃不可測。《漢書·西域傳上》：「又有三池、磐石阪，道陿者尺六七寸，長者徑三十里。臨崢嶸不測之深，行者騎步相持，繩索相引。」　渭川：即渭水。古代極便漕運的河流。《漢書·溝洫志第九》：「時鄭當時爲大司農，言：『異時關東漕粟從渭上，度六月罷，而渭水道九百餘里，時有難處。引渭穿渠起長安，旁南山下，至河三百餘里，徑，易漕，度可令三月罷；而渠下民田萬餘頃又可得以溉。』」

〔一〇〕新波：《説苑》卷一一：「莊辛遷延盥手而稱曰：『君獨不聞夫鄂君子晳之泛舟於新波之中也。』」因方泉始鑿出，泉水故曰「新波」。　不涸：不溢不涸爲上乘井泉。蘇轍《墳院記》載老翁泉「廣深不及尋，晝夜瀵湧，清冽而甘。冬不涸，夏不溢」。

〔一一〕獨障狂瀾：韓愈《進學解》：「障百川而東之，回狂瀾於既倒。」　以上六句的意思是褒斜谷多湍難漕，望春樓又遥不可及，而這一方小小井泉，寒光照人，不湧溢也不乾涸；卻有助於調節漕運水道的水流，引導百川東流，緩解狂瀾的奔騰之勢。

〔一二〕老蘇二句：老蘇、坡仙，指蘇洵及蘇軾。二句互文見義。蘇洵曾記録老翁泉，有《老翁井銘》：「丁西歲，余卜葬亡妻，得武陽安鎮之山。山之所從來，甚高大壯偉，其末分而爲兩股，回轉環抱，有泉坌然出於兩山之間，而北附右股之下，畜爲大井，可以日飲百餘家。……他日乃問泉旁之民，皆曰：是爲老翁井。」蘇軾稱此井爲老人泉。見《苕溪漁隱叢話前集》卷三一。一說，蘇氏父子同號老泉。楊箋：「蘇明允《嘉祐集》云，見一老翁偃息泉上，就之，則入於泉，因甃石建亭，而爲《老翁泉銘》，明允之號老泉蓋始此。《石林燕語》載東坡晚又號老泉山人，以眉山先塋有老翁泉，故云。……老泉在蘇家，故父子同此號。」而西湖薦菊井，是因蘇軾詩得名。《西湖遊覽志》卷二：「水仙王廟，亦名龍王祠，先是以樂天、和靖、子瞻附祀兩廡。有井曰『薦菊』。蓋取蘇詩『不然配食水仙王，一盞寒泉薦秋菊』之義也。」謂「方泉」定會在「老翁井」、「老人泉」、「薦菊井」等佳名之後流傳久遠。

〔一三〕試摩挲二句：角折，石因牛礪角而受到損害。韓愈《石鼓歌》：「牧童敲火牛礪角，誰復著手爲摩挲？」黃庭堅《題竹石牧牛》：「石吾甚愛之，勿遣牛礪角。」《釋名・釋姿容》：「摩挲，猶末殺也，手上下之言也。」勁石，釋覺範《龍尾硯賦並序》：「探萬仞之崖腹，取勁石之堅圓。」

〔一四〕丁寧二句：黃庭堅《汴岸置酒贈黃十七》：「黃流不解涴明月，碧樹爲我生涼秋。」規圓，語本《周禮・考工記・輪人》：「是故規之以視其圜也。」圜，同「圓」。此代指明月。鍾振振《讀夢窗詞札記》：「蓋以此泉方正，故叮吟圓月切莫倒映其中，恐以圓害方，有玷污之嫌。言外之意，隱然望其主人保持操守之端方也。」

〔一五〕鷗盟：黃庭堅《登快閣》：「萬里歸船弄長笛，此心吾與白鷗盟。」餘見《水龍吟・惠山酌泉》

注〔一〇〕。

〔一六〕那知魚樂：《莊子·秋水》：「莊子與惠子游於濠梁之上。莊子曰：『儵魚出遊從容，是魚樂也。』惠子曰：『子非魚，安知魚之樂？』莊子曰：『子非我，安知我不知魚之樂？』惠子曰：『我非子，固不知子矣。子固非魚也，子之不知魚之樂，全矣。』莊子曰：『請循其本。子曰女安知魚樂云者，既已知吾知之而問我，我知之濠上也。』」梅堯臣《詠老人泉》有句曰：「泉中必有魚，與子日徜徉。泉中苟無魚，子特玩滄浪。」

〔一七〕心止中流：《莊子·德充符》：「仲尼曰：『人莫鑒於流水，而鑒於止水。唯止能止衆止。』」成玄英疏：「唯止是水本凝湛，能止是留停鑒人，衆止是物來臨照。」 別有天：暗用壺天典。 以上三句謂只要心如方泉靜如止水，即使處於激流中也另有一番大隱的樂趣。

〔一八〕無塵三句：既寫因泉水而塵斂，也寫心境澄清。 吾伊，也作伊吾、咿唔。宋人用以形容琅琅可聽的讀書聲。 黄庭堅《考試局與孫元忠博士竹間對窗戲作竹枝歌三章和之》（之一）：「南窗讀書聲吾伊，北窗見月歌《竹枝》。」《齊東野語》卷二〇：「昔有以詩投東坡者，朗誦之而請曰：『此詩有分數否？』坡曰：『十分。』其人大喜。坡徐曰：『三分詩，七分讀耳。』此雖一時戲語，然涪翁所謂『南窗讀書吾伊聲』蓋善讀書者，其聲正自可聽耳。」寫主人及幕僚手拍闌干，朗誦莊子《秋水》篇，即便在喧鬧的塵世也能夠享受逍遥神遊的樂趣。

【考辨】

此詞爲《鐵網珊瑚》所收夢窗新詞稿十六首之第二首，寫於癸卯即淳祐三年（一二四三）。詞題謂方泉以名齋，而古人多以齋爲號。夢窗交遊中以方泉爲號，且任漕運之職者，僅有魏峻。據《咸淳臨安志》卷五〇：「（魏峻）淳祐元年，運判。二年升副。三年除右司兵部侍郎。」據知魏氏淳祐三年夢窗寫此詞時尚在轉運副使職上，轉運司正掌漕運。魏氏極有可能以方泉名齋後再以爲字號，上引鍾説「隱然望其主人保持操守之端方」，則方泉亦有主人。前文《水調歌頭·賦魏方泉望湖樓》寫於淳祐五年（一二四五），時在此詞之後，也與是考相合。

## 又

送翁賓暘游鄂渚㊀〔一〕

情如之何〔二〕，暮途爲客〔三〕，忍堪送君㊁〔四〕。便江湖天遠，中宵同月㊂〔五〕，關河秋近〔六〕。何日清塵〔七〕。玉麈生風〔八〕，貂裘明雪〔九〕，幕府英雄今幾人〔一〇〕。行須早㊃，料剛腸肯殢〔一一〕，淚眼離顰㊄〔一二〕。　平生秀句清尊〔一三〕。到帳動風開自有神〔一四〕。聽夜鳴黃鶴〔一五〕，樓高百尺〔一六〕，朝馳白馬〔一七〕，筆掃千軍〔一八〕。賈傅才高〔一九〕，岳家軍在㈥〔二〇〕，好勒燕然石上文〔二一〕。松江上㈦〔二二〕，念故人老矣，甘卧閑雲〔二三〕。

【校　議】

㈠毛本詞題作「送翁賓暘游苿渚」。杜本改「苿」爲「鄂」字。諸本從杜本。明張本正同。鄭氏謂「苿」是誤字。

㈡忍堪：杜本作「忍看」。

㈢同月：毛本、戈校本、杜本作「同舟」。戈校本：「『舟』字誤，擬『夢』字。」杜校：「『舟』字應仄，疑誤。」王朱本徑改，餘本從。明張本正同。鄭校：「以形近訛。」

㈣須早：毛本、戈校本、杜本、王朱本、朱二校本作「清早」。王校：「句疑。」

㈤離顰：毛本、戈校本、杜本、王朱本、四明本作「難顰」。

㈥軍在：毛本、戈校本、杜本、王朱本、朱二校本作「軍壯」。

㈦松江上：毛本、戈校本、杜本、王朱本、朱二校本作「□□□」。杜校：「三字宜用平平仄，擬補『還惆悵』三字。」

【注釋】

〔一〕翁賓暘：即翁孟寅。見《江神子・送翁五峰自鶴江還都》【考辨】。　鄂渚：《楚辭・九章・涉江》：「乘鄂渚而反顧兮，欸秋冬之緒風。」洪興祖補注：「楚子熊渠封中子紅於鄂。鄂州，武昌縣地是也。隋以鄂渚爲名。」　楊箋：「賈似道開府鄂渚，賓暘曾入其幕，見周密《癸辛雜識》。此行當是入幕，故詞有『幕府英雄今幾人，行須早』之句。」

〔二〕情如之何：江淹《別賦》：「送君南浦，傷如之何。」

〔三〕暮途爲客：庾信《哀江南賦》：「日暮途遠，人間何世。將軍一去，大樹飄零。」

〔四〕忍堪送君：用宋玉《九辯》摇落季節送人遠行及柳永《雨霖鈴》多情傷別、不堪冷落清秋節之意。

〔五〕便江湖二句：謝莊《月賦》：「美人邁兮音塵闕，隔千里兮共明月。」白居易《初與元九別後忽夢見之及寤而書適至兼寄桐花詩必然感懷因以此寄》：「昨夜雲四散，千里同月色。」便，《匯釋》：「猶雖也，縱也，就使也。……大抵此種作縱字解或就使解之便字，多用於開合呼應句。」江湖，下闋「平生」意入於此。王安石《青青西門槐》：「平生江湖期，夢寐不可遏。」中宵，陸機《贈尚書郎顧彦先二首》（之二）：「迅雷中宵激，驚電光夜舒。」

〔六〕關河：此代指南宋前線武昌及長江天險。　秋近：意入首三句中，亦寫防秋時節臨近，進入備戰狀態。《歷代名臣奏議》卷三三九載吴昌裔「論三邊防秋狀」：「漢備匈奴，率以秋冬；唐遣戍卒，謂之防秋。中國於秋高馬肥之時，每每嚴作堤備。」

〔七〕何日清塵：清塵，本指拂除塵埃。班固《東都賦》：「雨師泛灑，風伯清塵。」此喻平息戰爭。唐太宗《飲馬長城窟行》：「胡塵清玉塞，羌笛韻金鉦。」以上也暗用李白《秋歌》詩意：「秋風吹不盡，總是玉關情。何日平胡虜，良人罷遠征。」

〔八〕玉麈生風：玉麈，《晉書·王衍傳》：「衍既有盛才美貌，明悟若神，常自比子貢。兼聲名藉甚，傾動當世。妙善玄言，唯談《老》、《莊》爲事。每捉玉柄麈尾，與手同色。」《後漢書·李膺傳》：「李膺振拔汙險之中，蘊義生風，以鼓動流俗。」

〔九〕貂裘明雪：貂裘嶄新耀眼。反用蘇秦貂裘破弊其説不行的典故。李白《送程劉二侍郎兼獨孤判官赴安西幕府》：「繡衣貂裘明積雪，飛書走檄如飄風。」

〔一〇〕幕府句：特指帥臣開閫。劉季孫《次錢穆父〈走筆代書寄昆仲七弟〉韻》：「幕府英雄雖可數，尊前誰是急難人。」幕府，《史記·廉頗藺相如列傳》：「（李牧）以便宜置吏，市租皆輸入莫府。」《索隱》引崔浩云：「古者出征爲將帥，軍還則罷，理無常處，以幕帟爲府署，故曰幕府。則『莫』當作『幕』字之誤耳。」幕府往往爲招賢納才之地。《後漢書·班固傳》：「竊見幕府新開，廣延群俊。」

〔一一〕料剛腸句：《顔氏家訓·風操》：「江南餞送，下泣言離。……北間風俗，不屑此事，岐路言離，歡笑分首。然人性自有少涕淚者，腸雖欲絶，目猶爛然。」《文選·嵇康〈與山巨源絶交書〉》：「剛腸嫉惡，輕肆直言，遇事便發。」張銑注：「剛腸，謂强志也。」

〔一二〕離顰：因傷别眉黛緊蹙。以上三句開始轉意。估計友人去意堅定，不會沈湎於兒女情長之中。

〔一三〕秀句清尊：謂詩酒風流。

〔一四〕帳動風開：《晉書·郗超傳》：「（桓）温英氣高邁，罕有所推，與超言，常謂不能測，遂傾意禮待。……温懷不軌，欲立霸王之基，超爲之謀。謝安與王坦之嘗詣温論事，温令超帳中卧聽之，風動帳開，安笑曰：『郗生可謂入幕之賓矣。』」

〔一五〕夜鳴黄鶴：用黄鶴樓典。並合用一鳴驚人典，《史記·滑稽列傳》：「此鳥不飛則已，一飛沖天；不鳴則已，一鳴驚人。」

〔一六〕樓高百尺：《三國志·魏書·陳登傳》：「後許汜與劉備並在荆州牧劉表坐，表與備共論天下人，汜曰：『陳元龍湖海之士，豪氣不除。』……備問汜：『君言豪，寧有事邪？』汜曰：『昔遭亂過下邳，見元龍。元龍無客主之意，久不相與語，自上大床卧，使客卧下床。』備曰：『君有國士之名，今天下大亂，帝主失所，望君憂國忘家，有救世之意，而君求田問舍，言無可采，是元龍所諱也，何緣當與君語？如小人，欲卧百尺樓上，卧君於地，何但上下床之間邪？』」　以上三句預祝翁氏受到幕主優渥禮遇。

〔一七〕朝馳白馬：《三國志·魏書·龐德傳》：「（龐）德常曰：『我受國恩，義在效死。我欲身自擊羽。今年我不殺羽，羽當殺我。』後親與羽交戰，射羽中額。時德常乘白馬，羽軍謂之『白馬將軍』，皆憚之。」李賀《送秦光禄北征》：「將軍馳白馬，豪彦騁雄材。」

〔一八〕筆掃千軍：喻文才。詳見《水龍吟·壽梅津》注〔一二〕。

〔一九〕賈傅才高：賈傅，指賈誼。曾先後爲長沙王太傅、梁懷王太傅。故可稱「賈傅」。《漢書·賈誼傳》：「居頃之，拜賈生爲梁懷王太傅。梁懷王，文帝之少子，愛，而好書，故令賈生傅之。」用前席聽計之意，以賈傅比翁氏的參贊之才。一說，賈傅爲賈似道。傅，指傅相。此時賈氏已除參知政事。

〔二〇〕岳家軍在：《宋史紀事本末》卷一六「岳飛規復中原」條：「師每休舍，課將士，注坡跳壕，皆重鎧習之。子雲嘗注坡，馬躓，怒而鞭之曰：『前臨大敵，亦如是耶？』卒有取民麻一縷以束芻者，立斬以狥。卒夜宿，民間開門願納，無敢入者。軍號『凍死不拆屋，餓死不鹵掠』。」《宋史·岳飛傳》：「猝遇敵不動，故敵爲之語曰：『撼山易，撼岳家軍難。』」陸游《書憤》：「劇盜曾從宗父命，遺民猶望岳家軍。」賈似道頗有將才，甚至敵國君臣皆稱道之。

〔二一〕好勒句：東漢永元元年，車騎將軍竇憲領兵出塞，大破北匈奴，事見《後漢書·竇憲傳》：「憲、秉遂登燕然山，去塞三千餘里，刻石勒功，紀漢威德，令班固作銘曰……憲乃班師而還。」

〔二二〕松江：即吴淞江。代指蘇州。

〔二三〕甘卧閑云：許渾《送從兄歸隱藍溪二首》（之二）：「無人知此意，甘卧白雲中。」張繼先《野軒歌》：「些些富貴不足欣，何如野軒卧閑雲。」

## 【集評】

夏敬觀評語：（「賈傅」二句）以其本朝事對前代事，未爲合法。孫按：異代事對偶不合法度，見葉夢得《石林詩話》：「荆公詩，用法甚嚴，尤精於對偶。嘗云：『用漢人語，止可以漢人語對，若參以異代語，便不相類。』如『一水護田將緑繞，兩山排闥送青來』之類，皆漢人語也。」

【考　辨】

夏箋：《浩然齋雅談》卷下，翁孟寅「嘗遊維揚，時賈師憲開淮閫，甚前席之，其歸，舉席間飲器凡數十萬悉以贈之」云云。夢窗此詞云「幕府英雄今幾人」，蓋送翁入賈幕。考《理宗紀》：開慶元年，似道軍漢陽援鄂，即軍中拜右相。次年四月即入朝。夢窗此詞有「賈傅才高，岳家軍在」，當作於開慶元年夏秋間。

楊箋：不忍客中送客意。此詞亦在蘇幕時作。

吴熊和《唐宋詞彙評・編年》：開慶元年（一二五九）。

孫按：《浩然齋雅談》卷下：「翁孟寅賓暘，嘗遊維揚，時賈師憲開淮閫，甚前席之，其歸，又置酒以餞賓暘。即席賦《摸魚兒》云：『卷西風、方肥塞草，帶鉤何事東去。月明萬里關河夢，吴楚幾番風雨。江上路。二十載頭顱，凋落今如許。涼生弄塵。歎江左夷吾，隆中諸葛，談笑已塵土。　寒汀外，還見來時鷗鷺。重來應是春暮。輕裘峴首陪登眺，馬上落花飛絮。拚醉舞。誰解道，斷腸賀老江南句。沙津少駐。舉目送飛鴻，幅巾老子，樓上正凝佇。』師憲大喜，舉席間飲器凡數十萬，悉以贈之。」周密是夢窗的忘年之交，熟悉當朝掌故，夢窗作爲孟寅友人，自然也會以此事作爲樂道之談資。故夢窗此詞雖然爲翁氏二入賈幕送行，但也多用翁氏《摸魚兒》詞意，用以抒寫其主賓之間遇知之情。

據《宋史·理宗本紀》，開慶元年（一二五九）正月「賈似道以樞密使爲京西湖南北四川宣撫大使、都大提舉兩淮兵甲、湖廣總領、知江陵府」。另據《宋史·地理四》：「江陵府制置使，景定元年移治於鄂。」然賈似道駐防地似乎開慶元年就移至鄂州。《宋史·理宗本紀》詳細記載了賈似道在鄂州的戰事。開慶元年十二月己亥朔，「賈似道言鄂州圍解，詔論功行賞」。景定元年春正月，「賈似道言：『高達守鄂州城凡三月，大元師北還。』」景定元年三月，「賈似道言，自鄂趨黄，與北朝回軍相遇，諸將用命捍禦」。以上資料表明，賈似道開閫置幕府，與鄂州相關僅在開慶元年（一二五九）正月至景定元年（一二六〇）三月，同年四月似道赴闕。此詞寫於夏末近秋時，因此可以確定開慶元年。

另，周端臣《送翁賓暘之荆湖》，陳允平《寄翁賓暘》也應與夢窗此詞寫於同時。

## 珍珠簾㊀

春日客龜溪，過貴人家，隔牆聞簫鼓聲，疑是按歌，佇立久之㊁

蜜沈燼暖萸煙裊㊂〔一〕。層簾捲㊃、佇立行人官道〔二〕。麟帶壓愁香〔三〕，聽舞簫雲渺⑤〔四〕。恨縷情絲春絮遠〔五〕，悵夢隔、銀屏難到⑥〔六〕。寒峭〔七〕。有東風嫩柳⑦，學得腰小⑧〔八〕。　還近緑水清明〔九〕，歎孤身如燕〔一〇〕，將花頻繞〔一一〕。細雨濕黄昏〔一二〕，半醉歸懷抱⑨〔一三〕。蠹損歌紈人去久〔一四〕，漫淚沾、香蘭如笑〔一五〕。書杳〔一六〕。念客枕幽單，看看春老⑩〔一七〕。

【校　議】

㈠ 明張本詞調作《真珠簾》。《詞譜》：「『珍』或作『真』。」戈選杜批：「此詞首句及换頭二字或叶或不叶，後草窗詞换頭叶韻，玉田詞二首一均不叶。首句均可不拘。」孫按：杜氏此説以「寒峭」句分闋。與明張本分闋同。

㈡ 《古今詞統》、毛本、戈校本、杜本、王朱本、朱二校本、朱四校本詞題中的「按歌」作「按舞」。《歷代詩餘》、戈選詞題作「隔牆聞簫鼓聲，疑是按舞」。鄭氏手批：「『舞』未可云『按』。明鈔本作『歌』，是。」孫按：按舞，意思是按樂起舞。唐人詩句皆能證「舞」可以「按」。如徐晶《贈温駙馬汝陽王》：「梁邸調歌日，秦樓按舞時。」元稹《崔徽歌》：「崔徽本不是娼家，教歌按舞娼家長。」司空圖《柳二首》（之一）：「誰家按舞傍池塘，已見繁枝嫩眼黄。」且「按舞」似更切詞意。戈校本詞題下注「范選」。

㊂爐暖萸煙：《古今詞統》、毛本、《歷代詩餘》、《詞律》、戈校本、杜本、王朱本、朱二校本作「爐暖餘煙」。毛扆本改「餘」作「萸」。戈選作「爐暖餘香」。

㊃層簾捲：《古今詞統》、毛本、《歷代詩餘》、《詞律》、戈校本脱此三字。毛扆本增補。校曰：「三字原無。」戈選同補文。杜本從毛扆本。校曰：「原脱『層簾捲』三字，從毛斧季校本補入。」王朱本空闕三字。餘本從杜本。鄭氏手批：「毛本三字宜從訂補。此斷非斧季以意爲之者，蓋從宋本校而得之。」明張本正同。亦有以多三字者爲又一體。江人鏡《雙橋小築詞存》卷二：「『寶樺黏麝枝齋剪』。初稿首句下有『湘屏曲』三字，因細玩舊刻《夢窗詞》本及《詞譜》所載，將三字删去。至草窗，玉田所賦之多三字者，是又一體。」

㊄雲渺：戈選改作「雲杪」。杜本、朱二校本從。

㊅銀屏：《古今詞統》、毛本作「銀瓶」。毛扆本：「『瓶』疑『屏』。」戈校本、戈選改。餘本從。鄭氏手批：「以聲近訛。」明張本正同。

㊆嫩柳：《古今詞統》、毛本、《歷代詩餘》、《詞律》、戈校本、戈選、杜本、王朱本、朱二校本作「垂柳」。戈校：「『柳』作『楊』。」

㊇腰小：戈選改作「嬌小」。杜本從。

㊈半醉：明張本作「半時」。

⑩ 看看春老：《古今詞統》、毛本、《歷代詩餘》、《詞律》、戈校本、戈選、杜本、王朱本、朱二校本作「看春漸老」。

【注釋】

〔一〕蜜沈句：蜜沈，《香乘》卷四：「交人稱沈香爲蜜香。《交州志》謂蜜香似沈香，蓋木體俱香，形復相似，亦猶南北橘枳之別耳。」餘見《瑞鶴仙·贈絲鞋莊生》注〔一六〕。萸煙，李賀《屏風曲》：「沈香火暖茱萸煙，酒觥綰帶新承歡。」《箋注評點李長吉歌詩》吴正子注曰：「王建《宫詞》：『院院燒燈如白晝，沈香火裏坐吹笙。』《酉陽雜俎》云：椒氣好下，茱萸氣好上，沈煙直上，故以喻茱萸耳。」

〔二〕官道：白居易《西行》：「官道柳陰陰，行宫花漠漠。」

〔三〕麟帶句：反用周邦彦《虞美人》詞意：「淒風休颭半殘燈。擬倩今宵歸夢、到雲屏。」温庭筠《舞衣曲》：「蟬衫麟帶壓愁香，偷得鶯簧鎖金縷。」李賀《秦宫詩》：「越羅衫袂迎春風，玉刻麒麟腰帶紅。」

〔四〕舞簫：按簫聲的節拍起舞。　雲渺：此指樂聲渺渺入雲。陸機《擬今日良宴會詩》：「哀音繞棟宇，遺響入雲漢。」

〔五〕恨縷句：晏殊《玉樓春》：「無情不似多情苦。一寸還成千萬縷。」方千里《掃花遊》：「怨絲恨縷。正楊花碎玉，滿城雪舞。」春絮，皎然《擬長安春詞》：「春絮愁偏滿，春絲悶更繁。」

〔六〕悵夢隔二句：温庭筠《湘東宴曲》：「欲上香車俱脈脈，清歌響斷銀屏隔。」反用周邦彦《虞美人》詞意：「淒風休颭半殘燈。擬倩今宵歸夢、到雲屏。」

〔七〕寒峭：猶言「春寒料峭」，爲柳尚嫩小張本。

〔八〕有東風二句：毛滂《虞美人》：「柳枝卻學腰肢裊。好似江東小。」歐陽修《望江南》：「江南柳，葉小未成陰。人爲絲輕那忍折，鶯嫌枝嫩不勝吟。留著待春深。」嫩柳，陳後主《洛陽道五首》（之一）：「霜枝嫩柳發，水塹薄苔生。」小腰，《戰國策·楚策一》：「昔者先君靈王好小要，楚士約食，憑而能立，式而能起。」要，古「腰」字。

〔九〕绿水清明：晏幾道《清平樂》：「波紋碧皺。曲水清明後。」

〔一〇〕孤身如燕：衛敬瑜妻王氏有《孤燕詩》，事見《南史·孝義·下》：「霸城王整之姊嫁爲衛敬瑜妻，年十六而敬瑜亡，父母舅姑咸欲嫁之，誓而不許，乃截耳置盤中爲誓乃止。……所住户有燕巢，常雙飛來去，後忽孤飛。女感其偏棲，乃以縷繫腳爲志。後歲此燕果復更來，猶帶前縷。女復爲詩曰：『昔年無偶去，今春猶獨歸。故人恩既重，不忍復雙飛。』」

〔一一〕將花頻繞：劉緩《看美人摘薔薇》：「繞架尋多處，窺叢見好枝。」繞花枝實喻繞屋聽按舞。謂在相同的時節，不同的年齡階段，曾經親睹按舞並近芳澤，當下卻繞屋聆聽，難見倩影。

〔一二〕細雨句：蘇軾《再和楊公濟梅花十絶》（之四）：「人去殘英滿酒樽，不堪細雨濕黄昏。」馮延巳《南鄉子》：「細雨濕流光，芳草年年與恨長。」

〔一三〕半醉句：周邦彦《綺寮怨》：「上馬人扶殘醉，曉風吹未醒。」沈君攸《羽觴飛上苑》：「宜城醇醞促須斟，半醉驪歌應可奏。」　以上二句回憶當時離開宴席情景。

〔一四〕蠹損歌紈：周邦彦《丁香結》：「漢姬紈扇在……唯丹青相伴，那更塵昏蠹損。」高觀國《喜遷鶯·代人吊西湖歌者》：「可憐損，任塵侵粉蠹，舞裙歌扇。」歌紈，紈素歌扇。

〔一五〕漫淚沾二句：李賀《李憑箜篌引》：「昆山玉碎鳳凰叫，芙蓉泣露香蘭笑。」　以上三句謂年輕時此地所遇歌席上按舞的美人早已離開，即使遺留下歌扇恐怕也早已蠹穿；然而環屋時所見花朵或泣或笑，仍讓人想起她歌時之笑與别時之顰。

〔一六〕書杳：謝莊《月賦》：「美人邁兮音塵闕，隔千里兮共明月。」歐陽修《聖無憂》：「多少舊歡新恨，書杳杳、夢悠悠。」

〔一七〕念客枕二句：李賀《仁和里雜叙皇甫湜》：「那知堅都相草草，客枕幽單看春老。」念，可憐。

【集　評】

卓人月、徐士俊《古今詞統》卷一三：「多情卻被無情惱」，東坡隔牆看鞦韆句也，有此秀豔否？

先著、程洪《詞潔輯評》卷三：用筆拗折，不使一猶人字，雖極稠嵌，復有靈氣行乎其間。今之治詞者，高手知師法姜、史。夢窗一種，未見有取途涉津者，亦斯道中之《廣陵散》也。首句從歌舞處寫，次句便寫人間簫鼓者。前半賦題已竟，後只歎惋發己意，恐忘卻本意，再用「歌紈」二字略一點映，更不重犯手。宋人詞佈局染墨多是如此。

俞陛雲《唐五代兩宋詞選釋》：詞爲聞隔簫鼓聲疑是按舞而作。題本虛擬，無跡可尋。通首以「到」字、「繞」字二韻，托思最爲靈妙。而聞聲之遐想，猶飛燕之繞花，取喻尤巧。接以「細雨」二語，神味彌永。

陳洵《海綃説詞》：起七字千錘百煉而出之。「蜜沈」伏「愁香」，「煙裊」伏「雲渺」；「麟帶」，舊意，「舞簫」，今情，作兩邊鉤勒。「恨縷情絲」，提起。「銀屏」別是一處，非貴人家。垂柳腰小，亦指所思之人，與貴家按舞無涉。「綠水清明」，是其最難忘處，當年邂逅，正此時也。乃彼則銀屏難到，此則客枕幽單，徘徊歎息，蓋爲此耳。「香蘭如笑」按舞之樂，而已則歌沈人去，惟有落淚。一篇神理注此二句，題目是借他人酒杯。

夏敬觀評語：首句太雕琢。

劉永濟《微睇室説詞》：起七字陳洵謂是「千錘百煉而出」，蓋此句涵蓋全篇也。凡詞單句起者皆應如此。下句點題。「蜜沈」，《本草》：「蜜香生交州，大樹，節如沈香。」「蜜沈燼暖」者，香燼微溫也。「餘煙裊」者，殘香未散也。蓋用香作象徵性來寫自己此際之情事，運思如髮。香燼猶暖，以言舊事已銷沈而餘情猶在也。餘煙尚裊，以言舊人之影尚存心中也。「麟帶」句用温庭筠《舞衣曲》「蟬衫麟帶壓愁香」句意，言舊日歡舞之樂。「壓愁」，猶言銷愁也。「麟帶」，李賀《秦宫》詩有「玉刻麒麟腰帶紅」句，舞女之衣飾也。「聽舞簫」五字寫今日聽簫鼓引起之情。「雲渺」者，言舞簫之聲縹渺如雲也。「恨縷」二句言此時之情緒如縷、如絲、如春絮之悠揚遠去也。下句「夢隔雲屏」言情縱悠揚而夢卻隔著銀屏，難以飛到。蓋舊人遠隔，夢亦難逢也。「寒峭」，切「春日」。「東風」二句想見舊人姿態，如春柳之婀娜輕盈。蓋借景言情，輕微婉約，詞筆亦如之。换頭句詞點春日，情繫舊人。夢窗懷舊之情，每逢清明而切，知此時所關，有最難忘者在。「歎孤身」二句即歇拍之「客枕幽單」。「將花頻繞」又即起句之「餘煙裊」。皆言聞歌佇立時情懷紛亂之狀。「細雨」二句乃當時從龜溪歸來情事，時已半醉，復聞簫鼓，不覺生感也。寫舊情至此愈益迫切，故有「蠹損」七字，將所懷爲何和盤托出；語乃分明，不似前此之婉約矣。「香蘭笑」，用李長吉《李憑箜篌引》詩「芙蓉泣露香蘭笑」句意，見有情與無情者悲歡不同也。「淚沾」即李詩之「芙蓉泣露」也。貴人家簫鼓正酣，則「香蘭笑」也。歇拍二句，又用長吉《仁和里雜叙皇甫湜》詩「客枕幽單看春老」句意，而上冠「書杳」二字，言今已音訊杳然，但看春老而已。「春老」從景物言，則春將暮，清明時也。從人情言，則己之年歲已晚也。不盡餘情，至此亦收拾盡矣。

【考　辨】

陳洵《海綃説詞》：此因聞簫鼓，而思舊人也，亦爲其去姬而作。

楊箋：此聞歌憶姬之作。

劉永濟《微睇室説詞》：此因聞貴人家簫鼓，感懷舊事而作。

孫按：此爲中年客遊德清，回憶年輕時情事之作，其事與所謂姬妾無關。此詞並已明言德清戀情爲貴人席上之歌姬，懷人中實寓歲月之感歎。寫於嘉熙年間（一二三七至一二四〇）。參見《祝英臺近·春日客龜溪遊廢園》【考辨】。

## 風入松

爲友人放琴客賦㊀

春風吴柳幾番黃〔一〕。歡事小蠻窗〔二〕。梅花正結雙頭夢〔三〕，□玉龍㊁、吹散幽香〔四〕。昨夜燈前歛黛㊂〔五〕，今朝陌上啼妝〔六〕。最憐無侶伴雛鶯㊃〔七〕。桃葉已春江〔八〕。曲屏先暖鴛衾慣，夜寒深、都是思量〔九〕。莫道藍橋路遠，行雲只隔幽坊〔一〇〕。

【校議】

㊀毛本、戈校本、杜本、王朱本、朱二校本、四明本詞題作「爲友人訪琴客賦」。然王校：「甲稿《婆羅

門引》題有『放琴客』語，訪，疑『放』誤。」明張本正同。

㈡□玉龍：明張本、毛本、戈校本、王朱本奪一字。毛扆本：「脱一字，應在『夢』字上。」杜本作「玉龍□」。並校曰：「『玉龍』句脱一字，擬補『曲』字。」朱二校：「闕文，毛未空格。」底本尾註：「原鈔『玉』上未空格，毛本同，從王校。」然檢王朱初刻、重刻二本，「玉」上皆未空格。鄭校：「『玉龍』下原空一字，與下闋合。杜刻擬補『曲』字，妄已。」又批曰：「『龍』下脱一字，毛刻空，疑從闕如。朱侍郎云：『當校刻時不知應空在何處，遂失檢。』此大疏已。毛本固明明空在『龍』下，是也。」孫按：鄭氏所見毛本或有空闕，與今見毛本異。朱四校本、四明本作「被玉龍」。林校：「姚校補『被』字。」楊箋：「擬補『奈』字。」孫按：《詞譜》此調有七十二字、七十三字、七十四字、七十六字四體，並以七十四字與七十六字爲正體。此調無七十五字之體，並且夢窗此調皆七十六字，應脱一字。朱二校本、底本、四明本與毛扆校語正合，惟空格處有異，姑從底本等。

㈢攲黛：明張本、底本、朱四校本、四明本作「歌黛」。兹從毛本、戈校本、杜本、王朱本、朱二校本。

㈣雛鶯：杜校：「下半闋起句『鶯』借作『鴦』音。另有《木蘭花慢》一闋亦『江』、『陽』韻押『鶯』。」鄭氏手批：「案乙部《木蘭花曼》第四解過片『觴』字均亦用古同聲爲叶。」「『窗』字亦在『江』部。『江』字從工得聲，故今均『江』部即次於『冬』後。夢窗聲律甚嚴，當知詞均別有依據。『庚』、『陽』本通『江』均，則非古通之例，但宋詞均別有聲譜，非可以古均通轉之例分部居也。漚尹謂夢窗用均至嚴，絶無『江』、『陽』同用之例。以此校之，不儘然已。」夏敬觀評語：「『鶯』，『庚』韻；與『陽』韻同押。」

【注釋】

〔一〕春風句：皇甫松《楊柳枝》：「爛熳春歸水國時，吴王宫殿柳垂絲。」何遜《邊城思詩》：「柳黄未吐葉，水緑半含苔。」此詞頗取意張先《碧牡丹·晏同叔出姬》，詳見《法曲獻仙音·放琴客》【注釋】。

〔二〕歡事：晏幾道《臨江仙》：「身外閒愁空滿，眼中歡事常稀。」小蠻：此代指下堂琴客。

〔三〕梅花句：王昌齡《梅詩》：「落落寞寞路不分，夢中唤作梨花雲。」雙頭，吴地有鴛鴦梅。范成大《梅譜》：「鴛鴦梅，多葉紅梅也。花輕盈，重葉數層。凡雙果必並蒂，惟此一蒂而結雙梅，亦尤物。」洪适《偶得梅一種疎枝清香附萼之花五出與江梅無異但花色微紅而五出之上復有一重或十葉或九葉他日皆並蒂雙實俗呼爲鴛鴦梅昔上林有趙昭儀所植同心梅疑即此也因成四絶》（之一）：「卻月淩風一種香，更匀粉面作紅妝。枝頭自結鴛鴦社，爲倩東風謝海棠。」

〔四〕□玉龍二句：姜夔《次韻鴛鴦梅二首》（之一）：「晴日小溪沙暖，春夢憐渠頸交。只怕笛聲驚散，費人月詠風嘲。」玉龍，喻笛。笛曲中有《梅花落》，故云。

〔五〕昨夜句：謂歌時炫耀美姿。晏幾道《浣溪沙》：「才聽便拚衣袖濕，欲歌先倚黛眉長。曲終敲損燕釵梁。」倚，用同「敧」。

〔六〕啼妝：《後漢書·五行志一》：「啼妝者，薄拭目下若啼處。……始自大將軍梁冀家所爲，京都歙然，諸夏皆放效。」此借指美人臉上的淚痕。

〔七〕最憐句：孟郊《城南聯句》：「嬌辭哢雛鶯。」文人一般用「雛鶯」喻歌喉聲調尚未嫺熟的年幼歌女。如蘇軾《循守臨行出小鬟復用前韻》：「學語雛鶯在柳陰，臨行呼出翠帷深。」

〔八〕桃葉句：反用姜夔《少年游·戲平甫》：「别母情懷，隨郎滋味，桃葉渡江時。」謂美人已從渡口離去。

〔九〕曲屏三句：化用柳永《鬪百花》詞意：「長是夜深，不肯便入鴛被。與解羅裳，盈盈背立銀釭，卻道你但先睡。」崔湜《酬杜麟臺春思》：「鴛衾夜凝思，龍鏡曉含情。」崔珏《美人嘗茶行》：「前時卻坐推金箏，不語思量夢中事。」

〔一〇〕莫道二句：藍橋，藍橋驛。此喻琴客所遺之地。「行雲」句用雲雨典。幽坊，歌女聚集地。疑友人此姬仍被遣往坊曲之地。

【考　辨】

楊箋：題言友人，未知所指。疑是托詞。吴柳與姬之家鄉有關。雛鶯，又與姬之身世相似。且集中各詞皆憶之於姬去之後，並無一似於新去時作者，此則近之矣。（「春風」二句）計夢窗與姬在蘇州西園者已十年。（「最憐」二句）指其所生子言。（「曲屏」三句）思量者，即是鴛衾夜暖之事。清真《浣溪紗》詞云：「日射欹紅蠟蒂香，風乾微汗粉襟涼，碧紗對掩簟紋光。自剪柳枝明畫閣，戲抛蓮菂種横塘，長亭無事好思量。」亦是「思量」。上五句等語，此從彼脱胎。（「莫道」二句）吴越相連，故云不遠。

孫按：楊箋謂詞中「雛鶯」，指姬所生子言，是以此詞所賦爲自放琴客。楊氏《事蹟考》言姬有二子的根據是《好事近》「花下凌波入夢，引春雛雙鶼」，並確定蘇姬曾育有二子。鍾振振《讀夢窗詞札記・九》駁曰：「《箋釋》據此斷言夢窗與其去姬生有二子，等於無據，實難令人信服。」夢窗詞集中關涉友人遣放侍妾琴客者除此首外，還有《法曲獻仙音・放琴客，和宏庵》、《婆羅門引・郭清華席上，爲放琴客而新有所盼，賦以見喜》。此詞與另外兩首放琴客詞用典多可類比。如詞中「雛鶯」，意略同於《婆羅門引》詞題中「爲放琴客而新有所盼」中的新寵而非指「所生子」。「藍橋驛」用典略同於《法曲獻仙音》，寫其遺放地。故知詞作確實是賦友人放琴客。此詞寫於蘇州。

## 又㊀

聽風聽雨過清明〔一〕。愁草瘞花銘〔二〕。樓前緑暗分攜路㊁〔三〕，一絲柳、一寸柔情〔四〕。料峭春寒中酒〔五〕，交加曉夢啼鶯㊂〔六〕。　西園日日掃林亭〔七〕。依舊賞新晴〔八〕。黄蜂頻撲鞦韆索，有當時、纖手香凝〔九〕。惆悵雙鴛不到〔一〇〕，幽階一夜苔生〔一一〕。

【校　議】

㈠ 明張本、毛本、《歷代詩餘》、戈選、杜本、王朱本有詞題作「春晚感懷」。舒夢蘭《考正白香詞譜》卷二：「右詞七十六字。孏窟此詞，前後段第二句作上一下四，蓋亦偶然。紅友以爲另是一格，未免穿鑿。」「此調前後闋同，首句七字，次句五字，均用平韻。第三句七字平起仄收，不用韻。此三句句法，與《虞美人》起三句略同。而平仄互異，蓋一係平韻，一係仄叶耳。第四句七字，句法上三下四，第三字平仄可以通用。末尾二句，六字對偶，與《何滿子》結句同。」戈選杜批：「趙介庵、周少隱譜此調第二句均四字，此則宋人通用格也。」

㈡ 緑暗：朱校《絶妙好詞》曰：「毛本元作『暗緑』。」與今見毛本異。

㈢ 交加：杜校：「一作『迷離』。」

【注　釋】

〔一〕聽風句：崔櫓《春晚岳陽言懷二首》（之一）：「煙花零落過清明，異國光陰老客情。」餘見《垂絲釣近·雲麓先生以畫舫載洛花宴客》注〔二〕。

〔二〕愁草句：楊箋：「庾子山有《瘞花銘》。」庾信《皇夏》：「瘞玉埋俎，藏芬斂氣，是曰就幽，成斯地意。」倪璠注：「《禮記》曰：瘞埋於泰折，祭地也。……瘞埋取其藏斂於地，故云『藏芬斂氣』也。」此就風雨葬花而言。銘，表墓碑版。

〔三〕綠暗：此特指柳色轉深。梁元帝《將軍名詩》：「細柳浮新暗，大樹繞棲烏。」分攜：陸機《答賈長淵》：「分索則易，攜手實難。」李商隱《飲席戲贈同舍》：「洞中屐響省分攜，不是花迷客自迷。」

〔四〕一絲二句：晏殊《玉樓春》：「無情不似多情苦。一寸還成千萬縷。」史達祖《夜合花》：「風絲一寸柔腸。曾在歌邊惹恨，燭底縈香。」

〔五〕料峭句：承上楊柳意，齊己《楊柳枝》：「穠低似中陶潛酒，軟極如傷宋玉風。」

〔六〕交加句：金昌緒《春怨》：「打起黄鶯兒，莫教枝上啼。啼時驚妾夢，不得到遼西。」晏殊《蝶戀花》：「濃睡覺來鶯亂語，驚殘好夢無尋處。」交加，象鳥聲。劉敞《櫻桃》：「朝光破浮隱，喧鳥聲交加。」

〔七〕西園：在蘇州閶門外。

〔八〕新晴：潘岳《閑居賦》：「微雨新晴，六合清朗。」另據夢窗《風入松·桂》、《浪淘沙》（燈火雨中船）、《瑞鶴仙》（淚荷抛碎璧）及《掃花遊·春雪》，知夢窗確實曾與彼美共遊西園。

〔九〕黄蜂三句：楊萬里《東園晴步二首》（之一）：「小蜂撲得渾無益，羽扇徒勞不作聲。」韓偓《寒食夜》：「夜深斜搭鞦韆索，樓閣朦朧煙雨中。」寫當年寒食清明時節彼美曾戲蕩鞦韆。時隔已久，鞦韉似仍有香凝，是癡情之念想。黄蜂多情，是透過一層寫法。

〔一〇〕雙鴛：繡鞋。劉復《長相思》：「彩絲織綺文雙鴛，昔時贈君君可憐。」高觀國《御街行・賦轎》：「踏青陌上雨初晴，嫌怕濕、文鴛雙履。」

〔一一〕幽階句：張正見《白頭吟》：「春苔封履跡，秋葉奪妝紅。」庾肩吾《詠長信宫中草詩》：「全由履跡少，並欲上階生。」李白《長干行二首》（之一）：「門前遲行跡，一一生緑苔。」

【集評】

許昂霄《詞綜偶評》：「愁草瘞花銘」，琢句險麗。「惆悵雙鴛不到，幽階一夜苔生」，此則漸近自然矣。結句亦從古詩「全由履跡少，並欲上階生」化出。古詩又有「春苔封履跡」之句。

譚獻《譚評詞辨》：此是夢窗極經意詞，有五季遺響。「黄蜂」二句，是癡語，是深語。結處見温厚。

陳廷焯《雲韶集》卷八：情深而語極純雅，詞中高境也。婉麗處亦見别致。

俞陛雲《唐五代兩宋詞選釋》：「絲柳」七字寫情而兼録别，極深婉之思。起筆不遽言送别，而傷春惜花，以閒雅之筆引起愁思，是詞手高處。「黄蜂」二句於無情處見多情，幽想妙辭，與「霜飽花腴」、「秋與雲平」，皆稿中有數名句。結處「幽階」六字，在神光離合之間，非特情致綿邈，且餘音裊裊也。

陳洵《海綃説詞》：「樓前緑暗分攜路」，此時覺翁當仍寓西湖（園）。風雨新晴，非一日間事，除了風雨，即是新晴，蓋云我只如此度日。「掃林亭」，猶望其還，「賞」則無聊消遣，見鞦韆而思「纖手」，因蜂撲而念「香凝」，純是癡望神理。「雙鴛不到」，猶望其到；「一夜苔生」，蹤跡全無，則惟日日惆悵而已。當味其詞意醖釀處，不徒聲容之美。

陳匪石《宋詞舉》：譚獻曰：「此是夢窗極經意詞，有五季遺響。」蓋情景交融之作，爲詞中上乘。首句「清明」，點出時令。「聽風聽雨」，景中有情。「瘞花」是清明風雨中事。瘞之情已深，銘之情更深；因草銘而愁，情益深一層矣。所以然者，「瘞花」正「緑暗」之時，「樓前」是「分攜」之「路」，全篇之眼即在此「分攜」二字中。柳一絲，情一寸，極悱惻纏綿之致，極傷離惜别之心。元人曲云「繫春心情短柳絲長」，即從夢窗此語出，而遜其渾樸。「料峭」二句，再即景即情伸説一番，言酒之中雖欲消愁，鶯之啼依然驚夢也。過變曰「西園日日掃林亭」，望其復來也。「依舊賞新晴」，「人面桃花」之感也。用意上已經兩轉。此時癡心癡想，見鞦韆而思「纖手」，見「黄蜂頻撲」而疑餘香尚凝，無理之理，意倍深厚，故譚氏以「西子裙裾拂過來」比之。此詞之妙境，五代人擅場語也。「雙鴛不到」是「分攜」，且遥承「依舊」來，點明題旨。加「惆悵」二字，抱柱之信，終不認爲絶望。但説「苔生」，别無露骨語，則温厚之至者也。「苔生」非「一夜」可致，而曰「一夜」者，白駒過隙之旨也。至其命意所在，爲賦？爲興？爲比？不能執一以求之。

劉永濟《微睇室説詞》：詞本因傷春引起傷别。清明風雨，春晚也。「愁草瘞花銘」，則傷春也。「瘞」，本訓埋，此則指落花，非果有埋花作銘之事。「樓前」以下即述别情。「緑暗」二句憶别時、别地而生傷感也。「一絲柳、一寸柔情」，言其多也。觀此，知作詞主要在傷别。「料峭」二句寫别後之情事。「中酒」，日中事；「啼鶯」，曉夜事。「料峭」，薄寒也。「交加」，鳥聲也。换頭又從風停雨止著筆。「新晴」似可出遊矣，無奈「日日掃林亭」而日日望所思之人不至何。「黄蜂」二句乃癡情凝望之語。此二句以下句爲上句之因。蓋蜂慣尋香，今見其「頻撲鞦韆索」，故疑有舊香凝索上也。結句點明所思之人終不來矣。「雙鴛」，繡鞋也。「幽階一夜苔生」，言無人來而苔即生也。古詩有「全由履跡少，並欲上階生」，即此句之意。小令如詩中絶句。小令所寫，多係作者豐富生活中的片段。此片段在其生活中爲感受極深切者，或係作者平日聞見所及，藴藏心中甚久，一旦爲一時序、一境地，乃至一花、一鳥所觸發，遂形成語言而表出之。使讀者能由其所已表出之片段而窺見其整體，方爲合作。清代詩家查慎行曾有句曰「收拾光芒入小詩」。小令與絶句之佳者，即能「收拾光芒」入於短短幾句之中。其耐人尋味，反較長調爲有力。畫家論畫龍，雖東露一鱗，西露一爪，而煙雲迷漫之中，龍之全身自在。小令、絶句正當如此。

張伯駒《叢碧詞話》：情深語雅，寫法高絶。

唐圭璋《唐宋詞簡釋》：上片追憶昔年清明之别情，下片入今情，悵望不已。起言清明日風雨落花之可哀，次言分攜時之情濃，「一絲柳、一寸柔情」，則千絲柳亦千尺柔情矣。「料峭」兩句，凝煉而曲折，因别情可哀，故藉酒消之，但中酒之夢，又爲啼鶯驚醒，其悵恨之情，亦云甚矣。「料峭」一字疊韻，「交加」一字雙聲，故聲響倍佳。換頭，入今情，言人去園空，我則依舊遊賞，而人則不知何往矣。「黄蜂」兩句，觸物懷人。因園中鞦韆，而思纖手；因黄蜂頻撲，而思香凝，情深語癡。此與因黄柑而思及「柔香繫幽素」相同。夢窗《鶯啼序》云：「記琅玕、新詩細掐，早陳跡、香痕纖指。」《西子妝慢》云：「燕歸來，問彩繩纖手，如今何許。」或因竹而思及掐詩之纖指，或因燕而思及彩繩繫繩之纖手，皆同一思路。「惆悵」兩句，用古詩意，望人不到，但有苔生，意亦深厚。

吴世昌《詞林新話》：上片「愁草瘞花銘」，或解爲懶得草寫詠落花的詩詞，誤。此句正謂愁心不忍寫悼亡之詞。以「懶得」釋「愁」字，謬妄之極。又「雙鴛」喻鞋，吾鄉謎語云：「一雙鴛鴦著地飛，早晨出去夜來歸。」謎底即爲鞋。由用韻可知此謎甚古。夢窗乃用民俗成語爲典。

【考　辨】

陳洵《海綃説詞》：思去妾也，此意集中屢見。《渡江雲》題曰「西湖清明」，是邂逅之始，此則别後第一個清明也。

楊箋：此爲西園清明憶姬之作。（「聽風」二句）姬去近清明，詳《事蹟考》。（「黄蜂」三句）不從去時寫去，偏於去後寫去，加倍纏綿。（「樓前」二句）姬去本不由西園，此云分攜路，聯想及之耳，勿泥看。（「惆悵」二句）以「苔生」墊出「不到」，妙在「一夜」，懷人之宵，即「苔生」之夜矣。

唐圭璋《唐宋詞簡釋》：此首西園懷人之作。

孫按：此詞寫於蘇州。應屬西園系列蘇州營妓詞。參見《瑞鶴仙》（淚荷拋碎璧）【考辨】。

## 又

桂㊀

蘭舟高蕩漲波涼〔一〕。愁被矮橋妨〔二〕。暮煙疏雨西園路〔三〕，誤秋娘〔四〕、淺約宮黃〔五〕。還泊郵亭喚酒，舊曾送客斜陽〔六〕。

蟬聲空曳別枝長。似曲不成商〔七〕。御羅屏底翻歌扇〔八〕，憶西湖、臨水開窗。和醉重尋幽夢，殘衾已斷薰香〔九〕。

**【校議】**

㊀《歷代詩餘》無詞題。戈校本：「題似誤。」

【注　釋】

〔一〕蘭舟：木蘭舟。　波涼：李賀《江南弄》：「江中緑霧起涼波，天上疊巘紅嵯峨。」

〔二〕矮橋：張鎡《自錫山歸舟中三首》（之一）：「牆上夭桃竹頂齊，矮橋橫水屋橫陂。」　以上二句有周邦彦《大酺・春雨》詞意：「行人歸意速。最先念、流潦妨車轂。」意思是秋雨連綿，水漲橋低，通往西園水路受阻。

〔三〕暮煙疏雨：杜牧《懷吴中馮秀才》：「唯有別時今不忘，暮煙秋雨過楓橋。」

〔四〕秋娘：通稱歌妓。

〔五〕淺約宫黄：周邦彦《瑞龍吟》：「侵晨淺約宫黄，障風映袖，盈盈笑語。」梁簡文帝《美女篇》：「約黄能效月，裁金巧作星。」又，《戲贈麗人詩》：「同安鬟裏撥，異作額間黄。」此爲塗黄額妝，一説眉間妝。《説略》卷二一：「後周靜帝令宫人黄眉墨妝。《幽怪録》：神女智瓊額黄。眉黄額黄其説未定，如古詩詞『額黄無限夕陽山』，又，『學畫鴉黄尚未成』，又，『寫月圖黄罷』，又『鴉黄粉白車中出』。及温飛卿詞『蕊黄無限當山額』，又，『粉心黄蕊花靨，黛眉山兩點』，又，『撲蕊添黄子』。牛嶠詞『額黄侵膩髮』，則似額妝。張泌云『依約殘眉理舊黄』，飛卿又云『柳風吹散蛾間黄』則又似眉妝也。」　以上二句喻西園金桂。韓駒《木犀》：「淪雪凝酥點嫩黄，薔薇清露染衣裳。」楊炎正《謝周僧公招賞木犀》：「翠圍侍女擁紅幢，霞臉調朱笑額黄。」

〔六〕還泊二句：郵亭，驛館。此取意周邦彦《蘭陵王・柳》：「漸別浦縈回，津堠岑寂。斜陽冉冉春無極。」

〔七〕蟬聲二句：陳宓《五月下旬雨後喜晴》：「一對蟬聲相上下，柳絲搖曳與俱長。」陸機《擬明月何皎皎》：「涼風繞曲房，高柳鳴寒蟬。」文人多以蟬聲喻歌樂。許敬宗《奉和秋日即目應制》：「無機絡秋緯，如管奏寒蟬。」夢窗《齊天樂·會江湖諸友泛湖》亦有「麴塵猶沁傷心水，歌蟬暗驚春換」。商調淒清，故稱「清商」。

〔八〕御羅句：謂其羅屏底御扇而歌。李賀《將進酒》：「烹龍炮鳳玉脂泣，羅屏繡幕圍香風。」張綱《點絳唇》：「銀鴨香浮，紅袖翻歌扇。」庾信《和趙王看伎》：「綠珠歌扇薄，飛燕舞衫長。」

〔九〕殘衾句：曾幾《巖桂》：「濃薰不如此，何以慰幽棲。」

【考辨】

陳洵《海綃説詞》：此非賦桂，乃借桂懷人也。西園送客，是一篇之眼。客者，妾也。西園，故居。郵亭，别地。既被妨，故還泊，而秋娘不可見矣，此遊固未到西園。蟬聲似曲，歌扇都非。「臨水開窗」，故居回首，至重尋已斷，則西園固可不到矣，何恨於「矮橋」哉！「和醉」應「喚酒」，脈絡字字可尋。

孫按：此詞寫於蘇幕行役途中經過吴江時。因霖雨水漲妨礙應約前往西園賞桂，料想輕點蜂黄的淺妝佳人將會誤識歸舟。下闋首五句從蟬聲聯想到當年離開杭京前往蘇幕餞行時，曾在西湖開窗對歌賞桂，彼美以淒清悲涼歌曲送別。從此「桂花」成爲蘇州營妓系列詞中的重要意象。此詞疊現的回憶中打併入豐富的身世及情感世界，因而詠物之作也能精光四射。

# 又

麓翁園堂宴客㊀

一番疏雨洗芙蓉〔一〕。玉冷佩丁東〔二〕。轆轤聽帶秋聲轉〔三〕，早涼生、傍井梧桐㊁〔四〕。歡宴良宵好月㊂〔五〕，佳人修竹清風〔六〕。　臨池飛閣乍青紅〔七〕。移酒小垂虹〔八〕。貞元供奉梨園曲〔九〕，稱十香、深蘸瓊鍾〔一〇〕。醉夢孤雲曉色，笙歌一派秋空〔一一〕。

【校　議】

㊀ 毛本、《歷代詩餘》、戈校本、杜本、王朱本、朱二校本詞題作「雲麓園堂宴客」。

㊁ 傍井梧桐：毛本作「傍井桐」。毛扆本：「『桐』上應脱『梧』字。」戈校本補「梧」字。《歷代詩餘》

作「傍井疏桐」。杜校：「《詞繫》作『疏桐』。」王朱本、朱二校本作「傍井□桐」。底本據明張本等改。餘本從。

㊂良宵：明張本、毛本、杜刻本、王朱本作「涼宵」。然杜鈔本作「良宵」。朱二校本、底本據《歷代詩餘》改。餘本從。底本尾註：「與上句『早涼』復。」

## 【注釋】

〔一〕一番：《例釋》：「還可表一派、一片的意思。柳永《八聲甘州》詞：『對瀟瀟暮雨灑江天，一番洗清秋。』此一派義，意謂暮雨沖洗出一派淒清的秋景。」

〔二〕玉冷句：夢窗詞中豔蕊皆是美人所化，而荷花盛開往往被喻爲湘娥、江妃、汜人等水中仙子環佩月夜歸來。

〔三〕轆轤句：謂時光飛轉。參見《瑞鶴仙·癸卯歲壽方蕙巖寺簿》注〔二〕。

〔四〕早涼生二句：白居易《早秋獨夜》：「井梧涼葉動，鄰杵秋聲發。」

〔五〕歡宴：《文選·張衡〈南都賦〉》：「接歡宴於日夜，終愷樂之令儀。」李善注曰：「毛詩曰：愷樂飲酒，人曰莫不令儀。」　好月：劉長卿《月下呈章秀才》：「家貧惟好月，空愧子猷過。」

〔六〕佳人句：謂薄寒清風適宜佳人倚修竹。　以上二句構成清風明月，適宜作詩的環境。蘇軾《南鄉子》：「不到謝公臺。明月清風好在哉。舊日髯孫何處去，重來。短李風流更上才。」

〔七〕臨池句：隱寫剛剛建成的池光小閣。飛閣，王勃《滕王閣序》：「飛閣流丹，下臨無地。」

〔八〕小垂虹：此謂雲麓園中的長橋。夢窗另有《秋霽・賦雲麓水園長橋》詞。以上二句中的池光閣、小垂虹皆應爲史宅之園中仿製蘇州府治後池光閣以及吴江上垂虹橋的建築。

〔九〕貞元句：劉禹錫《聽舊宫中樂人穆氏唱歌》：「休唱貞元供奉曲，當時朝士已無多。」貞元（七八五至八〇五），唐德宗年號。梨園，《舊唐書・音樂志》：「玄宗又於聽政之暇，教太常樂工子弟三百人爲絲竹之戲，音響齊發，有一聲誤，玄宗必覺而正之，號爲皇帝弟子，又云梨園弟子，以置院近於禁院之梨園。」

〔一〇〕稱十香二句：《猗覺寮雜記》卷上：「酒斟滿，捧觴，必蘸指甲。牧之云：爲君蘸甲十分飲。夢得云：蘸甲須歡便到來。」十香，美稱十指。張良臣《西江月》：「四壁空圍恨玉，十香淺撚啼綃。」

〔一一〕醉夢二句：取意許渾《陪越中使院諸公鏡波館餞明臺裴鄭二使君》：「舞移清夜月，歌斷碧空雲。」並暗用音樂聲響遏行雲典。

**【考辨】**

吴箋：此詞淳祐二年（一二四二）初秋作於蘇州。詞中「臨池飛閣乍青紅」當指平江府治苑囿「池光亭」重修建事。

孫按：此詞與集中《秋霽·賦雲麓水園長橋》因爲涉及平江府郡宅著名建築，所以二詞被認爲皆寫於淳祐二年史氏再任平江府的顯證。其實，宋代史料就表明當時平江府建築中已無詞中所寫之勝跡，所以不可能寫於史宅之平江府任上。

其一，平江府治北面有池沼，因稱「北池」，又因在木蘭堂舊址之後，也稱後池。此池北宋時確實尚存橋梁。蔣堂《北池賦》：「澤國秀壤，句吴故城。其野齋之勝者，有曲池之著名。環碧曉漲，回光晝渟。接琅津之餘派，分銀潢之一泓。危橋跨波，迅若走鯨；虚閣延月，清如構瓊。」但鄭虎臣輯《吴都文粹》按蔣堂此賦曰：「北池又名後池，唐時在木蘭堂後。韋、白常有歌詠。白公檜蓋在池中。皮陸亦有《木蘭後池白蓮》、《重臺蓮》、《浮萍》三詠，今池乃在正堂之後，而木蘭堂基正在其西，後無池跡，豈所謂木蘭堂基者非唐舊耶？或舊池更大，連木蘭耶？本朝皇祐間，蔣堂守郡乃增葺池館，賦《北池宴集詩》及《和梅摯北池十詠》。後十二年，復守郡，遂作《北池賦》。按堂賦詠，池中有危橋、虚閣，今池皆不能容，則知承平時池更大矣。」鄭虎臣（一二一九至一二七六），生活年代與夢窗同時。鄭氏按語謂北池不容危橋、虚閣的情形應正是史宅之及前後郡守在任時的狀況。集中《水龍吟·雲麓新葺北墅園池》「橋通雙沼」，此詞「移酒小垂虹」，《秋霽》「乍驚飲虹天北」，皆化用李白《秋登宣城謝朓北樓》詩意：「兩水夾明鏡，雙橋落彩虹。」並且，「長橋」是吴江垂虹橋的別稱，已見前引《吴郡志》卷一七，並不在府治之中。所以詞中涉及的垂虹及水園長橋，是園中仿製蘇州吴江垂虹橋及平江府治北池早前存在過的橋梁，夢窗稱之爲「小垂虹」。

其次，平江府治内也確實存在過「池光亭」。《吴郡志》卷六：「池光亭，在郡宅後池北。紹興十七年，郡守鄭滋重建，池傍有小山二。東曰芳坻，郡守蔣粲建，飛白書其額。西有檜，郡守洪遵訪故事植焉。」或名「池光閣」，上引蔣堂賦序中的「虚閣延月，清如構瓊」，蔣堂《和梅摯北池十詠》（之二）「池上有虚閣，翬簷迅若翔」所指相同，但此亭閣於南宋中後期淳祐年間已經傾圮。史宅之再任平江府之明年，即淳祐二年（一二四二）在其廢址建立「春雨堂」，已見前引應繇《春雨堂記》。《春雨堂記》還詳載了此堂的規模：「厥今度宏規，成廣厦，崇聖翰，標嘉名。『春雨』一堂，遂爲吴中巨麗之觀，益非偶然者。其庀役也，因舊址厚培，而勢若負山倚屏然。堂高三十二尺，横從視之，淵如曠如，四面皆架軒三間，展如昭如。南俯大池，浮水觀以受荷薫，北與齊雲相値如闞，穹如膴如。上棟下宇，五間起乎中央，數羸五十尺焉。人莫不曰：『偉哉堂也！』」换言之，平江府治池光亭（閣）經史宅之改建成爲春雨堂，其規模建制絶非史宅之園中臨池飛簷小閣所可比擬。

再次，此詞與《秋霽·賦雲麓水園長橋》、《水龍吟·雲麓新葺北墅園池》、《燭影摇紅·麓翁夜宴園堂》、《探芳信·麓翁小園早飲，客供棋事、琴事》五首皆屬夢窗贈史宅之的園池系列詞。詞中「園堂」、「水園」、「長橋」乃至「小園」，都是史氏在杭京新葺之「北墅園池」不同視角、不同季節的呈現。史宅之「新葺北墅園池」雖然在杭不在蘇，但以夢窗系列詞與蔣堂《北池賦》、《和梅摯北池十詠》相較，史氏此園向曾任知府的平江府治苑囿舊貌「致敬」的用意甚爲明顯。

詞寫於隨史氏入杭京幕中後，時在淳祐六年（一二四六）至淳祐九年（一二四九）之間。參見後文《秋霽》、《水龍吟》、《燭影搖紅》、《探芳信》四詞【考辨】。

## 又

鄰舟妙香㊀〔一〕

畫船簾密不藏香〔二〕。飛作楚雲狂〔三〕。傍懷半捲金爐燼〔四〕，怕暖消、春日朝陽〔五〕。清馥晴薰殘醉㊁〔六〕，斷煙無限思量〔七〕。凭闌心事隔垂楊。樓燕鎖幽妝〔八〕。梅花偏惱多情月，慰溪橋㊂、流水昏黄〔九〕。哀曲霜鴻淒斷㊃〔一〇〕，夢魂寒蝶悠颺㊄〔一一〕。

【校議】

㊀戈校本詞題下注「范選」。

㊁晴薰：戈選、杜本作「暗薰」。

㊂ 慰溪橋：諸本同。王校徑改作「熨溪橋」。朱二校本、底本疑而未改，朱二校：「『慰』，疑作『熨』。」鄭校：「毛本『慰』字原不誤，與卷丁《三姝媚》『還把清尊，慰春憔悴』同意。王校以爲『熨』之訛，非是。」鄭氏手批：「汲古本作『慰』，半塘刻疑其誤而臆改之，夢窗雖好煉字，絶無滯跡。此句自以作『慰』爲佳，且與上句『惱』字相關，蓋意謂梅花知戀明月，來伴慰此流水昏黄之寂寞耳。正以喻妙香之在鄰舟，漏泄春光也。丁稿《三姝媚》『還把清尊，慰春憔悴』，正與此同用『慰』字之義。『熨』、『慰』二字，一虚一實，有仙凡之判。」

㊃ 淒斷：毛本、《歷代詩餘》、《詞律》、《詞譜》作「悽斷」。戈選作「悽絶」。悽，用同「淒」。

㊄ 悠颺：《歷代詩餘》、戈校本、戈選作「悠揚」。悠揚，用同「悠颺」。

**【注釋】**

〔一〕妙香：本義是佛教謂殊妙的香氣。也用以稱氣味特殊的熏香。此詞所賦爲梅花香型熏香。《瀛奎律髓·梅花》批註曾幾《返魂梅》詩：「此非梅花也，乃制香者合諸香令氣味如梅花，號之曰『返魂梅』。」詞境從和凝《何滿子》脱胎：「目斷巫山雲雨，空教殘夢依依。卻愛薰香小鴨，羨他長在屏幃。」

〔二〕畫船句：鄭剛中《癸丑年暖閣初成》：「護風簾密香煙潤，弄日窗低書卷明。」反用陸游《書室明暖終日婆娑其間倦則扶杖至小園戲作長句》：「重簾不卷留香久，古硯微凹聚墨多。」

〔三〕飛作句：温庭筠《博山》：「博山香重欲成雲，錦段機絲妒鄂君。」楚雲，用巫山雲雨典。施肩吾殘句：「顛狂楚客歌成雪，媚賴吴娘笑是鹽。」以上二句寫香氣濃重作煙作霧，如楚夢逐雲上下而顛狂也。

〔四〕傍懷句：無名氏《雨中花慢》：「入户不如飛絮，傍懷爭及爐煙。」高蟾《長門怨》：「魂銷尚愧金爐燼，思起猶慚玉輦塵。」

〔五〕怕暖消二句：周邦彦《月中行》：「蜀絲趁日染乾紅。微暖口脂融。博山細篆靄房櫳。靜看打窗蟲。」

〔六〕清馥句：洪适《江城子》：「小閣涼生，清馥凝金虬。」

〔七〕斷煙句：毛幵《點絳脣》：「無限思量，輾轉愁重省，薰爐冷。」

〔八〕樓燕句：用關盼盼獨處燕子樓典。幽妝，猶言「幽獨塊然」。

〔九〕梅花三句：此詞與《天香·薰衣香》「漫省淺溪月夜，暗浮花氣」二句皆用林逋《山園小梅》「疏影横斜水清淺，暗香浮動月黄昏」詩意，形容梅花香型的熏香即「返魂梅」。曾幾《返魂梅》也有「爲君浮動黄昏月，挽取林逋句法回」之句。惱，引逗，撩撥。楊萬里《釣雪舟倦睡》：「無端卻被梅花惱，特地吹香破夢魂。」此形容舟中香氣如子夜昏黄月色引逗得多情梅花散發出濃烈香氣，慰藉溪橋下無情流水。梅花午夜時香氣最爲濃烈。

〔一〇〕哀曲：暗用笛曲《梅花落》典，姜夔《疏影》：「還教一片隨波去，又卻怨、玉龍哀曲。」「淒斷」意綴於此。吴筠《閨怨詩》：「胡笳屢淒斷，征蓬未肯還。」霜鴻：杜甫《冬到金華山觀因得故拾遺陳公學堂遺跡》：「雪嶺日色死，霜鴻有餘哀。」此喻笛聲。

〔一一〕夢魂句：蘇軾《再和楊公濟梅花十絶》（之四）：「夜寒那得穿花蝶，知是風流楚客魂。」庾信《梅花落二首》（之二）：「偏疑粉蝶散，乍似雪花開。」悠颺，李嘉祐《與鄭錫遊春》：「映花鶯上下，過水蝶悠颺。」

## 【集評】

陳洵《海綃説詞》：是香是夢，遊思縹緲，吴詞之極費尋索者。「不藏香」，起；「楚雲」，則夢也。「爐燼」承香，「朝陽」承雲。香既不可久，則夢亦不可留，故曰「怕暖消、春日朝陽」。「晴薰」則日暖未消，「斷煙」則餘香尚裊，斷續反正，脈絡井井，不得其旨，則謂爲晦耳。「思量」，起下闋，樓隔垂楊，燕鎖幽妝，人已去也。「梅花」二句，影事全空，徒增煩惱。「霜鴻」往事，「寒蝶」今情，當與《解蹀躞》一闋參看。

楊箋：（「畫船」句）一起反用唐（宋）詩「重簾不卷留香久」意，全題俱見，不嫌唐突者，以從「無限思量」著筆也。

劉永濟《微睇室説詞》：此詞陳洵説「是香是夢，遊思縹緲，吳詞之費尋索者」，蓋因鄰舟之香，絪蘊縹緲，引起顛倒夢想。首句入題。「飛作」句才入題便生夢想。「楚雲」，本香煙，但用「楚雲」便成幻詞。宋玉《神女賦》有「朝爲行雲，暮爲行雨」句，本言神女靈蹤無定，故詞人多用爲故實。此因香煙繚繞，出於鄰舟，遂由之而惹起幻想。曰「狂」者，又從「楚雲」生出，即縹緲無定之意也。「傍懷」句，從香煙加以深切刻畫，仍是想中之物。「半卷」者，香漸薄也。「怕暖消」者，怕香冷也，怕楚夢亦如香薄煙冷也。「清馥」、「斷煙」二句，曰「殘醉」，曰「思量」，總之言鄰舟香妙，使人發生冥感幻覺。至其所感所覺爲何事，留待下半闋説。此詞家所稱「留」字訣也。換頭句之「心事」即上過拍之「思量」者。曰「隔垂楊」，與其集中《珍珠簾》詞「夢隔銀屏」意同。《珍珠簾》乃聞隔牆人家簫鼓聲而作。「隔」者，有所阻礙也。「樓燕」句本言人獨處，故曰「鎖幽妝」，但托「燕」説。吳詞之「燕」，多以代其去妾。行文至此，雖未將心事明白説出，而「思量」之苦，已足夠人尋味。「梅花」二句中梅以自比。言「梅花偏惱多情月」者，月把梅之心事分明照出，故可惱也。合下句觀之，詞意方顯。「流水昏黄」暗用林逋「暗香浮動月黄昏」詩意。曰「慰」，正見明月「多情」，特來相照，不知梅花卻正怕此昏黄也。故曰「偏惱」。詞意在此，極爲隱約。「哀曲」二句言「哀曲」如霜鴻之聲，令人淒斷，我之「夢魂」又如「寒蝶幽颺」耳。陳氏謂「極費尋索」，亦因其托興深微，故覺「遊思縹緲」。總全首觀之，上半闋寫鄰舟妙香，下半闋寫因香妙而引起之心事。寫心事之筆，特隱約微婉，若有萬分不得已之情，而又不忍痛快寫出者，故讀來不易尋索。此非晦澀，而是深微，當知分別。夢窗與其妾，因何中道離析，已無可考。但觀其於離析之後，如此纏綿，其中似有難言之隱，五代詞人喜寫閨情，其間頗多纏綿婉約之作，不意夢窗以大丈夫而溺情於妾，竟如此纏綿，雖曰情之所鍾，終不免「詞人之賦麗以淫」之譏。

【考　辨】

陳洵《海綃説詞》：蓋亦爲其去姬而作也。

楊箋：此亦憶姬之詞。

孫按：此詞賦詠妙香，無關乎所謂遣去之姬妾。

## 鶯啼序㊀

豐樂樓㊁〔一〕

天吴駕雲閬海〔二〕，凝春空燦綺〔三〕。倒銀海〔四〕、蘸影西城㊂〔五〕，四碧天鏡無際〔六〕。彩翼曳〔一七〕、扶摇宛轉〔一八〕，雩龍降尾交新霽㊃〔一九〕。近玉虚高處，天風笑語吹墜〔二〇〕。清濯緇塵㊄〔二一〕，快展曠眼〔二二〕，傍危闌醉倚〔二三〕。面屏障〔一四〕、一一鶯花〔一五〕。薜蘿浮動金翠〔一六〕。慣朝昏、晴光雨色〔一七〕，燕泥動、紅香流水〔一八〕。步新梯〔一九〕，藐視年華〔二〇〕，頓非塵世〔二一〕。麟翁袞舄〔二二〕，領客登臨〔二三〕，座有誦魚美〔二四〕。翁笑起、離席而語〔二五〕，敢詫京兆〔二六〕，以後爲功㊅〔二七〕，落成奇事〔二八〕。明良慶會㊆〔二九〕，賡歌熙載〔三〇〕，隆都觀國多閒暇〔三一〕，遣丹青㊇〔三二〕、雅飾繁華地〔三三〕。平瞻太極〔三四〕，天街潤納璇題〔三五〕，露床夜沈秋緯〔三六〕。清風觀闕〔三七〕，麗日罘罳〔三八〕，正午長漏遲〔三九〕。爲洗盡、脂痕茸唾〔四〇〕，淨捲麴塵〔四一〕，永晝低垂〔四二〕，繡簾十二㊈〔四三〕。高軒駟馬〔四四〕，峨冠鳴佩〔四五〕，班回花底修禊飲〔四六〕，御爐香、分惹朝衣袂㊉〔四七〕。碧桃數點飛花，湧出宮溝，遡春萬里⑪〔四八〕。

【校　議】

㊀ 明張本詞調作《豐樂樓》。注曰：「節齋新建，此詞夢窗淳祐十一年二月甲子作。是時樓新建，大書於壁，望幸焉。」此詞毛本重出。分别列於乙稿及絶筆。乙稿詞調亦作《豐樂樓》。注曰：「節齋新建此樓，夢窗淳熙十一年二月甲子作是詞，大書於壁，望幸焉。」毛扆本：「按此詞即《鶯啼序》，此詞乃題於豐樂樓耳。竟以作調名，定誤。」重出詞調别作《鶯啼序》。詞尾附注：「淳熙十

一年二月甲子四明吴文英君特書。」「夢窗絶筆。」毛扆本改「淳熙」爲「淳祐」，校曰：「重見乙稿，此葉可去。」今見毛本絶筆附注已從毛扆本改。孫按：絶筆，是後人稱讚壁上絶妙無比之書法，而非指逝世前留下的最後文字。《歷代詩餘》、戈校本、杜本詞調作《鶯啼序》。杜本「序」字一律作「敘」，以下不一一注出。《歷代詩餘》校曰：「又一體。四疊二百四十字。一名《豐樂樓》，爲此調之正體。」戈校本：「題豐樂樓之作。」杜本調名下注曰：「節齋新建豐樂樓，夢窗於淳祐十一年二月甲子作是詞，大書於壁。」杜校：「是調原作《豐樂樓》。按《武林舊事》云：豐樂樓舊爲衆樂亭，政和中改名，淳祐間趙京尹重建，宏麗爲湖山冠。吴夢窗嘗大書所賦《鶯啼叙》於壁。據此則豐樂樓爲題名非調名也，因改正。」

㈡ 明張本、毛本、《歷代詩餘》、杜本無詞題。王朱本詞題作「豐樂樓」。餘本從。惟朱四校本詞題作「豐樂樓，節齋新建」。孫按：以下忽略絶筆漫滅脱訛處，其略有價值之異文亦入校議。

㈢ 蘸影：絶筆作「燕影」。

㈣ 雺龍句：絶筆作「雲龍虹尾交相曳」。毛扆本改作「雺龍降尾交相曳」。

㈤ 緇塵：戈校本、杜本作「淄塵」。淄，通「緇」。

㈥ 以後爲功：明張本、底本、朱四校本、四明本作「以役爲功」。茲從乙稿、《歷代詩餘》、戈校本、杜本、王朱本、朱二校本。

⑦明良慶會：絶筆作「成良慶會」。

⑧遺：絶筆作「遺」。

⑨繡簾：絶筆作「繡帷」。

⑩分惹：明張本、乙稿脱「惹」字。毛扆本：「絶筆『分』下有『惹』字爲是。」《詞律》：「『分』下脱『染』字耳。」諸本從絶筆。

⑪遡春：絶筆、《歷代詩餘》作「陽春」。《詞譜》：「按吴詞别首第二段第四句『面屏障、一一鶯花』上『一』字仄聲，第三段第四句『翁笑起、離席而語』，『席』字仄聲，第五句『敢詫京兆』，『兆』字仄聲，第四段第六句『永晝低睡（垂）』，『睡』（垂）字仄聲，第七句『繡簾十二』，『十』字仄聲，餘參後諸詞。」

【注釋】

〔一〕豐樂樓：臨安府尹趙與𥲅撤新此樓。陳允平《豐樂樓初成》及董嗣杲《豐樂樓》也寫於豐樂樓建成時，詳見《醉桃源・會飲豐樂樓》【考辨】、【注釋】。

〔二〕天吴句：李賀《浩歌》：「南風吹山作平地，帝遣天吴移海水。」天吴，《山海經・海外東經》：「朝陽之谷，神曰天吴，是爲水伯，在䖝䖝北兩水間。其爲獸也，八首，人面，八足，八尾，皆青黄。」閬海，張鎡《玉團兒》：「曉來一陣金風劣。把閬海、檀霞細屑。」

〔三〕凝春句：爲「春空凝燦綺」之倒。王禹偁《寄馮舍人》：「詞隨健笛光綸誥，詩落成都燦綺霞。」

〔四〕倒銀海：陸游《月夕》：「白雲反在下，使我毛骨寒，天如玻璃鍾，倒覆濕銀海。」銀海，天河。此喻西湖。

〔五〕蘸影：洪适《詞》：「風弄碧漪摇島嶼。奇雲蘸影千峰舞。」西城：豐樂樓在杭京西城門外。

〔六〕四碧：韓偓《有憶》：「愁腸泥酒人千里，淚眼倚樓天四垂。」魏夫人《阮郎歸》：「夕陽樓處落花飛，晴空碧四垂。」天鏡：此喻西湖水面。以上三句寫湖山雲嵐、碧波倒影、天水一色的闊大景象。

〔七〕彩翼：語出李商隱《無題二首》（之一）：「身無彩鳳雙飛翼，心有靈犀一點通。」此指在天飛龍之翼。

〔八〕扶摇宛轉：形容風挾水行的狀態。《莊子・逍遥遊》：「《諧》之言曰：『鵬之徙於南冥也，水擊三千里，摶扶摇而上者九萬里。』」成玄英疏：「扶摇，旋風也。」《楚辭・劉向〈九歎・逢紛〉》：「揄揚滌蕩，漂流隕往，觸崟石兮；龍邛脟圈，繚戾宛轉，阻相薄兮。」王逸章句：「言水得風則龍邛繚戾與險阻相薄，不得順其流性也。」

〔九〕雩龍句：徐陵《在北齊與宗室書》：「比月應雩龍，星移殷鳥，天明和煦，體中何如。」雩，古代爲祈雨而舉行的祭祀。《左傳・桓公五年》：「龍見而雩。」杜預注：「龍見，建巳之月。蒼龍，宿之體，昏見東方，萬物始盛，待雨而大，故祭天，遠爲百穀祈膏雨。」

〔一〇〕近玉虛二句：《類説》卷五一：「詩人許渾夢登山，有宮室，人云此昆侖也。入見數人方飲，招之。賦詩曰：『曉入瑶臺露氣清，坐中惟有許飛瓊。塵心未斷俗緣在，十里下山空月明。』他日復夢至其處，飛瓊曰：『子何故顯予姓名於人間？』即改云：『天風吹下步虛聲。』」此寫豐樂樓高聳入雲。意略同於趙汝愚詠豐樂樓之《柳梢青》：「水月光中，煙霞影裏，湧出樓臺。空外笙簫，雲間笑語，人在蓬萊。」

〔一一〕清濯緇塵：謂雨後西湖清水正可以濯洗京城奔競的路塵。化用《孟子·離婁上》：「有孺子歌曰：『滄浪之水清兮，可以濯我纓；滄浪之水濁兮，可以濯我足。』」緇塵，陸機《爲顧彦先贈婦二首》（之一）：「京洛多風塵，素衣化爲緇。」謝朓《酬王晉安德元詩》：「誰能久京洛，緇塵染素衣。」

〔一二〕快展曠眼：馮伯規《無題》：「快展眉頭須劚飲，天開霽色不妨農。」黄庭堅《次韻子真會靈源廟池亭》：「人賢心故樂，地曠眼爲明。」

〔一三〕傍危闌句：李商隱《北樓》：「此樓堪北望，輕命倚危闌。」

〔一四〕面屏障：元稹《州宅》：「四面常時對屏障，一家終日在樓臺。」屏障，美如圍屏的山峰。

〔一五〕一一鶯花：董嗣杲《豐樂樓》：「鶯花簫鼓綺羅叢，人在熙和境界中。」陳允平《豐樂樓初成》：「上苑鶯啼花木暗，六橋人散水雲寬。」參見《倒犯·贈黄復庵》注〔二〕。

〔一六〕薜蘿金翠：形容樓臺黄色琉璃瓦與緑色攀緣植物在陽光下閃爍光芒。《楚辭·九歌·山鬼》：「若有人兮山之阿，被薜荔兮帶女蘿。」

〔一七〕慣朝昏二句：化用蘇軾《飲湖上初晴後雨二首》（之二）詩意：「水光瀲灧晴方好，山色空蒙雨亦奇。若把西湖比西子，淡妝濃抹總相宜。」明代袁宏道《西湖・二》曾寫西湖朝昏之美，可與此相生發：「其實湖光染翠之工，山嵐設色之妙，皆在朝日始出，夕舂未下，始極其濃媚。」

〔一八〕燕泥二句：暗用杜甫詩意《城西陂泛舟》：「魚吹細浪摇歌扇，燕蹴飛花落舞筵。」譚用之《春日期巢湖舊事》：「暖掠紅香燕燕飛，五雲仙佩曉相攜。」紅香，此代指落紅花瓣。

〔一九〕步新梯：此「新梯」指剛剛撤新的豐樂樓階梯。「危闌」之「危」字意亦綴此句。應瑒《侍五官中郎將建章臺集詩》：「欲因雲雨會，濯羽淩高梯。」董嗣杲《豐樂樓》：「水摇層棟青紅濕，雲鎖危梯粉黛窗。」韓疁《浪淘沙・豐樂樓》：「三十六梯人不到，獨唤瑶箏。」

〔二〇〕藐視：遠望。寫樓上所見。藐，通「邈」。遥遠貌。《楚辭・九章・悲回風》：「藐蔓蔓之不可量兮，縹緜緜之不可紆。」王逸章句：「一作『邈漫漫』。」洪興祖補注：「藐，遠也。」《漢書・韋賢傳》：「既藐下臣，追欲從逸。」顔師古注：「應劭曰：『藐，遠也。』藐與邈同。應説是也。」

〔二一〕頓非塵世：杜荀鶴《宿東林寺題願公院》：「一溪月色非塵世，滿洞松聲似雨天。」以上三句承意首闋寫如身在仙境。陳允平《豐樂樓初成》：「春風玉佩驂黄鶴，夜月瓊簫駐紫鸞。」

〔二二〕麟翁：麟，古代朝廷的麟形符節，僅頒發給重臣。《新唐書・輿服志》：「兩京、北都留守給麟符，左二十，右十九。」趙與𥲅於理宗淳祐元年（一二四一）兼知京城臨安府。衮舄：猶言衮服舄履。江淹《蕭相國讓進爵爲王第二表》：「燕藩懿親，裁蒙衮舄之榮；梁國戚屬，方忝旌旗之貴。」胡之驥

注：「衮舄，諸侯王之服也。」趙與篡爲宋宗室。

〔二三〕領客登臨：陳造《從王守獵》：「使君領客淩縹緲，天風颯颯摇旌旆。」

〔二四〕座有句：語出杜甫《李監宅》：「且食雙魚美，誰看異味重。」

〔二五〕離席而語：謂府尹發言，衆客皆離席而起，恭敬立聽。離席，猶言避席。《史記·魏其武安侯列傳》：「武安起爲壽，坐皆避席，伏已。魏其侯爲壽，獨故人避席耳，餘半膝席。」

〔二六〕敢詫：宋人用語，豈敢誇耀。袁説友《春日懷錢塘西湖》：「到底長安風物外，遠方何敢詫遨頭。」詫，誇耀。《史記·司馬相如列傳》：「田罷，子虚過詫烏有先生，而無是公在焉。」裴駰集解引郭璞曰：「詫，誇也。」京兆：漢代京畿的行政區域，爲三輔之一。此借指臨安。

〔二七〕以後爲功：朱熹《論語精義》卷三（下）：「有功而不伐，唯禹能之。戰勝者以先爲功，不勝者以後爲功。凡衆必有爭，故以讓爲美；功必有矜，故以謙爲美。」

〔二八〕落成奇事：落，古代宮室築成時舉行的祭禮。後因稱建築物竣工爲「落成」。《詩·小雅·斯干序》：「《斯干》，宣王考室也。」鄭玄箋：「宣王於是築宗廟群寢，既成而釁之，歌《斯干》之詩以落之。」

〔二九〕明良：賢明君主與忠良臣子。語出《尚書·益稷》：「乃賡載歌曰：『元首明哉，股肱良哉，庶事康哉！』」慶會：君臣同樂。《郊廟歌辭·晉朝饗樂章·舉酒》：「大明御宇，至德動天。君臣慶會，禮樂昭宣。」

〔三〇〕賡歌：此指君臣酬唱和詩。　熙載：弘揚功業。《尚書·舜典》：「舜曰：『咨四岳，有能奮庸熙帝之載。』」孔穎達疏：「載，事也。訪群臣有能起發其功，廣堯之事者。」《漢書·敘傳下》：「疇咨熙載，髦俊並作。」顏師古注：「熙，興也；載，事也。」

〔三一〕隆都觀國：語出班固《西都賦》：「蓋以强幹弱枝，隆上都而觀萬國。」《六臣注文選》張銑注曰：「强幹，强帝室；弱枝，弱諸侯。壯其上都，以臨萬國。」謂京都臨安地勢尊隆。　閒暇：平安無事。《孟子·公孫丑上》：「國家閒暇，及是時明其政刑，雖大國必畏之矣。」

〔三二〕丹青：語出韓愈《謁衡嶽廟遂宿嶽寺題門樓》：「粉牆丹柱動光彩，鬼物圖畫填青紅。」亦猶言青紅猶濕，形容建築物撤新或落成。

〔三三〕雅飾：《宋史·禮志·禮五》：「熙寧七年，南郊雅飾，奏告太廟、后廟。」　繁華地：韋應物《擬古詩十二首》（之三）：「京城繁華地，軒蓋淩晨出。」　以上十句都是轉述趙與𥲅的原話。大意是建成豐樂樓是奇功，但撤新豐樂樓卻不能以後出轉精而以功矜伐，最多不過是太平盛世的錦上添花之舉。

〔三四〕平瞻句：謂因樓高可以平視天空。　董嗣杲《豐樂樓》：「十里掌平都掩盡，有誰曾紀建樓功。」太極，雲氣。《文選·郭璞〈江賦〉》：「類胚渾之未凝，象太極之構天。」李善註：「言雲氣杳冥，似胚胎渾混，尚未凝結；又象太極之氣，欲構天也。」

〔三五〕天街潤納：寫京城酥雨潤地。語出韓愈詩。　璇題：屋梁上玉飾的椽頭。《文選·揚雄〈甘泉賦〉》：「蓋天子穆然，珍臺閑館，琁題玉英。」李善引應劭曰：「題，頭也。榱椽之頭，皆以玉飾。」言其英華相燭也。」琁,同「璇」。

〔三六〕露床:露井銀床之省稱。　秋緯:絡緯。　鮑照《臨川王服竟還田里詩》:「愴愴秋風生,戚戚寒緯作。」李賀《秋來》:「桐風驚心壯士苦,衰燈絡緯啼寒素。」餘見《霜葉飛·重九》注〔一四〕。

〔三七〕清風:代指京城清惠的風化。《文選·張衡〈東京賦〉》:「清風協於玄德,淳化通於自然。」薛綜注:「清惠之風,同於天德。」　觀闕:宫門前的兩座樓臺。《漢書·王尊傳》:「審如御史章,尊乃當伏觀闕之誅,放於無人之域,不得苟免。」此代指京城。

〔三八〕麗日:張正見《賦得日中市朝滿詩》:「雲閣綺霞生,旗亭麗日明。」

〔三九〕正午長句:寫閑裕景象。可與周密《大聖樂》參看:「人閑午遲漏永。看雙燕將雛穿藻井。」漏遲,李賀《河南府試十二月樂詞·正月》:「上樓迎春新春歸,暗黄著柳宫漏遲。」

〔四〇〕爲洗盡二句:據周密《武林舊事》卷五,豐樂樓本爲酒肆,故窗櫺間留有脂痕茸唾,撤新後又經雨水沖刷,舊跡已蕩然無存。脂痕,《野客叢書》卷一〇:「蓋婦人妝罷,以餘粉指點印於窗牖之眼。自有閒雅之態。僕嘗至一庵舍,見窗壁間粉指無限,詰其所以,乃其主人嘗攜諸姬抵此。」上引董嗣杲《豐樂樓》「雲鎖危梯粉黛窗」亦即此意。　茸唾,李煜《一斛珠》:「繡床斜憑嬌無那。爛嚼紅茸,笑向檀郎唾。」

〔四一〕麴塵:此指淡黄色的塵土。楊炎正《滿江紅》:「都不記、麴塵香霧,西湖南陌。」詳見《齊天樂·會江湖諸友泛湖》注〔二〕。

〔四二〕永晝：姚合《寄陝府内兄郭冏端公》：「永晝吟不休，咽喉乾無聲。」

〔四三〕繡簾十二：虚指樓中雅間的門簾。陳允平《豐樂樓初成》：「紅塵飛不到闌干，十二朱簾卷暮寒。」夢窗《六醜・壬寅歲吴門元夕風雨》也有「醉西樓十二，銅漏催徹」，回憶杭京西湖畔的詩酒風流。

〔四四〕高軒駟馬：猶言「高車駟馬」。酈道元《水經注・江水一》：「城北十里曰升僊橋，有送客觀，司馬相如將入長安，題其門曰：不乘高車駟馬，不過汝下也。後入邛蜀，果如志焉。」軒，古代一種前頂較高而有帷幕的車子，供大夫以上乘坐。《左傳・哀公十五年》：「大子與之言曰：『苟使我入獲國，服冕乘軒，三死無與。』」

〔四五〕峨冠鳴佩：韓愈《朝歸》：「峨峨進賢冠，耿耿水蒼佩。」《五百家注昌黎文集》：「峨峨，高貌。韓曰：前漢雋不疑見暴勝之，冠進賢冠。晉《輿服志》：進賢冠，古緇布遺象也。蓋文儒之服。孫曰：水蒼，玉名。《禮記》：大夫佩水蒼玉而純組綬。水蒼者，言似水之蒼色，而雜有文也。」

〔四六〕班回花底：岑參《韋員外家花樹歌》：「朝回花底恒會客，花撲玉缸春酒香。」修禊：王羲之《蘭亭集序》：「暮春之初，會於會稽山陰之蘭亭，修禊事也。」《事物紀原》卷八：「韓詩曰：『三月桃花水下之時。』鄭國之俗，以上巳於溱洧之上，執蘭招魂續魄，祓除不祥。沈約《宋書》曰：魏已後，但用三日，不復用巳也。《歲時記》：按《周禮》女巫有歲時祓除之事。鄭注云：今上巳水上之類。又《論語》：『暮春者，春服既成，浴乎沂，風乎舞雩。』謂水濱祓除，由來遠矣，蓋周典也。今歲三月西池之遊，其遺事爾。」宋末張炎《慶春宫》曾記杭京寒食祓禊，其序曰：「都下寒食，遊人甚盛，水邊花外，多麗環集，各以柳圈祓禊而去，亦京洛舊事也。」

〔四七〕御爐二句：何遜《九日侍宴樂游苑詩》：「晴軒連瑞氣，同惹御香芬。」賈至《早朝大明宫呈兩省僚友》：「劍佩聲隨玉墀步，衣冠身惹御爐香。」沈伯文《望海潮》：「玉勒曉驄嘶。望天墀咫尺，香惹朝衣。」以上五句爲想像之辭。寫三月修禊宴飲前京官朝會時雍肅景象。

〔四八〕碧桃三句：合用宫溝紅葉題詩及劉晨阮肇入天台的典故。碧桃花，王涣《惆悵詩十二首》（之九）：「晨肇重來路已迷，碧桃花謝武陵溪。」

【集　評】

夏敬觀評語：三篇皆夢窗本色之詞，能一氣貫注，故不爲藻采所累，乃儷文作法，詞中之變格也。

蔡嵩雲《柯亭詞論》：《鶯啼序》爲序子之一體，全章二百四十字，乃詞調中最長者。填此調，意須層出不窮，否則滿紙敷辭，細按終鮮是處。又全章多至四遍，若不講脈絡貫串，必病散漫，則結構尚矣。此外更須致力於用筆行氣，非然者，不失之拖沓，即失之板重。此調自夢窗後，佳構絶鮮。夢窗作三首，以「殘寒正欺病酒」一首尤佳。

【考　辨】

朱箋：《宋詩紀事》：「趙與篙，字德淵。號節齋，太祖十世孫。理宗朝歷官吏部尚書，兼知臨安府，終淮浙發運使，知平江府，致仕。」《自號録》：趙與𥲅，節齋。　淳祐九年十一月，與𥲅爲資政殿學士，提領國用，浙西安撫使。見《宋史·理宗紀》。

楊箋：《癸辛雜識》「趙與𥲅之罷京，余晦實繼之，此壬子四月也」云云。壬子爲淳祐十二年。此爲前一年作，則詞中所稱「麟翁」爲趙無疑。汲古閣毛氏以爲夢窗絶筆即此詞，辨見卷首《事蹟考》。

田考：趙與𥲅字德淵，太祖十世孫。居湖州。嘉定十三年（一二二〇）進士。嘉熙三年（一二三九）以中奉大夫、直敷文閣知平江府兼浙西兩淮發運副使。理宗淳祐元年（一二四一）以中大夫、中書門下省檢正諸房公事除司農卿兼知臨安府。淳祐十二年（一二五二）除觀文殿學士、知紹興府、浙東安撫使。景定元年（一二六〇）以觀文殿大學士、淮浙發運大使再任平江府。同年卒。特贈少師（《宋史》、《吴郡志》、《咸淳臨安志》、《姑蘇志》）。

吴熊和《唐宋詞彙評·編年》：淳祐十一年（一二五一）。

孫按：《咸淳臨安志》卷三二：「（豐樂樓）淳祐九年，趙安撫與𥲅始撤新之。瑰麗宏特，高切雲漢，遂爲西湖之壯，其旁花徑曲折，亭榭參差，與兹樓映帶，搢紳多聚拜於此。」趙與𥲅於理宗淳祐元年（一二四一）知臨安府，九年兼任浙西安撫使，始撤新豐樂樓，而詞題明言「新建」，此詞爲落成志喜之作。據明張本、毛本題下注，知此樓淳祐十一年（一二五一）二月始建成，計有三年之功役。詞中所寫皆爲春三月景色，此詞寫於本年三月。

另，林大椿《詞式》卷一〇：「此調見吴文英《夢窗詞集》，或是吴文英所創作。」左洪濤《吴文英、高似孫填〈鶯啼序〉考辨》考此調爲年長於吴夢窗數歲的高似孫首創。田玉琪《徘徊於七寶樓臺——吴文英詞研究》則認爲此調創始於王喆，調名緣由首句「鶯啼序時繞紅樹」。

## 又㊀

殘寒正欺病酒〔一〕，掩沈香繡户〔二〕。燕來晚、飛入西城，似説春事遲暮〔三〕。畫船載、清明過卻〔四〕，晴煙冉冉吴宫樹〔五〕。念羈情遊蕩〔六〕，隨風化爲輕絮〔七〕。十載西湖〔八〕，傍柳繫馬〔九〕，趁嬌塵軟霧㊁〔一〇〕。遡紅漸㊂、招入仙溪〔一一〕，錦兒偷寄幽素〔一二〕。倚銀屏、春寬夢窄〔一三〕，斷紅濕〔一四〕、歌紈金縷〔一五〕。暝堤空，輕把斜陽，總還鷗鷺〔一六〕。幽蘭旋老㊃〔一七〕，杜若還生〔一八〕，水鄉尚寄旅㊄〔一九〕。別後訪、六橋無信〔二〇〕，事往花委㊅〔二一〕，瘞玉埋香〔二二〕，幾番風雨〔二三〕。長波妒盼〔二四〕，遥山羞黛〔二五〕。漁燈分影春江宿〔二六〕，記當時、短檝桃根渡〔二七〕。青樓仿佛〔二八〕，臨分敗壁題詩，淚墨慘澹塵土㊆〔二九〕。危亭望極，草色天涯〔三〇〕，歎鬢侵半苧〔三一〕。暗點檢〔三二〕、離痕歡唾〔三三〕，尚染鮫綃㊇〔三四〕，嚲鳳迷歸，破鸞慵舞〔三五〕。殷勤待寫㊈〔三六〕，書中長恨〔三七〕，藍霞遼海沈過雁㊉〔三八〕，漫相思、彈入哀箏柱〔三九〕。傷心千里江南，怨曲重招，斷魂在否〔四〇〕。

【校議】

㈠ 明張本、毛本列於《豐樂樓》詞調下。《詞律》：「詞調最長者惟此《序》，而最難訂者亦惟此《序》，蓋因作者甚少，惟夢窗數闋，與《詞林萬選》所收黄在軒一首耳。」《詞譜》：「第一段八句，四仄韻。第二段十句，四仄韻。第三段十四句，四仄韻。第四段十四句，五仄韻。」「此調以此詞爲正體，吴文英三首皆然，其餘因調長韻雜，每參錯不合。」戈校本：「二四段是重腔。」戈選杜批：「此調宋詞甚少。近人則矜爲最長之調，譜之極多。然總宜此二闋（孫按：包括下闋同調詞《詠荷》）爲模範。勿爲黄在軒、楊升庵二詞所誤。」明張本、毛本、戈校本、杜本、王朱本有詞題作「春晚感懷」。鄭氏手批：「此題與前《風入松》題同，疑有誤。」陳匪石《宋詞舉》：「汲古本有題，爲『春暮感懷』，《詞綜》等書均删之。以此等寬泛之題，類《草堂》陋習，不如不用爾。」

㈡ 軟霧：《歷代詩餘》、戈選作「暖霧」。

㈢ 遡紅：《歷代詩餘》、戈選、杜本作「遡洄」。

㈣ 旋老：《歷代詩餘》、底本、四明本作「漸老」。兹從明張本、毛本、《詞綜》、《詞律》、《詞譜》、戈校本、戈選、王朱本、朱二校本、朱四校本。

㈤水鄉句：《詞律》：「若作『尚水鄉寄旅』，則與前段合。觀他作『歎幾縈夢寐』可見。」《宋四家詞選》同。楊箋：「顧憲融曰：照後段『歎鬢侵半苧』，應作一領四字句法，因改爲『尚水鄉寄旅』。鐵夫按，《詠荷》一闋『歎幾盈夢寐』，亦一領四字句法。又仄仄平仄仄，與『尚水鄉寄旅』合，顧説是也。」劉永濟《微睇室説詞·小引》亦認爲該句「應與第四段『歎鬢侵半苧』句聲律一致，爲仄仄平去上，今不合，知其必有一誤。如將第三段此句改爲『尚水鄉寄旅』，則意不變而律合了」。

㈥花委：明張本、《詞綜》、《詞律》、《詞譜》、戈選作「花萎」。

㈦淚墨：《歷代詩餘》作「痕墨」。

㈧鮫綃：明張本作「鮫鮹」。

㈨殷勤：毛本作「般勤」。杜本從《詞緯》改。王朱本從《詞譜》改。朱二校本從《詞綜》改。餘本從之。鄭校：「以形近訛。」明張本、戈校本正同。

㈩藍霞：杜校：「『藍霞』疑『藍關』之誤。」

## 【注　釋】

〔一〕病酒：《晏子春秋·諫上三》：「景公飲酒，酲，三日而後發。晏子見曰：『君病酒乎？』公曰：『然。』」

〔二〕繡户：鮑照《擬行路難十八首》（之三）：「璇閨玉墀上椒閣，文窗繡户垂羅幕。」以上二句從對方著筆，謂彼美在情人遠離後，每至當年邂逅之清明寒食時節，皆因觸及傷心事，而飲酒消愁；又醉酒懼寒，故垂下繡簾。

〔三〕燕來晚三句：燕來晚，燕子於春社歸來，時在暮春。西湖在西城。《西湖老人繁盛録》：「公子王孫、富室驕民，踏青遊賞城西。店舍經營，輻湊湖上，開張趕趁。」

〔四〕畫船二句：與下句皆寫吴地風俗。《吴郡志》卷二：「春時用六柱船，紅幕青蓋，載簫鼓以遊。虎丘、靈巖爲最盛處。寒食則拜掃墳墓，競渡亦用清明、寒食。」

〔五〕晴煙冉冉：秦觀《廣陵五題其一次韻子由題九曲池》：「鬬草事空煙冉冉，司花人遠樹陰陰。」吴宫樹：特指蘇州柳樹。楊萬里《題文發叔所藏潘子真水墨江湖八境小軸武昌春色》：「花外庾樓月，鶯邊吴宫柳。」寓寫寒食冷煙。

〔六〕羈情：何遜《至大雷聯句》：「高談會良夕，滿酒對羈情。」柳宗元《柳州二月榕葉落盡偶題》：「宦情羈思共凄凄，春半如秋意轉迷。」

〔七〕隨風句：謂倦遊的情懷如飛絮濛濛。杜甫《漫興九首》（之五）：「顛狂柳絮隨風去，輕薄桃花逐水流。」夢窗寫此詞時，已在蘇幕，數年清明寒食皆在吴地度過，此時短暫歸杭。

〔八〕十載西湖：杜牧《遣懷》：「十年一覺揚州夢，贏得青樓薄幸名。」下文中的「夢」、「青樓」等字，意亦融入此中。前文已考得夢窗紹定四年（一二三一）之前，曾入臨安府尹袁韶之幕，時約十年。

〔九〕傍柳繫馬：王維《少年行四首》（之一）：「相逢意氣爲君飲，繫馬高樓垂柳邊。」西湖蘇堤多柳，故云。

〔一〇〕趁嬌塵句：嬌塵軟霧，此四字互文見義，並由京華「軟紅塵」煉成自對四字句。言「趁」言「嬌」，更有誤隨美人車塵之意。

〔一一〕遡紅二句：遡紅、仙溪，用劉晨阮肇入天台途經桃花溪典。

〔一二〕錦兒句：錦兒，《類説》卷二九：「愛愛，姓楊氏，錢塘娼家女也。七夕泛舟西湖采荷香，爲金陵少年張逞所誚，相攜潛遁於京師二年餘，逞爲父捕去。後或傳逞已卒，致愛愛感念而亡。小婢錦兒出其故繡手籍、香囊、纈履，鬱然如新。」此代稱所愛杭妓之婢女。

〔一三〕春寬夢窄：文人一般都會因爲春天美好而嫌其過於短暫，但與彼美相逢的「好夢」與春天相比，更有一瞬之歎。

〔一四〕斷紅：本指落花。此形容染上胭脂的斑斑淚點。

〔一五〕金縷：桓寬《鹽鐵論·散不足》：「今富者鼲鼦狐白鳧翥，中者罽衣金縷燕貉代黄。」馬非百注：「金縷，金絲衣。」後亦用以特指舞衣。韋莊《清平樂》：「雲解有情花解語，窣地繡羅金縷。」

〔一六〕暝堤三句：暝堤空，意思是傍晚時湖堤遊人散盡。從前文堤上多柳及後文之「六橋」，知此爲「蘇堤」。

〔一七〕幽蘭：《楚辭·離騷》：「户服艾以盈要兮，謂幽蘭其不可佩。」

〔一八〕杜若：屈原《九歌·湘君》：「采芳洲兮杜若，將以遺兮下女。」謝脁《懷故人詩》：「汀洲有杜若，可以贈佳期。」

〔一九〕水鄉：此指蘇州。李乂《次蘇州》即以水爲蘇州之特色：「洛渚問吴潮，吴門想洛橋。夕煙楊柳岸，春水木蘭橈。」寄旅：支遁《詠大德詩》：「寄旅海漚鄉，委化同天壤。」以上三句化用周邦彦《解連環》：「汀洲漸生杜若。料舟依岸曲，人在天角。」

〔二〇〕六橋：《山堂肆考》卷二七：「杭州西湖蘇堤，其橋有六。曰映波、鎖瀾、望山、壓堤、東浦、跨虹是也。自净慈寺前直抵大佛頭，即所謂蘇堤也。」

〔二一〕花委：丘遲《九日侍宴樂游苑詩》：「枯葉未落，寒花委砌。」石延年《平陽代意一篇寄尹師魯》：「十年一夢花空委，依舊河山損桃李。」

〔二二〕瘗玉埋香：《紺珠集》卷一二：「《玉溪編事》：王蜀時，秦州節度使王承儉築城獲瓦棺，中有石刻曰：隋開皇二年，渭州刺史張崇妻王氏，銘文有『深深葬玉，鬱鬱埋香』之語也。」餘詳見《風入松》（聽風聽雨過清明）注〔二〕。

〔二三〕幾番風雨：韓偓《哭花》：「若是有情爭不哭，夜來風雨葬西施。」周邦彦《六醜·薔薇謝後作》：「爲問花何在，夜來風雨，葬楚宫傾國。」以上三句既寫風雨葬花，也寓玉人可能已經香消玉殞。既寫實景，亦寫隱憂。

〔二四〕長波妒盼：寫彼美眼波含情生豔。歐陽修《憶秦娥》：「眼波長，斜浸鬢雲緑。看不足。」

〔二五〕遥山羞黛：暗用遠山黛典。蘇軾《江神子》：「翠蛾羞黛怯人看。掩霜紈。淚偷彈。」

〔二六〕漁燈分影：徐夤《詠燈》：「分影由來恨不同，緑窗孤館兩何窮。」春江宿：陸傜《以詩代書別後寄贈詩》：「朋故遠追尋，暝宿清江陰。」

〔二七〕桃根渡：用桃葉桃根事。「桃根」作爲伊人所歷渡口的美稱。

〔二八〕青樓：曹植《美女篇》：「青樓臨大路，高門結重關。」此「青樓」亦指渡口的建築。仿佛：意入「淚墨」句。

〔二九〕臨分二句：化用周邦彦《綺寮怨》詞意：「當時曾題敗壁，蛛絲罩、淡墨苔暈青。」慘澹，此指墨色暗淡。淚墨，孟郊《歸信吟》：「淚墨灑爲書，將寄萬里親。」

〔三〇〕危亭二句：秦觀《八六子》：「倚危亭。恨如芳草，萋萋剗盡還生。」草色天涯，戴叔倫《江上別劉駕》：「天涯芳草遍，江路又逢春。」范雲《治西湖詩》：「提爵勞春朝，平皋草色嫩。」

〔三一〕鬢侵半苧：鬢毛斑白。暗用二毛典。潘岳《秋興賦序》曰：「余春秋三十有二，始見二毛。」苧，猶言「白苧」，用藏辭手法。盧照鄰《贈益府裴録事》：「耿耿離憂積，空令星鬢侵。」

〔三二〕點檢：猶言檢點。晏殊《木蘭花》：「當時共我賞花人，點檢如今無一半。」

〔三三〕歡唾：倚嬌恃寵時的唾茸。

〔三四〕鮫綃：唐彦謙《無題十首》（之一〇）：「雲色鮫綃拭淚顔，一簾春雨杏花寒。」餘參見《滿江紅·澱山湖》注〔六〕。

〔三五〕殫鳳二句：李商隱《當句有對》：「但覺游蜂饒舞蝶，豈知孤鳳憶離鸞。」鳳、鸞，皆鳳凰一類的鳥，殫、破，因失偶憂傷而垂翅不振，因鏡破影孤而懶於起舞。鸞鏡典見范泰《鸞鳥詩序》：「昔罽賓王結罝峻卯之山，獲一鸞鳥。王甚愛之，欲其鳴而不致也。乃飾以金樊，饗以珍羞，對之愈戚，三年不鳴。其夫人曰：『嘗聞鳥見其類而後鳴，何不縣鏡以映之？』王從其意。鸞睹形悲鳴，哀響沖霄，一奮而絶。」以上五句謂在無人處檢點從前恩愛時留下的信物，鮫帕上還殘存悲歡的痕跡。但現在雙方都象帕上印繡的鸞鳳一樣或迷失歸來之路，或無從再起歡情。

〔三六〕殷勤：意屬「過雁」句。待：《匯釋》：「擬辭。猶將也；打算也。」

〔三七〕書中長恨：李商隱《夜思》：「寄恨一尺素，含情雙玉璫。」周邦彦《風流子》：「想寄恨書中，銀鉤空滿，斷腸聲裏，玉筯還垂。」白居易有《長恨歌》。

〔三八〕藍霞：猶青霞。沈約《游鍾山詩應西陽王教五章》（之五）：「白雲隨玉趾，青霞雜桂旗。」韓愈《李花贈張十一署》：「金烏海底初飛來，朱輝散射青霞開。」遼海：渤海遼東灣。杜甫《後出塞五首》（之四）：「雲帆轉遼海，粳稻來東吴。」《杜詩詳注》引朱注：「海運當始於隋大業中。《北史·來護兒傳》：『遼護兒率樓船指滄海入自浿水。』時護兒從江都進兵，則當出成山大洋，轉登萊，向遼海也。」過雁：杜甫《贈王二十四侍御契四十韻》：「書成無過雁，衣故有懸鶉。」

〔三九〕漫相思二句：陶穀《春光好》：「琵琶撥盡相思調，知音少。」周邦彥《霜葉飛》：「想玉匣、哀弦閉了。無心重理相思調。」箏柱，貫休殘句：「刻成箏柱雁相挨。」「哀」字意入下三句。

〔四〇〕傷心三句：《楚辭·招魂》：「目極千里兮傷春心，魂兮歸來哀江南。」另詳見《西平樂慢·過西湖先賢堂》注〔一五〕中《招魂》解題。怨曲，承上意寫哀怨之曲，特指《招魂》曲。意思是如果彼美還在人間，卻因時節在春，尚無過雁傳遞書中長恨；如果彼美已經殞謝，就只能空憑相思箏曲爲之招魂。

【集評】

陳廷焯《雲韶集》卷八：全章精粹，空絶古今。（「十載西湖」以下數句）追叙昔日歡場，寫得躊躇滿志。妙句。（「幽蘭旋老」以下數句）此折言離别，淚痕血點，慘澹淋漓之極。（「危亭望極」以下數句）此折撫今追昔，悼歎無窮。結筆尤寫來嗚咽。

又，《詞則·别調集》卷二：此調頗不易合拍，《詞律》詳言之矣。兹篇操縱自如，全體精粹，空絶古今。「侍銀屏」五句，追叙舊歡。「輕把斜陽」二句，束上起下，琢句精煉。「長波」數句，此特序别離事，極淋漓慘澹之致。末段追昔，悼歎無窮。

陳鋭《褎碧齋詞話》：柳詞《夜半樂》云：「怒濤漸息，樵風乍起，更聞商旅相呼，片帆高舉。泛畫鷁、翩翩過南浦。」此種長調，不能不有此大開大闔之筆。後吴夢窗《鶯啼序》云：「長波妒盼，遥山羞黛，漁燈分影春江宿，記當時短檝桃根渡。」三、四段均用此法。

陳洵《海綃説詞》：第一段傷春起，卻藏過傷别，留作第三段點睛。燕子畫船，含無限情事；清明吴宫，是其最難忘處。第二段「十載西湖」提起，而以第三段「水鄉尚寄旅」作鉤勒。「記當時短檝桃根渡」，「記」字逆出，將第二段情事盡銷納此一句中。「臨分」、「淚墨」、「十載西湖」，乃如此了矣。臨分於别後爲倒應，别後於臨分爲逆提，漁燈分影於水鄉爲複筆，作兩番鉤勒，筆力最渾厚。「危亭望極，草色天涯」，遥接「長波妒盼，遥山羞黛」，「望」字遠情，「歎」字近況，全篇神理，只消此二字。「歡唾」是第二段之歡會，「離痕」是第三段之臨分。「傷心千里江南，怨曲重招，斷魂在否」，應起段「遊蕩隨風，化爲輕絮」作結。通體離合變幻，一片淒迷，細繹之，正字字有脈絡，然得其門者寡矣。

蔡嵩雲《柯亭詞論》：此詞第一遍，寫湖上羈人又當春暮。第二遍，寫昔日湖游遇豔情景。第三遍，寫重來湖上，物是人非，追尋昔游，都成陳跡。第四遍，傷高歎老，撫時悲逝，總寫感懷。竟體固章法井然，而三四兩遍用大開大合之筆，純自屯田、清真二家脱化而出。大力包舉，一氣舒卷，尤爲僅見。

劉永濟《微睇室説詞》：此詞共長二百四十字，殆同一小賦。宋人作者不多，夢窗亦止三首。詞共分四段，從聲律上看，前後各以兩段爲一組，作此調者，非有極豐富之情事，不易充實；非有極矯健之筆力，不能流轉。夢窗此詞，總的説來，不出悲歡離合四字。前兩段主要是寫生離，後兩段主要是寫死别；中間復以羈旅之情，今昔之感，回環往復出之，極穿插錯雜之能事。故驟讀之，不易得其曲折。……夢窗是多情之人，其用情不但在婦人女子生離死别之間，大而國家之危亡，小而友朋之聚散，或吊古而傷今，或憑高而眺遠，即一花一木之微，一遊一宴之細，莫不有一段纏綿之情寓乎其中，又能於極綿密之中運以極生動之氣，惟其修辭太過，用典過富，有時不免晦其本意，而流於生澀。但此等疵病，要亦不多，不可以一眚掩其全美。周濟稱其如「天光雲影，摇盪緑波」（《介存齋論詞雜著》），可謂善於形容。陳廷焯稱其「超逸處則仙骨珊珊，洗脱凡豔；幽索處則孤懷耿耿，别締古歡」（《白雨齋詞話》），亦甚精切。況周頤稱其詞如「萬花爲春」，又曰「夢窗密處易學，厚處難學」，又曰「即其芬菲鏗麗之作，中間雋句豔字，莫不有沈摯之思，灝瀚之氣，挾之以流轉」（《蕙風詞話》）。則評論更爲得要。大抵吴詞不出一真字，有真情，真境，真事，然後有真詞。至於修飾字句之功，諧聲協律之事，在詞學乃末技，可學而能者也。填詞者固不可不講求，但詞之好壞，卻不在此。譬之美人，亂頭粗服，固不損其美，即嚴妝盛飾，亦不掩其麗。夢窗之詞，則嚴妝盛飾之美人也。故陳洵説：「飛卿嚴妝，夢窗亦嚴妝，惟其國色，所以爲美。」此語亦極恰當。但嚴妝太過，亦非絶無疵病。此周濟所以有「夢窗非無生澀處，總勝空滑」之論（《介存齋論詞雜著》）。初學作詞，從夢窗入手，必不至流爲滑易，亦學者所當知也。此詞第一段，從獨居情事説起。「殘寒」，天時也。「病酒」，人事也。「燕來」二句點春暮。「畫船」三句，曰「清明」，曰「吴宫」，遣妾之時與地也。……此三句徐徐引入離情，但下文過拍三句，不曰離情而曰「羈情」，不寫情濃而曰「化爲輕絮」；蓋風絮飄蕩散亂，此時情緒似之。且此時夢窗獨客杭州也。如此説來，「羈情」之中有離情矣。第二段「十載」三句從客杭後説。「傍柳」三句乃昔日治遊情事也。「溯紅」二句暗用劉阮上天台遇仙女事，追念遇杭妓事。天台山下有溪，故曰「入仙溪」。「錦兒」，本錢塘妓楊愛愛之侍兒。按《侍兒小名録》，愛愛姓楊，本錢塘娼家，泛舟西湖，爲張逞所誘。後三年，追念不置，感疾死。某婢錦兒出其繡巾、香囊諸物，皆鬱然如新。夢窗用此典故，蓋與其事有相合處，是爲杭妓未及娶成已死之明證。下文「倚銀屏」二句從「斷紅濕」三字看來，則是言與杭妓别後事。「歌紈」，歌扇也。「金縷」，舞衣也。此言件件皆觸目生悲也。「暝堤空」三句猶言往事成塵也。但托景物言之，是爲景中有情之句。第三段專從杭妓説。「幽蘭」三句乃旅杭時景物。「别後」四句乃重訪舊遊之地。此時杭妓已亡，「六橋無信」言舊地依然而其人已渺也。下句「瘞玉埋香」，明點出杭妓之死。四字出王承檢掘地得瓦棺石銘，有「深深葬玉，鬱鬱埋香」之語。曰「幾番風雨」，則妓亡已久也。「長波」三句以水宿所見之波光山色，想見亡妓之容色。曰「妬」，曰「羞」者，言波光山色不及斯人之美目秀眉也。「記當時」以下，「短楫桃根渡」用王獻之《桃葉歌》「桃葉復桃葉，渡江不用楫」。又「桃葉復桃葉，桃樹連桃根」（《樂府詩集》卷四五）。「青樓」用杜牧「十年一覺揚州夢，贏得青樓薄倖名」。二者皆妓事也，觀「臨分」二句如此。「慘澹」，知杭妓未及娶歸，當時確有迎娶之約。至因何未及即娶，事不可知。或夢窗客遊，不及如約而妓病亡，故念之悲切。第四段爲總結之詞，「危亭」三句自傷衰年獨客，與首段起處遥遥呼應。「草色」二句有對此天涯芳草，不覺萬感紛來之意。下文之「離痕」四句則生離之恨、死別之悲，去妾、亡妓，一齊湧上心來矣。「彈鳳」，指婦人之髻鬟下垂，古婦人有鳳髻，即以代婦人用。「鸞」，指鏡，事見《藝文類聚》引范泰《鸞鳥詩》自序。蓋鸞孤則不舞不鳴，對鏡見影則悲鳴而舞，故古人以鸞爲鏡飾。「破鸞」，離鸞、孤鸞也，此以自比。曰「迷歸」，去而不返，死而不復生也。曰「慵舞」，失侣之主人，無復興趣也。柳永詞有「便縱有千種風情，更與何人説」，與此意同。「藍霞」句言音訊杳然也。「漫相思」句言徒有相思之情譜入曲調而已。歇拍三句用《楚辭·招魂》篇「目極千里兮傷春心，魂兮歸來哀江南」語，尤爲沈痛。

陳匪石《宋詞舉》：愚觀全篇之脈絡，第一段緩緩説入，由索居之時見春暮之景，觸起羈情，純乎興體正宗。「念羈情」二句，全篇之骨，籠罩以下三段者也。二、三兩段，叙「羈情」之由來，全力叙事。先追溯西湖舊遊、當時豔遇，而勝會不常，瞬即别去，是昔日之乍合旋離，爲第二段。次述别後情事，「水鄉」依然「寄旅」，前歡不可復尋，追念當時影事，歷歷在目，而竟成陳跡，是今日之物是人非，爲第三段。至第四段，則極言相思之苦，望極天涯，鬢絲愁白，信物仍在，芳蹤不歸，書欲寄而不達，魂已斷而難招，是二、三兩段情事之結果，即收束第一段「羈情」二字也。而二段以後，融情入景，「遊蕩隨風化爲輕絮」之意致發揮靡遺，則由展開局面，以大開大闔之筆，淋漓盡致以寫之，意無餘剩，詞無不達，在此種最長之詞，爲唯一法門。句多韻少如三、四兩段，尤非如此不可。柳屯田長調用筆運氣，首創此法。南宋善學柳者，惟夢窗一人。特意須極多，否則非竭即復；氣須極盛，否則非斷即率耳。至此詞綿密之情，醇厚之味，煉意琢句之新奇，空際轉身之靈活，則由愚前四首所論，可隅反而得之。再《詠荷》、《豐樂樓》兩首，佈局雖略有不同，而作法亦不外是。

張伯駒《叢碧詞話》：陳亦峰云：「全章精粹，空絶千古。」余以爲此調過長，必須排比湊泊，只好拆碎樓臺矣。如後主「小樓昨夜又東風」詞，可以云「空絶千古」。此調任何作者，亦不能空絶千古，固不止夢窗也。

唐圭璋《唐宋詞簡釋》：此首春晚感懷，字字凝煉，句句有脈絡，綿密醇厚，兼而有之。而轉身運氣之處，尤能使全篇生動飛舞，信乎陳亦峰云「全章精粹，空絶千古」矣。論其内容，共分四片。第一片因春景興起，第二片逆述西湖舊遊，第三片平述别後，第四片總束，極言相思之苦。兹就此大意繹之。「殘寒」兩句，言病酒掩户，蓋從傷春叙起。「燕來晚」兩句，點所見之景一；「似説」二字，體會燕語生動。「畫船」兩句，點所見之景二；晴煙冉冉，最足撩人情思。「念羈情」兩句，承上開下，羈情遊蕩，共晴煙風絮，融成一片，含思極綿邈。「十載」三句，思昔日湖上風光。「溯紅」兩句，記昔日之邂逅。「倚銀屏」兩句，記昔日之乍遇旋分。「暝堤空」三句，記昔日分後無蹤，不得重逢。此片與《渡江雲》清明湖上之作相似。「幽蘭」二句，自述别後旅况。「别後」四句，言前事俱非。「長波」二句，記夜宿春江之境。「記當時」四句，驀憶當年湖上情事，淒惻已極。末片，層層深入，收盡前事，精力彌滿。「危亭」二句，承「長波」、「遥山」，既抒望遠之情，復自歎近日衰老。「暗點檢」兩句，顧物傷神。「歡唾」收束第二片，「離痕」收束第三片，俯仰之間，在在堪傷。極似太白「舉頭望明月，低頭思故鄉」神理。「𩀱鳳」兩句，言欲歸不得，欲舞無心。「殷勤」二句，言欲寄無雁。「漫相思」一句結穴，銷納滿腔煩冤。「傷心」三句，自上句推進，運化《招魂》末句「目極千里兮傷春心，魂兮歸來哀江南」意作收，且遥與首片歇拍「羈情遊蕩」相應，篇法完密。《四庫提要》謂夢窗詞爲詩中之李商隱，良非無見。

【考辨】

楊箋：此爲憶去姬及故伎之詞，在重到蘇州作。詳《事蹟考》。（「十載」三句）夢窗先戀一杭妓，此即述其與杭妓結識之始，殆即《渡江雲》所賦者。今比而證之，此之傍柳繫馬，即彼之桂棹寶勒。仍在未入仙溪前步驟。

夏承燾《繫年》：夢窗似不止一妾。其另一人殆娶於杭州。……《鶯啼序》一闋，述離合死生之跡尤詳，詞云：「十載西湖，傍柳繫馬，趁嬌塵軟霧。遡紅漸招入仙溪，錦兒偷寄幽素。」此記初遇，與《渡江雲》同。又云：「幽蘭漸老，杜若還生，水鄉尚寄旅。别後訪六橋無信，事往花萎。瘞玉埋香，幾番風雨。」其人必死於別後。

劉永濟《微睇室説詞》：考夢窗生平最使之難忘者，乃寓吴時曾納一妾。此妾於淳祐四年遣去，其因何被遣，則不可得知。遣妾之後，在杭復眷一妾。此妓似未及成娶，不久既殁，其因何未及成娶，亦不可知。此詞之作，在妓殁之後。夢窗老年獨客，追念往事，情不能已，故有此纏綿往復之詞，正姜夔所謂「少年情事老來悲」也。陳洵説此詞專主去妾，則無以解釋「瘞玉埋香」及「怨曲重招，斷魂在否」之語。楊鐵夫又於去妾之外，亡妓之後，增一楚妓，愈加膠葛矣。今定爲懷去妾與悲亡妓，似較妥當。

吴詞凡清明寫情，皆因亡妓，夏承燾説是也。但此詞似非指亡妓，因下文「吴宫」字當係與去妾有關，此説似可修正夏説。因此，凡以一節概其全體者，不免有誤。況吴詞本不易領會者，亦讀者所當注意也。

孫按：此詞寫於蘇幕短暫回杭時，屬杭州亡妓詞係列。此詞詳細地記載了夢窗年少游幕杭京時嘗豔遇一妓，之後，夢窗又有十餘年離杭入蘇幕，杭妓在此期間經錢塘渡口離開杭州。《齊天樂》（煙波桃葉西陵渡）一詞，也如此詞用桃葉桃根事，亦有送別之危亭，並同寫伊人「眼波回盼處，芳豔流水」。夢窗游蘇後暫回杭京時屢訪六橋無信，《渡江雲·西湖清明》正寫其屢訪中的一次，故頗疑其已逝。而《定風波》（密約偷香□踏青）又有「十年心事夜船燈」，「離骨漸塵橋下水」，皆可證諸詞與此詞之間的關係。夢窗寫此詞時杭妓尚未亡故，「斷魂在否」僅爲猜測之辭。寫《定風波》時，方確知其人已歿。若作此解則全篇無礙，不必似前賢有遺姬去妾、亡妾故妓之爭，並且彼説亦未能厘清詞人與彼美在蘇在杭之行蹤。

另，詞作明言「鬢侵半苧」，已過潘鬢二毛之年。夢窗生於嘉泰二年（一二〇二），這表明此詞寫於紹定六年（一二三三）或稍後，夢窗最遲於紹定五年（一二三二）入蘇州倉幕，故知此詞寫於已入倉幕短暫之杭時。

## 又㊀

荷　和趙修全韻㊁〔一〕

橫塘棹穿豔錦㊂〔二〕，引鴛鴦弄水〔三〕。斷霞晚〔四〕、笑折花歸，紺紗低護燈蕊㊃〔五〕。潤玉瘦、冰輕倦浴〔六〕，斜拕鳳股盤雲墜〔七〕。聽銀床聲細㊄。梧桐漸攪涼思㊅〔八〕。窗隙流光〔九〕，過如迅羽㊆〔一〇〕，訴空梁燕子〔一一〕。誤驚起、風竹敲門，故人還又不至〔一二〕。記琅玕〔一三〕、新詩細掐，早陳跡、香痕纖指㊇〔一四〕。怕因循〔一五〕，羅扇恩疏，又生秋意〔一六〕。西湖舊日，畫舸頻移，歎幾縈夢寐〔一七〕。霞佩冷〔一八〕，疊瀾不定〔一九〕，麝靄飛雨〔二〇〕。乍濕鮫綃⑨，暗盛紅淚〔二一〕。綀單夜共〔二二〕，波心宿處⑩〔二三〕，瓊簫吹月霓裳舞〔二四〕，向明朝⑪、未覺花容悴。嫣香易落〔二五〕，回頭澹碧消煙，鏡空畫羅屏裏〔二六〕。　殘蟬度曲，唱徹西園，也感紅怨翠〔二七〕。念省慣⑫〔二八〕、吴宮幽憩〔二九〕。暗柳追涼⑬〔三〇〕，曉岸參斜〔三一〕，露零漚起⑭〔三二〕。絲縈寸藕，留連歡事〔三三〕。桃笙平展湘浪影⑮〔三四〕，有昭華、穠李冰相倚〔三五〕。如今鬢點淒霜〔三六〕，半篋秋詞，恨盈蠹紙〔三七〕。

【校　議】

㊀此詞毛本乙稿、丁稿重出。明張本、毛本乙稿列於《豐樂樓》詞調下。《詞譜》：「又一體。四段。二百四十字，第一段九句，五仄韻。第二段十三句，四仄韻。第三段十五句，四仄韻。第四段十五句，六仄韻。」「此即前詞體，惟第一段第八句『細』字用韻，第四段第九句『事』字用韻，與前詞異。按此詞起韻用『紙』、『尾』、『寘』、『未』，無通『語』、『虞』者。或疑第三段第九句『處』字是韻，則第二段之『羽』字、第三段之『雨』字、『舞』字皆可作韻矣。一調增入四韻，恐未然也。」戈選杜批認爲用韻與前調同，謂《詞譜》所論「恐不足據」。毛本丁稿詞調作《鶯啼序》。注曰：「舊刻分四段，非。」於「又生秋意」句下未分段，全詞共分三闋。

㊁《古今詞統》、毛本丁稿詞題作「和趙修全韻」。乙稿、戈校本、戈選、杜本、王朱本、朱二校本作「詠

荷和趙修全韻」。《歷代詩餘》作「詠荷和韻」。

〔三〕棹穿：明張本、毛本乙稿作「穿棹」。

〔四〕紺紗低護：《古今詞統》、毛本丁稿作「紅紗籠護」。毛扆本改「籠」作「低」。戈校本改同毛本乙稿。

〔五〕銀床：《古今詞統》、毛本丁稿作「銀水」。毛扆本、戈校本改同毛本乙稿。

〔六〕漸攬：明張本、毛本乙稿、《歷代詩餘》、《詞譜》、戈選、杜本、王朱本、朱二校本、四明本作「漸覺」。

〔七〕過如：《古今詞統》、毛本丁稿、王朱本、朱二校本、底本、朱四校本、四明本作「冉冉」。毛扆本、戈校本改同毛本乙稿。兹從明張本、毛本乙稿、毛扆本、戈校本、杜本。

〔八〕新詩三句：《古今詞統》、毛本丁稿作「新詩陳跡，掐香痕、纖葱玉指」。毛扆本、戈校本改同毛本乙稿。

〔九〕畫舸六句：《古今詞統》、毛本丁稿作「畫舸頻移不定，歎幾縈夢寐。霞佩冷，飛雨乍濕鮫綃」。毛扆本、戈校本改同毛本乙稿。戈校本：「『不定』二字衍。『冷』字下失『疊瀾不定麝靄』八字。」麝靄：毛本乙稿作「麝藹」。「藹」與「靄」古字同。

〔一〇〕練單二句：毛本丁稿二句互倒。毛扆本、戈校本再爲倒乙。練單：《古今詞統》、毛本乙稿及丁稿、《歷代詩餘》、戈校本、戈選、杜本、王朱本作「練單」。王校：「疑作『練』。」鄭校：「以形近訛。」

案是句，三闋並作平平側側，故知『練』爲『練』之誤。古人詩詞集中訛作『練』者甚夥。」鄭氏手批：「『練』稿爲『練』之訛，蓋後學蔽所希見，遂以臆改。『練』訓已詳甲稿《解連環》『練帷』句，茲不更詞費已。」

㊀ 向明朝：明張本、《古今詞統》、毛本丁稿作「尚明朝」。毛扆本改同毛本乙稿。

㊁ 念省慣：《古今詞統》、毛本丁稿作「省慣」，奪一字。毛扆本、戈校本改同毛本乙稿。

㊂ 追涼：《古今詞統》、毛本丁稿、戈校本作「退涼」。

㊃ 露零：楊箋：「『零』疑當作櫺。《説文》：霝，雨零也。零，本作櫺。後奪木傍作霝，尚是同音假借，後又誤作零。必『露櫺』方與『曉岸』對。」漚起：毛本丁稿、《古今詞統》、《歷代詩餘》、《詞譜》、杜本作「鷗起」。古代「鷗」雖同「漚」，但此處用爲另一義項。

㊄ 平展：《歷代詩餘》、《詞譜》作「頻展」。

## 【注釋】

〔一〕趙修全：夢窗友人。生平不詳。

〔二〕横塘：《宋史·河渠六》：「故古人治水之跡，縱則有浦，横則有塘。」梁簡文帝《藥名詩》：「朝風動春草，落日照横塘。」也可指蘇州地名。《中吳紀聞》卷三：「盤門之南十餘里，地名横塘。」《姑蘇志》卷一八：「横塘，去縣西南十三里有横塘橋，風景特勝。」此特指荷花生長地。秦觀《虞美人》：「行行信馬横塘畔。煙水秋平岸。緑荷多少夕陽中。知爲阿誰凝恨、背西風。」此詞並有「西園」、「吴宫」，也可旁證寫於蘇州水域。　豔錦：美麗的花叢。楊巨源《早春即事呈劉員外》：「更待雜芳成豔錦，鄴中爭唱仲宣詩。」此喻荷花。韓愈《送無本師歸范陽》：「蜂蟬碎錦纈，緑池披菡萏。」

〔三〕引鴛鴦句：梁元帝《秋辭》：「樹參差兮稍密，紫荷紛披兮疏且黄。雙飛兮翡翠，並泳兮鴛鴦。」杜牧《齊安郡後池絶句》：「盡日無人看微雨，鴛鴦相對浴紅衣。」

〔四〕斷霞：梁簡文帝《舞賦》：「似斷霞之照彩，若飛鸞之相及。」餘見《還京樂·友人泛湖》注〔一七〕。

〔五〕笑折二句：紺紗，此美稱燈具的護罩。餘見《澡蘭香·淮安重午》注〔四〕。燈蕊，古人以花喻燈火，如梁簡文帝《和湘東王古意詠燭詩》：「憶啼流膝上，燈焰落花中。」杜甫《獨酌成詩》：「燈花何太喜，酒緑正相親。」燈火如花故能坐實爲有「蕊」。也可理解爲蓮花如燈。楊億《荷花》（又贈一絶）：「誰然百炬金花燭，渡襪歌梁暗落塵。」錢惟演《荷花》：「華燈連霧夕，鈿合映霞朝。」

〔六〕潤玉瘦二句：潤玉、冰輕，喻白荷。李商隱《偶成轉韻七十二句贈四同舍》：「天官相吏府中趨，玉骨瘦來無一把。」餘參見《瑣窗寒·玉蘭》注〔三〕。倦浴，白居易《長恨歌》：「春寒賜浴華清池，温泉水滑洗凝脂。侍兒扶起嬌無力，始是新承恩澤時。」

〔七〕斜拕句：温庭筠《張靜婉採蓮曲》：「蘭膏墜髮紅玉春，燕釵拕頸抛盤雲。」尹鶚《清平樂》：「鬠滑鳳凰釵欲墜，雨打梨花滿地。」拕，垂曳。鳳股，鳳形釵股。　楊箋以上三句：「花插瓶中，可言入浴。插必欹斜，故如拕釵股也。」

〔八〕聽銀床二句：爲「聽銀床梧桐聲細，漸攪涼思」之倒文。銀床，井欄。《能改齋漫録》卷六：「銀床，杜子美《謁玄元廟詩》：『風箏吹玉柱，露井凍銀床。』《潘子真詩話》以杜用《晉史·樂志·淮南篇》：淮南王，自言尊。百尺高樓與天連，後園鑿井銀作床，金瓶素綆汲寒漿。潘引此未盡也。按《山海經》曰：海内崑崙墟，在西北帝之下都。高萬仞，面有九井，以玉爲檻。郭璞注曰：『檻，欄也。』故梁簡文《雙桐生空井》詩云『銀床繫轆轤』，庾肩吾《九日詩》云『銀床落井桐』，蘇味道《井詩》『澄澈瀉銀床』，陸龜蒙《井上桐詩》『獨立傍銀床，碧桐風裊裊』。蓋銀床者，以銀作欄。猶《山海經》所謂以玉爲檻耳。」涼思，李賀《昌谷詩》：「鴻瓏數鈴響，羈臣發涼思。」

〔九〕窗隙流光：梁簡文帝《豔歌曲》：「斜窗通蕊氣，細隙引塵光。」此指如流水般逝去的時光。傅玄《雜詩三首》（之一）：「落葉隨風摧，一絶如流光。」鮑防《人日陪宣州范中丞傳正與范侍御傳真宴東峰亭》：「流光易去歡難得，莫厭頻頻上此臺。」

〔一〇〕過如迅羽：上二句暗用白駒過隙典。見《莊子·知北遊》：「人生天地之間，若白駒之過隙，忽然而已。」

〔一一〕空梁燕子：薛道衡《昔昔鹽》：「暗牖懸蛛網，空梁落燕泥。」

〔一二〕誤驚起三句：意同蘇軾《賀新郎》：「簾外誰來推繡户，枉教人、夢斷瑤臺曲。又卻是，風敲竹。」餘見《解連環》（暮簷涼薄）注〔二〕。

〔一三〕琅玕：本指美玉。《淮南子·墜形訓》：「西北方之美者，有昆侖之球琳、琅玕焉。」高誘注曰：「球琳、琅玕皆美玉也。」此喻緑竹色如翠玉。張説《送尹補闕元凱琴歌》：「鳳哉鳳哉，啄琅玕，飲瑶池，棲昆侖之山哉。」蘇轍《開窗》：「緑竹琅玕色，紅葵旌節花。」

〔一四〕香痕：本指花瓣痕跡。陸龜蒙《置酒行》：「落塵花片排香痕，闌珊醉露棲愁魂。」此指竹竿掐詩痕跡上殘留的玉指香氣。　以上四句可與集中《玉燭新》（花穿簾隙透）參看：「嫩篁細掐，相思字、墮粉輕黏練袖。」

〔一五〕因循：《例釋》：「猶言蹉跎，即虚度時光、事業無成之意。」元稹《醉題東武》：「因循未歸得，不是憶鱸魚。」

〔一六〕羅扇二句：化用班婕妤《怨詩》。

〔一七〕幾縈夢寐：陳造《游慈溪龍虎軒》：「終然縈夢寐，逞此事遊歷。」幾，《例釋》：「猶言『屢』，副詞。」

〔一八〕霞佩：喻紅蓮花葉。

〔一九〕疊瀾不定：温庭筠《太液池歌》：「疊瀾不定照天井，倒影蕩摇晴翠長。」

〔二〇〕麝靄飛雨：姜夔《念奴嬌》詠荷花：「翠葉吹涼，玉容銷酒，更灑菰蒲雨。嫣然摇動，冷香飛上詩句。」麝靄，荷香如麝。

〔二一〕乍濕二句：《拾遺記》卷七：「時文帝選良家子女以入六宫，（谷）習以千金寶賂聘之。既得，乃以獻文帝。靈芸聞别父母，歔欷累日，淚下沾衣。至升車就路之時，以玉唾壺承淚，壺則紅色。既發常山，及至京師，壺中淚凝如血。」後因以「紅淚」稱美人淚。《類説》卷二九引《麗情集》：「灼灼，錦城官妓也，善舞柘枝，能歌水調。相府筵中與河東人（裴質）坐中神通目授，（裴質回河東後）自此不復面矣，灼灼以軟綃多聚紅淚，密寄河東人。」李商隱《板橋曉别》：「水仙欲上鯉魚去，一夜芙蓉紅淚多。」以上五句的意思是突然間下起雨來，水波蕩漾，蓮荷涼濕，霧靄飛香，花瓣宛如盛滿紅淚的鮫綃。

〔二二〕練單：猶言「單練」。宋祁《七月二十八日》：「拂幌單練怯，凝塵故扇捐。」練，粗麻織物。

〔二三〕波心：楊億《白蓮》：「馮夷不敢受，捧出碧波心。」

〔二四〕瓊簫句：簫笛等管樂在秋天月夜吹奏最爲相宜。詳見《齊天樂·齊雲樓》注〔一四〕。霓裳舞：原爲《霓裳羽衣曲》的略稱。《類説》卷一引《楊妃外傳》：「上令宫妓佩七寶瓔珞，舞霓裳羽衣曲。曲終，珠翠可掃。」此喻荷葉之舞動。杜公瞻《詠同心芙蓉詩》：「色奪歌人臉，香亂舞衣風。」姜夔《念奴嬌》詠荷花：「三十六陂人未到，水佩風裳無數。」

〔二五〕嫣香：字面用李賀《南園十三首》（之一）：「可憐日暮嫣香落，嫁與春風不用媒。」實熔鑄前注姜夔詞中「嫣然摇動，冷香飛上詩句」，用以借指荷花。

〔二六〕鏡空：梅堯臣《梨花憶》：「白玉佳人死，青銅寶鏡空。」夢窗慣以照影美人喻臨水荷花。如《過秦樓·芙蓉》：「香籠麝水，膩漲紅波，一鏡萬妝爭妒。」畫羅屏：此喻指西湖畔的山峰。

〔二七〕殘蟬三句：蟬聲如樂。陳後主《七夕宴玄圃各賦五韻詩》：「絲調聽魚出，吹響間蟬聲。」翻用劉禹錫《樂天池館夏景方妍白蓮初開彩舟空泊唯邀緇侶因以戲之》詩意：「白蓮方出水，碧柳未鳴蟬。」秋蟬鳴時，荷花將衰。度曲，按曲譜歌唱。感紅怨翠，蟬聲中似透出爲紅消翠減的感傷怨恨。

〔二八〕念省：猶言「省念」。省，《匯釋》：「猶曾也。」

〔二九〕吴宫：下句「柳」字意亦入此句，猶言「吴宫柳」。典例見《鶯啼序》（殘寒正欺病酒）注〔五〕中楊萬里詩。

〔三〇〕暗柳：梁元帝《將軍名詩》：「細柳浮新暗，大樹繞棲烏。」

〔三一〕曉岸參斜：化用柳永《雨霖鈴》「楊柳岸、曉風殘月」詞意。參斜，星月西沈。梁元帝《烏棲曲四首》（之三）：「日下城南兩相望，月没參横掩羅帳。」

〔三二〕露零：王融《清楚引》：「清月冏將曙，浩露零中宵。」此寓寫柳露。　漚起：元安《浮漚歌》：「庭中水，水上漂漂見漚起。」　以上三句回憶西湖攜豔追涼的盛事，並感歎盛時難再。

〔三三〕絲縈二句：前句爲喻體，後句爲本體，隱喻亦夢窗慣技。謂對美好過去的回憶，象寸藕縈繞絲縷一樣斷續纏綿。庾信《和炅法師游昆明池詩二首》（之二）：「碎珠縈斷菊，殘絲繞折蓮。」「絲」與「思」諧音雙關。

〔三四〕桃笙句：桃笙，《文選·左思〈吴都賦〉》：「桃笙象簟，韜於筒中。」劉逵注：「桃笙，桃枝簟也，吴人謂簟爲笙。」韓翃《送客還江東》：「一壺先醉桃枝簟，百和初熏苧布衣。」蘇軾《仇池筆記·桃笙》：「柳子厚詩云：『盛時一失貴反賤，桃笙葵扇安可常。』不知桃笙爲何物。偶閲《方言》：宋、魏之間，簟謂之笙。乃悟桃笙以桃竹爲簟也。」湘浪影，簟亦有以瀟湘竹爲之者，其紋理如水，故曰「湘浪」。

王安中《卜算子》：「欹枕看書卧北窗，簟展瀟湘水。」

〔三五〕有昭華二句：昭華、穠李，女妓名，黄庭堅《趙子充示竹夫人詩蓋涼寢竹器憩臂休膝似非夫人之職予爲名曰青奴並以小詩取之二首》（之二）：「穠李四弦風拂席，昭華三弄月侵床。我無紅袖堪娱夜，政要青奴一味涼。」任淵注曰：「元注云：『冬夏青青，竹之所長，故命曰清奴。穠李、昭華貴人家兩女妓也。』」後用以代指夏日取涼寢具。以上三句爲强寬愁懷之語。謂不必多怨，盡可依取涼之具濃睡遣愁也。

〔三六〕鬢點淒霜：周邦彦《玲瓏四犯》：「憔悴鬢點吴霜，細念想夢魂飛亂。」李益《城西竹園送裴佶王達》：「遠行從此始，别袂重淒霜。」餘參見《水龍吟·癸卯元夕》注〔二〕。

〔三七〕半篋二句：任昉《出郡傳舍哭范僕射詩三章》（之二）：「已矣平生事，詠歌盈篋笥。」周邦彦《華胥引》：「點檢從前恩愛，但鳳箋盈篋。」秋詞，謂步入中年後所寫的悲秋之詞。以上三句寫半生排遣，皆在篋中愁怨之作；可知胸中有濃睡無法消解之塊壘。

【集評】

卓人月、徐士俊《古今詞統》卷一六：凡物貴多則不能精，貴精則不能多，詞至夢窗，其齒牙餘唾，皆作粲花，爪甲清塵，無非香屑。一調二百三十餘字，愈多愈精，雖有波斯胡人撑珍珠船以入中國，豈足相當耶？

況周頤《蕙風詞話》補編卷二：嘗謂學夢窗詞，須面目不似夢窗。細按之，卻有與夢窗暗相合處，此中消息甚微。叔雍（孫按：指趙尊嶽）近作《鶯啼序》似乎微會斯旨，雖不能至，庶幾近道。

俞陛雲《唐五代兩宋詞選釋》：題雖詠荷，因和友韻，非專賞荷花，故叙事多而詠花少。首段言折花而歸。次段懷人。三段憶西湖舊遊。四段詠荷而兼感懷。全篇二百數十字，其精撰處在三段「鮫綃」以下數語、四段「殘蟬」以下數語及歇拍三句，藻采組織，而神韻流轉，旨趣彌永，如玉溪生之詩，非專恃獺祭也。

陳洵《海綃説詞》：「横塘」，吴地，伏結段之吴宫。「西園」，杭居，承第三段之「西湖」。第二段閉門思舊，空際盤旋，是全篇精神血脈貫注處。

【考辨】

陳洵《海綃説詞》：花歸而人不至，舊愁新恨，掩抑怨斷，當爲其去姬作。

楊箋：此爲憶姬之詞，與清真之實惜别而題詠柳者同意。（「如今」三句）打合現情，此詞忽起忽伏，聲情激越。是變徵聲。姬之來蹤去跡，《瑣窗寒》盡之。姬之留連歡事，此詞盡之。夢窗之一生恨事，又上一闋盡之。合三詞觀之，夢窗心事全見。

孫按：此詞集詠荷、懷人、感歎歲月於一體，寫於蘇州。

## 天香

薰衣香㈠〔一〕

珠絡玲瓏〔二〕，羅囊閑鬭〔三〕，酥懷暖麝相倚〔四〕。百和花鬚〔五〕，十分風韻〔六〕，半襲鳳箱重綺〔七〕。茜垂四角㈡，慵未揭㈢、流蘇春睡〔八〕。薰度紅薇院落〔九〕，煙銷畫屏沈水〔一〇〕。温泉絳綃乍試〔一一〕。露華侵〔一二〕、透肌蘭泚〔一三〕。漫省淺溪月夜，暗浮花氣〔一四〕。荀令如今老矣〔一五〕。但未減㈣、韓郎舊風味〔一六〕。遠寄相思〔一七〕，餘薰夢裏〔一八〕。

【校　議】

㈠《古今詞統》、毛本、戈校本、杜本、王朱本、朱二校本詞題作「賦薰衣香」。《歷代詩餘》作「龍涎香」。

㈡茜垂四角：《古今詞統》、毛本、戈校本、王朱本、朱二校本作「茜□四角」。《歷代詩餘》、戈選、杜本作「茜帷四角」。

㈢ 未揭：毛本、《歷代詩餘》、戈校本、戈選、杜本、王朱本、朱二校本作「未結」。

㈣ 未滅：《古今詞統》、毛本、《歷代詩餘》、戈校本、戈選、杜本、王朱本、朱二校本作「未識」。鄭氏手批：「『滅』，較『識』有淄澠之别。」

**【注釋】**

〔一〕薰衣香：《陳氏香譜》卷三：「薰衣香，茅香四兩，零陵香、甘松各半兩，白檀二錢，丁香二錢，白乾三個。右同爲粗末入米腦，少許薄紙貼佩之。」《竹嶼山房雜部》卷八載熏衣法：「凡袒服，先以湯置熏篝下令潤，焚合香熏之，復火熨帖乾。禮服惟乾覆熏篝上熏。」此詞寫及各種香型的薰香。

〔二〕珠絡：聯綴而成的珠串。《西曲歌·楊叛兒》：「七寶珠絡鼓，教郎拍復拍。」　玲瓏：此指明徹貌。

〔三〕羅囊閑鬬：《晉書·謝玄傳》：「玄少好佩紫羅香囊，（謝）安患之，而不欲傷其意，因戲賭取，即焚之，於此遂止。」杜甫《又示宗武》：「試吟青玉案，莫羨紫羅囊。」

〔四〕暖麝：羅虬《比紅兒詩》：「繡帳鴛鴦對刺紋，博山微暖麝微曛。」古代稱辟邪燼的香爐可置懷袖中。

〔五〕百和：《太平御覽》卷八一六引《漢武内傳》：「帝以七月七日掃除，宮掖之内設大床於殿上，以紫羅薦地。燔百和香，燃九微燈，以待西王母。」吴均《行路難五首》（之四）：「博山爐中百和香，郁金蘇合及都梁。」蘇軾《沈香石》：「早知百和俱灰燼，未信人言弱勝剛。」《東坡詩集注》卷二六趙彥材注曰：「百和，香名。以衆香末合和爲之也。」　花鬚：猶言鬚上花粉。杜甫《陪李金吾花下飲》：「見輕吹鳥毳，隨意數花鬚。」

〔六〕風韻：《晉書·列女傳》：「（謝）道韞風韻高邁，叙致清雅，先及家事，慷慨流漣，徐酬問旨，詞理無滯。」陳元龍注周邦彦《片玉集·塞垣春》中「風韻嫺雅」句曰：「《麗情集·蓮花妓序》：蓮花妓富辭豔態，風韻嫺雅。」宋人稱婦人標緻爲「韻」。《清波雜志》卷六：「頃得一小説，書王黼奉敕撰《明節和文貴妃墓志》云：『妃齒瑩潔如水晶，緣常餌絳丹而然。』又云：『六宮稱之曰「韻」。』」蓋時以婦人有標緻者爲『韻』。」

〔七〕鳳箱：有龍鳳飾紋的箱子。《册府元龜》卷一六九載錢鏐貢物中有「紅藤龍鳳箱」。　重綺：李白《江上贈竇長史》：「人疑天上坐樓船，水淨霞明兩重綺。」

〔八〕茜垂三句：《古詩爲焦仲卿妻作》：「紅羅複斗帳，四角垂香囊。」徐陵《雜曲》：「流蘇錦帳掛香囊，織成羅幌隱燈光。」茜，猶言「葱茜」。此指香料袋囊所用絲綢的顔色。流蘇，《説略》卷二一：「流蘇，見《漢禮樂志》，薛瓚注作『流遡』。古本用於宫懸者，今始用於帷帳。蘇，故名樵蘇，乃盤線繒繡之五彩錯爲之，同心而下垂者；又，析羽曰『流蘇』。摯虞曰：『緝烏尾垂之若流然，以其蕊下垂，故曰蘇。』」此處與首三句可參看周密《齊天樂》：「映珠絡玲瓏，翠綃葱茜。」

〔九〕薰度句：謂薔薇型薰香的氣味充滿院落。紅薇，薔薇提煉的香料。張泌《妝樓記·薔薇水》：「周顯德五年，昆明國獻薔薇水十五瓶，云得自西域，以灑衣，衣敝而香不滅。」《鐵圍山叢談》卷五：「舊説薔薇水，乃外國采薔薇花上露水，殆不然，實用白金爲甑，采薔薇花蒸氣成水，則屢采屢蒸，積而爲香，此所以不敗。但異域薔薇花氣馨烈非常，故大食國薔薇水雖貯琉璃缶中，蠟密封其外，然香猶透徹，聞數十步，灑著人衣袂，經十數日不歇也。」

〔一〇〕煙銷句：劉鎮《踏莎行·贈周節推寵姬》：「蘭斛藏香，梅瓶浸玉。爐煙半裊屏山曲。」

〔一一〕温泉句：用温泉洗浴典，詳見《宴清都·連理海棠》注〔一三〕。絳綃，柳永《燕歸梁》：「輕躡羅鞋掩絳綃。傳音耗、苦相招。」

〔一二〕露華：《趙飛燕外傳》：「婕妤浴豆蔻湯，傅露華百英粉。」

〔一三〕蘭沘：楊箋：「『蘭沘』即蘭湯。」詳見《澡蘭香·淮安重午》注〔一四〕。　以上三句謂浴池中的蘭香及露水浸潤的香粉沁染了浴者的絲衣和肌膚。

〔一四〕漫省二句：化用林逋《山園小梅》詩意。花氣，梁元帝《赴荆州泊三江口詩》：「柳條恒拂岸，花氣盡薰舟。」寫名爲「返魂梅」的梅香型薰香，參見《風入松·鄰舟妙香》注〔九〕。

〔一五〕荀令句：《三國志·魏書·荀彧傳》：「天子拜太祖（曹操）大將軍。進彧爲漢侍中，守尚書令。」故簡稱荀彧爲「荀令」。徐陵《烏棲曲二首》（之二）：「風流荀令好兒郎，偏能傅粉復薰香。」曾幾《諸人見和返魂梅再次韻》：「披拂故令攜袖滿，横斜便欲映窗來。」　如今老矣：《論語·述而》：「甚矣吾衰也！久矣吾不復夢見周公。」邢昺疏：「此章孔子歎其衰老。」

〔一六〕但未減二句：歐陽修《望江南》：「身似何郎全傅粉，心如韓壽愛偷香。」韓郎，此指韓壽。風味，《宋書・自序》：「（沈伯玉）温雅有風味，和而能辨，與人共事，皆爲深交。」 以上三句取意周邦彦《側犯》：「誰念省。滿身香、猶是舊荀令。」

〔一七〕遠寄相思：曾幾《返魂梅》：「笑説巫陽真浪下，寄聲驛使未須來。」用陸凱寄枝梅典。

〔一八〕餘薰夢裏：曾幾《諸人見和返魂梅再次韻》：「有時燕寢香中坐，如夢前村雪裏開。」

【集評】

卓人月、徐士俊《古今詞統》卷一二：兩「花」字，兩「薰」字。

夏敬觀評語：風味、風韻稍嫌復。

楊箋：（「荀令」三句）「荀令」，自喻。「如今老矣」，説現情。「未減舊風味」，切題面。昔詞家嘗舉似此兩句，示人以用典法門。兩典合用，死事活用，熟典虚用，觀此可見。

## 又㊀

蠟梅㊁

蟬葉黏霜㊂〔一〕，蠅苞綴凍〔二〕，生香遠帶風峭〔三〕。嶺上寒多，溪頭月冷，北枝瘦、南枝小㊃〔四〕。玉奴有姊〔五〕，先占立、牆陰春早〔六〕。初試宮黃澹薄㊄，偷分壽陽纖巧〔七〕。銀燭淚深未曉㊅〔八〕。酒鍾慳、貯愁多少〔九〕。記得短亭歸馬，暮衙蜂鬧〔一〇〕。豆蔻釵梁恨裊㊆〔一一〕。但悵望、天涯歲華老〔一二〕。遠信難封〔一三〕，吳雲雁杳〔一四〕。

**【校　議】**

㊀戈選杜批：「宋人皆用此體，惟前段第七句有叶韻者，後草窗詞與此同。」

㊁《歷代詩餘》無詞題。

㊂蟬葉：明張本、底本、朱四校本、鄭校、四明本作「蟫葉」。戈選、杜本作「蟬翼」。鄭氏手批：「『蟫』，謂蠹蝕之葉。『蟬』字則亡謂矣。」孫按：蠟梅亦如梅先花後葉，但與梅花不同的是，明年含苞欲花時，尚有舊年宿葉在枝。前引《范村梅譜》即曰「此花多宿葉」。宿葉如蟬蛻之枯殼，因稱「蟬葉」。夢窗慣仿辭，此相對下句「蠅苞」鑄煉而成。周密《齊天樂·蟬》「前夢蛻痕枯葉」，亦以蟬蛻喻枯葉，故從毛本、《歷代詩餘》、戈校本、王朱本、朱二校本。

㊃北枝二句：《詞綜》、戈校本、戈選、杜本作「枝北枝南開小」。杜校：「夢窗另有《壽筠塘內子》一闋亦不作折腰句也。」杜本鄭批：「梅先發南枝，故云『小』；北枝未著花，故云『瘦』。古人一字皆有細趣，戈氏直不了會耳。」楊箋：「未分兩句，與上一闋異句，疑有誤。」

㊄ 澹薄：《詞綜》作「淡泊」。

㊅ 淚深：《詞綜》作「淚珠」。

㊆ 釵梁：《詞綜》、戈校本作「釵頭」。

【注　釋】

〔一〕蟬葉黏霜：蠟梅，因臘月盛開，故宿葉尚有濃霜。武衍《蠟梅》：「賦得姿容類至中，哨枝宿葉又春風。」

〔二〕蠅苞綴凍：與「暮衙蜂鬧」句化用許綸《次才伯初蠟梅三絶》（之一）詩意：「格韻評量故是梅，采薪叢裏凍花開。蜂衙不逐飄零盡，真似天工蠟綴來。」董嗣杲《蠟梅花》：「剛條簇簇凍蠅封，勁葉將零傲此冬。」曹橘林《和李支使蠟梅》：「昨夜花神軋剪刀，巧裁粟玉綴香苞。」《范村梅譜》謂蠟梅不經嫁接的品種較劣：「花小香淡，其品最下，俗謂之狗蠅梅。」夢窗因簡稱其花苞爲「蠅苞」。

〔三〕生香句：尤袤《蠟梅》：「團酥與凝蠟，難學是生香。」

〔四〕嶺上四句：朱熹《蠟梅》：「風雪催殘臘，南枝一夜空。誰知荒草裏，卻有暗香同。」李廌《蠟梅》：「底處嬌黃蠟樣梅，幽香解向北寒開。」尤袤《蠟梅》：「破臘驚春意，淩寒試曉妝。」李彌遜《丞廳後圃雙梅一枝發和似表弟韻》：「曉雲生寒日未透，南枝半肥北枝瘦。」寒冬臘月時，大庾嶺梅花南枝含苞未舒，北枝則因寒氣凜冽未見骨朵。溪頭月冷，用林逋《山園小梅》句意。

〔五〕玉奴有姊：詩詞中多稱梅花爲「玉奴」。如蘇軾《次韻楊公濟奉議梅花十首》（之四）：「月地雪階漫一樽，玉奴終不負東昏。」臘梅開在梅花之前，故爲花姊。參見《水龍吟·用見山韻餞別》注〔一四〕。

〔六〕先占立二句：與上八句還化用以下詩句。晁補之《謝王立之送蠟梅五首》（之一）：「越使可因千里致，春風元自未曾知。」王安國《黄梅花》詩意：「庾嶺時開媚雪霜，梁園春色占中央。」徐安國《次韻南澗先生蠟梅》：「不忿南枝出奇早，率先齊向雪中開。」趙蕃《和何叔信別種蠟梅韻》：「不識梅當臙，唯知竹映牆。」

〔七〕初試二句：李泳《西江月·蠟梅》：「蘸蠟女工鬭巧，塗黄漢額偏宜。」范成大《次韻漢卿舅蠟梅二首》（之二）：「壽陽信美無仙骨，空把心情學澹妝。」黄庭堅《從張仲謀乞蠟梅》：「聞君寺後野梅發，香蜜染成宫樣黄。」晁補之《謝王立之送蠟梅五首》（之五）：「芳菲意淺姿容淡，憶得素兒如此梅。」用壽陽公主梅花妝典。

〔八〕銀燭句：杜牧《贈別二首》（之二）：「蠟燭有心還惜別，替人垂淚到天明。」《類説》卷一三：「鄧州花蠟燭，云是寇萊公法，公自少富貴，不點油燈，雖廁溷間燭淚成堆。」後人多以蠟淚形容蠟梅。如趙秉文《古瓶蠟梅》：「土花暈碧龍紋澀，燭淚痕疎雁字横。」程炎子《蠟梅》：「畫樓人醉燭高燒，滴在寒枝蠟未消。」王詵《花心動·蠟梅》：「嫩苞珠淚圓金燭，嬌腮潤、蜂房微缺。」

〔九〕酒鍾二句：黄庭堅《戲詠蠟梅二首》（之一）：「金蓓鎖春寒，惱人香未展。」《山谷内集詩注》卷五：「《集韻》曰：蓓，蕾始華也。」文人往往以半開臘梅喻酒鍾、金鍾等容器。李邦獻《菩薩蠻·蠟梅》：「薰沉刻蠟工夫巧，蜜脾鎖碎金鍾小。」吴則禮《和蠟梅詩》：「江邊一樹垂垂花，酒杯曾覓黄公家。」此又因「半開」引申言之，謂如酒鍾淺小，似顯主人有慳吝之意。李流謙《次仲甄韻二首》（之二）：「索居詩社廢，多病酒杯慳。」

〔一〇〕暮衙蜂鬧：《范村梅譜》謂蠟梅得名在於「色酷似蜜脾」，文人寫蠟梅又多有此喻。尤袤《蠟梅》：「綴樹蜂懸室，排箄雁著行。」宋人還喻蠟梅爲染蠟的展翅蜂兒。王十朋《書院雜詠·蠟梅》：「非蠟復非梅，誰將蠟染腮。遊蜂見還訝，疑自蜜中來。」毛滂《踏莎行·蠟梅》：「蜂翅初開，蜜房香弄。佳人寒睡愁和夢。」李石《蠟梅》：「辛苦爲他成蜜後，蠟蜂猶是趁花飛。」張鎡《蠟梅二首》之一：「清芬更比寒梅耐，不是蜂房供蜜脾。」蜂衙，黄庭堅《蜜蜂》：「日日山童掃紅葉，蜂衙知是主人歸。」《山谷別集詩注》卷下：「《埤雅》：蜂有兩衙應潮。錢昭度詩：『黄蜂衙退海潮上，白蟻戰酣山雨來。』」

〔一一〕豆蔻句：杜牧《贈別二首》（之一）：「娉娉裊裊十三餘，豆蔻梢頭二月初。」宋代女子有簪蠟梅的習俗。范成大《次韻漢卿舅蠟梅二首》（之一）：「金雀釵頭金蛺蝶，春風傳得舊宮妝。」姜夔《浣溪沙》：「落蕊半黏釵上燕，露黄斜映鬢邊犀。」徐安國《謝諸葛元亮送蠟梅》：「棲鸞恰似知人意，乞與釵頭一寸金。」趙士暕《好事近·蠟梅》：「玉人挨鬢一枝斜。不忍更多摘。」釵梁，庾信《奉和趙王美人春日詩》：「步摇釵梁動，紅輪被角斜。」　以上三句可與虞儔《夜讀邵堯夫詩戲效其體再賦蠟梅》前數句參看：「紛紛蜂子競生涯，每到花時輒放衙。懸室盡將花作蠟，何人翻以蠟爲花。」

〔一二〕但悵望二句：《古詩》：「采之欲遺誰，所思在遠道。馨香易銷歇，繁華會枯槁。悵望欲何言，臨風送懷抱。」周紫芝《蠟梅一首》：「真賞久未逢，殘英惜空老。」

〔一三〕遠信難封：與前後文「遠」、「嶺上」、「吴雁」化用李廌《次韻秦少章蠟梅》詩意：「故人未寄嶺頭信，先報江南春意來。」參見《浣溪沙・琴川慧日寺蠟梅》注〔五〕。

〔一四〕吴雲雁杳：李白《臨江王節士歌》：「洞庭白波木葉稀，燕鴻始入吴雲飛。」謝莊《從駕頓上詩》：「中權臨楚路，前茅望吴雲。」戴叔倫《相思曲》：「魚沈雁杳天涯路，始信人間別離苦。」　楊箋以上二句曰：「古人密信，每以蠟丸封裹之。……曰『難封』，曰『雁杳』，反用妙。」

【集評】

俞陛雲《唐五代兩宋詞選釋》：唐人詠蠟梅詩無多，每以對萼狀之，詞則絶無。此作起三句雕琢入細，「壽陽」、「宮黄」句尚意所易到，「玉奴」一句更取喻妍巧，且風致夷猶。下闋「歸馬」、「蜂衙」一句用「記得」一字，當是回憶從前，以蠟梅時無蜂也。「釵梁」二句即事懷人，且入凋年急景之感。

【考辨】

楊箋：下片似亦有憶姬意。

孫按：此爲賦詠之作，雖廣涉文典，卻無懷人之意。

## 玉漏遲㊀ 夷則商㊁

瓜涇度中秋夕賦㊂[一]

雁邊風訊小㊃[二]，飛瓊望杳，碧雲先晚[三]。露冷闌干，定怯藕絲冰腕[四]。淨洗浮空片玉㊄[五]，勝花影㊅、春燈相亂[六]。秦鏡滿[七]。素娥未肯，分秋一半[八]。每圓處即良宵㊆[九]。甚此夕偏饒[一〇]，對歌臨怨[一一]。萬里嬋娟㊇[一二]，幾許霧屏雲幔㊈[一三]。孤兔淒涼照水[一四]，曉風起、銀河西轉[一五]。摩淚眼[一六]。瑤臺夢回人遠。

【校　議】

㊀明張本、毛本、杜本是調下有趙聞禮（《絕妙好詞》作樓采）同調詞「絮花寒食路」、宋祁「杏香飄禁苑」二闋。戈校本録「杏香」一首。王朱本等删二首。

㊁底本眉批：「俗呼林鐘商。」

㈢明張本、毛本、《詞綜》、《歷代詩餘》詞題作「中秋」。王朱本據《鐵網珊瑚》改。餘本從之。張藏《鐵網珊瑚》無「度」字。鄭校毛本編次曰：「案《喜遷鶯》詞叙云：『甲辰冬至寓越，兒輩尚留瓜涇蕭寺。』即在此詞前二闋，雖未必同歲所作，而目次羼亂可知已。」

㈣風訊：《歷代詩餘》、《詞譜》作「風信」。

㈤浮空：明張本、毛本、《詞綜》、《歷代詩餘》、《詞譜》、杜本作「浮雲」。王朱本據《鐵網珊瑚》刻本改。餘本從之。底本尾註：「與上『碧雲』字複。」

㈥勝：《詞譜》作「剩」。

㈦每圓二句：杜校：「有以『宵』、『鐃』爲夾協仄韻者。」

㈧萬里嬋娟：《鐵網珊瑚》、鄭校、四明本作「共一嬋娟」。鄭校：「案，此用謝莊《月賦》『隔千里兮共明月』句意。杜、王二刻並沿毛誤。」

㈨雲幔：明張本、《鐵網珊瑚》作「雲縵」。鄭氏手批：「『幔』作『縵』，蓋偶爾筆誤。」孫按：《竹書紀年》卷上：「帝乃倡之曰：『慶雲爛兮，糺縵縵兮。』」可存異文。

【注釋】

〔一〕瓜涇：朱箋：「王鏊《姑蘇志》：長州縣，村一百四，瓜涇在三十一都。蘇州府馮《志》：瓜涇港在吴江縣北九里，分太湖支流，東北出夾浦，會吳淞江。」

〔二〕風訊：蘇軾《論高麗買書利害札子三首》（之一）：「而（陳）軒乃答之：『風訊不順飄過。』」此句中的「小」字寫雁影漸行漸没。

〔三〕飛瓊二句：化用江淹《休上人怨別》「日暮碧雲合」詩意。飛瓊，王母侍女。此泛指所望之美人。

〔四〕露冷二句：杜甫《月夜》：「香霧雲鬟濕，清輝玉臂寒。」又，《陪諸貴公子丈八溝攜妓納涼晚際遇雨二首》（之一）：「公子調冰水，佳人雪藕絲。」

〔五〕淨洗：意屬上二句。片玉浮空：張若虛《春江花月夜》：「江天一色無纖塵，皎皎空中孤月輪。」片玉，本喻群賢之一。《晉書·郤詵傳》：「（武帝）問詵曰：『卿自以爲何如？』詵對曰：『臣舉賢良對策，爲天下第一，猶桂林之一枝，昆山之片玉。』」此喻天空中的一輪明月。略後於夢窗的陸文圭《月》詩亦有此擬：「青天一片玉，上有衆星列。」

〔六〕勝花影二句：此與正月十五元宵節燈月相射、人影參差相較而言。翻用蘇軾侍妾王朝雲語意：「春月色勝如秋月色，秋月令人慘淒，春月令人和悦。」《永樂大典》卷八二二一載秦觀在揚州太守吕申公席上作中秋夜微雲詩：「自是我公多惠愛，卻回秋色作春陰。」王維《同比部楊員外十五夜遊有懷靜者季》：「由來月明如白日，共道春燈勝百花。」

〔七〕秦鏡滿：謂月圓。秦嘉《重報妻書》：「間得此鏡，既明且好。形觀文彩，世所稀有。意甚愛之，故以相與。」後人因稱「秦鏡」。《古詩十九首》：「三五明月滿，四五蟾兔缺。」

〔八〕素娥二句：用分鏡典。《太平御覽》卷七一七引東方朔《神異經》：「昔有夫婦將別，破鏡，人執半以爲信。」用分鏡事。常時中秋，正平分三秋一半，李洞《中秋月》：「九十日秋色，今秋已半分。」但此年閏八月，故云。

〔九〕每圓處句：蘇軾《江月五首並引》：「嶺南氣候不常，吾嘗云：菊花開時乃重陽，涼天佳月即中秋，不須以日月爲斷也。」

〔一〇〕此夕偏饒：曹勳《臨江仙》：「連夜陰雲開曉景，中秋勝事偏饒。」鄧鏗《月夜閨中詩》：「誰能當此夕，獨處類倡家。」偏，《例釋》：「只，獨，單單，表範圍的副詞。」

〔一一〕臨怨：生怨。周必大《皇朝百族譜序》：「而左者以爲辱，辱則怒，怒則必怨，以侈臨怨，則生於其時者，悉力以逞憾。」

〔一二〕萬里嬋娟：謝莊《月賦》：「美人邁兮音塵闕，隔千里兮共明月。」杜甫《月圓》：「故園松桂發，萬里共清輝。」蘇軾《水調歌頭》：「但願人長久，千里共嬋娟。」

〔一三〕霧屏雲幔：杜甫《西閣雨望》：「樓雨沾雲幔，山寒著水城。」侯喜《秋雲似羅賦》：「映婺女而扇薄，透姮娥而幔寒。」　謂中秋夜屢有雲霧遮明月，不能有共嬋娟之暢懷。

〔一四〕孤兔句：梁簡文帝《水月》：「圓輪既照水，初生亦映流。」《後漢書·天文志》劉昭注引張衡《靈憲》：「月者，陰精之宗。積而成獸，象兔。」而嫦娥孤零，故以「孤兔」代月。蔣防《姮娥奔月賦》：「對陽烏之升降，伴孤兔之昭宣。」

〔一五〕銀河西轉：楊億《禁直》：「芝泥香熟封詔書，河漢西傾移斗車。」

〔一六〕摩淚眼：白居易《睡後茶興憶楊同州》：「睡足摩挲眼，眼前無一事。」杜甫《薄遊》：「巴城添淚眼，今夜復清光。」

【集評】

譚獻《譚評詞辨》：（「秦鏡」三句）奇弄間發。（「每圓處」句）直白處不當學。

【考辨】

鄭氏手批：夢窗手稿係寫贈方蕙巖者，故首篇即云「爲先生壽」，而注「癸卯歲」，可知凡其手稿皆是歲所作，以卷端自寫「新詞稿」三字可證，然則是詞亦爲癸卯中秋無疑，宜據以移甲辰冬至前，爲編年之一證。

楊箋：此詞作於姬去之後，夢窗追蹤來吴，先寓盤門，過重午；繼寓瓜涇，過中秋。

夏承燾《繫年》：新詞第三首爲《玉漏遲》「瓜涇中秋夕賦」，而明年有《喜遷鶯》「甲辰冬至寓越，兒輩尚留瓜涇蕭寺」，足證《玉漏遲》是本年癸卯作。

孫按：此詞爲《鐵網珊瑚》所收夢窗新詞稿十六首之第三首。癸卯即淳祐三年（一二四三）寫於蘇州。與同屬《鐵網珊瑚》新詞稿中的《思佳客·閏中秋》寫在同年，此賦閏八月的前一個中秋，《思佳客》則賦閏中秋。楊氏《事蹟考》繫之於甲辰（一二四四），略誤。此詞寫於《喜遷鶯・甲辰冬至寓越，兒輩尚留瓜涇蕭寺》一詞前，此時闔家團聚，所懷者非妻室，應另有其人。

## 金錢子　夾鐘商㊀

賦秋壑西湖小築〔一〕

卜築西湖〔二〕，種翠蘿猶傍〔三〕，軟紅塵裏〔四〕。來往載清吟〔五〕，爲偏愛吾廬〔六〕，畫船頻繫〔七〕。笑攜雨色晴光〔八〕，入春明朝市〔九〕。石橋鎖、煙霞五百名仙，第一人是〔一〇〕。臨酒㊁〔一一〕。論深意。流光轉〔一二〕、鶯花任亂委〔一三〕。泠然九秋肺腑〔一四〕，應多夢、巖扃冷雲空翠〔一五〕。漱流枕石幽情〔一六〕，寫猗蘭緑綺㊂〔一七〕。專城處㊃，他山小隊登臨〔一八〕，待西風起〔一九〕。

【校　議】

㊀底本眉批：「俗呼雙調。」

㊁臨酒：杜校：「『酒』字應叶，疑『醉』字之誤。」鄭校：「以意近訛。案是調過片，例有夾協，可證

此與集中《拜星月慢》『酒』爲『醉』之訛，同一致誤。」鄭氏手批：「『酒』字當爲『醉』之訛。過片處例有夾協。此校刻者以同類字互訛，本集甚多。若沿誤不改，何須重刻？」

㊂ 猗蘭：毛本、杜本作「漪蘭」。漪，通「猗」。

㊃ 專城：毛本、戈校本、杜本、王朱本、朱二校本作「轉城」。轉，在「統領」義項上通「專」。

【注釋】

〔一〕西湖小築：應爲賈似道葛嶺賜第中一些玲瓏有致的建築。此詞園中建築另參見《水龍吟·過秋壑湖上舊居寄贈》【注釋】、【考辨】。

〔二〕卜築：《梁書·外士傳》：「（劉訏）曾與族兄劉歊聽講於鍾山諸寺，因共卜築宋熙寺東澗，有終焉之志。」

〔三〕種翠蘿：杜甫《秋日寄題鄭監湖上亭三首》（之二）：「新作湖邊宅，遠聞賓客過。自須開竹徑，誰道避雲蘿。」許渾《游錢塘青山李隱居西齋》：「小隱西亭爲客開，翠蘿深處遍蒼苔。」

〔四〕軟紅塵：代指繁華的京城。

〔五〕清吟：白居易《與夢得沽酒且約後期》：「閑征雅令窮經史，醉聽清吟勝管弦。」

〔六〕爲偏句：化用陶淵明《讀山海經》（之一）詩意：「衆鳥欣有托，吾亦愛吾廬。」

〔七〕畫船頻繫：前引《咸淳臨安志》卷八六載賜園中建築有舫亭、琳琅步、歸舟、旱船、剡船亭等。郭居安壽賈似道詞《聲聲慢》：「歸舟更歸何處是，天教家在蘇堤。」《齊東野語》卷一謂「『歸舟』乃舫齋名也」。

〔八〕雨色晴光：喻西湖景色。用蘇軾詩意。

〔九〕春明：《長安志》卷七載唐京城長安外郭城東有三門：「北曰通化門，中曰春明門，南曰延興門。」此以代指杭京城門。　朝市：朝廷。陶潛《讀山海經》（之一三）：「巖巖顯朝市，帝者慎用才。」《宋史·度宗本紀》記載皇帝對賈似道的特別禮遇：「（咸淳三年二月）乙丑，詔賈似道太師、平章軍國重事，一月三赴經筵，三日一朝，治事都堂。」《錢塘遺事》卷五「似道專政」條：「上稱之曰『師臣』，通國稱之曰『師相』、曰『元老』。居西湖葛嶺賜第，五日一乘車船入朝，不赴都堂治事。吏抱文書就第呈署，宰執書紙尾而已。」元代張憲《咸淳師相賈似道》有「輪舟五日一入朝，湖山佳處多逍遥」之句可互爲印證。

〔一〇〕石橋三句：五百名仙，《類説》卷二〇：「（阿闍王）即至毗舍離城，見阿難於常河中流將入寂滅雪山，五百仙人飛空而至。阿難爲説法，須臾，五百羅漢爲諸仙人出家受具。」實用魏野《寇相公生辰因有寄獻》詩意：「好去上天辭將相，歸來平地作神仙。」廖瑩中、陸景思的壽詞亦及此意。廖瑩中《木蘭花慢》：「鳧鷖太平世也，要東還越上是何年。消得清時鐘鼓，不妨平地神仙。」陸景思《甘州》：「千千歲、上天將相，平地神仙。」石橋，《咸淳臨安志》卷八六載賈似道修繕理宗所賜集芳園「隧地通道，抗以石梁」。

〔一一〕臨酒：李商隱《江南曲》：「乖期方積思，臨酒欲拚嬌。」

〔一二〕流光轉：張掄《醉落魄》：「流光轉轂。烏飛兔走爭相逐。」

〔一三〕鶯花句：李商隱《早起》：「鶯花啼又笑，畢竟是誰春。」 以上四句寫賈氏入相後，更張法令，特別是行公田法及推排田畝法，導致公議如沸之事。《宋史・賈似道傳》：「取先朝舊法，率意紛更，增吏部七司法。……秋七月，彗出柳，光燭天，長數十丈，自四更見東方，日高始滅。臺諫、布韋皆上書，言此公田不便，民間愁怨所致。」「有太學生蕭規、葉李等上書，言似道專政。命京尹劉良貴捃摭以罪，悉黥配之。後又行推排法。江南之地，尺寸皆有税，而民力弊矣。」《錢塘遺事》卷五「推排田畝」條：「理宗朝嘗欲舉行推排之令，廷紳有言而未行也。賈似道當國，卒行之。有人作詩曰：『三分天下二分亡，猶把山川寸寸量。縱使一丘添一畝，也應不似舊封疆。』又有作《沁園春》題於道間者：『道過江南，泥牆粉壁，石具在前。述某州某縣，某鄉某里，住何人地，佃何人田。氣象蕭條，生靈憔悴，經略從來未必然。惟何甚，爲官爲己，不把人憐。思量幾許山川。況土地分張又百年。正西蜀巉巖，雲迷鳥道，兩淮清野，日警狼煙。宰相弄權，奸人罔上，誰念干戈未息肩。掌大地，何須經理，萬取千焉。』」夢窗的意思是這些法令的更張應該經得起時間的檢驗，流言將止於事實。與集中《燭影摇紅・麓翁夜宴園堂》「笑流鶯、啼春漫瘦。曉風惡盡，妒雪寒銷，青梅如豆」五句寫史宅之括田惹衆議之事可以對參。

〔一四〕泠然：《莊子・逍遥遊》：「夫列子御風而行，泠然善也。」郭象注：「泠然，輕妙之貌。」意入「冷雲空翠」句。 肺腑：杜甫《岳麓山道林二寺行》：「一重一掩吾肺腑，山鳥山花吾友于。」

〔一五〕應多夢二句：可解爲周公夢。《宋季三朝政要》卷四：「門客朝士稱功頌德，頌説太平，詩咸淳爲元祐，尊似道曰『周公』。」壽詞中也有體現，如郭居安《聲聲慢》：「千千歲，比周公，多個彩衣。」且侑以儷語云：「彩衣宰輔，古無一品之曾參；衮服湖山，今有半閑之姬旦。」陳合《寶鼎現》亦曰：「好一部、太平六典，一一周公手做。」就園中建築而言，既寫園中秋壑堂，也寫蒼崖如削之熙然臺。詳見【考辨】。

〔一六〕漱流枕石：典例詳見《倒犯・贈黃復庵》注〔一三〕。　幽情：此指歸隱之情。　廬山諸道人《游石門詩》：「忽聞石門遊，奇唱發幽情。」

〔一七〕寫猗蘭句：猗蘭，《猗蘭操》的省稱。古琴曲名。《樂府詩集・猗蘭操》題解：「一曰《幽蘭操》。……《琴操》曰：『《猗蘭操》，孔子所作。孔子歷聘諸侯，諸侯莫能任。自衛反魯，隱谷之中，見香蘭獨茂，喟然歎曰：「蘭當爲王者香，今乃獨茂，與衆草爲伍。」乃止車，援琴鼓之，自傷不逢時，託辭於香蘭云。』」緑綺，琴名。《紺珠集》卷一三：「傅玄《琴賦序》云：齊桓琴曰號鍾，楚莊琴曰繞梁，相如琴曰緑綺，蔡邕琴曰焦尾。」　以上二句與上闋「石橋」三句，兼及南山煙霞洞、水樂洞。《齊東野語》（卷十九）：「後復葺南山水樂洞，賜園有聲在堂、介堂、愛此、留照、獨喜、玉淵、漱石、宜晚、上下四方之宇諸亭，據勝專奇，殆無遺策矣。」詳見【考辨】。

〔一八〕專城二句：化用杜甫《嚴中丞枉駕見過》：「元戎小隊出郊坰，問柳尋花到野亭。」《九家集注杜詩》自注：「嚴自東川除西川，敕令兩川都節制。」專城，王充《論衡・辨崇》：「居位食禄，專城長邑以千萬數，其遷徙日未必逢吉時也。」此特就節度一方而言。　他山，京城以外的山頭。　鄭谷《登杭州城》：「潮來無别浦，水落見他山。」

〔一九〕待西風起：此隱「秋」字。暗壽賈似道八月初八的生日。　以上三句指咸淳年間建節之事。《宋史·賈似道傳》：「理宗崩，度宗又其所立，每朝必答拜，稱之曰『師臣』而不名，朝臣皆稱爲『周公』。甫葬理宗，即棄官去，使吕文德報北兵攻下沱急，朝中大駭，帝與太后手爲詔起之。似道至，欲以經筵拜太師，以典故須建節，授鎮東軍節度使，似道怒曰：『節度使粗人之極致爾！』遂命出節，都人聚觀。節已出，復曰：『時日不利。』亟命返之。宋制：節出，有撤關壞屋，無倒節理，以示不屈。……除太師、平章軍國重事，一月三赴經筵，三日一朝，赴中書堂治事。賜第葛嶺，使迎養其中。吏抱文書就第署，大小朝政，一切決於館客廖瑩中、堂吏翁應龍，宰執充位署紙尾而已。」園中容堂之北的節樓即爲此事而建，詳見【考辨】。

## 【考辨】

夏箋：劉毓崧叙夢窗詞，謂：「夢窗乙稿《金琖子·賦秋壑西湖小築》、丙稿《水龍吟·過秋壑湖上舊居》，均作於似道制置京湖之日」，蓋《水龍吟》言『黄鶴樓頭月午』，固京湖之確證，《金琖子》言『小隊登臨』，亦制置之明徵。」案《水龍吟》作於似道在京湖時，劉説誠是；《金琖子》賦西湖小築，則疑與《水龍吟》非同時之作。「舊居」在西湖南山之南屏，「小築」則在西湖之北山，劉合兩處爲一，非是。説在《夢窗繫年》。《金琖子》詞有云：「來往載清吟（節）笑攜雨色晴光，入春明朝市。」當是似道入朝以後之作；明人《西湖夢尋》記似道乘湖船入朝之情形，仿佛似之。詞又云：「石橋鎖，煙霞五百名仙，第一人是。」擬以仙佛，似指似道獨攬朝綱。又云：「臨酒。論深意。流光轉、鶯花任亂委。」結云「待西風起」。必作於夏間。又云：「泠然九秋肺腑，應多夢、巖扃冷雲空翠。」雖切「秋壑」二字，或亦暗用傅巖故實。檢《宋史》賈傳，景定元年，「帝以其有再造功，以少傅、右丞相召入朝，百官郊勞，如文彥博故事」。《理宗紀》：景定元年四月，侍御史沈炎劾吴潛，「請速召似道正位鼎軸」。似道入朝蓋即在四月。據此互推，《金琖子》當即作於景定元年四月。

楊箋：此詞正作於賈秋壑爲荆湖制置使時。（「流光轉」二句）此曰「鶯花亂委」，下曰「待西風起」，此詞殆作於夏時乎？

孫按：劉毓崧《重刊吴夢窗詞稿序》，謂夢窗贈賈似道四闋詞皆作在似道未握重權之前，至似道聲勢熏灼之時，則並無一闋投贈。晚年則嫉其邪佞而不相往來，故雖存此四闋，但不足爲夢窗人品之玷，且適足見夢窗人品之高（詳見本書《附録三·題識序跋及校録凡例》）。夏氏則認爲此詞寫在「似道正位鼎軸」之後的景定元年（一二六〇）。

根據此詞所寫園内小築及當時政事，知應寫於度宗咸淳初年。《宋史·理宗本紀》：「（景定三年正月）庚午，賜賈似道第宅於集芳園，給緡錢百萬，就建家廟。」《咸淳臨安志》卷一〇對賜園本末有詳載：「太傅平章賈魏公府，在葛嶺。景定三年正月，理宗皇帝内出御札曰：『朕惟我朝，褒表功德，具有彝典。如趙普有翊戴之元勳，則賜第宅於建隆。文彥博有弼亮之偉績，則賜家廟於至和。今丞相賈似道，忠貫日月，身佩安危。滌除妖氛，再造王室。其元勳偉績，不在趙普、彥博下，宜賜第宅家廟。』今有司條具以聞。公屢辭，詔書下者屢，公辭益力，乃賜御札曰：『卿茂建元勳，超軼千古，社稷宗廟，亦嘉賴之。第宅家廟之賜，猶未足以竟朕褒尚之意。今卿免櫝屢陳，乃以勞民重費，其體國一念及此，益用敬歎。特從所請，仍以集芳園爲賜，可令封樁庫支撥緡錢百萬，展拓規模，就建家廟，遂雅志也。』蓋公舊有別墅在園之南，故以賜焉。公又辭，上復親札勉諭曰：『賜卿邸第家廟，朕之初意也。以卿執謙過甚，力控遜牘，朕不得已，有苑囿緡錢之賜。卿乃復以給降之夥，而有未安厥心之語。卿盍思曩者，妖氛未息，天下大勢何如也？自卿建此不世之殊勳，民賴之而保其居，朕賴之而保其國。今雖竭公帑之儲，猶未足以酬卿之萬一。緡錢百萬，尚奚足惜耶？卿宜祇服休命，毋復贅詞。』公猶懇避，竟弗許。於是奉常已討論禮制上於朝，乃按舊典作新廟，五室同宇，饗以四孟月祭器，皆尚方所賜。凡典領官吏，掃灑軍馬與花果，月頒之。隸版曹及京兆府者，悉如在京諸賜廟之儀。資政楊棟撰廟碑。……園當湖山最佳處，亭則清勝、蟠翠、雪香、倚繡、挹露、玉蕊，石則翠巖，皆高宗皇帝御扁。至是理宗皇帝又賜六大字曰『西湖一曲』，曰『奇勳』，公遂增築二堂，奉而揭之。奇勳之右曰『秋壑』，一曲之左曰『容堂』，亦皆天筆也。又因集芳之舊，稍加營葺，以侈君賜。其尤爲奇觀者，曰『無邊風月』，敻出林杪，可以覓江。曰『見天地心』，近而湖山，遠而胥濤，越岫咸獻狀於楹簷之下。初陽臺正臨其上，因築精舍紀葛仙故跡，而熙然臺蒼崖如削。則刻賜園歲月焉。此其大凡，餘不悉紀。今上即位之三年，公上相印引去，詔拜太師、鎮東軍節度使侍經筵。未幾復相公，勉就職。再閲歲，引去彌切，上莫能奪。拜辨章許就居賜第，以示優禮。乃建節樓於容堂之北，又名其西之堂曰『遂初』，喜遂便養初志也。堂顏則聖上所賜，於是三朝雲漢之章，昭回相望，盛矣哉！集芳之名不敢襲舊，而更曰後樂云。」據賈似道《咸淳三年生日口號》：「君恩猶使居湖曲，年未爲高奈病何。做卻潞公官職了，較來謝事不爭多。」知度宗即位後，謂「就居賜第，以示優禮」，也爲此處。

南山煙霞嶺水樂洞亦爲賈氏所有，水聲若金石，與詞中琴聲、漱石等相合。《咸淳臨安志》卷二九：「水樂洞。在南山煙霞嶺下，舊爲錢氏西關凈化院。淳熙六年，以其地賜李隸，仍建佛宇。四望林巒聳秀，巖石磻峙。有洞虛窈，淳涵如淵，泉味清甘，與龍井埒。洞中有水聲如金石。熙寧二年守鄭公獬名之曰水樂洞。後二年東坡來爲倅，遂賦詩。……嘉泰以來，洞爲楊郡王谷家別圃，壘石築亭，最號幽雅，都人歲時遊觀集焉。歷年多蕪穢弗治，水樂絶響。今太傅平章魏國賈公，以其密邇同氣南山之墓於往來憩息便，遂用厚直得之。乃因其舊增葺，且命寺僧深求水樂所以廢興者，久之不得其説。一日公遊焉，俯睨旁聽，悠然有契。曰：『谷虛而後能應，水激而後能有聲。今水瀦其中，土壅其外，欲振響，得乎？』亟命疏壅導瀦，有聲從洞間出，節奏自然，二百年勝概於是始復。乃葺亭，以所得坡公真跡刻寘其上，又取詩語名其亭。若堂曰聲在，曰愛此，曰留照，曰獨喜。他如介堂、玉淵、漱石、宜晚，則皆紀其勝處。又即山之左麓，辟犖确爲徑，循徑而上，亭其三山之巔，杭越諸峰，江湖海門，盡在目睫。扁曰上下四方之宇，奇觀也。洞中泉由『愛此』引貫其下，入於『漱石』，匯於『聲在』，達於『玉淵』。山之窪爲池以受之，每一撤楗，伏流飛注，噴薄如崖瀑然。景物之勝，視昔有加，而淨化院則仍其舊云。」又引蘇軾《水樂洞》詩：「君不學白公引涇東注渭，五斗黄泥一鍾水。又不學哥舒横行西海頭，歸來羯鼓打涼州。但向空山石壁下，愛此有聲無用之清流。流泉無弦石無竅，強名水樂人人笑。慣見山僧已厭聽，多情海月空留照。洞庭不復來軒轅，至今魚龍舞鈞天。聞道磬襄東入海，遺聲恐在海山間。鏘然澗谷含宫徵，節奏未成君獨喜。不須寫入薰風弦，縱有此聲無此耳。」

煙霞洞中刻有諸佛菩薩羅漢，又與名仙羅漢事合。《咸淳臨安志》卷二九：「石屋洞，在煙霞石塢南山大仁院。洞極高，狀似屋，周回鐫羅漢五百十六身，中間鑿釋迦佛諸菩薩像，直下入洞極底有泉。」「煙霞洞，《祥符志》云：在錢塘縣舊治之西一十六里，晋開運元年有僧彌洪結庵洞口，遇一神人，指此山後有聖跡，何不顯之？洪尋至山後，見一洞内有石刻羅漢六尊。洪既卒，吴越王錢氏夢僧告云：吾有兄弟一十八人，今方有六，王可聚之。夢覺，訪得煙霞洞有六羅漢，遂别刻一十二尊以符所夢，其洞極大，乃諸洞之首。在烏塢内。洞旁有巖曰佛手巖、象鼻巖。」

從以上所引與詞意合榫的資料看，此詞無疑寫於度宗咸淳初年，約咸淳元年（一二六五）至咸淳四年（一二六八）之間。此詞雖然不是嚴格意義上的壽詞，但寫於賈相當國時，兼言富貴、功名、神仙，已是宋代壽詞的典型作法。並且夢窗寫此詞時已入晚境，只此一闋，知其晚年未與似道絶交。

## 又㈠

吴城連日賞桂，一夕風雨，悉已零落，獨寓窗晚花方作小蕾，未及見開。有新邑之役，揭來西館，籬落間嫣然一枝可愛，見似人而喜，爲賦此解㈡〔一〕

賞月梧園，恨廣寒宫樹，曉風摇落〔二〕。莓砌掃珠塵㈢〔三〕，空腸斷、薰爐燼消殘萼〔四〕。殿秋尚有餘花〔五〕，鎖煙窗雲幄〔六〕。新雁又、無端送人江上㈣，短亭初泊〔七〕。籬角㈤。夢依約。人一笑、惺忪翠袖薄㈥〔八〕。悠然醉魂唤醒〔九〕，幽叢畔〔一〇〕、淒香霧雨漠漠〔一一〕。晚吹乍顫秋聲〔一二〕，早屏空金雀〔一三〕。明朝想，猶有數點蜂黄，伴我斟酌〔一四〕。

【校　議】

㈠ 戈選杜批：「此調叶仄韻者以此詞爲正格。前録梅溪詞换頭不叶韻，後結上一句減作五字。」

〔二〕《歷代詩餘》詞題作「寓窗桂花晚開」。戈選作「吴城賞桂，風雨零落，寓窗晚花未開，適有新邑之役，竭來西館，忽見一枝，因賦」。

〔三〕珠塵：《詞綜》、《歷代詩餘》、《詞律》、《詞譜》、戈選、杜本作「蛛塵」。杜本鄭批：「當從原作『珠塵』，珠謂桂蘂珠也。『蛛塵』與桂何涉，更不得從莓砌埽之，杜氏不假思索妄下雌黄，如此類之校改雖有所本，殊不得解。」

〔四〕新雁二句：焦循《易餘籥録》卷一七：「吴夢窗自度《金琖子》調，『新雁又無端送人江上』，此九字句，所謂緩調，字字可停頓也。乃或據蔣竹山詞而讀『又』字爲句，竹山固本諸夢窗，乃據竹山以衡夢窗，可乎？」鄭氏手批：「蔣竹山詞上闋收處作三字逗，或以此詞『新雁又』爲句亦無不可，蓋歌者所謂字裏融聲，逗處即停頓之字，非斷句可比，與下闋『明朝想』正同一音節，此不須沾沾細剖之也。因聞漚公論及，謂竹山本之夢窗，不可據後以衡前。但古譜墜遺，苟有足徵，正當取以勘定，勝從後數百年之冥索也。」杜本鄭批：「知同時竹山之不可據，而近今順卿之臆改乃可據邪？詞之逗處固有語意不斷者，未宜一概論之。」孫按：「字裏融聲」，見《夢溪筆談》（卷五）：「古之善歌者有語，謂當使聲中無字，字中有聲。凡曲，止是一聲清濁高下如縈縷耳。字則有喉唇齒舌等音不同，當使字字舉本皆輕圓，悉融入聲中。令轉換處無磊塊，此謂聲中無字。古人謂之如貫珠，今謂之善過度是也。如宮聲字，而曲合用商聲，則能轉宮爲商歌之，此字中有聲也。善歌者謂之内裏聲，不善歌者聲無抑揚，謂之念曲聲，無含韞謂之叫曲。」

㈤楊箋：「『角』字是韻。上闋不叶，而此闋叶。短兵相接，節促而韻長，與《瑣窗寒》之『一盼、千金換』同。」

㈥惺忪：明張本作「星松」。毛本作「惺惾」。皆屬連綿詞同音假借之例。

## 【注釋】

〔一〕吴城：白居易《東城桂三首》序曰：「蘇之東城，古吴都城也。今爲樵牧之場。有桂一株，生於城下，惜其不得地。因賦三絶以唁之。」其一曰：「子墮本從天竺寺，根盤今在闔閭城。當時應逐南風落，落向人間取次生。」小蕾：鄭清之《山房秋日即事》：「橘包捧腹微藏葉，桂蕾呈身只欠香。」新邑之役：謂行役新城縣。　朅來：此處爲來、來到的意思。《匯釋》：「朅來，猶云來也。朅爲發語辭（見《韻會》）。以來爲義，略同聿來。」　西館：此特指吴江邊的驛館。　嫣然二句：鄭域《驀山溪》詠桂：「嫣然一笑，風味人間没。來自廣寒宮，直偷得、天香入骨。」見似人，語出《莊子·徐無鬼》：「子不聞夫越之流人乎？去國數日見其所知而喜；去國旬月，見所嘗見於國中者喜；及期年也，見似人者而喜矣。」杜本鄭批：「北齊顔黄門引《禮》云『見似目瞿，聞名心瞿』，此君特『見似人而喜』之旨。」

〔二〕賞月三句：相傳月中廣寒宮有大桂樹。梧園，《述異記》卷下：「梧桐園，在吴宫。本吴王夫差舊園也。一名鳴琴川。」

〔三〕莓砌句：楊萬里《昨日訪子上不遇裴回庭砌觀木犀而歸再以七言乞數枝》：「苔砌落深金布地，水沈烝透粟堆盤。」珠塵，《拾遺記》卷一：「（憑霄雀）常遊丹海之際，時來蒼梧之野，銜青砂珠，積成壟阜，名曰珠丘。其珠輕細，風吹如塵起，名曰珠塵。」後用以喻雪粒等。此喻飄落的桂花。

〔四〕薰爐句：向子諲詠桂詞《浣溪沙》題下注曰：「巖桂花開，不數日謝去，每恨不能挽留。近得海上方，可作爐薰，頗耐久。」曾慥和向子諲詞，寫桂花作爐薰原料的效果：「別樣清芬撲鼻來，秋香過後卻追回。博山輕霧鎖崔嵬。」李商隱《杏花》：「鏡拂鉛華膩，爐藏桂燼溫。」

〔五〕殿秋：李賀《瑤華樂》：「金風殿秋，清明發春。」尚有餘花，毛滂《對巖桂一首寄曹使君》：「嬋娟醉眠水晶殿，老蟾不守餘花落。」

〔六〕雲幄：此猶言「翠雲幄」，陸機《招隱詩》：「輕條象雲構，密葉成翠幄。」此喻桂樹綠蔭。周邦彥詠桂詞《醉落魄》：「蕊珠宮裏人難學。花染嬌荑，羞映翠雲幄。」

〔七〕無端：《例釋》：「又等於説無奈，多用於感歎事與願違的場合。李嘉祐《過烏公山寄錢起員外》詩『雨過青山猿叫時，愁人淚點石榴枝。無端王事還相繫，腸斷蒹葭君不知。』此猶云無奈王事相繫而不得相見。」

〔八〕籬角四句：姜夔《疏影》：「客裏相逢，籬角黃昏，無言自倚修竹。」杜甫《佳人》：「天寒翠袖薄，日暮倚修竹。」貫通詞題中「籬落間嫣然一枝可愛」，用宋玉《登徒子好色賦序》典：「眉如翠羽，肌如白雪，腰如束素，齒如含貝。嫣然一笑，惑陽城，迷下蔡。」謂花枝如彼美徙倚相望。惺忪，此特指清醒。元稹《送孫勝》：「桐花暗澹柳惺忪，池帶輕波柳帶風。」周邦彥《浣溪紗》：「薄薄紗幮望似空。簟紋如水浸芙蓉。起來嬌眼未惺忪。」

〔九〕悠然：猶言夢魂悠颺。　醉魂喚醒：周邦彥《念奴嬌》：「醉魂乍醒，聽一聲啼鳥，幽齋岑寂。」桂花也有醒酒的功效。陸游《嘉陽絶無木犀偶得一枝戲作》：「何人更與蒸沈水，金鴨華燈惱醉眠。」

〔一〇〕幽叢：淮南小山《招隱士》：「桂樹叢生兮山之幽，偃蹇連卷兮枝相繚。」陰鏗《開善寺詩》：「淹留惜未及，幽桂在芳叢。」

〔一一〕淒香句：毛滂《對巖桂一首寄曹使君》：「蒼巖忽生雲月裔，仙芬淒冷真珠蕚。娟娟石畔爲誰妍，香露著人清入膜。」蘇軾《舟行至清遠縣見顧秀才極談惠州風物之美》：「江雲漠漠桂花濕，海雨翛翛荔子然。」

〔一二〕晚吹：李嶠《送駱奉禮從軍》：「笛梅含晚吹，營柳帶餘春。」　乍顫秋聲：劉過《賀新郎》：「一枕新涼眠客舍，聽梧桐、疏雨秋聲顫。」

〔一三〕早屏句：温庭筠《偶遊》：「紅珠斗帳櫻桃熟，金尾屏風孔雀閑。」陳陶《殿前生桂樹》：「棲烏暗驚仙子落，步月鬟雲墮金雀。」此寫屏風中供養的桂枝花蕾零落。

〔一四〕明朝三句：陳與義《微雨中賞月桂獨酌》：「一壺不覺叢邊盡，暮雨霏霏欲濕鴉。」數點蜂黄，范成大《次韻馬少伊木犀》：「月窟飛來露已涼，斷無塵格染蜂黄。」斟酌，蘇武詩：「願子留斟酌，慰此平生親。」

【集評】

許昂霄《詞綜偶評》：「莓砌掃蛛塵」三句，吴城零落。「殿秋尚有餘花」二句，寓窗未開。「新雁又無端」三句，新邑之役。「籬角」六句，西館籬間。

陳廷焯《雲韶集》卷八：循題佈置，所詠了然在目，其佳處亦了然在目。（結句眉批）題後點染，自不落空。

鄭氏手批：此詞神似美成《六醜》詠薔薇謝後之作。

【考辨】

楊箋：《宋史·地理志》，接近蘇杭之縣，有「新」字者，一紹興府新昌，一臨安府新城。此言新邑，當是新城。考新城，淳化五年由南新場升縣。有新邑之役者，蓋爲倉幕時捧檄查倉而往，如陳少逸之巡部。然此時侍姬未去。「似人」，「人」字雖似指姬，而詞無感慨，止與《澡蘭香·淮安重午》之回憶而已。

孫按：新城，臨安府郊縣。詳見《江神子·賦洛北碧沼小庵》【考辨】。《江神子》是夢窗蘇幕時寫於新城的詞作，《江神子》詞中有「長安門外小林丘。碧壺秋」，與此詞時節正相前後。此詞或正寫於新城之役啟程時，《江神子》則寫於逗留新城時。另，《春明夢餘録》卷三四：「宋劉貢甫言：唐有天下，諸侯自辟幕府之士，唯其才能，不問所從來，而朝廷常收其俊偉，以補王官之缺，是以號稱得人。蓋必許其辟置，則可破拘攣，以得度外之士。而士之偶見遺於科目者，亦未嘗不可自效於幕府，取人之道所以廣也。今時雖有辟法，然白衣不可辟，有出身而未歷任者不可辟，其可辟者復拘以資格，限以舉主。蓋去古法愈遠。而倜儻跅弛之士，其不諧尺繩於科目，受羈馽於銓曹者，少得以自達矣。此宋人言宋事也。」常言《吴文英蘇州倉臺幕僚考》認爲夢窗以翁氏子過繼爲吴氏子嗣後，「方得以恩蔭入仕，即倉臺幕僚。但以恩蔭奏補只能擔任小吏雜佐，不僅没有升遷發跡的機會，甚至連最起碼的一個差使也保不住，夢窗能連任十年，已屬不易」。此詞中的「西館」再爲夢窗曾蔭補爲吏添一佐證。依宋制，凡「驛館」非常人所能宿者，必具驛券之過往官員或入京應試之舉子始能宿。參見《瑞鶴仙·餞郎糾曹之嚴陵》注〔二〕中《宋會要輯稿》。

另，此詞與《思佳客·癸卯除夜》、《喜遷鶯·福山蕭寺歲除》、《江神子·賦洛北碧沼小庵》、《聲聲慢·贈藕花洲尼》、《醉落魄·題藕花洲尼扇》、《夜行船·寓化度寺》、《鷓鴣天·化度寺作》、《鳳棲梧·化度寺池蓮一花最晚有感》諸詞對參，知夢窗此次行役時間是從仲秋直至明年鵝黄染柳之仲春，時間是淳祐三年至淳祐四年。

中國古典文學基本叢書

# 夢窗詞集校箋

第四册

〔宋〕吴文英 撰
孫虹 譚學純 校箋

中華書局

## 永遇樂　林鐘商㊀

過李氏晚妝閣，見壁間舊所題詞，遂再賦㊁

春酌沈沈〔一〕，晚妝的的〔二〕，仙夢遊慣〔三〕。錦溆維舟〔四〕，青門倚蓋〔五〕，還被籠鸚喚㊂〔六〕。裴郎歸後，崔娘沈恨，漫客請傳芳卷㊃〔七〕。聯題在〔八〕，頻經翠袖，勝隔紺紗塵幔〔九〕。

桃根杏葉〔一〇〕，膠黏緗縹〔一一〕，幾回凭闌人換〔一二〕。峨髻愁雲〔一三〕，蘭香膩粉〔一四〕，都爲多情褪㊄〔一五〕。離巾拭淚〔一六〕，征袍染醉〔一七〕，强作酒朋花伴〔一八〕。留連怕〔一九〕，風姨浪妒，又吹雨斷〔二〇〕。

**【校　議】**

㊀ 戈選杜批：「此調平仄兩體。宋詞用仄韻者多。」底本眉批：「俗呼歇指。」

㊁ 《歷代詩餘》、戈選詞題作「過李氏妝閣見舊題因賦」。楊箋：「『舊所題詞』，集中未收，想已佚。」

㊂ 籠鸚：諸本作「籠鶯」。兹從《歷代詩餘》、戈選、杜本。

㊃ 請：王校：「疑作『倩』。」

㈤多情褪：戈選、杜本作「多情散」。杜校：「失韻。」朱二校本、底本皆謂「軫」、「阮」通叶，「褪」字不誤。夏敬觀評語亦曰：「『褪』係『真』、『震』韻，與『元』、『願』韻同押。」

**【注　釋】**

〔一〕春酌沈沈：杜甫《醉時歌》：「清夜沈沈動春酌，燈前細雨簷花落。」沈沈，夜色深沈。鮑照《代夜坐吟》：「冬夜沈沈夜坐吟，含聲未發已知心。」

〔二〕晚妝的的：劉孝威《郗縣遇見人織率爾寄婦》：「曨曨隔淺紗，的的見妝華。」的的，光亮鮮明貌。

〔三〕仙夢遊慣：晏幾道《鷓鴣天》：「夢魂慣得無拘檢，又踏楊花過謝橋。」仙夢，遊仙之夢。唐人張鷟《遊仙窟》爲冶遊之作，後以遊仙隱指冶遊。

〔四〕錦溆維舟：《能改齋漫録》卷六：「吴甘寧住止常以繒錦維舟，去輒割棄，以示奢侈。」錦，此形容花樹與美女簇擁。何遜《與胡興安夜别詩》：「居人行轉軾，客子暫維舟。」

〔五〕青門：漢長安城東南門。《三輔黄圖》卷一：「長安城東出南頭第一門曰霸城門。民見門色青，名曰青城門，或曰青門。」宋代指京城東門。《咸淳臨安志》卷一八：「（城東）東青門，俗呼菜市門。」此處南宋時是勾欄瓦子所在地之一。詳見《玉樓春・京市舞女》注〔六〕。倚蓋：意謂暫作停留。《史記・魯仲連鄒陽列傳》：「諺曰：『白頭如新，傾蓋如故。』」司馬貞索隱引《志林》曰：「傾蓋者，道行相遇，軿車對語，兩蓋相切，小欹之，故曰傾。」欹，通「倚」。

〔六〕還被句：《霍小玉傳》：「庭間有四櫻桃樹；西北懸一鸚鵡籠，見（李）生入來，即語曰：『有人入來，急下簾者！』生本性淡雅，心猶疑懼，忽見鳥語，愕然不敢進。」李惟《霍小玉歌》：「西北檻前掛鸚鵡，籠中報導李郎來。」因是先前慣來之地，無情鸚鵡尚能作有情之相喚。

〔七〕裴郎三句：元稹《崔徽歌序》：「崔徽，河中府娼也。裴敬中以興元幕使蒲州，與徽相從累月，敬中便還。崔以不得從爲恨，因而成疾。有丘夏善寫人形，徽托寫真寄敬中曰：『崔徽一旦不及畫中人，且爲郎死。』發狂卒。」芳卷，女子書信的美稱。

〔八〕聯題：數人同題之謂。白居易《花樓望雪命宴賦詩》：「素壁聯題分韻句，紅爐巡飲暖寒杯。」

〔九〕頻經句：《青箱雜記》卷六：「世傳魏野嘗從萊公遊陝府僧舍，各有留題。後復同遊，見萊公之詩已用碧紗籠護，而野詩獨否，塵昏滿壁。時有從行官妓頗慧黠，即以袂就拂之，野徐曰：『若得常將紅袖拂，也應勝似碧紗籠。』萊公大笑。」翠袖，此特代指李氏已病體單薄時勉爲拂拭。

〔一〇〕桃根杏葉：熔鑄「桃根桃葉」而成新語。此泛指閣中妓女。

〔一一〕膠黏緗縹：謂閣中歌妓曾屢爲修補壁上聯題詞的糊裱。陸游《日暮》：「眼看白日西南去，繩繫膠黏總不能。」梁簡文帝《大法頌》：「詩書乃陳，緗縹斯備。」

〔一二〕凭闌人換：謂居此妝閣的歌妓已經多次易主。

〔一三〕峨髻愁雲：謂髮髻凝愁。詳見《念奴嬌·賦德清縣圃明秀亭》注〔一一〕。

〔一四〕蘭香膩粉：與上句合寫蘭香頭油與脂粉。温庭筠《張静婉採蓮曲》：「蘭膏墜髮紅玉春，燕釵拕頸抛盤雲。」李賀《美人梳頭歌》：「一編香絲雲撒地，玉釵落處無聲膩。」温庭筠《齊宫》：「粉香隨笑度，鬢態伴愁來。」

〔一五〕都爲句：周邦彦《滿江紅》：「蝶粉蜂黄都褪了，枕痕一線紅生玉。」都，《匯釋》：「亦有祇用一都字者，義亦同。白居易《解蘇州自喜》詩：『身兼妻子都三口，鶴與琴書共一船。』此猶云統統。」

〔一六〕離巾拭淚：李白《擣衣篇》：「摘盡庭蘭不見君，紅巾拭淚生氤氲。」李龏《送高可久遊越》：「欲上會稽探禹穴，桃花和雨撲離巾。」

〔一七〕染醉：被醉酒污漬所涴。

〔一八〕酒朋：施肩吾《旅次文水縣喜遇李少府》：「爲君三日廢行程，一縣官人是酒朋。」花伴：此謂與其他歌妓同坐而飲。

〔一九〕留連：此指沉醉逸樂之事。蘇軾《驪山》：「由來留連多喪國，宴安酖毒因奢惑。」

〔二〇〕風姨二句：《類説》卷二四：「崔元徽月夜有青衣引女伴曰楊氏、李氏、陶氏，又緋衣小女曰石醋醋。又報封家十八姨來，言詞泠泠有林下風，氣色皆殊絶，芳香襲人。醋醋曰：『諸女伴皆住苑中，每被惡風所撓，當得十八姨相庇。處士每歲旦與作一朱旛，上圖日月五星，立苑之東，則免難矣。今歲已過，待此月二十一日立之，崔許之。其日立旛，東風刮地，折樹飛沙，而苑中繁花不動。元徽乃悟衆花之精，醋醋乃石榴，封姨乃風神也。後楊氏輩來謝，各裹桃李花數斗，云服之可以卻老，某等亦長生。」此反用之，隱謂楊花、李花、桃花、石榴，曾受風姨相庇，而晚妝閣主李氏亦李花，卻不能受到庇護而謝殂。

【考辨】

楊箋：（「桃根杏葉」三句）「人換」，蓋李氏已故，下有「爲多情褪」語。苟李氏尚在，則「膠黏緗縹」，不須煩「桃根杏葉」矣。

孫按：據詞中「青門」典，知李氏是與夢窗有過親密過從的杭州歌妓，而夢窗寫此詞時李氏已逝。此詞有悼亡之意，寫於途經其居所晚妝閣時。

## 又

乙巳中秋風雨㊀〔一〕

風拂塵徽〔二〕，雨侵涼榻〔三〕，纔動秋思㊁。緩酒銷更〔四〕，移燈傍影〔五〕，淨洗芭蕉耳〔六〕。銅華滄海〔七〕，愁霾重嶂〔八〕，燕北雁南天外〔九〕。算陰晴，渾似幾番，渭城故人離會〔一〇〕。

青樓舊日，高歌取醉，喚出玉人梳洗㊂〔一一〕。紅葉流光〔一二〕，蘋花兩鬢〔一三〕，心事成秋水。白凝虚曉〔一四〕，香吹輕爐㊃〔一五〕，倚窗小瓶疏桂〔一六〕。問深宫，姮娥正在㊄，妒雲第幾〔一七〕。

【校　議】

㊀明張本詞題作「中秋風雨」。

㊁秋思：毛本、戈校本、杜本、王朱本、朱二校本作「幽思」。

㊂喚出句：毛本、王朱本、朱二校本作「玉妃□□梳洗」。戈校本：「失二字。」四庫本作「玉妃淨几梳洗」。杜本作「□□玉妃梳洗」。杜校：「『玉妃』下原脱二字。按此句宜用仄仄平平平仄。擬於『玉妃』上補『喚起』二字。」

㊃輕爐：明張本、毛本、戈校本作「輕爐」。並倒乙於「香吹」之前。杜本改作「輕爐」。餘本從之。鄭校：「以形近訛。」

㊄姮娥：明張本、毛本、戈校本杜本作「嫦娥」。鄭氏手批：「當原作『嫦娥』，唐避諱，因改。」

【注　釋】

〔一〕乙巳：朱箋：「爲理宗淳祐五年。」

〔二〕塵徽，爲「徽塵」之倒。釋智圓《古琴詩》：「朱絲鼠潛齧，金徽塵暗侵。」

〔三〕涼榻：沈大椿《中和樓》：「風急移涼榻，雲歸想故廬。」

〔四〕緩酒：飲酒以緩解客居之思。梁武帝《答任殿中宗記室王中書別詩》：「緩客承別酒，鳴琴和好仇。」周邦彥《漁家傲》：「賴有蛾眉能緩客。長歌屢勸金杯側。」銷更：排遣長夜。

〔五〕移燈傍影：陸游《雪夕》：「移燈自看竛竮影，取酒時澆礧磈胸。」

〔六〕淨洗句：洗耳典，字面出自皇甫謐《高士傳·許由》：「堯讓天下於許由……由於是遁耕於中岳潁水之陽，箕山之下，終身無經天下色。堯又召爲九州長，由不欲聞之，洗耳於潁水濱。」芭蕉耳，詳見《訴衷情》（片雲載雨過江鷗）注〔八〕。

〔七〕銅華滄海：《十洲記》：「（滄海島）水皆蒼色，仙人謂之滄海也。」並以銅華鏡喻月，古人認爲月出大海。

〔八〕愁霾重嶂：形容遮月濃雲形如巒嶂。庾信《晚秋詩》：「日氣斜還冷，雲峰晚更霾。」《爾雅注》：「風而雨土爲霾。」

〔九〕燕北雁南：《淮南鴻烈解》卷四：「磁石上飛，雲母來水，土龍致雨，燕雁代飛。」注曰：「燕，玄鳥也，春分而來，雁春分而去，北詣漠中也。燕秋分而北，雁秋分而南，詣彭蠡也。故曰代飛。代，更也。」

〔一〇〕算陰晴三句：化用蘇軾《水調歌頭》詞意：「人有悲歡離合，月有陰晴圓缺，此事古難全。」渭城故人，王維《送元二使安西》：「渭城朝雨浥輕塵，客舍青青柳色新。勸君且盡一杯酒，西出陽關無故人。」後此詩被譜曲傳唱，稱《渭城曲》或《陽關三疊》，作爲送別之曲。離會，謝瞻《王撫軍庾西陽集別時爲豫章太守庾被征還東詩》：「離會雖相雜，逝川豈往復。」

〔一二〕青樓三句：《石林詩話》：「晏元獻公留守南郡，王君玉（琪）時已爲館閣校勘。公特請於朝，以爲府簽判，朝廷不得已，使帶館職從公。外官帶館職，自君玉始。賓主相得，日以賦詩飲酒爲樂。佳時勝日，未嘗輒廢也。嘗遇中秋陰晦，齋厨夙爲備，公適無命。既至夜，君玉密使人伺公，曰：『已寢矣。』君玉亟爲詩以入，曰：『只在浮雲最深處，試憑弦管一吹開。』公枕上得詩，大喜，即索衣起。徑召客，治具，大合樂，至夜分，果月出，遂樂飲達旦。前輩風流固不凡，然幕府有佳客，風月亦自如人意也。」玉人梳洗，詳見《點絳唇·試燈夜初晴》注〔二〕。

〔一三〕紅葉流光：紅葉題詩典。馮延巳《南鄉子》：「細雨濕流光，芳草年年與恨長。」

〔一三〕蘋花兩鬢：謂鬢髮象蘋花一樣變白。

〔一四〕白凝虛曉：姚元崇《執鏡誡》：「秦樓明鏡，鑒有餘暉。色自凝曉，光能洞微。」餘見《齊天樂·齊雲樓》注〔一六〕。

〔一五〕香吹輕燼：喻瓶桂凋殘。

〔一六〕倚窗句：中秋桂花極盛而衰，瓶中清供亦然。劉子翬《木犀》：「但見林巒緑，瓶罌誰折贈。」

〔一七〕問深宫三句：承前注中王琪「浮雲最深處」詩意，因中秋之夕風雨，濃雲遮月而有此問。妒雲，蘇軾

《妒佳月》：「狂雲妒佳月，怒飛千里黑。」又《西江月》：「酒賤常愁客少，月明多被雲妨。中秋誰與共孤光。把盞淒然北望。」

## 【集評】

楊箋：（「問深宮」三句）「妒雲」二字妙，大有「銅雀春深」之感。

## 【考辨】

楊箋：此爲回杭後憶姬作。

孫按：羈旅客思，人生如月有陰晴，皆是中秋節令詞題中應有之義，恐與憶姬未合。據其生平行誼，夢窗此時應在史宅之幕中，參見《塞垣春·丙午歲旦》【考辨】。詞中用典亦與幕府爲客的身份相合，故知此時寫於紹興。内容寫月陰人離，闔家難得團聚，屬寄内之作。時在淳祐五年（一二四五）。詞中「青樓舊日」云云，回憶當年袁韶幕中少年輕揚、賓主相得的情景，而此時雖然同在幕中，但年華向晚，景是人非，盛時不再。

## 又

探梅　次時齋韻

閣雪雲低〔一〕，捲沙風急，驚雁失序〔二〕。户掩寒宵〔三〕，屏閑冷夢〔四〕，燈颭唇似語㊀〔五〕。堪憐窗景，都閑刺繡，但續舊愁一縷〔六〕。鄰歌散，羅襟印粉，袖濕蒨桃紅露〔七〕。　西湖舊日，留連清夜，愛酒幾將花誤〔八〕。遺襪塵消〔九〕，題裙墨黯〔一〇〕，天遠吹笙路〔一一〕。吴臺直下，緗梅無限㊁，未放野橋香度〔一二〕。重謀醉，揉香弄影，水清淺處〔一三〕。

【校　議】

㊀燈颭句：毛本作「燈颭唇語侣」。毛扆本：「『侣』應作『侣』。」「侣」同「似」。毛扆本誤。戈校本作「燈颭朱唇語」。杜本作「燈颭□唇語」。校曰：「『燈颭』下原作『唇語似』三字。按此句應叶，蓋『語』字爲韻，而『唇』字上脱一字耳。擬補『簷』字，『似』字已删。」王朱本初刻本作「燈颭唇相語」。校曰：「毛作『語侣』，疑誤倒『侣』字，又形近而訛。」王朱重刻本校作「似語」，校曰：「毛刻

誤倒。」「甲辰重刻改。初刻作『相語』，以毛本『似』作『佀』，疑『相』字形近之訛。按此字可仄，不如仍用原文。」鄭校：「二字誤倒。王校疑『似』爲『相』之訛，非是。」明張本可證毛本「似語」二字確爲誤倒。

㊁緗梅：毛本作「緗悔」。毛扆本改「悔」作「梅」。餘本從戈校本、杜本。鄭校：「以形近訛。」明張本正同。

【注釋】

〔一〕閣雪雲低：范成大《長至日與同舍遊北山》：「寒雲低閣雪，佳節靜供愁。」范詩題中的「長至」即冬至。開篇已寓節序之意。閣，屯積。

〔二〕風急二句：黄庭堅《和答元明黔南贈别》：「急雪脊令相並影，驚風鴻雁不成行。」黄詩出典見《詩·小雅·常棣》：「脊令在原，兄弟急難。」毛傳：「脊令，雝渠也，飛則鳴，行則摇，不能自舍耳。」鄭玄箋：「雝渠，水鳥，而今在原，失其常處，則飛則鳴求其類，天性也，猶兄弟之於急難。」江總《并州羊腸阪詩》：「翻嗟馬骨傷，驚風起朔雁。」杜甫《天池》：「九秋驚雁序，萬里狎漁翁。」

〔三〕寒宵：權德輿《冬至宿齋時郡君南内朝謁因寄》：「明日一陽生百福，不辭相望阻寒宵。」

〔四〕屏閑冷夢：白居易《冬至夜》：「今宵始覺房櫳冷，坐索寒衣托孟光。」又《冬至夜懷湘靈》：「豔質無由見，寒衾不可親。何堪最長夜，俱作獨眠人。」

〔五〕燈颭句：周邦彦《虞美人》：「淒風休颭半殘燈。擬倩今宵歸夢、到雲屏。」燈似語，古代燈盞有如鴨嘴形燈頭，詳見《夜遊宫》（窗外捎溪雨響）注〔二〕。雲屏中人獨對孤燈，無可對語，奇想燈脣似欲語。陸游《初寒獨居戲作》亦云：「一段無生話，燈籠可與談。」

〔六〕堪憐三句：《荆楚歲時記》：「晉魏間，宫中以紅線量日影，冬至後日影添長一線。」《山堂肆考》卷一四引《明皇雜録》曰：「唐宫中以女功揆日之長短。冬至後比常日增一線之功。故杜詩『刺繡五紋添弱線，吹葭六管動飛灰』。」宋代極重此節。《東京夢華録》卷一〇：「十一月冬至，京師最重此節。雖至貧者，一年之間積累假借，至此日，更易新衣，備辦飲食，享祀先祖，官放關撲，慶賀往來，一如年節。」《夢粱録》卷六：「十一月冬至，正當小雪、大雪氣候。大抵杭都風俗，舉行典禮，四方則之爲師。最是冬至歲節，士庶所重，如送饋節儀，及舉杯相慶，祭享宗禋，加於常節。士庶所重，如晨雞之際，太史觀雲氣以卜休祥，一陽後日晷漸長，比孟月則添一線之功。杜甫詩曰『愁日愁隨一線長』正謂此也。」舊愁，王昚《七夕詩二首》（之二）：「舊愁雖暫止，新愁還復多。」

〔七〕鄰歌三句：想像相鄰貴家冬至日的歌樂。蒨桃，寇準侍妾名。《山堂肆考》卷九九：「宋寇萊公鎮北門，有善歌者至庭，公取金鍾獨酌，令歌數闋，贈之束綾。侍兒蒨桃自内窺之，作二詩呈公曰：……公和曰：『將相功名終若何，不堪急影似奔梭。人間萬事何須問，且向樽前聽豔歌。』」此泛稱貴人歌姬。羅襟，曹植《種葛篇》：「攀枝長歎息，淚下沾羅襟。」紅露，此喻帶胭脂的唾茸酒痕。

〔八〕西湖三句：姚合《送狄兼謨下第歸故山》：「愛花高酒户，煮藥汙茶鐺。」曾覿《朝中措》：「如今尚覺，惜花愛酒，依舊情濃。」李白《月下獨酌四首》（之二）：「天若不愛酒，酒星不在天。地若不愛酒，地應無酒泉。天地既愛酒，愛酒不愧天。」此中「花」，特指梅花，西湖早梅冬至前已開。

〔九〕遺襪塵消：《太平御覽》卷二八引崔浩《女儀》：「近古婦人常以冬至日上履襪於舅姑，踐長至之義也。」《增補武林舊事》卷三引《杭州府志》：「冬至謂之亞歲，官府民間各相慶賀，一如元日儀。吴中最盛，故有『肥冬瘦年』之説。春粢糕以祀先祖，婦女獻鞋襪於尊長，亦古人履長之義。」

〔一〇〕題裙墨黯：宋代有端午寫詩於榴裙的風俗。詳見《澡蘭香·淮安重午》注〔七〕。

〔一一〕吹笙路：用《列仙傳》王子喬吹笙，游伊洛之間典。

〔一二〕吴臺三句：鍾振振《讀夢窗詞札記》：「考宋范成大《吴郡志》卷八《古跡》載：『吴王郊臺，在横山東麓，下臨石湖。』又《梅譜前序》曰：『余於石湖玉雪坡既有梅數百本，比年又於舍南買王氏僦舍七十餘楹，盡拆除之，治爲范村，以其地三分之一與梅。吴下栽梅特盛，其品不一，今始盡得之。』據此，則夢窗詞中所謂『吴臺』，當係蘇州之吴王郊臺，而『吴臺直下』則指石湖也。」吴王郊臺，見《齊東野語》卷一〇：「文穆范公成大，晚歲卜築於吴江盤門外十里，蓋因闔閭所築越來溪故城之基，隨地勢高下而爲亭榭，所植多名花，而梅尤多。別築農圃堂對楞伽山，臨石湖，蓋大湖之一派，范蠡所從入五湖者也。所謂姑蘇前後臺，相距亦止半里耳。壽皇嘗御書『石湖』二大字以賜之公。」緗梅，《范村梅譜》：「百葉緗梅，亦名黄香梅，亦名千葉香梅。花葉至二十餘瓣，心色微黄，花頭差小而繁密，别有一種芳香，比常梅尤穠美，不結實。」野橋，應特指行春橋和越溪橋。姜夔《除夜自石湖歸苕溪》：「梅花竹裏無人見，一夜吹香過石橋。」

〔一三〕重謀醉三句：化用林逋梅詩意境。亦坐實寫越來溪。《吴郡志》卷八：「越來溪在越城東南，與石湖通，溪流貫行春及越溪二橋以入横塘。清澈可鑒。」謀醉，樓鑰《晝寢正酣以二十韻詩來亟爲次韻》：「醉翁雅意非謀醉，棋社清歡豈爲棋。」挼香，晏幾道《玉樓春》：「手挼梅蕊尋香徑。正是佳期期未定。」

【考　辨】

楊箋：此是冶游中憶姬之詞，與《解語花》之詠梅花同，但彼止言冶遊，此兼憶姬耳。

孫按：此爲冬至節序詞，冬至日作探梅之遊，非冶遊也。夢窗與沈時齋交往，自淳祐三年（一二四三）始，此詞内容又寫冬至，而據《喜遷鶯·甲辰冬至寓越，兒輩尚留瓜涇蕭寺》一詞，知夢窗淳祐四年（一二四四）冬至離開蘇州，此詞應可確定寫於淳祐三年。張炎《詞源》謂節序詞不能僅爲「應時納祜之聲」，而須「不獨措辭精粹，又且見時序風物之盛，人家宴樂之同」。此詞若不坐實言之，恰足付坐花醉月之歌喉。另，詞中「西湖舊日，留連清夜，愛酒幾將花誤」，亦可旁證夢窗客居杭京在入蘇幕之前。

## 玉蝴蝶㊀　夷則羽㊁

角斷籤鳴疏點〔一〕，倦螢透隙，低弄書光〔二〕。一寸悲秋，生動萬種淒涼〔三〕。舊衫染、唾凝花碧〔四〕，別淚想〔五〕、妝洗蜂黄〔六〕。楚魂傷〔七〕。雁汀沙冷〔八〕，來信微茫〔九〕。都忘〔一〇〕。孤山舊賞，水沉熨露〔一一〕，岸錦宜霜〔一二〕。敗葉題詩，御溝應不到流湘㊂〔一三〕。數客路〔一四〕、又隨淮月〔一五〕，羨故人、還買吳航〔一六〕。兩凝望〔一七〕。滿城風雨，催送重陽㊃〔一八〕。

【校　議】

㊀　底本眉批：「此和柳耆卿韻。」明張本、毛本、戈校本、杜本、王朱本有詞題「秋感」。明張本、毛本、杜本是調下有史達祖同調詞「晚雨未摧」一闋。王朱本等删。

㊁　底本徑改作「夷則商」。朱四校本、《全宋詞》從。然未知所據。底本眉批：「俗呼林鐘商。」柳永《樂章集》中《玉蝴蝶》注爲「仙吕調」，正爲「夷則羽」之俗名，故仍其舊。

㊂　流湘：楊箋：「『流』字，又疑『沅』誤。」

㊃　催送：王校：「《詞選》（送）作『近』。」

【注釋】

〔一〕籤鳴：《陳書・世祖紀》：「每雞人伺漏，傳更籤於殿中，乃敕送者必投籤於階石之上，令鎗然有聲，云『吾雖眠，亦令驚覺也』。」宋徽宗《聒龍謠》：「瑶階迥。玉籤鳴，漸秘省引水，轆轤聲轉。」疏點：即更點。每夜二十五點，故云「疏」。詳見《垂絲釣近・雲麓先生以畫舫載洛花宴客》注〔一三〕。下闋「數」字屬此。李之儀《天門謡》：「風滿檻。歷歷數、西州更點。」

〔二〕倦螢二句：《晉書・車胤傳》：「胤恭勤不倦，博學多通。家貧不常得油，夏月則練囊盛數十螢火以照書，以夜繼日焉。」陽縉《照帙秋螢詩》：「飛影黄金散，依帷縹帙開。」王禹偁《謫居感事一百六十韻》：「收螢秋不倦，刻鵠夜忘疲。」周邦彦《齊天樂》：「尚有練囊，露螢清夜照書卷。」

〔三〕一寸二句：庾信《愁賦》殘文：「誰知一寸心，乃有萬斛愁。」杜甫《詠懷古跡五首》（之二）：「摇落深知宋玉悲，風流儒雅亦吾師。」生，《匯釋》：「甚辭。猶偏也，最也，只也，硬也。」

〔四〕舊衫二句：蘇軾《青玉案・和賀方回韻送伯固歸吴中故居》：「春衫猶是，小蠻針線。曾濕西湖雨。」周邦彦《點絳脣》：「愁無際。舊時衣袂。猶有東風淚。」唾碧，詳見《婆羅門引・郭清華席上》注〔一三〕。

〔五〕别淚想：「洗」字意入此句。無名氏《魚游春水》：「佳人應怪歸遲，梅妝淚洗。」

〔六〕妝洗蜂黄：點額時妝如梅花妝等。石延年《平陽代意一篇寄尹師魯》：「眉黛石州山對起，嬌波淚落妝如洗。」詳見《花犯・郭希道送水仙索賦》注〔四〕。以上四句回憶當年的淮水之别。故曰「舊衫」。

〔七〕楚魂傷：《楚辭·招魂》：「目極千里兮傷春心，魂兮歸來哀江南。」李賀《巫山高》：「楚魂尋夢風颸然，曉風飛雨生苔錢。」

〔八〕雁汀沙冷：蔣鈞《孤雁》：「葦岸風吹雨，沙汀月照霜。」

〔九〕來信微茫：用鴻雁傳書典。

〔一〇〕都忘：湛方生《秋夜詩》：「萬慮一時頓渫，情累豁焉都忘。」

〔一一〕水沈熨露：喻梅花在陽光下烘暖的香氣。楊萬里《瓶中梅花長句》：「是時雨後初開前，日光烘花香作煙。政如新火炷博山，蒸出沈水和龍涎。」水沈，即沈香。

〔一二〕岸錦宜霜：蜀後主於成都種木芙蓉，名曰「錦城」。西湖蘇堤及岸湖多種木芙蓉，秋日如霞錦。宜霜，木芙蓉又稱拒霜花。蘇軾《和陳述古拒霜花》：「喚作拒霜知未稱，細思卻是最宜霜。」據以上四句知此寫夢窗初遊淮域，故有比較之言。

〔一三〕敗葉二句：用流紅題詩典。此處「湘」，非實指二妃葬身之瀟湘，而是承「楚魂」之意，指揚州歌妓所在的揚子江水域。句中又有倒文，謂楚湘不與京城御溝相通，實仍寫二人未能互有問訊也。

〔一四〕客路：孟郊《有所思》：「桔槔烽火晝不滅，客路迢迢信難越。」

〔一五〕又隨淮月：因再游淮域，故云。殷遥《送杜士瞻楚州覲省》：「淮月歸心促，江花入興新。」

〔一六〕吴航：蘇頌《次韻王都尉團練押賜高麗歸使宴射贈館伴舍人兼呈諸公》：「賜酒九行勤貊使，一帆千里送吴航。」

〔一七〕兩凝望：梁元帝《烏棲曲四首》（之三）：「日下城南兩相望，月没參横掩羅帳。」江淹《步桐臺詩》：「寂聽積空意，凝望信長懷。」

〔一八〕滿城二句：用潘大臨詩意。據知寫詞時爲重陽日。

【集評】

陳洵《海綃説詞》：此篇脈絡頗不易尋，今爲細繹之。當先認定「書光」、「書」，謂得其去姬書札也。「生動」、「淒涼」，全爲此書。所謂「萬種」，只此一事。秋氣特佐人悲耳。「舊衫」二句，乃從去時追寫。謂臨别之淚，染此衫中，今則已成舊色，爲此書提起。而「花碧」、「蜂黄」，皆歷歷在目，所謂淒涼也。「傷」字，又提。「楚魂」應「悲秋」，「雁汀」、「來信」，收束「書」字。以虚結實，「都忘」，反接，最奇幻，得此二字，超然遐舉矣。言未得書前，往事都不記省也。「水沈」，花香。「岸錦」，葉色。「舊賞」，則未别前事，御溝題葉，又是定情之始。今則此情「應不到流湘」矣，蓋其已由吴入楚也。「數客路，又隨淮月」，又將由楚入淮，則身益零落，固不如居吴也。吴則覺翁常遊之地，故曰「羨故人、還買吴航」，二語蓋皆書中所具。語語徵實，筆筆淩空，兩結尤極縹緲之致。

夏敬觀評語：首句太笨。「想」字敷衍。「御溝」七字不成句。

【考辨】

楊箋：此詞當是客淮安憶楚伎並憶家姬之作。（「數客路」四句）上句言客淮安，下句言故人歸吴，已尚留滯淮安也。此故人，當指朋輩言。若作姬説，則陷入荆棘矣。因此時姬尚未去也。（「滿城」二句）合《瀑蘭香》一詞觀之，知夢窗留滯淮安自端節至重九，宜乎有憶姬之作矣。

孫按：詞寫「數客路、又隨淮月」，又寫「滿城風雨，催送重陽」，知重陽日尚在行役淮域途中。因是再次登上淮域征程，故詞上闋主要回憶年輕時初游淮域時豔遇揚州之楚妓。其事詳見《瀑蘭香・淮安重午》【考辨】。另，頗疑此詞與集中《宴清都》（萬里關河眼）同出其時，否則，夢窗不止二游淮域矣。此詞指向淮地而未稱「淮安」，可知寫於紹定五年（一二三二）已入蘇幕。至端平元年（一二三四）未置淮安州之前。詳見《荔枝香近・送人游南徐》【考辨】。

## 絳都春㊀　夷則羽　俗名仙吕調㊁

爲郭清華内子壽㊂〔一〕

香深霧暖〔二〕。正人在、錦瑟年華深院㊃〔三〕。舊日漢宫，分得紅蘭滋吴苑㊄〔四〕。臨池羞落梅花片。弄水月、初匀妝面〔五〕。紫煙籠處，雙鸞共跨，洞簫低按〔六〕。　歌管〔七〕。紅圍翠袖㊅〔八〕，凍雲外，似覺東風先轉〔九〕。繡畔晝遲㊆〔一〇〕，花底天寬春無限〔一一〕。仙郎驕馬瓊林宴㊇〔一二〕。待捲上、珠簾教看〔一三〕。更傳鶯入新年〔一四〕，寶釵夢燕〔一五〕。

【校　議】

㊀ 明張本、毛本、戈校本、杜本是詞上有丁仙現同調詞「融和又報」一闋。王朱本等删。孫按：《樂府指迷》「去聲字」條引丁仙現此詞末句並評曰：「如《絳園春》之用『遊人月下歸來』，『遊』字合用去聲字之類是也。」故知此調又名《絳園春》。王鵬運亦云：「或當時一名《絳園春》，它本不見。」衡之此例，則夢窗此調末句應爲六字句，雖然語意有所參差，但頗合夢窗風格，

且首字皆爲入聲。可以據改。

㈡明張本、底本宫調作「仙吕」。底本眉批：「正名夷則羽。」茲據朱四校本、《全宋詞》。

㈢此詞毛本乙稿及補遺、戈校本乙稿及丁稿重出。《中興以來絶妙詞選》、毛本補遺、戈校本丁稿詞題作「爲清華内子壽」。

㈣年華：朱二校本眉批謂況周頤校作「華年」。

㈤分得句：《詞譜》校夢窗同調詞「爲李賓房量珠賀」曰：「此調前後段第五句例作拗體。如吴詞之别首『玉勒爭馳都門道』、『飄滿人間閑嬉笑』（孫按：此丁仙現詞，《詞譜》誤），又一首『分得紅蘭滋吴苑』、『花底天寬春無限』，又一首『啼濕宫黄池塘雨』、『招得花奴來尊俎』，又一首『街馬衝塵東風細』、『爭擲金錢遊人醉』，正與此詞同。若各家則有出入矣。譜内校對諸詞不得不詳注可平可仄，填者能悉如吴詞，始格律謹嚴也。」鄭氏手批：「此調夢窗連篇皆於律甚細。凡上闋第三韻三字句上並屬對，而意自聯，下闋第三韻亦如之。詳審四解（孫按：毛本乙稿《絳都春》同列四首）字律不差累黍，可徵詞雖小道，而律之細密，斷非率爾操觚者所能見到。吁！亦難已。一語道破，夫豈偶然。」滋吴苑：《歷代詩餘》作「游吴苑」。

㈥翠袖：朱二校本眉批：「『袖』疑。」

㈦繡畔：四明本作「繡伴」。

⑻騎馬：《花草粹編》、杜鈔本、王朱本復刻作「嬌馬」。杜刻本校曰：「丁稿《戀繡衾》『少年嬌馬』，戈選改作『騎馬』。初刻從戈，今仍舊。」嬌馬，用同「騎馬」。俱不誤。

【注　釋】

〔一〕郭清華：郭希道。參見《花犯·郭希道送水仙索賦》【考辨】。

〔二〕香深霧暖：許渾《觀章中丞夜按歌舞》：「彩檻燭煙光吐日，畫屏香霧暖如春。」

〔三〕正人在二句：以上三句化用賀鑄《青玉案》詞意：「錦瑟華年誰與度。月橋花院，瑣窗朱户。」李商隱《錦瑟》：「錦瑟無端五十弦，一弦一柱思華年。」錦瑟，杜甫《曲江對雨》：「何時詔此金錢會，暫醉佳人錦瑟傍。」仇兆鼇注引《周禮樂器圖》：「飾以寶玉者曰寶瑟，繪文如錦者曰錦瑟。」

〔四〕舊日二句：紅蘭，李賀《相勸酒》：「蓐收既斷翠柳，青帝又造紅蘭。」《箋注評點李長吉歌詩》：「蘭有二種，有黄花者，最香；紅花次之。」一説蘭花受露而色紅。《文選·江淹〈别賦〉》：「見紅蘭之受露，望青楸之罹霜。」李周翰注曰：「蘭至秋，色紅也。」劉方平《班婕妤》：「露浥紅蘭濕，秋凋碧樹傷。」此應喻指郭妻從京城貴家嫁給蘇州郭清華。

〔五〕臨池三句：暗用《莊子·齊物論》：「毛嬙、麗姬，人之所美也；魚見之深入，鳥見之高飛。」庾信《春賦》：「影來池裏，花落衫中。」李從善《薔薇詩一首十八韻呈東海侍郎徐鉉》：「勻妝低水鑒，泣淚滴煙霏。」餘見《塞翁吟·贈宏庵》注〔一二〕。

〔六〕紫煙三句：用蕭史、弄玉典故。吴彩鸞《歌》：「若能相伴陟仙壇，應得文簫駕彩鸞。」洞簫，《漢書·元帝紀贊》：「元帝多材藝，善史書，鼓琴瑟，吹洞簫。」顔師古注引如淳曰：「簫之無底者。」

〔七〕歌管：鮑照《送别王宣城詩》：「舉爵自惆悵，歌管爲誰清。」

〔八〕紅圍翠袖：用「密圍」典，詳見《慶宫春》（殘葉翻濃）注〔一〇〕。毛滂《剔銀燈》：「汨羅愁獨。又何似、紅圍翠簇。」

〔九〕東風先轉：江淹《詠美人春遊詩》：「江南二月春，東風轉緑蘋。」

〔一〇〕晝遲：陳與義《夏至日與太學同舍會葆真二首》（之一）：「荷氣夜來雨，百鳥清晝遲。」遲，猶言「遲遲」。《詩·豳風·七月》：「春日遲遲，采蘩祁祁。」朱熹集傳：「遲遲，日長而暄也。」

〔一一〕天寬：王建《惜歡》：「狂來欺酒淺，愁盡覺天寬。」

〔一二〕驕馬：白居易《武丘寺路》：「銀勒牽驕馬，花船載麗人。」此處實謂高中之後馬蹄得意。瓊林宴：《石林燕語》卷一：「瓊林苑，乾德中置，太平興國中，復鑿金明池於苑北。……歲以二月開，命士庶縱觀，謂之開池。至上巳，車駕臨幸畢，即閉。歲賜二府從官燕及進士聞喜燕，皆在其間。」《宋史·選舉志一》：「（太平興國九年）進士始分三甲。自是錫宴就瓊林苑。」南宋賜宴雖非其地，但借用其名。

〔一三〕待捲上二句：字面出杜牧《贈别二首》（之一）：「春風十里揚州路，捲上珠簾總不如。」此預祝郭清華考中進士後，其妻捲簾看其飛馬歸鄉時的春風得意。參見《宴清都·送馬林屋赴南宫》注〔一七〕。

楊箋：「想此是清華尚未通籍，是預祝之詞。」

〔一四〕鶯入新年：化用杜甫詩。詳見《塞垣春·丙午歲旦》注〔六〕。

〔一五〕寶釵夢燕：周邦彦《秋蕊香》：「寶釵落枕春夢遠。簾影參差滿院。」並用夢燕典。《開元天寶遺事》卷一：「張説母夢有一玉燕自東南飛來，投入懷中，而有孕，生説，果爲宰相，其至貴之祥也。」

【集評】

夏敬觀評語：「深院」二字接於「錦瑟華年」下無理。（「雙鸞」二句）八字對，學美成變換句調之法，餘不皆然。

【考辨】

楊箋：此詞爲在蘇幕時作。（「紅圍翠袖」）觀此，知其生日當在春。

孫按：據前引夏箋，知郭氏園池在蘇州。據詞中「紅蘭滋吴苑」，亦證清華館軒在蘇州；並知寫此詞時郭清華尚是舉子。凍雲是嚴冬的陰雲，「紅圍翠袖，凍雲外，似覺東風先轉」指生日宴席上因歌妓群繞而生春意，詞又明示寫在「鶯入新年」之前，則郭清華夫人生日在冬不在春。楊箋略誤。此詞入黄昇《中興以來絶妙詞選》,《詞選》結集於「淳祐己酉百五」,此詞寫於深冬,故應作於淳祐八年(一二四八)之前。

## 又

餞李太博赴括蒼别駕〔一〕

羈雲旅雁㈠〔二〕。斂倦羽〔三〕、寄棲牆陰年晚〔四〕。問字翠尊〔五〕,刻燭紅箋慳曾展〔六〕。冰灘鳴佩舟如箭〔七〕。笑烏幘、臨風重岸〔八〕。傍鄰垂柳㈡〔九〕,清霜萬縷〔一〇〕,送將人遠〔一一〕。吴苑〔一二〕。千金未惜㈢,買新賦、共賞文園詞翰〔一三〕。流水翠微〔一四〕,明月清風平分半〔一五〕。梅深驛路香不斷㈣〔一六〕。萬玉舞〔一七〕、罘罳東畔㈤〔一八〕。料應花底春多㈥,軟紅霧暖〔一九〕。

【校　議】

㈠ 羈雲:毛本、戈校本、杜本、王朱本、朱二校本作「長亭」。

㈡傍鄰：毛本、戈校本、杜本、王朱本、朱二校本作「可憐」。

㈢未惜：毛本、戈校本、杜本、王朱本、朱二校本作「未散」。鄭氏手批：「此處本無均。」

㈣梅深：毛本、戈校本、杜本、王朱本、朱二校本作「花深」。

㈤東畔：毛本、戈校本、杜本作「東苑」。毛扆本：「『苑』字押重。」杜校：「『苑』字重韻。疑『院』字之誤。」鄭氏手批：「杜校誤。『畔』字空靈。」朱二校本作「東□」。

㈥料應：毛本、戈校本、杜本、王朱本、朱二校本作「祇應」。

【注釋】

〔一〕括蒼：以括蒼山名代指台州。李太博：應爲李宗勉。太博，太學博士的簡稱。李慈銘《越縵堂讀書記・養素堂文集》：「六朝、唐人稱太學博士爲太博。」

〔二〕羈雲：陸游《白雲自西來過書巢南窗》：「羈雲冉冉吾舊識，安得挽之來坐隅。」旅雁：謝靈運《九日從宋公戲馬臺集送孔令詩》：「季秋邊朔苦，旅雁違霜雪。」

〔三〕倦羽：化用陶潛《歸去來辭》：「雲無心以出岫，鳥倦飛而知還。」侯寘《鳳皇臺上憶吹簫》：「塵暗雙鳬，菊明山徑，何妨倦羽知還。」

〔四〕寄棲：《莊子》卷一：「鷦鷯巢於深林，不過一枝。」清江《春遊司直城西鸕鷀溪別業》：「越客初投分，南枝得寄棲。」

〔五〕問字翠尊：用載酒問字典。見《江南好·友人還中吴》注〔一〕。

〔六〕刻燭句：刻燭，喻詩才敏捷。詳見《宴清都》（萬里關河眼）注〔三〕。周必大《戴子微運使出使湖北約以惡語送行而未遣也佳篇見督次韻奉寄》：「豈知隔面心猶渴，空訝相如下筆慳。」以上三句謂李氏精通小學，興之偶至亦展箋寫詩，並顯示出敏捷的詩才。

〔七〕冰灘：語出白居易《琵琶引》：「間關鶯語花底滑，幽咽泉流冰下灘。」楊萬里《送喻叔奇工部知處州》：「厭直含香與握蘭，一麾江海泝冰灘。」李氏赴任地括蒼水路湍流阻險。《元和郡縣志》卷二七：「（括蒼縣）取括蒼山爲名，屬處州。後因之不改。大曆十四年攺爲麗水。麗水本名惡溪，以其湍流阻險，九十里間五十六瀨，名爲大惡。隋開皇中改爲麗水，故皇朝因之，以爲縣名。」鳴佩：《文選·謝朓〈直中書省詩〉》：「兹言翔鳳池，鳴佩多清潔。」李周翰注：「鳴佩，所佩玉也。」亦雙寫水聲。卓祐之《句》：「山色列屏分左右，水聲鳴玉繞西東。」舟如箭：形容舟行速度。詳見《水龍吟·過秋壑湖上舊居寄贈》注〔八〕。

〔八〕笑烏幘二句：陸游《受外祠敕》：「歸去還騎款段馬，醉顛重岸接䍦巾。」餘見《瑞鶴仙》（淚荷抛碎璧）注〔五〕。烏幘，《青箱雜記》卷二：「天聖以前，烏幘唯用光紗，自後始用南紗，迨今六十年，復稍用光紗矣。」

〔九〕傍鄰垂柳：程垓《蝶戀花》：「樓底杏花樓外影。牆東柳線牆西恨。」

〔一〇〕清霜：謝朓《將游湘水尋句溪詩》：「興以暮秋月，清霜落素枝。」萬縷：李涉《柳枝詞》：「不必如絲千萬縷，只禁離恨兩三條。」

〔一一〕送將人遠：典例詳見《水龍吟・用見山韻餞別》注〔三〕。將，送行。《詩・邶風・燕燕》：「之子於歸，遠於將之。」鄭玄箋：「將，亦送也。」

〔一二〕吴苑：此代指作爲餞別地的蘇州。

〔一三〕千金三句：司馬相如《長門賦・序》：「孝武皇帝陳皇后，時得幸，頗妒，別在長門宮，愁悶悲思。聞蜀郡成都司馬相如，天下工爲文，奉黄金百斤，爲相如文君取酒，因於解悲愁之辭，而相如爲文以悟主上，陳皇后復得親幸。」劉禹錫《詠古二首有所寄》（之一）：「金屋容色在，文園詞賦新。」文園，司馬相如。詳見《祝英臺近・悼得趣》注〔二〕。詞翰，《魏書・儒林傳序》：「其餘涉獵典章，閑集詞翰，莫不縻以好爵，動貽賞眷。」餘參見《掃花遊・賦瑶圃萬象皆春堂》注〔五〕。

〔一四〕流水翠微：此寫守倅超脱凡塵的山水之遊。王炎《用元韻答秀叔二首》（之一）：「笑我胸中千斛塵，解纓未濯滄浪水。翠微嘗約載酒行，洗耳潺湲泉石清。」

〔一五〕明月句：點化蘇軾《點絳唇》詞：「閑倚胡床，庾公樓外峰千朶。與誰同坐。明月清風我。」「別乘一來，有唱應須和。還知麽。自從添個。風月平分破。」據樓鑰《攻媿集》卷七七《跋袁光禄（轂）與東坡同官事蹟》，此詞是蘇軾守杭、袁轂爲郡貳時，蘇軾贈袁氏之作。謂郡守通判俱能酬唱風月：「元祐五年，（袁轂）倅杭州，東坡爲郡守，相得歡甚。……坡次韻二詩，一謝芎椒，一爲除夜。如『別乘一來』，『風月平分破』之詞，最爲膾炙，正爲公而作。則其賓主之間，風流可想而知也。」

〔一六〕梅深句：用驛寄梅花典。

〔一七〕萬玉舞：喻梅花飄落。

〔一八〕罘罳：代指京城。東畔：自括蒼回京，途經杭京東南。故云。

〔一九〕料應二句：寫京城春意，實寓皇恩浩蕩。軟紅，指繁華的京城。以上五句預祝李氏明年早春時即可自台州還京任職。

【集評】

楊箋：凡送謫臣文字，最易觸當道所忌，如胡瑗之送東坡是也。夢窗鑒於時事不可以口舌爭，遂緘口不言，即此詞亦不過以「共賞文園詞翰」而止，其餘如與吳履齋遊滄浪亭，止有感喟語，亦無憤激語，所謂明哲保身者，非歟？

【考辨】

朱箋：《癸辛雜識·別集》，李伯玉，字純甫，乙未殿試第三人。當史嵩之柄國時，爲太學博士。上疏援章、李二臺官，以此大得聲譽。未幾，爲陳劾去。又「史嵩之始末」條云，嵩之父彌忠殂於家，及丙午冬終喪。御筆：史嵩之候服闋日除職與宫觀，於是臺臣章琰、李昂（昴）英及學校，皆有書疏交攻之。太博李伯玉亦上疏力爭，疑此太博即伯玉，其爲括蒼别駕，正援章、李被劾時也。

楊箋：括蒼山在臨海縣西南接仙居界，即今台州。臺諫論史嵩之事在淳祐六年，此時夢窗久去蘇幕寓杭。此詞「吴苑」二字，舍送行地，無可解釋，或者夢窗再至吴時乎？

孫按：「吴苑」云云，表明夢窗餞行地爲蘇州，李氏赴官地爲括蒼山所在的台州（宋時以臨海縣爲郡治），而現存史料中李伯玉兩無其事，故此李太博定非李伯玉。勘比《宋史》及相關史料，夢窗在蘇州倉幕時間内，李姓曾任太博、且赴台州任者，亦僅李宗勉一人。據宋史本傳，李宗勉，開禧元年進士。嘉定十四年，主管吏部架閣，尋改太學正。明年爲博士，又明年，遷國子博士。紹定四年（一二三一）差知台州，大有政聲。李宗勉台州任上曾寫《重修台州通判廳記》，日期署爲「紹定五年壬辰八月既望」，也可以互證。

然而，詞題中的「别駕」爲郡佐之職，宋代也稱通判。詳見《齊天樂·毗陵陪兩别駕宴丁園》注〔一〕。李宗勉《重修台州通判廳記》明載當時台州通判爲鄭寀，字謙仲，姑蘇人。更爲重要的是，據葉棠《台州壽台樓記》及王象祖《壽台樓賦·序》，知紹定元年（一二二八）至紹定五年（一二三二）葉棠皆在台州郡守任上：「紹定二年秋，九月丁卯，大水壞台州城，殺人民踰二萬。先一年，予守台。……居無何，朝家不以棠不佞，即郡畀常平使者。節去數月，而水竟作，城竟破。……予時在越，得變告疾馳來，發倉捐緡。竊用便宜，既而有旨，俾兼佩故印。……棠奔走四方久，於台獨若有宿緣，去復還者五年。」「倉使寶謨葉公再造台邦之明年，作危樓於舊括蒼之上。仰考天文，扁以『壽臺』。欲此城與台星長久，爲民之意無窮也。又明年紹定己（辛）卯五月丁亥，與賓彦落之。郡人王象祖與焉。」

據知葉棠紹定元年初守台州；二年，即台州任上除提舉浙東常平司，治所在越（會稽）；數月之後，再次兼佩故印；三年，建壽台樓；四年，壽台樓成，邑人王象祖有落成之賦頌；五年，葉氏仍在台州任上。而據宋史本傳，李宗勉「（紹定）四年，差知台州」。葉棠前後共五年時間，皆佩（或兼佩）台州印，與李宗勉台州之任看似鑿枘參差，實際卻與宋代職官制度相關。宋制，凡授正官，皆作計給禄俸的虚銜，實不任事。内外政務是於正官外另立他官主管，稱「差遣」。故知正史中李宗勉「差知台州」，實爲「差遣」之任。因爲當時既有葉棠爲掌印之守，又有鄭寀居通判之位，李宗勉雖爲郡政長官，但禄俸級别畢竟異於正官而略同於倅貳之職，故夢窗以「别駕」稱之。

而李宗勉可能寓居蘇州，也有文獻間接證明。《光緒富陽縣志》卷二四引元人郭霄鳳《江湖紀聞》載「宗勉父坐事黔墨，流不復歸」，李宗勉與爲「吴下卒長」的生父相認時在「通判某州」時，據《宋史》本傳，李宗勉「寶慶初，添差通判嘉興府」，寶慶初（一二二五或一二二六），時在紹定之前。李宗勉其時或即其父吴下居地爲家焉。而據鍾振振先生對夢窗《江神子》送桂花吴憲一詞的考證，知夢窗至遲紹定四年（一二三一）八月已在蘇州，李宗勉此年赴台州之任，夢窗在蘇州鄰柳侵霜的深秋送別李氏，時間也相契合。

另據宋史本傳，知李宗勉明年即改知婺州。故此詞僅能於紹定四年深秋寫於蘇州。

## 又

題蓬萊閣燈屏，履翁帥越㈠〔一〕

螺屏暖翠〔二〕。正霧捲暮色，星河浮霽〔三〕。路幕遞香，街馬衝塵東風細〔四〕。梅槎淩海橫鼇背。倩穩載、蓬萊雲氣〔五〕。寶階斜轉㈡〔六〕，冰娥素影〔七〕，夜清如水〔八〕。應記。千秋化鶴，舊華表、認得山川猶是〔九〕。暗解繡囊，爭擲金錢遊人醉〔一〇〕。笙歌曉度晴霞外〔一一〕。又上苑〔一二〕、春生一葦〔一三〕。便教接宴鶯花〔一四〕，萬紅鏡裏〔一五〕。

【校　議】

㈠ 毛本、戈校本、杜本、王朱本、朱二校本詞題無「履翁帥越」四字。

㈡ 寶階：毛本、戈校本、杜本、王朱本、朱二校本作「寶街」。杜校：「『街』字與上文『街馬』複。疑

『衢』字之誤。」

【注釋】

〔一〕蓬萊閣：屬紹興府治州宅建築群。詳見《瑞龍吟·賦蓬萊閣》注〔一〕。 燈屏：應是以某種材料繪出京城元宵燈節場景、中有燈蠟光亮、可以旋轉的屏風。謝肇淛《滇略》卷三介紹了燈屏制法。邵寶《在燈夕前二日觀燈屏於秦國英紫薇廳》詩對燈屏作了詳盡的描繪：「人物殊流繪事同，羊皮如紙麗青紅。桃源洞口仙應幻，天寶宫中女是戎。宋代夢連唐代夢，陶家風雜党家風。小山磊磊薇廳夜，如見春星樹影中。」雖然皆爲明代記載，但由此可見燈屏的工藝與效果。

〔二〕螺屏：以螺鈿爲料絲的屏風。《癸辛雜識别集》卷下載王橚爲螺鈿卓面屏風十副圖宰相賈似道十項盛事。

〔三〕星河浮霽：謂晴色中天河耿耿。王鑒《七夕觀織女詩》：「隱隱驅千乘，闐闐越星河。」孫應時《四明山記遊八十韻》：「中宵雨聲斷，逗曉霽色浮。」 以上三句寫燈屏中呈現出的元夕景象。

〔四〕路幕二句：元宵節夜的遊人狂歡。詳見《水龍吟·癸卯元夕》注〔四〕。 街馬衝塵，暗用蘇味道《正月十五夜》「暗塵隨馬去」詩意。

〔五〕梅槎三句：蓬萊，《列子》卷五載渤海東有蓬萊等五山：「而五山之根無所連著，常隨潮波上下往還，不得暫峙焉。仙聖毒之，訴之於帝，帝怒流於西極，失群聖之居，乃命禺彊使巨鼇十五舉首而戴之，迭爲三番，六萬歲一交焉，五山始峙。」宋人常以蓬萊仙海中鼇背之山喻燈山。柳永《迎新春》：「遍九陌、羅綺香風微度。十里燃絳樹。鼇山聳，喧天簫鼓。」餘見《點絳脣·試燈夜初晴》注〔四〕。梅槎淩海，用濱海之人泛槎星河典故。三句並以神山切題中「蓬萊閣」。沈紳《和孔司封登蓬萊閣詩》「三山對峙海中央」自注：「舊志：蓬萊山正偶會稽。」

〔六〕寶階斜轉：辛棄疾元宵詞《青玉案》：「鳳簫聲動，玉壺光轉，一夜魚龍舞。」

〔七〕冰娥素影：「素娥冰影」之倒文。

〔八〕夜清如水：温庭筠《瑶瑟怨》：「冰簟銀床夢不成，碧天如水夜雲輕。」

〔九〕應記四句：用遼鶴歸來典。此亦實録。《會稽續志》卷四：「府橋在鎮東軍門外、蓬萊館前。舊以磚甃，不能堅久。守汪綱乃命更造，盡易以石闌干。華表加飾䕶焉。橋既寬廣，翕然成市，遂爲雄觀。」故紹興詩詞多用此典。嚴向《送賀秘監歸會稽詩》：「客星一夜淩光武，華表千年送令威。」黄庚《和毛宣尉蓬萊閣韻》：「華表鶴歸遼海遠，高臺鳳去夕陽間。」

〔一〇〕暗解二句：《夢粱録》卷一：「（正月十五元夕節）舞隊自去歲冬至日，便呈行放。遇夜，官府支散錢酒犒之。元夕之時，自十四日爲始，對支所犒錢酒，十五夜帥臣出街彈壓，遇舞隊照例特犒。街坊買賣之人，並行支錢散給。」秦觀《滿庭芳》：「銷魂。當此際，香囊暗解，羅帶輕分。」

〔一一〕笙歌句：寫元夕徹夜狂歡。參見《點絳脣·試燈夜初晴》注〔四〕。曉度，元稹《生春二十首》（之一）：「度曉分霞態，餘光庇雪融。」

〔一二〕上苑：即上林苑。《三輔黄圖》卷四：「漢上林苑，即秦之舊苑也。《漢書》云：『武帝建元三年，開上林苑，東南至藍田宜春、鼎湖、御宿、昆吾，旁南山而西，至長楊、五柞，北繞黄山，瀕渭水而東，周袤三百里。』……帝初修上林苑，群臣遠方，各獻名果異卉三千餘種植其中，亦有制爲美名，以標奇異。」後泛指皇家園林。徐君倩《落日看還詩》：「妖姬競早春，上苑逐名辰。」

〔一三〕春生一葦：謂届時春天將至。古人將葦膜燒灰，置於律管，可觀測節氣的變化。見《後漢書·律曆志上》。也寫渡葦。《詩·衛風·河廣》：「誰謂河廣，一葦杭之。」孔穎達疏：「言一葦者，謂一束也，可以浮之水上而渡，若桴栰然，非一根葦也。」

〔一四〕接宴：杜甫《巫山縣汾州唐使君十八弟宴别兼諸公攜酒樂相送率題小詩留於屋壁》：「接宴身兼杖，聽歌淚滿衣。」《文選·張衡〈南都賦〉》：「接歡宴於日夜，終愷樂之令儀。」劉良注曰：「言日夜歡宴，終此善儀也。」

〔一五〕萬紅鏡裏：謂鏡湖倒映出盎然春意。

【考辨】

朱箋：《理宗紀》，淳祐九年八月，以吴潛爲資政殿學士，知紹興府、浙東安撫使。是年十二月，以潛同知樞密院事兼參知政事。是詞賦上元景物，疑爲次年正月作。

楊箋：此云履翁，夢窗此時尚未入幕。

吴熊和《唐宋詞彙評·編年》：淳祐十年（一二五〇）正月。

孫按：據《宋史·理宗紀》及《宋史·吴潛傳》，知吴潛淳祐九年（一二四九）八月，知紹興府。同年十二月，即召同知樞密院事兼參知政事。《會稽續志》卷二「安撫題名」對其紹興在任時間有詳細記載：「吴潛，淳祐九年八月以資政殿學士、太中大夫知，十一月八日到任。十二月八日，除同知樞密院事兼參知政事。」前賢因以燈屏景物爲寫實，故有寫於次年之誤。今知詞中所寫爲紹興蓬萊閣中燈屏幻景，故非能坐實而論。且詞中燈屏中事若爲寫實，則詞寫京城燈節，與吴潛時在紹興「帥越」也鑿枘不合。次年帥守爲洪燾。《會稽續志》卷二：「洪燾，淳祐九年十二月十八日再以朝請郎直秘閣、浙東提刑劄兼權。十年三月十三日，被旨兼權。八月十二日除刑部郎官，二十一日除直寶謨閣知，尋別與州郡差遣。」此詞寫於「履翁帥越」期間，即淳祐九年十二月八日之前。

## 又㈠

爲李篔房量珠賀〔一〕

情黏舞線〔二〕。悵駐馬灞橋〔三〕，天寒人遠〔四〕。旋剪露痕〔五〕，移得春嬌栽瓊苑〔六〕。流鶯長語煙中怨㈡〔七〕。恨三月、飛花零亂〔八〕。豔陽歸後，紅藏翠掩，小坊幽院〔九〕。誰見。新腔按徹〔一〇〕，背燈暗〔一一〕、共倚篔屏葱蒨㊂〔一二〕。繡被夢輕〔一三〕，金屋妝深沈香換㊃〔一四〕。梅花重洗春風面〔一五〕。正溪上、參橫月轉〔一六〕。並禽飛上金沙〔一七〕，瑞香霧暖㊄〔一八〕。

【校議】

㊀ 戈選杜批：「此調以此詞爲正格，陳西麓改作平韻，句法亦同，前後段第五句作拗體，各家皆然。」戈校本詞題下注「范選」。

㊁ 長語：朱二校本、底本、朱四校本徑作「常語」，未知所據。兹從明張本、毛本、《歷代詩餘》、《詞律》、《詞譜》、戈校本、戈選、杜本、王朱本、四明本。

㊂ 篔屏：毛本、《歷代詩餘》、《詞律》、《詞譜》、戈校本、杜本、王朱本作「寳屏」。毛扆本改「寳」作「篔」。戈選作「筠屏」。杜校：「一作『篔屏』。」鄭氏手批：「當是『篔』字，以形訛。以四闋合觀，此字並宜平聲。」朱德慈按：「似應以『筠屏』爲是。《禮·禮器》：『其在人也，如竹箭之有筠也，如松柏之有心也。』《疏》：『筠是竹外青皮。』作『筠屏』方與緊繼之的『葱蒨』相呼應。若『篔』，僅有『篔簹』一聯綿辭，不可拆用。」孫按：周密《祝英臺近》「喜重見。爲誰倦酒慵詩，筠屏掩雙扇」，似亦可與朱説互證。惜無版本依據，姑仍其舊。

㊃ 妝深：明張本、毛本、《歷代詩餘》、《詞律》、戈校本、王朱本作「裝深」。孫按：妝、裝，在打扮義項

上互通。

㈤霧暖：明張本、毛本、戈校本、王朱本作「雲暖」。戈校：「范選作『霧暖』。」《詞律》：「此調除所旁注外，一字不可改易。而灞、露、共、夢四字，人尤易於用平。此則必須去聲，萬萬不可作他音。餘如旋、恨、艷、翠、按、背、暗、繡、正、上、瑞、霧等字亦俱用去聲，各家俱同，即或十中有一用上聲者，萬無誤用平聲之理。」杜校：「此字應去聲。」鄭氏手批：「結句亦當從《詞綜》作『霧』。『雲』字亦以形義相近而訛。」朱校：「按前後五調，是處皆用去聲。」

【注　釋】

〔一〕李篔房：即李彭老。　量珠：劉恂《嶺表録異》卷上：「昔梁氏之女有容貌，石季倫爲交趾採訪使，以真珠三斛買之。」後因以「量珠」爲買妾的代稱。　蘇軾《天仙子》：「白髮盧郎情未已。一夜剪刀收玉蕊。尊前還對斷腸紅，人有淚。花無意。明日酒醒應滿地。」薛瑞生師《東坡詞編年箋注》曰：「『若視此詞爲借詠花而詠張先買妾事，則一通百通矣。』並認爲『以剪刀剪枝喻張先老年娶妾』，『以斷腸花喻張先所娶之妾』。所見極是。蘇詞隱括張先《天仙子》，此詞則雙用蘇詩張詞。

〔二〕情黏舞線：范雲《送別詩》：「東風柳線長，送郎上河梁。」孫魴《楊柳枝》：「靈和風暖太昌春，舞線摇絲向昔人。」暗以章臺柳喻之。

〔三〕灞橋：本作霸橋。用折柳贈別典。

〔四〕天寒人遠：謂送人遠歸。參見《水龍吟·用見山韻餞別》注〔三〕。

〔五〕露痕：周邦彦《花犯·詠梅》：「露痕輕綴。疑淨洗鉛華，無限佳麗。」下闋「梅花」二字屬此。

〔六〕春嬌：雙喻治容及梅花。　瓊苑：晏幾道《木蘭花》：「晚紅初減謝池花，新翠已遮瓊苑路。」意貫入「紅藏翠掩」句。

〔七〕流鶯句：煙中怨，唐代南昭嗣有《煙中志》，今佚。秦觀《調笑令》十首並詩，其中有《煙中怨》詩及曲子。徐培均注引《嘉泰會稽志》卷一九：「越漁者楊父，一女絶色，爲詩不過兩句。或問：『胡不終篇？』曰：『無奈情思纏繞，至兩句即思迷不繼。』有謝生求娶焉。……翁曰：『吾女詞多兩句，子能續之，稱其意，則妻矣。』示其篇曰：『珠簾平床月，青竹滿林風。』謝續曰：『何事今宵景，無人解與同？』女曰：『天生吾夫。』遂偶之。後七年，春日，楊忽題曰：『春盡花宜盡，其如自是花。』謝曰：『何故爲不祥句？』楊曰：『吾不久於人間矣。』謝續曰：『從來説花意，不過此容華。』楊即瞑目而逝。後一年，江上煙花溶曳，見楊立於江中，曰：『吾本水仙，謫居人間。後儻思之，即復謫下，不得爲仙矣。』」徐先生認爲此即《煙中志》本事。流鶯長語，李白《春日醉起言志》：「借問此何時，春風語流鶯。」

〔八〕恨三月二句：此寫三月柳花。與上二句化用張先《天仙子》句意：「三月柳枝柔似縷。落絮盡飛還戀樹。有情寧不憶西園，鶯解語。花無數。應訝使君何處去。」

〔九〕小坊幽院：方千里《大酺》：「老去疏狂減，思墮策、小坊幽曲。」劉禹錫《竇夔州見寄寒食日憶故姬小紅吹笙因和之》：「幽院妝成花下弄，高樓月好夜深吹。」

〔一〇〕新腔：黄庭堅《以酒渴愛江清作五小詩……》（之四）：「時時能度曲，秀句入新腔。」按徹：秦韜玉《豪家》：「按徹清歌天未曉，飲回深院漏猶賒。」

〔一一〕背燈暗：白居易《江南喜逢蕭九徹因話長安舊遊戲贈五十韻》：「緑窗籠水影，紅壁背燈光。索鏡收花鈿，邀人解袷襠。」

〔一二〕共倚箕屏：郭世模《瑞鶴仙》：「待梳妝、屏風共倚。看情眉恨眼，宿粉剩香，亂愁無際。」葱蒨：此喻華美。《隋宴群臣登歌》：「車旗煜爚，衣纓葱蒨。」意入下句「繡被」。周邦彦《玲瓏四犯》：「夜深偷展香羅薦。暗窗前、醉眠葱蒨。」

〔一三〕繡被夢輕：毛滂《踏莎行》：「沈香火冷小妝殘，半衾輕夢濃如酒。」

〔一四〕金屋妝深：用金屋藏嬌典。謂金屋深邃，妝成侍夜。沈香換：李商隱《酬崔八早梅有贈兼示之作》：「謝郎衣袖初翻雪，荀令薰爐更換香。」

〔一五〕梅花句：趙彦端《點絳唇》：「一點青陽，早梅初識春風面。」餘見《過秦樓・芙蓉》注〔八〕。

〔一六〕正溪上二句：上句中的「梅花」意亦貫入此二句。用林逋《山園小梅》詩意。並用趙師雄夢遇翠鳥所化梅花儷仙，醒後惟見「月落參横」典。

〔一七〕並禽句：字面用張先《天仙子》：「沙上並禽池上暝，雲破月來花弄影。」實續用梅花樹下遇精靈典，並用姜夔化此典所衍名句，詳見《花犯·謝黄復庵除夜寄古梅枝》注〔二〕。金沙，拍合題中「暈珠」事。曹植《遠遊篇》：「夜光明珠，下隱金沙。」

〔一八〕瑞香：名貴的香料。《西陽雜俎》卷一：「天寶末，交趾貢龍腦，如蟬蠶形。波斯言老龍腦樹節方有，禁中呼爲瑞龍腦。上唯賜貴妃十枚，香氣徹十餘步。……時風吹貴妃領巾於賀懷智巾上。良久，回身方落。賀懷智歸，覺滿身香氣非常，乃卸襆頭貯於錦囊中。及上皇復宫闕，追思貴妃不已。懷智乃進所貯襆頭，具奏它日事。上皇發囊泣曰：『此瑞龍腦香也。』」蘇軾《西江月·真覺賞瑞香》：「領巾飄下瑞香風。驚起謫仙春夢。」

## 【集評】

陳廷焯《白雨齋詞話》：雅麗中時有靈氣往來。

陳洵《海綃説詞》：「情黏舞線」，從題前起。「悵駐馬灞橋，天寒人遠」，反跌。「旋剪露痕」，入題。「移得春嬌栽瓊苑」，歇步。「流鶯」以下，空際取神，開合動盪，卻純用興體，以起後闋所賦。「梅花」以下，又遥接「移得春嬌」，讀之但覺滿室春氣。詞中不外人事風景，熔人事入風景，則實處皆空。熔風景入人事，則空處皆實。此篇人事風景交煉，表裏相宣，才情並美，應酬之作，難得如許精粹。

【考辨】

朱箋：《古今詞話》李彭老，字商隱，有《篔房詞》。《景定建康志》，彭老，淳祐中沿江制置司屬官。

田考：（李彭老）與弟李萊老有《龜溪二隱詞》（《景定建康志》）。

孫按：李篔房的詞作在宋代就頗受好評。周密《浩然齋雅談》卷下：「篔房李彭老，詞筆妙一世。予已擇十二闋入《絕妙詞》矣。兹不重見，外可筆者甚多，今復摭數首於此。（詞略）」「張直夫嘗爲詞叙云：『靡麗不失爲國風之正，閒雅不失爲騷雅之賦，摹擬玉臺不失爲齊梁之工，則情爲性用，未聞爲道之累。』樓茂叔亦云：『裙裾之樂，何待晚悟；筆墨勸淫，咎將誰執？或者假正大之説，而掩其不能，其罪我必焉，雖然，與知我等耳。』」

## 又

燕亡久矣，京口適見似人，悵怨有感〔一〕

南樓墜燕〔二〕。又燈暈夜涼，疏簾空捲〔三〕。葉吹暮喧〔四〕，花露晨晞秋光短〔五〕。當時明月娉婷伴㊀〔六〕。悵客路〔七〕、幽扃俱遠〔八〕。霧鬟依約，除非照影，鏡空不見〔九〕。別館〔一〇〕。秋娘乍識〔一一〕，似人處、最在雙波凝盼〔一二〕。舊色舊香〔一三〕，閑雨閑雲情終淺〔一四〕。丹青誰畫真真面㊁。便祇作㊂、梅花頻看〔一五〕。更愁花變梨雲，又隨夢散〔一六〕。

【校　議】

㊀娉婷伴：明張本、毛本、杜刻本、王朱本作「娉婷畔」。明張本、毛本詞末皆自注：「『畔』，當作『伴』。」毛扆本改「畔」作「伴」。杜鈔本、鄭校亦從注語。鄭氏手批：「『畔』、『伴』，本古同用字。然詞中必須作『伴』乃安。毛注正校語也，凡曰『注』皆如是例，當從之。」餘本從。

㊁誰畫：毛本、杜本、王朱本、朱二校本作「難畫」。

㊂祇作：楊箋：「『祇』疑『抵』誤。」

【注　釋】

〔一〕燕：代指某歌妓。　京口：在今江蘇鎮江市。楊箋：「《一統志》引《集覽》：京峴山，在今鎮江府治東。京口因山而得名。」　悵怨：杜牧《悵詩》：「自是尋春去校遲，不須惆悵怨芳時。」

〔二〕南樓墜燕：《晉書·石崇傳》：「崇有妓曰綠珠，美而豔，善吹笛。孫秀使人求之。崇時在金谷別館，方登涼臺，臨清流，婦人侍側。使者以告。崇盡出其婢妾數十人以示之，皆蘊蘭麝，被羅縠，曰：『在所擇。』使者曰：『君侯服御麗則麗矣，然本受命指索緑珠，不識孰是？』崇勃然曰：『緑珠吾所愛，不可得也。』……崇正宴於樓上，介士到門。崇謂緑珠曰：『我今爲爾得罪。』緑珠泣曰：『當效死於官前。』因自投於樓下而死。」並暗用關盼盼燕子樓典，關盼盼是彭城爲張建封（一説張愔）守節的歌妓。

〔三〕又燈暈二句：以上三句化用周邦彦《解連環》句意，見《瑞鶴仙》（淚荷抛碎璧）注〔七〕。石延年《燈》：「冰宇寒生暈，風疏動有聲。」

〔四〕葉吹暮喧：爲「葉喧暮吹」之倒文。周邦彦《過秦樓》：「水浴清蟾，葉喧涼吹，巷陌馬聲初斷。」李商隱《雨》：「秋池不自冷，風葉共成喧。」吹，涼風。

〔五〕花露晨晞：反用謝靈運《從斤竹澗越嶺溪行詩》句意：「巖下雲方合，花上露猶泫。」曹植《贈白馬王彪詩》：「人生處一世，去若朝露晞。」《詩·秦風·蒹葭》：「蒹葭萋萋，白露未晞。」毛傳：「晞，乾也。」　秋光短：《宋史·律曆三》：「（立秋）晝刻，五十七刻；夜刻，四十二刻。」立秋之後，夜漏漸長，至秋分晝夜平分，之後白晝漸短。

〔六〕當時句：晏幾道《臨江仙》詞：「當時明月在，曾照彩雲歸。」娉婷，喬知之《緑珠篇》：「石家金谷重新聲，明珠十斛買娉婷。」餘參見《慶宫春》（殘葉翻濃）注〔九〕。

〔七〕客路：此指行役京口之路。

〔八〕幽扃：墳墓。顏真卿《右武衛將軍臧公神道碑銘》：「奚命之遭，幽扃是即。」　以上三句謂當時明月照雲歸，眼下卻仙凡兩遠隔。
〔九〕霧鬟三句：用山雞照影、孤鸞舞鏡典。徐陵《鴛鴦賦》：「山雞映水那相得，孤鸞照鏡不成雙。」黄庭堅《睡鴨》：「山雞照影空自愛，孤鸞舞鏡不作雙。」《博物志》卷二：「山雞有美毛，自愛其色。終日映水，目眩，則溺死。」李商隱《破鏡》：「秦臺一照山雞後，便是孤鸞罷舞時。」霧鬟，濃密的秀髮。曾紆《上林春》：「暗香墮靨。更飄近、霧鬟蟬額。」意思是夢中依約可見她美麗的倩影，醒來時卻如山雞映水，孤鸞照鏡，難以成雙。
〔一〇〕别館：王昌齡《别辛漸》：「别館蕭條風雨寒，扁舟月色渡江看。」此泛指驛舍。
〔一一〕秋娘：此特指京口遇見的相貌與「燕」相似的驛妓。
〔一二〕雙波：閻選《虞美人》：「粉融紅膩蓮房綻，臉動雙波慢。」餘參見《齊天樂》（煙波桃葉西陵渡）注〔一二〕。　凝盼：喻陟《蠟梅香》：「一樣曉妝新，倚朱樓凝盼，素英如墜。」
〔一三〕舊色舊香：語出周邦彦《玲瓏四犯》：「休問舊色舊香，但認取、芳心一點。」
〔一四〕閑雨閑雲：用宋玉《高唐賦》中雲雨典故。閑，猶言「等閒」。尋常的意思。　情終淺：吴融《古離别》：「賦情更有深繾綣，碧甃千尋尚爲淺。」　以上二句的意思是在從與京口驛妓相處的過程，回想起當時與「燕」兩情投入的程度，不難感到畢竟還有深淺之别。
〔一五〕丹青三句：《説郛》卷四六（下）引杜荀鶴《松窗雜記》：「唐進士趙顔於畫工處得一軟障，圖一婦人甚麗。顔謂畫工曰：『世無其人也，如可令生，余願納爲妻。』畫工曰：『余神畫也，此亦有名，曰真真。呼其名百日，晝夜不歇，即必應之。應則以百家彩灰酒灌之，必活。』顔如其言，遂呼之百日，晝夜不止，乃應曰：『諾。』急以百家彩灰酒灌之，遂活。下步言笑飲食如常，曰：『謝君召妾，妾願事箕箒。』終歲，生一兒，年二歲。……真真乃曰：『妾南岳仙也，無何，爲人畫妾之形，君又呼妾之名，既不奪君願。君今疑妾，妾不可住。』言訖，攜其子即上軟障，嘔出先所飲百家酒，覩其障，唯添一孩子，仍是舊畫焉。」以畫梅擬真真見陳與義《次韻何文縝題顔持約畫水墨梅花二首》（之一）：「窗間光影晚來新，半幅溪藤萬里春。從此不貪江路好，剩拚心力喚真真。」蘇軾又以崔徽寫真喻梅花《章質夫寄惠崔徽真》：「爲君援筆賦梅花，未害廣平心似鐵。」

〔一六〕更愁二句：王昌齡《梅詩》：「落落寞寞路不分，夢中喚作梨花雲。」蘇軾《西江月·梅花》：「高情已逐曉雲空，不與梨花同夢。」這兩首詩詞組成的花夢意境，在夢窗詞中屢次出現。梨雲，以如雪梨花喻梅花飄落。　以上五句謂即便此種「似人」豔遇，亦不可久駐也。

【集　評】

陳洵《海綃説詞》：「『墜燕』，去妾也。已成往事，故曰『又』。『葉吹』十一字，言我朝暮只如此過。從『夜涼』再展一步，然後以『當時』句提起，『客路』句跌落。『霧鬢』三句，一步一轉，收合『明月娉婷』。『别館』正對『南樓』，乍識似人，從『不見』轉出。『舊色舊香』，又似真見，『閑雨閑雲情終淺」，則又不如不見矣。層層脱换，然後以「真真難畫」，只作花看收住。復轉一步作結，筆力直破餘地。

又：「南樓墜燕」從姬去時説起，一留；「疏簾空卷」，待其歸而不歸，一留；「葉吹」二句，空中著筆，又一留；憶當時，悵恨路遠。「霧鬟依約」複「明月娉婷」，「鏡空不見」複「疏簾空卷」，筆筆斷，筆筆續，而脈絡井井，字字可循。

劉永濟《微睇室説詞》：「似人」字出《莊子·徐無鬼》篇：「見似人而喜。」起四字點明妓亡。「燈暈」二句見樓内之淒寂。「葉吹」三句見樓外之蕭寒。「當時」句與下「悵客路」句連讀，言當時有「明月」、「娉婷」相伴，今則已在京口，妓在「幽扃」，相去甚遠。「客路」，京口也。「幽扃」，妓塚也。「霧鬟」三句，言欲見「依約」之「霧鬟」，「除非照影」，而「鏡空不見」，則影亦無矣。此因想極而生幻感之詞也。「影」者，心影也。與《尾犯》「影留人去」同。换頭之「别館」，京口之館也。「秋娘」二句，指見似亡妓之人。「秋娘」，杜秋娘也，見杜牧《杜秋娘詩》，此借用。「舊色」句指亡妓也。「閑雨」句指京口妓也。念舊情深，故對似舊之人「終淺」。「丹青」句言此似舊之人，豈誰畫之「真真面」邪？疑詞也，亦幻想也，此暗用崔徽畫像事，見元稹《崔徽歌》序。「便只作」句又一幻想，「更愁」句復「愁花變梨霙」則更想入非非矣。「梨霙」，雪花也。雪花不能久留，則欲見似舊之人，亦非可久者，故有「隨夢散」之語。後段種種幻想，皆從過拍「照影」、「鏡空」生出。陳氏所評「一留」、「又一留」，原非故爾作態，實叙真情真境，惟過拍處引出後段「丹青」等句種種幻想，或可稱留筆。於此可知「留」之作法，因有種種情思，種種言語，留待後來敷寫，初不急急説出。此種作法，在初爲留，在後便爲鉤勒。鉤勒者，愈轉愈深，層出不窮也。詞家又有觸景生情，復緣情佈景之説。蓋景與情偕，情不窮則景亦隨之而多變。如此詞「丹青」以下，既疑是畫出舊人，又幻想爲化身梅花，旋又因其不可久，「更愁花變梨雯」，「隨夢」而「散」。其中「丹青」、「梅花」、「梨雯」等，皆緣情而佈設之景也。其見「别館秋娘」，遂懷念「舊色舊香」，則觸景生情也。無論層層鉤畫，或緣情佈景，皆必須作者有無窮深厚之情思，與無限精妙之言語，方能不墮纖巧，不落做作。此況周頤所以有「夢窗之密易學，夢窗之厚難學」之論也。蓋密屬於詞采，厚則有關情思也。且精妙之言語，乃善達深厚情思之語，而非僅富於詞采之謂也。

【考　辨】

夏箋：杭妾亡於遣蘇妾之後，蘇妾遣於淳祐四年。遊京口，當在晚年矣。周岸登謂「燕是妾名」。今按《探芳信》序云：「時方庵至嘉興，索舊燕同載。」知用燕姞事，非真名也。

楊箋：此因冶遊憶故妾並去姬之詞。（「南樓」三句）譬妾之或死或去。（「悵客路」二句）「客路」，指去姬；「幽扃」，指故妾。「俱」字，明是兩人。

劉永濟《微睇室説詞》：陳洵説「南樓墜燕」從姬去時説起。……楊鐵夫以此詞「墜燕」指亡妓，似矣，而又以「客路」指楚妓，則大誤。今按此因在京口見似亡妓者而興感，與去妾無關，更無所謂楚妓。

孫按：此「燕」與晚妝閣李氏、胭脂嶺陶氏是一流人物，皆爲與夢窗有較密過從的歌妓（《探芳信·與李方庵聯舟入杭》詞序亦稱與李方庵有交密的嘉興歌妓爲「舊燕」）。與《永遇樂·過李氏晚妝閣》同爲悼亡之作。

## 又

余往來清華池館六年，賦詠屢以感昔，傷今益不堪懷，乃復作此解㊀〔一〕

春來雁渚〔二〕。弄豔冶、又入垂楊如許〔三〕。困舞瘦腰〔四〕，啼濕宫黄池塘雨〔五〕。碧沿蒼蘚雲根路㊁〔六〕。尚追想、淩波微步〔七〕。小樓重上，憑誰爲唱，舊時金縷〔八〕。凝竚。煙蘿翠竹，欠羅袖、爲倚天寒日暮〔九〕。强醉梅邊㊂〔一〇〕，招得花奴來尊俎〔一一〕。東風須惹春雲住。□莫把㊃、飛瓊吹去〔一二〕。便教移取薰籠，夜温繡户〔一三〕。

【校　議】

㈠王朱本詞題徑改「屢以」爲「屢矣」。諸本從之。陳邦炎先生據以斷句爲「余往來清華池館六年，賦詠屢矣。感昔傷今，益不堪懷，乃復作此解」。然「屢矣」無據。兹從明張本、毛本、《詞綜》、杜本，並自爲斷句。

㈡碧沿：楊箋：「謝榆孫曰：『沿』是『萏』誤。鐵夫按：『沿』字正隨行隨憶情況，若作『碧萏蒼蘚』，似複，非夢窗句法。」

㈢梅邊：朱二校本眉批：「『梅』，前數調皆用去聲字。」

㈣□莫把：明張本、毛本無空格。毛扆本：「『莫把』中脱一字。」《詞彙》補「更」字，《詞綜》、杜本同。王朱本作空格，餘本從之。楊箋：「空格擬補『再』字。」孫按：據毛扆本，應補於「莫把」之間，仄聲字。似應補「緊」字或「急」字。

【注　釋】

〔一〕清華池館：朱箋以爲清華即郭希道。見《花犯·郭希道送水仙索賦》【考辨】。　解：歌曲段落。崔豹《古今注·音樂第三》：「李延年因胡曲更造新聲二十八解。」

〔二〕春來雁渚：謂春隨雁來。《禮記·月令》：「（孟春之月）東風解凍……鴻雁來。」宋之問《發藤州》：「泛舟依雁渚，投館聽猿鳴。」

〔三〕弄豔冶二句：喻因春天來臨，垂柳有小腰欲舞之冶態。温庭筠《春日野行》：「柳豔欺芳帶，山愁縈翠蛾。」豔冶，庾肩吾《長安有狹斜行》：「少婦多豔冶，花鈿繫石榴。」

〔四〕困舞瘦腰：杜甫《漫興九首》（之九）：「隔户楊柳弱裊裊，恰似十五女兒腰。」柳永《抛球樂》：「豔杏暖，妝臉匀開，弱柳困、宫腰低亞。」王琪《望江南·柳》：「愁黛空長描不似，舞腰雖瘦學難成。天意與風情。」

〔五〕啼濕句：周邦彦《瑞龍吟》：「官柳低金縷。歸騎晚、纖纖池塘飛雨。」宫黄，此喻早春時嫩黄尚未轉青的柳枝。

〔六〕碧沿蒼蘚：趙師旻《古松》：「蒼蘚静沿離石上，絲蘿高附入雲端。」周邦彦《丁香結》：「蒼蘚沿階，冷螢黏屋，庭樹望秋先隕。」

〔七〕尚追想二句：姜夔《慶宫春》：「酒醒波遠，政凝想、明璫素襪。」以上三句寓張正見《白頭吟》「春苔封履跡」句意。

〔八〕小樓三句：夢窗集中《聲聲慢·陪幕中餞孫無懷於郭希道池亭》有「簾半卷，帶黄花、人在小樓」。金縷，此指《金縷曲》，當時歌席侑觴之曲。

〔九〕煙蘿三句：杜甫《佳人》：「侍婢賣珠回，牽蘿補茅屋。」「天寒翠袖薄，日暮倚修竹。」合用江淹《休上人怨别》：「日暮碧雲合，佳人殊未來。」欠，白居易《重到毓村宅有感》：「欲入中門淚滿巾，庭花無主兩回春。軒窗簾幕皆依舊，只是堂前欠一人。」

〔一〇〕强醉：白居易《酬周協律》：「白頭雖强醉，不似少年歡。」

〔一一〕招得花奴：南卓《羯鼓録》：「上（玄宗）性俊邁，酷不好琴。曾聽彈琴，正弄未及畢，叱琴者出，曰：『待詔出去！』謂内官曰：『速召花奴，將羯鼓來，爲我解穢！』」花奴，寧王長子汝南王李璡的小名。

尊俎：以飲酒器具代指賞梅之酒席。王之道《減字木蘭花》：「江梅清遠。瀟灑一枝尊俎畔。」

此寫招妓用打擊樂器侑觴，以渲泄心中鬱結之感傷。

〔一二〕東風三句：反用晏殊《木蘭花》詞意：「長於春夢幾多時，散似秋雲無覓處。……聞琴解佩神仙侶。挽斷羅衣留不住。」飛瓊，此特指白梅花瓣。李彭老《高陽臺·落梅》：「東園曾趁花前約，記按箏籌酒，戲挽飛瓊。」

〔一三〕便教二句：宋人以梅花之雅香可作熏被之用。周邦彦《花犯·詠梅》：「更可惜，雪中高樹，香篝薰素被。」陳元龍注《片玉詞》曰：「篝，答也，可薰衣用。梅花如篝，雪如被。」實欲在夢中重温盛時風華也。薰籠，《藝文類聚》卷七〇引《東宫舊事》：「太子納妃，有漆畫手巾薰籠二，又大被薰籠三，衣薰籠三。」

【考辨】

李良年《詞壇紀事》卷上：今所云清華池館，未知在何處。覽其詞，猶有《東京夢華》遺意也。

楊箋：其所謂感昔傷今，與《西平樂慢》不同，彼因閒遊憶知己，此因挾妓憶去姬。（「小樓重上」三句）「金縷」，亦承上「柳」字來。觀此，疑夢窗與姬曾寓清華者。

孫按：據夏箋，知郭氏園池在蘇州，《絳都春·爲郭清華内子壽》亦可旁證郭希道池館家眷皆在蘇州。此詞中無一字關涉所謂去姬事，僅因郭氏及内寵或離或逝，人去樓空，追念往昔之遊，而「感昔傷今」也。今知《聲聲慢·陪幕中餞孫無懷於郭希道池亭，閏重九前一日》寫於紹定五年（一二三二），《花犯·郭希道送水仙索賦》）入「新詞稿」，寫於癸卯即淳祐三年（一二四三）。夢窗與郭氏交往前後已達十二年，此詞感昔傷今，情不能堪，顯然寫在離開蘇幕之後。若此，則詞題中的「六年」，應是「十八年」之誤抄，則此詞應寫於淳祐九年（一二四九）。

## 惜秋華㈠ 夾鐘商㈡

重九

細響殘蛩〔一〕，傍燈前、似説深秋懷抱〔二〕。怕上翠微，傷心亂煙殘照㈢〔三〕。西湖鏡掩塵沙〔四〕，翳曉影、秦鬟雲擾〔五〕。新鴻〔六〕，喚淒涼〔七〕、漸入紅萸烏帽〔八〕。江上故人老〔九〕。視東籬秀色，依然娟好〔一〇〕。晚夢趁、鄰杵斷〔一一〕，乍將愁到〔一二〕。秋娘淚濕黄昏，又滿城、雨輕風小〔一三〕。閑了。看芙蓉、畫船多少〔一四〕。

【校　議】

㈠《詞譜》：「吴文英自度曲。」「此調見夢窗詞。凡五首。句讀韻脚互有異同，故悉載以盡其變。」戈校本詞調作「惜黄華」。戈選杜批：「所録四首句法各異，可不拘也。」孫按：戈選杜批就毛本此調排列四闋而言。杜校：「此四詞下半闋第四五句句法各異。」夏敬觀評語：「『鴻』字不叶韻者一體，『晚夢』三句作上四下六二句者又一體，凡三體。」楊箋：「此韻本集五闋讀法不一律，《詞譜》分作兩體。一『新鴻』二字句，『唤淒涼』三字讀。『漸入紅萸烏帽』六字句。一如《木芙蓉》詞，『相攜』二字句，『試新妝乍畢』五字句，『交扶輕醉』四字句。合觀五詞，終非統一讀法，姑依之。」

㈡底本眉批：「俗名雙調。」

㈢殘照：戈選作「斜照」。

【注　釋】

〔一〕細響殘蛩：蔡伸《點絳唇》：「井梧飄墜。歷歷蛩聲細。」

〔二〕秋懷抱：白居易《南湖晚秋》：「慘澹老容顔，冷落秋懷抱。」

〔三〕怕上二句：反用杜牧《九日齊安登高》詩意：「江涵秋影雁初飛，與客攜壺上翠微。」「但將酩酊酬佳節，不用登臨歎落暉。」此實言曾上翠微，以下是登高所見。

〔四〕西湖鏡掩：鏡湖隸屬山陰的部分稱西湖，詳見《掃花遊·賦瑶圃萬象皆春堂》【考辨】。

〔五〕翳曉影二句：以上三句用杜牧《阿房宫賦》典。以鏡湖倒映秦望山，喻爲梳洗髻鬟之妝鏡。曉影，白居易《八月三日夜作》：「燭凝臨曉影，蟲怨欲寒聲。」擾，猶云「擾擾」，紛亂貌。

〔六〕新鴻：即上引杜牧詩中「雁初飛」之意。錢起《送襄陽盧判官奏開河事》：「晚陽過微雨，秋水見新鴻。」

〔七〕喚淒涼：詳見《霜葉飛·重九》注〔八〕中庾信、歐陽修詩。

〔八〕紅萸烏帽：用重九「茱萸」和「孟嘉落帽」熟典。李石《九日與一飛諸友飲菊》：「不關烏帽隨風落，只把紅萸對俗看。」紅萸，茱萸三月開紅紫細花。

〔九〕江上句：黄庭堅菊花詩：「他日秋光媚重九，清香知是故人來。」

〔一〇〕視東籬二句：雙寫菊花與月色。周邦彦《倒犯·詠月》：「駐馬望素魄，印遥碧、金樞小。愛秀色、初娟好。」秀色，陸機《日出東南隅行》：「鮮膚一何潤，秀色若可餐。」娟好，韓愈《殿中少監馬君墓志》：「幼子娟好静秀，瑶環瑜珥，蘭茁其牙，稱其家兒也。」

〔一一〕鄰杵：孟浩然《秋宵月下有懷》：「庭槐寒影疏，鄰杵夜聲急。」

〔一二〕將：《匯釋》：「猶與也。李白《魯郡堯祠送竇明府》詩：『遂將三五少年輩，登高遠望形神開。』」

〔一三〕秋娘三句：用潘大臨「滿城風雨近重陽」之意。秋娘，本指歌妓。夢窗《浪淘沙·九日從吴見山覓酒》中有「山遠翠眉長。高處淒涼。菊花清瘦杜秋娘」，用法相同。菊花因在輕雨中，故曰「淚濕」。

〔一四〕閑了三句：芙蓉，此指木芙蓉。鏡湖湖堤多木芙蓉。《會稽志》卷三：「（汪綱）又築長堤十里，夾道皆種垂楊、芙蓉。……春和秋半，花光林影，左右映帶。風景尤勝，真越中清絶處也。」

## 【集評】

俞陛雲《唐五代兩宋詞選釋》：此調佳處在起結。秋夜蟲聲，尋常意境，從殘蛩着想，頓爾靈動。接以「亂煙殘照」句，托想空闊。下闋「秋娘」四句，悲秋者淚濕黄昏，賞秋者畫船閑卻，皆若「吹皺一池春水，干卿底事」，而言愁欲愁，多情人别有懷抱也。

陳洵《海綃説詞》：「殘蛩」正見深秋。「細響」則懷抱無多耳。因物起興，《風》詩之遺。已是「燈前」，始念「殘照」，又由「殘照」而追「曉影」，純用倒卷。此筆尚易見，一日之中，已是不堪回首，況來年乎？用加倍法以逼起。换頭五字如此運意，則急索解人不得矣。「娟好」正對「老」字，有情故「老」，無情故「好」。「晚夢」三句，有情奈何；「秋娘」二句，無情奈何。層層脱换，筆筆變化。「淚」字是「雨」字倒影，結句縮入上「閑」字。「看畫船多少」，人家樂事；己則無心遊賞，所以「閑」

也。閉門思舊意，卻不說出，含蓄之妙如此。……將此詞與清真《丹鳳吟》並讀，宜有悟入處，則周、吳之秘亦傳矣。

**【考辨】**

陳洵《海綃說詞》：亦思去姬而作。其人以秋去，故曰「深秋懷抱」。「翠微」，西湖上山，舊攜手地也。「秀色」、「秋娘」，義兼比興。題曰「重九」，僅半面耳。

楊箋：此是逢重陽節憶姬之詞。（「江上」三句）言己雖老，但姬年尚少。（「晚夢」三句）此言姬去，如夢之被鄰家杵臼聲驚破也。

孫按：此詞寫於紹興，重九登高後，心緒大惡，故生許多聯想，實無一語涉及去姬。勘比史宅之知紹興及夢窗入幕時間，此詞應寫於淳祐五年（一二四五）。

## 又㊀

八日登高，飛翼樓㊁〔一〕

思渺西風〔二〕，悵行蹤㊂、浪逐南飛高雁〔三〕。怯上翠微〔四〕，花樓更堪凭晚㊃〔五〕。蓬萊對起幽雲，澮野色、山容愁捲㊄〔六〕。清淺〔七〕。瞰滄波㊅、靜銜秋痕一線㊆〔八〕。十載寄吳苑〔九〕。慣東籬深把㊇，露黃偷剪〔一〇〕。移暮影㊈〔一一〕、照越鏡〔一二〕，意銷香斷〔一三〕。秋娥賦得閑情㊉〔一四〕，倚翠尊、小眉初展〔一五〕。深勸〔一六〕。待明朝、醉巾重岸〔一七〕。

【校議】

㊀戈選杜批：「此首前段『清淺』二字叶一短韻，與後段『深勸』二字同。」

㊁《古今詞統》、毛本、戈校本詞題作「八月飛翼樓登高」。毛扆本改「月」作「日」。餘本同。惟底本、四明本從明張本。戈校本詞題下注「范選」。

㊂行蹤：明張本作「行縱」。朱二校本眉批：「蹤，原作『縱』。」

㊃花樓：毛本、《歷代詩餘》、《詞律》、《詞譜》、戈校本、戈選、杜本、王朱本、朱二校本、朱四校本、四明本作「危樓」。

㊄澮野色：《詞律》「澮」字屬上句。楊箋：「《詞律》從『澮』字絕，且注叶，不知『澮』字偶與韻合，前後四首皆不如此，不可從也。」愁捲：《歷代詩餘》、《詞律》作「乍捲」。戈校本眉注「乍」字。

㊅滄波：《古今詞統》作「蒼波」。

㊆秋痕：《詞律》作「愁痕」。戈校本眉注「愁」字。

〔八〕深把：《古今詞統》、毛本、《歷代詩餘》、《詞律》、《詞譜》、戈校本、戈選、杜本、王朱本作「深處把」。朱二校本作「深處」。杜校：「後段第三句多一『把』字，疑衍。」王校：「《詞録》删『把』。」周之琦《心日齋詞集》：「舊刻多一『把』字，蓋俗手所增。去之，恰得夢窗真面目。」楊箋：「《詞譜》於『深』字下加『處』字，由於不明夢窗詞句法，以爲『把』字不可絶句耳。」

〔九〕暮影：毛本、《歷代詩餘》、《詞律》、戈校本、戈選、杜本、王朱本、朱二校本作「暮景」。景，同「影」。

〔一〇〕秋娥：《歷代詩餘》作「秋蛾」。

**【注釋】**

〔一〕飛翼樓：在紹興卧龍山西面的山頂，屬於紹興府州宅建築群。樓屢興廢，南宋汪綱復建。參見《瑞龍吟·賦蓬萊閣》注〔一〕。

〔二〕思渺西風：化用汪綱《飛翼樓記》「萬壑千巖，四顧無際，雲濤煙浪，渺渺愁予」之意。語出《楚辭·湘夫人》：「帝子降兮北渚，目眇眇兮愁予。嫋嫋兮秋風，洞庭波兮木葉下。」

〔三〕南飛高雁：李商隱《奉和太原公送前楊秀才戴兼招楊正字戎》：「潼關地接古弘農，萬里高飛雁與鴻。」沈約《晨征聽曉鴻》：「孤雁夜南飛，客淚夜沾衣。春鴻旦暮返，客子方未歸。」蘇軾《壬寅重九不預會獨遊普門寺僧閣有懷子由》：「憶弟淚如雲不散，望鄉心與雁南飛。」

〔四〕怯上翠微：與上二句化用杜牧《九日齊安登高》詩意：「江涵秋影雁初飛，與客攜壺上翠微。」實已上翠微，下爲登樓所見。

〔五〕花樓句：與詞中觀海水諸句化用杜甫《登樓》詩意：「花近高樓傷客心，萬方多難此登臨。錦江春水流天地，玉壘浮雲變古今。」

〔六〕蓬萊三句：王十朋《蓬萊閣賦》：「周覽城闉，鱗鱗萬户。龍吐成珠，龜伏東武。三峰鼎峙，列嶂屏布。草木蘢葱，煙霏霧吐。棟宇崢嶸，舟車旁午。壯百雉之巍垣，鎮六州而開府。」幽雲，《楚辭・九懷・危俊》：「顧列孛兮縹縹，觀幽雲兮陳浮。」「愁卷」意屬「幽雲」。

〔七〕清淺：此用滄海桑田蓬萊清淺典。

〔八〕秋痕一線：王邁《蓬萊閣》：「秦望數尖銜夕照，鏡湖一線暗煙莎。」釋智遇《本立藏主請贊》：「春山萬疊，秋水一痕。」

〔九〕十載句：夢窗在蘇幕實十四載，此舉成數。

〔一〇〕慣東籬二句：羊士諤《郡中即事三首》（之一）：「登臨何事見瓊枝，白露黃花自繞籬。」

〔一一〕暮影：此指暮年時的面影。沈約《卻東西門行》：「歲華委徂貌，年霜移暮髮。」

〔一二〕越鏡：此指鏡湖。孟郊《送淡公》：「鄉在越鏡中，分明見歸心。」以上二句化用杜甫《早發》「暮顏覷青鏡」句意。

〔一三〕意銷香斷：此與上二句寫暮年形象對鏡湖照影，意興闌珊，因不肯白髮戴黄花而謂「香斷」。

〔一四〕秋娥：本指年老的宫娥。李商隱《無愁果有愁曲北齊歌》：「秋娥點滴不成淚，十二玉樓無故釘。」此喻秋月。意屬「小眉初展」句。

〔一五〕小眉初展：孫魴《柳十一首》(之五)：「小眉初展緑條稠，露壓煙蒙不自由。」此喻初八之月相。鮑照《玩月城西門廨中詩》：「蛾眉蔽珠櫳，玉鉤隔瑣窗。」陳後主《有所思三首》(之一)：「落花同淚臉，初月似愁眉。」

〔一六〕深勸：王禹偁《東門送郎吏行寄承旨宋侍郎》：「憐才惜我去，深勸離别觴。」由「小眉」而生侑觴之聯想。

〔一七〕醉巾重岸：宋祁《題翠樾亭》：「當年幕客今追恨，不共山公岸醉巾。」醉巾，暗用《宋書·陶潛傳》典：「郡將候潛，值其酒熟，取頭上葛巾漉酒，畢，還復著之。」

【集評】

卓人月、徐士俊《古今詞統》卷一二：總於「惜秋華」三字，曲致幽情。

【考辨】

朱箋：《詩家鼎臠》王邁《飛翼樓》詩：「亭前一望海東流，更有雄樓在上頭。燕子飛來春漠漠，鴟夷仙去水悠悠。」題注云：「舊傳説范蠡故址。」

夏箋：《太平寰宇記》按《越城記》：六樓八門並四水門，共十二門樓，飛翼最高。沈立《越州圖序》：飛翼樓，高十五丈，范蠡所以壓强吴者也。

楊箋：《吴越春秋》：爲勾踐立飛翼樓，以象天門。詞有憶姬語，當是姬去後在越作。（「十載」句）此與姬同寓西園之喻。（「意銷香斷」）是姬去後語。（「秋娥」三句）此時當有伎席。秋娥，即秋娘，是憶姬導線。

孫按：《會稽續志》卷一：「『望海亭』在卧龍之西，不知始於何時。元微之、李紳嘗賦詩，則自唐已有之矣。昔范蠡作飛翼樓以壓强吴，此亭即其趾也。」汪綱《飛翼樓記》：「越之爲都，距今二千年。遺宫故苑，漫不可考，獨飛翼樓范蠡所築，雄據西山之顛，樓雖不存，邦人猶有能指其處者。中間易以爲亭，曰『望海』，曰『五桂』。既而亭與桂俱廢，復爲『望海』。寶慶丁亥六月，予帥越至是六年矣。望日大風雨，屋瓦飛墮，亭幾壓焉，遂撤而新之，爲樓三楹於其上。復『飛翼』之舊，而樓之下則仍『望海』之名。萬壑千巖，四顧無際，雲濤煙浪，渺渺愁予。使登斯樓者，撫霸業之餘基，思卧薪之雄概，感憤激烈，以毋忘昔人復仇之義。庶幾乎鴟夷子之風尚有嗣餘響於千百世者。」另參見《瑞龍吟·賦蓬萊閣》【考辨】。

夏承燾《繫年》箋《水龍吟·癸卯元夕》曰：「詞有云：『陳跡青衫，老容華鏡，歡悰都盡。』案史，去年七月，蒙古兵渡淮入揚、滁、和州，屠通州，邊警日亟。而夢窗此時來往蘇杭，尚流連歌酒，歎老嗟卑。集中此類甚多，舉此以概其餘。」此詞寫於紹興，勘比史宅之知紹興及夢窗入幕時間，應寫於淳祐五年（一二四五）。詞作登高寄興，實有杜甫《登樓》之概，仇兆鼇《杜詩詳注》卷一三引朱鶴齡曰：「當是廣德二年春初，歸成都之作。吐蕃去冬陷京師，郭子儀復京師，乘輿反正。」加上飛翼樓本身的含義，可知詞中深寓復仇之義。楊箋以爲關乎去姬者，淺視夢窗也。

## 又

### 七夕

露罥蛛絲〔一〕，小樓陰墮月〔二〕，秋驚華鬢〔三〕。宮漏未央，當時鈿釵遺恨㊀〔四〕。人間夢隔西風，算天上、年華一瞬〔五〕。相逢，縱相疎、勝卻巫陽無準〔六〕。何處動涼訊〔七〕。聽露井梧桐〔八〕，楚騷成韻〔九〕。彩雲斷〔一〇〕、翠羽散〔一一〕，此情難問〔一二〕。銀河萬古秋聲〔一三〕，但望中、婺星清潤〔一四〕。輕俊〔一五〕。度金針〔一六〕、漫牽方寸〔一七〕。

【校　議】

㈠鈿釵遺恨：明張本、毛本、戈校本作「鈿釵送遺恨」。《歷代詩餘》删「送」字。《詞律》亦疑之。校曰：「乃鈔書者因『遺』字邊旁相同，偶誤多一『送』字，遂使人疑有此體。其實此句只六字，且加『送』字不通矣。」杜本從《詞譜》删。餘本從之。鄭校：「以形近訛。」

【注　釋】

〔一〕露罥蛛絲：楊億《七夕》：「巧蛛露濕千絲網，倦鵲波横一夕橋。」温庭筠《七夕》：「平明花木有愁意，露濕彩盤蛛網多。」罥，網。此首可與《六幺令·七夕》相關【注釋】參看。

〔二〕小樓句：爲「小樓墮月陰」之倒文。集中《秋蕊香·七夕》有「倚樓起把繡針小」，知「小」字雙屬「樓」與「金針」。謝朓《奉和隨王殿下詩十六首》（之一）：「閒階途廣露，涼宇澄月陰。」

〔三〕秋鷩華鬢：元晦《除浙東留題桂郡林亭》：「陶令風光偏畏夜，子牟衰鬢暗驚秋。」華鬢，陶淵明《命子詩》（十章之七）：「顧慚華鬢，負影只立。」

〔四〕宫漏二句：用唐明皇、楊貴妃七夕夜半長生殿中鈿盒定情，復又有遺恨綿綿之事。未央，猶言「夜未央」。《詩·小雅·庭燎》：「夜如何其？夜未央。」朱熹集傳：「央，中也。」

〔五〕人間三句：秦觀《鵲橋仙》：「金風玉露一相逢，便勝卻、人間無數。」人間天上，句例詳見《江神子·送翁五峰自鶴江還都》注〔六〕。

〔六〕相逢三句：用巫山雲雨典。巫陽，「巫山之陽」之省語。白居易《送蕭處士游黔南》：「江從巴峽初成字，猨過巫陽始斷腸。」楊箋：「天上一年一度，可謂疏矣，然尚有一度之相逢，豈似人間之一別永難復會耶！」

〔七〕動涼訊：謝靈運《七夕詠牛女詩》：「火逝首秋節，新明弦月夕。月弦光照户，秋首風入隙。」

〔八〕露井梧桐：參見《解連環》（暮簷涼薄）注〔九〕。

〔九〕楚騷成韻：本指楚辭中的騷體賦，此謂《楚辭·九辯》所描繪的摇落之聲。史文卿《秋詞》：「擬作楚騷吟未了，一行新雁數聲秋。」

〔一〇〕彩雲斷：何遜《七夕詩》：「依稀如洛汭，倏忽似高唐。」江總《七夕詩》：「輪隨列宿動，路逐彩雲浮。」

〔一一〕翠羽散：用鵲橋典。翠羽，本指翡翠鳥，詳見《瑞鶴仙·贈道女陳華山内夫人》注〔二〕。此代指烏鵲。

〔一二〕此情難問：杜甫《暮春江陵送馬大卿公恩命追赴闕下》：「天意高難問，人情老易悲。」

〔一三〕銀河句：王維《送韋大夫東京留守》：「晨揚天漢聲，夕卷大河陰。」

〔一四〕婺星清潤：韓愈《請上尊號表》：「析木天街，星宿清潤。」

〔一五〕輕俊：史達祖《雙雙燕·詠燕》詞：「愛貼地爭飛，競誇輕俊。」此亦形容烏鵲。

〔一六〕度金針：指穿針乞巧言。庾信《七夕賦》：「縷條緊而貫矩，針鼻細而穿空。」劉遵《七夕穿針詩》：「向光抽一縷，舉袖弄雙針。」劉孝威《七夕穿針詩》：「故穿雙眼針，特縫合歡扇。」

〔一七〕漫牽方寸：王筠《代牽牛答織女詩》：「新知與生別，由來儻相值。如何寸心中，一宵懷兩事。」《列子》卷四：「文摯乃命龍叔背明而立，文摯自後向明而望之。既而曰：『嘻！吾見子之心矣，方寸之地虚矣。幾聖人也。』」

【集評】

陳洵《海綃説詞》：因「樓陰墮月」，而思「宫漏未央」。因「宫漏未央」而思「鈿釵遺恨」。觸景生情，復緣情感事。以下夾叙夾議，至於此情難問，則人間天上，可哀正多，又不獨鈿釵一事矣。

【考辨】

陳洵《海綃説詞》：殆未忘北狩帝后之痛乎？

楊箋：此亦當是七夕憶姬之詞。

孫按：此詞於節序中略入情意，似亦未可深文羅織。

## 又

七夕前一日送人歸鹽官㊀〔一〕

數日西風，打秋林棗熟〔二〕，還催人去。瓜果夜深〔三〕，斜河擬看星度〔四〕。怱怱便倒離尊〔五〕，悵遇合〔六〕、雲消萍聚〔七〕。留連，有殘蟬韻晚〔八〕，時歌金縷〔九〕。緑水暫如許〔一〇〕。奈南牆冷落，竹煙槐雨〔一一〕。此去杜曲，已近紫霄尺五〔一二〕。扁舟夜宿吳江〔一三〕，正水佩霓裳無數〔一四〕。眉嫵〔一五〕。問別來、解相思否〔一六〕。

【校議】

㊀《歷代詩餘》詞題作「送人歸鹽官」。

【注釋】

〔一〕鹽官：臨安府畿縣。詳見《江神子·賦洛北碧沼小庵》【考辨】。

〔二〕打秋林句：杜甫《秋野五首》（之一）：「棗熟從人打，葵荒欲自鋤。」《説郛》卷一〇五：「鹽官棗，出海鹽。紫色，味佳。」

〔三〕瓜果夜深：七夕夜陳瓜果，觀蛛絲作爲符應，詳見《六幺令·七夕》注〔九〕。

〔四〕斜河句：庾信《七夕賦》：「睹牛星之耀景，視織女之闌干。」《庾開府集箋注》：「古樂府：北斗闌干。注：闌干，横斜貌。」《紺珠集》卷一〇：「沈警過張女郎廟，作詩云：『靡靡春風至，微微春露輕。可惜關山月，還成無用明。』後與女郎遇，將别女郎，曰：『姮娥妬人，不肯留照；織女無賴，已復斜河。』」星度，秦觀《鵲仙》：「纖雲弄巧，飛星傳恨，銀漢迢迢暗度。」

〔五〕離尊：駱賓王《在兖州餞宋五之問》：「别路青驪遠，離尊緑蟻空。」

〔六〕遇合：謂相遇而彼此投合。《吕氏春秋·遇合》：「凡遇，合也。時不合，必待合而後行。」《史記·佞幸列傳》：「諺曰『力田不如逢年，善仕不如遇合』，固無虚言。」

〔七〕雲消：司馬相如《大人賦》：「焕然霧除，霍然雲消。」　萍聚：徐商《句》：「萍聚只因今日浪，荻斜都爲夜來風。」

〔八〕殘蟬韻晚：沈亞之《村居》：「月上蟬韻殘，梧桐陰繞地。」

〔九〕金縷：即《金縷曲》。爲歌席侑觴之曲。此喻蟬聲。　以上三句寫席上無侑觴歌女，惟有淒切寒蟬助悲涼耳。

〔一〇〕綠水句：化用江淹《別賦》句意：「春草碧色，春水綠波。送君南浦，傷如之何。」

〔一一〕奈南牆二句：韓愈《藍田縣丞廳壁記》：「庭有老槐四行，南牆鉅竹千挺，儼立若相持，水㶁㶁循鳴。」此用韓文典，可見友人爲縣丞一流人物。

〔一二〕此去二句：杜曲，《陝西通志》卷七三：「杜曲在啟夏門外，向西（即）少陵原也。杜甫詩曰『杜曲花光濃似酒』，杜曲去咸寧縣南三十里，樊川韋曲東十里有南杜、北杜。杜固謂之南杜，杜曲謂之北杜。按二曲名勝之地，韋杜二家歷代顯宦。故唐人語曰：『城南韋杜，去天尺五。』」紫霄，梁簡文帝《圍城賦》：「升紫霄之丹地，排玉殿之金扉。」此喻帝王居地。鹽官宋屬臨安府畿縣，地近京城，故以杜曲喻之。

〔一三〕吴江：也稱吴淞江、鶴江、蘇州河。《國語·越語上》「三江環之」，韋昭注：「三江：吴江、錢唐江、浦陽江。」

〔一四〕水佩霓裳：喻七月盛開的荷花舞動。

〔一五〕眉嫵：丈夫代畫的美麗眉式。友人歸至鹽官正值七夕，眉嫵兼指弦月。

〔一六〕問別來二句：李之儀《驀山溪》：「憑誰子細，說與此時情，歡暫歇，酒微醺，還解相思否。」姚寬《生查子》：「過了別離時，還解相思否。」

【考辨】

楊箋：（「扁舟」二句）觀此，知此詞作於蘇州。「水佩風裳」，喻席中女伎。

孫按：此餞别席上無侑觴歌妓，楊説偶誤。

## 又

木芙蓉〔一〕

路遠仙城，自王郎去後㊀，芳卿憔悴〔二〕。錦段鏡空〔三〕，重鋪步幛新綺㊁〔四〕。凡花瘦不禁秋〔五〕，幻膩玉〔六〕、腴紅鮮麗〔七〕。相攜。試新妝乍畢，交扶輕醉〔八〕。長記斷橋外〔九〕。驟玉驄過處㊂〔一〇〕，千嬌凝睇〔一一〕。昨夢頓醒〔一二〕，依約舊時眉翠〔一三〕。愁邊暮合碧雲〔一四〕，倩唱入、六幺聲裏㊃〔一五〕。風起。舞斜陽、闌干十二〔一六〕。

【校　議】

㊀王郎去後：毛本、《歷代詩餘》、《詞律》、《詞譜》、戈選、杜本作「玉郎去卻」。戈校本、王朱本、朱二校本作「王郎去卻」。古代鈔刻本往往在「王」字上添筆成「玉」或「玊」。

㊁步障：毛本、《詞律》、《詞譜》、戈校本、戈選、杜本、王朱本、朱二校本作「步幢」。

㊂玉驄：戈選作「青驄」。

㊃六幺聲裏：明張本、毛本皆自注曰：「大曲六幺，王子喬芙蓉城事。有樓名『碧雲』。」戈校本：「芙蓉城，王子喬事。有樓名『碧雲』。」杜校：「案，芙蓉城乃王子高之事，與王子喬無涉。子高名迥，與東坡同時，詳見蘇集原注。作『喬』，蓋因形似而訛。」朱二校：「按『喬』當作『高』，見東坡詩王注，次公曰胡微之作《王子高傳》。子高，虞部員外郎正路之次子，人用其傳爲《六幺曲》。」底本箋曰：「《雲麓漫鈔》：王迥，字子高。舊有周瓊姬事。胡徽之爲作傳，或用其傳作《六幺》。《武林舊事》載官本雜劇段數，有《王子高六幺》是也。」夏箋：「《萍洲可談》：王迥美姿容，有才思，少年間不甚持重，爲狎邪輩所誣，播入樂府，今《六幺》歌『奇俊王家郎』，乃迥也。案，迥字子開，《玉照新志》、《雲麓漫鈔》、《避暑録話》亦載其遇芙蓉仙周瑶英事，此云王子高，與『子開』異一字。」孫按：王迥，字子高。見蘇軾《芙蓉城詩並序》：「世傳王迥字子高，與仙人周瑶英遊芙蓉城。元豐元年三月，余始識子高，問之信然。」夏曰「子開」，亦誤。

【注釋】

〔一〕木芙蓉：亦名芙蓉、拒霜等。紹興鑑湖十里長堤也與垂柳相雜而植。詳見《惜秋華・重九》注〔一四〕。

〔二〕路遠三句：芙蓉城故事詳見《醉桃源・芙蓉》注〔六〕。王郎，即王子高。芳卿，與周瑶英同在芙蓉城的美女之名，此女子「年可十五，容色嬌媚」。

〔三〕錦段鏡空：謂水芙蓉凋落，無復有如美人臨鏡之花朵。韓愈《木芙蓉》：「豔色寧相妒，嘉名偶自同。采江官渡晚，搴木古祠空。」朱熹考異：「此詩言荷花與木芙蓉生不同處，而色皆美，名又同，故以采江、搴木二事相對，言其生處。」段，同「緞」。

〔四〕步幛新綺：喻湖堤成行的木芙蓉。

〔五〕凡花句：楊萬里《看劉寺芙蓉》：「秋英例臞淡，此花獨腴澤。」下文「腴紅」意入此。

〔六〕膩玉：常用以形容光滑細潤的女性肌膚。裴鉶《裴航》：「露裛瓊英，春融雪彩，臉欺膩玉，鬢若濃雲。」白居易《木芙蓉》：「晚涵秋霧誰相似，如玉佳人帶酒容。」

〔七〕鮮麗：蕭統《殿賦》：「玄黄既具，鮮麗亦發。」歐陽修《拒霜花》：「鮮鮮弄霜曉，裊裊含風態。」以上三句皆以膚色喻花容。謂此花是芙蓉仙子瑶英、芳卿輩幻化而成。

〔八〕相攜三句：楊萬里《拒霜花》：「字曰拒霜深不可，卻愁霜重要人扶。」黄庭堅《南安試院無酒飲周道輔自贛上攜一榼時時對酌惟恐盡試畢僕夫言尚有餘樽木芙蓉盛開戲呈道輔》：「霜花留得紅妝面，酌盡齋中竹葉瓶。」木芙蓉又號爲醉客。

〔九〕斷橋：在西湖白堤上。

〔一〇〕玉驄：即玉花驄。泛指駿馬。韓翃《少年行》：「千里斕斒噴玉驄，青絲結尾繡纏鬃。」

〔一二〕千嬌：參見《玉京謡・陳仲文自號藏一》注〔一三〕。此喻木芙蓉花林。凝睇：谷神子《博異志・敬元穎》：「仲躬異之，閑乃窺於井上。忽見水影中一女子面，年狀少麗，依時樣裝飾，以目仲躬。仲躬凝睇之，則紅袂半掩其面，微笑，妖冶之資出於世表。」

〔一三〕昨夢：王子高與瑶英、芳卿同遊芙蓉城，發生在過去的夢境中。

〔一三〕眉翠：陸瓊《梁南吟》：「似笑脣朱動，非愁眉翠揚。」

〔一四〕愁邊句：木芙蓉有暮落之悲。李嘉祐《秋朝木芙蓉》：「平生露滴乘紅臉，似有朝開暮落悲。」暮合碧雲，見《婆羅門引・郭清華席上》注〔六〕。

〔一五〕倩唱入二句：詳見【校議】。六幺，唐教坊曲名，後用爲詞牌。又名《六幺令》、《緑腰》等。

〔一六〕風起三句：石延年《木芙蓉》：「群芳坐衰歇，聊自舞秋風。」陳與義《芙蓉》：「芙蓉牆外垂垂發，九月凭闌未怯風。」楊箋：「『舞闌干』，明是木本之芙蓉，非草本之芙蓉。與『醉』韻同意而不覺其復者，彼言色，故曰『醉』。此言態，故曰『舞』。」

【集　評】

楊箋：此以水芙蓉埶起木芙蓉。木芙蓉羌無故實，故靠用水芙蓉典黏合之，此窄題走闊路法也。

【考辨】夢窗集中吟詠或涉及木芙蓉者，約有近十篇，據【注釋】知非「羌無故實」，惟熟典不多耳。夢窗詞中僅涉及西湖及鑑湖皆有木芙蓉花株湖堤成行者，此詞以杭京西湖爲回憶墊筆，應寫於紹興。因其時在秋，故僅能寫於淳祐五年（一二四五）。

# 惜黄花慢　夷則羽㊀

## 菊㊁

粉靨金裳〔一〕。映繡屏認得，舊日蕭娘〔二〕。翠微高處〔三〕，故人帽底〔四〕，一年最好，偏是重陽〔五〕。避春祇怕春不遠，望幽徑㊂〔六〕、偷理秋妝〔七〕。殢醉鄉〔八〕。寸心似剪，漂蕩愁觴㊃〔九〕。　潮腮笑入清霜〔一〇〕。鬭萬花樣巧㊄〔一一〕，深染蜂黄〔一二〕。露痕千點〔一三〕，自憐舊色〔一四〕，寒泉半掬〔一五〕，百感幽香〔一六〕。雁聲不到東籬畔〔一七〕，滿城但、風雨淒涼〔一八〕。最斷腸。夜深怨蝶飛狂〔一九〕。

【校 議】

㈠ 底本眉批：「俗呼仙吕。」

㈡ 毛本、戈校本、杜本、王朱本詞題作「賦菊」。

㈢ 望幽徑：毛本、《歷代詩餘》、戈校本、杜本、王朱本作「傍幽徑」。

㈣ 漂蕩：朱二校本、底本、朱四校本作「飄蕩」。兹從明張本、毛本、《歷代詩餘》、杜本、王朱本、四明本。

㈤ 萬花：戈校本奪二「花」字，校曰：「失一字。擬『般』字。」

【注 釋】

〔一〕粉靨：皮日休《奉酬魯望惜春見寄》：「梅片盡飄輕粉靨，柳芽初吐爛金醅。」《范村菊譜》：「桃花菊，多至四五重，粉紅色。濃淡在桃杏紅梅之間，未霜即開，最爲妍麗，中秋後便可賞。」「疊金黄，一名明州黄，又名小金黄。花心極小，疊葉穠密，狀如笑靨，花有富貴氣，開早。」靨，猶言妝靨。金裳：楊萬里《黄菊》：「鶯樣衣裳錢樣裁，冷霜涼露濺秋埃。」

〔二〕蕭娘：歌妓。聞人倩有《戲蕭娘詩》：「明珠翠羽帳，金薄緑綃帷。因風時暫舉，想像見芳姿。清晨插步摇，向晚解羅衣。托意風流子，佳情詎可私。」楊巨源《崔娘詩》：「風流才子多春思，腸斷蕭娘一紙書。」夢窗詞多以瓊娘、秋娘、蕭娘擬花卉，作爲帶有冬秋蕭瑟意味的擬體。

〔三〕翠微高處：用重九攜壺典。

〔四〕故人帽底：黄庭堅《戲答王觀復酴醿菊二首》（之二）：「他日秋花媚重九，清香知是故人來。」蘇軾《定風波》：「人世難逢開口笑，菊花須插滿頭歸。」

〔五〕一年二句：此就菊花是重陽應景花朵而言。詳見《一寸金》（秋壓更長）注〔一七〕中杜甫、蘇軾詩。項安世《大人生朝六首·容孫》：「一年好景是重陽，萸紫樨紅菊更黄。」

〔六〕幽徑：此特指菊徑。陶淵明《歸去來兮辭》：「乃瞻衡宇，載欣載奔。僮僕歡迎，稚子候門。三徑就荒，松菊猶存。」

〔七〕偷理秋妝：侯氏《繡龜形詩》：「睽離已是十秋强，對鏡那堪重理妝。」菊花在秋，喻之以蕭娘，故云暗理秋妝。

〔八〕殢醉鄉：王績《醉鄉記》：「阮嗣宗、陶淵明等十數人，並游於醉鄉，没身不返，死葬其壤。中國以爲酒仙云，嗟乎！醉鄉氏之俗，豈古華胥氏之國乎？何其淳寂也如是！」

〔九〕寸心二句：與上句用重九酒中泛菊典。漂蕩，此指泛菊。

〔一〇〕潮腮句：除上引桃花菊外，另有菊花品種經霜顯出微紅，宛如酒潮暈臉。《史氏菊譜·後序》：「蓋花瓣結密者不落，盛開之後，淺黄者轉白，而白色者漸轉紅，枯於枝上。」劉子寰《好事近》：「秋色到東籬，一種露紅先占。應念金英冷淡，摘胭脂濃染。」張正見《御幸樂游苑侍宴詩》：「潦收荷蓋折，露重菊花鮮。」

〔一一〕鬭萬花句：張孝祥《鷓鴣天》：「一種濃華別樣妝，留連春色到秋光。解將天上千年豔，翻作人間九月黄。」

〔一二〕蜂黄：古代婦女額額的黄色妝飾。以上二句謂菊以深黄色與萬花爭勝，正如女子以蜂黄約妝。

〔一三〕露痕千點：謝惠連《擣衣詩》：「白露滋園菊，秋風落庭槐。」

〔一四〕自憐舊色：蘇軾《贈朱遜之》：「坤裳有正色，鞠衣亦令名。」

〔一五〕寒泉半掬：蘇軾《書林逋詩後》：「不然配食水仙王，一盞寒泉薦秋菊。」

〔一六〕百感幽香：劉長卿《月下呈章秀才》：「向老三年謫，當秋百感多。」

〔一七〕雁聲句：此就重九時雁初飛而言。

〔一八〕滿城二句：見《齊天樂·毗陵陪兩別駕宴丁園》注〔一六〕中潘大臨詩。

〔一九〕最斷腸二句：寫菊落。《類説》卷五七：「歐公嘉祐中見王荆公詩：『黄昏風雨瞑園林，殘菊飄零滿地金。』笑曰：『百花盡落，獨菊枝上枯耳。』因戲曰：『秋英不比春花落，爲報詩人仔細看。』荆公聞之曰：『是豈不知《楚詞》云：「餐秋菊之落英。」歐陽九不學之過也。』」菊花實有落與不落兩種，見《史氏菊譜·後序》，夢窗所寫爲後者。二句並取意蘇軾《九日次韻王鞏》「相逢不用忙歸去，明日黄花蝶也愁」之句及蘇軾《再和楊公濟梅花十絶》（之四）詩意：「夜寒那得穿花蝶，知是風流楚客魂。」謂菊花落英是楚客冤魂化作的穿花逐香之蝴蝶，以切近重九之事。

【集評】

夏敬觀評語：「故人帽底」句費解。

【考辨】

楊箋：（「夜深」句）怨蝶，自指，此詞仍是憶姬作。

孫按：此節序詠物詞顯用比體，應非憶姬之作。

## 又㊀

次吴江小泊，夜飲僧窗惜别。邦人趙簿攜小妓侑尊，連歌數闋皆清真詞。酒盡，已四鼓，賦此詞餞尹梅津㊁〔一〕

送客吴臯〔二〕。正試霜夜冷，楓落長橋〔三〕。望天不盡〔四〕，背城漸杳〔五〕，離亭黯黯〔六〕，恨水迢迢〔七〕。翠香零落紅衣老〔八〕，暮愁鎖、殘柳眉梢〔九〕。念瘦腰。沈郎舊日，曾繫蘭橈〔一〇〕。

仙人鳳咽瓊簫〔一一〕。悵斷魂送遠，《九辯》難招㊂〔一二〕。醉鬢留盼〔一三〕，小窗剪燭〔一四〕，歌雲載恨，飛上銀霄〔一五〕。素秋不解隨船去㊃，敗紅趁、一葉寒濤〔一六〕。夢翠翹〔一七〕。怨鴻料過南譙㊄〔一八〕。

【校議】

㈠ 戈選杜批：「此調平仄韻兩體，平韻以此詞爲正格。」

㈡ 毛本、戈校本、杜本、王朱本、朱二校本詞題中「邦人」作「邦乂」。孫按：乂，才德出衆。《書·臯陶謨》：「俊乂在官。」孔穎達疏：「乂，訓爲治，故云治能。馬、王、鄭皆云才德過千人爲俊，百人爲乂。」《歷代詩餘》詞題作「吴江夜泊小飲」。戈選前三句有小異，作「吴江夜泊，小飲僧窗惜别，邦乂趙簿攜妓侑尊」。鄭氏手批認爲邦人、趙簿非一人，故斷句亦不同：「『乂』，明鈔本作『人』，蓋謂此邦之人。『趙簿』又一人，當從『邦人』斷句。」戈校本詞題下注「范選」。

㈢ 九辯：《歷代詩餘》、戈選、朱二校本、底本、四明本作「九辨」。兹從明張本、毛本、《詞律》、《詞譜》、杜本、王朱本、朱四校本。九辯，亦作「九辨」。

㈣ 隨船：《詞譜》作「隨塵」。

㈤ 怨鴻：明張本、毛本、《歷代詩餘》、《詞律》、《詞譜》、戈校本、杜本、王朱本作「怨紅」。朱二校本徑改。校曰：「與上句『敗紅』字複。」底本尾註謂從王校。然檢甲辰重刻本，仍作「怨紅」。鄭氏手批：「『怨紅』當作『怨鴻』。按『譙』爲官鼓樓。若落葉，但有流御溝之典，故上句言『敗紅趁、一葉寒濤』。此『怨紅』斷無復用之理，且不可解。決其爲『鴻』之訛也。」「此以音同而訛，又從上文『紅』字衍入。」料過：《歷代詩餘》、戈選作「斜過」。《詞律》：「夢窗詞，七寶樓臺，拆下不成片段，然其用字精審處，嚴確可愛。如此調有二首，其所用正、試、夜、望、背、漸、翠、念、瘦、舊、繫、鳳、悵、送、醉、載、素、夢、翠、怨、料諸去聲字，兩篇皆相合。律呂之學，必有不可假借如此。」

【注釋】

〔一〕吴江：朱箋：「《宋史・地理志》：兩浙路平江府，縣六，吴江，緊。」孫按：然此處不應指地名，而是特指吴淞江。詳見《惜秋華・七夕前一日送人歸鹽官》注〔三〕。爲夢窗在蘇幕時屢次行經及送客之地。僧窗：黄庭堅《德孺五丈和之字詩韻難而愈工輒復和成可發一笑》：「早晚來同醉，僧窗卧虎皮。」清真：楊箋：「周邦彦，號清真，有《片玉詞》。序其詞集者，即尹焕梅津也。」孫按：序清真詞集者，是南宋溧水縣令强焕，時在清真任溧水縣令八十年之後，非與夢窗同時之尹焕。參見拙著《清真集校注・附録七・序跋題識》。四鼓：顔之推《顔氏家訓・書證》：「漢魏以來，謂爲甲夜、乙夜、丙夜、丁夜、戊夜；又云鼓，一鼓、二鼓、三鼓、四鼓、五鼓；亦云一更、二更、三更、四更、五更。皆以五爲節。」

〔二〕吴皋：吴江濱水隈灣。《楚辭・離騷》：「步余馬於蘭皋兮，馳椒丘且焉止息。」王逸章句注曰：「澤曲曰皋。」

〔三〕正試霜二句：崔信明《句》「楓落吴江冷」，張繼《楓橋夜泊》「月落烏啼霜滿天，江楓漁火對愁眠」，皆是夢窗詞中最典型的吴江景物。張鎡《江城子》：「試霜池面淺粼粼。鵲飛晴。遠峰明。」試，初降之謂。長橋，即吴江長橋，亦名垂虹橋。

〔四〕望天不盡：翻用李白《黄鶴樓送孟浩然之廣陵》詩意：「孤帆遠影碧空盡，唯見長江天際流。」

〔五〕背城漸杳：陰鏗《江津送劉光禄不及詩》：「如何相背遠，江漢與城闉。」並用歐陽詹與太原妓故實，見《太平廣記》卷二七四引《閩川名士傳》：「（歐陽詹）貞元年，登進士第，畢關試，薄遊太原。於樂籍中，因有所悦，情甚相得。及歸，乃與之盟曰：『至都，當相迎耳。』即淚泣而别，仍贈之詩曰：『驅馬漸覺遠，回頭長路塵。高城已不見，況復城中人。去意既未甘，居情諒多辛。五原東北晉，千里西南秦。一屨不出門，一車無停輪。流萍與繫瓠，早晚期相親。』」此就侑觴歌女而言。

〔六〕離亭：陰鏗《江津送劉光禄不及詩》：「泊處空餘鳥，離亭已散人。」黯黯：寫沮喪憂愁貌。李群玉《請告南歸留别同館》：「書閣乍離情黯黯，彤庭回望肅沈沈。」

〔七〕恨水迢迢：歐陽修《踏莎行》：「離愁漸遠漸無窮，迢迢不斷如春水。」李後主《相見歡》：「胭脂淚，相留醉，幾時重。自是人生長恨，水長東。」

〔八〕翠香句：爲「紅衣零落翠香老」之倒文。晏殊《采桑子》：「荷花欲綻金蓮子，半落紅衣。」李清照《怨王孫》：「蓮子已成荷葉老。青露洗、蘋花汀草。」

〔九〕暮愁二句：段成式《折楊柳七首》（之七）：「陌上河邊千萬枝，怕寒愁雨盡低垂。黄金穗短人多折，已恨東風不展眉。」劉孝綽《還渡浙江詩》：「日暮愁陰合，繞樹噪寒烏。」

〔一〇〕念瘦腰三句：化用鄭文寶《柳枝詞》詩意：「亭亭畫舸繫春潭，直待行人酒半酣。不管煙波與風雨，載將離恨過江南。」瘦腰沈郎，范成大《次韻虞子建見貽贖帶作醮》：「莫嫌憔悴沈腰瘦，且喜間關秦璧歸。」餘見《渡江雲・西湖清明》注〔一七〕。

〔一一〕仙人句：寫歌女侑觴餞別。簫聲作鳳鳴典詳見《瑞鶴仙・贈道女陳華山内夫人》注〔三〕。

〔一二〕悵斷魂二句：《招魂》，詳見《鶯啼序》（殘寒正欺病酒）注〔四〇〕。王逸《楚辭章句》認爲《九辨》之旨是屈原弟子宋玉「閔惜其師忠而放逐，故作《九辯》以述其志」。楊箋：「宋玉《九辯》序云：辯者，變也。九者，陽之數也。」此亦代指題中所説的數闋清真詞。

〔一三〕醉鬟：王安中《小重山》：「醉鬟嬌捧不成行。顔如玉，玉碗共爭光。」此「醉鬟」借指詞題中的「小妓」。　留盼：司馬逸客《雅琴篇》：「匠者果留盼，雕斫爲雅琴。」

〔一四〕小窗剪燭：指在僧窗至四鼓仍與故人依依話別。參見《玉燭新》（花穿簾隙透）注〔一〇〕。

〔一五〕歌雲二句：用歌聲響遏行雲典。梁武帝《秋歌四首》（之三）：「但歌雲不去，含吐有餘香。」銀霄，趙希楷《湖中曲》：「湖波藍色春寥寥，大堤新曲干銀霄。」

〔一六〕素秋三句：暗用流紅典故。翻用周邦彦《六醜》詞意。素秋，《初學記》卷三：「元帝《纂要》曰：秋曰白藏（氣白而收藏萬物），亦曰收成（萬物成而收斂），亦曰三秋、九秋、素秋、素商、高商。」敗紅，柳永《卜算子》：「江楓漸老，汀蕙半凋，滿目敗紅衰翠。」謂秋天殘敗的楓葉不能隨船而行，帶回友人的題詩，卻隨秋濤飄流而逝。

〔一七〕夢翠翹：化用黄庭堅《次韻道輔旅懷見寄》詩意：「風塵化衣黑，旅宿夢裙紅。」翠翹，李商隱《偶題二首》（之一）：「水文簟上琥珀枕，傍有墮釵雙翠翹。」

〔一八〕怨鴻句：南譙，指平江府譙樓。《吴郡志》卷六：「譙樓：紹興二年，郡守席益鳩工。三年，郡守李擢成之。二十年，郡守徐兢篆平江府額。」此與「歌雲」二句可與《瑞龍吟·送梅津》中「生怕遺、樓前行雲知後。淚鴻怨角，空教人瘦」數句及相關注釋參看。據知「怨鴻」爲「淚鴻怨角」之省語。怨角，譙樓曉角。楊箋：「怨鴻，指信息言。《韻會》：譙，樓之别名。南譙，即城之南樓。料過，望其來信也。」

【集評】

俞陛雲《唐五代兩宋詞選釋》：前段「翠香零落」五句，後段「素秋」二句，詞秀而情長，餘韻復摇曳生姿。有此佳詞，可如白石之過吴江，付小紅低唱矣。

陳洵《海綃説詞》：題外有事，當與《瑞龍吟》（黯分袖）參看。沈郎謂梅津，「繫蘭橈」蓋有所眷也，「仙人」謂所眷者，「鳳簫」則有夫婦之分。「斷魂」二句，言如此分别，雖《九辯》難招，況清真詞乎？含思淒婉，轉出下四句，實處皆空矣。素秋，言此間風景不隨船去，則兩地趁濤，惟葉依稀有情。翠翹即上之仙人，特不知與《瑞龍吟》所别是一是二。

陳匪石《宋詞舉》：起句先點明「送客」，次點吴江之地、深秋之時。「長橋」即垂虹橋，見《吴郡志》。「楓落吴江冷」，唐崔信明詩也。「望天」四句，承地説。垂虹之亭，淞江之水，只載離恨，則徙倚長橋間，惟覺「黯黯」之情，「迢迢」之路，「望天不盡，背城漸杳」而已，章法似倒裝，筆氣極清勁。「翠香」兩句承時説。「暮愁」七字，是翠紅老後景象，亦翠零紅老時心境，而别意已活躍紙上，極細膩熨貼之妙。且上四句與此二句，同一情景交融，而疏密濃淡，佈置停匀，誰謂夢窗「質實」哉！「念瘦腰」三句，由地由時折入送客之人，而不脱今日之惜别，轉溯舊日之停橈，欲吐仍茹，又似此種感慨非自今始，更饒沈鬱頓挫矣。過變以聞簫引起，渡到今日之「送遠」，前結一縮，此處一伸，又覺有無限情事，但以「瘦腰」、「斷魂」括之。下二句接叙攜伎夜飲。繼之曰「歌雲載恨，飛上銀霄」，融化秦青善歌「響遏行雲」之故實，而以情語出之，彌詼奇，彌深厚，不獨造語新穎也。夫别恨因秋而深，果「素秋」、「隨船」俱去，則恨之沖霄者或可付之流水；乃既不解此，而敗紅反趁濤而來，恐翠翹入夢，亦如雁過南樓（趙嘏詩「鄉心正無限，一雁過南樓」），增人無限感喟矣。結句用一「料」字，由紅葉趁濤推想而來，有悠悠不盡之意。而此四句中翻騰轉捩，則因「悵斷魂」以下六句全用平筆，特作波瀾，亦潛氣内轉之法也。「翠香」即葉，「紅衣」即花，「蘭橈」即舟，「銀霄」即白雲天，「寒濤」即秋潮，「南譙」即南樓，夢窗煉句下語之法，印沈伯時所謂不直説破者。但以爲能此即是夢窗，不免於王鵬運所譏僅學《蘭亭》面耳。

【考辨】

此詞寫於蘇州。夢窗贈尹梅津十一首詞中，惟此詞用送人遠行之辭，别情也最爲沈痛，應寫於送梅津爲江西運判時。據前文《塞翁吟·餞梅津除郎赴闕》所考，梅津淳祐八年（一二四八），已任左司郎中，職事官爲正六品，運判則以朝官、曾任知州、通判有政績者充，官品遠在左司郎中之下。就職官制度而言，不可能先任左司郎中，後任運判。如果前引王兆鵬先生的考證不誤，那麽，梅津此時應是削秩之後的外放；這種推測與詞中所用《九辯》、《招魂》典事的淒苦情調正相吻合。若是考成立，此詞與《瑞龍吟·送梅津》寫於同時，時在淳祐十年（一二五〇）。

## 十二郎㊀

垂虹橋　上有垂虹亭，屬吴江㊁〔一〕

素天際水〔二〕，浪拍碎、凍雲不凝〔三〕。記曉葉題霜，秋燈吟雨〔四〕，曾繫長橋過艇。又是賓鴻重來後〔五〕，猛賦得、歸期纔定〔六〕。嗟繡鴨解言㊂〔七〕，香鱸堪釣〔八〕，尚廬人境〔九〕。幽興〔一〇〕。爭如共載，越娥妝鏡㊃〔一一〕。念倦客依前㊄，貂裘茸帽〔一二〕，重向淞江照影㈥〔一三〕。酹酒蒼茫㈦〔一四〕，倚歌平遠〔一五〕，亭上玉虹腰冷〔一六〕。迎醉面〔一七〕，暮雪飛花〔一八〕，幾點黛愁山暝㈧〔一九〕。

【校　議】

㈠毛扆本注調名曰：「即《二郎神》。」《歷代詩餘》、戈選調名作《二郎神》。《詞律》亦類歸《二郎神》。校曰：「夢窗此詞題曰《十二郎》，《圖譜》不知即此調，又續收之。首句便作七字讀，次句作四字讀，所謂從頭差起，安得不直差到底乎？」戈選杜批：「本調首句三字起韻，此詞四字起，名《轉調二郎神》。後結有作六字、四字句者，可不拘。」

㈡《歷代詩餘》作「吴江垂虹橋亭」。戈選作「吴江垂虹橋，上有垂虹亭」。

㈢鄭氏手批：「『解』字宜上聲律。」

㈣越娥：杜校謂《填詞圖譜》「越」作「月」。

㈤依前：《歷代詩餘》作「依然」。

㈥淞江：《歷代詩餘》作「松江」。淞江，又名松江。

㈦酹酒：戈選作「酧酒」。蒼茫：明張本、毛本作「滄茫」。

㈧《詞律》並謂夢窗此詞「過艇」、「照影」、「數點」聲律皆作去上，「若皆作平仄不成調矣」。

【注釋】

〔一〕垂虹橋：即吴江長橋。

〔二〕素天句：與下二句寫垂虹橋氣勢。鄭獬《題垂虹橋寄同年叔桝祕校》：「三百闌干鎖畫橋，行人波上踏靈鼊。插天螮蝀玉腰闊，跨海鯨鯢金背高。路直鑿開元氣白，影寒壓破大江豪。此中自與銀河接，不必仙槎八月濤。」素天，《夢溪筆談·補筆談》卷上：「其説云：中央黅天之氣一，南方丹天之氣三，北方玄天之氣五，西方素天之氣七，東方蒼天之氣九，皆奇數而無偶，故皆莫知何義，都不可推考。」

〔三〕凍雲不凝：岑參《白雪歌送武判官歸京》：「瀚海闌干百丈冰，愁雲黲淡萬里凝。」白居易《夜招晦叔》：「庭草留霜池結冰，黄昏鐘絶凍雲凝。」以上二句謂嚴冬凝雲倒影江水中，被湧浪擊碎，似乎亦在流動。

〔四〕記曉葉二句：互文見義。謂曾記屢次爲留别或餞行而在秋夜停泊吴江，雨燈下吟成餞行留别詩詞題於楓葉，拂曉時則整舟出發。

〔五〕賓鴻重來：《禮記注疏》卷一七：「(季秋之月)鴻雁來賓。」孔穎達疏：「『仲秋』直云『鴻雁來』，今『季秋』云『來賓』，以仲秋初來則過去，故不云『賓』，今季秋『鴻雁來賓』者，客止未去也，猶如賓客。」

〔六〕歸期纔定：爲下文垂虹橋邊的「如歸亭」張本。

〔七〕繡鴨解言：《詩話總龜後集》卷二一：「苕溪漁隱曰：題吴江三賢堂内陸龜蒙詩云：『千首文章二頃田，囊中未有一錢看。郤因養得能言鴨，驚破王孫金彈丸。』《談苑》云：陸龜蒙居笠澤，有内養自長安使杭州。舟出舍下，彈其一緑頭鴨，龜蒙遽從舍出，大呼曰：『此緑頭有異，善人言。方將獻天子，今持此死鴨以詣官。』内養少長宫禁，信然。厚以金帛遺之，因徐問龜蒙曰：『此鴨何言？』龜蒙曰：『常自呼其名。』」

〔八〕香鱸堪釣：《吴郡圖經續記》卷下：「吴江舊有如歸亭，俯視江湖，爲天下絶景處。昔人題詠最多。慶曆中，知縣事張先益修飾之，蔡君謨爲記其事。熙寧中，林郎中肇出宰，又於『如歸』之側作『鱸鄉亭』。以陳文惠有『秋風斜日鱸魚鄉』之句也。亭旁畫范蠡、張翰、陸龜蒙像，謂之『三高』，好事者爲美。」陳詩中的「鱸魚鄉」，一作「鱸魚香」，見《類説》卷五六。

〔九〕尚廬人境：化用陶淵明《飲酒詩二十首》（之五）詩意。

〔一〇〕幽興：張九齡《送宛句趙少府》：「地將幽興愜，人與舊遊疏。」

〔一一〕爭如二句：用范蠡載西施遊五湖典。因垂虹亭在三高亭旁，夢窗集中往往相及。《中吴紀聞》卷三：「越上將軍范蠡、江東步兵張翰、贈右補闕陸龜蒙，各有畫像在吴江鱸鄉亭旁。東坡先生嘗有《吴江三賢畫像》詩。後易其名曰『三高』，且更爲塑像。臞庵主人王文孺獻其地雪灘，因遷之。今在長橋之北，與垂虹亭相望。」爭，《匯釋》：「猶怎也。自來謂宋人用怎字，唐人只用爭字。」越娥，晏殊《瑞鷓鴣》：「越娥紅淚泣朝雲，越梅從此學妖嚬。」此特指西施。

〔一二〕貂裘：用倦遊典。　茸帽：周邦彦《訴衷情》：「重尋舊日歧路，茸帽北遊裝。」

〔一三〕淞江：即吴江。

〔一四〕酹酒：杜臺卿《玉燭寶典·正月孟春》：「元日至月晦爲酺食，度水。士女悉湔裳，酹酒於水湄，以爲度厄。」此寫祭奠歸隱吴江的三位高士。

〔一五〕倚歌：謂倚靠物體而歌。趙曄《吴越春秋·越王無餘外傳》：「非厥歲月，將告以期，無爲戲吟，故倚歌覆釜之山。」

〔一六〕玉虹腰冷：李賀《貴公子夜闌曲》：「曲沼芙蓉波，腰圍白玉冷。」餘見前引鄭獬詩。

〔一七〕醉面：唐彦謙《叙别》：「夜合花香開小院，坐愛涼風吹醉面。」

〔一八〕暮雪飛花：范雲《别詩》：「昔去雪如花，今來花似雪。」李白《對雪醉後贈王歷陽》：「歷陽何異山陰時，白雪飛花亂人目。」

〔一九〕幾點句：以上三句用白居易《長相思》詩意：「汴水流，泗水流。流到瓜洲古渡頭，吴山點點愁。」兼及遠山黛典。幾點，既屬飛花，又屬愁山，錯綜可用，夢窗慣伎。

## 【集評】

鄭氏手批：「『鴨語』，用天隨子故事，切笠澤，可云典雅。」

【考辨】

楊箋：（「爭如」二句）此詞當是姬去再來吴作，故有憶及共載妝鏡語。

夏箋：《吴郡圖經續記》：吴江，舊有「如歸亭」，熙寧中，林郎中肇出宰，又於「如歸」之側作「鱸香亭」，以陳文惠有「秋風斜日鱸魚香」之句。《中吴紀聞》：鄭毅夫吴江詩「插天螮蝀玉腰闊」。

孫按：細玩詞意，此次行役爲傍晚途經吴江，不似集中屢爲停泊之作，而是作爲行經之地，略爲滯留，即又前行。似與集中《風入松・桂》同寫於行役過蘇州時。

## 醉蓬萊　夷則商㊀

七夕　和方南山㊁〔一〕

望碧天書斷㊂〔二〕，寶枕香留，淚痕盈袖〔三〕。誰識秋娘㊃，比行雲纖瘦〔四〕。象尺薰爐〔五〕，翠針金縷㊄〔六〕，記倚床同繡〔七〕。月⿰革單瓊梳㊅〔八〕，冰銷粉汗〔九〕，南花薰透〔一〇〕。儘是當時，少年清夢，臂約痕深〔一一〕，帕綃紅皺㊆〔一二〕。憑鵲傳音，恨語多輕漏〔一三〕。潤玉留情〔一四〕，沈郎無奈〔一五〕，向柳陰期候〔一六〕。數曲催闌〔一七〕，雙鋪深掩，風鐶鳴獸〔一八〕。

【校　議】

㈠《詞譜》：「《樂章集》注『林鐘商』。」底本眉批：「夷則商，俗呼林鐘商。」

㈡毛本、弋校本、杜本、王朱本、朱二校本詞題無「七夕」二字。

㈢望碧天句：明張本作「碧天書斷」。並自注曰：「右《醉蓬萊》腔，柳調起句有一『漸』字，當考首句添一『望』方是。」毛本、弋校本、杜本、王朱本、朱二校本、四明本作「碧天書信斷」。《詞律》：「此調凡五字句者，皆一字領下四字，不可作上二下三。……夢窗首句作『碧天書信斷』，雖或第一句可通用，然亦是敗筆。」底本作「□碧天書斷」。楊箋：「空格擬補『悵』字。」兹從明張本校語及朱四校本。

㈣秋娘：毛本、弋校本、杜本、王朱本、朱二校本、四明本作「秋娥」。

㈤翠針：毛本、弋校本、杜本、王朱本、朱二校本、四明本作「翠鍼」。杜校：「『翠鍼』疑『翠針』之誤。」明張本正同。

㈥月彈：毛本、弋校本、杜本作「月蟬」。弋校本眉注「彈」字。杜校：「『蟬』字應仄。疑『彈』字或『蝕』字之誤。」餘本從杜校。鄭校：「以形近訛。」明張本正作「彈」字。

㈦帕綃：明張本、毛本、弋校本、王朱本作「帊綃」。帊，巾帕。義亦可通。

## 【注　釋】

〔一〕方南山：作者友人。《全宋詩》録方南山《葉》詩一首，然未知是否爲同一人。

〔二〕望碧天句：張生妻《夢中歌》：「夫婿斷音書，遥天雁空度。」王僧孺《春怨詩》：「萬里斷音書，十載異棲宿。」

〔三〕寶枕二句：元稹《鶯鶯傳》：「崔氏嬌啼宛轉，紅娘又捧之而去，終夕無一言。張生辨色而興，自疑曰：『豈其夢邪？』及明，睹妝在臂，香在衣，淚光熒熒然，猶瑩於裀席而已。」寶枕，李善題注曹植《洛神賦》：「《記》曰：魏東阿王漢末求甄逸女，既不遂。太祖回，與五官中郎將。植殊不平。晝思夜想，廢寢與食。黄初中入朝，帝示植甄后玉鏤金帶枕，植見之不覺泣。時已爲郭后讒死，帝意亦尋悟。因令太子留宴飲，仍以枕賚植。植還，度轘轅，少許時，將息洛水上，思甄后。忽見女來，自云：『我本托心君王，其心不遂。此枕是在我家時從嫁前與五官中郎將，今與君王。遂用薦枕席，歡情交集，豈常辭能具。』」盈袖，劉孝綽《賦得遺所思詩》：「所思不可寄，唯憐盈袖香。」

〔四〕誰識二句：七月多縷雲，故秦觀《鵲橋仙》詞曰：「纖雲弄巧，飛星傳恨。」此以七夕雲月俱瘦擬彼美。

〔五〕象尺薰爐：温庭筠《織錦詞》：「象尺薰爐未覺秋，碧池已有新蓮子。」尺，一作「齒」。《温飛卿詩集箋注》：「《左傳》：象有齒，以焚其身。《西京雜記》：天子以象牙爲火籠。」

〔六〕翠針金縷：閨中七夕乞巧物什。金縷，此指金線。

〔七〕倚床同繡：爲「同倚繡床」之倒文。

〔八〕月彈瓊梳：謂裝飾於雲鬢的月梳有些彈斜。元稹《恨妝成》：「滿頭行小梳，當面施圓靨。」唐彦謙《無題十首》（之二）：「醉倚闌干花下月，犀梳斜彈鬢雲邊。」毛熙震《酒泉子》：「月梳斜，雲鬢膩，粉香寒。」

〔九〕冰銷粉汗：盧思道《採蓮曲》：「佩動裙風入，妝銷粉汗滋。」

〔一〇〕南花：指茉莉。

〔一一〕臂約痕深：謂臂上齒痕。閻選《虞美人》：「臂留檀印齒痕香，深秋不寐漏初長，盡思量。」

〔一二〕帕綃紅皺：字面出孟郊《城南聯句》：「紅皺曬簷瓦。」暗用帕寄紅淚典，見《鶯啼序·荷》注〔二〕。

〔一三〕憑鵲二句：韓偓《幽窗》：「密約臨行怯，私書欲報難。無憑諳鵲語，猶得暫心寬。」李賀《七夕》：「別浦今朝暗羅帷，午夜愁鵲辭穿線。」楊箋：「此必當時情書，爲女子父母所見，是紀實語。」

〔一四〕潤玉：用潘郎典。楊巨源《崔娘詩》：「清潤潘郎玉不如，中庭蕙草雪消初。」

〔一五〕沈郎無奈：以上二句互文見義。意爲「無奈潤玉潘郎、瘦腰沈郎留情何」。徐陵《洛陽道二首》（之一）：「潘郎車欲滿，無奈擲花何。」沈郎，用沈約典。

〔一六〕向柳陰句：歐陽修《生查子》：「月上柳梢頭，人約黄昏後。」期候，按期約等候。

〔一七〕數曲句：化用周邦彦《風流子》詞意：「繡閣裏鳳幃深幾許，聽得理絲簧。」陳季《湘靈鼓瑟》：「一彈新月白，數曲暮山青。」

〔一八〕雙鋪二句：鋪，鋪首。著於門上的金屬獸面銜環。《文選·司馬相如〈長門賦〉》：「擠玉户以撼金鋪兮，聲噌吰而似鐘音。」李善注：「金鋪，以金爲鋪首也。」《漢書·哀帝紀》：「孝元廟殿門銅龜蛇鋪首鳴。」顏師古注：「門之鋪首，所以銜環者也。」楊箋：「此言重門深閉，人不可得見矣。」

【集評】

楊箋：此詞全爲方南山描寫豔情。（「儘是」四句）：「當時少年」字樣，不提出在前，而於換頭補點，下又以「臂約」兩偶句以足之，氣息之厚在此。

## 燭影摇紅　黄鐘商㈠

壽荷塘　時荷塘寓京㈡

西子西湖〔一〕，賦情合載鴟夷棹㈢〔二〕。斷橋直去是孤山〔三〕，應爲梅花到。幾度吟昏醉曉。背東風、偷閒鬭草〔四〕。亂鴉啼後〔五〕，解佩歸來〔六〕，春懷多少〔七〕。　千里嬋娟，茂園今夜同清照㊃〔八〕。櫻脂茸唾聽吟詩〔九〕，爭似還家好〔一〇〕。昵昵西窗語笑〔一一〕。鳳雲深、瓊簫縹緲〔一二〕。願春如舊，柳帶同心〔一三〕，花枝壓帽〔一四〕。

【校議】

㈠ 吴曾《能改齋漫録》卷一七：「王都尉有《憶故人》詞云……徽宗喜其詞意，猶以不豐容宛轉爲恨。遂令大晟府别撰腔。周美成增損其詞，而以首句爲名，謂之《燭影摇紅》云。」戈選杜批《燭影摇紅·元夕微雨》曰：「宋王晉卿都尉譜《憶故人》調，徽宗喜其詞意，令周清真增益其詞。即以王詞首句《燭影摇紅》爲調名。清真詞未録，與此悉合。」明張本、底本作「大石調」。底本眉批：「正名黄鐘商。」兹據朱四校本、《全宋詞》。

㈡ 毛本、《歷代詩餘》、戈校本、杜本、王朱本、朱二校本、朱四校本、四明本詞題作「毛荷塘生日，留京不歸，賦以寄意」。《歷代詩餘》作「荷塘生日留京，賦以寄意」。

㈢ 合載：《歷代詩餘》、戈選作「會載」。

㈣ 茂園：《歷代詩餘》、戈選、杜本作「茂陵」。王校：「王維詩：『相如今病久，歸守茂陵園。』語似本此。」孫按：詞下闋皆寫歸家事，毛荷塘居蘇州。此以「茂園」代「茂苑」，即蘇州。「茂陵」誤。

【注　釋】

〔一〕西子西湖：蘇軾《飲湖上初晴後雨二首》（之二）：「若把西湖比西子，淡妝濃抹總相宜。」西子，兼指京城西湖美女。

〔二〕載鴟夷棹：杜牧《杜秋娘詩》：「西子下姑蘇，一舸逐鴟夷。」

〔三〕斷橋孤山：代指杭京。

〔四〕背東風二句：楊箋：「『東風』，似指其家眷言。」鬭草，此兼指賭輸贏的鬭草遊戲。鄭谷《采桑》：「何如鬭百草，賭取鳳凰釵。」

〔五〕亂鴉啼後：杜甫《遣懷》：「夜來歸鳥盡，啼殺後棲鴉。」蘇過《點絳脣》：「君知否。亂鴉啼後。歸興濃如酒。」

〔六〕解佩歸來：明用江妃解佩典，實指毛荷塘輸掉了作爲賭注的玉佩。

〔七〕春懷多少：戲謔其與西湖美女耳鬢厮磨而生情愫。鮑照《三日詩》：「氣暄動思心，柳青起春懷。」

〔八〕千里二句：據後文《高陽臺・壽毛荷塘》，知其生日時間在農曆二月十五。此謂毛荷塘生日時尚身在臨安，不能與蘇州家眷共倚虛幌，只能兩地共明月。杜甫《月夜》：「今夜鄜州月，閨中只獨看。」「何時倚虛幌，雙照淚痕乾。」茂園，此義同茂苑。代指蘇州。

〔九〕櫻脂茸唾：李煜《一斛珠》：「晚妝初過，沈檀輕注些兒個。向人微露丁香顆。一曲清歌，暫引櫻桃破。」「繡床斜憑嬌無那。爛嚼紅茸，笑向檀郎唾。」櫻脂，猶言「口脂」。

〔一〇〕爭似句：暗寓李白《蜀道難》「錦城雖云樂，不如早還家」句意。

〔一一〕昵昵句：韓愈《聽穎師彈琴》：「昵昵兒女語，恩怨相爾汝。」《五百家注昌黎文集》祝充注曰：「《玉篇》：昵喃，小聲多言也。」西窗語笑，合用李商隱《夜雨寄北》詩意。楊箋：「上句即還家樂事，言在外載棹鬬草，何似還家之紅袖添香乎？」

〔一二〕鳳雲二句：用蕭史夫婦吹簫作鳳鳴典。雲深縹緲，用巫山雲雨典。

〔一三〕柳帶同心：梁元帝《折楊柳》：「巫山巫峽長，垂柳復垂楊。同心且同折，故人懷故鄉。」梁武帝《有所思詩》：「腰中雙綺帶，夢爲同心結。」

〔一四〕花枝壓帽：黄庭堅《次韻元禮春懷十首》（之三）：「壓帽花枝如可折，折花手版直須抛。」以上三句因毛荷塘生日在仲春，故願年年能夠柳結同心，插花滿頭。

【集評】

楊箋：慶壽詩詞，最易犯俗，如此詞卻無一句套語。上片想在京都之豔跡，下片動以家園之可思。慶壽本意，止以「願春如舊」四字了之，掃盡南山、東海等話頭。意既深婉，詞亦娓娓動人，真可爲壽詞法。

【考　辨】

毛荷塘居地荷塘小隱在蘇州，詞題中又有「留京不歸」，故知此詞寫於蘇州。此詞所寫景物如梅柳月圓又可爲後文《高陽臺》考出毛荷塘生日在二月十五佐證。

## 又

麓翁夜宴園堂㊀

新月侵階〔一〕，彩雲林外笙簫透㊁〔二〕。銀臺雙引繞花行〔三〕，紅墜香沾袖〔四〕。不管籤聲轉漏〔五〕。更明朝、棋消永晝㊂〔六〕。靜中閑看，倦羽飛還，游雲出岫〔七〕。　隨處春光，翠陰那只西湖柳㊃〔八〕。去年溪上牡丹時，還試長安酒〔九〕。都把愁懷抖擻〔一〇〕。笑流鶯、啼春漫瘦〔一一〕。曉風惡盡㊄〔一二〕，妒雪寒銷〔一三〕，青梅如豆㊅〔一四〕。

【校　議】

㊀ 毛本、戈校本、杜本、王朱本、朱二校本詞題作「雲麓夜燕園亭」。

㈡林外：明張本作「樓外」。

㈢永晝：毛本作「永晝」。杜校：「失韻。」

㈣那只：毛本、戈校本、杜本、王朱本、朱二校本、四明本作「那抵」。

㈤惡盡：毛本、戈校本、杜本、王朱本、朱二校本、四明本作「盡惡」。

㈥青梅如豆：毛本、戈校本作「梅梢成荳」。杜本、王朱本、朱二校本、四明本作「梅梢成豆」。荳，同「豆」。

【注釋】

〔一〕新月侵階：仲並《晚坐和韻》：「好月侵階已十分，太清不受一塵昏。」

〔二〕彩雲句：謂舞場音樂響徹林外。彩雲，李白《宫中行樂詞》：「只愁歌舞散，化作彩雲飛。」

〔三〕銀臺句：燭臺雙引在唐宋時是身份及恩寵的象徵。《愛日齋叢抄》卷一：「唐令狐綯爲翰林承旨，夜對禁中，燭盡，宣宗命以金蓮花炬送還。此蓮炬故事之始。治平末，神宗召知制誥鄭毅夫對内東門小殿，命草吴文肅出守青州、張文定參政制，賜雙炬送歸舍人院。熙寧間，王岐公以翰林承旨亦召對内東門小殿，夜深賜銀臺燭雙引歸院。元祐間，東坡爲學士，草吕申公平章、吕汲公、范忠宣左右僕射制，夜對内東門小殿，撤御前金蓮炬送歸院。乾道間，周益公權直學士院，草虞雍公、梁鄭二公相制，晚對選德殿，退御藥司，自複道秉燭鎖院。益公記之，自謂庶幾金蓮故事，極儒生之榮遇。淳熙間，史忠定入侍經幄，賜宴澄碧殿，抵暮，送以金蓮燭，宿玉堂直廬，進詩以謝，有『金蓮引雙燭』之句，寵待詞臣，而優禮舊弼，尤前此稀有。」更兼及商談機密的鎖院制度。周必大《淳熙玉堂雜記》（中）：「逮閤請起，宣坐賜茶，飲訖，再拜而退。御藥李彦真同自複道秉燭鎖院。蓋上意欲其密，故不用尋常宣官之禮。金蓮故事，今庶幾焉。」

〔四〕紅墜句：承上句繞花而行，故有落紅香染衫袖。暗用御香典。何遜《九日侍宴樂游苑詩》：「晴軒連瑞氣，同惹御香芬。」賈至《早朝大明宮呈兩省僚友》：「劍佩聲隨玉墀步，衣冠身惹御爐香。」

〔五〕籤聲轉漏：承「銀臺」句，虚寫皇帝優渥之事。籤聲，宫中擲報時竹籤的聲音。詳見《玉蝴蝶》（角斷籤鳴疏點）注〔一〕。轉漏，《漢書·王莽傳上》：「轉漏之間，忠策輒建，綱紀咸張。」以上三句謂放下榮寵與公事，暫時偷得連宵達旦之行樂。

〔六〕棋消永晝：李遠《殘句》：「青山不厭三杯酒，長日惟消一局棋。」

〔七〕靜中三句：化用陶潛《歸去來辭》：「雲無心以出岫，鳥倦飛而知還。」游雲，成公綏《嘯賦》：「飄游雲於泰清，集長風乎萬里。」

〔八〕隨處二句：庾信《小園賦》：「鳥多閒暇，花隨四時。」杜甫《陪李梓州王閬州蘇遂州李果州四使君登惠義寺》：「鶯花隨世界，樓閣寄山巔。」《九家集注杜詩》趙彦材注曰：「言當春時，處處有鶯花。」

〔九〕去年二句：此參差指紹興府及臨安府賞牡丹事。唐代杭州即盛牡丹。張祜《杭州開元寺牡丹》：

「濃豔初開小藥欄，人人惆悵出長安。風流卻是錢塘寺，不踏紅塵見牡丹。」宋代亦然，尤以吉祥寺最負盛名。如蘇軾《惜花》：「吉祥寺中錦千堆，前年賞花真盛哉。」自注：「錢塘花最盛處。」會稽牡丹盛如洛陽。參見前文《垂絲釣近·雲麓先生以畫舫載洛花宴客》注〔一〕。《垂絲釣近》並寫雲麓載花遊若耶溪事。試酒，時間在三月末或四月初。試酒時間與牡丹花季節相合。

〔一○〕抖擻：王維《胡居士卧病遺米因贈》：「居士素通達，隨宜善抖擻。」《王右丞集箋注》：「抖擻，猶言振作。《釋氏要覽》：頭陀，梵語杜多，漢言抖擻。謂三毒如塵，能坌污真心，此人能振掉除去故。」

〔一一〕笑流鶯二句：取意無名氏《如夢令》：「鶯嘴啄花紅溜。燕尾點波緑皺。指冷玉笙寒，吹徹小梅春透。依舊。依舊。人與緑楊俱瘦。」李商隱《早起》：「鶯花啼又笑，畢竟是誰春。」

〔一二〕惡：《匯釋》：「甚辭。」

〔一三〕妒雪：張九齡《庭梅詠》：「朝雪那相妒，陰風已屢吹。」杜牧《梅》：「妒雪聊相比，欺春不逐來。」

〔一四〕青梅如豆：馮延巳《阮郎歸》：「青梅如豆柳如絲，日長蝴蝶飛。」以上三句還用王曾以梅詩見志事，見《事實類苑》卷三七所引《魏王語録》：「王沂公爲布衣時，以所業贄呂文穆蒙正，中有《早梅詩》。其警句云：『雪中未論和羹事，且向百花頭上開。』文穆云此生登第已安排作狀元宰相矣，已而果然。」暗用梅鹽典。

## 【集評】

楊箋：按詞用「流鶯啼春」、「風惡」、「雪妒」，似指言官及輿論言，「青梅如豆」，似説看其結果。

然則，此詞或作於雲麓領財計，括民田，輿論沸騰時乎？　（「隨處」二句）以西湖塾原籍園堂。（「去年」三句）逆接。此云「長安」，更見園堂之在寧波原籍。

【考　辨】

雲麓園在何地，吴熊和、鍾振振二位先生持論與楊鐵夫相同，認爲雲麓園在四明月湖。然就此詞内證看，史氏雲麓園在杭州。夢窗另一首贈史氏的詞作《水龍吟·雲麓新葺北墅園池》中有「好山都在西湖，斗城轉北多流水」，明寫有園池在杭京。此詞中「銀臺雙引」、「香沾袖」、「籤聲轉漏」明顯寫朝官夜直的生活狀況。夢窗十一首贈史氏詞作中，此詞及《水龍吟·雲麓新葺北墅園池》、《探芳信·麓翁小園早飲，客供棋事、琴事》、《燭影摇紅·麓翁夜宴園堂》、《秋霽·賦雲麓水園長橋》五首寫於隨史氏入幕杭京之後，屬「新葺北墅園池」系列詞。史宅之除京朝官後，位望日隆。這一時期史氏欲建事功，反招物議政治生態，在這組詞中皆有反映。

《癸辛雜識别集》卷下所載史實可與此詞參看：「史宅之，字子仁（孫按：前已引吴企明辨誤），號雲麓，彌遠之子也。穆陵念其擁立之功，思以政地處之，然思不立奇功，無以壓人望。會殿步司獄蘆蕩以爲可以開爲良田，裨國餉。時宅之爲都司，遂創括田之議，一應天下沙田、圍田圩、没官田等並行撥隸本所，名『田事所』。仍辟官分往江、浙諸郡，打量圍築。時淳祐丁未，鄭清之當國時也，遂以宅之爲提領官，右司趙與𦡀爲參詳官，計院汪之埜爲檢閱，趙與㞧、謝獻子並爲主管文字。諸郡又各差朝士，分任其事。怨嗟滿道，死於非命者甚衆。分司安吉州権轄毛遇順毅然不就；分司嘉禾奏院王疇刻剥太過，刑罰慘酷，詞訴紛然，隨即汰去。行之期年，有擾無補。朝廷亦知其不可行。乃以趙與𦡀爲浙西憲司嘉禾提領江浙田事，陳綺爲淮西餉置司會陵提領江淮出事，宅之遂除副樞。於是劉垣、趙汝騰、黄自然皆力陳其不可，皆以罪去。後一年，宅之終於位，趙與𦡀死於嘉禾，王疇、盛如杞次第皆殂。其後應於官田，遂並歸安邊所，令都司提領焉。」都司，尚書省的簡稱，時史宅之爲尚書省工部尚書，提領田事所，倡括民田，導致輿論沸騰，與詞中描述略相契合。丁未，即淳祐七年（一二四七），此詞寫於早春，故知時在淳祐八年（一二四八），此年七月史宅之即除副樞。

## 又

錢馮深居　翼日其初度㊀〔一〕

飛蓋西園〔二〕，晚秋卻勝春天氣㊁〔三〕。霜花開盡錦屏空〔四〕，紅葉新裝綴〔五〕。時放清杯泛水。暗淒涼、東風舊事〔六〕。夜吟不絶㊂，松影闌干，月籠寒翠〔七〕。莫唱《陽關》〔八〕，但憑彩袖歌千歲〔九〕。秋星入夢隔明朝〔一〇〕，十載吴宫會〔一一〕。一棹迴潮渡葦㊃〔一二〕。正西窗、燈花報喜〔一三〕。柳蠻櫻素〔一四〕，試酒爭憐，不教不醉〔一五〕。

【校議】

㊀明張本詞題中的「翼日」，作「翌日」。翼，通「翌」。毛本、《詞綜》、杜本、王朱本、朱二校本詞題中的「其」作「深居」。《歷代詩餘》無詞題。

㊁卻勝：毛本、《詞綜》、《歷代詩餘》、杜本、王朱本、朱二校本作「恰勝」。

㊂不絶：毛本、《詞綜》、《歷代詩餘》、杜本、王朱本、朱二校本、四明本作「不就」。

㊃渡葦：底本、朱四校本作「度葦」。度，通「渡」。兹從餘本。

【注釋】

〔一〕初度：生日。語出《楚辭·離騷》：「皇覽揆余初度兮，肇錫余以嘉名。」

〔二〕飛蓋西園：語出曹植《公燕詩》，詳見《瑞鶴仙》（淚荷拋碎璧）注〔九〕。然此爲實録，寫紹興府治建築。《會稽志》卷一「西園」條：「府西園之新，蓋自樂安公蔣堂。初，景祐三年冬，公實始來。數月政成，郡以無事，乃辟金山神祠作正俗亭（以淫祀，斥其神，即其祠以建亭）。既又爲曲水閣（鑿渠引湖水入，屈折縈紆，激爲湍流，閣踞其上），有流觴亭、茂林亭（並取永和蘭亭故事）。後六年，而向公傳式來，是時有淥波亭（此亭前所未見，始見於向公詩）；又於城上起望湖樓（按，向公《淥波亭》詩云：城上興崇構，林端露半梯。注云：園枕郡城，予因建樓其上以望湖山也）。間又有清曠亭（見郡人齊唐記，耆舊云：在城邊）。自是以後，扁榜位置更易不常，莫得盡考，而西園如故也。今西園有飛蓋堂（不詳其始。舊榜云：宣和書學博士徐兢書）。堂後有池曰王公池（池繇太守王逵而名，園故有池。方錢氏有國時，分守子弟窮極僭假，有後庭棹謳鳧鴈之樂，實起於池中。其後稍堙。於是王公之來，因浚城隍，始復闢之。泓渟澄涵，皎若墜鏡，自是爲奇觀矣）。池北有亭曰漾月。堂之前四亭對峙，史文惠公所建者（冬瑞、春榮、秋芳、夏蔭）。直堂之南爲橋，橋外有亭曰水竹。循橋而西有數徑，詰屈相通於竹叢亂石。間得立石如里堠者二，及其上所紀亭宇，亦皆史公所建者。茂林鄉蘭亭里，東流杯巖，西右軍祠，南修竹塢，北敷榮門。佳山鄉鵝池里，東清真軒，西崇峻庵，南騁懷亭，北曲水。曲水之東，欄楯相接若閣道者，曰惠風閣。繇惠風歷清真西南登城，亭曰列翠。列翠以北，曰華星，亦城上亭。多無扁，不具載。蓋今園，燕休則飛蓋堂最勝，觴詠曲水最勝，登覽之勝則列翠矣。」向傳式《淥波亭》：「月夜宜飛蓋，花時醉似泥。」另，蔣堂有《寄題西園》詩。

〔三〕晚秋勝春：劉禹錫《秋詞二首》（之一）：「自古逢秋悲寂寥，我言秋日勝春朝。」此謂西園林木葱蘢，秋景勝過春日。實寓文惠公史浩所建春榮、秋芳二亭言，隱然亦賀馮氏晚歲生日，馮氏年長夢窗十五歲。

〔四〕霜花句：此指八九月盛開的木芙蓉花，此花又稱拒霜，開時粲若錦繡。已屢見前注。蔣堂《寄題望湖樓》：「樓南極目芙蓉花，萬疊紅英照千騎。」鑑湖賜榮園前有長堤十里，夾道皆種垂楊、木芙蓉。

〔五〕紅葉句：化用杜牧《山行》意境：「停車坐愛楓林晚，霜葉紅於二月花。」會稽多楓，王十朋《會稽風俗賦》：「木則楓挺千丈，松封五夫。」馮氏生日應在晚秋。

〔六〕時放三句：此寫西園曲水閣之觴詠。《會稽掇英總集》卷二載唐詢、林槩、劉述、邵必《題曲水閣》詩。東風舊事，指王羲之《蘭亭集序》中曲水流觴之遊，參見《慶宮春》（殘葉翻濃）注〔三〕、《一寸金・贈筆工劉衍》注〔一四〕。

〔七〕夜吟三句：王安石《夜直》：「春色惱人眠不得，月移花影上闌干。」承上三句化用向傳式《淥波亭》句意：「水爲流觴引，亭因正俗題。松篁清有韻，桃李密成蹊。」

〔八〕《陽關》：陽關三疊。代指送別曲。

〔九〕彩袖：代指歌女。晏幾道《鷓鴣天》：「彩袖殷勤捧玉鍾。當年拚卻醉顔紅。」千歲：柳永有《千秋歲》詠調名，爲祝壽之作。楊箋：「以送別襯起慶壽，妙在打成一片。」

〔一〇〕秋星句：秋星，亦名太白星。《詩・小雅・大東》：「東有啟明，西有長庚。」長庚處位在西，五行爲金，與秋同屬，故云。《新唐書・文藝中》：「李白，字太白。……白之生，母夢長庚星，因以命之。」切「翼日初度」。

〔一一〕十載句：「十載」云云，回憶在吴時間成數。與《齊天樂・與馮深居登禹陵》中「故人慳會遇，同剪燈語」同意。

〔一二〕一棹句：渡葦，以葦筏爲航。詳見《絳都春·題蓬萊閣燈屏》注〔一三〕。迴潮，謝惠連《泛湖歸出樓望月詩》：「悤樹面曲汜，臨流對迴潮。」吕延濟注曰：「迴潮，潮落之名。」陰曆每月的二十四五有此現象。

〔一三〕正西窗二句：燈花報喜，俗以燈花爆裂爲吉兆。杜甫《獨酌成詩》：「燈花何太喜，酒緑正相親。」韓愈《同侯十一詠燈花》：「今夕知何夕，花然錦帳中。」「更煩將喜事，來報主人公。」

〔一四〕柳蠻櫻素：小蠻、樊素，白居易二妾名，二人櫻口柳腰。

〔一五〕試酒：此特指品嘗家裏新釀成的酒。　上下三句懸想馮深居回家後妻妾熙和的景象。據前文《齊天樂·與馮深居登禹陵》【考辨】所引方回《桐江集·跋馮深居詩》「饋至，凡縑帛物玩，立令諸妾分之」數語，知詞中戲語亦爲實録。

【集　評】

鄭氏手批：題意曲折而清辭珮句，面面俱到，斯爲能事。可知修辭匪難，辭能達意惟難耳。

楊箋：陳東塾（孫按：即陳澧）云「柳蠻櫻素」，可悟煉詩入詞之法。

【考辨】

此詞是深秋寫於紹興府治建築群中，以夢窗紹興履跡考之，僅能寫於淳祐五年（一二四五）。

## 又

元夕微雨㈠

碧澹山姿〔一〕，暮寒愁沁歌眉淺㈡〔二〕。障泥南陌潤輕酥〔三〕，燈火深深院〔四〕。入夜笙歌漸暖〔五〕。彩旗翻、宜男舞遍〔六〕。恣遊不怕〔七〕，素襪塵生〔八〕，行裙紅濺〔九〕。銀燭籠紗〔一〇〕，翠屏不照殘梅怨〔一一〕。洗妝清靨濕春風㈢〔一二〕，宜帶啼痕看〔一三〕。楚夢留情未散〔一四〕。素娥愁㈣〔一五〕、天深信遠㈤〔一六〕。曉窗移枕〔一七〕，酒困香殘〔一八〕，春陰簾捲〔一九〕。

【校議】

㈠ 明張本、底本、朱四校本作「元夕雨」。茲據毛本、《歷代詩餘》、戈校本、戈選、杜本、王朱本、朱二校本、四明本。

㈡歌眉：朱彊村、鄭校疑作「敧眉」。鄭氏手批：「漚尹謂『歌』字疑是『欹』字之訛，以與下『笙歌』複一『歌』字。」「諦察當作『欹』字，蓋謂山眉也。」「案，毛滂有『雲山沁綠殘眉淺』之句，似與此意微合。並謂山眉，當作『欹』字，形近訛。」鄭校：「夢窗詞中亦用『欹黛』可證。」

㈢清曆：明張本作「素曆」。底本尾註：「按前後六調，是處無用去聲者，從毛本。」

㈣素娥：《歷代詩餘》作「素蛾」。

㈤天深：毛本、《歷代詩餘》、戈選、杜本、王朱本、朱二校本、四明本作「天長」。劉永濟《微睇室說詞》：「詞中『天深』，毛本作『天長』，『長』字熟，『深』字生，吳詞喜用生字，亦文家用字避熟之意也。」

【注釋】

〔一〕碧澹山姿：歐陽袞《雨》：「山姿輕薄霧，煙色澹幽林。」

〔二〕暮寒句：毛滂《菩薩蠻》：「雲山沁綠殘眉淺。垂楊睡起腰肢軟。」白居易《贈晦叔憶夢得》：「酒面浮花應是喜，歌眉斂黛不關愁。」以上二句還暗用趙合德遠山眉典。

〔三〕障泥：《世說新語·術解》：「王武子善解馬性。嘗乘一馬，著連錢障泥，前有水，終日不肯渡。王云：『此必是惜障泥。』使人解去，便徑渡。」南陌：王維《同比部楊員外十五夜遊有懷靜者季》：

「夜出曙翻歸，傾城滿南陌。」以上三句化用韓偓《元夜即席》：「元宵清景亞元正，絲雨霏霏向晚傾。……煙空但仰如膏潤，綺席都忘滴砌聲。」並寫京城街道微雨景象。

〔四〕燈火句：《武林舊事》卷二：「（元夕）邸第好事者如清河張府、蔣御藥家，間設雅戲煙火。花邊水際，燈燭粲然。遊人士女縱觀，則迎門酌酒而去。又有幽坊静巷，好事之家，多設五色琉璃泡燈，更自雅潔，靚妝笑語，望之如神仙。」

〔五〕笙歌漸暖：崔顥《岐王席觀妓》：「拂匣先臨鏡，調笙更炙簧。」《齊東野語》卷一七「笙炭」條載吴郡王及平原郡王兩家侈盛之事：「只笙一部，已是二十餘人。自十月旦至二月終，日給焙笙炭五十斤，用綿熏籠藉笙於上，復以四和香熏之。蓋笙簧必用高麗銅爲之，靘以緑蠟，簧暖則字正而聲清越，故必用焙而後可。陸天隨詩云『妾思冷如簧，時時望君暖』，樂府亦有『簧暖聲清』之語。」此句寫元夕花燈熱量烘焙中對笙歌的特殊感受。

〔六〕彩旗二句：以上五句是京城燈夕之實録，可與宋代筆記互見。《武林舊事》卷二：「（淳熙間）時承平日久，樂與民同。凡遊觀買賣，皆無所禁。畫楫輕舫，旁舞如織。至於果蔬、羹酒、關撲、宜男、戲具、鬧竿、花籃、畫扇、彩旗、糖魚、粉餌，時花、泥嬰等，謂之『中土宜』。」彩旗、宜男，應皆爲頭上飾物。金盈之《醉翁談録》卷三「正月」條：「婦人又爲燈毬、燈籠，大如棗栗，加珠翠之飾，合城婦女競戴之。又插雪梅。凡雪梅，皆繪楮爲之。又有宜男蟬，狀如紙蛾，而稍加文飾。」楊箋：「宜男舞，未詳。想舞於元旦者。」此處「舞遍」意綴「彩旗」，實同集中《倦尋芳・上元》「亂簫聲，正風柔柳弱，舞肩交燕」，皆寫婦女鬟上飾物顫舞，非有所謂「宜男舞」也。

〔七〕恣遊：庾肩吾《暮游山水應令賦得磧字詩》：「餘春屬清夜，西園恣遊歷。」

〔八〕素襪塵生：用羅襪生塵典。並暗用蘇味道《正月十五夜》「暗塵隨馬去」詩意。宋代元夕夜爲與月色相宜著衣尚白，見《祝英臺近・上元》注〔八〕，故用「素襪」。

〔九〕行裙紅濺：化用裴虔餘《詠篙水濺妓衣》詩意：「從教水濺羅裙濕，知道巫山行雨歸。」以上八句回憶當年京城元夕雖然微雨，然士女仍恣意遊樂嬉戲。

〔一〇〕銀燭籠紗：《武林舊事》卷二：「（元夕）翠簾綃幕，絳燭紗籠，遍呈舞隊，密擁歌姬，脆管清吭，新聲交奏，戲具粉嬰，鬻歌售藝者紛然而集。」

〔一一〕翠屏句：《能改齋漫録》卷七：「蘇味道《上元》詩：『遊妓皆穠李，行歌盡落梅。』上句取梁蕭子顯《美人篇》曰：『繁穠既爲李，照水亦成蓮。』下句取樂府《落梅花》曲。」梅花冬春之間盛放。梅怨，楊億《夜宴》：「鶴蓋留飛舄，珠喉怨落梅。」

〔一二〕洗妝：張耒《觀梅》：「北風號夜天雨霜，屋東梅花晨洗妝。」清靨：猶言「清鬬素靨」，形容帶雨梅花。濕春風：語出王安石《明妃曲二首》（之一）：「明妃初出漢宮時，淚濕春風鬢腳垂。」

〔一三〕宜帶句：賈似道《梅花》：「塵外冰姿世外心，宜晴宜雨更宜陰。」

〔一四〕楚夢句：用楚王遊陽臺夢遇巫山神女事。王勃《江南弄》：「江南弄，巫山連楚夢，行雨行雲幾相送。」由巫山雲雨，聯想至元夕有遮月之雲是因爲「留情未散」。

〔一五〕素娥愁：謂因雨而無月色。

〔一六〕天深信遠：暗寓「雲」字，寫無雁傳書。周邦彦《關河令》：「佇聽寒聲，雲深無雁影。」

〔一七〕曉窗移枕：王建《春詞》：「下堂把火送郎回，移枕重眠曉窗裏。」

〔一八〕酒困：李商隱《崇讓宅東亭醉後沔然有作》：「新秋仍酒困，幽興暫江鄉。」香殘：寫雨後梅花。來鵠《梅花》：「枝枝倚檻照池冰，粉薄香殘恨不勝。」

〔一九〕春陰簾捲：宕開寫十六日清晨事。春陰，「雨」字嗣波，亦心中餘悲。簾捲，化用韓偓《懶起》「海棠花在否，側卧捲簾看」，關切梅花是否離披。

【集評】

劉永濟《微睇室説詞》：起四字乃雨中山色。「暮寒」句乃寒雨中人情。「障泥」二句，上言陌上雨，下言雨中人家。「入夜」切元夕，亦指人家説。「彩旗」句元夕故事。《事物紀原》有元旦以青繒爲小幡簪之，謂其習起於漢時。後更以五色繒爲之。「彩旗」或其遺制。「恣遊」乃雨中遊人。上半闋泛寫題意已完，下半闋方從己邊著筆。「銀燭」二句寫元夕之燈也。「翠屏不照」句言屏外殘梅非燭光所及，故有「怨」。「洗妝」二句即從殘梅説，言梅花帶雨如人洗妝靨，而雨濕之梅花又如人帶啼痕。「楚夢」句則因雨而想及宋玉行雨行雲之文。「留情未散」，就夢醒後説，餘情猶在也。「素娥」

則又因「楚夢」而想及神女。「天深信遠」，夢後音信難通也。此二句作者之情究何所指，頗難臆測，但從詞面看，皆由雨而聯想及之者。歇拍從夕到曉之詞。「酒困香殘」，曉來情味也。「春陰簾卷」，曉來天氣也。此在作法爲推到去路作結之法。

【考　辨】

陳洵《海綃説詞》：湖山起，坊陌承「漸暖」，則忘卻暮寒矣。「恣游不怕」，並且無愁，湖山奈何，殘梅自怨，翠屏自不照，哀樂不同也。「楚夢」，衰世君臣；「留情未散」，彼昏不知。「天長信遠」，猶望明時。「春陰簾卷」，仍復無望，如此看去，有多少忠愛。

楊箋：（「楚夢」三句）言姬去，心不能忘也。雨則無月，故曰「素娥愁」。此則以比姬。「信遠」明言無回歸信息。

劉永濟《微睇室説詞》：二説之差距如此大。今細讀之，皆雨中感懷之言。所感何事，作者既未明言，詞中亦未特別透露，頗難指實。大概人情多感，或身事，或世事，往往不分，讀者何可泥説。此詞題曰「元夕雨」，元夕，佳節也，應及時行樂，而雨則妨人行樂，此當是生感之由，亦即作詞之故也。

孫按：此與《點絳脣·試燈夜初晴》、《應天長·吴門元夕》意境仿佛，應寫於宋亡之後。

## 又

壽嗣榮王

天桂飛香〔一〕，御花簇座千秋宴〔二〕。笑從王母摘仙桃〔三〕，瓊醴雙金盞㊀〔四〕。掌上龍珠照眼〔五〕。映蘿圖㊁〔六〕、星暉海潤㊂〔七〕。浮槎遠到㊃，水淺蓬萊，秋明河漢〔八〕。寶月將弦〔九〕，晚鉤斜掛西簾捲〔一〇〕。未須十日便中秋，爭看清光滿〔一一〕。淨洗紅塵障面〔一二〕。賀朝霖、催班正殿〔一三〕。喜回天上，紫府開筵〔一四〕，瑶池宣勸〔一五〕。

【校議】

㊀ 金盞：朱二校本作「金線」。未知所據。

㊁ 蘿圖：毛本、《歷代詩餘》、戈校本作「羅圖」。杜本改，諸本從。明張本正同。鄭校：「以形近訛。」

㊂ 海潤：《歷代詩餘》作「海爛」。夏敬觀評語：「『潤』、『震』韻與『元』、『願』韻同押。」

㈣浮槎：明張本「浮」字處空格。杜鈔本作「桴查」，校曰：「原作『浮』。」朱一校本眉批：「『浮』，恐非是。」孫按：語出《博物志》「有浮槎去來不失期」，應不誤。

【注　釋】

〔一〕天桂飛香：羅鄴《費拾遺書堂》：「滿袖歸來天桂香，紫泥重降舊書堂。」既寫宮中御香，又因傳説杭州靈隱寺的桂樹是月中種，故有「天桂飛香」之説。切合嗣榮王生日在八月初十，參見《水龍吟·壽嗣榮王》【考辨】。

〔二〕御花簇座：生日宴上，滿座皆戴皇帝賞賜的宮花。王珪《又依韻和吴樞密上史館王相公西府偶成》：「喜賜御花新燕後，憶乘天馬並游初。」千秋宴：古代祝王公貴族生日往往稱千歲，史浩《清平樂·樞密叔父生日》：「一曲齊稱千歲壽。歡擁兩行紅袖。」

〔三〕王母仙桃：常用作祝壽語。

〔四〕瓊醴：清酒的美稱。謝燮《方諸曲》：「瓊醴和金液，還將天地俱。」雙金盞：以蟠桃鏤繪於雙杯盞，亦是宋人祝壽的習俗。晁補之《梁州令·永嘉郡君生日》：「蟠桃新鏤雙盞，相期似此春長遠。」此「雙」字貫及下文「龍珠」二字。

〔五〕掌上句：掌上珠，傅玄《短歌行》：「昔君視我，如掌中珠。」王宏《從軍行》：「兒生三日掌上珠，燕頷猿肱穠李膚。」龍珠，傳説得自龍頷下或龍口中。任昉《述異記》卷上：「凡珠，有龍珠，龍所吐者。

蛇珠，蛇所吐者。南海俗諺云：『蛇珠千枚，不及玫瑰。』亦蛇珠賤也。越人諺云：『種千畝木奴，不如一龍珠。』玫瑰亦是美珠也。越俗以珠爲上寶，生女謂之珠娘。生男謂之珠兒。」嗣榮王有二子，見《癸辛雜識續集》卷下，其一即爲度宗：「福王（孫按：指趙與芮。咸淳三年晉封福王）長子小字祐孫（庚子生，即不育）。次日黄氏所生小字德，即紹陵也。」

〔六〕蘿圖：指疆宇。柳永《御街行·聖壽》：「椿齡無盡，蘿圖有慶，常作乾坤主。」

〔七〕星暉海潤：皇太子典。馬廷鸞代擬《賜皇太子生日詔》：「日就月將，温文以懌。星暉海潤，純嘏爾常。」《宋史·度宗本紀》：「度宗端文明武景孝皇帝，諱禥，太祖十一世孫。父嗣榮王與芮，理宗母弟也。嘉熙四年四月九日生於紹興府榮邸。初，榮文恭王夫人全氏夢神言：『帝命汝孫，然非汝家所有。』嗣榮王夫人錢氏夢日光照東室，是夕，齊國夫人黄氏亦夢神人采衣擁一龍納懷中，已而有娠。及生，室有赤光。資識内慧，七歲始言，言必合度，理宗奇之。及在位歲久，無子，乃屬意托神器焉。淳祐六年十月己丑，賜名孟啟，以皇侄授貴州刺史，入内小學。……寶祐元年正月庚辰，詔立爲皇子，改賜今名。……景定元年六月壬寅，立爲皇太子，賜字長源，命楊棟、葉夢鼎爲太子詹事。七月丁卯，太子入東宫。」

〔八〕浮槎三句：合用天河浮槎、蓬萊典。點出嗣榮王生日時間。兼及舊志所載正對蓬萊仙山的會稽，紹興府以會稽爲郡治，與山陰縣同城而治。

〔九〕寶月將弦：鮑泉《江上望月詩》：「客行鉤始懸，此夜月將弦。」月初弦在陰曆每月初七、初八日，此詞寫在生日前，故曰「寶月將弦」、「未須十日便中秋」。

〔一〇〕晚鉤：盧思道《日出東南隅行》：「初月正如鉤，懸光入綺樓。」

〔一一〕未須二句：梁武帝《擬明月照高樓》：「圓魄當虛闥，清光流思延。」岑參《送祁樂歸河東》：「新月河上出，清光滿關中。」宋太祖《句》：「未離海底千山黑，才到天中萬國明。」

〔一二〕淨洗紅塵：下句「霖」字意屬此。　障面：桃葉《答田團扇歌三首》（之二）：「團扇復團扇，持許自障面。」

〔一三〕賀朝霖二句：霖，適時好雨。《書・説命上》：「若歲大旱，用汝作霖雨。」據《宋史・理宗本紀》寶祐四年（一二五六）三月壬寅「以少師嗣榮王與芮爲太傅」。據《宋史・度宗本紀》，至度宗即位，「加封嗣榮王與芮武康寧江軍節度使，依前太師判宗正事」。嗣榮王爲太傅、太師，故可用此經世濟民之典。

〔一四〕喜回二句：天上、紫府，道教稱仙人所居。葛洪《抱朴子》：「及至天上，先過紫府，金床玉几，晃晃昱昱，真貴處也。」此代指皇宫。

〔一五〕瑤池：西王母所居，也是穆天子宴觴西王母的地方。　宣勸：指皇帝賜酒勸飲。蘇軾《次韻王仲至喜雪御宴》：「宣勸不多心自醉，强扶衰白拜君嘉。」

【考　辨】

劉毓崧《重刊吴夢窗詞稿序》：蓋理宗……立度宗爲皇太子。係景定元年六月之事。……所用詞藻皆係皇太子故實，不但未命度宗爲皇子之時萬不敢用，即已命爲皇子之後，未立爲皇太子之前，亦萬不宜用。

孫按：此詞用皇太子典實，知作於景定元年（一二六〇）或稍後某年的八月初。詞中有「浮槎遠到，水淺蓬萊，秋明河漢」兼及蓬萊仙山事，而「淨洗紅塵障面。賀朝霖、催班正殿。喜回天上，紫府開筵，瑶池宣勸」，是設想從紹興榮邸進宫並回府情形，故知此詞寫於紹興。

## 又

賦德清縣圃古紅梅〔一〕

莓鎖虹梁，稽山祠下當時見㈠〔二〕。橫斜無分照溪光〔三〕，珠網空凝徧㈡〔四〕。姑射青春對面〔五〕。駕飛虯、羅浮路遠〔六〕。千年春在〔七〕，新月苔池，黄昏山館〔八〕。花滿河陽〔九〕，爲君羞褪晨妝倩〔一〇〕。雲根直下是銀河，客老秋槎變〔一一〕。雨外紅鉛洗斷〔一二〕。又晴霞、鷺飛暮管〔一三〕。倚闌祇怕〔一四〕，弄水鱗生〔一五〕，乘東風便〔一六〕。

【校　議】

㈠ 稽山：王朱本作「嵇山」。稽、嵇二字，在稽山義項上可互通。

㈡ 珠網：《歷代詩餘》作「蛛網」。

【注　釋】

〔一〕縣圃紅梅：德清縣圃有數間亭榭，各有嘉名。此詞所賦爲「清意亭」前古紅梅。詳見《念奴嬌·賦德清縣圃明秀亭》注〔一〕。

〔二〕莓鎖二句：此以會稽山禹廟下它山堰的梅梁襯起。稽山，會稽山的省稱。《越絶書》：「禹東越，上茅山，大會計，爵有德，封有功，更名茅山曰會稽。」稽山祠，即會稽山禹廟。地處紹興府會稽縣東北二十里。其下有它山堰，堰梁取禹廟梅梁後半爲之，因「其脊儼然如龍卧」，故曰「虹梁」。《四明它山水利備覽》卷上：「梅梁，在堰江沙中。《鄞志》謂梅子真舊隱大梅山。梅木其上爲會稽禹祠之梁，其下在它山堰，亦謂之梅梁。……它山堰之梁，其大逾抱，半没沙中，不知其短長，横枕堰址，潮過則見，其脊儼然如龍卧，江沙中數百年不朽，暴流湍激，儼然不動，有草一叢生於上，四時常青。

耆老傳以爲龍物，亦聖物鎮填者耶？」苺鎖，指苔梅。詳見《花犯·謝黄復庵除夜寄古梅枝》注〔一〕、注〔七〕。暗寓此古紅梅除年代久遠外，並且是苔梅品種。

〔三〕横斜句：翻用林逋《山園小梅》詩境。無分，杜甫《九日五首》（之一）：「竹葉於人既無分，菊花從此不須開。」

〔四〕珠網：此喻夕露如珍珠。詳見《尉遲杯·賦楊公小蓬萊》注〔一〕。以上二句寫古梅因在縣衙的園圃，因而與小溪無緣；然夕露灑在梅樹上，仿佛綴珠之網狀的帳幃遮護著梅花，亦與梅花相宜。

〔五〕姑射：《莊子·逍遥遊》：「藐姑射之山，有神人居焉，肌膚若冰雪，綽約若處子。」唐宋時屢以喻梅花。如王周《大石嶺驛梅花》：「仙中姑射接瑶姬，成陣清香擁路岐。」王安禮《萬年歡》：「渾疑是、姑射冰姿，壽陽粉面初妝。」

〔六〕鴛飛虬二句：相傳隋趙師雄在羅浮山夢遇梅花精靈。並暗用梅梁化龍典，詳見《齊天樂·與馮深居登禹陵》注〔六〕。

〔七〕千年春在：切「古」字、「紅」字。

〔八〕新月二句：梁元帝《詠梅詩》：「梅含今春樹，還臨先日池。」林逋詠梅殘句：「池水倒窺疏影動，屋簷斜入一枝低。」照應林逋《山園小梅》詩境，謂縣圃雖無溪水，但有苔池，亦可清淺照影。並以月色襯寫午夜香氣濃烈，參見《花犯·謝黄復庵除夜寄古梅枝》注〔九〕。

〔九〕花滿河陽：縣圃明秀亭前盛植桃李花。《德清縣志》卷一〇載縣圃古跡曰：「明秀亭，周植桃與海棠，前立牌門，榜曰『紅雲塢』。」實用潘岳河陽一縣桃李花典故。

〔一〇〕爲君句：管鑒《桃源憶故人》：「壽芽初長香英嫩。拾翠芳洲春近。倩笑臉霞羞褪。」韓愈《東都遇春》：「川原曉服鮮，桃李晨妝靚。」謂紅梅雅豔，襯托出桃李粗俗。桃李實開於梅花之後，此虛及之。

〔一一〕雲根二句：此以「客」自喻，承「梅梁」意而有乘槎上天河之聯想。陳後主《同管記陸瑜七夕四韻詩》：「雲生劍氣没，槎還客宿遥。」杜甫《戲題寄上漢中王三首》（之一）：「西漢親王子，成都老客星。」

〔一二〕紅鉛：杜牧《宣州留贈》：「紅鉛濕盡半羅裙，洞府人閑手欲分。」

〔一三〕又晴霞二句：晴霞與「紅鉛」皆喻紅梅花瓣。暮管，笛曲中有《梅花落》。

〔一四〕倚闌二句：劉元載妻《早梅》：「憑仗高樓莫吹笛，大家留取倚闌干。」

〔一五〕弄水鱗生：李白《憶舊遊寄譙郡元參軍》：「浮舟弄水簫鼓鳴，微波龍鱗莎草緑。」蘇軾《泛潁》：「忽然生鱗甲，亂我鬚與眉。」

〔一六〕乘東風便：劉長卿《歸沛縣道中晚泊留侯城》：「進帆東風便，轉岸前山來。」用流紅典故以及周邦彦詠落花詞。

【考辨】

楊箋：「梁」，指梅梁。見上《齊天樂·登禹陵》詞箋。但此詞疑在其後。

孫按：此詞中梅花，夢窗年輕時曾賦，《賀新郎・爲德清趙令君賦小垂虹》中「但東閣、官梅清瘦」，《念奴嬌・賦德清縣圃明秀亭》「寒欲殘時，香無著處，千樹風前玉」，即是其中詠梅名句，《賀新郎》、《念奴嬌》是夢窗寶慶二年（一二二六）前後寫於德清，此詞則曰「客老秋查變」。據《德清縣志》卷一〇載縣圃古跡曰：「清意亭，知縣章鑒建，其前古梅甚奇。」又，卷五：「章鑒，嘉熙年間在任。」章鑒，《宋史》有傳，分寧人，以別院省試及第。累官至右丞相並兼樞密。據知古梅亭建於嘉熙年間（一二三七至一二四〇），詞作又用河陽縣令典，應即寫於章鑒任上。

## 又

越上霖雨應禱㊀〔一〕

秋入燈花㊁〔二〕，夜深簷影琵琶語〔三〕。越娥青鏡洗紅埃〔四〕，山鬭秦眉嫵〔五〕。相間金茸翠畝〔六〕。認城陰〔七〕、春耕舊處。晚春相應〔八〕，新稻炊香〔九〕，疏煙林莽㊂〔一〇〕。清磬風前〔一一〕，海沈宿裊芙蓉炷〔一二〕。阿香秋夢起嬌啼〔一三〕，玉女傳幽素〔一四〕。人駕梅槎未渡㊃〔一五〕。試梧桐、聊分宴俎〔一六〕。采菱別調〔一七〕，留取蓬萊，霎時雲住㊄〔一八〕。

【校　議】

㈠越上：杜校：「『上』字疑『中』字或『土』字、『山』字之誤。」戈校本詞題下注「范選」。

㈡楊箋：「夢窗善用『入』字，如《一寸金》之『春入中山』，《絳都春》之『弄豔冶，又入垂楊如許』。非用諸首句，亦必用諸第一韻。」

㈢莾：《古今詞統》：「音『姥』。」孫按：讀若「母」。

㈣梅槎：《古今詞統》、毛本、《歷代詩餘》、《詞律》、戈校本、杜本、王朱本作「海查」。與前「海沈」字複。朱二校本徑改。餘本從。明張本正同。

㈤《詞律》：「將前調（孫按：指《憶故人》）加一迭。此則南宋以後俱用之。『夜』、『海』二字須仄聲。至若『翠』、『舊』、『未』、『宴』尤須用仄，得去聲更妙。蓋此字仄，而末句用『林』字『雲』字平聲，方得抑揚聲響，若前用平，後反用仄，便是落腔矣。《譜圖》亂注，莫從。」

【注　釋】

〔一〕越上：此指紹興一帶。　應禱：禱告並獲得祈應。蘇頌《次韻葉希虞秘校同遊天竺寺五絶句》（之一）：「片雲忽作人間雨，盡道靈山應禱來。」

〔二〕秋入燈花：秋雨後寒濕初重，因而燈花頻結。林逋《贈張繪秘教九題·詩魔》：「花露濕晴春，秋燈落燼頻。」

〔三〕夜深句：下闋「風前」意亦入此，借喻屋簷下的風鈴（也稱鐵馬、簷馬等）在風雨中撞擊有聲。琵琶語，白居易《春聽琵琶兼簡長孫司户》：「四弦不似琵琶聲，亂寫真珠細撼鈴。指底商風悲颯颯，舌頭胡語苦醒醒。」前文《暗香·送魏句濱宰吴縣解組》「天際疏星趁馬，簾畫隙、冰弦三疊」數句亦以風動簷馬喻弦樂聲。蘇軾《大風留金山兩日》：「塔上一鈴獨自語，明日顛風當斷渡。」范成大《枕上》：「素娥脈脈翻愁寂，付與風鈴語夜長。」皆以風鈴聲爲「語」。簷影，何遜《秋夕仰贈從兄寘南詩》：「悽愴户涼入，徘徊簷影斜。」

〔四〕青鏡：喻紹興鏡湖。見《還京樂·友人泛湖》注〔一七〕「清鏡」條。紅埃：飛揚的塵土。《魏書·崔光傳》：「秋末久旱，塵壤委深，風霾一起，紅埃四塞。」蘇頲《句》：「飛埃結紅霧，游蓋飄青雲。」

〔五〕山鬭句：爲「鬭秦山眉嫵」之倒文。葉適《和汪提刑祈雨》：「會稽秦望都洗清，越人喚作提刑雨。」

〔六〕相間句：謂早稻已經收割，晚稻尚且青葱。《會稽志》卷一七：「會稽之産稻之美者：紫珠、便糧、穲散、黄秈、秔貫、烏黏秔貫。其早熟，曰早白稻、烏黏早白、宣州早；其次則曰白婢暴、紅婢暴、八十日（三者亦占城之屬，秋初乃熟，其收晚於早占城）。八月白、紅穲、紅蓮子、上稈青、赤殼、大張九、小張九、紅黏、白稻、泰州紅、黄岩、硬稈白、軟稈白（三者亦占城之屬）。午内、青絲、青蝦、便撩撒、攂泥烏、冷水烏、下路烏、紅占城，八月乃刈，似婢暴而晚，葉裹藏。其得霜乃熟，曰寒占城、見霜稻、狗蜱稻、九里香。七月始種，得霜即熟曰黄稑，再熟曰魏撩。」下句「城陰」意亦入此。王安石《自白土村入北寺二首》(之一)：「木杪田家出，城陰野逕分。溜渠行碧玉，畦稼卧黄雲。」秦系《雲門山》：「秀氣漸分秦望嶺，寒身猶入若耶溪。天開霽色澄千里，稻熟秋香亘萬畦。」

〔七〕認城陰二句：「占城」被認爲是最早的旱稻。《會稽志》卷一七釋曰：「旱占城，土人皆謂之金成，不知何義也。一名六十日，相傳云唐太宗伐占城國，得其種。《國史》：祥符五年，上以諸路微旱，則稻悉不登。遂遣使福建取占城稻三萬斛，分給江南兩浙三路轉運使，令擇民田之高印者，分給蒔之，謂之旱稻，仍出種法示民。」

〔八〕晚春相應：王維《山中與裴秀才迪書》：「村墟夜春，復與疎鐘相間。」與下句取王安石《東陂二首》(之二)句意：「春玉取新知不晚，腰鐮今日已紛紛。」《王荆公詩注》：「春，謂擣剥去秕糠，言將炊新米也。」

〔九〕新稻炊香：此特指「早白稻」、「烏黏早白」、「宣州早」諸種早熟的占城品種。杜甫《閿鄉姜七少府設膾戲贈長歌》：「偏勸腹腴愧年少，軟炊香飯緣老翁。」

〔一〇〕疏煙林莽：承上句設想喜獲新稻豐收後，家家春米晚炊的情形。

〔一一〕清磬：詳見《江神子·賦洛北碧沼小庵》注〔一〇〕。此指道士祈雨所用法器。

〔一二〕海沈句：王惟正《應禱詩留天聖觀》：「乞雨祈諸廟，焚香禱衆真。」海沈，此美稱祈雨用的香炷。芙蓉炷，捆紮成蓮花形的香炷形狀。

〔一三〕阿香句：阿香，雷雨女神。嬌啼，白居易《羅子》：「顧念嬌啼面，思量老病身。」此形容雷聲。因雷神爲女性。夢窗多以「嬌」字形容雷聲。

〔一四〕玉女：亦雷電女神。《太平御覽》卷一三：「《神異經》曰：東王公與玉女投壺，梟而脱誤不接者，天爲之笑，開口流光，今電是也。」李白《梁甫吟》：「我欲攀龍見明主，雷公砰訇震天鼓，帝旁投壺多玉女。三時大笑開電光，倏爍晦冥起風雨。」以阿香嬌啼、玉女傳信形容雷電交加霖雨傾盆。

〔一五〕梅槎：美稱木筏。參見《瑣窗寒·玉蘭》注〔六〕。

〔一六〕試梧桐二句：借孟棨《本事詩·情感》中顧況與宫女以大梧桐葉題詩典，此寫擺宴席、分韻寫詩以志慶賀的情景。

〔一七〕采菱别調：采菱，江南曲。詳見《齊天樂·會江湖諸友泛湖》注〔一九〕。此調急促高亢，故云「别調」。

〔一八〕留取二句：蓬萊是海上仙山，周圍彩雲繚繞。雲駐即能再行雨，亦祈願之辭。

【集評】

卓人月、徐士俊《古今詞統》卷一二：古錦囊中句。

【考辨】

此詞寫於紹興。詞中所記禱雨有地方官陣勢。夢窗與浙西地方官有關涉者唯史宅之、吴潛二人。《會稽續志》卷二「安撫題名」：「史宅之，淳祐四年七月以華文閣學士、通奉大夫知。十月十九日到任。……六年三月十六日除工部尚書。」同卷又載：「吴潛，淳祐几年八月以資政殿學士太中大夫知，十一月八日到任。十二月八日，除同知樞密院事兼參知政事。」詞中時節在秋，加上吴潛、史宅之赴紹興時間所限，故僅能寫於淳祐五年（一二四五）秋天。據《宋史·理宗本紀》：「（淳祐五年）秋七月癸巳朔，日有食之。旱。辛丑，鎮江、常州亢旱，詔監司、守臣及沿江諸郡安集流民。甲辰，祈雨。」知當年初秋江南一帶亢旱。詞中寫梧葉未落、早稻初熟中稻正緑，亦與初秋時節相合，可雙證此詞寫於淳祐五年史宅之任紹興時。

## 醜奴兒慢㈠　黄鐘商

麓翁飛翼樓觀雪㈡〔一〕

東風未起，花上纖塵無影〔二〕。峭雲濕〔三〕，凝酥深塢，乍洗梅清㈢〔四〕。釣捲愁絲㈣，冷浮虹氣海空明㈤〔五〕。若耶門閉〔六〕，扁舟去懶〔七〕，客思鷗輕〔八〕。幾度問春，倡紅冶翠〔九〕，空媚陰晴〔一〇〕。看真色〔一一〕、千巖一素〔一二〕，天澹無情〔一三〕。醒眼重開㈥，玉鉤簾外曉峰青〔一四〕。相扶輕醉〔一五〕，越王臺上，更最高層㊆〔一六〕。

【校議】

㊀此詞毛本乙稿、丙稿重出。明張本、毛本乙稿、杜本詞調作《醜奴兒》。明張本自注：「又名《疊荷錢》。」毛本丙稿、毛扆本、戈校本作《愁春未醒》。《詞律》在潘元質《醜奴兒慢》（愁春未醒）詞後注曰：「此詞因首句四字，後人遂名曰《愁春未醒》，《夢窗稿》『東風未起』一篇是也。《圖譜》不知即《醜奴兒慢》，故另立一《愁春未醒》之調。」《詞譜》將潘元質此詞（愁春未醒）列於《采桑子慢》下，詞後注曰：「此詞惟前段第二句用本部三聲叶韻，以下則全押平韻矣。吴文英『東風未起』詞、『空濛乍斂』詞及無名氏『夏日正長』詞俱與此同。」《四庫全書總目提要》：「至乙亥之《醜奴兒慢》，丙稿又易其名曰《愁春未醒》，則因潘元質此詞以『愁春未醒』作起句，故後人又有此名。據以追改舊題，尤乖舛矣。」《歷代詩餘》、戈選將本調二詞列於《采桑子慢》下。戈選杜批：「此調本名《醜奴兒慢》，有平仄韻二體，此二首第二句間叶一仄韻，宋元人通用之體。」王朱本在毛本乙稿詞調後補「慢」字。諸本從之。

㊁明張本、底本、四明本詞題作「雪，麓翁飛翼樓觀」。毛本丙稿、戈校本、朱二校本作「侍雲麓先生登飛翼樓觀雲」。《歷代詩餘》、戈選作「登飛翼樓觀雲」。兹據毛本乙稿、杜本、王朱本、朱四校本。

㊂乍洗：毛本丙稿脱「乍」字。戈校本補。梅清：明張本、毛本乙稿作「梅青」。毛扆本改「青」作「清」。

㊃鈎捲愁絲：明張本作「鈎簾愁絲」。毛本乙稿作「鉤簾愁絲」。毛扆本改「簾」作「捲」。《歷代詩餘》作「鉤捲遊絲」。《詞譜》作「鉤捲晴絲」。《詞律》、戈選、杜本作「鈎捲遊絲」。王朱本從毛本丙稿改。餘本從。戈校本同。孫按：王校誤記「丙稿」爲「丁稿」。鄭校：「上以形近，下以意近訛。」底本融合諸本成今句。

㊄空明：《歷代詩餘》、《詞律》、戈選、杜本作「波明」。

㊅醒眼：毛本丙稿、《詞律》作「醒看」。

㊆越王二句：毛本丙稿、《歷代詩餘》、《詞律》、戈校本、戈選、杜本作「越山更上，臺最高層」。然戈校本旁注同毛本乙稿。杜校：「從《圖譜》及戈選改正。」《詞律》：「《選聲》及《填詞圖譜》皆以第二句作四字，且云『塵』字起韻。夫此詞通首用『庚』、『青』韻，豈獨用一『真』、『文』字爲起，夢窗詞家龍象，豈亦猶今人之亂用韻者，真冤殺也。」沈德潛《説詩晬語》：「律詩起句，可不用韻，故宋人以來，有入别韻者，然必於通韻中借入。如『冬』韻詩起句入『東』、『支』韻詩起句入『微』、『豪』韻詩起句入『蕭』、『肴』是也。若『庚』、『青』韻詩，起句入『真』、『文』、『寒』、『删』、『先』韻詩，起句入『覃』、『鹽』、『咸』韻，則雜然不可爲訓。」

【注釋】

〔一〕飛翼樓：建於紹興府治卧龍山西顛望海亭舊址之上，詳見《惜秋華·八日登高》【考辨】。

〔二〕東風二句：兼寫雪與梅。韓愈《春雪間早梅》：「誰令香滿座，獨使淨無塵。」何遜《和司馬博士詠雪詩》：「若逐微風起，誰言非玉塵。」蔣堂《梅》：「玉骨絶纖塵，前生清净身。」

〔三〕峭雲：此指凝寒的冬雲。

〔四〕凝酥二句：此寫卧龍山雪中的桃蹊梅塢。參見《瑞鶴仙·壽史雲麓》注〔一五〕。白居易《雪中即事答微之》：「北市風生飄散面，東樓日出照凝酥。」深塢，此特指梅塢。陸希聲《陽羨雜詠十九首·梅花塢》：「凍蕊凝香色豔新，小山深塢伴幽人。」

〔五〕鈞捲二句：鈞捲愁絲，爲「鈞絲愁捲」之倒文。柳宗元《江雪》：「孤舟蓑笠翁，獨鈞寒江雪。」虹氣，《小學紺珠》卷一：「小雪，虹藏不見，天氣上騰，地氣下降，閉塞成冬。」袁淑《詠寒雪詩》：「魚戢鱗兮鳥矜翰，虹蟄火兮龍藏金。」林滋《小雪賦》：「偉兹雪之霏霏，應玄冥而不失其期。賦象於虹藏之日，成形於冰凍之時。」空明，蘇軾《海市》：「東方雲海空復空，群仙出没空明中。」古代卧龍山與海上仙山相望。可與孫覺《因覽蓬萊觀雪唱和謹成二首》（之一）參看：「縹緲三山浮海上，參差群玉露峰巔。」

〔六〕若耶句：若耶溪，詳見《垂絲鈞近·雲麓先生以畫舫載洛花宴客》注〔六〕。府治所在卧龍山上樓臺，遥望可及此溪。

〔七〕扁舟去懶：上句「門閉」意屬此。用袁安雪大閉門不出典。並反用雪夜訪戴典。

〔八〕客思鷗輕：杜甫《悶》：「猿捷長難見，鷗輕故不還。」《杜詩詳注》：「山猿、水鷗，何以成悶，見其輕捷自如，遂傷客身之留滯也。」以上三句可與孫覿《因覽蓬萊觀雪唱和謹成二首》（之二）參看：「扁舟漾漾思乘月，病骨飄飄欲御風。」

〔九〕倡紅冶翠：李商隱《燕臺詩四首》（之一）：「蜜房羽客類芳心，冶葉倡條遍相識。」

〔一〇〕空媚陰晴：趙冬曦《奉和張燕公早霽南樓》：「物華蕩暄氣，春景媚晴旭。」以上三句從鮑照《學劉公幹體詩五首》（之三）即詠雪詩中脱化：「兹晨自爲美，當避豔陽天。豔陽桃李節，皎潔不成妍。」

〔一一〕真色：繁欽《生茨詩》：「太陽曝真色，翔風發其敷。」

〔一二〕千巖一素：姜夔《雪中六解》（之五）：「萬壑千巖一樣寒，城中别有玉龍蟠。」元絳《和姚勔奉陪蓬萊閣賞雪賦詩謹成二十四韻呈知府龍圖侍郎》：「雲霄方一色，霰雪忽相仍。」

〔一三〕天澹無情：反用黄庭堅《詠雪奉呈廣平公》：「正使盡情寒至骨，不妨桃李用年華。」以上六句意思是「天地無情，純乎一真」，謂天地因積雪而澹素，顯現出天地最本真的不屑雜人類情感的一面。言下之意是，之前在這裏陰光晴色所看到的嬌花媚柳則爲天地本性的變相。

〔一四〕醒眼二句：李壁注王安石《至開元僧舍上方次韻舍弟二月一日之作》「霽雪兼山粉黛重」：「粉喻雪，黛喻山」，「雪霽山明，始見青色」。

〔一五〕相扶輕醉：袁朗《和洗掾登城南阪望京邑》：「醒醉各相扶，謳歌從聖主。」唐彦謙《春殘》：「暫棋寧號隱，輕醉不成鄉。」並運化張伯玉《蓬萊閣醉歸》：「拍手向他賓從道，使君未老莫扶持。」

〔一六〕越王臺二句：爲「更上越王臺最高層」之倒文。《會稽續志》卷一：「越王臺。……今臺乃在卧龍之西，舊有小茅亭，名『近民』，久已廢壞。嘉定十五年，汪綱即其遺址創造，而移越王臺之名於此，氣象開豁，目極千里，爲一郡登臨之勝。」

【集　評】

俞陛雲《唐五代兩宋詞選釋》：夏閏庵云，先從未有雲説到雲起。「虹氣」七字狀雲，殊新警。「若耶」三句，托思清迥。下闋「千巖一素」四字詠雲，能涵蓋一切。「醒眼」二句，又説到雲散，於「觀雲」本題，十分寫足。

【考　辨】

吴熊和《唐宋詞彙評·編年》：《寶慶會稽續志》卷二守臣題名：史宅之，淳祐四年（一二四四）七月以華文閣學士、通奉大夫知。十月十九日到任。六年三月十六日，除工部尚書。詞當作於淳祐四年或五年冬。

## 又

雙清樓　錢塘門外㈠〔一〕

空蒙乍斂〔二〕，波影簾花晴亂〔三〕。正西子、梳妝樓上〔四〕，鏡舞青鸞〔五〕。潤逼風襟〔六〕，滿湖山色入闌干。天虛鳴籟〔七〕，雲多易雨，長帶秋寒〔八〕。　遥望翠凹〔九〕，隔江時見，越女低鬟㈡〔一〇〕。算堪羨、煙沙白鷺〔一一〕，暮往朝還。歌管重城〔一二〕，醉花春夢半香殘〔一三〕。乘風邀月，持杯對影，雲海人間〔一四〕。

【校　議】

㈠ 毛本、戈校本、杜本、王朱本、朱二校本、朱四校本詞題後句作「在錢塘門外」。《歷代詩餘》、戈選詞題作「雙清樓」。

㈡ 低鬟：明張本、毛本作「鬟低」。杜校：「失韻，從戈選改正。」戈校本同戈選。王朱本從《詞録》改。朱二校本從《歷代詩餘》改。餘本從之。

【注釋】

〔一〕雙清樓：汪莘《孟秋朔日天台劉允叔和叔鄉人陳思敬餞飲錢塘門外雙清樓上》：「西湖日日可尋芳，樓上凭欄意未忘。斫取荷花三萬朵，作他貧女嫁衣裳。」王志道《日南長至小飲於雙清樓坐客九人皆一時名勝各和灣字韻詩予亦效顰以謝》：「一杯春酒對湖山，遠勝夷猶緑水間。覓句未工天欲暮，碧雲飛滿舍前灣。」錢塘門，杭京西城門。詳見《醉桃源·會飲豐樂樓》【考辨】。

〔二〕空蒙乍斂：與下四句錯綜化用蘇軾《飲湖上初晴後雨二首》（之二）詩意：「水光瀲灩晴方好，山色空蒙雨亦奇。若把西湖比西子，淡妝濃抹總相宜。」空蒙，謝朓《觀朝雨詩》：「空蒙如薄霧，散漫似輕埃。」

〔三〕波影句：周邦彥《隔浦蓮近拍》：「水亭小。浮萍破處，簷花簾影顛倒。」餘見《解語花·立春風雨中餞處靜》注〔二〕。

〔四〕梳妝樓：典例見《夢芙蓉·趙昌芙容圖》注〔六〕。

〔五〕鏡舞青鸞：此以西湖喻鏡，以蓮葉蓮花喻青鳳。參見《風流子·芍藥》注〔六〕、《鶯啼序》（殘寒正欺病酒）注〔三五〕。

〔六〕潤逼風襟：宋玉《風賦》：「楚襄王於蘭臺之宮，宋玉、景差侍，有風颯然而至。王乃披襟而當之曰：『快哉此風！寡人與庶人共者邪？』」杜甫《月三首》（之三）：「爽合風襟靜，高當淚臉懸。」曹勳《久雨三首》（之三）：「潤逼衣襟重，何時日照東。」

〔七〕天虚鳴籟：《莊子·齊物論》：「子遊曰：『地籟則衆竅是已，人籟則比竹是已，敢問天籟。』子綦曰：『夫吹萬不同，而使其自己也。』」郭象注：「此天籟也。夫天籟者，豈復别有一物哉。即衆竅、比竹之屬，接乎有生之會而共成一天耳。」

〔八〕雲多二句：西湖水域寬廣，又四山相圍，易聚雲爲雨。又因秋天雲雨水氣，空氣中常帶寒意，環境使人神清氣爽。

〔九〕翠凹：本形容硯臺。宋祁《答郭仲微以予記注見慶之作》：「曉趁霞暾立殿螭，翠凹濡墨慶逢時。」此謂平原低處如凹，喻青山環抱之中的錢塘江。

〔一〇〕越女低鬟，喻錢塘江對面的秦望山。越女，《文選·枚乘〈七發〉》：「越女侍前，齊姬奉後。」劉良注：「齊越二國，美人所出。」秦望山在越地，文人多喻爲秦鬟，夢窗再鑿空爲實，稱爲「越女」之鬟。

〔一一〕煙沙白鷺：此寫對岸會稽風景。王十朋《蓬萊閣賦》：「往來乎鷗鷺之鄉，欸乃乎煙波之裏。」

〔一二〕歌管重城：劉知幾《儀坤廟樂章》：「將軍獻凱入，歌舞溢重城。」

〔一三〕醉花春夢：此以獨醒者的目光俯視城中塵世的享樂生活。

〔一四〕乘風三句：取意李白《月下獨酌四首》(之一)：「花間一壺酒，獨酌無相親。舉杯邀明月，對影成三人。」「永結無情遊，相期邈雲漢。」兼取蘇軾《水調歌頭》詞意：「我欲乘風歸去，又恐瓊樓玉宇，高處不勝寒。起舞弄清影，何似在人間。」

【集　評】

俞陛雲《唐五代兩宋詞選釋》：起筆及「鳴籟」三句，捶煉入細。下闋寫臨江風景，筆輕而意遠。「歌管」二句，人海沈酣，辜負佳景者，不知凡幾，以「醉花春夢」諷之，雅人無淺語也。

劉永濟《微睇室説詞》：起二句寫晴明景色。「波影」句將湖光寫得光彩絢爛。「正西子」句用蘇軾「若把西湖比西子，淡妝濃抹總相宜」句意。此謂直以西湖作西子看，故以雙清樓爲西子妝樓。「鏡舞」四字即從梳妝設想。鸞鏡乃美人梳妝之鏡。宋范泰《鸞鳥詩序》稱：「昔罽賓王有一鸞，三年不鳴。其夫人曰『鳥見其類而後鳴，何不懸鏡以映之。』王從其言，鸞睹影悲鳴，哀響沖霄，一奮而絶。」後人以鸞飾妝鏡，蓋起於此。「潤逼」二句爲登樓所見。「天虚」用莊子天籟風也。「雲多」二句則天氣由晴轉雨也，故曰「帶秋寒」。換頭寫遠景。「翠凹」指平原低處如凹也。「凹」，音「坳」。「隔江」句寫遥望中之山。「時見」者，因雲多也。「低鬟」，平遠山色如女鬟也。「算堪羡」二句見白鷺往來自在而生羡，以見此身爲事所羈，不如白鷺也。「歌管」二句寫杭城繁華。歇拍用李白「舉杯邀明月，對影成三人」詩意，見獨遊、獨酌也。「雲海」四字收得氣象空闊。

【考　辨】

此詞寫於杭州。

# 木蘭花慢

遊虎丘　陪倉幕遊。時魏益齋已被親擢，陳芬窟、李方庵皆將滿秩㈠〔一〕

紫騮嘶凍草〔二〕，曉雲鎖㈡、岫眉顰〔三〕。正蕙雪初消〔四〕，松腰玉瘦〔五〕，憔悴真真〔六〕。輕藤。漸穿險磴㈢〔七〕，步荒苔、猶認瘞花痕〔八〕。千古興亡舊恨㈣，半丘殘日孤雲〔九〕。開尊〔一〇〕。重吊吴魂〔一一〕。嵐翠冷〔一二〕、洗微醺。問幾曾夜宿，月明起看，劍水星紋〔一三〕。登臨總成去客〔一四〕，更軟紅〔一五〕、先有探芳人〔一六〕。回首滄波故苑〔一七〕，落梅煙雨黄昏〔一八〕。

【校　議】

㈠ 毛本、戈校本、杜本、王朱本、朱二校本詞題前二句作「陪倉幕遊虎丘」。朱四校本前二句作「虎丘陪倉幕遊」。未知所據。親擢：王朱本、朱二校本、鄭校作「新擢」。鄭校：「以形近訛。」《歷代詩餘》、戈選詞題爲「遊虎丘」。

㈡ 曉雲鎖：毛本、戈校本作「曉雲銷」。毛扆本：「『銷』疑『鎖』。」《歷代詩餘》、戈選、杜本改。餘本從。鄭校：「以形近訛。」明張本正同。

㊂輕藤：諸家皆作「輕藜」，此應有句中韻，故據《歷代詩餘》、鄭校。此處是否爲二字短韻句爲衆家所爭執。王又華《古今詞論》卷下引《詞品》曰：「此調惟柳永得音調之正。蓋『傾城』、『盈盈』、『歡情』二字，句中有韻。近見吴激中秋詞，蔣捷詠冰詞，吴文英餞別詞，亦不失體。」鄭校：「以形近訛。案，是句有短韻，集中凡七見，並協可證。白石《一萼紅》『翠藤共閑穿徑竹』，與此作『輕藤漸穿險磴』同意。朱古微侍郎以爲『藤』之訛，非韻，謂下闋『臨』字在『侵』部，未聞與『蒸』韻通也。余嘗詳考兩宋諸名家詞，押韻絶不與詩同，例如，白石號深於樂者，其自製《長亭怨慢》上闋結韻，以『此』字與上句『樹』爲韻。按之詩例，『紙』、『雨』兩部，古無通轉，故《詞譜》竟以意改作『許』，而第三韻又易爲『處』字，不知《絶妙好詞》趙寒泉《清平樂》亦以『裏』字與『雨』、『縷』、『語』爲韻。若夢窗用韻，更有不可以今例相繩者。蓋詞原於風人歌謡之義，依永和聲，别是一格。《菉斐》分部（孫按：指宋紹興二年刊菉斐軒《詞林要韻》）分東、紅、邦、陽等十九韻，亦有上去入三聲作平聲者），固已强作解事，不足訓也。」鄭氏手批：「考柳詞是闋上下第七句夾協。下四字句並是一字領三字例，三解從同。蓋舊律如此，南宋作者漸有出入已。此當短叶，『藜』爲『藤』之誤無疑。」「『藤』、『藜』亦以義近訛，爲校者臆改。」夏敬觀評語：「『藜』字失韻。」楊箋：「此處當用韻。」田玉琪《讀夢窗詞》：「唐圭璋先生編《全宋詞》以此詞上下片末用句中短韻，任銘善等

先生也力主未用。按：與吳文英交好之時人沈義父曾云：「詞多有句中韻，人多不曉。不惟讀之可聽，而歌時最要叶韻應拍，不可以爲閑字而不押。如《木蘭花》云：『傾城。盡尋勝去。』『城』字是韻（《樂府指迷》）。沈義父指出了許多詞人在此調上的用韻不足。現存宋詞《木蘭花慢》共有一百五十餘首，南宋詞人如辛棄疾、張鎡、魏了翁、盧祖皋、黄機、劉克莊等人都有多首《木蘭花慢》，但上下片大都無二字短韻。而沈義父論詞，多受夢窗啟發。夢窗有八首《木蘭花慢》，其中七首用句中短韻皆一致，論者無爭議。筆者認爲將此首上片『輕藜』視爲『輕藤』之誤而與下片『登臨』一起看做句中短韻，應更妥。」

㊃興亡：《歷代詩餘》、戈選作「淒涼」。

【注釋】

〔一〕虎丘：唐避諱曾改稱武丘。上有吳王闔閭墓、真娘墓、虎丘塔、劍池等名勝古跡。倉幕：又稱庾幕。倉臺幕、庾臺幕的簡稱。倉臺是宋代管理糧倉的機構。參見《祝英臺近·餞陳少逸被倉臺檄行部》注〔一〕。魏益齋：疑即魏峻。親擢：御筆簡拔。楊箋：「親擢，即今之簡任。」陳芬窟：夢窗在蘇州倉幕時的同僚。生平不詳。滿秩：官吏任期結束。

〔二〕紫騮句：用牧守典，原典出自《陌上桑》：「使君從南來，五馬立踟躕。」後紫馬也作爲郡守坐騎的代稱。杜甫《山寺》:「使君騎紫馬,捧擁從西來。樹羽靜千里,臨江久裴回。」《補注杜詩》引蘇注:「謝靈運出守永嘉,人曰騎紫馬者,乃太守也。永嘉今有紫馬祠尚傳,乃播謝之德也。」爲此處「紫騮」所本。此指魏益齋。「凍草」結合下文「落梅」,知此時在由冬入春時。

〔三〕曉雲二句:楊備題真娘墓有「粉作嬌雲黛作煙」句,暗用宋玉《高唐賦》巫山神女「旦爲朝雲,暮爲行雨」典,以及「遠山黛」典。眉顰,杜甫《江月》:「誰家挑錦字,滅燭翠眉顰。」

〔四〕蕙雪初消:楊巨源《崔娘詩》:「清潤潘郎玉不如,中庭蕙草雪消初。」

〔五〕松腰玉瘦:此寫松上雪消。暗用楊備詩意「冰肌玉骨有遺妍」。並用「沈腰」典。上二句以蕙寫性情,松寫腰肢,雪玉寫肌膚。

〔六〕憔悴真真:喻寫落梅與真娘。

〔七〕輕藤二句:晁補之《齊山怪石森聳其西峰曰小九華》:「借君筇杖穿奇嶮,直至西峰小九華。」杜甫《路逢襄陽楊少府入城戲呈楊員外綰》:「兼將老藤杖,扶汝醉初醒。」白居易《偶詠》:「禦熱蕉衣健,扶羸竹杖輕。」

〔八〕瘞花痕:真娘墓多花草蔽其上。詳見【考辨】。

〔九〕千古二句:杜甫《壯遊》:「王謝風流遠,闔閭丘墓荒。」張正見《從永陽王遊虎丘山詩》:「白雲多異影,丹桂有蘂香。」此二句漸入吴王闔閭墓,以興家國之慨。

〔一〇〕開尊:孟浩然《春中喜王九相尋》:「酒伴來相命,開尊共解醒。」

〔一二〕吴魂：雙寫吴主闔閭與吴妓真娘之魂。

〔一三〕嵐翠冷：蘇軾《次韻王忠玉遊虎丘絶句三首》（之三）：「舞衫歌扇轉頭空，只有青山杳靄中。」嵐翠，白居易《早春題少華東巖》：「三十六峰晴，雪銷嵐翠生。」

〔一三〕問幾曾三句：寫闔閭墓旁劍池，古人認爲寶劍精氣可沖星斗之間，入水中亦顯精芒。《晉書·張華傳》：「華聞豫章人雷焕妙達緯象，乃要焕宿，屏人曰：『可共尋天文，知將來吉凶。』因登樓仰觀，焕曰：『僕察之久矣，惟斗牛之間頗有異氣。』華曰：『是何祥也？』焕曰：『寶劍之精，上徹於天耳。』」「華大喜，即補焕爲豐城令。焕到縣，掘獄屋基，入地四丈餘，得一石函，光氣非常，中有雙劍，並刻題，一曰龍泉，一曰太阿。其夕，斗牛間氣不復見焉。」「焕卒，子華爲州從事，持劍行經延平津，劍忽於腰間躍出墮水，使人没水取之，不見劍，但見兩龍各長數丈，蟠縈有文章，没者懼而反。須臾，光彩照水，波浪驚沸，於是失劍。」張正見《從永陽王遊虎丘山詩》：「寶沈餘玉氣，劍隱絶星光。」李德裕《追和太師顔公同清遠道士游虎丘寺》：「一夕如再升，含毫星斗爛。」寫遊人至此，未曾在明月夜起看吴王闔閭葬於劍池中扁諸、魚腸等劍氣沖上星宿的精光，暗寓後世唯重女色，而無欲霸天下之氣概。

〔一四〕去客：陶淵明《雜詩十二首》（之七）：「家爲逆旅舍，我如當去客。」此句針對「魏益齋已被新擢，陳芬窟、李方庵皆將滿秩」而言。

〔一五〕軟紅：即軟紅香塵，代指京城。

〔一六〕探芳：此特指探梅。蘇軾《西江月·梅花》：「海仙時遣探芳叢。倒掛緑毛幺鳳。」

〔一七〕滄波故苑：虎丘由滄海變化而成。張正見《從永陽王遊虎丘山詩》：「滄波壯鬱島，洛邑鎮崇芒。」《吴郡志》卷一六：「虎丘山，又名海湧山，在郡西北五里。」唐宋時此地尚可遠望大海，劉禹錫有《發蘇州後登武丘寺望海樓》詩。崔端《遊虎丘》：「樓閣下窺溟海浪，松篁遥接洞庭煙。」蔣堂《虎丘山》：「虎丘何爲山，鯨波湧而顯。」朱長文《蒲章諸公倡和詩題辭》記虎丘三絶之一即爲「近臨郛郭，矗起原隰，旁無連屬，萬景都會，西聯穹窿，北亘海虞，震湖滄洲，雲氣出没，廓然四顧，指掌千里」。

〔一八〕落梅句：寫諸友人京城改官時，孤山探梅詠詩，將會憶及虎丘此遊。

## 【集評】

陳廷焯《詞則·別調集》：景中帶情，詞意兩勝。

俞陛雲《唐五代兩宋詞選釋》：「輕藜」二句賦山景極幽峭。下闋登欲去，已近收筆，乃承以「軟紅探芳」句，似花明柳暗又見一村。作此頓挫，而結句「回首滄波故苑」仍歸到本題。夢窗學清真，此等處頗似之。

楊箋：收句從「回首」二字生情。起用「曉雲」，歇用「殘日」，結用「黄昏」，全日盤桓可見。

劉永濟《微睇室説詞》：起句言趁曉出遊。「正蕙雪」三句用蕙、松雪後之狀，想像真真憔悴之容。「真真」者，真娘也，亦作貞。……以下三句正寫遊。「瘞花痕」，即貞娘葬地遺跡。「千古」二句將吊古之情與游時景物結合，收上起下。换頭四句寫陪遊宴飲之事，即承上過拍説來。「問幾曾」三句寫劍池，帶出往日遊蹤。「登臨」二句中之「去客」即魏、陳、李三人將去吴也。「更軟紅」二句言三人將入都城軟紅塵土中，先來遊虎丘作探芳之人，以見三人之高情。……歇拍以景結情。此詞自曉寫至黄昏，記竟日之遊，中間插入蒼茫吊古之情。亦題中應有之義。佈景設色，最爲工整。

【考辨】

夏箋：《吴郡圖經記》「倉務」條，南倉，子城西北，在閶門側，每歲輸税於南，和糴於北。

孫按：此詞雙吊真娘、闔閭二墓主。《吴地記》：「其山本晉司徒王珣與弟司空王珉之别墅，咸和二年舍山爲東西二寺，立祠於山。寺側有貞娘墓，吴國之佳麗也。行客才子多題詩墓上，有舉子譚銖作詩一絶，其後人稍稍息筆。」《吴郡志》卷五五：「真娘墓，在虎丘寺側。《雲溪友議》云，吴門女郎真娘死，葬虎丘山，時人比之蘇小小。行客題墓甚多，唐舉子譚銖題云：『虎丘山下塜累累，松柏蕭條盡可悲。何事世人唯重色，真娘墓上獨留詩。』白居易《真娘墓虎丘道》：『不識真娘鏡中面，唯見真娘墓頭草。霜摧桃李風折蓮，真娘死時猶少年。脂膚荑手不牢固，世間尤物難留連。難留連，易銷歇，塞北花，江南雪。』李紳詩序云：『真娘，吴之妓人歌舞有名者，死葬虎丘寺前。吴中少年從其志也。墓多花草以蔽其上。嘉興縣前亦有吴妓人蘇小小墓，風雨之夕或聞其上有歌吹之音。』詩云：『一株繁豔春城盡，雙樹慈門忍草生。愁態自隨風燭滅，愛心難逐雨花輕。黛消波月空蟾影，歌息梁塵有梵聲。還似錢塘蘇小小，秖應回首是卿卿。』……楊備：『冰肌玉骨有遺妍，粉作嬌雲黛作煙。知有香魂埋不得，夜深巖底月中仙。』」

《吴郡志》卷五五：「吴王闔廬墓，在虎丘山劍池下。《吴越春秋》云：闔閭葬於國西北虎丘，穿土爲山，積壤爲丘，發五郡之士十萬人，共治千里。使象摙土鑿池，四周水深丈餘，銅槨三重，澒水銀爲池。池廣六十步，黄金珠玉爲鳧雁，扁諸之劍、魚腸之干在焉。葬之三日，金精上揚爲白虎據墳。故曰『虎丘』。《越絶書》云：闔閭塚在閶門外虎丘下，池廣六十步，水深一丈五尺，銅棺三重，澒池六尺。玉鳧之流，扁諸之劍三千，方圜之口三千，盤郢、魚腸之劍在焉。發卒十萬餘人築治之，葬之三日，白虎居其上。二説略有同異。顧墳丘中事，又古今遼絶，無所考驗，今兩存之。」

另，夢窗倉幕期間，相交並有被御筆親擢經歷、任平江知府者唯魏峻一人。《吴郡志》卷一一：「魏峻，朝散大夫，集英殿修撰知平江府。……（六年）三月十三日，御筆除刑部侍郎。」有所不合者，唯魏氏御筆親擢的時間在三月，此詞卻寫於由冬入春時，姑志於此，以俟高明。

## 又

重遊虎丘

步層丘翠莽〔一〕，□□處㈠、更春寒。漸晚色催陰，風花弄雨，愁起闌干〔二〕。鶩翰〔三〕。帶雲去杳，任紅塵、一片落人間。青塚麒麟有恨，卧聽簫鼓遊山〔四〕。年年。葉外花前。腰豔楚㈡〔五〕、鬢成潘〔六〕。歎寶奩瘞久〔七〕，青萍共化〔八〕，裂石空盤〔九〕。塵緣。酒沾粉汙㈢，問何人、從此濯清泉〔一〇〕。一笑掀髯付與，寒松瘦倚蒼巒〔一一〕。

【校　議】

㈠ 步層丘二句：明張本、毛本奪二字，無空格。毛扆本：「（第二句）起缺二字。」戈校本：「失二字。」杜本作「步層丘□□，翠莽處」。並校曰：「擬補『直上』。」王朱本徑補空格於「處」上。餘本從。林校：「姚校補作『識高處』。」

㈡ 腰豔楚：毛本、戈校本、杜本、王朱本、朱二校本作「嬌豔楚」。

㊂ 酒沾：杜本作「猶沾」。

【注釋】

〔一〕層丘翠莽：張正見《從永陽王遊虎丘山詩》：「重巖標虎據，九曲峻羊腸。」李白《古風》：「蒼榛蔽層丘，瓊草隱深谷。」

〔二〕漸晚色三句：盧祖皋《虞美人·九月遊虎丘》：「漫山秋色好題詩。吟罷闌干、獨自立多時。」風花，王儉《齊白紵辭五首》（之一）：「陽春白日風花香，趨步明月舞瑶裳。」

〔三〕驚翰：《文選·張協〈七命〉》：「爾乃浮三翼，戲中沚，潛鰓駭，驚翰起。」李善注引鄭玄詩箋曰：「翰，鳥中豪俊者也。」鍾振振《讀夢窗詞札記（四）》箋此與下三句曰：「但言驚鳥與飛雲遠去，不管人間紅塵耳。」

〔四〕青塚二句：青塚，杜甫《詠懷古跡》（之三）：「一去紫臺連朔漠，獨留青塚向黄昏。」仇兆鼇注：「《歸州圖經》：邊地多白草，昭君塚獨青。」此借指爲青草所蔽的真娘墓。麒麟，特指貴者墓邊物。杜甫《曲江二首》（之二）：「江上小堂巢翡翠，花邊高塚卧麒麟。」《九家集注杜詩》郭知達注：「《西京雜記》：五柞宫西青梧觀柏樹下有石麒麟二枚，是秦始皇驪山墓上物。」並引趙彦材云「兩句皆記眼前所見也，塚前有石麒麟，蓋富貴之家；卧則塚之荒廢矣。」此指闔閭墓。二句雙寫真娘塚邊青草荒蕪、闔閭墓前麒麟卧廢，以興今昔盛衰之感慨。

〔五〕腰豔楚：猶言「楚腰吴豔」。蕭驎《詠袙複詩》：「纖腰非學楚，寬帶爲思君。」豔，荆楚歌謠。《文選・左思〈吴都賦〉》：「荆豔楚舞，吴愉越吟。」劉逵注：「豔，楚歌也。」謝靈運《彭城宫中直感歲暮詩》：「楚豔起行戚，吴趨絶歸歡。」劉方平《採蓮曲》：「落日晴江裏，荆歌豔楚腰。」

〔六〕鬢成潘：潘岳《秋興賦序》：「余春秋三十有二，始見二毛。」後因以「潘鬢」謂中年鬢髮初白時。以上四句用白居易《游西武丘寺八韻》詩意：「搖曳雙紅旆，娉婷十翠娥。香花助羅綺，鐘梵避笙歌。」

〔七〕寶奩瘞久：沈佺期《天官崔侍郎夫人盧氏挽歌》：「埋鏡泉中暗，藏燈地下微。」寶奩，李商隱《垂柳》：「寶奩抛擲久，一任景陽鐘。」此句寫真娘墓。

〔八〕青萍：古寶劍名。《文選・陳琳〈答東阿王箋〉》：「君侯體高世之才，秉青萍、干將之器。」吕延濟注：「青萍、干將，皆劍名也。」葛洪《抱朴子・博喻》：「青萍、豪曹，剡鋒之精絶也。」此代指闔閭墓中名劍。參見《木蘭花慢・遊虎丘》【考辨】。

〔九〕裂石空盤：《吴地記》：「秦始皇東巡至虎丘，求吴王寶劍，其虎當墳而踞，始皇以劍擊之不及，誤中於石（遺跡尚存）。……劍無復獲，乃陷成池，古號劍池。」《江南通志》卷一二：「（虎丘）其最勝者爲劍池。兩岸劃開，中涵石泉，深不可測。世傳秦皇鑿山求劍處也。」空盤，「横空盤硬」之略語。語出韓愈《薦士》：「横空盤硬語，妥帖力排奡。」以上三句謂陪葬全部化爲異物，唯餘劍池岸石横空而立，如臨無地。

〔一〇〕塵緣四句：謂遊者多攜脂粉、酒肉而來，並没有人在此濯纓濯足，作爲歸隱採義勝地。反用白居易

《題東武丘寺六韻》詩意：「寄言軒冕客，此地好抽簪。」

〔二〕一笑二句：蘇軾《次韻劉景文見寄贈朱遜之》：「細看落墨皆松瘦，想見掀髯正鶴孤。」蒼巒，楊箋：「畫家名山之高而尖者曰『峰』。平而圓者曰『巒』。虎丘正平圓，故曰『蒼巒』。」《吴郡志》亦曰虎丘爲「遥望平田中一小丘」。

【集評】

鄭氏手批：（「青塚」二句）從老杜《曲江》詩脱胎出，下句益高健。有此，乃是詞筆。

【考辨】

此詞寫於春三月再游蘇州虎丘時。

## 又

送翁五峰遊江陵㊀〔一〕

送秋雲萬里，算舒卷㊁、總何心〔二〕。歎路轉羊腸〔三〕，人營燕壘〔四〕，霜滿蓬簪。愁侵〔五〕。

庾塵滿袖〔六〕，便封侯、那羨漢淮陰〔七〕。一醉蓴絲膾玉〔八〕，忍教菊老松深〔九〕。離音〔一〇〕。又聽西風㊂，金井樹、動秋吟〔一一〕。向暮江目斷㊃，鴻飛渺渺，天色沈沈〔一二〕。沾襟。四弦夜語〔一三〕，問楊瓊、往事到寒砧〔一四〕。爭似湖山歲晚，靜梅香底同斟㊄〔一五〕。

【校　議】

㊀毛本、戈校本、杜本、王朱本、朱二校本詞題脱「陵」字。王校：「疑有脱。」朱二校：「題末當有脱字。」

㊁舒卷：毛本、戈校本作「卷舒」。杜本改。餘本從之。明張本正同。

㊂夏敬觀評語：「『風』字不叶，爲又一體。」楊箋：「此調『風』字有押韻不押韻兩體，前者爲蔣捷體，後者爲柳永體。」孫按：楊氏據《詞譜》而有是説，然蔣捷在夢窗之後，有是體在前，未可遽稱「蔣捷體」。

㊃目斷：明張本、底本作「目短」。故楊箋曰：「『目』疑『日』誤。」兹從餘本。

㊄靜梅：戈校本：「『靜』字可疑。」

【注　釋】

〔一〕江陵：宋代荆湖北路江陵府府治。參見《宴清都·壽秋壑》【考辨】。

〔二〕送秋雲三句：顯用陶潛《歸去來辭》「雲無心以出岫」之意。李白《贈横山周處士》：「當其得意時，心與天壤俱。閑雲隨舒卷，安識身有無。」

〔三〕路轉羊腸：句例詳見《水龍吟・惠山酌泉》注〔一四〕。

〔四〕人營燕壘：白居易《晚燕》：「人間事亦爾，不獨燕營窠。」姜夔《聖宋鐃歌吹曲・淮海濁》：「汝胡弗思，與越豨輩，皇威壓之，燕壘自碎。」

〔五〕霜滿二句：白居易《朱陳村》：「悲火燒心曲，愁霜侵鬢根。」張正見《白頭吟》：「顏如花落槿，鬢似雪飄蓬。」杜甫《奉寄河南韋尹丈人》：「江湖漂短褐，霜雪滿飛蓬。」又，《春望》：「白頭搔更短，渾欲不勝簪。」蓬，《詩・衛風・伯兮》：「自伯之東，首如飛蓬。」

〔六〕庾塵：用庾亮典。《世説新語・輕詆》：「庾公權重，足傾王公。庾在石頭，王在冶城，坐大風揚塵，王以扇拂塵曰『元規塵污人』。」

〔七〕便封侯二句：《後漢書・班超傳》：「（超）久勞苦，嘗輟業投筆歎曰：『大丈夫無它志略，猶當效傅介子、張騫立功異域，以取封侯，安能久事筆研間乎？』」淮陰，《史記・淮陰侯列傳》：「上曰：『人告公反。』遂械繫信，至雒陽，赦信罪，以爲淮陰侯。」

〔八〕一醉句：暗用張翰思吴中菰菜、蓴羹、鱸魚膾典故。蓴絲，白居易《想東遊五十韻》：「鱠縷鮮仍細，蓴絲滑且柔。」膾玉，魚肉色如白玉。蘇舜欽《望太湖》：「笠澤鱸肥人膾玉，洞庭柑熟客分金。」吴可《友人惠筍豉》：「膾玉有名汙淨供，蓴絲無味詆枯腸。」

〔九〕菊老松深：語出晁端禮《滿江紅》：「想升沈有命，去來非己。菊老松深三徑在，田園已有歸來計。」菊，亦指「杞菊」，俗稱「菊花腦」。暗用陸龜蒙《杞菊賦序》：「天隨子宅荒少牆，屋多隙地，著圖書所，前後皆樹杞菊。春苗恣肥，日得以採擷之，以供左右杯案。及夏五月，枝葉老硬，氣味苦澀，旦暮猶責兒童輩拾掇不已。」陸龜蒙長期隱居松江，故菊老松深連類亦成隱居蘇州典。以上五句是從詞人的立場，謂友人縱能封侯於邊疆，不如歸隱終老吴中。

〔一〇〕離音：鮑令暉《擬客從遠方來詩》：「木有相思文，弦有别離音。」

〔一一〕又聽三句：秦韜玉《陳宫》：「誰識古宫堪恨處，井桐吟雨不勝秋。」金井，吴均《行路難五首》（之四）：「唯聞啞啞城上烏，玉欄金井牽轆轤。」

〔一二〕向暮江三句：用柳永《雨霖鈴》詞意。目斷飛鴻，李彌遜《南樓晚望》：「君恩未報驚華髮，目斷飛鴻水四涯。」

〔一三〕沾襟二句：白居易《琵琶引》江頭夜送客聽彈奏時生天涯同淪落的感慨：「轉軸撥弦三兩聲，未成曲調先有情。弦弦掩抑聲聲思，似訴平生不得意。低眉信手續續彈，説盡心中無限事。」「曲終收撥當心畫，四弦一聲如裂帛。」「座中泣下誰最多，江州司馬青衫濕。」沾襟，語出《晏子春秋》卷七：「景公築長庲之臺。晏子侍坐。觴三行。晏子起舞曰云云。舞三而涕下沾襟。景公慚焉。爲之罷長庲之役。」

〔一四〕問楊瓊二句：楊瓊，白居易《問楊瓊》：「古人唱歌兼唱情，今人唱歌唯唱聲。欲説問君君不會，試將此語問楊瓊。」元稹《和樂天示楊瓊》自注：「楊瓊，本名播，少爲江陵酒妓。去年姑蘇過瓊叙舊，及今見樂天此篇，因走筆追書此曲。」周邦彦《綺寮怨》：「去去倦尋路程。江陵舊事，何曾再問楊瓊。」寒砧，沈佺期《古意呈補闕喬知之》：「九月寒砧催木葉，十年征戍憶遼陽。」

〔一五〕爭似二句：靜梅，此指林和靖孤山梅。靜，同「靖」。詳見《齊天樂·會江湖諸友泛湖》注〔一二〕。據前文《江神子·送翁五峰自鶴江還都》，知翁賓暘家在京城杭州。

【考辨】

朱箋：《宋史·地理志》：荆湖北路，江陵府，縣八，江陵，次赤。

吴熊和《唐宋詞彙評·編年》：翁孟寅，字五峰。其「游江陵」，蓋入賈似道幕。《宋史·理宗紀三》，淳祐六年（一二四六）九月，「以賈似道爲敷文閣直學士、京湖制置使、知江陵府。」淳祐十年（一二五〇）三月，「以賈似道爲端明殿學士、兩淮制置大使、淮東安撫使、知揚州。」翁孟寅遊江陵，即在賈似道知江陵期間。

孫按：《宋史·地理四》：「（荆湖北路）江陵府，次府，江陵郡，荆南節度。」《宋史·理宗紀》：「（淳祐六年九月）戊辰，以賈似道爲敷文閣直學士、京湖制置使、知江陵府兼夔路策應使。」「（九年）三月癸未，以賈似道爲寶文閣學士、京湖安撫制置大使。」「（十年三月）庚寅，以賈似道爲端明殿學士、兩淮制置大使、淮東安撫使、知揚州。」翁孟寅曾兩入賈似道幕，此詞應寫於初入江陵時。由於當時友人游幕前景尚不明朗，故此送別詞中頗多哀婉之音，應是淳祐六年（一二四六）或稍後寫於蘇州。

## 又

重泊垂虹㊀〔一〕

酹清杯問水，慣曾見、幾逢迎〔二〕。自越棹輕飛，秋蓴歸後，杞菊荒荊〔三〕。孤鳴㊁。舞鷗慣下〔四〕，又漁歌、忽斷晚煙生〔五〕。雪浪閑銷釣石〔六〕，冷楓頻落江汀〔七〕。長亭。春恨何窮，目易盡、酒微醒〔八〕。悵斷魂西子，淩波去杳，環佩無聲〔九〕。陰晴。最無定處，被浮雲、多翳鏡華明㊂〔一〇〕。□曉東風霽色㊃，緑楊樓外山青〔一一〕。

【校　議】

㊀ 毛本、戈校本、王朱本、朱二校本詞題作「重泊」。《歷代詩餘》無詞題。杜刻本據姚子箴校本增

「垂虹」二字。校曰：「是題有脱字。」王校：「此承上文（孫按：指『重遊虎丘』）而言，猶爲虎丘作也。杜校謂是題『有脱』，非；覆校（孫按：王氏稱杜氏覆校，即是相對於杜鈔本而言的杜刻本）又增入『垂虹』二字，不知何據。杜陵集有《重題》、東坡集有《重寄》，夢窗制題所本。」鄭氏手批：「杜刻所據姚子箴校本，其所獲往往得未曾有。雖未詳所自，而佳證誠不可湮没。於《木蘭花慢》『重泊』題下增入『垂虹』二字，《蕙蘭芳引》舊闕處皆字句歷歷可數，斷非臆造。兹證以太原張氏舊鈔本，斠若畫一。是姚鈔足徵之文，必有依據。恨不起半塘老人一析此疑義，相與高眈大譚也。辛亥五月記。」「杜刻嘗據姚子箴校宋本，雖未詳所自，而創獲實多。……豈姚鈔誠得舊本之善者而校定之，抑别有宋槧孤行，爲人間未見邪？」

㈡孤鳴：明張本作「孤盟」。

㈢翳鏡：鄭氏手批：「夢窗自度《玉京謡》過片處亦用之。」

㈣□曉：明張本作「東曉」。鄭氏手批：「明鈔空字作『東』，疑本作『未』，因下『東』字形訛。」《歷代詩餘》、朱四校本作「向曉」。戈校本作「破曉」。杜校：「『曉』字上原闕，擬補『破』字。」楊箋同，並謂「當是橋上所見」。孫按：諸本所擬補，「未」字義長。

## 【注釋】

〔一〕垂虹：此指垂虹亭。垂虹亭與三高祠、釣雪亭或相對或相鄰，林至《釣雪亭記》正可與詞作參看：

「松陵當江湖之會，而垂虹爲天下偉觀，垂虹之北東有亭，翼然而新者，釣雪也。初，邑人瀕湖爲屋，以祠其所謂三高者。……築（釣雪）亭其上，與祠屋相直，且並其祠新之。……垂虹之旁爲臨眺者三，往往近道路多塵囂，獨是亭也，面水波之沖，湖光江影，左右呈露，塵煩弗接，而盡得其勝焉，於是往來好事者稱之。……然同雲四垂，江湖一色，群鳥不度，四無人聲，而一竿釣於其間，此尤未易模寫也。」餘見《賀新郎·爲德清趙令君賦小垂虹》【考辨】。

〔二〕酹清杯三句：楊箋：「與清真『隋堤上，曾見幾番，拂水飄綿送行色』同意。」問水，《左傳·僖公四年》：「貢之不入，寡君之罪也，敢不共給？昭王之不復，君其問諸水濱。」

〔三〕自越棹三句：鍾振振《讀夢窗詞札記·四》：「『越棹輕飛』，謂越大夫范蠡。蠡佐勾踐滅吴後，扁舟泛五湖而去。『秋蓴歸後』，謂晉張翰。翰在洛陽，見秋風起，思故鄉吴中蓴鱸，去官命駕便歸。『杞菊荒荆』，謂唐陸龜蒙。龜蒙長期隱居於松江。」杞菊，例證詳見《木蘭花慢·送翁五峰遊江陵》注〔九〕。

〔四〕孤鳴二句：用鷗盟典。梅堯臣《依韻和劉六淮潮》：「舞鷗隨下上，寒日共浮傾。」

〔五〕又漁歌二句：張輯《一絲風·寓訴衷情泊松江作》：「當日三高何處，漁唱入淒凉。」

〔六〕雪浪句：此寫釣雪亭。釣石，本指嚴子陵釣臺。王筠《東陽還經嚴陵瀨贈蕭大夫詩》：「子陵狥高尚，超然獨長往。釣石宛如新，故態依可想。」

〔七〕冷楓句：詳見《荔枝香近·送人游南徐》注〔四〕。

〔八〕春恨三句：承上江楓意，化用宋玉《招魂》：「皋蘭被徑兮斯路漸，湛湛江水兮上有楓。目極千里兮傷春心，魂兮歸來哀江南。」酒微醒，意入下句。姜夔《慶宫春》過垂虹橋：「酒醒波遠，政凝想、明璫素襪。」以上六句由吴江有楓，聯想及傷春心，化用典實而非倏忽實寫秋景春景也。

〔九〕悵斷魂三句：盧祖皋《賀新郎》詠三高亭：「問鴟夷、當日扁舟，近曾來否。」並合用曹植《洛神賦》、杜甫《詠懷古跡五首》（之二）中洛神、昭君典。西施在吴的結局有兩種傳説。楊慎《升庵集》卷六八：「世傳西施隨范蠡去，不見所出。只因杜牧『西子下姑蘇，一舸逐鴟夷』之句而附會也。予竊疑之。未有可證以折其是非。一日讀《墨子》曰：『吴起之裂，其功也。西施之沈，其美也。』喜曰：此吴亡之後，西施亦死於水，不從范蠡去之一證。墨子去吴越之世甚近，所書得其真。然猶恐牧之别有見。後檢《修文御覽》，見引《吴越春秋》逸篇云：『吴王亡後，越浮西施於江，令隨鴟夷以終。』乃笑曰：『此事正與墨子合。杜牧未精審，一時趁筆之過也。蓋吴既滅，即沈西施於江。浮，沈也，反言耳。隨鴟夷者，子胥之譖死，西施有焉。胥死，盛以鴟夷。今沈西施，所以報子胥之忠，故曰隨鴟夷以終。范蠡去越，亦號鴟夷子。杜牧遂以子胥鴟夷爲范蠡之鴟夷，乃影撰此事以墜後人於疑網也。』」宋人魯應龍《閑窗括異志》亦用「浮」字：「吴王賜以（伍子胥）屬鏤之劍，自殺，浮其屍於江。」夢窗此處應取後種説法。鍾振振論文亦認爲「斷魂」爲西施沈江不起之寃魂。

〔一〇〕陰晴四句：此正筆寫夜泊。以月有陰晴，襯人有離合。鏡華，菱花鏡。庾信《夢入堂内詩》：「日光釵焰動，窗影鏡花摇。」倪璠注：「《飛燕外傳》有七出菱花鏡一奩，故云鏡花。」花，用同「華」。此喻月亮。

〔一一〕□曉二句：歐陽修《浣溪沙》：「堤上遊人逐畫船。拍堤春水四垂天。緑楊樓外出鞦韆。」設想酒全醒時，楊柳岸曉風殘月的悵惘。

【考辨】

夏箋：詞云「自越棹輕飛，秋蓴歸後」，寓越始見甲辰冬至《喜遷鶯》詞，此當淳祐四年（一二四四）甲辰以後作。

楊箋：（「自越棹」三句）首句，姬由杭去；次句，今自杭來。（「悵斷魂」三句）明説姬去。

鍾振振《讀夢窗詞札記·四》：夢窗此詞乃重泊吴江垂虹橋（即長橋）時之作，因橋北有三高亭，故詞中詠及此三人，自是順理成章之事。三句與詞人及其姬無涉也。又，《墨子·親士》曰：「西施之沈，其美也。」後人據此，以爲越王勾踐既滅吴，沈西施於水。夢窗詞「悵斷魂西子，淩波去杳，環佩無聲」三句，所悵者或即此事，亦與詞人之姬了不相干。

孫按：此詞寫於蘇州倉幕將有行役時，非在甲辰寓越之後。

# 又

餞韓似齋赴江東鹺幕㈠〔一〕

潤寒梅細雨〔二〕，捲燈火〔三〕、暗塵香〔四〕。正萬里胥濤〔五〕，流花漲膩〔六〕，春共東江〔七〕。雲檣。未傳燕語〔八〕，過罘罳〔九〕、垂柳舞鵝黃〔一〇〕。留取行人繫馬，軟紅深處聞鶯㈡〔一一〕。

悠颺〔一二〕。霽月清風〔一三〕，凝望久、鄮山蒼㈢〔一四〕。又紫簫一曲〔一五〕，還吹別調〔一六〕，楚際吳旁㈣〔一七〕。仙方〔一八〕。袖中秘寶〔一九〕，遣蓬萊㈤、弱水變飛霜〔二〇〕。寒食春城秀句，趁花飛入宮牆㈥〔二一〕。

【校議】

㈠明張本、毛本、戈校本詞題中「鹺幕」作「醝幕」。醝，同「鹺」。

㈡此「鶯」借「鴦」音。杜校《風入松・爲友人放琴客賦》：「下半闋起句『鶯』借作『鴦』音。另有《木蘭花慢》一闋亦『江』、『陽』韻押『鶯』。」或曰庚、陽通轉。鄭氏手批：「『庚』、『陽』本古同用部，夢窗《風入松》詞過片乃以『鶯』叶『妝』可證。」夏敬觀評語：「『鶯』、『庚』韻與『邢』均同押。」

㊂悠颺四句：毛本、戈校本作「霽月。清風凝望久，悠颺。郥山蒼」。毛扆本移「悠颺」爲首句。戈校本：「應作『悠颺。霽月清風，凝望久、郥山蒼』。」杜本據改，明張本正同。鄭校：「『悠颺』，應是過片夾協。毛刻誤稱下句。」鄮山，明張本、毛本、戈校本、杜本皆誤作「郥山」。王朱本徑改。王校：「按《太平寰宇記・江南東道十》：明州，理鄮縣。《宋史・食貨志・鹽法中》：其在浙江曰明州、昌國東西兩監。毛刻『鄮』誤『郥』，郥鄉，宋屬均州，不惟平側不叶，亦與鹺幕無涉。」鄭校：「以形近訛。」楊箋：「明州，即今寧波。」

㊃吴旁：明張本、毛本、杜本、戈校本作「吴傍」。傍，通「旁」。

㊄遺蓬萊：明張本作「遺蓬萊」。

㊅趁花：明張本、毛本、戈校本、杜本作「赴花」。杜校：「『赴花』疑『趁花』之誤。」餘本從杜疑。鄭校：「以形近訛。」趁，又寫作「趂」，故有形近之説。

【注釋】

〔一〕韓似齋：作者友人，生平無考。此詞餞行其入幕明州監鹽機構。江東：即江南東道。因詞中「鄮山」，知特指江南東道中的明州（今浙江寧波）。宋代明州、昌國兩地設置監鹽機構。鹺：《禮記・曲禮下》：「鹽曰鹹鹺。」鄭玄注：「大鹹曰鹺。」

〔二〕潤寒梅句：潤，猶言「雨潤」。梅花冬春之間盛開。

〔三〕捲燈火：元夕收燈之謂。

〔四〕暗塵香：用元夕典。　以上夾用京城典，寫韓氏此行所經地及時間。從下文知韓似齋自揚子江啟程，先至京城略作停留。

〔五〕胥濤：《閑窗括異志》：「伍子胥逃楚仕吴，吴王賜以屬鏤之劍，自殺，浮其屍於江，遂爲濤神，謂之『胥濤』。」《宋史·河渠志七》：「惟是浙江東接海門，胥濤澎湃。」

〔六〕流花漲膩：杜甫《夜宴左氏莊》：「暗水流花徑，春星帶草堂。」杜牧《阿房宫賦》：「緑雲擾擾，梳曉鬟也；渭流漲膩，棄脂水也。」春江流花，故水有膩香也。

〔七〕東江：浙江下游富春江及錢塘江。王維《送李判官赴東江》詩有「樹色分揚子，潮聲滿富春」之句。　以上三句寫時節在春，揚子江、浙江皆流花漲膩，同其春色。

〔八〕雲檣二句：承上文中的「飛花」，用杜甫《發潭州》句意「岸花飛送客，檣燕語留人」。　以上五句謂一路江岸有梅飛送客，但因時在早春，燕子尚未南來，故檣帆上尚無燕語留人。並暗用謝朓《之宣城郡出新林浦向板橋》「天際識歸舟，雲中辨江樹」句意，寫目送船帆至天際也。

〔九〕罘罳：以京城建築代指杭州。

〔一〇〕垂柳句：鵝黄，本形容酒色。杜甫《舟前小鵝兒》：「鵝兒黄似酒，對酒愛新鵝。」後用以形容柳葉初生時的顔色。王安石《南浦》：「含風鴨緑粼粼起，弄日鵝黄裊裊垂。」

〔一二〕留取二句：據宋人王洧《西湖十景》詠「柳浪聞鶯」可知當時景觀：「如簧巧囀最高枝，苑樹青摇萬縷絲。」軟紅，代指繁華的京城。此寫途經並逗留杭京的時間。

〔一三〕悠颺：形容歸思。參見《解連環·留别姜石帚》注〔三〕。

〔一三〕霽月：意入「紫簫」三句。化用杜牧《寄揚州韓綽判官》詩意：「二十四橋明月夜，玉人何處教吹簫。」

〔一四〕凝望二句：以上三句寫舉頭望月之思。鄮山，《方輿勝覽》卷七：「在鄞縣東。《四蕃志》以海人持貨貿易於此，故名。」

〔一五〕紫簫一曲：並以上引杜牧詩題中的「揚州韓綽」切韓姓以及餞别地揚州。參見鍾振振《讀夢窗詞札記·四》。

〔一六〕别調：此指離别曲調。李白《相和歌辭·鳳吹笙曲》：「欲歎離聲發絳脣，更嗟别調流纖指。」

〔一七〕楚際吴旁：從「吴頭楚尾」脱化。指春秋時吴楚交接地，此特指揚州。

〔一八〕仙方：梁宣帝《詠百合詩》：「甘菊愧仙方，叢蘭謝芳馥。」此特指制鹽的配方。

〔一九〕秘寶：寶藏不宣。

〔二〇〕遺蓬萊二句：古人煮海水爲鹽。《史記·吴王濞列傳》：「濞則招致天下亡命者，益鑄錢、煮海水爲鹽，以故無賦。」弱水，古代神話傳説中稱險惡難渡之水。詳見《無悶·催雪》注〔三〕。詩人往往蓬萊、弱水連類而及。如蘇軾《金山妙高臺》：「蓬萊不可到，弱水三萬里。」並用謝朗以撒鹽空中擬飛雪典。因前人有雪花比鹽之例，夢窗煉字出新，以「飛霜」形容之。

〔三〕寒食二句：孟棨《本事詩·情感》：「制誥闕人，中書兩進名，御筆不點出。又請之，且求聖旨所與。德宗批曰：『與韓翃。』時有與翃同姓名者，爲江淮刺史。又具二人同進，御筆復批曰：『春城無處不飛花，寒食東風御柳斜。日暮漢宫傳蠟燭，輕煙散入五侯家。』又批曰：『與此韓翃。』」韓翃《酬程延秋夜即事見贈》：「向來吟秀句，不覺已鳴鴉。」再切韓似齋姓，預祝韓似齋文名上達聖聽，並因此帶來騰達的鴻運。

【集　評】

楊箋：（「袖中」三句）此言鹽鹺，説得如許新穎，是真能化朽腐爲神奇者。

夏承燾《繫年》：夢窗籍四明，而四明行跡無考。周岸登曰：「惟《木蘭花慢》餞韓似齋有『鄮山蒼』三字而已。」

【考　辨】

《太平寰宇記》卷九八「江南東道十」：「明州，餘姚。即今理鄮，古舜後爲餘姚之墟。兩漢志爲會稽鄮縣之地。……唐開元中二十六年，析會稽之鄮縣置明州，取境内四明山爲名。天寶元年改爲餘姚郡。乾元元年復爲明州。長慶元年浙東觀察使薛戎上言：明州北臨鄞江，地形卑隘，今請卻移郡於鄮縣，置其元郡，城近高處卻安縣，從之。皇朝爲奉國軍節度。」「鄮縣，舊四十鄉，今二十五鄉。漢舊縣，居鄮山之陰，屬會稽郡。至隋廢。唐武德四年置鄞州，八年州廢爲鄮縣，屬越州。開元二十六年於縣置明州。」《會稽志》卷九：「四明山，在縣南一百十里。高二百二十丈，周回二百一十里。山四傍皆虛明玲瓏如牖，故名。孫綽《天台賦》云：『涉海則有方丈蓬萊，登陸則有四明天台。』今奉化鄮山皆此山之脈也。唐皮日休詩云：『穴開自真宰，四達見蒼崖。』」《宋史·食貨下四·鹽中》：「（紹聖）三年，大改鹽法，舊稅鹽並易爲鈔鹽。凡未賣稅鹽鈔引及已請算或到倉已投暨未投者，並赴榷貨務改給新法鈔引，許通販；已請舊法稅鹽貨賣者，自陳，更買新鈔帶賣，已請鈔引，毋得帶支。」「其在兩浙，曰杭州場，歲鬻七萬七千餘石。明州、昌國東西兩監，二十萬一千餘石。」

另，此詞寫於揚州。夢窗唯早年曾遊揚州，參見《澡蘭香·淮安重午》【考辨】。故大致可以確定爲嘉定十五年（一二二二）至寶慶二年（一二二六）杭京遊幕時期的作品。

## 又㊀

餞趙山臺〔一〕

指罘罳曉月㊁〔二〕，動涼信〔三〕、又催歸〔四〕。正玉漲松波〔五〕，花穿畫舫，無限紅衣〔六〕。青絲。傍橋淺繫〔七〕，問笛中、誰奏鶴南飛〔八〕。西子冰綃冷處〔九〕，素娥寶鏡圓時〔一〇〕。清奇〔一一〕。好借秋光㊂，臨水色、寫瑶卮㊃〔一二〕。向醉中織就，天孫雲錦，一杼新詩〔一三〕。依稀。數聲禁漏〔一四〕，又東華、塵染帽檐緇〔一五〕。爭似西風小隊，便乘鱸膾秋肥〔一六〕。

【校議】

㊀戈選杜批：「此調首句或一領四或上二下三或上三下二均可，前後段第七句及換頭二字均藏短韻。此第三首前後未叶，後草窗詞六首均叶，玉田四首有二首不藏韻，亦不拘也。」

㊁曉月：《歷代詩餘》、戈選作「殘月」。

㊂戈校本：「『光』字宜韻。」

㊃寫瑶卮：戈選、杜本作「瀉瑶卮」。楊箋：「寫、瀉，古今字。」

【注釋】

〔一〕趙山臺：即趙汝績。

〔二〕曉月：「曉風殘月」之省語，用柳永《雨霖鈴》詞意，形容趙氏餞别酒醒到達京城時的眼前風景。

〔三〕涼信：葉茵《秋至》：「旅懷蛬早計，涼信柳先知。」

〔四〕催歸：從後文知此行有慶壽之事。

〔五〕玉漲松波：「松漲玉波」之倒文。《吴郡志》卷四五引《樹萱録》：唐大曆初，處士李籲秋夕於震澤舍艫野步。望中見煙火，意爲漁家。漸近，即朱門粉雉，嘉木修林，畫舟倚白蓮中生。……女郎倚曲歌『玉波冷雙蓮』之曲。曰：『此傷吴宫二隊長之辭。』」王臺卿《詠風詩》：「暫拂蘭池上，瀲灔玉波生。」松，吴淞江。此寫松江秋汛。

〔六〕花穿二句：謂裝飾華美的船舫從無數荷花中穿行而過。

〔七〕青絲二句：王僧孺《古意詩》：「青絲控燕馬，紫艾飾吴刀。」杜甫《前出塞九首》（之二）：「走馬脱轡頭，手中挑青絲。」此就留者繫馬言之。

〔八〕問笛中二句：蘇軾《李委吹笛並引》：「元符五年十二月十九日，東坡生日也。置酒赤壁磯下，踞高峰，俯鵲巢，酒酣，笛聲起於江上。客有郭、石二生，頗知音。謂坡曰：『笛聲有新意，非俗工也。』使人問之，則進士李委，聞坡生日，作新曲曰《鶴南飛》以獻，呼之使前，則青巾紫裘要笛而已。既奏新曲，又快作數弄，嘹然有穿雲裂石之聲。坐客皆引滿醉倒，委袖出嘉紙一幅，曰：『吾無求於公，得一絶句足矣。』坡笑而從之。」詩曰：「山頭孤鶴向南飛，載我南遊到九嶷。下界何人也吹笛，可憐時復犯龜茲。」後以笛曲《鶴南飛》特指慶祝生日之樂曲。

〔九〕西子：用蘇軾《飲湖上初晴後雨二首》（之二）「若把西湖比西子」詩意，喻西湖。　冰綃：喻白蓮花。

〔一〇〕素娥句：寶鏡，喻明月。徐陵《爲羊兗州家人答餉鏡詩》：「信來贈寶鏡，亭亭似團月。」據此知趙山臺生日應在初秋七月十五或十六日。

〔一一〕清奇：此指趙山臺詩風。司空圖《二十四詩品》中有「清奇」一品：「娟娟群松，下有漪流。晴雪滿竹，隔溪漁舟。可人如玉，步屧尋幽。載瞻載止，空碧悠悠。神出古異，淡不可收。如月之曙，如氣之秋。」李山甫《山中依韻答劉書記見贈》：「謝公寄我詩，清奇不可陪。」許棐《趙山臺寄詩集》可與夢窗對趙詩品第參看：「海雁叫將秋色去，山臺鈔寄好詩來。菊花過了梅花未，自有花從筆底開。」

〔一二〕好借三句：謂秋光、水色等江山之助，以及瑶卮美酒都更能使趙山臺清奇詩風更爲突出。瑶卮，王融《奉和代徐詩二首》（之二）：「自君之出矣，芳莫絶瑶卮。」

〔一三〕向醉中三句：《梁書・劉孺傳》：「孺少好文章，性又敏速，嘗於御坐爲《李賦》，受詔便成，文不加點，高祖甚稱賞之。後侍宴壽光殿，詔群臣賦詩，時孺與張率並醉，未及成，高祖取孺手板題戲之曰：『張率東南美，劉孺雒陽才。攬筆便應就，何事久遲回？』其見親愛如此。」此翻用之，謂趙山臺醉不妨捷才。天孫，織女星。《史記・天官書》：「織女，天女孫也。」司馬貞索隱：「織女，天孫也。」雲錦，喻錦繡文章。蘇軾《潮州韓文公廟碑》：「公昔騎龍白雲鄉，手抉雲漢分天章，天孫爲織雲錦裳。」用「天孫」字面，兼寫趙氏的宗室身份。

〔一四〕禁漏，祖詠《扈從御宿池》：「寒疏清禁漏，夜警羽林兵。」餘參見《瑞鶴仙・癸卯歲壽方蕙巖寺簿》注〔八〕。

〔一五〕又東華二句：東華，猶言「東華門」。用軟紅塵典。並合用陸機《爲顧彥先贈婦二首》（之一）詩意「京洛多風塵，素衣化爲緇」。帽檐，李商隱《飲席代官妓贈兩從事》：「新人橋上著春衫，舊主江邊側帽檐。」《李義山詩集》引原注曰：「隋獨孤信舉止風流，曾風吹帽檐側，觀者塞路。」

〔一六〕爭似二句：《野客叢書》卷七：「鱸魚香云者，謂當八九月鱸魚肥美之時，節氣味耳，非必指魚之馨香。」張翰《思吴江歌》：「秋風起兮佳景時，吴江水兮鱸魚肥。」西風小隊，見《金琖子·賦秋壑西湖小築》注〔一八〕。

【考辨】

朱箋：《江湖後集》：趙汝績，字庶可，浚儀人。有《山臺吟稿》。《自號録》，趙汝讀，字山臺。夏箋：今按，號庶可。當作「績」。然許棐《融春小稿》有《題趙恕可山臺》詩，字恕可，又似作「讀」。」《宋史·宗室表》有汝讀，當即其人。

田考：趙汝績，字庶可，浚儀（今河南開封）人。寓會稽。太宗八世孫。有《山臺吟稿》（《江湖後集》、《宋史》）。

吴熊和《唐宋詞彙評》：趙汝績，字庶可，號山臺，開封人，寓會稽。太宗八世孫，與戴復古多唱和。《石屏詩集》卷二有《題趙庶可山臺》詩。《山臺吟稿》見《江湖後集》卷七。

孫按：《四庫全書考證》卷九一：「趙汝績。按汝績，原本或訛『讃』，又或訛『讀』，而字曰庶可。知俱係『績』字之訛，今改。」

《明一統志》卷一五載趙氏曾知當塗縣。另《咸淳臨安志》卷五〇「秩官門」載名兩浙轉運司東廳：「記於分任者爲倅，倅有南北廳。又有員外置，率以處宗室、戚里及有朝跡者，然無定員，或三之二，或二之一，未始闕也。」可知趙氏曾因宗室的身份任兩浙轉運司添職。《趙氏鐵網珊瑚》卷四：「平齋洪公在宋季，趙山臺、真西山、魏鶴山皆參大政，位貌德業相表裏，而嚴重過之。」戴昺《謝趙山臺見訪》：「寂寞海東頭，殷勤貴客舟。如何經歲約，祇作數宵留。清玩分行篋，高吟壓小樓。更須謀再會，同醉菊花秋。」亦可證其宗室身份及品位。

此詞寫於蘇州。趙汝績《將歸》詩也寫於蘇州，録與此詞參看：「拄笏西山一笑中，掛帆猶及楝花風。此身可是屠羊説，餘事寧非失馬翁。不問鬢毛成早白，免將癡面發羞紅。故人新寄虔州布，歸制吟袍管釣篷。」而據戴復古《題趙庶可山臺》二首，知其寓居地爲紹興會稽：「層臺高幾許，此即會稽圖。一目空秦望，千峰壓鏡湖。雲煙分境界，城郭限廉隅。他日傳佳話，蘭亭與此俱。」「天造此一景，翛然闤闠間。坐分臺上石，看盡越中山。松月照今古，樵風送往還。只愁軒冕出，閑卻白雲關。」

## 又

施芸隱隨繡節過浙東，作詞留别，用其韻以餞㊀〔一〕

幾臨流送遠〔二〕，漸荒落、舊郵亭〔三〕。念西子初來〔四〕，當時望眼〔五〕，啼雨難晴〔六〕。娉婷。素紅共載〔七〕，到越吟〔八〕、翻調倚吴聲〔九〕。得意東風去棹〔一〇〕，怎憐會重離輕〔一一〕。雲零〔一二〕。夢轉浮觴㊁〔一三〕，流水畔、叙幽情〔一四〕。恨賦筆分攜〔一五〕，江山委秀，桃李荒荆〔一六〕。經行。問春在否，過汀洲、暗憶百花名〔一七〕。鶯縷爭堪細折〔一八〕，御黄堤上重盟〔一九〕。

**【校議】**

㊀《歷代詩餘》無詞題。戈選詞題末句作「用其韻以餞行」。

㊁夢轉：底本、朱四校本作「夢繞」。未知所據。兹從明張本、毛本、《歷代詩餘》、戈校本、杜本、王朱本、朱二校本、四明本。鄭氏手批：「『庚』、『陽』本古同用部，夢窗《風入松》詞過片乃以『鶯』叶『妝』，可證此『觴』字與上一解『窮』字並用古均通轉之例。或疑爲非均，誤已。」孫按：鄭氏以

毛本爲序，指同調詞《重泊垂虹》中『春恨何窮』句。

【注釋】

〔一〕浙東：此特指浙東轉運司治所會稽。　繡節：兼稱提刑與倉臺長官。

〔二〕臨流送遠：化用宋玉《九辯》意境。

〔三〕郵亭：特指陸路驛館。見《塞垣春·丙午歲旦》注〔一七〕。此與吴江邊「水驛」相對而言。

〔四〕西子：代指來自杭州、後逗留蘇州、此時正在席上侑觴的兩位官妓。

〔五〕望眼：劉禹錫《贈眼醫婆羅門僧》：「三秋傷望眼，終日哭途窮。」

〔六〕啼雨難晴：謂淚眼婆娑。典見《類説》卷五五：「黄魯直發荆州，亭柱間有詞曰：『簾捲曲欄獨倚，雲展暮天無際。淚眼不曾晴，家在吴頭楚尾。數點雪花亂委，撲漉沙鷗驚起。詩句欲成時，没入蒼煙叢裏。』魯直淒然曰：『似爲予發也。不知何人所作，筆勢類女子，又有「淚眼不曾晴」之句，疑其鬼也。』……魯直驚寤曰：『此必吴城小龍女輩也。』」

〔七〕娉婷二句：素紅，輕素和輕紅。《説郛》卷七七（上）：「武德中，曹惠爲江州參軍。官舍佛堂中有二木偶人，長尺餘，工飾甚巧，因持歸與稚兒戲。稚兒食，木偶引手請之。惠問曰：『爾何時物，頗能作怪。』曰：『輕素與輕紅。是宣城謝太守家俑偶。』且曰：『廬山神要索輕素等爲舞姬久矣，請命畫工賜以粉黛。』惠令工人爲飾之，輕素笑曰：『此度非論舞妓，亦當爲彼夫人矣。』」亦爲官妓的代稱。娉婷，姿態美好貌。《子夜四時歌·春歌二十首》（之一五）：「娉婷揚袖舞，阿那曲身輕。」餘參見《慶宮春》（殘葉翻濃）注〔九〕。

〔八〕越吟：王粲《登樓賦》：「鍾儀幽而楚奏兮，莊舄顯而越吟。」《史記·張儀列傳》：「陳軫適至秦，惠王曰：『子去寡人之楚，亦思寡人不？』陳軫對曰：『王聞夫越人莊舄乎？』王曰：『不聞。』曰：『越人莊舄仕楚執珪，有頃而病。楚王曰：「舄故越之鄙細人也，今仕楚執珪，貴富矣，亦思越不？」中謝對曰：「凡人之思故，在其病也。彼思越則越聲，不思越則楚聲。」使人往聽之，猶尚越聲也。今臣雖棄逐之楚，豈能無秦聲哉！』」

〔九〕吴聲：《吴郡志》卷二：「貞觀中，有趙師者，善琴獨步，嘗云：『吴聲清婉，若長江廣流，綿綿徐游，國士之風。』」與上句實就各地民歌而言。庾信《哀江南賦》：「吴歈越吟，荆豔楚舞。」李賀《江南弄》：「吴歈越吟未終曲，江上團團帖寒玉。」以上七句寫席上兩位官妓當年自杭來蘇，成天愁眉淚眼，此番被繡節共載之越，卻又因在吴地時間過長，歌調中反而帶有了吴儂軟語的甜糯。

〔一〇〕得意句：得意東風，暗用孟郊《登科後》詩。此應指前往杭京參加漕試而言，預祝其考試中第。但據施氏《漕闈揭曉後述懷》：「畫眉深淺與時殊，肯向堂前怨舅姑。自是吾儂多蹇薄，可堪爾汝肆揶揄。」知其未第進士。餘詳見【考辨】。去棹，梁簡文帝《傷離新體詩》：「淒淒隱去棹，惘惘愴還途。」

〔一一〕會重離輕：猶言「别易會難」，詳見《法曲獻仙音·放琴客》注〔六〕。

〔一二〕雲零：薛能《秋溪獨坐》：「黄葉分飛砧上下，白雲零落馬東西。」意同王粲《贈蔡子篤詩》：「風流雲散，一别如雨。」楊箋：「（雲零）即斷雲零雨之意，故下句即接『夢』字。」

〔一三〕浮觴：顔延之《三月三日詔宴西池詩》：「長筵逶迤，浮觴沿溯。」

〔一四〕流水畔二句：王羲之《蘭亭集序》「暮春之初，會於會稽山陰之蘭亭」，「引以爲流觴曲水」，「一觴一詠，亦足以暢叙幽情矣」。餘詳見《掃花遊·賦瑶圃萬象皆春堂》注〔一三〕。以上三句爲懸想施氏到會稽後三月上巳節之雅集，紹興府州宅在卧龍山，州宅建築群中有西園曲水閣。《會稽掇英總集》卷二載唐詢、林槩、劉述、邵必《題曲水閣》詩。參見《燭影摇紅·餞馮深居》，注〔二〕。

〔一五〕賦筆分攜：針對此詞用施樞《木蘭花慢》原唱韻而言。

〔一六〕江山二句：《會稽志》卷一七：「鏡湖之西，如花涇、容山諸處，彌望連岡接嶺皆桃李，略無雜木。方春時，花盛發如錦繡裹山谷，照水如雲霞，恍然異境。」蘇軾《次韻楊公濟奉議梅花十首》（之四）：「臨春結綺荒荆棘，誰信幽香是返魂。」石延年《平陽代意一篇寄尹師魯》：「十年一夢花空委，依舊河山損桃李。」

〔一七〕問春三句：與前「桃李句」亦代稱歌妓。楊箋：「『百花』指伎。」意同周邦彦《鎖窗寒》：「想東園、桃李自春，小唇秀靨今在否。」

〔一八〕鶯縷句：歐陽修《望江南》：「江南柳，葉小未成陰。人爲絲輕那忍折，鶯嫌枝嫩不勝吟。留著待春深。」鶯縷，黄鶯與柳絲。下句「黄」字意亦屬此，雙寫鶯色與早春淡黄細柳。

〔一九〕御黄句：此指御堤柳，《隋書·食貨志》載煬帝即位，始建東都，「開渠，引穀、洛水，自苑西入，而東注於洛。又自板渚引河，達於淮海，謂之御河。河畔築御道，樹以柳」。温庭筠《楊柳枝八首》（之二）：「南内牆東御路傍，預知春色柳絲黄。」此代指西湖蘇堤。參見《渡江雲·西湖清明》注〔八〕。

【考辨】

夏箋：嘉熙間，施樞爲浙東轉運司幕屬，見《四庫總目·芸隱横舟稿提要》。

楊箋：按《四庫書目提要》云：「（施）樞字知言，芸隱其號也。丹徒人。嘉熙時，嘗爲浙東轉運司幕屬（鐵夫按，即指此詞事）。又嘗爲越州府僚。《横舟稿》首有嘉熙庚子自序一首（孫按：序文見《掃花遊·贈芸隱》【考辨】），《倦遊稿》前有丙申自序一首。考其紀年，《倦游稿》當成於《横舟稿》前。」别集中有《漕闈揭曉後述懷》，蓋當時曾舉進士而未第者云云。嘉熙爲理宗年號，下距夢窗離幕職四五年，則此詞爲在蘇幕時作無疑。又云城東清泰門，宋之崇新門也，舊在東沙之西，河流繞城而轉，過東新門達於臨平，抵長安堰近城河干，宋有官廨。嘉熙中，施知言樞嘗爲是職，有題廨宇詩云：「合是清溪近處居，在官卻與在家如。柳風拂岸時鳴櫓，梅月横窗夜讀書。休問舟間無喚渡，須知水底自成渠。俸薪已足供珠桂，比著簞瓢盡有餘。」知言自序其集曰：「丙申冬，趨浙漕舟官，戍小廨，泊崇新門外，傍河依柳仿佛家居。刳剡之餘，時作一二解，殊以自適。先正詩云：『野水無人渡，孤舟盡日横』，與樞官業偶同。遂命曰《芸隱横舟稿》。」鐵夫按：先正，寇準也。

吴熊和《夢窗詞補箋》：施樞，字芸隱，端平二年（一二三五）在蘇州常平司，與吴文英爲同行。時曹豳提舉浙西常平。《宋史》卷一六《曹豳傳》「出爲浙西提舉常平」，又「移浙東提刑」，後「召爲左司諫」。繡節，漢時繡衣直指，以巡查地方官員爲職責，宋時用以稱各路提刑。曹豳由浙西常平除浙東提刑，端平三年（一二三六）二月二十九日到任，十一月十八召赴行在，見《寶慶會稽續志》卷二。詞題「施芸隱隨繡節過浙東」，即是指施樞隨曹豳至紹興赴任，入浙東提刑幕。此詞在蘇州爲施樞送行，當作於端平三年。夏承燾先生《吴夢窗繫年》繫此詞於嘉熙二年（一二三八），似與詞題有所未合。

又，《唐宋詞彙評》：兩浙轉運司，官署在臨安。浙東提刑司，官署在會稽。詞序謂「隨使節過浙東」，蓋爲浙東提刑司屬官，當赴會稽。

孫按：對以上各家之考尚有以下辨證。其一、楊箋引施氏《漕闈揭曉後述懷》中的「漕闈」見《朝野類要》卷二「漕試」條：「轉運司承集本路見任官牒送到隨侍子弟及五服内親，如州府解試法，但漕司員額頗寬容也，係選差本路官主文考校。」時間也在春三月，見《建炎雜記甲集》卷一三。施氏與之隨行的曹豳即是嘉泰二年（一二〇二）傳行簡榜以漕試舉進士。

其二、吴考繡節，即繡使。不僅可稱提刑，亦可稱倉臺官。《朝野類要》卷三《外臺》：「安撫、轉運、提刑、提舉，實分御史之權，亦似漢繡衣之義，而代天子巡狩也，故曰『外臺』。」參見《宋代官制辭典》「路提點刑獄公事」及「路提舉常平廣惠倉兼管勾農田水利差役事」二條「簡稱」（南宋時倉臺亦屢併入提刑司）。曹豳兩實之。《宋史·曹豳傳》：「豳字西士，少從錢文子學，登嘉泰二年進士第。……擢秘書丞兼倉部郎官。出爲浙西提舉常平，面陳和糴折納之敝，建虎丘書院以祀尹焞。移浙東提點刑獄，寒食放囚歸祀其先，因感泣如期至。召爲左司諫，與王萬、郭磊卿、徐清叟俱負直聲，當時號『嘉熙四諫』。」《會稽續志》卷二「提刑題名」：「曹豳以浙西提舉除。端平三年二月二十九日到任，十一月十八召赴行在，除工部郎官，又除國子司業，未行。又除左司諫。」提刑及倉臺官皆能稱繡節在宋詩中也能得到印證。李石《挽沈提刑》：「豸冠議論回天力，繡節平反念母心。」許應龍《送人赴倉臺》：「繡節暫馳驅，玉堂資著譔。」

其三、吴考施樞未入前人所謂「浙東轉運司」，是爲確論。據王象之《輿地紀勝》卷二，知宋代浙東浙西轉運司有過拆并：「太平興國三年，錢氏納土，是時，始置轉運使。……熙寧七年，沈括言：『欲乞分浙東西爲兩浙路轉運使，於杭州置司（杭、蘇、湖、常、秀、睦、潤七州爲浙西路，越、明、台、婺、温、衢、處七州爲浙東路）。』詔從之。《皇朝郡縣志》載：『元豐元年，詔轉運司通管二路，提刑、提舉司各分路置。』象之按：今荆、淮、江、廣諸路漕臣皆分路自置，惟兩浙以財賦合一，故共置一司，兼統兩路，並得剌舉，尚熙寧舊制也。舊治在雙門之北，爲南北兩衙，今徙於湧金門之南。」王象之（一一六三至一二三〇），故知南宋僅有兩浙轉運司，官署設在臨安。據知自四庫館臣以來，諸家皆考施氏曾任「浙東轉運司幕屬」，實爲「兩浙轉運司幕屬」之誤。

進而言之，施樞亦未入曹豳浙東提刑幕中。《芸隱倦遊稿自序》曰：「及乙未秋入吴，攝庾臺幕。丙申秋，復過越，訪東畎先生。」另，《芸隱横舟稿·序》中「丙申冬趨浙漕舟官，戍小廨，泊崇新門外」，「丁酉，鬱攸挻孽，場地焦土，轉徙不常」，「戊戌秋，捧檄東越」，據知此時間段内施氏仕歷行蹤如下：乙未，即端平二年（一二三五）秋天，入蘇州倉幕；丙申，即端平三年（一二三六）秋，再次過訪越地訪東畎先生；當年冬天，入兩浙漕運司任漕舟官。丁酉，即嘉熙元年（一二三七）仍在漕司，戊戌，即嘉熙二年（一二三八）秋，在漕司任上捧檄東越，這是漕舟官巡行所部。東畎，應爲曹豳自號。宋人劉植有《喜曹東畎遷大理寺簿》詩，施樞有《中秋日虎丘呈庾使東畎先生》詩，庾使，庾臺長官，指曹氏「浙西提舉常平」之舊職。施樞另有《西興寄呈東畎先生》詩：「生平未始識東州，不謂招邀得漫遊。南鎮門前秦望曉，西興浦口浙江秋。風搏怒氣潮初落，山湧青冥雨乍收。豈爲登臨重回首，使星只在五雲頭。」西興浦口，在紹興蕭山境内。施氏《紹興城隍廟》詩序對此事有明確記載：「芸隱以東畎先生命來游禹會，時星夕後一日，問宿江干，明唤西陵渡，忽夢登一山……」寫的就是自序中丙申（一二三六）「星夕後一日」即七月初八復過越之事。當年十一月十八，曹豳就離開了紹興，赴任京朝官。

同年冬天施氏亦「趨浙漕舟官」。而戊戌（一二三八）秋，施氏捧檄東越時，曹豳仍在京朝官任。

上引序文與夢窗此詞對參，可以發現施氏詩文闕載的初過東越的時間，即是此詞所記的端平三年（一二三六）仲春。夢窗此詞自蘇州送别芸隱隨繡節過東越，時節景物在仲春時，與曹豳「二月二十九日到任」正相吻合。但是施樞雖然與曹豳同行，並且初次短暫「訪越」，但並未入曹豳浙東提刑幕，而是仍在春天即回到杭州參加漕試。故詞中有「鶯縷」二句，用歐陽修《望江南》典實，以御堤柳代指杭京蘇堤緑楊。而且當年秋天施氏再次過訪曹東畎，仍爲招邀之遊賞，並未作長期入幕之滯留，故吳先生以爲施樞此行是「入浙東提刑幕」，亦略誤。

## 喜遷鶯　太簇宮　俗名中管高宮㊀

同丁基仲過希道家看牡丹㊁〔一〕

凡塵流水〔二〕。正春在、絳闕瑤階十二〔三〕。暖日明霞〔四〕，天香盤錦〔五〕，低映曉光梳洗〔六〕。故苑涴花沈恨㊂〔七〕，化作妖紅斜紫㊃〔八〕。困無力，倚闌干，還倩東風扶起〔九〕。

公子〔一〇〕。留意處，羅蓋牙籤，一一花名字〔一一〕。小扇翻歌〔一二〕，密圍留客〔一三〕，雲葉翠温羅綺〔一四〕。豔波紫金杯重㈤，人倚妝臺微醉〔一五〕。夜和露〔一六〕，剪殘枝，點點花心清淚〔一七〕。

【校　議】

㈠明張本、底本詞調無「俗名」二字。兹據朱四校本、《全宋詞》。

㈡《歷代詩餘》詞題作「牡丹」。

㈢涴花：明張本、《詞綜》、《詞譜》、《歷代詩餘》、杜本、底本、朱四校本、四明本作「浣花」。兹從毛本、王朱本、朱二校本。

㈣妖紅：《詞綜》、《歷代詩餘》、王朱本、朱二校本作「夭紅」。《詞譜》作「夭桃」。

㈤豔波：王校：「二字疑倒。」《詞綜》作「瀲灩」。周之琦《心日齋十六家詞録》同。楊箋：「周稚圭改『灩波』爲『灩瀲』，但『灩瀲』未見人用。連綿詞非盡可顛倒者。集中此調共三闋，餘兩闋此句起二字俱作仄，『波』字不應獨平，又可疑。」孫按：灩瀲，宋代文章中已用此倒語。如薛季宣《松風閣記》：「臨灩瀲之淵，睨萬松之嶺。」然此用「灩波」意。

【注　釋】

〔一〕希道：即郭希道。郭家有清華池館。詳見《花犯·郭希道送水仙索賦》【考辨】。牡丹：因古代牡丹名木芍藥，故詩詞中常以芍藥典實混言之。此詞亦然。

〔二〕凡塵流水：蘇軾《水龍吟》：「春色三分，二分塵土，一分流水。」孫光憲《生查子》詠牡丹：「戴上玉釵時，迥與凡花異。」柳宗元《戲題階前芍藥》：「凡卉與時謝，妍華麗兹晨。欹紅醉濃露，窈窕留餘春。」蘇軾《玉盤盂二首》（之一）：「雜花狼籍占春餘，芍藥開時掃地無。」

〔三〕正春在二句：絳闕，傅玄《雲中白子高行》：「遂造天門將上謁，閶闔辟。見紫微絳闕，紫宫崔嵬，高殿嵯峨。」瑶臺十二，此借指牡丹栽種地皇宫。詳見《風流子·芍藥》注〔八〕中謝朓詩，及《風流子·前題》注〔一八〕中韓愈詩。

〔四〕暖日明霞：以洛神等美人喻花。曹植《洛神賦》：「遠而望之，皎若太陽升朝霞；迫而察之，灼若芙蕖出渌波。」周邦彦《拜星月慢》：「笑相遇，似覺瓊枝玉樹相倚，暖日明霞光爛。」

〔五〕盤錦：韓愈《芍藥》詩有「紅燈爍爍緑盤龍」。注曰：「緑盤龍以喻其葉。」

〔六〕低映句：元稹《連昌宫詞》：「宫殿相連端正樓，太真梳洗樓上頭。晨光未出簾影黑，至今反掛珊瑚鉤。」漸入以楊太真喻牡丹的正題。

〔七〕故苑句：故苑，此特指長安興慶宫沈香亭。此亭因爲植牡丹而得名，李白《清平調》即是在沈香亭贊楊貴妃是可與名花媲美的傾國傾城美人。涴，污染。楊妃慘死於馬嵬坡，如名花被塵涴，故有深恨。

〔八〕化作句：《山堂肆考》卷一九七：「《開元遺事》：明皇時，沈香亭前木芍藥一枝兩頭，朝則深碧，暮則深黄，夜則粉白。晝夜之内，香豔各異。帝曰：『此花木之妖，不足訝也。』」韓愈《晚春》：「誰收春色將歸去，慢緑妖紅半不存。」斜紫，夢窗工對「妖紅」而鑄成新辭，而牡丹又有名品稱「魏紫」。

〔九〕困無力三句：李白《清平調三首》(之三)：「名花傾國兩相歡，長得君王帶笑看。解釋春風無限恨，沈香亭北倚闌干。」白居易《長恨歌》：「侍兒扶起嬌無力，始是新承恩澤時。」刻畫牡丹略帶嬋披之態。

〔一〇〕公子：曹植《公燕詩》：「公子敬愛客。終宴不知疲。」此特指郭希道。

〔一一〕留意三句：《武林舊事》卷七：「淳熙六年三月十五日，車駕過宫，恭請太上、太后幸聚景園。……遂至錦壁賞大花，三面漫坡，牡丹約千餘叢，各有牙牌金字，上張碧油絹幕。」《吴郡志》卷三〇：「頃時，朱勔家圃在閶門内，内植牡丹數千萬本，以繒彩爲幕，彌覆其上。每花身飾金爲牌，記其名。」從皇家及顯臣對牡丹的深加關注和愛惜，可知郭希道雅舉乃當時風俗。

〔一二〕小扇翻歌：此以歌扇翻動喻風中牡丹花葉。温庭筠《牡丹二首》(之二)：「欲綻似含雙靨笑，正繁疑有一聲歌。」杜牧《秋夕》：「紅燭秋光冷畫屏，輕羅小扇撲流螢。」張綱《浣溪沙》：「銀鴨香浮，紅袖翻歌扇。」宋人多以此花比霓裳舞者，如范仲淹《桐廬方正父家藏唐翰林畫白芍藥予來領郡事因獲一見感歎久之題二十八字景祐元年十月七日》：「治亂興衰甚可嗟，徒憐水調訴榮華。開元盛事今何在，尚有霓裳寄此花。」

〔一三〕密圍留客：以牡丹花喻歌女。典見《慶宮春》（殘葉翻濃）注〔一〇〕。並合用《史記·滑稽列傳》淳于髡典故。

〔一四〕雲葉句：寫牡丹如雲花葉的香氣溫暖著遮蓋牡丹的絲質翠幕。張正見《初春賦得池應教詩》：「春光落雲葉，花影發晴枝。」陸機《招隱詩》：「輕條象雲構，密葉成翠幄。」周邦彦《少年游》：「錦幄初溫，獸香不斷，相對坐吹笙。」

〔一五〕豔波二句：用明皇喻貴妃醉酒恰似牡丹典故。陽枋《下沱張西叔牡丹號奇品以詩寄花因用韻謝》：「天香吹落五雲來，滿眼浮花只浪開。國色不關朝得酒，妝臺漫飲紫金杯。」餘見《風流子·芍藥》注〔四〕中所引《南部新書》。豔波，猶言「灧波」，杯中酒面波光。范仲淹《酬李光化見寄二首》（之二）：「石鼎鬬茶浮乳白，海螺行酒灧波紅。」

〔一六〕夜和露：裴璘《白牡丹》：「別有玉盤乘露冷，無人起就月中看。」謝堯仁詠芍藥詩：「應須和露剪，莫使見日色。廣陵精神全，免笑花無骨。」

〔一七〕剪殘枝二句：《武林舊事》卷七：「又別剪好色樣一千朵，安頓花架，並是水晶玻璃天青汝窑金瓶。就中間沈香卓兒一隻，安頓白玉碾花商尊，約高二尺，徑二尺三寸，獨插『照殿紅』十五支。」姚魏、御衣黄、照殿紅等皆南宋宮中牡丹奇品。楊箋以上三句：「説到折枝，自是後路。折花有何可説，看他用『和露』爲『清淚』安根，自然纏綿悱惻。此點染法也。」

【考辨】

夏箋：希道家蘇州。宋時蘇州盛牡丹。《吴郡圖經續記》（上）云：「牡丹多品，遊人是觀，繁麗貴重，盛亞京洛。」

孫按：據前引夏箋，知郭氏園池在蘇州，另，《絳都春·爲郭清華内子壽》亦可旁證郭希道家眷池館皆在蘇州。此詞寫於蘇州。

## 又

吴江與閑堂　王臞庵家㈠〔一〕

煙空白鷺。乍飛下、似呼行人相語〔二〕。細縠春波，微痕秋月，曾認片帆來去〔三〕。萬頃素雲遮斷，十二紅簾鉤處〔四〕。黯愁遠㈡，向虹腰，時送斜陽凝佇㈢〔五〕。輕許。孤夢到，海上璣宮㈣，玉冷深窗户㈤〔六〕。遥指人間，隔江燈火㈥〔七〕，漠漠水葓摇暮㈦〔八〕。看葺斷磯殘釣〔九〕，替卻珠歌雪舞㈧〔一〇〕。吟未了㈨，去匆匆，清曉一闌煙雨〔一一〕。

【校議】

㈠《古今詞統》、毛本、戈校本、杜本、王朱本、朱二校本詞題作「賦王臞庵與閑堂」。《歷代詩餘》作「王臞庵與閑堂」。

㈡黯愁：明張本作「黯秋」。

㈢斜陽：《歷代詩餘》作「夕陽」。

㈣璣宫：《古今詞統》、毛本、《歷代詩餘》、戈校本、杜本、王朱本、朱二校本作「幾宫」。王朱重刻本校曰：「句疑。」鄭氏手批：「璣，即珠宫。」

㈤深窗户：明張本作「涼窗户」。

㈥燈火：明張本、底本、朱四校本作「煙火」。兹從毛本、《歷代詩餘》、杜本、王朱本、朱二校本、四明本。

㈦水洪：《古今詞統》、毛本、《歷代詩餘》、戈校本、杜本、王朱本、朱二校本、四明本作「水蘋」。毛扆本、杜本於「蘋」旁注「洪」。明張本正同。

㈧珠歌：《歷代詩餘》作「珠宫」。

㈨吟未了：明張本作「未吟了」。

【注　釋】

〔一〕與閑堂：在吴江著名建築群「矐庵」中。此詞不僅寫及矐庵中的與閑堂，亦涉平遠堂、琉璃沼、釣雪灘、浮天閣、煙雨觀諸勝景。　王矐庵：即王份，字文孺，號矐庵。范成大《吴郡志》曾録宋人吟詠矐庵的著名詩作，鄭虎臣編爲《吴都文粹·矐庵二十五詠》。結合《矐庵二十五詠》，知詞中形容俱有著落。

〔二〕煙空三句：此三句明用鷗舞典故，亦與下文「漠漠」合，暗用王維「漠漠水田飛白鷺」詩句，且合宋人以矐庵比況王維輞川别墅事。蘇庠：「王郎矐庵摩詰詩，煙花繞舍江繞籬。」李彌正《和祝鎰韻》：「圖川不愧輞，序谷寧先盤。」

〔三〕細縠三句：此寫矐庵浮天閣、平遠堂等處景色。王銍《浮天閣三首》：「玉蟾飛入水晶宫，萬頃琉璃碎晚風。」程敦厚：「别浦歸帆遠，他山晚照妍。」何俌：「隔岸誰家圃，開帆何處船。」縠波，劉禹錫《竹枝詞》：「江上朱樓新雨晴，瀼西春水縠紋生。」陸游《城東》：「出郭溶溶細縠波，平生此地幾經過。」縠，以縐紗喻水波細紋。

〔四〕萬頃二句：沈與求《草堂二首》（之一）：「全家高隱白雲關，事不縈懷夢亦閑。欸乃交撑漁市散，隔江城郭是人間。」王銍《浮天閣三首》（之二）：「晴波渺渺雁行落，坐見萬頃穿雲還。」十二紅簾，此指吴江對面紅塵熱鬧之處。

〔五〕黯愁遠三句：此寫遠景垂虹橋。姜夔《慶宫春》過垂虹橋：「酒醒波遠，政凝想、明璫素襪。」袁去華

《柳梢青・長橋》：「萬頃玻璃，洞庭之外，純浸斜陽。」楊箋：「意外有季世之感。」

〔六〕輕許四句：此承前引王銍詩中「玉蟾飛入水晶宮」句意。璣宮，猶言珠宮，水晶宮。璣，《急就篇》顔師古釋「碧」字：「圓者曰珠，不圓者曰璣，皆蚌之陰精也。」此「玉冷」形容吴江如玉之水，並兼及如虹腰之橋。

〔七〕遥指二句：與前文「萬頃」五句意相貫通。陸游《遊萬里橋南劉氏小園》可以參看：「便欲喚釣舟，散髮歌滄浪。可憐隔岸人，車馬日夜忙。我歸門復掩，寂歷掛斜陽。」

〔八〕漠漠句：李賀《湖中曲》：「長眉越沙采蘭若，桂葉水葓春漠漠。」《箋注評點李長吉歌詩》卷二：「葓，一作葒。《爾雅》曰：即葒草，陸璣云：一名馬蓼，生水邊。高丈餘。」《佩文齋廣群芳譜》卷四七：「諸蓼春苗夏茂，秋始花。花開蓓蘽而細，長二寸，枝枝下垂，色粉紅可觀。水邊甚多，故又名水葒花。」姜夔《徵招》：「水葓晚、漠漠摇煙，奈未成歸計。」漠漠，雙屬白鷺及水葓意象。

〔九〕看葺句：此寫釣雪灘。程敦厚《王文孺臞庵》：「待月凝雲關，垂竿釣雪灘。」李商隱《令狐八拾遺見招送裴十四歸華州》：「嗟予久抱臨邛渴，便欲因君問釣磯。」

〔一〇〕替卻句：上二句中嵌入「釣雪」二字，並强調出蘇軾贊黄庭堅語「以山光水色替卻玉肌花貌」的「替卻」二字，意思是雪灘垂釣，耳目所及浪花拍岸的聲音與狀態，勝過美妙的歌聲舞姿，仍以對岸人間紅塵爲參照系。周邦彦《尉遲杯》：「治葉倡條俱相識，仍慣見、珠歌翠舞。」段成式《和徐商賀盧員外賜緋》：「連璧座中斜日滿，貫珠歌裏落花頻。」另參見《秋思・荷塘爲括蒼名姝求賦其聽雨小閣》

注〔五〕。雪舞，曹植《洛神賦》：「髣髴兮若輕雲之蔽月，飄飖兮若流風之回雪。」許渾《陪王尚書泛舟蓮池》：「舞疑回雪態，歌轉遏雲聲。」

〔二〕吟未了三句：此寫煙雨觀。謂匆匆之間，吟不盡此處好山好水好風光，何況煙雨觀中所見山色有無中之瞬間景致更是難以捕捉。王銍《浮天閣三首》（之二）：「詩就雲歸不知處，斷山零落有無中。」向子諲《平遠堂三首》（之一）：「如何唤得王摩詰，畫作江南煙雨圖。」

【集評】

卓人月、徐士俊《古今詞統》卷一四「玻璃魂濯濯，琥珀骨珊珊」，可似此君。

楊箋：（「遥指」三句）《白石詞》：「水葒晚、漠漠摇煙，奈未成歸計。」璣宫，是閑地。人間，是不閑地。隔江煙火，更是不閑，立身於閑，以觀人間之不閑何等可笑。水葒摇暮，寫「閑」字出。

【考辨】

朱箋：《吴郡志》：臞庵在松江之濱。邑人王份營此以居，圍江湖以入圃，有與閑、平遠、種德及山堂四堂，煙雨觀、横秋閣、淩風臺、鬱峨城、釣雪灘、琉璃沼、臞翁澗等處，而浮天閣爲第一。總謂之「臞庵」。份字文孺，以特恩補官，嘗爲大冶令，歸休老焉。

孫按：《吴郡志》卷一四：「矑庵在松江之濱，邑人王份有超俗趣，營此以居。圍江湖以入圃，故多柳塘花嶼，景物秀野，名聞四方。一時名勝喜遊之，皆爲題詩。圃中有與閑、平遠、種德、及山堂四堂。煙雨觀、横秋閣、淩風臺、鬱峩城、釣雪灘、琉璃沼、矑翁澗、竹廳、龜巢、雲關、纈林、楓林等處。而浮天閣爲第一，總謂之矑庵。份，字文孺，以特恩補官嘗爲大冶令，歸休老焉。」

《吴郡志》卷一四中范成大所録題詠矑庵的著名詩作，鄭虎臣編爲《吴都文粹·矑庵二十五詠》，分别有王銍《浮天閣三首》、向子諲《平遠堂三首》、沈與求《草堂二首》、程敦厚三首、何偁五首、僧道本二首、李彌正《和祝鎰韻》、徐開庵、蒙與義、吕本仲、蘇庠、陳棪、沈求各一首，可與夢窗詞參看。詩多不俱引。

另，楊氏《事蹟考》以王份矑庵爲夢窗交遊者之一。今查王銍有《舟行扶病訪王文孺矑庵且蒙和賜次韻爲别》一詩。王銍，高宗建炎四年（一一三〇）在世，其子王明清生卒年爲（一一二七至一二〇二）。另，孫覿《過矑庵示王文孺》（二首）：「黄帽青鞋兩鬢斑，一簑聊寄此身閑。不因誤入桃花去，那得夤緣見葦間。」「雞犬無聲白日閑，一筇九節過眉斑。會須俎豆三高士，且寄風流二老間。」孫覿（一〇八一至一一五六），二人年齡相仿佛。夢窗生於一二〇二年，故與王矑庵甚至其子王明清皆不能相及。

## 又㊀

福山蕭寺歲除〔一〕

江亭年暮〔二〕。趁飛雁、又聽數聲柔櫓㊁〔三〕。藍尾杯單㊂，膠牙餳澹〔四〕，重省舊時羈旅〔五〕。雪舞野梅籬落，寒擁漁家門户〔六〕。晚風峭，作初番花訊㊃〔七〕，春還知否。何處。圍豔冶、紅燭畫堂，博簺良宵午㊄〔八〕。誰念行人，愁先芳草〔九〕，輕送年華如羽〔一〇〕。自剔短檠不睡〔一一〕，空索彩桃新句〔一二〕。便歸好〔一三〕，料鵝黄，已染西池千縷〔一四〕。

【校　議】

㊀戈選杜批：「後段起句第五字不叶韻，句法亦與前梅溪詞小異。」

㊁《全宋詞》於「又聽」逗，與上下三闋不合，兹徑改。

㊂藍尾：《歷代詩餘》、戈選、杜本作「婪尾」。杜校：「原誤作『藍尾』。」藍尾酒，意同「婪尾酒」。俱不誤。鄭氏手批：「『藍尾』、『膠牙』句，用白香山詩意。」

〔四〕花訊：《詞綜》、《歷代詩餘》、戈選、杜本作「花信」。

〔五〕博簺：鄭氏手批：「今北人尚謂之『擲簺子』。案即骰子。昔人詩詞中用『簺』字，僅見此。」孫按：温庭筠《病中書懷呈友人》也用此字：「亡羊猶博簺，牧馬倦呼盧。」

## 【注釋】

〔一〕福山蕭寺：常熟縣福山鎮的東嶽廟，屬於東嶽行祠。常熟，平江府六屬縣之一。蕭寺，《唐國史補》卷中：「梁武帝造寺，令蕭子雲飛白大書『蕭』字，至今一『蕭』字存焉。」後因稱佛寺爲蕭寺。

〔二〕歲除：詞中涉及的除夕風俗，可參《吴郡志》卷二：「除夜祭畢，則復爆竹，焚蒼朮均及辟瘟丹。家人酌酒，名分歲。食物有膠牙餳、守歲盤。夜分祭瘟神，易門神、桃符。」

〔三〕江亭年暮：杜甫《和裴迪登蜀州東亭送客逢早梅相憶見寄》：「幸不折來傷歲暮，若爲看去亂鄉愁。江邊一樹垂垂發，朝夕催人自白頭。」

〔四〕趁飛雁二句：杜甫《船下夔州郭宿雨濕不得上岸别王十二判官》：「柔櫓輕鷗外，含淒覺汝賢。」餘見《渡江雲·西湖清明》注〔六〕。

〔五〕藍尾二句：《荆楚歲時記》：「正月一日是三元之日也。……於是長幼悉正衣冠以次拜賀。進椒柏酒，飲桃湯，進屠蘇酒、膠牙餳，下五辛盤。……膠牙者，蓋以使其牢固不動，取膠固之義。」藍尾，即藍尾酒。唐代飲宴時，輪流斟飲，至末坐，稱「藍尾酒」。《石林燕語》卷八：「白樂天詩：『三杯藍尾酒，一楪膠牙餳。』唐人言『藍尾』多不同，『藍』字多作『啉』，云出於侯白《酒律》。謂酒巡匝，末坐者連飲三杯爲藍尾。蓋末坐遠，酒行到常遲，故連飲以慰之。」元日所飲藍尾酒，或即屠蘇酒。竇革《酒譜·酒之事》：「今人元日飲屠蘇酒，云可以辟瘟氣。亦曰藍尾酒，或以年高最後飲之，故有尾之義爾。」

〔五〕舊時羈旅：周邦彦《鎖窗寒》：「似楚江暝宿，風燈零亂，少年羈旅。」羈旅，《左傳·莊公二十二年》：「齊侯使敬仲爲卿，辭曰：『羈旅之臣……敢辱高位，以速官謗。』」杜預注：「羈，寄；旅，客也。」

〔六〕雪舞二句：崔櫓《岸梅》：「含情含怨一枝枝，斜壓漁家短短籬。」王筠《和孔中丞雪裏梅花詩》：「翻光同雪舞，落素混冰池。」杜甫《江梅》：「雪樹元同色，江風也自波。」野梅，江梅。

〔七〕初番花訊：指梅花風。

〔八〕何處四句：許綸《次韻常之歲晚督才叔詩課》：「盍簪列炬昏騎馬，博簺相歡夜倒衣。」許綸詩化用杜甫《杜位宅守歲》詩意。詳見《塞垣春·丙午歲旦》注〔一〇〕。圍豔冶、紅燭畫堂，用「密圍」典，見《慶宫春》（殘葉翻濃）注〔一〇〕。博簺，古代的賭博遊戲。有多種説法。《莊子·駢拇》：「問谷奚事，則博塞以遊。」成玄英疏：「行五道而投瓊（即骰子）曰博，不投瓊曰塞。」《名義考》卷八「博奕」條：「《博雅》云：投六著行六棊，故爲六博著簺也。今名骰子，自幺至六，曰六著。棊局，齒也。内外各六，曰六棊。此六博之義也。古者以五木爲簺。有梟、盧、雉、犢、塞五者爲勝負之采。」杜甫《今夕行》：「咸陽客舍一事無，相與博塞爲歡娱。馮陵大叫呼五白，袒跣不肯成梟盧。」塞，同「簺」。宋代新年也有此類活動。王之道《憶東坡·追和黄魯直》：「新歲换符來，天上初見頒桃梗。試問我酬君唱，何如博塞歡娱，百萬呼盧勝。」楊箋：「想出豪客度歲一境，是擲筆天外法，爲下現況反托。」

〔九〕愁先芳草：《史記·曆書》：「昔自在古，曆建正作於孟春。於時冰泮發蟄，百草奮興，秭鳺先滜。」李煜《清平樂》：「離恨卻如春草，更行更遠還生。」謂愁生於草長之前，如「人歸落雁後，思發在花前」，是進一層寫法。

〔一〇〕年華如羽：陸龜蒙《夏日閒居作四聲詩寄襲美》：「年華如飛鴻，斗酒幸且舉。」馬子嚴《浣溪沙慢》：「流景如羽。且共樂升平，不須後庭玉樹。」

〔一一〕自剔句：寫聊爲守歲。除夕守歲風俗詳見《塞垣春·丙午歲旦》注〔九〕。周邦彦《渡江雲》：「沈恨處，時時自剔燈花。」韓愈《短燈檠歌》：「長檠八尺空自長，短檠二尺便且光。」

〔一二〕空索句：彩桃，指元日應時的桃版與桃符。《事物紀原》卷八「桃版」條：「《玉燭寶典》曰：元日施桃版著户上，謂之仙木。以鬱壘山桃，百鬼畏之故也。《山海經》曰：東海度索山，有大桃樹蟠屈三千里，其卑枝向東北，曰『鬼門』，萬鬼出入也。有二神一曰神荼，一曰鬱壘。主閲領衆鬼之害人者。於是黄帝法而象之，毆除畢，因立桃版於門户上，畫鬱壘以禦凶鬼，此則桃版之制也。蓋其起自黄帝，故今世畫神像於版上，猶於其下書『右郁壘，左神荼』。元日以置門户間也。」又「桃符」條：「《淮南子·詮言訓》曰：羿死於桃棓。許慎注云：棓，大杖，以桃爲之，以擊煞羿。由是以來，鬼畏桃。今人以桃梗作板，歲旦植於門以辟鬼，由此故也。後漢《禮儀志》曰：施門户代以所尚，周人木德，以桃爲梗，言氣相更也。梗，更也。或曰即黄帝立桃梗之事也。」宋時仍尚此俗。《東京夢華録》

卷一〇「十二月」條：「近歲節，市井皆印賣門神、鍾馗、桃板、桃符，及財門鈍驢，回頭鹿馬，天行帖子。」陶選：「至五代後蜀時，又於桃符板上書寫聯句，後又改爲以紙代桃木，遂演變成今之春聯。」事見《蜀檮杌》卷下：「蜀未亡前一年，歲除日，（孟）昶令學士辛寅遜題桃符板於寢門，以其詞工。昶命筆自題云：『新年納餘慶，嘉節賀長春。』」陸游《除夕雪》：「半盞屠蘇猶未舉，燈前小草寫桃符。」陳造《元日》：「椒觴帶夢隨小飲，桃板得詩仍自書。」

〔三〕便：《匯釋》：「猶雖也；縱也；就使也。」

〔四〕料鶼黄二句：李涉《柳枝詞》：「不必如絲千萬縷，只禁離恨兩三條。」餘見《木蘭花慢·餞韓似齋赴江東鹺幕》注〔一〇〕。西池，特指西城西樓之池。劉禹錫《到郡未浹日登西樓見樂天題詩因即事以寄》：「樓依新柳貴，池帶亂苔青。」以上三句預測此行最早的歸蘇時間。

【集評】

陳洵《海綃説詞》：「趁飛雁、又聽數聲柔櫓」，已動歸興。「藍尾」二句，人家節物，歸興愈濃。至此咽住，卻翻身轉出舊時羈旅，言欲歸不得，正不止今日江亭也。讀者得訣，在辨承轉。讀六朝文如是，讀吴詞亦如是。「雪舞」以下江亭風景，言此時宜做初番花信矣。而峭寒如此，天心尚可問乎？身世之感，言外寄慨。何處正對江亭，博簺良宵，則無復關心花信，故曰「誰念行人，愁先芳草」。「短檠」二句，非紅燭畫堂所知。「便歸好」，蓋猶未也。結句，正見年華如羽，見在如此，未來可知。

楊箋：題有蕭寺，詞不之及。雪舞二句，不過福山泛景，非爲蕭寺設，蓋題重歲除，不重蕭寺，非如試帖詩之必粘著皮骨也。

劉永濟《微睇室説詞》：此詞首句寫來路兼點明歲除。「藍尾」三句爲歲除情事。白居易詩：「歲盞舊推婪尾酒，春盤先進膠牙餳。」「婪尾」即「藍尾」，古人除夕飲婪尾酒，年少者先飲，老者後飲。「膠牙餳」，糖也，取膠固之義。「雪舞」二句乃蕭寺外景。「晚風」二句結出冬去春來之意。「初番花訊」，二十四番花訊，梅居第一。換頭以己在旅中過除夕，情事岑寂，固念他處人方行樂也。「博簺」，戲具也。杜甫《今夕行》：「咸陽客舍一事無，相與博簺爲歡娱。」此用以點染除夕。「誰念行人」三句又從他處樂者説到蕭寺孤客。「自剔」二句亦除夕故事。「彩桃新句」，唐宋時有除夕題四字或二句韻語於門曰桃符。後世除夕貼新年對聯即其餘風。歇拍想到歸時柳已萌芽，則去路也。此首尾自相照顧之作法也。

【考　辨】

朱箋：王鏊《姑蘇志》，福山在常熟縣治西北四十里，高九十五丈，週五里。本名覆釜，唐天寶六載改爲金鳳，後梁乾化三年又改今名。

吴熊和《唐宋詞彙評》：《琴川志》卷四：福山在縣北四十里，高九十五丈，週五里。本名覆釜山，其形似也。唐天寶六載，改爲金鳳山。梁乾化三年，又改今名。東岳行祠，在山之麓。

吴箋：《琴川志》卷一〇：東岳行祠在縣北四十里福山。至和七年，魏邦哲爲之記，以爲福山離宫，經始於至和之初。每歲季春，岳靈誕日，旁郡之人不遠數百里，結社火，具舟車，齎香信，詣祠下致禮敬者，吹簫擊鼓，揭號華旗，相屬於道。

孫按：《吴郡志》卷一三「東嶽廟在常熟縣福山鎮」條，有魏邦哲《重修嶽廟記》載「福山臨江海上，歸焉蓊鬱，岡巒環回，殆亦勝地」，福山東嶽廟作爲岱嶽别廟，建築巍然，香火極盛，有會社求禱，娱以簫鼓之俗。

此詞與《思佳客·癸卯除夜》皆是淳祐三年（一二四三）除夕寫於蘇州屬縣常熟。詞中西池楊柳並非泛泛言之，後文《鷓鴣天·化度寺作》：「吴鴻好爲傳歸信，楊柳閶門屋數間。」《鳳棲梧·化度寺池蓮一花最晚有感》：「今夜西池明月到。餘香翠被空秋曉。」正與之合榫。

## 又

甲辰冬至寓越，兒輩尚留瓜涇蕭寺〔一〕

冬分人别〔二〕。渡倦客、晚潮傷頭俱雪㊀〔三〕。雁影秋空〔四〕，蝶情春蕩㊁〔五〕，幾處路窮車絶〔六〕。把酒共温寒夜，倚繡添慵時節〔七〕。又底事〔八〕，對愁雲江國〔九〕，離心還折〔一〇〕。吴越〔一一〕。重會面，點檢舊吟㊂，同看燈花結〔一二〕。兒女相思〔一三〕，年華輕送〔一四〕，鄰户斷簫聲噎〔一五〕。待移杖藜雪後〔一六〕，猶怯蓬萊寒闊〔一七〕。晨起懶㊃，任鴉林催曉〔一八〕，梅窗沈月㊄〔一九〕。

**【校議】**

㊀《全宋詞》於「晚潮」逗，夏敬觀評語：「第二句變爲上五下四句。」與以上三闋不合，兹徑改。杜校：「『傷』字疑誤。」

㊁春蕩：明張本作「秋蕩」。

㊂點檢：毛本、戈校本作「撿點」。杜本、王朱本、朱二校本、四明本作「檢點」。撿點、檢點，均意同「點檢」。

㊃晨起懶：明張本、朱四校本作「最起晚」。

㊄杜本鄭批：「白石此調拗字俱同。」夏敬觀評語：「前後兩結句變爲上五下四二句。」孫按：夏語與前三首相較而言。

**【注釋】**

〔一〕甲辰：理宗淳祐四年（一二四四）。　冬至：又稱「長至」，是唐宋士庶所重、僅次於歲旦的重要節日。詳見《永遇樂·探梅》注〔六〕。據范成大《范村梅譜》：「早梅花勝直脚梅（孫按：即江邊野梅），吴中春晚，二月始爛漫，獨此品於冬至前已開，故得早名。」此詞末句中的「梅」實貫穿全篇。

〔二〕冬分：即冬至。冬季的節氣中冬至居其半。《史記·曆書第四》：「昔自在古，曆建正作於孟春。……物乃歲具，生於東，次順四時，卒於冬分。時雞三號，卒明。撫十二節，卒於丑。日月成，故明也。」時節在仲冬十一月。

〔三〕渡倦客二句：謂倦遊客地之人傷感於頭髮如潮浪皆現銀白。白居易《冬至夜》：「老去襟懷常濩落，病來鬚鬢轉蒼浪。心灰不及爐中火，鬢雪多於砌下霜。」

〔四〕雁影秋空：周邦彦《關河令》：「佇聽寒聲，雲深無雁影。」

〔五〕蝶情春蕩：劉孝綽《詠素蝶詩》：「出没花中見，參差葉際飛。」陸龜蒙《襲美見題郊居十首因次韻酬之以伸榮謝》（之三）：「池平鷗思喜，花盡蝶情忙。」

〔六〕路窮車絶：《晉書·阮籍傳》：「時率意獨駕，不由徑路，車跡所窮，輒慟哭而反。」王勃《滕王閣序》：「阮籍倡狂，豈效窮途之哭。」以上三句謂如秋雁北飛南翔，如春蝶爲花奔忙，皆所欲不能從心，因而常有途窮時的絶望哀傷。

〔七〕把酒二句：此寫冬至例行活動。節時闔家團圓，更换新衣，舉酒相慶。夢窗妻兒此時所在的吴中更重此節。《吴郡志》卷二：「俗重冬至，而略歲節。」「肥冬瘦年」之説見前《增補武林舊事》卷三引《杭州府志》。至此日，女功又比孟冬多一線之功。典例詳見《永遇樂·探梅》注〔六〕。

〔八〕底事：《匯釋》：「（底）猶何也；甚也。《讀曲歌》：『月没星不亮，持底明儂緒。』言持何物也……又《蠶婦》詩：『年年道我蠶辛苦，底事渾身著苧麻。』言何事也。」

〔九〕愁雲：范成大《長至日與同舍遊北山》：「寒雲低閣雪，佳節靜供愁。」　江國：此特指蘇州。姜夔《暗香》正寫於蘇州石湖：「江國。正寂寂。歎寄與路遥，夜雪初積。」

〔一〇〕離心還折：趙希楷《次韻李鶴田德真寄遠》：「思君一夜離心折，東樓又送無情月。」江淹《別賦》：「有別必怨，有怨必盈。使人意奪神駭，心折骨驚。」杜甫《冬至》：「心折此時無一寸，路迷何處見三秦。」

〔一一〕吴越：此特指蘇州與紹興。

〔一二〕重會面三句：化用李商隱《夜雨寄北》詩意，懸想與妻兒再會面的情景。並翻用周邦彦《華胥引》：「點檢從前恩愛，但鳳箋盈篋。愁剪燈花，夜來和淚雙迭。」燈花結，俗以燈結花爲吉兆。范祖禹《守歲》：「坐對燈花結，歡吹酒蟻開。」

〔一三〕兒女相思：姜夔《除夜自石湖歸苕溪》：「千門列炬散林鴉，兒女相思未到家。」並翻用杜甫《月夜》詩意「遥憐小兒女，未解憶長安」，謂兒輩已解思念父親。實寓伉儷相思。

〔一四〕年華輕送：謂孤獨中草草度過此節。

〔一五〕鄰户句：暗用馬融聞笛而起羈旅之思典故。唐無名氏《雜詩十首》：「洛陽才子鄰簫恨，湘水佳人錦瑟愁。」暗寓梅落。晏幾道《清平樂》：「醉弄影娥池水，短簫吹落殘梅。」

〔一六〕待移句：杜甫《冬至》：「杖藜雪後臨丹壑，鳴玉朝來散紫宸。」釋紹嵩《再登蓬萊閣》：「不到蓬萊又幾時，且揸笻杖看雲移。」

〔一七〕蓬萊：舊志云海上蓬萊仙山正對紹興卧龍山蓬萊閣。

〔一八〕鴉林催曉：此反用杜甫《杜位宅守歲》詩意：「盍簪喧櫪馬，列炬散林鴉。」與元日對比，寫出當下冬至的孤寂。

〔一九〕梅窗沈月：杜耒《寒夜》：「尋常一樣窗前月，才有梅花便不同。」紹興府治勝跡有桃溪梅塢及冷香亭。已見前引《會稽志》卷一、《會稽續志》卷三。

【考　辨】

鄭氏手批：《宋史》：凡隨南渡諸士大夫，有詔皆得居寺院。瓜涇，在吴江縣北九里，分太湖支流，東北出央浦，會吴淞江。蓬萊，謂蓬萊閣。《草窗詞》注：閣在紹興，西浦、東州皆其地。《宋史》：流民入京師往往泊御廟及僧舍。

杜本鄭批：《癸辛雜識》：南渡之初，中原士大夫之落南者衆，高宗渻之，有西北士大夫許占寺宇之命。此詞云瓜涇蕭寺，蓋亦夢窗僑寄之所。

楊箋：甲辰正爲姬去之年，蓋姬於暮春去後，夢窗攜其子追蹤至吴，招之不來，至歲暮先回杭，以其子留瓜涇，以待之，曰「兒輩」知姬子非一人，曰「尚留」，知其有所候也。

孫按：《會稽續志》卷二「安撫題名」：「史宅之，淳祐四年七月以華文閣學士、通奉大夫知。十月十九日到任，十二月磨勘轉正議大夫。」此詞是甲辰即淳祐四年（一二四四）冬至寫於越中紹興，史宅之十月十九日赴紹興任上，此詞顯示，夢窗仲冬時節已入史宅之幕中。詞用杜甫《月夜》及李商隱《夜雨寄北》詩意，顯爲寄内之作。因其時家眷在吴，未能共度冬至團聚佳節，由此而生發感慨。

另，宋人寓居蕭寺主要有兩種情况，一是作爲達官貴人爲修身養性的屏居地，二是貧窮不能自給的寄身之所。如尤袤《雪巢小集序》謂其友吴興人林景思：「挈其孥居蕭寺，屢瀕於餒而不悔，讀書著文不改其樂。」

## 探芳信　夾鐘羽

與李方庵聯舟入杭。時方庵至嘉興索舊燕同載。是夕，雪大作，林麓洲渚皆瓊瑶。方庵馳小序求詞，且約訪蔡公甫〔一〕

夜寒重〔二〕。見羽葆將迎〔三〕，飛瓊入夢〔四〕。整素妝歸處〔五〕，中宵按瑶鳳〔六〕。舞春歌夜棠梨岸〔七〕，月冷和雲湅〔八〕。畫船中、太白仙人，錦袍初擁〔九〕。應過語溪否㈠〔一〇〕，試笑挹中郎〔一一〕，還叩清弄〔一二〕。粉黛湖山〔一三〕，欠攜酒〔一四〕、共飛鞚〔一五〕。洗杯時換銅觚水，待作梅花供〔一六〕。問何時、帶雨鋤煙自種〔一七〕。

【校　議】

㈠語溪：明張本、毛本、戈校本、杜本作「浯溪」。《詞譜》作「青溪」。王校徑改作「語溪」。餘本從之。鄭校：「以形近訛。」鄭氏手批：「按檇李（孫按：嘉興的古稱）有語兒鄉，俗傳吴使范蠡入城迎西施，蠡秘焉三年，始抵吴。至檇李，西施所産兒已能語，故謂之語兒。此不經之説，蓋『禦兒』之訛耳。然則嘉興亦有語溪，毛刻因不得其解，遂以習見之浯溪臆改，不知其紕繆殊甚也。」「語溪本未訛，毛氏疑音同之誤乃以臆改，非傳寫有訛也。」孫按：以明張本同勘，知明代所見本皆如此，非毛氏臆改。

【注　釋】

〔一〕嘉興：宋代有嘉興府及嘉興縣。詳見《洞仙歌·方庵春日花勝宴客》【考辨】。舊燕：代稱曾與李方庵有過從的嘉興歌女。瓊瑤：《詩·衛風·木瓜》：「投我以木桃，報之以瓊瑤。」毛傳：「瓊瑶，美玉。」此喻雪。白居易《西樓喜雪命宴》：「四郊鋪縞素，萬室甃瓊瑶。」馳：通「駝」。方言。李翊《俗呼小録》：「凡取物，吴下曰擔，江陰曰拏，丹陽等處曰捉，寧波、浙東曰駝。」李方庵嘉興人，屬浙東。蔡公甫：生平不詳。

〔二〕夜寒重：文同《夜發散關》：「怪來曉寒重，卻愛山頭雪。」

〔三〕羽葆：《漢書・韓延壽傳》：「建幢棨，植羽葆。」顔師古注：「羽葆，聚翟尾爲之，亦今纛之類也。」此泛指車駕。

〔四〕飛瓊：許飛瓊，西王母侍女，代指飛雪。以上二句爲雪中載舊燕於車的戲謔説法。

〔五〕素妝：皮日休《詠白蓮》：「吴王臺下開多少，遥似西施上素妝。」

〔六〕瑶鳳：美稱鳳笙之類的樂器。

〔七〕舞春句：岑參《白雪歌送武判官歸京》：「忽如一夜春風來，千樹萬樹梨花開。」並暗用舞姿如流風回雪典，詳見《喜遷鶯・吴江與閑堂》注〔一〇〕。《本草綱目》卷三〇：「棠梨，野梨也。……二月開白花，結實如小楝子，大霜後可食。」

〔八〕雲凍：杜牧《雪中書懷》：「臘雪一尺厚，雲凍寒頑癡。」

〔九〕畫船三句：用李白著宫錦袍典。夢窗對李方庵屢用此典，切李姓兼及才性。太白仙人，李白字太白，其《對酒憶賀監》序曰：「太子賓客賀公，於長安紫極宫一見余，呼余爲『謫仙人』。因解金龜換酒爲樂。」

〔一〇〕語溪：語兒溪，又名禦兒溪。在嘉興縣境。詳見【考辨】。

〔一一〕挹：古人拱手行禮。《荀子·議兵》：「湯武之誅桀紂也，拱挹指麾。」王念孫《讀書雜志》：「揖，與『挹』通。」　中郎：秦漢時擔任宫中護衛、侍從的官職。屬郎中令。分五官、左、右三中郎署。各署長官稱中郎將，省稱中郎。東漢蔡邕曾任左中郎將，蔡邕是著名音樂家，擅辨笛材，見《夜飛鵲·蔡司户席上南花》注〔一〇〕。

〔一二〕清弄：此特指奏笛。《晉書·桓伊傳》：「（伊）善音樂，盡一時之妙。……徽之便令人謂伊曰：『聞君善吹笛，試爲我一奏。』伊是時已貴顯，素聞徽之名，便下車，踞胡床，爲作三調，弄畢，便上車去。」元稹《曹十九舞綠鈿》：「急管清弄頻，舞衣才攬結。」　蔡氏亦應精通音樂，故以蔡邕切之。

〔一三〕粉黛湖山：王安石《至開元僧舍上方次韻舍弟二月一日之作》：「和風滿樹笙簧雜，霽雪兼山粉黛重。」李壁《王荆公詩注》：「粉喻雪，黛喻山。」

〔一四〕欠攜酒：「湖山」意亦入此句。湖山攜酒，謂攜妓載酒。暗用謝安攜妓遊樂典故。《晉書·謝安傳》：「安雖放情丘壑，然每遊賞，必以妓女從。」李白《書情題蔡舍人雄》：「嘗高謝太傅，攜妓東山門。」

〔一五〕飛鞚：鮑照《擬古詩八首》（之三）：「獸肥春草短，飛鞚越平陸。」　此寫李方庵約蔡公甫作並馬之遊。

〔一六〕洗杯二句：劉過《沁園春》：「自注銅瓶，作梅花供，尊前數枝。」洗杯，飲酒。詳見《慶宫春》（殘葉翻濃）注〔三〕。觚，《儀禮·特牲饋食禮》：「實二爵，二觚，四觶，一角，一散。」鄭玄注：「舊説云：爵一升，觚二升，觶三升，角四升，散五升。」

〔一七〕問何時二句：據前引許棐《李方庵款梅》詩，知李方庵酷愛梅花，有款梅清供雅舉。許棐、李方庵皆嘉興人。參見《洞仙歌·方庵春日花勝宴客》【考辨】。自種梅花於庭院，謂歸來隱居也。張鎡《南歌子》詠梅：「青青一畝自鋤煙。霧孕雲蒸、肌骨更凝堅。」

## 【考辨】

夏箋：《石門縣志》：「語兒溪」在縣東南，一名語兒中涇。

楊箋：《一統志》：又名沙渚塘，爲吳棲兵之地。疑蔡公甫居此。

孫按：嘉興府，原名嘉禾，李方庵的家鄉。詳見《洞仙歌·方庵春日花勝宴客》【考辨】。《史記·東越列傳》：「樓船將軍率錢唐轅絡古，斬徇北將軍，爲禦兒侯。」正義曰：「禦字，今作『語』。語兒鄉在蘇州嘉興縣南七十里，臨官道也。」地名爲「語兒」抑或「禦兒」，後人多有辯説。《吳郡圖經續記》卷下：「禦兒者，地名也。《國語》曰：『勾踐之地，南至於句吳，北至於禦兒。』又，勾踐曰：『吾用禦兒臨之。』而俚俗之言，以『禦』爲『語』。曰范蠡獻西子於吳，道中生子，至此而能語。又從而爲之説曰：吳既亡，西子從范蠡以行，杜牧亦云「西子下吳邦，一舸逐鴟夷」。夫蠡之智，足以顯君而保躬，必不蹈於污也。昔武王伐紂誅妲己，而高熲請誅張麗華，孰謂蠡不如高熲乎？」《至元嘉禾志》卷五：「語兒中涇，一名語溪，自縣東五十里達嘉興南谷湖。考證：禦兒之名尚矣，《左傳》、《國語》、《吴越春秋》等書皆然。《史記》中獨年表字作『禦』。逮西漢，則易爲『語』；而年表又作『蘌』。後人疑之，附會其説。《水經》載萬善歷曰：吴黄武六年正月，獲彭綺。是歲，由拳西鄉有産兒便能語，因詔爲語兒鄉，殆枝辭也。宋元豐中，樂圃朱長文《續吴郡圖經》又舉俚俗之言曰：范蠡獻西子於吴道中生子，至此而能語。既辨其妄，並以『語』字爲訛。然朱亦未之思也。」據知此地名俗作「語」，宋人多喜以俗字入詩詞，所謂化俗爲雅者，此亦一例。

## 又

丙申歲吴燈市盛常年，余借宅幽坊，一時名勝遇合，置杯酒接殷勤之歡，甚盛事也。分鏡字韻〔一〕

暖風定〔二〕。正賣花吟春，去年曾聽〔三〕。旋自洗幽蘭，銀瓶釣金井〔四〕。斗窗香暖慳留客〔五〕，街鼓還催暝〔六〕。調雛鶯〔七〕、試遣深杯，喚將愁醒〔八〕。燈市又重整。待醉勒遊韁〔九〕，緩穿斜徑〔一○〕。暗憶芳盟，綃帕紅、淚猶凝㊀〔一一〕。吴宫十里吹笙路〔一二〕，桃李都羞靚〔一三〕。繡簾人、怕惹飛梅翳鏡〔一四〕。

【校議】

㊀綃帕二句：諸本皆作「綃帕淚猶凝」五字句。毛扆本：「『綃帕』上下脱一字。」鄭氏手批：「據前一首校，當是脱一字。疑作『紅』。」兹據改，並作折腰句式。

【注釋】

〔一〕丙申：理宗端平三年（一二三六）。　名勝：此指有名望的才俊之士。《晉書·王導傳》：「會三月上巳，帝親觀禊，乘肩輿，具威儀，敦、導及諸名勝皆騎從。」　置杯酒句：《漢書·司馬遷傳》：「夫僕與李陵俱居門下，素非相善也，趣舍異路，未嘗銜杯酒接殷勤之歡。」陶淵明《擬古詩九首》（之一）：「未言心先醉，不在接杯酒。」　盛事：此指文期酒會。蕭子隆《山居序》：「西園多士，平臺盛賓。鄒馬之客咸在，伐木之歌屢陳。是用追芳昔娱，神遊千古，故亦一時之盛事。」

〔二〕暖風：《禮記·月令》：「（季秋之月）行春令，則暖風來至。」

〔三〕正賣花二句：陸游《臨安春雨初霽》：「小樓一夜聽春雨，深巷明朝賣杏花。」《夢粱録》卷七：「是月季春，萬花爛熳，牡丹、芍藥、棣棠、木香，種種上市，賣花者以馬頭竹籃鋪排，歌叫之聲，清奇可聽。」可知賣花風俗。

〔四〕旋自洗二句：劉克莊《歲晚書事十首》（之九）：「圃在屋邊慵種菜，井臨砌畔怕澆蘭。」銀瓶，汲水器。此寫以雅花佈置陋室，爲有賓客將至作埶筆。

〔五〕斗窗句：合下句中「暝」字，用《史記·滑稽列傳》淳于髡被夜留事。慳，此自嘲不常設宴。《古今事文類聚續集》卷一四「譏不常設燕」條引《倦遊雜録》：「陳恭公知揚州，陳少卿亞曰：『近作一謎。四個脚子直上，四個脚子直下，經年度歲不曾下。若下時，不是風起便雨下。』公未曉。亞曰：『乃待制廳上茶床，苟或宴會，即慳值風、澀值雨也。』」集中《花心動·郭清華新軒》可以參看：「春須笑，酒慳歌澀。」

〔六〕街鼓：《新唐書·百官志·四》：「左右街使，掌分察六街徼巡。凡城門坊角，有武候鋪，衛士、彍騎分守，大城門百人，大鋪三十人，小城門二十人，小鋪五人。日暮，鼓八百聲而門閉；乙夜，街使以騎卒循行囂諄，武官暗探；五更二點，鼓自内發，諸街鼓承振，坊市門皆啟，鼓三千撾，辨色而止。」

〔七〕調雛鶯：韓愈、孟郊《城南聯句》：「綺語洗晴雪，嬌辭哢雛鶯。」羊昭業《皮襲美見留小宴次韻》：「芳景漸濃偏屬酒，暖風初暢欲調鶯。」此喻歌妓爲「鶯」，因幼小而稱「雛」，因未熟諳聲律尚需「調」。蘇軾《循守臨行出小鬟復用前韻》：「學語雛鶯在柳陰，臨行呼出翠帷深。」

〔八〕試遣二句：此謂不辭深杯酒，而遣其悲愁。詳見《垂絲釣近·雲麓先生以畫舫載洛花宴客》注〔一〇〕。

〔九〕醉勒遊韁：與下句化用蘇味道《正月十五夜》詩意：「暗塵隨馬去，明月逐人來。」

〔一〇〕斜徑：猶言「狹斜之徑」。古樂府有《長安有狹斜行》。後泛稱娼妓密集的街曲巷爲「狹斜」。沈約《麗人賦》：「狹斜才女，銅街麗人。」醉後緩緩穿行狹斜之徑，勒馬隨妓車而行，皆爲上元狂遊故態。

〔一一〕暗憶二句：用錦城官妓灼灼以紅綃著淚典，並合用王嘉《拾遺記》中薛靈芝紅淚典。周邦彦《解語花·上元》：「因念都城放夜。望千門如晝，嬉笑遊冶。鈿車羅帕。」鈿車迎妓是燈節典故。

〔一二〕吴宫句：與「燈市」句，寫吴地元夕花燈如晝，簫管如沸。《吴郡志》卷二：「上元彩燈巧麗，它郡莫及。有萬眼羅及琉璃毬者，尤妙天下。」

〔一三〕桃李句：此亦用上元之典。《能改齋漫録》卷七：「蘇味道《上元》詩『遊妓皆穠李，行歌盡落梅。』上句取梁蕭子顯《美人篇》曰：『繁穠既爲李，照水亦成蓮。』下句取樂府《落梅花曲》。」桃李羞靚，喻歌妓顔色。

〔一四〕繡簾二句：因遊妓行歌皆爲《梅花落》，故合用壽陽公主落梅點額成梅花妝典。

【考　辨】

楊箋：是歲下距夢窗離倉幕時六年。

孫按：此詞端平三年（一二三六）元夕寫於蘇州。夢窗離蘇爲甲辰年（一二四四）冬至，距夢窗離蘇幕實有八年。

## 又㊀

爲春瘦。更瘦如梅花，花應知否〔一〕。任枕函雲墜〔二〕，離懷半中酒〔三〕。雨聲樓閣春寒裏〔四〕，寂寞收燈後〔五〕。甚年年〔六〕、鬭草心期〔七〕，探花時候〔八〕。　　嬌懶强拈繡。暗背裏相思〔九〕，閑供晴晝。玉合羅囊，蘭膏漬、透紅豆㊁〔一〇〕。舞衣疊損金泥鳳〔一一〕，妒折闌干柳〔一二〕。幾多愁、兩點天涯遠岫〔一三〕。

【校　議】

㊀明張本有詞題「春情」。底本删。

㊁蘭膏二句：明張本、毛扆所見毛本、底本、朱四校本、四明本作「蘭膏漬紅豆」五字句。毛扆本：「『蘭膏』句脱一字。」兹據毛本、《歷代詩餘》、《詞譜》、戈校本、杜本、王朱本、朱二校本。楊箋：「前詞此處六字分三字兩句讀，此作五字一句讀，《詞譜》收爲又一體。鄙意疑『膏』下脱一『膩』

字之類字，《詩餘》添『透』字，在『漬』下，是同韻字，非是。」孫按：前首「欠攜酒、共飛鞚」，「共」字亦同韻字，可不拘。

## 【注釋】

〔一〕爲春瘦三句：曹組《驀山溪》：「孤芳一世，供斷有情愁，銷瘦卻，東陽也，試問花知否。」邵雍《問春》：「長恨愁多酒力微，爲春成病花知否。」朱敦儒《桃源憶》：「今夜月明如晝。人共梅花瘦。」

〔二〕枕函雲墜：韓偓《半睡》：「眉山暗澹向殘燈，一半雲鬟墜枕稜。」枕函，中空可以藏物的枕頭。

〔三〕離懷句：李廓《落第》：「氣味如中酒，情懷似別人。」

〔四〕雨聲樓閣：所聽爲賣花聲。參見《探芳信·丙申歲吳燈市盛常年》注〔三〕中陸游詩。

〔五〕寂寞句：詳見《祝英臺近·悼得趣》注〔三〕。

〔六〕甚年年：《匯釋》：「（甚）猶是也；正也；真也。詞中每用以領句。與甚麼之甚作怎字、何字義者異。張炎《南浦》詞，《春水》：『和雲流出空山，甚年年淨洗花香不了。新淥乍生時，孤村路、猶憶那回曾到。』此甚字句順承和雲流出句，文氣輕緩，不當以怎義、何義解之。甚年年云云，猶之是年年云云也。」

〔七〕心期：何遜《劉博士江丞朱從事同顧不值作詩云爾》：「心期不會面，懷之成首疾。」

〔八〕探花：宋代收燈後有探春之遊賞。詳見《水龍吟·壽梅津》注〔一五〕。

〔九〕暗背裏：猶言背地裏。宋元俗語。晁端禮《鵲橋仙》：「自家憑、都望有前程，背地裏、莫教人咒駡。」

〔一〇〕玉合三句：上句「相思」意入此句。韓偓《玉合》：「羅囊繡兩鳳凰，玉合雕雙鸂鶒。中有蘭膏漬紅豆，每回拈著長相憶。」王維《相思》：「紅豆生南國，春來發幾枝。勸君多採擷，此物最相思。」紅豆，又稱相思子。《王右丞集箋注》：「《資暇録》：豆有圓而紅，其首烏者，舉世呼爲相思子。即紅豆之異名也。」

〔一一〕舞衣句：牛嶠《菩薩蠻》：「舞裙香暖金泥鳳，畫梁語燕驚殘夢。」薛昭蘊《謁金門》：「春滿院，疊損羅衣金線。」金泥鳳，燙金成鳳形圖案。孟浩然《宴張記室宅》：「玉指調箏柱，金泥飾舞羅。」

〔一二〕妒折句：白居易《兩朱閣》：「妝閣妓樓何寂靜，柳似舞腰池似鏡。」以上二句謂舞衣上的金泥圖案因長時間折疊不用而受到磨損；自己懶於起舞而柳腰似舞，故因嫉妒而攀折之。是無理而妙之語。

〔一三〕幾多二句：温庭筠《憶江南》：「千萬恨，恨極在天涯。」李商隱《代贈二首》（之二）：「總把春山掃眉黛，不知供得幾多愁。」周邦彦《南鄉子》：「不會沈吟思底事，凝眸。兩點春山滿鏡愁。」並用眉色如望遠山黛典。

【集評】

陳洵《海綃説詞》：本是傷離，卻説「爲春」。鬬草探花，佳時易過，雨聲如此，晴晝奈何。曰「年年」，則離非一日；曰「半中酒」，則此懷何堪。用兩層逼出換頭一句。以下全寫相思，相思是骨，外面只見「嬌懶」。傳神阿堵，須理會此兩句。

楊箋：（「雨聲」二句）寂寞者，樓閣也，然不緊貼樓閣，偏拋離在下句，是夢窗詞法，如曰「樓臺寂寞春寒裏，聽雨收燈後」，則直庸手耳。玩此，可得造句法。（「幾多」二句）此非説眉，仍是説山，是融情於景語。若指眉説，則傷直矣。

劉永濟《微睇室説詞》：此閨情詞也。閨情乃詩詞家最喜描寫之主題，自唐五代小令以來，此題之作，已極盡其能事。凡閨情之作，或有本事，或係泛寫，或乃作者托之以抒一己之情，有時不易指實。即夢窗此作，用意何在，亦費尋討。陳洵説此詞「本是傷離，卻説『爲春』」，蓋傷春即由傷離引起。李商隱詠杜牧詩有「刻意傷春復傷別，人間惟有杜司勳」之句。「傷春」、「傷別」，乃曰「人間惟有杜司勳」，可見天下惟有真性情人方解傷春與傷別。夢窗多情，亦杜牧一流人物。此詞首句提出「爲春瘦」，下文有「離懷半中酒」，是傷春即由於傷離，已明白言之矣。「中酒」。被酒也。「枕函雲墜」，雲髮墜於枕上，無心起而梳洗，因「中酒」也。「雨聲」二句記時，「收燈」，宋時汴京正月十九日收燈畢，都人爭先出城探春，見《東京夢華録》。觀下「甚年年」二句，「鬬草」、「探花」，即探春事。曰

「甚年年」，則收燈後之寂寞，不止一年也。換頭以「嬌懶」二字寫傷春人之心情，此種心情，在過拍中已包含之，至換頭方點明之。其心情如此者，下文「暗背裏相思」，乃其原因。「閑供晴晝」者，晴晝本可出城探春，而終日爲相思而「嬌懶」，故曰「閑供」。「玉合」二句，皆閨人之化妝品。「舞衣」二句言不但不思「拈繡」，且歌舞亦無心也。歇拍言千種離情，萬種春思，皆在「兩點」眉山中也。

**【考辨】** 此應爲贈妓之作。

## 又㊀

麓翁小園早飲，客供棋事、琴事㊁

轉芳徑。見霧捲晴漪〔一〕，魚弄遊影〔二〕。旋解纓濯翠〔三〕，臨流撫菱鏡㊂〔四〕。半林竹色花香處㊃〔五〕，意足多新詠〔六〕。試衣單、雁欲來時㊄，舊寒纔定㊅〔七〕。門巷對深靜㊆〔八〕。

但酒敵春濃㊇〔九〕，棋消日永〔一〇〕。舊曲猗蘭㊈〔一一〕，待留向、月中聽〔一二〕。藻池不通宮溝水㈩，任泛流紅冷⑪〔一三〕。小闌干、笑拍東風醉醒⑫〔一四〕。

【校　議】

㈠毛本、毛扆本：「舊刻缺半調。」

㈡毛本、戈校本、杜本、王朱本、朱二校本詞題中「麓翁」作「雲麓」。《歷代詩餘》無詞題。

㈢臨流句：毛本、戈校本、王朱本、朱二校本作「臨枰□□□」。《歷代詩餘》、《詞譜》、杜本補入「撫瑶軫」三字。鄭氏手批：「《詞譜》作『撫瑶軫』三字，雖不必遽改，當列爲旁證。」

㈣半林：毛本、《歷代詩餘》、《詞譜》、戈校本、杜本、王朱本、朱二校本作「修林」。

㈤試衣二句：毛本、《歷代詩餘》、《詞譜》、戈校本、杜本、王朱本、朱二校本作「試把龍唇供來時」。毛扆本作「試衣□□□來時」。

㈥戈校本：「收處訛。」

㈦對深靜：毛本、《歷代詩餘》、《詞譜》、杜本、王朱本、朱二校本作「都深靜」。戈校本作「多深靜」。

㈧春濃：毛本、《歷代詩餘》、《詞譜》、戈校本、杜本、王朱本、朱二校本作「曉寒」。

㈨猗蘭：毛本、戈校本作「漪瀾」。戈校本眉注「猗蘭」。鄭校：「以形近訛。」

㈩藻池不通：明張本於「通」字下自注：「去聲。」鄭校徑改作「藻池不透」。鄭氏手批：「『透』字，鈔本徑作『通，去聲』。蓋北音即『透』字。《韻會》：『透，通也。』」毛本、《歷代詩餘》、《詞譜》、戈校本、杜本、王朱本、朱二校本作「藻蘋密佈」。

㈡紅冷：明張本作「紅泠」。

㈢醉醒：毛本、戈校本作「醇醒」。戈校本：「『醇』字訛，或『醉』字。」杜校以爲毛本此首訛字皆「因形致訛」。

【注　釋】

〔一〕晴漪：毛滂《生查子》：「寶炷暮雲迷，曲沼晴漪皺。」

〔二〕魚弄遊影：李洞殘句：「魚弄晴波影上簾。」

〔三〕解纓濯翠：典源見《孟子・離婁上》。司馬光《獨樂園七題・弄水軒》：「結亭侵水際，揮弄消永日。……莫取濯冠纓，紅塵汙清質。」

〔四〕臨流句：暗寓杜甫《江上》「勳業頻看鏡」之意。菱鏡，陸瑜《東飛伯勞歌》：「九重樓檻芙蓉華，四鄰照鏡菱茭花。」薛道衡《昭君辭》：「自知蓮臉歇，羞看菱鏡明。」撫鏡，謝靈運《晚出西謝堂詩》：「撫鏡華緇鬢，攬帶緩促衿。」

〔五〕竹色花香：岑之敬《對酒》：「色映臨池竹，香浮滿砌蘭。」

〔六〕意足句：因爲園小，故曰「半林」，但足有生意，故主客頗多題詠新句。以上二句還化用姚合《和裴令公新成緑野堂即事》詩意：「曙雨新苔色，秋風長桂聲。攜詩就竹寫，取酒對花傾。」

〔七〕試衣單三句：衣單，猶言「單衣」。《晉書·簡文帝紀》：「於是大司馬桓温率百官進太極前殿，具乘輿法駕，奉迎帝於會稽邸，於朝堂變服，著平頭幘單衣，東向拜受璽綬。」《資治通鑑·晉簡文帝咸安元年》引此文，胡三省注曰：「單衣，江左諸人所以見尊者之服，所謂巾褠也。」之後專指朝服。《宋書·禮志五》：「諸受朝服，單衣七丈二尺，科單衣及褠五丈二尺，中衣絹五丈，緣皂一丈八尺，領袖練一匹一尺，絹七尺五寸。」此泛指。晁端禮《木蘭花》：「正小雨初收，餘寒未放，怯試單衣。」

〔八〕門巷句：李咸用《秋日疾中寄諸同志》：「門靜秋風晚，人稀古巷深。」陶淵明《讀山海經》（之一）：「窮巷隔深轍，頗回故人車。」門巷，《後漢書·郎顗傳》：「公府門巷，賓客填集。」

〔九〕但酒敵句：杜甫《戲題寄上漢中王三首》（之二）：「蜀酒濃無敵，江魚美可求。」韓琮《春愁》：「勸君年少莫遊春，暖風遲日濃於酒。」

〔一〇〕棋消日永：典例見《尉遲杯·賦楊公小蓬萊》注〔一五〕。

〔一一〕舊曲猗蘭：指古琴曲《猗蘭操》。

〔一二〕待留向二句：阮籍《詠懷詩》：「夜中不能寐，起坐彈鳴琴。薄帷鑒明月，清風吹我襟。」

〔一三〕藻池二句：用流紅典故。然不用流紅香豔之事，僅以小園藻池與宮溝不相通，暗寫身在此中可暫時不問宫中政事。

〔一四〕小闌干二句：司馬光《獨樂園七題·澆花亭》：「作詩邀賓朋，欄邊長醉倒。」拍闌干，典見《江神子·喜雨》注〔三〕。寫史宅之超拔不羈之致。楊箋以上四句曰：「此是紅塵不染衣意，爲雲麓占身分。此有屈原《漁父辭》『衆人皆醉我獨醒』意。」

【考辨】

詞題中的「小園」，實用李格非《洛陽名園記·獨樂園》贊司馬光園小德馨事：「司馬温公在洛陽，自號迂叟。其園曰獨樂園，園卑小，不可與他園班。其曰讀書堂者，數十椽屋；澆花亭者益小；弄水、種竹軒者尤小；曰見山臺者，高不過尋丈；曰釣魚庵、曰采藥圃者，又特結竹杪落蕃蔓草爲之爾。温公自爲之序。諸亭臺詩頗行於世，所以爲人欣慕者，不在於園耳。」集中《水龍吟·雲麓新葺北墅園池》有「獨樂當時高致」、「好山都在西湖，斗城轉北多流水」，確知史氏有别墅小園在杭京。此詞又有「藻池不通宫溝水」之句，表明此小園即是「北墅園池」。「小園」中池沼花竹，亭閣闌干，桃花泛水，與北墅園池别無二致；棋酒消遣時日，更承蘇軾《司馬君實獨樂園》「樽酒樂餘春，棋局消長夏」句意。僅時間從早春推移至舊寒已定、從落成志喜至喬遷入住。從某種意義上説，「小園」是「獨樂園」的代名詞：司馬光《獨樂園七題》中《弄水軒》、《澆花亭》諸詞也是夢窗此詞的潛在參照。詳後文《水龍吟·雲麓新葺北墅園池》【考辨】。

前文考得《燭影摇紅·麓翁夜宴園堂》所寫爲史氏任都司、提領田事所，倡括田，導致時議沸騰。時在淳祐七年（一二四七）。此詞用猗蘭操典，深意也在於此，故知基本寫於同時。《燭影摇紅》寫於淳祐八年（一二四八）早春，此詞寫在稍後的暮春。當年七月，史宅之即除副樞。參見《燭影摇紅·麓翁夜宴園堂》【考辨】。

## 又

賀麓翁秘閣滿月㊀〔一〕

探春到。見彩花釵頭，玉燕來早〔二〕。正紫龍眠重，明月弄清曉〔三〕。夜塵不浸銀河水㊁〔四〕，金盎供新澡〔五〕。鎮帷犀〔六〕、護緊東風，秀藏芝草〔七〕。　星斗粲懷抱㊂〔八〕。問霧暖藍田，玉長多少〔九〕。禁苑傳香〔一〇〕，柳邊語、聽鶯報〔一一〕。片雲飛趁春潮去，紅軟長安道。試回頭、一點蓬萊翠小〔一二〕。

【校議】

㈠毛本、戈校本、杜本、王朱本、朱二校本詞題中「麓翁」作「雲麓先生」。《歷代詩餘》作「雲麓」。楊箋：「此詞確詠生子彌月，然不出『生子』二字，似近脱漏。」戈校本詞題下注「范選」。

㈡不浸：毛本、《歷代詩餘》、《詞律》、戈校本、杜本、王朱本、朱二校本作「不沁」。

㈢粲懷抱：毛本、《歷代詩餘》、《詞律》、戈校本、杜本、王朱本、朱二校本作「燦懷抱」。

【注釋】

〔一〕秘閣：此指尚書省職事。

〔二〕見彩花二句：宋代延續了古代正月初一、人日初七以及立春日釵股戴彩燕花勝的風俗。並合用張説母親夢玉燕入懷，生貴子後爲宰相事。

〔三〕正紫龍二句：紫龍，語出白居易《題流溝寺古松》：「煙葉葱蘢蒼麈尾，霜皮剥落紫龍鱗。」此兼寫史宅之官品服飾。《宋史·輿服五》：「公服。凡朝服謂之具服，公服從省，今謂之常服。宋因唐制，三品以上服紫，五品以上服朱，七品以上服緑，九品以上服青。」史宅之淳祐四年，以通奉大夫知紹興時，寄禄官已是從三品，當年十二月磨勘轉正議大夫，爲正三品。並且按照宋代磨勘法（已見前引），轉四品官階通議大夫之後，不再受三年轉一官的磨勘制度約束，陟階更爲快速。「紫」字並涉及驪龍典，出《莊子·列禦寇》。鮑溶《采珠行》：「海宫正當龍睡重，昨夜孤光今得弄。」譚用之《贈索處士》：「玄豹夜寒和霧隱，驪龍春暖抱珠眠。」

〔四〕夜塵句：蘇軾《和子由次王鞏韻如囊之句可爲一噱》：「欲挹天河聊自洗，塵埃滿面鬢眉黃。」

〔五〕金盎句：新澡，指洗兒會。《東京夢華録》卷五：「（生子）至滿月則生色及繃繡錢，貴富家金銀犀玉爲之，并菓子。大展洗兒會，親賓盛集。煎香湯於盆中，下菓子、彩錢、葱蒜等，用數丈彩繞之，名曰圍盆。」白居易《崔侍御以孩子三日示其所生詩見示因以二絶句和之》（之一）：「洞房門上掛桑弧，香水盆中浴鳳雛。」盎，特指澡盆。

〔六〕鎮帷犀：古代富貴之家用金銀犀玉鎮壓帷角，防止被風掀起。杜牧《杜秋娘詩》：「虎睛珠絡褓，金盤犀鎮帷。」蘇軾《四時詞四首》（之四）：「夜風搖動鎮帷犀，酒醒夢回聞雪落。」

〔七〕護緊二句：用子弟爲芝蘭玉樹典。杜甫《贈王二十四侍御契四十韻》：「但使芝蘭秀，何須棟宇鄰。」

〔八〕星斗句：《拾遺記》卷三：「周靈王立二十一年，孔子生於魯襄公之世。……又有五老列於徵在之庭，則五星之精也。」並用《新唐書·文藝中》李白母夢長庚星入懷事。

〔九〕問霧暖二句：頌珠兒將有謝門衣冠子弟風範。《宋書·謝莊傳》：「謝莊，字希逸。陳郡陽夏人，太常宏微子也。年七歲，能屬文，通《論語》。及長，韶令美容儀。太祖見而異之，謂尚書僕射殷景仁、領軍將軍劉湛曰：『藍田出玉，豈虚也哉。』」蘇軾《過建昌李野夫公擇故居》：「何人修水上，種此一雙玉。」餘見《宴清都·壽榮王夫人》注〔六〕種玉典。並合用李商隱《錦瑟》「藍田日暖玉生煙」

詩意。

〔一〇〕禁苑傳香：杜甫《臘日》：「口脂面藥隨恩澤，翠管銀罌下九霄。」餘見《瑞鶴仙·壽史雲麓》注〔七〕。此寫臘月初八朝廷例頒學士口脂面藥的制度，藉以點明史氏學士帶職。

〔一一〕柳邊二句：用杜甫《傷春五首》（之二）「鶯入新年語」，及劉長卿《賦得》「鶯啼燕語報新年」二詩句意。

〔一二〕片雲四句：數句不僅以雲寫蓬萊閣，杜甫《宣政殿退朝晚出左掖》有「雲近蓬萊常五色」之句，以「翠」寫卧龍山，林槩《題曲水閣》有「石泉寒繞澗，山木翠和春」（曲水閣在卧龍山西園内）之句。又以「春潮」寫錢塘潮。史氏由任職地赴闕唯錢塘江近海，可以夏冬春秋四季皆起潮水。《太平御覽》卷六八引《抱朴子》曰：「夏時日居南宿，陰消陽盛，而天高一萬五千里，故夏潮大也。冬時日居北宿，陰盛陽消，而天卑一萬五千里，故冬潮小也。又春日居東宿，天高一萬五千里，故春潮漸起也。秋日居西宿，天卑一萬五千里，故秋潮漸減也。」紅軟，軟紅塵，代指繁華的京城。意思是史宅之不久將趁隨錢塘江春潮及蓬萊仙雲，回到杭京擔任顯官，届時回望此地山水，會因地遠而覺小。

【考辨】

楊箋：《宋史·徽宗紀》宣和四年，詔置補完校正文籍局，録三館書置宣和樓及太清樓、秘閣。前與雲麓酬唱數詞，皆不書官名，此蓋朝廷將用雲麓典財計，始先予以秘閣之職，又值生子，故詞下片收處並及之，若止作彌月解，則有不可通處。（「片雲」四句）雲麓，寧波人，由甬至杭，須由海道，故曰趁潮，此言拜官入朝謝恩事。人以清秘之職爲登瀛洲。蓬瀛爲神山。雲麓已官秘閣，此子亦蓬瀛中人物，故曰「翠小」。回頭，由杭京回望甬中也。

孫按：楊箋謂此詞寫在宅之典財計之前，朝廷先予史氏「秘閣之職」。然北宋元豐新制行後，已罷三館秘閣，《宋代官制辭典·總論》：「除宋初三館秘閣官或有實事外，『職名』皆無職事，爲内外差遣所帶銜，標志文學高選。差遣所帶職名，又稱貼職（或帖職）。南宋時，職事官帶職十分普遍，早已突破九等之制。侍從官帶諸閣待制以上至殿學士、大學士者，泛稱貼職。」「凡帶學士、直學士、待制職名，才爲侍從官；自直龍圖閣至直顯文閣、直秘閣，爲庶官所帶職名，即貼職。」據知至史氏時，已無「秘閣」之職事。而「直秘閣」則是低級庶官所帶職名。此詞用學士典，知寫於史氏知紹興時。《會稽續志》卷二「安撫題名」：「史宅之，淳祐四年七月以華文閣學士、通奉大夫知。十月十九日到任，十二月磨勘轉正議大夫。五年十一月，以職事修舉除敷文閣學士，依舊知。六年三月十六日除工部尚書。」學士是侍從官貼職，直秘閣則是庶官貼職，有明顯的高低之別，所以「秘閣」也絕不能是史氏此時所應帶貼職。

楊箋又曰秘閣爲「登瀛洲」，此宋人特指臺閣官與翰林學士等文學禁從。《宋史·職官一》：「故仕人以登臺閣、升禁從爲顯宦，而不以官之遲速爲榮滯；以差遣要劇爲貴途，而不以階、勳、爵邑有無爲輕重。時人語曰：『寧登瀛，不爲卿；寧抱槧，不爲監。』虚名不足以砥礪天下若此。」史氏仕歷中亦無此二種任職。此處「秘閣」，應是沿用古稱指尚書省職守。陸機《答賈長淵》序曰：「余昔爲太子洗馬，賈長淵以散騎侍東宫積年。余出補吴王郎中令，元康六年入爲尚書郎，魯公贈詩一篇，作此詩答之云爾。」詩曰：「升降秘閣，我服載暉。」李善注：「謝承《後漢書》曰：謝承父嬰爲尚書侍郎，每讀高祖及光武之後將相名臣策文通訓，條在南宫，秘於省閣，唯臺郎升複道取急，因得開覽。序云：入爲尚書郎作此詩，然秘閣即尚書省也。」時史宅之已有工部尚書之任命，工部屬尚書省，故稱秘閣。

此詞寫於早春，從史宅之任職紹興的時間看，可以寫於淳祐五年或淳祐六年，然觀詞中「片雲飛趁春潮去，紅軟長安道。試回頭、一點蓬萊翠小」四句，不僅顯寫蓬萊閣、錢塘潮（楊箋謂所趁爲「海潮」亦非），預祝履新也盡在其中。若此，則此詞所賀者爲「秘閣」即尚書省之履新；因爲恰值史氏生子滿月，夢窗兼賀之。吴惟信《賀史守鳳雛滿月》詩可以與此詞内容互參：「玉手歌姬托鳳雛，堂前畫額旋調朱。春風吴會宜男草，試問他人種得無？」《宋詩紀事》卷七二謂吴惟信「字仲孚，霅川人，寓吴中」。是知吴詩寫於嘉熙初年或淳祐初年史宅之知平江府時，與夢窗詞所寫非一地，所賀亦非同一滿月小兒。據上考，基本可以確定此詞寫於史氏淳祐六年（一二四六）早春赴闕之前。

# 聲聲慢

## 詠桂花㈠

藍雲籠曉〔一〕，玉樹懸秋〔二〕，交加金釧霞枝〔三〕。人起昭陽〔四〕，禁寒粉粟生肌〔五〕。濃香最無著處，漸冷香㈡、風露成霏〔六〕。繡茵展，怕空階驚墜，化作螢飛〔七〕。　三十六宮愁重〔八〕，問誰持金鍤，和月都移〔九〕。掣鎖西廂〔一〇〕，清尊素手重攜〔一一〕。秋來鬢華多少，任烏紗、醉壓花低〔一二〕。正摇落，歎淹留、客又未歸〔一三〕。

【校　議】

㈠ 戈校本詞題作「桂」。

㈡ 冷香：明張本作「泠香」。王校於「冷香」下注曰：「疑作『黏』。」底本謂「濃香」「與下句『冷香』複，疑有一誤」。鄭氏手批：「兩『香』字，必有誤。疑下『冷香』二字本作『泠泠』。」楊箋：「春花『香濃』，秋花『香冷』，以『濃香無著』，方有『冷香』。兩『香』字不嫌其複。」衆人之辯似以鄭批爲可從，因無版本依據，姑仍之。

【注釋】

〔一〕藍雲：此指仙境飄渺之翠雲。夢窗友人丁宥《水龍吟》中有「悵芙蓉城杳，藍雲依黯，鎖巫峰暝」，用意相似。

〔二〕玉樹懸秋：下闋「三十六宮」意入此。李賀《金銅仙人辭漢歌》：「畫欄桂樹懸秋香，三十六宮土花碧。」玉樹，昆侖山神樹。詳見《瑞龍吟》注〔三〕中《淮南子·墬形訓》。此特指月桂。

〔三〕交加：此處爲錯雜意。杜甫《春日江村五首》（之三）：「種竹交加翠，栽桃爛熳紅。」金釧：爲飛燕所佩戴，意屬下三句，「人起昭陽」，方有金釧鳴響。徐賢妃《賦得北方有佳人》：「腕摇金釧響，步轉玉環鳴。」霞枝：周邦彦《拜星月慢》：「笑相遇，似覺瓊枝玉樹相倚，暖日明霞光爛。」

〔四〕人起昭陽：《漢書·外戚傳》：「成帝嘗微行出。過陽阿主，作樂，上見飛燕而説之，召入宫，大幸。有女弟復召入，俱爲婕妤，貴傾後宫。……後月餘，乃立婕妤爲皇后。……皇后既立，後寵少衰，而弟絶幸，爲昭儀。居昭陽舍，其中庭彤朱，而殿上髹漆，切皆銅沓冒黄金塗，白玉階，壁帶往往爲黄金釭，函藍田璧，明珠、翠羽飾之，自後宫未嘗有焉。」據此知居昭陽宫者爲飛燕女弟趙合德，然後人往往渾言之。如沈佺期《鳳簫曲》：「飛燕侍寢昭陽殿，班姬飲恨長信宫。」王翰《飛燕篇》：「君心見賞不見忘，姊妹雙飛入紫房。紫房彩女不得見，專榮固寵昭陽殿。」此專指趙飛燕。

〔五〕禁寒句：《説郛》卷一〇一(上)引《趙飛燕外傳》：「長曰宜主，次曰合德。然皆冒姓趙，宜主幼聰悟，家有彭祖分脈之書，善行氣術，長而纖便輕細，舉止翩然，人謂之飛燕。……飛燕通鄰羽林射鳥者。飛燕貧，與合德共被。夜雪，期射鳥者於舍旁，飛燕露立，閉息順氣，體温舒，亡疹粟。」此反用之，以飛燕嫩滑的肌膚上所生疹粟比喻桂花。宋人多有此喻，如徐大受《巖桂花》：「寒色十分新疹粟，春心一點暗通犀。」

〔六〕濃香三句：楊萬里《木犀二絶句》(之一)：「吹殘六出猶餘四，匹似天花更著香。」

〔七〕繡茵三句：用范縝所謂花落繡茵典。《禮記·月令》：「温風始至，蟋蟀居壁。鷹乃學習，腐草爲螢。」此因珍視桂花，所以展開繡墊承接落英；並因桂花色黄且飛墜，故而産生化螢的聯想。

〔八〕三十六宫句：據班固《西都賦》，三十六宫爲漢代所有宫殿總數。

〔九〕問誰持二句：《龍城録》載月宫中有大桂樹。庾肩吾《詠桂樹詩》：「倩視今移處，何如月裏生。」楊萬里《薌林五十詠·叢桂》：「不是人間種，移從月窟來。」鍤，字面用《晉書·劉伶傳》使人荷鍤相隨典故。此回憶當時與玉人共同賞桂，因情得意愜，故有桂宫移來人間之奇想。

〔一〇〕西廂：《爾雅·釋宫》：「室有東西廂曰廟。」郝懿行義疏：「按，廟之制中爲大室，東西序之外爲夾室，夾室之前小堂爲東西廂，亦謂之東西堂。」此泛指。蘇軾《南歌子》：「美人依約在西廂。只恐暗中迷路，認餘香。」

〔一一〕清尊句：薛道衡《宴喜賦》：「圖雲刻雷之樽，漬桂釀花之酒。拭珠瀝於羅袂，傳金杯於素手。」《詩·

邶風·北風》："惠而好我，攜手同行。"

〔二〕秋來三句：此比擬重陽簪菊而言。高適《重陽》："節物驚心兩鬢華，東籬空繞未開花。""豈有白衣來剥啄，一從烏帽自欹斜。"

〔三〕正摇落三句：范雲《詠桂樹詩》："不識風霜苦，安知零落期。"用宋玉《楚辭·九辯》意。曹丕《燕歌行二首》（之一）："慊慊思歸戀故鄉，君何淹留寄他方。"

【集　評】

張德瀛《詞徵》卷六：南宋人詞詠桂者，毛吾竹、謝勉仲、吴夢窗諸家最著。

【考　辨】

楊箋：此憶姬之作。　　下片全是憶姬語。下二句，有"佳人已屬沙吒利，俠士今無古押衙"之感，玩下"重攜"意，則此"移"字當是移回之意。

孫按：在夢窗蘇州營妓系列詞中，桂花是其中重要的意象，此詞亦然。夢窗寫此詞時，仍在行役途中，蘇妓亦尚未歸杭。參見《瑞鶴仙》（淚荷拋碎璧）【考辨】。楊箋所引是宋人王詵詩句，用韓翃、柳氏典，俠士名許俊，沙吒利爲得柳氏並寵之的番將，當時正得朝廷重用。韓翃與柳氏也是文人與歌妓的愛情故事，或可旁證此中桂花所喻彼美爲「妓」而非「姬」。

## 又㊀

四香　友人以梅、蘭、瑞香、水仙供客，曰四香，分韻得風字㊁〔一〕

雲深山塢，煙冷江皋，人生未易相逢〔二〕。一笑燈前，釵行兩兩春容〔三〕。清芳夜爭真態，引生香㊂〔四〕、撩亂東風〔五〕。探花手，與安排金屋〔六〕，懊惱司空〔七〕。　憔悴欹翻委佩〔八〕，恨玉奴消瘦，飛趁輕鴻〔九〕。試問知心〔一〇〕，尊前誰最情濃㊃。連呼紫雲伴醉㊄〔一一〕，小丁香、纔吐微紅〔一二〕。還解語〔一三〕，待攜歸、行雨夢中〔一四〕。

### 【校　議】

㊀ 戈選杜批：「此調十四體，以此詞爲正格。」

㊁ 戈選、朱二校本、朱四校本詞題無句首「四香」二字。《歷代詩餘》詞題作「梅、蘭、瑞香、水仙」。戈校本詞題下注「范選」。

㊂ 引生香：《歷代詩餘》作「引香生」。

④ 誰最：毛扆本作「誰醉」。

⑤ 紫雲：戈校：「范選作『紫雨』。」伴醉：明張本、毛本作「伴最」。然皆自註曰：「最，當作『醉』。」

【注釋】

〔一〕瑞香：《山堂肆考》卷二〇一：「《廬山記》：其種始出於廬山中。《清異録》：廬山瑞香始緣：一比丘晝寢磐石上，夢中聞花香酷烈，及既覺，尋求得之，因名睡香。四方奇之，謂爲花中祥瑞，遂以『瑞』易『睡』。」花形如丁香，仲晚春時節開放。《全祖備芳前集》卷二二引呂大防《瑞香圖序》：「《成都志》：瑞香，芳草也。其本高才數尺，生山坡間，花如丁香，而有黄紫二種。冬春之交，其花始發，植之庭檻，則芬馥出於户外。」

〔二〕雲深三句：楊萬里《瑞香盛開呈益國公二首》（之二）：「雪裏寒香得三友，溪邊梅與畹邊蘭。」謂梅、蘭、瑞香、水仙或生於深山，或生於江邊，四美相並是人生偶逢之事。江皋，《楚辭·九歌·湘夫人》：「朝馳余馬兮江皋，夕濟兮西澨。」此詞碎拆《本事詩·高逸》及《古今事文類聚後集》卷一七所用杜牧、劉禹錫典故，用以佈局謀篇。

〔三〕一笑二句：《本事詩·高逸》中杜牧赴李司徒宴席，並賦詩一事爲全詞所化用。其事詳見《齊天樂》（煙波桃葉西陵渡）注〔一〇〕。此處化用的杜詩是：「華堂今日綺筵開，誰喚分司御史來。偶發狂言驚滿座，兩行紅粉一時回。」四種花卉分兩行而列，恰如兩行紅粉美人。楊箋：「『兩兩』即四。」釵行，白居易《酬思黯戲贈同用狂字》：「鍾乳三千兩，金釵十二行。」

〔四〕清芳二句：謝安《與王胡之詩六章》（之四）：「蕊點朱的，薰流清芳。」蘇軾《四時詞四首》（之四）：「真態生香誰畫得，玉如纖手嗅梅花。」

〔五〕撩亂東風：元稹《古決絶詞》：「春風撩亂伯勞語，況是此時拋去時。」

〔六〕探花手二句：姜夔《疏影》：「莫似春風，不管盈盈，早與安排金屋。」

〔七〕懊惱司空：用《古今事文類聚後集》卷一七「司空見慣」條中劉禹錫與杜鴻漸事。詳見《婆羅門引·爲懷寧趙仇香賦》注〔六〕。蘇軾《滿庭芳》：「司空見慣，應謂尋常。坐中有狂客，惱亂愁腸。」懊惱，煩惱。《懊儂歌十四首》（之一四）：「懊惱奈何許，夜聞家中論。」此以杜司空代指四花主人，而隱以劉禹錫代稱不慣見四花相並的座上賓，且以客自指。

〔八〕憔悴句：合寫蘭花與水仙。攲翹，形容水仙緑葉。委佩，形容蘭花漸趨枯萎。

〔九〕恨玉奴二句：玉奴消瘦，此形容白梅零落。蘇軾《次韻楊公濟奉議梅花十首》（之四）中有「玉奴終不負東昏」，詳見《水龍吟·用見山韻餞別》注〔一四〕。輕鴻，常用以形容舞姿。邊讓《章華賦》：「體迅輕鴻，榮曜春華。進如浮雲，退如激波。」此喻梅花飄落飛舞。

〔一〇〕知心：李陵《答蘇武書》：「人之相知，貴相知心。」此以四香喻歌妓，謂知其曲中情意。鮑照《代夜坐吟》：「冬夜沈沈夜坐吟，含聲未發已知心。霜入幕，風度林。朱燈滅，朱顏尋。體君歌，逐君音。不貴聲，貴意深。」

〔一一〕紫雲：《本事詩·高逸》中杜牧所赴席上名妓喚紫雲，亦喻席上紫色瑞香。

〔一二〕小丁香二句：《香乘》卷二：「李珣曰：丁香生東海及昆侖國，二月三月花開，紫白色。」《全芳備祖後集》卷二九：「（丁香）樹高丈餘，淩冬不凋，其子出枝葉上，如釘，長三四分，紫色。」文人常以丁香喻歌女櫻桃檀口，李煜《一斛珠》：「晚妝初過，沈檀輕注些兒個。向人微露丁香顆。」此喻形似丁香的瑞香。

〔一三〕還解語：《紺珠集》卷一：「太液池千葉白蓮開。帝與妃子共賞，指妃謂左右曰：『何如此解語花也？』」

〔一四〕待攜歸二句：《本事詩·高逸》的結局是杜牧索取名妓紫雲，謂「名不虛得，宜以見惠」。並合用巫山雲雨典。花妓互比，暗含款花之假設，謂若是瑞香解語，應請主人見惠，關合前文不留痕跡。

【集評】

楊箋：（「雲深」三句）四物可大别爲兩種：梅、瑞香、蘭産於山陬；水仙生於水涘。産地不同，相逢匪易，是爲四字反剔法。（「憔悴」二句）本集《花犯》郭希道送水仙索賦，有「翠翹欹鬢」語，蓋水仙之緑葉似之。「委佩」，詠漢皋委佩及《離騷》紉蘭佩事。玉奴，用蘇詩：玉奴纖手嗅梅花句，惟未言瑞香，以三者埶起瑞香也。（「還解語」三句）此詞有四花，與上《還京樂》有箏、笙、琵琶、方響四樂器，俱屬板重題目。苟無法以駕馭之，必至連掉不靈。合兩詞觀之，自悟化板爲活之法。

【考辨】

此詞與《婆羅門引·爲懷寧趙仇香賦》同用蘇州刺史典，應寫於蘇州。

## 又

陪幕中餞孫無懷於郭希道池亭，閏重九前一日㈠〔一〕

檀欒金碧，婀娜蓬萊〔二〕，游雲不蘸芳洲〔三〕。露柳霜蓮㈡，十分點綴殘秋㈢〔四〕。新彎畫眉未穩〔五〕，似含羞、低度牆頭㈣〔六〕。愁送遠㈤〔七〕，駐西臺車馬〔八〕，共惜臨流。知道池亭多宴，掩庭花、長是驚落秦謳〔九〕。膩粉闌干，猶聞憑袖香留〔一〇〕。輸他翠漣拍甃〔一一〕，瞰新妝、時浸明眸㈥〔一二〕。簾半捲，帶黃花㈦、人在小樓〔一三〕。

【校議】

㈠ 此詞毛本重出。見於丁稿及補遺。《中興以來絶妙詞選》、《絶妙好詞》、《古今詞統》、毛本、《詞綜》、《歷代詩餘》、杜本、王朱本、朱二校本、鄭校詞題作「閏重九飲郭園」。《陽春白雪》作「九日送客」。楊慎《詞品》作「九日宴侯家園作」。

㈡ 霜蓮：《陽春白雪》作「霜蓬」。

㈢ 殘秋：明張本、底本、朱四校本、四明本作「成秋」。茲據《中興以來絶妙詞選》、《陽春白雪》、《絶妙好詞》、《古今詞統》、毛本、《詞綜》、《詞譜》、《歷代詩餘》、杜本、王朱本、朱二校本。

㈣ 低度：明張本、底本、朱四校本、四明本作「低護」。茲據《中興以來絶妙詞選》、《陽春白雪》、《絶妙好詞》、《古今詞統》、毛本、《詞綜》、《歷代詩餘》、《詞譜》、杜本、王朱本、朱二校本。劉永濟《微睇室説詞》：「毛本作『度』，意較明。」

㈤ 愁送：《花草粹編》作「秋送」。

㈥ 時浸明眸：《中興以來絶妙詞選》、《古今詞統》、《詞綜》、《歷代詩餘》、《詞譜》、杜本、王朱本、朱二校本作「終日凝眸」。鄭氏手批：「宜據《陽春》更訂。詞意蓋謂鏡中長見横波，故作『時浸明眸』。一『浸』字不可易。」

㈦ 帶黄花：楊慎《詞品》、杜本作「戴黄花」。王仲聞注李清照《永遇樂》曰：「『戴』、『帶』字通用。吴文英《聲聲慢》：『簾半卷，帶黄花、人在小樓。』『帶黄花』即『戴黄花』。」

【注　釋】

〔一〕孫無懷：夢窗同僚。生平不詳。　郭希道池亭：即郭清華池館。詳見《花犯·郭希道送水仙索賦》【考辨】。

〔二〕檀欒二句：爲「檀欒婀娜，蓬萊金碧」之倒文。檀欒，秀美貌。代指竹。枚乘《梁王菟園賦》：「修竹檀欒，夾池水，旋菟園，並馳道。」王叡《竹》：「成韻含風已蕭瑟，媚漣凝渌更檀欒。」婀娜，代指柳。曹丕《柳賦》：「修幹偃蹇以虹指兮，柔條婀娜而蛇伸。」李商隱《贈柳》：「見説風流極，來當婀娜時。」蓬萊金碧，《史記·封禪書》謂蓬萊「黄金銀爲宫闕」。孔武仲《曉過州橋》：「曉日蒼涼宿霧東，蓬萊金碧起浮空。」蓬萊仙境又有竹，《拾遺記》卷一〇：「（蓬萊山）有浮筠之簳，葉青莖紫，子大如珠。有青鸞集其上，下有沙礰，細如粉柔，風至葉條翻起，拂細沙如雲霧。仙者來觀，而戲焉吹風，竹葉聲如鐘磬之音。」故可兩相綰結。

〔三〕芳洲：《楚辭·九歌·湘君》：「采芳洲兮杜若，將以遺兮下女。」王逸章句：「芳洲，香草叢生水中之處。」

〔四〕十分句：曹松《中秋月》：「九十日秋色，今秋已十分。」黄庶《和劉卿材十詠·紅樹》：「忽因風雨盡，全減十分秋。」

〔五〕新彎句：此日初八，月正初弦。喻美人尚未畫好的彎眉。馮延巳《清平樂》：「黄昏獨倚朱闌。西南初月眉彎。」

〔六〕似含羞二句：頗有集中《浣溪沙》「行雲有影月含羞」意度。

〔七〕愁送遠：與「臨流」句共化用宋玉《九辯》臨水送遠意。

〔八〕西臺：楊箋：「凡官米屯聚處曰臺，前清猶有糧臺之稱，此曰『西臺』，想對東臺得名。」也可指孫無懷將赴職御史臺（憲府）。趙璘《因話録》卷五：「武后朝，御史臺有左右肅政之號，當時亦謂之左臺、右臺，則憲府未曾有東西臺之稱。惟俗間呼在京爲西臺，東都爲東臺。」

〔九〕知道三句：秦謳，薛譚學謳於秦青，秦青歌聲響遏行雲。秦青是男性歌者，唯恐其響遏行雲的聲音驚落庭花，故坐實爲需掩門不讓聲音傳至院落。反用趙嘏《花園即事呈韋中丞》詩意：「煙暖池塘柳覆臺，百花園裏看花來。……不肯爲歌隨拍落，卻因令舞帶香回。」

〔一〇〕膩粉二句：用荀令傳粉，坐處留香典。參見《天香·薰衣香》注〔一五〕。

〔一一〕甃：此指以磚、石等砌成的池壁。

〔一二〕時浸明眸：臨流照影，眼波愈明。

〔一三〕簾半捲三句：切重陽節令。李清照《醉花陰》：「莫道不消魂，簾卷西風，人比黃花瘦。」集中《絳都春·余往來清華池館六年》有「小樓重上，憑誰爲唱，舊時金縷」，可知小樓爲主人歌姬居地。此詞下闋把池館餞別宴會中的男性歌者與明日將侑觴重九宴的女性歌者加以比較，反映出宋代特重女音的風俗。

【集評】

張炎《詞源》卷下：夢窗《聲聲慢》云：「檀欒金碧，婀娜蓬萊，游雲不蘸芳洲。」前八字恐亦太澀。

陸輔之《詞旨・警句》：簾半卷，帶黄花、人在小樓。

沈際飛《草堂詩餘别集》卷二：《聲聲慢・閏重九飲郭園（一作宴侯家園）》：加功飾得雋，令滋味潛流，極成甘□。　宴飲妙境，有筆所不能追者。筆之所至，亦特過之。　《韻會》：檀欒，竹貌。詩「故人别後瘦檀欒」。　畫眉鳥，似鷽而小，其眉如畫，巧於作聲。

卓人月、徐士俊《古今詞統》卷一二：衣袖猶沾舊淚，闌干尚惹餘香。癡心人自有此一副癡眼癡鼻。

陳廷焯《雲韶集》卷八：何等恣態，遣詞琢句百煉千錘，歸於純雅，真可亞於清真，近接白石。深情如許，觸手成春，不必身逢其會始作綺語也。

李佳《左庵詞話》：前八字不免板滯。

俞陛雲《唐五代兩宋詞選釋》：此調爲閏重九飲郭園而作。《夢窗乙稿・絳都春》自序云：「余往來清華池館六年。……感昔傷今，益不堪懷。」其詞有「尚追想淩波微步。小樓重上，憑誰爲唱，舊時金縷」句。又《花心動》調詠「郭清華新軒」有「應時鎖蛛絲，淺虚塵榻」、「半窗掩，日長困生翠睫」句。郭園當即郭清華池館，人與地俱不可考。此詞上闋叙殘秋風物，歸到送遠。轉頭處追憶池館歌筵之盛，翠水秋寒，朱闌人遠，剩有一泓澄碧，會照明眸，極寫其悱惻之懷。歇拍二句爲時傳誦，「簾半卷」見境之幽悄，「帶黃花」言人之淡逸，不僅以黃花映帶重九。「小樓」句即《絳都春》之「小樓重上」，當是郭園實有此樓，今樓空人去，惆悵吴郎矣。

陳洵《海綃説詞》：郭希道池亭，即清華池館，是覺翁常遊之地。孫無懷只以別筵暫駐，平時之多宴，固未與也。「知道」二字，爲無懷設想，真是黯然銷魂。「膩粉」以下，純作癡戀語，爲惜別加倍出力。學者須聽弦外音。人在、凝眸、瞰妝，純用倒卷。共惜、知道、輸他，是詞中點睛。起八字殊有拙致。

夏敬觀評語：（「檀欒」二句）四字對嫌板。　「蘸」字新而煉熟。

楊箋：（「知道」三句）《漢書·藝文志》有《燕代謳》、《左馮翊秦歌詩》之名。楊惲《答孫會宗書》：「家本秦也，能爲秦聲。」夏氏曰：秦謳指秦青，亦一説也。此餞乃幕僚借座，非主人宴客，故主人家中聲伎未出應酬。下片即從此著筆。然主人固以蓄聲伎名者也，故以「知道」二字領起，指平時燕會言。「長是」應「多宴」；「驚落秦謳」，倒裝爲「秦謳驚落」也。（「簾半卷」三句）收定重九。但通體無「閏」字，知名家詞自與小家不同。

劉永濟《詞論》卷下：至代字之法，亦修辭家所許。……但用之以不曲、不滯、不晦爲要。……至如夢窗「檀欒金碧，婀娜蓬萊」八字所以被譏者，以「檀欒」代竹，「婀娜」代柳，「金碧」代樓臺，「蓬萊」代洲渚，八字全用代詞也。玉田譏其質實，蓋指敷色太濃而言。究之此等作法，實爲空甚。

又，《微睇室説詞》：「西臺」，唐高宗改中書省爲西臺，孫氏此行，當入京爲中書省屬官也。

起八字陳澧謂「極煉」(孫按：陳澧批語曰「起八字極煉」),陳洵謂「殊有拙致」。而張炎論詞則詆爲「太澀」。蓋八字皆設色描繪之詞。「檀欒」,修竹之形容詞,字出枚乘《菟園賦》「修竹檀欒」。「婀娜」,楊柳之形容詞,字出李商隱《贈柳》詩「見説風流極,來當婀娜時」。又魏曹丕《柳賦》「柔條婀娜而蛇伸」。「金碧」指樓臺之髹漆,因以代樓臺。「蓬萊」,本海上仙山,今以代園中池沼。如質言之,則爲修竹樓臺,楊柳池塘也。下句言天晴無風雨。凡詞四字對句必密麗,對句之後,承以單句必疏宕,此詞是也。「露柳」二句點秋景。「新彎」二句指新月,皆切重陽。……過拍點明送别,《九辯》有「登山臨水兮送將歸」,故曰「共惜臨流」。换頭從郭園宴飲説。曰「知道」,曰「長是」,乃指平日此地宴會有歌舞之樂也。「膩粉」二句則今日想像之詞。「輸他」二句言今不如昔,今則已無「瞰新妝、時浸明眸」,故曰「輸他」。「輸」者,比昔則差也。歇拍仍收到餞别之賓主。「黄花」仍切重陽。楊鐵夫以爲人在小樓,或當時有倚闌窺客之人,不免節外生枝。

錢鍾書《管錐篇》:《吴都賦》:「其竹則篔簹箖箊……檀欒蟬娟,玉潤碧鮮。」按吴文英《聲聲慢·餞孫無懷於郭希道池亭》:「檀欒金碧,婀娜蓬萊,游雲不蘸芳洲。露柳霜蓮,十分點綴成秋。」首四字已成批尾家當;張炎《樂府指迷》評文英云:「如七寶樓臺,眩人眼目,拆碎下來,不成片段。」如《聲聲慢》『檀欒』云云,八字太澀。」「檀欒」、「碧」三字之撏撦《吴都賦》,易見也;「金」字何來,久思未得。偶讀劉攽《彭城集》卷一〇《野竹亭》有聯云「開門金瑣碎,繞徑碧檀欒」,恍悟文英忽以

「金」與「碧檀欒」儷屬，或本於此。劉詩詠竹，上句用孟郊《城南聯句》「竹影金瑣碎」，以與下句用左思賦竹語相對，來歷皆貼合題目，語不泛設。黃庭堅《乙卯宿清泉寺》「佛廟檀欒碧」，遂移施於屋宇。文英詞中僅道蓮柳，無隻字及竹；苟以「金碧」指宮闕，即下句之「蓬萊」，如《彭城集》卷一八《題館壁》：「壁門金闕倚天開，五見宮花落古槐。明日扁舟滄海去，卻從雲氣望蓬萊。」或孔武仲《宗泊集》卷七《曉過州橋》「曉日蒼涼宿霧東，蓬萊金碧起浮空」，則「檀欒」只許形容「碧」，未堪形容「金碧」。徒喜藻采之麗，於事不當，於言不宜，修詞大病，非止「澀」也。洵「眩人眼目」而「拆碎不成片段」。有偏好《夢窗詞》者曰：「此英雄偶欺人耳。」夫人固易欺，然欺人殆非英雄本色歟（孫按：宋人史容注黃庭堅引句曰：「枚乘《兔園賦》修竹檀欒。王維詩：閒居日清靜，修竹自檀欒。謝脁詩：檀欒映修竹。」可見黃詩仍是以「檀欒」形容修竹）。

【考　辨】

夏箋：按《二十史朔閏表》：嘉定六年、紹定五年、景定三年，皆閏九月。嘉定六年，夢窗才十餘歲；又此詞載《花庵詞選》（孫按：即《中興以來絕妙詞選》）；詞選結集於淳祐九年，在景定之前。知必紹定五年壬辰之作。郭園在蘇州；詞題「幕中」，謂蘇州倉幕也。客蘇州始見於此詞。集中又有《木蘭花慢》遊虎丘，注「陪倉幕」。《八聲甘州》「陪庾幕諸公遊靈巖」，《祝英臺近》「餞陳少逸被倉臺檄行部」，是時殆爲倉臺幕僚。夢窗出處可考者，惟此與晚年客榮邸耳。

楊箋：壬辰下距夢窗卸幕職之癸卯爲十二年，知此爲夢窗初入幕府時作。

孫按：查爲仁、厲鶚《〈絶妙好詞〉箋》：「郭園，當即是郭清華池館。惜人與地俱不可考矣。」此詞紹定五年（一二三二）寫於蘇州，正郭園盛時，非如俞陛雲先生所説，是與《絳都春》同寫於人去樓空之時。另據前考，夢窗最早的蘇州詞寫於壬辰，即紹定四年（一二三一），下距夢窗卸幕職之甲辰（非如楊箋爲「癸卯」）爲十三年。

## 又

飲時貴家，即席三姬求詞〔一〕

春星當户，眉月分心〔二〕，羅屏繡幕圍香〔三〕。歌緩□□〔四〕，輕塵暗蔌文梁㈠〔五〕。秋桐泛商絲雨〔六〕，恨未回、飄雪垂楊〔七〕。連寶鏡，更一家姊妹，曾入昭陽〔八〕。鶯燕堂深誰到〔九〕，爲殷勤、須放醉客疏狂〔一〇〕。量減離懷〔一一〕，孤負蘸甲清觴〔一二〕。曲中倚嬌佯誤，算只圖、一顧周郎〔一三〕。花鎮好，駐年華、長在瑣窗〔一四〕。

【校議】

㈠歌緩二句：明張本、毛本作「歌緩」，後無空格。毛扆本：「『歌緩』下脱二字。」戈校本：「失二字。」杜本作「歌緩輕塵，□□暗蔌文梁」。杜鈔本校曰：「第五句脱二字，擬補『餘音』。」杜刻本校曰：「第五句脱二字，擬補『徐看』。」王朱本在「歌緩」下徑空兩格。餘本從之。楊箋：「兩空格擬補『檀遲』。」暗蔌：朱二校本徑改作「暗簌」，底本、朱四校本、四明本從。底本謂「從王校」，然檢王朱初刻及重刻皆未改動。茲從明張本、毛本、杜本、王朱本。

【注釋】

〔一〕時貴：司空圖《華下》：「久無書去干時貴，時有僧來自故鄉。」即席：《梁書·蕭介傳》：「初，高祖招延後進二十餘人，置酒賦詩。臧盾以詩不成，罰酒一斗，盾飲盡，顔色不變，言笑自若；介染翰便成，文無加點。高祖兩美之曰：『臧盾之飲，蕭介之文，即席之美也。』」

〔二〕春星二句：《詩·唐風·綢繆》：「綢繆束楚，三星在户。今夕何夕，見此粲者。」《詩·召南·小星》：「嘒彼小星，三五在東。」《毛詩序》曰：「小星，惠及下也。夫人無妬忌之行，惠及賤妾。進御於君，知其命有貴賤，能盡其心矣。」《苕溪漁隱叢話前集》卷五〇：「（秦少游）又贈陶心兒詞云：『天外一鉤横月，帶三星。』謂『心』字也。」此以「心」寓「三」字藏席上姬數。眉月，與「一鉤横月」同意。

〔三〕羅屏句：用屏圍愛姬，香氣不外溢典。

〔四〕歌緩：鄭谷《寄獻湖州從叔員外》：「歌緩眉低翠，杯明蠟剪紅。」白居易《山遊示小妓》：「紅凝舞袖急，黛慘歌聲緩。」

〔五〕輕塵句：《列子》卷五：「秦青顧謂其友曰：『昔韓娥東之齊，匱糧。過雍門，鬻歌假食。既去，而餘音繞梁，三日不絶，左右以其人弗去。』」梁塵：《文選・陸機〈擬東城一何高〉》：「一唱萬夫歎，再唱梁塵飛。」

〔六〕秋桐句：秋桐，古人裁梧桐爲琴。《後漢書・蔡邕傳》：「吴人有燒桐以爨者，邕聞火烈之聲，知其良木，因請而裁爲琴，果有美音，而其尾猶焦，故時人名曰『焦尾琴』焉。」桐絲意屬「桐」，琴弦。謝邈《謝人惠琴材》：「風撼桐絲帶月明，羽人乘醉截秋聲。」泛商，蘇軾《水龍吟・贈趙晦之吹笛侍兒》：「嚼徵含宫，泛商流羽，一聲雲杪。」與《好事近・僧房聽琴》「彈作一簷風雨，碎芭蕉寒緑」同意，謂琴聲如芭蕉寒葉上的雨聲。

〔七〕恨未回二句：回雪，喻女子舞姿的輕盈優美。張衡《舞賦》：「裾似飛燕，袖如回雪。」餘見《喜遷鶯・吴江與閑堂》注〔一〇〕。垂楊亦喻舞姿。參見《江南好・友人還中吴》注〔二〕。謂雖然聞歌聽琴，頗感遺憾的是没有看到三人優美的舞姿。

〔八〕連寶鏡三句：《説郛》卷一〇一（上）引《趙飛燕外傳》載飛燕加皇后大號，趙合德上二十六物以賀，其中有「七出菱花鏡一奩」。餘參見《聲聲慢・詠桂花》注〔四〕。

〔九〕鶯燕：喻姬妾。蘇軾《張子野年八十五尚聞買妾述古令作詩》：「詩人老去鶯鶯在，公子歸來燕燕忙。」　堂深：後堂深院爲藏姬之地。

〔一〇〕爲殷勤二句：反用蘇軾《戲贈田辯之琴姬》詩意：「坐中有狂客，莫近繡簾彈。」《東坡詩集注》：「此暗用司馬相如琴心挑卓文君事。」

〔一一〕量減離懷：歐陽修《千秋歲》：「杯減量，愁添鬢。梅酸心未老，藕斷絲猶嫩。」

〔一二〕蘸甲清觴：侍姬斟滿酒杯後，捧觴蘸指甲，爲尊客之道。《太平御覽》卷二二九引揚雄《太官令箴》：「群物百品，八珍清觴，以御賓客，以膳於王。」

〔一三〕曲中三句：《三國志·吴書·周瑜傳》：「瑜時年二十四，吴中皆呼爲周郎。」「瑜少精意於音樂，雖三爵之後，其有闕誤，知之必顧，故時人謡曰：『曲有誤，周郎顧。』」李端《聽箏》：「欲得周郎顧，時時誤拂弦。」倚嬌，賀鑄《減字浣溪沙》：「兩點春山一寸波。當筵嬌甚不成歌。」

〔一四〕花鎮好三句：梁簡文帝《歌》：「年年花色好，足侍愛君傍。」晁端禮《行香子》：「願花長好，人長健，月長圓。」鎮，《唐音癸籤》卷二四「詁箋（九）」引遯叟曰：「鎮，六朝人詩用鎮字，唐詩尤多。如褚亮『莫言春稍晚，自有鎮開花』之類。……蓋有常之義，約略用之代常字，令聲俊耳。」《匯釋》：「猶常也；長也；盡也。」瑣窗，鏤刻有連瑣圖案的窗櫺。鮑照《玩月城西門廨中詩》：「蛾眉蔽珠櫳，玉鉤隔瑣窗。」

【集　評】

鄭氏手批：（歇拍）大好排場，詞家妍手。

夏敬觀評語：「秋桐」句費解。

## 又

宏庵宴席，客有持桐子侑俎者，自云其姬親剥之㊀〔一〕

寒筲驚墜㊁〔二〕，香豆初收〔三〕，銀床一夜霜深㊂〔四〕。亂寫明珠㊃〔五〕，金盤來薦清斟〔六〕。緑窗細剥檀皺㊄〔七〕，料水晶、微損春簪〔八〕。風韻處，惹手香酥潤，櫻口脂侵〔九〕。　重省追涼前事〔一〇〕，正風吟莎井〔一一〕，月碎苔陰〔一二〕。顆顆相思，無情漫攪秋心〔一三〕。銀臺剪花杯散〔一四〕，夢阿嬌、金屋沈沈〔一五〕。甚時見，露十香㊅、釵燕墜金〔一六〕。

【校　議】

㊀《歷代詩餘》詞題作「宏庵席上姬親剥桐子」。朱二校本、底本、四明本詞題奪「客」字。兹從餘本。

㈡寒篔：毛本、《歷代詩餘》、戈校本、杜本、王朱本、朱二校本、四明本作「寒簫」。戈校本眉注「珪」字。鄭氏手批：「『簫』，明鈔作『篔』，是。蓋用陸天隨『黄精滿緑篔』之句而化裁之。『篔』，竹器。《唐書·南蠻傳》：『自夜郎以西皆有稻、麥、桃、李，飯用竹篔，摶而噉之。』」孫按：「篔」字雖是，然非如鄭氏所言爲承收桐子的竹器，而是指桐子熟透時，莢殼迸開如張口之簸箕。

㈢霜深：《歷代詩餘》作「露深」。

㈣亂寫：底本、朱四校本作「亂瀉」。雖不誤，因未知所據，兹仍從餘本。

㈤檀皺：毛本作「擅皺」。《歷代詩餘》、杜本改。諸本從之。鄭校：「以形近訛。」明張本正同。

㈥十香：毛本、《歷代詩餘》、戈校本、杜本、王朱本作「拾香」。戈校本：「結訛。」朱二校：「十，毛作『拾』，按乙稿《八聲甘州》、丁稿《風入松》有『十香』語，謂十指也。」鄭氏手批：「拾，即『十』字之大寫，當改寫作『十』，謂十指也。丁稿《風入松》正同。」

【注　釋】

〔一〕桐子：梧桐子實，可炒食。《本草綱目》卷三五（上）：「梧桐皮白，葉似青桐，而子肥可食。」「五六月結子，人收炒食，味如菱芡。」「其莢長三寸許，五片合成，老則裂開如箕，謂之橐鄂。其子綴於橐鄂上，多者五六，少或二三，子大如胡椒，其皮皺。」《武林舊事》卷三：「（重九）雨後新涼，則已有炒銀杏、梧桐子，吟叫於市矣。」

〔二〕笴：本指盛物竹器。《儀禮・既夕禮》：「苞二笴三。」鄭玄注：「笴，畚種類。」此喻梧桐莢殼老熟後形似畚箕張口。　驚墜：謂梧子從橐鄂中紛紛墜落。

〔三〕香豆：《授時通考》卷六七謂綴於橐鄂的梧桐子「大如黃豆」。

〔四〕銀床：井欄。此寫井邊梧桐樹上的桐子經霜熟透。

〔五〕亂寫明珠：白居易《春聽琵琶兼簡長孫司户》：「四弦不似琵琶聲，亂寫真珠細撼鈴。」梧子色白，《陸氏詩疏廣要》卷上之下謂「其子似乳」，故傾倒時形聲皆似明珠瀉盤。

〔六〕清斟：李流謙《還家》：「小待新酒熟，冷蕊勸清斟。」

〔七〕檀皺：本指栗子紫色硬殼外栗蓬（刺苞）。皺，讀若「周」，平聲。《浩然齋雅談》卷中：「少陵『嘗果栗𣤈開』。𣤈，或作『雛』。周繇賦云『開栗弋之紫𣤈』。貫休詩云『新蟬避栗𣤈』。又云『栗不和𣤈落』。按《集韻》：𣤈，側尤切。草紋蹙也，即栗篷耳（案《廣韻》：𣤈，初紀切，音㓷，齧也。無側尤切平聲）。考《貫休集》作『栗皺』。注：『栗篷也。』《集韻》，菑尤切。縐，平聲。革紋蹙也。字從皮，不從欠。據此則『𣤈』當作『皺』，『草紋』亦當是『革紋』之誤。又案：貫休詩以『栗皺』、『菱殼』，固當作『皺』。」姚寬駁「雛」字無謂。」姚寬《西溪叢語》卷下：「杜甫詩云『嘗果栗皺開』。或作『雛』字，殊不可解。《集韻》：皺，側尤切，革紋蹙也。《漢上題襟》周繇詩云：『開栗弋之紫皺。』貫休云：『新蟬避栗皺。』又云：『栗不和皺落。』即栗蓬也。」陸游《初寒獨居戲作》「開皺得紫栗」，《初冬》「蝟刺拆蓬新栗熟」可以互參。此特指桐子綴於其上的櫜鄂。

〔八〕料水晶二句：《吴郡志》卷四五引《樹萱録》載唐大曆初處士李籯入龍宫：「籯隨步而入瑣窗洞户中，有女郎狹體瓌質，衣如雲霓。……曰：『某非人也，生於龍宫，好楚詞。君能受我一篇傳於世人乎？』乃以水晶簪扣盤而誦『芷秀蘂華』之詞。」懸想客姬以頭簪從櫜鄂中挑出桐子，因所剥桐子量多，以至於簪釵稍有磨損。

〔九〕風韻三句：懸想其姬親剥時手裰桐子膜衣，有時還會以牙齒助剥櫜鄂，桐子上因而留下了櫻澤手香。櫻口，彭止《滿庭芳》：「淴柳腰櫻口，左右森羅。」餘見《燭影摇紅·壽荷塘》注〔九〕。

〔一〇〕追涼前事：客與姬梧桐樹下追涼的往事。徐陵《内園逐涼》：「提琴就竹筱，酌酒勸梧桐。」

〔一一〕風吟：鮑照《山行見孤桐詩》：「未霜葉已肅，不風條自吟。」

〔一二〕月碎苔陰：月光穿過梧葉碎散在井苔之上。李嶠《桐》：「春光雜鳳影，秋月弄圭陰。」蘇轍《和鮮于子駿益昌官舍八詠其一桐軒》：「朝日失繁陰，青苔覆遺片。」

〔一三〕顆顆二句：梧子無情，但在有情人看來卻如引發相思的紅豆，顆顆粒粒無不攪動著情思。秋心，鮑溶《怨詩》：「秋心還遺愛，春貌無歸妍。」

〔一四〕銀臺剪花：猶言「共剪燭花」。用李商隱《夜雨寄北》詩意。　杯散：吴泳《客中和程丞相雪》：「書來頗復懷歸雁，杯散何繇覓畫蛇。」

〔一五〕夢阿嬌二句：阿嬌金屋，詳見《三部樂·賦姜石帚漁隱》注〔五〕。沈沈，此形容夜深。鮑照《代夜坐吟》：「冬夜沈沈夜坐吟，含聲未發已知心。」　三句設想坐客在酒宴散席之後，夜深時會夢見與侍妾銀臺共剪燭花，並說起今夜桐子侑觴之事。

〔一六〕甚時三句：李群玉《戲贈姬人》：「骰子巡拋裹手拈，無因得見玉纖纖。但知謔道金釵落，圖向人前露指尖。」蘇軾《滿庭芳》：「報導金釵墜也，十指露、春筍纖長。」十香，代稱因勸觴而蘸浸酒香的十指。古代女子不肯輕露肌膚，故以戲謔的口吻期待親睹彼美，並誑其露出親剝桐子的纖纖十指，關合詞題，非輕薄語也。

**【考辨】**

楊箋：此亦憶姬之詞。　（「重省」三句）逆入，因人姬而憶己姬。　（「甚時」三句）剝桐子用簪，整簪用指，此是「剝」字後路。如此收束，可算完密。此食其物而思見其人意。

孫按：此詞脈絡井井，皆代客寫情。恐無「憶己姬」之意。

## 又

畿漕新樓　上尹梅津㊀〔一〕

清漪銜苑㊁〔二〕，御水分流〔三〕，阿階西北青紅〔四〕。朱栱浮雲，碧窗宿霧濛濛〔五〕。璇題淨橫秋影〔六〕，笑南飛、不過新鴻〔七〕。延桂影〔八〕，見素娥梳洗〔九〕，微步瓊空〔一〇〕。　城外湖山十里〔一一〕，想無時長敞㊂，罨畫簾櫳㊃〔一二〕。暗柳回堤〔一三〕，何須繫馬金狨〔一四〕。　鶯花翰林千首〔一五〕，彩毫飛〔一六〕、海雨天風〔一七〕。鳳池上，又相思、春夜夢中〔一八〕。

【校　議】

㊀毛本、戈校本、杜本、王朱本、朱二校本詞題作「幾漕廨建新樓，上梅津」。朱四校合二題作「幾漕建新樓，上尹梅津」。

㊁衙苑：明張本、毛本、戈校本、杜本、王朱本作「衘苑」。王校：「（衘）疑作『衙』。」鄭校：「以形近訛。與下句爲對。」鄭氏手批：「『衙』。（衘）以形近訛，宜校正。」餘本從之。

㊂無時：王校：「（無）疑作『舞』。」鄭校作爲存疑例證：「『無』字王校疑作『舞』，非也。案是字例作平聲。案杜詩『五陵佳氣無時無』，此『無時長敞』句意相類。」鄭氏手批：「『舞』字未洽，『無』字差可解。此字律無上去聲例，宜用平，蓋『無時不敞』之謂。」

㊃罨畫：毛本、戈校本作「罨盡」。毛扆本：「『盡』，應『畫』。」杜本改。毛扆本、餘本從之。鄭校：「以形近訛。」

## 【注釋】

〔一〕幾漕：指兩浙轉運司。新樓：指福星樓。尹梅津任兩浙轉運判官時所建。

〔二〕清漪銜苑：爲「苑銜清漪」之倒文。清漪，語出《詩·魏風·伐檀》：「河水清且漣猗。」漪，本爲語氣詞。馬瑞辰通釋：「漪，漢《石經》作『兮』。《釋文》本作『猗』，與《書·秦誓》『斷斷猗』《大學》引作『兮』正合，是知『猗』即『兮』也。」後以「清漪」謂水清澈而有波紋。謝朓《泛水曲》：「日晚厭遵渚，采菱贈清漪。」

〔三〕御水：宫禁中的河水。《後漢書·宦者傳·曹節》：「苟營私門，多蓄財貨，繕修第舍，連里竟巷。盜取御水以作魚釣，車馬服玩擬於天家。」李賢注：「水入宫苑爲御水。」

〔四〕阿階西北：化用《文選·古詩十九首》詩意：「西北有高樓，上與浮雲齊。交疏結綺窗，阿閣三重階。」李善注：「《尚書中候》曰：昔黄帝軒轅鳳皇巢阿閣。《周書》曰：明堂咸有四阿，然則閣有四阿，謂之阿閣。鄭玄《周禮》注曰：四阿，若今四注者也。薛綜《西京賦》注曰：殿前三階也。」青紅：出題義「新建」。

〔五〕朱栱二句：化用杜甫《江陵節度陽城郡王新樓成王請嚴侍御判官賦七字句同作》詩意：「碧窗宿霧濛濛濕，朱栱浮雲細細輕。」《補注杜詩》：「修可曰：晉羊球《登西樓賦》云：『畫楝浮細細之輕雲，朱栱濕濛濛之飛雨。』王逸少見之，擊節愛羡竟日。」爲霧爲雨，補足「上與浮雲齊」之意。

〔六〕璇題：屋梁上玉飾的椽頭。

〔七〕笑南飛二句：鴻薄雲漢，卻不能飛過此樓，爲誇飾之辭。餘見《惜秋華・重九》注〔六〕。

〔八〕延桂影：杜甫《夔府書懷四十韻》：「賞月延秋桂，傾陽逐露葵。」桂影，《酉陽雜俎》卷一：「舊言月中有桂，有蟾蜍。……釋氏書言：須彌山南面有閻扶樹，月過，樹影入月中。或言月中蟾桂地影也，空處水影也。」梁元帝《芳樹》：「桂影含秋月，桃花染春源。」

〔九〕素娥梳洗：詳見《點絳唇・試燈夜初晴》注〔二〕。

〔一〇〕微步：猶言「淩波微步」。瓊空：代指月宫。

〔一一〕湖山十里：此寫城内風光。汪莘《夏日西湖閒居十首存八首》（之三）：「十里湖山苦見招，柳堤荷蕩赤欄橋。」

〔一二〕想無時二句：以上三句寫福星樓在城門外，爲便於眺望城裏十里湖山，故而無時不敞開著簾櫳。

〔一三〕暗柳回堤：此寫遍植垂柳的西湖蘇堤。周邦彦《掃花遊》：「聽鳴禽按曲，小腰欲舞。細繞回堤，駐馬河橋避雨。」

〔一四〕繫馬金狨：下句「鶯花」屬此，典例見《水龍吟・壽尹梅津》注〔一五〕中黄庭堅詩及《萍洲可談》卷一。

〔一五〕翰林千首：語出歐陽修《贈王介甫》：「翰林風月三千首，吏部文章二百年。」翰林，因李白曾任翰林院供奉，故稱。

〔一六〕彩毫飛：文筆絢麗，文采飛揚。李群玉《送友人之峽》：「彩毫飛白雲，不減郢中篇。」

〔一七〕海雨天風：陸游《跋東坡七夕詞後》：「昔人作七夕詩，率不免有珠櫳、綺疏、惜別之意，惟東坡此篇，居然是星漢上語，歌之曲終，覺天風海雨逼人。」蘇軾曾屢任翰林學士、承旨，知制誥。以上三句謂梅津將來如果升入文學侍從，只要登上此樓，無須親身繫馬柳下，就可以寫出象李白、蘇軾那樣意氣豪邁的詩歌。

〔一八〕鳳池三句：鳳池，猶言「鳳凰池」。指中書省。亦爲設想將來之辭，謂將來如果進入中央樞要部門，朝中當直時也會夢見登此樓時的風景。

**【考辨】**

朱箋：《咸淳臨安志》：兩浙轉運司，東廳福星樓，淳祐間尹運判焕建。

楊箋：（「鳳池」三句）此時梅津想已官左司郎中，上「翰林千首」，自是鳳池珥筆事。

吴熊和《唐宋詞彙評》：《咸淳臨安志》卷五十二：「兩浙轉運司，舊在雙門北，爲南北兩衙。今在豐裕門南，有東西二廳。」

孫按：《咸淳臨安志》卷五〇「秩官八」：「兩浙轉運。尹焕：淳祐六年，運判；七年，除左司。」又，卷五二：「兩浙轉運司：舊在雙門北，爲南北兩衙。今在豐豫門南，有東西二廳。東廳：寬民堂。舊爲福星堂。淳祐間魏運副峻重建，更今名。福星樓。淳祐間尹運判焕建。咸淳三年運副潛説友重修。」雙北門在舊臨安府郡治、吴越王城鳳凰山一帶，爲運司原址，後遷至臨安城豐豫門外普安橋附近：「府治舊在鳳凰山之右，自唐爲治所，子城南曰通越門，北曰雙門。吴越王錢氏造。國朝至和元年郡守孫沔重建，蔡端明襄撰記，並書刻石於門之右。」《夢粱録》卷一〇：「運司衙：西浙運司衙，舊在雙門北，爲南北二廳。今遷豐豫門南渡子橋西普安橋。爲東西二衙。曰東衙，有寬民堂、福星樓、節愛堂、振襟堂，堂側建榭。曰西衙，有周咨堂、公生明堂、繡春堂、仁惠堂。堂有栽修竹而圍之。運司僉廳、提領犒賞酒庫所，俱在運司衙門。主管文字、幹辦公事在俞家園，主管帳司廳在戒子橋之北。」此詞應是淳祐六年（一二四六）或淳祐七年（一二四七）作於杭州。參見《水龍吟·壽尹梅津》【考辨】。

## 又

贈藕花洲尼㊀〔一〕

六銖衣細〔二〕，一葉舟輕〔三〕，黄蘆堪笑浮槎〔四〕。何處汀洲，雲瀾錦浪無涯〔五〕。秋姿澹凝水色〔六〕。豔真香、不染春華〔七〕。笑歸去，傍金波開户〔八〕，翠屋爲家㊁〔九〕。回施紅妝青鏡㊂〔一〇〕，與一川平緑，五月晴霞〔一一〕。赬玉杯中〔一二〕，西風不到窗紗〔一三〕。端的舊蓮深薏㊃〔一四〕，料采菱、新曲羞誇〔一五〕。秋瀲灩〔一六〕，對年年、人勝似花〔一七〕。

【校議】

㊀明張本、毛本、戈校本、杜本詞題作「贈藕花洲」。戈校本：「此是贈尼之作。」王朱本補「尼」字。王校：「據丁稿《醉落魄》題補。」孫按：《醉落魄》詞題爲「題藕花洲尼扇」，王氏據補。餘本從之。戈校本是調下有劉涇同調詞「梅黃金重」一闋。

㊁翠屋：王朱所見毛本、戈校本、杜本、王朱本作「翠幄」。屋，「幄」的古字已見前校。俱不誤。

㊂回施：毛本、杜本、王朱本、朱二校本作「回首」。

㊃舊蓮深薏：戈校本作「舊憐新意」。旁注「蓮」、「薏」二字。舊蓮，毛本作「舊連」。深薏，毛本、杜本、王朱本、朱二校本作「深意」。意，通「薏」。馬王堆漢墓帛書《經法·稱》：「華之屬，必有核，核中必有意。」異文俱不誤。

【注釋】

〔一〕藕花洲：在臨安府畿縣仁和縣臨平山下。詳見《江神子·賦洛北碧沼小庵》【考辨】。

〔二〕六銖衣細：谷神子《博異志·岑文本》：岑文本見上清童子衣服輕細如霧，問曰：「衣服皆輕細，何土所出？」對曰：「此是上清五銖服。」「又問曰：『比聞六銖者天人衣，何五銖之異？』對曰：『尤細者則五銖也。』」韓偓《浣溪沙》：「宿醉離愁慢髻鬟，六銖衣薄惹輕寒。」銖，古時十黍爲一累，十累爲一銖，二十四銖爲一兩，古一兩相當於現在的半兩。借寫庵尼飄飄欲仙的氣質。

〔三〕一葉舟輕：梁元帝《燕歌行》：「那堪春日上春臺，乍見遠舟如落葉。」周邦彦《華胥引》：「川原澄映，煙月冥蒙，去舟如葉。」蘇軾《赤壁賦》：「駕一葉之扁舟，舉匏尊以相屬。」

〔四〕黄蘆句：周邦彦《滿庭芳》：「凭闌久。黄蘆苦竹，擬泛九江船。」

〔五〕何處二句：《冷齋夜話》卷六：「東吴僧道潛有標緻。嘗自姑蘇歸湖上，經臨平作詩云：『風蒲獵獵弄輕柔，欲立蜻蜓不自由。五月臨平山下路，藕花無數滿汀洲。』坡一見如舊。」歐陽修詠荷詩：「池面風來紋豔豔，波間露下葉田田。」

〔六〕秋姿句：傅玄《歌》：「曲池何澹澹，芙蓉蔽清涼。」

〔七〕豔真香二句：李商隱《贈荷花》：「唯有緑荷紅菡萏，卷舒開合任天真。」謂秋天的荷花真色真香，不象春花沾染了浮華的氣息。贊荷花，實贊妙尼。

〔八〕金波：此指反射太陽光芒的水波。宋祁《夏日池上》：「曳絮雲更塢，摇金日弄波。」

〔九〕翠屋爲家：指荷葉臨户，迎門皆緑。翠屋，猶言「翠幄」。

〔一〇〕回施：猶言酬報。《敦煌變文集·維摩詰經講經文》：「願見禮仏諸功德，回施莊嚴奉二親。」黄庭堅《病來十日不舉酒二首》（之一）：「病來十日不舉酒，回施青春與後生。」《山谷内集詩注》任淵曰：「回施，蓋用佛家語。楊凝式詩：『無限歡娱榮樂事，一時回施少年人。』」 紅妝青鏡：喻臨水荷花。

〔一一〕一川二句：李白《子夜吴歌四首》（之二）：「鏡湖三百里，菡萏發荷花。五月西施採，人看隘若耶。」平緑，温庭筠《故城曲》：「遊絲蕩平緑，明滅時相續。」 以上三句婉寫僧尼不再臨鏡施粉，但欣賞臨水荷花，似可作爲一種酬報，用以襯寫妙尼姿容。

〔一二〕赬玉句：白居易《東林寺白蓮》：「泄香銀囊破，瀉露玉盤傾。」李賀《春歸昌谷》：「誰揭赬玉盤，東方發紅照。」

〔一三〕西風句：翻用李璟《山花子》句意：「菡萏香銷翠葉殘，西風愁起緑波間。」窗紗没有感到西風的侵襲，是荷花正當韶光時，亦暗寫妙尼年華。楊箋以上二句曰：「抬高女尼身分，此言不染凡塵意。」

〔一四〕端的：《匯釋》：「真個或究竟也。」 舊蓮深薏：民歌中慣用的諧音雙關的手法，猶言「舊憐深意」。《爾雅·釋草》：「荷，芙蕖，其莖茄，其葉蕸，其本蔤，其華菡萏，其實蓮，其根藕，其中的，的中薏。」

〔一五〕料采菱二句：采菱曲，後文《醉落魄·題藕花洲尼扇》亦有：「翠深不礙鴛鴦宿，采菱誰記當時曲。」《樂府詩集》卷五〇：「《古今樂録》曰：《採菱曲》，和云：『菱歌女，解佩戲江陽。』」從先秦漢魏晉南北朝詩集中的相關詩歌看，《采菱曲》多與愛情相關。如梁武帝《采菱曲》：「江南稚女珠腕繩，金翠摇首紅顔興。桂棹容與歌采菱，歌采菱，心未怡。翳羅袖，望所思。」王融《采菱曲》：「良時時一遇，佳人難再求。」徐勉《采菱曲》：「采采不能歸，望望方延佇。儻逢遺佩人，預心心相許。」此《采菱曲》應寫妙尼遁入空門前的一段心思，即所謂「舊蓮深薏」，當下新曲無從表達彼時心意，故言「羞詩」。

〔一六〕秋瀲灩：温庭筠《蓮花》：「緑塘摇灩接星津，軋軋蘭橈入白蘋。」瀲灩，何遜《行經范僕射故宅詩》：「瀲灩故池水，蒼茫落日暉。」

〔一七〕對年年二句：歐陽修《浪淘沙》：「今年花勝去年紅。可惜明年花更好，知與誰同。」

【考辨】

朱箋：《咸淳臨安志》：臨平山去仁和縣舊治五十里，上有塔，下有藕花洲，即鼎湖也。

張如安《夢窗詞箋釋補正》：今按《永樂大典》卷三五八〇「村」字韻「南村」條引《蘇州府志》：「南村在越來溪西，吴山下，寺簿盧瑢所居，扁曰：「吴中第一林泉。」盧園三十景，其一即爲藕花洲。夢窗詞究指何處藕花洲，尚待考證。

孫按：《咸淳臨安志》卷二四：「臨平山，《祥符志》云：去仁和縣舊治五十四里，山高五十三丈，周回十八里。上有塔，有龍洞、礪洞，有天井；下有東岳廟、景星觀峙立。兩旁又有藕花洲，即鼎湖也。」又，卷三四：「臨平湖，《輿地廣記》云：在仁和縣。《祥符志》云：在縣東長樂鄉，周圍十里，湖中有白龍潭。《吴志》：赤烏二年，寶鼎見，因呼爲鼎湖。」《浙江通志》卷九：「藕花洲，萬曆《杭州府志》：在城東北六十里臨平安隱寺前。按，洲以參寥子詩得名。」此得名於參寥子《觀宗室曹夫人畫三首》之三：「臨平山下藕花洲，旁引官河一帶流。雨棹風帆有無處，筆端須與細冥搜。」自注：「許作臨平藕花圖。」

厲鶚《南宋雜事詩》卷六：「清修尼寺靜焚香，傳是中宫賜寶坊。還有藕花洲畔女，翠深不礙宿鴛鴦。」自注：「（《咸淳臨安志》）又云：臨平山下有藕花洲，即鼎湖也。夢窗丁稿題藕花洲尼扇詞：『翠深不礙鴛鴦宿，采菱誰記當時曲。』」

另，宋代還有與臨平山藕花洲相關的詩詞。如曹勳《和楚守于伯達》：「坐想臨平山下路，小舟如葉月如川。」楊萬里《題張坦夫腴莊圖三首》（之二）：「百里青山十里溪，荷花萬頃照紅衣。臨平山下西湖上，總被腴莊撥取歸。」趙長卿《蝶戀花》：「憶昔臨平山下過。無數荷花，照水無纖翫。短艇直疑天上坐。醉眠花裏香無那。雨浥紅妝嬌娜娜。脈脈含情，欲向風前破。莫道晚來風景可。青房著子千千顆。」而蘇州盧園藕花洲盧瑢居所，非僧尼寺庵。

此詞寫於臨安仁和縣，是夢窗蘇幕期間的行役詞。寫於淳祐四年（一二四四）之前。

## 又

壽魏方泉㈠〔一〕

鶯團橙徑㈡，鱸躍蓴波〔二〕，重來兩過中秋㈢〔三〕。酒市漁鄉〔四〕，西風勝似春柔〔五〕。宿春去年村墅〔六〕，看黄雲、還委西疇〔七〕。鳳池去〔八〕，信吴人有分㈣〔九〕，借與遲留〔一〇〕。應是香山續夢〔一一〕，又凝香追詠〔一二〕，重到蘇州〔一三〕。青鬢江山，足成千歲風流〔一四〕。圍腰御仙花底，襯月中、金粟香浮〔一五〕。夜宴久，攬秋雲、平倚畫樓〔一六〕。

【校　議】

㈠ 毛本、戈校本、杜本、王朱本、朱二校本詞題作「壽方泉」。

㈡ 橙徑：明張本、毛本、戈校本、杜本、王朱本作「棖徑」。朱二校徑改爲「橙徑」。餘本從之。孫按：古代「棖橘」往往連用。指橙橘類的果品。如梅堯臣《述釀賦》：「安得滁其具，更其術，時其物，清其室，然後漬以椒桂，侑以棖橘，吾將沾醉乎窮日。」楊無咎《漁家傲》：「菊暗荷枯秋已滿。

悵黄橘緑冬初暖。」可兩存之。

㊂ 兩過：毛本、戈校本、杜本作「雨過」。毛扆本改「雨」作「兩」。明張本正同。

㊃ 吴人：明張本作「吴水」。

【注釋】

〔一〕方泉：即魏方泉，魏峻。詳見《水調歌頭·賦魏方泉望湖樓》【考辨】。此詞中壽筵地點應在郡治子城的西樓，又稱觀風樓。魏氏知平江府時對此樓進行了修繕。

〔二〕鶯團二句：《記纂淵海》卷九〇引《隋唐嘉話》：「南人魚膾以細縷金橙拌之，號爲『金齏玉膾』。隋時吴郡獻松江鱸鱠，煬帝曰：『東南佳味也。』」蘇軾《和文與可洋州園池·金橙徑》：「金橙縱復里人知，不見鱸魚價自低。須是松江煙雨裏，小船燒薤搗香齏。」《東坡詩集注》趙彦材注曰：「鱸魚所以爲鱠，金橙所以爲齏，（松）江之鱸，江南所稱也。此之謂金齏玉鱠。」鶯團，金黄色的橙子累累聚結於枝頭。米芾《將之苕溪戲作呈諸友》：「縷玉鱸堆案，團金橘滿洲。」

〔三〕兩過中秋：魏氏壽辰應在中秋前後，在吴已兩過初度矣。

〔四〕酒市：《漢書·遊俠傳》：「酒市趙君都、賈子光，皆長安名豪，報仇怨養刺客者也。」下句「西風」意亦相綴。歐陽修《秋懷》：「西風酒旗市，細雨菊花天。」

〔五〕西風句：秦觀《江城子》：「西城楊柳弄春柔。動離憂。淚難收。」西樓傍柳，魏峻曾據白居易《西樓喜雪命宴》「散面遮槐市，堆花壓柳橋」詩意，表額「柳橋槐市」。劉禹錫《到郡未浹日登西樓見樂天題詩因即事以寄》亦曰：「樓依新柳貴，池帶亂苔青。」

〔六〕宿春去年：爲「去年宿春」之倒文。宿春，本指隔夜舂米備糧。《莊子·逍遥遊》：「適莽蒼者，三飡而反，腹猶果然；適百里者，宿舂糧；適千里者，三月聚糧。」此指去年餘糧。

〔七〕看黄雲二句：王安石《自白土村入北寺二首》（之一）：「溜渠行碧玉，畦稼卧黄雲。」西疇，陶潛《歸去來兮辭》：「農人告余以春及，將有事於西疇。」以上三句以家有存糧及豐收在望寫太守政績。

〔八〕鳳池：泛指中央機構。

〔九〕吴人有分：蘇軾《送張職方吉甫赴閩漕六和寺中作》：「空使吴兒怨不留，青山漫漫七閩路。」毛滂《過吴淞江》：「參軍身外祗圖書，獨與吴江分不疏。」有分，韓愈《孟東野失子》：「且物各有分，孰能使之然。」

〔一〇〕借與：杜牧《書懷中朝往還》：「朱紱久慚官借與，白頭還歎老將來。」

〔一一〕香山續夢：白居易寶曆元年（八二五）曾爲蘇州刺史。《舊唐書·白居易傳》：「寶曆中，復出爲蘇州刺史。」「會昌中，請罷太子少傅，以刑部尚書致仕。與香山僧如滿結香火社，每肩輿往來，白衣鳩杖，自稱香山居士。」

〔一二〕凝香追詠：韋應物貞元四年（七八八）曾爲蘇州刺史，寫《郡齋雨中與諸文士燕集》詩，「兵衛森畫戟，燕寢凝清香」一聯是詩中名句，並成爲蘇州郡齋熟典。白居易之後，劉禹錫亦爲蘇州刺史。其

《八月十五日夜半雲開然後玩月因書一時之景寄呈樂天》中「開城邀好客，置酒賞新秋。影透衣香潤，光凝歌黛愁」，即從韋詩脱化。劉禹錫有「蘇州刺史例能詩」之句，上二句亦寓此褒揚。

〔一三〕重到蘇州：謂蘇州再次出現大宴西樓，刺史能詩的盛況。魏峻詩不傳，其能詩事僅見《姑蘇志》卷二二：「（西樓）淳祐中，魏峻大修之，取白公詩表其下曰『柳橋槐市』，且自賦詩。」

〔一四〕青鬢二句：化用白居易《詠懷》詩意：「蘇杭自昔稱名郡，牧守當今當好官。兩地江山踏得遍，五年風月詠將殘。」並與上文中的「遲留」化用蘇舜欽登閶門樓詩《秋懷》：「家在鳳凰城闕下，江山何事苦相留。」自注：「江山留人也，人留江山也。」歐陽修《朝中措・送劉仲原甫出守維揚》：「文章太守，揮毫萬字，一飲千鍾。」晁補之《江神子》：「太守風流容客醉，花壓帽，酒淋衣。」

〔一五〕圍腰三句：據《吴郡志》卷一一，魏峻「（淳祐）五年四月御筆除寶章閣待制，賜帶」。金粟，既實指桂花，也指寶帶上的裝飾。參見《聲聲慢・詠桂花》注〔五〕及《江神子・送桂花》注〔六〕。

〔一六〕夜宴三句：回應前引韋應物詩，寫樓下郡齋之宴。楊備《觀風樓》：「觀風危堞與雲齊，樓下開門畫戟西。」

【集評】

夏敬觀評語：「團」字過生。

【考辨】

朱箋：《吴郡志》：魏峻，知平江府。淳祐四年四月到。六年三月，除刑部侍郎。按武衍《適庵（藏拙）餘稿》哀魏方泉詩云：「每見中吴士，多稱太守賢。」又云：「詔下催歸覲，人傳便尹京。班才聯從橐，庭忽舞銘旌。」蓋秩滿歸朝而卒，夢窗此詞在重涖吴中作，故有「吴人有分」云云；若《水調歌頭·賦方泉望湖樓》，則爲其已至京師時矣。

夏箋：據朱箋，方泉淳祐四年四月到蘇州任。詞云「兩過中秋」，蓋淳祐五年秋在吴作。

孫按：《吴郡志》卷一一：「魏峻，朝散大夫，集英殿修撰知平江府，兼兩淮、浙西發運副使，節制許浦都統司水軍。淳祐四年四月二十六日到任，八月以經筵徹章轉朝請大夫。五年四月御筆除寶章閣待制，賜帶；八月招糴及數，轉朝議大夫；十二月磨勘轉中奉大夫。六年，又以招糴轉中大夫，三月十三日，御筆除刑部侍郎。」詞中「圍腰御仙花底，襯月中、金粟香浮」，與《吴郡志》五年四月賜帶經歷相符，故可確證此詞寫於淳祐五年（一二四五）秋天。

此詞壽筵地在蘇州郡治著名建築西樓。《吴郡志》卷六：「郡圃在州宅正北，前臨池光亭、大池，後抵齊雲樓。城下甚廣袤。案：唐有西園，舊木蘭堂基正在郡圃之西。其前隙地今爲教場，俗呼後設場，疑即古西園之地。郡治舊有齊雲、初陽、及東西四樓，木蘭堂、東西二亭、北軒、東齋等處。今復立者惟齊雲、西樓、東齋爾。餘皆兵火後一時創立，非復能如舊聞。」「西樓，在郡治子城西門之上。

唐舊名西樓，後更爲觀風樓，今復舊。紹興十五年，郡守王㬇重建。二十年，郡守徐琛篆額，下臨市橋曰金母橋，亦取西向之義，㬇初落成，郡人競獻詩，以進士耿元鼎所賦爲最。」據《姑蘇志》卷二二，又知淳祐中魏氏大修西樓，並有表額「柳橋槐市」。白居易《西樓喜雪命宴》、《城上夜宴》，劉禹錫《八月十五日夜半雲開然後玩月因書一時之景寄呈樂天》皆記載了太守西樓宴客之事。武衍《哀魏方泉》亦云：「心醉西樓月，身飛北闕天。那知人事異，夢絶柳橋邊。」可知方泉多於此地宴客。

據上引《吴郡志》，知魏峻淳祐四年（一二四四）四月至淳祐六年（一二四六）三月皆在蘇州知府任上。夢窗則於淳祐四年冬至入紹興知府史宅之幕中，淳祐六年三月隨幕杭京。二人行蹤參差，但夢窗因家眷在吴，屢屢往還於越吴兩地。此詞是夢窗淳祐五年回蘇探親時與魏峻交遊的詞作。

## 又㊀

餞魏繡使泊吴江，爲友人賦㊁〔一〕

旋移輕鷁〔二〕，淺傍垂虹〔三〕，還因送客遲留〔四〕。淚雨橫波，遥山眉上新愁〔五〕。行人倚闌心事，問誰知、只有沙鷗〔六〕。念聚散〔七〕，幾楓丹霜渚㊂〔八〕，蒪緑春洲㊃〔九〕。漸近香菰炊黍〔一〇〕，想紅絲織字，未遠青樓〔一一〕。寂寞漁鄉，爭如連醉温柔〔一二〕。西窗夜深剪燭〔一三〕，夢頻生、不放雲收〔一四〕。共悵望，認孤煙、起處是舟㊄〔一五〕。

【校　議】

㊀明張本、毛本、杜本、王朱本是調下有劉涇同調詞「梅黄金重」一闋。朱二校本刪。

㊁友人：楊箋：「此『友人』當衍『友』字，或托詞，蓋魏之戀人也。觀詞語自知。」

㊂楓丹：明張本作「楓舟」。

㊃蕁緑：朱二校本、四明本作「蕙緑」。未知所據。

㊄是舟：明張本作「是州」。毛本作「是洲」。《詞綜》、杜本作「是舟」。杜校：「原作『洲』，重韻。」鄭校同明張本，校曰：「以偏旁形近訛。《詞綜》作『舟』，未詳所據。案張于湖《多麗》詞『數峰青處是吾州』，此煞句本作『州』可證。汲古訛『水』旁。原作本東坡『孤煙起處是人家』句意。」夏敬觀評語：「『是州』未穩。」孫按：「舟」字妥。實從蘇軾《次韻王定國南遷回見寄》詩研煉出之。

【注　釋】

〔一〕魏繡使：即魏峻。詳見《水調歌頭·賦魏方泉望湖樓》【考辨】。繡使，此指魏氏知平江府時所兼發運使之職。

〔二〕輕鷗：張子容《泛永嘉江日暮回舟》：「無雲天欲暮，輕鷗大江清。」

〔三〕垂虹：此指吴江上的垂虹橋。

〔四〕送客遲留：張先《御街行·送蜀客》：「主人憑客且遲留，程入花溪遠遠。」

〔五〕淚雨二句：用王觀《卜算子》詞意：「水是眼波横，山是眉峰聚。欲問行人去那邊，眉眼盈盈處。」淚雨，傅玄《放歌行》：「長嘯淚雨下，太息氣成雲。」横波，《文選·傅毅〈舞賦〉》：「眉連娟以增繞兮，目流睇而横波。」李善注：「横波，言目邪視，如水之横流也。」

〔六〕行人三句：黄庭堅《登快閣》：「萬里歸船弄長笛，此心吾與白鷗盟。」《山谷外集詩注》：「夏文莊（竦）詩：『自有沙鷗知此心。』」

〔七〕聚散：謝靈運《酬從弟惠連詩五章》（之二）：「悟對無厭歇，聚散成分離。」周邦彦《荔枝香近》：「大都世間，最苦唯聚散。」

〔八〕楓丹：江總《贈賀左丞蕭舍人詩》：「蘆花霜外白，楓葉水前丹。」李商隱《自桂林奉使江陵途中感懷寄獻尚書》：「蘆白疑粘鬢，楓丹欲照心。」　霜渚：杜甫《雲》：「收穫辭霜渚，分明在夕岑。」

〔九〕春洲：謝朓《晚登三山還望京邑詩》：「喧鳥覆春洲，雜英滿芳甸。」　以上三句以四時景象特别是吴江有代表性的楓葉、菰蓴寫朋友之間的詩酒文會。

〔一〇〕香菰炊黍：用端午裹粽以及黄粱夢典。

〔一一〕想紅絲二句：合用端午五色絲繫腕及竇滔妻蘇氏織回文錦字典故。青樓，曹植《美女篇》：「青樓臨大路，高門結重關。」此寫杭京家眷對魏氏的思念。

〔一二〕寂寞二句：用温柔鄉典。婉寫其杭京多内寵。

〔一三〕西窗句：寫歸家後剪燭共話别後情景，用李商隱《夜雨寄北》詩意。

〔一四〕夢頻生二句：用楚夢巫山雲雨典。

〔一五〕認孤煙二句：「孤」字意屬「舟」字。薛能《天際識歸舟》：「同人在何處，遠目認孤舟。」蘇軾《次韻王定國南遷回見寄》：「相逢爲我話留滯，桃花春漲孤舟起。」又，《蝶戀花》：「左海門前酤酒市。夜半潮來，月下孤舟起。」　以上三句中的「共」字，既寫送者友人，也寫望歸舟之妻妾，所望的對象皆行人之「舟」也。

【考　辨】

夏箋：繡使，即魏方泉。魏以淳祐六年三月除刑部侍郎，詞記春景可證。

楊箋：《漢書》使暴勝之等繡衣持節督天下盜賊。魏爲刑官，故稱繡使。（「漸近」三句）言此時已近端節。紅絲是纏臂之物，今以織回文錦字。未遠者，去端節未遠也。三月命下，想此行在四月底時。

孫按：夏、楊二箋皆以繡使爲刑部侍郎之職。據前引《朝野類要》卷三《外臺》知可稱繡使者有「安撫、轉運、提刑、提舉」，也就是説，朝廷委派至地方、對地方官有監察之權方可稱「繡使」，而地方郡守及在朝任官不出巡者絶不可稱「繡使」。而《朝野類要》中的「提刑」指各地提刑司長官，而不是指京中刑部官員。據前首所引《吴郡志》卷一一，知魏峻在平江任職除知府外，兼兩淮、浙西發運副使，《姑蘇志》卷一二載其行使發運使之職：「淳祐六年，發運使魏峻疏至和塘，東自夾潮塘，西至戴墟浦，亘四十餘里，又立栅三十二以爲禁防。官出錢二萬三千二百緡，米二百一十石有奇。浙西提舉鄭霖爲記。」發運使是轉運使的别稱，故知詞題中的「繡使」所指爲魏氏之發運使兼職而非指朝官刑部侍郎。

此詞具體寫作時間是淳祐六年（一二四六）初夏閏四月中旬或稍後。據《吴郡志》卷一一，魏氏繼任爲徐鹿卿：「（徐鹿卿）朝奉大夫右文殿修撰知平江府兼兩淮浙西發運副使，節制許浦都統司水軍。淳祐六年閏四月二十八日交發運司職事，五月十一日到任交割府事。」另據《宋史全文》卷三四：「（閏四月）庚戌，刑部侍郎兼中書門下省檢正諸房公事魏峻對言……」庚戌，爲閏四月二十二，此時魏氏已在刑部侍郎任上，與詞中「漸近香菰炊黍」約略相合。據知魏氏交割事宜，皆在此詞餞行赴任之後。

## 高陽臺

豐樂樓　分韻得如字㊀

修竹凝妝〔一〕，垂楊駐馬〔二〕，凭闌淺畫成圖〔三〕。山色誰題，樓前有雁斜書〔四〕。東風緊送斜陽下㊁〔五〕，弄舊寒〔六〕、晚酒醒餘〔七〕。自消凝〔八〕，能幾花前㊂〔九〕，頓老相如〔一〇〕。傷春不在歌樓上㊃，在燈前攲枕，雨外薰爐〔一一〕。怕艤遊船㊄，臨流可奈清臞㊅〔一二〕。飛紅若到西湖底，攪翠瀾〔一三〕、總是愁魚㊆〔一四〕。莫重來㊇，吹盡香綿，淚滿平蕪〔一五〕。

【校　議】

㊀ 明張本、毛本、《詞綜》、杜本詞題作《豐樂樓》。王朱本、朱二校本、底本據《絶妙好詞》補入後五字。餘本從之。

㊁ 斜陽：鄭校：「『斜陽』字與上『斜書』複，疑作『殘』。」底本亦存疑。劉永濟《微睇室説詞》：「鄭説非也。詞非律詩，不忌複字。」

㈢能幾：《絶妙好詞》作「幾許」。鄭氏手批：「考『能幾』句，『能』字並宜平，第三闋『雪』字乃入作平，是可證《絶妙好詞》作『幾許』之誤。」

㈣歌樓：諸本作「高樓」。兹從《絶妙好詞》。

㈤怕艤：《絶妙好詞》作「怕有」。

㈥清癯：《絶妙好詞》、朱二校本、底本作「清臞」。兹從明張本、《詞綜》、毛本、杜本、王朱本、朱四校本、四明本。

㈦愁魚：楊箋：「許説古『魚』與『吾』通，『愁魚』即『愁吾』。繼思，詩詞究異經學，斷不宜以考據入詞，遂棄之，采《浙江通志·藝文門》收此詞作『愁予』，想用《楚辭》『目渺渺兮愁予』句意，以爲安。今讀白石詞，見其《鐃歌吹曲》有『百萬愁鱗躍春水』句（孫按：姜氏此句作「百萬愁鱗濯春水」，楊氏誤「躍」字），夢窗屢用白石句，則『愁魚』可不疑矣。」劉永濟《微睇室説詞》：「詞明説『攬翠瀾』，則應作『魚』。『愁魚』與『哀蟬』、『怨蛩』等詞同，不可因其少見而疑其與吾、予聲同通用。」

㈧莫重來：明張本、毛本、王朱本作「莫愁來」。餘本從《絶妙好詞》。鄭校：「以聲近從上句『愁』字訛。」鄭氏手批：「第二『愁』字不應疊，宜從草窗選本作『重』，此『愁』字必從上『愁』字衍誤。」

【注　釋】

〔一〕修竹凝妝：暗用杜甫《佳人》詩，以翠竹喻佳人。凝妝，謝偃《樂府新歌應教》：「青樓綺閣已含春，凝妝黯粉復如神。」

〔二〕垂楊駐馬：王維《少年行四首》（之一）：「相逢意氣爲君飲，繫馬高樓垂柳邊。」點「樓」字。

〔三〕凭闌句：爲「凭闌淺成畫圖」之倒文。時節才入春，凭欄所見，尚不及濃春時之繁麗。白居易《春題湖上》：「湖上春來似畫圖，亂峰圍繞水平鋪。」

〔四〕山色二句：白居易《江樓晚眺景物鮮奇吟玩成篇寄水部張員外》：「風翻白浪花千片，雁點青天字一行。」鄭剛中《白居易有望闕雲遮眼思鄉雨滴心之句用其韻爲秋思十首》（之七）：「掃跡燕如客，斜書雁成行。」

〔五〕東風句：宋祁《玉樓春》：「爲君持酒勸斜陽，且向花間留晚照。」寫春風之急，爲下文飛花作張本。

〔六〕舊寒：暢諸《早春》：「雪和新雨落，風帶舊寒來。」

〔七〕晚酒：白居易《郭虚舟相訪》：「晚酒一兩杯，夜棋三數局。」

〔八〕消凝：徐介《耒陽杜工部祠堂》：「消凝傷往事，斜日隱頹垣。」《匯釋》：「（銷凝）亦作消凝。爲『銷魂凝魂』之約辭。銷魂與凝魂，同爲出神之義。」

〔九〕能幾：張華《遊獵篇》：「人生忽如寄，居世遽能幾。」能，《匯釋》：「估計量數之辭，大抵與幾何、多少等字聯用，設爲疑問口氣。」幾，此處作「屢」義解。

〔一〇〕頓老相如：以老病摧折的司馬相如自指。李商隱《寄令狐郎中》：「休問梁園舊賓客，茂陵秋雨病相如。」王禹偁《送河陽任長官》：「誰解吟詩送行色，茂陵多病老相如。」

〔一二〕傷春三句：此爲夢窗獨創句法。筆落歌樓買醉，意及燈前爐畔傍枕聽雨，是爲風雨將葬落紅而更易傷春傷時。

〔一三〕可奈：李煜《采桑子》：「可奈情懷，欲睡朦朧入夢來。」奈，《匯釋》：「猶耐也。奈耐二字通用，故耐即奈也。」　清癯：承上司馬相如消渴疾典，故有此説。楊無咎《蝶戀花》：「問我清癯，莫是因詩苦。」段成式《和周繇見嘲》：「儻恕相如瘦，應容累騎還。」　以上二句的意思是不願像當年那樣乘坐樓下畫船遊湖，是因爲唯恐臨流照出清瘦衰老的倒影。

〔一三〕翠瀾：李群玉《大雲池泛舟》：「船浮天光遠，棹拂翠瀾輕。」與下句取意宋孝帝《武濟曲阿後湖詩》「驚瀾翻魚藻」句意。

〔一四〕愁魚：鰥魚目常不閉，似人有愁輾轉不寐然，故云。張先《句》：「愁似鰥魚知夜永，懶同蝴蝶爲春忙。」李商隱《李夫人歌》：「清澄有餘幽素香，鰥魚渴鳳真珠房。」《李義山詩集注》：「《釋名》：愁悒不能寐，目常鰥鰥然。字從魚，魚目恒不寐。」　以上三句承「東風」意，寫風飄萬點落英，攪動得湖水中本不能眠的魚兒更加愁怨。

〔一五〕吹盡二句：西湖多楊柳。用蘇軾《水龍吟》喻楊花「點點是、離人淚」句意。香綿，姚合《酬田就》：「嫩苔粘野色，香絮撲人衣。」平蕪，江淹《郊外望秋答殷博士詩》：「白露掩江皋，清滿平地蕪。」夢窗對曾經的盛遊之地，再集會時發此感慨，真沈痛之筆。

【集評】

陳廷焯《雲韶集》卷八：（上闋眉批）描景高妙。　題是樓，偏説「傷春不在高樓上」，何等筆力。其文極曲，其情極真，方回、清真、白石外誰敢抗手？

又，《大雅集》卷三：奇思幽想。

俞陛雲《唐五代兩宋詞選釋》：此在豐樂樓與客分韻而作。樓居城市，而攬湖山之勝，爲臨安都中裙屐歌舞最盛處。前五句寫登樓之景。「東風」數句言頻年歡宴，竟日沈酣，不意容易春光，相如漸老。轉頭處以勁筆一折，承上老去意，推進一層，言不僅傷春易逝，而夜雨剪燈，懷人更切，倘有畫舸人來，其奈此清癯之態何！「飛紅」一句寫愁極幽邃之思。昔人評韓昌黎「赤手拔鯨牙」句，謂詩心深入九淵，此句頗似之。樓爲登臨繁盛地，而詞筆淒清如是，夢窗其秋士多悲耶？

陳洵《海綃説詞》：「淺畫成圖」，半壁偏安也；「山色誰題」，無與托國者；「東風緊送」，則危急極矣。凝妝駐馬，依然歡會；酒醒人老，偏念舊寒；燈前雨外，不禁傷春矣。「愁魚」，殃及池魚之意。「淚滿平蕪」，城邑邱墟，高樓何有焉，故曰「傷春不在高樓上」。是吴詞之極沈痛者。

梁啟超《飲冰室評詞》引麥孺博云：穠麗極矣，仍自清空。如此等詞，安能以「七寶樓臺」誚之。

吴梅《詞學通論》：南渡以還，作者愈盛，而撫時感事，動有微言。……至若碧山詠物，梅溪題情，夢窗之豐樂樓頭，草窗之禁煙湖上，詞翰所寄，並有微意，又豈常人所易及哉！余故謂紹興以來，聲律之文，自以稼軒、白石、碧山爲優，夢窗則次之，草窗又次之。

楊箋：（「東風」三句）題言「分韻」，知必宴集，妙在不呆寫酒燕。先用「東風」句挺起，有氣象。言「醒」，而醉已見。（「莫重來」三句）此時飛紅已多，若待重來登眺，恐柳綿又盡，空見平蕪，止堪痛哭而已。「重來」，是後路，以「莫」字禁止之，句盡而意不盡。

劉永濟《微睇室説詞》：觀此詞情意悲涼，有「莫重來」之語，當係晚年所作。起句八字，「凝妝」、「駐馬」，依然歡會，是會飲樓中之語。「凭闌」句泛寫樓前之景如畫本也。陳洵説爲指「半壁偏安也」，非。「山色」二句，從「雁斜書」説到「誰題」，見如此好景，誰復能欣賞。「東風」二句點明時序。「舊寒」，則舊曾來此也。「自消凝」三句以自傷衰老作過拍。「能幾花前」，語殊淒惋。「消凝」者，消魂凝望也。換頭言傷春之情，何必登樓方有，即「燈前攲枕」、「雨外薰爐」亦已可傷。詞家每以「春」作國運的象徵，然則「傷春」作憂國説亦無不可。「怕艤」二句，白傷瘦減，怕臨流見影也。「飛紅」二句，言落花滿眼，不但人愁，即令翠瀾之魚見之亦愁。陳洵説爲「殃及池魚」，不免腐氣。「莫重來」二句有今不如昔，後更不如今之慨。此詞寫登高眺遠，感今傷昔，滿腔悲慨。作者觸景而生之情，決非專爲一己，蓋有身世之感焉。以身言則美人遲暮也，以世言則國勢日危也。大有「舉目有河山之異」之歎。讀者自可體會得之，但未可句句比附以求，轉多滯礙。蓋凡觸景抒情之作，作者本非有心比附，而是無形觸發，故能乍合乍離，縱横往復，有時且迷離惝恍而不自覺。讀者安可刻舟求劍，然必有一二流露真情之處。即如此詞之「山色誰題」、「傷春」、「愁魚」以及「吹盡香綿，淚滿平蕪」等句之如此深切，自不能單從個人之事諭之，必不能不與其所遭之世無關。讀者如參以作者所生之時，所接之事，全面探索，亦可以窺見至隱。劉勰所以有「綴文者情動而辭發，觀文者披文以入情。沿波討源，雖幽必顯。世遠莫見其面，覘文輒見其心。豈成篇之足深，患識照之自淺」之論也。

張伯駒《叢碧詞話》：此等詞濃麗清空，兼而有之，安能誚爲「拆碎七寶樓臺」。然後人學夢窗者，則不學此等詞也。

鄭騫《成府談詞》：《高陽臺·豐樂樓》云：「傷春不在高樓上，在燈前欹枕，雨外薰爐。」即孟浩然之「夜來風雨聲，花落知多少」也。而吴詞則别饒深婉之致。詞境與詩境不同，可於此等處求之。

吴熊和《隱辭幽思、詞風密麗的吴文英》：陳洵把這首《高陽臺》説得句句寓有深意，未免穿鑿，「推求過甚，反失之誣」。但西湖的湖光山色，在吴文英筆下如此愁容慘澹，最後又説出「淚滿平蕪」的登臨之感，其含義實超出於一般的傷春傷别之上，誠爲「吴詞之極沉痛者」，其中就有感傷時事的因素。端平二年（一二三五），蒙古於滅金後開始南下侵宋。此後連年兵事不息，蜀、漢、江、淮一再告急。吴文英的大半生，就生活在這樣的時代裏。「東風緊送斜陽下」，這句「緊送」二字，語意甚新，不妨説就是這種日亟日危的形勢的寫照。他的《水龍吟·送萬信州》一詞開頭便説：「幾番時事共論，座中共惜斜陽下。」「時事共論」，憂國之情不言而喻，「共惜斜陽下」，即以行將日落喻宋廷國事日非，已成危局，説得十分明白。豐樂樓上感到的「東風緊送斜陽下」，與此用意正同，反映了南宋末年的時代氣氛和作者正視現實所産生的憂患意識。《夢窗集》中有關國事之作並不算多，但比之同樣處於季世的宣和年間的《清真詞》來，應該説要勝一籌。周邦彦的詞就成爲「宣、政風流」的點綴，缺乏時代變亂的預感和隱憂了。

【考　辨】

吴熊和《唐宋詞彙評·考證》：元兵入杭，豐樂樓毁於一炬，遺址亦被官賣。方回《桐江續集》卷二三《記正月二十五日西湖之遊十五首》（其一）：「來與去馬禁城空，豐樂樓消一炬紅。説與吴儂莫惆悵，龍墀猶化梵王宫。」又《三賢堂已無官賣其址》記自注：「江南賣酒謂之春場。近日有買豐樂樓基者，倉屋萬間者，民得買之。」

孫按：此詞應是晚年寫於杭州，可與夢窗盛年時寫豐樂樓的詞作《醉桃源·會飲豐樂樓》、《鶯啼序·豐樂樓》參看。陳洵《海綃説詞》箋《三姝媚·過都城舊居有感》曰：「讀草窗『與君共是，承平年少』，及玉田『獨憐水樓賦筆，有斜陽還怕登臨』，可與知此詞。」正可移評於此。

集中《踏莎行·敬賦草窗〈絶妙詞〉》：「西湖同結杏花盟，東風休賦丁香恨。」周揚波《南宋格律詞派與浙派古琴的淵源》考訂西湖所結詩社，即指楊纘吟社。依據是周密《采緑吟》詞序：「甲子夏，霞翁會吟社諸友逃暑於西湖之環碧。琴尊筆研，短葛練衣，放舟於荷深柳密間。舞影歌塵，遠謝耳目，酒酣，採蓮葉，探題賦詞，余得《塞垣春》。翁爲翻譜數字，短簫按之，音極諧婉，因易今名云。」周揚波認爲楊纘吟社在甲子年（一二六四）已經成立，而吴夢窗、周密都是參與社中詞人。周氏這一説法，在當時詞人酬唱及筆記中也能得到印證。如李萊老《青玉案》：「紅衣妝靚涼生渚。環碧斜陽舊時樹。拈葉分題觴詠處。荀香猶在，庾愁何許，雲冷西湖賦。」陳世崇《隨隱漫録》卷三：「景定癸亥，特旨以布衣除東宫掌書，吟社賀詩數十，僅記五首。……俛仰之間，倏三十稔，吾翁諸老皆賦玉樓，西湖吟社各天一涯，窮達一場春夢。故記之。」景定癸亥，爲景定四年（一二六三）。此卷多載當時墨客與陳氏父子的酬酢詩詞，卷二中則載夢窗贈其父陳郁《玉京謡·陳仲文自號藏一》詞，此社與周氏所謂楊纘吟社成立時間參差相合，抑或楊纘吟社即名西湖吟社耶？若上考不誤，則此詞亦爲晚宋時的應社之作，寫於景定四五年前後，西湖詩社正盛時。

## 又(一)

落梅

宫粉雕痕〔一〕，仙雲墮影〔二〕，無人野水荒灣〔三〕。古石埋香〔四〕，金沙鎖骨連環〔五〕。南樓不恨吹横笛，恨曉風、千里關山〔六〕。半飄零㊁，庭上黄昏㊂，月冷闌干〔七〕。壽陽空理愁鸞㊃〔八〕。問誰調玉髓，暗補香瘢〔九〕。細雨歸鴻，孤山無限春寒〔一〇〕。離魂難倩招清些〔一一〕，夢縞衣、解佩溪邊〔一二〕。最愁人，啼鳥清明㊄，葉底青圓㊅〔一三〕。

【校　議】

㊀戈選杜批：「此調以此詞爲正格。第八句三字或叶韻或不叶皆可。」

㊁半飄零：《歷代詩餘》、戈選、杜本作「歎飄零」。

㊂庭上：《歷代詩餘》作「亭上」。與「庭上」皆指産梅地「石亭」（又稱「石庭」）。《陽春白雪》、戈選、杜本、王朱本、朱二校本作「庭院」，與詞中「荒灣」、「溪邊」不合。

㊃壽陽句：毛本、杜本作「壽陽宫理愁鸞」。杜校：「『鸞』字叶韻，後闋『詞場』字亦叶，恐另一體，應仍其原。」孫按：杜指下闋同調詞過片首句「芳洲酒社詞場」，亦六字句押韻。《絶妙好詞》、《詞綜》、《歷代詩餘》、戈選、鄭校作「壽陽宫裏愁鸞鏡」。鄭氏手批：「《絶妙好詞》選本可列爲正諭。」「諦察過片，當據《草堂》選本定爲七字句，以校毛本之訛脱。考毛刻『宫』誤作『空』，如《八聲甘州》姑蘇臺『宫眉』亦訛作『空眉』之類，『裏』字鈔本多從俗作『裡』，此訛作『理』之由來，至『鸞』下脱『鏡』，則尤顯然。杜、王校刊因毛刻亦自可解，故不復據改，其實毛本失之不校耳。」

「若使紅友見之，又當列爲又一體已。實則訛奪，未平心校之。」

㊄清明：諸本作「晴明」。兹據《陽春白雪》、《絶妙好詞》。

㊅青圜：毛本作「清圜」。《絶妙好詞》、明張本、《歷代詩餘》、《詞綜》、戈選、杜本、四明本作「清圓」。然戈選杜批：「謂梅子也。戈氏易作『清』，失其指矣。」楊箋：「《唐韻》，『圓』與『圜』同。」孫按：青，古通「清」字，可並存異文。

【注　釋】

〔一〕宫粉雕痕：意貫入下闋「壽陽」三句。宫粉，王安石《與微之同賦梅花得香字三首》（之一）：「漢宫嬌額半塗黄，粉色淩寒透薄裝。」元稹《春分投簡陽明洞天作》：「粉壞梅辭萼，紅含杏綴珠。」雕痕，並與下闋「香瘢」意相貫通。謂梅花凋落，枝上殘留粉痕。

〔二〕仙雲墮影：蘇軾《十一月二十六日松風亭下梅花盛開》：「海南仙雲嬌墮砌，月下縞衣來扣門。」與下闋「縞衣」意相貫通。

〔三〕無人句：陸游《卜算子》：「驛外斷橋邊，寂寞開無主。已是黄昏獨自愁，更著風和雨。」歐陽修《滄浪亭》：「荒灣野水氣象古，高林翠阜相回環。」這種環境中生長野梅，即江梅。

〔四〕古石埋香：李商隱《與同年李定言曲水閒話戲作》：「莫驚五勝埋香骨，地下傷春亦白頭。」《李義山詩集注》：「《秦本紀》二世葬始皇驪山。後宫無子者，皆令從死，故云『埋香骨』。」並用張崇葬妻王氏石上銘文「深深葬玉，鬱鬱埋香」典。

〔五〕金沙句：金沙鎖骨，《海録碎事》卷三二（上）：「釋氏書，昔有賢女馬郎婦，於金沙灘上施一切人淫。凡與交者，永絶其淫。」《續玄怪録》：「昔延州有婦女，白皙頗有姿貌，年可二十四五。孤行城市，年少之子，悉與之遊，狎昵薦枕，一無所卻。數年而歿，州人莫不悲惜，共醵喪具，爲之葬焉，以其無家，瘞於道左。大曆中，忽有胡僧自西域來，見墓，遂趺坐，具敬禮焚香，圍繞讚歎數日。人見謂曰：『此一淫縱女子，人盡夫也，以其無屬，故瘞於此，和尚何敬耶？』僧曰：『非檀越所知，斯乃大聖，慈悲喜舍，世俗之欲，無不徇焉。此即鎖骨菩薩，順緣已盡，聖者云耳。不信即啟以驗之。』衆人即開墓，視遍身之骨，鉤結皆如鎖狀，果如僧言。」鄭清之《圃中問訊梅友老幹疏花有足喜者》：「洗出金灘鎖骨沙，種成老樹競槎牙。」蕭立之《落梅》：「連環骨冷香猶暖，如意痕輕補未完。」以金沙灘馬郎婦和鎖骨菩薩喻梅花落英，可稱梅花最爲遠距化的比喻，描繪出梅花既以香豔示人，又本體清淨的特點。

〔六〕南樓三句：笛曲中有《落梅花》。王建《塞上梅》：「天山路傍一株梅，年年花發黄雲下。昭君已殁漢使回，前後征人惟繫馬。日夜風吹滿隴頭，還隨隴水東西流。」高適《塞上聞笛》：「借問梅花何處落，風吹一夜滿關山。」此亦爲透過一層寫法。

〔七〕庭上二句：庭上，指宜興縣南荆溪邊的石庭，或稱西石亭。《癸辛雜識續集》卷下：「宜興縣之西，地名石庭，其地十餘里皆古梅。……梅間有小溪流水，横貫交午橋。」周必大《泛舟遊山録二·起乾道丁亥七月盡是年九月》：「過西石亭，梅樹滿林，邑人遊賞處也。」陳克《好事近·石亭探梅》：「尋遍石亭春，黯黯暮山明滅。竹外小溪深處，倚一枝寒月。」並化用林逋《山園小梅》「暗香浮動月黄昏」之意。王安石《夜直》：「春色惱人眠不得，月移花影上闌干。」以月色昏黄襯寫梅花香氣最濃烈時。

〔八〕壽陽句：用壽陽公主梅花妝典故。愁鸞，孤鸞思侶對鏡鳴絶，因代指鏡。

〔九〕問誰二句：段成式《酉陽雜俎》卷八：「曆鈿之名，蓋自吴孫和鄧夫人也。和寵夫人，嘗醉舞如意，誤傷鄧頰，血流，嬌婉彌苦。命太醫合藥，醫言得白獺髓，雜玉與琥珀屑，當滅痕。和以百金購得白獺，乃合膏。琥珀太多，及差，痕不滅，左頰有赤點如痣，視之，更益甚妍也。」宋庠《落花》：「淚臉補痕勞獺髓，舞臺收影費鸞腸。」蘇軾《再和楊公濟梅花十絶》（之七）：「檀心已作龍涎吐，玉頰何勞獺髓醫。」亦含上引蕭立之詩意。

〔一〇〕細雨二句：化用蘇軾《再和楊公濟梅花十絶》（之四）詩意：「人去殘英滿酒樽，不堪細雨濕黄昏。夜寒那得穿花蝶，知是風流楚客魂。」歸鴻，語出嵇康《贈秀才入軍詩十九首》（之一四）：「目送歸鴻，手揮五弦。」此意同集中《聲聲慢·四香》中「恨玉奴消瘦，飛趁輕鴻」。以輕鴻歸去喻落梅杳無蹤影。補寫落梅。蘇詩中「楚客魂」再透入下三句的「離魂」典。

〔一一〕離魂句：據陳玄祐《離魂記》載，張鎰幼女倩娘端妍絶倫，外甥王宙，亦美容範。張鎰先許王宙婚姻，後又將倩娘許配他人。王宙因此離開清河赴京城，倩娘魂魄相隨，成就了一段婚姻傳奇。些，語氣詞。讀如「碩」。《楚辭・招魂》：「魂兮歸來，去君之恒幹，何爲四方些。」《夢溪筆談》卷三：「《楚詞・招魂》尾句皆曰『些』。今夔、峽、湖、湘及南北江僚人，凡禁呪句尾皆稱『些』（蘇個反），此乃楚人舊俗。即梵語『薩嚩訶』也（薩，音桑葛反；嚩，無可反；訶從去聲），三字合言之即『些』字也。」蘇軾《蝶戀花》：「憑仗飛魂招楚些。我思君處君思我。」宋玉《招魂》中有「朕幼清以廉潔兮，身服義而未沬」。宋人往往連用「清些」字面。黄庭堅《虞美人》：「慚愧詩翁，清些與招魂。」亦寫招落英嬌魂。

〔二二〕夢縞衣二句：用梅花精靈化爲美女「淡妝素服，出迓師雄」及《列仙傳》江妃解佩事。杜甫《詠懷古跡五首》（之二）：「畫圖省識春風面，環佩空歸月夜魂。」姜夔《疏影》：「昭君不慣胡沙遠，但暗憶、江南江北。想佩環、月夜歸來，化作此花幽獨。」蘇軾《再和楊公濟梅花十絶》（之五）：「盈盈解佩臨煙浦，脈脈當壚傍酒家。」下文「啼鳥」，意綴於此。

〔二三〕最愁人三句：蘇軾《再和楊公濟梅花十絶》（之八）：「何人會得春風意，怕見梅黄雨細時。」曹勳《送楊子寬還臨安寄錢處和》：「壟上麥芒猶緑嫩，枝間梅子漸青圓。」青梅初結在清明時，梅子青圓，是落梅後路，亦是夢窗慣用的收束法。

【集評】

陸輔之《詞旨・警句》：南樓不恨吹横笛，恨曉風、千里關山。

查禮《銅鼓書堂詞話》：宋人落梅詞，名句甚夥；如《高陽臺》一解賦落梅者，吴夢窗云：「宫粉雕痕，仙雲墮影，無人野水荒灣。」又云：「南樓不恨吹横笛，恨曉風千里關山。半飄零，庭院黄昏，月冷闌干。」李篔房云：「竹裏遮寒，誰念減盡芳雲。么鳳叫晚秋晴雪，料水空，煙冷西泠。」李秋崖：「門掩香殘，屏摇夢冷，珠鈿糝綴芳塵。」又云：「蘚稍空掛涼月，想鶴歸、猶怨黄昏。黯銷凝，人老天涯，雁影沉沉。」三人寫落梅之情景魂魄各有不同。其雅正澹遠，柔婉深長之處，令人可思可詠。

許昂霄《詞綜偶評》：可云蹙金結繡矣。「金沙鎖骨連環」，用鎖骨菩薩事。「南樓不恨吹横笛」二句，翻案法。「壽陽宫裏愁鸞鏡」，一句中用兩事。「問誰調玉髓，暗補香瘢」，用鄧夫人事。宋伯序《落花》詩：「淚臉補痕煩獺髓，舞臺收影費鸞腸。」换頭三句，語意本此。「夢縞衣、解佩溪邊」一句中合用兩事。此詞亦微嫌用事太多耳。

陳廷焯《雲韶集》卷八：字字淒惻，只是一篇絶妙吊梅花文，他人有此淒惻，無此筆力，故終不能逮。尹君前清真、後夢窗之語，真不我欺也。

又，《大雅集》卷三：中有怨情，當與中仙詠物諸篇參看。

又，《白雨齋詞話》卷二：夢窗《高陽臺》一篇，既幽怨，又清虚，幾欲突過中仙詠物諸篇，集中最高之作。

俞陛雲《唐五代兩宋詞選釋》：起二句字字捶煉。以下「野水」三句言山野之「落梅」，「黄昏」二句言庭院之「落梅」。下闋言「壽陽」，言「孤山」，皆用梅花故事以渲染之。凡詠落花者，每借花以懷人，此則但賦「落梅」，雖詞意淒然，正如《曝書亭詞》所謂「一半是空中傳恨」也。但「千里關山」句寓離索之思，「葉底青圓」句發蹉跎之悔，兼有「緑葉成陰子滿枝」之感。論者謂夢窗言情諸作，皆爲所眷彼姝而發，雖未必盡然，但此詞當有所指。

陳洵《海綃説詞》：「南樓」七字，空際轉身，是覺翁神力獨運處。「細雨」二句，空中渲染，傳神阿堵。解此二處，讀吳詞方有入處。

楊箋：（「宮粉」三句）開端即説盡題字而不嫌突者，以落後境界更空闊悲涼，大可描寫也。（「離魂」三句）是梅是人，好在迷離惝怳處。縞衣解佩，貼梅落，亦有神無跡。

劉永濟《微睇室説詞》：起三句先泛寫落梅。「粉雕」、「雲墮」喻梅落也。「無人」句指梅落處也。其下再細加鉤勒（鉤勒，本畫家的術語，詞話家用以説明作者對於描畫某事物時，用筆由淺入深，層層鉤畫模勒出之的意思）。「古石」句暗用王承檢築防蕃城，掘得瓦棺，有石銘曰「深深葬玉，鬱鬱埋香」來形容泥中落梅。「金沙鎖骨」句用黄魯直詩「金沙灘頭鎖子骨」句意。……皆形容落梅也。「南樓」二句因笛調有《落梅花》曲，故藉以點染也。「關山」暗用高適《塞上聽吹笛》詩「借問梅花何處落，風吹一夜滿關山」詩意。曰「不恨吹横笛」而「恨曉風千里關山」者不恨吹落，恨落去遠也。過拍用林逋《山園小梅》詩「暗香浮動月黄昏」句。凡此皆落梅故實，用之以增詞語的色澤耳。換頭復用壽陽公主醉卧含章殿，梅花落於額上事，亦落梅故實也。「問誰」二句又用孫和舞水精如意傷鄧夫人面頰，太醫以玉屑和藥治之無瘢痕事，言落梅難返舊枝，如人傷瘢。周密詠落梅《憶舊遊》詞，亦有「誰補春痕」句。「細雨」二句暗用林逋孤山之梅，點明落梅之時地。「離魂」二句暗用杜甫「環佩空歸月下魂」詩句，與姜夔詠梅《疏影》詞「想佩環月夜歸來，化作此花幽獨」句。其下「難倩招清些」，乃從落梅難返枝着想。小説有倩女離魂事。……歇拍以梅子作結，故曰「葉底青圓」，此乃從題的去路作結之法，亦有餘不盡之意也。

張伯駒《叢碧詞話》：夢窗《高陽臺》「落梅」詞：「南樓不恨吹横笛，恨曉風、千里關山。」「豐樂樓」詞：「傷春不在高樓上，在燈前欹枕，雨外薰爐。」清嘉道後詞人，最善學此句法。

【考辨】

楊箋：(「最愁人」三句)梅之結子，本非可愁，可愁者，姬棄兩子而行，覩子思母，不最可愁乎？

劉永濟《微睇室説詞》：詞中用此事與集中《鶯啼序》歇拍「怨曲重招，斷魂在否」同意，皆有所指。蓋夢窗在杭，前妾去後，復眷一女子，未及成婚而病殁，故兩詞皆有招魂之語。因梅落難返枝與春痕難補之語，皆與其情其事暗合，知此句必觸物生感而作，非上文泛用落梅故實可比，亦詠物而關合人情也。

孫按：夢窗集中有《絳都春・爲李篔房量珠賀》，李篔房，即李彭老，與弟李萊老合稱「龜溪二隱」。李氏兄弟皆賦《高陽臺・落梅》。萊老詞作與夢窗此詞對參，意境最相近似：「門掩香殘，屏搖夢冷，珠鈿糝綴芳塵。臨水搴花，流來疑是行雲。蘚梢空掛淒涼月，想鶴歸、猶怨黃昏。黯消凝。人老天涯，雁影沉沉。　斷腸不在聽橫笛，在江皋解佩，翳玉飛瓊。煙濕荒村，背春無限愁深。迎風點點飄寒粉，悵秋娘、滿袖啼痕。更關情。青子懸枝，綠樹成陰。」其寓帝后北狩之悲慨乎？若上考不誤，則此詞亦爲晚宋時的應社之作，寫於景定四年（一二六三）、景定五年（一二六四）前後，西湖詩社正盛時。

## 又

送王歷陽以右曹赴闕〔一〕

淝水秋寒，淮堤柳色〔二〕，別來幾換年光〔三〕。紫馬行遲〔四〕，纔生夢草池塘〔五〕。便乘丹鳳天邊去〔六〕，禁漏催、春殿稱觴〔七〕。過松江〔八〕，雪弄飛花〔九〕，冰解鳴璫〔一〇〕。　芳洲酒社詞場〔一一〕。賦高臺陳跡，曾醉吳王〔一二〕。重上逋山，詩清月瘦昏黃〔一三〕。春風侍女衣篝畔〔一四〕，早鵲袍、已暖天香〔一五〕。到東園〔一六〕，應費新題，千樹苔蒼〔一七〕。

**【校議】**

㈠ 衣篝畔：明張本「衣篝」後空一格。

**【注釋】**

〔一〕王歷陽：爲王姓知和州者，應指王堅。歷陽，和州的古稱。右曹：此特指尚書省右司郎中。

〔二〕淝水二句：《方輿勝覽》卷四八：「（廬州）淮水，經壽陽西北。淝水，東南自安豐縣界流入壽春界，經縣北二里入淮。」韓愈《嗟哉董生行》：「淮水出桐柏山，東馳遥遥千里不能休。淝水出其側，不能千里百里入淮流。」和州，《宋史·地理四》：「（淮南）西路。……南渡後，府二：安慶、壽春，州六：廬、蘄、和、濠、光、黄，軍四：安豐、鎮巢、懷遠、六安。」此指王歷陽赴和州任先赴府治壽春而言。

〔三〕别來句：據下文知王氏曾游蘇州。

〔四〕紫馬：郡守坐騎的代稱。詳見《木蘭花慢·遊虎丘》注〔二〕，並寓所用杜詩中郡守凱旋西來之意。行遲：亦寓邊塞意。江暉《雨雪曲》：「風哀笳弄斷，雪暗馬行遲。」

〔五〕夢草池塘：用謝靈運夢見謝惠連寫出「池塘生春草」名句一事，拍合謝靈運「紫馬」典，兼寫初春景象。楊箋：「蓋指入春言。」

〔六〕便乘句：丹鳳，鳳的一種。《禽經》：「首翼赤曰丹鳳。」一般作爲仙人坐騎。尹鶚《女冠子》：「懶乘丹鳳子，學跨小龍兒。」此就王歷陽赴京城而言。

〔七〕禁漏二句：設想王歷陽進京後參加御宴爲皇帝祝壽的情形。夢窗生活時代朝廷有理宗與度宗的生日慶典。理宗以正月五日爲天基節，度宗以四月九日爲乾會節。《宋史·禮志·嘉禮三》載皇帝生辰的節日禮儀：「大中祥符元年，詔以正月三日天書降日爲天慶節，休假五日，兩京諸路州、府、軍、監前七日建道場設醮，斷屠宰；節日，士庶特令宴樂，京師然燈。又以六月六日爲天貺節，京師斷屠宰，百官行香上清宮。又以七月一日聖祖降日爲先天節，十月二十四日降延恩殿日爲降聖節，休假、宴樂並如天慶節。中書、親王、節度、樞密、三司以下至駙馬都尉，詣長春殿進金縷延壽帶、金絲續命縷，上保生壽酒。改御崇德殿，賜百官飲，如聖節儀。前一日，以金縷延壽帶、金塗銀結續命縷、緋彩羅延壽帶、彩絲續命縷分賜百官，節日戴以入。禮畢，宴百官於錫慶院。」詞中反映的餞別時間爲早春，所以應是在即的理宗壽宴，故用「催」字。春殿，庾肩吾《侍宴餞湘州刺史張續詩》：「雨足飛春殿，雲峰入夏池。」稱觴，舉杯祝酒。潘安仁《閑居賦》：「稱萬壽以獻觴，咸一懼而一喜。」李善注曰：「《毛詩》曰：萬壽無疆。《史記》曰：武安君起爲壽。如淳曰：上酒爲稱壽。黃香《天子頌》曰：獻萬壽之玉觴。」杜甫《元日示宗武》：「賦詩猶落筆，獻壽更稱觴。」

〔八〕松江：即吴松江。

〔九〕雪弄飛花：范雲《别詩》：「昔去雪如花，今來花似雪。」兼用李白《對雪醉後贈王歷陽》：「歷陽何異山陰時，白雪飛花亂人目。」似乎有意利用「王歷陽」與李白詩題中人名的巧合。並合用杜甫《發潭州》中「岸花飛送客」句意。

〔一〇〕冰解鳴璫：形容早春吴江中冰澌消融的聲音。鳴璫，劉昚虚《江南曲》：「玉手欲有贈，裴回雙鳴璫。」此寫其途中容止端正灑脱。與《絳都春·餞李太博赴括蒼别駕》可以參看：「冰灘鳴佩舟如箭。笑烏幘、臨風重岸。」

〔一一〕芳洲：與下二句爲「酒社詞場賦（詠）曾醉吴王高臺（及）芳洲陳跡」之倒文。合用王晚建於西城姑蘇臺與吴王姑蘇臺之事。《吴郡志》卷七：「姑蘇館，在盤門裏河西城下。紹興十四年郡守王晚建。體勢宏麗，爲浙西客館之最。中分爲二，曰南館、北館。紹興間，始與虜通和，使者歲再往來此館，專以奉國信。貴客經由亦假以檥船。登城西望，吴山皆在指顧間。故又作臺於城上，以姑蘇名之。雖非故處，因館而名，亦以存舊事也。制度尤瑰，特爲吴中偉觀。此臺正據古胥門，門跡猶存。又有百花洲在臺下，射圃在洲之東。臺、洲亦皆晚所建，并館額皆吴説書。」酒社詞場：謂文人詩酒雅集。蘇軾《元日次韻張先子野見和七夕寄莘老之作》：「酒社我爲敵，詩壇子有功。」

〔一二〕賦高臺二句：吴王高臺，指姑蘇臺。相傳爲吴王夫差所築。《太平寰宇記》卷九一、《姑蘇志》卷三三皆有詳載。曹勳《姑蘇臺上月》：「吴王沉醉未及醒，不知身已爲降虜。」曾醉，兼寫王歷陽經由蘇州時在西城之雅集。楊箋：「逆溯昔日在蘇時宴會。」

〔一三〕重上二句：逋山，林逋所隱之山，即孤山。用林逋《山園小梅》詩境，寫王歷陽此次重新回到杭京，孤山梅月的環境，能助王歷陽清瘦的詩風。

〔一四〕春風：既寫王氏到達京城的時間，也指仕途得意。　侍女衣篝：用尚書省女侍史執薰爐從入臺護衣事，詳見《水龍吟·壽梅津》注〔九〕，切合王歷陽此任尚書省右司的長官身份。

〔一五〕早鵲袍二句：雙用鵲錦及錦袍典，鵲錦，四品、五品官服的佩飾。見《鳳池吟·慶梅津自畿漕除右司郎官》注〔一四〕，此高於王氏履新之職的品階。兼用《新唐書·宋之問傳》典故：「武后游洛南龍門，詔從臣賦詩，左史東方虯詩先成，后賜錦袍。之問俄頃獻，后覽之嗟賞，更奪袍以賜。」天香，此指宫廷中用的熏香。何遜《九日侍宴樂游苑詩》：「晴軒連端氣，同惹御香芬。」賈至《早朝大明宫呈兩省僚友》：「劍佩聲隨玉墀步，衣冠身惹御爐香。」祝其升官並且因文采而得到皇帝的褒賞。

〔一六〕東園：前賢時彦皆注爲南宋御園東花園，即富景園。此園南宋後期已經湮廢。《咸淳臨安志》卷一三：「富景園。在新門外之東。孝宗皇帝奉憲聖皇太后，嘗請遊幸，又重於數戒有司，故營是園，以邇北宫，規置略仿湖山。今亦湮廢，悉隸慈元殿。歲收花果之入焉。」略前於夢窗的周端臣《富景園詩》可以互證：「地比諸園小，池從前代開。猶餘喬木在，曾見上皇來。幽徑埋黄葉，空庭老緑苔。

荒寒吟思怯，落日獨徘徊。」此處「東園」實承「逋山」意，寫孤山御圃。《夢粱録》卷一二：「西泠橋外孤山路有琳宫者二，曰四聖延祥觀，曰西太乙宫。御圃在觀側，乃林和靖隱居之地。内有六一泉、金沙井、閑泉、僕夫泉、香月亭。亭側山椒環植梅花，亭中大書於照屏之上云『疏影横斜水清淺，暗香浮動月黄昏』之句。」據《西湖遊覽志》中「宋朝西湖圖」，四聖觀在孤山東南瀕湖處，故稱御圃爲「東園」。

〔一七〕應費二句：煩請其寫出賦詠孤山落梅的秀句名篇。周邦彦《花犯·詠梅》：「吟望久，青苔上、旋看飛墜。」蘇軾《和秦太虚梅花》：「江頭千樹春欲闇，竹外一枝斜更好。孤山山下醉眠處，點綴裙腰紛不掃。」姜夔《暗香》：「長記曾攜手處，千樹壓、西湖寒碧。」

【考辨】

楊箋：《漢書·地理志》：「九江郡。歷陽，都尉治。」王先謙補注曰：「江水自廬江居巢來，左入含山縣境，漢歷陽地也。」《十道志》：「縣南有歷水，故曰歷陽。」王某殆令歷陽，故以官稱之。疑在紹興作。

鍾振振《讀夢窗詞札記》：王氏既自歷陽（今安徽和縣）「赴闕」，即赴京城臨安（今杭州），當取道長江，而後轉入運河，平江府（即今蘇州一帶）爲其必經之地。

孫按：楊箋以爲「王某殆令歷陽」，恐誤。縣令由選人充，元豐改制後，京畿縣令、三京赤縣、畿縣令正八品，諸州上、中、下縣令從八品，縣郡等級分爲赤、次赤、畿、次畿、望、緊、上、中下、下下。歷陽縣爲緊（見《宋史·地理四》），縣令品位爲正八品或從八品。右曹，據詞中「春風侍女衣篝畔，早鵲袍、已暖天香」，知王氏所赴爲右司郎中，正六品。參見《塞翁吟·餞梅津除郎赴闕》【考辨】。若王歷陽爲縣令，宋代升遷受到磨勘制度的嚴格制約。磨勘法詳見《塞翁吟·餞梅津除郎赴闕》【考辨】，如無特擢，不可能有如此大跨度的遽升。據知王某應是知和州。和州，隋朝稱歷陽，唐改今名。《舊唐書·地理三》：「和州，隋歷陽郡。武德三年杜伏威歸國改爲和州。」《宋史·地理四》：「（淮南西路）和州，上，歷陽郡，防禦。南渡後，爲姑熟、金陵藩蔽也。淳熙二年，兼管内安撫。」有歷陽、含山、烏江三屬縣。夢窗沿古稱，故稱「王歷陽」。知州官職中知上州爲正六品，中下州爲從六品。和州爲上州，品位與右曹相契合。僅有外任與朝官之别，而且，宋代左右司是宰相的儲備人選，所以夢窗此詞兼祝其履新。

然王氏究爲何人？查《（光緒）直隸和州志》卷一一「太守表」中理宗時王姓守和州者唯有王堅：「（景定）二年，劉雄飛。四年，王堅。」《宋人傳記資料索引》：「王堅，江陵人。安節父。守合州有功。爲賈似道所忌，出知和州。鬱鬱而死。」《宋史·理宗五》：「（景定四年三月）丁酉，以王堅知和州兼管内安撫使。」「（五年）三月辛巳，王堅卒，賜謚忠壯。」據馬廷鸞《王堅致仕加恩制》，知其歸班後，方才致仕。其所赴闕歸班，或者正爲右曹：「朕念邊陲控帶之邦，倚勳傑扞城之力，老當益壯，方圖將軍之功；歸不待年，忽致大夫之仕。甫賴整師於淮浦，詎期謝病於潁陽。……乃睠歷陽，實維巨鎮，外峙邊頭之保障，内增江面之藩籬，宜宣老熊當道之威，遽覽神虎掛冠之奏。昔盱眙奮劍，力全臧質之城；今南郡賜金，孰愈呂蒙之疾。何恙不已，鮮我方將，儀辨三孤，乃參華於亞傅，爵冠五等，仍進列於群公。並衍組圭，俾安藥石。」

若是考不誤，則此詞或寫於蘇州。時間在景定五年（一二六四）的早春。

## 又㊀

壽毛荷塘

風裊垂楊〔一〕，雪消蕙草，何如清潤潘郎〔二〕。風月襟懷〔三〕，揮毫倚馬成章〔四〕。仙都觀裏桃千樹㊁〔五〕，映麴塵、十里荷塘〔六〕。未歸來〔七〕，應戀花洲〔八〕，醉玉吟香〔九〕。

東風晴晝濃如酒〔一〇〕，正十分皓月〔一一〕，一半春光〔一二〕。燕子重來，明朝傳夢西窗〔一三〕。朝寒幾暖金爐燼〔一四〕，料洞天、日月偏長〔一五〕。杏園詩，應待先題，嘶馬平康〔一六〕。

## 【校　議】

㊀ 毛本列本詞於《畫錦堂》調下。

㊁ 仙都：《歷代詩餘》作「玄都」。

## 【注　釋】

〔一〕風裊垂楊：謂毛氏如張緒風度翩然。《南史·張緒傳》：「劉悛之爲益州，獻蜀柳數株，枝條甚長，狀若絲縷。時舊宫芳林苑始成，武帝以植於太昌靈和殿前，常賞玩咨嗟，曰：『此楊柳風流可愛，似張緒當年時。』其見賞愛如此。」

〔二〕雪消二句：楊巨源《崔娘詩》：「清潤潘郎玉不如，中庭蕙草雪消初。」潘郎，潘岳。《世説新語·容止》：「潘岳妙有姿容，好神情，少時挾彈出洛陽道，婦人遇者莫不連手共縈之。」劉孝標注引《語林》曰：「安仁至美，每行，老嫗以果擲之滿車。」徐陵《洛陽道二首》（之一）：「潘郎車欲滿，無奈擲花何。」　以上三句擬寫毛荷塘的美妙容止。

〔三〕風月襟懷：《伊洛淵源録》卷一：「豫章黄太史庭堅詩而序之曰：茂叔人品甚高，胸中灑落，如光風霽月。」

〔四〕倚馬成章：李白《與韓荆州書》：「必若接之以高宴，縱之以清談，請日試萬言，倚馬可待。」

〔五〕仙都觀句：仙都觀，借劉晨典代指玄都觀。劉禹錫《元和十一年自朗州召至京戲贈看花諸君子》：

「玄都觀裏桃千樹，儘是劉郎去後栽。」杭京寺院或周邊多桃花。《咸淳臨安志》卷二八：「棲霞嶺，在錢塘門外顯明院之北。舊多桃花，開時爛然如霞，故以名嶺。」此泛指京城植有桃花的道觀且隱喻京朝官員。

〔六〕映麴塵二句：王洧《西湖十景》中有「麴院風荷」一景。麴塵，此喻流水。詳見《西子妝慢·湖上清明薄遊》注〔二〕。　以上三句以桃花與荷花對映，嵌入「荷塘」名字外，寫毛氏不同於朝廷官員的别樣風采。

〔七〕未歸來：毛氏居蘇州，此時在京，故云。

〔八〕花洲：蘇軾《和蔡準郎中見邀游西湖三首》（之三）：「相攜燒筍苦竹寺，卻下踏藕荷花洲。」此泛指西湖遊冶地。

〔九〕醉玉：以嵇康醉倒如玉山將頹形容之。詳見《宴清都·餞嗣榮王仲亨還京》注〔三〇〕　吟香：齊己《憶在匡廬日》：「步碧葳蕤徑，吟香菡萏池。」兼指毛氏贈妓之作。

〔一〇〕東風句：郭從周《贈何中立》：「錢塘春色濃如酒，貪醉花間卧不還。」

〔一一〕十分皓月：王詵《潁昌湖上贈諸公》：「清影十分月，暗香千柄蓮。」

〔一二〕一半春光：就仲春而言。　以上三句隱寫毛氏生日時間在陰曆二月十五。

〔一三〕燕子二句：用張説母夢玉燕入懷而有孕事，暗寓其生日時間。

〔一四〕朝寒句：反用高蟾《長門怨》詩意：「魂銷尚愧金爐燼，思起猶慚玉輦塵。」

〔一五〕料洞天二句：《蜀中廣記》引《茅君内傳》：「大天之内，有地之洞大三十六所，乃真仙所居。」此喻毛氏夫婦的内室。化用蘇軾《贈張刁二老》詩句：「藏春塢裏鶯花鬧，仁壽橋邊日月長。」蘇詩戲張先、刁景純多寵姬。

〔一六〕杏園三句：杏園，唐代新科進士賜宴之地。平康，長安名妓聚集地。《唐摭言·慈恩寺題名遊賞賦詠雜記》：「神龍已來，杏園宴後，皆於慈恩寺塔下題名。同年中推一善書者紀之。」《開元天寶遺事》卷二：「長安有平康坊，妓女所居之地。京都俠少萃集於此，兼每年新進士以紅箋名紙遊謁其中，時人謂此坊爲風流藪澤。」嘶馬，暗用孟郊《登科後》詩意。預祝毛氏高中，並能爲同年中的魁鼎。參見《宴清都·送馬林屋赴南宫》注〔一五〕。

**【考辨】**

楊箋：（「杏園」三句）觀此，疑此時荷塘尚在試禮部留京時，然則與荷塘酬唱詩，此其最先者歟？

孫按：此詞寫於蘇州。

## 又〔一〕

過種山　即越文種墓〔一〕

帆落迴潮，人歸故國〔二〕，山椒感慨重遊〔三〕。弓折霜寒〔四〕，機心已墮沙鷗〔五〕。燈前寶劍清風斷，正五湖、雨笠扁舟〔六〕。最無情，巖上閑花，腥染春愁〔七〕。當時白石蒼松路，解勒回玉輦，霧掩山羞〔八〕。木客歌闌，青春一夢荒丘〔九〕。年年古苑西風到，雁怨啼、緑水洪秋〔一〇〕。暮登臨，幾樹殘煙，西北高樓〔一一〕。

【校　議】

㈠明張本、毛本列於《畫錦堂》（舞影燈前）調下。杜本、王朱本作《慶春澤》。杜校：「是題原刻『又』字，《詞潔》亦收入《畫錦堂》，因與前闋句調字數不同，復考《詞律》，則萬紅友已繹爲《慶春澤》，從之。」孫按：萬氏校劉叔安《慶春澤》（燈火烘春）曰：「按此調與《高陽臺》字字相同，舊《草堂》兩收之，以此爲《慶春澤》，以僧皎如『紅入桃腮』一首爲《高陽臺》。蓋以此篇後起七字用仄不叶，皎如後起六字叶韻也。愚謂如此長調，必不以一字多少而分兩調。從昔致疑，不敢臆斷。及閲竹山《高陽臺》後起云『腥翁一點清寒性』、『人情終似蛾兒舞』正用七字，不叶韻，猶恐有誤。又查王沂孫後起云『一枝芳信應難寄』、『江南自是離愁苦』，張炎後起云『當年燕子知何處』，因爽然。自信《高陽臺》即《慶春澤》。而輯《草堂》者未之校勘耳，何況後之著譜作圖者耶？」戈校本移於此調下。底本從杜本，校曰：「原鈔是詞誤列《畫錦堂》調，毛本同。杜校從《詞律》改。標《慶春澤》，即《高陽臺》也。今以集中分調之例，移此。」

㈡ 暮登臨：諸本及底本作「莫登臨」。雖爲古今字，但有歧義，兹從明張本、毛本、四明本。

【注釋】

〔一〕種山：卧龍山。夏箋：「嘉泰《會稽志》，卧龍山，舊名種山，越大夫文種所葬處。」《會稽志》卷六：「大夫文種墓，在種山。越既霸，范蠡去之。種未能去，或讒於王。乃賜種劍以死，葬於是山，故名。」

〔二〕帆落二句：許渾《韶州送竇司直北歸》：「客散他鄉夜，人歸故國秋。樽前掛帆去，風雨下西樓。」故國，此特指越國。

〔三〕山椒：山頂。漢武帝《李夫人賦》：「釋輿馬於山椒兮，奄修夜之不陽。」

〔四〕弓折霜寒：下文「寶劍」意屬此，謂弓藏劍出。《史記·越王勾踐世家》載越王稱霸後：「范蠡遂去。自齊遺大夫種書曰：『蜚鳥盡，良弓藏。狡兔死，走狗烹。越王爲人長頸鳥喙，可與共患難，不可與共樂。子何不去？』種見書，稱病不朝，人或讒種且作亂。越王乃賜種劍曰：『子教寡人伐吴七術，寡人用其三而敗吴，其四在子。子爲我從先王試之。』種遂自殺。」霜寒，郭震《寶劍篇》：「龍泉顔色如霜雪，良工咨嗟歎奇絶。琉璃玉匣吐蓮花，錯鏤金環映明月。」

〔五〕機心：《莊子·天地》：「吾聞之吾師，有機械者必有機事，有機事者必有機心。機心存於胸中，則純白不備。」沙鷗無機心，典見《水龍吟·惠山酌泉》注〔一〇〕。

〔六〕正五湖二句：《史記·越王勾踐世家》：「勾踐以霸，而范蠡稱上將軍。還反國，范蠡以爲大名之下，難以久居，且勾踐爲人可與同患，難與處安，爲書辭勾踐曰：『臣聞主憂臣勞，主辱臣死。昔者君王辱於會稽，所以不死，爲此事也。今既以雪恥，臣請從會稽之誅。』勾踐曰：『孤將與子分國而有之，不然，將加誅於子。』范蠡曰：『君行令，臣行意。』乃裝其輕寶珠玉，自與其私徒屬，乘舟浮海以行，終不反。於是勾踐表會稽山以爲范蠡奉邑。」《吴郡圖經續記》卷下：「遂乘輕舟，以浮於五湖。」《吴地記》：「《越絶書》曰：西施亡吴國後，復歸范蠡，同泛五湖而去。」雨笠，皮日休《臨頓爲吴中偏勝之地陸魯望居之不出郛郭曠若郊墅余每相訪款然惜去因成五言十首奉題屋壁》（之二）：「静窗懸雨笠，閑壁掛煙匏。」楊箋以上三句曰：「白居易詩『嗟君白首同歸日，是我青山獨往時』同意。」

〔七〕最無情三句：歐陽修《唐崇徽公主手痕和韓内翰》：「行路至今空歎息，巖花澗草自春秋。」花腥，李賀《假龍吟歌》：「蓮花去國一千年，雨後聞腥猶帶鐵。」李賀此詩語出郭震《寶劍篇》，本是形容劍跗上的蓮花雕刻，吴夢窗鑿空而坐實爲真實的花朵，故有「花腥」之奇想。

〔八〕當時三句：意思是當越王埋葬了大夫文種，班駕回朝時，卧龍山漫起的濃霧是爲了遮掩山體作爲埋葬忠臣文種墓塚地的羞辱。《春秋戰國異辭》卷五三：「越王葬種於國之西山，樓船之卒三千餘人，造鼎足之羨，或入三峰之下。葬一年，伍子胥從海上穿山脅而持種去，與之俱浮於海。故前潮水『潘侯』者，伍子胥也；後『重水』者，大夫種也。」孔稚珪《北山移文》中俗士玷污所隱居山林，山神爲之羞愧不已，以至於「扃岫幌，掩雲關，斂輕霧，藏鳴湍」。此處似仿其意。玉輦，潘岳《籍田賦》：「天子乃御玉輦，蔭華蓋。」

〔九〕木客二句：木客，即木客歌。典見《吴越春秋》卷五：「種曰：『吴王好起宫室，用工不輟。王選名山神材，奉而獻之。』越王乃使木工三千餘人入山伐木，一年，師無所幸。作士思歸，皆有怨望之心，而歌木客之吟。一夜天生神木一雙，大二十圍，長五十尋。陽爲文梓，陰爲楩柟，巧工施校，制以規繩，雕治圓轉，刻削磨礱，分以丹青，錯畫文章，嬰以白璧，鏤以黄金，狀類龍蛇，文彩生光。乃使大夫種獻之於吴王，曰：『東海役臣臣孤勾踐使臣種敢因下吏聞於左右，賴大王之力，竊爲小殿，有餘材，謹再拜獻之。』吴王大悦。……遂受而起姑蘇之臺。三年聚材，五年乃成，高見二(三)百里。行路之人，道死巷哭，不絶嗟嘻之聲：民疲士苦，人不聊生。」兼指地名。《越絶書》卷八：「木客大塚者，句踐父允常塚也。初徙琅琊，使樓船卒二千八百人伐松柏以爲桴，故曰『木客』。」荒丘，文種墓穴。參見《瑞龍吟・賦蓬萊閣》注〔一七〕。

〔一〇〕年年三句：李賀《湖中曲》：「長眉越沙采蘭若，桂葉水葓春漠漠。」

〔一一〕西北高樓：語出《古詩十九首》：「西北有高樓，上與浮雲齊。」此兼指種山的最高建築飛翼樓，《嘉泰會稽志》（卷一）：「《吴越春秋》云：小城周千一百二十步，一員三方。西北飛翼樓，以象天門。東南伏漏石竇，以象地户。陵門四達，以象八風。」傳説是范蠡爲壓强敵吴國而建。

## 【集　評】

鄭氏手批：此類題，斷非庸手所能著墨。此作「是何意態雄且傑」，其妙處亦在化質實爲清空，故無凝滯之跡，詠古豈易言哉。

吴熊和《隱辭幽思、詞風密麗的吴文英》：文種與范蠡同是輔助勾踐滅吴雪恥的大臣。范蠡知道勾踐可與共患難而不可與共安樂，遂功成身退，變姓名泛舟五湖。文種卻忠而見疑，被勾踐賜劍自殺，「燈前寶劍清風斷，正五湖，雨笠扁舟」。就是説文種伏劍之日，正是范蠡扁舟五湖之時。這是吴文英重遊種山不禁油然而生的感慨。但同他在蘇州靈巖懷古所作的《八聲甘州》不同，《八聲甘州》最後擺脱歷史而寄情於寥廓秋空，這首《高陽臺》末了則轉向了現實。「莫登臨，幾樹殘煙，西北高樓」，「長安正在天西北」，這兒的「西北」就是指中原故國。吴文英此詞借懷古而傷時悼世，對南北長期分裂而恢復之事終於無望深懷哀痛。過去常把吴文英看作是個不關心國事的唯美派詞人。從上面看到的一些詞來看，這種看法不免失之片面。

陶選：文種協助越王勾踐滅吴，有大功於國，但最後被勾踐害死。南宋小朝廷枉殺抗金有功之臣岳飛等正是這一歷史悲劇的重演。現實針對性分外醒目。

【考辨】

鄭氏手批：木客山去山陰二十七里。相傳吴王作宫室時，越使木工三千人入山伐木以獻。一年無所得。一夕，天生神木，長五十餘尋，使大夫種以獻於吴，於是越工歌《木客之吟》。《煙霞萬古樓集》有《木客吟》。夢窗當舉此典，見《吴越春秋》。文種羌無故實，所可入詞者惟「木客」一事，此夢窗善於隸事也。

孫按：南宋越帥汪綱重修種山西北飛翼樓，其目的在於「使登斯樓者，撫霸業之餘基，思卧薪之雄概，感憤激烈，以毋忘昔人復仇之義。庶幾乎鴟夷子之風尚有嗣餘響於千百世者」。夢窗再於此題材其中深寓忠臣孤憤，悲懷慷慨，是一首有顯化政治傾向的詞作。

此詞寫於紹興。集中《瑞龍吟·賦蓬萊閣》「露草啼清淚。酒香斷到，文丘廢隧」，曾寫及文種墓，時在淳祐五年（一二四五）史宅之幕中。此爲「重遊」之作，以夢窗紹興行跡考之，唯能寫於客榮邸之後，具體應在景定年間。此前，淳祐八年（一二四八）十一月，夢窗曾爲吴潛賦蓬萊閣燈屏。詳《絳都春·題蓬萊閣燈屏》【考辨】。景定元年，吴潛爲賈似道所陷，罷相，遠貶潮州，三年，被毒死於循州貶所。事見《歷代通鑑輯覽》卷九三「吴潛罷」條：「初，賈似道在漢陽，以潛移之黄州爲欲殺已，銜之。至是，帝欲立忠王禥爲太子，潛密奏云：『臣無彌遠之才，忠王無陛下之福。』帝遂積怒潛，似道因陳建儲之策。令侍御史沈炎劾潛且云：『忠王之立，人心所屬。潛獨不然，奸謀叵測，請速召賈似道，正位鼎軸。』帝從之，遂罷潛，奉祠。」吴潛忠亮，功在史册人心。《宋史》論曰：「理宗在位長久，命相實多，其人若吴潛之忠亮剛直，財數人焉。潛論事雖近於訐，度宗之立，謀議及之。潛以正對，人臣懷顧望爲子孫地者，能爲斯言哉。」理宗於景定元年（一二六〇）四月罷免吴潛，六月立度宗爲皇太子。又據《宋季三朝政要》卷三，景定三年（一二六二），吴潛被毒死：「（賈似道）疑移司出潛意，故深憾之。遣武人劉宗申爲循守，以毒潛。潛鑿井卧榻下，自作《井銘》，毒無從入。一日宗申開宴，以私忌辭；再開宴，又辭。不數日，移庖，不得辭。遂得疾，以五月卒於循州。似道遣宗申毒潛，潛死，即歸罪於宗申，貶死以塞外議。」夢窗所客榮邸主人是嗣榮王趙與芮，嗣榮王爲理宗母弟，度宗生父。夢窗即便能明辨忠奸，亦不能身在榮邸而言趙氏家事，並且也未必能知毒死吴潛的内幕，故僅能於懷古詞中悲憫國事日蹙，爲千古忠臣痛瀉其憤。或者正是因爲對吴潛貶謫荒蠻並暴卒，中心藏之，不能忘之也。若是考不誤，此詞寫於景定三年深秋再登種山時。

## 倦尋芳　林鍾羽㊀

花翁遇舊歡吴門老妓李憐，邀分韻同賦此詞㊁〔一〕

墜瓶恨井〔二〕，分鏡迷樓㊂〔三〕，空閉孤燕㊃〔四〕。寄别崔徽，清瘦畫圖春面〔五〕。不約舟移楊柳繫〔六〕，有緣人映桃花見〔七〕。叙分攜，悔香瘢漫爇㊄〔八〕，緑鬟輕剪〔九〕。聽細語、琵琶寫怨㊅〔一〇〕。客鬢蒼華〔一一〕，衫袖濕徧〔一二〕。漸老芙蓉，猶自帶霜宜看㊆〔一三〕。一縷情深朱户掩，兩痕愁起青山遠〔一四〕。被西風，又驚吹、夢雲分散〔一五〕。

【校　議】

㊀底本眉批：「俗呼高平，又呼南吕。」

㊁明張本詞題作「花翁遇舊歡」。《歷代詩餘》作「吴妓李憐憐」。戈選無「吴門」、「此詞」四字。

㊂分鏡：《古今詞統》、毛本、《詞綜》、《歷代詩餘》、戈選、杜本、王朱本、朱二校本、四明本作「塵鏡」。

㊃空閉孤燕：《古今詞統》、毛本、《歷代詩餘》作「空閑孤燕」。《詞律》：「查夢窗三首，篇篇用字精當無疵，俱與此相合。只一首於第三句作『空閑孤燕』。『閑』字當是『閉』字之訛。蓋此句即與後第三句同，其後云『衫袖濕徧』。『袖』字既用去聲，則知其『閑』字必無用平之理。夢窗非率筆者流，其爲誤刻無疑。況上句『塵鏡迷樓』則是用燕子樓事，尤可信爲『閉』字。《詞統》亦照舊刻録之，未及深辨。」杜本從戈選改。王朱本從《詞綜》改。餘本從之。鄭校：「以形近訛。」

㊄悔香瘢：明張本無「悔」字。諸本從毛本。

㊅寫怨：諸本皆作「幽怨」。明張本作「寫怨」。自注曰：「『寫』，當作『幽』讀。」

㊆帶霜宜看：《詞旨》作「帶霜看」。《古今詞統》、毛本、王朱本、朱二校本作「帶霜□看」。《詞綜》、戈選、杜本作「帶霜重看」。《歷代詩餘》作「帶霜堪看」。

【注　釋】

〔一〕花翁：孫惟信。

〔二〕墜瓶恨井：語出白居易詩，文人常作爲理想愛情難以實現的典故。

〔三〕分鏡：用徐德言與樂昌公主分鏡事。　迷樓：典出韓偓《迷樓記》，隋煬帝在揚州造迷樓，樓閣高下，軒窗掩映，「工巧之極，自古無有也。費用金玉，帑庫爲之一虚。人誤入者，雖終日不能出。帝幸之，大喜，顧左右曰：『使真仙遊其中，亦當自迷也，可目之曰「迷樓」。』」此泛指結構精巧的樓臺。

〔四〕空閉孤燕：用燕子樓關盼盼典。以守節歌妓代指李憐。

〔五〕寄別二句：用歌妓崔徽與裴敬中相戀，二人分別後崔嶶以畫像相寄、並爲之消瘦的典故。春面，春風面的省稱。化用杜甫《懷古跡五首》（之二）中「畫圖省識春風面」之句。與崔徽畫像合用，寫李氏曾寄情並爲瘦損。

〔六〕舟移：白居易《琵琶引》：「移船相近邀相見，添酒回燈重開宴。」

〔七〕人映桃花：崔護《題都城南莊》：「去年今日此門中，人面桃花相映紅。」以上二句謂花翁與李憐因有情緣，故在楊柳桃花時節不期然兩舟巧遇。

〔八〕香瘢漫爇：爇臂成瘢，以示不忘。一説「香瘢」即守宫朱。詳見《滿江紅・甲辰歲盤門外寓居過重午》注〔一一〕。

〔九〕緑鬢輕剪：柳永《尾犯》：「記得當時，剪香雲爲約。」並暗用楊貴妃截髮誓心典，詳見《風流子・芍藥》注〔二〇〕。以上三句爲「悔分攜，漫叙爇香瘢，輕剪緑鬢」之倒文，謂二人當時曾有愛情盟約，但因分離而成空誓。

〔一〇〕聽細語二句：杜甫《詠懷古跡五首》（之二）：「千載琵琶作胡語，分明怨恨曲中論。」李頎《古從軍行》：「行人刁斗風沙暗，公主琵琶幽怨多。」晁補之《漫成呈文潛五首》：「莫倚琵琶解寫怨，朱簾垂下阿誰聞。」因李氏名「憐」，暗用馮淑妃小憐琵琶事。李賀《馮小憐》：「灣頭見小憐，請上琵琶弦。」

〔一一〕客鬢蒼華：庾信《和何儀同講竟述懷》：「別有平陵徑，蕭條客鬢衰。」

〔一二〕衫袖濕遍：化用白居易《琵琶引》詩意：「座中泣下誰最多，江州司馬青衫濕。」庾信《春賦》：「鏤薄窄衫袖，穿珠帖領巾。」以上四句寫花翁與老妓李憐共有天涯淪落之悲。

〔一三〕漸老二句：化用蘇軾《和陳述古拒霜花》詩意：「喚作拒霜知未稱，細思卻是最宜霜。」芙蓉，此指木芙蓉，又稱拒霜花。庾信《奉和賜曹美人詩》：「訝許能含笑，芙蓉宜熟看。」李白殘句：「芙蓉秋霜老。」

〔一四〕一縷二句：周邦彦《拜星月慢》：「怎奈向、一縷相思，隔溪山不斷。」青山遠，用遠山黛典。

〔一五〕被西風三句：用巫山雲雨典。意同周邦彦《玲瓏四犯》：「又片時一陣，風雨惡，吹分散。」

【集　評】

陸輔之《詞旨·警句》：不約舟移楊柳繫，有緣人映桃花見。漸老芙蓉，猶自帶霜重看。

卓人月、徐士俊《古今詞統》卷一二：白香山情事。

陳廷焯《雲韶集》卷八：（墜瓶恨井）字字淒斷，妙極深婉。欲歌欲泣。結更嗚咽芊綿。

陳洵《海綃説詞》：起從題前盤旋，結從題後摇曳。中間叙遇舊，真是俯仰陳跡。

劉永濟《微睇室説詞》：按，陳説全首結構是也。起三句皆别時事，在重遇之前，故爲題前。「墜瓶」用白居易《井底引銀瓶》詩「瓶沉簪折知奈何，似妾今朝與君别」詩。瓶墜於井，不再可得，故曰

「恨」。「分鏡」用陳太子舍人徐德言尚樂昌公主，國破後與妻臨别，破一鏡各執其半，以期他日相合。見《古今詩話》。鏡一被分，不復可合，故曰「迷」。「空閉」句從上「樓」字來。蘇軾《永遇樂》登燕子樓詞，有「燕子樓空，佳人何在，空鎖樓中燕」之句，以見樓空人去也。三句中用三事形容與妓别，故陳氏曰「盤旋」。「寄别」上句言别後事。元稹《崔徽歌》序略稱：徽，河中府娼也。與裴敬中相從累月，後裴還朝，崔思之甚苦，乃托人圖其形寄裴。又杜甫有「畫圖省識春風面」句，此並用之。「不約」二句，上言不期而遇，下言再見有緣。「桃花」又暗用崔護「人面桃花相映紅」詩句。「叙分攜」三句追叙當日分别時之情事。「悔香瘢」二句言今既重逢，則當日兩情難舍，至爇香、剪鬟示信爲過分，故曰「悔」。臂成瘢與剪鬟等習，蓋古時男女離别有此風，所以示不忘，表信念也。换頭「聽細語」，老妓訴情也。「客鬢」二句，乃花翁感舊也。上用「琵琶」，下用「衫袖濕遍」，皆暗用白居易《琵琶行》詩句。「漸老」二句言老妓雖老而色猶未衰，但措詞殊巧妙，蓋以「帶霜」、「芙蓉」爲比，故不覺老妓之難堪。「一縷」二句又寫老妓愁情，蓋才逢又别也。從「漸老芙蓉」以下，將重逢之情事，已寫盡寫透，然後以「被西風，又驚吹、夢雲分散」，寫又别之事，乃題之後路，故陳氏曰「題後摇曳」。「夢雲」暗用宋玉《神女賦》。賦中寫神女靈蹤無定，故有朝雲暮雨等詞，久爲詩詞家用來比擬男女離合關係。夢窗詞中亦屢見不鮮，曰「楚夢」，曰「夢雲」，皆是。

鍾振振《讀夢窗詞札記》駁劉説（「悔香瘢」三句）：當時分别時兩情難舍，爇香瘢、剪緑鬟之各種表示，而今重逢，試一回顧，何等温馨，何等纏綿？人同此心，心同此理，凡天下之有情人，終不至「悔」及此也。故「悔香瘢漫爇，緑鬢輕剪」九字，只當作「悔離别」三字看。

【考辨】

葉申薌《本事詞》卷下：孫花翁在吴門遇舊歡老妓，邀夢窗爲賦《倦尋芳》云。

朱箋集中《洞仙歌》曰：劉克莊《孫花翁墓志》：季蕃貫開封，少受祖澤，調監當，不樂，棄去，始昏於婺。後去婺游，留蘇杭最久，其倚聲度曲，公瑾之妙。《直齋書録解題》：《花庵集》一卷，開封孫惟信季蕃撰。在江湖中頗有標緻。多見前輩，多聞舊事，善雅談，長短句尤工。

又，朱二校引《西湖遊覽志》箋曰：季蕃仕宋光宗時，棄官隱西湖，好藝花卉，自號花翁，家徒壁立，無旦夕之儲，彈琴讀書宴如也。

田考：孫惟信（一一七九至一二四三），字季藩，號花翁，開封人，棄官不仕，流寓江南。先在婺州（今浙江金華），後於蘇、杭。淳祐三年（一二四三）卒於杭州。

吴熊和《唐宋詞彙評·編年》：孫惟信卒於淳祐三年（一二四三），見劉克莊《孫花翁墓志銘》。詞當作於淳祐三年前。《唐宋詞彙評·考證》：花翁，孫惟信。其《倦尋芳》詞已佚。

孫按：劉克莊《孫花翁墓志銘》略曰：「季蕃客死錢塘，妻子弟兄皆前卒，故人立齋。杜公節齋、趙公與江湖士友葬之於西湖北山水仙王廟之側。……季蕃孫氏，名惟信，季蕃，字也。貫開封。曾祖升，祖可。父頵，皆武爵。季蕃少受祖澤，調監當，不樂，棄去。始昏於婺，後去婺游四方，而留蘇杭最久。其言：以家爲縶縲，以貨爲贅疣，一身之外無它人，一榻之外無長物。居下竺廨院，躬爨而食，書無乞米之帖，集無逐貧之賦。終其身如此。自號花翁，名重江浙，公卿聞孫花翁至，爭倒屣。所談非山水風月，一不掛口。長身緼袍，意度疎曠，見者疑爲俠客異人。其倚聲度曲，公瑾之妙。散髮橫笛，野王之逸。奮袖起舞，越石之壯也。尤重義氣。嘗客孟常甫、方孚若家。孟死，猶拳拳其子孫，孚若葬，徒步赴義。其卒以淳祐三年九月壬寅，年六十五。葬以其年臘月乙卯。」

仇遠《拜孫花翁墓下》：「水仙分地葬詩人，一片荒山野火焚。薦菊有亭今作圃，掃松無子漫留墳。蝸牛負殼粘碑石，老鶴攜雛入隴雲。欲把管弦歌楚些，卻慚度曲不如君。」

## 又㊀ 上元

海霞倒影〔一〕，空霧飛香〔二〕，天市催晚㊁〔三〕。暮靨宮梅〔四〕，相對畫樓簾捲〔五〕。羅襪輕塵花笑語〔六〕，寶釵爭豔春心眼㊂〔七〕。亂簫聲〔八〕，正風柔柳弱，舞肩交燕〔九〕。念窈窕〔一〇〕、東鄰深巷㊃〔一一〕，燈外歌沈，月上花淺〔一二〕。夢雨離雲㊄〔一三〕，點點漏壺清怨〔一四〕。珠絡香消空念往㊅，紗窗人老羞相見〔一五〕。漸銅華㊆，閉春陰、曉寒人倦〔一六〕。

【校　議】

㊀戈選杜批：「此調以此詞爲正格，三首相同，宋詞亦均如是，各去聲字皆宜從之。」

㊁天市：《歷代詩餘》作「夭市」。

㊂爭豔：《詞綜》作「爭掩」。

㊃楊箋：「此調換頭句有叶有不叶，此闋不叶，與上闋異。」

㊄夢雨：《詞綜》作「驚夢」。

㊅念往：明張本、毛本、《歷代詩餘》作「念住」。《詞綜》、戈選改，餘本從之。鄭校：「以形近訛。」王校謂據《歷代詩餘》改，恐誤記。

㊆銅華：諸本皆作「銅壺」。然各家皆以爲非。朱校曰：「按『壺』字，與上『漏壺』複，疑『華』誤。」鄭氏手批：「『壺』字當爲『華』之誤。以上句説有『漏壺』，此不應當重出。且下『閉春陰』，其非漏壺可知。銅華謂日也，集中恒見。」夏敬觀評語：「漏壺、銅壺，復。」楊箋：「『銅華閉』，即掩鏡

意，『人倦』，即懶妝意，方與上片針對，應從朱校。」兹從之。

【注釋】

〔一〕海霞倒影：宋人往往以海上鼇山喻燈市，並多以絳花喻燈，因有「海霞」之喻。與下文「畫樓簾捲」、「亂簫聲」皆寫當年京城燈節的熱鬧繁華。

〔二〕空霧飛香：周邦彦《解語花·上元》：「簫鼓喧，人影參差，滿路飄香麝。」

〔三〕天市：本爲星名。《史記·天官書》：「東北曲十二星曰旗。旗中四星曰天市。」引申有京城天街市場之意。此特指天街花市。歐陽修《生查子》：「去年元夜時，花市燈如晝。」李邴《女冠子》：「帝城三五。燈光花市盈路。天街遊處。」

〔四〕暮靨宫梅：喻傍晚時梅花如笑靨。梅花冬春之間開放。正月十五正是梅花盛時。

〔五〕畫樓簾捲：寫元夜時序風物之盛，人家宴樂之同。詳見《祝英臺近·上元》注〔五〕。

〔六〕羅襪輕塵：寫婦女燈夜之遊。花笑語：辛棄疾《青玉案》：「蛾兒雪柳黄金縷，笑語盈盈暗香去。」

〔七〕寶釵爭豔：意頗同李清照《永遇樂》：「鋪翠冠兒，撚金雪柳，簇帶爭濟楚。」《武林舊事》卷二「元夕」條：「終夕天街鼓吹不絶。都民士女，羅綺如雲，蓋無夕不然也。」春心眼：「亂」字意亦入此句，形容元夕醉遊之心眼繚亂。詳見《應天長・吴門元夕》注〔十三〕。

〔八〕亂簫聲：描寫此夜樂聲如沸。

〔九〕正風柔二句：下闋「珠絡香消」意屬此。姜夔《觀燈口號十首》（之六）：「珠絡琉璃到地垂，鳳頭銜帶玉交枝。」風柔柳弱，指雪柳等頭飾。舞肩交燕，釵頭彩燕花勝低垂，如在肩上交相起舞。宋代也有上元戴花勝的風俗。

〔一〇〕窈窕：此指幽深貌。「深巷」意入此句。《夢粱録》卷一：「又有深坊小巷，繡額珠簾，巧製新裝，競誇華麗。公子王孫，五陵年少，更以紗籠喝道，將帶佳人美女，遍地游賞。」

〔一一〕東鄰：鄰家美女。宋玉《登徒子好色賦序》：「天下之佳人莫若楚國，楚國之麗者莫若臣里，臣里之美者莫若臣東家之子。東家之子，增之一分則太長，減之一分則太短，著粉則太白，施朱則太赤。眉如翠羽，肌如白雪，腰如束素，齒如含貝。嫣然一笑，惑陽城，迷下蔡。」司馬相如《美人賦》：「臣之東鄰有一女子，雲髮豐豔，蛾眉皓齒，顏盛色茂，景曜光起。恒翹翹而西顧，欲留臣而共止；登垣而望臣三年於兹矣。」此美稱元夕遊女。

〔一二〕月上花淺：沈警《既暮宿傳舍憑軒望月作鳳將鶵含嬌曲》：「徘徊花上月，空度可憐宵。」張先《宴春臺慢・東都春日李閣使席上》：「蓬萊猶有花上月，清影徘徊。」

〔一三〕夢雨離云：用巫山雲雨典。錢起《山下別杜少府》：「離雲愁出岫，去水咽分溪。」

〔一四〕點點句：謂更點。詳見《垂絲釣近・雲麓先生以畫舫載洛花宴客》注〔三〕。吴思玄《閨怨詩》：「淚隨明月下，愁逐漏聲長。」清怨，錢起《歸雁詩》：「二十五弦彈夜月，不勝清怨卻飛來。」滴漏如瑟聲，故有此比擬。

〔一五〕紗窗句：語出元稹《會真記》：「不爲旁人羞不見，爲郎憔悴卻羞郎。」意頗同李清照《永遇樂》：「如今憔悴，風鬟霜鬢，怕見夜間出去。不如向、簾兒底下，聽人笑語。」

〔一六〕漸銅華三句：此與集中元夕詞《探芳信》「繡簾人、怕惹飛梅翳鏡」同意。上闋「暮靨宮梅」意直貫於此。謂梅花飄落，佳人掩鏡。

**【集評】**

孫麟趾《詞逕》：蔗鄉云：無才固不可作詞，然逞才作詞，詞亦不佳。須斂才煉意，而以句調運之。如夢窗《倦尋芳》：「珠絡香消空念往，紗窗人老羞相見。」令人讀去，忘其爲對乃妙。

夏敬觀評語：「輕塵」對「爭豔」，「輕」字欠。

楊箋：（「羅襪」二句）彊師曰，此是律句，下三字宜實。（「夢雨」二句）夢，指歡聚時。離，指分散時。以兩層意括在一句中。吳詞深處在此，難解亦在此。（「珠絡」二句）昔有問詩與詞之分於詞家者，答曰：「珠絡香消空念往，紗窗人老羞相見。」此不得謂之詩也。

**【考辨】**

楊箋：此亦憶姬之作。

孫按：觀「天市」、「宫梅」數語，知此詞寫於杭州。詞中多用李清照《永遇樂》句意，似與《點絳脣·試燈夜初晴》、《訴衷情》（陰陰緑潤暗啼鴉）諸詞同一興亡之感慨。

## 又

餞周糾定夫㊀〔一〕

暮帆掛雨〔二〕，冰岸飛梅〔三〕，春思零亂〔四〕。送客將歸〔五〕，偏是故宫離苑〔六〕。醉酒曾同涼月舞〔七〕，尋芳還隔紅塵面㊁〔八〕。去難留，悵芙蓉路窄，緑楊天遠〔九〕。便繫馬、鶯邊清曉〔一〇〕，煙草晴花〔一一〕，沙潤香軟〔一二〕。爛錦年華〔一三〕，誰念故人游倦〔一四〕。寒食相思堤上路，行雲應在孤山畔〔一五〕。寄新吟，莫空回㊂、五湖春雁〔一六〕。

【校　議】

㊀周糾定夫：楊箋：「如此標題，是名糾而字定夫矣。但全集之例，無兼舉人名字者，且『糾』、『定』二字，意不相關，疑『糾』下脱『曹』字。糾曹，稱其官；定夫，稱其字，如《瑞鶴仙·餞郎糾曹之嚴

陵》之類。但彼未舉其字耳。」俞明、朱德慈《新校夢窗詞札記》引張如安按語曰：「此題中『糾』字確非人名，而應解爲糾曹、糾掾或郡糾。楊鐵夫疑『糾』下脱『曹』字，説不可從。如《全宋詩》……李昴英有《用人韻送梅糾梁現》，即與夢窗『周糾定夫』的用法完全一致。」並再舉數例後斷定「夢窗此詞的標題原來如此，並無脱字」。《歷代詩餘》作「餞周定夫」。

㈡還隔：楊箋謂「還」讀若「旋」。

㈢寄新吟二句：夏敬觀評語：「『寄新吟』，依上二詞應作三字豆，於第六字再作豆，或屬上或屬下，無一定。萬紅友於兩豆皆作句，乃執泥，不可以概括他詞。」

【注釋】

〔一〕周定夫：夢窗友人。生平不詳。　糾：糾曹（又稱糾司、或糾司掾）的簡稱。職掌參見《瑞鶴仙·餞郎糾曹之嚴陵》注〔一〕。

〔二〕掛雨：柳永《竹馬子》：「對雌霓掛雨，雄風拂檻，微收煩暑。」

〔三〕冰岸飛梅：用杜甫《發潭州》中「岸花飛送客」句意。元稹《賦得春雪映早梅》：「飛舞先春雪，因依上早梅。」鄭谷《梅》：「離人南去腸應斷，片片隨鞭過楚橋。」

〔四〕春思零亂：鮑照《采菱歌七首》（之三）：「愁心不可蕩，春思亂如麻。」

〔五〕送客將歸：用宋玉《九辯》「憭慄兮若在遠行，登山臨水兮送將歸」句意。

〔六〕故宫離苑：代指蘇州。

〔七〕醉酒句：翻用李白《月下獨酌四首》（之一）：「花間一壺酒，獨酌無相親。舉杯邀明月，對影成三人。月既不解飲，影徒隨我身。」

〔八〕尋芳句：以上二句謂周定夫在蘇州時，與自己心氣相通，並因都有世無知音的共同命運而惺惺相惜，且曾共舞明月。然而今年探花時，兩人卻在杭在蘇，已然紅塵阻隔。

〔九〕悵芙蓉二句：白居易《楊柳枝》：「若解多情尋小小，緑楊深處是蘇家。」夢窗《賀新郎·湖上有所贈》中有「湖上芙蓉早。向北山、煙深霧冷，更看花好。流水茫茫城下夢，空指游仙路杳」及「垂楊枝裊」，以仙境代指京城杭州西湖。可知此亦用芙蓉城傳説。「路窄」、「天遠」云云，謂不能與周定夫共往也。

〔一〇〕便繫馬二句：繫馬鶯邊，詳見《水龍吟·壽尹梅津》注〔一五〕中黄庭堅詩。便，猶言「便不」。《匯釋》：「猶豈也。文同《可笑》詩：『若無書畫兼圖書，便不教人白髮生。』便不，豈不也。意言倘無書畫消遣，豈不使人易老也。」

〔一一〕晴花：李益《宫怨》：「露濕晴花宫殿香，月明歌吹在昭陽。」李建勳《尊前》：「雨催草色還依舊，晴放花枝始自由。」

〔一二〕沙潤香軟：合用天街小雨潤如酥、以及軟紅塵等意象，設想周定夫至京城後春日初晴的美景。以上四句並合用白居易《錢唐湖春行》詩意：「亂花漸欲迷人眼，淺草才能没馬蹄。最愛湖東行不足，緑楊陰裏白沙堤。」

〔一三〕爛錦：寫周妻獨處之怨。語出《詩・唐風・葛生》：「角枕粲兮，錦衾爛兮。」《傳》曰：「齊則角枕錦衾。《禮》：夫不在，斂枕篋衾席，韣而藏之。」孔穎達疏：「《正義》曰：婦人夫既不在，獨齊而行祭。當齊之時，出夫之衾枕，覩物思夫。言此角枕粲然而鮮明兮，錦衾爛然而色美兮，雖有枕衾，無人服用，故怨言。」

〔一四〕遊倦：猶言「倦遊」。

〔一五〕寒食二句：化用馮延巳《蝶戀花》詞意：「幾日行雲何處去，忘了歸來，不道春將暮。百草千花寒食路，香車繫在誰家樹。」周定夫初春在吴，仲春已達杭州，暮春寒食，正爲盡情行樂時，蘇堤、白堤、孤山皆其行樂之處。

〔一六〕寄新吟三句：齊己《酬章水知己》：「新吟忽有寄，千里到荆門。」殷勤叮囑周定夫寄來遊賞西湖的新作，别讓回到蘇州太湖的春雁空回而未有傳書。楊箋：「夢窗仍在吴，吴臨太湖，即『五湖』，故曰『莫空回、五湖春雁』。」

## 【集評】

陳廷焯《雲韶集》卷八：讀夢窗詞須息心靜氣，方知其煉字煉句、用意用筆之妙，世人譏其太晦者，正粗心浮氣不善讀夢窗詞耳。

又，《大雅集》卷三：夢窗詞，能於超逸中見沈鬱，不及碧山、梅溪之厚，而才氣較勝。皋文以夢窗與耆卿、山谷、改之輩同列，一偏之見，非公論也。（「寒食」二句）神味宛然，自然流出，有行雲流水之樂，詞境到此真非易易。

**【考辨】**此詞寫於蘇州。詞入黄昇《中興以來絶妙詞選》，作於淳祐九年（一二四九）之前。

## 三姝媚㊀　夷則商㊁

吹笙池上道〔一〕。爲王孫重來，旋生芳草㊂〔二〕。水石清寒〔三〕，過半春猶自，燕沈鶯悄〔四〕。穉柳闌干〔五〕，晴蕩漾〔六〕、禁煙殘照〔七〕。往事依然，爭忍重聽，怨紅淒調〔八〕。曲榭方亭初掃〔九〕。印蘚跡雙鴛，記穿林窈〔一〇〕。頓隔年華〔一一〕，似夢回花上，露晞平曉〔一二〕。恨逐孤鴻〔一三〕，客又去、清明還到〔一四〕。便鞚牆頭歸騎，青梅已老㊃〔一五〕。

【校　議】

㊀ 明張本目録中三首詞調皆作《三株媚》。明張本、毛本、杜本、王朱本詞題作「詠春情」。戈校本詞題作「春情」。朱二校本等删。

㊁ 底本眉批：「俗呼林鐘商。」

㊂ 旋生：鄭氏手批：「『旋』字去聲，唐宋人詩詞多不作平。」

㊃ 已老：戈選、杜本作「漸老」。

【注　釋】

〔一〕吹笙：用《列仙傳》王子喬吹笙作鳳凰鳴並重遊緱氏山典。

〔二〕爲王孫二句：《楚辭・淮南小山〈招隱士〉》：「王孫游兮不歸，春草生兮萋萋。」「王孫兮歸來，山中兮不可以久留。」王夫之通釋：「王孫，隱士也。秦漢以上，士皆王侯之裔，故稱王孫。」王維《送别》：「春草明年緑，王孫歸不歸。」

〔三〕水石清寒：歐陽修《醉翁亭記》：「風霜高潔，水清而石出者，山間之四時也。」范成大《復水月洞銘》：「水清石寒，圓魄在上。」

〔四〕過半春二句：時在春分前後。元稹《春分投簡陽明洞天作》：「中分春一半，今日半春徂。」春分仍無鳥語，則花香被嚴寒所勒也。

〔五〕穉柳闌干：吴融《個人三十韻》：「映柳闌干小，侵波略彴横。」周邦彦《西平樂》：「穉柳蘇晴，故溪渴雨，川迥未覺春賒。」

〔六〕晴蕩漾：寫春天晴日之遊絲。晁説之《張平叔家絲糕》：「君家絲糕何處絲，三月晴天蕩漾時。」諧音「情絲」。

〔七〕禁煙：寫寒食節。

〔八〕怨紅：顧夐《酒泉子》：「黛怨紅羞，掩映畫堂春欲暮。殘花微雨隔青樓，思悠悠。」淒調：羊士諤《乾元初嚴黄門自京兆少尹貶秩牧巴郡……》：「横吹多淒調，安歌送好音。」 以上三句謂景事相同，但物是人非，故不忍聽同時歌舞者的淒涼之聲。

〔九〕方亭：楊怡《成都運司園亭十首・小亭》：「方亭惟四柱，對峙花竹間。」

〔一〇〕印蘚二句：與上句可與集中《風入松》參看：「西園日日掃林亭。依舊賞新晴。……惆悵雙鴛不到，幽階一夜苔生。」蘚跡，張正見《白頭吟》：「春苔封履跡，秋葉奪妝紅。」林窈，王質《初聲》：「青林窈冥卧輾轉，緑樹蓊鬱飛逍遥。」 楊箋以上三句：「『記』字，妙置在末句。」

〔一一〕頓隔：《周禮・冬官・考工記》：「貉踰汶則死。」鄭玄注曰：「豈狐狢塹遊，生死頓隔乎？」

〔一二〕似夢回二句：楊箋：「『花上露』，本三字相連，看他如此分兩句安頓，可悟造句法。」張九成《擬古》：「人命極危脆，不殊花上露。」露晞平曉，《薤露歌》：「薤上朝露何易晞，露晞明朝更復落。人死一去何時歸。」

〔一三〕恨逐孤鴻：杜牧《題安州浮雲寺樓寄湖州張郎中》：「恨如春草多，事與孤鴻去。」周邦彦《瑞龍吟》：「事與孤鴻去。探春儘是，傷離意緒。」

〔一四〕客又去二句：姜夔《春日書懷四首》（之二）：「人家插垂柳，客裏又清明。」謂自己離開不久，當年歡聚的「清明」時節即至，但因又將行役，所以没有觸景撫跡的機會。

〔一五〕便鞚二句：白居易《井底引銀瓶》：「妾弄青梅憑短牆，君騎白馬傍垂楊。牆頭馬上遥相顧，一見知君即斷腸。」青梅初結時在清明，青梅已老則是四五月之間的梅欲黄落時。

【集　評】

俞陛雲《唐五代兩宋詞選釋》：上闋叙明重來懷舊。轉頭處接寫所懷之人。「年華」三句感流光容易，語殊俊逸。「孤鴻」二句申明重來之意。結句申明年華易逝之意，而風致倜儻，是其制勝處。

陳洵《海綃説詞》：「池上道」，湖上故居；「吹笙」，仙侣；「王孫重來」，客游初歸；則别非一日矣。「旋生芳草」，倒鉤。「燕沈鶯悄」，杳無消息。「禁煙殘照」，時節關心，兩層聯下，爲「往事」二字追逼。「怨紅淒調」，再跌進一步作歇。態濃意遠，顧望懷愁。「方亭」，即西園之林亭，「雙鴛」，即惆悵不到之雙鴛。彼猶有望，此但記憶。「記」字倒鉤，「頓來年華」，起步；「似夢回花上，露晞平曉」，復留步，真有回眸一笑之態。「客」即孤鴻，可與放客、送客之「客」字參看，言在此而意在彼也。……所謂「頓來年華」，「青梅已老」，比怨紅更悲，卻是眼前景物。

**【考辨】**

陳洵《海綃説詞》：「又」字「還」字最幻，蓋其人之去，已兩清明矣。

楊箋：此亦憶姬之作。觀「過半春」三字，知此詞爲姬去後第一個春天作。（「便鞚」二句）歸騎，指姬。上言春已過半，即令其歸已入夏了，況歸無期日乎？

鍾振振《讀夢窗詞札記》：詞中實無以見所思之人之去已兩清明也。末句「青梅已老」，雖係「景物」，卻不在「眼前」。青梅之老，依節令當在農曆四五月間。……夢窗作此詞時，方屆暮春三月「清明還到」之際，「青梅」安得「已老」？説此四字，實不可忽略其上「便鞚牆頭歸騎」一句。「便」者，假設之辭，猶今言「即便」。二句合詮，正與辛棄疾《滿江紅·暮春》詞所謂「便恁歸來能幾許，風流已自非疇昔」同義，自歎此去即便不久，歸來時恐或「青梅已老」矣。

孫按：此詞寫於「過半春」之仲春時節。另，厦門大學周癸叔以此詞爲杭妾作。以集中情詞考之，此仍爲懷蘇州營妓系列詞。此時蘇妓離吴，夢窗過其舊地而懷之。

## 又

過都城舊居有感㊀

湖山經醉慣㊁〔一〕。漬春衫、啼痕酒痕無限〔二〕。久客長安㊂〔三〕，歎斷襟零袂㊃，涴塵誰浣㊄〔四〕。紫曲門荒〔五〕，沿敗井、風摇青蔓〔六〕。對語東鄰，猶是曾巢，謝堂雙燕〔七〕。

春夢人間須斷。但怪得㊅、當時夢緣能短㊆〔八〕。繡屋秦箏〔九〕，傍海棠偏愛，夜深開宴㊇〔一〇〕。舞歇歌沈〔一一〕，花未減、紅顔先變〔一二〕。竚久河橋欲去㊈，斜陽淚滿〔一三〕。

【校　議】

㊀《陽春白雪》、戈校本詞題作「過都城舊居」。

㊁經醉：毛本作「徑醉」。鄭校：「以形近訛。」

㊂久客：諸本皆作「又客」。茲從《絶妙好詞》、毛扆本。

㊃斷襟：明張本作「斷袂」。毛本、《歷代詩餘》、戈校本、戈選、杜本、王朱本作「斷衿」。餘本從《絶妙好詞》。

㊄涴塵：毛本、《歷代詩餘》、戈校本、戈選、杜本、鄭校作「汙塵」。鄭校以爲「涴」字「以形近訛」。楊箋：「《説文》有『汙』字，無『涴』字。雷浚《説文外編》：涴，泥著物也。鮑照詩『塵衣孰揮澣』。『澣』同『涴』。」孫按：澣，應同「浣」。

㊅怪得：明張本、毛本、戈校本作「惟得」。鄭校：「以形近訛。」

㊆當時：諸本皆作「當年」。茲從《陽春白雪》、《絶妙好詞》。

㊇夜深：明張本作「夜涉」。毛本作「夜淺」。鄭氏手批：「『夜深』，毛刻作『夜淺』，此處雙用字互訛之例，如『車』、『馬』字，《荔支香近》上結是也。」諸本從《絶妙好詞》。

㊈欲去：柯南陔本《絶妙好詞》作「欲向」。

【注釋】

〔一〕經醉：常醉。曹勳《和張直講》：「向來羽氣端如故，經醉猶能間一中。」

〔二〕漬春衫二句：此寫少年杭京袁韶幕中的遊冶生活。蘇軾《青玉案·和賀方回韻送伯固歸吴中故居》：「春衫猶是，小蠻針線。曾濕西湖雨。」鄭谷《寂寞》：「春愁不破還成醉，衣上淚痕和酒痕。」岑參《奉送賈侍御使江外》：「荆南渭北難相見，莫惜衫襟著酒痕。」

〔三〕久客長安：化用蘇軾《沁園春》詞意：「當時共客長安。似二陸、初來俱少年。」

〔四〕歎斷襟二句：鮑照《陽岐守風詩》：「塵衣孰揮澣，蓬思亂光髮。」杜牧《偶題二首》（之二）：「勞勞千里身，襟袂滿行塵。」斷襟，李賀《長歌續短歌》：「長歌破衣襟，短歌斷白髮。」零袂，江淹《謝法曹惠連贈别》：「芳塵未歇席，零淚猶在袂。」

〔五〕紫曲：代指京城繁華大道。詳見《風流子·前題》注〔二〕。

〔六〕沿敗井二句：與上句中的「門荒」化用何遜《行經范僕射故宅詩》：「旅葵應蔓井，荒藤已上扉。」劉禹錫《再游玄都觀序》：「重游玄都觀，蕩然無復一樹，唯兔葵燕麥動揺於春風耳。」

〔七〕對語三句：劉禹錫《金陵五題·烏衣巷》：「舊時王謝堂前燕，飛入尋常百姓家。」周邦彦《西河·金陵懷古》：「想依稀、王謝鄰里。燕子不知何世。向尋常、巷陌人家，相對如説興亡，斜陽裏。」

〔八〕春夢三句：盧延讓《哭李郢端公》：「詩侶酒徒銷散盡，一場春夢越州城。」《匯釋》：「須，猶雖也。『春夢人間須斷。但怪得、當年夢緣能短』，言春夢今雖已斷，但怪當時夢緣匆匆太短耳。」怪得，《匯釋》：「怪底，爲難怪意。怪得與怪來亦同。」能，《匯釋》：「甚辭，凡可作這樣或如許解而嫌其不得勁者屬此。……猶云夢緣何其短或太短也，與『怪得』字相應。」

〔九〕秦箏：此泛指樂器。

〔一〇〕傍海棠二句：陸游《漢宫春》：「燕宫海棠夜宴，花覆金船。」海棠花下宴賞爲雅舉。《佩文齋廣群芳譜》卷三五：「《叙州府志》：『長寧縣有海棠洞，昔郡人王氏環植海棠。每春花時，郡守宴寮友於其下。』《嘉定州志》：海棠山在州西，山多海棠，爲郡守宴賞之地。」此泛稱春花秋月時的遊賞。

〔一一〕舞歇歌沈：于武陵《過侯王故第》：「歌歇雲初散，簷空燕尚存。」

〔一二〕花未減二句：熔鑄杜甫《曲江》「一片花飛減卻春」之句。翻用以下詩意，隋文帝《宴秦孝王於并州作詩》：「紅顔詎幾，玉貌須臾。一朝花落，白髮難除。」劉希夷《白頭吟》：「此翁白頭真可憐，伊昔紅顔美少年。公子王孫芳樹下，清歌妙舞落花前。」

〔一三〕竚久二句：何遜《行經范僕射故宅詩》：「瀲灩故池水，蒼茫落日暉。遺愛終何極，行路獨沾衣。」朱慶餘《題王侯廢宅》：「榮華事歇多如此，立馬踟躕對日斜。」竚久，陸機《擬西北有高樓詩》：「不怨佇立久，但願歌者歡。」

## 【集　評】

周爾墉《批〈絶妙好詞〉》卷四：傷心哉此言。讀二「須」字、二「能」字，入破之音。

俞陛雲《唐五代兩宋詞選釋》：夢窗曾久客臨安，重過故居，感而賦此。「啼痕」、「酒痕」句，與「淚痕和酒、占了雙羅袖」詞意正同。酒與淚並，爲頻年悲歡交集之證，語殊惻愴。「長安」三句，素衣化緇，有少陵「憔悴京華」之概。「紫曲」句以下，重過舊居，如梁燕還巢，井廢蔓荒，寫一片蕭寥之狀。下闋言早知春夢難長，但夢何太促。以下「秦箏」、「夜宴」等語，乃追寫春夢方酣之事，今獨立斜陽，河橋花影依然，而朱顏老去，歷歷前塵，安得不感時濺淚耶！

陳洵《海綃説詞》：讀起句，可見啼痕酒痕、悲歡離合之跡；以下緣情佈景，憑弔興亡，蓋非僅興懷陳跡矣。「春夢」須斷，往來常理，「人間」二字，不可忽過，正見天上可哀，「夢緣能短」，治日少也；「秦箏」三句，回首承平；紅顔先變，盛時已過，則惟有斜陽之淚，送此湖山耳。此蓋覺翁晚年之作；讀草窗「與君共是，承平年少」，及玉田「獨憐水樓賦筆，有斜陽還怕登臨」，可與知此詞。

劉永濟《微睇室説詞》：此詞一起五字，便將昔遊提出。下句「啼痕」、「酒痕」，四字中包含無限悲歡離合情事。「又客」三句，言今來則滿面京塵，亦周美成所謂「塵埃憔悴」也。「紫曲」二句即正寫舊遊之地，一片荒涼景象。「曲」，坊曲也。鄭文焯校周美成《瑞龍吟》詞「坊陌人家」，認爲應作「坊曲」，謂「當時長安諸倡家謂之曲，其選入教坊者居處則曰坊」。然則「紫曲」乃遊樂之地，非夢窗居家之地。門荒井敗，其景象與後半「繡屋秦箏」、「夜深開宴」對照，以見昔盛今衰也。「對語東鄰」，蓋用劉禹錫《烏衣巷》詩「舊時王謝堂前燕」句意。「對語」者，燕也。楊鐵夫謂「指一般委質新朝人物」。而以「元起東北，故曰東鄰」，尤爲拘泥。換頭六字言「人間」樂事終須消歇，故曰「春夢人間須斷」。「但怪得」二句，承上句更推進一層説。「能」讀如「那」，言春夢固須斷，但怪夢緣那般短。下文便略記舊夢，所謂「繡屋秦箏，傍海棠偏愛，夜深開宴」是也。「舞歇歌沈」二句又進一層説，「紅顔」更比花「先變」。此所以「佇久河橋」，「欲去」而「斜陽淚滿」也。

**【考辨】**

鄭氏手批：「都城」謂臨安，故云「湖山」。（「春夢」三句）此吊臨安貴人之舊居，非自傷也，與白石毁舍後作有異（張如安《吴夢窗生平考證二題》按曰：「鄭氏此説極有見地，所謂『臨安貴人』，非袁韶莫以當之。」）。

陳洵《海綃説詞》：過舊居，思故國也。

楊箋：夢窗雖是四明人，然少鄉居，壯年入幕寓蘇州，後還杭州。吴履齋帥紹興，又入其幕。履齋入相卸任，夢窗又旅杭，蹤跡詳《事蹟考》。此云「過都城舊居」，必爲去燕舊巢，由此公憤、私情一齊棖觸，所以有「斜陽淚滿」之句歟？否則等是賃居，何至情深若此，又題言「有感」，非感舊居，實感都城杭京。衣冠所湊，京邸情形，甲去乙來，斷無閑曠。夢窗縱他適，奚至「井敗」、「門荒」？自非國步變遷，何至都市冷落？至此旅邸荒涼之象，即宗社邱虚之徵。疑此詞必作於宋亡以後，蓋黍離之什也。

劉永濟《微睇室説詞》：陳洵説：「過舊居，思故國也。」又曰：「憑弔興亡。」因此，楊鐵夫遂斷爲「作於宋亡以後，蓋黍離之什也」。今細讀此詞，確有感於昔盛今衰，但未必是國亡後作。考南宋當理、度二宗之時，外患日深，國力日弱，而賈似道一味蒙蔽，以敗爲捷，雖朝廷信之，有志之士固已有國亡無日之懼。夢窗素懷憂國之心，前録數詞可見，然而無權無位，徒托空言，其一種苦悶之況，不難想見。加以曾客貴盛之門，久預宴游之樂，今當暮年，遇此危亂，其傷感年歲，懷念舊遊，自非止一身之事，固無疑問。至文人抒情，術亦多門，有時即一小景物、小事件，而包藴甚廣。此詞題曰「過都城舊居有感」，蓋亦即小事而發興。舊來里曲，景象全非，此際都城，凋敝何如，故不必指實國亡，而亡國之懼，固已充滿字裏行間矣。此所以啟楊鐵夫之疑也。……因小見大，國事日非，兵禍連結，禦侮無人，危亡可念，俱在其中矣。但此意只可從言外得之，不可一一指爲托詞，因而斷爲宋亡後，夢窗重訪舊居之作。……統觀全詞，所謂「舊居」，實乃舊歡所居，故前曰「紫曲」，後曰「繡屋」。舊日遊樂之地，轉瞬荒涼，則今日都城，亦遠非昔時繁盛可知。

鍾振振《讀夢窗詞札記》：徵之於史，元蒙大舉攻宋凡三次，公元一二三五至一二四六年爲第一次，戰事主要發生在四川、湖北、江淮。一二五六至一二六〇年爲第二次，戰事主要發生在四川、湖北、湖南。一二六九至一二七九年爲第三次，其間又分前後兩段：一二六九至一二七三年，戰事主要發生在湖北；一二七四年元軍始自湖北沿江東下，一二七六年入臨安，一二七九年宋徹底覆亡。據此年表可知，遲至公元一二七三年止，南宋都城臨安尚遠離戰場，戰爭並不至於使其人口鋭減，市容凋敝。足以造成此種狀況之時代，端在一二七四年後。此時無以見夢窗仍然健在，而此前未可言「宗社丘墟」或「都城凋敝」也。

孫按：關於此詞主旨，筆者同意前引張如安按語。任銘善《鄭文焯手批夢窗詞》亦謂《西平樂慢·過西湖先賢堂》「詞旨詞境，與《三姝媚·過都城舊居》一首尤近」。夢窗年青時十年久客長安，爲袁韶門客。袁韶曾爲臨安府尹，並任參知政事、同知樞密院事，位居執政，故詞中可以六朝望族王謝爲喻；夜深開宴，回憶的正是袁韶生前奢侈的歌舞狂歡；紅顔先變，則是年華不再，以及幕主袁韶已逝的婉詞。結處並暗用羊曇爲已故恩主謝安灑淚典。故此與《西平樂慢》同爲懷念幕主袁韶之作，惟彼吊幕主所建先賢堂，此吊幕主舊居而已。詞中所用語典，皆憑弔已故貴人或貴人故宅，亦可旁證筆者的觀點。詞寫於杭州，時間也應與《西平樂慢》同時，即淳祐三年（一二四三）。另，《至正四明續志·人物·袁桷》載袁韶曾孫袁桷「生於錢塘寓舍」，未知仍是祖屋否。

## 又

姜石帚館水磨方氏會飲，總宜堂即事。寄毛荷塘㊀〔一〕

酣春青鏡裹㊁〔二〕。照晴波明眸㊂〔三〕，暮雲愁髻㊃〔四〕。半緑垂絲〔五〕，正楚腰纖瘦〔六〕，舞衣初試〔七〕。燕客漂零㊄〔八〕，煙樹冷〔九〕、青驄曾繫〔一〇〕。畫館朱樓㊅〔一一〕，還把清尊，慰春憔悴〔一二〕。　離苑幽芳深閉㊆〔一三〕。恨淺薄東風〔一四〕，褪花銷膩㊇〔一五〕。彩箑翻歌，最賦情、偏在笑紅顰翠〔一六〕。暗拍闌干㊈，看散盡、斜陽船市〔一七〕。付與金衣清曉㊉〔一八〕，花深未起〔一九〕。

【校　議】

㊀ 明張本詞題無「寄毛荷塘」四字。毛本、戈校本、杜本、王朱本、朱二校本無「堂」字。底本合成之。因明張本「總宜堂即事」五字縮小，知楊箋句讀爲「姜石帚館水磨方氏，會飲總宜堂，即事寄毛荷塘」，爲誤斷。戈校本詞題下注「范選」。

㊁ 青鏡：毛本、《詞律》、《詞譜》、戈校本、杜本作「清鏡」。

㈢ 晴波：毛本、《詞律》、《詞譜》、戈校本、杜本、王朱本、朱二校本作「清波」。

㈣ 愁髻：毛本、王朱本作「愁斂」。毛扆本：「『斂』字應用韻。」《詞律》、朱二校本作「愁□」。《詞譜》、杜本作「愁思」。《詞律》：「『暮雲愁』下應是叶韻，刻本係『斂』字訛，故缺之。」戈校本改作「愁綺」。杜校：「原作『愁斂』，失韻。」王校、朱二校並引左笏卿校語：「『紙』、『感』通叶，於古未聞，『斂』疑『翳』誤。」鄭氏手批：「『髻』字神妙，明鈔足據。」然鄭氏以爲「思」字可存異文：「《詞譜》作『思』，雖未詳所本，然勝似以意爲之。近之學者嘗疑官書失之胸馳臆斷，當時不免率爾操觚，故校訂古籍寧守蓋闕之例，弗爲不足之徵，誠慎之也。但斠經史與詞章迴異耳。《詞譜》作『思』，宜據正。以是句與上爲對仗，故『思』字較洽。」

㈤ 漂零：《詞譜》、朱二校本、底本、朱四校本、四明本作「飄零」。茲從明張本、毛本、《詞律》、杜本、王朱本。

㈥ 朱樓：毛本、《詞律》、《詞譜》、戈校本、杜本、王朱本、朱二校本作「朱橋」。

㈦ 幽芳：諸本同。底本尾註：「（芳）疑『坊』誤。」孫按：此不誤。寫荷塘庭院中深鎖早春花朵，非坊曲之謂也。

㈧ 褪花：毛本、《詞律》、《詞譜》、戈校本、杜本、王朱本、朱二校本作「褪香」。

㈨ 暗拍：明張本作「時拍」。

〔一〇〕金衣：毛本、《詞律》、《詞譜》、戈校本、杜本、王朱本、朱二校本作「嬌鶯金衣」。丁紹儀《聽秋聲館詞話》卷一三：「《三姝媚》調始見史梅溪集，計九十九字，各家俱同。獨夢窗一首云：（詞略）計後結多二字。細玩詞意，『付與』二句，必有訛錯，蓋『金衣』即鶯，不應重用，殆原本或『金衣』，或『嬌鶯』，嗣經酌定二字，不知者遂連綴書之，若删去二字，則仍只九十九字也。至『酣春清』與『波明眸』，疊用平聲字，玉田而外，亦各家俱同，似係定格。」戈校本：「應去『金衣』二字。」王朱初刻本校曰：「按歇拍多二字，《詞譜》收作又一體。詳玩詞語，似『嬌鶯金衣』四字必衍其二。或舊本『嬌鶯』下有『一作金衣』小注，毛刻誤入，正文遂至此訛。」王朱復刻本增校曰：「陶穀《清異録》云：『黄鶯，一名金衣公子。』似不應並舉也。」鄭校：「『金衣』二字疑衍。」楊箋：「『金衣』即鶯，蓋初稿用『嬌鶯』，後改爲『金衣』，後人不解，遂並書之。」

【注釋】

〔一〕館：用作動詞。　即事：魏慶之《詩人玉屑·命意》：「如述懷、即事之類，皆先成詩，而後命題者也。」

〔二〕酣春：形容爛漫春景。與下二句頗點化李賀《十二月樂辭·二月》：「蒲如交劍風如薰，勞勞胡燕怨酣春。薇帳逗煙生緑塵，金翅峨髻愁暮雲，沓颯起舞真珠裙。」《箋注評點李長吉歌詩》：「酣春，言春意之濃如酣醉。　青鏡：此喻藍天。湛方生《天晴詩》：「青天瑩如鏡，凝津平如研。」

〔三〕晴波明眸：以善睞之明眸喻晴色天空下的西湖水波。

〔四〕暮雲愁髻：形容葛嶺、靈竺、北高峰一帶山峰如髻鬟籠罩在傍晚的煙霧中。

〔五〕半緑垂絲：陳後主《折楊柳二首》（之二）：「長條黄復緑，垂絲密且繁。」陸游《病中雜詠十首》（之八）：「半黄半緑柳滿城，欲開未開梅有情。」

〔六〕楚腰纖瘦：白居易《兩朱閣》：「妝閣妓樓何寂靜，柳似舞腰池似鏡。」楊炎《贈元載歌妓》：「玉山翹翠步無塵，楚腰如柳不勝春。」

〔七〕舞衣初試：温庭筠《舞衣曲》：「蟬衫麟帶壓愁香，偷得黄鶯鎖金縷。」　以上三句所謂「半緑垂絲」，謂楊柳尚未褪盡鶯黄，詩人多以鶯黄作爲舞衣顔色；又以柳條喻舞腰。

〔八〕燕客：杜甫《立秋後題》：「玄蟬無停號，秋燕已如客。」李曾伯《水調歌頭》：「紛紛浮世代謝，燕客與鴻賓。」　漂零：杜甫《寄柏學士林居》：「亂代漂零予到此，古人成敗子如何。」

〔九〕煙樹冷：寒食時節。元稹《連昌宫詞》：「初過寒食一百六，店舍無煙宫樹緑。」

〔一〇〕青驄：《古樂府·青驄白馬》：「青驄白馬紫絲韁，可憐石橋根柏梁。」「曾」字回憶在座上主客年青時曾共在西湖柳邊繫馬狂遊的經歷。

〔一一〕畫館朱樓：此指少年杭京狂歡的場所。

〔一二〕還把二句：蔡伸《好事近》：「可惜一春憔悴，負滿懷風月。」表面寫飲客的目的在於酬春，實際上是爲了慰藉在杭京飄零憔悴的朋友。

〔一三〕離苑：指吴宫所在地蘇州。　幽芳：王素《楚朝曲》：「幽芳遠客悲如何，繡被掩口越人歌。」

〔一四〕淺薄東風：謂春風無情、不解人意。周密《解語花》可以參看：「淺薄東風，莫因循、輕把杏鈿狼藉。」

〔一五〕褪花：秦觀《如夢令》：「消瘦。消瘦。還是褪花時候。」　銷膩：銷解花瓣紅腴的光澤。顧敻《酒泉子》：「水碧風清，入檻細香紅藕膩。」

〔一六〕笑紅顰翠：馮取洽《西江月》：「煙柳效顰翠斂，露桃獻笑紅妖。」和凝《楊柳枝》：「軟碧摇煙似送人，映花時把翠眉顰。」孟郊《看花》：「温柔一同女，紅笑笑不休。」笑顰，寫聲情歡悲。

〔一七〕看散盡二句：此寫吴地清明寒食時湖中游嬉。參看《鶯啼序》（殘寒正欺病酒）「畫船載、清明過卻，晴煙冉冉吴宫樹」數句注釋。

〔一八〕付與句：與下句及前文「深閉」、「東風」化用温庭筠《楊柳枝》：「黄鶯不語東風起，深閉朱門伴細腰。」金衣，即金衣公子，黄鶯的别名。《開元天寶遺事》卷上：「明皇每於禁苑中見黄鶯，常呼之爲金衣公子。」也指歌妓或善歌之侍妾。劉克莊《賀新郎》：「安得春鶯雪兒輩，輕拍紅牙按舞。」

〔一九〕花深未起：孟郊《長安早春》：「公子醉未起，美人爭探春。」「暗拍闌干」寫醉態，意入此句。

【考　辨】

朱箋：《西湖志》：姜夔寓館在水磨頭，近石函橋。《咸淳臨安志》：總宜園，在斷橋路口，中貴張氏園。

楊箋：《西湖志》云云，即據此詞，以石帚爲白石，彊師未是正耳。若援之以證石帚即白石，即倒果爲因矣。《武林舊事》：水磨頭在葛嶺路。總宜園，本張太尉，後歸趙平遠淇，今爲西太一宫，堂必在園。其名蓋取東坡「淡妝濃抹總相宜」詩意。

孫按：《武林舊事》卷五：「北山路，自豐樂樓北沿湖至錢塘門外，入九曲路，至德勝橋南印道堂、小溜水橋、黄山橋、掃帚塢、鮑家田、青芝塢、玉泉、駝巘、棲霞嶺、東山。同霍山、昭慶教場、水磨頭、葛嶺、九里松、靈隱寺、石人嶺、西溪路止。三天竺附。」「葛嶺路：水磨頭，石函橋（有水閘泄湖水入下湖），放生亭（理宗御書），德生堂（理宗御書），泳飛亭，總宜園（本張太尉，後歸趙平遠淇，今爲西太乙宫），大吴園。」

楊萬里《上巳同沈虞卿尤延之王順伯林景思遊湖上得十絶句呈同社》：「總宜亭子小如拳，著得西湖不見痕。湖上軒牖無不好，何須抵死揀名園。」

姜石帚此時就館杭京葛嶺水磨頭方氏，生活景況大不如漁隱及盆蓮宴客時，儼然亦已是斯人憔悴於京華，但宴客豪習不改。這可能也是後人誤以石帚爲白石的原因之一。此詞寫於杭州。

中國古典文學基本叢書

# 夢窗詞集校箋

第五册

〔宋〕吴文英 撰
孫虹 譚學純 校箋

中華書局

# 晝錦堂㊀　中吕商㊁

舞影燈前〔一〕，簫聲酒外〔二〕，獨鶴華表重歸㊂。舊雨殘雲仍在，門巷都非〔三〕。愁結春情迷醉眼〔四〕，老憐秋鬢倚蛾眉〔五〕。難忘處，猶恨繡籠，無端誤放鶯飛〔六〕。當時。征路遠，歡事差㊃〔七〕，十年輕負心期。楚夢秦樓相遇〔八〕，共歎相違〔九〕。淚香沾濕孤山雨，瘦腰折損六橋絲〔一〇〕。何時向，窗下剪殘紅燭〔一一〕，夜杪參移〔一二〕。

【校　議】

㊀明張本、毛本、戈校本、杜本、王朱本有詞題「有感」。朱二校本等删。

㊁底本眉批：「俗呼小石。」

㊂獨鶴：楊箋：「杜文瀾疑第三句首二字用入聲是定法。此用『獨鶴』，美成用『日日』，蔣竹山用『歷歷』俱同。」

㊃歡事差：杜校：「『歡事差』之『差』字應仄。甲稿《大酺》一闋『歸期差』，『差』字亦應仄，初疑爲『左』字之誤，此又作『差』，或方音作仄聲者。」鄭氏手批：「『差』、『杈』，去聲，異也。見韓詩：

『颶風有時作，掀簾（簸）真差事。』與甲（稿）壽毛荷塘『歸期差』同一義例。」楊箋：「《集韻》：差，楚稼切。『槎』去聲，差異也。」

## 【注釋】

〔一〕舞影：陳後主《上巳玄圃宣猷嘉辰禊酌各賦六韻以次成篇詩》：「歌聲初出牖，舞影乍侵柯。」温庭筠《題柳》：「香隨靜婉歌塵起，影伴嬌饒舞袖垂。」

〔二〕簫聲酒外：下句「獨」字意綴於此。寫鄰樂傳至詞人獨斟處。

〔三〕獨鶴三句：周邦彥《點絳脣》以「遼鶴歸來，故鄉多少傷心地」，寫與營妓岳楚雲的重逢。兼用巫山雲雨典。　以上五句寫在彼美舊居中似真似幻的感覺，並翻用鶴歸典中「城廓如故人民非」一句，以見今昔變化之大。

〔四〕迷醉眼：白居易《三月三日祓禊洛濱》：「水引春心蕩，花牽醉眼迷。」

〔五〕老憐句：蘇軾《次前韻送劉景文》：「豈知入骨愛詩酒，醉倒正欲蛾眉扶。一篇向人寫肝肺，四海知我霜鬢鬚。」又，《將往終南和子由見寄》：「人生百年寄鬢鬚，富貴何啻葭中莩。惟將翰墨留染濡，絶勝醉倒蛾眉扶。」　以上二句回憶當年情感，恰使醉眼迷離，而今霜鬢已老，醉時最須美人扶持時，彼美卻已經遠別。

〔六〕難忘三句：《侯鯖録》卷七載營妓周韶請求落籍詩：「隴上巢空歲月驚，忍看回首自梳翎。開籠若放雪衣女，長念觀音般若經。」詳見《法曲獻仙音·放琴客》注〔一七〕。雪衣，楊貴妃寵物白鸚鵡的名字。江總《賦得泛泛水中凫詩》：「春鸚徒有賦，還笑在金籠。」夢窗此以「鶯」易「鸚」耳。彼美的離開導致了二人曾經有過的相愛無緣相守，故化用周韶典，以「無端」、「誤放」悔之。

〔七〕歡事差：陸倕《以詩代書别後寄贈詩》：「今者一乖離，濯然心事差。」差，陰錯陽差。

〔八〕楚夢句：承用巫山雲雨楚王夢典。秦樓，李白《憶秦娥》：「簫聲咽，秦娥夢斷秦樓月。」

〔九〕相違：即前文「無端」之意。王筠《向曉閨情詩》：「衾裯徒有設，信誓果相違。」以上二句意思是有情人只能在夢中相見，並相與哀歎長相守的心事與現實背離。

〔一〇〕淚香二句：沈約《春詠詩》：「楊柳亂如絲，綺羅不自持。」此爲比喻句。謂夢見秦樓楚館中的彼美，香臉零淚如孤山梅花沾雨，弱腰瘦減象六橋柳絲攀損。絲，柳絲。詩詞中常作爲歌妓意象。

〔一一〕窗下句：化用李商隱《夜雨寄北》詩意。殘，意綴下句，謂夜闌時。

〔一二〕夜杪參移：周邦彦《夜飛鵲》：「相將散離會，探風前津鼓，樹杪參旗。」參星和北斗是在後半夜轉了方向。參，參旗星。《晉書·天文志》：「參旗九星在參西，一曰天旗，一曰天弓，主司弓弩之張，候變禦難。」以上二句假設能再見面，定會徹夜長談至拂曉。是因情深致而以苦爲樂的甘願之辭。

【考　辨】

楊箋：此詞亦過舊居憶姬而作。（「舊雨」三句）此仍是過舊居有感之作，以次序論，移「姜石帚館水磨」一闋在「過都城有感」前，使此闋接都城之次，則不注題而意亦略見，似爲盡善。

孫按：《三姝媚·過都城舊居有感》爲過貴人舊居，此爲彼美在蘇州的居所，屬蘇州營妓系列詞。彼美離蘇，夏氏以爲「流落至杭爲妓」，詞中之「孤山雨」、「六橋絲」亦可證其説。參見《瑞鶴仙》（淚荷拋碎璧）【考辨】。詞應寫於蘇州倉幕行役歸來時。

## 漢宮春　夾鐘商㊀

牡丹　追和尹梅津賦俞園牡丹㊁〔一〕

花姥來時〔二〕，帶天香國豔〔三〕，羞掩名姝〔四〕。日長半嬌半困〔五〕，宿酒微蘇〔六〕。沈香檻北〔七〕，比人間、風異煙殊〔八〕。春恨重〔九〕，盤雲墜髻〔一〇〕，碧花翻吐瓊盂㊂〔一一〕。洛苑舊移仙譜〔一二〕，向吴娃深館，曾奉君娱㊃〔一三〕。猩唇露紅未洗〔一四〕，客鬢霜鋪〔一五〕。蘭詞沁壁〔一六〕，過西園〔一七〕、重載雙壺〔一八〕。休漫道，花扶人醉〔一九〕，醉花卻要人扶〔二〇〕。

【校　議】

㊀ 戈選杜批：「此調平仄韻兩體皆通用，正格。」底本眉批：「俗呼雙調。」

㊁毛本、戈校本、戈選、杜本、王朱本、朱二校本、朱四校本詞題無句首「牡丹」二字。《歷代詩餘》詞題作「牡丹」。戈校本詞題下注「范選」。

㊂翻吐：《詞律》、《歷代詩餘》作「翻唾」。

㊃君娛：《歷代詩餘》、戈選作「歡娛」。

【注釋】

〔一〕追和：楊箋：「『和』與『作』非一時，皆曰『追』。」俞園：應在蘇州。

〔二〕花姥：楊箋：「『花姥』，蓋司花女神之稱。此韻似用封姨一段故事。姥，《說文》無此字。《廣韻》云：姥，亦作姆，女師也。」夢窗煉字，故風神稱封姨或風姨，花卉則有「花姊」、「花姥」等稱謂。

〔三〕天香國豔：李正封《賞牡丹》：「天香夜染衣，國色朝酣酒。」餘見《風流子・芍藥》注〔四〕。

〔四〕羞掩名姝：猶言「羞掩衆芳」，以「名姝」喻花中不同凡俗的品流。

〔五〕半嬌半困：白居易《牡丹芳》：「映葉多情隱羞面，卧叢無力含醉妝。」並用白居易《長恨歌》楊貴妃因無力而由侍兒扶起典故。

〔六〕宿酒微蘇：牡丹中有醉楊妃一種，《格致鏡原》卷七一載曹明仲《牡丹譜》：「醉春容，千葉，淡紅，樓子，梗柔弱，古名醉楊妃。」《全芳備祖前集》卷二：「延州紅、丹州紅、醉妃紅（亦名醉西施）。」白居易《早春即事》：「眼重朝眠足，頭輕宿酒醒。」

〔七〕沈香檻北：用沈香亭牡丹典。

〔八〕比人間二句：以上三句寫牡丹花曾受皇恩澤惠。

〔九〕春恨重：暗用白居易《長恨歌》「此恨綿綿無絶期」詩意，並寫牡丹低垂之態。

〔一〇〕盤雲墜髻：牡丹如髻。詳見《風流子·芍藥》注〔九〕。

〔一一〕碧花：緑牡丹品種。《佩文齋廣群芳譜·牡丹一》：「碧花，正一品，花淺碧，而開最晚。一名歐碧。」　瓊盂：白牡丹品種。又稱玉覆盆、玉盌白。形同白玉盤。詳見《風流子·前題》注〔一七〕。

〔一二〕洛苑句：《直齋書録解題》卷一〇：「《牡丹譜》一卷，歐陽修撰。少年爲河南從事，目擊洛花之盛，遂爲此譜。」《吴郡志》卷三〇：「牡丹唐以來止有單葉者。本朝洛陽始出多葉、千葉，遂爲花中第一。……有傳洛陽花種至吴中者，肉紅則觀音、崇寧、壽安王、希疊羅等，紅、淡紅則風嬌（又名勝西施）、一捻紅，深紅則朝霞紅（又名富一家）、鞓紅雲葉及茜金毬，紫中貴、牛家黄等不過此十餘種，姚魏蓋不傳矣。」

〔一三〕向吴娃二句：《吴郡志》卷一五：「（硯石山）上有吴館娃宫、琴臺、響屧廊。」吴中牡丹既有勝西施、醉西施之名，夢窗因之想像此花就是曾讓吴王沉醉不醒的西施返魂。王禹偁《朱紅牡丹》：「應是吴宫歌舞罷，西施因醉誤施朱。」

〔一四〕猩唇句：《全芳備祖前集》卷二引《青瑣高議》：「明皇時有獻牡丹者，謂之楊家紅，乃楊勉家花。時貴妃匀面，口脂在手，印於花上。詔於仙春館栽。來歲花開，上有指印紅跡，帝名爲『一捻紅』。」朱砂紅牡丹有猩紅之色。《埤雅》卷一八：「朱砂紅，多葉，紅華。不知所出。有民聞氏子者善接華，以爲生。買地於崇真寺前，治華圃有此，洛陽豪家尚未有，故其名未甚著。華葉甚鮮，向日視之，如猩血。」猩唇爲紅豔凝聚處。李咸用《富貴曲》：「雪暖瑶杯鳳髓融，紅拖象箸猩唇細。」

〔一五〕客鬢霜鋪：用意頗同白居易《花前有感兼呈崔相公劉郎中》：『落花如雪鬢如霜，醉把花看益自傷。」

〔一六〕蘭詞：猶言「蕙蘭詞」。陸龜蒙《頃自桐江得一釣車以襲美樂煙波之思因出以爲玩……》（之三）：「數幅尚凝煙雨態，三篇能賦蕙蘭詞。」

〔一七〕西園：此特指俞園所處城區的地理位置。

〔一八〕雙壺：二人同酌之謂。黄庭堅《菩薩蠻》：「阿誰知此意。解遣雙壺至。」以上三句謂尹焕已經在俞園牆上題寫了美妙的詩詞，期待不久能與尹焕同載酒再過此園賞題牡丹。

〔一九〕花扶人醉：蘇軾《次前韻送劉景文》：「豈知入骨愛詩酒，醉倒正欲蛾眉扶。」

〔二〇〕醉花句：孟郊《邀人賞薔薇》：「醉紅不自力，狂豔如索扶。」

【集　評】

俞陛雲《唐五代兩宋詞選釋》：此爲遊園看花而作，故僅以「沈香」、「洛苑」略點本題，非實賦牡丹也。「沈香」句運用入化。下闋「猩唇」四句，綿麗有致，是夢窗本色。結末二句，人花交詠，詞必靈妙，且花要人扶，於牡丹尤肖。

【考　辨】

楊箋：此時夢窗正寓西園。

吴箋：或爲俞家園。在南宋都城杭州城内井亭橋附近。

孫按：吴箋所引《咸淳臨安志》卷五二及《西湖遊覽志》卷一三中俞家園在宋代似已湮没無亭園，俞家園作爲古園林的記載，見永樂大典殘卷本《咸淳臨安志》：「古園：武林園，今酒庫左右，即舊跡也。石榴園，元在示西坊里北。俞家園，元在六房院左右，地廣七里。櫻桃園，元在薦橋門外。桑園巷，元在府學後。五園乃吴越錢王時園囿。」據四庫本《咸淳臨安志》卷一二等記載，可知吴越王時俞家園的大致位置：「六房院，在三橋西。」三橋，永樂大典殘卷本《咸淳臨安志》也有記載：「古橋：高橋巷，元是茆山河橋，今廢，土人猶以高橋名之。木子杭橋，元在太學後門側。處士橋，元在錢塘門外，孤山林和靖故居裏湖之北。三橋乃唐時吴越錢氏時橋梁。」

據前文《瑞龍吟·送梅津》詞，已知梅津有居室在蘇州。此詞有「洛苑舊移仙譜，向吴娃深館，曾奉君娱」，並且尹焕已經題壁西園，此俞園應是蘇州西城之宅園，非常可能是蘇州學問家俞琰的宅園。王彝《石磵書堂記》：「吴多佳山水，然郡郭中無長林大麓，其地平衍，爲萬屋所鱗聚，而車驅馬馳之聲相聞，乃有即其一區之隙而居焉者，若採蓮里之俞氏園而已。俞氏其先汴人，宋靖康中有以避地來者，愛洞庭七十二峰於吴之山爲最秀，因卜築于林屋之甪里，其後有徙居兹園者，在嘉禧淳祐間，號爲巨室。中罹變故，雖屢易地主，而其曰俞氏園者，則自若也。至正壬辰有伯温者，始復其故地二畝餘，築而爲屋四楹，中祠其先君子石磵先生像。」俞琰，字玉吾，號石磵，又號林屋山人，吴縣人，寶祐年間以詞賦稱世，宋亡後隱居不仕，與夢窗生活年代相彷彿。詞中俞園爲西園，應在蘇州西城。與俞氏園在吴縣西南的地理位置也相符。

以夢窗與梅津交遊行跡考之，詞應寫於淳祐六年（一二四六）至淳祐九年（一二四九）之間。

## 又

壽梅津

名壓年芳〔一〕，倚竹根新影〔二〕，獨照清漪〔三〕。千年禹梁蘚碧〔四〕，重發南枝〔五〕。冰凝素質〔六〕，遺凡桃、羞濯塵姿〔七〕。寒正峭〔八〕，東風似海，香浮夜雪春霏〔九〕。練鵲錦袍仙使〔一〇〕，有青娥傳夢，月轉參移〔一一〕。逋山傍鶯繫馬〔一二〕，玉剪新辭㊀〔一三〕。宮妝鏡裏〔一四〕，笑人間、花信都遲㊁〔一五〕。春未了〔一六〕，紅鹽薦鼎〔一七〕，江南煙雨黄時㊂〔一八〕。

【校　議】

㊀新辭：明張本作「新詞」。

㊁花信：《古今詞統》、毛本、《歷代詩餘》、戈校本、杜本、王朱本、朱二校本作「花訊」。

㊂煙雨：諸本同。杜校：「疑『梅雨』之誤。」杜本鄭批：「『煙雨黄時』即寫黄梅雨景，暗切『梅』字，語意清美。如杜氏所儗『梅雨』二字則甜俗無味。笨伯所爲，而謂君特爲之乎？觀杜氏所疑誤擬補之字，亦可知其學識之淺俚已。乃欲以墨守一先生之言，罄其中藏，出而問世，不獨爲覺翁罪人，且徒貽後學齒冷，甚非謂也。」

【注　釋】

〔一〕名壓年芳：一年二十四番風信，梅花風最先。范成大《和提刑趙學士探梅三絶》（之一）：「蕭條臘後復春前，雪壓霜欺未放妍。昨日倚欄枝上看，似留芳意入新年。」李商隱《十一月中旬至扶風界見梅花》：「爲誰成早秀，不待作年芳。」兼指尹焕號「梅津」中的「梅」字。

〔二〕倚竹根句：宋人寫梅多以竹爲友，如林逋《梅花二首》（之一）：「宿靄相粘凍雪殘，一枝深映竹叢寒。」姜夔《暗香》：「但怪得、竹外疏花，香冷入瑤席。」新影，蔣之奇詠梅詩：「昨夜雪初霽，寒梅破蕾新。」與下句兼用林逋《山園小梅》「疏影横斜水清淺」詩意，並綰合「津」字。

〔三〕獨照清漪：無名氏《驀山溪》詠梅：「幽香荏苒，不讓灑薔薇，彎月冷，漫漣漪，雲斷清香影。」

〔四〕千年句：用禹陵梅梁典。參見《燭影摇紅·賦德清縣圃古紅梅》注〔二〕。

〔五〕重發南枝：唐劉媛《除夜》：「春風報梅柳，一夜發南枝。」

〔六〕冰凝素質：石延年詠梅殘句：「姑射神人冰作體，廣寒仙女玉爲容。」蘇轍《次韻秦觀梅花》：「未開素質夜先明，半落清香春更好。」素質，《管子·勢》：「正静不爭，動作不貳，素質不留，與地同極。」

〔七〕遣凡桃二句：陳師道《梅花七絶》（之六）：「憑君説與凡桃李，徹骨清寒不解肥。」蘇軾《寓居定惠院之東雜花滿山有海棠一株土人不知貴也》：「嫣然一笑竹籬間，桃李漫山總粗俗。」

〔八〕寒正峭：無名氏《慶清朝》詠梅：「北陸嚴凝，東郊料峭，化工爭付歸期。前村夜來雪裏，先見纖枝。」

〔九〕東風二句：楊箋：「此以『香』、『海』二字，拆分兩句，可免漂滑。」《崇禎吴縣志》卷三載蘇州鄧尉山：「山人以圃爲業，尤多樹梅花，時一望如雪，行數十里香風不絶，此吴中絶景也。」《江南通志》卷一〇一：「《名勝志》：西溪多古梅，二月始華，香雪霏霏，四面襲人。」

〔一〇〕練鵲句：鵲錦，四品、五品官員的佩飾。詳見《鳳池吟·慶梅津自畿漕除右司郎官》注〔一四〕。並用李白著宫錦袍事。練錦，《北史》卷七九載于闐國王戴「練錦帽金鼠冠」。

〔一一〕有青娥二句：青娥仙使、月轉參移，用梅花精靈緑衣女子典故。趙師雄夢見梅花樹上翠羽化成的女子，醒時但有月落參横。傳夢，用《開元天寳遺事》張説母親夢玉燕入懷而有孕事。此祝其生子。

〔一二〕傍鶯繫馬：詳見《水龍吟·壽尹梅津》注〔一五〕中黄庭堅詩。

〔一三〕玉剪新辭：歐陽炯《花間集序》：「鏤玉雕瓊，擬化工而迥巧。裁花剪葉，奪春豔以爭鮮。」趙師俠《柳梢青》：「紅紫凋零。化工特地，剪玉裁瓊。」以上三句預祝尹梅津榮升文學侍從，在孤山下繫馬柳邊，吟出清雅佳句。

〔一四〕宫妝鏡裏：用壽陽公主梅花妝典。

〔一五〕笑人間二句：此就宫梅與凡卉不同生長地，及梅花風信來早而言。

〔一六〕春未了：不僅寫梅津生日時間（陰曆正月十五），更祝其亨通官運如旺盛春意。

〔一七〕紅鹽薦鼎：用梅鹽典。詳見《鳳池吟·慶梅津自畿漕除右司郎官》注〔一六〕。

〔一八〕江南句：黄庭堅《寄賀方回》：「解作江南斷腸句，只今唯有賀方回。」並用賀鑄《青玉案》中警句。以上二句預祝其能位居調和鼎鼐之重位。

【集　評】

鄭氏手批：通首切「梅」，爲壽詞之一格。

【考　辨】

楊箋：（「練鵲」三句）此時梅津已轉左司郎。（「逋山」二句）想到孤山，知作詞時當尚在吴門也。

孫按：左右司長官被認爲是儲備宰相之地，尹焕此時已在左司郎中位上，故祝其能官登執政或文士企羡的文學侍從之職。此詞寫於淳祐七年（一二四七）或淳祐八年（一二四八）。詞無寄贈之意，應寫於杭州。

## 又

壽王虡州〔一〕

懷得銀符〔二〕，捲朝衣歸袖，猶惹天香〔三〕。星移太微幾度〔四〕，飛出西江〔五〕。吴城駐馬〔六〕，趁鱸肥㊀〔七〕、臘蟻初嘗〔八〕。紅霧底〔九〕，金門候曉〔一〇〕，爭如小隊春行〔一一〕。何用倚樓看鏡〔一二〕，算橘中深趣，日月偏長〔一三〕。江山待吟秀句㊁〔一四〕，梅靨催妝〔一五〕。東風水暖，弄煙嬌、語燕飛檣〔一六〕。來歲醉㊂，鵲樓勝處〔一七〕，紅圍舞袖歌裳〔一八〕。

【校　議】

㊀鱸肥：毛本、杜本、王朱本、朱二校本作「肥鱸」。

㊁江山：杜本作「江上」。

㊂來歲醉：明張本作「來歲酒」。鄭校從之。鄭氏手批：「『來歲醉』，不成句。集中『酒』、『醉』二字互訛甚多。」

【注　釋】

〔一〕王虔州：夢窗友人。生平未詳。虔州，即贛州（今屬江西）。楊箋：「《韻會》，漢豫章郡雩都贛縣，唐置虔州，宋因之，王名未詳，此蓋以爲虔州刺史，以官稱之。」

〔二〕銀符：古代凡發兵、出使、乘驛所用的銀質符牌。蘇舜欽《乞發兵用銀牌狀》：「臣竊見方今外郡兵馬，只是三班使臣齎宣起發，而無銀符之制。」《愧郯録》卷一二：「《三朝國史·輿服志》曰：銀牌：唐制，差發驛遣使，則門下省給傳符，以通天下之信。皇朝符券，皆樞密院主之。舊有銀牌以給乘驛者，闊一寸半，長五寸。面刻隸字曰『敕走馬銀牌』，凡五字。首爲竅，貫以韋帶。其後罷之，樞密院給券，謂之頭子。……罷樞密院券，別制新牌，闊二寸半，長六寸，易以分書。上鈒二飛鳳，下鈒二麒麟，兩邊年月，貫以紅絲絛。」

〔三〕捲朝衣二句：化用杜甫《奉和賈至舍人早朝大明宮》「朝罷香煙攜滿袖」句意。以上三句回憶王虔州懷揣券符乘驛調離京城時情景。

〔四〕太微：太微諸星以五帝座爲中心，作屏藩狀。《史記·天官書》：「衡，太微，三光之廷。匡衛十二星，藩臣：西，將；東，相；南四星，執法；中，端門；門左右，掖門。」古代以天上的星宿與地上區域相對，故「太微」代京城附近。星度：《史記·曆書》：「乃者，有司言星度之未定也，廣延宣問，以理星度，未能詹也。」《同治蘇州府志》卷一：「吴越分野屬揚州。費直説《周易》：起斗十度，至女五度。蔡邕《月令章句》：起斗六度，至女二度。皇甫謐《帝王世紀》：起斗十一度，至女七度。」

〔五〕西江：唐人多稱長江中下游爲西江。此應指吴江。王氏曾從京城到蘇州任職，故上句有星移幾度之説。

〔六〕駐馬：用《陌上桑》中郡守典。

〔七〕趁鱸肥：盧秉《絶句》：「野人不識長安樂，且趁鱸魚一棹肥。」

〔八〕臘蟻初嘗：項安世《次韻謝處州鄉人二首》（之二）：「鄉心只羨秋鷹爭，世味如何臘蟻醇。」臘蟻，猶言「臘酒」。《説略》卷二五：「唐時臘月釀酒，四月成，名曰臘酒。」與上句化用李賀《江南弄》句意：「鱸魚千頭酒百斛，酒中倒卧南山緑。」

〔九〕紅霧：京城之霧，由軟紅塵煉字而成。

〔一〇〕金門候曉：宋代京城官員待漏等候上朝。詳見《瑞鶴仙·壽史雲麓》注〔一七〕。

〔一一〕小隊春行：虞儔《犖使君勸耕汪倅有詩次韻》：「小隊行春簇使旄，黄童白叟遞逢迎。」餘參見《金琖子·賦秋壑西湖小築》注〔一八〕。王虔州是擔任吴地縣令後任朝官，此所餞行爲再次外任。楊箋：「王必由京官外放，故此以京、外比較。」

〔一二〕何用句：化用杜甫《江上》詩意：「勳業頻看鏡，行藏獨倚樓。」

〔一三〕算橘中二句：《白孔六帖》卷九九：「《幽怪録》：巴卭人家有橘園，霜後橘盡收斂。大橘如三斗盎，巴人異之，剖開。每橘有二叟，鬢眉皤然，肌體紅明，皆相對象戲，談笑自若。一叟曰：『橘中之樂，不減商山。但不得深根固蒂，爲愚人摘下耳。』」商山四皓，年皆八十有餘，故曰「日月偏長」，爲祝壽語。

〔一四〕江山句：杜甫《後遊》：「江山如有待，花柳更無私。」韓翃《酬程延秋夜即事見贈》：「向來吟秀句，不覺已鳴鴉。」意思是贛州的山水等待王氏前去吟詠。

〔一五〕梅曆催妝：白居易《憶杭州梅花因叙舊游寄蕭協律》：「三年閑悶在餘杭，曾爲梅花醉幾場。伍相廟邊繁似雪，孤山園裏麗如妝。」催妝，催妝詩。《唐詩紀事》卷三五載有唐陸暢《奉詔作催妝詩》。

至宋，又有催妝詞。梅花有笑靨，即爲美女，梅花綻放如美女出嫁當有催妝詞，用以頌揚王氏至贛州後寫出的梅詞。頗用范成大《丙午新正書懷十首》（之二）句意：「莫言此外都無事，柳眼梅梢正索詩。」楊箋以爲「疑王尚未娶或待續娶」，爲坐實之誤。

〔一六〕東風三句：用杜甫《發潭州》詩意：「岸花飛送客，檣燕語留人。」「嬌」意屬「語」字。嬌語，本形容吴儂軟語。李白《示金陵子》：「楚歌吴語嬌不成，似能未能最有情。」後也用以形容新鶯新燕之聲。温庭筠《思帝鄉》：「一雙嬌燕語雕梁，還是去年時節。」毛熙震《浣溪沙》：「紫燕一雙嬌語碎，翠屏十二晚峰齊，夢魂消散醉空閨。」預寫王氏贛州行期，將於孟春時節舟行至虔州。

〔一七〕鵲樓：指白鵲樓。蘇軾《虔州八境圖八首》（之一）：「白鵲樓前翠作堆，縈雲嶺路若爲開。」《蘇詩補注》：「《贛州志》：八景臺在郡治東北，下瞰奔流。白鵲樓在八景臺北。趙清獻記云：望闕、鬱孤，軒豁於前，皂蓋、白鵲，瞰臨左右。」

〔一八〕紅圍句：典例詳見《慶宫春》（殘葉翻濃）注〔一〇〕。舞袖，傅玄《前有一樽酒行》：「舞袖一何妙，變化窮萬方。」歌裳，仿「舞袖」煉詞。鍾振振《讀夢窗詞札記》箋以上三句曰：「所謂『鵲臺』當即指白鵲臺。三句蓋想像王氏到贛州任後，可宴飲遊樂於白鵲臺等名勝地也。」據知夢窗寫此詞時王氏雖尚在蘇州，然已有虔州之命，行程在即也。楊箋「疑言其來歲成婚」亦誤。

【考辨】

鍾振振《讀夢窗詞札記》：宋王象之《輿地紀勝》卷三二《江南西路・贛州・景物下》載：「白鵲

臺，在郡治。」同卷《州沿革》引《中興小曆》曰：「紹興二十三年，校書郎董德元言：虔州謂之『虎頭城』，非佳名也。今天下舉安，獨此郡有小警，意其名有以兆之。既而改名贛州。」夢窗詞稱「虔州」者，蓋用其舊名也。

孫按：《宋史·地理四》：「（江南西路）贛州，上。本虔州，南康郡，昭信軍節度。大觀元年，升爲望郡。建炎間，置管内安撫使，紹興十五年罷，復置江西兵馬鈐轄，兼提舉南安軍、南雄州兵甲司公事。」據《清同治（平江）縣志》：「宋有魏測，理宗寶祐癸丑年，壽百歲，知縣王有先禮聘公宴。上聞，改里曰『期頤』，坊建仁壽臺，頒賚有差。」是知王有先寶祐元年（一二五三）在任，然未知此人是否就是王虔州。此詞寫於蘇州。

## 秋霽㊀

賦雲麓水園長橋㊁〔一〕

一水盈盈〔二〕，漢影隔遊塵㊂，淨洗寒緑。秋沐平煙〔三〕，日回西照〔四〕，乍驚飲虹天北〔五〕。彩蘭翠馥㊃〔六〕。錦雲直下花成屋〔七〕。試縱目。空際、醉乘風露跨黃鵠㊄〔八〕。追想縹緲〔九〕，釣雪松江〔一〇〕，恍然煙蓑〔一一〕，秋夢重續〔一二〕。問何如、臨池膾玉㈥，扁舟空艤洞庭宿〔一三〕。也勝飲湘然楚竹㈦〔一四〕。夜久人悄，玉妃喚月歸來〔一五〕，桂笙聲裏，水宮六六〔一六〕。

【校　議】

㈠《詞譜》卷三四：「《秋霽》，一名《春霽》。按此調始自胡浩然賦春晴詞，即名《春霽》，賦秋晴詞即名《秋霽》。」《詞譜》又以胡浩然、史達祖此調爲正體，以吴詞在「玉」字處之多押一韻爲變格。

㈡明張本、底本、朱四校本、四明本詞題作「雲麓園長橋」。杜本作「賦雲麓園長橋」。茲從毛本、《歷代詩餘》、戈校本、戈選、王朱本、朱二校本。

㈢漢影：明張本脱「漢」字後空格。

㈣彩蘭：王朱本、朱二校本、底本、朱四校本、四明本作「彩闌」。未知所據。茲從明張本、毛本、《歷代詩餘》、《詞譜》、戈校本、戈選、杜本。

㈤醉乘：毛本、《歷代詩餘》、《詞譜》、戈校本、戈選、杜本、王朱本、朱二校本作「醉來」。鄭氏手批：「以形近訛。」

㈥鄭氏手批：「『北』字與『屋』均諸字同押之例，與《蕙蘭芳引》同。」夏敬觀評語：「『北』係『質』、『術』韻，與『屋』、『沃』韻同押。『目』字、『玉』字均碰均。」楊箋：「『玉』字非韻。」

⑦湘然：明張本作「湘燃」。燃，「然」的今字。

【注釋】

〔一〕長橋：此應指史雲麓水園中與蘇州吴江上長橋同名、形狀也應相似的橋梁。

〔二〕一水盈盈：與下句「漢影」用《古詩十九首》詩意：「河漢清且淺，相去復幾許。盈盈一水間，脈脈不得語。」盈盈，晶瑩清澈貌。

〔三〕平煙二句：温庭筠《蓮浦謡》：「鳴橈軋軋溪溶溶，廢緑平煙吴苑東。」

〔四〕日回西照：李白《獨酌清溪江石上寄權昭夷》：「舉杯向天笑，天回日西照。」

〔五〕飲虹：《漢書·燕剌王劉旦傳》：「是時天雨，虹下屬宫中，飲井水，井水竭。」後用以喻橋梁。王褒《玄圃浚池臨泛奉和詩》：「石壁如明鏡，飛橋類飲虹。」雲麓水園中長橋，名同蘇州吴江上的長橋，彼長橋又名垂虹橋，故有此聯想。

〔六〕彩蘭翠馥：彩蘭，《九歌·大司命》：「秋蘭兮青青，緑葉兮紫莖。」此爲蘭草，而非蘭蕙。可植於堂下（天井）、庭除、池苑。《樂府詩集·傅玄〈秋蘭篇〉》解題：「秋蘭本出於楚辭。《離騷》云：『秋蘭兮蘼蕪，羅生兮堂下。緑葉兮素華，芳菲菲兮襲予。』蘭，香草。」《本草綱目》卷一四：「生溪澗水旁，人間亦多種之以飭庭池。」

〔七〕錦雲：形容池中荷花。　花成屋：《淵鑒類函》卷四〇九：「梁元帝竹林堂中多種薔薇，以長格校其上，使花葉相連。其下有十間花屋，枝葉交映，芬芳襲人。」餘參見《宴清都·連理海棠》注〔二〕。以上二句寫秋天的水園及岸沚景致，並暗用《猗蘭操》典。夢窗集中《探芳信·麓翁小園早飲》中「舊曲猗蘭，待留向、月中聽」，可與此互證。

〔八〕試縱目三句：可與趙鼎《水調歌頭·甲辰九月十五日夜飲獨樂見山臺坐中作》可以參看：「屋下疏流水，屋上列青山。先生跨鶴何處，窈窕白雲間。」鵠，陸德明釋《莊子·庚桑楚》「越雞不能伏鵠卵」句曰：「鵠，本亦作鶴，同。」

〔九〕縹緲：《文選·木華〈海賦〉》：「群仙縹眇，餐玉清涯。」李善注：「縹眇，遠視之貌。」且指洞庭西山縹緲峰，意透入「洞庭」句。《吴郡志》卷三三：「其中山之名，見圖志者七十有二，唯洞庭稱雄其間。……縹緲峰又居山之表。」

〔一〇〕釣雪松江：垂虹橋三高祠前有釣雪亭。詳見《木蘭花慢·重泊垂虹》注〔一〕。

〔一一〕煙蓑：鄭谷《郊園》：「煙蓑春釣靜，雪屋夜棋深。」

〔一二〕秋夢重續：暗用張翰典，寫歸隱蘇州的願望。李白《贈別舍人弟臺卿之江南》：「去國客行遠，還山秋夢長。」

〔一三〕空：意屬「玉妃」句，謂月色空明。

〔一四〕也勝句：化用柳宗元《漁翁》詩。此由釣雪亭取自柳宗元《江雪》而有柳詩漁翁之聯想。鍾振振《讀夢窗詞札記》謂夢窗詞中「洞庭」之字雖指太湖洞庭山，「實亦有意借此同名而將讀者思緒引至湘楚之洞庭湖，故帶出柳宗元『曉汲清湘然楚竹』詩句」。

〔一五〕夜久二句：化用温庭筠《曉仙謡》詩意：「玉妃喚月歸海宫，月色澹白涵春空。」

〔一六〕桂笙二句：楊萬里《和姜邦傑春坊續麗人行》：「君不見漢宫六六多少人，畫圖枉卻王昭君。」六六，《歷代詩話》卷二四：「古人多言三三美人。夫三三則六，而六六則爲三十六矣。」實化用李賀《金銅仙人辭漢歌》詩意：「畫欄桂樹懸秋香，三十六宫土花碧。」寫水中沈月，又坐實水中龍宫之數，並照應篇首隔斷紅塵之説。

## 【集評】

鄭氏手批：「夜久人悄」句例微恙。　此與梅溪詞同格。並從柳詞出。

劉永濟《微睇室説詞》：此亦記遊之詞也。起三句寫湖。「秋沐」三句寫長橋。「飲虹」用王褒詩：「飛橋類飲虹。」「彩闌」寫園中花木。「試縱目」二句寫橋上所感，長橋跨空，人行其間，如乘風跨鵠也。換頭三句因遊湖而聯想及松江釣雪，故有「秋夢重續」之句。「問何如」二句又設想到艤舟洞庭。「膾玉」用蘇舜欽詩「笠澤鱸肥人膾玉」，言魚鮮潔如玉也。「也勝」句承上艤舟洞庭，故有「飲湘」、「楚竹」之詞。「然楚竹」用柳宗元詩「漁翁夜傍西巖宿，曉汲清湘然楚竹」句意。「夜久」三句記遊至月上始歸，因夜色空明，有似「水宫」，故有「桂笙」、「玉妃」之詞。「玉妃唤月」用温庭筠《曉仙謡》「玉妃唤月歸海宫」句意。「六六」，三十六也。駱賓王詩「漢家離宫三十六」。此因水月空明而生之幻想也。

【考　辨】

鍾振振《讀夢窗詞札記》：夢窗早年寓居蘇州，爲時甚久。蘇州松江有長橋，雲麓園月湖亦有同名之橋，故由此及彼，追想自己昔年嘗「釣雪」於「松江」，而今游雲麓園月湖，仿佛松江舊夢之重續也。

吴熊和《唐宋詞匯評·考證》：《淳祐臨安志》卷六：「長橋南園，在長橋之西。故平原郡王韓侂胄園也。後歸於御前。淳祐中，賜嗣榮王與芮，内有西湖洞天。」雲麓園長橋或在其側。

孫按：上引吴先生考證爲撮要引用。《淳祐臨安志》卷八六：「勝景園。在長橋南，舊名南園。慈福以賜韓侂胄。後復歸御前。理宗皇帝撥賜福王，御書『勝景』二字爲扁。」《武林舊事》卷五：「（南園）中興後所創。光宗朝賜平原郡王韓侂胄，陸放翁爲記。後復歸御前，改名『慶樂』，賜嗣榮王與芮，又改『勝景』。有許閑堂、和容射廳、寒碧臺、藏春門、淩風閣，西湖洞天、歸耕莊、清芬堂、歲寒堂、夾芳、豁望、矜春、鮮霞、忘機、照香、堆錦、遠塵、幽翠、紅香、多稼、晚節香等亭。秀石爲上，内作十樣錦亭，並射圃、流杯等處。」

此水園非寧波月湖雲麓園或杭州南園。重續吴江垂虹橋秋夢的主體爲史氏，時應在淳祐二年（一二四二）史宅之知平江府之後。據前文《風入松·麓翁園堂宴客》【考辨】，此屬「北墅園池」五首系列詞之一，皆與司馬光獨樂園加以類比。《風入松》中有「臨池飛閣乍青紅」。移酒小垂虹」，可知史雲麓私家園林中確有仿製垂虹即「長橋」的小型橋梁。此詞寫杭京秋景，按夢窗與史氏交遊之跡，應在淳祐六年（一二四六）至淳祐九年（一二四九）。

## 花心動

郭清華新軒〔一〕

入眼青紅〔二〕，小玲瓏〔三〕、飛簷度雲微濕〔四〕。繡檻展春〔五〕，金屋寬花〔六〕，誰管采菱波狹〔七〕。翠深知是深多少，都不放、夕陽紅入。待裝綴㊀，新漪漲翠〔八〕，小圓荷葉〔九〕。此去春風滿篋〔一〇〕。應時鎖蛛絲〔一一〕，淺虛塵榻〔一二〕。夜雨試燈〔一三〕，晴雪吹梅㊁〔一四〕，趁取玳簪重盍〔一五〕。捲簾不解招新燕〔一六〕，春須笑、酒慳歌澀〔一七〕。半窗掩，日長困生翠睫〔一八〕。

【校 議】

㊀ 裝綴：毛本、杜本、四明本作「妝綴」。戈校本作「粧綴」。

㊁ 晴雪：明張本作「暗雪」。鄭氏手批：「此字宜平，則『晴』字是，本卷《夜合花》次句亦以『晴』字訛作『暗』可證。」吹梅：明張本、毛本作「次梅」。杜本改，諸本從之。鄭校：「以形近訛。」

【注 釋】

〔一〕郭清華：即郭希道。

〔二〕入眼：杜甫《庭草》：「楚草經寒碧，庭春入眼濃。」 青紅：下一句中的「微濕」意屬此。點出「新」字。

〔三〕小玲瓏：程公許《洪城沈運幹新園三首》（之三）：「蒼蘚修筠加愛護，等閒幻出小玲瓏。」玲瓏，樓臺亭閣精巧貌。

〔四〕飛簷度雲：謂新軒角簷有翼然欲飛之勢。

〔五〕展春：與「寬花」皆寫延展春色入於軒内。

〔六〕金屋：此僅指華美之屋。

〔七〕采菱波：謝朓《泛水曲》：「日晚厭遵渚，采菱贈清漪。」 以上三句的意思是軒内檻前寬敞，但占地略多，軒前小池顯得有些狹窄。

〔八〕新漪漲翠：新開鑿的小池中翠水漲足，漪波蕩漾。樓鑰《啟霞冰壺亭》：「拍拍新漪徹底清，兩山寫照翠光凝。」

〔九〕小圓荷葉：語出杜甫《爲衣》：「圓荷浮小葉，細麥落輕花。」蘇軾《少年游·端午贈黄守徐君猷》：「銀塘朱檻麴塵波。圓緑卷新荷。」《佩文齋廣群芳譜》卷二九：「荷爲芙蕖花，一名水芙蓉。……葉清明後生，圓如蓋，色青翠。」以上三句設想將來水面點綴。

〔一〇〕春風滿篋：既寫軒主出行時間，又因其前往考試（春闈），故預想其多有紀行春風得意的詩句。韋應物《揚州偶會前洛陽盧耿主簿》：「客舍盈樽酒，江行滿篋詩。」

〔一一〕時鎖蛛絲：與下句取意徐悱《贈内》詩意：「網蟲生錦薦，遊塵掩玉床。」

〔一二〕淺虚塵榻：上闋「繡」字意亦入此句。江淹《休上人怨别》：「膏爐絶沈燎，綺席生浮埃。」王勃《上絳州上官司馬書》：「賓階夕敞，清河銷驥縶之虞；虚榻晨披，元禮得龍驅之地。」

〔一三〕夜雨：暗用舊雨典，詳見《丹鳳吟·賦陳宗之芸居樓》注〔一三〕。

〔一四〕晴雪吹梅：用蘇味道《正月十五夜》「行歌盡落梅」句意，寫落梅如雪。李商隱《酬崔八早梅有贈兼示之作》：「謝郎衣袖初翻雪，荀令薰爐更换香。」

〔一五〕玳簪重盍：盍簪，《周易·豫卦》：「勿疑，朋盍簪。」王弼注：「盍，合也；簪，疾也。」孔穎達疏：「群朋合聚而疾來也。」後以指士人聚會。杜甫《杜位宅守歲》：「盍簪喧櫪馬，列炬散林鴉。」温庭筠《寄河南杜少尹》：「十載歸來鬢未凋，玳簪珠履見常僚。」

〔一六〕捲簾句：爲「不解捲簾招新燕」之倒文。杜安世《安公子》：「連畫閣、繡簾半卷。招新燕。殘黛斂、獨倚闌干遍。」

〔一七〕春須笑二句：「慳」、「澀」爲不常設酒宴歌席之宋朝今典。參見《探芳信・丙申歲吴燈市盛常年》注〔五〕。

〔一八〕日長句：李賀《秦宫詞》：「人間酒暖春茫茫，花枝入簾白日長。」翠睫，仿翠眉、翠黛而成新辭。代指郭清華内眷。此寫閨中人在郭清華出行後，日長無聊，常被困意所襲也。

【考　辨】

據夏承燾《聲聲慢・陪幕中餞孫無懷於郭希道池亭》詞後箋，知郭氏園池在蘇州，新軒應在此建築群中。《絳都春・爲郭清華内子壽》可旁證郭希道家眷在蘇州；故此詞也應寫於蘇州。另據《絳都春・余往來清華池館六年》【考辨】，知夢窗與郭氏交往的詞作皆寫於淳祐九年（一二四九）之前。

# 又

## 柳

十里東風〔一〕，裊垂楊、長似舞時腰瘦〔二〕。翠館朱樓〔三〕，紫陌青門〔四〕，處處燕鶯晴晝〔五〕。乍看摇曳金絲細㊀〔六〕，春淺映㊁、鵝黄如酒〔七〕。嫩陰裏〔八〕，煙滋露染〔九〕，翠嬌紅溜〔一〇〕。　此際雕鞍去久〔一一〕。空追念郵亭，短枝盈首〔一二〕。海角天涯〔一三〕，寒食清明〔一四〕，淚點絮花沾袖〔一五〕。去年折贈行人遠㊂，今年恨、依然纖手〔一六〕。斷腸也〔一七〕，羞眉畫應未就〔一八〕。

【校　議】

㊀金絲細：明張本作「金絲衫」。毛本、戈校本作「金絲袖」。《歷代詩餘》、《詞譜》、杜本作「金絲綬」。杜校：「（袖）重韻。」王朱本徑改作「金絲細」。餘本從之。鄭校：「以形近訛。杜校臆改作『綬』，繆甚。」

㈡ 春淺：《歷代詩餘》、《詞譜》、杜本作「青淺」。

㈢ 去年：毛本、戈校本、王朱本、朱二校本作「遠年」。《歷代詩餘》、《詞譜》、杜本作「年年」。戈校本注「去」字。鄭校：「以形近訛。案『去』字爲『遠』前綴，此因下『遠』字而衍上之誤。詞義『去年』，正與下句『今年』相貫。杜校以意改作『年年』，王刻又失之不校。」鄭氏手批：「以下句『今年』證之，『遠』字確爲『去』之訛。蓋鈔者書『遠』之字首，因下『遠』字而衍。以『遠』字首即『去』字也。且傳寫本『遠』多作『逺』，此誤顯然。」「『遠年』之『遠』，因下而羼上，此類集中甚夥。又『遠』字首即『去』字，亦以形近訛。明鈔本正作『去』。」

【注釋】

〔一〕十里東風：楊淩《小苑春望宫池柳色》：「上苑閒遊早，東風柳色輕。」十里，西湖有十里蘇堤，堤上楊柳裊裊。與夢窗基本同時的陳著《遊西湖》：「松蘿霽藹群峰寺，楊柳輕風十里堤。」

〔二〕裊垂楊二句：杜甫《漫興九首》（之九）：「隔户楊柳弱裊裊，恰似十五女兒腰。」杜牧《悲吴王城》：「吴王宫殿柳含翠，蘇小宅房花正開。解舞細腰何處往，能歌姹女逐誰回。」温庭筠《楊柳枝八首》（之一）：「宜春苑外最長條，閑裊春風伴舞腰。」似，《匯釋》：「猶於也，意則猶過也。」

〔三〕翠館朱樓：許景元《柳》：「春樓初日照南隅，柔條垂緑掃金鋪。」李商隱《謔柳》：「玳梁誰道好，偏擬映盧家。」此寫映柳之地。

〔四〕紫陌青門：京師郊野的道路與勾欄集中處。詳見《風流子·前題》注〔二〕及《永遇樂·過李氏晚妝閣》注〔五〕。

〔五〕處處句：與上句用劉禹錫《楊柳枝》句意：「御陌青門拂地垂，千條金縷萬條絲。」韓淲《月宫春》：「柳嬌花妒燕鶯喧。斷腸空眼穿。」

〔六〕乍看句：李商隱《謔柳》：「已帶黄金縷，仍飛白玉花。」李賀《少年樂》：「紅纓不重白馬驕，垂柳金絲香拂水。」歐陽修《浣溪沙》：「青杏園林煮酒香。佳人初著薄羅裳。柳絲摇曳燕飛忙。」關詠《迷仙引》：「春陰霽。岸柳參差，裊裊金絲細。」

〔七〕鵝黄如酒：形容柳色。以上三句寫初春柳條細垂到柳葉透芽時的微妙變化。

〔八〕嫩陰：李觀《御溝新柳》：「嫩陰初覆水，高影漸離塵。」

〔九〕煙滋露染：顧雲《詠柳二首》（之一）：「帶露含煙處處垂，綻黄摇緑嫩參差。」楊淩《小苑春望宫池柳色》：「和煙變濃淡，轉日異陰晴。不獨芳菲好，還因雨露榮。」

〔一〇〕翠嬌紅溜：白玉蟾《春詞七首》（之七）：「紅釅海棠紅似雪，翠嬌楊柳暗如煙。」楊巨源《楊花落》：「東園桃李芳已歇，獨有楊花嬌暮春。」前文柳中有鶯燕，故引申用無名氏《如夢令》：「鶯嘴啄花紅溜。燕尾點波緑皺。」時入仲春。

〔一一〕此際句：韋莊《清平樂》：「緑楊春雨，金線飄千縷。花拆香枝黄鸝語，玉勒雕鞍何處。」晏殊《玉樓春》：「綠楊芳草長亭路。年少抛人容易去。」

〔一二〕短枝盈首：周邦彦《蝶戀花·詠柳》：「不待長亭傾別酒。一枝已入離人手。」「擬插芳條須滿首。管教風味還勝舊。」孟郊《折楊柳》：「楊柳多短枝，短枝多別離。贈遠累攀折，柔條安得垂。」周邦彦《蘭陵王·柳》：「長亭路，年去歲來，應折柔條過千尺。」

〔一三〕海角天涯：晏殊《玉樓春》：「無情不似多情苦。一寸還成千萬縷。天涯地角有窮時，只有相思無盡處。」白居易《潯陽春·春生》：「春生何處闇周遊，海角天涯遍始休。」

〔一四〕寒食清明：韓翃《寒食》：「春城無處不飛花，寒食東風御柳斜。」李嶠《清明日龍門遊泛》：「羅袂罥楊絲，香橈犯苔髮。」

〔一五〕淚點句：劉禹錫《楊柳枝詞九首》（之九）：「春盡絮花留不得，隨風好去落誰家。」歐陽修《少年遊》：「絮亂風輕，拂鞍沾袖，歸路似章街。」合用蘇軾《水龍吟》以柳絮爲離人別淚之喻。

〔一六〕去年三句：施肩吾《楊柳枝》：「今年還折去年處，不送去年離別人。」韓偓《詠柳》：「玉纖折得遥相贈，便似觀音手裏時。」毛文錫《柳含煙》：「河橋柳，占芳春。映水含煙拂路，幾回攀折贈行人，暗傷神。」周邦彦《蝶戀花》詠柳：「不見長條低拂酒。贈行應已輸纖手。」

〔一七〕斷腸也：温庭筠《楊柳枝八首》（之一）：「杏花未肯無情思，何事情人最斷腸。蘇小門前柳萬條，毿毿金線拂平橋。」王詵《花心動》：「斷腸也，繁枝爲誰贈折。」

〔一八〕羞眉句：與上句合用白居易《楊柳枝》句意：「人言柳葉似愁眉，更有愁腸似柳絲。柳絲挽斷腸牽斷，彼此應無續得期。」唐太宗《春池柳》：「疎黄一鳴哢，半翠幾眉開。」孫魴《楊柳枝》：「不知天意風流處，要與佳人學畫眉。」毛文錫《柳含煙》：「最憐京兆畫蛾眉，葉纖時。」梁元帝《樹名詩》：「佩逐金衣移，柳葉生眉上。」閨中人眉嫵未被畫就，已遽然遠離，故應羞見柳葉如眉也。

【集　評】

劉永濟《微睇室説詞》：南宋詞家詠物之作最多，亦最工。美成詠柳，邦卿詠燕，已極精工。夢窗此類之作，亦多而佳。此外如王聖與、周密、張炎皆有詠物佳作。其時有詞社組織，社中類以詠物爲題，如《南浦》之詠春水，《齊天樂》之詠蟬，《綺羅香》之詠紅葉，《疏影》之詠梅影，王、周、張集中皆有，即是社題。此等詞，詞家多以寄託身世之感，或以抒羈旅離别之情，大抵不出比興之義，其描繪物態，以不粘不脱爲妙。此詞題係詠柳，意卻寄情。古人折柳送别，故柳歷來用爲離愁别苦之標志。起句用「長似舞時腰瘦」，説柳即有人在。「翠館」三句寫柳之地與時。「乍看」二句，新柳也。「金絲」、「鵝黄」，皆新柳之色。過拍説成蔭之柳。「煙滋」二句與上「燕鶯」對照，一寫柳中禽鳥，一寫柳時花卉。上半闋寫柳至此已透。題中之義，應有盡有矣。换頭即從折柳贈别起，以抒寫離情。自「此際」六字點明，以下皆從别離之情著筆。「空追念」，别後之情也。「短枝盈首」與周邦彦《蝶戀花》詠柳詞「擬插芳條須滿首」同。「海角天涯」，别去之遠也。「寒食清明」，别離之時也。「絮花沾袖」以柳絮比離人「淚點」。東坡《水龍吟》詠楊花詞「細看來、不是楊花點點，是離人淚」，與此正同。……歇拍補寫柳葉，亦綰合人情。曰「斷腸」，則是與之作别之人，因離愁而「斷腸」也。惟其「斷腸」，故「羞眉畫應未就」。温庭筠《菩薩蠻》詞「懶起畫蛾眉，弄妝梳洗遲」，正是離愁滿腹人之情態。此詞但寫其人傷離，不寫己之惜别，卻已表明己對其人之情感深厚，故於其人傷離之情，念之如此也。

【考　辨】

楊箋：此亦憶姬之作。（「去年」三句）疑爲姬去後翌年春間之作。（「斷腸也」二句）處處不脱題面。難得如許熨帖。

劉永濟《微睇室説詞》：夏承燾謂夢窗懷人諸作，其時春，則悼亡妾。此詞雖有「淚點」語，尚非傷其人亡，當是與之初别時作，故有「去年」、「今年」之語。夢窗在杭初遇一妓，適在西湖清明，《三犯渡江雲》詞可證。但此妓未及娶歸即亡，其亡或在吴以他事别去之時，此詞或即記其事。

孫按：此爲賦體，是詠柳之作，其中或兼憶人，然似未可指實。詞寫於杭州。

## 龍山會　夷則商㊀

芙蓉　陪毗陵幕府載酒雙清㊁〔一〕

石徑幽雲冷㊂〔二〕，步障深深㊃，豔錦青紅亞〔三〕。小橋和夢過㊄〔四〕，仙佩杳㊅、煙水茫茫城下〔五〕。何處不秋陰，問誰借、東風豔冶〔六〕。最嬌嬈〔七〕，愁侵醉霜㊆〔八〕，淚綃紅灑㊇〔九〕。　搖落翠莽平沙㊈〔一〇〕，競挽斜陽㊉，駐短亭車馬〔一一〕。曉妝羞未墮⑪。沈恨起、金谷魂飛深夜〔一二〕。驚雁落清歌〔一三〕，酹花倩、觥船快瀉⑫〔一四〕。去未捨。待月向井梧梢上掛⑬〔一五〕。

【校　議】

㊀ 底本眉批：「俗呼林鐘商。」

㊁ 毛本、戈校本、杜本、王朱本、朱二校本、朱四校本詞題作「陪毗陵幕府諸名勝載酒雙清賞芙蓉」。《歷代詩餘》作「載酒賞芙蓉」。

〔三〕幽雲冷：《詞譜》、杜本作「幽雲罅」。《詞律》：「首句不起韻，是有此體，非誤也。」

〔四〕步障：毛本、《歷代詩餘》、《詞律》、戈校本、杜本、王朱本、朱二校本、四明本作「步帳」。

〔五〕小橋：《詞譜》、杜本、朱二校本作「小喬」。和夢過：毛本、《歷代詩餘》、《詞律》、《詞譜》、戈校本、杜本、王朱本、朱二校本作「和夢醒」。

〔六〕仙佩杳：毛本作「環佩香」。毛扆本校曰：「『香』應『杳』。」《歷代詩餘》、《詞律》、《詞譜》、戈校本、杜本、王朱本、朱二校本、鄭校同毛扆校語。鄭校：「以形近訛。」

〔七〕醉霜：《詞譜》、杜本、王朱本、朱二校本、底本、朱四校本、四明本作「醉頰」。戈校本作「晚醉」。鄭氏手批：「『醉霜』疑倒。」玆從明張本、毛本、《歷代詩餘》、《詞律》。

〔八〕淚綃紅灑：毛本作「淚灑紅綃」。毛扆本倒爲「淚綃紅灑」。《詞律》同毛本，然校曰：「『愁侵』句，『綃』字作結，大誤。或『綃』字是『帕』字之訛，或是『灑』字爲煞，而上下顛倒耳。」《歷代詩餘》作「淚紅綃灑」。《詞譜》、杜本、王朱本、朱二校本、四明本作「紅綃淚灑」。杜校：「原刻倒誤。」

〔九〕摇落句：戈校本作「摇落翠莽飛霜」。明張本、戈校本正同毛扆本。

〔一〇〕競挽斜陽：毛本、《歷代詩餘》、《詞律》作「挽斜陽」。奪一字。《詞譜》、杜本補作「欲挽斜陽」。杜校：「脱『欲』字。」戈校本作「挽住斜陽」。王朱本、朱二校本作「□挽斜陽」。

〔一〕曉妝：《詞譜》作「晚妝」。

〔二〕驚雁三句：酹花倩，明張本作「酹倩」。毛本、《歷代詩餘》、《詞律》作「酹花」。毛扆本增「清」字。萬氏校曰：「『酹花』句，即前段『問誰』句，不應作六字，是『酹花』下少一字矣。」《詞譜》、杜本作「酹花底」。杜校：「脱『底』字。」王朱本、朱二校本作「酹花□」。底本融合明張本、毛本，並校曰：「原鈔『花』字脱，從毛本。毛本『倩』字闕。」戈校本三句作「驚雁落平沙，清歌酹，花船快瀉」。

〔三〕去未捨二句：毛本、《歷代詩餘》、《詞律》、王朱本、朱二校本作「去來捨，月向井梧梢上掛」。《詞律》：「『去來捨』，文理不明，必誤。」《詞譜》、杜本作「後歸來，井梧上有玉蟾遥掛」。戈校本作「去還來，梳月向井梧梢挂」。四明本作「去未捨，月向井悟（梧）梢上挂」。鄭氏手批：「結句拙滯費解，忽出『捨』字一均，益繆。按此詞前後結同例，故當從《詞譜》改訂。」鄭校：「案是調舊譜只一百三字一體，證以趙以夫《九日》之作，其起調有韻，及煞拍字律，悉與《詞譜》所載夢窗詞無少出入。今杜、王二刻僅據以訂『愁侵醉霜』『霜』爲『煩』之誤，及『淚灑紅綃』之倒置，而起訖仍沿毛本之踳駁。爰附記之，以示後學準的也。」鄭氏手批：「是解有趙以夫《九日》之作可印證，其起調、畢曲並與《詞譜》所訂音調、字數及首句協均一一符合，可徵《詞譜》斷非無本，宜萬氏、杜氏汲汲遵訂也。」夏敬觀評語：「『過』、『墮』疑是鄉音入叶，則與趙以夫詞比，未是又一體也。」

## 【注　釋】

〔一〕芙蓉：色如荷花，稱木芙蓉。因色紅腴，又稱醉客。八九月始開，故又稱拒霜、宜霜。西湖岸邊及蘇堤多種。　毗陵：今江蘇常州。詳見《齊天樂·毗陵陪兩別駕宴丁園》注〔一〕。　幕府：此指幕僚。《唐語林·賞譽》：「吾聞長史劉從事非有通家之舊，復無舉薦之力，欻自□衆，爲賢侯幕府，必有足觀者。」　雙清：雙清樓。

〔二〕石徑句：謝靈運《過始寧墅詩》：「白雲抱幽石，緑篠媚清漣。」孔範《賦得白雲抱幽石詩》：「白雲浮遠蓋，飄飄繞石飛。」

〔三〕步障二句：步障豔錦，喻盛開的木芙蓉。亞，《匯釋》：「有縱橫二方面之二義。……自其横者而言，猶並也；傍也；挨也。」

〔四〕小橋句：用晏幾道《鷓鴣天》詞意：「夢魂慣得無拘檢，又踏楊花過謝橋。」

〔五〕仙佩二句：用芙蓉城傳説。以水中芙蓉凋落喻芙蓉城仙子芳魂杳杳難覓。

〔六〕何處三句：楊萬里《拒霜花》：「風露商量借膏沐，胭脂深淺入肌膚。喚回春色秋光裏，饒得紅妝翠蓋無。」問，《匯釋》：「猶向也。杜甫《入宅》詩『相看多使者，一一問函關』。言向函關也。」借東風，杜牧《赤壁》：「東風不與周郎便，銅雀春深鎖二喬。」

〔七〕嬌嬈：復詞偏義，佳美的意思。詳見《瑞龍吟·送梅津》注〔四〕。

〔八〕醉霜：木芙蓉霜時開放，此就其醉容宜霜的特點言之。

〔九〕淚綃紅灑：用紅綃聚淚典。喻帶雨芙蓉。　以上三句謂木芙蓉霜雨中如醉似啼時最爲嫵媚。

〔一〇〕摇落句：《本草綱目》卷三六：「（木芙蓉）秋半始著花。花類牡丹、芍藥，有紅者、白者、黄者、千葉者，最耐寒而不落。」霍總《木芙蓉》：「誰能政摇落，繁彩照階除。」蘇軾《和陳述古拒霜花》：「千林掃作一番黄，只有芙蓉獨自芳。」

〔一一〕競挽二句：李尤《九曲歌》：「年歲晚暮時已斜，安得壯士挽日車。」傅玄《九曲歌》：「歲暮景邁群光絶，安得長繩繫白日。」用意頗同錢惟演《玉樓春》：「爲君持酒勸斜陽，且向花間留晚照。」

〔一二〕曉妝三句：楊萬里《曉寄芙蓉徑二首》（之一）：「晚妝懶困曉妝新，火急來看趁向晨。」劉子寰《木芙蓉》：「曉妝如玉暮如霞，濃淡分秋染此花。」並合用緑珠墜樓典。張泌《惜花》：「看多記得傷心事，金谷樓前委地時。」夢窗奇想木芙蓉不凋落，因爲它是緑珠返魂，承載著墜樓的憾恨，故而花瓣不零落。

〔一三〕驚雁句：驚雁落，參見《高山流水·丁基仲側室善絲桐賦詠》注〔五〕。此指席上歌聲入雲，並暗用沈魚落雁典，無名氏《錯立身》戲文第二出：「有沈魚落雁之容，閉月羞花之貌。」

〔一四〕觥船快瀉：張耒《冬日放言二十一首》（之五）：「樽中有神物，快瀉如流霞。」李賀《河陽歌》：「觥船飫口紅，蜜炬千枝爛。」《詩·周南·卷耳》：「我姑酌彼兕觥，維以不永傷。」毛傳：「兕觥，角爵也。」　以上二句謂用大杯酒沃地，表達出祭奠將萎木芙蓉的心情。

〔一五〕去未捨二句：井梧，《本草綱目》卷三六：「（木芙蓉）其幹叢生如荆，高者丈許。葉大如桐，有五尖及七尖者，冬凋夏茂。」木芙蓉花葉形似梧桐五尖，故以喻之。並略用蘇軾《海棠》「只恐夜深花睡去，故燒高燭照紅妝」詩意，謂不忍馬上離開，欲等月上芙蓉花枝時再賞其月下姿容。

【考辨】

此詞寫於杭州。

## 八聲甘州

靈巖　陪庾幕諸公遊㊀〔一〕

渺空煙四遠〔二〕，是何年、青天墜長星㊁〔三〕。幻蒼崖雲樹㊂，名娃金屋〔四〕，殘霸宮城〔五〕。箭徑酸風射眼㊃〔六〕，膩水染花腥㊄〔七〕。時靸雙鴛響，廊葉秋聲〔八〕。宮裏吴王沈醉〔九〕，倩五湖倦客〔一〇〕，獨釣醒醒㊅〔一一〕。問蒼波無語㊆，華髮奈山青〔一二〕。水涵空、闌憑高處㊇〔一三〕，送亂鴉㊈、斜日落漁汀〔一四〕。連呼酒，上琴臺去，秋與雲平〔一五〕。

【校議】

㊀《陽春白雪》作「秋登靈巖」。《絶妙好詞》作「陪庾幕諸公秋登靈巖」。毛本、戈校本、杜本詞題作「陪庚幕諸公遊靈巖」。然杜校曰：「按宋時提舉常平使者有倉臺庾節之稱。其僚屬或稱倉幕，或稱庾幕。前《花木蘭慢》題『陪倉幕游虎邱』，此『庚幕』當爲『倉』字之誤，或作『庾』，形尤相似。」《歷代詩餘》作「遊靈巖」。王朱本、朱二校本、朱四校本徑改毛本作「陪庾幕諸公遊靈巖」。

㊁渺空煙三句：楊箋：「此調起韻，東坡調『有情風，萬里卷潮來，無情送潮歸』，作上八下五句，與此作上五下八異，可不拘。」

㊂蒼崖：底本、朱四校本作「蒼厓」。厓，用同「崖」。兹從餘本。

㊃箭徑：《歷代詩餘》作「箭涇」。劉永濟《微睇室説詞》：「楊鐵夫《箋》稱采香者，香山旁一個小溪。吴王種香草於香山，使美人泛舟以采之。今巖下望一水直如矢，故俗又名箭涇。又『涇』可讀古定切，音『徑』。此云『膩水染花腥』，似作『涇』更佳。」

㊄膩水：柯氏小幔亭本《絶妙好詞》作「劍水」。鄭氏手批：「審詞意，劍池非靈巖山中名勝。此指『箭涇』而言，當從毛本作『膩水』是。『膩』字從『腥』字意出，警策無比。」

㊅醒醒：吴世昌《詞林新話》：「又『獨釣醒醒』句，有以爲疊言『醒醒』，乃加重語氣，極言其清醒。按『醒醒』疊用不辭，疑有誤，不必强爲之解。」孫按：「醒醒」疊用非不辭。如白居易《春聽琵琶兼

簡長孫司户》：「指底商風悲颯颯，舌頭胡語苦醒醒。」段成式《醉中吟》：「只愛糟床滴滴聲，長愁聲絶又醒醒。」

㊆蒼波：《陽春白雪》、明張本、毛本、《歷代詩餘》、戈校本、王朱本、底本作「蒼天」。兹從《絶妙好詞》、杜本、朱二校本、朱四校本、四明本。朱二校：「與上『青天』複。」劉永濟《微睇室説詞》：「『天』或作『波』，非。」

㊇闌憑：《陽春白雪》、明張本、毛本、《歷代詩餘》、戈校本、王朱本、朱二校本、底本、朱四校本、四明本作「闌干」。兹從《絶妙好詞》、杜本。

㊈亂鴉：《歷代詩餘》作「飛鴉」。

【注釋】

〔一〕靈巖：蘇州靈巖山，以有館娃宫而著名。館娃宫與西施相關的遺跡見《吴郡志》卷八：「館娃宫，《吴越春秋》、《吴地記》皆云闔閭城西有山，號硯石山。山在吴縣西三十里，上有館娃宫。又，《方言》曰：吴有館娃宫，今靈岩寺即其地也。山有琴臺、西施洞、硯池、翫花池，山前有采香徑，皆宫之故跡。」

〔二〕渺空煙：謂煙濤浩渺，下臨無地。入題已是高憑涵空閣所見景象。宋人潘牥《涵空閣》詩可以參看：「直下疑無地，滿前都是秋。」

〔三〕是何年二句：我國古代向有隕星成山的傳説，《太平寰宇記》卷一〇一：「落星山，在山東，周回一百五十步。高丈許。《圖經》云：昔有星落水化爲石，當彭蠡灣中，俗呼爲落星灣。」此移落星傳説於靈巖山以神之。長星，庾信《擬詠懷詩二十七首》（之二一）：「直虹朝映壘，長星夜落營。」

〔四〕名娃：周邦彦《鎖陽臺》：「何時見、名娃喚酒，同倒甕頭春。」《文選·左思〈吴都賦〉》：「幸乎館娃之宫，張女樂而娱群臣。」劉良注：「吴俗謂好女爲娃。」餘見《水龍吟·惠山酌泉》注〔四〕。金屋：代指館娃宫，用金屋藏嬌典。

〔五〕殘霸：吴王夫差是春秋五霸之一，最終卻被越王勾踐所滅，故云。以上六句中，「幻」字貫徹上下，意思是不僅館娃諸宫，即便是眼前的山景令人也有幻化而成之感。與葉茵《涵空閣》詩意略同：「浪説涵空未是空，一闌羅列幾巃嵸。世人若問空中景，此景從來是夢中。」

〔六〕箭徑句：李賀《金銅仙人辭漢歌》：「魏官牽車指千里，東關酸風射眸子。」箭徑，又稱箭涇、采香徑。《吴郡志》卷八：「采香徑，在香山之傍，小溪也。吴王種香於香山，使美人泛舟於溪以采香，今自靈巖山望之，一水直如矢，故俗又名箭涇。」同書卷一五：「（靈巖）山前十里有采香徑，斜横如卧箭云。」

〔七〕膩水句：杜牧《阿房宫賦》：「渭流漲膩，棄脂水也。」《吴郡志》卷八：「香水溪在吴故宫中，俗云西施浴處，人呼爲脂粉塘，吴王宫人濯妝於此溪，上源至今馨香。」

〔八〕時轂二句：《吴郡志》卷八：「響屧廊，在靈岩山寺。相傳吴王令西施輩步屧，廊虚而響，故名。今寺中以圓照塔前小斜廊爲之，白樂天亦名鳴屧廊。」《吴郡圖經續記》卷中：「響屧廊，或曰鳴屐廊，以楩梓藉其地，西子行則有聲，故以名云。」謂此時山上秋風落葉之聲，隱然與吴國宫人靸鞋過廊相仿佛。

〔九〕宫裏句：李白《烏棲曲》：「姑蘇臺上烏棲時，吴王宫裏醉西施。」又，《口號吴王美人半醉》：「風動荷花水殿香，姑蘇臺上宴吴王。西施醉舞嬌無力，笑倚東窗白玉床。」

〔一〇〕五湖倦客：指范蠡。詳見《高陽臺·過種山》注〔一六〕。

〔一一〕獨釣醒醒：用屈原《漁父》「衆人皆醉我獨醒」句意。以上二句謂范蠡富有政治智慧，不僅從文種之計獻西施助越滅吴，更在滅吴之後泛舟五湖，全身而退。

〔一二〕華髮句：潘牥《涵空閣》：「莫説興亡事，吟人本白頭。」以上二句亦化用蘇軾《感舊詩》「青山映華髮」之意。

〔一三〕水涵空二句：《明一統志》卷八：「涵空閣，在靈巖寺。吴時建。」楊箋：「(吴潛)《履齋詩餘》《滿江紅·姑蘇靈巖寺涵空閣》詞云：『客子愁來，閑信馬、到涵空閣。』又曰：『八萬頃湖如鏡静。』『涵空』，是閣名，以臨太湖，故名。」

〔一四〕送亂鴉二句：温庭筠《春日野行》：「蝶翎朝粉盡，鴉背夕陽多。」歐陽鈇《絶句》：「爲憐紅杏亞枝斜，看到斜陽送亂鴉。」陳與義《臨江仙》：「古今多少事，漁唱起三更。」

〔一五〕連呼酒三句：《吴郡志》卷一五：「（靈巖）琴臺下有大偃松身卧於地，兩頭崛起，交蔭如蓋。不見根之所自出，吴人以爲奇賞。比年雷震，一枝已瘁。山下平瞰太湖及洞庭兩山，滴翠叢碧在白銀世界中，亦宇内絶景。」通過元代朱德潤《游靈巖天平山記》，可知琴臺高於涵空閣：「里人所謂雞經山、虎子谷者，突然乎其左。琴臺巘、羊腸嶺者兀然乎其右。迤值上坡，陁經犖確，曰觀音峰，曰猿愁嶺。皆陟險攀緣而上，直抵靈巖山永祚塔寺後。回望諸山，皆在其下。菜畦麥隴，蒼黄相間。入寺，觀八角井，步響屧廊，陟香徑，登琴臺。予足力倦，距兩步而止。回撫偃松，倚磐石，坐涵空閣，南望三山環抱，即太湖之洞庭。山色蒼茫，湖光鏡淨，瞰飛鳶於木杪，睇雲帆於天際。」朱德潤（一二九四至一三六五），去宋未遠，所記應爲宋代遺跡。

【集評】

陸輔之《詞旨·警句》：連呼酒，上琴臺去，秋與雲平。

陳廷焯《大雅集》卷三：「箭徑」六字承「殘霸」句，「膩水」五字承「名娃」句。此詞氣骨甚遒。

俞陛雲《唐五代兩宋詞選釋》：夢窗詞近三百首，《絶妙好詞》選十六調，以此調冠首，弁陽翁題句以「猶想烏絲醉墨，驚俊語香紅圍繞」及「依舊故人懷抱」稱之，可見相知之深。此調起筆警拔，謂奇峰自天際飛來。第三句以「幻」字點醒之，其筆勢亦如長星墜空也。「名娃」二句有兒女英雄同歸冥漠之感。其地有箭徑、劍水，故用「射」字、「腥」字以映帶之，而歸到響屧，以秋聲寓懷古之意。其下詠吴宫往事，醒醉相形，寫以輕筆，即承以水碧山青，發蒼涼之慨。結尾四句霜天曉角，愈轉愈高，宜「秋與雲平」一語，推爲警句也。

陳洵《海綃説詞》：换頭三句，不過言山容水態，如吴王、范蠡之醉醒耳。「蒼波」承「五湖」，「山青」承「宫裏」，獨醒無語，沉醉奈何，是此詞最沈痛處。今更爲推進之，蓋惜夫差之受欺越王也。長頸之毒，蠡知而王不知，則王醉而蠡醒矣。女真之猾，甚於勾踐，北狩之辱，奇於甬東；五國城之崩，酷於卑猶位；遺民之憑弔，異於鴟夷之逍遥。而游艮岳、幸樊樓者，乃荒於吴宫之沈湎。北宋已矣，南渡宴安，又將岌岌，五湖倦客，今復何人？一「倩」字，有衆人皆醉意。不知當時庾幕諸公，何以對此？

梁啟超《飲冰室評詞》引麥孺博云：奇情壯采。

楊箋：（「渺空煙」三句）此題闊大，起無傑句，不足以振全局。觀此，大有顧盼自雄之概。隕星化石，未聞化巖，天墜長星，此等幻想，須在有理無理之間方妙。（「箭徑」七句）此三韻，俱填靈巖事蹟，妙在從吊古説，以古文夾叙夾議之法，次第列舉古跡，化堆垛於無形，是何神勇，可爲隸事絶妙法門。（「宫裏」三句）「醉」、「醒」對紐研煉。必有吴王之醉，乃有范蠡之醒，吊古意躍然紙上。

劉永濟《微睇室説詞》：此夢窗因吊古而傷今之作，起二句化實爲虚，將靈巖寫得非常空靈而又闊大。……「幻蒼崖」以下所寫皆吴王夫差與西施之古跡。此三句用一「幻」字領起，則實處皆空靈矣。「箭徑」，采香徑也。……「膩水」言宫人香膩殘水，使花香變腥，亦猶杜牧《阿房宫賦》「渭流漲膩，棄脂水也」，「膩水」正用此。「酸風射眼」與「染花腥」皆登眺時耳目所接而生之感。是則非純寫古跡，而古跡皆帶人情矣。過拍二句尤妙。「雙鴛」，西施之履也。吴宫有響屧廊，以楩梓板藉地，行則有聲，故名，見《姑蘇圖經》。「屧」，本履中薦，猶今鞋墊。此二句寫得恍惚，正是懷古深情。换頭以吴越往事另起。「吴王沉醉」與「倦客獨醒」雙舉對起。「倦客」謂范蠡也。范蠡佐越王勾踐日夜謀亡吴，而吴王沈湎酒色，全不知懼。「五湖倦客」，范蠡於功成後，放舟五湖，不樂功名，故曰「倦客」。夢窗寫吴越興亡，不但懷古，實寓傷今：蓋南宋君臣，晏安江左，忘國大仇，亦如夫差當日也。「問蒼天」以下，更切自己説。「問蒼天無語」有屈子天問之意。……「華髮」句則感己衰老，「奈山青」則言山色尚如古時。以「華髮」對「山青」，使人真有無可奈何之感，蓋一變衰，一如舊也。故曰「奈山青」。「水涵空」三句乃登眺時景色。「亂鴉斜日」，何等景象！以爲國亂將亡之象徵看，諒不爲過。然則當日臨眺之人，其情可想矣。歇拍二句以景作結，而憑高吊古，蒼茫四顧之狀，躍然紙上。且由「呼酒」、「上琴臺」句，可知上半闋皆在臺上耳目所接，下半闋則由見聞而生感慨，用筆極矯健，如常山之蛇，首尾相應，論章法亦至爲細密。可見詞人之筆，無施不可，夢窗不止善寫柔情，而且詠物、吊古之詞，亦多蒼勁之作，不可以一體概其全面也。

唐圭璋《唐宋詞簡釋》：此首遊靈巖詞。起從遠望點靈巖。「幻蒼崖」二句，吊館娃宫。「箭徑」兩句，吊采香徑。「時靸」兩句，吊響屧廊。换頭，承上吊古之意，言吴王以沉醉而亡國，范蠡以獨醒而全身。「問蒼波」以下，空際轉身，將吊古及身世之感盡融入景中。前片所言館娃宫、采香徑、響屧廊，俱已化爲烏有，只有山青水碧，亂鴉盤空而已。末句，更轉一境，亦「更上一層樓」之意，與起句相應。全篇波瀾壯闊，筆力奇横。

吴世昌《詞林新話》：陳洵《海綃説詞》推演夢窗《八聲甘州》諸語，全是胡説。索隱派對北宋明白曉暢之詞無法歪曲糾纏，則取晦澀乃至不通之夢窗以圓其謊，以炫其奇，以欺初學者。

吴熊和《隱辭幽思、詞風密麗的吴文英》：在宋人懷古詞中，吴文英此詞的寫法顯得與衆不同。詞中以「幻」字領起，從歷史回顧中唤起的想像豐富真切，幾近幻覺，復與登臨所見的山容水態打成一片，混茫莫辨。夫差、西施的故事，跨越千載，宛如就在身邊發生。酸風射眼，流水漲膩，山下的采香徑似乎依然流著宫女們洗妝後的殘脂剩馥，「腥」氣刺鼻（「腥」字狀氣味沉烈，吴文英《聲聲慢·過種山》亦云「最無情，巖上閑花，腥染春愁」。孫按：詞調爲《高陽臺》），身邊的落葉聲聲，一似館娃在響屧廊上穿著木屐緩步而來。詞中箭徑的西風流水和樹間的落葉秋聲，是目擊耳聞的實在之物，而「酸」、「膩」、「腥」以及「時靸雙鴛響」之類的感覺，卻是作者主觀的幻覺成分。以幻爲真，詞人的身心都進入了由於懷古而起的幻境。這種筆法，既打破了時空界限，把歷史拉到了眼前，又將實地聞見的客觀印象强化爲主觀感受，帶有濃烈的情緒色彩。同上片涉及西施時若隱若現的朦朧筆觸不同，《八聲甘州》的下片寫到夫差、范蠡的一醉一醒，就正面切入，相互對照，語多感慨。「問蒼波無語」以下，筆鋒一轉，從「故國神遊」跌回蒼涼的現實。結句「秋與雲平」，既説秋高，又表示自己置身於靈巖絶頂，遼闊秋空、無邊秋色和遠處煙波浩渺的太湖盡集於眼下，與起句「渺空煙四遠」首尾呼應，境界開闊，胸次超曠，意態蕭閑，不但超越了歷史，而且超越了現實，確有超塵絶俗的高遠之致。

**【考　辨】**

朱箋：《吴郡志》：靈巖山，即古石鼓山，在吴縣西三十里，上有吴館娃宫、琴臺、響屧廊。山前十里，有采香徑，斜横如卧箭云。

孫按：《吴郡志》卷一五：「靈巖山，即古石鼓山，又名硯石山。董監《吴地記》案，《郡國志》曰：吴山離宫在石鼓山，越王獻西施於此山，山有石馬，望之如人騎。南有石鼓，鳴即兵起，亦名硯石山。又有琴臺在其上。《越絶書》云：吴人於硯石山作館娃宫。劉逵注《吴都賦》引楊雄《方言》云：吴有館娃宫，吴人呼美女爲娃。故《三都賦》云『幸於館娃之宫，張女樂而娱群臣』。今吴縣有館娃鄉。又云硯石山有石城，去姑蘇山十里。闔閭養越美人於此，上有兩湖。湖中有蓴充貢。按，此即今靈巖山。以上皆董監所記。今按《吴越春秋》、《吴地記》等書云闔閭城西，有山號硯石，山高三百六十丈，去人煙三里，在吴縣西三十里。上有吴館娃宫、琴臺、響屧廊。」此詞寫於蘇州。

## 又㊀

姑蘇臺〔一〕　和施芸隱韻㊁

步晴霞倒影〔二〕，洗閒愁、深杯灩風漪〔三〕。望越來清淺〔四〕，吴歈杳靄〔五〕，江雁初飛〔六〕。輦路淩空九險㊂〔七〕，粉冷濯妝池〔八〕。歌舞煙霄頂，樂景沈暉㊃〔九〕。　別是青紅闌檻㊄〔一〇〕，對女牆山色〔一一〕，碧澹宫眉㊅〔一二〕。問當時游鹿㊆，應笑古臺非〔一三〕。有誰招㊇、扁舟漁隱〔一四〕，但寄情㊈、西子卻題詩〔一五〕。閑風月㊉，暗消磨盡⑪，浪打鷗磯〔一六〕。

【校　議】

㊀　戈選詞調作《甘州》，戈選杜批：「此從《甘州令》衍爲慢調，前後段共八韻，故名《八聲甘州》。然亦有首句添一韻者。又，後結上一句中二字須相連，如此詞之『暗消磨盡』及後張玉田之『有斜陽

處』、『趁楊花去』皆同。然玉田另二首又不如是，想可不拘。」

㊁《鐵網珊瑚》詞題作「和施知言姑蘇臺韻」。《歷代詩餘》作「姑蘇臺和韻」。鄭氏手批：「當據《鐵網珊瑚》訂正。」

㊂九險：張藏《鐵網珊瑚》、明張本、毛本、戈校本同。然後世爭之。《歷代詩餘》、戈選、杜本作「花蔭」。王校疑「九」作「就」。鄭氏手批：「半塘老人云，疑當作『就』，『九』字乃以音訛，非是。疑作『就險』，則亡謂，句亦失解。《吴地記》：闔閭造姑蘇臺，高三百丈，望見三百里外，作九曲路以登之。』此即「九險」之所本也。」鄭文焯又於《校議補録》辨之甚詳。見本書《附録三·題識序跋及校録凡例》。

㊃樂景：《歷代詩餘》、戈選、杜本作「落景」。鄭氏手批：「上闋『樂景』，本唐人『歡情樂景催』句。戈選臆改作『落景』，既云『沈暉』，又用『落景』，可謂疊床架屋。且四字直率，重失吊古之意。淺人初學尤當厚誡。以之校古人名作，可乎？是詞如『九險』，戈以意易『花蔭』二字，杜氏從之以訂毛刻。若校詞於其所不知而敢於僭改，則亦何必汲汲斠訂邪？覺翁有靈，當爲啞然。」

㊄青紅：《鐵網珊瑚》、鄭校、四明本作「新紅」。

㊅宫眉：明張本、毛本、《歷代詩餘》、戈校本、戈選、杜本作「空眉」。餘本從《鐵網珊瑚》。

㊆當時：《鐵網珊瑚》、鄭校、四明本作「姑餘」。鄭氏手批：「姑餘、姑胥與姑蘇皆同一音之轉。《吴

地續記》：姑蘇臺亦作姑餘。」楊箋：「《一統志》引《續圖經》：《史記》：上姑蘇，望五湖。姑蘇山，或曰姑胥，或曰姑餘，其實一也。姑蘇臺，至今人稱姑胥臺山。」

⑧誰招：張藏《鐵網珊瑚》、四明本作「誰拈」。張壽鏞案：「《列子·湯問》：『汝何蚩而三招予。』注云：『一本作拈。』拈字勝。」

⑨寄情：《鐵網珊瑚》、四明本作「賦情」。鄭氏手批：「『寄』字便渾。」

⑩閑風月：朱二校：「《鐵網珊瑚》『月』上衍『閑』字。」孫按：今所見五種《鐵網珊瑚》，惟朱校《鐵網珊瑚》衍一「閑」字。

⑪暗消磨：《鐵網珊瑚》作「闇消磨」。

## 【注釋】

〔一〕姑蘇臺：《吴郡志》卷一五：「姑蘇山，一名姑胥，一名姑餘，連横山之北，古臺在其上。」傳説是吴王夫差爲西施所造，以望越地，慰其鄉思。或曰闔閭所造。

〔二〕步晴霞句：姑蘇臺下枕吴江、越來溪，面臨太湖，人行於山路，影沈於水中，故云「步倒影」。《史記·河渠書第七》：「上姑蘇，望五湖。」劉商《姑蘇懷古送秀才下第歸江南》：「姑蘇臺枕吴江水，層級鱗差向天倚。」晴霞，謝朓《晚登三山還望京邑》：「白日麗飛甍，參差皆可見。餘霞散成綺，澄江靜如練。」

〔三〕深杯句：蘇軾《送楊傑》：「太華峰頭作重九，天風吹灩黄花酒。」詳見《垂絲釣近·雲麓先生以畫舫載洛花宴客》注〔一〇〕。

〔四〕越來清淺：《吴郡志》卷一八：「越來溪在横山下，與石湖連，相傳越兵入吴時，自此來，故名。」又，卷八：「《史記正義》：『越自松江北開渠，至横山東北入吴，即此溪。來，讀曰釐，吴音也。』」餘見《永遇樂·探梅》注〔一三〕。

〔五〕吴歈：《楚辭·招魂》：「吴歈蔡謳，奏大吕些。」王逸章句：「吴蔡，國名也。歈、謳，皆歌也。」杳靄：聲音在隱約有無之間。韓翃《題薦福寺衡岳暕師房》：「晚送門人出，鐘聲杳靄間。」

〔六〕江雁初飛：用杜牧《九日齊安登高》「江涵秋影雁初飛」句意。

〔七〕輦路：此特指吴王車駕所經的道路。凌空九隩：攀臺途中高三百尺的九曲路。詳見【考辨】。

〔八〕濯妝池：在靈巖山香水溪。詳見《八聲甘州·靈巖》注〔七〕。

〔九〕歌舞二句：取意李白《烏棲曲》：「姑蘇臺上烏棲時，吴王宫裏醉西施。吴歌楚舞歡未畢，青山猶銜半邊日。」樂景，前人於此意皆取用「落景」。孟浩然《和賈主簿弁九日登峴山》：「逸思高秋發，歡情落景催。」喻坦之《代北言懷》：「困馬榆關北，那堪落景催。」夢窗「窺入其意形容之」，推陳言而出新語。謂吴王在山頂姑蘇臺飲酒作樂，其實當時樂景已如落日餘輝，倚伏消歇之勢。

〔一〇〕别是句：吴王建姑蘇臺，實中越國君臣之計。《姑蘇志》卷三三：「勾踐欲伐吴，於是作栅楣，嬰以白璧，鏤以黄金，狀如龍蛇，獻吴王。吴王大悦，受以起此臺。」此臺吴越爭戰時已被焚。《姑蘇志》

卷三三：「姑蘇臺始於闔閭，成於夫差也。後越伐吴，吴太子友戰敗，遂焚其臺。」青紅闌檻，此指不久前在其遺址上新修建的建築。闌檻，《説文・木部》：「楯，闌檻也。」段玉裁注：「闌檻者，謂凡遮闌之檻，今之闌干是也。」

〔一一〕女牆：城牆上呈凹凸形的短牆。《釋名》卷五：「城上垣，曰睥睨。言於其孔中睥睨非常也。亦曰陴。陴，裨也，言裨助城之高也。亦曰女牆，言其卑小，比之於城，若女子之於丈夫也。」此指越來溪上越城雉堞遺跡。《吴郡志》卷一八：「（越來）溪上有越城，雉堞宛然。」

〔一二〕宮眉：八字眉。詳見《賀新郎・湖上有所贈》注〔六〕。「山色」意屬此句，以黛眉喻周圍山色。

〔一三〕問當時二句：《史記・淮南衡山列傳》：「（伍被曰）臣聞子胥諫吴王，吴王不用，乃曰：『臣今見麋鹿游姑蘇臺也。』」意思是青紅填塞的新造之臺與吴王時的姑蘇臺已經完全不同，可讓當時曾遊麋鹿哂笑。

〔一四〕有誰二句：招隱，此謂招人歸隱。駱賓王《酬思玄上人林泉》：「聞君招隱地，仿佛武陵春。」淮南小山有《招隱士》，陸機、左思諸人也有《招隱詩》。扁舟漁隱，指范蠡。詳見《八聲甘州・靈巖》注〔一〇〕。

〔一五〕但寄情二句：姑蘇臺多有西施題詠，著名的如唐無名氏《姑蘇臺》：「無端春色上蘇臺，鬱鬱芊芊草不開。無風自偃君知否，西子裙裾拂過來。」夢窗以爲在范蠡西施事件上，後人並不能理解范蠡歸隱五湖的深衷，卻總是糾纏於西施情事並大量寫詩，頗能諷刺唯重美色的世態。

〔一六〕閑風月三句：劉應時《聞范至能丐祠二首》（之一）：「石湖雖有閑風月，誰許深償寂寞濱。」相傳石湖爲范蠡入五湖之口。

【集　評】

俞陛雲《唐五代兩宋詞選釋》：前半僅賦本題，其精湛處皆在下闋。轉頭三句筆意便超拔。其下游鹿臺非，遊湖人遠，雖皆本地風光，在能手出之，有一種高朗之氣。結句閑鷗風月，霸業消沈，尤爲撫歎。

【考　辨】

朱箋《吴郡志》，姑蘇臺，在吴縣西南三十里，横山西北麓姑蘇山上。

夏箋：《太平寰宇志》引《吴地志》云，闔閭十一年，起臺於胥門，姑蘇山造九曲路，高三百尺。鄭文焯曰：「輦路淩空九險」句用此。

孫按：《太平寰宇記》卷九一：「姑蘇臺，吴王夫差爲西施造，以望越。按《吴地記》云：『闔廬十一年，起臺於胥門姑蘇山，山南造九曲路，高三百尺，以遊之。』《越絶書》云：『臺高見三百里。』故太史公云『登姑蘇，望五湖』即此。」

《吴地志》：「姑蘇臺，在吴縣西南三十五里。闔閭造，經營九年始成。其臺高三百丈，望見三百里外，作九曲路以登之。」

《姑蘇志》卷三三：「姑蘇臺，一名胥臺，在姑蘇山。舊《圖經》云在吴縣西北三十里，《續圖經》云三十五里，一名姑蘇，一名姑餘。《史記正義》云：在吴縣西南三十里。横山西北麓，姑蘇山上。《山水記》云闔閭作春夏遊焉。又云夫差作臺，三年不成；積材五年乃成。造九曲路，高見三百里。勾踐欲伐吴，於是作栅楣，嬰以白璧，鏤以黄金，狀如龍蛇，獻吴王，吴王大悦，受以起此臺。《越絶書》云闔廬造九曲路，以游姑胥之臺，子胥諫不聽。又於臺上别立春宵宫，爲長夜之飲，作天池以泛青龍舟，舟中盛致妓樂，日與西施爲嬉，作海靈館、館娃閣，皆銅溝玉檻，飾以珠玉。」

此詞爲《鐵網珊瑚》所收夢窗新詞稿十六首之第八首。癸卯即淳祐三年（一二四三）寫於蘇州。據《景定建康志》卷二七「官守志」：「（溧陽）施樞，從事郎。淳祐三年六月九日到任，六年三月離任。」此詞寫在九月深秋，施氏已赴溧陽任。施氏原唱已佚。

## 又

和梅津

記行雲夢影〔一〕，步淩波〔二〕、仙衣剪芙蓉〔三〕。念杯前燭下，十香搵袖〔四〕，玉暖屏風〔五〕。

分種寒花舊盎〔六〕，蘚土蝕吴蛩㊀〔七〕。人遠雲槎渺，煙海沈蓬〔八〕。重訪樊姬鄰里〔九〕，怕等閒易別〔一〇〕，那忍相逢〔一一〕。試潛行幽曲〔一二〕，心蕩□忽忽㊁〔一三〕。井梧凋、銅鋪低亞〔一四〕，映小眉〔一五〕、瞥見立驚鴻〔一六〕。空惆悵，醉秋香畔〔一七〕，往事朦朧〔一八〕。

【校　議】

㊀吴蛩：明張本、毛本、杜本、王朱本作「吴蛬」。蛬，同「蛩」。

㊁心蕩句：明張本、毛本作「心蕩忽忽」。毛扆本：「『忽忽』上脱一字。」戈校本補「別」字。杜本補「更」字。楊箋擬補「去」字。王朱本補空格，餘本從之。

【注　釋】

〔一〕行雲夢影：巫山雲雨夢境的痕跡。孔範《賦得白雲抱幽石詩》：「能感荆王夢，陽臺雜雨歸。」

〔二〕步淩波：語出曹植《洛神賦》。

〔三〕仙衣句：孔範《賦得白雲抱幽石詩》：「帶蓮縈錦色，拂鏡下仙衣。」《楚辭·離騷》：「制芰荷以爲衣兮，集芙蓉以爲裳。」　以上三句還暗用芙蓉城傳説。

〔四〕搵袖：此猶言籠手入袖中取暖。搵，《説文·手部》：「搵，没也。」段玉裁注：「没者，湛也，謂湛浸於中也。」此用引申意。

〔五〕玉暖屏風：與上句合用張良臣《西江月》詞意：「四壁空圍恨玉，十香淺揾啼綃。」梁簡文帝《美女篇》：「朱顏半已醉，微笑隱香屏。」玉，代指顏色如玉的白皙美人。

〔六〕寒花：此指菊花。張協《雜詩》：「寒花發黄采，秋草含緑滋。」

〔七〕蘚土句：楊時《假山》：「苔封土蝕誰復問，嶙剛僵卧當市廛。」吴地盛藝菊。《吴郡志》卷三〇引《范村菊譜·序》：「菊，所在固有之，吴下尤盛。城東西賣花者，所植彌望，人家亦各自種圃者。伺春苗尺許時，掇去其顛，數日則岐出兩枝。又掇之，每掇益岐。至秋，則一幹所出，數百千朵。婆娑團欒如車蓋薰籠矣。」

〔八〕人遠二句：用泛槎典。煙海沈蓬，爲「煙沈蓬海」之倒。李白《對酒二首》（之一）：「松子棲金華，安期入蓬海。」代指蓬萊仙境。此以仙境不可再期寫往事難再回溯。

〔九〕重訪句：周邦彦《瑞龍吟》：「前度劉郎重到，訪鄰尋里，同時歌舞。」樊姬，本指春秋楚莊王之姬。事見《列女傳》、《韓詩外傳》及《新序》等。後也因同音借稱樊素。楊箋：「白居易妾曰樊素，亦稱樊姬，後遣去。」黄庭堅《采桑子》：「深鎖三關。不要樊姬與小蠻。」亦用以稱樊姓歌妓。白居易《九日代羅樊二妓招舒著作》：「羅敷斂雙袂，樊姬獻一杯。」鄰里，古代以五家爲鄰，十家爲里。此泛指附近歌舞幽坊。

〔一〇〕怕等閒句：梁簡文帝《示晉陵弟詩》：「時事雖爲舛，離憂等閒别。」等閒，《匯釋》：「猶云平常也；

隨便也；無端也。」「忽忽」意入此句。杜甫《酬孟雲卿》：「樂極傷頭白，更長愛燭紅。相逢難衮衮，告別莫忽忽。」《九家集注杜詩》卷一九：「相逢既難得相繼，故不可忽忽爲別也。」

〔一一〕那忍：猶言「那堪」。《匯釋》：「那堪，猶云兼之也。與本義之解作不堪者異。」蕭搗《孀婦吟》：「會須明月落，那忍見床空。」

〔一二〕幽曲：猶言「幽坊」。妓女集聚之地。

〔一三〕心蕩：李白《愁陽春賦》：「春心蕩兮如波，春愁亂兮如雪。」《崔徽歌》：「眼明正似琉璃瓶，心蕩秋水横波清。」

〔一四〕銅鋪：銅質鋪首。李賀《宮娃歌》：「啼蛄吊月鉤闌下，屈戌銅鋪鎖阿甄。」餘見《醉蓬萊·七夕》注〔一八〕。　低亞：（雙環）低並。《匯釋》舉范成大《癸卯除夜聊復爾齋偶題》：「寂歷羅門亞，温藥馨鼎煨。」謂其「門亞猶云門閉，閉則門相並也」。

〔一五〕小眉：孟昶《春光好》：「窺宋深心無限事，小眉彎。」

〔一六〕瞥見：羅虬《比紅兒詩》：「若教瞥見紅兒貌，不肯留情付洛神。」　立：《苕溪漁隱叢話後集》卷二四：「元微之《李娃行》云：『髻鬟峩峩高一尺，門前立地看春風。』此定是娼婦。」此處亦用「立」字，可明身份。　驚鴻：語出曹植《洛神賦》：「其形也，翩若驚鴻，婉若游龍，榮曜秋菊，華茂春松。」

〔一七〕醉秋香畔：照應前文藝菊之事。雖非佳人所手植，但觸景易生離情也。

〔一八〕往事朦朧：辛棄疾《浪淘沙》：「兒女此情同。往事朦朧。」　以上三句抒寫可成追憶，當時惘然的情懷。

【考辨】

楊箋：此當爲和梅津憶姬之作。（「重訪」三句）此必梅津欲求故劍，曾訪諸其家者。

吴箋：此詞當作於理宗寶慶年間（一二二五至一二二七）。……此詞當本於尹焕年輕時與吴興妓一段情事。周密《齊東野語》卷一〇《尹惟曉詞》載：「梅津尹焕惟曉未第時，嘗薄遊苕溪籍中，適有所盼。後十年，自吴來霅，艤舟碧瀾，問訊舊遊，則久爲一宗子所據，已育子，而猶掛名籍中。於是假之郡將，久而始來。顏色瘁赧，不足膏沐，相對若不勝情。梅津爲賦《唐多令》（蓓按：《詞綜》收録此詞）云云。數百載而下，真可與杜牧之尋芳較晚之爲偶也。」此段記載，當爲此詞所本。尹焕當年賦《唐多令》外，或更寄情於《八聲甘州》。夢窗此詞，即爲和作。尹焕嘉定十年（一二一七）進士，「未第時」，當在此前，「後十年」，則寶慶年間事也。

孫按：此詞不寫於理宗寶慶年間。其一，此詞所寫美人顯然曾居吴地，尹氏原唱《唐多令》則贈尚在湖州吴興樂籍中的歌妓，兩人略不相及。其二，夢窗贈尹焕的十一首詞作皆寫於淳祐六年（一二四六）至淳祐十年（一二五〇）前後，並無其他詞作可以證明兩人在寶慶年間即開始交遊。其三，詞中兩經秋季，並顯示有客杭經歷之後長住蘇州時。與夢窗先客杭後客蘇的生涯相契合。此詞寫於蘇州。以夢窗與梅津交遊行跡考之，詞應寫於淳祐六年（一二四六）至淳祐九年（一二四九）之間。

## 新雁過妝樓㈠　夾鐘羽㈡

夢醒芙蓉〔一〕。風簷近㈢、渾疑佩玉丁東〔二〕。翠微流水，都是惜別行蹤〔三〕。宋玉秋花相比瘦㈣，賦情更苦似秋濃㈤〔四〕。小黄昏，紺雲暮合，不見征鴻〔五〕。宜城當時放客〔六〕，認燕泥舊跡，返照樓空〔七〕。夜闌心事〔八〕，燈外敗壁哀蛩㈥〔九〕。江寒夜楓怨落，怕流作題情腸斷紅〔一〇〕。行雲遠〔一一〕，料澹蛾人在〔一二〕，秋香月中㈦〔一三〕。

【校　議】

㈠ 此調多異名。《陽春白雪》詞調作《八寶妝》。明張本調名下自注：「又名《八寶玉交枝》、《瑤臺聚八寶裝》。」裝，同「妝」。《詞律》：「九十九字。夢窗此調二首，字法相同，作者不可任意更變。觀其所用諸去聲，宜學，蓋其他作亦然，必非偶合者。張玉田有《瑤臺聚八仙》一調，陳君衡有《八寶妝》一調，查與此吻合。」《詞譜》：「一名《雁過妝樓》，張炎詞名《瑤臺聚八仙》，陳允平詞名《八寶妝》，《高麗史・樂志》名《百寶妝》。」戈選杜批：「下一首第八句三字叶韻，後玉田詞首句不叶韻皆可。玉田另有一首名《瑤臺聚八仙》，陳西麓一詞名《八寶妝》，皆同調異名也。」明張本、毛本、戈校本、戈選、杜本、王朱本有詞題作「秋感」。朱二校本等據《陽春白雪》删。

㈡ 底本眉批：「俗呼中吕。」

㈢ 風篷：《詞譜》、杜本作「風簾」。杜校：「從《圖譜》改正。」

㈣ 秋花：《詞譜》作「秋風」。

㈤ 秋濃：《陽春白雪》、王朱本、朱二校本、鄭校作「春濃」。朱二校：「與上『秋花』複。」鄭氏手批：「『春』，毛本作『秋』，正與上句『秋花』相回應，未可疑爲誤。但《陽春白雪》選作『春』，亦出夢窗同時，可爲異證。或疑『秋』與上句『秋』複，則詞中連環用字又當何説。」

㈥ 燈外：《歷代詩餘》、《詞譜》作「燈前」。哀蛩：明張本、毛本、《歷代詩餘》、《詞譜》、底本、四明本作「寒蛩」。朱二校：「與下『江寒』字複。」鄭校：「以下句『寒』字衍誤。」戈選、杜本作「殘蛩」。兹從《陽春白雪》、明張本、王朱本、朱二校本、朱四校本、鄭校。

㈦ 秋香月中：戈選、杜本作「秋月香中」。杜校謂遵《詞譜》改，實從戈選改。《詞律》：「查夢窗『夢醒芙蓉』一首尾云『秋香月中』，初疑是『秋月香中』，今觀此『藍橋不成』（孫按：陳允平《八寶妝》末句）則知此句亦可用平平仄平耳。」王校引王夢湘曰：「此句有口湖『藍橋不成』可證，不必與下闋强同。」鄭氏手批：「宜從王説，不必逕改。杜校據所習見，亦甚亡謂。」

【注釋】

〔一〕夢醒芙蓉：王僧孺《爲人述夢詩》：「以親芙蓉褥，方開合歡被。」

〔二〕風簷二句：范成大《晚春》：「静極聞簷佩，慵來愛枕幃。」此寫夜風吹動懸掛的簷鈴。詳見《滿江紅·澱山湖》注〔八〕。以上三句寫從與彼美相見並惜别的夢境中醒來，恍惚中幾疑屋簷的風鈴聲爲彼美環佩月夜歸來並漸行漸近。

〔三〕惜别：王融《蕭諮議西上夜禁詩》：「徘徊將所愛，惜别在河梁。」上句「翠微流水」是夢境中的惜别地。

〔四〕宋玉二句：化用李清照《醉花陰》詞意：「莫道不消魂，簾卷西風，人比黄花瘦。」宋玉《九辯》，號稱悲秋之祖。唐代詩人已多詠及之。如李白《贈易秀才》：「地遠虞翻老，秋深宋玉悲。」杜甫《詠懷古跡五首》（之二）：「摇落深知宋玉悲，風流儒雅亦吾師。」以宋玉悲秋瘦損自比，因加上離懷，所以賦情之苦有以過之。

〔五〕小黄昏三句：爲「黄昏紺雲暮合，不見征鴻小」之倒文。化用江淹《休上人怨别》「日暮碧雲合，佳人殊未來」詩境，但翻過一層，謂不僅佳人未來，甚至傳書鴻雁也漸飛漸没於遠空。

〔六〕宜城句：宜城放客，用宜城縣伯柳渾允許侍妾琴客再嫁典。

〔七〕認燕泥二句：用關盼盼典。薛道衡《昔昔鹽》：「暗牖懸蛛網，空梁落燕泥。」以上三句寫再訪舊地，已是人去樓空，不舍然而無奈的矛盾掙扎，也許只有柳渾當時心境可相仿佛。以典故作比擬亦是夢窗詞眩人眼目的慣用技法。

〔八〕夜闌心事：劉過《鷓鴣天》：「攜手處，又相逢。夜闌心事與郎同。」

〔九〕燈外句：蛩，蟋蟀。此詞詠題《新雁過妝樓》，時間應在九月初大雁南飛時，此時蟋蟀在户，故曰「燈外」。趙蕃《中秋復書》：「吟哀蛩伴苦，書絶雁無憑。」

〔一〇〕江寒二句：兼用吴江楓葉及流紅題詩典。此翻過一層，謂雖有霜葉，因離情過苦，並且未知人在何處，故不忍也無法題詩。

〔一一〕行雲遠：馮延巳《蝶戀花》：「幾日行雲何處去，忘了歸來，不道春將暮。」

〔一二〕澹蛾：温庭筠《過華清宫二十二韻》：「卷衣輕鬢懶，窺鏡澹蛾羞。」

〔一三〕秋香月中：桂香在月色中散發。此寫彼美甘願爲情立盡風露影的心愫。

【考　辨】

陳洵《海綃説詞》：「『翠微』，西湖上山，『流水』則西湖也。其人以春來以秋去。故曰『苦似春濃』。『紺雲未合』，佳人未來之意。『不見征鴻』，則音問全無。『宜城放客』，分明點出江楓夜落，其人在吴。下句謂其思我，題葉相寄，亦如我之賦情也。結與起應，神光離合。」

楊箋：此亦憶姬之詞。

孫按：詞用吴江楓葉典，應寫於蘇州。

## 又

中秋後一夕，李方庵月庭延客，命小妓過新水令，坐間賦詞㈠〔一〕

閬苑高寒〔二〕。金樞動〔三〕、冰宫桂樹年年〔四〕。剪秋一半〔五〕，難破萬户連環〔六〕。織錦相思樓影下〔七〕，鈿釵暗約小簾間〔八〕。共無眠〔九〕。素娥慣得㈡〔一〇〕，西墜闌干〔一一〕。誰知壺中自樂〔一二〕，正醉圍夜玉〔一三〕，淺鬭嬋娟〔一四〕。雁風自勁，雲氣不上涼天〔一五〕。紅牙潤沾素手〔一六〕，聽一曲清歌雙霧鬟〔一七〕。徐郎老㈢〔一八〕，恨斷腸聲在〔一九〕，離鏡孤鸞〔二〇〕。

【校　議】

㈠《歷代詩餘》詞題作「中秋後一夕月庭延客」。戈選詞題中「過新水令」作「歌新水令」。戈校本詞題下注「范選」。

㈡素娥：戈選作「素蛾」。

〔三〕徐郎：王朱本逕改作「徐娘」。鄭氏手批：「考王涣詩《惆悵詞》云：『訣别徐郎淚如雨，鑒鸞分後屬何人。』此『徐郎』正用此典。汲古本作『郎』不誤。此半塘未解詞意，以習見之『徐娘』改之，不知與下句相背也。」

【注釋】

〔一〕月庭延客：摘用杜子美『賞月延秋桂』句意。　過：過腔。姜夔《湘月》詞序：「予度此曲，即《念奴嬌》之鬲指聲也，於雙調中吹之。鬲指亦謂之過腔，見晁無咎集。凡能吹竹者，便能過腔也。」晁無咎集中有《消息·同前自過腔即越調永遇樂·端午》。　新水令：朱箋：「《武林舊事·官本雜劇段數》有樂昌分鏡。《猗覺寮雜記》云：『大曲《新水》歌樂昌公主與徐德言破鏡復合事。』李方庵命妓所歌即此。故詞云『徐郎老』，又云『離鏡孤鸞』也。」夏承燾《題〈夢窗詞集後箋〉之後》：「夢窗《新雁過妝樓》題序云『中秋後一夕……命小妓歌新水令』云云。按宋朱翌《猗覺寮雜記》下有云：『大曲《新水》，歌樂昌公主與徐德言破鏡重圓事。』同書卷上云：『宣和末，京師盛唱新水令。』夢窗此詞結云：『紅牙潤沾素手……離鏡孤鸞。』所歌即徐德言事無疑，知宣和間此曲至南渡末尚傳唱。宋元人記載涉及此事者，尚有宋羅曄《醉翁談録》「小説開闢」中列《徐都尉》一目，同書癸集復有《樂昌公主破鏡重圓》一篇。元周德清《中原音韻》謂南宋戲文有《樂昌公主分鏡》，而《永樂大典》（一三六九六）戲文（五）正有《樂昌公主破鏡重圓》一本。是宋人嘗編此故事爲話本及戲文。彊村先生嘗引《武林舊事·官本雜劇段數》及《猗覺寮雜記》箋此詞，頃雜覽有得，補述如此。」孫按：明人方以智《通雅》卷首三：「唐宋以來二十八調，今傳十三，無言其分合者。所謂樂府之題，約如《二郎神》、《新水令》，隨人填詞，豈據《郎神》、《新水》而解意乎？初起或然。唐之用漢樂府題作歌者，借名自行其意耳。」然據此詞可見宋時《新水令》尚歌本事。

〔二〕閬苑高寒：蘇軾《水調歌頭》：「我欲乘風歸去，又恐瓊樓玉宇，高處不勝寒。」餘見《水龍吟·壽尹梅津》注〔一六〕。

〔三〕金樞：傳説中月亮没入之處。詳見《夜飛鵲·蔡司户席上南花》注〔二〕。

〔四〕冰宮：代指廣寒月宮。朱敦儒《念奴嬌》：「瑩澈乾坤，全放出、疊玉層冰宮闕。」

〔五〕剪秋一半：李洞《中秋月》：「九十日秋色，今秋已半分。」洪咨夔《天仙子·壽陳倅八月十五》：「風月分將秋一半。昨夜月明今夜滿。」

〔六〕難破句：《戰國策·齊策六》：「秦始皇嘗使使者遺君王后玉連環，曰：『齊多智，而解此環不？』君王后以示群臣，群臣不知解。君王后引椎椎破之，謝秦使曰：『謹以解矣。』」周邦彦《解連環》：「信妙手、能解連環，似風散雨收，霧輕雲薄。」以上二句謂中秋雖可剪三秋之半，但未能解開連環（民歌諧音手法，環，諧音「還」字，遠人歸來之意），反而增益萬家離别相思。

〔七〕織錦句：用竇滔妻蘇若蘭織回文錦字寄相思典。

〔八〕鈿釵句：移用白居易《長恨歌》七夕之約詩意：「唯將舊物表深情，鈿合金釵寄將去。釵留一股合一扇，釵擘黄金合分鈿。」並借寫徐德言夫婦的半鏡之約。

〔九〕共無眠：蘇軾《水調歌頭》：「轉朱閣，低綺户，照無眠。」

〔一〇〕素娥：意入「嬋娟」句。　慣得：《匯釋》：「慣，縱容之義。……工觀《木蘭花令》詞詠柳：『東君有意偏撋就，慣得腰肢真個瘦。』」

〔一一〕西墜闌干：承上引蘇詞意。許渾《和崔大夫新廣北樓登眺》：「風卷浮雲披睥睨，露涼明月墜闌干。」

〔一二〕壺中自樂：用醉鄉别有天地典。

〔一三〕醉圍夜玉：用妓女密圍典。

〔一四〕淺鬭嬋娟：李商隱《霜月》：「青女素娥俱耐冷，月中霜裏鬭嬋娟。」兼寫席上歌妓爭奇鬭豔。

〔一五〕雁風二句：楊箋：「雁來時之風曰『雁風』，猶雁來時之水曰『雁水』。即秋風秋時，天朗氣清，故曰『不上』。」史達祖《秋霽》：「廢閣先涼，古簾空暮，雁程最嫌風力。」鄭璧《奉和陸魯望白菊》：「燕雨似翻瑶渚浪，雁風疑卷玉綃紋。」雲氣，《管子·水地》：「龍生於水……欲尚則凌於雲氣，欲下則入於深泉。」

〔一六〕潤沾素手：周邦彦《浣溪沙》：「翠枕面涼頻憶睡，玉簫手汗錯成聲。」

〔一七〕一曲清歌：即題中所謂《新水令》。　雙霧鬟：古代年輕女子的兩個環形髮髻稱「雙鬟」，也即題中

「小妓」。白居易《續古詩十首》(之五)：「窈窕雙鬟女，容德俱如玉。」

〔一八〕徐郎：指徐德言，用與樂昌公主分鏡典。

〔一九〕斷腸聲在：張正見《度關山》：「還聽嗚咽水，並切斷腸聲。」此「斷腸聲」謂小鬟所唱《新水令》曲調與内容。

〔二〇〕離鏡孤鸞：合用鸞鏡典，孤鸞見鏡睹影而起，沖霄而絶。以上三句還化用王涣《惆悵詩十二首》(之四)：「訣别徐郎淚如雨，鑒鸞分後屬何人。」

【集　評】

楊箋：(「共無眠」三句)將題中「月庭」二字納入情中，妙無痕跡。

## 淒涼犯㊀　夷則羽　俗名仙吕調　犯雙調㊁

重臺水仙㊂〔一〕

空江浪闊㊃〔二〕。清塵凝〔三〕、層層刻碎冰葉〔四〕。水邊照影〔五〕，華裾曳翠㊄〔六〕，露搔淚濕〔七〕。湘煙暮合〔八〕。□塵襪㊅、淩波半涉〔九〕。怕臨風、□欺瘦骨㊆〔一〇〕，護冷素衣疊㊇〔一一〕。　樊姊玉奴恨〔一二〕，小鈿疏脣〔一三〕，洗妝輕怯〔一四〕。汜人最苦〔一五〕，粉痕深〔一六〕、幾重愁靨㊈〔一七〕。花隘香濃⑩，猛薰透、霜綃細摺⑪〔一八〕。倚瑤臺，十二金錢暈半掐⑫〔一九〕。

【校　議】

㊀ 明張本詞調作《凄涼調》。此詞宫調相犯，實即《凄涼犯》。明張本是調下有姜夔《凄涼犯》「緑楊巷陌」一闋。毛本此調作《凄涼犯》，另置《凄涼調》在乙稿中，僅有姜詞。王朱本等删。據此可知《凄涼調》、《凄涼犯》爲同調異名。姜夔此調小序：「亦曰《瑞鶴仙影》。」《古今詞統》、毛本、杜本、王朱本詞調下亦注曰：「亦曰《瑞鶴仙影》。」

㊁ 明張本、底本宫調作「仙吕調犯雙調」。兹據朱四校本、《全宋詞》。姜夔《白石道人歌曲》此調標爲「仙吕調犯商調」。序曰：「凡曲言『犯』者，謂以宫犯商、商犯宫之類。如道調宫上字住，雙調亦上字住。所住字同，故道調曲中犯雙調，或於雙調曲中犯道調，其他准此。唐人樂書云：犯有正、旁、偏、側。宫犯宫爲正，宫犯商爲旁，宫犯角爲偏，宫犯羽爲側。此説非也。十二宫所住字各不同，不容相犯，十二宫特可犯商、角、羽耳。」底本校曰：「《白石道人歌曲》『雙調』作『商調』。」夏承燾《夢窗詞集後箋》：「《白石道人歌曲》此調注『仙吕調犯商調』，誤，當依吴詞改『商』作

『雙』。仙吕調與雙調皆上字住。可相犯。商調下凡住，不可犯仙吕也。元曲亦有仙吕犯雙調。」

〔三〕毛本詞題作「賦重臺冰仙」。《古今詞統》、《歷代詩餘》、杜本、王朱本、朱二校本詞題作「賦重臺水仙」。杜校：「從《詞緯》改正。」戈校本詞題下注「范選」。

〔四〕空江句：鄭氏手批：「『闊』字均，白石『緑楊城郭』爲句，『郭』字協，與此同例。」

〔五〕華裾：《古今詞統》、《詞律》、戈校本、杜本作「華裙」。

〔六〕□塵襪：明張本、《古今詞統》、毛本、《歷代詩餘》、《詞律》、戈校本、杜本無空格。毛扆本：「『塵襪』上脱一字。」朱二校本眉批：「姚校補『剗』字。」王校增一空格，諸本從之。楊箋：「空格擬補『步』字。」

〔七〕□欺瘦骨：明張本、《古今詞統》、毛本、《歷代詩餘》、《詞律》、戈校本、杜本無空格。毛扆本：「『欺』字上下脱一字。」朱二校本眉批：「姚校補『寒』字。」楊箋亦擬補此字。王校於「欺」上增一空格。諸本從之。

〔八〕護冷：杜本作「護泠」。

〔九〕《古今詞統》注：「曆，入聲。」

〔一〇〕花隘：《古今詞統》、毛本、《歷代詩餘》、《詞律》、戈校本、杜本、王朱本、朱二校本、鄭校作「花溢」。鄭氏手批：「明鈔『隘』字當爲『溢』之訛。」夏敬觀評語：「從『隘』字究不若『溢』，字爲順。」溢，同「隘」，已見前校。俱不誤。

㊁霜綃：毛本、《古今詞統》作「霜絹」。

㊂金殘：諸本皆作「金錢」，於上下句扞格難通。兹據明張本。半掐：《歷代詩餘》作「半滅」。《古今詞統》、毛本、《詞律》、戈校本、杜本、王朱本、朱二校本作「半□」。戈校本：「作『半頰』。」杜校：「結韻原闕，擬補『滅』字。」鄭校：「案是調爲白石自製曲。據以考定是詞，知毛本實奪二字，一在『塵襪』上，一在『臨風』下，又缺一結韻。杜刻妄爲擬補，王校亦欠分明。」

## 【注釋】

〔一〕重臺水仙：《佩文齋廣群芳譜》卷五二引《洛陽花木記》：「（水仙）色白，圓如酒杯，上有五尖，中承黄心。宛然盞樣，故有金盞銀臺之名。」錢穆父《句》：「碧玉簪長生洞府，黄金杯重壓銀臺。」重臺，《佩文齋廣群芳譜》卷二八：「中心花瓣如起樓臺謂之重臺。」夢窗謂重臺水仙「層層刻碎冰葉」、「護冷素衣疊」，可知即楊萬里《千葉水仙花》詩序所謂「花片卷皺密蹙」的品種。

〔二〕空江浪闊：開篇即點出其所從來之地湘江，宋人慣以湘江水神喻水仙花。如高似孫《水仙花前賦·序》：「水仙花非花也，幽楚窈眇，脱去埃滓，全如近湘君湘夫人。」朱熹《賦水仙花》：「湘君謝遺褋，漢水羞捐璫。」

〔三〕清塵凝：意貫入「□塵襪、淩波半涉」句。以江妃、洛神、宓妃擬水仙花。

〔四〕層層句：黄庭堅《劉邦直送早梅水仙花三首》（之三）：「得水能仙天與奇，寒香寂寞動冰肌。」陳朝老水仙殘句：「姑射樓臺簇水仙。」其中「葉」字意綴「華裾曳翠」句。

〔五〕水邊照影：陳與義《詠水仙花五韻》：「吹香洞庭暖，弄影清晝遲。」

〔六〕華裾曳翠：喻水仙緑葉。李賀《高軒過》：「華裾織翠青如葱，金環壓轡摇玲瓏。」華裾，此特指青翠的裙裾。唐無名氏《姑蘇臺》：「無端春色上蘇臺，鬱鬱芊芊草不開。無風自偃君知否，西子裙裾拂過來。」

〔七〕露搔淚濕：此寫月下露中水仙。搔，玉搔頭。《佩文齋廣群芳譜》卷五二引《洛陽花木記》：「（水仙）冬生，葉如萱草，色緑而厚，春初於葉中抽一莖，莖頭開花數朵，大如簪頭。」即前引錢穆父《句》「碧玉簪長」之意。

〔八〕湘煙暮合：喻水仙爲日暮碧雲中湘妃。

〔九〕□塵襪二句：黄庭堅《王充道送水仙花五十枝欣然會心爲之作詠》：「淩波仙子生塵襪，水上輕盈步微月。」供養水仙的盎中水量較少，夢窗奇想爲因擔心水霧濺襪而「半涉」，並拍合前文之「清塵凝」。

〔一〇〕□欺瘦骨：僧船窗詠水仙：「朔吹欺羅袖，朝霜滋玉臺。」黄庭堅《次韻中玉水仙花二首》（之一）：「借水開花自一奇，水沈爲骨玉爲肌。」

〔一一〕護泠句：陳與義《詠水仙花五韻》：「仙人緗色裘，縞衣以裼之。」素衣疊，以繁複的白色花瓣喻仙女護泠的重衣。　以上三句化用李覯《重臺蓮》：「爲怕山風寒，仙衣盡重著。」

〔一二〕樊姊句：黄庭堅《王充道送水仙花五十枝欣然會心爲之作詠》：「含香體素欲傾城，山礬是弟梅是兄。」樊，「礬」的諧音字。即山礬花。

〔一三〕小鈿疏唇：周邦彦《鎖窗寒・寒食》：「想東園、桃李自春，小唇秀靨今在否。」山礬花小，梅朵稀疏，朱敦儒失題賦梅詞：「横枝銷瘦一如無，但空裏疏花數點。」故曰「小鈿疏唇」。

〔一四〕洗妝輕怯：寫風露中單弱的花容。張先《菩薩蠻》：「輕怯瘦腰身，紗窗病起人。」餘見《燭影摇紅・元夕微雨》注〔三〕。　以上三句以「恨」領起，以爲山礬梅花未可擬諸重臺水仙，是因爲此花略約蝶粉蜂黄，且花朵豐滿。

〔一五〕汜人句：用沈亞之《湘中怨解》典。

〔一六〕粉痕：温庭筠《張静婉採蓮曲》：「一夜西風送雨來，粉痕零落愁紅淺。」下文「金殘」意綴於此。

〔一七〕愁靨：黄庭堅《王充道送水仙花五十枝欣然會心爲之作詠》：「是誰招此斷腸魂，種作寒花寄愁絶。」

〔一八〕花隘三句：楊萬里曾比水仙爲龍腦香，《三花斛三首・水仙》：「腦子醲薰衆香國，江妃寒損水精宫。」前引黄詩也比作水沈熏香。花隘，亦就花瓣繁密言之。霜綃細摺，喻水仙花上部尚未完全舒展的淡白花瓣，如摺皺的白色絲絹。

〔一九〕倚瑤臺二句：瑤臺十二，拍合「重臺」。暈，此指色彩四周由深入淺逐漸過渡的部分。來氏《水仙花》：「白玉斷笄金暈頂，幻成癡絶女兒花。」半掐，此作爲形容長度的量詞。楊萬里《千葉水仙花》詩序：「一片之中，下輕黄而上淡白，如染一截者。」

【集評】

夏敬觀評語：換頭處不成句。

## 尾犯㈠

贈陳浪翁重客吴門㈡

翠被落紅妝〔一〕，流水膩香〔二〕，猶共吴越〔三〕。十載江楓，冷霜波成纈〔四〕。燈院靜㈢、涼花乍剪〔五〕，桂園深、幽香旋折〔六〕。醉雲吹散〔七〕，晚樹細蟬，時替離歌咽〔八〕。長亭曾送客，爲偷賦㈣、錦雁留别〔九〕。淚接孤城，渺平蕪煙闊〔一〇〕。半菱鏡、青門重售〔一一〕，采香堤、秋蘭共結〔一二〕。故人憔悴，遠夢越來溪畔月㈤〔一三〕。

【校　議】

㊀明張本是調下有柳永同調詞「夜雨滴空階」一闋。柳永此詞亦羼入毛本乙稿中。《詞譜》卷二三：「調見《樂章集》。『夜雨滴空階』詞注正宫。『晴煙羃羃』詞注林鐘商。秦觀詞名《碧芙蓉》。」「雙調，九十四字。前段十句，四仄韻；後段八句，四仄韻。」「此調九十四字者以此詞爲正體，秦觀、吴文英、趙以夫諸詞俱如此填。若蔣詞之後段第二句添一字，結句句法不同，乃變格也。」戈選杜批：「此調以九十四字爲正格。」王朱本等删柳詞。

㊁《古今詞統》、毛本、《歷代詩餘》、戈校本、戈選、杜本、王朱本、朱二校本詞題作「贈浪翁重客吴門」。戈校本詞題下注「范選」。

㊂燈院靜：《古今詞統》、毛本、《歷代詩餘》、《詞律》、戈校本、戈選、杜本、王朱本、朱二校本作「燈院靚」。

㊃爲偷賦：《古今詞統》、毛本、《歷代詩餘》、《詞律》、戈校本、王朱本脱「爲」字。毛扆本增「爲」字。杜本從毛扆本改。諸本從。明張本正同。孫按：然增一字爲九十五字，即《詞譜》所謂「變格」。故鄭氏手批存疑：「案柳詞林鐘商《尾犯》一闋爲别是一體，其上與正宫調之《尾犯》句調字律悉與夢窗是解無少異者，蓋舊譜音拍如是。下闋次句柳詞作『别後寡信輕諾』，此與吴詞『偷賦錦雁留别』同律。今杜刻以斧季校本忽增一『爲』字，其補刊萬氏《詞律》亦附記此條，且紅友謂柳詞少

一『自』字，不知何據（孫按：明張本誤入柳永此詞有『自』字，可見明代所見已有二體）？於兩詞並考，自以六字句爲定本。」「明鈔有一『爲』字，斧季所本與丁稿（孫按：即下闋同調詞）過片同。」鄭氏手批下闋同調詞時以增一字即七字句爲是，與此説異。

㊄溪畔月：底本校曰：「按『畔』字，應用平聲，疑誤。」孫按：朱氏所校以夢窗同調詞結句「滿地桂陰無人惜」爲標準而有此説。萬氏《詞律》則謂此不誤，而以夢窗「滿地」句與柳永詞中「肯把金玉珍珠博」合參，別爲又一體。其校曰：「愚謂依吴詞『遠夢』句，蔣詞『我逢著（梅花便説）』句，順而易填，然此『肯把』句與夢窗別作『滿地桂陰』句相合，必有定格，從之爲是。」《詞譜》卷二三論柳永《尾犯》曰：「沈伯時《樂府指迷》論此詞結句『金』字應用去聲。按吴文英『紺海掣微雲』詞『滿地桂陰無人惜』。趙以夫詞『殷勤更把茱萸囑』。『桂』字『更』字去聲，但吴詞『陰』字平聲，趙詞『殷勤』二字平聲，吴詞別首『遠夢越來溪上月』，『上』字仄聲，則又與此詞不同。今以『滿地桂陰』句爲定格，蓋『陰』字平聲，可以『玉』字入聲替也。」

## 【注　釋】

〔一〕翠被句：李商隱《夜冷》：「西亭翠被餘香薄，一夜將愁向敗荷。」紅妝，此喻紅蓮。周邦彦《側犯》：「暮霞霽雨，小蓮出水紅妝靚。」

〔二〕流水膩香：顧敻《酒泉子》：「水碧風清，入檻細香紅藕膩。」

〔三〕猶共吴越：暗用杜甫《與李十二白同尋范十隱居》詩意：「余亦東蒙客，憐君如弟兄。醉眠秋共被，攜手日同行。」謂與陳浪翁常同時在吴在越，情同弟兄。

〔四〕十載二句：用吴江紅葉典。纈，猶言醉纈。既寫醉酒，也以喻漣漪，因霜葉所染也。謂其間雖有參商，但亦常有書信往來。

〔五〕燈院二句：陸游《小雨初霽》：「剪燈院落晨猶冷，賣酒樓臺晚旋晴。」涼花，秋花。李白《將游衡岳留别族弟浮屠談皓》：「涼花拂户牖，天籟鳴虚空。」或指秋夜燭花。用剪燭西窗典。

〔六〕桂園二句：寫折桂吟賞。

〔七〕醉雲吹散：寫朋友分離。王粲《贈蔡子篤》：「風流雲散，一别如雨。」

〔八〕晚樹二句：徐陵《山池應令詩》：「猿啼知谷晚，蟬咽覺山秋。」離歌，何遜《答丘長史詩》：「宴年時未幾，離歌倏成賦。」陳元龍注《片玉集》：「孫楚有《離歌詩》。」以上三句寫此次餞行無歌妓侑觴，惟蟬聲如離歌聲情幽咽。

〔九〕錦雁：美稱傳書之人。參見《祝英臺近·餞陳少逸被倉臺檄行部》注〔五〕。以上三句謂之前餞送陳浪翁離開吴地時，陳氏曾有詩留别。如今陳氏再客吴門，自己卻離開了吴地，再次成爲被留别之人。

〔一〇〕淚接二句：此用歐陽詹與太原妓故實，歐陽詹《初發太原途中寄太原所思》：「高城已不見，況復城中人。」回憶當年初客離吴時的分別，爲下文張本。

〔一一〕半菱鏡二句：菱鏡重售，用徐德言與樂昌公主分鏡爲約事。青門，此代指吴城門。鍾振振《讀夢窗詞札記·七》：「謂浪翁此番重客吴門，當可尋訪伊人，再續舊緣也。……預想浪翁之吴門訪舊，兼祝其與伊人破鏡重圓也。」

〔一二〕采香堤二句：采香堤，用吴地采香徑典，並合用屈原《離騷》句意：「扈江離與辟芷兮，紉秋蘭以爲佩。」此表達己願，謂最終將與陳浪翁共隱蘇州，並寓離騷初服之意。

〔一三〕故人二句：杜甫《夢李白二首》（之二）：「冠蓋滿京華，斯人獨憔悴。」越來溪，在蘇州横山下，與石湖水脈相連。詳見《八聲甘州·姑蘇臺》注〔四〕。二句爲懸想之詞，謂會常常夢見蘇州，思營垂老菟裘之地。

【集　評】

卓人月、徐士俊《古今詞統》卷一二：别調氤氲，自成馨逸。

陳洵《海綃説詞》：篇中忽吴忽越，極神光離合之妙。

【考　辨】

陳洵《海綃説詞》：此因浪翁客吴而思在吴之人也。在吴之人，即其去姬。「流水膩香，猶共吴越」托此起興，言外見人之不如。「十載」二句，謂其人留吴已久，有如此曲折，則蟬歌之咽蓋不爲今別矣。「曾送客」揭出。項莊舞劍，固意在沛公。「錦雁」是西湖上山。《祝英臺近》所謂「錦雁峰前」也。下二句，謂其人去，則「錦雁」之淚眼與「孤城」接連，惟見「平蕪煙闊」耳。「半鏡」猶冀重逢，「故人」但有夢見，茫茫此恨，不知浪翁能代傳否？

楊箋：此純爲憶姬而作。姬去歸吴，今浪翁入吴有所觸，即思其人。或作浪翁爲夢窗尋芳伴侣，又爲浪翁所素識，故於翁行三致意焉。

鍾振振《讀夢窗詞札記（七）》：此詞蓋爲友人贈行而作。依此類詩詞之慣例，惟當詠被贈者之事及自述與被贈者之交誼，他事不容輕易闌入。故此詞似非夢窗自思其去姬，而是叙寫浪翁之一段情事。

孫按：此詞應寫於紹興或杭州。

## 又

甲辰中秋㊀

紺海掣微雲〔一〕，金井暮涼，梧韻風急㊁〔二〕。何處樓高，想清光先得〔三〕。江妃冷㊂、冰綃乍洗〔四〕，素娥忺㊃〔五〕，菱花再拭〔六〕。影留人去，忍向夜深，簾户照陳跡〔七〕。竹房苔徑小〔八〕，對日暮、數盡煙碧㊄〔九〕。露蓼香輕㊅〔一〇〕，記年時相識〔一一〕。二十五、聲聲秋點〔一二〕，夢不認、屏山路窄〔一三〕。醉魂悠颺㊆，滿地桂陰無人惜㊇〔一四〕。

【校　議】

㊀毛本、毛扆本詞題下注：「舊刻失題。」戈選詞題作「中秋」。

㊁風急：《古今詞統》、毛本、戈校本、戈選、杜本、王朱本、朱二校本作「風息」。

㊂江妃：諸本並作「江汜」。戈校本、戈選、《詞則·別調集》作「江妃」。鄭氏手批：「『汜』必『妃』之訛。諸本皆失校。」底本雖不從，然存録鄭氏校語以存疑。茲從戈校本、戈選、《詞則》。

㊃素娥忺：《古今詞統》、毛本、戈校本、戈選、杜本、王朱本、朱二校本、四明本作「素娥歡」。

㊄對日暮二句：《古今詞統》、毛本、戈校本、王朱本、朱二校本作「對日暮教煙碧」。毛扆本改「教」爲「數」，並增「盡」字。戈選、杜本從，明張本正同。戈校本雖未改，然校曰：「『對日』句有訛字。」王朱初刻本：「此句疑有誤。左笏卿曰：『當是「日暮莫教」，重文致脱。』」王朱復刻詞尾附注曰：「按换頭次句六字，與丙稿『翠被落紅妝』一闋正同，蓋用《樂章集》體也。杜校均改作七字句。」朱二校：「『日』疑當『月』。」鄭氏手批：「案毛斧季校丙稿此調過片次句，碻脱一『爲』字，紅友亦云是（指上闋同調詞「爲偷賦」句）。此詞『對日暮、數盡煙碧』爲不誤也。宜據明鈔正。」「明

鈔此詞過片次句作『對日暮、數盡煙碧』，較柳詞多一字。萬紅友又謂柳詞是句脱一『自』字（孫按：萬校已見上闋），因及夢窗丙卷是調過片當有一『爲』字，審是，則此『對日暮』句無疑義已。」

㈥香輕：明張本、底本、朱四校本作「香涇」。茲從毛本、戈選、杜本、王朱本、朱二校本、四明本。

㈦悠颺：底本、朱四校本作「幽颺」，未知所據。據餘本改。

㈧滿地句：鄭氏手批謂此句與柳詞「肯把金玉珠珍博」「同有字裏融聲之妙」。

【注釋】

〔一〕紺海句：化用杜甫《戲爲六絶句》（之四）：「或看翡翠蘭苕上，未掣鯨魚碧海中。」此寫中秋升海之月先有微雲遮蔽。李群玉《中秋夜南樓寄友人》：「海月出銀浪，湖光射高樓。」馬戴《中秋夜坐有懷》：「墮露垂叢藥，殘星間薄雲。」

〔二〕梧韻風急：形容風吹梧葉聲。《文選·謝莊〈月賦〉》：「若乃涼夜自淒，風篁成韻。」李周翰注：「風吹叢篁，自成音韻。」權德輿《酬穆七侍郎早登使院西樓感懷》：「杉梧韻幽籟，河漢明秋天。」

〔三〕何處二句：《清夜録》：「范文正公鎮錢唐，兵官皆被薦，獨巡檢蘇麟不見録，乃獻詩云：『近水樓臺先得月，向陽花木易爲春。』公即薦之。」

〔四〕冰綃，此喻白色的薄雲。范端臣《念奴嬌》：「玉樓絳氣，卷霞綃雲浪，飛空蟾魄。」

〔五〕忺：歡適貌。《六藝之一録》卷二五〇：「《字鑑》：杴，虛嚴切，舌屬。《方言》：青齊呼意所好爲杴，俗作『忺』。」

〔六〕菱花：此喻明月。

〔七〕影留三句：晏幾道《臨江仙》：「當時明月在，曾照彩雲歸。」徐德言《破鏡詩》：「鏡與人俱去，鏡歸人不歸。無復嫦娥影，空留明月輝。」

〔八〕竹房：劉長卿《赴宣州使院夜宴寂上人房留辭前蘇州韋使君》：「春歸花殿暗，秋傍竹房多。」此應指杭州孤山竹閣。

〔九〕對日暮二句：上句「小」字入「數盡」句，隱寫征鴻。意思是日暮碧雲將合時，不唯不見佳人，且數盡天空征鴻，鴻雁漸行漸没，卻不見帶回書信。日暮煙碧，典例見《西平樂慢·過西湖先賢堂》注〔三〕。

〔一〇〕露蓼香輕：晏殊《浣溪沙》：「紅蓼花香夾岸稠。緑波春水向東流。」

〔一一〕年時：此指當時。「竹房」句意貫於此，與以上二句皆回憶杭州相識。

〔一二〕二十五二句：二十五點，更點。李郢《宿杭州虛白堂》：「江風徹曉不得睡，二十五聲秋點長。」餘見《垂絲釣近·雲麓先生以畫舫載洛花宴客》注〔一三〕。

〔一三〕夢不認二句：反用周邦彦《虞美人》詞意：「淒風休颭半殘燈。擬倩今宵歸夢、到雲屏。」謂天色將明但淺睡未能入夢；並且即使能夠入夢，因屏山路窄，料想也難到彼處。夢窗詞的深折透闢往往於此類文字見之。

〔一四〕滿地句：李白《詠桂》：「清陰亦可托，何惜樹君園。」荀濟《贈陰梁州詩》：「月落桂陰遠，風起萱條結。」

【集評】

卓人月、徐士俊《古今詞統》卷一二：數更籌如數腳蹤。

陳廷焯《詞則·别調集》：亦綺麗亦超脱，此夢窗本色，彼譏夢窗以組織爲工者，不知夢窗者也。

【考辨】

楊箋：甲辰，即姬去之年。中秋，爲姬去後之五月，故有「影留人去」語，純爲憶姬而作。（「露蓼」二句）「香逕」無花，止餘「露蓼」，觀此知初識時實在蘇州，今有以《渡江雲》詞爲識於西湖者，誤。

孫按：此詞甲辰即淳祐四年（一二四四）作，此年中秋，夢窗尚在蘇州。應屬蘇州營妓系列詞，據詞意知此年此妓已經離蘇之杭。夏箋《渡江雲》中所謂蘇妾（實爲「妓」，已見前辨）初識於西湖，後又流落至杭，於此詞似可見其始末。參見《瑞鶴仙》（淚荷拋碎璧）【考辨】。

# 東風第一枝　黄鐘商㊀

傾國傾城〔一〕，非花非霧〔二〕，春風十里獨步〔三〕。勝如西子妖嬈，更比太真淡泞㊁〔四〕。鉛華不御〔五〕。漫道有、巫山洛浦〔六〕。似恁地〔七〕、標格無雙〔八〕，鎮鎖畫樓深處〔九〕。曾被風、容易送去㊂。曾被月、等閒留住〔一〇〕。似花翻使花羞，似柳任從柳妒〔一一〕。不教歌舞。恐化作㊃、彩雲輕舉〔一二〕。信下蔡、陽城俱迷㊄，看取宋玉詞賦〔一三〕。

【校　議】

㊀　明張本、底本詞調作「大石調」。底本眉批：「正名黄鐘商。」兹據朱四校本、《全宋詞》。明張本、毛本、杜本、王朱本有詞題「情」。朱二校本等删。《詞譜》：「此與史（達祖）詞同。惟前段第二句、第六句，後段第五句俱押韻異。」

㊁　淡泞：明張本、毛本、戈校本作「淡竚」。鄭氏手批：「『泞』，應避廟諱敬缺末筆，從宋、元版例。案毛本『泞』譌作『竚』，則鈔者不知『淡泞』之解，以意改所習見字耳。此類亦多。考木華《海賦》：『「泱漭澹泞」，並訓「水波」，《正韻》曰：「澄也，澹也。」』

㊂ 曾被風二句：《詞律》：「『風』、『易』二字拗，恐是『曾容易、被風送去』。」杜本雖未從，然録萬校存疑。

㊃ 恐化作：明張本、今見毛本、《歷代詩餘》作「恐化」。毛扆所見毛本、戈校本作「恐下」。杜氏所見毛本作「化下」。皆無空格。毛扆本改「下」作「化」，並校曰：「『化』下脱一字。」王朱本、朱二校本作「恐化□」。杜本從《詞譜》改，餘本從。

㊄ 下蔡陽城：《詞律》：「（末二句）亦拗，不可從。」朱二校：「疑當作『陽城、下蔡』。」

【注釋】

〔一〕傾國傾城：典例見《瑣窗寒·玉蘭》注〔二〕中李延年《詩》。

〔二〕非花非霧：白居易《花非花》：「花非花，霧非霧。夜半來，天明去。來如春夢不多時，去似朝雲無覓處。」張先《御街行》：「夭非花豔輕非霧。來夜半、天明去。」

〔三〕春風句：杜牧《贈别二首》（之一）：「娉娉裊裊十三餘，豆蔻梢頭二月初。春風十里揚州路，卷上珠簾總不如。」《詩林廣記後集》卷五：「謝疊山云：『此言妓女顔色之麗，態度之嬌，如二月荳蔻花初開，揚州十里紅樓麗人美女卷上珠簾逞其姿色者，皆不如此女也。』」兼有李延年《詩》「遺世而獨立」之意。

〔四〕太真：楊玉環小字。白居易《長恨歌》：「中有一人字太真，雪膚花貌參差是。」　淡泞：《文選·木華〈海賦〉》：「泱漭淡泞，騰波赴勢。」李善注：「淡泞，澄深也。」後亦用形容女子清新明淨。柳永《木蘭花》：「天然淡泞好精神，洗盡嚴妝方見媚。」

〔五〕鉛華不御：曹植《洛神賦》：「芳澤無加，鉛華弗御。」李隆基《題梅妃畫真》：「憶昔嬌妃在紫宸，鉛華不御得天真。」《楊太真外傳》：「然虢國不施妝粉，自衒美豔，常素面朝天。當時杜甫有詩云：『虢國夫人承主恩，平明上馬入宫門。卻嫌脂粉汙顏色，淡掃蛾眉朝至尊。』」以上三句互文見義，謂其兼有西施與楊妃的清麗與嬌媚。

〔六〕巫山：用巫山神女典。　洛浦：洛神宓妃。張衡《思玄賦》：「載太華之玉女兮，召洛浦之宓妃。」曹植《洛神賦》具體描繪了宓妃的美麗。

〔七〕似恁地：柳永《安公子》：「似恁地、深情密意如何拚。」夢窗質實，詞中多以實代虛，唯此詞用連三個虛字，大似柳七郎風味。《詞源》：「（詞）若堆壘實字，讀且不通，況付于雪兒乎？合用虛字呼喚。……三字如『更能消』、『最無端』、『又卻是』之類，此等虛字，卻要用之得其所。若能盡用虛字，句語自活，必不質實，觀者無掩卷之誚。」衆家皆以此首非夢窗詞，蓋有以也。

〔八〕標格：韓偓《柳》：「無奈靈和標格在，春來依舊裊長條。」聶冠卿《多麗》：「有翩若輕鴻體態，暮爲行雨標格。」

〔九〕鎮鎖句：周紫芝《永遇樂》：「輕衫如霧，玉肌似削，人在畫樓深處。」楊箋：「用『銅雀春深鎖二喬』

詩意。」

〔一〇〕曾被四句：曾，《匯釋》：「猶爭也；怎也。」容易，《匯釋》：「猶云輕易也；草草也；疏忽也。」此爲擬問其如何落入風月的謔辭。

〔一一〕似花二句：王琪《祝英臺》：「可堪妒柳羞花，下床都懶，便瘦也教春知道。」翻，此處是「卻」的意思。「輕舉」意入此句。魏文帝《折楊柳行》：「輕舉乘浮雲，倏忽行萬億。」

〔一二〕不教三句：張先《減字木蘭花·贈伎》：「只恐驚飛，擬倩遊絲惹住伊。」李白《宫中行樂詞》：「只愁歌舞散，化作彩雲飛。」

〔一三〕信下蔡三句：《文選·宋玉〈登徒子好色賦〉》序曰：「嫣然一笑，惑陽城，迷下蔡。然此女登牆窺臣三年，至今未許也。」李善注：「陽城、下蔡二縣名，蓋楚之貴介公子所封，故取以喻焉。」呂延濟注：「蓋貴人所居，中多美人。」此以宋玉自指。謂親見其美而作辭章。翻用蘇軾《滿庭芳》：「親曾見，全勝宋玉、想像賦《高唐》。」信，《匯釋》：「猶知也；料也。」

## 【集評】

戈校本：非夢窗詞。

楊箋：此似有所贈。（「曾被風」二句）彊師云：二句漂滑，殊不類夢窗集中語。（「似花」二句）此兩句亦與上兩句同。陳東塾云：「煉句須以疏爽句間之。」然則疏爽句亦應以煉句間之明矣。今四句俱屬疏爽句，確不類吴詞。

【考辨】

此顯爲贈妓之作。

## 夜合花　黄鐘商㈠

自鶴江入京泊葑門外有感㈡〔一〕

柳暝河橋，鶯暗臺苑㈢〔二〕，短策頻惹春香㈣〔三〕。當時夜泊，温柔便入深鄉〔四〕。詞韻窄〔五〕，酒杯長〔六〕。剪蠟花㈤〔七〕、壺箭催忙〔八〕。共追遊處〔九〕，淩波翠陌〔一〇〕，連棹横塘〔一一〕。　十年一夢淒涼〔一二〕。似西湖燕去，吴館巢荒㈥〔一三〕。重來萬感，依前喚酒銀罌㈦〔一四〕。溪雨急〔一五〕，岸花狂〔一六〕。趁殘鴉、飛過滄茫㈧〔一七〕。故人樓上，憑誰指與，芳草斜陽〔一八〕。

【校　議】

㊀《詞譜》卷二五：「調見《琴趣外篇》。按：夜合花，合歡樹也。唐韋應物詩：『夜合花開香滿庭。』調名取此。」底本眉批：「俗呼大石。」

㊁《歷代詩餘》無詞題。朱二校本、底本、四明本詞題奪一「外」字。兹從餘本。

㊂鶯暗：《歷代詩餘》、戈選、《詞録》作「鶯晴」。餘本從之。鄭校：「以形近訛。」戈校本作「鶯暗」。兹從明張本、毛本。

㊃短策：明張本作「短惹」。毛本、戈校本作「短縈」。諸本從戈選、《詞録》改。鄭校：「以形近訛。」

㊄蠟花：鄭氏手批：「白石有詠《蠟花》詞。」孫按：鄭氏所指爲姜夔《浣溪沙》詞，此所詠爲臘月開放的蠟梅，姜氏稱「臘花」。蠟梅色如黄蠟，文人多稱「蠟花」。夢窗此詞中的「蠟花」是蠟燭燃燒時，燭心結成的花狀物。鄭氏誤。

㊅十年三句：戈選杜批：「後段第二句應六字，疑脱誤。」孫按：此調九十七字爲正體，但多添字異體，如九十九字、一百字等。句中又或有減字格，《詞譜》卷二五按孫惟信此調曰：「此亦史（達祖）詞添字體，惟後段第二句減一字異。按吴文英『柳暝河橋』詞後起三句『十年一夢凄涼，似西湖燕去，吴館巢荒』正與此同。」

㊆銀罌：毛本、《歷代詩餘》、戈校本、戈選、杜本、王朱本、朱二校本作「銀缸」。鄭校：「以形近訛。」

鄭氏手批：「『七陽』不可通『三江』。『庚』、『陽』古同用。『缸』爲『罌』之誤。」夏敬觀評語：「『罌』、『庚』韻與『陽』韻同押。」

㈧滄茫：除明張本、毛本外，餘本俱作「蒼茫」。鄭氏手批：「『蒼』，毛作『滄』，亦可從，謂江水也。似於『過』字用意，當作『滄』。」茲從明張本、毛本。

【注　釋】

〔一〕葑門：蘇州東城門。

〔二〕柳暝二句：臺苑，樓臺園囿。暝，暗，爲三月鶯柳及夜幕將臨時的「夜泊」鋪墊。

〔三〕短策：《左傳·襄公十七年》：「左師爲己短策，苟過華臣之門，必騁。」孔穎達疏引服虔曰：「策，馬捶也。」

〔四〕温柔句：温柔鄉，喻飲酒賞花處。

〔五〕詞韻窄：用險韻寫詞。

〔六〕酒杯長：杜甫《夜宴左氏莊》：「檢書燒燭短，看劍引杯長。」劉克莊《答婦兄林公遇四首》（之二）：「恨余行李速，愧子酒杯長。」

〔七〕剪蠟花：用剪燭夜談典。李商隱《獨居有懷》：「蠟花長遞淚，箏柱鎮移心。」

〔八〕壺箭催忙：姜夔《秋宵吟》：「蛩吟苦，漸漏水丁丁，箭壺催曉。」壺箭，古代計時器壺漏中指示刻度的箭籌。邢邵《獻武皇帝寺銘》：「曉夜自分，不勞雞鶴之助；六時靡惑，非待壺箭之功。」

〔九〕追遊：張正見《劉生》：「別有追遊夜，秋窗向月開。」

〔一〇〕淩波：此特指船棹淩波而行。

〔一一〕横塘：蘇州地名。詳見《鶯啼序·荷》注〔二〕。賀鑄曾居此地，《吴郡志》卷五〇：「方回有小築在盤門外十里横塘，嘗扁舟往來，作《青玉案》詞。」此泛稱水上之遊。並與「淩波」句合用《青玉案》詞意：「淩波不過横塘路。但目送、芳塵去。」上闋皆回憶當年在蘇幕時常夜泊於此，行役或送人時曾經有過的詩酒集會，並追憶在蘇州的遊樂狂歡。

〔一二〕十年句：十年一夢，既舉在吴時間成數，也用杜牧詩意。

〔一三〕似西湖二句：謝瞻《九日從宋公戲馬臺集送孔令詩》：「巢幕無留燕，遵渚有歸鴻。」宋庠《郡樓望嵩少作》：「巢荒堯客隱，笙斷洛儲仙。」實用于武陵《過侯王故第》：「歌歇雲初散，簷空燕尚存。不知彈鋏客，何處感新恩。」及朱慶餘《題王侯廢宅》詩意：「更無新燕來巢屋，唯有閒人去看花。」夢窗一生作幕或作客，以在杭在蘇時間最長，詞中常以「十載」、「十年」及之，此二句互文見義，寫自己時而在吴在越，如客燕去來，西湖及吴地曾經的居所料想皆已破弊荒涼。

〔一四〕銀罌：白居易《池上清晨候皇甫郎中》：「玉柄鶴翎扇，銀罌雲母漿。」

〔一五〕溪雨急：劉克莊《賀新郎》：「溪雨急，浪花舞。」戴叔倫《宿靈巖寺》：「雨急山溪漲，雲迷嶺樹低。」

〔一六〕岸花狂：杜甫《漫興九首》（之五）：「顛狂柳絮隨風去，輕薄桃花逐水流。」並用杜甫「岸花飛送客」詩意。

〔一七〕趁殘鴉二句：秦觀《滿庭芳》：「斜陽外，寒鴉萬點，流水繞孤村。」

〔一八〕故人三句：韓漶《一剪梅》：「説著相思夢亦愁。芳草斜陽，春滿秦樓。」范仲淹《蘇幕遮》：「山映斜陽天接水。芳草無情，更在斜陽外。」實寓王孫不歸之意。

【集　評】

俞陛雲《唐五代兩宋詞選釋》：上闋平序往事。轉頭以下，始寫感懷。「溪雨」三句，寫景真而句復警動。「故人」三句，「芳草斜陽」，一片蒼涼之感。惜故人不見，誰與訴愁！客子之幽懷，亦詞家之妙筆也。

唐圭璋《唐宋詞簡釋》：此首泊舟葑門，感懷舊遊之作。「柳暝」三句，記泊舟上岸，點明題面，「當時」以下，逆入，記舊游之樂。「詞韻窄」三句，極寫當時之狂歡。「共追遊處」三句，更承上申説當時遨遊水上、岸上之樂，文字極生動飛舞。换頭，平出今情，陡轉淒涼。「似西湖」兩句，言人去，「重來」兩句，無人共眺之哀。下片，一氣貫注，筆力排奡，絶似屯田。

【考　辨】

朱箋：《吴郡志》，葑門，《續圖經》曰：當作封門，取封禺之山以爲名，今但曰葑門，俗或訛呼富門。又按《史記正義·吴太伯世家》「吴東門」解云，闔閭城無東門，越伐吴，乃開渠，自羅城東門入吴，至今猶名示浦，門曰鱔鯚。又《伍子胥傳》「吴東門」解亦云：東門，鱔門，謂鯚門也。今名葑門。葑、鯚，音相近云。

楊箋：此詞爲姬去後夢窗再來吴覓之不得，因而回杭之作。有「重來萬感」句可證。

孫按：《史記正義·吴世家》：「吴俗傳云：子胥亡後，越從松江北開渠至横山，東北築城伐吴。子胥乃與越軍夢，令從東南入破吴，越王即移向三江口岸，立壇，殺白馬祭子胥，杯動酒盡。越乃開渠，子胥作濤，蕩羅城，東開，入滅吴。至今猶號曰『示浦』，門曰『鱔鯚』，是從東門入滅吴。」詞中「重來」云云，表明此行起點不在蘇州，鶴江流經地有昆山、嘉定等，夢窗寫此詞時，應是自彼處入京途經蘇州時，顯然此時已經離開倉幕，故有萬般感慨。

## 探春慢㊀

憶兄翁石龜㊁〔一〕

徑苔深〔二〕，念斷無故人㊂，輕敲幽户〔三〕。細草春回㊃〔四〕，目送流光一羽㊄〔五〕。重雲泠㊅，哀雁斷〔六〕，翠微空〔七〕，愁蝶舞〔八〕。蕩鳴澌㊆〔九〕，遊蓬小㊇〔一〇〕，夢枕殘雲驚寤㊈〔一一〕。　還識西湖醉路。向柳下並鞍，銀袍吹絮〔一二〕。事影難追〔一三〕，那負燈床聞雨㊉〔一四〕。冰溪憑誰照影〔一五〕，有明月、乘興去〔一六〕。暗相思，梅孤瘦⑪〔一七〕、共江亭暮⑫〔一八〕。

【校議】

㊀ 毛扆本校曰：「與甲稿《探芳新》調同。」《歷代詩餘》、《詞律》詞調作《探春》，皆自注：「或加『慢』字。」《詞譜》卷二二注姜夔《探春慢》（衰草愁煙）曰：「若吴文英詞之句讀全異，則變格也。」底本尾註：「按此調見《白石道人歌曲》，别是一體。是作句律與集中《探芳新》同，惟起二字未合，疑『苔徑』二字誤倒，同爲自度腔而異其名也。」鄭氏手批：「此調玉田一百三字，别是一體。白石作微有異同。獨夢窗此詞爲孤證爾。」「此闋字律悉與《探芳新》同，惟上結多一字，明鈔以調分次第，獨以此附末，可知無可比例也。」夏敬觀評語：「依明鈔增字乃《探芳新》也，漚尹以爲同爲自度腔而異其名。夢窗奈何自度一曲而制二調耶？疑此爲明時人所竄改。當從甲乙丙丁稿。蓋與《探芳新》小異，始以《探春慢》名之也。」

㊁ 毛本、杜本、王朱本、朱二校本、朱四校本詞題作「龜翁下世後登研意」。《歷代詩餘》無詞題。

㊂ 徑苔二句：明張本、底本、四明本作「苔徑深，念斷無故人」。毛本、《歷代詩餘》、《詞律》、《詞

譜》、戈校本、杜本、王朱本、朱二校本作「苔徑曲深深，不見故人」。兹據毛扆本、底本之疑、朱四校本。

⑭ 春回：《詞譜》、戈校本作「回春」。

⑮ 目送：《詞律》作「目斷」。

⑯ 重雲冷：明張本作「重雲泠」。

⑰ 蕩鳴澌：毛本、《歷代詩餘》、《詞律》、《詞譜》、戈校本、杜本、王朱本、朱二校本作「逞鳴鞭」。

⑱ 遊蓬小：杜氏所見毛本作「游蓬萊小」四字。杜本作「蓬萊小」。杜刻本校曰：「從姚子箴鈔本改。」底本尾註：「『蓬』疑『篷』誤。」

⑲ 夢枕句：毛本、《歷代詩餘》、《詞律》、《詞譜》、戈校本、杜本、王朱本、朱二校本、四明本作「夢枕殘鶯寤」。毛扆本在「殘」字後增「宵」字。

⑳ 聞雨：《詞譜》、杜本作「聽雨」。

㉑ 梅孤瘦：《詞譜》、杜本作「梅孤鶴瘦」。王朱本、朱二校本作「梅孤□瘦」。

㉒ 明張本此首詞末注云：「《吴夢窗詞集》終。萬曆廿六年置。」下有「太原廷璋」方印。

## 【注釋】

〔一〕翁石龜：翁逢龍。

〔二〕徑苔深：張先《御街行》：「緑苔深徑少人行，苔上屐痕無數。」與下文「幽」字並用常建《題破山寺後禪院》詩意：「曲徑通幽處，禪房花木深。」

〔三〕幽户：柳宗元《巽公院五詠・禪堂》：「山花落幽户，中有忘機客。」此應指研意禪房。

〔四〕細草春回：暗用謝靈運夢見族弟謝惠連，寫出「池塘生春草」佳句的故實。

〔五〕流光一羽：時光飛逝。

〔六〕重雲二句：用雁行有序似兄弟典。黄庭堅《和答元明黔南贈别》：「急雪脊令相並影，驚風鴻雁不成行。」詳見《永遇樂・探梅》注〔二〕。

〔七〕翠微空：趙嘏《三像寺酬元秘書》：「車馬照來紅樹合，煙霞詠盡翠微空。」

〔八〕愁蝶舞：喻飛雪。梁簡文帝《詠雪詩》：「鹽飛亂蝶舞，花落飄粉奩。」裴子野《詠雪詩》：「拂草如連蝶，落樹似飛花。」

〔九〕鳴澌：姜夔《夜行船》：「略彴横溪人不度。聽流澌、佩環無數。」《楚辭・九歌・河伯》：「與女遊兮河之渚，流澌紛兮將來下。」王逸章句：「流澌，解冰也。」「澌」字透入下闋中「溪」、「梅」，李子正《減蘭十梅》序曰：「竊以花雖多品，梅最先春。始因暖律之潛催，正直冰澌之初泮。」

〔一〇〕遊蓬小：謂遊仙短夢。

〔一一〕夢枕句：李白《夢遊天姥吟留别》：「忽魂悸以魄動，怳驚起而長嗟。惟覺時之枕席，失向來之煙霞。」薛用弱《集異記・張鎰》：「忽夜夢有人自門遽入……張驚寤。」　以上三句謂山溪冰澌流動聲傳入夢中，恍惚故人佩環歸來。然而卻在遊仙短夢中迅速驚醒，唯餘枕席煙霞而已。

〔一二〕還識三句：李商隱《訪人不遇留别館》：「閑倚繡簾吹柳絮，日高深院斷無人。」李逢吉《丙申歲詩》：「袍似爛銀文似錦，相將白日上青天。」楊箋：「雪滿衣襟，故曰『銀袍』。」可備一説。此寫夢中情景。夢窗集中《柳梢青》題爲「與龜翁登研意觀雪，懷癸卯歲臘朝斷橋並馬之遊」，夢中所記或正爲《柳梢青》題中之事。

〔一三〕事影難追：楊箋：「《首楞嚴經》：若分别性，離塵無休，斯則前塵分别影事。大抵佛家謂世界一切事物，虚幻如影，本非真實，故曰前塵、影事。」

〔一四〕那：此處是「奈何」的意思。　燈床聞雨：此可作爲朋友親密無間詁典，如韋應物《示全真元常》：「寧知風雨夜，復此對床眠。」白居易《雨中招張司業宿》：「能來同宿否，聽雨對床眠。」但經蘇軾、蘇轍化用後，亦用作兄弟事典。詳見《江南春・賦張藥翁杜衡山莊》注〔四〕。

〔一五〕冰溪句：下文「梅」字亦意貫此句，謂兄弟如瘦梅並影照溪，並拍合前文重雲哀雁句。韓愈等《莎柵聯句》：「冰溪時咽絶，風櫪方軒舉。」

〔一六〕有明月二句：用王徽之剡溪雪夜訪戴典故。與前句時間上倒裝。

〔一七〕暗相思二句：盧仝《有所思》：「相思一夜梅花發，忽到窗前疑是君。」

〔一八〕共江亭暮：用杜甫《和裴迪登蜀州東亭送客逢早梅相憶見寄》詩意。詳見《喜遷鶯・福山蕭寺歲除》注〔二〕。但以「共」字寫昆季情愫。

【考　辨】

朱箋：翁逢龍，號石龜，四明人，嘉熙中平江通判。見《宋詩紀事》。戴復古《石屏集》有《京口別石龜翁際可》詩。周公謹謂翁時可與吴君特爲親伯仲，時可名元龍，君特兄稱石龜，殆時可昆弟行也。

鄭文焯《校議補録》：草窗《浩然齋雅譚》謂夢窗與翁元龍爲親伯仲。案：元龍名時可。戴石屏復古詩集有「翁季可石龜」其人，是知季可與時可爲兄弟行。夢窗詞《探春慢》題叙，據明太原張氏藏舊鈔本，作「憶兄翁石龜」，是又知石龜與元龍皆長於君特。而公謹所謂親伯仲者，未審其改姓之由來。以夢窗事實，宋元説部中鮮有及之者，無由考見，此亦一異聞耳。

鄭氏手批：《西湖遊覽志》吴山石龜巷内寶奎寺，宋相喬行簡故第，後舍爲寺，見《〈絶妙好詞〉箋》翁元龍《水龍吟》詞箋所引。疑石龜巷爲翁所居，故云。

夏箋：《浙江通志》：翁逢龍，嘉定十年吴潛榜進士。按逢龍字際可，又字季可，號石龜，見戴石屏詩集。翁元龍，字時可，與夢窗爲親伯仲，見《浩然齋雅談》。其以異姓爲親伯仲，或者出爲他人後也。

吴熊和《唐宋詞彙評》：「《江西通志》卷一一：翁逢龍，字際可，慶元府鄞縣人。嘉定十年進士。知建昌軍。」李之亮《宋兩江郡守易替考》定其知建昌軍爲淳祐元年（一二四一）。建昌，今江西南城。

又，《隱辭幽思、詞風密麗的吴文英》：周密《浩然齋雅談》説吴文英與翁元龍（處靜）爲「親伯仲（兄弟）」，因此知道吴文英本爲翁姓，過繼爲吴氏後嗣。吴文英有《解語花·別元龍》：「泥雲萬里，應剪斷紅情緑意。年少時偏愛輕憐，和酒香宜睡。」從詞中口吻看，當比元龍居長。翁元龍還有一位長兄翁逢龍，字際可，嘉定十年（一二一七）進士，官至平江通判。翁逢龍死後，吴文英作《探春慢》爲之悼念：「還識西湖醉路，向柳下並鞍，銀袍吹絮。事影難追，那負燈床聞雨。」用了蘇軾與弟蘇轍相約兄弟連床聽雨夜話的故事，可以作爲周密之説的參考。

孫按：此詞毛本詞題作「龜翁下世後登研意」（四庫本「研意」作「研山」），夢窗又有《柳梢青·與龜翁登研意觀雪》，詞中内容復相及之，研意即研山。《明一統志》卷四〇載在湖州府治吴興郡：「峴山。在府城西五里，本名顯山，晉太守殷康建亭於上名顯亭。唐改曰峴山。山多石，草木疎瘦。宋蘇軾詩：『苕水如漢水，鱗鱗鴨頭青。吴興勝襄陽，萬瓦浮青冥。我非羊叔子，愧比峴山亭。』」《大清一統志》卷二三一：「（硯山）高數百丈，盤亘二十餘里，山頂平正有池如硯。其西爲陳嶺，石路岧嶤，千有餘丈。」《柳梢青》中有「越樹陰新」之句，可證研山在越。吴興爲湖州治所，苕霅二溪流經其下，是夢窗慣遊之地。

# 夢窗詞集補

## 柳梢青㈠

與龜翁登研意觀雪，懷癸卯歲臘朝斷橋並馬之遊㈡〔一〕

斷夢遊輪㈢。孤山路杳〔二〕，越樹陰新〔三〕。流水凝酥〔四〕，征衫沾淚，都是離痕〔五〕。玉屏風冷愁人〔六〕。醉爛漫〔七〕、梅花翠雲〔八〕。傍夜船回，惜春門掩，一鏡香塵〔九〕。

【校　議】

㈠ 戈選杜批：「此調平仄韻兩體，句法相同，首句可不叶韻。」

㈡《歷代詩餘》無詞題。「研意」即「研山」。參見《探春慢·憶兄翁石龜》【考辨】。朱二校：「按施樞《芸隱橫舟稿》有《奉龜翁送詩》（孫按：此詩題爲《奉和龜翁送別》，作者一作劉學箕）。」鄭氏手批：「明鈔本無此首。案：龜翁蓋即《探春曼》題之翁石龜。戴石屏詩集有翁石龜，名季可，即其人也。此云龜翁，汲古本《探春曼》亦云『龜翁下世後登研意』，與此正合。唯明鈔《探春曼》題作『憶兄翁石龜』，又與《浩然齋雅談》云夢窗與翁元龍爲親伯仲義可類推。考翁元龍名時可，石龜名季可，爲兄弟行可證。是知夢窗稱石龜爲兄者，固亦與元龍爲伯仲也。但親之□，未知所謂，或夢窗系出於翁氏邪？其事實見於宋元人説部則甚罕，無由考見耳。」戈校本詞題下注「朱選」。

㊂ 斷夢：《歷代詩餘》、戈選、杜本作「夢斷」。

【注　釋】

〔一〕臘朝：《荆楚歲時記》：「十二月八日爲臘日。」應劭《風俗通義·祀典·灶神》引漢荀悦《漢記》：「南陽陰子方積恩好施，喜祀灶，臘日晨炊而灶神見。」

〔二〕孤山路：《咸淳臨安志》卷三二：「孤山路，在孤山之下。北有斷橋，南有西林橋。其西爲裏湖。樂天詩：『誰開湖寺西南路，草緑裙腰一道斜。』自注云：『孤山寺路在湖洲中，草緑時望如裙腰。』舊志云：不知所從始。」《西湖志纂》卷一：「出錢塘門，過段家橋，沿白沙堤至孤山，而西經蘇堤，合趙堤、楊堤爲一路，曰孤山路。」

〔三〕越樹陰新：陸龜蒙《和胥門閑泛》：「細槳輕撵下白蘋，故城花謝緑陰新。」觀「陰新」語，知所觀爲春雪。

〔四〕流水：意入下闋「梅花」、「一鏡」等句中。

〔五〕征衫二句：指衣上殘留餞别的酒痕與淚痕。

〔六〕玉屏：鄒陽《酒賦》：「君王憑玉几，倚玉屏，舉手一勞，四座之士，皆若餔粱焉。」此喻環山如圍屏，山有積雪如玉。

〔七〕醉爛漫：黄庭堅《送焦浚明》：「人皆扶牽爛漫醉，子更把書求本心。」杜甫《寄高適》：「定知相見日，爛漫倒芳尊。」

〔八〕梅花翠雲：謂天空染翠，梅花如雲。翠雲，馮衍《顯志賦》：「駟素虯而馳騁兮，乘翠雲而相佯。」

〔九〕一鏡：喻研池。參見《探春慢·憶兄翁石龜》【考辨】。香塵：指雜有梅花香氣的飄雪。

【考辨】

夏箋：居杭年月始此。

楊箋：癸卯爲淳祐三年，即姬去之年。夢窗於姬去後追蹤至吴，故有盤門外過重午作《滿江紅》。瓜涇度中秋，作《玉漏遲》。至冬至前，留兒輩瓜涇回杭，作《喜遷鶯》。此詞即在由瓜涇回杭「臘朝」作。

鍾振振《讀夢窗詞札記（七）》：按：詞序既言「懷癸卯歲臘朝斷橋並馬之遊」，則「癸卯歲臘朝」自在回憶之中，是昔年往事也。《箋釋》乃以此詞即作於「癸卯歲臘朝」，誤矣。

張如安《夢窗詞箋釋補正》以《探春慢》、《柳梢青》釋詞題「龜翁」稱名曰：翁逢龍，字際可，號石龜。夏承熹《吴夢窗繫年》以爲夢窗與翁氏兄弟同出一母，逢龍居長，元龍屬季，夢窗蓋本翁氏而出爲吴後，此爲詞學界之通論。但謝桃坊《詞人吴文英事蹟考辨》以爲夢窗與翁氏兄弟爲同鄉友人，至多或許是表兄弟，夢窗集中兩首懷念翁逢龍的詞並稱「龜翁」：「如果翁逢龍真是文英胞弟或胞兄，怎會有如此尊稱？」朱德慈《吴夢窗事蹟補辨》則主張翁逢龍與吴夢窗爲「同父親兄弟」，從戴復古《石屏集·京口別石龜翁際可》詩推斷其年齡可能比吴潛還要大些，夢窗詞中屢稱吴潛爲「履翁」，稱逢龍爲「龜翁」也就不難理解了。按謝、朱兩家在倡立新説時，均煞費苦心地對夢窗何以稱翁逢龍爲「龜翁」問題詳加辨析。今考宋山陰史鑄《百菊集譜》卷四（作於淳祐丙午）收録《金錢菊》一詩，署名爲「翁龜翁（逢龍）」，又《百菊集譜補遺·續集句詩》之九有「翁龜翁」條，查史鑄所録宋人詩歌，無論是前朝還是當代，概稱其名、字、號，未見有「翁」一類的尊稱，而史鑄與翁逢龍非親非故，亦非同鄉，對翁没有特別加以尊稱的必要。因此，由《百菊集譜》的署名通例可以判斷，翁逢龍號石龜，又號龜翁。總之，「龜翁」實爲翁逢龍又一別號，而並非出於夢窗的尊稱。

孫按：宋詩中除上引施樞《奉和龜翁送別》之外，尚有杜範《園丁得二小花以獻坐中屬梅津龜翁賦之……》，杜範生卒年爲一一八二至一二四五，顯然年長於翁逢龍，可證張氏「龜翁」非尊稱之説。此詞寫在《探春慢·憶兄翁石龜》之前，癸卯歲即淳祐三年（一二四三）之後。

## 生查子㈠

稽山對雪有感㈡〔一〕

暮雲千萬重〔二〕，寒夢家鄉遠〔三〕。愁見越溪娘〔四〕，鏡裏梅花面〔五〕。　醉情啼枕冰〔六〕，往事分釵燕〔七〕。三月灞陵橋，心剪東風亂〔八〕。

【校　議】

㈠《歷代詩餘》：「查，本『樝梨』之『樝』，與『浮槎』事無涉。雙調，四十字。」戈選杜批：「此調五言八句，平仄格律甚寬，惟除前後起句外，每句第二字必用仄聲。」

㈡《歷代詩餘》、戈選詞題無「對雪」二字。

【注釋】

〔一〕稽山：會稽山。

〔二〕暮雲句：許康佐《日暮碧雲合》：「日際愁陰生，天涯暮雲碧。重重不辨蓋，沈沈乍如積。」

〔三〕寒夢句：戎昱《桂州臘夜》：「雪聲偏傍竹，寒夢不離家。」

〔四〕越溪娘：李白《送祝八之江東賦得浣紗石》：「西施越溪女，明豔光雲海。」泛指越地美女。

〔五〕鏡裏句：《會稽志》卷一七：「越中又有映水梅，其實甚美，而頰紅。」梅花面，向子諲《點絳脣》：「冰雪肌膚，靚妝喜作梅花面。」 以上二句寫再覩鏡湖邊的梅花，如同看到照鏡越女如花的容顏，觸及了内心的隱痛。

〔六〕啼枕冰：周邦彦《蝶戀花》：「唤起兩眸清炯炯。淚花落枕紅綿冷。」蕭綸《代秋胡婦閨怨詩》：「知人相憶否，淚盡夢啼中。」

〔七〕往事句：謂各執信物的分攜之事。

〔八〕三月二句：灞陵橋，後人合灞陵與灞橋，作爲多柳的留别地。鄭谷《闕下春日》：「秦楚年年有離别，揚鞭揮袖灞陵橋。」用謝道韞以因風柳絮喻雪事。王銍《無題》：「三月柳花飛，東風繡香國。」並運化賀知章《詠柳》：「不知細葉誰裁出，二月春風似剪刀。」李商隱《燕臺四首·春》：「雄龍雌鳳杳何許，絮亂絲繁天亦迷。」

【考　辨】

朱箋：《十道山川考》：會稽山在紹興府會稽縣東北二十里。

楊箋：稽山，即會稽山。《越絶書》，禹到越上茅山大會計，爵有功，封有德。更名茅山曰會稽。《史記·越世家》，吴敗越，越王以餘兵五千保棲於會稽。此亦爲憶姬作。

孫按：此詞寫於紹興，所憶應爲越地情事。

## 一剪梅

贈友人㊀

遠目傷心樓上山㊁〔一〕。愁裏長眉〔二〕，别後峨鬟㊂〔三〕。暮雲低壓小闌干〔四〕。教問孤鴻，因甚先還〔五〕。　瘦倚溪橋梅夜寒〔六〕。雪欲消時〔七〕，淚不禁彈〔八〕。剪成釵勝待歸看〔九〕。春在西窗〔一〇〕，燈火更闌〔一一〕。

【校　議】

㊀《歷代詩餘》詞題作「贈友」。戈校本詞題下注「重鈔」、「范選」。

㈡樓上：戈校：「范選作『湖上』。」

㈢峨鬟：毛本、《詞律》、《詞譜》、戈校本、杜本作「蛾鬟」。餘本從《歷代詩餘》改。

## 【注釋】

〔一〕遠目句：化用李白《菩薩蠻》詞意：「平林漠漠煙如織，寒山一帶傷心碧。暝色入高樓，有人樓上愁。」傷心，極甚之詞，猶言萬分。

〔二〕愁裏長眉：何遜《離夜聽琴詩》：「美人多怨態，亦復慘長眉。」長眉，司馬相如《上林賦》：「長眉連娟，微睇綿藐。」崔豹《古今注・雜注第七》：「魏宫人好畫長眉。」

〔三〕峨鬟：高髻。谷神子《博異志・沈恭禮》：「堂東果有一女子，峨鬟垂鬟，肌膚悦澤，微笑轉盼。」元稹《李娃行》：「髻鬟峨峨高一尺，門前立地看春風。」首句中的「遠山」兼爲眉黛、髮髻的喻體。

〔四〕暮雲句：猶言「碧雲暮合」。寫意中人不見。

〔五〕教問二句：寫鴻雁先還而人未歸。

〔六〕瘦倚句：崔櫓《殘句》：「强半瘦因前夜雪，數枝愁向晚天來。」周邦彦《一落索》：「莫將清淚濕花枝，恐花也、如人瘦。」

〔七〕雪欲消時：如雪梅花將欲凋零。陰鏗《雪裏梅花詩》：「春近寒雖轉，梅舒雪尚飄。從風還共落，照日不俱消。」戎昱《早梅》：「應緣近水花先發，疑是經春雪未消。」

〔八〕淚不禁彈：馮延巳《憶江南》：「别離若向百花時，東風彈淚有誰知？」不禁，杜甫《舍弟觀赴藍田取妻子到江陵喜寄三首》（之二）：「巡簷索共梅花笑，冷蕊疏枝半不禁。」《杜詩詳注》：「於是步繞簷楹，索梅花共笑，此時梅花半開，即冷蕊疎枝亦若笑不能禁矣。」

〔九〕剪成句：釵勝，釵上花勝。元日、人日、立春戴之。賀鑄《雁後歸》：「巧剪合歡羅勝子，釵頭春意翩翩。」

〔一〇〕春在西窗：用李商隱《夜雨寄北》詩意。

〔一一〕燈火更闌：元稹《懼醉》：「殷勤懼醉有深意，愁到醒時燈火闌。」以上二句盼行人春天歸來，然春天已至，夜亦深沈，仍不見共剪窗燭之人。

【考　辨】

楊箋：此非贈友人，實贈去姬也。

鍾振振《讀夢窗詞札記·七》：詞之爲體，本多言情。「贈姬」云云，盡可題篇，又何必諱之？即令諱之，不題可也，或以「無題」爲題如李義山詩亦可，又何必題作「贈友人」耶？《箋釋》之論，實難成立。竊謂此詞當以夢窗自題爲正，確係「贈友人」之作。其所以辭涉伉儷之情者，蓋擬「友人」家室口吻，作相思之語，以望其歸耳。詞中原有此體，如辛棄疾《江神子·和陳仁和韻》上片曰：「寶釵飛鳳鬢驚鸞。望重歡。水雲寬。腸斷新來，翠被粉香殘。待得來時春盡也，梅著子，筍成竿。」即代友人之閨婦怨其宦遊不歸也。

## 點絳唇

越山見梅〔一〕

春未來時〔二〕，酒攜不到千巖路〔三〕。瘦還如許。晚色天寒處〔四〕。　無限新愁〔五〕，難對風前語〔六〕。行人去〔七〕。暗消春素〔八〕。橫笛空山暮〔九〕。

【注　釋】

〔一〕越山見梅：《會稽志》卷一八：「昌園在會稽縣南，園有梅萬餘株。花時雪色可愛，芬香聞數里。……毛平仲《遊昌園賞梅詩》云：『欲雪盡時攜酒去，無人知處待花開。』」李覯《登越山》：「臘後梅花破碎香，望中情地轉淒涼。」

〔二〕春未來時：鄭域《昭君怨》：「道是花來春未。道是雪來香異。」

〔三〕酒擕句：羅隱《梅花》：「愁憐粉豔飄歌席，靜愛寒香撲酒樽。」朱熹《梅詩》：「天涯豈是無芳物，爲爾無心向酒杯。」千巖路，指紹興西南郊即山陰道上。顧愷之曾贊曰：「千巖競秀，萬壑爭流，草木蒙蘢，若雲興霞蔚。」

〔四〕瘦還二句：王庭珪《臨江仙·梅》：「年年如許瘦，知是阿誰家。」曹組《驀山溪》：「竹外一枝斜，想佳人、天寒日暮。」

〔五〕無限新愁：周邦彦《花犯》詠梅：「疑淨洗鉛華，無限佳麗。」「今年對花最匆匆，相逢似有恨，依依愁悴。」

〔六〕難對句：羅隱《梅花》：「經雨不隨山鳥散，倚風疑共路人言。」朱敦儒《念奴嬌》：「見梅驚笑，問經年何處，收香藏白。似語如愁，卻問我、何苦紅塵久客。」

〔七〕行人去：蘇軾《贈嶺上梅》：「梅花開盡百花開，過盡行人君不來。」

〔八〕暗消春素：李流謙《次韻嘲落梅代梅答二絶》（之一）：「不是春秋減素肌，從來鶴骨可能肥。」素，喻白梅花瓣。

〔九〕横笛句：韓駒《西山梅花二首》（之一）：「空山有佳人，寒林弄孤芳。」横笛，笛中落梅曲。

【考　辨】

楊箋：凡在紹興之作，自在姬去之後，故必帶憶姬情緒。

鍾振振《讀夢窗詞札記(七)》:此即宋沈義父《樂府指迷》所謂詠花詞「須略用情意,或要入閨房之意」,宋人之慣技也。

## 西江月㊀

賦瑶圃青梅枝上晚花㊁〔一〕

枝裊一痕雪在〔二〕,葉藏幾豆春濃〔三〕。玉奴最晚嫁東風〔四〕。來結梨花幽夢〔五〕。 香力添熏羅被〔六〕,瘦肌猶怯冰綃〔七〕。緑陰青子滿溪橋㊂〔八〕。羞見東鄰嬌小㊃〔九〕。

【校議】

㊀《歷代詩餘》:「一名《步虚詞》。雙調五十字,前後平仄叶一韻。」

㊁《絶妙好詞》、《歷代詩餘》詞題作「青梅枝上晚花」。

㊂滿溪橋:諸本皆作「老溪橋」。兹從《詞旨》。

㊃楊箋:「此調上下片以不换韻爲正格。此調上片用『東』,下片用『蕭』,是换韻。又上下片俱以末

句仄韻叶上兩平韻，爲定格。兩起俱用偶句，然可不拘，若下《登蓬萊閣看桂》不换韻也。」

## 【注釋】

〔一〕瑶圃：位於紹興榮邸的瓊圃、瑶池。詳見《水龍吟·壽嗣榮王》注〔九〕。

〔二〕枝裊句：蔡敏《梅詩》：「徐妃半面粉包萼，荀令一爐香裊枝。」蘇子卿《梅花落》：「秖言花是雪，不悟有香來。」王安石《題齊安壁》：「梅殘數點雪，麥漲一溪雲。」

〔三〕葉藏句：歐陽修《漁家傲》：「折得花枝猶在手。香滿袖。葉間梅子青如豆。」

〔四〕玉奴句：李賀《南園十三首》（之一）：「可憐日暮嫣香落，嫁與春風不用媒。」張先《一叢花令》：「沈恨細思，不如桃杏，猶解嫁東風。」玉奴，代指白梅。

〔五〕來結句：翻用王昌齡《梅詩》及蘇軾《西江月·梅花》意境。

〔六〕香力句：周邦彦《花犯》詠梅謂其香可熏雪被：「更可惜，雪中高樹，香篝薰素被。」

〔七〕瘦肌句：林逋《山園小梅二首》（之二）：「剪綃零碎點酥乾，向背稀稠畫亦難。日薄縱甘春至晚，霜深應怯夜來寒。」梅堯臣《詠梅》：「姑射真人冰作體，廣寒仙女月爲容。」辛棄疾《瑞鶴仙·賦梅》：「玉肌瘦弱。更重重、龍綃襯著。」

〔八〕緑陰青子：語出杜牧《歎花》：「如今風擺花狼藉，緑葉成陰子滿枝。」吕從慶《梅》：「調羹還有藉，青子百千枚。」

〔九〕羞見句：以上二句倒裝，謂東鄰杏花雖然紅白嬌小，但卻羞見如心存鼎鼐的青青酸梅。《南唐升元殿基下石記》：「東鄰嬌小女，騎虎渡河冰。」梅堯臣《梅花》：「桃根有妹猶含凍，杏樹爲鄰尚帶枯。」杏花二月開放，晚於早梅，故可有此比擬。劉克莊《滿江紅·題范尉梅谷》：「歎出群風韻，背時裝束，競愛東鄰姬傅粉，誰憐空谷人如玉。」諛頌位居三公的嗣榮王能夠論道經邦，燮理陰陽。《宋史·理宗本紀》：「（寶祐四年）以少師嗣榮王與芮爲太傅。」可當此譽。

【集　評】

陸輔之《詞旨·警句》：玉奴最晚嫁東風。來結梨花幽夢。　綠陰青子滿溪橋。羞見東鄰嬌小。

卓人月、徐士俊《古今詞統》卷六：「高情已逐曉雲空，不與梨花同夢。」東坡傷其早零，夢窗愛其晚嫁。

俞陛雲《唐五代兩宋詞選釋》：詞借晚花爲喻，言著花已過芳時，縱勉及殘春，自惜香微而肌瘦，乃隱寓士不遇之感。老去馮唐，鬢絲看鏡，遇嬌小鄰姬，能無羞見耶？

【考　辨】

雖然臨安、紹興皆有榮邸，但瑶圃（瑶池、瓊圃）在紹興榮邸側，詳見《水龍吟·壽嗣榮王》注〔九〕，則此詞寫於紹興。時在寶祐四年（一二五六）或之後。

## 桃源憶故人㊀

越山青斷西陵浦[一]。一岸密陰疏雨㊁[二]。潮帶舊愁生暮[三]。曾折垂楊處[四]。　桃根桃葉當時渡[五]。嗚咽風前柔櫓[六]。燕子不留春住。空寄離檣語[七]。

【校　議】

㊀《歷代詩餘》注曰：「或作《桃園》者，誤。一名《虞美人影》，雙調四十八字。」戈選杜批：「此爲正格，第二句添一字作上三下四句法，爲又一體。」戈校本詞調下注「朱選」。

㊁一岸：底本作「一片」。未知所據。兹從毛本、《歷代詩餘》、戈校本、戈選、杜本、王朱本、朱二校本、四明本。

【注　釋】

〔一〕越山句：蘇軾《望海樓晚景五絶》（之三）：「青山斷處塔層層，隔岸人家喚欲應。江上秋風晚來急，爲傳鐘鼓到西興。」西陵浦，即西興渡。

〔二〕密陰：周邦彦《望江南》：「密雲銜雨暗城西。九陌未沾泥。」《易・小畜》：「密雲不雨，自我西郊。」

〔三〕潮帶句：楊箋：「『暮』、『潮』二字，拆開意深。」無名氏《離思》：「有情潮落西陵浦，無情人向西陵去。」郎士元《題劉相公三湘圖》：「飛鳥不知倦，遠帆生暮愁。」何遜《贈諸遊舊詩》：「無由下征帆，獨與暮潮歸。」

〔四〕曾折句：孟賓于詠柳殘句：「去年曾折處，今日又垂條。」

〔五〕桃根句：用桃葉桃根及桃葉渡事，美稱西興渡。

〔六〕嗚咽句：趙師俠《水調歌頭》：「咿軋數聲柔櫓，拍塞一懷離恨，指顧隔汀洲。」餘見《渡江雲・西湖清明》注〔六〕。蔡琰《胡笳十八拍》：「夜聞隴水兮聲嗚咽。朝見長城兮路杳漫。」

〔七〕燕子二句：杜甫《發潭州》：「岸花飛送客，檣燕語留人。」姚孝錫《曉霽》：「鶯聲豈解留春住，燕語虚勞唤夢回。」意思是當時燕子空在檣上嬌語，卻不解留春更無意留人。

【集評】

陳廷焯《雲韶集》卷八：情韻自足。憑弔流連，淒豔無比。

【考辨】

楊箋：此詞以詞牌爲題，亦憶姬作也。

孫按：此詞與《齊天樂》（煙波桃葉西陵渡）諸詞同一情事，爲憶杭州亡妓所作，此時歌妓離開杭州，然尚未亡故。詞應寫於杭州。

## 木蘭花慢

壽秋壑

記瓊林宴起〔一〕，軟紅路〔二〕、幾西風〔三〕。想漢影千年，荆江萬頃，查信長通㊀〔四〕。金狨。錦韉賜馬〔五〕，又霜横〔六〕、漢節棗仍紅㊁〔七〕。細柳春陰喜色〔八〕，四郊秋事年豐〔九〕。從容〔一〇〕。歲晚玉關，長不閉、静邊鴻〔一一〕。訪武昌舊壘，山川相繆㊂〔一二〕，日費詩筒㊃〔一三〕。蘭宫〔一四〕。繫書翠羽〔一五〕，帶天香、飛下玉芙蓉〔一六〕。明月瑶笙奏徹，倚樓黄鶴聲中〔一七〕。

【校議】

㈠查信：毛本、戈校本、杜本作「杳信」。王朱本徑改。諸本從之。鄭校：「以形近訛。」

㈡漢節句：王朱本、朱二校本改作「漢節葆仍紅」。王氏《校勘札記》曰：「案《東漢會要》，中平六年始復節，上赤葆。《宋史·輿服志》：凡命節度使，有司給旌節，節亦用髹杠爲之，上設髹圓盤三層，以紅緑裝釘爲旄。『棗』，蓋『葆』誤，形、聲皆近也。」底本校曰：「按秋壑生日在八月，其進荆湖制置大使爲淳祐九年，是詞殆作於是年八月，正用《豳風》『八月剥棗』詩意。若以『棗』爲『葆』，專指漢節，則僅賀進秩矣。劉克莊詞：『榆塞外，恰棗紅時節，想羽書忙。』謂防秋期候，亦一義也。」鄭氏手批：「諦察『棗』字，非誤。似道以八月八日生日，此紀其時之節物，言漢節之赤葆當秋，與棗紅相映。後村詞有『棗紅時候，想羽書忙』之句，正與此義可印證也。」「『棗』字既匙，碻證未可臆改。」

㈢相繆：戈校本：「『繆』字可疑。」

㈣詩筒：朱二校本及底本作「詩筩」。

【注釋】

〔一〕瓊林宴：據《石林燕語》卷一，「瓊林宴」的功能之一是二月在皇家園林瓊林苑舉行例行宴會：「歲賜二府從官燕及進士聞喜燕，皆在其間。」賈似道非進士出身，所能躬與其間者唯有「二府從官」。宋代二府指中書省和樞密院，據《宋史》本傳：「（似道）寶祐二年，加同知樞密院事、臨海郡開國公，威權日盛。」也就是説，賈似道寶祐二年（一二五四）才獲得參與「瓊林宴」資格。句首「記」字表明此爲回憶之筆，而下文中「幾西風」則可看出似道外任已有數年。

〔二〕軟紅路：代指京城。

〔三〕西風：點明賈似道八月初八的生日。

〔四〕想漢影三句：合用八月泛槎及銀河轉影典。詳見《瑣窗寒·玉蘭》注〔六〕、《塞翁吟·餞梅津除郎赴闕》注〔三〕。與賈氏生日時間拍合。荆江，指兼知江陵府事，江陵在荆江上游。

〔五〕金狨二句：賜乘金毛狨坐及金花鞍韉也是對節度使的特殊禮遇。詳見《水龍吟·壽尹梅津》注〔一五〕。岑參《衛節度赤驃馬歌》：「紅纓紫鞚珊瑚鞭，玉鞍錦韉黄金勒。」

〔六〕霜横：冰霜横空，寫季節，也寫威勢。

〔七〕漢節：此代指理宗授予的符節。　棗仍紅：謂防秋期候。《歷代名臣奏議》卷三三九載吴昌裔「論三邊防秋狀」：「今計秋風不十日矣，敵之驃悍過於殘金，師之出没飄若風雨。但聞其以草青爲放牧之候，棗紅爲出哨之期。則避暑而遁，逐涼而來，乃敵人之常也。」

〔八〕細柳句：用細柳營典。漢文帝時，周亞夫爲將軍，屯軍細柳。帝自勞軍，至細柳營，因無軍令而不得入。於是使使者持節詔將軍，周亞夫方傳令開壁門。既入，帝按轡徐行。至營，亞夫以軍禮見，成禮而去。帝曰：「此真將軍矣！曩者霸上、棘門軍，若兒戲耳！」見《史記·絳侯世家》。後遂稱紀律嚴明的軍隊駐扎地爲細柳營。並合用武昌官柳典。

〔九〕四郊句：與下闋「舊壘」貫通。猶言「四郊失壘」。《禮記·曲禮上》：「四郊多壘，此卿大夫之辱也。」鄭玄注：「壘，軍壁也。數見侵伐則多壘。」此與杜甫《八哀詩·贈左僕射鄭國公嚴公武》同意：「四郊失壁壘，虛館開逢迎。」

〔一〇〕從容：此就戰略戰術布置得宜而言。杜甫《奉送嚴公入朝十韻》：「感激張天步，從容靜塞塵。」《九家集注杜詩》：「《詩》：天步艱難。《三國吴志》：清天步而歸舊物。」此與上闋末句頌揚賈似道能力挽國運，安靖荆湖，使邊防地豐衣足食。

〔一一〕歲晚三句：玉關，即玉門關。本指漢武帝時通往西域各地的門户。《漢書·西域傳上》：「時漢軍正任文將兵屯玉門關，爲貳師後距，捕得生口，知狀以聞。」此代指鄂湖一帶的軍事要隘。要隘不閉，邊鴻不傳檄書，謂前線無戰事也。

〔一二〕訪武昌二句：蘇軾《赤壁賦》：「西望夏口，東望武昌，山川相繆，鬱乎蒼蒼，此非孟德之困於周郎者乎？」

〔一三〕日費詩筒：《唐語林》卷二：「白居易長慶二年以中書舍人爲杭州刺史，替嚴員外休復。休復有時名，居易喜爲之代。時吴興守錢徽、吴郡守李穰皆文學士，悉生平舊友。日以詩酒寄興。官妓高玲瓏、謝好好巧於應對，善歌舞。後元稹鎮會稽，參其酬唱，每以筒竹盛詩來往。」此處盛讚賈似道在緊張的戰爭環境中有横槊賦詩的氣度，似道有兩卷詩作傳世。

〔一四〕蘭宮：王勃《滕王閣序》：「鶴汀鳧渚，窮島嶼之縈回。桂殿蘭宮，列岡巒之體勢。」

〔一五〕繫書翠羽：上端刻有鶴雞之形懸詔書的木竿。詳見《瑞鶴仙·壽史雲麓》注〔九〕。

〔一六〕帶天香二句：芙蓉，與上文「蘭宮」皆指當時宮中建築。《宋史·賈似道傳》：「時理宗在位久，内侍董宋臣、盧允升爲之聚斂以媚之。……作芙蓉閣、香蘭亭宮中，進倡優傀儡，以奉帝爲游燕。」賈氏親姊爲理宗貴妃，擅後宮之寵，故便殿常下褒獎恩賜的詔書。

〔一七〕倚樓黄鶴：用黄鶴樓典。

【考　辨】

楊箋：淳祐五年，似道爲荆湖制置使，九年方進大使。夢窗以淳祐三年遷杭，謂此詞作於五年以後，九年以前，亦可用，未必定作於晉大使後也。

孫按：此詞中的相關例證以及與《宴清都·壽秋壑》基本相同的意象，表明也寫於開慶元年（一二五九）前後。夢窗此時應在蘇州。

據《宋史·賈似道傳》，此詞所反映的邊關平静是賈似道策劃的政治欺騙：「開慶初，憲宗皇帝自將征蜀，世祖皇帝時以皇弟攻鄂州，元帥兀蘭哈達由雲南入交址，自邕州蹂廣西，破湖南，傳檄數宋背盟之罪。理宗大懼，乃以趙葵軍信州，禦廣兵；以似道軍漢陽，援鄂，即軍中拜右丞相。十月，鄂東南陬破，宋人再築，再破之，賴高達率諸將力戰。似道時自漢陽入督師。十一月，攻城急，城中死傷者至萬三千人。似道乃密遣宋京詣軍中請稱臣，輸歲幣，不從。會憲宗皇帝晏駕於釣魚山，合州守王堅使阮思聰踔急流走報鄂，似道再遣京議歲幣，遂許之。大元兵拔砦而北，留張傑、閻旺以偏師候湖南兵。明年正月，兵至，傑作浮梁新生磯，濟師北歸。似道用劉整計，攻斷浮梁，殺殿兵百七十，遂上表以肅清聞。帝以其有再造功，以少傅、右丞相召入朝，百官郊勞如文彥博故事。」然而當時朝野皆受其蒙蔽。劉毓崧《校刊夢窗甲乙丙丁稿·序》：「王魯齋爲講學名儒，生平不肯依附似道，而其致書似道亦嘗稱其援鄂之功。」儒學名臣王柏魯齋有《壽秋壑》詩，四庫館臣深致質疑：「特其勇於淬礪，檢束客氣，使縱橫者一出於正爲足取耳。集中第一卷有《壽賈秋壑》詩，極稱其援鄂之功，諛頌備至，是亦白璧之瑕。然核檢諸書，均不載其有依附權門之事，不知何以有此作？其集乃明正統間柏六世孫四川按察司僉事迪所重編，又不知何以載之集中，略無所諱，均不可解。」據知夢窗雖有壽詞，卻未必有依附似道之事。

## 夜行船㊀

贈趙梅壑〔一〕

碧甃清漪方鏡小〔二〕。綺疏淨、半塵不到。古鬲香深〔三〕，宮壺花換，留取四時春好〔四〕。

樓上眉山雲窈窕㈡〔五〕。香衾夢、鎮疏清曉〔六〕。並蒂蓮開〔七〕，合歡屏暖〔八〕，玉漏又催朝早〔九〕。

【校議】

㈠此調亦頗多異名。《歷代詩餘》注曰：「一名《雨中花令》，一名《明月棹孤舟》。雙調五十六字。」《四庫全書總目〈逃禪詞〉提要》：「集中《明月棹孤舟》四首，晉（孫按：指毛晉）注云：『向誤作《夜行船》，今按譜正之。』案此調即是《夜行船》，亦即是《雨中花》。諸家詞雖有小異，按其音律，要非二調。無咎此詞，實與趙長卿、吴文英詞中所載之《夜行船》無一字不同。」

㈡窈窕：毛本作「窕窈」。戈校本倒乙。杜本從，校曰：「倒誤。」諸本從之。

【注釋】

〔一〕趙梅壑：據後文《風入松·壽梅壑》，知趙梅壑應爲宋宗室，生平不詳。

〔二〕碧甃：吴融《雜曲歌辭·古別離》：「賦情更有深繾綣，碧甃千尋尚爲淺。」

〔三〕古鬲：韓淲《古鬲次韻成季》：「彼鬲乃爾奇，奚待識者斷。蕩掃盆盎空，儼雅古風滿。」《漢書·郊祀志上》：「禹收九牧之金，鑄九鼎。……其空足曰鬲。」顏師古注引蘇林曰：「鬲音歷。足中空不實者，名曰鬲也。」

〔四〕宫壺二句：庾信《小園賦》：「鳥多閒暇，花隨四時。」晁補之《喜文潛自淮南歸招飲西岡呈坐客》：「宫壺賜酒玉流卮，請君但作留春詩，人生身外安所知。」上二句中「古鬲」、「宫壺」都是作爲養花的器皿。而以「古」、「宫」二字修飾，言器物之古老名貴，並合梅壑宗室身份。

〔五〕眉山：韓偓《半睡》：「眉山暗澹向殘燈，一半雲鬟墜枕棱。」並用遠山黛典。雲窈窕：暗用巫山雲雨典。

〔六〕香衾二句：用李商隱《爲有》詩意：「爲有雲屏無限嬌，鳳城寒盡怕春宵。無端嫁得金龜婿，辜負香衾事早朝。」疏，謂香夢難成。

〔七〕並蒂蓮開：《青陽度三曲》（之三）：「青荷蓋緑水，芙蓉披紅鮮。下有並根藕，上生並頭蓮。」朱超《詠同心芙蓉詩》：「日分雙蒂影，風合兩花香。」

〔八〕合歡屏：猶言「鴛屏」、「鸞屏」。就屏内有愛侣而言。

〔九〕玉漏句：承「香衾」二句，化用李商隱《鏡檻》詩意：「豈能抛斷夢，聽鼓事朝珂。」蘇味道《正月十五夜》：「金吾不禁夜，玉漏莫相催。」

【考辨】

鍾振振《讀夢窗詞札記·七》據夢窗後文《風入松·壽梅壑》中「王母最憐生」推論：「梅壑趙

姓，爲宋宗室，其祖或襲封郡王，故夢窗以西王母稱其祖母以切之也。」

孫按：據後文《朝中措·贈趙梅壑》，知趙梅壑居於紹興。此詞應寫於紹興。

## 朝中措

贈趙梅壑

吴山相對越山青。湘水一春平〔一〕。粉字情深題葉，紅波香染浮萍〔二〕。　朝雲暮雨〔三〕，玉壺塵世〔四〕，金屋瑶京〔五〕。晚雨西陵潮信㊀，沙鷗不似身輕〔六〕。

【校　議】

㊀潮信：諸本作「潮汛」，兹據戈校本。

【注　釋】

〔一〕吴山二句：林逋《相思令》：「吴山青。越山青。兩岸青山相對迎。爭忍有離情。君淚盈。妾淚盈。羅帶同心結未成。江邊潮已平。」元結《欸乃曲》：「湘江二月春水平，滿月和風宜夜行。」吳山，《浙江通志》卷九：「《名勝志》：在府城内之南，春秋時爲吳南界，以別於越，故曰吳山。……凡城南隅諸山，蔓衍相屬，總曰吳山。」湘水，此非實指，而是用以代指阻隔情人歡會之水流，即吳山與越山之間的錢塘江。

〔二〕粉字二句：用流紅典。韓偓《春悶偶成十二韻》：「粉字題花筆，香箋詠柳詩。」

〔三〕朝雲暮雨：用巫山雲雨典。

〔四〕玉壺塵世：《古今説海》卷四四引《玉壺記》載元胤、柳實二人渡海遇風暴，求助於玉虛尊師與南溟夫人。南溟夫人謂二人有道骨，欲歸不難。及去，夫人贈以玉壺一枚，並贈詩曰：「來從一葉舟中來，去向百花橋上去。若到人間扣玉壺，鴛鴦自解分明語。」

〔五〕金屋：藏嬌之處。瑤京：泛指神仙世界。此指繁華的京城。柳永《輪臺子》：「又爭似，卻返瑤京，重買千金笑。」以上二句謂趙梅壑因朝班需要，與彼美有離有聚，感覺如同天上人間兩重境界。

〔六〕晚雨二句：韋應物《滁州西澗》：「春潮帶雨晚來急，野渡無人舟自横。」劉長卿《重過宣峰寺山房寄靈一上人》：「西陵潮信滿，島嶼入中流。……何事揚帆去，空驚海上鷗。」西陵，西興渡。

【考辨】

楊箋：此詞疑因梅壑得吳姬而贈者，與上闋並蒂蓮、合歡屏合看。

孫按：與上闋合看，知梅壑與其眷屬情感彌篤，然拘於公幹，常往來於紹興杭州之間，此詞寫於紹興，詞中帶有戲謔成份，表現出夢窗性格中頗爲幽默的另一面。

## 風入松

壽梅壑

一帆江上暮潮平。騎鶴過瑶京〔一〕。湘波山色青天外〔二〕，紅香蕩〔三〕、玉佩東丁〔四〕。西圃仍圓夜月，南風微弄秋聲〔五〕。　阿咸才俊翠壺冰㊀〔六〕。王母最憐生〔七〕。萬年枝上千年葉〔八〕，垂楊鬢、春共青青〔九〕。連唤碧筩傳酒〔一〇〕，雲回一曲雙成〔一一〕。

【校　議】

㊀ 翠壺：底本作「玉壺」。未知所據。兹從毛本、戈校本、杜本、王朱本、朱二校本。

【注　釋】

〔一〕一帆二句：化用王子喬騎白鶴事。洪邁《夷堅甲志》載蔡真人詞：「塵世無人知此曲，卻騎黄鶴上瑤京，風泠月華清。」王維《闕題二首》（之二）：「相看不忍發，慘澹暮潮平。」此謂趙梅壑爲慶祝生辰從紹興前往京城。

〔二〕湘波句：王維《漢江臨泛》：「江流天地外，山色有無中。」

〔三〕紅香蕩：賀鑄《惜雙雙》：「蓮蕩香風裏。彩鴛鴦覺雙飛起。」

〔四〕玉佩東丁：刻劃梅壑端莊的容止。東丁，「丁東」之倒。陸游《霜曉》：「紙衾圍栗烈，風響送東丁。」

〔五〕西圃二句：鍾振振《讀夢窗詞札記·七》：「圓月，是十五日；南風，是夏日風；『微弄秋聲』，則夏末秋初矣。可知梅壑生日在農曆七月半也。」

〔六〕阿咸句：三國魏阮籍侄子阮咸，有才名。《世説新語·賞譽》：「山公舉阮咸爲吏部郎。目曰：『清真寡欲，萬物不能移也。』」劉孝標注：「《名士傳》曰：咸字仲容，陳留人，籍兄子也。任達不拘，當世皆怪其所爲。及與之處，少嗜欲，哀樂至到，過絶於人。……《竹林七賢論》曰：『山濤之舉阮咸，固知上不能用，蓋惜曠世之儁，莫識其意故耳。夫以咸之所犯方外之意，稱其清真寡欲，則跡外之意自見耳。』」宋人開始稱侄爲「阿咸」。如蘇軾《和子由除夜元日省宿致齋三首》（之二）：「朝回兩袖天香滿，頭上銀幡笑阿咸。」王文誥輯注引查慎行曰：「用阿咸，當指子由諸郎。」

〔七〕王母：代指其祖母。　最憐生：杜甫《得家書》：「熊兒幸無恙，驥子最憐渠。」生，語助詞。《詩·商頌·殷武》：「壽考且寧，以保我後生。」馬瑞辰通釋：「《南山有臺》篇：『保艾爾後。』《雝》之篇:『克昌厥後。』《武》之篇:『克開厥後。』皆止言『後』,獨此篇言『後生』,蓋變文以爲韻。『後生』與《伐木》篇『友生』同,皆以『生』爲語助詞。」歐陽修《六一詩話》:「李白《戲杜甫》云:『借問別來太瘦生,總爲從前作詩苦。』『太瘦生』,唐人語也,至今猶以『生』爲語助,如『作麽生』、『何似生』之類是也。」

〔八〕萬年枝:謝朓《直中書省詩》:「風動萬年枝,日華承露掌。」明其宗室身份。

〔九〕垂楊二句:許渾《送客自兩河歸江南》:「遥羨落帆逢舊友,緑蛾青鬢醉横塘。」何長瑜《嘲府僚詩》:「陸展染鬢髮,欲以媚側室。青青不解久,星星行復出。」青青,《詩·衛風·淇奥》:「瞻彼淇奥,緑竹青青。」毛傳:「青青,茂盛貌。」此以碧柳喻頭髮烏黑,祝壽語。

〔一〇〕碧筩:即碧筩杯。

〔一一〕雲回:仙曲《紫雲回》。《開天傳信記》:「上嘗坐朝,以手指上下按其腹。朝退,高力士進曰:『陛下向來數以手指按其腹,豈非聖體小不安耶?』上曰:『非也。吾昨夜夢游月宫,諸仙娱予以上清之樂,寥亮清越,殆非人間所聞也。酣醉久之,合奏諸樂以送吾歸。其曲悽楚動人,杳杳在耳。吾回,以玉笛尋之,盡得之矣,坐朝之際,慮忽遺忘,故懷玉笛,時以手指上下尋,非不安。』力士再拜賀曰:『非常之事也。願陛下爲臣一奏之。』其聲寥寥然,不可名言也。力士又再拜,且請其名。上笑言:『此曲名《紫雲回》。』遂載於樂章,今太常刻石在焉。」雲回、雙成,用以代指宫廷樂曲及歌者。

【考　辨】

朱二校：按《浩然齋雅談》謂翁元龍爲夢窗親伯仲，故《絶妙好詞》即以次於夢窗。是詞换頭二語，梅壑又似夢窗猶子，一門三姓，惜無從考其詳也。

楊箋：疑此亦當是指梅壑之侄言。

鍾振振《讀夢窗詞札記·七》：「阿咸」即指梅壑，而非其侄。壽詞當貼定其人，不容闌入他人。意梅壑必有叔父爲當世名流，以「阿咸」稱梅壑，乃相對於其叔父而言。……「王母最憐生」，「王母」固有「祖母」義，然詞家體例，不尚直言，多用代指，則此字面當以作「西王母」解爲近是，至其所代指者，不妨爲其祖母耳。梅壑趙姓，爲宋宗室，其祖或襲封郡王，故夢窗以西王母稱其祖母以切之也。「萬年枝上千年葉」，「萬年枝」蓋指皇族之嫡脈，「千年葉」蓋指王裔也。

田玉琪《讀夢窗詞》：謝脁《直中書省詩》：「風動萬年枝，日華承露掌。」《文選·卷三十·詩己》李善引《晉宫闕名》曰：「華林園有萬年樹十四株。」觀詞用「王母」、「萬年枝」、「千年葉」等語，知趙梅壑必爲皇室子弟。

吴箋：疑梅壑爲嗣榮王趙與芮侄輩。

孫按：夢窗詞在趙氏家族中用西王母典，僅見理宗生母榮王夫人全氏，全夫人爲其祖母，可爲時彦以梅壑爲宋宗室之説添一佐證。此詞寫於紹興。

# 西江月㊀

登蓬萊閣看桂㊁〔一〕

清夢重游天上，古香吹下雲頭〔二〕。簫聲三十六宮愁。高處花驚風驟〔三〕。　客路羈情不斷，闌干晚色先收㊂〔四〕。千山濃緑未成秋〔五〕。誰見月中人瘦〔六〕。

【校　議】

㊀《樂府指迷》：「又如《西江月》起頭押平聲韻，第二第四就平聲切去，押側聲韻。如平聲押東字，側聲須押董字、凍字韻方可。有人隨意押入他韻，尤可笑。」《歷代詩餘》：「一名《步虚詞》。雙調五十字，前後平仄叶一韻。」戈選杜批：「前後段一韻平仄兼叶爲此調正格。下一首（孫按：指同調詞『賦瑶圃青梅枝上晚花』）後段换韻爲又一體。」

㊁《歷代詩餘》、戈選詞題作「蓬萊閣看桂」。

㊂先收：《歷代詩餘》、戈校本、戈選、杜本作「初收」。

【注　釋】

〔一〕蓬萊閣看桂：據《會稽續志》卷一，知具體地點是府署蓬萊閣建築群中的延桂閣：「延桂閣。在清思堂之側，前有巖桂甚古，守趙彦倓建。王補之摘杜子美『賞月延秋桂』之句以名。樓之下爲寢處燕坐之所，便房夾室悉備，蓋館士所寓之地也。按：汪綱更新之，且添創他屋及庖湢之所，居者頗以爲便。」

〔二〕清夢二句：用唐明皇遊月宫見大桂樹的傳説。孟郊《送淡公》：「異刹碧天上，古香清桂岑。」李賀《帝子歌》：「山頭老桂吹古香，雌龍怨吟寒水光。」

〔三〕簫聲二句：化用李賀《金銅仙人辭漢歌》詩意：「畫欄桂樹懸秋香，三十六宫土花碧。」並用蘇軾《水調歌頭》「高處不勝寒」詞意。

〔四〕客路二句：凭欄先見暮色，羈旅行役之情如草色連綿不能斷絶。

〔五〕千山句：李賀《河南府試十二月樂詞·四月》：「曉涼暮涼樹如蓋，千山濃緑生雲外。」梅堯臣《依韻和劉十秋霖》：「秋草更緑秋霖衰，長安遊客未成衣。」

〔六〕誰見句：閻選《浣溪沙》：「劉阮信非仙洞客，嫦娥終是月中人，此生無路訪東鄰。」以上二句謂緑意未褪，秋意尚濃；桂花八月盛開，未至十五月圓時，嫦娥亦覺纖瘦。

【考　辨】

楊箋：（「客路」三句）夢窗在紹興時日甚多，此言客路，蓋皆在客中，非家於此也。

孫按：延桂閣屬蓬萊閣建築群，在署府之側，並爲館士之所，幕僚居之。夢窗一生僅入紹興史宅之幕。前考史宅之淳祐四年（一二四四）十月十九日到任，六年（一二四六）三月離任。經秋者僅有淳祐五年之任，因之可知詞作此年寫於紹興。

## 朝中措

題陸桂山詩集〔一〕

殷雲雕葉晚晴初〔二〕。籬落認奚奴〔三〕。纔近西窗燈火，旋收殘夜琴書〔四〕。　秋深露重，天空海闊〔五〕，玉界香浮㈠〔六〕。木落秦山清瘦〔七〕，西風幾許工夫〔八〕。

【校　議】

㈠ 香浮：杜鈔本校曰：「『浮』字方音作『扶』。」鄭氏手批：「長吉《箜篌引》以『浮』押入『魚』韻，蓋本古音，以字從『孚』得聲也。文英必有所本。『浮』字以吴音借叶，音『孚』。」孫按：此就「浮」古音讀若「枹」而言。

【注　釋】

〔一〕陸桂山：生平不詳。此是評價陸桂山詩集風格的詞作。

〔二〕殷雲句：張良臣《西江月》：「殷雲度雨井桐凋，雁雁無書又到。」

〔三〕奚奴：《周禮·天官·序官》：「奚三百人。」鄭玄注：「古者從坐男女没入縣官爲奴，其少才知以爲奚，今之侍史官婢。或曰：奚，宦女。」後因稱奴僕爲「奚奴」。實用李賀典。詳見《無悶·催雪》注〔八〕。此代指陸桂山的僕人，並知陸氏屬困頓苦吟一流人物。

〔四〕纔近二句：陶潛《與子儼等書》：「少學琴書，偶愛閒靜，開卷有得，便欣然忘食。」謂今天不似平日以琴書打發殘夜，而是專心研讀陸氏詩集。

〔五〕天空海闊：《西陽雜俎》卷一二：「（大曆末禪僧玄覽）題詩於竹曰『大海從魚躍，長空任鳥飛』。」後因以「海闊天空」形容境界開闊。

〔六〕玉界香浮：李嶠《席》：「桂香浮半月，蘭氣襲回風。」切「桂」字。陸龜蒙、皮日休《開元寺樓看雨聯句》：「寫作玉界破，吹爲羽林旋。」

〔七〕木落：左思《蜀都賦》：「木落南翔，冰泮北徂。」范雲《詠桂樹詩》：「不識風霜苦，安知零落期。」秦山：秦望山。切「山」字。

〔八〕幾許工夫：陸游《題廬陵蕭彦毓秀才詩卷後二首》（之一）：「蘇州死後風流絶，幾許工夫學得成。」

【考　辨】

楊箋：（「木落」二句）陸，疑是紹興人，否則，何以獨舉秦山？「清瘦」二字，是陸詩境界，由「桂」字打合，有情。

## 聲聲慢

和沈時齋八日登高韻

憑高入夢〔一〕，搖落關情〔二〕，寒香吹盡空巖〔三〕。墜葉消紅，欲題秋訊難緘㈠〔四〕。重陽正隔殘照，趁西風、不響雲尖〔五〕。乘半暝〔六〕、看殘山濯翠㈡，剩水開奩〔七〕。暗省長安年少〔八〕，幾傳杯吊甫〔九〕，把菊招潛〔一〇〕。身老江湖〔一一〕，心隨飛雁天南〔一二〕。烏紗倩誰重整〔一三〕，映風林、鉤玉纖纖〔一四〕。漏聲起，亂星河、入影畫簷㈢〔一五〕。

【校　議】

㈠ 秋訊：《歷代詩餘》作「秋信」。難緘：王朱本、朱二校本作「誰緘」。未知所據。

〔二〕灌翠：毛扆本、《全宋詞》作「濯翠」。朱二校：「張仲炘按：『灌』當作『濯』。」鄭氏手批：「『灌』字奇特。瞻園疑爲『濯』字，則弱。」

〔三〕入影：《古今詞統》、《歷代詩餘》作「影入」。杜本作「人影」。鄭氏手批：「『入』字，疑『人』之訛。或入作平。」

【注釋】

〔一〕憑高：趙至《與嵇茂齊書》：「憑高望遠（據陳元龍注《片玉集》引），則山川悠隔。」此就八日登高而言。

〔二〕搖落關情：王儉《侍太子九日宴玄圃詩》：「寥寥清景，靄靄微霜。草木搖落，幽蘭獨芳。」宋玉《九辯》有「悲哉，秋之爲氣也」之句，爲貧士悲秋之祖。杜甫《詠懷古跡五首》（之二）有「搖落深知宋玉悲」之同慨。

〔三〕寒香句：寒香，指巖桂，又稱木犀（樨）。《吴郡志》卷三〇：「近世乃以木犀爲巖桂。」桂花中秋節前後開放，重九前後已經搖落殆盡。

〔四〕墜葉二句：錢珝《未展芭蕉》：「冷燭無煙緑蠟乾，芳心猶卷怯春寒。一緘書札藏何事，會被東風暗拆看。」並用吴江紅葉典。

〔五〕重陽三句：暗用潘大臨「滿城風雨近重陽」句意，因無風雨，故西風不響雲峰。融入杜牧《九日齊安登高》句意：「但將酩酊酬佳節，不用登臨恨落暉。」亦寫斜陽落盡，即是重陽。雲尖，鄭剛中《擬州學橫翠軒》：「平鋪秀氣一里許，不露雲尖與山腳。」

〔六〕半暝：方岳《道中連雨》：「老屋村春急，歸鴉半暝煙。」

〔七〕看殘山二句：殘山、剩水，人造園林中山巒與水潭。詳見《齊天樂·毗陵陪兩別駕宴丁園》注〔四〕。奩開，劉禹錫《雲英潭》：「芳幄覆雲屏，石奩開碧鏡。」灌翠，猶言潑翠，充沛的緑色。

〔八〕長安年少：劉禹錫《楊柳枝》：「御溝春水柳暉映，狂殺長安年少兒。」化用蘇軾《沁園春》：「當時共客長安。似二陸初來俱少年。」

〔九〕傳杯吊甫：憑弔寫出九日傳杯名句的杜甫。杜甫《九日五首》（之二）：「舊日重陽日，傳杯不放杯。」

〔一〇〕把菊招潛：招得菊叢中把菊待酒的陶潛。王績《九月九日贈崔使君善爲》：「香氣徒盈把，無人送酒來。」餘見《蝶戀花·九日和吴見山韻》注〔七〕。

〔一一〕身老句：杜甫《夜宴左氏莊》：「詩罷聞吴詠，扁舟意不忘。」董嗣杲《午睡中懷約山遊》：「爲客不似家居好，身老江湖已云倦。」

〔一二〕心隨句：用杜牧《九日齊安登高》「江涵秋影雁初飛」及蘇軾《壬寅重九不預會獨遊普門寺僧閣有懷子由》「望鄉心與雁南飛」句意。

〔一三〕烏紗句：杜甫《九日藍田崔氏莊》：「羞將短髮還吹帽，笑倩旁人爲正冠。」黄庭堅《鷓鴣天》：「龍山落帽千年事，我對西風猶整冠。」

〔一四〕映風林二句：杜甫《夜宴左氏莊》：「風林纖月落，衣露淨琴張。」以上三句寫初八日弦月如玉鉤映在林梢，聯想爲整冠佳人的纖纖玉手，實寫無歌妓隨游，因而無人爲整冠也。

〔一五〕亂星河二句：李白《宿白鷺洲寄楊江寧》：「波光摇海月，星影入城樓。」元稹《州宅》：「星河影向簷前落，鼓角聲從地底回。」

【考辨】

按夢窗與沈氏交往的時間推算，此詞應是淳祐三年（一二四三）或淳祐四年（一二四四）寫於蘇州。

## 點絳唇

和吴見山韻㊀

金井空陰〔一〕，枕痕歷盡秋聲鬧〔二〕。夢長難曉〔三〕。月樹愁鴉悄㊁〔四〕。　梅壓簷梢㊂〔五〕。寒蝶尋香到〔六〕。窗黏了〔七〕。翠池春小〔八〕。波冷鴛鴦覺㊃〔九〕。

【校議】

㈠《歷代詩餘》無詞題。

㈡鴉悄：《古今詞統》作「鴉俏」。

㈢簷梢：《歷代詩餘》作「簷花」。

㈣鴛鴦覺：《古今詞統》：「『覺』，去聲。」戈選作「鴛鴦曉」。杜校：「天韻。」

【注釋】

〔一〕金井空陰：李咸用《秋日疾中寄諸同志》：「花疏籬菊色，葉減井梧陰。」寫井旁梧葉落盡。

〔二〕枕痕句：化用黃庭堅《六月十七日晝寢》詩意：「馬齕枯萁喧午枕，夢成風雨浪翻江。」韓愈《答柳柳州食蝦蟆》：「鳴聲相呼和，無理只取鬧。」周邦彥《滿江紅》：「蝶粉蜂黄都褪了，枕痕一線紅生玉。」

〔三〕夢長難曉：孟浩然《長樂宮》：「紅粉邀君在何處，青樓苦夜長難曉。」

〔四〕月樹句：梅堯臣《李仲求寄建溪洪井茶七品云愈少愈佳未知嘗何如耳因條而答之》：「夜枕不得寐，月樹聞啼鴉。」愁鴉，陳淳《晴和再用丁韻》：「融融熙熙遍林谷，鳴有喜鶯無愁鴉。」

〔五〕梅壓簷梢：杜甫《舍弟觀赴藍田取妻子到江陵喜寄三首》（之二）：「巡簷索共梅花笑，冷蕊疏枝半不禁。」易涉趣梅詩：「搜詩索笑傍簷梅，冷蕊疎花帶雪開。」

〔六〕寒蝶句：林逋《山園小梅二首》（之二）：「霜禽欲下先偷眼，粉蝶如知合斷魂。」實寫落梅如蝶舞。

〔七〕窗黏了：鄭會《梅花》：「江梅欲雪樹槎牙，雪片飄零梅片斜。半有和風到窗紙，不知是雪是梅花。」

〔八〕翠池：崔櫓《殘蓮花》：「倚風無力減香時，涵露如啼卧翠池。」春小：因鴛鴦眠卧而有春意，然程度與範圍皆感覺「小」。

〔九〕波冷句：姜夔《浣溪沙》：「楊柳夜寒猶自舞，鴛鴦風急不成眠。」吴惟信《荷花》：「翠蓋不能擎雨露，鴛鴦應怨夜寒多。」楊箋：「水暖則夢酣，水寒則魚亦不寐，況鴛鴦乎？『鴛鴦覺』，即鰥魚夜不眠意。」

## 又〔一〕

有懷蘇州

明月茫茫〔一〕，夜來應照南橋路〔二〕。夢遊熟處〔三〕。一枕啼秋雨〔四〕。可惜人生，不向吴城住。心期誤〔五〕。雁將秋去〔六〕。天遠青山暮〔七〕。

【校　議】

㊀ 戈校本録詞調詞題，無正文。謂「已鈔選」。

【注　釋】

〔一〕明月茫茫：曹唐《仙子洞中有懷劉阮》：「洞裏有天春寂寂，人間無路月茫茫。」

〔二〕南橋：《吴中水利全書》卷四：「南橋爲蔣涇橋，併入嘉興塘，東匯爲莊港，北爲斜涇，與瑁湖南合，東入城河，與張涇合。」此應泛指。

〔三〕夢遊熟處：晏幾道《鷓鴣天》：「夢魂慣得無拘檢，又踏楊花過謝橋。」

〔四〕一枕句：周邦彦《蝶戀花》：「喚起兩眸清炯炯。淚花落枕紅棉冷。」又，《解蹀躞》：「淚珠都作，秋宵枕前雨。」

〔五〕心期誤：此指内心願望與現實發生錯位。

〔六〕雁將秋去：周邦彦《解蹀躞》：「此恨音驛難通，待憑征雁歸時，帶將愁去。」

〔七〕天遠句：何遜《登石頭城詩》：「天暮遠山青，潮去遥沙出。」

【集　評】

陳廷焯《雲韶集》卷八：夢窗短調亦自高絶。　筆力精警。

陳洵《海綃説詞》：詞中句句是懷人，且至於夢，至於啼。又曰「可惜人生」，曰「心期誤」，淒咽如此，決非徒爲吴吟，可知當與「楊柳閶門」參看。

劉永濟《微睇室説詞》：起句見月興懷，亦即作詞之由，想同此一月，此時月亦應照在蘇州南橋路上。「南橋路」即蘇州之人之處所也。而「茫茫」二字接在「明月」下，便覺有無限感慨。「夢遊」句言熟游之南橋，而令思之成夢，非但成夢，而且夢啼。「秋雨」，淚也。换頭正寫「懷」字。曰「可惜」，追戀與後悔兩意皆有。此時夢窗在杭也。「心期誤」言人事多乖，不能如心所願也。歇拍言雁又「將秋去」矣。「天遠」、「山暮」是何景象，安得不使人興懷？

【考辨】

鄭氏手批：丁稿《鷓鴣天》結句「楊柳閶門屋數間」，蓋寓吴之志終有逮也。

楊箋：此爲寓越憶蘇之作。懷地即懷人，此必爲姬去後未久之作。

況周頤《蕙風詞話》補編卷一：夢窗所云南橋，即指臯橋。今蕙風卜居，適在臯橋稍北，俯仰興懷，荃香未沫，素雲黄鶴，跂予望之矣。

劉永濟《微睇室説詞》：此詞題曰「懷蘇州」，懷蘇州之人也。……其思去妾之情，盡在不言中而意特纏綿。

孫按：《吴郡志》卷一七：「臯橋在吴縣西北閶門内，漢議郎臯伯通居此橋側，因名之。」閶門，是古吴城的西門，亦未聞有稱臯橋爲「南橋」者。

前文已考得夢窗大致行跡：杭京十年，蘇幕十四年，至甲辰（一二四四）置家蘇州。之後，雖然入史宅之、嗣榮王趙與芮等人紹興、杭京幕中，但家眷始終在吴，並且終身定居於此地。詞中「可惜人生，不向吴城住」與夢窗甲辰之後的事蹟不符。

按之夢窗行跡，其客遊之後又長期離開蘇州僅有十年客杭這個時段，前考此間夢窗曾游蘇州、楚州、湖州、常州等地。万俟紹之《江神子·贈妓寄夢窗》記載了夢窗早年的蘇州情事：「十年心事上眉端，夢鶯殘。瑣窗寒。雲絮隨風，千里度關山。琴裏知音無覓處，妝粉淡，釧金寬。　瑶箱吟卷懶重看，憶前歡，淚偷彈。我已相將，飛棹過長安，爲説崔徽憔悴損，須覓取、錦箋還。」万俟紹之流寓常熟，常熟宋屬蘇州。詞中「十年」、「長安」云云，與夢窗少年客京尹袁韶幕中，客杭十年期間曾短期游幕蘇州的經歷相符。據万俟紹之的詞作，知夢窗早年游蘇時結交了一位歌妓，夢窗回至袁韶幕中之後，此歌女爲之衣帶漸寬憔悴損。據知此詞是嘉定十六年（一二二三）游幕蘇州後，紹定四年（一二三一）入蘇幕之前寫於杭州。

## 玉樓春

和吴見山韻

闌干獨倚天涯客〔一〕。心影暗雕風葉寂㈠〔二〕。千山秋入雨中青〔三〕，一雁暮隨雲去急〔四〕。　霜花强弄春顔色〔五〕。相吊年光澆大白〔六〕。海煙沈處倒殘霞，一杼鮫綃和淚織〔七〕。

【校　議】

㈠　戈校本：「『心』字可疑。」

【注　釋】

〔一〕　闌干句：劉長卿《按覆後歸睦州贈苗侍御》：「日下人誰憶，天涯客獨行。」

〔二〕　心影：江淹《爲蕭領軍拜侍中刺史章》：「夤對以懅，心影若傾。」《太平廣記》卷一四引《神仙感遇傳·李筌》:「(驪山母謂李筌)血脈未減,心影不偏,性賢而好法,神勇而樂至,真是吾弟子也。」

〔三〕千山句:趙汝鐩《懷亨父》:「久雨千山秋得意,西風一雁客關心。」楊萬里《出真陽峽十首》(之九):「出了真陽恰惆悵,數峰如筍雨中青。」

〔四〕一雁句:與下句用崔國輔《九日侍宴應制》詩意:「雲雁樓前晚,霜花酒裏春。」庾肩吾《經陳思王墓詩》:「雁與雲俱陣,沙將蓬共飛。」李商隱《春雨》:「玉璫緘札何由達,萬里雲羅一雁飛。」

〔五〕霜花句:白居易《醉中對紅葉》:「醉貌如霜葉,雖紅不是春。」尹式《別宋常侍詩》:「秋鬢含霜白,衰顏依酒紅。」有一種菊花經霜顯出微紅。詳見《惜黃花慢·菊》注〔一〇〕。比喻衰顏得酒,正如秋花經霜呈現鮮豔的紅色;寓酒寬愁懷之意。

〔六〕相吊年光:遲暮之人與晚秋時光互相憑弔。澆大白:宋祁《漢南使君數以公醪見問》:「阮生塊壘胸中極,故待兵厨著酒澆。」大白,大酒杯。典例見《解連環·留別姜石帚》注〔一〇〕。

〔七〕海煙二句:淚織鮫綃,詳見《滿江紅·澱山湖》注〔六〕。照應開篇,謂凭欄看到大海盡頭倒映晚霞,竟感覺如同鮫人和淚織成的鮫綃,色澤鮮豔但卻讓人黯然神傷。

## 【集評】

《古今詞統》:「『心影』二字亦有所本,驪山母謂李筌『心影不偏』。」

楊箋：不曰「風葉暗雕心影寂」，乃曰「心影暗雕風葉寂」，此造句金針。

【考　辨】

據《蝶戀花·九日和吴見山韻》【考辨】中楊箋，知吴見山有紹興仕歷，此詞内容似憑紹興卧龍山望海亭所眺望，故應寫於紹興。

## 柳梢青㊀

題錢得閑四時圖畫㊁〔一〕

翠嶂圍屏〔二〕。留連迅景〔三〕，花外油亭〔四〕。澹色煙昏㊂，濃光清曉，一幅閑情〔五〕。輞川落日漁罾〔六〕。寫不盡、人間四並〔七〕。亭上秋聲，鶯能春語㊃，難入丹青〔八〕。

【校　議】

㊀《歷代詩餘》：「一名《早春怨》，一名《雲淡秋空》。雙調四十九字，有以起句不用韻别爲《早春

怨》者，通首實無異也。」戈選杜批：「前後段一韻平仄兼叶爲此調正格。下一首（孫按：指同調詞『與龜翁登研意觀雪』）後段換韻爲又一體。」

㈡《歷代詩餘》詞題作「題四時圖畫亭」。

㈢煙昏：各本同。底本校曰：「按二字疑倒，當與下『清曉』爲對。」楊箋：「以『昏』對『曉』，『煙』爲形容字，即模糊之意，亦似可通。」

㈣鶯能：王朱初刻徑改「鶯籠」。諸本從之。茲從《古今詞統》、毛本、《歷代詩餘》、戈校本、杜本。

**【注釋】**

〔一〕四時圖畫：錢氏園亭之題榜。參見《慶宮春·越中題錢得閑園池》【考辨】。

〔二〕翠嶂圍屏：形容錢氏園林四面環山。裴説《廬山瀑布》：「靜景憑高望，光分翠嶂開。」翁卷《白紵詞》：「呵星喚月留夜長，十二圍屏暖山色。」

〔三〕迅景：柳永《戚氏》：「別來迅景如梭，舊遊似夢，煙水程何限。」

〔四〕油亭：油漆鮮亮的亭閣。

〔五〕澹色三句：李賀《自昌谷到洛後門》：「澹色結晝天，心事填空雲。」寫園中朝暮景色，並切園主「得閑」名號，以「幅」切「圖畫」。

〔六〕輞川句：輞川，即輞谷水。在陝西省藍田縣南。唐詩人王維曾置别業於此。王維《輞川集並序》謂有别業在輞川山谷，遊止勝跡近二十處，與落日、漁罾相關的名句如《鹿柴》：「返景入深林，復照青苔上。」《欒家瀨》：「跳波自相濺，白鷺驚復下。」王維《捕魚圖》應亦與此地相涉，《緯略》卷六：「余與徐淵子同點檢南宫，出右丞《捕魚圖》一卷，如無咎公所題者。余曰：此善摹者爲之，徐不以爲然。一日得一卷，僅存三分之一。徐圖葭葦之外，意其爲水耳，此特波濤浩瀰，水痕浪跡，一一畢具，人物尤精絶。淵子必欲易之，余有難色，已而又有一卷，題曰《摩詰寒江釣雪》，上施秘閣之印，此乃淳化以前，未更秘書省印篆也。畫筆奇古，全不類世間所見山水圖也。」罾，魚網。

〔七〕寫不盡二句：人間四並，謝靈運《擬魏太子鄴中集詩序》：「天下良辰、美景、賞心、樂事，四者難並。」以上三句謂王維輞川詩畫中雖有落日、捕魚等景致，但不能囊括此園中朝暮四時以及四並兼俱的美景。

〔八〕亭上三句：元稹《獨醉》：「桃花解笑鶯能語，自醉自眠那藉人。」楊箋：「景可寫，聲不可寫。」

【集評】

卓人月、徐士俊《古今詞統》卷六：壁龍可去，屏女能歌，畫工即是化工。有何難事。

【考辨】

楊箋：（「翠嶂」句）即繪「四時圖畫」之屏幅。（「花外」句）即置屏之處。

鍾振振《讀夢窗詞札記·七》：四字當係錢氏園亭之題榜，言其四季風光皆如畫也。……明乎此，則可知夢窗詞首句「翠嶂圍屏」蓋言其園周圍翠峰如屏耳，非謂畫有翠嶂之屏風也。

孫按：《歷代詩餘》詞題「題四時圖畫亭」及前文《慶宮春·越中題錢得閑園池》【考辨】所引陳起《三游錢園並題四時畫圖》可佐證鍾説。此詞與《慶宮春》所賦爲同一園林。園池在臨安縣。此詞寫於杭京近畿，是少年游幕時的作品。時間在嘉定十三年（一二二〇）至紹定四年（一二三一）之間。

## 浣溪沙

陳少逸席上用聯句韻有贈〔一〕

秦黛横愁送暮雲〔二〕。越波秋淺暗啼昏〔三〕。空庭春草緑如裙〔四〕。　彩扇不歌原上酒〔五〕，青門頻返月中魂〔六〕。花開空憶倚闌人〔七〕。

【注　釋】

〔一〕陳少逸句：此詞悼亡。可與劉滄《代友人悼姬》參看：「羅帳香微冷錦裀，歌聲永絶想梁塵。蕭郎獨宿落花夜，謝女不歸明月春。青鳥罷傳相寄字，碧江無復採蓮人。滿庭芳草坐成恨，迢遞蓬萊入夢頻。」

〔二〕秦黛横愁：張孝祥《生查子》：「遠山眉黛横，媚柳開青眼。」秦黛，喻秦望山如愁眉怨黛。

〔三〕越波句：「横」字亦入此句，謂波眼啼淚。韓偓《席上有贈》：「小雁斜侵眉柳去，媚霞横接眼波來。」劉元淑《妾薄命》：「暗啼羅帳空自憐，夢度陽關向誰説。」鍾振振《讀夢窗札記·八》箋以上二句：「當指同在紹興之鏡湖。」

〔四〕空庭句：江總《新入姬人應令詩》：「不用庭中賦緑草，但願思著弄明珠。」温庭筠《和友人悼亡》：「春風幾許傷心事，碧草侵階粉蝶飛。」杜甫《琴臺》：「野花留寶靨，蔓草見羅裙。」周邦彦《鎖陽臺·懷錢塘》：「蘇小當年秀骨，縈蔓草、空想羅裙。」「庭」字貫入末句。

〔五〕彩扇不歌：反用晏幾道《鷓鴣天》：「舞低楊柳樓心月，歌盡桃花扇影風。」　原上：猶言「九原上」。泛指墓地。皎然《短歌行》：「蕭蕭煙雨九原上，白楊青松葬者誰。」

〔六〕青門：本指長安東南門。後稱東郊叢葬之處。語本《孟子·離婁下》。因借指墓地。王筠《昭明太子哀策文》：「背絳闕以遠徂，轥青門而徐轉。」王涣《悼亡》：「今日青門葬君處，亂蟬衰草夕陽斜。」　月中返魂：典例見《過秦樓·芙蓉》注〔八〕。頻返，則從背面寫逝者情切也。

〔七〕花開句：白居易《見元九悼亡詩因以此寄》：「夜淚闇銷明月幌，春腸遥斷牡丹庭。」謂同凭欄賞花者謝世，花開時更能觸及記憶也。

【考　辨】

楊箋：（「彩扇」二句）侑酒不聞彩扇之歌，返魂難合青門之鏡。上故姬，下去姬。（「花開」句）此因見歌妓而有所憶也。

鍾振振《讀夢窗詞札記（八）》：夢窗此詞所贈似非歌妓，亦無憶其「故姬」、「去姬」之意。豈所贈爲席上一友人而新喪愛姬者歟？

孫按：此詞悼亡。夢窗《祝英臺近・餞陳少逸被倉臺檄行部》有「心事偷占，鶯漏漢宫語。趁得羅蓋天香，歸來時候，共留取、玉闌春住」之句，兩相對參，知共倚欄之歌姬在紹興，此地盛産牡丹。陳氏被倉臺檄文行部，所巡爲温州等地，知其應供職於浙東常平司。夢窗行誼中爲紹興知府史宅之的門客時，可與供職於常平司的陳少逸有同僚之誼。限於幕主史宅之的任職時間，知此詞應寫在淳祐五年（一二四五）至淳祐六年（一二四六）之間。

## 又

一曲鸞簫別彩雲〔一〕。燕釵塵澀鏡華昏〔二〕。灞橋舞色褪藍裙〔三〕。　湖上醉迷西子夢〔四〕，江頭春斷倩離魂〔五〕。旋緘紅淚寄行人〔六〕。

【注　釋】

〔一〕一曲句：李白《宫中行樂詞》：「只愁歌舞散，化作彩雲飛。」鸞簫，點化蕭史簫聲作鳳鳴而來。

〔二〕塵澀鏡華：形容行人離開之後閨中無心妝飾的情形。劉禹錫《武陵書懷五十韻》：「帶賒衣改制，塵澀劍成痕。」

〔三〕褪藍裙：万俟詠《武陵春》：「謾覷著、鞦韆腰褪裙。可是不宜春。」藍裙語本白居易《春池上戲贈李郎中》：「滿池春水何人愛，唯我回看指似君。直似挼藍新汁色，與君南宅染羅裙。」藍，《淵鑒類函》卷四〇九：「《通志》曰：藍有三種。蓼藍染緑，大藍如芥，染碧，槐藍如槐，染青。三藍皆可爲澱。」

〔四〕西子夢：代指沈迷於京城花街柳巷。

〔五〕倩離魂：用倩女離魂典，詳見《高陽臺·落梅》注〔二〕。楊箋：「此倩娘離魂，今以『倩離』二字相連，以對『西子』，舍『倩娘』不用而用『倩離』，豈以『倩娘』字爲滑乎？」

〔六〕旋緘句：用錦城官妓灼灼以軟綃多聚紅淚寄意中人裴質典，以及薛靈芝紅淚典。

【考　辨】

楊箋：此亦憶姬之作。

鍾振振《讀夢窗札記·八》：此思婦詞也，爲詞中常見之題材，無與於詞人自身之事。

## 一剪梅

賦處靜以梅花枝見贈㊀

老色頻生玉鏡塵〔一〕。雪澹春姿，越看精神〔二〕。溪橋人去幾黄昏。流水泠泠〔三〕，都是啼痕〔四〕。　細雨輕寒暮掩門㊁。萼緑燈前〔五〕，酒帶香温〔六〕。風情誰道不因春。春到一分，花瘦一分〔七〕。

【校　議】

㊀《歷代詩餘》無詞題。戈選詞題無「賦」字。

㊁細雨：底本作「煙雨」。未知所據。兹從毛本、《歷代詩餘》、戈校本、戈選、杜本、王朱本、朱二校本、四明本。

【注　釋】

〔一〕老色句：王炎《朝中措》：「老色菱花影裏，客愁蕉葉香中。」白居易《東城尋春》：「老色日上面，歡情日去心。」塵，意屬後文，謂梅花本體清淨，不受纖塵之染。玉鏡，語出《南齊書·東昏侯紀》：「帝有膂力，能擔白虎橦，自製雜色錦伎衣，綴以金花玉鏡衆寶，逞諸意態。」此喻梅邊之溪水。

〔二〕雪澹二句：楊萬里《雪後尋梅》：「詩人莫作雪前看，雪後精神添一半。」

〔三〕溪橋二句：點化林逋《山園小梅》詩意。流水泠泠，朱翌《點絳唇》：「流水泠泠，斷橋横路梅枝亞。雪花飛下，渾似江南畫。」

〔四〕都是啼痕：與下闋「細雨」貫通，化用蘇軾《再和楊公濟梅花十絶》（之四）：「人去殘英滿酒樽，不堪細雨濕黄昏。」

〔五〕萼緑：緑萼梅。《范村梅譜》：「緑萼梅，凡梅花跗蒂皆絳紫色，惟此純緑，枝梗亦青，特爲清高。好事者比之九疑仙人萼緑華。京師艮岳有萼緑華堂，其下專植此本。人間亦不多有，爲時所貴重。」萼緑華爲仙女。李賀《答贈》：「本是張公子，曾名萼緑華。」《箋注評點李長吉歌詩》：「陶隱居《真誥》云：升平元年，萼緑華降於羊權家，贈權火浣布、金玉條脱，云：『我九疑山中得道女羅郁也。』其衣上下青。」還暗化用隋趙師雄在羅浮山下醉夢遇梅精翠鳥所化的仙女事。

〔六〕酒帶香温：承上「燈前」意。楊萬里《克信弟坐上賦梅花二首》（之二）：「寒入玉衣燈下薄，春撩雪骨酒邊香。」惠洪梅詩：「梢横波面月摇影，花落尊前酒帶香。」蘇軾《再和楊公濟梅花十絶》（之四）：「天香國豔肯相顧，知我酒熱詩清温。」

〔七〕風情三句：林逋《山園小梅二首》（之一）：「衆芳摇落獨暄妍，占盡風情向小園。」吴潛《疏影》自

注：「梅聖俞詩云『十分清意足』。余别墅有梅亭，扁曰『清足』。」梅堯臣詩已佚。

【考辨】

楊箋：（「溪橋」三句）此即興體。上兩韻説梅，因見梅思人，人去即姬去，「幾黄昏」，去之已久。

孫按：此詞因翁處静驛寄緑梅，寫珍重賞玩，非關去姬之事。另，杜範《處静得梅枝爲贈以新詩將之漫次韻以謝》：「花與詩人自目成，荷君持贈半寒燈。悄然清夢江村裏，忘卻官身在宛陵。」宣城，古稱宛陵。據《宋史·地理四》：「寧國府，本宣州。宣城郡。寧國軍節度，乾道二年，以孝宗潛邸升爲府。」杜範嘉熙二年知寧國府。四年，遷權吏部侍郎兼侍講，改禮部尚書兼中書舍人。據知杜詩寫於嘉熙二年（一二三八）至嘉熙四年（一二四〇）之間。此詞與杜詩情景彷彿，似應寫於同時。其時夢窗已在蘇幕。

## 燕歸梁

對雪醒坐上雲麓先生㈠〔一〕

一片遊塵拂鏡灣㈡。素影護梅殘〔二〕。行人無語看春山。背東風、兩蒼顔〔三〕。　夢飛不到梨花外〔四〕，孤館閉、五更寒㊂〔五〕。誰憐消渴老文園〔六〕。聽溪聲、瀉冰泉〔七〕。

【校　議】

㊀《歷代詩餘》無詞題。

㊁遊塵：《歷代詩餘》作「遊絲」。

㊂孤館二句：毛本、《歷代詩餘》、《詞律》、杜本、王朱本、朱二校本作「孤館閉更寒」。杜校：「下半闋第二句以六字折腰爲正格。」底本據《花草粹編》改。四明本從之。

【注　釋】

〔一〕醒坐：無酒的委婉説法。齊己《寄鄭谷郎中》：「上國誰傳消息過，醉眠醒坐對嵯峨。」

〔二〕一片二句：梅臨池灣，應在紹興府通判廳。見《會稽續志》卷三：「（通判廳）有小圃頗幽雅，一池清潔可愛。嘉定甲戌，袁申儒臨池作亭，名曰渌秀。池傍環植以梅。袁於梅林中作亭，摘曾子固《憶越中梅》詩『冷香幽豔向誰開』之句，名曰『冷香』。」遊塵，《洞冥記》卷一：「四面列種軟棗，條如青桂，風至自拂階上游塵。」素影，本指月影。此代指雪影。馬懷素《奉和人日宴大明宮恩賜彩縷人勝應制》：「就暖風光偏著柳，辭寒雪影半藏梅。」

〔三〕行人三句：通判廳有觀山之所，見《會稽續志》卷三：「袁又作一室曰『卧龍齋』。以其簷俯卧龍之麓也，齋傍地形稍高爽，宜於觀眺。湖山之勝，盡在目前。」魏了翁《水調歌頭》：「夢覺帝鄉遠，相對兩蒼顔。」蘇軾《次京師韻送表弟程懿叔赴夔州運判》：「與子甥舅氏，摧頹各蒼顔。」此就春山披雪、頭顱蒼華而言。

〔四〕夢飛句：化用王昌齡《梅詩》及蘇軾《西江月·梅花》句意。岑參《白雪歌送武判官歸京》：「忽如一夜春風來，千樹萬樹梨花開。」

〔五〕孤館二句：秦觀《踏莎行》：「可堪孤館閉春寒，杜鵑聲裏斜陽暮。」李煜《浪淘沙》：「簾外雨潺潺，春意闌珊。羅衾不耐五更寒。」以上三句寫不能與飄如梨花的飛雪同夢，亦因寒冷無酒。

〔六〕消渴文園：用司馬相如常有消渴疾典。詳見《祝英臺近·悼得趣》注〔一二〕。

〔七〕聽溪聲二句：此由渴酒而生發雪消水清之聯想。杜甫《軍中醉飲寄沈八劉叟》：「酒渴愛江清，餘酣漱晚汀。」李商隱《病中早訪招國李十將軍遇挈家游曲江》：「十頃平波溢岸清，病來惟夢此中行。相如未是真消渴，猶放沱江過錦城。」並化用白居易《琵琶引》：「間關鶯語花底滑，幽咽泉流冰下灘。」以上三句謂雖放溪水過冰灘，卻是真渴酒耳。

【考辨】

鍾振振《讀夢窗札記·八》：此當是比況之辭，干謁之辭，欲望雲麓先生垂憐於彼也。

孫按：田考、吴箋亦因認爲詞有「干謁」之意，定爲嘉熙二年（一二三八）與史宅之相識初期的作品。其實唐宋以「覓酒」爲雅舉而非干謁，夢窗雖老於韋布，卻無干謁乞憐之辭色。此爲雪後苦寒覓酒之作，夢窗另有《浪淘沙·九日從吴見山覓酒》，也是此類作品，特一隱一顯耳。另，此詞中有「孤館」，似在紹興館於署府時，詳見《西江月·登蓬萊閣看桂》注〔一〕。史宅之爲浙東安撫使知紹興府，淳祐四年（一二四四）十月十九日到任，六年（一二四六）三月離任。故此應寫於淳祐四年或淳祐五年的冬天，此年夢窗四十三或四十四歲。集中《水龍吟·惠山酌泉》（寫於淳祐三年，屬「新詞稿」）已有「霜絲亂」之句，此年或稍後謂「蒼顔」可也。

## 烏夜啼

題趙三畏舍館海棠㈠〔一〕

醉痕深暈潮紅〔二〕。睡初濃〔三〕。寒食來時池館，舊東風〔四〕。　銀燭换〔五〕。月西轉〔六〕。夢魂中〔七〕。明日春和人去，繡屏空〔八〕。

【校　議】

㈠　毛本、戈校本詞題作「題趙三畏舍館館海棠」。

【注　釋】

〔一〕趙三畏：夢窗友人。生平不詳。

〔二〕醉痕句：用蘇軾「朱唇得酒暈生臉」詩意。詳見《丁香結·賦小春海棠》注〔三〕。盧祖皋《錦園春三犯·賦海棠》：「醉痕潮玉。愛柔英未吐，露叢如簇。」

〔三〕睡初濃：用唐明皇以貴妃喻海棠春睡的典故。

〔四〕寒食二句：用意頗同晏殊《浣溪沙》：「一曲新詞酒一杯。去年天氣舊亭臺。」

〔五〕銀燭换：化用蘇軾《海棠》：「只恐夜深花睡去，故燒銀燭照紅妝。」

〔六〕月西轉：用蘇軾《海棠》「香霧空蒙月轉廊」句意。

〔七〕夢魂中：承上蘇詩照紅妝意。　三句謂因深憐深惜，至月波西沈，仍更换銀燭，照其睡魂。

〔八〕繡屏：此寫行列海棠如錦繡屏風。　詞爲餞别，謂趙三畏明日將離開舍館，海棠花也因春盡而凋零。寓惜别之情懷。

## 浪淘沙㈠

有得越中故人贈楊梅者，爲賦贈㈡〔一〕

緑樹越溪灣〔二〕。過雨雲殷㈢〔三〕。西陵人去暮潮還〔四〕。鉛淚結成紅粟顆，封寄長安〔五〕。別味帶生酸〔六〕。愁憶眉山〔七〕。小樓燈外楝花寒㊃〔八〕。衫袖醉痕花唾在，猶染微丹〔九〕。

【校　議】

㊀《歷代詩餘》注曰：「又一體。一名《賣花聲》，一名《過龍門》，一名《曲入冥》，雙調五十四字。」

㊁《歷代詩餘》、戈選詞題作「越中楊梅」。

㊂過雨：《歷代詩餘》、戈選作「雨過」。

㊃楝花：毛本、王朱本作「練花」。朱二校本、底本：「從杜校。」孫按：皆不誤。詳見《點絳唇》（推枕南窗）【校記】。

【注　釋】

〔一〕有得句：《北户録》：「楊梅，葉如龍眼，樹如冬青。……鄭公虔云：越州容山有白熟楊梅。」《佩文齋廣群芳譜》卷五六：「（楊梅）會稽産者爲天下冠。」楊萬里《七字謝紹興帥丘宗卿惠楊梅二首》（之一）：「梅出稽山世少雙，情知風味勝他楊」，「故人解寄吾家果，未變蓬萊閣下香。」

〔二〕緑樹句：《佩文齋廣群芳譜》卷五六：「《本草》云：楊梅樹葉冬月不雕，二月開花結實，形如楮實子。……五月熟，生白，熟則有白、紅、紫三色。紅勝於白，紫勝於紅。」越溪，《會稽志》卷九載六峰山、頂里山、直步山皆有清溪，盛産上等楊梅。

〔三〕過雨雲殷：蘇軾《四月十一日初食荔支》「垂紅綴紫煙雨裏」句實詠楊梅。

〔四〕西陵句：西陵，此指西興渡。錢起《舟中寄李起居》：「去家旅帆遠，回首暮潮還。」以上三句謂楊梅樹林中果實經雨越發紅紫，遠看燦若雲霞。並暗寓又是楊梅成熟時，行人卻不如暮潮之有情知回返也。

〔五〕鉛淚二句：楊萬里《七字謝紹興帥丘宗卿惠楊梅二首》（之二）：「玉肌半醉生紅粟，日暈微深染紫囊。」方岳《效茶山詠楊梅》：「雪融火齊驪珠冷，粟起丹砂鶴頂殷。」王觀《浪淘沙·楊梅》：「味勝玉漿寒。只被宜酸。莫將荔子一般看。色淡香消僝僽損，才到長安。」合用錦城官妓灼灼以軟綃多聚紅淚寄意中人裴質典，及薛靈芝紅淚典。楊箋：「曰『鉛淚結成』，在本句爲渲染法，在全詞爲歇拍透下片消息法。」

〔六〕別味句：蘇軾《贈惠山僧惠表》：「客來茶罷空無有，盧橘楊梅尚帶酸。」

〔七〕愁憶眉山：黄庭堅《以梅饋晁深道戲贈二首》（之一）：「相如病渴應須此，莫與文君蹙遠山。」方岳《效茶山詠楊梅》：「並與文園消午渴，不禁越女蹙春山。」

〔八〕小樓句：楊梅五月成熟，楝樹方始飛花；楝花開時尚有餘寒。典例見《點絳唇》（推枕南窗）注〔二〕。

〔九〕衫袖二句：化用蘇軾《青玉案》詞意：「春衫猶是，小蠻針線。曾濕西湖雨。」周邦彥《訴衷情·殘杏》：「可惜半殘青紫，猶印小脣丹。」花唾，詳見《婆羅門引·郭清華席上》注〔一三〕。此謂得故人楊梅者尚存與贈者楊梅時節相處時的旖旎記憶。楊箋：「貼楊梅處，説得委婉穠至。」

【集評】

陳廷焯《詞則·别調集》卷二：哀怨沈著，其有感於南渡耶？

鍾振振《讀夢窗札記·八》：「哀怨沈著」之評，固可當之；「有感於南渡」云云，則求之過深，與詞序及上下文全不符合。夢窗之世，去高宗南渡已逾百年。其人既非放翁、稼軒之比，其詞亦以言情詠物爲主，於當時政事尚極少關涉，何況百餘年前之舊史？若無堅確不移之證據，似未可輕言其詞之有何政治含義也。

【考辨】

楊箋：此詞當在杭京作。「故人」指妓言。

## 踏莎行㊀

潤玉籠綃〔一〕，檀櫻倚扇〔二〕。繡圈猶帶脂香淺〔三〕。榴心空疊舞裙紅，艾枝應壓愁鬟亂〔四〕。　午夢千山，窗陰一箭〔五〕。香瘢新褪紅絲腕〔六〕。隔江人在雨聲中，晚風菰葉生秋怨㊁〔七〕。

【校　議】

㊀《歷代詩餘》注曰：「一名《柳長春》。雙調五十八字。」戈選杜批：「此調以此詞爲正格。楊西樵作第二句不叶韻，不可從。」戈校本詞題下注「范選」。

㊁秋怨：《詞律》作「秋苑」。戈校本：「『怨』作『苑』。」

【注　釋】

〔一〕籠綃：謂穿著輕若鮫綃的薄紗衣服。

〔二〕檀櫻：猶言「檀口」。韓偓《余作探使以繚綾手帛子寄賀因而有詩》：「黛眉印在微微緑，檀口消來薄薄紅。」參見《塞翁吟・贈宏庵》注〔一二〕。　倚扇：以歌扇掩唇的羞怯之態。何遜《與虞記室諸人詠扇詩》：「摇風入素手，占曲掩朱唇。」

〔三〕繡圈：繡花領圈，有承托浴後濕髮的作用。沈約《十詠詩・領邊繡》：「縈絲飛鳳子，結縷坐花兒。」「麗色儻未歇，聊承雲鬢垂。」　脂香：此謂胭脂和香粉。　以上三句寫彼美端午經蘭湯沐浴後的體態。可與孫光憲《浣溪沙》參看：「蘭沐初休曲檻前，暖風遲日洗頭天，濕雲新斂未梳蟬。」

〔四〕榴心二句：宋代女性有端午簪榴花和艾枝的習俗。此爲懸想之辭。謂其當下端午時，雖然應景戴上艾葉榴花，但卻因爲知音遠行，而無心梳掠鬢髻，舞裙也因被長久折疊不用而如石榴花心紅皺。

〔五〕午夢二句：蘇舜欽《夏意》：「樹陰滿地日當午，夢窗流鶯時一聲。」

〔六〕香瘢句：紅絲，端午節序的應景之物。　與以上二句並取意姜夔《踏莎行》：「離魂暗逐郎行遠。淮南皓月冷千山，冥冥歸去無人管。」夢窗在夢境中見到彼美腕上紅絲寬褪，作爲堅貞愛情標志的香瘢猶存，憐惜之情似有過於姜詞。

〔七〕隔江二句：集中《隔浦蓮近・泊長橋過重午》「新月湖光蕩素練。人散。紅衣香在南岸」，寫荷花開放時節的離别，直可與此二句互證。楊海明師認爲此有李商隱（《春雨》）「紅樓隔雨相望冷，珠箔飄燈獨自歸」的風味。並且，此處還能翻越節序，寫出雙方爲舊情立盡風雨——兩相守望的執著。

## 【集　評】

王國維《人間詞話》：介存謂夢窗詞之佳者，如天光雲影，摇盪緑波，撫玩無斁，追尋已遠。

余覽《夢窗甲乙丙丁稿》中，實無足當此者。有之，其「隔江人在雨聲中，晚風菰葉生秋怨」二語乎？

陳洵《海綃説詞》：讀上闋，幾疑真見其人矣。换頭點睛，卻只一夢，惟有雨聲菰葉，伴人淒涼耳。「生秋怨」，則時節風物，一切皆空。

劉永濟《微睇室説詞》：「潤玉」八字，寫人之肌膚、檀口，皆秀麗無比。「繡圈」句寫其裝飾，亦極其華豔。「榴心」句寫紅裙切五月，唐耿緯有「金鈿正舞石榴裙」句，「艾枝」寫鬢飾，應端節，《荆楚歲時記》稱端午剪彩爲小虎，粘艾葉戴之，即此詞之「艾枝」。以上所寫皆端午日閨人之容飾。但「猶帶」、「空疊」、「應壓」等詞，明其人不在目前者。其所以如此描寫，須至下半闋方知。此等處即陳洵所稱留字訣也。换頭八字，始將上半闋所寫點明是一場夢境。曰「千山」，夢去甚遠也。曰「一箭」，夢醒甚速也。「香瘢」句，仍從端午著筆，《風俗通》謂五月五日以彩絲繫臂，辟鬼及兵，名長命縷。故曰「紅絲腕」。「香瘢新褪」者，舊事無痕也。歇拍二句，言午夢醒來，别無所見，惟有「雨聲」、「菰葉」，伴人淒寂而已。……方端午而曰「秋怨」者，愁人善感，「雨聲」、「菰葉」之中，一夢醒來，淒然其如秋也。

吴世昌《詞林新話》：此詞上用「榴心」、「艾枝」，是端午景象，下片又用「晚風菰葉」、「秋怨」，一首之中，時令錯亂。且上片晦澀，令人不堪卒讀。蓋先得末二句，然後硬湊出來。

唐圭璋《唐宋詞簡釋》：此首感夢之作。上片夢端午時家人睡情，下片夢後之感。起三句，寫睡時之容姿。次兩句，寫睡時之服飾。换頭，言夢醒之迷惘。「香瘢」句，設想家人之瘦損。「隔江」兩句，以目前凄涼之景色結束。晚江風雨，菰葉蕭蕭，雖非秋亦若秋也。全篇綴語縝密，以「夢」鉤勒，而末以疏淡語收，至覺警動。

鍾振振《讀夢窗札記·八》：「裙」字屬下「腕」字，不屬上「瘢」字。夢窗詞别首《隔浦蓮近·泊長橋過重午》曰「榴花依舊照眼，愁裙紅絲腕」可證也。……此句因協律押韻而語序有所顛倒，正常句法應是「香瘢紅絲腕新裙」，謂離人燕有香瘢、繫有紅絲之手腕新近瘦裙了也。

【考 辨】

楊箋：此當是端節憶姬之詞。（「隔江」二句）隔江人，即歸吴之姬。

劉永濟《微睇室説詞》：曰「隔江人」，楊鐵夫謂去吴之人，則是指其去妾在雨中生秋怨，如説自身是與去妾隔江，似較與詞意相合。

孫按：此詞非寫吴姬、去妾或離人燕，亦非寄内之作，而是屬揚州歌妓系列詞。詳見《滿江紅·甲辰歲盤門外寓居過重午》【考辨】。

## 浪淘沙

九日從吴見山覓酒㊀〔一〕

山遠翠眉長〔二〕。高處淒涼〔三〕。菊花清瘦杜秋娘〔四〕。淨洗緑杯牽露井，聊薦幽香〔五〕。　烏帽壓吴霜。風力偏狂〔六〕。一年佳節過西廂。秋色雁聲愁幾許，都在斜陽〔七〕。

【校　議】

㊀《歷代詩餘》詞題作「九日」。

【注　釋】

〔一〕覓酒：白居易有《病中贈南鄰覓酒》詩：「今朝自校抬頭語，先問南鄰有酒無。」

〔二〕山遠句：翠眉，崔豹《古今注·雜注第七》：「梁冀改驚翠眉爲愁眉。」「魏宮人好畫長眉，今多作翠眉、警鶴髻。」江淹《麗色賦》：「夫絶世而獨立者，信東方之佳人，既翠眉而瑶質，亦盧瞳而赬脣。」此以黛眉喻欲登之山。

〔三〕高處淒涼：杜牧《九日齊安登高》詩曰「江涵秋影雁初飛，與客攜壺上翠微」，欲登山而無酒，故曰「高處淒涼」。沈約《爲臨川王九日侍太子宴詩》：「涼風北起，高雁南翻。葉浮楚水，草折梁園。淒涼霜野，惆悵晨鶤。」隱含的「雁初飛」之意直貫入篇末。

〔四〕菊花句：李清照《醉花陰》：「莫道不消魂，簾卷西風，人比黄花瘦。」杜秋娘，杜牧《杜秋娘》詩序，謂秋娘爲唐時金陵女子，姓杜。本爲李錡妾，後錡謀逆被誅。秋娘入宫有寵於憲宗，穆宗立，爲皇子傅姆，皇子廢，賜歸故鄉，窮老而終。此以半老秋娘喻將凋的重九菊花。

〔五〕淨洗二句：蘇軾《書林逋詩後》「一盞寒泉薦秋菊」。緑杯，錢起《酬趙給事相尋不遇留贈》：「豈無雞黍期他日，惜此殘春阻緑杯。」以上五句謂不僅未能攜酒登高，亦未能以菊泛酒緑杯，僅能以寒泉供菊，聊過佳節。

〔六〕烏帽二句：用九日龍山風吹落帽典。風力，施榮泰《雜詩》：「不言縠袖輕，專歎風多力。」

〔七〕秋色二句：翻用杜牧《九日齊安登高》詩意「但將酩酊酬佳節，不用登臨恨落暉」。斜陽沈落、日月並應時重陽佳時即過，是催其送酒也。

【考辨】

楊箋：此詞當在吴作。

## 思佳客㊀

賦半面女髑髏

釵燕攏雲睡起時㊁〔一〕。隔牆折得杏花枝〔二〕。青春半面妝如畫〔三〕，細雨三更花又飛〔四〕。　輕愛別〔五〕，舊相知㊂〔六〕。斷腸青塚幾斜暉〔七〕。亂紅一任風吹起㊃，結習空時不點衣〔八〕。

【校議】

㊀《詞譜》校《鷓鴣天》謂又名《思越人》、《思佳客》、《剪朝霞》、《驪歌一疊》、《醉梅花》。

㊁攏雲：毛本、戈校本、杜本作「櫳雲」。王朱本作「籠雲」。朱二校本據《浩然齋雅談》改。餘本從之。

㊂《四庫全書》按《浩然齋雅談》曰：「後半闋當以三字換頭，乃作七字一句。或宋人有此別體。」

㊃亂紅：底本、《全宋詞》作「斷紅」。未知所據。兹從毛本、戈校本、杜本、王朱本、朱二校本、四明本。

【注釋】

〔一〕釵燕攏雲：韓偓《浣溪沙》：「攏鬢新收玉步摇，背燈初解繡裙腰，枕寒衾冷異香焦。」攏，與庾肩吾《詠美人》「安釵等疏密」句同意。

〔二〕隔牆句：高觀國《杏花天·杏花》：「小憐鬢濕燕脂染。只隔粉牆相見。」

〔三〕青春：《文選·潘尼〈贈陸機出爲吴王郎中令詩〉》：「予涉素秋，子登青春。」李善注：「青春，喻少也。」以上二句因隔牆，故僅見「半面」；因其年輕美貌，半面即足以驚豔。

〔四〕細雨句：韓偓《懶起》：「昨夜三更雨，今朝一陣寒。」此與「隔牆」句跳宕寫杏花雨。《歲時廣記》卷一：「《提要録》：杏花開時，正值清明前後，必有雨也。謂之杏花雨。古詩云：『沾衣欲濕杏花雨，吹面不寒楊柳風。』又云：『楊柳杏花風雨外，不知佳句落誰家。』晏元獻公詞云：『紅杏開時，一霎清明雨。』趙德麟詞云：『紅杏枝頭花，幾許啼痕，止恨清明雨。』」

〔五〕輕愛別：謝靈運《還舊園作見顔范二中書詩》：「長與歡愛別，永絶平生緣。」

〔六〕舊相知：白居易《江樓偶宴贈同座》：「相逢且同樂，何必舊相知。」

〔七〕斷腸句：杜牧《池州春送前進士蒯希逸》：「芳草復芳草，斷腸還斷腸。自然堪下淚，何必更殘陽。」

〔八〕亂紅二句：《山堂肆考》卷一四六：「《維摩經》：時維摩詰室有一天女，見諸天人説法，便見其身。即以天花散諸菩薩、大弟子身上。花至諸菩薩即皆墮落，至大弟子便著身不墮。天女曰：『是花無所分別，仁者自生分別想爾。結習未盡，故花著身；結習盡者，花不著身。』唐僧皎然有詩：『天女來相試，將花欲染衣。禪心定不起，還捧舊花歸。』」蘇軾《再和楊公濟梅花十絶》（之一）：「結習已空從著袂，不須天女問云何。」結習，佛教稱煩惱。

【集　評】

陳廷焯《閒情集》：淒麗奇警，從何處得來。

吴世昌《詞林新話》：夢窗《思佳客》之賦半面女骷髏，文理情感，真不知所云，且如何分辨骷髏之男女？半個女骷髏，有何美學形象可供吟詠？即此已可知其故出僞題以自炫其能。其詞曰（略）。全不切題，若不先看題目，唯讀詞句，誰能知此詞乃詠女骷髏？「雲」指髮，骷髏豈有髮？骷髏豈有「妝」乎？半面之「妝」如何施粉黛？已是骷髏，豈更有「腸」可「斷」？上曰「睡起時」，下曰「結習空時」，不免重復。且上文已説「花欲飛」，下文又説「亂紅吹起」，思路何其貧乏如此。末聯用佛經故事，尤與詞題及内容無涉。

【考　辨】

朱箋：《浩然齋雅談》，坡翁嘗作《女骷髏贊》。其後，徑山大慧師宗杲亦作《半面女骷髏贊》。

楊箋：此當是題圖之詞，並藉以憶兩姬作。（「亂紅」二句）一去一死，既已如此，今則色相俱空，故有不點衣之徹悟。此詞若泥題面解去，則枝節横生，不可以理。鐵夫創爲此解，初看未免驚疑，然句句字字與實事相符，並非鑿空。《浩然齋雅談》因東坡《骷髏贊》連類及此，因其善裝鬼話，遂爲其所欺。此所以有不成片斷之誚歟？願與讀吴詞者共參之。

夏承燾《繫年》：（周岸登謂）《思佳客》「半面髑髏」詞乃經殯宫作。其説甚新，惜未聞其詳。

鍾振振《讀夢窗札記·八》：（「亂紅」）二句陡轉，作大徹大悟語。然理智難掩情感，其「結習」果空，則無此詞矣。就此而言，詞中不無自身悼亡之生活體驗，惟未可以爲實賦本事耳。

孫按：《浩然齋雅談》卷中：「坡翁嘗作女髑髏贊云：『黄沙枯髑髏，本是桃李面。而今不忍看，當時恨不見。業風相鼓轉，巧色美倩盼。無師無眼禪，著便成一片。』其後徑山大慧師宗杲亦作《半面女髑髏贊》云：『十分春色，誰人不愛。視此三分，可以爲戒。』甫成四句，忽若有續之者云：『玉樓清夜未眠時，留得香雲半邊在。』吴君特嘗戲賦《思佳客》詞云（詞略）。」黄庭堅《髑髏頌》與東坡略有小異。

## 滿江紅

錢方蕙巖赴闕

竹下門敲，又呼起、蝴蝶夢清。閑裏看、鄰牆梅子，幾度仁生〔一〕。燈外江湖多夜雨〔二〕，月邊河漢獨晨星〔三〕。向草堂、清曉捲琴書㈠，猿鶴驚〔四〕。　宫漏静，朝馬鳴〔五〕。西風起，已闕情〔六〕。料希音不在〔七〕，女瑟媧笙〔八〕。蓮蕩折花香未晚㈡〔九〕，野舟横渡水初晴〔一〇〕。看高鴻、飛上碧雲中，秋一聲〔一一〕。

【校　議】

㈠清曉：《歷代詩餘》作「侵曉」。

㈡花香：《歷代詩餘》作「香花」。

【注　釋】

〔一〕閑裏三句：曹勳《中秋雨過月出》：「半落杏花初過雨，微酸梅子已生仁。」蘇軾《阮郎歸·梅》：「堂前一樹春。東風何事入西鄰。兒家常閉門。」黄庭堅《木蘭花令》：「早梅獻笑尚窺鄰，小蜜竊香如遺壽。」鄰居種梅亦高士，幾度青梅著子，則方蕙巖閒居已久。

〔二〕燈外句：黄庭堅《寄黄幾復》：「桃李春風一杯酒，江湖夜雨十年燈。」

〔三〕晨星：猶言「寥若晨星」。張華《情詩五首》（之二）：「束帶俟將朝，廓落晨星稀。」

〔四〕向草堂三句：孔稚珪《北山移文》：「鍾山之英，草堂之靈。……蕙帳空兮夜鶴怨，山人去兮曉猿驚。」

〔五〕宮漏二句：虛寫京朝官冒風霜、聽宮漏、待早朝情形。參見《瑞鶴仙・壽史雲麓》注〔一七〕、注〔一八〕。

〔六〕西風二句：西風關情，用晉張翰秋風起辭官回到蘇州的典故。

〔七〕希音：猶言「大音希聲」。《老子》：「大音希聲，大象無形。」王弼注：「聽之不聞名曰希，不可得聞之音也。有聲則有分，有分則不宮而商矣。分則不能統衆，故有聲者非大音也。」陶淵明《癸卯歲十二月中作與從弟敬遠詩》：「傾耳無希聲，在目皓已潔。」

〔八〕女瑟：《群書考索》卷五一：「瑟，《世本》曰：庖犧氏作瑟五十弦，黄帝使素女鼓之，哀不自勝，乃破爲二十五弦，具二均。」媧笙：《禮記・明堂位》：「垂之和叔之離磬，女媧之笙簧。」《樂書》卷七：「女媧之笙簧……詩曰『吹笙鼓簧』，則笙簧，笙中之簧也。笙簧始於女媧。」李善《上〈文選注〉表》：「媧簧之後，掞叢雲之奥詞。」

〔九〕蓮蕩句：林逋《蓮蕩》：「楚妃皋女一何多，裳似芙蓉衣芰荷。幾夕霏霏煙靄裏，競窺清淺弄重波。」蓮蕩，指生長蓮荷的淺水灣。兼寫方氏赴闕在初秋蓮花盛開時。

〔一〇〕野舟句：韋應物《滁州西澗》：「春潮帶雨晚來急，野渡無人舟自横。」王建《應李郎中見貽佳作次韻奉酬》：「中庭不熱青山入，野水初晴白鳥來。」

〔一一〕看高鴻三句：用《博物志》鴻飛雲漢及一鳴驚人典。寓祝願之意。

**【考　辨】**

此寫方蕙巖結束較長時間的隱居生活前往京城赴辟。前文《瑞鶴仙·癸卯歲壽方蕙巖寺簿》【考辨】已證太常寺簿品位是從八品官。並考得方氏紹定五年（一二三二）前尚有教授江陰軍、知江陰仕歷。

另外，武衍有《聞角呈宗諭方蕙巖》詩。宗諭，學官名。宗子學諭的簡稱。屬宗正寺。正九品。《咸淳臨安志》卷一一「學校（諸王宮大小學）」條：「宗學，在睦親坊。按國朝宗子分爲六宅，宅各有學，學皆有官。中興後，惟睦親一宅。紹興四年始置諸王宮大小學教授各一員，專以訓迪南班子弟。隆興間省其一。嘉定九年始改宮學爲宗學，即其地改創。凡在屬籍者，皆以三載一試，補弟子員如太學法。改教授爲博士，又置諭一員，隸宗正寺。十四年四月因臣寮之請，復存教授一員，與博士、諭輪涖講課。」南宋宗學在睦親坊，書商陳起的書坊鄰近宗學，趙師秀《贈賣書陳秀才》詩曰「門對官河水，簷依柳樹陰」，而夢窗此詞以「蓮蕩折花香未晚，野舟横渡水初晴」，情景略相仿佛。宗諭官品低於寺薄，可知此詞寫在《瑞鶴仙》即癸卯歲淳祐三年（一二四三）之前。或可推知方氏赴闕所任官正爲宗學諭。若是説成立，則從方氏與武衍的交往，又可大致推定此詞的寫作時間。《兩宋名賢小集》卷三三二：「武衍，字朝宗，汴人。工詩，名著寶慶間。……所居有亭池竹木之勝，命曰『適安』，即以自號。有《藏拙餘稿》二卷。」《江湖小集》卷九三，方氏序武衍《藏拙餘稿》曰：「東坡見齊安朱廣文小詩云：『官閑廳事冷，蝴蝶上階飛。』謂其可入圖畫，適安此卷絶句，模寫景物，吟詠情致，多有可箑於丹青者。惜不遇坡之品題。端平丙申夏五蕙巖方萬里。」端平丙申，爲端平三年（一二三六）。武衍《聞角呈宗諭方蕙巖》入《藏拙餘稿》絶句卷中，寫於端平三年之前。據知方氏爲宗諭亦在此年之前。前文已考定方氏家於蘇州，以夢窗初入蘇幕計，此詞寫於紹定四年（一二三一）至端平三年（一二三六）之間。

## 極相思㈠

題陳藏一水月梅扇㈡

玉纖風透秋痕㈢。涼與素懷分〔一〕。乘鸞歸後，生綃淨翦，一片冰雲〔二〕。　心事孤山春夢在，到思量、猶斷詩魂〔三〕。水清月冷，香消影瘦㈣，人立黄昏〔四〕。

【校　議】

㈠ 戈選杜批：「此調爲宋宗室太尉夫人所譜，衹此一體。」

㈡《歷代詩餘》詞題作「題水月梅扇」。戈選作「題水月梅花扇」。

㈢秋痕：《歷代詩餘》作「疎痕」。

㈣影瘦：毛本作「瘦影」。毛扆本倒乙。楊箋亦曰：「疑倒。」諸本皆同毛本。兹據毛扆本、楊箋改。

【注　釋】

〔一〕玉纖二句：何遜《與虞記室諸人詠扇詩》：「摇風入素手，占曲掩朱脣。」古人寫扇往往與班婕妤《怨詩》相關聯。此寫秋風初拂，持扇之纖指與夏裝之袒露處分明都感覺到了涼意。

〔二〕乘鸞三句：古人畫扇面，多爲乘鸞仙女，江淹《擬班婕妤詠扇》：「畫作秦王女，乘鸞向煙霧。」葉夢得《賀新郎》：「寶扇重尋明月影，暗塵侵、尚有乘鸞女。」「冰」字既形容扇面的白色絹綃，也寫恐被捐棄的心理感受。與《怨詩》中「鮮潔如霜雪」意同。

〔三〕心事三句：王惲《跋楊補之墨梅後》，知楊無咎變花光墨梅枯硬爲秀潤，《柳梢青》爲題所畫墨梅之作。其中有句曰：「步繞西湖，興餘東閣，可奈詩腸。」又：「空裊吟鞭，幾多詩句，不入思量。」

〔四〕水清三句：蘇軾《和秦太虚梅花》：「多情立馬待黄昏，殘雪銷遲月出早。」楊無咎《柳梢青》：「卻憶年時，月移清影，人立黄昏。」

【集　評】

俞陛雲《唐五代兩宋詞選釋》：「涼與素懷分」五字，詠扇妙絶。「水清月冷」三句，水月梅合寫，格高而韻遠，一洗南宋慢體之習。

【考　辨】

俞陛雲《唐五代兩宋詞選釋》：觀詞中「乘鸞歸後」句，殆亦爲道女題扇而作。

楊箋：此扇必去姬所遺物，爲陳藏一所繪者，睹物思人，故復題詞寓意也。

鍾振振《讀夢窗詞札記（八）》：按：「陳藏一」，即宋陳郁。……實爲男性，非「道女」也。藏一不聞能畫；夢窗詞題但稱「陳藏一水月梅扇」，未言此扇即爲其所繪；詞中亦無一字可證此扇即爲其所繪，故此題當作「爲陳藏一題水月梅扇」理解，殆藏一爲出扇請夢窗題詞者，非即畫扇者也。爲人題扇之作，依照慣例，當圍繞其人其扇著筆，似不應自陳隱私。

孫按：陳郁《題梅花便面》：「白團横寫向南枝，冷蕊寒梢手自持。絶似曉空涼影裏，月明中有桂花時。」便面，古代用以遮面的扇狀物。顏師古注《漢書·張敞傳》曰：「便面，所以障面，蓋扇之類也。不欲見人，以此自障面則得其便，故曰便面，亦曰屏面。今之沙門所持竹扇，上袤平而下圜，即古之便面也。」後稱團扇、摺扇爲便面。此詞所賦同爲此梅花便面，考之夢窗與陳郁交遊，知詞應寫於寶祐四年（一二五七）前後，詳見《玉京謡·陳仲文自號藏一》【考辨】。

## 思佳客㈠

閏中秋

丹桂花開第二番〔一〕。東籬展卻宴期寬〔二〕。人間寶鏡離仍合㈡〔三〕，海上仙槎去復還〔四〕。分不盡，半涼天〔五〕。可憐閑剩此嬋娟〔六〕。素娥未隔三秋夢〔七〕，贏得今宵又倚闌〔八〕。

【校　議】

㈠《歷代詩餘》、戈選列於《鷓鴣天》詞調下，調名下注：「一名《思佳客》，雙調五十五字。」《鐵網珊瑚》作《思嘉客》，同調異名。

㈡離仍合：《鐵網珊瑚》、四明本作「離還合」。鄭氏手批：「《鐵網珊瑚》作『離還合』，與下『還』字均複。此從毛刻易『仍』字。明鈔本正作『仍』。」孫按：明張本未録此詞，鄭氏誤記。

【注　釋】

〔一〕丹桂：《南方草木狀》卷中：「桂有三種：葉如柏葉，皮赤者爲丹桂。」此形容月中桂樹。李嶠《中秋月二首》（之一）：「何人種丹桂，不長出輪枝。」　第二番：與末句「又」字寫今年第二次賞中秋明月。

〔二〕東籬句：蘇轍有詩題曰：「閏八月二十五日，菊有黄花，園中粲然奪目，九日不憂無菊，而憂無酒戲作。」可知重九常有未開菊花，閏八月則無重九無菊之憂。卻，語助詞。用於動詞之後。

〔三〕人間句：寶鏡離合，用樂昌公主破鏡重圓事。

〔四〕海上句：用《博物志》載居海渚者年年八月浮槎到天上不失期典。

〔五〕分不盡二句：此謂閏月使三秋不能界線犁然。詳見《新雁過妝樓·中秋後一夕》注〔五〕。

〔六〕閑剩：與後句中「贏得」都有意外所得的意思。

〔七〕三秋：《文選·王融〈永明十一年策秀才文〉》：「四境無虞，三秋式稔。」李善注：「秋有三月，故曰三秋。」楊箋：「『未隔三秋夢』者，言中秋不必待來年也。『又』字切『閏』。」

〔八〕贏得句：古人登樓賞月。故曰「倚闌」。張南史《和崔中丞中秋月》：「秋夜月偏明，西樓獨有情。」

【考　辨】

朱箋：按，《宋史》，寧宗嘉定十七年甲申，閏八月。

夏箋：朱存理《鐵網珊瑚》載，夢窗手寫詞稿十六闋，鄭文焯據首闋「壽方蕙巖」定爲癸卯歲作，此爲十六首之一。今按《宋史》淳祐三年癸卯閏八月，此闋淳祐三年作無疑。朱箋定爲嘉定，偶誤也。

孫按：此詞爲《鐵網珊瑚》所收夢窗新詞稿十六首之第六首。應與《玉漏遲·瓜涇度中秋夕賦》都是癸卯即淳祐三年（一二四三）中秋時寫於蘇州。

## 醉落魄㈠

題藕花洲尼扇㈡

春温紅玉㈢〔一〕。纖衣學剪嬌鴉緑〔二〕。夜香燒短銀屏燭〔三〕。偷擲金錢，重把寸心卜〔四〕。　翠深不礙鴛鴦宿〔五〕。采菱誰記當時曲〔六〕。青山南畔紅雲北㈣〔七〕。一葉波心〔八〕，明滅澹妝束〔九〕。

【校　議】

㈠ 此詞多異名。《歷代詩餘》、戈選詞調作《一斛珠》。《歷代詩餘》：「本唐樂府新聲，後遂以名調。

又名《醉落魄》，雙調五十七字。」戈選杜批：「此宋人通用之體，第二句不用上三下四，與前梅谿詞異。」《詞譜》：「《宋史・樂志》名《一斛夜明珠》，屬中呂調。《尊前集》注『商調』。金詞注『仙呂調』。蔣氏《九宮譜目》入仙呂引子。晏幾道詞名《醉落魄》。張先詞名《怨春風》。黄庭堅詞名《醉落拓》。」

㈡《歷代詩餘》無詞題。戈校本詞題下注「朱選」。

㈢春温：《歷代詩餘》作「春雲」。

㈣鄭氏手批：「此『北』字與『屋』、『沃』均同叶之例。」

【注釋】

〔一〕春温紅玉：岳珂《生查子》：「暖玉慣春嬌，簌簌花鈿落。」此詞可與《聲聲慢・贈藕花洲尼》【注釋】、【考辨】參看。

〔二〕纖衣：裁剪窄瘦質地輕薄的衣服。　嬌鴉緑：本形容初春水色。杜牧《街西長句》：「碧池新漲浴嬌鴉，分鎖長安富貴家。」李白《襄陽歌》：「遥看漢水鴨頭緑，恰似葡萄初醱醅。」此美稱妙尼緇衣黑中泛青的顔色。

〔三〕夜香句：蘇軾《四時詞四首》（之三）：「夜香燒罷掩重扃，香霧空蒙月滿庭。」李商隱《嫦娥》：「雲母屏風燭影深，長河漸落曉星沈。」

〔四〕偷擲二句：古代有擲銅錢的卜術，以錢幣正反代陰陽，看其變化以定吉凶。于鵠《江南曲》：「衆中不敢分明語，暗擲金錢卜遠人。」楊箋：「初具學道心，後難免雜入世想，故曰『重把』。」

〔五〕翠深句：鴛鴦宿荷葉下，是詩歌常境，如傅玄《秋蘭篇》：「芙蓉隨風發，中有雙鴛鴦。」顧況《溪上》：「採蓮溪上女，舟小怯摇風。驚起鴛鴦宿，水雲撩亂紅。」劉侍讀《生查子》：「菱荷風乍觸，一對鴛鴦宿。」據楊萬里《題張埧夫腴莊圖三首》，知臨平山下藕花洲有十里長溪，荷花萬頃。

〔六〕采菱句：代指未入道前的愛情舊曲。詳見《聲聲慢·贈藕花洲尼》注〔一五〕。

〔七〕青山句：紅雲，此喻荷花。韓愈《奉酬盧給事雲夫四兄曲江荷花行見寄並呈上錢七兄閣老張十八助教》：「曲江千頃秋波淨，平鋪紅雲蓋明鏡。」

〔八〕一葉波心：妙尼泛舟情形。

〔九〕明滅：隱現不定。沈約《奉和竟陵王藥名詩》：「玉泉亟周流，雲華乍明滅。」

【集　評】

陳廷焯《雲韶集》卷八：（上闋眉批）密意柔情，一一繪出。（結句眉批）精絶，秀絶。

又，《閒情集》卷二：别饒仙豔，未許俗人問津。

又，《白雨齋詞話》卷三：（「夜香」三句）此三句亦平常淺俗意，雖非惡劣，究屬疲庸，不謂夢窗蹈之。

吴世昌《詞林新話》：尼姑偷卜，是何心事？「寸心卜」三字不通。卜者，卜問寸心所不知之事。若寸心所已知之事，又何待卜而後知？

【考辨】此詞寫於臨安仁和縣，是夢窗蘇幕期間的行役詞。寫於淳祐三年（一二四三）之前。

## 朝中措㊀

題蘭室道女扇〔一〕

楚皋相遇笑盈盈㊁〔二〕。江碧遠山青〔三〕。露重寒香有恨〔四〕，月明秋佩無聲〔五〕。銀燈炙了〔六〕，金爐燼暖〔七〕，真色羅屏〔八〕。病起十分清瘦〔九〕，夢闌一寸春情〔一〇〕。

【校　議】

㈠《歷代詩餘》：「此調始於歐陽修平山堂一詞，后因李祁詞有『初見照江梅』之句，又一名《照江梅》，雙調四十八字。」戈選杜批：「此爲正格，有以後段上三句十二字攤破作七字五字句，並添起韻，則與前段同矣。」

㈡楚皋：《歷代詩餘》作「林皋」。

【注　釋】

〔一〕蘭室：《文選・張華〈情詩〉》：「佳人處遐遠，蘭室無容光。」李善注：「古詩曰：盧家蘭室桂爲梁。」

〔二〕楚皋句：《韓詩外傳・補逸》：「鄭交甫將南適楚，遵彼漢皋臺下，乃遇二女，佩兩珠，大如荆雞之卵。」楚皋，《楚辭・離騷》：「步余馬於蘭皋兮，馳椒丘且焉止息。」盈盈，此指儀態美好貌。庾信《舞媚娘》：「朝來户前照鏡，含笑盈盈自看。」

〔三〕江碧句：反用錢起《省試湘靈鼓瑟》詩意：「曲終人不見，江上數峰青。」

〔四〕露重句：李商隱《河陽詩》：「幽蘭泣露新香死，畫圖淺縹松溪水。」寒香，此特指秋蘭。

〔五〕月明句：用屈原《離騷》「紉秋蘭以爲佩」以及杜甫《詠懷古跡五首》（之二）「環佩空歸月夜魂」

句意。

〔六〕銀燈炙了：無名氏《鷓鴣天》：「甫能炙得燈兒了，雨打梨花深閉門。」王昌齡《長信秋詞五首》（之二）：「銀燈青瑣裁縫歇，還向金城明主看。」

〔七〕金爐燼暖：高蟾《長門怨二首》（之一）：「魂銷尚愧金爐燼，思起猶慚玉輦塵。」方千里《塞翁吟》：「雲屏幾軸江南畫，香篆燼暖煙空。」

〔八〕真色羅屏：顔色素淡的圍屏。

〔九〕十分清瘦：劉克莊《梅花》：「木落山空獨佔春，十分清瘦轉精神。」梅聖俞詠梅殘句：「十分清意足。」

〔一〇〕一寸春情：取意李商隱《無題四首》（之二）：「賈氏窺簾韓掾少，宓妃留枕魏王才。春心莫共花爭發，一寸相思一寸灰。」《李義山詩集注》朱鶴齡注曰：「窺簾、留枕，春心之搖蕩極矣，迨乎香銷夢斷，絲盡淚乾，情焰熾然終歸灰滅，不至此不知有情之皆幻也。樂大《和微之夢遊詩序》謂曲盡其妄，周知其非，然後返乎真歸乎？實義山詩即此義，不得但以豔語目之。」「金爐燼暖」貫入此句，謂雖然香屑縈篆的心字斷爲灰燼還有暖意，但此心已如死灰矣。聯繫前文《醉落魄·題藕花洲尼扇》及《蝶戀花·題華山道女扇》，知夢窗寫妙齡尼道，雖隱涉其內心情事，然已悟其妄非。故楊箋以爲「語涉輕佻」，似錯會其意。

【集評】

俞陛雲《唐五代兩宋詞選釋》：五代詞人多有贈女冠之作。夢窗稿中贈道女詞凡四首。其《醉落魄·題藕花洲尼扇》有「偷擲金錢，重把寸心卜」句，《蝶戀花·題華山道女扇》有「鶯羽衣輕，腰減青絲剩」，及「十二闌干和笑憑」等句，此調有「一寸春情」句，殆當時黄冠入道者，有托而逃禪，雖梵唄香燈，而未能寂滅，否則春情閑恨，安能上鏡裏眉痕，而飛諸詞筆耶！詞中「露重」、「月明」二語殊雋，神光在離合之間，麗句而未乖貞則也。

鍾振振《讀夢窗詞札記（八）》：「禪」、「梵唄」皆釋氏語，施於「藕花洲尼」則可，施於「華山道女」及此「蘭室道女」則不可，蓋後者爲道教徒也。

## 杏花天㊀

詠湯㊁〔一〕

蠻薑豆蔻相思味㊂〔二〕。算卻在、春風舌底〔三〕。江清愛與消殘醉。憔悴文園病起〔四〕。

停嘶騎〔五〕、歌眉送意〔六〕。記曉色、東城夢裏〔七〕。紫檀暈淺香波細〔八〕。腸斷垂楊小市〔九〕。

【校　議】

㈠《歷代詩餘》此詞列於《端正好》下，注曰：「一名《於中好》，即《杏花天》之又一體，亦名《杏花風》，雙調五十四字。」《詞譜》認爲兩調有異，區别在於上下闋六字結句是否分爲兩句，即折腰句：「辛棄疾詞名《杏花風》。此調微近《端正好》。坊本頗多誤刻。今以六字折腰者爲《端正好》，六字一氣者爲《杏花天》。」

㈡杜校：「是題疑有脱字。」

㈢蠻薑：朱彊村以爲「『薑』爲『江』之訛」。楊箋：「若作『蠻江』，反與下『江清』複。」孫按：蠻薑不誤。已見《瑞龍吟·送梅津》【考辨】。

【注　釋】

〔一〕湯：宋人在開水中投放漬花醃果，密封俟香氣出後，作爲飲品。此詞所詠爲投入蠻薑豆蔻的醒酒湯。宋人禮節是客至設茶，欲去則設湯。此詞可與《瑞龍吟·送梅津》【注釋】、【考辨】參看。

〔二〕蠻薑句：蠻薑，即高良薑。子實名紅豆蔻。故「蠻薑豆蔻」實爲同位語。蠻薑花蕊相連，也可作爲相思之隱語。梁簡文帝《和蕭侍中子顯春别詩四首》（之一）：「别觀蒲萄帶實垂，江南豆蔻生連枝。無情無意猶如此，有心有恨徒别離。」

〔三〕算卻在二句：春風舌底，指醉酒後飲之，舌底生津，頗有與茶相類的醒酒功用，故此「春風」二字化用盧仝《走筆謝孟諫議寄新茶》詩意：「一碗喉吻潤，兩碗破孤悶。三碗搜枯腸，唯有文字五千卷。四碗發輕汗，平生不平事，盡向毛孔散。五碗肌骨清，六碗通仙靈。七碗吃不得也，唯覺兩腋習習清風生。」

〔四〕江清二句：謂蠻薑豆蔻湯色如錦江清水，能讓患有消渴疾、顔色憔悴的司馬相如霍然而起。句例詳見《燕歸梁・對雪醒坐上雲麓先生》注〔七〕。

〔五〕停嘶騎：顧況《送柳宜城葬》：「鳴笳已逐春風咽，匹馬猶依舊路嘶。」周邦彦《浪淘沙慢》：「馬蹄過、猶嘶舊巷陌。」

〔六〕歌眉送意：温庭筠《原隰荑緑柳》：「腰肢弄寒吹，眉意入春閨。」

〔七〕記曉色二句：反用周邦彦《綺寮怨》：「上馬人扶殘醉，曉風吹未醒。」此寫醉後因飲過醒酒湯，故略記當時情景，又恍惚是在夢境。

〔八〕紫檀暈：口唇暈妝的樣式。詳見《塞翁吟・贈宏庵》注〔三〕。　香波：豆蔻湯。因爲侑觴美人殷勤吹涼而沾惹了口脂氣息。

〔九〕垂楊小市：代指酒樓，也即飲湯所在地。　楊箋：「『小市』承『東城』。『腸斷』，總束。」

【集評】

楊箋引夏承燾語並按曰：「近人周泳先云：宋人詠茶、詠湯各詞，皆宴席進茶、進湯時所作，以付歌妓者。」按此詞有「記曉色東城夢裏」句，當在妓家歸來作，或與周説異。

孫按：此是進湯時付歌妓演唱的詞作。「記曉色」四句，是懸想明晨之事，謂依稀記得今夜之飲。

## 滿江紅

劉朔齋賦菊和韻〔一〕

露浥初英〔二〕，早遺恨、參差九日㊀〔三〕。還卻笑、萸隨節過㊁，桂凋無色〔四〕。杯面寒香蟻共泛㊂〔五〕，籬根秋訊蛩催織㊃。愛玲瓏、篩月水屏風，千枝結〔六〕。芳井韻㊄，寒泉咽〔七〕。霜著處，微紅濕〔八〕。共評花索句，看誰先得〔九〕。好漉烏巾連夜醉〔一〇〕，莫愁金鈿無人拾〔一一〕。算遺蹤、猶有枕囊留，相思物〔一二〕。

【校　議】

㈠鄭氏手批：「此『日』字與『色』同押，可證白石《惜紅衣》詞次句『日』字是均無疑。其結句用『色』字，與此同例。後學徒沾沾部居，殆未達聲音之道歟？詞均誠别一諧聲，蓋於騷雅中古音求之，會心不在遠，非可與今均通轉之例相提並論。戈氏《正韻》固不足依據，即《菉斐軒》亦未爲要實也。」

㈡隨節過：《歷代詩餘》作「隨節改」。

㈢蟻共泛：諸本皆依毛本作「蜂共泛」，所見明代刻本鈔本「蜂」字皆不作「蠭」字，故知諸本實以形近訛。兹徑改。

㈣秋訊：《歷代詩餘》作「秋信」。

㈤戈校本：「『井』字可疑。」

【注　釋】

〔一〕劉朔齋：即劉震孫。詳見《江神子·十日荷塘小隱賞桂》【考辨】。

〔二〕露浥初英：陶潛《飲酒詩二十首》（之七）：「秋菊有佳色，浥露掇其英。」露浥，《詩·召南·行露》：「厭浥行露，豈不夙夜？謂行多露。」毛傳：「厭浥，濕意也。」初英，王琚《遊灉湖上寺》：「雲間聽弄鳥，煙上摘初英。」《鶴林玉露》丙編卷一：「《楚辭》云：『餐秋菊之落英。』釋者云：『落，始也。如詩《訪落》之落，謂初英也。』古人言語多如此，故以亂爲治，以臭爲香，以擾爲馴，以慊爲足，以特爲匹，以原爲再，以落爲萌。」

〔三〕參差九日：李商隱《櫻桃花下》：「他日未開今日謝，嘉辰長短是參差。」參差，《例釋》：「表示事情乖迕、不如人意的形容詞，含有『蹉跎』（虚度時光）或『差池』（錯失）的意思。」此用後一義。徐培均《淮海居士長短句箋注》：「乃『差池』一音之轉。意猶蹉跎，謂與事乖違，錯過機會。白居易《禽蟲十二章》（之二）：『燕違戊己鵲避歲……一時一日不參差。』自注：『燕銜泥常避戊己日，鵲巢口常避太歲，驗之皆信。』又，薛能《下第後春日長安寓居》詩：『來年空仰望，臨日又參差。』又參差，又錯過也。」

〔四〕還卻三句：萸，茱萸。　以上六句的意思是，早開菊花因與重九時間錯位雖然不能作爲泛酒之用，但與茱萸僅能作爲重九應景之物，以及八月盛開的桂花此時不再有色香相比，還是有以自許者。

〔五〕杯面句：「共」字寫碎菊與糟滓共浮於酒面。用重九酒中泛菊典。參見《蝶戀花·九日和吴見山韻》注〔六〕。

〔六〕愛玲瓏三句：《范村菊譜》：「藤菊，花密，條柔以長如藤蔓，可編作屏幛，亦名棚菊。種之坡上，則垂下，裊數尺如纓絡，尤宜池潭之瀕。」楊萬里《經和寧門外賣花市見菊》：「菊花障子更玲瓏，生采翡翠鋪屏風。」玲瓏，詩詞中常用以指梅花和雪。韓愈《春雪間早梅》：「玲瓏開已遍，點綴坐來頻。」

《匯釋》：「上句指梅，下句指雪。詞題之間字爲間雜義。」此引申形容菊與月。

〔七〕芳井二句：井泉薦菊，詳見《西平樂慢·過西湖先賢堂》注〔一五〕。

〔八〕霜著二句：蘇軾《贈劉景文》：「荷盡已無擎雨蓋，菊殘猶有傲霜枝。」有菊花品種經霜顯出微紅。詳見《惜黄花慢·菊》注〔一〇〕。

〔九〕共評句：評，本謂品評人物。《後漢書·許劭傳》：「初，許與靖俱有高名，好共核論鄉黨人物，每月輒更其品題，故汝南俗有『月旦評』焉。」評花，韓維《次韻和厚卿答微之》：「老縱筆鋒尤壯健，醉評花豔益精明。」索句，唐彦謙《逢韓喜》：「借書消茗困，索句寫梅真。」先得句，陳師道《寄亳州何郎中二首》（之一）：「已度城陰先得句，不應從俗未忘葷。」此就和劉氏韻言之。

〔一〇〕好漉句：典出《宋書·陶潛傳》：「郡將候潛，值其酒熟，取頭上葛巾漉酒，畢，還復著之。」

〔一一〕莫愁句：《史氏菊譜·後序》：「菊之開也，既黄白深淺之不同，而花有落者有不落者。蓋花瓣結密者不落，盛開之後淺黄者轉白；而白色者漸轉紅，枯於枝上。花瓣扶踈者多落，盛開之後，漸覺離披，遇風雨撼之，則飄散滿地矣。」楊萬里《經和寧門外賣花市見菊》：「金錢裝面密如積，金鈿滿地無人拾。」

〔一二〕算遺蹤三句：《史氏菊譜》：「所宜貴者，苗可以采，花可以藥，囊可以枕，釀可以飲，所以高人隱士籬落畦圃之間，不可一日無此花也。」《山堂肆考》卷一八二：「唐詩：盧女黄花枕，張家碧玉杯。」《百菊集譜》卷三：「《千金方》：常以九月九日取菊花作枕袋枕頭，大能去頭風，明眼目。」相思物，用甄后贈東阿王曹植玉鏤金帶枕典。

【考　辨】

此爲重九詠菊詞，相思枕囊正所謂略入閨房意。

## 朝中措

聞桂香

海東明月鎖雲陰。花在月中心〔一〕。天外幽香輕漏㈠，人間仙影難尋〔二〕。　并刀剪葉，一枝曉露，綠鬢曾簪〔三〕。惟有别時難忘，冷煙疏雨秋深〔四〕。

【校　議】

㈠ 輕漏：《歷代詩餘》、杜本作「清漏」。

【注釋】

〔一〕海東二句：《詩話總龜》卷八引《零陵總記》所載詩句：「天河雖有浪，月桂不聞香。」李嶠《中秋月二首》（之二）：「何人種丹桂，不長出輪枝。」並用廣寒宮中有大桂樹典。

〔二〕天外二句：朱熹《詠巖桂》：「天香生淨想，雲影護仙妝。」楊萬里《子上弟折贈木犀數枝走筆謝之》：「西風夜入小池塘，木樨漏泄月中香。」

〔三〕并刀三句：女子簪桂是古代習俗。《佩文齋廣群芳譜》卷四〇引《花史》曰：『無瑕嘗著素裳折桂，明年開花潔白如玉女，伴折取簪髻。號『無瑕玉花』。」謝懋《霜天曉角・桂花》：「緑雲剪葉。低護黄金屑。」周邦彦《醉落魄》詠簪桂：「清香不與蘭蓀約。一枝雲鬢巧梳掠。」杜甫《戲題王宰畫山水圖歌》：「焉得并州快剪刀，剪取吴淞半江水。」緑鬢，吴均《和蕭洗馬子顯古意詩六首》（之三）：「緑鬢愁中改，紅顔啼裏滅。」

〔四〕惟有二句：周紫芝《虞美人》：「惱人知爲阿誰開。還伴冷煙疏雨、做愁媒。」

【考辨】

陳洵《海綃説詞》：思去姬也。只「别時難忘」一句耳，卻寫得香色俱空，使人作天際真人想。

楊箋：此亦憶姬之詞。（「并刀」三句）想姬剪桂簪鬢時。（「惟有」二句）「冷煙疏雨」，是桂花時節。姬去在春不在秋，勿泥看。

鍾振振《讀夢窗詞札記(八)》:「惟有別時難忘,冷煙疏雨秋深」,謂與桂花相別耳,下句正指桂花凋謝時。詞題明言「聞桂香」,是詠物也。「并刀剪葉,一枝曉露,緑鬢曾簪」云云,亦花爲主,人爲賓。以思姬、憶姬説之,喧賓奪主矣。

## 夢行雲㊀

和趙修全韻㊁

簟波皺纖縠〔一〕。朝炊熟。眠未足㊂〔二〕。青奴細膩,未拌真珠斛㊃〔三〕。素蓮幽怨風前影〔四〕,搔頭斜墜玉〔五〕。畫闌枕水,垂楊梳雨,青絲亂、如乍沐〔六〕。嬌笙微韻〔七〕,晚蟬理秋曲㊄〔八〕。翠陰明月勝花夜㊅,那愁春去速〔九〕。

【校　議】

㊀ 今見毛本、毛扆本注詞調曰:「即《六幺花十八》。」《歷代詩餘》:「一名《六幺花十八》,雙調六十七字。」王灼《碧雞漫志》:「此曲(《六幺》)内一疊名《花十八》,前後十八曲,又四花拍,共二十二拍。樂家者流所謂『花拍』,蓋非正也。曲節抑揚可喜,舞亦隨之。」《詞譜》:「此調僅見此詞,無

別首可校。」

㈡《歷代詩餘》無詞題。戈校本詞題下注「范選」。

㈢朝炊二句：《詞譜》：「或云『朝炊』、『青絲』二語皆六字句。」

㈣未拌句：《詞譜》：「『未拌』句可疑，照後『晚蟬』句，恐有訛字。」杜校謂《詞繫》亦疑此句有誤。

㈤理秋曲：毛本、《歷代詩餘》、戈校本、王朱本作「亂秋曲」。毛扆本改「亂」作「理」。杜本從改，朱二校本、底本從杜改。鄭氏手批：「此『亂』字，從上『亂』字訛衍，明鈔作『理』，可證斧季校語有本。」毛扆本又改「曲」作「詞」。復又有校曰：「按『曲』應用韻，從刻爲是。」

㈥勝花夜：《詞譜》：「『勝』字平聲。」楊箋：「此『勝』字雖讀平聲，仍作去聲解。」

## 【注　釋】

〔一〕簟波句：李商隱《街西池館》：「疎簾留月魄，珍簟接煙波。」賀鑄《夜遊宫》：「江面波紋皺縠。江南岸、草和煙緑。」縠，此喻簟紋。

〔二〕朝炊二句：反用黄粱夢典。

〔三〕青奴二句：用石崇以真珠三斛買緑珠事。青奴，夏日取涼寢具。詳見《鶯啼序·荷》注〔三五〕。杜甫《麗人行》：「態濃意遠淑且真，肌理細膩骨肉勻。」拌，《方言·第十》：「拌，棄也。楚凡揮棄物謂之拌。」此坐實青奴真爲「女奴」，故謂有「細膩」之肌膚，卻無費「量珠」聘禮。

〔四〕素蓮句：李紳《趨翰苑遭誣構四十六韻》：「庾樓清桂滿，遠寺素蓮敷。」朱超《詠同心芙蓉詩》：「日分雙蒂影，風合兩花香。」向子諲《卜算子》：「疑是佳人日暮來，綽約風前影。」

〔五〕搔頭句：褚載《句》：「蹀躞馬搖金絡腦，嬋娟人墜玉搔頭。」楊億《白蓮》：「昨夜三更裏，嫦娥墮玉簪。馮夷不敢受，捧出碧波心。」

〔六〕畫闌四句：周邦彦《六幺令》：「池光靜横秋影，岸柳如新沐。」徐仲雅《宮詞》：「一把柳絲收不得，和風搭在玉欄杆。」尹焕《眼兒媚・柳》：「雲梳雨洗風前舞，一好百般宜。」王褒《奉和趙王途中五韻》：「村桃拂紅粉，岸柳被青絲。」

〔七〕嬌笙微韻：李嶠《鶯》：「聲分折楊吹，嬌韻落梅風。」

〔八〕晚蟬句：「嬌」字也入此句形容蟬鳴。　與下句爲本體與喻體關係，夢窗慣伎。　柳上鳴蟬是蓮花將落時，參見《過秦樓・芙蓉》注〔一八〕。

〔九〕翠陰二句：翻用蘇軾侍妾王朝雲語意，見《玉漏遲・瓜涇度中秋夕賦》注〔六〕。　謂漸至秋月勝春月的時節，所以春雖遠去，尚有可以懷欣者，此是强爲寬懷語。

【考　辨】

此詞與《鶯啼序・荷》同是和韻趙修全的詞作，内容情感皆有相通處，故也應寫於蘇州。

## 天香

壽筠塘內子㊀

碧藕藏絲〔一〕，紅蓮並蒂〔二〕，荷塘水暖香斗〔三〕。窈窕文窗〔四〕，深沈書幔〔五〕，錦瑟歲華依舊〔六〕。洞簫韻裏〔七〕，同跨鶴㊁、青田碧岫〔八〕。菱鏡妝臺掛玉〔九〕，芙蓉豔褥鋪繡〔一〇〕。西鄰障蓬澡手㊃〔一一〕。共華朝〔一二〕、夢蘭分秀㊄〔一三〕。未冷綺簾猶捲，淺冬時候〔一四〕。秋到霜黄半畝〔一五〕。便准擬、攜花就君酒〔一六〕。花酒年華〔一七〕，天長地久〔一八〕。

【校　議】

㊀筍塘：底本尾註：「按詞首三句意，『筍』疑『荷』誤。」楊箋：「詞用碧藕、紅蓮、菱鏡、蓉褥，亦是『荷』字典，朱師説確也。」

㊁同跨：《詞譜》作「共跨」。

㊂共華朝：《詞譜》作「並華朝」。

㈣ 澡手：毛本、《詞譜》、戈校本、杜本作「漂手」。王朱本徑改，校曰：「按句似指同時得子者。『障蓬』即懸矢義，『漂』爲『澡』之訛。庾肩吾《書品序》『澡手謝於臨池』；白居易《賀人生子》詩『洞房門上挂桑弧，香水盆中浴鳳雛』，可爲斯語注腳。」餘本從之。鄭校：「以形近訛。」

㈤ 夢蘭：毛本、《詞譜》、杜本作「夢闌」。戈校本、王朱本改。餘本從之。

【注釋】

〔一〕碧藕藏絲：《拾遺記》卷三：「鬱水在磅磄山東，其水小流，在大陂之下，所謂『沉流』，亦名『重泉』。生碧藕，長千常。七尺爲常也。」以仙物寓祝壽。「絲」諧音「思」。

〔二〕紅蓮並蒂：朱超《詠同心芙蓉詩》：「未及清池上，紅蕖並出房。日分雙蒂影，風合兩花香。」

〔三〕香斗：池塘形如熨斗。參見《慶宫春·越中題錢得閑園池》注〔一六〕。

〔四〕窈窕文窗：元稹《連昌宫詞》：「舞榭攲傾基尚在，文窗窈窕紗猶緑。」

〔五〕書幔：周邦彦《繞佛閣》：「清漏將短。厭聞夜久，籤聲動書幔。」

〔六〕錦瑟歲華：猶言「錦瑟年華」。

〔七〕洞簫韻裏：用蕭史弄玉典。

〔八〕同跨鶴二句：《初學記》卷三〇引《永嘉郡記》：「有洡沐溪，去青田九里。此中有一雙白鶴，年年生子，長大便去，只惟餘父母一雙在耳，精白可愛，多云神仙所養。」反用庾信《代人傷往詩二首》（之二）：「青田松上一黄鶴，相思樹下兩鴛鴦。無事交渠更相失，不及從來莫作雙。」

〔九〕菱鏡句：鏡臺掛玉，指玉鏡臺。温嶠以之作爲聘禮。見《世説新語·假譎》：「温公喪婦。從姑劉氏，家值亂離散，唯有一女，甚有姿慧。姑以屬公覓婚，公密有自婚意，答云：『佳婿難得，但如嶠比，云何？』姑云：『喪敗之餘，乞粗存活，便足以慰吾餘年，何敢希汝比？』卻後少日，公報姑云：『已覓得婚處，門地粗可，婿身名宦，盡不減嶠。』因下玉鏡臺一枚。姑大喜。既婚，交禮，女以手披紗扇，撫掌大笑曰：『我固疑是老奴，果如所卜。』」王昌齡《朝來曲》：「盤龍玉臺鏡，唯待畫眉人。」

〔一〇〕芙蓉句：吴融《個人三十韻》：「芙蓉褥已展，豆蔻水休更。」王僧孺《爲人述夢詩》：「以親芙蓉褥，方開合歡被。」

〔一一〕西鄰：吕巖《洞庭湖君山頌》：「午夜君山玩月回，西鄰小圃碧蓮開。」　澡手：庾肩吾《書品序》：「澡手謝於臨池，鋭意同於削板。」

〔一二〕華朝：猶言「朝華」。陸機《文賦》：「謝朝華於已披，啟夕秀於未振。」陸雲《爲顧彦先贈婦往返四首》（之四）：「容色貴及時，朝華忌日晏。」此應指毛氏内子早年容顔美麗。

〔一三〕夢蘭分秀：用春蘭秋菊典。《楚辭·九歌·禮魂》：「春蘭兮秋菊，長無絶兮終古。」洪興祖補注：「古語云：春蘭秋菊，各一時之秀也。」夢蘭，用「燕夢徵蘭」典。後因稱懷孕爲「夢蘭」。《左傳·宣公三年》：「既而文公見之（燕姞），與之蘭而御之。辭曰：『妾不才，幸而有子，將不信，敢徵蘭乎？』公曰：『諾。』生穆公，名之曰『蘭』。」杜預注曰：「懼將不見信，故欲托所賜蘭爲懷子月數。」

此三句與下句「霜黄」句合義謂荷落成蓬，繼而有蘭菊爲各季之秀色。寓意應爲荷塘内子蓬結蓮子已了，卻十分賢良，沐手焚香，希望小妾懷有身孕，各占秀色。

〔一四〕未冷二句：荷塘内子的生日應在立冬之後，唐人有《立冬十月節》詩，故曰「未冷」、「淺冬」。綺簾，宋祁《看雪》：「斜透綺簾欺翡翠，旋迷樓瓦失鴛鴦。」

〔一五〕霜黄：霜降後始開的菊花。《史氏菊譜》：「菊有黄華。北方用以准節令，大略黄華開時，節候不差。江南地暖，百卉造作無時，而菊獨不然。考其理，菊性介烈高潔，不與百卉同其盛衰，必待霜降，草木黄落而花始開。」蘇洵《菊花》：「況此霜下傑，清芬絶蘭茝。氣稟金行秀，德備黄中美。」

〔一六〕便准擬二句：用孟浩然《過故人莊》詩意：「待到重陽日，還來就菊花。」准擬，《例釋》：「準備，打算；其中詞素『擬』即爲通常『打算』的意思。」韓愈《北遊》：「應留醒心處，准擬醉時來。」

〔一七〕花酒年華：年華如花，有酒祝壽的歲月。梁簡文帝《歌》：「年年花色好，足侍愛君傍。」

〔一八〕天長地久：語出《老子》：「天長地久，天地所以能長且久者，以其不自生，故能長生。」

**【考辨】**

此詞應寫於蘇州。

## 謁金門㊀

和勿齋韻㊁〔一〕

雞唱晚。斜照西窗向暖㊂〔二〕。一枕午醒幽夢遠㊃〔三〕。素衾春絮軟〔四〕。　紫燕紅樓歌斷〔五〕。錦瑟華年一箭〔六〕。偷果風流輸曼倩〔七〕。晝陰爭繡線㊄〔八〕。

【校　議】

㊀《歷代詩餘》：「唐樂名有《儒士謁金門》詞，沿其名。一名《垂楊碧》，一名《花自落》，一名《春早湖山》，一名《空相憶》。雙調四十五字。」

㊁《歷代詩餘》無詞題。

㊂向暖：諸本作「白暖」。兹從《歷代詩餘》。

㊃午醒：《歷代詩餘》作「午醒」。

㊄晝陰：毛本作「畫陰」。毛扆本、戈校本改「畫」作「晝」。爭繡線：底本、四明本作「生繡線」。未知所據。兹從毛本、《歷代詩餘》、戈校本、杜本、王朱本、朱二校本。

【注釋】

〔一〕勿齋：道士楊至質之號。

〔二〕雞唱晚二句：與下二句取用葛天民《春懷》詩意：「向晚一鳩鳴，道人春睡足。」陸游《一春風雨太半有感》：「雨昏雞唱晚，風惡鵲巢低。」

〔三〕一枕句：魏野《謝寇萊公見訪》：「晝睡方濃向竹齋，柴門日午尚慵開。」家鉉翁《風雨歸舟圖》：「輸他田舍翁，午醒猶未醒。」

〔四〕素衾春絮：胡寅《寄陳生》：「且把簡編遮病眼，時拖衾絮擁寒骸。」

〔五〕紫燕句：此寫入道前的歌酒生活。江總《長相思二首》（之二）：「紅樓千愁色。玉箸兩行垂。」

〔六〕錦瑟句：寫世間情愛繁華如過眼雲煙。

〔七〕偷果句：《類説》卷一引《漢武帝内傳》：「南窗下有人窺看，帝驚問何人。王母曰：『是汝侍郎東方朔，我鄰家小兒。性多滑稽，曾三來偷桃，此子昔爲太上仙官太上令，到方丈山，但務遊戲，擅弄雷電，激波揚風，致令蛟螈陸行，山崩海竭，太上謫斥，使在人間。近金華山二仙人及九疑男陳乞原之。』帝乃知朔非世俗之徒也。」蘇軾《南鄉子》：「曼倩風流緣底事，當時。愛被西真喚作兒。」曼倩，東方朔。

〔八〕晝陰句：繡線，本指冬至日之後，每日可添一線之功。後也用以喻文采。周必大《與楊廷秀閣學啟·回甲寅賀冬》：「詞章添繡線之華，聲譽振黄鐘之響。」方回《丁亥十一月初八日南至二首》（之一)亦可以參看:「宦情不作葭灰動,吟筆寧爭繡線長。」以上二句謂其作爲道士,雖然不能夠象東方朔那様通神且滑稽多智,但文才或有以過之。

【考　辨】

朱箋:《自號録》:楊至質,字休文,號勿齋。《宋詩紀事》:楊至質,閣皂山道士。淳祐中,敕賜高士,右街鑒儀,主管教門公事。著有《竹宫表制》,太乙宫代言之文也。

吴熊和《唐宋詞彙評》:真德秀《西山文集》卷二六有《勿齋記》,作於紹定元年(一二二八)。

孫按:真德秀《勿齋記》:「江西方士楊休文謁予,記所謂『勿齋』者。……休文而誠有志於此,其可不思,所以實用其力哉;其又可不勇於自拔也哉。休文名至質,今爲閣皂講師,其文雅趣操,有諸君子品題在。」《郡齋讀書志》卷五(上):「《竹宫表制》一卷,右楊至質(字休文)太乙宫代言之文也,自號『勿齋』,聖上嘗書二字以賜之。」

《茅山志》載其《茅山》詩一首。明代李日華《六研齋筆記》卷三評曰:「茅山詩多矣。唯宋楊至質七言一律,獨備山中典故,非虚語者,而句自雄倩。」《四庫全書〈勿齋集〉提要》:「是集皆其四六書啟,多與一時當事酬答之作。……宋末啟札之文,多喜配經史成語,湊泊生硬,又喜參文句,往往冗長萎弱。唐以前舊格蕩然,至質所作,雖邊幅少狹,而對偶工致,吐屬雅潔,猶有樊南甲乙集之遺,正未可以方外輕之矣。」

## 點絳唇

香泛羅屏〔一〕，夜寒著酒宜偎倚〔二〕。翠偏紅墜〔三〕。喚起芙蓉睡〔四〕。　一曲伊州〔五〕，秋色芭蕉裏〔六〕。嬌和醉〔七〕。眼情心事〔八〕。愁隔湘江水〔九〕。

**【注　釋】**

〔一〕香泛羅屏：李賀《將進酒》：「烹龍炮鳳玉脂泣，羅屏繡幕圍香風。」兼用羅屏圍香典。

〔二〕夜寒著酒：例證詳見《齊天樂·毗陵陪兩別駕宴丁園》注〔七〕中「著酒寒輕」條。　宜偎倚：曹冠《水調歌頭》：「好向歌臺舞榭，鬬取紅妝嬌面，偎倚韻偏宜。」

〔三〕翠偏紅墜：以上二句意相貫通，實寓「偎紅依翠」之意，故楊箋曰：「『偎紅依翠』四字拆分兩韻，是又一法。『偏』、『墜』，由『偎依』來。」尹鶚《清平樂》：「鬢滑鳳凰釵欲墜，雨打梨花滿地。」

〔四〕喚起句：李賀《美人梳頭歌》：「轆轤咿啞轉鳴玉，驚起芙蓉睡新足。」周邦彥《浣溪紗》：「薄薄紗幮望似空。簟紋如水浸芙蓉。起來嬌眼未惺松。」並用卓文君色若芙蓉典。

〔五〕一曲伊州：温庭筠《彈箏人》：「鈿蟬金雁今零落，一曲伊州淚萬行。」伊州，《新唐書·禮樂志十二》：「天寶樂曲，皆以邊地名，若《涼州》、《伊州》、《甘州》之類。」《樂府詩集·近代曲辭一·伊州》引《樂苑》曰：「《伊州》，商調曲，西京節度蓋嘉運所進也。」

〔六〕秋色句：張先《碧牡丹·晏同叔出姬》：「緩板香檀，唱徹伊家新制。怨入眉頭，斂黛峰横翠。芭蕉寒，雨聲碎。」

〔七〕嬌和醉：白居易《長恨歌》：「金屋妝成嬌侍夜，玉樓宴罷醉和春。」和凝《楊柳枝》：「醉來咬損新花子，拽住仙郎盡放嬌。」

〔八〕眼情：蕭統《擬古詩》：「眼語笑靨近來情，心懷心想甚分明。」

〔九〕愁隔句：岑參《春夢》：「洞房昨夜春風起，故人尚隔湘江水。」

【考　辨】

楊箋：此亦憶姬之作。　上片全是逆入，是與姬歡聚時情景。芙蓉，喻姬。

## 夜遊宫

人去西樓雁杳〔一〕。叙别夢、揚州一覺〔二〕。雲澹星疏楚山曉㊀〔三〕。聽啼烏〔四〕，立河橋，話未了〔五〕。雨外蛩聲早〔六〕。細織就、霜絲多少〔七〕。説與蕭娘未知道〔八〕。向長安，對秋燈，人幾老㊁〔九〕。

**【校　議】**

㊀ 星疏：毛本、戈校本作「疏星」。王朱本、朱二校本及底本等俱從《歷代詩餘》。

㊁ 人幾老：諸本皆作「幾人老」。兹從毛本、戈校本。《詞律》：「夢窗稿末句：『對秋燈，人幾老。』刻作『幾人老』，不可誤從。若作『幾人』，調拗矣。蓋此句説離愁漸增，作客者幾番添老，故佳。若云『幾人』，無味。且上云『説與蕭娘』，何堪所寄情之蕭娘與幾人來往乎？可爲一笑。」杜鈔本校《詞律》此處曰：「夢窗另作一云『酒初醒』，一云『更清瘦』。皆作仄平仄。似不必從。」杜刻本「不必從」三字則作「可不拘」。《歷代詩餘》作「令人老」。

**【注　釋】**

〔一〕人去句：反用夏竇松殘句：「雁飛南浦砧初斷，月滿西樓酒半醒。」

〔二〕敘別夢二句：揚州夢覺，典例見《滿江紅·甲辰歲盤門外寓居過重午》注〔一三〕。沈約《六憶詩四首》（之一）：「勤勤敘別離，慊慊道相思。」　以上三句寫從道別的夢境中驚覺。

〔三〕雲澹句：與以下三句寫月落星疏時的曉別。王昌齡《芙蓉樓送辛漸二首》（之一）：「寒雨連天夜入湖，平明送客楚山孤。」韋莊《菩薩蠻》：「殘月出門時，美人和淚辭。」李商隱《燕台四首·秋》：「月浪沖天天宇濕，涼蟾落盡疏星入。」

〔四〕聽啼烏：周邦彥《蝶戀花》：「月皎驚烏棲不定。更漏將殘，轣轆牽金井。」

〔五〕立河橋二句：牛希濟《生查子》：「語已多，情未了，回首猶重道。」周邦彥《早梅芳》：「去難留，話未了。早促登長道。」　疊寫當年離別與夢中離別，令人真幻莫辨。

〔六〕雨外句：雨外蛩聲，寫蟋蟀在野，是早秋時候。

〔七〕細織就二句：賈島《客喜》：「鬢邊雖有絲，不堪織寒衣。」

〔八〕蕭娘：此代指揚州歌妓。

〔九〕向長安三句：唐代無名氏《賀聖朝》：「長安道上行客，依舊利深名切。」羅隱《長安秋夜》：「燈欹短焰燒離鬢，漏轉寒更滴旅腸。歸計未知身已老，九衢雙闕夜蒼蒼。」

【集評】

陳洵《海綃説詞》：楚山，夢境；長安，京師，是運典；揚州則舊遊之地，是賦事；此時覺翁身在臨安也。詞則沈樸渾厚，直是清真後身。

【考　辨】

楊箋：此亦憶姬之作。（「叙别夢」二句）此句中有十年在。十年是與姬歡聚之年數，不宜忽略。「叙别夢」者，夢中叙别也。（「説與」四句）此詞疑作於杭京。

孫按：此詞所懷應爲揚州歌妓，屬揚州歌妓系列詞。從詞中表達的情感看，應寫於十年客杭後期，約紹定四年（一二三一）前後。

## 瑶　華㊀

分韻得作字，戲虞宜興㊁〔一〕

秋風采石，羽扇揮兵〔二〕，認紫騮飛躍〔三〕。江蘺塞草〔四〕，應笑看〔五〕、空鎖淩煙高閣㊂〔六〕。凱歌秦隴㊃，問鐃鼓、新詞誰作〔七〕。有秀蓀㊄、來染吴香〔八〕。瘦馬青芻南陌㊅〔九〕。冰澌細響長橋，蕩波底蛟腥㊆，不涴霜鍔〔一〇〕。烏絲醉墨〔一一〕，紅袖暖〔一二〕、十里湖山行樂〔一三〕。老仙何處，算洞府、光陰如昨〔一四〕。想地寬、多種桃花，豔錦東風成幄〔一五〕。

【校議】

㈠ 瑶華：《詞譜》按周密同調詞曰：「調見夢窗詞，一名《瑶華慢》。」「此調始自吴文英，因吴詞有訛字故采此詞作譜。」華，或作「花」。因字之異體而同調異名。

㈡《歷代詩餘》無詞題。

㈢ 應笑看二句：諸本作「應笑春」。毛扆本：「『春』字應誤。」《詞律》按周密同調詞曰：「按夢窗此調於『曾未見』下九字云『應笑春、空鎖淩煙高閣』，人多讀『空』字爲句讀，照周詞應於『春』字豆。張天雨此句云『怎一夜、换作連城之璧』，可見但『應笑春』三字，欠妥。『春』字恐誤。此字觀後段，及各家俱不用平聲，作者但用仄聲爲是。」戈校本、杜本亦疑誤。《詞譜》作「應笑着」。鄭氏手批：「案第五句短拍，『春』字宜據《詞譜》改作『着』。此以形近訛。」「此字確宜側聲，有諸家詞句可證。況作『春』字不可解。」孫按：「應笑着」亦不可解。應爲「看」字形近而訛。夢窗《珍珠簾·春日客龜溪》中「看看春老」，有版本作「看春漸老」；韓琦《次韻和都運崔諫議寄示立春前一日宿嵐谷山程》「費詩嬌雪着人飛」，「着」一作「看」，皆可旁證「着」、「春」、「看」三字易錯訛。兹徑改。

㈣ 凱歌：《古今詞統》、毛本、戈校本、杜本、王朱本、朱二校本、底本作「胡歌」。兹從《歷代詩餘》。

㈤ 秀蓀：戈校本：「『蓀』字訛。」

㈥南陌：鄭氏手批：「此十二『陌』與十『藥』、一『屋』同用之例。」

㈦蛟腥：鄭氏手批：「(腥)作平。」

【注釋】

〔一〕虞宜興：即虞兟。虞兟將赴任宜興縣令，以赴任地名稱之。宜興，又稱義興、陽羨、荆溪等，宋屬常州府。

〔二〕秋風二句：此寫虞允文紹興三十一年(一一六一)指揮的著名戰役采石磯大戰。《四川通志》卷四四《虞懷忠虞允文神道碑銘》：「樞臣葉義問督江淮軍，一戰而奔，兩淮盡失。金軍大臨采石，公受命犒師。時敵騎充斥，我兵星散。公以忠義激勉諸將，或謂公宜灼幾自固，公正色叱之曰：『危及社稷，吾將安避！』乃收散卒布陣，列戈船爲五，部分甫畢，敵大呼噪，絶江而下，直薄采石。公帥將士殊死戰，遂大破之。亮趨瓜州，爲其下所刺。捷聞，上大喜曰：『允文忠義出天性，朕之裴度也。』」《宋史·虞允文傳》詳載了從九月到十一月的采石大戰始末。此戰取得「僵屍凡四千餘，殺萬户二人，俘千户五人及生女真五百餘人」的驕人戰績。羽扇揮兵，寫虞允文的儒將風采。《太平御覽》卷七〇二引裴啟《語林》：「(諸葛)武侯與宣王(司馬懿)在渭濱將戰，武侯乘素輿，葛巾，白羽扇，指揮三軍，三軍皆隨其進止。」《建炎以來繫年要録》卷一九四：「(劉)錡執允文手曰：『疾何必問。朝廷養兵三十年，我輩一技不施，今日大功乃出於一儒者，我輩媿死矣。』」

〔三〕紫騮飛躍：紫騮，此指邊關名將所騎戰馬。杜甫《山寺》：「使君騎紫馬，捧擁從西來。樹羽靜千里，臨江久裴回。」躍馬典見《太平御覽》卷八九七所引《世語》：「（劉備）乘馬名爲的顱。騎的顱走襄陽城西檀溪水，溺不得出，備急曰：『的顱，今日厄，不可不努力。』的顱乃一踴三丈，遂得過。」

〔四〕江蘺：香草名。《楚辭·離騷》：「扈江離與辟芷兮，紉秋蘭以爲佩。」王逸章句：「江離、芷，皆香草名。」離，通「蘺」。

〔五〕應笑看：「笑」字意貫入前三句。謂其談笑間殲滅强虜。　塞草：齊高帝《塞客吟》：「秋風起，塞草衰。鵰鴻思，邊馬悲。」

〔六〕淩煙閣：皇帝爲表彰功臣而建的繪有功臣圖像的高閣。　以上三句謂與功勳可圖淩煙高閣的虞允文相比，當下邊將徒使江蘺成爲塞草，讓前線南移不知幾千里，淩煙閣只能虛位而待。

〔七〕凱歌三句：凱歌鐃鼓，古代戰爭取得勝利，在獻俘儀式上所奏之樂。崔豹《古今注·音樂第三》：「短簫鐃歌，軍樂也。黄帝使岐伯所作也。所以建武揚德，風勸戰士也。《周禮》所謂王大捷，則令凱樂；軍大獻，則令凱歌者也。」《文獻通考·樂九》引《唐六典》：「凡軍鼓之制有三：一曰銅鼓，二曰戰鼓，三曰鐃鼓。」秦隴，江淹《秋至懷歸詩》：「楚關帶秦隴，荆雲冠吴煙。」泛指漢唐國力强盛時的邊境。概歎不能再睹虞雍公凱旋歸來鐃鼓軍樂振起的雄風。

〔八〕有秀蓀二句：蓀，《楚辭·九章·抽思》：「數惟蓀之多怒兮，傷余心之懮懮。」王逸章句：「蓀，香草也。」蓀，與「孫」諧音雙關。蓀草染香吴地，實指虞氏後裔的一支僑居吴地。

〔九〕瘦馬句：瘦馬青芻，杜甫《入奏行贈西山檢察使竇侍御》：「爲君酣酒滿眼酤，與奴白飯馬青芻。」

又，《瘦馬行》：「東郊瘦馬使我傷，骨骼硉兀如堵牆。」並暗用《陌上桑》使君典。謂虞氏雖將任知縣卻騎著瘦馬，既切題中「戲」字；亦寫英雄後裔當下的落拓。

〔一〇〕冰澌三句：用周處斬蛟典。《世説新語·自新》：「周處年少時，凶强俠氣，爲鄉里所患。又義興水中有蛟，山中有邅跡虎，並皆暴犯百姓。義興人謂爲『三横』，而處尤劇。或説處殺虎斬蛟，實冀三横惟餘其一，處即刺殺虎，又入水擊蛟。蛟或浮或没，行數十里，處與之俱。經三日三夜，鄉里皆謂已死，更相慶。竟殺蛟而出，聞里人相慶，始知爲人情所患，有自改意。」長橋，宜興長橋，周處斬蛟處。橋在荆溪上。《咸淳毗陵志》卷三：「長橋在縣南二十步，晉周孝公斬蛟之地。陸澄《地抄》云：漢邑令袁玘建（南唐徐鉉記橋亦云）。東西四十尺，南北二百五十尺。唐人詩云：『長橋今夜月，陽羨古時州。』李華詩云：『雲雨生泉窟，雷霆落劍鋒。』國朝景德四年令李若谷改造。天聖六年令賈丞相昌朝更築未遂，越明年落成。有『坐憶蛟橋此日新』之句。元豐二年，郡丞錢垂範行縣，庖舟延燬，四年令褚理重建，榜曰『忻濟』。蘇文忠過之，大書十二字於石，曰『晉征西將軍周孝公斬蛟之橋』。因改曰『荆溪』。」又，卷三七「余皮在縣東十二里，舊傳子隱斷蛟曝餘皮於此，余，當作『餘』」。李堅詩云：『小試屠龍技已成，遺蹤千載讋英靈。舳艫不駭風波惡，煙雨時聞草木腥。』」冰澌，吴均《梅花落》：「流連逐霜彩，散漫下冰澌。」霜鍔，張協《七命》：「霜鍔水凝，冰刃露潔。」此並點出赴任時間正在深冬季節。寓寫因虞㐴牧民，此鄉不再有暴戾之氣。

〔一一〕烏絲：即烏絲欄。

〔一二〕紅袖暖：與上二句化用黄庭堅《寄王定國二首》（之二）句意：「想得揚州醉年少，正圍紅袖寫烏絲。」並用歌妓圍暖典。

〔一三〕十里句：宜興有山水勝致。嘉慶《宜興縣志》卷一：「荆溪在荆溪縣南，以近荆南山得名。……唐杜牧嘗作水榭於是溪之上，宋蘇軾又欲買田種橘其間，蓋山水致爲佳勝。」蘇軾《菩薩蠻》：「買田陽羨吾將老。從來只爲溪山好。來往一虚舟。聊隨物外遊。」以上三句寫縣守風流。

〔一四〕老仙三句：用天下福地之一張公洞及張姓得道者典故。《咸淳毗陵志》卷一五：「張公洞在縣東南五十五里，高六十仞，麓週五里。三面皆飛崖絶壁，不可躋攀，惟北向一竇，廣踰四尋，嵌空可入。……南唐韓熙載記洞靈觀援《白龜經》曰：天下福地，七十有二，此據五十八，道書亦云：第五十八福地，庚桑公治之，即庚桑楚也。《風土記》云，漢天師道陵得道之地。」《雲笈七籤》卷二七列於天下福地之五十九，認爲是「真人康桑治之」。《江南通志》卷一三：「其側有會仙巖，峭石壁立數仞，宋紹聖間有見二仙倚石者，因名巖。」老仙，兼指蘇軾。因其才華絶世，後人尊稱之。《咸淳毗陵志》卷二七：「蘇東坡别業在縣北滆湖塘頭，嘉祐初蔣穎叔有卜鄰之約，詩云：『瓊林花草聞前語，罨畫溪山指後期。』……又長短句云：『買田陽羨吾將老，從來只爲溪山好。』其孫峴因家焉。」

〔一五〕想地寬三句：用晉朝潘岳爲河陽縣令的典故之外，既寫本地風光，陸希聲《陽羨雜詠十九首·桃花谷》：「君陽山下足春風，滿谷仙桃照水紅。何必武陵源上去，澗邊好過落花中。」又用石曼卿通判海州，抛種桃核，花發滿山，爛如錦繡之今典。

【考辨】

夏箋：詞云「秋風采石，羽扇揮兵」，又云「有秀蓀、來染吴香」，必允文孫曾也。

楊箋：虞允文，宜興人。（「有秀蓀」三句）杜甫《别李義》詩：「憶昔初見時，小孺繡芳蓀。」義，李煉之子也。「蓀」與「孫」音同，此喻知子亦可用。「吴香」，即東吴香草之義。觀此，知此詞爲在吴幕作。

吴熊和《唐宋詞彙評》：虞允文，宜興人。

孫按：古代稱呼帶地名多是爲官地而非籍貫，而且其祖爲雍國公虞允文，虞允文籍貫隆州仁壽縣（今四川眉山市）而非宜興。《虞懷忠虞允文神道碑銘》：「其先系出唐文懿公世南，後徙蜀隆州。父封秦國公。」《宋史·虞允文傳》：「虞允文，字彬甫。隆州仁壽人。」據《宋史·地理五》：「仙井監，同下州。本陵州，至道三年升爲團練。咸平四年廢，始建縣。熙寧五年廢爲陵井監。宣和四年改爲仙井監，隆興元年改爲隆州。」隆州宋屬廣南西路。詞題中的「虞宜興」，是指虞氏後代中知宜興縣者。據《宋史·地理四》，宜興屬兩浙路常州府，有屬縣四：晉陵、宜興、武進、無錫。

詞中「有秀蓀、來染吴香」二句，表明此詞寫於吴地蘇州；與夢窗在蘇幕時間相符的宜興虞姓知縣，唯虞㶏一人。《咸淳毗陵志》卷一〇秩官門：「宜興。虞㶏，淳祐三年十二月。」據《宋史·虞允文傳》：「（虞允文）子三人：公亮、公著、杭孫。孫八人，皆好修，唯剛簡最知名，嘉定中，召不至，終利路提點刑獄。」另據元代鄭元祐《蜀虞處士墓碣銘》，知虞允文子孫中的一支因虞允文在孝宗朝爲相而僑居蘇州，虞兟正隸屬僑吴支族：「宋亡今八十年，能以文儒丕顯於國家無如虞雍公子孫，其顯者，海内章章知其爲侍講諱集者矣。然族之宗有居吴。至正十五年秋七月庚子，公六世孫處士君卒。……處士諱炫，字明之，蜀隆州長壽縣人。雍公既相孝廟，故其家有在吴者。於是處士生於吴。其諱兟，累官至朝請大夫户部郎中知岳州（一作鄂州）者，處士之曾大父也。……以是年八月庚申，奉葬處士吴縣下駕邨烝山之先塋，去其高祖雍郡侯墓在玉遮山張市村者可一望而近。」據墓碣銘，知墓主虞炫是虞允文六世孫，而虞兟是虞炫的曾祖父，可以確定虞兟是虞允文的曾孫。高斯得《恥堂存稿》卷四《淳安縣修獄記》亦云：「虞君名兟，乾道宰相忠肅雍公之曾孫，予季父鶴山先生之婿。」虞兟與虞珏是兄弟，允文孫輩夷簡之子，虞氏後代僑吴之支族。《正德姑蘇志》卷三四：「知榮州虞夷簡並妻恭人鄧氏二墓，在蒸山。子知岳州兟及妻令人魏氏祔。自後數世從葬，教、諭、堪皆在焉。知連州虞珏墓在遮山。珏字成夫，夷簡長子。孫集顯於元，追封珏雍郡侯。」虞兟先字義夫，改字退夫。見《鶴山集》卷五八《虞退夫字説》。詞中「秀蓀」、「吴香」云云，不僅寫虞兟前往宜興任知縣時途經蘇州，也實指虞雍公孫輩虞夷簡一支僑居吴地之事。

虞兟曾於寶祐甲寅（一二五四）梓刻同門李從周（字肩吾）《字通》傳世。李從周屬於「能書，取隸楷之合於六書者」見《佩文齋書畫譜》卷三五。虞兟爲《字通》作跋，通過其跋文，可知虞氏對此道的精通。故詞中所謂「烏絲醉墨」，亦非虚諛之語。

## 思佳客

癸卯除夜㊀

自唱新詞送歲華〔一〕。鬢絲添得老生涯〔二〕。十年舊夢無尋處〔三〕，幾度新春不在家〔四〕。　衣懶换，酒難賒〔五〕。可憐此夕看梅花〔六〕。隔年昨夜青燈在〔七〕，無限妝樓盡醉譁㊁〔八〕。

【校　議】

㊀今見毛本、毛扆本題下注曰：「舊刻失題。」

㊁醉譁：毛本、戈校本、杜本、王朱本作「翠華」。因與首句「歲華」韻複，王朱初刻、復刻本皆注：「句疑。」鄭校徑改作「醉譁」，並謂：「諸本並失考。」鄭氏手批：「疑作『醉譁』，一以音訛，一以形訛。待與半塘商榷之。」「後數年，丙午歲除，偶與漚尹翁述及此詞，則云昔校訂時，百思不得其誤

處，因與半塘偏檢韻腳，共擬以意補之，竟不可得，乃罷。余無心悟入，妙來碻鑿不易，所謂『思誤更是一適』也。及余歸檢故篋，始知所校已在簡眉，老來健忘可笑。」鄭文焯《致朱孝臧書》：「昨宴歡甚，說詞益承教匪淺。恨鶩翁仙去，不少等校夢龕補夢也。悢悢如何。其《思佳客》『癸卯除夜』一解結句『無限妝樓盡翠華』句確有可疑。昨夕聞公言，當時與鶩翁校訂，遍檢六麻韻，竟無以易之，奈何。昨歸靜坐，隱心獨念，仍就本字聲形近者着想，忽發奥悟。審是二字原作『醉譁』，並以聲形致訛無疑，得之頓爲神王，若有覺翁覺之者，亟走白同志，以竢裁決。」朱二校本及底本從鄭校改。底本尾註：「毛本作『翠華』，與上韻複，從鄭文焯校。」四明本從之。

## 【注釋】

〔一〕自唱句：取意姜夔《除夜自石湖歸苕溪》：「沙尾風回一棹寒，椒花今夕不登盤。百年草草都如此，自琢春詞剪燭看。」並貫入下三句。

〔二〕鬢絲句：姜夔《鷓鴣天·丁巳元日》：「三茅鐘動西窗曉，詩鬢無端又一春。」陳與義《秋日》：「琢句不成添鬢絲，且揩笻杖看雲移。」戴叔倫《客中言懷》：「故園歸有日，詩酒老生涯。」

〔三〕十年句：晏殊《蝶戀花》：「濃睡覺來鶯亂語。驚殘好夢無尋處。」十年舊夢，用杜牧詩意，兼指在蘇十年。

〔四〕幾度句：强至《人日立春輦下作》：「天邊梅柳應相笑，兩度東風不在家。」

〔五〕衣懶换二句：宋時春節風俗須换新衣，並且酒店不開張。《增補武林舊事》卷三：「（除夕）是日官府封印不復僉押，至新正三日始開諸行，亦皆罷市往來邀飲。蓋杭人奢靡，不論貧富，俱競市什物，以慶嘉節。光飾門户，塗潤婦女，衣服釵環之屬，更造一新，皆故都遺俗也。」

〔六〕可憐句：《范村梅譜》：「杜子美詩云：『梅蕊臘前破，梅花年後多。』惟冬春之交，正是花時耳。」姜夔《鷓鴣天·丁巳元日》：「慵對客，緩開門。梅花閑伴老來身。」反用韓淲《乘雨尋梅》詩意：「衝風衝雨看梅花，卻喜今年得在家。」

〔七〕隔年句：此寫守歲習俗。方干《除夜》：「寒燈短焰方燒臘，畫角殘聲已報春。」

〔八〕無限句：寫他人元日團聚之樂。《夢粱録》卷一：「正月朔日，謂之元旦，俗呼爲新年。……家家飲宴，笑語諠譁。此杭城風俗，疇昔侈靡之習，至今不改也。」蘇軾《守歲》：「兒童彊不睡，相守夜諠譁。」

【集評】

劉永濟《微睇室説詞》：歇拍二句，與姜夔《鷓鴣天·元夕不出》詞歇拍句「卧聽鄰娃笑語歸」，同是以他人之歡，形自己之戚。因「衣懶换，酒難賒」，故對梅花便覺可憐也。又，姜夔《鷓鴣天·丁巳元日》詞，有「慵對客，緩開門。梅花閑伴老來身」之句，與吴氏「衣懶换」三句，語意俱同。

【考辨】

楊箋：此與《柳梢青》同年作，爲姬去之前一年。

劉永濟《微睇室説詞》：此詞「十年舊夢」二句，足證夢窗居蘇十餘年中曾因事離去。「十年」舉成數也。

吴箋：據《喜遷鶯》、《玉漏遲》判斷，夢窗淳祐三、四年居吴江瓜涇蕭寺。

孫按：癸卯即淳祐三年（一二四三），夢窗時在蘇州倉幕，據《喜遷鶯》，知夢窗明年即甲辰（一二四四）冬至方離蘇寓越。此時應如劉氏所説，是因行役離開蘇州，佳節思家，故有此作，亦不涉所謂蘇姬。另，夢窗淳祐四年春節已在紹興度過。詳見《祝英臺近·除夜立春》【考辨】。

## 六　醜㈠

壬寅歲吴門元夕風雨㈡〔一〕

漸新鵝映柳，茂苑鎖、東風初掣〔二〕。館娃舊遊〔三〕，羅襦香未滅〔四〕。玉夜花節〔五〕。記向留連處，看街臨晚，放小簾低揭〔六〕。星河瀲灩春雲熱〔七〕。笑靨欹梅〔八〕，仙衣舞纈〔九〕。

澄澄素娥宮闕〔一〇〕。醉西樓十二〔一一〕，銅漏催徹〔一二〕。紅消翠歇③〔一三〕。歎霜簪練髮〔一四〕。過眼年光，舊情盡別〔一五〕。泥深厭聽啼鴂〔一六〕。恨愁霏潤沁〔一七〕，陌頭塵襪〔一八〕。青鸞杳④、鈿車音絶〔一九〕。卻因甚、不把歡期，付與少年華月⑤。殘梅瘦、飛趁風雪〔二〇〕。向夜闌⑥，更説長安夢，燈花正結〔二一〕。

**【校議】**

①《歷代詩餘》調名下注：「雙調，一百四十字。明楊慎易名《箇儂》。或分爲兩調者，非也。」

②《歷代詩餘》詞題作「元夕風雨」。

③紅消：《古今詞統》作「紅綃」。

④青鸞杳：毛本作「青鸞香」。毛扆本：「『香』應『杳』。」《歷代詩餘》、戈校本作「杳」。諸本從之。鄭校：「以形近訛。」

⑤華月：《歷代詩餘》、《詞譜》、杜本、王朱本、朱二校本作「花月」。鄭氏手批：「按『花月』，毛本作『華』，是。古詩『流雲吐華月』，即謂月華。元夕只可詠月，無連言花月者。」孫按：此處華月非僅指月華，也指盛時歲月。《文選・劉鑠〈擬古詩〉》：「芳年有華月，佳人無還期。」劉良注：「芳年、華月，喻盛時也。」

㈥向夜闌：毛本、《古今詞統》、《歷代詩餘》、《詞譜》、戈校本、戈選、杜本作「丙夜永」。王朱本據《詞録》改作「向夜永」，「永」字下又校曰：「《詞録》作『闌』。」餘本從王朱本但未從王校。底本、鄭校疑作「向夜來」。底本尾註：「按『永』疑『來』誤，是處應平聲。」鄭校同意朱説：「以形近訛。案此句『永』字清真用平聲，疑『永』字爲『來』字形近訛。」然鄭氏手批曰：「『闌』字宜據改。」兹「向」字從王朱本，「闌」字從《詞録》及鄭氏手批。

【注　釋】

〔一〕壬寅：淳祐二年（一二四二）。

〔二〕漸新鵝三句：新鵝，喻柳色。漸，《匯釋》：「猶正也。……此爲起首一段，以『漸』字領起，與柳詞《醉蓬萊》同。蓋以思念舊遊入手，言正當新柳才黄，東風初到，那回嬉遊館娃時節也。」「掔」字，以東風喻打開門鎖之手，並坐實整個蘇州爲園林茂苑。

〔三〕館娃舊遊：館娃宫是吴王爲西施等美女所建造，後以「館娃」借指西施。李紳《回望館娃故宫》：「因問館娃何所恨，破吴紅臉尚開蓮。」此泛指吴地美女。參見《水龍吟·惠山酌泉》注〔四〕。

〔四〕羅襦句：宋代女子元日夜遊盛加裝飾。《史記·滑稽列傳》：「羅襦襟解，微聞薌（香）澤。」

〔五〕玉夜：流光溢彩之元夕燈夜。辛棄疾《青玉案·元夕》：「玉壺光轉，一夜魚龍舞。」　花節：《初學記》卷三：「節曰華節、芳節、良節、嘉節、韶節、淑節。」華，同「花」。這裏的「花節」還有閨門節日的意思。北宋風習即如此。李清照《永遇樂》：「中州盛日，閨門多暇，記得偏重三五。鋪翠冠兒，撚金雪柳，簇帶爭濟楚。」南宋承其餘緒。《武林舊事》卷二：「元夕節物，婦人皆戴珠翠、鬧蛾、玉梅、雪柳、菩提葉、燈毬、銷金合、蟬貂袖、項帕，而衣多尚白，蓋月下所宜也。」

〔六〕記向三句：寫元夜時序風物之盛，人家宴樂之同。詳見《祝英臺近·上元》注〔五〕。

〔七〕星河句：「星」既爲銀河，即可坐實爲水波閃耀瀲灩。鑿空爲實亦夢窗慣伎。司馬光《和子淵元夕》：「風傳絲管交加發，燈滉星河上下迷。」梅堯臣《又和（上元從主人登尚書省東樓）》：「人似常娥來陌上，燈如明月在雲間。」李賀《蝴蝶飛》：「楊花撲帳春雲熱，龜甲屏風醉眼纈。」

〔八〕笑靨欹梅：張鎡《九月梅花》：「寂歷疎條葉未空，忽驚冰靨照霜風。」欹梅，橫斜逸出之梅枝。趙善括《清明偶題》：「欹梅驚北客，舞柳認東風。」

〔九〕仙衣：孔範《賦得白雲抱幽石詩》：「帶蓮縈錦色，拂鏡下仙衣。」王安石《與微之同賦梅花得香字三首》（之二）：「不御鉛華知國色，只裁雲縷想仙裝。」舞纈：舞裙褶皺。吳泳《擬湖邊採蓮婦》：「短裙纈蕖衣制荷，採蓮女兒憑船歌。」以上二句皆喻梅朵。

〔一〇〕澄澄：明澈貌。阮修《上巳會詩》：「澄澄緑水，澹澹其波。」此喻銀河。並知天氣晴好。素娥宮闕，指廣寒宮。宮闕，《史記·高祖本紀》：「蕭丞相營作未央宮，立東闕、北闕、前殿、武庫、太倉。高祖還，見宮闕甚壯。」

〔一一〕西樓十二：十二樓，神仙居所。《漢書·郊祀志下》：「方士有言：黄帝時爲五城十二樓，以候神人於執期，名曰迎年。」應劭注曰：「昆侖玄圃五城十二樓，仙人之所常居。」此誇飾京城酒樓。臨安確實有包括「西樓」在内的十一座官家酒樓。《武林舊事》卷六：「和樂樓（升暘宫南庫）、和豐樓（武林園南上庫）、中和樓（銀甕子中庫）、春風樓（北庫）、太和樓（東庫）、西樓（金文西庫）、太平樓、豐樂樓、南外庫、北外庫、西溪庫。已上並官庫，屬户部點檢所，每庫設官妓數十人，各有金銀酒器千兩，以供飲客之用。每庫有祗直者數人，名曰『下番』。飲客登樓，則以名牌點唤侑樽，謂之『點花牌』。元夕諸妓皆並番互移他庫。夜賣各戴杏花冠兒，危坐花架。然名娼皆深藏邃閣，未易招呼。凡肴核杯盤，亦各隨意攜至庫中，初無庖人。官中趁課，初不藉此，聊以粉飾太平耳。往往皆學舍士夫所據。外人未易登也。」另有熙春樓、三元樓、五間樓、賞心樓、花月樓、日新樓等酒樓。

〔一二〕銅漏：薛逢《宫詞》：「鎖銜金獸連環冷，水滴銅龍晝漏長。」顧夐《獻衷心》：「銀釭背，銅漏永，阻佳期。」　以上十句皆回憶京城元宵節。

〔一三〕紅消翠歇：從京城元夕轉入吴地現時情景，大有繁華消歇之感喟。楊箋：「四字兜頭一轉。」

〔一四〕霜簪練髮：杜甫《春望》：「白頭搔更短，渾欲不勝簪。」「霜」、「練」皆喻白髮。《淮南子·説林訓》：「墨子見練絲而泣之，爲其可以黄，可以黑。」高誘注：「練，白也。」

〔一五〕過眼二句：周邦彦《解語花·上元》：「年光是也。唯只見、舊情衰謝。」晁補之《梁州令疊韻》：「好景難常占。過眼韶華如箭。」

〔一六〕泥深厭聽：蘇軾《送牛尾狸與徐使君》：「泥深厭聽雞頭鶻，酒淺欣嘗牛尾狸。」故知此句用藏尾格，寓藏「雞頭鶻」三字。雞頭鶻，即竹雞。《東坡詩集注》：「蜀人謂泥滑滑爲雞頭鶻。……今在處山林皆有之，聲自呼爲『泥滑滑』者是也。」王質《泥滑滑》詩序：「聲噍急，多鳴則有陰雨。」啼鴂：《楚辭·離騷》：「恐鵜鴂之先鳴兮，使夫百草爲之不芳。」鵜鴂又名子規、杜鵑。《錦繡萬花谷前集》卷三七：「鵜鴂，子規。揚雄傳注：鵜鴂，一名買䲵，一名子規，一名杜鵑。」此鳥名中寓懷歸意。高似孫《剡録》卷一〇：「子規，李易《剡山詩》：『叮嚀杜宇往江北，爲唤故人令早歸。』仲皎《懷剡川故居詩》：『蝴蝶夢中新歲病，杜鵑聲裏故鄉心。』」

〔一七〕愁霏：蘇轍《績溪二詠其二·翠眉亭》：「愁霏宿雨峰巒濕，笑卷晴雲草木閑。」

〔一八〕塵襪：猶言「羅襪生塵」。代指當下吴地元宵行遊的女子，兼及元夕風雨。

〔一九〕青鸞二句：鈿車迎妓，爲元宵典故。

〔二〇〕殘梅二句：陰鏗《雪裏梅花詩》：「春近寒雖轉，梅舒雪尚飄。從風還共落，照日不俱銷。」並用蘇味道《正月十五夜》「行歌盡落梅」句意。

〔二一〕更説二句：歐陽珣《踏莎行》：「雁字成行，角聲悲送。無端又作長安夢。」蘇軾《上元夜過赴儋守召獨坐有感》：「燈花結盡吾猶夢，香篆消時汝欲歸。」以上三句謂倚燈夢見當年京城元夕盛時，醒來燈花猶結也。

【集評】

卓人月、徐士俊《古今詞統》卷一七：鏤冰雕瓊，流光自照。

俞陛雲《唐五代兩宋詞選釋》：戈載謂夢窗詞：「以綿麗爲尚……而實有靈氣行乎其間。……亦不見其堆垛。」以下六句，頗合其語。下闋「青鸞」三句寫元夕風雨，措語新雋。結處回首長安，餘情不盡，如織七襄雲錦，綺麗中有回曲之致。

陳洵《海綃説詞》：題是「吴門元夕風雨」。上闋乃全寫昔之無風雨，卻以「年光舊情盡别」作鉤勒。下文風雨只閑閑帶出，「少年花月」，回首承平。「長安夢」，望京華也。天時人事之感，故國平居之思，復誰領得。

楊箋：此爲大開大闔之作。上片説舊日吴門元夕幾許熱鬧，下片説今日吴門元夕幾許淒涼。全在晴、雨上分别。起句是一領四字句法。起韻將上下兩片一齊籠起。

劉永濟《微睇室説詞》：此詞亦以今昔對寫，以見節序風物之感。起句言春氣漸回也。「新鵝」形容新柳色。「館娃」二句記昔日元夕光景。「玉夜」四字加倍描寫，措語甚奇。「記向」三句則昔日元夕之事。「向」，向日也。「看街臨晚」、「小簾低揭」皆瑣事之留連不忘者，正以見念舊情深。夢窗另有《塞垣春·丙午歲旦》詞，亦有：「漸街簾影轉，還似新年，過郵亭、一相見。」丙午爲淳祐六年，夢窗四十七歲居杭，在此詞後，亦以新年提到街簾，似指此詞所記之事。「星河」句，元夕天氣澄明也，與後「愁霏」對襯。曰「瀲灩」，曰「春雲熱」，皆加意烘染之筆。「笑靨」二句，元夕人事繁華也，與後闋「青鸞杳」對襯。曰「欹梅」，曰「舞纈」，亦極力渲染之辭。……庾信詩「花鬢醉眼纈」，言眼醉生花，如纈之斑爛，此詞則言舞衣斑爛也。「澄澄」句，元夕月色也。過拍寫通宵醉飲，皆以極形舊日元夕晴朗，人情歡娱，游事甚盛，以爲下半闋之反襯。換頭四字從今日芳菲消歇説起，已與起調之「茂苑」、「東風」句相反。以下逐層鉤勒。「歎霜簪」三句言今日人意，對此「過眼年光，舊情盡別」也。「泥深」句用屈賦「恐鶗鴂之先鳴兮，使夫百草爲之不芳」，因見風雨蕭蕭，雖在元夕，即已使人懷芳草消歇之恐也。蓋鶗鴂之鳴，當在春晚。「恨愁霏」二句言風雨愁人，不能出遊也。「青鸞」句與前半闋「笑靨」、「仙衣」對照。「卻因甚」二句問得突兀。蓋正好歡游之時，因何風雨，故怪而問之也。「殘梅」，風雪交加以致梅花飄落也。「向夜來」二句宕開一筆，説到京城元夕燈事作結。

**【考辨】**

楊箋：壬寅爲夢窗入倉幕約十年，距姬去尚有二年，故語雖感時，絶非憶故。

劉永濟《微睇室説詞》：此詞題壬寅歲，據夏承燾《夢窗詞繫年》，夢窗四十三歲作。前詞亦題《吴門元夕》，而無歲次，似在此詞之後（孫按：指《應天長・吴門元夕》，序列按毛本）。夏承燾考夢窗於理宗紹定五年壬辰，在蘇州爲倉臺幕僚，至淳祐四年甲辰秋始居杭，計居蘇十三年。其後又嘗至蘇，或有所作，但不知究在何年。此詞有「館娃舊遊」、「過眼年光，舊情盡別」等句，皆重來之辭，豈居蘇十餘年中，尚因事一度他去邪？詞人行跡不詳，亦只可得其大略耳。

孫按：今已考得夢窗紹定四年（一二三一）入蘇州倉幕，此前約有十年爲臨安府尹袁韶門客。寫此詞時，入蘇幕已有十二年之久。詞作追憶京城元夕繁華及年少疏狂，意在襯托當下中年之落寞。

## 青玉案㊀

重到龜溪廢園㊁〔一〕

東風客雁溪邊道〔二〕。帶春去、隨春到〔三〕。認得踏青香徑小〔四〕。傷高懷遠〔五〕，亂雲深處〔六〕，目斷湖山杳〔七〕。　梅花似惜行人老。不忍輕飛送殘照〔八〕。一曲秦娥春態少〔九〕。幽香誰采，舊寒猶在〔一〇〕，歸夢啼鶯曉㊂〔一一〕。

【校議】

㈠戈選杜批：「後半第二句多一字，與前梅谿詞異，與賀方回所作同。」

㈡毛本、杜本、朱二校本詞題作「重到溪葵園」。毛扆本「溪」前加「□」。《歷代詩餘》無詞題。戈選作「重到葵園」。王朱本同毛扆本。王校：「按丙稿《祝英臺近》題『春日客龜溪遊廢圃』，此疑脱『龜』字，『葵』疑『廢』字誤。」朱二校亦同王校。底本、四明本、《全宋詞》作「重遊溪葵園」。未知所據。兹從王校、朱二校之疑。戈校本詞題下注「范選」。

㈢《詞律》：「此同賀（鑄）詞，而『處』字『在』字不叶韻者。此格作者最多。」楊箋：「此調後韻四字句多叶，今上下片皆不叶，與張榘之『六朝舊事，一江流水』同，但張之『事』、『水』自叶，此之『采』、『在』亦叶，不知是换韻自叶否耳？」

【注釋】

〔一〕龜溪：即餘不溪。此詞回憶之事件可與《祝英臺近·春日客龜溪遊廢園》參看。

〔二〕客雁：鮑照《吴興黄浦亭庾中郎别詩》：「旅雁方南過，浮客示西歸。」楊淩《秋原野望》：「客雁秋來次第逢，家書頻寄兩三封。」

〔三〕帶春二句：《禮記·月令》：「（孟春之月）東風解凍。蟄蟲始振。魚上冰。獺祭魚。鴻雁來。」並化用蘇軾《和秦太虛梅花》詩意：「萬里春隨逐客來，十年花送佳人老。」

〔四〕認得句：下闋「幽香誰采」句入此。《祝英臺近》亦有「采幽香，巡古苑，竹冷翠微路。鬬草溪根，沙印小蓮步」之句。重至采香鬬草之地，故而還能「認得」曾印小蓮步的幽徑。

〔五〕傷高懷遠：張先《一叢花令》：「傷高懷遠幾時窮。無物似情濃。」

〔六〕亂雲深處：以上二句與《祝英臺近》「一年寒食，又身在、雲山深處」同意。

〔七〕目斷句：謂湖山遮望眼，佳人杳杳。湖山，與《賀新郎·爲德清趙令君賦小垂虹》中「千尺晴霞慵卧水，萬疊羅屏擁繡」皆描寫龜溪周邊湖山景色。

〔八〕梅花二句：崔魯梅花詩：「强半瘦因前夜雪，數枝愁向晚來天。」蕭東之《古梅》：「絶壁笛聲那得到，直愁斜日凍蜂知。」

〔九〕秦娥：《文選·陸機〈擬今日良宴會詩〉》：「齊僮《梁甫吟》，秦娥《張女彈》。」李周翰注：「齊僮、秦娥，皆古善歌者。」　春態：王容《大堤女》：「大堤諸女兒，一一皆春態。」後亦喻花。此反用陸遊《出謁晚歸》詩意：「苑路落梅輕有態，御溝流水細無聲。」蘇軾《南歌子·楚守周豫出舞鬟因作二首贈之》（之二）亦以落梅喻舞姿：「柳絮風前轉，梅花雪裏春。」　以上三句寫時在早春，故不見落梅如舞風回雪有似秦娥輕妙的舞姿。

〔一〇〕舊寒猶在：與集中《點絳唇》意同：「征衫貯。舊寒一縷。淚濕風簾絮。」實寫舊征衫還貯小蠻針線與别時雨淚也。

〔一二〕歸夢句：《祝英臺近》亦有「緑暗長亭，歸夢趁風絮。有情花景闌干，鶯聲門徑，解留我、霎時凝佇」之句。此用借景法，寫舊地重歸之夢又被因曾遊相識的有情鶯聲喚醒。

**【考辨】**

楊箋：此爲憶姬之作。

孫按：此爲中年客遊德清，感歎歲月之作。其中所憶者應爲年輕時同遊此地的德清歌女。參見《祝英臺近·春日客龜溪遊廢園》【考辨】。寫作時間在嘉熙年間（一二三七至一二四〇）。參見《燭影摇紅·賦德清縣圃古紅梅》【考辨】。

## 采桑子㊀

瑞香

茜羅結就丁香顆〔一〕，顆顆相思〔二〕。猶記年時〔三〕。一曲春風酒一巵〔四〕。　彩鸞依舊乘雲到，不負心期〔五〕。清睡濃時㊁〔六〕。香趁銀屏蝴蝶飛〔七〕。

【校　議】

㈠戈選杜批：「此調肇於唐教坊大曲。此爲正格，前後第三句承上啟下，最宜凝鍊。」

㈡濃時：戈選作「休迷」。杜本從，校曰：「重韻。」朱二校：「鄭文焯按：宋詞上下闋重韻不甚加意，如此詞『時』字及周明叔《點絳唇》『移舟去』之『去』字，並非傳寫之訛。」

【注　釋】

〔一〕茜羅句：朱淑真《詠瑞香》：「玲瓏巧蹙紫羅裳，令得東君著意妝。」楊萬里《瑞香盛開呈益國公二首》（之一）：「近看丁香萬粒攢，遠看卻與紫毬般。」李商隱《代贈二首》（之一）：「芭蕉不展丁香結，同向春風各自愁。」茜羅，即「紫羅裳」之意。　此詞與瑞香狀如丁香相關典故出處，皆詳見《聲聲慢・四香》注〔三〕。

〔二〕顆顆相思：石孝友《點絳唇》：「愁無那。淚珠頻墮。灑盡相思顆。」謂瑞香未開時，如丁香團團簇結，狀如相思紅豆。

〔三〕年時：此指當時。

〔四〕一曲句：許渾《送王總下第歸丹陽》：「秦樓心斷楚江湄，繫馬春風酒一卮。」晏殊《浣溪沙》：「一曲新詞酒一杯，去年天氣舊亭臺。」。　以上二句或即指《聲聲慢・四香》以瑞香喻歌妓紫雲侑觴之事：「試問知心，尊前誰最情濃。連呼紫雲伴醉，小丁香、纔吐微紅。」

〔五〕彩鸞二句：吴彩鸞《贈文簫》：「若能相伴陟仙壇，應得文簫駕彩鸞。」蘇軾《次韻曹子方龍山真覺院瑞香花》：「彩雲知易散，鶗鴂憂先吟。」

〔六〕清睡濃時：瑞香又稱睡香，夢中聞花香尤酷烈。白居易詠瑞香花：「廬阜當年春睡濃，花名從此擅春功。」

〔七〕香趁句：用莊生夢蝶典。朱淑真《詠瑞香》：「最是午窗初睡醒，熏籠贏得夢魂香。」

【考辨】

楊箋：此亦是憶姬之詞。

鍾振振《讀夢窗詞札記·八》：此亦詠物詞耳，與夢窗之姬無涉。

## 水龍吟

雲麓新葺北墅園池〔一〕

好山都在西湖〔二〕，斗城轉北多流水〔三〕。屋邊五畝〔四〕，橋通雙沼〔五〕，平煙蘸翠〔六〕。旋疊雲根〔七〕，半開竹徑〔八〕，鷗來須避〔九〕。四時長把酒，臨花傍月，無一日、不春意〔一〇〕。獨樂當時高致〔一一〕。醉吟篇、如今還繼〔一二〕。舉頭見日㊀〔一三〕，葵心傾□〔一四〕，□□歸計㊁〔一五〕。浮碧亭□㊂〔一六〕，泛紅波迴，桃源人世〔一七〕。待天香□□㊃〔一八〕，開時又勝，翠陰青子〔一九〕。

【校　議】

㊀舉頭見日：毛本、戈校本作「舉見日」。杜本補「頭」字，諸本從。惟王朱本作「舉□見日」。鄭氏手批：「『舉』下當是『頭』字，可補。」

㊁葵心二句：楊箋：「『傾』下擬補『處頓忘』三字。」孫按：前文九首《水龍吟》，「傾」下皆作仄聲。空格可補「照」字。唐太宗《賦得白日半西山》：「藿葉隨光轉，葵心逐照傾。」

㊂浮碧亭□：毛本作「浮碧亭」三字。毛扆本補入空格。戈校本：「失一字。疑『寬』字。」杜校：「擬補『高』字。」諸本從空格。

㊃天香□□：杜校：「擬補『染露』。」

【注　釋】

〔一〕北墅：別業的雅稱。皎然《送皇甫侍御曾還丹陽別業》：「朝右要君持漢典，明年北墅可須營。」

〔二〕好山句：下句中寓「好水」之意。貫休《和楊使君游赤松山》：「終當歸補吾君衮，好山好水那相容。」此詞下闋中的「獨樂」所用司馬光獨樂園典，實貫徹通篇。蘇軾《司馬君實獨樂園》：「青山在屋上，流水在屋下。中有五畝園，花竹秀而野。花香襲杖履，竹色侵杯斝。樽酒樂餘春，棋局消長夏。洛陽古多士，風俗猶爾雅。先生卧不出，冠蓋傾洛社。雖云與衆樂，中有獨樂者。才全德不形，所貴知我寡。先生獨何事，四海望陶冶。兒童誦君實，走卒知司馬。持此欲安歸，造物不我舍。名聲逐吾輩，此病天所赭。撫掌笑先生，年來效瘖啞。」餘參見《探芳信·麓翁小園早飲》【考辨】中李格非《洛陽名園記·獨樂園》。

〔三〕斗城：本指長安城。《三輔黄圖》卷一：「漢長安故城，漢之故都。高祖七年方修長安宫城，自櫟陽徙居此城，本秦離宫也。初置長安城，本狹小，至惠帝更築之。……周回六十五里，城南爲南斗形，北爲北斗形，至今人呼漢舊京爲『斗城』。」此代指杭京臨安。

〔四〕屋邊五畝：白居易《池上篇》：「十畝之宅，五畝之園。有水一池，有竹千竿。勿謂土狹，勿謂地偏。足以容膝，足以息肩。」

〔五〕橋通雙沼：李白《秋登宣城謝朓北樓》：「兩水夾明鏡，雙橋落彩虹。」司馬光《獨樂園新春》：「曲沼揉藍通底緑，新梅剪綵壓枝繁。」

〔六〕平煙蘸翠：謂廣闊水邊的煙霧蘸染了竹荷的翠緑。

〔七〕雲根：梅堯臣《次韻答吴長文内翰遺石器》：「掘地取雲根，剖堅如剖玉。」此借指假山石。

〔八〕半開竹徑：杜甫《秋日寄題鄭監湖上亭三首》(之二)：「新作湖邊宅，遠聞賓客過。自須開竹徑，誰道避雲蘿。」趙彦材注云：「自須開竹徑，承賓客過之。下蓋亦暗使蔣詡開徑事爾，既開竹徑則其徑顯豁，豈是隱避於雲蘿之間者乎？」

〔九〕鷗來須避：杜甫《客至》：「舍南舍北皆春水，但見群鷗日日來。」海鷗見有機心人即飛舞不下。並暗用《世説新語·排調》：「嵇、阮、山、劉在竹林酣飲，王戎後往，步兵曰：『俗物已復來敗人意。』」劉孝標注引《魏氏春秋》曰：「時謂王戎未能超俗也。」

〔一〇〕四時四句：庾信《小園賦》：「鳥多閒暇，花隨四時。」化用姚合《和裴令公新成緑野堂即事》詩意：「曙雨新苔色，秋風長桂聲。攜詩就竹寫，取酒對花傾。」

〔一一〕高致：《三國志·吴志·周瑜傳》：「(瑜)性度恢廓，大率爲得人，惟與程普不睦。」裴松之注引晉虞溥《江表傳》：「(蔣)幹還，稱瑜雅量高致，非言辭所間。」

〔一二〕醉吟二句：白居易自號醉吟先生，其《醉吟先生傳》曰：「醉吟先生者，忘其姓字、鄉里、官爵，忽忽不知吾爲誰也。宦遊三十載，將老，退居洛下。所居有池五六畝，竹數千竿，喬木數十株，臺榭舟橋，具體而微，先生安焉。」

〔一三〕舉頭見日：《晉書·明帝紀》：「明皇帝諱紹，字道畿，元皇帝長子也。幼而聰哲，爲元帝所寵異。年數歲，嘗坐置膝前，屬長安使來，因問帝曰：『汝謂日與長安孰遠？』對曰：『長安近。不聞人從日邊來，居然可知也。』元帝異之。明日，宴群僚，又問之。對曰：『日近。』元帝失色，曰：『何乃異問者之言乎？』對曰：『舉目則見日，不見長安。』由是益奇之。」

〔一四〕葵心傾□：葵，多連言爲「葵藿」。曹植《求通親親表》：「若葵藿之傾葉，太陽雖不爲之回光，然終向之者，誠也。」杜甫《自京赴奉先縣詠懷五百字》：「葵藿傾太陽，物性固莫奪。」司馬光《居洛初夏作》：「更無柳絮隨風起，惟有葵花向日傾。」

〔一五〕歸計：謂雖營別業作爲歸隱之地，但心繫魏闕，葵藿傾太陽的忠心從未改變。

〔一六〕浮碧亭：宋代王炎有《浮碧亭》詩：「鳬舄飛來空翠間，萬家聯絡擁風煙。個中杖屨宜頻到，此外樓臺總浪傳。山似蓬萊差可近，水疑渤澥欲無邊。湘妃度曲馮夷舞，招我騎鯨意亦仙。」據此知「浮碧」爲亭名，一般是臨水近山的結構。此爲史宅之別業園池中亭名。

〔一七〕泛紅二句：「泛紅」、「桃源」，用劉義慶《幽明録》所載東漢劉晨、阮肇入天台山沿桃溪而上遇儷仙，及陶淵明《桃花源記》故事。

〔一八〕天香：特指梅香。蘇軾《再和楊公濟梅花十絶》（之四）：「天香國豔肯相顧，知我酒熱詩清温。」

〔一九〕開時二句：此處有倒文，實謂其緑陰青子勝過梅花開時景致。暗用梅鹽典。寓雲麓具調和鼎鼐之才。

【考　辨】

夏箋：據末四字，疑與賀其生子滿月詞先後時作。

楊箋：「斗城」，城如斗大之意。

鍾振振《讀夢窗詞札記（八）》：夢窗詞蓋以長安代指南宋都城臨安（杭州），上文「西湖」字亦可證。京城規模，甲於天下，安得以「城如斗大」爲言？

孫按：此詞屬於「北墅園池」五首系列詞之一，其餘《秋霽·賦雲麓水園長橋》、《燭影摇紅·麓翁夜宴園堂》、《探芳信·麓翁小園早飲，客供棋事、琴事》四首各以「水園」、「長橋」、「園堂」、「小園」，從不同視角、季節展現「北墅園池」。詞作頌美史宅之繼承了司馬光與白居易隱居時的高情雅志，暗以司馬光雖然隱居卻大孚人望擬之，與《燭影摇紅·麓翁夜宴園堂》寫於同時；也就是史氏任都司，即工部尚書並提領田事所時，時在淳祐七年（一二四七），參見《燭影摇紅·麓翁夜宴園堂》【考辨】。淳祐八年（一二四八），史氏即除副樞。此詞是史氏除副樞之前寫於杭州。

## 望江南㊀

三月暮，花落更情濃〔一〕。人去鞦韆閒掛月〔二〕，馬停楊柳倦嘶風㊁。堤畔畫船空〔三〕。

懨懨醉㊂〔四〕，長日小簾櫳〔五〕。宿燕夜歸銀燭外〔六〕，啼鶯聲在緑陰中。無處覓殘紅〔七〕。

【校議】

㊀《歷代詩餘》：「雙調五十四字，即從單調加一疊也，或合李煜二詞上下分韻，遂謂有又一體者，非。」戈選杜批：「此即隋唐《憶江南》詞。宋人加一疊。」戈校本詞調下注「朱選」。

㊁倦嘶風：《古今詞統》作「休嘶風」。

㊂懨懨：《古今詞統》、毛本、《詞綜》、《歷代詩餘》、《詞律》、戈校本、戈選、杜本、王朱本作「厭厭」。厭，同「懨」。

【注釋】

〔一〕三月二句：取意歐陽修《蝶戀花》：「雨横風狂三月暮。門掩黄昏，無計留春住。淚眼問花花不語。亂紅飛過鞦韆去。」江淹《陸東海譙山集詩》：「杳杳長役思，思來使情濃。」

〔二〕人去句：《塵史》載張頌殘句：「人散鞦韆閒掛月，露零蝴蝶冷眠風。」蕩鞦韆是婦女寒食郊遊時的户外活動。

〔三〕馬停二句：繫馬柳邊，爲遊湖也。馬嘶風，《古詩十九首》：「胡馬嘶北風，越鳥巢南枝。」此寫遊船由外湖至裏湖的行程，詳見《武林舊事》卷三：「若遊之次第，則先南而後北，至午則盡入西泠橋裏湖，其外幾無一舸矣。弁陽老人有詞云：『看畫船盡入西泠，閑卻半湖春色。』蓋紀實也。」

〔四〕懨懨醉：典例見《齊天樂》（新煙初試花如夢）注〔一七〕。

〔五〕長日句：李賀《秦宫詞》：「人間酒暖春茫茫，花枝入簾白日長。」

〔六〕宿燕句：温庭筠《池塘七夕》：「銀燭有光妨宿燕，畫屏無睡待牽牛。」梁元帝《玄覽賦》：「留吴宫之宿燕，響平陵之夜鐘。」

〔七〕啼鶯二句：周邦彦《望江南》：「牆外見花尋路轉，柳陰行馬過鶯啼。無處不淒淒。」王建《宫詞》：「樹頭樹底覓殘紅，一片西飛一片東。」

【集　評】

卓人月、徐士俊《古今詞統》卷七：甘而不飴，酸而不酢，滋味超勝。

陳廷焯《雲韶集》卷八：此詞稍覺爽快，細按之仍是沈静。　結佳。

劉永濟《微睇室説詞》：此詞純寫春暮之景物而人情自見，爲夢窗詞之最疏快者。「三月暮」三字貫穿全首。「人去」，庭院春暮也。「馬停」，陌上春暮也。「堤畔畫船空」，湖上春暮也。「情濃」二字爲下半之根。换頭二句正應「情濃」。「宿燕」二句仍是春暮景物。歇拍五字應「花落更情濃」句。「宿燕」用温庭筠《池塘七夕》詩「銀燭有光妨宿燕」詩句而换其意。昔人謂宋人詞之字面多取之李商隱、温庭筠詩，蓋二人之詩，用詞華麗，可供詞用，但須看其熔化之功，非徒填塞美麗字面也。熔化亦無他巧，不過取古人之詞，供我之用，是用古，非爲古所用。故詞彙不足則嫌貧乏，積累多而不知運用，不善熔化，則又呆滯。夢窗詞之佳者，即在驅使故實，熔化成詞，以供其揮灑。況周頤《蕙風詞話》論夢窗詞，謂：「夢窗密處，能令無數麗字，一一生動飛舞，如萬花爲春，非若琱瓊蹙繡，毫無生氣也。」是真能識夢窗者。

【考辨】

楊箋：此詞爲寓杭作。

吴世昌《詞林新話》：此亦爲悼亡之作。

鍾振振《讀夢窗詞札記(九)》：美人之中，自含倡女；遊人之中，自含蕩子。蕩子倡女，相攜遊湖，當時風氣如此，自是題中應有之義。此其所謂「情濃」也歟？

孫按：此爲閨怨詞，上闋後三句，是思婦眼中之景，三月遊湖風情觸及對當時相似情景的回憶，暮春之落花又使有遲暮之感，故曰「情濃」。

## 采桑子

水亭花上三更月〔一〕，扇與人閑〔二〕。弄影闌干〔三〕。玉燕重抽攏墜簪〔四〕。 心期偷卜新蓮子〔五〕，秋入眉山〔六〕。翠破紅殘〔七〕。半簟湘波生曉寒〔八〕。

【注　釋】

〔一〕水亭句：此詞取意劉禹錫《劉駙馬水亭避暑》：「千竿竹翠數蓮紅，水閣虚涼玉簟空。」寫避暑追涼時的感懷。崔塗《春夕》：「蝴蝶夢中家萬里，子規枝上月三更。」李商隱《寒食行次冷泉驛》：「獨夜三更月，空庭一樹花。」

〔二〕扇與人閑：用秋扇見棄典。

〔三〕弄影闌干：與前句中的「花上」相屬。王安石《夜直》：「春色惱人眠不得，月移花影上闌干。」張先《天仙子》：「沙上並禽池上暝。雲破月來花弄影。」

〔四〕玉燕句：用意頗似秦觀《浣溪沙》：「照水有情聊整鬢，倚闌無緒更兜鞋。眼邊牽繫懶歸來。」玉燕，玉燕釵。

〔五〕心期句：蘇軾《席上代人贈別三首》（之三）：「蓮子擘開須見臆，楸枰著盡更無期。」《施注蘇詩》引王注：「此吴歌格借字寓意也。……蓮子曰蓮子曰菂，菂中么荷曰薏。須見臆，以菂之薏言之。……《讀曲歌》云：芙蓉腹裏萎，蓮子從心起。」

〔六〕秋入眉山：用遠山眉典。　以上二句蓋因蓮子爲單數，故而雙眉暗蹙也。

〔七〕翠破紅殘：李商隱《贈荷花》：「此花此葉常相映，翠減紅衰愁殺人。」李璟《山花子》：「菡萏香銷翠葉殘，西風愁起緑波間。」

〔八〕半簟湘波：指湘竹編的簟席。黄滔《題道成上人院》：「簟舒湘竹滑，茗煮蜀牙香。」半簟，寓孤眠也。簟波，言簟紋如水。生曉寒：皮日休《白蓮》：「還應有恨無人覺，月曉風清欲墮時。」此以凋殘蓮荷摇曳於寒波，喻孤眠於簟上韶華將逝的美人。

## 清平樂㊀

書梔子扇㊁〔一〕

柔柯剪翠〔二〕。蝴蝶雙飛起〔三〕。誰墮玉鈿花徑裏〔四〕。香帶薰風臨水㊂〔五〕。露紅滴□秋枝㊃〔六〕。金泥不染禪衣〔七〕。結得同心成了，任教春去多時〔八〕。

【校議】

㊀《歷代詩餘》：「或多『令』字，一名《憶蘿月》，四十六字，换頭另叶平韻，有託爲唐詞，通體叶仄韻，非正格也。」戈選杜批：「此調亦始於太白。後段可同叶仄韻，宋元人多從此體。」

㊁《歷代詩餘》、戈選詞題作「書梔子畫扇」。

㊂香帶：戈選作「暗帶」。

㊃露紅滴□：《歷代詩餘》、戈選作「露紅滴下」。杜本從。戈校本眉注「破」字。餘本從毛本。

【注釋】

〔一〕梔子：《酉陽雜俎》卷一八：「梔子，諸花少六出者，唯梔子花六出。陶貞白言：梔子剪花六出，刻房七道，其花香甚，相傳即西域薝蔔花也。」《佩文齋廣群芳譜》卷三八：「（梔子）木高七八尺，葉似兔耳，厚而深緑，春榮秋瘁，入夏開小白花，大如酒杯，皆六出，中有黄蕊，甚芬芳。結實如訶子狀，生青熟黄。中仁深紅，可染繒帛，入藥用。」亦有與薝蔔花渾言者，夢窗此詞亦然。

〔二〕柔柯剪翠：與「露紅」句化用杜甫《梔子》詩意：「紅取風霜實，青看雨露柯。」

〔三〕蝴蝶句：文人多以玉蝴蝶喻白花。如孔武仲《瓊花畫軸》：「北人初不識，謂是玉蝴蝶。」劉孝綽《詠素蝶詩》：「映日忽爭起，因風乍共歸。」

〔四〕玉鈿：多喻白花。樓鑰《伯中弟生朝賦酴醿》：「濛濛青羅帔，粲粲白玉鈿。」姜夔《鬲溪梅令》：「又恐春風歸去緑成陰。玉鈿何處尋。」

〔五〕香帶句：《會稽志》卷一七：「水梔生水涯，花肥大倍於山梔，而香差減。」梁簡文帝《詠梔子花詩》：「素花偏可喜，的的半臨池。」

〔六〕露紅句：梔子子實經霜則紅。郭知達《九家集注杜詩》引趙注前引杜甫《梔子》詩曰：「實經霜則紅，雨露潤則柯青。」

〔七〕金泥句：薝蔔花與佛教多有淵源。吴兆宜《徐孝穆集箋注》(卷五)：「《經》云：如入薝蔔林中，聞薝蔔花香，不聞他香。」故詩人以此取喻。王十朋《簷蔔》：「禪友何時到，遠從毗舍園。妙香通鼻觀，應悟佛根源。」蘇軾《常州太平寺法華院薝蔔亭醉題》：「六花薝蔔林間佛，九節菖蒲石上仙。」

〔八〕結得二句：劉令嫻《摘同心梔子贈謝娘因附此詩》：「兩葉雖爲贈，交情永未因。同心何處恨，梔子最關人。」施肩吾《古曲五首》(之四)：「不如山梔子，卻解結同心。」韓翃《送王少府歸杭州》：「葛花滿把能消酒，梔子同心好贈人。」

## 燕歸梁

書水仙扇㊀

白玉搔頭墜髻鬆〔一〕。怯冷翠裙重〔二〕。當時離佩解丁東。澹雲低、暮江空〔三〕。　青絲結帶鴛鴦㦡㊁〔四〕，歲華晚、又相逢〔五〕。緑塵湘水避春風〔六〕。步歸來、月宫中〔七〕。

【校　議】

㈠《歷代詩餘》無詞題。

㈡鴛鴦琖：《歷代詩餘》作「鴛鴦淺」。

【注　釋】

〔一〕白玉句：馮延巳《謁金門》：「鬭鴨闌干獨倚，碧玉搔頭斜墜。」白玉搔頭，喻水仙花枝。此首可與《花犯·郭希道送水仙索賦》、《淒涼犯·重臺水仙》二詞【注釋】參看。

〔二〕翠裙：喻水仙緑葉。以上二句形容水仙花態，謂其花朵象玉簪似乎要從美人蓬鬆髮髻中滑落，茂密的緑葉又象美人瘦肌怯冷而穿上重重緑裙。

〔三〕當時三句：用江妃解佩典。宋人多以湘江水神比擬水仙花。並用碧雲暮合典。

〔四〕青絲：此喻水仙葉。參見《夢行雲》（簟波皺纖縠）注〔五〕。鴛鴦琖，即水仙中所謂「重臺」者。

〔五〕歲華二句：劉貢父《水仙花》：「早於桃李晚於梅，冰雪肌膚姑射來。」朱熹《賦水仙花》：「隆冬凋百卉，江梅厲孤芳。如何蓬艾底，亦有春風香。」水仙入冬即開，故曰「歲華晚」。

〔六〕緑塵句：與下句中「步」字皆用洛神典，黄庭堅《王充道送水仙花五十枝欣然會心爲之作詠》：「淩波仙子生塵襪，水上輕盈步微月。」緑塵，張祐《楊下采桑》：「飛絲惹緑塵，軟葉對孤輪。」

〔七〕步歸來二句：冬水仙先春而開，故曰「避春風」，夢窗用「避」字，往往有逃避人間喧囂、超凡脱俗的意思。暗用蘇軾《再和楊公濟梅花十絶》（之九）：「寒梅似與春相避，未解無私造物情。」月宫，喻團扇。何遜《與虞記室諸人詠扇詩》：「如珪信非玷，學月但爲輪。」又承黄庭堅詩意，謂團扇中所畫水仙花，恰如廣寒宫中的步月美人。

【考辨】

楊箋：此亦憶姬之作。（「步歸來」二句）在姬一面爲盼望祈禱之詞。月裹嫦娥乃羿妻，避夫而奔月者，正與姬切，若詠水仙，何至用月宫字乎？

孫按：此處月宫喻團扇，正「題扇」應有之義，無關乎所謂蘇姬也。

## 西江月

江上桃花流水〔一〕，天涯芳草青山〔二〕。樓臺春鎖碧雲灣〔三〕。都入行人望眼〔四〕。一鏡波平鷗去㊀〔五〕，千林日落鴉還㊁〔六〕。天風裊裊送輕帆。驀過星槎銀漢〔七〕。

【校議】

㊀ 波平：《歷代詩餘》作「平波」。

㈡日落：毛本、杜本、《歷代詩餘》作「落日」。王朱本徑改作「日落」。餘本從之。底本尾註：「按此與『波平』爲對，從王校。」

【注釋】

〔一〕江上句：用劉義慶《幽明録》所載東漢劉晨、阮肇入天台山沿桃溪而上遇儷仙及陶淵明《桃花源記》故事。曹唐《劉阮再到天台不復見仙子》：「桃花流水依然在，不見當時勸酒人。」

〔二〕天涯句：晁補之《滿江紅》：「滿眼青山芳草外，半篙碧水斜陽裏。」韋莊《望遠行》：「出門芳草路萋萋，雲雨别來易東西。」

〔三〕樓臺春鎖：用晏幾道《臨江仙》詞意：「夢後樓臺高鎖，酒醒簾幕低垂。」　碧雲灣：清澈並倒映藍天的江灣。蘇軾《峽山寺》：「天開清遠峽，地轉凝碧灣。」

〔四〕望眼：劉禹錫《贈眼醫婆羅門僧》：「三秋傷望眼，終日哭途窮。」

〔五〕波平鷗去：杜甫《奉贈韋左丞丈二十二韻》：「白鷗波浩蕩，萬里誰能馴。」

〔六〕千林句：陸游《蜀漢》：「夕陽不覺凭闌久，待得林鴉接翅還。」

〔七〕天風二句：用《博物志》浮槎入天河遥見牛郎織女星故事。星槎，庾肩吾《奉使江州舟》：「漢使俱爲客，星槎共逐流。」

【考辨】

楊箋：此亦憶姬之詞。（「江上」二句）「流水」言去，「天涯」言遠。（「天風」二句）姬約七夕歸來，此則「跂予望之」之語。

孫按：疑此屬杭州亡妓系列詞。寫於杭州蕭山西陵渡口。詳見《渡江雲·西湖清明》【考辨】。

## 滿江紅㊀

翠幕深庭〔一〕，露紅晚〔二〕、閑花自發〔三〕。春不斷〔四〕、亭臺成趣〔五〕，翠陰蒙密〔六〕。紫燕雛飛簾額靜〔七〕，金鱗影轉池心闊〔八〕。有花香、竹色賦閒情，供吟筆〔九〕。閑問字㊁〔一〇〕，評風月〔一一〕。時載酒，調冰雪㊂〔一二〕。似初秋入夜，淺涼欺葛〔一三〕。人境不教車馬近〔一四〕，醉鄉莫放笙歌歇〔一五〕。倩雙成、一曲《紫雲迴》，紅蓮折〔一六〕。

【校議】

㊀杜本鄭批：「夢窗賦是調共三闋，並用入聲韻。此亦用入聲起調，詞例之嚴如此。碧山、草窗輩則於是律頗有出入矣，非熟讀清真、君特之作，未易明其細趣也。」

㈡閑問：《古今詞統》作「時問」。

㈢鄭氏手批：「此處『雪』字與『質』部『發』、『筆』等字同押之例。」

【注釋】

〔一〕翠幕：此喻蒼翠濃蔭的林木。梁簡文帝《和藉田》：「地廣重畦浄，林芳翠幕懸。」

〔二〕露紅：花朵凝露而顔色愈鮮。李群玉《歎靈鷲寺山榴》：「水蝶巖蜂俱不知，露紅凝豔數千枝。」

〔三〕閑花自發：賈島《春行》：「流水穿空館，閑花發故宫。」

〔四〕春不斷：庾信《小園賦》：「鳥多閒暇，花隨四時。」胡宏《和僧碧泉三首》（之一）：「深處有香春不斷，波間藻荇四時青。」

〔五〕亭臺成趣：陶潛《歸去來兮》：「審容膝之易安，園日涉以成趣。」

〔六〕蒙密：茂密葱郁。范曄《樂游應詔詩》：「遵渚攀蒙密，隨山上嶇嶔。」以上五句還化用秦觀《首夏》詩意：「節物相催各自新，癡心兒女挽留春。芳菲歇去何須恨，夏木陰陰正可人。」

〔七〕紫燕句：王之道《菩薩蠻》：「緑楊低映深深院。春風不動珠簾卷。乳燕引雛飛。流蘇晝日垂。」殷遥《春晚山行》：「野花成子落，江燕引雛飛。」

〔八〕金鱗：《隋煬帝海山記》：「洛水漁者獲生鯉一尾……金鱗頳尾，鮮明可愛。」池心：梁元帝《吴趨行》：「水裏生葱翅，池心恒欲飛。」以上二句景致閒靜而色彩明麗。與成彦雄《句》一動一靜正可參看：「紋鱗引子跳銀海，紫燕呼雛語畫梁。」

〔九〕有花香三句：花香竹色，《癸辛雜識别集》卷下「藥州園館」條：「廖藥州湖邊之宅，有世禄堂、在勤堂、懼齋、習説齋、光禄齋、觀相莊、花香竹色、紅紫莊、芳菲徑、心太平、愛君子。門桃符題云：『喜有寬閒爲小隱，粗將止足報明時。』『直將雲影天光裏，便作柳邊花下看。』『桃花流水之曲，緑陰芳草之間。』（二小亭）」杜甫《陪諸貴公子丈八溝攜妓納涼晚際遇雨二首》（之一）：「竹深留客處，荷淨納涼時。」謂此園有閑居之情可供賦詠。潘岳有《閑居賦》，取「閑靜居坐」之意。

〔一〇〕閑問字：與「時載酒」句用載酒問字典。

〔一一〕評風月：風月，本指清談風月。合用品第名士典。

〔一二〕調冰雪：杜甫《陪諸貴公子丈八溝攜妓納涼晚際遇雨二首》（之一）：「公子調冰水，佳人雪藕絲。」

〔一三〕淺涼欺葛：葛，《公羊傳·桓公八年》：「冬不裘，夏不葛。」何休注：「裘葛者禦寒暑之美服。」杜甫《端午日賜衣》：「細葛含風軟，香羅疊雪輕。」

〔一四〕人境句：陶潛《飲酒詩二十首》（之五）：「結廬在人境，而無車馬喧。問君何能爾，心遠地自偏。」

〔一五〕放：《匯釋》：「猶教也，使也。……放與教互文，皆使也。」

〔一六〕倩雙成三句：暗用唐玄宗羯鼓催開花柳事。南卓《羯鼓録》：「上洞曉音律，由之天縱。……尤愛羯鼓、玉笛，常云八音之領袖，諸樂不可爲比。嘗遇二月初，詰旦，巾櫛方畢，時當宿雨初晴，景物明麗。小殿内庭柳杏將吐，覩而歎曰：『對此景物，豈得不與他判斷之乎？』左右相目，將命備酒。獨高力士遣取羯鼓，上旋命之臨軒縱擊一曲，曲名《春光好》。神思自得，及顧柳杏，皆已發拆。」紅蓮折，蓮花開放。折，用同「拆」。

【集評】

《古今詞統》卷一二：劉褒《北風圖》，見者覺寒。

【考辨】

楊箋：此蓋遊園之作。時則秋、夏之交。

鍾振振《讀夢窗詞札記·九》：據「春不斷」、「翠陰濃密」、「燕雛飛」等語，此詞當作於春末夏初。「似初秋入夜，淺涼欺葛」，言入夜時淺涼似初秋耳。

孫按：此詞寫於五、六月蓮花將開未開時，當在初夏。趙冬曦《奉和聖制送張説上集賢學士賜宴賦得蓮字》：「春餘仍哢鳥，夏近未舒蓮。」蓮花入秋漸謝，司空曙《立秋日》「花酣蓮報謝」可證。此因深院園中花木茂盛陰涼，主人又提供了很好的納涼措施，故在夏而有初秋夜涼之愜意。另，《紫雲回》爲宫中樂曲，夢窗集中用此典僅見贈宗室趙梅壑詞中，見《風入松·壽梅壑》。此詞亦應贈宗室，或即是趙梅壑，若此推測成立，則詞寫於紹興。

## 夜行船㊀

寓化度寺〔一〕

鴉帶斜陽歸遠樹〔二〕。無人聽、數聲鐘暮〔三〕。日與愁長〔四〕，心灰香斷〔五〕，月冷竹房扃户〔六〕。　畫扇青山吴苑路〔七〕。傍懷袖、夢飛不去〔八〕。憶别西池〔九〕，紅綃盛淚，腸斷粉蓮啼露〔一〇〕。

【校　議】

㊀《歷代詩餘》：「又一體。一名《雨中花令》，一名《明月棹孤舟》。雙調五十六字。」戈校本詞題下注「范選」。

【注　釋】

〔一〕化度寺：在臨安府畿縣仁和境内。

〔二〕鴉帶句：儲嗣宗《秋墅》：「虹隨餘雨散，鴉帶夕陽歸。」賀鑄《病後登快哉亭》：「鴉帶斜陽投古刹，草將野色入荒城。」

〔三〕鐘暮：猶言晨鐘暮鼓。李咸用《山中》：「朝鐘暮鼓不到耳，明月孤雲長掛情。」

〔四〕日與愁長：杜甫《至日遣興奉寄北省舊閣老兩院故人二首》：「何人錯憶窮愁日，愁日愁隨一線長。」

〔五〕心灰香斷：指心字香燃盡後，冷灰成爲殘斷的「心」字。楊慎《詞品·心字香》：「范石湖《驂鸞録》云：『番禺人作心字香，用素馨茉莉半開者著淨器中，以沈香薄劈，層層相間，密封之，日一易，不待花蔫，花過香成。』所謂心字香者，以香末縈篆成心字也。」並貫至後文「腸斷」。秦觀《減字木蘭花》：「欲見回腸，斷盡金爐小篆香。」

〔六〕竹房：即竹間亭。黄公度《題化度寺竹間亭》：「破午停鞭得幽寺，眼明初見竹間亭。」

〔七〕畫扇：意屬「傍懷袖」句。用班婕妤秋扇典。　吴苑路：顧非熊《陳情上鄭主司》：「秦城春十二，吴苑路三千。」

〔八〕夢飛不去：「青山吴苑路」意屬此句。戴叔倫《送别錢起》：「歸夢吴山遠，離情楚水分。」李覯《戲贈月》：「夢中識路亦何爲，恰要逢人已自迷。」

〔九〕西池：特指蘇州西城西樓之池。

〔一〇〕粉蓮啼露：杜甫《秋興八首》（之七）：「波漂菰米沈雲黑，露冷蓮房墜粉紅。」並暗用卓文君面若芙蓉典。　以上三句還化用晏幾道《蝶戀花》詞意：「可恨良辰天不與。才過斜陽，又是黄昏雨。」以雨中粉蓮喻别時彼美淚漣。

【考　辨】

陳洵《海綃説詞》：此與《鷓鴣天》皆寓化度寺作。彼之池上，化度寺中之池。此言「西池」，西園中之池，當時别地也。兩首合看，意乃大明。

楊箋：《杭州府志》：化度寺在仁和縣北江漲橋，原名小雲，宋治平二年改。蘇州無此寺，當在姬去後寓杭作。

陳廉貞《讀夢窗詞》：封建社會，士大夫出入秦樓楚館，確實惡俗，但也不必斷定個個拈花問柳。……我們如果把這些豔詞合併統觀，串珠研對，那麼將發現夢窗所眷念的，卻是一個在杭州相識，蘇州同居，後在杭州化度寺江漲橋離去的那個湘人去姬。

孫按：《咸淳臨安志》卷八一：「化度寺，梁朱異舍故居爲寺，舊名『衆安』。隋改『衆善』，唐改『重雲』，再改『承雲』，治平二年改今額。有崇善王廟，隋真觀法師夢神人聽戒，願割廟廬之半以益佛宇。」《嘉靖仁和縣志》卷一二：「化度寺。在城北江漲橋東。」

此詞寫於臨安仁和縣，是夢窗蘇幕期間的行役詞。寫於蘇州營妓離開吴地即淳祐三年（一二四三）之前。

## 好事近㊀

僧房聽琴〔一〕

琴冷石床雲㊁〔二〕，海上偷傳新曲〔三〕。彈作一簷風雨㊂，碎芭蕉寒緑〔四〕。　冰泉輕瀉翠筒香㊃〔五〕，林果薦紅玉〔六〕。早是一分秋意〔七〕，到臨窗修竹〔八〕。

【校　議】

㊀《歷代詩餘》：「一名《釣船笛》。換頭二句句法平仄稍有不同。雙調四十五字。」

㊁琴冷：底本、《全宋詞》作「翠冷」。未知所據。玆從餘本。

㊂彈作一簷：《歷代詩餘》、戈選、杜本作「彈指一簾」。

㊃翠筒：朱二校本、底本、四明本作「翠筩」。未知所據。玆從《古今詞統》、毛本、《歷代詩餘》、戈校

本、杜本、王朱本。

【注釋】

〔一〕僧房聽琴：唐代詩人多有聽僧彈琴詩，其中吴仁璧、貫休聽僧彈琴詩與此詞意境頗有相通之處。如「金徽玉軫韻泠然，言下浮生指下泉」，「家近吴王古戰城，海風終日打牆聲」。

〔二〕琴冷句：李白《聽蜀僧濬彈琴》：「不覺碧山暮，秋雲暗幾重。」石床，此特指方外人坐具。劉長卿《望龍山懷道士許法稜》：「朝入青霄禮玉堂，夜掃白雲眠石床。」「琴」字意亦綴下句。

〔三〕海上句：用俞伯牙典。《説郛》引《樂府解題·伯牙操》：「伯牙學琴於成連先生。成連曰：『吾師云：春在海中，能移人意。』與俱往，至蓬萊山，留伯牙曰：『此居習之，吾將迎師。』刺船而去，旬日不返。伯牙但聞水聲澒洞，山林冥杳，禽鳥啼號，乃歎曰：『吾師謂移人意者，謂此也。』援琴而歌，頓悟其妙旨。」宋人傅幹注東坡詞引此典後數句作：「乃援琴而歌，作《水仙操》。曲終，成連回，刺船迎之而還，因而鼓琴絶妙天下，今《水仙操》乃伯牙之所作。」此謂山僧鼓琴，能得伯牙《水仙操》等琴曲真傳。

〔四〕彈作二句：張先《碧牡丹·晏同叔出姬》：「緩板香檀，唱徹伊家新制。……芭蕉寒，雨聲碎。」

〔五〕冰泉句：翠筒，古代剖開竹筒作爲山間泉水的引導。杜甫《引水》：「白帝城西萬竹蟠，接筒引水喉不乾。」《九家集注杜詩》魯訔題注：「夔俗無井，皆以竹引山泉而飲，蟠屈山腹間，有至數百丈。」冰泉輕瀉，反用白居易《琵琶引》句意：「冰泉冷澀弦凝絶，凝絶不通聲暫歇。」

〔六〕林果句：韓愈《李花》：「冰盤夏薦碧實脆，斥去不御慚其花。」沈佺期《題椰子樹》：「不及塗林果，移根隨漢臣。」紅玉，此指定州紅瓷水果盤。蘇軾《試院煎茶》：「又不見今時潞公煎茶學西蜀，定州花瓷琢紅玉。」此作爲美稱。

〔七〕早是：《匯釋》：「猶云本是或已是也。」

〔八〕到臨窗句：謂琴聲清冽，似使淺淺秋意過早地降臨於修竹，造成一種淒神寒骨之境。

**【集評】**

陳洵《海綃説詞》：上闋已了，下闋加以烘托，始覺萬籟皆寂。

## 鷓鴣天㊀

化度寺作㊁

池上紅衣伴倚闌〔一〕。棲鴉常帶夕陽還〔二〕。殷雲度雨疏桐落㊂〔三〕，明月生涼寶扇閑〔四〕。　鄉夢窄，水天寬〔五〕。小窗愁黛澹秋山〔六〕。吴鴻好爲傳歸信〔七〕，楊柳閶門屋數間〔八〕。

【校議】

㊀《歷代詩餘》：「一名《思佳客》。雙調五十五字。」朱二校本詞調作《思佳客》。同調異名。

㊁《歷代詩餘》詞題作「化度寺」。

㊂殷云：《歷代詩餘》作「微雲」。

【注釋】

〔一〕池上句：姜夔《慶宫春》：「如今安在，唯有闌干，伴人一霎。」池上紅衣，化度寺有池蓮，集中《鳳棲梧·化度寺池蓮一花最晚有感》可證。

〔二〕棲鴉句：見《夜行船·寓化度寺》注〔二〕。

〔三〕殷雲句：張良臣《西江月》：「殷雲度雨井桐凋，雁雁無書又到。」殷雲度雨，密雲含雨而來。

〔四〕明月句：暗用秋扇見棄典。明月寶扇，何仲宣《七夕賦詠成篇》：「淩風寶扇遥臨月，映水仙車遠渡河。」

〔五〕鄉夢二句：「窄」，歸吴之夢時間短暫。「寬」，自杭之蘇的廣闊水域，謂乍成歸夢即已經醒來。辛棄疾《江神子》：「寶釵飛鳳鬢驚鸞。望重歡。水雲寬。」頗取意陸龜蒙《贈遠》：「心期夢中見，路永魂夢短。」

〔六〕小窗句：用遠山黛典。皎然《題沈少府書齋》：「千峰數可盡，不出小窗間。」温庭筠《菩薩蠻》：「兩蛾愁黛淺，故國吴宫遠。」

〔七〕吴鴻句：司空圖《燈花三首》（之一）：「幾時金雁傳歸信，剪斷香魂一縷愁。」梅堯臣《送通判黄國博入浙》：「西風半空鳴且號，吴天點破吴鴻高。」

〔八〕楊柳句：閶門多柳。屋數間，語出韓愈《寄盧仝》詩。

【集　評】

鄭氏手批：丙稿《點絳唇·有懷蘇州》云：「可惜人生，不向吴城住。」可知覺翁久於此有終焉之志已。　宋詞人之僑吴者，世但知賀方回之寓醋坊橋，吴應之之居小市橋。觀於此詞結句，是夢窗亦有老屋在閶門，而兩寓化度寺所作皆有懷歸之意，豈老去菟裘，復以此邦爲可樂耶？

鄭騫《成府談詞》：《鷓鴣天·化度寺作》云：「吴鴻好爲傳歸信，楊柳閶門屋數間。」予非蘇州人，而甚樂其風土，故最喜讀此兩句，正如歐公之思潁也。

【考　辨】

陳洵《海綃説詞》：楊柳閶門，其去姬所居也。全神注定是此一句。吴鴻歸信，言己亦將去此間矣，眼前風景何有焉。

楊箋：此亦憶姬之作。（「吴鴻」二句）「閶門」，姬家所在地。等閑消息非所欲知，所欲知者，「歸信」耳。「傳」，是由彼方傳來，若作傳去者誤。

劉永濟《微睇室説詞》：此詞夢窗寓杭時憶去妾作。「楊柳閶門屋」，去妾吴中所居也。上半闋化度寺即目之景。曰「紅衣伴倚闌」者，「紅衣」，蓮花也，蓮花作伴，則無人可知。既曰「雨」，又曰「月」，知非一日。下半闋設想去妾之心情，而「吴鴻傳信」，歇拍告「吴鴻」以去妾所居之地也。夢窗與去妾之事，其詳雖不可知，但從其詞中所表現之情觀之，似妾求去，非吴遣去妾也。

鍾振振《讀夢窗詞札記·九》：定此詞作於臨安（杭州），大抵可信。然夢窗中年寓居蘇州時，實有短期赴杭之行跡。作此詞時乃寄寓寺廟，而非賃屋以居，可見此次在杭，爲時較短。又詞曰「吴鴻好爲傳歸信，楊柳閶門屋數間」，是不久將歸蘇州之語氣。故此詞當是寓蘇期間，偶因事短期赴杭，在杭思家之作。所思者究爲其妻抑其姬妾，尚難遽斷。即使所思者真爲其姬妾，亦無以見其此時已「去」（離夢窗而去）也。要之，諸説者以此爲「憶去姬」之詞，以「楊柳閶門屋」爲去姬所居，皆嫌武斷。而《箋釋》以「歸信」爲去姬復歸之消息，尤有乖於詩詞之辭法、句法、章法云。

孫按：此詞寫於臨安仁和縣，是夢窗蘇幕期間的行役詞。寫於淳祐三年（一二四三）之前。

## 虞美人影㈠

詠香橙

黄包先著風霜勁㈡。獨佔一年佳景〔一〕。點點吴鹽雪凝〔二〕。玉膾和齏冷〔三〕。洋園誰識黄金徑㈢〔四〕。一棹洞庭秋興〔五〕。香薦蘭皋湯鼎〔六〕。殘酒西窗醒〔七〕。

【校議】

㈠《歷代詩餘》列此調於《桃源憶故人》下。注曰：「或作《桃園》者，誤。一名《虞美人影》。雙調四十八字。」《詞譜》校曰：「一名《虞美人影》，張先詞或名《胡搗練》。陸游詞名《桃源憶故人》。趙鼎詞名《醉桃源》。韓淲詞有『杏花香裏東風峭』句，名《杏花風》。」杜本詞調誤作《虞美人》。

㈡黄包：《歷代詩餘》作「黄苞」。杜校：「『黄包』疑作『黄苞』。」苞，通「包」。俱不誤。

㈢洋園：杜校：「疑作『灌園』。」王校：「按『香橙徑』，東坡賦洋州園池三十首之一。杜校謂『洋園』疑『灌園』之訛，非是。」朱二校：「文同洋川園池有金橙徑，見東坡詩集。」孫按：指蘇軾《和文與可洋州園池三十首》中的《金橙徑》。

## 【注釋】

〔一〕黃包二句：蘇軾《贈劉景文》：「一年好景君須記，最是橙黃橘緑時。」黃包，也作「黃苞」，即「黃柑」。《尚書·夏書·禹貢》：「淮海惟揚州。……厥包橘柚，錫貢。」潘岳《笙賦》：「披黃苞以授柑，傾縹瓷以酌醽。」柑橘經霜而黃。甘，也作「柑」。《文選·司馬相如〈上林賦〉》：「黃甘橙楱。」李善注：「《説文》曰：橙，橘屬也。」

〔二〕點點句：周邦彦《少年游》：「并刀如水，吴鹽勝雪，纖指破新橙。」史達祖《齊天樂·賦橙》：「沆瀣含酸，金罌裹玉，蔌蔌吴鹽輕點。」李白《梁園吟》：「玉盤楊梅爲君設，吴鹽如花皎白雪。」

〔三〕玉膾句：用玉膾金齏典，詳見《聲聲慢·壽魏方泉》注〔二〕。齏，《周禮·天官·醢人》：「以五齊七醢七菹三臡實之。」鄭玄注：「齊當爲齏，凡醯醬所和，細切爲齏。」

〔四〕洋園句：蘇軾《和文與可洋州園池·金橙徑》：「金橙縱復里人知，不見鱸魚價自低。須是松江煙雨裏，小船燒薤搗香齏。」《施注蘇詩》：「唐《地理志》：洋州，洋川郡。武德元年析梁州之西鄉、黃金、興勢置。」黃金徑，兼用黃庭堅《鄒松滋寄苦竹泉橙麴蓮子湯三首》（之二）詩意：「天將金闕真黃色，借與洞庭霜後橙。」

〔五〕一棹句：用張翰歸吴典。

〔六〕蘭皋：《楚辭·離騷》：「步余馬於蘭皋兮，馳椒丘且焉止息。」朱熹集注：「澤曲曰皋。其中有蘭，故曰蘭皋。」湯鼎：黄庭堅《省中烹茶懷子瞻用前韻》：「思公煮茗共湯鼎，蚯蚓竅生魚眼珠。」

〔七〕殘酒句：以上二句謂橙皮入湯，芳若蘭草，並可以醒酒。《本草綱目》卷三〇引《事類合璧》：「宗奭曰：橙皮今比以爲果，或合湯待賓，未見入藥。宿酒未解者，食之速醒。」

## 花上月令㊀

文園消渴愛江清〔一〕。酒腸怯〔二〕，怕深觥〔三〕。玉舟曾洗芙蓉水〔四〕，瀉清冰〔五〕。秋夢淺，醉雲輕㊁〔六〕。　庭竹不收簾影去，人睡起，月空明〔七〕。瓦瓶汲井和秋葉㊂〔八〕，薦吟醒㊃〔九〕。夜深重㊄，怨遥更〔一〇〕。

【校　議】

㊀《詞譜》校曰：「宋吴文英自度曲。雙調五十八字，前段七句四平韻。後段七句三平韻。」「此調無别詞可校，其句讀平仄當依之。」杜校：「《詞繫》云此詞與《夜遊宫》相仿，但平仄稍異耳。」

㊁醉雲：《詞譜》、杜本作「醉霞」。

㊂汲井：《詞譜》作「汲水」。

㊃吟醒：諸本同。底本曰：「『醒』，疑『酲』訛。」

㊄夜深重：《詞譜》、杜本作「夜深裏」。鄭氏從之。鄭校：「以形近訛。案『裏』字，傳鈔本多從俗作『裏』，此脱下半，且失律，宜據《詞譜》訂正。」底本校曰：「『深』疑『涼』訛。『重』不誤。」

【注　釋】

〔一〕文園句：典例詳見《祝英臺近·悼得趣》注〔二〕、《杏花天·詠湯》注〔四〕。

〔二〕酒腸怯：怯，與下句中「怕」字皆因小户淺量而有所擔心。韋蟾《和柯古窮居苦日喜雨》：「玉律詩調正，瓊卮酒腸窄。」孟郊、韓愈《同宿聯句》：「爲君開酒腸，顛倒舞相飲。」

〔三〕深觥：李處權《才臣設席彦修來過仍陪表臣終日之樂豈易得也因賦》：「歲華將暮矣，切勿訴深觥。」

〔四〕玉舟：酒杯。詳見《齊天樂·白酒自酌有感》注〔四〕。　洗芙蓉水：梁簡文帝《山池詩》：「日暮芙蓉水，聊登鳴鶴舟。」此「芙蓉」亦兼指酒杯形狀。故亦用「洗杯」意。

〔五〕瀉清冰：化用鮑照《白頭吟》「清如玉壺冰」句，謂傾倒涼冽的清酒於杯中。

〔六〕秋夢二句：寫輕醉淺睡的半酣狀態。

〔七〕庭竹三句：用蘇軾《記承天寺夜遊》意境。崔塗《夕次洛陽道中》：「流年川暗度，往事月空明。」

〔八〕瓦瓶句：孫承澤《天府廣記·失名唐人詩·題薊州桃李寺》：「汲井連黄葉，登臺散白雲。」寇準《秋晚閒書》：「厭讀群書尋野徑，閑收落葉煮山茶。」賈島《題皇甫荀藍田廳》：「竹籠拾山果，瓦瓶擔石泉。」

〔九〕薦吟醒：謂所煮山茶供醒酒及吟詩時飲用。

〔一〇〕夜深重二句：張九齡《望月懷遠》：「情人怨遥夜，竟夕起相思。」

## 卜算子㈠

涼挂曉雲輕，聲度西風小㈡〔一〕。井上梧桐應未知，一葉雲鬟裊〔二〕。　來雁帶書遲，别燕歸程早〔三〕。頻探秋香開未開，恰似春來了㈢〔四〕。

【校　議】

㈠《歷代詩餘》：「一名《缺月掛疎桐》。一名《孤鴻》。一名《百尺樓》。雙調四十四字。」

㈡聲度：《歷代詩餘》作「聲斷」。

〔三〕恰似：杜本作「恰是」。

【注　釋】

〔一〕涼挂二句：此詞詠立秋。周弘讓《立秋詩》：「茲辰戒流火，商飆早已驚。雲天改夏色，木葉動秋聲。」齊己《新秋》：「露彩朝還冷，雲峰晚更奇。」

〔二〕井上二句：《夢粱録》卷四：「立秋日，太史局委官吏於禁廷内，以梧桐樹植於殿下，俟交秋時，太史官穿秉奏曰：『秋來。』其時梧葉應聲飛落一二片，以寓報秋意。都城内外，侵晨滿街叫賣楸葉，婦人女子及兒童輩爭買之，剪如花樣，插於鬢邊，以應時序。」盧綸《和太常王卿立秋日即事》：「籬槿花無色，階桐葉有聲。」

〔三〕來雁二句：白居易《立秋夕涼風忽至炎暑稍消即事詠懷寄汴州節度使李二十尚書》：「蟬迎節又换，雁送書未回。」《禮記注疏》卷一六：「（仲秋之月）盲風至，鴻雁來，玄鳥歸，群鳥養羞。」漢鄭氏注曰：「盲風，疾風也。玄鳥，燕也。歸，謂去。」李商隱《風》：「迴拂來鴻急，斜催别燕高。」

〔四〕頻探二句：秋香，此指桂花。立秋桂未開花。范成大《探木犀》：「秋半秋香花信遲，攀枝擘葉看纖微。」葛長庚《賀新郎》：「爲探木犀開也未，只有芙蓉而已。」

【考辨】

楊箋：此詞疑詠桂並憶姬作。

鍾振振《讀夢窗詞札記・九》：此詞詠立秋，非「詠桂」，更與「憶姬」無關。

## 鳳棲梧㈠

甲辰七夕㈡

開過南枝花滿院〔一〕。新月西樓，相約同針線〔二〕。高樹數聲蟬送晚〔三〕。歸家夢向斜陽斷〔四〕。　夜色銀河情一片㈢。輕帳偷歡〔五〕，銀燭羅屏怨〔六〕。陳跡曉風吹霧散〔七〕。簾鉤空帶蛛絲捲〔八〕。

【校議】

㈠《歷代詩餘》列此調於《蝶戀花》下。注曰：「雙調六十字。一名《黄金縷》。一名《鳳棲梧》。一名《鵲踏枝》。一名《一籮金》。一名《魚水同歡》。一名《捲珠簾》。一名《明月生南浦》。」朱二校本詞調作《蝶戀花》。同調異名。

㊁《歷代詩餘》、戈選詞題作「七夕」。

㊂情一片：《歷代詩餘》作「清一片」。

【注釋】

〔一〕開過句：拆碎「南花」二字於句中。韓元吉《南柯子》詠茉莉：「只疑標韻是江梅。不道薰風庭院、雪成堆。」餘參見《夜飛鵲·蔡司户席上南花》注〔一〕。

〔二〕新月二句：寫七夕閨中小樓邀伴乞巧情形。

〔三〕高樹句：江總《宛轉歌》詠七夕：「別燕差池自有返，離蟬寂寞詎含情。」陸機《擬明月何皎皎》：「涼風遶曲房，高柳鳴寒蟬。」

〔四〕歸家句：晏殊《踏莎行》：「一場春夢酒醒時，斜陽卻照深深院。」

〔五〕夜色二句：羅隱《七夕》：「月帳星河次第開，兩情惟恐曙光催。」

〔六〕銀燭句：温庭筠《池塘七夕》：「銀燭有花妨宿燕，畫屏無睡待牽牛。」

〔七〕陳跡句：謝惠連《七夕詠牛女》：「沃若靈駕旋，寂寥雲幄空。留情顧華寢，遥心逐奔龍。」沈佺期《七夕曝衣篇》：「舒羅散縠雲霧開，綴玉垂珠星漢回。」

〔八〕簾鉤句：李商隱《辛未七夕》：「豈能無意酬烏鵲，唯與蜘蛛乞巧絲。」絲網瓜果爲七夕「乞巧」風俗的符應。

【考辨】

楊箋：甲辰即爲姬去之年。姬以春去，觀詞語，蓋嘗約七夕歸來而未踐也。

鍾振振《讀夢窗詞札記（九）》：（「歸家」句）似自謂淹留在外，「歸家」不得。《箋釋》乃以此「歸家夢」爲夢窗盼其去姬「歸家」之夢想，於文法似不甚合。（「簾鉤」句）古俗以蜘蛛能報喜，言「空」者，怨其無靈驗也。此「帶蛛絲」三字非閒筆，不應忽過。

孫按：詞寫於甲辰，即淳祐四年（一二四四）。考夢窗行跡，此年冬至之前，仍在蘇幕，然此詞爲節序納祜應時之作，似無本事。

## 霜天曉角

題胭脂嶺陶氏門㊀〔一〕

煙林褪葉〔二〕。紅藉遊人屧㊁〔三〕。十里秋聲松路〔四〕，嵐雲重、翠濤涉〔五〕。　佇立。閑素箋〔六〕。畫屏蘿嶂疊〔七〕。明月雙成歸去，天風裏、鳳笙淡〔八〕。

【校議】

㈠《歷代詩餘》無詞題。

㈡煙林二句：毛本、戈校本作「煙林褪葉，紅藕藉遊人屧」。毛扆本：「第二句多一字。」《歷代詩餘》作「煙林退葉紅，偶藉遊人屧」。戈校本眉注「偶」字。杜本作「煙林褪葉紅，藕藉遊人屧」。校曰：「《詞繫》『藕』作『偶』字，似『紅』字爲句。」王朱本逕删「藕」字，以「葉」字爲句。王校：「按此調有四十三字、四十四字兩體，此闋『藕』字蓋涉下文『藉』字誤衍，與後闋起句五字者體各不同（孫按：指同調詞「香莓幽徑滑」一闋）。杜校云『《詞繫》「藕」作「偶」，似以「紅」字爲句』，非。」鄭校：「以形近訛。案，此非衍『藕』字，以鈔者訛寫，因改正『藕』爲『藉』，校刻連及之誤也。與卷乙《惜秋華》『鈿釵遺恨』衍『送』字同類。」餘本從改。

【注釋】

〔一〕胭脂嶺：《咸淳臨安志》卷二八：「臙脂嶺，在九里松曲院路之西，土色獨紅，因以名之。」楊箋：「胭脂嶺多妓家所居。記見宋人説部。陶氏其一也。」

〔二〕煙林褪葉：程公許《遊靈隱寺》：「湖山招我來，九里松風清。」松樹爲常緑樹木，秋時宿葉褪枝，新葉已成。

〔三〕紅藉句：古人登山著屐。《南史·謝靈運傳》「謝公屐」：「尋山陟嶺，必造幽峻。巖嶂數十重，莫不備盡。登躡常著木屐。上山則去其前齒，下山去其後齒。」

〔四〕十里松路：舉成數言之。

〔五〕嵐雲二句：胭脂嶺一帶山巒起伏，《西湖遊覽志》卷一〇：「仙芝嶺，俗稱胭脂嶺。下有瑞岡塢、鷂子塢、香藥磵、緑筠坡，自北而南，可達小麥嶺。」暗用宋玉《高唐賦》中巫山雲雨典，寫陶氏歌女生涯。

〔六〕素箑：紈素裁成的團扇。程公許《又上座主李左史八十韻》：「青藜窺夜讀，紈箑障塵飄。」

〔七〕蘿嶂：覺先《過曹娥廟》：「縱步青蘿嶂，吟邊景更寬。」以上三句回憶陶氏持扇久立於門前，叢巒疊嶂象屏風一樣展開，並以秋扇捐棄暗示其對將來命運的隱憂。

〔八〕明月三句：李白《宫中行樂詞》：「只愁歌舞散，化作彩雲飛。」晏幾道《臨江仙》：「當時明月在，曾照彩雲歸。」合用王母侍女董雙成常吹「雲和之笙」典。浹，此指樂聲相徹。

【考　辨】

朱箋：《武林舊事》「湖山勝概」：葛嶺路：胭脂嶺，以土色得名。

鄭氏手批：嶺在杭州。

## 烏夜啼

桂花

西風先到巖扃〔一〕。月籠明㊀〔二〕。金露啼珠滴翠㊁，小雲屏㊂〔三〕。　一顆顆，一星星。是秋情〔四〕。香裂碧窗煙破〔五〕，醉魂醒〔六〕。

**【校議】**

㊀籠明：楊箋：「『籠』，疑『朧』誤。」孫按：朧，用同「籠」。

㊁滴翠：杜本、鄭校作「滴碎」。杜校謂「從《詞繫》改正」。鄭氏手批：「以音、形兩訛。杜本作『碎』，是。」

㊂雲屏：底本作「銀屏」。未知所據。茲從毛本、戈校本、杜本、王朱本、朱二校本、四明本。

【注釋】

〔一〕西風句：此詠巖桂。曾幾《巖桂二首》（之一）：「擢本千巖秀，開花八月涼。」此詩（之二）：「團團巖下桂，表表木中犀。江樹風蕭瑟，園花氣慘悽。」巖扃，宋之問《游雲門寺》：「摇摇不安寐，待月詠巖扃。」

〔二〕月籠明：温庭筠《菩薩蠻》：「燈在月朧明，覺來聞曉鶯。」

〔三〕金露二句：郭震《同徐員外除太子舍人寓直之作》：「露濕幽巖桂，風吹便坐桑。」金露，猶言金風玉露。劉廷堅《寓止觀中因抒感懷》：「玉清難測無窮景，金露能摧有限花。」雲屏，張協《七命》：「雲屏爛汗，瓊璧青葱。」此寫瓶供桂花。

〔四〕一顆顆三句：李遵勖《望漢月》：「黄菊一叢臨砌。顆顆露珠裝綴。」李賀《感諷五首》（之五）：「桂露對仙娥，星星下雲逗。」

〔五〕香裂句：劉子翬《滿庭芳・和明仲木犀花詞》：「葉底輕黄纂纂，惱人是、微裂芳緘。」楊萬里《昨日訪子上不遇裴回庭砌觀木犀而歸再以七言乞數枝》：「小朵出叢須折卻，莫教銜破碧團欒。」

〔六〕醉魂醒：古人認爲香氣能解宿酲，詳見《拜星月慢・姜石帚以盆蓮數十置中庭》注〔一七〕。

【集評】

劉永濟《微睇室説詞》：起句點明時地。「金露」六字，描繪桂花極工麗。曰「小銀屏」，則此所詠者瓶桂也。換頭之「顆顆」、「星星」，本寫桂花，而以「是秋情」三字連綴之，以關合人情，便見景中有情，歇拍以桂花香氣酷烈、破人醉眠作結。

## 夜行船

逗曉闌干沾露水〔一〕。歸期杳、畫簷鵲喜〔二〕。粉汗餘香〔三〕，傷秋中酒〔四〕，月落桂花影裏〔五〕。　屏曲巫山和夢倚㊀〔六〕。行雲重、夢飛不起〔七〕。紅葉中庭，綠塵斜曳㊁〔八〕，應是寶箏慵理〔九〕。

【校　議】

㊀　屏曲巫山：《歷代詩餘》、戈選作「幾曲屏山」。

㊁　綠塵斜曳：毛本、戈校本、王朱本、朱二校本、底本、四明本作「綠塵斜□」。戈校本：「闕一字，擬『柱』。」《歷代詩餘》、戈選、杜本改作「綠塵斜挂」。楊箋：「『斜』下空格，擬補『柱』字。何以『塵』？以『慵理』故，以下句足上句意。『箏』、『柱』二字，拆分兩句，又一法門。」玆從四庫本。

【注釋】

〔一〕闌干沾露水：化用李白《玉階怨》詩意：「玉階生白露，夜久侵羅襪。」

〔二〕歸期二句：曹勳《酒泉子》：「簷間鵲語卜歸期。應是疑人猶駐馬，瑣窗日影又還西。」杜甫《得弟消息二首》（之二）：「浪傳烏鵲喜，深負鶺鴒詩。」《九家集注杜詩》郭知達注曰：「《西京雜記》：乾鵲噪，而行人至。」

〔三〕粉汗餘香：蘇軾《四時詞四首》（之三）：「新愁舊恨眉生緑，粉汗餘香在蘄竹。」

〔四〕傷秋：與「沾露」意相貫通。江淹《無錫縣歷山集詩》：「愁生白露日，思起秋風年。」

〔五〕月落句：毛滂《踏莎行·中秋玩月》：「隨人全不似嬋娟，桂花影裏年年見。」能見桂影之月西沈，是因凭闌時間長久也。

〔六〕屏曲句：床邊聯扇枕屏。李商隱《屏風》：「六曲連環接翠帷，高樓半夜酒醒時。掩燈遮霧密如此，雨落月明俱不知。」顧敻《虞美人》：「小屏屈曲掩青山，翠幃香粉玉爐寒，兩蛾攢。」參見《塞垣春·丙午歲旦》注〔一〕。

〔七〕行雲二句：用巫山雲雨典。　以上三句謂倚著畫有山水的屏風入夢，但因過於思念，夢亦輕淺，故不爲之飛揚前去與遠方的情人歡會。

〔八〕緑塵：琴有緑綺琴，又稱緑琴，故借此美稱寶箏生塵。

〔九〕寶箏慵理：李紳《憶被牛相留醉州中時無他賓牛公夜出真珠輩數人》：「銀燭坐隅聽子夜，寶箏筵上起春風。」盧延讓《哭李郢端公》：「漸窮老僕慵看馬，著慘佳人懶理箏。」

【考辨】

楊箋：此亦憶姬之作。

孫按：此應爲閨怨詞。

## 鳳棲梧㊀

化度寺池蓮一花最晚有感㊁

湘水煙中相見早〔一〕。羅蓋低籠，紅拂猶嬌小〔二〕。妝鏡明星爭晚照〔三〕。西風日送淩波杳㊂〔四〕。　惆悵來遲羞窈窕〔五〕。一霎留連，相伴闌干悄〔六〕。今夜西池明月到。餘香翠被空秋曉〔七〕。

【校議】

㊀《歷代詩餘》、戈選、朱二校本列於《蝶戀花》詞調下。同調異名。

㊁《歷代詩餘》、戈選詞題作「化度寺晚蓮有感」。

㊂日送：《歷代詩餘》、戈選作「目送」。

㊃闌干悄：戈選作「闌干俏」。

【注釋】

〔一〕湘水煙中：用汜人與，並合用《煙中志》典。

〔二〕羅蓋二句：《淵鑒類函》卷四〇七引《群芳譜》：「（荷花）葉圓如蓋，色青翠。」楊萬里《玉井亭觀荷花》：「密排碧羅蓋，低護紅玉頰。」紅拂，典見《太平廣記》卷一九三所引杜光庭《虬髯客》：隋煬帝時，命司空楊素守西京，素驕貴。衛公李靖以布衣來謁，獻奇策，素亦踞見之：「一妓有殊色，執紅拂立於前，獨目靖。……其夜五更初，忽聞扣門而聲低者，靖起問焉，乃紫衣戴帽人，杖揭一囊，靖問：『誰？』曰：『妾楊家之紅拂妓也。』靖遽延入，脱衣去帽，乃十八九佳麗人也。素面華衣而拜。靖驚。答曰：『妾侍楊司空久，閱天下之人多矣，未有如公者。絲蘿非獨生，願托喬木，故來奔耳。』」巧取紅拂「紅」之字面，喻紅蓮。楊萬里《小池》：「小荷才露尖尖角，早有蜻蜓立上頭。」「嬌」字貫入「西風」及「惆悵」二處。

〔三〕妝鏡明星：杜牧《阿房宮賦》：「明星熒熒，開妝鏡也。」

〔四〕西風句：與上句化用晏幾道《蝶戀花》句意：「照影弄妝嬌欲語，西風豈是繁華主。」晏詞此意並直貫入篇末。並暗用李璟《山花子》：「菡萏香銷翠葉殘，西風愁起綠波間。」以淩波仙子步襪遠逝，喻先開荷花漸趨凋落。

〔五〕惆悵來遲：《類説》卷二九「湖州髻髻女」條：「唐杜牧太和末往游湖州，刺史崔君素所厚者，悉致名妓，殊不愜意。牧曰：『願張水戲，使州人畢觀，牧當間行寓目。』使君如其言。兩岸觀者如堵。忽有里姥引髻髻女，年十餘歲，真國色也，將致舟中，姥女皆懼。牧曰：『且未即納，當爲後期。吾十年必爲郡，若不來，乃從他適。』因以重幣結之，洎周墀入相。牧上箋乞守湖州，比至郡則十四年。所納之姝，已從人三載，而生二子。……（牧）爲悵別詩曰：『自是尋芳去較遲，不須惆悵怨芳時。如今風擺花狼籍，綠葉成陰子滿枝。』」　羞窈窕：鄭域《念奴嬌》詠荷：「處子嬌羞，碧雲無袖，密護圓磋玉。」餘見《風流子·芍藥》注〔八〕。

〔六〕一霎二句：姜夔《慶宫春》：「如今安在，唯有闌干，伴人一霎。」孟郊《春後雨》：「昨夜一霎雨，天意蘇群物。」

〔七〕今夜二句：皮日休《白蓮》：「還應有恨無人覺，月曉風清欲墮時。」

【集　評】

俞陛雲《唐五代兩宋詞選釋》：詠花而兼懷人，花與人合寫。結句言鬧紅已過，只餘翠蓋田田，雖仍詠晚蓮，而翠被秋寒，隱有人在，有手揮目送之妙。

【考　辨】

楊箋：此爲憶楚伎之詞。

鍾振振《讀夢窗詞札記·九》：夢窗詞曰「湘水煙中相見早」，殆即揉合《湘中》、《煙中》二怨而用之，以水仙比蓮花也。此乃用典，並非紀實，何有「楚伎」？

孫按：此詞寫於臨安仁和縣，是夢窗蘇幕期間的行役詞。寫於淳祐三年（一二四三）之前。

## 生查子

秋社〔一〕

當樓月半奩，曾買菱花處〔二〕。愁影背闌干，素髮殘風露〔三〕。　神前雞酒盟〔四〕，歌斷秋香户。泥落畫粱空，夢想青春語〔五〕。

【注　釋】

〔一〕秋社：《歲時廣記·二社日》：「《統天萬年曆》曰：立春後五戊爲春社，立秋後五戊爲秋社。」《夢粱録》卷四：「秋社日，朝廷及州縣差官祭社稷於壇，蓋春祈而秋報也。秋社日，有士庶家妻女歸外家回，皆以新葫蘆兒、棗兒等爲遺。」

〔二〕當樓二句：用徐德言與樂昌公主分鏡事。半奩，趙以夫《永遇樂·七夕和劉隨如》：「星網珠疏，月奩金小，清絶無點暑。」此喻半圓之月並坐實秋社時間。

〔三〕愁影二句：由李商隱《無題二首》（之一）「十五泣春風，背面鞦韆下」化出。素髮，潘岳《秋興賦》：「斑鬢髟以承弁兮，素髮颯以垂領。」

〔四〕神前句：韓愈《南溪始泛》（三首之二）：「願爲同社人，雞豚燕春秋。」《五百家注昌黎文集》：「韓曰：《禮記·王制》：庶人春薦韭，秋薦黍。韭以卵，黍以豚。」《荆楚歲時記》：「社日，四鄰並結宗會社，宰牲牢爲屋，於樹下先祭神，然後享其胙。按，鄭氏云：百家共一社，今百家所立社宗，即共立社之爲也。」

〔五〕泥落二句：秋社後，梁間燕子已經歸去。韓偓《不見》：「此身願作君家燕，秋社歸時也不歸。」

【考　辨】

楊箋：此亦憶姬之作。　（「泥落」二句）當秋社而憶姬，故以燕譬。

孫按：此詞所憶之人應爲蘇州營妓，前已考得夢窗與蘇妓相識於杭州，後入蘇幕。營妓居所流動無定，後此妓亦至蘇，此詞所記應是蘇州再相逢時之情事，故用徐德言破鏡重圓典。可與前文《八聲甘州·和梅津》參看，夢窗寫此詞時，蘇妓已經再度流落至杭矣。參見《瑞鶴仙》（淚荷抛碎璧）【考辨】。

## 霜天曉角㈠

香莓幽徑滑〔一〕。縈繞秋曲折〔二〕。簾額紅摇波影，魚驚墜、暗吹沫〔三〕。　浪闊。輕棹撥〔四〕。武陵曾話別〔五〕。一點煙紅春小〔六〕，桃花夢、半林月〔七〕。

【校　議】

㈠今見毛本、毛扆本：「舊刻失題。」

【注　釋】

〔一〕香莓句：此詞整體化用劉晨、阮肇入天台山沿桃溪而上遇仙並最終分別，以及漁人意外進入並最終離開桃花源的故事。桃樹下多莓苔。《全芳備祖前集》卷八：「《侯鯖録》：桃茢以除不祥。茢，苔也。」鮑當《送白上人歸天台》：「雨彴春莓滑，香盆漏葉輕。」

〔二〕縈繞句：此寫彼美臨流香居前小徑曲折縈轉。周邦彦《醉桃源》：「菖蒲葉老水平沙。臨流蘇小家。畫闌曲徑宛秋蛇。金英垂露華。」牛僧孺《玄怪録・張佐》：「草堂三間，户外駢植花竹，泉石縈繞。」

〔三〕簾額三句：以「紅」字暗隱香居前水中荷花。梁簡文帝《納涼詩》：「游魚吹水沫，神蔡上荷心。」《埤雅》卷一：「今此魚旅行，吹沫如星。」

〔四〕浪闊二句：韓愈《桃源圖》：「船開棹進一回顧，萬里蒼蒼煙水暮。」

〔五〕武陵句：美稱此次豔遇如桃溪歡偶仙女。

〔六〕煙紅：意同蘇軾《點絳唇》下闋詠桃源歸路：「煙水茫茫，回首斜陽暮。山無數，亂紅如雨，不記來時路。」

〔七〕桃花二句：陸游《追感往事》：「桃花夢破劉郎老，燕麥摇風别是春。」以上三句謂當時回首煙波中豔遇地漸行漸小，現在偶然夢見當時情景，醒來驟見半林月照，倍添悵惘。

【考辨】

楊箋：此爲憶楚伎而作。

鍾振振《讀夢窗詞札記・九》：《箋釋》以夢窗詞中有「武陵」二字，輒斷爲「憶楚伎」，恐失之泥。此或「無謂之詞以應歌」者，未必即有本事也。

孫按：此詞似與《鶯啼序》（殘寒正欺病酒）所寫似爲同一情事，應屬杭州亡妓系列詞。詳見《渡江雲·西湖清明》【考辨】。

## 西江月

丙午冬至

添線繡床人倦〔一〕，翻香羅幕煙斜〔二〕。五更簫鼓貴人家。門外曉寒嘶馬〔三〕。　帽壓半簷朝雪〔四〕，鏡開千靨春霞〔五〕。小簾沽酒看梅花㊀〔六〕。夢到林逋山下〔七〕。

【校議】

㊀看梅花：《歷代詩餘》作「醉梅花」。

【注釋】

〔一〕添線句：冬至後每日可添一線之功。繡床，白居易《繡婦歎》：「雖憑繡床都不繡，同床繡伴得知無。」

〔二〕翻香句：蘇軾《翻香令》：「金爐猶暖麝煤殘。惜香更把寶釵翻。」

〔三〕五更二句：《夢粱録》卷六：「（冬至）此日宰臣以下，行朝賀禮。士夫庶人，互相爲慶。太廟行薦黍之典，朝廷命宰執祀於圜丘。官放公私僦金三日。車駕詣攢宫朝享。」《武林舊事》卷三：「（冬至）朝廷大朝會慶賀排當，並如元旦儀。而都人最重一陽賀冬，車馬皆華整鮮好，五鼓已填擁雜遝於九街，婦人小兒，服飾華炫，往來如雲。岳祠城隍諸廟，炷香者尤盛。」上闋寫京城貴家羅幕香温夜及冬至日晨起將祀情景。

〔四〕帽壓句：李商隱《飲席代官妓贈兩從事》：「新人橋上著春衫，舊主江邊側帽簷。」王筠《和孔中丞雪裹梅花詩》：「翻光同雪舞，落素混冰池。」朝雪，雙喻白髮與落梅。

〔五〕鏡開句：姜夔《暗香》：「長記曾攜手處，千樹壓、西湖寒碧。」千靨春霞，喻梅花。冬至漸有梅花開放。

〔六〕小簾句：宋代冬至習俗，婦女可以入市店飲宴，在懸掛青簾的酒肆買酒賞梅。《東京夢華録》卷六：「（正月一日）向晚貴家婦女縱賞關賭，入場觀看。入市店飲宴，慣習成風，不相笑訝。至寒食、冬至三日亦如此。」《論語・鄉黨》：「沽酒、市脯，不食。」

〔七〕夢到句：林逋隱居地孤山以梅盛著稱。

【考　辨】

楊箋：時夢窗由吴遷杭已三年矣。

夏承燾《吴夢窗詞繫年》：冬至詞云：「小簾沽酒看梅花，夢到林逋山下。」皆在杭作。

孫按：此詞寫於丙午，即淳祐六年（一二四六）冬至。夢窗淳祐四年（一二四四）離開蘇州，入紹興知府史宅之幕中，史氏淳祐六年「三月十六日除工部尚書」，夢窗似隨入幕府，故知其時遷杭尚不及一年。此年夢窗四十五歲，已是帽簷壓鬢雪之時矣。

## 戀繡衾㈠

頻摩書眼怯細文。小窗陰、天氣似昏〔一〕。獸爐暖、慵添困，帶茶煙、微潤寶熏㈡〔二〕。少年嬌馬西風冷㈢，舊春衫、猶涴酒痕〔三〕。夢不到、梨花路，斷長橋㈣、無限暮雲〔四〕。

【校　議】

㈠《詞譜》：「韓淲（《戀繡衾》）詞有『淚珠彈、猶帶粉香』句，名《淚珠彈》。」

㈡ 寶熏：戈選、杜本作「麝熏」。

㊂ 嬌馬：《詞律》、《歷代詩餘》、戈選、杜本、王朱本、朱二校本、鄭校作「驕馬」。鄭校：「以形聲近訛。」驕馬，用同「嬌馬」。俱不誤。

㊃ 斷長橋：王朱本徑改作「斷橋長」。王校：「毛刻二字誤倒。」諸本不從。鄭氏手批：「按此『斷』字，疑本作『短』，以音近訛，非誤倒。且上闋此句三字亦作上一下二，不當以意改爲『斷橋』。此詞未必即指西湖之斷橋，或從原本亦無甚誤，意謂暮雲隔斷長橋，亦詞家應有之義也。」「毛刻不誤。此定言『莫雲』隔斷也。」

【注釋】

〔一〕頻摩三句：寫看書時因老眼昏花而嫌文字細小。歐陽修《鎮陽讀書》：「塵蠹文字細，病眸澀無光。」蘇軾《周教授索枸杞因以詩贈録呈廣倅蕭大夫》：「短檠照字細如毛，怪底昏花懸兩目。」皮日休《鹿門夏日》：「書眼若薄霧，酒腸如漏卮。」

〔二〕獸爐四句：蘇軾《阮郎歸》：「獸煙噴盡玉壺乾。香分小鳳團。」獸爐，《西京雜記》卷一：「長安巧工丁緩者……又作九層博山香爐，鏤爲奇禽怪獸，窮諸靈異，皆自然運動。」《香譜》卷四：「以塗金爲狻猊、麒麟、鳧鴨之狀，空中，以焚香。使煙以口出，以爲玩好。」

〔三〕少年三句：韋莊《菩薩蠻》：「如今卻憶江南樂，當時年少春衫薄。騎馬倚斜橋，滿樓紅袖招。」蘇軾

《青玉案·和賀方回韻送伯固歸吴中故居》:「春衫猶是,小蠻針線。曾濕西湖雨。」嬌馬,李山甫《公子家二首》(之一):「錦袖妒姬爭巧笑,玉銜嬌馬索閒遊。」

〔四〕夢不到四句:此處有倒文,謂梨花夢總是被無限暮雲遮斷,不得到長橋(蘇州垂虹橋)也。梨花暮雲,用王昌齡《梅詩》及蘇軾《西江月·梅花》意境。並合用日暮碧雲典。楊箋:「『梨花』,已伏『雲』字。雲多,所以路斷。」

【考　辨】

孫按:此詞與下一首詞作皆回憶少年時在杭京袁韶幕中的輕揚舉止,並且入幕蘇州事也如暮雲掩映中的垂虹橋,在記憶裏變得有些模糊。如今再客京華,卻斯人憔悴。夢窗一生中再客並寓居杭京的時間,僅有淳祐六年(一二四六)三月至淳祐九年(一二四九)十二月在史宅之幕中時。此詞應是此數年間寫於杭州。

## 杏花天

鬢棱初剪玉纖弱〔一〕〔一〕。早春入、屏山四角〔二〕。少年買困成歡謔。人在濃香繡幄〔三〕。

霜絲換、梅殘夢覺〔四〕。夜寒重〔五〕、長安紫陌。東風入户先情薄㈡。吹老燈花半萼〔六〕。

【校議】

㈠鬢棱：毛本、《歷代詩餘》作「鬢稜」。稜，義通「棱」。

㈡入户：《古今詞統》、杜本作「到户」。杜校：「從《詞彙》改正。」

【注釋】

〔一〕鬢棱初剪：修剪鬢角。代指少年時。《册府元龜》卷一八五《閏位部·勳業第三》：「挺虐於鬢剪之年，植險於髫丱之日。」玉纖弱：暗用「玉人」衛玠典。《世説新語·容止》：「王丞相見衛洗馬曰：『居然有羸形，雖復終日調暢，若不堪羅綺。』」劉孝標注曰：「玠别傳曰：玠素抱羸疾。《西京賦》曰：『始徐進而羸形，似不勝乎羅綺。』」

〔二〕早春二句：張元幹《點絳脣》：「乍涼簾幕。香繞屏山角。」

〔三〕少年二句：此有倒文，意謂少年乍入歡場因被嘲謔而困窘。万俟紹之《江神子·贈妓寄夢窗》、周密《玲瓏四犯·戲夢窗》皆屬此類。周邦彦《少年游》：「錦幄初温，獸香不斷，相對坐吹笙。」

〔四〕霜絲二句：末韻「東風」、「吹老」、「半萼」皆入此處。張鎡《殘梅》：「雨絲吹冷透窗紗，忽忽東風管鬢華。」陳與義《二十一日風甚明日梅花無在者獨紅萼留枝間甚可愛也》：「昨日梅花猶可攀，今朝殘萼便斕斑。」

〔五〕夜寒重：意綴「東風」二句，因在寒濕空氣中，燈花易頻結。

〔六〕吹老句：時彦《青門引·寄寵人》：「星斗横幽館，夜無眠、燈花空老。」

【集評】

卓人月、徐士俊《古今詞統》卷七：（「東風」二句）所以毛滂詠燈花云：「猶把繡簾遮定，不教風雨侵淩。」

【考辨】

楊箋：此爲憶少年冶游之詞。（「夜寒」三句）觀此，知此詞作於杭京。

孫按：此詞不僅憶杭京冶遊，也寓歲月之歎。寫人生真如夢寐，轉眼鴉鬢已成霜絲，卻仍爲京華憔悴客。故與上一首詞作皆寫於淳祐六年（一二四六）三月至淳祐九年（一二四九）十二月，時在史宅之幕中。

## 醉桃源㈠

元日

五更櫪馬靜無聲〔一〕。鄰雞猶怕驚〔二〕。日華平曉弄春明〔三〕。暮寒愁翳生〔四〕。　新歲夢〔五〕，去年情〔六〕。殘宵半酒醒〔七〕。春風無定落梅輕〔八〕。斷鴻長短亭〔九〕。

【校　議】

㈠《歷代詩餘》列此首於《阮郎歸》下，同調異名。底本尾註：「右六十八闋見汲古閣本。」孫按：朱氏以明張本爲底本，明鈔僅得夢窗詞二百五十六首，以上六十八闋從毛本録入，以下五首從毛本《補遺》中録入，從毛本實得七十三闋。

【注　釋】

〔一〕五更句：杜甫《杜位宅守歲》：「盍簪喧櫪馬，列炬散林鴉。」參見《塞垣春・丙午歲旦》注〔一〇〕。

〔二〕鄰雞句：上句「五更」意入於此。杜甫《書堂飲既夜復邀李尚書下馬月下賦絶句》：「久判野鶴如霜鬢，遮莫鄰雞下五更。」《杜詩詳注》：「《洞冥記》有司夜雞，隨鼓節而鳴，從夜以至曉，一更爲一聲，五更爲五聲。亦謂之五時雞。」盧仝《除夜》：「燭盡年還别，雞鳴老更新。」庾信《應令春宵》：「鄰雞聲已傳，愁人竟不眠。」

〔三〕平曉：盧思道《駕出圜丘詩》：「平曉禁門開，隱隱乘輿出。」

〔四〕暮寒句：謂有時遮住陽光的陰雲讓人擔心會帶來傍晚時的寒冷。

〔五〕新歲夢：陸游《成都書事》：「鶯花又作新年夢，絲竹常聞静夜聲。」

〔六〕去年情：司馬光《次韻和復古春日五絶句》：「五十尚能勝六十，今年又減去年情。」

〔七〕半酒醒：韓偓《寄湖南從事》：「索寞襟懷酒半醒，無人一爲解餘酲。」

〔八〕春風句：白居易《落花》：「猒風風不定，風起花蕭索。」陸游《出謁晚歸》：「苑路落梅輕有態，御溝流水細無聲。」

〔九〕斷鴻：李嶠《送光禄劉主簿之洛》：「背櫪嘶班馬，分洲叫斷鴻。」

【考　辨】

此詞應寫於《喜遷鶯·福山蕭寺歲除》後一日，即行役旅居常熟度過除夕與元日，時在淳祐四年

（一二四四）。

## 唐多令㈠

何處合成愁。離人心上秋〔一〕。縱芭蕉、不雨也颼颼〔二〕。都道晚涼天氣好，有明月、怕登樓㈢〔三〕。　年事夢中休。花空煙水流㈣〔四〕。燕辭歸、客尚淹留㈤〔五〕。垂柳不縈裙帶住。漫長是、繫行舟〔六〕。

**【校議】**

㈠《陽春白雪》、《絶妙好詞》詞調作《糖多令》。同調異名。《歷代詩餘》、戈選詞調作《南樓令》。《歷代詩餘》：「又一體，即《唐多令》。雙調六十一字。」《詞譜》校曰：「《太和正音譜》：越調，亦入高平調。一名《糖多令》。周密因劉過詞有『二十年重過南樓』句，名《南樓令》。張翥詞有『花下鈿箜篌』句，名《箜篌曲》。」戈選杜批：「宋元人多宗此體。」《中興以來絶妙詞選》、毛本、杜本、王朱本有詞題「惜别」。朱二校本删，餘本從。

㈡縱芭蕉二句：《古今詞統》卷九：「『縱』字襯。」《詞律》取陳允平此調爲正體。六十字。上下闋第三句皆作上三下四七字句：「夢窗一首，第三句誤刻『縱芭蕉、不雨也颼颼』。因多一字，《詞統》遂注『縱』字爲襯。襯之一説，不知從何而來，詞何得有襯乎？況此句句法上三下四，亦止可注『也』字爲襯，而不可注『縱』字襯也。著譜示人而可率意爲之耶？愚謂『也』字必是誤多無疑，即不然，亦竟依其體而填之，不可立襯字一説，以混詞格也。」《詞譜》：「此與劉詞同，惟前段第三句多一襯字異。按此詞『也』字是襯字，《詞統》於『縱』字注襯字，非上三下四句法矣。」王又華《古今詞論》引毛稚黄詞論：「吴夢窗《唐多令》第三句，『縱芭蕉，不雨也颼颼。』此句譜當七字，上三下四句法，則『也』字當爲襯字。觀後『燕辭歸、客尚淹留』，又劉過詞『二十年、重過南樓』，文天祥詞『葉聲寒、飛透窗紗』，可見《詞統》注『縱』字襯，誤。」江順詒《詞學集成》卷二：「毛稚黄曰：《夢窗詞》『縱芭蕉、不雨也颼颼』，應上三下四，則『也』字當爲襯字，謂『縱』字爲襯字非。詒案：詞中有襯字，可指證者甚少，故後人不知耳。」劉永濟《微睇室説詞》：「『縱芭蕉』句以下半闋聲律觀之，此句多一字，蓋『也』字爲襯字，詞家偶亦用之。」戈選作「縱芭蕉、不雨颼颼」。杜校：「第三句『也』字，《詞律》謂衍，不知此調本有三、五句法，且有『也』字神韻較勝。疑下半闋『客』字上脱一字耳。《草堂詩餘》云一本缺『有』字、『客』字。」鄭氏《絶妙好詞》校録：「《詞律》云『也』字衍，或云歌者贈板之聲，或云當去『縱』字，則成七言，與下闋譜句不合。余嘗見舊本，無『也』字，『颼颼』作『颼颼』，蓋後人因是句費解，而妄增之。姚梅伯校高刻本引嚴九能云：

《蘋洲漁笛譜》有此闋，上下第三句皆八字，乃知本有此一體，夢窗此句元無衍文，而下闋當脱一字耳。是又一説。」

㈢ 怕登樓：《絶妙好詞》作「倦登樓」。

㈣ 花空：《絶妙好詞》作「波空」。

㈤ 客尚淹留：杜校：「《草堂詩餘》云一本缺『有』字、『客』字。」鄭本作「有客尚淹留」。校曰：「據《草堂詩餘》，云『一本如是』。蓋此調本有三、五句法，不得謂上句衍一字也。」鄭氏手批：「《草堂詩餘》『「客」上一本多一「有」字』是已。」「或謂此詞爲又一體，則『留』字均當有脱誤。」孫按：宋本《草堂詩餘》未選録夢窗詞，恐杜、鄭誤記，抑或二人另有所指。

【注　釋】

〔一〕何處二句：心上秋合成「愁」字。《禮記·鄉飲酒義》：「秋之爲言愁也。」王勃《秋日游蓮池序》：「悲夫！秋者，愁也。」此用民歌離合體。

〔二〕縱芭蕉二句：翻過一層化用客耳不堪聽窗外芭蕉雨聲典。颼颼，趙壹《迅風賦》：「啾啾颼颼，吟嘯相求。阿那裴徊，聲若歌謳。摶之不可得，繫之不可留。」

〔三〕都道三句：譚用之《月夜懷寄友人》：「殘春謾道深傾酒，好月那堪獨上樓。」方岳《次韻吴殿撰多景樓見寄》：「多情王粲怕登樓，誰遣人間汗漫遊。」

〔四〕年事二句：上下句爲本喻體之間的關係。年事，此指歲月。何遜《入西塞示南府同僚詩》：「年事已蹉跎，生平任浩蕩。」

〔五〕燕辭歸二句：曹丕《燕歌行二首》（之一）：「群燕辭歸雁南翔，念君客遊多斷腸。慊慊思歸戀故鄉，君何淹留寄他方。」

〔六〕垂柳三句：此三句以柳條喻裙帶，倒文爲：「垂柳縈裙帶。漫長是、不繫行舟住。」曹冠《浣溪沙·柳》：「翠帶千條蘸碧流。多情不解繫行舟。章臺惜別恨悠悠。」姜夔《浣溪沙·辛亥正月二十四日發合肥》：「釵燕籠雲晚不忺。擬將裙帶繫郎船。」並從温庭筠《楊柳枝》詞意中轉出：「繫得王孫歸意切，不關春草緑萋萋。」

【集評】

張炎《詞源》卷下：此詞疏快，卻不質實。如是者集中尚有，惜不多耳。

沈際飛《草堂詩餘正集》：所以感傷之本，豈在蕉雨？妙妙。「垂柳」句原不熟爛。

《古今詞統》卷九：無風花落，不雨蕉鳴，是妙對。

王士禎《花草蒙拾》：「何處合成愁，離人心上秋。」滑稽之雋，與龍輔《閨怨》詩：「得郎一人來，便可成仙去。」同是《子夜》變體。

許昂霄《詞綜偶評》：合，古還切。第二句如詩中離合體，亦從少游「一鉤殘月帶三星」得來。

周之琦《心日齋十六家詞録》卷下：夢窗詞自張叔夏「不成片段」之論出，耳食者群然和之。余謂夢窗格律之細，方駕清真。意境之超，希蹤石帚。斷非叔夏所能跂及。《唐多令》一闋，乃夢窗率筆，叔夏以其類己而稱之。非知夢窗者也。

周爾墉《批〈絶妙好詞〉》卷四：詞固佳，但非夢窗先生傑構。玉田心賞，特以近自家手筆故也。玉田賞之，是矣，然而是極研煉出之者，看似俊快，其實深美。

陳廷焯《雲韶集》卷八：夢窗詞大半沈静爲主，此篇獨清快。

又，《詞則·别調集》卷二：語淺情長，不第以疏快見長也。

又，《白雨齋詞話》卷二：張皋文《詞選》獨不收夢窗，以蘇、辛爲正聲，卻有巨識，而以夢窗與耆卿、山谷、改之輩同列，不知夢窗者也。至董毅《續詞選》只取夢窗《唐多令》、《憶舊遊》兩篇，此二篇絶非夢窗高詣。《唐多令》幾於油腔滑調，在夢窗集中，最屬下乘，《續選》獨取，豈故收其下者以實皋文之言耶？謬矣。

俞陛雲《唐五代兩宋詞選釋》：首二句以「心上秋」合成「愁」字，猶古樂府之「山上復有山」，合成征人之「出」字。金章宗之「二人土上坐」，皆籍字以傳情，妙語也。「垂柳」二句與《好事近》詞「藕絲纜船」同意。「明月」及「燕歸」二句，雖詩詞中恒徑，而句則頗耐吟諷。張叔夏以「疏快」兩字評之，殊當。

陳洵《海綃説詞》：玉田不知夢窗，乃欲拈出此闋牽彼就我。無識者群聚而和之，遂使四明絶調，沉没幾六百年，可歎。

楊箋：言柳不能繫姬之裙帶而使之不行，乃偏繫我之行舟而使之不能回，寧何顛倒如是？按此詞即張玉田之所許爲「清空而不質實」者。然憶姬之意，玉田曾參得否？甚矣，讀古人文字，不可不論其身世也！……玉田奉《唐多令》爲至詣，固非；白雨齋詆爲最下乘，亦非碻論。至謂故收其下者，是則董氏已知夢窗矣，亦視董氏太重。何也？董氏以《唐多令》比《憶舊遊》，兩者不稱。陳氏詆《唐多令》，並詆《憶舊遊》，亦不能許爲知言。要之，夢窗知己其爲近世之王半塘、朱彊師乎？甚矣，論詞之難也！

劉永濟《微睇室説詞》：此詞爲張炎所稱，以其「疏快不質實」。然非夢窗高處。張炎嘗評吴「檀欒金碧」詞如「七寶樓臺，眩人眼目，碎拆下來，不成片段」。蓋因夢窗工於修辭，有時太密，與其作風不同，此詞略異他作，故特拈出之。此詞首句，只是小巧，無甚深意，與山谷「門裏安心」爲「悶」字、「女邊著子」爲「好」字，少遊「一鉤殘月帶三星」爲「心」字，同一遊戲之筆。……蕉雨最使愁人聽之生愁，今曰「不雨也颼颼」，是進一層説法。換頭言當年之事皆從夢中消失，正如「花空煙水流」。「燕辭」句之「燕」係雙關，觀下句「不縈裙帶住」可知。下句言「垂柳」不爲人縈住裙帶，空繫淹留之人之舟也。「漫」有「徒然」之義，「徒然」長繫行舟，即空繫行人之舟也。

吴世昌《詞林新話》：首二句殊劣，只是拆字先生把戲，不知何以歷來詞家獨賞此二句，甚至不辨此二句文理不通：上言「何處」，則爲空間，下句言「秋」，則爲時間。心上加秋又何必「離人」？況《九辯》首章即言「悲者秋之爲氣也」。「愁」字從秋，乃後人之説。又「垂柳不縈裙帶住」，亦劣句，流氓氣十足。

【考辨】

吴世昌《詞林新話》：亦悼亡姬燕之作。

孫按：此詞顯爲行役懷歸之作。「垂柳不縈裙帶住。漫長是、繫行舟」之揉碎法，瞞過天下英雄耳目，因而又被納入憶姬之轂中。此詞入黄昇《中興以來絶妙詞選》，應作於淳祐九年（一二四九）之前。

## 好事近㊀

雁外雨絲絲，將恨和愁都織〔一〕。玉骨西風添瘦，減尊前歌力〔二〕。袖香曾枕醉紅腮，依約唾痕碧㊁〔三〕。花下凌波入夢，引春雛雙鶒〔四〕。

【校　議】

㈠ 朱二校：「按此闋出《花庵詞選》。汲古刻《蒲江詞》，不知據何編入，今考足本《蒲江詞》初無此闋，其爲夢窗作無疑。」《中興以來絶妙詞選》、毛本補遺、《古今詞統》、《歷代詩餘》、戈校本、戈選、杜本、王朱本有詞題「秋飲」。朱二校本删，餘本從。

㈡ 唾痕：《歷代詩餘》作「唾紅」。

【注　釋】

〔一〕雁外二句：李世民《詠雨》：「濛柳添絲密，含吹織空羅。」戴叔倫《堤上柳》：「垂柳萬條絲，春來織別離。」曹冠《浣溪沙·柳》：「濕雨傷春眉黛斂，倚風無力舞腰柔。絲絲煙縷織離愁。」

〔二〕歌力：歌唱的功力或魅力。

〔三〕袖香二句：句中有「碧袖唾痕」之碎倒，典見《婆羅門引·郭清華席上》注〔一三〕。醉紅，孟郊《邀人賞薔薇》：「醉紅不自力，狂豔如索扶。」

〔四〕花下二句：鶒，㶉鶒。俗稱紫鴛鴦。《爾雅翼》卷一七：「今婦人閨房中飾以鴛鴦。黄赤五彩，首有纓者，乃是㶉鶒耳。然㶉鶒亦鴛鴦之類，其色多紫。李白詩所謂『七十紫鴛鴦，雙雙戲亭幽』，謂㶉鶒也。」淩波，此謂水鳥浮泛於碧波之上。春雛，白居易《重傷小女子》：「傷心自歎鳩巢拙，長墮春雛養不成。」《宣和畫譜》卷一七載御府藏黄居寀《引雛㶉鶒圖》。

【集　評】

《古今詞統》卷五：「添」字「減」字甚妙，相映甚巧。

【考　辨】

楊箋：（「花下」二句）：「雙鵶」，指二子。余於《事蹟考》指姬有二子，即據此。

鍾振振《讀夢窗詞札記·九》：「雙鵶」，即雙「鸂鵶」，猶雙鴛鴦之比。詞中常用以反襯抒情主人公之「孤獨」……夢窗詞亦如此而已。《箋釋》據此斷言夢窗與其去姬生有二子，等於無據，實難令人信服。

孫按：此詞入黄昇《中興以來絶妙詞選》，應作於淳祐九年（一二四九）之前。

## 憶舊遊㊀

別黄澹翁

送人猶未苦，苦送春、隨人去天涯㊁〔一〕。片紅都飛盡〔二〕，正陰陰潤緑㊂，暗裏啼鴉〔三〕。

賦情頓雪雙鬢〔四〕，飛夢逐塵沙〔五〕。歎病渴淒涼〔六〕，分香瘦減〔七〕，兩地看花〔八〕。西湖斷橋路㊃，想繫馬垂楊。依舊欹斜〔九〕。葵麥迷煙處〔一〇〕，問離巢孤燕，飛過誰家〔一一〕。故人爲寫深怨〔一二〕，空壁掃秋蛇〔一三〕。但醉上吴臺，殘陽草色歸思賒㊄〔一四〕。

【校　議】

㊀《詞譜》謂以周邦彦此調爲正體：「此與周詞同，惟前段第二三句作上三、下五八字一句，换頭句不藏短韻異。」

㊁鄭氏手批：「按此作首句本對起，文英變調而平側無異。」孫按：鄭謂此調常格是以領字領起三個鼎足對句。如周邦彦：「記愁横淺黛，淚洗紅鉛，門掩秋宵。」

㊂正陰陰：《中興以來絶妙詞選》、《古今詞統》、毛本、《草堂詩餘》、《歷代詩餘》、王朱本、朱二校本作「陰陰」。沈際飛《草堂詩餘别集》卷四：「前段少一字。」毛扆本：「『陰』上脱一字。」杜本改作「正陰陰」。校曰：「第四句《草堂詩餘》無『正』字。」鄭氏手批：「第五句當作五字，以下闋例之正合，此脱一字，宜注。清真諸家均作五字，此非又一體。」「第四句毛本有『正』字，是。」據杜、鄭二家校語知其所見毛本有「正」字。底本、四明本作「□陰陰」。兹據杜、鄭所見毛本改。

㊃沈際飛《草堂詩餘别集》卷四：「换頭第二字不用韻。」

㊄鄭氏手批：「末句第四字例用入聲，片玉、白石及文英並守是律，其他則出入不免。余嘗以此舉似半塘翁，以爲自來論詞者得未曾有。」

【注釋】

〔一〕送人三句：辛棄疾《摸魚兒》：「春且住。見説道、天涯芳草迷歸路。」並化用宋玉《九辯》意境。

〔二〕片紅句：翻用杜甫《曲江二首》（之二）「花飛萬點」之意。兼用杜甫《發潭州》「岸花飛送客」詩句。

〔三〕正陰陰二句：例證詳見《訴衷情》（陰陰緑潤暗啼鴉）注〔一〕。

〔四〕頓雪雙鬢：趙汝鐩《山莊》：「世事雪雙鬢，生涯水一瓢。」

〔五〕飛夢句：范雲《閨思詩》：「幾回明月夜，飛夢到郎邊。」蔡琰《胡笳十八拍》：「雲山萬里兮歸路遐，疾風千里兮吹塵沙。」

〔六〕病渴淒涼：以有消渴疾的司馬相如自比。周邦彦《宴清都》：「淒涼病損文園，徽弦乍拂，音韻先苦。」下句「瘦減」意入此。段成式《和周繇見嘲》：「儻恕相如瘦，應容累騎還。」

〔七〕分香：用魏武帝曹操「分香」典。《温飛卿詩集箋注》顧嗣立補曰：「陸機《弔魏武帝文》：『餘香可分與諸夫人。諸舍中無所爲，學作履綦賣也。』」鍾振振《夢窗詞索解五題》認爲宋代「分香」的詞作「皆與情侣之離别有關，夢窗詞當亦取此意也」。並例舉秦觀《望海潮》：「别來怎表相思。有分香帕子，合數松兒。」可備一說。

〔八〕兩地看花：翻用唐人《責同年不赴期集辭》：「紫陌尋春，尚隔同年之面；青雲得路，可知異日之心也。」「分香」意綴此句。

〔九〕西湖三句：周邦彥《西平樂》：「道連三楚，天低四野，喬木依前，臨路欹斜。」李白《廣陵贈别》：「繫馬垂楊下，銜杯大道間。」

〔一〇〕葵麥迷煙：形容當年盛時景象不復存在。劉禹錫《再游玄都觀序》：「重游玄都觀，蕩然無復一樹，唯兔葵燕麥動摇於春風耳。」

〔一一〕問離巢二句：劉禹錫《金陵五題·烏衣巷》：「舊時王謝堂前燕，飛入尋常百姓家。」章孝標《歸燕下第後獻主司》：「舊累危巢泥已落，今年故向社前歸。連雲大厦無棲處，更望誰家門户飛。」朱慶餘《題王侯廢宅》：「更無新燕來巢屋，唯有閒人去看花。」

〔一二〕深怨：許渾《江樓夜别》：「深怨寄清瑟，遠愁生翠蛾。」

〔一三〕空壁句：謂題詩於壁。秋蛇，喻書法。詳見《西河·陪鶴林先生登花園》注〔一一〕。

〔一四〕但醉上二句：從柳永《鳳棲梧》中化出：「佇倚危樓風細細。望極春愁，黯黯生天際。草色煙光殘照裏。無言誰會凭闌意。」吴臺，指姑蘇臺。賒，遠。意綴「草色」。

【集評】

沈際飛《草堂詩餘别集》卷四：苦不單來。　氣蕭蕭以瑟瑟，聲颼颼而飀飀。　蕭子雲書如春蚓秋蛇。

譚獻《譚評詞辨》：正面已是深湛之思，最是善學清真處。

又：起句飛鳥側翅。「西湖斷橋路」，講章法。

陳廷焯《大雅集》卷三：平常意，一折便深。

鄭氏手批：起韻飄渺空靈，非覺翁不能到此境。世士但知七寶樓臺，雕飾古豔，試參其翻空奇筆，方審夢窗毫顛神妙俱從清真得來。

俞陛雲《唐五代兩宋詞選釋》：首三句傷春與傷別合寫，「片紅」三句賦送春，「賦情」二句言將別去，「病渴」二句居者與行者夾寫而兼送者。下闋因遠行而回憶西湖舊遊，如離巢之孤燕，故人情重，爲題壁寫我深悲，他日吴臺回望，益動歸思矣。夢窗服膺片玉，此詞開合頓挫處，頗似片玉也。

陳洵《海綃説詞》：言是傷春，意是憶别，此恨有觸即發。全不注在澹翁也，故曰「送人猶未苦」。「片紅」、「潤緑」，比興之義，跌起「賦情」，筆力奇重。「病渴」、「分香」，意乃大明。不爲送人，亦不爲送春矣。「西湖斷橋」，昔之别地。下二句言風景不殊。「離巢」二句，謂其人已去。「故人」，澹翁。寫怨正與賦情對看，言我方在此賦情，故人則到彼爲我寫怨矣。澹翁此行，當是由吴入杭。

劉坡公《學詞百法》：長調謀篇立局，須首尾銜接，一氣卷舒，其起處宜以駘蕩出之。如太原公子裼裘而來，或先於題意作進一層説，或先籠罩全首大意，如辛稼軒之「更能消幾番風雨，匆匆春又歸去」，吴夢窗之「送人猶未苦，苦送春、隨人去天涯」，皆工於發端者也。

劉永濟《詞論》卷下：發端之辭，貴能開門見山，不可空泛。如能從題前著筆，精神猶易振起。……有先將題意説了，隨即側入另生一意者，如吴夢窗《憶舊遊》：「送人猶未苦，苦送春、隨人去天涯。」

【考　辨】

朱箋：《陽春白雪》：澹翁，名中。載其《瑞鶴仙》一詞。又，施樞《芸隱横舟稿》云：「開爐次夕，以不禁離抱，來訪宏庵，挑燈細雨，漏促忘歸，即事有賦。時黄澹翁在焉。」

俞陛雲《唐五代兩宋詞選釋》：稿中贈友之詞，凡題中用「餞」字者皆送友，此用「别」字，及末句言「吴臺歸思」，如此作爲留别，非送行也。

楊箋：此爲因别澹翁而憶姬之作。（「送人」三句）「送人」之「人」字，指澹翁。止此二字，已將題目説完，以下全説憶姬。「隨人」之「人」字，指姬。姬去在三月，故曰「春隨人去」。（「飛夢」句）「夢逐」者，逐姬去也。（「故人」二句）此「故人」當是夢窗自指。「秋蛇」言字。時有詞寄慨，不必真題壁也。（「但醉上」二句）時尚在吴，故有「醉上吴臺」之語。

鍾振振《夢窗詞索解五題》：《箋釋》屢言夢窗之姬去夢窗而歸吴（蘇州），説此詞時，又言夢窗

「尚在吴」。如此，則去姬所在之地即夢窗所在之地，而非澹翁所赴之地，夢窗何以「因别澹翁」而憶之乎？故夢窗之所憶者，似非其姬，而别有其人。

孫按：李龏有《贈黄中爲賦澹翁》。《陽春白雪》載黄澹翁《瑞鶴仙·用陸淞韻》。《齊東野語》卷一六：「寶慶間，李知孝爲言官，與曾極景建有隙，每欲尋釁以報之。……於是江湖以詩爲諱者兩年。其後史衛王之子宅之壻趙汝棣（孫按：《宋史》禖作「楳」，爲史彌遠壻）頗喜談詩，引致黄簡、黄中、吴仲孚諸人。洎趙崇龢進《明堂禮成詩二十韻》，於是詩道復昌矣。」結合前引施樞詩題，黄澹翁與夢窗友人丁宏庵、施樞等有交往，也是當時知名文人。

此詞寫於蘇州，爲送别之作。詞中「西湖斷橋」六句，與集中兩首弔唁臨安府尹袁韶的詞作《西平樂慢·過西湖先賢堂》及《三姝媚·過都城舊居有感》内容最相關涉，如《西平樂慢》：「岸壓郵亭，路欹華表，堤樹舊色依依。」「漫省連車載酒，立馬臨花，猶認蔫紅傍路枝。」《三姝媚》：「紫曲門荒，沿敗井、風摇青蔓。對語東鄰，猶是曾巢，謝堂雙燕。」夢窗年青時曾入袁韶幕中，黄澹翁則在寶慶間（一二二五至一二二七）入濮安懿王六世孫趙汝楳之門，如今都如王謝堂前的離巢孤燕，悽悽惶惶，難有營壘安身之地。而且，又如《西平樂慢》所云，「追念吟風賞月，十載事，夢惹緑楊絲」，西湖斷橋仍是夢窗魂牽夢縈之地，故在斜陽草色中雖有歸意，然已無地可歸，僅能憑故人表達二人共有之「深怨」也。此詞入黄昇《中興以來絶妙詞選》，應作於淳祐九年（一二四九）之前。

## 宴清都

病渴文園久〔一〕。梨花月，夢殘春故人舊〔二〕。愁彈枕雨〔三〕，衰翻帽雪〔四〕，爲情僝僽〔五〕。千金醉躍驕驄〔六〕，試問取、朱橋翠柳〔七〕。痛恨不、買斷斜陽〔八〕，西湖醞入春酒〔九〕。吴宫亂水斜煙〔一〇〕，留連倦客〔一一〕，慵更回首〔一二〕。幽蛩韻苦〔一三〕，哀鴻叫絶，斷音難偶〔一四〕。題紅泛葉零亂，想夜冷、江楓暗瘦〔一五〕。付與誰、一半悲秋㊀，行雲在否〔一六〕。

【校　議】

㊀ 悲秋：《中興以來絶妙詞選》作「愁秋」。

【注　釋】

〔一〕病渴文園：詳見《祝英臺近·悼得趣》注〔一〕。

〔二〕梨花二句：晏殊《寄遠》：「梨花院落溶溶月，柳絮池塘淡淡風。」並用梨花夢典，見王昌齡《梅詩》及蘇軾《西江月·梅花》詞。謂春色依舊人已老去。

〔三〕愁彈枕雨：周邦彦《解蹀躞》：「幽房暗相遇。淚珠都作，秋宵枕前雨。」馮延巳《憶江南》：「别離若向百花時，東風彈淚有誰知。」

〔四〕衰帽翻雪：喻白髮翻出破帽。

〔五〕僝僽：《匯釋》：「猶云憔悴或煩惱也。……言爲多情而憔悴也。」

〔六〕千金句：李白《將進酒》：「人生得意須盡歡，莫使金樽空對月。天生我材必有用，千金散盡還復來。」

〔七〕朱橋：與上句謂年青時在西湖六橋柳下繫馬狂歡。

〔八〕買斷斜陽：盧延讓《樊川寒食二首》（之二）：「五陵年少粗於事，栲栳量金買斷春。」司空圖《楊柳枝壽杯詞十八首》（之一六）：「莫言萬緒牽愁思，緝取長繩繫落暉。」

〔九〕西湖句：李白《襄陽歌》：「遥看漢水鴨頭緑，恰似葡萄初醱醅。」醽酒，《拾遺記》卷九載張華採用西羌蘗、北胡麯、胡中指星麥釀九醖酒：「以之釀酒，清美醇鬯，久含令人齒動。若大醉，不叫笑搖蕩，令人肝腸消爛，俗人謂爲消腸酒，或云醇酒，可爲長宵之樂。」此泛指烈性好酒。春酒，《詩·豳風·七月》：「爲此春酒，以介眉壽。」毛傳：「春酒，凍醪也。」孔穎達疏：「此酒凍時釀之，故稱凍醪。」此泛指春天行樂所飲之酒。　鍾振振《夢窗詞索解五題》箋以上三句曰：「蓋言所痛恨不能遂願者凡二事：『買斷斜陽』，一也；『西湖醽入春酒』，二也。此二者乃並列關係，非主從或依存關係。詞人因日暮、酒盡而發此奇想，欲日不落而酒不竭，暢此遊而暢此飲也。」

〔一〇〕吴宮句：姜夔《除夜自石湖歸苕溪》：「細草穿沙雪半銷，吴宮煙冷水迢迢。」

〔一一〕留連：此謂流離。焦贛《易林·訟之蹇》：「留連多難，損其食糧。」

〔一二〕慵更回首：孟貫《江邊閒步》：「吟罷慵回首，此情誰與同。」以上三句謂蘇幕之事亦慵於回望也。

〔一三〕幽蛩：李群玉《秋怨》：「虛窗度流螢，斜月啼幽蛩。」

〔一四〕哀鴻二句：謝惠連《泛湖歸出樓中玩月詩》：「哀鴻鳴沙渚，悲猨響山椒。」以上三句謂生活困頓，故詩聲哀苦有過於幽蛩孤鴻。

〔一五〕題紅三句：採用唐人崔信明殘句「楓落吴江冷」，並用流紅題詩典。

〔一六〕付與三句：意思是無從訴説内心的痛苦，雖有吴江楓葉，能題半是相思半悲秋的詩句，卻没有交付的對象。與晏殊《清平樂》同意：「紅箋小字。説盡平生意。鴻雁在雲魚在水。惆悵此情難寄。」行雲在否，馮延巳《蝶戀花》：「幾日行雲何處去，忘了歸來，不道春將暮。」

## 【集評】

潘游龍《古今詩餘醉》卷一一：「痛恨不買」二句，雄快之極。

沈際飛《草堂詩餘別集》卷四：（「痛恨」二句）快論。增添唐句幾字，多了意思幾折。

【考　辨】

楊箋：此詞憶姬處頗晦，不如他作之顯，然感慨無端，淒涼欲絶處，亦較他作爲甚，故次序脈絡亦欠分明，實則詞境以此方爲極詣也。宋玉有《悲秋賦》，悲秋何以「一半」？兩人「平分」之也。「在否」者，希冀其未別抱琵琶，尚可作破鏡之重合也。

孫按：此詞寫於蘇州。詞入黄昇《中興以來絶妙詞選》，作於淳祐九年（一二四九）之前。

## 金縷歌㈠

陪履齋先生滄浪看梅㈡〔一〕

喬木生雲氣〔二〕。訪中興、英雄陳跡〔三〕，暗追前事。戰艦東風慳借便，夢斷神州故里〔四〕。旋小築、吴宫閑地〔五〕。華表月明歸夜鶴〔六〕，歎當時、花竹今如此〔七〕。枝上露，濺清淚〔八〕。　遨頭小簇行春隊㈢〔九〕。步蒼苔、尋幽別塢，問梅開未㈣〔一〇〕。重唱梅邊新度曲，催發寒梢凍蕊。此心與、東君同意〔一一〕。後不如今今非昔〔一二〕，兩無言、相對滄浪水〔一三〕。懷此恨，寄殘醉〔一四〕。

【校　議】

㈠《歷代詩餘》列於《賀新郎》調名下，注曰：「雙調一百十六字。『郎』亦作『涼』。一名《金縷歌》，一名《金縷衣》，一名《乳燕飛》，一名《風敲竹》，一名《貂裘换酒》，皆同調異名也。」《詞譜》：「葉夢得詞有『唱金縷句』。名《金縷歌》，又名《金縷曲》，又名《金縷詞》。蘇軾詞有『乳燕飛華屋』句，名《乳燕飛》，有『晚涼新浴』句，名《賀新涼》，有『風敲竹』句，名《風敲竹》，張輯詞有『把貂裘、换酒長安市』句，名《貂裘换酒》。」吴潛《賀新郎・吴中韓氏滄浪亭和吴夢窗韻》即和夢窗此詞。

㈡《歷代詩餘》詞題作「陪履齋滄浪看梅」。戈校本詞題下注「朱選」。

㈢行春：杜本所見毛本作「行香」。杜校：「『行春』原作『行香』。從《中興集》改正。」

㈣問梅：《中興以來絶妙詞選》、毛本、《吴興藝文補》、《詞綜》、《歷代詩餘》、戈校本、杜本、王朱本、朱二校本作「看梅」。

【注　釋】

〔一〕履齋：吴潛之號。詳見《浣溪沙・仲冬望後》【考辨】。　滄浪：即滄浪亭。建炎後爲韓世忠所有，俗名韓王園。

〔二〕喬木：《孟子・梁惠王下》：「孟子見齊宣王，曰：『所謂故國者，非謂有喬木之謂也，有世臣之謂也。』」蘇軾《韓康公挽詞三首》（之一）：「故國非喬木，興王有世臣。」　生雲氣：謂風雲際會。王粲《詩》：「遭遇風雲會，托身鸞鳳間。」杜甫《洗兵馬》：「徵起適遇風雲會，扶顛始知籌策良。」

〔三〕訪中興二句：中興英雄，指韓世忠。據《宋史·韓世忠傳》：宋金戰起，韓世忠在河北抗金並隨高宗南下，屢建奇功。高宗「手書『忠勇』二字，揭旗以賜」。建炎三年（一一二九）冬，金兀朮渡江，「以世忠爲浙西制置使，守鎮江」。世忠與金兀朮轉戰至黄天蕩（今江蘇南京附近），大敗之。是役「兀朮兵號十萬，世忠僅八千餘人。帝凡六賜札，褒獎甚寵。拜檢校少保、武成感德軍節度使，神武左軍都統制」。後又在大儀（今江蘇揚州西北）大破金與僞齊聯軍。大儀之役，「論者以此舉爲中興武功第一」。「（世忠）除京東、淮東宣撫處置使兼節制鎮江府，仍楚州置司。四月，賜號『揚武翊運功臣』，加横海、武寧、安化三鎮節度使」。「在楚州十餘年，兵僅三萬，而金人不敢犯」。紹興十一年（一一四〇）秦檜收三大將兵權，授樞密使。「世忠既不以和議爲然，爲檜所抑。」因主戰建議不被採納，自請解職，杜門謝客，絶口不言兵事。紹興二十一年（一一五一）八月薨，「進拜太師，追封通義郡王。孝宗朝，追封蘄王，謚忠武，配饗高宗廟庭」。

〔四〕暗追三句：《宋史紀事本末·二》謂黄天蕩之役，雖使金兀朮「不敢冉言渡江」，但韓世忠也遭受火攻而退回鎮江。金兀朮「見海舟乘風使篷，往來如飛，謂其下曰：『南軍使船如使馬，奈何？』乃募人獻破舟之策，於是閩人王姓者，教其舟中載土，以平板鋪之，穴船板以棹槳，俟風息則出；海舟無風不能動也，且以火箭射其箬篷，則不攻自破矣。兀朮然之，刑白馬以祭天。及天霽風止，兀朮以小舟出江，世忠絶流擊之。海舟無風不能動，兀朮令善射者乘輕舟以火箭射之，煙焰蔽天，師遂大潰，焚溺死者不可勝數。世忠僅以身免，奔還鎮江」。意思是韓世忠此役因無風海舟遭致被焚，未能最後消滅兀朮與金兵，使其收復北方及故鄉的夢想無法實現。然而世忠未能收復失地，還有更深層次的原因。《宋史·韓世忠傳》論曰：「古人有言：『天下安，注意相；天下危，注意將。』宋靖康、建炎之際，天下安危之機也，勇略忠義如韓世忠而爲將，是天以資宋之興復也。方兀朮渡江，惟世忠與之對陣，以閒暇示之。及劉豫廢，中原人心動摇，世忠請乘時進兵，此機何可失也？高宗惟奸檜之言是聽，使世忠不得盡展其才，和議成而宋事去矣。暮年退居行都，口不言兵，部曲舊將，不與相見，蓋懲岳飛之事也。昔漢文帝思頗、牧於前代，宋有世忠而不善用，惜哉！」神州，《史記正義》卷七四：「中國名曰赤縣神州。」據《宋史·韓世忠傳》：大儀之戰，「兀朮窮蹙，求會語，祈請甚哀。世忠曰：『還我兩宫，復我疆土，則可以相全。』兀朮語塞」。東風借便，《三國志·吴志·周瑜傳》有借東風之力火燒赤壁一事。裴松之注引《江表傳》曰：「至戰日，蓋先取輕利艦十舫，載燥荻枯柴積其中，灌以魚膏，赤幔覆之，建旌旗龍幡於艦上。時東南風急，因以十艦最著前，中江舉帆。蓋舉火，白諸校使衆兵齊聲大叫曰：『降焉。』操軍人皆出營立觀，去北軍二里餘，同時發火，火烈風猛，往船如箭。飛埃絶爛，燒盡北船，延及岸邊營砦。瑜等率輕鋭軍繼其後，雷鼓大進，北軍大壞，曹公退走。」杜牧《赤壁》：「東風不與周郎便，銅雀春深鎖二喬。」

〔五〕旋小築二句：杜甫《畏人》：「畏人成小築，褊性合幽棲。」特指經營蘇州滄浪亭之事，化用杜詩，暗含朝廷和議之爭。

〔六〕華表歸鶴：典見《水龍吟·惠山酌泉》注〔一八〕。

〔七〕當時花竹：《長洲縣志》卷一三：「韓蘄王府俗稱韓家園，即章氏園也。……韓氏作橋兩山之上，曰『飛虹』，張安國書扁。上有連理木，慶元間猶存。山之堂曰『寒光』，傍有臺曰『冷風亭』，又有『翊運堂』，耿元鼎記。池側有『濯纓亭』，梅之亭曰『瑶華境界』，竹之亭曰『翠玲瓏』，桂之亭曰『清香館』。」

〔八〕枝上二句：杜甫《春望》：「感時花濺淚，恨别鳥驚心。」以上五句表層假設滄浪亭主人韓世忠若化鶴歸來，大有物非之歎，實寫國事日蹙。張炎吊主戰派大將韓侂胄南園詞《高陽臺》序有「亦猶今之視昔之感」；詞有「鬢貂飛入平原草，最可憐、渾是秋陰。夜沈沈。不信歸魂，不到花深」之句，對照張詞，則吴詞感慨昭晰可見。

〔九〕遨頭：太守的别稱。《歲華紀麗譜》：「成都游賞之盛，甲於西蜀。蓋地大物繁，而俗好娱樂。凡太守歲時宴集，騎從雜遝，車服鮮華。倡優鼓吹，出入擁導，四方奇技，幻怪百變。序進於前，以從民樂，歲率有期，謂之故事。及期，則士女櫛比，輕裘袨服，扶老攜幼，闐道嬉遊。或以坐具列於廣庭，以待觀者，謂之遨床，而謂太守爲遨頭。」陸游《老學庵筆記》卷八：「四月十九日，成都謂之浣花。遨頭宴於杜子美草堂滄浪亭，傾城皆出，錦繡夾道。」此指平江知府吴潛。

〔一〇〕步蒼苔三句：釋文珦《梅花》：「梅花如隱人，不與群芳競。别塢春風多，寒流照清影。」王維《雜詩三首》（之二）：「來日綺窗前，寒梅著花未？」

〔二〕重唱四句：暗用唐玄宗羯鼓催發柳杏典。蘇軾《後十餘日復至》：「東君意淺著寒梅，千朵深紅未暇裁。」《東坡詩集注》王十朋注曰：「次公此言東君止著寒梅而已，此所以爲意也。」杜甫《小至》：「岸容待臘將舒柳，山意衝寒欲放梅。」度曲，即制此曲《金縷歌》。東君，司春之神青帝。

〔三〕後不句：白居易《東城尋春》：「今既不如昔，後當不如今。」

〔三〕滄浪水：語出《孟子·離婁上》，詳見《鶯啼序·豐樂樓》注〔二〕。並拍合濯纓亭。

〔四〕懷此二句：暗用趙師雄殘酒醒時，唯見月落參横，翠羽啾嘈典故。

【集評】

陳廷焯《雲韶集》卷八：起五字神來。通首流連詠歎，天地爲之低昂。欷歔流涕有如此者。（下闋眉批）一片熱腸，有誰知得？（結句眉批）沈痛迫烈，碎擊唾壺。意極激烈，語卻温婉。

又，《白雨齋詞話》卷二：感慨身世，激烈語偏寫得温婉，境地最高。

又，卷六：稼軒詞云：「而今已不如昔，後定不如今。」即其年《水調歌頭》之意，而意境卻别。然讀夢窗之「後不如今今非昔，兩無言、相對滄浪水」。悲鬱而和厚，又不爲必爲稼軒矣。

陳洵《海綃説詞》：要心與東君同意，能將履齋忠款道出，是時邊事日亟，將無韓、岳，國脈微弱，又非昔時。履齋意主和守而屢疏不省，卒致敗亡，則所謂「後不如今今非昔，兩無言、相對滄浪水。懷此恨，寄殘醉」也。言外寄慨，學者須理會此旨。前闋滄浪起，看梅結；後闋看梅起，滄浪結，章法一絲不走。

楊箋：（「戰艦」二句）：史言兀朮掘新河遁去，故未能與孔明之借東風，使曹操戰艦歸於灰燼，故「神州」不復，江左偏安而已。（「華表」三句）妙在「小築吴宫閑地」之下，不綴以流連詩酒等句，陡以華表歸鶴吊古語截斷，筆意已矯變矣。又以「當時花竹」四字爲補景，使題面不落空，「今如此」，鎖題。

劉永濟《微睇室説詞》：韓王，韓世忠也。世忠，延安人，字良臣，高宗時以平賊功官左將軍，守鎮江，屢敗金兵。秦檜收三大將權，韓拜樞密使，上疏痛詆檜誤國，罷爲醴泉觀使。自此杜門謝客，自號清涼居士。卒，進拜太師。孝宗朝追封韓王，謚忠武。南宋自理宗趙昀端平元年約元兵滅金後，復背約出兵北伐，連年爲元兵所侵，國勢日絀。吴潛主和主守而朝廷不省，卒以致亡。夢窗嘗從吴遊。……起三句即從韓世忠抗金説起，故曰「英雄陳跡」。「喬木」五字，則從滄浪亭起興。「喬木」字出孟子「故家喬木」語，用以指韓世忠。「戰艦」二句，言其戰績。曰「慳借便」，暗用孫曹赤壁之戰，吴利用東風燒曹戰艦事，言恢復之功不成也。「夢斷神州故里」，即承上意，言失地未復。「小築」句，落到韓買滄浪亭。「華表」四句，設想韓王忠魂如重來此地，定生悲感，故曰「枝上露，濺清淚」。

此詞上半闋，全從韓氏滄浪小築著筆，而歎息當年恢復之功不成。直到過拍才點明看梅，詞意不在梅也。換頭從陪履齋看梅另起。「遨頭」暗用成都每年四月十九日於杜子美草堂滄浪亭開遨頭宴事，見陸游《老學庵筆記》。「小簇行春隊」句又暗用杜甫《嚴中丞枉駕見過》詩「元戎小隊出郊坰，問柳尋花到野亭」句意，以點染履齋。是時履齋方官浙東安撫使也。「步蒼苔」句正寫看梅。「重唱」二句則因賓主皆能詞，可以催梅早發也。吴潛亦能詞者，故曰與「東君同意」。「後不如今今非昔」二句又回顧上半闋，追憶「英雄陳跡」，言當年尚可圖恢復，今則國力日衰矣，恐後必更不如今也。言外有惜履齋和守之計不行，國家有危亡之懼意。此時此際，一念及此，但與履齋相對無言，但觀滄浪之水，發思古之情而已。歇拍六字所以沈痛如此也。南宋末年詞人多懷亡國之懼，夢窗詞於此感慨最深。

張伯駒《叢碧詞話》：此詞何以疏快極似稼軒，其題其調其情須如此寫故也。後人學夢窗者以爲何如？

鍾振振《夢窗詞索解五題》：「戰艦東風慳借便」，語本唐杜牧《赤壁》詩「東風不與周郎便，銅雀春深鎖二喬」，非用諸葛孔明「借東風」故事。後者乃元明小説家言，夢窗所不及知也。據《宋史》卷三六四《韓世忠傳》，高宗建炎二年，「授鄜延路副總管，加平寇左將軍」。「平寇左將軍」之「平寇」二字實不可省，蓋宋時並無「左將軍」一職也。又，本傳載「孝宗朝，追封蘄王」。作「韓王」亦誤（孫按：宋代已有徑稱「韓王」者）。滄浪亭在平江府（蘇州）。而吴潛（號履齋）曾知平江府，《宋史》卷四二《理宗紀》二：「（嘉熙）二年……甲子，兩浙轉運判官王埜察訪江面還，進對，劾吴潛知平江府不法厲民數事。」又卷四一八《吴潛傳》：「試工部侍郎、知慶元府兼沿海制置使，改知平江府。」夢窗作此詞時，履齋當在平江知府任，非浙東安撫使也。浙東安撫使駐節紹興，而平江府屬浙西，不在浙東安撫使管轄範圍之内。……「東君」乃司春之神。《説詞》以爲吴潛，殆誤以「東君」爲「東道主」矣。

【考辨】

朱箋：《中吴紀聞》：滄浪亭在郡學之東，中吴軍節度使孫承祐之池館。其後蘇子美得之，爲錢不過四萬。歐公詩所謂「清風明月本無價，可惜只賣四萬錢」是也。余家舊與章莊敏俱有其半，今盡爲韓王所得矣。

吴潛《賀新郎·吴中韓氏滄浪亭和吴夢窗韻詞》：「撲盡征衫氣，小夷猶、尊罍杖履。踏開花事，邂逅山翁行樂處，何似烏衣舊里。歎芳草舞歌地，百歲光陰如夢斷，算古今興廢都如此，何用灑、爾曹淚。　江南自有漁樵隊，想家山、猿愁鶴怨，問人歸未？寄語寒梅休放盡，留取三花兩蕊，待老子領此春意。皎皎風流心自許，盡何妨，瘦影横斜水。煩翠羽、伴醒醉。」按：履齋和夢窗詞，又有《聲聲慢·賦梅》、《浪淘沙·席上贈别》二調。今夢窗集中無此詞，蓋遺佚者多矣。

杜本鄭批：夢窗詞全詠金狄之變，爲蘄王發也。

鄭氏手批：考吳履齋以賈似道誣譖罷相，有嶺表之行。夢窗是作蓋其時也。詞中慷慨悲歌，傷今感昔，殆爲履翁發也。半塘先生云：初讀此詞，不得其解，後見説部中有謂滄浪爲韓蘄王故墅，始知君特意之所在。詞中多感詠當時遺事，藉看梅以發思古幽情，良有以也。壬寅九月晦日記。宋吳人龔明之《中吳紀聞》：滄浪亭在郡學東，吳軍節度使孫承祐之池館。其後蘇子美得之。又云：予家舊與章莊敏俱有其半，今盡爲韓王所得矣。半塘所稱説部者，蓋謂此也。

夏承燾《吳夢窗繫年》：嘉熙二年（一二三八）正月，與吳潛履齋看梅滄浪亭，作《金縷歌》，潛有和章。吳潛由慶元府改知平江，在元年八月，二年正月予祠。趙與簒本年四月知平江，皆見《吳縣志·職官表·六》。夢窗此詞有「遨頭小簇行春隊」句，當本年正月作。

楊箋：《宋史》：履齋嘉熙元年八月，由慶元府改知平江府，二年正月予祠。此詞有遨頭小隊語，應作於二年正月。時夢窗正在倉幕，見時事日非，故此詞不無感慨。夢窗詞專寫懷抱，少及時事，即事寄慨者止此。他詞纏綿悱惻，此詞獨慷慨悲歌，一洗本來面目，乃知文由題生，情由文出，雖夢窗亦不能堅守本色也。但此等詞，集中不數覯而已。

吳熊和《唐宋詞彙評·編年》：夢窗此時四十左右，已工爲詞，毛晉跋夢窗詞，謂「晚年從吳履齋遊，始學爲詞」，非是。

孫按：《吴郡志》卷一四：「滄浪亭在郡學之南，積水彌數十畝，傍有小山。高下曲折，與水相縈帶。《石林詩話》以爲錢氏時廣陵王元璙池館，或云其近戚中吴軍節度使孫承祐所作。既積土爲山，因以瀦水。慶曆間蘇舜欽子美得之，傍水作亭，曰『滄浪』。歐陽文忠公詩云：『清風明月本無價，可惜只賣四萬錢。』『滄浪』之名始著。子美死，屢易主，後爲章申公家所有，廣其故地爲大閣，又爲堂山上，亭北跨水，有名洞山者，章氏並得之，既除地，發其下，皆嵌空大石。人以爲廣陵王時所藏，益以增累，其隙兩山相對，遂爲一時雄觀。建炎之後，歸韓蘄王家。」

蘇舜欽《滄浪亭記》：「前竹後水，水之陽又竹，無窮極。澄川翠幹，光影會合於軒户之間，尤與風月爲相宜。予時榜小舟，幅巾以往，至則灑然忘其歸。觴而浩歌，踞而仰嘯，野老不至，魚鳥共樂。」

《吴郡志》卷一一：「吴潛，朝請大夫，新除工部侍郎。嘉熙元年八月十七日到任，九月二十五日准省札，都大提舉許浦都統司水軍，二年正月與宫觀。」此詞嘉熙二年（一二三八）作於蘇州，吴潛時在平江府任上。韓世忠在僞齊亡後主張北伐，吴潛在聯元滅金後主張和守。此心所同者，或在於收復失地，或在於留存國脈。所以夢窗不以戰和辨忠奸，而以時勢論英雄。「後不如今今非昔」，反映出夢窗審時度勢的歷史眼光。

## 醉落魄㊀

院姬□主出爲戍婦㊁〔一〕

柔懷難托〔二〕。老天如水人情薄〔三〕。燭痕猶刻西窗約〔四〕。歌斷梨雲〔五〕，留夢繞羅幕〔六〕。寒更唱遍吹梅角〔七〕。香消臂趁弓梢削〔八〕。主家衣在羞重著〔九〕。獨掩營門，春盡柳花落〔一〇〕。

【校　議】

㊀以下兩首毛本不載。諸本皆從《陽春白雪》輯録。

㊁□主：俞樾《右臺仙館筆記》卷一五謂一本空格作「懧」。懧，「懦」的通假字。似可從。

【注　釋】

〔一〕院姬：别院姬妾。《洛陽搢紳舊聞記》卷二：「（太子少師李肅國夫人）治家甚嚴，府中姬僕且衆，夫妻别院。李公院姬妾數十人，夫人亦數十人，潛令伺夫院中，知姬妾稍違夫指顧，則召而撻之，擇美少者代之。」

〔二〕柔懷句：周邦彦《解連環》：「怨懷難托。嗟情人斷絶，信音遼邈。」

〔三〕老天句：以上二句爲「柔情如水難托，天老人情薄」之倒文。李賀《金銅仙人辭漢歌》：「衰蘭送客咸陽道，天若有情天亦老。」化用晏殊《破陣子》詞意：「惟有擘釵分鈿侶，離别常多會面難。此情須問天。」

〔四〕燭痕句：謂剪燭夜話之約定，用李商隱《夜雨寄北》詩意。

〔五〕梨雲：猶言梨花雲。見王昌齡《梅詩》及蘇軾《西江月·梅花》詞。

〔六〕留夢句：謝朓《詠邯鄲故才人嫁爲廝養卒婦》：「夢中忽仿佛，猶言承宴私。」

〔七〕寒更：梁元帝《燕歌行》：「漫漫悠悠天未曉，遥遥夜夜聽寒更。」梅角：指角曲《梅花落》。

〔八〕弰：弓梢。《北堂書鈔》卷一二四引晉庾翼《與燕王書》：「今致朱漆弰弱弓一弄，丈八稍一枚。」此以誇張的手法寫院姬香臂消瘦如弓梢。謝朓《詠邯鄲故才人嫁爲廝養卒婦》可與此句參看：「憔悴不自識，嬌羞餘故姿。」

〔九〕主家句：陳師道《妾薄命二首》（之一）：「忍著主衣裳，爲人作春妍。」

〔一〇〕獨掩二句：岑之敬《折楊柳》：「將軍始見知，細柳繞營垂。懸絲拂城轉，飛絮上宫吹。」用細柳營典。切戍婦身份。

【集評】

劉永濟《微睇室説詞》：「柔懷」四字乃無可告訴之詞也。「老天」字出李賀「天若有情天亦老」詩句。此言「老天如水人情薄」者，言天亦如水樣。人情薄，蓋怨辭也。「燭痕」句重在「西窗約」三字，暗用李商隱「何當共剪西窗燭」詩句，言舊約猶在也。「歌斷」句回想在院時事。「梨雲」用王建梨雲夢。從下句「留夢」看，言當日歌院往事，但有夢如梨花雲也。換頭「寒更」句切戍地。「梅角」，角調有梅花落也。「香消」句切戍婦，「臂削」，人瘦也。「弰」，本弓梢也。言人臂瘦削如之。「主家衣」言「羞重著」，正以見留戀舊情之意。「營門」、「柳花」，皆戍地之景。曰「獨掩」，則孤寂也。曰「春盡」，則無歡也。曰「花落」，則飄零也。皆融情入景之詞。

## 朝中措

晚妝慵理瑞雲盤〔一〕。針線傍燈前〔二〕。燕子不歸簾捲，海棠一夜孤眠〔三〕。　踏青人散，遺鈿滿路〔四〕，雨打鞦韆。尚有落花寒在〔五〕，緑楊未褪春綿㊀〔六〕。

【校議】

㈠ 春綿：《絶妙好詞》作「青綿」。

【注釋】

〔一〕晚妝句：趙善扛《謁金門》：「喚起春融睡美。扶醉宿妝慵理。」可與周密《杏花天》「瑞雲盤翠侵妝額」句參看。

〔二〕針線句：喬知之《從軍行》：「曲房理針線，平砧擣文練。」洪咨夔《次費伯矩護印道中韻》：「燈前針線爲誰好，鏡裏黛鉛如許忙。」

〔三〕燕子二句：裴廷裕《蜀中登第答李搏六韻》：「蜀柳籠堤煙矗矗，海棠當户燕雙雙。」朱淑真《海棠》詩：「燕子欲歸寒食近，黄昏夜院雨絲絲。」皇甫冉《春思》：「機中錦字論長恨，樓上花枝笑獨眠。」

〔四〕遺鈿：兼指首飾與落花。

〔五〕雨打二句：鄭剛中《有客問予每日何事客退賦此》：「仿佛殘香幽夢斷，冥蒙細雨落花寒。」 以上三句寫閨中少婦眼中清明寒食遊春後的暮春景象。

〔六〕緑楊句：白居易《楊柳枝》：「若解多情尋小小，緑楊深處是蘇家。」並反用蘇軾《蝶戀花》詞意：「花褪殘紅青杏小。燕子飛時，緑水人家繞。枝上柳綿吹又少。天涯何處無芳草。」 以上二句寫女子在愁怨中尚存希冀，怨而不怒，存温厚也。

【集　評】

俞陛雲《唐五代兩宋詞選釋》：「晚妝」二句就閨中而言，見孤悶之無儔；「踏青」二句就春遊而言，見繁華之易散。兩段皆後二句見本意。燕去空勞簾卷，有「錦衾獨旦」之悲；青綿尚有餘寒，有「翠袖佳人」之感。作者長於怨悱矣。

楊箋：（「尚有」）二句此詞托諸春閨無俚，實爲自己寫照。上片就己邊説，下片推開，全在景上著筆，與上片不即不離，格局絶妙。

## 青玉案㊀

短亭芳草長亭柳。記桃葉，煙江口〔一〕。今日江村重載酒〔二〕。殘杯不到〔三〕，亂紅青塚〔四〕，滿地閑春繡〔五〕。　翠陰曾摘梅枝嗅。還憶鞦韆玉葱手〔六〕。紅索倦將春去後㊁〔七〕。薔薇花落，故園胡蝶，粉薄殘香瘦〔八〕。

【校　議】

㊀ 以下七首毛本不載。諸本皆從《絶妙好詞》輯録。

㈡倦將：朱鈔《絶妙好詞》作「捲將」。諸本皆從柯南陔本《絶妙好詞》。

【注釋】

〔一〕短亭三句：長亭短亭、芳草斜陽、楊柳攀折、桃葉渡江皆記渡口離别之事。

〔二〕江村：在蘇州閶門西的西園内。詳見《掃花遊·送春古江村》注〔一〕。

〔三〕殘杯：韋應物《寒食》：「長歌送落日，緩吹逐殘杯。」已入寒食清明祭祀之意。

〔四〕青塚：泛指所鍾情女子之墳塋。

〔五〕滿地句：「亂紅」意入此句。姚合《題李頻新居》：「蓋地花如繡，當門竹勝簾。」以上四句的意思是江村西園再載酒時，同樣是春色如繡的季節，但當時侑觴的彼美，已是孤墳杳杳，酹酒難至。

〔六〕翠陰二句：韓偓《偶見》：「鞦韆打困解羅裙，指點醍醐索一尊。見客入來和笑走，手搓梅子映中門。」無名氏《點絳唇》：「蹴罷鞦韆，起來慵整纖纖手。」「倚門回首。却把青梅嗅。」

〔七〕將：《匯釋》：「將，猶與也。……又《月下獨酌》詩：『月既不解飲，影徒隨我身。暫伴月將影，行樂須及春。』此云月與影也。」以上三句點明時在寒食清明時。

〔八〕薔薇三句：劉商《代人村中悼亡二首》（之二）：「庭前唯有薔薇在，花似殘妝葉似衣。」温庭筠《和友人悼亡》：「春風幾許傷心事，碧草侵階粉蝶飛。」薔薇，《淵鑒類函》卷四〇九引《格物論》：「花或白或黄或紫，開時連春接夏不絶，清馥可人。」

【集　評】

陳廷焯《詞則·别調集》卷二：筆意爽朗。

俞陛雲《唐五代兩宋詞選釋》：旗亭往事，已紫玉煙消，昔人「一滴何曾到九泉」句，語固沈痛，此詞「殘杯」、「青塚」三句，同一荒塋酹酒，以藴藉出之。沈伯時所謂詞家「用字不可太露」也。下闋「鞦韆」句與稿中《風入松》之「黄蜂頻撲鞦韆索」句同感。合兩詞觀之，纖手曾扶，乃憶當年實事。余昔在巨宅，曾見庭院鞦韆之架，今都邑間久無此戲矣。結句五字殊雅。《樂府指迷》云「（填詞）下字欲其雅，不雅則近乎纏令之體」矣。

陳洵《海綃説詞》：詞極淒豔，卻具大起大落之勢，大家之異人如此。

劉永濟《微睇室説詞》：起處之「長亭」、「短亭」乃相别之地。下文「桃葉」句，用王獻之《桃葉歌》：「桃葉復桃葉，渡江不用楫。但渡無所苦，我自迎接汝。」言將迎娶也。「桃葉」，獻之侍妾名。「今日」以下，皆述重來情事。詞有「殘杯」、「青塚」語，蓋言今日重來、願以一杯酬其人之塚亦不得，但見滿地春草如繡而已。换頭復回憶初遇時事，「摘梅枝」、「鞦韆」，皆是舊事。「紅索」，鞦韆索也。此言往事皆隨春去也。……言今則「薔薇花落」，但有「故園蝴蝶」飛來，而蝴蝶亦「粉薄殘香瘦」。

垂淚望歸之人，固不可見，重來之人，亦與「故園蝴蝶」相同，其情思淒苦甚矣。

【考　辨】

陳洵《海綃説詞》：此與「黄蜂頻撲鞦韆索」異矣。豈其人已没乎？

楊箋：此亦爲憶故妾及去姬之作。　上片是憶故妓。　下片是憶去姬。

劉永濟《微睇室説詞》：從詞情觀之，殆爲悼念亡妓之作。夢窗於遣妾去後，别有所戀，未及成婚而其人已亡，《鶯啼序》及此詞似均爲此人而作。

孫按：此爲蘇州營妓的悼亡詞。此妓流落至杭後，不久亦亡。參見《瑞鶴仙》（淚荷拋碎璧）【考辨】。

又

新腔一唱雙金斗〔一〕。正霜落、分甘手㊀〔二〕。已是紅窗人倦繡。春詞裁燭〔三〕，夜香温被〔四〕，怕減銀壺漏㊁〔五〕。　吴天雁曉雲飛後〔六〕。百感情懷頓疏酒㊂〔七〕。彩扇何時翻翠袖。歌邊拌取，醉魂和夢，化作梅邊瘦㊃〔八〕。

【校　議】

㈠分甘：杜本作「分柑」。楊箋：「甘，即『柑』字。」

㈡怕滅：杜本作「煙滅」。

㈢頓疏酒：柯南陔本《絶妙好詞》作「賴疏酒」。《絶妙好詞》箋注：「別本作『賴』，非。」

㈣梅邊：朱鈔《絶妙好詞》作「梅花」。諸本皆從柯南陔本《絶妙好詞》。

【注　釋】

〔一〕雙金斗：晁端禮《絶句》：「去日玉刀封恨斷，見時金斗熨愁眉。」此「金斗」下暗藏一「熨」字，比喻雙眉舒展、内心舒暢。《丹鉛餘録・摘録》卷八：「《説文》：熨，持火申繒也。一曰火斗。……杜工部詩『美人細意熨帖平』，白樂天詩『金斗熨波刀剪文』，温庭筠詩『緑波如熨豁愁腸』，陸魯望詩『波平熨不如』，又，『天如重熨皺』，王君玉詞『金斗熨秋江』。」金斗，語出梁簡文帝《和徐録事見内人作卧具詩》：「熨斗金塗色，簪管白牙纏。」

〔二〕正霜落二句：蘇州洞庭山柑橘經霜而黄然後能食。陳師道《殘句》：「磊落金盤薦糟蟹，纖柔玉指破霜柑。」陳三聘《宜男草》：「別夢回、憶得霜柑分我，應自有、濃香噀手。」

〔三〕春詞裁燭：用刻燭限詩典。裁詞，杜甫《江亭》：「故林歸未得，排悶强裁詩。」

〔四〕夜香温被：呂夏卿《春陰》：「海棠陰淺日黄昏，畫閣輕寒繡被温。」

〔五〕銀壺：崔液《上元夜六首》（之一）：「玉漏銀壺且莫催，鐵關金鎖徹明開。」

〔六〕吴天雁曉：陳造《次韻諸公清樾軒詩》：「歸誅故山茅，吴雁憑寄語。」　雲飛後：李白《宫中行樂詞》：「只愁歌舞散，化作彩雲飛。」

〔七〕百感句：杜甫《登高》：「艱難苦恨繁霜鬢，潦倒新停濁酒杯。」吕渭老《卜算子》：「得酒解愁煩，多病還疏酒。」

〔八〕彩扇四句：用趙師雄遇淡妝素服梅花仙子典。朱敦儒《桃源憶》：「今夜月明如畫。人共梅花瘦。」晁端禮《滿江紅》：「人生事，誰如意。剩拚取，尊前醉。」取，《匯釋》：「語助辭。猶著也；得也。」此化用牛希濟《臨江仙》詞意：「須知狂客，拚死爲紅顔。」

## 【集評】

陳廷焯《詞則·别調集》卷二：接筆好。

俞陛雲《唐五代兩宋詞選釋》：上闋回首當年之事。對酒聞歌以後，更紅燭温香，何等風懷旖旎！乃雁斷雲飛以後，百感都來，既酒邊人去，醉魂無著，只堪寄梅花。與「約個梅魂，輕憐細語」句，皆寫無聊之思，綺語而兼幽想也。

陳洵《海綃説詞》：「疏酒」，因無翠袖故也，卻用上闋人家度歲之樂，層層對照，爲「何時」二字，十二分出力。

楊箋：（「歌邊」三句）此即翻翠袖時所享受者，「歌」承「翠袖」，「醉」承「酒」。

鍾振振《夢窗詞索解五題》：蓋上片所述情事甚爲具體細緻，大似作者之親歷，且無一字可見出事屬他人故也。「歌邊拌取，醉魂和夢，化作梅邊瘦」，三句當與上「彩扇何時翻翠袖」合詮。蓋言若得伊人執「彩扇」而歌，「翻翠袖」而舞，我當「拌取」（拚了）一醉，不辭「醉魂和夢，化作梅邊瘦」也。

【考　辨】

楊箋：此亦憶姬之作。

孫按：詞寫於蘇州。

## 好事近

飛露灑銀床，葉葉怨梧啼碧㊀〔一〕。蘄竹粉連香汗㊁，是秋來陳跡〔二〕。藕絲空纜宿湖船〔三〕，夢闊水雲窄〔四〕。還繫鴛鴦不住〔五〕，老紅香月白〔六〕。

【校　議】

㈠ 啼碧：朱鈔《絕妙好詞》作「題碧」。

㈡ 粉連：《歷代詩餘》、戈選、杜本、王朱本、朱二校本作「粉蓮」。

【注　釋】

〔一〕飛露二句：李白《贈別舍人弟臺卿之江南》：「梧桐落金井，一葉飛銀床。」

〔二〕蘄竹二句：蘇軾《四時詞四首》（之三）：「新愁舊恨眉生緑，粉汗餘香在蘄竹。」蘄竹，竹簟。

〔三〕藕絲句：殷英童《採蓮曲》：「藕絲牽作縷，蓮葉捧成杯。」宿船，李頻《送元遂上人歸錢唐》：「雨中過岳黑，秋後宿船涼。」

〔四〕夢闊句：爲「夢窄水雲闊」之倒。意同《鷓鴣天·化度寺作》中「鄉夢窄，水天寬」。

〔五〕還繫句：暗用紅線典。李復言《續玄怪録·訂婚店》謂杜陵韋固，元和二年，旅次遇一老人，倚布囊坐於階上，向月撿書。固問所尋何書，答曰：「天下之婚牘耳。」又問囊中何物，答曰：「赤繩子耳。以繫夫妻之足，及其生，則潛用相繫，雖讎敵之家，貴賤懸隔，天涯從宦，吴楚異鄉，此繩一繫，終不可逭。」元代李致遠《孤悶》「藕絲繫鴛鴦足」之句，似可作爲此句注腳。

〔六〕老紅句：李群玉《傷思》：「八月白露濃，芙蓉抱香死。紅枯金粉墮，寥落寒塘水。」李賀《月漉漉篇》：「秋白鮮紅死，水香蓮子齊。」楊箋：「末五字，淒涼景象。」

【集　評】

陳廷焯《詞則·別調集》卷二：「夢闊」五字奇警。

俞陛雲《唐五代兩宋詞選釋》：「飛露」二句，尋常露滴梧桐，以字字矜煉出之，固經意之句，亦南宋名家之異於北宋處。「竹粉」二句，陳跡猶存，而伊人已渺，故下闋接以懷人，柳絲繫舟，詞中所恒用，此「藕絲」二字殊新，只繫湖船而不繫鴛鴦。至香老月寒，長勞夢想，煙島寒塘，自傷隻影，等一鸞之羞舞矣。

【考　辨】

楊箋：此亦憶姬之詞。疑作於姬去當年秋間。

## 杏花天

重午

幽歡一夢成炊黍〔一〕。知緑暗、汀菰幾度〔二〕。竹西歌斷芳塵去〔三〕。寬盡經年臂縷㈠〔四〕。梅黄後、林梢更雨〔五〕。小池面、啼紅怨暮〔六〕。當時明月重生處〔七〕。樓上宮眉在否〔八〕。

【校　議】

㈠ 經年：杜本作「當年」。

【注　釋】

〔一〕幽歡：韓偓《六言三首》（之一）：「幽歡不盡告别，秋河悵望平明。」　炊黍一夢：合用菰葉黍粽及黄粱一夢典。

〔二〕知緑暗二句：化用姜夔《琵琶仙》詞：「春漸遠、汀洲自緑，更添了、幾聲啼鴂。」

〔三〕竹西歌斷：化用杜牧《題揚州禪智寺》詩：「誰知竹西路，歌吹是揚州。」因以「竹西」代指揚州。芳塵去：化用賀鑄《青玉案》詞意：「凌波不過横塘路。但目送、芳塵去。」

〔四〕經年：猶言「經歲」。參見《霜葉飛·重九》注〔二〕。　寬盡臂縷：謂手臂消瘦。臂縷，端午節佩戴於臂上的編織物。

〔五〕梅黄二句：翻過一層用賀鑄《青玉案》詞意：「試問閒愁都幾許。一川煙草，滿城風絮，梅子黄時雨。」林梢雨，皮日休《聞開元寺開筍園寄章上人》：「森森競泫林梢雨，嵺嵺爭穿石上雲。」

〔六〕小池面二句：謂暮色中池中乍開之帶雨紅蓮如啼似泣。　以上四句明寫節令景物，暗擬别時彼美之淚泫。

〔七〕明月重生：黄庭堅《和任夫人悟道》：「夫亡子幼如月魄，摧盡蛾眉作詩客。」《山谷外集詩注》：

「《書》：旁死魄。疏云：魄，形也。月之輪郭無光之處。朔後明生而魄死，望後明死而魄生。退之詩：『維時月魄死，冬日朝在房。』」黄裳《喜遷鶯·端午泛湖》：「歸棹晚，載荷花十里，一鉤新月。」

〔八〕宫眉：喻眉式如初月。　以上二句寫在相似的情景中回憶當年曾在揚州與彼美共看月明初生的温馨場景。

【集評】

陳洵《海綃説詞》：「幽歡一夢成炊黍」，以下三句繳足。「樓上宫眉在否」，以上三句逼取。順逆往來，無不如意。

【考辨】

楊箋：此亦憶姬之詞。

孫按：此詞屬重午憶楚妓系列。詳見《滿江紅·甲辰歲盤門外寓居過重午》【考辨】。

## 浪淘沙

燈火雨中船〔一〕。客思綿綿。離亭春草又秋煙〔二〕。似與輕鷗盟未了，來去年年〔三〕。

往事一潸然〔四〕。莫過西園。淩波香斷緑苔錢㊀〔五〕。燕子不知春事改，時立鞦韆〔六〕。

【校　議】

㊀ 香斷：柯南陔本《絶妙好詞》作「杳斷」。

【注　釋】

〔一〕燈火句：温庭筠《送淮陰孫令之官》：「魚鹽橋上市，燈火雨中船。」

〔二〕客思二句：蔡邕《飲馬長城窟行》：「青青河邊草，綿綿思遠道。」謝朓《酬王晉安德元詩》：「春草秋更緑，公子未西歸。」

〔三〕似與二句：黄庭堅《奉同子瞻韻寄定國》：「老驥心雖在，白鷗盟已寒。」

〔四〕往事句：杜安世《鳳銜杯》：「多少舊歡往事、一潸然。」潸然，流淚貌。《漢書·中山靖王劉勝傳》：「紛驚逢羅，潸然出涕。」

〔五〕莫過二句：薛德音《悼亡詩》：「苔生履跡處，花没鏡塵中。」苔錢，劉孝威《怨詩》：「丹庭斜草徑，素壁點苔錢。」　反用韓偓《寒食日重游李氏園亭有懷》詩意：「今日獨來香徑裹，更無人跡有苔錢。」

〔六〕燕子二句：以上四句從高觀國《杏花天》數句中化出：「西園路、青鞋暗記。怕行人、鞦韆徑裏。一春多少相思意。説與新來燕子。」

【集　評】

俞陛雲《唐五代兩宋詞選釋》：前半寫作客情懷，宛轉動人。況舊夢西園，淩波香斷，則勞薪雙足，益自傷矣。「燕立鞦韆」，與「黄蜂頻撲鞦韆索」句，一若有知，一若無知，而感人懷抱則同。唐人詩「飛鳥不知陵谷變，朝來暮去弋陽溪」、「庭樹不知人去盡，春來還發舊時花」，一興禾黍之悲，一寓故家之感。此詞詠燕，則有悱惻之懷。無情之燕子，久看世態，似勝於人之有情；但萬有終歸寂滅，則無情與有情，亦彭殤一例耳。

陳洵《海綃説詞》：「春草」，邂逅之始。「秋煙」，别時。「來去年年」，遂成往事，「西園」，故居，「春事改」，人事遷也，不承上闋「秋」字。

劉永濟《微睇室説詞》：此舟行感舊之詞。起五字，述舟中景色。「客思」，旅懷也。「春草」、「秋煙」，言經年在途中也。「似與」二句，感慨往來不止一年也。換頭句，感舊事而傷情也。「莫過西園」，傷情之地，不忍重過也。「淩波香斷」，西園之人已去，空餘緑苔也。「燕子」二句，言只有燕子猶來也。

【考　辨】

楊箋：此因行役憶姬而作。（「燕子」二句）鞦韆，是姬遊戲之物，燕子不知姬去，而仍以爲姬在而立此，此本意也。又春事已過，鞦韆應拆除，燕子不知春去而仍立此，此文面也。

## 思佳客㊀

迷蝶無蹤曉夢沈。寒香深閉小庭心〔一〕。欲知湖上春多少，但看樓前柳淺深〔二〕。愁自遣〔三〕，酒孤斟〔四〕。一簾芳景燕同吟㊁〔五〕。杏花宜帶斜陽看，幾陣東風晚又陰㊂〔六〕。

【校　議】

㊀此首杜本謂「從《詞潔》補」。

㊁燕同吟：杜本作「憶同吟」。

㊂晚又陰：杜本作「吹又陰」。

【注　釋】

〔一〕迷蝶二句：與「杏花」二句意相貫通。吴融《杏花》：「願作南華蝶，翩翩繞此條。」鄭谷《杏花》：

「香屬登龍客，煙籠宿蝶枝。」寒香，特指杏花。

〔二〕欲知二句：陸游《出越城遊》：「煙柳淺深緑，水花顛倒紅。」

〔三〕愁自遣：杜甫有《遣愁》詩：「漸惜容顔老，無由弟妹來。」

〔四〕酒孤斟：韓愈《閒遊二首》（之二）：「獨坐殊未厭，孤斟詎能醒。」

〔五〕一簾句：化用劉滄《匡城尋薛閔秀才不遇》詩意：「不見故人勞夢寐，獨吟風月過南燕。」詩詞中多用「燕語」，既有語，故應能「吟」。

〔六〕杏花二句：温庭筠《菩薩蠻》：「雨後卻斜陽。杏花零落香。」歐陽鈇《絶句》：「爲憐紅杏亞枝斜，看到斜陽送亂鴉。」晚陰謂將有杏花雨也。

【集評】

俞陛雲《唐五代兩宋詞選釋》：夢窗詞喜雕鐫字句，間有晦滯處；亦盡有不著氣力而含情韻者，此類是也。首二句不過事矜煉，遂覺深婉有味。下闋「燕同吟」三字頗新。花映夕陽，最爲妍妙之景，而東風不許，掩以暮陰，令人悵悒。芳景易失，猶華年易老，題爲《思佳客》，其詠花而有人在耶？

## 采桑子慢㊀

九日

桐敲露井，殘照西窗人起〔一〕。悵玉手、曾攜烏紗㊁，笑整風欹〔二〕。水葉沈紅〔三〕，翠微雲冷雁慵飛〔四〕。樓高莫上，魂消正在，搖落江蘺〔五〕。走馬斷橋〔六〕，玉臺妝謝㊂〔七〕，羅帕香遺〔八〕。歎人老、長安燈外，愁換秋衣。醉把茱萸，細看清淚濕芳枝〔九〕。重陽重處〔一〇〕，寒花怨蝶〔一一〕，新月東籬〔一二〕。

【校　議】

㊀ 此調又名《醜奴兒慢》、《愁春未醒》、《疊荷錢》。參見《醜奴兒慢·麓翁飛翼樓觀雪》【校議】。或無「慢」字，作《醜奴兒》、《采桑子》。楊箋：「按，《詞律》失收此調。《拾遺》補收吴禮之詞，字數同而句異。《詞譜》收五闋，亦不收吴詞。最近吴詞者，爲潘元質詞。下半第三韻，作上四下六字，句法亦異。或此處可以通融也。」陳邦炎按曰：「《詞律》卷四收有《醜奴兒》調，注明『又名

《采桑子》』，並在後列《醜奴兒慢》一調，正以潘元質詞爲範例，即《采桑子慢》，固未『失收此調』。《詞譜》卷二二則在《采桑子慢》下注：『一名《醜奴兒慢》。』」

〔二〕烏紗：朱二校：「按詞律，『紗』字應用仄聲，疑『帽』誤。」

〔三〕妝謝：《絶妙好詞》、杜本、王朱本、底本作「妝榭」。鄭校：「案，此與下句爲對，《絶妙好詞》本訛作『榭』。」鄭氏《絶妙好詞校録》：「『玉臺妝謝，羅帕香遺』二句正相對，今本作『妝榭』，訛甚。」鄭氏手批：「《校録》爲余舊編，刻於《冷紅詞》後，因『玉臺』二句爲對，故知『榭』字之以偏旁訛。」茲從朱二校本、鄭校、四明本。

【注釋】

〔一〕桐敲二句：暗反用杜牧《九日齊安登高》詩：「但將酩酊酬佳節，不用登臨恨落暉。」「敲」字謂梧葉墮落讓人心驚。

〔二〕悵玉手三句：應爲「悵曾攜玉手，笑整風攲烏紗」之倒。用九日龍山落帽及玉人爲整冠典。

〔三〕水葉沈紅：爲「水沈紅葉」之倒，翻用流紅題詩典。

〔四〕翠微句：翻用杜牧《九日齊安登高》詩：「江涵秋影雁初飛，與客攜壺上翠微。」兼用鴻雁傳書典。

〔五〕樓高三句：張耒《崇化寺三首》（之二）：「遣愁莫上高樓望，只有秋來晝日陰。」摇落江蘺，沈約《江蘺生幽渚》：「葉飄儲胥右，芳歇露寒東。」 以上八句對比蘇州重九的舊情衰謝。

〔六〕走馬斷橋：化用章臺走馬典。

〔七〕玉臺妝謝：史達祖《風流子》：「記窗眼遞香，玉臺妝罷，馬蹄敲月，沙路人歸。」玉臺，即玉鏡臺。

〔八〕羅帕香遺：用元夕遊賞衣裳飄香典。 羅帕，《類說》卷二九引《麗情集》：開寶年中，賈知微遇曾城夫人及舜二妃於巴陵，臨别時，曾城夫人贈以秋雲羅帕，稱此羅是織女繅玉繭織成。 以上三句亦回憶初客杭京時的冶遊往事。

〔九〕醉把二句：杜甫《九日藍田崔氏莊》：「明年此會知誰健，醉把茱萸仔細看。」孫楚《茱萸賦》：「鶉火西徂，白藏授節。 寒露既凝，鷹隼飄厲。」

〔一〇〕重陽重處：日月並應時，詳見《霜葉飛·重九》注〔一〕。

〔一一〕寒花怨蝶：用蘇軾《九日次韻王鞏》「明日黃花蝶也愁」詩意。

〔一二〕新月東籬：王埜菊詩：「輕霜臨菊月，細雨似梅天。」

**【考辨】**

楊箋：此詞疑在杭京憶姬作。 （「悵玉手」三句）玉手曾攜，是憶姬語。 （「水葉」二句）雁慵飛，姬未歸意。

孫按：此詞重九時寫於杭州。當下客杭與少年客杭時重九遊興的對比，以及初入蘇幕及年華向暮時蘇幕重九遊興的對比，與夢窗少年及中年的行跡相符。夢窗再客杭京的時間，僅有淳祐六年（一二四六）三月至淳祐九年（一二四九）十二月在史宅之幕中時。

## 古香慢　自度腔夷則商　犯無射宮

賦滄浪看桂㊀

怨娥墜柳㊁〔一〕，離佩摇萍〔二〕，霜訊南圃㊂〔三〕。漫憶橋扉，倚竹袖寒日暮㊃〔四〕。還問月中游，夢飛過、金風翠羽〔五〕。把殘雲、剩水萬頃〔六〕，暗熏冷麝淒苦〔七〕。漸浩渺〔八〕、淩山高處㊄。秋澹無光，殘照誰主〔九〕。露粟侵肌，夜約羽林輕誤〔一〇〕。剪碎惜秋心，更腸斷、珠塵蘚路㊅〔一一〕。怕重陽，又催近、滿城細雨㊆〔一二〕。

**【校議】**

㊀此詞毛本不載。杜本從《詞綜》補。王朱本、朱二校本、底本、四明本從《鐵網珊瑚》録入。《歷代

詩餘》無宮調。戈選、杜本、王朱本宮調皆節「腔」字。《歷代詩餘》、戈選、杜本、王朱本詞題皆節「賦」字。蔣敦復《芬陀利室詞話》：「萬氏《詞律》意取備調，然失收者多至百餘調。草、夢二窗之詞，膾炙人口，而《古香慢》、《采綠吟》亦且遺漏何耶？」戈選杜批：「此夢窗自度曲。」鄭校：「夢窗自度曲合九調並此十解。」戈校本詞題下注「朱選」。

㊁怨娥：《歷代詩餘》、戈校本、戈選、杜本作「怨蛾」。墜柳：張藏《鐵網珊瑚》作「墮柳」。

㊂南圃：《歷代詩餘》、戈選、杜本作「南浦」。

㊃漫憶橋扉：《詞譜》作「慢惜佳人」。鄭氏所見《鐵網珊瑚》、《歷代詩餘》、戈校本、戈選、杜本作「謾掩橋扉」。戈選杜批：「原作『慢惜佳人』，不知戈氏因何易之。」

㊄淩山：杜本作「陵山」。陵，意通「淩」。

㊅蘚路：《歷代詩餘》、《詞譜》、戈選、杜本作「蘚露」。

㊆細雨：張藏《鐵網珊瑚》、《歷代詩餘》、戈校本、戈選、杜本、底本作「風雨」。兹從朱校《鐵網珊瑚》、王朱本、朱二校本、四明本。鄭氏手批：「光緒戊申之冬，據毛刻、杜校復勘一過，依形近、音近、義近訛誤三例詳求之，得十之八九，識之欣然。」

【注釋】

〔一〕怨娥墜柳：以墜落時卷蹙的柳葉，喻愁怨黛眉。庾信《象戲賦》：「月落桂垂，星斜柳墜。」

〔二〕離佩搖蕻：水蕻花枝下垂，故喻爲垂帶的佩玉。

〔三〕霜訊：猶言「霜信」。《陸氏詩疏》卷下之上：「今北方有白雁，似鴻而小，色白。秋深乃來，來則霜降，河北爲之霜信。蓋曰霜降五日而鴻雁來，寒露五日而候雁來。候雁之來，在霜降前十日，所以謂之霜信也。」

〔四〕漫憶二句：此涉及韓家園中竹亭翠玲瓏，桂亭清香館。詳見《金縷歌·陪履齋先生滄浪看梅》注〔七〕。「霜」字意亦入此。李白《詠桂》：「一朝天霜下，榮耀難久存。安知南山桂，緑葉垂芳根。」杜甫《重過何氏五首》（之一）：「問訊東橋竹，將軍有報書。」並用杜甫《佳人》詩意。

〔五〕還問三句：用唐明皇游月宮，宮中有大桂樹的傳説。翠羽，此指用以裝飾車駕的翠鳥羽毛。特代指仙人申天師、道士鴻都客車駕。

〔六〕把殘雲二句：殘雲剩水，實謂殘山剩水。滄浪亭周圍的山水皆爲人工堆積蓄瀦而成。《石林詩話》：「（滄浪亭）姑蘇州學之南，積水瀰數頃，傍有小山，高下曲折相望，蓋錢氏時廣陵王所作，既積土山，因以其地瀦水。……既除地，發其下，皆嵌空大石，又得千餘株，亦廣陵時所藏，益以增累其隙，兩山相對，遂爲一時雄觀。」餘參見《金縷歌·陪履齋先生滄浪看梅》【考辨】。

〔七〕暗熏冷麝：楊萬里《木犀初發呈張功父又和六首》（之二）：「衣濺薔薇兼水麝，韻如月杵應霜砧。」

〔八〕浩渺：此寫滄浪歸隱之樂。蘇軾《泊南牛口期任遵聖長官到晚不及見復來》：「江湖涉浩渺，安得與之偕。」又，《與王郎昆仲及兒子邁遶城觀荷花登峴山亭晚入飛英寺分韻得月明星稀四字》（之二）：「與杯屬浩渺，樂此兩無情。」

〔九〕秋澹二句：李商隱《十字水期韋潘侍御同年不至時韋寓居水次故郭汾寧宅》：「西園碧樹今誰主，與近高窗卧聽秋。」

〔一〇〕露粟二句：此亦反用羽林郎輕易誤約，趙飛燕玉體夜露中不起痧粟典故，以痧粟喻桂花。羽林，《漢書·百官公卿表》：「帝太初元年，更名光禄勳，屬官有大夫、郎、謁者，皆秦官。又期門、羽林皆屬焉。」顔師古注曰：「羽林亦宿衛之官，言其如羽之疾，如林之多也。一説，羽，所以爲王者羽翼也。」

〔一一〕剪碎三句：以落桂喻剪碎之秋心。

〔一二〕怕重陽三句：王埜菊詩：「輕霜臨菊月，細雨似梅天。」並用潘大臨重陽詩句。

【集評】

鄭氏手批：夢窗詞中屢賦詠滄浪名勝，皆寓中興之感，似因孫、韓故跡，托寄遥深，其時或未聞子美《滄浪吟》邪？

俞陛雲《唐五代兩宋詞選釋》：夢窗歿於理宗時，未及宋之末造，故集中感懷君國之思，與碧山、玉田、草窗異。但此詞既非懷人，又非自感，而一片淒苦之音，將何所指？觀其「剩水殘雲」、「殘照長，誰主」等句，殆感汴京往事耶？上闋「月中游」四句、下闋「秋心」二句，用筆幽邃，情韻復哀而彌長，是夢窗擅勝處。

陳洵《海綃説詞》：「月中游」，用唐玄宗事。「殘雲剩水」，則無復霓裳之盛矣。「夜約羽林」，用漢武帝事，「輕誤」，則屯衛非人矣。滄浪，韓王別業，故家喬木，觸目生哀。故後闋遂縱懷故國，「殘照誰主」，不禁説出。重陽催近，光景無多，勢將岌岌。詞則如五雲樓閣，縹緲空際，不可企矣。「金風翠羽」，是七夕，「月中游」，則中秋也，重陽又催近，由此轉出，離合之妙如此。豪宕感激，真氣彌滿，卻非稼軒。嘗論詞有真氣，有盛氣。真氣内充，盛氣外著，此稼軒也。學稼軒者無其真氣，而欲襲其盛氣，鮮有不敗者矣。能者則真氣内含，盛氣外斂。

劉永濟《微睇室説詞》：此詞起三句從別墅秋景説。「怨蛾」，蟬也。蟬名齊女，《古今注》：「昔齊王之后，怨王而死。屍變爲蟬，登庭樹嘒唳而鳴。」「離佩」，荷花也。詞家以水佩代荷花。姜夔夜泛西湖，相羊荷花中，其《念奴嬌》詞有「水佩風裳無數」之句，是也。蟬「墜柳」，荷「摇洪」，皆秋深景象，「洪」，馬蓼也。「漫憶」二句，寫滄浪亭之桂。「倚竹」、「袖寒」，用杜甫《佳人》詩「天寒翠袖薄，日暮倚修竹」詩意，以形容桂花之冷豔。又因桂花聯想及月宫，故以羅公遠擲杖化橋，引明皇遊月宫事渲染之。「夢飛過」，即飛入月宫也。「翠羽」，陳洵説爲指七夕鵲化橋事。「把殘雲剩水」二句，從「殘」、「剩」二字看，似指宋室河山已殘破，猶言殘山剩水也。「冷麝」，桂花香也。言外是説山河萬里，殘破不堪，人情對此，非常淒苦。但托桂言之，便覺空靈，且愈微婉，愈沈痛。换頭即承上過拍之意而申言之。「秋澹無光」，言國勢衰微也。「殘照誰主」，指救亡無人也。此兩句亦托桂爲言，然意自明白。「露粟侵肌」二句，雖亦托桂立言，但詞意殊晦。從詞面看，桂花係微粒似粟，故有金粟之稱。下文「夜約羽林」，用趙飛燕私通鄰人羽林射鳥者，雪夜約期，飛燕體温，肌膚不生粟疹。射鳥者以爲神仙。事見《飛燕外傳》。「羽林」，顔師古注《漢書·百官公卿表》：「羽林，亦宿衛之官，言其如羽之疾，如林之多也。」按吴詞詠桂而用此事，除飛燕肌膚不生粟疹，與桂稱金粟略可關切外，殊無别解。陳洵説此爲：「用漢武帝事。『輕誤』則屯衛非人矣。」楊鐵夫《箋》又以爲「此追究約元攻敵之誤也」。兩説皆難確信。此正夢窗晦澀處，且存疑俟知音者可也。「剪碎」二句，似亦於當時事有所指，「珠塵」言桂花落於蘚路，故曰「剪碎秋心」。曰「更腸斷」，從作者之志言之，則惜國土殘破也。「怕重陽」句，表面指時序，言外似指國勢危殆。陳洵謂「重陽催近，光景無多，勢將岌岌，詞則如五雲樓閣，縹緲空際，不可企矣」。實乃詞人當國勢衰危之時，心情激動，遇物發興，雖哀而不能壯，試以較李、杜天寶時之詩，稼軒、同父淳熙間之詞，其聲情不類，乃時勢使然也。故文藝之事，不能不與時代有關，劉勰所以有「時運交移，質文代變」之論也。孟子有讀者「以意逆志」之説，固當，但必兼有知人論世之功，方能得其心之所之。南宋詞家處於國勢阽危之時，論世尚易，獨其行誼不詳，舉凡其生活習慣，學術思想，不易了了，知人之事，因而困難。唯一之法，先就詞言詞，然後從中尋取透露本意處推究之，必非句句比附，只可於一二處得之。所謂讀書得間，所謂言外之意，如此而已。否則必流爲主觀，必多附會，不可不知。

【考　辨】

陳洵《海綃説詞》：此亦傷宋室之衰也。

楊箋：此詞蓋在於宋亡後作。（「漫憶」二句）此喻言身當末世。（「還問」二句）喻朝臣依附新朝也。（「漸浩渺」三句）題面言韓王已逝，「滄浪」無主；題意言元人入關，中原無主也。（「露粟」二句）此言約元滅金之非計。（「剪碎」二句）上句言江南地次第盡下，下句傷帝昺間關嶺海也。（「怕重陽」三句）當此風雨飄摇，料不久亦歸滅亡而已。此詞疑作於德祐二年之後、祥興二年之前。必晚年近於絶筆者也。當定集中最後之作。

劉永濟《微睇室説詞》：陳洵説「此亦傷宋室之衰也」。細繹詞意，陳説是也。滄浪乃韓世忠之别墅，夢窗《陪履齋先生滄浪看梅》詞已觸發恢復無人之感。此詞亦因韓氏别墅而興起危亡之憂。所謂「亡國之音哀以思」也。楊鐵夫《箋》以爲此詞乃宋亡後作。考夢窗雖老壽，不及見矣。其説推闡太遠，疑非事實。朱《箋》引劉毓崧説，劉據周密寄夢窗《拜星月慢》詞作於景定癸亥，此時夢窗年已八九十，而元兵入臨安，爲趙㬎德祐二年丙子，上距景定癸亥又十三年。夢窗若存，應已百歲，故知宋亡，夢窗已不及見。且其時各地戎馬倉皇，何能從容遊園看桂？此詞之作，確實年代雖無可考，然與前録陪履齋看梅之時相近。其情感亦相同，必非宋亡後所作。

鍾振振《夢窗詞索解五題》：此詞題曰「賦滄浪看桂」，卻與《金縷歌》「陪履齋先生滄浪看梅」不同。全詞但詠一「桂」字，並無顯語道及滄浪亭，更無論滄浪別墅之故主韓世忠矣。故《微睇室說詞》謂其「因韓氏別墅而興起危亡之憂」，似不甚確。《海綃說詞》謂其旨在「傷宋室之衰」，亦未必然。《箋釋》節節支解，比附時政，主觀臆斷，更無以自圓其說。夢窗詞中，實無一語可確證其及見宋亡也。惟夢窗以一介布衣而身丁南宋季世，燕巢危幕之感，或見於詞而弗克自知耳。

孫按：此詞爲《鐵網珊瑚》所收夢窗新詞稿十六首之第四首，鄭氏、任銘善皆認爲是癸卯即淳祐三年（一二四三）寫於蘇州。此距離宋亡尚有三十五年，然已在國事日蹙時，夢窗身臨中興英雄之小築，難抑興亡之感喟。

## 踏莎行㈠

敬賦草窗絶妙詞〔一〕

楊柳風流〔二〕，蕙花清潤〔三〕。□蘋未數張三影㈡〔四〕。沈香倚醉調清平，新辭□□□□

□㊂〔五〕。　鮫室裁綃〔六〕，□□□□㊃。□□白雪爭歌郢㊄〔七〕。西湖同結杏花盟〔八〕，東風休賦丁香恨〔九〕。

【校　議】

㊀ 孫按：此首毛本不載，爲周密《蘋洲漁笛譜》題詞。以上《陽春白雪》二闋、《絶妙好詞》七闋、《鐵網珊瑚》、《蘋洲漁笛譜》各一首，共十一闋，杜本録入《夢窗詞續補遺》。王朱本及底本僅有順序出入。《四庫未收書目·〈蘋洲漁笛譜〉提要》：「是書從長塘鮑氏知不足齋舊鈔傳寫，前有吴文英題詞，後附《徵招》、《酹月》二闋，並王欟識尾。」江昱《〈蘋洲漁笛譜〉疏證》跋曰：「夢窗題詞一闋，字體與前無異，末亦脱落數字，想皆原刻。」江昱疏證本題詞多有闕文（此以空格代替分行）：「『踏莎行　敬賦草窗絶妙詞　夢回覺翁吴文　楊柳風流蕙花清潤蘋　未數張三影沈香　醉調　清平新辭　鮫室裁綃　白雪爭歌郢西湖同結杏　花盟東風休賦丁香恨』。昱按：右詞缺十三字，與《徵招》、《酹月》皆大字。此詞另爲一頁，今仍其舊存之。」《四部備要》本中詞作者已題爲「夢回覺翁吴文英」，並於脱落處補入十三個空格。江昱按曰：「《徵招》、《酹月》之作，原係大字另葉，而欟跋低一字差小。跋内霞翁、草窗皆另行提寫，似别刻一箋，而後人附入集後之作，今一例編入，而志其舊本如此。」據知夢窗此詞亦附入之作。杜本在

「醉調」前補入「倚」字。諸本從。

㈡□蘋：諸本置空格於「蘋」字之後，杜刻本補「洲」字。鄭校、楊箋擬從之。孫按：此補字於文意扞格難通。詞中空格位置並不確定，臆測此空格應補在「蘋」上，所補則應爲「浮」字。出自張先《題西溪無相院》中名句「浮萍斷處見山影」。萍，用同「蘋」。「浮萍」句被宋人類歸於「三影」句之一。夢窗題詩以張先爲喻，蓋因張氏亦湖州烏程人，與周密流寓地有同州之地緣。並且張先文采風流及父子壽考爲周氏所欽羡。《齊東野語》卷一五曾通過張氏南園故址及舊京本《安六集》叙兩家淵源。此處的意思是周密詩詞中多有不遜於張先受人盛讚的名句。此徑改。

㈢□□□□□：楊箋：「擬補『才思青蓮近』。」

㈣□□□□：楊箋：「擬補『荷池墜粉』。」

㈤□□白雪：楊箋：「空格擬補『陽春』。」

## 【注釋】

〔一〕絶妙詞：指周密《蘋洲漁笛譜》，兼及所編詞選《絶妙好詞》。周密《浩然齋雅談》卷下三次自稱所選《絶妙好詞》爲《絶妙詞》：「（張樞）已選六闋於《絶妙詞》」，「（李彭老）已擇十二闋入《絶妙詞》」

矣」，「（薛梯飈）嘗收數闋於《絶妙詞》。」

〔二〕楊柳風流：此用張緒風流典。李彭老《探芳訊·湖上春遊繼草窗韻》亦云：「繁華短夢隨流水，空有詩千首。更休言，張緒風流似柳。」

〔三〕蕙花清潤：此用潘郎清潤典。

〔四〕□蘋句：張三影，即張先，宋人根據他的詩詞名句雅稱其爲「張三影」。《詩人玉屑》卷一八引《高齋詩話》曰：「子野嘗有詩云『浮萍斷處見山影』，又長短句云『雲破月來花弄影』，又云『隔牆送過鞦韆影』並膾炙人口，世謂『張三影』。」

〔五〕沈香二句：樂史《李翰林別集序》：「開元中，禁中初重木芍藥，即今牡丹也（《開元天寶花木記》云：禁中呼木芍藥爲牡丹）。得四本，紅、紫、淺紅、通白者，上因移植於興慶池東沈香亭前。會花方繁開，上乘照夜車，太真妃以步輦從。……上曰：『賞名花，對妃子，焉用舊樂辭焉？』遽命龜年持金花箋，宣賜翰林供奉李白立進《清平調》詞三章。白欣然承詔旨。由若宿酲未解，因援筆賦之。……龜年以歌辭進，上命梨園弟子略約調撫絲竹，遂促龜年以歌之。太真妃持頗梨七寶杯，酌西涼州蒲萄酒，笑領歌辭，意甚厚。上因調玉笛以倚曲，每曲遍將换，則遲其聲以媚之。太真妃飲罷，斂繡巾重拜。上自是顧李翰林尤異於諸學士。」

〔六〕鮫室裁綃：用南海鮫人織綃典。用意頗同歐陽炯《花間集序》：「則有綺筵公子，繡幌佳人，遞葉葉之花箋，文抽麗錦。」

〔七〕白雪歌郢：郢楚調中《陽春》、《白雪》曲高和寡。詳見《水龍吟·送萬信州》注〔一三〕。歐陽炯《花間集序》：「昔郢人有歌《陽春》者，號爲絶唱。乃命之爲《花間集》。庶以《陽春》之曲，將使西園英哲，用資羽蓋之歡。南國嬋娟，休唱蓮舟之引。」郢，春秋戰國時楚國都城。以上二句謂周密《絶妙好詞》作爲南宋歌詞選集，與五代時的《花間集》同屬雅詞歌集。

〔八〕西湖句：西湖盟，指霞翁楊纘吟社或西湖吟社。詳見《高陽臺·豐樂樓》【考辨】。

〔九〕東風句：李商隱《代贈二首》（之一）：「芭蕉不展丁香結，同向春風各自愁。」周密《探芳信·西泠春感》有「東風空結丁香怨，花與人俱瘦」之句。仇遠《探芳信·和草窗西湖春感詞》、張炎《探芳信·西湖春感寄草窗》、李彭老《探芳訊·湖上春遊繼草窗韻》皆爲社友同調和韻之作，可見當時知名，故夢窗舉此爲例。

【考辨】

朱箋：詩名《蠟屐集》，詞名《蘋洲漁笛譜》。夢窗此調，附録《漁笛譜》後，是賦公自著詞，非題其所編《絶妙好詞》也。

楊箋：「西湖同結杏花盟」者，定與草窗相識於杭京也。

田考：周密（一二三二至一二九八），字公謹，號草窗，又號蕭齋、弁陽蕭（嘯）翁、四水潛夫、弁陽老人、華不注山人。祖籍濟南，流寓吴興（今浙江湖州）。宋季嘗爲臨安府幕僚，監和濟藥局，充奉禮節，監義儲倉，任義烏縣令。宋亡不仕。有《齊東野語》、《癸辛雜識》、《武林舊事》、《蘋洲漁笛譜》等（夏承燾《周草窗年譜》）。

孫按：夢窗此詞實雙賦草窗《蘋洲漁笛譜》及詞選《絶妙好詞》。草窗詞集及詞選當時皆獲盛譽。李萊老《青玉案·題草窗詞卷》：「吟情老盡江南句。幾千萬、垂絲縷。花冷絮飛寒食路。漁煙鷗雨，燕昏鶯曉，總入昭華譜。　紅衣妝靚涼生渚。環碧斜陽舊時樹。拈葉分題觴詠處。荀香猶在，庾愁何許，雲冷西湖賦。」毛珝《踏莎行》、王易簡《慶宫春》都是題詞卷之作。王橚《蘋洲漁笛譜跋》亦曰：「昔登霞翁之門，翁爲予言，草窗樂府妙天下。因請其所賦觀之。不寧惟協比律吕，而意味迥不凡。花間、柳氏真可爲輿臺矣。翁之賞音，信夫。觀《徵招》、《酹月》之作，凄涼掩抑，頓挫激昂，此時此意，猶宋玉之悼屈平也歟。一唱三歎，使人泫然，增疇昔之感。」

張炎《詞源》下：「近代詞如《陽春白雪》、《絶妙詞選》，亦有可觀；但所取不精，豈若草窗所選《絶妙好詞》爲精粹。」厲鶚《〈絶妙好詞〉箋·序》：「《絶妙好詞》七卷，南宋弁陽老人周密公謹所輯。宋人選本朝詞，如曾端伯《樂府雅詞》、黄叔暘《花庵詞選》，皆讓其精粹，蓋詞家之准的也。」《四庫全書提要·絶妙好詞箋提要》：「《絶妙好詞》，宋周密編，其箋則國朝查爲仁、厲鶚所同撰也。密所編南宋歌詞，始於張孝祥，終於仇遠。凡一百三十二家。去取謹嚴，猶在曾慥《樂府雅詞》、黄昇《花庵詞選》之上。又，宋人詞集今多不傳，並作者姓名亦不盡見於世；零璣碎玉皆賴此以存。於詞選中最爲善本。」朱彝尊《書〈絶妙好詞〉後》：「雖未全醇，然中多俊語。方諸《草堂》所録，雅俗殊分。」

關於《絶妙好詞》的結集時間，夏承燾《周草窗年譜·附録一·草窗著述考》曰：「（《絶妙好詞》七卷）草窗此書自選其『送陳允平被召』詞及《樂府補遺》題白蓮詞，結集必在宋亡之後。」《絶妙好詞》既結集於宋亡之後，夢窗又題寫此集，則必卒於宋亡之後。更值得一提的是，夢窗此詞中「東風休賦」二句，隱括周密《探芳信·西泠春感》中的警句：「東風空結丁香怨，花與人俱瘦。」此詞與《徵招》、《酹月》皆寫亡國之悲。金啟華《周密及其詞研究》繫《探芳信》於至元二十三年（一二八六），即宋亡十年之後。吴熊和《唐宋詞彙評》則據黄畬《山中白雲詞箋》中的張炎和詞，繫於大德三年（一二九九）。以夢窗生於一二〇二年考之，似難如此老壽，但周密此詞是「最沈痛的亡國挽歌」則是衆家共識。夢窗此詞隱括周密寫於宋亡之後詞作警句，寫作時間不言自明。加之集中《浣溪沙·題史菊屏扇》、《點絳唇·試燈夜初晴》、《訴衷情》（陰陰緑潤暗啼鴉）、《應天長·吴門元夕》、《燭影摇紅·元夕微雨》諸篇的印證，夢窗卒於宋亡之後已無可疑義。

# 句

霜杵敲寒，風燈摇夢。

醉雲醒月（《詞話叢編》「月」作「雨」）。

孫按：以上二殘句爲王鵬運四印齋本分别録自《詞旨·屬對》、《詞旨·詞眼》。「醉雲醒月」實爲《解蹀躞》「醉雲又兼醒雨」闕文及異文，明張本於「醉雲」、「醒雨」中闕二字可證。《全宋詞》僅録上一條斷句爲是。另，《古今詞話·詞品》卷下録「雁飛吹裂雲痕，小樓一線（縷）斜陽影」爲「吴文英句」亦誤。馮煦《蒿盦類稿·七》：「七寶樓臺迴不殊，周姜而外此華腴。雁聲都在斜陽許，餘子紛紛道得無。」亦爲沿誤。實見於丁基仲《水龍吟》。

中國古典文學基本叢書

# 夢窗詞集校箋

第六册

〔宋〕吴文英　撰
孫　虹
譚學純　校箋

中華書局

# 夢窗詞總評

黄昇《中興以來絶妙詞選》卷一〇：吴君特，名文英，自號夢窗。四明人，從吴履齋諸公遊。山陰尹焕叙其詞，略曰：「求詞於吾宋者，前有清真，後有夢窗，此非焕之言，天下之公言也。」

沈義父《樂府指迷》：余自幼好吟詩。壬寅秋，始識静翁於澤濱。癸卯，識夢窗。暇日相與倡酬，率多填詞，因講論作詞之法，然後知詞之作難於詩。蓋音律欲其協，不協則成長短之詩。下字欲其雅，不雅則近乎纏令之體。用字不可太露，露則直實而無深長之味。發意不可太高，高則狂怪而失柔婉之意。思此則知所以爲難。

又：夢窗深得清真之妙，其失在用事下語太晦處，人不可曉。

張炎《詞源》原序：舊有刊本《六十家詞》，可歌可誦者，指不多屈。中間如秦少游、高竹屋、姜白石、史邦卿、吴夢窗，此數家格調不侔，句法挺異，俱能特立清新之意，删削靡曼之詞，自成一家，各名於世。

又：詞中句法，要平妥精粹。一曲之中，安能句句高妙？只要拍搭襯副得去，於好發揮筆力處，極要用工，不可輕易放過，讀之使人擊節可也。……如吴夢窗《登靈巖》云：「連呼酒，上琴臺去，秋與雲平。」《閏重九》云：「簾半捲，帶黄花、人在小樓。」……此皆平易中有句法。

又：句法中有字面，蓋詞中一個生硬字用不得，須是深加鍛煉，字字敲打得響，歌誦妥溜，方爲本色語。始賀方回、吴夢窗皆善於煉字面，多於温庭筠、李長吉詩中來。字面亦詞中之起眼處，不可不留意也。

又：詞要清空，不要質實。清空則古雅峭拔，質實則凝澀晦昧。姜白石詞如野雲孤飛，去留無跡。吴夢窗詞如七寶樓臺，眩人眼目，碎拆下來，不成片段。此清空質實之説。

又：詞之難於令曲，如詩之難於絶句，不過十數句，一句一字閑不得。末句最當留意，有有餘不盡之意始佳。當以唐《花間集》中韋莊、温飛卿爲則。又如馮延巳、賀方回、吴夢窗亦有妙處。

陸輔之《詞旨·詞説》：命意貴遠，用字貴便，造語貴新，煉字貴響。古人詩有翻案法，詞亦然。詞不用雕刻，刻則傷氣，務在自然。周清真之典麗，姜白石之騷雅，史梅溪之句法，吴夢窗之字面，取四家之所長，去四家之所短，此翁之要訣。

沈爾熼《月團詞》：曾道扶（王孫）曰：「覺昔梅溪、夢窗，刻意作風華語。渭南、稼軒，亦稍露豪邁之氣。」

王晫《峽流詞》：施愚山（閏章）曰：「詞貴清空，不尚質實。蓋清空則靈，質實則滯。所以夢窗、白石，未免有偏勝之弊耳。」

王又華《古今詞論》引仲雪亭詞論：作詞用意，須出人想外，用字如在人口頭。創語新，煉字響。翻案，不雕刻以傷氣；自然，遠庸熟而求生。再以周清真之典麗，姜白石之秀雅，史梅溪之句法，吴君特之字面，用其所長，棄其所短，規模研揣，豈不能與諸公爭雄長哉。

尤侗《詞苑叢談·序》：詞之繫宋，猶詩之繫唐也。唐詩有初、盛、中、晚，宋詞亦有之。唐之詩，由六朝而變。宋之詞，由五代長短句而變。約而次之，小山、安陸，其詞之初乎？淮海、清真，其詞之盛乎？石帚、夢窗，似得其中。碧山、玉田，風斯晚矣。

朱彝尊《黑蝶齋詩餘·序》：詞莫善於姜夔。宗之者張輯、盧祖皋、史達祖、吴文英、蔣捷、王沂孫、張炎、周密、陳允平、張翥、楊基，皆具夔之一體。

彭孫遹《曠庵詞·序》：其所作長短調及《和漱玉詞》，若有所寄託而云然者。僕覽而善之，以爲姸雅綿麗，頗與晚唐北宋諸家風致相似。夢窗、後村、白石以下，雕績過之，終無以尚其天然之美也。

《詞藻》卷四：華亭宋尚木言：苟舉當家之詞，如柳屯田哀感頑豔，而少寄託；周清真蜿蜒流美，而乏陡健；康伯可排叙整齊，而乏深邃。其外則謝無逸之能寫景，僧仲殊之能言情，程正伯之能壯采，張安國之能用意，万俟雅言之能協律，劉改之之能使氣，曾純甫之能書懷，吴夢窗之能疊字，姜白石之能琢句，蔣竹山之能作態，史邦卿之能制色，黄花庵之能選格，亦其選也。

《金粟詞話》：宋人張玉田論詞，極推少遊、竹屋、白石、梅溪、夢窗諸家，而稍詘美成。夢窗之詞，雖雕繢滿眼，然情致纏綿，微爲不足。

又：大約南宋詞人，自以白石、碧山爲冠，梅溪次之，夢窗、玉田又次之，西麓又次之，草窗又次之，竹山雖不論可也。

王士禎《花草蒙拾》：宋南渡後，梅溪、白石、竹屋、夢窗諸子，極妍盡態，反有秦、李未到者。雖神韻天然處或減，要自令人有觀止之歎。正如唐絶句，至晚唐劉賓客、杜京兆，妙處反進青蓮、龍標一塵。

鄒祇謨《倚聲初集序》：至於南宋諸家，蔣、史、姜、吴，警邁瓌奇，窮姿構彩；而辛、劉、陳、陸諸家，乘間代禪，鯨呿鼇擲，逸懷壯氣，超乎有高望遠舉之思。

《遠志齋詞衷》：僻調之多，以柳屯田爲最。此外則周清真、史梅溪、姜白石、蔣竹山、吴夢窗。

又：朱承爵《存餘堂詩話》：「詩詞雖同一機杼，而詞家意象，與詩略有不同。句欲敏，字欲捷，長篇須曲折三致意，而氣自流貫乃得。」此語可爲作長調者法，蓋詞至長調而變已極。南宋諸家凡以偏師取勝者無不以此見長。而梅溪、白石、竹山、夢窗諸家，麗情密藻，盡態極妍。要其瓌琢處，無不有蛇灰蚓線之妙，則所云一氣流貫也。

又：余常與（董）文友論詞，謂小調不學《花間》，則當學歐、晏、秦、黄。《花間》綺琢處於詩爲靡，而於詞則如古錦紋理，自有黯然異色。歐、晏藴藉，秦、黄生動，一唱三歎，總以不盡爲佳。清真樂章，以短調行長調，故滔滔莽莽處，如唐初四傑作七古，嫌其不能盡變。至姜、史、高、吴，而融篇、煉句、琢字之法，無一不備。

又：長調惟南宋諸家，才情蹀躞，盡態極妍。

曹貞吉《秋錦山房詞·序》：秋錦（李良年）論詞，必盡掃蹊徑，獨露本色。嘗謂南宋詞人，如夢窗之密，玉田之疏，必兼之乃工。

沈雄《古今詞話》：汪晉賢盛稱竹垞新詞，貽我一卷。讀之如夢窗之麗情幽思，不可梯接，但下語用事處，淺人固不易知。

陳玉瑾《蒼梧詞·序》：宋之能詞者六十餘家，如秦少游、高竹屋、姜白石、史邦卿、吴夢窗數子，始可稱以新意合古譜者。楊誠齋論詞六要，一曰按譜，一曰出新意是也。苟不按譜，則歌韻不協，歌韻不協則淩犯他宮，非復本調。不出新意，則必蹈襲前人，即或煉字換句，而趣旨雷同，其神味亦索然易盡。

萬樹《詞律·自叙》：詩餘乃劇本之先聲。昔日入伶工之歌板，如耆卿標明於分調，誠齋垂法於擇腔，堯章自注鬲指之聲，君特致辨煞尾之字。當時或隨宫造格，創制於前；或遵調填音，因仍於後，其腔之疾徐長短，字之平仄陰陽，守一定而不移，證諸家皆合，兹雖舊拍不復可考，而聲響猶有可推。

《詞律·發凡》：周、柳、万俟等之制腔造譜，皆按宫調，故協於歌喉，播諸弦管；以迄白石、夢窗輩各有所創，未有不悉音理而可造格律者，今雖音理失傳而詞格具在。……美成造腔，其拗處乃其順處，所用平仄，豈漫然爲之耶？倘是漫然爲之者，何其第二首復如前，豈亦皆漫然爲之至再至三耶？方千里係美成同時，所和四聲無一字異者，豈方亦漫然爲之耶？後復有吴夢窗所作，亦無一字異者，豈吴亦漫然爲之耶？更歷觀諸名家，莫不繩尺森然者。元人周德清論曲有煞句定格，夢窗論詞亦云某調用何音煞，雖其言未詳，而其理可悟。

汪森《詞綜·序》：西蜀、南唐而後，作者日盛。宣和君臣，轉相矜尚，曲調愈多，流派因之亦别。短長互見。言情者或失之俚，使事者或失之伉。鄱陽姜夔出，句琢字煉，歸於醇雅。於是史達祖、高觀國羽翼之，張輯、吴文英師之於前，趙以夫、蔣捷、周密、陳允衡（平）、王沂孫、張炎、張翥效之於後。譬之於樂，舞《箾》至於九變，而詞之能事畢矣。

田同之《西圃詞説》：古人有言曰：鉛汞煉而丹成，情景交而詞成。指迷妙訣，當於玉田、夢窗問求之。

全祖望《鮚埼亭外編》卷四七：西麓先生陳允平……吴文英以詞游於公卿間，晚年困躓以死。甬上填詞當以二家爲祖，而西麓兼稱詩人眉目。

王昶《國朝詞綜》卷二五：王小山云：南宋詞人號極盛，然以夢窗之奇麗而不免於晦，以周草窗之澹逸而或近於平。

焦循《易餘籥録》卷一五：晚唐漸有詞，興於五代而盛於宋，爲唐以前所無。論宋宜取其詞，前則秦、柳、蘇、晁，後則周、吴、姜、蔣，足與魏之曹、劉，唐之李、杜相輝映焉。

又，毛大可謂詞本無韻，是也。偶檢唐、宋人詞……吴文英《淒涼犯》用闊曷葉葉濕緝合合骨月怯洽。……吴文英《垂絲釣》用掩儉豔豔澹勘鑒陷減豏。……凡此皆用當時鄉談里語，又何韻之有？

阮元《揅經室外集》卷一：詞人之作小令，以五代十國爲宗，守其派者有晏氏父子、歐陽公、張先、秦觀、賀鑄、毛滂諸人。慢曲以清真、白石爲宗，紹其流者有吴文英、張炎、盧祖皋、高觀國、王沂孫、周密、蔣捷、陳允衡（平）諸人。

郭麐《靈芬館詞話》卷一：詞之爲體，大略有四：……姜、張諸子，一洗華靡，獨標清綺，如瘦石孤花，清笙幽磬，入其境者，疑有仙靈，聞其聲者，人人自遠。夢窗、竹屋，或揚或沿，皆有新雋，詞之能事備矣。

丁紹儀《聽秋聲館詞話》卷二：詞至南宋而極工，然如白石、夢窗、玉田，皆胥疏江湖，故語多婉篤，去北宋疏越之音遠矣。

葉申薌《本事詞》卷下：《女冠子》小令，唐人多詠本意。南渡後，女冠尤以風流自賞，而題贈者亦復不少。如吴夢窗丁稿中《醉落魄·題藕花洲女道士扇》、《蝶戀花·題華山道女扇》，《朝中措·題蘭室道女扇》，諸闋皆豔詞也。

張惠言《詞選序》：宋之詞家，號爲極盛。然張先、蘇軾、秦觀、周邦彦、辛棄疾、姜夔、王沂孫、張炎，淵淵乎文有其質焉。其蕩而不反，傲而不理，枝而不物，柳永、黄庭堅、劉過、吴文英之倫，亦各引一端，以取重於當世。

周濟《宋四家詞選·目録序論》：清真，集大成者也。稼軒斂雄心，抗高調，變温婉，成悲涼。碧山饜心切理，言近指遠，聲容調度，一一可循。夢窗奇思壯采，騰天潛淵，返南宋之清泚，爲北宋之穠摯。是爲四家，領袖一代。……問途碧山，歷夢窗、稼軒，以還清真之渾化。……稼軒由北開南，夢窗由南追北，是詞家之轉境。……皋文不取夢窗，是爲碧山門徑所限耳。夢窗立意高，取徑遠，皆非餘子所及。惟過嗜餖飣，以此被議。若其虚實兼到之作，雖清真不過也。

《宋四家詞選·周密〈大聖樂·東園餞春〉》（眉批）：草窗最近夢窗，但夢窗思沈力厚，草窗則貌合耳。若其鏤新鬬冶，固自絶倫。

《介存齋論詞雜著》：近人頗知北宋之妙，然不免有姜、張二字，横亘胸中。豈知姜、張在南宋，亦非巨擘乎？論詞之人，叔夏晚出，既與碧山同時，又與夢窗别派，是以過尊白石，但主「清空」。後人不能細研詞中曲折深淺之故，群聚而和之，並爲一談，亦固其所也。

又，夢窗每於空際轉身，非具大神力不能。夢窗非無生澀處，總勝空滑。況其佳者，天光雲影，摇蕩緑波，撫玩無斁，追尋已遠。君特意思甚感慨，而寄情閒散，使人不易測其中之所有。

《介存齋論詞雜著·詞辨自序》：自温庭筠、韋莊、歐陽修、秦觀、周邦彦、周密、吴文英、王沂孫、張炎之流，莫不蘊藉深厚，而才豔思力，各騁一途，以極其致。譬如匡廬衡嶽，殊體而並勝；南威西施，別態而同妍矣。

戈載《宋七家詞選》：（周草窗）盡洗靡曼，獨標清麗，有韶倩之色，有綿渺之思，與夢窗旨趣相侔。二窗並稱，允矣無忝。

《知止堂詞録序》：夫詞莫盛於宋，而塵疏者有之，冶靡者有之，浮滑者有之，夢窗力矯其弊，創爲此格。

張其錦《梅邊吹笛譜·跋》：填詞之道，須取法南宋，然其中亦有兩派焉：一派爲白石，以清空爲主，高、史輔之，前則有夢窗、竹山、西麓、虛齋、蒲江，後則有玉田、聖與、公謹、商隱諸人，掃除野狐，獨標正諦，猶禪之南宗也；一派爲稼軒，以豪邁爲主，繼之者龍洲、放翁、後村，猶禪之北宗也。……昔屯田、清真、白石、夢窗諸君皆深於律吕，能自製新聲者，其用昔人舊譜，皆恪守不敢失，況其下乎。

張文虎《舒藝室剩稿·緑梅花龕詞序》：往在金陵，嘗與周縵雲侍御論詞，縵老曰：「竹垞言南宋諸家，皆宗白石。然竊謂夢窗實本清真，於子何如？」予曰：「白石何嘗不自清真出，特變其穠麗爲淡遠耳。自國初來，以玉田配白石，正以得其淡遠之趣。近時諸家，又祧姜、張，而趨二窗，顧草窗深細而雅，門徑稍寬或易近，似未見能涉夢窗之藩籬者，此猶白石之於清真矣。」

《索笑詞甲》：二十年前言長短句者，家白石而户玉田，使蘇、辛不得爲詞。今則俎豆二窗而祧姜、張矣。

蔣敦復《芬陀利室詞話》卷三：有厚入無間，南宋自稼軒、夢窗外，石帚間能之，碧山時有此境，其他即無能爲役矣。

又：小梅《蝶戀花》云：「約住海棠魂未醒。嫩寒作就春人病。」《浣溪沙》云：「荻絮因風疑作雪，柳絲弄暝不成煙，夕陽紅上鷺鷥肩。」元人集中名句也。如此尖新，豈不可喜。然石帚、夢窗尚須加一層渲染，淮海、清真則更添幾層意思。加渲染，添意思，正欲其厚也。

江順詒《詞學集成》卷一：（尤悔庵侗《詞苑叢談·序》）比詞於詩，原以初盛中晚論，而不可以時代後先分。……以辛擬太白，以蘇擬少陵，尚屬閏統。竹山、竹屋、梅溪、碧山、夢窗，則似中唐退之、香山、昌谷、玉溪之各臻其極。

又，卷六：賀黄公曰：「詞之最醜者，爲酸腐，爲怪誕，爲粗莽。以險麗爲貴矣，又須泯其鏤刻痕乃佳。」詒案：酸腐者，道學語也。怪誕者，荒唐語也。至粗莽，則蘇、辛之流弊，犯之甚易。若險麗而無刻痕，則仍夢窗一派，而未臻姜、張之絶詣也。

又，卷六：包慎伯大令世臣《月底修簫譜·序》云：「……故詞名倚聲。聲之得者又有三：曰清，曰脆，曰澀。不脆是聲不成，脆矣而不清，則膩。清矣而不澀，則浮。屯田、夢窗以不清傷氣，淮海、玉田以不澀傷格，清真、白石則能兼之矣。六家於言外之旨得矣。以云意内，惟白石、玉田耳。淮海時時近之，清真、屯田、夢窗皆去之彌遠，而俱不害爲可傳者，則以其聲之么眇鏗磬，惻惻動人，無色而豔，無味而甘故也。」詒案：就詞之意以論詞，本《説文》以解經，而意内、而言外兩層，説得確切不移，實發前人所未發。至「聲」字獨取清、脆、澀三聲，而證以各名家之詞，學者循之，亦不入岐途矣。

劉熙載《藝概·詞概》：詞品喻諸詩：東坡、稼軒，李杜也。耆卿，香山也。夢窗，義山也。白石、玉田，大曆十子也。其有似韋蘇州者，張子野當之。

又，詩有西江、西昆兩派，惟詞亦然，戴石屏《望江南》云：「誰解學西昆。」是學西江派人語，吴夢窗一流，當不喜聞。

孫麟趾《詞逕》：夢窗足醫滑易之病，不善學之，便流於晦。余謂詞中之有夢窗，猶詩中之有李長吉，篇篇長吉，閲者生厭；篇篇夢窗，亦難悦目。

又：石皺爲貴，能皺必無滑易之病，夢窗最善此。

又：高澹、婉約、豔麗、蒼莽，各分門户。欲高澹學太白、白石。欲婉約學清真、玉田。欲豔麗學飛卿、夢窗。欲蒼莽學蘋洲、花外。

李慈銘《越縵堂讀書記·八·文學》：南渡以後，則山陰陸務觀游、高賓王觀國、永嘉盧申之祖皋、四明吴君特文英、陳君衡允平、會稽王聖與沂孫，蔚然代起。……梅溪、碧山、夢窗、草窗亦皆有佳處，惟不宜學其累句以爲當家，刺其拙字以爲宗法，甘鄙偃以爲沈著，習粗疏以爲大方，則得失在人，鑒裁由我，博觀約取，夫復何傷？

譚獻《復堂詞話》：近時頗有人講南唐、北宋，清真、夢窗、中仙之緒既昌，玉田、石帚漸爲已陳之芻狗。

謝章鋌《賭棋山莊詞話》卷八：設色，詞家所不廢也。今試取温尉與夢窗較之，便知仙凡之别矣。蓋所爭在風骨，在神韻，温尉生香活色，夢窗所謂七寶樓臺，拆碎不成片段。又其甚者，則浮豔耳。阮亭揣摩《花間》，沾沾於「豓」、「苣」二字義，是猶見其表而遺其裏歟？須知「檀欒金碧，婀娜蓬萊」，未必便俗於「寶函鈿雀」、「畫屏鷓鴣」，亦視驅遣者造詣何如耳。

又，卷一〇：武曾曰：「南宋詞人如夢窗之密，玉田之疏，必兼之乃工。」（曹貞吉《秋錦山房詞·序》）近王小山亦謂：「夢窗之奇麗而不免於晦，草窗之澹逸而或近於平。」（王穎山《别花人語·序》）此言乃學南宋之金針也。

又，卷一二：北宋多工短調，南宋多工長調，北宋多工軟語，南宋多工硬語。然二者偏至，終非全才。歐陽、晏、秦，北宋之正宗也；柳耆卿失之濫，黄魯直失之傖。白石、高、史，南宋之正宗也。吴夢窗失之澀，蔣竹山失之流。

張祥齡《詞論》：周清真，詩家之李東川也。姜堯章，杜少陵也。吴夢窗，李玉溪也。張玉田，白香山也。詩至唐末，風氣盡矣，詞家起而爭之。……詞至白石，疏宕極矣，夢窗輩起，以密麗爭之。至夢窗而密麗又盡矣，白雲以疏宕爭之。

又：文章風氣，如四序遷移，莫知爲而爲，故謂之運。……南唐二主，馮延巳之屬，固爲詞家宗主，然而勾萌，枝葉未備。小山、耆卿，而春矣。清真、白石，而夏矣。夢窗、碧山，已秋矣。至白雲，萬實告成，無可推徙，元故以曲繼之。此天運之終也。

《瘦碧詞·序》：故夢窗騁其密，叔夏揚其逸，克清振其肆，碧山扢其麗，瘦碧啟其華。兼善則白石、片玉，偏美則竹屋、梅溪。若孔門而用詞，則姜夔升堂，清真入室，君特、張炎童冠之數，君與數子且高揖於尊俎之間矣。

陳廷焯《雲韶集》卷八：夢窗詞如蓬萊縹緲，令人可望而不可及。南宋自姜堯章出，直追清真，度越千古，竹屋、梅溪爲其羽翼，後有作者，遠莫能及。夢窗以曠逸之才，發沈靜之思，直入白石、清真之室，當與梅溪並立中原。

又，卷九：兩宋作者，前推方回、清真，後推白石、梅溪、竹屋，似仍讓此君一步。

《白雨齋詞話》卷一：唐五代詞不可及處，正在沈鬱。宋詞不盡沈鬱，然如子野、少游、美成、白石、碧山、梅溪諸家，未有不沈鬱者。即東坡、方回、稼軒、夢窗、玉田等，似不必盡以沈鬱勝，然其佳處，亦未有不沈鬱者。

又：（張惠言《詞選》）至以吴夢窗爲變調，擯之不録，所見亦左。

又：南宋詞家，白石、碧山，純乎純者也。梅溪、夢窗、玉田輩，大純而小疵，能雅不能虚，能清不能厚也。

又，卷三：國初多宗北宋，竹垞獨取南宋，分虎符曾佐之，而風氣一變。然北宋、南宋，不可偏廢。南宋白石、梅溪、夢窗、碧山、玉田輩，固是高絶，北宋如東坡、少游、方回、美成諸公，亦豈易及耶？況周、秦兩家，實爲南宋導其先路，數典忘祖，其謂之何？

又：昔人謂夢窗之密，玉田之疏，必兼之乃工。……然余則云：「夢窗疏處，高過玉田，而密處不及。」與古人之言正相反，書之以俟識者。

又：夢窗在南宋，自推大家。惟千古論夢窗者，多失之誣。尹惟曉云：「求詞於吾宋，前有清真，後有夢窗。此非予之言，四海之公言也。」爲此論者，不知置東坡、少游、方回、白石等於何地。沈伯時云：「夢窗深得清真之妙，但用事下語太晦處，人不易知。」其實夢窗才情超逸，何嘗沈晦。夢窗長處，正在超逸之中見沈鬱之意，所以異於劉、蔣輩，烏得轉以此為夢窗病？至張叔夏云：「吳夢窗如七寶樓臺，眩人眼目，拆碎下來，不成片段。」此論亦余所未解。竊謂七寶樓臺，拆碎不成片段，以詩而論，如太白《牛渚西江夜》一篇，卻合此境。詞惟東坡《水調歌頭》近之。若夢窗詞，合觀通篇，固多警策，即分摘數語，亦自入妙，何嘗不成片段耶？總之，夢窗之妙，在超逸中見沈鬱，不及碧山、梅溪之厚，而才氣較勝。

又：夢窗精於造句，超逸處，則仙骨珊珊，洗脱凡豔，幽索處，則孤懷耿耿，别締古歡。如《高陽臺·落梅》云：「宫粉雕痕，仙雲墮影，無人野水荒灣。古石埋香，金沙鎖骨連環。南樓不恨吹横笛，恨曉風千里關山。半飄零，庭上黄昏，月冷闌干。」又云：「細雨歸鴻，孤山無限春寒。」《瑞鶴仙》云：「怨柳淒花，似曾相識，西風破屐。林下路，水邊石。」《祝英臺近·除夜立春》云：「剪紅情，裁緑意，花信上釵股。殘日東風，不放風華去。」又《春日客龜溪遊廢園》云：「緑暗長亭，歸夢趁風絮。」《水龍吟·惠泉山》云：「豔陽不到青山，淡煙冷翠成秋苑。」《滿江紅·澱山湖》云：「對兩蛾猶鎖，怨緑煙中。秋色未教飛盡雁，夕陽長是墜疏鐘。」《點絳脣·試燈夜初晴》云：「情如水，小樓薰被。春夢笙歌裏。」又云：「征衫貯、舊寒一縷，淚濕風簾絮。」《鶯啼序》云：「暝堤空、輕把斜陽，總還鷗鷺。」《八聲甘州·遊靈巖》云：「箭徑酸風射眼，膩水染花腥。」又云：「連呼酒，上琴臺去，秋與雲平。」俱能超妙入神。

又：夢窗《賦女髑髏》（調《思佳客》）（詞略），《題華山女道士扇》（調《蝶戀花》）（詞略）、《題藕花洲尼扇》（調《醉落魄》）（詞略），此類命題，皆不大雅。金應珪抉詞中三蔽，似此亦在俚詞之列，故爲皋文所不取。然用意造句，仙思鬼境，兩窮其妙。余録入《閒情集》中，不忍没古人之美也。

又，卷五：美成《蝶戀花》云：「魚尾霞生明遠樹，翠壁黏天，玉葉迎風舉。一笑相逢蓬海路，人間風月如塵土。剪水雙眸雲半吐，醉到天瓢，笑語生青霧。此會未闌須記取，桃花幾度吹紅雨。」語帶仙氣，似贈女冠之作，否則故爲隱語；已爲夢窗「北斗秋横」、「春温紅玉」兩篇，開其先路。

又，卷八：白石，仙品也；東坡，神品也，亦仙品也；夢窗，逸品也；玉田，雋品也；稼軒，豪品也；然皆不離於正，故與温、韋、周、秦、梅溪、碧山同一大雅，而無傲而不理之誚。

又，竊謂白石一家，如閑雲野鶴，超然物外，未易學步。……夢窗才情横逸，斟酌於周、秦、姜、史之外，自樹一幟，亦不專師白石也。

又，詞有表裏俱佳，文質適中者，温飛卿、秦少游、周美成、黄公度、姜白石、史梅溪、吴夢窗、陳西麓、王碧山、張玉田、莊中白是也，詞中之上乘也。《詞壇叢話》：詞貴疏密相間。昔人謂夢窗之密，玉田之疏，必兼之乃工。然兼之實難。

文廷式《雲起軒詞鈔·序》：詞者，遠繼《風》、《騷》，近沿樂府，豈小道歟！自朱竹垞以玉田爲宗，所選《詞綜》，意旨枯寂，後人繼之，尤爲冗漫。以二窗爲祖禰，視辛、劉若仇讎，家法若斯，庸非巨謬！

李佳《左庵詞話》卷上：詞家昉於宋代，然只柳屯田、周美成爲解音律，其詞猶未盡工。姜白石、吴夢窗諸人，尚爲未解音律，而頗多佳作。以是知詞固非樂工所能。

又，《詞林正韻》有云：入聲作三聲，詞家多承用。如晏幾道《梁州令》：「莫唱陽關曲。」「曲」字作邱雨切，叶漁虞韻。吴文英《無悶》：「鸞駕弄玉。」「玉」字同。……姜夔《暗香》：「舊時月色。」吴文英《江城梅花引》：「帶書傍月自鋤畦。」兩「月」字同。

又，有借音數字，宋人慣用之。吴文英《端正好》（孫按：即《杏花天》）：「夜寒重、長安紫陌。」「陌」叶末各切。《燭影摇紅》：「相間金茸翠畝。」「畝」字叶忙補切。

馮煦《六十一家詞選·例言》：夢窗之詞，麗而則，幽邃而綿密，脈絡井井，而卒焉不能得其端倪。尹惟曉比之清真，沈伯時亦謂得清真之妙，而又病其晦。張叔夏則譬諸七寶樓臺，眩人眼目。蓋山中白雲，專主清空，與夢窗家數相反，故於諸作中，獨賞其《唐多令》之疏快。實則「何處合成愁」一闋，尚非君特本色。《提要》云：「天分不及周邦彦，而研煉之功則過之。詞家有文英，如詩家有李商隱。」予則謂商隱學老杜，亦如文英學清真也。

樊增祥《樊山集》卷二三：君特以醲粹之姿，發瑶瓌之想，萬花共采，五鯖合鸞，「七寶樓臺」之喻，殆樂笑翁之過言乎？

又，《樊評彊村詞稿本》：世人無真見解，惑於樂笑翁「七寶樓臺」之論，遂謂夢窗詞多理少，能密緻不能清疏，真瞽談耳。

沈曾植《海日樓札叢》卷七：白石老人，此派極則，詩與詞幾合而化矣。吴夢窗、史邦卿影響江湖，别成絢麗，特宜於酒樓歌館，飣坐持杯，追擬周、秦，以纘東都盛事，於聲律爲當行，於格韻則卑靡，賴其後有草窗、玉田、聖與出，而後風雅遺音，絶而復續。……自道光末戈順卿輩推戴夢窗，周止庵心厭浙派，亦揚夢窗以抑玉田，近代承之，幾若夢窗爲詞家韓、杜。而爲南唐、北宋學者，或又以欣厭之情，概加排斥。若以宋人之論折衷之，夢窗不得爲不工，或尚非雅詞勝諦乎？

鄭文焯《大鶴山人詞話》：若夫學文英之穠，患在無氣；學龍州之放，又患在無筆，二者洵後學所厚誠，未可率擬也。

《致朱孝臧書》：夢窗更博於史，其研煉之工，世士恒苦淺閻寡聞，輒目爲晦澀，未嘗於此窮討宏搜，遂於舊文妄有點竄。余近取毛、杜、王、朱諸本校訂，其文字碩異，確有徵驗，乃歎書經三寫而成訛，猶未若汲初雕本之有獲也。周、柳、姜、吴爲兩宋詞壇鉅子，來哲之楷素，樂祖之淵源，於是證其要實，余以餘力悉爲采按舊藝，勘爲定本，邢子才所謂思誤一適者，庶無戈氏專輒之病。

《致朱祖謀書》：宋詞家之有夢窗，殆猶唐詩人之長吉乎？其灝氣流轉，文采高麗，純學清真而未得其渾。又相從石帚遊，研討聲律，遊苕、霅三十年，倡酬風月，神韻所至，騷雅似之，而特變其疏澹。然諦觀宋人集中，清空雋快之製，絡繹奔會，如下走近選廿餘首，其郵焉者也。甲稿《解連環》（留別姜石帚）、《西平樂慢》（重過西湖先賢堂）、《賀新郎》（爲德清趙令君賦小垂虹）、《霜花腴》（重陽前一日泛石湖）；乙稿《風入松》（春晚感懷）、《金錢子》（吴城連日賞桂）、《絳都春》（燕亡久矣京口適見似人悵怨有感）、《醜奴兒慢》（雙清樓在錢塘門外）、《高陽臺》（豐樂樓分韻得如字）、《三姝媚》（詠春情）、《三姝媚》（過都城舊居有感）、《慶春澤》（過種山即越文種墓）、《八聲甘州》（陪庾幕諸公遊靈巖）；丙稿《燭影摇紅》（元夕微雨）、《燭影摇紅》（餞馮深居翼日其初度）、《齊天樂》（與馮深居登禹陵)、《解語花》(立春風雨中餞處靜)、《瑞鶴仙》(丙午重九)、《西河》(陪鶴林登袁園)、《祝英臺近》(春日客龜溪遊廢園)、《珍珠簾》(春日客龜溪);丁稿《思佳客》(癸卯除夜)、《鷓鴣天》(化度寺作);補遺《聲聲慢》(閏重九飲郭園)、《憶舊遊》(别黄澹翁)、《金縷歌》(陪履齋先生滄浪看梅)、《采桑子慢》(九日)、《思佳客》(迷蝶無蹤)。

杜本鄭批:其取字多從長吉詩中得來,故造語奇麗,世士罕尋其原,輒疑太晦,過矣。

趙尊嶽《填詞叢話》卷三:用字研煉,首推夢窗。夢窗有真情真意,以驅策此若干研煉之字面。又全篇氣機生動,使實字不致質滯,此大筆力也。何易語此?蓋能使流走之氣機與研煉之字面相表裏,始足與言煉字之法。彼臨渴掘井,覓致若干蕃豔之字而又不善位置者,在在且有金沙入眼之弊,何止拆將下來,不成片段乎?此夢窗之所以難學也。

陳衍《石遺室詩話》卷二四:余少日曾學爲詞,喜北宋,以爲詞之有唐五代,詩之漢魏六朝也。至北宋而唐之初盛矣。東坡、二安,則元和也。白石、夢窗,詩中蘇、黄,餘則江湖末派耳。

《小玲瓏閣詞·叙》:余謂自浙派盛行,玉田、白石外,家夢窗而户竹山。有寧爲晦澀不爲流易者,然夢窗、竹山固時出疏快語,非惟澀焉已也。

嚴復《與朱彊村書》:竊謂夢窗詞旨,實用玉溪生詩法,咽抑凝回,辭不盡意,而使人自遇於深至。

況周頤《蕙風詞話》卷一：詞太做，嫌琢；太不做，嫌率。欲求恰如分際，此中消息，正復難言。但看夢窗何嘗琢，稼軒何嘗率，可以悟矣。

又，性情少，勿學稼軒。非絶頂聰明，勿學夢窗。

又，宋人名作，於字之應用入聲者，間用上聲，用去聲者絶少。檢《夢窗詞》知之。

又，宋詞深致能入骨，如清真、夢窗是；金詞清勁能樹骨，如蕭閑、遯庵是。南人得江山之秀，北人以冰霜爲清。南或失之綺靡，近於雕文刻鏤之技；北或失之荒率，無解深裘大馬之譏。

又，卷二：近人學夢窗，輒從密處入手。夢窗密處，能令無數麗字一一生動飛舞，如萬花爲春，非雕璚蹙繡，毫無生氣也。如何能運動無數麗字，恃聰明，尤恃魄力。如何能有魄力，唯厚乃有魄力。夢窗密處易學，厚處難學。

又，草窗《少年游》宫詞云：「一樣春風，燕梁鶯户，那處得春多。」即「梨花雪，桃花雨，畢竟春誰主」之意。俱從義山「鶯啼花又笑，畢竟是誰春」脱出。其《朝中措·茉莉擬夢窗》云：「尚有第三花在，不妨留待涼生。」庶幾得夢窗之神似。

又：重者，沈著之謂。在氣格，不在字句，於夢窗詞庶幾見之。即其芬菲鏗麗之作，中間雋句豔字，莫不有沈摯之思，灝瀚之氣，挾之以流轉。令人玩索而不能盡，則其中之所存者厚。沈著者，厚之發見乎外者也。欲學夢窗之緻密，先學夢窗之沈著。即緻密，即沈著。非出乎緻密之外，超乎緻密之上，别有沈著之一境也。夢窗與蘇、辛二公，實殊流而同源。其所爲不同，則夢窗緻密其外耳。而至高至精處，雖擬議形容之，未易得其神似。穎慧之士，束髮操觚，勿輕言學夢窗也。

《歷代詞人考略》（考李珣）：五代人小詞大都奇豔如古蕃錦，惟李德潤詞有以清勝者。如《酒泉子》云：「秋雨連綿，聲散敗荷叢裏。那堪深夜枕前聽。酒初醒。」前調云：「秋月嬋娟，皎潔碧紗窗外。照花穿竹冷沈沈。印池心。」《浣溪沙》云：「翠疊花屏山隱隱，冷鋪文簟水潾潾。斷魂何處一蟬心。」蕙風詞隱所云「下開北宋體格者也」。有以質勝者。《西溪子》云：「歸去想嬌嬈。暗魂消。」《中興樂》云：「忍孤前約，教人花貌，虚老風光。」宋人惟吴夢窗能爲此等質句，愈質愈厚，蓋五代詞已開其先矣。

又，（陳師道）《清平樂》云：「夜堂簾合回廊。風帷吹亂凝香。」則尤漸進緻密，爲後來夢窗一派之濫觴。

又，毛澤民詞中有壽蔡京數首，遂貽「本非端士」之譏。方毛之壽蔡也，蔡之奸猶未大著也。其後吴君特亦以壽賈相詞爲世詬病。方吴之壽賈也，賈方以幹濟聞於時。而其卒致奸庸誤國，亦非君特所預知也。且即如蔡京生辰以詩詞爲祝者，其姓名未易更僕數。而毛之詞獨傳，是則毛之至不幸，而君特殆亦一例也。

《香海棠館詞話》：「宋詞人比書家」：初學作詞，最宜讀碧山樂府，如書中歐陽信本，準繩規矩極佳。二晏如右軍父子。賀方回如李北海。白石如虞伯施，而雋上過之。公謹如褚登善。夢窗如魯公。稼軒如誠懸。玉田如趙文敏。

《歷代兩浙詞人小傳・序》：詞學托始唐之開、天，盛於北宋，極盛於南宋。當宋之世，若閩若贛，號稱詞苑多才，顧猶不逮兩浙。……乃至《清真》一集，深美閎約，兼賅衆長，爲兩宋關鍵。自是厥後，覺翁崛起四明，以空靈奇幻之筆，運沈博絶麗之才，縋幽抉潛，開逕自行，凝然爲斯道高矩。……詞之極盛於南宋也，方當半壁河山，將杭作汴，一時騷人韻士，刻羽吟商，寧止流連光景云爾？其犖犖可傳者，大率有忠憤抑塞，萬不得已之至情，寄託於其間，而非「曉風殘月」、「桂子飄香」可同日而語矣。夢翁懷抱清敻，於詞境爲最宜，設令躬際承平，其出象筆鸞箋，以鳴和聲之盛，雖平揖蘇、辛，指麾姜、史，何難矣。乃丁世劇變，戢影滄州，黍離麥秀之傷，以視南渡群公，殆又甚焉。

《蕙風詞話》續編卷一：《樂府指迷》云：「古曲亦有拗者，蓋被句法中字面所拘牽，今歌者亦以爲礙。」如《尾犯》「肯把金玉珠珍博」，《絳園春》「遊人月下歸來」，「金」字、

「遊」字，當用去聲之類。按《尾犯》如虛齋「殷勤更把茱萸看」，夢窗「滿地桂陰人不惜」，「更」、「桂」字並去聲。《絳都春》，夢窗別作「更傳鶯入新年」、「並禽飛上金沙」、「更愁花變梨霙」、「便教移取薰籠」、「便教接宴鶯花」，上一字並用去聲。紅友極重去聲字，乃《詞律·尾犯》録柳詞，無一旁注。《絳都春》録吴詞，竟於「並」字旁注可平。亦疏於考訂也。

《蕙風詞話》補編卷一：吴夢窗曾寓蘇州，不徒《鷓鴣天》詞「楊柳閶門」之句堪爲佐證也。其四稿中，《探芳信》小序「丙申歲，吴燈市盛常年，余借宅幽坊，一時名勝遇合，置杯酒，接殷勤之歡，甚盛事也」云云。又《六醜》：「壬寅歲，吴門元夕風雨。」又：「甲辰歲，盤門外寓居過重午。」丙申距壬寅六年，距甲辰九年，此九年或先寓閶門，後寓盤門，惜坊巷之名不可得而詳耳。又《應天長》「吴門元夕」句云「向暮巷空人絶，殘燈耿塵壁」，極似老屋數間景色。《浣溪沙》「觀吴人歲旦遊承天」句云：「街頭多認舊年人。」《點絳唇》前段云：「明月茫茫，夜來應照南橋路。夢遊熟處，一枕啼秋雨。」曰「多認」，曰「熟處」，與《探芳信》序云「吴燈市盛常年」，皆足爲久寓蘇州之證。又《齊天樂》賦齊雲樓，《木蘭花慢》陪倉幕遊虎丘，《探芳新》吴中元日承天寺遊人等闋，皆寓蘇時所作。

又，吴夢窗詞，《鷓鴣天》化度寺作後段云：「鄉夢窄，水天寬，小山愁黛澹眉山。吴鴻好爲傳歸信，楊柳閶門屋數間。」蓋直以蘇州爲故鄉，何止曾寓是邦而已。「小窗愁黛」即左與言之「盈盈秋水，淡淡春山」。是時筠塘内子猶寓吴閶也。其《夜行船》後段云：「畫扇青山吴苑路。傍懷袖、夢飛不去。憶别西池，紅綃盛淚，腸斷粉蓮啼露。」亦復芬芳悱惻，文生於情，令人增伉儷之重。

又，虎邱真娘墓，有集詞句聯云：「半邱殘日孤雲，寒食相思陌上路；西山横黛瞰碧，青門頻返月中魂。」「半邱」句，見夢窗陪倉幕游虎邱《木蘭花慢》；「西山」句，見夢窗賦齊雲樓《齊天樂》，皆本地風光，甄采恰和（孫按：此楹聯皆出夢窗詞集。「相思」句見《倦尋芳·餞周糾定夫》，僅「堤」誤記爲「陌」字。「青門」句，見《浣溪沙·陳少逸席上用聯句韻有贈》）。

《蓼園詞選·序》：近十數年，學清真、夢窗者尤多。以是自刻繩，自表襮，認筌執象，非知人之言也。詞之爲道，貴乎有性情，有襟抱，涉世少，讀書多。平日求詞詞外，臨時取境題外。尺素寸心，八極萬仞，恢之彌廣，斯按之逾深。返象外於環中，出自然於追琢。

陳鋭《裦碧齋詞話》：陽湖派興，流宕忘返，百年以來，學者始少少講求雅音。然言清空者喜白石，好穠豔者學夢窗，諧婉工致，則師公謹、叔夏。獨柳三變，無人能道其隻字已。

又，白石擬稼軒之豪快，而結體於虚。夢窗變美成之面貌，而鍊響於實。南渡以來，雙峰並峙，如盛唐之有李杜矣，顧詞人領袖必不相輕。

又，詞中四聲句，最爲著眼，如《掃花遊》之起句，《渡江雲》之第二句。《解連環》、《暗香》之收句是也。又如《瑣窗寒》之「小唇秀靨」、「冷薰沁骨」，《月下調》之「高品調側」，美成、君特無不用上平去入，乃詞中之玉律金科。

蔣兆蘭《詞説》：繼清真而起者，厥惟夢窗。英思壯采，綿麗沈警，適與玉田生清空之説相反。玉田生稱其「何處合成愁」篇，爲疏快不質實。其實夢窗佳處，正在麗密，疏快非其本色也。至所舉過澀之句，爲後世學夢窗者點醒不少。草窗詞品，雖與夢窗相近，然煉不傷氣，自饒名貴。

陳洵《海綃説詞》：自元以來，若仇仁近、張仲舉，皆宗姜、張者，以至於清竹垞、樊榭極力推演，而周、吴之緒幾絶矣。竹垞至謂夢窗亦宗白石，尤言之無理者。

又，周止庵立周、辛、吴、王四家，善矣。惟師説雖具，而統系未明。疑於傳授家法，或未洽也。吾意則以周、吴爲師，餘子爲友，使周、吴有定尊，然後餘子可取益。於師有未達，則博求之友。於友有未安，則還質之師。如此，則系統明，而源流分合之故，亦從可識矣。

又，張氏輯《詞選》，周氏撰《詞辨》，於是兩家並立，皆宗美成。而皋文不取夢窗，周氏謂其爲碧山門徑所限。周氏知不由夢窗不足以窺美成，而必曰問塗碧山者，以其蹊徑顯然，較夢窗爲易入耳。非若皋文欲由碧山直造美成也。吾年三十，始學爲詞，讀周氏四家詞選，即欲從事於美成。乃求之於美成，而美成不可見也。求之於稼軒，而美成不可見也。求之於碧山，而美成不可見也。於是專求之於夢窗，然後得之。因知學詞者由夢窗以窺美成，猶學詩者由義山以窺少陵，皆塗轍之至正者也。今吾立周、吴爲師，退辛、王爲友，雖若與周氏小有異同，而實本周氏之意，淵源所自，不敢誣也。

又，有論夢窗詞之語，頗可玩味，陳曰（孫按：實陳洵自論）：「以澀求夢窗，不如以留求夢窗。見爲澀者，以用事下語處求之；見爲留者，以命意運筆中得之也。以澀求夢窗，即免於晦，亦不過極意研煉麗密止矣，是學夢窗，適得草窗。以留求夢窗，則窮高極深，一步一境。沈伯時謂『夢窗深得清真之妙』，蓋於此得之。」又曰：「詞筆莫妙於留。蓋能留則不盡而有餘味，離合順逆，皆可隨意指揮，而沈深渾厚，皆由此得。雖以稼軒之縱橫，而不流於悍疾，則能留故也。」按陳氏專學夢窗，所得夢窗妙處，以一「留」字概之。所謂「留」者，從陳氏所論觀之，即含蓄甚深，而不出一淺露之筆，故雖千言萬語，而無窮盡也。然必其人之情極真，感極深，又蓄之極久，蟠郁於懷極厚，方能到此境地，非故作掩抑之態，但爲吞吐之聲之謂也。此等處亦非細意體會，不易區別。清末詞家，頗知學夢窗，但以用事下語處求夢窗者多，其所得不過外形之麗密，爲之太過，且必至於晦澀。晦澀則吴詞之病也，學者不得其妙，反得其病，則非古人之過，學古者之過也。

又，清真格調天成，離合順逆，自然中度。夢窗神力獨運，飛沈起伏，實處皆空。夢窗可謂大，清真則幾於化矣。由大而幾化，故當由吴以希周。

又，天祚斯文，鍾美君特，水樓賦筆，年少承平，使北宋之緒，微而復振。尹焕謂「前有清真，後有夢窗」，信乎其知言矣。

又，飛卿嚴妝，夢窗亦嚴妝，惟其國色，所以爲美。若不觀其倩盼之質，而徒眩其珠翠，則飛卿且譏，何止夢窗。玉田所謂「拆碎不成片段」者，眩其珠翠耳。

又，清真不肯附和祥瑞，夢窗不肯攀援藩邸，襟度既同，自然玄契。《詩》云：「惟其有之，是以似之。」

《與朱祖謀書二十一則》：清真樸拙彌見渾雅，夢窗凝重乃造精純，是在善學者耳。軟媚與晦澀皆非所患也。

又，夢窗得清真之妙，全在運意運筆而神采自異。

又，陸輔之以清真之典麗、夢窗之字面爲兩家所長，此言殊可笑。若但如此，何人不能，真所謂微之識碔砆也。

又，稼軒由北開南，夢窗由南追北，善乎周氏之能言也。南宋諸家無不爲稼軒牢籠者。龍洲、後邨、白石皆學稼軒者也。二劉篤守師門，白石别開家法。白石立而詞之國土蹙矣。至玉田演爲清空，奉白石爲祧廟，畫江畫淮，號令所及，使人遂忘中原，微夢窗，誰與言恢復乎？

夏敬觀《忍古樓詞話》：予嘗謂夢窗詞，如漢魏文，潛氣内轉，不恃虚字銜接。不善學者，但於字句求之，失之遠矣。

《蕙風詞話詮評》釋蕙風「詞中轉折宜圓」條：轉折筆圓，恃虚字爲轉折耳。意圓，則前後呼應一貫。神圓，則不假轉折之筆，不假呼應之意，而潛氣内轉。方者，本質，天所賦也。圓者，功力，學所致也。方圓二字，不易解釋，夢窗，能方者也。白石、玉田，能圓者也。如此可悟方圓之義。方中不見圓，蓋神圓也。惟北宋人能之。子野、方回、耆卿、清真，皆是也。

釋蕙風「詞過經意」條：此三條，反復申明不琢不率之道，乃爐火純青之功候也。夢窗學清真者，清真乃真能不琢，夢窗固有琢之太過者。稼軒學東坡者，東坡乃真能不率，稼軒則不無稍率者。況氏從南宋詞用功，所説多就南宋詞立論，前條明方圓之義亦然。

釋蕙風「勾勒」條：勾勒者，於詞中轉接提頓處，用虚字以顯明之也。即張炎《詞源》

所云：「用虚字呼唤，單字如正、但、甚之類，兩字如莫是、還又、那堪之類。三字如更能消、最無端、又卻是之類。」南宋清空一派，用此勾勒法爲多。用之無不得當者，南宋名家是也。乾嘉時詞，號稱學稼軒、白石、玉田，往往滿紙皆此等呼唤字，不問其得當與否，遂成滑調一派。吴夢窗於此等處多换以實字，玉田譏爲七寶樓臺，拆下不成片段，以爲質實則凝澀晦昧。其實兩種皆北宋人法，讀周清真詞，便知之。清真非不用虚字勾勒，但可不用者即不用。其不用虚字，而用實字或静辭，以爲轉接提頓者，即文章之潛氣内轉法。今人以清真、夢窗爲澀調一派。夢窗過澀則有之，清真何嘗澀耶？清真造句整，夢窗以碎錦拼合。整者元氣渾侖，碎拼者古錦斑斕。不用勾勒，能使潛氣内轉，則外澀内活。白石、玉田一派，勾勒得當，亦近質實，誦之如珠走盤，圓而不滑。二派皆出自清真。及其至，品格亦無高下也。今之學夢窗者，但能學其澀，而不能知其活。拼湊實字，既非碎錦，而又捍格不通，其弊等於滿紙用呼唤字耳。

釋蕙風「勿學夢窗」條：此説固是，但仍未具足。余更下一轉語曰：學夢窗太過者，宜令改學稼軒。學稼軒太過者，宜令改學夢窗。蓋善作詞者，作澀調，務使之疏宕。作滑調，務使之凝重。

釋蕙風「澀調」條：作澀調詞，工者能凝重，乃當然之勢。能疏宕，則功夫深矣。余謂學夢窗太過者當令學稼軒，即此意也。貌澀者不知此訣。

釋蕙風「學夢窗」條：此條論夢窗詞最精。實字能化作虛字之意使用，靜辭能化作動辭使用，而又化虛爲實，化動爲靜，故能生動飛舞。是在筆有魄力，能運用耳。能運用，則不麗之字亦麗，非以豔麗之字，填塞其間也。密在字面，厚在意味。學得密處易，學得厚處難。密固近厚，欲真厚，不得專從密處求之。密而能疏宕，始能真厚也。

釋蕙風「夢窗與東坡稼軒同源」條：夢窗與東坡、稼軒，實不同源。東坡以詩爲詞者也，稼軒學東坡，夢窗學清真，東坡、清真不同源也，以二派相互調劑則可，謂之同源則不可。

李岳瑞《郢雲詞・自記》：儒者率卑填詞爲小道，幾於俳優畜之。然其體肇始於三百篇，濫觴於漢魏樂府，由風雅頌而五、七言，由古而律，由律而長短句，此亦三統質文迭嬗之故，非人力所能爲者。周、秦、歐、柳、辛、姜、吴、王諸大家，皆能以忠君愛國之感、微詞諷諫之義，自尊其體，非可以一二側豔之辭、狹邪之語，擯諸文章之外也。

王國維《人間詞話》：詞忌用替代字。美成《解語花》之「桂華流瓦」，境界極妙。惜以「桂華」二字代「月」耳。夢窗以下，則用代字更多。其所以然者，非意不足，則語不妙也。蓋意足則不暇代，語妙則不必代。此少游之「小樓連苑」、「繡轂雕鞍」所以爲東坡所譏也。

又，白石寫景之作，如：「二十四橋仍在，波心蕩、冷月無聲。」「數峰清苦，商略黄昏雨。」「高樹晚蟬，説西風消息。」雖格韻高絶，然如霧裏看花，終隔一層。梅溪、夢窗諸家寫景之病，皆在一「隔」字。北宋風流，渡江遂絶。抑真有運會存乎其間耶？

又，蘇、辛，詞中之狂。白石猶不失爲狷。若夢窗、梅溪、玉田、草窗、西麓輩，面目不同，同歸於鄉愿而已。

又，夢窗之詞，余得取其詞中之一語以評之，曰「映夢窗、零亂碧」。

《人間詞話删稿》：「池塘春草謝家春，萬古千秋五字新。傳語閉門陳正字，可憐無補費精神。」此遺山論詩絶句也。夢窗、玉田輩，當不樂聞此語。

又，梅溪、夢窗、玉田、草窗、西麓諸家，詞雖不同，然同失之膚淺。雖時代使然，亦其才分有限也。近人棄周鼎而寶康瓠，實難索解。

又，予於詞，五代喜李後主、馮正中而不喜《花間》。宋喜同叔、永叔、子瞻、少遊而不喜美成。南宋只愛稼軒一人，而最惡夢窗、玉田。

樊志厚《人間詞甲稿·序》：君之於詞，於五代喜李後主、馮正中，於北宋喜永叔、子瞻、少游、美成，於南宋除稼軒、白石外，所嗜蓋鮮矣，尤痛詆夢窗、玉田。謂夢窗砌字，玉田壘句。一雕琢，一敷衍，其病不同，而同歸於淺薄。六百年來詞之不振，實自此始。其持論如此。

又，《人間詞乙稿·序》：文學之工不工，亦視其意境之有無，與其深淺而已。自夫人不能觀古人之所觀，而徒學古人之所作，於是始有僞文學。學者便之，相尚以辭，相習以模擬，遂不復知意境之爲何物，豈不悲哉！苟持此以觀古今人之詞，則其得失，可得而言焉。温、韋之精豔，所以不如正中者，意境有深淺也。珠玉所以遜六一，小山所以愧淮海者，意境異也。美成晚出，始以辭采擅長，然終不失爲北宋人之詞者，有意境也。南宋詞人之有意境者，唯一稼軒，然亦若不欲以意境勝。白石之詞，氣體雅健耳。至於意境，則去北宋人遠甚。及夢窗、玉田出，並不求諸氣體，而惟文字之是務。於是詞之道熄矣。自元迄明，益以不振。

劉坡公《學詞百法》：南渡以降，辛棄疾、劉過師法東坡，好爲豪壯語。姜夔、吴文英則仍以警麗爲工，繼起者，更有史達祖，高觀國諸人，清奇秀逸，並爲一時之選。

梁啟勳《詞學》下編：沈伯時《樂府指迷》曰：「鍊句下語最是要緊，如詠桃，不可直説破桃，須用『紅雨』、『劉郎』等字。如詠柳，不可直説柳，須用『章臺』、『灞岸』等事。」余最不以此議論爲然。若因行文之便，偶以自然出之，未嘗不可。若專以教學者，倘或食而不化，則終身無出路矣。吴夢窗即犯此病，所以張叔夏謂夢窗如七寶樓臺，眩人耳目，拆碎下來，不成片段云。此即堆典之病也，萬不可學。

吴梅《詞學通論》：意之曲者詞貴直，事之順者語宜逆，此詞家一定之理，千古佳詞，要在使人可解。嘗有意極精深，詞涉隱晦，翻繹數過，而不得其意之所在者。此等詞在作者固有深意，然不能日叩玄亭，問此盈篇奇字也。近人喜學夢窗，往往不得其精，而語意反覺晦澀，此病甚多，學者宜留意。

又，凡古人成作，讀之格格不上口，拗澀不順者，皆音律最妙處。……拗調澀體，多見清真、夢窗、白石三家。……夢窗詞如《鶯啼序》之「快展曠眼」、「傍柳繫馬」，《西子妝》之「一箭流光，又趁寒食去」。《霜花腴》之「病懷强寬」、「更移畫船」。……此等句法，平仄拗口，讀且不順，而欲出辭爾雅，本非易易，顧不得輕易改順也。

又，學稼軒，要於豪邁中見精緻。學夢窗，要於縝密中求清空。

《蔡嵩雲〈樂府指迷箋釋〉序》：往歲辛未，嵩雲著《詞源疏證》成，余既序而行世矣。今歲丁丑，又成《樂府指迷箋釋》。鄭重故人，一言弁首。余按此書首條即言「壬寅秋，始識静翁於澤濱。癸卯，識夢窗」。是沈氏詞學，固得諸翁、吴昆季。又云：「凡作詞當以清真爲主。」又云：「夢窗深得清真之妙。」是明以君特接武清真。近半唐、彊村輩，揭櫫正鵠，歷夢窗以達清真，實胎原於沈氏。嵩雲獨持巨眼，謂宋末詞風，夢窗家法，均於是編窺見一斑，此則大獲我心。逭暑里閈，粗舉吴詞以證沈説，爲君張目可乎？沈云：「要求字面，當看温飛卿、李長吉、李商隱及唐人諸家詩。」吴詞四稿皆然，無煩覼縷。即如《瑣窗寒》「送客咸陽」，《塞垣春》「漏瑟侵瓊管」，昔人疑莫能明者。今知用「衰蘭送客咸陽道」、「丁東細漏侵瓊瑟」詩語，亦昌谷、飛卿句也。此吴詞之同於沈説者一也。沈云：「鍊句下字，最是緊要，如説桃不可直説桃，詠柳不可直説柳。」又云：「『銀鉤空滿』便是書。『玉筯雙垂』便是淚。」今按吴詞，如《瑞鶴仙》「藕心瑩繭」、「緩躡素雲」，即知爲絲鞋。又「内家標緻」、「玉井秋風」，即知爲道女，且貼華山。惟《一寸金》「黠髯掀舞」，用右軍鼠須筆事。《解語花》「瓊樹三枝」，用蘭昌女鬼事，微傷晦澀，顧不直説則合也。此吴詞之同於沈説者二也。沈云：「詞中用事使人姓名，須委曲得不用出最好。」而以清真「庾信愁多，江淹恨極」，「東陵晦跡，彭澤歸來」，「蘭成憔悴，衛玠清羸」等語爲非。今吴詞所用人名，通常習見者，不過逋仙、何郎、小蠻、樊素、壽陽、樊姬、桃根、桃葉之類。其直書姓名者，僅《甲稿·西平樂》「羊曇醉後花飛」，《婆羅門引》「曾説董雙成」，《丙稿·疏影》「何遜揚州舊事」，《浪淘沙》「菊花清瘦杜秋娘」，數語而已。他如《水龍吟》之「兒騎空迎，舜瞳回盼」，《大酺》之「陶籬菊暗，逋塚梅荒」，《江南春》之「羽扇綸巾，氣淩諸葛」，《永遇樂》之

「裴郎歸後，崔娘沈恨」，《聲聲慢》之「傳杯吊甫，把菊招潛」，《沁園春》之「老蘇而後坡仙」，又《送翁賓暘》之「賈傅才高，岳家軍壯」。凡用古賢名字，無不加以剪裁。此吴詞之同於沈説者又一也。沈云：「壽詞最難作，切宜戒『壽酒』、『壽香』、『老人星』、『千春百歲』之類。今吴詞四稿，如《壽尹梅津》、《壽榮王夫人》、《爲郭清華内子壽》、《壽嗣榮王》、《壽毛荷塘》、《壽秋壑》、《壽方泉》、《壽方蕙巖寺簿》、《爲故人壽母》、《壽筠塘内子》、《壽王虔州》、《壽雲麓先生》諸作，皆刊落蕪蔓，獨標清藻，與沈氏所言『形容當人事業才能，隱然有頌禱之意』者，更若合符節。」此吴詞之同於沈説者又一也。不特此也，沈云：「空頭字不若徑用一靜字。」而吴詞泰半用勁接，領字不多。沈云：「爲情賦曲者，尤宜宛轉回互。」而吴詞潛氣内轉，上下映帶，有天梯石棧之巧。得《海綃説詞》後，而其旨益顯。然則沈氏諸説，殆即奉諸翁、吴昆季，習聞緒論，遂筆諸簡策，成此二十八則歟。且時齋之名，夢窗詞凡三見：一，《甲稿·江南好》序云：「時齋示《江南好》詞。」二，《永遇樂·探梅次時齋韻》。三，《丙稿·聲聲慢·和沈時齋八日登高韻》。而此書首條，亦有「暇日相與唱酬」一語，是二賢交誼，實沆瀣一氣，雖謂此書爲闡明吴詞家法，亦無不可也。近世學夢窗者，幾半天下，往往未擷精華，先蹈晦澀；苟寢饋於斯，變化神明，大成可待。吾故見嵩雲箋釋，爲之喜而不寐也。《詞源疏證》，爲已學者正歧訛；此書箋釋，爲初學者端趨向。二書卓立，炳耀天壤，吾敢決其必傳焉！

蔡嵩雲《樂府指迷箋釋》：作詞以柔婉爲主，狂怪則非詞之本色。乃發意未能恰好所致。鄭大鶴《論詞書》云：「務爲典博，則苦質實。多著才語，又近昌狂。至一切隱僻怪誕、禪縛窮苦、放浪通脱之言，皆不得著一字，類詩之有禁體。」信然。

又，前云與靜翁、夢窗講論作詞之法，則所聞必多二氏之説。今證以夢窗詞集，頗與伯時所揭四標相合。夢窗喜煉字面，善用代字，故其詞雅而不露。至音律之協，發意之高，尤其所長。夢窗論詞之語，集中罕見，於伯時所揭四標準，可以窺見夢窗詞法也。

又，前言下字用字之法，可見宋人作詞，惟恐其近乎纏令，故下字以免俗爲先。惟恐其味不深長，故用字以婉曲爲尚。夢窗喜用代字，善煉字面，故無不雅之病，亦無太露之嫌。然有時研煉過深，令人莫測其旨，故《指迷》以爲太晦。若其佳構，固深得清真之妙，而合乎前揭四標準者。玉田以凝澀晦昧評夢窗，至有七寶樓臺之喻。後人惑於其説，以爲夢窗全集莫不如是，未免大誤。夫夢窗詞用事下語，誠有深入而未能顯出者。然《四稿》中不晦澀之作，細繹之亦實在不少。以其含思高遠，琢語幽邃，讀者不易得其端倪，遂概以晦澀目之，豈得爲持平之論？昔人論詞，每好執人集中一二首以概其餘，宗派不同，尤易陷於此等偏見，不獨評夢窗者爲然也。

又，用虚字較少者，莫過於夢窗詞，其行文開闔，多用潛氣内轉法，非有其工力，更不易學。蓋堆疊實字，讀且不通，況付雪兒？

又，所謂「用事使人姓名，須委曲得不用出」，仍是「用字不可太露」之意。與煉句下語條「説物事不必分曉，方見妙處」，同是夢窗詞説。取夢窗詞證之，信不誣也。詞之佳處，惟意深筆曲者，最耐人尋味。膚淺直率，適得其反。犯此病者，多由於用字太露。善煉字面，即滅去針線痕，使讀者不易得其端倪。夢窗詞之幽邃以此，而病其晦澀者亦以此。

《柯亭詞論》：梅溪、夢窗，遠紹清真，碧山、玉田，近宗白石，詞法之密，均臻絶頂。宋詞自此，殆純乎人工矣。

又，清真令曲，閑婉似叔原，而沈著亦近之。慢詞疏宕類耆卿，而精湛則過之。於以見其作法非同一機杼矣。夢窗亦然，慢詞極凝鍊，令曲卻極流利。故玉田於其慢詞，譏爲凝澀晦昧，謂如七寶樓臺，碎拆下來，不成片段。而獨賞其《唐多令》之疏快，以爲不質實。

陳匪石《宋詞舉》卷上：選南宋詞者，戈順卿取史、姜、吴、周、王、張六家，周稚圭取姜、史、吴、王、蔣、張六家，周止庵則以辛、王、吴爲領袖。夫張炎之妥溜，王沂孫之沈郁，吴文英極沈博絶麗之觀，擅潛氣内轉之妙。……皆於南宋自樹一幟。流風所被，與之化者若干人。然蔣捷身世之感同於王、張，雕琢之工導源吴氏，周密附庸於吴，猶爲世所同認，故舍周、蔣而録張、王、吴、姜、辛，意實在此。

《聲執》卷上：《霜葉飛》前結，清真作「又透入、清暉半晌，特地留照」，夢窗作「彩扇咽涼蟬，倦夢不知樊素」。……能斷爲必五字、六字，或七字、四字乎？《八聲甘州》起拍十三字，按屯田、石林、夢窗各作中，三字屬上屬下，或可上可下，同上述兩例。兩宋知音者多明此理，故有不可分之句，又有各各不同之句。夢窗作《水龍吟》，其良師矣。……《水龍吟》前後遍四字三句爲一韻者各二。而夢窗一首前遍作「紺玉鉤簾處，横犀麈、天香分鼎」，一首後遍作「攜手同歸處，玉奴唤、緑窗春近」，他家亦有如是者。《詞譜》名以攤破。

又，有曲直，有虚實，有疏密，在篇段之結構，皆爲至要之事。……兩宋名家，隨在可見，而神妙莫如清真、夢窗。一段之中，四句五句六句一氣趕下，稱爲大開大闔者，此類體格，夢窗最擅勝場，亦妙於直者也。

胡先驌《文芸閣先生詞話》：自是以降，雖不人爲蘇、辛，而詞已盡洗綺羅香澤之態。無論爲白石之清空，或夢窗之穠麗，要不容纖悉傖俗之氣存乎其間，而傖俗則《花間》之痼疾，北宋所不免，雖清真且以不高遠見譏也。故南宋名家，決不作「啼粉涴郎衣，問郎何日歸」之傖語。即周清真之「低聲問向誰行宿，城上已三更。馬滑霜濃，不如休去，直是少人行」，與「有何人、念我無聊，夢魂凝想鴛侣」，及「不戀單衾再三起。有誰知，爲蕭娘，書一紙」，亦非白石、夢窗所肯落筆也。嘗謂惟南宋之詞爲雅詞，要亦文學進化之跡有然。

劉永濟《詞論》卷上：若夫清真、伯可之儔，身在樂府，知音協律之事，所職宜然，故其所爲，韻律精切。白石、梅溪、夢窗、草窗諸君承其流風，彌見工麗。斯又體制因革之自然，此數君者動於不得已，非欲以此與前人競奇也。

又，卷下：夢窗之難及者，詞内之清氣、魄力也。……無夢窗之清氣、魄力，則其失也，必至生澀晦昧。

周曾錦《卧廬詞話》：白石道人《詩説》有云，雕琢傷氣。予謂非第説詩而已，惟詞亦然。夢窗諸公，恐正不免此。

又，玉田於夢窗，頗致不滿，不但「七寶樓臺」之喻而已。夢窗「何處合成愁」一闋，在夢窗爲别調，而玉田亟稱之，他詞不如是也。如此取夢窗，則其所不取者知矣。平心論之，夢窗雕琢太過，致多晦澀，實是一病，固不必曲爲之諱也。

周爾墉《批〈絶妙好詞〉》：於逼塞中見空靈，於渾樸中見勾勒，於刻畫中見天然，讀夢窗詞當於此著眼。性情能不爲詞藻所掩，方是夢窗法乳。

夏承燾《天風閣學詞日記》：夢窗造辭，有倒、揉、碎三法。

又，吴眉孫謂近人學夢窗者爲僞體，謂私心不喜，約有三端：一、填澀體；二、依四聲；三、餖飣襞積，土木形骸，毫無妙趣。

又，發眉翁引荀子「亂世之文匿而采」説夢窗詞。

《詞源注·序》：張炎揚姜抑吴，就是他揚姜抑周（邦彦）的主張。吴詞濃豔綿密，本近周詞，周詞晦澀之弊，表現在吴詞裏最爲突出。張伯駒《叢碧詞話》：後人學夢窗者，必抑屯田。然屯田不裝「七寶」，仍是「樓臺」。夢窗拆碎「樓臺」，仍是「七寶」。後人既非「樓臺」，亦非「七寶」，只就字面餖飣雕飾，自首至尾，使人不解，亦不知其自己解否。

鄭騫《成府談詞》：夢窗詞爲倚聲變調，夢窗以前，未有如是雕琢者。凡一種文體至極盛將衰之時，多以雕鏤刻畫爲工。詞至有宋末年，已漸老熟，正合有此一格，以結三百餘年之局。

又，夢窗詞亦非全無意境。集中如《霜葉飛》「斷煙離緒關心事」，《水龍吟》「豔陽不到青山」，又「幾番時事重論」，《齊天樂》「淩朝一片陽臺影」，《慶春澤》「帆落迴潮」，《八聲甘州》「渺空煙四遠」，《夜合花》「柳暝河橋」，《聲聲慢》「檀欒金碧」，《賀新郎》「喬木生雲氣」諸作，皆意境高絶，有崇山壁立、老樹拏雲之概。「喬木生雲氣」與《瑞鶴仙》之「亂紅生古嶠」，蓋夢窗自爲寫照。

吴世昌《詞林新話》：静安曰：「人能於詩詞中不爲美刺投贈之篇，不使隸事之句，不用粉飾之字，則於此道已過半矣。」據此而論，則夢窗兼備衆惡，而清末好之者猶自詡獨得之秘，欺人甚矣。

又，蕙風曰：：「詞太做，嫌琢。」又曰「但看夢窗何嘗琢」云云。夢窗大琢特琢，何嘗不琢。夢窗而猶許其「不琢」，天下豈尚有「琢」者乎？

又，亦峰曰「夢窗才情超逸，何嘗沈晦？夢窗長處，正在超逸之中見沈鬱之意」云云。夢窗不晦，則天下無晦詞。鑽入「沈鬱」牛角尖，便成青盲。但能否定張叔夏之言，亦爲卓識。

又，静安曰：「朱子謂：『梅聖俞詩，不是平淡，乃是枯槁。』余謂草窗、玉田之詞亦然。」此説亦是，但夢窗更劣。

又，静安曰：「若梅溪以降，正所謂切近的當，氣格凡下者也。」「切近的當，氣格凡下」八字可贈夢窗諸人，但仍欠「的當」耳。

又，凡稱讚夢窗、碧山等人者，都是解人以自充内行嚇唬讀者，其情可鄙，其事可惡，常州派之流毒一至於斯。

又，夢窗詞，其甲乙稿中長調殆不可卒讀，亦不必讀。丙丁稿中小令，時有雋永可讀之作，惜爲其長調所掩。且近人之學夢窗者，故意曲解長調，以自矜奥秘，當非夢窗初心。夢窗留下如許似通非通之長調，真夢窗之不幸也。豈但夢窗之不幸，亦宋詞之不幸也。造成夢窗詞不可卒讀之另一原因，乃其勉强多作，雖無意義之題，亦必千方百計摭故實求幻想以完成之，致其集有四稿之多。去其水分渣滓，恐亦所餘無幾。以此無幾之劣貨，後人强欲爲之裝金貼繡，歎爲深妙極奥，故愈説愈訛。

胡適《南宋的白話詞》：詞的進化到了北宋的歐陽修、柳永、秦觀、黄庭堅的「俚俗詞」，差不多可説是純粹的白話韻文了。不幸這個趨勢到了南宋，也碰著一個打擊，也漸漸退回到復古的路上去。南宋的詞人有兩大派，一派承接北宋白話詞的遺風，能免去柳永、黄庭堅一班人的淫褻習氣，能加入一種高超的境界與情感，卻仍能不失去白話詞的好處。這一派專在聲調字句典故上做工夫，字面越文了，典故用的越巧妙了，但没有什麽内容，算不得什麽有價值的文字。這一派古典主義的詞，我們可以用吴文英作代表。

《詞選》：吴文英的詞在當時已頗風行，尹焕作序説：「前有清真（周邦彦），後有夢窗。此非焕之言，天下之公言也。」大概周邦彦與吴文英都是音樂家，從音調的方面看去，這兩人可以相提並論。但從文學的方面看去，吴文英就遠不及周邦彦了。周是詩人而兼音樂家，吴能制曲調聲而不是詩人。《夢窗四稿》中的詞幾乎無一首不是靠古典與套語堆砌起來的。張炎説：「吴夢窗詞如七寶樓臺，眩人眼目，碎拆下來，不成片段。」這話真不錯。……清朝詞人之中，張惠言不喜夢窗；周濟卻把夢窗抬的很高，列爲宋四大家之一。近年的詞人多中夢窗之毒，没有情感，没有意境，只在套語和古典中討生活。

錢基博《中國文學史》：（夢窗）同時尹焕曰：「求詞於吾宋，前有清真，後有夢窗。此非焕之言，天下之公言也。」然周邦彦工於造語，而特未融於境；尚有驅邁之氣，運遣之筆，攝得事切，煉得意警。文英麗於綴字，而並未適於語；又無驅邁之氣，運遣之筆，砌得詞多，講得意晦。沈泰嘉稱其「深得清真之妙，但用事下語太晦處，人不易知」。而張炎比之「七寶樓臺，炫人眼目，拆碎下來，不成片段」。當日固有定論。然亦有綴得詞麗，而不害煉得意警者，如《如夢令》（鞦韆爭鬧粉牆）、（春在緑窗楊柳）、《點絳唇·和吴見山韻》、《唐多令·惜别》、《雙雙燕》（小桃謝後雙雙燕）（詞皆略）以沈鬱頓挫之筆，寫綺麗綿密之詞，片段亦盡渾成，樓臺何害七寶。然而世之選夢窗者，只見其雕績滿眼，炫於七寶，而不見樓臺；而不知樓去乃成氣象，七寶豈漫璀璨。而七寶之所以成樓臺，可組織而不可拆碎；熔鑄以精心，運遣以遒筆，化零爲整，以成片段；此藻采之所以組織，而七寶之所以樓臺。就詞論詞，所以見作者之技巧，而供文學之吟玩者，在樓臺彈指，而不在七寶拆碎。如云拆碎，豈惟七寶樓臺，零珠碎璣，不成片段；即非七寶樓臺，頽磚碎瓦，亦同零落。其故不在七寶而在拆碎，當爲張炎進一解也。昔鍾嶸品詩，謂：「任昉博物，動輒用事，所以詩不得奇。」文英多文，亦輒用事，所以詞不得奇；而名章俊語，轉有在不用事者。如《瑞鶴仙》曰：「掩庭扉、蛛網黏花，細草靜摇春碧。」《玉燭新》曰：「嫩篁細掐相思字，墮粉輕黏練袖。」《點絳唇》曰：「嫩陰緑樹，政是春留處。」又一闋曰：「雁將秋去，天遠青山暮。」《訴衷情》曰：「東風不管，燕子初來，一夜春寒。」《醉桃源》曰：「凭闌人但覺秋肥，花愁人不知。」《西江月》曰：「緑陰青子老溪橋，羞見東鄰嬌小。」《朝中措》曰：「木落秦山清瘦，西風幾許工夫。」《一剪梅》曰：「萼緑燈前，酒帶香温。風情誰道不因春，春到一分，花瘦一分。」《探芳信》曰：「爲春瘦，更瘦如梅花，花應知否。」《杏花天》曰：「東風入户先情薄，吹老燈花半萼。」《菩薩蠻》曰：「人瘦緑陰濃。」風流藴藉，自然清麗。而夢窗之所以爲夢窗者，固在字句之精深華豔，七寶莊嚴；然其化堆垛爲煙雲者，卻以有神來之筆，運實於虛，羌無故實，而後血脈跳蕩，神情傳合也。

王易《詞曲史》：宗姜而能自開一境者，必推吴文英。……尹焕謂「求詞於吾宋，前有清真，後有夢窗」，沈義父亦許其「深得清真之妙」，然又斥其「失在用事下語太晦處，人不易知」，張炎又議其「如七寶樓臺，眩人眼目，拆碎下來，不成片段」；後人遂摭拾以爲夢窗病，謂其「專重隸事修辭，而不注意詞之脈絡」，甚至謂「詞至夢窗爲一大厄運」，真武斷皮相之論矣。比事屬辭，爲辭賦家正當本領。惟夢窗善於隸事，故其詞蘊藉而不刻露；惟其工於修辭，故其詞雋潔而不粗率。且夢窗固長於行氣者，特其潛氣内轉，不似蘇辛之顯，安得遂謂其無脈絡邪？抑張氏之言亦過矣！夫既曰「拆碎」，則尚何「片段」之有？況其眩人眼目者，猶是七寶乎？沈氏謂其「用事下語太晦」，信非無據，夢窗確有晦處，當時歌筵舞席間，必有乍聽而不解者，不似柳七之能使有井水處，皆歌其詞也。雖然，夢窗之詞，蓋《雅》而非《風》也，淺人不能爲，不能識，夫何害哉？馮煦云：「夢窗之詞麗而則，幽邃而綿密，脈絡井井，而卒焉不得其端倪。」斯語最爲得之。今觀集中勝作，不可勝數，尤膾炙者：慢詞如《高陽臺》、《聲聲慢》、《木蘭花慢》、《齊天樂》、《八聲甘州》等首，皆纖穠合度，氣勢清空；令近如《唐多令》、《風入松》、《祝英臺近》等首，亦純任白描，未填典實；至《鶯啼序·春晚》一首，尤婉密騷雅，惆悵切情。集諸家之長，而無諸家之弊，無惑乎尹氏之推重也，《提要》擬之爲「詩家之李商隱」，猶未盡耳。

鄭振鐸《插圖本中國文學史》：清真的詞流轉而下，毫不費力，而佳句如雨絲風片，撲面不絶。夢窗的詞則多出之於苦吟，有心的去雕飾，著意的去經營，結果是偶獲佳句，大損自然之趣。張炎説得最好：「吴夢窗如七寶樓臺，眩人眼目，拆碎下來，不成片段。」真實的詩篇是永遠不會被拆碎的。沈伯時説：「夢窗深得清真之妙。但用事下語太晦處，人不易知。」他所以喜用晦語，便是欲以深詞來蔽掩淺意的。而深詞既不甚爲人所知，淺意也便因之而反博得一部分評者的讚頌了。他的《唐多令》頗爲張炎所喜，以爲「最爲疏快不質實」。但頭二句，「何處合成愁，離人心上秋」，便不是十分高明的句法。民歌中最壞的習氣，就是以文字爲遊戲，或拆之或合之。夢窗不幸也和魯直他們一樣，竟染上了這個風氣。但像「黄蜂頓撲鞦韆索」（《風入松》）之類的話，卻的確是很雋好的。……我們如視他爲一個第二期中的一位與姜、高、史、盧同流的工於鑄詞，能下苦工的作家，則我們將看出他確是一位不凡的人物。他的詞平均都是過得去的，且也都頗多好句。白石清瑩，他則工整；梅溪圓婉，他則妥貼。他是一個精熟的詞手，卻不是一位絶代的詩人。他是精細的，謹慎的，用功的，然而他卻不是有很多的詩才的。後來的作詞者多趨於他的門下，其主因大約便在於此。

薛礪若《宋詞通論》：夢窗特長在能返南宋人詞的「顯露」，而爲北宋人的「渾化」。……（《八聲甘州》）一闋寫秋日水閣（《風入松》），一闋寫春日園林，氣象極寬舒和平，渾融圓美，這便是受晏、歐作風的明證。在南宋任何詞集中，絶無此種境界：這是他第一個長處。第二個長處是：最善修辭，往往很平常的語句，一到他手裏，便能柔化得無絲毫的生硬，陶熔得無一點兒渣滓。所以我們一讀他的詞，便感覺到他那種温厚端麗的作風。……其原因不僅由於「用事下語太晦處，令人不可曉」，實在是因爲天才不縱溢，下筆時不能馳騁自如，而又刻意於辭藻上的修飾更加上一層束縛。所以臞庵教我們讀他的詞，要「細心吟繹」，不然就覺得是「雕繢滿眼」了。這「細心吟繹」四字下得最耐人尋味，其精到處在此，其短處亦在此了。……《四庫總目提要》比之爲詩中的李商隱是再確不過的了。但他的天才並不高曠，故辭華亦不能奔放勁健，他既不能望塵稼軒，亦不能追摹白石，然自學力上講，則辛姜均無其精到。

胡雲翼《宋詞研究》：夢窗詞有最大的一個缺點，就是太講究用事，太講究字面了。這種缺點，本也是宋詞人的通病，但以夢窗陷溺最深。唯其專在用事與字面上講求，不注意詞的全部的脈絡，縱然字面修飾得很好看，字句運用得很巧妙，也不過是一些破碎的美麗詞句，決不能成功整個的情緒之流的文藝作品。此所以夢窗受玉田「夢窗如七寶樓臺，炫人眼目，拆下來不成片段」之譏也。

龍榆生《研究詞學之商榷》：即如夢窗之作，盡有悲壯蒼涼、哀感頑豔而不能自已者。例如「靈岩陪庾幕諸公遊」之《八聲甘州》（詞略），其「匠心獨運」處，直是超邁絶倫。以讀白話詞之目光論夢窗，其無當於理必矣。且既稱之爲「詞匠」，則當於其「運斤成風」之手段，加以精微之體會，而後下筆批評，方不失爲歷史家態度。乃胡氏《詞選》僅録其《玉樓春》、《醉桃源》二闋，則「詞匠」之真實本領，亦被湮没無餘。總之，姜吴諸家之詞，各有其風尚，各有其環境，亦各自有其歷史上之價值。後人從事批評者，正不容以一己私見，而率意加以褒貶也。

《宋詞發展的幾個階段》：白石而後，詞家益致意於音律之考求。張炎稱其「先人（張樞）曉暢音律，有《寄閑集》，旁綴音譜，刊行於世。每作一詞，必使歌者按之，稍有不協，隨即改正」（《詞源》）。沈義父記與夢窗講論作詞之法，亦言「音律欲其協，不協則成長短之詩」（《樂府指迷》）。樞爲功父諸孫（朱孝臧《南湖詩餘·跋》），家風不墜。夢窗曳裾侯門，亦嘗往來蘇、杭間，集中有壽榮王及賈相（似道）詞，又多自製曲。其對音律之講求，當亦不免受貴家工妓之影響。且臨安爲帝都所在，人文薈萃之區，結社聯吟，蔚爲風氣。周濟謂「南宋有無謂之詞以應社」，而社作以「詠物」爲多。聲律之商量，字面之鍛煉，張炎所謂「字字敲打得響，歌誦妥溜，方爲本色語」（《詞源》）者，可見一時風尚之所在矣。

《晚近詞風之改變》：夢窗沈埋六七百年，自止庵表而出之，始爲世重。既經半塘之校勘，先生復萃精力於此，再三覆校，勒爲定本，由是夢窗一集，幾爲詞家之玉律金科，一若非浸潤其中，不足與於倚聲之列焉。

劉大傑《中國文學發展史》：吴文英的才力雖不及周邦彦、姜夔，但其詞的鍛煉之工，幾又過之。到了他，特别强調形式，把格律派的詞發展到了極端。協律、用典、詠物、修辭種種條件，都在他的詞裏更加注重。沈義父云：「蓋音律欲其協，不協則成長短之詩；下字欲其雅，不雅則近乎纏令之體；用字不可太露，露則直突而乏深長之味；發意不可太高，高則狂怪而失柔婉之意。」（《樂府指迷》）這也是吴夢窗的意見，是他們共同討論出來的。因爲重音律，所以他的詞，讀去和諧悦耳；因爲醇雅，覺得他的字面特别美麗；因爲表意過於含蓄，遂使其詞旨晦澀；因爲表情過於柔婉，故其詞的氣勢卑弱。因爲他只追求形式忽略内容，所以他的作品，缺少血肉和風骨。後人對於他的批評，時常發出相反的論調。尹焕説：「求詞於吾宋者，前有清真，後有夢窗，此非焕之言，四海之公言也。」（《夢窗詞序》）周濟的《宋四家詞選》，以周邦彦、辛棄疾、王沂孫、吴文英爲宋代詞壇的四大領袖，以餘人爲附庸。可見他們對於夢窗的推重。但沈義父説：「其失在用事下語太晦處，人不可曉。」（《樂府指迷》）張炎説：「吴夢窗詞如七寶樓臺，眩人眼目，碎拆下來，不成片段。」（《詞源》）沈、張二人的評語，確能指出夢窗詞的弊病。一個是説他詞意太晦，一個是説他只顧到堆砌辭藻，注重外形的美麗，正是片面追求格律的缺點。我們讀他詠玉蘭花的《瑣窗寒》，那只是大堆的套語和幾個典故的湊合，一時説到「返魄騷畹」，一時又説到「送客咸陽」，一時又説到「鴟夷」與「吴苑」，這些典故，真不知與玉蘭花有何相干。前人説此詞爲追念愛人而作，既題爲玉蘭，又有誰知道？所以吴文英的詠物詞，大半都是詞謎。這一點正是沈義父所説的「用事下語太晦」之失。再看他的詠落梅的《高陽臺》，外面真是美麗非凡，真是眩人眼目的七寶樓臺，但仔細一讀，前後的意思不連貫，前後的環境情感也不融和，好像是各自獨立的東西，失去了文學的整體性與聯繫性，這正是張炎所説的「碎拆下來，不成片段」。他的詞雖有這些大病，但造句煉字之工巧，音律的和美，表現了技巧上的特色。

俞平伯《唐宋詞選釋·前言》：一般地説，南宋名家都祖《清真》而祧《花間》，尤以吴文英詞與周邦彦詞更爲接近。宋代詞評家都説夢窗出於清真，不僅反映面窄小，藝術方面亦有形式主義的傾向。如清真的綿密，夢窗轉爲晦澀；清真的繁穠，夢窗轉爲堆砌，都是變本加厲。全集中明快的詞占極少數。如仔細分析，則所謂「人不可曉」者亦自有脈絡可尋，但這樣的讀詞，未免使人爲難了。説它爲狹深的典型，當不爲過。詞如按照這條道路走去，越往前走便愈覺其黯淡，如清末詞人多學夢窗，就是不容易爲一般讀者接受的。

唐圭璋《論夢窗詞》：南宋大詞人吴文英，字君特，號夢窗，四明人。曾從吴潛諸公遊，有《夢窗甲乙丙丁稿》，惜《宋史》無傳，不能詳其生平事蹟，最爲憾事。宋尹焕評其詞云：「求詞於吾宋者，前有清真，後有夢窗。此非焕之言，四海之公言也。」此論既可見尹煥個人傾倒夢窗詞之深，亦可見天下讚美夢窗詞者之衆。其詞烹鍊精綻，密麗幽邃；而大氣盤旋，脈絡井井；故能生動飛舞，異樣出色。南宋詞學大家，稼軒、白石皆尚疏，惟夢窗尚密，三家分鼎詞壇。信乎各有千古也。

宋張炎詞亦尚疏，與夢窗異趣，故有「夢窗詞如七寶樓臺，眩人眼目；碎拆下來，不成片段」之譏。並舉夢窗《唐多令》一詞，以爲疎快不質實。實則炎徒眩夢窗字句之外美，而未曾見其本質之内美也。所舉《唐多令》一詞，亦非夢窗本色。原詞起句云：「何處合成愁，離人心上秋。」戲用拆字格，且鄰於油滑矣。清常州張臯文《詞選》，不收夢窗，是其偏見。董毅《續詞選》，收夢窗詞，欲以彌臯文之憾。然仍取《唐多令》一詞，亦非知夢窗者。至周止庵始謂臯文不取夢窗，乃爲碧山門户所限。並謂夢窗詞「奇思壯采，騰天潛淵，返南宋之清泚，爲北宋之穠摯」。所選《宋四家詞選》，即證實尹煥之言，教人自夢窗以窺清真。近日朱古微、陳海綃，更畢生精研夢窗，遂使四明絶調，沈而復振。雖然，近日詆之者亦多，不曰堆砌，即曰晦澀，不曰餖飣凌亂，即曰毫無生氣。一唱群和，罔究真際，可慨孰甚。

世之尚北宋者，往往抹殺南宋；尚小令者，往往忽視慢詞；尚自然者，往往輕易凝鍊。不知一時代有一時代之所勝，一體有一體之所勝。學南宋者，固不可不上窺北宋；

學北宋者亦不可不涉獵南宋。環境各異，作風各異，而真價亦各具也。一代大家，大抵不隨人俯仰，轉益多師，自具面目。烏有毫無生氣之作，而可以蒙蔽六百年來才士之耳目心思者？又詞中固有吐屬自然，咳唾盡成珠玉者，李白詩所謂「清水出芙蓉，天然去雕飾」也。但此不可望之常人，常人無不從凝鍊入手。不從凝鍊入手，率爾執筆，豈能免於淺俗浮薄？杜甫詩所謂「語不驚人死不休」者，蓋全從凝鍊出也。自來學詩者，不敢學李而多學杜者，亦以李才絶高，落筆美妙，令人無從步趨；而杜則字鍊句鍊，處處可學也。近人反對凝鍊，反對雕琢，於是夢窗千錘百鍊、含意深厚之作，不特不爲人所稱許，反爲人所痛詆，毋亦過歟？古人言治玉，須切磋琢磨，始成精品。爲詩文詞者，亦何獨不然？即畫家之配度結構，音樂家之創製腔格，雕塑家之規橅神采，何一不須積日累月，慘澹經營，而後始臻上乘也？正因未美、未真而雕琢，愈雕琢乃愈真、愈美，非愈雕琢愈無生氣也。字有未安，句有未妥，法有未密，色有未調，聲有未響，心之所欲言者，尚不能盡情表達。於是嘔心苦思，反復雕琢；改之又改，鍊之又鍊，務使字字精當；務使真情畢宣。范石湖謂白石詩爲「裁雪縫月之妙手，敲金戛玉之奇聲」，此語以移評夢窗詞。茲因略論其美。夢窗詞之美，不一而足，難以悉舉。其描摹景物，抒寫情思之妙處，即於字裏行間，俱可顯然察知也。有凝鍊處，有細微處，有曲折處，有深刻處，有靈動處，試舉例言之。

一、凝鍊。夢窗詞字面，遠取温、李，近取方回，即一字也不輕易放過。形容詞、動詞，尤力求凝鍊，力求盡態極妍。故夢窗一句，即往往表現一種境界。而在他人，則須數句鋪陳也。如其《渡江雲》云：「片繡點重茵。」此一句即彷佛著色圖畫。「片繡」言片片錦繡，喻落花之繁也；「重茵」言重重緑茵，喻芳草之盛也。一「點」字更寫出落花灑徧芳草、紅緑相襯映之美景。又如《霜葉飛》云：「斜陽紅隱霜樹。」斜陽霜樹，皆紅色。一「隱」字更將二者打成一片，秋林秋山，更渲染得如火如荼。他如《宴清都》云「暗殿鎖秋燈夜語」，《惜黄花慢》云「敗紅趁一葉寒濤」，皆以一句表現境界，警動異常。至於全章精粹之詞，更無不用盡凝鍊工夫。

二、細微。夢窗思路，往往細微已極。如《風入松》云：「黄蜂頻撲鞦韆索，有當時纖手香凝。」因西園鞦韆而思及當時纖手，曾執彩索遊戲，因今日之黄蜂，頻撲鞦韆彩索，遂思及索上尚有當日之纖手餘香，誠情深而語癡也。又如《祝英臺近》云：「玉纖曾擘黄柑，柔香繫幽素。」《鶯啼序》云：「記琅玕新詩細掐，早陳跡香痕纖指。」《西子妝慢》云：「燕歸來，問彩繩纖手，如今何許。」或因黄柑而思及當日擘柑者柔香之手，或因新竹而思及當日掐詩者之纖指，或因燕歸而思及當日繫繩於燕足者之纖手，皆同一細微，而同有無限深情，無限悵惘也。

三、曲折。夢窗情深，故出語多委婉曲折。如《澡蘭香》云：「念秦樓也擬人歸，應剪菖蒲自酌。但悵望一縷新蟾，隨人天角。」設想家中重午景象及家人之重午獨酌，怨抑不堪。家人切望人歸，而人則流轉天角，終不得歸，但悵望新月而懷念耳。「念」、「也」、「擬」、「應」、「自」、「但」等虚字，皆能呼應，傳出曲折之神。又如《瑞鶴仙》云：「試挑燈欲寫，還依不忍，箋幅偷和淚卷。寄殘雲賸雨蓬萊，也應夢見。」欲寫而又不忍寫，不寫只盼夢見，此中真有千回百折之情在焉。「試」、「還」、「偷」、「寄」、「也應」等字，亦極顯曲折頓宕之致。

四、深刻。文字曲折，可見吞咽之情；文字深刻，則盡情吐露，力透紙背也。夢窗詞如《高陽臺》云：「飛紅若到西湖底，攪翠瀾、總是愁魚。」落花入湖，並魚亦生愁，寫來誠加倍深刻。又如《高陽臺》「南樓不恨吹横笛，恨曉風千里關山」，「傷春不在高樓上，在燈前欹枕，雨外薰爐」，亦皆深透之語。他如「一絲柳一寸柔情」、「春到一分，花瘦一分」，以物況人，尤覺語新情濃。

五、靈動。夢窗體會物態入細，故所寫之物，皆活潑生動，似有靈性者。如《青玉案》云「梅花似惜行人老，不忍輕飛送殘照」，此寫梅花之靈動也。《雙雙燕》云「相將占得雕梁，似約韶光留住」，此寫雙燕之靈動也。《聲聲慢》云「新彎畫眉未穩，似含羞、低護牆頭」，此寫新月之靈動也。《喜遷鶯》云「煙空白鷺乍飛下，似呼行人相語」，此寫白鷺之靈動也。《惜秋華》云「細響殘蛩，傍燈前、似説深秋懷抱」，此寫秋蛩之靈動也。至於《江神子》云「丁屬東風，莫送片紅飛」，《絳都春》云「東風須惹春雲住。再莫把飛瓊吹去」，與東風言語商量，尤覺真摯而靈動。

稼軒詞光芒四射，故人多知之。夢窗詞潛氣内轉，故人多不知之。實則二家詞，途徑雖異，而真價俱在。好學深思之士，固當精究夢窗詞之底藴，幸勿隨聲輕詆也。

《梅溪詞選釋·序》：余嘗謂辛棄疾、姜夔、吴文英三家分著詞壇，各有千秋。……吴詞濃麗，遠效温李，近宗周邦彦，沈著緻密，大筆淋漓。

錢鍾書《管錐編》：「叙物以言情」非他，西方近世説詩之「事物當對」（objective correlative）者是。如李商隱《正月崇讓宅》警句「背燈獨共餘香語」，未及烘托「香」字；吴文英《聲聲慢》「膩粉闌干，猶聞憑袖香留」，以「聞」襯「香」，仍屬直陳。《風入松》「黄蜂頻探鞦韆索，有當時纖手香凝」，不道「猶聞」，而以尋花之蜂「頻探」示手香之「凝」、「留」，蜂即「當對」聞香之「事物」矣。歌德名什《迷娘歌》（Mignons Lieder）詠思歸而列舉檸檬樹花、黄金橘、蔚藍天等故國風物以映發之，亦「事物當對」，正「叙物以言情」之「賦」耳。

吴熊和《隱辭幽思、詞風密麗的吴文英》：密麗與清空，猶如春蘭秋菊，各當其時。不能各以所長，相輕所短。認爲夢窗詞風爲密麗，密是指其立意深遠，用筆幽邃；麗是指其雋句豔字，芳悱鏗麗。這兩點確是人們讀夢窗詞所首先感覺到的。前面提到吴文英曾向沈義父傳授四條詞法，其中最主要的兩條，一是下字典雅，二是發意柔婉，就是形成夢窗詞風密麗的基礎。他的創作實踐同他的詞論詞法是一致的。吴文英論詞取法清真，因而主張典雅與柔婉。但他在典雅之餘，益以豔麗；柔婉之中，重以密緻；追求深長之味，更轉爲沕穆幽渺之思。「事出於沈思，義歸乎翰藻」。這是吴文英在取法清真的基礎上，發揮自己的獨擅才華與創作個性，所達到的新的藝術境地。吴詞的密麗，還體現在章法上，往往採用時空錯綜的表現手法和突出主觀感受的修辭手法，前文所舉的《八聲甘州》即是一例。除此以外，還見之於《金縷歌·陪履齋先生滄浪看梅》、《高陽臺·落梅》、《渡江雲三犯·西湖清明》、《三姝媚·過都城舊居有感》等其他詞篇。它們在詞裏不失爲創格，但在詩裏卻不乏先例。唐代李賀的詩就經常在不同的時空之間跳躍閃回，同時特别選擇刺激性的詞彙來表現過於敏鋭的主觀感受。吴文英從唐詩中尤爲愛好李賀、李商隱兩家，就在詞裏移植和發展了這種瑰麗奇譎的風格，而「能令無數麗字，一一生動飛舞」。

葉嘉瑩《拆碎七寶樓臺——談夢窗詞之現代觀》：夢窗詞之遺棄傳統而近於現代化的地方，最重要的乃是他完全擺脱了傳統上的理性的羈束，因之在他的詞作中，就表現了兩點特色：其一是他的叙述往往使時間與空間爲交錯之雜揉；其二是他的修辭往往憑一己之感性所得，而不依循所慣見習知的方法。

# 附録一 存目詞

## 繞佛閣 夾鐘商

旅思

暗塵四斂。樓觀迥出，高映孤館。清漏將短。厭聞夜久，籤聲動書幔。桂華又滿。閑步露草，偏愛幽遠。花氣清婉。望中迤邐，城陰度河岸。　倦客最蕭索，醉倚斜陽穿柳綫。還似汴堤，虹梁横水面。看浪颭春燈，舟下如箭。此行重見。歎故友難逢，羈思空亂。兩眉愁、向誰舒展。

【勘誤】

此爲周邦彦詞，見陳元龍注《片玉集》卷九。毛本、《詞綜》誤入，杜本删。明張本誤入，底本删。

## 浣溪沙

春情

青杏園林煮酒香。佳人初煮薄羅裳。柳絲摇曳燕飛忙。　乍雨乍晴花自落，閒愁閒悶日偏長。爲誰消瘦減容光。

【勘誤】

此詞見晏殊《元獻遺文》。曾慥《樂府雅詞》卷上、黄昇《花庵詞選》卷二均作歐陽修詞，《草堂詩餘》卷一作秦觀詞。明張本誤入，底本删。

## 又

春情

手捲珠簾上玉鉤。依前春恨鎖重樓。風裏落花誰是主，思悠悠。　青鳥不傳雲外信，丁香空結雨中愁。回首緑波三峽暮，接天流。

【勘　誤】

此李璟詞，見《南唐二主詞》，又見馬令撰《南唐書》卷二十五。毛本所據底本誤入，毛本删。明張本誤入，底本删。

又

一曲新詞酒一杯。去年天氣舊亭臺。夕陽西下幾時回。　無可奈何花落去，以曾相識燕歸來。小園香徑獨徘徊。

【勘　誤】

此晏殊詞，見《珠玉詞》、《草堂詩餘》卷一、《花草粹編》卷三。毛本所據底本誤入，毛本删。明張本誤入，底本删。

## 又

夏景

簌簌衣中落棗花。村南村北響繰車。牛衣古柳賣黃瓜。　酒困路長唯欲睡，日長人渴謾思茶。敲門試問野人家。

【勘誤】

此蘇軾詞，見《東坡詞》卷下。毛本所據底本誤入，毛本删。明張本誤入，底本删。

## 又

春景

小院閑窗春色深。重簾未捲影沈沈。倚樓無語理瑶琴。　遠岫出雲催薄暮，細風吹雨弄輕陰。梨花欲謝恐難禁。

【勘誤】

《樂府雅詞》卷下、《花草粹編》卷三作李清照詞。《草堂詩餘》作歐陽修詞。毛晉《片玉詞·補遺》作周邦彦詞，並校曰：「或刻歐陽永叔。」毛本删除未盡，尚存「梨花欲謝恐難禁」一句，杜本删。明張本誤入，底本删。

## 玉樓春

緑楊芳草長亭路。年少抛人容易去。樓頭殘夢五更鐘，花底離愁三月雨。　無情不似多情苦。一寸還成千萬縷。天涯地角有窮時，只有此情無盡處。

【勘誤】

此晏殊詞，見《元獻遺文》、《唐宋諸賢絶妙詞選》卷三、《草堂詩餘》卷一、《花草粹編》卷十一。毛扆本誤補。明張本誤入，底本删。

## 如夢令

春景

門外緑陰千頃。兩兩黄鸝相應。睡起不勝情，行到碧梧金井。人静。人静。風弄一枝花影。

【勘誤】

此曹組詞，見《樂府雅詞》卷下、《花庵詞選》卷八、《花草粹編》卷一。淮海詞、《草堂詩餘》卷一作秦觀詞。毛扆本誤補。明張本誤入，底本删。

## 洞仙歌

賦黄木香　贈辛稼軒

花中慣識，壓架玲瓏雪。可見湘英間琅葉。恨春風將了，染額人歸，留得個、裊裊垂香帶月。鵝兒真似酒，我愛幽芳，還比荼蘼又嬌絶。自種古松根，待黄龍，亂飛上、蒼髯五鬣。更老仙、添與筆端春，敢唤起桃花，問誰優劣。

【勘誤】

此姜夔詞，見《白石道人歌曲·别集》。毛扆本誤補。明張本誤入，底本删。

## 玉漏遲

春情

絮花寒食路。晴絲罥日，緑陰吹霧。客帽欺風，愁滿畫船煙浦。彩柱鞦韆散後，悵塵鎖、燕簾鶯户。從間阻。夢雲無准，鬢霜如許。　夜久繡閣藏嬌，記掩扇傳歌，剪燈留語。月約星期，細把花鬚頻數。彈指一襟怨恨，謾空倩、啼鵑聲訴。深院宇。黄昏杏花微雨。

【勘　誤】

《陽春白雪》卷五作趙聞禮詞。《絶妙好詞》卷四作樓采詞。毛本、杜本誤入，王朱本删。明張本誤入，底本删。

# 又

春情　古腔

杏香飄禁苑，須知自古，皇州春早。燕子來時，繡陌漸薰芳草。蕙圃夭桃過雨，弄碎影、紅篩碧沼。深院悄。緑楊盡日，鶯聲爭巧。　早是賦得多情，更對景臨風，鎮辜歡笑。數曲闌干，故人謾勞登眺。天際微雲過盡，亂峰鎖、一竿殘照。歸路杳。東風淚零多少。

【勘　誤】

《草堂詩餘》卷三、《花草粹編》卷一七作宋祁詞。《全宋詞》謂是韓嘉彦詞，見《花草粹編》（卷九），應誤。《花草粹編》字句略有出入：「杏香消散盡，須知自昔，都門春早。燕子來時，繡陌亂鋪芳草。蕙圃妖桃過雨，弄笑臉、紅篩碧沼。深院悄、緑楊巷陌，鶯聲爭巧。早是賦得多情，更遇酒臨花，鎮辜歡笑。數曲欄干，故國謾勞凝眺。漢外微雲盡處，亂峰鎖，一竿修竹。間琅玕。東風淚零多少。」並附本事曰：「韓魏公子都尉嘉彦，才質清秀，頗有豪氣。因言語間與公主參商，安置鄧州。泊春來，感懷作此詞。都下盛傳，因教池開，公主出遊教池。李師師獻此詞以侑觴，聲韻淒惋。公主問辭之所由。師師具道其意。公主因緣感疾，帝乃遣使，速召嘉彦還都。」毛本、杜本誤入，王朱本删。明張本誤入，底本删。

## 玉蝴蝶

秋恨

晚雨未摧宫樹，可憐閑葉，猶抱涼蟬。短景歸秋，吟思又接愁邊。漏初長、夢魂難禁，人漸老、風月俱寒。想幽歡。土花庭甃，蟲網闌干。　無端。啼蛄攪夜，恨隨團扇，苦近秋蓮。一曲當樓，謝娘懸淚立風前。故園晚、强留詩酒，新雁遠、不致寒暄。隔蒼煙。楚香羅袖，誰伴嬋娟。

【勘誤】

此史達祖詞，見《梅溪詞》。毛本、杜本誤入，王朱本删。明張本誤入，底本删。

## 絳都春 仙吕

元夕

融和又報。乍瑞靄霽色，皇都春早。翠幰競飛，玉勒爭馳都門道。鼇山彩結蓬萊島。向晚景、雙龍銜照。絳綃樓上，彤芝蓋底，仰瞻天表。縹緲。風傳帝樂，慶三殿共賞，群仙同到。迤邐御香，飄滿人間聞嬉笑。須臾一點星毬小。漸隱隱、鳴鞘聲杳。遊人月下歸來，洞天未曉。

【勘誤】

此丁仙現詞，見《草堂詩餘後集》卷上、《花草粹編》卷二十。毛本、杜本誤入，王朱本删。明張本誤入，底本删。

## 聲聲慢

夏景

梅黄金重，柳細絲輕，園林暮煙如織。殿角風微，簾外燕喧鶯寂。池塘彩鴛乍起，露荷翻、千點珠滴。閑晝永，稱瀟湘竿叟，爛柯仙客。　日午槐陰低轉，茶甌罷、清風頓生兩腋。撚玉盤中，朱李靜沈寒碧。朋儕閑歌白雪，卸紗巾、尊俎狼籍。有皓月，照黄昏，眠又未得。

【勘　誤】

此無名氏詞，見《草堂詩餘前集》卷下。《花草粹編》卷一七作劉涇詞。毛本、杜本、王朱本誤入，朱二校删。明張本誤入，底本删。

## 淒涼調　仙吕調犯雙調

合肥巷陌皆種柳，秋風夕起騷騷然。予客居闔户，時聞馬嘶。出城四顧，則荒煙野草，不勝淒黯，乃著此解。琴有淒涼調，假以爲名。凡曲言犯者，謂以宮犯商、商犯宮之類。如道調宮上字住，雙調亦上字住。所住字同，故道調曲中犯雙調，或於雙調曲中犯道調，其他准此。唐人樂書云：犯有正、旁、偏、側。宮犯宮爲正，宮犯商爲旁，宮犯角爲偏，宮犯羽爲側。此説非也。十二宮所住字各不同，不容相犯，十二宮特可犯商、角、羽耳。予歸行都，以此曲示國工田正德，使以亞觱篥吹之，其韻極美。亦曰《瑞鶴仙影》。

緑楊巷陌。秋風起、邊城一片離索。馬嘶漸遠，人歸甚處，戍樓吹角。情懷甚惡。更衰草寒煙澹薄。似當時、將軍部曲，迤邐度沙漠。　追念西湖上，小舫攜歌，晚花行樂。舊遊在否，想如今、翠凋紅落。漫寫羊裙，等新雁來時繫著。怕匆匆、不肯寄與，誤後約。

【勘誤】

此姜夔詞，見《白石道人歌曲》卷四。毛本誤入，杜本删。明張本誤入，底本删。

## 尾犯　黄鐘宮

夜雨滴空階，孤館夢回，情緒蕭索。一片閒愁，想丹青難摸。秋漸老、蛩聲正苦，夜將闌、燈花漸落。最無端處，忍把良宵，只恁孤眠卻。　佳人應怪我，自別後、寡信輕諾。記得當時，剪香雲爲約。甚時向、幽閨深處，按新詞、流霞共酌。再同歡笑，肯把金玉珠珍博。

【勘　誤】

此柳永詞，見《樂章集》卷上、《草堂詩餘》卷三、《花草粹編》卷一七。毛本誤入，杜本删。明張本誤入，底本删。

*以上存目詞皆以明張本爲底本，不校字。

*明張本、毛本分屬一卷本與四卷本系列，底本始合流，故杜本、王朱本所删，不與明張本。

*周邦彦《慶春宫·旅思》、《大酺·春雨》，明張本、毛本皆自注「附清真」，故不入存目之例。

*清代及之後别集及選本誤入者皆不録入。

# 附録二　傳記資料及交遊酬酢詞

## （一）傳記資料

周密《浩然齋雅談》卷下：翁元龍，字時可，號處静。與吴君特爲親伯仲。作詞各有所長，世多知君特，而知時可者甚少，予嘗得一編，類多佳語，已刊於集矣。

全祖望《鮚埼亭外編》卷四七：西麓先生陳允平，曾爲制置司參議官。宋亡，有告慶元遺老通於海上，西麓爲魁，僅而得脱，蓋亦遺民之望也。其他事蹟，不可考矣。吴文英以詞遊公卿間，晚年困躓以死。甬上填詞當以二家爲祖，而西麓兼稱詩人眉目。

江昱《〈蘋洲漁笛譜〉疏證》：夢窗詞集有「憶兄翁石龜」詞，石龜名逢龍，時可名元龍，爲兄弟行。君特殆本爲翁氏也。

《慈溪縣志》卷二五：翁元龍，字時可，一字處静（《台州府志》）。工長短句，與同里吴文英齊名。孫按：《鄞縣志》卷二九中有相同記載。

張壽鏞四明叢書本《夢窗詞集》：《鄞縣志》本傳：吴文英字君特，號夢窗。與姜夔、辛棄疾倡和，其詞卓然南宋一大宗《四庫提要》。嘗從丞相吴潛游《四明近體樂府》。淳祐十一年卒。《提要》。案全祖望《答萬經》、《寧波府志·雜問》：文英晚年困躓以死。

壽鏞謹按：淳祐十一年卒，四庫校者據絶筆《鶯啼序》一闋也。而周雪（草）窗寄夢窗《拜星月慢》則在景定癸亥，相距十二年。然則《鶯啼序》絶筆是否在淳祐十一年猶待考也。又案，《蘋洲漁笛譜》附録夢窗所題《踏莎行》稱覺翁（孫按：殘文爲「夢回覺翁吴文」），蓋晚年之號。又案，《浩然齋雅談》：時可與吴君特爲親伯仲，作詞各有所長，世多知君特，而知時可者少。考時可爲翁元龍之字，《鄞志》别有傳。弟逢龍字際可，號石龜，夢窗《探春慢》「憶兄翁石龜」，周公謹謂爲親伯仲或本此，至生平相與往還及其居處，朱古微小箋已詳言之，可據以别作小傳。

又案，袁陶軒鈞集《四明近體樂府》凡十三卷，四明詞家略備。鎮海姚某伯變後起者，猶不與焉。卷端謂晚宋時夢窗、處靜翁元龍别字、西麓陳允平，詞家之大宗也。又云：「自清真居士周邦彦以守郡定居奉川，詞學大昌。」然則夢窗得清真之妙，又居使然也。

## （二）交遊酬酢詞

［一］、朱彊村《夢窗詞集小箋》：履齋和夢窗詞，又有《聲聲慢·賦梅》、《浪淘沙·席上贈别》二調。今夢窗集中無此詞，蓋遺佚者多矣。

楊鐵夫《吴夢窗詞箋釋·附録》：吴履齋詞集中有《聲聲慢·和吴夢窗賦梅》詞云：「挨晴撥暖，載酒呼朋，猶夷東圃西園。緑萼枝頭，兩三初破輕寒。平生自甘寂寞，占冷妝、不爲人妍。林逋去，問影疏香暗，誰賦其間。　空想故山奇事，正煙横嶺曲，月浸溪灣。杏錯桃訛，那時青子都圓。惟饒夢窗知處，對翠禽、依約神仙。休引角，怕征人、淚落塞邊。」又有《浪淘沙·和吴夢窗席上贈别》詞云：「家在敬亭東，老檜蒼楓。浮生何必寄萍蓬。得似《滿庭芳》一曲，美酒千鍾。　萬事轉頭空，聚散匆匆。片帆穩掛曉來風。别後平安真信息，付與飛鴻。」按，夢窗原二詞俱未見。

［二］、楊鐵夫《吴夢窗詞箋釋·附録》：周密《蘋洲漁笛譜》有《玲瓏四犯·戲夢窗》云：「波暖塵香，正嫩日輕陰，摇盪清晝。幾日新晴，初展綺枰紋繡。年少忍負韶華，盡占斷、豔歌芳酒。看翠簾、蝶舞蜂喧，催趁禁煙時候。　杏顋紅透梅鈿皺，燕將歸、海棠廝

勾。尋芳較晚，東風約、還在劉郎後。憑問柳陌舊鶯，人比似、垂楊誰瘦。倚畫闌無語，春恨遠、頻回首。」……又《朝中措·茉莉擬夢窗》云：「彩繩朱乘駕濤雲。親見許飛瓊。多定梅魂才返，香瘢半掐秋痕。　枕函釵縷，熏篝芳焙，兒女心情。尚有第三花在，不妨留待涼生。」

孫按：周密與夢窗互答詞尚有一首《拜星月慢》，別題作「春暮寄夢窗」。詞序曰：「癸亥春，沿檄荆溪，朱墨日賓送，忽忽不知芳事落鵑聲草色間。郡僚間載酒相慰薦，長清醑，正爾供愁，客夢栩栩，已飛度四橋煙水外矣。醉餘短弄，歸日將大書之垂虹。」詞曰：「膩葉陰清，孤花香冷，迤邐芳洲春换。薄酒孤吟，悵相如遊倦。想人在、絮幕香簾凝望，誤認幾許，煙檣風幔。芳草天涯，負華堂雙燕。　記簫聲、淡日梨花院，砑箋紅、漫寫東風怨。一夜落月啼鵑，唤四橋吟纜，蕩歸心，已過江南岸。清宵夢，遠逐飛花亂。幾千萬縷垂楊，剪春愁不斷。」癸亥，理宗景定四年（一二六三）。

〔三〕、楊鐵夫《吴夢窗詞箋釋·附録》：万俟紹之《郢莊詞》（見趙萬里校輯《宋金元人詞》）《江神子·贈妓寄夢窗》云：「十年心事上眉端，夢鷩殘。瑣窗寒。雲絮隨風，千里度關山。琴裏知音無覓處，妝粉淡，釧金寬。　瑶箱吟卷懶重看。憶前歡。淚偷彈。我已相將，飛棹過長安。爲説崔徽憔悴損，須覓取，錦箋還。」此詞有人疑夢窗去姬重落煙花者，蓋以起三句文義斷之也。鐵夫謂：此爲夢窗十年前蘇州舊妓隨紹之來杭，致意夢窗，故一則曰「我已相將、飛棹過長安」，再則曰「爲説崔徽憔悴損。須覓取，錦箋還」，候彼回信也。如爲夢窗妾，既復爲妓，恩義已絶，尚何信息之可通？且遇如此不幸事，朋輩方以沾染爲嫌，豈有公然説「相將飛棹」乎？至首三句意，不過曰回憶舊事，青樓綺夢爲西風吹破而已。非用夢窗詠玉蘭之《瑣窗寒》詞也。況《瑣窗寒》詞爲去姬作，此説創於鐵夫，前未之聞。紹之豈遽用之乎？草窗戲夢窗《玲瓏四犯》云：「尋芳較晚，東風約、還在劉郎後。憑問柳陌舊鶯，人比似、垂楊誰瘦。」劉郎，指紹之。

孫按：万俟紹之寓居琴川（即平江府常熟縣），多與蘇州名流交遊。陳起《江湖後集》卷一一：「（万俟）紹之，字子紹，郢人。有《郢莊吟稿》。方洪序曰：『相家子也。』按宋宰輔表，万俟卨外無爲宰執者，豈卨之族歟？又大觀中万俟湜知澤州，以循吏著。語云：『前有王琪，後有万俟。』固有以廉節顯者也。方洪《郢莊吟稿序》曰：『洪幼侍先君子側，一時雋秀多相與遊。郢人万俟子紹，相家子也。力學好修，先君子敬愛之，寓居琴川，嘗登抑齋先生節（忠）惠王公門。見聞卓犖，故其文閎以肆；負西北鯁亮氣，不隨衆靡，故其詩清以嚴。兩上春官，人期之與自期不薄也。居亡何，疾而卒。臨革，平生所爲詩屬其友順適葉君，俾鋟之梓。葉君耽於詩，篤於誼，不負所托。一日攜詩示洪曰：「子紹，予友也；亦君友也。其詩不可以不傳。予既成其志，君盍序之？」嗚呼！一死一生，乃見交情，吾是以知子紹之不獨能爲文，能爲詩，且能取友也。何敢以固陋辭？子紹名紹之，鄞莊其自號云。』」方洪，方萬里（號蕙巖）之子。《姑蘇志》卷五一：「方萬里，字子萬，其先嚴州人。……子洪，字養原，進士。」夢窗有《瑞鶴仙·癸卯歲壽方蕙巖寺簿》、《滿江紅·餞方蕙巖赴闕》，知方蕙巖居蘇州，抑齋先生王忠惠公第宅也在蘇州。《姑蘇志》卷三一：「王忠惠公宅。公號抑齋，嘉熙中居此，有銘。」夢窗與万俟紹之的交遊應始於其少年入京尹袁韶幕中、客杭十年期間短暫游幕蘇州時期，方與詞中「十年」、「長安」所記相符。周密戲夢窗亦云「年少忍負韶華，盡占斷豔歌芳酒」，題夢窗詞集又云：「猶想烏絲醉墨，驚俊語，香紅圍繞。閑自笑。與君共是，承平年少。」則夢窗少年豔跡歷歷可見。万俟此詞應記夢窗杭幕遊蘇期間與蘇州某歌妓交密。題爲「贈妓寄夢窗」實爲蘇妓代言寄與夢窗者。詞有「十年心事上眉端，夢驚殘。瑣窗寒」，並不意味著即與夢窗詠玉蘭之《瑣窗寒》同其義。《江神子》的意思是詞中提及的蘇州歌妓在身體與心理的雙重寒意中驚醒，於雕花窗下的流蘇帳中回味著夢中的失落。情人已然前往京城杭州，但是十年情事仍然縈繞不能去懷。自己如柳絮般輕揚的夢境隨情郎度過冥冥千山，但無法尋覓到知音情人的蹤影。年來爲此不施香澤，寬損香肌。成日暗自流淚憶及所歡，爲此又懶於打開精美箱奩，因爲其中寶藏的情人譜寫、自己也曾經吟唱的愛情歌曲，時時都會觸及兩情相好時的回憶。楊箋理解「相將」爲相偕之意，故有舊妓「隨紹之來杭」之説，其實，這裏「相將」一詞用的是「行將」義項，而「爲説」意思更加明瞭：這是寬慰蘇妓，謂我（万俟紹之）很快就赴往京城，此行會替你傳信，告訴他你如何他瘦損憔悴，並且將帶回你所渴望的情書。

# 附録三　題識序跋及校録凡例

## （一）題識

周密《玉漏遲・題吴夢窗詞集》（别題作「題吴夢窗霜花腴詞集」）：

老來歡意少，錦鯨仙去，紫霞聲杳。怕展金奩，依舊故人懷抱。猶想烏絲醉墨，驚俊語，香紅圍繞。閑自笑。與君共是，承平年少。　雨窗短夢難憑，是幾番宫商，幾番吟嘯。淚眼東風，回首四橋煙草。載酒倦遊甚處，已换卻、花間啼鳥。春恨悄。天涯暮雲殘照（孫按：《歷代詩餘》卷一〇八引《宋名家詞評》曰：「纏綿深至，可泣可歌。」）。

張炎《聲聲慢・題吴夢窗遺筆》（别題作「題夢窗自度曲霜花腴卷後」）：

煙堤小舫，雨屋深燈，春衫慣染京塵。舞柳歌桃，心事暗惱東鄰。渾疑夜窗夢蝶，到如今、猶宿花陰。待唤起，甚江蘺摇落，化作秋聲。　回首曲終人遠，黯消魂、忍看朵朵芳雲。潤墨空題，惆悵醉魄難醒。獨憐水樓賦筆，有斜陽、還怕登臨。愁未了，聽殘鶯、啼過柳陰。

《醉落魄・題趙霞谷所藏吴夢窗親書詞卷》：

鏤花鐫葉。滿枝風露和香擷。引將芳思歸吟篋。夢與魂同，閑了弄香蝶。　小樓簾卷歌聲歇。幽篁獨處泉嗚咽。短箋空在愁難説。霜角寒梅，吹碎半江月。

周之琦《心日齋十六家詞録》：

月斧吴剛最上層，天機獨繭自繅冰。世人耳食張春水，七寶樓臺見未曾。

朱依真《九芝草堂詩存·論詞絶句》：

質實何須誚夢窗，自來才士慣雌黄。幾人真悟清空旨，錯采填金也不妨。

馮煦《蒿盦類稿·七》：

七寶樓臺迥不殊，周姜而外此華腴。雁聲都在斜陽許，餘子紛紛道得無。

王僧保《選巷叢譚》卷二：

須知妙諦在清空，金碧檀欒語太工。豈有樓臺能拆碎，賞心蕉葉雨聲中。

## （二）序跋及校録凡例

### 毛晉《夢窗詞稿·跋》（一）

或云夢窗詞一卷，或云凡四卷，以甲乙丙丁釐目。或又云，四明吴君特從吴履齋諸公遊，晚年好填詞。謝世後，同遊集其丙、丁兩年稿若干篇，釐爲二卷，末有《鶯啼序》，遺缺甚多，蓋絶筆也。與余家藏本合符。既閲《花庵》諸刻，又得逸篇九闋，附存卷尾。山陰尹煥序略云：「求詞於吾宋，前有清真，後有夢窗。此非煥之言，四海之公言也。」湖南毛晉識。

毛晉《夢窗詞稿·跋》（二）

余家藏書未備，如四明吴夢窗詞稿，二十年前僅見丙、丁二集，因遂授梓，蓋尺錦寸繡，不忍秘諸枕中也。今又得甲、乙二册，但錯簡紛然，如「風裏落花誰是主」，此南唐後主亡國詞讖也。「無可奈何花落去，似曾相識燕歸來」巧對，晏元獻公與江都尉同游池上一段佳話，久已耳熟，豈容攘美。又如秦少游「門外緑陰千頃」、蘇子瞻「敲門試問野人家」、周美成「倚樓無語理瑶琴」、歐陽永叔「佳人初試薄羅裳」之類，各入本集，不能條舉。但如「雲接平岡」、「對宿煙收」諸篇，自注附某集者，姑仍之，未識誰主誰賓也。古虞毛晉識。

《四庫全書總目·夢窗稿四卷補遺一卷·提要》

宋吴文英撰。文英字君特，夢窗其自號也，慶元人。所著詞有《甲乙丙丁四稿》，毛晉初得其丙、丁二稿，刻於宋詞第五集中。復摭其絶筆一篇，佚詞九篇，附於卷末。續乃得甲、乙二稿，刻之第六集中，晉原跋可考。此本即晉所刻。而四稿合爲一集，則又後人所移並也。所録絶筆《鶯啼序》一首，殘闕過半，而乃有全文在乙稿補遺之中。《絳都春》一首，亦先載乙稿之中，今卷末仍未削去，是亦刊非一時，失於檢校之故矣。其分爲四集之由，不甚可解。晉跋稱文英謝世之後，同遊集其丙、丁兩年稿，厘爲鮑二卷。案文英卒於淳祐十一年辛亥，不應獨丙、丁二年有詞。且丙稿有乙巳所作《永遇樂》、甲辰所作《滿江紅》，而丙午歲旦一首，乃介於其中。丁稿有癸卯所作《思佳客》、壬寅所作《六醜》、甲辰所作《鳳棲梧》，而丙午所作《西江月》亦在卷内。則丙、丁二稿不應分屬丙、丁二年。且甲稿有癸卯作，乙稿有端平丙申作、淳祐辛亥作，亦絶不以編年爲序。疑其初不自收拾，後裒輯舊作，得一卷即爲一集，以十干爲之標目，原未嘗排比先後耳。文英及與姜夔、辛棄疾遊，倡和具載集中，而又有壽賈似道諸作。殆亦晚節頽唐，如朱希真、陸游之比。其詞則卓然南宋一大宗。沈泰嘉《樂府指迷》稱其深得清真之妙，但用事下語太晦處，人不易知。張炎《樂府指迷》（《詞源》）亦稱其如七寶樓臺，炫人眼目，拆碎下來，不成片斷。所短所長，評品皆爲平允。蓋其天分不及周邦彦，而研煉之功則過之。詞家之有文英，亦如詩家之有李商隱也。其稿屢經傳寫，多有訛脱。如朱存理《鐵網珊瑚》載文英手書《江南春》詞，題下注「張筠莊杜衡山莊」，而刻本佚上三字，是其明證。他如《夜飛鵲》後闋「輕冰潤」句，「輕」字上當脱一字。《解語花》「門横皺碧」一首後闋「冷雲荒翠」句，「翠」字與全首之韻不叶。《塞翁吟》别一首後闋「吴女暈濃」句，「女」字據譜當作平聲。《高山流水》後闋「唾碧窗噴花茸」句，音律不叶，文義亦不可解。《惜紅衣》一闋，仿白石調而作，後闋「當時醉近繡箔，夜吟」句止八字，考姜夔原詞，作「維舟試望故國，渺天北」句實九字，不惟少一字，且脱一韻。《齊天樂》尾句「畫旗賽鼓」，據譜尚脱一字。《垂絲釣》前闋「波光掩，映燭花黯淡」二句，「掩」字不應叶，又不宜作四字句。《繞佛閣》「蒨霞豔錦」一首，前闋「東風摇颺花絮」下闕三字。然「花絮」二字，乃句尾押韻，以前詞「怕教徹膽，寒光見懷抱」句推之，則闕字當在「花絮」二字之上。毛本校刊皆未及是正。至乙亥之《醜奴兒慢》，丙稿又易其名曰《愁春未醒》，則因潘元質此詞以「愁春未醒」作起句，故後人又有此名。據以追改舊題，尤乖舛矣。

戈載《宋七家詞選·夢窗詞選·跋》

夢窗從吴履齋諸公遊，晚年好填詞。以綿麗爲尚，運意深遠，用筆幽邃，煉字煉句，迴不猶人。貌觀之，雕繢滿眼，而實有靈氣行乎其間。細心吟繹，覺味美於回，引人入勝。

既不病其晦澀，亦不見其堆垛，此與清真、梅谿、白石，並爲詞學之正宗，一派真傳，特稍變其面目耳。猶之玉谿生之詩，藻采組織而神韻流轉，旨趣永長，未可妄譏其獺祭也。自來填詞家得其門者或寡矣。近惟吾友朱酉生善學之，予則有志未逮，而極愛其詞，故所選較多。汲古刻本共有三百四十七闋，其舛訛脱落不可勝計。蓋因子晉刻書，得書一種即付梓，刊成便爲了事，初不校勘也。後其子斧季深明其弊，曾求善本重校。今六十一家中，或刻本或鈔本，自宋至今尚有流傳。予前在戴竹友太守家，見其舊藏宋本不少，曾先刻第四集十家，餘集亦多校者，惟夢窗詞則絶無宋本。略有斧季校語，惜不全備。予因參之以各家選集，擇其是者改正，大繆之處，亦如周、史兩家，指而出之。因録從汲古，凡曰原者，皆汲古之誤也。如《菩薩蠻》「無情牽怨抑」句，「抑」原作「柳」。《阮郎歸》「青春花柳不同時」句，「柳」原作「姊」。《浪淘沙》「小樓燈外楝花寒」句，「楝」原作「練」。《夜行船》「緑塵斜掛」句，「掛」字原闕。《蝶戀花》「覺來幾度啼鴉暝」句，「覺來」二字原脱。又《江城子》「莫把片紅吹」，原作「莫送片紅飛」，「飛」字複韻。又《祝英臺近》「還迷鏡中路」句，「路」諸本作「語」，複韻。又《采桑子慢》「飛翼樓」一首，「乍洗梅清」句，「乍」字原脱。「空媚陰晴」句，《圖譜》作「晴陰」，失韻。又「醒眼重開」句，「眼」原作「看」。又「雙清樓」一首，「越女低鬟」原作「鬟低」，失韻。又《滿江紅》「神女駕，明月佩」二句，《詞綜》「駕」

作「驚」、「佩」作「低」。又《尾犯》「爲偷賦、錦雁留別」句，「爲」字諸本脱。又「對日暮、數盡煙碧」句，原作「對日暮、教煙碧」。今從《詞綜》補。又《天香》「枝北枝南開小」句，原作「北枝瘦，南枝小」。又「茜帷四角」句，「帷」字原闕。又《倦尋芳》「珠絡香銷空念往」句，「往」原作「住」。又「空閉孤雁」句，「閉」原作「閇」。又「猶自帶霜重看」句，「重」字原脱。又《西子妝》「豔陽酷酒」句，「酷」字《詞潔》作「醅」，《詞律》謂是「酤」字，然《説文》：「酷，酒味厚。」汲古不誤也。又《夢芙蓉》「但雲深路杳」句，「但」原作「仙」。又《三姝媚》「湖山經醉慣」句，「經」原作「逕」。又「但怪得當年」句，「怪」原作「惟」。又「偏愛夜深開宴」句，「深」原作「淺」。又《夜合花》「鶯晴臺苑」句，「晴」原作「暗」。又「短策頻惹春香」句，「策」原作「縈」。又《新雁過妝樓》「燈外敗壁寒蛩」句，「外」諸本作「前」，此字宜仄，汲古不誤。又《絳都春》「瑞香霧暖」句，「霧」原作「雲」。又《高陽臺》「壽陽宮裏愁鸞鏡」句，原無「鏡」字。「送王歷陽」一首亦然，或另爲一體，茲從《詞綜》補「鏡」字。又《解語花》「翠雲荒院」句，原作「冷雲荒翠」，《詞律》謂「翠」字宜韻，當是「院」字。是矣，而不知乃「翠雲荒院」四聲甚合也。又「無語暗申春怨」句，「春」原作「眷」。又《渡江雲》「始覺留情緣眼，寬帶因春」，原作「留情緣寬，帶眼因春」，亦有選本作「留情轉眼，帶減因春」，終不及斧季校本之妙也。又《珍珠簾》「層簾卷」三字，亦斧季所加。又《木蘭花慢》

「曉雲鎖」，「鎖」原作「銷」。又《宴清都》「正夢遶、瑤釵燕股」句，「燕」原作「燕」。又《齊天樂》「但閒覓孤歡」句，「閒」字原闕。又《花犯》「憐夜冷霜娥」句，「冷」原作「令」。又「古苔淚鎖霜痕飽」句，「痕飽」原作「千點」，失韻。又《金錢子》「悠然醉魂喚醒」句，「魂」《詞律》作「紅」。又《永遇樂》「都爲多情散」句，「散」原作「褪」，失韻。又《二郎神》「迎醉面」句，「醉」字《詞潔》脱。又《西河》「去天半咫」句，「咫」原作「尺」，失韻。又於「青蛇細折」分段，誤。又《夜飛鵲》「輕冰潤玉」句，「玉」字原脱。又《解連環》「思和雲積」句，「積」原作「結」，出韻。又《選冠子》「凝情誰語」句，「語」原作「想」，失韻。又「奈西風老盡」句，「奈」原作「能」。又《賀新郎》「千尺晴虹慵卧水」句，「慵卧水」原作「映碧漪」。又《瑞龍吟》「露黄漫委」句，原多一「迷」字。又《西平樂》「歎緑草」句，「草」字原脱。又《六醜》「羅襦香未滅」句，「香」原作「杳」。又《鶯啼序》「殷勤待寫」句，「殷勤」原作「般動」。又「詠荷」一首，乙稿、丁稿兩見。丁稿多訛，此從乙稿。夢窗詞以甲、乙、丙、丁釐目，或謂夢窗謝世後同遊集其丙丁兩年稿，分爲二卷。末有《鶯啼序》絶筆一首。毛氏謂與其家藏本合符。然丙稿内有甲辰重午、冬至，乙巳中秋，丁稿内有壬寅元夕，癸卯除夜，甲辰七夕、中秋，丙午冬至，就其紀年者，已有五年，並無丁未年月。且絶筆一首末行自書云「淳祐十一年二月甲子」，此乃理宗辛亥年，去丁未又有五年，豈此五年中竟無别詞，惟此絶筆耶？可知甲、乙、丙、丁四目，乃四卷之名，即一、二、三、四耳。毛氏先得丙、丁二稿，故列入第五集，甲、乙二稿得之較後，故在第六集，原有混入晏、秦、蘇、歐陽諸詞，已爲删去。然尚有《繞佛閣》、《慶春宫》、《大酺》清真三詞，《洞仙歌》、《淒涼犯》白石二詞，亦不宜羼入也。所惜斧季既爲覆校，何不重刊？他日當語竹友，再將五集全刻之，方爲快耳。浙中黄霽青太守亦有此意，未識誰能成之，是又予之所深望者已。戈載識。

杜文瀾《校刊夢窗甲乙丙丁稿·序》

南宋端平、淳祐之間，工於倚聲者，以吴夢窗爲最著。夢窗名文英，字君特。據《蘋洲漁笛譜》末附録夢窗所題《踏莎行》，自稱覺翁，蓋晚年之號。家於四明，高尚不仕，久客杭都及浙西、淮南諸郡，與吴履齋諸公遊。尹惟曉、沈義甫、張叔夏皆稱之。與周草窗爲忘年之交。《草窗詞》有《玲瓏四犯》一闋，題爲「戲調夢窗」。《拜星月慢》一闋，題爲「春暮寄夢窗」。《朝中措》一闋，題爲「擬夢窗」。而《玉漏遲》一闋，即「題夢窗霜花腴詞集」，傾倒尤至。夢窗詞以綿麗爲尚，筆意幽邃，與周美成、姜堯章並爲詞學之正宗。顧《片玉詞》、《白石歌曲》均行於世，而夢窗手定《霜花腴詞集》爲周草窗所題者，散佚不傳，後人補輯之甲、乙、丙、丁四稿，僅附刻於汲古閣六十家詞集中，無單印本，因摘出校勘付梓，以廣其傳焉。秀水杜文瀾叙（此文係劉毓崧代筆，故又收入《通義堂文集》）。

杜文瀾《校刊夢窗甲乙丙丁稿·凡例》

一、毛子晉汲古閣刊本失於勘校，脱落舛誤甚多，此四稿别無宋刻可校，因就各家選集逐闋核對，約得十之五六。校訂之語即附注於各闋後。

一、選本所遺無從校訂而訛脱顯然尚可推測者，謹就管見所及，將擬改何字、擬補何字附注，而正文則仍其舊。其原空出者，作「原闕」；未空出者，作「原脱」，以别之。

一、毛氏先刻丙丁二稿於第五集，後得甲乙二稿續入第六集中，致有復誤。如《月中行》（疏桐翠井）一闋，《金縷歌》（浪影龜紋皺）一闋，《絳都春》（香深霧暝）一闋，《賀新郎》（湖上芙蓉）一闋，均一詞兩收。又《醜奴兒》（東風未起）一闋，《鶯啼序》（横塘棹穿豔錦）（天吴駕雲閬海）二闋，因《醜奴兒》一名《春愁未醒》，《鶯啼序》一名《豐樂樓》，以一詞分作二調，至兩集互列，今於丙丁稿删去。

一、丁稿原刊補遺九闋，删復尚存八闋。今檢各家選本，又得毛本所無者十一闋，别録於後，謂之《續補遺》。

一、原本有誤收他人之詞，確有明證者，如《繞佛閣》之「暗塵四斂」，《慶宮春》之「雲接平岡」，《大酺》之「對宿煙收」均爲清真詞。《淒涼犯》之「緑楊巷陌」，《洞仙歌》之「花中慣識」均爲白石詞。又《尾犯》之「夜雨滴空階」，《樂章》、《片玉》皆收之，今並删去。

劉毓崧《校刊夢窗甲乙丙丁稿·序》

觀察杜公，博極群書，深於詞律。重編吴夢窗詞稿既成，以定本見示，屬爲作敘。其校正之精，删移之善，輯補之密，評論之公，具見自叙及凡例之中，本無待於揚榷。惟是夢窗之詞品，諸書言之甚詳，而夢窗之人品，諸書言之甚略；故聲律之淵源可溯，而行事之本末罕知。汲古閣毛氏跋語，言其絶筆於淳祐十一年辛亥。今以詞中所述推之，知其壽不止於此。蓋夢窗嘗爲榮王府中上客，丙稿内《宴清都》一闋，題爲「餞嗣榮王仲亨還京」，有「翠羽飛梁苑」之語；《掃花遊》一闋，題爲「賦瑶圃萬象皆春堂」，有「正梁園未雪」之語。據周草窗《癸辛雜識》言榮邸瑶圃，則瑶圃即榮王府中園名，故以梁王比榮王，而以鄒、枚自比也。榮王爲理宗之母弟，度宗之本生父，夢窗詞中有壽榮王及榮王夫人之作，雖未注明年月，然必在景定元年六月以後。蓋理宗命度宗爲皇子，係寶祐元年正月之事。立度宗爲皇太子，係景定元年六月之事。寶祐元年干支係癸丑，後於辛亥二年。景定元年干支係庚申，後於辛亥九年。今按夢窗乙稿内《燭影摇紅》一闋，題爲「壽嗣榮王」，其詞云「掌上龍珠照眼」，又云「映蘿圖、星暉海潤」。丙稿内《水龍吟》一闋，題亦爲「壽嗣榮王」；其詞云「望中璇海波新」。甲稿内《宴清都》一闋，題爲「壽榮王夫人」，其詞云「長虹夢入仙懷，便洗日、銅華翠渚」，又云：「東周寶鼎，千秋鞏固。何時地拂龍衣，待迎入、玉京閬圃。」《齊天樂》一闋題亦爲「壽榮王夫人」，其詞云「鶴胎曾夢電繞」，又云「少海波新」。所用詞藻皆係皇太子故實，不但未命度宗爲皇子之時萬不敢用，即已命爲皇子之後未立爲皇太子之前，亦不宜用。然則此四闋之作，斷不在景定元年五月以前，足證度宗册立之時，夢窗固得躬逢其盛矣。據壽詞所言時令節候，榮王生辰當在八月初旬。《水龍吟》詞云「金風細裊」，又云「半涼生」。《燭影摇紅》詞云「寶月將弦」，又云「未須十日便中秋」。榮王夫人生辰當亦在於秋月。《宴清都》詞云「蟠桃正飽風露」，《齊天樂》詞云「萬象澄秋」，又云「涼入堂階彩戲」。《水龍吟》詞言「璇海波新」，《齊天樂》詞言「少海波新」，必在甫經册立之際。則此兩闋當即作於庚申秋間。若《燭影摇紅》、《宴清都》兩闋之作，至早亦在辛酉秋間，是時夢窗尚無恙也。況周草窗詞内《拜星月慢》一闋，題爲「春暮寄夢窗」。《蘋洲漁笛譜》此詞有序，謂作於癸亥春間，是時夢窗仍無恙也。安得謂辛亥之作爲絶筆乎？夢窗曳裾王門，而老於韋布，足見襟懷恬澹，不肯藉藩邸以攀緣，其品概之高，固已超乎流俗。

若夫與賈似道往還酬答之作，皆在似道未握重權之前，至似道聲勢熏灼之時，則並無一闋投贈。試檢丙稿内《木蘭花慢》一闋，題爲「壽秋壑」，其詞云「想漢影千年，荆江萬頃」；又云

「訪武昌舊壘」，又云「倚樓黃鶴聲中」。《宴清都》一闋，題亦爲「壽秋壑」，其詞云「翠匝西門柳。荆州昔、未來時正春瘦」，又云「對小弦、月掛南樓」。就其中所用地名古跡推之，必作於似道制置京湖之日。乙稿内《金琖子》一闋，題爲「秋壑西湖小築」，其詞云「轉城處，他山小隊登臨，待西風起」。丙稿内《水龍吟》一闋，題爲「過秋壑湖上舊居寄贈」，其詞云「黃鶴樓頭月午。奏玉龍、江梅解舞」。亦均作於似道制置京湖之日。蓋《水龍吟》詞言「黃鶴樓頭」，固京湖之確證。《金琖子》詞言「登臨小隊」，亦制置之明徵。《金琖子》詞題言「西湖小築」，必作於落成之初。《水龍吟》詞題言「湖上舊居」，必作於既居之後。其次第固顯然也。似道官京湖制置使在淳祐六年九月，其進京湖制置大使在淳祐九年三月。迨十年三月，改兩淮制置大使，始去京湖。夢窗此四闋之作，當不出此數年之中。或疑開慶元年正月，似道爲京湖南北四川宣撫大使，次年四月還朝，此一年有餘亦在京湖，夢窗之詞安見其非作於此際？不知似道生辰係八月初八日，周草窗《齊東野語》言之甚詳。開慶元年正月以後，元兵分攻荆湖、四川，七、八月間，正羽檄飛馳之際，似道膺專閫之任，身在軍中，而夢窗此四闋之詞皆係承平之語，無一字及於用兵，《木蘭花慢》詞云「歲晚玉關，長不閉、靜邊鴻」。《宴清都》詞云「正虎落、馬靜晨嘶，連營夜沈刁斗」。《金琖子》詞云「應多夢、巖扃冷雲空翠」。《水龍吟》詞云「錦帆一箭，攜將春去。算歸期未卜」。豈得謂其作於此際乎？

似道晚節，誤國之罪，固不容誅，而早年任事之才，實有可取。觀於元世祖攻鄂之時，似道作木柵環城，一夕而就，世祖顧扈從諸臣曰：「吾安得如似道者用之。」其後廉希憲對世祖嘗稱述此言，是似道在彼時固曾見重於敵國君相，故周草窗雖深惡似道之擅權，而於前此措置合宜者，未嘗不加節取。王魯齋爲講學名儒，生平不肯依附似道，而其致書似道亦嘗稱其援鄂之功。則夢窗於似道未肆驕横之時，贈以數詞，固不足以爲累。況淳祐十年，歲在庚戌，下距景定庚申，已及十年。此十年之中，似道之權勢日隆，而夢窗未嘗續有投贈。且庚申、辛酉正似道入居揆席之初，而夢窗但有壽榮邸之詞，更無壽似道之詞，不獨灼見似道專擅之跡日彰，是以早自疏遠；亦以疇昔受知於吴履齋，詞稿中有追陪遊宴之作，最相親善。丁稿内《浣溪沙》一闋題爲「出迓履翁，舟中即興」，補遺内《金縷歌》一闋題爲「陪履齋先生滄浪看梅」。是時履齋已爲似道誣譖罷相，將有嶺表之行，夢窗義不肯負履齋，故特顯絶似道耳。否則似道當國之日，每歲生辰，四方獻頌者以數千計，悉俾翹館謄考，以第甲乙。就中曾膺首選者，如陳惟善、廖瑩中等人，其詞備載於《齊東野語》。夢窗詞筆超越諸人，假令彼時果肯作詞，非第一人無以位置，勢必衆口喧傳，一時紙貴，焉有不在草窗所録之内者乎？縱使草窗欲爲故人曲諱，又豈能以一人之手掩天下之目，而禁使弗傳乎？然則夢窗始與似道曾相贈答，繼則惡其驕盈而漸相疏遠，較之薛西原始與嚴嵩曾相酬唱，繼則嫉其邪佞而不相往來，先後洵屬同揆。西原之集，爲生前自定，故和嵩之作，一字不存。夢窗之稿爲後人所編，故贈似道之詞，四闋具在。然删存雖異，而志趣無殊。夢窗之視西原，初無軒輊，則存此四闋，豈但不足爲夢窗人品之玷，且適足以見夢窗人品之高，此知人論世者所當識也。故詳爲推闡，以見詞品之潔，實由人品之純。觀察尚友古人，爲之刊佈是帙，不特其詞藉以傳播，即其人亦藉以表章，此實扶輪大雅之盛意也夫。咸豐庚申儀徵劉毓崧。

王鵬運《校刊夢窗甲乙丙丁稿·述例》

一曰正誤　按夢窗詞，世祇虞山毛氏、秀水杜氏二刻。毛刻失在不校，舛謬致不可勝乙。杜刻失在妄校，每並毛刻之不誤者而亦改之。是刻據二本對勘，參以諸家總集、凡譌字之碻有可據者，皆一一爲之是正。若「向」誤「丙」、「梅」誤「悔」之類，必臚舉原文，則亥豕縱横，觸目生厭。故卷中不復標明，另爲札記附後，以備參考。可疑者或注「句疑」字於本句下。其訛字之未經諸本校出者，依傍形聲，推尋意義，時亦間得一二。已改者注曰毛作某或毛誤某，未改者曰疑作某，或疑某誤。並列行間，以待商榷，不敢自信以爲必然。至毛本不誤而相承以爲訛，經杜刻校改者，間分注證明於本闋之末。雖不免掛漏之譏，或有資於隅反，亦毛刻《片玉詞》例也。

一曰校異　校勘家體例，最重臚列異文，以備考訂。此集世祇毛、杜二刻，惟有毛刻以前選本，可據以爲異同，又不少概見。杜刻校語所列書目，如《詞潔》、《詞滙》、《詞緯》、《詞鵠》、《詞繫》，齋中皆無其書。又傳有毛斧季校本，亦僅見所引數條。它如《御選歷代詩餘》、《欽定詞譜》、萬氏《詞律》、朱氏《詞綜》、周氏《詞録》所録夢窗詞，大都本之毛刻。其校定訛字之可信者，業已據正原文，此外無甚出入。若「幽芬」之一作「幽芳」，「繡被」之一作「翠被」，浪費楮墨，何關校讎。故祇惟是之求，不能備列；亦有因兩疑而並存者。惟朱存理《鐵網珊瑚》所載十六闋，係出夢窗手稿，爲可信從。至毛刻原注一作某者，恐舊本如是，悉仍之。不曰原注者，以合毛、杜兩本對勘，舉毛所以別於杜也。又有所謂杜校「一作」者，以不知杜所自出，故舉以實之。其有明知改詞以就韻律避重文，凡一切選家所妄易者，則去之惟恐不盡，不得以校勘之説相繩矣。毛刻《婆羅門引》「雙成夜笙」，「笙」字杜刻作「深」，而注云：「別本作『笙』。」《東風第一枝》「恐化作彩雲輕舉」，毛刻脱「作」字，杜校云「『恐化作』三字原作『化下』」。此二校皆不可解。

一曰補脱　毛刻闕文極夥。有已經空格者，當是原闕，然祇十之三四，不逮脱簡之多。杜刻次第擬補，幾成完書。是刻惟間補一二虚襯字，皆於空格之下注曰某本作某，不令與原文相雜。三四字以上，則悉從蓋闕。惟甲稿《塞翁吟》，毛闕「緑幕蕭蕭」四字，據《詞旨》補入正文，以出宋人論著，非後來選本所可例也。其有不空格注曰某本多某字者，按之句律，多寡皆合，不得以闕文論也。又如甲稿《浪淘沙慢》，有「新燕簾底□説」句，毛刻脱一字，按律當在「底」字下。杜刻初印本擬補「偷」字，雖不確，尚不失律。覆校據姚鈔本，於「簾」上補「畫」字，又改「底」爲「低」，平側大謬，爲吾友王夢湘太守所譏。乙稿《木蘭花慢》「步層丘翠莽，□□處更春寒」句，毛刻亦有脱文，杜刻以「翠莽處」爲句，而補「直上」字於「層邱」下。偏檢夢窗此調，次句第二字無用側者，此類至多，不可枚舉。故卷中脱簡，不但不敢妄補。即空格處，亦詳審而後定。至毛刻原空，則悉仍其舊，間有移易，亦必有説。

一曰存疑　夢窗工於鍛鍊，亦有致成晦澀者，淺人讀之，往往驟不能解。以毛刻之多誤字，遂歸咎於校勘之不精，任情點竄。是以戈載《七家詞選》，於夢窗塗抹尤甚，稍掉輕心，即蹈此失。如《掃花遊》換頭「天夢春枕被」句，杜校謂「天夢」疑「香夢」之訛。初頗謂然，繼思詞爲題瑶圃萬象皆春堂，圃爲嗣榮王别墅，見《癸辛雜志》。王乃理宗之母弟，度宗之本生父，蓋用秦穆公上天事，語不誤也，又《塞垣春》起句「漏瑟侵瓊筦」，初以爲必有訛字。嗣讀《秋思耗》詞「漏侵瓊瑟，丁東敲斷」云云，始悟爲用温助教詩「丁東細漏侵瓊瑟」句。它如《疏影》之「占春壓一」，《一寸金》之「醉擘青露菊」，《永遇樂》之「漫客請傳芳卷」，《定風波》之「離骨漸沈橋下水」，約十許處，不敢謂其不誤，亦不敢謂其必誤，疑而存之，以俟高明鑒定。顧千里云：「天下有訛書，然後天下無訛書。」殆有見於存疑之義云。案甲稿《拜新月慢》「絳雪生寒」一闋，紙韻也，乃叶「酒」字；《解語花》「門横皺碧」一闋，旱韻也，乃叶「翠」字；丁稿《三姝媚》「酣春青鏡裏」一闋，紙韻也，乃叶「斂」字，論韻皆無説可通。疑按律或融聲能入，蓋夢窗用韻，本極精嚴，而大晟叶律，又久同絶學，此等處置之不論不議，猶不失不知蓋闕之旨，亦存疑之一端也，故附著之。

一曰删復　夢窗四稿，毛氏刻非一時，故有一詞兩見之失。如《月中行》「疏桐翠竹」一闋，《金縷曲》「浪影龜紋」、「湖上芙蓉」兩闋，《醜奴兒慢》「東風未起」一闋，《鶯啼序》「横塘櫂穿」、「天吴駕雲」兩闋，《絳都春》「香深霧暝」一闋，皆從杜刻删後見者，又有誤收它人之作，毛跋已詳言之。其杜刻已删者，周美成《繞佛閣》、《慶春宫》、《大酺》各一闋，柳屯田《尾犯》一闋，姜白石《淒涼犯》、《洞仙歌》各一闋。未删者，《玉蝴蝶》一闋，見《梅溪詞》；《絳都春》一闋，見《草堂詩餘》；《玉漏遲》二闋，一見《草堂》，一見《陽春白雪》及《絶妙好詞》。按《梅溪》、《草堂》，皆出夢窗前，《陽春》、《絶妙》二選，出夢窗同時人，且收夢窗詞不少，不應誤將所作它屬，故皆據删之。惟《好事近》「秋飲」一闋，互見《蒲江詞》，係據《中興詞選》補録，未删。

今年春，與歸安朱古微學士校訂《夢窗四稿》，擬五目以爲之的。寫本粗定，遂述之以爲例。其捄正毛、杜處，非敢有心立異，蓋恐迷誤後來。且平心論之，有虞山之刻，然後霜腴遺稿不致無傳；有秀水之校，然後汲古誤書始有條理，皆不得謂非四明功臣。不佞區區，竊願附兩家爲諍友。大雅宏廓，或無譏焉。然老懶迂遲，非得古微朝夕講求，晰疑匡謬，終恐汗青無日，是古微又不佞之導師也。光緒己亥端陽，半塘老人王鵬運寫記。

王鵬運《校刊夢窗甲乙丙丁稿·跋》

右《夢窗甲乙丙丁稿》四卷，《補遺》一卷，坿《札記》一卷。校勘之略，已詳《述例》中。夫校詞之難易，有與它書異者。詞最晚出，其託體也卑，又句有定字，字有定聲，不難按圖而索，但得孤證，即可據依，此其易也。然其爲文也，精微要眇，往往片辭懸解，相餉在語言文字之外，有非尋行數墨所能得其端倪者，此其難也。況夢窗以空靈奇幻之筆，運沈博絶麗之才，幾如韓文杜詩，無一字無來歷，復一誤於毛之失校，再誤於杜之妄改，廬山真面，遂沈薶雲霧中，令人不可復識。是刻與古微學士再四讎勘，俶落於己亥始春，至冬初斷手，約計一歲中無日不致力於此，其於杜氏之妄，庶乎免矣。其能免於毛氏之失與否，則非所敢知。回首丹鉛雜遝，一燈熒然，與古微相對冥搜，幾不知門外風塵，今夕何夕。蓋校書之難與思誤之適，於此刻實兼得之云。臨桂王鵬運跋。

王鵬運《校刊夢窗詞札記》

余與古微學士，校勘夢窗四稿。有與毛刻異文者，皆隨筆札記，以決去取。既寫定，古微取據改各條，排次成篇，坿諸卷末，庶不没昔人鉛槧苦心，亦以自鏡得失，且質之世之讀是集者，俾有考焉。凡句中旁注字，毛刻原文也，句末書目所據之本也。新校字不載，載有説者。己亥五月十六日，半塘老人記於校夢龕（孫按：校記附注：右四稿共據改一百十八字，杜改未從者一百五十三字，新校字有札記不載。又，未注毛作某者皆板成後刊改者也）。

朱孝臧《四印齋校刊夢窗四稿·叙》

光緒己亥，臨桂王佑遐給諫校刊《夢窗四稿》，叙述五例，以程己能。殺青甫畢，謂余參預是役，宜且弁辭簡端。給諫苦邃於詞，觸情協律，新聲令慢，疊稿巾箱，麗制佳篇，傳誦海内，而尤勤蒐孤本，雅耽鉛槧。其《四印齋所刻詞》，論者以爲國朝詞刻叢書，比於虞山毛氏、江都秦氏，角逐精富而實過之。兹編以杜校、毛本踳駁尤多，細意鉤稽，每窮嚍旦，遐遺既甄，靈扃自啟。録秀水之勤，匡正謬訛；完四明之舊，廣通疑滯，精審博奥，詳於例言。蓋故籍流傳，舛誤斷闕，繇來殊致。有逸書旁見，挹注而逢原；或遺文竟亡，大索而不得，承疑踵陋，妄改離真，兩者皆傷，離真爲最。乾嘉鉅儒，嚴絶忤斷，以其用力寡而信心勇也。劉勰有言：「凡操千曲，而後曉聲。」「圓照之象，務先博觀。」故知給諫詳慎通識，所爲賢於杜氏遠矣。夢窗詞品，在有宋一代，頡頏清真。近世柏山劉氏，獨論其晚節，標爲高潔。或疑給諫亟刊其詞，毋亦有微意耶？余知給諫隱於詞者也。樂笑翁題《霜花腴》卷後云：「獨憐水樓賦筆，有斜陽、還怕登臨。愁未了，聽殘鶯、啼過柳陰。」古之傷心人，別有懷抱，讀夢窗詞，當如此低徊矣。若夫海角逢春，天涯倦客，撩人塵土，久殢朝衣，擊筑高陽，尋簾易水，昭王臺畔，酒人漸稀，醒眼鈔書，迴腸度曲，愁邊易老，不似當年。況乃小雅道廢，頌聲寖微，五洲人物，喧闐上國，蜃樓海市，彈指空中，高臺落日，俯瞰神州，畫角吹愁，幾時消盡。然則給諫日抱此編，俯仰身世，殆所謂人間秋士，學作蟲吟，字裏神仙，偏存蟫跡，必非如乾嘉諸老，校讎經典，鼓吹感時六籍明矣。寒藤老屋，繞砌秋陰，舊集重温，頻驚客夢，爲題醉墨，强附知音云爾。歸安朱祖謀（此序爲曹元忠假手代作，見《吴熊和詞學論集·鄭文焯批校夢窗詞》）。

朱孝臧《重校夢窗詞札記·跋尾》

右《夢窗四稿札記》一卷，云重校者，踵半塘翁初校而作也。初校五例皆翁手定，墨版竟工，嗣有創獲，稽譔同異，意未盡慊。今故爲整齊之繕本付雕，成翁之遺志也。凡今校一以毛本爲主。毛刻舛誤，前人校改，審擇從之。别出異文具如疏記。字體小訛，依傍形聲略爲諟正。其所未晰，則仍存疑。闕文脱簡，斠定句律，識以方空。諸本補字，記備參考。意在矜慎去取，庶完真面。舊校附詞下者，悉移入記中，時賢按語稱名，以别詞中本事。洎其朋交遊蹟，流覽之頃，隨有采獲，不忍揮棄，輒復録存以爲箋釋。張本伯，宛舍人，共事鉛削，匡益尤多。經始於丁未仲春，越歲戊申五月刊畢。歸安朱祖謀記。

朱孝臧《夢窗詞集·跋》

夢窗詞，毛氏汲古閣刻甲乙丙丁稿外，傳槧極尠。此舊鈔本，不分卷，明萬曆中太原張廷璋藏，今歸嘉興張氏涵芬樓，疑即子晉所稱「或云《夢窗詞》一卷者」也。通卷分調類次略同甲乙稿而小有出入。汰去誤入他人之作，凡得二百五十六首，視毛本少六十八首。標注宫調者六十有四，爲從來著録家所未載，則沈翳也久矣。君特以雋上之才，舉博麗之典，審音拈韻，習諳古諧。故其爲詞也，沈邃縝密，脈絡井井，縋幽抉潛，開逕自行。學者匪造次所能陳其義趣。余治之二十年，一校於己亥，再勘於戊申，深鑒戈氏、杜氏肆爲專輒之弊，一守半塘翁五例，不敢妄有竄亂，迷誤方來。今遘是編，覆審曩刻，都凡訂補毛刊二百餘事。並調名亦有舉正者。舊校疏記，兼爲理董，依詞散坿，取便繙帋，質之聲家，或無訾焉。比見鄧正闇《群碧樓藏書目》，有張夫人學象手録《吴夢窗詞集》一卷。夫人國初時從父拱端僑吴中，亦屬籍太原，與廷璋同氏里，而後之百年，所録或出一源。他日稽譔異同，倘猶有創獲於是編之外者，當别爲校録云。歸安朱孝臧跋於無著庵。

張元濟《涵芬樓燼餘書録·集部》

吴夢窗詞集，不分卷。明鈔本。一册。太原張氏舊藏。夢窗詞，世唯甲乙丙丁四稿，爲汲古閣毛氏所刻。《四庫》著録亦即此本。彊村前輩與半塘翁相約斠勘，求舊本不可得。余聞之，發篋相示，彊村大喜，録副以歸，用校前刻之本，多所糾正，亟毁去重刻。其跋有言：「分調類次，略同甲乙稿而小有出入。汰去誤入他人之作，凡得二百五十六首，視毛本少六十八首。標注宫調者六十有四，爲從來著録家所未載。」又言：「覆審曩刻，都凡訂補毛刊二百餘事。並調名亦有舉正者。」由是觀之，可見是書聲價矣。原本無序跋，卷末有「萬曆廿六年置」一行。前有「太原張家文苑」、「太原廷璋」二印，初亦不知爲何許人，鄧君正闇《新刊寒瘦山房書目》中有是詞。注：康熙六年太原張女古圖校録，跋言此爲張夫人學象手書。張爲太原名族，清初從父拱端僑居吴門，其姊名學典，以能畫名。又言：詞不分卷，與毛刻四稿不同，中有標宫調者六十餘闋，與涵芬樓明鈔本同出一源，夫人即就其家藏本傳鈔云云。

陳鋭《褱碧齋詞話·鈔本夢窗詞》

光緒己亥，半唐給諫臚舉五例校定夢窗詞。迄戊申，古微先生重加校刻，極爲精審。最後於滬上得明萬曆二十六年太原張氏手鈔本，題目下均載宫調，篇次亦小有不同，足訂毛本之失。其他空字處、補字處，皆極精當，得此乃爲足本。諸公搜討之勤，固夢窗之靈也。其最可寶貴者，如《秋思耗》自來無第二首，意者爲夢窗自度腔，而「耗」字殊費解。既觀鈔本，曲名衹《秋思》二字。至「耗」字之衍，則題下「荷塘」上應有「毛」字，而隔行第三字爲「香」字，以「香」字之「禾」配以「毛」字，遂成大錯。又如《疏影》賦墨梅，殊不似《疏影》。鈔本則題上有「前用《暗香》腔，後用《疏影》腔」十字，蓋前段「數點酥鈿」下，本不空四字，而收句少一「微」字，乃《暗香》腔也。亟録之，以告海内之讀夢窗詞者。按：鈔本衹作

《夢窗詞集》，無「甲乙丙丁」字，亦無「宋吴文英」四字。

## 張爾田《夢窗詞集·跋》

《夢窗詞集》一卷，明萬曆二十六年，太原張廷璋氏藏舊鈔本，彊邨先生重校墨版者也。始先生與半塘翁約斠夢窗，寔歲己亥。越數年，又發篋孴覈同異，蘄竟翁志。馳書海内藏家，求汲古以前傳本不可得。綴簡跂詠，疢焉於心。久之，謀於滬，則獲焉。急迻副歸，碩夥纖屑，曛旦鉤撢，凡訂補二百餘言。蓋先生治夢窗，半塘翁寔牖之，今三矣，其勤也若此。夢窗詞殿天水一朝，分鑣清真，碎璧零璣，觸之皆寶。雖埋藩溷，其精神行天壤，固自不敝。顧閲歲七百，自汲古外無詷之者。半塘翁始通其郵，而先生益發其葤，精神乃與古通。文之顯晦，孰見魄兆，而果諭白耶？書成，距半塘翁没八稔矣。先生顧以不及商榷，見此書布樂苑爲慼。雖然，當半塘翁世，士大夫久饜承平，豢養詬詷，爲噍殺不祥之音。先生與半塘翁獨理孤槧，振危緒，汲汲然謀所以永之。今則清響闃然，錦繡湖山，但有頹涕，昔之韜光沈馨，煙笞霞唱又何如？其果足慼也哉！陸牆東題玉田《詞源》，感於梨園白髮，濞宫蛾眉，所謂言外之意，異代誰復知者？撫是編，不禁彌襟同歎也。癸丑仲春，遯堪居士錢塘張爾田跋。

鄭文焯校杜刻《夢窗詞·跋》

凡《鐵網珊瑚》載夢窗詞，皆其手寫，信有佳證，不可妄易一字。觀於《江南春》「芳銘猶在棠笏」句，諸本並疑「棠」字有譌誤，不知覺翁所手録，實用《唐書·魏徵傳》「此笏即今日之甘棠」故事。可徵不讀遍天下書，不得妄下雌黄，反疑古人以黯陋之誚已。校者可弗慎諸？汲古毛氏，始刻夢窗甲乙丙丁稿，隨得隨入，不復詮第，踳駁錯復。至戈順卿選《宋七家詞》，乃稍稍訂正，苦無善本足資佳證。戈氏又黯淺寡聞，繆託聲家，動以意竄易，於毛刻之譌敓墧可斠訂者，漫無關究。秀水杜氏，墨守一先生言，粗爲勘正，附會實多。驗其擬改擬補，疏妄等誚，專輒之敝，厥失惟鈞，耳爲心師，徒自棄於高聽爾。夫君特爲詞，用雋上之才，别構一格，拈均習取古諧，舉典務出奇麗，如唐賢詩家之李賀，文流之孫樵、劉蜕，鎚幽鑿險，開逕自行，學者匪造次所能陳其細趣也。今加搜校，黜戈砭杜，略復舊觀。其所蓋闕，以竢宏達。叔問記。

鄭文焯《嘉業堂藏手稿本夢窗詞·跋》

詞意固宜清空，而舉典尤忌冷僻。夢窗詞高雋處，固足矯一時放浪通脱之弊，而晦澀終不免焉。至其隸事雖亦淵雅可觀，然鍛鍊之工，驟難索解，淺人或以意改竄，轉不能通。此近世刻本訛變之甚於諸家、當時流傳所爲不廣也。兹略舉一二以證之。如《掃花遊》換頭「天夢」句，用秦穆上天事；《塞垣春》起句「漏瑟」用温飛卿詩；《聲聲慢》「宏庵宴席」一闋起句「寒筲驚墜」，用陸天隨「黄精滿緑筲」句意。「筲」，竹器也。今本誤作「簫」，則不可解，惟明鈔本作「筲」可證。《木蘭花慢》壽秋壑「漢節葆仍紅」句，用漢《禮儀志》赤葆故事，今訛「葆」作「棗」。《宴清都》送馬林屋赴南宫上闋末句「唯潮」，用《中吴紀聞》夷亭潮訊引諺「潮過夷亭出狀元」，案「夷」，《吴郡志》亦作「唯」，《圖經》只作「唯」，夢窗正用此吴諺以頌馬南宫之捷，馬號林屋，蓋洞庭山人。今毛本則訛作「淮潮」，失考並失作意已。此類當不止此，誠務博之過，亦字意用晦之所致也。

鄭文焯《夢窗詞校議・序(一)》(録自廣文書局印行四明叢書本《夢窗詞集》)

明朱存理《鐵網珊瑚》載夢窗手寫詞稿十六闋，文句碩異，雖零疊不完，而出之手稿，信而有證。案卷首標「新詞稿」，下署「文英皇恩百拜」。其第一闋三字《瑞鶴仙》，題曰「癸卯歲爲先生壽」。證以汲古閣本，是詞作「壽方蕙巖寺簿」。是其所録詞稿，即寫似方蕙巖者可知。然則此十六闋，又皆一時之作，故曰「新詞」。今據以斠訂諸刻之誤，有足多者。其次第悉依手稿之舊，爲編年足徵之文，别輯一卷，具條如後，示存古也。（張）壽鏞案：「鄭氏初稿云，卷目以無别本可勘，仍汲古舊次，從其朔也；又依手稿本次第注上方。今從定本，次第悉依夢窗手稿之舊，僭以己意加注汲古卷次於目下，以便檢核。又鄭氏見明鈔本，最後摘録異同於眉端，今爲按條分附。所謂豫是有益，悉皆鈔内，亦鄭氏意也。」孫按：鄭氏《校議》卷上所叙即《鐵網珊瑚》所載手稿十六首，朱存理本編次爲：《瑞鶴仙》、《沁園春》、《玉漏遲》、《古香慢》、《齊天樂》、《思嘉客》、《蘇武慢》、《八聲甘州》、《探芳新》、《江南春》、《水龍吟》、《拜星月》、《西平樂》、《丁香結》、《花犯》、《還京樂》。校語已分附於各詞校議中，或有與鄭氏手批重出而簡者，則汰去。此處僅列詞調名。

## 鄭文焯《夢窗詞校議卷上·後跋（一）》

右據《鐵網珊瑚》舊刻夢窗手稿，研核衆本，決所從違，涣然有淄澠之别。如集中「小春」、「棠笏」、「姑餘」、「涼宫」諸字，類皆切於典實，有資多聞。有如《還京樂》、《花犯》、《江南春》、《玉漏遲》、《瑞鶴仙》、《沁園春》諸題叙，並足考見其事蹟；或單辭隻字，厥誼縣區，誠於聲文宏旨，既多左謬，舊執僅存，有碻乎其不可易者。惜毛氏失於檢校，蔽所希見；杜氏踵戈選之臆改，見之而昧於持擇。吾友半塘老人，知其可信從而未盡據以勘正，甚非謂也。昔裴駰叙《史記集解》，謂預是有益，悉皆鈔内。今依是例，一一採按，證其要實，兼下譸意，冀獲折中。語云：「中流失船，一壺千金。」於斯益信，豈得以殘卷異文而少之。昔賢每多手書所著，流傳世間，爲後來校勘家所依據。曹倦圃所謂先民手蹟，益可珍秘，不似版本傳寫承訛，苟爲異同也。如宋之山谷老人詩集宋任淵注稱彭山黄氏有山谷手寫詩卷，元之錢思復《江月松風集》練川陸氏家藏曲江居士手書十二卷，明鄺湛若手寫《嶠雅》及黄石齋、傅青主自寫詩卷，皆及今猶可考見者。況夢窗手稿近千年，得明人傳刻之精審，不益足寶貴歟？

漁洋《居易録》云：「朱性甫手寫《鐵網珊瑚》十四卷，江陰周榮起研農又以精楷鈔録，爲汲古閣珍秘。」是夢窗詞手稿，嘗亦子晉所及見而未之一校，或毛刻猶在先歟？又張玉田《山中白雲詞》卷五《醉落魄》有題趙霞谷所藏吴夢窗親書詞卷，惜未詳其目，不審與朱刻手稿有無異同，曰「親書詞卷」，當是寫定之本，即可據以題號。

鄭文焯《夢窗詞校議卷下·序(二)》

大氏校勘之例，莫善於存舊文，廣異證，而究其旨要，則在闕疑必資於多聞，思誤務求夫一適，何也？徵據不廣，斯蔽於淺闇，幾無一義之晰，奚貴聞疑以載疑？審擇不詳，斯狃於依違，轉成三寫之譌，何止一誤而再誤？校詞雖别於群書，而音譜字律之間，堙替已久，文隱而理幽，有非窮討旁通不能冷然解者。此集行世，汲古閣本最先。原其鈔非一手，刊非一時。雕印孤行，踳駁百出。二百年來，幾使讀者病喙，至苦其晦澀，而不求甚解。其疏妄者，又玩其所習，動以師心破作者之意。如戈載所選，胸馳臆斷，於其所不知而詭更之，又專輒其郵焉者已。顧子晉值明季亂世，汲汲傳刻，未暇參稽，故其叙言，一則曰「藏書未備」，再則曰「錯簡紛然」，初未嘗自詡爲善本。然其蓋闕之例，先見之文，得失猶相半也。洎杜氏以有力聚於所好，當道、咸間，詞流輩出，度得一通材而精審之，其蒇事非甚難。乃並毛本之原闕者而以意補之，其堇存者則以意改之，誠不知其自命爲何如。獨是毛之疏，由於傳寫之承訛，而舊文多賴以存。杜之妄，習於戈選之繆改，而新校亦有可取。四印齋鑒於前失，釐訂綦嚴，舉五目以發凡，傳四明之定稿，宏搜廣益，所得良多，豈亦繼起者易爲功邪？第有毛本之匪訛，杜校之新獲者，或以矜慎之過，而不知所以裁之，亦無容爲良友諱也。今欲抉致誤之由，當舉似初雕之本，根其通弊，厥失有三，比類區分，斠若畫一：綜其以形近譌者半之，以聲近譌者亦半，以意近譌者則十之三四焉。甚至三者互譌，上下脱衍，約以文而緒以義，刊以律而定以聲，仍依舊次條繫之，附列杜、王二刻之得失。其已見之朱刻手稿者，别爲區目，不更辭費，俾後之繙帣瞭焉。

凡屬汲古刻本原文，並以旁注，例標於詞句本條之次，其以形、聲、意三類譌者，悉爲勘定，具列如後。凡所發正一百四十三字，其有説者，則從類以别條下一格識之。孫按：鄭氏夢窗四稿、補遺中所附存疑例證校語，皆類歸正文校議中，或有與鄭氏手批重出而簡者，則汰去。

## 鄭文焯《校議補録》

（張）壽鏞案，此下十則，散見編末，似非一時之作，因略爲編次。孫按：此時鄭氏已得睹張廷璋鈔本。條目下小字皆爲張壽鏞按語。兹僅録未盡入正文之校議。

明萬曆二十六年，太原張廷璋藏鈔本《夢窗詞集》一卷，有「太原張家文苑」印，又「太原廷璋」印，又「謏聞齋」印，「竹泉珍秘圖籍」印。不分卷。第凡一調於題下並注雅俗宫譜。蓋從宋、元舊本鈔得，證以臨桂王氏四印齋校刻《清真集》爲隆慶庚午盟鷗園主人録元巾箱本，其詞亦具有宫調，但列俗名。是知此鈔較《清真集》前後僅二十八九年，或當時宋槧元鈔藏書家猶有存者，今爲滬上張鞠生所得。

夢窗集兩作平調《滿江紅》，次句第五字，一用「浪」叶平，一用「蝶」作平。是知白石道人制此曲「千頃」之「頃」亦非上聲。案上聲例有作平用者，如姜詞「近前舞絲絲」注：「『近』，平聲。」「曲屏近底」，「近」字祠堂本亦注平，或「頃」字亦作平之例。

夢窗「澱山湖」一闋，汲古本作「蒼浪」不誤。考漢《樂府》「上有倉浪天」，「倉」與「蒼」同用。白香山詩「髩髮蒼浪牙齒疏」，殆謂色之老蒼也。昊詞則切水天一色之義，自萬紅友以意改作「滄浪」，失其舊旨。臨桂王半塘重校刻，亦疏於訂正，所謂書三寫而成訛也。「蒼浪」考：東流爲漢，又東爲滄浪。「滄浪」，水名。見《禹貢》。蘇子美取孟子滄浪之歌以名亭，不得爲水之通訓。

夢窗集《秋思耗》一曲，明鈔本無「耗」字，注「夾鐘商」。案「耗」字例以曲名，於義亦不可通。汲古蓋沿傳鈔之誤。今得明鈔，則曲名可訂。又題下「求賦其聽雨小閣」，毛刻奪「其」字。過片短均。「歡酌」，毛作「歡夕」，亦當以明鈔訂正。此調又有取夢窗次句名《畫屏秋色》者，見安邱曹貞吉《珂雪詞》。或當時有疑於曲名，而以意更之，萬氏《詞律》因注爲「又一名」云，亦未之深考爾。王阮亭《古夫于亭雜録》亦議及此調之「耗」亡謂，因易作《畫屏秋色》云云。孫按：《古夫于亭雜録》卷一：「余昔與鄒程邨祗謨同定《倚聲集》，長調有《秋思耗》者，余嫌其名不雅，改爲《畫屏秋色》。今詩餘遂有此名，余所改也。」萬氏所注，見萬樹撰、徐本立拾遺、杜文瀾補遺本。

又「催雪」一解：《詞律》云，此以《無悶》調賦「催雪」，今傳其題而軼其調名。案碧山有《無悶》一調，題爲「雪意」，詞與此合。是「催雪」非調名可證。又《斷腸詞》以《念奴嬌》賦「催雪」二解，碧山亦以《聲聲慢》賦「催雪」，是知當時詞家固多以「催雪」命題。明鈔於調下注「賦題」二字，其義甚顯。證以《花外集·無悶》調，字律句讀，視此無少異，且韻部亦同，而《詞譜》獨謂此調與《無悶》迥別。《詞律》類列者非。半塘老人校刻從之，失考已甚。

又歸安朱漚尹輯刻《湖州詞徵》卷二十，有丁注作《無悶》一解，無題。審其詞意，全章碻爲「賦雪」。考《直齋書録解題》云：吴興丁注善爲歌詞，世所傳「催雪」《無悶》及「重午」《慶清朝》皆有承平閒雅氣象。是其以《無悶》賦「催雪」信而有證。談鑰《吴興志》：「注字葆光，熙寧六年進士。」是知在北宋時，此調、此題已爲詞家所習見，夢窗所作，具有淵原，比類參稽，毛刻之疏遺，不煩言而解已。

吴君特一四明詞客耳，端平、景定之間，以倚聲鳴於時。吴山越水時復見其高蹤，聞其逸唱，胥疏江湖，老於韋布，史傳亡稱，僅於尹梅津、沈義甫諸人品題，及草窗、玉田兩詞集中依約考見其生平，一倡酬間，亦足以知人論世已。顧集中涉及榮王詞凡六闋，又兩壽秋壑，再題其西湖居處，是君特曳裾王門，附聲權貴，終未免白璧微瑕，以眎白石道人，其高致倜乎遠已。案：君特大節，劉毓崧氏已爲之辨，鄭氏云云，殆未之深考耳。

草窗《浩然齋雅譚》謂夢窗與元龍爲親伯仲，案元龍名時可，戴石屏復古詩集有翁季可石龜其人，是知季可與時可爲兄弟行。夢窗詞《探春慢》題叙，據明太原張氏藏舊鈔本作「憶兄翁石龜」，是又知石龜與元龍皆長於君特。而公謹所謂親伯仲者，未審其改姓之由來。以夢窗事實，宋元説部中尠有及之者，無繇考見，此亦一異聞耳。案：《〈絶妙好詞〉箋》翁時可《水龍吟・登吴山見滄閣》，箋引《西湖遊覽志》：吴山石龜巷内寶奎寺，宋相喬行簡故第，後捨爲寺。有理宗書「見滄」二字，勒之崖石。是知石龜爲巷名，或翁處静居處。然未可稱爲翁石龜也。

夢窗詞在汲古刻本以前見之草窗、玉田所題，並稱《夢窗詞卷》，或云《霜華腴詞集》。明朱存理且據其手稿，墨版以傳。其《陽春白雪》、《絶妙好詞》二選，洎尹惟曉、沈義甫諸家評論，皆出之君特同時；於其詞則並稱夢窗，無所謂甲乙丙丁稿也。自毛子晉摭其先後所獲傳寫稿本，以意分合，一再付鍥，因取或云以甲乙丙丁釐目之次，又從而名其詞。觀其原叙三引，或言曰一卷，曰二卷，曰凡四卷。是皆謂其詞集之分卷，非題號也明甚。又稱吴君謝世後，同遊集其丙丁兩年稿若干篇，是夢窗詞以干爲編年，爲標目，聞疑載疑，尚無佳證，安得遽以己所移併者，題爲四稿之名，抑亦慎已。《四庫提要》謂其分爲四集之由，不甚可解。後之校刊者，未之諦審，無復正名，於義誠未安也。今據尹梅津焕，以夢窗與清真並稱之例，定爲詞集專名，題曰《夢窗詞》。據毛叙以甲乙丙丁釐目，分爲四卷，別以細書曰卷甲、卷乙等類，從《史記》如淳注令甲、令乙、令丙之名例也。光緒著雍涒灘之歲，月在大梁。叔問鄭文焯校訖，叙於吴小城樵風別墅。

鄭文焯《〈絶妙好詞〉校録》

夢窗《采桑子慢》「玉臺妝謝，羅帕香遺」二句正相對，今本作「妝榭」譌甚。《唐多令》

「縱芭蕉不雨也颼飀」，《詞律》云「也」字衍，或謂歌者贈板之聲，或云當去「縱」字，則成七言，與下闋譜句不合。余嘗見舊本，無「也」字，「颼飀」作「颼颼」，蓋後人因是句費解，而妄增之。姚梅伯校高刻本，引嚴九能云《蘋洲漁笛譜》有此闋，上下第三句皆八字，乃知本有此一體，夢窗此句元無衍文，而下闋當脱一字耳。是又一說。又，《高陽臺》詠落梅「官粉雕痕」，「官」當作「宫」，「雕」當作「彫」，並以形譌。高刻本正合。又，《催雪》，古無是調，蓋以《無悶》調賦雪，後逸其調名而傳其題耳。又《瑞龍吟》第二换頭「瞰危梯」，「梯」字當是「睇」字之譌。《詞律》云叶平，誤矣。《祝英臺近》「沙印小蓮步」，戈選改「小」作「瓣」。《珍珠簾》「聽舞簫雲渺」，戈改「渺」作「杪」。《采桑子》「清睡濃時」，戈以「時」韻複，改作「休迷」。《催雪》「侵羅袂」，戈改「袂」作「被」。《解語花》「别淚」，戈改「别」作「清」；「葱翠」，改「葱」作「濕」；「征帆去，似與東風相避」，戈改作「東風到，似與去帆相避」。《西江月》「晚色先收」，戈改「先」作「初」。《三姝媚》「青梅已老」，戈改「已」作「漸」。並當從原本。戈氏每以意改，甚亡謂也。杜小舫校刻夢窗詞，多取證順卿，如《三姝媚》「湖山經醉慣」一首，「徑」、「惟」、「淺」三字之譌，《甘州》注「庚幕」，「庚」爲「庾」之訛，並當據《絶妙好詞》正之，乃不信古而尊今，何邪？

鄭文焯手批《杜文瀾曼陀羅華閣刻本》跋後

光緒祝犂之歲大梁月既望，叔問重校。時旅蘇城幽蘭巷。越明年，庚子孟陬月既望，半塘以新校刊《夢窗詞》寄眎，精嚴詳慎，一字不苟，守寧闕毋僭之例，可稱善本。以視戈、杜之疏妄，汲古之沿譌，相鬲奚特一塵？惟丙稿《獻仙音》一曲過變處仍毛氏之誤，失之不考。舊譜此調無異體，所謂法曲者，唐曲也，沈存中云存於宋者惟此，故諸家斷無以易之。博稽兩宋賦是解者，不下數十百闋，從無以三字過片屬上結之例。蓋毛氏只以「泠」字均不叶，遂以意竄易於上闋，決非原本有是誤也。今審夢窗又一首「和丁宏庵均（韻）」則仍屬下，可證是解本無異撰。余既引古音諧例以證「泠」字塙然是韻，則幼霞亦思過半已，當書以諍之。又杜校雖多無據，亦間有一二用心苦處，如《瑞鶴仙》贈莊生「寄跡」爲「奇踐」之形譌，「擅」爲「楦」之誤，此顯白而無可疑者，「楦」即「麒麟楦」之出典，「楦」字注履模也。此夢窗所本，並宜從杜校更正，不待闕疑，更未可沿誤。又《江南春》「棠笏」是用魏徵故事，徵孫謩對太宗「有故笏在」，帝又曰：「在人不在笏。此笏乃今之甘棠也。」文英手書之詞斷無訛誤，特後學多黔淺，以意妄測之耳。鶴記。

近見朱古微侍郎校刊本甚精審，其板樣即倣夢窗詞，信一二窗佳刻也。

鄭文焯《手批夢窗詞·跋》

（録自林玫儀編輯　臺北「中央研究院」中國文哲研究所一九九六年版

孫按：是跋雖信手揮灑，拉雜似不成體例，然片錦未忍遽棄，全數録之）

是刻訂正毛、杜之踳駁不少，但朱存理刻手寫本至有精義，當一一依據，奉爲舊本足徵之文，以所可信從者僅此耳。又毛本原文舊闕確無疑誤者，杜本斠正亦有見到處，並當墨守參校，據形近、音近、義近三例，正其譌舛，合諸選本反復細勘，齊以聲律，斯得之已。鶴記。

光緒壬寅九月廿八日，半塘前輩來自大梁，以是刻整裝本見貽。是編凡先後校勘數十過，今甫完善，厘然可觀。

案宋元人稱夢窗詞，但云《霜花腴集（卷）》，絶無甲乙丙丁稿之目。汲古叙所謂「或云四卷」，又云「廿年前僅得丙丁二集」，恐未足徵。後之校刻者詎可以其匯刊在先，乃據爲吴詞定名邪？當依草窗《玉漏遲》題爲《夢窗霜花腴詞集》爲正名之據。見之《鐵網珊瑚》夢窗手寫本，亦同是名，甚未可妄易之也。

玉田《醉落魄》題趙霞谷所藏《夢窗親書詞卷》，據此當知夢窗本有寫定之本，以眎明朱存理所刻手稿，專以新詞寫似方蕙崖者，正自碩異。而毛刻以前，絶無所謂甲乙丙丁稿之名，信而有證矣（孫按：鄭氏手批意識到《霜花腴集》非詞集名，最後在卷首設計書名題籤「夢窗詞　甲乙丙丁稿四卷　補遺附」。自注「題籤應作如是書」）。

朱存理僅據夢窗寫本刻入編中。蓋所謂《霜花腴集》者，以自度曲首冠之。而寫本又無此解，可怪也。

嘗考《清真集》見《宋史·藝文志》。凡兩宋説部記載無稱《片玉詞》者。竊見元巾箱本後叙爲劉必欽作，其云陳元龍箋注，因名之曰「片玉」。按陳、劉皆元時人（孫按：劉肅序陳元龍《詳注周美成片玉集》成於理宗嘉定辛未，故知劉、陳皆宋人，鄭氏偶誤），故「片玉」之名，實後起之號。元龍固未嘗以己所名者誣美成，而後學未之深考，竟以誣美成者，並誣元龍，是亦妄人而已矣。所謂「片玉」者，據劉叙美其蕩滌纖瑕，蓋兼元龍校訂之功而言，戈氏順卿至謂「宋强焕所輯《片玉詞》」，抑太傎已。附此以見古人集名不可不正。今聞漚尹侍郎復有校刻吴詞之役，爰舉似正名之義以規之，示存古也。

壬寅十月初二日，與鷲翁租得吴阿寶畫船，議日膳精饌，酬值六餅銀，載酒出盤門西行。朝發，夕抵光福里。盡三日之長，遍游鄧尉諸山。歸經木瀆，更上靈巖，步陟絶頂，踞琴臺，高誦君特「秋與雲平」之句。乘餘勇又登天平，品白雲泉。夕陽在山，相與徘徊而不能去。迨造舟次，已將夜半。鶩翁謂生平遊興，無今茲豪者，不可無詞，得《古香慢》、《法曲獻仙音》、《八聲甘州》、《湘月》共四解。余旋以事赴滬，鶩翁亦一棹白門。爰紀歲月，以識勝引云爾。老芝。

古人書籍及詩文稿，有以干支紀年名其集者，未聞以甲乙爲次第，更取以爲編集而自名之者。汲古毛氏本當喪亂之餘，尟得校讎之助，加以專輒，自行其是，而所刻與所叙動相刺繆，宜爲黃蕘翁姍笑之已。又其所謂宋槧、元鈔，實與滄葦密目孫按：即季振宜、黃丕烈《季滄葦藏書目》多有未合，則浮誇之顯著者耳。

余嘗以「宋詞人用均嚴於入聲之律」語半塘老人，極爲賞擊。又辨石帚《暗香》、《疏影》二曲並以入聲作去用，蓋以入爲閏音。漢魏六朝詩人所通用者，比觀葉氏《吹網録》引李因篤《古今均考》，本顧寧人《音學五書》十部之例，編《入轉去匯録》一部。蓋北音無入，《五經》、《左》、《國》盡出北人。如「費無極」「極」字，《史記》及《吳越春秋》俱作「忌」，「酈食其」、「審食其」、「趙食其」，《漢書》顔注皆音「異基」，此亦一證。若《詩·小戎》章：「轂」、「續」、「玉」、「曲」、「屋」與「驅」、「馵」爲均（五經博士多從齊音之讀，其音固自相似）。此見之古人有均之文，轉去則入「禦」、「遇」，轉平又入「魚」、「虞」已，此正可爲詞家入作平作去之義證。古音無不諧者，自沈約四聲出而南音乃旁魄於四方。均書多作吴語，其於方音，字之本於形聲者，乃多扞格。爾來古音淪亡，音書幾不可讀，後學詩歌遂墨守一家之音，千古不易，明有人籟。微顧氏，斯聲音之道澌滅久矣。

嘗欲采《詩經》風人之韻，以考見當時十五國方音之通變，小變顧氏《詩本音》之例。迫於時難，遂中輟，待同志成之。並及。

今彊邨據明鈔本一一寫定，行將付鍥，爲夢窗詞定本，一洗三寫之譌，洵壯役也。

舊本惟朱刻手稿，惜僅十六闋，即碻知爲可信從，而集中又未盡一據以改正，自亂其例，並此僅存者亦因毛刻而失之。如毛本果出於宋槧元鈔，後來景刻以存其舊，則列諸異文，以孚義可兩存之例。今子晉叙言，固明明自述先後所得稿本錯簡紛然，亦未著所據何本，曰「或云」者，設有三疑，莫衷一是，且只引「或云」之卷次，未嘗謂詞集之定稿也。

漚尹侍郎重校刊於吴中，獨取吴君伯宛所言校勘記之例，列於卷末坿考，是吴詞之校録，非所謂專集定本也。於校刻義例殊多未安。且並朱存理所傳之手稿，疑爲傳寫不盡足徵，謂古人自寫所作往往與刻本不合，有刻者勝於手寫者。是誠目論，勢必至取諸本異同而自我去取，輕心掉之，亦猶毛氏之疏妄耳。意毛氏當時尚未見《鐵網珊瑚》手稿孫按，前引鄭文焯《夢窗詞校議後跋》據王漁洋《居易録》，知朱刻《鐵網珊瑚》手稿爲汲古閣珍秘，故叙中首云「藏書未備」，初未嘗自侈爲完善之本。乃後學因其殺青在前，遂以爲墨守不可移易，恐亦非子晉刻書傳古之盛心也。今詳校朱本十六闋，凡與毛本異者，皆塙然舊文，證以所舉之典及音譜字律，無纖微疑義。質諸有識，足信今而傳後者。余已標列數耑，亟宜依據改定，以訂汲古傳鈔之譌脱，所謂思誤一適也。夫汲古功在傳古，故刻務博而校不暇精詳。吾人詣在學古，故求其是而識欲其堅定。闕疑必資於多聞，集思乃所以廣益。蓋校書之敝，孟浪固失之誣，遊移亦失之固，每蔽乖方，依違兩可，等諸不校，亦何貴此一刻乎？

今之學夢窗者，但知於字面雕潤而儉腹羌無故實，絶無藴藉之功，故藻繢皆俗。雖有妙義，而辭不足以達之，此覺翁所爲卓絶千古。自宋以來，鮮能彷佛其一二，知之者蓋亦寡矣。

余嘗擬選夢窗詞三十首，以爲後學楷素，覺玉田七寶樓臺之喻猶爲目論也。

昔賢謂作家固難其人，選家益世不數覯。初未深韙斯言，今縱觀宋以來諸家詞選，罕有當意者，至本朝益傖靡已。古今選家，當以《花間》爲絶代賞音，但兩宋無復繼軌，遂致令曲外有輟弦之歎。此後世詞流所爲失英絶領袖也。

夢窗詞自玉田有「七寶樓臺」之喻，世眼恒以恢奇宏麗，目爲驚采絶豔，學之者遂致晦澀，多用代字雕潤，甚失夢窗精微之旨。今特選其空靈諸作，以朱筆注之，俾知其行氣存神之妙，不得徒於跡象求之。

嘗考夢窗詞中，毛本甲稿《西子妝曼》下注「自度腔」，半塘老人謂統下九調言之，諒哉！伯弢又言丙、丁稿不若甲、乙之精塙，以詞下題皆有物，且無贈賈似道之作。此以意爲取捨耳。如乙稿《金錢子》已有「賦秋壑西湖小築」之題，又何足爲名賢詬病耶？芷湑云：《霜花腴集》蓋皆自度腔。諦審之，則《西子妝曼》九闋僅見其二，且並《霜花腴》亦無之，其爲散佚無疑，又無卷目可考見也。

考夢窗集中，《暗香》、《疏影》、《惜紅衣》、《淒涼犯》及平調《滿江紅》，皆白石自製曲，見之詞叙中者。而夢窗填此數闋，其音吕悉合姜譜。其《惜紅衣》詞叙又稱從石帚遊苕霅間三十五年，其投分之雅舊，倡和之殷勤，信而有證。獨白石集無一與之贈答之作，弁陽老人所記白石一書，自述其生平文字之交，凡東州俊逸、南渡英流，咸與雅契，歷歷可數，又未嘗稱及夢窗其人，書中所云金陵吴公疑亦非四明之覺翁也。此不可甚解。吾友易中實同年至謂姜石帚别是一人，疑夢窗爲姜白石後輩，交遊非其所及。而宋、元説部紀録及當時題贈哀挽諸篇，稱姜石帚者，又止見夢窗集中，其他無一佳證，是可異也。壬寅十月鶴道人記。

弁陽老人《武林舊事》亦據夢窗詞集載入，且白石詩叙自述所居「與白石洞天爲鄰」，因以自號，是其受字之由甚顯，初不知君特何以獨稱爲「石帚」，亦奇。

汲古刻本，厥失有三，曰形近、音近、義近，並鈔者之過。又以此三誤而從上下文衍入，或因傳寫承訛而校，以意改竄，則校者之過也。凡集中字句，並可據此例訂正，思過半矣。

是本校訂諸條，皆年來任筆塗乙，拉雜冗復，不復詮第，識者諒之。

據明萬曆廿六年太原張氏所藏鈔本覆校兩過。

辛亥閏六月，漚尹再至滬，重校見示廿七字。

樂府原以曲名爲題，詞例亦同。自美成提舉大晟，演爲三犯、四犯、曼曲，音拍漸密，古節陵替，詞義紛繁，聲文不能盡合，遂依譜填辭，别出題目。但宋刻多出自選家，每好分類編次，近所見《草堂詩餘》及元巾箱本、宋淳熙本之《清真集》，皆屬類編，曲名下所紀題敘，大半校刻者以類爲之。夢窗詞敘亦往往失真，今粗爲點定以别之，示存古也。凡可疑之題，並不加墨圈。孫按：鄭氏不加墨圈者有《丁香結》之「秋日海棠」，《西平樂慢》之「春感」，《訴衷情》之「春曉」，《訴衷情》之「春情」，《如夢令》之「春景」，《定風波》之「春情」，《虞美人》之「秋感」，《菩薩蠻》之「春情」，《三姝媚》之「詠春情」，《東風第一枝》之「情」諸闋。

鄭文焯《手批夢窗詞四印齋本·後跋》

諦審夢窗詞舊本之足徵者，以《霜花腴卷》爲最古，草窗有《玉漏遲》一解題《霜花腴詞集》。明朱存理刻《鐵網珊瑚》，載君特手寫本，今世所見者止此。曩賢嘗手鈔其稿，以爲定本。朱刻所摹勒者，僅十六闋爲君特所寫，不審與草窗所題有無同異。至名爲詞集，其不止十六闋可知。朱氏所得，蓋非完本，以匧董名跡收録之而已。且夢窗自度《霜花腴》，即以名其詞集，豈反遺而不録歟？又其手稿，多作行草書體，朱刻輒有訛舛，如《齊天樂》「招飲丁園」一首，「背月」之「月」作「川」，《拜新月慢》「泣」之作「泫」等類，並鈔者之誤。然足考見手稿不作正書顯甚。草窗題其詞集，未云卷數。世所傳本，惟汲古毛氏叙稱二十年前僅見丙丁二集，此爲夢窗詞稿最初之本，與毛刻以前諸家選本，可據以校訂。蓋即所謂其謝世後同遊集其丙丁兩年稿若干篇，厘爲二卷者，是其以丙丁紀年編集，絶非以甲乙依次題號，信而有證已。

愚以爲今之刻古人文集者，必也正名。如美成之元名《清真集》，見之《宋藝文志》中，而毛本妄取元人陳注舊編，又未詳繹劉必欽叙文，頓昧《片玉》命名之義，務爲新異，自矜秘獲，竟以「宋本」《片玉》名之。後學如戈順卿輩，至謂「强焕所編《片玉詞》」，其疏妄已甚；而通博如阮文達、汪閬源，亦沿訛襲繆，而名《片玉》爲宋槧。近世杭州丁松生刻《西泠詞萃》亦未之訂正，洵不免專輒之敝。厚誣古人，貽誤後學，莫此爲甚。此吴夢窗詞所題甲乙丙丁四卷，僅見汲古叙言，「或曰」如此，未實其人，亦未顯著所據何本，見於何説。即如毛氏所稱「或云」者，已設三疑，莫衷一是。顧杜刻因之，已屬孟浪。半塘翁素精審，乃亦率爾相沿，付之剞劂。且承汲古之誤，反以朱存理所摹夢窗寫本之碻當處，列諸異證。如《江南春》之「棠笏」，《西平樂》之結句並題，《丁香結》之「小春海棠」，《水龍吟》之「澹煙」，《拜新月曼》題叙及「千里細浪」等字，此其大略，皆失之薄古信今。不知汲古刻書於明季喪亂之餘，所得零疊泰半。勇於蒇事，疏於校讎，加有胸馳臆斷，以意筆削。夢窗隸事奇麗，世士黯淺，笨伯讀之不求甚解，滿紙疑塵，填胸芒刺。遂得任情點竄，妄下雌黄。於其艱深詰曲者或故求其通，於其文從字順者反疑爲踳誤。二百年來，未聞理董。至杜氏始一斠之，又復改羼擬補，自逞師心，其荒率疏舛，與戈載厥失惟鈞。第校詞與校經有異，以有聲調韻律可尋繹而得者。杜校雖妄，然非無可取。如甲稿《瑞鶴仙》過片「寄跡」，碻應有均，杜作「奇踐」是也。又「海沈檀」，「檀」之爲「棤」，亦碻然不易。他如《玉燭新》之「蕙秀」，乙稿《絳都春》之「篔屏」，丙稿《新雁過妝樓》之「秋月香中」，丁稿《瑞龍吟》之「城根」，諸疑滯字句，皆宜從杜更正，無事過爲矜慎。從蓋闕之例雖是，而曲護毛刻之短則非。況子晉叙跋，實未申明所據爲宋槧元鈔，但言先後獲者錯簡遺缺，則毛本亦非舊編淨本可知，詎得以其殺青在前，使我思誤竟終無一適邪？茲聞漚尹侍郎重訂付鍥有日已，亟以舉似，一得之功，將爲壤流之助。宜首先正名，或即據汲古叙跋第一義兩稱《夢窗詞》，因以名之，亦極直覺了當。坿以鄙語，庶無爲後之通人所訕笑也已。至集中校定諸語句字律，皆余十多年來所究心，細意不苟爲異同者，亦可坿之篇末，資一旁證。似校四印齋復刻，益稱完善，以視前修，未皇多讓焉。嗟嗟。曩當半塘翁初議校刊之際，郵眎大凡，雅意諄屬，命舉新舊斠正各條，壹意相睨。會余有期功之喪，戚戚煩襟，未及盡以所得爲報知己，而翁之沖懷虚抱，連函敦趣，清問逮延，切切滿口。且謂若有它刻後出，視此精當，首將呰余，其信善之誠如是。迨翁南遊，壬寅冬孟，猶訪余吴下，連船載酒，縱覽湖山，時復道及鉛槧苦心。間爲裁決一二疑義，相與稱快，盛口不置。今翁下世，匆匆四年。輟弦之悲，烏能已已。漚尹侍郎方補刊翁之遺稿，索叙顛末，徒以哀迫，不能成章，闕然未報。侍郎近復議重刻吴詞，不揆狂簡，悉以比年校定去取，注之簡眉，盡情舉似，俾今昔得失，斠若畫一。惜翁不少待，預斯壯役，九原可作，得毋念前言而督過之乎？袖燈隱几，吮墨泫然。時光緒丁未中冬之首，叔問題記於吴小城東威喜燕宧。

夢窗詞集，既未得睹其手寫《霜花腴稿》，而附刻於汲古《六十家詞》中者，又非宋槧元鈔足資佳證。加以寫者校者，黯淺寡闇，以夢窗驚采絶豔，其句拗而體澀者，苦詰屈不可讀，所爲典據，又皆如瓦棺篆鼎，古譎泠峭。世士罕有津逮，遂詆其詞在可解不可解之間。毛氏不暇研求，孟浪墨版，厥有數弊，可得而言。其譌舛大略以形近、音近、義近之字致誤而不思誤者，類十之七八；以同類異文，舊闕新遺，承上衍下，移前倒後，或習見恒用之字，互羼復出之文，不校而以意改者，類又十之三四焉。毛本之敝，殆不出此。嘗擬摘校其兩耑，折中於一是。類列條分，層剥疊索，庶幾七寶樓臺差免散玉零珠之憾。覺翁可作，當引爲千載下一同調歟？老芝又記。

鄭文焯《手批夢窗詞四印齋本·再跋》

後半塘老人之没，越七年，從孝臧得明太原王（張）氏舊鈔本，斠定多所是正，亦一大快。孝臧復據以刊佈，恨半塘之未見也。每一披誦，輒爲淒絶，如何如何。

詞律之精嚴，以聲定，不以韻限，《尚書》所謂「聲依永，律和聲」也。詞均之微眇在協諧，不在通轉，《鶡冠子》所謂「五聲不同均」也。是知唐均分别部居，不可爲詞例。《菉斐軒》雖托諸紹興所刊，識者乃斥其備僞。至戈氏《詞林正韻》則紕繆百出，削足就履，益無足徵已。石芝西堪校秘書記。

廣饒九南道官閣，挑燈聽雪，誦《霜花腴集》，不覺歲除，因追和《燭景摇紅》一解。隔年燈在，依依夢痕，仿佛化作雲愁海思也。丁未除日鶴記。

共選廿七首，學者誠玩索得之，思過半已。己酉秋記。孫按：今與鄭氏墨圈所定，實亦二十八首，與正文《總評》中所引鄭氏《致朱祖謀書》中所擬選完全一致，此不重出。

況周頤《四印齋三校本夢窗甲乙丙丁稿・跋》

半塘老人刻夢窗詞凡三易板，第三次斠讎最精。甲辰五月，授梓於揚城。秋初斷手，而半塘先殤於吴閶。書未印行，版及原稿，亦不復可問。余從蒯氏購得樣本，每葉悉綴字數，蓋半塘所未見也。以是書無第二本，絶珍弆之。叔雍仁兄邃於詞學，夙規撫夢窗，從余假觀，謀付印行，以廣其傳，爲識厓略如此。庚申熟食日，臨桂況周頤書於海上賃廡之天春廔。

趙尊嶽《夢窗甲乙丙丁稿・後附》

有清一代詞學，起元明之衰，直接南北兩宋。自吾鄉臯文、翰風兩先生提倡倚聲家言，以沈著醇厚爲宗旨，而斯道益尊。大江以南，承學綴文之士，諧律吕、陳風雅者，殆指不勝僂。洎光緒中葉，半唐老人崛起於廣右，廣右詞派於吾常州爲近。老人工詞，尤精斠讎，四印齋叢刻與汲古閣、石研齋相頡頏也。尊嶽生晚，弗獲接老人謦欬。趨庭暇日，學步蘭荃，未嘗不摩抄老人之遺書。歲庚申，進謁夔笙先生於天春廔，請益之餘，先生手《夢窗詞》一卷，鄭重示尊嶽曰：半唐嘗三刻《夢窗詞》，此最後至精之本，殺青未竟，而半唐遽歸道山者也。吾二人情同昆季，至今循覽是書，猶有黄壚之痛焉。尊嶽受而雒誦，詫爲孤本，請廣其傳，先生亟獎藉之，並爲題記卷尾。嗟嗟，神州擾離，風雅弁髦。詞，小道也。縱不傳，奚足悲？矧《夢窗詞》之傳，即王刻先有二本在，唯是老人致力之勤，字斟句酌，至於再三，所謂修學好古，實事求是，與夫夔笙先生箸舊之雅舉，足增重是編，顧烏可勿傳也。爰付石版印行，行格壹是悉依元書，而識其緣始爲之跋。庚申上巳，武進趙尊嶽書於惜陰堂。

倪承茂跋清康熙六年張學象女士手鈔本《夢窗詞集》

余頗愛夢窗詞，比之玉溪生詩，縱有□□□□，□沈雄温麗，自不可及。玉田譏之爲七寶樓臺，眩人眼目，折碎下來，不成片段者，未免太刻也。暇日偶遇市中鬻殘書者，挾此求售，因以青蚨數十易之以歸。徐檢尾末有張夫人小印，知出自名媛香閣中，尤足寶貴。特誤字頗多，帝虎滿目，間有數首加硃墨草圈，讀者亦未盡當。因通本重加點勘，乃心知其誤字，標於每首之上。惜無他本參閱，聞汲古閣曾刻過，余雖收得十餘家，獨無吴集，惜□以對校，庶成善本耳。峴塘倪承茂記。

余於舊書叢中得此本，披閱再過，苦於差誤字，多不能率讀，總以己見改易數十字，跋數語於卷尾。戊午秋試歸，適得汲古閣刻本，重取對勘，而汲古刻本差誤尤多。文義兩可者則並存之，亦闕疑之意也。汲古刻有甲乙丙丁四稿，首數亦與此不符，知此本未爲全備。不知張夫人據何本鈔得。行將補其缺略，爲《夢窗全集》，與玉田《山中白雲詞》同作詞壇鼓吹。倚聲家庶幾得所指歸，而不蹈於淫哇之習乎？承茂又記。

鄧邦述跋清康熙六年張學象女士手鈔本《夢窗詞集》

此四册爲張夫人學象手書，張爲太原名族，清初從父拱端僑居吴門。所抄詞不分卷，與毛氏刻甲乙丙丁稿不同，中有標宫調者六十餘闋，自是舊本。倪峴塘用毛本通卷校過，用功極勤。近年朱彊邨師重刻夢窗詞，係假涵芬樓藏明鈔本，乃萬曆中太原張廷璋藏書。此以新刻本初對一過，兩書同出一源。夫人所鈔，蓋即就其家藏本傳鈔者也。書雖經校勘，然名媛手跡，故當珍重存之。乙卯二月□碧。孫按：據饒宗頤《詞集考》知爲「群碧」，鄧邦述晚號

「群碧居士」。

張壽鏞《新刻夢窗四稿・序》

自宋元豐間，清真居士周邦彥字美成以詞學鳴於時，洎知明州，因家奉化。所謂《清真詞》者，明之士皆善習焉。南渡而後，張于湖孝祥其尤著者也。晚宋則夢窗、處靜翁元龍、西麓陳允平爲大宗，而夢窗更得清真之妙。然其事蹟不見於史傳，《鄞志》傳者又略，其見於陳允平傳者，亦第曰「與翁元龍齊名」而已。考夢窗詞叙，時在宋理宗端平、嘉熙、淳祐中，所云「舊雨江湖遠」者，若張斗野蘊字仁溥，有《斗野文稿》、趙山臺汝績字庶可，有《山臺吟稿》、施芸隱樞字知言，有芸隱《横舟稿》、《倦遊稿》、陳芸居起字宗之，編《江湖前後集》皆是也。更有辛稼軒棄疾，有《稼軒詞》、尹梅津煥字惟曉，有《梅津集》、楊泳齋彥瞻字伯嵒，有《六帖補》二十卷、《九經補韻》一卷、馮深居去非，《宋史》有傳、沈時齋義父字伯時，有《時齋集》、李篔房彭老字商隱，有《篔房詞》、劉朔齋震孫字長卿，與履翁酬唱、楊勿齋至質字休文，有《竹宮表制》、翁五峰孟寅字賓暘，首臨安鄉薦之流，高人雅士，相與唱酬，又復不可指屈。而姜白石、周雪（草）窗，善倚聲者也。讀其詩詞，益可考見夢窗之生平。蓋自其跡觀之，榮邸瑶圃，尚書山園，郡王畫蘭，湖船綵御壽榮王夫人，張氏總宜堂諸作，若獻媚貴人者，且不僅秋壑湖上舊居也賈似道。然獨不解筆工劉衎、絲鞋莊生、與夫吴市舞女、柳渾侍兒、藕花洲之尼、華山蘭室之道女，得無謂與賤者伍乎？況乎如雁孤身，看春漸老，眼態凝處，寒雨燈窗，隔牆聞簫佇立，兒輩尚留瓜涇，自古才子佳人，揮毫記燭者，亦可悲已！而猶以此病夢窗乎？且夢窗嘗與吴履翁遊矣。履翁，時相也。夢窗若非雅人，亦何求而不得，乃卒以困躓死，則其志蓋可知矣。余搜羅鄉獻，不敢忽於屯邅之士者，夢窗其一也。顧夢窗既以詞著，其流傳於世者，《霜花腴詞集》僅見周雪(草)窗題詞今不可得矣。即張玉田《山中白雲詞》所云夢窗親書詞卷，復不知尚存天壤間否？獨余所藏朱性甫《鐵網珊瑚》爲明季舊鈔，所録《夢窗新詞稿》，與鄭叔問所見刻本不同。一字之精，足校諸本，至可貴也。因取朱、鄭之所校，與明鈔相勘比，就毛刻而正其錯訛，仍其名曰《夢窗四稿》。別録手稿十六闋，亦仍其名曰《夢窗新詞稿》匯刻之，而附以朱氏小箋與校勘記。余補校者凡九則，並殿焉。庶乎夢窗之詞，得見其真，攻詞學者，有所津逮。非僅表章鄉先哲也。是爲序。時民國二十一年十月，後學張壽鏞。

張壽鏞《新刻夢窗詞稿・凡例》

一、夢窗詞稿，始刊於毛氏汲古閣，繼刊於杜氏曼陀羅華閣。半塘老人所謂「有虞山之刻，然後霜腴遺稿不致無傳；有秀水之校，然後汲古誤書始有條理，皆不得謂非四明功臣」，誠平心之論也。爰以兩刻爲祖本。

一、兩刻以外，朱存理《鐵網珊瑚》所録，寥寥十六闋，名曰《文英新詞稿》，當係夢窗手稿。朱彊村僅見刻本，而余家收藏《鐵網珊瑚》爲明鈔，與刻本相較，猶有勝焉。爰就十六闋中細校，以此爲定本。

一、彊村初刻在光緒戊申，既依汲古閣而略爲釐定，附有札記。續刻則在民國壬戌，所謂《彊村叢書》本也。每闋題有雅俗宫譜，闋末並注字句異同，而典故則别爲小箋。今刻詞稿，次序則依戊申本，以略存汲古編年之舊，而字句異同，採取諸本之長，依歸壬戌之刻，蓋斯刻本於明鈔也。

一、王半塘四印齋本，爲光緒甲辰所刊，先於己亥，與彊村同爲校訂，叙述五例。彊村稱其廣通疑滯，精實博奥，賢於杜氏遠矣。札記既皆取資，今刻亦藉以參校。

一、詞集小箋既依《彊村叢書》别爲附刻，而彊村壬戌本闋末所注字句異同，乃取戊申刻本中之札記，附於詞集者也。今亦别爲附刊。綜戊、壬兩次所校，彙曰校勘記，並以雅俗宫譜入焉。然皆依札記之舊，不敢稍有竄改，以存其真。但彊村有依鄭叔問或他本所校而誤者，略爲删削。如甲稿「華鏡」、「向日」、「素練」，汲古原本並不誤。「翠屋」，明鈔《鐵網珊瑚》並不作「翠縠」。今均删去。

一、半塘、彊村而外，致力於夢窗詞者爲鄭叔問。其《校議》爲世所重。鄭氏初稿云：卷目以無别本可勘，仍汲古舊次，從其朔也。又依手稿本次第注上方，今刊校議，分爲二卷。上卷，校手稿者也；其次第依手稿之舊，而余僭以己意加注汲古卷次，原注大字，易爲細行。下卷校全書者也，仍依汲古舊次，凡形、聲、意三類訛者，悉爲勘定。其有説者則從類，以别條下一格識之。但無説有説，不甚分明，今概頂格平寫，且前後間有重復，蓋非一時所録。今爲之整比，附刊於詞集之後。

一、家藏《鐵網珊瑚》既係明鈔本，爲彊村、叔問所未見，今照原鈔别刊附後，曰《文英新詞稿》，以存其舊。新所補校者，亦附焉。自慚不知詞律，豈敢追隨前哲，顧費數月心力，不忍拋棄。並就正於老友金君籛孫名兆蕃，平湖人，謂一字之勝，彊村而在，當必許可，非强作解人也。民國二十一年十月，鄞張壽鏞識。

張壽鏞《朱彊村〈夢窗詞校勘記〉按語》

彊村先生光緒戊申依汲古閣本刻夢窗詞，後附札記一卷。民國壬戌又依明鈔本刻入彊村叢書。札記中之注釋典故者，别爲小箋一卷，校勘字句異同則散附於每闋之末。今刻詞稿，次序依戊申本，字句依壬戌本，綜戊、壬兩次所校者，彙曰校勘一卷。而小箋則仍別爲附刻，以清眉目。詞之注有雅俗宫譜者亦附録焉。讀者於此亦可以覘先生治學之精神矣。

張壽鏞《〈夢窗詞校勘記〉跋》

右夢窗詞校勘記，彙彊村先生戊、壬兩次所校各本字句異同而刻之者也。顧有依他本所校而誤者。如甲稿《瑞鶴仙》(三)「春申」，毛本誤作「巾」，非誤作「中」。《拜星月慢》「泣秋檠燭外」，明鈔《鐵網珊瑚》係「外」字，非「淚」字。《水龍吟》「滄波」亦不誤。「華鏡」，毛本亦不作「境」。《過秦樓》「翠屋」，明鈔《鐵網珊瑚》亦不誤。《丁香結》「向立」，毛本係「立」作「日」。《隔浦蓮近》「素練」，《江南春》「營花」，乙稿《鶯啼序》「繡簾」，毛本均不誤。《絳都春》「篁屏」，毛本「篁」作「篔」。《聲聲慢》(五)「翠屋」，《高陽臺》「垂楊」，丙稿《秋蕊香》「魂返」，毛本均不誤。既經校出，均已删去，此一也。

又如《鐵網珊瑚》所録十六闋，既别作校記，新刻本均依之，而彊村所校者，有從有不從，姑仍其舊。但明鈔本不誤，加一案語，以資參考，此二也。

又如毛本善者，彊村已從之矣。間有彊村所改，而新刻本從之者，如甲稿《齊天樂》「紋篁」，丙稿《燭影摇紅》題「元夕微雨」「天長」，《慶春宫》「西嬙」，《燭影摇紅》「餞馮深居」、「不就」，《齊天樂》「坐久」、「敗蘚」，《解語花》題「立春風雨並餞翁處靜江上之役」，《齊天樂》「望眼」，《秋蕊香》「侵笑」、「秋波」，《疏影》「賦墨梅」，《暗香》、《疏影》是二調，毛本既注「舊刻《暗香》，非」，則作《疏影》是也。《木蘭花慢》「目斷」，《瑞鶴仙》「亂雲」、「故山」，《喜遷鶯》「燈火」、「水蘋」，《西河》「斜陽」起二句有「殘寒」，此作「斜陽」是也，《珍珠簾》「看春漸老」，《滿江紅》「金羅」，《醉蓬萊》「碧天書信斷」、「秋娥」、「翠鍖」，丁稿「墮紅際層觀冷翠」、「城痕」、「危梯」、「旗槍」茶名，《倦尋芳》「塵鏡」下有「分」字，作「塵」字勝，《瑞鶴仙》「秋半」、「看」、「小苑」、「感」、「野闊」、「苕溪上」、「滿臉」，《燭影搖紅》「那抵」、「盡惡」、「梅梢成豆」，題「毛荷塘生日，留京不歸，賦此寄意」，《齊天樂》題「飲白醪，感少年事」。新刻本今從毛本。亦有從四印本者，皆取其長，而彊村原校仍之，此三也。

校既畢，爰志於此，壬申秋張壽鏞跋。

張壽鏞《補校夢窗新詞稿·序》

壽鏞家藏朱存理《鐵網珊瑚》，乃明季舊鈔本所録《夢窗新詞稿》，與鄭叔問所見刻本似更勝焉。即刊之於四稿之後，後就鄭氏所校者更補之，題曰《新詞稿》，仍其舊也，曰《補校》，補鄭氏之闕也。稿十六闋，補校者以第如干闋標之。孫按：《新詞稿》校議擇善録入正文校議中，不重出。

張壽鏞《新刻夢窗詞稿跋尾》

余既定凡例，重刊《夢窗詞稿》。夢窗行事本末，鄉志不詳，儀徵劉毓崧序其詞，歷述生平，以辛亥之作爲非絶筆。且云曳裾王門而老於韋布，足見襟懷恬澹，不肯籍藩邸以攀援，其品概之高，固已超乎流俗。更以夢窗受知吴履齋，義不肯負，顯絶似道於當國之日，其《西湖小築》諸詞皆似道未握權以前作也，尤爲確論。余刻夢窗詞，凡諸刻叙跋校記，均附於後。其字句取諸本之長，間與校記不盡符合，見知見仁，後有才者，藉以參考，是又區區意也。壬申中秋張壽鏞跋。

吴昌綬《跋夢窗自書詞卷》

右夢窗自書詞十六首，見朱存理《鐵網珊瑚·書品》第七卷。案卷中諸名跡，皆别爲標題，獨此無之，總目直云「文英新詞卷」。以性甫之博學，豈未識爲何許人歟？首篇《瑞鶴仙》「癸卯歲爲先生壽」，《夢窗丁稿》題作「壽方蕙巖寺簿」，則此卷乃書贈蕙巖者，惜未紀歲月，亦無後人跋語。漚尹先生重校《夢窗四稿》，資以對勘，因依澄鑒堂舊刻録本奉寄。

龍沐勛《四校本夢窗詞集跋》

右《夢窗詞集》，爲彊邨先生最後手校寫定待刊者。先生以光緒己亥與半塘翁同校吴詞，有四印齋本行世。意猶未慊，守翁五例，再勘於戊申。後從嘉興張氏涵芬樓假得明萬曆中太原張廷璋藏舊鈔本，鉤稽異同，即依張本刻入《叢書》，而以別見毛、王諸本者爲《補編》，並所撰《小箋》附焉。先生治吴詞二十年，蓋至癸丑而三鋟版矣。近數年來，每謁先生於滬上，從問詞家正變，輒謙讓未遑，獨於覺翁，頗自負能窺厥奥。嘗出示此本，謂將精刻單行，並擬廣徵時人專治吴詞著述，如新會陳述叔洵《海綃説詞》，永嘉夏瞿禪承燾《夢窗詞後箋》之類，滙爲巨帙，以成一家之言。孤懷未竟，遽歸道山。絶學銷沈，深滋危懼。爰先取此本鐫入《遺書》，其《補編》及《小箋》之曾見《叢書》者，以先生無所增删，暫不重録。此本原出張藏舊鈔，視初刻《叢書》本又多所訂正。雖先生自謂尚有疑義，苦無舊槧可資比勘。而吴詞沈翳六七百年，得先生而絶業重光，覺翁有靈，亦當驚知己於地下矣。壬申歲暮龍沐勛謹跋。

## 楊鐵夫《吴夢窗詞選箋釋第一版自序》

憶十年前執教鞭於香島中，始學爲詞，偶有所作，有取以充《南社文集》篇幅者，黠者戲之曰：「詞也，詞也。」鐵夫亦遂自以爲詞矣。及走上海，得執贄歸安朱漚尹師。呈所作，無褒語，止以多讀夢窗詞爲勖。始未注意也，及後每一謁見，必言及夢窗，歸而讀之，如入迷樓，如航斷港，茫無所得。質諸師，師曰：「再讀之。」又一年，似稍有悟矣，又質諸師，師曰：「似矣，猶未是也，再讀之。」如是者又一年，似所悟又有進矣。師於是微指其中順逆、提頓、轉折之所在，並示以步趨之所宜從。又一年，加以得海綃翁所評清真、夢窗詞諸稿讀之，愈覺有得。於是所謂順逆、提頓、轉折諸法，觸處逢源，知夢窗諸詞無不脈絡貫通，前後照應，法密而意串，語卓而律精，而玉田「七寶樓臺」之説，真矮人觀劇矣。今於全稿中選得一百六十七闋，於運典之稍僻者箋之，用意稍暗者釋之，聊以自記所得云爾，非敢以示人者。然夢窗難讀，衆口雷同，此亦未嘗非初讀夢窗者之一途徑也。稿成，漚師已還歸道山，無從質正。海内明達指其疵繆而教之，幸甚。抑又有言者，詩詞格局不同，稍知此道者類能言之。然有時亦有可互相印證處。偶讀《瀛奎律髓·春日類》，收杜工部《立春》詩云：「春日春盤細生菜，忽憶兩京梅發時。盤出高門行白玉，菜傳纖手送青絲。

巫峽寒江那對眼，杜陵遠客不勝悲。此身未知歸定處，呼兒覓紙一題詩。」方虛谷評之曰：「第一句自爲題目，曰『春日春盤細生菜』。第二句下『忽憶』二字，已頓挫矣。三、四應『盤』應『菜』，加以『白玉』、『青絲』之想，亦所謂『忽憶』者也。巫峽江、杜陵客，不見此物，又只如此大片繳去，自有無窮之味。」鐵夫按：第一句從題起，一語已説盡，似無轉身餘地。第二句想舊時在兩京立春時節，是逆入。第三、第四句承二句，極力發揮，反挑下聯，此類詞之歇拍。第五句突出巫峽，空際轉身，類詞之换頭。第六句説出自己對此時節之感想，此聯是平出。第七句從現在再推進一層。第八句補述作詩理由，類詞之就題作結，佈局顯與夢窗詞命意同，尤與詠上元之《倦尋芳》，詠吴門元夕風雨之《六醜》近。余因釋夢窗詞，才知此詩之妙處，不然，徒以句法論詩，此詩何能入選？虛谷之取此，殆亦取其局耶？録之以爲知者道。

壬申初秋，鐵夫序於紅香爐峰之麓。

楊鐵夫《吴夢窗詞選箋釋第二版自序》

去年旅香江，僻陋在夷，無可與語，因以讀夢窗詞之所得，選其一百六十七首而箋釋之。鑾島書少，不足供檢查，且倉促付印，無益友商榷，覆而讀之，發現謬點不少。尤大者，則以夢窗卒於宋亡之先也。惶愧無已。今者又閒居，天予以補過之餘閑，爰取舊選《箋釋》之錯誤者，重加厘訂，又加選佳詞之遺漏者，共成二百零四闋，蓋夢窗詞之精華，畢萃於此。余對於夢窗之心得，亦抉發無遺矣。非自表襮也，亦以紹義烏箋夢之遺志而已。竊謂夢窗意旨不易尋求，前印本得十分之六，今改正得十分之七八，尚得留三二分，以待諸將來，或他人之完成與糾正。天地間每有遺憾，古今公例也。余何人，能逃例外耶？他日苟能合海内之有志夢窗者，各出其所得，薈萃而印證之，亦一快事也，請記此語以爲券。

鐵夫氏癸酉夏序於黄歇浦之濱。

楊鐵夫《吴夢窗詞箋釋自序》

予箋《夢窗詞》，於今爲三版，實與初版同。因第一次所箋止一百六十八闋，且洋紙洋裝，求便於學生，反見嗤於大雅。第二次所箋，增至二百零四闋，自以爲夢窗佳構，盡萃於此。且改作線裝，稍爲改善。然校對匆促，誤字殊多，令人有妄改字句之疑。箋釋亦復粗糙，比視初版，不過百步五十步之間耳。又思人之嗜好各殊，已所棄取，豈能盡如人意。讀者既得選本，又須再購全集，豈不重費？爰決意取全集通加箋釋，前之誤者正之，略者詳之，不止缺者補之已也。今年春創稿，至仲冬始畢事。自以爲夢窗之癥結，十解八九矣。

兹以經過之甘苦試言之。《滿江紅·澱山湖》詞有「鮫宫」、「神女」句，澱山足所未經，久疑有龍王、女神等廟，苦無其證。稿屢改，仍不愜意。後得《蘇州志》，載山下有龍洞，始據以解決「鮫宫」，而神女之疑如故也。後得《括異志》，載神女渡江事，所謂「淩曉風」者，可據以解決矣。《解語花》詠梅花詞，初版已標爲治遊，然中所用「雲容、蘭翹、簫鳳」等字，實不解何謂。後得《侍兒小名録》，載蘭昌宫有三仙女，即此三姓名，不獨出典有徵，而治遊之誼益固。《齊天樂·登禹陵》詞「翠蓱濕空梁，夜深飛去」句，有友謂梁上有蓱，是爲無理，「蓱」必「苔」誤。予援《漢宫春》「千年禹梁蘚碧」、《燭影摇紅》「苺鎖虹梁」二語，蘚、苺即「菭」，以本集證本詞，可稱鐵證，改正本據之。後得睹《四明圖經》，有禹廟梁嘗飛入鏡湖與蛟龍鬭一事，始知「蓱」實不誤。《渡江雲·西湖清明》詞有「墜履牽縈」句，初選本用張良事，心知其非。欲解以《淳于髡傳》，但墜珥非墜履，故改正本缺其解。後得睹《北史·韋敻傳》有「不棄遺簪墜履」之語，固依然用《淳于髡傳》也。《八聲甘州·登靈巖》有「水涵空、闌干高處」句，前止以憑高所見釋之。後讀吴履齋詞集，有《滿江紅·姑蘇靈巖寺涵空閣》詞，起韻云：「客子愁來，閑信馬、到涵空閣。」始知「涵空」是閣名，如是，「闌干高處」四字方貫。《高陽臺・豐樂樓》詞有「飛紅若到西湖底，攪翠瀾、總是愁魚」句。《杭州府志》收此詞，作「愁予」。思《楚辭》有「目眇眇其愁予」語，較有據。又有友謂「魚」、「吾」同音，「吾」、「予」同義，「愁魚」即「愁予」。改正本援以爲釋。後讀姜白石詞有「百萬愁鱗躍春水」語，則「愁魚」又非誤矣，凡此皆今版之所改正者。至《浣溪沙・迓履翁》、《江神子・送桂花吳憲》，履翁、吳憲，是否一人，如爲一人，何以翁、憲兩異？詳稽《宋史》，始知前爲夢窗未入吳幕，止爲先後輩稱呼，後則既在幕中，不能不有主屬之別。《探芳信・賀麓翁秘閣滿月》疑下片「禁苑傳香」語全與題無涉。後詳稽語意，始悟雲麓未膺簽書樞密院領財計，先以秘閣爲升階，拜官之時，適值生子彌月，故詞兩慶之。至《惜紅衣》姜石帚之非白石，初僅援夏箋爲説，後自爲考證，發現佳證數事，遂以刊於《詞學季刊》中，移注於此，亦今版之特色也。至於《瑣窗寒》之非詠「玉蘭」，《思佳客》之非詠「半面女髑髏」，《憶舊遊》之非「別黄澹翁」，《祝英臺近・陳少逸奉檄行部》、《瑞龍吟・送梅津》，同爲豔情，洞燭隱微，似無遁飾矣。至以夢窗爲宋亡乃卒，已定於改正版中，幸海綃翁與之同調，不至孤掌難鳴。惜除於《事蹟考》所考得數證外，無他確證以助我吶喊耳。

改正版序云，得十之七八，今可謂得十之九以上，所未詳者，不過「陶洲」、「殷雲殿」、「宜男舞」、「胭脂嶺」、「錦雁峰」數處而已，幸高明有以教之。若夫訂正錯誤，補苴罅漏，則夏臞禪、錢仲聯、葉長青及同鄉高蕙石諸先生之力爲多，特標出以示不忘。

時二十四年仲冬下旬，寫於梁溪國學專修學院梧柳交蔭之樓。時大雪正滂滂下也。香山楊鐵夫。

楊鐵夫《吴夢窗詞箋釋・例言》

一、此《箋》次序及字句，俱遵朱刻《彊村叢書・夢窗詞集》。

一、原題正集、集補，不分卷。兹分正集爲三卷，以集補爲第四卷。

一、集後朱氏《小箋》，悉數采入。夏臞禪《後箋》，亦擇要附録。

一、每韻爲一頓，箋釋即寫其下。無箋釋者，以「韻」字隔之。

一、先注故實及古詩、詞句、旁及名人評論，圈下釋以己意。

一、以不改字爲原則。有朱校改定者，間依之。

一、人言夢窗詞多取材於李賀、温庭筠詩，今則發見最多用蘇詩，次則杜詩，詞則最多用清真，次則白石。

一、卷中多言卷首《事蹟考》，因原擬置卷首之故，今因上、下册分配不匀，移於卷末，從鄭大鶴校刻《清真集》之例也。

## 夏承燾《吴夢窗詞箋釋·序》

宋詞以夢窗爲最難治。其才秀人微，行事不彰，一也。隱辭幽思，陳喻多歧，二也。彊村老人一代宗工，予嘗叩其吴詞小箋，退然不以自慊，即甘苦可知矣。香山楊鐵夫先生從彊村治吴詞者，老而彌勤，《箋釋》之作，屢刊屢改。兹予獲讀其第三稿，鉤稽愈廣，用思益密，往往於辭義之外得其懸解。如據曹擇可《松山詞》及翁處静《游胡園書感》詞，以證《解語花·餞處静》乃慰處静悼亡，定《江南春·賦藥翁杜衡山莊》爲兄弟偕隱，其「芳銘」、「棠笏」之句，乃兼用賈敦頤、敦實「棠棣碑」故實，不但如鄭大鶴據《唐書·魏謩傳》所云而已。又若引《紹興志》、《四明圖經》禹廟梅梁事，方知《齊天樂》「翠蓱」、「空梁」之語爲非虚設。引《名山記》魏野詩，方知《浣溪沙·迓履翁》爲吴潛下訪之作。凡此皆互證旁通，使原詞精藴挹之愈出，較彊村之《箋》爲尤進矣。《四庫提要》論陳後山詩，謂若非任淵「一一詳其本事，今據文讀之，有茫然不知爲何語者」。然淵生南北宋間，元祐餘緒，猶未盡墜，較之鐵夫生七百年後而能爲夢窗之身後子雲，其難易猶有間也。或者以爲夢窗無題詠物之什不盡爲故姬作，疑鐵夫不無好奇。予以爲古今注義山《錦瑟》詩者不一，而究以悼亡之解爲近正，況夢窗之放琴客實有其事，鐵夫之箋又皆持之有故乎？前人論詞有云：「作者未必然，讀者何必不然。」此雖妙諦，固不煩舉爲鐵夫解嘲矣。

二十四年冬，永嘉夏承燾。

錢萼孫《吴夢窗詞箋釋·序》

香山楊丈鐵夫箋釋夢窗詞，數易其稿，寫定繡之梓。吾友永嘉夏子臞禪既序而發其緼矣，鐵夫復授予命一言。余於詞無所得，不能重違鐵夫意，謹書其耑曰：甚矣箋注之難也。箋詩難，箋詞尤難。箋夢窗之詞尤難。詞之有夢窗，猶詩之有玉溪乎？毗盧遮那莊嚴藏樓閣交網羅光，非彌勒彈指出聲，曷由睹其廣博嚴麗？玉溪之詩，得朱鶴齡、姚培謙、屈復、程夢星諸家爲之注，至馮浩集其成，而玉溪沕穆幽渺之旨畢顯無隱。箋夢窗者無聞焉。歸安朱彊村侍郎以夢窗詞轉移一代風會，顧其所爲箋，乃略而不詳，誠難之焉。蓋夢窗一生，其流聞軼事，見於説部志乘，傳諸今而足以徵信者，雲中鱗爪而已。非博證旁通，以意逆志，則其本事奚以明？其難一也。夢窗之詞，如其所謂「檀欒金碧，婀娜蓬萊」，然人巧極而真宰通，千拗萬折，潛氣内轉，非沈浸咀含，與夢窗精靈相感，則其懸解何由得？其難二也。故非熟諳天水舊事者，不足以箋夢窗；非詞人之致力深而析心細者，亦不足以箋夢窗。蓋兩者合之之爲難，博聞者不必皆詞人，詞人不皆善説詞。噫！不有鐵夫，孰爲夢窗千載之子雲？

鐵夫親炙彊村之門，其所自造，縋幽鑿奥，骨重神寒，具體彊村不懈而及夢窗，蓋玩索其中二十年矣。曩歲客浙東，夢窗故鄉也。窮搜極訪其舊聞，不少倦。訪而不得，亦庶幾無遺憾矣。比年講學梁溪，疏抉益勤，一燈煮慮，冥寫晨書，每獲一解，輒以相示。隻義未安，不憚十易，必提筆四顧躊躇滿志而後已。與予同據一樓，連床夜話，嘗言往者與丹徒葉蕻漁論夢窗詞，鑿枘不相入。前人用心之深，蕻漁故未之窺，即鐵夫所詣之精可知矣。自玉田翁致「七寶樓臺拆下不成片段」之譏，耳食之徒，據爲口實，得鐵夫之《箋》，識夢窗之真不難已。至其徵典之美備、斷制之簡括，較諸馮注玉溪，筆舌冗漫者，不可同日語。

然是《箋》之所長不在此。余雖不知詞，倘能知鐵夫之甘苦者，又何可以不序？抑夢窗生丁末造，白雁南來，鼓鼙之思，禾黍之悲，一以倚聲發之。乃鐵夫所遇不幸與之同，當把卷旁皇之際，雲愁海思，蕩魂撼魄，誦《高陽臺》「幾樹殘煙，西北高樓」之語，銅仙鉛淚相對汍瀾而不能已也。

乙亥冬十一月，虞山錢萼孫謹序。孫按：萼孫爲錢仲聯原名。

夏承燾《四庫全書詞籍提要校議・夢窗詞》

毛晉跋吴詞，以其淳祐十一年《鶯啼序・豐樂樓》一首爲絶筆，《提要》及《鄞縣志》皆沿其誤，定文英即卒於淳祐十一年。實則文英當卒於景定間，考在予所作《吴夢窗繫年》。文英集中有姜石帚而無姜白石。石帚、白石蓋非一人，其《洞仙歌・黄木香贈辛稼軒》一詞，乃白石之作誤入吴集者；當時元鈔《白石歌曲》未出，故無由發其覆；文英實不及奉手姜、辛也。至其晚年與賈似道交誼，劉毓崧爲夢窗詞序，謂似道當權時，夢窗已與之絶交，其實夢窗卒於似道當權之前，劉説未確。説詳於予作《吴夢窗晚年與賈似道絶交辨》（附《吴夢窗繫年》後）。

夏承燾《夢窗詞集後箋・後記》

右《夢窗詞集後箋》一卷，踵彊邨翁《小箋》而作也。往年，曾疏數事，似翁印可。承翁書屬助鉤稽，謂將理董《小箋》，重寫定本。旋翁以衰病，未竟其志。此稿遂棄置篋衍。客冬，翁歸道山，朋舊謀流布遺書，因盡三曛旦，覆檢一過，汰其習見，增所新獲，都五十餘事。其互見於遺事考者，則不迻入。聞見弇陋，疑滯猶多，聊存爲斠疏吴詞張本，不敢謂能彌翁闕也。一九三二年夏。

## 附朱彊村《與夏承燾書》

矐禪道兄閣下：榆生兄轉賁惠箋，十年影事，約略眼中。而我兄修學之猛，索古之精，不朽盛業，跂足可待，佩仰曷極。夢窗生卒考訂，鑿鑿可信，益慙謭説之莽鹵矣。夢窗與翁時可、際可二人爲親伯仲，草窗之説也。疑本爲翁氏，而出爲吴後。今四明鄞、慈諸邑，翁姓甚蘩。倘有宋時家牒可考，則夢窗世系，亦可瞭然。弟曩曾丐人廣求翁譜，未之得也。我兄於彼郡人士有相洽而好事者，或竟求得佳證。夢窗係屬八百年未發之疑，自我兄而昭晰，豈非詞林美談，閣下豈有意乎？弟哀墉之質，無可舉似。閎著有寫定者，尚盼先睹也。率復，即頌撰安。弟期孝臧頓首。十一月初六日。

# 附録四　考證

## （一）吴夢窗年齒與姜石帚

梁啟超

亡友王静安嘗疑夢窗詞中之姜石帚非姜白石，叩之，亦未能盡其説也。今以草窗詞證之，知夢窗年代不能上及白石。儀徵劉伯山毓崧叙杜刻《草窗詞》，考證草窗年代經歷極精覈。據稱草窗與夢窗唱酬，始於景定癸亥春暮，草窗年甫三十有二，夢窗之齒，應長於草窗五十餘歲，時已八十上下。其所以作此推斷者，緣夢窗集中《惜紅衣》調下題注有「余從姜石帚遊苕霅間三十五年矣」一語。若石帚即白石，則夢窗從遊時雖年僅弱冠，其交草窗時則已八十也。劉氏以謂昔人忘年下交，至可敬佩。考草窗集中關涉夢窗之詞凡三首：一《玲瓏四犯》，二《拜星月慢》，三《玉漏遲》。《玲瓏四犯》題爲「戲調夢窗」，中有「年少恐負韶華，盡占斷、豔歌芳酒」，「還約在、劉郎歸後，憑問柳陌舊鶯，人比似、垂楊誰瘦」等語。縱使夢窗忘年，草窗對於先輩，終不能如此謔浪，且此等語以調八十老翁，寧復情理耶？《玉漏遲》題爲「題吴夢窗《霜花腴詞集》」。詞云：「老來歡意少，錦鯨仙去，紫霞聲杳，怕展金奩，依舊故人懷抱。猶想烏絲醉墨，驚俊語，香紅圍繞。閑自笑。與君共是，承平年少。」此是夢窗死後追述舊歡之作，依劉氏所證算，則草窗壯年，夢窗行將就木，安得云共是年少耶？然則二窗年輩決非甚相懸絶如劉氏所云矣。劉氏因夢窗集中與石帚往還諸作，既以證夢窗之忘年下交草窗，又以證白石之忘年下交夢窗。案白石歌曲考其蹤跡，其寓居苕霅，乃在淳熙丁未至紹熙壬子四五年間，下距景定癸亥七十餘年。假定夢窗弱冠時從白石遊苕霅，則其交草窗時，已非年逾九十不可，此必無之理也。然則欲考夢窗年齒，必須將其與白石之關係葛藤先行剪斷。但石帚之爲何如人，則只得付諸闕如矣。

伯山又推論石帚（實白石）年齒，謂「其早年隱居箬坑之丁山，屢經奏薦，因秦檜當國不起」，此說不知何本（記在宋人説部中曾見，決非伯山臆造則可斷言耳）。考白石二十世孫虯緑撰《九真姜氏世系表略》（臨桂況氏蕙風簃傳鈔乾隆寫本姜氏家藏《白石道人集》附録。見《香東漫筆》卷一）稱白石曾祖俊民爲紹興八年進士，父噩爲紹興三十年進士，知漢陽縣。秦檜死於紹興二十五年，其當國時，與白石曾祖、祖父年代略相值，而其父尚未通籍。白石《昔遊》詩序稱「早歲孤貧」。其父卒於何年雖無從考，然《探春慢》詞自序云「予自孩幼從先人宦於古沔」，則其父出宰漢陽時，白石尚孩可知，安得在秦檜當國中屢薦不起耶！使夢窗集中之姜石帚而在秦檜時爲已享高名之微士，其人益非壽逾百齡不可矣。伯山又假定姜、吴同遊苕霅在嘉泰癸亥前後，而夢窗時甫弱冠，則年歲勉可相及，然白石自紹熙癸丑以後，客越客杭，自此終其身蹤跡未再到苕霅，此按諸其詩詞集顯然可稽者。伯山改遲十年，於事實決無合也。然則白石、石帚非一人，當爲信讞矣。乾隆寫本《白石集》有洪武十四年八世孫福四志略稱：「是編白石暮年自删定，録寫兩本，一付兒子，一詒猶子通，世世寶之。」《世系表》記夔子名瓊，官太廟齋郎。瓊能寶先人手澤，且教率子孫世世勿替，必非俗子。夢窗所交石帚，得毋即其人而增減乃父之號以自號耶？姑書以備再考。（録自《飲冰室合集》文集之四十四下）

## （二）石帚非白石之考證

楊鐵夫

《浙江志》：苕水有二源，一曰東苕，出浙江天目山之陽，東經臨安餘杭縣，又東北經德清爲餘不溪，至吳興爲霅溪。《一統志》：故老相傳，夾岸多苕花，每秋飄散水上，故云。按，世人謂姜石帚即姜白石者，由來許久。聞梁任公等嘗疑之，未得確證。夏瞿禪則歷指各證，以明其爲二人。余因之，又得數證，曾刊入《詞學季刊》中，兹覆舉之。其詞曰：今人指石帚即白石者，殆以夢窗《惜紅衣》題有「余從石帚遊苕霅間三十五年」一語。苕霅，爲白石少遊之地；《惜紅衣》又爲白石創制之調，遂信之而無疑，不知白石之後，填《惜紅衣》調者多矣，遊苕霅者亦多矣，安得以填《惜紅衣》、遊苕霅之石帚，遂目爲初創《惜紅衣》、少遊苕霅之白石乎？余謂石帚之非白石，正可於此決之，何也？考白石《探春慢》題丙午冬（此丙午雖無年號，然《翠樓吟》云：淳熙丙午冬，武昌安遠樓成云云。武昌距漢口至近，蓋即是年冬事，故知爲淳熙十三年）千巖老人約予過苕霅，秋游古沔，作《浣溪紗》。冬發沔口，作《杏花天影》。此四詞，當是同年作。己酉秋，苕霅所見作《鷓鴣天》。又客古沔，作《清波引》。白石詞之明言苕霅者，止此六闋，即以最後之己酉論，爲淳熙十六年，下距吳履齋（潛）登第之丁丑爲二十七年，夢窗兄石龜（翁逢龍）與之爲同榜進士。石龜，年不可知，知必比夢窗大，此時履齋爲二十三歲（此由履齋詞集《二郎神》己未自壽云「古稀近也」是六十五翁生日語推得），於夢窗爲長輩。余於《事蹟考》推定夢窗此時才十餘歲（夏氏説同），當無大差。夫以十餘歲之人，安能上預二十七年前之遊事乎？此則已可斷定石帚之另爲一人，非白石也。復次，以白石「去而復來」一語推之，白石雖隨任在沔，尚爲孩童，其去沔假定爲十歲（若太少，則不能於父老有情），又因「隔有二十年」之語，由丙午上溯三十年，其生當在高宗紹興十年左右。順推至與履齋再會吴興之己丑（履齋詞集《暗香》題：「猶記己卯、庚辰之間初識堯章於維揚，至己丑嘉興再會，自此契闊。」）已七十三歲，縱己丑未死，相去亦無幾時。其死也，乃客死西湖（履齋《暗香》題又云：「聞堯章死西湖，嘗助諸丈爲殯之，今又不知幾年矣。」）與夢窗正在蘇州倉幕之時相左，料不能常相叙會，此其一。

復次，又以夢窗集之石帚情況推之，一、《三部樂》題云「賦石帚漁隱」，换頭云「越裝片篷障雨」已定爲遊艇之名，非家居無此設備。白石固家吴興，非杭州者。又詞中純是隱者語，雖曰由題生情，但詞不能不與其人合，白石奔走四方，席不暇暖，境遇似不相當。二、《解連環》留别石帚云「歲晚來時」，又曰「酬花唱月」，又曰「别枕夢醒」，似夢窗寄寓石帚家經一年之久者，非客遊外出、遠家吴興之白石能爲主人。三、《拜星月慢》題云「姜石帚以盆蓮數十置中庭宴客」，詞云「霧盎淺障青羅」，「冷玉紅香罍洗」，知蓮盆外復有精瓷之套盤。「澹月平芳砌，磚花滉、小浪魚鱗起」，「繡屋重門閉」，足見庭宇幽潔，門廊邃深。若爲寄寓景況者，租賃蝸居，此數十盆蓮不愁塞破屋子耶？四、《齊天樂》贈姜石帚云「水楊陰下晚初艤」，自指漁隱言。「更展芳塘，種花招燕子」，以正意言，塘云「更展」，豈租客之權；以喻意言，白石愛姬，止小紅一人，卒以不耐貧而爲琴客以去（白石又有一妾，見蘇洞《泠然齋集》哭白石詩。然素蠻並蓄，未有明徵，燕鴻交飛，止同替代），於「更展」之義不符。此其二。

復次，又即《白石集》之情況推之，白石鄱陽人，流寓吴興，連年客維揚、客合肥、客古沔、客武昌、客無錫、客吴淞、客長沙、客鎮江、客石湖、客南昌，足無停趾。料無館水磨坊之事，否則死西湖時，方氏自有於我殯之義務，何至徵助他人？小紅爲白石最得心之人，自製曲爲白石絶詣。夢窗之贈石帚，於此數事，絶無一語之影響。而《白石集》中又無一贈夢窗詞，又其顯者也。或曰石帚亦無贈夢窗詞，何獨怪白石？余答曰，石帚之於詞能與不能，未可知，無詞不足怪。若白石固大家，且有專集者，何可並論？此其三。

至於此《惜紅衣》一調，因題爲苕溪之遊，因地憶人，因即白石自製曲填之，慕白石、效白石，則有之，若遂以爲友白石，則未允。或謂：石帚如另有其人，應有詞可見，縱無與夢窗酬答之作，詎遂不見他書？余謂，宋人能詞者多矣，詞集失傳者亦多矣，幸草窗所輯《絶妙好詞》能掇拾於一二，否則直不知有其人，豈獨一石帚乎哉？兹並録夏矐禪説如下：一、夢窗贈石帚六詞皆不注甲子。明朱存理《鐵網珊瑚》載文英新詞稿十六闋，其第十二首爲《拜星月慢》。鄭文焯《校議》以第一首《瑞鶴仙》題「癸卯爲先生壽」，證以汲古閣本作「壽方蕙巖寺簿」，定「其所録詞稿即寫似方蕙巖者」，謂「十六闋又皆一時之作，故曰新詞」。今案，鄭説是也。新詞第六首爲《思佳客・閏中秋》。檢《宋史・本紀》，淳祐三年癸卯閏八月，正與鄭説合。然則贈石帚《拜星月慢》詞，亦作於淳祐三年也。白石卒年，據吴潛《暗香》序數語推之，必在紹定二年己丑之後。紹定二年，白石已七十五六矣，卒年當在八十左右。陳思《白石年譜》定其卒於紹定四年，大致可信。紹定四年，在淳祐三年之前十二載，是夢窗作《拜星月慢》之時，白石久已前卒矣，此一證也。又案，陳世崇《隨隱漫録》卷三云，林可山稱和靖七世孫，不知和靖不娶，已見梅聖俞詩序中矣。姜石帚嘲之曰：「和靖當年不娶妻，何因七代有孫兒。蓋非鶴種並龍種，定是瓜皮搭李皮。」世崇，南京人，與林洪可山同時，據此可信石帚另有其人。且世崇之父郁，作《藏一話腴》，時時稱道白石，亦無石帚之稱，足以互證。又此詩另見於元人韋居安《梅澗詩話》，題無名子作，不云石帚，若是白石詩，韋氏必不致目爲無名子矣。石帚非白石此二證也。尚有兩證與余説合，不再録。鐵夫今又續得一證，夢窗詞之用白石詞意處極多，分見詞箋内，苟非白石在先，何至奉爲金科玉律乎？（此文録自《吴夢窗詞箋釋・惜紅衣》箋文，據楊序知從《詞學季刊》第一卷第四號移入）

## （三）吴夢窗事蹟考

楊鐵夫

夢窗爲有宋一代詞學大家，《宋史》不爲立傳，《藝文志》又不載夢窗詞集名，乾隆《寧波府志》並不收詞曲一門。乾隆《鄞縣志》載吴文英《甲乙丙丁稿》四卷、《補遺》一卷，注引《四庫簡明目録》，謂「《四稿》皆其原本，《補遺》則毛晉所輯」，並綴沈泰嘉、張炎兩人評語。《陳允平傳》内又有「善詩，與吴文英、翁元龍齊名」一語。此外，於夢窗事蹟絶不之及。《浙江通志》載吴詞五首，而爵里亦不詳。汲古閣《四稿》後跋云：「或云《夢窗詞》一卷，或云凡四卷，以甲、乙、丙、丁釐目；或又云四明吴君特從吴履齋（潛）諸公遊，晚年好填詞，謝世後，同遊集其丙、丁兩年稿若干篇，釐爲二卷，末有《鶯啼序》，遺缺甚多，蓋絶筆也（下略）。」《四庫提要》從「諸公」二字演爲「與姜夔、辛棄疾遊」，又謂「卒於淳祐十一年」，皆誤也。朱彊村師完王半塘先生校正夢窗詞之志，每題綴以《小箋》，近夏臞禪承燾氏又作《補箋》，續有發明，然後夢窗事蹟略可考見。聞夏氏尚有《夢窗遺事考》、《二窗年譜》二篇，俱未發表，惜未之見。今止就鄙見所及，從原集中歲月及蹤跡加以勾稽，尚可得其崖略。姑次序及辨正如下：

吴文英，字君特，號夢窗，一號覺翁（見《蘋洲漁笛譜》所附夢窗題詞，自署覺翁），浙江寧波鄞縣人（夢窗何縣人，諸書無明文。據夢窗自署爲四明，《提要》標爲慶元。四明、慶元即寧波府舊名，非縣名也。考乾隆《浙江通志·選舉表》，嘉定丁丑進士榜翁逢龍名下注云：「鄞人。」余集續《絶妙好詞》於翁元龍名下注云：「句章人。」李申耆《地理今釋》云：「今浙江寧波府鄞縣南。」逢龍、元龍爲夢窗親伯仲，因知夢窗實爲鄞人。然余旅鄞幾一年，尋訪其稿外佚詞及其居址、後裔。詢諸鄞人，茫無所知，並似不知其爲同鄉者。其沈晦可想已）。父翁某生數子（今雖不知其父名，但所生三子皆以文學顯，知必爲文學中人）。先夢窗而生者曰逢龍，字際可，號石龜（集中有憶兄石龜翁《探春慢》詞），丁丑吴潛榜進士（乾隆《浙江通志》：考履齋別集《己未自壽》爲六十五歲。逆溯登第日，爲二十三歲），嘉熙中，官平江通判（見戴復古《石屏詩鈔》：諸詩人會於吴門翁際可通判席上），有詩集（《石屏詩鈔·閱四家詩卷》，四家者，翁際可、薛沂叔、孫季蕃、高九萬也）。後夢窗而生者曰元龍，字時可，號處静，工詞（余集《絶妙好詞續鈔》曰：「元龍與君特爲親伯仲，作詞各有所長。世多知君特，而知時可者甚少。」然未知誰兄誰弟也。劉毓盤曰夢窗《解語花·立春風雨中餞處静》詞結四語，「纏綿愷悌，似兄之戒其弟者然」。鐵夫按：憶石龜則稱兄，餞處静無兄字，必弟也），客杜清獻成之之門（見《詞林紀事》。清獻名範，黄巖人，嘉定進士，官御史，以言事忤時宰，去職。淳祐間，拜右丞相，上五事，繼上十三事，盡革舊弊），有詞集（見《詞綜》，今不存。近人趙萬里從《永樂大典》中輯其詞，成一卷，名《處静詞》，亦不過二十首。見《校輯宋金元名人詞集》。《詞林紀事》云：「成之云：『時可之作，如絮浮水，如荷濕露，縈旋流轉，似沾非著。』」可謂曲盡其妙）。夢窗，其中子也。生於宋寧宗開禧前後（近人胡雲翼《宋詞研究》稱夢窗生於孝宗隆興間，料無所據，大約爲毛氏「絶筆於淳祐十一年所作《鶯啼序》」之説所誤，因其又享大年，遂逆推至隆興，約八十年，因指爲生年耳）出後於外家，改姓吴。少好文詞，不攻舉子業，故未得志於場屋（考《浙江通志》，鄞人之舉進士者：嘉定七年吴潛一榜有十七人，十年一榜有二十人；至寶慶三年丁亥一榜三十七人。其時，北人不能過江南下，南人又因兵燹倥偬，不便來杭。所應舉者，大都蘇浙間人。鄞人多文學，宜其拔茅連茹矣。嘉定時夢窗尚曰年幼，未及應試，至寶慶正二十餘歲時，以夢窗之才，乃竟不得一科名，何也？夢窗蓋耽於詩詞，絀於經義者也。否則，不樂科舉也）。兄逢龍成進士時，夢窗不過十餘歲（從夏承燾氏説）。甲申，二十餘歲，遊德清，以《賀新郎》爲縣令趙善春賦小垂虹（朱《箋》：嘉定六年，趙伯摶任，十七年，趙善春任，未知孰是。夏承燾《補箋》：六年時，夢窗尚幼，當是十七年），然此詞换頭云「重來趁得花時候」，知已爲再到劉郎，疑德清爲其慣遊地。《瑞龍吟》之賦德清競渡，在春夏（清明、端午皆有競渡）；《燭影摇紅》之賦德清縣圃紅梅，在冬間；《念奴嬌》之賦德清縣圃明秀亭，則不明何時。是年閏中秋，亦有《思佳客》之作（夏《箋》云：開禧元年，嘉定十七年，淳祐三年，皆閏八月。開禧時，年尚幼，當是嘉定。鐵夫按：稿中有遊龜溪之《祝英臺近》、重遊龜溪廢園之《青玉案》（從朱校，「葵園」作「廢園」，「溪」上脱「龜」字）、過貴人家聞按歌聲之《珍珠簾》、李賓房量珠賀之《絳都春》。商隱與兄（孫按：「兄」爲「弟」之誤）周隱號爲「龜溪二隱」。龜溪爲餘不溪之上流，餘不溪在德清，雖可作遊德清時所作，但遊廢園二首皆有憶姬意，非少年作品，當剔出移入晚年），此五闋，定爲少年作品。

紹定壬辰，年約三十餘歲，入蘇州倉幕供職（《宋史》：設各路轉運使。蘇州轉運，蓋屬東路。孫按：蘇州所在的平江府宋屬兩浙西路），流連吳會十二年。集中之《聲聲慢·陪幕中餞孫無懷於郭氏池亭》，《木蘭花慢》陪倉幕游虎邱、再游虎邱二首，《八聲甘州》陪庾幕遊靈巖，《祝英臺近·餞陳少逸被倉臺檄行部》，《金琖子》有新邑之役（按：蘇、浙間縣以新名者，有新昌、新城。此云「新邑」，必新城也。曰「役」，疑是公務。曰「揭來」，疑非久住。蓋俱奉檄行部，如陳少逸然），若《澡蘭香》之「淮南重午」、《宴清都》「萬里關河眼」、《玉蝴蝶》「角斷籤鳴」，皆在淮安，亦猶新邑之役也，此九闋皆可爲入幕之證。幕中納姬（計壬辰任職至甲辰姬去，爲十二年。詞中屢云十年，當是與姬相處之年數，知納姬即在入幕之第一二年間），同居於閶門西之西園。吳中爲冠蓋往來、名勝薈萃地，題詠自多。其有年月可考者，則有如丙申（端平三年）丁酉（嘉熙元年）間贈施芸隱之《掃花遊》、丙申歲吳燈市盛之《探芳信》、戊戌（嘉熙二年）送施樞爲浙東轉運司幕之《木蘭花慢》、壬寅（淳祐二年）吳門元夕之《六醜》、癸卯（淳祐三年）元夕之《水龍吟》、癸卯歲壽方蕙巖《瑞鶴仙》（詞有「想車塵才踏，東華紅軟」，知非在杭必在吳也），同年秋間送魏句濱解組之《暗香》（定爲三年秋，詳題箋）等，不過七闋而已。至遊賞風景之詞，則有澱山湖《滿江紅》、齊雲樓《齊天樂》、送春古江村《掃花遊》、吳門元夕《應天長》、觀吳人歲旦遊承天《浣溪沙》、琴川慧日寺蠟梅《浣溪沙》、泛石湖《霜花腴》、吳人元日承天寺《探芳新》、姑蘇臺《八聲甘州》、滄浪亭看梅《金縷歌》、福山歲除《喜遷鶯》、與閑堂《喜遷鶯》、吳江小泊《惜黄花慢》、毗陵宴丁園《齊天樂》

等十四闋。朋輩酬酢之詞則有張斗墅家五粒松《水龍吟》、送萬信州《水龍吟》、送馬林邑赴南宫《宴清都》、餞周糾定夫《倦尋芳》、爲趙仇香賦《婆羅門引》、郭清華席上《婆羅門引》、送人游南徐《荔枝香近》、送梅津《瑞龍吟》、贈黄復庵《倒犯》、謝黄復庵寄梅枝《花犯》、郭希道水仙《花犯》、悼得趣《祝英臺近》、贈丁基仲《高山流水》、友人還吴中《江南好》、送五峰還都《江神子》、壽郭清華内子《絳都春》、希道家看牡丹《喜遷鶯》、宏庵席上《聲聲慢》、壽荷塘《燭影摇紅》、花翁吴門遇舊妓《倦尋芳》、郭清華新軒《花心動》、戲虞宜興《瑶華》、壽梅津《漢宫春》、送王虔州《漢宫春》等二十四闋。上凡五十四闋，皆作於此時期；期間爲十二年，自壬辰、癸巳起，至癸卯秋止。

淳祐三年癸卯秋末冬初，卸幕職，挈姬遷杭。除夕，作《思佳客》。是年臘朝，曾與兄石龜作斷橋並馬之遊。甲辰暮春，姬去歸蘇州（自此以後，每逢清明、寒食，必有憶姬之作，知姬必以三月中行，觸景故傷情也）。夢窗擕其所生子追蹤至蘇，作故劍之求（《玉燭新》「繡懶思酸」，知爲妊子；《好事近》「花下淩波入夢，引春雛雙鵜」，知爲兩子；《風入松》「最憐無侣伴雛鶯」，知其委子而去），寓盤門外過重午，因作《滿江紅》云「簾底事，憑燕説」，此爲憶姬之第一聲。繼此，七夕之《鳳棲梧》則曰「歸家夢向斜陽斷」，中秋《尾犯》則曰「影留人去」，瓜涇度中秋之《玉漏遲》則曰「瑶臺夢回人遠」，重泊垂虹之《木蘭花慢》則曰「淩波去杳，環佩無聲」，及凡在吴中憶姬之作，如泊長橋過重午《隔浦蓮近》、自鶴江入京泊葑門《夜合花》、「波面銅花」《浣溪沙》、「時雾清明」《點絳唇》、和黄復庵《月中行》、壽魏方泉餞魏方泉《聲聲慢》二首、「蘭舟高蕩」賦桂《風入松》、往來清華池館《絳都春》、垂虹橋《十二郎》等十五闋，疑皆在重到蘇州時作。冬至前，則又適越，故《喜遷鶯》有「兒輩尚留瓜涇」，所謂「輩」者，知非一子已也（此時諒當有杭妾在），知留其子以招其母。至丙午冬至《西江月》「添線繡床人倦」，則知在越作。此皆姬去第一年事。越年，姬無歸信，《訴衷情》曰「吴社水，繫遊船，又經年」，此作於乙巳春間者。《三姝媚》「過半春猶自，燕沈鶯悄」，亦爲姬去後第一個春天作。《訴衷情》則曰「小蓮玉慘紅怨，翠被又經秋」，又曰「西風吹鶴到人間」，《永遇樂·中秋風雨》「問深宫、姮娥正在，妒雲第幾」，此作於秋季者。至《掃花遊·西湖寒食》云「就解佩旗亭，故人相遇」，雖無干支可稽，然丙午歲旦《塞垣春》有云「還似新年，過郵亭、一相見」，同爲一事。新年，即昨年之謂。海綃翁謂此詞爲姬去第一個清明，是也。又《花心動》詠柳有「去年折贈行人遠，今年恨、依然纖手」，疑俱爲姬去之第二年。丙午歲旦《塞垣春》之「曲屏春事天遠」，《瑞鶴仙》之丙午重九，則爲姬去之第三年。上共十二闋。其年月無可稽、止有憶姬痕跡可尋者，則如詠玉蘭《瑣窗寒》、「淚荷拋碎璧」《瑞鶴仙》、「暮簷涼薄」《解連環》、「秋壓更長」《一寸金》、「花穿簾隙」《玉燭新》、「殘葉翻濃」《慶春宫》、白酒自酌《齊天樂》、「新煙初試」《齊天樂》、春雪《掃花遊》、芙蓉《過秦樓》、放琴客和宏庵《法曲獻仙音》、泛湖命樂工《還京樂》、七夕《六幺令》、春雪《掃花遊》、七夕《荔枝香近》、「醉雲又兼醒雨」《解蹀躞》、「推枕南窗」《點絳唇》、試燈夜初晴《點絳唇》、七夕《秋蕊香》、「陰陰緑潤」《訴衷情》、七夕《訴衷情》、「春語鶯迷」《夜遊宮》、詠茶《望江南》、「背庭花墜」《虞美人》、除夜立春《祝英臺近》、湖上清明薄遊《西子妝慢》、趙昌芙蓉圖《夢芙蓉》、爲友人放琴客《風入松》、「殘寒正欺病酒」《鶯啼序》、詠荷《鶯啼序》、薰衣《天香》、蠟梅《天香》、探梅《永遇樂》、燕亡久矣《絳都春》、七夕《惜秋華》、菊《惜黄花慢》、元夕雨《燭影摇紅》、詠桂花《聲聲慢》、上元《倦尋芳》、「舞影燈前」《晝錦堂》、柳《花心動》、「夢醒芙蓉」《新雁過妝樓》、贈陳浪翁重客吴門《尾犯》、贈友人《一剪梅》、「越山青斷」《桃源憶故人》、有懷蘇州《點絳唇》、陳少逸席上《浣溪沙》、「潤玉籠綃」《踏莎行》、半面女髑髏《思佳客》、聞桂香《朝中措》、「香泛羅屏」《點絳唇》、「人去西樓」《夜遊宮》、瑞香《采桑子》、重遊龜溪廢園《青玉案》、「三月暮」《望江南》、寓化度寺《夜行船》、化度寺作《鷓鴣天》、化度寺池蓮《鳳棲梧》、秋社《生查子》、「何處合成愁」《唐多令》、「雁外雨絲絲」《好事近》、别黄澹翁《憶舊遊》、「病渴文園」《宴清都》、「晚妝慵理」《朝中措》、「短亭芳草」《青玉案》、「新腔一曲」《青玉案》、「飛露灑銀床」《好事近》、重午《杏花天》、「燈火雨中船」《浪淘沙》、九日《采桑子慢》。上七十首(孫按：删重春雪《掃花遊》爲六十九首)。此不過集有憶姬之意各詞，匯列於此。難保無憶之於入幕紹興及離紹興旅杭之後，則不可得而畫界也。

其與姬無關、止流連風景者，則有如西湖清明《渡江雲》、重九《霜葉飛》、梅花《解語花》、會江湖諸友泛湖《齊天樂》、「煙波桃葉」《齊天樂》、陪鶴林登袁園《西河》、荷塘小隱《大酺》、「門隔花深」《蝶戀花》、京市舞女《玉樓春》、荷塘小隱賦燭影、會飲豐樂樓《醉桃源》二闋、「密約偷香」《定風波》、湖上有所贈《賀新郎》、上元《祝英臺近》、從姜石帚遊苕雪《惜紅衣》、魏方泉望湖樓《水調歌頭》、小隱賞桂《江神子》、冰漕鑿方泉《沁園春》、秋壑西湖小築《金琖子》、李氏晚妝閣《永遇樂》、重九《惜秋華》、雙清樓《醜奴兒慢》、豐樂樓《高陽臺》、落梅《高陽臺》、牡丹《漢宫春》、芙蓉(載酒雙清)《龍山會》、「鬢棱初剪」《杏花天》、元日《醉桃源》。共二十八闋。

其止與朋輩唱酬者，則有如石帚漁隱《三部樂》、壽史雲麓《瑞鶴仙》、餞郎糾曹《瑞鶴仙》、贈道女陳華山《瑞鶴仙》、留別姜石帚《解連環》、蔡司户席上南花《夜飛鵲》、贈筆工劉衍《一寸金》、盧樓追凉《繞佛閣》、姜石帚盆蓮宴客《拜新月慢》、用見山韻餞別《水龍吟》、壽尹梅津《水龍吟》、過秋壑湖上舊居寄贈《水龍吟》、壽梅津《水龍吟》、立春中餞處静《解語花》、壽秋壑《宴清都》、贈姜石帚《齊天樂》、賦陳宗之芸居樓《丹鳳吟》、贈芸隱

《掃花遊》（孫按：陳邦炎謂此首原文重出，删除重出者與後文「共八十五闋」正符，故陳爲徑删）、贈宏庵《塞翁吟》、賦陳藏一家畫蘭《蕙蘭芳引》、雲麓載花宴客《垂絲釣近》、題華山道女扇《蝶戀花》、九日和吴見山《蝶戀花》、題史菊屏扇《蝶戀花》、爲故人母壽《玉樓春》、和吴見山落桂《秋蕊香》、贈盧長笛《醉桃源》、贈倪梅村《江城梅花引》、悼得趣贈宏庵《祝英臺近》、賦張藥翁杜衡山莊《江南春》、陳仲文《玉京謡》、慶梅津除郎官《鳳池吟》、餞梅津除郎赴闕《塞翁吟》、方庵春日花勝宴客《洞仙歌》、爲荷塘賦聽雨閣《秋思》、喜雨上麓翁《江神子》、李别駕招飲《江神子》、翁賓暘游鄂渚《沁園春》、麓翁園堂宴客《風入松》、餞李太博赴括蒼《絳都春》、爲李篔房量珠《絳都春》、七夕前送人歸鹽官《惜秋華》、和方南山《醉蓬萊》、壽荷塘《燭影摇紅》、麓翁夜宴園堂《燭影摇紅》、餞馮深居《燭影摇紅》、送翁五峰遊江陵《木蘭花慢》、餞韓似齋赴江東鹺幕《木蘭花慢》、餞趙山臺《木蘭花慢》、李方庵聯舟入杭《探芳信》、雲麓小園早飲《探芳信》、滿月《探芳信》、飲時貴家三姬求詞《聲聲慢》、宏庵宴席《聲聲慢》、餞漕新樓《聲聲慢》、贈藕花洲尼《聲聲慢》、壽毛荷塘《高陽臺》、姜石帚館水磨《三姝媚》、雲麓園長橋《秋霽》、和梅津《八聲甘州》、李方庵延客《新雁過妝樓》、憶兄翁石龜《探春慢》、與龜翁登研意觀雪《柳梢青》、壽秋壑《木蘭花慢》、贈趙梅壑《夜行船》、贈趙梅壑《朝中措》、壽梅壑《風入松》、題陸桂山詩集《朝中措》、越上霖雨應禱《燭影摇紅》、和沈時齋登高《聲聲慢》、和吴見山《點絳唇》、和吴見山《玉樓春》、對雪上雲麓《燕歸梁》、題趙三畏海棠《烏夜啼》、得越中贈楊梅《浪淘沙》、九日從吴見山覓酒《浪淘沙》、題藏一水月梅扇《極相思》、處静以梅枝見贈《一翦梅》、題藕花洲尼扇《醉落魄》、題蘭室道女扇《朝中措》、和劉朔齋菊《滿江紅》、壽筠塘内子《天香》、和勿齋《謁金門》、雲麓園池《水龍吟》、題胭脂嶺陶氏門《霜天曉角》。共八十五闋。此不過將與京朝官酬酢者彙聚於此，是否盡屬此期作品，礙難考核矣。

淳祐八年戊申，史宅之雲麓領財計，簽書樞密院使事，手握財政大柄，建議括浙西圍田，一路騷動（夏《箋》據俞文豹《吹劍録》外集），一改其寓規彌遠退處月湖態度，然越年雲麓即去世，知夢窗與雲麓往還酬唱者，乃在其未變節之前。雲麓自屬晚節不終，亦不足爲夢窗病。九年八月，吴履齋帥紹興；十一月，下訪夢窗，延之入幕。故「仲冬望後，出迓履翁，舟中即興」有《浣溪沙》之作，末語「玉人無力倚東風」，則尚未一呼即至也。十二月，履齋奉命同簽樞密院事，而夢窗送桂花作《江神子》，言「吴憲時已有檢詳之命」。考《宋史·宰輔表》，十二月乙巳，吴潛自簽書樞密院事除同知樞密院事，兼參知政事，正此時事。曰「已有」，則在十二月後可知；曰「吴憲」，則夢窗已入吴幕又可知。夢窗既入吴幕，又兼榮府幕。十一年，履齋離任入閣，夢窗亦離紹回杭。何以知之？集中壽嗣榮王、壽榮王夫人，各有兩詞，恰符兩年之數。若如劉毓崧，則謂詞用「龍珠」、「鶴胎」、「日渚」、「璇海」等字，指作於度宗立爲皇子之景定年間，則先在榮府兩年中無一文字點綴，似與事實不符。度宗未爲皇子，先徵入宫中，已異凡品，詞語點綴，未足爲異。至在杭豐樂樓作《鶯啼序》時，正在離紹興之先後作也。在此期中所作，則有壽嗣榮王《水龍吟》、越中錢得閑園《慶春宫》、餞嗣榮王還京《宴清都》、壽榮王夫人《宴清都》、登禹陵《齊天樂》、壽榮王夫人《齊天樂》、瑶圃萬象皆春堂《掃花遊》、蓬萊閣燈屏《絳都春》、壽嗣榮王《燭影摇紅》、稽山對雪《生查子》、越山見梅《點絳唇》、瑶圃晚花《西江月》、登蓬萊閣看桂《西江月》、錢得閑四時圖畫《柳梢青》、八日登高飛翼樓《絳都春》、飛翼樓觀雪《醜奴兒慢》、送王歷陽赴闕《高陽臺》。以上共十七闋。履齋於淳祐十一年三月離紹興任，八月，入爲參知政事。至十一年二月夢窗於豐樂樓之宴得參末座者，必前後於履齋離紹興，夢窗離吴幕之時可知也。自此之後，夢窗之蹤跡又隱。夏氏（孫按：陳邦炎疑此「夏氏」爲「劉氏」之誤，不確。詳見後文《天風閣學詞日記》「一九二八年九日十一日」條）考無著庵刻本草窗《蘋洲譜·拜星月慢序》作「癸亥春暮寄夢窗」，欲證夢窗此時固健在者，似不必泥嗣榮王諸詞必作於度宗立爲皇子後也。然此時夢窗豈别無作品，但不明列甲子，故無從可稽耳。余謂《西平樂慢》題云「傷今感昔」，以羊曇之於謝安爲比，舍履齋外，似無一相當之人。考履齋景定元年四月貶循州，三年五月爲循守某毒死，景定三年詔許歸葬。如爲履齋發者，知景定間夢窗固健在，不止如毛氏所云也。毛意蓋因《鶯啼序》詞字句中多缺略，疑爲病中書不成字使然，詞末署「淳祐十一年二月甲子，四明吴文英君特書」，又爲他詞所無，故有絶筆之説。不知此乃後人從豐樂壁上抄出，中多缺略者，醉不成書，或寫後漫滅也。其末有年月姓名者，抄者全録也。此正夢窗大書望幸，興酣采烈之時，豈絶筆哉。且病中所作，必爲自道生平，何爲作此遊玩之詞，且作此二百五十字之長調乎？

然則夢窗卒於何時乎？劉氏止辨其卒於淳祐九年以後（陳邦炎按：似爲景定四年之誤），未斷其果卒於何年。以愚揣之，蓋卒於德祐二年之後，年已七十餘歲矣。何以證之？其説有五：（一）《瑞龍吟》之賦蓬萊閣曰「東海青桑生處，勁風吹淺，瀛洲清泚」，則宋、元興亡之譬喻也。曰「鏡中暗换，明眸皓齒」，則新、舊人物之交替也。（二）《繞佛閣》之贈郭季隱曰「看故苑離離，城外禾黍」，禾黍，乃殷大夫哀傷故國之詩，季隱見之，夢窗詎不見之（按：白石《徵招》云「去得幾何時，黍離離如此」，彼遊越中山水，以「離離」見時序之遷流；此則眼底桑滄，見苑宫之頽廢。所主自不同也。且曰「故苑」，曰「城外」，不同姜詞之泛指）？（三）《三姝媚·過都城舊居有感》曰「紫曲門荒，沿敗井、風摇青蔓」者，都城爲衣冠叢集地，夢窗住宅如爲自置，仍可入居，何必曰「過」？如曰賃廡，則甲去乙來，何至有此荒廢無人景象？今若此者，都已他遷，頓時冷落，如今之北平然也。曰「對語東鄰，猶是曾巢，謝堂雙燕」者，腳靴手版，新朝人物也。曰「春夢人間須斷，但怪得、當年夢緣能短」者，自古無不亡之國，不料其亡之如是之速也。曰「繡屋秦箏，傍海棠偏愛，夜深開宴」者，南渡後歌舞湖山，無心恢復也。曰「舞歇歌沈，花未減、紅顏先變」者，國未破而降者已相踵也。曰「佇久河橋欲去，斜陽淚滿」者，非過舊居、吊舊居，乃過故都、吊故都也。（四）《古香慢·賦滄浪看桂》曰「倚竹袖寒」者，生當亂世也。「還問月中游，夢飛過、金風翠羽」者，昔之京都賞桂如夢如幻也。曰「把殘雲、剩水萬頃，暗薰冷麝淒苦」者，南都破後，餘地無幾也。曰「淩山高處，秋澹無光，殘照誰主」者，九廟丘墟，舊都無主也。曰「夜約羽林輕誤」者，追究約元滅金之失策也。曰「腸斷珠塵蘚路」者，傷崖門碙州之流離也。「怕重陽，又催近、滿城風雨」者，恐殘喘之不能久延也。謂非親見元兵入臨安而何？（五）考《吴潛傳》，德祐元年，追復元官，仍還執政恩數。《西平樂慢》之作，必應在復官之後。德祐之下距宋亡，三年耳。詎遂不見乎？然感慨時事之作，亦止於此五闋，此外不多見，固由於明哲保身，蓋夢窗亦未幾卒矣（按：宋亡亦有兩期：一爲事實上之宋亡，德祐二年二月，元兵入臨安是也；一爲綱目所書之宋亡，祥興二年，宋帝昺溺崖山是也。夢窗之死，或非在祥興二年以後之時，蓋已在德祐二年之後）。所可疑者，度宗既立，夢窗爲榮邸舊臣，不蒙推恩顯擢，豈夢窗不樂榮顯，預爲退避歟？抑似道以其附履齋不附己而抑之歟？然似道能抑其禄位於生前，卒不能抑其詞名於身後，至六百年後而大發其光。人之顯晦，自有時哉。

要而論之，夢窗詞可分爲四節看：辛卯以前，爲少年作品；由壬辰至癸卯，爲中年旅吴作品（亦有寓杭後再到吴者，如盤門重午之《滿江紅》、瓜涇中秋夕之《喜遷鶯》、往來清華池館之《絳都春》、重泊垂虹之《木蘭花慢》、自鶴江入京泊葑門之《夜合花》，皆再到蘇州時作，當剔出）；由甲辰至淳祐九年，爲旅杭作品；由淳祐九年至淳祐十一年，爲旅越作品；至國亡以後，止有上列四詞，則蟬蜕餘音也。至於不知時期者，皆略之。以此該括眼光讀其詞，雖不盡知年月，亦可因其語氣而區别之。

至夢窗一生豔跡，一去姬，一故妾，一楚伎（見《鶯啼序》中段、《鳳棲梧》化度寺池蓮及《夜遊宫》、《點絳唇》）。繼此者，不知有無其人，則不可考矣。

至其一生屐齒所及，爲會稽，爲毗陵，爲德清，爲虞山，爲龜溪，爲京口，爲淮安，爲苕霅，爲新城，爲藕花洲，爲紹興，爲澱山湖，爲瓜涇，爲虎丘，爲靈巖，爲種山，爲無錫，爲福山，爲石湖，爲嘉興，爲太末。其交遊則有王虔州、楊彦瞻、姜石帚、史雲麓、方蕙巖、郎糾曹、蔡司户、沈野逸、郭季隱、吴見山、張斗墅、尹梅津、萬信州、馮深居、趙三畏、陳宗之、施芸隱、丁宏庵、周定夫、陳藏一、吴鶴林、毛荷塘、孫花翁、趙簿、黄復庵、郭希道、吴履齋、李中齋、陳華山、史菊屏、盧長笛、倪梅村、趙仇香、陳少逸、張藥翁、魏句濱、錢得閑、趙令君、李方庵、李太博、陳芬窟、魏益齋、楊勿齋、劉朔翁、翁五峰、趙修全、賈似道、沈時齋、李篔房、馬林屋、方南山、韓似齋、趙山臺、王臞庵、蔡公甫、孫無懷、魏方泉、王歷陽、陳浪翁、趙梅壑、陸桂山、黄澹翁、周草窗、翁石龜、翁處靜、虞宜興等，共六十餘人。若紀昀氏謂與姜夔、辛棄疾倡和，具在集中云云，今考白石，自是石帚之誤（已詳《惜紅衣》題箋。有爲紀氏張目者，劉毓崧序周草窗詞云「考石帚所著《續書譜》，身後爲謝宋伯所刊事，在嘉定戊辰；又有《絳帖平》，其自叙作於嘉泰癸亥。戊辰距癸亥，僅有五年。夢窗與石帚同遊，即使至遲亦不過癸亥前後」云云。不知《續書譜》之戊辰，乃謝宋伯刻書之年月，非白石著書之年月；《絳帖平》之癸亥，乃是寧宗嘉泰三年之癸亥，非理宗景定四年之癸亥。今曰「戊辰距癸亥，僅有五年」，是理宗四年距寧宗三年止有五年矣。所差恰甲子一周。此適足反證兩石不同時矣）。至「稼軒」二字，止見於毛本所誤收白石之《洞仙歌》爲夢窗，杜文瀾已正其誤。稼軒時代更在白石前，那得及見？蓋紀氏過信古本，不及考正，因其誤而誤耳。至其詞集之存於今者，古則有明張廷璋氏鈔本、汲古閣《六十家詞》本，近則有杜文瀾之兩窗合刻本、戈載之《七家詞選》、張壽鏞之《四明叢書》本（但未見）、《彊村叢書》本。至宋本，尚無人能見之。考康熙時尚有别本，比現集爲較多者。謝掄元氏曰：「曹貞吉《珂雪詞》《瑞鶴仙·詠灌嬰廟瓦硯照夢窗詞填》，今查夢窗詞無用此韻者，是曹氏所見本又異於今本矣。」鐵夫又按：集中《永遇樂》題云「過李氏晚妝閣，見壁間舊所題詞，遂再賦」，知原有一詞，又《佩文韻府》「春霏」

條下引吴文英詞「寒正悄，東風似海，香浮夜雪春霏」，其兩原詞，集中亦無之（孫按：《佩文韻府》所引見詞集中《漢宫春·壽梅津》僅「悄」誤作「峭」字），固不止朱《箋》所引吴履齋詞集中《聲聲慢·和吴夢窗賦梅》，又《浪淘沙·和夢窗席上贈别》二闋原唱不載集中已也。知現存之本尚有遺脱，搜補之責尚有待乎？然夏氏有言：「嘗閲宋人説部數百種，絶少説及夢窗詞者，抑亦奇矣。」至各家評語，《樂府指迷》、《六十家詞》、《四庫提要》、《詞林紀事》、《詞綜》等載之詳矣。不具録。吴詞意深筆曲，猝看難通。以詞名世之張玉田猶肆譏彈，選政自專之張惠言猶見擯棄，何況其他。使沈晦至六百年，至王、朱而復顯。人固不易知，知人亦不易哉。（録自楊鐵夫《吴夢窗詞箋釋》）

## （四）天風閣學詞日記（節録）

夏承燾

一九二八年九月十一日：晚繙《夢窗詞》及朱孝臧《夢窗詞集小箋》，作詞林年表。夢窗事蹟無可考據，其詞中可見者，屐跡曾往來越中有《慶春宫·越中錢得閑園》、《齊天樂·與馮深居登禹陵》等、太湖《滿江紅·澱山湖》詞、吴中《滿江紅·甲辰歲盤門外寓居》等詞、毗陵《齊天樂·毗陵陪兩别駕宴丁園》、吴江《隔浦蓮近・泊長橋過重午》、德清《瑞龍吟・德清清明競渡》、《祝英臺・春日客龜溪》等、淮安《澡蘭香・淮安重午》、京口《絳都春・燕亡久矣，京口適見似人，悵怨有感》、常熟《喜遷鶯・福山蕭寺歲除》及瓜涇在吴江。《玉漏遲・瓜涇度中秋夕賦》等等處。所與交接者，有楊彦瞻伯嵒、史宅之雲麓、方萬里蕙巖、沈中行野逸、張藴斗墅、嗣榮王與芮、尹焕梅津、賈似道秋壑、翁元龍處靜、馮去非深居、陳起宗之、施樞芸隱、陳郁藏一、吴泳鶴林、吴潛履齋、郭希道清華、魏廷玉句津（濱）、姜夔石帚、沈義父時齋、魏峻方泉、李方庵、孫季蕃花翁、劉震孫朔齋、翁孟寅五峰、李伯玉純甫、李彭老篔房、趙汝績山臺、王份臞庵、翁逢龍石龜、楊至質勿齋、黄中（載）澹翁、黄復庵、史菊屏、吴見山、倪梅村、趙仇香、陳少逸、張藥翁、丁基仲、韓似齋、蔡公甫、孫無懷、陳浪翁、趙梅壑、陸桂山、趙三畏、趙修全等。

其詞年月可考最早者，有《思佳客・閏中秋作》，作於嘉定十七年（一二二四年）據朱氏《小箋》、《宋史》是年閏八月。胡適謂吴詞有一二三六至一二五一年十幾年可考者，誤胡只據其《探芳信・丙申歲吴市燈盛……》一首，最後者《鶯啼序・豐樂樓》，據朱箋淳祐十一年作。胡適駁毛晉《跋夢窗丙丁稿》，以此爲夢窗絶筆爲誤，亦誤雖不能必爲絶筆，然確爲吴詞有年月可考者最後之作。周密《蘋洲漁笛譜・拜星月慢》作於景定四年（一二六三），别題爲「寄夢窗」。劉毓崧據爲夢窗此年尚在。胡適假定夢窗卒一二六〇年，尤誤。其《惜紅衣》詞云「余從姜石帚遊苕霅間三十五年矣」云云，若從白石在苕，乃紹熙二年事（一一九一）是年白石别石湖歸苕，次年亦居苕。假定二十歲，則當生於乾道八年（一一七二），卒於咸淳二年（一二六六），約九十五歲。花庵《中興絶妙詞選》云：吴君特，名文英，自號夢窗，四明人。從吴履齋諸公遊。《蘋洲漁笛譜》附録夢窗所題《踏莎行》，又稱覺翁，蓋晚年之號朱箋。毛晉《夢窗詞跋》云：「《夢窗詞》一卷，或又云凡四卷，以甲乙丙丁厘目。或又云：君特謝世後，同遊集其丙、丁兩年稿，釐爲二卷。《浩然齋雅談》：翁時可與君特爲親伯仲，江昱《蘋洲漁笛譜·考證》云：按夢窗詞集有《憶兄翁石龜》詞。石龜名逢龍，時可名元龍，爲兄弟行，君特殆本爲翁氏也《蘋洲漁笛譜》，《彊村叢書》本一卷二十頁。夢窗行實可考者，止於此矣孫按：夏氏此時尚以石帚爲白石道人姜夔，夢窗生平的推測也由此而誤，後在《姜白石行實考》及《吴夢窗繫年》中糾正。

一九二九年二月十七日：作夢窗年譜。吴詞采藻太富，難考事蹟。

一九二九年二月十八日：終日不出，作夢窗年譜。集中《題秋壑湖上舊居》、《湖上小築》及《壽秋壑》詞，味其詞語，皆當似道爲京湖制置使時。疑夢窗不及見後樂園。卒在理宗景定三年前是年始造後樂園。朱彊村箋、王鵬運校，皆以湖上舊居爲後樂園，誤。

一九二九年二月二十日：作夢窗年譜。知前日疑吴卒於理宗景定三年前之説不確。擬將詞人年譜自有創獲者，另札一本，曰讀詞札記。

一九二九年二月廿二日：終日伏案作夢窗年譜，夜十一時，忽於吴潛《履齋先生詩餘別集》中得《和翁處静》三詞，推夢窗生年，知劉毓崧所測大誤。去年據劉説作譜，生年須改至三四十年後，與各詞始合。

一九二九年二月廿三日：今日復按《夢窗詞》一過。復於《蘋洲漁笛譜》中得《調夢窗》、《題夢窗集》諸首，爲數旁證，斷定夢窗比吴潛少十歲，比周密大廿餘歲。約生一二〇五年，卒一二六九年，約六十餘歲，較劉毓崧所臆定少三十餘歲矣。

一九二九年七月廿五日：李雁晴一掛號信，附來四川周癸叔岸登一牋，論夢窗生年。謂夢窗上與石帚遊，下斷不能與草窗唱和，儀徵劉毓崧之説不可據。以予定爲開禧初生者較合理，而疑無以解與石帚同遊。當作復書，以夢窗生卒考示之。

一九二九年七月廿六日：寫夢窗生卒考寄癸叔。

癸叔先生：雁晴兄許轉到手教，感荷無似。以有湖上之行，函札輾轉，久稽裁復，計承俯宥。垂詢《夢窗生卒考》，兹寫出呈政。尊見疑定夢窗生於開禧初年，無以解於與石帚同遊。承燾則主苕霅從游必在白石晚年旅嘉興之前，約當紹定初年。彊村先生以白石詩詞有甲子者止於嘉定四年，執定夢窗從遊在紹熙初，致誤早夢窗生年數十載。不知先生以爲如何？

一九二九年十月廿一日：得厦門大學周癸叔復書，論《夢窗詞》，附《瑞鶴仙·重九》

詞一首。癸叔三十年前，曾侍王半塘緒論，治《夢窗詞》，於半塘五例之外，自出手眼，爲論世知人之事。以在吴、在越、在杭總其大綱，考得夢窗有二妾，一名燕，湘産，而娶於吴，曾一至西湖，卒於吴。一爲杭人，不久遣去，見於乙稿《三姝媚》、《畫錦堂》。又少年戀一杭女，死於水，見於《定風波》及《飲白醪感少年事》二詞。又有萬碉民釗，於光緒丁酉，就杜刻夢窗、草窗詞，圈定四聲，自意可傳。……信中許余以吴履齋、史雲麓爲旁證考夢窗生卒。……其論夢窗二妾及戀人事甚趣，惜未聞其詳也。

一九三一年五月十日：早八時往延定巷三十一號訪馬一浮先生。……次談及詞，翁謂詞律須憑實驗。予謂白石旁譜無拍節，已不可歌。翁謂宋詞可歌者，必音律和諧，夢窗詞恐不可唱。予舉玉田詞題，知夢窗詞本可歌。翁唯唯。録自夏承燾《夏承燾全集·天風閣學詞日記》。

## （五）石帚辨

夏承燾

吴文英詞集有贈姜石帚詞六首，其《惜紅衣》序云：「予從姜石帚遊苕霅間三十五年矣，重來傷今感昔，聊以詠懷。」前人以《惜紅衣》是姜白石自度曲，苕霅又白石舊遊之地，遂以爲石帚即白石之别號。近代易順鼎、陳鋭、王國維始以爲疑，但皆未詳著其説。梁啟超嘗爲文申易、王之旨，而亦未有顯據。頃稍稍鉤稽雜書，乃知石帚確非白石。易、王諸家，發疑良是。請舉四證，以申鄙見（易説見鄭文焯夢窗詞校稿，陳説見其《裦碧齋詞話》，王説見梁啟超文，梁文名《吴夢窗年齒與姜石帚》，見《圖書館學季刊》三卷三期）。

一、白石客苕霅，尚在吴文英出生前

白石以淳熙十三年冬隨婦翁蕭德藻發漢陽，十四年至苕霅，自此旅食江湖，時時往返。慶元三年以後，定居杭州，集中遂無復苕霅行跡（由其時蕭德藻父子已離苕霅。見《行跡考》杭州條）。文英生年無考，予嘗據吴潛開慶元年和翁處静《桃源洞》詞，排比夢窗詞中甲子，參互酌定約生於寧宗慶元末年（説在《唐宋詞人年譜・吴夢窗繫年》）。慶元末年上距淳熙、紹熙間，爲時十餘年，即白石客居苕霅，尚在文英出生前十餘年。知文英同遊苕霅之姜石帚，必非白石，此其一。

二、文英《拜星月慢》贈姜石帚詞作於白石卒後

文英贈石帚六詞。皆不注作年，明朱存理《鐵網珊瑚》載《文英新詞稿》十六闋，其第十二闋即《姜石帚以盆蓮百餘本移置中庭燕客同賞》，賦《拜星月》。第一闋《瑞鶴仙》題爲「癸卯歲爲先生壽」，汲古閣本則作「壽方蕙巖寺簿」。鄭文焯《夢窗詞校議》據此定其

所録詞稿即寫似方蕙巖者，謂「十六闋又皆其一時之作，故曰新詞」。今案鄭説是也。新詞稿第六闋爲《思佳客》「賦閏中秋」，查《宋史》本紀，淳祐三年癸卯閏八月，與鄭説合。可見贈石帚《拜星月》詞，亦作於淳祐三年癸卯。白石卒於嘉定年間，下距淳祐三年已逾二十年，即文英作《拜星月》之時，白石已卒二十餘年。石帚必非白石，此其二（冒廣生先生嘗著文説白石、石帚是一人，謂「寧宗嘉定十七年甲申亦閏八月，不獨淳祐三年癸卯，疑十六闋非同時之作」。案嘉定甲申下距淳祐癸卯已二十年，二十年前之作，不得云「新詞」。又謂「方蕙巖或即水磨方氏」，亦無確證）。

三、文英贈石帚各詞與白石身世不合

嘉泰四年白石杭州舍毁，寄上張參政詩云：「應念無枝夜飛鵲，月寒風勁羽毛摧。」臨安旅邸答蘇虞叟云：「萬里青山無處隱，可憐投老客長安。」其棲泊無依可知。陳郁《藏一話腴》記白石平生「家無立錐」；陳造《江湖長翁集·次姜堯章贈詩》卷中韻云：「念君聚百指，一飽仰臺饋。」其衣食窮迫可知。蘇泂《泠然齋集·金陵雜詠》云：「白石鄱姜病更貧，幾年白下往來頻。」其時白石已年逾五十（説在《行跡考》）。參之吴潛《暗香》詞序，知其六十以後而猶跋涉道途，潦倒困阨之情尤足想見。而文英贈石帚各詞，一則曰：「幾酬花唱月，連夜浮白。省聽風聽雨，笙簫向别。」《解連環·留别姜石帚》再則曰：「暫賞吟花酌露尊俎，冷玉紅香罍洗。」「蕩蘭煙、麝馥濃侵醉。吹不散、繡屋重門閉。」《拜新月慢·姜石帚以盆蓮數十置中庭宴客其中》三則曰：「笙歌醉裏，步明月丁東，靜傳環佩。」《齊天樂·贈姜石帚》此其人必豪華貴遊，擅園宅服食之勝，在文英交遊中當是史宅之一流，必非生老貧困，歿不能殯之白石。石帚必非白石，此其三。此條參用楊鐵夫先生説

四、姜石帚另有其人，乃宋末元初杭州士子

陳世崇《隨隱漫録》：「林可山稱和靖七世孫，不知和靖不娶，已見於梅聖俞序中矣。姜石帚嘲之曰：『和靖當年不娶妻，何因七代有孫兒。蓋非鶴種並龍種，定是瓜皮搭李皮。』節」（近人余嘉錫《四庫提要辨證》子部卷七《隨隱漫録》條，據臨川陳氏族譜隨隱行狀，世崇卒於至大元年（一三〇八），年六十四。上距白石之卒七八十年。此詩另見於元人孔齊《至正直記》，文云：「國初有人自稱林和靖七世孫，杭人戲贈詩云云。」石帚之時代籍貫，可以此互證得之。云「國初」，其人必已入元（林可山名洪，著《山家清供》一書，有《種梅拳鶴記》，所述同時交遊，亦皆宋末元初人。南宋人別集如《竹所吟稿》、《馬塍稿》、《順適堂吟稿》、《江湖後集》等皆屢見其名。曹元忠校白石詩集，謂「洞霄詩集有和靖宿洞霄宫二首，云：『二詩不見先生集中，乃得真跡於先生七世孫可山林君洪處。』即其人也。」）。又元人韋居安《梅磵詩話》亦載此詩，則題無名子作。若是白石，安得目爲無名

子？石帚必非白石，此其四（世崇之父郁，作《藏一話腴》，屢稱道白石，從無石帚之稱）。

予定二姜非一人之徵據，大略如此。前人鄭文焯輩主二姜即一人者，大抵皆謂使石帚非白石，何爲懷苕霅舊遊必填《惜紅衣》，且必效其詞體。其實宋人填白石自度曲者，不但文英一人；文英以懷苕霅舊遊，而用白石詠苕霅之詞，亦猶後人詠梅者之填《暗香》、《疏影》，游石湖者之填《石湖仙》耳。近人阮君成璞謂「諸家贈答白石之作，不曰『白石』即曰『堯章』，惟夢窗始終曰『石帚』，即此可以滋疑竇」。以予所見宋元人書，亦從無稱白石曰「石帚」者（若謂姜石帚即姜白石，則謂陸游趙蕃集中之吴夢與即吴夢窗，可乎）。

明人張羽爲白石傳尚未有此稱；清初朱彝尊爲《漁計莊詞序》，偶然誤舉（康熙二十三年甲午陳撰刻《石帚詞序》、康熙二十七年戊戌曾時燦《白石詩詞合刻序》皆稱白石詞爲石帚詞，不知與朱氏作《漁計莊詞序》孰先孰後）。

乾隆間，陸鍾輝、江春諸人刊白石集，遂於酬贈詩詞中，收文英贈石帚六詞，始傳此繆種（厲鶚《南宋雜事詩》詠白石，有「一擔琴書留水磨」句，亦誤以寓水磨頭方氏之姜石帚當白石）。後來何起瀛擬《姜夔傳》，不檢白石答潘檉詩，乃謂所居近白石洞天，因號石帚。陳思爲《白石年譜》，又附會文英六詞，謂白石開禧間曾卜居西湖葛嶺之掃帚塢，廬名石帚漁隱。其説已甚附會。若梁啟超疑「石帚」二字或白石之子增減乃父之號以自號，則尤好奇過甚，鄰乎談諧矣。

南宋詞家，多承流白石，如張炎固心摹手追者，王沂孫亦「有白石意度」（見張炎《瑣窗寒》悼沂孫詞序），史達祖、周密則游驛於清真、白石之間，惟吴文英與白石最少瓜葛。周濟稱其「返南宋之清泚，爲北宋之穠摯」，似欲度越白石而徑承清真者。朱彝尊諸人混淆石帚、白石爲一人，乃謂文英親受白石薰聞。稱名偶誤，遂連涉文章流别。予文辨此，或亦可免辭費之誚耶？録自夏承燾《夏承燾全集・姜白石編年箋校・行實考・八》。

## （六）吴夢窗繫年

夏承燾

吴文英字君特，號夢窗，花庵詞選。又號覺翁。

周密《蘋洲漁笛譜》附夢窗《踏莎行》題詞，署名「夢窗覺翁吴文英」。杜文瀾《夢窗詞叙》，朱孝臧《夢窗詞集小箋》以下簡稱朱箋皆云：「覺翁蓋晚年之號。」

鄭文焯謂：「夢窗乃詞集之名，與周邦彦名清真同例，非其自號，故尹焕諸人皆以夢窗與清真對舉，周密題其詞卷，亦隱屬分切夢窗二字，更可徵爲集名。」云云。《與張孟劬書》，見《詞學季刊》。案夢、覺文義相應，當是字號。南宋詞人酬應投贈之作，分切其人之字號者，如張炎《湘月》「賦雲溪」，上片切雲，下片切溪；《清平樂》「贈梅南」，上片梅下片南，此例甚多，不能據周密此詞決爲集名。且夢窗有《荔枝香近》「送人游南徐」，結云「爲語夢窗憔悴」，此必不得作集名解。又並時朋輩如吴潛《履齋詩餘》有《賀新郎》「滄浪亭和夢窗韻」、《聲聲慢》「和吴夢窗賦梅」、《浪淘沙》「和吴夢窗席上贈别」，周密《蘋洲漁笛譜》有《玲瓏四犯》「戲夢窗」，此等亦決非集名，鄭説非。

四明人。本集，《鄞縣志》傳。

與翁元龍、逢龍爲親伯仲。

《浩然齋雅談》下：「翁元龍時可，號處静，與吴君特爲親伯仲。作詞各有所長，世多知君特，而知時可者甚少。」劉毓盤《輯〈處静詞〉跋》，引夢窗《解語花》别元龍詞結句，「泥雲萬里，應剪斷紅情緑意。少年時偏愛輕憐，和酒香宜睡」。謂其「纏綿愷悌，似兄戒其弟者」。定元龍爲夢窗之弟。今案《絶妙好詞》四，列夢窗於元龍之前，與李彭老、李萊老同例，亦劉説之一證。鄭文焯《夢窗詞校議》，謂元龍長於君特，嫌無確證。夢窗又有兄翁逢龍，字際可，號石龜，集中有《探春慢·憶兄翁石龜》詞。宋寧宗嘉定十年丁丑吴潛榜進士。《浙江通志·選舉五》。有詩集。楊鐵夫引《石屏詩鈔》：閱四家詩卷，翁際可、薛沂叔、孫季蕃，高九萬。《四明叢書》刊本吴詞，録鄭文焯《夢窗詞校議》，謂「石屏詩集有翁季可石龜，是知季可與時可爲兄弟行」。是逢龍又字季可。劉毓盤謂賈似道堂吏翁應龍，亦必其伯仲行。案應龍字簡齋，見《癸辛雜識·別集》下「置士籍」條；爲賈似道省吏，見同書前集「施行韓震」條；與廖瑩中等撰《福華編》，以紀似道治鄂功，見《西湖遊覽志餘》；五月五日生，似道敗後被極刑，見《癸辛雜識·後集》「五月五日生」條，及《宋史》似道傳。其以異姓爲親伯仲，或者出爲他人後也；否則，其所出也微。羅點《聞見録》謂陳了翁、潘良貴爲親伯仲，其母固婢也；《老學庵筆記》謂佛印、李定、蔡奴一母出也；陳傅良《永嘉先生集》謂林松孫、張孝愷同母，皆爲名儒；以異姓爲親伯仲者多矣。以上引劉氏處靜詞跋。夢窗蓋本翁氏而出爲吴後；予友楊鐵夫謂夢窗行次在逢龍、元龍之間，若由其母改適，斷無改適吴復還翁之理。此説得之。夢窗同時人，楊纘本洪氏子而爲楊後，見《浩然齋雅談》下；杜孟傳本劉巨濟八世孫，見《剡源集》十二《送杜孟傳序》。與此同類。《鄞縣志》二十九翁元龍傳，僅云「與同里吴文英齊名」，亦失實矣。

翁元龍家慈溪南鄉之翁巖，今後人式微矣。此陳屺懷（訓正）先生告予。《浙江通志》一一八

《文苑·四》「翁時可」下引《台州府志》：「號處靜，黄巖人，善樂府，杜清獻公範稱之。」案杜範黄巖人，地志或由此誤連；否則時可久客杜家，遂居於台也。

時人比其詞爲周邦彦。

《花庵詞選》引尹焕叙夢窗詞曰：「求詞於吾宋者，前有清真，後有夢窗。此非焕之言，四海之公言也。」《樂府指迷》：「夢窗深得清真之妙。」案尹焕所云，交遊阿好之辭。

知音律，能自度曲。

夢窗自度腔有夷則商犯無射宫之《古香慢》、高平之《探芳新》、小石之《江南春》、夷則商犯無射宫之《玉京謡》等十闋。張炎《山中白雲》二《西子妝慢序》云：「吴夢窗自製此曲，余喜其聲調妍雅。」

嘗佐蘇州倉幕，爲嗣榮王趙與芮客。考詳於譜。從吴潛、史宅之、尹焕諸人遊。本集。

《四庫提要》：「文英及與姜夔、辛棄疾遊，倡和具載集中。」今案夢窗有贈姜石帚六詞，前人誤以石帚當姜夔，予爲《白石道人行實考》已辨之；汲古閣本《夢窗詞甲稿》有《洞仙歌》「賦黄木香贈辛稼軒」一首，則是姜夔詞誤入；《提要》皆失考；夢窗年代不及上交姜、辛也。

## 宋寧宗慶元六年庚申（一二〇〇）〔一歲〕

夢窗生卒年歲，舊籍無徵。《花庵詞選》稱其從吴潛履齋遊，是於潛爲後輩，集中贈潛三詞，皆稱「翁」，稱「先生」，《履齋詩餘》於夢窗則直稱其字，當由年輩先後，不盡關位望。《履齋詩餘》别集兩卷，皆寶祐四年至開慶元年守慶元四明時作；其時潛年六十二。别集一有《賀新郎·和翁處静桃源詞》云「我已衰翁君漸老」，處静乃夢窗弟翁元龍；以夢窗少於吴潛長於元龍計之，約當生寧宗慶元、嘉泰間。夢窗兄翁逢龍嘉定十年進士，其時夢窗約十七八歲。依此以讀集中有甲子各詞：如端平三年丙申，作吴門燈市《探芳信》云：「暗憶芳盟，綃帕淚猶凝。」時約三十餘歲。淳祐四年甲辰作冬至寓越《喜遷鶯》云：「渡倦客晚潮，傷頭俱雪。」時約四十五歲。少壯遲暮之情，約略可見。兹姑定夢窗生慶元末年。文獻不足，無從確定也。初疑「傷頭俱雪」云云，似非四十許人；然生年若再提前，則與吴潛有同行輩之嫌。朱孝臧《夢窗詞集小箋》解《惜紅衣》「從姜石帚遊苕霅間三十五年」句云「按《蘋洲漁笛譜·拜星月慢叙》，稱作於景定癸亥。草窗詞題爲『寄夢窗』。劉毓崧據爲夢窗此年尚在；而白石詞刻在嘉泰壬戌，下距景定癸亥已逾六十年，其寓吴興又在嘉泰壬戌前十二三年，則景定癸亥年已八九十」云云。理宗景定四年癸亥，夢窗若已八九十，當生孝宗淳熙初，則長於吴潛二十餘歲，此必不然。朱、劉皆誤以石帚當姜夔也。又史宅之雲麓之卒，據《續通鑑》在淳祐九年十二月，據《吹劍録·外集》得年四十五；是生開禧元年，與夢窗同輩行。依朱説：夢窗當長於宅之三十餘歲，則與集中屢稱史爲「雲麓先生」、「麓翁」者亦不合。

辛棄疾六十一歲。　張鎡四十八歲。　吴潛六歲。

**寧宗開禧三年丁卯（一二〇七）〔八歲〕**

十一月，張鎡謀殺韓侂胄。《齊東野語》三「誅韓本末」。

史達祖被黥。《四朝聞見録》。

辛棄疾卒，六十八歲。《四庫提要》謂夢窗及與棄疾遊，已辨於前。

**寧宗嘉定四年辛未（一二一一）〔十二歲〕**

陳元龍注周邦彦《片玉集》成。劉肅序作於此年。

周邦彦卒已九十年。

**嘉定十年丁丑（一二一七）〔十八歲〕**

兄翁逢龍登進士。《浙江通志·選舉志·五》。

吴潛二十三歲，登進士第一。《宋史》本傳。

尹煥登進士。《〈絶妙好詞〉箋》三。

## 嘉定十七年甲申（一二二四）〔二十五歲〕

重遊德清。

《賀新郎》「爲德清趙令君賦小垂虹」云：「重來趁得花時候，記流連、空山夜雨，短亭春酒。桃李新栽成蹊處，儘是行人去後。」朱箋：「按《德清縣志》：南宋知縣。趙伯摶。嘉定六年任。趙善春。嘉定十七年任。令君未知孰是。」案：嘉定六年，夢窗尚幼，而此詞已有「重來」云云，令君當是趙善春。集中又有《瑞龍吟》「德清競渡」、《念奴嬌》「賦德清縣圃明秀亭」，皆無甲子。又《祝英臺》「春日客龜溪遊廢園」云：「自憐兩鬢清霜。」《珍珠簾》「春日客龜溪」云：「蝨損歌紈人去久。」《燭影摇紅》「賦德清縣圃古紅梅」云：「客老秋槎變。」《青玉案》「重遊（龜）溪（廢）園」依王校云：「梅花似惜行人老。」則皆晚年重遊之作。龜溪在德清。

姜夔卒於此前三數年。考在《姜白石繫年》。

《四庫提要》謂夢窗及與夔遊，已辨於前。

## 理宗寶慶元年乙酉（一二二五）　〔二十六歲〕

陳起以刊《江湖集》肇禍，詔禁作詩。

《瀛奎律髓》作「寶慶初」。又見《鶴林玉露》十、《齊東野語》十六「詩道否泰」條。

夢窗交起，參一二五一年譜。

## 理宗紹定五年壬辰（一二三二）　〔三十三歲〕

在蘇州，爲倉臺幕僚。

《聲聲慢》詞題云：「陪幕中餞孫無懷於郭希道池亭，閏重九前一日。」按《二十史朔閏表》：嘉定六年、本年及景定三年，皆閏九月。嘉定六年，夢窗尚幼。此詞載《花庵詞選》，詞選結集於淳祐九年，在景定之前，知此詞本年壬辰作。郭希道池亭即集中之清華池館，在蘇州。見予作《夢窗詞集後箋》。所謂「幕中」，指蘇州倉幕也。《吴郡圖經續記》上「倉務條」：「南倉，子城西；北倉，在閶門側。每歲輸税於南，和糴於北。」集中又有《木蘭花慢》遊虎丘，注「陪倉幕」；《八聲甘州》「陪庾幕諸公遊靈巖」；《祝英臺近》「餞陳少逸被倉臺檄行部」。是時蓋爲倉臺幕僚。其平生出處可考者，惟此與晚年遊吴潛幕、客榮王邸耳。夢窗流寓各地，以蘇、杭爲最久。蘇州詞始見於此。此後淳祐壬寅(一二四二)有《六醜》，癸卯(一二四三)有《水龍吟》，甲辰(一二四四)有《滿江紅》：皆明著在吴作。甲辰年冬始去吴寓越；在吴共十年左右；故《惜秋華》「八日登飛翼樓」有「十載寄吴苑」之語。集中《宴清都》云：「吴王故苑，别來良朋雅集，空歎蓬轉。」《鷓鴣天》「寓化度寺」云：「吴鴻好爲傳歸信，楊柳閶門屋數間。」《點絳唇》「有懷蘇州」云：「可惜人生，不向吴城住。」可見於吴甚戀戀。其寓址，一二四四年夏在盤門外，有《滿江紅》「甲辰歲，盤門外(寓)居過重午」詞，餘無可考。鄭文焯謂其有老屋近皋橋，《點絳唇》懷蘇州詞所謂「南橋」，殆指此。見朱孝臧《彊村詞》卷四。

周密生。《周草窗年譜》。

劉辰翁生。《詞林繫年》。

**紹定六年癸巳(一二三三)　〔三十四歲〕**

史宅之賜進士出身。《宋史》本紀。

## 理宗端平二年乙未（一二三五）〔三十六歲〕

春，在蘇州。

明年作《探芳信》蘇州燈市詞云：「正賣花吟春，去年曾聽。」

## 端平三年丙申（一二三六）〔三十七歲〕

正月，在蘇州。作《探芳信》，序云：「丙申歲，吴燈市盛常年，余借宅幽坊，一時名勝遇合，置杯酒接殷勤之歡，甚盛事也。」

施樞爲浙東轉運司幕屬。

施氏《芸隱横舟稿·自序》：「丙申歲，趨浙漕舟官，戍小廨，泊崇新門外。」集中有《掃花遊》「贈芸隱」，結云：「未歸去，正長安軟紅如霧。」在杭州，無甲子。

樞字知言，號芸隱，丹徒人。舉進士未第，嘗爲浙東轉運司幕屬、越州府僚，有《芸隱横舟稿》。見《四庫提要》。

## 理宗嘉熙元年丁酉（一二三七）〔三十八歲〕

沈義父領鄉薦。

《四庫提要〈樂府指迷〉下》，引翁大年刊本跋：「嘉熙元年以賦領鄉薦。」參一二四三年。

## 嘉熙二年戊戌（一二三八）〔三十九歲〕

秋，作《木蘭花慢》送施樞往浙東。

詞題云：「施芸隱隨繡節過浙東，作詞留別，用其韻以餞。」案《芸隱橫舟稿・自序》：「樞自丙申冬趨浙漕，節戊戌秋捧檄東越。」夢窗此數年皆在蘇州，據此詞與施序，今秋或暫往杭州。集中又有《八聲甘州》「姑蘇臺和施芸隱韻」，知芸隱乃在蘇交遊。

《齊天樂》「齊雲樓」一首或此時作。

朱箋：「盧熊《蘇州府志》：『齊雲樓在郡治後子城上。嘉定六年陳芾、十六年沈暤、嘉熙二年史宅之，並重修有記。』案此詞疑史宅之重修時作。」查《吴縣志・職官表》六，宅之本年閏二月知平江蘇州，明年正月赴行在，則此詞當是此一二年間作。

據此，是時已交宅之；宅之彌遠子，夢窗鄉人也。

**嘉熙三年己亥（一二三九）〔四十歲〕**

正月，與吴潛履齋看梅滄浪亭，作《金縷歌》。潛有和章。

吴潛由慶元府改知平江，在去年八月，本年正月予祠；趙與簒本年四月知平江：皆見《吴縣志·職官表》六。夢窗此詞有「遨頭小簇行春隊」句，當本年正月作。

夢窗此時四十左右，已工爲詞，毛晉跋夢窗詞，謂「晚年從吴履齋遊，始學爲詞」，非是。

吴潛與夢窗兄翁逢龍同年登進士，見一二一七年譜。《宋詩紀事》謂逢龍嘉熙中爲平江通判，即在此時，或以潛力也。《石屏詩鈔》有詩題云：「諸詩人會於吴門翁際可通判席上。」

**理宗淳祐元年辛丑（一二四一）〔四十二歲〕**

馮去非深居第進士。《宋史》四二五傳。

《齊天樂》「與馮深居登禹陵」、《燭影摇紅》「餞馮深居」皆無甲子。下首有「十載吴中會」句，蓋蘇州交遊也。

**淳祐二年壬寅（一二四二）　（四十三歲）**

春，在蘇州，作《六醜》「壬寅歲，吴門元夕風雨」。詞云：「歎霜簪練髮，過眼年光，舊情盡别。」始有衰遲之感矣。

**淳祐三年癸卯（一二四三）　（四十四歲）**

春，在蘇州，作《水龍吟》「癸卯元夕」。

詞有云：「猶記初來吴苑，未清霜、飛驚雙鬢。嬉遊是處，風光無際，舞葱歌蒨。陳跡青衫，老容華鏡，歡悰都盡。」案史，去年七月，蒙古兵渡淮入揚、滁、和州，屠通州，邊警日亟。而夢窗此時來往蘇杭，尚流連歌酒，歎老嗟卑。集中此類甚多，舉此以概其餘。

初識沈義父時齋。

沈氏《樂府指迷》：「余自幼好吟詩，壬寅秋，始識靜翁於澤濱，癸卯識夢窗，暇日相與倡酬，率多填詞，因講論作詞之法，然後知詞之作難於詩：蓋音律欲其協，不協則成長短之詩；下字欲其雅，不雅則近乎纏令之體；用字不可太露，露則直突而無深長之味；發意不可太高，高則狂怪而失柔婉之意：因此則知所以爲難。」夢窗論詞，惟傳此數語。

集中尚有《江南好》、《永遇樂》、《聲聲慢》和時齋作，皆無甲子。義父致仕講學，嘗爲白鹿洞書院山長，學者稱時齋先生。見四庫《樂府指迷·提要》。

秋，置家於瓜涇蕭寺，離蘇游杭。參下條。

《喜遷鶯》「甲辰冬至寓越，兒輩尚留瓜涇蕭寺」，朱箋：「瓜涇港在吴江蘇（縣）北九里，分太湖支流，東北出夾浦，會吴淞江。」詞云「雁影秋空，蝶情春蕩，幾處路窮車絶」，心情處境可想。集中尚有《喜遷鶯》「福山蕭寺歲除」一首。宋南渡初，北來官屬多寄寓佛寺，其後殆仍沿此風，借爲旅邸；曾幾僑寓茶山寺，自號茶山，其一例也。

冬，在杭州。

《柳梢青》題云：「與龜翁登研意觀雪，有懷癸卯歲臘朝斷橋並馬之遊。」龜翁當即翁逢龍石龜。

寫新詞獻方萬里。

《鐵網珊瑚》載夢窗手寫詞稿十六闋。卷首標「文英新詞稿」，下署「文英惶恐百拜」。第一闋爲《瑞鶴仙》「癸卯歲爲先生壽」。鄭文焯《夢窗詞校議》上，謂：「證以汲古閣本，是詞作壽方蕙巖寺簿；是其所録詞稿，即寫似方蕙巖者可知；然則此十六闋又皆一時之作，故曰新詞。」今案鄭説是也。新詞第三首爲《玉漏遲》「瓜涇中秋夕賦」，而明年有《喜遷鶯》「甲辰冬至寓越，兒輩尚留瓜涇蕭寺」，足證《玉漏遲》是本年癸卯作。又新詞第六闋爲《思嘉客》「賦閏中秋」。檢《二十史朔閏表》，本年癸卯閏八月，朱箋定《思佳客》嘉定十七年作，非。此十六闋中，在杭作者有《瑞鶴仙》、「轆轤秋又轉」、「想車塵才踏，東華紅輭」。《沁園春》、「冰漕鑿方泉，賓客請以名齋，邀賦此詞」云：「澄碧西湖，輭紅南陌。」《西平樂》、「過西湖先賢堂，傷今感昔，泫然出涕」《還京樂》「友人汎湖，命樂工以箏笙琵琶方響迭奏」四首；在蘇作者，有《玉漏遲》、「瓜涇中秋夕賦」《古香慢》、「賦滄浪看桂」《八聲甘州》、「和施知言姑蘇臺韻」云「江雁初飛」《探芳新》、「賦元日能仁寺薄游」《水龍吟》「賦惠山泉」五首，以此互證，則夢窗自蘇來杭，蓋在本年中秋之後。方蕙巖名萬里，字鵬飛；魏峻名叔高，字方泉，娶趙氏，乃穆陵親姊四郡主。皆見朱箋。

《西平樂》題云：「過西湖先賢堂，傷今感昔，泫然出涕。」詞云：「天涯倦客重歸。」「追念吟風賞月，十載事，夢惹緑楊絲。」夢窗早年或曾客杭州。第不知結尾所云「冷落山丘」「羊曇醉後花飛」爲何人發。或以爲晚年吊吴潛作，非是，參後記二。

新詞十六闋，前引各章外，尚有《齊天樂》「毗陵兩别駕招飲丁園索賦」、《蘇武慢》「賦芙蓉」、自度腔小石《江南春》「賦張藥翁杜衡山莊」、《拜星月慢》「姜石帚以盆蓮百餘本移置中庭讌客同賞」、《丁香結》「賦小春海棠」、《花犯》「郭希道送水仙索賦」六首。張、姜、郭當皆蘇杭交遊。前人以石帚當姜夔，不知夔卒於寧宗嘉定間，在此前二十年左右，石帚非即白石，夢窗此詞，亦其佐證也。

集中《思佳客》「癸卯除夜」云：「自唱新詞送歲華，鬢絲添得老生涯。十年舊夢無尋處，幾度新春不在家。」或客杭作。

孫惟信卒於杭州。劉克莊《後村大全集》、孫花翁墓志。《宋史翼》三十六本傳。

夢窗有《洞仙歌》「方庵春日花勝宴客，爲得雛慶，花翁賦詞，俾屬韻末」，《倦尋芳》「花翁過（遇）吴門老妓李憐，邀分韻同賦此調」。李方庵嘗官吴中，集中《木蘭花慢》遊虎丘詞，題云：「李方庵將秩滿。」花翁亦必客吴時交遊也。

## 淳祐四年甲辰（一二四四）〔四十五歲〕

在蘇州，作《滿江紅》「甲辰歲盤門外過重午」、《鳳棲梧》「甲辰七夕」、《尾犯》「甲辰中秋」。

冬寓越，作《喜遷鶯》「甲辰冬至寓越，兒輩尚留瓜涇蕭寺」。

夢窗越中行跡，始見於此。夢窗本年四詞，皆有懷人語。《滿江紅》云：「簾底事，憑燕説。合歡縷、雙條脱。自香消紅臂，舊情都别。」《鳳棲梧》云：「夜色銀河情一片。輕帳偷歡，銀燭羅屏怨。陳跡曉風吹霧散，簾鉤空帶蛛絲卷。」《尾犯》云：「影留人去，忍向夜深，簾户照陳跡。」「露蓼香涇，記年時相識。」《喜遷鶯》云：「雁影秋空，蝶情春蕩，幾處路窮車絶。」以詞中用事考之，蓋新遣其妾也。其時在夏秋，《杏花天》重午「幽歡一夢成炊黍」，「當時明月重生處，樓上宫眉在否」、《好事近》「蕲竹粉連香汗，是秋來陳跡」，「還繫鴛鴦不住，老紅香月白」、《惜秋華》七夕「彩雲斷，翠羽散，此情難問」、《六幺令》七夕「人事回廊縹緲，誰見金釵擘」、《荔枝香近》七夕「燕子穿簾處，天上、未比人間更情苦」、《風入松》詠桂「和醉重尋幽夢，殘衾已斷薰香」、《朝中措》聞桂香「惟有别時難忘，冷煙疏雨秋深」諸詞可見；其地在蘇州，《瑞鶴仙》「垂楊暗吴苑。缺月孤樓，總難留燕」、《齊天樂》「茂苑人歸」、「駐不得當時，柳蠻櫻素」、《新雁過妝樓》「宜城當時放客，認燕泥舊跡，返照樓空。江寒夜楓怨落，怕流作題情腸斷紅」、《玉漏遲》瓜涇度中秋夕「摩淚眼，瑶臺夢回人遠」諸詞可見。其同居共遊之地，見於詞者，有西園、《瑞鶴仙》、《點絳唇》、《風入松》、《鶯啼序》、《浪淘沙》。西池、《解連環》、《夜行船》。西館、《金琖子》。清華池館、《絳都春》。横塘、《夜合花》。化度寺、《夜行船》。承天寺、《探芳新》、《浣溪沙》。南橋，《點絳唇》。皆吴中名勝也。《齊天樂》有「柳蠻櫻素」句，《新雁過妝樓》有「宜城放客」句，用白居易、顧況事，其爲遺妾無疑。顧況有《宜城放琴客歌》，琴客，柳渾侍兒。夢窗又有《法曲獻仙音》「放琴客和宏庵」詞，蓋常用此典。《永樂大典》「寄」字韻有万俟紹之《江神子》「贈妓寄夢窗」，詞云：「十年心事上眉端，夢驚殘，瑣窗寒。雲絮隨風，千里度關山。琴裏知音無覓處，粧粉淡，釧金寬。瑶箱吟卷懶重看。憶前歡，淚偷彈。我已相將，飛棹過長安。爲説崔徽憔悴損，須覓取、錦箋還。」似爲夢窗去妾而作。夢窗有《夜合花》「西湖燕去」、《憶舊遊》「別黄澹翁」詞云「西湖斷橋路」、「問離巢孤燕，飛向誰家」，似亦指此；蘇妾遺後或流落杭州爲妓耶？

夢窗似不止一妾。其另一人殆娶於杭州。《渡江雲三犯》「西湖清明」詞云：「千絲怨碧，漸路入仙隖迷津。腸漫回，隔花時見，背面楚腰身。」「逡巡。題門惆悵，墮履牽縈。」

蓋記初遇。《鶯啼序》一闋，述離合死生之跡尤詳，詞云：「十載西湖，傍柳繫馬，趁嬌塵輭霧。遡紅漸、招入仙溪，錦兒偷寄幽素。」此記初遇，與《渡江雲》同。又云：「幽蘭漸老，杜若還生，水鄉尚寄旅。別後訪六橋無信，事往花萎。瘞玉埋香，幾番風雨。」其人必死於別後。《晝錦堂》所云「獨鶴華表重歸。舊雨殘雲仍在，門巷都非」，「淚香沾濕孤山雨，瘦腰折損六橋絲」，亦其事也。《浣溪沙》：「湖上醉迷西子夢，江頭春斷倩離魂，旋緘紅淚寄行人。」殆即贈別之詞。淮安作《澡蘭香》：「念秦樓也擬人歸，應剪菖蒲自酌。但悵望一縷新蟾，隨人天角。」或即遠遊之地。知此亦夢窗妾者，以《絳都春》題有「燕亡久矣」一語，用燕姑事也。近人周岸登謂「燕是妾名」，非。《探芳信》題云：「時方庵至嘉興，索舊燕同載。」亦用燕姑事。總之，集中懷人諸作，其時夏秋，其地蘇州者，殆皆憶蘇州遣妾；其時春，其地杭者，則悼杭州亡妾。《三犯渡江雲》「西湖清明」，《西子妝慢》「湖上清明薄遊」，《定風波》「人家垂柳未清明」及《鶯啼序》諸闋皆是。一遣一死，約略可稽。周岸登氏又據《定風波》「離骨漸塵橋下水」句及《齊天樂》「飲白醪感少年事」「湖上載酒」云云，謂夢窗少年又曾戀一杭女，而死於水。《思佳客》「半面髑髏」詞乃經殯宮作。其説甚新，惜未聞其詳。唐宋詞人多狎妓納妾之作，夢窗尤多費辭，姑連書之，以見當時風習。

## 淳祐五年乙巳（一二四五）　〔四十六歲〕

在蘇州，作《聲聲慢》「壽魏方泉」、《永遇樂》「乙巳中秋風雨」。

朱箋引《吴郡志》：魏峻方泉知平江府，淳祐四年到，六年三月除刑部侍郎。此詞是其重莅吴中時作，故有「吴人有分」云云。案詞有「重來兩過中秋」，「又凝香追詠，重到蘇州」句，知秋間在蘇作。

夢窗此後無蘇州行跡；居蘇始見於紹定五年，先後共十餘載。雖中間淳祐三年一度游杭，而中年以客蘇爲最久。以曾佐倉臺幕，挈家以居也。

杜範卒。

《詞林紀事》十七，翁元龍，「杜清獻成之之客」。杜氏《清獻集》十七，有《跋翁處靜詞》，稱其「如絮浮水，如荷濕露，縈旋流轉，似沾未著」。《宋史》四〇七《杜範傳》，範以去年十二月再入相，至此薨於位。

## 淳祐六年丙午（一二四六）　〔四十七歲〕

在杭州。作《塞垣春》「丙午歲旦」、《瑞鶴仙》「丙午重九」、《西江月》「丙午冬至」。

重九詞云：「傷心湖上，消減紅深翠窈。」冬至詞云：「小簾沽酒看梅花，夢到林逋山下。」皆在杭作。

歲旦詞居地無考。

作《水調歌頭》「賦魏方泉望湖樓」。

朱箋引《吴郡志》及《適庵餘稿》，魏峻方泉本年三月，自知平江除刑部侍郎，還朝而卒。案《吴縣志·職官表》六，峻淳祐四年四月知平江，六年三月遷刑部侍郎。夢窗此詞云：「繡鞍馬，輭紅路，乍回班。」當本年作。

作《絳都春》「李太博赴括蒼別駕」。

朱箋引《癸辛雜識》，李伯玉字純甫，史嵩之柄國時，爲太學博士，上疏援章琰、李昂（昴）英二臺官，以此大得聲譽，未幾爲陳劾去。疑此李太博即伯玉，其爲括蒼別駕，正援臺臣章李被劾時。案理宗紀：臺諫論史嵩之，在本年十二月。

周密是年十五歲，隨父衢州。時密外舅楊伯嵒知衢州，常集諸名勝爲小蓬萊之會。參《蘋洲漁笛譜·長亭怨慢序》及《周草窗年譜》。

夢窗有《尉遲杯》「賦楊公小蓬萊」，朱箋謂即指楊伯嵒。夢窗集中別無衢州行跡，疑未嘗躬與其會。此時周密未成年，夢窗則將五十，以年輩論，是丈人行也。

賈似道爲京湖制置使知江陵府。《宋史》本紀。

**淳祐七年丁未（一二四七）〔四十八歲〕**

作《鳳池吟》「慶梅津自畿漕除右司郎官」、《塞翁吟》「餞梅津除郎赴闕」。

朱箋：「按《咸淳臨安志·秩官門》，兩浙轉運名氏，尹焕下注：淳祐六年運判，七年除左司。則此詞七年作也；特左右異耳。」案《癸辛雜識别集》下徐霖伏闕詆史嵩之條「帝令左司尹焕面留之」云云，則依《臨安志》作「左司」是。

夢窗與焕交最篤，集中有酬焕詞十一闋：《漢宫春》「追和尹梅津賦俞園牡丹」，《瑞龍吟》「送梅津」，「歸（待）來共憑，齊雲話舊」。《惜黄花慢》「次吴江餞尹梅津」，皆蘇州作；《水龍吟》「壽尹梅津」，「槐省紅塵晝静」。前調「壽梅津」，「又看看、便繫金狨鶯曉，傍西湖路」。皆杭州作。

五月，吴潛兼權參知政事，七月，罷知福州。宋史本紀。

**淳祐八年戊申（一二四八）〔四十九歲〕**

張炎生。

《山中白雲》八《臨江仙序》「甲寅秋寓吴，時年六十有七」。甲寅，延祐元年也。江昱《山中白雲疏證》謂炎生淳祐四年，誤。《山中白雲》卷二有《西子妝慢》和夢窗自製曲，卷三有《聲聲慢》「題吴夢窗遺筆」。夢窗約卒於景定間，時炎年十五六，未知曾否奉手也。

## 淳祐九年己酉（一二四九）（五十歲）

三月，賈似道爲京湖制置大使。《宋史》本紀。

劉毓崧《夢窗詞叙》，謂夢窗：「與賈似道往還酬答之作，皆在似道未握重權之前，至似道聲勢熏灼之時，則並無一闋投贈。試檢丙稿内《木蘭花慢》一闋題爲壽秋壑，其詞云『想漢影千年，荆江萬頃，』又云『訪武昌舊壘』，又云『倚樓黄鶴聲中』。《宴清都》一闋題亦爲壽秋壑，其詞云：『翠匝西門柳，荆州昔、未來時正春瘦。』又云：『對小弦月掛南樓。』就其中所用地名古跡推之，必作於似道制置京湖之日。乙稿内《金琖子》一闋題爲過秋壑西湖小築，其詞云：『專城處，他山小隊登臨，待西風起。』丙稿内《水龍吟》一闋題爲過秋壑湖上舊居寄贈。其詞云『黄鶴樓頭月午，奏玉龍江梅解舞』。亦均作於似道制置京湖之日。蓋《水龍吟》詞言『黄鶴樓頭』，固京湖之確證。《金琖子》詞言『小隊登臨』，亦制置之明徵。《金錢子》詞題言『西湖小築』，必作於落成之初。《水龍吟》詞題言『湖上舊居』，必作於既居之後。其次第固顯然也。似道官京湖制置使在淳祐六年九月，其進京湖制置大使在淳祐九年三月。迨十年三月，改兩淮制置大使，始去京湖。夢窗此四闋之作，當不出此數年之中。或疑開慶元年正月，似道爲京湖南北四川宣撫大使，次年四月還朝，此一年有餘，亦在京湖。夢窗之詞，安見其非作於此際？不知似道生辰係八月初八日，周草窗《齊東野語》言之甚詳。開慶元年正月以後，元兵分攻荆湖、四川，七八月之間，正羽檄飛馳之際。似道膺專閫之任，身在軍中；而夢窗此四闋之詞皆係承平之語，無一字及於用兵。《木蘭花慢》詞云『歲晚玉關長不閉，靜邊鴻』。《宴清都》詞云『正虎落馬靜晨嘶，連營夜沈刁斗』。《金錢子》詞云『應多夢巖扃，冷雲空翠』。《水龍吟》云『錦帆一箭，攜將春去，算歸期未卜』。豈得謂其作於此際乎？似道晚年誤國之罪，固不容誅，而早年任事之才，實有可取。觀於元世祖攻鄂之時，似道作木栅環城，一夕而就。世祖顧扈從諸臣曰：『吾安得如似道者用之？』其後廉希憲對世祖亦嘗稱述此言，是似道在彼時固曾見重於敵國君相。故周草窗雖深惡似道之擅權，而於前此措置合宜者，未嘗不加節取。王魯齋柏爲講學名儒，生平不肯依附似道，而其致書似道，亦嘗稱其援鄂之功。則夢窗於似道未肆驕横之時，贈以數詞，固不足爲累。況淳祐十年歲在庚戌，下距景定庚申已及十年，此十年之中，似道之權勢日隆，而夢窗未嘗續有投贈。且庚申、辛酉正似道入居揆席之初，而夢窗但有壽榮邸之詞，更無壽似道之詞。不獨灼見似道專擅之跡日彰，是以早自疏遠。亦以疇昔受知於吴履齋，詞稿中有追陪遊宴之作，最相親善。是時履齋已爲似道誣譖罷相，將有嶺表之行。夢窗義不肯負履齋，故特顯絶似道耳。否則，似道當國之日，每歲生辰，四方獻頌者以數千計，悉俾翹館謄考，以第甲乙；就中曾膺首選者如陳惟善、廖瑩中等人，其詞備載於《齊東野語》。夢窗詞筆超越諸人，假令彼時果肯作詞，非第一人無以位置，勢必衆口喧傳，一時紙貴，焉有不在草窗所録之内者乎？縱使草窗欲爲故人曲諱，又豈能以一人之手掩天下之目而禁使勿傳乎？然則，夢窗始與似道曾相贈答，繼則惡其驕盈而漸相疏遠，較之薛西原蕙始與嚴嵩相酬唱，繼則嫉其邪佞而不相往來，先後洵屬同揆。西原之集爲生前自定，故和嵩之作一字不存；夢窗之稿爲後人所編，故贈似道之詞四闋具在。然删存雖異，而志趣無殊。夢窗之視西原，初無軒輊。則存此四闋，豈但不足爲夢窗人品之玷，且適足以見夢窗人品之高，此知人論世者所當識也。」以上皆劉説。案《齊東野語》，似道景定三年造後樂園，在此後十三年。依劉説，夢窗贈似道各詞皆淳祐間作，則《水龍吟》、《金琖子》所詠「秋壑西湖小築」及「湖上舊居」皆非謂後樂園。朱箋以後樂園當之，誤矣（云「小築」、「舊居」，知非後樂園。又詠「舊居」有「賦情還在，南屏別墅」句，知墅在西湖南山之南屏，則與在北山葛嶺之後樂園顯然無涉。劉氏合「舊居」、「小築」爲一處，亦誤。據《金琖》詞「小築」當在北山，參譜末後記二）。

夢窗晚年與似道絶交之説，疑不可信，辨在後記二。

八月，吴潛知紹興府浙東安撫使。十二月，同知樞密院事兼參知政事。《宋史》本紀、《紹興府志》。

《浣溪沙》「仲冬出迓履翁，舟中即興」一首，或本年作。又有《江神子》「送桂花吴憲，時已有檢詳之命，未赴闕」，楊鐵夫謂是贈潛詞，作於本年十二月之後。宋神宗置檢詳樞密院諸房文字。考《宋史》宰輔表，此年十二月乙巳，吴潛自簽書樞密院事除同知樞密院事，兼參知政事。正此時事。稱之曰「吴憲」，與《浣溪沙》稱「翁」不同，其時已在吴幕中也。見楊著《吴夢窗事蹟考》。

十二月，史宅之卒，四十五歲。《宋史》本紀、《吹劍録外集》。

宅之字雲麓，彌遠子。《吹劍録外集》載其前此一年以簽書樞密院事領財計，建議括浙西圍田，一路騷動。《癸辛雜識别集》亦載其括田事，怨嗟滿道，死於非命者甚衆。其不孚時議若爾。與《寧波府志》所稱「著《昇聞録》，寓規彌遠，避勢遠嫌，退處月湖」者如出兩人。夢窗有酬雲麓十詞，《瑞鶴仙》云「鴻飛高處」，《水龍吟》云「獨樂當時高致」，殆皆作於宅之領財計之前。

黄昇《絶妙詞選》結集。自序作於本年。

黄選一〇録夢窗《聲聲慢》「閏重九飲郭園」、《倦尋芳》「餞周糾定夫」、《絳都春》「爲清華内子壽」、《唐多令》「惜别」、《法曲獻仙音》「和丁宏庵韻」、《好事近》「秋飲」、《憶舊遊》「别黄澹翁」、《宴清都》、《金縷曲》「陪履齋先生滄浪看梅」九首，皆無甲子，據此，知皆此年前作。

趙與篡重新西湖豐樂樓。《西湖志》十六引《咸淳臨安志》。

《高陽臺》「豐樂樓分韻得如字」、《醉桃源》「會飲豐樂樓」二首。皆無甲子。

## 淳祐十年庚戌（一二五〇）〔五十一歲〕

在越州，有《絳都春》「題蓬萊閣燈屏，履翁帥越」。

吴潛去年帥越，朱箋以此詞賦上元景物，疑爲本年正月作。案宰輔表及潛傳，潛爲參知政事，拜右丞相，在明年十一月，則此年尚在越任。

三月，賈似道爲兩淮制置大使，淮東安撫使，知揚州。《宋史》本紀。

## 淳祐十一年辛亥（一二五一）〔五十二歲〕

在杭州，二月甲子，作《鶯啼序》書豐樂樓壁。

汲古閣本注：「節齋新建此樓，夢窗淳祐十一年二月甲子作是詞，大書於壁，望幸焉。」案《野語》六，「杭學遊士聚散」條，趙與𥲅節齋本年在京尹任。毛晉跋丙丁稿，謂：「末有《鶯啼序》一首，遺缺甚多，蓋絶筆也。」其末署「淳祐十一年二月甲子四明吴文英君特書」一行，爲他詞所無，蓋後人從樓壁録得者，故多漶漫。《四庫提要》謂卒於此年，誤。夢窗此後無杭州行跡；客杭始見於淳祐三年冬，次年夏返蘇州，冬寓越中，皆暫時往還。居杭先後約十餘年。故《鶯啼序》有「十載西湖」句。集中《三姝媚》「過都城舊居」詞有云：「繡屋秦箏，傍海棠偏愛夜深開宴。」其清華可想，惜地址無可考矣。《西湖遊覽志》：吴山石龜巷，内有寶奎寺，理宗書「見滄」二字《絶妙好詞》四有翁元龍《水龍吟》「登吴山見滄閣」詞。翁逢龍或亦所居相近，故以「石龜」爲字

（鄭文焯《夢窗校議》亦有此説）。夢窗《探春慢》「憶兄翁石龜」有「還識西湖醉語（路）」，「事影難追，那負燈床聞雨」句，豈其昆季客杭，嘗同寓於此耶？

交陳起芸居約在此時。

集中有《丹鳳吟》「賦陳宗之芸居樓」云：「舊雨江湖遠，問桐陰門巷，燕曾相識。」朱箋云：「按江湖前後集，皆陳起所編宋季高逸之士詩篇，刻以傳世。詞中所云『舊雨江湖遠』，蓋指此。」案：《瀛奎律髓》四十，趙師秀贈賣書陳秀才詩注云：「陳起字宗之，睦親坊賣書開肆，予丁未（一二四七）至行在所，至辛亥（一二五一）凡五年，猶識其人，且識其子。今近四十年，肆毁人亡，不可見矣。」是陳起此時尚健在，夢窗詞無甲子，當此時在杭作。陳起事實，《書林清話》二「南宋臨安刻書」條，考之甚詳。

四月，趙與𥲅罷京尹。《癸辛雜識集》下「余晦」條。

**寶祐四年丙辰（一二五六）〔五十七歲〕**

三月，嗣榮王與芮封太傅。理宗紀。

四月，賈似道爲參知政事。理宗紀。

吴潛判慶元府。史傳。

潛自此至開慶元年，四載間皆在慶元。《履齋詩餘·别集》一和翁處静桃源洞《賀新郎》詞，此時作。本年潛六十二歲。

## 理宗開慶元年己未（一二五九）〔六十歲〕

夏在吴中，作送翁賓暘游鄂渚《沁園春》詞。

考在後記二。詞結云：「松江上，念故人老矣，甘卧閑雲。」是時居吴中。

十月，吴潛爲左丞相。賈似道爲右丞相，軍漢陽援鄂。時元兵圍鄂州。《宋史》本紀。

## 理宗景定元年庚申（一二六〇）〔六十一歲〕

在越，客嗣榮王趙與芮邸。

劉毓崧曰：「夢窗嘗爲榮王府中上客，丙稿内《宴清都》一闋，題爲『餞嗣榮王仲亭還京』，有『翠羽飛梁苑』之語，《掃花遊》一闋題爲『賦瑶圃萬象皆春堂』，有『正梁園未雪』之語，據周草窗《癸辛雜識》，言榮邸瑶圃，則瑶圃即榮王府中園名，故以梁王比榮王，而以鄒、枚自比也。榮王爲理宗之母弟，度宗之本生父。夢窗詞中有壽榮王及壽榮王夫人之作，雖未注明年月，然必在景定元年六月以後。蓋理宗命度宗爲皇子，係寶祐元年正月之事；立度宗爲皇太子，係景定元年六月之事。寶祐元年干支係癸丑，後於辛亥二年；景定元年干支係庚申，後於辛亥九年。今按夢窗乙稿内，《燭影摇紅》一闋，題爲『壽嗣榮王』。其詞云：『掌上龍珠照眼。』又云：『映蘿圖、星暉海潤。』丙稿内《水龍吟》一闋，題亦爲『壽嗣榮王』。其詞云：『望中璇海波新。』甲稿内《宴清都》一闋，題爲『壽榮王夫人』，其詞云：『長虹夢入仙懷，便洗日銅花翠渚。』又云：『東周寶鼎，千秋鞏固。何時地拂龍衣，待迎入玉京閬圃。』《齊天樂》一闋，題亦爲『壽榮王夫人』，其詞云：『鶴胎曾夢電繞。』又云：『少海波新。』所用詞藻，皆係皇太子故實。不但未命度宗爲皇子時萬不敢用，即已命爲皇子之後未立爲皇太子之前，亦不宜用。然則此四闋之作，斷不在景定元年五月以前，足證度宗册立之時，夢窗固得躬逢其盛矣。據壽詞所言時令節候，榮王生辰當在八月初旬。《水龍吟》詞云『金風細裊』，又云『半涼生』。《燭影摇紅》詞云『寶月將弦』，又云『未須十日便中秋』。榮王夫人生辰當亦在於秋月。《宴清都》詞云『蟠桃正飽風露』。《齊天樂》詞云『萬象澄秋』，又云『涼入堂階彩戲』。《水龍吟》

詞言『璇海波新』，《齊天樂》詞言『少海波新』，必在甫經册立之際，則兩闋即作於庚申秋間。若《燭影摇紅》、《宴清都》兩闋之作，至早亦在辛酉秋間，是時夢窗尚無恙也。」朱箋：「《宋史·理宗紀》，父希瓐追封榮王，家於紹興府山陰縣。又《度宗紀》，嗣榮王與芮，理宗母弟也。又《世系表》：希瓐子與芮。《宴清都》『餞嗣榮王仲亨還京』，仲亨，當是與芮之子（字）。」夢窗詞可考行跡者，蘇杭之外，以越中爲最多。來越當在淳祐十年吴潛爲帥之時，上溯淳祐四年作《喜遷鶯》「甲辰冬至寓越」詞，距此十六七年矣。

四月，賈似道入朝，吴潛落職。六月，度宗立爲皇太子。七月，吴潛謫建昌軍。賈似道兼太子少師。十一月，吴潛竄潮州。《宋史》本紀。

夢窗疑即卒於此時。

後二年，吴潛被毒死於循州謫所，賈似道造後樂園。

周密《蘋洲漁笛譜》有《拜星月慢·序》「癸亥春，沿檄荆溪」云云。杜刻《草窗詞》，此首題作「寄夢窗」，癸亥爲景定四年（一二六三），劉毓崧據此，定夢窗癸亥尚健在。然《草窗詞》一編出後人掇拾，詞題與笛譜頗相懸異。朱祖謀跋指譌舛尤甚者，即此《拜星月慢》之「春晚寄夢窗」與《齊天樂》之「赤壁重遊」，《聲聲慢》之「水仙梅」、《江城》之「閨思」四首。可見此題不足徵據。且吴潛被毒死與賈似道造後樂園，皆在景定三年（一二六二）。度宗即位，嗣榮王與芮加封武寧江軍節度使，在景定四年，夢窗集中皆無一語，疑其已不及見。兹定夢窗卒於此年前後。其《霜葉飛》云「早白髮、緣愁萬縷」，《瑞鶴仙》云「看雪飛、蘋底蘆梢，未如鬢白」，《一寸金》云「頑老情懷，都無歡事」，得年當在六十外也。

夢窗籍四明，而四明行跡無考。周岸登曰：惟《木蘭花慢》餞韓似齋有「鄮山蒼」三字而已。其平生遊處，不出今日江浙兩省。北以淮安爲最遠，有《瀑蘭香》「淮安重午」詞。南行僅及會稽。《尉遲杯》「賦楊公小蓬萊」一首，乃贈衢州守楊伯喦作，而集中别無衢州行跡，疑此是寄題，未必身到。見一二四六年譜。蘇、杭兩州，題詠最多。杭州多在都城内，蘇州則虎丘、靈巖、姑蘇臺外，又有澱山湖、古江村、瓜涇、石湖、鶴江，吴江之長橋、常熟之琴川福山，以及常州、無錫一帶。其行跡可考年代者，蘇、杭、越中已列於譜。重遊無錫在淳祐三年以前，《水龍吟》「惠山酌泉」一首在《鐵網珊瑚》手寫新詞稿中可證。詞有「二十年舊夢，輕鷗素約，霜絲亂，朱顏變」句，則初遊在二十餘歲也。湖州德清詞共七首，其《賀新郎》賦小垂虹，乃嘉定十七年一二二四爲縣令趙善春作，時年才二十餘，而已有「重來記得花時候」之句，他詞又有「自憐兩鬢清霜」、「梅花似惜行人老」句，則晚年又嘗重遊。參一二二四年譜。《惜紅衣序》云：「余從姜石帚遊苕霅間三十五年矣，重來傷今感昔，聊以詠懷」，詞有「鷺老秋絲，蘋愁暮雪，鬢那不白」句，亦晚年重到之作。至京口、淮安之行，在夢窗爲遠役，事緣年代皆無可考，楊鐵夫謂或是被蘇州倉臺檄，行部查倉，殆近實也。

交遊見於詞者共六七十人，史宅之、吴潛、尹焕、施樞、陳起、陳郁、翁孟寅、李彭老、馮去非外，多蘇杭兩地僚屬，朱箋所考，僅得其半。案永樂大典「寄」字韻，有万俟紹之《江神子》「寄夢窗」詞，見一二四四年譜。紹之字子紹，郢人，有《郢莊吟稿》。鮑以文據其卷中謁墓詩，定爲卨曾孫，見趙萬里《郢莊詞輯》。此交遊不見於詞集者，得補記之。

張炎《山中白雲》卷五，有《醉落魄》「題霞谷所藏吴夢窗親書詞卷」，卷三有《聲聲慢》「題吴夢窗遺筆」，别本作「題夢窗自度曲《霜花腴》卷後」。周密《草窗詞》上亦有《玉漏遲》「題吴夢窗《霜花腴詞集》」。《霜花腴》乃夢窗泛石湖之自度曲。以詞有「霜飽花腴」句，取以爲名。周密此詞亦有「回首四橋煙草」句，吴江有第四橋，姜夔詞所云「第四橋邊，擬共天隨住」，非指西湖之蘇堤。不知是中年客蘇州時詞卷，抑晚年結集之名，惜不與《鐵網珊瑚》所録手寫新詞稿並傳。《詞源》下謂舊刊《六十家詞》中有吴夢窗，是宋季已有吴詞刊本。毛氏汲古閣刊夢窗四稿，卷中屢注「舊刊」云云，不知即是宋本否。毛氏先得丙丁兩集，跋謂夢窗「謝世後，同遊集其丙丁兩年稿若干篇，釐爲二卷」，案内稿中有乙巳、甲辰之作，丁稿中有甲辰、丙午、癸卯之作，甲稿有癸卯作，乙稿有丙午、辛亥作，知四稿決非編年。毛氏所云，《四庫提要》已辨之。四稿往往誤入他人之詞，如「風裏落花誰是主」是李煜詞，「無可奈何花落去」是晏殊詞，等等，毛氏跋已舉之。又誤收柳永、周邦彦、姜夔、史達祖之作，王鵬運序已舉之。知必非夢窗自定。朱箋謂吴潛和夢窗詞，有《聲聲慢》賦梅，《浪淘沙》席上賦別二調，今集中無此詞，蓋遺佚者多矣。楊鐵夫謂集中《永遇樂》題云「過李氏晚妝閣見壁間舊所題詞遂再賦」，今舊詞亦不見。案此等或出自删，非由失墜；惟《詞旨》有「霜杵敲寒，風燈摇夢」，「醉雲醒月」兩斷句，爲集中所無，知吴詞必有遺佚。又楊氏《事蹟考》謂《佩文韻府》「春霏」條下引吴文英詞「寒正悄，東風似海，香浮夜雪春霏」，今亦不見於集。豈清初人所見夢窗詞集乃異於今本？惜張夫人學象手鈔本今不可求，無從比勘矣。楊氏友人謝掄元謂曹貞吉《珂雪詞》中有《瑞龍吟》「詠灌嬰廟瓦硯用夢窗韻」，今夢窗無用此韻者，是曹氏所見本又異於今本云云（亦見事蹟考）。今檢《珂雪詞》，有《瑞鶴仙》題云「詠灌嬰廟瓦硯，照夢窗詞填」，蓋《瑞鶴仙》調有數體，夢窗各首與周邦彦「悄郊原帶郭」一首，句法即多不同，曹氏盡依吴詞，故云「照填」，非謂「用韻」；楊、謝二君未細檢耳。

夢窗以布衣終。楊鐵夫《事蹟考》謂：「《浙江通志》載鄞人之舉進士者，嘉定七年吴潛一榜有十七人，十年一榜有二十人，至寶慶三年丁亥一榜三十七人。其時北人不能過江南下，南人又因兵事倥偬，不便來杭，應舉者大都蘇浙間人。鄞人多文學，宜其拔茅連茹矣。嘉定時夢窗尚幼，未及應試，寶慶間則正二十餘歲，以其才華，何至不獲雋；殆不樂科舉也。」又夢窗交遊，嗣榮王、吴潛、賈似道、史宅之諸人，皆一時顯貴，與吴潛、宅之，投契尤深，而竟潦倒終身。全祖望《答萬經》，《寧波府志·雜問》。謂其「晚年困躓以死」，證之「白髮緣愁」、「路窮車絶」之句，此語近實。今讀其投獻貴人諸詞，但有酬酢而罕干求，在南宋江湖遊士中，殆亦能狷介自好者耶？

## 後記

右譜成於二十九歲，竄稿行縢，未遑整理。旋見朱彊村先生爲《玉溪生年譜會箋》序，謂欲作夢窗譜而未就。亟奉書叩之。云以資糧過少，竟未屬筆。先生治吴詞，曠代一人，而矜慎若此，益自慚鹵莽涉筆矣。先生即世之明年，以兼旬之力，重寫此稿。流覽所及，有爲先生《小箋》所偶遺者，並稽譔異同，踵爲《後箋》。其關涉繫年者，概入此本。亡友楊鐵夫先生著《夢窗事蹟考》，亦多匡予不逮。夢窗行實，粗具於此矣。一九三二年六月記。

## 附録　夢窗晚年與賈似道絶交辨

劉毓崧《叙夢窗詞》，謂夢窗「與賈似道往還酬答之作，皆在似道未握重權之前；至似道聲勢薰灼之時，則並無一闋投贈」，「不獨灼見似道專擅之跡日彰，是以早自疏遠；亦以疇昔受知於吴履齋，是時履齋已爲似道誣譖罷相，將有嶺表之行，夢南義不肯負履齋，故特顯絶似道耳。」（參一二四八年譜）前人考夢窗遺事者，蓋未嘗及此；然細稽史實，此説有可商者數事。一、《浩然齋雅談》（卷下）記「翁孟寅賓暘嘗遊維揚，時賈師憲似道字開淮閫，甚前席之，其歸，舉席間飲器凡數十萬悉以贈之」云云。夢窗有《沁園春》「送翁賓暘游鄂渚」云「幕府英雄今幾人」，乃送翁入賈幕者。考《理宗紀》：「開慶元年（一二五九）以似道軍漢陽援鄂，即軍中拜右相。」次年四月即入朝。夢窗此詞有「賈傅才高，岳家軍壯」、「關河秋近」句，當作於此年夏冬間。時吴潛履齋爲左相，以元兵渡江劾丁大全、沈炎（炎即次年劾吴潛而舉似道正位鼎軸者）。蓋潛與似道是時已有矛盾。檢《宋季三朝政要》三「吴潛卒」條：「先是，詔似道移司黄州，黄州在鄂上流（當作下流），中間乃北騎往來之衝要，似道聞命，以足頓地曰：『吴潛殺我矣。』疑移司出潛意，故深恨之。」檢同卷「詔似道移司黄州」在開慶元年十一月，乃似道拜右相之後一月。送翁賓暘詞稱似道爲「賈傅才高」，結句云：「松江上，念故人老矣，甘臥閑雲。」且有望賓暘代爲推挽之意，夢窗此時未與似道絶，固顯然也。

又劉序謂：「夢窗乙稿《金琖子》『賦秋壑西湖小築』，丙稿《水龍吟》『過秋壑湖上舊居』，均作於似道制置京湖之日。蓋《水龍吟》言『黃鶴樓頭月午』，固京湖之確證；《金錢子》言『小隊登臨』亦制置之明徵。」案《水龍吟》作於似道在京湖時，劉說誠是；《金錢子》賦西湖小築，則疑與《水龍吟》非同時之作。「舊居」在西湖南山之南屏，「小築」則在西湖之北山，劉合兩處爲一，非是，説在一二四九年譜。《金錢子》詞有云：「來往載清吟，節笑攜雨色晴光，入春明朝市。」當是似道入朝以後之作。明人《西湖夢尋》記似道乘湖船入朝之情形，彷彿似之。詞又云「石橋鎖煙霞，五百名仙，第一人是」，擬以仙佛，似指似道獨攬朝綱。又云：「臨酒論深意，流光轉，鶯花任亂委。」結云「待西風起」，必作於夏間。又云：「泠然九秋肺壑，應多夢巖扃、冷雲空翠。」雖爲切「秋壑」二字，或亦暗用傅巖故實。檢《宋史》賈傳，景定元年，「帝以其有再造功，以少傅、右丞相召入朝，百官郊勞，如文彥博故事」。《理宗紀》：景定元年四月，侍御史沈炎劾吳潛，請速召賈似道正位鼎軸。似道入朝蓋即在四月。據此互推，《金錢子》或即作於此時（劉氏據「小隊登臨」句，謂指似道制置京湖時，以其用杜詩「元戎小隊出郊坰」；然執宰遊山，何嘗必不可用？以此說文太泥，以作證太弱）。其年四月，吳潛去官提舉洞霄宮，六月謫建昌軍，十一月竄潮州。正似道聲勢日益薰灼之時也。

又夢窗於一二四八年客吳潛越幕，逾年潛離越，夢窗乃客嗣榮王與芮邸。劉氏考定壽與芮夫婦各詞，必在與芮子度宗立爲皇太子之後，此確切無疑者。然度宗之立，即潛與似道衝突之一關鍵；《南宋書》五十三《吴潛傳》：「屬將立度宗爲太子，潛密奏曰：『臣無彌遠之才，忠王度宗無陛下之福。』帝怒。」同書五十六《似道傳》：「似道以潛欲殺己，銜之，且聞潛事急時每事先發後奏，帝欲立榮王子孟啟度宗爲太子，潛又不可，帝已積怒，似道遂陳建儲之策，令沈炎劾潛措置無方。」《宋史·理宗紀》：景定元年四月，侍御史沈炎劾潛，謂「忠王之立，人心所屬，潛獨不然，請速詔賈似道正位鼎軸」。是年六月，立忠王爲皇太子，同月潛謫建昌軍。蓋度宗之立，反對者潛，建議者似道，由此潛去而似道進。當夢窗年年獻壽與芮之時，正吴潛一再遠貶之日。若謂夢窗以不忍背潛而絶似道，將何以解於出潛幕而入榮邸耶（後來與芮極恨似道，募死士殺似道，則此後十餘年之事）？

總之，夢窗以詞章曳裾侯門，本當時江湖遊士風氣，固不必誚爲無行，亦不能以獨行責之。其人品或賢於孫惟信、宋謙父，然亦不能儗爲陳師道。此平情之論也。

至於《齊東野語》録時人賀似道生日各詞，而無夢窗一語，則由夢窗或即卒於景定三年之前。後樂園之落成，吴潛之死，皆在夢窗身後（後樂園造於景定三年正月，潛卒於同年六月）。似道專擅誤國之罪，亦皆夢窗所不及見，而非由「早自疏遠」。劉氏信《草窗詞·拜星月》爲「寄夢窗」，定夢窗景定四年尚健在。若然，則夢窗晚年有稠疊壽與芮之詞，無一語吊吴潛之謫死，反足貽夢窗涼薄之誚矣（夢窗集中有《西平樂·西湖先賢堂》

詞，作於潛卒之前二十年。楊鐵夫謂是吊潛之詞，非是，參一二四三年譜）。

夢窗才秀人微，取湮當代，《宋史》固未爲立傳，《乾隆鄞縣志》，亦僅於陳允平傳附見一語，曰「能詩，與同里吴文英齊名」。宋人野記夥頤，而除《浩然齋雅談》一條外，亦無及夢窗者。劉序洋洋二千言，爲考夢窗行實一名著，而考與似道交誼一節，又夢窗平生一大事，故不憚辭費，辨之如此。王鵬運爲史梅溪詞跋，據《書録解題》有「不詳何人」一語，謂梅溪非即韓侂胄堂吏之史達祖，亦欲爲梅溪出脱。愛才篤厚之心，與劉氏此序同。後見《浩然齋雅談》，乃自知其誤。予文未必有當，然知人論世之學，貴求真求是，則不敢不自勉也。一九五四年十一月五日

## 張鳳子先生來書

瞿禪先生著席：尊著《唐宋詞人年譜》，援引既賅，精審獨絶，允爲有功詞學之作。惟《吴夢窗繫年》定夢窗生於寧宗慶元六年庚申，似嫌過早。考夢窗與草窗爲親近之詞友，尊著《草窗年譜》，既據《癸辛雜識後集》，定草窗生於理宗紹定五年壬辰，碻無可疑。而草窗戲調夢窗《玲瓏四犯》詞，有「年少忍負韶華，盡占斷、豔歌芳酒」語，是夢窗歌酒得意之少年時代，草窗猶及見之。假定草窗作詞之年爲二十左右，則夢窗之年至多亦不踰三十，否則便不

得謂之「年少」矣。又草窗題夢窗詞集之《玉漏遲》詞，雖作於夢窗身後，然詞有「猶想烏絲醉墨，驚俊語，香紅圍繞。閑自笑。與君共是，承平年少」等語，可見二人同是歌酒場中沆瀣一氣之五陵年少，其詞中所謂「承平」，必指理宗淳祐末年。是時草窗正弱冠前後，以此推之，知夢窗之年雖較草窗爲長，斷不至相去太遠。若依尊著，則夢窗長於草窗三十餘歲，以弱冠前後之草窗與年長三十餘歲之夢窗同遊，而云共「年少」，必無此理。愚意夢窗生年，當在寧宗嘉定十年之後，其少於吴履齋，亦當在二十五歲以上（尊著繫年，只少五歲）。故其贈履齋詞皆稱翁稱先生也。右舉二詞尊著繫年亦嘗引之而未注意及此，不揣弇陋，敢質高明，倘蒙不棄涓埃之效進而教之，亦古人疑義相與析之意也。手此　敬頌

撰安　弟張鳳子　一九五六年六月八日

楊鐵夫《事蹟考》，稱《浙江通志》載鄞人之舉進士者，寶慶三年丁亥一榜多至三十七人，以夢窗才華而不獲雋，謂爲不樂科舉。不知其時夢窗方在髫齡也，此事亦可爲鄙説夢窗生在嘉定十年以後之一證。鳳子。

## 答張鳳子先生

鳳子先生：誦六月八日惠州來教，覆瓿短書，乃承賜覽，並荷周詳督誨，感愧感愧。

拙譜考各詞人生年，夢窗一家徵據最弱，其以吴潛和翁處靜桃源洞詞比附夢窗集中各作，姑定生年爲公元一二〇〇年左右，本非定論。惟當時以取證不充，於此十年左右，提前移後，屢屢易稿，亦頗費斟酌。尊説定生年在寧宗嘉定十年之後，比拙譜所定遲二十年左右，證以草窗二詞，誠近情理。惟細檢吴詞，有二事似尚須商量，兹寫奉求教：

（一）《聲聲慢》題云「陪幕中餞孫無懷於郭希道池亭，閏重九前一日」，郭希道池亭即蘇州之郭清華池館（本集《絳都春》「爲郭清華内子壽」有「分得紅蘭滋吴苑」句，同調題亦有「余往來清華池館六年」云云，知池亭在蘇州）。幕指蘇州倉幕。集中有《木蘭花慢》遊虎丘，注「陪倉幕」，其時則在理宗紹定五年（一二三二，考在拙譜）。依拙譜所考，其時夢窗三十餘歲，依尊説則僅十四五歲。《木蘭花慢》遊虎丘詞注，歷數倉幕僚友升沈，謂「時魏益齋已被親擢，陳芬窟、李方庵皆將滿秩」，夢窗當亦在幕中（楊鐵夫夢窗遺事考，謂夢窗京口淮安之行，或由被蘇州倉臺檄行部查倉）。此似非十四五歲所應有。《彊村叢書》本吴詞《木蘭花慢》「遊虎丘」之後，連編同調「重遊虎丘」一首，兩詞作年當相去不遠，其詞下片有「鬢成潘」、「笑掀髯」之句，亦非十四五歲人之語。此其一。

（二）拙譜以爲夢窗集中無一語及賈似道後樂園落成及吴潛貶死，緣其卒於景定之初，不及見此。先生於此若無所疑，則景定初卒時，依尊説不過四十左右（依拙譜，時已六十以外）。案之集中歎老諸詞，如《霜葉飛》「白髮緣愁萬縷」，《瑞鶴仙》「看雪飛、蘋底蘆梢，未如鬢白」，《一寸金》「頑老情懷」等語，便皆不近情。雖文人早衰，或詞語誇張，然不應過分如此（淳祐四年甲辰冬至寓越作《喜遷鶯》云：「渡倦客晚潮，傷頭俱雪。」依拙譜時四十五六歲，依尊説則僅二十餘歲）。若將卒年下延二十年，作六十以外計，則已在元至元十六七年，何以集中無一滄桑語？若云今存之吴詞已非完璧，似亦無徵之説。此其二。

至周草窗題贈二詞，曩編拙譜時，亦嘗再三商度，竊以爲《玲瓏四犯》「戲調夢窗」所謂「年少忍負韶華」云云，按之原詞上下文，或泛謂西湖遊春之人，未必即指夢窗（此片全文云：「波暖塵香，正嫩日輕陰，摇盪清晝。幾日新晴，初展綺枰紋繡。年少忍負韶華，盡占斷豔歌芳酒。看翠簾蝶舞蜂喧，催趁禁煙時候。」此詞至下片「尋芳較晚，東風約、還在劉郎後」才拍到夢窗，蓋戲其垂老冶遊也）。《玉漏遲》「題吴夢窗詞集」所謂「閑自笑。與君共是，承平年少」，似可解爲二人皆曾閲歷承平時代，非必謂同時閲歷承平。如此則與草窗年輩之疑，或可解釋（稱吴潛爲「翁」爲「先生」，則應酬習語，似不足爲考據）。顓陋之見，不知當否。疑義相析，甚得共學之樂。倘不以爲專輒固執，續有開誨，不勝盼企。夏承燾敬上。

## 張鳳子先生第二書

瞿禪先生左右：蕪辭瀆聽，遠辱還答，虛懷雅意，於今罕儷。讕説夢窗生年，初僅就草窗二詞推算，並誤認三十以上之人便不得謂之「年少」，遂以爲當生於嘉定十年以後。今知古人年逾三十亦有稱爲年少者，如草窗賦《木蘭花慢》西湖十景詞，時年已三十有二（據尊譜），而序云「年少氣鋭」。由是觀之，或二窗同遊之時，夢窗已三十以上；如果已至三十五六，則其爲倉臺慕僚，已不止十四五歲，而是一成年之人矣（徐鉉仕吴纔十六歲，則夢窗之爲幕僚已不算早。徐事見尊著馮正中譜）。考夢窗在蘇州倉幕所作諸詞，對同遊者稱曰「諸公」，而自謙曰「陪」，可知其年故甚少也。尊著定夢窗卒於六十以後，不過因其集中歎老之詞頗多；實則夢窗固早衰者，其詞嘗自言之。陪庾（似當作倉）幕諸公遊靈巖之《八聲甘州》詞，即有「華髮奈山青」語，則其重遊虎丘之作，勿論其與遊靈巖之時間相去久暫，於其「鬢成潘」、「掀髯笑」之語，又烏足怪乎？嘗見十餘齡之童子，滿頭俱白；若二三十歲而歎二毛如潘騎省者，則所在多有；即草窗賦「愁損庾郎，霜點鬢華白」之日，亦止三十有四耳（據尊譜）。蓋稟賦弱者其衰多早，矧坎壈纏身，窮愁卒歲之夢窗耶？此其所以叹老嗟卑，顧影汲汲，而不能自已於言也。歐陽永叔守滁，自號醉翁；蘇子瞻守密，自稱老夫（見彊村本《東坡樂府》《江城子・密州出獵》詞），並年僅四十，可見古人稱老不必五六十歲而後然也。鄙意夢窗得年雖不止於四十，至多亦不過四十五六。如此不第二窗年輩可以無疑，即草窗二詞亦可一目了然矣。海隅下士，獨學寡聞，以來諭諄諄，故敢再發其狂瞽之論。願不終棄而辱教之，幸甚幸甚。

弟張鳳子謹啟　七月九日

依張先生第二書之説，夢窗紹定五年（一二三二）爲蘇州倉臺幕僚「已不止十四五歲，而是一成年之人」，若定其時爲二十歲左右，則當生於嘉定五年（一二一二）左右。又張先生謂夢窗得年「至多亦不過四十五六」，則當卒於寶祐四年（一二五六）左右。是生年比拙譜遲十二三年，卒年則早四五年。依其説以推算集中可考年代各詞：淳祐四年甲辰（一二四四）寓越《喜遷鶯》「渡倦客晚潮，傷頭俱雪」句，乃三十一二歲作；淳祐二年壬寅（一二四二）《六醜》「歎霜簪練髮」句，乃三十左右作；紹定五年壬辰（一二三二）《八聲甘州》「華髮奈山青」句，乃二十左右作；是比潘岳年三十二始見二毛者尤爲早衰，不知究符事實否。予爲飛卿、白石、夢窗繫年三譜，文獻不足，皆無從確定其生卒年月，推求過細，反成誣妄。茲録與張先生來往各書於此，並世方家，幸共商榷之。承燾。録自夏承燾《夏承燾全集・唐宋詞人年譜》。

# 附録五　夢窗事蹟簡表及編年詞一覽表

## （一）夢窗事蹟簡表

| 紀年 | 輯事 | 地點 | 幕遊、行役或歸寓 |
| --- | --- | --- | --- |
| 嘉泰二年（一二〇二） | 出生 | | |
| 嘉定十三年（一二二〇）至紹定三年（一二三〇） | 入臨安府尹袁韶幕 | 臨安府（杭州） | 常州（無錫、宜興）、揚州、楚州後改置淮安、平江（昆山）、湖州（烏程、德清） |
| 紹定四年（一二三一）至淳祐四年（一二四四） | 入職「提舉常平廣惠倉兼管勾農田水利差役事」（倉幕） | 平江府（蘇州） | 楚州後改置淮安、常州（無錫）、平江（常熟、長州、吴縣）、湖州（烏程）、臨安（新城、仁和） |
| 淳祐四年（一二四四） | 入紹興府尹史宅之幕 | 紹興府 | 蘇州、杭州 |
| 淳祐六年（一二四六）至淳祐九年（一二四九） | 入史宅之幕（史氏時任工部尚書、吏部尚書、同簽書樞密院事等職） | 臨安府（杭州） | 蘇州、紹興 |

續表

| 紀年 | 輯事 | 地點 | 幕遊、行役或歸寓 |
| --- | --- | --- | --- |
| 淳祐九年（一二四九）至開慶元年（一二五九） | 閑隱寓居 | 平江府（蘇州） | 杭州、湖州（烏程） |
| 開慶元年（一二五九）至咸淳元年（一二六五） | 入嗣榮王趙與芮幕 | 臨安府（杭州）、紹興府（山陰）兩地皆有榮邸 | 蘇州 |
| 咸淳元年（一二六五）至宋亡 | 閑隱寓居 | 蘇州 | 杭州 |

## （二）夢窗編年詞一覽表

| 序號 | 調名 | 首句 | 地點 | 編年 |
| --- | --- | --- | --- | --- |
| 一 | 慶宫春 | 春屋圍花 | 杭州（臨安） | 嘉定十三年（一二二〇）至紹定四年（一二三一） |
| 二 | 柳梢青 | 翠嶂圍屏 | 杭州（臨安） | 嘉定十三年（一二二〇）至紹定四年（一二三一） |
| 三 | 瑞鶴仙 | 彩雲棲翡翠 | 常州（無錫） | 嘉定十五年（一二二二）至嘉定十六年（一二二三） |
| 四 | 蝶戀花 | 北斗秋横雲髻影 | 常州（無錫） | 嘉定十五年（一二二二）至嘉定十六年（一二二三） |

續表

| 序號 | 調名 | 首句 | 地點 | 編年 |
|---|---|---|---|---|
| 五 | 一寸金 | 秋入中山 | 常州（宜興） | 嘉定十五年（一二二二）至嘉定十六年（一二二三） |
| 六 | 木蘭花慢 | 潤寒梅細雨 | 揚州 | 嘉定十五年（一二二二）至寶慶二年（一二二六） |
| 七 | 水龍吟 | 有人獨立空山 | 揚州 | 嘉定十五年（一二二二）至寶慶二年（一二二六） |
| 八 | 滿江紅 | 雲氣樓臺 | 蘇州（昆山） | 嘉定十六年（一二二三） |
| 九 | 齊天樂 | 淩朝一片陽臺影 | 蘇州 | 嘉定十六年（一二二三） |
| 一〇 | 尉遲杯 | 垂楊徑 | 湖州（烏程） | 嘉定十七年（一二二四）至寶慶二年（一二二六） |
| 一一 | 三部樂 | 江鶂初飛 | 湖州（烏程） | 嘉定十七年（一二二四）至寶慶二年（一二二六） |
| 一二 | 齊天樂 | 餘香才潤鸞綃汗 | 湖州（烏程） | 嘉定十七年（一二二四）至寶慶二年（一二二六） |
| 一三 | 解語花 | 簷花舊滴 | 杭州 | 寶慶元年（一二二五） |
| 一四 | 瑞龍吟 | 大溪面 | 湖州（德清） | 寶慶二年（一二二六） |
| 一五 | 賀新郎 | 浪影龜紋皺 | 湖州（德清） | 寶慶二年（一二二六） |
| 一六 | 念奴嬌 | 思生晚眺 | 湖州（德清） | 寶慶二年（一二二六） |

續表

| 序號 | 調名 | 首句 | 地點 | 編年 |
|---|---|---|---|---|
| 一七 | 荔枝香近 | 錦帶吴鉤 | 蘇州 | 紹定元年（一二二八）至端平元年（一二三四） |
| 一八 | 渡江雲 | 羞紅顰淺恨 | 杭州 | 紹定三年（一二三〇） |
| 一九 | 夜遊宫 | 人去西樓雁杳 | 杭州 | 紹定三年（一二三〇） |
| 二〇 | 解連環 | 思和雲結 | 湖州（烏程） | 紹定四年（一二三一） |
| 二一 | 絳都春 | 羃雲旅雁 | 蘇州 | 紹定四年（一二三一） |
| 二二 | 江神子 | 天街如水翠塵空 | 蘇州 | 紹定四年（一二三一） |
| 二三 | 宴清都 | 萬里關河眼 | 淮水途中 | 紹定五年（一二三二）至端平元年（一二三四） |
| 二四 | 玉蝴蝶 | 角斷籤鳴疏點 | 淮水途中 | 紹定五年（一二三二）至端平元年（一二三四） |
| 二五 | 滿江紅 | 竹下門敲 | 蘇州 | 紹定五年（一二三二）至端平三年（一二三六） |
| 二六 | 江神子 | 翠紗籠袖映紅霏 | 蘇州 | 紹定五年（一二三二） |
| 二七 | 聲聲慢 | 檀欒金碧 | 蘇州 | 紹定五年（一二三二） |
| 二八 | 鶯啼序 | 殘寒正欺病酒 | 杭州 | 紹定六年（一二三三）或稍後 |

續表

| 序號 | 調名 | 首句 | 地點 | 編年 |
|---|---|---|---|---|
| 二九 | 木蘭花慢 | 幾臨流送遠 | 蘇州 | 端平三年(一二三六) |
| 三〇 | 探芳信 | 暖風定 | 蘇州 | 端平三年(一二三六) |
| 三一 | 掃花遊 | 草生夢碧 | 蘇州 | 嘉熙元年(一二三七) |
| 三二 | 燭影摇紅 | 莓鎖虹梁 | 湖州(德清) | 嘉熙年間(一二三七至一二四〇) |
| 三三 | 祝英臺近 | 采幽香 | 湖州(德清) | 嘉熙年間(一二三七至一二四〇) |
| 三四 | 青玉案 | 東風客雁溪邊道 | 湖州(德清) | 嘉熙年間(一二三七至一二四〇) |
| 三五 | 珍珠簾 | 蜜沈燼暖萸煙裊 | 湖州(德清) | 嘉熙年間(一二三七至一二四〇) |
| 三六 | 金縷歌 | 喬木生雲氣 | 蘇州 | 嘉熙二年(一二三八) |
| 三七 | 一剪梅 | 老色頻生玉鏡塵 | 蘇州 | 嘉熙二年(一二三八)至嘉熙四年(一二四〇) |
| 三八 | 江神子 | 西風來晚桂開遲 | 蘇州 | 淳祐元年(一二四一)至淳祐二年(一二四二) |
| 三九 | 浪淘沙慢 | 夢仙到 | 杭州(富陽) | 淳祐元年(一二四一) |
| 四〇 | 六醜 | 漸新鵝映柳 | 蘇州 | 淳祐二年(一二四二) |

續表

| 序號 | 調名 | 首句 | 地點 | 編年 |
| --- | --- | --- | --- | --- |
| 四一 | 思佳客 | 自唱新詞送歲華 | 蘇州 | 淳祐三年(一二四三) |
| 四二 | 瑞鶴仙 | 轆轤春又轉 | 蘇州 | 淳祐三年(一二四三) |
| 四三 | 沁園春 | 澄碧西湖 | 杭州 | 淳祐三年(一二四三) |
| 四四 | 玉漏遲 | 雁邊風訊小 | 蘇州(長州) | 淳祐三年(一二四三) |
| 四五 | 古香慢 | 怨娥墜柳 | 蘇州 | 淳祐三年(一二四三) |
| 四六 | 齊天樂 | 竹深不放斜陽度 | 常州 | 淳祐三年(一二四三) |
| 四七 | 思佳客 | 丹桂花開第二番 | 蘇州 | 淳祐三年(一二四三) |
| 四八 | 過秦樓 | 藻國淒迷 | 蘇州 | 淳祐三年(一二四三) |
| 四九 | 八聲甘州 | 步晴霞倒影 | 蘇州 | 淳祐三年(一二四三) |
| 五〇 | 探芳新 | 九街頭 | 蘇州 | 淳祐三年(一二四三) |
| 五一 | 江南春 | 風響牙籤 | 蘇州 | 淳祐三年(一二四三) |
| 五二 | 拜星月慢 | 絳雪生涼 | 湖州(烏程) | 淳祐三年(一二四三) |

續表

| 序號 | 調名 | 首句 | 地點 | 編年 |
| --- | --- | --- | --- | --- |
| 五三 | 水龍吟 | 豔陽不到 | 常州(無錫) | 淳祐三年(一二四三) |
| 五四 | 西平樂慢 | 岸壓郵亭 | 杭州 | 淳祐三年(一二四三) |
| 五五 | 丁香結 | 香裊紅霏 | 蘇州 | 淳祐三年(一二四三) |
| 五六 | 花犯 | 小娉婷 | 蘇州 | 淳祐三年(一二四三) |
| 五七 | 還京樂 | 宴蘭漵 | 杭州 | 淳祐三年(一二四三) |
| 五八 | 水龍吟 | 澹雲籠月微黄 | 蘇州 | 淳祐三年(一二四三) |
| 五九 | 三姝媚 | 湖山經醉慣 | 杭州 | 淳祐三年(一二四三) |
| 六〇 | 暗香 | 縣花誰葺 | 蘇州(吴縣) | 淳祐三年(一二四三) |
| 六一 | 永遇樂 | 閣雪雲低 | 蘇州 | 淳祐三年(一二四三) |
| 六二 | 瑶華 | 秋風采石 | 蘇州 | 淳祐三年(一二四三) |
| 六三 | 金琖子 | 賞月梧園 | 蘇州 | 淳祐三年(一二四三) |
| 六四 | 江神子 | 長安門外小林丘 | 杭州(新城) | 淳祐三年(一二四三) |

續表

| 序號 | 調名 | 首句 | 地點 | 編年 |
| --- | --- | --- | --- | --- |
| 六五 | 喜遷鶯 | 江亭年暮 | 蘇州（常熟） | 淳祐三年（一二四三） |
| 六六 | 聲聲慢 | 憑高入夢 | 蘇州 | 淳祐三年（一二四三）或淳祐四年（一二四四） |
| 六七 | 江南好 | 行錦歸來 | 蘇州 | 淳祐三年（一二四三）至淳祐四年（一二四四） |
| 六八 | 霜葉飛 | 斷煙離緒 | 蘇州 | 淳祐四年（一二四四）或稍前 |
| 六九 | 醉桃源 | 五更櫪馬靜無聲 | 蘇州（常熟） | 淳祐四年（一二四四） |
| 七〇 | 滿江紅 | 絡東蕭仙 | 蘇州 | 淳祐四年（一二四四） |
| 七一 | 鳳棲梧 | 開過南枝花滿院 | 蘇州 | 淳祐四年（一二四四） |
| 七二 | 尾犯 | 紺海掣微雲 | 蘇州 | 淳祐四年（一二四四） |
| 七三 | 喜遷鶯 | 冬分人別 | 紹興 | 淳祐四年（一二四四） |
| 七四 | 祝英臺近 | 剪紅情 | 紹興 | 淳祐四年（一二四四） |
| 七五 | 醜奴兒慢 | 東風未起 | 紹興 | 淳祐四年（一二四四）或淳祐五年（一二四五） |
| 七六 | 燕歸梁 | 一片遊塵拂鏡灣 | 紹興 | 淳祐四年（一二四四）或淳祐五年（一二四五） |

續表

| 序號 | 調名 | 首句 | 地點 | 編年 |
| --- | --- | --- | --- | --- |
| 七七 | 永遇樂 | 風拂塵徽 | 紹興 | 淳祐五年（一二四五） |
| 七八 | 聲聲慢 | 鶯團橙徑 | 蘇州 | 淳祐五年（一二四五） |
| 七九 | 瑞鶴仙 | 記年時茂苑 | 紹興 | 淳祐五年（一二四五） |
| 八〇 | 江神子 | 一聲玉磬下星壇 | 紹興 | 淳祐五年（一二四五） |
| 八一 | 惜秋華 | 細響殘蛩 | 紹興 | 淳祐五年（一二四五） |
| 八二 | 惜秋華 | 思渺西風 | 紹興 | 淳祐五年（一二四五） |
| 八三 | 燭影摇紅 | 秋入燈花 | 紹興 | 淳祐五年（一二四五） |
| 八四 | 瑞龍吟 | 墮虹際 | 紹興 | 淳祐五年（一二四五） |
| 八五 | 西江月 | 清夢重游天上 | 紹興 | 淳祐五年（一二四五） |
| 八六 | 聲聲慢 | 旋移輕鷁 | 蘇州 | 淳祐五年（一二四五） |
| 八七 | 水調歌頭 | 屋下半流水 | 紹興 | 淳祐五年（一二四五） |
| 八八 | 齊天樂 | 三千年事殘鴉外 | 紹興 | 淳祐五年（一二四五） |

續表

| 序號 | 調名 | 首句 | 地點 | 編年 |
| --- | --- | --- | --- | --- |
| 八九 | 燭影摇紅 | 飛蓋西園 | 紹興 | 淳祐五年（一二四五） |
| 九〇 | 惜秋華 | 路遠仙城 | 紹興 | 淳祐五年（一二四五） |
| 九一 | 垂絲釣近 | 聽風聽雨 | 紹興 | 淳祐五年（一二四五） |
| 九二 | 祝英臺近 | 問流花 | 紹興 | 淳祐五年（一二四五）至淳祐六年（一二四六） |
| 九三 | 浣溪沙 | 秦黛横愁送暮雲 | 紹興 | 淳祐五年（一二四五）至淳祐六年（一二四六） |
| 九四 | 秋霽 | 一水盈盈 | 杭州 | 淳祐六年（一二四六） |
| 九五 | 瑞鶴仙 | 亂雲生古嶠 | 杭州 | 淳祐六年（一二四六） |
| 九六 | 塞垣春 | 漏瑟侵瓊管 | 紹興 | 淳祐六年（一二四六） |
| 九七 | 西江月 | 添線繡床人倦 | 蘇州 | 淳祐六年（一二四六） |
| 九八 | 探芳信 | 探春到 | 紹興 | 淳祐六年（一二四六） |
| 九九 | 木蘭花慢 | 送秋雲萬里 | 蘇州 | 淳祐六年（一二四六）或稍後 |
| 一〇〇 | 聲聲慢 | 清漪衔苑 | 杭州 | 淳祐六年（一二四六）至淳祐七年（一二四七） |

續表

| 序號 | 調名 | 首句 | 地點 | 編年 |
|---|---|---|---|---|
| 一〇一 | 齊天樂 | 芙蓉心上三更露 | 杭州 | 淳祐六年（一二四六）至淳祐九年（一二四九） |
| 一〇二 | 繞佛閣 | 夜空似水 | 杭州 | 淳祐六年（一二四六）至淳祐九年（一二四九） |
| 一〇三 | 夢芙蓉 | 西風摇步綺 | 蘇州 | 淳祐六年（一二四六）至淳祐九年（一二四九） |
| 一〇四 | 八聲甘州 | 記行雲夢影 | 蘇州 | 淳祐六年（一二四六）至淳祐九年（一二四九） |
| 一〇五 | 漢宫春 | 花姥來時 | 蘇州 | 淳祐六年（一二四六）至淳祐九年（一二四九） |
| 一〇六 | 戀繡衾 | 頻摩書眼怯細文 | 杭州 | 淳祐六年（一二四六）至淳祐九年（一二四九） |
| 一〇七 | 杏花天 | 鬢棱初剪玉纖弱 | 杭州 | 淳祐六年（一二四六）至淳祐九年（一二四九） |
| 一〇八 | 采桑子慢 | 桐敲露井 | 杭州 | 淳祐六年（一二四六）至淳祐九年（一二四九） |
| 一〇九 | 風入松 | 一番疏雨洗芙蓉 | 紹興 | 淳祐六年（一二四六）至淳祐九年（一二四九） |
| 一一〇 | 蝶戀花 | 明月枝頭香滿路 | 杭州 | 淳祐六年（一二四六）至淳祐九年（一二四九） |
| 一一一 | 水龍吟 | 望春樓外滄波 | 蘇州 | 淳祐七年（一二四七） |
| 一一二 | 鳳池吟 | 萬丈巍臺 | 杭州 | 淳祐七年（一二四七） |

續表

| 序號 | 調名 | 首句 | 地點 | 編年 |
| --- | --- | --- | --- | --- |
| 一一三 | 塞翁吟 | 有約西湖去 | 蘇州 | 淳祐七年（一二四七）或稍後 |
| 一一四 | 漢宫春 | 名壓年芳 | 杭州 | 淳祐七年（一二四七）至淳祐八年（一二四八） |
| 一一五 | 燭影摇紅 | 新月侵階 | 杭州 | 淳祐八年（一二四八） |
| 一一六 | 探芳信 | 轉芳徑 | 杭州 | 淳祐八年（一二四八） |
| 一一七 | 水龍吟 | 好山都在西湖 | 杭州 | 淳祐八年（一二四八） |
| 一一八 | 水龍吟 | 杜陵折柳狂吟 | 杭州 | 淳祐八年（一二四八）至淳祐九年（一二四九） |
| 一一九 | 水龍吟 | 外湖北嶺雲多 | 杭州 | 淳祐九年（一二四九） |
| 一二〇 | 浣溪沙 | 新夢遊仙駕紫鴻 | 杭州 | 淳祐九年（一二四九） |
| 一二一 | 絳都春 | 螺屏暖翠 | 紹興 | 淳祐九年（一二四九） |
| 一二二 | 絳都春 | 春來雁渚 | 蘇州 | 淳祐九年（一二四九） |
| 一二三 | 瑞龍吟 | 黯分袖 | 蘇州 | 淳祐十年（一二五〇） |
| 一二四 | 惜黄花慢 | 送客吴皋 | 蘇州 | 淳祐十年（一二五〇） |

續表

| 序號 | 調名 | 首句 | 地點 | 編年 |
|---|---|---|---|---|
| 一二五 | 醉桃源 | 翠陰濃合曉鶯堤 | 杭州 | 淳祐十一年（一二五一） |
| 一二六 | 鶯啼序 | 天吴駕雲閬海 | 杭州 | 淳祐十一年（一二五一） |
| 一二七 | 掃花遊 | 暖波印日 | 紹興 | 寶祐元年（一二五三）至景定元年（一二六〇） |
| 一二八 | 蕙蘭芳引 | 空翠染雲 | 杭州 | 寶祐四年（一二五七）前後 |
| 一二九 | 玉京謡 | 蝶夢迷清曉 | 杭州 | 寶祐四年（一二五七）前後 |
| 一三〇 | 極相思 | 玉纖風透秋痕 | 杭州 | 寶祐四年（一二五七）前後 |
| 一三一 | 西江月 | 枝裊一痕雪在 | 紹興 | 寶祐四年（一二五七）或稍後 |
| 一三二 | 惜紅衣 | 鷺老秋絲 | 湖州（烏程） | 寶祐五年（一二五八）前後 |
| 一三三 | 宴清都 | 翠匝西門柳 | 蘇州 | 開慶元年（一二五九） |
| 一三四 | 沁園春 | 情如之何 | 蘇州 | 開慶元年（一二五九） |
| 一三五 | 木蘭花慢 | 記瓊林宴起 | 杭州 | 開慶元年（一二五九）或稍後 |
| 一三六 | 燭影摇紅 | 天桂飛香 | 紹興 | 景定元年（一二六〇）或稍後 |

續表

| 序號 | 調名 | 首句 | 地點 | 編年 |
|---|---|---|---|---|
| 一三七 | 水龍吟 | 望中璇海波新 | 紹興 | 景定元年（一二六〇）至景定五年（一二六四） |
| 一三八 | 齊天樂 | 玉皇重賜瑶池宴 | 紹興 | 景定元年（一二六〇）至景定五年（一二六四） |
| 一三九 | 高陽臺 | 帆落迴潮 | 紹興 | 景定三年（一二六二） |
| 一四〇 | 高陽臺 | 修竹凝妝 | 杭州 | 景定四年（一二六三）景定五年（一二六四）前後 |
| 一四一 | 高陽臺 | 宫粉雕痕 | 杭州 | 景定四年（一二六三）景定五年（一二六四）前後 |
| 一四二 | 高陽臺 | 淝水秋寒 | 蘇州 | 景定五年（一二六四） |
| 一四三 | 水龍吟 | 幾番時事重論 | 紹興 | 咸淳元年（一二六五） |
| 一四四 | 宴清都 | 翠羽飛梁苑 | 紹興 | 咸淳元年（一二六五） |
| 一四五 | 金琖子 | 卜築西湖 | 杭州 | 咸淳元年（一二六五）至咸淳四年（一二六八） |
| 一四六 | 繞佛閣 | 蒨霞豔錦 | 杭州 | 宋亡之後 |
| 一四七 | 應天長 | 麗花鬭靨 | 蘇州 | 宋亡之後 |
| 一四八 | 浣溪沙 | 門巷深深小畫樓 | | 宋亡之後 |

續表

| 序號 | 調名 | 首句 | 地點 | 編年 |
| --- | --- | --- | --- | --- |
| 一四九 | 點絳唇 | 捲盡愁雲 | 杭州 | 宋亡之後 |
| 一五〇 | 訴衷情 | 陰陰緑潤暗啼鴉 | 杭州 | 宋亡之後 |
| 一五一 | 祝英臺近 | 晚雲開 | 杭州 | 宋亡之後 |
| 一五二 | 燭影摇紅 | 碧澹山姿 | 杭州 | 宋亡之後 |
| 一五三 | 倦尋芳 | 海霞倒影 | 杭州 | 宋亡之後 |
| 一五四 | 踏莎行 | 楊柳風流 | 杭州 | 宋亡之後 |

*正文中時間過於寬泛的編年詞不列入此表。

# 附録六　版本考略

## （一）增訂四庫簡明目録標注（卷二〇）

邵懿辰

《夢窗稿》四卷，《補遺》一卷。宋吴文英撰，三集。

汲古閣刊本。

（續録）明萬曆二十六年太原張氏鈔本，明鈔不分卷本。明鈔《夢窗詞甲集》本。清康熙六年張夫人學象手鈔本四册，不分卷，與毛刻《四稿》不同，中有標宫調者六十餘闋，復有倪頔塘用毛本校過，源出萬曆太原張氏本，即夫人之母家也。陸敕先、毛斧季手校本。古華詞隱校汲古閣本《夢窗詞》一卷鈔本。咸豐辛酉曼陀羅華閣刊本。《四明叢書》稿本，附《小箋》、《校記》各一卷。朱彊村校刊本，係假涵芬樓明萬曆太原張廷璋鈔本，與張學象鈔本同出一源。光緒甲辰王鵬運刊本，多《札記》一卷。民國二十二年排印楊鐵夫箋釋考正《夢窗詞選》二卷本。民國二十三年來薰閣印夢窗甲、乙、丙、丁稿各一卷、《補遺》一卷，附王鵬運《校勘記》一卷本。

## （二）夢窗詞集版本考

周　茜

### （一）明鈔本《夢窗詞集》述略

吴文英才秀人微，《宋史》中没有他的傳記，宋人筆記及有關方志也罕有言及。至於夢窗詞的流傳，筆者翻檢宋、元、明、清幾代主要的官修和私撰目録，除明代有一種外，其餘皆爲清代的著録：

李廷相（一四八一至一五四四），《濮陽蒲汀李先生家藏目録》：《夢窗詞》二本（馮惠民、李萬健等選編：《明代書目題跋叢刊》，北京，書目文獻出版社　一九九四，一二〇八頁）。（《明代書目題跋叢刊》）

倪燦（一六二七至一六八八），《補宋史藝文志》：吴文英《夢窗甲乙丙丁四稿》，補遺一卷，字君特，四明人（《史學叢書》本）。

黄虞稷（一六二九至一六九一），《千頃堂書目》三十二卷，詞曲類：吴文英《夢窗甲乙丙丁稿》四卷　字君特，四明人（黄虞稷：《千頃堂書目》，上海，上海古籍出版社，一九九〇，七八九頁）。

陸漻（一六四四至？），《佳趣堂書目》：吴文英《夢窗丙稿》三卷（《觀古堂書目叢刊》本）。

王聞遠（一六六三至？），《孝慈堂書目》，《詩餘》類載：《吴夢窗詞》一卷　吴文英，一册，鈔，白，二十二番（《觀古堂書目叢刊》本）。

《四庫全書總目》下册，卷一百九十九，集部五十二，詞曲類二：《夢窗稿》四卷，《補遺》一卷　江蘇巡撫采進本（《四庫全書總目》，北京，中華書局，一九六五，一八一九頁）。

莫友芝（一八一一至一八七一），《郘亭知見傳本書目》：《夢窗稿》四卷，《補遺》一卷　宋吴文英撰　汲古三集，咸豐辛酉曼陀羅華閣刊（一九一八年石印本）。

陸心源（一八三四至一八九四），《皕宋樓藏書志》第五函，三十三册，卷一百十九：《夢窗甲稿》一卷　毛斧季手校本　宋四明吴文英君特撰（光緒八年壬午冬月十萬卷樓藏版）。

徐樹蘭（一八三七至一九〇二），《古越藏書樓書目》：《夢窗詞》四卷，《補遺》一卷曼陀羅華閣本（光緒三十年崇實書局石印本）。

傅增湘（一八七二至一九四九），《藏園群書經眼録》卷十九，集部八：《夢窗詞集》不分卷　宋吴文英撰　明寫本　九行十六字。後題「萬曆廿六年置」，後鈐「太原廷璋」，「太原張氏文苑」印（己未）（傅增湘：《藏園群書經眼録》第五册，北京，中華書局，一九八三，一六〇二頁）。

高士奇《抱經樓藏書表》：《夢窗甲稿》一卷，《乙稿》一卷（汲古閣稿本）。

周子美《嘉業堂鈔校本目録》卷四：《夢窗詞校議》一卷，清鄭文焯校訂，稿本，四册（周子美編：《嘉業堂鈔校本目録・天一閣藏書經見録》，上海，華東師範大學出版社，一九八六，九四頁）。

此外，《中國古籍善本書目》集部，下册，詞類：《夢窗甲稿》一卷，《乙稿》一卷，《丙稿》一卷，《丁稿》一卷，《補遺》一卷，《續補遺》一卷　宋吴文英撰　清咸豐十一年刻曼陀羅華閣叢書本　清孫衣言校　《夢窗詞集》不分卷　宋吴文英撰　明鈔本（《中國古籍善本書目》，上海，上海古籍出版社，一九九八，一九六七頁）。

由上可見，夢窗詞集最早著録於明代藏書家李廷相的家藏書目中。而在清代各家的著録中大都爲甲乙丙丁四卷本系統。明鈔本的著録極少且時間較晚，顯然明鈔本的發現晚於四卷本。此後筆者據《北京圖書館古籍善本書目》著録：《夢窗詞集》不分卷　明鈔本一册　九行十六字無格（《北京圖書館古籍善本書目》，北京，書目文獻出版社，一九八七，二九五八頁），得以在國家圖書館檢閲。此明鈔本書衣爲半成新碧緑色封皮，書名頁褐黄色，左上書：夢窗詞集。該頁上下有磨損、剥離。書高二七・七厘米，寬一八・六厘米，厚一・六厘米。四針眼線裝。版式爲每半頁九行，行一十六字，無格。

此書目録首頁右側鈐有大小不等的篆印五個，分别爲：涵芬樓（陽文）、北京圖書館藏（陽文）、太原張家文苑（陰文）、太原廷璋（陽文）、海鹽張元濟經收（陽文）。

正文第一頁右下側有三個陰文印：北京珍秘圖籍、太原張文苑、謏聞齋。卷末尾題：吴夢窗詞集終（左上），萬曆廿六年置（左下）。左下角還有三個陽文小印：太原廷璋藏。涵芬樓藏、北京圖書館藏。

據以上刻印及有關文獻資料考證，該鈔本原爲明代萬曆二十六年（一五九八）太原張廷璋藏抄一卷本，後爲謏聞齋所得。謏聞齋是清代藏書家顧錫麒的藏書室。顧錫麒，字竹泉，一字敦淳，别署謏聞齋主人，江蘇婁江（太倉）人，生卒年不詳。顧氏藏書頗富，藏印有「竹泉」白方，「臣顧錫麒」朱方，「謏聞齋」白方，「謏聞齋秘笈」白方等。太平軍興，嘗載書至上海。民國間，其後裔僑居滬上。張元濟《涵芬樓燼餘書録》序云：

至其家觀其所藏，則厨架淩亂，塵封蠹積，稍稍翻閲，大都爲黄蕘圃、汪士鍾兩家之物。既諧價矣，主人謂尚有鈔本數百册，益我萬金，可並攜去。余慨然諾之（張元濟：《涵芬樓燼餘書録》，北京，商務印書館，一九五一。

該明鈔本恐爲張元濟於此所購，刻印「海鹽張元濟經收」可證。張元濟（一八六七至一九五九），浙江海鹽人，爲當代著名版本家、校勘家。張氏自光緒二十九年（一九〇三）進入商務印書館後，在漫長的歲月裏，在全國範圍内收購各大藏書家的善本書，堅毅劬苦地整理出版古代文獻，並别辟涵芬樓珍藏宋、元、明舊刊和抄校本。該明鈔本《夢窗詞集》曾爲張元濟涵芬樓所秘庋。

夢窗詞晦澀難讀，歷代對其人其詞的評價毁譽參半，其詞作的流傳於宋、元、明都寂然難尋。明正統六年（一四四一）吴訥輯《唐宋名賢百家詞》，收宋詞别集七十家，然亦未得夢窗詞。現存最早的夢窗詞刻本，是明末崇禎年間（一六二八至一六四四）毛晉《宋六十名家詞》本的《夢窗甲乙丙丁稿》。毛晉跋（一）稱：

或云《夢窗詞》一卷，或云凡四卷，以甲乙丙丁釐目。或又云四明吴君特從吴履齋諸公遊，晚年好填詞，謝世後同遊者集其丙丁稿若干篇釐爲二卷（《夢窗詞》，汲古閣本）。

毛晉刊《夢窗稿》未説明其所據的版本，或許此明鈔本《夢窗詞集》一卷就是毛晉所稱「或云夢窗詞一卷」者。

清代對夢窗詞的研治逐步掀起熱潮。清末王鵬運、朱祖謀、鄭文焯等人致力於夢窗詞的校勘整理。一八九九年王、朱合校的《夢窗甲乙丙丁稿》刊行。一九〇四年於揚州重校付梓。一九〇八年朱祖謀再次續校，有無著庵二校本。以上均以毛本爲底本。此後朱氏才獲得涵芬樓明萬曆中太原張廷璋所藏舊鈔本，勾稽異同，重校墨版，刊於一九一三年。張爾田跋曰：

《夢窗詞集》一卷，明萬曆二十六年，太原張廷璋氏藏鈔本，彊村先生重校墨版者也。始先生與半塘翁約校夢窗，實歲己亥。越數年，又發篋研核同異，蘄竟翁志。馳書海内藏家，求汲古以前傳本不可得。綴簡跂詠，疚焉於心。久之，謀於滬，則獲焉（《夢窗詞集》，《彊村叢書》本）。

此外，張元濟有曰：

夢窗詞世唯甲乙丙丁四稿，爲汲古閣毛氏所刻。四庫著録，亦即此本。彊村前輩與半塘翁相約校勘，求舊本不可得，余聞之，發篋相示，彊村大喜，録副本以歸（張元濟《涵芬樓燼餘書録》第五册，集部，一二三頁）。

可見該舊鈔本王半塘、朱彊村久尋於海内，最終於張元濟處獲得。

上文所列各書目中傅增湘的《藏園群書經眼録》有稍詳細的著録。傅增湘（一八七二至一九四九），當代著名版本、目録、校勘學家。一九一一年夏他和張元濟相識，此後兩人因同好而成爲至交。傅氏曾於己未年（一九一九）經見該鈔本。

將明鈔本與毛晉汲古閣本進行比勘，可見兩者的淵源。

明鈔本《夢窗詞集》共收録詞作二七三首，其中附清真詞兩首：《慶宫春》（雲接平崗）和《大酺》（對宿煙收）。誤收他人之作十五首，分别是：《浣溪沙》五首，有歐陽修「青杏園林」、李璟「手卷珠簾」、晏殊「一曲新詞」、蘇軾「簌簌衣巾」、李清照「小院閑窗」。《玉樓春》有晏殊「緑楊芳草」一首。《如夢令》有曹組「門外緑陰」一首。《洞仙歌》有辛棄疾（姜夔）「花中慣識」一首。《玉漏遲》二首，有趙聞禮「絮花寒食路」、無名氏「杏花飄禁苑」。《玉蝴蝶》有史達祖「晚雨未摧宫樹」一首。《絳都春》有「融和又報」一首。《聲聲慢》有無名氏「梅黄金重」一首。《淒涼犯》有姜夔「緑楊巷陌」一首。《尾犯》有柳永「夜雨滴空階」一首。明鈔本實收夢窗詞作二五六首。

毛晉汲古閣本甲稿收詞一〇一首，乙稿收詞七十一首，丙稿收詞八〇首，丁稿收詞八五首，另附補遺九首，絶筆一首，共計收詞三四七首。其中甲乙兩稿的類次略同於明鈔本

而小有出入。毛晉本跋(二)曰:

家藏書未備,如四明吴夢窗詞稿,二十年前僅見丙丁二集,因遂授梓,蓋尺錦寸繡,不忍秘諸枕中也。今又得甲乙二册,但錯簡紛然,如「風裏落花誰是主」,此南唐後主亡國詞讖也。「無可奈何花落去,似曾相識燕歸來」巧對,晏元獻公與江都尉同游池上一段佳話,久已耳熟,豈容攘美?又如秦少游「門外緑陰千頃」、蘇子瞻「敲門試問野人家」、周美成「依樓無語理瑶琴」、歐陽永叔「佳人初試薄羅裳」之類,各入本集,不能條舉。但如「雲接平岡」、「對宿煙收」諸篇,自注附某集者,姑仍之,未識誰主誰賓也(《夢窗詞》,汲古閣本)。

可見,毛本的附清真和誤收各名家詞大致與明鈔本相同。

詞之作序,始於蘇軾,其自製題序,説明有關詞的背景與作意。此後姜夔、周密等的詞序還能獨立成篇,與本詞相互發明。該明鈔本也幾乎無一首無題,但其沿襲《花庵詞選》、《草堂詩餘》等分類本陋習,妄增「春情」、「春晴」、「春寒」、「秋感」、「夏景」、「感懷」等題,凡三十六處。此點毛氏本與明鈔本幾乎無異。

此外,明鈔本有兩個顯著的優點爲其身價所在。

第一,明鈔本有標注宫調者六四首,此爲毛本所無。

詞本是按曲歌唱、依聲填寫的文學，它與音樂有著千絲萬縷的聯繫。而宫調，猶如現代樂曲的樂調，用來限定樂器聲調的高下。唐宋人入樂歌詞的詞調亦依宫調定律，詞的文情與聲情相合，才能相得益彰，格外動人。吴文英精通樂理，「審音拈韻，習諳古諧」（朱祖謀語）。他的歌詞創作，在協律應歌方面，都是十分講究的。因此，該明鈔本標注宫調的詞作對於我們研究詞與音樂的關係以及夢窗詞的形式美、音樂美方面都是珍貴的資料。

第二，明鈔本的成書年代早於汲古閣本，可用之校勘、補訂他本。宋人詞籍中《夢窗詞》的訛誤最多，校勘工作也最困難。原因有二：毛晉汲古閣刻書於明末喪亂之際，所獲零疊碎篇，即得即刻，刊成了事，疏於校讎，舛訛脱漏，不可勝計。此外，夢窗隸事奇麗生僻，用語隱晦難解，讀之，滿紙疑塵，往往令人不求甚解，於是任情點竄，妄下雌黄，一誤再誤。朱祖謀傾畢生精力校訂夢窗詞，其《夢窗詞集》跋曰：

余治之二十年，一校於己亥，再勘於戊申，深鑒戈氏、杜氏肆爲專輒之弊，一守半塘翁五例，不敢妄有竄亂，迷誤方來。今遘是編，覆審曩刻，都幾訂補毛刊二百餘事（《夢窗詞集》，《彊村叢書》本）。

可見，明鈔本用於糾訂毛本的錯誤頗有貢獻。節若無明鈔本與之比勘，世士後學何可擬議？

綜上所述，由於明鈔本有上述優於毛本的顯著優點，朱祖謀獲得明鈔本後，其三校、四校夢窗詞，便不再用王、朱合校所據的毛本爲底本，而改用了明鈔本，書名也從明鈔本題爲《夢窗詞集》，編排次序亦依明鈔本，毛本多於明鈔本的詞，則編入《夢窗詞集補》。至此夢窗詞集有了定本，以後的各種版本大都衍生於此。

## （二）《夢窗詞集》版本考

《夢窗詞集》傳世的主要有兩個版本系統：一是明末崇禎年間毛晉汲古閣《宋六十名家詞》本，題爲《夢窗甲乙丙丁稿》四卷、補遺一卷。二是《夢窗詞集》一卷本，此爲涵芬樓所藏明萬曆二十六年太原張廷璋藏舊鈔本。此後各代出版的夢窗詞基本上是在這兩種版本基礎上變化而來的。

關於夢窗詞集的版本研究，以筆者之譾陋，僅見有謝桃坊先生的《夢窗詞的版本與校勘述略》與吴熊和先生的《鄭文焯批校夢窗詞》二文。此外，日本學者村上哲見先生的《吴文英（夢窗）及其詞》一文中有簡略提及。現筆者在吸取前輩研究成果的基礎上，擬對《夢窗詞集》版本加以考述。

夢窗詞版本雖有多種，其在宋代是否結集，卻難確考，但夢窗詞在當時已聲名遠揚卻是不爭的事實。這可從南宋的詞選集和詞論著作中見出。黃昇所編《花庵詞選》中，《中興以來絶妙詞選》十卷，收録夢窗詞九首。趙聞禮的《陽春白雪》選夢窗詞十三首，流傳甚廣的周密所選《絶妙好詞》輯録十六首。而影響不凡的張炎《詞源》和沈義父《樂府指迷》都對夢窗詞有所評論。至於《夢窗詞集》我們卻只能從上述書籍及有關資料的片言隻語中得知一些零碎的信息。

第一，黄昇《中興以來絶妙詞選》於吴君特小傳中稱：「山陰尹焕序其詞，略曰：『求詞於吾宋者，前有清真，後有夢窗。此非焕之言，四海之公言也。』」（《花庵詞選》卷十，北京，中華書局，一九五八，三五四頁）尹焕爲夢窗兄翁逢龍嘉定十年同榜進士，夢窗集中有贈尹焕詞多達十一首，可見兩人的交情頗深，或許夢窗生前曾自編詞集，那麽請好友尹焕爲之作序便不足爲奇。

第二，張炎《詞源》卷下云：「舊有刊本《六十家詞》，可歌可誦者，指不多屈。中間如秦少游、高竹屋、姜白石、史邦卿、吴夢窗，此數家格調不侔，句法挺異，俱能特立清新之意，删削靡曼之詞，自成一家，各名於世。」（張炎《詞源》，《詞話叢編》第一册，二五五頁）張炎《詞源》成書於元大德間（一二九七至一三〇七），那麽，收入舊刊《六十家詞》中的

《夢窗詞》應當是宋代刊本。

第三，吴文英「審音拈韻，習諳古諧」，曾自度曲數首，《霜花腴》即爲夢窗自度曲。《詞譜》第七册卷三十三《霜花腴》調後云：「此調只有此詞，無别首可校。」調下注云：「吴文英自度腔，因詞有『霜飽花腴』句，取以爲名。」（王奕清等撰《詞譜》，一九七九年北京市中國書店據清康熙五十四年内府刻本影印）周密則有《玉漏遲》「題吴夢窗《霜花腴詞集》」。又有張炎《聲聲慢》「題吴夢窗自度曲《霜花腴》卷後」。朱祖謀曰：「意當時此曲盛傳，遂以標詞卷。」可見，夢窗詞或許以《霜花腴詞集》在當時流傳。

以上尹焕序本，《六十家詞》本以及《霜花腴詞集》在宋、元、明三代的官修和私撰目録中均無著録。因此，《夢窗詞集》是否在宋代編撰成集，已難確考。

## 一、四卷本

元、明兩代爲詞學的衰微期，夢窗詞流傳不廣，幾乎湮没，到明末清初，毛晋汲古閣刻《夢窗甲乙丙丁稿》才重現於世。

**汲古閣四卷本** 明毛晉輯刻的《宋六十名家詞》爲現存刻印最早的一部宋詞總集，其中所刻《夢窗甲乙丙丁稿》四卷、補遺一卷是現存最早的夢窗詞刻本。由毛斧季等校勘過的原刻本今存中國國家圖書館。《北京圖書館古籍善本書目》著録：「宋名家詞六十一種九十卷。明毛晉編，明崇禎毛氏汲古閣刻本。陸貽典、黄儀、毛扆、季錫疇、瞿錫邦校並跋，何煌、何元錫校。二十六册，八行十八字白口雙邊。夢窗甲稿一卷乙稿一卷丙稿一卷丁稿一卷絶筆補遺一卷，宋吴文英撰。」(《北京圖書館古籍善本書目》，一八一九頁。其中毛扆字斧季，毛晉之子)全套《宋六十名家詞》分裝於兩木函内，共二十六册。《夢窗甲乙丙丁稿》分别收入十四、十五册，書衣爲藏藍色封皮，四針眼綫裝，書長二七・二厘米，寬一七・六厘米。書名頁左側長框内書「宋名家詞，家塾刊本，第某某册」。右上側書本册各詞集名。書根訂口内書「宋名家詞某册」，訂口外書各詞集名。

第十四册收夢窗詞甲稿一〇一首，乙稿七一首。乙稿末有毛晉跋語：

余家藏書未備，如四明吴夢窗詞稿，二十年前僅見丙丁二集，因遂授梓，蓋尺錦寸秀(繡)，不忍秘諸枕中也。今又得甲乙二册，但錯簡紛然。

十五册收夢窗詞丙稿八〇首，丁稿八五首，另附絶筆一首，補遺九首，兩册共計收詞三四七首。補遺稿末毛晉又跋曰：

或云《夢窗詞》一卷，或云凡四卷，以甲乙丙丁釐目；或又云四明吴君特從吴履齋諸公遊，晚年好填詞，謝世後同遊者集其丙丁兩年稿若干篇釐爲二卷。

由以上跋語可知：《夢窗詞》之甲乙丙丁並非以時間先後排序。毛晉初得丙丁二集，二十年後又得甲乙二集，後匯刻爲《夢窗四稿》才始爲完璧。此爲夢窗詞四卷本的最早刊本。

隨着毛晉《宋六十名家詞》的問世，《夢窗詞集》開始爲世人所知。清代在毛氏本的基礎上陸續出現了好幾種版本。

清代《夢窗詞集》最早的單行本是咸豐辛酉（一八六一）年間的杜文瀾編校本。

**曼陀羅華閣刊本**　此本一函二册，有夢窗詞四卷、補遺一卷、續補遺一卷，今存北京大學圖書館。此爲清咸豐辛酉年杜文瀾輯《曼陀羅華閣叢書》刻，杜文瀾校訂本。該本書名頁題「吴夢窗甲乙丙丁稿」。襯頁後爲《四庫全書總目》的夢窗詞提要，其次是咸豐十年（一八六〇）十二月既望儀徵劉毓崧叙。劉毓崧（一八一八至一八六七），江蘇儀徵人，道光二十年優貢生。曾入曾國藩、曾國荃幕府，主金陵書局。劉氏終身執著於編書、校書工作，有《周易》、《尚書》、《毛詩》、《禮記舊疏考證》各一卷，另有《通義堂文集》等。節劉氏叙後爲秀水杜文瀾重編吴夢窗詞叙。杜文瀾（一八一五至一八八一），浙江秀水人，字小舫。官至江蘇道員，署兩淮鹽運使。杜氏博極群書，深於詞律。有詞集《采香詞》四卷，還校勘訂補萬樹《詞律》爲《詞律校勘記》，又撰《憩園詞話》六卷並輯刻南宋「二窗」（吴文英和周密）詞集。節此外杜氏還把毛晉本重收和誤收的詞作共十二首删去，又從各選本中檢出毛本没有的十一首，作爲續補遺别録於後。

**清抄四卷本**　今存北京大學圖書館。《北京大學圖書館藏古籍善本書目》著録：「夢窗稿四卷、補遺一卷、續補遺一卷。宋吴文英撰　清杜文瀾編校　清鈔本。」（《北京大學圖書館藏古籍善本書目》，北京，北京大學出版社，一九九九，五一一頁）

該鈔本一函四册，九行二一字，無格，四針眼線裝，書長二四厘米，寬十五・八厘米，各册的書皮幾乎粉碎、剥離殆盡。此本的行款格式，正文前的《四庫全書總目》之夢窗詞提要，劉氏、杜氏叙以及詞作的編排，續補遺等都與曼陀羅華閣刊本相同。

該鈔本内有「麐嘉館印」、「李盛鐸印」、「木齋」、「李滂」、「少微」等朱印。經查閲知：李盛鐸（一八五九至一九三七）爲清末民初著名文獻家、藏書家，號木齋，麐嘉館爲其京師藏書之所。李滂，字少微，李盛鐸之子，幼承家學，亦嗜藏書。該鈔本由李氏父子所藏，後歸北京大學圖書館。

以上杜文瀾校訂本，後來的詞學大家指責其妄校妄改，訛脱頗多，但筆者以爲，夢窗詞得以單本行世，且劉毓崧叙中大張吴文英其人其詞，故杜氏對夢窗詞的推廣流傳所作的貢獻，實不可一筆抹殺。王鵬運有曰：「有虞山（毛晋）之刻，然後霜腴遺稿不致無傳；有秀水（杜文瀾）之校，然後汲古誤書始有條理，皆不得謂非四明（吴文英）之功臣。」（王鵬運《夢窗甲乙丙丁稿述例》）持論可謂公允。

**四印齋校刊本** 自清周濟《宋四家詞選》出，夢窗詞的地位驟然攀升，清末遂掀起治夢窗詞的熱潮，尤以王鵬運、朱祖謀、鄭文焯等人致力最勤。王、朱、鄭皆以詞名世，各爲晚清四大家之一。他們對詞壇的貢獻主要在於大量整理和校刊詞籍，爲詞學研究奠定了基礎。其中夢窗詞的校訂，影響尤爲深遠。鑒於毛晉本疏於校讎，杜氏校本卻未精，夢窗詞仍然舛訛脱漏，不可勝計，於是王鵬運與朱祖謀決定攜手共校夢窗詞。爲此王鵬運提出了校詞五例：曰正誤、曰校異、曰補脱、曰存疑、曰删復。詞家有詞籍校勘之學始自於此。王、朱合校的《夢窗甲乙丙丁稿》四卷、補遺一卷初刊於光緒二十五年（一八九九）。光緒三十年（一九〇四）於揚州重校後由王鵬運刻入《四印齋所刻詞》中，稱爲四印齋校刊本。該本末附有王氏的《校勘夢窗詞札記》，説明此本共據改一一八字，杜氏改過未依從的有一五三字。節王、朱兩先生雖歷時一載，反復勘校，但仍有感於校詞之難，校夢窗詞之尤爲難，而不以是刻爲完善。故王鵬運離世後，朱祖謀仍踵王氏之初校而成無著庵二校本（一九〇八）。

## 二、一卷本

上述諸本均爲毛晉汲古閣四卷本系統。大約一九〇八至一九一三年間明抄一卷本才重現於世。

**明抄一卷本** 該本今存國家圖書館。《北京圖書館善本書目》著録：「《夢窗詞集》不分卷，明鈔本，一册，九行十六字無格。」該明鈔本書衣爲碧緑色封皮，書名頁左上書「夢窗詞集」。此爲明萬曆二十六年（一五九八）太原張廷璋所藏，可能即毛晉所稱「或云夢窗詞一卷」者。該本共收詞二七三首，其中附清真詞二首，誤收他人之作一五首，實收夢窗詞二五六首。該本有六四首標注有宫調，爲毛晉本所無者。其成書年代亦早於毛晉本，疑從宋元舊本抄得，後朱祖謀據斠訂毛本訛誤凡二百餘處，其價值也在毛本之上。此爲現存最早的《夢窗詞集》。

**《夢窗詞集》不分卷** 清康熙六年（一六六七）張學象女士手鈔本，今存臺北「中央圖書館」。饒宗頤《詞籍考》記載：

清初張學象夫人手書《夢窗詞集》，有殘跋云：「原四册，張爲太原望族，從父名拱端僑居吴門。所抄詞不分卷，與毛氏刻甲乙丙丁稿不同。中有標宫調者六十餘闋，自是舊本。倪承茂用毛本通卷校過。」又承茂朱筆題記。有張皋文等印、「群碧校讀」（即鄧邦述）章。原物亦存臺北「中央圖書館」。卷末一行云：「康熙六年歲次丁未太原張女古圖存録。」（孫按：「存」爲「孜」之誤。）又「張女學象」、「字古圖」印（饒宗頤《詞籍考》，北京，中華書局，一九九二，二二七頁）。

據唐圭璋《宋詞四考》稱，此本與張廷璋本同出一源。

**《彊村叢書》、《彊村遺書》本**　《夢窗詞集》明抄一卷本沈翳久矣，朱祖謀曾苦尋於海内，最終於張元濟涵芬樓處獲得。於是，朱氏以明鈔本爲底本三校夢窗詞並加《補遺》一卷刊於《彊村叢書》，是爲三校本。節明鈔本之可貴，朱氏之執著可窺一斑。詞集後還附有朱氏的《夢窗詞集小箋》，對吴文英事蹟、交遊及有關地名等進行考釋。節因此《彊村叢書》本較其他各本更爲精善。此後朱氏仍精益求精，丹鉛批校不輟。殁後由門人龍榆生作爲《彊村遺書》之一種刊行了最終稿（一九三二），被稱爲「彊村四校定本」或「彊村遺書本」。《遺書》本對《叢書》本的各宮調又有改訂，題文、詞句等均采各本之最勝者，但此本未收《叢書》中之《補遺》一卷，所以《彊村遺書》所收《夢窗詞集》一卷與《彊村叢書》所收《夢窗詞集補》一卷合二爲一，才是夢窗詞集的最佳版本。

彊村本既出，夢窗詞從此有了定本，繼之者幾乎不再旁騖他求。後世的《夢窗詞集》出自彊村本的有：

《夢窗詞全集箋釋》　一九三六年無錫民生印書館印本。

《四部備要》排印本　一九三六年中華書局出版。

《全宋詞》本　一九六五年中華書局出版。
《詞林集珍》本　一九八九年上海古籍出版社出版。
《吴夢窗詞箋釋》　一九九二年廣東人民出版社出版。
《增訂注釋全宋詞》本　一九九七年文化藝術出版社出版。

**夢窗詞全集箋釋**　又名《吴夢窗詞箋釋》，箋釋者楊鐵夫，一九三六年無錫民生印書館印本。此本次序及字句俱遵《彊村叢書》之《夢窗詞集》，共四卷，附補箋及《吴夢窗事蹟考》。楊鐵夫所箋《夢窗詞》共有三版。此前有《夢窗詞選箋釋》（一九三二），所箋只一六八首，再有《改正夢窗詞選箋釋》（一九三三），箋詞二一〇四首。節

朱祖謀早在一九一三年的《彊村叢書》中已有《夢窗詞小箋》之作，然只箋九十三首，夏承燾繼其後於一九三二年成《夢窗詞後箋》，所箋僅五〇首。兩位前輩著力於考證詞作所涉及的人名、地名、寫作年月等，對字句、詞旨及詞藝則不作疏解與評析。就夢窗全部詞作從多方面詳加箋釋者，楊氏此本爲首創。再者，卷末所附《吴夢窗事蹟考》，在夢窗資料匱乏的情況下，對其生平身世，寫作年月以及行實蹤跡等一一勾稽考訂，亦是知難而行，難能可貴。此《事蹟考》與夏承燾之《吴夢窗繫年》合而觀之，夢窗之生平事蹟始得輪廓。總之，楊氏此本爲夢窗詞的箋釋和研究工作開闢了道路。

一九九二年廣東人民出版社出版了《吴夢窗詞箋釋》。本書原爲一九三六年無錫印書館之楊鐵夫箋釋本，今本由陳邦炎、張奇慧校點，注上了標點，對原書文字的衍脱訛誤一一訂正，並改繁體字爲簡體（人名、地名、詞牌名等仍保留原字）。此本大大方便了讀者的閲讀。

## 三、其他

**四明叢書本**　民國二十一年（一九三二）張壽鏞《四明叢書》所刊本《夢窗甲乙丙丁稿》四卷、《補遺》一卷、《文英新詞稿》一卷、《附録》一卷。

張壽鏞（一八七六至一九四五），字詠霓，號伯頌，别署約園，浙江鄞縣人。張氏爲現代著名文獻家，他重視收藏明刻本，名人批校本，精舊鈔本及未刻稿本等。其藏書處爲約園，約園内有十一間書室，所藏近十萬册。其中明刻本七三五種，還有不少明鈔本、清鈔本中的精品。所刻書有《四明叢書》八集，一七八種，一一七七卷。饒宗頤《詞籍考》稱此本：「覆光緒戊申歸安朱氏無著庵本，參《彊村叢書》本，校汲古閣本、鐵網珊瑚明鈔本。」（饒宗頤《詞籍考》，二二六頁）此本卷首悉數收録諸刻序跋，卷後附有朱祖謀撰《夢窗詞校勘記》一卷、《夢窗詞集小箋》一卷，鄭文焯撰《夢窗詞校議》一卷，張壽鏞撰《補校夢窗新詞稿》一卷。收録最完備，參考極便利。節其中尤爲值得一提的是《文英新詞稿》一卷和《夢窗詞校議》二卷。前者爲明末朱存理《鐵網珊瑚》鈔本，後歸張壽鏞所藏。張氏約園刻《四明叢書》時據《鐵網珊瑚》所録而刊，並完全依照原抄式樣以存其書。該本卷首標《新詞稿》，録詞十六首，起《瑞鶴仙》至《還京樂》，題「文英皇懼百拜」。節鄭文焯《夢窗詞校議》卷上所校者便是這十六首。節由上文可知，王鵬運、朱祖謀致力於夢窗詞的校讎，可謂殫精竭慮，而鄭文焯一生校詞無數，用力最深者，亦爲夢窗詞。此《四明叢書》所收《夢窗詞校議》即鄭氏所批校夢窗詞之一種。其卷上校《鐵網珊瑚》所載十六首《新詞稿》，卷下則校全書，以「存舊文，廣異證」爲校例，以形、音、意三類錯訛者悉爲勘定。節總之，鄭氏之《校議》是有校有議，尤以議論見長，與王、朱所校夢窗詞，各有千秋，所獲可鼎足而三也。

**夏敬觀評彊村定本夢窗詞**　民國二十一年（一九三二）刻本，何慈録、夏敬觀評、何嘉跋，一册。書名頁題：彊村老人四校定本（右），夢窗詞集（中），陳洵署檢（左下）。集末爲壬申（一九三二）歲暮龍沐勳跋。

夢窗詞四校定本即《彊村遺書》本，未收入《彊村叢書》中，因此查找頗不便。彊村老人晚歲寄住淞濱且病卒於上海，彊村四校定本以及此夏氏評彊村定本皆存上海圖書館，鮮爲人知。節

夏敬觀（一八七五至一九五三），字劍丞，號盥人，又號吷庵，江西新建人。爲著名經學家皮錫瑞弟子，精通經史。民國初年任浙江教育廳廳長，不久，隱居上海。有論詞專著《忍古樓詞話》、《詞調溯源》等。對於夢窗詞，夏氏在《夏敬觀〈蕙風詞話〉詮評》（見《詞話叢編》第五册中「蕙風詞話卷五、續詞話卷二」附録）中表明了自己的看法。概言之主要有兩點：一是以周清真爲參照系來評價夢窗。二是以「澀」論夢窗。而貫穿於此本的評點主旨亦相似。節

總之，該本對於我們研究夢窗詞以及夏敬觀先生的詞學觀皆有所獲益。

**夢窗詞箋**　「國立」臺灣師範大學國文研究所黄少甫著，嘉新水泥公司文化基金會一九六八年版。此本以彊村四校本爲底本，又以毛晉本、各選本以及鐵網珊瑚本所收列爲補編，合爲一卷，較爲全面、方便。作者在充分吸取前人各項成果的基礎上校字釋義，審音訂律，援事注典，於治夢窗詞者有所幫助。

**鄭文焯手批夢窗詞**　林玫儀編輯，臺北「中央研究院」中國文哲研究所籌備處一九九六年版。

據吴熊和先生考訂，鄭氏手批夢窗詞有四五本之多。如「鄭校杜刻夢窗詞本」、「嘉業堂藏手稿本」、《四明叢書》輯「夢窗詞校議本」。前兩本已佚，甚惜。而此本《鄭文焯手批

夢窗詞》乃鄭氏據王、朱合校《夢窗甲乙丙丁稿》初刻本再作校訂者，自光緒二十八年（一九〇二）至宣統三年（一九一一），歷經十餘載，校勘數十過，又「據明萬曆二十六年太原張廷璋氏所藏鈔本復校兩過」。鄭氏自題卷首云：「是編凡先後校勘過數十過，今甫完善，厘然可觀。」該本在鄭文焯手批夢窗詞的多種本子中，歷時最久，批校最多，也最爲完善。與王、朱校本相比，有其自身的特色：鄭氏校字與校律並重，校勘與議論相生，能於王、朱外別創新義，彌足珍貴。

該本曾塵封數十載，湮没不彰，後由杭州大學發現，今幸得臺灣「中央研究院」中國文哲研究所籌備處據影本出版。録自周茜《映夢窗淩亂碧——吴文英及其詞研究》。

## （三）唐宋詞書録・吴文英（節選）

蔣哲倫　楊萬里

### 吴詞稿

共十六首，題「文英皇懼百拜」。

元至正二十年（一三六〇）寫本（有「至正二十年十二月二十日紫芝生爲又玄煉

師寫」一則。臺北「國家圖書館」藏）。

**夢窗詞集不分卷**

明萬曆二十六年（一五九八）張廷璋藏舊鈔本（部分詞注明宮調。歷經清代顧錫麟、涵芬樓收藏，現藏國家圖書館）。

清康熙六年（一六六七）太原張學象女士鈔本（從張廷璋舊鈔本出，清倪承茂校並跋，近人鄧邦述手書題記。臺北「國家圖書館」藏）。

清戈載批校本（臺北「國家圖書館」藏）。

清宣統三年（一九一一）孫毓修鈔本（國家圖書館藏）。

**夢窗稿四卷**

舊鈔本（二册，臺北「國家圖書館」藏）。

**夢窗甲乙丙丁稿四卷絶筆一首補遺一卷**

《宋六十名家詞》本。

《四庫全書·集部·詞曲類》本。

清光緒十四年（一八八八）錢塘汪氏覆刻《宋名家詞》本。

**夢窗詞甲稿**

清初鈔本（原爲毛扆藏本，後經皕宋樓藏，今藏日本静嘉堂文庫）。

**夢窗甲乙丙丁稿四卷補遺一卷續補遺一卷**

清咸豐十一年（一八六一）杜文瀾輯刻《曼陀羅華閣叢書》本（杜文瀾校訂並續補遺）。

清鈔杜文瀾校編本（北京大學藏）。

清孫衣言校本（據杜刻校。浙江大學藏）。

**甲乙丙丁稿一卷**

《宋七家詞選》本。

**夢窗甲乙丙丁稿四卷補遺一卷**

清光緒二十五年（一八九九）四印齋王氏刻本（王鵬運、朱祖謀校）。

清光緒三十年（一九〇四）王氏四印齋重刻本。

清光緒三十四年（一九〇八）朱氏無著庵刻本（朱祖謀二校本）。

朱孝臧批校本（龍榆生有過録本，龍氏另有一自校本）。

鄭文焯批校本（浙江大學藏，臺灣「中央研究院」中國文哲研究所一九九六年曾據此影印）。

趙氏惜陰堂一九二〇年影印本。

夏敬觀手批本（葛渭君藏）。

**夢窗詞集一卷補遺一卷附小箋一卷**　朱祖謀箋

《彊村叢書》本（三校本，據明張廷璋藏舊鈔本）。

《四部備要》本。

**夢窗詞集一卷**

《彊村遺書》本（朱祖謀一九三二年四校定本）。

（臺北）廣文書局一九六〇年版。

**夢窗甲乙丙丁稿四卷補遺一卷文英新詞稿一卷附録一卷**

附朱祖謀撰《夢窗詞校勘記》一卷，《夢窗詞集小箋》一卷，鄭文焯撰《夢窗詞校議》二卷，張壽鏞《補校夢窗詞新稿》一卷。

四明張氏約園一九三二年輯刻《四明叢書》本。覆朱祖謀光緒三十四年無著庵本，參考《彊村叢書》本，校汲古閣本、鐵網珊瑚明鈔本。

（臺北）廣文書局一九六〇年印行。

**夢窗詞集補**

（臺北）世界書局一九六〇年版。

**四校夢窗詞五種** 朱孝臧、夏瞿禪校

（臺北）世界書局一九六一年版。

**夢窗詞選箋釋** 楊鐵夫箋釋

（上海）醫學書局等一九三二年印行（香港楊氏鉛印本）。

（無錫）民生印書館一九三八年印行。

**夢窗詞全集箋釋四卷** 楊鐵夫箋釋

無錫民生印書館一九三六年印行（抱香室版）。

（臺北）學海出版社一九七五年版。

**（改正）夢窗詞選箋釋** 楊鐵夫箋釋

（上海）人文印書館一九三三年印行。

（臺北）學海出版社一九七五年版。

（臺北）廣文書局一九七七年版。

**夢窗詞箋**　黄少甫箋

（臺北）嘉新水泥公司文化基金會一九六八年版。

**夢窗詞萃**

廣陵古籍刊印社一九八〇年印行（據張廷璋藏舊鈔本印）。

**夢窗詞**　陳邦彦校點

上海古籍出版社一九八八年《詞林集珍》校點本。

**吴夢窗詞箋釋**　楊鐵夫箋釋　陳邦炎、張奇慧校點

廣東人民出版社一九九二年版。

# 附録七　四卷本系列、一卷本系列版本流變簡圖及對照表

## （一）夢窗四卷本、一卷本版本流變簡圖

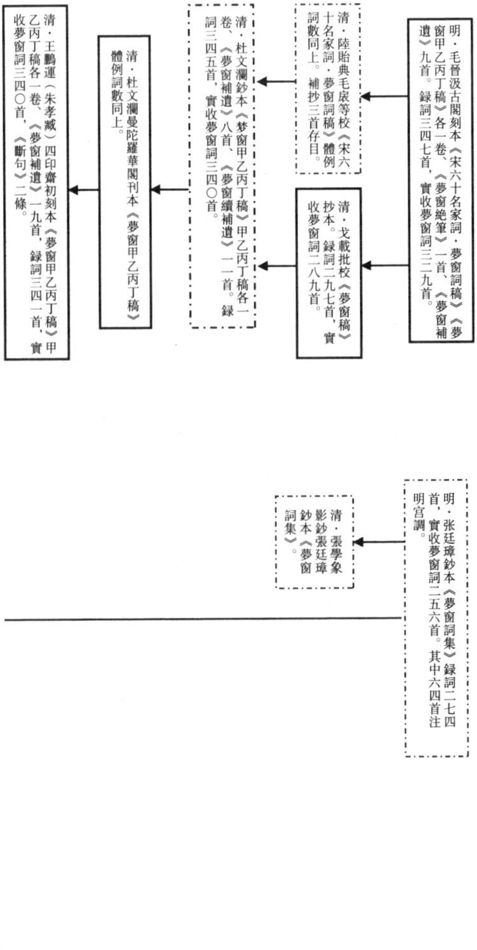

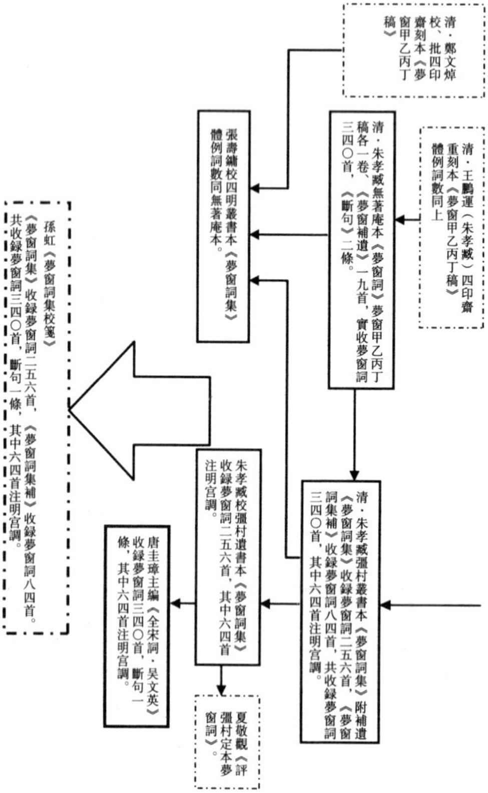


＊點劃線框圖版本或爲後之校讎家所未見、或爲重刻、或爲校字本。如簡圖中僅杜文瀾見毛扆本、戈校本，僅王鵬運見杜鈔本，僅朱孝臧、鄭文焯見明張本，諸家皆未見清張本、夏敬觀本。杜本、王朱本各有一種重刻本。毛扆本、鄭本、夏敬觀本爲校字本。以上數種除明張本爲一卷本祖本外，其餘俱不入下文版本流變表。

＊同時期校本如朱三校本、鄭本中的校注成果互爲闡發，多有汲取。

＊《夢窗詞集校箋》彙校上列所有版本。

## （二）四卷本《夢窗詞稿》版本源流對照表

| 序號 | 毛本 調名 | 毛本 首句（存毛刻之舊） | 戈校本 | 杜本 | 王朱本 | 朱二校本 | 四明本 | 備注 |
|---|---|---|---|---|---|---|---|---|
| 甲稿 | | | | | | | | |
| 一 | 鎖寒窗 | 紺縷堆雲 | 有 | 有 | 有 | 有 | 有 | |
| 二 | 尉遲杯 | 垂楊逕 | 無 | 有 | 有 | 有 | 有 | |
| 三 | 渡江雲 | 羞紅顰淺恨 | 有 | 有 | 有 | 有 | 有 | |
| 四 | 霜葉飛 | 斷煙離緒 | 無 | 有 | 有 | 有 | 有 | |
| 五 | 瑞鶴仙 | 淚荷抛碎壁 | 無 | 有 | 有 | 有 | 有 | |
| 六 | 又 | 晴絲牽緒亂 | 有 | 有 | 有 | 有 | 有 | |
| 七 | 又 | 藕心抽瑩繭 | 有 | 有 | 有 | 有 | 有 | |
| 八 | 又 | 夜寒吳館窄 | 有 | 有 | 有 | 有 | 有 | |

*按，表中或有簡體俗字，此存毛刻之舊　續表

續表

| 序號 | 毛本 調名 | 毛本 首句（存毛刻之舊） | 戈校本 | 杜本 | 王朱本 | 朱二校本 | 四明本 | 備注 |
| --- | --- | --- | --- | --- | --- | --- | --- | --- |
| 甲稿 | | | | | | | | |
| 九 | 又 | 彩雲棲翡翠 | 無 | 有 | 有 | 有 | 有 | |
| 一〇 | 滿江紅 | 雲氣樓臺 | 無 | 有 | 有 | 有 | 有 | |
| 一一 | 解連環 | 暮簷涼薄 | 有 | 有 | 有 | 有 | 有 | |
| 一二 | 又 | 思和雲結 | 有 | 有 | 有 | 有 | 有 | |
| 一三 | 夜飛鵲 | 金規印遥漢 | 有 | 有 | 有 | 有 | 有 | |
| 一四 | 一寸金 | 秋入中山 | 有 | 有 | 有 | 有 | 有 | |
| 一五 | 又 | 秋壓更長 | 有 | 有 | 有 | 有 | 有 | |
| 一六 | 繞佛閣 | 暗塵四斂 | 無 | 無 | 無 | 無 | 無 | |
| 一七 | 拜新月慢 | 絳雪生涼 | 有 | 有 | 有 | 有 | 有 | |
| 一八 | 水龍吟 | 豔陽不到青山 | 有 | 有 | 有 | 有 | 有 | |
| 一九 | 又 | 有人獨立空山 | 有 | 有 | 有 | 有 | 有 | |
| 二〇 | 又 | 望春樓外滄波 | 有 | 有 | 有 | 有 | 有 | |

| 序號 | 毛本 調名 | 毛本 首句（存毛刻之舊） | 戈校本 | 杜本 | 王朱本 | 朱二校本 | 四明本 | 備注 |
| --- | --- | --- | --- | --- | --- | --- | --- | --- |
| 甲稿 | | | | | | | | |
| 二一 | 又 | 幾番時事重論 | 有 | 有 | 有 | 有 | 有 | |
| 二二 | 又 | 淡雲籠月微黃 | 有 | 有 | 有 | 有 | 有 | |
| 二三 | 玉燭新 | 花穿簾隙透 | 有 | 有 | 有 | 有 | 有 | |
| 二四 | 解語花 | 門横皺碧 | 無 | 有 | 有 | 有 | 有 | |
| 二五 | 慶宮春 | 雲接平岡 | 無 | 無 | 無 | 無 | 無 | 毛本詞調下注：旅思（附清真）。 |
| 二六 | 宴清都 | 繡幄鴛鴦柱 | 有 | 有 | 有 | 有 | 有 | |
| 二七 | 又 | 萬壑蓬萊路 | 有 | 有 | 有 | 有 | 有 | |
| 二八 | 又 | 萬里關河眼 | 有 | 有 | 有 | 有 | 有 | |
| 二九 | 齊天樂 | 淩朝一片陽臺影 | 有 | 有 | 有 | 有 | 有 | |
| 三〇 | 又 | 新烟初試花如夢 | 無 | 有 | 有 | 有 | 有 | |
| 三一 | 又 | 煙波桃葉西陵路 | 無 | 有 | 有 | 有 | 有 | |
| 三二 | 又 | 玉皇重賜瑤池宴 | 有 | 有 | 有 | 有 | 有 | |

續表

| 序號 | 毛本 調名 | 毛本 首句（存毛刻之舊） | 戈校本 | 杜本 | 王朱本 | 朱二校本 | 四明本 | 備注 |
| --- | --- | --- | --- | --- | --- | --- | --- | --- |
| 甲稿 | | | | | | | | |
| 三三 | 又 | 餘香纔潤鸞綃汗 | 有 | 有 | 有 | 有 | 有 | |
| 三四 | 掃花遊 | 冷空淡碧 | 有 | 有 | 有 | 有 | 有 | |
| 三五 | 又 | 水雲共色 | 有 | 有 | 有 | 有 | 有 | |
| 三六 | 又 | 草生夢碧 | 有 | 有 | 有 | 有 | 有 | |
| 三七 | 又 | 水園沁碧 | 無 | 有 | 有 | 有 | 有 | |
| 三八 | 應天長 | 麗花鬭靨 | 有 | 有 | 有 | 有 | 有 | |
| 三九 | 風流子 | 金谷已空塵 | 有 | 有 | 有 | 有 | 有 | |
| 四〇 | 又 | 温柔酣紫曲 | 有 | 有 | 有 | 有 | 有 | |
| 四一 | 過秦樓 | 藻國淒迷 | 有 | 有 | 有 | 有 | 有 | 四明本調名作《蘇武慢》。 |
| 四二 | 還京樂 | 宴蘭溆 | 有 | 有 | 有 | 有 | 有 | |
| 四三 | 塞翁吟 | 草色新宫綬 | 有 | 有 | 有 | 有 | 有 | |
| 四四 | 丁香結 | 香嫋紅霏 | 有 | 有 | 有 | 有 | 有 | |

續表

| 序號 | 毛本 調名 | 毛本 首句（存毛刻之舊） | 戈校本 | 杜本 | 王朱本 | 二朱校本 | 四明本 | 備注 |
|---|---|---|---|---|---|---|---|---|
| 甲稿 | | | | | | | | |
| 四五 | 六么令 | 露蛩初響 | 有 | 有 | 有 | 有 | 有 | |
| 四六 | 隔浦蓮近 | 榴花依舊照眼 | 有 | 有 | 有 | 有 | 有 | |
| 四七 | 荔支香近 | 錦帶吴鉤 | 有 | 有 | 有 | 有 | 有 | |
| 四八 | 又 | 睡輕時聞 | 有 | 有 | 有 | 有 | 有 | |
| 四九 | 浪淘沙慢 | 夢仙到 | 有 | 有 | 有 | 有 | 有 | |
| 五〇 | 西平樂慢 | 岸壓郵亭 | 有 | 有 | 有 | 有 | 有 | |
| 五一 | 瑞龍吟 | 黯分袖 | 有 | 有 | 有 | 有 | 有 | |
| 五二 | 又 | 大溪面 | 無 | 有 | 有 | 有 | 有 | |
| 五三 | 大酺 | 對宿煙收 | 無 | 無 | 無 | 無 | 無 | 毛本詞調下注：春雨（附清真）。 |
| 五四 | 又 | 峭石帆收 | 有 | 有 | 有 | 有 | 有 | |
| 五五 | 解蹀躞 | 醉雲又兼醒雨 | 有 | 有 | 有 | 有 | 有 | |
| 五六 | 倒犯 | 茂苑、共鶯花醉吟 | 有 | 有 | 有 | 有 | 有 | |

續表

| 序號 | 毛本 | | 戈校本 | 杜本 | 王朱本 | 二朱校本 | 四明本 | 備注 |
| --- | --- | --- | --- | --- | --- | --- | --- | --- |
| | 調名 | 首句（存毛刻之舊） | | | | | | |
| 甲稿 | | | | | | | | |
| 五七 | 花犯 | 剪橫枝 | 有 | 有 | 有 | 有 | 有 | |
| 五八 | 又 | 小娉婷 | 有 | 有 | 有 | 有 | 有 | |
| 五九 | 浣溪沙 | 千蓋籠花鬭勝春 | 有 | 有 | 有 | 有 | 有 | |
| 六〇 | 又 | 蝶粉蜂黃大小喬 | 有 | 有 | 有 | 有 | 有 | |
| 六一 | 又 | 門隔花深夢舊遊 | 有 | 有 | 有 | 有 | 有 | |
| 六二 | 又 | 曲角深簾隱洞房 | 有 | 有 | 有 | 有 | 有 | |
| 六三 | 玉樓春 | 茸茸貍帽遮梅額 | 無 | 有 | 有 | 有 | 有 | |
| 六四 | 點絳唇 | 時霎清明 | 無 | 有 | 有 | 有 | 有 | |
| 六五 | 又 | 捲盡愁雲 | 無 | 有 | 有 | 有 | 有 | |
| 六六 | 訴衷情 | 陰陰緑潤暗啼鴉 | 有 | 有 | 有 | 有 | 有 | |
| 六七 | 又 | 柳腰空舞翠裙烟 | 有 | 有 | 有 | 有 | 有 | |
| 六八 | 又 | 西風吹鶴到人間 | 有 | 有 | 有 | 有 | 有 | |

| 序號 | 毛本 調名 | 毛本 首句（存毛刻之舊） | 戈校本 | 杜本 | 王朱本 | 二朱校本 | 四明本 | 備注 |
|---|---|---|---|---|---|---|---|---|
| 甲稿 | | | | | | | | |
| 六九 | 夜遊宮 | 窗外梢溪雨響 | 有 | 有 | 有 | 有 | 有 | |
| 七〇 | 又 | 春語鶯迷翠柳 | 有 | 有 | 有 | 有 | 有 | |
| 七一 | 醉桃源 | 沙河塘上舊遊嬉 | 有 | 有 | 有 | 有 | 有 | |
| 七二 | 又 | 青春花姊不同時 | 有 | 有 | 有 | 有 | 有 | |
| 七三 | 又 | 翠陰濃合曉鶯堤 | 無 | 有 | 有 | 有 | 有 | |
| 七四 | 如夢令 | 鞦韆爭鬧粉牆 | 有 | 有 | 有 | 有 | 有 | |
| 七五 | 望江南 | 衣白苧 | 有 | 有 | 有 | 有 | 有 | |
| 七六 | 又 | 松風遠 | 有 | 有 | 有 | 有 | 有 | |
| 七七 | 定風波 | 密約偷香□踏青 | 有 | 有 | 有 | 有 | 有 | |
| 七八 | 月中行 | 疎桐翠竹早驚秋 | 有 | 有 | 有 | 有 | 有 | |
| 七九 | 虞美人 | 背庭緣恐花羞墜 | 有 | 有 | 有 | 有 | 有 | |
| 八〇 | 菩薩鬘 | 緑波碧草長堤色 | 有 | 有 | 有 | 有 | 有 | |

續表

| 序號 | 毛本 調名 | 毛本 首句（存毛刻之舊） | 戈校本 | 杜本 | 王朱本 | 朱二校本 | 四明本 | 備注 |
|---|---|---|---|---|---|---|---|---|
| 甲稿 | | | | | | | | |
| 八一 | 賀新郎 | 湖上芙蓉早 | 有 | 有 | 有 | 有 | 有 | |
| 八二 | 又 | 浪影龜紋皺 | 有 | 有 | 有 | 有 | 有 | 毛本詞題作「爲德清趙令居賦小垂虹」，丁稿復刻「居」作「君」，杜本、王朱本、四明本改作「君」。 |
| 八三 | 婆羅門引 | 香霏汎酒 | 有 | 有 | 有 | 有 | 有 | |
| 八四 | 又 | 風漣亂翠 | 有 | 有 | 有 | 有 | 有 | |
| 八五 | 祝英臺近 | 黯春陰 | 有 | 有 | 有 | 有 | 有 | |
| 八六 | 又 | 晚雲開 | 無 | 有 | 有 | 有 | 有 | |
| 八七 | 西子粧慢 | 流水麴塵 | 無 | 有 | 有 | 有 | 有 | 毛本調名下注：「夢窗自度腔。」 |
| 八八 | 江南春 | 風響牙籤 | 有 | 有 | 有 | 有 | 有 | |
| 八九 | 夢芙蓉 | 西風搖步綺 | 有 | 有 | 有 | 有 | 有 | |
| 九〇 | 高山流水 | 素弦一一起秋風 | 有 | 有 | 有 | 有 | 有 | |
| 九一 | 霜花腴 | 翠微路窄 | 無 | 有 | 有 | 有 | 有 | |

續表

| 序號 | 毛本 調名 | 毛本 首句（存毛刻之舊） | 戈校本 | 杜本 | 王朱本 | 朱二校本 | 四明本 | 備注 |
|---|---|---|---|---|---|---|---|---|
| 甲稿 | | | | | | | | |
| 九二 | 瀃蘭香 | 盤絲繫腕 | 無 | 有 | 有 | 有 | 有 | |
| 九三 | 玉京謡 | 蝶夢迷清曉 | 有 | 有 | 有 | 有 | 有 | |
| 九四 | 探芳新 | 九街頭 | 有 | 有 | 有 | 有 | 有 | |
| 九五 | 鳳池吟 | 萬丈巍臺 | 有 | 有 | 有 | 有 | 有 | |
| 九六 | 念奴嬌 | 思生晚眺 | 有 | 有 | 有 | 有 | 有 | |
| 九七 | 惜紅衣 | 鷺老秋絲 | 無 | 有 | 有 | 有 | 有 | |
| 九八 | 江南好 | 行錦歸來 | 有 | 有 | 有 | 有 | 有 | |
| 九九 | 雙雙燕 | 小桃謝後 | 有 | 有 | 有 | 有 | 有 | |
| 一〇〇 | 洞僊歌 | 芳辰良宴 | 有 | 有 | 有 | 有 | 有 | |
| 一〇一 | 又 | 花中慣識 | 無 | 無 | 無 | 無 | 無 | |
| 乙稿 | | | | | | | | |
| 一〇二 | 江神子 | 翠紗籠袖映紅霏 | 有 | 有 | 有 | 有 | 有 | |

續表

| 序號 | 毛本 調名 | 毛本 首句（存毛刻之舊） | 戈校本 | 杜本 | 王朱本 | 朱二校本 | 四明本 | 備注 |
|---|---|---|---|---|---|---|---|---|
| 乙稿 | | | | | | | | |
| 一〇三 | 又 | 天街如水翠塵空 | 有 | 有 | 有 | 有 | 有 | |
| 一〇四 | 又 | 西風來晚桂開遲 | 有 | 有 | 有 | 有 | 有 | |
| 一〇五 | 又 | 西風一葉送行舟 | 有 | 有 | 有 | 有 | 有 | |
| 一〇六 | 風入松 | 春風吴柳幾番黄 | 有 | 有 | 有 | 有 | 有 | |
| 一〇七 | 又 | 聽風聽雨過清明 | 無 | 有 | 有 | 有 | 有 | |
| 一〇八 | 又 | 蘭舟高蕩漲波涼 | 有 | 有 | 有 | 有 | 有 | |
| 一〇九 | 又 | 画船簾密不藏香 | 有 | 有 | 有 | 有 | 有 | |
| 一一〇 | 豐樂樓 | 天吴駕雲閬海 | 有 | 有 | 有 | 有 | 有 | 杜本、王朱本、朱二校本、四明本調名作《鶯啼序》，詞題作「豐樂樓」。 |
| 一一一 | 又 | 殘寒政欺病酒 | 有 | 有 | 有 | 有 | 有 | |
| 一一二 | 又 | 横塘穿棹豔錦 | 無 | 有 | 有 | 有 | 有 | |
| 一一三 | 天香 | 蟫葉粘霜 | 有 | 有 | 有 | 有 | 有 | 王朱本詞末注：「毛刻此下有《玉漏遲》春情一闋，《陽春白雪》作趙聞禮，《絶妙好詞》作樓采；又，春情古腔一闋，《草堂詩餘》作宋祁，杜校並存，今删。」 |

| 序號 | 毛本 | | 戈校本 | 杜本 | 王朱本 | 朱二校本 | 四明本 | 備注 |
|---|---|---|---|---|---|---|---|---|
| | 調名 | 首句（存毛刻之舊） | | | | | | |
| 乙稿 | | | | | | | | |
| 一一四 | 玉漏遲 | 絮花寒食路 | 無 | 有 | 刪 | 刪 | 刪 | 毛本、杜本有詞題「春情」， |
| 一一五 | 又 | 杏花飄禁苑 | 有 | 有 | 刪 | 刪 | 刪 | 毛本、杜本有詞題「春情古腔」。 |
| 一一六 | 金盞子 | 卜築西湖 | 有 | 有 | 有 | 有 | 有 | |
| 一一七 | 又 | 賞月梧園 | 無 | 有 | 有 | 有 | 有 | |
| 一一八 | 永遇樂 | 春酌沉沉 | 有 | 有 | 有 | 有 | 有 | |
| 一一九 | 又 | 閣雪雲低 | 有 | 有 | 有 | 有 | 有 | |
| 一二〇 | 玉蝴蝶 | 角斷籤鳴疎點 | 有 | 有 | 有 | 有 | 有 | 王朱本詞末注：「毛刻此下有晚雨未摧一闋，見梅溪詞；又，《絳都春》元夕一闋，《草堂詩餘》作丁仙現，杜校並存，今刪。」 |
| 一二一 | 又 | 晚雨未催宮樹 | 無 | 有 | 刪 | 刪 | 刪 | |
| 一二二 | 絳都春 | 融和又報 | 有 | 有 | 刪 | 刪 | 刪 | 毛本、杜本有詞題「元夕」。 |
| 一二三 | 又 | 香深霧煖 | 有 | 有 | 有 | 有 | 有 | |

續表

| 序號 | 毛本 調名 | 毛本 首句（存毛刻之舊） | 戈校本 | 杜本 | 王朱本 | 朱二校本 | 四明本 | 備注 |
|---|---|---|---|---|---|---|---|---|
| 乙稿 | | | | | | | | |
| 一二四 | 又 | 情粘舞線 | 有 | 有 | 有 | 有 | 有 | |
| 一二五 | 又 | 南樓墜燕 | 有 | 有 | 有 | 有 | 有 | |
| 一二六 | 又 | 春來雁渚 | 無 | 有 | 有 | 有 | 有 | |
| 一二七 | 惜秋華 | 細響殘蛩 | 有 | 有 | 有 | 有 | 有 | |
| 一二八 | 又 | 露罥蛛絲 | 有 | 有 | 有 | 有 | 有 | |
| 一二九 | 又 | 數日西風 | 有 | 有 | 有 | 有 | 有 | |
| 一三〇 | 又 | 路遠仙城 | 有 | 有 | 有 | 有 | 有 | |
| 一三一 | 惜黃花慢 | 送客吴臯 | 有 | 有 | 有 | 有 | 有 | |
| 一三二 | 十二郎 | 素天際水 | 無 | 有 | 有 | 有 | 有 | |
| 一三三 | 燭影摇紅 | 天桂飛香 | 有 | 有 | 有 | 有 | 有 | |
| 一三四 | 又 | 莓鎖虹梁 | 有 | 有 | 有 | 有 | 有 | |
| 一三五 | 醜奴兒 | 東風未起 | 無 | 有 | 有 | 有 | 有 | 王朱本、朱二校本、四明本調名作《醜奴兒慢》。 |

續表

| 序號 | 毛本 調名 | 毛本 首句（存毛刻之舊） | 戈校本 | 杜本 | 王朱本 | 朱二校本 | 四明本 | 備注 |
|---|---|---|---|---|---|---|---|---|
| 乙稿 | | | | | | | | |
| 一三六 | 又 | 空蒙乍斂 | 有 | 有 | 有 | 有 | 有 | |
| 一三七 | 木蘭花慢 | 紫騮嘶凍草 | 有 | 有 | 有 | 有 | 有 | |
| 一三八 | 又 | 步層丘翠莽 | 有 | 有 | 有 | 有 | 有 | |
| 一三九 | 又 | 酹清盃問水 | 有 | 有 | 有 | 有 | 有 | |
| 一四〇 | 又 | 幾臨流送遠 | 有 | 有 | 有 | 有 | 有 | |
| 一四一 | 喜遷鶯 | 凡塵流水 | 無 | 有 | 有 | 有 | 有 | |
| 一四二 | 又 | 江亭年暮 | 無 | 有 | 有 | 有 | 有 | |
| 一四三 | 探芳信 | 夜寒重 | 有 | 有 | 有 | 有 | 有 | |
| 一四四 | 又 | 暖風定 | 有 | 有 | 有 | 有 | 有 | |
| 一四五 | 聲聲慢 | 藍雲籠曉 | 有 | 有 | 有 | 有 | 有 | |
| 一四六 | 又 | 雲深山塢 | 有 | 有 | 有 | 有 | 有 | |
| 一四七 | 又 | 春星當户 | 有 | 有 | 有 | 有 | 有 | |

續表

| 序號 | 毛本 調名 | 毛本 首句（存毛刻之舊） | 戈校本 | 杜本 | 王朱本 | 朱二校本 | 四明本 | 備注 |
|---|---|---|---|---|---|---|---|---|
| 乙稿 | | | | | | | | |
| 一四八 | 又 | 寒筲驚墜 | 有 | 有 | 有 | 有 | 有 | |
| 一四九 | 又 | 六銖衣細 | 有 | 有 | 有 | 有 | 有 | |
| 一五〇 | 又 | 旋移輕鷁 | 無 | 有 | 有 | 有 | 有 | |
| 一五一 | 又 | 梅黃金重 | 有 | 有 | 有 | 刪 | 無 | 朱二校：「《草堂詩餘》作劉巨濟，刪。」 |
| 一五二 | 高陽臺 | 修竹凝粧 | 無 | 有 | 有 | 有 | 有 | |
| 一五三 | 又 | 宫粉雕痕 | 無 | 有 | 有 | 有 | 有 | |
| 一五四 | 又 | 淝水秋寒 | 有 | 有 | 有 | 有 | 有 | |
| 一五五 | 又 | 風裊垂楊 | 有 | 有 | 有 | 有 | 有 | |
| 一五六 | 倦尋芳 | 海霞倒影 | 無 | 有 | 有 | 有 | 有 | |
| 一五七 | 三姝媚 | 吹笙池上道 | 有 | 有 | 有 | 有 | 有 | |
| 一五八 | 又 | 湖山徑醉慣 | 有 | 有 | 有 | 有 | 有 | |
| 一五九 | 晝錦堂 | 舞影燈前 | 有 | 有 | 有 | 有 | 有 | |

續表

| 序號 | 毛本 調名 | 毛本 首句(存毛刻之舊) | 戈校本 | 杜本 | 王朱本 | 朱二校本 | 四明本 | 備注 |
|---|---|---|---|---|---|---|---|---|
| 乙稿 | | | | | | | | |
| 一六〇 | 又 | 帆落迴潮 | 有 | 有 | 有 | 有 | 有 | 杜本、王朱本調名作《慶春澤》；朱二校本、四明本調名作《高陽臺》，列於「風裊垂楊」詞後。 |
| 一六一 | 漢宮春 | 花姥來時 | 有 | 有 | 有 | 有 | 有 | |
| 一六二 | 花心動 | 入眼青紅 | 有 | 有 | 有 | 有 | 有 | |
| 一六三 | 又 | 十里東風 | 有 | 有 | 有 | 有 | 有 | |
| 一六四 | 八聲甘州 | 渺空煙四遠 | 有 | 有 | 有 | 有 | 有 | |
| 一六五 | 又 | 步晴霞倒影 | 有 | 有 | 有 | 有 | 有 | |
| 一六六 | 又 | 記行雲夢影 | 有 | 有 | 有 | 有 | 有 | |
| 一六七 | 新鴈過粧樓 | 夢醒芙蓉 | 有 | 有 | 有 | 有 | 有 | |
| 一六八 | 又 | 閬苑高寒 | 有 | 有 | 有 | 有 | 有 | |
| 一六九 | 淒涼調 | 緑楊巷陌 | 無 | 無 | 無 | 無 | 無 | |

續表

| 序號 | 毛本 調名 | 毛本 首句（存毛刻之舊） | 戈校本 | 杜本 | 王朱本 | 朱二校本 | 四明本 | 備注 |
|---|---|---|---|---|---|---|---|---|
| 乙稿 | | | | | | | | |
| 一七〇 | 尾犯 | 夜雨滴空階 | 無 | 無 | 無 | 無 | 無 | |
| 一七一 | 東風第一枝 | 傾國傾城 | 有 | 有 | 有 | 有 | 有 | |
| 一七二 | 夜合花 | 柳暝河橋 | 有 | 有 | 有 | 有 | 有 | |
| 丙稿 | | | | | | | | |
| 一七三 | 丹鳳吟 | 麗景長安人海 | 有 | 有 | 有 | 有 | 有 | |
| 一七四 | 喜遷鶯 | 冬分人別 | 有 | 有 | 有 | 有 | 有 | |
| 一七五 | 柳梢青 | 斷夢遊輪 | 有 | 有 | 有 | 有 | 有 | |
| 一七六 | 生查子 | 暮雲千萬重 | 有 | 有 | 有 | 有 | 有 | |
| 一七七 | 玉漏遲 | 雁邊風訊小 | 無 | 有 | 有 | 有 | 有 | |
| 一七八 | 一剪梅 | 遠目傷心樓上山 | 有 | 有 | 有 | 有 | 有 | |
| 一七九 | 點絳唇 | 春未來時 | 有 | 有 | 有 | 有 | 有 | |
| 一八〇 | 絳都春 | 螺屏暝翠 | 有 | 有 | 有 | 有 | 有 | |

| 序號 | 毛本 調名 | 毛本 首句(存毛刻之舊) | 戈校本 | 杜本 | 王朱本 | 二朱校本 | 四明本 | 備注 |
|---|---|---|---|---|---|---|---|---|
| 丙稿 | | | | | | | | |
| 一八一 | 祝英臺近 | 剪紅情 | 無 | 有 | 有 | 有 | 有 | |
| 一八二 | 燭影摇紅 | 碧澹山姿 | 有 | 有 | 有 | 有 | 有 | |
| 一八三 | 掃花遊 | 暝波印日 | 有 | 有 | 有 | 有 | 有 | |
| 一八四 | 西江月 | 枝裊一痕雪在 | 有 | 有 | 有 | 有 | 有 | |
| 一八五 | 宴清都 | 翠羽飛梁苑 | 有 | 有 | 有 | 有 | 有 | |
| 一八六 | 桃源憶故人 | 越山青斷西陵浦 | 有 | 有 | 有 | 有 | 有 | |
| 一八七 | 浣溪沙 | 門巷深深小画樓 | 有 | 有 | 有 | 有 | 有 | |
| 一八八 | 木蘭花慢 | 記瓊林宴起 | 有 | 有 | 有 | 有 | 有 | |
| 一八九 | 水龍吟 | 小湖北嶺雲多 | 有 | 有 | 有 | 有 | 有 | |
| 一九〇 | 夜行船 | 碧甃清漪方鏡小 | 有 | 有 | 有 | 有 | 有 | |
| 一九一 | 朝中措 | 吴山相對越山青 | 有 | 有 | 有 | 有 | 有 | |
| 一九二 | 塞翁吟 | 有約西湖去 | 有 | 有 | 有 | 有 | 有 | |

續表

| 序號 | 毛本 調名 | 毛本 首句（存毛刻之舊） | 戈校本 | 杜本 | 王朱本 | 朱二校本 | 四明本 | 備注 |
| --- | --- | --- | --- | --- | --- | --- | --- | --- |
| 丙稿 | | | | | | | | |
| 一九三 | 風入松 | 一飄江上莫潮平 | 有 | 有 | 有 | 有 | 有 | |
| 一九四 | 燭影摇紅 | 秋入燈花 | 有 | 有 | 有 | 有 | 有 | |
| 一九五 | 尾犯 | 翠被落紅粧 | 有 | 有 | 有 | 有 | 有 | |
| 一九六 | 水龍吟 | 望中璇海波新 | 有 | 有 | 有 | 有 | 有 | |
| 一九七 | 宴清都 | 翠匝西門柳 | 有 | 有 | 有 | 有 | 有 | |
| 一九八 | 聲聲慢 | 鶯團棖徑 | 有 | 有 | 有 | 有 | 有 | |
| 一九九 | 永遇樂 | 風拂塵徽 | 有 | 有 | 有 | 有 | 有 | |
| 二〇〇 | 西江月 | 清夢重游天上 | 有 | 有 | 有 | 有 | 有 | |
| 二〇一 | 朝中措 | 殷雲凋葉晚晴初 | 有 | 有 | 有 | 有 | 有 | |
| 二〇二 | 秋蕊香 | 寶月驚塵墮曉 | 有 | 有 | 有 | 有 | 有 | |
| 二〇三 | 惜秋華 | 思渺西風 | 有 | 有 | 有 | 有 | 有 | |
| 二〇四 | 聲聲慢 | 憑高入夢 | 有 | 有 | 有 | 有 | 有 | |

續表

| 序號 | 毛本 調名 | 毛本 首句（存毛刻之舊） | 戈校本 | 杜本 | 王朱本 | 朱二校本 | 四明本 | 備注 |
| --- | --- | --- | --- | --- | --- | --- | --- | --- |
| 丙稿 | | | | | | | | |
| 二〇五 | 點絳唇 | 金井空陰 | 有 | 有 | 有 | 有 | 有 | |
| 二〇六 | 又 | 明月茫茫 | 無 | 有 | 有 | 有 | 有 | 戈校本有：「又有懷蘇州。」「已鈔選。」 |
| 二〇七 | 慶宫春 | 春屋圍花 | 有 | 有 | 有 | 有 | 有 | |
| 二〇八 | 蝶戀花 | 明月枝頭香滿路 | 有 | 有 | 有 | 有 | 有 | |
| 二〇九 | 玉樓春 | 闌干獨倚天涯客 | 有 | 有 | 有 | 有 | 有 | |
| 二一〇 | 柳梢青 | 翠嶂圍屏 | 有 | 有 | 有 | 有 | 有 | |
| 二一一 | 燭影摇紅 | 飛蓋西園 | 無 | 有 | 有 | 有 | 有 | |
| 二一二 | 齊天樂 | 三千年事殘鴉外 | 有 | 有 | 有 | 有 | 有 | |
| 二一三 | 水龍吟 | 杜陵折柳狂吟 | 有 | 有 | 有 | 有 | 有 | |
| 二一四 | 又 | 夜分谿館漁燈 | 有 | 有 | 有 | 有 | 有 | |
| 二一五 | 浣溪沙 | 秦黛横愁送莫雲 | 有 | 有 | 有 | 有 | 有 | |
| 二一六 | 又 | 一曲鸞簫別彩雲 | 有 | 有 | 有 | 有 | 有 | |

續表

| 序號 | 毛本 調名 | 毛本 首句(存毛刻之舊) | 戈校本 | 杜本 | 王朱本 | 朱二校本 | 四明本 | 備注 |
|---|---|---|---|---|---|---|---|---|
| 丙稿 | | | | | | | | |
| 二一七 | 探春慢 | 苔徑曲深深 | 有 | 有 | 有 | 有 | 有 | |
| 二一八 | 塞垣春 | 漏瑟侵瓊筦 | 有 | 有 | 有 | 有 | 有 | |
| 二一九 | 一剪梅 | 老色頻生玉鏡塵 | 有 | 有 | 有 | 有 | 有 | |
| 二二〇 | 木蘭花慢 | 潤寒梅細雨 | 有 | 有 | 有 | 有 | 有 | |
| 二二一 | 探芳信 | 探春到 | 有 | 有 | 有 | 有 | 有 | |
| 二二二 | 燕歸梁 | 一片遊塵拂鏡灣 | 有 | 有 | 有 | 有 | 有 | |
| 二二三 | 解語花 | 簷花舊滴 | 有 | 有 | 有 | 有 | 有 | |
| 二二四 | 祝英臺近 | 問流花 | 有 | 有 | 有 | 有 | 有 | |
| 二二五 | 烏夜啼 | 醉痕深暈潮紅 | 有 | 有 | 有 | 有 | 有 | |
| 二二六 | 浪淘沙 | 綠樹越溪灣 | 有 | 有 | 有 | 有 | 有 | |
| 二二七 | 踏莎行 | 潤玉籠綃 | 有 | 有 | 有 | 有 | 有 | |
| 二二八 | 齊天樂 | 麴塵猶沁傷心水 | 有 | 有 | 有 | 有 | 有 | |

續表

| 序號 | 毛本 調名 | 毛本 首句（存毛刻之舊） | 戈校本 | 杜本 | 王朱本 | 朱二校本 | 四明本 | 備注 |
|---|---|---|---|---|---|---|---|---|
| 丙稿 | | | | | | | | |
| 二二九 | 繞佛閣 | 夜空似水 | 有 | 有 | 有 | 有 | 有 | |
| 二三〇 | 秋蕊香 | 孏浴新涼睡早 | 有 | 有 | 有 | 有 | 有 | |
| 二三一 | 踈影 | 占春壓一 | 有 | 有 | 有 | 有 | 有 | |
| 二三二 | 聲聲慢 | 清漪街苑 | 有 | 有 | 有 | 有 | 有 | |
| 二三三 | 木蘭花慢 | 送秋雲萬里 | 有 | 有 | 有 | 有 | 有 | |
| 二三四 | 瑞鶴仙 | 亂雲生古嶠 | 有 | 有 | 有 | 有 | 有 | |
| 二三五 | 浪淘沙 | 山遠翠眉長 | 有 | 有 | 有 | 有 | 有 | |
| 二三六 | 水調歌頭 | 屋下半流水 | 有 | 有 | 有 | 有 | 有 | |
| 二三七 | 思佳客 | 釵燕攏雲睡起時 | 有 | 有 | 有 | 有 | 有 | |
| 二三八 | 垂絲釣 | 聽風聽雨 | 有 | 有 | 有 | 有 | 有 | |
| 二三九 | 喜遷鶯 | 煙空白鷺 | 有 | 有 | 有 | 有 | 有 | |
| 二四〇 | 西河 | 春乍霽 | 有 | 有 | 有 | 有 | 有 | |

續表

| 序號 | 毛本 調名 | 毛本 首句（存毛刻之舊） | 戈校本 | 杜本 | 王朱本 | 朱二校本 | 四明本 | 備注 |
| --- | --- | --- | --- | --- | --- | --- | --- | --- |
| 丙稿 | | | | | | | | |
| 二四一 | 點絳唇 | 推枕南窗 | 有 | 有 | 有 | 有 | 有 | |
| 二四二 | 滿江紅 | 竹下門敲 | 有 | 有 | 有 | 有 | 有 | |
| 二四三 | 祝英臺近 | 採幽香 | 無 | 有 | 有 | 有 | 有 | |
| 二四四 | 珍珠簾 | 蜜沈爐熨餘煙裹 | 有 | 有 | 有 | 有 | 有 | |
| 二四五 | 滿江紅 | 結束蕭仙 | 有 | 有 | 有 | 有 | 有 | |
| 二四六 | 木蘭花慢 | 指罘罳曉月 | 有 | 有 | 有 | 有 | 有 | |
| 二四七 | 極相思 | 玉纖風透秋痕 | 有 | 有 | 有 | 有 | 有 | |
| 二四八 | 醉蓬萊 | 碧天書信斷 | 有 | 有 | 有 | 有 | 有 | |
| 二四九 | 三部樂 | 江鶂初飛 | 有 | 有 | 有 | 有 | 有 | |
| 二五〇 | 秋思耗 | 堆枕香鬟側 | 有 | 有 | 有 | 有 | 有 | |
| 二五一 | 法曲獻仙音 | 風拍波驚 | 有 | 有 | 有 | 有 | 有 | |
| 二五二 | 愁春未醒 | 東風未起 | 重 | 删 | 删 | 删 | 删 | 朱二校：「復見乙稿作《醜奴兒慢》，删。」 |

續表

| 序號 | 毛本 調名 | 毛本 首句（存毛刻之舊） | 戈校本 | 杜本 | 王朱本 | 朱二校本 | 四明本 | 備注 |
| --- | --- | --- | --- | --- | --- | --- | --- | --- |
| 丙稿 | | | | | | | | |
| 二五三 | 月中行 | 疏桐翠井 | 重 | 删 | 删 | 删 | 删 | 朱二校：「復見甲稿，删。」 |
| 丁稿 | | | | | | | | |
| 二五四 | 瑞龍吟 | 墮紅際 | 有 | 有 | 有 | 有 | 有 | |
| 二五五 | 瑞鶴仙 | 轆轤秋又轉 | 有 | 有 | 有 | 有 | 有 | |
| 二五六 | 思佳客 | 丹桂花開第二番 | 有 | 有 | 有 | 有 | 有 | |
| 二五七 | 沁園春 | 澄碧西湖 | 有 | 有 | 有 | 有 | 有 | |
| 二五八 | 齊天樂 | 竹深不放斜陽入 | 有 | 有 | 有 | 有 | 有 | |
| 二五九 | 玉樓春 | 華堂宿讌連清曉 | 有 | 有 | 有 | 有 | 有 | |
| 二六〇 | 醉落魄 | 春温紅玉 | 有 | 有 | 有 | 有 | 有 | |
| 二六一 | 蝶戀花 | 北斗秋横雲髻影 | 有 | 有 | 有 | 有 | 有 | |
| 二六二 | 朝中措 | 楚皋相遇笑盈盈 | 有 | 有 | 有 | 有 | 有 | |
| 二六三 | 江城梅花引 | 江頭何處帶春歸 | 有 | 有 | 有 | 有 | 有 | |

續表

| 序號 | 毛本 調名 | 毛本 首句（存毛刻之舊） | 戈校本 | 杜本 | 王朱本 | 朱二校本 | 四明本 | 備注 |
|---|---|---|---|---|---|---|---|---|
| 丁稿 | | | | | | | | |
| 二六四 | 杏花天 | 鸞薑荳蔻相思味 | 有 | 有 | 有 | 有 | 有 | |
| 二六五 | 倦尋芳 | 墜缾恨井 | 無 | 有 | 有 | 有 | 有 | |
| 二六六 | 滿江紅 | 露浥初英 | 有 | 有 | 有 | 有 | 有 | |
| 二六七 | 朝中措 | 海東明月鎖雲陰 | 有 | 有 | 有 | 有 | 有 | |
| 二六八 | 龍山會 | 石徑幽雲冷 | 有 | 有 | 有 | 有 | 有 | |
| 二六九 | 夢行雲 | 簟波皺纖縠 | 有 | 有 | 有 | 有 | 有 | |
| 二七〇 | 天香 | 碧藕藏絲 | 有 | 有 | 有 | 有 | 有 | |
| 二七一 | 謁金門 | 雞唱晚 | 有 | 有 | 有 | 有 | 有 | |
| 二七二 | 鶯啼序 | 橫塘棹穿豔錦 | 有 | 刪 | 刪 | 刪 | 刪 | 朱二校：「復見乞（乙）稿，刪。」 |
| 二七三 | 點絳唇 | 香泛羅屏 | 有 | 有 | 有 | 有 | 有 | |
| 二七四 | 繞佛閣 | 蒨霞豔錦 | 有 | 有 | 有 | 有 | 有 | |
| 二七五 | 夜遊宮 | 人去西樓雁杳 | 有 | 有 | 有 | 有 | 有 | |

| 序號 | 毛本 調名 | 毛本 首句（存毛刻之舊） | 戈校本 | 杜本 | 王朱本 | 朱二校本 | 四明本 | 備注 |
|---|---|---|---|---|---|---|---|---|
| 丁稿 | | | | | | | | |
| 二七六 | 如夢令 | 春在緑窗楊柳 | 有 | 有 | 有 | 有 | 有 | |
| 二七七 | 醉桃源 | 金丸一樹帶霜華 | 有 | 有 | 有 | 有 | 有 | |
| 二七八 | 絳都春 | 長亭旅雁 | 有 | 有 | 有 | 有 | 有 | |
| 二七九 | 漢宮春 | 懷得銀符 | 有 | 有 | 有 | 有 | 有 | |
| 二八〇 | 瑶花 | 秋風采石 | 有 | 有 | 有 | 有 | 有 | |
| 二八一 | 瑞鶴仙 | 記年時秋半 | 有 | 有 | 有 | 有 | 有 | |
| 二八二 | 暗香 | 縣花誰葺 | 有 | 有 | 有 | 有 | 有 | |
| 二八三 | 淒涼犯 | 空江浪闊 | 有 | 有 | 有 | 有 | 有 | |
| 二八四 | 思佳客 | 自唱新詞送歲華 | 有 | 有 | 有 | 有 | 有 | |
| 二八五 | 宴清都 | 柳色春陰重 | 有 | 有 | 有 | 有 | 有 | |
| 二八六 | 六醜 | 漸新鵝映柳 | 有 | 有 | 有 | 有 | 有 | |
| 二八七 | 蕙蘭芳引 | 空翠□雲 | 有 | 有 | 有 | 有 | 有 | |

續表

| 序號 | 毛本 調名 | 毛本 首句（存毛刻之舊） | 戈校本 | 杜本 | 王朱本 | 二朱校本 | 四明本 | 備注 |
|---|---|---|---|---|---|---|---|---|
| 丁稿 | | | | | | | | |
| 二八八 | 探芳信 | 爲春瘦 | 有 | 有 | 有 | 有 | 有 | |
| 二八九 | 惜黄花慢 | 粉靨金裳 | 有 | 有 | 有 | 有 | 有 | |
| 二九〇 | 金縷歌 | 浪影龜紋皺 | 重 | 删 | 删 | 删 | 删 | 朱二校：「復見甲稿作《賀新郎》，删。」 |
| 二九一 | 青玉案 | 東風客雁溪邊道 | 有 | 有 | 有 | 有 | 有 | |
| 二九二 | 浣溪沙 | 冰骨清寒瘦一枝 | 有 | 有 | 有 | 有 | 有 | |
| 二九三 | 探芳信 | 轉芳徑 | 有 | 有 | 有 | 有 | 有 | |
| 二九四 | 採桑子 | 茜羅結就丁香顆 | 有 | 有 | 有 | 有 | 有 | |
| 二九五 | 三姝媚 | 酣春清鏡裏 | 有 | 有 | 有 | 有 | 有 | |
| 二九六 | 水龍吟 | 好山都在西湖 | 有 | 有 | 有 | 有 | 有 | |
| 二九七 | 燭影摇紅 | 新月侵堦 | 有 | 有 | 有 | 有 | 有 | |
| 二九八 | 又 | 西子西湖 | 有 | 有 | 有 | 有 | 有 | |
| 二九九 | 望江南 | 三月莫 | 有 | 有 | 有 | 有 | 有 | |

續表

| 序號 | 毛本 調名 | 毛本 首句（存毛刻之舊） | 戈校本 | 杜本 | 王朱本 | 朱二校本 | 四明本 | 備注 |
|---|---|---|---|---|---|---|---|---|
| 丁稿 | | | | | | | | |
| 三〇〇 | 天香 | 珠絡玲瓏 | 有 | 有 | 有 | 有 | 有 | |
| 三〇一 | 江神子 | 長安門外小林丘 | 有 | 有 | 有 | 有 | 有 | |
| 三〇二 | 沁園春 | 情如之何 | 有 | 有 | 有 | 有 | 有 | |
| 三〇三 | 採桑子 | 水亭花上三更月 | 有 | 有 | 有 | 有 | 有 | |
| 三〇四 | 清平樂 | 柔柯剪翠 | 有 | 有 | 有 | 有 | 有 | |
| 三〇五 | 燕歸梁 | 白玉搔頭墜髻鬆 | 有 | 有 | 有 | 有 | 有 | |
| 三〇六 | 西江月 | 江上桃花流水 | 有 | 有 | 有 | 有 | 有 | |
| 三〇七 | 滿江紅 | 翠幕深庭 | 有 | 有 | 有 | 有 | 有 | |
| 三〇八 | 夜行船 | 鴉帶斜陽歸遠樹 | 有 | 有 | 有 | 有 | 有 | |
| 三〇九 | 好事近 | 琴冷石床雲 | 有 | 有 | 有 | 有 | 有 | |
| 三一〇 | 浣溪沙 | 波面銅花冷不收 | 有 | 有 | 有 | 有 | 有 | |
| 三一一 | 風入松 | 一番疎雨洗芙容 | 有 | 有 | 有 | 有 | 有 | |

續表

| 序號 | 毛本 調名 | 毛本 首句(存毛刻之舊) | 戈校本 | 杜本 | 王朱本 | 朱二校本 | 四明本 | 備注 |
|---|---|---|---|---|---|---|---|---|
| 丁稿 | | | | | | | | |
| 三一二 | 鷓鴣天 | 池上紅衣伴倚闌 | 有 | 有 | 有 | 有 | 有 | 朱二校本調名作《思佳客》。 |
| 三一三 | 虞美人影 | 黄包先著風霜勁 | 有 | 有 | 有 | 有 | 有 | 杜本調名作《虞美人》。 |
| 三一四 | 訴衷情 | 片雲載雨過江鷗 | 有 | 有 | 有 | 有 | 有 | |
| 三一五 | 花上月令 | 文園消渴愛江清 | 有 | 有 | 有 | 有 | 有 | |
| 三一六 | 卜算子 | 涼挂曉雲輕 | 有 | 有 | 有 | 有 | 有 | |
| 三一七 | 秋霽 | 一水盈盈 | 有 | 有 | 有 | 有 | 有 | |
| 三一八 | 鳳栖梧 | 開過南枝花滿院 | 有 | 有 | 有 | 有 | 有 | 朱二校本調名作《蝶戀花》。 |
| 三一九 | 江神子 | 一聲玉磬下星壇 | 有 | 有 | 有 | 有 | 有 | |
| 三二〇 | 齊天樂 | 芙容心上三更露 | 有 | 有 | 有 | 有 | 有 | |
| 三二一 | 賀新郎 | 湖上芙容早 | 重 | 删 | 删 | 删 | 删 | 朱二校:「復見甲稿,删。」 |
| 三二二 | 霜天曉角 | 煙林褪葉 | 有 | 有 | 有 | 有 | 有 | |
| 三二三 | 烏夜啼 | 西風先到岩扃 | 有 | 有 | 有 | 有 | 有 | |

續表

| 序號 | 毛本 調名 | 毛本 首句（存毛刻之舊） | 戈校本 | 杜本 | 王朱本 | 朱二校本 | 四明本 | 備注 |
|---|---|---|---|---|---|---|---|---|
| 丁稿 | | | | | | | | |
| 三一四 | 夜行船 | 逗曉闌干霑露水 | 有 | 有 | 有 | 有 | 有 | |
| 三一五 | 鳳栖梧 | 湘水煙中相見早 | 有 | 有 | 有 | 有 | 有 | 朱二校本調名作《蝶戀花》 |
| 三一六 | 生查子 | 當樓月半奩 | 有 | 有 | 有 | 有 | 有 | |
| 三一七 | 尾犯 | 紺海掣微雲 | 有 | 有 | 有 | 有 | 有 | |
| 三一八 | 慶春宮 | 殘葉翻濃 | 有 | 有 | 有 | 有 | 有 | |
| 三一九 | 霜天曉角 | 香莓幽徑滑 | 有 | 有 | 有 | 有 | 有 | |
| 三二〇 | 漢宮春 | 名壓年芳 | 有 | 有 | 有 | 有 | 有 | |
| 三二一 | 西江月 | 添線繡床人倦 | 有 | 有 | 有 | 有 | 有 | |
| 三二二 | 浣溪沙 | 新夢遊仙駕紫鴻 | 有 | 有 | 有 | 有 | 有 | |
| 三二三 | 戀繡衾 | 頻摩書眼怯細文 | 有 | 有 | 有 | 有 | 有 | |
| 三二四 | 催雪 | 霓節飛瓊 | 有 | 有 | 有 | 有 | 有 | 杜本、朱二校本、四明本詞調作「無悶」，詞題作「催雪」。 |

續表

| 序號 | 毛本 調名 | 毛本 首句（存毛刻之舊） | 戈校本 | 杜本 | 王朱本 | 二朱校本 | 四明本 | 備注 |
|---|---|---|---|---|---|---|---|---|
| 丁稿 | | | | | | | | |
| 三三五 | 杏花天 | 鬢稜初剪玉纖弱 | 有 | 有 | 有 | 有 | 有 | |
| 三三六 | 醉桃源 | 五更瀝馬靜無聲 | 有 | 有 | 有 | 有 | 有 | |
| 三三七 | 菩薩蠻 | 落花夜雨辭寒食 | 有 | 有 | 有 | 有 | 有 | |
| 夢窗絶筆 | | | | | | | | |
| 三三八 | 鶯啼序 | □吴駕雲閬海 | 無 | 删 | 删 | 删 | 删 | |
| 夢窗補遺 | | | | | | | | |
| 三三九 | 聲聲慢 | 檀欒金碧 | 無 | 有 | 有 | 有 | 有 | |
| 三四〇 | 倦尋芳 | 莫帆挂雨 | 無 | 有 | 有 | 有 | 有 | |
| 三四一 | 絳都春 | 香深霧暝 | 重 | 删 | 删 | 删 | 删 | 朱二校：「復見乙稿，删。」 |
| 三四二 | 唐多令 | 何處合成愁 | 無 | 有 | 有 | 有 | 有 | |
| 三四三 | 法曲獻仙音 | 落葉霞翻 | 無 | 有 | 有 | 有 | 有 | |
| 三四四 | 好事近 | 雁外雨絲絲 | 有 | 有 | 有 | 有 | 有 | |

續表

| 序號 | 毛本 調名 | 毛本 首句（存毛刻之舊） | 戈校本 | 杜本 | 王朱本 | 朱二校本 | 四明本 | 備注 |
|---|---|---|---|---|---|---|---|---|
| 夢窗補遺 | | | | | | | | |
| 三四五 | 憶舊遊 | 送人猶未苦 | 無 | 有 | 有 | 有 | 有 | |
| 三四六 | 宴清都 | 病渴文園久 | 有 | 有 | 有 | 有 | 有 | |
| 三四七 | 金縷歌 | 喬木生雲氣 | 有 | 有 | 有 | 有 | 有 | 刪十八首，其中僞詞十一首，復刻七首。實得三百二十九首。 |
| 杜本 | | | 毛本 | 戈校本 | 王朱本 | 朱二校本 | 四明本 | 備注 |
| 三四八 | 古香慢 | 怨娥墜柳 | 無 | 有 | 有 | 有 | 有 | 杜本以下録入《夢窗詞續補遺》。 |
| 三四九 | 醉落魄 | 柔懷難託 | 無 | 無 | 有 | 有 | 有 | |
| 三五〇 | 朝中措 | 晚妝慵理 | 無 | 無 | 有 | 有 | 有 | |
| 三五一 | 思佳客 | 迷蝶無蹤曉夢沉 | 無 | 無 | 有 | 有 | 有 | 王朱本調名作《思嘉客》。 |

續表

| | 杜本 | | 毛本 | 戈校本 | 王朱本 | 朱二校本 | 四明本 | 備注 |
|---|---|---|---|---|---|---|---|---|
| 三五二 | 采桑子慢 | 桐敲露井 | 無 | 無 | 有 | 有 | 有 | |
| 三五三 | 青玉案 | 短亭芳草長亭柳 | 無 | 無 | 有 | 有 | 有 | |
| 三五四 | 又 | 新腔一唱雙金斗 | 無 | 無 | 有 | 有 | 有 | |
| 三五五 | 浪淘沙 | 燈火雨中船 | 無 | 無 | 有 | 有 | 有 | |
| 三五六 | 好事近 | 飛露灑銀床 | 無 | 無 | 有 | 有 | 有 | |
| 三五七 | 杏花天 | 幽歡一夢成炊黍 | 無 | 無 | 有 | 有 | 有 | |
| 三五八 | 踏莎行 | 楊柳風流 | 無 | 無 | 有 | 有 | 有 | |
| 三五九 | | | | | | | | 王朱本、朱二校本、四明本有殘句：「霜杵敲寒，風燈搖夢」、「醉雲醒月」。 |

# （三）一卷本《夢窗詞集》版本源流對照表

| 序號 | 明張本 | | 朱三校 | 朱四校 | 全宋詞本 | 備注 |
|---|---|---|---|---|---|---|
| | 調名 | 首句（存明鈔之舊） | | | | |
| 一 | 鎖寒窗 | 紺縷堆雲 | 有 | 有 | 有 | 朱三校、朱四校、全宋詞本調名作《瑣窗寒》。 |
| 二 | 尉遲杯 | 垂楊逕 | 有 | 有 | 有 | |
| 三 | 渡江雲 | 羞紅顰淺恨 | 有 | 有 | 有 | |
| 四 | 三部樂 | 江鶊初飛 | 有 | 有 | 有 | |
| 五 | 霜葉飛 | 斷煙離緒 | 有 | 有 | 有 | |
| 六 | 瑞鶴僊 | 淚荷拋碎璧 | 有 | 有 | 有 | |
| 七 | 又 | 晴絲牽緒亂 | 有 | 有 | 有 | |
| 八 | 又 | 藕心抽瑩繭 | 有 | 有 | 有 | |
| 九 | 又 | 亂紅生古嶠 | 有 | 有 | 有 | |
| 一〇 | 又 | 記年時茂苑 | 有 | 有 | 有 | |
| 一一 | 又 | 轆轤春又轉 | 有 | 有 | 有 | |

續表

| 序號 | 明張本 調名 | 明張本 首句（存明鈔之舊） | 朱三校 | 朱四校 | 全宋詞本 | 備注 |
|---|---|---|---|---|---|---|
| 一二 | 又 | 夜寒吴館窄 | 有 | 有 | 有 | |
| 一三 | 又 | 彩雲栖翡翠 | 有 | 有 | 有 | |
| 一四 | 滿江紅 | 雲氣樓臺 | 有 | 有 | 有 | |
| 一五 | 又 | 絡束蕭仙 | 有 | 有 | 有 | |
| 一六 | 解連環 | 暮簷涼薄 | 有 | 有 | 有 | |
| 一七 | 又 | 思和雲結 | 有 | 有 | 有 | |
| 一八 | 夜飛鵲 | 金規印遥漢 | 有 | 有 | 有 | |
| 一九 | 一寸金 | 秋入中山 | 有 | 有 | 有 | |
| 二〇 | 又 | 秋壓更長 | 有 | 有 | 有 | |
| 二一 | 繞佛閣 | 暗塵四斂 | 删 | 删 | 删 | |
| 二二 | 又 | 夜空似水 | 有 | 有 | 有 | 朱三校調名下注「原鈔是調有周邦彦『暗塵四斂』一闋，删」。 |
| 二三 | 又 | 蒨霞豔錦 | 有 | 有 | 有 | |

續表

| 序號 | 明張本 | | 朱三校 | 朱四校 | 全宋詞本 | 備注 |
|---|---|---|---|---|---|---|
| | 調名 | 首句（存明鈔之舊） | | | | |
| 二四 | 拜星月慢 | 絳雪生涼 | 有 | 有 | 有 | |
| 二五 | 水龍吟 | 豔陽不到青山 | 有 | 有 | 有 | |
| 二六 | 又 | 夜分溪館漁燈 | 有 | 有 | 有 | |
| 二七 | 又 | 有人獨立空山 | 有 | 有 | 有 | |
| 二八 | 又 | 望中璇海波新 | 有 | 有 | 有 | |
| 二九 | 又 | 望春樓外滄波 | 有 | 有 | 有 | |
| 三〇 | 又 | 幾番時事重論 | 有 | 有 | 有 | |
| 三一 | 又 | 小湖北嶺雲多 | 有 | 有 | 有 | |
| 三二 | 又 | 澹雲籠月微黄 | 有 | 有 | 有 | |
| 三三 | 又 | 杜陵折柳狂吟 | 有 | 有 | 有 | |
| 三四 | 玉燭新 | 花穿簾隙透 | 有 | 有 | 有 | |
| 三五 | 解語花 | 門横皺碧 | 有 | 有 | 有 | |
| 三六 | 又 | 簷花舊滴 | 有 | 有 | 有 | |

續表

| 序號 | 明張本 調名 | 明張本 首句（存明鈔之舊） | 朱三校 | 朱四校 | 全宋詞本 | 備注 |
| --- | --- | --- | --- | --- | --- | --- |
| 三七 | 慶宫春 | 雲接平崗 | 刪 | 刪 | 刪 | 明張本調名後注：「《旅思》」「附清真。」 |
| 三八 | 又 | 春屋圍花 | 有 | 有 | 有 | 朱三校調名下注「原鈔是調有周邦彦『雲接平崗』一闋，刪」。 |
| 三九 | 又 | 殘葉翻濃 | 有 | 有 | 有 | |
| 四〇 | 塞垣春 | 漏瑟侵瓊管 | 有 | 有 | 有 | |
| 四一 | 宴清都 | 翠羽飛梁苑 | 有 | 有 | 有 | |
| 四二 | 又 | 繡幄鴛鴦柱 | 有 | 有 | 有 | |
| 四三 | 又 | 萬壑蓬萊路 | 有 | 有 | 有 | |
| 四四 | 又 | 翠匝西門柳 | 有 | 有 | 有 | |
| 四五 | 又 | 柳色春陰重 | 有 | 有 | 有 | |
| 四六 | 又 | 萬里關河眼 | 有 | 有 | 有 | |
| 四七 | 齊天樂 | 三千年事殘鴉外 | 有 | 有 | 有 | |
| 四八 | 又 | 芙蓉心上三更露 | 有 | 有 | 有 | |

續表

| 序號 | 明張本 調名 | 明張本 首句（存明鈔之舊） | 朱三校 | 朱四校 | 全宋詞本 | 備注 |
|---|---|---|---|---|---|---|
| 四九 | 又 | 淩朝一片陽臺影 | 有 | 有 | 有 | |
| 五〇 | 又 | 新烟初試花如夢 | 有 | 有 | 有 | |
| 五一 | 又 | 竹深不放斜陽度 | 有 | 有 | 有 | |
| 五二 | 又 | 麴塵猶沁傷心水 | 有 | 有 | 有 | |
| 五三 | 又 | 煙波桃葉西陵路 | 有 | 有 | 有 | |
| 五四 | 又 | 玉皇重賜瑶池宴 | 有 | 有 | 有 | |
| 五五 | 又 | 餘香纔潤鸞綃汚 | 有 | 有 | 有 | |
| 五六 | 丹鳳吟 | 麗景長安人海 | 有 | 有 | 有 | |
| 五七 | 掃花遊 | 冷空淡碧 | 有 | 有 | 有 | |
| 五八 | 又 | 水雲共色 | 有 | 有 | 有 | |
| 五九 | 又 | 草生夢碧 | 有 | 有 | 有 | |
| 六〇 | 又 | 水園沁碧 | 有 | 有 | 有 | |
| 六一 | 又 | 燰波印日 | 有 | 有 | 有 | |

續表

| 序號 | 明張本 調名 | 明張本 首句（存明鈔之舊） | 朱三校 | 朱四校 | 全宋詞本 | 備注 |
|---|---|---|---|---|---|---|
| 六二 | 應天長 | 麗花鬪靨 | 有 | 有 | 有 | |
| 六三 | 風流子 | 金谷已空塵 | 有 | 有 | 有 | |
| 六四 | 又 | 温柔酣紫曲 | 有 | 有 | 有 | |
| 六五 | 過秦樓 | 藻國淒迷 | 有 | 有 | 有 | |
| 六六 | 法曲獻仙音 | 風拍波驚 | 有 | 有 | 有 | |
| 六七 | 又 | 落葉霞翻 | 有 | 有 | 有 | |
| 六八 | 還京樂 | 宴蘭溆 | 有 | 有 | 有 | |
| 六九 | 塞翁吟 | 草色新宫綬 | 有 | 有 | 有 | |
| 七〇 | 又 | 有約西湖去 | 有 | 有 | 有 | |
| 七一 | 丁香結 | 香嫋紅霏 | 有 | 有 | 有 | |
| 七二 | 六么令 | 露蛩初響 | 有 | 有 | 有 | |
| 七三 | 蕙蘭芳引 | 空翠染雲 | 有 | 有 | 有 | |
| 七四 | 隔浦蓮近 | 榴花依舊照眼 | 有 | 有 | 有 | |

續表

| 序號 | 明張本 | | 朱三校 | 朱四校 | 全宋詞本 | 備注 |
|---|---|---|---|---|---|---|
| | 調名 | 首句(存明鈔之舊) | | | | |
| 七五 | 垂絲釣近 | 聽風聽雨 | 有 | 有 | 有 | |
| 七六 | 荔支香近 | 錦帶吴鉤 | 有 | 有 | 有 | |
| 七七 | 又 | 睡輕時聞 | 有 | 有 | 有 | |
| 七八 | 西河 | 春乍霽 | 有 | 有 | 有 | |
| 七九 | 浪淘沙慢 | 夢仙到 | 有 | 有 | 有 | |
| 八〇 | 西平樂慢 | 岸壓郵亭 | 有 | 有 | 有 | |
| 八一 | 瑞龍吟 | 墮虹際 | 有 | 有 | 有 | |
| 八二 | 又 | 黯分袖 | 有 | 有 | 有 | |
| 八三 | 又 | 大溪面 | 有 | 有 | 有 | |
| 八四 | 大餔 | 對宿煙收 | 無 | 無 | 無 | 明張本自注:「《春雨》(附清真)。」 |
| 八五 | 又 | 峭石帆收 | 有 | 有 | 有 | |
| 八六 | 解蹀躞 | 醉雲□□醒雨 | 有 | 有 | 有 | |
| 八七 | 倒犯 | 茂苑、共鶯花醉吟 | 有 | 有 | 有 | |

續表

| 序號 | 明張本 | | 朱三校 | 朱四校 | 全宋詞本 | 備注 |
| --- | --- | --- | --- | --- | --- | --- |
| | 調名 | 首句（存明鈔之舊） | | | | |
| 八八 | 花犯 | 剪横枝 | 有 | 有 | 有 | |
| 八九 | 又 | 小娉婷 | 有 | 有 | 有 | |
| 九〇 | 蝶戀花 | 北斗秋横雲髻影 | 有 | 有 | 有 | |
| 九一 | 又 | 明月枝頭香滿路 | 有 | 有 | 有 | |
| 九二 | 浣溪沙 | 新鴻遊仙駕紫鴻 | 有 | 有 | 有 | |
| 九三 | 又 | 冰骨清寒瘦一枝 | 有 | 有 | 有 | |
| 九四 | 又 | 千蓋籠花鬬勝春 | 有 | 有 | 有 | |
| 九五 | 又 | 蝶粉蜂黄大小喬 | 有 | 有 | 有 | |
| 九六 | 又 | 門隔花深夢舊遊 | 有 | 有 | 有 | |
| 九七 | 又 | 波面銅華冷不收 | 有 | 有 | 有 | |
| 九八 | 又 | 門巷深深小畫樓 | 有 | 有 | 有 | |
| 九九 | 又 | 曲角深簾隱洞房 | 有 | 有 | 有 | |
| 一〇〇 | 又 | 青杏園林煮酒香 | 無 | 無 | 無 | |

續表

| 序號 | 明張本 | | 朱三校 | 朱四校 | 全宋詞本 | 備注 |
|---|---|---|---|---|---|---|
| | 調名 | 首句（存明鈔之舊） | | | | |
| 一〇一 | 又 | 手捲珠簾上玉鉤 | 無 | 無 | 無 | |
| 一〇二 | 又 | 一曲新詞酒一盃 | 無 | 無 | 無 | |
| 一〇三 | 又 | 簌簌衣中落棗花 | 無 | 無 | 無 | |
| 一〇四 | 又 | 小院閑窗春色深 | 無 | 無 | 無 | |
| 一〇五 | 玉樓春 | 茸茸狸帽遮梅額 | 有 | 有 | 有 | 朱三校調名下注「原鈔是調有晏殊『緑楊芳草』一闋，刪」。 |
| 一〇六 | 又 | 華堂夜宴連清曉 | 有 | 有 | 有 | |
| 一〇七 | 又 | 緑楊草草長亭路 | 刪 | 刪 | 刪 | |
| 一〇八 | 點絳唇 | 推枕南窗 | 有 | 有 | 有 | |
| 一〇九 | 又 | 時霎清明 | 有 | 有 | 有 | |
| 一一〇 | 又 | 捲盡愁雲 | 有 | 有 | 有 | |
| 一一一 | 秋蕊香 | 寶月驚塵墮曉 | 有 | 有 | 有 | |
| 一一二 | 又 | 孏浴新涼睡蚤 | 有 | 有 | 有 | |

續表

| 序號 | 明張本 調名 | 明張本 首句（存明鈔之舊） | 朱三校 | 朱四校 | 全宋詞本 | 備注 |
|---|---|---|---|---|---|---|
| 一一三 | 訴衷情 | 陰陰緑潤暗啼鴉 | 有 | 有 | 有 | |
| 一一四 | 又 | 柳腰空舞翠裙煙 | 有 | 有 | 有 | |
| 一一五 | 又 | 片雲載雨過江漚 | 有 | 有 | 有 | |
| 一一六 | 又 | 西風吹鶴到人間 | 有 | 有 | 有 | |
| 一一七 | 夜遊宫 | 窓外梢溪雨響 | 有 | 有 | 有 | |
| 一一八 | 又 | 春語鶯迷翠柳 | 有 | 有 | 有 | |
| 一一九 | 醉桃源 | 金丸一樹帶霜華 | 有 | 有 | 有 | |
| 一二〇 | 又 | 沙河塘上舊遊嬉 | 有 | 有 | 有 | |
| 一二一 | 又 | 青春花姊不同時 | 有 | 有 | 有 | |
| 一二二 | 又 | 翠陰濃合曉鶯堤 | 有 | 有 | 有 | |
| 一二三 | 如夢令 | 春在緑窓楊柳 | 有 | 有 | 有 | 朱三校調名下注「原鈔是調有曹組『門外緑陰』一闋，删」。 |
| 一二四 | 又 | 門外緑陰千頃 | 删 | 删 | 删 | |

續表

| 序號 | 明張本 調名 | 明張本 首句（存明鈔之舊） | 朱三校 | 朱四校 | 全宋詞本 | 備注 |
| --- | --- | --- | --- | --- | --- | --- |
| 一二五 | 又 | 鞦韆爭鬧粉牆 | 有 | 有 | 有 | |
| 一二六 | 望江南 | 衣白苧 | 有 | 有 | 有 | |
| 一二七 | 又 | 松風遠 | 有 | 有 | 有 | |
| 一二八 | 定風波 | 密約偷香□踏青 | 有 | 有 | 有 | |
| 一二九 | 月中行 | 踈桐翠井早驚秋 | 有 | 有 | 有 | |
| 一三〇 | 虞美人 | 背庭緣恐花羞墜 | 有 | 有 | 有 | |
| 一三一 | 菩薩蠻 | 落花夜雨辭寒食 | 有 | 有 | 有 | |
| 一三二 | 又 | 緑波碧草長堤色 | 有 | 有 | 有 | |
| 一三三 | 賀新郎 | 湖上芙蓉早 | 有 | 有 | 有 | |
| 一三四 | 又 | 浪影龜紋皺 | 有 | 有 | 有 | |
| 一三五 | 江城梅花引 | 江頭何處帶春歸 | 有 | 有 | 有 | |
| 一三六 | 婆羅門引 | 香霏泛酒 | 有 | 有 | 有 | |
| 一三七 | 又 | 風漣亂翠 | 有 | 有 | 有 | |

續表

| 序號 | 明張本 調名 | 明張本 首句（存明鈔之舊） | 朱三校 | 朱四校 | 全宋詞本 | 備注 |
|---|---|---|---|---|---|---|
| 一三八 | 祝英臺近 | 黯春陰 | 有 | 有 | 有 | |
| 一三九 | 又 | 問流花 | 有 | 有 | 有 | |
| 一四〇 | 又 | 采幽香 | 有 | 有 | 有 | |
| 一四一 | 又 | 晚雲開 | 有 | 有 | 有 | |
| 一四二 | 又 | 剪紅情 | 有 | 有 | 有 | |
| 一四三 | 西子粧慢 | 流水麴塵 | 有 | 有 | 有 | 明張本調名下有「夢囪自度腔」。 |
| 一四四 | 江南春 | 風響牙籤 | 有 | 有 | 有 | |
| 一四五 | 夢芙蓉 | 西風摇步綺 | 有 | 有 | 有 | |
| 一四六 | 高山流水 | 素弦一一起秋風 | 有 | 有 | 有 | |
| 一四七 | 霜花腴 | 翠微路窄 | 有 | 有 | 有 | |
| 一四八 | 澡蘭香 | 盤絲繫腕 | 有 | 有 | 有 | |
| 一四九 | 玉京謠 | 蝶夢迷清曉 | 有 | 有 | 有 | |
| 一五〇 | 探芳新 | 九街頭 | 有 | 有 | 有 | |

續表

| 序號 | 明張本 | | 朱三校 | 朱四校 | 全宋詞本 | 備注 |
|---|---|---|---|---|---|---|
| | 調名 | 首句（存明鈔之舊） | | | | |
| 一五一 | 鳳池吟 | 萬丈巍臺 | 有 | 有 | 有 | |
| 一五二 | 暗香踈影 | 縣花誰葺 | 有 | 有 | 有 | |
| 一五三 | 暗香踈影 | 占春壓一 | 有 | 有 | 有 | 明張本調名下有：「前用暗香腔，後用疏影腔。」 |
| 一五四 | 念奴嬌 | 思生晚眺 | 有 | 有 | 有 | |
| 一五五 | 惜紅衣 | 鷺老秋絲 | 有 | 有 | 有 | |
| 一五六 | 江南好 | 行錦歸來 | 有 | 有 | 有 | |
| 一五七 | 雙雙燕 | 小桃謝後 | 有 | 有 | 有 | |
| 一五八 | 催雪 | 霓節飛瓊 | 有 | 有 | 有 | 明張本調名下有「賦題」。朱三校、朱四校、全宋詞本調名作「無悶」，詞題作「催雪」。 |
| 一五九 | 水調歌頭 | 屋下半流水 | 有 | 有 | 有 | |
| 一六〇 | 洞仙歌 | 芳辰良宴 | 有 | 有 | 有 | |
| 一六一 | 又 | 花中慣識 | 無 | 無 | 無 | |
| 一六二 | 秋思 | 堆枕香鬢側 | 有 | 有 | 有 | |

續表

| 序號 | 明張本 | | 朱三校 | 朱四校 | 全宋詞本 | 備注 |
|---|---|---|---|---|---|---|
| | 調名 | 首句（存明鈔之舊） | | | | |
| 一六三 | 江神子 | 長丘門外小林丘 | 有 | 有 | 有 | |
| 一六四 | 又 | 一聲玉磬下星壇 | 有 | 有 | 有 | |
| 一六五 | 又 | 翠紗籠袖暎紅霏 | 有 | 有 | 有 | |
| 一六六 | 又 | 天街如水翠塵空 | 有 | 有 | 有 | |
| 一六七 | 又 | 西風來晚桂開遲 | 有 | 有 | 有 | |
| 一六八 | 又 | 西風一葉送行舟 | 有 | 有 | 有 | |
| 一六九 | 沁園春 | 澄碧西湖 | 有 | 有 | 有 | |
| 一七〇 | 又 | 情如之何 | 有 | 有 | 有 | |
| 一七一 | 真珠簾 | 蜜沉燼煖萸烟裊 | 有 | 有 | 有 | 朱三校、朱四校、全宋詞本調名作「珍珠簾」。 |
| 一七二 | 風入松 | 春風吴柳幾番黄 | 有 | 有 | 有 | |
| 一七三 | 又 | 聽風聽雨過清明 | 有 | 有 | 有 | |
| 一七四 | 又 | 蘭舟高蕩漲波涼 | 有 | 有 | 有 | |
| 一七五 | 又 | 一番疎雨洗芙蓉 | 有 | 有 | 有 | |

續表

| 序號 | 明張本·調名 | 明張本·首句（存明鈔之舊） | 朱三校 | 朱四校 | 全宋詞本 | 備注 |
| --- | --- | --- | --- | --- | --- | --- |
| 一七六 | 又 | 畫舡簾密不藏香 | 有 | 有 | 有 | |
| 一七七 | 豐樂樓 | 天吴駕雲閬海 | 有 | 有 | 有 | 朱三校調名作「鶯啼序」，詞題作「豐樂樓」。朱四校、全宋詞本調名作「鶯啼序」，詞題作「豐樂樓，節齋新建」。 |
| 一七八 | 又 | 殘寒政欺病酒 | 有 | 有 | 有 | |
| 一七九 | 又 | 横塘穿棹豔錦 | 有 | 有 | 有 | |
| 一八〇 | 天香 | 珠絡玲瓏 | 有 | 有 | 有 | |
| 一八一 | 又 | 蟬葉粘霜 | 有 | 有 | 有 | |
| 一八二 | 玉漏遲 | 鴈邊風訊小 | 有 | 有 | 有 | 朱三校宮調下注「原鈔是調有趙聞禮『絮花寒食路』，宋祁『杏香飄禁苑』二闋，並删」。 |
| 一八三 | 又 | 絮花寒食路 | 删 | 删 | 删 | |
| 一八四 | 又 | 杏香飄禁苑 | 删 | 删 | 删 | |
| 一八五 | 金盞子 | 卜築西湖 | 有 | 有 | 有 | |
| 一八六 | 又 | 賞月梧園 | 有 | 有 | 有 | |

續表

| 序號 | 明張本 調名 | 明張本 首句（存明鈔之舊） | 朱三校 | 朱四校 | 全宋詞本 | 備注 |
| --- | --- | --- | --- | --- | --- | --- |
| 一八七 | 永遇樂 | 春酌沉沉 | 有 | 有 | 有 | |
| 一八八 | 又 | 風拂塵徽 | 有 | 有 | 有 | |
| 一八九 | 又 | 閣雪雲低 | 有 | 有 | 有 | |
| 一九〇 | 玉蝴蝶 | 角斷籤鳴疎點 | 有 | 有 | 有 | 朱三校宮調下注「原鈔是調有史達祖『晚雨未摧』一闋，刪」。 |
| 一九一 | 又 | 晚雨未摧宮樹 | 刪 | 刪 | 刪 | |
| 一九二 | 絳都春 | 融和又報 | 刪 | 刪 | 刪 | |
| 一九三 | 又 | 香深霧煖 | 有 | 有 | 有 | 朱三校宮調下注「原鈔是調有丁仙現『融和又報』一闋，刪」。 |
| 一九四 | 又 | 羃雲旅鴈 | 有 | 有 | 有 | |
| 一九五 | 又 | 螺屏暖翠 | 有 | 有 | 有 | |
| 一九六 | 又 | 情粘舞線 | 有 | 有 | 有 | |
| 一九七 | 又 | 南樓墜燕 | 有 | 有 | 有 | |
| 一九八 | 又 | 春來鴈渚 | 有 | 有 | 有 | |

續表

| 序號 | 明張本 | | 校三朱 | 校四朱 | 本詞宋全 | 備注 |
|---|---|---|---|---|---|---|
| | 調名 | 首句（存明鈔之舊） | | | | |
| 一九九 | 惜秋華 | 細響殘蛩 | 有 | 有 | 有 | |
| 二〇〇 | 又 | 思渺西風 | 有 | 有 | 有 | |
| 二〇一 | 又 | 露罥蛛絲 | 有 | 有 | 有 | |
| 二〇二 | 又 | 數日西風 | 有 | 有 | 有 | |
| 二〇三 | 又 | 路遠仙城 | 有 | 有 | 有 | |
| 二〇四 | 惜黃花慢 | 粉靨金裳 | 有 | 有 | 有 | |
| 二〇五 | 又 | 送客吴皋 | 有 | 有 | 有 | |
| 二〇六 | 十二郎 | 素天際水 | 有 | 有 | 有 | |
| 二〇七 | 醉蓬萊 | 碧天書斷 | 有 | 有 | 有 | |
| 二〇八 | 燭影摇紅 | 西子西湖 | 有 | 有 | 有 | |
| 二〇九 | 又 | 新月侵階 | 有 | 有 | 有 | |
| 二一〇 | 又 | 飛蓋西園 | 有 | 有 | 有 | |
| 二一一 | 又 | 碧淡山姿 | 有 | 有 | 有 | |

續表

| 序號 | 明張本 調名 | 明張本 首句（存明鈔之舊） | 朱三校 | 朱四校 | 全宋詞本 | 備注 |
| --- | --- | --- | --- | --- | --- | --- |
| 二一二 | 又 | 天桂飛香 | 有 | 有 | 有 | |
| 二一三 | 又 | 莓鎖虹梁 | 有 | 有 | 有 | |
| 二一四 | 又 | 秋入燈花 | 有 | 有 | 有 | |
| 二一五 | 醜奴兒 | 東風未起 | 有 | 有 | 有 | 明張本注：「又名『疊荷錢』。」朱三校、朱四校、全宋詞本調名作《醜奴兒慢》。 |
| 二一六 | 又 | 空濛乍斂 | 有 | 有 | 有 | |
| 二一七 | 木蘭花慢 | 紫騮嘶凍草 | 有 | 有 | 有 | |
| 二一八 | 又 | 步層丘翠莽 | 有 | 有 | 有 | |
| 二一九 | 又 | 送秋雲萬里 | 有 | 有 | 有 | |
| 二二〇 | 又 | 酹清盃問水 | 有 | 有 | 有 | |
| 二二一 | 又 | 潤寒梅細雨 | 有 | 有 | 有 | |
| 二二二 | 又 | 指罘罳曉月 | 有 | 有 | 有 | |
| 二二三 | 又 | 幾臨流送遠 | 有 | 有 | 有 | |

續表

| 序號 | 明張本 | | 朱三校 | 朱四校 | 全宋詞本 | 備注 |
|---|---|---|---|---|---|---|
| | 調名 | 首句(存明鈔之舊) | | | | |
| 二二四 | 喜遷鶯 | 凡塵流水 | 有 | 有 | 有 | |
| 二二五 | 又 | 煙空白鷺 | 有 | 有 | 有 | |
| 二二六 | 又 | 江亭年暮 | 有 | 有 | 有 | |
| 二二七 | 又 | 冬分人别 | 有 | 有 | 有 | |
| 二二八 | 探芳信 | 夜寒重 | 有 | 有 | 有 | |
| 二二九 | 又 | 煖風定 | 有 | 有 | 有 | |
| 二三〇 | 又 | 爲春瘦 | 有 | 有 | 有 | |
| 二三一 | 又 | 轉芳逕 | 有 | 有 | 有 | |
| 二三二 | 又 | 探春到 | 有 | 有 | 有 | |
| 二三三 | 聲聲慢 | 藍雲籠曉 | 有 | 有 | 有 | 朱三校調名下注「原鈔是調有劉涇『梅黄金重』一闋，删」 |
| 二三四 | 又 | 雲深山塢 | 有 | 有 | 有 | |
| 二三五 | 又 | 檀欒金碧 | 有 | 有 | 有 | |

續表

| 序號 | 明張本 調名 | 明張本 首句（存明鈔之舊） | 朱三校 | 朱四校 | 全宋詞本 | 備注 |
|---|---|---|---|---|---|---|
| 二三六 | 又 | 春星當户 | 有 | 有 | 有 | |
| 二三七 | 又 | 寒筲驚墜 | 有 | 有 | 有 | |
| 二三八 | 又 | 清漪街苑 | 有 | 有 | 有 | |
| 二三九 | 又 | 六銖衣細 | 有 | 有 | 有 | |
| 二四〇 | 又 | 鶯團棖徑 | 有 | 有 | 有 | |
| 二四一 | 又 | 旋移輕鷁 | 有 | 有 | 有 | |
| 二四二 | 又 | 梅黄金重 | 删 | 删 | 删 | |
| 二四三 | 高陽臺 | 修竹凝妝 | 有 | 有 | 有 | |
| 二四四 | 又 | 宫粉雕痕 | 有 | 有 | 有 | |
| 二四五 | 又 | 淝水秋寒 | 有 | 有 | 有 | |
| 二四六 | 又 | 風裊垂楊 | 有 | 有 | 有 | 朱三校、朱四校、全宋詞本該調下還有「帆落回潮」一闋。 |
| 二四七 | 倦尋芳 | 墜瓶恨井 | 有 | 有 | 有 | |

續表

| 序號 | 明張本 調名 | 明張本 首句(存明鈔之舊) | 朱三校 | 朱四校 | 全宋詞本 | 備注 |
|---|---|---|---|---|---|---|
| 二四八 | 又 | 海霞倒影 | 有 | 有 | 有 | |
| 二四九 | 又 | 暮帆掛雨 | 有 | 有 | 有 | |
| 二五〇 | 三姝媚 | 吹笙池上道 | 有 | 有 | 有 | |
| 二五一 | 又 | 湖山經醉慣 | 有 | 有 | 有 | |
| 二五二 | 又 | 酣春青鏡裏 | 有 | 有 | 有 | |
| 二五三 | 晝錦堂 | 舞影燈前 | 有 | 有 | 有 | |
| 二五四 | 又 | 飄落回潮 | 有 | 有 | 有 | 朱三校、朱四校、全宋詞本將本詞歸於《高陽臺》,列於「風褭垂楊」下。 |
| 二五五 | 漢宮春 | 花姥來時 | 有 | 有 | 有 | |
| 二五六 | 又 | 名壓年芳 | 有 | 有 | 有 | |
| 二五七 | 又 | 懷得銀符 | 有 | 有 | 有 | |
| 二五八 | 秋霽 | 一水盈盈 | 有 | 有 | 有 | |
| 二五九 | 花心動 | 入眼青紅 | 有 | 有 | 有 | |

續表

| 序號 | 明張本 | | 朱三校 | 朱四校 | 全宋詞本 | 備注 |
|---|---|---|---|---|---|---|
| | 調名 | 首句（存明鈔之舊） | | | | |
| 二六〇 | 又 | 十里東風 | 有 | 有 | 有 | |
| 二六一 | 龍山會 | 石徑幽雲冷 | 有 | 有 | 有 | |
| 二六二 | 八声甘州 | 渺空煙四遠 | 有 | 有 | 有 | |
| 二六三 | 又 | 步晴霞倒影 | 有 | 有 | 有 | |
| 二六四 | 又 | 記行雲夢影 | 有 | 有 | 有 | |
| 二六五 | 新鴈過粧樓 | 夢醒芙蓉 | 有 | 有 | 有 | |
| 二六六 | 又 | 閬苑高寒 | 有 | 有 | 有 | |
| 二六七 | 淒涼調 | 空江浪闊 | 有 | 有 | 有 | 朱三校、朱四校、全宋詞本調名作「淒涼犯」。朱三校宮調下注「原鈔是調有姜夔『緑楊巷陌』一闋，删」。 |
| 二六八 | 又 | 緑楊巷陌 | 删 | 删 | 删 | |
| 二六九 | 尾犯 | 夜雨滴空堦 | 删 | 删 | 删 | |
| 二七〇 | 又 | 翠被落紅妝 | 有 | 有 | 有 | 朱三校宮調下注「原鈔是調有柳永『夜雨滴空階』一闋，删」。 |

| 序號 | 明張本 調名 | 明張本 首句（存明鈔之舊） | 朱三校 | 朱四校 | 全宋詞本 | 備注 |
|---|---|---|---|---|---|---|
| 二七一 | 又 | 紺梅掣微雲 | 有 | 有 | 有 | |
| 二七二 | 東風第一枝 | 傾國傾城 | 有 | 有 | 有 | |
| 二七三 | 夜合花 | 柳暝河橋 | 有 | 有 | 有 | |
| 二七四 | 探春慢 | 苔逕深 | 有 | 有 | 有 | 明張本注：「吴夢窗詞集終。萬曆二十六年置。」 |

| 序號 | 朱三校（夢窗詞集補） 調名 | 朱三校（夢窗詞集補） 首句 | 明張本 | 朱四校 | 全宋詞本 | 備注 |
|---|---|---|---|---|---|---|
| 二七五 | 柳梢青 | 斷夢遊輪 | 無 | 無 | 有 | |
| 二七六 | 生查子 | 暮雲千萬重 | 無 | 無 | 有 | |
| 二七七 | 一剪梅 | 遠目傷心樓上山 | 無 | 無 | 有 | |
| 二七八 | 點絳唇 | 春未來時 | 無 | 無 | 有 | |
| 二七九 | 西江月 | 枝裊一痕雪在 | 無 | 無 | 有 | |
| 二八〇 | 桃源憶故人 | 越山青斷西陵浦 | 無 | 無 | 有 | |

續表

| 序號 | 朱三校（夢窗詞集補）調名 | 朱三校（夢窗詞集補）首句 | 明張本 | 朱四校 | 全宋詞本 | 備注 |
|---|---|---|---|---|---|---|
| 二八一 | 木蘭花慢 | 記瓊林宴起 | 無 | 無 | 有 | |
| 二八二 | 夜行船 | 碧甃清漪方鏡小 | 無 | 無 | 有 | |
| 二八三 | 朝中措 | 吳山相對越山青 | 無 | 無 | 有 | |
| 二八四 | 風入松 | 一帆江上暮潮平 | 無 | 無 | 有 | |
| 二八五 | 西江月 | 清夢重游天上 | 無 | 無 | 有 | |
| 二八六 | 朝中措 | 殷雲雕葉晚晴初 | 無 | 無 | 有 | |
| 二八七 | 聲聲慢 | 憑高入夢 | 無 | 無 | 有 | |
| 二八八 | 點絳唇 | 金井空陰 | 無 | 無 | 有 | |
| 二八九 | 又 | 明月茫茫 | 無 | 無 | 有 | |
| 二九〇 | 玉樓春 | 闌干獨倚天涯客 | 無 | 無 | 有 | |
| 二九一 | 柳梢青 | 翠嶂圍屏 | 無 | 無 | 有 | |
| 二九二 | 浣溪沙 | 秦黛横愁送暮雲 | 無 | 無 | 有 | |
| 二九三 | 又 | 一曲鸞簫別彩雲 | 無 | 無 | 有 | |

續表

| 序號 | 朱三校（夢窗詞集補） | | 明張本 | 朱四校 | 全宋詞本 | 備注 |
|---|---|---|---|---|---|---|
| | 調名 | 首句 | | | | |
| 二九四 | 一剪梅 | 老色頻生玉鏡塵 | 無 | 無 | 有 | |
| 二九五 | 燕歸梁 | 一片遊塵拂鏡灣 | 無 | 無 | 有 | |
| 二九六 | 烏夜啼 | 醉痕深暈潮紅 | 無 | 無 | 有 | |
| 二九七 | 浪淘沙 | 緑樹越溪灣 | 無 | 無 | 有 | |
| 二九八 | 踏莎行 | 潤玉籠綃 | 無 | 無 | 有 | |
| 二九九 | 浪淘沙 | 山遠翠眉長 | 無 | 無 | 有 | |
| 三〇〇 | 思佳客 | 釵燕攏雲睡起時 | 無 | 無 | 有 | |
| 三〇一 | 滿江紅 | 竹下門敲 | 無 | 無 | 有 | |
| 三〇二 | 極相思 | 玉纖風透秋痕 | 無 | 無 | 有 | |
| 三〇三 | 思佳客 | 丹桂花開第二番 | 無 | 無 | 有 | |
| 三〇四 | 醉落魄 | 春温紅玉 | 無 | 無 | 有 | |
| 三〇五 | 朝中措 | 楚皋相遇笑盈盈 | 無 | 無 | 有 | |
| 三〇六 | 杏花天 | 鸞薑豆蔻相思味 | 無 | 無 | 有 | |

續表

| 序號 | 朱三校（夢窗詞集補）調名 | 朱三校（夢窗詞集補）首句 | 明張本 | 朱四校 | 全宋詞本 | 備注 |
|---|---|---|---|---|---|---|
| 三〇七 | 滿江紅 | 露浥初英 | 無 | 無 | 有 | |
| 三〇八 | 朝中措 | 海東明月鎖雲陰 | 無 | 無 | 有 | |
| 三〇九 | 夢行雲 | 簟波皺纖縠 | 無 | 無 | 有 | |
| 三一〇 | 天香 | 碧藕藏絲 | 無 | 無 | 有 | |
| 三一一 | 謁金門 | 雞唱晚 | 無 | 無 | 有 | |
| 三一二 | 點絳脣 | 香泛羅屏 | 無 | 無 | 有 | |
| 三一三 | 夜遊宮 | 人去西樓雁杳 | 無 | 無 | 有 | |
| 三一四 | 瑤華 | 秋風采石 | 無 | 無 | 有 | |
| 三一五 | 思佳客 | 自唱新詞送歲華 | 無 | 無 | 有 | |
| 三一六 | 六醜 | 漸新鵝映柳 | 無 | 無 | 有 | |
| 三一七 | 青玉案 | 東風客雁溪邊道 | 無 | 無 | 有 | |
| 三一八 | 采桑子 | 茜羅結就丁香顆 | 無 | 無 | 有 | |
| 三一九 | 水龍吟 | 好山都在西湖 | 無 | 無 | 有 | |

續表

| 序號 | 朱三校（夢窗詞集補） | | 明張本 | 朱四校 | 全宋詞本 | 備注 |
| --- | --- | --- | --- | --- | --- | --- |
| | 調名 | 首句 | | | | |
| 三一〇 | 望江南 | 三月暮 | 無 | 無 | 有 | |
| 三一一 | 采桑子 | 水亭花上三更月 | 無 | 無 | 有 | |
| 三一二 | 清平樂 | 柔柯剪翠 | 無 | 無 | 有 | |
| 三一三 | 燕歸梁 | 白玉搔頭墜髻鬆 | 無 | 無 | 有 | |
| 三一四 | 西江月 | 江上桃花流水 | 無 | 無 | 有 | |
| 三一五 | 滿江紅 | 翠幕深庭 | 無 | 無 | 有 | |
| 三一六 | 夜行船 | 鴉帶斜陽歸遠樹 | 無 | 無 | 有 | |
| 三一七 | 好事近 | 琴冷石床雲 | 無 | 無 | 有 | |
| 三一八 | 鷓鴣天 | 池上紅衣伴倚闌 | 無 | 無 | 有 | |
| 三一九 | 虞美人影 | 黄包先著風霜勁 | 無 | 無 | 有 | |
| 三二〇 | 花上月令 | 文園消渴愛江清 | 無 | 無 | 有 | |
| 三二一 | 卜算子 | 涼挂曉雲輕 | 無 | 無 | 有 | |
| 三二二 | 鳳棲梧 | 開過南枝花滿院 | 無 | 無 | 有 | |

續表

| 序號 | 朱三校（夢窗詞集補） | | 明張本 | 朱四校 | 全宋詞本 | 備注 |
|---|---|---|---|---|---|---|
| | 調名 | 首句 | | | | |
| 三三三 | 霜天曉角 | 煙林褪葉 | 無 | 無 | 有 | |
| 三三四 | 烏夜啼 | 西風先到巖扃 | 無 | 無 | 有 | |
| 三三五 | 夜行船 | 逗曉闌干沾露水 | 無 | 無 | 有 | |
| 三三六 | 鳳棲梧 | 湘水煙中相見早 | 無 | 無 | 有 | |
| 三三七 | 生查子 | 當樓月半奩 | 無 | 無 | 有 | |
| 三三八 | 霜天曉角 | 香莓幽徑滑 | 無 | 無 | 有 | |
| 三三九 | 西江月 | 添線繡床人倦 | 無 | 無 | 有 | |
| 三四〇 | 戀繡衾 | 頻摩書眼怯細文 | 無 | 無 | 有 | |
| 三四一 | 杏花天 | 鬢棱初剪玉纖弱 | 無 | 無 | 有 | |
| 三四二 | 醉桃源 | 五更櫪馬靜無聲 | 無 | 無 | 有 | |
| 三四三 | 唐多令 | 何處合成愁 | 無 | 無 | 有 | |
| 三四四 | 好事近 | 雁外雨絲絲 | 無 | 無 | 有 | |
| 三四五 | 憶舊遊 | 送人猶未苦 | 無 | 無 | 有 | |

續表

| 序號 | 朱三校（夢窗詞集補）調名 | 朱三校（夢窗詞集補）首句 | 明張本 | 朱四校 | 全宋詞本 | 備注 |
|---|---|---|---|---|---|---|
| 三四六 | 宴清都 | 病渴文園久 | 無 | 無 | 有 | |
| 三四七 | 金縷歌 | 喬木生雲氣 | 無 | 無 | 有 | |
| 三四八 | 醉落魄 | 柔懷難托 | 無 | 無 | 有 | |
| 三四九 | 朝中措 | 晚妝慵理瑞雲盤 | 無 | 無 | 有 | |
| 三五〇 | 青玉案 | 短亭芳草長亭柳 | 無 | 無 | 有 | |
| 三五一 | 又 | 新腔一唱雙金斗 | 無 | 無 | 有 | |
| 三五二 | 好事近 | 飛露灑銀床 | 無 | 無 | 有 | |
| 三五三 | 杏花天 | 幽歡一夢成炊黍 | 無 | 無 | 有 | |
| 三五四 | 浪淘沙 | 燈火雨中船 | 無 | 無 | 有 | |
| 三五五 | 思佳客 | 迷蝶無蹤曉夢沉 | 無 | 無 | 有 | |
| 三五六 | 采桑子慢 | 桐敲露井 | 無 | 無 | 有 | |
| 三五七 | 古香慢 | 怨娥墜柳 | 無 | 無 | 有 | |
| 三五八 | 踏莎行 | 楊柳風流 | 無 | 無 | 有 | 全宋詞下有：「失調名『霜杵敲寒，風燈搖夢』。」 |

# 附録八　引用書目

## （一）夢窗詞出處及專著

夢窗詞集　［宋］吴文英　撰　［明］張廷璋藏鈔　萬曆廿六年（一五九八）　今存中國國家圖書館

汲古閣繡鐫夢窗詞稿　［宋］吴文英　撰　［明］毛晉輯刻　上海古籍出版社景印明汲古閣刊四卷本　一九八九年

夢窗甲乙丙丁稿　［宋］吴文英　撰　［明］毛晉輯刻　毛扆等校訂汲古閣本　今存中國國家圖書館

夢窗詞集　［宋］吴文英　撰　［清］張學象鈔　康熙六年（一六六七）　今存臺北「國家圖書館」

夢窗稿　［宋］吴文英　撰　文淵閣四庫全書本　臺北商務印書館　一九八六年

夢窗甲乙丙丁稿　［宋］吴文英　撰　［清］杜文瀾　校鈔　今存北京大學圖書館

夢窗甲乙丙丁稿　［宋］吴文英　撰　［清］杜文瀾　校刻　曼陀羅華閣刊本　咸豐辛酉（一八六一年）

夢窗甲乙丙丁稿　［宋］吴文英　撰　［清］王鵬運　朱祖謀合校　四印齋刻本　光緒己亥（一八九九年）

夢窗甲乙丙丁稿　［宋］吴文英　撰　［清］王鵬運　朱祖謀合校　四印齋重刻本　光緒甲辰（一九〇四年）

鄭文焯手批夢窗詞　［宋］吴文英　撰　［清］鄭文焯　批校　「中央研究院」中國文哲研究所籌備處　一九九六年

夢窗詞甲乙丙丁稿　［宋］吴文英　撰　［清］朱祖謀　校訂　無著庵刻本　光緒戊申（一九〇八年）

夢窗詞集附補遺　[宋]吴文英　撰　[清]朱祖謀　校訂　彊村叢書(五)　上海古籍出版社　一九八九年
夢窗詞集　[宋]吴文英　撰　[清]朱祖謀　校訂　彊村叢書(九)　上海古籍出版社　一九八九年
夢窗詞集　[宋]吴文英　撰　[清]朱祖謀　校訂　夏敬觀　評本　今存上海圖書館
夢窗詞集　[宋]吴文英　撰　張壽鏞　校刊　四明叢書本　廣文書局　一九八〇年
全宋詞・夢窗詞集　[宋]吴文英　撰　唐圭璋　編　中華書局　一九六五年
夢窗詞校議　[清]鄭文焯　撰　張壽鏞　輯録　四明叢書本《夢窗詞集》後附　廣文書局　一九八〇年
夢窗詞全集箋釋　[宋]吴文英　撰　楊鐵夫　箋釋　無錫民生印書館　一九三六年
吴夢窗詞箋釋　[宋]吴文英　撰　楊鐵夫　箋釋　陳邦炎　校點　廣東人民出版社　一九九二年
夢窗詞彙校箋釋集評　[宋]吴文英　撰　吴蓓　著　浙江古籍出版社　二〇〇七年
文英與南宋詞藝術　方秀潔　撰　普林斯頓大學出版社　一九八七年
徘徊於七寶樓臺——吴文英詞研究　田玉琪　撰　中華書局　二〇〇四年
夢窗詞研究　錢鴻瑛　撰　上海古籍出版社　二〇〇五年
映夢窗零亂碧——吴文英及其詞研究　周茜　撰　廣東教育出版社　二〇〇六年

## (二)經子之屬

管子　[春秋]管仲　撰　[唐]房玄齡　注　[明]徐繼　增注　上海古籍出版社　一九八九年

老子　[春秋]老聃　撰　馮達甫　譯注　上海古籍出版社　一九九一年
春秋左傳正義　[春秋]左丘明　撰　[晉]杜預　注　[唐]孔穎達　疏　中華書局　一九八五年
孔子家語　[三國]王肅　注　上海古籍出版社　一九九〇年
墨子校注　[戰國]墨翟　撰　吴毓江　校注　中華書局　一九九三年
春秋公羊傳注疏　[漢]公羊壽　傳　何休　解詁　[唐]徐彦　疏　中華書局　一九八五年
尚書大傳　[漢]伏勝　撰　鄭玄注　中華書局　一九八五年
尚書正義　[漢]孔安國　傳　[唐]孔穎達　疏　中華書局　一九八五年
周禮注疏　[漢]鄭玄　注　[唐]賈公彦　疏　中華書局　一九八五年
禮記正義　[漢]鄭玄　注　[唐]孔穎達　疏　中華書局　一九八五年
禮記注疏　[唐]孔穎達　疏　文淵閣四庫全書本　臺北商務印書館　一九八六年
論語注疏　[魏]何晏　注　[宋]邢昺　疏　中華書局　一九八五年
周易正義　[魏]王弼　[晉]韓康伯　注　[唐]孔穎達　疏　中華書局　一九八五年
列子　[晉]張湛　注　上海書店　一九八六年
禽經　[春秋]師曠　撰　[晉]張華　注　中華書局　一九九一年
尸子　[戰國]尸佼　撰　[清]孫星衍　輯　中華書局　一九九一年
莊子注疏　[戰國]莊周　撰　[晉]郭象　注　[唐]成玄英　疏　曹礎基　黄蘭發　整理　中華書局　一九八九年
荀子　[戰國]荀況　撰　[唐]楊倞　注　王鵬　整理　上海古籍出版社　一九八九年
孟子章句集注　[戰國]孟軻　撰　[宋]朱熹　注　中國書店　一九八四年

呂氏春秋　[戰國]呂不韋　撰　[晉]張湛　注　上海書店　一九八六年
韓非子　[戰國]韓非子　撰　陳秉才　譯注　中華書局　二〇〇七年
尉繚子　[戰國]尉繚　撰　中華書局　一九八五年
新書校注　[漢]賈誼　撰　閻振益　鍾夏　校注　中華書局　二〇〇〇年
春秋繁露　[漢]董仲舒　撰　上海古籍出版社　一九八九年
淮南子　[漢]劉安　編　[漢]高誘　注　上海古籍出版社　一九八九年
淮南鴻烈解　[漢]劉安　撰　中華書局　一九八五年
新序　[漢]劉向　撰　中華書局　一九八五年
大戴禮記　[漢]戴德　撰　[北周]盧辯　注　中華書局　一九八五年
焦氏易林　[漢]焦延壽　撰　中華書局　一九八五年
鹽鐵論校注　[漢]桓寬　撰　王利器　校注　中華書局　一九九二年
急就篇　[漢]史遊　撰　[唐]顔師古　注　中華書局　一九八五年
法言　[漢]揚雄　撰　中華書局　一九八五年
方言　[漢]揚雄　撰　中華書局　一九八五年
尚書緯　[漢]黄堈　輯　上海古籍出版社　一九九三年
白虎通　[漢]班固　等撰　中華書局　一九八五年
論衡　[漢]王充　撰　中華書局　一九八五年
毛詩草木鳥獸蟲魚疏廣要　[三國]陸璣　撰　[明]毛晉　廣要　中華書局　一九八五年

陸氏詩疏廣要　[三國]陸璣　撰　[明]毛晉　廣要　文淵閣四庫全書本　臺北商務印書館　一九八六年

南方草木狀　[晉]嵇含　撰　中華書局　一九八五年

爾雅　[晉]郭璞　注　[宋]邢昺　疏　黄侃　句讀　上海古籍出版社　一九九〇年

周氏冥通記　[南朝]陶弘景　撰　中華書局　一九八五年

真誥　[南朝]陶弘景　撰　中華書局　一九八五年

劉子校釋　[北朝]劉晝　撰　傅亞庶校釋　中華書局　一九八五年

顔氏家訓　[北朝]顔之推　撰　[清]趙曦明　注　盧文弨　補注　中華書局　一九八五年

齊民要術　[北朝]賈思勰　撰　中華書局　一九八五年

茶經　[唐]陸羽　撰　沈冬梅　校注　中國農業出版社　二〇〇六年

雲笈七籤　[宋]張君房　撰　影印涵芬樓翻明正統道藏本　齊魯書社　一九八八年

集韻　[宋]丁度　等編　上海古籍出版社　一九八五年

揚州芍藥譜　[宋]王觀　撰　中華書局　一九八五年

墨池編　[宋]朱長文　撰　文淵閣四庫全書本　臺北商務印書館　一九八六年

埤雅　[宋]陸佃　撰　中華書局　一九八五年

書史　[宋]米芾　撰　中華書局　一九八五年

德隅齋畫品　[宋]李廌　撰　中華書局　一九八五年

樂書　[宋]陳暘　撰　北京圖書館出版社　二〇〇四年

香譜　[宋]洪芻　撰　中華書局　一九八五年

陳氏香譜　［宋］陳敬　撰　文淵閣四庫全書本　臺北商務印書館　一九八六年
畫繼　［宋］鄧椿　撰　人民美術出版社　二〇〇三年
畫史　［宋］米芾　撰　［明］毛晉　訂　中華書局　一九八五年
郡齋讀書志校證　［宋］晁公武　編　孫猛　校證　上海古籍出版社　一九九〇年
宣和北苑貢茶録　［宋］熊蕃　撰　中華書局　一九九一年
宣和畫譜　［宋］不著撰人　俞劍華　注譯　江蘇美術出版社　二〇〇七年
演繁露　［宋］程大昌　撰　張海鵬　訂　中華書局　一九九一年
范村梅譜　［宋］范成大　撰　文淵閣四庫全書本　臺北商務印書館　一九八六年
范村菊譜　［宋］范成大　撰　文淵閣四庫全書本　臺北商務印書館　一九八六年
詩總聞　［宋］王質　撰　中華書局　一九八五年
爾雅翼　［宋］羅願　撰　石雲孫　點校　黄山書社　一九九一年
史氏菊譜　［宋］史正志　撰　文淵閣四庫全書本　臺北商務印書館　一九八六年
緯略　［宋］高似孫　撰　中華書局　一九八五年
百菊集譜　［宋］史鑄　撰　上海古籍出版社　一九八七年
六書故　［宋］戴侗　撰　上海社會科學院出版社　二〇〇六年
海棠譜　［宋］陳思　撰　中華書局　一九八五年
直齋書録解題　［宋］陳振孫　撰　上海古籍出版社　一九八七年
性理大全書　［明］胡廣　等編　文淵閣四庫全書本　臺北商務印書館　一九八六年

丹鉛餘録　〔明〕楊慎　撰　文淵閣四庫全書本　臺北商務印書館　一九八六年

本草綱目校注　〔明〕李時珍　撰　李經緯　李振吉主編　張志斌　等校注　遼海出版社　二〇〇一年

樂律全書　〔明〕朱載堉　撰　書目文獻出版社　一九九〇年

六家詩名物疏　〔明〕馮復京　撰　文淵閣四庫全書本　臺北商務印書館　一九八六年

香乘　〔明〕周嘉胄　撰　江蘇廣陵古籍刻印社　一九九五年

書法正傳　〔清〕馮武　編撰　崔爾平　點校　上海書畫出版社　一九八五年

詩傳名物集覽　〔清〕陳大章　撰　中華書局　一九八五年

中西星經同異考　〔清〕梅文鼎　撰　文淵閣四庫全書本　臺北商務印書館　一九八六年

佩文齋書畫譜　〔清〕孫岳頒　等輯　北京市中國書店　一九八四年

禮記述注　〔清〕李光坡　撰　文淵閣四庫全書本　臺北商務印書館　一九八六年

廣群芳譜　〔清〕汪灝　撰　上海書店　一九八五年

佩文齋廣群芳譜外二十種　〔清〕汪灝　張逸少　等編　上海古籍出版社　一九九一年

續茶經　〔清〕陸廷燦　撰　郭孟良　注譯　中州古籍出版社　二〇一〇年

詩識名解　〔清〕姚炳　撰　文淵閣四庫全書本　臺北商務印書館　一九八六年

釋名疏證　〔清〕畢沅　疏證　中華書局　一九八五年

讀書雜志　〔清〕王念孫　撰　江蘇古籍出版社　一九八五年

十三經注疏　〔清〕阮元　校刻　中華書局　一九八〇年

授時通考　〔清〕（不書撰人）　馬宗申　校注　姜義安　參校　農業出版社　一九九一年

經法　馬王堆漢墓帛書整理小組　編　文物出版社　一九七六年
道教典籍百問　丁培仁　著　今日中國出版社　一九九六年
楞嚴經　馮國超　主編　吉林人民出版社　二〇〇五年

## （三）史地之屬

古本竹書紀年輯證　方詩銘　王修齡　輯證　上海古籍出版社　二〇〇五年
晏子春秋　［春秋］晏嬰　撰　［清］孫星衍　黄以周　校　上海古籍出版社　一九八九年
國語　［春秋］左丘明　撰　鮑思陶　點校　齊魯書社　二〇〇五年
戰國策　［漢］劉向　集録　上海古籍出版社　一九八五年
漢官舊儀　［漢］衛宏　撰　中華書局　一九八五年
史記　［漢］司馬遷　撰　［劉宋］裴駰集解　［唐］司馬貞索隱　張守節正義　中華書局　一九五九年
漢書　［漢］班固　撰　［唐］顔師古　注　中華書局　一九九七年
後漢書　［南朝］范曄　撰　［唐］李賢　等注　中華書局　一九九七年
三國志　［晉］陳壽　撰　［劉宋］裴松之　注　中華書局　一九八二年
晉書　［唐］房玄齡　撰　中華書局　一九七四年
宋書　［南朝］沈約　撰　中華書局　一九七四年

南齊書　〔南朝〕蕭子顯　撰　中華書局　一九七二年
梁書　〔唐〕姚思廉　撰　中華書局　一九七三年
陳書　〔唐〕姚思廉　撰　中華書局　一九七二年
魏書　〔北朝〕魏收　撰　中華書局　一九七四年
北齊書　〔唐〕李百藥　撰　中華書局　一九七二年
南史　〔唐〕李延壽　撰　中華書局　一九七五年
北史　〔唐〕李延壽　撰　中華書局　一九七四年
隋書　〔唐〕魏徵　令狐德棻　撰　中華書局　一九七三年
舊唐書　〔後晉〕劉昫　等撰　中華書局　一九七五年
新唐書　〔宋〕歐陽修　宋祁　撰　中華書局　一九七五年
舊五代史　〔宋〕薛居正　等撰　中華書局　一九七六年
新五代史　〔宋〕歐陽修　撰　中華書局　一九七六年
宋史　〔元〕脱脱　等撰　中華書局　一九七七年
宋史全文　〔元〕佚名　撰　李之亮　校點　黑龍江人民出版社　二〇〇四年
資治通鑑　〔宋〕司馬光　編纂　〔元〕胡三省　音注　中州古籍出版社　一九九一年
輿地廣記　〔宋〕歐陽忞　撰　中華書局　一九八五年
建炎以來繫年要録　〔宋〕李心傳　撰　中華書局　一九八五年
太平治跡統類　〔宋〕彭百川　撰　江蘇廣陵古籍刻印社　一九八一年

元豐官志　[宋]元豐四年敕撰　臺灣文海出版社　一九八一年
宋史紀事本末　[明]陳邦瞻　撰　中華書局　一九七七年
通典　[唐]杜佑　撰　王文錦　等點校　中華書局　一九八八年
通志　[宋]鄭樵　撰　中華書局　一九八七年
文獻通考　[元]馬端臨　撰　中華書局　一九八六年
歷代名臣奏議　[明]黄淮　楊士奇　編　上海古籍出版社　一九八九年
歷代帝王宅京記　[清]顧炎武　撰　廣文書局　一九七〇年
讀史方輿紀要　[清]顧祖禹　撰　上海書店　一九九八年
三國志補注　[清]杭世駿　撰　中華書局　一九八五年
歷代通鑑輯覽　[清]傅恒　等編　上海古籍出版社　一九九〇年
歷代職官表　[清]紀昀　等撰　上海古籍出版社　一九八九年
續資治通鑑　[清]畢沅　編撰　上海古籍出版社　一九八七年
宋會要輯稿　[清]徐松　輯　中華書局　一九五七年
宋季三朝政要　[元]不著撰人　中華書局　一九八五年
逸周書匯校集注　[晉]孔晁　注　黄懷信等　校注　上海古籍出版社　二〇〇七年
越絶書　[漢]袁康　吴平　輯録　上海古籍出版社　一九八五年
吴越春秋　[漢]趙曄　撰　[元]徐天祐　音注　苗麓　點校　江蘇古籍出版社　一九八六年
三輔黄圖校注　[漢]不著撰人　何清穀校注　三秦出版社　二〇〇六年

陽羨風土記　［晉］周處　撰　廣陵書社　二〇〇三年

山海經校注　［晉］郭璞　原注　袁珂　校注　巴蜀書社　一九九三年

鄴中記　［晉］陸翽　撰　中華書局　一九八五年

水經注　［北朝］酈道元　撰　陳橋驛　點校　上海古籍出版社　一九九〇年

荆楚歲時記　［南朝］宗懔　撰　宋金龍校注　山西人民出版社　一九八七年

洛陽伽藍記校注　［北朝］楊衒之　撰　范祥雍　校注　上海古籍出版社　一九七八年

元和郡縣志　［唐］李吉甫　撰　文淵閣四庫全書本　臺北商務印書館　一九八六年

吴地記　［唐］陸廣微　撰　中華書局　一九八五年

太平寰宇記　［宋］樂史　撰　中華書局　一九八五年

長安志　［宋］宋敏求　撰　［清］畢沅　校證　中華書局　一九九一年

吴郡圖經續記　［宋］朱長文　撰　中華書局　一九八五年

元豐九域志　［宋］王存　等撰　中華書局　一九八五年

吴郡志　［宋］范成大　撰　中華書局　一九八五年

桂海虞衡志校注　［宋］范成大　撰　嚴沛　校注　廣西人民出版社　一九八六年

會稽志　［宋］施宿　撰　臺灣成文出版社　一九八三年

宋本方輿勝覽　［宋］祝穆　撰　上海古籍出版社　一九八六年

方輿勝覽　［宋］祝穆　撰　祝洙　增訂　施和金　點校　中華書局　二〇〇三年

咸淳臨安志　［宋］潛説友　纂修　北京圖書館出版社　二〇〇六年

寶慶四明志　［宋］羅濬　等撰　臺灣成文出版社　一九八三年
寶慶會稽續志　［宋］張淏　纂　中國國家數字圖書館數字方志　嘉慶十三年（一八〇八）采鞠軒刻本
四明它山水利備覽　［宋］魏峴　撰　中華書局　一九八五年
咸淳毗陵志　［宋］史能之　撰　朱玉林　張平生　點校　廣陵書社　二〇〇五年
吴越備史　［宋］范坰　林禹　撰　中華書局　一九九一年
茅山志　［元］劉大彬　撰　臺灣文海出版社　一九七一年
至元嘉禾志　［元］單慶　修　上海古籍出版社　二〇一〇年
延祐四明志　［元］袁桷　撰　臺灣成文出版社　一九八三年
蘇州府志　［明］盧熊　撰　臺灣成文出版社　一九八三年
明一統志　［明］李賢　等撰　文淵閣四庫全書本　臺北商務印書館　一九八六年
姑蘇志　［明］王鏊　撰　臺灣學生書局　一九八六年
正德永康縣志　［明］胡楷　修　上海古籍書店　一九九〇年
浙江通志　［明］薛應旂　撰　臺灣成文出版社　一九八三年
西湖遊覽志　［明］田汝成　撰　浙江人民出版社　一九八〇年
吴興備志　［明］董斯張　撰　文淵閣四庫全書本　臺北商務印書館　一九八六年
康熙德清縣志　［清］侯元棐　修　臺灣成文出版社　一九八三年
康熙湖廣武昌府志　［清］裴天錫　修　羅人龍　纂　江蘇古籍出版社　二〇〇一年
江南通志　［清］黄之雋　等撰　臺灣京華書局　一九六七年

西湖志纂　［清］沈德潛　輯　臺灣文海出版社　一九七一年
陝西通志續通志　［清］沈青崖　等撰　臺灣華文書局　一九六九年
震澤縣志　［清］陳和志　修　倪師孟　等纂　臺灣成文出版社　一九七〇年
廣西通志　［清］謝啟昆　修　胡虔　纂　廣西人民出版社　一九八八年
鄞縣志　［清］錢維喬　錢大昕　修　中國國家數字圖書館數字方志　乾隆五十三年（一七八八）采鞠軒刻本
山陰縣志　［清］徐元梅　等修纂　中國國家數字圖書館數字方志　嘉慶八年（一八〇三）刻本
嘉慶增修宜興縣舊志［清］李先榮　原本　阮升基　增修　寧楷等　增纂　江蘇古籍出版社　一九九一年
四川通志　［清］常明　楊芳燦　等纂修　巴蜀書社　一九八四年
福建通志　［清］陳壽祺　等撰　臺灣華文書局　一九八三年
平江縣志　［清］陳德增　撰　中國國家數字圖書館數字方志　嘉慶二十一年（一八一六）刊本
大清一統志　［清］穆彰阿　潘錫恩　等纂修　上海古籍出版社　二〇〇八年
震澤鎮志　［清］紀磊　沈眉壽　纂　江蘇古籍出版社　一九九二年
光緒淮安府志　［清］孫雲錦　修　吴昆田　高延第　纂　江蘇古籍出版社　一九九一年
光緒慈溪縣志　［清］楊泰亨　馮可鏞　纂　上海書店　一九九三年
南潯鎮志　［清］汪曰禎　纂　中國國家數字圖書館數字方志　同治二年（一八六三）刻本
江西通志　［清］趙之謙　等撰　臺灣京華書局　一九六七年
光緒烏程縣志　［清］潘玉璿　等修　周學濬　等纂　上海書店　一九九三年

乾隆紹興府志校記　［清］李慈銘　撰　臺灣成文出版社　一九八三年
直隸和州志　［清］朱大紳　修　高照　纂　中國國家數字圖書館數字方志　光緒二十七年（一九〇一）刊本
玉燭寶典　［隋］杜臺卿　撰　中華書局　一九八五年
建康實録　［唐］許嵩　撰　孟昭庚　等點校　上海古籍出版社　一九八七年
唐大詔令集　［宋］宋敏求　編　臺灣華文書局　一九六八年
歲時廣記　［宋］陳元靚　編　中華書局　一九八五年
洛陽名園記　［宋］李格非　撰　［明］吴琯　校　文學古籍刊行社　一九五五年
路史　［宋］羅泌　撰　中華書局　一九八五年
蜀檮杌　［宋］張唐英　纂　中華書局　一九八五年
剡録　［宋］高似孫　撰　［清］徐幹　校刊　成文出版社　一九七〇年
愧郯録　［宋］岳珂　撰　中華書局　一九八五年
蘭亭考　［宋］桑世昌　集　中華書局　一九八五年
歲華紀麗譜　［元］費著　撰　中華書局　一九八五年
酌中志　［明］劉若愚　撰　上海古籍出版社　一九八一年
滇略　［明］謝肇淛　撰　文淵閣四庫全書本　臺北商務印書館　一九八六年
武林梵志　［明］吴之鯨　撰　上海古籍出版社　一九九三年
御定月令輯要　［清］李光地　等撰　文淵閣四庫全書本　臺北商務印書館　一九八六年
春秋戰國異辭　［清］陳厚耀　撰　文淵閣四庫全書本　臺北商務印書館　一九八六年

十國春秋　［清］吴任臣　撰　徐敏霞　周瑩　點校　中華書局　一九八三年
東城雜記　［清］厲鶚　撰　中華書局　一九八五年
海塘録　［清］翟均廉　撰　文淵閣四庫全書本　臺北商務印書館　一九八六年
揚州畫舫録　［清］李斗　撰　周光培　點校　江蘇廣陵古籍刻印社　一九八四年
荆州記九種　［清］陳運溶　王仁俊　輯　石洪運　點校　湖北人民出版社　一九九九年
中國歷史地圖集　譚其驤　主編　中國地圖出版社　一九八二年
三千五百年曆日天象　張培瑜　撰　大象出版社　一九九七年
宋代官制辭典　龔延明　撰　中華書局　一九九七年
宋代文官選任制度諸層面　鄧小南　著　河北教育出版社　一九九三年

## （四）詩文集及箋評

附釋音義毛詩注疏　［漢］毛萇　鄭玄　［唐］孔穎達　撰　［唐］陸德明　注釋　北京圖書館出版社　二〇〇六年
詩經直解　陳子展　撰述　范祥雍　杜月村　校閲　復旦大學出版社　一九八三年
楚辭　［漢］劉向　編集　王逸　章句　［宋］洪興祖　補注　中華書局　一九八五年
楚辭新注　聶石樵　注　上海古籍出版社　一九八〇年

才調集　〔五代〕韋縠　編　上海古籍出版社　一九九三年
陸士衡文集校注　〔晉〕陸機　撰　劉運好　校注　鳳凰出版社　二〇〇〇年
陶淵明集　〔晉〕陶潛　撰　龔斌　校箋　上海古籍出版社　一九九六年
鮑參軍集注　〔南朝〕鮑照　撰　錢振倫　注　錢仲聯　校　中華書局　一九五九年
陶弘景集校注　〔南朝〕陶弘景　撰　王京州　校注　上海古籍出版社　二〇〇九年
謝宣城詩集　〔南朝〕謝朓　撰　中華書局　一九八五年
昭明文選　〔南朝〕蕭統　選編　〔唐〕李善　注　京華出版社　二〇〇〇年
六臣注文選　〔南朝〕蕭統　選編　〔唐〕呂延濟　等注　人民文學出版社　二〇〇七年
昭明太子集校注　〔南朝〕蕭統　撰　俞紹初　校注　中州古籍出版社　二〇〇一年
詩品　〔南朝〕鍾嶸　撰　〔明〕周履靖　校正　中華書局　一九九一年
鍾嶸詩品箋證稿　〔南朝〕鍾嶸　撰　王叔岷　箋證　中華書局　二〇〇七年
玉臺新詠　〔南朝〕徐陵　編　〔清〕吴兆宜　注　程琰　删補　穆克宏　點校　中華書局　一九八五年
庾子山集注　〔北周〕庾信　撰　〔清〕倪璠　注　許逸民　校點　中華書局　一九八〇年
王子安集　〔唐〕王勃　撰　〔清〕蔣清翊　注　上海古籍出版社　一九九五年
王右丞集箋注　〔唐〕王維　撰　〔清〕趙殿成　箋注　中華書局上海編輯所編輯　中華書局　一九六一年
李太白全集　〔唐〕李白　撰　〔清〕王琦　輯注　中華書局　一九五七年
李太白文集　〔唐〕李白　撰　〔宋〕宋敏求　曾鞏　等編　巴蜀書社　一九八六年

李白集校注　［唐］李白　撰　瞿蜕園　朱金城　校注　上海古籍出版社　一九八〇年
杜詩詳注　［唐］杜甫　撰　［清］仇兆鼇　注　中華書局　一九七九年
九家集注杜詩　［唐］杜甫　撰　［宋］郭知達　編注　上海古籍出版社　一九九五年
集千家注杜工部詩集　［唐］杜甫　撰　不撰編輯人名氏　文淵閣四庫全書本　臺北商務印書館　一九八六年
補注杜詩　［唐］杜甫　撰　［宋］黄希　原注　黄鶴　補注　上海古籍出版社　一九九五年
韓昌黎全集　［唐］韓愈　撰　［清］王琦　輯注　中國書店一九九一年據一九三五年世界書局本影印
五百家注昌黎文集　［唐］韓愈　撰　［宋］魏仲舉　編　文淵閣四庫全書本　臺北商務印書館　一九八六年
劉禹錫詩編年校注　［唐］劉禹錫　撰　高志忠　校注　黑龍江人民出版社　二〇〇五年
白氏長慶集　［唐］白居易　撰　文學古籍刊行社　一九五五年
柳宗元集　［唐］柳宗元　撰　中華書局　一九七九年
元氏長慶集　［唐］元稹　撰　上海古籍出版社　一九九五年
李長吉歌詩　［唐］李賀　撰　［清］王琦　等評注　上海古籍出版社　一九八五年
箋注評點李長吉歌詩　［唐］李賀　撰　［宋］吴正子注　劉辰翁評　文淵閣四庫全書本　臺北商務印書館　一九八六年
樊川詩集注　［唐］杜牧　撰　［清］馮集梧　注　上海古籍出版社　一九六二年
温飛卿詩集箋注　［唐］温庭筠　撰　［清］曾益　等箋注　王國安　標點　上海古籍出版社　一九九八年
玉溪生詩集箋注　［唐］李商隱　撰　［清］馮浩　箋注　上海古籍出版社　一九七九年
李商隱詩歌集解　［唐］李商隱　撰　劉學鍇　余恕誠　集解　中華書局　二〇〇四年

詩品二十四則　[唐]司空圖　撰　中華書局　一九八五年
韓偓詩注　[唐]韓偓　撰　陳繼龍　注　學林出版社　二〇〇〇年
文苑英華　[宋]李昉　等編　中華書局　一九六六年
小畜集　[宋]王禹偁　撰　王雲五　主編　商務印書館　一九三七年
西昆酬唱集注　[宋]楊億　撰　王仲犖　注　中華書局　一九八〇年
范文正公集　[宋]范仲淹　撰　商務印書館　一九三七年
歐陽文忠公文集　[宋]歐陽修　撰　四部叢刊初編　上海涵芬樓景印元刊本
歐陽修詩文集校箋　[宋]歐陽修　撰　洪本健校箋　上海古籍出版社　二〇〇九年
會稽掇英總集點校　[宋]孔延之　撰　鄒志方　點校　人民出版社　二〇〇六年
曾鞏集　[宋]曾鞏　撰　陳杏珍　晁繼周　點校　中華書局　一九八四年
臨川先生文集　[宋]王安石　撰　中華書局上海編輯所編輯　中華書局　一九五九年
王荆公詩注　[宋]王安石　撰　[宋]李壁　注　李之亮　校點補箋　巴蜀書社　二〇〇二年
施注蘇詩　[宋]蘇軾　撰　[宋]施元之　原注　[清]邵長蘅　删補　文淵閣四庫全書本　臺北商務印書館　一九八六年
王狀元集百家注分類東坡先生詩　[宋]蘇軾　撰　王十朋　纂集　劉辰翁　批點　北京圖書館出版社　二〇〇五年
蘇詩補注　[宋]蘇軾　撰　[清]翁方綱　注　中華書局　一九八五年
蘇軾詩集　[宋]蘇軾　撰　[清]王文誥　輯注　孔凡禮　點校　中華書局　二〇〇七年
蘇軾文集　[宋]蘇軾　撰　孔凡禮　點校　中華書局　一九八六年

樂府詩集　[宋]郭茂倩　編　中華書局　一九七九年
黄庭堅全集　[宋]黄庭堅　撰　劉琳　等校點　四川大學出版社　二〇〇〇年
山谷詩集注　[宋]黄庭堅　撰　任淵　等注　黄寶華　點校　上海古籍出版社　二〇〇三年
淮海集箋注　[宋]秦觀　撰　徐培均　箋注　上海古籍出版社　二〇〇三年
詩話總龜　[宋]阮閲　編　周本淳　校點　人民文學出版社　一九七八年
石林詩話　[宋]葉夢得　撰　中華書局　一九九一年
苕溪漁隱叢話　[宋]胡仔　纂集　廖德明　校點　人民文學出版社　一九六二年
盤洲文集　[宋]洪适　撰　文淵閣四庫全書本　臺北商務印書館　一九八六年
文忠集　[宋]周必大　撰　文淵閣四庫全書本　臺北商務印書館　一九八六年
誠齋詩集箋證　[宋]楊萬里　撰　薛瑞生校箋　三秦出版社　二〇一一年
楊萬里集箋校　[宋]楊萬里　撰　辛更儒　箋校　中華書局　二〇〇七年
庚溪詩話　[宋]陳巖肖　撰　中華書局　一九八五年
攻媿集　[宋]樓鑰　撰　中華書局　一九八五年
江湖小集　[宋]陳起　編　上海古籍出版社　一九八七年
鶴山集　[宋]魏了翁　撰　文淵閣四庫全書本　臺北商務印書館　一九八六年
清獻集　[宋]杜範　撰　文淵閣四庫全書本　臺北商務印書館　一九八六年
兩宋名賢小集　[宋]陳思　編　[元]陳世隆　補　文淵閣四庫全書本　臺北商務印書館　一九八六年
古文苑　[宋]章樵　注　中華書局　一九六五年

梅屋集　〔宋〕許棐　撰　上海古籍出版社　一九八七年
詩人玉屑　〔宋〕魏慶之　編　上海古籍出版社　一九七八年
芸隱倦遊稿　〔宋〕施樞　撰　文淵閣四庫全書本　臺北商務印書館　一九八六年
芸隱横舟稿　〔宋〕施樞　撰　文淵閣四庫全書本　臺北商務印書館　一九八六年
潛山集　〔宋〕釋文珦　撰　文淵閣四庫全書本　臺北商務印書館　一九八六年
吴都文粹　〔宋〕鄭虎臣　編　文淵閣四庫全書本　臺北商務印書館　一九八六年
詩林廣記　〔宋〕蔡正孫　撰　中華書局　一九八二年
錦繡萬花谷　〔宋〕不著撰人　上海古籍出版社　一九九一年
西湖百詠　〔宋〕董嗣杲　原撰　〔明〕陳贄　和韻　廣陵書社影印光緒七年（一八八一）錢塘丁丙刻本
碧梧玩芳集　〔宋〕馬廷鸞　撰　上海古籍出版社　一九八七年
桐江集　〔元〕方回　撰　〔清〕阮元　輯　江蘇古籍出版社　一九八八年
清容居士集　〔元〕袁桷　撰　中華書局　一九八五年
僑吴集　〔元〕鄭元佑　撰　書目文獻出版社　北京圖書館古籍珍本叢刊影印弘治九年刊本
淵穎集　〔元〕吴萊　撰　〔清〕王邦采　等箋　中華書局　一九八五年
瀛奎律髓　〔元〕方回　選評　李慶甲　集評校點　上海古籍出版社　一九八六年
唐詩品匯　〔明〕高棅　編選　上海古籍出版社　一九八八年
滎陽外史集　〔明〕鄭真　撰　文淵閣四庫全書本　臺北商務印書館　一九八六年

楊升庵叢書 〔明〕楊慎 撰 王文才 萬光治 主編 天地出版社 二〇〇二年
吴都文粹續集 〔明〕錢谷 編 文淵閣四庫全書本 臺北商務印書館 一九八六年
古詩紀 〔明〕馮惟訥 編 文淵閣四庫全書本 臺北商務印書館 一九八六年
石倉歷代詩選 〔明〕曹學佺 編 文淵閣四庫全書本 臺北商務印書館 一九八六年
曝書亭集 〔清〕朱彝尊 撰 世界書局 一九三七年
松桂堂全集 〔清〕彭孫遹 撰 文淵閣四庫全書本 臺北商務印書館 一九八六年
御選唐詩 〔清〕陳廷敬 等編 文淵閣四庫全書本 臺北商務印書館 一九八六年
宋詩鈔 〔清〕吴之振 等選 管庭芬 等補 中華書局 一九八六年
全唐詩 〔清〕彭定求 等編 中華書局 一九六〇年
説詩晬語 〔清〕沈德潛 撰 孫之梅 周芳 批註 鳳凰出版社 二〇一〇年
南宋雜事詩 〔清〕厲鶚 等撰 虞萬里 校點 浙江古籍出版社 一九八七年
唐宋詩醇 〔清〕乾隆 御選 冉苒 校點 中國三峽出版社 一九九七年
隨園詩話 〔清〕袁枚 撰 王英志 校點 江蘇古籍出版社 一九八七年
全五代詩 〔清〕李調元 編 何光清 點校 巴蜀書社 一九九二年
歷代詩話 〔清〕吴景旭 撰 中華書局 一九五八年
全上古三代秦漢三國六朝文 〔清〕嚴可均 校輯 中華書局 一九五八年
全漢三國晉南北朝詩 〔清〕丁福保 編 中華書局 一九五九年
全唐文 〔清〕董誥 等編 中華書局 一九六六年

石遺室詩話　［清］陳衍　撰　鄭朝宗　石文英　校點　人民文學出版社　二〇〇四年
宋詩紀事　［清］厲鶚　輯撰　上海古籍出版社　一九八三年
宋詩話輯佚　郭紹虞　輯　中華書局　一九八〇年
敦煌變文集　王重民　等編　人民文學出版社　一九五七年
先秦漢魏晉南北朝詩　逯欽立　輯校　中華書局　一九八三年
管錐編　錢鍾書　撰　中華書局　一九七九年
全宋詩　傅璇琮　等主編　北京大學出版社　一九九八年

## （五）詞籍及考評

花間集校　［後蜀］趙崇祚　編　李一氓　校　人民文學出版社　一九五八年
陽春集　［南唐］馮延巳　撰　上海古籍出版社　一九八九年
樂章集校注　［宋］柳永　撰　薛瑞生　校注　中華書局　一九九四年
張子野詞　［宋］張先　撰　中華書局　一九八五年
小山詞　［宋］晏幾道　撰　王根林　校點　上海古籍出版社　一九八九年
東坡詞編年箋注　［宋］蘇軾　撰　薛瑞生　箋注　三秦出版社　一九九八年
山谷詞校注　［宋］黄庭堅　撰　馬興榮　祝振玉校注　上海古籍出版社　二〇一一年

淮海居士長短句箋注　[宋]秦觀　撰　徐培均　箋注　上海古籍出版社　二〇〇八年

晁補之詞編年　[宋]晁補之　撰　喬力　校注　齊魯書社　一九九二年

片玉集　[宋]周邦彦　撰　陳元龍　集注　江蘇廣陵古籍刻印社　一九八〇年

清真集校注　[宋]周邦彦　撰　孫虹　校注　薛瑞生　訂補　中華書局　二〇〇二年

李清照集校注　[宋]李清照　撰　王仲聞　箋注　人民文學出版社　一九七九年

樂府雅詞　[宋]曾慥　編　中華書局　一九八五年

稼軒詞編年箋注　[宋]辛棄疾　撰　鄧廣銘　箋注　上海古籍出版社　一九九三年

白石道人歌曲附別集　[宋]姜夔　撰　中華書局　一九八五年

中興以來絶妙詞選　[宋]黄昇　選　四部叢刊初編　上海商務印書館縮印無錫孫氏小緑天藏明翻宋刊本

陽春白雪　[宋]趙聞禮　選編　葛渭君校點　上海古籍出版社　一九九三年

樂府指迷箋釋　[宋]沈義父　撰　蔡嵩雲　箋釋　人民文學出版社　一九九八年

絶妙好詞　[宋]周密　選編　廖承良　校注　岳麓書社　二〇〇七年

絶妙好詞箋　[宋]周密　輯　[清]查爲仁　厲鶚　箋　上海古籍出版社　二〇〇四年

蘋洲漁笛譜　[宋]周密　撰　中華書局　一九八五年

蘋洲漁笛譜疏證　[宋]周密　撰　[清]江昱　疏證　乾隆新安郡齋刊本　乾隆四年（一七三九）

詞源注　[宋]張炎　撰　夏承燾　校注　人民文學出版社　一九九八年

山中白雲詞　[宋]張炎　撰　中華書局　一九九一年

詞旨　[元]陸輔之　撰　中華書局　一九九一年

趙氏鐵網珊瑚　[明]朱存理　輯　趙琦美　編　文淵閣四庫全書本　臺北商務印書館　一九八六年
詞品　[明]楊慎　撰　商務印書館　一九三六年
花草粹編　[明]陳耀文　輯　龍建國　楊有山　校點　河北大學出版社　二〇〇七年
吴興藝文補　[明]董斯張　等輯　齊魯書社　一九九七年
古今詞統　[明]卓人月　匯選　徐士俊　參評　遼寧教育出版社　二〇〇〇年
精選古今詩餘醉　[明]潘游龍　輯　梁穎　校點　遼寧教育出版社　二〇〇三年
香嚴齋詞　[清]龔鼎孳　撰　康熙十一年(一六七二)緑陰堂刻本
古今詞論　[清]王又華　輯　齊魯書社　一九九七年
詞綜　[清]朱彝尊　汪森　編　李慶甲　校點　上海古籍出版社　一九七八年
詞潔　[清]先著　程洪　輯　劉崇德　徐文武　點校　河北大學出版社　二〇〇七年
詞律　[清]萬樹　撰　徐本立　拾遺　杜文瀾　補遺　四部備要本　中華書局　一九九七年
金粟詞話　[清]彭孫遹　撰　中華書局　一九八五年
蒼梧詞　[清]董元愷　撰　開明書局　一九三六年
花草蒙拾　[清]王士禎　沈氏世楷堂刻昭代叢書本　道光十四年(一八三四)
詞壇紀事　[清]李良年　輯　中華書局　一九八五年
詞苑叢談　[清]徐釚　撰　唐圭璋　校注　上海古籍出版社　一九八一年
古今詞話　[清]沈雄　編纂　江尚質　增輯　上海書店　一九八七年
歷代詩餘　[清]沈辰垣　等編　上海書店　一九八五年

欽定詞譜　據清康熙五十四年(一七一五)内府刻本影印　北京市中國書店　一九八三年
別雅　[清]吴玉搢　撰　文淵閣四庫全書本　臺北商務印書館　一九八六年
國朝詞綜　[清]王昶　撰　四部備要本　中華書局　一九九七年
詞林紀事　[清]張宗橚　撰　成都古籍書店　一九八二年
聽秋聲館詞話　[清]丁紹儀　撰　同治八年(一八六九)刻本
宋七家詞選　[清]戈載　輯　曼陀羅華閣重刊本　光緒乙酉十一年(一八八五)
詞林正韻　[清]戈載　撰　上海古籍出版社　一九八一年
梅邊吹笛譜　[清]淩廷堪　撰　中華書局　一九八五年
考正白香詞譜　[清]舒夢蘭　輯　陳栩　陳小蝶　考證　上海古籍書店　一九八一年
揅經室外集　[清]阮元　等撰　中華書局　一九九一年
靈芬館詞話　[清]郭麐　嘉慶二十一年孫均刻二十三年增修本
本事詞　[清]葉申薌　撰　古典文學出版社　一九五七年
宋四家詞選　[清]周濟　輯　中華書局　一九八五年
介存齋論詞雜著　[清]周濟　撰　顧學頡校點　人民文學出版社　一九五九年
心日齋詞集　[清]周之琦　撰　上海古籍出版社　一九九五年
詞繫　[清]秦巘　編撰　鄧魁英　劉永泰　整理　北京師範大學出版社　二〇一〇年
詞式　[清]林大椿　編　商務印書館　一九三四年
藝概　[清]劉熙載　撰　上海古籍出版社　一九七八年

越縵堂讀書記 〔清〕李慈銘 撰 中華書局 一九六三年
譚評詞辨 〔清〕譚獻 撰 廣文書局 一九六二年
六十一家詞選 〔清〕馮煦 編 冶城山館刻本 光緒十三年(一八八七)
樊山集 〔清〕樊增祥 渭南縣署刻本 光緒十九年(一八九三)
海日樓札叢 〔清〕沈曾植 撰 錢仲聯 輯 中華書局 一九六二年
白雨齋詞話 〔清〕陳廷焯 撰 上海古籍出版社 一九八三年
詞則 〔清〕陳廷焯 編選 上海古籍出版社 一九八四年
雲起軒詞鈔 〔清〕文廷式 徐乃昌刻本 光緒三十三年(一九〇七)
大鶴山人詞話 〔清〕鄭文焯 撰 孫克强 楊傳慶輯校 南開大學出版社 二〇〇九年
蕙風詞話 廣蕙風詞話〔清〕況周頤 撰 孫克强 輯 中州古籍出版社 二〇〇三年
歷代詞人考略 〔清〕況周頤 撰 南京圖書館古籍部編 全國圖書館文獻縮微復製中心 二〇〇三年
蕙風詞話輯注 〔清〕況周頤 撰 屈興國 輯注 江西人民出版社 二〇〇〇年
唐五代兩宋詞選釋 俞陛雲 撰 上海古籍出版社 一九八五年
海綃說詞 陳洵 撰 世界書局 一九六七年
人間詞話 王國維 撰 中國人民大學出版社 二〇一〇年
學詞百法 劉坡公 撰 上海古籍書店 一九八二年
詞學 梁啟勳 撰 北京市中國書店 一九八五年
全清詞鈔 葉恭綽 編 中華書局 一九八二年

詞學通論　吴梅　撰　中國書籍出版社　二〇〇六年
宋詞舉　陳匪石　編撰　鍾振振　校點　江蘇古籍出版社　二〇〇二年
聲執　陳匪石　編撰　鍾振振　校點　江蘇古籍出版社　二〇〇二年
詞論　劉永濟　撰　上海古籍出版社　一九八一年
微睇室説詞　劉永濟　撰　中華書局　二〇〇七年
詞曲史　王易　撰　東方出版社　一九九六年
詞選　胡適　選注　劉石　導讀　中華書局　二〇〇七年
夏承燾集　夏承燾　撰　浙江古籍出版社　浙江教育出版社　一九九七年
唐宋人選唐宋詞　唐圭璋等　校點　上海古籍出版社　二〇〇四年
唐宋詞簡釋　唐圭璋　選釋　上海古籍出版社　一九八一年
詞話叢編　唐圭璋　編　中華書局　一九八六年
宋詞通論　薛礪若　撰　上海書店　一九八五年
宋金元人詞　趙萬里　校輯　國立中央研究院歷史語言研究所　一九三一年
詞林新話　吴世昌　撰　吴令華　輯注　施議對　校　北京出版社　二〇〇〇年
唐宋詞彙評　吴熊和　主編　浙江教育出版社　二〇〇四年
十大詞人　吴熊和　主編　上海古籍出版社　一九八九年
周密及其詞研究　金啟華　蕭鵬　撰　齊魯書社　一九九三年
迦陵論詞叢稿　葉嘉瑩　撰　河北教育出版社　一九九七年

吴文英資料彙編　馬志嘉　章心綽　中華書局　二〇〇六年
唐宋詞書録　蔣哲倫　楊萬里　編撰　岳麓書社　二〇〇七年
兩宋詞人叢考　王兆鵬　等撰　鳳凰出版社　二〇〇七年
清詞話考述　譚新紅　撰　武漢大學出版社　二〇〇九年

## （六）筆記小説及雜考

韓詩外傳　［漢］韓嬰　撰　周廷寀　校注　中華書局　一九八五年
十洲記　［漢］東方朔　集　上海古籍出版社　一九九〇年
列仙傳　［漢］劉向　撰　王叔岷　校箋　中華書局　二〇〇七年
説苑校證　［漢］劉向　撰　向宗魯　校證　中華書局　一九八七年
趙飛燕外傳　［漢］伶玄　撰　中華書局　一九九一年
洞冥記　［漢］郭憲　撰　中華書局　一九九一年
漢武故事　［漢］班固　撰　中華書局　一九九一年
漢武帝内傳　［漢］班固　撰　文淵閣四庫全書本　臺北商務印書館　一九八六年
風俗通義　［漢］應劭　文淵閣四庫全書本　臺北商務印書館　一九八六年
高士傳　［漢］皇甫謐　撰　中華書局　一九八五年

博物志　［晉］張華　撰　中華書局　一九八五年
古今注　［晉］崔豹　撰　中華書局　一九八五年
西京雜記　［晉］葛洪　撰　中華書局　一九八五年
抱朴子　［晉］葛洪　撰　上海書店　一九八六年
穆天子傳　［晉］郭璞　注　上海古籍出版社　一九九〇年
搜神記　［晉］干寶　撰　上海古籍出版社　一九九八年
拾遺記　［晉］王嘉　撰　［南朝梁］肖綺　録　齊治平　校注　中華書局　一九八一年
搜神後記　［晉］陶潛　撰　浙江古籍出版社　一九八七年
幽明録　［南朝］劉義慶　撰　鄭晚晴　輯注　文化藝術出版社　一九八八年
世説新語校箋　［南朝］劉義慶　撰　［梁］劉孝標　注　徐震堮　校箋　中華書局　一九八四年
述異記　［南朝］任昉　撰　中華書局　一九九一年
續齊諧記　［南朝］吴均　撰　中華書局　一九九一年
羯鼓録　［唐］南卓　撰　中華書局　一九八五年
開天傳信記　［唐］鄭棨　撰　中華書局　一九八五年
杜陽雜編　［唐］蘇鶚　撰　中華書局　一九八五年
歲華紀麗　［唐］韓鄂　撰　中華書局　一九八五年
博異志　［唐］谷神子　中華書局　一九八〇年
離魂記　［唐］陳元祐　撰　中華書局　一九九一年

龍城録　〔唐〕柳宗元　撰　中華書局　一九九一年
唐國史補　〔唐〕李肇　撰　上海古籍出版社　一九七九年
唐新語　〔唐〕劉肅　撰　上海藜光社　一九一一年
集異記　〔唐〕薛用弱　撰　中華書局　一九八五年
玄怪録　〔唐〕牛僧孺　編　程毅中　點校　中華書局　一九八二年
續玄怪録　〔唐〕李復言　編　程毅中　點校　中華書局　一九八二年
長恨歌傳　〔唐〕白居易　撰歌　陳鴻　傳　中華書局　一九九一年
因話録　〔唐〕趙璘　撰　中華書局　一九八五年
酉陽雜俎　〔唐〕段成式　撰　中華書局　一九八五年
明皇雜録　〔唐〕鄭處誨　撰　中華書局　一九九四年
北户録　〔唐〕段公路　撰　崔龜圖　注　中華書局　一九八五年
本事詩　〔唐〕孟棨　撰　古典文學出版社　一九五七年
劇談録　〔唐〕康駢　撰　古典文學出版社　一九五八年
孫内翰北里志　〔唐〕孫棨　撰　中華書局　一九八五年
雲仙雜記　〔唐〕馮贄　撰　中華書局　一九八五年
嶺表録異　〔唐〕劉恂　撰　中華書局　一九八五年
煬帝開河記　〔唐〕佚名　撰　中華書局　一九九一年
中華古今注　〔五代〕馬縞　集　中華書局　一九八五年

唐摭言校注　［五代］王定保　撰　姜漢椿　校注　上海古籍出版社　一九七八年

開元天寶遺事十種［五代］王仁裕　等撰　丁如明　輯校　上海古籍出版社　一九八五年

北夢瑣言　［五代］孫光憲　纂集　中華書局　一九八五年

中朝故事　［南唐］尉遲偓　纂　中華書局　一九八五年

五朝小説大觀　中州古籍出版社　一九九一年

清異録　［宋］陶穀　撰　中華書局　一九九一年

南部新書　［宋］錢易　撰　中華書局　一九八五年

太平廣記　［宋］李昉　等編　中華書局　一九六一年

楊太真外傳　［宋］樂史　撰　中華書局　一九九一年

洛陽搢紳舊聞記　［宋］張齊賢　集　中華書局　一九八五年

墨客揮犀　［宋］彭乘　撰　中華書局　一九九一年

妝樓記　［宋］張泌　撰　中華書局　一九八五年

儒林公議　［宋］撰人不詳　中華書局　一九八五年

洛陽牡丹記　［宋］歐陽修　撰　文淵閣四庫全書本　臺北商務印書館　一九八六年

歸田録　［宋］歐陽修　撰　李偉國　點校　中華書局　一九八一年

春明退朝録　［宋］宋敏求　撰　誠剛　點校　中華書局　一九八〇年

青瑣高議　［宋］劉斧　撰輯　王友懷　王曉勇　注　上海古籍出版社　一九八三年

文昌雜録　［宋］龐元英　撰　中華書局　一九八五年

玉壺野史　[宋]釋文瑩　撰　文淵閣四庫全書本　臺北商務印書館　一九八六年
青箱雜記　[宋]吴處厚　撰　李裕民　點校　中華書局　一九八五年
夢溪筆談　[宋]沈括　撰　上海書店　二〇〇九年
澠水燕談録　[宋]王闢之　撰　中華書局　一九八一年
泊宅編　[宋]方勺　撰　中華書局　一九八三年
東坡志林　[宋]蘇軾　撰　王松齡點校　中華書局　一九八一年
事物紀原　[宋]高承　撰　[明]李果　訂　中華書局　一九八五年
邵氏聞見録　[宋]邵伯温　撰　李劍雄　劉德權　點校　中華書局　一九八五年
唐語林　[宋]王讜　撰　周勳初　校證　中華書局　一九八七年
鐵圍山叢談　[宋]蔡絛　撰　馮惠民　沈錫麟　點校　中華書局　一九八三年
唐詩紀事　[宋]計有功　撰　王仲鏞　校箋　中華書局　二〇〇七年
侯鯖録　[宋]趙令畤　撰　孔凡禮　點校　中華書局　二〇〇二年
談藪　[宋]龐元英　撰　中華書局　一九九一年
冷齋夜話　[宋]惠洪　撰　中華書局　一九八八年
萍洲可談　[宋]朱彧　撰　中華書局　一九八一年
醉翁談録　[宋]金盈之　撰　古典文學出版社　一九五八年
避暑録話　[宋]葉夢得　撰　中華書局　一九八五年
石林燕語　[宋]葉夢得　撰　宇文紹奕　考異　侯忠義　點校　中華書局　一九八四年

碧雞漫志校正　［宋］王灼　撰　岳珍　校正　巴蜀書社　二〇〇〇年

曲洧舊聞　［宋］朱弁　撰　中華書局　一九八五年

東京夢華録箋注　［宋］孟元老　撰　伊永文　箋注　中華書局　二〇〇六年

中吴紀聞　［宋］龔明之　撰　孫菊園　校點　上海古籍出版社　一九八六年

猗覺寮雜記　［宋］朱翌　撰　中華書局　一九八五年

西溪叢語　［宋］姚寬　撰　孔凡禮　點校　中華書局　一九九三年

韻語陽秋　［宋］葛立方　撰　上海古籍出版社　一九八四年

六朝事蹟編類　［宋］張敦頤　撰　王進珊　校點　南京出版社　一九八九年

能改齋漫録　［宋］吴曾　撰　中華書局　一九八五年

甕牖閑評　［宋］袁文　撰　上海古籍出版社　一九八五年

容齋隨筆　［宋］洪邁　撰　上海古籍出版社　一九九六年

清波雜志　［宋］周煇　撰　中華書局　一九九四年

伊洛淵源録　［宋］朱熹　撰　中華書局　一九八五年

經鉏堂雜記　［宋］倪思　撰　岳麓書社　二〇〇五年

野客叢書　［宋］王楙　撰　王文錦　點校　中華書局　一九八七年

西塘集耆舊續聞　［宋］陳鵠　撰　中華書局　一九八五年

愛日齋叢抄　［宋］葉寘　撰　孔凡禮　點校　中華書局　二〇一〇年

古今源流至論　［宋］林駉　撰　上海古籍出版社一九九二年

鼠璞 [宋]戴埴 撰 中華書局 一九八五年

老學庵筆記 [宋]陸游 撰 李劍雄 劉德權 點校 中華書局 一九七九年

驂鸞録 [宋]范成大 撰 中華書局 一九八五年

睽車志 [宋]郭彖 撰 中華書局 一九八五年

雲麓漫鈔 [宋]趙彦衛 撰 中華書局 一九八五年

西山文集 [宋]真德秀 撰 文淵閣四庫全書本 臺北商務印書館 一九八六年

朝野類要 [宋]趙升 撰 中華書局 一九八五年

閑窗括異志 [宋]魯應龍 撰 中華書局 一九八五年

貴耳集 [宋]張端義 撰 [明]毛晉 訂 中華書局 一九八五年

隨隱漫録 [宋]陳世崇 撰 上海書店 一九九〇年

緑窗新話 [宋]皇都風月主人 編 周夷 校補 古典文學出版社 一九五七年

西湖老人繁盛録 [宋]西湖老人 撰 中國商業出版社 一九八二年

都城紀勝 [宋]耐得翁 撰 中國商業出版社 一九八二年

武林舊事 [宋]周密 輯 中華書局 一九九一年

增補武林舊事 [宋]周密 輯 [明]朱廷焕 增補 齊魯書社 一九九六年

癸辛雜識 [宋]周密 撰 吳企明 點校 中華書局 一九八八年

齊東野語 [宋]周密 撰 中華書局 一九八三年

志雅堂雜抄 [宋]周密 纂 江蘇廣陵古籍刻印社 一九九五年

浩然齋雅談　〔宋〕周密　撰　中華書局　一九八五年
夢粱録　〔宋〕吴自牧　撰　符均　張社國　校注　三秦出版社　二〇〇四年
醉翁談録　〔宋〕羅曄　撰　古典文學出版社　一九五七年
錢唐遺事　〔元〕劉一清　撰　上海古籍出版社　一九八五年
山房隨筆　〔元〕蔣正子　撰　中華書局　一九九一年
玉堂嘉話　〔元〕王惲　撰　楊曉春　點校　中華書局　二〇〇六年
唐才子傳校箋　〔元〕辛文房　撰　傅璇琮　主編　中華書局　一九八七年
圖繪寶鑒　〔元〕夏文彦　撰　北京市中國書店　一九八三年
輟耕録　〔元〕陶宗儀　撰　中華書局　一九八五年
説郛　〔元〕陶宗儀　撰　中國書店出版社　一九八六年
竹嶼山房雜部　〔明〕宋詡　撰　文淵閣四庫全書本　臺北商務印書館　一九八六年
留青日札　〔明〕田藝蘅　撰　上海古籍出版社　一九八五年
名義考　〔明〕周祈　撰　文淵閣四庫全書本　臺北商務印書館　一九八六年
遵生八箋　〔明〕高濂　撰　甘肅文化出版社　二〇〇三年
玉芝堂談薈　〔明〕徐應秋　撰　上海古籍出版社　一九九三年
六研齋筆記　〔明〕李日華　撰　郁震宏　李保陽　點校　鳳凰出版社　二〇一〇年
五雜俎　〔明〕謝肇淛　撰　章衣萍　校訂　中央書店　一九三五年
春明夢餘録　〔清〕孫承澤　撰　文淵閣四庫全書本　臺北商務印書館　一九八六年

香祖筆記　[清]王士禛　撰　湛之　點校　上海古籍出版社　一九八二年
右臺仙館筆記　[清]俞樾　撰　徐明霞　點校　上海古籍出版社　一九八六年
越縵堂讀書記　[清]李慈銘　撰　由雲龍　輯　中華書局　一九六三年
香豔叢書　[清]蟲天子(張廷華)　編　人民文學出版社　一九九二年
中國香豔全書　[清]蟲天子　編　董乃斌　等校點　團結出版社　二〇〇五年
華東遊記選(蘇閩)　徐中玉　主編　朱碧蓮選注　上海文藝出版社　一九八五年
文言小説　先秦——南北朝卷　李格非　吴志達　主編　中州古籍出版社　一九八七年
唐五代志怪傳奇叙録　李劍國　撰　南開大學出版社　一九九三年
欽定石渠寶笈三編　故宫博物院　編　海南出版社　二〇〇〇年

## (七)類書及小學

説文解字注　[漢]許慎　撰　[清]段玉裁　注　上海古籍出版社　一九八一年
編珠　[隋]杜公瞻　撰　上海古籍出版社　一九八七年
北堂書鈔　[隋]虞世南　撰　天津古籍出版社　一九八八年
藝文類聚　[唐]歐陽詢　撰　汪紹楹　校　上海古籍出版社　一九六五年
初學記　[唐]徐堅　等撰　中華書局　一九六二年

白孔六帖　［唐］白居易　原本　［宋］孔傳　續撰　上海古籍出版社　一九九二年
太平御覽　［宋］李昉　等編　中華書局　一九六〇年
册府元龜　［宋］王欽若　等編纂　周勳初　等校訂　鳳凰出版社　二〇〇六年
紺珠集　［宋］朱勝非　纂　商務印書館　一九七〇年
海録碎事　［宋］葉廷珪　撰　李之亮　校點　中華書局　二〇〇二年
類説　［宋］曾慥　編　上海古籍出版社　一九九三年
記纂淵海　［宋］潘自牧　編纂　中華書局　一九八八年
群書考索　［宋］章如愚　撰　書目文獻出版社　一九九二年
玉海　［宋］王應麟　輯　江蘇古籍出版社　上海書店　一九八七年
古今事文類聚前集　［宋］祝穆　撰　文淵閣四庫全書本　臺北商務印書館　一九八六年
全芳備祖　［宋］陳景沂　編撰　農業出版社景印　一九八二年
字鑑　［元］李文仲撰　中華書局　一九八五年
永樂大典　［明］解縉等修　中華書局　一九八六年
山堂肆考　［明］彭大翼　撰　上海古籍出版社　一九九二年
天中記　［明］陳耀文　撰　廣陵書社　二〇〇七年
萬姓統譜　［明］凌迪知　撰　上海古籍出版社　一九九四年
説略　［明］顧起元　撰　文淵閣四庫全書本　臺北商務印書館　一九八六年
正字通　［明］張自烈　撰　［清］廖文英　續　上海古籍出版社　一九九六年

通雅　〔明〕方以智　撰　北京市中國書店　一九九〇年

淵鑒類函　〔清〕張英　王士禎　等輯　北京市中國書店　一九八五年

佩文韻府　〔清〕張玉書　等編　上海古籍書店　一九八三年

續編珠　〔清〕高士奇　撰　上海古籍出版社　一九八七年

宋稗類鈔　〔清〕潘永因　編　劉卓英　點校　書目文獻出版社　一九八五年

格致鏡原　〔清〕陳元龍　撰　江蘇廣陵古籍刻印社　一九八九年

御定佩文齋詠物詩選〔清〕高輿　等輯　上海古籍出版社　一九九四年

四庫全書總目提要　〔清〕永瑢　紀昀　等主編　周仁等整理　海南出版社　一九九九年

四庫全書考證　〔清〕王太岳　等纂輯　中華書局　一九八五年

通俗編　〔清〕翟灝　撰　商務印書館　一九五八年

説文通訓定聲　〔清〕朱駿聲　編撰　中華書局　一九八四年

詩詞曲語辭匯釋　張相　撰　中華書局　一九七九年

詩詞曲語辭例釋　王鍈　撰　中華書局　一九八六年

＊　書目先按内容定位年代，再按注疏者、細類排序。當代著述以作者出生年月爲序。

＊　子部中筆記、志怪、雜瑣事等歸入「筆記小説」，其餘如經書考證、農家、譜録等門類不變。

＊　史部中正史、别史、方志各歸其類，分别按年代先後排列，通考排於正史之後。

# 夢窗詞調及交遊索引

## （一）夢窗詞調索引

A



B



C

I

*此索引按英文字母排序，合併同調詞。此處不辨析詞調，故同調異名者仍舊分列。

# （二）夢窗交遊索引

＊ 楊鐵夫《事蹟考》羅列交遊六十六人，今知楊彦瞻伯嵒、李伯玉純甫、王臞庵份皆非其交遊者。李尚書與李别駕（太傅）爲同一人，魏益齋與魏方泉亦同一人，實得六十一人。今推考及新考交遊十九人，夢窗詞集雖未及「万俟紹之」，但万俟有《江神子·贈妓，寄夢窗》，顯爲夢窗交遊者，故列入。共八十一人入此索引。

＊ 字母後位列按詞集中首次出現先後爲序，僅寫明交遊者所在詞的首頁。

# 後記

與吴夢窗詞結緣，似乎應該從一九九六年説起。當時，拙文《吴文英詞朦朧化現象的思考》，雖然接到《文學遺産》的書面擬用通知，卻非常遺憾地與《文學遺産》擦肩而過。所幸我由此與陶文鵬先生攀交，並且一直得到陶先生的幫助、指教和援引。從此，我對雕績滿眼，但情致纏綿的吴夢窗詞戀戀不能相忘。二〇〇〇年，我投師楊海明先生門下，專攻宋詞。那段時間，同時筆耕《清真集校注》和博士論文《詞風嬗變與文學思潮關係研究——以北宋詞爲例》。各種資料中觸目皆見「前有清真，後有夢窗」的定評，時時激活我深藏心底美麗而朦朧的憧憬。

讀博期間，有夢窗同好的學弟錢錫生告訴我，楊海明師有楊鐵夫《吴夢窗詞箋釋》一書，這是我感於夢寐但無從購求的珍籍。楊師慷慨惠借，從此閲讀摩挲，不能釋手；並且一直靦顔向楊師「續借」。那時讀夢窗詞，僅僅因爲喜歡，並没有明確目的。與此相關的課題「吴夢窗詞及生平事蹟考論」、「夢窗詞集校注箋證」先後於二〇一〇年、二〇一一年獲得教育部人文社科一般基金項目、國家社科基金後期資助項目立項，研究目標漸趨明確。兩個項目成果形式皆爲專著，分别定名《吴夢窗研究》、《夢窗詞集校箋》。

記得撰寫《清真集校注》時，我曾經得到過一個恩遇的「磁場」。幸運的是，此次研究吴夢窗，我收獲了更多無私的幫助。早在二〇〇九年，參加杭州舉行的「第六屆中國宋代文學國際學術研討會」期間，我在大巴車上再次向楊師「續借」《吴夢窗詞箋釋》，香港中文大學的黄坤堯教授當即就説香港有售，要惠送我一本。不久，收到黄教授的惠贈，雖然這本書有令人意想不到的幾十頁殘缺，但這絲毫不減我對黄教授的感恩之心；同時也使我延宕歸還楊箋有了「合理」的藉口。在收集版本時，又是半宋樓主人葛渭君先生惠借包括鄭文焯《手批夢窗詞》在内的八個版本，並且途經無錫時親自送給我們。薛瑞生、劉尚榮二位先生在身體欠佳的情況下，也一如既往地熱心指導和關注研究的進展。這裏需要特别感謝的是臺灣成功大學的王偉勇教授，他讓高足郭娟玉女士爲我在臺北「國家圖書館」全文影印並贈寄了清康熙六年張學象女士手鈔本《夢窗詞集》與《鐵網珊瑚》三個鈔本；還讓臺北市立教育大學中國語文學系博士班的林友良同學，影印並贈寄了臺北「國家圖書館」所藏的清戈載批校夢窗詞本。其中張學象女士手抄是太原張廷璋明萬曆六年鈔本《夢窗詞集》（今藏北京國家圖書館）的影鈔，珍貴程度不言可知，戈載批校本也是海内孤行。日本朋友藤原祐子幫助查詢了日藏吴文英詞集概況，使我對静嘉堂文庫所藏皕宋樓夢窗詞集具有的文獻價值有所瞭解。鄧子勉先生惠寄了迻録的静嘉堂文庫所藏皕宋樓本毛扆批校夢窗甲稿的全部校語。

另外，朱德慈先生惠寄我十餘萬字的夢窗詞校札，其中鄭文焯手批校語，讓我獲益良多；精通書法的學弟陳國安也耗費數月時間爲我辨明鄭氏手批的鹿疑之處，安徽師範大學文學院胡傳志院長、楊柏嶺副院長爲我們查詢中國基本古籍庫提供了幫助。同事任翌老師電腦録入了楊鐵夫的全部箋釋。我的第一届以及目前仍在讀的研究生王婷、孫蒙、王媛、楊雪、陽競希、佘卉囡、陽國梁同學，在完成與吴夢窗相關碩士論文的同時，也在資料查閲和掃描文字等方面爲兹書辛勤付出。特别是王婷同學，在浩瀚的資料中查閲出虞兟宜興知縣、尹焕永康知縣的仕歷；楊雪則考出了蘇州俞園所在地。孫龍飛同學參與了校對工作或資料排序及拍照工作。本書還獲得江南大學文科繁榮計劃中最有力度的專著出版資助。

此書巨帙重編，中華書局文學室俞國林主任、李天飛編輯二位老師閲讀初稿，即給予鼓勵；進入排印環節後，更是勞神費力。特别是李老師，三次校對，孜孜析疑義。爲我捃拾匡益，殆無闕遺。另外，本書還曾得到素所景仰的資深學者與出版人趙昌平、高克勤、奚彤雲三位先生的指教和激勵，在此一併深致謝意。尹楚兵老師在北大圖書館查對了杜文瀾校本。

《夢窗詞集校箋》也是與夫君趙國强的攜手圓夢之旅。我們一起到國家圖書館、北京大學圖書館、上海圖書館、浙江省圖書館校對孤本，過録評語校記；盛夏嚴冬前往安徽蕪湖查閱中國基本古籍庫。他還承擔了部分版本的前期校對、鄭文焯批語的辨認、設計表格及參考書目的整理，並代勞紙質校稿的增損塗乙。於此也略表謝忱與衷情！

孫虹　癸巳孟秋寫於江南大學蠡湖家園